凡　例

一、本书辑录的是1922年2月15日—1949年9月30日期间正式公开出版的中国现代新体长篇小说，不包括长篇章回小说及虽在报刊上连载却未正式出版单行本的长篇小说。

二、全书辑录的内容为1922年2月15日—1949年9月30日期间，在各类报刊上公开发表的关于本书所收录长篇小说的创作言论、评论文字、广告、序、跋、书信、日记等。个别出版于1949年9月30日后但可确定为此期间所作的作品酌情收录，所查知并确定的版本、版次、印数等，亦一并收记。盗版则不计入其内。

三、全书按时间先后为序编年，年下辖月，月下辖日。其中，出版日期确定者，按出版时间先后排序；日期不确定者，置于该月之末。若出版时间相同，则按音序排列。

四、本书辑录的各报刊有关所收长篇小说的各类广告、文章，若不同报刊所刊内容基本相同，则辑入最先刊载者，文章或予以说明，广告则不另注明。

五、在本书辑录的长篇小说初版的时间节点下，收入该作的初版封面书影与版权页（极个别无初版书影或版权页的则以再版书影或初版扉页代之），同时介绍该作的内容梗概，并以按语的方式对其艺术成就予以简评。相应地，对一些有价值、有意义的史料也予以简评。

六、本书辑录的长篇小说入选标准以不同时期的征文字数要求为标准，1922—1929 年为 6 万字以上；1930—1935 年为 8 万字以上；1936—1949 年为 10 万字以上。均以初版作品的字数为准。个别作品略少于上述字数，但具备长篇小说的要素者，亦酌情收入。若明显少于相应字数而自标为长篇小说者，则不予收入。反之，虽标为中篇小说，但作品字数显然达到标准者，亦予以收入。

七、若一部长篇小说未完成且相对不完整，则不予收入。原拟以多卷本出版，然因故未总体完成，但所完成之部分相对完整者，则予以收入。

八、本书辑录内容，除明显的错别字外，均以原貌摘引或原意呈现，不做任何曲解或改动，原文中的异体字、习见字及着重号亦原样保留。原文中未加书名号的书名、刊物名，统一添加书名号，以便读者理解。

九、作家生卒年之信息仅在其作品首次出现时于按语中予以标明，统一起止于年，不计日月，之后不再出现。

前　言

一、为什么要编撰编年体长篇小说史

毫无疑问，进入21世纪以来，文学史研究呈现出由“宏观叙事”向“微观叙事”转变拓进的学术趋势，大量的文学史著作，特别是编年史著作应运而生。且不说中国古代文学，仅就中国现当代文学而言，就有於可训等主编的《中国文学编年史》（现代卷、当代卷），张健等主编的《中国当代文学编年史》，钱理群、吴福辉、陈子善等主编的《中国现代文学编年史——以文学广告为中心》，卓如、鲁湘元主编的《二十世纪中国文学编年》，刘勇、李怡主编的《中国现代文学编年史（1895—1949）》，张大明的《中国左翼文学编年史》，刘福春的《中国新诗编年史》，以及文天行的《20世纪中国抗战文化编年》等多种编年史，显示出文学史观念不断拓新的共识与文学史写作范式多元化的趋势。

众所周知，在很长一段时间里，中国文学史是作为具有某种政治观念的文学的历史呈现在人们面前的，特别是中国现当代文学史。20世纪80年代以来，这种文学史观被打破，一大批从不同的视角审视中国现当代文学历程的著作不断涌现，特别是“重写文学史”口号的提出，将文学史的写作引向深入。据统计，截至2012年，包括通史、各类专史在内的“中国现代文学史著作已出版了五百余部”[1]，这的确是一个令人瞩目的成绩。但是，在这令人瞩目的成绩背后，我们也应看到，这些文学史绝大部分是参照“纪传体”的模式书写的。这样说绝不是否定“纪传体”的书写模式，事实上，“纪传体”的文学史书写模式依然是一种行之有效的书写方式；而是说，“纪传体”

[1] 洪亮：《中国现代文学史编纂的历史与现状》，《中国现代文学研究丛刊》2012年第7期。

书写模式难以完整地呈现20世纪中国文学的发展历史。[1]当然，这不能完全归因于“纪传体”写作模式的局限，任何一种方法都是一定内容的承载方式，只是说至少在目前，它依然是还原与呈现文学历史原貌时一个无法回避的矛盾体式。

编年体写作恰好可以解决这一问题。虽然以记录客观史实为宗旨的编年体写作模式古已有之，但以之替代以往习用的“以论代史”的文学史写作模式，弥补不以史料为先而以某种先验或后设的理论为先的写作模式，显然更为合适。对此，於可训就认为：“用‘编年史’的体例编撰现当代文学史，并不能包医百病，但却可以救正‘线性的进化史观’和‘偏至’的社会历史批评影响现当代文学著述所出现的诸多弊端，同时也为理想的现当代文学史著述奠定基础、架设桥梁”，因为“当一种‘预设’的或‘后设’的理论立场，以‘人的意志’改变了这种‘客观存在’，‘转移’了历史的现场，把历史变成了另外一副模样的时候，对历史事实的‘还原’和历史现场的‘重构’，就不但成为必要，而且也有这种可能”。[2]

中国现代长篇小说是20世纪中国文学创作中最有实绩的部门，也是最有影响力的文学体裁。一大批闪闪发光的名字与丰富多彩的作品如同一道彩虹，映在中国新文学这片绚丽的天空中。然而，由于时代等多种因素的影响，关于中国现代长篇小说的发展史貌，学界至今没有详尽的“家底”，笔者虽耗时三年编撰了一本《中国现代长篇小说编年》，但出版后笔者就陷入了深深的遗憾之中——许多关涉现代长篇小说发展的史料未能收入其中。诚然，“史料是个无底洞”，谁做史料工作都无法避免遗漏现象的发生，但实际上，出现这一问题，还与笔者当时对“史”不明，没有明确是否编撰编年体长篇小说史有关。因此，当“还原”与“呈现”成为学界的主潮，当国家及高校的数据库建设为此提供了更大的可能时，编撰一部《中国现代长篇小说编年史》

[1] 对此问题的讨论参见朱晓进《二十世纪中国文学史观的反思》，《中国社会科学》2006年第1期；李永东《反思新文学史观的话语权》，《文学评论》2011年第5期；张福贵《经典文学史的书写与文学史观的反思——以严家炎〈二十世纪中国文学史〉为中心》，《文艺研究》2012年第8期；等等。

[2] 於可训：《论与“编年体”有关的现当代文学史著述问题》，《北方论丛》2015年第4期。

就成为笔者亟待实现的学术目标。

二、编年体长篇小说史是什么

明确了学术目标后，笔者就要面对“编年体长篇小说史是什么”这一学术命题了。什么是编年体长篇小说史呢？在我看来，编年体长篇小说史是以编年的方式呈现现代长篇小说发展史，它应该包括以下几个方面的内容：长篇小说创作生态史料，长篇小说创作发生学史料，长篇小说创作传播接受史料，长篇小说的思想艺术评价，长篇小说的装帧艺术。虽不能说这五个方面涵盖了编年体长篇小说史的全部内容，但至少可以说它们是还原与呈现中国现代长篇小说发展史貌的五个不可或缺的方面。

1. 长篇小说创作生态史料

任何一种文学体裁的发展变化都离不开催生这一变化的环境与时代，20世纪的中国现代长篇小说更是如此。要客观地呈现中国现代长篇小说的历史原貌，就必须正视有关现代长篇小说创作的生态史料。比如，1922—1929年是中国现代长篇小说的萌芽与发生期，五四新文化运动后风起云涌的文学社团、流派，以及蓬勃兴盛的出版事业，为新文学长篇小说的创作提供了前所未有的有利条件，催生了新文学长篇小说创作在短暂的沉寂后迅速崛起的发展态势，为日后的繁荣奠定了基础。秋翁（即平襟亚）后来就回忆说：“那时正值国家鼎革之际，社会一切都呈着蓬勃的新气象。尤其是文化领域中，随时随地在萌生新思潮，即定期刊物，也像雨后春笋般出版。因为在那时候，举办一种刊物，非常容易，一、不须登记。二、纸张印刷价廉。三、邮递利便，全国畅通。四、征稿不难，酬报菲薄。真可以说是出版界之黄金时代。”[1]文学研究会、创造社等文学社团就是在这样的历史环境下应运而生的。因此，有关文学研究会、创造社、新月社等文学社团、报刊与现代长篇小说生产、消费等信息，就成为现代长篇小说生态史中不可缺少的重要内容。

[1]　秋翁：《三十年前之期刊》，《万象》1944年第4年第3期。

1927—1937 年是国民政府由建立到相对稳定，同时又充满着内忧外患、危机四伏的阶段。自 1927 年 4 月 18 日国民政府在南京宣布成立，至 9 月 3 日宁汉合流，再到 1928 年 10 月 10 日国民政府改组，12 月 29 日张学良东北易帜，国民党在完成全国初步统一的同时，也相应地稳定了其统治。为了进一步维护其在思想上的统治地位，1929 年 6 月 3 日—7 日，由国民党中央宣传部部长叶楚伧主持召开了全国宣传会议，决定今后要“创造三民主义的文学”，“取缔违反三民主义之一切文艺作品”，将扶植“三民主义文艺”定为国民党的“文艺政策”。[1]但是，这一主张除叶楚伧本人和王平陵等几个人应和外，并无太大的反响。相反，1930 年 3 月 2 日，中国左翼作家联盟在上海成立，左翼作家集结在统一的组织与纲领下，创办《拓荒者》《萌芽》等刊物，与国际左翼文学大潮相呼应。左翼文学思潮的兴盛，引起了国民政府极大的不满。1930 年 6 月 1 日，由国民党出资，傅彦长、朱应鹏等主编的《前锋周报》创刊，同时发表《民族主义文艺运动宣言》，掀起了“民族主义文艺运动”。同年 7 月，王平陵、钟天心等在南京成立中国文艺社，再次鼓吹“三民主义文学”。与此同时，国民党对文艺的禁锢政策也同步实施，颁布《出版法》，发布《图书杂志审查办法》，颁布查禁密令，实施查禁行动，先后查禁各类图书上千种，关闭书店上百家。不过，国民党虽然竭力扶植“三民主义文学”，但长篇小说创作却没有丝毫的起色，“民族主义文学”同样也拿不出像样的作品，根本无法与轰轰烈烈的左翼文学运动抗衡。左翼文学作品虽然有“革命 + 恋爱”的模式，整体艺术水平也并不太高，但左翼文学作为一股创作思潮，无论是作品数量还是质量都令国民党官方推行的文学运动相形见绌。可以说，在 20 世纪 30 年代，国民党虽然在政治、军事、经济上占有绝对优势，但在文化战线上却有心无力，难以组织起有效的竞争力量，只能用行政和强权打压左翼文学，其专断与无奈可见一斑。1936 年 2 月，“左联”自行解散，但这并不是国民党文化政策的胜利，而是民族矛盾的激化导

[1] 《全国宣传会议第三日决定宣传工作相互联贯办法各省市县党部即筹设图书馆建议中央确定党谊党德标准确定文艺政策今日四次会议》，《中央日报》1929 年 6 月 6 日。

致的自然消解。当然，这一时期的文坛并非都带有浓厚的政治色彩，或“非左即右”，有一批保持着自身的独立、不依附于任何党派的自由主义知识分子，他们对严密的组织与纪律有一种天然的排斥，他们自觉地与政治保持着一定的距离，也不醉心于某种文学思潮或文学运动，往往更倾向于和文学志向相投的人往来，他们发文章、办刊物、出丛书，大多本着相同的志趣与对文学本身的热爱，他们是这个时代重要的文学力量，在文学创作、刊物出版等方面作出了卓越的贡献。这些作家有巴金、老舍、王统照、废名、施蛰存、沈从文等；这些刊物有施蛰存主编的《现代》，傅东华、王统照主编的《文学》，朱光潜主编的《文学杂志》，郑振铎、章靳以主编的《文学季刊》，沈从文、萧乾主编的《大公报·文艺副刊》等。出版社则以良友图书印刷公司、开明书店、文化生活出版社和生活书店为中流砥柱。可以说，国民党官方文艺与左翼文学之间的博弈，自由主义文学的发展的趋势，以及三者间的争斗与竞争，是这一时段文学发展与演进的基本格局。

1937 年 7 月 7 日，卢沟桥事变揭开了全民族抗战的序幕，“短平快”的文学体裁迅速肩负起救亡图存的历史使命，而长篇小说创作则因体裁自身的因素迅速沉寂下来，直到1938年3月15日才出版了含沙的第一部长篇小说《抗战》。又由于上海、武汉、广州、香港等城市相继沦陷，出版的重心被迫向内陆城市迁移，形成了以武汉、香港、桂林、昆明、重庆为集散地，并最终以桂林与重庆两地为中心，随战事变迁的新的文化出版格局。一些出版社由于受到战事的重创，加之抗战期间物质条件的匮乏，以及读者兴趣的转移，已无力出版长篇小说。老牌出版社良友图书印刷公司虽然以“良友复兴图书印刷公司”之名重建，但也在整整6年的时间里没有出版过一部新的长篇小说，仅以重印名著的方式渡过难关。期刊的出版也受到冲击，连续出版物一则少，二则虽偶有刊登长篇小说的需求，也多向名家约稿，无形中制约了现代长篇小说的发展。更为重要的是，由于战火连绵，作家的生活条件与创作条件也发生了巨大的改变，以往那种从容不迫地创作长篇的心境已不复存在，取而代之的是急就章、“进行曲”，甚至是未竟稿，艺术水平上也就很难有所保证了。

1943—1949 年是巨变与转折的时代，抗战走向胜利，国共由合作转向分裂，中国社会再次进入大冲突、大过渡的历史时期。就出版而言，沦陷区的长篇小说出版虽然显示了一点“成绩”，但很快就销声匿迹。国统区的出版逐步恢复了元气，众多的民办中小出版社、老牌出版社与国有出版机构一起承担起图书复兴的使命。国民政府还都南京后，随着众多政府机关、学校、科研单位、文化出版部门和社会团体等纷纷复员东行，上海重新成为经济、文化、出版中心。1945 年 9 月 12 日，国民党中央宣传部部长吴国桢在外国记者招待会上宣布，国民政府决定从 10 月 1 日起，废止新闻检查制度。9 月 23 日，中央社在重庆《中央日报》刊载《中央社讯》，宣布“战时书刊审查规则及战时出版品检查办法及禁载标准，亦同时废止”。国民党对文化政策的调整以及一度放松的检查制度，为图书出版再次创造了良好的氛围。但此后随着国民党在军事上的失利，风云突变，宽松的出版环境不复存在，老牌出版社如开明书店、晨光出版公司等也仅靠重印旧书、名著维持生存，香港暂时成为新的出版中心。很快，新华书店代之而起，成为最大的出版发行机构。至此，中国现代长篇小说出版转入一个新的历史时期。

重构中国现代长篇小说编年史，关涉上述历史时段现代长篇小说发展的生态史料，当无一例外地收入其中，否则将无法呈现出这一时段现代长篇小说发展的历史原貌。

2. 长篇小说创作发生学史料

任何一部长篇小说都有其发展史，这里所说的创作发生史料就是关涉一部长篇小说诞生的史料，这其中既包括作家从写作到出版的外部过程，也包括作家从素材酝酿到主题提炼的内部思维过程。当然，有的长篇小说创作发生过程的史料有迹可循，有的无迹可循，有迹可循的就是编年体长篇小说史中一项不可或缺的重要内容。

例如，《飞絮》出版后，张资平名声大噪，被称为“现代恋爱小说的典型作家”[1]，但其实这是一部仿写之作。对此，张资平在《序》中这样写道：“暑期中读日本《朝日新闻》所载《归ル日》，觉得它这篇描写得很好。暑中无事想把它逐日翻译出来，弄点生活费。因为那时候学校无薪可领，生活甚苦。天气太热又全无创作兴趣。每天就把这篇来译，一连继续了一星期。但到后来觉得有许多不能译的地方，且读至下面，描写远不及前半部了，因之大失所望，但写了好些译稿觉得把它烧毁有点可惜。于是把这译稿改作了一下，成了《飞絮》这篇畸形的作品。后来因为种种原因及怕人非难；终没有把这篇稿售去。本社出版部成立后，就叫它在本社出版物中妄占了一个位置，实在很惭愧的。”“总之这篇《飞絮》不能说是纯粹的创作。说是摹仿《归ル日》而成作品也可，说是由《归ル日》得了点暗示写成的也可。”由此可见，《飞絮》是一篇带有改写或者说仿写性质的长篇小说，其结构合理，当与作者参考了《朝日新闻》所载长篇小说《归ル日》的结构有关，其故事线索一改《冲积期化石》的混乱而为明了，人物形象亦由模糊变得清晰。在表现手法上，张资平擅于细致地刻画人物心理，对人性的弱点亦能做较为深刻的艺术揭示，应是成功借鉴的成果。又如，张资平的《爱力圈外》也是一部翻写之作，小说出版以后曾遭到他人的举报，不得已，张资平只好在自己主编的《乐群》月刊 1929 年第 12 期刊载了《〈爱力圈外〉不是张资平的创作》，全文如下：“在乐华书店出版的《爱力圈外》一部是张氏由一篇日本小说翻案来的，一部是他自己加添上去的。关于这项，他写了一封信来要本栏代为声明。今将来函抄后：‘《爱力圈外》一部分是据一篇日本小说翻案的，曾在原稿后声明，要求乐华书店印出，但后来给乐华书店删去未印，只好借《乐群》月刊的国内文坛消息栏代声明一下，以重责任。前在《大众文艺》发表一部分时，亦曾请该刊主编者在编后里声明。又及。’”小说以第一人称的视角进行叙述，通过菊�对自己不幸婚姻的自述，强烈批判了包办婚姻的罪恶，抨击了虚伪的封建道德对女性的戕害，揭露了封建大家庭的丑恶与腐败，表达了时代女性要求婚姻自主的呼声。只是小说的结尾写筱桥参加革命并非是一种必然，

[1]　杨家骆：《民国以来出版新书总目提要》，辞典馆出版社 1936 年版，第 5—74 页。

而是对作者宣称的“转向”的附会，显得生硬而牵强。若就创作的审美性而言，《爱力圈外》可视为一部较为出色的作品，其结构设置、人物刻画、语言描写等都很见功力，但因是张氏仿作，则另当别论。因此，如果我们不了解张资平《飞絮》《爱力圈外》等的创作发生史，而将其作为原创之作予以高度评价，则显然有悖于文学史实。

再如老舍的《骆驼祥子》，许多人常从“北京人”“满族”“穷人”等关键词中寻求文本的深意，也常从老舍听来的车夫三起三落的故事着眼，考索素材的来源，殊不知这一作品是老舍受康拉德影响的产物。1935 年 11 月 10 日，老舍在《文学时代》创刊号上发表《一个近代最伟大的境界与人格的创造者》一文，详细阐述了康拉德对他的影响，并称“我将永忘不了康拉得的恩惠”。最后老舍这样写道：“Nothing，常常成为康拉得的故事的结局。不管人有多么大的志愿与生力，不管行为好坏，一旦走入这个魔咒的势力圈中，便很难逃出……对这些失败的人物，他好像是看到或听到他们的历史，而点首微笑的叹息：‘你们胜过不了所在的地方。’他并没有什么伟大的思想，也没想去教训人；他写的是一种情调，这情调的主音是虚幻。他的人物不尽是被环境锁住而不得不堕落的，他们有的很纯洁很高尚；可是即使这样，他们的胜利还是海阔天空的胜利，nothing。”“他无疑的是近代最伟大的境界与人格的创造者。”这是老舍唯一一次毫不吝啬地用“最伟大”三个字评价他所敬重的一位作家。这篇关乎老舍创作发生学的重磅文章，不仅是理解《骆驼祥子》的一把钥匙，也是理解老舍创作的一把钥匙。

3. 长篇小说创作传播接受史料

一部长篇小说的出版，离不开读者的传播、接受。没有读者的参与，文本的意义就无法显现。“只有通过读者的传递过程，作品才进入一种连续性变化的经验视野”[1]，才有可能成为文学经典。因此，详尽地搜集每部长篇小说的传播接受史料，梳理“谁说的、在哪里说的、说了什么”，可以清晰

[1] ［德］H · R · 姚斯、［美］R · C · 霍拉勃：《接受美学与接受理论》，周宁、金元浦译，滕守尧审校，辽宁人民出版社 1987 年版，第 24 页。

地展现出现代长篇小说与读者互动发展的历史脉络，也可为我们重构中国现代文学经典提供有益的启示。

例如，梁实秋于 1942 年 3 月 26 日在《中央周刊》（重庆）第 4 卷第 32 期《书报春秋》里发表的《读〈骆驼祥子〉》，和美国新闻处前总编辑华思于 1945 年 8 月 27 日在《扫荡报》发表的《评〈骆驼祥子〉英译本》，是《骆驼祥子》早期接受传播研究的两篇重要史料，堪称《骆驼祥子》接受传播史上的经典文献。但不知何故，这些史料至今仍失收于关于老舍研究的资料中。其实，这两篇文章不仅能避免接受者在《骆驼祥子》研究中的盲目与自信，纠正以往接受研究中出现的偏差与问题，更能打开接受者认同与重构、修正与跨越的新视阈。[1]

再如谢冰莹的《女兵自传》，当我们详尽地厘清其传播接受的史料后就会发现，读者的接受视野源于《从军日记》，至《一个女兵的自传》出版后已基本生成，在高度的真实性、强烈的时代感、原生态的本色美、革命文学的特点、女兵形象的典型性及其意义的基础上生成了既定视野，为读者所公认，而它所触发的群体期待，也具有永远的启迪意义。[2]同样，以往人们对《子夜》的删节本莫衷一是，但如果我们详细地考索史料，就可以断定，从 1934 年 6 月《子夜》删节本的出版算起，开明书店一共印行了四版删节本，分别是：1934 年 6 月第四版，1935 年 2 月第五版，1935 年 9 月第六版，1936 年 9 月第七版。其中，第四版略异，存在着少量的全本与少量撕去部分页码的删节本，而第五至七版则完全相同。这不仅解决了茅盾研究界长期以来悬而未决的疑案，也为了解国民党文艺禁毁政策及其实施提供了依据。当然，长篇小说传播接受史料还包括长篇小说的印刷版次、印刷数量、出版频次等相关信息，这也是考察该作品传播接受情况的重要数据，应当予以收录。

[1] 详见陈思广：《史料发掘与〈骆驼祥子〉研究视野的新拓——以梁实秋和华思两篇被忽视的接受史料为例》，《河南科技大学学报》2011 年第 2 期。

[2] 详见陈思广：《认同与触发——〈女兵自传〉的接受研究》，《解放军艺术学院学报》2011 年第 4 期。

4. 长篇小说的思想艺术评价

据笔者统计，1922—1949 年，中国共出版现代长篇小说 370 部左右，这其中可称经典的长篇小说不足 20 部，虽有 70% 左右的作品被各类文学史作品（含专题史作品及相关论文）所提及，但仍有近 30% 的作品彻底湮没于历史的长河中。对于一部编年体长篇小说史而言，显然不能停留在仅辑录那些堪称经典或较为优秀的作品上，而应该巨细无遗地辑录现代长篇小说发展的点点滴滴，为后人留下扎实而可靠的“信史”。因此，对所有的现代长篇小说一视同仁地做思想艺术上的介绍，不仅是编年体现代长篇小说史文体的需要，也是广大读者的需要。只有这样，无论是专业的学者，还是文学爱好者，才能借此了解本书所收录的 356 部现代长篇小说表现了什么内容，艺术上的得失，其被淘汰、被发掘、被经典化的缘由；才能从全局上分析现代长篇小说的转型之路，进而明了其在中国现代长篇小说发展史上的地位，为现代长篇小说的经典化提供参考。

需要特别说明的是，在评价中国现代长篇小说的思想、艺术时，必须依据 1922—1949 年出版的初版或再版，而非 1949 年后出版、经过修改的单行本、选集、全集；也不是简单机械地复述文本的内容，而是在客观地介绍该作品的思想内容之后，以美学的眼光、长篇小说诗学的眼光对其艺术得失予以简要评价，为读者判断该作的艺术水准提供有价值的参考。当然，这种评判的眼光必须建立在审美的、人性的、历史的、时代的标准之上，避免被某种狭隘的政治功利观所左右。只有这样，我们才有可能复现一个与历史本事相契合的中国现代长篇小说编年史，才有可能复现中国现代长篇小说由古典到现代的艰辛的转型之路。

5. 长篇小说的装帧艺术

中国现代长篇小说的转型之路不仅是从内在思想开始的，外在样式也同样为转型提供了强大的助力。现代长篇小说的装帧艺术塑造了图书艺术的现代品格。因此，呈现中国现代长篇小说的发展史貌，不能忽略现代装帧艺术在推进现代长篇小说转型过程中的辅助作用。当然，这里的装帧艺术主要是指长篇小说的封面设计。

我们知道，早期的装帧艺术简单明了，封面多以汉字为元素，只印书名、作者名及出版机构名，如封面字为印刷体的《旅途》《一叶》《最后的幸福》《苔莉》等，封面字为毛笔字的《老张的哲学》《赵子曰》《蚀》《二马》《冲积期化石》（前五版）等，除作者名和出版社、出版时间等封面的必要元素外，没有任何装饰，朴素而具有古典情怀，也显示了作者以内容取胜的构想。但不久后，这一样式便被多样的构图、设计所替代，人们纷纷以图画作为封面的主元素，或象征、或暗示、或比喻，使现代长篇小说的图书装帧风格为之一变。比如张资平的《飞絮》，1926 年版以封面中心圆形的盛开的絮状花朵为基本元素；1930 年版以黄、灰、蓝三色为主色调，上三分之一处为黄色，上印两个大大的艺术字“飞絮”，下三分之二对半斜开，以灰色示底，印作者名，下以蓝白黄三色组成波浪图案，这样色彩醒目、搭配和谐，可谓新颖别致。又如《最后的幸福》第三版封面上有一位少女酣睡在床，随着鼾声而起的是她的爱情梦——两只翩翩飞舞的蝴蝶，很容易使人联想到梁祝化蝶的传说，而这又与女主人公最后死在情人怀中的情节有相通之处。该作转至现代书局出版第六版时，封面四边为蓝色框，框内为白色，一个大大的“爱”字印满其间，上方为书名，“最后的幸福”几个字采用从隶书变出的美术字，作者名采用浅绿色楷隶结合的变体美术字，中下方绘一个朱红的唇，寓意爱情，下方有一个特别设计的美术字“死”，寓意结局，封面构思切题且新颖别致，令人过目不忘。对此，史蟫曾回忆道：“创造社出版部成立后所出的几本书籍，确实非常精彩，尤其是张资平的长篇小说《飞絮》，和郭沫若的长篇小说《落叶》，几乎成为青年们的枕畔珍宝，人手一编，行销巨万，这不但由于内容的动人，就是形式方面，也非常美观，封面和装帧的图案，统出于叶灵凤的手笔，可说自有出版物以来，装璜没有如此精美过的，自然更使青年们爱好了。”[1]同样有特色的还有章克标的《银蛇》，以浅黄色为底色，四条银色蛇形波纹衬托着上部反向蜿蜒的两条红蛇，再配以红色的“银蛇”

[1]　史蟫：《记创造社》，《文友》1943 年第 1 卷第 2 期。

二字，形象生动地传达了作品的主旨，令人拍案叫绝。之后，众多现代长篇小说就在这一基础上拓新、深化。最有名的如良友图书印刷公司、开明书店、文化生活出版社和生活书店四大出版社，它们统一了长篇小说的装帧风格，以线条、文字、色块为主元素，既保留了传统文化的意味，也吸收了西方现代艺术的元素，彰显出它们中西合璧、卓尔不群、中立自由的设计原则。特别值得一提的是，当摄影照排技术刚刚传入中国时，赵家璧就率先在良友图书印刷公司为《一个女兵的自传》量身定做装帧设计，采用软布面精装，外加彩印封套，封面用日本引进的照排技术，将谢冰莹英姿焕发的戎装照作为主元素，型款毕现，堪称珍本。后来，赵家璧又将老舍的坐像印于《惶惑》的封面上，也取得了良好的效果。

总之，中国现代长篇小说装帧设计领域的先驱们，以与时俱进的姿态，新颖独特、中西合璧的构思和朴素美观、醒目别致的设计，赢得了广大青年读者的喜爱，不断引领着中国现代长篇小说图书装帧设计的新潮流，在客观上对中国现代长篇小说的转型起到了重要的作用。故而，本编年史以原书影与版权页并立的方式，图文并茂地呈现现代长篇小说的装帧，留下一份珍贵的原始图像史料，实有必要。

三、如何编撰编年体长篇小说史

编撰中国现代长篇小说编年史，首先要面临一个如何界定现代长篇小说的问题。也就是说，纳入本书范围内的是怎样的长篇小说。对此，笔者采用目前通行的标准予以取舍，即以文体与作品长度作为判断长篇小说的核心标准。对于前者，本书以现代白话长篇小说作为讨论的对象，不包括长篇章回小说；对于后者，则需稍做说明。自新文化运动以来，新文学中的中篇小说与长篇小说并无明显的界限，早期出版者常常将6万字以上的小说均标注为“长篇小说”予以出版，如秦心丁的《洄浪》（1924）、超超的《小雪》（1926）等，也有将超过6万字的小说当作中篇小说来印行的，如芳草的《管他呢》。不过，

1927 年创造社的长篇小说征文只要求“字数六万字以上”，这一篇幅在今天看来只是一个中篇小说的长度，但我们显然不能以今天的标准去要求过去的作品。为尊重历史，也充分考虑到新文学发展的实际情况，笔者将本书所讨论的长篇小说的篇幅分时段界定为：1922—1929 年，以创造社长篇小说征文要求的 6 万字以上为限；1930—1935 年，8 万字以上；1936—1949 年，以良友、“文协”等长篇小说征文要求的 10 万字以上为据。当然，这并非绝对的“一刀切”，如果字数与标准相差不大，只要具备长篇小说的审美特征，也酌情纳入本书的讨论范围。依此标准，自 1922 年 2 月 15 日张资平的《冲积期化石》出版至 1949 年 9 月 30 日王林的《腹地》出版，新文学长篇小说共有 356 部作品进入本书作者的视野。需要说明的是，“三部曲”若合名出版，则以一部计，如茅盾的《幻灭》《动摇》《追求》只认作一部，即《蚀》。在报刊上连载的长篇小说，如未出版单行本则未算在内。

一般而言，编年史的编撰是以时间为序的，通过对原始史料全面、翔实的发掘、整理、辑录，构建一个足以返归现场的历史逻辑和秩序，一幅以深广度和细节取胜的历史全景图。本书将在保持这一体例的基础上略有改变，即选取 1922—1949 年出版的作品，按年份排列，年下辖月，月下辖日，以现代长篇小说为联结点，通过对长篇小说创作生态史料、创作发生学史料、创作传播接受史料、装帧史料等第一手资料的全面发掘，以及对长篇小说思想艺术的评价，构建一幅足以返归现场的、符合现代长篇小说历史逻辑和秩序的、以深广度和细节取胜的现代长篇小说发展全景图。在辑录时，本编年史严格按照时间顺序辑录与现代长篇小说发生、发展密切相关的史料，在该长篇小说初版的时间节点下，收入该作初版的封面书影与版权页（个别无初版书影或版权页的则以再版的代之），同时介绍该作的内容梗概，并以“按”的方式对其艺术成就予以简评。相应地，对一些有价值的史料也予以简评。在具体的个案评析过程中，力求简洁明了，有话则长，无话则短，务实而不空谈。需要特别说明的是，对每部作品思想、艺术水平的评价以及对传播接受史料的梳理、钩沉，都是从长篇小说诗学的角度，以历史的、美学的、人性的、时代的审美眼光予以审读、辑录、分析，而非以政治的、功利的、狭隘的眼光予以遮蔽、删改，尽最大可能还原中国现代长篇小说的发展历史，使本编年史成为一部内容全面丰富、史料扎实可靠、叙述客观真实，能成一家之言的“信史”。

这也许有很大的难度，但我愿接受这一挑战。

导论：中国现代长篇小说的生成与演进轨迹

一、发轫与奠基：1922—1929年的中国现代长篇小说

20世纪是中国文学由古典向现代转型的第一个百年，也是现代长篇小说酝酿、产生并逐步走向繁荣的第一个百年。经过近一个世纪的发展，长篇小说以其辉煌的成就当之无愧地成为中国新文学发展过程中成绩最为卓著的文学类别之一。不过，发端于五四时期的现代长篇小说，并非如短篇和中篇小说那样一开始就涌现出如《狂人日记》《阿Q正传》等这样一批显示出极高起点的标杆之作，它不仅出现的时间晚，内容上显得极为浅显，形式上也显得极为简单，作家们缺乏自觉的长篇小说的文体意识，多将长篇作为篇幅长的小说来创作，直至20世纪20年代末、30年代初，长篇小说才开始走向定型与成熟。可以说，五四时期的长篇小说起步迟、起点低、成就平是不争的事实。但是，晚熟并不意味着在它缓慢的萌发过程中没有为其后来的茁壮成长提供新的养分，更不意味着它自身的裂变在历史的演进中分解出了异质的元素，恰恰相反，它为长篇小说日后强健的生长及其创作独特性的形成确定了内在的机缘，使得“五四”以后的现代长篇小说在经过了短暂的低谷后，迅速走上了充满勃勃生机的发展道路。

然而，令人遗憾的是，由于目前学术界的关注视野普遍集中在长篇小说已经成熟的20世纪三四十年代，对现代长篇小说发轫期出现的诸多值得探讨的问题尚未予以应有的重视，导致这一时期的长篇小说研究在很长一段时间内存在空白。殊不知，今天的成熟是从昨天的稚嫩中走出来的，漠视历史反而会遮蔽我们的双眼。20世纪已然向我们告别，科学地探究新文学转型初期

长篇小说的崛起及其新质，长篇小说文体的演进及其过渡性特征，以及上述问题带给我们的启示等，是我们回顾与总结近百年文学历程所面临的基本的，也是无法回避的问题。

一般来说，中国现代长篇小说的转型，就其外部因素而言，受益于西方长篇小说。但正如国外学者指出的那样，西方的影响并未在中国文学现代化的运动中起到应有的重要作用，只是该运动自身进化的一种外在补充，其内源性因素仍导源于晚清长篇章回小说的裂变。[1]没有晚清章回小说转化的质变，也就没有中国现代长篇小说的诞生与发展。虽然裂变后的重构呈现出一定的断裂性特征，但不是完全的断裂，而是具有革命性的继承与拓展。因此，要阐释中国现代长篇小说质变的内涵，就有必要对晚清小说的某些特质做一个简要的回顾。

众所周知，中国章回体小说生成于宋代，经历了《三国演义》《西游记》《水浒传》《金瓶梅》后，到《红楼梦》达到顶峰，形成了章回小说在谋篇布局等方面的特色。它极大地优化了中国小说的艺术建构，也在后来的发展中确定了中国长篇小说的艺术形式，但也使得章回小说的叙述模式在不断完善中渐至僵化。到了清代末年，为使章回小说仍能保持新鲜的艺术活力，小说家们开始不断探寻艺术的变革之路。受明清传奇的影响，他们先从形式上，即在回目的设置上寻求突破。例如《风月鉴》第一回“投胎　解笑”，第二回“幻梦　刁宴”等，就不再用“七字句”或“八字对”作标题，显示了一定的创新意义。《燕山外史》在回目问题上更向前迈进了一步，不立回目，按骈俪文字不分卷数的惯例，只分为八卷，这八卷还是考虑到篇幅过长，不便于读者阅读，强行将内容割裂的。《海上花列传》干脆不用传统的“欲知后事如何，且听下回分解”之类的套语结束，而改用“第 × 回终”；不用“话说”开头，而用“按”。这些形式上的变革，初步显示了晚清章回小说在叙述模式方面变革的实绩。但是，中国章回体小说是一个十分完善且自足的叙述范式，是由“拟说话系统”逐步形成的言说体制，分回标目，回目工整、对仗；

[1] ［捷］米列娜：《从传统到现代——19 至 20 世纪转折时期的中国小说》，北京大学出版社 1991 年版。

分章叙事，情节顺时、连贯；内容通俗，语言浅白、流畅。加之结构完整、悬念迭出、全知叙述等固定模式，广大读者不仅习惯接受、乐于接受，而且形成了“不如此反不可”的接受定势，故而仅从外在形式上做一星半点的变革，根本无法撼动强大的章回叙述传统。

在内容上，晚清小说同样寻求着新的突破。清末“四大谴责小说”中的《官场现形记》和《二十年目睹之怪现状》，切近时弊，以抨击腐败、丑恶的社会为创作目的，将创作视角从一般的社会世情移至封建统治，或揭示官场“千里为官只为财”的贪婪本性，或揭示腐朽社会中各种触目惊心的怪现状，与传统章回小说的四大题材——历史演义、英雄传奇、神魔小说、世情小说相比，内容为之一变。面对社会颓势，刘鹗奋笔痛作《老残游记》，一反揭示贪官之恶的常规而揭“清官”之恶，对国家、社会、民族之危亡的忧患意识贯穿其中，显示了作家救国安邦、救亡图存的拳拳之心。更具新意的是《孽海花》，小说的视角不仅转向了洋务派的官吏，而且把焦点对准“门户开放”后的维新人士，以金雯青、彩云为贯穿始终的人物，讽刺、批判了封建制度即将崩溃之际，中国的知识分子特别是高级知识分子走向世界时迂腐可笑的行径。值得一提的还有吴趼人的《恨海》，小说正视现实，一改传统言情小说“大团圆”的喜剧模式，以离乱中的两对青年男女的爱情悲剧为主线，对封建包办婚姻发出了血泪控诉。尽管小说还残存着“发乎情止乎礼”的封建观念，但其中所体现的感伤情绪，标志着现代精神的萌生。

清末民初的长篇小说在形式与内容上的突破与转换，无疑显示出中国长篇小说在社会历史变动中进行革新的内在渴求。然而，历史实践也证明了，这种内在的渴求毕竟还无力掀开一个新的小说时代。于是，在五四运动呼唤下出现的长篇小说，自然就成为我们考察中国现代长篇小说历史的新起点。

五四新文化运动的狂飙突进，将中国文学的现代转型推到一个急速发展的轨道上。尽管长篇小说以“慢半拍”的速度起步，但当它一踏上新的轨道，就逐渐显示出它与以往长篇小说不同的一些新特质。这里必须说明的是，由五四运动拉开序幕的中国现代文学，直至 1922 年才开始出现长篇小说作品，在整个20年代，长篇小说的数量相当有限。1922—1929年，据笔者的统计，长篇小说作品仅有71部左右。这些作品中露出了我国现代长篇小说新特质的一些端倪。1929年出现的《棘心》《倪焕之》《二月》，标志着现代长篇小说草创阶段的结束和新的创造性阶段的开始。故本节的重点主要在于探讨1922—1929年草创阶段中长篇小说所隐含的新特质。

1922年2月15日，泰东书局出版了张资平的长篇小说《冲积期化石》，这是张资平的第一部长篇小说，也是中国现代文学史上第一部白话长篇小说。该小说的开创意义不在于张资平通过回忆主人公鹤鸣求学时期的种种往事，讽刺了社会的不平、抒发了对亲人的深厚感情，而在于以“人的生活为是”，以“人道主义为本，对于人生诸问题，加以记录研究”的“人的文学”这一新文学的革命主张，首次在长篇小说创作领域得到了真切的落实。虽然作者的人道主义思想尚显浅薄，但以普通的文体记普遍的思想与事实，以真挚的文体记真挚的思想与事实的“平民文学”观，即直面人生的勇气和服务现实的“为人生”的五四精神，却实实在在地流贯其中。10月，王统照以长篇小说《一叶》传递了“五四”前后部分知识青年对现实世界与人生问题的思辨与诉求。随后，张闻天的《旅途》（1925），张资平的《飞絮》（1926）、《苔莉》（1927）、《最后的幸福》（1927）、《爱力圈外》（1929），孙梦雷的《英兰的一生》（1927），洪灵菲的《流亡》（1928）、《前线》（1928）、《转变》（1928），老舍的《老张的哲学》（1928）、《赵子曰》（1928）、《二马》（1929），蒋光慈的《最后的微笑》（1928）、《丽莎的哀怨》（1929），含沙的《爱的牺牲》（1928），陈铨的《天问》（1928），罗西（欧阳山）的《你去吧》（1928）、《爱之奔流》（1929），叶鼎洛的《未亡人》（1928），马仲殊的《太平洋的暖流》（1929），戴万叶的《前夜》（1929），汪锡鹏的《结局》（1929），陈学昭的《南风的梦》（1929），金满成的《黄绢幼妇》（1929），苏雪林的《棘心》（1929），克农的《缺陷的生命》（1929），杨荫深的《曼娜》（1929），谭勉予的《俘虏的生还》（1929），叶圣陶的《倪焕之》（1929），叶永蓁的《小小十年》（1929），周阆风的《农夫李三麻子》（1929），柔石的《旧时代之死》（1929）、《二月》（1929），巴金的《灭亡》（1929），白薇的《炸弹与征鸟》（1929）等相继问世，为发轫期的长篇小说卷起了第一股潮头。这些带有实验性质的长篇小说虽然思想艺术价值不一，但这一探索却具有划时代的意义，即在内在构思上，作家们在酝酿构思、设计情节和表达主题时，无一例外地将“人的文学”作为高扬的旗帜，将塑造人物的性格作为小说创作的主要着力点，以人的命运作为叙述纽带组构全篇，从叙述故事转向塑造人物形象，这种创作力点的转移，标志着现代长篇小说的建构开始了新的历程。

“人的凸现”必然使那些走出国门的小说家在涉笔长篇时，从各自的生活与体验出发，表现人的生活、人的情感、人的命运。这样，人物的生存空间与活动空间就不再单纯地拘泥于本土，而是与域外相连，呈现出广阔的时空背景。

张资平的《冲积期化石》以一对孩提时一起在私塾读书、少年时同受新式教育、青年时同去日本留学的朋友的成长经历为线索，在较为广阔的背景下展示与比较中日两国的社会现状，及两国青年或同或异的生活境遇、个体命运，无疑拓宽了小说的表现视域。《旅途》以受雇于美国亚罗镇工程局的青年工程师王钧凯与美国姑娘克拉小姐（即安娜）、加利福尼亚大学法兰西文学科的玛格莱的跨国恋爱为题材，上演了一部中国的“白马王子”赢得美国女子的芳心，并一起走上“爱情＋革命”的道路的现代剧。虽然小说充满了精神自足感与浪漫情怀，但大跨度的时空转换与对异域风情的展示，仍令读者耳目一新。最值得称道的是苏雪林的《棘心》，小说标题取自《诗经》“棘心夭夭，母氏劬劳”开头二字，将海外游子对祖国的依恋、对母亲的情感写得情真意切、文采斐然。作者以优美的文笔尽情展示了法国各地的文化景观和浓郁的宗教氛围，巴黎富有历史意义的名胜古迹，令人眼界大开。成功的人物塑造、完整的艺术结构，使《棘心》一问世就风靡大江南北。

当然，表现海外生活的文学，《冲积期化石》迟于《孽海花》，但曾朴描绘的是高级知识分子在国外的“表演”，形式上是章回体，属“贵族文学”，与《冲积期化石》有着本质的不同。

至于因“反美华工禁约运动”而产生的一批作品，如《苦社会》《苦学生》《黄金世界》《劫余灰》等，写了因穷困潦倒而被迫出洋做工的华人在海上受尽折磨、在岸上受尽歧视的屈辱的非人境遇，其中也不乏感人之处，但整体来说，作者并不熟悉海外生活，平面化的叙述远多于真切的生活感受与内心体验，且内容的重心多在国内，如《黄金世界》中写的华工渡海之惨状比《苦社会》中的还简略，后半部则转向叙述主人公回国后开山建厂的经过；《劫余灰》也涉及华工被当作“猪仔”卖的事，但只是文中寥寥数百字，且是耕伯劫后归来的自述，重心还在宣扬女子之节烈观；《苦学生》写黄孙出洋学习，备受歧视，遂发愤苦读，终学成归国，表面看来这是写海外留学生活，但作者对留学生活一无所知，只得以“转眼之间，又进学堂，到了毕业这一天，领凭出校”这一短句匆匆带过。这类作品严格来说不宜算作写海外生活的文学，至多是触及皮毛而已。与同是抒发中国留学生在日本的苦闷、彷徨，并带有强烈的自叙传色彩的《沉沦》相比，《冲积期化石》反封建的力度和时代的气息虽较为逊色，但它更侧重于表现国内的黑暗与不公，在涉及国外的社会阴暗面时，写实大于抒情，忆旧重于比较；刻画压抑的性心理时平隐不露，故伤而不恨，怨而不怒。与《棘心》相比，受日本“私小说”的影响，张资平过多地表现出性的苦闷与压抑所造成的生理痛苦与心理扭曲，而苏雪林则受东西方双重思想的影响，通过自我克制或宗教的洗礼改造心灵，化解情感与理智的矛盾。苏雪林与张资平，一个在父亲面前缅怀、忏悔，一个在母亲面前报恩、行孝；一个在真情中透出大胆直率，一个在挚情中呈现细腻委婉，两者相得益彰。

异曲同工之作还有《太平洋的暖流》与《流亡》。前者以青年贾尚时因不满包办婚姻，来到南洋西利岛伊丽女子中学任教，与女学生美云相恋，却被解聘、判刑的痛苦经历为线索，深刻地揭露了南洋教会学校的黑暗与腐败，表达了青年男女对自由恋爱的追求，传递了海外游子期盼祖国富强的强烈愿望；后者以革命党人沈之菲在大革命失败后颠沛流离，又义无反顾地投身革命为情节，时而S埠，时而C城，时而新加坡，时而暹罗，紧张浪漫又别有洞天。这些作品是发轫期小说中一道不灭的风景线。

“人的凸现”促使作家们努力塑造出具有艺术魅力的人物形象。在新文学的初始阶段，长篇小说创作在内容上极为浅显，形式上极为简单。作家们缺乏自觉的长篇小说的文体意识，多将长篇小说当作为篇幅长的小说来创作，人物形象模糊、单薄也就在所难免，如《冲积期化石》中的鹤鸣、《一叶》中的天根等就具有符号性质。但很快作家们的人物塑造水平就有所提高，一批面目清晰的人物形象扑面而来，如自我放纵的苔莉、患得患失的谢克欧(《苔莉》)，自暴自弃的魏美瑛（《最后的幸福》），软弱、善良而又无助的李三麻子（《农夫李三麻子》），消极厌世又浪漫的章芷芳（《结局》），主张爱情自主、流动的现代女性杜玉琼（《爱之奔流》），聪明、机智却又诡诈、邪恶的青年林云章（《天问》），不学无术的混子、空有乌托邦理想的油子、倒驴不倒架的痞子、好吃懒做的公子赵子曰（《赵子曰》）等，都令人过目难忘。从人物群体构成上看，青年形象最为集中，人物性格各有特色，但大体而言，青年女性形象如魏美瑛、苔莉、英兰、芷芳、杜玉琼等，多有一定的叛逆色彩和个性解放思想，但缺乏独立意识，社会的不公与黑暗的现实不断吞噬着她们的理想，而她们自身的弱点又迫使她们跌入黑暗的深渊，无奈地承受悲剧的结局。青年男性形象如王钧凯（《流亡》）、王阿贵（《最后的微笑》）、霍之远（《前线》）、赵楠（《前夜》）、阿曼（《俘虏的生还》）、杜大心（《灭亡》）等，则与之相反，他们更多地具有强烈的反叛色彩和革命精神，面对社会的黑暗与人生的坎坷，他们不是臣服而是反抗，不是悲叹而是忘我地投身革命，将自己的意志融入革命的洪流中，即便牺牲也在所不惜。尽管这其中不乏浪漫主义因素，但他们震天动地的反抗精神却长存世间。就形象新特质而言，外国女性形象的塑造是发轫期长篇小说的新质点。无论是热情浪漫的安娜、沉静稳重的玛格莱（《旅途》），美丽纯真的佩裳、美云（《太平洋的暖流》），博爱虔诚的修女马沙、白朗（《棘心》），还是悲苦哀叹的丽莎、沉沦于纸醉金迷中的密海诺夫伯爵夫人（《丽莎的哀怨》），都令人感到新奇而震撼。特别是白俄罗斯贵族少女丽莎的形象，是新文学长篇小说创作中首次以较长的篇幅着力塑造的外国女主角，她的沉沦与美梦的破灭，是白俄罗斯贵族“无可奈何花落去”的历史命运和新兴无产阶级势不可挡的必然趋势，而作者对她沉沦的心理轨迹细腻真实的描写以及对其性格转变的因由清晰准确的刻画，显示了革命文学的新绩。最令人欣慰的是，发轫期的长篇小说创作出现了典型人物形象倪焕之（《倪焕之》），这标志着发轫期长篇小说创作现代转型的开始。《倪焕之》不仅展现了“五四”前后到大革命时期知识分子思想、行动的变迁路径，也传递了一代乡村知识分子在时代面前如何设计自我、定位自我的现代思考。因此，倪焕之的形象体现出鲜明的时代性和深刻的典型意义。它的成功塑造，是发轫期长篇小说创作最重要的收获。

20世纪20年代也是“人的发现”与“文学的发现”的时代。对人的自我价值、社会价值进行自觉的探求，以“人的重新定位”为起点，对社会与人进行再反思、再观照，是这一时代作家孜孜以求的创作目标。故而，无论是海外学子坎坷艰辛的生存之路（《太平洋的暖流》《棘心》），小知识分子漂泊不定的人生之旅（《一叶》《前夜》），青年男女在五四初期为争取恋爱自由、妇女解放而付出的艰辛（《苔莉》《爱的牺牲》《英兰的一生》），还是革命青年在大革命失败后对黑暗现实强烈的激愤及对革命前途的不屈追求（《流亡》《转变》《俘虏的生还》），以及市民阶层各自不同的人物命运与生活道路（《老张的哲学》《赵子曰》），都成为艺术家呼应思想启蒙这一时代声响的自然选择。《结局》就是体现这一时代呼声的优秀之作。小说以大革命时期芷芳的人生遭际为主线，反映了部分青年女子欲求经济独立而不得，欲做贤妻良母而无缘，欲做革命者而无力，不甘麻痹沉沦又不得不麻痹沉沦的痛苦，表达了青年妇女渴望构建自我、实现自身价值的时代诉求。

20世纪20年代更是精神大解放的时代，回应青年男女追求婚姻自主、个性解放的呼声更是这一时期长篇小说家一致的创作使命。“快枪手”张资平的爱情系列长篇《飞絮》《苔莉》《最后的幸福》就因大胆地表现青年男女挣脱爱的羁绊，追求个性解放，踏上唯情至上、唯欲至高、重情轻理的反封建之路而名噪文坛。女青年刘琇霞信奉“恋爱是一种权利！无论谁人都有这种必然的权利”，中意相貌与能耐都较平常的文学青年梅君，父亲却将她许给有“洋博士”头衔的吕君，母亲则希望她嫁给目不识丁的商人的孩子，婚爱相违，悲情迭出。苔莉嫁给商人国淳做三姨太，长期的分居和国淳的堕落使苔莉备感婚姻不幸、情感空虚。表弟谢克欧勇敢地冲破传统，与她倾心相爱，最后在爱的引力下双双殉情。所谓“最后的幸福”是说女主人公魏美瑛贪图表兄凌士雄的资产，明知他体弱多病且吸鸦片，仍嫁给他，结果婚后情与欲都得不到满足。在痛苦中，她先后与妹夫黄广勋、昔日情人松卿偷情，后魏美瑛初恋的对象——同村农民阿根出现了，魏美瑛认为只有阿根才真正爱她。在染上病毒病危时，她写信让三人来见她最后一面。阿根打死松卿后赶来，魏美瑛宽恕了黄广勋，托他将她的遗骸带回故乡，并与阿根吻别后，死在阿根的怀中。上述作品的主人公大多已获得了自由恋爱的权利，家长的干预或他人的阻拦已不能从根本上左右他们争取爱情解放。诚然，他们有过彷徨甚至迷误，但最终支配他们命运的是他们自己。他们追求的是两性相吸、两情相悦，与传统的“发乎情、止乎礼”的观念相反，他们是“发乎情、越乎礼”，将所有的陈规陋习都抛诸脑后，尽情地享受情的欢愉与爱的满足。他们的命运多以悲剧结束，但唯其悲剧性的结局才透视出封建礼教吃人的本质，才反映出五四时期青年男女追求爱情、婚姻自由的坎坷之旅。当然，我们也应该看到，他们的思想境界不高，甚至带有封建的东西（如对“处女宝”的极端强调）；他们的人格理想中没有独立的人格精神和高尚的道德情操；他们追求爱的“等分线”，也强调爱的依附力；他们视爱为生命，却只将性欲的满足等同为爱的满足，而爱的原生点又缘发于一方的感官刺激或兽性的冲动，一旦这种欲望急剧膨胀，他们便不顾一切地“只求一朝拥有，不管天长地久”，欲望的破灭便是生命的最后归宿。归根结底，他们不明白什么是真正的爱情，也不知道怎样争取爱的权利，更不知如何珍视和使用来之不易的爱的权利，他们是一群身子和脑子虽降临于新时代，却发育不健全的“早产儿”。

“人的凸现”还体现在对人物内心世界，即人的情感、欲望等意识与潜意识活动多层次、多角度、多方面的展示上。中国的长篇小说受说书艺术的影响，一向不擅长描写人物的内心世界。自宋以来，程朱理学“存天理，灭人欲”，更是将人的内心欲望压抑到了极点，这使我国心理小说极不发达。受现代思潮的影响，此时的作家们也开始向“内转”，利用长篇小说的文体优势，充分地表现人物的“内宇宙”，包括潜意识、心理活动，取得了一定的成就。传统小说侧重于“做什么”与“怎样做”，注重的是人物的外部言行，面对的是客观世界，描绘的是人与他人之间的复杂的社会关系；发轫期的长篇小说在心理描写上则侧重于“想什么”和“怎样想”，注重于人物的心理意念，面对的是人的主观行为，描绘的是主体世界对自身的感受、联想、情绪、欲望等意识与潜意识活动。最先涉足这一领域的还是张资平，他最早尝试在白话小说中描写性心理，如《冲积期化石》中鹤鸣与陈女士由香港同舟东渡日本，在短暂的几日航程中，鹤鸣萌发了青春的躁动——独居海外又失去亲人的孤寂、悲凉、厌世之感，留学日本期间与日本少女如嫣产生异性相吸的情爱却不可得的青春期悸动等。该作品虽没有后来的作品那样大胆直率，却也显出几分“内转”的“成色”来。写《飞絮》《苔莉》时，张资平就多在男女青年性苦闷、性压抑，性爱过程中的妒忌、烦闷、疑虑、犹豫，乃至因失恋的痛苦而导致的性变态心理上做文章，看上去写得浅显直白，直露有余而深度不足，但恰恰因其率真精细，迎合了众多读者的接受心理。更为系统全面地表现人物心理的是《苔莉》。小说以隐藏于克欧和苔莉内心的秘密为主线，突出两人在不同时空、不同场合中内心的波澜，把他们在爱欲裹挟之下沉湎无忌又患得患失的心理写得细腻真实，以至于张资平自己都认为“可超过《飞絮》”[1]。发轫期的心理小说并不成熟，没有严格意义上的心理小说，作家们多是借用心理描写的手法写人物的心理，而不是刻意用“心理感知”来结构全篇。如《一叶》中直接描写少女伍慧对云哥产生的敏感而微妙的心

[1] 郁达夫：《非编辑者言》，《创造月刊》1926 年第 1 卷第 5 期。

理微澜，《棘心》中抒写醒秋思亲念友的惆怅，《流亡》中简写沈之菲对他的童年及故乡的幻想，《旅途》中钧凯与安娜并行时内心意念的一闪等，都是让小说中一个小小的片段起到丰富叙述的作用，那种将心理分析、主观感觉作为目的而非手段来支撑全篇的心理小说，只在“新感觉派”那里才得以实现，尽管是昙花一现。

综上，发轫期现代长篇小说力点的转移缘于“人的文学”的确立，起始于那批走出国门的先驱者。他们在广阔的艺术视野中探寻人生，标志着他们领会了新文学与生活的真正内涵。他们将社会的视角代之以自我观察的视角，将“文以载道”的思想代之以个人思绪的表达，尤其是作品所表现的面对命运与既有秩序的抗争态度，与五四时期文学“人的自觉”的光芒交相辉映。他们回归生活、回归自身的文学选择和文学实践，为后来者在更深更广的视野中探求人生确立了支点，奠定了基础。在人物塑造上，发轫期长篇小说虽然没有多少典型人物，但一些有个性的、复杂的形象，还是给人们留下了深刻的印象。在对人性的透视上，发轫期的长篇小说响应了五四时期“个性解放”的时代呐喊，对挣脱束缚与维护旧制的夹缝中痛苦煎熬的人性的揭示，赢得了无数青年的强烈共鸣。特别是作家们对因人的自身弱点而酿成的悲剧的揭示，使发轫期长篇小说的反封建性不仅与同期的中短篇小说迥然有异，也比一般的反封建题材更见力度，更显水准。不可否认，由于个别作家在对人性的挖掘过程中注重人的自然属性而忽视人的社会属性，未能从更高的哲学意义上准确地阐明人性的光辉，终未能跻身于经典作品之列，反而随着时代的进步、文学的发展，褪去了应有的色泽。在对人的内心世界的揭示上，发轫期现代长篇小说多层次、多角度、多方面地展示了人的情感、欲望等，深化了人性的表现尺度，凸现了人的非理性色彩，为人的“立体化工程”的全面实施创造了条件。尽管其中的一些描写有悖于“五四”反封建的时代精神，降低了原有的审美意义，但其为表现人的丰富性所做的具有现代意义的尝试，对发轫期现代长篇小说转型的开创之功，依然不宜抹杀。正是由于对上述人物形象的多维度刻画，一个个较为立体、丰富、具体可感的人才矗立在人们面前，“人的凸现”才成为现实，新文学长篇小说的现代转型才宣告成功奠基。

究其实，发轫期长篇小说一个突出的特质，也是对之后的文学影响颇为深远的一点，是对人性弱点的批判与对双重文化的观照。鸦片战争后，特别是甲午战争失败后，中国的知识分子不再盲目自大，开始认真地反省传统文化的弊端，为国运的衰微探因溯源，以寻求救亡图存之路。辛亥革命虽获得了成功，推翻了旧的封建体制，但人们很快就发现，这与人们所期待的目标仍有相当大的距离，封建的思想观念仍然残存在人们的头脑中。因此，“打倒孔家店”，铲除旧的文化观念，建立新的价值体系，用新的文化心理、伦理道德促进时代的变革，尤其在西方文化的观照下把握东方文化的脉络，成为摆在人们面前的重大课题。也就是说，中国的文化有哪些积弊？其“国民劣根性”突出的表现是什么？这一“劣根性”与传统文化的关系又体现在何处？同样，西方的文化有哪些优点？其国民素质高在哪里？这些问题成为五四新文化运动的先驱者们激烈争辩的现实问题，也成为新文学创作者们着力表现的重大问题。鲁迅的《祝福》《阿Q正传》等就是这一思潮推动下诞生的杰出成果。

但是，发轫期现代长篇小说在揭示中国文化的流弊与改造国民性方面，却不像中短篇小说那样以农民的视角进行创作，且取得重大的成果，而是在小市民和知识分子的视角中闪现出五四先驱者睿智的思考。《老张的哲学》是老舍的第一部长篇小说，以往人们注意的往往是这部小说近似油滑的幽默风格，实际上这是老舍在对整体文化的反省与改造中批判人性弱点、建构新的文化个性的起步之作。老舍的作品多了传统观念的侵蚀，少了现代思想的洗礼，这恰恰说明他更看重从传统与现代的比照中体察国民的缺失，这一点在《赵子曰》中看得更为明了。这种立足于现代意识，通过对传统文化的反思与批判，最终摆脱沉重的因袭，走向建构与完善新的文化心理的艺术之路，日后成为老舍不断叩问的主题。

如果说《老张的哲学》《赵子曰》立足于国内，从传统与现代的角度批判国民的劣根性，那么《二马》则立足于国外，从东方与西方的角度对国民的劣根性进行双重文化的观照。老舍有意将老马放在异国的土地上，就是要在中西文化的背景下比较中英两国人的不同，以衬出国民性的荒谬之处。需要说明的是，老舍赞成将法理文化作为中国文化的核心建构，并不是要全盘否定中国文化，中国现代文化的创造性转换只能在中国文化的土壤中进行，因而他对于传统文化中合理的部分，如老马尚自然、重人伦等都予以明确的肯定，这也是他在传统与现代、东方与西方的交汇点上建构新型文化理想所表现出的独特个性。

双重视角的交汇使五四先驱者们拉开了自身与封建文化之间的距离，相对冷静而又客观地从西方文化的角度反观民族文化的积弊与现状，辨析了传统文化与民族性格、民族心理状态的制约关系，形成了他们独特的文化批判视域，从而将“从西方的文化视域中改造国民性”确立为他们基本的创作动力和着力追求的创作目标，为五四新文学的发展打开了一个崭新的局面。可以说，这也是发轫期现代长篇小说有别于其他体裁的作品的独特之处。诚然，由于时代的因素，他们对西方的了解还显得平面且浅表化，对国民的未来的设计显得单纯而理想化，对封建文化的批判也显得软弱又温和，其“救世良方”也过多地强调道德的自我完善等诸多传统因素，其保守性与狭隘性在所难免，但他们毕竟摆脱了简单盲目地审视问题的单一视角，凸现了自己的文化理想，即将中西文化的优秀特质糅合成一种崭新的、健全的文化品格与国民性格。这种将全球视为一个整体的现代眼光与世界意识，到今天依然熠熠闪光。

发轫期的长篇小说对知识分子人性弱点的思考相对来说显得较为浅薄，但对他们在个性解放的过程中所表现出的软弱与屈从，及对其悲剧的揭示还是显示了较强的力度。钧凯、蕴青、玛格莱有自由恋爱的基础却未能结合，软弱的个性使他们不敢砸碎旧的枷锁，只得将精神的依托作为他们爱恋的最佳方式。颇有意味的是，钧凯爱蕴青，蕴青则恪守旧制；玛格莱爱钧凯，钧凯却守志不移。这种在传统与现代之间维护传统，在东方与西方之间维护东方的思维定式，反映了转型初期，人们在面对双重文化的冲击时，往往习惯性退让的守成立场。《棘心》是苏雪林具有自传性质的小说，主人公醒秋是一个头脑中有旧思想的烙印，又受新思想熏沐的知识女性，在法国留学时极力逃遁同学秦风撒下的漫天情网，因惧怕家人的责骂而忠守家庭的包办婚姻，将拒绝秦风的求爱称为“平生第一个光荣的胜仗”。实际上，醒秋之后曾因不擅文辞又冷若冰霜的未婚夫对她的轻视而一度皈依天主教，作者本人不幸的婚姻更使人不能不感到这一屈从的背后流淌着无尽的悲哀。梅君、吕君同爱琇霞，却使琇霞时而悲痛、时而愤怒、时而悔恨、时而惘然，脆弱无助的灵魂饱受痛苦的侵袭；云姨的暧昧使梅君委曲求全、敷衍塞责、放纵欲望；云姨临终前的忏悔又将人性的弱点暴露无遗。他们的悲剧究其根本都在于他们软弱的外表下埋藏着屈从的灵魂。其他如揭示社会实践中不切实际的思想与行为的内容，像《一叶》中天根明知痛苦与人永伴，自身也感受到了社会的黑暗，却倡导“爱可以化解一切，爱是人间最大的补剂”，显然带有浓厚的理想主义色彩；批评缺乏意志、浑浑噩噩的利己主义思想的内容，如《飞絮》中的四人抱着“爱是一种权利”的思想各行其是，只能以悲剧收场等，都反映出发轫期长篇小说家积极的思考。尤其是这些思考出现在20世纪初期的20年代，确实难能可贵。

茅盾说：“‘五四’以后的文坛上充满了信手拈来的‘即兴小说’，许多作者视小说为天才的火花的爆发时的一闪，只可于刹那间偶然得之，而无须乎修炼——锐利的观察，冷静的分析，缜密的构思。”[1]的确，发轫期的现代长篇小说家多凭一时的兴致提笔创作，很少考虑长篇小说的写法，没有什么长篇小说的文体意识。但是，如果我们稍加审视，还是能明显地感受到，与传统章回小说相比，现代长篇小说的叙述手法日渐多样，作者叙述的主观色彩大为加强，在蜕变的同时谋求文体的多变并走向自觉，是发轫期现代长篇小说在文体演进上所表现出的最显著的特征。

胡适在论及短篇小说时说：“短篇小说是用最经济的文学手段，描写事实中最精采的一段，或一方面，而能使人充分满意的文章。”[2]这“事实中最

[1] 茅盾：《读〈倪焕之〉》，《文学周报》1929年5月12日。
[2] 胡适：《论短篇小说》，《新青年》1918年5月15日第4卷第5期。

精采的一段，或一方面”即是生活的“横断面”。发轫期的长篇小说家在创作长篇小说前大多都尝试过创作短篇，故而他们以生活的“横断面”的方式构思长篇，抛弃章回小说那种有头有尾、因果连贯的模式，就相对显得驾轻就熟。《冲积期化石》截取的是鹤鸣留学前后在国内外生活的一段经历，以他的一封信开头，用倒叙的方式展开故事，颇具新意。“以倒叙的手法展开故事”并非始于张资平，吴趼人的《九命奇冤》就采用了倒叙手法，引起悬念，曾引起一时轰动，可惜作者未能继续探索，浅尝辄止。《冲积期化石》用倒叙、预叙、插叙、补叙等多种艺术手法使小说在叙述结构上与传统小说相比有了根本性的改变。另外，中国章回小说一个重要的特征是文备众体，诗、词、曲、赋、奏疏、诏书、祭文、书信、酒令、灯谜等等，应有尽有，但那多是从说话人全知全能的叙述视角中展现的。晚清长篇小说已开始显现出求变的迹象，如《二十年目睹之怪现状》就以“我”作为叙述者，但远未成为普遍的样式。发轫期长篇小说作者将书信、日记等引入长篇小说，则是限知叙事，以此作为展现主人公心灵的窗口，既真实细腻地剖解了主人公的内心世界，又丰富了长篇小说的叙述艺术。这些实验有的相当成功，如醒秋、沈之菲、曼妹的信对刻画人物、体现人物的主观情绪、深化主题起着不可或缺的作用；有的远没有那么成熟，如天根的日记，几乎可说是败笔，包括后来老舍用倒叙手法写的《二马》，尚有明显的刀斧痕迹。但这些尝试表明了长篇小说家寻求长篇小说文体的多变性是有意识的，可以说，只有到了发轫期小说家这里，叙述的多变才真正成为自觉的追求。尤为重要的是，这时的小说家们都明白小说的任务是描写人生、表现感情，故无论作家取怎样高度的、纯客观的、第三者的态度，但仍不免有多少主观的意识或幻想之表示，即“艺术的真实，是从我们的主观，我们的特定感情滤过出来的”[1]，因此，他们无论采用何种叙述角度，都摒弃了说书人的口吻，以个人化的写作姿态介入其中。《冲积期化石》和《飞絮》中的“我”不是游离于故事之外的说话人，而是故事的参与者与叙述人，是故事中的角色，故事中的诸多情节与“我”密切相关，

[1] 张资平：《小说研究法》，《商务印书馆出版周刊》1934 年 7 月第 84 期。

“我”的一切随故事情节的变化而变化，即便是以第三人称进行的全知叙述也不是与己无关的客观叙述，如老舍小说中的景物描写，就让人觉得“物境之美而由心中说出”[1]，这就突破了旧小说全知全能的叙述模式，叙述者的主观情感也就自然地融汇其中，无形中强化了叙述的主观性。诚然，当时以第一人称的视角叙述的长篇小说尚不多见，主要还是以第三人称的视角叙述，但多种叙述手法的尝试，使叙述者成为长篇小说一个有机的组成部分，是最有意义的实践。主观色彩的加强不仅使发轫期的长篇小说以全新的面貌营建了现代小说的叙述手法，为中国现代长篇小说文体的革新与建构开辟了道路、奠定了基础，也为后来长篇小说的成熟积累了必要的经验。

当然，我们也应看到，发轫期长篇小说家的创作大多是试作，他们有限的经验也多是从几本中国章回小说和外国小说中得来的，在不断的摸索与实践中才逐步走上正轨，难免在创作中呈现出一些过渡性特征。如《一叶》中混乱的叙述，不时地将说话人与叙述者混为一谈，破坏了作品的阅读效果；《老张的哲学》中那半白半文的文字连老舍自己都感到羞愧。不过，当我们历史地看这一问题的时候，我们也会理解发轫期现代长篇小说在其诞生期所显露出的一切，这是新的体裁在其形成伊始必然出现的问题，没有他们的探索与实践，也就没有现代长篇小说的成熟与发展。他们的经验与教训为他们自身，也为后来者的拓进提供了可资借鉴的印记。像老舍，从“信手写来”到“烧出香味”，再到“平易澄清”的“活”的语言，他付出了艰辛的努力。正是老舍不懈的探求使他的语言艺术炉火纯青，成为新文学史上名副其实的语言大师。直到《骆驼祥子》《四世同堂》亮相，老舍名冠“新文学文化巨人”，也就当之无愧。至于从成熟走向滥制、走向深渊、走向泥潭的张资平，就另当别论了。

总之，发轫期的现代长篇小说是在“人的文学”的影响下崛起的，它虽然与晚清长篇小说有千丝万缕的联系，但只有在“人的文学”确立后才真正完成了初步的转型。“人的文学”的凸现使发轫期的现代长篇小说家们开始

[1] 老舍：《〈老牛破车〉（三）我怎样写〈二马〉》，《宇宙风》1935年10月16日第3期。

在广阔的艺术视野中探寻世界、表现人生，作品所表现的面对命运与既有秩序的抗争态度，与五四文学“人的自觉”的光芒相映生辉。对有个性的复杂人物的描写，对双重人性的透视，特别是对人的自身弱点所酿成的悲剧的批判，对人的多重意识的揭示，以及在双重文化的烛照中透视国民的灵魂，在追求叙述手法的多样化和强化叙述的主观色彩的同时走向文体的自觉等艺术特质，使“人的文学”和旧文学彻底区别开来，并真正迈开了中国现代长篇小说现代化的步伐。尽管发轫期的现代长篇小说在最初的实践中，没有出现可与鲁迅相比拟的作家和特别令人振奋的作品，也没有出现更多堪称典型的人物，反而显露出一些亟待解决的问题，但它与五四文学精神同一步调，为日后长篇小说的繁盛积淀了必需的基质。没有20世纪20年代发轫期现代长篇小说最初的奠基与历史性的突破，也就没有三四十年代长篇小说走向成熟、走向世界的开端。对此，郁达夫说得好：“现代我们所说的小说，与其说是‘中国文学最近的一种新的格式’，还不如说是‘中国小说的世界化’，比较得妥当。”[1]的确，发轫期的现代长篇小说家在现代小说的转型上做的所有努力，其根本意义都可以归结在这一点上。

二、发展与深化：1930—1937年的中国现代长篇小说

1930年对于中国的历史进程来说或许是一个普通的年头，但对于中国现代长篇小说的历史演进而言，却是发展与深化的第一年。当1929年《结局》（汪锡鹏）、《棘心》（苏雪林）、《倪焕之》（叶圣陶）、《二月》（柔石）等一批具有现代品格的长篇小说完成了中国现代长篇小说由古典向现代转型的奠基工程后，也就迈开了20世纪30年代现代长篇小说发展与深化的前进步伐。据笔者统计，1930年1月—1937年7月，共出版新文学长篇小说113部（“三部曲”算一部，如《蚀》《地泉》《爱情的三部曲》等），不仅数量上较1922—1929年间的71部增加了很多，而且艺术水平也大为提高，不

[1] 郁达夫：《小说论》，光华书局1926年版，第3页。

仅涌现了一大批可载入史册的厚重之作，如《蚀》（茅盾，1930）、《桥》（废名，1932）、《子夜》（茅盾，1933）、《家》（巴金，1933）、《山雨》（王统照，1933）、《一个女兵的自传》（谢冰莹，1936）、《死水微澜》（李劼人，1936）等，也涌现了一批体现时代风貌的优秀之作，如《虹》（茅盾，1930）、《光明在我们的前面》（胡也频，1930）、《田野的风》（蒋光慈，1932）、《离婚》（老舍，1933）、《幽僻的陈庄》（傿闻，1935）、《野火》（王鲁彦，1937）、《天下太平》（左兵，1937）、《像样的人》（陈涉，1937）等。更为可贵的是，一批感应时代、为民族独立而呐喊的抗战长篇小说应运而生，如《大上海的毁灭》（黄震遐，1932）、《万宝山》（李辉英，1933）、《新路》（崔万秋，1933）、《三根红线》（万国安，1934）、《八月的乡村》（萧军，1935）、《战血》（王寒生，1936）等，为中国现代长篇小说的发展增添了别样的风采。这些作品既勾画出一幅 20 世纪 30 年代中国现代社会多姿多彩的历史画卷，也使得 1930—1937 年的长篇小说呈现出创作风貌各异、时代气息浓烈、思想艺术精湛、艺术影响深远的繁荣局面，标志着中国现代长篇小说迈向了发展与深化的新阶段。

丹纳说："艺术家不是孤立的人……只因为有了这一片和声，艺术家才成其为伟大。"[1] 这句话也可以这样说，长篇小说的繁荣不是单指出现了某个作品，而是指涌现出一大批具有较高艺术水准的作品。正是因为有了这批精彩纷呈、各显风貌的优秀作品，其中的佼佼者才称得上伟大。纵观 1930—1937 年的长篇小说创作，作家们在传递底层革命者的精神诉求上，在人性问题的探索上，在揭露社会的黑暗及乱象上，在展示 20 世纪 30 年代的社会镜像上，在抗日爱国思想的传达上，均显示了出色的艺术才能，不仅反映出时代的创作风貌，也彰显出时代的思想深度，成为现代长篇小说发展与深化的重要表征。

传递底层革命者的精神诉求是这一时期创作量最大也是最为时尚的文学选择。1927 年轰轰烈烈的大革命风暴后，受国际左翼文学思潮的影响，一批

---

[1] ［法］丹纳：《艺术哲学》，傅雷译，安徽文艺出版社 1998 年版，第 45 页。

出身底层又跻身革命洪流的青年作家开始以长篇小说的形式书写出他们在这一历史潮流中的迷惘困惑与底层民众的精神诉求。王阿贵因参加工会、维护自身权益而被资本家开除，看看家里的困境，想想自身的处境，他认为只有以暴抗暴才是最后的出路（《最后的微笑》）；逸如因失恋而陷入苦闷，在时代的裹挟下走上街头，又因现实的残酷而退守书斋，后因恋人的牺牲而悲痛病逝，逸如短暂而悲痛的一生反映出大革命时期部分知识分子的迷惘无助和无以排解的困惑与忧思（《逸如》）。不过，最具典型意义的是茅盾的《蚀》，无论是静女士生活理想与爱情理想的破灭（《幻灭》），还是方罗兰的逃遁和胡国光的嚣张（《动摇》），抑或一班青年追求理想却被现实无情地击得粉碎的苦闷（《追求》），都是大革命时代底层革命者面对的现实与他们的精神的真实再现，它们形象地表达了现代女性寻求自我的时代诉求，形象地说明了在革命时代，如果一个革命者缺乏革命家和政治家的手腕和心肠，游移不定甚至倡导中和，其结局势必失败。小说真实地反映了大革命失败后弥漫在都市上空的“幻灭的悲哀，向善的焦灼，和颓废的冲动”，其鲜明的时代性使茅盾一跃而成为表现革命的困惑、矛盾的代表性作家，特别是他的作品反映的一代青年的时代病、“精神色盲”和“世纪末的苦恼”，更为史家所称道，“时代女性”形象的成功塑造也因之成为衡量茅盾小说创作艺术水准的一个重要标志。

底层革命者的精神诉求往往通过革命青年的浪漫激情与畅想表现出来。王曼英是一位“被压迫的群众”，她认为唯有保持灵魂的高洁才能以身体报复黑暗的社会，这种个人主义的思想受到了革命者李尚志的批评。为了完成“反个人主义”的目标，王曼英走向工厂、走向集体，最终与李尚志结合，实现了“认识现代的生活，而指示出一条改造社会的新路径”的理想（《冲出云围的月亮》）。同样，信奉马克思主义还是无政府主义，是摆在刘希坚和白华这对恋人面前的一个两难选择。白华的放弃与刘希坚的坚守，反映了马克思主义战胜了无政府主义，为小资产阶级知识分子指明了中国革命的方向，也预示了中国革命的光明前景（《光明在我们的前面》）。这种直接地状写两种不同思想的交锋与灵魂的搏战，并最终以一种思想完全俘获另一种思想而宣告结束的构思图式，将文本的理想与浪漫色彩展现得淋漓尽致。王余杞将小说命名为《浮沉》，意在指出人世沧桑，浮沉是社会发展的必然，而要打破这一必然，只有“革命才是出路”，这也是作品中王孝明帮助芝英逃出樊篱，到达革命之地江西的唯一目的。更具浪漫色彩的是洪灵菲的“流亡三部曲”。不过，这一浪漫的书写范式后来衍化为“革命＋恋爱”的创作模式，虽一时影响广泛，但终因理念化、公式化、概念化倾向严重，标语式、口号式的语言泛滥而沉寂。

揭露社会的黑暗及乱象的作品在这一时期同样成绩突出。张天翼的系列小说《鬼土日记》《一年》《洋泾浜奇侠》《在城市里》，老舍的《猫城记》，以及王任叔的《证章》就是其中的代表作。《鬼土日记》以 44 则日记构成，以“鬼土”两大政党争夺大统领宝座的斗争为主线，以讽刺和幽默的手法，辛辣地揭露了资产阶级议会政治的虚伪，表现了统治者及其御用文人空虚没落的精神世界和骄奢淫逸的腐朽生活，在一定程度上真实地反映了现实社会中阶级斗争的风貌。《一年》借白慕易、梁梅轩、李益泰等一心追求在官场上飞黄腾达，到头来不过是一场悲剧的人生经历，猛烈抨击了那种见利忘义、势利庸俗的无耻小人和弥漫于官场的“裙带风”等，深刻揭示了官场上的人利令智昏、任人唯亲、丧失良知的黑暗本质，嘲笑了他们弄虚作假、禽兽不如、投机取巧的可笑行径，以及处处碰壁、可叹可鄙的丑恶情态，堪称一幅揭示社会腐败、人性沦丧的官场丑态图。在《在城市里》，张天翼一如既往地以讽刺的笔法展示城市中人与人之间，特别是亲人之间唯利是图的功利关系，将人性的丑恶展现得一览无余。同样，王任叔在《证章》中以荒诞不经的手法批判了官场中势利腐败、卑鄙无耻的黑暗现实，反映下层百姓贫苦无助的悲惨生活，字里行间流露出深刻的同情。此外，反映大学生的散漫、教育界的黑暗的作品，如万迪鹤的《中国大学生日记》和杜衡的《漩涡里外》等，也体现了作者的批判力量。而老舍借寓言小说《猫城记》所描绘的“猫人国”生活、习俗、教育、文化、政治等多方面病入膏肓的情形，实际上象征当时中国整个社会制度和国家组织的种种“病象”，也体现出老舍对国民劣根性的深入思考。

真实再现底层民众的贫苦生活，为生活在那个时代不幸但不屈的人们留下时代的侧影的作品在这一时期同样引人关注。《最后胜利》以强烈的阶级意识、对底层劳动人民的同情和对上层统治阶级的愤恨，表达了身处底层的被压迫阶级无论何时、无论何地都遭受着残酷的压榨与非人的待遇，要改变这种状况，只有联合起来进行斗争才能夺取最后的胜利的主题。马宁的《处女地》是一部体裁别致的革命文学作品，作者用日记体记叙了底层工人生活和不幸遭遇，满怀同情地描写了这些身处底层的穷苦孩子的经历，赞扬了他们不畏强权、誓死斗争的革命精神，为生活在那个时代不幸但不屈的工人们留下了时代的侧影。

对人性的揭示也是这一时期的作家进行的颇为有益的探索。老舍的《牛天赐传》《离婚》，以及陈涉的《像样的人》堪称这类题材的代表作。《牛天赐传》讽刺了小市民虚伪庸俗的社会心理和世态炎凉，体现了老舍对如何启蒙国民、如何进行适应国情的教育等问题的新思考。《猫城记》是老舍从传统与现代的角度考辨国民性主题的继续，也是老舍自觉地以市民社会作为自己主要写作对象的开始。只不过在这里，老舍让老李回乡以中和矛盾的预想就显得较为空洞，这不能不说是一个遗憾。相较而言，《像样的人》写得更为深刻。在这部揭露乡村劣绅奸诈狡猾、虚伪歹毒、道貌岸然、贪婪卑鄙之本性的小说中，作者以严谨的现实主义手法真实地刻画了生活在南方某农村的农民卑微的生活境遇，鞭挞与嘲讽了所谓“像样的人”的虚伪本性，深刻揭示了社会的黑暗、不公及其吃人的本质。正如蔡元培说：“阅陈涉所著《像样的人》，描写乡间劣绅贪鄙残忍之行为，极深刻。”[1]恶绅杨砚田、夏奇峰的形象堪称此类乡绅的典型。惜作者有同情杨砚田之心，多少冲淡了批判的主题。

如何剖析 20 世纪 30 年代社会镜像，也是这一时期作家们着力思考的问

[1] 中国蔡元培研究会：《蔡元培全集》（第十七卷），浙江教育出版社 1998 年版，第 52 页。

题。茅盾的《子夜》堪称表现城市全景的杰作。我们知道，关于《子夜》的创作意图，茅盾在其《跋》中说，有“大规模地描写中国社会现象的企图”。因此，小说通过以吴荪甫为首的企业经营者和以赵伯韬为首的金融资产阶级的较量，真实而全面地展示了30年代中国都市社会的生活全景，深刻地揭示了那种社会环境下人性的本质，以及经营投资者违背经济规律、进行资本运作的主观动因，形象地说明了阻碍经营投资者完成资本积累及扩大再生产这一时代的悲壮历程的历史动因。同样想通过经济活动来展示整个社会，表现30年代城镇经济的破产，以及资产阶级唯利是图、相互倾轧的本性和下层人民的苦难的还有《春王正月》，但作者常常在作品中现身说法、指点评断，破坏了小说的艺术性，人物的形象性也大打折扣。

如果说《子夜》与《春王正月》侧重于表现城市的镜像，那么，《山雨》《幽僻的陈庄》《天下太平》就侧重于表现农村的镜像，它们共同构成了20世纪30年代中国现实社会的全景图。《山雨》出版于1933年，小说以自耕农奚大有一家的生活遭遇为中心，通过对北方农村陈家庄农民不幸生活的描写，反映了在帝国主义经济侵略和军阀政府的高压统治下，中国农村经济走向崩溃、中国农民走向破产的悲惨命运。它的出现，标志着现实主义小说艺术迈向了新的高度，也正是在这个意义上，人们将它与表现城市生活的力作《子夜》相提并论，将1933年视为“《子夜》《山雨》年”。同样是表现乡村生活，王林的《幽僻的陈庄》却是另一番景象。小说充满着乡土味，充盈着用各种声音、颜色、气味，交织的健康的乡土气息，通篇可以感受到沈从文在写作教学中所倡导的“用各种官能向自然中捕捉各种声音、颜色同气味，向社会中注意各种人事”[1]的指导思想，作品所透露出的健康的意识、纯朴的风格和严肃的态度，也正是沈从文美学思想的自然展现，也是这部作品最突出的特点。左兵的《天下太平》也以朴实的笔触真实而生动地描绘了江南农村凋零的景象和农民困顿无助的生活本相，以及革命在大众心中生根、开花的历史必然，小说也因之获得“良友文学征文”的奖金。此外，张资平的《明珠与

[1] 沈从文：《〈幽僻的陈庄〉题记》，《水星》1935年第1卷第6期。

黑炭》、蒋光慈的《田野的风》、罗暟岚的《苦果》等，也深刻地反映了底层人民的不幸生活，是那个时代的一本本控诉书。

这一时期最具特色也最常被人们忽视的是抗日爱国题材的创作。1931年的九一八事变是日本侵华战争的开端，黄震遐的《大上海的毁灭》、李辉英的《万宝山》、崔万秋的《新路》、万国安的《三根红线》、王寒生的《战血》等都是中国现代文学史上优秀的抗战小说。作家们书写的中华儿女不畏强权、争取民族独立的爱国主义情怀，成了中华民族的宝贵财富，永载史册。《大上海的毁灭》是第一部以淞沪会战为题材的长篇小说，也是一部讴歌中国军民不屈不挠地抵抗外来侵略的爱国主义小说。《万宝山》是李辉英以“万宝山事件”为素材创作的长篇小说处女作，也是第一部在描绘东北民情风貌的同时展现东北人民抗日斗争的长篇小说，更是一部喷发着强烈的爱国主义激情的长篇小说。它所开拓的表现东北人民抗日烽火的创作视阈，成为东北作家传承的文学精神，并在中国新文学史中生生不息。如果说《万宝山》是一幅九一八事变前的抗日情绪图，那么《三根红线》则是一部真实、正面、多角度地表现九一八事变后东北地区抗日烽火的作品，一幅具有鲜明时代气息的战斗画卷，全篇洋溢着强烈的爱国主义精神，充满着对日本帝国主义侵略中国的愤怒之情。作者以弘扬民族精神与维护国家利益为精神主线，热情地歌颂了英勇战斗在东北的战士和抗日的不屈民众，鞭挞了卖国投降的汉奸，表达了中华民族不甘做亡国奴而御侮抗辱的历史诉求。《战血》同样是一部由“实地参加过东北义勇军工作的热血青年含着血泪写成的”“一部义勇军抗敌史料”（陈纪滢《序》），所写的人与事多是有稽可考的客观史实。颇为难能可贵的是崔万秋的《新路》。作者以留日学生在日本感到民族危机日益加重的历史氛围为主线，以一批爱国留学生的爱国主义行为为中心，热情地歌颂了他们虽身处日本，却丝毫不失爱民族、爱中国之心，坚决反对一切外来者侵犯中华民族的凛然正气，强烈地批判了丧失民族大义的民族败类和纸醉金迷的生活方式，批评了他们沉溺于个人情感、迷失自我的糊涂行为，奏响了一曲别致的爱国主义颂歌。小说题材别具一格，构思新颖，作者没有简单地批判日本的一切，而是批判日本军国主义对中国的侵略，愤怒的笔触指向日本特务、警察、军人等这些向中国留学生施威的国家机器的组成部分，历史观、战争观清晰，民族观、国家观强烈，难能可贵。

这一时期还值得一提的有反对封建家庭吃人制度的《家》，表现女兵的成长与时代同脉搏的《一个女兵的自传》，探索人生与信仰的《爱情的三部曲》，表现辛亥革命的“大河三部曲”——《死水微澜》《暴风雨前》《大波》，以及励志小说《三儿苦学记》《残碑》，等等。它们共同构成了1930—1937年中国现代长篇小说的创作实绩。从中我们也看到，20世纪30年代的中国处在一个大动荡的时代，帝国主义的经济侵略、军事侵略，军阀间的混战，威胁着中华民族的生存。连年不断的天灾加剧了人祸的横行，百姓生活更加艰难。为了生存，百姓不得不挣扎在死亡线上。无论是农民、工人、知识分子，还是资本家，社会各阶层的人们都为了生存而拼命挣扎，甚至不惜相互倾轧、尔虞我诈。可以说，表现人在社会中为生存而拼，资本家为利益最大化而搏，仁人志士为民族、为尊严、为国家而战，是这一时期最为重要的主题，人的觉醒、人民的觉醒、民族的觉醒也因之而动。由此，我们可以清晰地看出，长篇小说的发展深化期与发轫奠基期相比有一个明显的变化，如果说前一时期还重在精神的解放、个性的张扬，侧重于个人在爱情、婚姻中的位置，那么这一时期的创作则侧重于人与社会的解放，侧重于人在社会中的位置，侧重于人与社会间各种矛盾的揭示与解决。也正因此，这一时期的长篇小说异于前一个7年（1922—1929年），不仅成为记录20世纪30年代中国社会全景的历史镜像，也成为反映这一时期社会巨变的晴雨表。

发展与深化不仅体现在题材的开拓与深化上，还体现在人物形象的成功塑造上。20世纪20年代的长篇小说创作由于起步迟、起点低，相对而言，除了苔莉、英兰、芷芳、倪焕之、肖涧秋、李三麻子外，鲜有栩栩如生的典型形象，而发展深化期塑造成功的人物形象俯拾即是，如梅行素（《虹》）、胡国光（《蚀》）、张进德（《田野的风》）、奚大有（《山雨》）、屠维岳（《子夜》）等，还涌现出了一大批屹立于文学史的典型人物，如觉新、觉慧、高老太爷（《家》），吴荪甫（《子夜》），杨砚田（《像样的人》），蔡大嫂（《死水微澜》），等等。他们各显风貌、各具特色，堪称这一时期最重要的收获。

几千年封建专制思想的浸淫，使生活在封建大家庭的每一个人都感到窒息，感到压抑。虽然辛亥革命与五四运动的风暴打破了旧有的思想观念，但顽固的封建思想并没有随着封建专制体制的灭亡而灭亡，特别是在那些封建大家庭中，旧有的思想观念仍然占据着统治地位，而新的思想又不可抑制地冲决上来。因此，生活在这样一个大家庭中的新旧人物的性格冲突就不可避免，这一冲突在转型时代无疑具有典型意义。巴金《家》中所描写的两代人中传统与现代的冲突所体现出的意义就具有典型性。高老太爷是一个专横的封建大家族的最高统治者，他晚年的幻灭感和临终前的忏悔宣告了他人生理想的破灭，他的衰老、死亡与腐朽，象征着旧家庭和专制制度走向崩溃的历史必然。觉慧是封建专制思想的叛逆者，一个受五四新思潮影响的充满朝气的进步青年。他离家出走，成为封建大家庭中的第一个“叛徒”，表现了五四新思潮的影响力和新一代民主青年的成长历程。觉新则是一个清醒地意识到自己的悲剧命运，却又怯于行动的“多余人”，是封建家庭与旧礼教毒害下人格分裂的悲剧典型。他的命运彻底宣告了“作揖主义”的破产、不抵抗主义的失败。他最后的觉醒和反抗是旧时代深受封建思想侵蚀的知识分子精神裂变的必然，具有典型的时代进步意义和文学意义。

20 世纪 30 年代还是民族资本迅速发展的时代，表现这一时期民族资本家的性格及命运自然也成为一些作家的时代选择。作家们对民族资本家的描写一向比较少，直到吴荪甫的出现。民族资本家吴荪甫一心想着发展自己的企业，为筹措资金，他一方面不得不与买办金融资本家赵伯韬周旋，合伙做公债投机买卖；另一方面又与王和甫、孙吉人等商量合股成立益中信托公司，以实现他建立“工业王国”的理想。他可以依靠他的手腕吞并朱吟秋的丝厂和陈君宜的绸厂；也可以借此成立益中信托公司，盘进因受日本工厂排挤而濒临破产的八家日用品工厂；还可以利用屠维岳，以软硬兼施的手段暂时平息工潮，在公债市场上做“多头”以获得可观的收益。但是，他却无法化解由于军阀之间的中原大战造成的交通不畅、产品积压滞销、资金周转不灵等问题，以及这些问题引发的严重的经济危机，最终彻底破产。吴荪甫悲剧产生的原因固然有民族资本家在外力的压迫下无法独立生存的因素，但更重要的是他盲目扩大经营而导致资金链的断裂，他的投机加速了这一悲剧的发生。尽管如此，吴荪甫作为20世纪30年代第一个具有典型意义的民族资本家形象，还是显示出了其重要的文学史意义。

中国是一个农业大国，从农村走出来的作家对曾经生活在这一土地上的各类人物自然了然于心。无论是生活在底层的农民，还是相对处于上层的乡绅地主，他们写起来都得心应手，因而，人物也就更具性格、更具典型性。这些人物形象中较为突出的还是农村小混子形象，如田成祥(《幽僻的陈庄》)、阿珊（《野火》）等；最为出彩的是乡绅形象，如何云荪（《在城市里》）、百家长（《在松花江上》）、杨砚田（《像样的人》）等。乡绅形象中，又属杨砚田最具典型性。杨家村最有钱有势的“像样的人”是杨砚田，他以为村里修建小学为名，提高了公田的租息，又为了巴结镇里“像样的人”夏奇峰，偏断了官司，同时将钱收入囊中。在作者的笔下，无论是夏奇峰还是杨砚田，他们共同的特点就是：奸诈狡猾、虚伪歹毒、道貌岸然、贪婪卑鄙。他们勾心斗角、沆瀣一气，恃强凌弱、鱼肉百姓，在金钱与利益面前，他们丑陋的逐恶本性暴露得一览无余。作家毫不留情地揭示了他们虚伪的本性，也深刻揭示了社会的黑暗、不公，及其吃人的本质。

泼辣、大胆、极具个性的女性形象也是这一时期颇值得称道的艺术形象，其中蔡大嫂的形象堪称典型。作家通过这位农村妇女性格的嬗变，将从封建社会向现代社会过渡时期的人的思想性格表现得淋漓尽致。婚前，这位名叫邓幺姑的姑娘勤劳善良、执拗倔强，但因封建社会的禁锢而显得无知、愚昧。她无法苟安于贫困、低贱的生活，极度向往都市，并试图突破阶层局限，得到平等的人权。邓幺姑结婚成为“蔡大嫂”后，她人性中的自我意识开始觉醒，清楚地意识到自我对爱情的需要。当她成为袍哥“罗歪嘴”的情人时，她大胆反叛传统伦理纲常，追求灵肉一致的爱情，这表明她的现代女性意识已初步觉醒，学会以不信任、怀疑、嘲讽的目光重新看待男人与自己，试图享有支配生活的权利，在男权社会中实现一个女人对男人的自由选择。小说写蔡大嫂与罗德生对彼此的发现，蔡大嫂钦佩罗德生有思想、有正义感、有胆量、有气魄，见多识广、敢作敢为、铁骨铮铮，支持他打教堂、杀洋人，这让罗德生心中都甚为诧异："这女人倒看不出来，还有这样的气概！并且这样爱问，真不大像乡坝里的婆娘们！"[1]而后来蔡大嫂迫于生计改嫁小粮户顾天成，既圆了她的金钱梦，又满足了她的权势欲，同时也体现了她追求个性解放的思想。蔡大嫂是一个独特的、中西合璧的典型形象，小说因之成为现代文学的重要作品，作家因之成为现代文学史上成就卓著的小说家。

发展与深化固然离不开对题材的开拓与对主题的挖掘，离不开对典型人物的刻画与塑造，同样也离不开对艺术手法的开掘与深化。如果说 20 世纪 20 年代长篇小说家的艺术表现手法还多有模仿的痕迹，还残留着由古典向现代转换的印痕的话，那么，20 世纪 30 年代的长篇小说家则多趋于成熟，甚至开创了新的文体范式。一些作家熟练地借鉴西方现代艺术的表现形式，并融创为中国现代长篇小说的艺术范式，也为中国小说的现代化提供了有益的借鉴。这就使这一时期与前一时期的长篇小说创作明显地区别开来，也成为中国现代长篇小说创作发展与深化的重要标志。

诗化小说是这一时期最为成功的文学样式，废名的《桥》是这一样式的代表作品。可以说，废名的名字是与现代诗化小说紧密地联系在一起的。虽然现代抒情小说的源头可以追溯到鲁迅那里，但诗意的乡村书写却是在废名这里发扬光大的。在《桥》中你会发现，废名看重的不是故事，而是一种情趣、一种诗境、一份禅意，是人与自然的诗情画意。小说文体形似散文却清新隽永，虽有曲涩之感却曲径通幽、诗意盎然，每章如一帧精美的山水画，可单赏、可连观，虽跳跃性大，却文脉相连，令人爱不释手。《桥》的诗境、画意、禅趣交相辉映、相得益彰，开一代文风，对中国抒情小说的发展产生

[1] 李劼人：《死水微澜》，中华书局 1936 年版，第 45 页。

了深远的影响。仅就长篇小说而言，萧红的《呼兰河传》与孙犁的《风云初记》都可在这里找到相似的美丽风景。

《子夜》是一部全景式反映20世纪30年代城市生活的力作，人物众多，线索纷繁。为使故事能在广阔的生活中展开，同时又能在两个月内完成，茅盾以取“横截面”的方式展开故事情节，以吴老太爷之死这一主要情节关联各人物的出场，这很容易使人想起托尔斯泰的《战争与和平》的开头。但在之后的人物介绍与性格揭示中，又采取传统的“烘云托月”的方式，让几个人物围绕一件事情谈其感受，人物不同的性格特征表露无遗。而茅盾所开创的“社会剖析派”又成为中国现代小说流派中一个重要的派别。

“大河小说”原是法国文学中的一种，特指多卷本、具有连续性并带有历史意味的长篇巨著。受其影响，曾留学法国的李劼人决定以历史的转捩点折射时代的风云，以几部连续的长篇小说细腻地描绘社会的日常画卷、风俗图景与人物的心理场景，全面展示19世纪末到20世纪初四川地区的历史风貌，《死水微澜》《暴风雨前》《大波》就是这一创作理想的具体实践。这几部小说以宏伟的构架与其深度、广度，被称为“大河小说”，这一“长篇小说三部曲”也被称为“小说的近代史”，其中《死水微澜》成就最为突出。这一艺术范式的形成，包含着作者对法国19世纪现实主义情有独钟的艺术选择。可以说法国现实主义的宏伟性，对局部、对细节的细致观察与精雕细刻的创作方式，对艺术真实性的追求以及对女性形象的塑造等，与李劼人因对中国传统小说的喜好而形成的审美情趣相契合。成都幽闭的文化环境与生活情调，使他最终将法国模式与中国传统文学形式相融合，创造出既体现出法国19世纪现实主义的伟大精神和艺术特征，又融合着传统白话小说与反封建的民主追求的文艺精品。

此外，李健吾的《心病》从关注现实人生到深入人的内心，运用弗洛伊德的精神分析法去审视人的潜意识和人性的复杂性，以意识流的手法努力表现人物的性格悲剧，追求对人类普遍情绪的表达，对中国现代小说的现代性实践具有开拓意义，是20世纪30年代别具一格的一部长篇小说。其他如萧军的《八月的乡村》借鉴了法捷耶夫的《毁灭》，谢冰莹的《一个女兵的自传》借鉴了卢梭的《忏悔录》等。它们都借鉴了西方的表现手法，显示出中国作风与中国气派。

综上，经过前一个七年的发展，1930—1937 年的中国现代长篇小说较前一时期而言取得了长足的进步，无论是传递底层革命者的精神诉求，还是反映革命青年的浪漫与激情；无论是真实地再现底层民众的贫苦生活，还是剖析并揭露 20 世纪 30 年代社会的黑暗及乱象；无论是对人性的揭示与探索，还是对爱国情怀的书写，都彰显出了时代的特色。侧重于表现人与社会的解放、人在社会中的位置、人与社会的各种矛盾的揭示与解决，是发展深化期的长篇小说最明显的变化，这也使其不仅成为反映中国 20 世纪 30 年代社会全景的历史镜像，也成为反映中国 20 世纪 30 年代社会巨变的晴雨表。一大批屹立于文学史中的典型人物，是这个时代文坛的重要收获。作家们锐意创新，开创新的文体范式，熟练地借鉴西方现代的艺术表现形式，并融创为中国现代长篇小说的艺术范式，也为中国小说的现代化提供了有益的借鉴。这使得这一时期的长篇小说不再幼稚，逐渐走向深化，为长篇小说的继续发展奠定了基础。

三、低回与复兴：1938—1949 年间国统区的现代长篇小说

历史的发展往往不以人的意志为转移，对于中国现代史而言尤其如此。1937 年 7 月 7 日，卢沟桥事变爆发，中国从此走上了全面抗战的道路，中国的社会经济与文化也随之发生了重大的转变。受此影响，中国现代长篇小说的发展也在时空上出现了不同的迁变与格局：从时间上看，1938—1942 年，中国现代长篇小说的发展可谓低回，1943—1949 年，呈复兴之势；从空间上看，沦陷区、国统区以及陕甘宁边区由于意识形态的差异而呈现出不同的发展样貌。因此，当我们探讨 20 世纪 40 年代中国现代长篇小说的创作实绩时，就不能不考虑历史的现实性与现实的复杂性。也就是说，我们不能简单地以

1940年为界做机械的划分，而应该以1938—1942年与1943—1949年为期，划为两个不同的阶段，并按不同的特点分为低回期与复兴期两个阶段，只有这样，我们才能做出符合历史同时又符合文学史发展实际的艺术判断。

之所以将1938—1942年视为中国现代长篇小说的低回期，主要基于以下几个原因。一是抗日战争爆发后，在长达8个月的时间里没有一部长篇小说出版，直到1938年3月15日才由上海金汤书店出版了含沙的《抗战》，这在1928年后的长篇小说发展史中是没有出现过的。二是抗战激发了全民族的抗日激情，许多作家在救亡图存的感召下选择了“短平快”的体裁，对长篇小说的创作激情锐减，而连绵的战火又严重影响了作家的生活条件与创作条件，作家难以从容不迫地从事长篇小说创作，出现了不少“急就章”“进行曲”，甚至未竟稿。三是抗战的爆发使国民经济受到重创，出版业也受到极大的影响，不断动荡的出版格局使出版社勉力为之，5年来仅出版长篇小说43部——这也是唯一一个连续5年长篇小说年平均出版数为个位数的历史时段。四是整体创作水平不高，仅有老舍的《骆驼祥子》和萧红的《呼兰河传》堪称亮点。不过，尽管如此，这一时期的长篇小说创作依然在爱国精神的传承上，在对社会黑暗现实的揭露与批判上，尤其在对人性弱点的开掘上，达到了新的时代高度。

以高昂的爱国热情与同仇敌忾的抗日意志，继续传递中国人民奋勇杀敌的坚强决心，抒发他们坚强不屈的抗敌意志，是这一时期最强烈、最集中的时代诉求，也是作家们共同表达的时代心声。在民族危难之际，每个爱国的青年应该做怎样的人，走怎样的道路？这一历史的问题摆在他们面前。东北沦陷区的学生陈学海从不关心时事到以国家、民族的兴亡为己任，积极行动起来，投身到救亡图存的洪流中，显示了时代潮流不可阻挡的历史趋向，从而使这一“新生代”人物具有了时代的典型意义。（《新生代》）“锥子嘴”的保安队想向日本侵略者投降，小学校长魏克竭力劝阻却遭到关押，赵德胜将他救出后往白岔山奔去，谁知到了白岔山才知道吴大队长假抗日、真投降，魏克、赵德胜就组织另两支抗日队伍，成立“热西抗日义勇军”，加紧备战、宣传工作。虽然一时难以抵挡日本军队的步步逼近，不得不撤出沽源，但抗日的洪流已势不可挡。（《抗战》）艾老爹虽已年过古稀，但他抗日斗争的热情比年轻人还高。他虽然对杏子抱有成见，但看到杏子被汉奸所害，艾氏父子等人还是在五丁的领导下自觉地走上了武装反抗日本侵略者的战场。（《大地的海》）在边陲线上，虽然叛徒季伟刚点燃了火药库，日本侵略者已冲过第一道关卡，刘司令打算向日本侵略者投降，但刘强还是带领真正的爱国战士一面抵抗，一面和朝鲜红党联合起来夹击日军。战士们向着远处飘扬的红旗，欢呼着扑了过去。（《边陲线上》）诚然，与强敌拼杀，常常伴随着更多的流血与牺牲，但流淌在中华民族血液中的那股不屈精神还是鼓舞着他们义无反顾地为民族尊严而战。在白狼村，鬼子打散了罗三和老独，罗三与鬼子硬拼，结果中了埋伏，除罗三等 7 个人被救出外，其余人全部遇难。冲出重围后，老独仍带着队伍坚持在白狼村、大旺村一带与鬼子战斗。（《地下》）放牛仔雷公汉和伙伴们成了“捞家”（即土匪），带着“公鸡满”等人打家劫舍，专和富人作对。广州失陷后，他和伙伴们成立了“八乡人民抗日游击队”。在他的妻子被日寇强奸自尽后，他率领游击队袭击敌人据点，大败敌人，但他也在这次战斗中献出了生命。（《伙伴们》）在石家镇，江南人民在民族大义的旗帜下，自发地组织起来抵抗日本侵略者。（《春雷》）大江南北，到处燃烧着抗日的烈焰。不仅是直接的反抗，即便是个人的恋爱，也要将“个人的狂飙”上升到“民族的狂飙”，即从五四运动的个人主义转变到现阶段的民族主义，才是时代的诉求。（《狂飙》）此外，欧阳山、熊佛西、徐仲年等也都通过《战果》《铁苗》《双尾蝎》等作品描绘出抗日的烈火在中华大地上熊熊燃烧的壮丽景象。这种高昂的爱国主义情怀，已成为中华民族不屈的精神，于中华民族的文学史中生生不息。

揭露社会的黑暗是知识分子的良知的体现。即便在抗战时期，也有不少作家写下了当时中国黑暗现实的侧影。周文的《烟苗季》就是这样一部作品。小说通过对旧军阀内部之间相互倾轧、相互拼杀的艺术描写，以细致的笔法刻画了为权力而争的旧军阀们阴险、狡诈的丑恶嘴脸，揭露了他们鱼肉百姓的罪恶行径。在这里，人们不仅看到了军队内部的腐败与罪恶，更透过这一“小社会”看到了整个社会的腐败与罪恶，具有强烈的批判意义。面对县里朝令夕改的“随粮代征”政策，面对因歉收而生活无望的现实，大望爸与安妞爸不得不走上了反抗的道路。（《随粮代征》）不过，这一时期较有影响的是茅盾的《腐蚀》。女青年赵惠明为反对家庭专制而离家出走，却被国民党特务机关利用，从事特务工作，这让赵惠明心里很痛苦。作者以亲历感极强的日记体，再现了当时的青年“在生活压迫与知识饥荒之外，还有如此这般的难言之痛”[1]，产生了很大的反响。

对人性弱点的批判是低回期小说创作最值得称道的亮点，《骆驼祥子》和《呼兰河传》是其中的典型代表。祥子因农村破产来到城市。这位勤奋善良、纯朴踏实的本分人，只想通过自己的劳动养活自己，但他的三次努力均以失败告终，这使祥子彻底丧失了进取的信心和生活的理想，也彻底改变了他的生活和命运。他开始堕落，开始出卖灵魂，由一个自食其力的本分人沦为一个无灵魂的行尸走肉，沦为社会的渣滓，沦为一个以出卖灵魂为生的末路鬼。祥子的悲剧，既是对在金钱锈蚀下人性中美质的泯灭与恶质的浮泛的深刻反映，也是对人善恶本性的有力拷问。《呼兰河传》由七章可独立的散文连缀而成，从表面看，它似乎不像一部完整的长篇小说，但它真实地再现了生活在呼兰河小镇上底层百姓的众生相，描绘他们自在、乐天又卑微的生存方式，他们善良却又愚昧麻木的秉性。作者寓同情与批判于笔端，将其中蕴含的巨大的文化力量和深刻的生命体验诗意地写出来。正如谷虹所说：“在《呼兰河传》里，我们只能够看到北中国乡村里人民的无知，迷信，穷困，不幸的生活，而且这一切也是轻描淡写的，被幽美的风景，浓厚的地方情调，以及风俗人情所掩盖着的。”[2]麦青也认为，全书“结构上虽然没有必然的联系，但是它们被一个目的贯串了。不论在那一章里，作者都是在表现着呼兰河的住民的迷信与无知。他们习于那荒凉的贫乏的生活，他们对于生活，几乎像

[1] 茅盾：《腐蚀》，华夏书店 1941 年版，第 2 页。
[2] 谷虹：《〈呼兰河传〉》，《现代文艺》1941 年第 4 卷第 1 期。

没有什么感觉一样”。“他们的生死态度总括起来就是：‘人活着是为吃饭穿衣。人死了就完了。’”“这就是作者所要表现的骨梗，作者就是依这个骨梗，用许多材料给它充实起来的。”[1]可以说，以沉重的心情对小镇人们人性中麻木愚昧的弱点予以揭示是《呼兰河传》的主旨，而且“这一心情投射在《呼兰河传》上的暗影不但见之于全书的情调，也见之于思想部分”[2]。只可惜许多人关注它在文体上的承前启后性，以及对中国抒情小说创作产生的深远影响，轻视了这部作品对人性深度发掘的意义，多少有些遗憾。

这一时期还有一些反映封建思想摧残人性的作品，如巴金的《春》《秋》，萧乾的《梦之谷》，拓荒的《少女忏悔录》等，但因为时代的主潮发生了转向，加之这些作品在艺术上亦有不足之处，并没有引起太大的反响。

低回期的现代长篇小说虽然整体成就不高，但毕竟为现代文学贡献了《骆驼祥子》与《呼兰河传》这样的艺术精品，也是值得回味与纪念的。更何况创作的低迷并非是作家不努力的缘故，而是外部世界的压迫所致，因而，当抗战局势逐步明朗，创作、出版环境得到改善，长篇小说创作立刻得以复兴，虽然时间很短暂。

同样，将1943—1949年视为中国现代长篇小说的复兴期，也基于以下理由。一是经过6年的全面抗战，日本因太平洋战争的节节失利而陷入被动，无力腾出手来在中国战场上进行更大规模的扩张，而中国亦因条件所限暂时无力进行全面的反击，这也给了身处大后方的文化工作者们重振文化事业的机会。在国统区，以重庆为中心，以桂林、昆明等地为辅的文化事业再次蓬勃发展起来。据统计，1943年，重庆正式登记的出版社、书店有164家，印刷厂、店有259家，为重庆历史上印刷机构最多的一年。[3]据《桂林文化大事记》一书统计，1943年，桂林有印刷厂109家，其中书版厂8家，以印书版为主、兼印其他杂件的18家，每月出版图书40种，为桂林抗战时期之最。[4]

[1] 麦青：《萧红的〈呼兰河传〉》，《青年文艺》1942年第1卷第1期。
[2] 茅盾：《论萧红的〈呼兰河传〉》，《文艺生活》1946年新10期。
[3] 叶再生：《中国近代现代出版通史》（第三卷），华文出版社2002年版，第311页。
[4] 叶再生：《中国近代现代出版通史》（第三卷），华文出版社2002年版，第146—147页。

在昆明，共有出版社、书店近 100 家，印刷厂 70 多家，也为历史之最。[1] 加之其他各地出版业的恢复与发展，长篇小说创作也得以复兴。1943—1949 年，共有 137 部作品问世，年均出版 19 部以上的作品，这势头表明出版业已恢复了元气。二是在陕甘宁边区，毛泽东同志的《在延安文艺座谈会上的讲话》于 1943 年 10 月 19 日在《解放日报》上全文发表，延安的文艺政策开始发生根本性的改变。虽因长篇小说创作的特殊性，这类创作在 1947 年柳青发表《种谷记》、欧阳山出版《高干大》后才得以实践，但“转”与“兴”已成时代的必然。三是抗战胜利后，虽然重庆、桂林、昆明文化重镇的地位不复存在，但上海再次成为全国文化的中心，焕发出盎然的生机。1949 年 10 月，中华人民共和国成立，中国现代长篇小说创作再次转型。正是由于这一特定的时段与其间不同的创作生态，1943—1949 年的长篇小说创作在复兴的道路上呈现出鲜明的特点。就国统区而言，作家们对社会、对现实、对人的探究更加深入，亦不乏以现代主义思想出色地传递现代人的观念、与世界意识同步的标志之作；就陕甘宁边区而言，文学的意识形态性逐渐强化，以延安为中心，向东北及全国辐射的新的文学范式逐步确立，并最终在 1949 年 10 月后成为新的文艺方向。故而，1943—1949 年的文学实践也呈现出与以往不同的多样、深刻等特点。

复兴期的长篇小说可谓是成绩显著，用“老树新花”、名作迭出来形容，丝毫不过分。“老树”是指如老舍、吴组缃、李辉英、沙汀、艾芜、巴金、李广田等作家，“新花”是指如姚雪垠、徐盈、碧野、王西彦、田涛、钱锺书、路翎、黄谷柳等作家，他们分别创作的《鸭嘴涝》（后改名为《山洪》）、《松花江上》《淘金记》《困兽记》《还乡记》《丰饶的原野》《故乡》《山野》《寒夜》《引力》《长夜》《春暖花开的时候》《苹果山》《微贱的人》《金黄色的小米》《边外》《一个人的烦恼》《围城》《财主底儿女们》《虾球传》《四世同堂》等作品，代表了这一时期现代长篇小说创作的艺术成就。无论是对爱国热情的赞颂，对黑暗现实的讽刺、揭示，对知识分子在时代面前当何去

[1] 叶再生：《中国近代现代出版通史》（第三卷），华文出版社 2002 年版，第 457 页。

何从的理性思考，还是对现代意识的挖掘，作家们都显示了他们的艺术才华，并在思想艺术上体现出应有的时代高度，具体表现在如下几个方面。

一是展现民族不屈的灵魂，不是着重展现民族精英的自我觉醒，而是重在展现被压抑、被凌辱的广大人民的觉醒。与前一时期不同的是，这一时期的抗战小说显然不是着力于表现民族精英自觉的抗日意识，而是着力于展示普通人身上那种蕴含在国民精神深处的、天然的爱国情怀。他们知道，只有唤起底层民众的民族情感，他们才能对国家、对民族、对人类有真正的认识，才会保卫自己的国家，不惜牺牲。宁静的王家村被日本鬼子侵占，激起了年轻人内心复仇的烈火，他们袭击了日本兵的住所，并打死了一个日本兵，但很快就遭到了日本人的洗劫。是抵抗还是屈服，是宁为玉碎、不为瓦全，还是忍气吞声、苟且偷安，在决定两种不同命运的关键时刻，王中藩决心成立义勇军，为民族的尊严而战，而一开始坚决反对儿子抗日的王德仁老人也在现实的教育下觉醒，自愿报名参加了义勇军。（《松花江上》）农民出身的铁岭和同伴们到山里打猎、采参，结果被日本人抢劫，走投无路的人们纷纷投奔了义勇军，铁岭也到关内加入了抗日的队伍。（《大江》）吴组缃的《鸭嘴涝》堪称这一时期最出色的抗战小说。作者以章三官为中心，将抗战初期地处偏僻山区的山民们的心理动态写得真实可信，细腻感人。章三官是一个普通的山民，不是一个叱咤风云的英雄，不是呼风唤雨的伟人，但正是这样一个山民，他的悸动，他的迷惘，他的困惑，他的飘摇，他的转变，他的决心，他的勇气与决心，他为民族而战的意识与信心，显得可贵而令人赞叹，也显示出中国人民不屈服于外来侵略者的内在力量，显示出中华民族御侮抗敌的精神。也正是千千万万个像章三官这样的普通民众的逐步觉醒，才显示出了人民的觉醒、人民的力量。尽管这一觉醒来自战火，来得较为艰难，但唯有如此，这一觉醒才刻骨铭心，才百折不挠，才毅然决然，才伟大而庄严！这才是古老民族真正走向现代、走向觉醒的开始。小说真实而细腻地写出了章三官从担惊受怕、惴惴不安，到怅惘、悲伤、忧虑，再到愁闷、焦躁不安，兴奋得不能自已，最后快乐、轻松、舒畅的心理转变过程，即便在今天读来仍然令人赞叹、令人敬佩！

二是深刻地揭示大后方的黑暗与腐败，入木三分地讽刺了卑鄙的投机者的丑恶灵魂。抗日战争是一场伟大的民族解放战争，但一些人却坐而论道，沉湎于享乐，崇尚个人主义、金钱至上等腐化堕落的思想，他们无疑是民族的败类。李辉英的《雾都》就揭示了这些的人的丑恶。作家客观而真实地揭示了抗战时期“前方吃紧，后方紧吃”的时代侧影，批判了这些社会的另类身处抗战这一伟大的洪流中，却全然没有国难当头、匹夫有责的责任感与使命感的丑恶灵魂。不过，对此揭示得最深刻的当属沙汀的《淘金记》《困兽记》《还乡记》，沙汀也因之将一个严谨的现实主义乡土作家的名字镌刻于现代文学史中。特别是《淘金记》，将沙汀的现实主义精神与讽刺艺术体现得淋漓尽致。小说以一个川西北小镇为背景，通过表现乡镇中有权势的代表人物豪绅、袍哥、地主等人以开发金矿为名，钩心斗角、沆瀣一气、恃强凌弱、鱼肉百姓的丑恶样态，真实而深刻地揭示了这些人在金钱与利益面前逐恶的面目，国统区偏僻农村中的黑暗、腐败暴露无遗，其讽刺辛辣而不露声色，堪称“我们仅见的乡土文学中之最上乘收获了”[1]。《困兽记》则是沙汀对乡村知识分子在现实的、物质的、精神的多重挤压下抗争、动摇、妥协乃至认命的“根性”写照。《还乡记》同样是一部表现底层百姓为了生存而不得不起而捍卫人的尊严与地位的力作，它与《淘金记》《困兽记》一起构成了沙汀“川西北乡镇生活三部曲”。从揭露乡镇邪恶势力恃强凌弱的丑恶本性，到拷问乡村知识分子的人格，到鞭挞山乡邪恶势力鱼肉山民的丑恶样态，再到拷问深受封建文化濡染的山民们羸弱而又坚强的精神品格，沙汀构筑了一幅川西北乡镇基层生活的百态图，其真实性、深刻性与艺术性都达到了相当的高度。作品中，冷峻的现实主义精神与严谨的现实主义手法几乎达到了完美统一，对人物活动的现实动因及人物性格发展的必然性的准确揭示和深度把握，对尚未摆脱蒙昧状态的山民们“精神迷宫”的精细刻画，也达到了沙汀创作前所未有的高度，加之浓郁的川西北生活气息，使沙汀的“三记”

[1] 长之：《〈淘金记〉〈奇异的旅程〉》，《时与潮文艺》1944 年第 4 卷第 2 期。

毫无愧色地成为中国现代长篇小说创作的重要收获。

三是以人道主义思想赞颂生活在底层的人们美好的人性，控诉黑暗现实的残暴与无情，对他们不幸的遭遇寄寓深深的同情。田涛的小说《金黄色的小米》，象征土地的馈赠与生活在这块土地上的人们的希望。然而，收获的却是贫瘠的理想，“金黄色的小米”映照的是黯然的生活！以《南行记》闻名的艾芜此时将笔触伸向川西平原上那些挣扎在底层的不幸的人们，小说《丰饶的原野》就是写给他们的一曲悲歌。邵安娃、刘老九、赵长生三人是汪二爷的佃户，他们生活虽然贫苦，却安于现状，虽然卑微地生活在乡村的最底层，依然苦中作乐，竭力维护着做人的尊严。但邵安娃的忍气吞声换来的竟是冯七爷得寸进尺、心安理得的羞辱，他以死作为自己最后无奈却有力的反抗。作家以深沉凄婉的笔调抒写了一曲乡村悲歌，对他们向往美好生活的理想与不幸遭遇寄寓了深刻的同情。不过，作者的诗性写作多少冲淡了悲剧的主题。与之类似的还有《微贱的人》，作家以被欺压、被凌辱的纯朴的劳动妇女银花的一生，展示出闽西的一个处在战争动乱中的小山村的社会图景。面对日寇侵略、兵匪洗劫、地痞恶霸的欺压，生活在底层的百姓只有以死发出对这个社会的强烈控诉。

如果说《金黄色的小米》《丰饶的原野》《微贱的人》只是对生活在农村不幸的人们的生活写照，那么《寒夜》则是对城市普通人在战争环境下不幸生活的真实记录。巴金通过《寒夜》的象征意蕴与悲剧氛围，对战争中人的命运，母性、妻性，及潜意识中占有与反占有的心理进行了有益的探寻，对代际命运剥夺与反剥夺进行了思考，使现实主义精神与现代意识相契合、统一，这是巴金整个创作中最为杰出的成就，也是他现实主义创作的顶峰之作。

四是对知识分子在抗战中应该何去何从的问题进行了积极的思考。知识分子是一个民族的先觉者，在抗日战争这样一个决定民族生死存亡的历史关头，何去何从是摆在每个中国知识分子面前的问题。有些人像刘明，为是否参加抗战而苦恼（《一个人的烦恼》）；有些人像方仲明、苏婷，决定坚持在后方抗战，为国出力（《过渡》）；有些人像林慧珍，毅然离家，到一所儿童教养院工作，走上了自主自立的道路（《雨季》）；有些人像康农，放弃了自己的追求，回到群众中，准备寻求更实际的奋斗道路（《寻梦者》）。作家们都在告诉人们，只有投身到群众中去，为民族、为国家做贡献的人生才是脚踏实地的人生。李广田的《引力》也表现了这一主题。可以说，表现国难当头时勇于担当的青年知识分子的人性境遇是许多作家涉猎的主题，但作家们对此缺乏更有力、更有深度的开掘。

五是以现代主义思想探询人的存在及其意义。这是这一时期最具深度的思考，也是与世界意识同步的文学探索。《围城》是这一思考的艺术结晶。以往有人认为这是一部恋爱小说，是写爱情与婚姻的两难的作品。其实，“围城”的本题是“城里的人想出来，城外的人想进去，人生也罢，婚姻也罢，莫不如是”。由之引申为人是一个不断探索“我将何为，我将何去，我将何在”的存在物，人生也就是不断探索这一目的的循环往复的过程。主人公方鸿渐的人生之旅是“国外—上海—三闾大学—上海”，也就是“进城—出城—进城”，即“何为（做什么）—何去（去哪里做）—何在（意义何在）”。小说意在表明人生充满不确定性，生活充满无目的性，婚姻也与盲目与偶然相关联，生存的危机也随之而来，焦虑与不安、悲观与失望、孤独与寂寞、空虚与惆怅等思绪就上升为主导情绪，并迫使人们不得不思考存在的价值与意义。这一切都是因为人生本身的意义与命运的必然性被无意义与偶然性所替代，一切对过程、对结果、对手段、对目的的探寻，都并非对意义本身的探寻，人生不是一个个有希望的“联结点”，而是一个无意义的、虚妄的“再生点”。这就是《围城》对人的非理性的深入思考，也是对人生处境的荒诞性的哲学思考，即对存在主义哲学形象的诠释与准确的表达。《围城》是中国现代文学史上第一部以现代主义思想出色地传递现代人观念的优秀长篇小说，也是中国现代长篇小说与世界意识同步构建的标志之作。

其他如《财主底儿女们》（被胡风誉为“青春的诗”）、老舍的《四世同堂》等，也是这个时期重要的收获。

总之，1938—1949年的中国现代长篇小说伴随着中国现代历史的巨变而发展，呈现出鲜明的低回与复兴的特征。低回是暂时的，复兴是必然的。复兴不仅是出版业的复兴、长篇小说创作的复兴，更是长篇小说思想探索的复兴。其中，传递中国人民奋勇杀敌的坚强决心，抒发他们坚强不屈的抗敌意志以及对知识分子何去何从的追问，是整个抗战时期最强烈、最集中的时代诉求，也成为作家们共同表达的时代主题。随着抗战的深入，这一诉求升华为展现民族不屈的灵魂，不是着重展现民族精英的觉醒，而是重在展现被压抑、被凌辱的广大民众的觉醒，提升了表达爱国主义思想的艺术高度。在揭露社会的黑暗上，作家们也转向全方位的思考，无论是对旧军阀黑暗本性的揭示，还是对大后方民族败类及乡村恶绅等邪恶势力恃强凌弱的丑恶本性的揭露，或是对城市普通人在战争环境下不幸生活的现实主义书写，也都达到了应有的时代高度。对人性弱点的批判，对底层人的命运的探索，特别是以现代意识观照人生的姿态及与世界思潮同步的艺术实践，标志着中国现代长篇小说与世界交流与对话的开始。这也是中国现代长篇小说创作在思想上取得的最令人欣慰、也最具时代性的丰硕成果。

四、“发荣”之象与“滋长”之意：东北沦陷区的长篇小说

九一八事变后，东北很快沦陷。1932 年 3 月 9 日，溥仪在日本侵略者的扶持下成立了伪满洲国。起初，一些不甘受日本帝国主义奴役的热血青年如三郎（萧军）、悄吟（萧红）、黑人（舒群）、刘莉（白朗）、剑啸等，想在《大同报》《国际协报》《大北新报》等报刊上刊发一些具有抗日爱国情怀的作品，但随着伪满洲国文化检查制度的强化及日本殖民倾向的加强，叙写抗战、宣传爱国思想的文学作品已绝无发表的可能。于是，大批具有爱国主义思想倾向的作家纷纷南下或流亡，东北沦陷区的长篇小说创作呈现出一片死寂的局面。

1932—1938 年，整整 6 年间，东北沦陷区文坛竟没有刊载或出版一部现代长篇小说，以至于《新满洲》急不可耐地将长篇小说的字数要求降至 5 万

字，向作家征稿。[1]为扭转这一尴尬局面，一些报刊如《泰东日报》《大同报》《盛京时报》《新满洲》《新青年》《艺文志》等，纷纷开始连载长篇小说，特别是1939年后，《大同报》《新满洲》等还特意公开悬赏征集长篇小说（也征集中短篇小说），企图使东北沦陷区的文学走上他们所希望的“发荣与滋长之途”。表面看来，《大同报》《新满洲》等的长篇小说征文活动确实起到了较大的“发荣与滋长”的作用，一些滞留于东北的作家在名利与金钱等因素的诱惑下进行创作，并发表、出版了一批长篇小说，如王则的《昼与夜》（1939）[2]、爵青的《麦》（1939）[3]、金音的《生之温室》（1940）[4]、李光月的《光阴》（1940）[5]、小松的《无花的蔷薇》（1940）[6]、古梯的《挣扎》（1941）[7]、青榆的《冷香槟》（1941）[8]、石军的《沃土》（1941）[9]、小松的《北归》（1941）[10]、王秋萤的《河流的底层》（1942）[11]、爵青的《黄金的窄门》（1943）[12]、山丁的《绿色的谷》（1943）[13]、疑迟的《同心结》（1943）[14]和姜灵非的《新土地》（1944）[15]等，共约25部左右，其他如陈蕉影的《新旧时代》，连载于《新满洲》1939年第1卷第1—12期；绿波的《清明时节》，连载于《新满洲》1939年第1卷第7期—1940年第2卷第4期；李季疯的《婚姻之路》，连载于《新满洲》1940年第2卷第1—8期；翠羽的《童心》，连载于《新满洲》1940年第2卷第2—10期；季疯的《夜》，连载于《新满洲》1941年第3卷第1—9期；金音的《明珠梦》，连载于《新满洲》1943年第

[1] 《征文酬金略例》，《新满洲》1939年第1卷第6期。
[2] 《大同报》1939年3月11日—6月2日（有间断）。
[3] 《新青年》1939年1月1日—3月1日通卷第83—85号（未完），又见1940年6月《艺文志》第3辑。
[4] 《大同报》1940年4月25日—6月30日（有间断）。
[5] 《大同报》1940年11月3日—1941年5月11日（有间断）。
[6] 长春满日文化协会1940年1月15日初版。
[7] 《新满洲》1941年1月1日—6月1日第3卷第1—6期。
[8] 《新满洲》1941年1月1日—7月1日第3卷第1—7期。
[9] 长春满日文化协会1941年10月25日初版。
[10] 长春文志事务会1941年3月16日初版。
[11] 大连实业洋行出版部1942年7月25日初版。
[12] 《泰东日报》1943年4月1日—8月20日（有间断）。
[13] 长春文化社1943年3月15日初版。
[14] 艺文书房1943年12月20日初版。
[15] 长春开明图书公司1944年7月25日初版。

5 卷第 2 期—第 6 卷第 5 期（有间断）；等等。其中一些作品虽标为长篇小说，但实际篇幅达不到标准，如山丁的《芽月》等。使东北沦陷区的长篇小说创作呈现出所谓的“发荣”之象，但其实这只是他们回光返照的一瞥，随着伪满洲国的覆灭，他们无耻与可悲的“滋长”之途走到了尽头。

伪满洲国成立后，溥仪改长春为“新京”，年号“大同”。1932 年 3 月 15 日，《大同报》即在长春创刊。由于《大同报》是伪满洲国的“国务院政府机关报”，极具“官方”色彩，在东北沦陷区自然有着“举足轻重”的地位。为改变多年来东北沦陷区长篇小说一片荒芜的尴尬局面，1939 年 9 月 2 日，《大同报》以“以综合的总力共同建设满洲文学”为旨，刊发“本报悬赏征求长篇小说”启事，征文要求篇幅在 10 万字左右，题材不限，“爱情的也好，社会的也好，总须不违背时代，具有中心意识（限于创作）”。

1940 年 3 月 1 日，《大同报》发表了长篇小说征文获奖名单揭晓的启事；不久，1940 年 9 月 1 日，《新满洲》第 2 卷第 9 号也刊载了征求新体长篇小说的启事。

1941 年 1 月 1 日,《新满洲》第 3 卷第 1 期揭晓了征募长篇小说的当选作品:正选一篇，为古梯的《挣扎》；副选一篇，为青榆的《冷香槟》；佳作三篇，为韩星的《坟》、文卒的《探险》和九郎的《洪流》。同时，该期《新满洲》开始连载正副选之作《挣扎》和《冷香槟》。[1]

由于《大同报》和《新满洲》的地位与影响，这两次长篇小说有奖征文对东北沦陷区的长篇小说创作起到了“重要”的“发荣”作用。文学青年们以之为“样板”，揣明了长篇小说创作的选题与导向，东北沦陷区长篇小说的“发荣”之基亦由之奠立。因此，我们的讨论须从《大同报》与《新满洲》长篇小说征文获奖的五个作品谈起。

先说金音的《生之温室》和古梯的《挣扎》。这两部作品分别获得《大同报》征文活动一等奖和《新满洲》的“正选”。《生之温室》写大学生周宽、刘斌、彦、

[1] “佳作三篇”未刊。《大同报》与《新满洲》的获奖作品除姜灵非不久因病去世由同仁帮他出版外，其余均没有出版单行本。

阿白、式麟几个人是要好的同学，其中，周宽与黄筠恋爱了四年，但现在黄筠已经不爱周宽了。刘斌对溶慧有意，但溶慧却对周宽有情。刘斌被溶慧拒绝后非常沮丧，决定退学。退学后，刘斌遇见了同样失恋的周宽，就约他去华北给日本侵略军当翻译官，两人一拍即合。刘斌说，过去别人笑他是只说不动的“罗亭式”人物，现在他变了，他要做生活的诗人。所谓：“生活要是生长的花草，爱情便是温室，更可以说人生是花草，爱情是人生的温室。”他俩在旅馆写信向阿白、式麟告别，怀着对“新事业”的一种希望，踏上新途。古梯的《挣扎》写青年李捷对佟小姐有情，但李捷有肺病，在是否追求佟小姐这一问题上犹豫不决。庞小姐对陈诚有意，但因家里已给她订婚，她也在包办婚姻与自由恋爱之间挣扎。这时，庞小姐接到家里让她回去的电报，陈诚以为是庞小姐家要庞小姐与其未婚夫任英春结婚，伤感之下，陈诚得了伤寒，最终不治身亡。临终之际，陈诚说，爱情会误事的。庞小姐不同意包办婚姻，最后逃了出来，但当她回来后，却得知陈诚已病逝。经过这些，李捷认为现在不是恋爱的时候，应当努力工作，纪念死去的人。这也是作者的全部结论。

显然，《生之温室》是一部赤裸裸地宣传东北沦陷区青年“投笔从戎”、加入侵华日军的反动作品，其主题毫无疑问是鼓动青年人特别是有文化的大学生立即行动起来，服务侵华日军，不要再犹豫，不要再做只说不动的“罗亭式”人物，而要做“生活的诗人”，要立即去华北，共建所谓的“大东亚共荣圈”。所谓“爱情可以在温室中培育，但不能在温室中长大，人不能只是温室中的花草，而应到华北去才能长大”，就是作者所要表达与宣扬的主题。这样的作品是日本侵略者及其伪满洲国所期望的“发荣”之作，是一部彻头彻尾的汉奸作品，一部散发着浓厚的卖国气息的剧毒品。《挣扎》看似是一部爱情小说，其主题也与征文的主旨相近，它鼓吹只需要工作不需要恋爱的荒谬观点，暴露出作者骨子里的谄媚。所谓“挣扎”就是主人公在情感与理智之间的挣扎，即要爱情还是要工作，这是一个两难的选择。但是，爱情和工作并不是截然对立的，作者简单地将二者置于对立面，特别是将青年努力工作的原因归结为伪满洲国的建立，主题的概念化与作者的媚态与丑陋就暴露无遗了。更何况作品并没有传递出二者非此即彼或必择其一的必然逻辑与精神挣扎的意义与价值，只不过与《生之温室》相比，《挣扎》表现得不是那么直接、那么露骨，而是比较隐蔽、比较隐晦罢了，但二者的寓意殊途同归。

再看姜灵非的《新土地》。这部获二等奖的作品与金音的《生之温室》可谓异曲同工。表面看来，《新土地》是一部表现生活在底层的农民在天灾、高利贷及黑暗的社会面前无能为力，不得不闯关东以求生存的奋斗故事，但实际上是一部替日本帝国主义涂脂抹粉、为伪满洲国树碑立传的宣传品。所谓“新土地”正是九一八事变后伪满洲国的土地，其寓意不言自明。虽然小说的部分内容确有真实感人之处，但并不能因此否认这部作品在主题立意上浓烈的献媚意味。

最后看李光月的《光阴》与青榆的《冷香槟》。与前两部小说直接表现谄媚的主题不同，《光阴》表现的是传统与现代的冲突，父辈与子辈的矛盾。作品在情节、结构上显然借鉴了巴金的《家》，也是一个老太爷、几个孩子，长幼冲突、情感对立、礼教吃人，年轻人觉得待在这样的家里的日子是“悲哀的季节”，家是腐朽的、窒息的、无望的，只有离开家的人生才是光明的、有前途的、有希望的。《冷香槟》也是如此。周遭一片黑暗，面对黑暗的现实与不幸的灵魂，振作或离开是“拯救者”吴牧不得不思考的问题。不过，与巴金抨击封建大家庭的腐朽，将青年与未来的希望寄托在民主与光明上完全不同，李光月与青榆笔下的青年虽然将出走视为治疗一代青年精神痛苦的良方，但却将“北上”，即去哈尔滨作为精神再生之地，至于“北上”后到底会如何，他们却茫然不知。他们未选择南下，也不可能选择南下，他们的精神只是在伪满洲国的时空内游荡，这样，去哪里都不会有实质性的改变。由此可见，即使是表现一代青年人的时代病象，这些作品中的奴化思想也依然存在，只不过表达得相对而言不那么露骨、不那么直白罢了。

由此，我们看到，《大同报》与《新满洲》的长篇小说征文表面看来题材可以不限，“爱情的也好，社会的也好，总须不违背时代”，或者“现时家庭社会诸色值”，但获奖的五部作品恰恰凸显了明确的“中心意识”，而这对之后东北沦陷区长篇小说的“滋长”起到了重要的定型作用。征文倡导了“中心意识”，获奖作品具有强烈的导向意义。因此，之后许多作家围绕上述获奖作品的“中心意识”进行创作，很少偏离，这就使得东北沦陷区长篇小说的“滋长”呈现出如下鲜明的特点。

一是公然为日本侵略者“站台”、张目，主张为伪满洲国“建功立业”。这类作品虽然不多，却是日本侵略者竭力倡导并大力支持的作品。如果说金音的《生之温室》与古梯的《挣扎》是早期的“样板”之作，那么，爵青的代表作《黄金的窄门》则是后期的典型代表。小说写1926年春，张学良在长春抓捕国民党党员，师范学校的英文教员郭肇林担心已被捕的同乡谢某出卖自己，决定逃回苏州老家，但他希望学生严立学与其妹妹严秀敏掩护他一起走。不料在回上海的船上，郭老师不幸染上伤寒，临终前写遗嘱让家人善待立学与秀敏兄妹。在立学与秀敏离开家不久，立学的父亲被怀疑“通匪”，被抓去受刑，虽花巨款保出，但不久就去世了。好赌嗜酒的立学舅舅徐治励在不到两年的时间里总揽了家政，为了达到彻底掌控这个家庭的目的，徐治励还让女儿慕贞与立学的弟弟严欣学结婚，又趁欣学感染伤寒之时诱使他吸上了鸦片。1932年，立学已从大学毕业，并在大夏公司任职。一天，他接到妻妹雅芳的电报，说师母病重。他赶紧前往苏州，结果发现这是师母为迫使他与雅芳订婚而施的小计。立学同意结婚，但鉴于上海燃起了抗日烽火，他建议在上海厂方决定是否迁厂后再说。这时，一个姓谢的青年鼓动立学组织女工罢工以响应爱国风潮，正当立学犹豫不决时，秀敏与未婚夫常大兴遇刺身亡。大兴与秀敏死后第三天，立学就只身乘船离开上海，回到了家中。立学劝欣学振作起来，欣学也答应了哥哥的请求。欣学与本镇的小学教师秦会馥相爱，但遭到舅舅的坚决反对，懦弱的欣学只得在舅舅的威逼下写信告诉会馥，说自己不爱她而爱慕贞。会馥从小被修女养大，受到这一打击后，决定在养母在世时不再考虑自己的终身大事。但此刻，欣学在立学的鼓励下戒了鸦片，还告诉会馥他要离开这里，开始新的生活。于是，欣学去了王家岗做小学教师。立学看到欣学精神焕发，非常高兴，也把会馥的情况告诉了欣学。这时，“反吉林军”（实际是抗日义勇军）进入王家岗，立学死于非命。面对这一切，欣学决定跨过痛苦与悲伤，通达“幸福之门”，即通过“窄门”抵达“黄金”的彼岸。小说的终篇，欣学与雅芳、会馥相会于“新京火车站”。

由此看到，所谓“黄金”意指“幸福的彼岸”，所谓“窄门”意指一段痛苦而悲伤的时代与人生的通道，而“黄金的窄门”意在表达在通往“幸福的彼岸”时每个人都要经历一段痛苦而悲伤的历程，只有跨越了这段痛苦而悲伤的历程，才能抵达“幸福的彼岸”，即通过“黄金的窄门”。对此，作者还借欣学之口，在写给会馥的信中特意说道：“人生真像窄门，走进石砌的窄门已属不易，要想走进黄金的窄门，更是难上加难的。可是现在我服从着自然的欲望和要求心里清清楚楚地划着你的面影，要冲进窄门去了。舍兄们有舍兄们的窄门，我有我的窄门。你也有你的窄门。我们的窄门虽然各不相同，但望窄门里面通往幸福的大道上，都同样充满了祝福和平安，而归终的去处也是同一的地方。”[1] 所以，《黄金的窄门》也可以看作是一部表达人需要经过一番磨难与痛苦才能抵达人生“幸福的彼岸”的“哲理小说”。就小说的主人公严立学而言，经历了老师去世、父亲去世、妻子去世、妹妹及妹夫遇难，才体验到“人生的价值”；而严欣学经历了爱情被剥夺、命运被掌控、哥哥立学去世的痛苦与悲伤，才在惨痛与麻木中真切地感受到重塑自我、冲过“窄门”的迫切感，并终于找到了属于自己的“幸福人生”。因此，作者要告诫大家的是，人生充满着痛苦与悲伤，年轻人不仅要勇于面对，还要很快坚强地站起来，并且战胜它，因为每一次痛苦的磨难，是开始，也是结束。正因如此，主人公严立学每经历一次痛苦与磨难后都能很快地站起来；而立学死后，欣学亦能克服悲伤，重新面对生活，这也是每个人在通往“黄金的窄门”，即通往“幸福之门”与“幸福之路”的必然之旅和精神历练。

如果小说只是表达了这样一个人生命题，那无疑是富有哲学意味的文学探索，虽然这个“幸福之门”是一扇个人认定的“幸福之门”，这条“幸福

[1] 《泰东日报》1943 年 7 月 2 日。

之路”也是一条个人认定的“幸福之路”。但是，对于《黄金的窄门》而言，问题也恰恰出在这里。作者通篇站在伪满洲国政府的立场上进行书写，所构建的时空是1932年的上海、“新京”（即长春）；所设定的“窄门”，即令主人公无奈地承受痛苦与悲伤的时代通道，是不断汹涌的抗日浪潮；令主人公不断“陷入灾难”的人是抗日的爱国人士；他们最后通过“窄门”抵达“幸福”的地方恰恰又是“新京”。这部打着“宣扬人生苦难哲学”旗号的长篇小说，实际上是一部公然为日本侵略者入侵中国“站台”，为伪满洲国张目的剧毒品。也就是说，爵青宣扬的所谓“哲学命题”是假，仇恨抗日救国运动是真；表达人必须经历一番痛苦的历程才能成长是假，宣示其对日本侵略者及对伪满洲国的“爱与忠”是真。在作者意欲表达的“哲学命题”的背后，实际上是厚颜无耻的卑劣用心，一副出卖民族利益的汉奸嘴脸，其反动卖国的立场昭然若揭。当然，这也与他的文学观念一脉相承：“我们的文学作品，每字都要是增强战力的力量，每行都要是灭敌兴亚的誓词，在文学作品里深藏着我们的‘志’——国心和大东亚魂，这才是满洲文学的美和永远。”[1]他也因之获第一次“大东亚文学赏”的“次赏”。只不过，他被永远地钉在了历史的耻辱柱上。

二是对东北农村的乡土书写，在“北归”中构建“新满洲”的现实与未来。受《新土地》的影响，许多作家纷纷以这一模式书写他们对东北农村的乡土情怀，也使这一主题成为东北沦陷区文学的一个重要流脉。石军的《沃土》在情节与结构上都受到了《新土地》的影响。作者写沃土是“养育人类的母体”，是“滋生万物的根城”，相信耕耘定有收获，表达土地是人“最终的珍爱”；借书写苦闷青年的自我成长史，描写家族的兴衰更替之变，表达只有相信青年一代，重视青年的力量，才能实现人生理想。但这里的“沃土”指的是伪满洲国的土地，这里的希望指的是在伪满洲国的土地上建立起来的希望，所以，这部表现因循守旧的老一辈与寻求自由的年轻一代的奋斗史的作品，在日本侵略者眼里就成了“一部创造出了代表今日的满系青年的思惟苦恼的典

[1] 爵青、田瑯：《谈小说》，1944年9月《艺文志》第1卷第11期。

型而富于示唆的近来的力作”[1]。

不仅以东北沦陷区地域内的乡土生活为题材的小说创作流露出“建设新满洲”的意愿，以非东北沦陷区人们的生活为题材的小说创作依然借书写“北归”流露出“建设新满洲”的意愿。小松的《北归》就是这样一部作品。虽然《北归》是一部情节随意跳跃且凌乱不堪、故事突兀而缺乏逻辑、人物命运主观而随意、文笔偶有画面感却瘦硬难读的平庸之作，却获得了1941年的“盛京文学赏”，究其实，与小说的主题有关。“北归”正是伪满洲国对流落在外的东北人的“时代性”召唤，小说借莎丽之口说：“一想到南风，我的灵魂是痛苦的。”刘振邦在南方的港口无法继续生存时，首先想到的是“北归”，且回到了北方，这当然是日本侵略者及伪满洲国统治者所希望并愿意看到的结局。因此，虽然这部小说非常平庸，但因其传递了“时代的声音”，获得1941年“盛京文学赏”就不足为奇了。显然，建设“新满洲”需要这样的声音，而“北归”也成为那个时代诸多作品共同的主题。不过，《北归》实际上没有写出人物为什么要“北归”，也没有描绘出人物“北归”后的美好结局与希望，恰恰相反，杨群、小云回到了北方却死去了，不知这是不是预示着北方亦不是幸福之地呢？但哪里才是真正的家呢？南方显然不是久留之地，但北方就有家可归吗？时间在不安定的氛围中流动着，人也在岁月中不安地漂动着，由北向南，由南向北，好像有所依托，却又无所依托。“北归”中的矛盾或许也是一些附逆作家无法解答的困惑吧。

三是书写时代境遇下一代青年的精神征候，思索青年何去何从。这类作品在东北沦陷区长篇小说中占了不少的比重。王则的《昼与夜》是《大同报》刊载的第一部长篇小说。小说的上编写赵家是个五世同堂的大家族，由于受传统观念的影响，人们的守旧思想极为严重，浑浑噩噩地按千年的古训生活着。大掌柜主张让小儿子庆发去日本留学，但三爷反对孩子读书，最后只好分家。赵大娘经常虐待二儿媳，二儿媳被逼自杀，但村里的老人们却认为这是二儿媳不孝所致，是不贤不孝的归宿，而二儿子庆升也对自己媳妇的死不

[1] 陈因：《满洲作家论集》，大连实业印书馆1943年版，第154页。

以为然。下编写赵庆发在国外改名为赵天民，在某大学艺术科毕业回国后，崇洋媚外，看自己国家的什么（包括故乡及包办的妻子）都不顺眼。留学期间他结识了一个叫王曼丽的同学，一同回国，但他们回国半年多，依然没有找到工作。他厌恶旧妻，给王曼丽写信陈述他的痛苦，但王曼丽却发现他已成家并有一子，决定与他断绝关系。这天，天民去为张局长祝寿，想请局长为自己找个工作，但张局长的态度让他看不到未来。意外的是，他在这里遇到了曼丽，原来曼丽已与张局长的儿子订婚。转眼已过一年，天民的工作依然没有着落。这时三爷找到他，让他回去，还告诉他，他的媳妇又生了一个儿子，同时交给他一封他的同学从国外寄来的信。他读着信中让他珍惜自己、回到自己的境地里的话，猛醒过来。爵青的《麦》写在外感到孤独的大学生陈穆接到叔父的信回到家里，却发现叔父家里一团糟。后母朱婉贞是他的旧好，是个淫荡的女人。朱的内侄掌管了他叔父的贷款公司的实权。陈穆本对姑母的女儿兰珍有情，但遭到朱婉贞的破坏，她不仅勾引陈穆与她发生关系，还想将自己的侄女嫁给陈穆，但陈穆不愿就范，只得出逃，到远方当教师。

与《光阴》《冷香槟》相似，《昼与夜》与《麦》也是两部表现时代的境遇下一代青年人的精神征候的作品。《昼与夜》意在揭示有现代意识的青年人的苦闷不只是不顺利的恋爱、结婚、读书、就业经历，封建礼教依旧在吃人，你却无力改变它。小说刻画出天民在上述几个方面的痛苦，也借此告诫青年，光知道痛苦与苦恼没有意义，深陷其中更没有意义，要知道如何解决苦恼。所以曼丽告诉天民“苦恼的本身就是一堆垃圾”，在这个苦闷的垃圾里窜没有意义。不过，如何真正解决苦恼，作家并没有给出方案。也就是说，如何毁灭妨碍青年生存与发展的一切，作者自己也不清楚。作者将“传统”与“现代”比作昼与夜，对“传统”有过多的同情，对“现代”又有太多的讽刺，特别是结尾借同学之笔主张青年应臣服于现实，让作品仅有的一点现代视野又缩回到传统的囚笼里，说明了作者思想的矛盾与倒退，也使作品的批判性大为减弱。不过，小说对二儿媳之死的描写有力地揭示了礼教吃人的本质，可谓作品中鲜有的亮色。《麦》则意在表达当代青年面对专制的家庭与堕落的人性时，逃离家园或许是拯救自我的“良方”。

其实，逃离家园未必就是青年人脱离苦痛的有效路径，疑迟的《同心结》与王秋萤的《河流的底层》就对此给出了理由。《同心结》讲述了因偶然的机遇帮助了商人张绍武的待业青年王茂荣，被张绍武介绍到哈尔滨学习美术，并住在张家。张绍武上女中的女儿张雪芳很快喜欢上了王茂荣，雪芳的表弟乃勤钟情于雪芳，“同心结”就是乃勤送给雪芳的表坠上的蝴蝶花结，以表达对雪芳的爱意，但雪芳对他很冷淡。岂料在一次郊游中，张雪芳得知王茂荣家境贫穷、与她地位悬殊时，马上对王茂荣冷淡了，并让父亲将茂荣赶了回去，她则又与乃勤走在了一起。茂荣回来后，本想再找小王与小吴，却听说两人已被派到蛟河某小学任教，他只好再去寻找。到了蛟河教育局，工作人员告诉他，县里的小学根本没有这两个人。《河流的底层》的主人公林梦吉是一个出身于没落的仕宦之家、从乡下到省城求学的青年学生，他寄居在当厅长的舅舅家，既不能与家中亲戚相谈甚欢，又不习惯城市里眼花缭乱的生活。林梦吉与表弟质文府中的使女小香交好，两人互生爱意。林梦吉与小香私下相约，等他在北平稳定后便接小香一同过去，开始二人的新生活。然而，初到北平的林梦吉被大城市的繁华吸引，常同表哥表嫂一起享受奢侈放浪的生活。进入大学后，林梦吉忘却了自己的初衷。后表哥表嫂离开北平，他陷入经济困难，不得已搬进朱庆林家中。在朱家，他没能抵制住张天娇的诱惑，同她私通，这使林梦吉的学业日渐荒废，完全将故乡、父母、小香抛在脑后，只顾恋爱、享乐，任由自己堕落下去。但好景不长，朱庆林、张天娇夫妇另谋出路，去往他地，他既受着失恋的煎熬，又要面对苦闷和孤独，在火车站与曾经的好友周汉英的重逢更让他看到了自己的颓唐，失望至极。此时，父母更加苍老，表嫂难产去世，舅舅家也已破败，小香嫁作人妇，表弟成长为一个强壮的青年，林梦吉感到物人皆非，决定告别北平，回到乡下。在回乡的火车上，更深的幻灭和悲哀涌上他的心头。

王茂荣与林梦吉都是精神空虚、无所寄托，幻想着逃离家园就可以改变命运的青年人，但他们都被现实打了一个响亮的耳光。他们从原点回到原点的人生轨迹表明人与人之间的关系是现实、功利的，是不可信的，逃向何处都没有意义，关键要靠自己，正所谓“靠天靠地不如靠自己”，只有找到了目标与方向，才能拯救自我、重建自我。这一立意无疑是有启示意义的。当然，我们也从中看到了九一八事变前后青年人的生活遭遇，以及他们在物质与精神双重世界中的迷茫与困惑，这也是伪满洲国众多青年精神上无所依托、时时感受到令人绝望的孤独与幻灭感的真实反映，也是一代青年精神空虚症的时代表征。

其实，东北沦陷区第一部正式出版的长篇小说《无花的蔷薇》也表现了这一主题。作者自称“无花的蔷薇”，是由于个人“偏爱蔷薇”，这代表了“一个梦”，梦之虚妄，也象征着书中青年们理想的失落。但小说线索较乱，头绪繁多，人物形象也不清晰，特别是小说第十七章突然写到时代的风暴对众人的影响，却放弃了向民族灾难等历史深处挖掘的写作意图，暴露了附逆作家内心的矛盾，也使得小说丧失了应有的历史厚重感，没有引起人们更多的关注。

当然，并不是说东北沦陷区所有的长篇小说都表现出浓烈的奴化思想，梁三丁的《绿色的谷》就是一部以开放的结构写出生活在东北大山深处的人们的生存状态的长篇力作。作家以人性的视角刻画了他们人性中的善、恶、美、丑，他们的本性和欲望，他们的善良与麻木，他们的倾轧与梦想，他们的喜怒哀乐。他们以祖祖辈辈传衍下来的生活方式和习俗、观念维护着他们生存的权益，也因之不断地上演着一幕幕生活的悲喜剧，直到生命消亡。这里没有阶级的对立和民族的对立，只有人的本性在张扬。总体而言，《绿色的谷》仍然可称为一部别具特色的伪满洲国乡土文学的优秀之作。此外，金音的《明珠梦》也是一部有探索意义的小说。书名《明珠梦》，是从三个主要人物黎明、金珠、朱梦的名字中各取一字组成的。作者通过对塞城女中几个不同性格的女生高中时期不同的人生理想与人生道路的描写，表达了作者希望处在少女时代的女中学生们健康成长的理想诉求。20岁的黎明是作家着力塑造的、具有榜样性的女生形象，她认为女生要充实自己，学好知识，具备理性思考的能力，只有这样才能克服女人自身的弱点。金珠是作家塑造的一位具有探索性的女生形象。因母亲被父亲抛弃，金珠从小生活在单亲家庭里，靠母亲在小学任教的微薄收入读书。母亲将全部的希望寄托在她的身上，谆谆教诲她要克服软弱、消极的心态，不要重蹈母亲的覆辙。金珠起初并不理解母亲所做的一切，直到高三回家时看到母亲羸弱的病体，才在倏忽间懂得了母亲的心，决定更坚强地活下去。朱梦显然是作家塑造的负面女生形象，轻浮的她同时与多位男性纠缠在一起，不以完成学业为目的，而以游戏人生为宗旨。为展现自己的女性魅力，她表面上玩失踪，实际上在哈城一旅馆里放纵自己，最后不幸赔上了自己的性命。金音任教于齐齐哈尔女子国民高等学校，与《生之温室》不同，《明珠梦》这部取材于他的教学经历的小说显然真实了许多，也少了谄媚的味道。虽然作为辅线的师生演剧的书写如同流水账一般索然无味，但对三个主要人物的刻画还是较为清晰的，特别是将她们成长期的人生梦与现实相糅合，展示出她们青春期的个性以及梦醒、梦碎的过程，在东北沦陷区“成长小说”中可谓别致。只不过，这类作品寥寥无几。

综上所述，东北沦陷区长篇小说的“发荣”之象得益于《大同报》与《新满洲》的长篇小说征文，征文所倡导的“中心意识”及获奖作品的主题具有强烈的导向意义与定型作用，使东北沦陷区长篇小说的“滋长”之意运行在日本侵略者及伪满洲国所限定的文学轨道上，即为日本侵略者张目，为伪满洲国“建功立业”；书写东北农村或在“北归”的过程中构建“新满洲”的现实与未来；书写时代境遇下一代青年的精神征候，思索当下青年该何去何从。这三类作品成为主流，只有极少数作品与上述主题保持距离。前两者具有浓烈的献媚意味，在后者即反映一代青年时代征候的作品中，我们看到了九一八事变前后青年人的生活遭遇，以及他们在物质与精神双重世界中的迷茫与困惑，这也是伪满洲国众多青年精神上无所依托、时时感受到令人绝望的孤独与幻灭的真实再现，也是一代青年精神空虚症的时代表征。这一“发荣”之象与“滋长”之意使得东北沦陷区的大部分长篇小说成为文化伪劣品甚至剧毒品，被扫进历史的垃圾堆，只有极个别作品显示出一定的文学史意义。

这也是由东北沦陷区特殊的政治文化环境所决定的。

五、“振兴”的姿态与“新进”的意味：华北沦陷区的长篇小说

七七事变后，华北沦陷，大批作家纷纷南下，华北文坛顿显荒芜、寂寞。日伪政府为装点门面，粉饰太平，遂喊出“振兴”的口号，欲通过发掘与培养一批所谓“新进”作家的方式“振兴”华北文艺。在1939年2月—1945年6月这6年间，日伪政府通过长篇小说征文及其他方式刊载或出版了一批所谓“新进”作家的长篇小说，给华北文坛增添了一抹“亮色”，亦似乎让人再次看到了华北文坛的“崛起”。情形究竟如何？我们应当怎样认识“振兴”的姿态？这些“新进”作家的创作又具有怎样的意味呢？

众所周知，华北的沦陷与作家的南迁使华北文坛的发展，特别是长篇小说创作出现了倒退。在1937年7月—1939年7月这整整两年的时间里，华北文坛竟没有出版或刊载一部长篇小说。一些刊物虽以扶持长篇小说创作为名，辟出一定的版面刊载少量的“长篇小说”，但这种或有头无尾，或突然莫名夭折，或虽刊完却仅有几千字的“长篇小说”，引起了读者的强烈质疑。[1]直到1939年8月，李韵如在北京燕生印刷社自费出版近10万字的长篇小说《三年》后，华北文坛长篇小说死寂的局面才得以打破。不过，这部单一地表达“情人眼里出西施”的痴情曲，不可能起到使文坛为之一振的作用，女大学生自费出版的形式又无以显出“官方”“振兴”的意愿。于是，日伪政府以重金为诱饵，在各大“官办”的报刊上征募长篇小说，如《华文・大阪每日》就在1939年2月第2卷第3期上刊载启事，征集12万字左右的长篇现代小说（也征求短篇小说），但效果并不理想。此时的华北文坛依然飘零在孤风寂雨中，以至于《中国文艺》的编者在《编后记》中感叹道：“关闭在这氛围里的作家们，好像都失去了创作欲，似乎四肢无力的连笔管也拿不动，而读者们也为着失望与悲观，不但对精神食粮没觉兴味，就是对形而上的事情，也很无

[1] 鲁风：《所谓长篇小说》，《华文・大阪每日》1939年第3卷第11期。

精打采的。”“这种现象就是趋入于颓废的倾向，也可以算是一种自暴自弃的情兆，令人很可寒心。”[1]1940年3月15日，《华文·大阪每日》第4卷第6期公布了第一次长篇小说征募的获奖作品，田琅的《大地的波动》为“正选”，张金寿的《路》为“副选”。虽然编者声称获奖作品是从46篇来稿中选出的，但寂寂无名的作者与平庸的作品质量依然难举“振兴”之帜。而且，在之后的两年间（1941—1942年），华北文坛依旧没有出现像样的现代长篇小说，这对于日伪政府来说，不能不感到“共荣”的尴尬。为此，由武德社主办的《国民杂志》于1942年第2卷第2期刊出《本刊大征文（长篇小说）启事》，征求以“描写中国民众的真实生活”为内容的10万字左右的长篇小说，以“振兴”华北文坛的姿态出现在大众面前。

1943年1月1日，由孙鹏飞、郝庆松、王则、德玉葆、张金寿等组成的审稿组在《国民杂志》第3卷第1期上宣布征文结果：“正选：天津杨鲍的《生之回归线》；副选：宣化刘延甫的《新生》。”同时在《引语》中说：“本刊一千五百元征文，曾一度展期至十月末日，这中间收到计由华南，华中，蒙疆各地寄来的稿件，不下百数十件，在审选时，承审选者始终维持着起初的热，终于拔擢出下列两篇发表于此，对这，我们不敢说什么‘我们要建设华北文坛’，但是，在发表难，写作难，稿费难诸声中，我们愿掘发出这两位新人献于华北文坛。”对这次征文，编辑也较为满意，这从该期的《编辑后记》中就可看出：“长篇小说自去年一月号刊登启事以来，整整一年，中间因为来稿缺乏正选，便延迟到本期才发表。当选者两篇的好坏不论，仅以写作者的热情来看，我们便不能不高兴的。在现今华北文艺界，长篇小说可谓太少见了，一则作者缺乏写作的勇气与生活经验，二则没有刊物肯给予鼓励也是实在的情形。本刊自去年革新以来便注意及此，不惜以千五百元的赏金与很多篇幅来贡献华北的文艺界。这次的发表，或者能够与华北文艺界一种兴奋剂，因之而能激荡起更多青年的写作的勇气来，这也是我们所期待的。”之后，《国民杂志》还举办了第二次长篇小说征文活动，并公布了获

[1] 见《中国文艺》（创刊号）1939年9月1日。

奖作品。与此同时，另一具有很大影响力的文艺刊物《中国文艺》也辟出版面刊载现代长篇小说，如闻国新的《蓉蓉》等，华北文坛的长篇小说创作渐渐复苏。在1943—1945年间，一些“新进”作家纷纷出版了他们的长篇小说，如袁犀的《贝壳》（1943）、《面纱》（1945），沙里的《尘》（1944）、《土》（1945），关永吉的《牛》（1945），赵荫棠的《影》（1945），等等。华北的现代长篇小说创作终于有了“振兴”的模样。

诚然，从表面上看，在日伪政府的鼓噪与扶持下，1943—1945年间“新进”作家的长篇小说似乎给华北沦陷区的出版界带来了一丝“振兴”的味道，也给华北文坛增添了些许“亮色”，但这显然是回光返照。随着日本的投降，这些依附日伪政府的“新进”作家们，自然失去了继续从事创作和出版作品的机会，他们的创作实践也因之定格在这一特定的历史区间。

据笔者统计，若以彼时长篇小说征文要求的字数（10万字）为限，1939—1945年间，华北沦陷区共发表或出版“新进”作家的长篇小说15部，这些作品主要表现了以下几方面的内容。

一是赤裸裸地美化日本侵略者的丑恶行径，公然为所谓的“大东亚共荣圈”涂脂抹粉。田琅的《大地的波动》是《大阪·华文每日》第一次长篇小说征文的“正选”之作。小说写16岁的健生告别恋人翠娥奔赴抗日前线，负伤后死在一个小镇里。翠娥与老祖母外出逃难，过着行乞讨饭的困苦生活。健生的父亲王纲趁侵华日军入城之际谋得“维持会长”的职务，但因侵吞公款、儿子抗日等原因被革去职务。王纲的妻子得知儿子健生的死讯后变疯，王纲的弟弟王纪穷困潦倒，靠收废品为生。一天，王纪开门时发现门上靠着一具尸体，他惊慌失措地逃离了家乡。王纪的妻子陈香为生活所迫，不得已与流氓周大荣一起生活，忍受他的虐待。半年后，王纪回到家里，却得知妻儿早已出走，他再次离开了家乡。

乍一看，小说的故事好像并无特别之处，其实作者完全是站在日本军国主义的立场上，为日军侵略中国的行径涂脂抹粉。作品的主旨就是宣扬“中日提携，东亚共荣，合作则兴，抵抗则死，留守则保全生命，逃难则家破人亡”。因此，小说写与日本侵略者合作的留学生升为县长，参加抗日的青年健生负伤死在缺医少药的小镇里，逃难的翠娥、陈香、王纪等挣扎在死亡线上，抗战区百姓的生活则苦不堪言。为表现作者的这一思想，小说中谄媚的描写比比皆是，例如小说写当日本侵略者进城时，王纲带领一些“绅士”见日本“大佐”，感谢日本侵略军进城“保护良民、维持治安”，发誓要本着“中日亲善，共存共荣”的理想，“振兴东亚，互相提携，以建设新中国”。他还跟他老婆玉英讲，此次日本在中国的“军事行动”完全是“正义”的，并不是与一般中国民众为敌对，中国民众应“予以支持，同心协力”，共同为“建设东亚”而奋勉，并对日本“大佐”佩服得五体投地。王纲还以治安维持会会长的身份在县民众教育馆召开的民众大会上作所谓“中日提携与新中国之诞生”的发言。一派无耻谰言！一副丑恶嘴脸！

《新生》也是一部彻头彻尾的汉奸小说。作品写大学生俞经和茵这对恋人还有一年就毕业了，却因七七事变被迫中断学业。俞经回了家，茵去了南京。俞经的父亲是当地有名的“绅士”。家徒四壁的李吉因心眼直而被人称作“傻李”，一直未能娶亲。不久，日本人建立了“维持会”，俞老先生在侄子周学仁的鼓动下挂名当了“维持会长”和“警察局长”。由于周学仁爱恋俞经的妹妹俞绮，而俞绮和老先生都不同意，周学仁便告老先生“通匪”，俞绮只好被哥哥带着躲进了傻李家。岂料，第二天夜里军队来到俞家带走了父子俩，第三天夜里又传来枪声，傻李慌忙带着俞绮外逃，但跑了没几步就被子弹击中倒地。正当他们绝望时，却发现来的是长工老吴和哥哥带来的“剿匪联队”，一家人重又团圆。随后，周学仁被判十年徒刑，傻李也养好了伤。经过这件事后，俞老先生忏悔自己看错了人，遂同意将俞绮嫁给傻李，而俞经也接到了茵的来信，说国民政府也“还都”南京，她也加入了“和平运动”，鼓动俞经也来参加。俞经接信后倍感鼓舞，决心明天就赴南京，和茵一起，“和平、奋斗、救中国”。

可见，这是一部十足的瞎编乱造的反动作品，也是一部杜撰的充满奴颜媚骨的说教小说。且不说其中充满着虚假的、荒唐的情节，仅从作品的立意就可看出这是典型的“汉奸文学”。虽然小说有一定的艺术性，但丝毫不能掩盖这部小说为配合汪伪政权的“和平运动”并服务于其政治纲领的艺术导向，丝毫不能掩盖作者为迎合日伪政府、歌颂所谓的“新中国”“新秩序”的丑恶嘴脸，丝毫不能掩盖作者丧失民族大义、出卖灵魂、鼓吹“和平建国”的汉奸本质，将作者及其作品钉在历史的耻辱柱上毫不过分。其他的作品像如水的《海滨的忧郁》，美化日本侵略者丑恶行径的意图也相当明显。

二是以相对隐蔽的写作姿态传递出亲日的倾向。与前一类作品明目张胆地为日伪政府歌功颂德不同，这类作品虽写得较为隐晦，但仍可看出其亲日的立场与主旨。《生之回归线》写主人公朱永强不甘现状、怀揣憧憬来到城市，虽勉力劳作、苦力挣扎，仍不能从根本上改变自己身处底层的痛苦现状、被侮辱与被损害的现实，更不能改变社会的黑暗与不公。虽然他胸怀一颗奋斗的心，且终于遇到了“领路人”，重新找回了自己，但现实的污浊与人世的炎凉、时代的颓废与社会的黑暗，还是彻底击碎了他的“城市黄金梦”，他不得不做出了暂时离开城市、重返家园的选择。

那么，朱永强为什么回乡呢？我们看小说第七章朱永强父亲来城里看他时，与他的一段对话：

永强关心自己底家乡，问父亲：

“家里可平静？”

“太平静了，现在咱家可比以前胜强了百倍，那真可说是太平年月，收成好，粮米又卖的上价。”

“土匪呢？”

“土匪？连个影子也没有啊！自从××队管辖了地面，土匪谁还敢来。”

“只要日子安宁就……”

“太安宁了。”老人脸上浮满了欣喜，“现在，咱那村子，要是跑了一匹小驴，都没有人敢领。”

“没想到年头竟这么太平。”

这算什么呢？将家乡在日伪政府统治下的黑暗时期称为“太平年月”，

而且是前所未有的“匪患全无”的“太平年月”，这不也是替所谓的“大东亚共荣圈”涂脂抹粉吗？这不也是汉奸逻辑和奴化思想吗？正是这一错误的指导思想，使作者将一部展示农村有为青年不甘贫穷，几经风雨、几经奋斗，最终初步实现人生理想的励志小说，写成了一部虽有一定的生活气息，却有严重的误导性的危险品。作者将“从起点到起点”这一重返乡村的人生之路喻为“生之回归线”，并对此表示由衷的赞美，遵奉并呼应了汉奸文学理论的创作方针与创作要求，暴露出日伪政府宣扬的奴性思想对作者的侵蚀与浸淫，暴露出作者思想的贫乏与反动，以及荒谬与悲哀。

袁犀的《贝壳》也是如此。表面看来，这是一部以大学生恋爱与婚姻为题材，讨论“什么是爱情”“女人的位置在哪里”的长篇小说，也是作者表达爱情观、婚姻观的一部感伤小说。实际上，作者借思考“什么是爱情”这一问题，“暗示了自由主义的欧美思想之毒害，对于个人主义的恋爱观，作了峻严的批判”[1]，而它所透露的倾向，正暗合了“大东亚文学奖”的宗旨。你看：女主人公李玫受所谓“欧美思想”的毒害，信奉个人主义的恋爱观，其结果是道德沦丧，婚前婚后均与他人发生不正当关系，欲做贤妻良母而不得；李玫的妹妹李瑛之所以没有上当受骗，就在于看穿了白澍裹在诗人外衣下的奸诈的本性；白澍、吕桐所谓的“个人主义恋爱观”，其实就是游戏人生、张扬欲望的市侩哲学，其结局不是被人识破本性就是被捕入狱。作者试图由此证明，西方个人主义思潮影响下的道德观与价值观是一个混乱而错位的观念体系，是造成青年男女特别是青年大学生人生不幸、精神痛苦的主要原因。小说中有这样一个典型情节，当李玫的丈夫赵学文将印有吕桐被捕新闻的报纸递给李玫看时，说：“教育收到了相反的效果，知识补助了犯罪，一个大学毕业生是制毒机关的首领，由他的住所，说是还搜出了原文的杜威博士的论文集呢……”[2]而报上刊载的吕桐被捕新闻的标题竟然是《我国大学教育的成果麻醉药之密输犯制毒机关之首领——吕桐》，这就令人匪夷所思了。且

[1] 见 1944 年 1 月《文学集刊》第二辑。
[2] 袁犀：《贝壳》，新民印书馆 1943 年版，第 194 页。

不说将犯罪的原因归结为“大学教育的成果”这一观点如何不值一驳，仅说从吕桐住所搜出“原文的杜威博士的论文集”，实在难以想象，哲学家、教育家与心理学家杜威的原版论文集与制作毒品的吕桐有怎样的必然关联？唯一或可解释的便是“欧美思想的侵蚀”使一个受过高等教育的有为青年走上了犯罪的道路，杜威就是“罪魁祸首”，而这本原版的论文集则是其走上犯罪道路的“铁证”。这是何等荒谬绝伦的逻辑啊！但这不正迎合了日本军国主义“反英美思想”及构建“大东亚共荣圈”的文化闹剧吗？！特别是1943年8月，当袁犀以“华北作家协会满日文学视察团成员”的身份赴日本参加“第二次大东亚文学者大会”，以“郝庆松”的身份撰写《到日本去》的“感言”并欣然领取“大东亚文学奖”时，谁又能说此时的“郝庆松”不是踌躇满志、意气风发，以“好轻松”的心情登上领奖台的呢？！

三是在一定程度上反映了现实生活，表现了社会底层人士的不幸遭遇。为装点门面，《国民杂志》在进行长篇小说征文时，将“描写中国民众的真实生活”作为征文的重要要求，这自然使得一些“新进”作家纷纷投其所好，张金寿的《路》就因此获奖。小说通过对许怀民由屈服于命运到向命运抗争的心路历程的描写，再次印证了一个平凡、朴素却耐人寻味的道理：靠天，靠人，不如靠自己！《生之回归线》也是如此，虽然是谄媚之作，但作者对吃人的社会淋漓尽致的揭示与对人性丑恶的鞭挞，以及对生活中的美好的讴歌，都使这部作品成为反映一个特定时代的、具有局部真实性的现实记录。当与作品的主人公有着同样经历的工友们读到主人公在做慈善会杂役、饭馆小工、图书馆杂务、旅馆仆役遭受屈辱时，不禁感触于心、共鸣于怀——张金寿就因有着一段相似的经历而深深喜爱这一作品，并投出了自己赞成的一票。[1]

如果说《生之回归线》与《路》反映了底层小工的不幸生活，那么，《蓉蓉》与《影》就反映了底层妇女的不堪遭遇。爱慕虚荣的山村少女蓉蓉一心向往城市生活，但命运不济，她在与村里教师吴柏生约会时失身。不久，吴柏生

[1] 张金寿：《选后》，《国民杂志》1943年第3卷第1期。

因战乱、学校停办而离开，蓉蓉的母亲也因生产后的产褥病而死去，父亲又被占领寺庙的士兵开枪打死。无奈之下，蓉蓉抱着“自己的梦自己做”的想法坐恶绅赵连芳的车去城里找吴柏生，不料却被赵卖到二百里外的一个妓馆。虽然后来她被大房产主黄魁赎出做妾，但她因不满年过半百的黄魁不能给她带来生理满足，与绸店年轻的伙计小王私通，但王伙计很快因携款潜逃而被捕，她也因之受牵连入狱。出狱后，蓉蓉重入妓院。一天，因长期吸毒身体衰败不堪的蓉蓉与吴柏生在妓院重逢，在道明原委后，蓉蓉拒绝了柏生为其赎身、重归旧好的想法，在遭到一位嫖客的粗暴蹂躏后死去。

这是一个纯真但又爱慕虚荣的农村少女不甘于生活的平庸，向自己命运挑战、抗争却最终毁灭的悲剧故事，是对千千万万底层妇女不幸遭遇的又一次控诉。作者以同情的笔调书写了身处偏僻山村、时逢兵荒马乱的一个无助女子富贵梦的破灭，将“一个历史的必然要求和这个要求实际上不可能实现之间的悲剧性冲突”揭示得生动而清晰。从蓉蓉自求、自沉、自毁、自灭的短暂人生中，我们看到了作者提高妇女素质的迫切愿望，看到了时代的动荡给山村妇女带来的冲击与影响，看到了中国广大妇女特别是农村妇女解放道路的漫长与艰辛。

与《蓉蓉》异曲同工的是赵荫棠的《影》。小说写北京的大学教授费村和妻子不和，遂去妓院散心。其间，他认识了少妇李依兰，觉得她像“萧太后”，便动了真情。虽然汪太太告诫他依兰有吸食海洛因的嗜好，但费村仍抱着同情与能改造好依兰的愿望与她同居。6 年间，费村费尽心思都无法戒掉依兰吸食毒品的恶习，依兰也在“抽—戒—抽”的反复中让费村彻底失望。最后，费村在赔了一笔钱并立下出棺费的字据后，与依兰一刀两断，依兰重操旧业。4 年后，依兰在风雪中倒下。表面看来，这是一部表现大学教师狎妓的作品，实际上是一部揭示底层女子不幸命运的悲曲。小说借依兰不幸的一生表现了底层妇女失去依靠后无奈无助、辛酸痛苦的命运。这些身处底层的女人们都有不幸的遭遇，都有一样的归宿，令人心寒，令人悲愤。

反映现实生活与人们的不幸遭遇的还有关永吉的《牛》。只可惜这部以牛象征不屈不挠、辛勤劳作、默默奉献的农人，象征眷恋土地、热爱家乡、回馈自然的大地之子，象征与牛有着同样遭际的以高五爷为代表的田主们的坎坷命运的长篇小说，对造成田五爷一家悲苦命运的“狼”——乡村恶霸的揭示并不清晰，对其他人物的性格塑造缺乏深入的刻画，对矛盾的产生与冲突的结果表现得过于简单而仓促，人物命运的转变也过于随意。虽然其中蕴含着苦涩与疲惫、辛酸与悲哀，但总体表现并不到位，使得故事情节失去了应有的张力。有学者因关永吉曾大力提倡“乡土文学”，且因《牛》的题材颇有特点而视其为华北沦陷区乡土小说的优秀之作，[1]实在是矮子里面拔将军，由之也可见华北沦陷区长篇小说创作的贫乏与荒芜、平庸与苍白。

四是反映传统与现代的矛盾与冲突。这是华北沦陷区长篇小说创作的一个特点。沙里的《土》就是一部表现现代文明与传统观念之间的矛盾与冲突的小说。现代文明的到来不可避免地冲击着旧有的思想观念，使那些长期恪守旧传统的老一辈农民尤感世事难料。旧思想观念使他们遵循祖辈遗留下来的生活方式，对于工业文明所带来的新事物往往排斥、不接纳，这使他们渐渐被现代社会所遗弃，成为传统观念的悲者。“刘永福们”的悲剧即是如此。诚然，造成这一悲剧的原因并非仅仅是观念滞后，天灾同样是重要因素，扼人咽喉的高利贷更是扑杀农人最后希望的致命绞索。

此外还有表现爱情的小说，如袁犀的《面纱》、沙里的《尘》等。前者续写李瑛、金采、徐仪三位女性不同的爱情与生活道路，后者写张若苍、孙骥、李异三位男性不同的生活与爱情的结局，虽各具哲理，但逃避现实的写作姿态与奴化思想却殊途同归。

由上可知，因征文而起的华北沦陷区的长篇小说创作，自一开始就不可避免地打上了殖民主义的烙印。从获奖与出版的作品看，日伪政府借“振兴”之名推行殖民文化的目的昭然若揭，“新进”作家的长篇小说创作也因此具有了程度不一的殖民文化的意味。那些反映传统与现代的矛盾与冲突、反映底层人们不幸生活遭遇的小说虽然有一定的真实性，那些反映底层妇女不堪

[1] 张泉：《抗战时期的华北文学》，贵州教育出版社 2005 年版，第 106 页。

遭际的小说也试图淡化殖民的因子，但作者的身份、投机性与当时的社会环境，使他们采取的与现实或疏离或贴近的写作姿态无法摆脱殖民文化的影响，也正因此，那些所谓的“新进”作家和他们的作品在之后的岁月中大多沉入历史的深处。这是华北沦陷区长篇小说创作的真实写照，也是中国现代文学在20世纪三四十年代书写下的特殊的一页。

六、延安文艺政策与现代长篇小说新格局的形成

1942年5月召开的延安文艺座谈会是现代文学史上一个极为重要的文学事件，它不仅是延安文学的分水岭，也是之后新中国文学创作的源头。《在延安文艺座谈会上的讲话》（以下简称《讲话》）所阐述的基本原则改变了解放区作家的创作生态与文学理念，并对1949年后的文学产生了极为深远的影响。

众所周知，毛泽东在《讲话》中首先强调的是文艺“为工农兵”和“如何为”的问题。“中国的革命的文学家艺术家，有出息的文学家艺术家，必须长期地无条件地全身心地到工农兵群众中去，到火热的斗争中去，到唯一的最广大最丰富的源泉中去”[1]，一面是去收集创作素材，一面是向群众学习、改造自身的小资产阶级缺点。

在《讲话》中，毛泽东明确指出：“一切文化或文艺都是属于一定的阶级，一定的党，即一定的政治路线的。为艺术的艺术，超阶级超党的艺术，与政治并行或互相独立的艺术，实际上是不存在的。”[2]于是，“文艺为政治服务”，即为党的革命斗争服务就成为这一时期文艺的总方针。《讲话》以后的解放区长篇小说，相较于“五四”以来的中国现代长篇小说，在题材的选取、语言的运用、人物的塑造、结构的布局等方面都发生了显著的变化。

在选题上，这一时期的长篇小说内容与现实事件紧密相连，以党制定的

[1] 毛泽东：《在延安文艺座谈会上的讲话》，《解放日报》1943年10月19日。
[2] 毛泽东：《在延安文艺座谈会上的讲话》，《解放日报》1943年10月19日。

方针政策为指南，展现新时代的生活，具有强烈的意识形态色彩与现实目的。柳青的《种谷记》和欧阳山的《高干大》均取材于20世纪40年代初边区的农村互助合作运动。1948年出版《暴风骤雨》和《太阳照在桑干河上》时，党领导的土地制度改革运动正逐步在解放区铺开。《高干大》中的农村经济合作社、《种谷记》中的变工队，则是共产党人变革古老农业社会生产关系的新尝试；《暴风骤雨》和《太阳照在桑干河上》中反映的土地制度改革，也是一场由中国共产党领导中国人民从根本上摧毁中国封建制度根基的社会大变革。因此，在《暴风骤雨》和《太阳照在桑干河上》的文末都出现了人民积极加入革命队伍的情节，大量的农村经验引入文学创作，“为工农兵服务”“为政治服务”。在该时期的延安长篇小说的创作中，类似将农村经验引入文学创作的方式，显示着小说着力点的转移。

在语言上，这一时期的长篇小说以适应读者为目的，以“民族化、大众化”的语言叙述，通俗易懂。让实实在在的农村经验进入小说文本，小说语言也相应地发生改变，这与“为工农兵服务”的精神和“民族化、大众化”的追求相契合。“大众化”表现为去掉“欧式句法”和减少修辞技巧，更接近口语，语言变得平实易懂；“民族化”则表现为对方言的运用，使文章带有地方色彩和民间风味。周立波、欧阳山和丁玲作为从国统区、沦陷区过来的知识分子作家，在《暴风骤雨》《高干大》和《太阳照在桑干河上》中已经去除了早期“欧化”的句子，对方言的使用也为小说增色不少。当然，这批作家对方言的使用是有选择的。以因使用方言而颇受好评的《暴风骤雨》为例，方言主要出现在老孙头等当地农民而非土改队员的口中，主要出现在农民之间的对话中而非叙事中，作者甚至专门对部分方言做了注释。相比《淘金记》《死水微澜》等几乎全用方言创作的长篇小说，《暴风骤雨》对方言的处理显然不同，前者更多将地域文化色彩作为一种美学追求在小说中呈现出来，而后者则有更多传播效果方面的考虑；前者对方言的运用是创作主体的自觉行为，而后者除了地域文化的美学追求外，也有为工农兵服务的考量。

这种语言转换的目的又是什么呢？让贴近大众的农村经验进入文本，并通过平实、亲切的语言使作品广泛传播，目的就是要“帮助群众推动历史的前进”，“使人民群众惊醒起来，感奋起来，推动人民群众走向团结和斗争”。于是，语言的显示目的得以强化。

中国现代长篇小说的形成，与五四时期“人的文学”的思潮是分不开的。中国古代章回体长篇小说向现代长篇小说转型的重要标志，就是小说重点的转移，及对复杂的人性的书写、对人的多维度刻画。对人的描写实际上也是对人性的描写，人性的丰富性使文学的表现有了无限可能。在1942年后的延安长篇小说创作中，人们开始从阶级的视角审视人物形象，部分作品中有些人物形象也出现了一些类型化倾向，如《暴风骤雨》中的萧祥队长和《太阳照在桑干河上》中的章品，不但与老百姓有着亲密的联系，还能及时解决工作中出现的问题。觉醒的贫苦农民是抗日革命斗争的主要参加者，他们与日本侵略者、地主阶级有深仇大恨，并在共产党领导的指导下迅速成长为基层干部，他们通常是刚入党的党员或有入党愿望的人，如《暴风骤雨》中的赵玉林、郭全海，《太阳照在桑干河上》里的张裕民、程仁，《种谷记》中的王加扶。不觉悟者的形象有时是老农，如《太阳照在桑干河上》中，在土地制度改革中主动退还分给他的地的侯殿魁；有时是妇女，如《暴风骤雨》中阻止别人参与农会活动的张寡妇；有时是与地主有关系的佃农，如《暴风骤雨》中的狗腿子李振江；有时是中农和富农，如《种谷记》中不愿参加变工队的中农王克俭和乱传谣言的富农王国雄。无恶不作的地主在小说中常常是最大的反派角色，有的恶霸地主一目了然，如《暴风骤雨》中勾结土匪的韩老六；有的则比较隐蔽，常常给工作和斗争制造波折，如《暴风骤雨》中的杜善人、唐抓子，《太阳照在桑干河上》中的钱文贵，他们常年的剥削使农民处于极端贫苦、悲惨的生活中，最终受到了惩罚。

与此同时，小说的结构也发生了转变。由于选取了紧扣时代新变的题材，作家的创作重心从表现人转移到表现事件上来，即便写人，写的也是“事中的人”。如《高干大》写的主要是合作社建设中两条不同路线间的矛盾。小说采用了“矛盾—斗争—胜利”的结构，两股力量的斗争，一方是中国共产党领导下的劳动人民，一方是阶级敌人，最后以前者的胜利告终。《暴风骤雨》中，对地主韩老六的斗争一度受阻，人民的态度坚定了之后，就取得了胜利。

在1942—1949年的延安长篇小说创作中，《暴风骤雨》和《太阳照在桑干河上》于1951年获得斯大林文学奖，在当时和后世获得的评价较高。欧阳山的《高干大》和柳青的《种谷记》相较于前文提到的几部作品，或是二人在1949年后的作品，文学史地位都相对较低。为什么会这样呢？我以为，除去作家自身艺术技巧方面的原因，《种谷记》和《高干大》在适应新的创作格局上也或多或少有不足之处。

一是在阶级斗争意识的表现上着力不够。《种谷记》出版之初被称为“给《在延安文艺座谈会上的讲话》立下了一座实践的丰碑”[1]，在立场、态度、大众化语言的运用、丰富的农村生活经验的书写等方面都得到了称赞。但农村经验进入文本，还涉及一个转化的问题，就是如何将阶级斗争意识融入人物的塑造和小说的结构中，而在《种谷记》中，对共产党的领导和无恶不作的地主形象的塑造都存在不足。周而复指出：“我认为这书有一个基本弱点，是没有把党的领导贯穿在整个作品中。”[2]小说中确实没有写出农村基层党支部的作用，而革命的阻碍力量也只是中农王克俭的动摇和富农王国雄的煽动，穷凶极恶的地主完全缺席，所以方成等指出：“我们觉得《种谷记》里面对于变工队所要克服的困难过程不够突出。那就是说作者对于阻碍群众力量发展的反动力量，概括的不够具体，批判的不够清楚。”[3]光明写得不够光明，黑暗写得不够黑暗，于是小说的结构显得比较松散，情节比较沉闷、缺乏起伏的弱点也被接受者指出。柳青也认为《种谷记》是失败之作，吸取教训后写成的《创业史》已经有了鲜明的阶级意识，最终成为“十七年文学”时期的代表性作品。

二是内容、题材上的偏差。《高干大》在出版之后也受到好评，赵树理

[1] 雪苇：《读〈种谷记〉》，见《论文学的工农兵方向》，光华书店1948年版，第157—199页。

[2] 见《〈种谷记〉座谈会》，《小说》1950年第3卷第4期。

[3] 方成等：《评〈种谷记〉》，《大公报》1949年8月1日。

以其自身写“问题小说”的思维将接受视野定位为“反主观主义和官僚主义”[1]。对这部作品的批评意见主要在于结尾部分与巫神的斗争，胡椒认为：“作者描写巫神太过分强调了，未免有些小题大做，尤其是后部写闹鬼的篇幅，实在太冗长，而有沉闷之感。”[2]王瑶在《中国新文学史稿》里也有类似表述。但《高干大》真正的尴尬之处在于，小说书写的二元对立斗争没有放在阶级矛盾上，而是置于人民内部矛盾的范围内，“反派”是强调党的领导、一心服从于上级以致思维僵化的任常有，于是矛盾发生了转移——任常有与高干大意见不合，遂取消两家儿女的婚约，将女儿许配给巫神郝四儿，因高干大搞的医疗合作社影响了任常有搞的农业合作社，郝散播谣言又假装闹鬼，于是才发生了小说结尾高与郝徒手搏斗并双双滚下山崖的情节。小说结尾用很大篇幅描写高干大与巫神的斗争，实为无奈之举。除了矛盾构建的尴尬外，题材的选取上也比较尴尬。这部小说的主要背景是1942年陕甘宁边区合作社落实“克服包办代替，实行民办官助”的方针，但这一题材很快随着方针的调整而过时。因此，在1960年的再版序言中，欧阳山不得不遗憾地承认：“由于现实的变化与发展，那以后不久，不单是全国的其他合作社，就是西北地区的任何一个合作社，那做法也已经完全不一样；更不要说咱们的国家如今已经进入人民公社的时代，从前那种合作社，早已成为历史的陈迹了。”[3]于是在1949年后“十七年文学”时期的长篇小说创作中，“三红一创，青山保林”中有六部都选择了革命历史题材，欧阳山开始了创作《一代风流》的庞大计划，其第一卷《三家巷》成为“十七年文学”的重要收获。

《种谷记》和《高干大》作为转型过渡期的文本，因其在适应新格局上的不足之处而受到了批评。正如周立波谈《暴风骤雨》的写作时所言：“关于题材，根据主题，作者是要有所取舍的。因为革命的现实主义的反映现实，不是自然主义式的单纯的对于事实的模写。革命的现实主义的写作，应该是作者站在无产阶级立场上站在党性和阶级性的观点上所看到的一切真实之上

[1] 赵树理：《介绍一本好小说——〈高干大〉》，《人民日报》1948年10月7日。

[2] 胡椒：《读了〈高干大〉的两三点意见》，《华北文艺》（创刊号）1948年12月15日。

[3] 欧阳山：《再版序言》，见《高干大》，人民文学出版社1960年版，第1页。

的现实的再现。”[1]在《讲话》影响下产生的延安长篇小说创作新格局的意义，如周扬所言，“为今天的根据地，就正是为明天的全国”[2]，其中的经验教训被之后的“十七年文学”所继承和借鉴，并为其发展奠定了基础。

总之，延安文艺座谈会召开后，延安长篇小说创作因之出现了新格局：在选题上，与现实事件紧密相连，以党的方针政策为指南，展现新时代的生活，体现出强烈的意识形态色彩与现实目的；在语言上，以适应读者的阅读为目的，以“民族化、大众化”的语言为叙述语言，强化语言的现实目的；在人物描写上，以阶级的视角审视人物，人性被框进相对固定的模式中，人物出现了类型化的倾向；在结构上，日益浓烈的阶级斗争意识使作家常常以二元对立的思维模式结构小说，创作重心开始由人转向事，即便写人，也是“事中之人”，小说的着力点由展现人性转移到表现阶级斗争意识上来。这一审美范式也促成了新中国长篇小说审美品格的形成。

七、中国现代长篇小说装帧设计的审美追求

装帧，虽然在今天指的是书籍在生产过程中的设计工作，包括材料、工艺等方面，但在现代（1919—1949年），主要还是指书籍的封面设计。就中国现代长篇小说的图书装帧艺术而言，如何更好地传达出长篇小说所蕴含的深刻内涵与审美意味，同时又不失民族风、文艺韵、时代感，是现代出版人坚定的审美理念，也是一代设计师执着的审美追求。

所谓“民族风”就是用本民族的造型手段与艺术方式刻画出符合本民族风格的内容，使其具有本民族所特有的样式与灵魂，它不仅包括对本民族古典艺术的继承与创新，也包括对外来艺术的吸纳与融创。就中国现代长篇小说的装帧艺术而言，就是指艺术家们在融创古今中外的艺术精髓，特别是在借鉴中国古典设计元素的基础上，创作出具有中华民族特点的封面样式。具

[1] 周立波：《现在想到的几点——〈暴风骤雨〉下卷的创作情形》，《生活报》1949年6月21日。
[2] 周扬：《艺术教育的改造问题——鲁艺学风总结报告之理论部分：对鲁艺教育的一个检讨与自我批评》，《解放日报》1942年9月9日。

体而言，体现在如下两点中。

一是以汉字为主要元素，以汉字字形与排列的变化为小说封面的主要设计思路，凸显民族风味。这一装帧样式不仅是早期装帧设计的一个重要样式，也是现代长篇小说装帧设计中经久不衰的审美选择。据笔者统计，在1922—1949年出版的360余部现代长篇小说中，有70余部长篇小说采用了以汉字为主要元素的封面设计样式，约占全部作品的五分之一。这些封面上的汉字，大致可分为书法体、印刷体与美术体三种。在主要元素为书法体汉字的封面设计作品中，以作者写的行书字作为封面的主要元素的最多，这也是由行书的特点所决定的，如老舍的《老张的哲学》《赵子曰》《二马》，山丁的《绿色的谷》，沙汀的《淘金记》，端木蕻良的《科尔沁旗草原》，茅盾的《霜叶红似二月花》，柳青的《种谷记》等；也有用作者写的楷体字作为封面的主要元素的，如张资平的《冲积期化石》、李韵如的《三年》等；而叶圣陶用篆体写的书名《子夜》《山雨》《心病》等，平正而严谨，简明而古朴。这些设计朴素大方，既有个人气质又有民族特点。当然，受中国书法艺术的影响，这些书名除张资平的《冲积期化石》、徐仲年的《双尾蝎》和沈从文的《阿丽思中国游记》等采取现代的横向排列方式外，大多采用了竖向排列的方式，这也契合了装帧设计的民族风格。在主要元素为印刷体汉字的封面设计作品中，因宋体字横平竖直、棱角分明、字形方正、结构严谨、整齐均匀，使人在阅读时有一种舒适醒目的感觉，故多采用宋体字作为书名字体，如黄俊的《恋爱的悲惨》，张资平的《苔莉》《最后的幸福》《欢喜陀与马桶》，王志之的《爱的牺牲》，周文的《烟苗季》，萧乾的《梦之谷》，高咏的《随粮代征》，王西彦的《古屋》，萍草的《泛滥的黄河》，艾芜的《山野》等。与书法体字多竖排相反，印刷体字除王统照的《一叶》、庐隐的《象牙戒指》、罗洪的《孤岛时代》、陈铨的《死灰》等极少数为竖排外，多为横排，反映出装帧设计者传承中国古典文化的同时又与时代同步的理念。美术字多是手绘美术字，相较前二者而言则显得多样化，不仅以宋体字、黑体字、楷体字，有的还用变体字为基础进行艺术改造。更为重要的是手绘字可大可小、可长可短、可曲可直，故可根据作品的开本进行设计，在不同的色彩的映衬下，更具书卷气与民族风。如以经艺术改造后的宋体字作为书名字体的有茅盾的《腐蚀》，无名氏的《野兽·野兽·野兽》《金色的蛇夜》，周楞伽的《风风雨雨》，丁易的《过渡》，周而复的《白求恩大夫》等，或以红色、黄色为底色，或以红色为书名的颜色，将书名适度放大，居中竖排，十分醒目。以经艺术改造后的黑体字为书名字体的作品，如秦心丁的《洄浪》、超超的《小雪》和高沐鸿的《红日》等，虽看似简朴、方正，但同样夺人眼球，也显示出在中西方文化融汇交流的过程中，现代设计者求新求变的世界眼光。以经艺术改造后的变体字为书名字体的作品，如张资平的《长途》、周彦的《我们是戏剧的铁军》、沈寂的《红森林》，颇具特色，在书上方三分之一处横向排列经过加工放大的变体字书名，通过色彩的对比，如红底白字、白底黑字、蓝底红字，起到了醒目的作用。最为人称道的是莫志恒为巴金的《家》所做的封面设计。因《家》是“激流三部曲”的第一部，所以作者将“激流”二字放大后居中放置，封面的上四分之一处印有黑色的美术字“家”，下方正中印三个小字“巴金著”，封面上一共有6个字，将《家》与“激流”的关系精妙地展示了出来，真可谓疏密俱巧、虚实相生，也因之被人誉为“《家》封面，甲天下”。而后期开明书店的长篇小说统一以汉字作为封面设计的主元素，辅之以瓦形和波形纹饰，颇显民族风范。文化生活出版社的“现代长篇小说丛书”同样统一上标大字号书名与小字号“现代长篇小说丛书”字样，下方为作者名和社标，简约、朴素，既透出民族气息，又彰显其“招牌样式”。

二是以色块为主，辅之以与主人公心境相似或与文本主题相契合的图画，或以对称的图案为封面，凸显装帧的民族风与和谐美。色彩是装帧设计的重要元素，不同的色彩搭配会呈现不同的审美感受。在许多现代装帧设计师看来，色彩可以简洁而又鲜明地展示出现代长篇小说的内在精神。例如匡亚明的《血祭》，以红黑二色为主色调，将界线分明但又不规则的红黑色块拼接起来，红色象征鲜血，黑色象征祭奠，二者的合理搭配间接地将作者用自己的心血来祭悼自己的亡魂的寓意传递了出来。张资平的《明珠与黑炭》在色彩的搭配上也颇具特色，同样是红黑二色，但设计者在左上方画一个黑色的正方形，书名《明珠与黑炭》的“明”字大部分置于黑色正方形内，“明”字的小半部分与“珠与黑炭”几个字为黑色，与白底色形成对比；右下方画一个红色的长方形，与黑色正方形相对，长方形上方为黑色的“张资平著”几个字，右上方横添一指见宽的红色的长方形，上标出版年代“1931”；下方绘有一个女人的头像，其面部在白底色中，后脑勺在红底色中，且为黑色，两个部分拼接成一个完整的人头像，但上下错开，暗示社会的不公与黑暗。封面红黑对比强烈，在黑色正方形里的“明”字与在红色长方形里的半个后脑勺色彩鲜明，瞬间将读者的注意力集中在这一巧妙的构图上，令人过目不忘。虽然张资平的这部小说写得很一般，但由于封面设计新颖独特，首印 3000 册，两个月就售罄，3 月份就印行了第二版，到同年 8 月，第三版就上市了。与之构图相近的还有“良友文学丛书”。这套书的封面使用了不同的色块，辅之以与主人公心境相似的画面。另外，王统照的《春花》、张天翼的《在城市里》、王鲁彦的《野火》、王西彦的《村野恋人》等，封面都颇吸引人，也突出了“良友文学丛书”特有的风格。之后的“晨光文学丛书”也沿用了这一样式，同样为人称道，如师陀的《结婚》，用淡蓝和铁红二色搭配，书名“结婚”为黑色的艺术字，印于蓝色的底色之上，右下三分之一处为一蓝色正方形色块，其中有一对鸳鸯，体现了作品的寓意。由于淡蓝的底色与黑色书名对比鲜明，《结婚》的书名便显得极为醒目，仿佛跳入读者的眼睛，令人爱不释手。这种色块与图画相搭配、契合作品寓意的设计，也成为“晨光文学丛书”的“招牌样式”。不过，一般这类设计往往使用双色，多用红、黑二色，如王余杞的《浮沉》、曼陀罗的《红豆》、马宁的《处女地》、万迪鹤的《中国大学生日记》等，都给人热烈又不乏庄重之感。偶有用三色的，如潘柳黛的《退职夫人自传》，封面上淡玫瑰色、紫红色、黄色三色色块横纵排列、交错，给人以鲜明而又不失和谐的视觉感受。除色块外，设计师们还喜欢用对称的图案，在和谐美中展现作品的民族风格。中国古典美学讲究对称、和谐，对称美也是一种和谐美，它不仅艺术地折射出中国传统的阴阳平衡的美学观念，也完美地展现了中华文化高雅庄重的审美情趣。如王西彦的《寻梦者》，封面上是左右对称的一扇门，两边门柱、门楣、门把装饰等都呈对称状，红色的色调虽显暖意，但关闭的门还是暗示出知识分子封闭的、不切实际的“寻梦”心态。李劼人的《死水微澜》《暴风雨前》《大波》的封面也用了左右对称的图案，以装饰性的藤蔓图案环绕，别有风味，这也是中华书局文艺类图书的“招牌样式”。较为别致的是程碧冰的《饿殍》，封面左右两边对称使用了秃鹫图案，衬之以黑色的条纹与装饰性的花草图案，将主人公因精神无所依傍而产生的迷惘、困苦、孤独、悲愤，甚至如同死人一般绝望的情绪表现得入木三分。其他如高歌的《加里的情书》、北风的《墙头草》、叶舟的《封锁线》、丁谛的《前程》等，都以对称的封面设计给读者留下了深刻的印象。可以说，不同色块的合理拼接与设计，对称的艺术所产生的简约美、韵律美、和谐美，辅之以与主人公心境相似或与文本主题相契的图画，使封面更显美观，使现代长篇小说的封面设计呈现出清晰而又富有张力的审美效果。

图书装帧是一门艺术，可以展现不同类别的书籍的不同特质。文艺书籍的装帧自然少不了文艺气息，设计师在设计上表现出自己对作品的理解，呈现出文艺的韵味。如何在有限的平面空间里透出无限的内容，进而激发起读者的艺术想象力，使读者通过封面的形式美、意蕴美展开无边的遐想，以小见大、以有形见无形，凸显装帧的文艺美，是现代文艺书籍封面设计者要解决的问题。据笔者统计，约 75% 的现代长篇小说在装帧设计上都以绘图的方式彰显作品的文艺韵味，不少作品因之获得了市场的青睐。

一是通过使用人物画，以象征、暗示、比喻等手法，映现或升华作品的主题。小说是通过人物的故事与命运来传递作品的主题的，在封面中以人物画来展示作品的意蕴，自然成为众多设计师的首选。据笔者统计，以人物画作为现代长篇小说封面设计的主要元素的作品约占全部作品的三分之一，其受钟爱程度可见一斑。早期如江雨岚的《离绝》的封面上，以一对男女背靠背的图画表示分离的情状与痛苦。图虽然简单，但它显示出了 20 世纪初设计师们的艺术尝试。别具匠心的是黄心真的《罪恶》的封面，为了很好地诠释佣人阿进因嫉妒、多疑而滥杀多人的变态狂、杀人魔王形象，设计者以一个愁苦的人脸作为主要元素，同时从他的眼角勾出两条吐着蛇信的毒蛇，盘桓在他的头顶，象征着他目光如蛇，心毒手辣。毛笔写就的“罪恶”两个字一右一左，放置在这张脸的两边，整个封面以浅灰色为底色，更衬托出恐怖狰狞的气氛，阿进的人性之恶、作品的主题以及作家的意图也因之展现得形象生动、入木三分。获创造社征文奖的《结局》与《农夫李三麻子》也采用了类似的构思。《结局》封面的右上方以残缺的“心”字为背景，上有男女两个青年挽着手，身体却反向倾斜，象征着男女主人公似有爱意，实则貌合神离；以红黑两色为主色调，喻示主人公敢于向旧世界挑战的英勇气概。联系小说的寓意，小说名为《结局》，实际是写“无结局”。这一封面设计冲击了读者的眼球，诱发了读者对作品的购买欲望。小说 1929 年 1 月由上海创造社出版部初版印行 1500 册后，10 月即由上海水沫书店再版，总印数达 3000 册，1930 年 2 月又印行了第 3 版，总印数达 4500 册，若不是之后被国民党以“普罗文艺”为由查禁，当不止这一印数。《农夫李三麻子》是一个因受剥削、压迫而穷困潦倒、走投无路的农民参加革命却遭捕杀的悲剧故事。封面设计以红黑两色为主色调，左下方为熊熊燃烧的烈火，上方的黑色背景中有一个低着头的人，旁边有一把镰刀，书名有意设计成以圆点构成的艺术字，整体观之，就是喻指农夫李三麻子其人其事，封面的构思与寓意一目了然。后期如严文井的《一个人的烦恼》封面上那个若有所思的沉思头像，巴金的《寒夜》封面上一个行走在山城的街道上的瘦骨嶙峋的人，钱锺书的《围城》封面上一对背向相靠、各有所思的夫妻，都出色地诠释了文本的意蕴，也堪称现代长篇小说装帧设计的优秀之作。不过，在笔者看来，封面人物画得最好、最形神兼备的是陶冰的《安蒂小姐》。封面上的“安蒂小姐”系着米黄色的头巾，刘海波浪般卷起，与黑色的上衣相互映衬，和谐自然，两条细细的眉和长而弯翘的睫毛下一双明亮的大眼透着忧郁，挺直而又秀气的鼻梁与充满诱惑的嘴唇，使安蒂小姐的形象楚楚动人。画家用精湛的技艺将主人公安蒂小姐的形象刻画得如真人般栩栩如生，而那回眸一望的忧郁的眼神，将美丽的安蒂小姐在战争年代艰苦却又悲惨无奈的一生表现得淋漓尽致，也印证了章桂征所说的："装帧家在创作中只有深刻地揭示出小说的题旨意义的深刻性与丰富性，才能获得一种充满相对无限性的封面设计的容量。"[1]

二是通过景物画的方式表达文本的内涵。与契合文本主题的人物画不同，景物画多较为抽象，但也有不少设计显得别具一格，给人留下了深刻的印象。如蒋光慈的《冲出云围的月亮》的封面以红、黄、蓝三色为主，以蓝色象征乌云，冲出乌云的一轮圆月高高地挂在朦胧的、黄色的天空上，书名用红色，月亮看似皎洁却朦胧，很好地契合了主人公的心境及全书的浪漫氛围。茅盾的《虹》的封面上，雨过天晴，蔚蓝的天空中显现出一道彩虹，还有几团云彩，作家的希望与作品的主题一看便知。类似的还有曼陀罗的《爱的幻灭》的封面，几朵乌云随风而去，象征着爱也随风而去；田涛的《焰》的封面，以熊熊燃烧的火焰象征抗战不息的烽火；萧蔓若的《解冻》的封面，太阳下，一座巨大的冰山正在融化。这些封面上的图案以象征的方式表达了文本的内涵。不过，最令人称道的是张资平的《脱了轨道的星球》和巴金的《新生》的封面，即便放在当下，仍是上乘之作。《脱了轨道的星球》初版就设计了两种封面，一种是在金黄色的太阳照耀下，一颗脱离了轨道的星球斜贯其中，书名采用美术字；另一种以黄色为主色调，以艺术字为书名字体，左下角有一颗带着光环的星球，左右两侧有棕色、黄色的色块，封面色彩鲜明，构思切题，联想自然，颇有冲击力。《新生》的封面是钱君匋设计的，多年后钱先生仍引以为豪。他说："就拿为巴金名著《新生》所作的封面装帧来说吧，又作了新的处理。这是一部中篇小说，书面的下端用黑色画了三级石头台阶，一枝小草从石头缝里顽强地生长出来，用小草象征新生，把石头台阶比作黑暗的势力。技法不用由浓到淡的照相式层次，而以无数细点来表现疏密浓淡。设色简洁，只有红、黑两种，红色作书名，象征血，黑色象征铁，铁与血交融，暗示敢于向旧世界挑战的英勇气概，留给读者一种宽广的联想。巴金看到了

[1] 郭振华、余秉楠、章桂征：《中外装帧艺术论集》，时代文艺出版社1988年版，第244页。

非常高兴，对我说，这样的装帧同作品的内容很协调，表达得恰到好处。”[1]

三是用动物图案呈现文本的意蕴。这类设计虽然不多，但也有几个至今仍令人称赞的作品。章克标的《银蛇》是一部卑俗的、带有唯美主义和颓废色彩的猎艳小说。由于作者深受日本“唯美—颓废主义”影响，故而小说内容庸俗、格调低下，谓之“颓＋荡”并不过分。但小说的封面设计确实好——一条银蛇蜿蜒而上，将主人公见色起心，以猎艳为能事，以感官享受慰藉内心，以爱的白日梦填补醉生梦死的生活的形象表达得无比生动，在早期的装帧设计中可算是独树一帜。茅盾的《动摇》的封面也是钱君匋设计的，在朱红的底色上画着一个青年女子的脸庞，一只蜘蛛挂在一条丝上，趴在脸庞正中，这女子只有右半边脸，表现出书中主人公虽敢于冲破黑暗的罗网，但对前途感到茫然的复杂心情。此外，老舍的《猫城记》封面以强烈的色彩对比凸显出一只在池边喝水的黄色的猫，张资平的《青年的爱》封面上是一只小鸟站在大大的红心上歌唱，在冲击读者眼球的同时，也起到了帮助读者理解作品的作用。

众所周知，任何美的艺术形式都应表现出时代感，长篇小说的装帧艺术也不例外。这不仅是因为它具有艺术属性，还因为它具有商品属性，这就决定了它必须具有强烈的时代感，冲击读者的眼球，激起读者强烈的购买欲望。可以说，让装帧表现出时代感，是时代赋予书籍装帧艺术家的使命。纵观现代长篇小说装帧设计的时代感，主要表现在以下几个方面。

一是以新颖奇特的裸女画或带有符号意味的现代派艺术图案为主要元素，展现个性解放的时代美感。20 世纪 20 年代是“个性大解放”时期，为顺应这一时代的浪潮，众多刊物的封面、插图纷纷采用裸女画或带有符号意味的现代派艺术图案来吸引读者，长篇小说的装帧也跟随了这一潮流。最先在长篇小说封面上使用裸女画的是罗西的《玫瑰残了》。设计者以一个裸女在小河边洗头为封面的主要元素，以一个红圈、三个白圈象征红玫瑰变白、变残，暗合小说的主题。之后，楚洪的《爱网》、张资平的《天孙之女》、

[1] 钱君匋：《书衣集》，山西人民出版社 1986 年版，第 35 页。

陈一夫的《春天的落叶》等也采用了裸女图的元素，留下了那个时期装帧艺术的时代印痕。彭芳草的《管他呢》是最早在封面上运用现代派艺术图案的长篇小说。小说的封面上描画了一个众多人挤在一起的图形，给人以压迫感与紧张感。有意思的是叶永蓁的《小小十年》，小说的封面上是一组标点符号，颇让人费解。对此，他在《后记》中这样解释："我觉得我这小小十年之间，好像都是标点一样的可笑。有些事，我在这十年之间，已经像结点一样的作了终结。有些事，我是好像叙点一样的才开始工作。有些事，我好像逗点一样的必须继续下去做。有些事，我做过好几回了，重复得像双引号一般；有些事，却还刚刚开手，又像了单引号。奔波了好几省，所以我也画上一条省界的线，奔波了几十县，把县界的线画得比省界的线长。革命是仅仅记到几个所谓'革命领袖'的人名，所以画上一条人名旁边所直的符号；以后觉得自己是还需要智识的，因此也画了书的符号。总之，在这小小的封面图内，我觉得真可以表现我小小的十年。不仅这样，或许可以表现全部的人生，无论谁的。"[1]应该说，这一设计也确实别有特色，但如果没有现代派艺术的影响，他也不会设计出这样颇具现代意味的小说封面。

二是以抗战或抗战时战士和农民的新面貌为主要元素，展现全国人民投身抗战的时代风貌。1931 年，日本发动侵华战争，九一八事变拉开了中国抗日战争的序幕。文学作为时代的晴雨表，自然肩负起书写全民抗战的历史重任，表现中国人民的不屈伟力的抗战文学随之成为这一时代文学的主流。相应的，长篇小说的装帧艺术也发生了巨大的改变，特别是抗战小说，以抗战、抗战时期军民生活为主元素的构图样式，成为设计者的首选。率先反映这一主题的是黄震遐的《大上海的毁灭》，这是第一部以淞沪会战为题材的长篇小说，也是一部讴歌中国军民不屈不挠地抵抗外来侵略的爱国主义小说。设计者以上海钟楼为封面背景，上方有一个红色的、狰狞的、满是杀气的恶魔，它张开双臂，欲控制整个大上海，在恶魔的下方有一个义愤填膺的青年男子，右手紧握拳头，左手拉着一个女青年的手臂，女青年的手指向战火纷飞的方

[1] 叶永蓁：《小小十年》，上海春潮书局 1929 年版，第 478—479 页。

向，传递出中华儿女不畏列强、坚强不屈的品格，以及誓死为民族独立而战的爱国热情。更显时代感的是王寒生的《战血》的封面，在中国地图上，一大滴鲜血滴在东北的大地上，四溅开来，这是九一八事变后日本侵略者对中国人民欠下的血债，两个鲜红的大字“战血”，将中国人民抗日的决心表现得淋漓尽致。《战血》的封面、封底及扉页的整体设计，流露出浓烈的抗战气息。受时代的影响，连一向写通俗小说的张恨水都开始了长篇小说《虎贲万岁》的创作。书完成后，封面上是月夜下，一个全副武装的战士右手执枪，左臂张开，招呼英勇的战士们冲上前来，战士的背后是长城状的城墙，它既象征着常德城，又象征着万里长城。威武的中国军人与屹立的长城，将中国军人英勇抗战、保家卫国的壮志雄心表达得淋漓尽致。欧阳山的《战果》的封面以红色为底色，用线条勾勒出一个小孩的身影，他看着敌机扔下的炸弹呼啸而下（这个小孩是作品的主人公丁泰），旁边一架高射机枪正对着敌机。寥寥数笔，将小说的时代氛围交代得清清楚楚。其他如含沙的《抗战》，封面画着一群战士拿着枪冲向前方；端木蕻良的《大地的海》，封面画着中国军队扛着旗，昂首向着太阳的方向进发；程造之的《沃野》，封面上有两个军人，背景是行进中的游击队，抗战的时代图景一目了然。

三是以新技术革命带动印刷革命。20 世纪是技术革命的时代，日新月异的科技也给印刷界带来了革命性的变化。就中国的印刷业而言，西方先进印刷设备的大量引进，直接促成了装帧设计的革命性变化。这其中最有代表性的是 1936 年 7 月 15 日上海良友图书印刷公司印制的、作为“良友文学丛书”第 27 种出版的《一个女兵的自传》。该书为软布面精装，外加彩印封套，封面首次采用国外引进的照排技术，将谢冰莹英姿焕发的戎装照作为装帧设计的主要元素，书页选用米色道林纸，内插四幅作者不同时期的照片，形款毕现，堪称珍本，不仅轰动全国，还引发了出版界装帧设计的革命，使《一个女兵的自传》成为中国现代传记文学中珍贵的成果。该小说首印 3000 册，大受读者欢迎。1937 年 6 月 15 日，《一个女兵的自传》再版，印行 1000 册。诚然，《一个女兵的自传》的内容固然是吸引读者的首要原因，但优美的装帧无疑起到了锦上添花的作用。之后，获良友文学奖金奖的小说《天下太平》也采用了先进的照排技术，封面上是崇明岛农村田野的照片，欲借此展现崇明三和镇凋敝的状况，但因为照片有些模糊，效果不太理想。1946年11月，赵家璧再次在“晨光文学丛书”《四世同堂》的第一部《惶惑》的封面上尝试运用照排技术，将老舍端坐在一张藤椅上的照片印在封面上，效果颇佳。

一个时代有一个时代之精神，一个时代有一个时代之美感，一个时代有一个时代之风韵，此三者的完美结合或可是装帧艺术的美的体现。诚然，现代长篇小说装帧艺术的民族风、文艺韵、时代感不是截然分开的，而是相互交汇、相互融合的，即所谓“你中有我、我中有你”；现代长篇小说的装帧设计也不是个个都美轮美奂，个个都精彩无比。但正是由于这些装帧设计家们的不懈努力与大胆探索，不断以新颖独特、具有时代特色的设计引领中国现代长篇小说图书装帧设计的新潮流，才把他们“开时代之风气、契文艺意涵之灵魂、现民族之魂魄”的艺术追求展现出来，才为现代长篇小说的图书装帧奉献出众多优美的、足可传世的精品佳作。他们不仅为新文学长篇小说的装帧艺术带来了革命性的变化，也确定了现代长篇小说装帧艺术的基本范式，为现代长篇小说装帧艺术的现代转型做出了不可磨灭的贡献。

1922 年

2 月 15 日 张资平的《冲积期化石》由上海泰东图书局初版（创造社丛书第四种）。

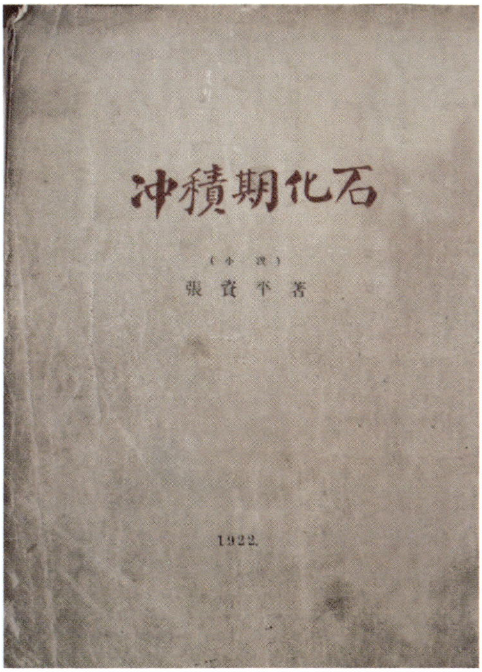

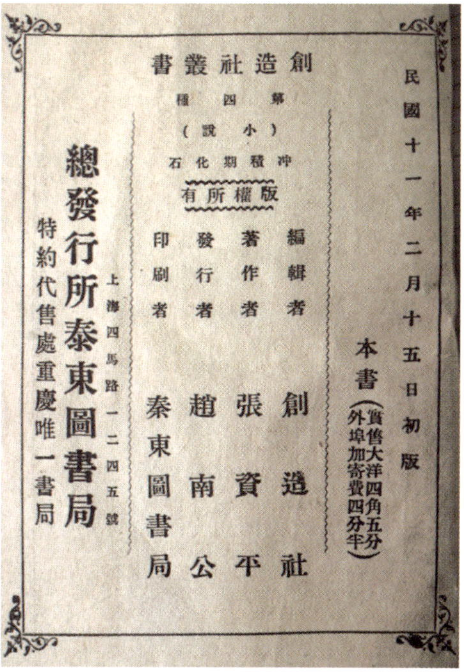
民國十一年二月十五日初版

本書（實售大洋四角五分 外埠加寄費四分半）

創造社叢書
第四種
（小說）
沖積期化石

版權所有

編輯者 創造社
著作者 張資平
發行者 趙南公
印刷者 泰東圖書局

總發行所 泰東圖書局 上海四馬路一二四五號
特約代售處 重慶唯一書局

梗概：韦鹤鸣家境贫寒，母亲去世时，其父天厂在暹罗，他只得跟随堂兄铁友放牛度日。天厂回来后，创办蒙塾，以期让鹤鸣得到良好的教育。鹤鸣与同学谢伟一起读书，并进了村上的教会学校，他们看透了宗教和牧师的虚伪，在辛亥革命爆发后，两人同时考取了赴日本留学的官费生。在日本，鹤鸣看到了所谓“学生领袖”的无耻和卑鄙，陷于苦闷之中，与酒馆女招待如嫣混在一起。其父来信告诫他，使他认识到了自己的错误。不久，父亲病逝，他悲痛不已，患了严重的神经衰弱症。后谢伟赶到日本，帮助鹤鸣恢复了正常的学习生活。

按：《冲积期化石》是张资平（1893—1959）的长篇小说处女作，也是中国现代文学史上第一部白话长篇小说。小说动笔于1918年，原名《他的生涯》，郭沫若认为太俗，作者遂改为现名。1921年11月脱稿后作者寄给郭沫若，郭转交给郁达夫，在上海泰东图书局初版。出版前，即1921年11月26日，《申报》刊载《冲积期化石》的预告："《冲积期化石》（小说），张资平著。全书洋洋二十万言，波澜重叠，结构奇伟，我国新兴文艺中空前之一大雄篇！目下加工印刷不日出版。""冲积期化石"是一个地质学名词，原指保存于第四纪时期形成的陆相沉积物地层中的古生物遗体、遗物和它们的生活痕迹。借用张资平的自释：人类死后，他们的遗骸便是冲积期的化石。作者在扉页题"此书为纪念而作"，并以"冲积期化石"为书名，意在借喻地质与人类社会的发展关系，既表达自己对逝去的父亲的思念之情，又刻下现实生活中具有历史文物性质的人与事的印迹。因此，这是一部带有很强的自传色彩的长篇小说。小说以"我"和韦鹤鸣这两个孩提时一起在私塾蒙学、少时同受新式教育、青年时同去日本留学的年轻人的成长经历为线索，描写了留学生鹤鸣在故国和异乡所遭受的冷遇、歧视（爱日本女子如嫣而不得），以及中日青年在学习生活中所建立的虽短暂却真诚的友谊，批判了辛亥革命前后中国社会，特别是弥漫在教育界、政治界和家庭婚姻制度中的种种腐败行为，讽刺了外国宗教势力及其依附者的虚伪本质，又表现了日本社会种种不公和吞噬生命的丑恶现象。作品刊行后，朱自清、茅盾、成仿吾等均从技术的层面指出了该小说的不足。的确，从小说形式的层面上讲，《冲积期化石》结构零乱，人物性格亦不鲜明，议论颇多且偏离主旨，若不是一些感伤情绪的描写因体验深刻而写得真实可信，似乎无可取之处了。其实不然。首先，小说的选材与描写视域极富新意。作者以留学生为主人公，在较为广阔的背景下展示与比较中日两国及两国青年或同或异的社会现状、生活境遇、人物命运，拓宽了新文学长篇小说的表现域。其次，小说的叙述支点具有划时代意义。表面看，张资平通过回忆主人公鹤鸣求学时期的种种往事，讽刺了社会的不公，抒发了对亲人的深厚感情，但其根本在于以“人的生活为是”，以“人道主义为本，对于人生诸问题，加以记录研究”的“人的文学”这一新文学的革命主张，首次在长篇小说创作领域得到了真切的落实。虽然作者的人道主义思想尚浅，但以普通的文体记普遍的思想与事实，以真挚的文体记真挚的思想与事实的“平民文学”观，即直面人生的勇气和服务现实的“为人生”的五四精神，却实实在在地流贯其中。再次，小说的叙述手法具有现代特征。《冲积期化石》用倒叙、预叙、插叙、补叙等多种艺术手法表现主题，尽管不很熟练甚至有枝蔓过多之嫌，但它毕竟使小说在叙述结构上与传统小说有了根本的不同。因此，《冲积期化石》虽然在思想艺术上尚显稚嫩，但作为新文学第一部长篇小说，其开拓之绩功不可没。

2月28日 《申报》刊载《冲积期化石》的广告：“他的诗序说，‘真强者不饮弱者之血。真智者不哂愚者之言，五官常占有空间最高之位置，肢体的半数可以支持重大的物体，这是造物特赐之恩惠！也是万物之灵的特征！要不辜负这特赐之恩惠，如何利用这种特征，未成化石之先，应当思念及底！’看他这序，就可联想到他这书内所包含的东西。洋洋十余万言，波澜重叠，结构奇伟，真我国新兴文艺中空前之大雄篇。书印无多，望速购取。”

3月15日 张资平的《上帝的儿女们》始刊于《创造》季刊第1卷第1期、1923年2月1日第1卷第4期、1923年5月1日第2卷第1号、1924年2月28日第2卷第2号（未完）。

3月26日 朱自清致俞平伯信：“《冲积期化石》结构散漫，叙次亦无深强的印象，似不足称佳作。”[1]

3月27日 冀野在《时事新报·学灯》上发表《读〈冲积期化石〉之后》，全文如下：

在南京要读最新出版的书籍是一件狠不容易底事，因为此间的书铺，只知赶快贩卖些《礼拜六》《半月》《消闲月刊》……一流的小说书，若是要

---

[1] 朱乔森：《朱自清全集》（第十一卷），江苏教育出版社1998年版，第120页。

读什么《女神》《沉沦》，一类的书，除非等报纸上的广告登了几星期之后。最近出版的《冲积期化石》，当然也逃不了这个例子。他是二月十五日出版，我到今天才看见。我现在将我看了这书的感想拉杂写之如下。

张资平君的作品，我在九年十一月就在《学艺》上读过了。那篇《约檀河之水》我觉得同这长篇小说《冲积期化石》狠有关系。那篇里的“韦先生”或者就是这本书里的“韦鹤鸣”。据我草草读过一遍的经验看来，两篇主人翁同是这姓“韦”的。张君在书前说“为纪念而作”，那末张君之描写自己，是已标明的了。至于“韦鹤鸣”是否就是他自己，据我看如此。此外还有这两篇共同的语句，如“以后没有再写‘父亲大人膝下……’的资格了”。由这点还可证明一件事：《冲积期化石》前面的诗里有一句“你死了三年余……”此书作于今年，那末三年前就是民国九年了。《约檀河之水》作于九年。那时大约他的父亲刚死没多时。两篇之同为纪念而作又是一样了。

若谈到这本书，我觉得谈宗教和社会的几段最有精采。不过全书的科学气味总觉得太浓厚了。到处就用化学或地质学……作比例，这一层我以为是全书的一小缺点。在结构上我以为寻第二次机会解决未完的事实，决非是一件令人满意的事，譬如“陈女士”一段，后来一点照应没有，只在篇后附告殊令人失望。本来长篇小说在中国还是创举，若求完善狠不容易，但是开长篇小说之先声，张君的功劳不可埋没哩！至于书里所描写恋爱的几段，读了与《沉沦》受的同一印象，我可说是留日学生生活的写真的断片。作者在篇后征求批评，我这篇只是拉杂话，毫无批评的意味，自己狠抱愧的。但是作批评该书者的引导，那我是不辞的。

按：该文为作者看到《冲积期化石》篇末有张资平征求批评的渴望后，写下的一篇简短的小文。尽管全文没有说出什么所以然来，甚至可以用肤浅来形容，但它却是第一篇公开发表的评论《冲积期化石》的文章，也是中国现代长篇小说接受评论的第一篇文章，故全文实录，一为存史，二为纪念。

5月11日、5月21日、6月1日　茅盾以“损”为笔名在《时事新报·文学旬刊》第37—39期发表《〈创造〉给我的印象》一文，认为：“今年春看《冲积期化石》，觉得反差些，那中间原有几段极能动人，但是那一回忆太长，结构上似乎嫌散漫些，颇有人看得嫌腻烦。”另外《上帝的儿女们》“这篇东西该是杰作”。

按：茅盾在《上帝的儿女们》刚刊出两节时就做出断言，操之过急。

10 月 王统照的《一叶》由上海商务印书馆初版（文学研究会丛书）。

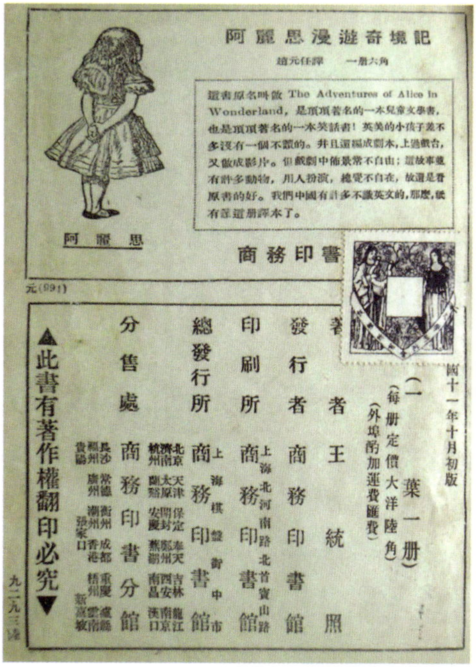

梗概：小说分上下篇。上篇描写主人公李天根父亲早亡，母亲嘉芷抚养四个孩子长大。李天根与伍秀才的女儿伍慧一起玩乐，两人逐渐产生了朦胧的感情，但伍秀才将伍慧另许人家，伍慧忧伤而逝，天根也抱恨不已。几年后，在省城读书的天根认识了外国语学校教师张柏如，二人很快成为知己。不久，天根在生病住院期间结识了医校女学生芸涵，为芸涵父母双亡又遭受侮辱的不幸身世所感动。下篇写张柏如突然遭人诬陷而被捕入狱，经多方保释得以出狱后愤然出国，而芸涵也为避税务局局长所扰，随医院院长远赴德国。社会的黑暗、人生的不幸，使天根郁郁寡欢，原本信奉“爱”为人间最大的补剂的他，陷入悲观主义与命定论之中，也不禁产生“诗序”中所发出的惆怅与感伤："为何人生之弦音上，都鸣出不和谐的调子？为何生命是永久地如一叶的飘堕地上？为何悲哀是永久而且接连着结在我的心底？"

按： 王统照（1897—1957）的《一叶》是继《冲积期化石》之后又一本直接印行的单行本长篇小说，也是新文学史上第二部长篇小说，因其将主人公比作"一片树叶子"，故名《一叶》。与《冲积期化石》一样，《一叶》也是一部带有自传色彩的长篇小说；不同的是，前者从域外文化的视角传递出知识青年因遭受不公所产生的时代苦闷病，后者从传统文化的视角传递出"五四"前后部分知识青年对现实世界与人生问题的思辨与诉求。因而，《一叶》侧重揭示的是封建势力吃人的本质，军阀混战给黎民百姓造成的巨大痛苦，以及封建社会向现代社会转变的过程中，人性中恶的泛滥并缺乏制约所产生的恶果；探索的是现代社会中人的价值追求，及滞后的现实与超前的理想间的矛盾与困惑。这种为人生的艺术实践，这种"'哲学的'象征的抒情"，这种直面现实、拷问人的终极关怀的现代意识，在新文学初始的长篇探索中显得尤为可贵。虽然，在残酷的现实面前，作者试图以"爱"与"美"的理想拯救现实显得幼稚而无力，主人公生命哲学的破灭令人伤怀悲愤，但作品所显示的现实主义精神却预示出作家新的转向和新的起点。诚然，作为新文学草创期的长篇新作，不免带有古典小说向现代小说转型的痕迹，如以"诗序"开篇并以之暗示主题，颇有古小说的遗风。其不足也在所难免，例如，人物形象不突出，结构不严谨，作者将天根家庭的变故及其内心感情的起伏交织起来，作为全书的主线，同时将柏如、慧姐、芸涵、渔夫的遭遇作为四个板块穿插起来，人为痕迹明显。此外，叙述语言生硬，加之作者不合时宜的出场与议论，造成了叙述视角的混乱，也影响了文学情景的生成。

11月25日 成仿吾在《创造》季刊第1卷第3期《通信》中致信郭沫若，认为，《冲积期化石》"这篇小说，Composition上有大毛病，首尾的顾应，因为中间的补叙太长，力量不足。并且尾部的悲哀情调，勉强得很。作者的议论也过多，内容也散漫得很。"

按： 确实如此。

12 月 16 日 《申报》刊载《一叶》的广告：“《一叶》为王统照君创作的小说，以婉妙细腻的文笔叙写人生的悲感。‘为何人生之弦音上都鸣出不和谐的调子？为何生命是永久地如一叶的飘堕地上？’欲答此问请看此书。”

12 月 黄俊的《恋爱的悲惨》由上海新文化书社初版。

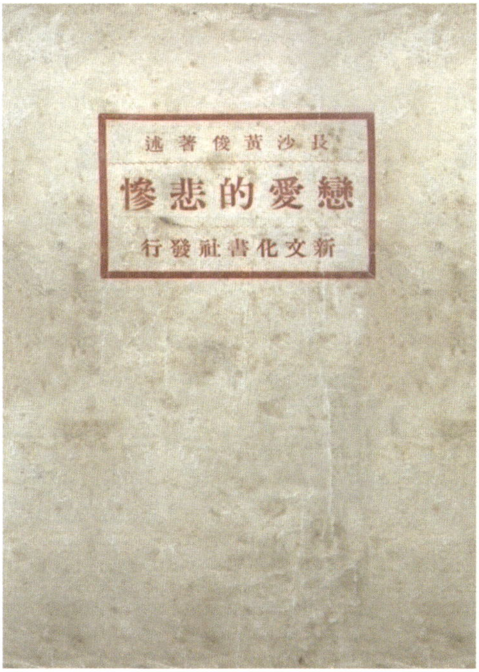

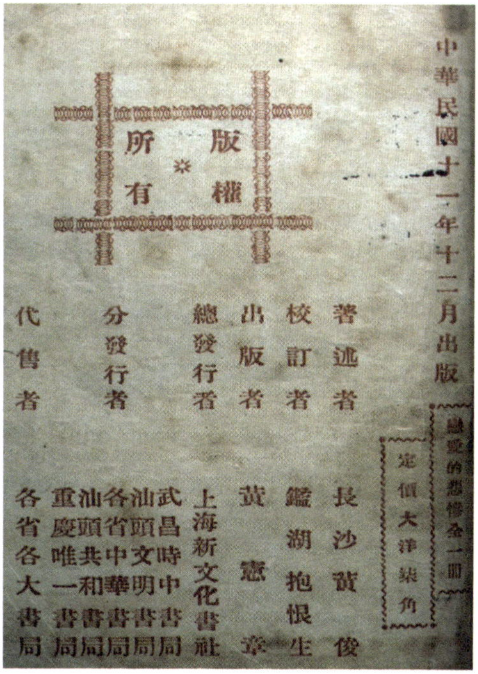

梗概：岳云中学召开运动会，“我”被安排为验票员，不一会儿徐潜过来，她也是验票员。她一过来就与“我”如熟人般打招呼，后来还和“我”坐同一条凳子，来人以异样的神情看着“我们”。“我”与她没有什么交往，只知道她是徐特立先生的女儿，在十八班旁听。她这种开明的态度实在令“我”佩服。第二天“我”去见未婚妻廖慕苏，路上又遇见她，她主动与“我”攀谈，“我”对她的印象更深了。两个月后，家里来信支持“我”到北京去求学，“我”便告诉廖，徐潜也知道了，关切地问“我”何时动身。“我”看她对“我”这么上心，想她可能对我有意，而“我”对她也产生了好感，于是就写纸条给她，希望得到她的地址。她收到纸条后很快回复，并告知了地址。第二天她借故与“我”聊了许久，“我”对她的思想有了更进一步的了解，也对她有了更多的好感。临行前，她在纸条上嘱“我”仔细告知沿途情况，并署“妹潜上”，令“我”激动万分。“我”走时她又急切相送，更令“我”感怀不已。一到北京“我”满脑子都是徐潜，于是就如约写信告诉她沿途所见所闻，徐潜也很快回音。刚开始“我们”之间还较为客气，但很快就亲近起来，称呼也更加亲密，信件稍稍来迟，“我们”就六神无主、不知所措。不久，“我”又到上海求学。由于“我”和徐潜都被包办了婚姻，“我”与她过密的信件往来引起了一些流言蜚语，信也被他人拆看，“我们”不得不采取更换通信地点、收信人等特殊方式继续传情。一天，“我”在信中说她用情要专一，后来不知怎的她又接到一封“我”埋怨她用情不专、要她另找相当的人的信，这让“我”莫名其妙。徐潜悲伤地服毒自杀，虽因发现及时送往医院抢救，但生死未卜。“我”接到同学郑诵的告知信后悲痛欲绝，当晚即借钱急赴长沙。一路上“我”茶饭不思、浮想联翩，悔恨交加、痛苦不堪。待到长沙后得知徐潜已平安出院并被接回家时，“我”才放下心来。这之后，“我们”的感情更加深厚了。一天，“我”突然接到了她的绝交信，这让“我”痛不欲生，虽然“我”不明白前封信还情深意笃，为何转眼间就情断意斩，但为了尊重她的选择，还是忍住悲痛给她回信绝交。她接到信后很悲伤，也不明白为什么会突然出现这种变故，但因两人相隔遥远，她只得再次含泪写信申辩。“我”也觉得奇怪，于是“我”决定亲自到长沙问个究竟。到了长沙一问徐潜，“我”才明白这完全是一场误会，绝交信是别人伪造的，“我们”又沉浸在幸福的爱恋之中。正当“我们”欢喜之时，廖慕苏家坚决反对退婚，并威胁如若退婚就抄家灭口，“我”的父亲不得已提出兼房的主张。徐潜因不愿失去“我”，也认可了这一方案。于是，“我”的恋爱算是有了一个双方都可以接受的结局。

按：《恋爱的悲惨》原名《恋爱之末路》，因作者恋爱成功，故打消了恋爱不成便自杀的念头，将“末路”改为“悲惨”，以记叙其中的磨难。不过，该作虽标识为“恋爱写实小说”，但与其说它是小说，不如称其为日记汇编更为确切。连黄俊（1904—1985）自己也在《序》中说：“这书是从我的日记上取出事实，再由我描写出来。”的确，这本近8万字的日记，以近乎流水账的方式记叙了黄俊（即黄宪章）与徐潜（即徐静涵）的恋爱经过与结局，文中所记的时间、地点、人名、事件等均非虚构，而是确有其事，亦有案可查，以之证史亦不为过。[1]不过，全书虽真实地记叙了陷入热恋的黄俊与徐潜的相爱之情、相思之苦，特别是被他人中伤所承受的情感痛苦，但内容缺乏剪裁、文字稚嫩，即便是主人公被误解时寻死觅活、释解清楚后又喜笑颜开的心迹也写得直白乏味，“悲惨”的命意亦颇为牵强。因此，全书除真实可信、情真意切外，在艺术上乏善可陈。作者将其作为长篇小说，出版社将其作为“恋爱写实小说”出版，说明新文学伊始，作家的长篇小说文体意识薄弱，不少著者以为长篇小说就是长的小说，甚至认为将自己在一段时间里记下的数万字的日记稍加整理、直接出版，也应算作长篇小说，这实在是一个误解。

[1] 徐静涵确为徐特立的长女，后来谢冰莹在《一个女兵的自传》中还专门提到此书和此事。

1923年

1月10日 王统照的《黄昏》始刊于《小说月报》第14卷第1号，至6月10日第6号毕。

3月5日 《学生杂志》第10卷第3期“书报介绍”栏介绍王统照的《一叶》：“这是新文学出版物中第一册创作的长篇小说。著者以婉妙细腻的文笔，描写人生的悲感。‘为何人生之弦音上，都鸣出不和谐的调子？为何生命是永久地如一叶的飘堕地上？’欲答此问，请看这册小说。”

3月10日 张子倬在《小说月报》第14卷第3号发表《王统照君的〈黄昏〉》一文，认为赵建堂是旧式富家翁的代表，小说真切而不虚伪地表现了他，从中可以看出作者对非人道主义者猛烈的攻击。“赵慕琏是一个高尚而纯洁的少年，且是一个意志坚定，不为物移的少年，然而一抛却学校生活，便有一种惝恍不可言状的现象。”读了这篇以后，知道恶社会所造的罪孽和改造环境的刻不容缓了。“至于描写方面，我可以简单说一句，就是极显明极自然而处处得到一种美的感觉。”

5月1日 成仿吾在《创造》季刊第2卷第1号发表《〈一叶〉的评论》一文，认为：“《一叶》不仅与《冲积期化石》同是我们现在仅有的长篇，结构上也差不多同是一样。《一叶》不必是模仿《冲积期化石》，然而《冲积期化石》那样的结构，我个人是不大喜欢的，在《创造》一卷三期上给沫若的信中，似乎我曾说过，《一叶》又用了这种结构，我是为《一叶》深惜的。并且《一叶》的内容，不是如《冲积期化石》那般不能任意宰割的。《冲积期化石》是一个整块，《一叶》却是由数个小块结成的，所以我想《一叶》的开场，为避开过长的倒叙可以不由在王志伯家说起。由慧姐死后，或在张柏如家时说起都妙，由芸涵的插话之后说起都可以。这样说起时，既可以把单调的倒叙减到一半，内容也似乎更要密切而丰富了。”“《一叶》成功的地方，在能利用那四个插话，表出在运命掌中辗转的人类之无可奈何的悲哀，使谁看了，也要感到一种不知从何而来的悲哀的醺醉。他所以成功的原因，固由于那四个插话的哀婉，然而作者能到处维持那种美丽的情绪，确是一个重大的原因。”

按：此文于营造悲伤氛围而言或可如是，于谋篇布局而言尚有待推敲。

7月21日 《申报》刊载《恋爱的悲惨》的广告：“诸君子在暑假中，如要研究婚姻问题，如要讨论恋爱问题，请看《恋爱的悲惨》。婚姻问题中的写实小说。在现在新旧思想冲突的时代，任何事件，都要发生混乱的现象。在这说混乱现象中，就有些牺牲者和被牺牲者出来，尤其是婚姻问题和恋爱问题，近年牺牲的数目，实在不少。然而我们问一问，为什么要如此呢？那么请青年的诸君，将这部书批评一下。以上是著者南方大学黄宪章君和南方大学徐静涵女士的宣言，黄徐二君将他们所经过的恋爱痛苦，赤裸裸的写了出来，名为《恋爱的悲惨》。黄君以为是社会上的一件事，应该大家知道。就托本社印行。留心婚姻问题恋爱问题的诸君，应当将这部书参考一下。”

8月 王统照的《一叶》由上海商务印书馆再版。

9月10日 补碎在《小说月报》第14卷第9号发表《王统照君的〈黄昏〉》一文，认为小说所描写的社会与当下的社会相同：赵建堂代表一切资产阶级，推着独轮车的老农夫代表苦恼的无产阶级，夏符等代表被歧视及玩弄的女子，赵慕琏代表一般烦闷青年。

11月 张资平的《冲积期化石》由上海泰东图书局印行第四版。

1924年

4月10日 《小说月报》第15卷第4号《最后一页》刊登张闻天的《旅途》的预告："五月号里，有几篇文字，值得预告的。创作有鲁迅君的《在酒楼上》，庐隐女士的《旧稿》……还有张闻天君的一篇长篇创作《旅途》。《旅途》共有三部，所叙述的事实是很可感人的，所用的叙写的方法也很好。近来长篇的小说作者极少，有一二部简直是成了连续的演讲录而不成其为小说了。张君的这部创作至少是一部使我们注意的'小说'。"

4月 王统照的《一叶》由上海商务印书馆印行第三版。

5月10日 张闻天的《旅途》始刊于《小说月报》第15卷第5号，至12月10日第15卷第12号毕（其中第8号、第11号未刊）。

10月22日 《申报》刊登《三角恋爱》的出版预告："《三角恋爱》，黄中作，滕固序。作者仗着狂放的天才，缠绵的文笔，描写精神的恋爱和失恋的痛苦，甜蜜处极回肠荡气之能，悲骚处有婉转哀鸣之苦。这原是作者自写悲哀，比较旁的著作深刻得多。而思想高超，言论怪僻，尤其是言人所不敢言，道人所不能道，直把隐秘的人心，虚伪的世界大声喊破，是何等大胆的笔仗啊！备有样本，函索即寄。"

按：该预告实为夸大之辞。不过，《三角恋爱》正式出版时无滕固序。[1]

11月3日 《申报》再刊《三角恋爱》的出版预告："惟美的抒情的；浪漫的悲哀的；尝过甜蜜爱情的大忏悔；受着失恋痛苦的呼救声；反抗恶浊社会的大喊呐；打破虚伪礼教的革命军；他人所不敢的不能的这书中大胆尝

[1] 沈宁：《滕固·黄中及〈三角恋爱〉》，见陈思广：《中国现代长篇小说史话》，武汉出版社2014年版，第184—189页。

试无所不为；他人所羞言的讳言的这书中大胆放言毫无顾忌。奉送样本函索即寄。”

12 月 秦心丁的《洄浪》由上海泰东图书局初版。

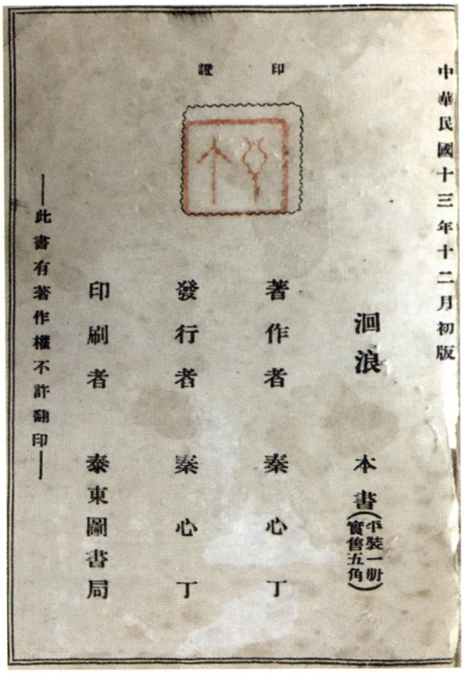

梗概：“我”喜欢上了小兰，她也喜欢“我”，但小兰的家人嫌“我”家贫穷，将小兰许给他人，“我”只好在哀伤中度日。在学校里，“我”与苗生关系最好，在别人看来，一个寒酸的学生与一个最可爱的学生关系密切，十分奇怪，就称“我们”为“疯子”。“我”家给“我”订了婚，但未婚妻还没过门就死了。“我”到 FC 去读书，苗生也来到了这里，“我们”又快乐地在一起了。“我们”想象了一个情人叫陈蕙棠，作为感情的寄托。学校闹学潮，“我”因参与其中，在开学之际被学校登报除名，其他学校也不敢收“我”，“我”只好与苗生告别，四处流浪。“我”回到家里，哥哥到哈尔滨等地去了，妈妈也生了病，父亲回来后看到这一情形离开了家，悲伤笼罩着“我们”家。苗生将他名叫真心的弟弟介绍给“我”，“我”看到他可爱天真的神情和美丽的外表，醉心于同他的恋爱之中。后来“我”一度没有他们的消息，“我”曾打算自杀，被一个老奶奶劝了回来。回到家，真心告诉“我”，苗生也有与“我”同样的经历。当苗生来时，“我”祝他永远拥抱着他的陈蕙棠。

按：这是秦心丁（1903—1999）即秦惠亭自费出版的长篇小说，表面看来记叙的是一段漂泊无爱的伤心经历，其实是一部流水账般的无病呻吟，也可说是“为赋新词强说愁”，爱与被爱均无实质性的内容与社会内涵，主题的深度开掘也就无从谈起了。全书缺乏剪裁与布局，情节缺乏提炼，人物形象随手写来，模糊不清，鲜见出彩之处，实可谓：文字稚嫩，艺术平平。

1925 年

12 月 张闻天的《旅途》由上海商务印书馆初版（文学研究会丛书）。

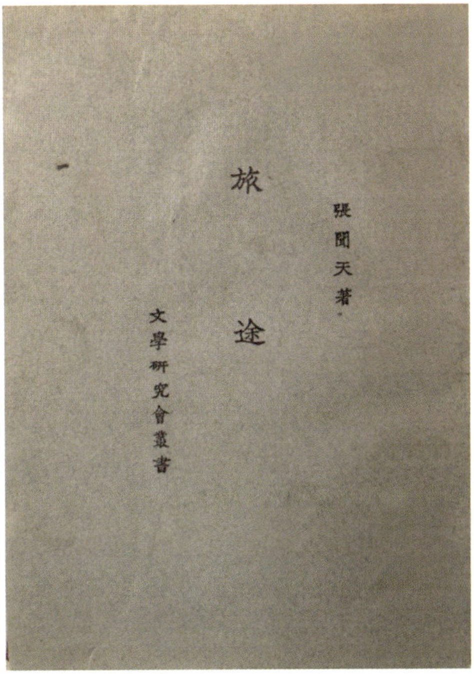

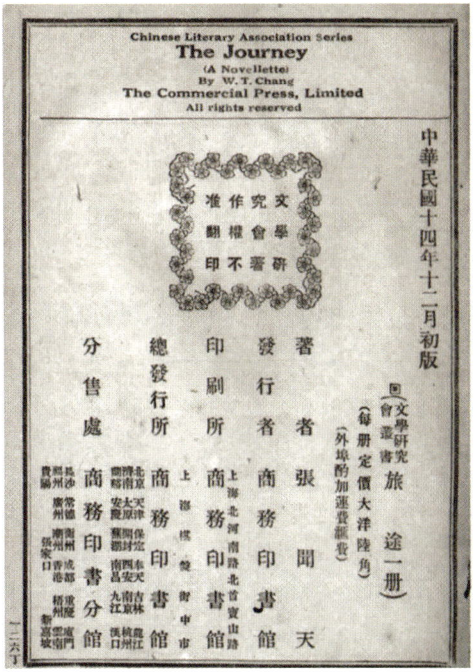
Chinese Literary Association Series
The Journey
(A Novellette)
By W. T. Chang
The Commercial Press, Limited
All rights reserved

中華民國十四年十二月初版

文學研究會著作權不准翻印

（文學研究會叢書）旅途一冊
（每冊定價大洋陸角）
（外埠酌加運費匯費）

著者 張聞天
發行者 商務印書館
印刷所 上海北河南路北首寶山路 商務印書館
總發行所 上海棋盤街中市 商務印書館
分售處 商務印書分館

梗概：全书分上中下三部。上部写在天津某工程局工作的青年工程师王钧凯应聘到美国亚罗镇工程局，临行前因寒热病而不得不推迟行程。在朋友默君的热心帮助下，他来到了默君乡下的家里休养，在养病期间与默君的妹妹蕴青有了更进一步的接触。几个月前的初识和这次密切的交往，使他很快对蕴青产生了感情，而蕴青也对他有了好感。但因他们的家庭都各自给他们包办了婚姻，蕴青虽然也向钧凯表达了爱意，最终还是遵从了母亲的意愿，拒绝了钧凯提出的继续学习以挣脱家庭束缚的建议，与其未婚夫成婚，但她发誓她的心永远属于他，灵魂常伴他左右。中部写王钧凯来到美国后，得到了热情好客、关注中美关系的美国同事克拉先生一家的善待。克拉先生年轻貌美的女儿克拉小姐（即安娜）对他一见钟情，而钧凯却被加利福尼亚大学法兰西文学科的玛格莱沉静中闪耀着热情的气质所吸引。在随后与安娜及玛格莱的交往中，他对蕴青的情感逐渐淡漠了，虽然蕴青不断来信诉说着思念之情，但钧凯却希望蕴青对其夫君产生感情，永远忘记自己。玛格莱告诉钧凯，她本来爱上一个贫穷的小说家，但父母却让她嫁给一个有钱人，她只有逃出家庭以寻求自己的爱情，这让钧凯想起与她有同样命运却不敢挣脱束缚的蕴青，自然也憎恨那戕害了无数青年人的旧社会和旧道德。而玛格莱身上所具有的那种反抗的力，那种“对于革命的共同的热忱，对于相互的过去的共同的怜悯，对于未来的共同的奋斗，把他们俩——钧凯与玛格莱——的运命连绾在一起了”。钧凯决定回国革命，安娜不堪失恋的痛苦而投湖自杀，钧凯得知后痛不欲生，更加坚定了他回国献身革命的决心。他与玛格莱约定，同赴中国参加反帝反封建的革命斗争。不料，玛格莱临行前突患重病去世，王钧凯独自回国。下部写王钧凯化悲痛为力量，加入“大中华独立党”，作为其中的一员主将，积极组织武装反抗旧制度的革命斗争。虽然王钧凯还不能忘掉蕴青，也和蕴青见了面，但革命高于一切，他很快投身到捍卫民族独立的战斗中，不幸在一次战斗中英勇献身。

按：《旅途》是早期革命家张闻天（1900—1976）创作的唯一一部长篇小说，作品出版后不久，这位更重视实际工作的革命者就投身于革命运动了。跨国婚姻是五四时期中国留学生普遍涉猎的小说题材，由于“弱国子民”的身份与文化差异等原因，倍受歧视的学子们深感其痛，流露于笔端的多是沮丧、凄凉之情，张资平的《冲积期化石》与郁达夫的《沉沦》等即可作如是观。张闻天的《旅途》一改其风格，以中国的“白马王子”赢得美国女子的芳心，并与其一起预演一场“爱情 + 革命”的现代剧（虽然囿于现实而突转为与中国女子上演“爱情 + 革命”的现代剧），构思可谓新颖别致。可以说，《旅途》是一部充满着精神自足感的爱情与革命的浪漫畅想曲，也可视为革命文学的滥觞之作。作者以浪漫主义的精神，确立了书写爱情与革命的新策略：以自居的精神气度凸显主人公王钧凯的独立品格，赢得爱情的自主权；以相同的叛逆性格与理想的革命诉求彰显双方内在的情感动因；以精神的共鸣升华爱情的崇高感。这种强烈的具有精神自居感的浪漫主义书写图式，是对五四新文学反帝反封建的浪漫主义精髓的承续，它不仅开革命文学之先河，也创造了革命文学的新范式，为后来的革命文学创作提供了可资借鉴的蓝本。[1]

[1] 陈思广：《在爱情与革命的浪漫畅想间——张闻天长篇小说〈旅途〉及书写策略》，《中华文化论坛》2010 年第 4 期。

1926年

3月16日 《创造月刊》第1卷第1期刊载《飞絮》的广告："女性第一称，自叙体的长篇创作，是作者读了一部日本小说，受着感兴而写成。作者对于三角恋爱和性的苦闷的描写的手腕，读者在他的创作集《爱之焦点》《雪的除夕》等中当可以看出。而这部创作因为是用了女性第一称的体裁的原故，对于事实结构和心理的描写上，更写得深刻入微，异常有精采，实是文坛上写三角恋爱，不，写四角恋爱的第一杰作。"

3月22日 《申报》刊载《旅途》的广告："张闻天著。书中主人翁为一热情的青年，因爱国而丧身，他又同时遭受许多恋爱的风波。结构严谨，文笔爽利。"

4月29日 《申报》刊载《洄浪》的广告："《洄浪》将由上海出版社发行。秦心丁著长篇创作《洄浪》，自发行以来，业已再版，向由泰东书局代售，现因存书无多，即将三版，出版后由上海出版社独家发行云。"

4月 王统照的《一叶》由上海商务印书馆印行第四版。

5月3日 《申报》再刊《洄浪》的广告："《洄浪》创作集廉价。市中区巡道街一百号上海出版社，发行秦心丁著《洄浪》，在近代长篇创作界中不可多得刊物，全书计一百七十余页，用瑞典纸疏朗排印，精美异常，并有'蝴蝶在那里'铜图一帧，更为生色不少。"

6月1日 **张资平的《飞絮》由上海创造社出版部初版（落叶丛书第二种），1–2000册。**

梗概：岭南县立女子师范毕业生刘琇霞，属意相貌平平但有志于文学的大学生吴梅，但母亲却希望她嫁给南洋豪商的公子，父亲要将她许配给他的

学生、留洋博士吕广，这让她心情非常郁闷。不久，回国后在京城大学做助教的吕广因有名无实，被学生轰了出来，只得回S城做教授。到了假期，刘琇霞、吕广、云姨母、吴梅一起到哪吒山避暑。云姨母极力与吴梅亲近，这令琇霞十分愤怒，吕广乘机向琇霞求爱，琇霞也故意与吕广亲近以报复吴梅，但内心极为苦闷。烦恼的吴梅随后也向琇霞忏悔并解释了原委——是云姨母对他进行性勾引，而他只是敷衍而已，这才消除了误会。琇霞认为："恋爱是一种权利！无论谁人都有这种必然的权利！剥夺他人的此种权利的人是残酷的狱吏。父亲和姨母都是残忍的狱吏。"随后琇霞一家搬到S市，琇霞的父亲让吕广住在家里。在S市工作的吴梅得知后几次来访，都被琇霞的父亲拒之门外，而琇霞也渐渐倾心于吕广。不久，琇霞去大学读书，而吴梅又因文学创作声名鹊起，受校长的邀请来到琇霞所在的大学讲授文学，这燃起了琇霞的感情，但她看到吴梅整日自暴自弃、饮酒自毁的样子，还是熄灭了重新燃起的爱他的希望。一天，琇霞接到吴梅的信，让她到他的住处。琇霞去后，吴梅埋怨她与吕广订婚，强行占有了她。琇霞感到无比伤心和愤怒。不久，吕广正式向琇霞求婚，迫于生计，琇霞与吕广结婚。婚后不到一个月，琇霞因病到医院检查，被诊断有三个月的身孕。面对惊讶的吕广，她只好说出了原委。吕广原谅了琇霞。初冬，一度失踪的云姨母突然来看琇霞，以悔恨的心情向她说出了惊人的事实：云姨母被吴梅拒绝后与吕广发生了关系，并生下一子，二人约定由吕广提供生活费，她再不回 S 市。云姨母那次失踪实际上是生孩子去了，不料孩子死了，她也开始悔悟。她希望琇霞回到吴梅身边，说这才是正确的爱的道路。第二天，云姨母病逝。

按：关于《飞絮》的创作，张资平在《序》中这样写道：“暑期中读日本《朝日新闻》所载《归ル日》，觉得它这篇描写得很好。暑中无事想把它逐日翻译出来，弄点生活费。因为那时候学校无薪可领，生活甚苦。天气太热又全无创作兴趣。每天就把这篇来译，一连继续了一星期。但到后来觉得有许多不能译的地方，且读至下面，描写远不及前半部了，因之大失所望，但写了好些译稿觉得把它烧毁有点可惜。于是把这译稿改作了一下，成了《飞絮》这篇畸形的作品。后来因为种种原因及怕人非难，终没有把这篇稿售去。本社出版部成立后，就叫它在本社出版物中妄占了一个位置，实在很惭愧的。”“总之这篇《飞絮》不能说是纯粹的创作。说是摹仿《归ル日》而成作品也可，说是由《归ル日》得了点暗示写成的也可。”由此可见，这是一篇带有改写或者说仿写性质的长篇小说，结构上的均衡当与作者仿照《朝日新闻》所载长篇小说《归ル日》进行创作有关，其故事线索一改《冲积期化石》的混乱，人物由模糊变得较为清晰，在表现手法上亦擅于细致地刻画人物心理，并对人性的弱点展开较为深刻的艺术揭示，应是“借鉴”的成果。因此，《飞絮》虽是张资平的第二部长篇小说，与《冲积期化石》相比亦有质的提高，但因非原创，其艺术价值不宜高估。

6月10日 郑振铎在《小说月报》第 17 卷第 6 号《最后一页》中介绍《老张的哲学》：“《老张的哲学》是一部长篇小说，那样的讽刺的情调，是我们的作家们所尚未弹奏过的。”

6月 **叶鼎洛的《前梦》由上海光华书局初版。**

梗概：主人公“我”初次离乡去外地求学，和 L 君、W 君、S 君等多位

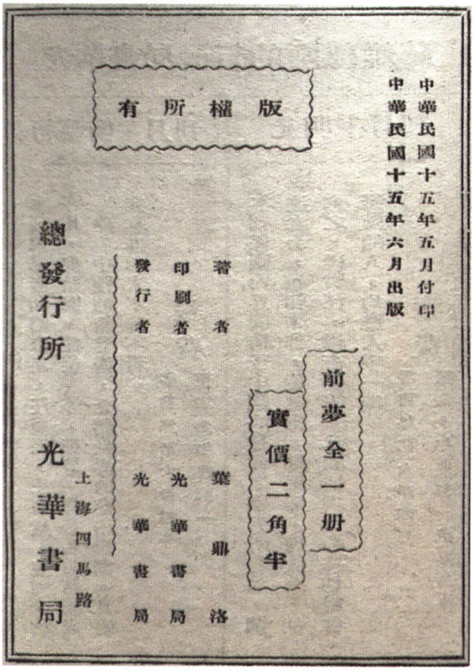
中華民國十五年五月付印
中華民國十五年六月出版

版權所有

前夢全一册
實價二角半

著者 葉鼎洛
印刷者 光華書局
發行者 光華書局

總發行所 光華書局 上海四馬路

同学租住在上海既不喧嚣也不清冷、租界和华界交界处的一个较破的房子里。入住后，大家在出租屋的生活显得较为无聊，也做一些年轻男子常做的事，如议论对面出租屋里被室友称为“薛宝钗”的女人，去路上制造一次偶遇等。不远处有一家叫“小糖店”的小饭店，由一对夫妇和丈夫的弟弟一起经营，四十多岁的老板娘“俏丽见致”，室友 S 君为之倾倒，常带“我”去，后来老板娘和小叔子有染，闹得路人皆知。清明节，“我”去写生，在一家饭店吃饭，因担心钱不够，就在一家小饭店吃，饭后感觉自己被讹，跟店老板争执了一番才作罢。之后“我”与 C 君成了好友。春天，学校组织集体出游、写生，“我”没钱，去找同乡借钱反被戏弄，后悔不迭。到达龙华县后，“我”因生病没有好，就一个人在清静的园子里看书，一位十七八岁的姑娘与“我”聊了起来，“我”有点想入非非。这期间，“我”一直感叹生活艰难，担心自己的出路。“我”背着画板，走在路上，众人侧目，穷困的“我”自惭形秽。“我”决定在一家酒楼痛快地吃一顿，后发现钱不够，被店老板和众人耻笑，还被人骂为“骗子”“流氓”，“我”觉得自己在酒楼上演了一场活剧，丢人现眼，决定明天起做一个有用的人。之后，“我”到田间画画，引起众人围观。牧童发现“我”把路过的他与老牛画了进去后，死活不同意，非让“我”抹掉。在村里老者的建议下，“我”抹去牧童后才被放行。“我”到另一处接着画，结果被军人打了一巴掌，说“我”把桥上的他画了进去。“我”感叹世人愚昧，又哀叹自己被他人随意欺负，无容身之地。春游写生结束后，就到了毕业季，大家相继离开。“我”虽然也拿到了毕业文凭，但因穷困潦倒，无颜回家，便当掉了所有的东西，整天喝酒。送走了好友、富家子弟S君后，“我”与L君处得很好。L君走后，房东对“我”态度就恶劣起来，新搬来的四个新生也看不起“我”，“我”气愤地把床架、箱箧变卖交了房租后就离开了这里。于是，“我”成了无家可归的人，终日游荡。不久，“我”发现法国人的F公园比黄浦滩好多了，就睡在那里，但被驱逐。“我”收到老同学黄君的来信，希望“我”能去扬州应聘教员。“我”顿时扬眉吐气，到处夸耀自己，还特意到同乡那里显摆了一下，等着黄君寄来的聘书。不料，黄君却来信说学校不缺人了，“我”痛感人生如梦，在一棵梧桐树上上吊自杀。

按：叶鼎洛（1897—1958）的《前梦》主要讲述的是“我”在求学期间遭遇很多不幸，只得自杀的悲剧故事。“我”是一个情感细腻、敏感多愁的人，也是一个软弱善良、爱慕虚荣的大学生。小说细腻地展示了部分知识分子困顿无望的境遇、妄自菲薄而又自负自傲的面孔，描绘了一幅麻木又愚昧无知的国民画像，对金钱至上、道德沦丧、人文缺失的社会现实予以强烈的嘲讽与批判。小说心理描写突出，感伤情调浓郁，有一定的时代性与艺术性，但总体来说写得较为平面化。

6月　超超的《小雪》由上海亚东图书馆初版。

梗概：慈宗小学女教师邵贞如发现学生小雪课后独自一人，就喊他过来与大家玩，小雪的好朋友海明、爱文也过来拉他去玩。老师们发现小雪变得孤独，不如开学时那么活泼伶俐了。这时，小雪的母亲四嫂走过，老师们就问她是怎么回事。四嫂不以为然，觉得孩子吃得好睡得好，一切正常。老师们认为四嫂不同于其他孩子的母亲，别的母亲走过学校时都要看看自己的孩

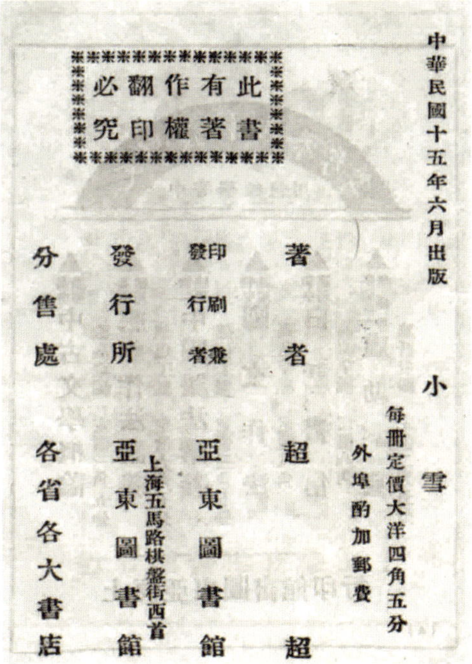
中華民國十五年六月出版

小雪

每冊定價大洋四角五分

外埠酌加郵費

此書有著作權翻印必究

著者 超超

印刷兼發行者 亞東圖書館

發行所 亞東圖書館 上海五馬路棋盤街西首

分售處 各省各大書店

子在干什么，而四嫂仿佛与己无关似的，老师就提醒她关心孩子的精神健康，因为小雪是一个聪明乖巧、不同于一般同龄人的孩子。回到家里，四嫂看到丈夫泣衫又醉醺醺的样子，就气不打一处来。第二天泣衫正准备去当衣服，父亲畏甫来找他，见他这样，叹息不已，让他带上小雪一起到门口一小饭店吃饭，待小雪走后，他劝儿子去找旧时的朋友，看有什么事可做。泣衫先去求儿时的朋友、现在官府做事的仓斋，但看到仓斋傲慢的神态，心高气傲且迂直的泣衫拂袖离去。他再去找在银行当行长的幼时同学王少度，被王少度客气地拒绝。泣衫想，反正其他地方也一样，不如去喝酒，正巧在酒店遇见以往一起喝酒的酒友曹和尚，于是喝到酩酊大醉才回家，回家后与小雪抱头大哭。四嫂与妹妹芳湘聊天，芳湘赞小雪聪明，说老画师也很喜欢他，然而四嫂不认为孩子聪明有什么好，自己的丈夫青年时就被别人夸奖如何如何聪明，结果现在无业在家，家里已经穷得交不起学费了，他还整天除了酗酒就不知干什么，所以她不喜欢小雪太过聪明，她希望他笨一些，但平安一生。乡村老画师刘德生年78岁，助人为乐，他以前的帮工阿牛因欠牧师50元钱，被牧师追债，他主动替阿牛还了钱。他喜欢小雪的聪明，常带小雪玩，小雪也很喜欢他。种田的王老大的媳妇爱娇 20 岁，今年遭了水灾，婆婆怨媳妇过门后带来不幸，爱娇无法忍受，就到仓斋家做了女佣。不久，爱娇带了些钱回来，婆婆很高兴，王老大舍不得媳妇再走，央求她不要再干了，但爱娇没有同意。仓斋的岳父乌笔规是个迂腐的土财主，到仓斋家看女儿，但女儿借口身体不适不见他，仓斋只好出来见丈人。吃完饭，女儿给了钱，乌笔规坐上女婿叫的包车回家，因担心钱被车夫阿福抢去，他坐到半路就硬让车夫阿福返回了。谁知他醉意难挡，本想小坐片刻，不料被喝醉酒的曹和尚尿了一脸。这天，海明和爱文发现小雪有几天没来上学，就到他家去，小雪说他没钱交学费。这时，王少度来打听芳湘的情况，泣衫很吃惊，四嫂却很高兴，认为总算可以攀到富贵人家了。第二天小雪到了学校，霭庄老师告诉他，刘先生替他交了学费。小雪的作文写得很好，老师非常喜欢，希望同学们向他学习。泣衫依旧穷困潦倒，只得再去借高利贷喝酒，遇以前的酒友桂生，桂生知道这事后，同他一起退了高利贷，但他们又与曹和尚喝了起来。曹说要去当兵，泣衫很是吃惊。喝完酒回家，泣衫看到王少度与芳湘在一起，他们也看见了他，都装着没看见。王老大的母亲在饥寒交迫中死去，临死也没有见到爱娇一面。王老大埋了母亲后，每天到桥上等爱娇，在得知爱娇再不回来后，当了兵，改名王得胜。曹和尚升了连长，来看泣衫，给了他很多钱，又去喝酒。乌笔规听说曹和尚杀了很多人，说的话也不得体，就评判了一番。正当曹要发怒时，他说他女婿仓斋要升任知县大老爷，曹一听便不再多说。乌笔规买了份报，看到上面有人认爹娘，就写信自荐，被选中，很高兴，他不知道这只是王少度和芳湘结婚的需要。泣衫回到家后发现自己吐血，四嫂赶紧到婆家求援，但婆婆冷淡地予以拒绝。小雪内心很郁闷，常梦见鬼，李老爹很担心。王少度与芳湘如愿结婚，乌笔规在婚礼上出了洋相，被赶了出来。仓斋刚参加完婚礼，就被王得胜开枪打死。王得胜乘船回去，正好遇见被赶出来的爱娇与乌笔规，王得胜一见爱娇，拔刀就刺，乌笔规见状大喊捉凶手，船上乱作一团，船翻了。经过打捞，别人都得救了，只有王得胜、爱娇、乌笔规死亡。曹和尚将王得胜与爱娇葬在一起，乌笔规无人理睬。过了些日子，李老爹没见小雪，就去他家，才知小雪自父亲病重以后，整日郁郁寡欢，已伤心死去。几天后，泣衫也死去。

按：这是一个篇幅并不算很长的悲剧故事。在这部作品中，超超（生卒年不详）辛辣地批判与嘲讽了有钱有势的所谓“上层人士”的虚伪本质，有力地批判了金钱至上的拜金主义的思想，对生活在底层的不幸的人们寄寓了深刻的同情。它在人物塑造、主题开掘、结构艺术等方面对萌芽期的新文学长篇小说的发展做出了重要的贡献，主要表现在：一、塑造了新文学史上第一个抑郁型的儿童形象；二、塑造了新文学史上第一个“恶母”形象。《小雪》虽然仅有6万余字，但从长篇小说的审美特质上看，确是一部名副其实的长篇小说，而且是优秀的长篇小说。小雪的形象真实可感，与许四嫂的形象放在一起，具有典型意义，这无疑提升了萌芽期新文学长篇小说的艺术水平。就艺术结构而言，《小雪》布局合理，情节紧凑自然，结构匀称，只是结尾略有些仓促。不过瑕不掩瑜，将《小雪》视为1922—1926年间最优秀的长篇小说并不为过。

7月1日　《创造月刊》第1卷第5期刊载《飞絮》的广告：“《飞絮》，‘落叶丛书第二种’，张资平著，再版已出。本书系一篇自叙体的长篇创作。作者用了女性第一人称写出，十分深刻入微。作者的恋爱小说，文坛上早有定评，此作亦是杰出不凡。”

7月1日　张资平的《苔莉》始刊于《创造月刊》第1卷第5期，至1927年2月1日第6期毕。

7月3日　《申报》刊载《前梦》的广告：“《前梦》是叶鼎洛的长篇小说创作，内容极为丰富，重要的节目有《小楼上的面孔》《酒楼上的活剧》《侠义的乡情》等十余篇。”

7月10日 老舍的《老张的哲学》始刊于《小说月报》第17卷第7号，署名舒庆春，自第8号起一律改署名老舍，至12月10日第12号毕。

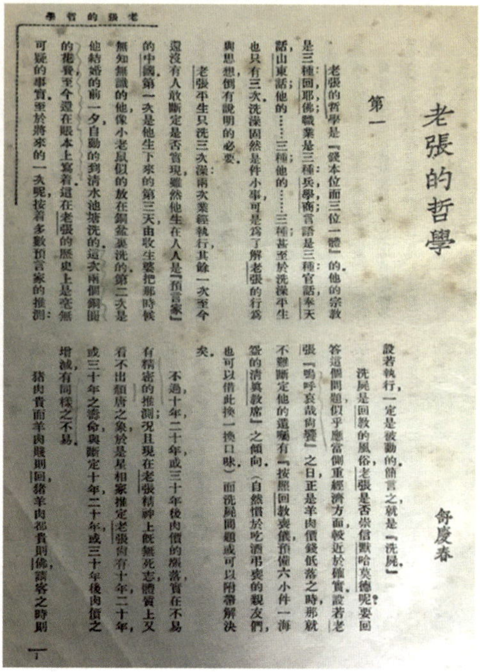
老張的哲學

舒慶春

第一

老張的哲學是『錢本位而三位一體』的。他的宗教是三種：回，耶，佛；職業是三種：兵，學，商；言語是三種：官話，奉天話，山東話；他的……三種；他的……三種；甚至於洗澡平生也只有三次。洗澡固然是件小事，可是為了解老張的行為與思想，倒有說明的必要。

老張平生只洗三次澡：兩次業經執行，其餘一次至今還沒有人敢斷定是否實現，雖然他生在人人是『預言家』的中國。第一次是他生下來的第三天，由收生婆把那時候無知無識的他，像小老鼠似的放在銅盆裏洗的。第二次是他結婚的前一夕，自動的到清水池塘洗的。這次兩個銅圓的花費至今還在賬本上寫着，這在老張的歷史上是毫無可疑的事實。至於將來的一次呢，按着多數預言家的推測：設若執行，一定是被動的。簡言之，就是『洗屍』。

洗屍是回教的風俗，老張是否崇信默哈莫德呢？要回答這個問題，似乎應當側重經濟方面，較近於確實。設若老張『嗚呼哀哉，尚饗』之日，正是羊肉價錢低落之時，那就不難斷定他的遺囑有『按照回教喪儀，預備六小件一海碗的清真教席』之傾向。（自然慣於吃酒弔喪的親友們也可以借此換一換口味。）而洗屍問題或可以附帶解決矣。

不過，十年，二十年，或三十年後肉價的漲落，實在不易有精密的推測；況且現在老張精神上既無死志，體質上又看不出頹唐之象，於是星相家推定老張尚有十年，二十年，或三十年之壽命，與斷定十年，二十年，或三十年後肉價之增減，有同樣之不易。

豬肉貴而羊肉賤，則回；豬羊肉都貴，則佛；請客之時則

一

9月1日 张资平的《飞絮》由上海创造社出版部再版，2001—3000册。

9月4日 《申报》刊载《前梦》的广告："新出《前梦》（小说集），叶鼎洛著。这是一个青年画家的流浪生活的实录，你想在现在处处引人堕落的社会上，这个穷途的画家，狠轻妙的用灰暗的色彩，把现社会描写出来，这是多么一幅引人伤感的图画呀。"

9月5日 默之在《一般》创刊号上发表《张资平氏的恋爱小说》一文，认为："（张）氏的性欲描写虽有些挑拨性，却是不像同社的郁达夫氏来得露骨。用笔简净，在当代作家中，笔端的无滞气，措词的无累语，恐怕要推氏为数一数二的人了。最可爱的，是作中会话的流利而且有力。在氏的各作中，会话似乎真个是会话，不是别种体式的文字。""至于各作所用的题材，似乎有几个共通点可举：（一）有夫之妇的恋爱……（二）师弟的恋爱……（三）意外的受孕发觉……（四）女性追逐男性的性行为……""写处女的

性欲，而有这样的能动性，追逐性，是否合理，姑且不论，而风格的重覆平板，实足使读者觉得单调雷同。”

按：该文虽主要列举张资平的短篇小说，偶及长篇，但最先发现张资平小说创作的通病，也算有眼力。

9月29日 赵礼真在《申报》发表《〈飞絮〉》一文，认为：“这本书的作者是张资平君，在他的《序》里是非常客气，他说这本《飞絮》是模仿了日本《朝日新闻》所载的《归ル日》而成的作品，不能说就是纯粹的创作，但是我总以为这是很深刻的作品，这本书我尝到创造社去问过两次，因为这书是创造社的出版品，据说现在正在再版，那初版早就完了。”

11月20日 张资平的《飞絮》由上海创造社出版部印行第三版，3001—4000册。

12月1日 赵汉涅在《幻洲》第1卷第5期发表《读〈张资平氏的爱恋小说〉》一文，并不认同默之的观点。

12月1日 张资平的《冲积期化石》上海创造社出版部改订本出版，1—3000册。

12月12日 高沐鸿的《红日》部分章节刊于《狂飙》（上海版）第10期。

12月 张闻天的《旅途》由上海商务印书馆再版。

1927年

1月1日 张资平的长篇小说《青春》刊于《创造月刊》第1卷第8期（未完）。

1月10日 《小说月报》第18卷第1号《最后一页》：“汪静之君近来的小说，显着很大的进步；在《文学周报》发表的《耶稣的吩咐》，写乡间的一段悲惨的恋爱故事，真是近来不常有之作。本报本号上发表的《鬻命》，是他的最近作品。这又是一篇悲惨的故事，但叙的不是恋爱，却是一个被侮辱的不足齿的妇人的故事。他把这个可怜妇人的一生，她的幻梦，她的希望，她的悲苦，她的……都写出了。有人也许要以为作者把这个妇人的故事写得太悲惨了。真的，我们看到最后的几段我们竟不忍再看下去了。但这是事实，是我们日常可以遇见的事实。我们要想回过头来不去看它，但事实是在那里。‘朱门酒肉臭，路有冻死骨。’这是很陈旧的见解了。乞怜于‘朱门’中人，是不能解决这个悲惨的社会现象的。那是全般的社会问题，不是一二个可怜的不幸者的救济问题。诸君见了这一家‘细民’的悲惨故事而引动了一星一点的人道的火星，而引动了改造这个天天在发生这样的悲惨故事的社会的心，作者这一篇有力的叙述是不白费了。这一篇小说，是可以成为一部中篇小说的。但我们将于本报第二号上完全把它登毕，使读者早日读完。”“从第三号起，将登一部长篇小说《赵子曰》，那是一部篇幅很长的作品，也许至年底，才能完全结局。《赵子曰》的作者，为写了《老张的哲学》的老舍君，而这部《赵子曰》较之《老张的哲学》更为进步，写的不是那一班教员闲民，写的乃是一班学生，是我们所常遇见，所常交往的学生。老舍君以轻松微妙的文笔，写北京学生生活，写北京公寓生活，是很逼真很动人的。把《赵子曰》

几个人的个性尤能浮现于我们读者的面前。后半部的《赵子曰》却入于严肃的叙述，不复有前半部的幽默，然文笔是同样的活跃。且其以一个伟大的牺牲者的故事作结，是很可以使我们有无穷的感喟的。这部书使我们始而发笑，继而感动，终而悲愤了。”

1月10日 汪静之的小说《鬻命》始刊于《小说月报》第18卷第1号，至2月10日第2号毕。11月出版时改名为《翠英及其夫的故事》。

1月 高沐鸿的《红日》第一、二节刊于《狂飙汇刊》第一册。

2月1日 《创造月刊》第1卷第6期刊载《冲积期化石》的广告：“张资平氏的第一篇著作《冲积期化石》改订本出版了。这是张资平氏的第一个长篇著作，也可以说是中国近今新文坛上的第一个长篇著作。一九二二年的二月间，本书曾由泰东图书局刊行，销路极形旺盛，但是可怜得很，该版误植既多，纸张又是恶劣，不仅读者的不满意处在此，著者的不满意处亦复在此。终于这一回决计弃旧换新，毁版重排，爱读张资平氏著作的诸君，还请再来一见‘化石’的新面目。”

2月 超超的《小雪》由上海亚东图书馆再版。

3月1日 **张资平的《苔莉》由上海创造社出版部初版，1—3000册。**

梗概：女学生苔莉一心想寻找真正的专一的爱情，与商人国淳自由恋爱后结婚，但结婚后发现自己只是第三姨太太，痛苦不堪。婚后长期的分居和国淳的堕落，使苔莉备感婚姻不幸。T市商科大学生、她的表弟谢克欧对此非常同情，两人在接触中产生了情感。克欧更对苔莉的肉身充满着欲望，于是，两人很快同居并沉湎于肉欲中。不久，克欧大学毕业，他也想借家里另订的婚事摆脱苔莉，但两人由于无节制的性生活而身患痨疾，而国淳也知道了他们两人的事，克欧与苔莉觉得难以面对现实，相约出走，一周后在开往南洋的船上跳入大海，双双殉情。

按：这篇小说的故事情节极为简单，但心理刻画极为成功。作家以隐藏于克欧和苔莉内心的心理奥秘为主线，突出两人不同时空、不同场合的内心波澜，把他们在爱欲裹挟之下沉湎无忌又患得患失的心理写得惟妙惟肖，以

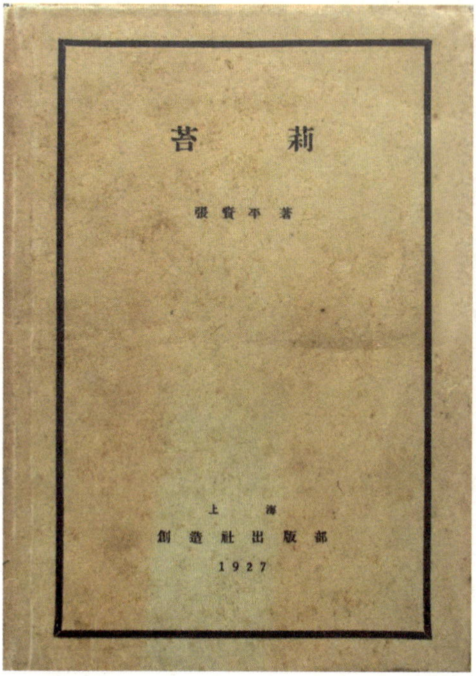

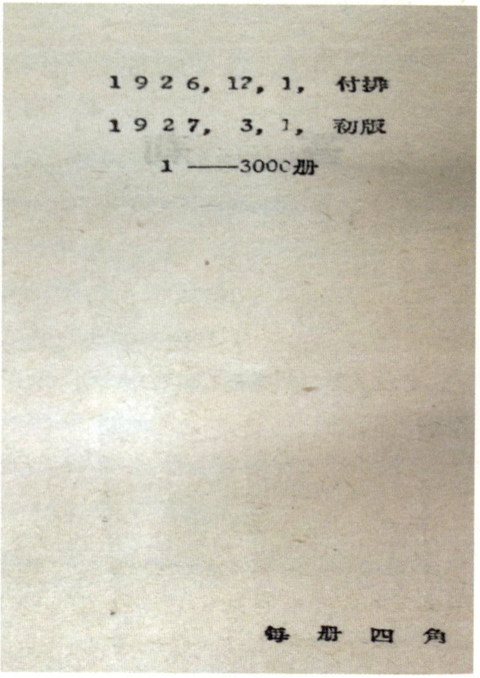

至于作家自己都认为可超过《飞絮》。小说起笔写克欧来看苔莉时的迟疑心态，接着叙述认识她的经过和思念她的缘由。克欧的理性告诫他要对表嫂以礼相待，内心却禁不住欲望的冲动，一步步滑向超规越礼的边缘。小说写活了克欧在苔莉在不幸的婚姻面前进退两难、跋前疐后、踟蹰不决、动摇不定的踌躇心理，也写到了主人公所强调的婚姻的双重和谐，即基本的物质条件与必要的精神交流，忠贞的爱情与和谐的生活才能使双方尤其是妻子感到身心的愉悦与满足。如果爱情处于失衡状态，那么这种痛苦的爱情就没有维系的必要。这一合理的、具有现代内核的婚姻观念无疑具有时代的进步意义。张资平朦胧地感到了这一点，赋予克欧爱的胆识和勇气，寻求他与苔莉的精神沟通点。令人惋惜的是克欧很快就沉醉于肉欲的占有与满足上，可以说，克欧乞求的并不是灵与肉的结合，而完全是苔莉的肉身，而一旦苔莉的一身全托付于他，他便无节制地享受，直至染病、殉情。这就使小说围绕克欧的功利主义思想，写他“本我”与“自我”的潜意识冲突，写他举棋不定、瞻前顾后、自我斥责、自我忏悔，及他苦闷、怅惘、激动、快意、懊恼、悔恨等心理状态，从而背离了五四时期反封建的时代精神，沦为对小市民庸俗的低级趣味的描写，其审美意义也大打折扣。

3 月 10 日 老舍的《赵子曰》始刊于《小说月报》第 18 卷第 3 号，至 11 月 10 日第 11 号毕（其中第 9 号未刊）。

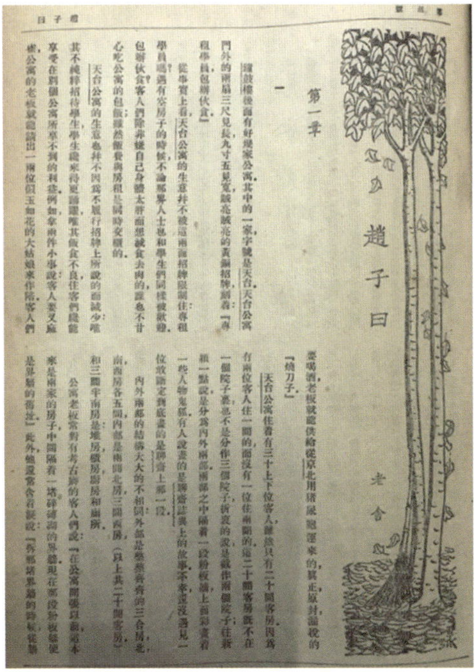

趙子曰

老舍

第一章

一

鐘鼓樓後面有好幾家公寓，其中的一家字號是天台。天台公寓門外的兩扇三尺見長九寸五見寬，亮亮的黃銅招牌，刻着「專租學員，包辦伙食」。

從事實上看，天台公寓的生意并不被這兩面招牌限制住：專租學員嗎？遇有空房子的時候，不論那界人士也和學生們同樣被歡迎。包辦伙食？客人們除非嫌自己身體太胖而想減食去肉的，誰也不甘心吃公寓的包飯；雖然飯費與房租是同時交納的。

天台公寓的生意也并不因爲不履行招牌上所說的而減少；唯其不純粹招待學生，學生纔來得更踴躍。唯其飯食不良，住客們纔能享受在別個公寓所享不到的利益，例如拿兩件小事說：客人要叉麻雀，公寓的老板就能請出一兩位假玉如花的大姑娘來作陪；客人們要喝酒，老板就能供給從京北用猪尿脬運來的，真正原封漏稅的「燒刀子」。

天台公寓住着有三十上下位客人，雖然只有二十間客房，因爲有兩位客人住一間的，而沒有一位住兩間的。這二十間客房既不在一個院子裏，也不是分作三個院子，簡直的說是截作兩個院子。往粗一點說，是分爲內外兩部，兩部之中隔着一段粉板牆，上面彩畫着一些人物鬼狐，有人說畫的是聊齋誌異上的故事，不過沒遇見一位敢斷定到底畫的是聊齋上那一段。

內外兩部的結構大大的不相同：外部是整整齊齊的三合房，北南房各五間，內部是兩間北房，三間西房（以上共二十間客房），和三間半南房是堆房，櫃房，廚房和廁所。

公寓老板常對有考古癖的客人們說：「在公寓開張以前，這本來是兩家的房子，中間隔着一堵碎磚砌的界牆，現在那段粉板牆便是界牆的舊址」此外，他還常含着淚說：「外部堵界牆的時候，從那……

3 月 黄俊的《恋爱的悲惨》由上海新文化书社再版。

3 月 张资平的《苔莉》由上海光华书局初版。

6 月 1 日 张资平的《飞絮》由上海创造社出版部印行第四版，4001—6000 册。

6 月 25 日 文骥在《申报》发表《〈苔莉〉》一文，认为：“很有许多人说他所做的太偏于女子追逐男子方面，其实，我们照理论上来说一句，无论女子追逐男子，或者男子追逐女子，他们的心里，都包含着恋爱，除去了下等人物因着性欲底恶兽猖獗得利害，而去求泄欲工具的，不能算真诚的爱，所以我以为张氏的小说，却都归纳于‘真爱底范围’之内。”“我们从这篇作品上，可以明白了，女子的追逐男子，非有极大的眼光来考察对手不可，不过克欧和苔莉没有好的花果结出来，其实，社会上是否容忍一位文艺家同他表哥的姨太太结婚呢？”

6月25日 查士骥在《申报》发表《〈鬻命〉》一文，认为：“因它的内容是写一个财富嫂，一个无产者，因而我们也可说此小说是一篇无产者描写作品，现今中国所最热切要求的文学作品，其次是我觉得作者仍不改其作《蕙的风》时的心情，文字写来是坦直的，同情的烈火是燃着的，汪君的确还没有改去在杭州时的态度，还是一个热烈的青年作家。”他还认为“我们也可从中看到作者对于艺术所抱的态度了，因之我敢在今日中国不振的文坛上，推此小说为最新的一种作品了。一个朋友说，汪君此文似乎仍脱不了《蕙的风》的口气，财富嫂的一言一动，有些地方因为太用直的‘想像’了，终似乎少了一个灵魂，写来倒反而似乎不真实起来了。是的，我们看惯高等艺术（？）的人，自然做一篇东西必用了许多技巧的结构起来有声有调的句语，现在汪君一用其本色，全无装饰用他的忠实的想像写出了这样一篇东西，要去批评它自然不是难事，然而汪君此文虽然不能说已为真的民众文学开一条路，若以后仍本此态度而努力创作，我敢说一定能够开出一条路来的”。他进一步总括小说“含有下列的几个要素：一，财富嫂生的并不坏，身体也强健；二，财富嫂是中国旧礼教的产物；三，财富嫂好虚荣；四，财富生于夫废女残的家中，一切责任都得伊一人负；五，财富嫂是一个热情的人”；“大凡普通的写实小说，上面的五个条件是至少缺不来的”。最后查士骥总结：“《鬻命》是一篇写实小说，真材料是民众的，写的态度比一般写实派作家的描写民众生活已进一步了。”

6月 张资平的《冲积期化石》由上海泰东图书局印行第五版。

6月 叶鼎洛的《前梦》由上海光华书局再版。

7月1日 **张资平的《最后的幸福》由上海现代书局初版，1—3000册。**

梗概：受过新式教育的中学生魏美瑛因想要寻求理想的丈夫而耽误了婚期，她的表兄凌士雄丧妻后向她求婚，她明知凌士雄体弱多病且吸食鸦片，但因贪其在南洋的雄厚家产，还是嫁给了他。婚后，她在感情与生理上都得

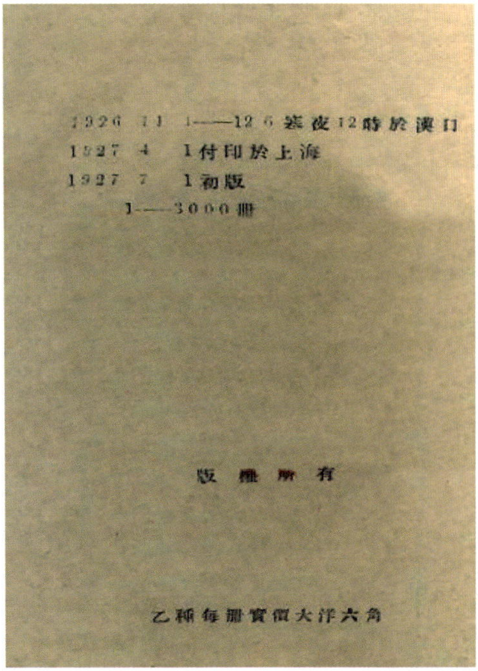
1926 11 1——12 6 深夜12時於漢口
1927 4 1付印於上海
1927 7 1初版
1——3000冊
版權所有
乙種每冊實價大洋六角

不到满足，精神十分空虚。美瑛不甘如此牺牲自己充满活力的青春，在与妹夫黄广勋重逢后萌发旧情。但黄广勋并非对她有意，只是寻求一时的满足而已，这同样让她感到失望。在去南洋的途中，美瑛又与昔日情人松卿邂逅，不久凌士雄病死，美瑛便与松卿结婚。松卿长期在外经商，早已染上梅毒，自然也传染给了美瑛。这时，同村的农民阿根来到松卿家做汽车夫，看到阿根，美瑛才意识到真正对她好的只有这位初恋的情人。在病危时，她写信让三人来见她最后一面。阿根打死松卿后赶来，美瑛宽恕了黄广勋，托他将她的遗骸带回故乡。在与阿根吻别后，美瑛死在他的怀中。

按：这是一个寻求真爱而不得的情感故事，是一段欲望张扬、灵肉错位的性爱经历，又是一首四角恋爱的情场悲歌，描写细腻生动、结构匀称严谨，人物形象也清晰可感。历史地看，关于性爱，张资平描写得最为出色，他将从封建思想里解放出来的女性的性的烦闷，以及她们生理、心理两方面的发展过程都刻画得十分细致，但张资平在迅速走向他创作的顶点的同时，已经开始显出创作的套式和叙述的疲惫了：女主人公多在婚后性生活得不到满足，男主人公则能在此方面填补她的空虚；女主人公多性感早熟、富有曲线美，男主人公则身健体壮、富有刚性美。于是他们互相吸引，于是同居，于是享受，于是染病，于是殉情。这种以展示人的动物属性、生理本能为主旨的“自然主义书写”，这种赤裸裸地标榜以追求“性福”为终极目的的欲望的展现，这种不受任何道德束缚的“人性宣言”，固然在冲决封建禁锢的思想潮流中起着横扫旧樊篱的先锋作用，但作品基点的低下以及对自然主义原欲的展示，又使其大为退步。这也是张资平小说衰落的信号。

8月1日 张资平的《苔莉》由上海创造社出版部再版，3001—5000册。

8月10日 叶圣陶在《小说月报》第18卷第8号的《最后一页》中发表《幻灭》的预告：“下期的创作，有茅盾君的中篇小说《幻灭》，篇中主人翁是一个神经质的女子，她在现在这不寻常的时代里，要求个安身立命之所，因留下种种可以感动的痕迹。”

8月28日 重翠在《申报》发表《〈最后的幸福〉》一文，认为：“张资平君要算是最努力的作家之一了，他的努力，也许是由于某种原因的鞭策，但他对文学的态度始能是忠实的，而他对文坛的贡献，比较是丰厚的，他是专写恋爱的小说的，他能以虚构的事实，写出了恋爱的不同的方式，虽然这些虚构的事实中间，无疑的有着主观与客观的经验，曾见某批评家说过张氏快要把恋爱的事件写得泛常无奇了，可是张氏的恋爱的小说，还在陆续的出版，好似层出不穷，每篇的内容，又极错综离奇之能事。”“张氏善于写女性的心理，和青年的性的苦闷，《飞絮》《苔莉》两书，可以看得出来。最近出版的《最后的幸福》，在前一小部分中，把女性的求爱的心理和性的苦闷，完全表现出来了，有在感着‘青春已去得迢遥’的女性看后，定能引起深切的共鸣，即是男性看了，好似唇亡齿寒，设身处地，也当有相同的情调。”“张氏在本书中表现出的恋爱的意义，和幸福的解释，是这样的——辉煌的珠钻，豪富的供应，骄奢的生活，不是为换得女性爱的代价，漂亮的脸子，华贵的仪容，虚伪的体贴与温存，不是为换得女性爱的代价，这代价只有牺牲，为了真爱可以牺牲生命，可以牺牲一切，能殉抱有牺牲的决心，并随时有着牺牲的自然之表现的，才能毫无愧恧的立在他或她的真挚的爱人之前，才能领受对方的真挚的爱，才能在恋爱的世界里夸耀于庸俗的伴侣，长唱那胜利的恋歌。”“书中女主人的表兄，予她以骄奢舒适的生活之外，更与她以深烈的痛苦，她为解除这痛苦，投向她妹夫的怀抱里后，她不能战胜她的妹子，她更不能夺取她妹夫爱她妹子之心，她还是不能得着丝毫的安慰，反又领受了更甚一层的痛苦，此后她与久候她的似乎是真爱她的松卿结合了，像已能得着了幸福，但她还不能脱离那痛苦的深渊，最后她意外的遇见了儿时的乡友阿根，阿根的地位是那样的卑微，阿根的能力是那样的薄弱，而阿根爱她的爱，却是那样的崇高与伟大，她以流落飘泊的屡被蹂躏的身心，最后能领受了阿根的始终如一的崇高与伟大的爱，她才能得着最后的幸福，她终于是幸福的，然而阿根终于是被牺牲了，他们在恋爱的世界里，留下了可泣可歌的事迹。”“最后的一段，我认为是悲剧的同时也是喜剧的、最有精彩的一段……本书的事实的进展很是曲折，这曲折的事实，却能支配着读者的心意，张氏的小说常具有这样的手腕，他能利用事实的曲折引起读者的好奇心，诱发读者的注意力，这也是作者成功的一点。”

按：有眼光、有感悟力，难能可贵。

8月 黎锦明在《文学周报》第5卷第2期发表《论体裁描写与中国新文艺》一文，认为超超的《小雪》模仿了《儒林外史》的写法，只不过换了章回题名罢了。

按：黎文认为《小雪》是“新《儒林外史》”，不妥。若仅从文体而言，《儒林外史》如鲁迅所说，“虽云长篇，颇同短制”，而《小雪》则是“虽似短制，颇同长篇”。至于内容则更相异了。

8月 王统照的《一叶》由上海商务印书馆印行第五版。

9月1日 张资平的《飞絮》由上海创造社出版部印行第五版，6001—9000册。

9月1日 张资平的《最后的幸福》由上海现代书局再版，3001—5000册。

9月10日 茅盾的《幻灭》（《蚀》之一）始刊于《小说月报》第18卷

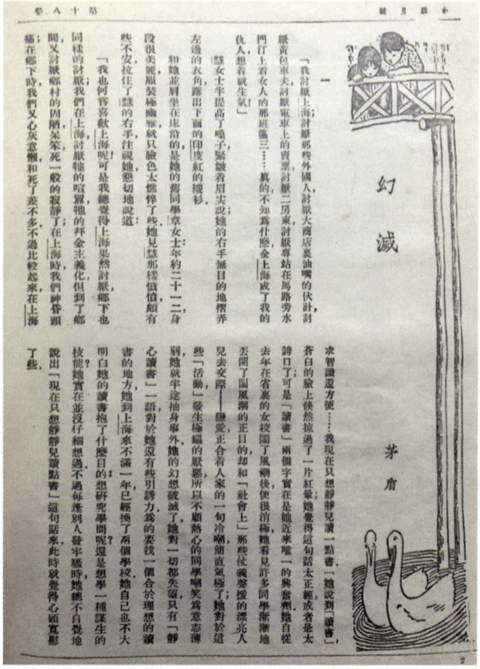
小說月報　　第十八卷

幻滅

茅盾

一

「我討厭上海；討厭那些外國人，討厭大商店裏油嘴的伙計，討厭黃包車夫，討厭電車上的賣票，討厭二房東，討厭專站在馬路旁水門汀上看女人的那班癟三……真的，不知為什麼，全上海成了我的仇人，想着就生氣！」

慧女士半提高了嗓子，緊皺着眉尖說；她的右手撫目的地擺弄左邊的衣角，露出下面的印度紅的襯衫。

和她並肩坐在床沿的，是她的舊同學章女士；年約二十一二，身段很美麗，服裝極幽雅，就只臉色太憔悴了些。她見慧那樣憤憤，頗有些不安，拉住了慧的右手，注視她，懇切地說道：

「我也何嘗喜歡上海呢！可是我總覺得上海果然討厭，鄉下也同樣的討厭；我們在上海，討厭牠的喧囂，牠的拜金主義化，但到了鄉間，又討厭鄉村的固陋，呆笨，死一般的寂靜了；在上海時，我們神昏頭痛；在鄉下時，我們又心灰意懶，和死了差不多。不過比較起來，在上海求智識還方便……我現在只想靜靜兒讀一點書。」她說到「讀書」，蒼白的臉上倏然掠過了一片紅暈；她覺得這句話太正經，或者是太誇口了；可是「讀書」兩個字實在是她近來唯一的興奮劑。她自從去年在省裏的女校鬧了風潮後，便很消極；她看見許多同學漸漸地丟開了鬧風潮的正目的，卻和「社會上」那些仗義聲援的漂亮人兒去交際——戀愛，正合着人家的一句冷嘲，簡直氣極了；她對於這些「活動」發生極端的厭惡，所以不願熱心的同學嘲笑為意志薄弱，她就半途抽身事外。她的幻想破滅了，她對一切都失望，只有「靜心讀書」一語，對於她還有些引誘力。為的要找一個合於理想的讀書的地方，她到上海來，不滿一年，已經換了兩個學校。她自己也不大明白她的讀書抱了什麼目的：想研究學問呢？還是想學一種謀生的技能？她實在並沒仔細想過。不過每逢別人發牢騷時，她總不自覺地說出「現在只想靜靜兒讀點書」這句話來，此時就覺得心頭寬鬆了些。

2

第 9 号，至 10 月 10 日第 10 号毕。

9月15日　张资平的《冲积期化石》由上海创造社出版部改订本再版，3001—4000 册。

9月16日　创造社在其主办的《洪水》半月刊第 3 卷第 34 期附页上，登载《创造社第一次文学奖金缘起》。

时局的混乱，与生活的不安使我们的文艺界陷入了死一般的消沉的状态。文艺应该是时代的呼声，尤其应该是我们青年的热诚的叫喊。现在这种消沉的状态，我们决不可以任其久延，我们应该要叫喊出来，从生活的烦闷中狂吼疾呼，打破这种阴气侵人的消沉，努力与万恶的社会奋斗。我们青年中间决不会绝无特出的才能来表现自己，表现这个伟大的时代。我们希望我们年青的天才赶快起来，把我们要说的话，用艺术的手段，大胆地描写出来，昭告我们的民众。现在我们提出一种奖励的方法，希望我们年青的朋友们大家起来参加，我们稍备奖金，略表我们酬劳的微意。规约数条，附录于后：

附规约

一、自今年起以后每年举行一次或数次

二、第一次奖金定额共四百元

奖金凡三等共四名

第一等奖　一名　二百元

第二等奖　一名　一百元

第三等奖　二名　各五十元

三、第一次征文为长篇小说一篇不限题但以能表现时代精神者为合格字数须在六万字以上

四、得奖各作均由本社出版版税得抽百分之二十此外如有佳作亦可由本社出版

五、所收稿件由本社特别组织委员会审查

六、原稿除得奖文及佳作应由本社发表并保存外其余一概挂号退还

七、应征文稿字迹须填写清楚注明第一次奖金征文字样并须用真名姓附记详细通讯地址

八、收稿截止期一九二八年三月底

发表期一九二八年四月底

九、收稿处上海创造社出版部

十、凡本社同人概不得投稿

按：创造社长篇小说征文是新文学史上第一次长篇小说征文，长篇小说的篇幅，即“六万字以上”，由此确立。

9月　罗西的《玫瑰残了》由上海光华书局初版，1—2000 册。

梗概：小说分上部、中部、后部三部分。上部写 V 是 H 省大学里的即将毕业的大学生，V 初识 N 大学附中的倩伦，觉得她很漂亮，但不久发现她好虚荣，浑身浊气，粗俗而美貌。V 决定离开 H 省回 K 省，临行前他写信给倩伦，说他们之前的感情是一时之冲动，而家里的包办婚姻对即将离世的老祖母来说，也是一个安慰。于是，玫瑰残了。写完后，V 觉得这样表达有些“残忍”，又撕了这封信。在回 K 省的船上，V 受到同乡林先生和他妹妹的关心，

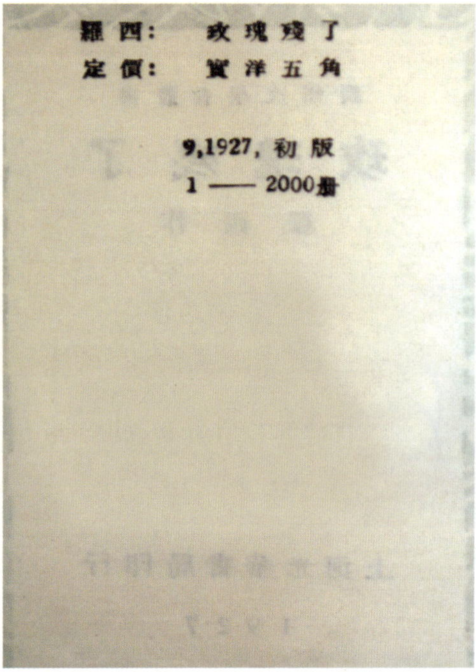

又想起了倩伦，流露出些许悔意。中部交代 V 就是罗西，绍兰就是倩伦。绍兰虽然看过这部小说，但由于受表哥 F 的挑拨，还是对罗西产生了点误会。罗西连续写了几封情浓意绵、宣泄私愤，同时希望倩伦能释怀的信，最后，罗西决定去看倩伦，同时以诗愤怒地回击了蔑视他的人。后部写 V 收到昔日情人蓉君从上海写来的信，蓉君追忆了他们青梅竹马的情谊，深悔自己失身于 S 君，希望与 V 重续旧缘，也希望他能来上海一起革命。V 回信说，此时的他已是痨病在身，无法去上海。最后，心力交瘁的 V 被友人发现，送进医院，但医生说已很难有治愈的希望了。

按：这是欧阳山（1908—2000）以“罗西”为笔名创作的第一部长篇小说，是“至情文学”的初作，也如作者所说，是一篇“心的供状”。小说深受歌德《少年维特之烦恼》的影响，《最后一页》就援引了郭沫若译《少年维特之烦恼》的一小段文字：“已是夜深了！——我一人独自，遗失在这暴风狂啸的山上。风在连山中号咷。溪流从岩头叫下。无茅屋替我遮雨，替我这遗失在暴风雨狂啸的山上的人。”这既可看作是作者彼时的心境，亦可看作是作者“主情主义思想”的空鸣。所谓“玫瑰残了”即是“爱情残了”，小说通过描述主人公在爱情中的失落、追悔、无奈、激愤的心情，表现了当时身处下层的知识分子因穷困潦倒、四处漂泊而产生的难以摆脱的心痕与创伤，以及由之生成的苦闷、怨恨的愤世心理。但小说中的主要人物仍以字母为名，叙述思维也大幅跳跃，整体上显得不成熟。另外，小说上部是叙述，中部是书信，后部有书信、有叙述、有诗，全文又以书信为主，这固然将个人与社会、情感与欲望、物质与精神、现实与梦想的矛盾与冲突展示得情真意切、哀婉缠绵，但也由之看到，作者并未真正掌握长篇小说的这一文体，作者在对古典小说的多样性进行借鉴的同时，是否也将“长的小说”视为长篇小说了呢？

9月 孙梦雷的《英兰的一生》由上海开明书店初版。

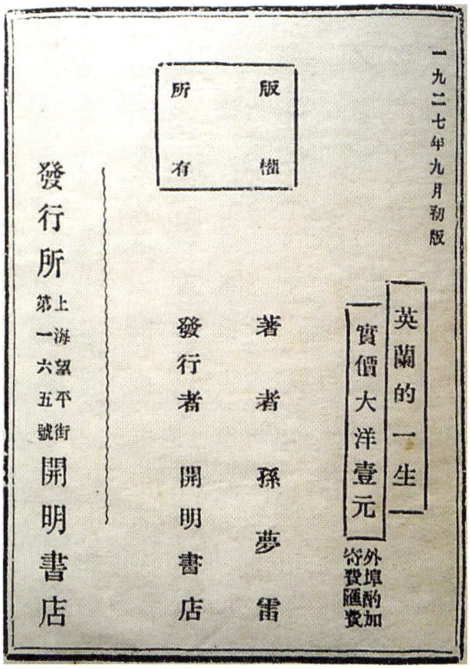
一九二七年九月初版

英蘭的一生

實價大洋壹元

外埠酌加寄費匯費

版權所有

著者 孫夢雷

發行者 開明書店

發行所 上海望平街第一六五號 開明書店

梗概：英兰出生时，家里已有三个姐姐，这令重男轻女的父亲非常不悦，甚至想将她送到育婴堂去。因此，英兰的童年一直生活在恐惧与歧视中。12岁，她就被迫去胡家做丫头。在那里，她受尽打骂，是典型的出气筒、受气包，末了还被胡太太冤作偷戒指的小偷，被赶了出来。随后家里又将她送到吕家去做童养媳，同样受尽虐待。不堪受辱的她逃出吕家，经介绍到张先生家去帮佣。张家人与她平等相处，使她非常满足，这也是她短暂的快乐时光。好景不长，因张先生去天津工作，她只好到杨家帮工。岂料，得知她在杨家，吕家人埋伏在杨家门口，在她出门购物时将她抢回，并蓄谋将她卖到妓院。不甘沦落的她不顾一切地星夜逃出，到城里的棉纺厂做工。不久，她与富家子弟大方相识并同居。大方母亲得知两人的关系后坚决反对，大方难违母意，最终决意抛弃英兰。英兰万念俱灰，悲愤之下吃火柴头自杀未遂，后变疯。

按：《英兰的一生》不仅是孙梦雷（1904—1937）小说创作的代表作，是他实践“为人生的艺术”的主张的优秀作品，也是新文学 1922—1927 年间长篇小说的时代性标志与重要收获。[1] 作者以英兰在幼年、青年这人生最美好的时光中不断承受痛苦、屈辱与悲哀的辛酸经历为线索，通过对英兰凄凉、不幸的一生的描写，揭露了所谓“权势阶层”唯利是图的虚伪本性，暴露了封建礼教吃人的本质，鞭挞了不断吞噬广大劳动妇女美好理想的黑暗社会，表达了作者期盼妇女解放，呼唤自由平等、人格独立的时代新声。全书倾注着作者对广大底层劳动妇女的深刻同情，寄寓着劳动妇女对美好生活的无限热望，情真意切，感人至深。英兰善良、真诚的品质，不屈服于命运的安排，勇于抗争，期盼掌握自己命运的现代追求，熠熠闪光。诚然，她的几番挣扎和努力最终以悲剧告终，她不幸成为封建制度的牺牲品，但唯其悲剧的结局才深刻地暴露出封建礼教吃人的罪恶本质，才清醒地昭示出广大妇女迈向现代化道路的漫漫征程。

自 1922 年 2 月 15 日张资平的第一部长篇小说《冲积期化石》出版以来，截至 1927 年 9 月，长篇小说作品仅有 10 部左右。以 1926 年为界，1922—1925 年间的长篇小说大多文字稚嫩、艺术平平；1926—1927 年间的作品不仅在内容上显出几分时代的成色，而且人物形象清晰（甚至出现了典型人物），结构亦匀称完整，艺术上明显迈上了一个新台阶，《英兰的一生》即是如此。这部作品是新文学史上第一部以 15 万字的篇幅表现一个被封建势力所戕害的

[1] 陈思广：《不该被湮没的作家——孙梦雷和他的创作》，《江南大学学报》2010 年第 6 期。

女性的长篇力作，主要表现在以下几点。第一，就形象的典型性而言，作者以真挚的人道主义情怀和强烈的现实主义精神，真实细腻地表现出英兰朴实、纯真、倔强的性格特点，细致入微地刻画出英兰向往幸福、追求美好生活的心路历程，深入地揭示出社会转型过程中新旧思想冲突的悲剧意蕴，使得英兰这一代表无数深受旧时代戕害的农村青年妇女的形象，成为不屈服于命运的安排、向旧世界抗争的女性悲剧典型。第二，在情节上，全书共八章，前两章讲述英兰在自家和胡太太家中做姑娘、做丫鬟的辛酸，第三、四章写英兰个人爱情理想的破灭和进吕家当童养媳的悲剧，第五、六章写在张家短暂的幸福时光，以及被吕家捉回、被迫再次出逃的苦楚，第七、八章写英兰在布厂的辛劳与追求个人幸福而不得的悲哀，波澜起伏；特别是第六章对英兰心理活动的描写，真实生动、细腻传神。第三，在结构上，全书线索清晰明了，"丫鬟—童养媳—帮佣—女工"是英兰的身份变化，"屈辱—悲酸—自足—悲哀"是英兰的凄苦命运。无论是归与逃、出与进，还是生与死，作者都紧扣英兰悲苦而不幸的一生这一主线，紧扣英兰挣扎、奋争、追求这一不屈的精神历程，结构不枝不蔓，匀称完整。

10 月 15 日 张资平的《苔莉》由上海创造社出版部印行第三版，5001—7000 册。

10 月 23 日 《申报》刊载《英兰的一生》的广告："《英兰的一生》，孙梦雷著。从来未有之长篇著作，全书约四百页，写一卑微女子，苦痛的一生，并且本书是从未发表过的。"

11 月 1 日 东亚病夫（即曾朴）的《鲁男子：恋》始刊于《真美善》创刊号，至 1929 年 9 月 16 日第 4 卷第 5 期（有间断）。

11 月 19 日 《申报》刊载《玫瑰残了》的广告："'玫瑰残了，V 的恋爱成功了！'作者在这部小说的开首便唱出这样美丽的句子。这部小说描写青年的恋爱心理，是获得非常的成功的。主人公的孤傲的热忱的性格，这又是一般现代青年的缩影。"

11月 汪静之的《翠英及其夫的故事》由上海亚东图书馆初版。

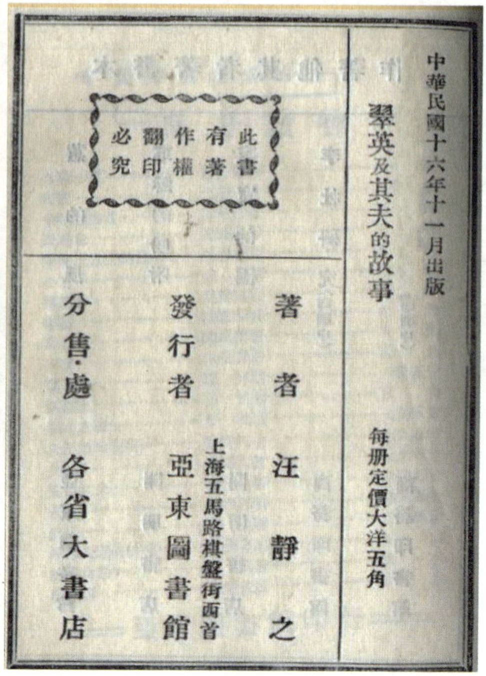
中華民國十六年十一月出版

翠英及其夫的故事

每册定價大洋五角

此書有著作權翻印必究

著者 汪靜之

發行者 亞東圖書館 上海五馬路棋盤街西首

分售處 各省大書店

梗概：在上海的一间草舍里住着一对夫妻，女的叫翠英，男的叫财富。财富是农民的儿子，父亲见他不是学习的料，就将他送到城里的茶店当学徒，然而没等到财富发财父亲就死了，还留下了一笔未还清的债。财富结婚后，又欠下一笔债。为了改变家里窘迫的经济状况，翠英只好到地主家去做工，不料却遭到二少爷多次调戏，并以逼债的方式让翠英做妾。夫妻俩无计可施，只得出逃。由于找不到工作，无奈之下，财富只好去拉车，翠英到垃圾桶边生产，向人讨点小钱，但受到侮辱与戏弄。翠英生了孩子后，财富拉车，翠英到茶庄做工，生活稍稍有所改善。谁知好景不长，翠英的女儿荷香被汽车压断了双腿，财富因偷别人的东西被打断了手，翠英不得不担负起养活全家人的重担。她被迫委身于茶庄的账房先生，可不久账房先生又有新欢，抛弃了她。她偷了两斤茶叶，结果被开除，一家人只好沿街乞讨。她去找所谓的“同乡会”乞求救济，但一无所获，于是抱着女儿去讨饭。过铁路时，她想到被火车撞死可以获得50元抚恤费，便将女儿推到了车轮下，但一看到女儿被压死的惨状，她悔恨交加，吊死在路旁的一棵树上。此时，财富还在等着她讨回吃的。

按：这是汪静之（1902—1996）一部浸着“血和泪”的作品。一辈辈贫苦的农民由于高利贷的盘剥，背井离乡、妻离子散、家破人亡，《翠英及其夫的故事》就是悲剧的重演。由于欠债，翠英不得不丢掉尊严，忍受他人的歧视、侮辱、调戏，甚至被迫委身于人，甚至起盗心，甚至“谋杀”自己的亲生女儿，直到良心发现，悬树自尽，结束凄苦而悲惨的一生。社会的黑暗与贫富的差距，使挣扎在贫困与死亡线上的底层百姓不得不屈服于命运的安排，不得不为生存而扭曲他们的心灵，不得不在一次次理想的破灭与失望之中结束他们的生命。作者以悲愤的心情抒写了挣扎在底层的百姓悲哀的生活，对黑暗的社会现实予以了强烈的批判。全书人物形象清晰，结构完整，人物性格变化轨迹清楚，其悲剧意蕴令人深思。

12月3日 《申报》刊载《翠英及其夫的故事》的广告：“这部长篇小说，许多人都评为近来不常有之作，现在用郑振铎先生的话来介绍此书：‘这是一篇悲惨的故事，叙的是一个被侮辱的不足齿的妇人，把她的一生，她的幻梦，她的希望，她的悲苦都写出了。看到最后几段，我们竟不敢再看下去。诸君见了这一家的悲惨故事，而引动了一点人道的火星，而引动了改造这个天天在发生这样悲惨的故事的社会的决心，作者这一篇有力的叙述是不白费了。’”

12月10日 叶圣陶在《小说月报》第 18 卷第 12 号上发表了《小说月报》第 19 卷第 1 号的《要目预告》，关于《动摇》的预告如下：“中篇小说茅盾著。年来革命的壮潮，冲打在老社会的腐朽的基础上，投射在社会内各方面人的心镜上，起了各色各样的反映，在这篇小说里，有一个精细的分析。故事的背景，在长江上游一个小县城里。旧势力的蠢动，民众运动的纠纷，从事革命工作者的彷徨苦闷，织成了全书的复杂的结构。《幻灭》中间的人物，在此书中又再现了一二位，所以此书和《幻灭》可以算是姊妹书。不过《幻灭》只从侧面远远的描写现代革命，而此书已深切的触着了它的本身。”

按：叶圣陶写的小说广告往往是一个客观而简短的导读，也反映了作者开明朴实的文风，与张资平的“夸大宣传”正好形成鲜明的对比。

1928年

1月1日 钱杏邨在《太阳月刊》创刊号发表《〈英兰的一生〉》一文，认为：“假使说创作离不开它的时代，那么《英兰的一生》就是一部滥废的出品；假使说创作不一定要和它的时代发生交涉，那么《英兰的一生》也不能说是一部成功的著作。”他还认为作者浅薄的人道主义思想落伍了，小说“在具体所表现的意义方面是失败了，在技巧方面是有了相当的成功”，“这部小说，是谈不上伟大的，是不足以代表时代的”。

按：论者虽然对作者的选材及创作技巧表示了肯定，但还是戴着有色眼镜来谈此作，所论自然机械且有失公允。

1月10日 茅盾的《动摇》始刊于《小说月报》19卷第1号，至3月10日第19卷第3号毕。

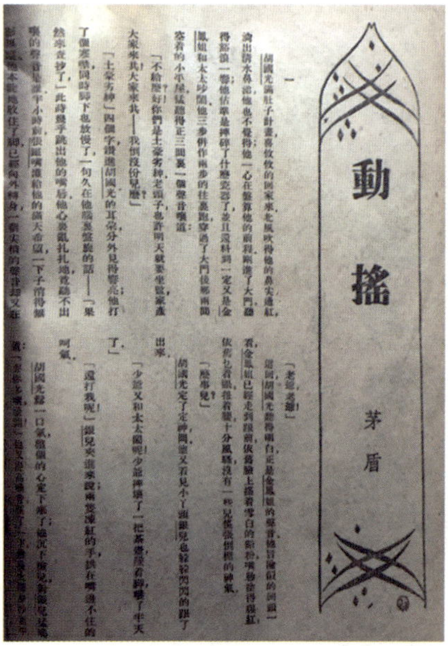

1月11日 士骥在《申报》发表《读最近两期〈小说月报〉》一文，认为：“九十两月号中也有几篇创作，最值得注意的当然是茅盾君的《幻灭》了。我们读了第九号的上半段后，被它的内容的活泼所勾住了，恨不能立刻能看到全文。此文描写青年心理，的确是活泼可爱。十月号中的是描写革命青年们的生活的颓废。其实此文的主人公静女士的思想，原不能说是健全，不过是徘徊于中国旧思想的神经质女子的挣扎罢了。其写静的爱少年士官强惟力，而在强连长的身世的叙述中，轻轻补足了一句强连长是一个南洋富商的儿子，可说已嘲尽当今那些半新半旧的女子了。”

1月15日 长虹在《世界》第3期《每日评论》一栏中发表《〈玫瑰残了〉》一文，认为：“《玫瑰残了》是今年出版的小说里边最好的一种：客观地说。主观地说：如不是有几句我不喜欢时，这本书我是句句都喜欢的。”“我曾说：到心的扰乱到极致时，新文艺便成功了。《玫瑰残了》一书的出版，也证明我的话是对的。近三两年的文艺作品，几乎都是生产在这一个纲领之下：心的扰乱。一般的读者也都逐渐喜欢读这类作品了。在读者间，比《莽原》时期真进步多了。”

按：此当为友情之论。

1月20日 叶绍钧（即叶圣陶）的《倪焕之》始刊于《教育杂志》第20卷第1号，至12月20日第12号毕。

1月 胡行之的《永久的恋爱》由上海生路杂志社初版。

梗概：青年陆素农自农业学校毕业后，进入S书局做编辑。当时的青年讲求自由恋爱，感情却往往不长久，他认为，要想得到永久的恋爱，一要主义相同，二要经济富足。好友俯男与他有相同的信念，并有一位令人满意的恋人，但因礼教的束缚、家庭的责难以及俯男自身的软弱，导致其恋人身亡。有一天，素农收到一件来稿——《一个小家庭的实业》，文中表达的思想与他的思想暗合，他热情洋溢地给作者陈慕林女士回了信。书信往来间，二人互生情愫，素农约慕林见面，彼此相当满意，经得亲人准允，便结了婚。他们定了三个月的蜜月旅行，在蔚然农场、新农村等地进行实业调查，得到了

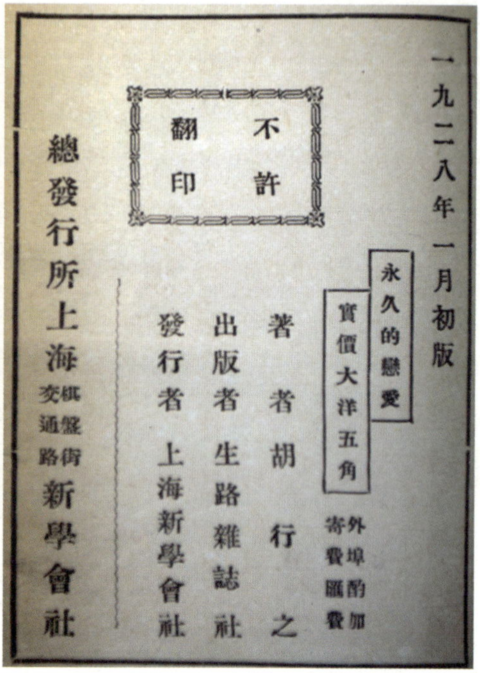
一九二八年一月初版
永久的戀愛
實價大洋五角
外埠酌加寄費匯費
不許翻印
著者胡行之
出版者生路雜誌社
發行者上海新學會社
總發行所上海棋盤街交通路新學會社

许多宝贵的经验，并最终决定在好友庄若愚的林牧公司旁定居。他们根据《一个小家庭的实业》，参考调查笔记，制定计划，在此养鸡养蜂、养花养蚕、种稻种树、养牛喂羊，并育有一子，取名袭农。城市里的青年面对革命风潮，有心参与却又十分迷惘，素农他们在乡间的生活却怡然自得。数年后，俯男来访，素农方知曾经书局中的好友皆得不到爱情、潦倒困顿，毛老三甚至已经亡故。素农决定和庄若愚一起开办劳农学校，他加入了国民党，回乡倡导农民运动，号召农民种自己的田。俯男在临终前写信给素农，表达了羡慕之情，并祝他们能得到“永久的恋爱”。

按：胡行之（1900—1976）的这部小说，又名《农家乐》，作品通过叙述陆素农与陈慕林因共同的理想而结合，并一同从事农业劳作，最终获得幸福美满的人生的故事，表达了永久的恋爱要建立在共同的理想与富足的生活这一基础上的思想主题。小说将俯男、朗魂、毛老三等城市青年作为素农的参照对象：毛老三秉持“性欲论”，最终妻离子散，落魄而亡；朗魂虽曾与小曼志趣相投，却因爱情的消减和经济的困窘离婚，随后一直独身；俯男虽与素农观念一致，却终因家人的反对和个人的懦弱，留下了一生的遗憾。素农避居乡里，其充实、富足的生活也与城市青年们潦倒失意的人生形成了鲜明的对比，更加突出了这种恋爱、婚姻观的正确性与合理性。小说对农牧活动进行了细致的描写，不重情节，但对于现实过于理想化、简单化的处理，使得素农与慕林的生活像是“桃花源”“乌托邦”。由此观之，该作品只是一部浪漫的畅想曲，消解了其“永久的恋爱”的主题。

2月10日　芳草的《管他呢》由上海北新书局初版，1—2000册。

梗概：奉行“管他呢”的人生观的大学生老B整日无所事事，同他的朋友老O和小M围着女学生大献殷勤，耽于对女人的意淫。某日，老B心血来潮，去学校上课，在英国文学史课堂上目睹J教授多次向女学生密斯A示爱，对密斯A颇有好感的老B大为恼火。不久，生活困窘的老B试图通过写稿挣钱，却意外在报纸上发现密斯A对J教授不当行为的指控，愤怒的老B决定帮密斯A向无耻的J教授实施报复。他从朋友K君处借了钱，在报纸上发文，并牵头召开会议，点燃了同学们的怒火。尽管解雇J教授的要求遭到教务长的敷衍塞责，但在老 B 发表支持密斯 A 的文章之后，报纸上对于 J 教授的讨论越来越多，J 教授最终因得罪校长而被免职。得意不已的老 B 大宴同学朋友，却在第二天发现自己因煽动此次风潮而被学校开除。在离开北京之前，自认居功至伟的老 B 欲见密斯 A 而不得，本决定自杀，又因想到曾爱过自己的表妹 J 女士而放弃，终于选择乘火车南下，住到了 S 埠的朋友 F 先生家。怀着表妹还爱自己的期望，老 B 去 A 女子中学探望表妹，并天天写信给她，却收到了表妹订婚的消息。失望的老 B 离开 S 埠，回到北京的旧公寓，欲向曾对自己示好的密斯 Y 求爱，却得知密斯 Y 已和小 M 订婚。常说“管他呢”的老 B 这时猛然觉醒，意识到自己“不能不管”，但却已“管不得”了，神经错乱的他靠酒和安眠药浑浑噩噩地过了几天，又从老 O 处得知小 M 已经和密斯 Y 结婚。发狂的老 B 认为老 O 他们都是想看他笑话的敌人，于是带着刀子到了老 O 的住所，却被大家哄骗着请出了公寓。最后，整日叫喊“不能不管”的老 B 成了大家眼中精神错乱的疯子。

按：这是芳草（1903—1987）即彭芳草创作的第一部长篇小说。小说表现了 20 世纪 20 年代一部分醉生梦死的大学生的人生观由“管他呢”到“不能不管”的过程，对“得过且过，得了且了”的国民劣根性进行了针砭与批判。觉醒的老 B 被众人当成疯子，表现出要国民抛弃“管他呢”的人生观仍然任重道远。小说刻画了老 B 这个类型人物，但情节性不强。作品虽多人物对话和心理描写，颇像戏剧，作者也常用杂文笔法，文笔犀利，带有讽刺性，但整体艺术水平不高。

2 月 10 日　江雨岚的《离绝》由上海光华书局初版。

梗概：W 先生是音乐老师，他发现班里的 Youly 小姐特别注意他，于是也开始关注起她来，渐渐地对她有了好感，就让一个小男孩帮他们传递书信。在此期间，两人常常发生误会，或是 Youly 小姐认为 W 先生年龄过大，或是 W 先生认为曲佻与 Youly 小姐相好，两人常陷入痛苦与烦恼中。Youly 小姐的母亲反对他俩恋爱，要带她去奉天；W 先生苦劝无效，Youly 小姐也非常伤心，就吞金自杀，但被抢救了过来。W 先生决定辞职，他不顾学校的挽留，

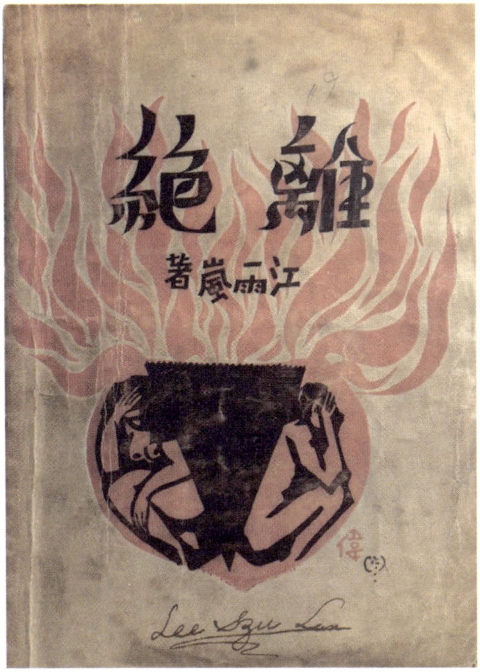

坚决离地开了这里。过了几天，他得知 Youly 小姐的母亲是继母，而 Youly 小姐也来信表示非他不嫁。又过了两天，Youly 小姐让小男孩给 W 先生送去手帕，上面写着：断绝纪念品。

按：这是江雨岚（生卒年不详）创作的一篇主人公回忆自己失败的恋情的悲情小说，作品以书信穿插其中，复现其感伤之情，较好地烘托了感伤的氛围。但是，作者没有写出两人相爱的因由、爱情的基础以及悲剧产生的社会动因，更多的是对单相思的痛苦的抒发，内容浮浅、线索单一，人物形象极为单薄，情节缺乏典型性，留下诸多遗憾。

2月15日 张资平的《冲积期化石》由上海创造社出版部印行改订本第三版，4001—5000 册。

2月15日 张资平的《飞絮》由上海创造社出版部印行第六版，9001—11000 册。

2月16日 彭芳草在《北新》(半月刊)第 2 卷第 8 号发表《关于〈管他呢〉》一文，谈了写这篇小说的动机及遭受的不公。

2月17日 白晖（即朱自清）在《清华周刊》第29卷第2号发表《近来的几篇小说：（一）茅盾先生的〈幻灭〉》一文，认为："我们与其说是一个女子生活的片段，不如说这是一个时代生活的缩影。""我以为在描写与分析上，作者是成功的。他的人物，大半都有分明的轮廓。""但这篇小说究竟还不能算是尽善尽美的作品，这因它没有一个统一的结构。分开来看，虽然好的地方多，合起来看却太觉散漫无归了。本来在这样一个篇幅里，要安插下这许多人物，这许多头绪，实在只有让他们这样散漫着的；我是说，这样多的材料，还是写长篇合适些。作者在各段的描写里，颇有选择的工夫，我已说过；但在全体的结构上，他却没有能用这样选择的工夫，我们觉得很可惜。他写这时代，似乎将他所有的材料全搬了来杂乱地运用着；他虽有一个做线索的'主人翁'，但却没有一个真正的'主人翁'。我们只能从他得些零碎的印象，不能得着一个总印象。我们说得出篇中这个人，那个人是怎样，但说不出他们一伙儿到底是怎样。"

2月22日 查士骥在《民国日报》发表《评〈英兰的一生〉》一文，认为小说有思想不深刻、故事无高潮、情节平淡三个不足。

2月29日 《申报》刊载《管他呢》的广告："本书写一青年素抱'船到桥下自会直'主义逆来顺受，以至于事事失败处处遭白眼，苦闷以至于发疯喊出'不能不管'的呼声，文情紧张，托意深远，青年读之，将洒一掬同情之泪也。"

3月1日 钱杏邨在《太阳月刊》3月号发表《〈幻灭〉》一文，认为："《幻灭》是一部描写在大革命时代及革命以前的小资产阶级女子的游移不定的心情，及对于革命的幻灭，同时又描写青年的恋爱狂的一部有时代色彩的小说。全书把整个的小资产阶级的病态心理写得淋漓尽致，而且叙述得很细致；结构很得力于俄罗斯的文学，已有了相当的成绩；描写只是后半部失败了；若果作者能把后半部的材料充实起来，把全部稍稍改动一回，那是一部很健全的能以代表时代的创作！"

3月1日 张资平的《最后的幸福》由上海现代书局印行第三版，5001—

7000 册。

3月6日 《申报》刊载《永久的恋爱》的广告："《永久的恋爱》出版了，你要得深切的爱情吗？你要得永久的恋爱吗？你要组织甜蜜的小家庭吗？你要成真实的社会人物吗？那末这册书就在'男女青年不可不读'之例。这书是胡行之先生的杰作。小则关于'个人的生计，二人的恋爱，家庭的组织'，大则关于'社会的革新，全国的基础，人生的幸福'，无不以有滋味的文字来实际描写。你们一读就知道这书是我们青年不可不读的要书了，也就是我们青年得了一个真正恋爱的指南了。"

3月10日 沈从文的《阿丽思中国游记》（第一卷）始刊于《新月》第 1 卷第 1 号，至 6 月 10 日第 4 号毕。

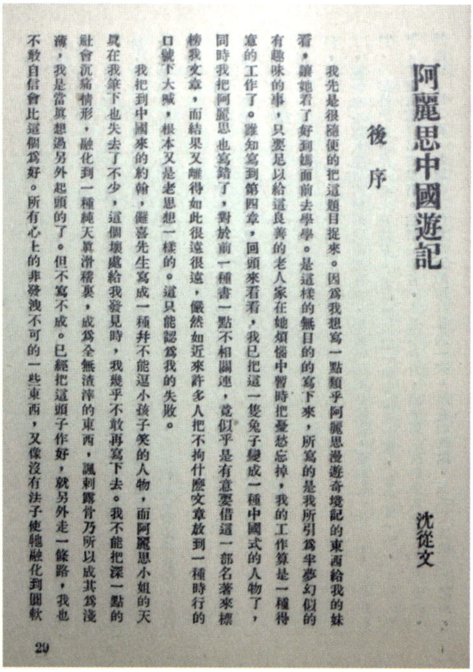

阿麗思中國遊記　　沈從文

後序

我先是很隨便的把這題目捉來。因爲我想寫一點類乎阿麗思漫遊奇境記的東西給我的妹看，讓她看了好到媽面前去學學。是這樣的無目的的寫下來，所寫的是我所引爲半夢幻似的有趣味的事，只要是以給這良善的老人家在她煩惱中暫時把憂愁忘掉，我的工作算是一種得意的工作了。誰知寫到第四章，回頭來看看，我已把這一隻兔子變成一種中國式的人物了，同時我把阿麗思也寫錯了，對於前一種書一點不相關連，竟似乎是有意要借這一部名著來標榜我文章，而結果又離得如此很遠很遠，儼然如近來許多人把不拘什麼文章放到一種時行的口號下大喊，根本又是老思想一樣的。這只能認爲我的失敗。

我把到中國來的約翰，儺喜先生寫成一種并不能逗小孩子笑的人物，而阿麗思小姐的天真在我筆下也失去了不少，這個壞處給我發見時，我幾乎不敢再寫下去。我不能把深一點的社會沉痛情形，融化到一種純天真滑稽裏，成爲全無渣滓的東西，諷刺露骨乃所以成其爲淺薄，我是當真想過另外起頭的了。但不寫不成。已經把這頭子作好，就另外走一條路，我也不敢自信會比這個爲好。所有心上的非發洩不可的一些東西，又像沒有法子使牠融化到圓軟

29

3月14日 《申报》刊载《离绝》的广告："情书若干封，抒情小品若干篇，组成这一部美丽忧郁的小说。写师生之间的恋爱，胆怯，顾虑一切，而又大胆的不顾一切。这是一部幻想，也可以说是真实的情史。"

3月19日 微言在《大公报》发表《评〈小说月报〉第十八卷》一文，认为：

“创作小说占篇幅最多者为老舍君之长篇小说《赵子曰》。十年以前，题小说之名惟恐其不雅，至于今日，则小说之题名惟恐其不俗……而《老张的哲学》及《赵子曰》等亦粗鄙可憎。贾宝玉题袭人之名，人讥其刁钻古怪。抑《赵子曰》者，粗俗而入于刁钻一路矣。然《赵子曰》之文章，则不若其名之可憎，是篇结构完美，前半以诙谐之笔出之，旨在讽世；后半渐趋严肃，人格之卑鄙者，始一一暴露其真面目，最后以悲壮之暗杀案为结，颇足以激士心。老舍君于叙事之闲，间为议论。如谓我国当此国势衰弱之时，有为之青年，沉醉于恋爱中。一若能讲自由恋爱便为开通之民族，即可吓倒洋人，又谓今日之教育，但教人识字，不教人如何立身处世，如何解决问题……老舍君于人格描写颇努力，其观察颇能深进一步。于赵子曰愈写其外行之猛爽，愈见其内心之怯懦与意志之薄弱。武端看似精细而实愚懵无知。莫大年最愚笨而实忠厚有为。然余于老舍君之作尚有不满者，第一其材料少剪裁，如写公寓生活，贪多而散漫。第二其书中主要人物缺乏深刻之心理分析。第三其写校长风潮女权发展会神易大学诸处太夸诞过火，其挖苦周少濂亦太过。”

3月 罗西的《玫瑰残了》由上海光华书局再版，2000—3500册。

4月15日 **洪灵菲的《流亡》由上海现代书局初版，1—1500册。**

梗概：K大学的毕业生、M党部的重要职员沈之菲，因M党发生大变故——旧派势力得势、对新派势力进行大屠杀，属于新派势力一员的沈之菲只得与他的爱人——W女校的毕业生黄曼曼一起逃往乡下。黄曼曼与沈之菲原在一个党部工作，她原本性情温和柔顺，不愿革命，但因为她的爱人在干革命，所以她便也去革命。然而，乡下局势也不稳定，他们便逃到H港。在H港，沈之菲又因与地下革命者频繁接触而被探子盯梢，随后被捕入狱。沈之菲获释后，经S埠返回家乡。在家里，他同情他不爱的妻子，父亲的嘲讽和谩骂最终让他决心离开家，投身革命，并愿意为革命付出生命。由于国内形势依然紧张，他只好逃往新加坡。在新加坡，他生活无着，又逃往暹罗。逃亡路上，他受尽冷眼，不甘心虚度一生，遂决定回国革命。一天，沈之菲从报上看到S埠被工农革命军占领，决定去S埠干革命，不料到了S埠后，革命军刚刚撤走，

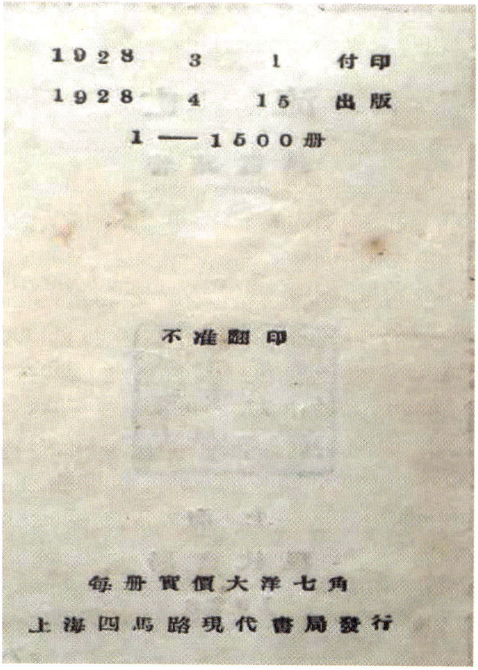

局势又混乱起来，他只好又回到家中，父亲依然对他冷嘲热讽。正当他感到苦闷时，他收到了曼曼从北京寄来的信，思念之情与革命之志使他振作精神，以坚定的信念再次踏上了革命之路。

按：洪灵菲（1902—1934）的这部表现革命青年在大革命失败后对黑暗现实的不满和对革命的追求的小说，有着鲜明的时代气息与浪漫主义色彩，也是一部著名的“革命＋恋爱”式的文本。主人公沈之菲既要革命又要恋爱，认为革命与恋爱并不冲突，因为“人之必需恋爱，正如必需吃饭一样”，而“恋爱和吃饭这两件大事，都被资本制度弄坏了，使得大家不能安心恋爱和安心吃饭，所以需要革命”，“革命和恋爱都是生命之火的燃烧材料。把生命之火为革命，为恋爱而牺牲”是一件非常有意义的事。所以，他逃亡时心系革命，革命时心系爱情。曼曼同样如此，她认为：“家于我何有？国于我何有？社会于我何有？”她写信给他的情人沈之菲，而沈之菲也正是因为收到了曼曼的来信，才点燃了他内心革命的火焰。小说对情绪的宣泄多于对事实的描绘，虽描述了小有产者的流亡生涯，但人物心理刻画粗糙，对流亡者的内心亦挖掘不够，令人遗憾。此外，作品中潮州方言与普通话、英语与中文掺杂，结构凌乱，也有碍阅读。

4月 老舍的《老张的哲学》由上海商务印书馆初版。

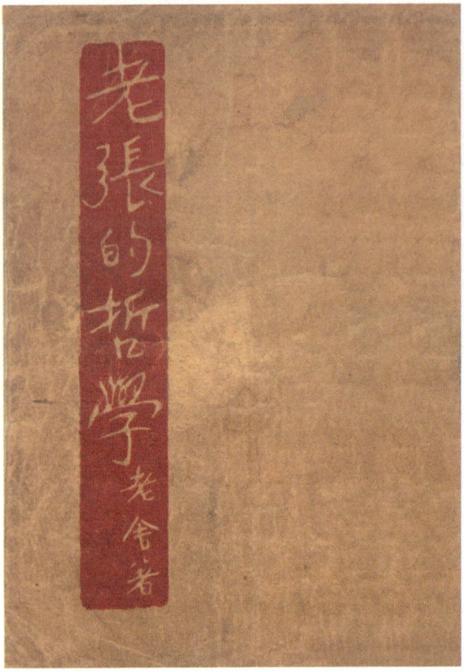

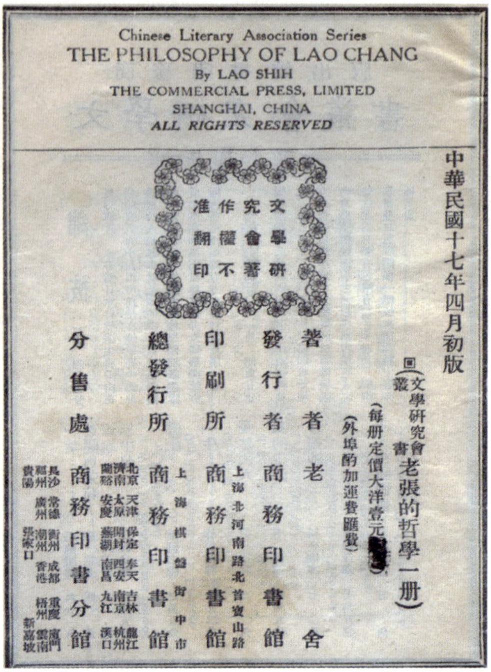

Chinese Literary Association Series
THE PHILOSOPHY OF LAO CHANG
By LAO SHIH
THE COMMERCIAL PRESS, LIMITED
SHANGHAI, CHINA
ALL RIGHTS RESERVED

中華民國十七年四月初版

（文學研究會叢書）老張的哲學一冊
（每冊定價大洋壹元[redacted]）
（外埠酌加運費匯費）

文學研究會著作權不准翻印

著者 老舍
發行者 商務印書館
印刷所 上海北河南路北首寶山路 商務印書館
總發行所 上海棋盤街中市 商務印書館
分售處 北京 天津 保定 奉天 吉林 龍江 濟南 太原 開封 西安 南京 杭州 蘭谿 安慶 蕪湖 南昌 九江 漢口 長沙 常德 衡州 成都 重慶 廈門 福州 廣州 潮州 香港 梧州 雲南 貴陽 張家口 新嘉坡 商務印書分館

梗概：老张是北京北城外一个混迹于教育界、商界、政界的恶棍，他教书、营商又当兵，都是为了钱，所谓“老张的哲学”就是“钱本位而三位一体”。他的学堂有两个年纪最大的学生，一个是李应，一个是王德，因他俩不送礼给学务大人，老张很头痛。一天，老张无故打妻子，李应、王德看不下去，竟对老张动了手，事后只得离开学堂，到城里谋生。小镇上成立了自治会，老张原本想操纵选举，不料老张仅当了个庶务，城北救世军军官龙树古为会长。老张极为愤怒，便以龙树古欠他一笔钱相要挟，要龙把女儿龙凤嫁给乡绅孙八为妾。老张想娶李应的姐姐李静，因为李应姐弟从小是李应的叔父带大的，而李应叔父欠着老张一笔钱。叔父跟李静说了老张的企图，也知道李静和王德有感情，就劝她赶快与王德结婚，自己一死了之。李静不忍，违心地表示愿意嫁给老张。李应和龙凤产生了感情，王德也在报社找到了工作。王德知道老张的企图后，离开了报社，决定刺杀老张，但当场被捉住了。龙树古带女儿逃走了，他给孙八的叔父孙守备留了一封信，讲明原委，并希望孙守备能救李静。孙守备责骂了孙八一顿，送李静回家了。王德回家后一度患病发疯，家里给他找了个新娘，他的病就好了，小两口十分恩爱。王德安分守己、一心务农，不敢去见李静。李静听说王德结婚后日渐憔悴，不久就死去了。龙凤另入豪门，老张升任教育厅厅长，还娶了两个妾。

按：这是老舍（1899—1966）创作的第一部长篇小说。作品中将信奉“钱本位而三位一体”的老张写得活灵活现。老张办学堂是为了捞钱，开杂货店是为了私下贩卖鸦片，与南飞生等人钩心斗角是为了争夺北郊自治会的理财权。他逼迫债户龙树古将女儿卖给土财主孙八作妾，破坏王德与李静、李应与龙凤的爱情，也都是为了钱。这样一个恶棍爬上了某省教育厅厅长的位置，普通青年男女却厄运连连，真是莫大的讽刺。小说讽刺了老张丑恶的灵魂和唯利是图的人生哲学，批判了社会的昏暗与腐败，其轻松幽默的笔调让人耳目一新。不过，就技术层面而言，小说结构散漫，材料欠剪裁，虽不乏幽默，但夸张而欠节制，有些地方近似闹剧，也无须讳言。老舍对此有清醒的认识，并在之后的创作谈中有具体的说明。

但是，如果我们不将注意力仅放在其近似油滑的幽默风格上，我们就会发现，《老张的哲学》实际上是老舍在对文化的反省与改造中批判人性弱点、建构新的文化个性的起步之作。小市民李应与龙凤、王德与李静是两对情意绵绵的恋人，他们自由恋爱的结局都以男方的退却而告终，其中的缘由固然有权、钱的压迫导致的精神妥协，但这妥协的背后何尝不是他们人格的缺失造成的悲哀！王德和李应不堪老张的欺凌，双双来到城里谋生。勇敢而又怯懦、厚道而又鲁莽的王德不是过分骄傲就是不肯屈就，不屑于做家教，在报馆又直率有余而灵活不足，其结果只能是样样都做不长，愤懑离去，与李静的婚姻也成了别人的笑柄。李应也因深感生活无着，不辞而别，一去不返。王德与李应生活在“五四”这个个性解放的时期，他们大胆地走进城市，作品反映了他们不满现状、积极进取的强烈愿望和迫切要求自我设计、自我创造的时代追求，他们勇敢地迈出了第一步，进入了自我发展、自我完善的轨道，找到了新生的支点。但是他们没有抓住生活给他们的机遇，以此撬动他们的生活历程，更没有在实践中反省人性的弱点以改善自身、调整自我，而是自我封闭、自我排拒，甚至不切实际地、过高地估计自己，最终丧失了机会，一事无成。传统文化一向强调共性，青年人要大力发展个性，首先要建设好自身，充实好自我，以健全的品质挑战现实，才不至于在社会的“习惯势力”面前仓促地败下阵来。对于爱情，他们生在恋爱、婚姻自主的时代，却没有走上掌握自己命运的道路，外在环境并没有从根本上困住他们，是他们自身性格的软弱使他们争取婚姻的努力虎头蛇尾、力不从心；他们看到了金钱对婚姻的制约，却没有看到人在现实生活中的主动性；他们明晰地感到了爱的离心力，却不知爱的内核究竟有多大的质量才能产生足够的向心力，凝聚他们的爱情；他们并不缺乏情感，却畏首畏尾，无力冲破爱的桎梏，真正发出个性解放的呐喊；他们寻找通向未来的道路，却不知路在何方；他们是一群受现代文化冲击，却被传统文化戕害，尚未真正觉醒的迷茫者。与张资平的情爱追逐者相比，老舍笔下的人物多了压抑的色彩和妥协的氛围，少了释放个性、追求性爱的狂热；多了理性的思绪和现实的重负，少了感性的欲望与理想的张扬。一言以蔽之：多了传统观念的侵蚀，少了现代思想的洗礼。这不是说老舍没有现代思想，而是说老舍更看重从传统与现代的比照中体察国民的缺失，这一点在稍后的《赵子曰》中看得更为明了。

4月 张资平的《苔莉》由上海创造社出版部印行第四版，7001—12000册。

4月 超超的《小雪》由上海亚东图书馆印行第三版。

5月1日 创造社同仁们在《创造月刊》第1卷第11期上发表《文学奖金延期发表启事》：“自从我们发表了文学奖金以来，青年同志们陆续寄来的稿件已经很多了。我们非常高兴，竟然因此引起了我们青年同志们的努力，并且还有些稿件竟达到十五万的字数，我们想，就只以这努力的成绩来看，已经令人感着不愿割舍的情意了。本来定的是三月底截止的，四月底我们就应该发表录取的名额，不过近来因为添了许多出版物，事务非常浩繁，委员会虽然已经组织成功，但怕在我们浩繁的事务中间，要去细心展读青年同志们苦心创作出来的作品，在四月底决不能告竣，所以我们只有请大家予以谅解，我们要求把发表期间展限一月，我们预计五月底定可发表我们这次的成绩。”

5月1日 张资平的《飞絮》由上海创造社出版部印行第七版，11001—14000 册。

5月10日 《小说月报》第 19 卷第 5 号刊载叶圣陶所撰《本报第六号要目预告》，《追求》的预告如下：“本篇也是现代青年的描写。在此大变动时代，青年们一方面幻灭苦闷，一方面仍有奋进的热望；《追求》所写照的，就是这一班人。书中没有主人翁，但也可说书中人物几乎全是主人翁。照他们的性格和见解分类，篇中的人物可以分为四类。他们有一个共同的缺点，即是都不免有些脆弱，所以他们的追求的结果都是失败。在青年心理的变动这一点上，本篇和《动摇》仍是联结的。”

5月12日 《申报》刊载《流亡》的广告：“本书为洪灵菲先生所著，全书计十万言，是革命文学上之巨著。书中叙一革命青年失败后，亡命四方，历遭家庭和社会各方面之冷眼，穷苦备尝，境遇凄凉；而后来更能坚然决然，再上革命之前线去；真足以代表现代青年之反抗精神也！书中材料，十分丰富：南至南洋，北至北京，各地的社会情形，均有叙述。加以作者生动之笔法，客观之描写，既有趣味，又极深刻！关心社会者，不可不读；关心文艺者，尤为不可不人手一篇也。”

5月20日 《我们》月刊创刊号刊载洪灵菲的《前线》前五节。

5月22日 **洪灵菲的《前线》由上海晓山书店初版（我们社丛书第一种），1—2000 册。**

梗概：S 大学大三学生霍之远因反对包办婚姻，对人生感到怀疑、厌倦，遂参加革命，希望用革命消除自己的悲哀，不久与同样有着包办婚姻经历的女青年林妙禅相爱。他信奉“为革命而恋爱，不以恋爱牺牲革命！革命的意义在谋人类的解放；恋爱的意义在求两性的谐和，两者都一样有不死的真价”，

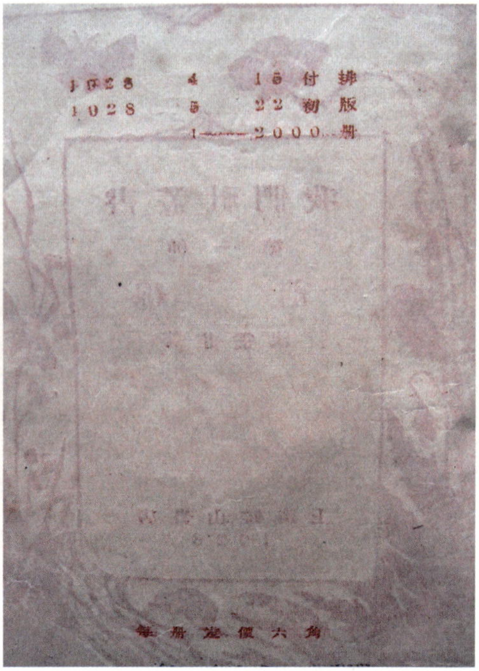

即恋爱、革命两不误。后来霍之远发现林妙禅思想落伍，不想革命，就与革命者谭秋英商讨革命的相关事宜，引得林妙禅醋意大发、歇斯底里。当大屠杀开始时，两人都被捕入狱。所谓“前线”，意指进入革命的团体中，即“走上了革命的前线”。

按：这是洪灵菲表现“革命 + 恋爱”的又一部作品，虽然对情感纠葛的刻画较为细腻，但线索凌乱，口号化、概念化的倾向十分严重，基本是一部失败之作。

5月　老舍的《赵子曰》由上海商务印书馆初版。

梗概：天台公寓三号房住着一个老住客叫赵子曰，是名正大学的学生，学过哲学、文学、化学、社会学、植物学，每个科目学三个月，不要文凭，不要学位，只是为做学问而求学。和他同住一间公寓的还有哲学系的学生周少濂、李景纯，经济学系的学生莫大年、武端以及预科生欧阳天风。一天，他们几人聊到参与罢课活动，李景纯坚决反对，劝赵子曰好好读书，认真做事。赵子曰感激李景纯的好意，但还是去参与了。在罢课风潮中，校长、教师被打，

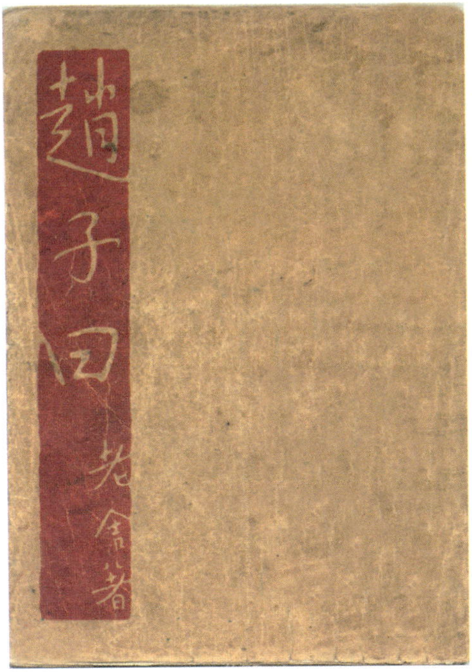

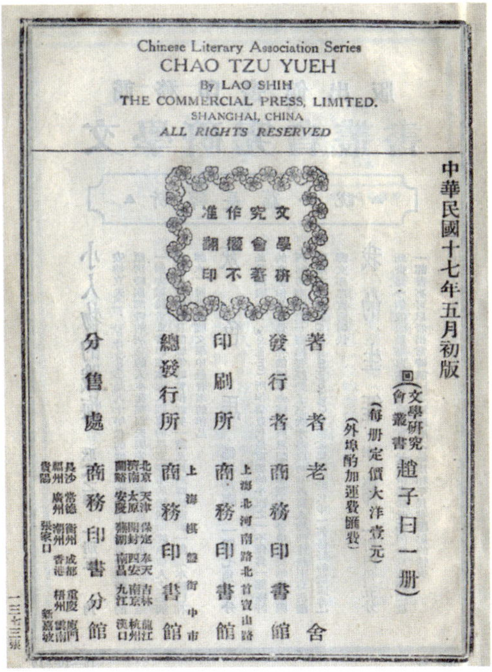
Chinese Literary Association Series
CHAO TZU YUEH
By LAO SHIH
THE COMMERCIAL PRESS, LIMITED.
SHANGHAI, CHINA
ALL RIGHTS RESERVED

中華民國十七年五月初版

（文學研究會叢書）趙子曰一册
（每册定價大洋壹元）
（外埠酌加運費匯費）

文學研究會著作權不准翻印

著者　老舍
發行者　商務印書館
印刷所　上海北河南路北首寶山路　商務印書館
總發行所　上海棋盤街中市　商務印書館
分售處　北京　天津　保定　奉天　吉林　龍江　濟南　太原　開封　西安　南京　杭州　蘭谿　安慶　蕪湖　南昌　九江　漢口　長沙　常德　衡州　成都　重慶　廈門　福州　廣州　潮州　香港　梧州　雲南　貴陽　張家口　新嘉坡　商務印書分館

赵子曰也动了手，还受伤住进了医院。欧阳天风是罢课的主谋，但打架时却不在学校。学校将带头的周少濂和赵子曰开除，周只好到天津神易大学读书，赵则在医院养伤。伤好后，赵去天津神易大学与周会合，周介绍他做国会议员阎乃伯的家庭教师。在阎家，赵子曰除了教书之外，交际甚广，很是得意。一天，谭女士来找他，求他将她带回家乡去。原来，一个丢了差事的军官与谭女士姘居，军官用手枪逼她出来勾引男人，让她做暗娼。赵子曰怕惹是非，辞了阎家的工作，回到了北京。他回到公寓才知道，欧阳骂走了李景纯，莫大年与欧阳天风打了一架后也搬走了，进了银行。欧阳参加女权发展会，打算唱戏筹款，因赵京剧唱得好，就鼓动赵露一手，赵便兴致勃勃地参与了这一活动，演出获得了成功。武端告诉赵子曰，报纸上写他贪污，赵非常气愤，后来发现是欧阳在搞鬼，但欧阳向赵解释了一通后获得了赵的理解，欧阳还说要给赵一个官做，并给他介绍王女士。不久，武做了市政局建筑科的委员，欧阳马上去奉承，要把王女士介绍给他，武未加理会。之后，欧阳马上带赵去和王女士见面，但赵没见着人，只收到王女士的一封信，让他不要一味听欧阳的摆布。晚上，王女士逃走，欧阳因刺杀王女士不成，第二天也搬出了公寓。赵正发愣时，李景纯来找他。原来武为了显示自己办事的能力，串通外国人要把天坛拆了卖掉，李让赵劝武不要做出卖国家利益的事。这天，赵与武正说着天坛的事，突然传来李因刺杀守卫司令而被捕的消息，赵、武等人设法去营救。在探监时，李将王女士的一封信给武，让他转给赵。看了王女士的信，大家才明白事情的原委。原来王女士自幼丧父，是叔父抚养她长大的。她在上海读书时认识了欧阳，被他俊俏的外表所迷惑，委身于他。张教授和欧阳是远亲，供他读书，但欧阳用张教授的钱去吃喝嫖赌，张教授规劝无效后，停止给钱。欧阳恨张教授，逼迫王女士嫁人，同时恫吓张教授，还企图利用军阀杀了张教授。无奈，王女士只好随张教授东渡日本。李只是出于同情和关心，才决心保护王女士，并实施刺杀军阀的行动。营救没有成功，李被枪毙。赵、武、莫三人决定痛改前非，或求真知，或与军阀斗争，各奔前程。

按：这是老舍继《老张的哲学》之后的又一部长篇小说，承续了其“‘讽刺的情调’和‘轻松的文笔’”。小说以讽刺幽默的手法描写北京天台公寓的一群大学生浑浑噩噩的生活，意在挖出潜伏在以赵子曰为代表的民众身上的国民劣根性。赵子曰是个不学无术的混子、空有乌托邦理想的油子、倒驴不倒架的痞子、好吃懒做的公子。在求学期间，在天津教书期间，在北京混日子期间，他扮演着可笑而荒唐的角色。他胸无大志，不学无术，好高骛远，什么都学又什么都学不会。他安于现状，无所事事，贪图享受，以各种名义骗取父亲的钱财，以满足他吃喝嫖赌的丑恶生活。他头脑简单，爱慕虚荣，生活的全部都是为了满足他的虚荣心。对于西方文明，他提出“简捷改造论”：将西方的一切发明拿来为我所用，不用讲什么进取的精神、研究、发明等等。这种坐享其成、无须奋斗，只想在精神上包揽东西文化为我所用的空想，正是赵子曰对传统观念中负面因素的因袭。老舍尽情地嘲弄这个看似“万物之灵”实为“万物之蠢”、看似“人中之灵”实为“人中之愚”的草包，意在揭露与鞭挞传统文化中腐朽没落的思想对人心灵与肉体的腐蚀，唤起民众自新、自强、自力、自重之心，在反省与批判的背后寄寓着作者建构新的文化个性的急切之心。与赵子曰相对立的是李景纯，这是作者塑造的一个理想人物，他与游谈无根的赵子曰形成了鲜明的对照：工作不论巨细，一概做得扎扎实实；事情无论大小，一应做得有条不紊。他脚踏实地、面对现实，宽于待人、严于律己，被同学称为“学问，品行，见解，全第一”。他主张革命要从具体事情入手，光说不做，永远无望。救国只有两条路：一是救民，启民智；一是杀军阀。只有军阀杀尽了，民智提高了，有识之士潜心求学，特别是出国学实学，才能改造社会。他恪守自己的信条，并为之付出了生命的代价。李景纯的反抗固然有个人情绪激愤的成分，但他踏实严谨、求实进取的作风，无疑包含着老舍对理想人物应具有的内在品质的明确肯定。这种立足于现代意识，通过对传统文化的反思与批判，最终摆脱沉重的因袭，走向建构与完善新的文化心理的艺术之路，成为日后老舍不断叩问的主题。

6月1日 苏雪林的《棘心》前八章始刊于《北新》第2卷第14号，署名“绿漪女士”，至第18号、第20—21号，1929年1月1日第3卷第1号毕。

6月1日 江雨岚的《离绝》由上海光华书局再版。

6月4日 《申报》刊载《前线》的广告：“‘我们社丛书’第一种洪灵菲著《前线》出版了 本书系洪灵菲先生最近的杰作，内容借革命和恋爱的冲突把一个青年从事革命的心理过程解剖得十分透辟，时代的色彩十分浓厚，文笔亦复异常优美生动，诚最近新文艺上一部有力的作品。爱好文艺者不可不人手一篇也。”

6月10日 茅盾的《追求》始刊于《小说月报》第19卷第6号，至9月10日第9号毕。

小說月報
第十九卷 第六號
民國十七年六月十日
追求……茅盾
一個人的死（勃拉瑪慈）……沈餘
大自然與靈魂的對話（李奧帕特）……樊仲雲
「曾經爲人的動物」……錢杏邨
「愛神」的愛……西諦
THE SHORT STORY MAGAZINE
Vol. XIX. No. 6 June 10, 1928

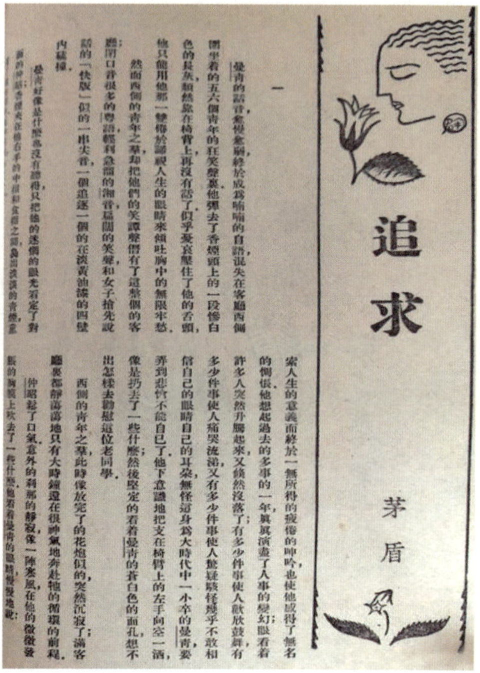
追求
茅盾
一
曼青的話音愈變愈弱，終於成爲喃喃的自語，混失在客廳西偏圍坐着的五六個青年的狂笑聲裏。他彈去了香煙頭上的一段慘白色的長灰，頹然靠在椅背上，再沒有話了。似乎憂哀壓住了他的舌頭，他只能用他那一雙倦於諦視人生的眼睛來傾吐胸中的無限牢愁。
然而西偏的青年之群卻把他們的笑謔聲僭有了這整個的客廳；閉口音很多的粵語，輕利急溜的湘音，磊闊的笑聲，和女子搶先說話的「快版」似的一串尖音，一個追逐一個的在淡黃油漆的四壁內蕩漾。
曼青好像是什麼也沒有聽得，只把他的迷惘的眼光看定了對……
……索人生的意義而終於一無所得的疲倦的呻吟，也使他感得了無名的惆悵。他想起過去的多事的一年，真真演盡了人事的變幻；睜看着許多人突然升騰起來，又倏然沒落了；有多少件事使人歡欣鼓舞，有多少件事使人痛哭流涕，又有多少件事使人驚疑駭怪幾乎不敢相信自己的眼睛自己的耳朵。無怪這身爲大時代中一小卒的曼青，要弄到悲憤不能自已了。他下意識地把支在椅臂上的左手向空一灑，像是扔去了一些什麼，然後堅定的看着曼青的蒼白色的面孔，想不出怎樣去勸慰這位老同學。
西偏的青年之群此時像放完了的花炮似的，突然沉寂了；滿客廳裏都靜蕩蕩地只有大時鐘還在很神氣地奔赴牠的循環的前程。
仲昭鬆了口氣，意外的刹那的靜寂像一陣寒風，在他的微微發脹的胸膛上吹去了一些什麼。他看看曼青的眼睛慢慢地說：

6月10日 芳草的《管他呢》由上海北新书局再版，2001—4000册。

6月30日 黄心真的《罪恶》由上海新宇宙书店出版部初版，1—2000册。

梗概： 阿进自10岁被父亲卖给地主后，过着猪狗不如的农奴生活，住地窖、干重活、吃大苦，生不如死。20岁那年，地主将他卖到S埠的女钢琴师家，他的生活发生了巨大的改变。女钢琴师的情人是个富翁，出手阔绰，阿进经常得些小钱，不久就攒了一笔钱。富翁每隔几天就来女钢琴师家幽会，每当这时，他就常常情不自禁地来到窗下偷听，他们别样的夜生活给了阿进很大的刺激。刚开始，阿进拿出自己的积蓄去买春，但当钱花完后，他已无法收敛，并对女主人有了非分之想。这天，他又来到女主人的窗下，却听到了与富翁不同的男人的声音，他忍不住推开门一看，原来是女主人的外甥俊明。俊明发现阿进以后，将他叫到旁边的屋里，说女主人在等待着他。巨大的诱惑和欲望的冲动使阿进将信将疑地走到了女主人床前，女主人确实没有

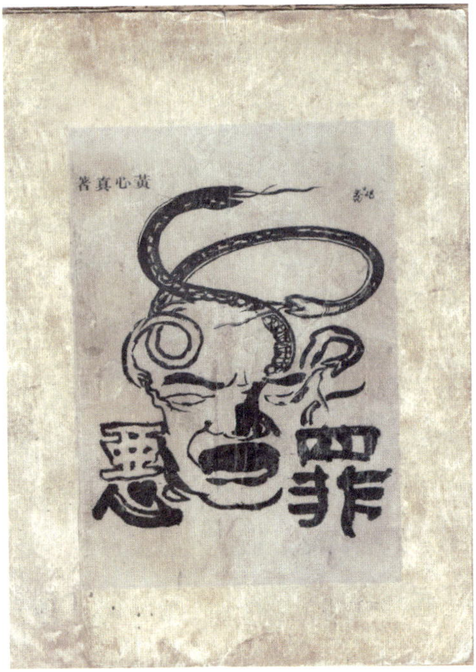

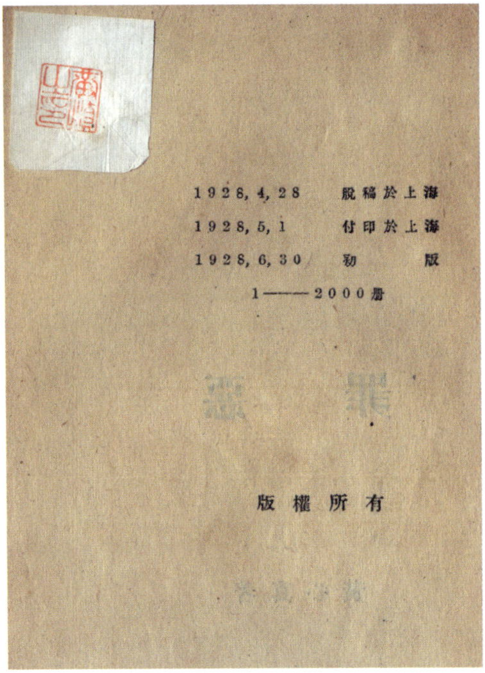
1928, 4, 28 脱稿於上海
1928, 5, 1 付印於上海
1928, 6, 30 初版
1——2000册

版權所有

半点反抗，可当他冷静下来，发现女主人早已死亡。面对事实，俊明交代了一切。原来，俊明发现舅母在等待情人的到来，心情很郁闷，便走进舅母的卧室，在交谈中，他见色起意，却遭到舅母的严厉斥责，恼羞成怒的俊明遂用绉带缠住舅母的脖子并强奸了她，满足了兽欲之后，他发现舅母已经死了。之后，他又骗阿进奸尸。俊明告诉他，如今他们两人都是死罪，只能一起逃走。俊明让阿进去厨房拿油，准备将现场烧得一干二净，而他自己却淫心再起，再次奸尸。看到几十分钟前被自己占有的女主人现在被俊明占有，阿进从背后掐死了俊明，随后他将俊明抱进隔壁的房间，他面对女主人半裸的身体，欲火中烧。第二天中午一点多，老师却还没起来，女钢琴师的学生丽容觉得奇怪，就大胆进门去叫醒老师，发现了尸体。警察很快来到现场，对丽容和阿进进行了问讯，初步认定为情死，但也有人认为是奸杀。做贼心虚的阿进从警察署出来，越想越怕，认为警方很可能怀疑自己，他疑神疑鬼，草木皆兵。在到 A 市的马车上，阿进看到一个穿洋服的人很像警察，他以为是跟踪他的便衣，于是中途慌忙下车。过了一会儿，阿进见这位穿洋服的人也在不远处下了车，内心更是恐慌不已。其实穿洋服的人是因为头痛才下车的，得知阿进也去 A 市后，便约阿进一起走，阿进此时却萌生了杀死他的念头。在过山岗时，阿进见四周无人，便将这人掐死了。到了 A 市，阿进把丽容骗出来，在山上掐死了她，并发泄了兽欲。几天后，他下了山，惶惶不可终日。此时他早已花完了所有的钱，无奈之下只好又回到 S 埠。他趁乱躲到一个大户人家，看到男女调情，觉得生活如同不可解的游戏。后来，身无分文的阿进在抢米的风潮中被穿黑色制服的人刺死。

按： 这是黄心真（生卒年不详）一部表现人性之丑恶的长篇小说，作者揭示了人性之恶，特别是对阿进因嫉妒而杀俊明、因多疑而杀丽容与穿洋服者这种变态狂杀人狂般的行为的描写十分真实、细腻，读来让人不寒而栗。作者对阿进犯案后逃跑途中做贼心虚、猜忌多疑、凶狠残暴的心理描写入木三分。它所揭示的令人发指的人性之恶，让人不禁毛骨悚然。不足在于结尾不近情理：阿进死于抢米风潮与全书情节不合；阿进的一些语言过于理性、思想过于复杂，不像一个文盲；结尾处阿进的呼喊显然与其身份不符。作者有较高的文学水平，若将最后一章即阿进的结局写得更为合理，整个作品或可成为一部不错的侦探小说，可惜作者没有让恶人得到法律的惩罚，反而硬给恶披上“阶级”的外衣，实在不伦不类，也大大影响了作品的艺术深度，这或许是《罪恶》没能获得更大反响的原因吧。

6月 张资平的《冲积期化石》由上海泰东图书局印行第六版。

7月1日 钱杏邨在《太阳月刊》停刊号发表《〈动摇〉》一文，认为：“《动摇》这部小说，严格的说来，是不完善的。就目前的革命文坛的成绩看，这是很重要很能代表值得我们一读的。虽然技巧有一些缺陷，但是规模俱在；虽然象征的模糊，我们终竟能在里面捉到革命的实际。”

按： 与评价《幻灭》一样，钱杏邨此时对茅盾的作品还是抱着“同志”的眼光予以审读的，就其得能中肯评价，对其失也报以理解。

7月1日 《申报》刊载《老张的哲学》与《赵子曰》的广告：“老舍君的两大创作，文学研究会丛书《老张的哲学》：本书为一长篇小说，叙述一班北京闲民的可笑的生活，以一个叫老张的故事为主，复以一对青年的恋爱问题穿插之。在故事的本身，已极有味，又加以著者讽刺的情调，轻松的文笔，使本书成为一本现代不可多得之佳作。研究文学者固宜一读，即一般的人们亦宜换换口味，来阅看这本新鲜的作品。《赵子曰》：这部作品的描写对象是学生的生活。以轻松微妙的文笔，写北京学生生活，写北京公寓生活，非常逼真而动人，把赵子曰几个人的个性活活的浮现在我们读者的面前。后半部却入于严肃的叙述，不复有前半部的幽默，然文笔是同样的活跃。且其以一个伟大的牺牲者的故事作结，很使我们有无穷的感喟。这部书使我们始而发笑，继而感动，终于悲愤了。”

7月1日 叶鼎洛的《前梦》由上海光华书局印行第三版，1—5000 册。

7月8日 《申报》刊载《阿丽思中国游记》的广告：“沈从文著。这是近年来中国小说界里一部极可珍贵的长篇创作。作者的天才在这里显露得非常鲜明。凡读过他的短篇小说的人不可不读此书。”

7月10日 沈从文的《阿丽思中国游记》（第二卷）始刊于《新月》第 1 卷第 5 号，至 10 月 10 日第 8 号毕。

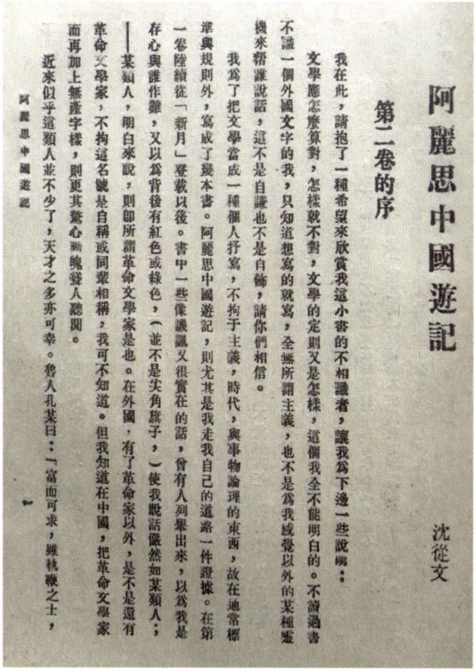
阿麗思中國遊記

第二卷的序

沈從文

我在此，請抱了一種希望來欣賞我這小書的不相識者，讓我爲下邊一些說明：

文學應怎麼算對，怎樣就不對，文學的定則又是怎樣，這個我全不能明白的。不曾讀過書不識一個外國文字的我，只知道想寫的就寫，全無所謂主義，也不是爲我感覺以外的某種鑑機來幫誰說話，這不是自謙也不是自飾，請你們相信。

我爲了把文學當成一種個人抒寫，不拘于主義，時代，與事物論理的東西，故在通常標準與規則外，寫成了幾本書。阿麗思中國遊記，則尤其是我走我自己的道路一件證據。在第一卷陸續從「新月」登載以後。書中一些像譏諷又很實在的話，曾有人列舉出來，以爲我是存心與誰作難，又以爲背後有紅色或綠色，（並不是实角旗子，）使我說話儼然如某類人；——某類人，明白來說，則卽所謂革命文學家是也。在外國，有了革命家以外，是不是還有革命文學家，不拘這名號是自稱或同輩相稱，我可不知道。但我知道在中國，把革命文學家而再加上無產字樣，則更其驚心動魄發人聽聞。

近來似乎這類人並不少了，天才之多亦可幸。魯人孔某曰：「富而可求，雖執鞭之士，

阿麗思中國遊記

7月11日 《申报》刊载《罪恶》的广告：“黄心真著，司徒乔作封面，张亦庵装帧，本书的主人公是一个健壮的男仆，他懵懂于城市的万恶环境中，感着性欲和食欲的饥饿；他看见别人可以任情地荒淫享乐，而自己只好张大眼睛看，心中更不免愤愤。他几度强奸杀人。所谓人世间的罪恶，丛集于他一身了。全书阶级性异常明显，处处表现出一个热烈的反抗者的精神。书中有大无畏的性欲描写，有犯罪者的心理的刻画；你看这一本书你可以听见从未听见过的狂号热叫，你可以看见如虹似的热血从一个可怜的青年身上迸出来……”

7月20日 张资平的《最后的幸福》由上海现代书局印行第四版，7001—8000册。

7月 **沈从文的《阿丽思中国游记》（第一卷）由上海新月书店初版。**

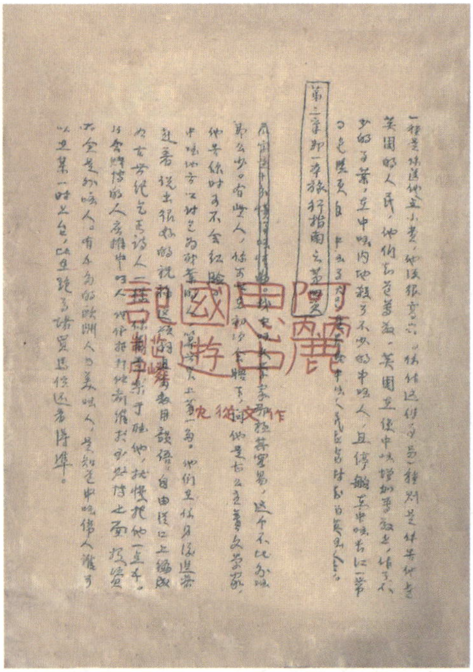

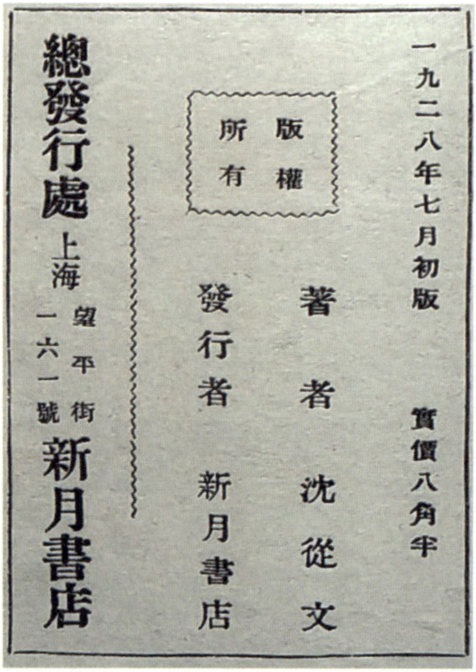
一九二八年七月初版
實價八角半
版權所有
著者 沈從文
發行者 新月書店
總發行處 上海望平街一六一號 新月書店

梗概：阿丽思小姐漫游奇境回家后，因思念那很有礼貌的兔子约朗·傩喜先生，于是写信约兔子一起去中国游历。在游历之前，傩喜先生得到一本《中国旅行指南》，知道在中国无论干什么都要付小费，阔佬们喜欢打麻将，乞丐很多，乡下人过年时都会进城讨钱，军人都怕外国人。到中国的第一天，阿丽思从旅馆的仆役口中知道了外国人开车辗死中国人只需赔五十块钱，还知道中国的算命先生很神，可以找到丢失的东西。第二天，他们遇到了一个讨饭的，这个乞丐希望外国人把他杀死，这样他就不必每天为活下去而发愁。好心的傩喜先生让乞丐把自己的衣服拿去，但乞丐根本不敢，因为这样的话警察会抓他。有一天，阿丽思小姐去参加八哥博士的欢迎会，猫头鹰是主席，各种动物都出席了会议。会场纷乱不堪，八哥博士以《恋爱的讨论》为题上台演讲，引得台下一片喧嚷。这是一个时尚的问题，可众鸟们意见不同，争论不休，差点打起来。

7月 养和在《会报》第38期发表《读了〈苔莉〉以后》一文，认为："《苔莉》是张资平的创作，也可以说是他的杰作。他用浓挚的笔调描写很深刻的很强烈的爱，使人们读了，能把人们的意识的全部占领着——深刻地占领着，使人们脑海里深深的印了个影像，历久不能消灭，他这书在文坛上真要占一个相当的位置，他的艺术真有教人佩服的价值，说它是他的杰作，大约不为过吧。"苔莉"是一个恋爱自由者，一个不幸的恋爱自由者。她的放荡的态度真能打破了礼教的束缚，而不容我们非难的"。"克欧的为人又是怎么样呢？他是一个懦怯者，他是一个虚荣心很重的懦怯者……他虽懦怯，但结果他仍是勇猛了，情感终于战胜理智了，他的伟大的精神就在情死。""我们读了这书觉得作者给我们一个最深刻的观念，就是他对于社会的恶评，和社会诸般现象的矛盾，都痛恨极了，厌恶极了。""我们读了，可以窥见作者深恶痛绝社会的缺陷和社会的矛盾，替世界上多情的男女——受社会桎梏的多情男女，作不平的哀鸣，他如泣如诉的语调似代人们求解放，他愤恨的态度，又像对社会施以猛烈的攻击，要和社会宣战了，受社会桎梏的多情的男女性呀——作者真是你们唯一的光明之神了。"

按：作者在文章中还讨论了苔莉与克欧的性爱的意义及贞操等问题，在早期张资平小说评论中很值得关注。

7月 钱杏邨在上海泰东图书局出版的《现代中国文学作家》（第一卷）

的《蒋光慈与革命文学》一文中认为，《最后的微笑》“所显示的，是主人公走在朋辈牺牲的路中，只有勇敢前进没有幻灭，是把在《短裤党》里的革命青年的眼转向社会经济一方面来的创作，和《短裤党》里的青年革命家的心理相衔接的，这可算是他的创作第二个时代的第一部代表作”。“他的创作是有一贯的思想的，每一部有每一部的意义，每一部有每一部的使命，不是幽默的调皮，也不是闲适的消遣，更不是为艺术而艺术的，他的创作是具着一种重大的使命的——Propaganda! 他的创作是忘不了一种重大的意义的——时代表现！他的思想，始终是站在时代前面的！”他还认为：“光慈的表现的技巧，到现在虽然还没有成功，但每一本都是在进步着。”

8月15日 罗西的《莲蓉月》由上海现代书局初版，1—2000册。

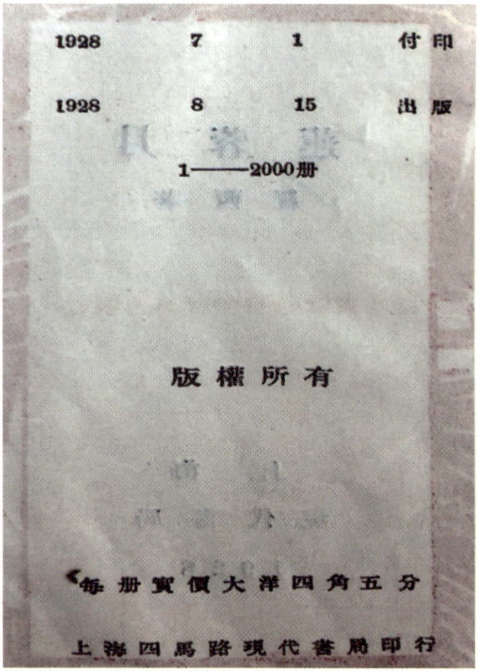
1928 7 1 付印
1928 8 15 出版
1——2000册
版權所有
每册實價大洋四角五分
上海四馬路現代書局印行

梗概：十五岁那年，“我”从市立第七高等小学校毕业，因家境贫寒，家人极力劝“我”谋一份售票员的工作，“我”不愿妥协，和同桌李绍木尽力搜集信息，参加了升学考试。在考场上，“我”遇见了一位美丽灵巧、让“我”一生难以忘怀的姑娘——司徒徽。发榜后，三人都榜上有名。在“我”

的据理力争下，父亲借钱供“我”读书，李绍木却因学费问题辍学去了香港。一天，“我”在音乐教室弹风琴，司徒徽夸奖了“我”。那次后，“我”每天中午匆匆吃过面包，就立即去教室门口等她，以期能见到她或是和她说上几句话。慢慢地，“我”对司徒徽的感情由倾慕变成了占有，开始妒忌她与其他男生的交往。寒假期间，“我”给她写了一封信，信中表明了自己的仰慕之情。她回信给“我”，让“我”帮她做一百道算术题，并让“我”转交一张贺卡给 C 君。开学后，“我”同她的友情更近一步，但“我们”遭到了同学的嘲笑。有钱、擅长音乐和体育的 M 君给司徒徽写情书，S 君也经常去她家里，这些事都使敏感的“我”心神不宁。“我”发现司徒徽的父亲是位有钱的商人，这加剧了“我”内心的不安。端午节时，司徒徽邀“我”去她家，“我们”快乐地长谈了两个钟头。节日过后，她对“我”却有所回避。面对下跌的成绩和毫无希望的感情，“我”决定用功读书，两人渐行渐远。中秋节那天，司徒徽带着麦君送来的莲蓉月饼给“我”。“我”打开盒子，盒子里的卡片上面写着“宜君徽君惠鉴”，“我”不禁潸然泪下。司徒徽后来嫁给了才貌双全的 F。

按：这是欧阳山“罗西时代”的作品之一，作品以 11 封书信的形式回忆了中学生宜君对司徒徽的暗恋和宜君的生活，写出了爱情与金钱、个人与社会现实的冲突。“莲蓉月”是麦君在中秋之际送给宜君和司徒徽二人的礼物，象征着一段美好却已无法重来的时光，卡片上两人合在一起的名字与相行渐远的现实形成了巨大的反差。小说富有强烈的主观抒情色彩，细腻地描绘了宜君爱情萌动时热烈、纠结、敏感、自卑等百转千回的心绪，真实且令人动容。作者用现实中的事件不断打断回忆中的叙述节奏，使情节松散，但主人公情真意切且不矫饰，有浓郁的感伤气息。不过，作者对“我”对司徒徽使用不同称呼的意图做详细的解释则稍显琐碎直白，实无必要。

8 月 15 日　叶鼎洛的《乌鸦》由上海现代书局初版，1—1500 册。

梗概：袁荷生消极而敏感，为了逃避母亲为其包办的婚姻而离乡，辗转到 S 埠，在朋友的帮助下，谋得教员职位。他和柳咏青都是家道中落而又自命不凡的知识青年，在 S 埠入不敷出，靠蹭饭、借钱生活。柳咏青是个态度

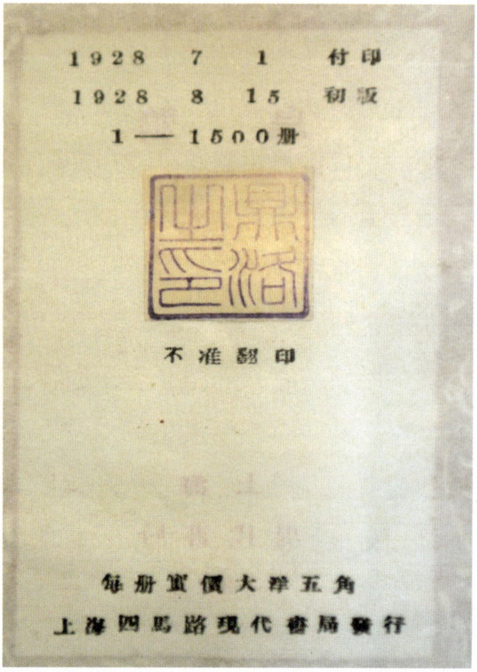

积极却不择手段的人，他对其供职的 E 研究会不满，便借了十块钱到杭州去，请求朋友帮忙把他安排到 Y 会供职。他在杭州时住在广化寺，常与庙中老和尚攀谈，深得老和尚信任。不料他的朋友做错事被辞退，还欠下巨额债务逃跑了，柳咏青回到庙里，哭闹着要出家，老和尚心软，帮其安排食宿。他自己写了封信拿给老和尚看，说有人请他回 S 埠当科员，却没有路费。老和尚把自己的存折给他，让他到钱庄取 30 元钱，他却将折子里的 120 元全部取出，偷偷返回 S 埠。袁荷生收入低，对学校不满，整日睡觉、喝酒，颓唐度日。他收到妹妹的信，说母亲思亲成疾，要他回信以宽慰母亲，他写了信，却未寄出。在文艺界联欢会上，袁荷生结识了招聘教师的金光耀，在柳咏青的怂恿下，他跟随金光耀到 F 省创办学校。学校办得颇为成功，而袁荷生仍喝酒度日。妹妹来信称母亲病倒，更增添了袁荷生的忧郁。暑假后，学校财政困难，校长金光耀留下 85 元钱后去了北京。众人愁苦之际，柳咏青把大家灌醉后携款潜逃，次日大家回过神来，却已追不上他了。袁荷生伤心过度，夜里梦到自己回到家乡，见到了又聋又瞎的母亲，后母亲突然消失了。他醒来后询问妹妹，妹妹说母亲死了。

按：这是一部以青年的流亡为题材的小说，通过叙述袁荷生漂泊无依、志不得抒，最终走向绝望的故事，反映了20世纪20年代社会变迁的过程中，知识青年窘迫的生活状况和颓废失意的心理状态，题材在当时实属别致。作品成功塑造了袁荷生这样一个“袋里无钱、心头多恨”的“零余者”形象，他孤独内向、满怀大志，对社会满腹牢骚却又无力改变它，他不屑于柳咏青坑蒙拐骗的行为，只得暗自伤神，最终在社会的压迫和自我的放纵中消亡。小说情节紧凑曲折，语言幽默，常含讽刺，文笔细腻，场景描写具体可感，心理描写细腻真挚，作品给人以病态感，充满了感伤颓废的情调。

8月20日 钱杏邨在《我们》月刊第3号发表《〈流亡〉》一文，认为：“《流亡》确实是一部代表去年三月而后的‘小有产者的流亡者’的全生活的创作。”“假使作者把全力平均的用在流亡生活的叙述，和‘小有产者的流亡者’游疑心理的解剖两方面，那这一部创作的成绩决不止于此。可惜，作者的精神太侧重于流亡生活的叙述了。虽然‘小有产者的流亡者’的游疑心理也曾被作者划出了一部分，究竟仅只有一种轮廓。”作者虽对游疑心理有所批判，“但作者的表现，没有多多的注意在这一点。‘小有产者的流亡者’在这样时代的心理是最复杂，最冲突，最矛盾，最滑稽，而且具着神秘的色彩的。果真能把体验，洞察到的他们自己心里的冲突，排解，纠纷，自欺……和其他种种挣扎，游疑的情形，善变的特性，不能决定路途的痛苦，精细的表现出来，替小有产者画一幅逼肖的写真，那确是这时代的极需要的创作。也是革命的过程中应有的一种普遍现象。作者下笔时，应该表现这一种的人生。”“在技巧方面，是不如第二部曲《前线》第三部曲《转变》的成熟，虽然内容方面，《流亡》算是最充实的。”不足在于：第一，作者在“做”小说；第二，作者不能纯客观地去表现，往往在作品中渗入了主观的感情。

8月27日 《申报》刊载如下作品的广告。

（1）《乌鸦》：“这是叶鼎洛先生新近写的一部长篇小说，描写着社会上一般青年艺术家的流连穷困的生活。”

（2）《莲蓉月》：“本书为罗西先生作，以书信体组成，叙述一个男人与他的女友的恋爱经过，原原本本，和盘托出。”

8月30日 曼陀罗的《爱的幻灭》由上海真美善书店初版，1—1500册。

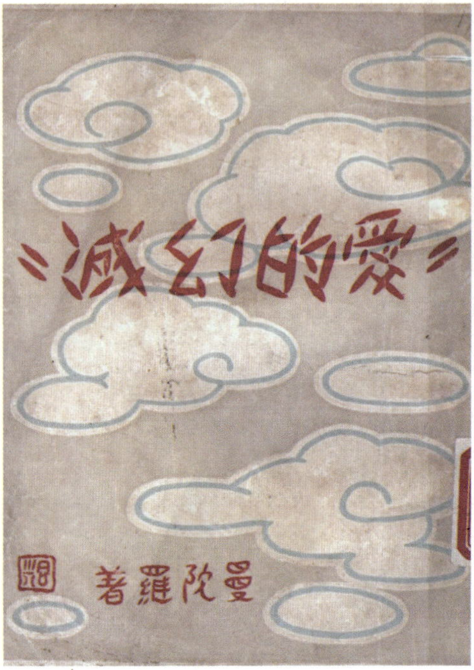

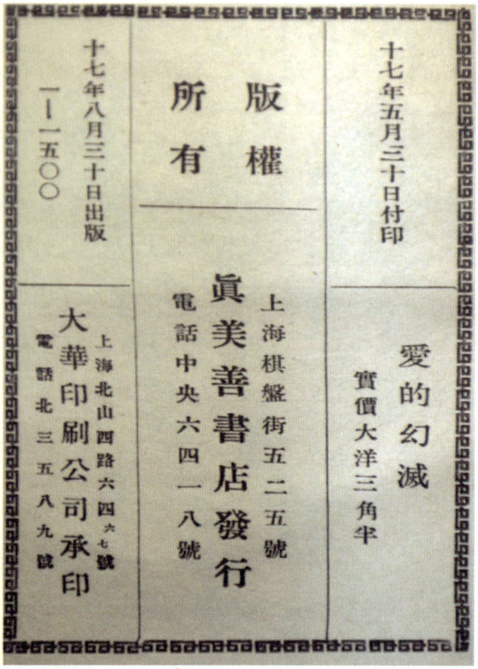
十七年五月三十日付印
愛的幻滅
實價大洋三角半
版權所有
上海棋盤街五二五號
眞美善書店發行
電話中央六四一八號
十七年八月三十日出版
一—一五〇〇
上海北山西路六四六七號
大華印刷公司承印
電話北三五八九號

梗概：在摇曳不定的、暗淡的灯光中埋头笔耕的童蓝田，尽管搜肠刮肚、没日没夜地写，却还是这样穷困，交不起房租，常常被女房东嘲笑和奚落。穷困潦倒的童蓝田不禁常常怀疑读书的意义，感叹生活的艰难。为了生计，童蓝田带上新作《人生之谜》去书店投稿，以期获得稿酬，解燃眉之急，然而却处处碰壁，没有一家书店愿意出版这部小说，最终连书稿也在去找朋友借钱的途中弄丢了。借钱无果，处处遭拒，感到无限痛苦和凄怆的童蓝田只好悻悻而归，等待女房东冷峭的逼问。后他在报刊上偶然看到小说《人生之谜》的招领启事，他在取书、送书的过程中结识了富家小姐梅雪琴。在梅雪琴的帮助下，小说《人生之谜》顺利出版，童蓝田也收获了名望和财富，之后两人合力创办了杂志《幻尘》。在这一过程中，蓝田与雪琴两人暗生情愫，相互倾慕。在童蓝田前去B埠报馆任职时，雪琴把在B埠读书的妹妹雪香介绍给童蓝田认识，以便远在他乡的两人可以相互照应。不料，在两人交往过程中，雪香也因为仰慕蓝田的才华而芳心暗许。当蓝田因为得罪军官被捕入狱之时，雪琴、雪香姐妹两人更是不遗余力地搭救，让蓝田转危为安。然而，三人之间的关系却变得暧昧不明，夹在其中的雪琴更是左右为难，既放不下自己的幸福，也不忍心去破坏妹妹的幸福。蓝田也自觉无法面对雪琴、雪香姐妹，只能远走他乡，回避这样尴尬的局面。最后，雪香放下这段感情，与同学祖荫订婚，而雪琴却在思虑中香消玉殒。

按：20 世纪 20 年代中后期，中国新文坛兴起了一股“恋爱小说”的创作潮流，这批小说承袭了“五四”自叙传小说的叙事模式和题材，情调感伤忧郁，内容多为描写都市青年三角、多角甚至同性恋爱故事，成为当时青年学生争相追捧的文学读物。曼陀罗（生卒年不详）的《爱的幻灭》就是一部讲述小说家童蓝田与雪琴、雪香姊妹二人之间三角恋爱的言情小说。虽然小说中主要人物的身份变成了小说家和女学生，但是仍然没有摆脱才子佳人、侠女义士的旧式小说的窠臼，在情节上也有沿袭“私订终身后花园，落难公子中状元”的旧式小说情节模式的嫌疑。但小说摒弃章回体的形式，采用插入多封书信的叙事方式，还借书中人物之口加入对现代恋爱的思考和议论，一定程度上让这部通俗爱情小说区别于“鸳蝴小说”，带有一些时代性和趣味性。不过，小说情节虚假、不真实，多为臆想，破坏了作品的艺术性。

8月31日 彭芳草的《落花曲》第一、二部始刊于山东《国民新闻副刊》第 1 期，至 9 月 28 日第 44 期毕。

8月 茅盾的《幻灭》由上海商务印书馆初版（文学研究会丛书）。

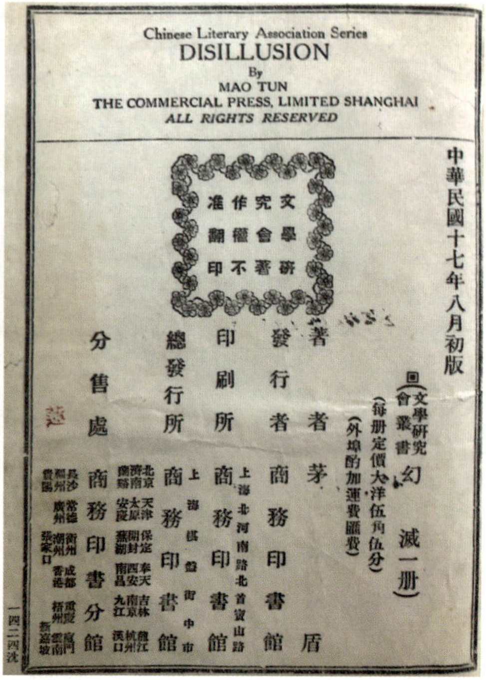
Chinese Literary Association Series
DISILLUSION
By
MAO TUN
THE COMMERCIAL PRESS, LIMITED SHANGHAI
ALL RIGHTS RESERVED

中華民國十七年八月初版

文學研究會著作權不准翻印

(文學研究會叢書 幻滅一册)
(每册定價大洋伍角伍分)
(外埠酌加運費匯費)

著者 茅盾
發行者 商務印書館
印刷所 商務印書館 上海北河南路北首寶山路
總發行所 商務印書館 上海棋盤街中市
分售處 商務印書分館 北京 天津 保定 奉天 吉林 龍江 濟南 太原 開封 西安 南京 杭州 蘭谿 安慶 蕪湖 南昌 九江 漢口 長沙 常德 衡州 成都 重慶 廈門 福州 廣州 潮州 香港 梧州 雲南 貴陽 張家口 新嘉坡

一四二四沈

梗概：天真的梦想家静女士来上海找同学慧女士，以求“静心读书”。慧女士因情感受到欺骗，奉行“玩弄哲学”，抛弃了男同学抱素。静女士同情抱素，委身于他后，发现他竟是“暗探”，失望之余，静女士躲进医院，以求内心的宁静。受北伐革命胜利的召唤，静女士到汉口伤兵医院当护士，并爱上连长强猛。强猛伤愈归队后，静女士感叹：梦醒后依然要面对理想的失落。

8月 茅盾的《动摇》由上海商务印书馆初版（文学研究会丛书）。

梗概：劣绅胡国光混进革命组织内部（任县党部执委兼常委），他看似革命，实则投机，以破坏革命的恶人的面目出现。他将富人的婢妾、孀妇等“收归公有”，成立“妇女保管所”，实则为自己提供方便；以打倒“反革命官吏”的名义煽动民间团体，纠集流氓打手包围县署，觊觎县长的职位。党部商民部部长方罗兰左右摇摆，姑息养奸，内为妻子梅丽及浪漫女性孙舞阳而烦闷，外对胡国光的两面三刀束手无策，最终在叛军进攻时仓皇出逃。

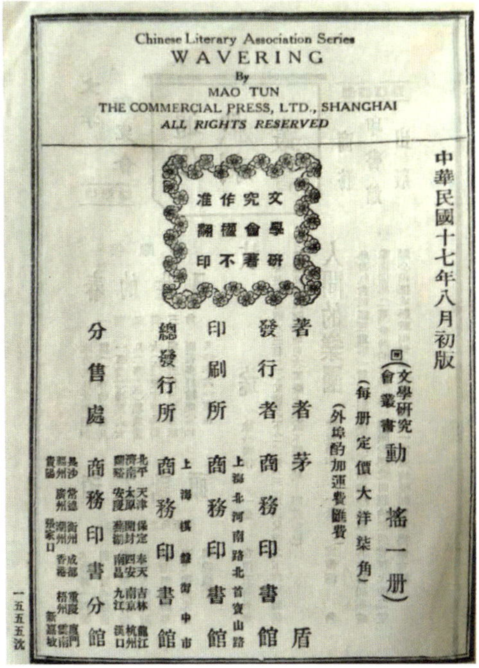
Chinese Literary Association Series
WAVERING
By
MAO TUN
THE COMMERCIAL PRESS, LTD., SHANGHAI
ALL RIGHTS RESERVED

中華民國十七年八月初版

(文學研究會叢書) 動搖一册
(每册定價大洋柒角)
(外埠酌加運費匯費)

文學研究會著作權不准翻印

著者 茅盾
發行者 商務印書館
印刷所 上海北河南路北首寶山路 商務印書館
總發行所 上海棋盤街中市 商務印書館
分售處 商務印書分館

一五五五沈

8月 罗西的《桃君的情人》由上海光华书局初版，1—1500 册。

梗概：小说分为上部、中部、下部三部分。上部由“她的九封信”组成。女主人公傲英给情人桃君写信，由于傲英脸上有麻子且年龄稍大，桃君在得到她的身体后见异思迁。傲英虽有点轻佻，但还是深爱着桃君，但桃君却开始疏远她。由于得不到真爱，傲英决定去 S 县做宣传员，离开广州这个可哭、可痛、可恨、可惜的地方。中部由 4 篇“她的日记”组成。傲英被医生告知只有 70 余天的生命，她不能让桃君得知她接受了何绍斯的爱，她想让桃君知道她依然是爱他的。住在何绍斯的家里，傲英偶然听到何绍斯鸡奸武德民，同时又垂涎自己。傲英是一个国民党党员，觉得与何绍斯他们外出打牌是浪费时间，对不起党与国家。下部是“桃君的情人的结果”。傲英回到广州，找到桃君，桃君则带瑞然与她一起去看电影、吃夜宵。她发现明菊不爱桃君，而她自己只是桃君泄欲的工具。父亲让傲英嫁人，桃君与瑞然订了婚。一天，桃君得知傲英给他的一百元线是傲英卖身所得，就觉得自己不该将这个钱花在瑞然身上，傲英反而写信劝桃君不必如此。傲英还建议瑞然与桃君尽快结

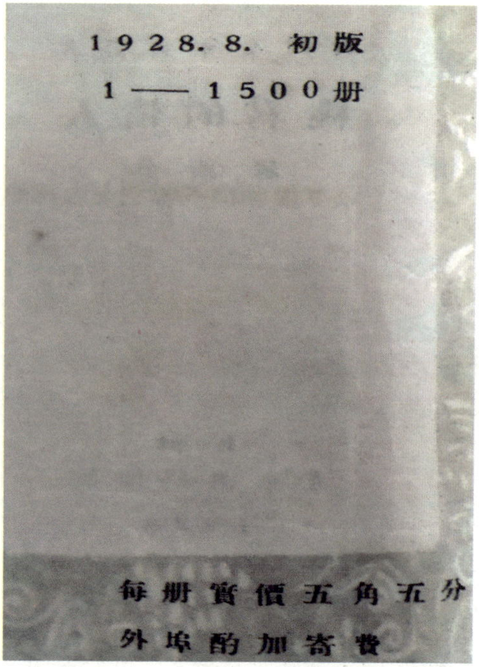
1928.8. 初版
1——1500册
每册實價五角五分
外埠酌加寄費

婚，这让瑞然非常感动。市党部领导P君介绍桃君去报馆做了校对，介绍傲英当了卷烟厂工会的女工秘书，后又让她做工会工作。傲英虽知自己命不久矣，但还是决定先做好烟厂的工会活动。在调查中，她发现工厂经理吕明轩利用职务之便奸污女工，还纵容女工偷烟，并以此要挟、强奸女工，组织她们卖淫，从中抽成，女工受辱也不敢声张，她想管管这个事。傲英很欣赏P对革命的热情和他的正直、理性，她拥护P的领导，但因为B·Y派和A·Y派争夺工人党部的领导权，双方武斗，P等人失败，成了被通缉的“危险分子”，逃往香港。傲英虽然对这种不顾人们死活的党派争斗很失望，但仍决定留下来完成自己的使命。她给桃君写了绝命书，去厂里开枪杀了吕明轩。不久，报纸上登出了她的死讯，说她“煽惑工人，残害生命，決为共产之余孽”，“枪杀H工厂经理吕明轩”。云妹来料理了她的后事，桃君却没有出现。

按: 作者在这里意欲表达的是社会的沉闷、黑暗以及青年人革命的目的。有志青年傲英虽然没有得到真正的爱，但她以生命的代价向旧社会恶势力的代表发出了有力的挑战，并以此激励更多人。小说每一部分采用不同的叙述视角，以全方位地展示社会现实和时代风气，实践作者“主情主义”的创作观。但小说的主题与情节没有完全契合，作者既想表达傲英个人的情感，又想歌颂她为工人争取权利的奉献精神，过于主观的抒情显然破坏了主题与情节的联系；加之桃君的形象空泛，破坏了小说的整体和谐性，中部的内容过于单薄，日记中的絮语与自怨自艾的风格与作品整体的批判格调之间存在明显的裂隙。

9月5日 王志之的《爱的牺牲》由北平文化学社初版，1—1000册。

梗概：C城中学生梦天深信婚姻要建立在爱情的基础上，要以平等自由为原则，反对家里安排的包办婚姻，希望家里能送他的未婚妻去读书，但遭到他母亲的强烈反对。不久，梦天认识了女师学生芷青和灼娟，灼娟聪明好学、成绩优秀，芷青美丽活泼，但成绩一般。梦天被芷青的美丽所吸引，开始追求她，而芷青也对梦天产生了好感，两人很快坠入爱河，并在公园约会，这使也对梦天有好感的灼娟很伤心。由于战乱，芷青母女在逃难时遭到几个士兵的凌辱，危急时刻，一位营长斥退士兵，拯救了母女二人。不久，这位三十几岁的营长正式向芷青的母亲提出娶芷青为妻，孤苦无助的芷青母亲答应了他的要求，二人很快成婚。得知这一消息后，梦天痛苦万分，而此时家里也给他订好了婚期。梦天虽理解母亲的辛苦与不易，但想到自己的幸福和选择权被剥夺，他决定抗婚到底。一天，梦天接到芷青的信，说她在 C 城住，而她的丈夫已随军到 T 城去了，请他到家里来玩。梦天愉快地到了芷青家，一见面，二人都伤感不已，旧情亦很快萌发，当晚梦天就住在了芷青屋里。之后，梦天常在芷青家住宿，时间一长，人们纷纷议论，但他俩仍沉湎于肉体的享乐中。这时，梦天病倒，母亲来信说知道了他在 C 城所做的一切，很失望，告知他由于结婚那天他不回家，只好让别人扮成他成了礼。母亲最后说，如果他能痛改前非回家来就认他这个儿子，否则就断绝母子关系与一切经济往来。看到这封信，梦天更为伤悲，病情加重，口吐鲜血，被芷青送进医院。营长得知后，到医院将芷青强行拉回，梦天病逝。第二天，芷青在公园自杀。

按：王志之（1905—1990）的《爱的牺牲》又是一个时代的悲剧：青年男女追求爱情幸福的愿望被家长无情扼杀，导致他们殉情。在五四精神的照耀下，个性解放的呼声与追求个人幸福自由的脚步，在新一辈特别是有一定知识的年轻人身上如一股不可阻挡的春潮，奔腾不息。他们不再将自己的未来寄托在父母身上，也不再将自己的婚姻抵作父母的工具或赎卖品，而是希望将命运掌握在自己的手中，希望他们的父母把他们当作一个独立的、有人格的人去理解、去关爱。不幸的是，他们这种不再等待命运的安排而是主宰自己命运的现代选择，在强大的封建旧势力和专制的家长作风下被强行葬送。他们不愿屈从又别无选择，唯以他们宝贵的生命做最后的抗争。这是他们对这个阻断他们向往自由和幸福的吃人的封建制度的有力控诉与反抗，也是新旧转型裂变期无可避免的时代悲剧。作者以细腻的笔调写出了一代青年向往幸福的欢乐、无法挣脱封建樊篱的痛苦以及反抗无望的悲愤，更以泣血的声音记录了那个时代不屈的爱的誓言。小说线索清晰，人物性格刻画生动可感，主人公内心矛盾痛苦的揭示真实细腻，难能可贵。

9月10日　《开明》第 1 卷第 3 号刊登《英兰的一生》的广告：“这部

小说写一个可怜女子英兰的一生。她受尽了社会的虐待，做过仆婢，做过女工，做过卖笑生涯。终于为人所弃，寻死不得，变成了疯婆子。悲哀凄恻，极为动人。”

按：广告全文简练平实，只可惜没有引起文坛足够的重视，而作家后来兴致转向，加之英年早逝，几近默默无闻，真是历史的遗憾！

9月11日　《申报》刊载《桃君的情人》的广告：“这是罗西的第二部的长篇创作。他的小说，是充满至情的，他的文笔并不偏重于局部琐碎的描写，而特长于整个的感情的表现。此集的主人翁女人——一个在革命潮流中沉浮的不幸的女人，作者把她的精神捉住，放在自己的人格之中，从这书中再现出来。谁对于这位女人的惨淡的结局能怜惜她或同情她的呢？”

9月15日　洪灵菲的《流亡》由上海现代书局再版，1501—3000册。

9月16日　《真美善》第2卷第5号刊载《爱的幻灭》的广告：“这是一幕三角恋爱的悲剧。两个女性恋上了一个青年，可三方面多不知情，不知不觉间造成了无可挽救的大错。立意新奇，布局紧凑，是浪漫小说的杰构。”

9月16日　金屋书店在《狮吼半月刊》第6期刊载《银蛇》的广告：“我们金屋书店敢夸口：我们将使中国文坛添加几分光彩。现在中国文坛上所缺乏的是什么？长篇小说——大家异口同意喊出。这一部不日要出版了，是大长小说。《银蛇》，作者章克标先生大努力的结晶，也是他最近的雄图。全书三部，都三十余万言。只从分量一点上讲，已经足以压倒一切了。就内容说，结构的慎密新颖，描写的婉约优丽，叙述的活泼生动，作者有他无比的艺术的手腕可以保证的。而且他的艺术的良心的锐敏，和谨严虔诚的态度，使他小说的品位益加增高了。具备这样的优点——若疑心我们在吹，好在书要出来了，请看吧。”

9月18日　台生在《上海画报》第393期发表《〈动摇〉与〈追求〉》一文，认为：“《动摇》是一篇描写某地受了革命浪涛的澎湃和当地一切的凌乱。在这一篇里，作者尽力描写指示了一个人生影子，生命挣扎之中，人们用种种不同的方式，追击，渴求。”“《追求》是作者暗示了人生的憧憬，尤其是对于女性心理的状态……使人感到十分浓厚的快感。”

9月19日 蒋光慈的《最后的微笑》由上海现代书局初版（平装），1—2000册。

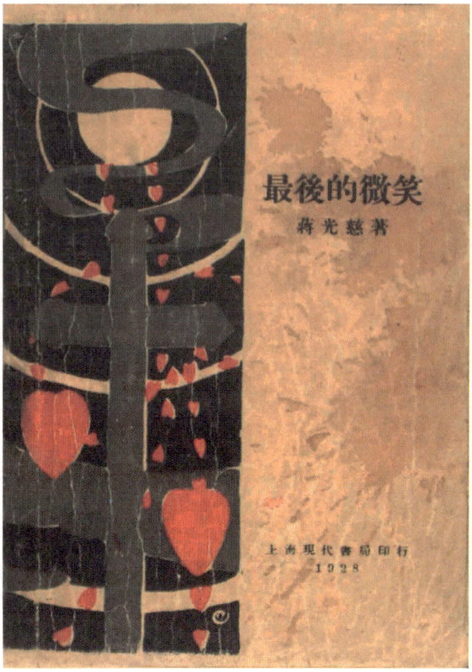

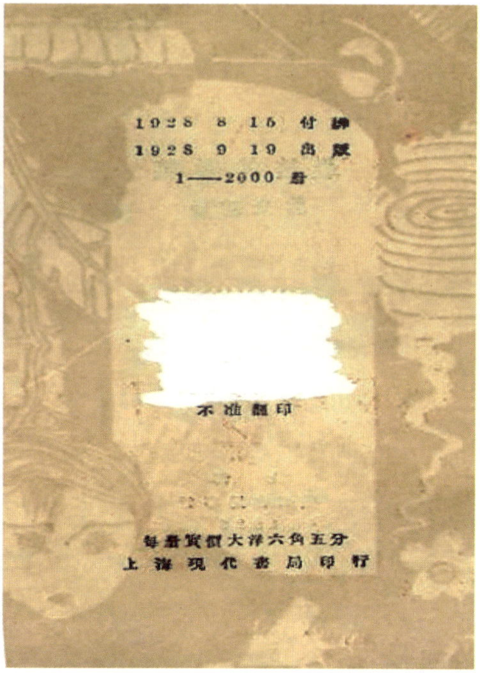

梗概： 工人王阿贵因参加工会、反对资本家被工厂开除。当工头张金魁告知他时，他十分沮丧地离开了工厂。在路上他看到一只小蚂蚁捍卫自己的食物，他不禁对这只小蚂蚁表达了深刻的同情，还从中受到启发：要像小蚂蚁那样向张金魁报仇。回到家里，他看到年迈体弱的父母还要外出挣钱养活自己，内心更加愧疚。他想起张金魁带领巡捕将革命党成员、平民学校女教师沈玉芳和工人李全发抓走的事，想起他在平民学校受的启蒙教育：像他这样的人受苦是因为黑暗的社会与阶级压迫所致。他想起小蚂蚁尚且知道反抗，仇恨更是涌上心头，但一想到自身的处境，又不知所措起来。他漫无目的地在街上走着，甚至想让汽车压死自己以得到五十元赔偿，也算是对父母的报答。他正巧碰到工会委员、革命者张应生，就随张来到了他的处住。张听了他的想法后，责备他不该这样想，应当为自己的生活去反抗一切压迫他的东西，应当想怎样消灭你的敌人而不是消灭自己。张的这一点拨，坚定了他反抗张金魁的决心。夜晚，他趁张应生熟睡之际，偷偷拿走了他的手枪。他逃到山上，在一处台阶上睡下，睡梦中听见沈玉芳和李全发在叫他，说这是革命党人的天国，没有压迫，平等而自由，希望他努力改造社会，鼓励他去向压迫者复仇。当他一起身，二人却身影全无，他才知道这是一个梦。路上，他遇见在厂里当稽查密探的李盛才，李鼓动他一起做密探，要他说出张应生的住处。不愿出卖良心的阿贵挥掌痛打李后离去，后又被同样是稽查的刘福奎跟踪，刘也希望找到张应生的住处。阿贵谎称可以找到张的住处，乘其不备将刘打死。晚上，他来到张金魁的家，开枪打死了张。阿贵逃到一家旅馆后，又正好与李盛才住隔壁，当他看到李一边吸鸦片、嫖女人，一边与一特务谈论若抓到张应生和他就枪毙他们时，怒火中烧，冲进房间，开枪打死了两人。在巡捕来抓阿贵时，他从容自杀，死时面上带着胜利的微笑。

按：这是蒋光慈（1901—1931）第二时期的一部重要作品。小说所描写的是王阿贵因参加工会维护自身权益而被资本家开除，失去了工作的权利，看看家里的困境，想想自身的处境，只有以暴抗暴才是最后的出路。小说清晰地揭示出主人公被逼上反抗道路的抗暴心理和社会因素，真实地再现了身处底层的人们不幸的生活遭遇和凄凉的命运。可以说，这部以现实主义的手法真实地再现社会生活的出色作品，虽然艺术构思上带有理想色彩，但出现在以“革命＋恋爱”的情节演绎时代的文学浪潮之际，颇为珍贵。难怪蒋光慈自己都对这部作品甚为得意，认为“从前的著作是童年的，现在是成人的”。

9月19日 短公在《益世报》（北京版）发表《文艺小谈》一文，认为：“张资平的《飞絮》颇像珺奥斯顿的《爱玛》《倨傲与偏见》《感情与理智》等。但他的《苔莉》则大见逊色了。”

9月19日 《申报》刊载《幻灭》的广告：“茅盾的处女作《幻灭》本书主人静女士是一位多愁善感的幽静温柔的女子，向善的焦灼与幻灭的苦闷，织成了她的颠沛的生涯。她在恋爱上和社会服务上得到安慰，结果都是失望。国民革命的高潮曾卷了她去，然而她依旧回到原路。革命时代青年的心理的感应，在此书中有一个不客气的分析。时代背景为一九二六年夏至一九二七年秋正是中国历史上一个极不平常的时期。”

9月20日 蒋光慈的《最后的微笑》由上海现代书局出版（精装），2000册。

9月 高沐鸿的《红日》由上海泰东图书局初版（狂飙丛书第二种），1—2000 册。

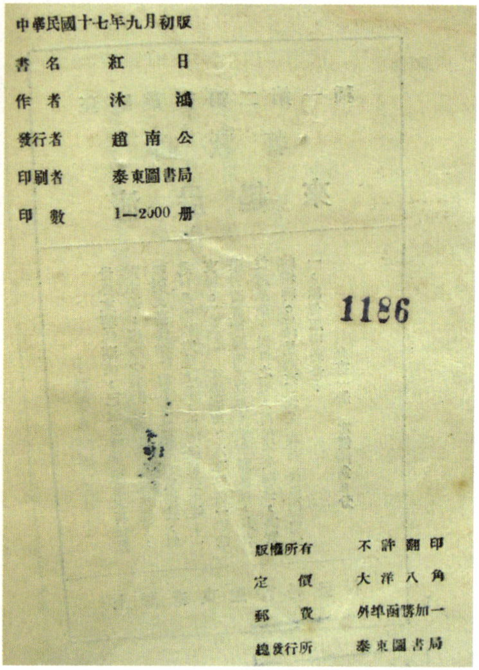

梗概：“我”、C、P、K 等几位激进青年酝酿暴力革命，只等 Z 从国外带回炸药来就实施。Z 来之后，大家就聚集在 Z 屋里，他们决意反抗权威，杀那些压在人们头上的“权威”。他们宣称：“我们需要死！光明的死！轰烈的死！破坏的死……我们需要杀！无理的杀！不计较价值的杀！痛快的杀……我们需要以死和杀人解救我们生命的饥渴，充实我们的生命……这可以说成是我们的精神的要求，不是为了什么煽动的。”于是，他们醉心于试验，即便是炸药误炸了也无所畏惧。在各方面都准备好之后，他们在 10 月 19 日这天按计划引爆了埋放于各地的炸药，火光中诞生了新的天地。“飘忽之间，那大的红球，已化作多数的红日，飘在空中，永久站定了。”

按：这是高沐鸿（1901—1980）一部展露个人激进的革命意识的作品，是一部充满着战斗情绪与呐喊的革命青年的随想录、随见录，也是一部虽有好的构想，但流于表象且缺乏诗意创造的“有革命而无文学”的失败之作。这主要表现在情节上缺乏感人的细节；人物塑造上缺乏细致的性格刻画与描绘，加之人名多以英文字母代替，更给人以生涩模糊之感；文体上，语言生硬、语句短促、跳跃性大，一些句式有诗的激情但无诗的意境，有小说的样式但无小说的意蕴，颇令人遗憾。

9月 彭学海的《失踪者的情书》由上海南新书局初版。

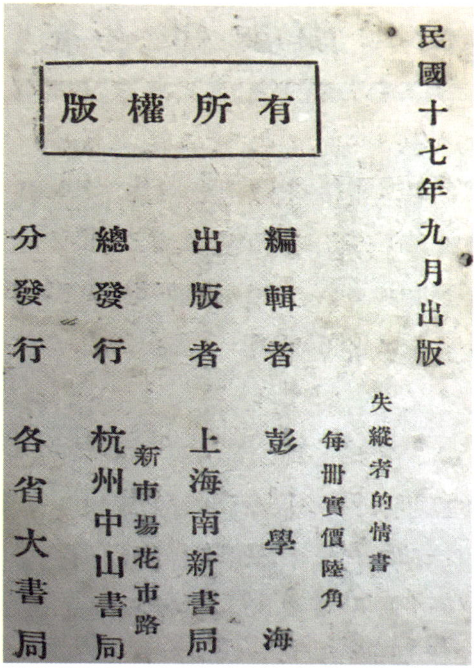
民國十七年九月出版

失縱者的情書 每冊實價陸角

版權所有

編輯者 彭學海

出版者 上海南新書局

總發行 杭州中山書局 新市場花市路

分發行 各省大書局

梗概：读书期间，已婚的麦莱无法自拔地爱上了女学生罗兰。于是，他隐瞒已婚身份，同罗兰相恋。因学校相隔较远，二人常通过写信诉说炽热的爱意。因罗兰经常接到麦莱的粉色信封，也常常独自出去约会，她的好朋友们发现了他们的秘密。大胆天真的罗兰认为二人之间纯洁的爱情并非不可告人，应当公之于众。因此，罗兰将麦莱的存在告诉了自己的表兄，三人成为好朋友，而麦莱则在享受爱情的甜蜜的同时，日夜为两人爱情的前途担忧，日益消沉。过了一段时间，二人的恋爱关系终于被人察觉。罗兰的父母要求她和她的表兄订婚，但并不爱表兄的罗兰坚持自己的自由意志，决不妥协。此时，麦莱竟提议与罗兰以及表兄三人共处。就在罗兰终于接受这个提议，准备设法令母亲接受三人的结合时，麦莱却突然消失了，原来麦莱如此提议竟是为了成全罗兰与她的表兄。愧疚的麦莱认为，自己已婚而与罗兰相恋，是对她幸福的破坏。于是，绝望的他留信一封，将自己已婚的事实告诉了罗兰，并嘱咐她与表兄结婚，后偷偷离开杭州，前往广东。在广东半年，麦莱常从上海的杂志上看到罗兰发表的文章，得知罗兰尽管已经知悉麦莱已婚的真相，却并没有遵照他的安排同表兄结婚，反而在发觉表兄的阴谋后与他绝交。因仍爱着麦莱，罗兰的精神十分痛苦。麦莱担忧罗兰的状况，向妹妹打听情况，得知罗兰因自己的出走而卧病在床，且不仅与表兄绝交，更与家庭失和。因此，本打算前往法国的麦莱在离开半年之后，又偷偷回到杭州，暗中观察罗兰的现状，再决定下一步的行程。谁知罗兰病情危笃，麦莱情急之下赶往医院探望，并决定以后再也不离开她，两人终于再次相见，放情痛哭。麦莱重回大学求学，而病好后的罗兰也重回学校，两人继续着以前的生活。正当两人甜蜜之时，麦莱接到妹妹的来信，原来母亲因担忧失踪半年的儿子，整天以泪洗面，得知儿子回到杭州后要求见他一面。母亲哀切的恳求令麦莱心软，再加上他想将妹妹从家庭中拯救出来，因此他最终同意回家。回到家中，因坚决不与夫人同床，外界议论纷纷，母亲则气得卧病在床。因不愿委屈在旧礼教下，加上曾大胆与家庭抗争的妹妹也精神消极无法拯救，麦莱在分别给母亲、妹妹和夫人留信后，终于从家中出走，回到了杭州。此时，罗兰的母亲也得知麦莱重返杭州的消息，她安排罗兰的大姐对他们二人进行监视，又派大姐将罗兰劝回家。尽管罗兰明白回家就是任人宰割，但她仍想为自己的爱情同家庭奋斗一次，因而同意回家。回到家中，家人再次要求她与麦莱绝交，并与表兄订婚。罗兰坚决不从，谁知家人竟将她幽禁起来。罗兰本想跳河自杀，但想到若自己死，麦莱定不能独生，转而努力设法逃遁。在四弟的帮助下，罗兰半夜化装从家中逃出，回到了杭州。最终，在罗兰的邀请下，麦莱和罗兰一起出逃，去寻找二人心中的“伊甸园”，从此消失在众人眼前。

按：彭学海（1908—1985）的这部书信体长篇小说，以五四时期追求自由爱情与个人解放的时代主题为小说的立意，通过一对青年恋人的往来信件，记录了这对自由恋爱的青年男女从热恋到别离、重逢，在饱受旧家庭和旧礼教的迫害后，最终双双冲破家庭的牢笼，出走寻找自由和幸福的故事，不仅谴责了束缚人、迫害人的旧礼教和旧社会，歌颂了男女间真挚热烈的爱情，更鼓励觉醒了的青年为争取自由和幸福，大胆地与家庭和社会抗争。小说中，男主人公麦莱深受封建婚姻的迫害，对旧社会的黑暗有着深刻的领悟，因此常常心怀忧虑，对二人的恋情抱悲观态度。起初面对来自罗兰家庭的压力时，他选择了逃避，但后来面对自己母亲的再三逼迫，他终于不再踌躇不定，而是选择从家庭中出走，做一个勇敢与旧礼教对抗的觉醒了的青年人。涉世未深的罗兰则天真大胆，敢于表达自己的爱情，认为应该游戏人间、享受人生。但在遭遇旧家庭的迫害之后，她又能够迅速醒悟，敢于与旧家庭抗争，与“吃人”的旧社会肉搏。在男主人公麦莱逃避远遁时，她仍坚持对抗旧家庭，并执着地等待麦莱归来，最后又勇敢地邀请麦莱共同出走。通过对罗兰这一形象的刻画，一个勇敢、大胆而坚强，对爱情有执着追求的新女性形象树立在读者面前。在表现手法上，作者运用男女双重视角，按照时间顺序将男女双方的往来情书作为小说正文，以第一人称直接对他们的恋爱心理进行细腻的描摹，爱情的表达和情感的流露十分真挚感人。而对于二人在现实生活中的会面，有时略而不写，有时通过两人之口分别进行回忆和复述，为读者提供了丰富的想象空间。不过，小说除了两位主人公以外，其他人物形象都较为平面化，如麦莱妹妹的命运本也是小说中一条重要的线索，她同麦莱和罗兰一样，也是一个饱受旧礼教和旧家庭的迫害和摧残的青年，但她如何由勇敢抗争而变得消极、逆来顺受，小说中没有详细说明，因而显得有些牵强。又如罗兰的大姐、表兄等人物形象的塑造也流于简单化和概念化，沦为推进小说情节的工具。

9月 陈铨的《天问》（上下册）由上海新月书店初版。

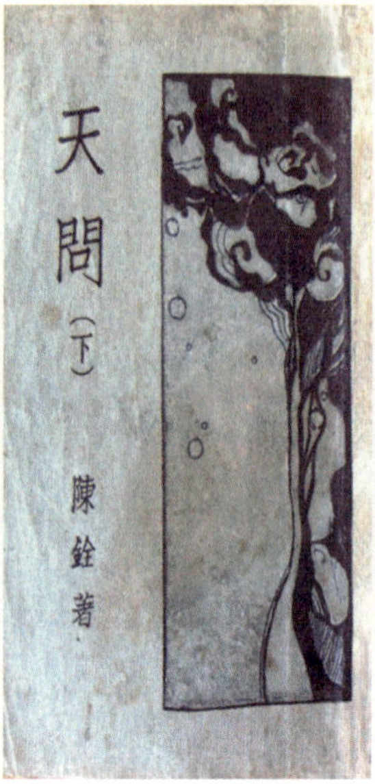

一九二八年九月初版
△天問上下兩冊
△每冊實價七角

版權所有

著者 陳銓
發行所 新月書店
總發行所 上海望平街一六一號 新月書店

梗概：四川富顺县谦祥吉药店的学徒林云章钟情于老板的女儿张慧林，但因出身寒微，他被张慧林拒绝。慧林与她的表哥陈鹏运情投意合，但因家里已为陈鹏运包办了婚姻，两人只好尽力克制，但因感情笃深，难免藕断丝连。云章看自己的爱情无望，便离开药店到军阀部队当兵。不久陈鹏运的妻子因病去世，张慧林如愿嫁给了陈鹏运。林云章到部队后，由于他的精明强干，三年内即升任旅长，并带兵回到富顺驻防。此时的林云章已被战乱磨炼成杀人不眨眼的小军阀，重归故地，他看到慧林比以前更漂亮，旧情萌发。为了夺回慧林，林云章先怂恿上司以私藏枪支罪将陈鹏运逮捕，后又力主释放陈鹏运，使慧林及家人对他感激不尽，之后他就暗中唆使部下何三将鹏运杀害。何三刚一得手，就被林云章以"除凶手"的名义杀人灭口。随后，他安抚无助的张慧林，厚葬了陈鹏运。当一切障碍都扫除后，踌躇满志的他开始对张慧林展开正面的爱情攻势，并很快实现了自己的心愿。真得到了慧林，他发现自己疯狂追求的"天下第一的美人"不过是一个寻常的女人，特别是一个爱过别人、别人也爱过的女子，又觉得非常难堪。不久，林云章所在部队的师长在军阀内讧中遇刺，他也随之失去了军职，只好回到家中闲居。痛苦无聊之际，他酗酒狎妓，常无故对慧林发气，自己亦病卧在床。而慧林将云章服侍好后，自己却一病不起。这时，何三的两个流氓旧友突然来敲诈他两万两银子，云章这才想起当初许诺何三杀鹏运后给他两万两银子作回报的事。虎落平阳的云章根本无力支付这笔巨款，两人将他告到警察局。面对警察与病入膏肓的张慧林，林云章终于说出了事情的真相，并希望慧林能宽恕他。当听到慧林说宽恕他时，云章拔剑自杀，慧林亦病亡。

按：这是陈铨（1903—1969）创作的一部别开生面的浪漫的爱情故事，也是一个拷问人性善恶的悲剧故事。小说将造成人生千变万化的要素通过天真与虚伪、情爱与罪恶、仁慈与残暴，真实而清晰地展现在人们面前。美丽、善良的慧林只求生活安稳、家庭幸福，却命运多舛；聪明、机智的青年林云章追求个人目标却无法通过正途，只能以诡诈、邪恶的手段达到目的，但最终仍落得人财两空。天之故？人之祸？这或许是作者以《天问》为小说之名的缘故吧。以往人们认为这部小说有两点值得称道，一是情节跌宕起伏，线索有条不紊，结构谨严有序，这也是这部小说为人们所普遍赞誉的最突出的特点。二是小说的景物描写，其实这部小说是作者在技术方面实践哈代的写作手法、思想方面实践叔本华哲学的一个文学尝试。对此，陈铨曾在1941年由独立出版社出版的《叔本华生平及其学说》中这样写道：“我第一次认识叔本华，是在二十年前的时候。那时我还在清华中学，有一天得着机会读王静安先生一篇评论《红楼梦》的文章。静安先生根据叔本华的哲学，对《红楼梦》发表一些崭新的见解。我读了爱不忍释，立刻写了一篇几千字的书后，登在《清华周刊》，记载当时的感想。以后几年，对于西洋小说，发生兴趣，当时我最得意的小说家，是英国的哈代，我把他全集读完，觉得他文章美丽，对人生了解透彻，远在任何小说家之上。我常常通夜不眠，在宿舍里点起洋烛读他的作品，有时万籁俱寂，我整个的心灵，都沉浸在哈代小说人物世界中间，把自我都忘却了，然而哈代的思想，又明显地受过叔本华哲学的影响。”“一九二八年，当我提笔写我的第二部长篇小说《天问》的时候，技术方面，我采取哈代；思想方面，间接也传播叔本华的主张。单是《天问》

的题名，就带不少悲观主义的色采。至于婚姻问题的见解，也根据叔本华的意思。”对于后者，看其创作就可明辨。叔本华认为，意志是世界的本质与核心，由于意志是一种盲目的、永远得不到满足的冲动，所以人生充满了挣扎和痛苦。若想解脱这一痛苦，就艺术形式而言，只有悲剧才能达到这一目的，因为悲剧是“诗的艺术的顶峰”，到达这种“最高的诗的造诣”的目的，在于表现人生可怕的方面，难以言说的痛苦、人类的不幸、罪恶的胜利、机运的恶作剧，以及正直无辜者不可挽救的失败，都在这里展示给我们。小说中林云章所做的一切以及张慧林的悲剧命运，正是这一理论的形象注脚，《天问》因之呈现出别具一格的文学审美特性，亦在情理之中。

9月 **洪灵菲的《转变》由上海亚东图书馆初版。**

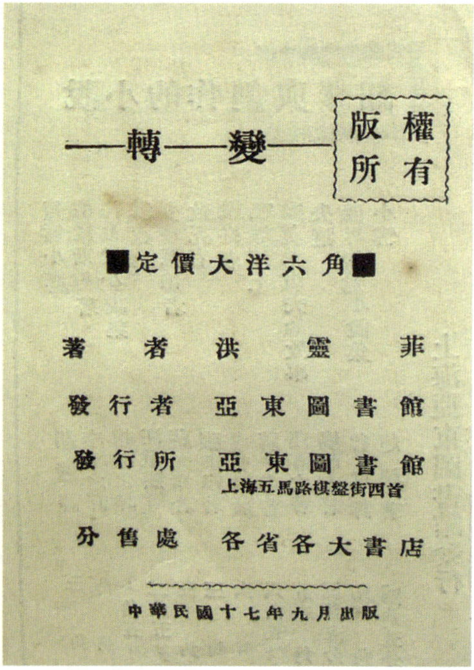

梗概：C县中学毕业生李初燕回到家里复习准备考大学，二嫂秦雪英喜欢学习，李初燕就教秦雪英识字。在短暂的学习过程中，两人产生了暧昧之情。虽然两人极力克制，但也发展到了危险的边缘。十几天后，父亲回来，发现他神情恍惚，就打发他到外地谋事，经母亲再三劝说，父亲才答应他到K省去参加升学考试。李初燕含泪与嫂子告别。到了 C 城，李初燕常感郁闷，在烦闷时便常常到他的同乡张子旷家去，张子旷的妹妹张丽云眉清目秀、体态迷人，两人虽说话不多，但也很快产生了感情。两周后，李初燕、张子旷等人都考上了省高等师范。虽然在省城，李初燕却一心思念家乡与嫂子。不久，父亲来信告诉他，家里已为他订了婚事，寒假回家时就要完婚。李初燕给父亲回信，抨击旧的婚姻制度，主张自由婚姻，要求家里取消这不合理的婚约。父亲以批注的方式回信驳斥了他的提法，骂他不仁、不义、不孝、无礼、无信，非人，如同禽兽，声明从此断绝父子关系。他的弟弟也来信教训他，声称如果气死父亲，就要向他复仇。为此，李初燕患上神经衰弱症，精神也变得消沉，开始以缓性自杀的方式折磨自己：起居无时，饮食无定，饮酒无度。他的脑海常常出现嫂子的幻影，以至于一次醉酒后将女招待认作嫂子。暑假回家，李初燕觉得家里如同荒岛，除了嫂子外，一切都是陌生的，一切都是不怀好意的。他实在无法忍受了，就离家找张子旷。在张家，李初燕看到张丽云不禁心有所动，但不敢作非分之想，而一想到他与嫂子不能相恋的痛苦，又悲伤起来。张家对他与丽云的关系有所察觉，遂以下“逐客令”的方式劝说他不要抗婚，替家人着想。无奈，李初燕只好回到家中，并与林蟾卿成婚。结婚之后，他与嫂子都很痛苦，妯娌之间也很不愉快，而他俩的暧昧被林蟾卿发现后，两人又由爱生恨，隔膜起来。这件事后，家里人对他也日渐冷淡。李初燕觉得他生活在更加悲哀的环境中：不能爱而爱、能爱而不爱的痛苦始终折磨着他，回校后就颓废起来，和几个同学一起在学校酗酒度日。11 月，学校因战事停课，他只好回家。这次回来，他与嫂子之间的爱变成了仇恨，他常常以泪洗面，却不求解脱，甚至觉得嫂子越恨他，他就越能得到残忍的满足。他与嫂子畸形的爱以及他整天如女人般痛哭的情形，连林蟾卿也觉得奇怪。不久，哥哥因水肿病而死去，嫂子也相继病倒。李初燕回去吊唁时又不禁产生了悯爱之心，但终因怕消磨了革命意志，还是离家出走了。随后，省城爆发革命，李初燕投身于革命的洪流中。但好景不长，革命失败，他遭到通缉，只好回到家中，但这时家中情况已大不如前，家乡局势也更加恶化。

为不连累家人，李初燕再次告别家人，踏上革命的征途。

按: 这是一个畸形的、有违伦理的恋情故事，主人公为了摆脱不能爱而爱、能爱而不爱的痛苦与压抑决定投身革命，选取题材的角度可谓新颖独特，对心理体验的描写也大胆、细腻而真实。《转变》虽出版于其后，但从描写的情节来看，应为洪灵菲三部曲的第一部（《前线》为第二部），也正好与洪灵菲的革命与爱情观相一致：革命的缘由是爱情得不到自由，革命的目的是为了爱情得到自由，革命时的爱情既然是自由的爱情，必然与革命不相违了。只是小说所描写的并非真正的爱情，而是个人欲望得不到满足的悲哀与不幸。的确，原发于李初燕内心的不是情而是欲，无论二嫂还是张丽云，吸引李初燕的只是她们姣好的容貌与丰满的身体，产生痛苦的缘由是无法占有她们的肉体。这种单纯的欲望抒写使故事本身的意蕴大打折扣。在《转变》中我们也可以看到，伦理道德、浪漫爱情与革命情感三者之间的冲突是作者思考的主要问题，以爱为核心，行为向双边发展：为爱而欲冲破伦理，为爱而不得走上革命道路。“他觉得他的一切都被牺牲了，他的童年的欢娱的生活，他的青春的热烈的情爱，都在这样冷酷无情的旧制度下牺牲了！他痛恨这制度，他觉得有把这种制度打倒的必要。”但冲破伦理道德的壁垒难，寻求革命的“自由之路”易。在大革命的历史背景下，《转变》以革命的艺术图式完成对爱而不得的压抑与痛苦的解脱也在情理之中。

不过，小说在艺术上有三点值得肯定。一是对李初燕性格的两重性，即柔和的、怯懦的、羞弱的、服从的、孝顺的，与急躁的、勇敢的、不顾一切的、反抗的、叛逆的这两个方面，采用了将前者直接表现出来、将后者潜藏起来的刻画方式，是比较成功的，使得这一形象真实可感。二是揭示出父子冲突的时代意义——虽然由于主人公性格的缘故，这一冲突的正面交锋未能充分展开，也缺乏典型的情节支撑，显得有些单薄。李初燕的父亲李继孔是一个读过一些古书、经营一个小商店的小老板，笃信五行、风水，反对自由思想和新式教育，代表着古典的、礼义的、道德的一代；儿子代表浪漫的、反叛的、毁灭的一代。父子两代人的冲突，正是五四时期新旧观念冲突的一个缩影。

现代的个性主义思潮欲冲击旧有的古典主义思潮的历史壁垒，若不完善自我，以现代的人的精神去创造社会、开拓生活，必将在历史的惯性面前陷入困境。走入社会，投身革命，摆脱困境，成为一代青年的时代选择，也是一种必然。三是主人公具有时代性的、变态的偏执心理，作者将其描写得细致且真实。新婚后，“他在悲哀的大海里面游泳着。他带着惊奇的，欣赏的，有神秘色彩的意绪去领略他的悲哀。对他的妻的芳馥的肉体，他恣意沉湎；对他的嫂嫂的缠绵的深情，他任性享受；对着张丽云的那段可纪念的情谊，他也在一种贪婪的状况下去咀嚼着它的余味。他的顽固的父亲，有了误解的母亲，和他的蛮野的小弟弟，都是他每天的悲哀材料的供给者。他完全在一种被污蔑，被蹂躏，被误解的状况下生活着，这种生活使他感到满足，觉到一种病态的美丽和伟大的气味。”假期在家中，“他依旧爱他的嫂嫂。他时常在她的冷嘲热讽嫉妒愤恨之中去领略她的深情。她对他愈加刻薄，或者破坏他愈加厉害时，他的心跟着更加得到一种残忍的满足。她的声音依旧是像音乐一样，虽然时由软语一变而为嘲骂。她的眼睛依旧是像秋水一样，虽然时由横波一变而为白眼。她的唇上的娇怯的表情，她的脸上的苍白的颜色，她的眼里沸热的泪珠，她的心头怔忡的悸动虽然已经没有了，远了，远了，渺远了，但他的深心里却仍然感觉她是在爱他。”以及他觉得自己虽不幸却很伟大——为哥哥牺牲他对他嫂嫂的爱；为父亲牺牲他一生的幸福，和他的未婚妻结婚；为顾全张丽云的幸福牺牲他恋爱者的地位与资格等，都合乎彼一时期以自我为中心的主人公偏执而变态的心理。

9月 汪静之的《翠英及其夫的故事》由上海亚东图书馆再版。

10月9日 张资平的《柘榴花》由上海乐群书店初版，1—3000册。

梗概：大革命时期，女学生谭雪翘因错过了大学招生的时间而暂住在同学朱夫人家，在其丈夫——大学教授朱诗的介绍下，暂时在他供职的美术学校旁听。因长相俏丽如花儿一般，谭雪翘受到朱诗的热烈追求，二人发生私情，纠缠了一段时间。随后，因以前的情人——革命者龙君果回来了，谭雪翘结束了与朱诗的秘密关系，并搬出朱家，与龙君果再续前缘，一同开展革命工作。

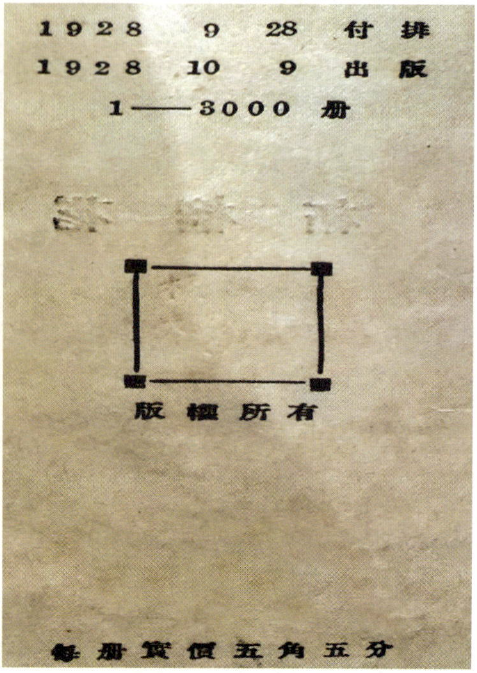
1928 9 28 付排
1928 10 9 出版
1——3000 册

版權所有

每册實價五角五分

在愈发紧张的革命形势下，朱诗举家搬迁至江对岸的 H 市，而作为革命青年的谭雪翘和龙君果则不慎被捕入狱。大革命胜利以后，谭雪翘和龙君果获释。因有革命的功劳，龙君果接受了当局的任命，谭雪翘也进入新大学念书，二人正式同居。在妇女协会工作时，谭雪翘结识了新军阀部队的团长古国魂，并进入军部担任古国魂的秘书。被古国魂的地位和体貌所吸引，谭雪翘与他发生关系，但被龙君果意外发现。与龙君果决裂一个月后，谭雪翘终于认清了古国魂的真面目，于是幡然悔悟，回到龙君果身边。为了得到他的宽恕，也为完成他的革命目标，谭雪翘奉龙君果的指令暗杀古国魂，最终被捕，成为死囚，龙君果也遭枪决。前去探监的朱诗拿到了谭雪翘的日记，欲请 V 先生写一部小说澄清谭雪翘与龙、古二人三角恋爱的谣言，感慨万千的 V 先生最终因害怕被捕而放弃作文。

按：这是张资平创作的一部“革命 + 恋爱”模式的小说，既延续了张资平的“多角恋爱”风格，讲述美丽的女革命者谭雪翘与三个男人的爱恨纠葛，也带有“革命”色彩，表达了对与旧军阀有着相同的残暴本质的国民党新军阀的愤慨与不满。小说文笔清畅，以大学教授朱诗的行为为故事线索，以朱诗借V先生的皮带、皮绑腿为故事开头，又以朱诗穿上皮带和皮绑腿去监狱探望谭雪翘，并拿到其日记欲为其正名为故事结尾，中间大量运用倒叙、插叙手法，情节曲折、故事性强，富有戏剧性。但作品虽涉及革命，却没有任何对革命行动的正面描写，浪漫传奇性有余而写实性不足。此外，谭雪翘的思想转变稍显突兀，古国魂和龙君果的形象十分单薄，倒叙和插叙手法的运用也使小说稍显凌乱。

10月10日 创造社在《创造月刊》第2卷第3期刊出《悬赏征文审查报告》。

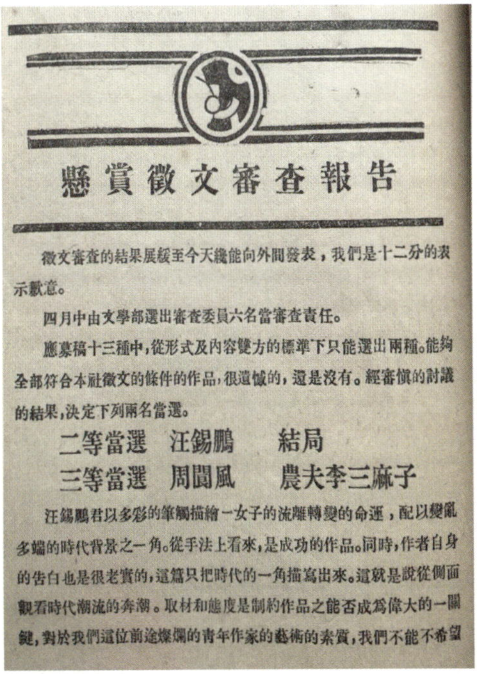

懸賞徵文審查報告

徵文審查的結果展緩至今天纔能向外間發表，我們是十二分的表示歉意。

四月中由文學部選出審查委員六名當審查責任。

應募稿十三種中，從形式及內容雙方的標準下只能選出兩種。能夠全部符合本社徵文的條件的作品，很遺憾的，還是沒有。經審慎的討議的結果，決定下列兩名當選。

二等當選　汪錫鵬　結局

三等當選　周閬風　農夫李三麻子

汪錫鵬君以多彩的筆觸描繪一女子的流離轉變的命運，配以變亂多端的時代背景之一角。從手法上看來，是成功的作品。同時，作者自身的告白也是很老實的，這篇只把時代的一角描寫出來。這就是說從側面觀看時代潮流的奔潮。取材和態度是制約作品之能否成爲偉大的一關鍵，對於我們這位前途燦爛的青年作家的藝術的素質，我們不能不希望

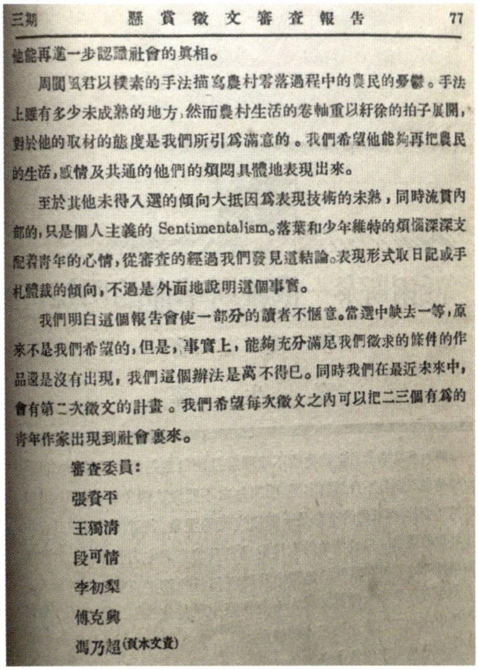

三期　懸賞徵文審查報告　77

他能再進一步認識社會的眞相。

周閬風君以樸素的手法描寫農村零落過程中的農民的憂鬱。手法上雖有多少未成熟的地方，然而農村生活的卷軸重以紆徐的拍子展開，對於他的取材的態度是我們所引爲滿意的。我們希望他能夠再把農民的生活，感情及共通的他們的煩悶具體地表現出來。

至於其他未得入選的傾向大抵因爲表現技術的未熟，同時流貫內部的，只是個人主義的 Sentimentalism。落葉和少年維特的煩惱深深支配着青年的心情，從審查的經過我們發見這結論。表現形式取日記或手札體裁的傾向，不過是外面地說明這個事實。

我們明白這個報告會使一部分的讀者不愜意。當選中缺去一等，原來不是我們希望的，但是，事實上，能夠充分滿足我們徵求的條件的作品還是沒有出現，我們這個辦法是萬不得已。同時我們在最近未來中，會有第二次徵文的計畫。我們希望每次徵文之內可以把二三個有爲的青年作家出現到社會裏來。

審查委員：

張資平

王獨清

段可情

李初梨

傅克興

馮乃超（貢本文責）

报告认为："经审慎的讨议的结果，决定下列两名当选。二等当选：汪锡鹏《结局》；三等当选：周阆风《农夫李三麻子》。"对汪锡鹏和他的《结局》评语为："汪锡鹏君以多彩的笔触描绘一女子的流离转变的命运，配以变乱多端的时代背景之一角。从手法上看来，是成功的作品。同时，作者自身的告白也是很老实的，这篇只把时代的一角描写出来。这就是说从侧面观看时代潮流的奔潮。取材和态度是制约作品之能否成为伟大的一关键，对于

我们这位前途灿烂的青年作家的艺术的素质，我们不能不希望他能再进一步认识社会的真相。”对《农夫李三麻子》的评语为：“周阆风君以朴素的手法描写农村零落过程中的农民的忧郁。手法上虽有多少未成熟的地方，然而农村生活的卷轴重以纡徐的拍子展开，对于他的取材的态度是我们所引为满意的。我们希望他能够再把农民的生活，感情及共通的他们的烦闷具体地表现出来。”

按: 虽一等奖空缺，也算是给征文画上了一个较为圆满的句号。评语中肯，符合实际。

10月10日 茅盾在《小说月报》第19卷第10号上发表《从牯岭到东京》一文。

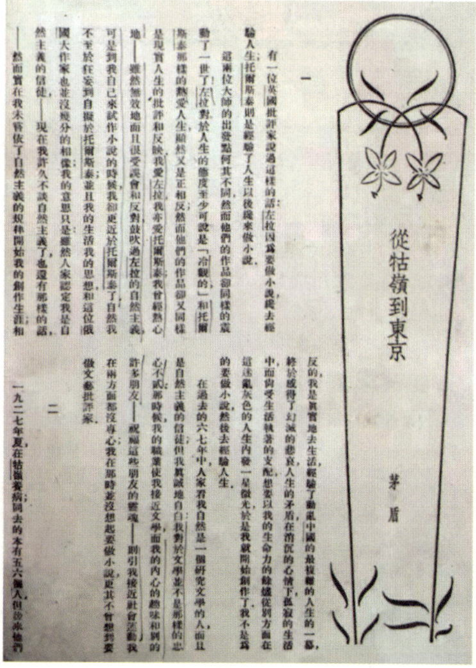
從牯嶺到東京

茅盾

一

有一位英國批評家說過這樣的話：左拉因爲要做小說，纔去經驗人生；托爾斯泰則是經驗了人生以後纔來做小說。

這兩位大師的出發點何其不同，然而他們的作品卻同樣的震動了一世了！左拉對於人生的態度至少可說是「冷觀的」，和托爾斯泰那樣的熱愛人生，顯然又是正相反；然而他們的作品卻又同樣是現實人生的批評和反映。我愛左拉，我亦愛托爾斯泰。我曾經熱心地——雖然無效地而且很受誤會和反對，鼓吹過左拉的自然主義，可是到我自己來試作小說的時候，我卻更近於托爾斯泰了。自然我不至於狂妄到自擬於托爾斯泰；並且我的生活我的思想和這位俄國大作家也並沒幾分的相像；我的意思只是：雖然人家認定我是自然主義的信徒，——現在我許久不談自然主義了，也還有那樣的話，——然而實在我未嘗依了自然主義的規律開始我的創作生涯；相反的，我是真實地去生活，經驗了動亂中國的最複雜的人生的一幕，終於感得了幻滅的悲哀，人生的矛盾，在消沉的心情下，孤寂的生活中，而尚受生活執著的支配，想要以我的生命力的餘燼從別方面在這迷亂灰色的人生內發一星微光，於是我就開始創作了。我不是爲的要做小說，然後去經驗人生。

在過去的六七年中，人家看我自然是一個研究文學的人，而且是自然主義的信徒；但我真誠地自白：我對於文學並不是那樣的忠心不貳。那時候，我的職業使我接近文學，而我的內心的趣味和別的許多朋友——祝福這些朋友的靈魂——則引我接近社會運動。我在兩方面都沒專心；我在那時並沒想起要做小說，更其不曾想到要做文藝批評家。

二

一九二七年夏，在牯嶺養病同去的本有五六個人，但後來他們

茅盾说：“我是用了‘追忆’的气分去写《幻灭》和《动摇》；我只注意一点：不把个人的主观混进去，并且要使《幻灭》和《动摇》中的人物对于革命的感应是合于当时的客观情形。”“在写《幻灭》的时候，已经想到了《动摇》和《追求》的大意，有两个主意在我心头活动：一是作成二十余

万字的长篇，二是作成七万字左右的三个中篇。我那时早已决定要写现代青年在革命壮潮中所经过的三个时期：（1）革命前夕的亢昂兴奋和革命既到面前时的幻灭；（2）革命斗争剧烈时的动摇；（3）幻灭动摇后不甘寂寞尚思作最后之追求。如果将这三时期作一篇写，固然可以；分为三篇，也未始不可以。因为不敢自信我的创作力，终于分作三篇写了；但尚拟写第二篇时仍用第一篇的人物，使三篇成为断而能续。这企图在开始写《动摇》的时候，也就放弃了；因为《幻灭》后半部的时间正是《动摇》全部的时间，我不能不另用新人；所以结果只有史俊和李克是《幻灭》中的次要角色，而在《动摇》中则居于较重要的地位。”“如果在最初加以详细的计画，使这三篇用同样的人物，使事实衔接，成为可离可合的三篇，或者要好些。这结构上的缺点，我是深切地自觉到的。即在一篇之中，我的结构的松懈也是很显然。人物的个性是我最用心描写的；其中几个特异的女子自然很惹人注意……《幻灭》《动摇》《追求》这三篇中的女子虽然很多，我所著力描写的，却只有二型：静女士，方太太，属于同型；慧女士，孙舞阳，章秋柳，属于又一的同型。静女士和方太太自然能得一般人的同情——或许有人要骂她们不澈底，慧女士，孙舞阳和章秋柳，也不是革命的女子，然而也不是浅薄的浪漫的女子。如果读者并不觉得她们可爱可同情，那便是作者描写的失败。”“《幻灭》是在一九二七年九月中旬至十月底写的，《动摇》是十一月初至十二月初写的，《追求》在一九二八年的四月至六月间。所以从《幻灭》至《追求》这一段时间正是中国多事之秋，作者当然有许多新感触，没有法子不流露出来……所以我只能说老实话；我有点幻灭，我悲观，我消沉，我都很老实的表现在三篇小说里。我诚实的自白：《幻灭》和《动摇》中间并没有我自己的思想，那是客观的描写；《追求》中间却有我最近的——便是作这篇小说的那一段时间——思想和情绪。《追求》的基调是极端的悲观；书中人物所追求的目的，或大或小，都一样的不能如愿。我甚至于写一个怀疑派的自杀——最低限度的追求——也是失败了的。我承认这极端悲观的基调是我自己的，虽然书中青年的不满于现状，苦闷，求出路，是客观的真实。说这是我的思想落伍了罢，我就不懂为什么像苍蝇那样向窗玻片盲撞便算是不落伍？说我只是消极，不给人家一条出路么，我也承认的；我就不能自信做了留声机吆喝着：‘这是出路，往这边来！’是有什么价值并且良心上自安的。我不能使我的小说中人有一条出路，就因为我既不愿意昧着良心说自己以为不然的话，而又不是大天才能够发见一条自信得过的出路来指引给大家。人家说这是我的思想动摇，我也不愿意声辩。我想来我倒并没动摇过，我实在是自始就不赞成一年来许多人所呼号呐喊的‘出路’。这出路之差不多成为‘绝路’，现在不是已经证明得很明白？”“所以《幻灭》等三篇只是时代的描写，是自己想能够如何忠实便如何忠实的时代描写；说它们是革命小说，那我就觉得很惭愧，因为我不能积极的指引一些什么——姑且说是出路罢！”“先讲《幻灭》。有人说这是描写恋爱与革命之冲突，又有人说这是写小资产阶级对于革命的动摇。我现在真诚的说：两者都不是我的本意。我是很老实的，我还有在中学校时做国文的习气，总是粘住了题目做文章的；题目是《幻灭》，描写的主要点也就是幻灭。主人公静女士当然是一个小资产阶级的女子，理智上是向光明，‘要革命的’，但感情上则每遇顿挫便灰心；她的灰心也是不能持久的，消沉之后感到寂寞便又要寻求光明，然后又幻灭；她是不断的在追求，不断的在幻灭。她在中学校时代热心社会活动，后来幻灭，则以专心读书为逋逃薮，然而又不耐寂寞，终于跌入了恋爱，不料恋爱的幻灭更快，于是她逃进了医院；在医院中渐渐的将恋爱的幻灭的创伤平复了，她的理知又指引她再去追求，乃要投身革命事业。革命事业不是一方面，静女士是每处都感受了幻灭；她先想做政治工作，她做成了，但是幻灭；她又干妇女运动，她又在总工会办事，一切都幻灭。最后她逃进了后方病院，想做一件‘问心无愧’的事，然而实在是逃避，是退休了。然而她也不能退休寂寞到底，她的追求憧憬的本能再复活时，她又走进了恋爱。而这恋爱的结果又是幻灭——她的恋人强连长终于要去打仗，前途一片灰色。”“《幻灭》就是这么老实写下来的。我并不想嘲笑小资产阶级，也不想以静女士作为小资产阶级的代表；我只写一九二七夏秋之交一般人对于革命的幻灭……这是普遍的，凡是真心热望着革命的人们都曾在那时候有过这样一度的幻灭，不但是小资产阶级，并且也有贫苦的工农。这是幻灭，不是动摇！幻灭以后，也许消极，也许更积极，然而动摇是没有的。幻灭的人对于当前的骗人的事物是看清了的，他把它一脚踢开；踢开以后怎样呢？或者从此不管这些事，或者是另寻一条路来干。只有尚执著于那事物而不能将它看个澈底的，然后会动摇起来。所以在《幻灭》中，我只写‘幻灭’；静女士在革命上也感得了一般人所感得的幻灭，不是动摇！”“同样的，《动摇》所描写的就是动摇，革命斗争剧烈时从事革命工作者的动摇。这篇小说里没有主人公；把胡国光当作主人公而以为这篇小说是对于机会主义的攻击，在我听来是极诧异的。我写这篇小说的时候，自始至终，没有机会主义这四个字在我脑膜上闪过。《动摇》的时代正表现著中国革命史上最严重的一期，革命观念革命政策之动摇——由左倾以至发生左稚病，由救济左稚病以至右倾思想的渐抬头，终于为大反动。这动摇，也不是主观的，而有客观的背景；我在《动摇》里只好用了侧面的写法。在对于湖北那时的政治情形不很熟悉的人自然是茫然不知所云的，尤其是假使不明白《动摇》中的小县城是那一个县，那就更不会弄得明白。人物自然是虚构，事实也不尽是真实；可是其中有几段重要的事实是根据了当时我所得的不能披露的新闻访稿的。像胡国光那样的投机分子，当时很多，他们比什么人都要左些，许多惹人议论的左倾幼稚病就是他们干的。因为这也是‘动摇’中一现象，所以我描写了一个胡国光，既没有专注意他，更没半分意思想攻击机会主义。自然不是说机会主义不必攻击，而是我那时却只想写‘动摇’。本来可以写一个比他更大更凶恶的投机派，但小县城里只配胡国光那样的人，然而即使是那样小小的，却也残忍得可怕：捉得了剪发女子用铁丝贯乳游街然后打死。小说的功效原来在借部分以暗示全体，既不是新闻纸的有闻必录，也不同于历史的不能放过巨奸大憝，所以《动摇》内只有一个胡国光；只这一个，我觉得也很够了。”“方罗兰不是全篇的主人公，然而我当时的用意确要将他作为《动摇》中的一个代表。他和他的太太不同。方太太对于目前的太大的变动不知道怎样去应付才好，她迷惑而彷徨了；她又看出这动乱的新局面内包孕着若干矛盾，因而她又微感幻灭而消沉。她完全没有走进这新局面新时代，她无所谓动摇与否。方罗兰则相反；他和太太同样的认不清这时代的性质，然而他现充着党部里的要人，他不能不对付着过去，于是他的思想行动就显得很动摇了。不但在党务在民众运动上，并且在恋爱上，他也是动摇的。现在我们还可以从正面描写一个人物的政治态度，不必像屠格涅甫那样要用恋爱来暗示；但描写《动摇》中的代表的方罗兰之无往而不动摇，那么，他和孙舞阳恋爱这一段描写大概不是闲文了。再如果想到《动摇》所写的是'动摇'，而方罗兰是代表，胡国光不过是现象中间一个应有的配角，那么，胡国光之不再见于篇末，大概也是不足为病罢！”“……我自己很爱这一篇（指《追求》，编者注），并非爱它做得好，乃是爱它表现了我的生活中的一个苦闷的时期。上面已经说过，《追求》的著作时间是在本年四至六月，差不多三个月；这并不比《动摇》长，然而费时多至二倍……就因为我那时发生精神上的苦闷，我的思想在片刻之间会有好几次往复的冲突……这使得我的作品有一层极厚的悲观色彩，并且使我的作品有缠绵幽怨和激昂奋发的调子同时并在。《追求》就是这么一件狂乱的混合物。我的波浪似的起伏的情绪在笔调中显现出来，从第一页以至最末页。”“这也是没有主人公的。书中的人物是四类：王仲昭是一类，张曼青又一类，史循又一类，章秋柳，曹志方等又为一类。他们都不甘昏昏沉沉过去，都要追求一些什么，然而结果都失败；甚至于史循要自杀也是失败了的。”

按：该文详尽地表述了茅盾创作《幻灭》《动摇》《追求》的动机与设想，以及对时局与文学发展方向的认识，是了解茅盾早期思想与创作的一篇最为重要的文章，茅盾小资产阶级的创作观也在此表露无遗，如文中的这段文字：“我承认这极端悲观的基调是我自己的，虽然书中青年的不满于现状，苦闷，求出路，是客观的真实。说这是我的思想落伍了罢，我就不懂为什么像苍蝇那样向窗玻片盲撞便算是不落伍？说我只是消极，不给人家一条出路么，我也承认的；我就不能自信做了留声机吆喝着：'这是出路，往这边来！'是有什么价值并且良心上自安的。我不能使我的小说中人有一条出路，就因为我既不愿意昧着良心说自己以为不然的话，而又不是大天才能够发见一条自信得过的出路来指引给大家。人家说这是我的思想动摇。我也不愿意声辩。我想来我倒并没动摇过，我实在是自始就不赞成一年来许多人所呼号呐喊的‘出路’。这出路之差不多成为‘绝路’，现在不是已经证明得很明白？”

10月10日 《新月》第1卷第8号《编辑余话》中写道：“沈从文先生的《阿丽思中国游记》共分四卷，第二卷在本期上也继续披露完了。我们为避免稿件过于冗长，决定以后第三卷第四卷不再在本刊上披露；只等作者把稿件整理好了，就马上另刊单行本。但是沈先生的小说我们还有得读，因为他答应以后在本刊上每期都另写一篇短篇小说，这是我们可以预告的。”

10月10日 《新月》第1卷第8号刊载《天问》的广告：“我们为什么近年来只看见人写短篇小说？为什么？因为长篇小说，真不是个容易的尝试。它需要时间，理智，观察，选择，感觉，记忆，尤其是作者艺术上充分的修养与警练动人的文笔；缺一样这尝试便是整个的失败。现在好了，这位一鸣惊人的作者给了我们一篇洋洋二十万言的成功的供状——《天问》。《天问》里面，像整个的人生一样，包含着一出古今相同的悲剧：里面不独思想精纯，结构严紧，描写清切，分析细微，理论透澈；还看的出天真与虚伪的冲突，情爱与罪恶的对垒和仁慈与残暴的搏斗。这些都是造成人生千变万化的要素。所以一方面因为《天问》是人生真实的描写，我们看了就知道什么人生的究竟；一方面因为人生本身始终是个哑谜，我们想猜透它归根还只有去‘问天’。不过一个人凭空决不会感觉到如此的深切，除非读了像《天问》这样动人的作品才能够。”

10月10日 《新月》第1卷第8号刊载《阿丽思中国游记》（第二卷）出版预告：“沈先生，写小说，短篇我们已读过很多了，如今却印了几个长篇。长篇中的《阿丽思中国游记》，当第一卷出版时，不到一月，第一版就所剩不多。第二卷则其中所描写的转入沈先生的故乡中去，平时有素朴风味的文体，写乡下比城市似乎更把他的长处显出了。在本卷中一切事情，诚如书中所说，不是哈卜君《中国旅行指南》上所写过，我们读这本书，正如自己在另一个国度中旅行，所得到是趣味与知识的补养。”

10月16日 徐蔚南在《狮吼半月刊》第8期发表《（一）〈幻灭〉》一文认为，茅盾写了一个女子在读书与恋爱两个想象的境地里幻灭了的情态，将国民革命的进展做了“幻灭的背影”。作者受南欧自然主义文学的影响，但不牵强。

10月16日 《申报》刊载《柘榴花》的广告：“新书出版《柘榴花》。本书为张资平先生最近长篇创作，共分上中下三篇。描写革命与恋爱，以真挚的笔写诙谐的事实，以满腔的情热写为革命而牺牲的女子。诚不可不读之作也。”

10月30日 **陈白尘的《漩涡》由上海金屋书店初版。**

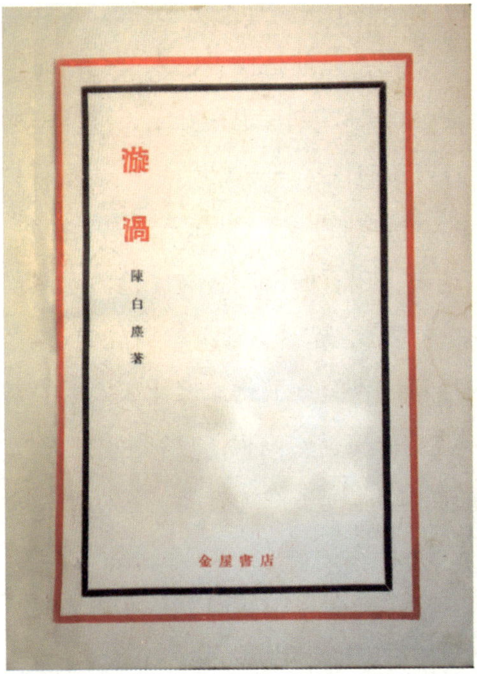

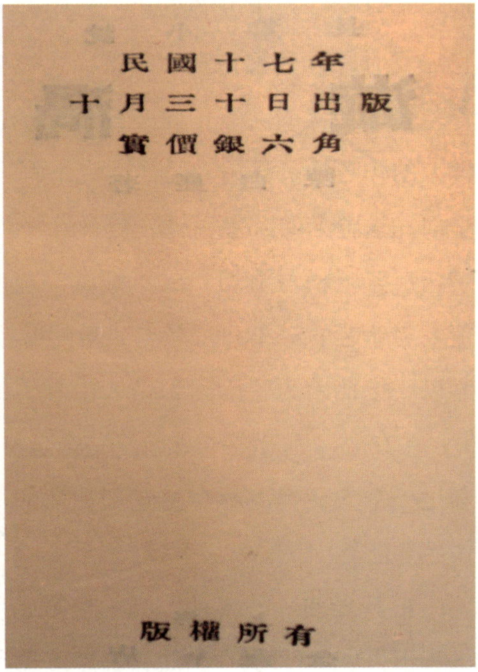

梗概：年轻貌美的龚梅村在离家出走后来到B县的小学教书，三个月后接受了柳永筹的求婚，嫁作他的小妾。因不堪忍受柳永筹夫人的虐待，她在成婚一百天后逃离。梅村重新回到B县的小学，但得知校长已经故去，因此不得不到T地去找旧友，寻谋生之道。在途中，梅村遇到了谎称是自己哥哥故友的军官唐遵孝，被唐遵孝拐骗至旅馆监禁起来。在逃离无门又遭受武力威胁的情况下，梅村只能跟随唐遵孝回到唐家，做了唐遵孝的三姨太。梅村在唐遵孝身边过着非人的生活，动辄遭受打骂与监禁。在上海的大东旅社，梅村向旅客们说出唐遵孝的罪行，得到了大家的声援。在同乡胡芝瑛的帮助下，梅村成功逃离唐遵孝的魔爪，并进入 M 学园读书。胡芝瑛爱慕着梅村，但梅村对他只有感激之情。在 M 学园，梅村认识了黎梦梅，两人迅速坠入爱河。一次，两人在房间里聊天被胡芝瑛撞破，盛怒之下的胡芝瑛与黎梦梅扭打在一起，这起恶性事件造成了三人的退学。因梅村过往的行为，黎梦梅的家人不接受梅村，龚、黎二人在社会上也常受到排挤和非议，找不到工作，以致基本的温饱都不能保证。后来，两人去 M 县，途中被胡芝瑛带人拿枪追杀，慌乱之中，他们划着渔船逃往大海深处，最终被大海的漩涡吞噬。

按：陈白尘（1908—1994）这部小说根据真实故事改编而来，表达了作者对青年（尤其是青年女性）悲惨命运的深切同情。五四时期的思想解放运动鼓舞了许多受压迫的女性，她们勇敢地冲破封建家庭的桎梏，去追寻新的生活与自由的爱情。但是，出走之后，自身力量的弱小使得她们不得不依附男性，而人心的险恶又让她们不断陷入新的困境。龚梅村离家出走后的悲惨经历就显示了这场启蒙运动的局限性，形象地说明了只有在社会解放的前提下，妇女才能获得真正的个性解放与自由生活，小说思想的深刻之处正体现于此。另外，故事的背景是 20 世纪 20 年代的中国，此时正是社会动乱不安、军阀割据混战之际，唐遵孝诱拐妇女、残杀手足，为人阴险恶毒却官运亨通，反映了当时社会的腐败黑暗。作品以“漩涡”为题，既指龚梅村的艰难处境，也指这社会的吃人本质，具有震撼人心的控诉力量。

10 月 30 日　**黄归云的《姊夫》由上海真美善书店初版，1—2000 册。**

梗概：李平沙是南京李家的大公子，也是北京大学的学生，主研的是哲学，并且精通文学。小薇是天津福兴洋行经理王君介的女儿，秀霞是小薇的表妹，二人各有各的美，小薇的胜处是“秀”，而秀霞的胜处是“美”。因张勋复辟，十四岁的小薇跟随母亲从北京去南京李家暂避风头，小薇渐渐爱上了李平沙。

1928，9，30 付印
1928，10，30 初版
1——2000册
版權所有
每册實價六角

后来，李平沙去北京念大学，中秋之夜，他在王家见到了秀霞后就深深地爱上了她，而秀霞也在心里爱慕着李平沙。谁料，王、李两家的父母早在暗中商定好了李平沙与小薇的婚事，李平沙屈服于强势的父亲，最终妥协了，二人订了婚。订婚之后，秀霞对李平沙的称呼由哥哥变为了姊夫。秋天到了，小薇与同学去西山看落叶，却在途中突发重病，不久后就在医院去世，临终时表示愿意成全秀霞与李平沙。最终，李平沙与秀霞有情人终成眷属。

按：这是黄归云（生卒年不详）一部充满诗意的浪漫爱情小说，作者表达了愿天下有情人终成眷属的美好心愿。作品语言优美隽永，不时穿插的诗词、美丽的景色描写与三位年轻人纯洁的爱情相得益彰，使得作品极富灵动的魅力。作品中很少有激烈的矛盾，叙事节奏舒缓匀称，对李平沙的心理描写细腻而真实，以梦境暗示人物心理的手法恰到好处，起到了烘云托月的作用。当然，作者过于理想化，真正阻碍秀霞与李平沙的并非是小薇，而是封建家长的强权，但作者回避了这一矛盾，安排小薇突然离世来成全秀霞和李平沙，不仅使作品失去了鞭挞封建思想的力度与深度，也使情节设置有明显的刀斧之痕。

10 月　罗西的《你去吧》由上海光华书局初版，1—1500 册。

梗概：青年作家王云光被三个月来失业的痛苦和爱情不能调和的烦恼所逼迫来到 S 村，想一边写作一边排遣心中的烦恼。一天，他爱的人秀娟来信，对他的现状表示同情，还给他介绍了工作，希望他到 C 市来。他到 C 市找秀娟，却被告知秀娟与她先生程仲文出去了，他十分悲愤，买了酒菜回到 S 村借酒浇愁。此时，正好前次来他这里卖唱的三娇又来给他唱歌，他便强邀她一起对酌并灌醉了她。他本想趁机强奸，但在三娇以死相逼的情形下，他最终放弃了他的恶念。之后二人熟悉了起来，他也进一步了解了三娇贫穷的家庭，并愿意帮助她。这时，C 市成立广东各界反日运动委员会，王云光被聘为秘书，主席即是程仲文。入会后王云光发现这个“反日会”却买日本的弹簧垫椅，程仲文还为万隆栈购买日货开特许证，而各委员因之产生的不满最后竟也不了了之，王云光也就退了会。王云光原想借入会之机与秀娟进一步接触以重新唤起她对他的爱情，但秀娟明确地拒绝了他。于是，他便与三娇同居。但是，因工作无着，生活的压力很快就随之而来，三娇便提出恢复伶人的身份，以卖唱来补贴家用。无奈之下，王云光同意了她的要求，不久就传来三娇做私娼的消息，王云光也不知所踪。

按：这是作者在贫病交加中，仅用二十八天就草就的一部描写知识分子在事业与情感陷入低谷时，内心苦闷彷徨、无所适从的“飘零曲”，粗糙而生硬。“你去吧”是王云光对三娇恢复卖唱（娼）生涯后发出的无奈、悲愤的叹息，其间包含着对社会的批判，对自己无力养家的自责，也包含着对底层百姓的同情与理解。这部作品可视为作者用“革命与恋爱”的视角探讨文学与时代、革命、爱情及人生的关系的小说，也是在“至情主义”观念下作者的再尝试。但是，纵观全篇，这种同情与理解却飘忽于上、置之于外，俯视之情、隔膜之势流溢笔端。结尾三娇的不幸与云光的逃逸，更使这一爱情故事落入始乱终弃的窠臼中。这些是这部小说的致命伤，也极大地影响了小说的艺术深度。

10月 叶鼎洛的《未亡人》由上海新宇宙书店初版。

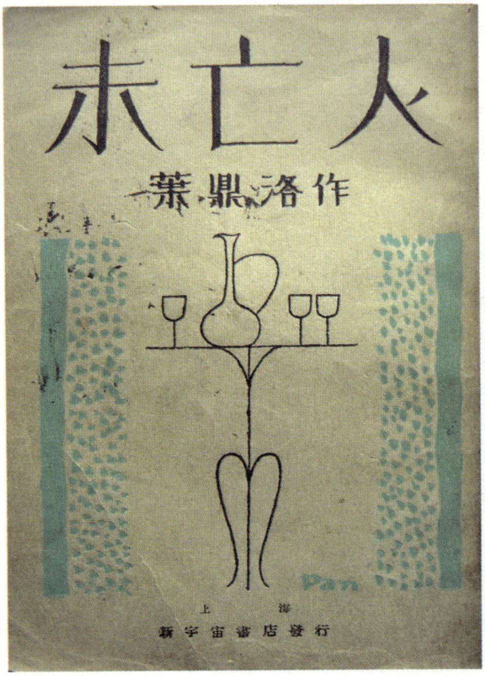

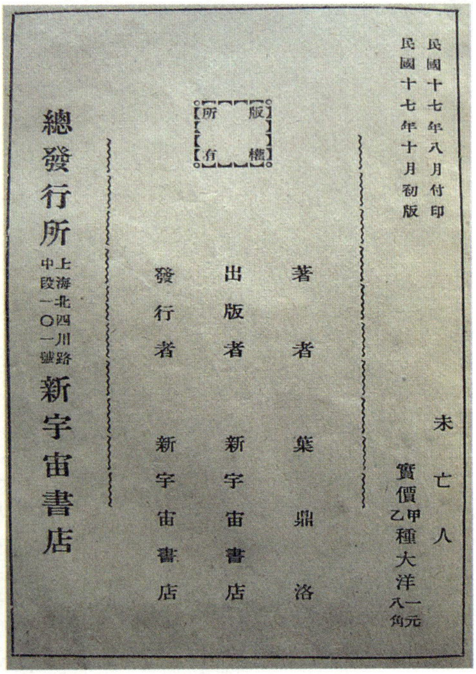
民國十七年八月付印
民國十七年十月初版

版權所有

未亡人
實價甲種大洋一元 乙種大洋八角

著者 葉鼎洛
出版者 新宇宙書店
發行者 新宇宙書店

總發行所 上海北四川路中段一〇一號 新宇宙書店

梗概：小学教师君达虽长得帅气，但因家庭贫穷，无法得到爱情，也因此感到很自卑。他的小姑母缦霞因有外遇，与状元丈夫离婚，正好学校要聘一名女舍监，于是她便来到学校。在交往中，小姑母爱上了君达，君达却对漂亮的女学生灵珊有意，对小姑母若即若离，而灵珊却沉浸在与男生张慧民的爱情中。小姑母见状主动与君达约会，出钱包装君达，很快使君达成了她情感的俘虏。此后，两人频繁约会，君达也开始刻意打扮自己，无论穿着还是气质都给人以脱胎换骨之感。他相信衣冠楚楚才能得到人的敬意，果然，他令学校的人都刮目相看。“双十节”时，学校要演田汉的戏《咖啡店之一夜》，听说灵珊演女主人公，君达愉快地接受了演男主人公的任务。有了这次的亲密接触，加上君达又接到了外校的聘书，经济条件大为改善，灵珊与他的关系迅速升温。君达家里看到他阔绰起来后，几次派人向他要赡养费，都被他断然拒绝。他抛弃了缦霞，与灵珊订了婚。不久，学校又起风潮，灵珊因其美丽、聪明、能干以及种种胜人之处被推为代表与校方交涉。然而，学潮很快在军警的弹压下平息，灵珊被迫转学。与此同时，另一个学校也因为君达缺课太多而不再续聘他，君达的经济条件顿时变得窘迫起来。灵珊去外地上学需要一笔钱，君达虽然勉强凑齐了灵珊的学费，但已显出窘迫来。之后，灵珊不断地向君达索要生活费用，使君达陷入困顿，身体也每况愈下。随着他寄往灵珊处的款项越来越少，灵珊的信也越来越少，最终断绝了音讯。君达在悲愤中病逝。

按：未亡人，原为寡妇的自称。照此理解，《未亡人》应当是写一个死了丈夫的女人的故事，但《未亡人》却名不副实。首先，小说的主人公是男青年君达；其次，若说缦霞是主人公，可她只是离婚而并非亡夫，即并非所谓“未亡人”。这且罢了，单就作品的审美意义而言，也实在不可高估。内容不消说是一个低俗的故事，如同一个爱的白日梦，男女双方相爱的理由很简单：漂亮而有钱财。爱美之心人皆有之，但仅将爱附着在美貌与金钱之上，毕竟是一种浅薄的爱情观念。何况山外山、楼外楼，于是移情别恋也在情理之中，悲剧重演也在预料之内。艺术上，若切《未亡人》之题，当先使缦霞成为“未亡人”，再以之为主角展开悲欢离合，但作者却重笔描写君达与缦霞、灵珊的近似三角恋的浪漫故事，令人感到莫名其妙。作者采用的写法过于琐碎，唯人物方面，主人公君达的形象较为清晰，但作者把他描写成一个有违伦理的偷情者和忘恩负义的不孝子，冲淡了人们对他自身爱情的同情怜悯之心，也冲淡了爱情解放、个性自由的时代主题。

11月3日 《申报》刊载《未亡人》的广告："《前梦》《男友》的作者叶鼎洛先生，是曾经获得一般青年苦闷的核心，而富于同情心的一位作家。他这近作《未亡人》是年余以来精心结撰的十余万言的钜制。他以这转变时期中的一个无产青年为典型，创造出一位人物——君达先生。他跳出历来恋爱小说的窠臼，用讽刺的笔法写出恋爱的成分。他以横断的写法撰成戏剧的小说。他以主人公的遭遇宣泄出这个时代的抑郁与苦闷。他以四重递进的恋爱（三个三角关系）结成新奇的形色，而结果各人的憧憬都归消失，表现出幻灭的悲哀。他用的Model有女性的青年，有男性的少女，有辛辣的半老徐娘，有妩媚的中年男子，各赋以特殊的个性。他又是一位画家自作插画，倍增本书的美丽和价值。至于其中作者之技巧，情节之变化戏剧之滋味，则请爱好文艺者读了之后再用批评的方法仔细体味罢！"

11月15日 张资平的《最后的幸福》由上海现代书局印行第五版，8001—9500册。

11月19日 余生在《大公报》发表《评陈铨〈天问〉》一文，认为："《天问》之组织艺术，纯由精研广读西洋小说得来，而所写者则确系中国之人情风俗事物景象，故毫不嫌其过新。""《天问》则结构精严，章法完密，全局布妥，乃始着笔，通体照应，用力不懈。中国旧小说惟《石头记》乃能及此。""《天问》之取材纯以其结构为标准，叙事写景，皆有其特别之意义与切实之效用，非无故阑入者。""《天问》则更加以西洋小说之技术法程，其作者并经勤细之研究，不惜惨澹经营，辛苦致力。吾人对于今后中国小说发达之途径，可断言曰：技术法程，须取资于西洋，而书中之材料感情，要必为真正中国人之所具有者。合兹两美，乃可大成，二者缺一，必将失败。而后者较前者为尤要。"他总结全书的优点是：一、结构之严密；二、人物之生动；三、环境之丰备；四、文笔之流利。

按：余文说“《天问》唯《石头记》乃能及此”显然过誉，但其总结的四个优点却较为合理。

11月20日 孙侠夫的《爱的刑场》由上海晨曦书局初版，1—2000册。

1928，10，16脱稿
1928，10，20付排
1928，11，20初版
1——2000册

每册實價大洋四角二分

梗概：江影华与浩如青梅竹马，但婚后不久，浩如就为革命献出了生命。影华读完他的遗书，决定继续革命，完成浩如的遗愿。此时，驻扎G地的C军已有革命的趋势，总部需要派人与倾向革命的C军联络。浩如的同学也是同乡石健民激昂慷慨的演说打动了影华，而他也有意去做这个联络工作。于是，为工作计，两人扮作夫妻，前往G地。经过一番周折，他们到了G地，也联系上了C军军长，革命取得了成功，健民占有了影华。然而，革命暂时成功后，两人的思想发生了冲突。影华发现健民心术不正而且革命目的不纯，关键时刻背叛革命，而影华受伤后革命热情依然不减，伤好后更在庆祝革命军攻下S埠的大会上演讲，让健民大吃一惊。两人发生了激烈冲突，影华认为：“我们的夫妇，是要以爱来结合，以革命来联系的。没有爱说不上结合，没有革命的热情更休想维系夫妇的关系。”影华提出一刀两断，健民决定报复。此时，时局动荡，好友淑英劝影华与玉屏暂时离开S埠，但影华觉得自己没做什么见不得人的事，对革命也忠心耿耿，没有听从淑英的告诫，终被小人健民告恶状，血洒刑场。

按：孙侠夫（？—1930），原名孙靖华，因与戴曙侠女士成婚后便改名孙侠夫，意思是戴曙侠的丈夫。《爱的刑场》是孙侠夫一部表现革命者的革命精神的“革命+恋爱”式小说，也是一部表达“革命与爱情应该是什么”的小说，更是一部提醒革命同志提防内鬼、不做无谓的牺牲的警示小说。但由于作者过于平铺直叙，致使作品理性强而文学的形象性不足，加之一些地名、人名多用符号代替，书中人物除影华的形象略为清晰外，其他人物较为单薄。此外，小说结尾情节转变太快，其合理性也有待推敲。不过，小说中对青年男女在特定情境下的人性及心理的描写还是较为真实的，也算是这部小说的一个亮点吧。

11月30日 白薇的《炸弹与征鸟》始刊于《奔流》第1卷第6—10期，至1929年第2卷第2—4期（未完）。

11月 老舍的《老张的哲学》由上海商务印书馆再版。

11月 老舍的《赵子曰》由上海商务印书馆再版。

11月 洪灵菲的《转变》由上海亚东图书馆再版。

12月1日 钱杏邨在《泰东月刊》第2卷第4期发表《〈追求〉——一封信》一文，认为：“这部创作所显示的，只有灰色的暗影，‘灰色，满眼的灰色’，满眼的灰色而已。在全书里是到处表现了病态，病态的人物，病态的思想，病态的行动，一切都是病态，一切都是不健全。作者在客观方面所表现的，思想也仍旧的不外乎悲哀与动摇。所以，这部创作的立场是错误的。”而且，“站在我们自己的立场上，《追求》不是革命的创作。全书的Chimax也弱于《幻灭》与《动摇》。然而，在表现的一方面，较之《动摇》却有很大的进展，心理分析的工夫是比《动摇》下得更深。他很精细的如医生诊断脉案解剖尸体般的解析青年的心理。尤其是两性的恋爱心理，作者表现的极其深刻。”

他还认为，张曼青悲哀、幻灭是有政治与阶级原因的，“然而，作者暗示的对于张曼青这人物的批判；带有‘必然的结果’的批判，却是完全错误，和作者对于全书人物的整个的批判一样。愤激脆弱的青年，固然有因政治的激刺而悲哀幻灭的，可是，要肯定的说，只有这一条出路，死灭的出路，那所见就未免太狭了。”不过，“就全书中所表现的章秋柳这个女子，是具有世纪末的痼疾的象征，是可怨悯的，是病态的。作者把她表现得很恰切。总之，就《幻灭》《动摇》《追求》三书去看，在恋爱心里表现方面，作者的技巧最令人感动的地方，却是中年人对于青春恋的回忆的叙述，是那么的沉痛是那么的动人。在《追求》全书中，不仅表现了这样的心理，而且表现了两性方面的妒嫉，变态性欲，说明了性的关系，恋爱的技巧，无论是那一方面，作者都精细的解剖了。在作者过去的三部著作之中，我感到的，作者是一个长于恋爱心理表现的作家，对于革命没有深切的把握。”他同时又认为，由于作者“不能把握得革命的内在的精神，虽然作品上抹着极浓厚的时代色彩，虽然尽了‘表现’的能事，可是，这种作品我们是不需要的，是不革命的，无论他的自信为何如”。

按：钱文对茅盾作品的艺术分析确有其理，如说茅盾擅长恋爱心理的描写等很符合实际，但因茅盾发表《从牯岭到东京》后就从根本上否认一这作品，带有明显的意气成分。这也暴露出早期左翼文学批评以立场代替方法的一个极端迹象。

12月8日 《申报》刊载《你去吧》的广告：“这是罗西的第三部的长篇小说。用富有热情的笔调，描写一个时代中的青年。这里面有三角恋爱和单恋，同乡村的恋爱的浪漫史。全书的主要人物有三个女性和四个男性，作者都把他们的个性逼真地表现出来。”

12月10日 顾仲彝在《新月》第1卷第10号发表《评四本长篇小说》一文，他认为：第一，《爱的幻灭》许多情节虚假，不真实，“这种不自然的地方，把全书的悲哀幽情，变成冷酷无情的残忍，不但不能使读者感到一种悲剧的快感，却反凄惨得使人作恶欲呕。”第二，“作者的主旨是要描写叔嫂的爱情，他们为环境的压迫不能达到爱情的目的，因此把他的情感转移到政治革命上去。这个题材不能算坏，但作者的艺术手腕太恶劣，竟变成一篇极无意识的情欲写照”。“他本意要描写叔嫂的真爱情，但实际上他只写到叔嫂肉欲的冲动，和受礼教压迫的痛苦；并且他们俩都是人类中平凡的弱者，没有勇气破除礼教，只在性欲抑制下的痛苦呻吟里过生活。爱情本来不容易描写得恰到好处，过火则性欲控制了一切，过冷则不能表达得充分。这是此书根本的弱点。”第三，“在许多新作品中间我认为最满意的长篇是《天问》。”“你看他自开卷云章，爱慧林起，曲曲折折，经过了许多悲欢离合，一步紧似一步，一幕深似一幕，直到云章拔剑自刎为止，前后照应，线索分明。”“至于描写人物方面，要比较结构的话，则似乎还欠老练；读者看了只觉得模模糊糊，有其色而无其形，虽则抽象的能道一二，但逼近了，却又依稀辽远起来。”“作者大概受英国小说家哈代的影响不少。不说布局很像哈代的手法；他的思想语气，处处都露着哈代似的悲世的人生观。他看世界上一切的众生，都是受环境冲动支配，不能自主的可怜虫。”

12月10日 克兴在《创造月刊》第2卷第5期发表《小资产阶级文艺理论之谬误——评茅盾君底〈从牯岭到东京〉》一文，认为茅盾的《从牯岭到东京》反映出来的还是小资产阶级的理论主张，应该遭到批判。

按：论者在没有阅读茅盾小说的情况下就凭空对作品说三道四，以立场代替方法，观点偏左且机械。不过，论者对茅盾提到的“出路”问题的讨论并非全无道理。

12月10日 《小说月报》第19卷第12号刊发叶圣陶的《〈小说月报〉第20卷内容预告》一文，其中关于《灭亡》的文字如下：“《灭亡》，巴金著，这是一位青年作家的处女作，写一个蕴蓄着伟大精神的少年的活动与灭亡。”

12月10日 江雨岚的《离绝》由上海光华书局印行第三版。

12月15日 **王匠伯的《负生的日记》由上海现代书局初版，1—2000册。**

梗概：杨负生因肺病回到家乡养病，虽已是民国十几年，这里仍保持着古风。负生的二婶白雪美丽温柔，出自书香世家，却嫁给了满脸麻子、大字

不识的土麻二叔，婚后过着貌合神离的生活，他们两个月大的儿子也因体弱而病死。负生同情二婶，并对二婶产生了爱意，为此常感到苦闷。有次在二婶家，他没克制住情绪，抱住了二婶，二婶让其明日再来，自此他便常借口到二婶家乘凉与其私会。一次，他们偶然被在家里做仆人的寡妇大伯母撞见，大伯母便常要挟负生与之欢好。二婶家中换了新仆人任妈，二婶贿赂她，让其帮助二人夜间私会。负生回家后将一切告知了他的母亲，得到了母亲的同情，母亲愿意帮助二人在明年春天远走高飞。但此时村中谣言四起，迂齐二叔祖为此警告负生的母亲，要求负生与他二婶两人不再来往。二婶让任妈给负生传信，让他早日回京读书，并托任妈给自己的母亲带信，让娘家人接回自己。但当天夜里，土麻二叔杀了二婶。任妈来传消息，负生得知消息后也为情自杀。

按：这是王匠伯（1908—1980）的一部日记体小说，以负生的角度，记录了婶婶嫁入杨家后的不幸婚姻及其与婶婶的不伦之恋，揭示了封建社会中女性的不幸命运，是一部题材、体裁都很别致的反封建作品。小说成功地揭示了婚媒制度、裹脚、节孝等观念对女性的戕害，不仅婶婶，芳姑、黄妈、大伯母乃至土麻二叔都是这些旧俗的牺牲品。婶婶因媒妁之言嫁给与她并不相称的丈夫，她冲破伦理的束缚，勇敢追求自己的真爱，显示出女性觉醒的力量。讽刺的是，土麻二叔杀死二婶不是因她的私情败露，而是由于听到了捕风捉影的谣言，更可见这种所谓封建伦理观念的吃人特征。虽然二婶是被土麻二叔所杀，但其他人也都是“无主名无意识的杀人团”的一员。小说的心理描写病态而大胆，不足的是，在对负生与二婶的恋情的处理上“欲重于情”，影响了作品的深度。

12月16日 虚白在《真美善》第3卷第2号发表《文艺的新路——读了茅盾的〈从牯岭到东京〉之后》一文，对茅盾的小资产阶级文艺主张表示赞同。

12月16日 《真美善》第3卷第2号刊载《姊夫》的广告：“黄归云先生的这部描写三角恋爱的长篇小说可以说是近代出版界中不多觏的好作品，他的书主人恋上了一个女性，另一个女性又恋上了他，就借着这纠纷的组织，作者在那里表现他所最崇奉的恋爱神圣主义。作者的作风是情致缠绵，写情是细腻熨帖，布局是曲折迷离，读者不自觉的要给他陶醉，给他感动。”

12月20日 《大众文艺》第1卷第4期刊载《最后的微笑》与《负生的日记》的广告。

（1）《最后的微笑》：“本书是蒋先生的最近得意之作，他说：‘从前的著作是童年的，现在是成人的’，这就是他觉得这册书是比较以前更进步的表示。我们从前看过关于他的著作，如《鸭绿江上》《菊芬》等，莫不有口皆碑地称赞，叹为观止。但在蒋先生还是认为童年的作品，那末这册书的价值也是可想而知了。”

（2）《负生的日记》：“这是一部日记体的长篇小说，主人翁负生也和别的青年一样的无以自拔于恋爱的迷惑，因而他也和别的青年一样的有着爱人。只不幸他们的恋爱是犯了名教的禁例的，于是四周的恐怖与高压起来了，他们终于被恶势力惨杀了。全书的表面上，流露着绝望与颓废的色采，在背面却反映着热烈的希望和积极的反抗。凡爱好文艺及喜谈恋爱的朋友们，都请来一读此书。”

12月21日 万里在《申报》的“书报介绍”一栏中发表《〈你去吧〉》一文，认为：“罗西先生第一本长篇小说《玫瑰残了》出版后，他的异样的风格，就给了读者一个很深的印象。第二本长篇小说是《桃君的情人》，他的曲折的事实，使人们读了受着剧烈感动。《你去吧》是罗西先生的第三本长篇小说了，也就是我现在所要介绍的那一册。”“书中除了动人的描写外，还充满着有力的讽刺。”“三娇的母亲在书的前部几乎成为一个重要的人物，但是到后面结束始终没有一句话提及她。这恐怕很容易引起读者的疑问吧？”“我们知道一篇小说的起头和结束是有同样的重要，然而罗西先生写小说的起头总嫌太平淡，这不仅是《你去吧》一书犯着这个毛病，便是《桃君的情人》和《玫瑰残了》也犯着同一的毛病。我希望作者能把它改去。”“从作者的‘致读者’里我们知道《你去吧》是在二十八天里写成的，该书能抓住了时代说话，这是二十八天里写成的成功，可是该书对于艺术技巧方面的疏忽，这也是二十八天里写成的失败。”

按：就艺术感受而言，确实如此。

12月23日 复三在《文学周报》第7卷第348期发表《茅盾的三部曲》一文，认为：“不用说，第一部《幻灭》，是写着在革命前期青年的迷惘，摸索的苦闷。书中静和慧两个性格不同的主人公，已表现出这时代青年的心理和生活的态度来到了《动摇》。可以说青年的思想和生活，已明显地界分了三种：代表新派的是孙舞阳，是一种已认识了时代，认识了生命，勇敢地谋澈底的革命的青年。恰恰相反的是方太太，完全表现一种踌躇的，退缩的，落在时代后面的青年。介乎两者之间的是方罗兰，那种怀疑，妥协，进退失据的态度，正是革命期中一般所谓‘骑墙派’者的现象，革命失败了。不要说如方罗兰辈感到深深的灰色的失望，就是如孙舞阳那般热烈的，勇敢的青年，此时也会因突然失却了现实‘黄金世界’的幻象，而沉于极度幻灭的悲哀，时代既突变，生活又失了罗针。‘现代人’之需要强烈的戟刺和肉欲的欢乐，于是在胸中渐渐滋长。生活乃一变而浸沉于灰色的，极度的肉的纵欲中。虽在这灰色的，纵欲的生活中，尚有青年的未烬之生命之火在内中燃烧，所以是时时挣扎着，企图追求最后的憧憬，以自慰自欺这自己已创伤的心。可是青年终究是青年，终有某种的缺点，在于最普遍的所谓意志薄弱和理想过高；而且命运又这样的喜于弄人，所以虽稳健如仲昭者，也到底不能免意外之虞，更不必说如章女士的这般人——这《追求》就是描绘着革命失败后青年的灰颓生活和各各不同的心理变态。”“这是三部曲连缀着一线的思想。虽是三部表现的是三个时期，用了三个题目，其实通篇写的只是幻灭的悲哀；而且把‘我们的时代’，很扼要地详细的刻划出来。”

12月31日 《申报》刊载出版消息，《负生的日记》等新书出版。“《负生的日记》，长篇创作，系王匠伯著，内容是描写打破旧礼教。”

12月 **沈从文的《阿丽思中国游记》（第二卷）由上海新月书店初版。**

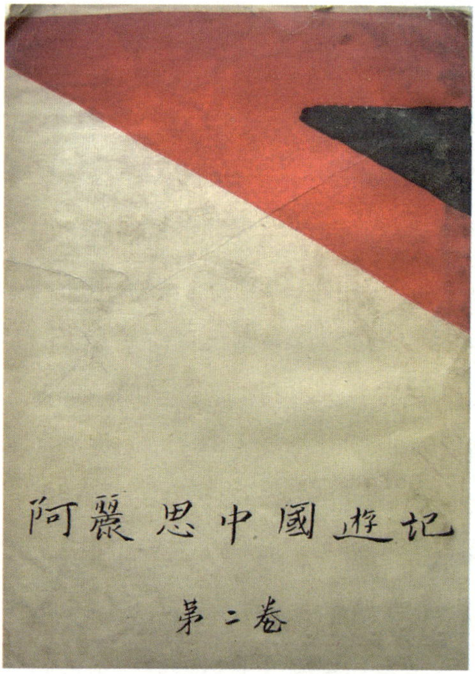

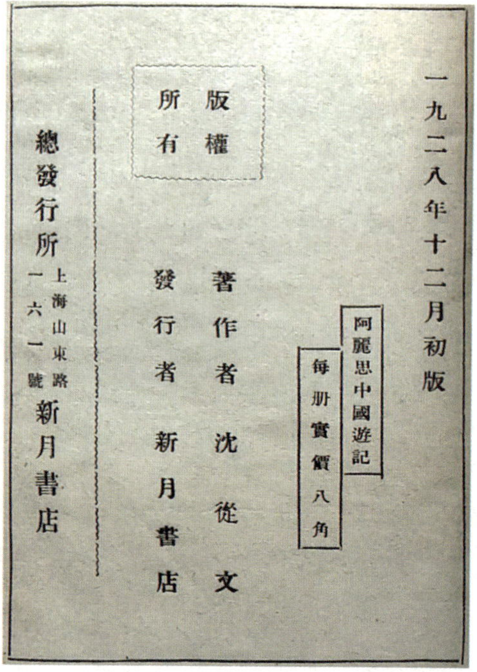
一九二八年十二月初版

阿麗思中國遊記

每册實價八角

版權所有

著作者 沈從文

發行者 新月書店

總發行所 新月書店 上海山東路一六一號

梗概：阿丽思来到了一户人家，和一个小姑娘及她的母亲度过了几天。从小姑娘的口中，阿丽思知道了许多农村的风俗习惯及闻所未闻的事情，还见到了一些农民，他们虽然有些野蛮，但谦虚直率、待人真诚，还有一种神奇的美，十分吸引人。一天，阿丽思到了乡下，发现小孩子们喜欢赌博、打架，他们在一种输赢得失的趣味中学常识，逃学也成了一种赌输赢的行为：输了的挨先生一顿打，赢了的则痛痛快快地玩上一整天。不会赌博的孩子，就是无出息的孩子。这里也有买卖小孩的行市，那些小奴隶比小猪小羊还乖，任人过秤，按斤论价，比狗的价钱还贱。这使阿丽思大惑不解，她想回去请教自己的姑妈。

按：沈从文（1902—1988）创作《阿丽思中国游记》的灵感和动机来自英国作家刘易斯·卡罗尔的《阿丽思漫游奇境记》，带有明显的模仿性质。《阿丽思漫游奇境记》于 1867 年前后在英国出版，最早由著名语言学家赵元任先生翻译成中文，由商务印书馆于 1922 年 1 月出版。沈从文的《阿丽思中国游记》接着卡罗尔的小说“往下写”，小说通过阿丽思姑娘和兔子傩喜先生在中国都市和湘西山村的漫游经历，展示了 20 世纪 20 年代东方古国的众生相。这里，上流社会奢侈腐化，下层民众饥寒交迫，两极分化严重。作品中，作者对上层社会的嘲讽与批判和对下层民众的同情与关爱贯穿始终，此外还描写了湘西奇特的风俗人情。《阿丽思中国游记》是沈从文创作的第一部长篇小说，作者试图用不纯粹的童话形式写当时中国的落后，但是这次尝试并不成功，作品结构松散，情节拖沓，语言缺少必要的提炼和简洁，人物也是模式化的，缺少清晰的面孔和个性化的特征。可以说，作者驾驭长篇小说的能力显然不足，没有顾及艺术的提炼，在长篇小说的文体和艺术技巧上缺少自觉的创造意识。

12 月　陈宀竹的《灿烂的火花》由上海励群书店初版，1—2000 册。

梗概：九岁的小女孩爱爱死了父亲，寡母难以维持家中生计，于是在地主光先生的“帮助”下，爱爱离开母亲，到福林家当了童媳。同样贫穷的福林家因平白多了一张吃饭的嘴而对爱爱百般压迫刁难，处境凄惨的爱爱只有在富裕的邻居二太太那里才能得到一些温暖。爱爱十三岁的哥哥桃桃则在光先生的介绍下到其亲眷三伯伯家当了牧童，同样饱受欺凌。因光先生帮助自己家料理丧事，又让自己的儿女有了出路，母亲误以为光先生是好人，于是

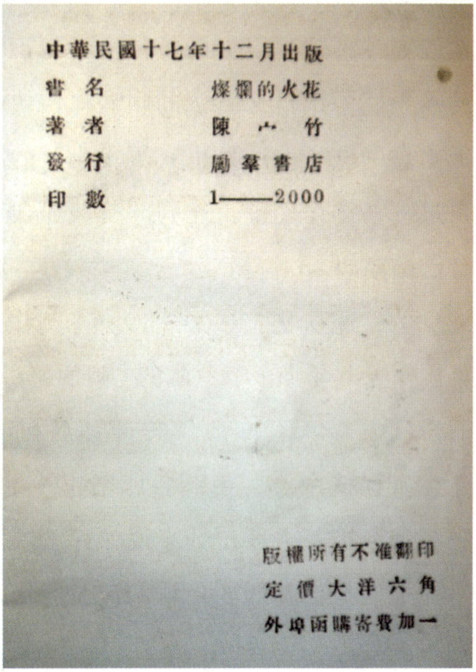
中華民國十七年十二月出版
書名　燦爛的火花
著者　陳宀竹
發行　勵羣書店
印數　1——2000

版權所有不准翻印
定價大洋六角
外埠函購寄費加一

被骗至他家当用人。见识了地主阶级奢华生活的母亲无奈地感慨贫穷的农民是“天派的苦命人”，命该如此。而在早已对她心怀不轨的光先生的威逼利诱之下，母亲半推半就，在良心的谴责和物质的诱惑之间痛苦挣扎。某天，母亲偶然听到光先生和光太太的对话，得知自己一家人的悲惨遭遇竟全由光先生一手造成，再加上此前亲眼看见光先生欺凌农民王阿大，她终于认识到光先生的残暴本质，恨极了他，愤而离开。出于对儿女的牵挂，母亲放弃自杀，前往爱爱的夫家，谁知爱爱的公公福林在地主尚先生的压迫下得病死去，爱爱被公公传染，也得病去世，福林家即将走向悲惨的道路。母亲幡然醒悟，意识到农民真正的敌人是光先生所代表的地主阶级，于是联合被压迫的农民，烧毁了光先生的房屋，最终在灿烂的火光前死去。

按：陈宀竹（1909—1990）即陈瘦竹，这是他在“无产阶级革命文学运动”口号的启发下写的作品，描写了 20 世纪 20 年代江南地区的农民在地主阶级的压迫下艰难生存最终醒悟并奋起反抗的故事，反映了江南农村破败凋敝的景象，刻画了农民在地主阶级压迫下的悲惨处境，控诉了地主阶级的虚伪、残暴与罪恶，指出觉醒的农民最终会走向革命的道路。小说分别从爱爱、桃桃和母亲三个视角，书写穷人受地主压迫与残害的痛苦，角度新颖，别具一格；语言流畅优美，情节曲折紧凑，心理描写细腻真实；大量采用倒叙的手法，快乐的回忆和痛苦的现实相交织，更有力地凸显出被压迫的人们生理和心理的痛苦。不过，爱爱母亲的转变稍显突兀。

12 月 茅盾的《追求》由上海商务印书馆初版（文学研究会丛书）。

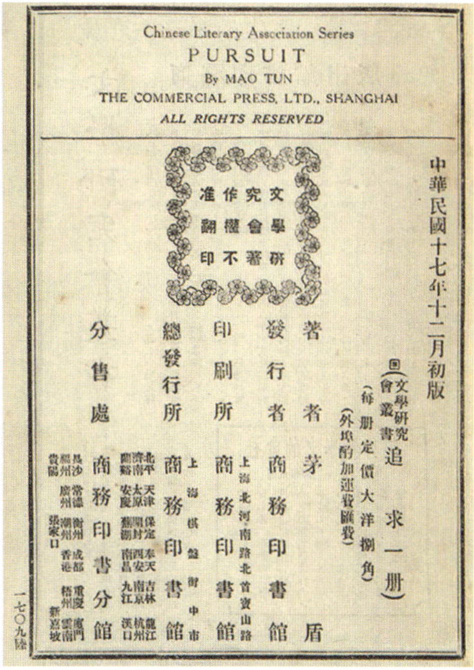
Chinese Literary Association Series
PURSUIT
By MAO TUN
THE COMMERCIAL PRESS, LTD., SHANGHAI
ALL RIGHTS RESERVED

文學研究會著作權不准翻印

中華民國十七年十二月初版

（文學研究會叢書）追求一册
（每册定價大洋捌角）
（外埠酌加運費匯費）

著者 茅盾
發行者 商務印書館
印刷所 上海北河南路北首寶山路 商務印書館
總發行所 上海棋盤街中市 商務印書館
分售處 北平 天津 保定 奉天 吉林 龍江 濟南 太原 開封 西安 南京 杭州 蘭谿 安慶 蕪湖 南昌 九江 漢口 長沙 常德 衡州 成都 重慶 廈門 福州 廣州 潮州 香港 梧州 雲南 貴陽 張家口 新嘉坡 商務印書分館

一七〇九陸

梗概：小说写了三类知识青年。一类是奉行教育救国的张曼青，他到城郊中学当教师，不能救出被诬的学生，爱情也颇为失意；一类是“半步主义”改革者王仲昭，表面上热衷于自己“第四版”的“改革”，实际上是为了博得“神圣的对象”陆俊卿的欢喜，而“俊卿遇险伤颊”的电报使他的追求霎时改变了；还有一类是不甘平庸、永远自信的章秋柳，她欲结社反抗恶浊的社会，却未能如愿，后在舞场等处寻求“感觉”，她本想拯救想自杀的史循，却不幸染上梅毒。

1929年

1月1日 黄中的《三角恋爱》（第一集）由上海金屋书店初版。

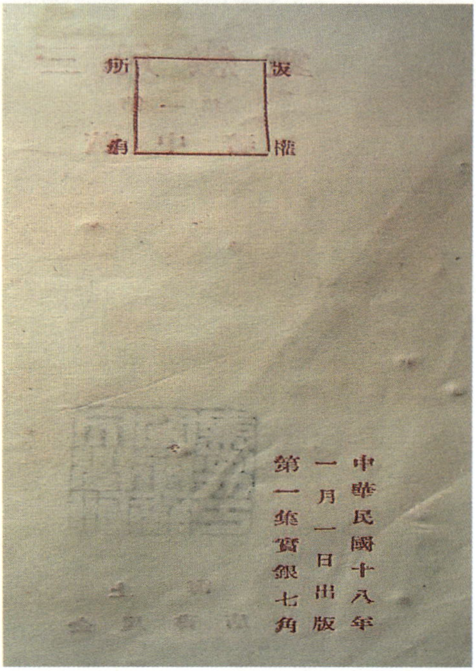

梗概：在日本东京的一间屋里，留学生老娄和老孙在报纸上看到一篇关于自杀的报道，老娄的相好老刘进来，告诉他们女子宿舍的一对恋人因情感纠纷相互残杀而死，并由此想到汪通、陈强及另一女子的三角恋爱。这时，老王来告诉他们，汪通病情恶化，朝不保夕，大家慌忙前往医院看汪通最后一眼。五年前，在亚洲书局做编辑的汪通与同事老谭、老朱在一家酒馆喝酒，多喝了几杯，便出门晃荡，看看有没有艳遇。他们在路上遇见了小程和小梅，小程就给汪通介绍了章敏贞小姐。章小姐面容美丽、行为得体，让汪有了非分之想。汪早已结婚，妻子也给他生了一个女儿，但汪对这包办婚姻很不满意，自己年轻潇洒，妻子大字不识，他觉得很不般配，但由于已成婚十余年，自己是个有家庭责任感的男子，妻子对他不错，他也就认了命。但章小姐的出现，重燃了他情感的烈火。他与章小姐约会，章小姐也与他谈得拢，甚至借故到汪家来看望他。当然，这一切让汪嫂看得清清楚楚。汪嫂大闹一番后，觉得自己本来就与丈夫不配，不如让丈夫获得自由，只求他看在女儿的份上，不要让她们饿死。汪通跟妻子说，三天后他一定收心，好好做丈夫、爸爸。随后，他与章敏贞在老地方约会。

按: 这是黄中（1892—1975）一部表现留日学生在东京的情感经历的作品。全书最为突出的特色是以对话为主，可称为一部“对话体长篇小说”。作者擅长以人物对话刻画人物性格，个别章节如“内心的斗争”“爱与妒”等写得清楚明了，人物性格跃然纸上。在新文学史上，若以文体论，对话体长篇小说也仅《三角恋爱》一部。可以说这部小说在文体上对新文学的发展做出了重要贡献。当然，由于全书没有写完，这仅是第一集，书中的情节也多有头无尾，主要情节集中在汪通与章小姐的“初恋”上，至于汪如何去的日本、如何离开家人，妻子女儿后来如何，以及他在日本所生何病、因何病重都没有具体交代，情节极不完整。在人物刻画上，除汪通和章小姐较为清晰外，其他人物多是来无影去无踪，模糊不清也就在所难免。结构上，各章节间缺乏紧密的联系，加之头绪较多，显得较为混乱。此外，作者欲表达的思想也令人难以捉摸，不知作者是赞成婚外情还是想强调家庭责任，对汪通情感诉求的描写也不伦不类，这也许是作品未完之故吧。

1月1日　章克标的《银蛇》（第一部）由上海金屋书店初版。

梗概: 几个无聊的知识分子——复旦大学教授卞元寿、在北京读书的学生张岂杰、上海工艺专门学校的教师胜图、小说家邵逸人，听说暂住于上海霞飞路的杭州女子师范学校毕业生伍昭雪美艳动人，遂前去看个究竟。果然，伍小姐美貌出众，他们垂涎不已，邵逸人更是魂牵梦萦、神魂颠倒，虽然他已经结婚，但仍然想将伍小姐揽入怀中。他立刻给伍小姐写信，想尽一切办

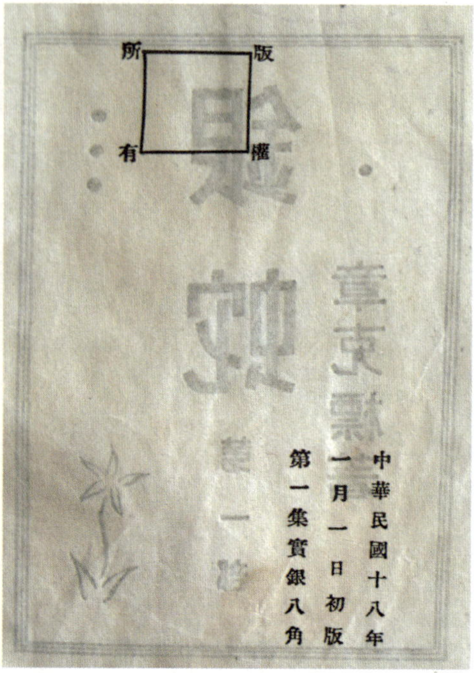

法与她见面。张岂杰原也想追求伍小姐，但看邵逸人如此痴情，便作罢了。伍小姐见邵逸人这般情态，不敢贸然相处，便躲避起来。邵逸人不肯罢休，四处打听伍小姐的去向，听说伍小姐去了杭州，就追到杭州，只要有伍小姐的零星消息，他就即刻去找，即便扑空也在所不惜。这期间，他还对新寡不久的陈素秋想入非非。终于，在邵逸人的死缠烂打下，伍小姐答应在住所与他见面。

按：这是章克标（1900—2007）一部卑俗的、带有唯美主义和颓废色彩的猎艳小说。因作品中有郁达夫追求王映霞的故事，故有仿讽郁达夫《日记九种》之嫌。小说中的几个主人公，特别是邵逸人，诗酒风流，见色起心，以猎艳为能事，以刺激的官能享受慰藉内心，以爱的白日梦填补醉生梦死的生活，可谓上海滩无所事事的颓废文人的典型代表。作者深受日本“唯美—颓废”主义影响，故小说内容庸俗、格调低下，虽官能描写细腻入微，梦境描写真实可感，但“恶之美”为艺术的歧途毋庸置疑，谓之“颓加荡”并非过分。不过，小说的封面设计以浅黄色为底色，四条银色蛇形波纹衬托着反向蜿蜒的两条红蛇，再配以红色“银蛇”两字，形象生动地传达了作品的主旨，令人拍案叫绝。

1月6日 《申报》发表了同以《十七年度中国文坛之回顾》为题的两篇文章，作者分别为憬琛、赵景深。憬琛写道：“埋隐了近二十年的文坛前辈东亚病夫……另作《鲁男子》长篇小说，现犹未完稿……张资平则努力于无产阶级的作品……一鸣惊人的茅盾，借革命时代的背景，作成《幻灭》《动摇》与《追求》……叶鼎洛致力创作，大量生产，有中篇《乌雅》《未亡人》《双影》……等。”赵景深认为：“我们知道今年是长篇创作小说的时代，茅盾的震惊一世的《幻灭》《动摇》，老舍的《老张的哲学》《赵子曰》，都在今年出版，其他的长篇，更不知有多少，连短篇一齐算起来，今年的小说出产，至少有二百种，即不是长篇小说的时代，也可以说是小说的多产时代啦。”

1月8日 《申报》刊载《阿丽思中国游记》的广告：“《阿丽思中国游记》二卷最新出版。《阿丽思中国游记》初卷已公认为中国近年来小说界极可珍贵的大创作。”

1月9日 《大公报》“刊物绍介”一栏刊载《介绍两种小说〈老张的哲学〉〈赵子曰〉》：“老舍所作《老张的哲学》及《赵子曰》小说集，前均连载于商务印书馆之《小说月报》，极受读者之欢迎。作者文笔灵活，描写深刻，书中人物，经老舍生花之笔，无不栩栩若活，该书单行本业已到津，天津书局及天津市场美丽书店均有销售。”

1月10日 张鸣琦在《大公报》发表《张资平与处女的嗜好（续）》一文，认为：“《苔莉》的作风与前者完全不同，是写一个男性有夫之妇间的爱情故事。这篇充满了病的色彩，狠可以供我们探视现代人的性心理的参考。”张氏有意强调“处女之实”，是“神经颠倒，昏乱病者”的行为。

1月10日 《新月》第1卷第11号刊载《阿丽思中国游记》（一卷）的广告：“长篇小说的创作，现时在中国真是稀贵极了！写长篇难，而写得有结构，有见解，有幽默，有嘲讽……那便难之又难。《阿丽思中国游记》是近年来中国小说界极可珍贵的大创作。著者的天才在这里显露得非常鲜明，他的手腕在这里运用得非常灵敏：这是读了《蜜柑》和《好管闲事的人》更可以看得出的。沈从文先生是用不着我们多介绍的，读者自己去领略这本小说的趣味罢。”

按： 该广告语为徐志摩所作，志摩之评带有同仁之谊、浪漫之情。

1月10日 《创造月刊》第2卷第6期刊载《暗夜》的广告：“这部书，是描写中国农民的苦况，及其反抗的精神底作品，内容穿插甚多，令人有哭笑不得之感，最后一段，尤富兴奋的力量。不明了现代中国农民的生活的人们，阅之，可以豁然。就是很了解的人们，读之，也可以一层更深的认识。”

1月10日 《创造月刊》第2卷第6期刊载《结局》的广告：“这本书是本社1928年第一次征文期中，在数百部著作之内，很谨慎的审查的结果所选出来的作品。技巧方面在最近的文坛上，确是一部成功的作品，内容描写一个青年女子，在革命前后的种种，流离转徙的经过，衬以变乱离奇的时代背景，文笔流利，别具风格，真是百读不厌。这是因为作者以纯客观的描写，老老实实，又自然又深刻。在现今文艺界，洵为不可多得之佳作。”

按： “百读不厌”有夸张的成分，“不可多得之佳作”却大体符合实际。

1月10日 巴金的《灭亡》始刊于《小说月报》第20卷第1号，至4月10日第4号毕。

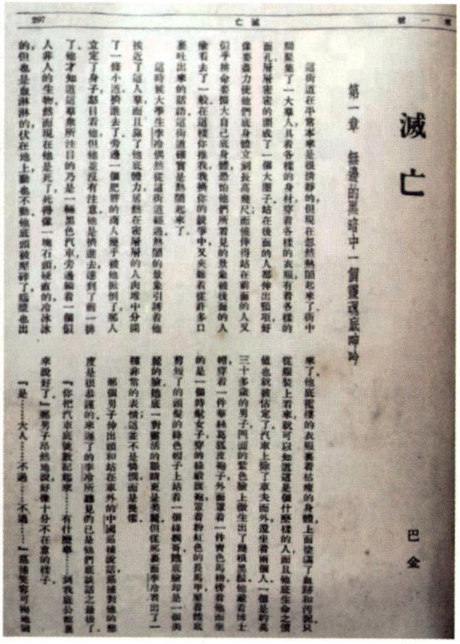
297 滅亡 第一號

滅亡

巴金

第一章 無邊的黑暗中一個靈魂底呻吟

1 月 16 日　憬在《申报》发表《“新月”最近的态度》一文，认为沈从文的《阿丽思中国游记》是一本游记。

1 月 19 日　《申报》刊载《明朝》的广告：“写一个智识阶级的青年和一个已婚的女同学的恋爱经过，及其未觉悟前的浪漫生活。”

1 月 19 日　《申报》刊载《前夜》的广告：“描写一个现代青年的爱的憧憬，那种寂寞的情怀，郁结的愁心，处处都能看出时代的背景。”

1 月 20 日　**马仲殊的《太平洋的暖流》由上海真美善书店初版，1—1500 册。**

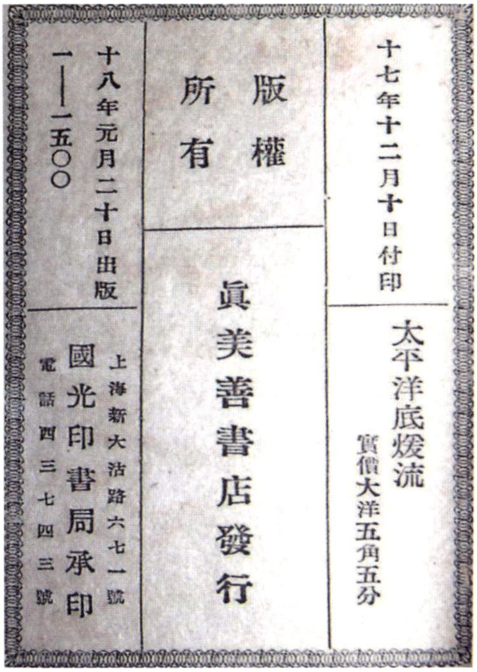
十七年十二月十日付印
太平洋底煖流
實價大洋五角五分
版權所有
眞美善書店發行
十八年元月二十日出版
一——一五〇〇
上海新大沽路六七一號
國光印書局承印
電話四三七四三號

梗概：25 岁的青年贾尚时因不满包办婚姻，来到南洋西利岛伊丽女子中学任语文教师。学生佩裳美丽动人，尚时情不自禁地向她表示了他的爱意。不料，没过几天，佩裳竟辍学回家。尚时深深自责，认为一定是他的表白导致她辍学，他不配做一个合格的教师。这种心理在一段时间内使他一直为自己功利的“卑鄙”心理而忏悔，觉得老师对学生应该宽爱而不是恋爱，他甚至决定离开这个学校，但学校教师与学生的挽留使他犹豫不决。此时，他接到他很反感的哥哥的一封责备他不归的信，这反而使他决定不辞职。不久，他对另一个美丽活泼的女学生美云产生了浓浓的爱意，两人也渐渐地产生了爱情。由于教会学校的黑暗，学校认为教师和学生恋爱极不道德，遂将他解聘。尚时认为恋爱是个人自由，遂带着美云出逃，但第三天就被荷兰巡捕抓回，之后被判无期徒刑。两个多月后的一天，他借巡捕看管松懈之机逃了出来，在得知美云由父亲带往美国后，他踏上了回国的旅途。

按：这是马仲殊（1900—1958）呼吁青年男女个性解放、自由恋爱的宣传书，是一股涌动着青年人真挚的情感与个人奋斗精神的暖流，更是一篇诅咒黑暗、鞭挞虚伪、向往光明的青春告白。它深刻地揭露了教会学校的黑暗与腐败，表达了青年男女对自由恋爱的理想的追求，传递了海外游子期盼祖国富强的强烈愿望。全书情真意切、细腻低婉，表现出鲜明的时代色彩。小说人物心理描写细腻生动，但对主人公的幻觉描写有过于敏感之嫌；环境描写虽细致入微，但有时过于冗长，略显沉闷。作品结尾受郁达夫小说《沉沦》的影响，喊出相同的口号，只是时过境迁矣。

1月20日　蒋光慈的《最后的微笑》由上海现代书局再版，2001—4500册。

1月22日　周宗棠在《荒原》第1卷第2期发表《评〈动摇〉》一文，认为在思想方面，作者写的就是“动摇”，而这思想“是深刻的但又是浅鲜的，是繁复的但又是清顺的，是幻构的但又似事实的，是起伏的但又是平庸的”。在描写方面，人物个性的描写很细腻，比较描写、讽刺描写很完美、很深刻；辞句方面，“浅鲜明晰、简练顺沉”，“浅鲜明晰”意为使人看得懂，“简练顺沉”意为语气平顺、蕴藉；在结构方面，转折和衬托妥适，思想和描写不冲突，前后语气和叙述不烦闷沉长，结构佳妙，“可惜过于‘笼统’，未免使欣赏者失恰找寻全篇中心思想的所在，或者知道的也要流于感觉得含糊神妙，那时作者的一片苦心，就免不得同时要‘动摇’了。”作者还认为：“第一：《动摇》有许多地方是‘过火的曝露’，同时没有勇敢的毅力，以致虽‘过火’但也失之‘不过如此’的想像，和‘不过如此’的思潮起伏，这大概是矛盾的思想有偏左，矛盾的环境和意志有压抑的地方，所以无论怎样，所写底‘革命的事实’也不过如此，‘革命的现象’也不过如此，尤其是‘人群的纠纷’

和‘革命的隐衷’也不过如此，也许，不至‘如此’‘如此’吧！但是，我觉得更可以加重一点‘如此如此’。第二：《动摇》是新文艺的长篇中很难得的作品。”

1月 汪锡鹏的《结局》由上海创造社出版部初版，1—1500 册。

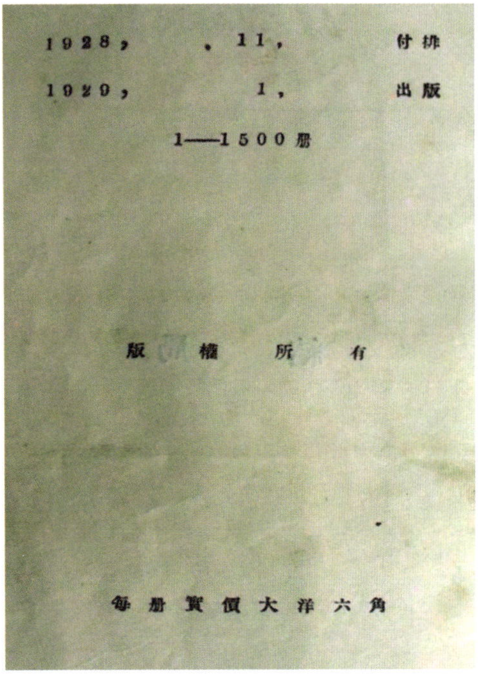

1928， ，11， 付排
1929， 1， 出版
1——1500冊

版權所有

每冊實價大洋六角

梗概：相貌平平的东南大学二年级女生章芷芳主张独身主义，因家庭经济压力被迫辍学，到苏州紫竹学校任教。经同学之采介绍，她认识了在青年会工作的黄以仁先生。黄先生已婚且有个叫阿娜的女儿，这让芷芳很气愤，但在后来的接触中，她又觉得黄先生值得同情，并在他的介绍下加入了国民党。后来黄以仁因革命工作突然离去，芷芳无所依靠。在苦闷中，她与之采的表弟圣弟发生了关系，与妓女五娘相恋，又与刁同志强奸式交合，通过性释放烦闷，游戏人生。一天，章芷芳终于收到黄以仁要她去武汉的信，她立刻去寻找黄以仁，不巧正逢宁汉合流，黄以仁去向不明，她病倒在旅馆。

按：《结局》是在创造社第一次也是唯一一次长篇小说征文活动中获最高奖的作品，作者汪锡鹏（1906—？）因之而崭露头角。小说的成就主要表现在三个方面。一是鲜明的时代性。小说所表现的大革命时期部分青年女子欲求经济独立而不得，欲做贤妻良母而无缘，欲做革命者而无力，不甘麻痹自沉又不得不一度麻痹自沉的情形，极具普遍意义。正如作者在《弁言》中写道："全篇表现一颗青年的心，由苦闷中而解放，由解放而狂放，由狂放而入迷途——因其无结局，故题为'结局'。时间以革命前至革命后。描写青年变态的思想和变态的生活处很多，因为这是时代中的现象。"二是主人公的典型性。像芷芳这种女性产生消极厌世与积极浪漫情绪的情况在那一时代极为普遍，因此她们产生毁灭自己的冲动，或寻求官能上的刺激以求片刻的麻醉也极为正常。小说通过芷芳这样的女性表达了作者对妇女解放道路的哲理探寻，意义深远。三是深刻而大胆的女性心理描写，特别是女性同性恋心理与行为的描写，细腻而真实。五四时期女同性恋题材小说少且情节隐晦，像这样大胆真实地描写女同性恋的心理及性行为的长篇小说，及它所传达的女性对婚姻的幻想与焦虑、恐惧与怀疑、反抗与挣扎的心理动因，的确具有先锋意义。这第一部表现女同性恋的现代长篇小说，或将因之获得新的阐释。

1月　林曼青的《明朝》由上海亚东图书馆初版。

梗概：库瓦尔达是一个神经敏锐、过于高瘦、带有几分浪漫派诗人气质的大二学生。因为羞怯，他始终不敢向女同学瓦斯梨娜表达出自己的爱慕之情。而性情和顺、聪慧俊美的瓦斯梨娜虽已嫁为人妇，婚后的生活却不幸福，内心深处始终憧憬着一份真正的爱情。在学校里，她渐渐感受到了库瓦尔达对她的爱意，也同样对他心生爱意。随着革命浪潮一天天高涨，库瓦尔达与同伴腓力、塔累斯、帕尔塔累等人深受感染，一同加入了革命的队伍。可是，由于对革命缺乏真正的认识，库瓦尔达时常感到寂寞和空虚。为了排遣苦闷，库瓦尔达便和同伴们去江面荡舟（宿娼），认识了一位长相酷似瓦斯梨娜的艇女，名为玛丽亚。得知了玛丽亚悲惨的身世后，库瓦尔达心生同情，答应尽全力帮助她，却又无法做到，转而又投入到对革命理论的学习当中，与同伴成立了"社会科学研究社"。在此过程中，库瓦尔达又同瓦斯梨娜陷入了热恋，便以敷衍的态度对待革命。不料，在第二次约会前夕，瓦斯梨娜突然

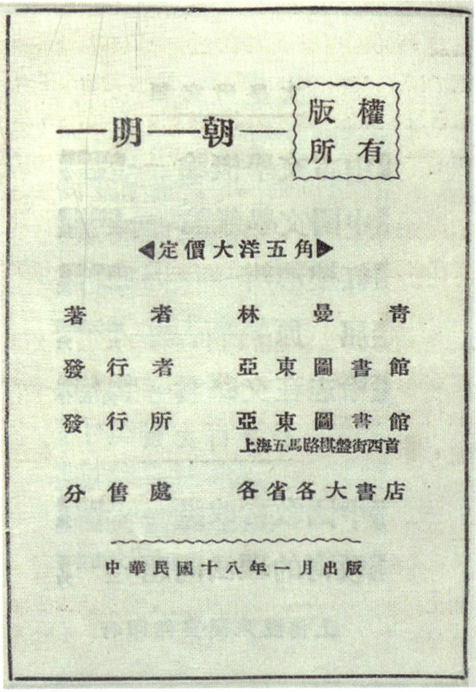
——明——朝——

版權所有

◀定價大洋五角▶

著者　林曼青

發行者　亞東圖書館

發行所　亞東圖書館
上海五馬路棋盤街西首

分售處　各省各大書店

中華民國十八年一月出版

失去了音讯，库瓦尔达冒着风雨在约定的地点等候了许久也没有见到她，回到学校后大病一场。一天夜里，库瓦尔达拖着病痛的身体和疲倦的精神醉倒在了瓦斯梨娜家门前。天亮后，他终于从醉梦中醒来，带着刚毅的表情踏上了重返学校的路。

按：这是林曼青（即洪灵菲）一部书写青年知识分子个体欲望与理性意识的抒情小说。作者以主人公库瓦尔达的精神活动为线索，对其性格进行了细致入微而又充满伤感的刻画与描写。库瓦尔达是一个瘦削、苍白、带有几分病态美的忧郁青年；与此同时，他又是一个情感炽烈、思想高度活跃、主体意识开始觉醒的浪漫派诗人。面对日益激烈的社会矛盾与错综复杂的政治局势，库瓦尔达一方面积极拥护革命，与同伴一起投入革命的浪潮；另一方面又无法摆脱苦闷，沉沦在美妙的恋爱中。因此，他在试图兼顾革命与恋爱时，常常陷入迷惘、纠结、自我怀疑、消极颓废之中。与郁达夫的《沉沦》不同，以库瓦尔达为代表的青年知识分子们最初虽然也将自身的懦弱性格归结于祖国的贫弱，但是他们很快便清醒地意识到了危机。因受革命精神的感召，他们充分发挥主观能动性，积极投身于入党、结社、办刊物、学习革命理论等一系列活动中，不断剖析自身的弱点，将每一次失败后的苦痛转化为不断成长的养分，始终坚信“残夜孕育着明朝”，未来是充满希望的。从这个层面而言，作品无疑具有更为积极的思想内涵。不过，由于作者深受苏联文学的影响，在语言叙述与表达方面有西化的倾向，不少语段读起来略显滞涩，对读者的阅读感受有一定的影响。

1月　戴万叶的《前夜》由上海亚东图书馆初版。

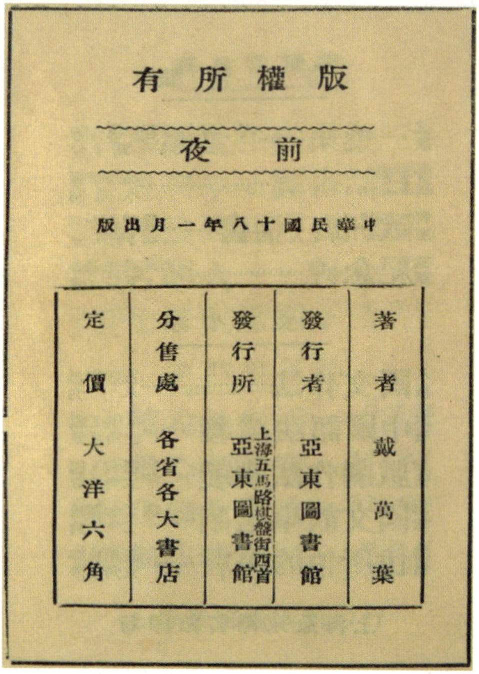
版權所有

前夜

中華民國十八年一月出版

著者	戴萬葉
發行者	亞東圖書館
發行所	上海五馬路棋盤街西首 亞東圖書館
分售處	各省各大書店
定價	大洋六角

梗概：暑假未回家的大学生赵楠在散步时与同学陈飞翰邂逅，陈飞翰热情地邀赵楠到自己的亲戚家叙谈。在这里，赵楠结识了活泼可爱的少女李若嫣。赵楠与陈飞翰都是被家里包办了婚姻的青年，他们虽不满包办婚姻，却又无可奈何，内心非常苦闷。很快，天真的李若嫣走进了赵楠的心，赵楠还通过李若嫣认识了她的好友董素因。董素因读了赵楠的诗后爱上了赵楠，但因为赵楠爱若嫣，而若嫣也爱赵楠，她只好埋藏心中的痛苦。不久，赵楠也知道了素因的痛苦，陷入深深的同情与两难之中：一面是自己喜爱的天真活

泼的美少女若嫣，一面是喜爱自己的思想深刻的少女素因；一面是若嫣热情而真挚的爱，一面是素因真切而冷酷的爱。如何在爱的抉择中既享受到爱的幸福又不承受爱的痛苦，是横亘在赵楠心中的一座情感大山。不久，素因患了肺炎，在治疗过程中，赵楠深深地感到缺乏金钱的痛苦，眼睁睁地看着素因因无钱接受更好的治疗而病入膏肓，只得让素因的父亲把她接回家中等待死亡。此时，T城发生战事，为躲避战乱，若嫣的母亲与若嫣一起搬往K港，赵楠得到消息时，她们已经走了好几天了。正在赵楠痛不欲生的时候，他在同学老张那里看到一些革命的书，深信这些理论可以帮助穷人解决现实问题，于是他踏上了革命的道路。第二年春天，赵楠得到素因病逝的消息，但此时的赵楠已全身心投入革命的洪流中。

按：戴万叶（1903—1945）即戴平万。《前夜》以第一人称“我”的叙述视角，回忆自己在大革命前夜的情感经历，真实地反映了身处旧时代的革命青年向往自由婚姻而不可得，期望挣脱精神束缚，争取个性、婚姻自由及人格平等的心灵历程，也真实地表现了身处底层的一代青年渴求尊严、走上革命道路的历史因由。小说心理刻画细腻真实，人物描写生动形象，且情景交融，只是置于时代背景来看，主题与题材虽有时代性，却缺乏深刻性，颇为遗憾。小说后来以“触犯审查标准”被禁，“触犯”的可能是“普罗意识”这一标准。

1月 潘梓年在《认识》第1期发表《到了东京的茅盾》一文，对茅盾在《从牯岭到东京》中所提出的革命的出路、无产阶级文学的题材和意义等问题进行了反驳。

2月1日 罗西的《桃君的情人》由上海光华书局再版，1501—3000册。

2月2日 **陈学昭的《南风的梦》由上海真美善书店初版，1—2000册。**

梗概：主人公克明是一个出身于旧式家庭但受到新思想影响的女学生。在大学读书时，她特别欣赏出身富贵且未沾染丝毫恶习的药君。后来，她又认识了专为自己劳心的慕欧。慕欧对药君一直以老友、好友相称，他明知药君深爱克明，但还是占有了克明。药君为了让克明获得幸福而平静的生活，

便出洋留学。不久，克明为了有所成就，也决定出洋留学。慕欧自己不愿出国，想在国内再攀上一个大家闺秀，于是找种种借口阻止克明。克明出国后，他又专门请人监视克明的行踪。克明虽在国外与药君相逢了，但她忠守自己对慕欧爱的诺言，处处疏远药君；慕欧却诬陷、谩骂克明，还在暗地里与别的女人结婚。后来，慕欧做了官，还办刊物骂克明。克明的爱情美梦无情地破灭了，求学之旅中经历的人情冷漠，加之经济的窘迫，使她带着悲怆而凄凉的心境，踏上了归国的路。这便是“南风的梦”。

按：陈学昭（1906—1991）这部带有自传性质的长篇小说的主旨是：相爱的，不能团聚；不相爱的，却强要牵连。主旨尚有可取之处，但技巧上实在不敢恭维。作品结构混乱，情节杂芜，只是将多个片段不加剪裁地堆砌在一起，毫无章法，语言也不像小说而似散文，丧失了长篇小说应有的艺术特征，沉入历史的深处亦在所难免。

2月11日 知白（即朱自清）在《大公报》发表《〈老张的哲学〉与〈赵子曰〉》一文，赞同《老张的哲学》“在故事的本身，已极有味，又加以著者讽刺的情调，轻松的文笔，使本书成为一本现代不可多得之佳作，研究文学者固宜一读，即一般的人们亦宜换换口味，来阅看这本新鲜的作品”。

2月 张资平的《冲积期化石》由上海泰东图书局印行第七版。

2月 超超的《小雪》由上海亚东图书馆印行第四版。

3月1日 张资平的《青春》由上海现代书局初版，1—3000 册。

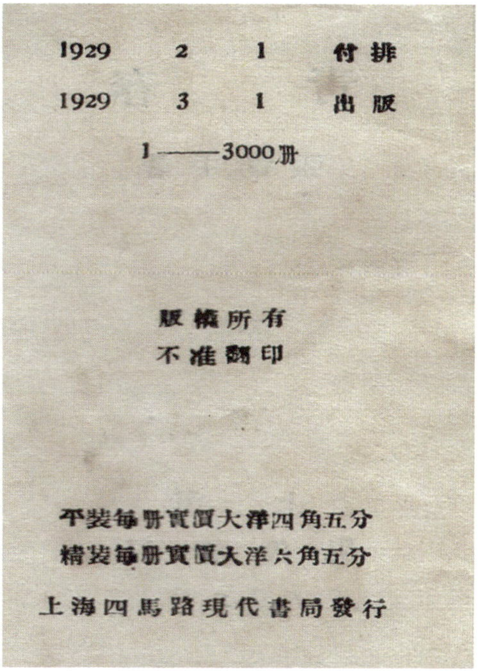

1929 2 1 付排
1929 3 1 出版
1——3000册

版權所有
不准翻印

平裝每册實價大洋四角五分
精裝每册實價大洋六角五分
上海四馬路現代書局發行

梗概：奕芳是个家境普通、身材高挑、富有肉感的女子，大学时与家境优渥且在 X 城颇为得势的白君展相恋并迅速结婚。婚后平淡的生活让君展逐渐厌倦了奕芳，而 X 城政治形势的变动导致君展失去了机关秘书处的职位，奕芳也有意疏远他。终于，在女儿白珍珠夭折后，二人离婚，君展回到学校继续念书，奕芳则早在结婚之时就已经肄业。离开君展后，奕芳很快又和 T 在一起，但同居之后发现 T 的工资无法满足自己的开销，随即出轨，找了有钱有势的何清。T 在发现这件事后一度愤怒地想要用枪打死他们，冷静下来后，T 觉悟出自己险些因恋爱而忘却了神圣的革命，遂痛定思痛，结束与奕芳的关系，并全身心投入革命。分别的前一夜，奕芳的鼻尖虽然抵着 T 的胸口，但脑子里想的却是何清的洋房、豪车、钢琴、钞票，她以为自己终于能如愿以偿了。然而历史总是惊人的相似，成功嫁给何清后，奕芳在何清的眼里渐渐变得平凡，使他厌烦；与此同时，政治形势又一次变动，奕芳也认清了何清不过是军部的走狗，从而打心底里看不起他。没过多久，X 城被 W 军占据，原驻军被逼离开，何清彻底失势。奕芳也终于看清了现实，她认为不管跟谁在一起，终究不是长久之计，这些人都会让她失望，为了维持过惯了的奢侈生活，她做起了皮肉生意。一个偶然的机会让奕芳得知弟弟正和 T 一起革命，在弟弟的劝说下，奕芳心想革命或许能挣到钱，于是参加革命。故事的最后，奕芳身患性病，濒临死亡，弟弟和 T 被枪决，君展也因曾在旧军部任职而被 W 军处死。

按：这是一部伪“革命 + 恋爱”的作品。故事依然走的是作者最擅长的三角、多角恋爱的老路子，虽明显地触及了一些社会和政治问题，也因此在揭露军阀相互争斗、军官克扣军饷、统治者不断搜刮民脂民膏等卑劣行径方面有其现实意义，但由于故事中人物的革命不过是爱情的附带品，就使得整部作品对于人物之间的情爱纠葛与革命意识的处理都显示出简单化的特征，且因此使作品的整体结构失衡，结尾奕芳突然参加革命的情节过于突兀，随即而来的所有人死亡的大结局也显得十分仓促。而“革命 + 恋爱”的故事模式不仅有追逐时尚文学潮流的嫌疑，还与作者的其他作品雷同，自然难以让读者产生新鲜感。更为恶劣的是，此时的张资平开始将小说作为泄私愤的工具，其艺术性与创造力就大大衰落了。

3月1日 孙席珍在《北新》第3卷第5号发表《〈未亡人〉》一文，认为：“《未亡人》是用一种横的笔法写的。因为是横的写法，所以使人看了觉得繁复琐碎，一段里面同时叙述两方面的事，便觉得不大能够兼顾得到；也因为是横的写法，所以没有纵的写法的来得简练而有系统。”“叶鼎洛是抱持着怎样一种人生观，我丝毫也不知道。只就这部《未亡人》而论，他是以严肃的不是玩世的态度，描写平凡的卑琐的近乎肉感的赤裸裸的人间相，文字之中充满着宿命的意味，那么他是一个自然主义者，即使不然，至少也该说这《未亡人》

是一部自然主义的作品。”最后他说：“《未亡人》里面，写节序，写风景，写人物的美丑，无论用色彩和光线来表现，无论用声音和动作来表现，都很恰当而且动人。作者的想像也很丰富，全篇有好几段极富于画意和诗情的描写的文字。但叙事的手腕似稍逊一筹了。”

3月1日 蒋光慈的《丽莎的哀怨》前10节始刊于《新流月报》第1期，至5月1日第3期毕。

3月3日 林樾在《文学周报》第8卷第10期发表《〈动摇〉和〈追求〉》一文，认为：“茅盾的《动摇》和《追求》是有时代性的作品。他对于时代的转变，和混在这变动中的一般人的生活，是看得很明白的，所以他能够写得这样深切动人。”他认为《动摇》的主人公是方罗兰，“胡国光不过是一个重要的副角罢了”。“说这两篇小说在青年心理的变动这一点是相联结的，当然可以，不过《追求》中缠绵哀怨的情调比较浓厚，因此它也比较更加深切的动人。这两篇小说的事件，都很复杂，然而结构却是统一的，全篇的动作都朝着一个方向进行，所以不见得有凌乱错杂的毛病；这正足以见作者驾驭材料的手腕。我只觉得《动摇》的结尾似乎太软弱，像这样惊天动地的事件，而收场却那样沉寂，诚未免有些浪费读者的兴趣了。”

3月3日 罗美（即沈泽民）在《文学周报》第8卷第10期发表《关于〈幻灭〉——茅盾收到的一封信》一文，给予茅盾以更多的理解。他说：“你名自己的小说曰《幻灭》，篇首更附以《离骚》中‘吾将上下而求索’句，则表示你彼时心境实亦有几分同于你书中的内容；而客观的描写，同时隐隐成了你心绪的告白。我想到了这里你深感当时局势转变对于许多人心中所提出问题的严重，和你当时所经验的思想上的苦闷。当然你的问题是比书中主人的问题立得更高一层；慧的主张，静的心理都成为你的求索中所遇见的标本，而她们的‘幻灭’的本身又成为你所痛感的苦闷之因。”正如“在当时身当其境者，如燕雀处堂，火将及身而犹冥然不觉的人已不知有多少；看见高潮中所流露的败象，终于目击大厦之倾，而无术以挽救之者，于是发而为愤慨的呼声，这就是我所了解于《幻灭》的呼声”。

3月3日 辛夷在《文学周报》第8卷第10期发表《〈追求〉中的章秋柳》一文，认为章秋柳“这个人最初是要革命的；她不满现状，不甘寂寞，又不愿意做拖泥带水的什么立社，她的目的是热烈的痛快的行动。她经过了感情与理智的冲突，经过了浪漫时期。终于抛弃一切，牺牲一切，要去做她所认为合理的事；她不惜一死，她要的‘是把生命力聚积在一下的爆发中很不寻常的死’！”“她自然是小资产阶级，但没有小资产阶级的怯弱多顾虑的根性；她虽然曾有一时颓废，但此是她的思想未成熟的过程。她即使不是一个自始就把自己的使命认得很清楚的人，然而她的热烈的要轰轰烈烈干一番，‘为一切人复仇’的观念，终于引导她到了正路。”“所以在我看来，《追求》中人物只有她是追求得了什么的——换句话说，即是有出路的；只有她是在数月中有了思想的变迁，前后迥然不同。在这一点上，这部小说大概可以说不是始终悲观消极的罢。”

按：此文是茅盾授意秦德君写的，初稿经茅盾修改后，以“辛夷”为笔名发表，是针对钱杏邨认为主人公章秋柳是具有世纪末痼疾的、病态的女子而提出的辩护。

3月3日 张眠月在《文学周报》第8卷第10期发表《〈幻灭〉的时代描写》一文，认为：“茅盾先生以很流畅的笔调很自然很忠实地将这个非常的时代描写出来了。因为作者所处的时代和心情是如此，所以他的创作里布满了灰色的情味。”

3月3日 《文学周报》第8卷第10期刊载《黄绢幼妇》的广告：“这是金满成先生最近的出品。书中描写一个青年妇人从结婚起到她被情人和丈夫舍弃止的恋爱生活。其中还穿插著作者个人在生命道上，极有趣味的，奇特的遭遇；使本书内容，于是别开生面。我们读后，不但了解一个女子如何苦心孤诣地来调和她丈夫和情人的冲突，而且还深深悟澈这爱情和人生的意味究竟在那里。徘徊于生之道上朋友们，可买一本去看看罢。”

3月10日 《申报》刊载《青春》的广告：“是张资平先生最近脱稿的长篇小说，描写革命高潮中一般男女的恋爱生活，有时代的背景。”

3月11日 郝荫潭的《逸如》以《逸如女士》始刊于《华北日报》（副刊）第42号，至6月24日第98号毕（有间断）。

3月16日 《真美善》第3卷第5号刊载《南风的梦》与《太平洋的暖流》的广告。

（1）《南风的梦》："男女恋爱是世界上最神秘的东西，我们常看见爱得越深恨得越切，一对对痴男怨女缠裹着割不断的情丝，磨牙切齿的混过了一生；彼此热烈地要求接近，又同时彼此的脚尖却向着背道的两端趋。这是什么理由呢？请看学昭女士的这部小说。"

（2）《太平洋的暖流》："我们知道远在万里外的南洋华侨的生活吗？我们知道他们激荡着太平洋的暖流有火般热，潮般急的热情吗？我们知道泊漂的青年在那里受着苦寂的煎熬，围绕着鲜花般的女生而呼号着灵肉的援救吗？ 我们不知道；可是身亲在南洋经历过的马先生在这部十余万言的长篇小说里，极细腻地，极感动地描写给我们看了。在这里我们触到，嗅到，看到各种处女的美点；我们也要像赤道下的热狂者般，饥渴般呼号，疯癫般追逐，直到结束，一幕伤心的悲剧。我们保证读者会微哂，会狂笑，会兴奋，会颓丧，会放声大哭。"

3月 **金满成的《黄绢幼妇》由上海远东图书公司初版。**

梗概：柳翠眉与李克英相恋并结婚，正在举行婚礼时，一个青年突然昏了过去，他就是也爱着翠眉的戚横秋，一个"维特"式的青年。翠眉认为爱就是一种最高的友谊，对于任何人的爱都不拒绝，因此她既爱克英，又无法忘记横秋；她既欣赏克英的帅气，也喜欢横秋的高傲。不久，克英夫妇搬到上海，由于没有合适的房子，夫妻两人各住一处。从南洋回来的横秋约翠眉见面，翠眉便如期赴约。很快，两人的亲密关系就发展了起来，翠眉更借学画为名，时常出入横秋家。克英见她与横秋藕断丝连，公开出入，却不敢流露出一点嫉妒和不满。这时，与翠眉同住的姑娘阿林因未婚夫突然去世而伤感不已，翠眉苦劝无效，便让横秋相劝。不料半月后，横秋与阿林相恋，翠眉只好了断了这段相思。此时，克英也以求学为名离开翠眉去了北京。回想

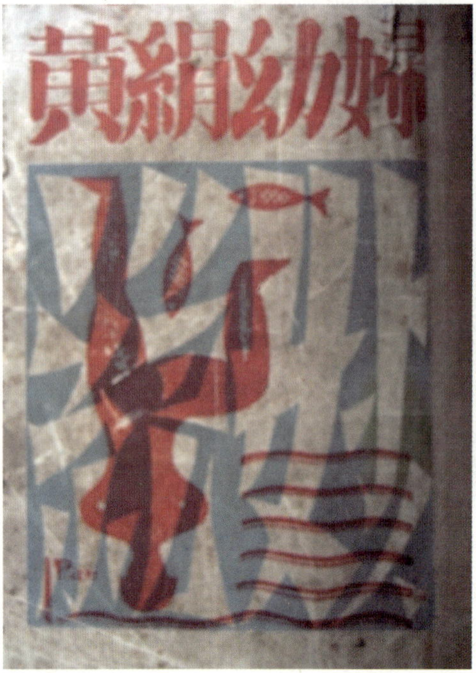

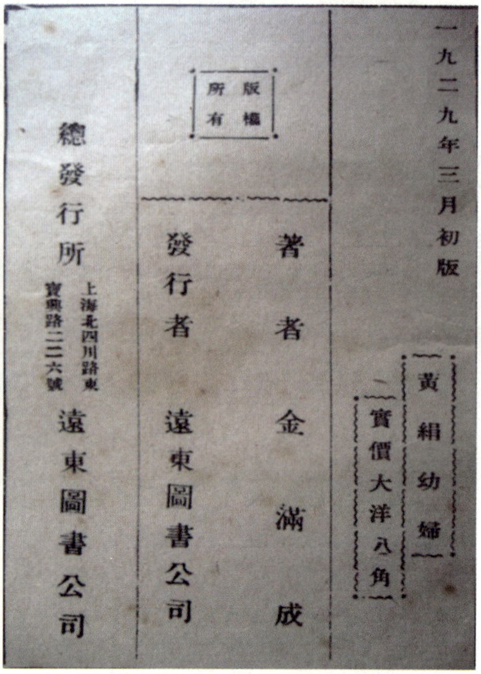

往事，翠眉觉得克英的爱才是纯真的，于是给克英多次去信表达思恋之情，但都杳无音信。翠眉觉得蹊跷，果然，别人给她提供了克英与另一女子相爱的证据，而横秋也公开了他与阿林的关系。翠眉在双重打击下开始放纵自己，出入舞场，贪杯取乐，别人给她取了一个外号：黄绢幼妇。大家说她是玩弄男子或被男子玩弄的女人。不久，备受痛苦折磨的翠眉病倒了。病刚好，翠眉就登上了开往北京的列车。回到娘家，翠眉幻想着能重新获得克英的爱，见到克英后，她哭着向他忏悔，并希望得到他的原谅。但此时的克英一改其软弱的形象，坚决拒绝了翠眉的要求，表示要永远结束那种有丈夫之名而无丈夫之实的生活，丢下结婚证书和戒指，离她而去。在一个风雨交加的夜晚，翠眉失踪。

按：金满成（1900—1971）的《黄绢幼妇》是一部探讨异性之间爱情和友谊是否可以同时存在的小说，也是探讨一个已婚的女子是否可以另有所爱的文本。小说最终还是告诫人们无论男子还是女子，对待爱情都要专一，要珍惜爱情，不要等到失去了才懂得珍惜。小说题材尚有新意，以一个女性为主人公，探寻爱情与友谊之间的平衡，但没有写出爱的缘由和友谊的崇高感，自然难以打动人心。叙述上，小说语言理性有余而感性不足，加之如流水账般的记述，读来既冗长又沉闷。情节上，小说缺乏提炼，枝蔓较多，导致结构凌乱，如用翠眉的日记和信件交代她与克英、横秋关系的转变就显得生硬，暴露了作者在构思上缺乏推敲。小说的主旨与“黄绢幼妇”也没有必然的关系。

3月 孙梦雷的《英兰的一生》由上海开明书店再版。

3月 蒋光慈的《最后的微笑》被国民党以“宣传共产及阶级斗争”为由查禁。

4月1日 《现代小说》第 2 卷第 3 号刊载《张资平先生的长篇创作小说》的广告：“张资平先生的著作底技巧，在现代著作界的地位上，可说有数的了。他的取材范围很广，有的从快乐到天堂似的境遇描写恋爱的事情来；有的从凄凉到地狱似的环境表出哭诉的状况来。他的‘笔致奇突，摹绘深刻’，这是读者所公认的，无用赘述。现在本局出版者有下列四种：《飞絮》《最后的幸福》《青春》《天孙之女》（在印刷中）。”

4月1日 张资平的《柘榴花》由上海乐群书店再版，3001—5000 册。

4月5日 《申报》刊载《幻灭》《动摇》《追求》的广告：“革命的浪潮，打动古老中国的每一颗心。摄取这般的心象，用解剖刀似的锋利的笔触来分析给人家看，是作者独具的手腕。因有作者的努力，我们可以无愧地说，我们有了写大时代的文艺了。分开看时，三篇各自独立；合并起来，又脉络贯通——亦它一并看，更能窥见大时代的姿态。”

4月5日 《申报》刊载《老张的哲学》和《赵子曰》的广告：“这两个长篇背景都是尚为国都时的北平，一写闲民生活，一写学生生活。笔调是讽刺的，滑稽冷隽之至，但随处显露出作者那颗赤热的心。是要读者同时准备着大笑与默叹来阅读的作品。”

4月6日 《申报》刊载《太平洋的暖流》《南风的梦》《姊夫》的广告。

（1）《太平洋的暖流》：“这是描写南洋华侨生活的长篇小说，是个漂泊的青年围绕着鲜花似的女郎而呼着灵肉的援救，使读者微哂狂笑，颓丧愤怒而至放声大哭。”

（2）《南风的梦》：“全书都二十万字，一巨册，是学昭最近的巨作，背景是巴黎学生界，一部真切的留法外史，主旨是失恋者的呼号，是血泪模糊的痛史。”

（3）《姊夫》：“这是用特殊的组织来描写三角恋爱的长篇小说。作者的作风是情致缠绵，技巧是细腻熨贴，布局是曲折迷离，而他的主张尤其是没有人道过的恋爱神圣主义。”

4月7日 《申报》刊载《失踪者的情书》的广告：“此书系前年罗莱和麦莱女士发生恋爱，为受了旧式家庭的压迫而失踪，这一百另一封情书落在彭君之手，由彭君编集成册，印来公世，喜欢自由的朋友皆宜人手一册。”

4月10日 叶圣陶在《小说月报》第20卷第4号的《最后一页》中写道：“巴金君的长篇创作《灭亡》已于本号刊毕了。曾有好些人来信问巴金君是谁，这连我们也不能知道。他是一位完全不为人认识的作家，从前似也不曾写过小说。然这篇《灭亡》却是很可使我们注意的。其后半部写得尤为紧张。”

4月12日 偶然在《申报》发表《〈爱的刑场〉》一文，认为：“‘灵肉的冲突’，这是一句听熟了的话，‘肉欲与革命的争斗’，这句话就新鲜些了，拿肉的要求与革命的情绪做主题是一种很有趣味的写法，《爱的刑场》底主题就是如此，（也许作者底本意并不是如此）所以，在革命文学的作品里，这部小说较为新鲜。”“这部小说底主要人物有两个，影华和健民，他们的性格恰恰相反。影华是灵的，健民是肉的，影华是革命的，健民是不革命的。在他们有关系之前，他们的斗争是灵与肉的斗争，结果，影华失败了。在他们有关系以后，他们的斗争改变了形式，成为革命者与不革命者底斗争，结果，影华又失败了。这部小说底特点就是它能够明确地写出了两个相反的个性，因为主人翁们底个性冲突，于是故事错综有趣了，作者在个性描写这方面，得到了相当的成功。”

4月15日 侍桁在《语丝》第5卷第6期发表《评张资平先生的写实小说》一文，认为张资平的小说是写实的，“作者的态度是有意地要揭破恋爱的丑恶。

他的那种对于人性内在底与性欲底软弱之不肯维护与容赦，使他的作品带有了极显著底写实色彩。”张资平小说取材主要有两类：“一是描写一位男性家庭的暴君对于妻子的残酷，一是描写青年男女间的性欲的葛藤。”“他书中的人物，一种最主要底根性便是‘自私’！当于他们再到了性欲高涨的时候，那些人们看着不过只是些具有人体的下等兽类而已。”他的作品取材相仿，他的许多小说其实也就是一个故事的不同变种，翻来覆去地写，毫无艺术家的良心。他的文字也不成熟，不厌其烦地描写性欲，难道是鼓励读者纵欲？

4月15日 张资平的《飞絮》由上海创造社出版部印行第八版，14001—17000 册。

4月15日 张资平的《最后的幸福》由上海现代书局印行第六版，9501—11500 册。

4月19日 汪倜然在《申报》发表《〈青春〉》一文，认为：“张资平是一个少男少女的作家，他的恋爱小说是最合少男少女底脾胃的东西。”“据说张资平底小说现在已经做得不新鲜了，因为做来做去，换不出新花样来。其实，拿恋爱做中心来写小说，要写得新鲜些是不难的，只须把结构和人物常常变换就可以。但是假使每部小说底结构都大同小异，每部小说底人物也都大同小异，那就自然新鲜不起来，而且这样的小说做多了，就要像是糕饼司务做糕饼，‘一个模子里出来的’。”“固然，每个作家都有他的个性，他所创造出来的人物总有些相同的地方，但假使本本底主人翁都是同一样的人物，那就未免要使读者感觉到单调吧。假使结构又往往趋于同一个方式，那末作品就更显得单调了。如果作者是肯努力创造的人，他必定会努力去创造各种型式的人物，这样，作者当然要辛苦些，可是成绩却要好些。”“张资平小说里的主人翁总是一个女性，小说里的故事总是这个女性底恋爱生活，而这个女性可总是一个都会里的少女，早熟的、肉感的、性冲动强烈的，她们总是喜欢享乐的生活喜欢壮美的男子，因为感情底丰富，举动常常受感情底驱使不由理智出发，结果就演出悲剧。所以张资平底小说结局总是悲剧的。悲剧底结局固然是比喜剧的‘大团圆’来得艺术化些，可是，我们觉得有些悲剧的结局是悲得勉强，并不是必然的悲剧。”“用这样的女性来做中心的小说自然很容易引起读者底同情，其实是，这样的女性虽然有好些弱点，然而男性的读者决不会深恶而痛绝她们，尤其是那些占读者之大部份底少男，他们往往会很爱慕小说中的这种女性。至于女性的读者呢？（请读本文的女性读者们饶恕我），因为书中女主人翁底性格的确很有些地方像她们自己的性格，而书中女主人翁底希冀和欲望亦每每与她们自已的希冀和欲望相彷，（或竟是相同），所以她们对于女主人翁往往感情丰富地加以同情，书中的这种女性原不是健全的女性，可是读者们底同情却并不因此而减少。”“总之，张资平所用为中心人物的女性都是一种最易博取同情的女性，以这种型式的女性做中心的小说很容易得到许多读者，但是容易成为一种艺术成分稀薄的作品。”

按：张资平小说的模式化及下滑趋势在《最后的幸福》里已开始显现。

4月29日 汪倜然在《申报》发表《〈银蛇〉》一文，认为：“《银蛇》也只是一部写‘新式的喝酒怒骂反逆的新式才子佳人’的小说。”

4月　罗西的《爱之奔流》由上海光华书局初版，1—2000册。

梗概：小学教师杜玉琼与同学何漫之相恋并秘密结婚。婚后，何漫之受父亲之托，去汉口糖业公司办理业务。玉琼的哥哥玉志准备去上海工作，女友丽庄与他私奔，但到上海后，玉志的工作没有着落，丽庄又生病，玉琼得知后给他寄了些钱去。这时，漫之的母亲来信要玉琼到何家，玉琼去了后，漫之母亲告诉她，漫之从汉口回来，要与胡娜结婚，希望玉琼结束与漫之的关系，并表示可以给玉琼一些钱作为补偿，玉琼坚决反对。漫之父亲又说，胡娜的父亲曾在何家糖业公司快倒闭时借给他们五万块钱，现在还款日期已到，而何家又没有偿还能力，只有与胡家联姻才能免还债务，否则只有破产，甚至坐牢，玉琼一时不知所措。正当玉琼苦恼之际，胡娜登门，坦率地表示她另有情人，不愿与漫之结婚，希望玉琼据理力争，不要退却。而此时，学校校长因听信了别人对玉琼的诽谤而辞退了她，哥嫂也因经济窘迫而陷入困境中。玉琼为了何家的声誉以及自己和哥嫂的生活，答应了何家的条件。漫

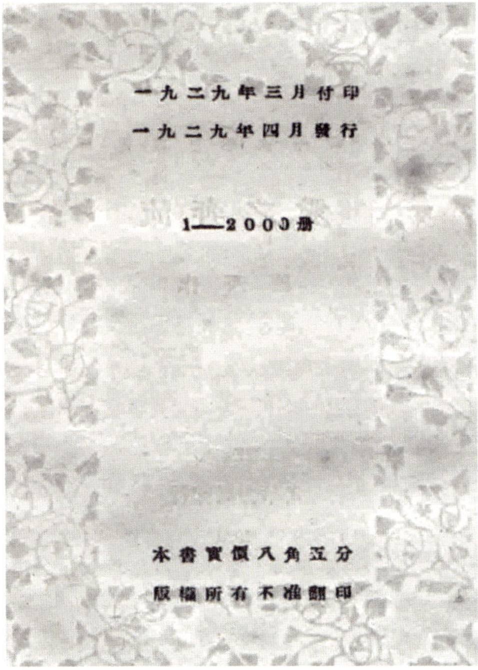

之回来后，看到玉琼写的意愿接受五百元钱并与他断绝关系的字据，内心十分痛苦，又不愿问玉琼，只好同胡娜结婚。因两人各有心事，漫之、胡娜结婚后同屋不同床。胡娜的情人贾良初知道她结婚后，自杀殉情。一天，玉琼写信叫来漫之，告诉他她怀有漫之的骨肉，漫之给了她一笔钱，让她到上海去分娩。几个月后，何漫之当上了制糖公司经理，与胡娜的关系也渐渐融洽。玉琼从上海回来，找到漫之，希望他与胡娜离婚，与自己结婚，遭到漫之的拒绝。在交谈中，玉琼得知所谓的何家欠胡家债的事纯是骗局，心力交瘁。几天后，她将女儿交给漫之，将胡娜骗至家中，杀了胡娜后自杀。

按：与《你去吧》的粗糙生硬相比，《爱之奔流》人物形象生动，别有新意。小说在批判金钱、地位至上的爱情观的同时，张扬自主、流动、共振的现代爱情观，虽然主人公的爱情以悲剧收场，但玉琼的形象还是在一定程度上具有时代意义。玉琼信奉“相爱的时候就是相爱，不相爱的时候就把他结束了！有甚么形式的关系同持久的必要！我觉得爱是流动的，像一条奔泉一样。正惟它是这样才有意义，才有生命！”因此“不必逆着命运的意旨去祈求着妄想的幸福，否则他的灵魂必定没有了着落，或者失了依据，因而酿成了永远的痛苦”。她在爱的到来与失去时都遵从自己的内心，不祈求、不强求，体现出现代女性追求爱的理想的现代思想。整部小说虽多为对话与人物心理描写，但对话显出了人物的个性特征，心理描写则彰显了人物行为的动因，特别是作者将何家父母劝玉琼退婚这一主要情节写得跌宕起伏，对人物的心理与语言的分寸感把握准确，尤为值得称道。可以说，《爱之奔流》是欧阳山“罗西时代”的代表作。不足在于玉志和丽庄的形象较为平面化，他们仅是为了让玉琼接受何家的条件而存在的，削弱了他们的爱的价值。另外，若在何家劝婚前写出玉琼的爱情观，玉琼之转变当更为自然。

4月　王统照的《黄昏》由上海商务印书馆初版（文学研究会丛书）。

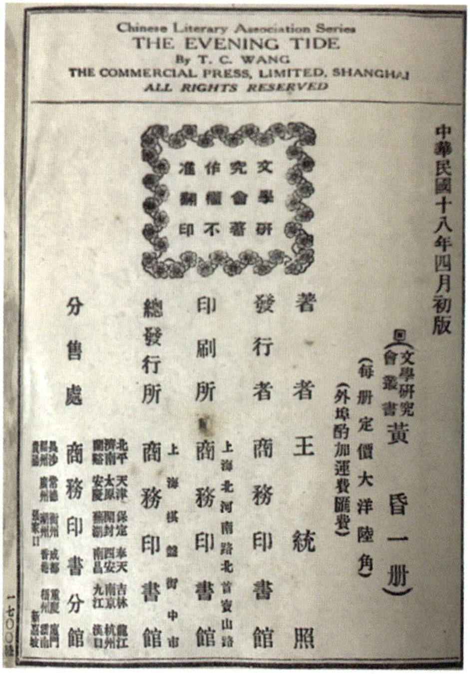
Chinese Literary Association Series
THE EVENING TIDE
By T. C. WANG
THE COMMERCIAL PRESS, LIMITED, SHANGHAI
ALL RIGHTS RESERVED

中華民國十八年四月初版

（文學研究會叢書）黃昏一冊
（每冊定價大洋陸角）
（外埠酌加運費匯費）

文學研究會著作權不准翻印

著者　王統照
發行者　商務印書館
印刷所　上海北河南路北首寶山路　商務印書館
總發行所　上海棋盤街中市　商務印書館
分售處　商務印書分館

梗概：周复符本有幸福的家庭，然而父亲意外去世，母亲卧病在床，弟弟尚且年幼，伪善的地主赵建堂在他们家的布店里做手脚，让布店欠债一千多元。债主催逼时，赵建堂出面以店铺作抵押平息了事端，并向复符求婚。复符进门后，赵建堂却视之如奴隶，复符的母亲得知真相后含恨而终。赵慕琏是赵建堂的侄子，赵建堂想利用他学到的商业知识办羊毛公司，便邀请慕琏来家中住。赵建堂的两个年轻小妾都视慕琏为救她们逃出魔窟的希望，年仅 20 岁的英苕大胆、活泼、刚强，虽没读过书，言语却颇有见地，她与慕琏二人互生爱意，赵建堂为了生意，对二人的暧昧视而不见。24 岁的复符沉稳忧郁，得知慕琏与英苕的感情，便要求慕琏也帮助她逃出这里。得知复符的悲惨遭遇，慕琏与英苕、复符制定了逃离的计划，并写信给朋友赵立山，请他接应。赵建堂要求慕琏与他一起前往 H 埠，路上慕琏借机逃跑，英苕、复符及丫鬟瑞玉在赵建堂离家后逃出，在 T 地会合。逃出后三人改名换姓，复符做了保姆，英苕做了话剧演员，瑞玉读书识字。赵建堂刊登广告寻人，英苕的事业蒸蒸日上，为避赵建堂耳目，也需另寻他路。复符得了肺结核，加上无亲无友，郁郁寡欢，最终投湖自杀。

按：这是一篇关注底层女性命运的反封建小说。题名为《黄昏》，不仅是因为小说中多处悲惨的场景发生于黄昏，更象征着封建社会已到日落黄昏之时，行将就木。小说通过知识青年赵慕琏和弱势女性周复符的视角，揭露了乡绅地主们欺压百姓、霸占民女、勾结官僚的丑陋伪善面目，展现了在恶势力胁迫下女性即使逃离了魔爪，可恶势力的阴魂依旧不散的悲惨现实，也表达了对觉醒青年无力掌握自身命运的思考。英苕、复符都拥有独立生活的能力，却依旧要更名换姓，躲避赵建堂及其耳目。复符投湖一定程度上有其性格因素的影响，即便大胆、刚强如英苕，读者也为她做话剧演员的事如若被周建堂发现后的命运而忧虑，这表现了封建恶势力无处不在及其吃人的特征。小说景物描写自然清新，气氛描写有感染力，心理描写深入细腻。

4 月　陈伯吹的《畸形的爱》由上海芳草书店初版，1—2000 册。

梗概：君篪是一名多愁善感的青年教师，心影是一位聪明温柔的女学生。1926 年冬天，二人在君篪送表妹回家的途中偶遇后渐生爱意。1927 年暑假，心影率先勇敢地突破男女交往的鸿沟，写信给君篪。在几个月的书信来往后，君篪说自己曾与朋友约定要带女友去和他们玩，但自己却没有女友，借此暗示自己想与心影交往，但心影觉得他们的感情进展太快，犹豫不决。心影迟

迟没有回信，导致君篪由疑惑转为愤怒，心影也因此赌气将之前君篪寄给她的七十七张信笺悉数奉还。几天后，君篪去看望心影，既不忍心影因二人的交往受旁人非议，又对自己做不了什么感到无奈，在痛苦中，他试图结束他们的感情。心影连着写来许多信，并七次看望君篪，终于，君篪被感动了，二人重归于好。到了寒假，心影答应了君篪的求爱，二人正式确立恋爱关系。新学期开始不久，心影将追求者 W 先生的信寄给君篪，表示自己光明磊落、坦白拒绝的态度，但这却让君篪受到了巨大震动，二人的关系再次出现裂痕。此后，君篪又因为心影回信慢、二人见面时的不愉快等原因对心影淡漠了许多，最后，在 1928 年的暑假，二人和平分手。此后心影虽不能忘却君篪，但君篪只道他们大可以恋着爱着对方，虽不能结合，却能止住彼此的心伤。二人的恋爱终以悲剧收尾。

按: 这是陈伯吹（1906—1997）在 1928 年因被恋人误解、政治上受迫害时，仿照郭沫若的书信体小说《落叶》而创作的一部具有浓厚的自传性质的书信体小说。全书由君篪写给心影的 46 封书信组成，带有浓厚的抒情性与感伤气息，颇具感染力。作品以第一人称视角叙事，极具代入感，对主人公君篾的心理描写也十分到位。另外，君篾和心影两位进步青年的爱情悲剧以及二人时常流露出的消极情绪，甚至是多次深感生活无望而欲自杀的念头，很能体现大革命失败后众多知识青年的颓败与伤感，具有鲜明的时代性。但是，由于全书的46封书信均是君篾写给心影的，单一的君篾视角限制了作品叙事脉络的完整性，读者只能依靠君篾的叙述来拼凑故事情节，人物形象也欠丰满，加之小说是作者为纾解苦闷所作，对于二人爱情悲剧的原因以及何为“畸形的爱”并未进行深入的挖掘，这些都影响了作品的深度。

4月 罗西的《你去吧》由上海光华书局再版，1501—3000册。

5月1日 张资平的《青春》由上海现代书局再版，3001—6000册。

5月1日 黄归云的《姊夫》由上海真美善出版社再版，2001—4000册。

5月5日 《申报》刊载《欢喜陀与马桶》的广告：“《欢喜陀与马桶》，张资平最近长篇杰作。这篇在《资平小说集》第三集内，长近十万字，是暴露日本帝国主义的丑陋的。‘五九’国耻日快到了，同胞幸速购读，以明日本对我国的内幕。”

5月6日 《申报》刊载《欢喜陀与马桶》的广告：“张资平先生新著（讽刺的革命长篇小说）。张先生自从作风转变后，他写小说写得更加精细，更加紧炼了。《欢喜陀与马桶》大半是他亲见的事实，而用讽刺的笔调写的。全篇十万余字，搜在《资平小说集》第三集内。资平小说第三集内共有《飞絮》与《苔莉》两篇恋爱杰作，和本篇这革命的讽刺杰作。这样的三篇杰作，在廉价期内只需八角钱就可以买到，要是照平常分开买，八角恐怕只能买一两篇呢。”

按：既是大优惠，也是大实话。

5月10日 《小说月报》第20卷第5号《最后一页》刊载《二马》和《虹》的预告：“在这一期里，《二马》一开始便很不凡。我们不觉的将超出于预算的篇页去刊登它。”“茅盾君的长篇创作《虹》已经放在我们的桌上了。下月号里一定可以登出。作者给我们的信上说起过：‘虹是一座桥，便是

Prosepine（春之女神）由此以出冥国，重到世间的那一座桥；虹又常见于傍晚，是黑夜前的幻美，然而易散；虹有迷人的魅力，然而本身是虚空的幻想。这些便是《虹》的命意；一个象征主义的题目。从这点，你尚可以想见《虹》在题材上，在思想上，都是《三部曲》以后将移转到新方向的过渡；所谓新方向，便是那凝思甚久而终于不敢贸然下笔的《霞》。’从这一段的短简中，我们或可以略略的明白《虹》的本意吧。这一部《三部曲》以后的新的创作，别的都不管，在艺术上也比《三部曲》有了显然的进步。”

5月10日 老舍的《二马》始刊于《小说月报》第20卷第5号，至12月10日第12号毕。

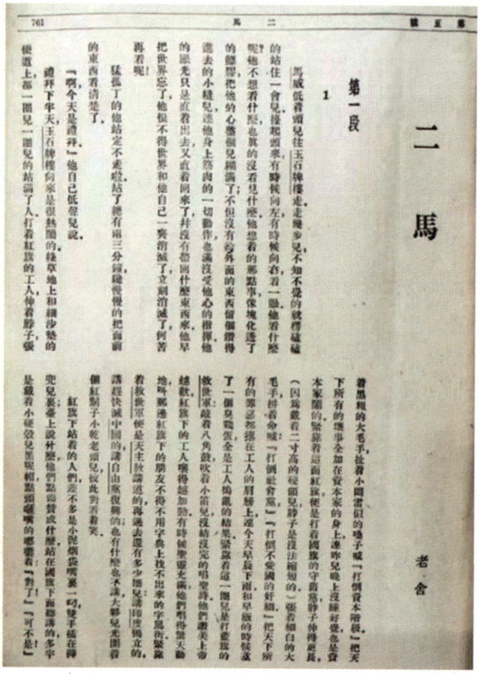

第五號 二 馬 761

二 馬

老 舍

第一段

1

馬威低着頭兒往玉石牌樓走，走幾步兒，不知不覺的就楞磕磕的站住一會兒，擡起頭來，有時候向左，有時候向右，看一眼，他看什麼呢？他不想看什麼，也真的沒看見什麼，他想着的那點事像塊化透了的鰾膠，把他的心整個兒糊滿了；不但沒有給外面的東西留個鑽得進去的小縫兒，連他身上筋肉的一切動作也滿沒受他心的指揮，他的眼光只是直着出去，又直着回來了，並沒有帶回什麼東西來。他早把世界忘了，他恨不得世界和他自己一齊消滅了，立刻消滅了，何苦再看呢！

猛孤丁的他站定不走啦，站了總有兩三分鐘，纔慢慢的把面前的東西看清楚了。

「啊，今天是禮拜。」他自己低聲兒說。

禮拜下半天，玉石牌樓向來是很熱鬧的，綠草地上和細沙墊的便道上，一圈兒一圈兒的站滿了人，打着紅旗的工人，伸着脖子，張着黑粗的大毛手，扯着小圓雷似的嗓子喊「打倒資本階級，」把天下所有的壞事全加在資本家的身上，連昨兒晚上沒睡好覺也是資本家鬧的。緊靠着這面紅旗便是打着國旗的守舊黨，脖子伸得更長，（因為戴着二寸高的硬領兒，脖子是沒法縮短的，）張着細白的大毛手，扯着命喊：「打倒社會黨，」「打倒不愛國的奸細，」把天下所有的罪惡都擱在工人的肩膀上，連今天早晨下雨和早飯的時候誠了一個臭雞蛋，全是工人搗亂的結果。緊靠着這一圈兒是打愛國的救世軍，敲着八角鼓，吹着小笛兒，沒結沒完的唱聖詩，他們讚美上帝越歡，紅旗下的工人嚷得越加勁，有時候聖靈充滿，他們唱得飄天動地，叫那邊紅旗下的朋友不得不用字典上找不出來的字罵街。緊隔着救世軍便是天主教講道的，再過去還有多少圈兒，講印度獨立的，講趕快滅中國的，講自由黨復興的，也有什麼也不講，大夥兒光圍着個紅鬍子小乾老頭兒，彼此對看着笑。

紅旗下站着的人們，差不多是小泥煙袋嘴裏一叼，雙手插在褲兜兒裏，台上說什麼，他們點頭贊成什麼，站在國旗下面聽講的多半是鼓着小硬袋兒黑呢帽，點頭咂嘴的嘟囔着：「對了！」「可不是！」

5月12日 茅盾在《文学周报》第8卷第20号发表《读〈倪焕之〉》一文，认为《倪焕之》是一时代的扛鼎之作。他说：“把一篇小说的时代安放在近十年的历史过程中的，不能不说这是第一部；而有意地要表示一个人——一个富有革命性的小资产阶级知识分子，怎样地受十年来时代的壮潮所激荡，怎样地从乡村到都市，从埋头教育到群众运动，从自由主义到集团主义，这

《倪焕之》也不能不说是第一部。”他还认为：“就故事的发展而言，就人物的性格的发展而言，《倪焕之》的前半部都比后半部写得精密。在前半部，我们看见倪焕之是在定形的环境中活动；在后半部，我们便觉得倪焕之只在一张彩色的布景前移动，常常要起空浮的不很实在的印象。又在人物描写上，前半部的倪焕之，蒋冰如，金佩璋，都是立体的人物，可是到了后半部，便连主人公倪焕之也成为平面的纸片一样的人物，匆匆地在布景前移动罢了。因此后半部的故事的性质虽然紧张得多，但反不及前半部那样能够给我们以深厚的印象。”他对作品的时代性做了概括：“所谓时代性，我以为，在表现了时代空气而外，还应该有两个要义：一是时代给与人们以怎样的影响，二是人们的集团的活力又怎样地将时代推进了新方向，换言之，即是怎样地催促历史进入了必然的新时代，再换一句说，即是怎样地由于人们的集团的活动而及早实现了历史的必然。在这样的意义下，方是现代的新写实派文学所要表现的时代性！”

按：茅盾评价《倪焕之》的时代性、文学史意义、人物的典型性以及创作得失等，公允且准确，被后来者广泛征引。但是，我们也应看到，茅盾评价《倪焕之》的角度、方法、立场以及观点等，是与茅盾重新审视无产阶级的文学观、重树小资产阶级的文学观一脉相承的，可以说是对《从牯岭到东京》中所表达的文学观点的再补充甚至再捍卫。也正因此，他在文中不赞成钱杏邨对《追求》立场的否定。他说：“我要描写在幻灭动摇以后的一般智识分子是怎样还想追求，然而因为他们的阶级的背景，他们都不曾在正当的道路上追求，所以他们的努力是全部失望。根据了这样的决定，我把书中人物全数支配为徒有情热而不很明了革命意义的小资产阶级智识分子，他们没有正确的认识，所以他们所追求者，都是歧途。像这样的人物不该给他们一个全部失望么？如果在他们中间插进一位认识正路的人，在病态中泄露一线生机，那或者钱杏邨要满意些罢。我应该尚能见到这一点，可是我并不做；因为我相信《追求》中人物如果是真正的革命者，不会在一九二八年春初还要追求什么，他们该是早已决定了道路了。这就说明了《追求》何以全是黑暗的理由。”他同时再次对《倪焕之》表示了支持："因为也是描写小资产阶级智识分子的，所以我觉得《倪焕之》中间没有一个叫人鼓舞的革命者，是不足病的。再显明地说，主人公倪焕之虽然'不中用'，然而正可以表示转换期中的革命的智识分子的'意识形态'。这样有目的，有计画的小说在现今这混沌的文坛上出现，无论如何，不能不说是有意义的事。这样'扛鼎'似的工作，如果有意识地继续做下去，将来我们大概可以说一声：'五卅'以后的文坛倒不至于像'五四'时代那样没有代表时代的作品了。当代的批评多半是盲目的，作家要有自信的精神，要毫不摇惑地冷静地埋着头干！"

5月16日 《北新》第3卷第9号刊载《棘心》的广告："'No struggle no drama'，勃廉基尔曾这样的解释戏曲。日本厨川白村说：'不但戏曲如此，人生也是如此。人生两种力的冲突有如铁石相击之迸出火花，奔流给磐石挡住，飞沫就呈虹彩，我们正因有生的苦闷，也因有战的苦痛，所以人生才有生的功效。'书中主人公杜醒秋女士是个理性感情都很发达的青年，远赴外国读书遭了家庭许多不幸，又和未婚夫决裂，几乎走上出家的一条路。慈母的爱，和求学的野心，爱情的失望，互相冲突，直到难解难分的地步，作者以深沉的魄力，写出她那内心的苦闷，是铁石相击的火花？是飞沫的虹彩？请读者自己去鉴赏。全书三百余页，用黄印书纸印，由许闻天先生绘插画十四幅尤为精美绝伦。"

5月29日 《申报》刊载现代书局启事："张资平先生著《飞絮》八版、《最后的幸福》六版出版。以上两书，本在上海创造社出版部印行的。现在著作人张资平先生，把版权完全卖给了本局。所以《飞絮》，从第八版起，《最后的幸福》，从第六版起，统归本局出版。两书的封面和印刷等事，重新整理。以后如若发见旧式装订，或仍用创造社名义发行者，就是翻印。本局为保障版权的法益起见，应当依法查禁。且翻印的书，其中不免错误百出，一定使人感觉不满意的，尚希读者注意。"

按：本启事亦刊印于张资平的《飞絮》第八版、《最后的幸福》第六版的扉页上。

5月 苏雪林的《棘心》由上海北新书局初版，1—3000 册。

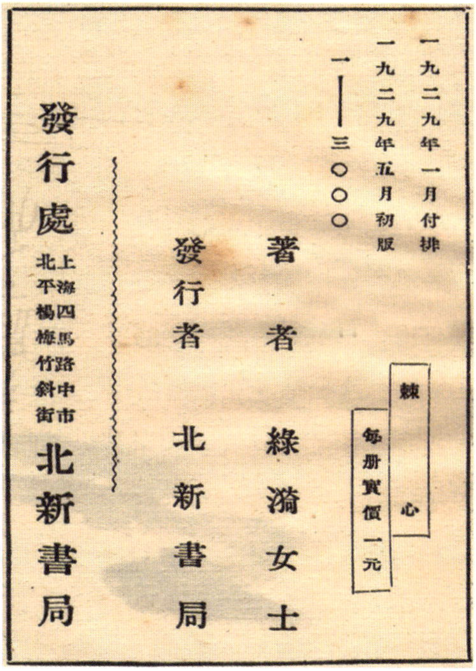
一九二九年一月付排
一九二九年五月初版
一——三〇〇〇
著者 綠漪女士
發行者 北新書局
發行處 上海四馬路中市 北平楊梅竹斜街 北新書局
棘心 每冊實價一元

梗概：主人公醒秋出身于一个官宦家庭，一个偶然的机会，她考取了里昂的一所中法合办大学，开始了留法生活。到校后，留学生秦风热烈地追求她，但她想到家里给她包办的婚姻，想到退婚可能给母亲造成的伤害，还是拒绝了秦风，并将此举称为“光荣的胜仗”。不久，她得到她最爱的哥哥病逝的消息，病倒在床。为调养身体，她转学至风景优美的来梦湖边的都龙女子师范学校。父亲为了让她心情好转，让她的未婚夫叔健与她通信，但叔健的信简洁、客套，虽恰如其分却毫无生气，没有任何情趣。四个月后，醒秋又回到了里昂。一天，她接到家里的来信，想起母亲的操劳与不易，想起自己对母亲的不理解，自疚而感伤、悲悔而责难的心绪涌上心头，她决心向母亲尽孝，以补愧疚。暑假，醒秋去丹乡避暑，看到修道院的修女们以博爱的胸怀，虔诚而无怨地为他人服务，非常感动，也非常敬佩。她结识了修女马沙，很快与她成了好友。生活中唯一让她不满的是叔健的冷漠和不近人情。她的法语老师白朗德行高尚，是一个最可亲可爱、值得钦敬的人，与醒秋情深意笃，常劝她信仰耶稣，醒秋不为所动。这天，她接到家乡遭劫的家书，得知母亲受到伤害，她异常痛苦。白朗趁机劝她入罗马教，为了母亲的康复，她便随白朗来到教堂为母亲祈祷。母亲好转后，她又重新燃起爱的渴望。她写信邀请叔健来法，再次遭到叔健的拒绝。羞愤之下，她向家人提出退婚的要求，遭到家人的强烈反对。失望之下，她皈依了罗马教。后来，她又得知母亲病重，她担心见不到母亲最后一面，便决定中断学业。临行前，她游览了法国巴黎的名胜。回国后，她陪伴母亲度过了最后的时光，也与叔健结了婚，还给叔健写信，表示要和和睦睦地过下去。

按：这是绿漪女士（1897—1999）即苏雪林表达海外游子对祖国的爱恋、对母亲的依恋，以及个人精神诉求的自传体小说。小说题目取自《诗经·邶风·凯风》中“棘心夭夭，母氏劬劳”一句，以“棘心”比喻对母亲的思念之心。作者在书的扉页上题词：“我以我的血和泪，刻骨的疚心，永久的哀慕，写成这本书，纪念我最爱的母亲。”小说通过描叙醒秋在法国的生活与情感，表现了五四时期部分知识女性压抑个性、恪守旧制、牺牲自我的悲剧情怀。作者在东西方双重思想的观照中，通过自我的克制、转移或宗教的洗礼改造心灵，化解主人公情感与理智的矛盾，艺术技巧尤为高超。全书文工句丽、辞典意雅、文采斐然，人物刻画得情真意切，景物描写充满诗情画意，特别是作者以优美的文笔尽情展示了法国各地的文化景观、浓郁的宗教氛围，令人眼界大开，书一问世即风行大江南北，就在情理之中。小说女主人公的思想并非是时代的思想，不过，正因如此，醒秋的报恩观、行孝观、爱情观、生活观等虽令人感动，却更令人悲叹！此外，小说的后半部也存在着理性化的倾向，多少影响了文风统一。尽管如此，将《棘心》视为1929年之前文坛的优秀之作绝不为过。

5月　克生在《海风周报》第17期发表《茅盾与〈动摇〉》一文，认为《动摇》有消极作用，应该捣碎消灭，建设新文化。

按：该文为随笔，其偏激之处不言自明。

5月　祝秀侠在《海风周报》第17号发表《〈结局〉》一文，认为：“像

《结局》里面的主人翁芷芳那种女性的模型，在这个‘时代急激变革过程中’的社会里是易于为我们到处找得到的。这种女性，特别是在半封建式的小资产阶级份子里更其显明。她们一方面因为旧家庭经济的破落，男女观念的转移，不得不踏上社会里找寻生活的补助。但一方面因为社会环境的黑暗，自身思想的未能彻底，又易于陷入颓唐或苦闷的境象。加之青春时期的性的需求，社会制度的种种不良，实际生活与精神生活难得稳定与安慰，更为一切苦闷的来源。”“辗转在这困苦的生之挣扎中，变态的思想和变态的行为就由此发生了。一是消极厌世。一是积极的浪漫。由于厌世的思想便发生毁灭自己，自萌短见的蠢笨的事实。由于浪漫的狂放，便发生肉欲的弛纵，找寻官能上的刺激！以求片时的麻醉。”“这两种行为，生活上感觉到缺憾，自身感觉到痛苦而思想未能彻底的青年往往是如此的。”“但这样变态的表现是绝端的谬误的。假如思想彻底的人，他无疑地会跑上向上的大路，真正作一个社会革命者，这样才是奋斗的正途，无如小资产阶级的劣根性向惯于流入苟安的，放荡的个人主义，或流于自私的英雄思想。他们所渴望的是生活的安定与自身的满足，在这个社会不能给他完满时，他只知诅咒，只知悲愤，或梦想着将来怎样的达偿他自我欲望的满足，而不愿彻底起来做一个破坏不良好不平等的现有社会的革命者。是以小资产阶级在这动摇时代的颠簸里面，生活，理智，行动无往而不互相触牾，互相矛盾的。而这矛盾也就成为苦闷中的一种主动力。”“作者的主要意旨，就是想在这本书里面刻画出一个这样一种女性的变态心理和变态生活出来，而尤其侧重解剖在这个革命时期的小资产阶级女性心理的变化。”他还认为：“作者驱使着流利通畅的笔仗，赤裸裸将整个女性的心理纤细地活现出来，这是本书最大的成功。”而且“《结局》里的芷芳，很使我想及《幻灭》里的静女士。茅盾描写女性心理的变化也是很成功的。而作者对于芷芳心理的解剖，似乎还要比茅盾描写静女士深刻一些，露骨一些。但文字方面却没有茅盾这样艳丽动人”。“不过全篇确是缺少了一种‘力’，这种力便是暗示之力。也即是 Propagoda 之力，作者只在叙述一个问题，而未解决这个问题。”

按：作者眼光敏锐，感受力强，论断颇有说服力。

5月 俞平伯在《燕大月刊》第4卷第3—4期合刊发表《〈苦果〉序》一文，说：“不曾用过分的欧化语法，有巧密的结构和透辟的描写，这都是咬嚼‘苦果’必有的回味儿。”“尤其是下卷，触处哀音，跟着迫促的节奏，回旋曲折，愈转愈紧，使读者直到掩卷方始透一口气。”“综观全书，上卷平稳，中卷推板点，下卷大佳。如果上中两卷能振得起，压得住下卷，则岂不尤妙呢。所以我有几分的惋惜。”

5月 茅盾的《动摇》由上海商务印书馆再版。

5月 高沐鸿的《红日》由上海泰东图书局再版，2001—4000册。

6月1日 《申报》刊载《追求》的广告：“《追求》和《幻灭》《动摇》是有联续性的三个中篇小说。本书所写照的，是一班在革命壮潮中经过幻灭动摇后不甘寂寞，仍有前进的热望的青年。书中许多人物的性格和见解虽不是同一模型，而他们都不免有些脆弱，所以追求的结果都是失败。”

6月4日 钱台生在《中公学生》第4—5期合刊发表《从〈南风的梦〉说到男女问题》一文，认为《南风的梦》值得一读，小说笔法纯熟、结构紧密、词句美丽，恰到好处。

按：作者言过其实。

6月10日 茅盾的《虹》前3章始刊于《小说月报》第20卷第6号，至7月10日第7号毕。

6月21日 《申报》刊载《棘心》的广告：“《棘心》是十五个连续的短篇，主人翁醒秋是一个多才而富于热情的女子，游学法国，起初抱着远大的希望，后来遇到古怪的秦风，撒下漫天情网，险些陷落其中，失了抵抗力，后来伯兄的噩耗，家乡的遭匪，慈母的卧病床褥，知友的分散，逆境袭来，最难堪的是未婚夫对她的冷淡：‘我将这颗完美无缺的心赠于他，以为定情时珍贵的礼物，那知道他竟冷笑着接过来随手抛掷了’。现实与梦想冲突，陷于极度的苦痛，描写深刻，文情紧张，为精心结构之作。”

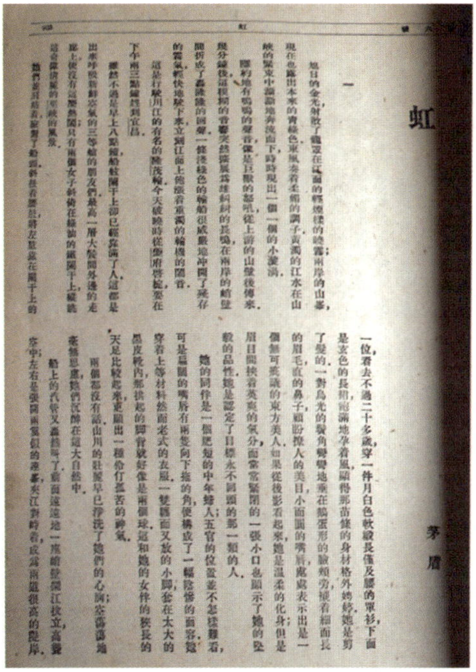

虹

茅盾

一

旭日的金光射散了籠罩在江面的輕煙樣的曉霧；兩岸的山峯，現在也露出本來的青綠色來，東風奏着柔媚的調子；黃濁的江水在山峽的緊束中激盪地奔流而下，時時現出一個一個的小漩渦。

隱約地有嗚嗚的聲音像是巨獸的怒吼，從上游的山壁後傳來。幾分鐘後，這模糊的音響突然擴展爲雄糾糾的長鳴，在兩岸的峭壁間折成了轟隆隆的回聲。一條淺綠色的輪船很威嚴地衝開了殘存的霧氣，輕快地駛下來，立刻江面上便擾着重濁的輪機的鬧音。

這是行駛川江的有名的隆茂輪，今天破曉時從夔府啓碇，要在下午兩三點鐘趕到宜昌。

雖然不過是早上八點鐘，船舷闌干上却已經靠滿了人。這都是出來呼吸新鮮空氣的三等艙的朋友們。最高一層大餐間外邊的走廊上便沒有這麼熱鬧；只有兩個女子斜倚在綠油的鐵闌干上，凝眺這奇偉秀麗的峽中的風景。

一位，看去不過二十多歲，穿一件月白色軟緞長僅及腰的單衫，下面是玄色的長裙，飄飄地孕着風，顯得那苗條的身材格外婷婷。她是剪了髮的，一對烏光的鬢角彎彎地垂在鵝蛋形的臉頰旁，襯着細而長的眉毛，直的鼻子，顧盼撩人的美目，小而圓的嘴唇，處處表示出是一個無可疵議的東方美人。如果從後影看起來，她是溫柔的化身；但是眉目間挾着英爽的氣分，而常常緊閉的一張小口也顯示了她的堅毅的品性。她是認定了目標永不回頭的那一類的人。

她的同伴是一個肥短的中年婦人；五官的位置並不怎樣難看，可是扁圓的嘴唇有兩隻向下掛的角，便構成了一幅陰慘的面容。她穿着上等材料然而老式的衣服，一雙放大的小腳套在太大的黑皮靴內，那扶起的腳背就好像是兩個球，這和她的女伴的狹長的天足比較起來，更顯出一種伶仃孤苦的神氣。

兩個都沒有話。山川的壯麗早已淨洗了她們的心胸；她們沉醉在這大自然中。

6月27日　《大公报》刊载消息《查禁〈青春〉张资平所著小说嘲骂国民党被禁》，称：“国民政府训令市府，谓上海现代书局发行张资平所著之《青春》小说，言论荒谬，以冷嘲热骂之口吻，任意诋毁本党，诬蔑国民革命，苟不严予查禁，实属有害人心……昨市府业遵令饬公安局暨三特别区查办云。”

6月28日　邹韬奋在《生活》第4卷第35期发表《介绍一本好书〈棘心〉》一文，认为《棘心》“以优美的文笔，真诚的情感，叙述主人公醒秋女士在国内及在法国求学时可歌可泣的遭遇，有惊心动魄的恋爱经历，有逸趣横生的友谊经历，而以慈母爱女至诚之爱为中心”。可以说，“随笔写来，处处动人心弦。”

按：该评论虽略有夸张，但总体来看确实如此。

7月3日　**张资平的《长途》由上海南强书局初版，1—2000册。**

梗概：老童生涂震南有三个孩子，长女晴云由他做主嫁给了一个旅长做二姨太，二儿子秉东辍学后在省城做生意，三女儿碧云虽乖巧，但并不讨父

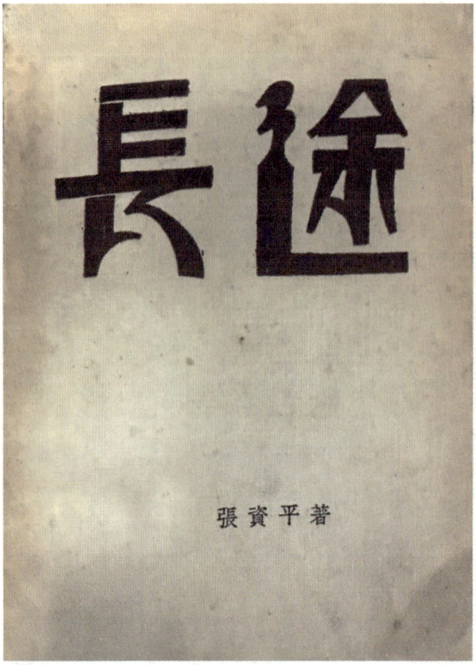

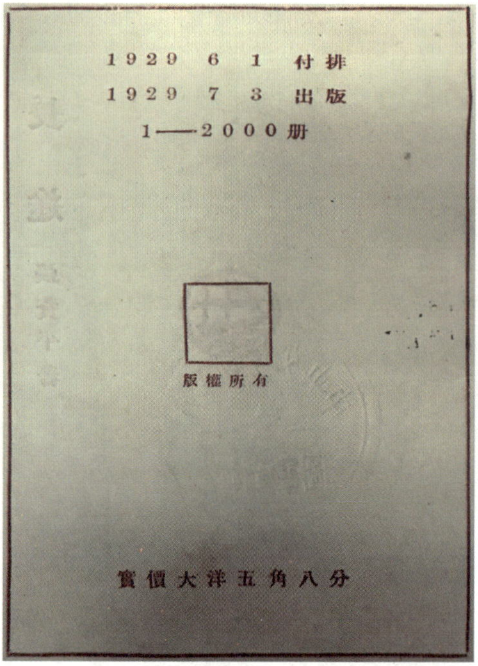

亲的喜欢。涂震南在贫困中死去，他的妻子在农村无法生活，决定带碧云一起投靠城里的大女儿。晴云并没有像母亲期望的那样亲自来接她们，让她们很失望。到了晴云家后，晴云一副官太太的架势，像打发乡下人一般应付着母亲和妹妹，整天沉湎于打牌。不得已，碧云和母亲只得再去秉东家。其实秉东只是老板手下的一个小工，家境自然更不如晴云。由于秉东生活艰难，碧云决定出去找事做。经同乡萧四介绍，碧云谋到某军后方办事处秘书的职位，其实这只是一个领薪不干活的闲职，夏主任招她也只是为了纳宠。不久，夏主任官运亨通，碧云委身于他，随后却发现他身边有数十位女人，就离开了他。为了生存，她只好再次求职，恰好遇到在 H 公司当职员的同乡吴兴国，顺利入职。因是同乡，碧云又得到过吴兴国的帮助，两人很快成为露水夫妻，可吴兴国听说碧云有孩子后，提出了分手。

按：这是一部具有一定的写实倾向，同时抨击黑暗现实的作品，也是张资平极少数不以性欲描写为主的写实小说之一。小说写人们唯利是图、唯钱至上的市侩习气，较为真实，但对社会黑暗的批判则较为浮泛，有发泄之嫌。

小说前半部较为真实，后半部转向所谓“革命”就走样了，结尾又回到他的老路上——女主人公为情所困、为欲所乱，真是不可救药。由此观之，张资平的创作态度的确不敢恭维。

7月14日 《申报》刊载《丽莎的哀怨》的出版预告：“蒋光慈所著之《丽莎的哀怨》一书，亦在排印中，准于八月一日出版。是书内容系述一俄国贵族女子，因被压迫于赤俄政府威势之下，辗转流离而至沪上，过度其卑微的贱业。文笔流利，读之令人可歌可泣。”

7月20日 **唐次颜的《她》由上海青春出版社初版，1—2000 册。**

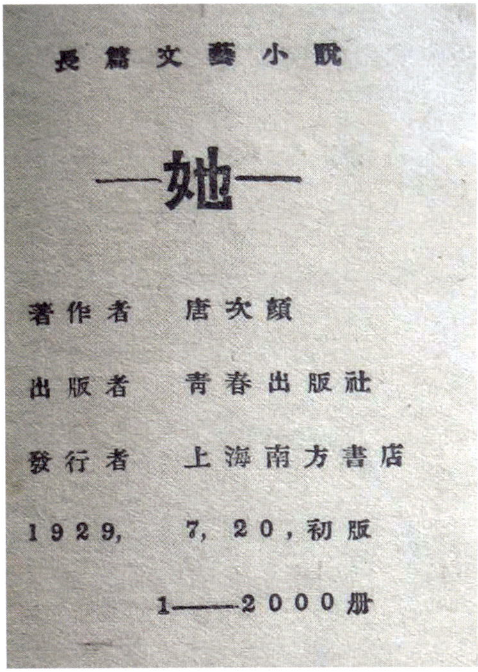
長篇文藝小說

—她—

著作者 唐次顏

出版者 青春出版社

發行者 上海南方書店

1929, 7, 20, 初版

1——2000册

梗概：主人公鲁君有妻室，但与纹莹两情相悦，祖父一气之下登报与他断绝了往来。不久，纹莹怀孕，眼看事情难以遮掩，纹莹担惊受怕，鲁君焦急万分。他们先想通过流产瞒过此事，但医生检查后认为不宜如此，他们只得考虑结婚。经过一番策划，女方家人同意了此事，纹莹也如愿于显怀之初举行了婚礼。婚后第五天，为了掩人耳目，他们躲到杭州度蜜月。谁知由于旅途劳顿、生活艰辛，纹莹患病住院。由于没有跟医生说纹莹已有孕在身，医生便按常规用药，不慎导致纹莹小产。在纹莹治病与调养期间，鲁君身心疲惫，他们决定离开杭州。在离开杭州的火车上鲁君就开始吐血，后被确诊为肺炎。家里人得知后原谅了他的错误，将他接回家治疗。但鲁君回到家后，纹莹却判若两人，由之前的温柔体贴变为冷漠无情，有时不见踪影，倒是鲁君昔日的追求者琬霙整日陪伴着他，他悲叹爱情的资本就是钱和身体，没有了钱和身体爱情也就不复存在。一天，有人给鲁君寄来一封信，告诉他纹莹与本城豪绅之子张某相好。得知这一消息后，鲁君拿出藏在家里的枪，雇车前往旅馆，正巧看到张某与纹莹在门口等车。鲁君跳下车，由于过于急切，重心不稳，他摔倒在地上，枪也走了火。在鲁君倒地时，他看到张某与纹莹坐在车上飞驰而去，扑到他身上的却是琬霙。

按：韦月侣在书的序中说，唐次颜（1909—1932）在十四五岁时就开始和女人谈恋爱，“不过他在爱之途上进行的唯一的目标，是要求满足，采取快乐，希冀适意。”正可谓文如其人，作者在小说中着力表现、刻画男女情爱，除此外几无可取之处了。这本描写个人情欲的小说以第一人称的叙述方式细致描写了鲁君与纹莹为情所悦、为欲所思、为孕所虑的情感历程，但鲁君为何弃家室而爱纹莹，纹莹又为何最初非他不嫁，之后却很快移情别恋，文中并没有交代；同样，琬霙起初为何与鲁君相爱却不能相守，之后为何突然每日在鲁君床前伺服，也让人不明就里。小说表现的是一个悲剧，但作者却没有表现出蕴含于其中的社会的、历史的、文化的、个人的悲剧因素，故小说思想浅薄，如无根之浮萍，随风飘散，也在情理之中。其所发出的“爱情的资本就是钱和身体，没有了钱和身体爱情也就不复存在”的慨叹，亦平常而无新意。

7月26日 鼎铭在《申报》发表《绿漪的〈棘心〉》一文，认为小说写得平淡。

7月28日 《申报》刊载《黄昏》《缺陷的生命》的广告。

（1）《黄昏》：“这一部小说曾揭载于《小说月报》上，颇受读者欢迎。现由著者重加修改，刊印单行本。内容描写一个青年从虎窟般的旧家庭里，救出两个被牺牲的弱女子。情绪非常悲惨，结构亦甚严密。读之令人不忍释手。”

（2）《缺陷的生命》：“《缺陷的生命》是克农的一篇约十万言的长篇小说，内容是——从作者孤另地心灵的凄寒吱叫里写出青年们在命运的矢石下，时代的颠沛中，爱情的乱箭下的无忏悔余地的悲哀，更从物质状况中，作者发现了时代的灵魂，而在爱之神前为人类祈祷着忍受中的安慰。”

7月 克农的《缺陷的生命》由上海启智书局初版。

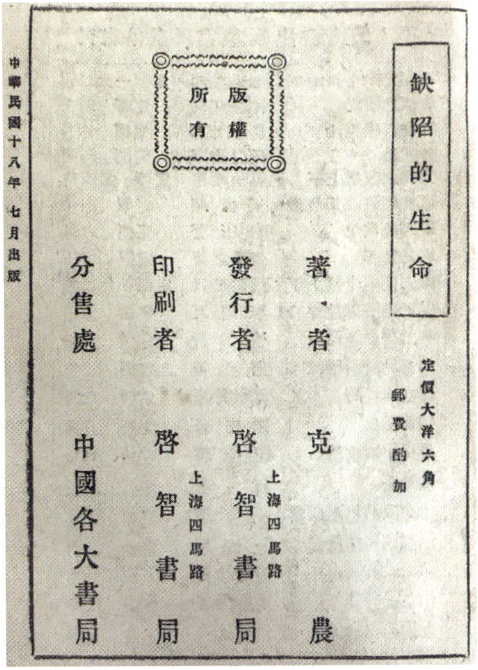

梗概：不知从何时起，年少的“我”（久鹤）痴痴地爱上了五伯母的女儿贞姐，七妈的儿子义哥也爱慕贞姐，由于“我”处处不如义哥，只得将爱藏于心中，但爱的动力使“我”禁不住去接近贞姐，特别是在贞姐生病时，义哥同“我”多次去探望，“我”甚至偷家里的钱给贞姐买她最喜欢吃的梨，虽然梨被贞姐转手就送给了义哥，偷钱的事也很快被母亲察觉，“我”被痛打了一顿，但“我”依然快乐并痛苦着。义哥发现“我”对贞姐的态度，自然产生了嫉妒的心理，但不久义哥去外地读中学后，就与贞姐的关系渐渐疏远。随后，“我”去了开封念中学，但“我”对贞姐的爱恋与日俱增，“我”

不断地给贞姐写信告知她“我”在学校的情况，也鼓励她来开封读女子师范。终于，贞姐来开封读书，“我”与贞姐经常见面的愿望变成了现实。由于“我”每周与贞姐会面，同学们都知道了“我们”的关系，“我们”还一起去鸡公山游玩了一个星期。家里人听说了“我们”的事，就让“我”回家结婚，但“我”婚后很快就离开了新妇，与贞姐一起重返开封读书。高中毕业在即，受到前届考入北京大学的同乡靖武的鼓励，“我”发愤学习，也考上了北京大学，贞姐也随“我”一起来到了北京。为了不让贞姐感到孤独，“我”时常叫靖武来闲谈。不料，贞姐被有学识又有口才的靖武所吸引，并与靖武结婚，这让“我”痛苦而无奈。三年后，为生活计，靖武与贞姐决意离开北京，“我”到车站送行，用无助的眼泪为他们祝福。“我”的生命因最终未能得到贞姐的爱而成为“缺陷的生命”。

按：克农（1902—1982）即尚钺的这部小说，是一部充满着个人痴迷的情感元素的爱情小说，通篇只是主人公久鹤对贞姐的爱的宣泄，而无贞姐对爱的渴望与理想，作者未能刻画出贞姐有怎样美的情操，使人们无法感受作品本应具有的震撼人心的爱与被爱的审美内涵，贞姐移情别恋及主人公恋爱的悲剧所产生的美学意蕴也就荡然无存，也使一个可能具有现代意义的爱情书写沦为偏执的、一厢情愿的爱的痴狂曲。作品在叙述上，语言过于欧化，加上作者对“的”字的滥用，致使全文言辞不畅，拗口难读，人物的语言缺乏个性；在情节上，一些细节缺乏推敲，多臆想、不真实；在人物塑造上，除主人公形象较真实可感外，其他人物形象大多模糊不清，令人遗憾。

8月1日　蒋光慈的《丽莎的哀怨》由上海现代书局初版，1—2000册。

梗概：丽莎是一个白俄罗斯贵族少女，其父是沙皇信任的将军，她因此过着奢华的贵族生活。十月革命的风暴推翻了沙皇的统治，也打碎了她的美梦，她被迫开始了流亡生涯。在流亡途中，丽莎支持丈夫白根参加武装叛乱，屠杀革命群众，但都以失败告终，她只得随丈夫逃到西伯利亚等地，最后流落到上海。到上海后，白根已无当年之勇，不思进取，坐吃山空。当他们随身携带的财产挥霍殆尽、生活陷入困境时，受米海诺夫伯爵夫人的点拨，丽

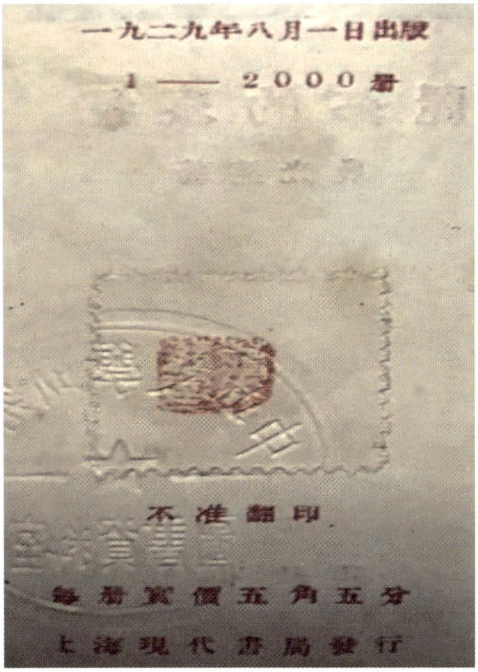

莎去舞厅跳裸体舞、做娼妓以维持生活，虽然白根默许这一切，但丽莎深感自己受尽屈辱。一天，她发现自己身染梅毒，决定自杀。

按：这是一曲送给白俄罗斯贵族的挽歌，也是诅咒一切剥削制度的怨曲。作为蒋光慈在"革命文学时代"创作的一部别开生面的小说，其新颖的构思尤为人称道。小说通过对白俄罗斯贵族丽莎落魄的生活、白根消沉的意志、伯爵夫人奢靡的生活的描写，揭示出白俄罗斯贵族无可奈何花落去的历史命运和新兴无产阶级势不可挡地壮大起来的历史走向。特别是丽莎悔恨自己未能嫁给木匠伊万、羡慕姐姐薇娜是个风光的革命者的情节，更是艺术地烘托出布尔什维克走上历史舞台的现实。小说细腻真实地描写了丽莎逐渐沉沦的心理轨迹，清晰、准确地刻画出丽莎性格转变的历史因由，堪称出色，第一人称的叙述视角使小说在委婉、哀凄中流露出伤感与同情。

8月1日　杨荫深的《曼娜》由上海现代书局初版，1—1500 册。

梗概：十八岁的曼娜与同学罗特相爱，暑假到来，他们不得不暂时分别，通过书信的方式抒发各自的相思之情。开始两人书信频繁，有一次，曼娜两

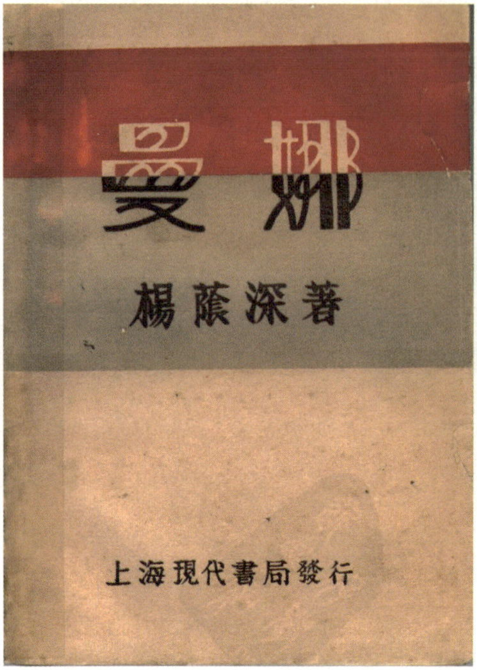

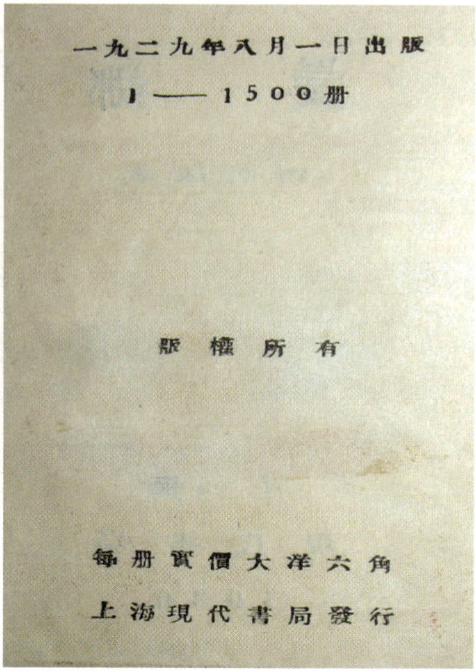

周没有回信，罗特便以为曼娜与亨莪来往，冷淡了自己，就写信责备曼娜。曼娜回信说因姐夫邀请她参观庙会，所以耽误了回信，而她与亨莪的关系只是普通同学，这才消除了误会。之后的两年时间里他们聚少离多，书信便成为他们传递甜言蜜语的唯一方式。第二年春天，两人相会了，但这次相会却不那么愉快，多疑的罗特认为曼娜与亨莪有染，于是去信给曼娜，提出断绝关系。曼娜接到信后，再三解释，也多次去信，希望罗特不要误会，但这一切并没有打动罗特，罗特的来信越来越少，越来越冷淡。最后，曼娜多次去信却无回音，在得知罗特已与一女子结婚后，她写了一封长信，痴情地回顾了两人五年来从相识相爱到分别的情感历程，之后悲伤地死去。

按：这是杨荫深（1908—1989）一部由 62 封情书构成的一个悲烈的爱情故事。为了使全书文体统一，作者有意略去了对他们相会的直接描写，而代之以书信回忆的方式，较为成功地刻画了痴情女子曼娜与猜忌多疑的罗特的形象，表现了那一时代部分青年的人生态度和爱情追求，体现出一定的时代意义，提高了这一时期书信体小说的艺术水平。全书情感浓烈，情真意切，感人至深。不过，小说中的爱情仅是两人之间的思慕，并无深邃的时代内涵，而两人的爱情悲剧也仅是因男主人公多疑导致的性格悲剧，影响了主题的深度。此外，作者过分拘泥于生活细节，使男主人公罗特的情感转变显得突兀，也颇为遗憾。

8月1日 张资平的《明珠与黑炭》始刊于《乐群》第 2 卷第 8 期，至 12 月 1 日第 12 期（未完，其中第 11 期未刊）毕。

8月15日 叶永蓁的《小小十年》由上海春潮书局初版。

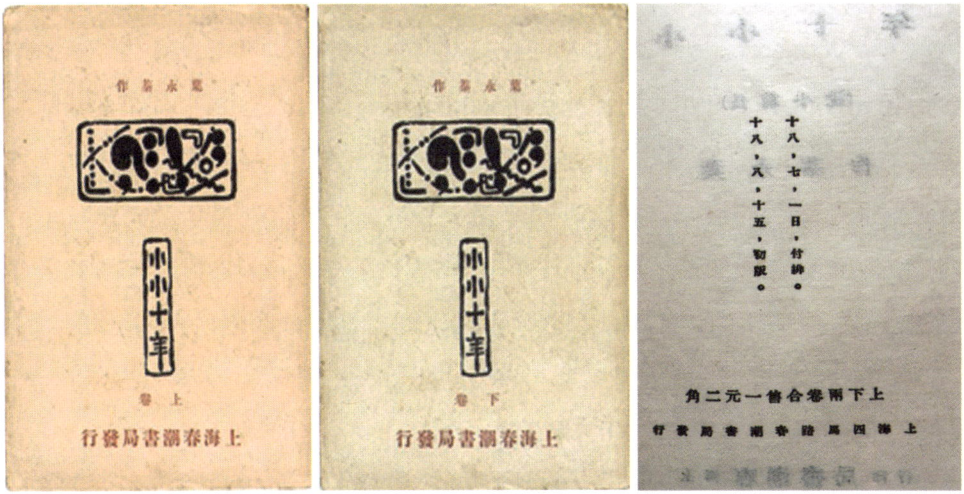

梗概：“我”少年丧父，祖父认为只有读书才能有出息，说服母亲让“我”读书。在学校，“我”觉得茵茵很可爱，就对她产生了好感。这时，家里给“我”订了婚，这对“我”来说是一个很大的打击。祖父去世后，母亲仍然供“我”上学。一天，“我”给茵茵写信，茵茵也回了信。但“我”随后听说茵茵被许给了赵泌，痛苦万分。同学们都鼓动“我”大胆去爱，但与未婚妻的羁绊使“我”浅尝辄止。为反抗包办婚姻，“我”在革命热潮的感召下来到广东，考入黄埔军校，投身革命。后来“我”发现自己做了“革命领袖”一年的走狗，便退出军队，来到上海。在上海，茵茵虽经常与“我”通信，但她表示无力反抗现实，这使得“我”异常苦闷。“我”认识了一个叫月清的女子，她其实是别人的小老婆，“我”上当受骗，于是“我”堕落，嫖娼。家里来信说母亲病了，“我”只得回家探望。回家的路上“我”又见到了茵茵，兴奋异常，回家后才发现这是母亲骗“我”回来结婚的计谋，“我”不甘这样埋葬“我”的幸福，几天后就告别了家人，再次来到上海。在上海，“我”与茵茵热烈地恋爱，但不久，茵茵悄然离去，并写信告诉“我”她与赵泌在暑假时结婚，劝“我”另求幸福。“我”恨茵茵，又原谅了她。“我”觉得应该结束自己的过去，“我”又走上了征途。

按：这是叶永蓁（1908—1976）创作的一部带有自传性质的长篇小说，作者通过对主人公十年间的生活经历的描写，特别是对爱情与革命的描写，再现了大革命时代有为青年探寻自我、建设自我的艰难历程，书中流淌的革命精神令人感动。因此，这部作品也可以说是一部催人奋进的书。小说的可贵之处有二：一是真，以真诚之心作真诚之文；二是有强烈的时代气息，特别是对北伐革命的描写，极富时代特色。当然，全书近似自传，以长篇小说而论，缺点显在，如议论过多、一些叙述过于冗长、情节缺乏合理的剪裁，但它作为一个时代的忠实记录，其文献与文学意义将载入史册。

8月15日 鲁迅在《春潮》第1卷第8期发表《〈小小十年〉小引》一文。

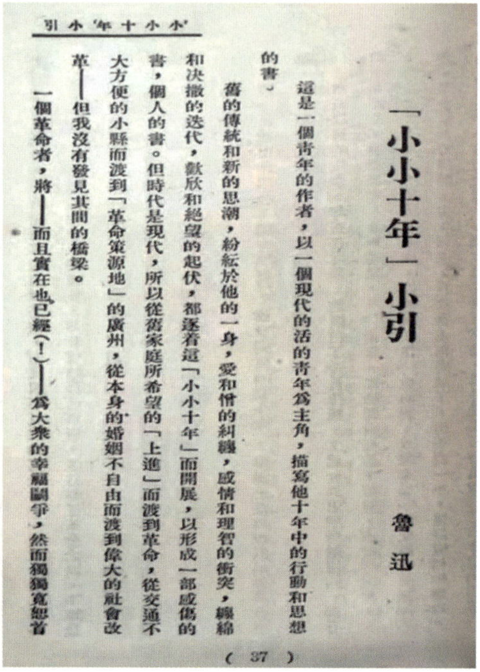
「小小十年」小引

「小小十年」小引

魯迅

這是一個青年的作者，以一個現代的活的青年爲主角，描寫他十年中的行動和思想的書。

舊的傳統和新的思潮，紛紜於他的一身，愛和憎的糾纏，感情和理智的衝突，纏綿和決撒的迭代，歡欣和絕望的起伏，都逐着這「小小十年」而開展，以形成一部感傷的書，個人的書。但時代是現代，所以從舊家庭所希望的「上進」而渡到革命，從交通不大方便的小縣而渡到「革命策源地」的廣州，從本身的婚姻不自由而渡到偉大的社會改革——但我沒有發見其間的橋樑。

一個革命者，將——而且實在也已經(!)——爲大衆的幸福鬭爭，然而獨獨寬恕首

(37)

鲁迅认为："这是一个青年的作者，以一个现代的活的青年为主角，描写他十年中的行动和思想的书。""旧的传统和新的思潮，纷纭于他的一身，爱和憎的纠缠，感情和理智的冲突，缠绵和决撒的迭代，欢欣和绝望的起伏，都逐着这《小小十年》而开展，以形成一部感伤的书，个人的书。但时代是现代，所以从旧家庭所希望的'上进'而渡到革命，从交通不大方便的小县而渡到'革命策源地'的广州，从本身的婚姻不自由而渡到伟大的社会改革——但我没有发见其间的桥梁。""在这里，是屹然站着一个个人主义者，遥望着集团主义的大纛，但在'重上征途'之前，我没有发见其间的桥梁。""然而这书的生命，却正在这里。他描出了背着传统，又为世界思潮所激荡的一部分的青年的心，逐渐写来，并无遮瞒，也不装点，虽然间或有若干辩解，而这些辩解，却又正是脱去了自己的衣裳。至少，将为现在作一面明镜，为将来留一种记录，是无疑的罢。"至于"技术，是未曾矫揉造作的。因为事情是按年叙述的，所以文章也倾泻而下，至使作者在《后记》里，不愿称之为小说，但也自然是小说。我所感到累赘的只是说理之处过于多，校读时删节了一点，倘使反而损伤原作了，那便成了校者的责任"。

8月15日 《春潮》第1卷第8期引鲁迅文为《小小十年》的广告："鲁迅先生在他为《小小十年》作的小引里介绍这部作品说：'这是一个青年的作者，以一个现代的活的青年为主角，描写他十年中的行动和思想的书。''旧的传统和新的思潮纷纭于他的一身，爱和憎的纠缠，感情和理智的冲突，缠绵和决撒的迭代，欢欣和绝望的起伏，都逐着这《小小十年》而开展，以形成一部感伤的书，个人的书。''他描出了背着传统，又为世界思潮所激荡的一部分的青年的心，逐渐写来，并无遮瞒，也不装点……多少伟大的招牌，去年以来，在文摊上都挂过了，但不到一年，便以变相和无物，自己告发了全盘的欺骗，中国如果还会有文艺，当然先要以这直说自己所本有的内容的著作，来打退骗局以后的空虚。'"

8月15日 洪灵菲的《流亡》由上海现代书局印行第三版，3001—4000册。

8月16日 毛一波在《真美善》第4卷第4号发表《几部小说的介绍和批评：

〈天问〉〈南风的梦〉》一文，认为：“《天问》里面，像整个的人生一样，包含着一出古今相同的悲剧：里面不独思想精纯，结构严紧，描写清切，分析细微，理论透澈；还看的出天真与虚伪的冲突，情爱与罪恶的对垒和仁慈与残暴的搏斗。这些都是造成人生千变万化的要素。所以一方面因为《天问》是人生真实的描写，我们看了就知道什么人生的究竟；一方面因为人生本身始终是个哑谜，我们想猜透它归根还只有去‘问天’……”不过毛一波同时也认为，该小说中有“旧小说”的滥调，作者自己爱发议论，一些对话不自然，心理描写也不好。他认为：“这本《南风的梦》，表面看去，似乎是一个小说的长篇，但究其实也只能算是一些片断的记录。在材料的安排上以及文字的描写，均不能说是一部小说的。”“《南风的梦》，是一个失恋者的呼声，女性的灵魂的呻吟。”“从《南风的梦》，我们看得见男性的偏狭，疑忌和残酷的劣根性来。”

8月27日 汪倜然在《申报》发表《〈曼娜〉》一文，认为：“《曼娜》这真是一部情书一束，其中一共包含六十二封情书，可谓‘洋洋大观’矣。这六十二封情书就组成了一篇哀情故事，不过这个故事之哀不哀于三角恋爱，而哀于‘多情女子薄情郎’。”“这部小说大概是描写恋爱心理的吧。对于恋爱，惭愧得很，我是外行，所以我不敢说，书里所写的恋爱心理究竟正确不正确。不过我总觉得作者写得不深刻，而且觉得这一对男女，太爱做文章，常常在情书里咬文嚼字，引经据典，说话是扭扭捏捏，一点也不直率，一点也不爽快，也许情书是要这们写的，可是这种情书我就不爱看。假如我的情人写这样的情书给我，我一定要劝她不必写什么情书，还是去做做诗看看书吧。不过，话又说回来了，作者本是在那里做文章呀。所以，我猜想，作者有时候大约是专心要做文章，因此忘掉他是在替别人写情书了。”“不过，作者写男女两人底性格倒还写得不错，曼娜底温柔和热情的性格始终如一，而且在辞句之间很可以看出来。所以我们觉得她还可爱。”“不过，曼娜给我最深的印象，不是她的温柔性格，却是她的甜蜜称呼。”“说到罗特，他给我的印象很坏，简单说一句，我不爱看这种人。”“他纯然是一个阴沉冷酷、善愁多怨的书生公子。这种人物，只是会引人憎恶，不会得人同情的。”“《曼娜》，在题材上，既是陈旧，在表现上，又嫌薄弱，写得好的部份似乎太少了。我觉得这部书写得太长太累赘了些，假如短一点，或者全书会显得好些也未可知。”

8月30日 周阆风的《农夫李三麻子》由上海江南书店初版，1—1500册。

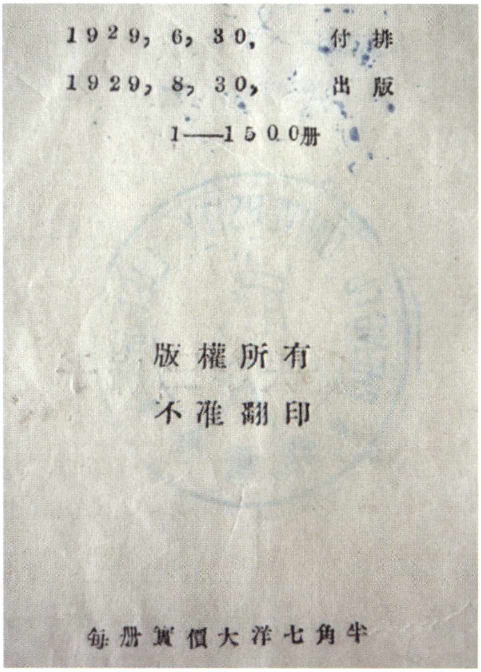
1929，6，30，付排
1929，8，30，出版
1——1500册
版權所有
不准翻印
每册實價大洋七角半

梗概：农夫李三麻子是地主陆心仁的佃农，因不堪年荒租重而退租。李三麻子改做长工期间因与临时工六姐相好，又被辞退，只得转做小本生意为生，但难以糊口，借债亦四处碰壁，六姐虽全力相助，李三麻子仍无法摆脱饥寒交迫的困窘。革命军来此地后，他加入农会，欲斗陆心仁，但陆闻风而逃，李三麻子便与前去的农民一起将陆家打砸了一通。不久，陆返回，串通律师告李三麻子作乱，李被捕。

按：这是周阆风（1906—1992）的第一部长篇小说。小说本是一个因剥削而穷困潦倒、走投无路的农民，去革命却遭捕杀的悲剧故事，但由于作者虽同情农民却不赞成革命的错误思想倾向，使作品的进步性大为削弱。作者甘做奴才的可悲思想，使作品在表现农夫李三麻子的悲剧时，过多地将悲剧的原因与责任推在李的身上（如李如果不和六姐相好就不会被辞退等）。作者对剥削的态度是“不宜过重”，这使其站在剥削阶级的立场上鄙视劳苦大众（虽然也有一定的同情），作者对革命的理解也有失偏颇，将李三麻子的悲剧归为咎由自取，更使作品的意义大打折扣。不过，小说虽叙述直白，无特别引人入胜之处，但农夫李三麻子的形象还是刻画得较为生动的。

8月 谭勉予的《俘虏的生还》由上海泰东图书局初版。

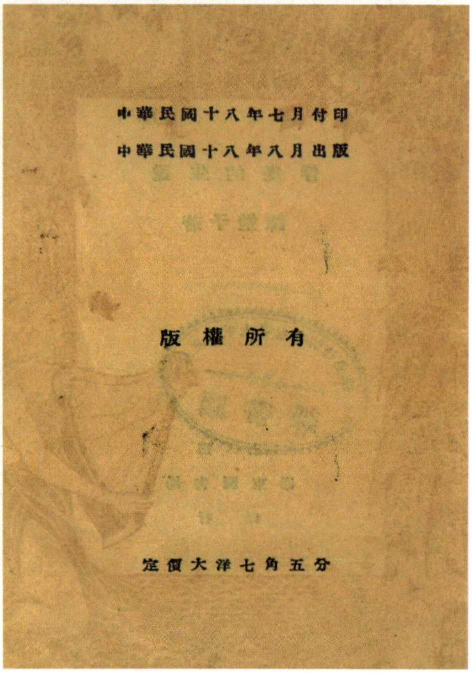

梗概：阿曼在一次战斗中因伤被俘，受尽折磨后被放逐到 C 地。他渴望重新战斗，但身体的病痛使他决定先在 C 地休养。他先找到一个女朋友徽，他的好友英又带病冒雨来找他，于是，他们几人一起租房住下。英有严重的肺病，阿曼和徽又为英的病四处奔波。阿曼的父亲得知儿子出狱后，专程来 C 地看他，希望他回去，但阿曼觉得要战胜恶势力，只有战斗。他说服了他的父亲，让他继续留在 C 地。不久，他接到家里的来信，说祖母病重，希望临终前看一眼孙子，于是他便踏上了归程。历经艰难，他终于回到了家，看到祖母身体好了起来，他很高兴。在家里，他觉得自己毫无用武之地，于是再次离开家乡，投身革命。一路上，他想起以前的革命经历，看到了现实的黑暗，更坚定了他战斗的决心。重回 C 市后，他结识了革命者芳，两人互相产生了好感。这天，阿曼刚参加完会议就又一次被逮捕。在监狱中，他鼓动狱友们与敌人做不屈的斗争。两个月后，C 市爆发了武装起义，革命武装打开了监狱，他们重获自由。阿曼与芳见了面，又很快投入到战斗中去了。由于敌人太强大，他们失败了，阿曼又回到 C 市调养。徽来看望他，告诉他芳在外地努力工作，阿曼非常高兴，立刻写信给芳，决定为着他的爱，为着他的芳，继续战斗下去。

按：谭勉予（1896—1931）即谭寿林，这是他的一部表现革命者只要活着就要不断革命的自传性质的小说，意在告诉人们：被俘不算什么，只要还活着就要战斗，就要革命，直到推翻黑暗的旧社会。小说充满真情实感，不屈的革命者阿曼的形象也有一定的代表性。但由于作者不善于剪裁、提炼，中心不够突出，加之情节冗长（如回家、离家的描写），枝蔓较多，表现手法单一，读来沉闷乏味。也可谓是人之常言的“有革命而无文学”之作。

8 月 叶圣陶的《倪焕之》由上海开明书店初版。

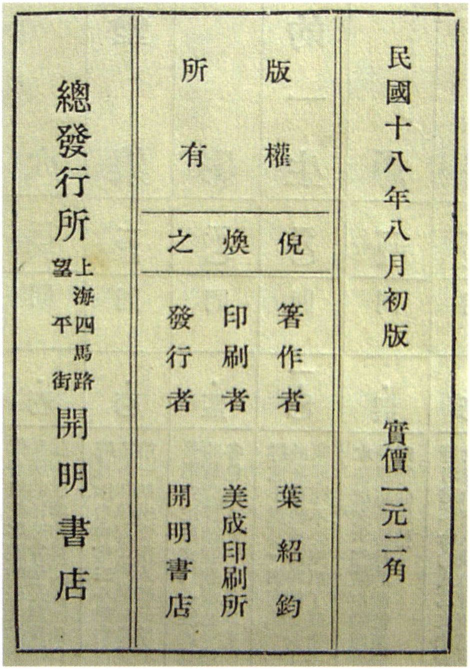

民國十八年八月初版

實價一元二角

版權所有

倪煥之

著作者 葉紹鈞

印刷者 美成印刷所

發行者 開明書店

總發行所 上海四馬路望平街 開明書店

梗概：中学毕业生倪焕之来到乡镇小学教书，校长蒋冰如与他一见如故，两人都赞成实施教学改革，为儿童提供合适学习的环境，启发他们自己去探索，教师则从旁边给予指导，不必过分拘泥于现在的课本。蒋校长还委托倪焕之指导学校农场的工作。这期间，他与新女性金佩璋相识。由于志同道合，两人相恋成婚。不久，由于旧派势力的抵制，他们具有理想性质的教育改革受阻，倪焕之的“教育救国”幻想也随之破灭，他的心灵受到了重创。金佩璋在结婚后专心于家庭，对世事漠不关心，这使得倪焕之大为感慨：有了一个妻子，但失去了一个恋人、一个同志。五四运动爆发后，倪焕之再次振作起来，与蒋冰如一起投入到社会改造的热潮中。之后，受中学同学及革命者王乐山的邀请，他来到上海任教，在王乐山的影响下，他投身于救亡运动。不久，大革命失败，王乐山被害，倪焕之陷于深深的悲观与失望中，他喝闷酒，又不幸染上疾病，不治而亡。葬礼后，佩璋决意走出家庭，为社会做点事，以告慰焕之的在天之灵。

按：这是叶圣陶（1894—1988）的第一部也是唯一一部长篇小说，更是为新文学长篇小说艺术奠基的标志性作品，其特点主要体现在四个方面。一是深邃的立意。小说以辛亥革命前后到大革命失败期间的社会变迁为背景，以倪焕之的奋斗经历为线索，如实地写出了一个时代的青年知识分子对“理想教育”到“理想爱情”再到“理想革命”的追求与理想幻灭的痛苦历程，写出了一个具有现代意识的知识青年从自我寻找到自我建设，再到自我幻灭的探索历程，传递了乡村知识分子在时代面前如何设计自我、定位自我的现代思考。二是巧妙的构思与鲜明的时代性。对此，夏丏尊和茅盾都有深刻的论述，也使“扛鼎说”与“划一时代说”成为肯定《倪焕之》的常用观点。三是严谨而完整的艺术结构。《倪焕之》的结构一向为人称道，虽然茅盾认为作品前后失衡，但整体而言，小说结构完整，已成公论。不过，若说小说革命与教育两部分文气不一，这一说法却大体符合作品情况。四是对典型人物倪焕之形象的塑造，使现代长篇小说的艺术特色得到了完美的体现。可以说，《倪焕之》是新文学史上第一部严格意义上的长篇小说，摆脱了以往长篇小说带有记叙传性质的结构模式，是中国现代长篇小说完成现代转型的重要界碑，在新文学长篇小说史上有着重要的意义。也因此，夏丏尊在校读后认为：当下文坛，“所见到的只是千篇一律的恋爱谈，或宣传品式的纯概念的革命论而已。在这样的国内文艺界里，突然见了全力描写时代的《倪焕之》，真足使人眼光为之一新。故《倪焕之》不但在作者的文艺生活上是划一时代的东西，在国内的文坛上也可说是可以划一时代的东西。”

8月 **黄素陶的《失恋之后》由上海大中书局初版。**

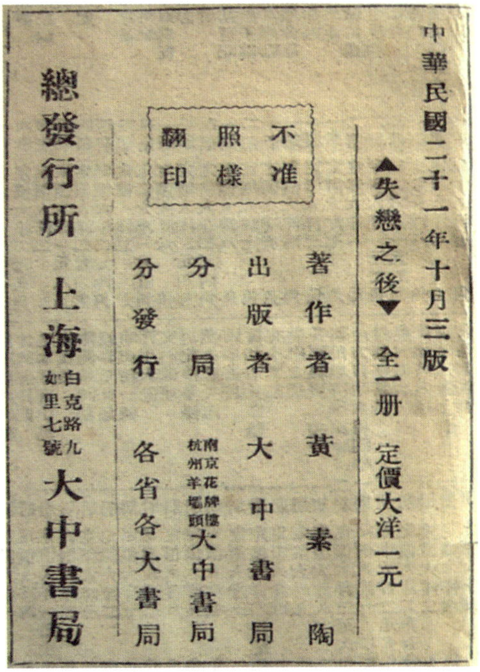
中華民國二十一年十月三版
▲失戀之後▼ 全一冊 定價大洋一元
不准 照樣 翻印
著作者 黃素陶
出版者 大中書局
分局 南京花牌樓 杭州羊毛頭 大中書局
分發行 各省各大書局
總發行所 上海白克路九如里七號 大中書局

梗概：男青年白痴生渴望爱情，经朋友谢南山介绍，他结识了国民党E区党部妇女部部长蔡孔宜。谢南山本想让蔡孔宜为白痴生介绍女朋友，谁知白蔡二人却交往甚密，使爱慕蔡孔宜的谢南山妒忌不已。在谢南山的催促下，蔡孔宜终于为白痴生介绍了女学生缪白云。白痴生与缪白云之间情愫渐生，但同时他又无法拒绝蔡孔宜的爱意和撩拨。就在白痴生与缪白云关系未定之时，白痴生曾经的恋人舒柏如因失去工作来到上海，并要求白痴生接济。因担心舒柏如的到来会影响他与缪白云的感情，白痴生向缪白云谎称自己需外出几天，并打算偷偷解决舒柏如之事。前来拜访白痴生而不遇的缪白云在公寓偶遇老同学秦莺，秦莺称白痴生已有妻子，且生活十分放荡。虽知秦莺之话不可全信，但缪白云仍深感上当，伤心不已，决心不理白痴生。将舒柏如安排妥当之后，白痴生终于能够安心追求缪白云。但因蔡孔宜从中作梗，缪白云又对白痴生产生误会，对白痴生十分冷淡。经过坦诚相谈，二人的误会终于解除，从此常常到公园和戏院约会，享受爱情的甜蜜。正当二人热恋之时，缪白云却突然收到一封匿名威胁信，称白痴生已经有了妻子，若缪白云不跟他绝交，便要用手枪对付她。痛苦不堪的缪白云写信质问白痴生，并宣称要与他断绝关系，谁知这封信竟被舒柏如偷偷撕掉。对此毫不知情的白痴生仍像往常一样写信给缪白云，却没有收到爱人的回信。原来，缪白云的父亲竟也收到了威胁信，一怒之下将缪白云禁足。爱人态度的突变令白痴生痛苦不已，他在分别给缪白云和舒柏如寄去绝笔信后，决定投入黄浦江，结束自己的生命。与他同住的谢南山看出了端倪，苦苦劝导，终于使他放弃自杀的念头。心存希望的白痴生仍坚持给缪白云写信，宣布与舒柏如脱离关系，但仍没有收到缪白云的任何回复。半年后，白痴生在舞场偶遇蔡孔宜，得知缪白云已经变成交际明星，并正和一位楼姓男子恋爱。白痴生心如刀割，但仍然期待缪白云和他的爱情能够复活。

按：黄素陶（生卒年不详）的小说通过描写一对青年男女之间甜蜜酸涩的动人爱情故事，歌颂了爱情的伟大力量，号召读者大胆地享受爱情，他说：“宇宙间到处充满着悲哀和恐怖，惟有爱的生活是甜蜜的！宇宙间到处是填不满的缺陷，惟有爱的热力才可以填满。”同时，作者通过描写白痴生和缪白云这对恋人因外力而失恋的悲惨结局，批判了旧礼教，表达了对自由的、不受任何约束的爱情的向往，回应了五四时期青年男女追求婚姻自主和个性解放的呼声，有一定的反封建意义。小说语言流利、情节跌宕，作者通过对恋爱心理的描写，展示了人的情感和欲望，对青年男女在恋爱中患得患失、如痴如狂的心理状态的描写，真实细腻，对青年男女调情时的心理描写也十分传神。但小说结构比较散漫，有“记流水账”之嫌，结尾也比较仓促。

8月 林曼青的《明朝》由上海亚东图书馆再版。

9月1日 鲁迅在《朝花旬刊》第 1 卷第 10 期发表《〈二月〉小引》一文，摘录如下：

“冲锋的战士，天真的孤儿，年青的寡妇，热情的女人，各有主义的新式公子们，死气沉沉而交头接耳的旧社会，倒也并非如蜘蛛张网，专一在待飞翔的游人，但在寻求安静的青年的眼中，却化为不安的大苦痛，这大苦痛，便是社会的可怜的椒盐，和战士孤儿等辈一同，给无聊的社会一些味道，使他们无聊地持续下去。

浊浪在拍岸，站在山冈上者和飞沫不相干，弄潮儿则于涛头且不在意，惟有衣履尚整，徘徊海滨的人，一溅水花，便觉得有所沾湿，狼狈起来。这从上述的两类人们看来，是都觉得诧异的。但我们书中的青年萧君，便正落在这境遇里。他极想有为，怀着热爱，而有所顾惜，过于矜持，终于连安住几年之处，也不可得。他其实并不能成为一小齿轮，跟着大齿轮转动，他仅是外来的一粒石子，所以轧了几下，发几声响，便被挤到女佛山——上海去了。

……

我从作者用了工妙的技术所写成的草稿上，看见了近代青年中这样的一种典型，周遭的人物，也都生动，便写下一些印象，算是序文。”

9月6日 《申报》刊载《小小十年》的广告：“叶永蓁先生著，二十余万言长篇小说。内容为一位革命青年最近十年中的思想与行动之自叙，以革命与爱情为神髓。有鲁迅先生序，他称许此书忠实地‘描出了背着传统，又为世界思潮所激荡的青年们的心’。当代青年不可不读！”

9月10日 《新月》第 2 卷第 6—7 号合刊刊载《天问》的广告：“这是一部二十余万字的长篇小说。你不看则已，你若是看了一页，你非要看完了全部不止。作者的笔墨有这样的魔力！你看完了一遍，你一定要看第二遍，作者的文章有这样的妙处！因为作者得到一个做小说的秘诀——结构谨严。这里面有销魂的韵事，有英武的击斗，有深刻的讽刺曲曲折折的有说不尽的穿插起伏，但是都经作者的一枝老练犀利的笔锋给串起来了，真可说是一气呵成，天衣无缝。这样的小说，据天津《大公报》文学周刊的编者批评说：‘只得《石头记》差可比拟。’爱读小说的读者，请你们自己鉴赏鉴赏看。”

9月15日 《春潮》第9期刊载《小小十年》的广告：“全书二十余万言，内容是一个现代的革命青年的自叙。有鲁迅先生的序文，说明了本书的意义之所在及本书主人公——即作者——的长处与弱点，因此这部小说更加值得读了。书中有作者自绘插画十余幅，都是别具风格之作。”

9月15日 高沐鸿的《少年先锋》始刊于《新民》第5期，至1930年1月15日第13期毕（其中第9期未刊）。

9月16日 毛一波在《真美善》第4卷第5号发表《几部小说的介绍与批评：〈灭亡〉》一文，认为：“作者是立意要描写一个革命的时代，他以一个革命者杜大心的活动与灭亡为中心，而表现了整个的革命事象。其中，写军阀的横暴，写人间社会的种种不平，写资产阶级生活者的游惰，写改良主义者的盲动，写小有产者的游移，写真正革命者的热诚和实际行动，均写得很紧张，很生动。但《灭亡》给人以刺激的，不是暴露的浮面宣传，而是用一种针刺似的暗示。在这一点，它避免了那‘干叫’的毛病，也即是它和流行的所谓标语式口号式的革命文学所不同的地方。”“《灭亡》是一部有‘思想’的作品，有系统地在解决爱与憎的问题。‘为爱而憎，为憎而不忍看见一切不平，所以去反抗一切强权’，便是书中主人公杜大心的哲学。‘对于那般最先起来反抗压迫的人，灭亡是一定会降临到他底一身’便是杜大心之所以从活动到灭亡的命运。”“作者似乎受了俄国虚无主张的影响，他所描写的革命人物，很像俄国二十世纪初年的那般革命青年的模型。如杜大心的革命精神，完全是一个殉道者所有的。但杜大心的阴郁性却又很像阿志巴绥夫小说中的人物。”“依我的观察，我觉得《灭亡》作者所表现的这种思想，是他崇仰过往革命家精神的结果。也许，他是同时综合的接受了托尔斯泰的人道主义，阿志巴绥夫式的虚无主义，和克鲁泡特金的无政府主义。也许，他从书本上，受过俄国十九世纪到二十世纪初年的革命潮流的影响，又加上他自己在中国从事革命的经验。所以，他写出这部《灭亡》来了。”“总而言之，《灭亡》中的主人公，是较近于理想化的，也许，它还是一种主义的人格化呢。不过，以作者那种善于驾驭文字的手腕，和畅所欲言的魄力，使它的艺术很为完整，从而把持了它的真实性。”

按：该文的观点有其道理，因为杜大心憎恨一切哲学，也憎恨李氏兄妹奉献爱心的理念，他所憎恨的是巴金所信仰的“安那其主义”和“民粹主义”的两个要素，只是这“憎”是建立在“爱”的基础上的。

9月16日 《申报》刊载《倪焕之》的广告:“叶绍钧著，夏丏尊序，茅盾跋。这是一部直接描写时代的东西，茅盾先生谓是‘扛鼎’的工作，可作五四前后至最近革命十余年来的思想史读。其中有教育者，有革命者，有土豪劣绅，有各色男女，有教育的垦荒，有革命的剪影，有纯洁的恋爱，有幻灭的哀愁，一切都以写实的手腕出之。无论在技巧上，在内容上，都够得上划一时代。”

9月28日 《申报》刊载《俘虏的生还》的广告：“这是一部十万字的长篇小说，分上下两编。我们的青年作者在这里宣泄了感情的愤激，喊出了斗争的呼声，他描写了一个青年的飘泊的经过，和在牢狱中的一段苦况，这是能使青年看了起出感情的共鸣的书，至于结构的严密描写的深刻，更是这本书的长处。”

9月 苏雪林的《棘心》由上海北新书局再版，3001—6000 册。

9月 罗西的《玫瑰残了》由上海光华书局印行第四版，5001—6500 册。

9月 叶鼎洛的《前梦》由上海光华书局印行第四版，5501—7000 册。

9月 洪灵菲的《前线》由上海泰东图书局再版。

10月5日 罗西的《桃君的情人》由上海光华书局印行第三版，3001—4500 册。

10月10日 实秋在《新月》第 2 卷第 8 期发表《〈鲁男子：恋〉》一文，认为:“近年出版的长篇小说之最使我感得兴趣者，一部是陈铨先生的《天问》，一部是病夫先生的这个《鲁男子》。”“病夫先生的这部小说，在布局方面严谨极了，不愧说是一件艺术品。这是一部爱情小说，由鲁男子十岁左右爱情方在萌芽的时候写起，爱情一点一点的展开，苦闷，希望，热恋，灾难，以至于失望。这里面讲的是一个人整个的爱的经历，里面有穿插，有埋伏，有首尾，有剪裁。也许这样一段故事太单薄，于是作者又加进一段枝节的文章（小雄的爱史）来作陪衬，显得情节更周到，更热闹，更紧张。作者下笔时必定是全竹在胸，一气呵成，绝不是断断续续的杂凑而成。”“病夫先生的长处并不专在结构的巧妙，他讲故事讲得深刻，近乎人情，这是一般人所不及的地方。”“病夫先生写这部小说是诚恳的，他不是写着好玩，也不是写了为别人好玩，这小说里面有严重性。这小说里面的情感如是之真挚，几乎要使人猜想里面有很大的部分是作者的自传。”“我觉得病夫先生这部小说与其说是‘想像物’，还不如说作者对于人生有深刻的经验与观察呢。”当然，小说“有的地方似乎不能脱离旧小说的气味”。最后，他认为全书的大意是“死才是恋的永生”，“离或是恋的维系”，“婚简直是恋的没落”。

10月10日 《开明》第2卷第4号刊载《灭亡》的广告：“假使‘革命文学’这个名词能够成立的话，那末，这部《灭亡》便是头角峥嵘的革命文学；假使‘无产阶级文艺’是实有的话，那末，这部《灭亡》便是货真价实的无产阶级文艺。这种作品不像那些‘普罗——’者流的毫无意义的干喊乱嚷，她是一部有思想有内容的佳作，任何阶级的男男女女，都该虚心一读。开明书店出版。”

10月10日 张资平的《长途》由上海南强书局再版，2001—4000册。

10月15日 摩在《现代小说》第3卷第1期发表《〈棘心〉》一文，认为《棘心》内容杂芜，语言文白夹杂，不统一，可能是旧作，若好好剪裁，是很能动人的。

10月15日 张资平的《最后的幸福》由上海现代书局印行第七版，11501—13500册。

10月 **柔石的《旧时代之死》由上海北新书局初版。**

梗概：青年知识分子朱胜瑀出身于清寒之家，早年丧父，靠母亲的支撑读到大学二年级，后因家境窘迫失学。就业后又因为不愿被有钱者颐指气使，他愤然辞去C社书记（做抄写工作）的职务。朱胜瑀失业后又得了肺病，心情更加郁闷，性格更加褊狭，也有些变态。苦闷的内心和变态的狂乱，使他

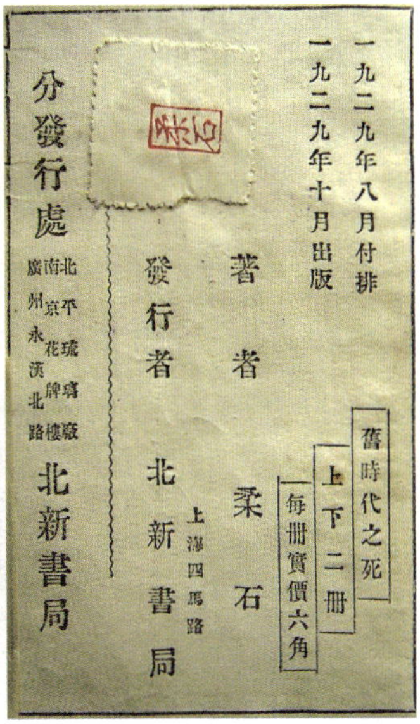
一九二九年八月付排
一九二九年十月出版
舊時代之死
上下二册
每册實價六角
著者 柔石
發行者 北新書局 上海四馬路
分發行處 北平琉璃廠 南京花牌樓 廣州永漢北路 北新書局

对房东发生了莽撞的举动。看到他开始吐血，病情加重，朋友们决定送他回故乡去休养。美丽的家乡，母亲的关爱，使他心境好了许多，但媒人王家叔又来催婚，使他十分反感。因为向往清静，他从家里搬到附近的妙相庵去住。借住庵屋的第一夜，一位中年尼姑对他进行了佛学说教，他的精神得到很大的解脱。不料，紧接着传来谢家女子因他拒婚而缢死的噩耗，这又使他感到自责和内疚，也陷入迷乱与狂癫状态。傍晚，他服毒自尽。

按: 小说初版上册标题为《未成功的破坏》，下册标题为《冰冷冷的接吻》。关于《旧时代之死》的创作动机，柔石（1902—1931）在《自序》中写道：“回忆向前溯，说几句几年以前的事罢。那时正是段祺瑞在天安门前大屠杀北京学生的时候，我滞留在上海。那时心内的一腔愤懑，真恨得无处可发泄。加之同住在上海的几位朋友，多半失着业，叫着苦；虽则我们有时也喝两三杯酒，或打三四圈牌，可是在喝酒打牌的时候，朋友们却常引颈地长叹一声，从下意识中流露出一种人生的苦闷的痕迹来！”“因此，我就收拾青年们所失落着的生命的遗恨，结构成这部小说。”“这部小说我是意识地野心地掇拾青年苦闷与呼号，凑合青年的贫穷与忿恨，我想表现着‘时代病’的传染与紧张。”一群怀着爱国热血的青年遭到屠杀，于是愤懑、压抑、失落、悲哀、苦闷、消沉、颓丧、悲观的“时代病”在青年中传播。柔石敏锐地感受到这一“世纪末的感伤”，通过朱胜瑀潜意识的冲动与内心的激烈冲突，将青年的“苦闷与呼号”“贫穷与忿恨”“‘时代病’的传染与紧张”渲染得淋漓尽致，具有强烈的时代意义。当然，小说也存在着不足，如心理描写过滥，一些情节不合乎逻辑，人物主观色彩过浓且转变过快，令人难以置信。

10月 巴金的《灭亡》由上海开明书店初版。

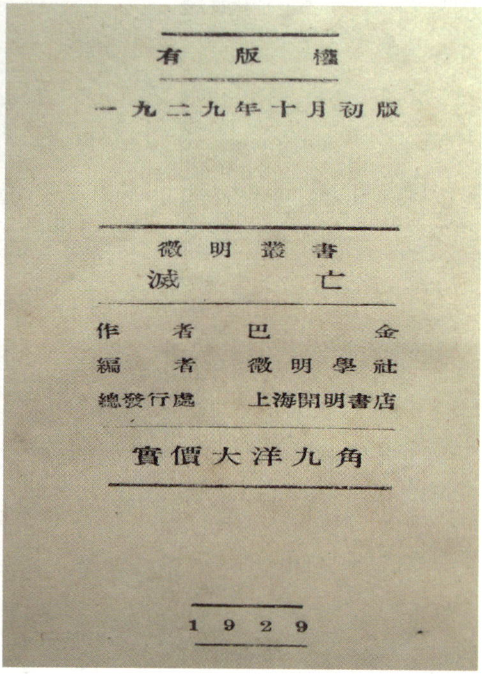
有版權

一九二九年十月初版

微明叢書
滅亡

作者 巴金
編者 微明學社
總發行處 上海開明書店

實價大洋九角

1929

梗概：戒严司令的秘书长的汽车压死了一个衣衫褴褛的穷人，杜大心看到后非常愤恨。大学生李冷见杜大心有同情心，便对他产生了好感。相识后，他得知杜大心是诅咒人生的长诗《撒旦之胜利》的作者。李冷的妹妹李静淑主张用爱去关怀人生，而杜大心相信憎、否定爱，二人发生了争执。李冷过生日时，杜大心应邀来贺，人们自然谈到他的诗，李静淑认为这首诗使人战栗，但杜大心认为人生涂满了受害者的鲜血，在这些血迹未被洗去之前，谁也不配赞美人生。他的话使李静淑受到感动。后来，杜大心发现自己爱上李静淑，但他想到自己不是监禁就是死亡的命运，压制了自己的爱情。一天傍晚，李冷兄妹面对来访的杜大心，再次提出用爱来挽救社会，杜大心激愤地认为把自己的幸福建立在别人的痛苦之上的人应该灭亡。之后，杜大心搬到工会去住，工友张为群在取传单时被捕，后被杀害。杜大心决定刺杀戒严司令，为张为群报仇，他冒充记者击伤司令，后被砍头示众。一个月后，李静淑领导了工人大罢工。

按：这是巴金（1904—2005）的第一部长篇小说，小说的出版确实引起了不小的轰动。《灭亡》具有双重旨意，一方面诅咒把幸福建筑在别人痛苦之上的统治者的“灭亡”，另一方面痛惜最先起来反抗黑暗社会的人，无可幸免地走向“灭亡”。《灭亡》以孙传芳统治时期的上海为背景，通过杜大心对黑暗社会的憎恨与反抗、复仇与献身的人生历程的描写，在一定程度上反映了当时黑暗的现实，更深刻地抒发了作者对“安那其主义”（即无政府主义）和民粹主义思想的理解与追求。因此，《灭亡》与其说是一部反映现实的作品，不如说是一部表达作家无政府主义哲学和民粹主义思想的文本。“存希望于人间”是巴金思想与无政府主义和民粹主义思想的区别所在。以往人们多将接受视野集中在杜大心的形象与巴金的世界观上，殊不知将《灭亡》看作是作家对社会、对人生的哲学私语或许更有道理。

10月　郑震的《失败者》由上海启智书局初版。

梗概：钱南默是生长在中产阶级家庭的青年，曾因积极推动社会改造、思想激进而下狱。出狱后他一边教书一边从事社会活动。1927年10月，在一次与反动者的斗争中，他再次被告发，只得紧急撤离。在好友梅慧中的安排下，他到了竹叶村的杜千代家做家庭教师。杜千代的女儿雪琴、梦琴都对他颇有好感，但雪琴曾经的老师易士成也在追求雪琴。有一次雪琴的表哥——工人伍觉来访，易士成瞧不起伍觉，饭间二人发生争执，钱南默为伍觉抱不平，被易士成怀恨在心。次日伍觉与钱南默交谈，提及其好友陈英奇与陆壬癸，并邀请钱南默前去参加他们的干部会议。梦琴听到二人交谈，鼓励南默前去开会，南默发现梦琴一直默默地关注他，与梦琴互生情愫，南默对革命事业的信念动摇了。南默前去M村开会，大家请英奇先起草一个暴力武装斗

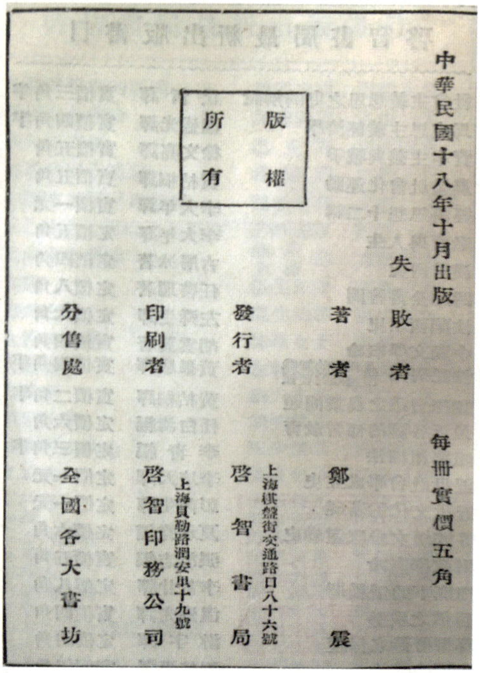
中華民國十八年十月出版

失敗者

每冊實價五角

著者 鄭震

發行者 啓智書局 上海棋盤街交通路口八十六號

印刷者 啓智印務公司 上海貝勒路潤安里十九號

分售處 全國各大書坊

版權所有

争的方案。钱南默回到竹叶村不久，因易士成告密，伍觉被捕，钱南默连夜回到 M 村，发现大家已经在做武装训练。M 村被士兵包围，陈英奇让钱南默在后方安抚妇孺，并在战败时带领大家逃跑。钱南默对胜利不抱希望，又怕见到大家牺牲，便想开枪自杀，但未成功，被赶来的慧中和梦琴救下。次日，被压迫者占领了 F 城，“围剿”M 村的士兵弃战而逃。

按：这是郑震（生卒年不详）一部表现国民大革命失利后，工农兵联合起来进行阶级斗争的小说，也是一部反映资产阶级知识分子软弱性的小说。小说通过对钱南默革命和恋爱历程的描写，以及对其脱离家庭、投身革命，却宁愿自杀也无法直视流血牺牲的思想与行动的矛盾的刻画，反映出国民大革命后资产阶级知识分子革命信念的动摇，以及在暴力革命面前迟疑、恐惧的心理，显示出那个时代知识青年的苦闷，具有鲜明的时代色彩。作品情节紧凑，通过对话及心理描写推动情节发展、塑造人物形象，人物性格特征较为鲜明。作品对男女间的纠葛展现多，对工农革命的展现少，是早期较为典型的“革命 + 恋爱”模式的小说。

10月 剑波在《群众月刊》第 4 期发表《由〈红日〉说到其他》一文，认为《红日》是一部好作品，而且是狂飙社作品中较好的一部。

按：作者其实重在说“其他”而非《红日》。

10月 《结局》由上海水沫书店再版，1501—3000 册。

10月 《苔莉》由上海创造社出版部印行第五版，12001—14000 册。

11月1日 柔石的《二月》由上海春潮书局初版，1—1500 册。

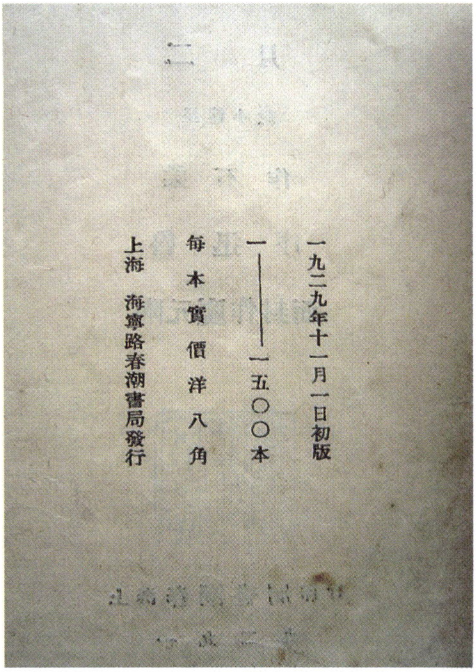

梗概：厌倦城市生活的青年知识分子萧涧秋，应同学陶慕侃之邀去乡下芙蓉镇中学任教。在路上，他遇到了一位妇女，她的丈夫在战争中被打死，她没能得到抚恤金，还带着一双儿女，萧涧秋深表同情。到校后他得知被打死的人曾是自己的同学，于是决意接济这位妇女。与此同时，陶慕侃的妹妹陶岚在与萧涧秋的接触中对萧萌生了爱情，而萧涧秋对这位妇女的同情转为了牵挂。很快，流言四起，不久，又传来这位妇女因儿子病死而上吊自杀的噩耗，萧涧秋只好离开了这一是非之地。

按：“二月”是一种象征，既是写萧仅在芙蓉镇待了两个月，也在形容社会环境：那料峭肃杀如凛冽的寒风般的氛围，如同二月。小说不仅写了军阀混战造成的生灵涂炭，更揭示了乡言可畏、流言杀人、愚昧吃人的可悲现实。战争、封建道德是罪恶之源，它们不仅让底层的农民家破人亡，也使立志救民济世的知识青年深陷重围。萧涧秋的悲剧不独是广大底层百姓的悲剧，也是各种理想主义破产的悲剧。小说构思精妙，人物形象生动，结构完整，于悲剧氛围中流露出浓郁的抒情色彩，其典型形象萧涧秋是中国现代长篇小说早期创作中的重要收获之一。《二月》不仅是柔石的代表作，也堪称中国现代长篇小说早期的经典。

11月1日 张资平的《爱力圈外》部分刊于《大众文艺》第2卷第1期。

11月1日 张资平的《飞絮》由上海现代书局印行第九版，17001—19000册。

11月3日 《申报》刊载《爱力圈外》的发售预约广告："张资平空前创作。《爱力圈外》发售预约。张先生从来的作品多描写爱力圈内的事情。他近来转变了作风，专力于描写爱力圈外的社会问题了。他在爱力圈外写些什么呢？请大家读他这篇最近巨作。这篇小说在量上说计十余万言。在质上说它的内容有贫富阶级的对抗，有时代思想的冲突，有男女两性间的斗争，有奋斗以寻出路的革命青年，有努力打破宗法社会旧礼教的女革命家。其他如写上流家庭的黑幕，名门世家的崩坏等等，都足以证明近代布尔乔亚派是迟早非没落不可的，其他如写女主人公因丈夫和姊姊发生了不义的关系而苦闷的心理，写得极深刻动人。又写她到后来勇敢地向她的丈夫宣战的决心也写得十分沉痛，足为一般受了男性的压迫的女性们扬眉吐气。男性青年固然不可不读，女性青年尤非一读不可。"

11月6日 《申报》刊载《倪焕之》的广告："二十万言的长篇创作，出力描写五四前后到最近的时代状况。茅盾先生评为扛鼎的工作，夏丏尊先生评为划一时代的东西，其价值可想。"

11月10日 **病夫的《鲁男子：恋》由上海真美善书局初版，1—2000册。**

梗概：鲁男子是书香世家的独子，聪明伶俐、相貌清秀，为家人所宠爱。

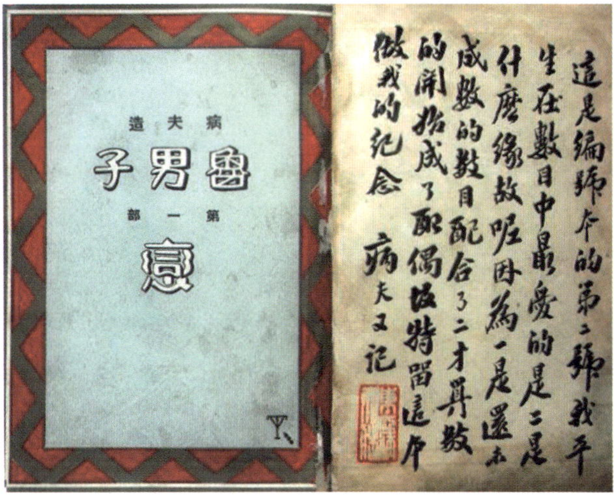

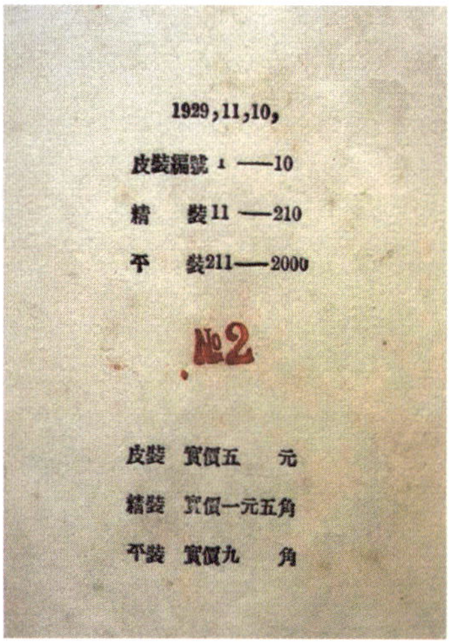

他自幼与表妹齐宛中相处，情投意合。朱小雄本也爱宛中，见鲁男子与宛中心心相印，就转而追求云凤。观龙船时，鲁男子本想让朱小雄与云凤一叙衷肠，不料，宛中却以为鲁男子与丫头阿林私会，一气之下与鲁男子反目。鲁男子十分悔恨，遂写血书示爱，但血书被阿林悄悄藏了起来。见血书没有回音，鲁男子认为自己受了骗，恋爱是一副假面具，于是他堕落了，吃喝嫖赌一应俱全。一天，阿林表示要用自己的爱来抚慰鲁男子这颗孤寂的心，遭到鲁男子的拒绝。宛中明白了鲁男子的心，与他重归于好。这时，鲁男子问宛中血书的事，宛中莫名其妙，阿林见无法隐瞒，只好讲出了实情。宛中非常感动，但鲁男子深感自责，他认为他的灵魂是堕落的，身体是污秽的，不能与冰清玉洁的宛中相爱。宛中不顾少女的羞惭，决心献出自己的贞操以唤起往昔的爱情。鲁男子终于被感动，但他在关键时刻把持住了自己，与宛中保持精神的爱恋。小雄的父亲替他订了婚，云凤心有不甘，决意与小雄在一起，为此她先在祠堂里遭到辱骂，后又被族长禁足。小雄得知后去看望她，反被人拦在门外痛打。悲愤难当的小雄吃鸦片自杀，云凤得知后也吞鸦片殉情。鲁男子为小雄与云凤的惨死悲伤不已，但他不愿也不敢以死抗争，遵从父命，接受了包办婚姻。随后，他给宛中写了一封长信，认定“死才是恋的永生，离或是恋的维系，婚简直是恋的没落”，建议两人安安静静地在失望里熬过这一生。

按：病夫（1872—1935）即曾朴，这是其一部“夫子自道”性质的小说，书中主人公的身世经历与作者相关。实秋说：“病夫先生写这部小说是诚恳的，他不是写着好玩，也不是写了为别人好玩，这小说里面有严重性。这小说里面的情感如是之真挚，几乎要使人猜想里面有很大的部分是作者的自传。”作者曾与丁氏二表姐相恋，因家人的强烈反对而被迫另娶他人。小说通过主人公鲁男子与齐宛中的爱情悲剧，把他们爱的悲欢、灵与肉的战栗，及这种爱为道德所不容、为宗法社会所不纳的苦痛，淋漓尽致地表现了出来。艺术上，小说首先给人的感觉是旧小说的气息浓烈，“贵族文学”气颇盛，几无“为人生”之现代构想，反有隔时隔世之感。其次，小说受《红楼梦》影响明显，人物设计与情节安排颇有《红楼梦》的痕迹，但立意远不及《红楼梦》。再者，小说刻意追求典雅，文辞雕琢，虽见功力却也刀斧痕迹明显，可谓瑕瑜互见，巧拙并陈。当然，这并不是说《鲁男子》一无是处，小说的结构就值得称道。

11月10日　《开明》第2卷第5号刊载《灭亡》的广告：“巴金先生的这部《灭亡》在《小说月报》上发表的时候，即蜚声文坛，万人争诵，群推为现代文坛不可多得的佳作。我敢多嘴，假使‘革命文学’这个名词是能够成立的话，那末，《灭亡》便是头角峥嵘的革命文学；假使‘无产阶级文艺’是实有的话，那末，这部《灭亡》便是货真价实的无产阶级文艺。微明学社为供应读者的需求起见，特请原作者详为校订，刊印单行。现代青年，都请一读。”

按：该广告为巴金自己撰写，有夸大、煽情的成分，所言也非作品本身的内容，只是借“革命文学”的潮流推销自己的处女作，说明巴金此时首先考虑的是市场，而非文本本身。

11月15日　文泯在《新文艺》第1卷第3号的《国内文坛小消息》称：“因谓市党部，因世界书局出版《诗与散文》杂志，里面有茅盾底‘散文’，说茅盾即某某底化名某某为共产党徒，所以茅盾底文章不无宣传共党嫌疑，即一面审查该杂志；一面通令各报及各杂志，说在审查期内，不准登载该杂志底广告。商务印书馆也接一纸命令，发了‘虫极’，便停止发行三部作及停止登载《虹》了。”

11 月 17 日 《申报》刊载《旧时代之死》的广告：“旧时代是的确可咒诅的痛恨的。在本书内所叙述的，是一位落在时代的熔炉中的青年，八天内所受的‘熔解生活之经过’。里面充塞着不少的青年之苦闷与呼号，贫穷与忿恨——所谓现时代之‘时代病’。全书主张完全站在新时代台前去奋斗，是以名之曰《旧时代之死》。”

11 月 19 日 偶然在《申报》发表《〈小小十年〉》一文，认为：“说到技巧，这本书并不特出，风格虽然平直，却也并不怎样高妙，所可贵的是，作者底坦白自剖的态度，和深刻恳切的心理抒写，因为有此二者，所以这本书毕竟是一部反映时代的著作。”

按：确实如此。

11 月 24 日 《申报》刊载《二月》的广告：“这是柔石先生在他的《旧时代之死》以后的一部创作。书中主人公代表着青年的一种典型，穿插的人物个个都很生动。鲁迅先生说，本书读者定能由读时所生的诧异或同感而照见自己的姿态。我们由此不难想见本书之价值。”

11 月 张资平的《爱力圈外》由上海乐华图书公司初版，1—2000 册。

梗概：祝梅筠出身于官宦之家，美丽开朗。因家中没有儿子，父亲祝万年便想招婿入赘。经过物色，一位曾共过事的梁博士的儿子梁卓民进入他的视野。梁卓民今年 27 岁，北京大学毕业，又游学美国获得硕士学位，在交通部当参事，可谓才貌双全，前程远大。但梅筠与从德国毕业回来、在外交部工作的柯名鸿恋爱，柯名鸿具有男性美，也是前程远大。家里看梅筠态度坚决，就同意了她的婚姻。由于梅筠出嫁，父亲觉得二女儿菊筠与卓民结婚可以实现招婿的愿望，就动员菊筠与卓民成婚。毫无恋爱经验的菊筠听从了父亲的意见，与卓民结婚，卓民也正式入赘。成婚后卓民告诉菊筠，他曾多次寻花问柳，这让菊筠非常伤心。一天，柯名鸿的父母从乡下来探望儿子，梅筠贴心的接待让老两口非常高兴，就想多住些日子。不料，日子稍长，由于双方

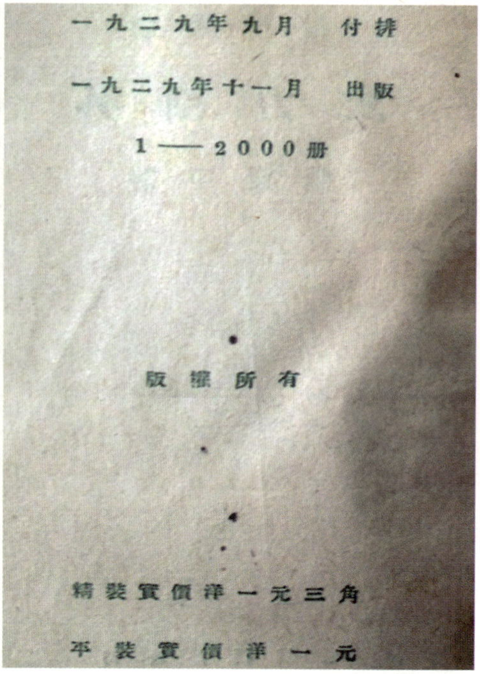
一九二九年九月　付排
一九二九年十一月　出版
1——2000册
版權所有
精裝實價洋一元三角
平裝實價洋一元

的生活方式不同，导致婆媳之间的矛盾迅速激化，在劝说柯名鸿与父母分住无果的情况下，强硬的梅筠与柯名鸿离婚，回到了娘家。菊筠与卓民结婚后，生了一个女孩，取名为彩英。卓民本性难移，很快与梅筠有染。家里出于名声的考虑，让菊筠忍气吞声，不要张扬。更让菊筠不可思议的是，她在剧院发现母亲与卓民、梅筠在一起，之后母亲又告诉菊筠，姐姐已怀孕，动员她抚养姐姐将来生下的孩子，以维护家庭的名声。菊筠彻底失望了，她不愿做情感的牺牲品。为了报复家庭，她主动与家里的男佣筱桥发生关系，并外出同居。而此时柯名鸿又欲与梅筠重归于好，梅筠便打掉孩子，与柯名鸿复婚。菊筠则向家里要钱，与筱桥一起游山玩水，沉溺于性爱中。不久，菊筠的钱被挥霍一空。筱桥找工作未果，去广州参加北伐革命，菊筠则到女子师范学校当了校长。三年后，菊筠回 S 市居住，柯名鸿做了外交总长，卓民靠梅筠的关系当了某国公使。

按：这又是张资平的一部仿写之作。据《申报》1929 年 11 月 30 日广告，为刊发广告当日出版。小说以第一人称的方式，通过菊筠对自己不幸婚姻的自述，强烈批判了包办婚姻的罪恶，抨击了虚伪的封建道德对女性的戕害，揭露了封建大家庭的丑恶与腐败，表达了时代女性要求婚姻自主的现代呼声。不过，小说的结尾写筱桥参加革命非情节发展的必然，而是作者宣称要“转向”的附会，故生硬而牵强。《爱力圈外》的结构设置、人物刻画、语言描写等都颇见功力，若就创作水平而言，可视为一部较为出色的作品，但因是张氏仿作，故另当别论。

11 月 老舍的《老张的哲学》由上海商务印书馆印行第三版。

11 月 老舍的《赵子曰》由上海商务印书馆印行第三版。

12 月 1 日 《乐群》第 2 卷第 12 期刊载了一则消息：《〈爱力圈外〉不是张资平的创作》。全文如下：“在乐华书店出版的《爱力圈外》一部是张氏由一篇日本小说翻案来的，一部是他自己加添上去的。关于这项，他写了一封信来要本栏代为声明。今将来函抄后：‘《爱力圈外》一部分是据一篇日本小说翻案的，曾在原稿后声明，要求乐华书店印出，但后来给乐华书店删去未印，只好借《乐群》月刊的国内文坛消息栏代声明一下，以重责任。前在《大众文艺》发表一部分时，亦曾请该刊主编者在编后里声明，又及。’”

12 月 10 日 《小说月报》第 20 卷第 12 号《最后一页》刊载记者的如下文字：“我们将本年第十二月的本报编完后，这一卷——第二十卷——已是告结束了。在这一卷中……长篇创作，则刊出者共有两部。（一）《灭亡》，巴金著；（二）《二马》，老舍著；这两部长著在今年的文坛上很引起读者的注意，也极博得批评者的好感。他们将来当更有受到热烈的评赞的机会的，我们想。”

12 月 15 日 华在《现代小说》第 3 卷第 3 期发表《〈倪焕之〉》一文，认为：“这部创作假如说是新兴文坛划时代的作品，那末免有点夸耀，这正是小布尔乔亚文战营垒中的一幕悲剧，在无可支持的挣扎中，敌人的战略是无意识的被肯定了。”“这并不是说作者迷恋旧梦。这乃是说作者还不曾将沉浸已久的毒汁完全消尽。不仅作者是这样，一般已经坦白的转向的作家也都未能免此。”

12月15日 刚果伦(即钱杏邨)在《现代小说》第3卷第3期发表《一九二九年中国文坛的回顾》一文，主要表达了如下几个观点。第一，“这一年所刊行的《丽莎的哀怨》，在命意上作者虽不免煞费苦心，可是所得的结果，却未免是一失败。因着第一身称的限制，他不能正面的描写新的俄罗斯的生长，只能从侧面略略提及，这结果，充其量也不过只有消极的意义。因着主人公阶级性的限制，他不能不采用那种罗曼谛克的文艺的语句的形式，不能在技术上得到比《短裤党》更进一步的发展。无论如何，在这一部创作上，我们是认定作者是因着内容决定形式的第一人身称的采用，而失败了”。第二，“叶圣陶写教育小说是最有成就的……你看《倪焕之》的前十九章写的是如何的开扩，自然，而以一个教育家的态度在分析教育界的情势。但一牵涉到政治方面，他就不免立刻的显示出他的隔膜以及他的局促来了；不仅他对于政治没有正确的估量，科学的分析，对于参加了政治（漩）涡里的‘倪焕之’的思想与行动的转变，他也就不能很科学的追寻他的背景而加以描写，只能作浮面的描绘了。他也只有用十一二章的地位来写五四，五卅，一直到一九二七的年代了；他也只能用一场讲演来描写五四，一个示威来描写五卅，以一次的白色恐怖来吓晕倪焕之了。总之，我们便抛开叶圣陶的整个的取材以及描写的方法是否是辩证法的一点来说，他的《倪焕之》的前部是和他的教育短篇得到了同样的成功，但他的后部是完全的失败了。茅盾说，《倪焕之》是十年来的扛鼎之作，但我们却不能说出《倪焕之》是如何的‘扛’法。”第三，《灭亡》“这部创作的技术，从资产阶级文学的立场看来，是很有成就的；虽然上半部写得非常松懈，但后半部却写得紧张有力。几个主要的人物描写得都很好。可是，《灭亡》究竟是代表着那一些人们在说话呢？巴金虽没有明白的指出，事实上是已告诉了我们，这是虚无主义的个人主义者的创作了。主人公是在全书的各个地方发挥了他的虚无主义的精神。这个人物参加革命的动机是不正确的，他是以工作抑止自己的苦闷，以革命来发挥个人的理想；虽说也是为着被压迫的大群，照他自己说。他是一个罗曼谛克的革命家。至于他的死亡，仅止因着一个朋友的被杀去牺牲自己的生命，去报仇，那更是一种不正确的意识形态的表现，不是革命党人应有的态度。依据着这种事实而写成的创作，究竟具有着若干的意义呢？——这是不需要再解释的问题了”。

按：就《丽莎的哀怨》的创作而言，选取怎样的视角是作家的自由，但该作使用第一人称视角，虽与全书氛围相契合，只是从人物的立场来看，的确易产生暧昧的接受效应。就《倪焕之》而言，对小说后半部的“失衡分析”有其道理，但因之认为小说不具有“扛鼎”之贡献，当可再思。就《灭亡》而言，论者显然没有理解作品的真谛。

12 月 15 日 华汉的《寒梅》由上海平凡书局初版。

12 月 20 日 **白薇的《炸弹与征鸟》由上海北新书局初版。**

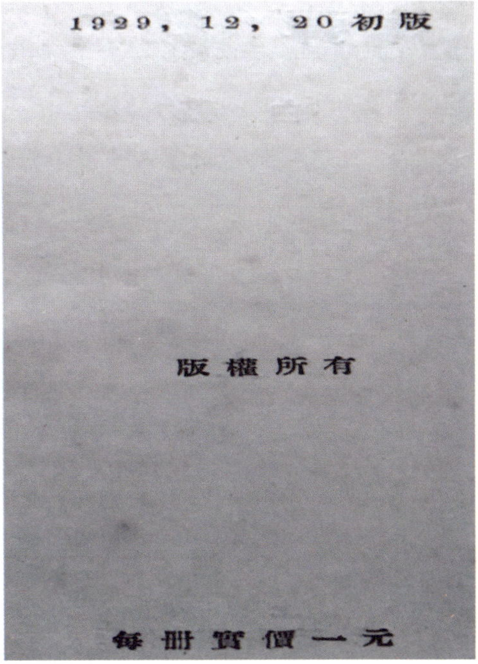

梗概：余玥和余彬姐妹俩出身于旧官僚家庭，在中学读书时就梦想着要革命。妹妹余彬很为自己的绰号“炸弹”而自豪。姐姐余玥在父亲的逼迫下嫁了一个性情残暴的丈夫，受尽虐待，忍无可忍的她逃出夫家，在被追至悬崖边时，她纵身跳下，本想一死了之，但却侥幸生还。看到头顶飞过的群鸟，她便以“征鸟”自居。她拖着病体到广州来投奔二舅，并在这里与韵舫相爱。不料，二舅突然被刺，余玥失去靠山，她毅然决定告别恋人，到武汉参加革命工作。早到武昌的余彬并不热心革命，她整日沉溺于舞会、应酬与谈情说爱，利用自己的美貌周旋于多个男子之间，用她“炸弹”的力量博得“交际花”的虚名，也遭到他人的奚落和辱骂。来到武汉的余玥发现自己的恋人也是妹妹的情人后，为了改变妹妹水性杨花的本性，她牺牲自己的爱，将全部的精力投入到革命运动中。但她发现所谓的革命都是装腔作势，便脱离了她所工作的部门。在进步青年马腾的影响下，她决定参加另外的革命组织，过异常刺激的生活。

按：这是白薇（1894—1987）一部表现大革命时代青年女性寻求自我价值的长篇小说。小说初版为上册，下册因《奔流》杂志被查封，稿件散佚。作者的本意是想借两姐妹在大革命中的进取与沉浮，反映出时代的侧影，但由于作者缺乏艺术驾驭力，导致小说结构混乱、情节杂芜、头绪纷乱，如一团乱麻，人物形象模糊，令人难以捉摸。

12月20日 蒋光慈的《丽莎的哀怨》由上海现代书局再版，2001—4000册。

12月 **陈铨的《冲突》由上海历志书局初版。**

梗概：留美学生陈云舫五年前听从母亲的安排，与从未谋面的未婚妻结了婚。新婚妻子的美貌、聪明使他爱恋不已，然而出国以后，主张所谓“恋爱自由”的陈云舫却被美丽高傲的留学生同学刘翠华吸引。于是，陈云舫隐瞒自己的已婚身份，同刘翠华之间的关系暧昧不清，而刘翠华也爱上了这位上进的青年。就在陈云舫不顾自己已婚的事实要向刘翠华求婚时，一直追求刘翠华而不得的黄则凌嫉妒不已，竟使计令刘翠华得知陈云舫已婚的真相。深感遭到欺骗的刘翠华为了报复陈云舫，假意同黄则凌相好。大受打击的陈云舫得了神经病，整日浑浑噩噩。在餐厅吃饭时，他主动挑衅“情敌”黄则凌，两人不顾警察的劝阻，在公园里大打出手，受了重伤的陈云舫被送往医院，黄则凌也被警察厅暂时拘留。从好友张明琼处得知此事的刘翠华后悔不已，连忙赶往医院看望陈云舫。在意识到自己还爱陈云舫的事实后，刘翠华情不

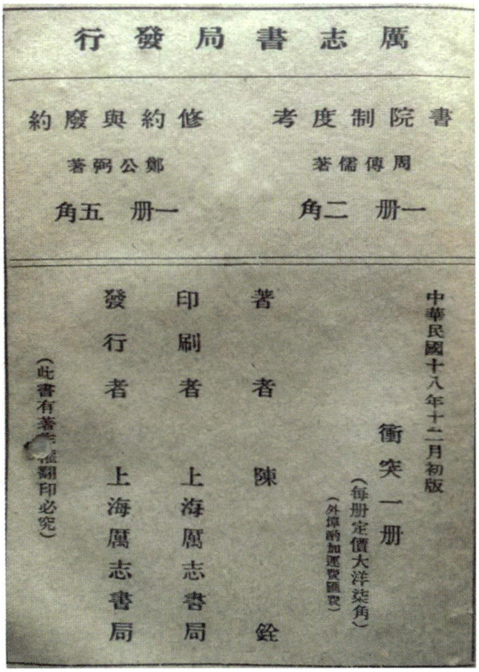
厲志書局發行

書院制度考
周傳儒著
一冊二角

修約與廢約
鄭公弼著
一冊五角

中華民國十八年十二月初版

衝突一冊
（每冊定價大洋柒角）
（外埠酌加運費匯費）

著者 陳銓
印刷者 上海厲志書局
發行者 上海厲志書局

（此書有著作權翻印必究）

自禁地吻了病中的陈云舫，并开始冷淡黄则凌。而从病中慢慢恢复的陈云舫则因为梦到了自己的母亲和妻子，终于意识到了自己的不忠，后悔的他决定改过。然而，当发现刘翠华已经将黄则凌抛弃之后，陈云舫立即忘掉了自己的母亲和妻子，继续同刘翠华交往。为迎接军阀走狗王良魁，以刘冠成为首的中国留学生要举办欢迎会，黄则凌和好友陆率周等人组织了留学生大会，表示反对。在大会上，双方人马大打出手，黄则凌拼尽全力救出受伤的刘翠华。刘翠华感激不已，对黄则凌的态度终于有所好转。此时，同刘翠华的爱情日益加深的陈云舫则写信回家要求离婚，并向刘翠华求婚。黄则凌得知二人订婚的消息，气得失魂落魄。他表面上仍然勤恳工作，但实际上他早已做好了报复的准备。在陈刘二人的婚礼上，发狂的黄则凌突然闯入教堂，枪杀这对新人后，自己也饮弹身亡。

按：这是陈铨创作于留学美国时期的长篇小说，书写了三位中国留学生三角恋爱的惨剧。小说名为《冲突》，不仅指男主人公陈云舫发明的所谓“冲突哲学”，还指主人公们在欲望的推动下产生的内在思想和外在行为上的剧烈冲突，并最终导致无法挽回的痛苦的悲剧。小说延续了《天问》中浓郁的叔本华哲学色彩：在人物形象上，主人公陈云舫是叔本华式悲观主义者的化身，他对世界的看法悲观到了极点，并从根本上反对宇宙人生的存在，认为只要“宇宙人生一消灭，一切众生的痛苦都解除了”；在立意上，小说是对叔本华“欲望就是一切痛苦的源泉”的哲学观念的注解，小说中的所有情节冲突均靠主人公们的欲望推动；在小说中，陈铨宣扬叔本华哲学，书中人物对“欲望”“人生”“自杀”“生存痛苦”的许多看法与观点显然是对叔本华哲学的直接复刻；在艺术特色上，小说文笔优美、情节曲折、人物形象鲜明，结构虽不如《天问》谨严，但也钩衔甚密，吴宓赞其“结构甚佳，接凑极紧……尤见结构之巧”。此外，小说语言机智诙谐，其特有的讽刺色彩使它在陈铨的长篇小说中别具一格。

12月 古月在《金屋月刊》第1卷第7期发表《读了〈棘心〉》一文，认为：“作者的企图，在表现希伯来与希腊思潮的冲突。”“全书的骨干在描写醒秋和秦风的一段纠葛及醒秋皈依宗教的一段曲折。作者用力地所描写的醒秋的母爱和醒秋对其未婚夫叔健的爱憎，便成了全书的烘托了。”在写醒秋皈依罗马教时，醒秋缺乏责任心，而“我又没有感到醒秋皈依宗教的一种虔挚的忘我的严谨的气分，我们只觉得醒秋之皈依宗教，太勉强了哟”。另外，随笔式的叙述也不太适合小说，且“作者所企图中描写的醒秋，却不是书中的醒秋；这真令我们异常地不爽快哟”！另外，古月还发表了《关于〈南风的梦〉的对话》，认为小说让人难以阅读，说不出所以然，也可以说不算是小说，是没有记着年月日的日记。克明小姐是爱憎分明的精练女子，但我们读了却觉察不出克明的心理状态，只觉得她自言自语、大发牢骚。作者所写的人物形形色色，只可惜是一堆枯柴，人、事里没有有组织的、有机的、动情的连贯，未见有强调的曲折和起伏，只是一些不自然的杂凑，这作品至多是一本忘掉年月日的日记。

12月 蒋光慈的《最后的微笑》被国民党以“挑拨阶级斗争”为由查禁。

1930年

1月10日 张资平的《糜烂》由上海乐群书店初版，1—2000册。

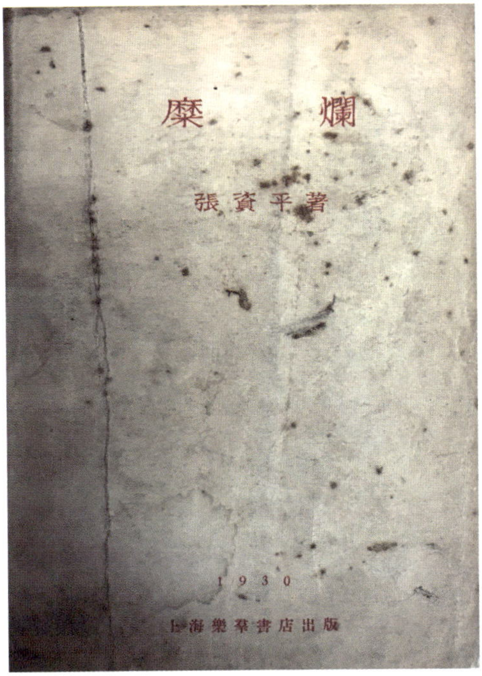

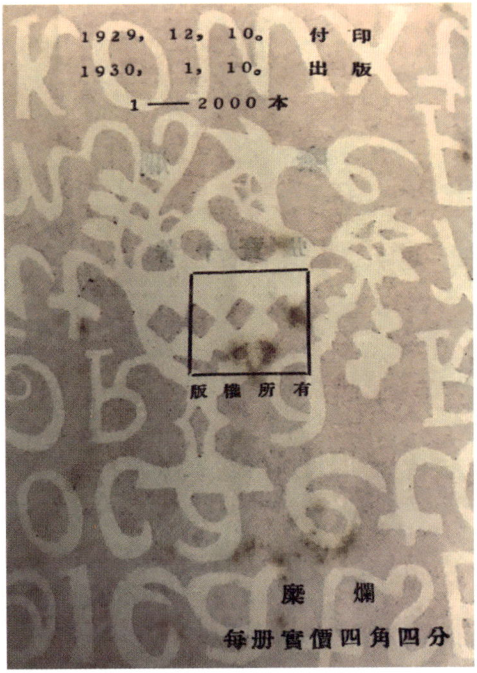

梗概：容秋霞是某大学教授丁惠仁的妻子，因与丁的表弟马郁文发生关系，丁与她离了婚。之后，她又与申清学院的徐炎生、经康生发生关系，并生下了经康生的孩子渊儿，但因贫困，渊儿出生不久后死去。渊儿死后，秋霞去舞场当舞女，先后结识了前财政厅厅长许君远、普罗文学作家程叔澄、革命青年曾纪森，她不相信男女之间有什么爱情，许君远还买了一栋房子包养她。一天，秋霞与程叔澄幽会，结果曾纪森找了过来，接着许君远也回来了，她这时才知道曾纪森是许君远的女婿。不久，曾纪森被人暗杀，许君远又抛弃了她，她只好再次做了模特，沉沦下去。最后，容秋霞投黄浦江自杀。

按：小说显然是一个东拼西凑的、失败的作品，结构、情节、人物、语言等都无法恭维，它只是作者用以谩骂、泄私愤的一个工具性写作，《糜烂》不仅可指作品中的人物“糜烂”，更可指张资平的创作“糜烂”。

1月10日 沈端先在《拓荒者》创刊号发表《叶永蓁的〈小小十年〉》一文，认为：“这是一部以革命为穿插的言情小说。滤去了游离性的革命的Impurity，在滤纸上剩下来的只是些‘情书一束’的Amovphism。”

按：此论当为偏见与臆断，叶永蓁对此表示强烈不满，并在生活书店1934年再版后记中予以反驳，也在情理之中。

1月10日 钱杏邨在《拓荒者》创刊号上发表《中国新兴文学中的几个具体的问题》一文，对茅盾《从牯岭到东京》和《读〈倪焕之〉》中对革命文学的意见进行“反批评”。

1月10日 白薇的《炸弹与征鸟》由上海北新书局再版。

1月14日 《申报》刊载《冲出云围的月亮》的广告：“蒋先生在中国文坛上底地位，无容再来介绍了。本书为蒋先生最近的杰作，叙述我们的时代有三种倾向，而以一个流落在上海的女党人作为通篇的线索。其结构的谨严，笔势的雄伟，描写的深刻，实为中国文坛上所仅见。革命的青年，不可不人手一篇也。”

1月20日 郝荫潭的《逸如》由北平沉钟社初版（沉钟丛刊之九），1—1000册。

梗概：逸如与涤川从相识到相恋已两年。这天，涤川特意约逸如来到他们第一次约会的北海，满怀希望地向逸如求爱。逸如担心成婚后涤川会变心，想再考验考验他，看他以后会不会更爱自己，就暂时没有答应。不料，听到逸如的拒绝，涤川的心情一落千丈，冷笑着对逸如说了声“再见吧”，就转身离去。回到家后，涤川想起被拒的情形，悔恨、伤悼之情油然而生。他竭力想忘却这一切，但却无法忘却，反而勾起他与逸如相恋的往事，想起他孤苦的经历。这位父亲早逝、母亲刚去世不久的青年，早已将孤寂作为他最好的伴侣。如今爱情已不复存在，家早已不存在，只有飘零的余生。于是，他

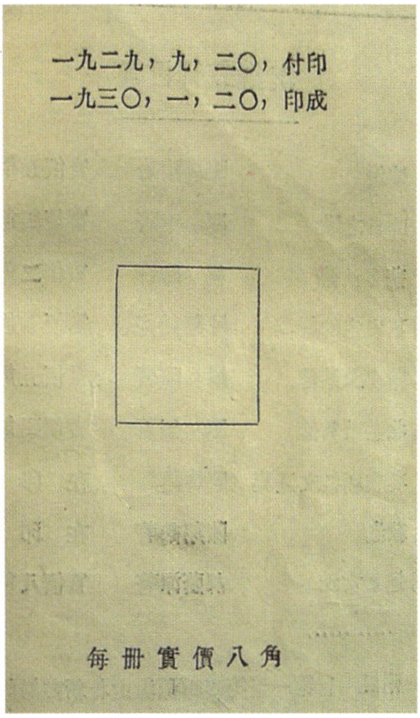

将他与逸如的信寄回。逸如回到学校后，苦等涤川来找她，岂料涤川非但没来找她，反而音讯全无。看到自己的同学结婚的结婚、恋爱的恋爱，自己又多方打探都没有涤川的消息，颓丧、悔恨、忧伤的心情包围着她，她无心上课，只是呆坐、默想、流泪，独自咀嚼悲哀和忧伤。其间她曾回到家中，但家道中落的境况又使她更加感伤。她也曾和同学们一起参加游行，抗议军阀的暴行，但在军阀的残暴镇压面前感到恐惧，加之涤川又不知身在何处，她心绪非常低落。其实，涤川乘车去了 H 埠，穷困潦倒之际，他遇见了以前的中学同学仲孚、子明，在他们的鼓动下加入了共产党。不久，涤川与其他十三人被军阀以“勾结共匪、搅乱社会”为罪名杀害。逸如在报上看到这条消息，口吐鲜血，晕了过去，她被送到医院后查明是急性肺炎，几天后不治身亡。

按：这是郝荫潭（1904—1952）表现青年知识分子在时代的大潮面前无所适从、流露出个人的感伤的心曲，冯至在《序》中说“有同感”。小说主人公逸如因失恋而陷入苦闷，因时代的裹挟而走上街头，因现实的残酷而退守于书斋，因恋人的牺牲而悲痛病逝，反映了大革命时期一部分知识分子的迷惘无助，及无处排解的困惑与忧思。小说通过对逸如人生轨迹与心路历程的揭示，为大革命时代部分女青年的生活留下了足以回味的印记。小说结构有序，心理描写细腻生动，逸如的形象亦清晰可感。不足在于作者对失恋情绪的表达过多，小资味较浓，因而人物心灵的嬗变并非来自时代的冲击和心灵深处的革命，而是被动的情感转换，这就使“时代”成了“悬浮物”，大大降低了文本的时代性。可以说，立意浅表和时代气息弱是该作的致命伤。此外，由于作者对革命不熟悉，对涤川参加革命及之后的革命生活的描写就显得浅表而外化，个别情节有“脱节”现象，如李明、姜坤无缘无故被火烧死的情节就游离于主要故事之外，也在一定程度上影响了该作的艺术生命力。

1月20日 佚名在《大公报》发表《〈倪焕之〉》一文，认为：“就大体说，书中教育与革命两部分，在艺术上似未能联成一气。”“前半部‘描写’乡镇教育的地方，实在并不多；多的却是议论，理想的陈述。前半部里的对话，大都是这种，所以很长。这似乎带着一些宣传的意味，失了自然谈话的情趣，因此觉得有点单调。自然这些理想是很好的，但却毁伤了艺术。我想这种地方，若能写得简单些，活泼些，便可免了头重脚轻的毛病，又可使前后打成一片，不致文字上弛张各异。”针对茅盾所说的前半部与后半部失衡的意见，该文认为：“其实这并非前半部写得精密之故，乃是前半部从正面写，后半部从侧面写之故。在我个人看来，后半部的紧张比前半部有力得多。这不但因所写的题材关系，文字的剪裁也是一个重要的原因。前半部里原也有些紧张的节目；虽然我们不应该希望作者会写得和后半部一样（因为那些究竟是乡镇里的小风波），但现在那样写，似乎究嫌力量薄弱些。我们可以说这部书后半部有戏剧性而前半部戏剧性太少。”作者还认为，《倪焕之》是好的革命文学，“从这一点上，《倪焕之》获得了它的意义和价值”。

1月25日 《申报》刊载《糜烂》的广告：“《糜烂》是张资平先生最新的一个长篇杰作，是一个现代青年不可不读的‘时代的作品’。它里面描写革命过渡时期中堕落青年的游移的糜烂生活，极其深刻尽致。全书约二百页，六万余字，用上等道林纸精印，售价极为低廉。书印无多，欲购从速。”

1月 蒋光慈的《冲出云围的月亮》由上海北新书局初版。

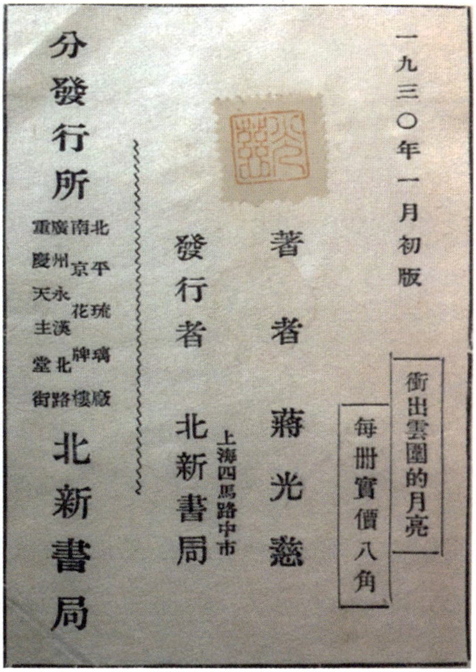

一九三〇年一月初版

衝出雲圍的月亮

每冊實價八角

著者 蔣光慈

發行者 北新書局 上海四馬路中市

分發行所 北平琉璃廠 南京花牌樓 廣州永漢北路 重慶天主堂街 北新書局

梗概： 女青年王曼英在同钱培生约会的路上遇见了小姑娘阿莲。因抚养阿莲的姑妈明天就要将她卖掉，阿莲出逃，流落街头。曼英见状，将她带回自己的家。在家里，阿莲告诉了曼英自己的父亲因示威被打死、母亲自杀的悲惨身世。曼英是一个热情活泼、向往革命的青年，大革命时期，她接到在H镇军事政治学校读书的恋人柳遇秋的信后，立刻随好友杨坤秀一同前往H镇。在那里，她穿上了军装，感受着革命的热情，同柳遇秋的关系也很好。不久，反动势力日盛，曼英日渐忧郁、恐慌、悲愤、失望，于是她逃到了上海。她不愿做一个失败者，还想继续战斗。她憎恨世事的不公，诅咒黑暗的社会，但又找不到理想的战斗方案。她决定用自己的身体报复社会。她先后与买办的儿子钱培生以及无聊政客、阔少爷、蹩脚诗人等多人发生关系，一方面沉溺于性欲的发泄，一方面幻想以此去捉弄那些她憎恶的人。她认为自己虽然出卖了身体，却并没有出卖灵魂。一天，她遇到以前爱过她的革命者李尚志，李告诫她不要因暂时的失败而失望，要抱有希望，坚定信念，相信集体，走向胜利。经过李尚志的点拨和开导，王曼英意识到了自己的颓废和变态，决定振作起来。李尚志仍然爱王曼英，但她的身体却不干净，她发现自己好像染了梅毒后，决定自杀。在火车上，美丽的大自然使她感到人生的美好，于是打消了自杀的念头。回来后，她再次检查了身体，并不是梅毒，她放下心来。之后，她加入了工人的队伍，两个月后又成长为工人运动的组织者之一，回到了李尚志身边。这个曾一度被阴云遮掩住的月亮，冲出了重围，仍是这般的皎洁，这般的明亮。

按：这是一部充满浪漫主义理想色彩的革命文学样本。小说不仅充满着浪漫，而且充满着“革命”。小说的主人公王曼英是“被压迫的群众”，她以身体报复黑暗社会、保持灵魂的高洁是“反抗一切旧势力的精神”。小说中王曼英走向工厂、走向集体的最终归宿，表现出“反个人主义”的主旨；而李尚志和王曼英的结合，也最终实现了“认识现代的生活，而指示出一条改造社会的新路径”的创作目标。然而，“革命”的内涵有了，“文学”的内涵却失了，这也是早期“革命文学”的通病。小说试图通过王曼英、柳遇秋、李尚志三类不同人物的道路，揭示出他们不同的命运，但实际上，不仅没有指出曼英的集体化意识，而且她转化的动因也极为简单，概念化倾向十分明显。由于作者缺乏生活体验，许多情节如对王曼英女兵生活的描写、对李尚志革命斗争的描写等，主观性强，充满臆想，过于浪漫。因此，《冲出云围的月亮》虽有好的意图、好的象征，却未能有好的艺术表现。与茅盾的《追求》相比，其艺术性大为逊色。

1月　秦丰川的《恋人与情敌》由上海光华书局初版，1—1500册。

梗概：携妻子程鸿蓬在日本东京求学的青年岑风船写了两封长信，一封寄给他“名义上的情敌”黎絜生，一封寄给被误认为与他有“恋人关系”的同学金翔君。在给絜生的信中，岑以同情又可怜的口吻告诉絜生他疯狂追求过的女郎鸿蓬现在已经成了他的妻子，并向絜生叙述了自己凄惨的身世。岑风船出生在西北一个叫丰镇的村庄，母亲去世后，家道中落。十五岁时，他告别家人，到大同兰池学校读书，虽成绩优异，却因贫寒而受到“少爷派”

的欺压，之后转学到宣化的学校，并在那里认识了朋友金革成的妹妹金翔君，翔君在岑生活困顿时一再伸出援手，令岑感动不已。岑因为在天津发表小说《爱的破产》，与贵族女郎程鸿蓬结缘，不顾一切地爱上了她。鸿蓬的朋友梁节贞抛弃男友絮生，嫁给了资本家。鸿蓬为了替梁节贞安慰失恋的絮生而与他通信，絮生却把鸿蓬的同情当作爱情，对鸿蓬展开了热烈的追求。岑点破了絮生的自作多情，并说絮生两次恋爱失败的原因是他对待爱情不专一。后来，岑风船、程鸿蓬鼓舞絮生振作起来。在给翔君的信里，岑回忆了在校时与翔君的友谊，并感激她的同情。毕业后，翔君不断给岑写信、找机会见面的行为给岑带来了困扰。为了消除鸿蓬的疑心，岑多次重申自己与翔君只是朋友关系，决定与翔君绝交。在信的末尾，岑风船表明自己献身祖国、投身革命的决心，并鼓舞翔君走出“小我”的恋爱，走向“大我”——投身于社会解放的斗争。

按： 这是秦丰川（1905—1991）于 1929 年在日本写成的书信体小说。小说以作家四年以来的恋爱经历为蓝本，具有强烈的自述和抒情特征。小说由两封信构成，叙事生动，情节曲折，写出了写信人岑风船少年时坎坷的求学经历，青年时浪漫的恋爱经历，及参加革命、流落异乡的社会经历，塑造出一位多愁善感但勇敢执着、自强不息、与时俱进的青年形象，更以讽刺、同情的复杂情绪，描绘出一系列为爱痴狂的青年男女。小说题目虽为《恋人与情敌》，但内容却不止于个人恋爱，也反映了军阀混战、生灵涂炭的社会现实，批判了国民革命军内部的矛盾和腐败，思索着国家、革命与青年的出路问题，具有很强的时代性特征。在风格上，小说明显传承了卢梭的“忏悔意识”和郁达夫的“自剖意识”，岑风船对自己生的压抑、性的苦闷的直白诉说，及对翔君的愧疚之言，使得一位坦率、真诚的男主人公形象跃然纸上，其人格魅力得以凸显。然而，由于这是秦丰川的“应急之作”，小说在语言上较为粗糙冗杂，缺乏更好的艺术修饰，也存在过度抒情、缺乏情感节制的缺陷。而岑风船对翔君的鼓舞，是一种对革命缺乏理性认识，仅停留在鼓吹牺牲流血、宣泄英雄主义的层面上。在两封长信中，只有最后一节内容展现出主人公从沉溺于个人恋爱到投身社会革命的思想转变，但这种“突变”缺乏过渡，显得生硬牵强。

1月 张资平的《爱力圈外》由上海乐华图书公司再版，2001—4000册。

2月1日 逸非在《开明》第20期发表《〈倪焕之〉》一文，认为小说成功地表现了时代，“倪焕之的一生，作者不仅表现出了他强烈的个性，实在也象征出了一切在新思潮的漩涡里打转着的人类的典型”。金佩璋“也象征了一般的智识阶级的女子”。“本书还写出社会封建势力的嚣张，古国式的社会的情状，蒋老虎那样的土豪劣绅的可笑，在大时代的转换中，革命的过程中的一切，无遗地表现出来，实为我们非常之佩服的。”小说结构不松散，但下部不及上部。

2月1日 俞珍华在《开明》第20期发表《〈灭亡〉》一文，认为：“现在中国要求像书中主人公杜大心这样的人，恐怕一个也寻不出，这是著者理想出来的。但是著者写得很好，不会使我们感到他是一个奇异的人，而同平常的人一样。”“这部书实在有激励人心之效。至少我平时所抱的享乐主义，已被它打销。我情愿抛弃安逸的生活，而去为大众工作。”

2月9日 日葵在《申报》发表《〈鲁男子〉》一文，认为：“《鲁男子》，是作者借用柳下惠故事，替书中主人公所起的姓名。中国常用鲁男子以指称不好女色的男子者。现在这一本《鲁男子》中主人公的姓名，顾名思义，大约还是逃不开这个圈套。”“总之一句，《鲁男子》的《恋》，就是鲁男子的恋爱史。这一部全忠实的个人史，也就是东亚病夫的生活的一个片段，完全是他自己的经历。而且我还敢断定书中的主人公鲁男子，就是东亚病夫的化身写真。何以见得？我可以拿出一个很确实的证据来。因为我很荣幸，曾蒙东亚病夫先生，送了一本的《鲁男子》给我。在造者亲笔署名底下，盖着一个硃红印章，上面赫然刻着这四个隶字：‘鲁国男子’。”

2月10日 钱杏邨在《拓荒者》第1卷第2期发表《创作月评（一九三〇一月份）》一文，认为《冲出云围的月亮》“这一部创作是描写一九二七革命失败后的最一般的三种不同的倾向，三种青年的型，而加以批判——尤其是对于幻灭消沉的一种。同时指出了那种倾向是最正确的，最有前途的，指导现代青年以一种正确的路线……而同时，又可以说是给予了茅盾君的《幻灭》《动摇》与《追求》以一个答复，证实那些人物的出路并不完全如茅盾君所说——只有伤感的灰色的死。不过，蒋光慈君的表现，仍不免于有相当的遗憾。那就是，第一，关于曼英的浪漫行动，在转变以后，批判得不很充分。第二，曼英对于革命的认识是从英雄主义的个人主义转变到集体主义，关于曼英的集体化的意识，蒋光慈君没有把它充分的指出。第三，是足以作为当时的典型人物李尚志，（当然，他是没有完全成长的新型）蒋光慈君描写他是不很着力的，这样的尖端的人物，新写实主义作家应该特别的加以注意”。对于《糜烂》，他认为：“这一部小说的内容，如其说是描写什么革命与恋爱，不如说是张资平君愤慨于最近对他和乐群书店出版物批评了的，以及他所认为不痛快的人们，把他们中的每一个都冠上一个名字，加上一点事实，使他们变成这部小说里的人物，都给以一顿痛骂，来泄泄个人的私愤。”“《糜烂》这一部小说，在他的所谓‘转变后’的诸著中，是最失败的一部，在《长途》

一些单行本里，还有一些对统治者的愤慨以及曝露他们黑幕的地方，《糜烂》给予了什么呢，只是对于个人的谩骂。”

按：将《冲出云围的月亮》与茅盾的《蚀》相比，并呼吁找到文学正确的“方向”，是钱氏的一贯思路，也是无产阶级文学批评的诉求。对于《糜烂》的评断诚如其所言。

2月10日　《拓荒者》第1卷第2期刊载《丽莎的哀怨》的广告：“读者要知道白俄妇女在上海的生活吗？要了解旧俄之何以殁落，新俄之何以生长吗？要读富于异国情调之作品吗？请一读蒋光慈先生的这一部长篇《丽莎的哀怨》！本书出版后，风行一时，业已再版出书。”

2月　蒋光慈的《冲出云围的月亮》由上海北新书局再版。

2月　汪锡鹏的《结局》由上海水沫书店印行第三版，3001—4500册。

3月1日　黄叶在《中学生》第3号发表《新作读后感四则》一文，认为：“我觉得《灭亡》之所（以）值得注意者，就在能发挥了文艺之效果与‘拿着往事，来说明今事，预言未来的事’一点了。”“书中杜大心因爱而憎，因憎而死，此其所以灭亡了。作者借此，写出一个革命的时代。”“李冷兄妹之忧忧疑疑，遇事伸缩不定，确是小资产者之写状。”

3月10日　张资平的《跳跃着的人们》由上海文艺书局初版。

梗概：李质彬出生后十天，他的母亲因产褥病去世，父亲又因欠债抵押了房产。无奈之下，父亲只好带他逃到上海谋生，并在梁家公馆找到了差事。不料，五年后，父亲得病去世，梁家便让门房抚养质彬。梁公馆的主人是个企业家，因其精明的头脑和毒辣的心肠而被业界称为“梁辣腕”。不过他也常常用他财产的九牛一毛去做一些慈善事业，也算个慈善家。质彬11岁时由梁老板送到教会学校读书，早晨和晚上在梁公馆做仆人。梁家除少奶奶紫云外，还有18岁的少爷瑞祥和17岁的小姐文贞。梁少奶奶年近40，但看上去还像30多岁的样子，整天过着骄奢淫逸的生活。她嫁到梁家是受到父亲的威迫，而梁辣腕娶她也只是因丈人是巨商，所以，梁少奶奶结婚刚满8个月就生下瑞祥，他也不介意。10月，因梁辣腕设在香港的工厂罢工，而梁少奶奶

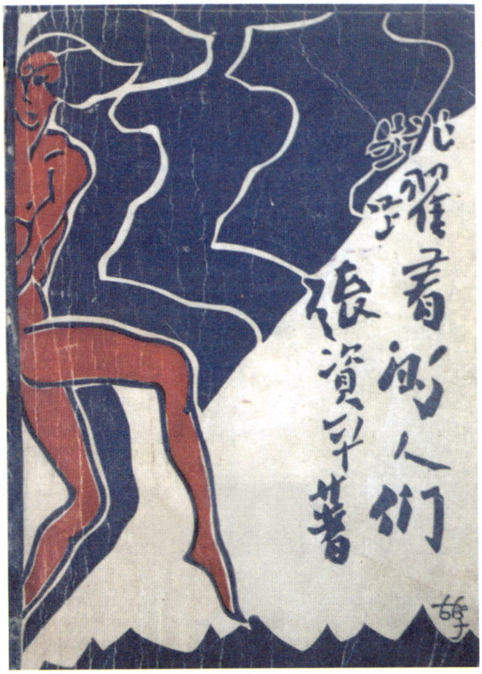

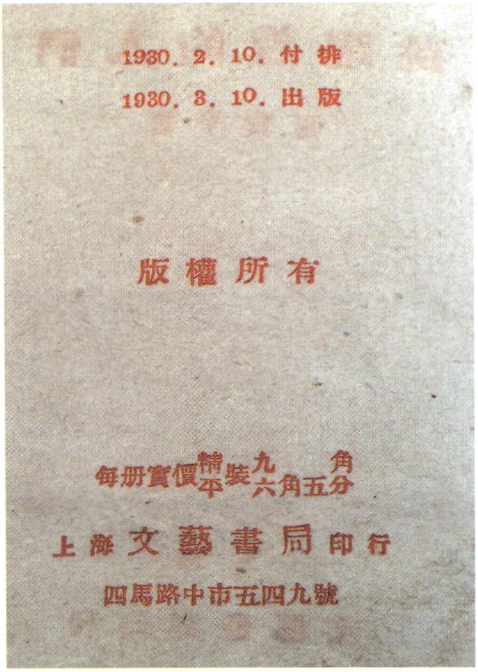
1930. 2. 10. 付排
1930. 3. 10. 出版

版權所有

每冊實價 精裝九角 平裝六角五分

上海文藝書局印行

四馬路中市五四九號

也要回九龙的别墅避寒，便带了瑞祥、文贞以及家仆丽仙、质彬、龚二同去。在一家小饭店里，质彬听到隔壁几个工人在讨论罢工一事，竟然发现瑞祥也在其中。后来他又得知瑞祥、文贞和丽仙是异母兄妹，非常吃惊。除夕这天，饥饿的工人们在龚二的带领下包围了梁公馆，梁辣腕为了保命，答应了工人们的条件，罢工取得了胜利。后来，质彬在大学当了教授，又同梁少奶奶发生了特别的关系，又投机革命，捞到一个小官。虽然质彬向文贞、丽仙求婚时遭到耻笑，但他觉得他胜利了——由一个庸人转化为恶人了。这就是“跳跃着的人们”。

按：自张资平发表“转向”声明后，“革命”就成为张资平恋爱小说的另一标签。如果说《爱力圈外》中“革命”还仅是故事的点缀的话，那《跳跃着的人们》则是卖力地表现“革命”了。可惜的是，他的多角乱爱与“革命元素”纠缠在一起，无论如何都给人以牵强附会的感觉，更何况他对革命的描写太富于幻想——梁瑞祥充当工人代表参与谈判，工人轻而易举地取得了罢工的胜利，谈判的结果是梁满足了工人的所有条件，这无异于天方夜谭。

特别是结尾，质彬的结局更是毫无根据的杜撰。从中也可看出，“革命”的内容对于张资平来说是多么外在且隔膜。小说本想写不同的人们在同一时代下各自的行为、心理，也仍旧想通过男女主人公情爱欲望的视角展现出来，但其结果是却是情爱的格调十分低下，恋爱的内容无以体现，欲望的旗帜也未能展开，“革命”的内容牵强附会，整个小说不伦不类。小说除用倒叙的手法交代人物的来龙去脉尚为清楚外，其他方面几无可取之处。由此可见，张资平小说的艺术才能并不突出，他获得好评的文本多是改写或仿写之作而非原创，故在《跳跃着的人们》中露拙也就不足为奇了。

3月10日 冯宪章在《拓荒者》第1卷第3期发表《〈丽莎的哀怨〉与〈冲出云围的月亮〉》一文，认为：“《丽莎的哀怨》表现了俄罗斯贵族阶级怎么的没落，为什么没落；并且暗示了俄罗斯新阶级的振起！”“如果把《丽莎的哀怨》的艺术的用语，翻译成社会科学的用语的话，《丽莎的哀怨》如一切社会科学一样，在告诉我们，旧的阶级必然的要没落，新的阶级必然的要起来！它在阐明社会进化的过程！它的作用，与布哈林 ×× 主义的 ABC 一些也没有两样！”“这是《丽莎的哀怨》的社会—政治的评价。”在形式上，“《丽莎的哀怨》已经脱离了标语口号的形式，而深进了一步——走上了适合新内容的新形式的道路的开端。”“真的！与其说《丽莎的哀怨》是一部小说，无宁说它是一部散文的诗，诗的散文。”“在政治的评价上，《冲出云围的月亮》是很健全的这一时代的表现。它给我们指出：以为中国革命已经没有希望，没有出路的倾向，（取消派就是这样！）而至幻灭虚无的盲动主义的倾向，通通都是错误的离开群众的幻想；只有像李尚志一般坚忍耐苦的，深入群众的党人的倾向，才能保证中国革命的胜利！”

按：这是从政治意义的角度对文本做的推定，评价过高，也是文本试图表现的创作倾向。

3月10日 毅在《大公报》发表《〈小小十年〉》一文，认为：“题材分配甚均匀，而每章立名尤佳。当为此书之优点。”“但《小小十年》之不能成一好小说，即由作者不知选择材料之故。此书写家庭，写恋爱，写革命，题材多而不能打成一片。结构已无可言，而人物之穿插尤欠妥当。”许多人物“皆徒然提出姓名，无多事实可叙，即能叙亦无益于全书”，何况“皆不能与全书始终，随取随弃，无关宏旨”。“总而论之，此书流畅之文笔，以及青年健康之作风，皆可称述，其写战争，比写恋爱好，如‘战’‘黄鹤楼头’‘武汉时代’三章为全书之精采。其写月清比写茵茵好，以更真确而精炼也。全书体近自记，而若视为长篇小说以论之，则缺点滋多。”

3 月 10 日 甲辰（即沈从文）在《新月》第 3 卷第 1 期发表《郁达夫张资平及其影响》一文，认为郁达夫的小说能引人同情，张资平却永远是那一套失败。“张资平，写的是恋爱，三角或四角，永远维持到一个通常局面下，其中纵不缺少引起挑逗抽象的情欲感印，在那里抓着年青人的心，但在技术的精神，思想，力，美，各方面，是很少人承认那作品是好作品的。”张资平小说“帮助了年青人在很不熟习的男女事情方面得到一个荒唐犯罪的方便。在他全集里，每一篇皆给我们一个证据。郁达夫作品告给我们生理的烦闷，我们却从张资平作品取到了解决”。“所以张资平也仍然是成功了的：他懂‘大众’，‘把握大众’，且知道‘大众要什么’，比提倡大众文艺的郁达夫似乎还高明，就按到那需要，造了一个卑下的低级的趣味标准。”“张资平作品，最相宜的去处，是一面看《良友》上女校皇后一面谈论电影接吻方法那种大学生的书桌上，在这些地方，有他最诚实的读者以及最大的成就。由他手写出的革命文学，也仍然是要这种读者来欣赏的。”“张资平，一个聪明能干的人，他将在他说故事的方向上永远保守到‘博人同意’一点上，成为行时的人去了。张资平是会给人趣味不会给人感动的，因为他的小说，差不多全是一些最适宜于安插在一个有美女照片的杂志上面的故事。”“我们现在应当承认张资平的小说，是还能影响到一般新兴的作者，且在有意义的暗示中，产生轮廓相近精神不同的作品的。”

3 月 10 日 蒋光慈的《咆哮了的土地》前 13 章始刊于《拓荒者》第 1 卷第 3 期，至 5 月 10 日第 4—5 期合刊（未完）。

3 月 15 日 苏汶在《新文艺》第 2 卷第 1 号发表《〈冲出云围的月亮〉》

一文，认为小说“把两起恋爱故事做了一个全篇首尾底连琐，蒋先生便写成了一个无意识的循环。这一点，我们不得不承认是一个重大的失败”。“此外，关于曼英底变态心理底描写，我们也觉得太奇突。”由这部小说看，“蒋先生是一个主观的罗曼作家，这大概是无疑意的了。”

3月15日 《申报》刊载《天孙之女》的预告：“本书是张先生生平唯一的伟大的作品，内容是叙述一日本女子爱本国的军国民教育，走到中国来，便欺侮中国人，但后来过着被压迫的生活，才觉悟到帝国主义的矛盾，和本身幻灭的悲哀，著者张资平先生以他的圆熟无碍的大手腕，草成这天衣无缝的创作，凡关心大众文学的人不可不读。”

3月15日 《申报》刊载《跳跃着的人们》的广告：“《跳跃着的人们》是张先生最近的杰作，对于革命和恋爱有深刻的描写，书中有革命的意识和热情，有富者的无厌与暴虐，有贫者的屈从与反抗一切人类的欲望，像一个旋涡般在书中旋转幻化出圣爱与诠欲，嘲笑与悲泣，革命与恋爱的小说的巨观为最近中国文坛不可多得的巨著，为现代男女不可不看的佳作。”

3月15日 张资平的《最后的幸福》由上海现代书局印行第八版，13501—15500册。

3月16日 《申报》刊载《最后胜利》的广告：“Upton Sinclair的《石炭王》《屠场》等等，是以现代的美国为背景而写的，《最后胜利》是以现代的中国为背景而写的。美国是单纯的对外以帝国主义侵略殖民地，对内以资本主义剥削劳动者。中国如何呢？外受各帝国主义竞赛着的侵略，内受军阀官吏资本家的剥削，在这重重压迫之下，中国无产阶级起来的决心越加坚定而勇跃了。马克斯主义在文学上的具体化和尖锐化，读《最后胜利》以后，便可以知道中国的普罗文学运动进展到第二个时期了。”

3月20日 **周毓英的《最后胜利》（第一卷）由上海联合书店初版，1—1500册。**

梗概：凌克西与唐莉蕾同村，又同上一所小学，相处得很好，后来克西进中学，又到上海S大学读了半年，因经济窘迫而辍学，莉蕾则上了蚕桑学校，毕业后待字闺中。克西对家里给他抱的童养媳非常不满，长大后便闹着

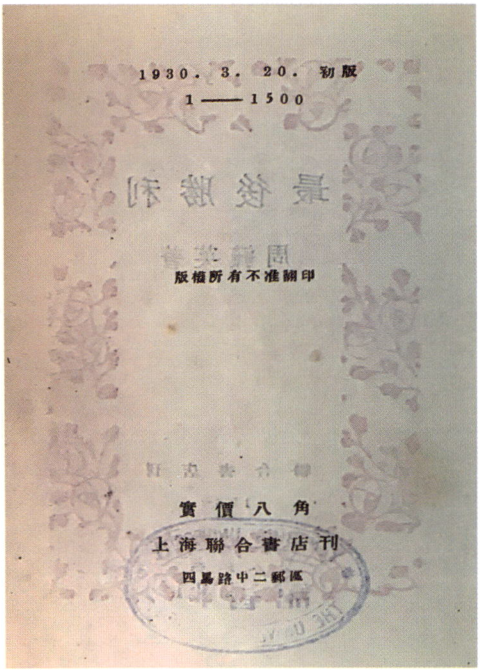

退了婚。莉蕾虽由家人订了婚，但男方在解除婚姻的要求遭到家人反对后，一去不返。在大学读书时，克西对政治产生了浓厚的兴趣，关心下层民众的生活，对社会的剥削性质有了进一步的认识。由于参加政治活动被盯梢，克西只得躲在家里。莉蕾得知后前去看望，被克西革命的精神所打动，便要求克西带她前往上海。由于疲劳，头晕目眩的莉蕾下电车时踏空，从车上摔下来，克西只得将受伤的莉蕾就近送到利民医院。因无钱，克西找了朋友祖诚，找到一个担保人担保后，莉蕾才住进三等病房。医院规定病人家属不能陪床，克西只好四处露宿。这天，他在一家工厂门前过夜，被巡捕当作罢工工人痛打并关进牢里。在牢里，他认识了罢工的组织者李庚发、顾大炎等人。审问官审问时发现克西纯属被误抓，就主动介绍他到纱厂工作，从中赚介绍费。身无分文的克西答应了审问官的条件。在医院里，护士程碧梅细心的护理使莉蕾身体好转了许多。克西出监狱后赶到医院，莉蕾看到他这副样子很吃惊，克西就把这几天的经历告诉了她。他们无力支付高额的医疗费，于是决定逃走。他们逃到祖诚家，祖诚让莉蕾住在自己家，克西则回巡捕局过夜。第二天，担保人来到祖诚家找莉蕾，祖诚只好去找克西，但克西已去上班了。待祖诚回来时，莉蕾已被带走。经审理，莉蕾被判以工代偿，直到还清为止。晚上，克西得知此事，看到严峻的现实，他对祖诚说："出卖气力者的出路只有一条：'和资产阶级斗争，夺得最后的胜利的一条出路！'"

按：这是周毓英（1900—1945）一部从生活中来的革命文学作品。因作者反对以往的以恋爱为主的普罗文学，故该作品重在写革命之必须：身处底层的被压迫阶级每时每刻、无论何地都遭受着残酷的压榨与非人的待遇，他们只有联合起来进行斗争才能改变这种命运，夺取最后的胜利。小说有两点较为突出：一是阶级意识强烈，充满着对底层劳动人民的同情和对上层统治阶级的愤恨；二是生活气息浓厚，克西漂泊劳困、无处可憩的窘态与牢中工人们不同的样态，真实可感。至于人物形象，主人公克西的形象刻画得较为成功，但莉蕾的面貌有些模糊，反不如护士碧梅清晰可感。但无论如何，《最后胜利》是一部有较高的艺术水平的革命文学作品。也因此，周毓英有底气与潘汉年较劲，尽管带有意气的成分。

3月22日　《申报》刊载《小小十年》的广告："我极欣幸介绍这真实的作品于中国。鲁迅。"

3月　茅盾的《虹》由上海开明书店初版。

梗概：梅行素在中学读书时被父亲许给了商人柳遇春。梅小姐的心上人是在军队里的姨表兄韦玉，韦玉也十分爱她，但他生性软弱，又有肺病，没有接受她的爱情。这时，五四运动的浪潮已经波及成都，梅小姐受新思潮的影响，更加不满父亲的包办婚姻，她经常从同学徐绮君那里借阅进步书刊，又在学校的剪发运动中剪了头发。她本想去找韦玉，但此时韦玉已回来并同他人结婚，而父亲又坚持要梅出嫁，梅便决定和柳遇春结婚，并要征服他，使他成为自己的俘虏。然而婚后她却无法抵抗柳遇春无休止的纠缠，更没有实现使他成为俘虏的愿望，梅的心碎了。梅又意外发现柳遇春在外嫖娼，便于婚后第三天逃回了自己家。年末，在柳遇春的苦苦哀求下，梅又回到了柳家。听说韦玉在重庆得了病，梅便找借口去探望，柳遇春执意陪行，结果梅

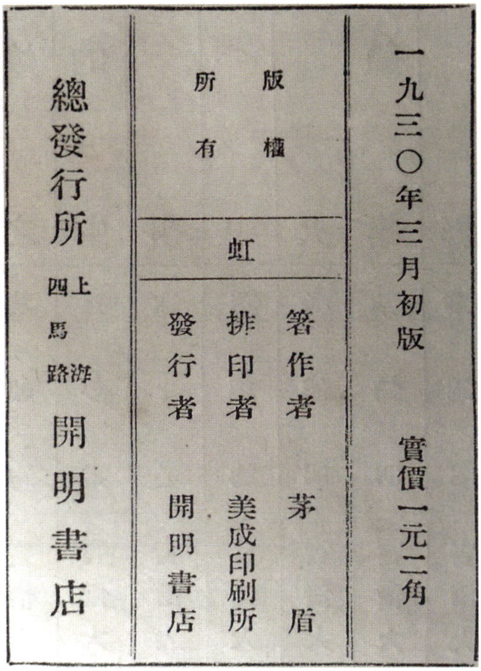
一九三〇年三月初版
實價一元二角

版權所有

虹

著作者 茅盾
排印者 美成印刷所
發行者 開明書店

總發行所 上海四馬路 開明書店

未能见到韦玉，这使梅更加憎恨柳遇春。在重庆，梅寻找机会离开了柳遇春，来到徐绮君家。梅从徐绮君的堂弟徐自强那里得知柳遇春已回成都，韦玉已病死。于是，在徐绮君的帮助下，梅在泸州当了小学教员。在学校里，教师们分成几派，梅备受排挤和嫉妒。后来，她结识了惠师长的养女杨小姐，成了当地革新派首脑惠师长的座上客。不久，梅离开小学，成了惠师长的家庭教师。后来惠师长升为省长，梅也随其来到成都。在成都，因为与友人发生冲突，她便借口参加全国学生联合大会离开四川，来到上海。在上海，梅遇见了自己的同乡梁刚夫，又在梁处碰见了女友黄因明，在二人的帮助下，梅参加了政治运动。这时，已成为“醒狮派”的梅的同事李无忌正在南京活动，他劝梅离开梁刚夫，说他们是“领了卢布的”，梅不理会李无忌，并和黄因明住在一起，阅读关于马克思主义的书籍。1925 年五卅运动开始时，梅投入了爱国游行的队伍。

按：创作完《幻灭》《动摇》《追求》三部曲后，茅盾东渡日本。据秦德君说，茅盾以秦德君对他讲述的友人胡兰畦的经历为素材，创作了这部小说，并接受了秦德君的建议，将书名定为《虹》。《虹》是青年茅盾在 1929 年流亡日本期间写的一部长篇小说，正如茅盾在《跋》中所说："欲为中国近十年之壮剧，留一印痕。"小说以主人公梅行素的行动为主线，讲述了成都一个封建家庭的小姐逃出家庭、反抗包办婚姻；进入社会后，在泸州"古庙"似的学校里挣扎；来到上海后，从迷茫走向坚定的革命生活故事，试图展现中国社会从五四到五卅期间曲折波动的复杂样貌。依据茅盾的设想，这部小说的时间是从 1919 年五四运动到 1927 年大革命，而《虹》只写到梅女士参加五卅运动就戛然而止，成了一部未完成的小说。读者原本以为茅盾会在《霞》中完成这一故事，但"因移居搁笔，尔后人事倥匆，遂不能复续"。《霞》的"流产"与《虹》的未完成，成为茅盾创作生涯中一个令人叹惋的遗憾。不过，《虹》因其鲜明的时代性，在当时的文坛产生了不小的影响。

纵观茅盾早期的创作之路，学界普遍认为，《虹》代表着茅盾从《蚀》三部曲悲观低沉的感情基调中走了出来，重新树立起对中国革命的信心之作，也是以"阶级分析"的方法写《子夜》的起点。诚然，《虹》在一定意义上代表了茅盾的创作追求和感情基调的转变，但实际上茅盾作为在五四时期登上社会舞台的知识分子，深受民主和科学思潮的影响，"救亡""启蒙""改造社会"的责任感深深地刻在他的身份认知和文学观念中。随着五卅运动滚滚而来的革命浪潮召唤着茅盾投身于社会政治活动中，自觉地走上革命的道路，这也使得他在历史的行进中更真切地体察到自由的个体和团体之间碰撞的痛苦，更痛楚地纠结于政治功利与文学自律间的矛盾与冲突。特别是国共合作失败后，当茅盾试图以文学创作来疏解苦闷的心绪时，五四时期成长起来的文学家和革命者的双重身份就难免在他的一系列作品中或隐或显地留下了"矛盾"的印痕。

3月　陆鲁一的《谁作孽》由上海华通书局初版。

梗概：黄芳儿在老祖母和族长的安排下被迫与死去的陈丙钧结婚。芳儿生病了，她的婆婆不请医生诊治，黄父黄母得知后亲自来看望女儿。芳儿随母亲回家，老祖母告诫芳儿古训不可违，贞洁最要紧。八天后，芳儿被送往

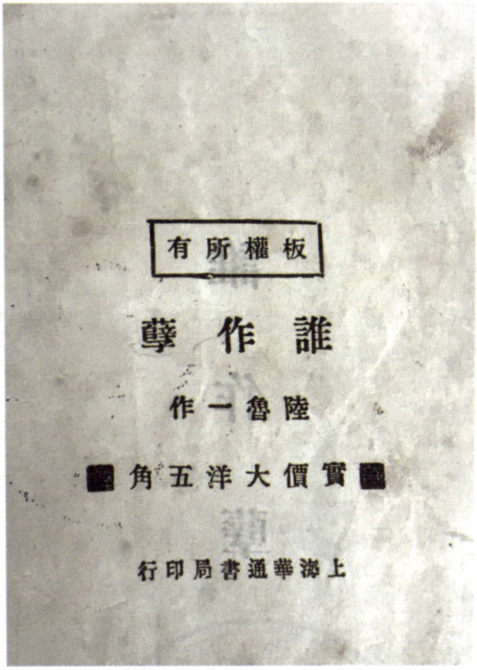

婆家，婆婆、用人对她很冷淡，芳儿与丙钧的弟弟丙吉亲近起来。丙吉劝芳儿读书，芳儿摇摆不定。对于筠姐所说的王家媳妇因偷男人被沉河的事，芳儿很是气愤。婆婆的表弟不但与婆婆有染，还打起芳儿的主意，于是婆婆把芳儿送回家，允许她去省立女子初级师范学校上学。丙吉向芳儿表明心迹，芳儿对于叔嫂关系有所顾忌。谣言盛传丙吉的朋友克西与芳儿有染，芳儿名声受损，被学校除名。芳儿决定离开这里，临走时见了丙吉一面。1925 年，芳儿辗转到 N 埠一家日本纱厂做工，受革命党人杨倪纲的影响，芳儿加入了工会。芳儿和倪纲彼此互生爱意，但倪纲面对感情犹豫不决。倪纲因闹罢工被捕，后被枪毙，芳儿伤心欲绝，她扮成女仆刺死孙少帅，为倪纲报了仇。

按：作者以芳儿从出嫁到死亡这一段人生中悲哀、辛酸的经历为线索，讲述了一名女子如何一步步走向反抗的故事，可以说是一部成长蜕变史。小说揭露了旧思想下人与人之间的冷漠无情，鞭挞了封建礼教对人的无情压制，表达了青年人跳出黑暗的圈子、追逐独立自由的光明的愿景。芳儿老实本分、善良单纯，但她的一生却是不幸的：她敬重自己的长辈，却被长辈安排了冥婚；

她爱护自己的名节，却被嘲笑诬陷；她渴望自己的爱情，却在将要收获爱情之际，被无情打碎了希望。她由最初的服从到逃离，再到反抗，都是被逼迫的，都是无奈的。“天呀，你未免太苛待我了”，芳儿最后发出这样的控诉。作家以讽刺、对比的手法，撕破了礼教虚伪的面具，字里行间嘲讽了孙少帅等人迫害国人的卑鄙无耻的行为，赞颂了无产阶级的无畏精神。但小说写她在倪绸死后彻底爆发，英勇牺牲，有些突兀。文末留白，并未写芳儿复仇的细节，虽有深化主旨意蕴之意，但也过于理想化。

3月 周毓英的《最后胜利》（第一卷）由上海乐群书店初版。

3月 张资平的《爱力圈外》由上海乐华图书公司印行第三版，4001—6000 册。

3月 罗西的《爱之奔流》由上海光华书局再版，2001—3000 册。

3月 蒋光慈的《冲出云围的月亮》由上海北新书局印行第三版。

4月1日 巴金在《开明》第 22 期发表《〈灭亡〉作者底自白》一文，认为：“杜大心底思想近于安那其，但严格说来他不是个无政府主义者；他底思想近于虚无主义，但他不是个虚无主义者，因为他不是唯物论者，不是实在论者；他底思想近于个人主义，但他不是个人主义者。杜大心底思想里面含得有不少的矛盾，而且这个矛盾是永远继续下去的……我写杜大心底思想时完全取着客观的态度，并不曾把我底现在的思想渗一点进去。我虽然不是杜大心底信徒，但我爱他，我对他的态度是很公平的。我写出他底好处，同时我也写出他底弱点……我承认杜大心‘是一个罗曼谛克的革命家’，这是不错的，但要说他参加革命的动机不正确，就未免太冤枉他了。他之所以为罗曼谛克的革命家，他之所以憎恶人类，一是因为他底环境，二是因他底肺病。‘人是怎样一个卑鄙的东西呀！’如果杜大心像沙宁一样说了这句话，他是有权利的。他参加革命是一件事，他以工作抑止自己底苦闷又是一件事，并不是因为要抑止自己底苦闷才来参加革命。人是一个复杂的，有机的东西，而有肺病的人更是多感的；参加革命之后，他不能就变成一部机器，他底环境依然使他苦闷，但他并不幻灭，并不放弃一切，当然只有拿工作来抑止自己底苦闷了……一个憎恶人类憎恶自己的人，结果不是杀人被杀，就是自杀，在我看来他并没有第三条路可走，何况杜大心又有肺病呢……杜大心‘知道他自己在竭力向着死之路上走去，而且分明感到死是一天逼近一天’，当然会采取用暴力来毁坏生活的一条路。我自己是反对他采取这条路的，但我无法阻止他，我只有为他底死而哭。”“事实上第二十二章在本书内是非常重要的。我把我自己底希望就寄托在这里面。因为在前面的二十一章里，我根据自己底经验抹杀了群众底力量……为了对于中国民众持公平的态度起见，我在第二十二章里留下了希望，说起工人底胜利，同时给我底三部作《新生》，《黎明》开了端。那两部现在我还不贸然下笔（《新生》是李冷底日记，《黎明》是李静淑底历史）。”

4月1日 鲁迅在《萌芽》第1卷第4期发表《我们要批评家》一文，认为《旧时代之死》“总还是优秀之作”，并以“黄棘”为笔名发表《张资平氏的“小说学”》一文，将张资平的恋爱小说概括为“△”。

按：鲁迅的批评明显带有倾向性，因他与柔石的关系非同一般，便将《旧时代之死》视为“优秀之作”，当属偏爱、过誉；而他深恶张资平，便以“△”来概括张的作品。虽就模式而言，张氏小说确实如此，有的甚至是写“四角”“五角”的恋爱，但全盘否定他的作品，以形式否定内容，显然有待再思。然鲁迅所言影响深远，几成定论。

4月1日 《申报》刊载《灭亡》的广告：“这部书实在有激励人心之效，至少我平日所抱的享乐主义已被它打销，我情愿抛弃安逸的生活而去为大众工作。——这是读者俞珍华君的批评，其价值可见。”

按：一般而言，广告语多用名人之评，用普通读者的话语较为少见，此处用读者之评，或许是觉得更贴近读者吧。

4月1日 杨荫深的《曼娜》由上海现代书局再版，1501—3000册。

4月1日 张资平的《青春》由上海现代书局印行第三版，6001—8000册。

4月5日 张资平的《跳跃着的人们》由上海文艺书局再版，2001—4000册。

4月10日 张资平的《长途》由上海南强书局印行第三版，4001—6000册。

4月15日 马宁的《处女地》由上海乐群书店初版，1—2000册。

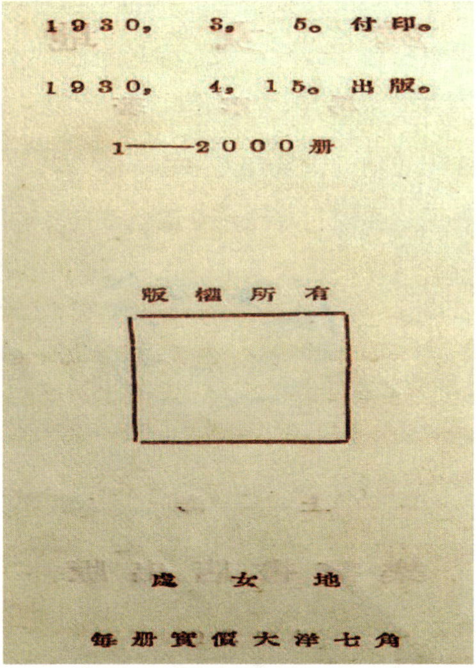
1930，3，5。付印。
1930，4，15。出版。
1——2000册
版權所有
處 女 地
每册實價大洋七角

梗概：主人公黑丽是个13岁的女童工，她的几个好朋友，小禄、红玉、黑珠子、红眼睛、巧姑等，都是纱厂的工人。1924年5月1日，红眼睛向大家宣传：今天是工人的纪念日，大家要团结起来反对资本家对工人的迫害。一天，一个监工调戏女工，大家群起而攻之，同时慰问受侮辱的女工，还成立了自己的组织——工人同盟会，为争取自己的权益而斗争。红玉因积极参加工会，被警察抓走。工人们声援红玉，警察被迫释放了红玉。黑丽因为说了一声“天热得岂有此理”，就被监工打伤，工友们纷纷来看她。小禄因被机器轧断了一只手，被资本家开除。工人们决心罢工，提出了释放工友，罢工期间工资照发，监工不得无故欺负女工、拘捕工人等条件。工人们虽被释放出来，但红眼睛等三人被开除，厂里还规定每天需多工作一小时，补偿罢工带来的损失。经过斗争，红眼睛回到工厂。1925年初，红玉所在的工厂里有一个13岁的女工遭到监工奸污，再次引发罢工，罢工的组织者被工厂开除。工人们后来在日本人开的纱厂里找到工作，这里有一个女童工被杀害，激起了工人们的愤怒，工人们再次罢工。红眼睛、黑丽等都填写了志愿书，表示忠于工会，不被资本家所利用。在失业潮中，黑丽失业了，她的母亲也病死在家中。资本家为了对抗工会，组织了所谓的“自由工会”，分化工人队伍。黑丽拒绝参加这一组织，拒收他们给的五元钱，便被所有的工厂拒之门外。无奈，她只得到有钱人家去侍候病人，得到的五元钱却被警察抢去。又一个“五一”到了，工人们为自己的利益奋斗着，到处都是游行的队伍，黑丽也加入了游行队伍，警察出来抓人，他们跑到一个屋顶花园上，红玉也在这里。黑丽哭了，小禄说，我们没有流泪的权利，我们仍要继续奋斗。

按：这是马宁（1909—2001）一部以日记的方式记叙底层工人生活和不幸遭遇的小说，也是一部体裁别致的革命文学。作品中的这些孩子们多数是生活在底层的单亲家庭里，挨打挨骂是家常便饭，个别孩子还受到家长的虐待。在家中，他们感受不到亲情，父母的眼里只有金钱没有亲情，沉重的生活重压使他们扭曲的血缘关系变成了赤裸裸的金钱往来；在工厂，他们受到监工的侮辱和谩骂，过着奴隶般的日子。为了生存，他们不得不忍受痛苦的生活，也不得不团结起来、走上街头争取他们的权利。他们的生活没有保障，因而他们更富有斗争精神，且拥有不屈不挠的品质。他们所进行的都是为自己争取人权的合理抗争，是无产阶级为争取合法权益所进行的斗争。小说充满同情地描写了这些身处底层的劳动人民的不幸遭遇，赞扬了他们不畏强权、誓死斗争的革命精神，为生活在那个时代不幸但不屈的工人们留下了时代的侧影。由于作品以黑丽日记为叙述方式，难免视角比较单一，节奏亦未能张弛有度，给人以过分紧张之感。此外，人物之间与各事件之间缺乏内在的关联（如童工之死和黑丽母亲之死等），人物形象也欠丰满，特别是对他们不幸的生活、扭曲的家庭关系及他们内心的描写缺乏拷问与剖析，影响了作品的深度。

4 月 16 日 曾虚白的《三稜》始刊于《真美善》（月刊）第 5 卷第 6 号，至 1931 年 7 月《真美善》（季刊）第 1 卷第 2 号（未完，其中第 6 卷第 3 期未刊）。

4月30日 张资平的《柘榴花》由上海乐群书店印行第三版，5001—7000册。

4月 蒋光慈的《冲出云围的月亮》由上海北新书局印行第四版。

4月 叶圣陶的《倪焕之》由上海开明书店再版（精装本）。

4月 超超的《小雪》由上海亚东图书馆印行第五版。

5月1日 邵霖生在《开明》第23期发表《读〈倪焕之〉》一文，认为小说时代性强，不愧为“扛鼎”之作。

5月1日 蒋光慈的《丽莎的哀怨》由上海现代书局印行第三版，4001—6000册。

5月1日 张资平的《糜烂》由上海东群书店再版，2001—4000册。

5月3日 **张资平的《爱之涡流》由上海光明书局初版，1—3000册。**

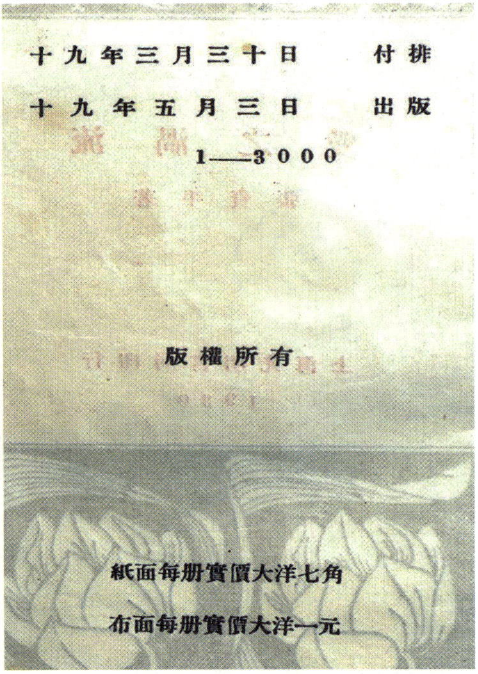

梗概：在同学的结婚典礼上，陈梅仙见到了她心仪的帅气大学生文俊英，俩人相约周日在公园见面。晚上，她接到了文俊英的来信，非常高兴，但因家里让她回乡，她只好爽约。梅仙回到家里，父亲告诉她，他看中了邻村出身望族、现为医院院长的留德博士罗洪元，欲给她定亲。梅仙觉得应该自由恋爱，何况她心里已有了文俊英，因此没有同意此事。梅仙的同学胡毓贞也爱恋文俊英，就公布了梅仙与罗洪元订婚的事，俊英不信，就约梅仙在旅馆见面。在旅馆里，俊英趁机占有了梅仙。不久，梅仙发现自己怀孕，于是她希望俊英能与她结婚以挽救目前尴尬的局面，但俊英借口没有毕业予以拒绝，梅仙只好与罗洪元结婚。两个月后，罗洪元要出国开会，便让他堂弟启元看梅仙。启元也是医学院毕业生，帅气而带有女性美，在罗洪元走后第二天便来到梅仙家。很快，梅仙与启元的关系就暧昧起来。一天，梅仙看到报纸说罗洪元患病，无法回国，悲痛万分。几天后，罗洪元病逝。由于罗家对罗洪元的遗腹子很看重，梅仙只好回罗家生孩子。一年后，梅仙又同孩子一起搬回上海，接替洪元担任医院院长的启元自然又常常来到梅仙家里。终于，二人经过一番心理斗争，不顾外界的议论，突破了最后的防线，但仅过了一个月，启元就觉得疲倦，罗家人也认为这是有违伦理的事，就给启元订了婚，启元决定结婚后与妻子一起去德国留学。梅仙痛苦万分，又觉得不能自暴自弃，于是在画家叔恺的介绍下加入了左翼艺术家联盟。但梅仙心里还是不能忘却启元，她在启元婚礼当晚找到启元，希望他回心转意，启元不同意，梅仙便要自杀，启元见状，赶紧将梅仙送到医院。在医院里，启元守着未度过危险期的梅仙，流露出些许悔意。

按：这是一部欲用爱挑战伦理的小说，但它是一部失败的小说。从这部作品看，张资平的小说已经走到了尽头，他以“爱的名义”举起欲望的旗帜，实际是挂羊头卖狗肉。这部小说无论内容、人物还是故事都是他以往的小说中惯用的，没有任何新的元素，牵强地加入革命的内容，显得不伦不类。以此谓其“江郎才尽”当不过分。

5月4日 《申报》刊载《爱之涡流》的广告：“张资平氏描写恋爱小说，有一种特殊的手腕，深刻生动，令人百读不厌，此书为氏最近所构成，亦为氏最得意之作品，内容述一青年女子恋爱失败后遇一职业革命家，遂参加文化工作，率因发现他们的腐败恶劣情形而悲观，而消极，终于殉情而死。本书可作现代青年的当头棒喝，如书中女主人的脆弱与怯懦，实为一般青年的殷鉴，允宜人手一篇。”

5月10日 希若在《草野周刊》第2卷第6号发表《〈冲出云围的月亮〉》一文，认为这是一部过去的作品，“全书的描写，完全吃力在曼英的个人的浪漫的颓废的生活。”“在这一作品内，我们不但找不着斗争，而且找不着群众。严格的说，这一作是布尔乔亚个人主义思想的反映，一位革命退伍者的故事罢了。”“总之，这一部作品，是不应产生在一九三〇年，没有证明出‘被压迫阶级对于生活的觉醒’和社会斗争中高涨着的群众情绪。在形式上不如《短裤党》，在内容上也不如《最后的微笑》。”

5月10日 华汉在《拓荒者》第1卷第4—5期合刊发表《读了冯宪章的批评以后》一文，认为《丽莎的哀怨》“不仅不是一部什么××主义ABC，倒反而是一部反××主义的ABC；不仅不是一种有力的形式，倒反而是一种含有非常危险的毒素的形式”，是“很严重的失败”，有“过左”之嫌。华汉还认为，从作品中“我们只能感到作者所传染给我们的感情，是在激动我们去同情于丽莎的哀怨与悲愁，同情于俄罗斯亡国贵族的没落与沉沦，飘零与悲运”！“《丽莎的哀怨》的效果，只能激动起读者对于俄国贵族的没落的同情，只能挑拨起读者由此同情而生的对于‘十月革命’的愤感，就退一步来说吧：即使读者不发生愤感，也要产生人类因阶级斗争所带来的灾害的可怕之虚无主义的信念。”

按：这一批评虽然有上纲上线之气，但华汉所言的创作主旨与创作倾向的矛盾，却成为早期左翼革命文学家抨击蒋光慈的借口。蒋光慈对此不服，根据他对创作与党派关系的理解提出退党，被开除党籍。

5月12日 废名的《莫须有先生传》第1—11章始刊于《骆驼草》第1期，至11月3日第26期（未完，有间断）。

5月15日 钱杏邨在上海神州国光社出版《文艺批评集》一书，其中《批评与分析》《从东京回到武汉》二文对茅盾关于“五四”以来的中国文坛的分析，及《从牯岭到东京》《读〈倪焕之〉》等进行了强烈的批评。

5月17日 《申报》刊载《处女地》的广告："本书是一部写实的伟构，是五卅惨案的史迹！凡是读过屠格涅夫的《处女地》——郭译新时代——的人。就不可不读这本马宁先生的《处女地》，还没有读过的人尤其不可不读这本《处女地》！本书是一位处女在日本内外纱厂工作的血的纪录，日本人怎样压迫，剥削，欺骗，奸淫，在中国的领土内怎样的实行了帝国威风。工人又是怎样的痛苦，反抗，饥饿，疾病，罢工，失业，恋爱——铁轮下的血光肉影，一切的下层社会的形形色色，都在书中活现着，具有伟大同情的青年诸君呀，幸其注意及这一部书啊！"

5月19日 聂耳在日记中谈《冲出云围的月亮》："最低限度，我们看了这篇东西后可以知道一个真实的革命战士的精神，象李尚志样的那样令人钦羡，不过象王曼英样的女性似乎过于理想了。"[1]

5月20日 胡也频的《光明在我们的前面》的前两节刊于《日出》创刊号。

5月 **雷导哀的《爱的残痕》由上海光华书局初版，1—2000册。**

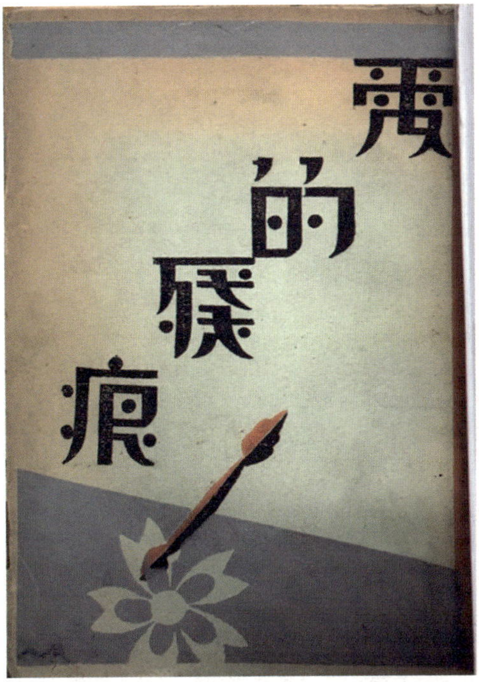

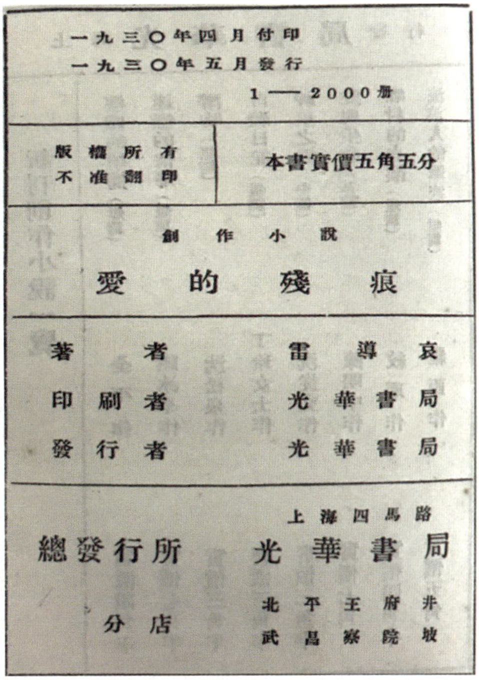

一九三〇年四月付印
一九三〇年五月發行
1——2000冊

版權所有 不准翻印

本書實價五角五分

創作小說
愛的殘痕

著者 雷導哀
印刷者 光華書局
發行者 光華書局

總發行所 上海四馬路 光華書局
分店 北平王府井 武昌察院坡

[1] 《聂耳全集》编辑委员会：《聂耳全集》（下卷），文化艺术出版社1985年版，第236页。

梗概：T对C校的常慧一见倾心，尽管两人只是在女生宿舍门口散了一会儿步，T已经快乐得难以形容了。T虽听闻常慧已有爱人，依然执着地写了一封又一封炽热的告白信，再三言明自己对常慧是“思而敬之”而“不敢思而辱之也”，表示自知自己太过渺小配不上常慧，只求能得常慧只言片语的回复，若能以朋友身份相处，则更是对他莫大的恩惠。常慧偶尔会简短地回复T，或与T见面。或许是因为T的爱过于炽烈，抑或是因为二人的来往给自己带来了非议，见过三次面后，常慧就渐渐地疏远了T。尽管T在给常慧的信里写着自己的相思、爱慕与痛苦，常慧依然不为所动。T的坚持并没有感动常慧，后来常慧再也没有回信，坚决地要与T撇清关系。T在这爱的深渊中挣扎，也曾想过摆脱，但诗文、音乐、烟酒、新欢等都无法让他忘记常慧，精神的痛苦慢慢地侵蚀了T的健康，他病得越来越重。

按：这是雷导哀（1902—1949）一部以血泪写成的、情感炽烈的告白书。所谓“爱的残痕”就是指作者单相思一女子所留下的伤残痕迹。作品由1917年6月10日至1918年7月18日一年多时间里T写给常慧的近百封信组成，几乎没有什么情节，多是T的表白和自剖，可谓用情至深。作品语言风格多变，有整饬典雅的文言文，也有“华洋交错”的流行语，也有古今中外的诗词名言，增添了一些阅读趣味。但作品情节单调，全书由男主人公的信件组成，大量书信所述内容相差无几，整个故事沉闷冗长，不加节制的抒情难免让读者感到乏味。

5月　楚洪的《爱网》由上海北新书局初版。

梗概：黎晴收到朋友舒琪的来信，说他要和妹妹舒粲一起来上海。黎晴的丈夫易巽很高兴，但黎晴心里却蒙上了一层阴影，因为舒粲是易巽先前的恋人，她担心两人旧情萌发。果然，易巽见到舒粲后，舒粲就告诉易巽，她虽与富有的模竺结婚了，但现在她已不爱模竺了，她要趁模竺去海外求学之机夺回自己的爱情。很快，在舒粲的不断引诱下，易巽抛弃了黎晴。黎晴不愿失去易巽，多次寻求他的踪迹，哀求他回到她的身边。易巽在两个女人中游戏着，舒粲的肉体让他不舍，黎晴的旧情也让他不舍，他还将性病传染给

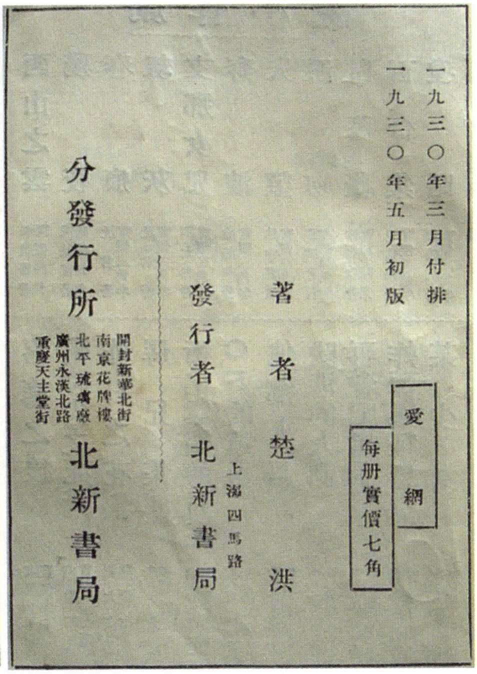

一九三〇年三月付排
一九三〇年五月初版

愛網
每冊實價七角

著者 楚洪

發行者 北新書局 上海四馬路

分發行所 開封新華北街 南京花牌樓 北平琉璃廠 廣州永漢北路 重慶天主堂街 北新書局

了黎晴。其实，易巽也很痛苦，他曾到黄浦江边寻短见，看到满江都是帝国主义的船舰，内心受到很大的刺激。承受着精神与肉体双重痛苦的黎晴见无法挽回易巽的心，决定与他分手，投入到社会革命中去。而此时，舒粲又对从海外回来的丈夫模竺说只爱他一个人，继续玩她的爱情游戏。

按：楚洪即白薇，这是她继《炸弹与征鸟》后又一部长篇小说，其中的故事显然带有她与杨骚的爱情的影子。且不论实际生活中两人的关系如何，但就这部小说而言，《爱网》实在是一部失败的作品。虽然就人物塑造、结构安排而言与《炸弹与征鸟》相比有一些提高，但作者偏执的情绪和由之带来的凌乱且生硬的结构，及缺乏文学性的叙述语言，使作品难以卒读。小说只有主观的情绪宣泄，缺乏深刻的、富有艺术魅力的细节描写，其主旨是想说明“婚姻是恋爱的坟墓”，但缺乏艺术的刻画，抽象而乏味。由之观白薇的小说创作，实在难以恭维。

5月　陈明中的《爱与生命》由上海光华书局初版，1—2000册。

梗概：W大学的罗丽娟被人们称为“校花”，常常收到男同学的求爱信，

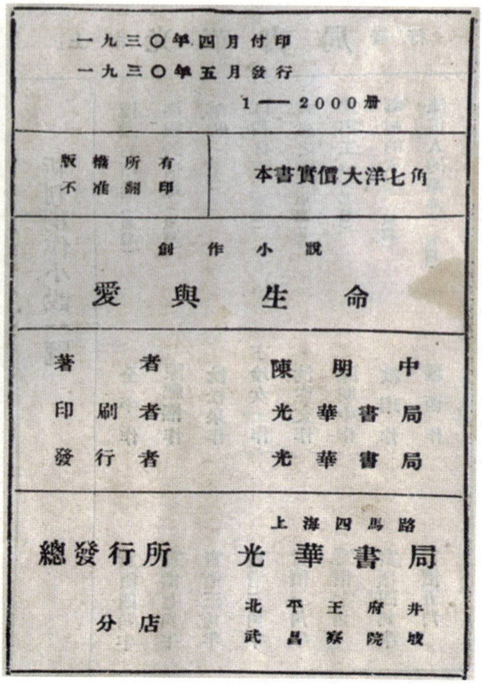

一九三〇年四月付印
一九三〇年五月發行
1——2000冊

版權所有 不准翻印

本書實價大洋七角

創作小說
愛與生命

著者 陳明中
印刷者 光華書局
發行者 光華書局

總發行所 上海四馬路 光華書局
分店 北平王府井 武昌察院坡

她觉得很无聊，便将信统统付之一炬。不过，她倒觉得学文科的“作家”叶君、艺术系的邹君和哲学系的丁君值得她关注。一天，她和几个同学去汉口玩，路遇叶君、邹君，便一起游玩，但丽娟觉得这两人的献媚很可笑。端午节时，她到同学吕小姐家去过节，正好丁君也在这里，丁君把叶君的作品批得一无是处，说孔教授是“X 党”。丽娟是倾向于革命的，听说孔教授是革命党人，心里增添了几分敬佩。面对叶君求爱的攻势，丽娟以学业为由加以拒绝。暑假，丽娟到九江的哥哥家避暑，遇到了孔教授，原来孔教授是哥哥留法时的同学。孔教授约她到旅馆去玩。第一次去时两人还谈得很尽兴，但她第二次去时孔教授轻浮的举动让她大失所望，她提前回到了学校，得知叶君与吕小姐已结婚。开学后，照常有一些情书寄来，丽娟也常去取信，她发现有一个人也常取信，但并不像别的男人那样用特别的眼神关注她，她开始留意起这人来。一天，在孔教授处，正好这位青年也在，于是丽娟知道了他叫林浩，是学校的职工。经过几次接触，她渐渐喜欢上了林浩，林浩虽有察觉，但想起自己的身世，觉得自己不配拥有这份爱情。林浩少年时，他的父亲经商失败，将家里的田地、鱼塘、字画、古玩、家具等全部变卖，他只好到一家洋货店当学徒。年幼体弱的林浩不能承担繁重的体力活，被老板辞退，只好又到酱园去当学徒。酱园的老板正是逼死他母亲的仇人，他想偷老板的钱买枪报仇，结果被抓了回来。被保释后，父亲病重，无钱治疗，他就偷了40多元钱，虽没有被抓住，但他自觉无脸在家乡待下去，便谎称有事到外地当兵去了。在军队，因眼睛近视，他只能当勤务兵。在军队中，他看到了不少腐败行为，没多久就又逃到工厂当工人，加入了工会。在工潮中，他看到许多工友被捕，逐步觉醒。1928 年春，林浩被介绍到武汉 W 大学当注册处的一名职员。丽娟没有嫌弃他贫穷，与他热恋起来。一个多月后，林浩接到去上海工作的任务，便离开了武汉。父亲让丽娟回家，丽娟瞒着父亲去了上海。半月后，父亲登报声明与丽娟断绝关系。又过了几天，报上登出林浩与丽娟双双被捕的消息。

按：这是陈明中（1903—1990）一部表现革命与恋爱的别具一格的作品。小说通过对校花罗丽娟拒绝名利的诱惑、倾心于出身贫寒的革命者，最终献出生命的人生之路的描写，表达了“爱情诚可贵，生命价更高，若为革命故，二者皆可抛”的时代主题。囿于特殊的时代氛围，作者构思的重心不在革命者的具体实践，而在进步青年对革命者的爱情，通过对林浩不幸的人生的深切同情和对反革命者的嘲讽，特别是以一句“时代在黑暗中”为结尾，传递出作者鲜明的创作立场。不过革命者林浩的形象较为单薄，加之小说上半部着重写丽娟在学校的生活，下半部着重写林浩漂泊的身世，结构并不均衡，结尾虽加大了批判的力度，但收束过于仓促，也影响了人物的深度。

5月　穆时英的《交流》由上海芳草书店初版，1—2000 册。

梗概：赵忠益、项雄霄、俞天福几人是大学生，雄霄已经订婚，未婚妻叫施书瑛，但他并不爱未婚妻，他只爱陆霞玉。学校放假了，不想看到施书瑛的雄霄不愿意回家，但为了他的妈妈和爸爸，他还是回去了。在二婶家，雄霄遇见了霞玉，非常高兴。霞玉知道他订了婚，说他是可怜虫，雄霄听后十分悔恨。媚莺告诉雄霄，霞玉是俞天福的未婚妻，雄霄因此病倒了。剑君知道后，就给雄霄送来妹妹霞玉的信。在信中，霞玉说决定向雄霄告别，从

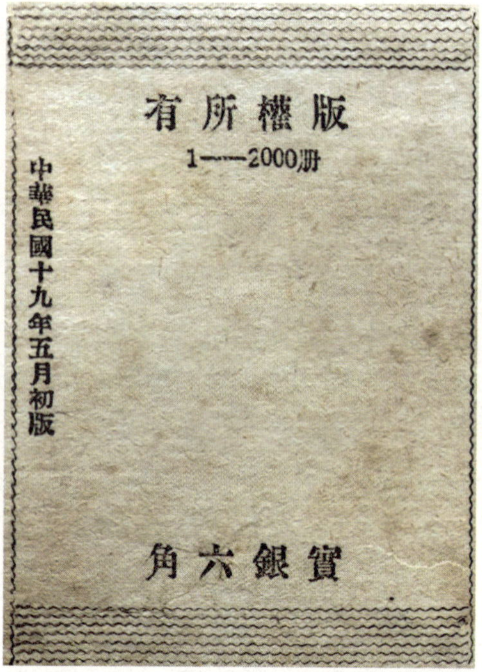
有所權版
1——2000册
中華民國十九年五月初版
角六銀實

此不再相见。雄霄悲愤地问剑君谁是俞天福与霞玉的媒人，剑君说是俞家的账房谢老儿，雄霄找到了报仇的目标。1926 年，国民革命热潮滚滚，黄仲怀决定去广州，雄霄也决定去参军。临行，他与霞玉告别。雄霄的母亲得知雄霄参军的消息后，精神失常。不久，雄霄从黄埔军校毕业，上了战场，他英勇顽强地拼杀，在汀泗桥战役中受了伤，被送进医院，在医院里遇见了盈盈。在盈盈的关爱下，雄霄很快好了起来。出院后，北伐军攻克武汉的消息传到了广州。在庆祝的酒宴上，他听说巨商许怀义用钱和势力逼得歌娘自杀，就杀了许怀义和他的保镖。他从盈盈的口中知道霞玉过得并不幸福，而且马上要出嫁了，于是，在霞玉出嫁前夜，他带卫兵到了俞家，打死了谢老儿，后向自己胸口开了一枪，但他没有倒下，他带着枪伤走进了姑母家，环视四周，看到霞玉的弟弟、妈妈、爸爸等。剑君见状把妹妹霞玉叫过来，向她开了一枪。雄霄和霞玉露出了胜利的微笑，然后死去。

按：穆时英（1912—1940）的所谓“交流”即是用“铁”（枪）用“血”（生命）去交流。雄霄爱霞玉，霞玉也爱雄霄，但他们却无法在一起。因此，雄霄解决这一问题的最佳方案就是杀死悲剧的制造者后，与所爱的人一起殉情，这就是《交流》通过男女主人公的悲剧命运呈现出的主题。小说显然带有臆想色彩，情节散漫且有些凌乱，对革命的描写极为生硬，人物性格亦不太清晰，是一部主观性较强的平庸之作。

5月 茅盾的《蚀》（《幻灭》《动摇》《追求》）由上海开明书店初版。

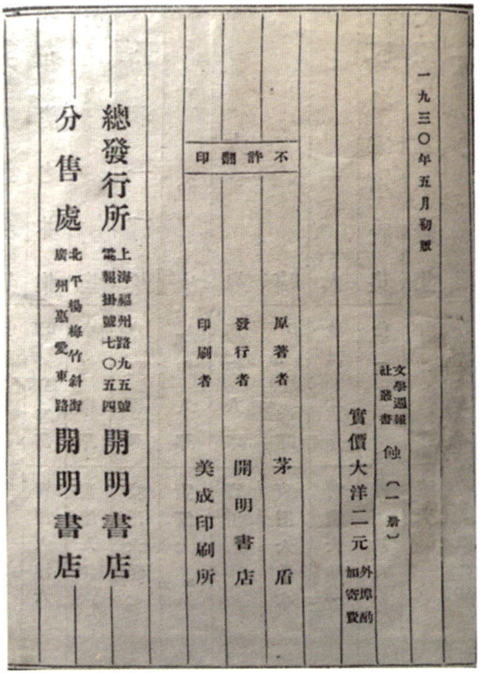
一九三〇年五月初版
文學週報社叢書 蝕（一冊）
實價大洋二元 外埠酌加寄費
不許翻印
原著者 茅盾
發行者 開明書店
印刷者 美成印刷所
總發行所 上海福州路九五號 電報掛號七〇五四 開明書店
分售處 北平楊梅竹斜街 廣州惠愛東路 開明書店

按：茅盾（1896—1981）的《蚀》是由三个中篇《幻灭》《动摇》《追求》拼合而成的长篇，从严格意义上讲，《蚀》只是三个中篇的合集而不是长篇小说，三者之间不仅故事互不关联、人物各成体系，主题亦各不相同，并不符合长篇小说的标准。《幻灭》借静女士生活理想与爱情理想的破灭，表达了现代女性如何寻求自我的时代诉求；《动摇》通过叙述方罗兰的逃遁和胡国光的嚣张，形象地说明了在革命年代，如果一个革命者没有一副革命家、政治家的手腕和心肠，而是软弱摇摆甚至倡导中立，那么他必然失败；而《追求》则通过叙述一帮青年追求理想却被现实无情地打击的经历，反映了大革命失败后弥漫在都市上空的“幻灭的悲哀，向善的焦灼和颓废的冲动”

（张曼青语）。由于作者将三部中篇小说合在一起，故长时间以来人们将《蚀》视为长篇小说。《幻灭》是沈雁冰以“茅盾”为笔名写作的第一篇小说，也是1927年大革命失败后茅盾进行的一次文学尝试。虽然小说弥漫着悲观、消沉的氛围，但还是以其鲜明的时代性引起了广泛的注意。不过，茅盾在这部有着鲜明时代特色的小说里所表现的或许只是在动荡不安的社会与时代中，青年女性的精神诉求是难以实现的，孤独与失望、悲观与幻灭往往是她们不得不承受的结果，这也是茅盾当时内心的真实写照。如果说《幻灭》仅是将革命作为背景的话，那么《动摇》则是将革命作为舞台了。方罗兰和胡国光，一个是革命的领导者，一个是革命的对象，但革命的对象反而钻了空子，一度成为革命的领导者。茅盾也许思索的是：革命是什么？什么是革命应该依靠的？革命的手段应该是什么？什么样的革命者才能成为革命的领导者？“左”如果幼稚，那么“右”当如何呢？《追求》是作者偏爱的一篇，作者试图通过对三类人物的描写，反映一代青年的时代病、精神色盲和“世纪末的苦恼”，而章秋柳的形象则代表着有所追求、有所希冀的新时代女性。但实际上，《追求》《动摇》《幻灭》恰恰反映的是“幻灭”“动摇”“追求”，这种“错位”不是简单的巧合，而是与茅盾当时矛盾的心境密切相关的。不过，由于诸多因素的影响，《蚀》之谜还没有真正被揭开。

5月 蒋光慈的《冲出云围的月亮》由上海北新书局印行第五版。

5月 罗西的《你去吧》由上海光华书局印行第三版，3001—4000册。

6月2日 余生在《大公报》发表《露存女士所著书汇评》一文，认为《双练》“描写中国各种人之心理，极深切适当，又足表明中国人处此过渡时代之烦难矛盾冲突。书中主角马义保本是好人，特生性懦弱，意图依违以求两全，己身重婚，而双方隐瞒，卒至形势破裂秘密泄漏，不得已乃举己之身命以殉，适成其为悲剧中之人物耳”。

6月8日 愚川在《上海党声》第9期发表《显微镜下的张资平》一文，认为张的小说模式化、老套俗气，张只是为钱写作，近来转向创作所谓的“普罗文学”，其实是“卢布文学”。

6月15日 静溪在《日邮新闻副刊》发表《张资平先生底小布尔乔亚意识底流露》一文，认为张资平的《跳跃着的人们》看似“转向”之作，但明显地流露着“小布尔乔亚意识”。

6月15日 蒋光慈的《最后的微笑》改名为《胜利的微笑》，由上海新文艺书店出版。

6月30日 张资平的《天孙之女》由上海文艺书局初版，1—3000 册

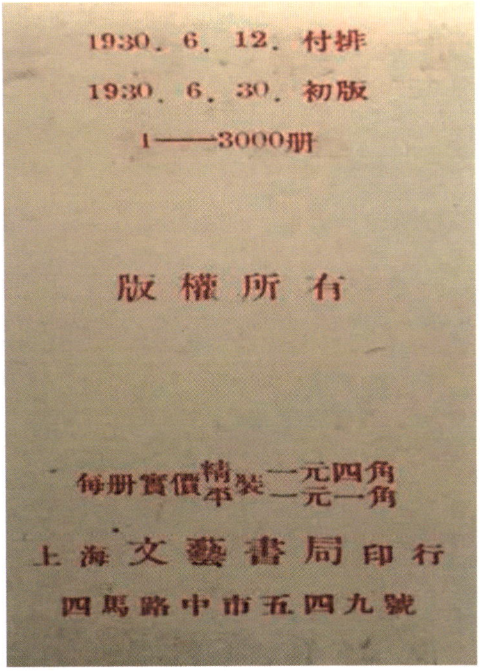
1930. 6. 12. 付排
1930. 6. 30. 初版
1——3000册

版權所有

每册實價 精裝一元四角 平裝一元一角

上海文藝書局印行
四馬路中市五四九號

梗概：花子是日本派驻奉天的联队长铃木牛三郎少将的大女儿，自幼有一种“天孙之族”的优越感。她爱上了父亲的下属栗原，但不久后铃木少将因受贿罪下狱并自杀，栗原便抛弃了她。中国留学生丘景山爱上了花子，并带她到上海，但她嫌丘是中国人，不愿与丘结合。之后花子被日本人荒川带到青岛，卖给山海楼妓馆的主人安藤，她改名“嫦娥”，开始了妓女生涯。花子把嫖客、高丽商人李明年视为知己，跟随他来到上海。李明年因参加革命活动被日本巡捕驱逐，她便又和日本巡捕池田名竹同居。两个月后，池田被英国巡官开除，池田和花子开了酒楼揽生意，不料因几个日本水兵斗殴，酒

楼被迫关闭，花子只好再回妓院，她在生完孩子三个星期后就接客，患了急性子宫内膜炎。因孩子的父亲是李明年，池田愤恨地将花子扔在阳台外，想让她冻死，花子一气之下离开了池田，去做了舞女。某天，她遇到了已是作家的丘景山，又与丘同居。但丘视花子为泄欲工具，当花子多病的残躯不能满足他的欲望时，就离开了她。花子又开始了她暗娼的生涯。

按：这是张资平第一部具有反日倾向的长篇小说，也曾被翻译成日文，引起了日本人强烈的反感。小说以自视优越的日本将门之女花子沦落为风尘女子的经历为线索，揭露了日本帝国主义的丑恶嘴脸，控诉了日本人蹂躏女子的罪恶行径，戳穿了日本人自吹是“天孙之族”的谎话。可以说，小说的一点积极意义也仅在于此。不过，张并非是站在人民的立场上反日，而只是一种情绪的宣泄，他虽然描绘了丑恶的日本人，也丑化了中国人。除此之外，《天孙之女》小说前半部人物的语言，特别是对话还是很符合日本人身份的，其他就很难说有什么长处了，张作品的弊端也尽数体现——粗鄙媚俗、多角乱爱、情欲膨胀、人兽不分，以及讽刺丑化革命者等，实不堪卒读。

6月 文（作者名）在《金屋月刊》第1卷第9—10期合刊发表《〈鲁男子〉》一文，认为：“本书的结构是严谨的，每一个人物都给予有一种精细地描写出的性格。”“作者写这本书，是早就设下一个方式的；更是有了一种议论，而想造一个事实去证明来的，因此在本书里所发生的事情便很少有偶然的，这可以说是作者的好处，也可以说是他的缺点；好处则是一气贯连，顺上起下没有一些儿格顿；缺点则似乎有太呆板之弊。”“书中关于灵与肉许多的讨论是作者吃苦处，也便是作者不讨好处，我们不得不对作者致敬礼与抱歉。”

6月 蒋光慈的《冲出云围的月亮》由上海北新书局印行第六版。

6月 茅盾的《虹》由上海开明书店再版。

7月1日 孙沫萍在《开明》第24期发表《读〈灭亡〉》一文，认为：“《灭亡》就把这个残杀着的现实，如实地描写了出来。不宁唯是，它还把万重压榨下的苦痛者底反抗力，表现了出来（虽然不见十分强烈，似乎还能……）。”“杜大心果然憎恶世界么？果然厌恨一切么？不，决不！我们与其说他憎恨世界人类，还不如说他可怜人类，热爱世界来得确切些！唯其爱得太厉害了，所以憎得也到极顶了。”而且，“杜大心的憎恨，绝底的憎恨，完全是站在爱的基点上的。”

7月5日 王思善在《草野》第2卷第14号上发表《〈糜烂〉》一文，认为小说读后让人感觉莫名其妙，且有如下不足：没有切实的主人公；没有一个系统的概念，充满了空泛无为的议论、故意的谩骂；几个人物的行动矛盾可笑。

7月5日 张资平的《爱之涡流》由上海光明书局再版，3001—5000册。

7月6日 李锦轩在《前锋周报》第3期发表《最近中国文艺界的检讨》一文，认为在创作上比较杰出的“却不过只有茅盾的《幻灭》《动摇》《追求》时代反映的三部曲而已。这三部创作，他所描写的，都是以革命时代的人物为背景，据作者自己所说：《幻灭》描写的主要点也就是幻灭。同样地，《动摇》所描写的就是动摇，革命斗争剧烈时从事革命工作者的动摇。《追求》正是他发生苦闷的时候写的，所以蒙上了极厚的一层悲观色彩；并且充满了缠绵幽怨和激昂奋发的情调，而自认是狂乱的混合物。从这样看来，这等作品，自然是不用说，不会与民族有利益的。而且，他那种悲观的色彩，无非影响青年走入幻灭的路上去，更为苦闷地找不到出路罢了。虽然，他是客观地表现了时代精神，但把民族精神忽略了，这是我们不能认为满意的”。

7月13日 《申报》刊载《天孙之女》的广告：“本书是张先生最新的得意长篇创作，内容述一个日本名门的女子，后因事变流落到中国来，初看不起中国人，但到后来过种种被压迫的生活，才觉悟到帝国主义的矛盾，不幸她几次受了恋人的欺骗，最后又给恋人骗卖到娼门中去营皮肉生涯。书中描写一个名门女子流至为娼，经过极其真切动人，足称张先生别开生面的作品。至文笔之流利和圆熟为一般所熟知，无庸再事介绍了。凡关心大众文学的人不可不读，关心民族问题的青年男女们更不可不读。”

7月20日 张资平的《跳跃着的人们》由上海文艺书局印行第三版。

7月 苏读余在《现代文学》创刊号发表《〈冲出云围的月亮〉》一文，

认为《冲出云围的月亮》“是中国幼稚的普洛文学中一本值得注意的小说”。

7月 张资平的《爱力圈外》由上海乐华图书公司印行第四版，6001—8000册。

7月 茅盾的《蚀》由上海开明书店再版（文学周报社丛书）。

8月1日 沈善坚在《开明》第25期发表《〈虹〉》一文，认为：“是虹一样的耀眼，是虹一样的美丽，但是是虹一样的消失；这是中国最近十年来的壮剧的象征。作者是这样的聪明，能想到这个字，用它作为书名，这一点，使我很欣佩，很赞美的。”“统观全书，取材亦甚新鲜，而事实的开展，亦很清晰，而第九章的最末一段，暗示梅女士所遇的二个恋爱对象的不同，而表现对方二人的相反，恰巧很明显的表白出中国社会的推进，这点，是我最满意的。”

8月1日 皮凡在《万人杂志》第1卷第5期发表《转变后之张资平氏的〈长途〉》一文，认为《长途》在艺术描写上没有什么成功之处，在内容上“我们只得到了一些无聊的诅咒，和这时代的一个迷茫的外型而已。人物也没有一个写得活跃一点，碧云也是模糊的一个女子，兴国也是模糊的一个青年，总之，全篇只是一些模糊不清的影子而已。而且也没有给我们一个明白的指示”。“以全书来论，上半段较逊于下半段。”“总之，《长途》不是一篇了不得的作品；但也并不是一篇十分过不去的作品，因为无论如何张资平氏还是一个有经验的作家哩。至于在内容上，《长途》算是已有了转变了，不过，在形式上，还是和没有转变以前的一般模样！”

8月11日 废名的小说《桥》（上）中的六节——《金银花》《史家庄》《井》《落日》《洲》《猫》，始刊于《骆驼草》周刊第14期。

8月18日 废名的《桥》（上）中的四节——《万寿宫》《闹学》《芭茅》《狮子的影子》，始刊于《骆驼草》周刊第15期。

8月20日 **徐学文的《世纪病狂者》由上海芳草书店初版。**

梗概：章侠民出生于一个旧式大家庭，父亲早亡。四年前，兄长生意失败破产，不知所终，母亲被债主们逼死，而家族中的长辈们又都冷漠无情，

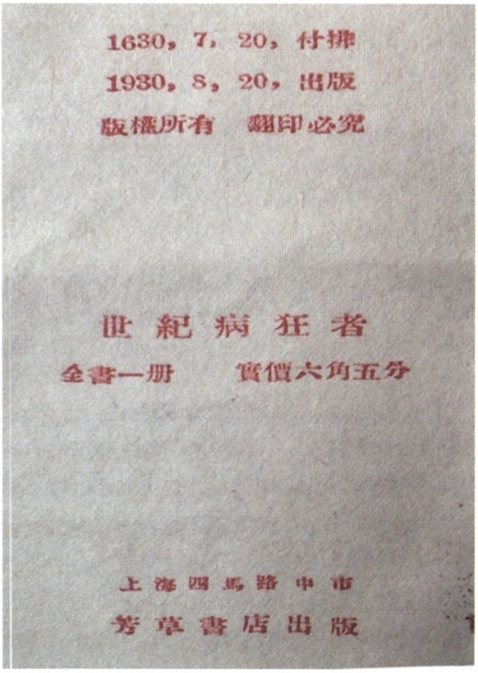

章侠民被迫远走他乡。离开家后，章侠民投奔了 H 地的同学周一心。因周一心的鼓励，章侠民加入了革命阵营，他们的第一个任务就是联合农民打倒当地的恶地主张老爷。然而，起义尚未开始，张老爷手下的人已经察觉到了异样，他们残忍地杀害了周一心。在周一心的追悼会上，章侠民见到了 M 女士，并深深地爱上了她。M 女士继续革命，在大年初二的晚上领导农民们推翻了张老爷的统治，但在战斗中她不幸中枪，幸得章侠民搭救，及时送到了医院，无生命危险。在 M 养病期间，章侠民对她表白了，M 为报答章侠民的救命之恩，暂时没有拒绝他，但在 M 的心里，革命和民众才是最伟大的事业，儿女私情都只是羁绊。为了不让 M 失望，章侠民继续积极地参加革命。M 病愈后，章侠民到 W 埠进行宣传工作，不久就与当地的林爱娜相恋。很快，由于沉迷爱情、荒废工作，章侠民被撤职。紧接着，M 来信与他断绝关系，林爱娜也与他人订婚。接连不断的噩耗彻底击垮了章侠民，对他来说，因政治而来的地位和女人才是他的追求。章侠民彻底陷入迷茫，他现在一无所有，想要参加革命，却又不想吃苦，更怕丧命；想要女人，也终究是无望。在矛盾与迷茫中，章侠民彻底发狂了，他冲上街头写革命标语，被捕时还大喊着什么。很快，他就被枪毙了。

按：徐学文（生卒年不详）这篇小说写于 1928 年，他意欲通过“世纪病狂者”——章侠民最终走向疯狂和毁灭的经历，展现大革命中一部分彷徨的青年的共同特点和命运。革命究竟意味着什么，“章侠民们”或许从来没有想清楚过，他们憎恶封建家庭并与之决裂，却不明白自己的道路究竟在哪里。他们缺乏勇气、意志软弱，最终只能不断失败，白白断送自己的生命。从这个角度来说，作品在暴露 20 世纪 20 年代知识分子的迷惘与彷徨上有其深刻之处。不过，章侠民不断“找寻出路”，纠结“是否革命”，又让“得到女人”作为这一切的出发点，这就使一个本来具有普遍意义的时代主题被限制于狭隘的欲望空间内，加之小说人物塑造概念化，对话零碎，难以引起读者的注意。

8月24日　锦轩在《前锋周报》第 10 期发表《〈虹〉》一文认为，《虹》的主人公“是一位脆弱的女性，正是一个‘五四’时期的典型的女性。她是章秋柳等前一期的人物，充分地表现‘五四’时期的智识阶级的女性的特征：一方面是震慑于旧势力的权威，同时，又因新思潮的激荡；于是感觉到自身的缺陷，经济的不能独立，以及婚姻的不自由，因之，恨不能飞出旧势力的罗网的悲哀苦闷便盘据在时刻浪花飞溅的心。作者便是忠实地把这样的一个女子的心理变幻的过程用前三部作同样的技巧解剖了出来。同时作者的擅长似乎也正是在这点上有相当的表现”。“在结构方面：本书的结构是和屠格涅夫的《春潮》相类似的。这大概作者善于模仿。”锦轩最后说：“我们不能说他是一本成功的创作。站在民族的利益上讲，我们民族更是决不需要这样的作品。”

按：论者对作品艺术特点的概括较为准确，但结论武断且自相矛盾。

8月25日　废名的《桥》（上）二节《送牛》《松树脚下》，始刊于《骆驼草》周刊第 16 期。

8月28日　萍若在《益世报》（北京版）发表《〈跳跃着的人们〉——一个粗浅的批判》一文，认为：“提到一九二三至一九二八年的中国文坛，我们的脑海里总冲淡不下去张资平氏的印像，那时中国社会正披着封建的外衣进向前资本主义的阶段，男女间的关系也随着经济制度的转变向商品化起来，张氏便以白描体的小说，将此横梗在青年心田的性的苦闷，赤裸裸表现于纸上。”“自一九二七年革命阵线分化后，因客观条件的成熟及普罗文学集团之艰苦的奋斗，普罗文学已战胜资产阶级的喉舌，在文坛上取得绝对的优势。素以恋爱小说闻名的张氏，居然也于其取材上罩上层革命的色彩，大谈其普罗文学了！张先生自趋向普罗文学的道路以后，只在《群众月刊》上发表过一些作品，似乎还不曾有单行本子印出，有的，便只是这本《跳跃着的人们》呢？”“过去张氏创作的技巧，不能不说有相当的成功，但文学的内容同形式是和‘时代’相联系着的，在文艺大众化的过程中，张氏大量的创作都暴露着其落伍狼狈的现象了！”“张氏著作的命名，像《冲积期化石》《爱力圈外》《不平衡的偶力》等，都格外奇妙超俗，尤以这本《跳跃着的人们》更觉新颖动人，虽只短短六字，已将现社会人类的生活——也可说宇宙万物的生存形态，形容尽致了！但翻看一下书的内容，却不耐不令我们失望，这本张氏新的创作，也便是他作品中最失败的一部吧？”“全部的结构，张先生似乎不曾通盘计画过。本书主旨，是主张劳工阶级醒觉起来，向资本阶级斗争，打破现实的社会组织，确立真正普罗列塔利亚的经济政治制度，这种普罗主义的作品，自然要以一个具有坚强的革命精神的斗士，或革命细胞组成的集团来作书中的主人公。对其革命态度，工作状况，斗争意志，都加以鲜明逼切的叙述，如是，全书的主旨才有寄托，理论才能贯通。但本书既非以群众的集团作经纬，书中的人物又没有那个是经过作者特别的描写的。在表面看来，质彬似乎是主人公了。而他前期则不过一个钝质的懦夫，后期却要为投机者——于人生没有透澈的觉悟，于革命没有意识的把握，只感到性欲的压迫，日夕憧憬于性爱的追求，知道自己所处的奴隶地位，却缺乏反抗的决心……把一个懦怯的投机者做革命作品中的主人公，非真正普罗文学作家之应有的态度，若说这是反面烘托的笔法，以质彬是革命的背叛者，投机份子的代表，却又找不出充分的事实上的证明与理由上的根据，瑞祥龚二丽仙似乎是革命的人物了，但他们的性格思想等，书中都没加重的着实的叙述，至于工人张大鹏杨有敢，资本家梁辣腕紫芸夫人，更都是陪衬的脚色了。”“本书的分量上的分配，也不能令人满意。计全书二百三十余页，分作二十章，第一章至第三章，叙述质彬的来历，生活和受性欲压逼的反感，第四章至第七章是紫芸和昌化的恋爱史，八章至十一章，是叙明紫芸等赴港的动机，及瑞祥与丽仙，龚二与文贞的暧昧关系，第十二章又是辣腕与素兰的恋爱史，由第十章起至十九章才述及铁厂工人罢工的经过与暴动情形。二十章前半是罢工胜利后瑞祥与丽仙在工厂中的生活，后半则说质彬走到投机的路上去了，一部所谓普罗文学的作品，就是由这些不联络的章节凑成！由第一章至十二章占有全书二分之一强的篇幅中，完全是归于性爱的描写，在这里我们所能看到的，只有性欲的追求沉溺，没有革命；只是堕落。不是向别，没有普罗文学的质素，只是《苔莉》《最后的幸福》同样的风味而已。”“从十三章起，叙及工人罢工，暴动，而获得胜利，这是本书的核心，当然要对革命的狂热与普罗阶级解放的高潮，有一番缜密的表现与热烈的描写。但在革命潮流高涨中，不惟质彬仍然冥顽不灵，尽是沉溺于爱海，即瑞祥龚二等，如何去进行他们的革命工作，也没有意识的把握和整个的计画，这种罩上灰色葬衣的普罗作品，自然难能激动读者的热情，而作为社会革命的阵线的一分野的。”“张氏质朴豁达的笔锋，以之写恋爱小说颇能明畅流利。但写革命的普罗文学可就不大高明了……由张先生的笔下所描绘出的质彬，我不明白是社会上的怎样人物，《跳跃着的人们》所代表的倾向，我更把握不透是那一种？”“跃跳，跳跃，仅止于跳跃着而已吧？”“还有，张先生在本书内，对于革命理论，很下了番解释的工夫，而事实的具体表现，反觉太简单了，这未免太失掉小说的风格吧？”“总之，革命的高潮始终未冲毁张氏恋爱的象牙之塔，群众斗争的狂烈，也震碎不了他个人主义的意识形态！表面上穿插进去些革命的事实，骨子里还是性的沉溺与爱的狂热，这种小资产阶级的享乐式的追求与颓丧的行径，完全是代表着人生的堕落倾向的。”“创作普罗文学，要消极的斩除掉小资产阶级的劣根性，积极的取得新兴阶级的意识形态和生活感情；不然，如张先生式的站在自己阶级立场上凝视着庞大的普罗阶级，终难为中国新兴文坛展开一新局面呵！”“正因为张先生不曾实地干过革命工作，所以只能写些温馨细腻的恋爱作品而没有力量去表现活动的，热烈的，雄浑的革命精神！如这本《跳跃着的人们》，即使勉强去写，也缺乏鼓动的热力，而难取得读者的同情的！”

8月 苏雪林的《棘心》由上海北新书局印行第三版，6001—8000册。

8月 叶圣陶的《倪焕之》由上海开明书店初版（普及本）。

9月1日 《中学生》第8号刊载《倪焕之》的广告：“这是一部直接描写时代的东西，茅盾先生谓是‘扛鼎’的工作。可作五四前后至最近革命十余年来的思想史读。其中有教育者，有革命者，有土豪劣绅，有各色男女，有教育的垦荒，有革命的剪影，有纯洁的恋爱，有幻灭的哀愁，一切都以写实的手腕出之，无论在技巧上，在内容上，都够得上划一时代。”

9月1日 废名的《桥》（上）《曾字》一节始刊于《骆驼草》周刊第17期。

9月8日 废名的《桥》（上）《花》《送路灯》二节始刊于《骆驼草》周刊第18期。

9月10日 曾朴的《鲁男子：恋》由上海真美善书局再版，2001—4000册。

9月15日 废名的《桥》（上）《瞳人》《碑》始刊于《骆驼草》周刊第19期。

9月25日 张资平的《天孙之女》由上海文艺书局再版，3001—5000册。

9月 蒋光慈的《丽莎的哀怨》被国民党以“有共党色彩”为由查禁。

9月 叶圣陶的《倪焕之》由上海开明书店初版（平装本）。

9月 叶圣陶的《倪焕之》由上海开明书店印行第三版（精装本）。

9月 华汉的《深入》改名《暗夜》，由上海创造社出版部印行第三版。

10月1日 莫芷痕在《开明》第27期发表《读茅盾的〈虹〉》一文，认为：“《虹》的时代的烙印，便是‘五四’，但其所表现的精神，并非在攻击传统思想的一点上，是以部份的来暗示了被‘五四’的怒潮所激荡的各个青年的时时刻刻在转变着的每一颗心的。他们有伟大的远望，有热烈的企求。从旧的封锁着的牢笼跳出到新的广阔的世界，企图新的发展。”“但在这时代的巨轮下的青年的思想，勇气一不足，便会仍旧屈服在旧的底下的。”“作者的主旨，显然是抓住了时代的巨轮而描写的。因此这书中的六，七两章是最要也是最热闹的地方。”“总之，《虹》是‘五四’以后，新文学运动以来的杰产。这伟大的工作，精确的艺术，我们除佩服还有什么呢！”“这部《虹》比起三部曲来，一切都有了新的开展了。我爱此书，因为我们都是这个时代的巨轮下的过来人。”

10月1日 张资平的《飞絮》由上海创造社出版部印行第十一版，1—23000册。

10月4日 《申报》刊载《鲁男子：恋》的广告：“这部东亚病夫两年努力十六万余言的巨著，出版以来，风行全国，誉满文坛。刻已经作者详细校正，再版出书。是书结构之佳，描写之细，于两性恋爱中寄深刻的人生观，至情感之浓郁表现之活跃，足令读者开卷之后，不忍释手，实有抓住一切心灵的大魔力。谓余不信，请一读之。”

10月5日 张资平的《最后的幸福》由上海现代书局印行第九版，15501—17500册。

10月10日 **林疑今的《旗声》由上海联合书店初版，1—1500册。**

梗概：因家乡遭遇洪灾，柳兴带着妻子丽姑、儿子九斤、父亲长七公公来到上海谋生。他们一家人住在贫民区里，柳兴每天出去跑黄包车，丽姑和长七公公在纱厂做工。一天，三星棉纱厂的工头强暴女工，被工人老三撞见并制止，工头恼羞成怒，要开除老三及其妻子、弟弟。以这件事为导火索，工人们积压已久的怒气爆发了，他们以罢工的方式争取自己的权益。但大家没想到的是，工头们显然早有对策，他们收买了许多立场不坚定的工人，然后让这些“工贼”去劝说其他人，逐渐从内部瓦解了工人们的联盟，没过几天，很多人都复工了。不久，亲戚淑珍也来到了柳兴家，她先是与工人李擎天相恋，很快又凭着不俗的美貌嫁给了工厂少东家童梦麟。但是淑珍清楚地知道丈夫是个十分花心的人，不过是贪恋自己的肉体而已，精神的空虚促使她勾搭上了童梦麟的朋友流痕，这个浪漫多情又忧郁的青年正好填补了她内心的空洞。

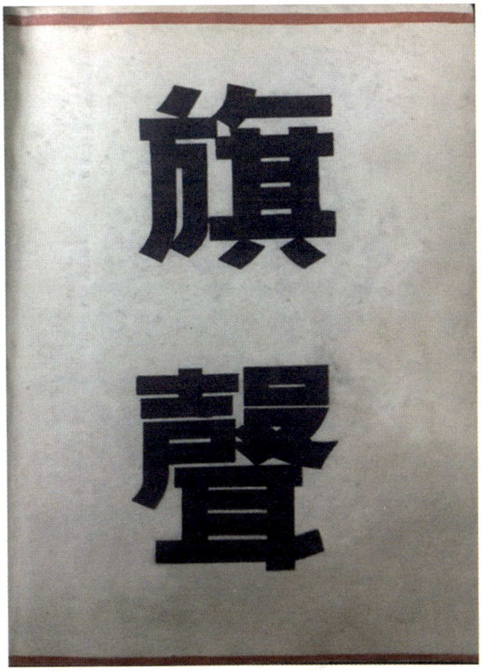

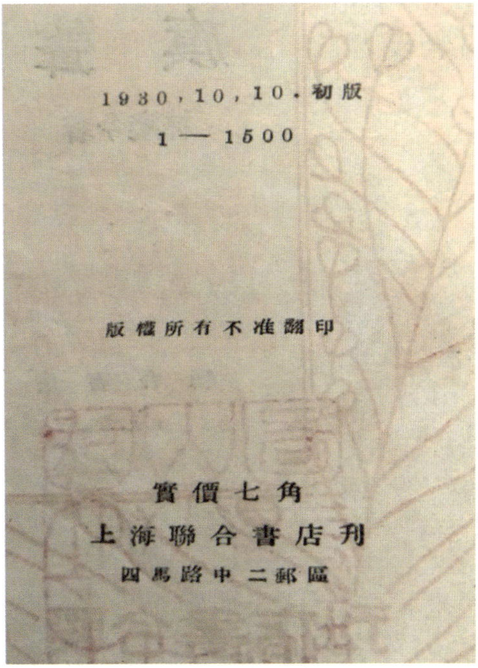

但淑珍的不忠很快被童梦麟发现，童将她扫地出门。再次回到柳兴家的淑珍发现社会发生了天翻地覆的变化，工人们在一次次斗争中更加成熟。丽姑加入了工会，九斤也成了小革命党员。没过多久，国民大革命的浪潮席卷到了上海，北洋军阀被打倒，帝国主义在华势力被打击，工人们欢呼着迎接革命军。在胜利的欢呼声中，李擎天向淑珍求婚。这晚，淑珍认识到了自己过去的许多错误，决心要建造新的自己。

按：这是林疑今（1913—1992）一部反映工人抗争的革命文学。作品以柳兴一家人的经历为主线，充满同情地描写了工人们饱受欺凌的不幸生活，深刻地揭露了资本家对工人剥削压榨的残酷现实，赞扬了工人们敢于反抗的斗争精神。此外，小说在描写柳兴和丽姑初到上海的心理时，以意识流的手法进行描述，不断切换场景，通过记忆中的快乐衬托出现实的不堪，表现力较强。另外，作品中偶尔出现的讽刺之笔亦可圈可点。不足之处在于，作家对于工人运动的认识显然不够深入，对罢工的描写浮于表面，并且将最后的大胜利简单地归功于国民革命军的到来（而且写得十分仓促），因此读来难免有隔靴搔痒之感。加上作家花费了大量笔墨写淑珍与李擎天、童梦麟、流痕的情感纠葛，导致整体结构失衡，表意不明。

10月16日 赵景深在《现代文学》第1卷第4期的《编辑后记》中认为，《灭亡》的“文笔美丽，带有浪漫的诗情，可说是一首无韵的抒情诗”。

10月20日 **胡也频的《光明在我们的前面》由上海春秋书店初版。**

梗概：1925年5月的一天午后，北大教师刘希坚来到女生宿舍找他的女朋友白华。他们两人有着真挚的爱情，但因各自不同的政治信仰，两人间又存在很深的隔阂，甚至时常引起矛盾冲突。刘希坚是个从无政府主义者转变来的布尔什维克，白华是无政府主义的拥护者。这次刘希坚来访时白华不在，随后白华回来了，没谈几句，一个名叫“自由人无我”的人叩门进来，摊开他设计的“无政府新村图”滔滔不绝地进行讲解，刘希坚听得不耐烦，就告辞了。第二天，刘希坚和白华来到公园，又为不同的政治信仰展开了一场大辩论。白华认为：“各人信仰各人的。谁也别勉强谁。”希坚能够谅解白华的天真和幼稚，他相信，现实会使白华转变过来。白华离开之后，擅长搞宣传工作、被称作“印字机”的王振伍告诉希坚上海就要发生大事件的消息，晚上，报纸的号外就刊出了五卅惨案发生的经过。刘希坚被激怒了，立即出席了北京地下党组织连夜召开的紧急会议，并连夜起草了三个宣言。北京人民展开了轰轰烈烈的反帝斗争，抵制英货日货，罢工罢市。白华看到她信仰无政府主义的同志对现实的情况无动于衷，非常失望。她过去听人宣传，把无政府主义当作理想的革命理论，以为加入了无政府党就肩负了改造社会的使命，现在她动摇了。特别是当她把自己起草的宣言印成传单，准备去西单夜市散发却遭遇失败后，她更认识到，一个组织非有纪律不可。于是，她对无政府主义失望了。她找到刘希坚，要求刘介绍一些重要的共产主义书籍给她阅读。汉口惨案发生的消息传来，在中国共产党领导下的反帝爱国运动有了更加迅猛的发展。刘希坚在群众示威大会上号召大家要认清帝国主义的侵略本性，只有斗争才能取得胜利。白华告别了无政府主义，走上了正确的革命道路，她要求到工厂去工作，并通过刘希坚的介绍加入了中国共产党。白华和刘希坚成了恋人、同志，一个伟大的、光明的未来展现在他们的面前。

按：这是胡也频（1903—1931）一部表现早期无政府主义者如何转变为马克思主义者的成长小说，也是早期无产阶级文学中一部颇有影响力的作品。它以五卅惨案前后北京人民的反帝斗争为背景，通过刘希坚和白华的思想变化和恋爱过程的描写，提出了“五四”以后马克思主义者与无政府主义者应何去何从这一具有深远历史意义和鲜明时代特征的重要问题。白华的放弃与刘希坚的坚守，反映了马克思主义对无政府主义的胜利，为小资产阶级知识分子指明了中国革命应汲取的思想源泉，也预示了中国革命的光明前景。它与一般的普罗小说不同，不是揭示生活的不幸或阶级的压迫，也不是表现革命的迷惘与精神的消沉，而是直接状写两种不同思想的交锋，并最终以一种思想完全战胜另一种思想而宣告结束。《光明在我们的前面》这种表现两种思想的交锋，描写声势浩大的游行示威和群情激昂的群众斗争场面的书写方式，日后发展为革命文学一种常见的创作模式，平庸之作则承续《光明在我们的前面》中的口号味和宣教气，优秀之作则克服了生活气息不足的缺点，使人物的转变更让人信服。当然，“革命+恋爱”还是这些作品难以割舍的公式。

10月20日 中国共产党中央委员会机关报《红旗日报》第三版以《没落的小资产阶级蒋光赤被共产党开除党籍》为题，正式公布了蒋光慈被开除党籍的消息。其中涉及《丽莎的哀怨》的文字如下：“又，他曾写过一本小说，《丽莎的哀怨》，完全从小资产阶级的意识出发，来分析白俄，充分反映了白俄没落的悲哀，贪图几个版税，依然让书店继续出版，给读者的印象是同情白俄反革命后的哀怨，代白俄诉苦，诬蔑苏联无产阶级的统治。经党指出他的错误，叫他停止出版，他延不执行，因此党部早就要开除他，因手续未清，至今才正式执行。”

10月 钱杏邨在上海泰东图书局出版《文艺与社会倾向》一书，其中《茅盾与现实》一文中论《幻灭》《动摇》《追求》的文字与之前发表的有所不同，显露出钱杏邨评论立场的转变。

10月 华汉的《复兴》由上海平凡书局初版。

10月 华汉的《深入》以“普罗文艺”为由被国民党查禁。

10月 巴金的《灭亡》由上海开明书店再版。

10月 茅盾的《蚀》由上海开明书店再版（精装本）。

10月 张资平的《苔莉》由上海光华书局印行第六版，13501—15000册。

10月 孙梦雷的《英兰的一生》由上海开明书店印行第三版。

11月1日 张资平的《红雾》由上海乐华图书公司初版。

梗概：化学博士朱伯平唯一的女儿丽君与她同学的哥哥、商人之子李梅苓相好，朱伯平却想让丽君与他的学生陈鸿康结婚，丽君便与李梅苓一起逃往上海并同居。不久，李梅苓大学毕业，其父因病去世，李梅苓继承了父亲的遗产，并凭借金钱谋得了科长的位置。有了钱，又有了一定的地位，轻佻薄情的李梅苓便开始出入舞厅，并与优伶潘梨花频繁约会，这一切丽君虽然知道，但也无可奈何。也巧，在舞会上，她遇见了以前认识的文学青年耿至中，丽君移情于耿至中，并最终委身于他。梅苓觉得梨花与杨师长交好、对自己

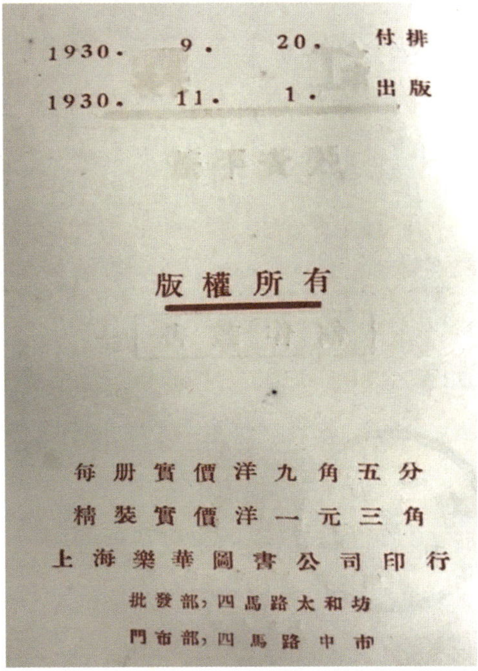

1930. 9. 20. 付排
1930. 11. 1. 出版

版權所有

每册實價洋九角五分
精裝實價洋一元三角
上海樂華圖書公司印行
批發部，四馬路太和坊
門市部，四馬路中市

敷衍，就试图让丽君回心转意，但丽君已钟情于至中，并不留恋梅苓。于是，经过一番筹划，已是三个孩子的母亲的丽君与至中私奔到日本。至中只是一个文学青年，他的文稿被出版社退回，这使他们的生活一下陷入了困境。更不幸的是，他又将性病传染给了丽君，丽君只好找昔日同学、医学生严子璋治疗。至中趁机将丽君托付给严子璋，并在付了一点医疗费后回国。严子璋见丽君有些姿色，便属意于她，而丽君此时也别无他法，只好与子璋同居。子璋毕业后，偕丽君回国。子璋本想在上海开家医院，但因父亲不资助，只好接受“野鸡大学”的教职，暂且糊口，不料很快又因教学水平差被学生赶下台，子璋只好回家。不久，子璋就告知丽君他已遵从父命成婚。生活无着的丽君又在上海见到失业已久的至中，至中介绍她到电影公司当演员，凭借姿色，丽君很快成名。不久，丽君又结识了一个姓陈的编剧，并与他同居，但这位无业的陈编剧又与另一个女人私通，而这女人恰巧又是梅苓现在的夫人。原来，丽君东渡后，梅苓悔悟，到一教会学校任职，并承担起抚养三个孩子的责任。在此期间他认识了同事谭玛丽，并与她结婚。当他得知玛丽与他人偷情后，决心杀死玛丽。这天晚上，正当丽君去找陈编剧时，李梅苓闪了进来，朝玛丽开了一枪后，又朝自己开了一枪。丽君急忙扑向梅苓，梅苓临终前告诉她，他们的一个孩子得了伤寒，正住院治疗。当丽君赶到医院时，孩子已奄奄一息。丽君留下一封忏悔信，自杀了。

按：这是一篇胡编乱造、充满拜金主义思想的庸俗小说，也是一部思想和艺术上乏善可陈的小说。可以说，张资平的小说自《最后的幸福》起，虽然文笔流利，也保持着较强的故事性，但粗制滥造、每况愈下之势已被世人所知。

11月1日　《读书月刊》创刊号刊载下列作品的广告。

（1）《罗西先生的著作》：“罗西先生是广州文学会的健将，他的作品带着浓厚的南国情调。自从他的《玫瑰残了》出版后，就确立了他在文坛上的地位。他善于捉住青年们的心而作整个的感情的表现。所以他的作品是极值得我们的重视。”

（2）《旗声》：“这是一部划时代的杰作。北洋军阀的暴压和资本家的残酷，毫不遗留地由本书暴露出来。作者站在劳动和斗争和世界革命底世界观的立场，操着他的特殊的手腕，将革命前上海不健全的，糜烂的，罪恶的资产阶级的生活，下着极小和大的解剖刀。工人与资产阶级的斗争，厂家与军阀的残酷，大学生的烦闷，工女的悲惨，带着电影立体的浮雕，在本书栩栩如活地展开。至于意识的正确，技术的卓越，风格的新颖，堪称佳构。”

（3）《张资平先生著译》：“《苔莉》是张先生的恋爱小说中一部最伟大的著作，他把现代青年男女的恋爱心理写得十分透澈。”

11月1日　《读书月刊》创刊号刊载消息《〈上帝的儿女们〉将脱稿》，说：“张资平氏长篇创作《上帝的儿女们》，尚系十年前在《创造季刊》发表过一部份，迄未完稿，现张氏不日拟将此稿续完，计有二十余万言，与光明书局订立合同，明年可以出版云。”

11月8日　《申报》刊载《红雾》的广告：“你们都曾经读过易卜生的《傀儡家庭》和王尔德的《少奶奶的扇子》罢，可是在那两本名著中间，本书的作者认为他们都只是提出了问题而没有给以正确的答覆，作者因此费了很大的心力完成这部《红雾》，这不但给以上两书的读者解决了一切的疑窦，实际上还使所有的文学青年都更明了文学作品的真价值。”

11 月 15 日 烽柱在《文艺月刊》第 1 卷第 4 号发表《我所见一九三〇年之几种刊物》一文，认为《桥》“虽然是长篇，可是每节都可以独立成为一短篇小说，并且每节有一个极好的题目。他的文字是简洁深隽的，作风的醇朴，与取裁的得当，在中国文坛上恐怕很少有人超过他的”。

11 月 22 日 《申报》刊载《明珠与黑炭》的预告：“张资平先生别辟蹊径的长篇杰作。作者是描写恋爱小说尤其是多角恋爱的能手，但在这本新著里却全变了从前的作风，以新的技巧新的艺术描写给黑烟蒙蔽着的上海市一天一天沉下去的人们为中心的十余万言的长篇创作。”

12 月 1 日 小萍在《读书月刊》第 1 卷第 2 期发表消息《邱韵铎将有创作小说出版》，称：“邱韵铎是一个翻译家，已译有西洋文学作品十余部，尤其是对于贾克伦敦的作品，选译极多，在文坛上已有相当地位。不果他从来没有出版过创作小说，据他自己说，因为没有实生活，所以不值得写出来，不料他近来做了一部小说，名《热情的书》，约有七万字，内容是书函体所组成的，即系描写作者自己的恋爱生活。闻该书不久将由光明书局出版。”

12 月 1 日 《读书月刊》第 1 卷第 2 期刊载《苔莉》的广告：“此为张氏之代表作品，写现代青年之恋爱心理十分透澈。书中的主人公苔莉是一个热情奔放的女性，她爱上了一个柔弱的青年，结果她俩牺牲了生命，完成了恋爱的精神。事迹凄艳动人。”

12 月 1 日 《读书月刊》第 1 卷第 2 期刊载上海光华书局创作小说书目广告。

（1）《玫瑰残了》：“作者的第一部长篇小说。他描写青年的恋爱心理，是有一种独到的风味，他善于捉住青年的灵魂而加以洗练，实是现代青年的缩影。”

（2）《桃君的情人》：“作者的第二部长篇小说。是充满热情奔放的情绪的抒写。主人公是一个在革命浪潮中浮沉的女性，作者把她的精神捉住，放在自己的人格之中，而加以极深刻的描写。”

（3）《你去吧》：“作者的第三部长篇小说。在这里面有三角恋爱和单恋，同乡村的恋爱的浪漫史。全书的重要人物有三个女性和四个男性，作者都把他们的性格逼真地表现出来。”

（4）《爱之奔流》：“作者的第四部长篇小说。在这里面他描出了一个时代女性的典型。书中女主人公的性格的逼真和伟大，无论谁见了都要留下最深刻的印象，在被震动的心中。”

12月15日 华汉的《地泉》（《深入》《转换》《复兴》）由上海平凡书局初版。

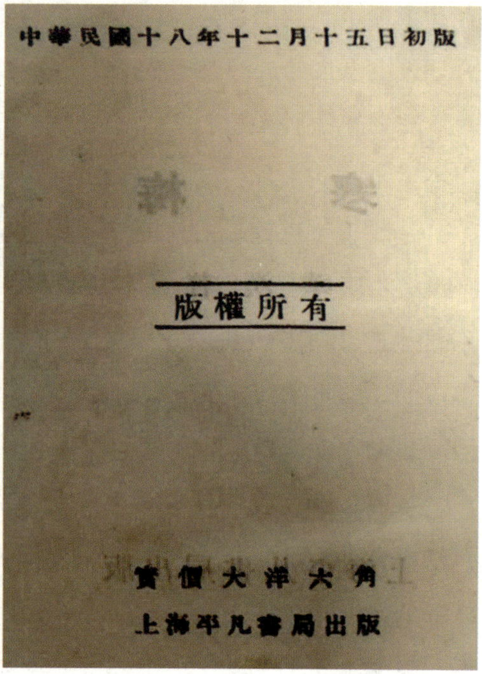

梗概：《深入》讲述的是老罗伯一家为无法缴租而愁苦，儿子罗大从农会回来后，告诉父亲大家主张不缴租、杀田主，老罗伯听了既兴奋又忧虑，决定去找九叔。路上，他遇到一个带着三岁孩子逃难的病妇，病妇告诉老罗伯，因收成不好，她交不起租，土地被田主另租他人，希望老罗伯可怜可怜他们。老罗伯谎称待会儿回来再救他们，便离开了。到了九叔家，家境殷实的九叔除了对老罗伯的遭遇表示愤怒与同情外，也无计可施，于是老罗伯决定拼命。在农会里，会长汪森正在组织暴动，大家一致同意与田主展开斗争。张老七因曾被警察殴打，主张以武力解决问题。在大田主王大兴家里，乡长钱文泰、警察局长胡奎也在商议如何对付农民。小学教师梁子琴来到王大兴家，打听到他们已到县城请兵镇压，于是她利用胡奎好色的心理，告诉胡奎镇里最美的女人赛桃花丈夫不在家，勾起胡奎霸占赛桃花的欲望，因此胡奎对钱文泰关于加强防范的建议未加理睬。从王大兴家出来，胡奎借搜小偷之名闯进赛桃花家，并趁机强奸了她。由于警察未加防范，当晚进攻警察局的一路农民异常顺利，很快缴下了警察的枪，而另一路攻打田主王大兴和钱文泰的农民则遭到顽强抵抗，直到两路农民汇合后才成功。罗大在进攻中牺牲，老罗伯受伤。农民暴动取得了胜利，田主被枪毙，农民成立了自己的武装队伍，红旗在空中飘扬。

《转换》讲述的是林怀秋和女友梦云来到咖啡馆，林的姘头阿汪见他来了，立刻跑来招待，他的另一个相好巧娟也来纠缠。梦云无法忍受这污浊的环境，拉怀秋走了出去。梦云与怀秋四年前在 W 大学认识，怀秋积极投身学生运动，但在学生运动被当局镇压后，他消极、动摇、颓废，逃到 H 埠后沉溺于酒楼歌厅，追求肉感的狂欢。梦云不想让他这样消沉下去，就拉他去找寒梅。怀秋与寒梅的丈夫毅雄原是同学，两年前毅雄因从事革命活动牺牲，寒梅忍住悲痛，决心完成丈夫未竟的事业。怀秋原想鼓励寒梅坚强，却被寒梅劝慰、激励，心内受到很大刺激，他决定振作起来，开始新的生活，但他是个易动摇的人，六天后还是走进了咖啡馆，投入阿汪的怀抱。梦云得知怀秋又沉溺于酒色后，不再理他。梦云家里来信逼她嫁一个大财主的儿子，梦云不从，决心与家人断绝关系。这时，学校遭到查封，抓走了不少学生，怀秋得知后赶紧去探望梦云，并向梦云表达了爱意，但梦云无动于衷，怀秋失望离去。梦云在痛苦中又去找寒梅，并表示愿意到工厂当一名女工，投入到实际工作中去，寒梅表示支持。一个月后，政府军来攻打农民军，寒梅化装成一个农村妇女，想通过封锁线，被士兵王金城发现，捉到了团部。此时，团部正审讯一个老人，金城一看，正是自己的父亲，而排长又让他给父亲上刑，金城眼前一黑，昏了过去。晚上，他支开哨兵与父亲相见，父亲晓之以理，他幡然悔悟。书记官林怀秋来审问犯人，却发现那个犯人正是寒梅。林怀秋告诉寒梅他要策划全团起义，投奔汪森，缺一个引线人，寒梅非常高兴，立刻答应做引线人。第二天，除团长被打死外，其余官兵在林怀秋的带领下投奔农民军。在工厂，梦云也成了一个领导者。

《复兴》讲述的是H埠电车公司工人反对公司延长工作时间，要求提高工资，因此进行罢工。工人代表阿林等向公司提出七项条件，遭到公司拒绝，公司派人来调解，工人们意见不统一，阿林等主张不达目的决不复工，阿雷等主张接受调解。经过斗争，工人们认识到阿雷出卖工人利益的丑恶面目，更坚定地站在以阿林等人为代表的总工联一边。阿林的妻子患了严重的肺病，她支持丈夫的事业，相信罢工一定能取得胜利。这时，H埠纱厂的三十万女工声援电车公司工人罢工，梦云是总工联的执行委员，她得知林怀秋以军代表的身份来参加在H埠召开的第一次工农代表大会，非常高兴，两人见面，交流工作经验、憧憬革命的未来。梦云见怀秋已由一个颓废青年成长为一个革命者，又对他萌生了爱意，怀秋也情意浓浓，但工作使他们将这份情感压在心里。在罢工工人大会上，党部特使李民权劝工人不要过激地进行斗争，工人代表小柳上台揭发了李的阴谋，提议组织罢工委员会，反对第三方仲裁，用群众斗争的方式取得罢工的最后胜利。小柳的讲话得到了大多数工人的赞同。李民权指使警察逮捕小柳，小柳在工人的掩护下逃脱，大会在混乱中结束。夜晚，几个巡捕来抓阿林，但阿林尚未回家，两个巡捕便在他家中等候，另外几个巡捕在外面找他。工人小毛发现情况不对，在阿林往家走时拦住了他，阿林躲过了这次抓捕。几天后，工人们涌上H路开始游行，他们不惧怕军警的枪声，在汇合后召开大会，改组了罢委会，成立了工人自己的工会。

按：华汉（1902—1993）即阳翰笙，这是一部由三部中篇组成的、概念化地表现革命的文学作品，也是一部在革命文学中曾起着重要参照作用的作品——尽管其教育意义远大于艺术价值。对于这部作品的得失，该作再版时瞿秋白、郑伯奇、茅盾、钱杏邨所作的《序》中有中肯而详尽的分析，他们不仅认真总结了革命文学创作的经验与教训，也厘清了苏联“拉普派文艺”的弊端，这是引导革命文学健康发展的一次重要讨论。

作者华汉在《〈地泉〉重版自序》中认为：“易嘉……只教我们应该怎样走，还没有告诉我们究竟要怎么样才能走得到。”“在目前，正当着我们的许多作家及不少的文艺青年，正在离开现实的斗争，企图关在书斋里悠哉游哉的创造新兴文学的时候，我们在批评过去的作品的时候，是应该严重的指出：我们如果不抛开我们小资产阶级的生活，不克服我们小资产阶级的意识，不深深的打入群众中，不直接参加在残酷的现实斗争里，那我们是不能真正反映现实斗争，不能真正创作出‘大众化’的新兴文学。不然的话，那末我们的作家将要回答我们：应该怎样走的问题，他是比我们懂得更多的！用不着我们再来多嘴！”“茅盾对于《地泉》所指摘出来的两大缺点，我是诚意接受的，然而他的批评方法以及基于他这种方法所得出来的我们每个作家应走的道路，我却认为还有探讨的必要。”“茅盾在他批评《地泉》一文中所说的一部作品成功的两个必要条件，我觉得实际上只是一个注重作品的形式的基本观点，我们不是艺术至上主义者。”茅盾“丝毫没有看见过去我们的作品中比什么还严重的在内容上的非无产阶级乃至反无产阶级的意识的活跃。比什么还严重的在形式上（即在文字上结构上人物的解剖上以及风景的描写上）离开了大众的文化水平的无条件的欧化主义的错误”。“因此，我们在批评过去作品的时候，如果我们竟看轻了作品的内容，或竟抹煞了作品中的阶级的战斗任务而不加以严厉的检查，只片面的从作品的结构上，手法上，技巧上，即整个的形式上去着眼，这不仅在一般的文艺批评方法上不容许，而且，其结果，却更将有离开我们新兴文学运动正确的路线的危险。”“我们最最重要的是应该面向大众，在大众现实的斗争中去认识社会生活的唯物辩证法的发展”，“是应该参加在大众的斗争中去用批判的眼光去学习大众所需要的作品的内容与形式”。这一评论看似有理，却没有理解茅盾的本意。

易嘉（即瞿秋白）在以《革命的浪漫谛克》为题的序言中写道：“中国

社会的发展过程和发展动力显然不是什么英雄的个性，而是广大的群众，不是简单的‘深入’‘转换’和‘复兴’，而是一个簇新的社会制度从崩溃的旧社会之中生长出来，它的斗争，它的胜利……正在经过一条鲜红的血路，克服着一切可能的错误和失败，锻练着新式的干部。”“但是《地泉》没有表现这种动力和过程。《地泉》固然有了新的理想，固然抱着‘改变这个世界’的志愿。然而《地泉》连庸俗的现实主义都没有能够做到。最肤浅的最浮面的描写，显然曝露出《地泉》不但不能帮助‘改变这个世界’的事业，甚至于也不能够‘解释这个世界’。《地泉》正是新兴文学所要学习的：‘不应当这么样写’的标本。新兴文学要在自己的错误里学习到正确的创作方法，要在斗争的过程之中，锻练出锐利的武器，因此对于《地泉》这一类的作品，也就不能够不相当的注意。”“至于《转换》的全部的题材——实际上也可以说《地泉》的全部题材——都是这种‘革命的浪漫谛克’。林怀秋是一个颓废的青年，以前曾经是革命者，但是已经堕落了，过着流浪的无聊的贵公子生活，后来莫名其妙的，一点儿也没有‘转换’的过程，忽然振作了起来，加入军队，从军队里转变到革命的民众方面去。梦云是一位小姐，女学生，大绅士的未婚妻，她居然进了工厂，还会指导罢工。另外还有一位寒梅女士——始终没有正式出面的，作者对于她没有描写什么——而怀秋和梦云的转换，却都是受了她的劝告的结果。这几位都是了不得的人物！固然，实际生活之中的确也有这一类的人。可是《地泉》的表现，却不能够深刻的写到这些人物的真正的转换过程，不能够揭穿这些人物的‘假面具’——他们自己意识上的浪漫谛克的意味：‘自欺欺人的高尚的理想’——反而把丑陋的现实神秘化了，把他们变成了‘时代精神的号筒’。”“至于描写的技术和结构——缺点和幼稚的地方很多；文字是五四式的假白话，例如农民老罗伯的对话里，会说出‘挨饿受辱’这样的字眼，所有这些，都是值得研究的错误。”

郑伯奇在《地泉·序》中说：“你的作品，题材多少是有事实根据的，人物多少是有模特儿存在着，然而题材的剪取，人物的活动，完全是概念——这绝对不是观念——在支配着。最后的《复兴》一篇，简直是用小说体来演绎政治纲领。我并不是说这是不可以，作一篇宣传文学看，这是很成功的（其实，就在这三部曲中，《复兴》是最有效果的一篇）。但是站在普洛革命文学的发展前途上看，这毕竟是歧途；这种倾向——革命故事的抽象描写——是应该克服的。”

茅盾在以《〈地泉〉读后感》为题的序言中说：“我的中心论点是：一个作家应该怎样地根据了他所获得的对于现社会的认识，而用艺术的手腕表现出来。说得明白些，就是一个作家不但对于社会科学应有全部的透澈的智识，并且真能够懂得，并且运用那社会科学的生命素——唯物辩证法；并且以这辩证法为工具，去从繁复的社会现象中分析出它的动律和动向；并且最后，要用形象的言语艺术的手腕来表现社会现象的各方面，从这些现象中指示出未来的途径。所以一部作品在产生时必须具备两个必要条件：（一）社会现象全部的（非片面的）认识，（二）感情地去影响读者的艺术手腕。”“两者缺一，便不能成为一部有价值的作品，至少写作此类作品的本来的目的因而不能达到；不但不能达到，往往还会发生相反的不好的影响。而这不好的影响也是两方面的，一在指导人生方面，又一则在艺术的本身发展方面。”“本书非但不能达到它写作的本来目的，且亦浓厚地有了那时候同类作品的许多不好倾向。我在这里提出‘那时候同类作品的许多不好倾向’一句话，要请读者切实注意。因为作为一种‘风气’或文学现象来看，则本书的缺点不是单独的，个人的，而实是一九二八到三〇年大多数（或竟不妨说是全体）此类作品的一般的倾向——这是一个值得讨论的问题了。”他认为，本书在这两方面失败了，尤其以“脸谱主义”的手法去描写人物，以“方程式”的模式去布置故事。不过，“本书在失败方面，就其成为当时文坛的倾向一例而言，不但对于本书作者是一个可宝贵的教训，对于文坛全体的进向，也是一个教训”。

钱杏邨在《地泉·序》中认为，中国早期的普罗文学都具有以下几种倾向：一是个人英雄主义倾向；二是浪漫主义倾向；三是才子佳人英雄儿女倾向；四是幻灭动摇的倾向。《地泉》也不例外。

12月15日 金满成的《爱欲》以《爱》为名始刊于《文艺月刊》第1卷第5号，至1931年3月30日第2卷第3号毕。

12月30日 叶影芦的《迷魂阵》由北平震东印书馆初版，1—1000册。

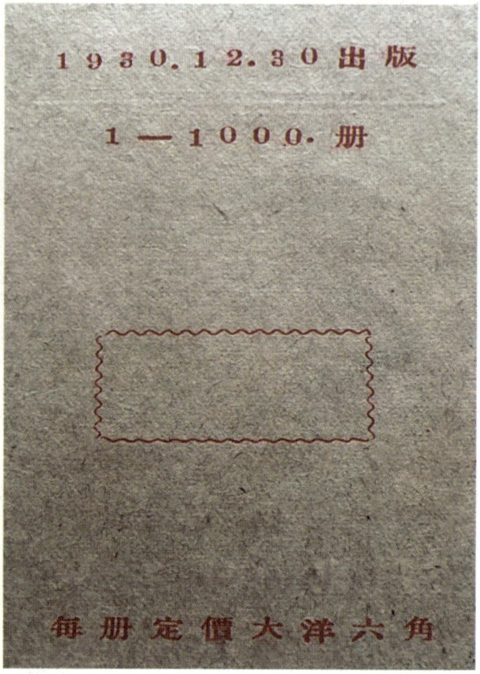

梗概：省立工艺学校委员兼美术部部长金风蓼在一次师生座谈会上发现一楚楚动人的黑衣女郎，遂心潮澎湃，托同事程也获帮忙打听其身份。不久，也获告诉他，黑衣女郎是校女子部部长腾罗莉新聘来的教员，叫卢绮雯，C省人，女师大毕业，在女子部任国文教员兼训育主任。金风蓼便写信聘卢绮雯为本部的国文教师，但绮雯以课多事重为由婉拒，并向风蓼推荐了她的好友房女士。风蓼亲自登门恳请，绮雯仍然表示为难，思量再三，风蓼遂聘房女士为国文教师。不料腾罗莉因参加革命被捕，绮雯顿时感到紧张，想离开这里，风蓼自然再三挽留，初步打消了绮雯的想法。经过几次接触，风蓼觉得绮雯对他也有好感，心里非常快乐。就在他决定进一步加深了解之际，因房东犯案被抓，受到惊吓的绮雯不辞而别，风蓼十分伤感。无限的思念使风蓼决定和绮雯的妹妹蕙雯一起去K埠看望绮雯。绮雯看到他，非常高兴，她热情的挽留与接待使风蓼感到幸福而快乐。一天，风蓼接到绮雯的来信，希望他来一趟K埠，风蓼一周后乘车赶往K埠时，房东却告诉他绮雯离开了这里。失望至极的风蓼回到了学校，门房交给他绮雯的两封信，信中说，因时局不稳，自己和弟弟生活无着，只好乘“青阳丸号”前往上海，另谋生路。悲伤的风蓼决计对“青阳丸号”进行报复。他登上“青阳丸号”，想着绮雯的一切，甚至产生了绮雯就在身边的幻觉。他认为这只船是夺去他爱人的怪物，是和平的破坏者，是公理的犯罪者。于是，他在船上扔了两个炸弹，在一片恐慌中，只身跳入大海。

按：这是叶影芦（生卒年不详）一部表现男主人公的痴情的爱情小说，所谓“迷魂阵”是指绮雯之美迷住了风蓼的魂，使其深陷其中，不能自拔。小说线索清晰、人物生动，对人物性格的刻画也较为妥帖，尤其是对风蓼的幻觉的描写，为全书中的点睛之笔。但小说对两人的爱情表现不够，绮雯的离去显得缺乏震撼力，风蓼的报复也显得突兀而牵强，成为风蓼个人变态心理的一种反映，实在是得不偿失。

12月 **陈一夫的《春天的落叶》由上海新智书局初版，1—2000 册。**

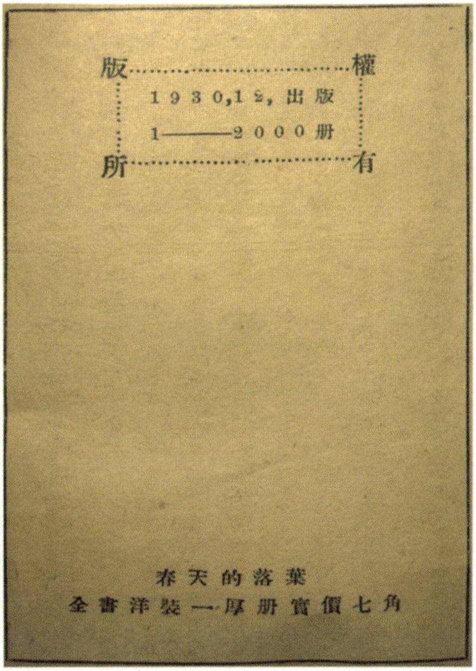

版權所有

1930,12，出版

1——2000冊

春天的落葉

全書洋裝一厚冊實價七角

梗概：青年作家冯星初为反抗包办婚姻，毅然与家里断绝了关系。没有经济来源的他在上海勉强念了两年大学之后，便再也无法负担自己的生活费。经学校老师介绍，他登上开往新加坡的邮轮，赶赴星南日报馆担任副刊编辑。在邮轮上，冯星初结识了美丽可爱的年轻女郎李秋荫。自幼便聪慧过人的李秋荫本想在中学毕业后当教员，谁知思想顽固的父亲却为她安排了包办婚姻。为了逃离家庭，她不得不只身离开上海，准备前往新加坡某女校担任历史教授。背井离乡又有着相同处境的两人迅速成为好友。李秋荫的不凡谈吐和美丽容貌使冯星初对她产生了爱情，而李秋荫也对这位自己一直崇拜的作家颇有好感。到达新加坡之后，工作地点不同的两人仍然常常约会，感情日益加深。在女光中学的"恳亲会"上，应李秋荫之邀而来的冯星初又见到了美貌过人的女学生郭秀云，她在台上的倩影从此时时浮现在他的脑海中。借相伴旅游之际，冯星初终于向李秋荫表白心迹，心意互通的二人随即订婚。在女光中学校长黄秀华的见证下，二人举行了婚礼，并于暑假一同回到上海探望李秋荫的父母，还在杭州西湖边度过了甜蜜的蜜月时光。回到新加坡后，秋荫很快便怀孕了，她从女光中学辞职，并诞下女儿瑛，冯星初则应女光中学的聘请，在编辑工作之余担任女光中学的国文教员。谁知在"恳亲会"上给他留下深刻印象的郭秀云竟是他的学生，在课堂上，他常抑制不住地关注美丽的郭秀云，而郭秀云也爱上了这位风度翩翩的年轻教师。这时，李秋荫因父亲病危而不得不带着女儿赶回上海，冯星初则借口报馆事务繁忙，乘机独自留在新加坡与郭秀云四处旅行，并与她发生了关系。原来早在"恳亲会"上，郭秀云便被冯星初所吸引，为了反抗父亲安排的包办婚姻，她早已决定将自己献给心爱的人。冯星初无颜面对远在上海照顾父亲的妻子，而学校中也渐渐传出二人正在恋爱的风声。冯星初整日提心吊胆，早已做好赴死准备的郭秀云却泰然自若。最终，冯星初做出了与郭秀云一同赴死的决定，并与郭秀云一起跳海身亡。在留给李秋荫的绝笔信中，冯星初坦诚地述说了自己爱上郭秀云的全部经过。父亲去世后，李秋荫终于赶回新加坡，她得知真相后悲痛欲绝，也跟随丈夫的脚步，跳海自杀，只留下嗷嗷待哺的女儿瑛。

按：陈一夫（生卒年不详）的三角恋爱小说《春天的落叶》，意指小说中的三位年轻人“像春天才长出来的树叶，很早的就被风雨所摧残而离开了树枝”。小说通过被包办婚姻迫害的三位年轻人的三角恋爱悲剧，表明那个年代中国的年轻人虽有远大的志向和过人的才华，却因封建礼教的迫害，最终只能走上悲剧的道路，对封建礼教进行了批判。小说语言优美、情节曲折，对南洋的热带风景和海上风光进行了生动的描绘。在人物塑造上，才子冯星初多情多虑，李秋荫温婉内敛，在美国长大的郭秀云则大胆沉静，三人性格与形象十分鲜明。小说的心理描写较为出色，冯星初爱上李秋荫时的自卑与幻想，出轨时的纠结与挣扎，以及李秋荫在与冯星初交往过程中的心理活动，都写得真实可感、细腻动人，但有些心理描写太过刻意。另外，小说结尾仓促，没有详细交代三人的死亡原因及过程，尤其是李秋萌的死，情节略显突兀。小说由讲述个人情感转向控诉社会，也显得有些突兀。

12月 华汉的《复兴》以“普罗文艺”为由被国民党查禁。

1931 年

1月1日 贺玉波在《读书月刊》第 1 卷第 3—4 期合刊发表《〈天孙之女〉》一文，认为：“作者似乎很相信遗传性。所以费了很大的篇幅来叙述花子的母亲的身世。确实，她母亲的行为很有影响于她自己，作者能看得出，把这点叙述出来，倒是创举。”“对于采取材料，作者算是谨慎的。像这本近十万字的创作能一直把读者的视力系住，倒是不容易的事；这我们不能不归功于作者的结构之得法了。”从这本小说里能看到“除了祸福无常这哲理外，我还得到了一种理论：就是我们人类的意识是以所处的阶级性为转移的”。

1月1日 皮凡在《万人杂志》第 2 卷第 1 号发表《〈红雾〉之检讨》一文，认为《红雾》的时代性与《长途》相比大为减弱，是一篇有拜金主义思想的“通俗的，迎合一般人们的心理的，有着惊异的收场的低级趣味的小说”。

1月1日 李健吾的《心病》始刊于《妇女杂志》第 17 卷第 1 号，至 11 月 1 日第 11 号毕（其中第 7 号未刊）。

1月1日 张资平的《明珠与黑炭》以《青春的悲哀》为名，由时中书局出版。

1月2日 张资平的《爱之涡流》由上海光明书局印行第三版，5001—7000 册。

1月3日 S 在《红叶》第 27 期刊载消息：“张资平作的《天孙之女》，最近已有日人译成日文，每天载在《上海日报》中，约一年可登完。”“曾著《处女地》长篇创作而得名的马宁，听说：就是周灵均的化名。”

1月5日 **张资平的《明珠与黑炭》由上海光明书局初版，1—3000 册。**

梗概：主人公邓质如是一个失业的文人，穷困潦倒，他认为他的独生女

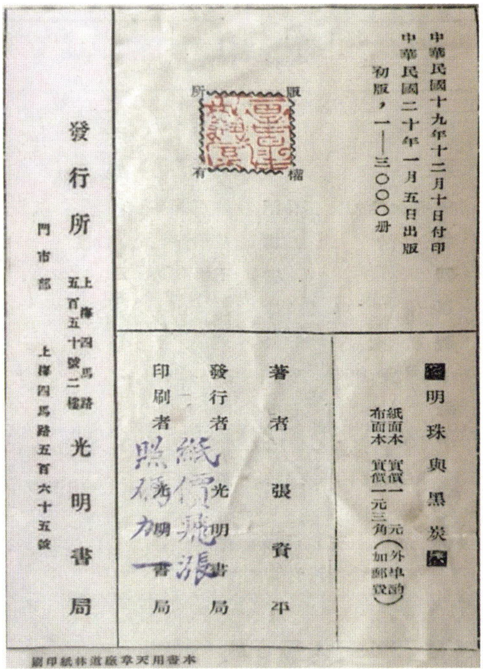
中華民國十九年十二月十日付印
中華民國二十年一月五日出版
初版，1——3000冊

版權所有

明珠與黑炭
紙面本 實價一元
布面本 實價一元三角（外埠酌加郵費）

著者 張資平
發行者 光明書局
印刷者 光明書局

發行所 上海四馬路五百五十四號二樓 光明書局
門市部 上海四馬路五百六十五號

本書用天章版道林紙印刷

不配被称作“掌上明珠”，就取名“黑炭”。天气炎热，黑炭头上长满了疽疖，妻子便让质如去借钱给孩子买爽身粉。质如在路上遇见了以前的日本情人青芙，勾起了他十年前的回忆。他们小坐了一会儿，末了，青芙给了他 20 元钱。回家后妻子告诉质如，汪旅长请她当奶妈，为了生计，质如只好同意。过了几天，质如再去租界，想看看能不能碰到青芙，不料却与他的情人、表姐晴芬邂逅，又勾起了他的回忆。回到家后，妻子告诉他孩子有些发烧，他以为是小病，没有太在意，岂料孩子的体温越来越高，他这才觉得问题严重，妻子猜测可能是自己在奶汪旅长的孩子时被传染了猩红热。傍晚，黑炭死去。

按：这原本是一部表现底层人民不幸遭遇的作品，张资平也借此题材揭示了社会的不平与黑暗，但是，他却将故事的主线放在主人公与两个情人的偷情往事上，导致作品的结构支离破碎，使文本的思想内涵与庸俗低下的猎情小说无异，张资平的思想境界与艺术水平令人唾弃，实在是咎由自取。

1 月 10 日 老舍的《小坡的生日》始刊于《小说月报》第 22 卷第 1 号，至 4 月 10 日第 4 号毕。

1月10日 张资平的《红雾》由上海乐华图书公司再版，2001—5000册。

1月11日 《申报》刊载《明珠与黑炭》的广告："这是张资平先生最近的一部长篇小说。在这一部内容和形式都蒸化过了的崭新的作品里，它反映着现代都市社会中的一个自命为特殊阶级的'浮浪的智识阶级'的全相，他们的没落的命运，领着他们走向无出踏的末路，既不肯仰视，又不甘俯瞰，结果只有一条黑夜的路程让他们度着没奈何的生活，又在零余的光阴里干着种种生活的形式，其间的酸甜苦辣，可以令人歌，亦可以令人哭。尤其是女性的飘蓬似的身世，不得不转辗泥涂，流落风尘，在前所认为明珠者，此时却不啻黑炭了。读完这一部小说，再追索一下标题，其用意的深长，韵味的悠远，令人百读不厌。作者描写的技巧，也与前此诸作孤标着迥异的特点。"

1月 《中国新书月报》第1卷第2号刊《明珠与黑炭》的广告："上海有批智识份子，既不能革命又不愿腐化，既无己力自活又无虎威可假，而只是在给黑烟蒙蔽着的上海市中一天一天地沉没下去。本书以描写这一批人的日常生活为重心，极尽淋漓酣畅的能事，读之令人会感叹，会流泪，同时会捧腹，据作者自己说，他用新的技术写这篇小说，比从前写别的作品所费的心力更大，一读之后即知作者在本书所发挥的理想力最为伟大，而其题材又尽是作者近一年来所搜集的，足称为创作小说中最成功的作品。"

1月 茅盾的《虹》由上海开明书店印行第三版。

1月 张闻天的《旅途》由上海商务印书馆印行第三版。

1月 王统照的《一叶》由上海商务印书馆印行第六版。

2月5日 张资平的《天孙之女》由上海文艺书局印行第三版，5001—7000册。

2月10日 《光华读书会月报》第1卷第2期刊载下列作品的广告。

（1）《你去吧》："这是罗西第三部的长篇小说。用十分情的笔调，描写一个时代中的青年。这里面有三角恋爱和单恋，同乡村的恋爱的浪漫史。全书的重要人物有三个女性和四个男性，作者都代他们的性格逼真地表现出来。于技巧方面得到很大的成功。"

（2）《爱之奔流》：“这是作者从南京到上海后的最近作品，也是他的第四部长篇小说。他的长篇小说在中国的文坛是值得珍贵的，由于他不全的努力，使沉闷的文坛放出异彩。本书是描写一个女性的强烈的精神的。他以前曾写过一本《桃君的情人》，博得许多读者的同情。可是这本书的女主人杜玉姑娘，被作者描写得比那本书的女主人儆英姑娘更透澈了，更动人了，我们相信无论那个读者，都会惊佩作者的天才，同时会拜倒在一位这样伟大的中国女人之下，而留下最深的印象在被震动的心中。”

2月10日 张资平的《跳跃着的人们》改名《紫云》，由上海文艺书局出版。

2月 张资平的《跳跃着的人们》由上海文艺书局印行第四版。

3月1日 张资平的《明珠与黑炭》由上海光明书局再版。

3月10日 丁丁在《絜茜》第3期发表《〈明珠与黑炭〉》一文，认为《明珠与黑炭》文字流畅、通俗，很平民化，但文中夹杂洋文，则大可不必。

3月 张资平的《爱力圈外》由上海乐华图书公司印行第五版，8001—10000册。

3月 叶圣陶的《倪焕之》由上海开明书店印行第三版。

3月 茅盾的《蚀》由上海开明书店印行第三版。

3月 张资平的《苔莉》由上海光华书局印行第七版，15001—16500册。

4月1日 **高沐鸿的《少年先锋》由北平震东印书馆初版，1—1000册。**

梗概：“他”参加了暴动，负伤后去医院治疗，伤愈后从医院逃了出来，途中被侦探跟踪，“他”躲在一位农妇家中，机智地躲过了敌人的搜捕。之后“他”去上海准备参加革命，结果未能如愿，便又回到家乡。但回家后“他”与父亲矛盾重重，一气之下又离家出走，去找“他”的革命友人去了。

按：这是一部表现革命青年不畏艰难、投身革命的青春曲，虽富有激情，但文辞不畅且缺乏形象性，文体部分缺乏小说的韵味，人物形象模糊，对话虽有爆发力却生硬且缺乏个性，是“有革命而无文学”的失败之作。

4月1日 贺玉波在《读书月刊》第2卷第1期发表《茅盾创作的考察》一文，他认为，第一，《虹》是“作者所有的小说集中最成功的一篇，无论在那方

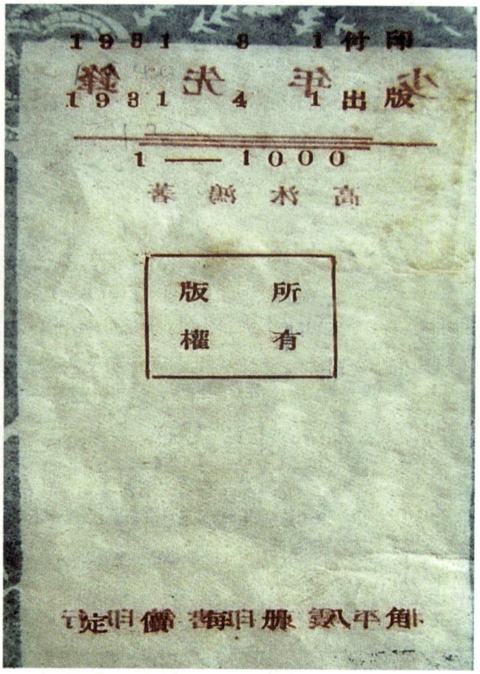

面，比其他的都要好”。第二，“《幻灭》给与我们的印象只是一个幻灭罢了。全篇只充盈了浓厚的灰色的悲哀。作者借了一个小资产阶级的女子而描出小资产阶级对于革命的幻灭的心理。他的表现方法对于他自己可算是成功的，因为他始终不曾越过题目之外。”但是，“作者站在他自己的地位上，拿了客观的写实主义的照相机，而对革命浪潮摄取了一断片——一般犹豫青年对于革命的幻灭，却疏忽了其他的部分——一部分继续奋斗，努力于革命的势力。即使仅仅摄取那一断片，也不失为妥当的材料，只要他所站的立场正确。但是，他不是这样，于是产生了一篇消沉，悲观，充满了灰色幻灭的作品，而这种作品却在革命势力中散布了大量的毒气，使一部分意志薄弱的革命战士灰心而退缩。这就是作者留给我们的坏影响了！”第三，《动摇》的“作者所描写的只是一群犹移的革命青年，而疏忽了一部正在斗争中的毫未发生动摇的真正革命者，以及无数能革命但因被迫以至颓丧的青年，当然，对于革命没有深刻认识而且尚未改变犹移心理的这种人所领导的革命是脱离了革命的正轨的。在这种革命中，只充满了投机与动摇，可是真正的健全的革命人物，定相反的。他们认得清时代的变乱，了解革命与反革命，因之在剧烈的革命斗争的时期，他们不但不动摇，反而增加了革命的勇气。可惜作者不曾见到这一面”。第四，《追求》的“作者只看到了人生悲惨的一面，只顾有意地堆彻了一些失败的事实，而组成一篇作品，以为这是尽了缠绵幽怨和激昂奋发的能事；殊不知疏忽了人生光明这一面，把许多能使我们进前的希望完全抹煞了”。

按：论者对《蚀》三部曲的分析是脱离文本的分析，未体会到茅盾的良苦用心，何况这种不是从“已经写的”的现实主义角度去思索文本的问题所在，而是从“应该写的”的角度去批评作品欠缺理想主义的思路，不仅教条机械，而且与作品的实际内涵相去甚远。

4月1日 《读书月刊》第2卷第1期刊载《群星乱飞》的广告：“这是张资平先生最近脱稿的一部长篇小说，长十余万字，内容描写一个弱女子因为受了经济的压迫去做舞女，在纸醉金迷的夜中，在葡萄美酒的杯中，葬送了她的青春。写女子浪漫的生活，和青年男子色情的追逐，都到登峰造极的地步。时代的沉默，青年男女的苦闷，生活的颓荡发泄，是张先生对今时代一个生活底实感的总记录。”

4月1日 曾朴的《鲁男子：恋》由上海真美善书局印行第三版，4001—6000册。

4月1日 张资平的《最后的幸福》由上海现代书局印行第十版，17501—19500册。

4月10日 范争波在《现代文学评论》创刊号发表《民国十九年中国文坛之回顾》一文，认为《天孙之女》有一些民族意识。

4月10日 张资平的《脱了轨道的星球》始刊于《现代文学评论》创刊号，至1931年10月20日第2卷第3期、第3卷第1期合刊毕。

4月10日 《现代文学评论》创刊号刊载了一则题为《张资平怕走北四川路》的消息，说：“张资平自写了《天孙之女》后，被日人译成和文，在和文的《上海日报》上按日发表，而引起了日本人剧烈的反感。现在，张先生竟因此而不敢走上那北四川之路了。”

4月14日 《时报》刊载《激流》的广告：“本报不日起刊载巴金先生新著长篇小说 我们为应读者需要，特请‘巴金’先生撰述一部长篇小说，不日可在本报上发表，巴金先生的小说，笔墨冷隽而意味深远，在新文坛上已有相当权威，向除文艺刊物及单行本外，不易读得其作品，此次慨允为本报担任长期撰述，得以天天见面，实出望外，我们应代读者十二分的表示感谢。”

4月18日 《时报》刊载广告：“本报今天起揭载新文坛巨子巴金先生作长篇小说《激流》 按日刊登一千余字 不致间断 阅者注意”。同时刊载《激流·引言》：“在这里我所欲展示给读者的乃是描写过去十多年间的一幅图画，自然这里只有生活底一小部分，但我们已经可以看见那一股由爱与恨，欢乐与受苦所组织成的生活之激流是如何地在动荡了。我不是一个说教者，所以我不能明确地指出一条路来，但读者自己可以在里面去寻它。”

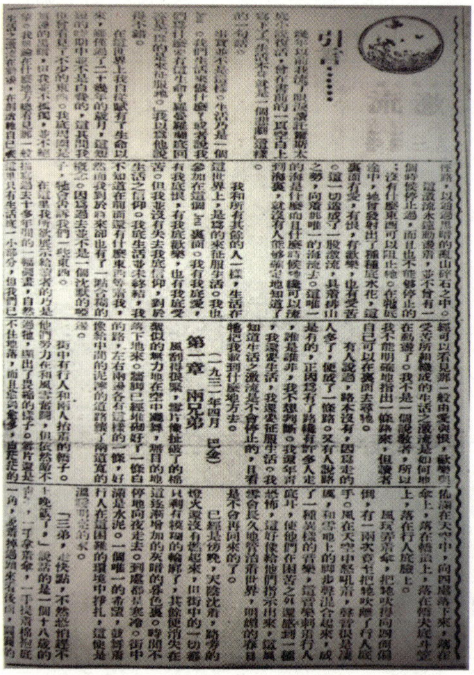
激流
引言
第一章 兩兄弟

激流
後記
長篇小說激流全部已登完
明日起刊登
巴金先生新著
春天裏的秋天

按：1931 年初，上海《时报》文艺版编辑吴灵园邀请巴金报纸上连载小说，每天发表 1000 字左右，巴金恰巧有一部已构思三年的长篇小说腹稿，两人一拍即合。4 月 14 日，上海《时报》刊载《激流》的广告，其中“巴金先生新著”与“长篇小说”以大字、黑体刊出，以示隆重。4 月 18 日，《时报》又在 5 版右上角最显著的位置再载套红广告，“长篇小说《激流》”特以醒目的大号宋体字标出。至此，《家》以《激流》为题开始连载，至 1932 年 5 月 22 日毕，共 246 期。当然，连载过程中并非无间断，间断时间最长的一次有近两个月。1931 年 12 月，《时报》不再刊登《激流》，编辑去信巴金，埋怨他把小说写得太长，超过了原先讲定的字数，同时暗示了要“腰斩”的意图。此时，《激流》已近完稿，巴金觉得再与报社争吵也无济于事，便去信声明不要稿酬，《时报》这才打消了念头。自 1932 年 1 月 24 日起，《激流》使用新式标点，继续连载。对此，《时报》在 1 月 24 日发表的《关系小说》的启事中这样解释道：“《时报》发表巴金先生底创作小说《激流》，在去年已有六个月，因为‘九一八’事变发生，多登国难新闻，没有地位续刊下去，空了近两个月，实在对不住读者和作者。”“今天起决定抽出一部分地位，将此稿每天不断的刊登，继续于五六礼拜内登完，并已商请李先生再为我们担任撰作中篇小说。”巴金后来也说：“‘九一八’沈阳事变后，报纸上发表小说的地位让给东北抗战的消息了。《激流》停刊了一个时期，报馆不曾通知我。后来在报纸上出现了别人的小说，我记得有林疑今的，还有沈从文的作品（例如《记胡也频》），不过都不长。”但是据查，九一八事变后，《激流》的连载并没有受到影响。1931 年 9 月 20 日，《时报》开始大量刊登抗战新闻，同时《激流》仍在连载，11 月 28 日刊出 184 期后才停止。沈从文的《诗人和小说家》于 10 月 4 日起开始连载，10 月 15 日起改题名为《记胡也频》，至 11 月 29 日毕。而巴金所说的林疑今的小说则是在 1932 年 1 月 24 日后与《激流》同时刊出的。同样，《时报》在近两个月内并未做到“每天不断的刊登”，自 1 月 24 日到 3 月 15 日的 50 多天中只刊出了 5 期，从 3 月 16 日起才比较连续地刊出了 57 期，至 5 月 22 日全部刊完。可见，巴金与报馆所说《激流》受九一八事变的影响应该是一个托词，《家》险遭“腰斩”的命运与《时报》

的定位有关。《时报》是一个将受众定于市民阶层的日报，1931 年前后正是张恨水言情小说红遍上海之时，《世界晚报》《新闻报 · 快活林》《立报》《申报》《晶报》等报上连载的小说几乎由张恨水一人包办，《时报》虽未能沾到张恨水的光，但不肯舍去取悦于市民阶层的办报理念，这就要求它连载的文学作品在情节上悬念丛生、跌宕起伏，内容上轻松活泼，语言上通俗易懂、浅显明了，才能迎合大众与市民的心理。以此观之，《激流》的各项要素显然难以符合《时报》的要求，也难以满足市民阶层的阅读期待。首先，《激流》的情节平稳舒缓，这是连载小说最忌讳的；其次，小说所表现的反封建主题在民族矛盾日益尖锐的 20 世纪 30 年代难以引起市民阶层的共鸣；再次，在内容上，《激流》所表现的青年学生的人生理想和现实困惑与市民的理想不尽相通；最后，在语言上，巴金式的激情写作很难让市民读者有充分的耐心。在每期 1000 字左右的篇幅的制约下，《激流》无法展示出《时报》所期盼的艺术元素，报社渐渐失去对巴金的期望也就不足为奇了（换编辑本身其实也说明了这一问题）。好在巴金及时声明不要稿费，好在《时报》也在这一前提下将全稿刊完，使我们终于有机会在《时报》上目睹了《激流》的全貌。不过，这次险被“腰斩”的经历给了巴金以深刻的教训，以后，巴金再没有在任何报纸上连载长篇小说。

4 月 25 日　《申报》刊载《鲁男子：恋》的广告：“三版出书。文艺界熟稔之东亚病夫（即曾朴别署）名著《鲁男子：恋》，于一九二九年出版，一九三〇年再版，再版未逾一年，即已售罄，购者犹踵接于门，其深得读者普遍之欢迎也。如此，内容如何，不言可喻，盖其结构描写，至善至美；思想醇洁，情感丰富，早得文坛同声赞美。今三版出书，价目照旧，平装一元，精装一元五角，购者从速。又，《鲁男子：战》，不日将在《真美善》季刊发表，并以预告。”

4 月　老舍的《二马》由上海商务印书馆初版（文学研究会丛书）。

梗概：北平市民马则仁带着儿子马威来到英国继承哥哥的遗产——一家古玩店。两人住在温都太太家里。温都太太和女儿玛力都看不起中国人，但

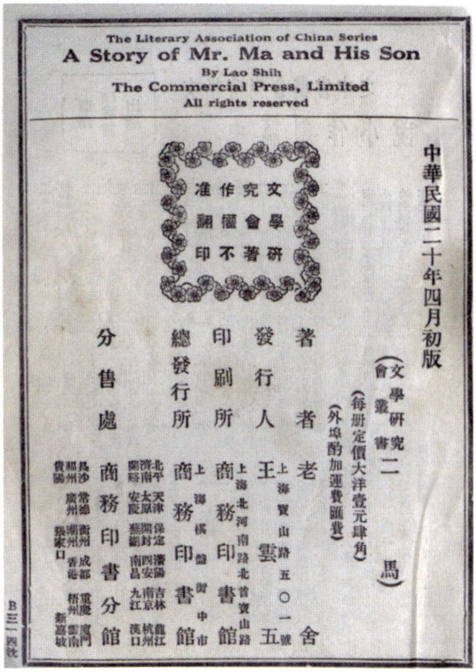

The Literary Association of China Series
A Story of Mr. Ma and His Son
By Lao Shih
The Commercial Press, Limited
All rights reserved

中華民國二十年四月初版

（文學研究會叢書）二馬

（每册定價大洋壹元肆角）
（外埠酌加運費匯費）

文學研究會著作權不准翻印

著者 老舍
發行人 王雲五 上海寶山路五〇一號
印刷所 商務印書館 上海北河南路北首寶山路
總發行所 商務印書館 上海棋盤街中市
分售處 商務印書分館 北平 天津 保定 瀋陽 吉林 龍江 濟南 太原 開封 西安 南京 杭州 蘭谿 安慶 蕪湖 南昌 九江 漢口 長沙 常德 衡州 成都 重慶 廈門 福州 廣州 潮州 香港 梧州 雲南 貴陽 張家口 新嘉坡

B三一四沈

马威却对玛力很是痴迷。马则仁毫无经商经历，不懂得如何做生意，听不进伙计李子荣关于扩大生意的建议，他每次到店里来都只是看看，并顺手拿点东西送给温都太太，更多时候，他只是帮温都太太种花养草。圣诞前夕，马威与李子荣忙于生意，而马则仁却只顾置办送人的礼物。圣诞当天，马氏父子和温都母女互送礼物，马威看到玛力和华盛顿的订婚戒指后，脸色大变，回到了自己的房间。温都太太吻了一下马则仁，但当马则仁向温都太太求婚时，温都太太顾及流言，没有同意，马威得知后也不赞成，这让老马很郁闷。玛力因失恋和马威一起喝闷酒，马则仁见到后骂了儿子。马则仁受他人之邀在一部侮辱中国人的电影中扮演了一个看客，引发了中国学生的抗议和部分华人的不满，他们的店铺被砸，于是他们决定卖掉铺子，李子荣不赞成，马氏父子吵了一架，马威在失望中决定离开伦敦。

按：《二马》是老舍试图比较在中英两国不同的文化背景下不同人物的性格的作品，是他借鉴康拉德的表现方法，决定往“细”里写的一部小说，是他尝试通过文字将“物境之美而由心中说出”的一次文学试验，也是他试图转向幽默风格的一次艺术尝试，更是一部承上启下的作品。如果说《老张的哲学》《赵子曰》立足于国内，从传统与现代的角度批判国民的劣根性，那么《二马》则立足于国外，从东方与西方的角度对国民的劣根性进行双重文化观照。老舍有意将老马放在异国的土地上，就是要在中西文化的背景下比较中英两国人的不同，衬出国民性的荒谬。在老舍看来，生成于农业社会土壤中的传统文化，其深层结构是“农”的、“乡土”的，本质上还是一种礼俗文化，属伦理范畴；西方近现代文化是资本主义工商文化，建立在契约的基础上，属法理范畴。中国要迈向现代化，首先要摒弃传统礼俗中的糟粕，建立健全合理有效的法理机制，使礼俗文化法理化。为此，老舍在作品中主要刻画了因循守旧、墨守成规、懒散懦弱、妄自尊大、碌碌无为的老马；虚心学习、积极进取、勤学苦做、不卑不亢、年轻有为的李子荣；务实、自立、直率，讲法守约又自负傲慢，有礼貌又有偏见的伊牧师、温都太太等三种人，并试图通过他们之间的性格冲突，烛照出中国传统文化在现代的双重困境。胸无大志的老马来到英国只是为了承继兄长遗留的产业，并无开拓进取的野心，带小马出来也仅是为了让他学点知识，以便学成后“享清福”。他所遵循的章法就是“礼数”“面子”“客套”“人情”；他看不惯英国人各自独立的经济意识，认为发财之道是做官，经商没有出息；他讲究“派头”、爱慕虚荣、自以为是、不思进取。因此，当伊牧师及李子荣等不讲礼数讲变数、不讲人情讲商情、不讲通则讲法则、不讲空想讲思想、不讲无为讲有为时，老马便束手无策，消极地应付着生活中的一切，被时代淘汰也就在所难免。通过《二马》，人们看到了礼俗文化与法理文化的现实差异，看到了生成于传统农业社会土壤中的文明在“老化”的道路上滑行的险境，看到了生活在这一片土地上的人民已迈向“出窝儿老”的危险边缘。需要说明的是，老舍肯定法理文化，并不是要全盘否定传统文化，他对于传统文化中合理的部分，如尚自然、重人伦等都予以了明确的肯定。与同一时代的人相比，老舍少一分情感上的倾斜，多一分伦理感知，这也是他在传统与现代、东方与西方的交汇点上建构新型文化理想时所表现出的独特个性。

4 月 张资平的《欢喜陀与马桶》由上海惟一书店初版，1—1500 册。

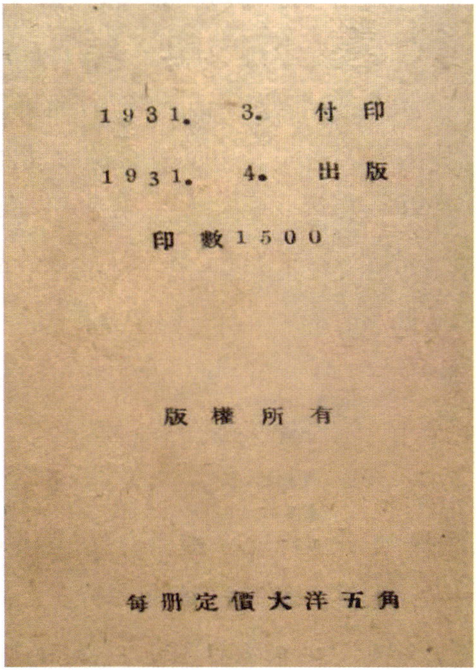

梗概：陆阿汉的父亲以倒马桶为生，这使阿汉在学校受到老师和同学们的讥笑，还得了个“马桶”的外号；他的同学王春元的父亲是卖欢喜陀的，所以王春元被同学称作“欢喜陀”。这两人是很好的朋友。陆阿汉的母亲因不满父亲赌博，与卖菜的私奔了，带走了弟弟阿淮，丢下了阿汉和妹妹阿金。在这之后，失去工作的父亲被日本海军的铁甲车碾死，阿金也因伤寒不治身亡，剩下阿汉孤单一人。六年后，怀着为家人报仇的想法，阿汉告别了王春元和他默默喜欢的、春元的女友莫春兰，来到了 B 市一家卸职军官的公馆当侍仆。在这里，小姐王瑞芳与二奶奶席昭筠都对阿汉产生了爱意，阿汉虽有纠结，最终还是不愿卷入情感纠葛，离开了公馆，成了一名车夫，后来还做了工联的代表。这时，“欢喜陀”王春元找到了生父，莫春兰也来到了 B 市，阿汉与已经离婚的席昭筠发生了关系。后来，工联检查劣货的活动影响了春兰父亲郭钊的利益，工联内部也发生了分歧，阿汉陷入了危险的境地。面对日本侵略者，春兰、瑞芳等人都加入了抗日的阵营。最终，包括阿汉在内的十六人被捕，惨死于日本侵略者的刺刀之下，而昭筠与春元也相继牺牲在这场战斗中，但他们的牺牲并未白费，B 市的市民们开始觉悟，他们意识到，只有万众一心，一同抗日，才能真正获得独立、自由。

按：这是张资平因目睹日籍巡捕凌辱小贩童，上前理论反被侮辱后，愤而创作的一部反日小说，于 1927 年 4 月 7 日脱稿于上海。小说描写了一个穷苦人家的孩子在经历了人生的重重悲剧之后，成长为一名勇敢的抗日斗士的故事。这位主人公受到日本侵略者的迫害，最终与同志们一起惨死日本侵略者的刺刀之下，但他大无畏的精神永存。全文故事脉络较为清晰，人物命运的发展变化紧扣人心，作者使用了大量的对话，插入了大段人物心理描写，细节生动，极具讽刺意味。如陆阿汉父亲惨死于日本铁甲车下后，妹妹阿金又生了重病，邻居表面上说替阿汉张罗饭菜，实际却只想满足他自己的口腹之欲，这种虚伪更反衬出阿汉的悲惨命运，令人痛心。这是时代的大背景下一位小人物的故事，彰显出了劳动人民永不屈服、不向命运低头的奋进精神。

4月　《二马》初版的插页广告。

（1）《老张的哲学》：“本书叙述北平一班闲民的可笑的生活，以一个叫老张的故事为主，复以一对青年的恋爱问题穿插之。在故事的本身，已极有味，又加以著者讽刺的情调，轻松的文笔，使本书成为一本现代不可多得之佳作。”

（2）《赵子曰》：“本书的对象是北平的学生生活和公寓生活，用轻松微妙的文笔，把赵子曰几个人的个性，描写得活活的浮现在我们读者的面前。后半部却入于严肃的叙述，不复有前半部的幽默，然文笔是同样的活跃。且其以一个伟大的牺牲者的故事作结，很使我们有无穷的感喟。”

（3）《一叶》：“王统照著。‘为何人生的弦音上都鸣出不和谐的调子？为何生命是永久地如一叶的飘堕地上？’欲答此问，请读此创作小说。”

（4）《旅途》：“张闻天著。书中主人公钧凯为一热情的青年，因爱国而丧身，他又同时遭受许多恋爱的风波，文笔爽利动人，结构极为严谨。”

（5）《黄昏》：“王统照著。本书系描写一个青年从虎窟这样的旧家庭里，救出两个被牺牲的弱女子。情绪非常悲惨，结构亦其严密。读之令人不忍释手。”

4 月 张资平的《飞絮》由上海创造社出版部印行第十二版，23001—25000 册。

5 月 1 日 杨荫深的《曼娜》由上海现代书局印行第三版，3001—4000 册。

5 月 8 日 张资平的《柘榴花》由上海光明书局印行第四版，7001—8000 册。

5 月 10 日 德娟在《现代文学评论》第 1 卷第 2 期刊载《张资平新著之长篇小说》：“张资平近日努力著述长篇小说，闻已脱稿者有《脱了轨道的星球》，与《北极圈里的王国》等，该二稿均长至十余万言，已交现代书局出版。《脱了轨道的星球》为叙述作者幼年的故事及其结婚恋爱之经过，极饶兴趣；而《北极圈里的王国》，据作者自己说：‘本书是超过《上帝的儿女们》的一篇力作……’”“由此，我们可知该书内容的充实了。”

5 月 10 日 《现代文学评论》第 1 卷第 2 期刊载《北极圈里的王国》的广告：“据作者自己说，本书是超过于《上帝的儿女们》的一篇力作；篇中材料是作者在海内外积二十年间的见闻，并加入所见于各种报章杂志上的记事，经作者之编制及润色，遂著成这一篇空前的奇特的作品。篇中描写贵族社会——如一国之元首及王侯将相等——之骄奢淫佚，中层市民们之狡诈狠毒，智识阶级之卑鄙无气节；流氓地痞之投机暴发，一跃而为有爵位者或大臣，贫民生活之惨痛流离等，把北极圈中的小王国的社会描写到淋漓极致了！此外并织入贫富悬殊地位隔绝的爱人同志间的悲欢离合等情节，更是本书的特色中的特色。”

5 月 10 日 《现代文学评论》第 1 卷第 2 期刊载消息《〈阿 Q 正传〉与〈天孙之女〉》：“张资平著之《天孙之女》，内容多系揭穿日人丑态，故极为日人注目，现闻亦已由日人译成日文，按日刊载于日文《上海日报》云。”

5 月 20 日 **邱韵铎的《热情的书》由上海光明书局初版。**

梗概：“我”在一次偶然的乡村集会中遇见了集会的主持——一位名叫麦秋的姑娘，她身上有一种难以用语言形容的异样的美，使“我”深深着迷，

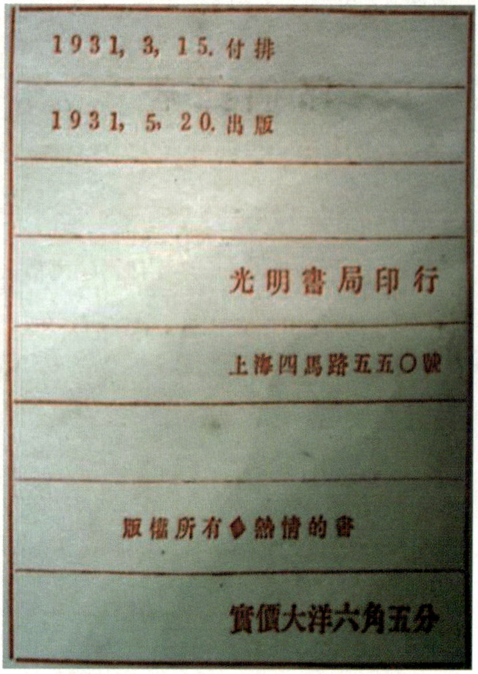
1931, 3, 15. 付排
1931, 5, 20. 出版
光明書局印行
上海四馬路五五〇號
版權所有◆熱情的書
實價大洋六角五分

于是"我"鼓起勇气向她求爱，遭到了拒绝之后，"我"便失去了她的消息。"我"十分思念她，害了咯血症，虚弱地卧在病床上休养，却意外从前来探病的父亲那里得到了她寄给"我"的一封信，信中说她已被军警逮捕，希望"我"尽快去探监。"我"扶病来到了S县，几经周折见到了她。在同她的交谈中，"我"才终于知道她是个革命者，她的丈夫芬伯已经为革命献出了生命。后来，"我"受到麦秋的委托，取出了她存放在居所的书稿（实为麦秋写给丈夫的书信），整理、校对之后，取名为《热情的书》。原来，麦秋的恋人芬伯也是一个革命者，在上海某处从事编辑工作，由于工作繁忙，二人不能时常见面，于是便约定每日通过书信谈心。之后，麦秋在芬伯的介绍下远离上海，赶赴偏远的山村做小学教员，后来发现自己有了身孕，既饱受生理反应的折磨，又无法忍受沉闷的教书匠生活，于是便热切盼望芬伯能在她放假后一同返乡看望父母，可是最后芬伯没有如约前来，失去了音讯。

按：这是邱韵铎（1907—1992）一部讲述青年争取爱情自由、培育下一代、处理爱情与工作间的矛盾的小说，作者以"'爱'是我们的生命之力，工作是我们生之使命”为主题，对青年人理解爱与工作具有一定的启发意义。小说以“我”同麦秋的交往为副线，以麦秋与芬伯的书信往来为主线，通过一显一隐两个视角将麦秋的形象完整地呈现在读者眼前。在“我”的视角下，麦秋是一个具有“激昂的神态”“悲壮的言辞”“强烈的声调”且热情的人，对文学、社会等问题有着较为深入的理解与思考；然而在麦秋的视角中，读者却看到了一个热恋中的小女人形象，她会流泪、爱撒娇，有些敏感、细腻，却又大胆、热情，更为真实、自然。两个视角结合，使麦秋这一形象立体而饱满，也很容易引起读者的情感共鸣。同时，作者巧妙地化“热情的书”于《热情的书》之中，使其具有“书中书”的效果，既带给读者新奇的阅读体验，又在某种程度上强化了“热情”一词的抒情力度，更能凸显出麦秋对芬伯深沉而热烈的爱。不过，作品最后并没有叙述芬伯这一人物的遭遇及其无法践约的原因，令人有些摸不着头脑，收尾还是略显仓促。

5月 苏雪林的《棘心》由上海北新书局印行第四版，8001—10000册。

5月 江雨岚的《离绝》由上海光华书局印行第四版，6001—7500册。

6月10日 彭芳草的《落花曲》由上海神州国光社初版，1—1500册。

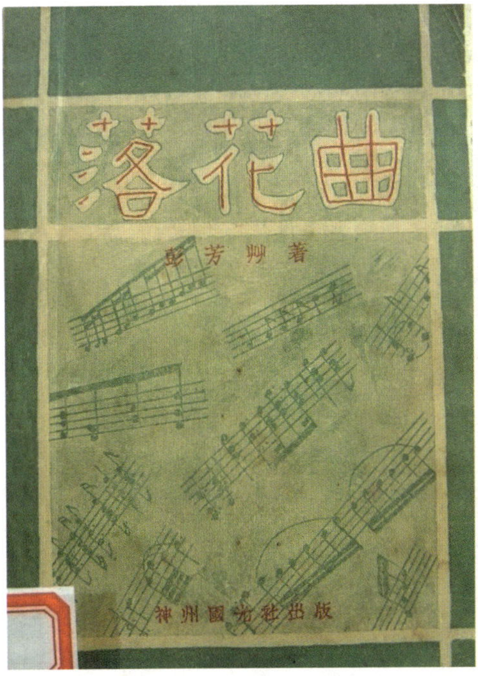

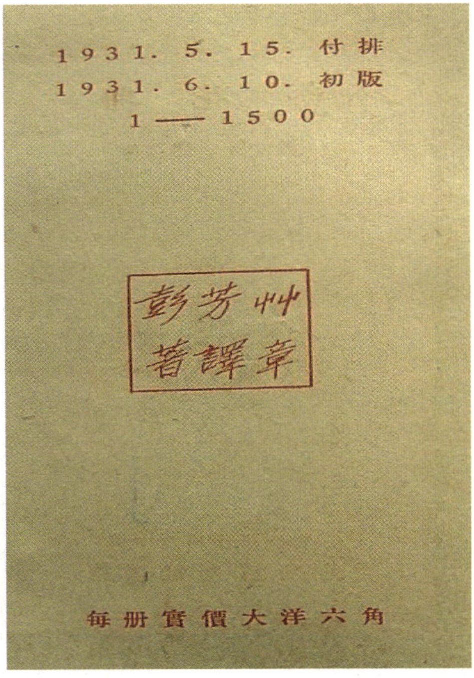

梗概：F痴爱一个来自故乡的、名叫TT的美丽少女，但TT的家人嫌他无钱无势无才，对他很冷淡，F以为TT已有爱人，因此非常苦恼。不久，他离开TT，去北京读书。到北京后，他马上写信向TT表达强烈的爱慕之情，并且告诉她，他遇到一个叫H的女人，却不为所动。TT回了封信，他读后欣喜若狂，从此无心读书，甚至一周都不去学校。为了避开同学们嘲笑的目光，他在报社找了一份工作，但因心猿意马而屡出差错，很快就被解雇。他到L君家去借钱，竟遇到H，H挑逗F，两人发生了关系。F非常悔恨，常常陷入自责，但H的肉体又使他不能自拔。H玩弄了F后就将他抛弃，F穷困潦倒，饱受冷遇，只得回家。回家后，他又情不自禁地到TT的学校找她，与她见面后，F发现TT依然对他有好感，于是他将手表当掉，维持了几天的“爱情”，之后又跌入窘境。穷困无聊中，他走进了H的家门，又与H在一起鬼混。一天，TT来信说，她虽喜欢他，但家里反对，家人明天就要将她带到别处去，希望再见他一面。H知道了F与TT的事，故意在TT面前对F做亲密动作，待F看到TT，想与她话别时，TT转过身去不理会他，F在怨恨与讥讽中低下了头。

按：这又是一部表现青年男子追求意中的美丽女子而不得的爱情小说。与《缺陷的生命》稍有不同的是，它不完全是男主人公一厢情愿的故事，而是双方都有朦胧爱意的情感恋曲，但读者依然无法感知爱与被爱的审美内涵，更无法感受到F失恋的悲剧美学意蕴，这就使一个可能具有现代意义的爱情故事沦为宣泄个人情感的爱的痴狂曲，也就难以产生震撼人心的审美力量。在形式方面，小说分“三部曲”：“第一部曲”是散文，“第二部曲”是书简，“第三部曲”是日记。这样的安排作为实验未尝不可，但文体不一且未能有机地统一起来，确有不妥。在叙述方面，小说中的人名以字母替代，符号性太强，妨碍了人物形象的进一步刻画，通篇又以第一人称叙述，过于单调。内容的浅薄与形式的分离使这部作品沦为“长的小说”而非长篇小说，实属遗憾。

6月10日 废名的《行云章——〈莫须有先生传〉之一》，刊于《青年界》第1卷第4号，后作为《莫须有先生传》的第十三章——《这一章说到不可思议》。

6 月 10 日 庐隐的《象牙戒指》始刊于《小说月报》第 22 卷第 6 号，至 12 月 10 日第 12 号（未完），其中第 10 号未刊。

6 月 10 日 谢冰莹的《一个女兵的自传》之《我幼时的学校生活》一章刊于《读书月刊》第 2 卷第 3 期，内含三个故事：《近视眼先生》《未成功的自杀》《小学时代的生活》。其中《小学时代的生活》里又包含三个小故事：《小脚姑娘》《腐化的蒋婆婆》《楼上示威》。这些内容后来经过较大修改成为《一个女兵的自传》单行本第二章《小学时代》，其中《腐化的蒋婆婆》成为第二章第五节《第一次闹风潮》。

6 月 10 日 《文学杂志》创刊号刊载《苔莉》的广告："这是张资平先生的代表作，他把现代青年男女的恋爱心理描写得十分透澈。苔莉（女主人公），她把忠厚的丈夫抛弃了，再把她所有的尚未散发的热情倾射到克欧（男主人公）身上来，一个柔弱的青年，当然敌不住十万匹马力的情魔底威力，结果她俩牺牲了生命，总算完成了他们恋爱的真精神。这是一个怎样动人的哀情剧啊！"

6 月 12 日 张资平的《爱之涡流》由上海光明书局印行第四版。

6 月 15 日 王匠伯的《负生的日记》更名《负生日记》，由上海现代书局再版，2001—3000 册。

6 月 28 日、12 月 15 日 黄焕文在《燕京月刊》第 8 卷第 2 期、第 3 期发表《张资平的恋爱小说概观》一文，认为张的小说主要写三角、四角恋爱，且都以女性为中心。"张资平先生的文学，也就是要把数千年来男女间的埋藏里面的一腔怨愤，一齐发泄出来，随其感情奔放用事，不一切外力所忌，其所以如此者，正是欲达得安慰人生的一种真目的。所以他的作品，有这一种时代性在中间。"黄焕文认为，张资平创作的恋爱故事十分成熟，但其恋爱观却是注重肉体方面的，他很少注重精神方面，故他的小说虽有时代性，但观念是顽固陈旧的。张资平的恋爱小说多为悲剧，笔法呆板，小说中的男女双方都喜新厌旧。虽然他的笔法单调，但能写出曲折的情节，也算有生趣。

6 月 30 日 沈从文在《文艺月刊》第 2 卷第 5—6 期合刊发表《论中国创

作小说》一文，认为《冲积期化石》头绪极乱。

6月 计全的《时代的影子》由上海正午书局初版，1—1000 册。

梗概：马千里从黄埔军校毕业后加入军队，因不屑钻营、奉承而遭到排挤。他在广州偶遇四年前恋爱的对象周秀文，为了追求周秀文，他挪用公款，被调到虎门第一营。马千里常写信给周秀文，事无巨细，但周秀文不认同他的思想。马千里随军队撤回广州，他不愿远离秀文到 F 舰上去。周秀文劝马千里接任禁烟检查所所长的职位，从而实现他做县长的愿望，马千里不愿意，周秀文离开了他。马千里寻求周秀文的谅解，周秀文置之不理。苦恼的马千里赌博输光了钱。之后，马千里面临失业，他接到家信，得知母亲病重，于是回到家乡四处借钱，受尽冷眼，无奈之下抵押房子，借债治病。马千里回到广州开始漂泊的生活，并看清了罪恶的现实。他在杨武的推荐下成为禁烟局缉私队大队长，彻底抛弃了过去坚守的信念。他设法弄到钱，还清了欠债后，得知秀文依旧爱着自己，于是与秀文和好。不久，马千里因利益与杨武发生冲突，杨武被他杀害，马千里作为革命的罪人被关进黄埔岛的囚牢。他在狱中写下忏悔的长信，自杀身亡。

按：计全（1905—1977）即谭计全。小说讲述了一个正直的革命军人一步步走向堕落，最后忏悔自杀的故事，即“不幸的中国，产生了不幸的青年”。小说以一个人的经历来反映时代的状况，作品中的主人公是千万个中国革命青年的缩影，是“时代的影子”。马千里原是个安守本分、心灵纯洁的战士，在世道的一再逼迫下，他的灵魂受到了污染，理想遭到了毁灭，他向旧社会的恶势力投降，最终在自我厌弃中结束了生命。小说揭露了丑恶的社会，控诉了社会环境对人的诱惑、腐蚀，表现了动荡岁月里人的命运难以掌控、无法把握，颇多唏嘘。马千里的忏悔表达了作品鲜明的主题，即警醒、劝诫前进中的青年革命者，在面对挫折时不要丧失希望，要以坚韧不拔、无所畏惧的精神继续抗争。作者对革命的艰辛表示理解，他肯定革命青年的力量，坚信“革命必然有成功的一天”，对青年的堕落怀有深深的忧虑之情。文中穿插大段独白，以讲故事的形式剖析人物心灵，以第一人称进行叙述，增强了故事的真实性。文末作者安排马千里回到黄埔，曾经朝气蓬勃的青年沦为阶下囚，鲜明的对比中包含着莫大的讽刺。小说节奏感把握得很好，层层推进，事件的原委得以清晰地呈现，人物心境与景色呼应，达到浑然一体的效果。

6月 汪静之的《翠英及其夫的故事》由上海亚东图书馆印行第四版。

7月1日 张镜寰的《最后的牺牲》由北平震东印书馆初版，1—1000 册。

梗概：L 君的女友 S 小姐已有一个月没给他回信了，L 君觉得 S 小姐一定是误会自己了，便乘车前往 S 小姐家。一路上，L 君进行了充分的准备，想在见面后化解误会。他到了 S 小姐家，却被告知 S 小姐出去了，L 君十分失望，于是他到同学 T 君家，看到 T 君小两口亲密的样子，不好打扰，就走了出来。T 君家门前的路正是他和 S 小姐第一次散步的地方，这又勾起了 L 君对 S 小姐的思恋。不远处的公园也是他俩经常散步的地方，T 君不免触景生情。正在他感慨时，两个人影从远处闪出，其中一个熟悉的身影好像是 S 小姐，他不禁追了过去，不料那位女郎已无踪影。T 君看到女郎好像又出现在公园门口，他匆匆追去，又见女郎已坐上人力车往胡同里去了，他又雇车

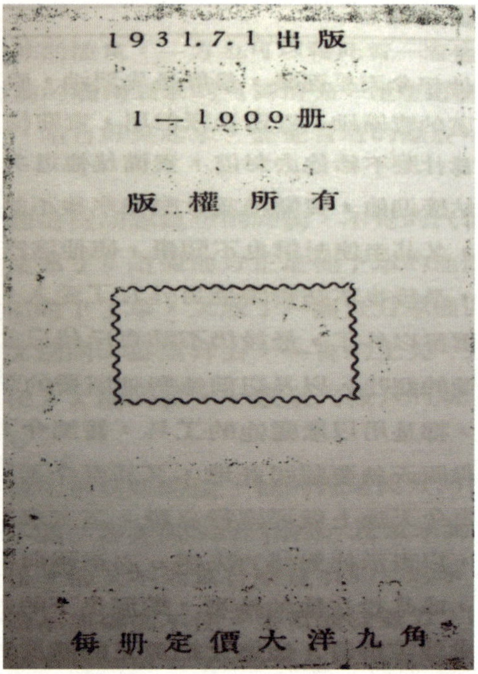

1931.7.1 出版

1—1000 册

版權所有

每册定價大洋九角

追到胡同里，那女郎又不知去向了。L君非常失望，他再次来到S小姐家，门房告诉他S小姐还没有回来，他只好凄凉而苦闷地来到S小姐家对面的酒楼，一面借酒浇愁，一面从楼上观察S小姐有没有回家。这时，他听到隔壁传来情侣的谈笑声，他觉得声音很熟悉，酒楼伙计称他们是住在附近的学生。一会儿，隔壁两人吃完饭走了出来，L君在窗前一看，其中一位正是他要找的S小姐，另一位男士正是他平时要好的同学W君。L君是一个情感丰富、有思想的现代青年，早先加入了革命党，但看到革命党内部的腐化后，便退了出来。家里给他包办了婚姻，他坚决反对，来到P地读书。一个偶然的机会，T君让L君给S小姐补习英语，在补习过程中，L君爱上了S小姐。最初S小姐拒绝了L君，后还是投入了L君的怀抱。不久，由于P地的大学停止招生，中学毕业的S小姐只得考城外的大学，L君为了和S小姐在一起，不惜以重读一年的方式转到S小姐的学校，两人的关系也公开了。这时，L君接到家里的电报，说母亲病重，希望他能回来探望，L君便将S小姐托付给同学W君照料，回家看望母亲。谁知母亲病重只是家人让L君回来成婚的谎言，他坚决不从，在婚礼的前一天离开了家。让他万万没有料到的是，就在他回家的这一个月中，S 小姐就移情于 W 君了。他追到 S 小姐家，却被拒之门外。L 君觉得，革命曾让他失望，家庭和社会又让他失望，现在爱情让他绝望，他悲愤至极，在给 S 小姐留下绝笔信后，喝安眠水自杀。这就是“最后的牺牲”。

按：这是张镜寰（1905—？）一部表现青年男子为爱殉情的悲剧作品。北平震东印书馆曾在《最后的牺牲》的出版预告中写道：“最近张君又著有最后牺牲小说集一部，全书约近十万言，内容系述一在旧式婚姻铁蹄下之青年漂流海外，中途因失恋自杀的经过。其间写社会之污浊，人心之险诈，男子之忠肠侠骨，女士之惺惺作态，以及初恋期间与失恋后苦痛，可谓无微不至，至其文笔之锋利，描写之深刻，穿插之奇巧尤其余事，诚为我北方小说界中不可多得之作品。”虽是预告，但除“漂流海外”的叙述不妥外，其余基本属实。与一般小说多写“痴情女子负心汉”的爱情模式不同，这部小说写的是痴情男子负心女。表面看来，这似乎只是“负心汉”故事的翻版，其实不然，它所表达的“爱的责任”与“爱的良心”是重要的道德准绳，是现代观念，具有进步意义。作者抨击丧失“爱的良心”的见异思迁者，礼赞为“爱的良心”牺牲的“殉道者”，心理描写细腻真实，主人公 L 君的形象鲜明生动，可惜作品的悲剧意味多来自人物性格，未能更深入地探究悲剧背后的社会原因，影响了作品的深度。

7月5日 《申报》刊载《落花曲》的广告：“因为生活转变了方向，作品也得着另一种形态。这本长篇小说是作者的生活尚未转变之前的最后作品。这里面所描写的是破落的书香子弟之爱的事实。充满了火炽的热情，崇高的理想，恶魔的诱惑，痛苦的挣扎；总而言之，这实在是一部惊人的作品。读者在这本书里面所见到的不是春花秋月的玩赏，不是微温的感情凄怆，不是绅士们的闲情逸致，而是青年男女的心胸，灵肉之间的争斗写实，在社会巨石压榨之下的绝叫。”

7月19日 丁文在《华北日报副刊》第 536 号发表《〈逸如〉》一文，认为小说在一定程度上也可说“是一部大悲剧”。

7月20日 张资平的《上帝的儿女们》由上海光明书局初版。

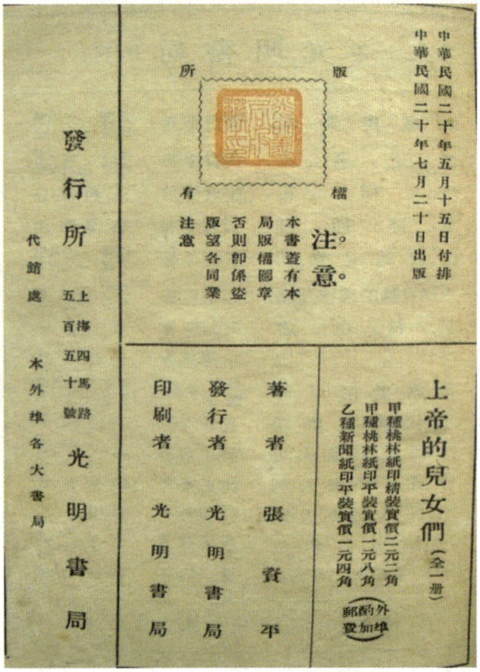
中華民國二十年五月十五日付排
中華民國二十年七月二十日出版

版權所有

注意。本書蓋有本局版權圖章否則即係盜版望各同業注意

發行所 上海四馬路五百五十號 光明書局

代銷處 本外埠各大書局

上帝的兒女們（全一冊）

甲種桃林紙印精裝實價二元二角
甲種桃林紙印平裝實價一元八角
乙種新聞紙印平裝實價一元四角
（外埠酌加郵費）

著者 張資平
發行者 光明書局
印刷者 光明書局

梗概：一所教会学校——天道学校的学生余约瑟爱上了女同学杜恩金，但杜恩金却钟情于表兄文仲卿，而杜恩金的母亲却喜欢余约瑟，便将女儿许给了余约瑟。余约瑟实际已婚并育有一女，但他隐瞒了这一切。杜恩金结婚前已怀有文仲卿的孩子，余约瑟佯作不知，未予追究。后余约瑟的妻子病故，余将名为瑞英的女儿领来抚养。杜恩金生下一男孩，起名昺。余约瑟结婚后到 M 村当副牧师，拼命赚钱，还设计挤掉主牧师，取而代之。文仲卿取得博士学位回国后，来到教会学校当高中部主任，与杜恩金偷情。余约瑟的屠牛公司被乡下人控告而关闭，他便到南洋当了淘金工人，文仲卿和恩金也辞去了教会和学校的一切职务，文仲卿还和他的夫人林小兰离了婚，余昺与同父异母的姐姐瑞英乱伦。为了生活，瑞英到东湖医院一边学医、一边工作，结识了“救世军”分队长王恒心，也知道了王恒心的身世和失恋的经历。听说王是同盟会成员，瑞英又担心又同情。此时，瑞英认识了青年雷一鸣。余昺考上了军校，加入了革命党，余约瑟则是炸弹队的分队长。黄花岗起义时，

王恒心英勇牺牲，余昺和父亲逃到香港，这时余昺才知瑞英爱雷一鸣，但瑞英在一年前发现雷一鸣和慧云相恋后，就与王恒心结婚了，现在孩子已经快满三个月了。余昺劝瑞英不要再听《圣经》中的赞美歌了，但瑞英说："昺弟，我们还是丢不开《圣经》哟。社会上的一切疑难的问题，还是要靠《圣经》去解决！"

按：这是张资平花十年时间写就的揭露教会的虚伪、社会的腐败、人性的沦丧的探索性作品。张资平把国民革命等内容加入作品中，但作品前后所表达的思想并不统一，可作为张资平十年创作轨迹的一个缩影来读。小说前十节尚有可读性，为其早年认真创作的写照，之后情节凌乱（如姐弟乱伦、王恒心的失恋史、雷一鸣和慧云的情史等），故事的发展也十分突兀（如余约瑟父子参加革命等），牵强地贴上革命的标签，不堪卒读，反映了其在创作生涯后期陷入了江郎才尽的窘境。

7 月 26 日　《申报》刊载《时代的影子》的广告："这是时代报告书，描写着这时代青年革命和恋爱的思想与行为的因果，是令人惊叹的作品。"

7 月 30 日　云屏在《学友》第 1 卷第 2 期发表《〈爱力圈外〉》一文，认为："此书的全体，是写着中国都会的上层新旧家庭的生活，而以爱的纠纷为描写之材料，结果归到革命，趣味性极浓厚，可作一般人的良好读物。"

按：说《爱力圈外》有可读性是实情，"结果归到革命"则属误导读者。

7 月　张天翼的《鬼土日记》由上海正午书局初版，1—1000 册。

梗概：韩士谦焚信给其死去 10 年的故友萧仲讷，后通过"走阴"来到了"鬼土世界"。在鬼土世界，韩经萧介绍结识了"颓废派文学专家"司马吸毒、"极度象征派文学专家"黑灵灵等形形色色的政界、文化界知名人士，也很快领到了"鬼土地方政务局"颁发的"高层住民执照"。鬼土社会由两大政党——"蹲社"和"坐社"轮流执政。这两个政党都宣称代表平民利益，只是其倡导的生活方式稍有不同：蹲社主张便器应为蹲式，坐社则认为坐式更有利于健康。这两大政党都有大财团作后盾。经过一番辩论，以棉纱大王陆乐劳和潘洛为后台、巴山豆为总裁的坐社，一举击败了以石油大王严俊为后台、东

方旦为总裁的蹲社，成为执政党。不久，鬼土区与邻区签订了一项密约，引起各区恐慌，纷纷陈兵边界，区际关系紧张，战争一触即发。这时，鬼土区调往区防要塞绿阴城的两个联队叛变，坐社政府调芒城士官学校学生前往平叛，并请在野党蹲社后台严俊前往督办。由于坐社政府当机立断，采取了紧急措施，政局渐趋稳定，区内又呈现出和平的景象。坐社政府刚松了口气，不料形势急转直下：蹲社开会议决，向政府质问绿阴事件；又发表调查报告，指责坐社执政期间改便器为坐式，严重损害了平民的健康；还在议会上提出对现政府的不信任案。辩论时，两党吵成一团，甚至大打出手。蹲社的步步紧逼，迫使大统领巴山豆下令解散国会，蹲社又在报上攻击陆乐劳、潘洛“把持政府，有失平民政治原则”，严俊还在都会裁判院控告陆、潘“违反平民政治”。由于银行早已在暗中支持严俊，蹲社有恃无恐，经过精心筹划，陆、潘宣布破产，显赫一时的坐社政府宣告倒台，严俊得势。韩士谦目击了这场斗争的全部经过后，告别鬼土，又回到阳间，认为萧爷的话是不错的：“鬼土跟阳世的一切，原则上是相同的。”

按：张天翼（1906—1985）的这部小说由 44 则日记构成，以鬼土两大政党争夺大统领宝座的斗争为主线，以讽刺和幽默的手法，辛辣地揭露了资产阶级议会政治的虚伪，表现了统治者及其御用文人空虚没落的精神世界和骄奢淫逸的生活，在一定程度上真实地反映了现实社会中阶级斗争的风貌。但小说选材宽泛，结构松散，情节枝蔓丛生，人物和环境描写缺乏个性，难免粗疏、肤浅。

7月 张资平的《群星乱飞》由上海光华书局初版，1—3000 册。

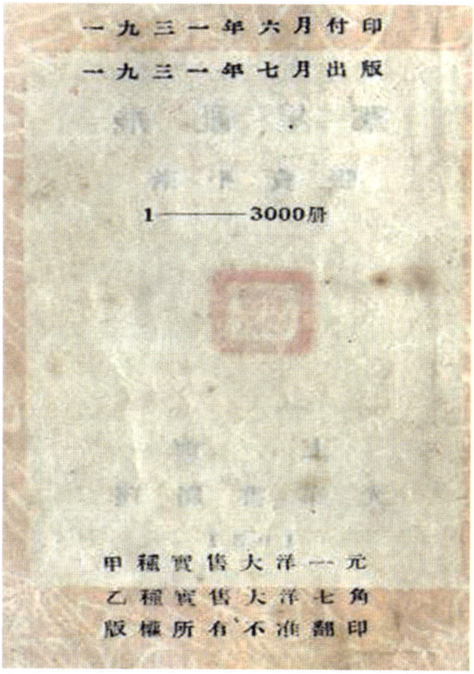
一九三一年六月付印
一九三一年七月出版
1——3000册
甲種實售大洋一元
乙種實售大洋七角
版權所有不准翻印

梗概：金美玲自幼喜爱艺术，小学毕业后瞒着母亲报考了歌剧学校，被录取了。金美玲的父亲金子明从美国来信说他很穷，要美玲自谋生路。美玲刻苦排练，终于在半年后主演歌剧《天堂和地狱》，一举成名。不久，她和当时数一数二的天才音乐家霍国雄相爱。母亲告诫美玲要慎重，父亲则坚决反对她嫁给“没有前途”的霍国雄，还从美国回来阻挠他们。美玲躲过父亲的监视，来到国雄家与他同居，并生下一个孩子。金子明更加愤怒，以起诉国雄相威胁，美玲只好痛别爱子，国雄也辞了职，带着孩子回了老家 S 州。

金子明本想靠美玲捞取钱财，但没能如愿。美玲认识了几个家境富裕的公子，如清湖、文泉等，父亲希望她能嫁给他们中的某一个，但美玲拒绝嫁给这样的人。父亲见生财无望，便乘船重返美国。美玲加入了赴 S 州的演出队，演出的剧目是《群星乱飞》，她一上台就发现乐队中有国雄的身影，她发狂似地旋转着，音乐戛然而止，她也猛地倒在台上。

按：这是一部由张资平翻译的作品，原作是日本的冲野岩三郎创作的，张资平将其占为己有，除了说明张的厚颜无耻外，实在不知道还能说明什么。

7月 **张资平的《脱了轨道的星球》由上海现代书局初版，1—4000 册。**

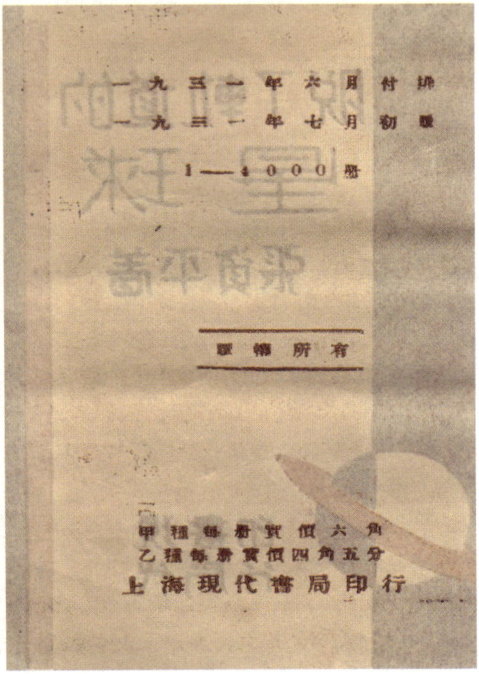

梗概：“我”的家乡在岭南，高祖父曾显赫一时，但到了祖父和父亲这两代已家道中落了。为了生活，父亲决定在邻村开一家蒙塾。“我”跟在父亲身边读书，后来又进了教会办的广益学堂读书。一天，父亲打听到省城的测绘学堂开始招生了，便送“我”去省城。结果“我”通过了初试，却在复试中败下阵来。回家后，“我”努力学习，文化水平有了很大提高。因经济困难，“我”先考了一个普通师范，混了两个月后，同时报考了清华预科和高等巡警学堂。“我”考入巡警学堂后不久，清华预科也发榜了，“我”可以参加复试，但一来无力筹措路费，二来担心如未被录取将生活无着，于是“我”放弃了进京复试的机会。为了一件夹袍，“我”替一位考生做“枪手”，这在当时并不稀奇。社会在剧烈地变动，人们革命的热情也在高涨。“我”是一个十七八岁的青年，对时代和社会却漠不关心。有的人投身革命，有的人一门心思追求功名，而“我”像一颗没有轨道的星球，漫无目的地在空中乱碰乱撞。

按：这是作者的自传体小说，原计划写三部，但只完成了这一部，所谓“星球”便是指他自己。作者写自己早年贫穷的生活和苦学的经历，自然得心应手，一些记叙甚至可做早期中国现代教育的史料来读。就叙事而言，虽有平铺直叙之感，却无多角恋爱的俗套，与张资平以往的小说迥然有别。小说将作者青少年时期的生活与时代的变革联系起来，叙述自己及家人的生活轨迹，营造平实感人的艺术氛围，颇为可贵。

7月 溜子在《文艺杂志》第 1 卷第 2 期发表《评陈铨〈天问〉》一文，认为《天问》“替中国新的小说杀出了一条新的血路”。“这新的血路是甚么？那就是所谓‘结构的小说’。”“全篇没有一段无用的情节，没一个闲人，没一章不重要的描写，几乎全与主要的人物有紧密的关系。”不过，小说的对话写得差，人物的塑造也不怎么成功。最后，作者认为：“在将来的小说史上，这部《天问》单凭它的结构就要占重要的一页。我们敢预言，将来的长篇作者会要走到他这同一的路上来。”

按：说《天问》没有闲章闲笔当属过誉，但说其结构精当确实不为过，其预言亦有先见之明。

7月 沈从文的《阿丽思中国游记》(第二卷)由上海新月书店印行第三版。

7月 彭学海的《失踪者的情书》由上海大中书局初版。

7月 超超的《小雪》由上海亚东图书馆印行第六版。

8月1日 火雪明的《薏》第 1—6 章刊于《创作月刊》第 1 卷第 4 期。

8月10日 上海光明书局在《明珠与黑炭》第三版页末印《上帝的儿女们》

的广告："张资平氏最伟大的长篇创作　集恋爱文学之大成！达技术描写之尖端！歌德的成名，是由于《少年维特之烦恼》一部小说；但丁的成名，是由于《新生》一篇叙事诗，张资平氏之在现代中国文坛，其成功和成名的基础作品，就是这一部廿万余言的最初的杰作！《上帝的儿女们》，是张资平氏积数十载之经验，穷十年间的精力写成的作品，暴露了宗教道德的实际内幕，揭发了性爱肉欲的狂乱状态，并展开了政治社会的黑暗势力。这一部作品是文学以上的伟大文学！这一部作品是具有社会价值的深刻意义！现实社会在这儿打着基础！新的文学在这儿划一时代！"

按：除"暴露了宗教道德的实际内幕，揭发了性爱肉欲的狂乱状态，并展开了政治社会的黑暗势力"尚且算是符合实际，其他皆为夸张的广告宣传语。

8月10日　张资平的《红雾》由上海乐华图书公司印行第三版，5001—7000册。

8月10日　张资平的《明珠与黑炭》由上海光明书局印行第三版。

8月10日　张资平的《天孙之女》由上海文艺书局印行第四版，7001—9000册。

8月15日　《申报》刊载《热情的书》的广告："这儿完全是一个女教师的口中的故事，是五十余封写给她的远地的情人的热烈温存的书信，很真实地，很勇敢地，写着她的心中所要说的一切，可以代表前进的现代女性的典型，读她这一部全稿，简直是会使自己融化在它的感情的氤氲之中，同时给自己充分地认识恋爱的本质和人生的意义。书前并附加了一篇《从恋到爱》的故事，说明了《热情的书》的历史和来源。"

8月17日　天猿在《文艺新闻》第23号发表《鬼土里的形色——张天翼：〈鬼土日记〉》一文，认为："这是值得读的创作！它是以戏谑的没有阳世的道德，伦理和严肃；humour的态度、笔调，所写出的摄映、社会民主主义政治（democeratie）的暴露文学；用浅白轻快的辞句构成了以日记体创作的过去颇少见的特殊的技巧。它的内容，是介绍鬼土的社会组织，政治形态；

上流人与下流人的矛盾，上流人与下流人的斗争——是一个人‘走阴’之后所看见的鬼土中的形色。不过，读者们聪明：那日记的虽然是鬼土，而事物则该知道即是阳世的真实吧。”

8月 黄英主编的《现代中国女作家》一书由上海北新书局出版。方英（即钱杏邨）在《绿漪论》一文中指出，杜醒秋“是一位神经质的女性青年。她的性格是脆弱的，虽然在有一些时候也显得坚强；她的行动是‘浪漫不羁’的，虽然在有一些时候表示的非常规律。这个女性，虽说具有‘慷慨悲歌的气质’，‘含有野蛮时代男人的血液’，但在《棘心》一书里，终于不免是一个‘多愁善感’的女性”。“也就因为这个原故，她的生活形态，也不免和其他的女性作家一般无二。”“她的生活形态是仍旧惯的——第一，生活在母爱的抚育里；第二，生活在自然的陶醉里；第三，生活在狂热的恋爱里。”《棘心》“不外是关于这三种生活的讴歌”。他还认为：“特殊的是，在她的著作里，关于自然描写最多，而技术的成就特好，这一点也足证明她的‘醉心自然’。”不过，“苏绿漪所表现的女性的姿态，并不是一个新的姿态——五四运动当时的最进步的资产阶级的女性的姿态”。“在苏绿漪笔下所展开的姿态，只是刚从封建社会里解放下来，才获得资产阶级的意识，封建势力仍然相当的占有着她的伤感主义的女性的姿态。她笔下所展开的，是这样的人物。”

按：确实如此。

8月 陈一夫的《春天的落叶》由上海新智书局再版。

9月1日 莫芷痕在《开明》第35期发表《读叶绍钧的〈倪焕之〉》一文，认为：“作者抓住了中国这空前的大时代而竭尽全力描写的。‘时代’是《倪焕之》在上演的舞台上底背景，再加上各样的角色，来演这大时代过程中人情世态底演变。于是构成了这伟大的戏剧。”“金佩璋小姐是近十几年来中国女学生的典型。”“综观《倪焕之》全书，似乎可以分为两部分，以第十九章为界线。十九章以前为静的，叙述较为具体，结构非常严密；十九章以后为动的，叙述偏向抽象，事件上虽然革命的高潮涨起了，但结构却比前半部宽松了。然而《倪焕之》的艺术，却是成功了的。”

9月10日　《申报》刊载《群星乱飞》的广告："张资平先生的小说何以震荡了一般青年男女的心弦？这是因为张先生把捉着了青年男女的恋爱心理的缘故。他的短篇集《梅岭之春》，他的长篇《苔莉》，曾怎样地使读者不忍释手呵！这里又是一部惊人的长篇《群星乱飞》出版了。题材是更现代的，描写是更大胆的，结构是更奇突的。主人翁是一个被经济所迫而去做舞女的软性的女子，你看她是怎样地由温良的性格逐渐变成放诞的浪漫？你看她是怎样地反抗顽劣的家长而完成了一己的恋爱？由单纯的爱走到多角的爱，而卒由危险的多角爱脱逃了。主人翁是现代的女子，主人翁的经历可以说是现代一般女子易遭的经历。现代的青年男女们，请来看一看著者是怎样地把你们的影子描写在这本书里了。凡加入光华读书会为特别会员者一律赠送一册。"

9月13日　《申报》刊载《脱了轨道的星球》的广告："这是张先生最近脱稿的长篇创作。内容描写作者的生平的故事，详尽靡遗。欲了解张先生者，请一读此书。"

9月15日　《申报》刊载《二马》的广告："本书是以琐细的事故，轻婉的笔尖，写中英民性之短长，新旧思想之转变，以伦敦为背景，恋爱为穿插，有景有情，还带着些恰到好处的幽默。比不得那一类留东、留西的外史。这里并没有恶辣的谩骂，更不曾揭发过什么人的阴私；总之，这是不能给人做索引的书。作者的态度是极诚恳坦白的。读过《老张的哲学》及《赵子曰》二书的人，更不可不一读此书。"

9月20日　董龙（即瞿秋白）在《北斗》创刊号发表《画狗罢》一文，认为："最近出的《鬼土日记》却有点使我们失望。""第一讲到题材方面，这是鬼神世界。问题不仅仅在于'鬼神'，而主要的还在于'世界'。""当做小说看，就不能够不说题材方面是很不适宜的。""第二，这《鬼土日记》的名称已经告诉我们：这本小说里面是'鬼话连篇'的。这并没有什么。这是无可奈何的鬼话！与其说了人话就去做鬼，倒不如说着鬼话做人。但是，这里可暴露一个很大的弱点——就是作者自己给自己的'自由'太大了。'鬼土'里面没有一个真鬼。幻想的可能没有任何的范围。这固然是偷巧的办法，然而也是常常容易吃力不讨好的。”

9月20日 李易水（即冯乃超）在《北斗》创刊号发表《新人张天翼的作品》一文，认为：“《鬼土日记》是一个纯粹资本主义社会的缩图——漫画化了的缩图。可是，世界上不会有纯粹的资本主义社会，即使是阿美利加，因此，作者所讽刺的不是欧洲美洲实在存在的那一个社会，而是作者自身空想的纯粹资本主义社会，这首先失掉了他的讽刺文学的价值。”

9月 王志之的《爱的牺牲》由北京文化学社再版。

9月 张资平的《爱力圈外》由上海乐华图书公司印行第六版，10001—12000 册。

9月 张天翼的《鬼土日记》由上海正午书局再版。

9月 张资平的《苔莉》由上海光华书局印行第八版，16501—18000 册。

10月10日 丁丁的《浪漫的恋爱故事》由上海现代书局初版，1—1500 册。

梗概： 嘉卿是一位风流浪漫的男士，他长相俊美，特立独行，亲近女性，

这使他收获了许多女子的爱，也屡遭失恋的惨痛，更为人所非议。小说回忆了他早年的恋爱经历——在古城C城上中学的嘉卿因情爱小说的启发而春心萌动，他想寻得一位女朋友，于是以想要一双针织手套的名义与L女中的同乡钱、程二女士通信，并与钱女士相爱。二人的交往虽引得L女中的同学侧目，但他们却度过了一段甜蜜的时光。之后，嘉卿到S城上大学，此时的他陷入了灵与肉的苦闷：他在与程女士恋爱期间，与另一位女士琴子发生了关系。不久，程女士故意将钱女士已订婚的消息泄露给嘉卿，软弱的嘉卿不顾钱女士的哀求，果断与她分手。在S姑娘的撮合下，嘉卿和程女士开始了异地恋，然而嘉卿的挚爱仍是钱女士，始终对她念念不忘。假期中，嘉卿和程女士相聚并发生了关系，二人度过了一段浪漫的时光。此时嘉卿的恋爱观已经从“纯灵”变成“灵肉结合”了。在返校途中，嘉卿邂逅了陆女士，与之发生了关系。不久，程女士的家人决定将她许配给留学归来的大学教授，得知这一消息的嘉卿失去了面对爱情的信心，遂投江自杀，后被救起。嘉卿醒来时，程女士和他的三位好友都在病床前陪着他。

按：丁丁（1907—1990）即丁嘉树，这是他的一部以青春、恋爱、成长为题材的小说。小说围绕嘉卿展开了对灵与肉的冲突的分析：“纯灵”的恋爱固然神圣，但它却压抑着人的天性，灵肉的结合才能让爱情进一步深化。作者细腻地描写了嘉卿和他身边的几位同学在青少年时代所经历的求爱、失恋、为爱痴狂等一系列体验，整部小说洋溢着青春活泼的气息，又带有淡淡的伤感色彩。在人物形象方面，小说的男主人公嘉卿是典型的“贾宝玉”式人物，作者有意地在这个人物身上投射了贾宝玉的影子：他厌恶男子，亲近女儿家；他从不流泪，自称泪水早在前世流干；他个性洒脱，却又深陷爱情泥沼。嘉卿是个脱俗又未能免俗、悲情又浪漫的“多情种”。不过，除男主人公外，其余人物形象的塑造都较为平面化。在叙事策略上，小说采取了舒缓的日常叙事节奏，不仅描写了男女主人公交往的细节，且不厌其烦地讲述嘉卿与友人游览风景名胜的经历，营造了小说闲适与诗意的气氛。然而，作者重点描写青少年的性苦闷，遂滑入对性的戏谑及无节制的书写，以致无法在肤浅的性描写之上对“灵与肉”进行更辩证深入的思考。

10月18日 《申报》刊载《浪漫的恋爱故事》的广告：“这是叙述一个都市中的极浪漫的青年，他曾经接触四十多个个性不同的女性，描写得极为活跃，就这一点，也就可知内容是怎样有趣了。”

10月20日 知诸在《现代文学评论》第2卷第3期、第3卷第1期合刊发表《巴金的著译考察》一文，认为：“《灭亡》的确是一部近几年来不可多见的长篇，在作者的笔下都给他们一个细致的描写，对于每个人物都与之以生命的力，因而便能博得不少的感动，而能打动你的心。”“杜大心，可以说是作者理想化了的人物，这种人物在现代的中国社会中是寻不出来的，但照实际上说，这种人物也并非中国所需要的。可是作者将他写得很好，不独使读者随时受他的感动，并且随时使读者要对他加以巨大的同情。”“在书中，作者极力描写杜大心的意识出发点是基于‘憎’之上，但，‘杜大心’果然憎恶世界吗？不，决不；我们与其说他憎恨世界人类，还不如说他可怜人类，热爱世界来得确切些。唯其爱得太利害了，所以憎得也到极顶了。这样，便是杜大心‘憎’的解释。”

10月20日 激厉在《现代文学评论》第2卷第3期、第3卷第1期合刊发表《评〈脱了轨道的星球〉》一文，认为该作“是张资平的创作史上的新页”。作者“将残余的封建势力的最后挣扎作巨大的暴露”是值得肯定的，所谓“星球”便是指他自己。“不过，有一点，是张氏的最大的谬误，不独本书，在任何的书他都是随着个人的意识来对于现社会，对于他所认为对象的人物，作一种比‘讽刺’更明显的谩骂。”

10月20日 张资平的《上帝的儿女们》由上海光明书局再版。

10月25日 巴金的《雾》始刊于《东方杂志》第28卷第20号，至12月10日第23号毕。

10月 **金满成的《爱欲》由上海光华书局初版，1—2000册。**

梗概：26岁的旬九居接到未婚妻谢春和的一封信，说她将把一生献给革命事业，不可与九居结婚，让他断了念想。旬九居原打算端阳节在家里成婚，

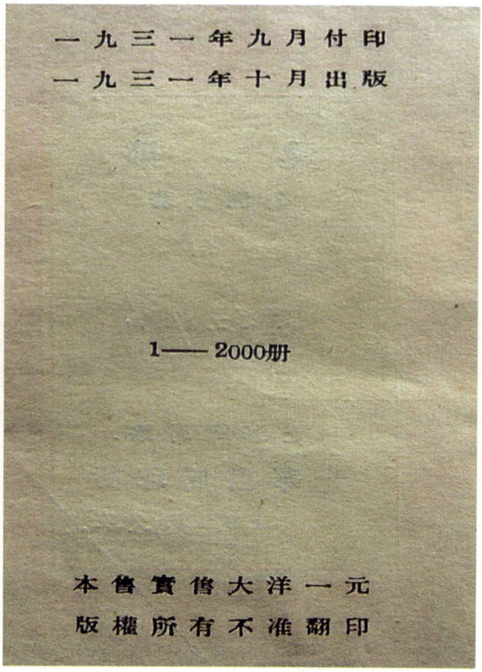

此时觉得在家里已没有意义了，于是他找到同学郭开明，要求参加革命。郭开明与县党部书记张龙元一起介绍旬九居加入了革命党。由于郭、张二人的推荐，旬九居很快在第六军政治部担任少尉书记一职。听了文军长的革命演说，他很振奋，但又觉得言不尽意，就以军长的讲话精神为旨要，撰写了一篇长文，正巧被刘科长看到，并转给了军长。军长很欣赏旬九居，升他为上尉科员，该文章随后以军长的名义在军部的刊物上刊发。不久，部队到了铫州，因工作需要，军长任命旬九居为临时政委会主任，留守铫州。旬九居上任后，秉公办事。一天，一个不知名的女子打电话让旬九居到民生医院去，说是有要事告诉他。他去了后，这女子突然说很爱他，九居拒绝了她的爱，女子连夜离开铫州，前往上海，留下一张纸条，说她叫金石心。事后旬九居才知道她是军需长刘铭的妻子。后来，旬九居顺应民意，将土匪头子沈志邦抓获，决定公开枪毙。面对赵团长、张秘书和商会刘会长的求情与胁迫，他不为所动，但因赵团长坚决反对，公开枪决的计划落了空。他认为赵团长受贿，遭到赵团长手下的枪击，旬九居连忙逃走。这时，谣言四起，革命党内讧，旬九居逃往上海，改名旬未觉。在上海，旬九居又遇见石心，两人很快擦出情感的火花，石心趁丈夫不在的时候与他偷情。旬九居曾鼓动石心与他私奔，但信奉享乐主义的石心没有同意，于是他决定离开她，到燕京去从事革命活动。石心与旬九居的私情被刘铭察觉，刘铭本想杀死石心，后希望她能回心转意，但石心心硬如石，坚决与他离了婚。石心得知旬九居的消息后，立刻前往燕京找他，谁知旬九居因一篇文章被赵团长拘捕。正在大家设法营救旬九居时，旬九居被秘密枪毙了。

按：这是金满成（1900—1971）一部探讨什么是革命、革命者应当怎样革命的记录时代的作品。主人公因失恋而参加革命，忽略了社会以及革命本身的复杂性，难免在残酷的现实面前败下阵来。于是，他退而躲进自构的爱情之塔，或消沉、或沉湎、或伤悼、或奋起。小说真实地反映了革命年代部分软弱的知识分子在复杂的社会面前游移的价值取向和飘忽的精神状态，也是特定时代青年知识分子参与革命的写照。小说线索清楚，结构完整，但后半部情节理想多过写实，有知识分子顾影自怜之嫌。

10 月 茅盾的《虹》由上海开明书店印行第四版。

10 月 巴金的《灭亡》由上海开明书店印行第三版。

11 月 1 日 《新时代月刊》第 1 卷第 4 期刊载消息《庐隐女士近讯》：“女作家庐隐近脱稿一长篇小说《象牙戒指》，按期在《小说月报》发表。她将仿《爱的教育》体裁写一篇《艺林潮》，闻其内容系描写学术界，教育界的生活。”

11 月 1 日 张资平的《最后的幸福》由上海现代书局印行第十一版，19501—21500 册。

11 月 10 日 潘小平在《新学生》第 1 卷第 6 期发表《张资平先生的〈爱力圈外〉》一文，认为《爱力圈外》是张资平的创作主题从三角恋爱转到社会问题的一部小说，不过作者表达个人情绪时不顾读者的阅读体验，情绪也未能与情节很好地结合起来，但主人公的心理描写还不错。

11 月 19 日 《申报》刊载下列作品的广告。

（1）《爱欲》：“金满成氏的作品曾博得了多少青年男女读者的热烈的欢迎，原因何在？是在作者描写青年男女在恋爱期中的心理最活跃，最生动的缘故。《爱欲》是金满成氏最近的力作！这里描写革命，恋爱，阴暗的权威，青年的热血，这里描写普遍的人生苦痛和少数人的享乐作福。本书的男主人公是一个忠实于革命的典型的人物，本书的女主人公是一个行动奇特而思想澈底的人物。由这两个人交织成了一些可歌可泣，又悲又愤的故事。苦闷的青年读者们，请在本书中找一些足以使你们满意的刺激吧！”

（2）《群星乱飞》：“一个受经济压迫而去做歌舞明星的妙龄女子，由她的不平常的生活我们便可以推测她定会有一些浪漫的故事发生。在歌声与美酒的诱惑中，同时又在父亲的贪暴和母亲的慈爱中，我们看这妙龄的舞女怎样在这风浪中颠簸，又怎样挽救了她自己自危险的深渊！这是部为摩登少女写照的作品。作者张资平氏以善于描写女子的心理著称，请看作者在本书中描写少女的心理到若何精妙的程度。”

11月20日 张资平的《飞絮》由上海现代书局印行第十三版，25001—27000册。

11月 护在《中国新书月报》第1卷第10—11号合刊发表《群星乱飞之月旦》一文，认为：“《群星乱飞》的确有转换了一种趣味，一方面是描写女性，一方面是描写一般人的嗜利和对于儿女婚姻问题之不了解，终于陷害了许多有关系的人，自己也莫得到什么好果。”

11月 张资平的《群星乱飞》由上海光华书局再版，3001—5000册。

12月5日 叶灵凤的《未完的忏悔录》始刊于《甜心》第24期，至1932年1月16日第29期（未完）。

12月27日 《申报》刊载《小说月报》的广告：“本报自从第十二卷革新以后，无时不在努力改进，期能发扬光大我们的新文艺。现当第二十三卷开始的时候，谨将本卷特点略述于后……长篇创作　本卷中将同时刊载三部杰作：（一）巴金的《新生》。这是《灭亡》的续篇，用了新的形式，混合了作者的血和泪，成就了这十万字的结晶。（二）老舍的《大明湖》。在这篇作品里，可以看见作者的心理的刻划的异样精细。（三）逃墨馆主的《夕阳》。这是一篇将近三十万字的新作家的处女作。”

按：惜商务印书馆在一·二八事变的战火中被毁，三部长篇小说虽刊于《小说月报》新年号上，但未能出版。后因《新生》有底稿，巴金此作品在开明书店出版。老舍的《大明湖》未留底稿，后改写为短篇小说《月牙儿》，另行发表。逃墨馆主（即茅盾）的《夕阳》也有底稿，且只交出了前两章，故另名《子夜》，由开明书店出版。

12 月 张资平的《北极圈里的王国》由上海现代书局初版，1—3000 册。

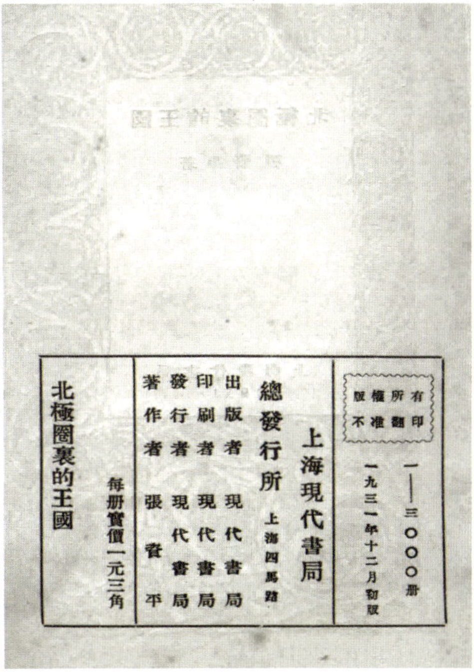
版權所有
不准翻印
一——三〇〇〇冊
一九三一年十二月初版
上海現代書局
總發行所 上海四馬路
出版者 現代書局
印刷者 現代書局
發行者 現代書局
著作者 張資平
每冊實價一元三角
北極圈裏的王國

梗概: 北极圈里有个秽芜王国，那里的百姓是黄种人后裔，忠君思想强烈。主人公左信是渔夫之子，在教会学校长大，后认识了富家小姐陆瑶媛和陆碧媛，并对她们产生了爱慕之心。左信经布桂星介绍，到权贵家庭布家当书童。在布家，他赢得了小姐布桂薇的喜爱，但他和女仆兰儿关系暧昧，随后被逐出布家。因生活无着，他大醉于东村酒店，这酒店恰是该国的政治中心。国王的情妇莎丽收留了他，让他当皇后宫的事务工，让他为白桂元帅服务，推翻弥穆公爵的政权，牺牲恋爱，为国家出力。一夜，左信被同事萧均带去跳舞场，自此开始了淫乱堕落的生活。他靠着与皇太后、莎丽、瑶媛、碧媛等女性的性关系在各派力量之间周旋，企图升官发财。同时，左信也看到了这个社会的种种丑恶现象：政治腐败，伦理崩坏，党派之争十分激烈。这里的人们除了用金钱，还用女色去笼络人，以此达到升官发财的目的。左信在各派系之间周旋，最终死于枪下。

按：这又是张资平一部胡编乱造的作品。故事发生在北极圈里的“秽芜王国”，作品有一些影射黑暗现实的部分，但主要还是充满肉欲气息的“恋爱”故事，情节纯属臆造，主人公左信的多角恋爱荒诞不经，张资平将反动政权的领导者全描绘成淫棍，军政要人全靠复杂的性关系上位，掩盖了反动政权的本质。张资平对于社会政治问题并无深刻的见解，他编造的这篇稀奇古怪的故事思想格调不高，淫荡的情节接连出现，几无任何积极意义可言。

12 月　伏志英在上海现代书局出版其主编的《茅盾评传》一书，其中，普鲁士在《茅盾三部曲小评》一文中认为这三部曲写得马马虎虎，能够让读者看完，内容丰富，技巧熟练，但很难说是好作品。若从革命文学的角度来看，它算不得一部彻底的革命文学作品，因为茅盾没有彻底地认识中国革命。“茅盾对于中国革命的内涵是没有清楚的认识，他只就主观的去批评这个时代的外形，他描写在这大时代中的革命青年，一个个追求，一个个动摇，一个个幻灭，这本来是时代一部份的现象，但作者没有把握得澈底革命者的意识，去批评这个现象的由来，所以，他这三部小说给读者的影响，只是引起对于革命认识不清而消极，而幻灭的青年同调的叹惜，没有会给这些青年积极的，更热情于革命的激发。”另外，“伟大的时代进展的很快，他的思想没有会随着时代的飞跃有所转变。中国 1927 年革命的失败，是有它社会历史的必然性，澈底的革命者，在这失败的教训之下，应当更奋发努力他的使命，绝对不会对它发生动摇，幻灭的消极观念。作者的三部曲所以不能算好的革命文学作品，是为作者思想所限定的。”

1932 年

1月15日 邱韵铎的《热情的书》由上海光明书局再版。

1月20日 钱杏邨在《北斗》第2卷第1期发表《一九三一年中国文坛的回顾》一文，认为《鬼土日记》“这一部小说所描写的，也都是些公式化了的社会的浮面的现象，作者没有除去覆布，本质的表现着它，所以，读者没有方法认取他所描写的国度。讽刺文学的产生是需要的，但必需是本质的深刻的讽刺，像《鬼土日记》这样的讽刺，是使读者感到浮浅”。“老舍虽发表了《小坡的生日》，可并无新意。”

1月20日 《北斗》第2卷第1期刊载《地泉》的再版广告：“《地泉》是华汉先生的三部曲，是一部反映大时代底力作。”《深入》“是一九二八年来农村斗争深入的一幅壮美的活画。豪绅、地主、贫农、富农、小商、村妇等人物，作者在书中都活生生的描画出了他们真实的面相”。《转换》是“1929年所著，写的是我们的苦闷时代的大转换。书中的一切人物，都在大时代之前，不断的转换，有的从堕落转换到光明，有的从学校转换到工厂，更有的从兵营转换到‘匪窟’”。《复兴》“写的是群众斗争的复兴，书中虽然出现了几个‘转换’中的人物，但主要的人物还是一般活跃生动的群众。全篇以某大城市的劳资斗争为经，以全国的群众斗争为纬，一步紧逼一步的，暗示出未来光明实现的闪影”。“现在本书已由本局重版，书前有茅盾、易嘉、钱杏邨、郑伯奇诸大家的批评及作者的自序（所有批评序文只载于合订本上），这不独对于本书给了一个适当的评价，即对于过去异军突起的新兴文艺也实行了一次正确的清算，诚一切爱好文艺的青年不可不读的一部文艺巨制。本书现刻正在改校中，不日即可付印。”

1月21日 《申报》刊载《北极圈里的王国》的广告："据作者自己说：'本书是超过于《上帝的儿女们》的一篇力作'；篇中材料是作者在海内外积二十年间的见闻，并加入所见于各种报章杂志上的记事，经作者之编制及润色，遂著成这一篇空前的奇特的作品。篇中描写贵族社会——如一国之元首及王侯将相等——之骄奢淫佚，中层市民们之狡诈狠毒，智识阶级之卑鄙无气节；流氓地痞之投机暴发，一跃而为有爵位者或大臣，贫民生活之惨痛流离等，把北极圈中的小王国的社会描写到淋漓尽致了！此外更织入贫富悬殊地位隔绝的爱人同志间的悲欢离合等情节，更是本书的特色中的特色。"

1月24日 《时报》发表《关系小说》启事："《时报》发表巴金先生底创作小说《激流》，在去年已有六个月，因为'九·一八'事变发生，多登国难新闻，没有地位续刊下去，空了近两个月，实在对不住读者和作者。""今天起决定抽出一部分地位，将此稿每天不断的刊登，继续于五六礼拜内登完，并已商请李先生再为我们担任撰作中篇小说。"

按：事实上，自1月24日到3月15日的近两个月内，《时报》并未做到"每天不断的刊登"，50多天中只载出了5期。3月16日起，才又比较连续地刊出了57期，至5月22日全部刊完。

1月30日 巴金的《雨》始刊于《文艺月刊》第3卷第1期，至6月30日第5—6期合刊毕。

1月 啸霞在《文艺杂志》第1卷第3期发表《从张资平说到白克珠夫人》一文，认为同样是写中国的人与事，张资平的小说写得"隔"，白克珠夫人反而写得更到位。

1月 张资平的《青春》更名《黑恋》，由上海现代书局初版，1—2000册。

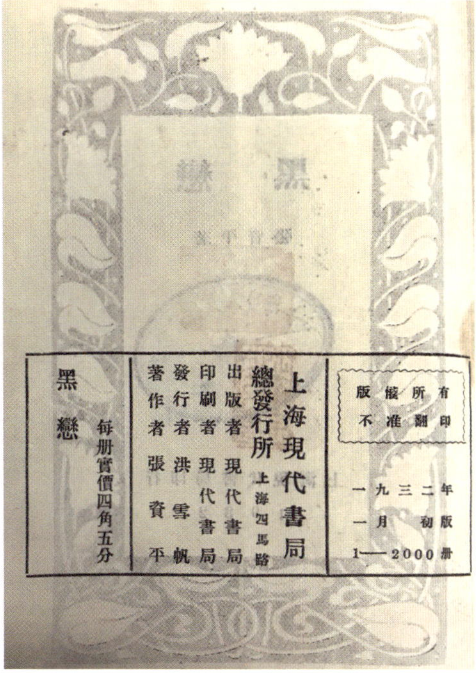

黑戀

張資平著

版權所有
不准翻印

一九三二年一月初版
1——2000冊

上海現代書局

總發行所 上海四馬路

出版者 現代書局

印刷者 現代書局

發行者 洪雪帆

著作者 張資平

每册實價四角五分

黑戀

1月 张资平的《脱了轨道的星球》由上海现代书局再版，4001—6000册。

2月 路冰露的《动摇的情侣》由上海文友社初版。

一九三二年一月付排

一九三二年二月出版

版權所有

實價七角五分

梗概：格子是一个资本家的四房的女儿，父亲去世后，格子受尽同父异母的哥哥的压迫与欺辱，终于选择拜别母亲，前往C埠开始大学生涯。受大学中新思潮的鼓舞，她接受了革命的洗礼，将全副精神交予集体。然而，1927年，革命力量的分裂又使她对革命产生了怀疑，因此她又转而投入社会科学研究中。1928年春，在好友露心的介绍下，格子与露心的哥哥幽灵相识。身为保守党领袖的儿子，尽管幽灵早已认识到社会的罪恶，但他无法公开抗争，只能整日酗酒以示反抗。幽灵对秀丽的格子一见钟情，而受尽压迫的格子也在幽灵身上看到了希望，两人间产生了爱情。然而，幽灵其实早已与一位旧式女子定下婚约，因此，在面对格子大胆的表白时，隐瞒订婚事实的幽灵往往采取躲避的态度，这使得格子一度伤心离开。幽灵终于发现自己再也不能欺瞒下去，解除婚约后再次找到格子，向她表明了自己的赤诚，两人定下白首之约并同居。同居半年后，幽灵想早日同格子结婚，而格子却自认为耽误了幽灵的远大前程。因此，格子留信一封，离开了两人的居所，搬到一个美丽的花园中。格子仍与幽灵通信，保持着精神恋爱，同时又与花园的守卫者昌黎恋爱。

格子的离开使幽灵伤心不已，而她与昌黎的恋爱使幽灵更为烦闷悲哀。幽灵走出家门散心，无意中在河边的贫民聚居区发现一位唱《国际歌》的少女戕英，他因戕英的歌声而爱上了她，也因此理解了格子和昌黎的爱情。幽灵在书中找到了快乐，建立了所谓的“灵物一体论”，决心寻找一条最正确、最有意义的革命之路，即所谓“幽灵主义”：要联合一切革命势力，将分裂革命队伍的野心家逐出革命的队伍。听了他的“幽灵主义”后，格子当即表示愿意做他的信徒。从此，格子从一个温柔的女子变为了一个冰冷理智的人，开始了她痛苦的生涯。她联合一切革命政党的计划被各党领袖斥为不合乎实际的空想。于是，格子不顾幽灵和昌黎的劝阻，决定踏上战场，无奈的昌黎只得跟随。加入和平军的格子在度过一个月痛苦的新兵生涯后，终于来到了真正的战场，闯过了枪林弹雨。在一次大战中，格子被炮弹炸伤，失去了双腿。在昌黎的护送下，她在A埠的医院被抢救过来。伤势稍好，她便要求昌黎通知幽灵来探望她。为了不让格子回到幽灵身边，昌黎私下扣押她写给幽灵的信件。因久久等不来幽灵的回信，格子越发焦虑，而和平军战败的消息更使她痛不欲生，终于亲自派人给幽灵送信。在信中，她要求幽灵弑父以挽救革命军的颓势。尽管因格子让自己弑父而痛苦伤心，但担忧格子病情的幽灵仍立刻乘坐飞机赶往A埠探望格子。谁知原本热切盼望幽灵到来的格子却拒绝了幽灵的探访，宣称要等幽灵完成“光荣使命”后才同意与其见面，痛苦的幽灵只得返回家中。面对慈爱的父亲，备受良心苛责的幽灵数次鼓起勇气枪杀他而失败，最终决定不杀父亲，写信给格子。就在幽灵出门寄信时，他被父亲审问和平军俘虏时的狰狞面目所惊吓，终于向父亲开枪。幽灵父亲死亡的消息震动全城，国家政要一致决定将幽灵处以死刑，而幽灵口袋中的信也暴露了他是被格子指使的。不久，格子也被押到刑场，两人被幽灵愤怒的胞兄亲手枪毙。两人死后，戕英跟随昌黎上了前线，继续为“幽灵主义”拼杀。最后，戕英不慎被炮弹炸死，昌黎则在炮火纷飞的前线继续征战。

按：路冰露（生卒年不详）的这部小说以大革命失败为背景，以格子与幽灵这对青年情侣曲折的恋爱经历与革命经历为线索，表现觉醒了的青年在大革命失败后对革命产生怀疑，却不知该向何处去的彷徨痛苦、忧郁愤懑的心境，同时对这些青年在经历动摇之后仍选择投身革命的勇气表示了肯定。小说的两个主要人物——幽灵和格子的形象十分鲜明。幽灵是一个觉醒了的青年形象，他的父亲是与革命势力对立的保守党领袖，因此他觉醒后的处境尤为艰难。他憎恶只求升官发财的上流社会，认为这个世界如同地狱一般，但身处上流社会的他却不被旁人所理解。他因坐火车时选择三等车厢而遭到父亲的痛骂，尊重下人却被认为是得了疯狂症，他感到痛苦、空虚。他是一个理想主义者，在大革命失败后，他提出了“幽灵主义”，想要联合一切革命势力，进行真正的社会变革。但他的理论流于空想，无法真正实现。同时，他重情重义、优柔寡断，在枪杀父亲前数次因亲情而动摇。然而，他努力寻求革命之路、试图进行社会变革的精神仍值得肯定，他身死后，其精神不死。格子则是一个投身革命的新女性形象，她同样出身于资产阶级家庭，但与优柔寡断的幽灵不同，她勇敢坚毅、干练果敢。面对哥哥的压迫，她勇敢地选择了出走，奔向更为广阔的世界。尽管大革命时期革命势力的分裂使她对革命产生了怀疑，但在接受“幽灵主义”后，她又果断奔赴战场，为实现“全人类的幸福”而拼杀。在即将被枪毙时，她也毫不后悔，仍认为尽管自己和幽灵将要死去，但枪杀保守党领袖必定有利于革命，会给人类带来幸福。小说语言奇诡瑰丽、情节跌宕，故事性强且叙述方法多样，杂糅书信、日记等体例，心理描写细致深入，把格子离开后幽灵的痛苦、枪杀父亲前幽灵的矛盾与纠结表现得十分细腻感人。但文中倒叙、插叙手法使用过多，使得故事线索稍显凌乱。此外，因幽灵的信和格子的日记占据了小说大量的篇幅，导致除幽灵和格子两个主要人物以外，其他人物形象流于扁平化和概念化。

3月2日 张资平的《爱之涡流》由上海光明书局印行第五版。

3月14日 建之在《山东民国日报》第68期发表《读了〈最后的牺牲〉以后》一文，认为：“他能把时代的背境，抓的很率周，社会的情形，看的很清楚，所以写来便能淋漓激昂，畅快无阻，把当时世风之昏聩，人心之险诈，及一切社会上的黑幕，一层一层的揭露出来，至于他个人的一种悲愤慷慨的气概，便又不知不觉的流露于字里行间，使读者不能不起一种兴奋之感。”“总之，这本书虽不能称为一部很完善的作品，但至少有它一部分相当的价值，在现在颓废荒芜的中国文艺园中，也可以说是一朵不常见的鲜花。”

3月20日 岂明在《鞭策周刊》第1卷第3期发表《莫须有先生传序》一文，认为:“我的朋友中间有些人不比我老而文章已近乎道……废名君即其一……莫须有先生的文章的好处，似乎可以旧式批语评之曰，情生文，文生情。这好像是一道流水，大约总是向东去朝宗于海，他流过的地方，凡有什么汊港湾曲，总得灌注潆洄一番，有什么岩石水草，总要披拂抚弄一下子，才再往前去，这都不是他的行程的主脑，但除去了这些也就别无行程了。”

3月 焦庆萱在《萌蕾》第2期发表《没光的月亮——评蒋光慈的〈冲出云围的月亮〉》一文，认为：“这本《冲出云围的月亮》只是立在小资产阶级的观点上去写一个浪漫女性的放纵而已。提不到是写什么无产阶级革命。”“总之，《冲出云围的月亮》称不起是‘现代’的文学作品。”

3 月 苏雪林的《棘心》由上海北新书局印行第五版。

3 月 茅盾的《蚀》由上海开明书店印行第三版（精装本）。

4 月 1 日 蒋光慈的《丽莎的哀怨》由上海现代书局印行第三版，4001—6000 册。

4 月 20 日 史秉慧编《张资平评传》由上海现代书局出版。

4 月 25 日 邱韵铎的《热情的书》由上海光明书局印行第三版。

4 月 30 日 **蒋光慈的《田野的风》由上海湖风书局初版，1—2000 册。**

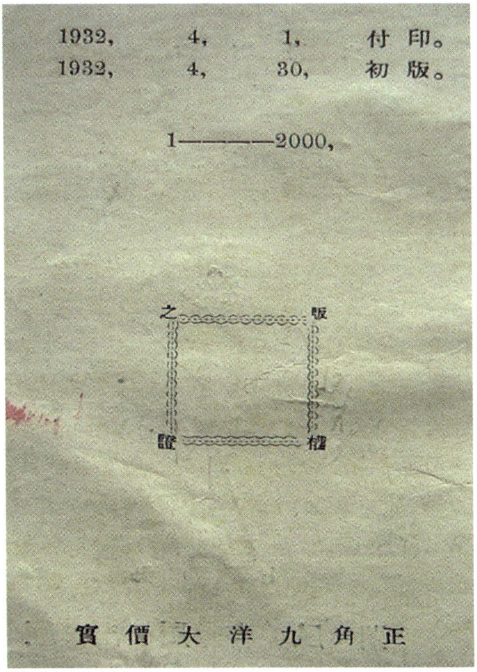
1932, 4, 1, 付印。
1932, 4, 30, 初版。

1——2000,

版權之證

實價大洋九角正

梗概：矿工张进德因组织罢工而被矿上列为重犯，为躲避追捕，他来到乡下。在国民革命风潮的鼓动下，村里的青年暗暗活跃起来，张进德也不失时机地宣传革命。一年前加入革命军的大地主的儿子李杰认为革命应从提高农民的觉悟做起，遂脱离了军队，独自回到家乡，与张进德一起商讨建立农会、维护农民利益的事。不久，农会成立，张进德被选为会长，李杰为秘书兼账房。李杰在农会尽心为农民着想，忍受着艰辛的生活，坚决断绝与家庭的联系，打消了农民的顾虑，农会的力量也不断壮大。这一切令李杰的父亲非常气愤，他决心除掉这“逆子”，但李杰父亲的阴谋被他的侄女——女师学生何月素听到，并告诉了李杰。于是，土豪的阴谋没有得逞，还被农民抓去游街，这大大打击了土豪的气焰，也鼓舞了农民的士气。正当农会准备进一步开展减租斗争时，马日事变发生，解散农会的命令使农友们心有不甘，他们决心组织农民自卫队，起来抗争。一直不信任李杰的李木匠主张烧掉李家楼，李杰明知如这样做，生病的母亲和十岁的妹妹就会无辜死亡，但为了农会的未来，还是忍痛同意了。这时，军队前来抓捕农会成员，反被张进德他们缴了械，于是大部队开始了大规模的围捕。为了保存自己的实力，自卫队成员在张进德的带领下冲出了包围圈，向革命根据地前进。不幸的是，李杰在这次战斗中光荣牺牲。

按：这是蒋光慈创作的一部以北伐革命为背景，展示中国农村如火如荼的革命情势的作品，它不是“革命＋恋爱”的想象物，而是从实际生活出发，细致地刻画早期农村革命的领导者与参与者不同的革命目的与革命要求的力作。小说中的主要人物形象如张进德、李杰等真实生动，其他不同类型的农民形象如流氓无产者刘二麻子等，也真实可信。小说艺术结构合理，线索清晰，情节跌宕起伏，当为蒋光慈的代表作，也是早期表现农村革命风潮的一部较为优秀的作品。

4月　废名的《桥》由上海开明书店初版。

梗概：小说分为上、下两篇，下篇共九章，未完。上篇写程小林自幼聪明好学，文章作得好，常得到老师的夸奖。一天，他到城外郊游时碰到史奶奶和她的孙女琴子，史奶奶热情地款待了他。不久，史奶奶和小林的母亲按乡下的风俗给小林和琴子订了婚。史奶奶送小林一头牛，小林在史家住了几天，他或教琴子写字，或到野外看村庙、看灯火，非常快乐。下篇写十年后，流落在外的程小林回到家乡，变成了一个消极厌世的人。他整天和琴子及表妹细竹一起玩，游山逛寺、赏花赋闲、参禅悟道。虽有惜时伤逝之情，却也有怡然自得之趣。

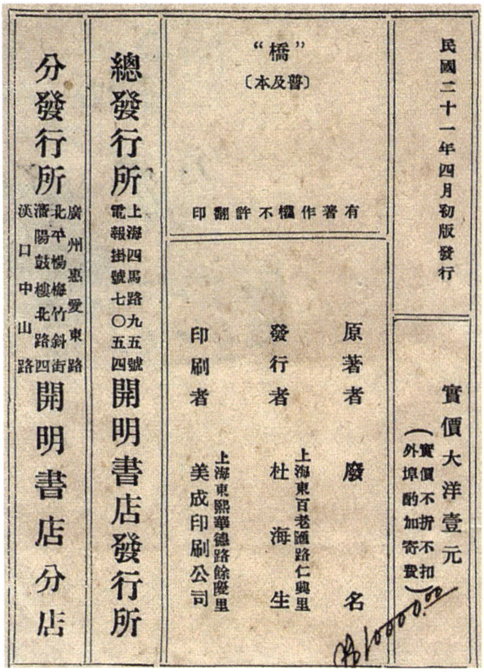
民國二十一年四月初版發行

實價大洋壹元
（實價不折不扣
外埠酌加寄費）

"橋"
〔普及本〕

有著作權不許翻印

原著者 廢名

發行者 杜海生
上海東百老滙路仁興里

印刷者 美成印刷公司
上海東熙華德路餘慶里

總發行所 上海四馬路
電報掛號七〇九五四號
開明書店發行所

分發行所 廣州惠愛東路
北平楊梅竹斜街
瀋陽鼓樓北四路
漢口中山路
開明書店分店

按：废名（1901—1967）的名字是与现代诗化小说紧密地联系在一起的。虽然现代抒情小说的源头可以追溯到鲁迅那里，但诗意的乡村书写却是在废名这里发扬光大的，周作人冲淡平和的哲学也是在废名这里得以传承的。周作人骄傲地说废名是他的得意门生之一，不仅为他的小说集作序与跋，还对他的小说推崇备至：“冯文炳君的小说是我所喜欢的一种”，“我觉得废名君的著作在现代中国小说界有他独特的价值者，其第一的原因是其文章之美”。的确，废名小说所表现的牧歌情调以及文中所透出的禅趣与诗意是美的，是开风气之先的。周作人认为，若从文体变迁的角度去欣赏美文的意境，就会把美文看得更清楚，也更觉得它有意义。在《桥》中你会发现，废名看重的不是故事，而是一种情趣、一种诗境、一份禅意，一幅人与自然的美丽画卷。小说形似散文，清新隽永，虽有曲折、晦涩之感，却曲径通幽、诗意盎然，每章都如一幅精美的山水画，可单赏，可连观，虽跳跃性强却文脉相连，令人爱不释手。小说写主人公游山逛寺、赏花赋闲、参禅悟道，莫不流溢温情，虽有惜时伤逝之情，却也有怡然自得之趣。这种田园牧歌式的吟唱，这种空灵跳跃的禅意抒发，这种唐人绝句式的书写思路，在新文学初始期的小说中，可谓别具机杼。当然，废名的这一探索对于看惯了小说的故事性的读者来说，确实有些不适应，文中大量的留白与带有禅宗意味的意境，难免给人以“曲折”与“晦涩”之感。但《桥》的诗境、画意、禅趣交相辉映，相得益彰，开一代文风，对中国抒情小说的发展产生了深远的影响。仅就长篇小说而言，萧红的《呼兰河传》与孙犁的《风云初记》都可在这里找到源头。

4月 茅盾的《蚀》由上海开明书店印行第四版（普及本·分册）（文学周报社丛书）。

4月 张资平的《苔莉》由上海光华书局印行第九版，18001—19000册。

5月7日 盛明在《社会与教育》第3卷第24期发表《穆时英与张天翼——两个新作家》一文，认为：“在一个中篇《鬼土日记》，跟另一些短篇（如《稀松的恋爱故事》）当中，他用着讽刺的笔，刻画到资本主义社会的各面相。在这一方面，作者的笔是没有写兵士生活，写青年生活，写小士官阶级那样的犀利有力了；这，很清楚，只是因为经验。要描写一个大的丑恶的横截面，我们是不能不期之于一个经验丰富异常的作者：这需要不断的观察、体验、与磨炼。而张天翼的年纪还很青很青。”“但从各方面看，张天翼至少是一个很有力量的‘同路人’，他有新的技巧，新的内容；他是从旧外套里解放出来的新的孩子。”

5月10日 松在《夜光》第1卷第4期发表《〈冲出云围的月亮〉读后》一文，认为《冲出云围的月亮》“给人们指出一条光明的路，那是一条坚决的奋斗的路，一条群众的‘伟大的集体’的革命的路。它说只有摇荡不定的有闲阶级及一般意志薄弱者才会灰色，失望，消极，悲观。一个革命者——为求生存的革命者，是应当硬得如铁一样，应当高兴得如春天的林中的小鸟一样，不悲观，不失望，肩起历史的使命，接近劳苦的群众，努力，奋斗！如果能这样，那末在那些寄生虫的有闲阶级的面前，迟早总有高唱胜利之歌的一天的。一个人只要你时常和群众接近，以他们的生活为生活，以他们的情绪为情绪，继续着奋斗，那你是一定能得到最后的胜利的。而且，虽然有时‘集体’

之中的零个分子会死亡，但是伟大的集体是不会死亡的。它一定会强固地生存着。群众的革命的浪潮正在奔流着啊”。“同时它还说，除了这条路子以外，殊不能再找出任何一条比较走得通的路子来。”

5月22日 巴金在《时报》发表《〈家〉后记》，说：“《激流》底第一部《家》从四月写到现在，写完了。这只是一年以内的事，却占了这样长的篇幅，这是出乎我底意料之外的。然而单从这一年的大小事变底描写，我们已经可以看到一个正在崩坏的资产阶级家庭底全部悲欢离合的历史了。这里所描写的高家正是这类家庭底典型，我们在各地都可以找到和这相似的家庭来。”“有不少的人以为这是我底自传，其实，这是一个错误。小说里的事实大部分是出于虚构，不过我确实是从和这相似的家庭出来的，而且也曾借了两三个我认识的人来作模特儿。”“用了二十三四万字我写完了一个家庭底历史。假如我底健康允许我，我还要用更多的字来写一个社会底历史，因为我底主人公是从家庭走进到社会里面去了。如果还继续写的话，第二部底题名便是《群》。虽然不一定在何处发表，总有机会和读者见面的。”

5月28日 黄震遐的《大上海的毁灭》始刊于《大晚报》，至9月11日毕。基本上每天刊载一节，每节有小标题。

5月 周阆风的《农夫李三麻子》被国民党以“鼓吹阶级斗争”为由查禁。

5月 巴金的《雾》由上海新中国书局初版。

6月10日 茅盾的《子夜》第2章以《火山上》为名刊于《文学月报》第1卷第1号。

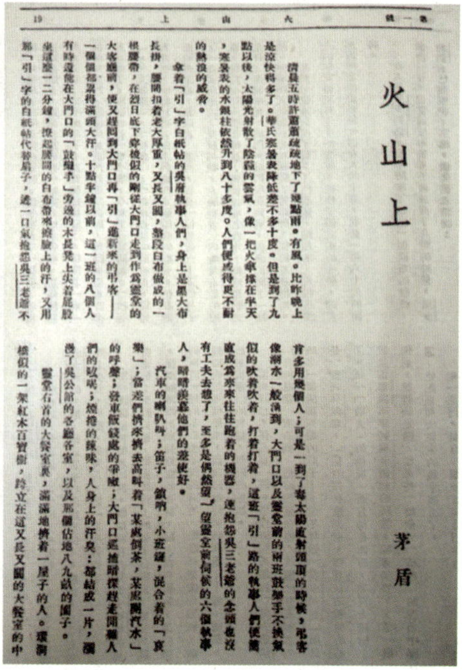

第一號　火山上　19

火山上

茅盾

清晨五時許還[illegible]疏疏地下了幾點雨。有風。比昨晚上是涼快得多了。華氏寒暑表降低差不多十度。但是到了九點以後，太陽光射散了陰霾的雲氣，像一把火傘撐在半天，寒暑表的水銀柱依然升到八十多度。人們便感得更不耐的熱浪的威脅。

拿着「引」字白紙帖的吳府執事人們，身上是黑大布長掛，腰間扣着老大厚實，又長又闊，整段白布做成的一根腰帶，在烈日底下穿梭似的剛從大門口走到作爲靈堂的大客廳前，便又趕回到大門口再「引」進新來的弔客——一個個都累得滿頭大汗。十點半鐘以前，這一班的八個人有時還能在大門口的「鼓樂手」旁邊的木長凳上尖着屁股坐這麼一二分鐘，撩起腰間的白布帶來擦臉上的汗，又用那「引」字的白紙帖代替扇子，透一口氣抱怨吳三老爺不肯多用幾個人；可是一到了毒太陽底射頭頂的時候，弔客像潮水一般湧到，大門口以及靈堂前的兩班鼓樂手不換氣似的吹着吹着，打着打着，這班「引」路的執事人們便簡直成爲來來往往跑着的機器，連抱怨吳三老爺的念頭也沒有工夫去想了，至多是偶然望「望靈堂前伺候的六個執事人，暗暗羨慕他們的差使好。

汽車的喇叭叫；笛子，鎖吶，小班鑼，混合着的「哀樂」；當差們擠來擠去高聲叫着「某處倒茶，某處開汽水」的呼聲；發車飯錢處的爭吵；大門口巡捕暗探趕走閒雜人們的吆喝；[illegible]的辣味，人身上的汗臭：都結成一片，彌漫了吳公館的各廳各室，以及那個佔地八九畝的園子。

靈堂右首的大餐室裏，滿滿地擠着一屋子的人。環繞樓似的一架紅木百寶櫥，跨立在這又長又闊的大餐室的中

6月20日　张资平的《红雾》由上海乐华图书公司印行第四版，7001—9000册。

6月20日　张资平的《天孙之女》由上海文艺书局印行第五版，9001—11000册。

6月　金民天的《幻梦的残痕》由上海光华书局初版。

梗概：1927年，13岁的秦淮碧满怀期待地升入了县立中学。在开学典礼上，他与许多旧友重逢了。在顽固的校长林惠生的三令五申下，男女同学之间的交往小心翼翼，不能产生“恋爱问题”。升入初三年级，学校放松了对这些男女青年的禁锢，同学们的感情逐渐融洽起来，课间时常你追我赶地打闹。秦淮碧一边刻苦学习，一边也落入恋爱的幻梦中——他与同班的沈蕙若感情日渐深厚，两人时常在午后进行甜蜜的谈话。青春虽然美好，秦淮碧却不时陷入痛苦之中，原来他的双亲早早地给他定下了一门亲事。当淮碧和蕙若借书信相互表白后，两人却双双受到了来自家庭的压力，淮碧的大哥要求他早点成亲，蕙若的家人知道淮碧有了未婚妻，反对他们来往。他们挣扎着、

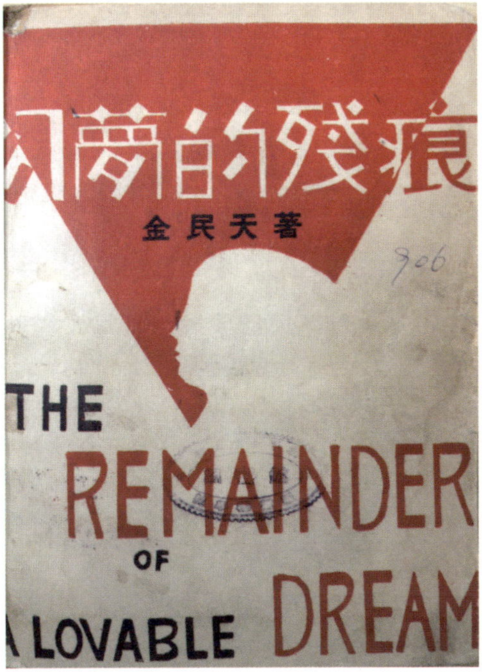

斗争着，沈蕙若却首先败下阵来，给淮碧去了一封信，要求断绝关系。淮碧深受打击，苦苦纠缠着蕙若，蕙若却十分冷淡，躲避着他。在放学回家的途中，蕙若再一次无情地拒绝了淮碧，受到刺激的淮碧生了一场大病，在死亡的边缘徘徊时，他幡然醒悟：恋爱的幻梦已经成了过去的残痕，他要走到为大众谋幸福的道路上去！

按：金民天（1914—1937）的这部小说一方面表现了封建礼教对少年美好爱情的残害和对他们心灵的禁锢，另一方面表现了少年青春的活力和生命的热力。小说想通过讲述一对十几岁的少年恋人在封建思想等因素的阻碍下曲折的恋爱，告诉青年人要从个人恋爱的幻梦中醒过来，投身于为大众的奋斗中，这条道路才是光明的、有前途的，但作品缺乏站在社会历史的视角上的分析，使主人公最后的转变稍显突兀而刻意，也没能解释转变的真正原因，而仅将转变归因于个人的幻梦。但小说对封建旧家庭以爱的名义给青年人造成巨大痛苦的情节描写得较好。小说情节性较弱，属于“情绪型小说”，作者用古典诗词和带有情绪的环境描写，营造了具有浓厚象征意味的环境氛围。

但是作品对这群少年打闹场面的描写占了很多篇幅，虽然真实动人，写出了少年人勃勃的生机，却散乱乏味。这种类似流水账的记叙，既不利于表达作品的主旨，又打乱了文本的节奏。另外，除男女主角外，作品没有深入描写其他人物，使他们沦为脸谱化的陪衬。

6月 周作人在《桥·序》中说："我觉得废名君的著作在现代中国小说界有他独特的价值者，其第一的原因是其文章之美。""废名君用了他简练的文章写所独有的意境，固然是很可喜，再从近来文体的变迁上着眼看去，更觉得有意义。"

6月 张资平的《明珠与黑炭》由上海光明书局印行第四版。

6月 废名的《桥》由上海开明书店初版（精装本）。

7月1日 张资平的《飞絮》由上海现代书局印行第十四版，27001—29000册。

7月1日 张资平的《黑恋》由上海现代书局再版，2001—4000册。

7月1日 张资平的《最后的幸福》由上海现代书局印行第十二版，21500—23500册。

7月10日 茅盾的《子夜》第4章以《骚动》为名始刊于《文学月报》第1卷第2号。

7月10日 张资平的《明珠与黑炭》由上海光明书局印行第五版。

7月15日 一平在《文坛》第4期发表《〈幻梦的残痕〉》一文，认为："这是一册值得一读的作品，尤其是一般在学问猛进过程中的中学生。著者在细细的告诉您那半封建半资本主义的社会状态是怎样，青年恋爱问题是怎样？""全书是以恋爱做中心的小说，其中又穿插着许多学生天真有味的事情。所以这里时可以找到很有滋味的琐事。""听说著者现在还是一个十八岁的青年，在写那篇创作时，还在早一年半以前。一个只有十六岁的友少年，就能够写出这样的作品，不能不使我们对于他具了相当的敬仰。""这里著者勇敢地指示给您们青年对于恋爱的出路！这里能够看出一个洁白无瑕青年的心中，所喊出来，对于青年现在急需膺负的对于社会的责任。""全书除了技巧上，有时候有一些生涩以外，别的都有值得可以赞美的。说到风格，完全是随著作者志意另创的，一些没有陈套和腐调的地方。”“著者在这里，更是十二分注意着趣味。尤其是天真的学生，在学校中，在男女同学间，所闹的笑话。这是可以给阅者的每个人轻俏的快慰。因为著者离天真尚近，所以这里格外的描写得真切些。”

7月19日 蒋光慈的《胜利的微笑》由上海新文艺书店印行第三版，1—5000 册。

7月20日 张资平的《跳跃着的人们》改名《恋爱错综》，由上海文艺书局出版。

7月25日 华汉的《地泉》由上海湖风书局再版。

7月25日 华汉的《复兴》由上海湖风书局再版（文艺创作丛书）。

7月30日 黄心真的《罪恶》由上海中华新教育出版部再版，3001—4000 册。[1]

7月 蒋光慈的《田野的风》被国民党以“普罗文艺”为由查禁。

7月 罗西的《爱之奔流》由上海光华书局印行第三版。

7月 华汉的《暗夜》由上海湖风书局再版。

7月 叶圣陶的《倪焕之》由上海开明书店印行第四版。

7月 叶鼎洛的《未亡人》由上海中华新教育社再版。

7月 华汉的《转换》改名为《寒梅》由上海湖风书局出版。

7月 蒋光慈的《最后的微笑》由上海光华书局出版。

8月1日 佚名在《现代》第 1 卷第 4 期发表《〈桥〉》一文，认为：“我们看了废名先生的文章会说好，可是往往说不出所以然。勉强要说，我觉得好在一个‘曲’字，一种令人捉摸不定的幻的境界。晦涩是不能免，因为不晦涩就不成其为废名先生的文章。”

8月1日 佚名在《现代》第 1 卷第 4 期发表《〈田野的风〉》一文，认为小说描写的过程“很有点像绥拉菲摩维支的《铁流》，而张进德便隐然是

---

[1] 该版权页又标明初版印数为 3000 册。

一个中国的郭甫久鹤。这种类似尤其是在后半部可以看得出来。但这不必是有意的模仿。《铁流》是用全力在那儿写从散漫到团结这过程的，而《田野的风》却着重在写阶级的忿怒，从散漫到团结只作为一个必然的结果呈现出来，而且可以同样有力地呈现出来。《田野的风》假使有更进步的技巧来帮衬，那是可以有更大的成功的”。“盖棺定论，他始终不失为一个有力的煽动的作者。纵然因作品里有太多的罗曼谛克的气份而受过各方面很多的指责，然而能够这样有力地推动青年读者的作家，却似乎除了蒋光慈先生之外没有第二个。而且最后，他是可以把罗曼谛克的气份也渐次地克服的。《田野的风》便是一个明证。”

8月1日 老舍的《猫城记》始刊于《现代》第1卷第4期，至1933年4月1日《现代》第2卷第6期毕。

8月25日 PK在《京报》发表《废名——沈从文》一文，认为“读别人的东西，我们可以竞争我们的速度。读废名的东西我们却要一个字一个字地读的。因为每一个字里面都有它的含力”。“他的文章是用那么通俗的材料放在那么奇僻的调子里边”，“他的作品可以说是离开作家而近于生活”，“他的文章是在炉灰里面打滚，而反成了不吸烟火气的东西。”“他把别人所不用的材料所忽料的人生很冷静地刻画出来了。他的冷静并不下于鲁迅，鲁迅在冷静之后填着阴郁。他却苦笑着说出他的冷静来。”“周作人说在他的文章里边没有大悲剧大喜剧”，“我希望作家能够在人生里面发现大悲剧大喜剧，而在作品里面也写点切近人生的东西，即便是平庸。这一点废名总算书了义务了。”“在他的作品中，看不出时代，看不出人物，看不出人性。只看见一种寄托在普遍的人生之上的一种空气。那种空气是悲哀的沉重的。在那空气底下活着的人们贫穷而忘了贫穷，卑鄙而忘了卑鄙。”“《桥》可以算作他的最吃力的作品。刻画得也最精细”，“那些人物，虽然栩栩如生。但是他们已经溶化于大自然了。这一篇作品异乎其他别的作品的是里边没有悲哀的空气。人世大抵须离不开悲哀的。那篇里面却没有。那里边的人物那么真，离现实的人生又那么远。我自己觉得都是一个不解之秘。”“最后我们谈到《莫须有先生传》。这一篇是他最不费力的也是最合乎他的风格的文章。莫须有先生无疑，就是他自己。这大概是他西山隐居的情况。最奇怪的是在他眼光中的人物，都是天真的。你说那是太古的人世么。然而也有争吵。莫须有先生他是怎样玩弄这个世界呵，他眼光中没有伟人没有学者。在社会上占地位的都没有，只有驴汉其二，房东老太婆，三角猫。因为这些个人们和那些个人们一块在世界上作人呵”；“现在有所谓刻划时代的作品，以团体的活动作题材；废名是不写这种东西的，还有所谓描写一个伟大的灵魂的作品，那个作品，可以代表一时代的国民性。在废名的作品里也发现不着这一点。他只是在普遍的大众当中找出几个被人忘却的人来写他们那种寂寞的生活。”

8月 　**匡亚明的《血祭》由上海光华书局初版，1—1500 册。**

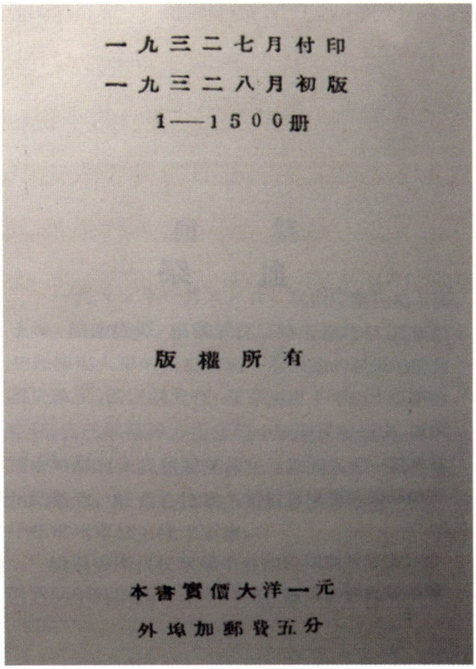
一九三二七月付印
一九三二八月初版
1——1500册

版權所有

本書實價大洋一元
外埠加郵費五分

梗概：S 大学学生杜世民到工厂给工人讲他们受压迫的原因，为他们描绘未来的美好图景，号召他们团结起来反抗剥削和阶级压迫。他决定写一部以《工人日记》为名的小说，着力写革命者在革命与爱中的挣扎。为支持杜世民在工厂的工作，区里派来了秦曼苏小姐协助他。一天，工人们打死了牧师，询问杜世民如何处理。杜世民说，打死一条狗没什么，到警察局说清楚就行，结果杜世民却被扣押了。杜世民化名王小狗，做通狱警队队长沈友德的工作，缴了狱警的枪，拿了狱警的钱，逃了出来。杜世民路上遇到回警察局的局长和一些警察，便开枪打了他们。区里对杜世民的工作很满意，建议他开展经济斗争，停止文学创作，因为“革命本身是文学的最艺术的实际表现”。杜世民接受了这些建议，烧了手稿，投入到革命中。他召开了阿虎的追悼会，警察前来镇压时，工人们毫不畏惧，夺下警察的枪。警察局长见工人势力强大，被迫答应了工人的条件，释放了被捕的工人，杜世民也当上了北区职工委员会主席。沈友德改名陶阿明，负责工委会的交通工作。这时杜世民接到母亲病危的电报，他火速赶回家，还是没有见到母亲最后一面。办完丧事后，因大哥反对他在 S 大学搞革命，就把他寄给同志的信都扣留了，还给他介绍对象。这天，大哥再次来劝他收心学习，不要干革命，遭到了他的拒绝。他写了一部名为《少年狂热者》的小说，描写一个热情的青年，生于封建的家庭，后走上革命之路，整日身处工人之中，后来被家人幽禁，只能靠书信发泄满腔的哀愁。这天，弟弟告诉杜世民，哥哥要马上给他娶亲，听到这消息后，他逃到了上海，全身心地投入到革命工作中去。不久，省里要求市里组织工人起义，以配合北征军的到来。在战斗中，他受了伤。住院期间，他与曼苏对时局与未来的看法一致，因此产生了爱情。他们曾写信给省委，但省委否定了他们对时局的看法。后来，K 党右派发动进攻，许多工友牺牲了。省委批评了他俩的工作态度，将他调到 H 埠，曼苏仍留在 S 埠。到了 H 埠后，他因一封信蹲了六个月监狱。曼苏说来看他，结果没来。他出狱后再到 S 埠时，别人告诉他曼苏已与别人结婚。他决定枪杀曼苏的丈夫，曼苏向他说明了事情的原委，并亲手杀了她的新婚丈夫。后曼苏被捕，并被枪毙，看到曼苏的遗体，他悲痛欲绝。组织上认为他小资产阶级倾向太重，将他开除。他进了寺院，想出家，后经方丈启发，他又投入到革命中去了。

按：该作原稿题为《少年热狂者的哀愁》，后改为《血祭》，意思是用自己的心血去祭吊自己的亡魂。该作品为屠士杰（1906—1929）所著，现书名为匡亚明（1906—1996）所改。这是一部典型的“标语口号式”作品，有着所谓“革命文学”的通病——充满着激情也充满着说教，直白的宣传与大量的政论读来十分枯燥，所谓的情节就是由一个个革命任务的下达与完成堆砌起来的，人物除了革命与恋爱外别无所求，叙述节奏紧张有余而松弛不足。小说想象丰富，革命任务的完成较为容易，带有理想性，具有革命的浪漫主义色彩。

8月 周毓英的《最后胜利》被国民党以“普罗文艺”为由查禁。

8月 陈明中的《爱与生命》由上海光华书局再版。

8月 茅盾的《虹》由上海开明书店印行第五版。

8月 苏雪林的《棘心》由上海北新书局印行第六版。

8月 茅盾的《蚀》由上海开明书店印行第四版（文学周报社丛书）。

9月4日 《申报》刊载《血祭》的广告：“匡先生本是一个前进作家，本书便是他已告成功的处女作，在这里就可见到他的思想和天才。”

9月15日 丁丁主编的《絮茜》第1卷第2期发表《张资平的〈明珠与黑炭〉》一文，认为小说的一些细节有明显的错误，全书校对也不认真，错字较多。

9月15日 秀中在《新地月刊》第1卷第6期发表《读〈光明在我们的前面〉》一文，认为：“胡氏底《光明在我们的前面》是生长在五卅运动以后的文学作品中的一种新的姿态开展在读者面前的，因了其生活内容的充实，意识的正确，技巧的熟练，无疑的，在中国文坛上是一部划分时代的作品，表现了中国五卅以后的新的阶段的开始，至少，它是负起了这个伟大的历史的任务。”“作者不但写了小布尔乔亚革命者女性代表白华，受了历史的教训而澈底的转变了，而且更进一步的表现了历史转变中的新的任务。”“在书的结束时，人物支配中，自然指出了中国革命应走的道路。”“全书中人物的描写以刘希坚白华的影子表现得最活跃，刘希坚是一个布尔什维克的重要角色，不知疲劳为何物的人物，正如作者所说的他是生活在新时代里的，而且他要作为新时代的建设工人的一员。”“在技巧方面，我以为作者是有相当的成功的，尤其是尖端的抒情写法，充满了紧张，急剧，破碎的力量。为作者之特色。”缺点在于，“作者只顾到几个领袖人物的活动，尤其特别偏重在了刘希坚和白华的对立和统一及其转变方面去，写得太多了些，欠缺了一般革命者的生活及其意识形态的描写以及阶级的对立，统治阶级方面的描写和暴露，因此，显得内容单薄。”

9月20日 贺玉波主编的《中国现代女作家》由上海现代书局出版。《评学昭女士的〈南风的梦〉》一文认为，《南风的梦》的主旨是“相爱的，不能团聚，不相爱的强要牵连”。作品缺点很多，结构累赘不清，情节混杂凌乱，语言、描写等不像小说而像散文。作者以写小品文的方式写小说，这些缺点也就难免了。在《白薇女士在〈爱网〉中》一文中，W女士认为《爱网》描写细腻，心理分析也还算合理，是一部很有意义和趣味的小说。H先生除了肯定小说的语言、描写、结构外，还深入分析了小说的价值，他说：“书中早已把那个女主人公投入爱网里来的缘故说明，是为了革命的疲乏和失败，这是一种不得已的行为。自从一九二七年来革命的热潮冷落之后，一般曾经奔走过革命斗争的青年，受环境的压迫，不得不销声匿迹，趋于失望悲观的一途。有的变节投降去享受他们的荣贵；有的颠沛流离去度他们的逃亡的苦生涯；有的消灭了雄心去从事他们糊口的职业；有的含悲饮愁去混过他们颓废的残生；有的仍然再接再厉去继续他们苦苦的肉搏：总之，那些曾经怒吼过一时的革命青年都分化成各色各样不同的人了。作者便取了这退隐的一种，那一种聊以恋爱自慰的青年，把他们和他们的生活作为本书的人物和题材。在取材一点，作者算是很有眼光的。她抓住了某一个时代里的转变的事实，而把她的思想参合在那些事实里面，写成了这一部意义深长的作品，是很值得赞美的。像茅盾采取革命失败后幻灭悲哀的事实，作成《蚀》和《虹》，像丁玲女士采取革命人物陷入情网的故事，作成《韦护》，白薇女士在《爱网》里所选用的题材，是与他们两个作家有着同样的价值和意义的。”

按： 以上几位评论者对《南风的梦》的评价准确，对《爱网》的评价有过高之嫌。诚然，黎晴曾言因对革命失望而寄希望于爱情，亦因对爱情失望而寄希望于革命，但革命对于黎晴抑或易巽而言，都是极为浅表的附带物，时代在这里只是一个极为模糊的倒影，作者没有在这里揭示出他们参加革命的意义以及革命的因由，只是宣泄了爱的失意与情的失落，将其与《蚀》《虹》相提并论，委实不当。

9月20日 废名的《续行云章——莫须有先生传》刊于《青年界》第2卷第2号，后作为《莫须有先生传》的第十四章《这一章谈到一个聋子》。

9月26日 华西里在《文艺战线》第1卷第27期发表《评张镜寰〈最后的牺牲〉》一文，说："《最后的牺牲》，是张镜寰先生聚精会神所写的一篇长篇小说。内里的主人翁，L君便是张镜寰先生的现身，是他个人恋爱失败的一部写实的小说。这一段材料因为我与作者系友谊的关系，知之甚详，除却他加窄插外，没有将真的事实淹没过去，然而他也没将虚假的悬想参加在内。所以他描写这部小说，当然聚精会神的描写。是他的小说中的代表作。""在全篇中很可透出作者系一位富于革命性的青年，在革命战场上杀来杀去，杀得丢盔卸甲，困在沙漠的古国中，在无聊赖之中而去寻性之安慰。作者在过去革命的牺牲，也真可令人佩服。他描写S女士因金钱的魔力而转移的爱情，忘恩负义，使人恨于骨髓。写M同学因性的冲动，不惜牺牲朋友牺牲共同生死革命的伴侣，从朋友的怀内，革命的伴侣的精神绕恋中，夺到一个爱人。衬透出社会的黑暗，人心的虚伪，恋爱的假面具——说来说去，金钱便是役使万物之工具。作者却具有唯物的眼光而来写这篇小说。确是一篇恋爱小说，但可作革命文学读。""作者描写这篇小说，结构也好，思想也好，只是在文学技术方面，欠雕刻的工夫。内里所描写的粗俗的地方，和浅陋的地方甚多。未免给这篇小说减色不少。"

9月30日 **铁池翰的《齿轮》由上海湖风书局初版（湖风创作集之一）。**

梗概：辽宁、吉林、黑龙江三省沦陷后，全国的抗战活动如火如荼地展开了。陶教授、酷爱书法的王任之和记者螺丝钉等知识分子常聚在一起商讨"救国之道"，但实际上他们谈论的内容多为庸俗之事。他们看到南京的游行队伍中常有奸细，打人、砸铺子等情况愈演愈烈，危险无处不在，于是他

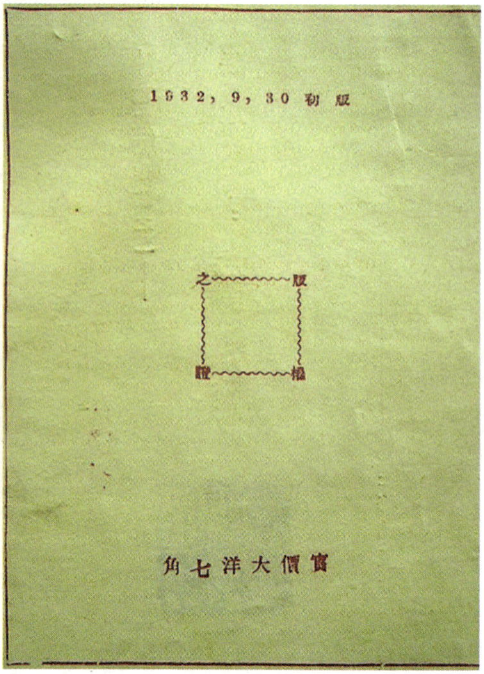

们都迁居上海，上海的游行、示威等活动较有成效。王任之的妹妹王惠忍受不了乡下苦闷的生活，在哥哥的劝说下到南京求学。在南京，她跟着同学去参加爱国运动，但她感到自己的行为滑稽可笑，后来她随着陶教授等人搬到上海，才迅速地融入了爱国热潮。

按：铁池翰即张天翼。小说将王任之、老木等知识分子抗日爱国的热情置于全社会的抗日氛围中，通过对王任之、老木等人的言行的描写，讽刺了当时一些人自私、庸俗的面孔。但是，作者没有写明他们为什么参加抗日救亡活动，也没有表达他们融入这伟大运动的必要性和重要意义，更没有对学生运动复杂的社会背景进行必要的剖析，不仅描写浮光掠影，小说的深刻意义也无从体现。在人物描写上，小说缺乏对人物心理、细节的有力刻画，人物性格不鲜明，甚至有些脸谱化。在语言上，小说语言粗俗，全文充斥着大量的标语、口号，为作品贴上了概念化的标签。总之，这是一部失败的作品。

9月 草野在北平人文书店出版《现代中国女作家》，他认为《棘心》全书包括三个意义：“（一）母亲的爱。（二）异性的爱。（三）故乡与故国的怀念。”“在这三方面，作者渗透了悲哀与幽思的情绪，所以描写精巧，表现的微妙，在技巧上都有相当的成功。”《炸弹与征鸟》“这部小说的意义，从它的命名上，就可以想到取消它像征的是什么。炸弹像征的是彬，征鸟像征的是玥，他们相信没有炸弹，没有征鸟，这样含意锋利坚忍猛烈的力，什么事都做不成，革命当然是更需要炸弹与征鸟似的人来做”。不过，“我对于作者这篇创作的意见，是四个字‘乱七八糟’。我怀疑它没有结构，怀疑它的字句欠佳，用意枝离，而且复杂，它不能给我们一个明析的观念，不能给我们一个中心的头脑或人物。它完全是一团糟。令人莫名其妙，可是她那震动天地的力，反抗的力，我不能否认。”

按：草野对《棘心》的评论虽无新意，对《炸弹与征鸟》的论述却一针见血，可做定论。

9月 张资平的《苔莉》由上海光华书局印行第十版，19001—20000册。

10月10日 张资平的《恋爱错综》由上海文艺书局再版。

10月15日 方英（即钱杏邨）在《文学月报》第1卷第3期发表《〈大上海的毁灭〉》一文，认为这是一部内容与形式均不好的书。“读者不能从这部‘大著’里把握到真实的一·二八事变期间的战斗的上海的前后方。所有的只是性的陶醉，都会的享乐，和一个定型的罗曼斯”。小说是一部歪曲现实的作品。作者“只认识军事长官，‘白衣女郎’，不认识士兵以及士兵的力量，他一点也看不到而且也不愿看到高扬着的反帝国主义情绪，他根本上不敢反对帝国主义：这，就是不抵抗主义者所采取的态度”。又由于他看不到民众的力量，所以他所描写的民众“不过是如醉如痴，苟且偷安的无知的动物而已”。“这是对于全中国革命民众的难以忍受的侮辱，也就是不抵抗主义者的最典型的说教！”

按：这是论者戴着有色眼镜对作品的曲解，也是无视作者的反衬之意、对作品的误读，其评价简单粗暴。

10月24日 震东印书局在《文艺战线》第1卷第31期刊载《迷魂阵》的广告：“这是以一九二六年至一九二七年，长江流域中变幻的政治局面为背景，写成的一部恋爱小说。书中描写着一个革命青年恋着一个非革命的女子，其结果怎样，恐怕无论怎样底幻想者们，都不容易在读书之前想出来。思想与笔锋，俱有作者特具的新的格调。所以此书可以说是问题（革命与恋爱）小说。也可以说普罗小说，总之是新兴文坛上一个奇峰。欢喜看恋爱小说底朋友们，如果不看此书，那末你所看过的都是白看了，不喜看恋爱小说的朋友们，正可以用此书去抓摸痛痒，全书用印书纸精印，并有作者的漫画插图十余幅。”

10月 贺玉波的《现代中国作家论》（第一卷）在上海大光华局出版。其中《张资平的新近作品》一文表达了以下几个观点。一、《爱力圈外》除对女性嫉妒心理的描写细腻真实外，在思想和艺术上是一个失败的作品。二、“我们敢于断定，《爱之涡流》不过是一段叔嫂通奸的浪漫史，是没有什么思想和意义的作品。在技巧方面，也找不出使我们满意的东西来；就是作者平日最见长的描写在这篇里也失败了，结构之坏也不必说了。”三、《红雾》是一篇只有拜金主义思想的作品，在思想和艺术上均无可取之处。四、相较而言，《天孙之女》的内容较为充实，其揭露日本不良的社会制度的用意，还是值得肯定的。五、“《明珠与黑炭》是最糟糕的一本创作。无论在形式与内容两方面，都没有一点能够使我们满意。它简直不能算作一本完美的小说，只是作者的伙食账，随感录，或杂记。在这本作品里，他已经显示他自己的创作力的衰弱。在这本作品里，他已经告诉我们他自己的思想的贫乏，以及创作的技巧的破产。在这本作品里，他已经证明他自己所标榜的创作态度——骗取稿费——的实现。在这本作品里，他已经把他自己的丑恶的真面目揭穿，使我们对于他的信仰渐渐消失而无余。在这本作品里，他已经告诉我们他自己走到了另一时期，在这时期里他再也不能写出什么较好的作品来，甚至于再也不能写出任何的作品来。这是无可讳言的事实，并非我们的恶意的攻击。”六、《脱了轨道的星球》染了点时代色彩，较之与其他的作品，尚有可读性。七、“和《明珠与黑炭》一样，《上帝的儿女们》也是极其糟糕的作品。在思想上说，它表现清朝末年基督教的黑暗，和政治的腐败，以及革命的爆发；和《脱了轨道的星球》一样，是渲染了一层时代色彩的。作者极力地描写教会里的人的种种丑恶行为，在用意方面，还算说得过去，在技巧上说，这篇作品就太不成功了。最坏的就是结构的松弛和情节的混乱，而且描写又没有重心，找不出确定的主人公。所以，这篇的字数虽然将近二十万，好像可以算做巨著杰作，但是，实际上看来，却是最不成功的作品，使我们简直不能一心读下去。”八、《群星乱飞》是一部思想与艺术都不能令人满意的作品。

按：贺文将《爱力圈外》视为失败之作，当可再思。因为小说之思想——主张婚姻自由、反对封建专制有积极意义，不可视为失败之作；艺术上的失败若指生硬地套上“革命”的元素，则尚有一定道理，其实，这个作品的主要问题是其为伪作而非原创作品，将它当作张的作品来评价其成就，没有意义。

10 月 贺玉波的《现代中国作家论》（第二卷）在上海光华书局出版。其中《巴金论》一文认为：“主人公杜大心不仅不是个单纯的复仇主义者，更不是个只为了友人的被杀才从事于革命的。有些人对于他的革命意识怀疑，而认为不正确，这却是我所不承认的。因为他并不是只为了报复友人被杀的仇恨而革命的，而是从幼年时代起，他的革命意识便早已渐渐养成了的。有些人说他是虚无主义者，也是为我所反对的。根本他就不是虚无主义者，而是个热血的急进的革命家。”因此，“与其如作者自己所说他是个罗曼谛克的革命家，倒不如说他是个含着小资产阶级的意识的革命家来得真切。”“总之，《灭亡》这部作品虽然是作者底处女作，但也是近来文坛上不可多得的作品，是值得我们一读的。它在描写革命与恋爱一派的小说中是占有重大的位置的。”

10 月 张资平的《北极圈里的王国》由上海现代书局再版，3001—5000 册。

10 月 王匠伯的《负生日记》由上海现代书局印行第三版，3001—4000 册。

10 月 黄素陶的《失恋之后》由上海大中书局印行第三版。

10 月 陆鲁一的《谁作孽》由上海华通书局再版。

11 月 1 日 灌婴在《新月》第 4 卷第 5 期发表《评废名著〈桥〉》一文，

认为："关于书的结构，没有可注意的技巧，故事没有充分的发展。两篇都是分段的叙事和描写，章与章之间无显然的联络贯串，几乎每章都可以独立成篇。上篇渡到下篇，亦如自序所云，是'跳过'的。"在文体上，他认为："如以小说论本书，便不免有许多缺点，但读者如当它是一本散文集，便不失为可爱的书，从其中可以发见许多零星的诗意。""这本书没有现代味，没有写实成分，所写的是理想的人物，理想的境界。作者对现实闭起眼睛，而在幻想里构造一个乌托邦，本书所表现者就是这个。""总括一句：本书的意境和文章，都好似'不食人间烟火'的。"

11月1日 废名的《桥》（下）第一章《水上》和第二章《钥匙》始刊于《新月》第4卷第5期。

11月 洪灵菲的《流亡》由上海现代书局印行第四版，4001—5000册。

11月14日 《申报》刊载《大上海的毁灭》的广告："本书曾在报端发表者，共十五万字，经作者重加删改整理，削去四万余字，仅余精华十万字，内容更见精彩。其中以大上海布尔及小资产阶级之一群男女为中心，在动荡着的大时代里，取最奢丽混浊之都市背景，暗示这一代人的幻灭及其没落。另外又以十九路二军人的奋斗生活，展开黄渡，孟家角，曹家桥三次大战的火景，最后我们又可见书中的主人……草灵，在一切幻灭了之后，怎样歇斯的里地跑到前线，仅仅执着三粒子弹，满足地扼守着大军退后的闸北。"

11月15日 杨荫浏在《紫晶》第4卷第1期发表《读〈英兰的一生〉笔录》一文，认为英兰的品性很纯洁，作者深刻地观察社会，真实地描写乡村生活，文中对话曲折而流利，但对小孩生活的描述有不真实之处。

11月15日 蒋翼振在《紫晶》第4卷第1期发表《英兰一生的苦》一文，认为英兰一生受了很多苦，而张大方的抛弃是最悲哀的苦。

11月15日 辛志超在《紫晶》第4卷第1期发表《英兰与阶级制度》一文，认为："这书是从微隐处描写旧阶级思想的可鄙，资产阶级者所造出的种种罪恶，劳资间的不平等，及中国妇女界的需要解放。"

11月15日 丘加修在《紫晶》第4卷第1期发表《英兰的社会》一文，

认为作者写了重男轻女、童养媳、婚姻不自由、术士、大家庭制度、买卖女婢、贞操、工值、阶级制度、命运的迷信等十个社会问题。

11 月 黄震遐的《大上海的毁灭》由上海大晚报馆初版，1—2000 册。

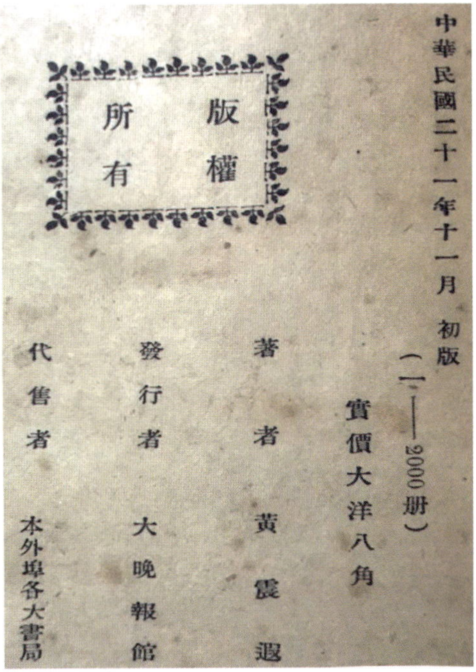
中華民國二十一年十一月初版
（1——2000冊）
實價大洋八角

版權所有

著者 黃震遐
發行者 大晚報館
代售者 本外埠各大書局

梗概：浴血奋战、保卫大上海的十九路军准备后撤，五团三营的汤营长奉命掩护主力部队撤退。在战斗中，八连连长罗毅心与全连战士在黄渡车站英勇殉国。与此同时，大上海的另一些人，如罗连长的未婚妻阿霙和她的密友露露，却在醉生梦死。她们毫不关心国事、战局，照常出入舞厅，纵情享乐。受爱国精神的感召，草灵和一些热血青年决意投奔十九路军。根据斗争需要，旅长让草灵他们成立便衣队，回到上海租界，配合十九路军的正面进攻。一天晚上，便衣队在约定的时间进行武装斗争，但由于十九路军作战计划改变，便衣队员大多被俘，惨遭杀害。正在日寇欲枪杀草灵等人之际，十九路军反攻，草灵获救，他捡起卢耀明的皮夹，作为纪念。草灵拿卢的名片去拜访卢夫人，后来知道了卢夫人就是露露。这时，草灵既害怕战场上的子弹，又厌倦报纸上的空谈，在露露的情爱攻势下，终于掉进了露露的爱欲中。阿霙通过露露的介绍结识了买办张先生，不久便被污辱。露露想与草灵一起逃往杭州，在路上，草灵接触到了不同的人，思索着自己该走的路。终于在十九路军西撤之日，草灵决定只身抗敌。他爬上闸北东方图书馆5楼，拿起了枪，将仅存的3发子弹射向敌人。在消灭了一个敌人后，壮烈牺牲。

按：这是第一部以一·二八淞沪会战为题材的长篇小说，也是黄震遐（1910—1974）一部长期被误读的讴歌中国军民不屈不挠地抵抗外来侵略的爱国主义小说。小说各章无标题，仅分三部分：旷野与都会、某便衣兵的日记、一切毁灭。小说主要写了三方面：一是以汤营长、罗连长等为代表的十九路军的英勇斗争；二是战争期间罗连长的未婚妻阿霙、阿霙的密友露露、买办张先生等人醉生梦死的生活；三是以草灵为代表的爱国民众为民族而战、保家卫国的具体实践。三者相互交织，叙述了抗战军民浴血奋战、可歌可泣的英雄事迹，抨击那些苟且偷安者，歌颂爱国民众的崇高精神。学界长期以来对这部小说的批评是不公正的。

11月 张资平的《恋爱错综》被国民党以“诋毁本党”为由查禁。匡亚明的《血祭》被国民党以“攻击本党”为由查禁。张资平的《跳跃着的人们》被国民党以“诋毁本党”为由查禁。

11月 张资平的《群星乱飞》由上海光华书局印行第三版，4001—5500册。

11月 巴金的《雾》由上海新中国书局再版。

12月1日 梁新桥在《现代出版界》第7期发表《张天翼的兵士小说和童话——作家批评之二》一文，认为“《鬼土日记》这本书是幽默的影射着现社会的作品，这种退避的轻松化的手法，传奇似的暴露的内容也同样表示了张氏的不能站到最前线者，但他混合着《搬家后》一篇中那种儿童生活描写的方法，埋伏了他童话创作上的础石”。

12月1日 《申报·自由谈》始刊张资平的长篇小说《时代与爱的歧路》，1933年2月一度停刊，4月22日彻底停刊（未完）。

12月10日 林疑今的《旗声》由上海现代书局再版，1501—2500册。

12月20日 谢冰莹的《我的少年时代生活的一断片》刊载于《读书月刊》

第3卷第5期，后作修改后为《一个女兵的自传》的第六章第二节《小学教员》。

12月30日 守朴在《回浦潮》第12期发表《读〈灭亡〉》一文，认为“《灭亡》里充满的是心的强烈的决斗的故事”，有“安定的贵族生活和真理生了破裂，更有生的希望向死的挑战，那些故事都能描写十分深刻有力，这真是一部好小说”。

12月 废名的《莫须有先生传》由上海开明书店初版。

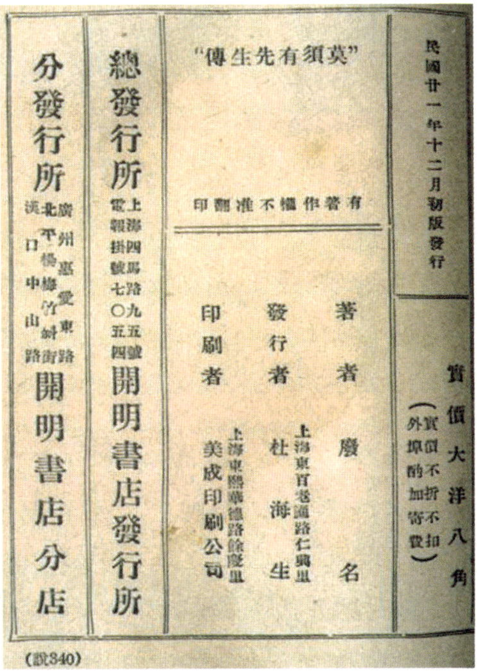

民國廿一年十二月初版發行

"莫須有先生傳"

有著作權不准翻印

著者 廢名

發行者 杜海生 上海東百老滙路仁興里

印刷者 美成印刷公司 上海東熙華德路餘慶里

實價大洋八角（外埠酌加寄費 實價不折不扣）

總發行所 上海四馬路七號 電報掛號〇九五四 開明書店發行所

分發行所 廣州惠愛東路 北平楊梅竹斜街 漢口中山路 開明書店分店

（說340）

梗概：主人公莫须有先生不知姓甚名谁，也不知年岁和来处，也许并无其人，纯属杜撰。一日，莫须有先生雇了两头驴子和两位驴汉，匆匆地路过城门，前往乡下。论及莫先生下乡的原因，还要说到一日前，他在花园的一片杏林中碰见了一位正在小解的乡下老太太。莫先生和这位老太太相谈甚欢，老太太便邀他回家。这位老太太日后便变成了莫先生的房东太太。莫先生到乡下后，老太太带着他参观了新家，引出他的许多回忆。正当主客二人闲聊之际，村里的三个女人怀揣着各自的小心思来拜访莫先生。第二日，隔壁老太来找莫先生写信。天气炎热，二人坐在树荫下乘凉，正当莫先生谈论人生哲学时，外间突然传来吵闹声，他出门一看，原来是两家媳妇发生了口角。这天，莫先生做了一个古怪的梦，醒来后到树下乘凉，先后遇见了卖烧饼的、挑水的，后来，三脚猫太太来了，莫先生急忙记下她说的话。中秋前夜，莫闭门写情书。中秋月明之夜，莫先生正和房东太太赏月，莫先生突然决定在生日之前回趟城里，房东太太劝不住他，莫先生给她讲述了自己和鱼大姐的恋爱往事。某天，莫先生又碰到一群妇女，和她们谈论爱情和诗，等他归家时，得知房东太太的外甥女意外去世。他参透了生死，等老太太回家，与她告别，离开了这乡间小屋。

按：这部长篇小说讲述了一位“堂吉诃德式”的人物——莫须有先生居住在乡间的所见、所思、所感，通过主人公和村民颇有哲学意味的互动，向读者道出中国乡村原始的面貌和生命力。莫须有先生是以知识分子的身份介入传统乡村生活的，作者在知识分子和乡村这一主题上，不像鲁迅那样揭露国民的劣根性，也不像沈从文那样沉醉于乡村的美，而是在字里行间流露出对乡村的审视和思考，同时也通过这些乡村妇女的视角，反观莫须有先生这一知识分子的本质和特性。这部小说看似传记小说，实则是一部诗化小说，全文情节性极弱，仅由几个场景组成，多以主人公和他人的对话、主人公的心理活动推动叙述，作者也并不热衷于塑造丰满的人物形象，主人公仿佛是作者精神的外化。另外，作品中夹杂着大量的诗歌和典故，虽营造了独具一格的“诗和哲学”的氛围，但也导致文意曲折幽魅，一般读者很难读懂，再加上语言形式多样，多用新词、方言等，给人留下晦涩难懂之感。

12月 铁池翰（即张天翼）的《齿轮》被国民党以“普罗文艺”为由查禁。

12月 张资平的《爱力圈外》由上海乐华图书公司印行第七版，12001—13500册。

12月 老舍的《二马》由上海商务印书馆印行国难后[1]第一版。

[1] 1932年1月29日上海商务印书馆遭日军炮火轰炸，家业几尽焚毁，至1932年8月方恢复营业，因此，上海商务印书馆在之后所印图书的版权页上方多发布“上海商务印书馆谨启”告知事由，下方则标识“国难后”以铭记此事并告知天下。下文同。

12 月 老舍的《老张的哲学》由上海商务印书馆印行国难后第一版。

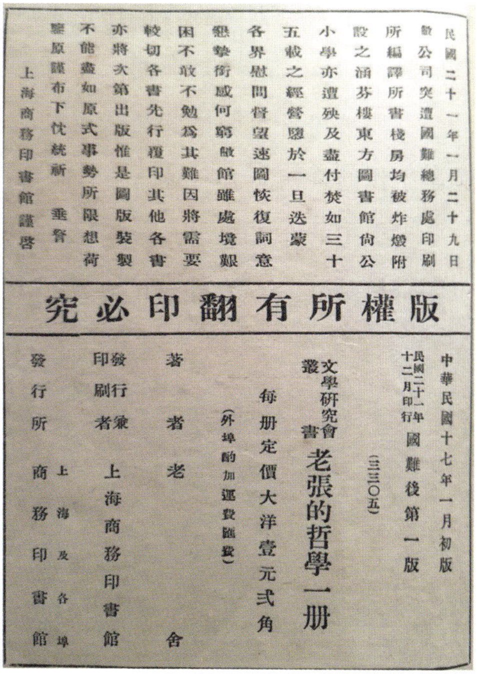

民國二十一年一月二十九日敝公司突遭國難總務處印刷所編譯所書棧房均被炸燬附設之涵芬樓東方圖書館尚公小學亦遭殃及盡付焚如三十五載之經營隳於一旦迭蒙各界慰問督望速圖恢復詞意懇摯銜感何窮敝館雖處境艱困不敢不勉爲其難因將需要較切各書先行覆印其他各書亦將次第出版惟是圖版裝製不能盡如原式事勢所限想荷鑒原謹布下忱統祈垂詧

上海商務印書館謹啓

版權所有翻印必究

中華民國十七年一月初版
民國二十一年十二月印行 國難後第一版
(三三〇五)
文學研究會叢書 老張的哲學一册
每册定價大洋壹元弍角
(外埠酌加運費匯費)
著者 老舍
發行兼印刷者 上海商務印書館
發行所 商務印書館 上海及各埠

1932 年 杨令德在《绥远民国日报》发表《爱欲》一文，认为：

“读完一本金满成的小说《爱欲》，这本东西写得还不坏，可惜名字叫坏了。什么不可以叫，为什么单单取这么个带有诱惑性的字眼？

“从五四运动以后，到北伐完成这一个期间，的确是中国的一个大转换时代，在这个时代里的青年，也就够苦的了，都是憧憬于革命甚至献身于革命，但是结果则大混乱之后，毁灭而已。

“能把握住这个时代，描写到这个时代的青年稍有成功的作品，有茅盾的三部曲《动摇》《幻灭》《追求》以及《虹》。叶绍钧的《倪焕之〉，金满成的《爱欲》也是如此，其余如黎锦明的以及许多人的零碎东西不过一泡沫而已，还说不上成功。

“茅盾的作品中和《倪焕之》里面，还没有什么顶可爱的人物，《爱欲》中的主人公荀九居却着实有他的可爱处。他对革命可以说是认识不清，但却傻得可爱，因为他是那么坦白、率真！

“他的母亲终于在他回去之前死了，临死也见不上她的长子荀九居，这在荀的心上可刻划多么深的伤痕！革命所得是什么？傻子吃亏，聪明人大发其财尽量地享乐而已。

“荀被警备司令枪毙，结束得尚好，这也表明了作为新闻记者，一个做舆论工作的肇祸那么容易，因为他是有仇人的。

“书中的女主人金石心，也有可爱的地方，但有不尽情处，怕是小说家过于空想。”[1]

[1] 见章叶频编:《20世纪30年代内蒙古西部地区文学作品选》，内蒙古教育出版社2000年版，第197页。

国家社会科学基金项目资助

国家出版基金项目
NATIONAL PUBLICATION FOUNDATION

湖北省学术著作出版专项资金
Hubei Special Funds for Academic Publications

1922/1949 中国现代长篇小说编年史

ZHONGGUO XIANDAI CHANGPIAN XIAOSHUO BIANNIANSHI

陈思广 / 著

中

武汉出版社
Wuhan Publishing House

(鄂)新登字 08 号

图书在版编目(CIP)数据

中国现代长篇小说编年史. 1922—1949：全 3 册 / 陈思广著. — 武汉：武汉出版社，2021. 10

ISBN 978-7-5582-4472-8

Ⅰ. ①中… Ⅱ. ①陈… Ⅲ. ①长篇小说-编年史-中国-现代 Ⅳ. ①I207.409

中国版本图书馆 CIP 数据核字(2021)第 171004 号

中国现代长篇小说编年史(1922—1949)(中)

著　　者：陈思广
责任编辑：张荣伟
装帧设计：马　波
督　　印：方　雷　代　湧
出　　版：武汉出版社
社　　址：武汉市江岸区兴业路 136 号　　邮　　编：430014
电　　话：(027)85606403　85600625
http://www.whcbs.com　　E-mail:zbs@whcbs.com
印　　刷：湖北新华印务有限公司　　经　　销：新华书店
开　　本：787 mm×1092 mm　1/16
印　　张：29.75　　字　　数：455 千字
版　　次：2021 年 10 月第 1 版　2021 年 10 月第 1 次印刷
定　　价：680.00 元(全 3 册)

1933 年

1 月 1 日 张天翼的《一年》由上海良友图书印刷公司初版（良友文学丛书之五），1—2000 册。

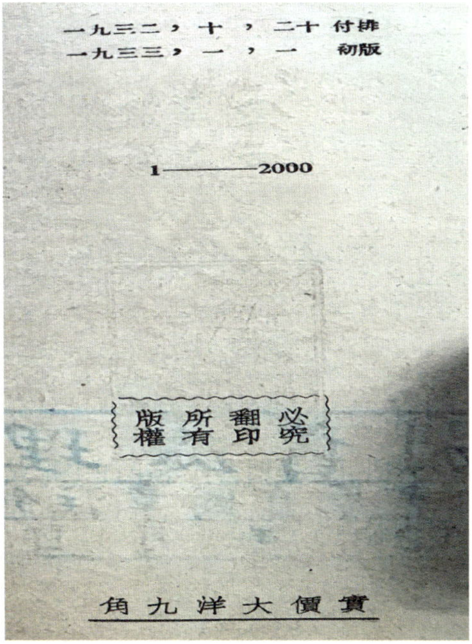

梗概：白慕易放弃裁缝职业选择进入官场，他认为做官更能光宗耀祖。经当录事的五舅梁梅轩向刘培本引荐，白慕易获得上士的职位，可是去报到后才得知自己只是一个传令下士，他很不甘心，加之不想与无聊、庸俗的同事同流合污，便辞职住在本家哥哥白骏家里，等待机会。后来随着白骏的舅舅调任升为处长，白慕易得到一个录事的职位并慢慢适应官场的点头哈腰生活。此时，五十多岁才小有所得的梁梅轩却遭裁员，衣食无着，被迫将妻子送回娘家，自己到处去借钱，受尽屈辱。白慕易见状不仅不搭理他反而嘲笑他，梁梅轩病重时他百般推脱，不久，梁梅轩病逝。然而，随着新处长的上任，白慕易再一次失业。到处讹诈、辱人妻子的李益泰诓骗白慕易南下发达，白慕易禁不住诱惑去了。后来才知李冒充士兵卖烟土被抓，自己上当受骗，而此时他又因赌博欠下流氓二百元。白慕易走投无路，投江自杀。白慕易从离家谋事到投江自尽，也就一年时间。

按：这是一幅官场丑态图。小说借白慕易、梁梅轩、李益泰等人一心追求在官场上飞黄腾达到头来不过是一场悲剧的艺术描写，猛烈抨击了那种见利忘义、势利庸俗的无耻小人和弥漫于官场的裙带风、闲聊风和奢靡风，深刻揭示了官场利欲熏心、任人唯亲、泯灭良知的黑暗本质，嘲笑了他们不择手段、蝇营狗苟、投机钻营的可笑行径以及四处碰壁、可叹可鄙的丑恶情态，也堪称一幅揭示社会腐败、人性沦丧的生活百相图。小说语言犀利，寓意深刻，对官场的描写准确生动。白慕易由善良上进堕落到委曲求全、泯灭人性，以致走投无路被迫自杀的悲剧经历，清晰明了。不过，小说结构较为松散，内容也较为浮浅，低级趣味的描写稍多，情节进展缓慢，给人以冗长之感，以重复人物的某个动作或口头禅来表现人物性格似巧实拙，有平面化之嫌。

1月1日 梁新桥在《现代出版界》第8期发表《读〈流亡〉〈归家〉与〈转变〉——作家批评之三》一文，认为：洪灵菲的作品“也和蒋光慈的有同样的优点，即意识的鲜明与浅显动人这两点，所以容易走入大众中间，而为读者所欢迎。还有我们所最最要注意的，他的作品，全从他的实际生活中所产生，自比闭门造车式的真切一些”。“《转变》比《流亡》要进步一点……写实了许多，而且已描写得生动细到。不再像《流亡》中的芜杂无结构。”《流亡》“未能充分描写革命的事件以及民众的生活，而只表现着个人自起自落的情绪，使成为一个虚浮的作品，后之多感慨而少描写工夫，浪漫的气氛太重，这是一个根本的缺点”。

1月1日 佚名在《现代》新年号第2卷第3期1月号发表《〈齿轮〉》一文，认为：“严格地说，《齿轮》并不能算直接以事变为描写对象，当然更不是所谓‘战事小说’。它只借九一八到一·二八那个时期内的动乱为背景而写成的一部作品；它主要的还是写了智识青年的个人的转变。一个不懂事的乡村出身的女孩子（王惠先），被一种盲目的向光明的心理所推动，在她哥哥的影响下，脱离了封建的家庭而到半都会的南京去求学；然而她在学校生活中只感觉到失望。终于，因朋友们的诱掖，时代的刺激，她又渐渐地从‘书本的学校’改进了‘生活的学校’。她从南京流徙到上海，变成一个积极的，独立的人。这时候正当上海战事的前夜，而全书也在此告了结束。”而且认为：“本书在结局上是可能受了些《铁流》的影响；像《铁流》一样，作者只写到转变完成就停笔，浅见的读者很可能以为是个未完的故事，或是写到末尾急忙想收束而潦草了事的。《齿轮》虽然不像《铁流》一样的以群众为英雄，但它也包含着极丰富的群众运动的插话，这齿轮不但和轮子密接的在一块，而且是和整个时代的机械连系着的。它跟着时代动，写这一个动的齿轮，也就是写了整个动的时代。”

“作者巧妙的运用了落后的群众和进步的群众之间的对照来促成女主人翁的转变。前者以南京的青年运动为代表，而后者是上海的青年运动。固然，把南京和上海的民众写成两个绝不相同的典型是没有绝对的必要的，而且事实上也决没有这样鲜明的区别。但是，群众运动的这两种不同的姿态是有的。我们的女主人翁先是看到前一种官样文章式的有名无实的爱国运动，而后来才看到民众的真正的反统治者的热烈的表现；在这两次的经验中受到极重大的教训是极自然的事情。”“在这‘真假’两种民众运动的描写中，作者与其说是成功于写那种健全的，却还不如说是成功于写那种不健全的。作者敢于对大部分人所不敢表示不敬的学生爱国运动取了嬉笑怒骂的态度，不但是恰中时病，抑亦痛快之至！”“至于写那种健全的民众运动，我们却嫌太‘轮廓’一点。简括说，作者是只写了一个表面，而没有把这运动的根柢抓到。这虽然是由于有好多地方不便很痛快地写出来的原故，但究竟因为暗示的太不够，而陷于极度的模糊。我们的民众从这次事变所得到的最主要的教训，作者没有写出来；即就青年而论，更重要的从‘请愿’渐渐变为‘示威’的所以然，作者也没有写出来。在场面比较扩大的这么一部作品里，作者有闲暇顾及小市民，小商人，党部人员，以及形形色色的人物对于这次事变的感想和态度，但根本忽略——最进步的大众在这运动中扮演的角色，这实在不能不说是一个遗憾。”“总之，《齿轮》在技巧上是无疵可议的，只是作者对于这次的大动乱没有根柢的注意和把握，以致使作品仅仅成为这个大动乱中的一幕小小的插剧，而不能为读者所希望，也许同时不能如作者自己所希望那么有重大的意义吧。”

1月1日 佚名在《现代》新年号第2卷第3期1月号发表《〈大上海的毁灭〉》一文，认为，小说“由第三人称的客观的描写，转到第一人称的主观的叙述，再用书信来补充，想将整个的事变，从前线以至后方，用不同的角度所摄取的影片，来凑成一幅完整的赞图”。“可是，作者虽有着这样的企图，而实际上并没有这样雄伟而又纤细的组织力，于是，一件号称‘战争小说’的外衣，却包了一个既不是恋爱，又不是战争的破碎的内容。作者所认为主题的前线战况，在书中被挤到陪衬的地位，由几个讲给儿童听的故事，和几封写给未婚妻的情书来传达出，完全失去它的重要性了。”不过，“只要是有着相当的写作经验的人，从这部书里，很明显的可以看出作者对于战地生活确是有相当的认识，而对于大都市的两性生活，尤其是奢靡的淫乐的资产阶级的日常起居，则完全是凭了作者自己薄弱的幻想在那里‘创作’。不幸之至，作者偏偏又不将前者作主题而反尽力于后者——都市男女的恋爱生活——的描写，于是结果便蹈上了双重的覆辙。所写的既不是战争，又不是恋爱。”但“作者是个崇拜英雄思想的人物，可是他又显然的不愿将这意识坦白的在书中表现出，于是便偷偷掩掩的掺杂了许多很模糊的不着边际的议论，尤其是第一面的那篇小引，‘偶然的，相对的’，可是同时又是‘绝对的，必要的’，这种懦怯的态度，实在是不聪明的”。“作者要写的是整个的一·二八事变全部的姿态，可是因为想避免正面的描写，而从侧面取巧的关系，结果便成了一部以战争为穿插的不很高明的都市恋爱小说，不仅没有写到事变的全部，而且反将前线的战争作了书中恋爱故事发展的伴奏。”而且，“就技术方面说，作者是陷入了一种文字上极度雕琢的歧途中去了。有些地方粉饰得很美丽，可是没有顾到的或能力不及的地方，却显出了极不相称的恶劣和幼稚。描写的失实和结构上的漏洞随处可以发现。”不过，“虽然有着这许多的缺点，但是从这册小说上看起来，作者假如肯虚心的运用自己的聪明，不流入歧途，努力于人生的观察和技术上的修养，前途是有希望的，虽然这一部《大上海的毁灭》，无疑地是失败了。”

1月1日 侍在《东方杂志》第30卷第1号发表消息《介绍〈子夜〉》：“本书为茅盾新作，一部三十余万言的长篇小说。作者以一九三〇年在世界经济恐慌与国内战争交迫下的中国社会经济现象作为题材，支配了八十多个人物，从民族工业的衰败到劳资斗争，从现金集中上海到公债投机的热狂，从内战的猛烈到一般社会的恐慌乃至颓废享乐——一切衰颓期中的社会现象都有了深刻的描写。‘中国社会到底是一个怎样的社会呢？’这是近年来许多人的争论题目。茅盾在这部三十余万言的小说内也就企图作一解答。可是这样一个社会科学上的题目经作者以艺术的手腕写出来，全书三十余万言却没有一些干燥无味的地方。故事的穿插，人物个性的描写，都比作者前此诸长篇更见缜密深刻。尤其在结构方面，全书自首至尾是戏剧的动作，非常紧张。中国新文坛自有长篇小说以来，大多数的题材尚属知识分子的青年男女生活，这部《子夜》虽也有青年男女生活的描写，而主要题材却是广阔得多了。”

1月1日 巴金的《雨》由上海良友图书印刷公司初版，2000册。作者在《自序》中写道：“《雨》可以说是《雾》的续篇，虽然在量上它是比《雾》多过一倍。”“从周如水（《雾》的主人公）到吴仁民（《雨》的主人公），再到李佩珠（《雪》的主人公），这其间是有着一条发展的路径，而且在《雪》里面吴仁民又将以另一个面目出现，更可以帮助读者明白这一层。实际上《雨》和《雾》一样，而且也和将来的《雪》一样，并不是一部普通的恋爱小说。”

1月7日 屈卞之（万迪鹤）的《中国大学生日记》始刊于《社会与教育》第5卷第7期，至8月5日第6卷第10期毕。其中，第5卷第18期、第6卷第4期未刊。

1月10日 天狼在《新垒》创刊号发表《一九三二年中国文坛之回顾》一文，认为：1930年是“普罗文学的黄金时代，出版的刊物很多”，如“蒋光慈的《短裤党》《丽莎的哀怨》与《冲出云围的月亮》”，但“篇篇找不出普罗意识之所在，根本是一些无聊的小资产者的‘泄愤’的东西，充其量只是反抗现实的一个绝叫，无论如何不能算是意识正确的普罗作品”。

1月23日 知白在《大公报》发表《茅盾的近作》一文，认为，茅盾“第一期代表是《蚀》，那著名的三部曲，描写一些知识分子的幻灭动摇和追求——他们都没有出路。《虹》是过渡的东西，细磨细琢的描写还和《蚀》一样，只是女主人公有了出路，意识形态便显明多了。不过这部书没有写完，而且像是在给一个女人作传，不免有些个人主义英雄主义的色彩”。

1月 茅盾的《子夜》由上海开明书店初版。

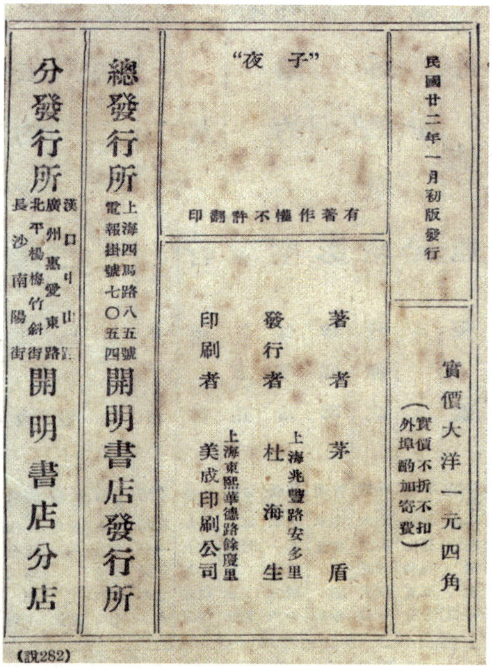
民國廿二年一月初版發行

實價大洋一元四角（實價不折不扣）（外埠酌加寄費）

“子夜”

有著作權不許翻印

著者 茅盾

發行者 杜海生 上海光豐路安多里

印刷者 美成印刷公司 上海東熙華德路餘慶里

總發行所 上海四馬路八五五號 電報掛號七〇五四 開明書店發行所

分發行所 漢口[illegible]路 廣州惠愛東路 北平楊梅竹斜街 長沙南陽街 開明書店分店

（說282）

梗概：1930年5月间，民族资本家吴荪甫的家乡双桥镇掀起了农民运动，为避乱，他把父亲吴老太爷接来上海，但吴老太爷一接触到大都市光怪陆离的景象就头昏目眩，刚进吴公馆就死了。吴荪甫在吴公馆隆重举办了吴老太爷的丧仪，也借此场合和上海金融界、实业界人士进行广泛的洽商。吴荪甫是上海工业界的重要人物，裕华丝厂的经理，此刻的他正踌躇满志地一心想着发展自己的企业。为筹措资金，他一方面不得不与买办金融资本家赵伯韬周旋，合伙做公债投机买卖，另一方面又与王和甫、孙吉人等商量合股成立益中信托公司的事宜，以实现他建立“工业王国”的理想。很快，依靠自己的手腕，吴荪甫吞并了朱吟秋的丝厂和陈君宜的绸厂，接着，又成立益中信托公司，盘进因受日本工厂排挤而濒临破产的八家日用品工厂。吴荪甫的兼并计划获得成功，但厂内罢工声潮不断，在处理过程中，他发现小职工屠维岳很有胆识与才干，果断地破格提升其为丝厂总调度。屠维岳在得到吴的器重后，以软硬兼施的手段暂时平息了工潮。而在公债市场上，他做的“多头”也获利可观。但是，由于军阀之间的中原大战造成交通不畅，产品积压滞销，资金周转不灵，出现了严重的经济危机。对内，吴荪甫欲通过裁员、延时、减薪等手段弥补损失，但并不奏效；对外，吴荪甫拒绝了赵伯韬融资的条件，决心孤注一掷，他将全部资产抵押后投入公债市场，与赵决一死战。他一面收买赵伯韬的姘头刘玉英做内线，刺探赵的动向；一面竭力拉拢其姐夫、金融资本家杜竹斋联合起来做“空头”，以壮大资本与声势。但关键时刻，完全了解内情的杜竹斋倒戈做了“多头”，吴荪甫彻底破产。万念俱灰的吴荪甫连夜带着妻子逃往庐山。

按：小说原名《夕阳》，出版时定名《子夜》。关于《子夜》的创作意图，茅盾在《跋》中说有“大规模地描写中国社会现象的企图”。因此，小说通过以吴荪甫为首的企业经营者和以赵伯韬为首的金融资产阶级的较量，真实而全面地展示了 20 世纪 30 年代中国都市社会的生活全景，深刻地揭示了资本运作环境下人性的本质，以及经营投资者在资本运作过程中违背经济规律的主观动因，形象地说明了阻碍经营投资者完成资本积累及扩大再生产这一时代悲壮历程的历史动因。小说气势恢宏，结构具有史诗性，人物刻画生动，吴荪甫的形象是中国现代文学的重要收获。《子夜》的出版标志着中国现代长篇小说的成熟。不过，关于《子夜》的艺术得失，学术界尚有较大的分歧。

1月 贺凯在北平新兴文学研究会出版《中国文学史纲要》一书，认为：《冲出云围的月亮》看似茅盾《追求》的翻版，但李尚志的爱，能表现奋斗向上的精神，决不是茅盾的死亡自杀。《蚀》三部曲是茅盾“革命幻灭与恋爱追求的心理相互剖解、映照，它所给与读者的映像是游移懦弱，悲观感伤，前途是灰暗！他没有把一九二七的狂风暴雨般的革命高潮的到临和整个的健全革命力量刻画出来，这是他创作的出发点根本不是以普罗阶级为对象的”。

按：贺文对《蚀》的认识或更接近作者的本意。

1月 顾凤城在《中华日报》新年特刊发表《一九三二年中国文坛之回顾》一文，认为：“民族主义的诗人黄震遐今年出版了一本《大上海的毁灭》，却是值得人们注意的。《大上海的毁灭》里面表现一些什么呢？作者企图以上海战争为背景而描写出这次民族革命战争的姿态。但是失败了。作者是一个民族主义的诗人，但是在这篇作品是一点所谓‘民族意识’也没有。这只是一篇（Romance）的小说。作者不从正面去展开这次战争的伟大的场面，完全是站在个人的英雄主义上面去讴歌战争，而且以最大的穿插去描写后方资产阶级民众的游堕颓废的浪漫生活；最后的结果，主人公草灵是一切幻灭而死亡，完全落到陈腐的‘罗曼小说’的圈套中去了。”

1月 蒋光慈的《胜利的微笑》被国民党以“普罗文艺”为由查禁。

1月 张闻天的《旅途》由上海商务印书馆印行国难后第一版。

1月 罗西的《你去吧》由上海光华书局印行第四版，4001—5000册。

1月 邱韵铎的《热情的书》由上海光明书局印行第四版。

1月 张资平的《苔莉》由上海光华书局印行第十一版，20001—21500册。

1月 王统照的《一叶》由上海商务印书馆印行国难后第一版。

2月1日 巴金的《新生》始刊于《东方杂志》第30卷第3号，至6月1日第30卷第11号毕。

2月18日 陈思（曹聚仁）在《涛声》第2卷第6期发表《评茅盾〈子夜〉》一文，认为：“这部长篇小说，比浅薄无聊的《路》的确好得多，要叫我满意吗？依旧不能使我满意。”“请读者在九十五页上停住，且猜一猜作者将以什么题材为中心。从乡间来的老太爷，这样匆匆促促结果了他的老命，算是说明了农村社会给都市社会碰碎了，姑且不管他。和老太爷同来的四小姐和阿萱，不是作者准备用以说明乡村没落的中心人物吗？前二章加上了雷参谋，第三章结尾那么写得有声有色，不是作者准备用以布成三角的悲剧，用以写吴少奶奶的意识转变吗？谁知九十六页以后，全文中心移到吴荪甫和赵伯韬的斗争，原定中心人物变成副角，四小姐的转变和吴少奶奶的转变，只在结末几章轻轻带上一笔；吴少奶奶的转变更可笑，真是变而不变；《少年维特之烦恼》掉在地上，书中飞出一朵干枯的白玫瑰，就算完结了。”“即算以第四章以后那个轻工业资本和金融资本的斗争（吴荪甫和赵伯韬）为全书的中心。看来看去，也只看见两个主将在舞台上大战三百合，战到精疲力竭，到牯岭去避暑为止。照作者的本意，轻工业资本是打败了，代表金融资本的买办是得胜了。我看了全书，把书一丢，闭上眼睛做梦去；轻工业资本上他妈的牯岭，作者要卖的投降或反抗的关子，我想也不是想它。看了这样一部长的小说，等于看完了张恨水的《春明外史》，脑子里一点反应也没有。”“第四章的曾家驹，第五章的屠维岳，第八章的冯云卿和冯眉卿，第十一章的刘玉英，作者都准备用以做重要的配角；不料配角的命运，都是有头无尾，屠维岳较为有声有色，也还有头无尾。刘玉英最可怜，既然两面做内线，在如火如荼的公债买卖中，一些手段也显不出，太委屈了她了。”“这部书名，请作者原谅我的多嘴，不如改成‘交易所外史’，大可以哄动上海人的视动，使作者着迷的那两位大王斗法的故事，也正是上海人爱听的故事。”他还认为：“作者是厌倦于冒险盲动的工作了；屠维岳和克佐甫，两相对照，一个沉着有计谋，一个盲目用公式，若不是吴荪甫太燥急一点，屠维岳简直可以把敌人打得落花流水。这是对于近几年上海工运的嘲笑！”

按：小说确有不足，但言其为“交易所外史”则有待再议。

2月20日 洪灵菲的《流亡》由上海现代书局印行第五版，5001—6000册。

2月　谢冰莹的《青年王国材》由上海开华书局初版。

梗概：王国材是文光中学的高一学生，他家境优越，在学校还有着“网

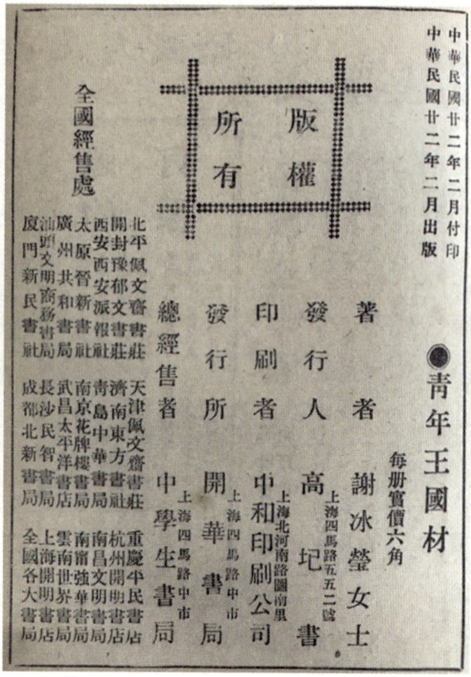
中華民國廿二年二月付印
中華民國廿二年二月出版

●青年王國材
每冊實價六角

版權所有

著者 謝冰瑩女士
發行人 高圯書 上海四馬路五五二號
印刷者 中和印刷公司 上海北河南路圖南里
發行所 開華書局 上海四馬路中市
總經售者 中學生書局 上海四馬路中市

全國經售處
北平佩文齋書莊 開封豫郁文書莊 西安西安派報社 太原晉新書社 廣州共和書局 汕頭文明商務書局 廈門新民書社
天津佩文齋書莊 濟南東方書社 青島中華書局 南京花牌樓書局 武昌太平洋書店 長沙民智書局 成都北新書局
重慶平民書店 杭州開明書店 南昌文明書局 南甯強華書局 雲南世界書局 上海開明書店 全國各大書局

球大王”的称号，他与同学以仁交好，并喜欢着与自己一起长大的女友——活泼美丽的梅英。一次，文光中学的高三学生为维护宣扬新思潮的谭先生与学校发生冲突，致使整个年级都被解散，这次事件使得一些在梦里酣睡的青年们惊醒，开始认识自己所处的时代、环境与教育，但此事对王国材却未产生触动，此时的他，正与梅英进行着热烈的恋爱。然而这恋爱遭到了家人尤其是父亲的反对，因为家里早已为他与赵家小姐定下了婚约，感情热烈而冲动的国材选择与家人决裂。失去经济支持的王国材与梅英之间也出了问题，他陷入了感情的纠结与悲伤中，最终梅英还是来信分手。此刻的国材反而平静了下来，他认为梅英还是爱自己的，自己需要的是努力奋斗。由于家庭的挫折以及来自同学的白眼，国材放弃了学业。为了求生，他来到光明书店当店员，微薄的薪水使国材沮丧，他再次求职，却遭到拒绝。而此时，他也终于发现梅英的背叛。痛心的国材又与昔日好友以仁重逢，了解了以仁所经历的革命与社会工作，他觉悟了，下定决心痛改前非，他的青春在此时复活，生命在此刻重生。

按：谢冰莹（1906—2000）的这部小说围绕青年王国材的生活展开叙述，讲述了一个无忧无虑、贪玩活泼的青年学生在感情、家庭以及社会的漩涡中挣扎成长的故事。作者在着重刻画人物形象的同时，也着墨于社会时代大环境的发展描写，如新思潮的代表谭先生在文光中学所带来的那场风波，以及随之产生的青年学生的意识觉醒。作者在描写人物时，多采取对话与心理描写，完整清晰地展现了青年王国材的感情发展历程，如他在发现梅英像是躲着自己时，总是一冲动就想到自杀或是跳海，而在这冲动之后，他又总是假借幻想来安慰自己。作品在后半部分借以仁的经历引入了革命的精神，这是时代的象征，也是拯救小说主人公王国材的真正解药。小说主题在此得到了升华：处于迷茫与低迷中的青年应主动到革命中去寻找自己的价值。

2月 曾虚白的《三稜》由上海世界书局初版。

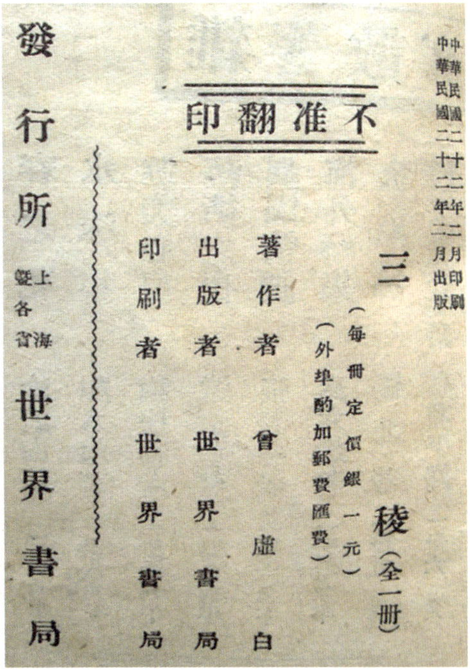

中華民國二十二年二月印刷
中華民國二十二年二月出版

不准翻印

三稜（全一册）
（每册定價銀一元）
（外埠酌加郵費匯費）

著作者 曾虛白
出版者 世界書局
印刷者 世界書局

發行所 上海 暨各省 世界書局

梗概：外表英俊、性格孱弱的军士养成所（类似于军校）教练官杨质夫，在十五岁时受表嫂倩娘诱惑失去了童贞，自此便在理智和情感中挣扎。质夫爱上了美丽纯洁的少女徐丽娟，对方也爱他。质夫便留书对倩娘说明情况，要与她结束这种关系。徐丽娟的表哥王人俊是个伪君子，他既想把徐丽娟夺回来，又与倩娘鬼混。王人俊把质夫与倩娘的事告诉了丽娟，丽娟听完震怒不已。但得知质夫已经与倩娘断绝关系后，丽娟原谅了他。不料倩娘却不甘心失去质夫，遂指使王人俊处处离间质夫和丽娟的关系。经过一番波折后，两人相互谅解并决定举行婚礼。不甘心的倩娘竟到两人的婚礼上捣乱，弄得参加婚礼的客人中不断传来讥笑和嘲讽的声音。丽娟不堪忍受，由羞辱、愤恨到失望，在新婚之夜便与质夫分居。质夫痛苦得割腕、吞鸦片自杀，但没有成功。丽娟不忍，便答应了质夫要求同床的请求。谁知同床之后，丽娟竟离家出走。质夫苦寻一个多月未果后，精神失常，在一次疯狂的发作之后，他来到小西湖边，这时他仿佛看到丽娟正在湖中向他微笑，便跳入湖中。第二天，丽娟的信到达，说她决定回家。

按：这是一部爱情悲剧，也是曾虚白（1895—1994）借三棱的寓意来折射社会生活以反映青年人在复杂的人性面前幼稚和迷惘的重要作品。小说着力塑造的是“只有随风飘荡的情感，没有固定生根的理智”的青年军官杨质夫，他追求爱情，却又沉迷于肉欲，不懂得爱情的真谛，最终酿成了悲剧。小说侧重于表现男女主人公在突破现代物质文明和男女性爱的禁区时感官的刺激和解放的狂喜，以及压抑时精神的分裂、痛苦与迷惘，人物的内心刻画和心理冲突描写得细腻而深刻，情节跌宕起伏，语言也颇具个性，结构自然完整。但作家的爱情观是一种病态的爱情观：把爱情当作一种对对方的占有，把恋爱的过程视为双方交换的过程，双方交换均等则爱情甜蜜，交换不均则爱情坎坷，妨碍了作品的深度。此外，人物刻画上除主人公外其他人物较为苍白，也颇为遗憾。

2月 戴万叶的《前夜》由上海亚东图书馆印行第三版。

2月 超超的《小雪》由上海亚东图书馆印行第七版。

2月 老舍的《赵子曰》由上海商务印书馆印行国难后第一版。

2月 茅盾的《子夜》由上海开明书店再版。

3月1日 李辉英的《万宝山》由上海湖风书局初版（湖风创作集之三）。

梗概： 日本领事田代和警部中川看中了地处伊通河万宝山一带的五百垧荒地，便收买汉奸郝永德做“长农稻田公司”经理，雇用高丽人种水稻。对此，一部分农民觉得有租收总比荒着好，另一部分农民担心开荒掘沟掘坏了“龙脉”，可能引发水灾。由于县长和公安局长已被买通，一些地主也觉得有利可图，高丽人很快就开工了。师范生李竟平来到万宝山，给农民们讲了日本人雇用高丽人开水田的本质和野心，农民们这才觉悟起来。待高丽人开水沟危及自家地界时，以马宝山为首的农民们开始了保卫自己田地的斗争。他们先是抓住郝永德，希望县里能公正裁决，但被买通的官僚却放了郝永德。农民们眼见报官无望，而日本警察又来帮凶，毅然拿起武器开始了保卫家园的斗争。

按： 《万宝山》是李辉英（1911—1991）以“万宝山事件”为素材创作的长篇处女作，也是第一部在描绘东北民情风貌的同时，展现东北人民抗日斗争的长篇小说，更是一部喷薄着强烈的爱国主义激情的长篇小说。由于作者取材于历史事实，彰显抗日精神，在其出版伊始就以题材重大、倾向鲜明、社会效果显著而引人注目。它所开拓的表现东北人民抗日烽火的创作视域，成为东北爱国作家天然秉传的文学精神，植根于中国新文学史册中生生不息。只是小说语言粗犷，节奏急促而不均衡，命意显赫却缺乏文学张力，人物对话缺乏交流且说教有余而个性不足（李竟平的演说尤其明显），加之缺乏鲜明生动的人物形象，故其社会意义大于文学意义。

3月5日 飞也在《夜莺》第1卷第1期发表《巴金的〈雾〉》一文，认为："主人公周如水是一个在动荡的大时代里的一个脱离了社会的歌颂童心，讴歌自然，怯懦，意志薄弱而且爱虚荣的青年。"陈真"是坚决的，理智的，一个有为的青年"，"这是第二个主要人物，也可以说是作者暗示给我们的一个典型人物。""然而，作品所提示给我们的这个典型，仍然是一个虚无的英雄主义者，他之出发点不是爱，而是恨，不是反抗而是复仇，这一点，作者更充分地表现出他虚无主义的尖端。""关于张若兰，作者并没有用正面描写多少，不过由于一些小动作及表情上可以看出来她是一个热情的，温柔的，布尔乔亚的女性。""不过关于社会的意义这一点上，作者似乎是忽略了。写这篇小说的主人公的怯懦，他并不在较大的社会的意义上去显示周如水是一个被社会所侵蚀而毫不知自悟的一个懦怯的青年。而单从恋爱上去显示，我觉得是本书的最大缺点。""关于这本书的中心意识大体说还是和其余的一样，并没有多大进步。它充其量也不过贡给读者一幕弱者的被雾所蒙蔽了的悲剧。虽然当中插入了陈真，但重心并不是在他身上。又何况这个弱者之所弱又缺乏社会的意义而且所谓典型又是一个虚无主义者呢？"

3月10日 余定义在《戈壁》第1卷第3期发表《评〈子夜〉》一文，认为："《子夜》，这是一九三〇年的一个中国的故事，把握着一九三〇年的时代精神的全部。""在技巧上，作者更进一步的走上了写实主义的大道，第一是真实，第二是真实，第三是真实，没有口号，没有标语，也没有丝毫主观的教训主义的色彩。""在立意上，抛弃了那以个人为中心的传奇的方式，很显然的以人与人间的社会背境，和经济的结构为描写的对象。"

3月10日 杨荫深的《曼娜》由上海现代书局印行第四版，4001—5000册。

3月10日 张资平的《脱了轨道的星球》由上海现代书局印行第三版，6001—7000册。

3月20日 王余杞的《浮沉》由北平星云堂书店初版，1—1000册。

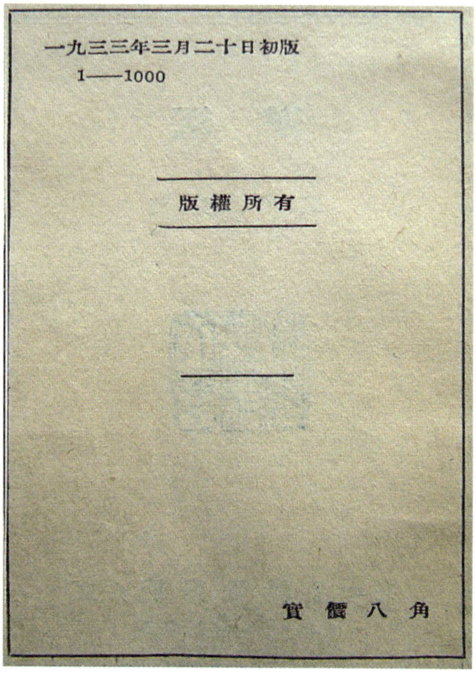

一九三三年三月二十日初版
1——1000

版權所有

實價八角

梗概：黄金镖奉行“干干干”的人生观，且同情弱者。一次，他和好色的张贵在西市场偶遇中学毕业后沦为暗娼的张芝英。张芝英父母双亡，曾寄住在同学聂君媛家里，靠写作赚取稿费维持生计。由于误会，备受冷落的她不得不搬出聂君媛家。就在生活窘迫之际，张芝英遇见了巧言令色的吴杰。两人同居数月之后，吴杰悄悄抛下张芝英前往南京，身无分文的张芝英只有靠为娼维持生活。得知张芝英的身世后，有英雄情结的黄金镖决定帮助芝英到南京寻找吴杰。黄金镖和张贵抢劫钱店，黄金镖被捕入狱，逃脱的张贵机缘巧合成为胡代表的亲信并改名为张子安。芝英拿着劫来的四十元来到南京后，被朱晦明利用，表面上成了一名书记，实则是朱打击与自己竞争追求慧芳的吴杰的工具。吴杰得知此事后，顺水推舟娶了芝英，在外面逢场作戏、百般恩爱，在屋内却百般奴役她作为报复，甚至为了讨好有势力的张子安，不惜用自己的老婆换取恩惠。不久，吴杰昔日的好友王孝明来访。生活的遭遇使得王孝明与张芝英有“同是天涯沦落人”之感，二人的爱情油然而生。与和聂君媛的爱情相比，此时已接受革命观念洗礼的王孝明成为指引芝英摆脱精神痛苦的灯塔，而王孝明也认为自己与芝英的爱更为伟大纯洁。二人的感情虽历经张子安的破坏和颠沛流离之苦，毕竟有情人终成眷属。而小说结尾，聂君媛凭借年轻貌美嫁给了张子安成为市长夫人，黄金镖也在张子安的一道电报下被迅速开释，前往河南。

按：这是王余杞（1905—1989）的第一部长篇小说，也是作者从写学生生活到写社会生活的过渡之作。小说名为“浮沉”，意为人世沧桑、浮沉升降虽然变幻莫测，但趋炎附势、欺凌弱小却是旧中国一些人的处世原则，作者对此加以揭露与谴责，并有暗示“革命才是出路”的意向。小说中人物相较作者早期的一些作品，涵盖的阶层更多，使得文本容纳了更丰富的生命姿态和更广阔的社会历史内容，但由于作者缺乏社会经验，对社会生活的描写稍显稚嫩，时代氛围上营造不够，时代在某种程度上沦为一个空洞的能指。黄金镖、张贵的形象在当时为数不多的士兵形象中有些许亮点，但大兵张贵的升迁、对胡代表夫人的讨好，还有对芝英文雅的描述都有异想天开之感，不足以让人信服。围绕王孝明展开的爱情书写延续了早期创作中关注青年男女恋爱问题的主题，但依旧没有突破左翼作家一贯的“爱情阻碍革命，革命升华爱情”的革命的罗曼蒂克套路，流于浮泛，也未将爱情与革命之间人物内心深层的纠结展现出来。故而小说结构虽完整，但艺术表现着实一般。

3月24日 鲁迅在《申报·自由谈》发表《止哭文学》一文，认为：“一部《大上海的毁灭》，用数目字告诉读者，以中国的武力，决定不如日本，给大家平平心；而且以为活着不如死亡（‘十九路军死，是警告我们活得可怜，无趣！’），但胜利又不如败退（‘十九路军胜利，只能增加我们苟且，偷安与骄傲的迷梦！’）。总之，战死是好的，但战败尤其好，上海之役，正是中国的完全的成功。”

按：鲁文带有意气的成分，他没有从全文出发，而是采取了断章取义的方式，因为小说中紧接鲁迅所引用文字的是这样一段段话：“躺在床上，我拿这四个答案翻来覆去地想着，卒于又发现了许多的矛盾与错误，而尤其是，自己看到的那些‘我们’，只是些躲在外人保护下的苏秦张仪们，那又何必提？”对其中的“我们”讲得很清楚，但这并非黄震遐在小说中所要表达的本意。可以说，这是鲁迅对“民族文学”论者们的成见所致，可作杂文看而不宜当论点用。后人多草率地以此批判《大上海的毁灭》，偏颇而又令人深感遗憾。

3月26日 郁云在《文学旬刊》第1期发表《读茅盾的〈子夜〉》一文，认为：“这实为中国文学史上的一大史实，值得大书特书的。”“中国幼稚工业的资本家代表吴荪甫，在作者的笔下，成了一个典型的成功人物。”“人物描写的成功，也是本书成功的地方。”小说是写实主义的，作者是中国的辛克莱。

3月30日 崔万秋的《新路》始刊于《大晚报》，至9月30日第5章毕。

3月 曼陀罗的《红豆》由上海大申书社初版，1—1000册。

梗概：从上海来到广州谋事的青年彭介民在朋友万纪昌的介绍下，寓居封建旧官僚陆希贤的家中。一次，适逢陆先生外出，广州市内遭遇了军阀政权更迭的战事，介民便成了陆太太一家的“支柱”，耐心安抚并热心为她们打探外面的局势。其间，介民与陆家大小姐陆菊溪有过几次晤谈，彼此渐生好感，但因惧怕陆先生的家长权威，二人只能用书信做宣达情愫的工具，偶尔才有几次很长久的面谈与出游。通过菊溪的介绍，介民认识了她的同学秦素蕾，一位有才学却放荡不羁的“维新”女子，并同她成了朋友。后来，介民成功在某厅谋到了一个科员的差事，并深受同事W女士的青睐。正当介民与菊溪浓情蜜意时，陆先生决定举家迁往澳门，介民便接受了朋友黄畏三的邀请，赶往临高县担任公安局局长，不承想二人竟意外卷入了两派军阀的斗争之中。黄畏三惨死后，介民毅然递交了辞呈，在乘船返回海口的途中遭到

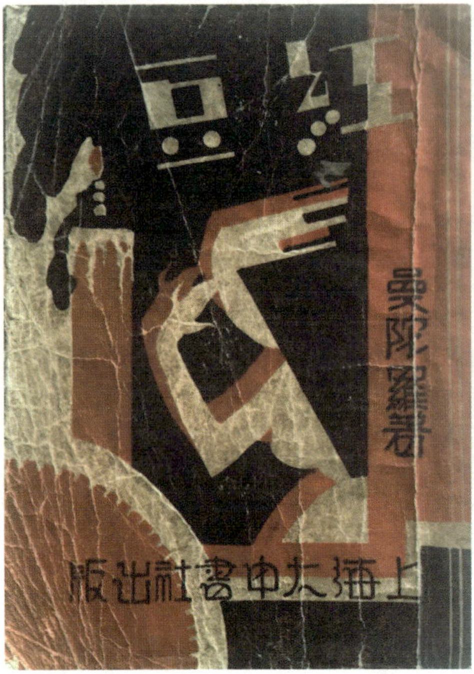

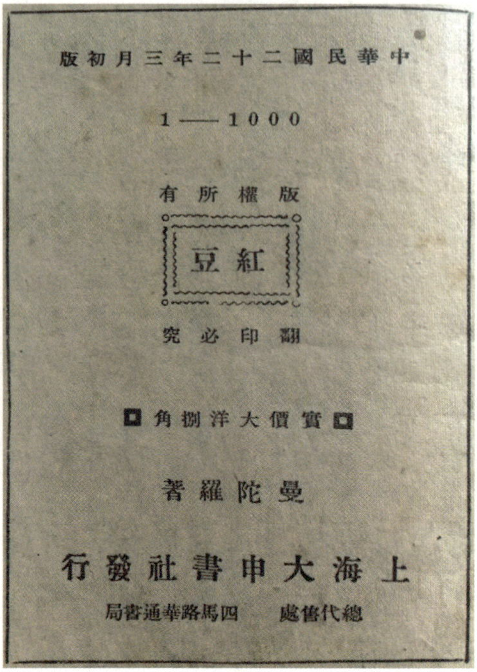
中華民國二十二年三月初版

1——1000

版權所有

紅豆

翻印必究

實價大洋捌角

曼陀羅著

上海大中書社發行

總代售處　四馬路華通書局

了盗船的侵袭，腿部中弹，只得在海口医院休养一月。得知此事的菊溪夜不能寐，在好友素蕾的劝说下，偷偷离家来到海口。介民腿伤恢复后，三人看见了陆父和秦父在报纸上联合刊登寻找二女的广告，菊溪既忧且惧，大病了一场。最终，三人经过一番考虑决定先回广州秦素蕾的家中认错，却在码头遇到不怀好意的 W 女士。另一边，收到 W 女士诬告信件的陆父大为震怒，将菊溪毒打了一顿，监禁在家，虚弱的菊溪深感无望，吞下了介民赠予的信物后静静死去了。

按：这是一部描写一对青年知识分子勇敢追求自由恋爱却在封建家庭的禁锢下走向毁灭的爱情悲剧。小说的成功之处不仅在于鲜明地展现出以彭介民、陆菊溪为代表的新生力量同以陆希贤为代表的守旧势力之间极为尖锐的冲突与对抗，还在于塑造了秦素蕾这样一个比彭、陆二人更为积极、进步、鲜活且热血、有正义感的女性形象。作为两人共同的好友，她能不遗余力地为两人奔走，希望尽快促成两位有情者的结合；身为“维新派”的自觉捍卫者，她积极劝说身居封建牢狱式家庭的菊溪勇敢走出去，大胆追求自己的爱情与幸福；面对封建势力的残酷镇压，她又发出了“压迫和束缚的权威，只能施之于物而不能施之于人”的有力呐喊。此外，小说虽主要以展现彭、陆二人的爱情悲剧为主线，却巧妙穿插了两场军阀混战、政权更迭所造成的战事，既凸显了普通小市民面对战争的惶恐不安，也呈现出权力场角逐的混乱与荒谬。不过，小说在叙述彭介民跟随黄畏三前往临高县赴任以及由此展开的遭遇游击队伏击、与旧派势力斗争等这一章的描写稍显混乱，尤其是情节的引入与引出均以介民在行船途中突遭劫难进行展开，有一定的神秘色彩与雷同之嫌，不够真实。

3月 禾金在《中国新书月报》第3卷第2—3号合刊发表《读茅盾底〈子夜〉》一文，认为：“从中国的新文艺产生以来，到现在为止，《子夜》还是一部在含量上突破一切记录的创作长篇小说。它的本身包含了三十余万字，角色也杂乱综错地做出许多不同的事件。而且，据作者自己在后记中说，在结构方面，他是用过一番心血的；题材又是赫然的一九三〇年的中国——骚动的序幕。在各方面看，它是近年来较可注意的一个文艺产物。”“全书在技术上说，是非常失败的，它所给予读者是一种奇突而矛盾的感觉：一方面觉得这故事配着这样的篇幅太不调和——篇幅太长，因之故事的发展也特别的缓延，而作者也显露了一种手段的困难——为了要抓住社会现象的多方面，不得不另外拉上一件不相干的故事来露脸，于是行文上就显出了慌乱的变动——无理由地，像劣等电影分幕法地，毫无演进地从一件故事跳到另一件故事上去了。而其他一方面，却奇怪地又教人感觉到故事太多，篇幅太短。这两种感觉从表面上看似乎是绝对矛盾的，然而推究它底原因却同是一条：主要的故事发展得太慢，原因是小故事太多而杂，而作者又没有加以适妥地布置，使它们发生严密而不可分离的统一（Unity），加以，有些应当加以充分发展的小局面却不使它发展。”在人物描写方面，屠维岳的形象令人难以置信。总之，这是一个不完全的作品，其原因是茅盾抓大题材的能力不够，“所以他满心要写‘中国的社会现象’，结果却只写成了一部‘资产阶级生活素描’，或是‘××斗法记’而已。”

3月 谢冰莹的《我的中学生生活》刊于《现代学生》第2卷第6期，全文经过较大修改后成为《一个女兵的自传》的第三章《中学时代》，其中第一部分改写为第一节《中学时代的生活》与第二节《外婆校长》，《拖朋友同性爱》改写为第四节《同性爱的纠纷》，《倒霉的情书》改写为第五节《情书贴在布告处》，《大文学李青崖先生》改写为第六节《作文打零分》，《可纪念的几次斗争》改写为第七节《斗争生活的开始》。

3月 张资平的《爱之涡流》由上海光明书局印行第六版。

3月 苏雪林的《棘心》由上海北新书局印行第七版。

3月 茅盾的《蚀》由上海开明书店印行第五版。

4月1日 朱明在《出版消息》第9期发表《读〈子夜〉》一文，认为："这是自他三部曲以来的第一篇力作；在我们中国新文坛，也是第一次发现的巨大著作。茅盾他自己曾称叶圣陶贯起'五四''五卅'几个时代来的《倪焕之》为扛鼎的工作，但叶氏的认识太不够，于实际生活又甚隔膜，那本书只有他的呆板的雕型的空壳子，显明地呈现在我们眼前，在他自己恐怕亦明白这是不堪问鼎的东西吧！叶氏的《倪焕之》要在'纵'的历史上，作为时代潮流的追溯一点上得到稳固的地位是不可能的。然而茅盾他自己却在'横'的方面大规模地把中国的社会现象描写着，在没有人同他争斗的现在，他四顾无人的霍地一声，把重鼎举起来了。"《子夜》把"复杂的中国社会的机构，大部分都给他很生动地描绘出来了"。"茅盾的《子夜》，于形式既能趋近于大众化，而内容尤多所表现中国之特性，所以或者也简直可以说是中国的代表作。而就大规模的社会描写，浅易圆熟而又生动有力，以及近于'同路人'的意识这几点上讲来，茅盾又可以说是中国的辛克莱。""至于《红楼梦》一类的结构法，茅盾用之于《追求》等篇中，尚不觉怎样，用在《子夜》中却大觉因此全部缺乏了紧密的结构力了。"在意识方面，茅盾近乎于小资的"同路人"，因而缺少批判精神。"他在写得很少的工人运动中，又不能忘情地着力描写工作人员的性苦闷性冲动的不能自持。因为这是他的拿手，这是使他自己陶醉的地方。所以他把这一方面的现象写了出来，未能用另一方面的正面人物去把这气氛克服过来。他描写从这里边挣脱已是很无力的了。这里边透露出作者没有挣脱这氛围气的坚强的力，而不是革命阵营中没有这种坚强的人物存在着，是大家可以明了的。”“而且我们就《子夜》说，茅盾非但对上流社会的人物比对无产阶级的群众来得熟知，他还是根本以小资产阶级的立场来观察社会，来体味生活的，我们拿描写‘五卅’纪念示威的一节作例，他描写示威，始终不肯从正面把群众真切有力地写出来，却把组织以外的张素素小姐的求刺激的以及临阵惶恐而失却自主的奔逃的心理作为主要描写。而在这里因此没有感受到革命的情绪，反拨动着阿志巴绥夫的朝影似的小资产阶级的下意识的畏怯。这是《子夜》作者根本的缺点。”“就描写立点来看，他各方面写的很少，也只着力于民族资产阶级的吴荪甫的奋力于他的企业，以至失败的始末，而终篇未暗示光明的去处。他的意思，似乎只是各方面都在‘子夜’的时候，他的暧昧的去处，或者是被胁于政治压迫的缘故，但从他作品的多方面看来，这也未始不是他现示犹豫的地方。”另外，“茅盾在《子夜》中对于命令主义固然指摘出来了，而取消主义的气氛都因而很强烈，没有给他们一个适当的处置哟！”

4月1日　《出版消息》第 9 期刊载《〈子夜〉之销数》：“茅盾近作《子夜》，销数之惊人，超出意外，闻只上海复旦大学一处，十天内共售去四百本，按复旦学生共有一千余人，平均每三人购一本《子夜》云。”

4月1日　张天翼的《一年》由上海良友图书印刷公司出版（精装本），2000 册。

4月2—3日　乐雯（瞿秋白）在《申报·自由谈》发表《〈子夜〉和国货年》一文，认为：“这是中国第一部写实主义的成功的长篇小说，带着很明显的左拉的影响（左拉的“Largent”——《金钱》）。自然，它有许多缺点，甚至于错误。然而应用真正的社会科学，在文艺上表现中国的社会阶级关系，这在《子夜》不能够说不是很大的成绩。茅盾不是左拉，他至少已经没有左拉那种蒲鲁东主义的蠢话。”“这里，不能够详细的研究《子夜》，分析到它的缺点和错误，只能够等另外一个机会了。这里所要指出的，只是

「子夜」和國貨年

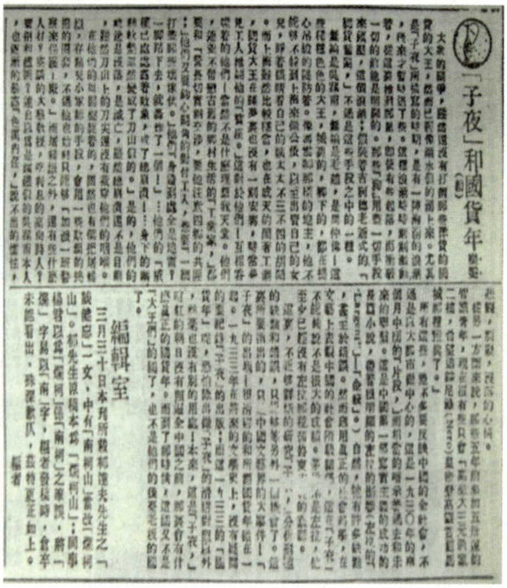

「子夜」和國貨年

編輯室

中国文艺界的大事件——《子夜》的出现——很滑稽的和所谓国货年碰在一起。一九三三年在将来的文学史上，没有疑问的要记录《子夜》的出版；而这一九三三的‘国货年’呢，恐怕除出做《子夜》的滑稽对照以外，丝毫也没有别的用处！本来，这是《子夜》，暄红的朝日没有照遍全中国之前，那里会有什么真正的国货年。而到了那时候，这国又不是‘大王们’的国了，也不是他们的后台老板的国了。”

按：这篇文章成为茅盾《子夜》研究的重要文献之一，其中“一九三三年在将来的文学史上，没有疑问的要记录《子夜》的出版”的论断，广为研究者所征引。

4月5日 《申报》刊载《莫须有先生传》的广告：“周作人先生说：‘我的朋友中间有些人不比我老而文章已近乎道，废名君即其一。我的永日或可勉强说对了《桃园》，看云对《枣》和《桥》，但莫须有先生，那是我没有……我实在很喜欢《莫须有先生传》……莫须有先生文章的好处，似乎可以旧式批语评之曰，情生文，文生情。’”

4月10日 云（吴宓）在《大公报》发表《茅盾著长篇小说〈子夜〉》一文，认为，《子夜》是“近顷小说中最佳之作也”。“第一，以此书乃作者著作中结构最佳之书。”“第二，此书写人物之典型性与个性皆极轩豁，而环境之配置亦殊入妙。”“第三，茅盾君之笔势具如火如荼之美，酣恣喷薄，不可控搏。”

按：一向传统的吴宓撰文赞扬《子夜》，颇令人意外，只是其评价稍显言过其实了。

4月15日 《申报》为《曼娜》的重版刊载广告：“杨荫深著。本书是部书信体的长篇恋爱小说。在这长长短短的六十二篇通信中，著者丰富的热情与魄力，描出了一对热狂的青年，使读者也为之神往了。现已四版出书。”

4月19日 门言在《清华周刊》第39卷第5—6期发表《从〈子夜〉说起》一文，认为，《子夜》以“做公债”和“工潮”为题材，是其过人之处。许多人好奇就在于看自己一无所知的“做公债”内幕。他还认为：“茅盾作品最大的缺点便是他的雄图是很大的，而他对生活的体验每苦不足。”由于茅盾写的是体验的传递而不是经验的结晶，其艺术作品的生命力不会长久，在鲁迅之下。

4月22日 顾凤城在《大声》周刊第1卷第4期发表《〈子夜〉读后感》一文，认为：“《子夜》这部小说，无论在内容上，在分量上，确是值得我们注意的。作者在结构上，在人物的配量和布局上，也确实费了一番心思！其描写场面之阔大，和刻划各阶级人物心理之深刻，读了以后也是使我深深感到满足的。”“在《子夜》中，我们可以更深切地把握到：中国的民族资本（即民族资产阶级）在现状之下，无论如何不能顺利地发展的。”“要中国的民族资本顺利地发展，必须要有统一的中央政府！”“这是我读了《子夜》后一点感想。”

4月22日 黎烈文在《申报·自由谈》正式刊出编辑室启事：“本刊登载张资平先生之长篇创作《时代与爱的歧路》业已数月，近来时接读者来信，表示倦意。本刊为尊重读者意见起见，自明日起将《时代与爱的歧路》停止刊载。”

按：这就是所谓的“腰斩张资平事件”。此后，张资平的创作一蹶不振。

4月25日 西夷（许君远）在北平《晨报》发表《〈浮沉〉》一文，认为：

“这书第一优点即是张芝英生活上的种种演变，第一缺点即是各人的性格的剖析不很分明。第二优点是作者文字的流畅，第三优点是善用幽默……”“它还有另外的缺点：（一）张贵的变化过速，升迁的过于容易；（二）王孝明前后身份不大一致，他同聂君媛的结识不自然，与离的也太容易；（三）黄金镖尽可不坐狱，由狱中开释的也太突兀；（四）许多事实，作者愿意将它们拉拢到一起以致脱不了斧凿痕迹，这种地方容易形成不自然的舞台化（Dramatic），教人看了很难相信它们何以会如此‘凑巧’。”“总全体而言，这本书有它的好处，同时也有它的缺点。文字流利是作者之长，而经验少欠充实，也是我不必代余杞讳言的事。本书的取材很好，我相信若使余杞再过五年写，一定更可惊人，一定能成为一本极可珍贵的名著。”

4月27日 唐德耀在《读书周刊》第33期发表《读完了〈子夜〉》一文，认为，以上海为背景，描写都市男女的生活；尤其是市场利害的争逐，在本书更占有重要的地位。

4月28日 《华北日报》登载《介绍猫人》一文，说：“近来在《现代》月刊上看到老舍先生的《猫城记》，真有欲哭无泪之感！希望今世的中国人谁都拿来细读一遍，再低下头来想一想我们自己的情形。”作者还认为：“这部小说的主旨和十年前鲁迅所写的《阿Q正传》一样，都是要赤裸裸地揭发中国人的弱点；所不同者，只在乎那部是拿个人来描写，而这部则以整个民族为题材而已。老舍君的文笔本来以轻松而富谐趣著称于时；这部新作，尤能充分表现他的特长。而寓庄于谐，处处含蕴着极深刻的悲愤和痛苦，表面上则极尽调侃挖苦之能事，令读者哭笑不得。本来像这一类的极笨重的主题原是很不容易讨好的，这真是一种扛鼎的工作；能有如此的成绩已经是难能可贵了。”“本书所特别注重的是‘猫人’的苟安，畏怯，自私，麻木，贪污，不负责，无国家思想，勇于私斗等等的劣根性，全书所叙的便是这个民族之为了这种种的劣根性而陷于亡国灭种的历史。”

4月29日 康弟在《西京日报》发表《读〈子夜〉》一文，认为《子夜》的优点在于：（一）“集团的行动，真的写实派作品，是站在集团的观点去描写的，因为只有这样，才能获得现社会的真相，才能够握住大众的心理”。（二）有“社会的联系”，“全书像一部社会科学著作。”（三）“着重于现社会横的方面大规模的描写，从封建社会到资本主义社会里的各种人物都显露着”，“各样的人物都肖像逼真。”

4月29日 易凌在《小国际》第24期发表《张资平的歧路》一文，认为，张资平的小说落伍了，他虽然想跟上时代，也在小说里点缀革命，但又想保持艳情小说的特点，但这显然与当下这个时代脱节了。

4月29日 《申报》刊载《一年》的广告：“赵家璧主编 良友文学丛书（五）张天翼作《一年》中国出版界前所未有 第一流作家 二十万字长篇小说 四百二十五页 淡黄道林纸精印 烫金圆脊 墨绿软布面洋装 为保持全部丛书定价一律起见 售价大洋九角　作者应用了二十万文字，描写典型的小官僚阶级由幻想而没落的过程。每页书里包藏着幽默的风味，而簇新的形式和簇新的故事相衬着，更证明本书是作者过去最伟大最成功的作品。”

4月30日 《申报》刊载《青年王国材》的广告：“本书为一八万余字的长篇小说，描写一个中学生的出路。结构紧密，文字活泼流畅，使每个读者不忍释手。”

4月 王统照的《黄昏》由上海商务印书馆印行国难后第一版。

4月 巴金的《灭亡》由上海开明书店印行第四版。

4月 茅盾的《子夜》由上海开明书店初版（精装本）。

5月1日 **朱雯的《动乱一年》由上海33书店初版，1—1500册。**

梗概：工人李三得因看到老工人黄长福突然死去而家里又无钱办丧事，就和二麻子一起到工厂找财务陆先生结算本月的工钱，厂方以月底结算为由拒绝了他们的要求，随后又以闹事为由开除了他们。无奈之下，李三得只得回农村老家。刚回到家里，全村就被洪水淹没，李三得一家也家破人亡。逃过一劫的三得和灾民们被集中关到几间平房里，等待捐救食品。过了几天救济的日子后，三得觉得与其这样被囚禁，挨饿，不如去上海闯闯或许可以生存下去。于是他和大发逃了出来。由于没钱，只得偷偷爬上火车，受尽屈辱

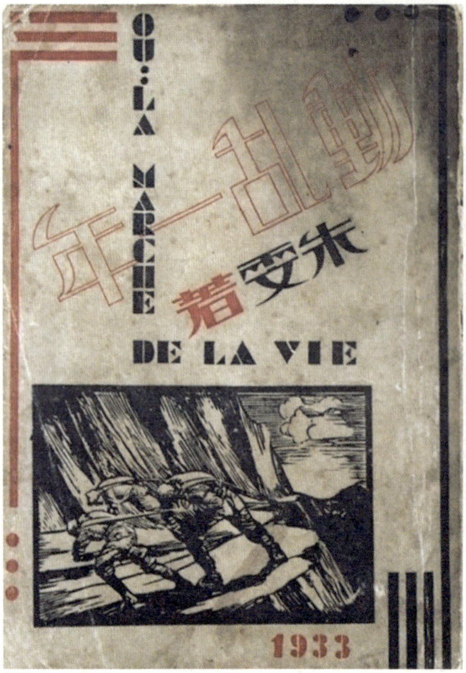

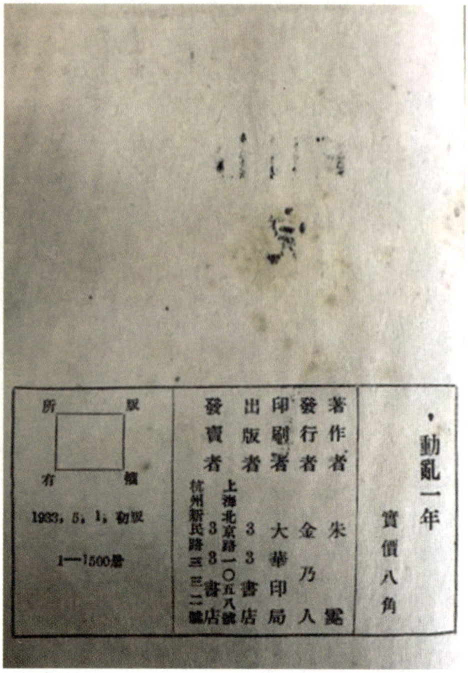

才到了上海。大发进了工厂，三得以卖报为生。一天他在阿二的怂恿下第一次去了红灯区，却发现接待他的是自己老婆，她向三得诉说了发洪水后的屈辱。第三天下午三得再去时，他老婆已死。一天，三得遇到大发，大发介绍他给厂里做点事。工人们正在组织罢工，要求厂方提高待遇。这时，日本人进攻上海，十九路军奋起抵抗。在高涨的抗日热情鼓舞下，三得先加入了民工队，为部队做后勤，后来又拿起枪加入了抗日的队伍。

按：朱雯（1911—1994）的这部小说写的是一个生活在底层的青年在生活的逼迫下，受时代的感召，从一个普通的流浪汉成长为一个抗日战士的故事。作品虽然涉及了1931年的大洪水给广大灾区人民带来的灾难，爱国学生运动的高涨和政府的不抵抗政策，以及十九路军奋勇抗战的历史图景，但由于缺乏精细的刻画和生动的描绘，多浮光掠影，带有新闻小说的印痕。在人物塑造上，共性多而个性少，典型性不强，称其为人物类型图较为妥当。正如作者在序中所言：“在这里，只有一些动乱，一个年头中一些动乱的事；如果读者在这个年头中没有看见过一个动乱中的人生，这里是至少可以给你看一幅浮雕的。”此言虽有自谦的成分，但也确属实情。

5月1日 绿曦在《读书中学》创刊号发表《介绍茅盾底〈子夜〉》一文，认为：“最近茅盾出版的《子夜》，是中国文学创作上一部空前的重要的巨制。”“《子夜》里作者执着了他有胆量的笔，给我们描画出整个的现代没落，恐慌，挣扎和残杀的混乱错杂的中国底从伟大的都市到深藏的农林社会的形态来了。《子夜》明白写给我们，都市里中国民族大企业家怎样阴险地压倒了小企业家而雄心勃勃地发展着自己的企业，终于怎样在帝国主义底封锁之下拆了台而投到那卵翼之下两重剥削民众，这在政治上的影响，大企业家身旁种种幻灭和淫乐的典型怎样在活动，小企业家怎样阴惨地没落着，以至十八层阿鼻地狱底的下等人们又怎样没有生的路子了地起来拼命，都市是怎样在震动着了。农村里，苦人也起来一样求生拼命，农林怎样在大大地变换着了，这，《子夜》也写给我们了。种种的目前中国社会动变着的深藏的缘因，种种动变的一致的前途，种种在这目前动变底辗转着的人群，《子夜》里虽说还有觉得不够的（如农林的下等人，都市的小市民底生活），然而这重要的轮廓已明白正确地指示给我们了。”“一个人生活到社会里来，围绕自己周围的社会究竟是怎么着，到无论如何是不能不清楚认识的，尤其在目前中国这每日过着都觉得很紧张的局面之下，自己究竟要取什么方式什么方法生活下去，正确认识四围，更是很切迫需要的事了。《子夜》是恰恰写出了这普遍发生着的一切，让我们来看个明白了。”“这就说出了《子夜》是目前一部不能不读的作品的重要性来了。而它给我们的伟大的推动前行的力量，是每个读者会自己能够体验出来。”

5月1日、3日、5日 上玄在《西京日报》发表《茅盾的〈子夜〉读后》一文，认为：“《子夜》，是对中国现社会的横面解剖，是分析了各级阶层的社会生活和心理。”“《子夜》的开首，是以时代的背景作了一个映照，那是很深切，很精确的二个映照吧！”作者“抓住了吴老太爷灵魂，他是代吴老太爷表现出封建意识的全部”。“茅盾的写法很深刻很能给予我们一个时代的认识。”“中国社会现象，用文学的写法去描绘的，《子夜》的确是一本最伟大最成功的作品。那里有中国的现实社会，那里有中国社会的各式各样的人物，那里是中国社会一个横断面，那里是中国社会一部写真。然而只给我们绘出一副中国社会上图画，而没有指出图画上那里是我们的去路。单来描写中国社会，单来曝露中国社会的现实，但是让我就安详地经在这样社会的这未免有点闷气有点麻木不仁罢？”

5月1日 张天翼的《洋泾浜奇侠》始刊于《现代》第3卷第1期，至1934年3月1日第4卷第5期，其中，第4卷第1期未刊。

5月6日 《申报》刊载《红豆》的广告：“著者是南越文坛上的健将。作品富有弹性，满含着人生的悲哀，不但能引起读者的同情和共鸣；而且可使读者留下深刻的印象。常会感着一种不可思议的回味。他回沪以来，因为带上了职业枷锁，使他无暇再从事于著述，所以自出版了《爱的幻灭》等书以后，搁笔已久。本书是他最近于公余之暇所写的他在粤时目击的一段可歌可泣的事实，情节的离奇，已足令人拍案叫绝；而文笔之灵妙清隽，尤使人百读不厌。书中如写一个浪漫女子对于异性的追求，绘声绘影，十二分的深刻；写一个处女的情深似海，可以使读者的心灵醉迷。其他如写军阀的残酷，使人发指眦裂，写战争的悲惨，使人怵目惊心。人生究竟有什么意义，在他这部杰作中可以找着一个答案。”

5月7日 《大公报》刊载消息《天津书局近到新书》：“《一年》（张天翼创作长篇小说。本书作者应用近二十万文字，描写典型的小官僚阶级由幻想而没落的过程。）”

5月8日 柔草在《中华日报》发表《读〈子夜〉——杂记之一，三月十日》一文，认为：“这是以一九三〇世界经济恐慌勃发以来，帝国主义和中国民族资产阶级的矛盾，以及半殖民地的中国的畸形社会为题材而写的小说，从帝国主义及其买办，以及金融资本势力，写到军阀混战，民族资产阶级的挣扎，和农村的恐慌，破产……长凡三十万言，这是一个大规模的描写，在茅盾自己，也可算最大的努力了。在新兴作家贫弱的现在，我们也不能不推许茅盾了。”“在《子夜》中，作者是尽量地曝露了中国民族资产阶级的民族资本主义的乌托邦，这个把握是对的。至于描写都市的金融资产阶级，工业资产阶级，买办阶级，没落的农村豪绅地主资产阶级，小官僚，士大夫阶级，把这些所谓上海高等华人的腐烂生活的丑态都充分的曝露出来了。还有，寄生在这些阶级中间的人物，如小波尔的浪漫诗人，颓废的大学教授，享乐的留洋学生，意志薄弱的所谓摩登小姐，女学生，高等卖淫的少妇……还有描写波尔什维克党人的活动，工贼，流氓等等，象征了这些在子夜中挣扎的人们，茅盾的描写是成功的。但有些场合，作者依然是不脱他那小波尔的特性与立场，故意在正面很俏皮地描写，却忘了从反面去作有力的克服与批判。如描写'性的要求与革命的要求同时紧张'的女党人，和什么'命令主义'，以及五卅纪念示威游行等场合，都没有从正面去作有力的描写，以克服那些不正确的倾向。好像消极的俏皮的描绘，就算尽了批判的能事。这是《子夜》的缺点！""此外，在《子夜》中，描写得比较紧张而有力的，要算农村暴动的这一场面了。可也有好些地方写得很滞涩，勉强，如'第二十三名党员'，等等，都显示出作者的'漏洞'。""《子夜》全书共分十二章。这种结构的形式，颇与旧小说《水浒》等相类似，在事件的进行和个人琐事的连系上来表达人物的意识形态，是很少生硬的弊病，不会使人读着感得枯燥乏味。这种写法是对的。因为这样是比较大众化，不过也还需要更努力地创造，使创作能够更广大的深入到大众里面去。显然地，《子夜》是有着这种的倾向了，但还不十分完美。""从一般内容形式来说，《子夜》是相当的成功了！只是作者也和美国的辛克莱一样，只愿曝露，而不正确地指示出这矛盾社会的必然地出路，这许是被他那种天赋独厚的小波尔（也可说是同路人）意识形态所限制了的原故吧。""茅盾现在还只看到黑暗而混乱的子夜，不知他会否看到白昼的光天大日？""我们希望茅盾的创作今后会有一个新的转变，从《子夜》中努力走出到白昼来。"

5月9日 蔡受百在《兴业邮乘》第9号发表《介绍一部公余读物：〈子夜〉》一文，认为，《子夜》是一部描写实业界情形的令人满意的小说，是描写上海金融实业的代表作品。小说将上海的理财家、企业家，在国外经济侵略、国内军阀割据下的死命挣扎写得深刻流动，历历如绘。“这部书，不但材料好，在文学上亦是一部成功作品。绝不犯时下小说无病呻吟，肤浅幼稚的弊病。自始至终，是纯粹的流畅的语体文。全部结构紧密，写各人的声容状态，绝不模糊雷同……虽然有几处似乎冗长些……有几处似乎松懈些……但都是小疵。也许是作者故意这样的。末尾一结最好。这是一部值得银行界特别注意的书。”“预料不久一定要轰传遐迩，或者要把它编剧摄影。”

5月14日 《申报》刊载《动乱一年》的广告：“一九三一年中国动乱浮雕！内容：经，一个佃农的活动；纬，一九三一——一九三二年中国动乱史实。”“发表片段：《现代》——饥饿线；《自由谈》——窃钩者流、战线。”

5月15日 卢艺植在《读书与出版》第2卷第2—3期合刊发表《读〈子夜〉》一文，认为：“在这部小说中，著者的原意似乎是想把这个庞大而复杂的中国社会整个地表现出来，但其结果，除了都市生活的一部，其余社会生活的描写是失败了。不过单就这都市资产阶级生活一点来说，著者确已曾把握住这个阶级生活的核心；尤其是在这个经济恐慌及不景气的时代下。”小说共写了四个方面：产业资本家和都市社会；封建地主及农村社会；知识阶级；劳动者及无产阶级。“就作者成功说：自然是都市新兴资产阶级，及半殖民地下的国家中资本社会的描写最深刻；其他方面则以知识阶级为作者认识最清楚。此外就较逊了。至于就艺术方面说：则心理描写的精微，社会经济分析的周到等，作者的天才，尤不容我们忽视。无论就那一面说，作者的认识，及艺术，是较他写《蚀》《虹》时进步多了；虽然此中还有疏漏和不健全的地方。”

5月15日 《文学杂志》第1卷第2号以《〈子夜〉的读者》为题发表“文坛消息”：“茅盾之《子夜》，不独此书本身之巨大，为过去文坛所仅见；即以销路论，亦前所未见者。据北平《晨报》月前某日《北平景况》（？）一文中所记，则市场某书店竟曾于一日内售出至一百余册之多，以此推测，则《子夜》读者之广大与热烈，不难想像云。”

按：由此可以想见当时《子夜》的轰动效应。

5月15日 皴生在《新垒》第1卷第5期发表《〈子夜〉在社会史的价值》一文，认为："《子夜》的主人翁吴荪甫，是一个民族资本主义的典型，由兴起而至没落的过程，均有合理的深刻的描写。""《子夜》中有一个不可忽略的，就是留学生典型杜新箨的描写了。""《子夜》对政治的写说，也有很深刻沉潜的意思。对国民党有刻毒的描写，对共产党有纠正错误的意思。""总之，《子夜》之作，不是率尔执笔能成，而材料之搜集，情形的调查，是要费很大的心力的，而全书的结构，如局势的布置，事实的剪裁，并无丝毫的苟且。《子夜》的文艺价值虽不能超于社会史的价值，但可以说是文坛仅见的杰作。""茅盾文艺的描写，不作论断与答案的描写。就是告诉研究中国社会现象的人，中国社会的全面，不能以某种主义某种学说所能范畴，以一方面的见解，而说明判断其全面象态。拿实际情形出来，就是茅盾的《子夜》真价值之所在。"

5月20日 《西京日报》刊载《王统照写成〈山雨〉》的消息，称："王统照近在青岛，久不见其发表作品，闻氏近作长篇小说《山雨》，已由开明书店承印，不久即可出版。该书以乡村经济为背景与茅盾以城市经济为背景之《子夜》可以互相映照。"

5月22—25日 萍生在《华北日报》发表《〈红楼〉与〈子夜〉》一文，认为："在人物的连属上，在人格的描写上，在故事的穿插上，如果仔细去读，立刻就可以发现与《红楼》的关系来；而这关系还是俯拾即是的。"虽然《子夜》受其影响，但各有各的价值。

5月 **巴金的《家》由上海开明书店初版。**

梗概：20世纪20年代的一个风雪之夜，觉民、觉慧两兄弟从学校回到家里——高公馆，琴早已在此等候，她听说"外专"要开放女禁，非常高兴。觉新是高家长门长孙，父亲病逝后就承担起掌管大家庭的事务。他为人忠厚但又生性懦弱，迫于压力，他虽然学习优异但仍然退学回家支撑门面，并按照父辈的意愿与梅表姐脱离关系转而与瑞珏结婚。不久，梅新寡，婆家对她也不好，觉新得知后每天以如泣如诉的箫声寄托愁绪。觉民担心大哥的悲剧

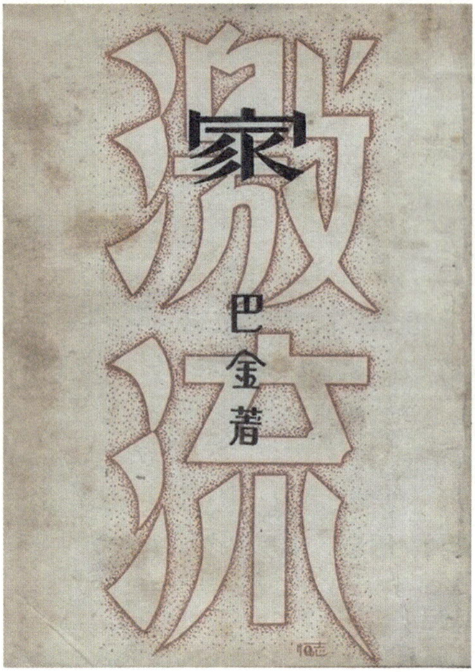

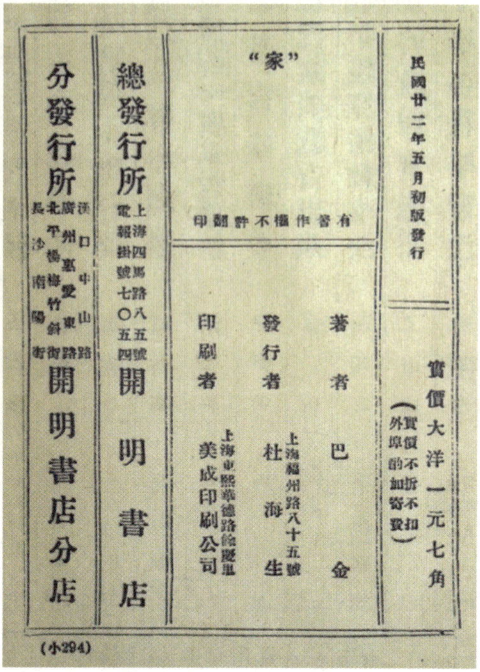
民國廿二年五月初版發行

實價大洋一元七角
（實價不折不扣 外埠酌加寄費）

“家”

有著作權不許翻印

著者 巴金
發行者 上海福州路八十五號 杜海生
印刷者 上海東熙華德路餘慶里 美成印刷公司

總發行所 上海四馬路八五號 電報掛號七〇五四 開明書店

分發行所 漢口中山路 廣州惠愛東路 北平楊梅竹斜街 長沙南陽街 開明書店分店

（小294）

在自己和琴之间上演，觉慧就安慰说要敢于反抗，决不走大哥的老路。过年时，高老太爷看到自己四世同堂的愿望终于实现，非常自得。而馆内三兄弟及梅各有各的苦衷。不久，瑞珏也知道了梅的不幸，两人互诉衷肠，真诚感动了彼此，也相互表示谅解。

一天，高老太爷将仆女鸣凤许给六十多岁的冯乐山做小老婆，鸣凤苦苦哀求无果，只得向觉慧求救，但觉慧忙于社会活动和写文章，没有听她的哀诉就将她打发了出去。鸣凤看到最后的希望破灭，便绝望地投湖自尽。这激起了觉慧深深的自责和对封建家庭更大的仇恨。高老太爷六十六岁寿辰，高家一片喜庆的景象。冯乐山为感谢高老太爷，将侄女许给觉民，觉民坚决反对，但是高老太爷一意孤行，觉民只得逃婚。觉新受到良心的谴责，他在劝老太爷时，被老太爷怒责，说如果觉民不来就让觉慧顶替，觉新只好再求觉慧规劝觉民。这时，梅去世，觉新得讯吐血，但不得不帮着处理了后事。

此时，五房克定和四房克安在外面鬼混的事终于被高老太爷知道了，他在责罚二人之后，愤恨交加，终于一病不起。弥留之际，他有所悔悟，让觉民回家，冯家的事不再提起，而琴的母亲也从梅的悲剧中悟出应该让女儿自主的道理。觉民的抗婚取得胜利。高老太爷死了，而瑞珏的产期也将近，高家认为老太爷的灵柩停在家里，生孩子会有血光之灾，让瑞珏在村外生产。结果瑞珏在难产中死去。觉新此时才明白，吃人的封建礼教吞噬了他所爱的两个女人，而他却不能反抗这一切。觉慧看到这一切，不能忍受这吃人的环境了，决心离开这个家。觉新理解并支持了弟弟的行动。一天黎明，觉慧踏上了前往上海的船只，与这个“家”彻底告别。

按：小说在《时报》连载时为完整作品，开始有《引言》，结束有《后记》，小说共 39 章。第一章：两兄弟；第二章：琴；第三章：两个面庞；第四章：决心；第五章：灵魂底一隅；第六章：母与女；第七章：做大哥的人；第八章：旧事重提；第九章：请愿；第十章：祖孙两代；第十一章：爱；第十二章：生活之一页；第十三章：掘开过去的坟墓；第十四章：合家欢；第十五章：忘；第十六章：除夕；第十七章：雪山下的火山；第十八章：彩虹；第十九章：烧龙灯；第二十章：明月夜；第二十一章：围城；第二十二章：重逢；第二十三章：恐怖；第二十四章：邂逅；第二十五章：女人底心；第二十六章：新的路；第二十七章：生与死；第二十八章：微小的生存；第二十九章：雨夜的梦；第三十章：青年底心；第三十一章：一件大事；第三十二章：逃婚；第三十三章：梅；第三十四章：变；第三十五章：捉鬼；第三十六章：祖父底死；第三十七章：复仇之一；第三十八章：新的“塔布”；第三十九章：叛徒。5 月开明书店定名《家》出版，章节略有合并、调整，改为 40 章。

《家》是“激流三部曲之一”，它通过几对青年男女不同的生活遭遇和不同的生活道路，强烈地批判了封建专制主义和封建礼教吃人的本质，而高公馆的崩溃正是整个封建社会无可挽回地走向灭亡的历史缩影，通过一代青年人的觉醒和成长，展示出光明与黑暗、正义与邪恶的较量，它使一代青年看到走出家庭、投身社会的希望与未来，不愧为一部永恒的青春的激流曲。小说成功地塑造了三个栩栩如生的人物形象：高老太爷、觉慧和觉新，其中，觉新的形象堪称典型。高老太爷是一个专横的封建大家族的最高统治者，他想维系并发展由他建立的四世同堂的封建大家族，但他所奉行的专制主义思想，使他只能充当封建礼教的杀手，毫无人性的悲剧制造者。他晚年的幻灭感和临终前的忏悔，宣告了他人生理想的破灭，他的衰老、死亡与腐朽，象征着旧家庭和专制制度走向崩溃的历史必然。觉慧是封建专制思想的叛逆者，一个受五四思潮影响的充满朝气的进步青年。他从幼稚到坚定直至离家出走，成为封建大家庭中的第一个“叛徒”，表现了五四新思潮的威力和新一代民主青年的成长历程。觉新则是一个清醒地意识到自己悲剧命运却又怯于行动的“多余人”，是封建家庭与旧礼教毒害下人格分裂的悲剧典型。他善良懦弱，既是一个受封建教育熏陶浸淫的奴性少爷，又是一个受五四新文化运动冲击的时代青年；思想与行动的矛盾使他每一次的屈从都以牺牲自己或他人为代价，也使他自己感到罪恶深重。他意识到封建大家族必然崩溃的历史结局，却尽力维护这一行将就木的罪恶现状，而不是试图摆脱这一环境的桎梏，这使他的悲剧极为深刻。他的命运彻底宣告了“作揖主义”的破产，不抵抗主义的失败。他最后的觉醒和反抗是旧时代深受封建思想侵蚀的知识分子精神裂变的必然之旅，具有典型的时代的进步意义和文学意义。艺术上，小说在结构上借鉴了《红楼梦》的写法，以人物的感情与纠葛作为情节的发展主线，全面交织并展示了高公馆的衰亡过程。作品以情动人，真诚热烈，语言充满激情具有冲击力。《家》是新文学中一部反映五四时代精神的长篇小说，是中国现代文学史上第一部表现家庭兴衰并集中抨击封建专制的长篇小说，它所创造的抒情现实主义丰富了新文学长篇小说创作的艺术实践。

5月 茅盾的《虹》由上海开明书店印行第六版。

6月1日 范国梅在《江苏学生》第2卷第3期发表《读〈子夜〉》一文，认为，小说的时代气很浓，表现的依然是小资产阶级的“动摇”和“幻灭”，和他以前的作风几乎没有两样，但技巧方面，却比从前要进步得多！

6月1日 国梅在《中学生》第36号发表《〈子夜〉》一文，认为，《子夜》表明：“次殖民地工业非注射一点外国血是不行的。”

6月1日 吴组缃在《文艺月报》创刊号发表《评茅盾〈子夜〉》一文，

认为："中国自新文学运动以来，小说方面有两位杰出的作家：鲁迅在前，茅盾在后。茅盾之所以被人重视，最大原故是在他能抓住巨大的题目来反映当时的时代与社会；他能懂得我们这个时代，能懂得我们这个社会。他的最大的特点便是在此。有人这样说：'中国之有茅盾，犹如美国之有辛克莱，世界之有俄国文学'。这话在《子夜》出版以后说，是没有什么毛病的。"《子夜》"在消极的意义上曝露了民族资产阶级的没落，在积极的意义上宣示着下层阶级的兴起——这后面一点是非常重要的"，虽然这两方面表现并不平衡。他还说，我们"看见社会科学者用许多严密精审的数字告诉我们：中国社会经济已走上怎样的一个山穷水尽境界——但这些都只是抽象的数字的概念。如今《子夜》就给我们这些数字的，抽象的概念以一个具体的事实的例证"。不过，小说农村部分可以割弃，语言也有"用力过火，时有勉强不自然的毛病"。

按：这是较早将鲁迅与茅盾相提并论的言论，同时还认为"中国之有茅盾，犹如美国之有辛克莱，世界之有俄国文学"，是一家之言。

6月1日 罗西的《莲蓉月》由上海现代书局印行第三版，3001—4000册。

6月1日 废名的《桥》（下）第三章《窗》始刊于《新月》第4卷第7期。

6月1日 巴金的《雨》由上海良友图书印刷公司再版，2001—4000册。

6月1日 张天翼的《一年》由上海良友图书印刷公司再版，2001—4000册。

6月10日 张资平的《红雾》由上海乐华图书公司印行第五版，9001—11000册。

6月12日 陶愚川在《大夏周报》第9卷第29期发表《巴金论》一文，认为："在每一篇他的作品中，我们看出了他对光明的企求，对黑暗的憎恨。"巴金的作品有三个特点：一、革命情绪的活跃。二、异国情调之浓厚。三、火一样情感之奔放。不足在于：一、结构之松懈。二、结尾的阴暗。

6月15日 林樾在《东方文艺》第1卷第5—6期合刊发表《〈子夜〉》一文，认为："《子夜》以轻工业资本和金融资本的斗争作为全书描写的中心。照作者的本意，轻工业资本是打败了。因为在帝国主义侵略下的中国，加以军阀连年的混战；它的失败是必然的。而斗争的胜利者乃是那带有买办性的金融资本。作者还在小说里指出斗争中的双方的政治立场，说明政治和经济的连带关系——不过为着环境的关系，他的说明还是模糊的抽象的。此书除了以轻工业资本与金融资本的斗争作为总结构外，又包括了许多互相关连的小结构，如农村的骚动，工厂的罢工，公债市场上的斗争，青年的恋爱等等，它牵涉到的场面是很广阔的，然而，作者的中心兴味却始终是在两种资本的斗争与冲突上面。他写农村的骚动，工厂的罢工，也不如他写两位大王的斗法来得有声有色，所以，有人说《子夜》不如改成‘交易所外史’也不算是怎样挖苦的话。”

“如果我们把此书作为现代中国的某种社会现象的写真，尤其是在阎蒋战争期间，上海金融界和工业界的情形，这书是有相当的意义的。至少在贫弱的中国创作界，取着这样广阔的题材的作品，我们还不能够找出第二部来。”“这里我们应该特别指出来的，就是作者的意识问题，作者以前的作品是充满着‘肉的诱惑’，和很浓厚的感伤气分的。在《子夜》中，这些气分已经少了许多。然而，作者在暴露资本家，以及没落的地主官僚的丑恶的生活的时候，是过分看重了事件的兴味，而忘记了应该给与的阶级批判；有几处甚至可以看出作者对于那种变态生活的宽容与偏爱。我们试把辛克莱的《煤油》拿来和《子夜》比较一下吧。辛克莱在《煤油》中曝露美国资本家的丑恶，描写美国大学男女青年的浪漫行为，处处都可以看出他对于资产阶级深恶痛绝的态度。这是和茅盾的纯粹旧写实主义的手法不同的。又如他描写工人运动不特没有兴锐的意识的表现，而且，简直就是嘲笑与污蔑。他所写的工人运动的领袖是盲动的，滥用公式的；而参加罢工的工人是动摇的，愚昧的。似乎他们的计谋力量还不及奸雄险诈的屠维岳，和洪门会党的李麻子，这不是嘲笑污蔑是什么！当然我们并不否认中国工人运动落后的情形；但我以为除这以外，工人运动并不是没有正确的进步的方面可写，却因为作者被拘束于主观的见解，不愿意去描写罢了。”

“茅盾的小说最擅长的，是他对于人物的描写，如读过三部曲的，对于静，孙武阳，方罗兰，章秋柳这几个人的印象，大概不容易忘记的吧，《子夜》

艺术上的成功也是在人物的描写方面，他描写人物的典型性与个性皆极其轩豁与明快。除吴荪甫在那极活跃的表现里，微嫌有点过火与牵强外，他扣‘屠夜壶’的冷悍，‘红头火柴’的盾顽，徐曼丽的冶荡，‘曾剥皮’的奸猾和冯云卿的老朽，都能给人以鲜明的认识，作者以前描写人物多偏于抽象的心理分析，此书则能从事件的进展中来显示人物的意识性格，而极其明快与流利，这也许如朱明君所说，是他从中国小说里所学来的好处。”

“在文字方面，作者所运用的并不是纯粹的口语……茅盾的《子夜》不独在人物的描写这一点是从旧小说学来的好处，就是他的文字也怕是受了旧小说的影响，他能够采取旧小说文字的长处——通俗——而摆脱它的短处——喜用陈朽的成语典故——而且，写的更加锤炼，更加接近口语，这和他的明快浅易的人物描写，当同样为大众所喜欢接受的吧。”

“《子夜》的缺点，是在它结构的松懈，作者似乎缺乏如辛克莱那样雄浑的魄力，不能把复什广阔的题材纳入于紧密壮大的结构里；这固然是无可如何的事。然而，作者过于着重人物的描写，‘常常从个人的琐事连写到个人的琐事’，不会把个人的动态连系着于事件的进展中，这也是令结构松懈的一个原因，如果我们说人物描写的生动，是茅盾从旧小说中学来的好处！那么，结构的松懈也怕是他从旧小说得到的坏处吧。”

“总而言之，《子夜》是茅盾转变后最大的收获，但却不能说是，他最大的成功。无论在意识上，艺术上，作者还需要一番的努力。作者奋进的精神是值得钦佩的。如果此后在意识上能够克服他右倾的观点并依据正确的创作态度——现实的表现与艺术的一致——发展下去，我们将见比《子夜》更成功的作品会出现在我们的眼前。”

6月18日 杨邨人在《时事新报》发表《茅盾的〈子夜〉》一文，他在对人物进行逐一分析后认为：“《子夜》于一九三一年中国社会形态的表现，已经能够抓住它的中心，虽然只表现着七八分的事实。”不足在于：一、作者仍然应用着三部曲——《幻灭》《动摇》《追求》所用的技巧，并不见有什么新的创作，因此，三部曲所有的浪漫主义的气氛，在《子夜》也特别浓厚。

二、作者着力于心理的描写，微细动作的表现和社会经济的分析，这是他的成功处，同时也是他的失败处。因为这一种纤巧的描写，只是文笔的纤丽而已，没有给人以一种思想上的启发。三、背景的衬托写得令人讨厌。总之，就是作者的技巧于《子夜》中并不高明。

按：杨文有一得之见，可惜这篇材料长期未得到发掘，更不用说重视了。直到多年后还有学者论及《子夜》的浪漫主义倾向，并认为这是自己的独特发现，当与未见这份材料有关。

6月25日 铁铁在《苦酒》第2—3期合刊发表《茅盾介绍》一文，认为，《子夜》是中国第一部写实主义的成功的长篇小说，带有很明显的左拉的影响；“他应用真正的社会科学，在文艺上表现着中国的社会阶级关系，这就是《子夜》最大的成功。”

6月 雷导哀的《爱的残痕》由上海光华书局印行第三版，3001—4000册。

6月 废名的《莫须有先生传》由上海开明书店再版。

6月 茅盾的《子夜》由上海开明书店印行第三版。

7月15日 徐泉影在《学风》第3卷第6期发表《〈子夜〉》一文，传递了与陈思雷同的思路与观点后补充道：“对于都市生活的嘲笑，算是作者尽力了。而对于农村生活的曝露，作者是完全给读者一个大大的失望。因此描写中国社会现象的‘野心’，毕竟是‘野心’罢了。”

按：该文大部分文字与陈思的文章相同，若不是一稿两投则有抄袭之嫌。

7月21、22日 萍生在《华北日报》发表《张天翼的〈一年〉》一文，认为：“近年来，代表一种簇新的作风，出现于中国文坛的，要算张天翼和穆时英二位先生的作品了。他们在形式上，减少了繁缛华丽的形容词和附词的描写；在结构上，去掉了迂回屈折的布局；用最简单清楚的文字，把一件事情直叙出来。好处是文学的纯洁化和通俗化，易于接近群众。坏处则减少文学作品的艺术性和美丽。”“张天翼先生是近年来很努力写作的一个人，国内出版的大小各杂志里，几乎全有他的作品。当然我们不能说他对于文学没有素养；但至少他的涵养工夫，不如茅盾。这样说，我想是不会太错的。因此，他只这么样的着笔一写，作品的短处——不艺术和不美丽——便明显地暴露出来。过去的他的一切的作品是如此，《一年》当然也不能例外。”

“《一年》是一本将近二十万言的长篇大作。开始写于一九二九年的秋季，直到最近才把它完成。据著者自己在《后记》里说：‘现在自己写的和从前的微微有点不同，为要使它一致，只好追赶着过去的自己，是很苦的事。现在算是竣工了，自己一看，还是要脸红的东西。’很显然的，著者的这样说明，是在企图着使以往作品的缺点，不要累及现在的名誉。可见对于这缺点，著者自己也是承认了的。”

“《一年》的内容是描写几个小官僚的生活，他们的由幻想到没落的过程。”“白慕易因为是书中的主角，所以对他的描写也最努力，虽有相当的成功，但仍遮掩不了短处”，“著者关于白慕易的描写，一个不大熟识都市事情的乡下人的描写，可谓极尽幽默之能事”，“活画出来一个什么不懂的乡下老而却处处假充名公好发议论的样子。写的还不失为真实活泼。其短处则是过于机械化了。白慕易到处总是这一套，‘把博士帽拿下来再戴在后脑上’或是‘真遭了心’，这几句话，几乎用成刻画白慕易的公式了。”“书中对于白骏的描写，犯的是同一的毛病，也是过于机械，过于呆板。”“李益泰是书中写得最失败的一个”，著者对该人物行为的描写显得“突兀肤浅”。“梁梅轩和他的家庭的描写，比较上却是很成功的”，对这一“旧式封建家庭失和的趣剧，不但局面布置得非常紧张，而且也写得有声有色，是全书描写得最生动的地方”，但后来太太临死前的描写“未免形容得太过火，为美中不足，成了全璧之瑕”。“除了这些主角以外，书中有些配角却写得很好的”，“出现时总有独特的动作和说白，不觉得重复，也不显累赘；这也许因为他们都是配角的原故，易于从容描写吧？”

“由《一年》这本书看来，著者的长篇，远不及著者的中篇和短篇。著者的短篇常常能以文字的简明流利的长处，遮掩了作品本身不美丽的短处。到长篇里，便完全把短处暴露出来。茅盾却是全没有这种弊病——所以这里也是一个有力的说明，至少张天翼先生在文学上的素养上是不如茅盾的。”

7月 王传钟在《新民》第1卷第7期发表《论巴金》一文，认为："他以短时期的努力，不但量的方面有了惊异的收获，而在质的方面更有特殊的成就；虽不敢说是现代文坛上的一粒巨星，但至少比较那些转变后专门喊口号，专门骂人的要高明许多许多了。"

8月1日 东方未明（茅盾）在《文学》第1卷第2号发表《"九一八"以后的反日文学——三部长篇小说：一、〈齿轮〉》一文，认为："《齿轮》这长篇小说，形式就是新奇可喜的，文字流利轻松，和作者的短篇小说相似。"不过，由于"《齿轮》不能指出'九一八'以后轰动全国的学生运动在整个革命过程中的正确意义。这应该是《齿轮》的第一要务。同时，没有分析学生运动之复杂的背景，而只是 journalism 式的描写，也是使得这题材本身失了意义。"他还认为，小说的结构很宽松，人物的个性也极不显豁，太注意了形式上的奇巧，或者因太注意了引人发笑，而忽略了内容的锤炼。同期发表《"九一八"以后的反日文学——三部长篇小说：三、〈万宝山〉》一文，认为："除了描写'地方色彩'以外，作者并没有把久在日本帝国主义武力控制和经济侵略下的'东北'的特殊社会状况很显明地表现出来。这是全书主要的病根！""写东北的社会状况而忘记了日本帝国主义经济势力之独占的控制与深入，便是很大的错误！《万宝山》的作者也就在根本上犯了这错误！""因此，作者就把郝永德勾结日本人来开垦荒地以前的万宝山写成了世外桃源似的'乐土'，全书二百五十余面中简直没有写到日本帝国主义的经济侵略怎样早就造成了万宝山农民的不可挽救的贫困。全书给人的印象是：万宝山农民本来过的是快乐日子，然而郝永德勾结日本人来开垦荒地，这就糟了，所以农民要反抗。这是把读者引到了错误的认识。"由于"作者既已忘记了日本帝国主义的经济侵略，并且也忘记了东北军阀官僚对于农民的剥削。他把万宝山的农民写成了逍遥自得的自由民"，"这一个严重的错误，增加了《万宝山》这部小说的失败！"

按：茅盾的分析有其合理的成分，但也有苛求的成分。小说的不足不在于立意之深浅，而在于文学表现之不足，在于文学韵味之缺乏，在于史大于诗。

8月3日 昭光在《读书周刊》第48期发表《〈子夜〉》一文，与唐德耀观点相同。

按：若不是一稿两投则有抄袭之嫌。

8月10日 叶鼎洛的《乌鸦》由上海现代书局再版，1501—2500册。

8月13日 施蒂而（瞿秋白）在《中华日报》上发表《读〈子夜〉》一文，认为："在中国，从文学革命后，就没有产生过表现社会的长篇小说，《子夜》可算第一部；它不但描写着企业家、买办阶级、投机分子、土豪、工人、共产党、帝国主义、军阀混战等等，它更提出许多问题，主要的如工业发展问题，工人斗争问题，它都很细心的描写与解决。从'文学是时代的反应'上看来，《子夜》的确是中国文坛上新的收获，这可说是值得夸耀的一件事。""我想在作者落笔的时候，也许就立下几个目标去写的，这目标可说是《子夜》的骨干：一、帝国主义给与殖民地中国的压迫；二、殖民地资产阶级的相互矛盾，主要是工业资本与银行资本的矛盾；三、无产者与资本家的冲突，农民与地主的冲突。"

按：这是瞿秋白将文本的期待视域由"中国第一部写实主义的成功的长篇小说"转向阶级论视野的重要信号。

8月20日 **老舍的《离婚》由上海良友图书印刷公司初版（良友文学丛书之八），1—3000册。**

梗概：张大哥一生所要完成的神圣使命是做媒和反对离婚。老李与张大哥同在北京的一个财政所工作，老李这几天嫌老婆小脚又在乡下，不够"诗意"，想离婚。张大哥知道后，请他到家里吃饭，席间劝他将妻子接来，还答应为他准备好房子和家具。老李回乡下接妻儿，赵科员将这消息传遍了全所。小赵对别人的太太很关心，做梦时，女子全是裸体的。其实不满意妻子的念头同事中老吴、老邱也有，只是都将就罢了。这时，张大哥家却出了事：他的宝贝儿子天真被当作"共产党"抓走了，张天真虽然极不争气，学习也不上进，完全凭关系和钱才得以入学，而且也不知道还有多少年才能毕业，但在张大哥眼里可是传家人。张大哥为此被撤职，同事们都怕被牵连而躲避

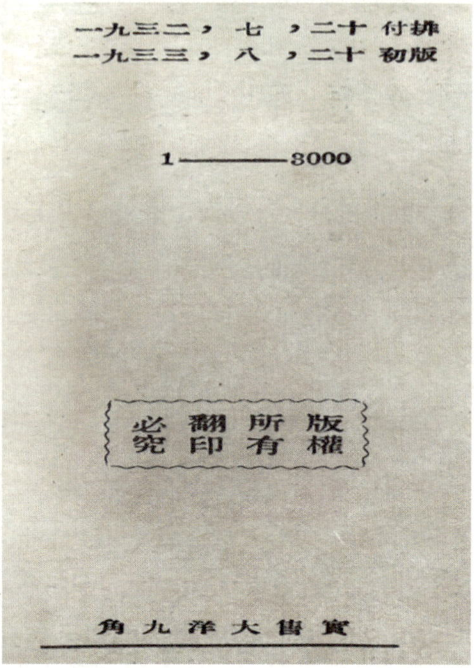

他，只有老李要联名作保却无人理睬。为了救儿子，张大哥只得求自称有些门路的小赵。小赵也想捞一把，他答应救天真，但要张大哥把天真的妹妹秀真许给他。张大哥和老李商量给他一间房和两百五十元，可小赵却想人房都要。秀真把他当作哥哥的救命恩人，而小赵的花言巧语也把秀真迷住了。不久，天真被释放，张大哥自然高兴，请客，却不见小赵来。原来，秀真与小赵的事被张大哥的一个亲戚丁二爷知道后，心里非常不平，他将小赵骗出去杀了，又将张大哥的房契搜出后还给了张大哥。这时，市里单位换人，小赵的失踪引起了各方的猜测，大家到处寻找，终于被粪夫发现。小赵的死让很多人保住了饭碗，一些想离婚的科员也打消了念头。老李原想和马少奶奶找点感觉，但看到马少奶奶又与马同志重归于好后，也就打消了离婚的念头，不仅如此，他还辞了工作与丁二爷一起，全家回乡下去了。

按：在写作《离婚》之前，鉴于《猫城记》的失败，老舍决定在这部作品里“返归幽默”，因而，全篇充满着机智与风趣，俏皮的语言俯拾即是。但是，这只是技巧层面，就其内里而言，作家以老张为中心，通过对灰色社会中一群灰色小人物灰色生活的描写，批判潜存于市民社会中的怯懦之情，敷衍之态，妥协之意，苟安之心——中庸之道，批判市民性格中无聊，庸俗，得过且过、息事宁人的性格及滋生这一劣根性的思想文化传统。它是老舍从传统与现代的角度考辨国民性总主题的继续，也是老舍自觉地以市民社会作为自己主要写作对象的开始。不过，在这里，老舍更多考虑的是写作的技术层面而并非思想的提炼，他考辨国民劣根性，并没有像《赵子曰》中树立李景纯、《猫城记》中树立大鹰那样寻求一个“现代”的支点以构建与完善新的文化心理，只是凭感觉给人物一个“应该”的结局，至于这一结局是否合理，是否代表着未来，似乎并不重要。因而作家让老李回乡以调和矛盾的预想就显得较为空洞。且不说老李的辞职回乡突兀且不近情理，仅说返归乡间也绝非预示着理想与未来。固然，乡下的纯朴可以比衬城市的狡黠，但在乡村中庸之道的侵蚀则有过之而无不及，故老李与丁二爷的回乡不仅暴露出作者思想的局限，在技术层面上也未能将人物刻画的中轴立在老张身上，反而产生了偏移，转移了读者的接受期待，不能不说是一个遗憾。

8月20日 老舍的《猫城记》由上海现代书局初版，1—2000 册。

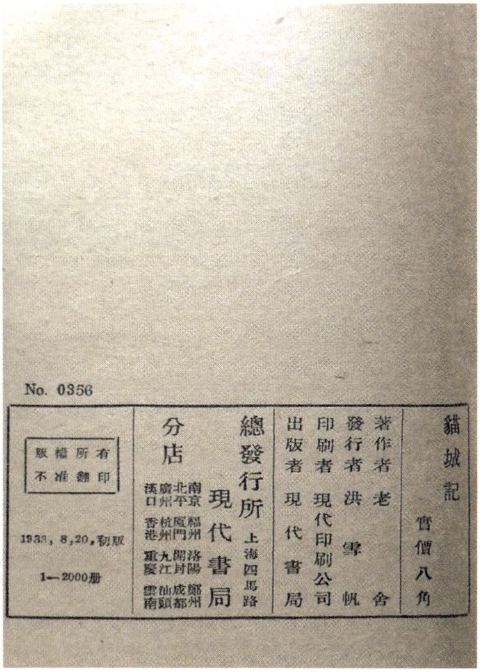
No. 0356

貓城記
實價八角
著作者 老舍
發行者 洪雪帆
印刷者 現代印刷公司
出版者 現代書局
總發行所 上海四馬路 現代書局
分店 南京 北平 廣州 漢口 福州 厦門 杭州 香港 洛陽 開封 九江 重慶 鄭州 成都 汕頭 雲南
1933，8，20，初版
1—2000册
版權所有 不准翻印

梗概：由于乘坐的飞机出了事故，“我”不幸落在了火星上，被火星上的“猫人”抓住，和他们一起生活。猫人国有二万多年的文明，但居民懒惰，不讲卫生，而且无知。他们把从外国进口的“迷叶”作为“国食”，人人上瘾且因之萎靡不振。“我”被叫作大蝎的“迷叶”树林大地主雇佣做了看林人。大蝎的儿子小蝎是一个对猫人国各种矛盾有一定认识，同时对吃“迷叶”也有所怀疑的知识分子，但他却说除了敷衍了事外没有别的办法。群众并不了解猫人国的危机，每天漫不经心地生活着。他们没有品格，生性惧怕外国人，还常常利用外国人来欺压本国同胞。他们的大学入学第一天即毕业，教育不过是校长侵吞公款和学生殴打教员的闹剧。猫国有许多政党都打着为民的口号，但所谓的政党在猫国都改称“哄”。这些叫“哄”的团体不断闹事。猫国领导有革命意识但没有建设知识，人民有阶级意识但愚笨无知。上下糊涂，一齐糊涂，这就是猫国的致命伤。不久，外国军队入侵，人们争相投降，红绳军的首领也精神百倍地前去投降。猫人国亡国，猫人灭绝。半年后，“我”遇到一架法国探险机光荣地回到中国。

按：这是一部寓言小说，小说所揭示的猫人国的生活、习俗、教育、文化、政治等多方面病入膏肓的情形，实际上象征当时中国整个社会制度和国家组织的种种“病象”，由此体现出老舍对国民劣根性的深入思考。如果说《赵子曰》是老舍立足于国内从传统与现代的角度批判国民的劣根性，《二马》立足于国外从东西方的角度对国民的劣根性进行双重文化的观照，那么，《猫城记》则是老舍拓展视野——到外星对国人进行整体的全方位的俯瞰式的思考，因而，老舍才将考察的触角触及猫国的方方面面——政治、军事、经济、文化、教育、生活等领域，批判国民性中愚昧、无知、敷衍、怯懦、保守、僵化、冷漠、钩心斗角等阻碍猫国前行的因子。这与他考辨国民性的思想是一脉相承的，也是他从外视角审视国民性的一种持续努力，只是此时多了他对政治时局的自我认识，多了他对历史未来的悲观感悟，有的见出深刻，有的露出浅显，但它是作者埋藏以往的启蒙主义的思想和改良主义道路的转向之作，是老舍长篇小说由喜剧性幽默向悲剧性幽默发展的转向之作，也是老舍创作开始自觉地从悲剧的角度审视历史与现实的转向之作。小说刚出版时，老舍较满意，在《序》中认为“写得很不错”，后来在晨光版《新序》中又说这是他长篇小说中“最‘软’的一本”，“原因是：（1）讽刺的喻言需要最高的机智，与最泼辣的文笔；而我恰好无此才气。（2）喻言中要以物明意，声东击西，所以人物往往不能充分发展——顾及人（或猫）的发展，便很容易丢失了故意中的暗示；顾及暗示，则人物的发展受到限制，而成为傀儡。《猫城记》正中此病。我相信自己有一点点创造人物的才力，可是在《猫城记》中没有充分的施展出来。”虽有谦辞，但就艺术技巧而言却大体属实。

8月26日 慎吾在《益世报》发表《关于张天翼的小说》一文，说：“我对于张先生作品最不满处是，他的故事没有穿插没有布局，非常的散漫松懈……他的长篇小说《一年》随处都可以切断结束，再写上几百页下去亦无不可。”

8月 谭丕模在上海北新书局出版《中国文学史纲》，认为《倪焕之》“确是本阶段中一件成功的作品”。认为张资平小说的内容，“一方面描写青年渴望婚姻自由的热烈及其被残余封建势力所侵蚀的心理，一方面描写青年在现在经济制度下挣扎生活的痛苦。”“资平的作品，真是抓住了时代精神和青年的性的病态了。同时，在他的作品里，还显示了小资产阶级的各种生活姿态。”后来他的创作发生了转向，“显示劳苦大众的被压迫的生活；但其中很缺乏目的意识性。”认为茅盾的《蚀》三部曲“把一九二七年大革命时代的小资产阶级的意识形态，和盘托出，真是代表时代的巨作”。“《幻灭》是描写小资产阶级的游离与幻灭的心理形态。”“《动摇》是显示当时社会政治的情状和剖解投机分子的心理之作。”“《追求》是描写在革命流产以后的小资产阶级的知识份子的暗淡，灰色的人生观。”“小资产阶级的知识份子，处在时代急流之中，既没有革命的勇气，又不甘愿反动，当然只有悲哀，幻灭，章秋柳即是这样的青年的典型者。”“不过他这三部著作，只能把一九二七大革命时代的黑暗的一方面深刻的画了出来，因为他此刻的阶级意识还是游离的。”“《子夜》，可以说是目前中国社会的缩影”，是“伟大的作品”，但也“缺乏了目的意识性”。张天翼的《鬼土日记》等是“整个资本主义社会的缩影”。

8月 叶永蓁的《小小十年》由上海生活书店出版。

9月1日 石衡在《现代》第3卷第5期发表《〈雨〉》一文，认为：“就全篇的思想而言，现实性太少，虚无主义的倾向太浓，恐怕就是《雨》的主要特征或缺点。”

9月1日 《中学生》第37号刊载叶圣陶为《家》写的广告：“著者在《激流·总序》中这样说：‘在这里我所欲展示给读者的乃是描写过去十多年间的一幅图画，自然这里只有生活底一小部分，但已经可以看见那一股由爱与恨、欢乐与受苦所组织成的生活之激流是如何地在荡动了。’在本书《后记》中这样说：‘这只是一年以内的事……然而单从这一年内大小事变的描写，我们已经可以看到一个正在崩坏的资产阶级的家庭底全部悲欢离合的历史了。这里所描写的高家正是一个这类家庭底典型，我们在各地都可以找到和这相似的家来。’我们从这两段话中可以知道本书内容如何地值得注意了。全文曾经在一九三一年《时报》上发表，共二十余万言。现经作者增删修改，排印成单行本，读者连续读去，一定比从报纸上逐日读一小段更能得到此书的妙处。”

9月7日 非在《西北文化日报》发表《巴金的〈家〉》一文，认为《家》是“描写一个渐渐崩溃中的大家庭的种种悲剧。这里包括时代转变中的青年男女思想的进步，旧礼教下的婚姻的牺牲”。“巴金先生轻轻的描绘出一个传统底封建制度下大家庭的代表，为古老的时代病作一个解剖：像大家庭中的一切虚伪，老年人的道德假面具，奴婢们的苦痛生活，都揭示无余。虽然他没有说出正确的医治这陈腐病症的方法，在暗地里，在侧面，已经有一群青年在出动，施行文化斗争。”“在技巧方面，可以说是深刻细腻。个性的描写很有力，但在对话方面并不生动；并且全部差不多都被阴郁的气分包围着。”“总之在巴金的全作品里，这是一部比较可读的作品。”

9月10日 张资平的《天孙之女》由上海文艺书局印行第六版。

9月11日 羡林在《大公报》发表《〈家〉》一文，认为，《家》很像《红楼梦》，所不同的是，《家》里有了觉慧那样的“叛徒”。

9月15日 丁丁的《浪漫的恋爱故事》由上海现代书局再版，1501—2500 册。

9月16日 《申报》刊载《猫城记》的广告：“《猫城记》，现代创作丛书之六，老舍著。老舍先生的小说是新文学界最早的幽默家。读过《老张的哲学》《二马》《赵子曰》等著作者，想必都欢迎他那种不落于恶俗的讽刺。本书为老舍先生去年替《现代》杂志写的长篇小说，每期刊布，好评甚多。兹另印单行本，未读过者可以一气读完，已读过者可以增辉邺架。”

9月23日 谐庭（梁实秋）在《益世报》发表《〈猫城记〉》一文，认为，《猫城记》“情节完全是独创的”。它“借了这想象中的猫国把我们中国现代社会挖苦得痛快淋漓，而作者始终保持住一种冷肃的态度。文字的优美，一如以前诸作，而内容情节之穿插较以前诸作进步极多。这本小说是近年来极难得的佳构”。

9月 王统照的《山雨》由上海开明书店初版。

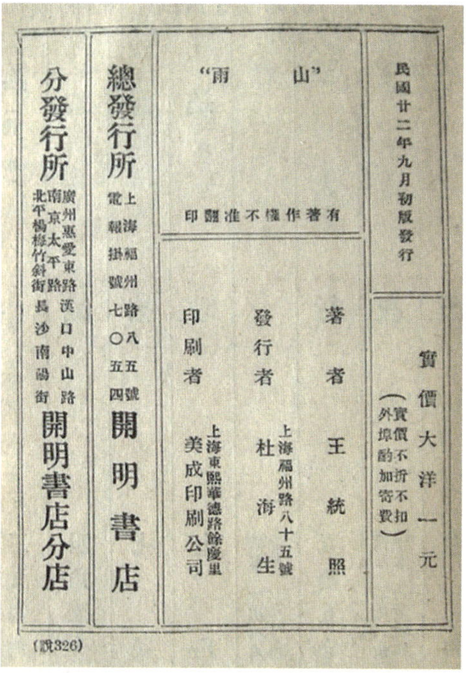
民國廿二年九月初版發行
實價大洋一元
（外埠酌加寄費）
（實價不折不扣）
“山雨”
有著作權不准翻印
著者 王統照
發行者 杜海生 上海福州路八十五號
印刷者 美成印刷公司 上海東熙華德路餘慶里
總發行所 開明書店 上海福州路八五號 電報掛號七〇五四
分發行所 開明書店分店 廣州惠愛東路 漢口中山路 南京太平路 長沙南陽街 北平楊梅竹斜街
（說326）

梗概：青年农民奚大有去镇上卖菜，他与少给钱的士兵争执时反被痛打和囚禁，后在陈庄长的疏通下才得以返回乡里。父亲奚二叔因为付赎金，交预征和修建学堂的款项，变卖了土地，在抑郁中逝去。大有的脾气变得暴躁起来。这时，土匪在各地很猖獗，各村成立了联庄会，大有也拿起枪加入其中。一天，土匪在村民求雨时来进攻，大有参加了战斗，还受了伤。苛捐杂税依然有增无减，什么讨赤捐、办校费等，压得老百姓喘不过气来。大有伤好后，又与同村的徐利一起被国民党部队抓去当推夫，做徭役，因不堪忍受，他带领众人逃离了部队。回家后他大病一场，但还得坚持去做修筑铁路的徭役。后来，乡村被败兵所占，大有和徐利也被阻在推煤的途中。大有遇到了已经当上排长的宋大傻，徐利的伯父被士兵气死，徐利为了报仇，焚烧了吴连长的住宅，流落为土匪。大有在战乱中难以维持一家人的生活，典当了最后的土地，凑了一点盘缠，一家人离开世世代代赖以为生的土地，来到了城市。在杜烈的帮助下，大有做起了车夫。当得知陈庄长被士兵踢打而离世、徐利被擒即将枪毙的消息后，大有再一次回到乡里，为陈庄长送葬，自己的反抗意识也真正觉醒。

按：《山雨》是王统照的代表作。小说以自耕农奚大有一家的生活遭遇为中心，通过对北方农村陈家庄农民不幸生活的描写，反映了在帝国主义经济侵略和军阀政府的反动统治下，中国农村经济走向崩溃、中国农民走向破产的悲惨命运。横亘在他们面前的是：兵匪敲诈、天干地旱、苛捐杂税、大兵洗劫，他们不得不铤而走险、典卖土地、背井离乡、自谋出路，甚至凄惨地离开这个世界。残酷的现实打破了农民千百年来一成不变的守土生活，破除了他们“固定而少变化的心情”。现实使他们不得不挣扎在贫困线上，不得不怀疑生活的信条，不得不声讨人世的不平，不得不催醒反抗的火种，直至走向悲壮的抗争之路。小说以“山雨”为名，自然寓有“山雨欲来风满楼”之意。小说自北洋军阀时代写起，止于日本军国主义咄咄逼人的严峻时刻，将批判的锋芒指向军阀所统治的整个时代，指向对中国虎视眈眈的日本军国主义，将阶级矛盾与民族矛盾相勾连，将人民争取生存自由的斗争与民族争取解放的斗争相勾连，使底层人民的斗争显示出较为广阔的时代背景和较为深刻的历史内涵。如果说早期的王统照还信奉“爱”与“美”的理想感化世界的话，那么在这里，现实主义的精神已渗透于作家的血液中，渗透于作家的选材、塑造与描写中。虽然小说的后半部关于城市和革命的描写较为薄弱，收束也显匆忙，但较之于《一叶》而言，甚至较之于时代而言，小说不只是内容的丰厚与深广，更是作家长篇小说创作史诗力度的初现。它的出现，标志着作家现实主义小说艺术迈向了新的高度。也正是在这个意义上，人们将它与表现城市生活的力作《子夜》相提并论，将 1933 年视为“《子夜》《山雨》年”。

书末刊有《山雨》的广告：“作者数年来未有长篇创作，去岁遂成此二十万言之巨制。书中描写近年来北方农村生活的动荡：外国资本势力的侵入，军匪的肆扰，捐税的繁苛，使诚朴的农民受尽苦难，逃入都市另求生路。作者着眼于经济力量之足以决定生活及意识，写农村崩溃之原因，至为详尽，并暗示因农民不安而引起的社会的转变，是时代呼声之新创作。”

9月 巴金的《新生》由上海开明书店初版。

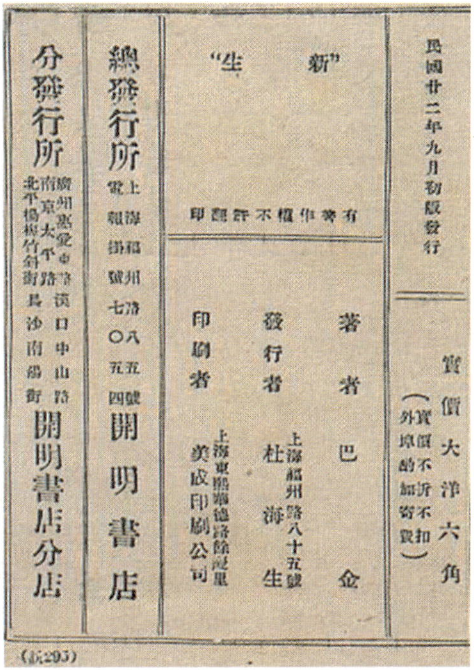
民國廿二年九月初版發行

實價大洋六角
（外埠酌加寄費）（實價不折不扣）

“新生”

有著作權不許翻印

著者 巴金
發行者 杜海生 上海福州路八十五號
印刷者 美成印刷公司 上海東熙華德路餘慶里

總發行所 開明書店 上海福州路八五號 電報掛號七○五四

分發行所 開明書店分店 廣州惠愛中路 漢口中山路 南京太平路 北平楊梅竹斜街 長沙南陽街

梗概：杜大心死后一年，他的崇拜者李冷兄妹回到上海。李冷被现实的黑暗和恐怖吓倒，离群索居，紧缩在个人的躯壳里，并以十分对立的态度来看待他周围那些仍奋斗不息的青年们。但是，许多有志青年却忠诚于他们的信仰，如妹妹李静淑与她的情人张文珠走向工厂，秋岳创办《光明杂志》等，都为改变现实以各自的方式行动着。他们昂扬的斗志冲击着李冷，他终于在爱人和朋友的身上看到信仰的力量，决定到A市去开始新的生活。在A市他领导总工会进行罢工，不幸被捕，但他把牺牲当作义务，看作必需，豪情满怀地迎接死亡——新生的到来。

按：这是作者思想情绪的自白书，是作者苦闷、彷徨的思想独语，意在表现为了信仰，牺牲是必需的，相信“理想不死，一个人倒下去，好些人站了起来”。因此，主人公李冷为了自己的无政府主义理想，不惜与黑暗势力做斗争，甚至牺牲生命也在所不惜。但如何牺牲，如何不死，如何站起来，是作者竭力思考的问题，这也使作者经历了一番痛苦。依靠办刊物做宣传显然无济于事，因为宣传都是奴化宣传，而且随时令你停刊，不足以培养人“站起来”；做实际工作，敌人势力又过于强大，随时都可能牺牲，而生命是宝贵的。但最终李冷决定投入到实际工作中去，为之牺牲也在所不惜。因为死并不是完结，而是开始。这是作家思想上的一次有益探索，但小说语言抽象艰涩，过于理性，缺乏形象性，全书的结构也不统一，人物形象模糊，性格的转变缺乏基础（如第二章突然写李冷领导罢工一事，十分突兀），以及全书过于理想化，影响了文本的接受。

9月 王哲甫的《中国新文学运动史》由北平杰成印书局出版。

作者对一些现代长篇小说的主要观点如下：（1）《旅途》，“描写美国的风景人情很自然而真实”，“作者流利的笔锋，描写的深刻，以及外国的人情风景，很能抓住读者的心灵，确是一篇很可读的长篇小说。”（2）在《老张的哲学》中，作者“以夸大的诙谐的笔锋，描写故都的风物，陈旧的社会，与腐败的人物，间杂一些恋爱的成分，写成了这一部讽刺小说，给读者换了一种新鲜的口味”。（3）《爱之奔流》写一个女性强烈的恋爱，可以代表中

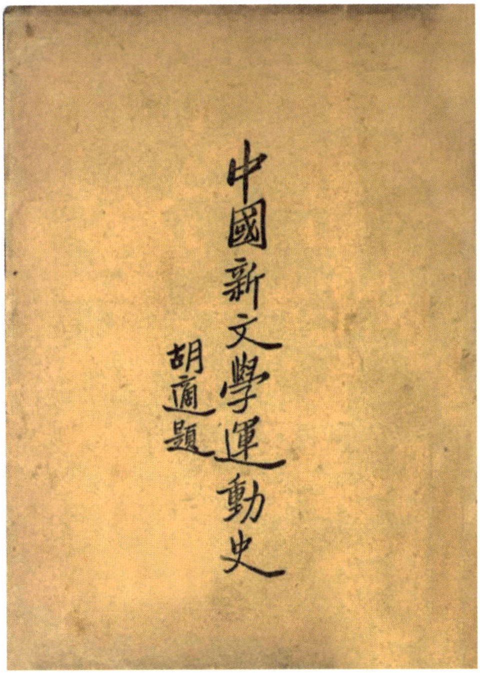

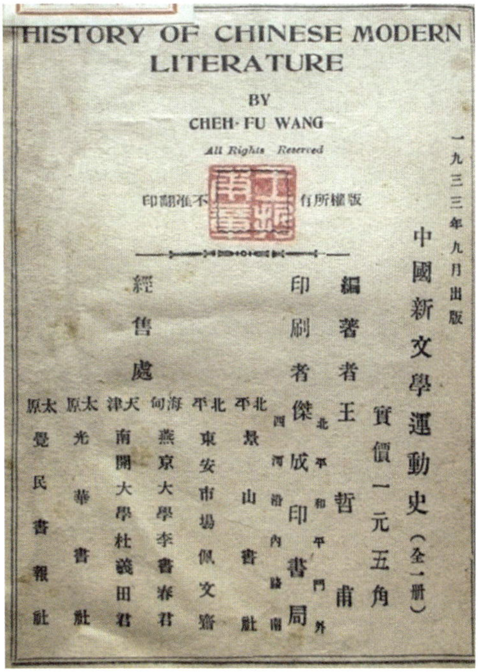
HISTORY OF CHINESE MODERN LITERATURE
BY
CHEH-FU WANG
All Rights Reserved
版權所有 不准翻印
一九三三年九月出版
中國新文學運動史（全一冊）
實價一元五角
編著者 王哲甫
印刷者 傑成印書局 北平和平門外西河沿內路南
經售處
北平 景山書社
北平 東安市場佩文齋
海甸 燕京大學李書春君
天津 南開大學杜義田君
太原 光華書社
太原 覺民書報社

国现代青年的典型。（4）苏雪林在《棘心》中“描写女主人公的思想，性格，最为真切，而文字的秀丽与流畅，为其他作家所不及”。（5）“这一年（指 1929 年，编者注）出版的小说虽多，但是轰动当时文坛的杰作，当首推《小说月报》上登载的巴金的《灭亡》，这部长篇小说是作者在巴黎写的，需时约二年之久，虽然在结构上面有疏散的地方，但仍不失为文坛上的新收获。”他还认为，小说的主人公“在意识上是不正确的，也不是革命党人应有的态度。但是作者描写每个人的个性，都非常逼真，结构方面上半部稍微疏散，入后半部则愈见精密，论者谓为一九二九年，中国文坛仅有的收获，也不为过分”。（6）《冲出云围的月亮》“在技术上在意识上都是文坛上稀有的收获”。（7）《虹》的“作者借梅女士，表现‘五四运动’以来，一般青年的思想。这就是说，一切传统的旧思想旧信条，都被新思潮所打破，新思潮的势力，膨胀于全国，甚么个人主义，人道主义，社会主义，无政府主义，都蓬勃盛行起来。青年人在此时期，思想由旧而趋于新，由盲目的而趋于有系统的，由个人的奋斗，而趋于集团的运动，作者把这个时代的青年的思想的蜕变的情形，显示给我们，在技巧与思想上都得到很大的成功”。（8）“茅盾的三部曲：《幻灭》《动摇》《追求》，写现代青年在革命的壮潮中所经过的三个时期，为近年来文坛上稀有的杰作。”（9）《二马》除保持作者的讽刺风味外，异国情调为本书增色不少。（10）《大上海的毁灭》“是一部报告式的关于沪战的描写，还比较的可看，但其中没有反帝的情绪，只是表现个人的英雄主义而已”。

9月 陈一夫《春天的落叶》由上海新智书局印行第六版。

9月 张资平的《苔莉》由上海光华书局印行第十二版，21501—22500册。

10月1日 梁秉宪在《图书评论》第2卷第2期发表《废名的〈莫须有先生传〉》一文，认为，小说不好读，而且废名喜欢在这部小说中用英语，但有的用得并不好；书中有许多句法是神化到不合逻辑，不合文法。不过，小说中主人公的谈话实在太妙。

10月1日 赵家璧在《现代》第3卷第6期发表《〈子夜〉》一文，认为，“这一部《子夜》，不特是吴荪甫个人的传记，也是中国民族资本主义的惨落史，也是小布尔阶级幻灭的始末记。”

10月1日 万国安的《三根红线》始刊于上海《大晚报》，至1934年3月30日毕。

10月8日 姒在《益世报》发表《老舍近著：〈猫城记〉》一文，认为，《猫城记》“不论在内容的充实上，另外他的艺术成就上，和以前的比较，是到达成熟火候的阶段”。“这部书风味仍和他别的书一样，文笔流畅还是其他的事，用北京土话，亲切诙谐的幽默中有不少善意的讽刺。第一句我要说，是值得读的著作，它是以戏谑的，没有人间的道德，伦理和严肃；幽默的。他的态度，单调，所写出的摄映，纯是一种暴露文学；用浅白轻快的辞句，自然的俏皮话，夭矫句法，奇突情节，虽大体看是很平凡，但却没有枯涩，抓得住观众无疑的，全书就好像是他信笔所之，随兴所至，毫不勉强，而恢复出口成章，不论喜笑怒骂……都能使人有一个深刻的印象，像这种类似取材和特殊技巧，现中国文坛上是没有几多人的。”小说写法虽然不新奇，“但是情节却有独到，他借了猫的对象，很勇敢的，愤懑于社会现状，把和猫一样的中国现代社会写得是痛快淋漓，与其说是猫国，无宁说是这个社会的本来面目。”“老舍先生所以借着‘猫城’来写他一个国民对于现社会的观察和见解，我们可以猜想他是没有写人间的自由的……老舍先生是苦恼于这社会制度的。”

10月8日 《申报》刊载《离婚》的广告：“作者是中国特出的长篇小说家，在独创的风格里，蕴蓄着丰富的幽默味。本书都十六万言，作者自己在信上说过：‘比《猫城记》强的多，发练处更非《二马》等所能及。’全书最近脱笔，从未发表，是一九三三年中国文坛上之一大贡献。”

10月20日 老舍的《猫城记》由上海现代书局再版，2001—4000册。

10月23日 燕子在《文艺战线》第2卷第30—31期合刊发表《巴金先生的〈雾〉的观察》一文，认为，《雾》的人物描写有个性，景物描写很精彩。

10月25日 韦特在《自决》第1卷第5期发表《茅盾的〈子夜〉》一文，认为：《子夜》这部“比较‘大规模地描写中国社会现象’的小说，在贫乏荒芜的中国文坛，而产出如此丰富而巨大的收获，这无论如何是值得使人敬佩的”。小说“偏重于都市的布尔乔亚的生活形态。然而他能把都市中多方面的社会现象，很巧妙地运用高度的艺术手段连贯在严密的总结构中，而加以相当的正确而合理的叙说，这在技术上算是很成熟的，而这是不容易做到的事”。“然而，作者在《子夜》中也仅仅是尽了描写的能事，仅仅止于‘暴露现实’而已。所以他的《子夜》的创作，仍旧是旧写实主义的。《子夜》虽然比过去的《幻灭》《动摇》《追求》在思想上、结构上、描写的技术上都有了若干的进步，而且相当的克服了在‘三部曲’中那么浓重的感伤气分（这当然在题材上也有关系）；但是，作者依然没有把握着‘将来的必然’，没有确定历史的前进的立场，就是他自己的‘创作哲学’，也没有实践。”“《子夜》不成问题是表现了充分的时代空气的作品，但是有没有时代的性呢？我的答复，是没有。纵有，也是很微弱的晦涩的。”“茅盾君依然是用一个小资产阶级的观点，做了一个摄影师的工作。所以《子夜》是没出路的，没有‘将时代推进了新方向’……在《子夜》的整个结构中，作者也没有从历史的观点，对现社会的机构做一个必要的有益的分析，以助于‘历史的必然’的认识。至于新兴阶级的潜力，及其‘发展的必然’之历史条件，作者的‘写实的笔’似乎更没有怎样注意得到在《子夜》中，并没有‘将时代推进了新方向’，就是‘时代给与人们的影响’罢——那末只是资产阶级和小资产阶级的朦胧的没落，和工人群众的茫茫的前路，所以在《子夜》里面，一般的读者是无从‘去认识人类伟大的将来，从而发生信赖’（茅盾：《写在野蔷薇的前面》）的。”“《子夜》无论如何总是很值得一读的长篇创作。在贫乏的中国文坛上，可算不平常的巨大的收获。而且《子夜》是茅盾先生很经心的力作，那么博的材料的搜集，那么严密而烦复的结构和剪裁，对于中国社会现象，相当的宽阔而正确的铺叙分析；都是不容易的，值得使人惊佩的。”“最后，我希望茅盾先生献身历史，站在时代的前面，创作真是现代的新写真派所要表现的作品！”

10月30日 竞亚在《清华周刊》第40卷第2期发表《读〈英兰的一生〉》一文，认为：“这本薄薄的书便把这种在封建制度下牺牲了的女性赤裸裸的表白出来了。”“富裕者的骄奢淫荡的猪一般的生活也在这书中赤裸裸地描画出来了。势力支配着，一面这书在意识上技巧上是不够正确和不够熟练的，而在描画一个封建残余，资本主义兴起的时代中，社会的畸形发展，告诉我们两种——贫的和富的——非人的生活，显示我们对现社会的不合理的各方面，是值得一读的。”

10月 老舍的《二马》由上海商务印书馆印行国难后第二版。

10月 黄俊的《恋爱的悲惨》由上海新文化书社印行第三版。

10月 废名的《桥》由上海开明书店再版。

11月1日 张资平的《时代与爱的歧路》由上海合众书店初版，1—2000册。

梗概：大学生林海泉客居父辈的旧友经济学家曾炳垣家里，曾教授的三太太是日本人，名叫鹤子。鹤子对林海泉非常体贴，以至于他在学校时满脑子都是鹤子的身影。一天，学校的干事唐耀星要组织一个纯文艺团体，邀林海泉参加，林海泉表面不答应内心却已同意加入。在鹤子家，他看到鹤子常

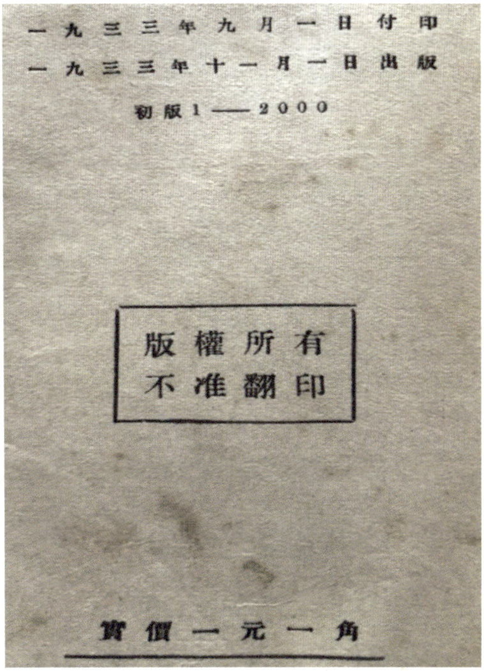
一九三三年九月一日付印
一九三三年十一月一日出版
初版1——2000

版權所有
不准翻印

實價一元一角

与一个老年日本男子在一起，心里非常生气。一天，他去学校上课，在楼梯上遇见认识不久的女学生卓淑华，淑华约他上完课后到她家里。林海泉出来时碰见同乡曹世光约他去教会，他难以推托就一同前去，还在教堂发表了一番演说，然后又请曹世光吃了一顿饭。林海泉事后怀疑这是曹世光的圈套。到了卓淑华家里，林海泉发现她母亲很世故，他虽然对淑华恋恋不舍，但还是没有陪她们一家人去看电影。回到住处，鹤子本想与他幽会，但见他熟睡的样子，失望地离开了他的床前。第二天，鹤子希望林海泉请半天假陪她看电影。于是，林海泉便陪她散步、逛公园、吃饭、跳舞，回来一夜未睡，幻想着鹤子能到他的床前来。第二天早晨他又看见那个老头坐在鹤子的床前，不由得怒火中烧，上来就打，不料鹤子说那是她的父亲。林海泉非常尴尬，只好搬离了鹤子家。出来后林海泉到了曹世光家里，见到曹的妻子华秋英，华见他没住处就希望他住在那里，林海泉一开始并没有答应，后来无处可去只好又到了曹家。几天后他趁曹外出之际拥抱了华秋英。之后他到唐耀星家，唐让他散发反帝传单。看见日本人来了，他吓得把传单扔进苏州河里就跑了回来。回来后得知曹病了，几经周折把曹送进了医院。林海泉想起到学校看看，到校后得知唐耀星被捕，其原因是由卓淑华与其初恋张应奎以及后来的恋人唐耀星三角恋爱引起的 。他回到鹤子处，鹤子告诉他巡捕来了好几次了，吓得他只好到曹世光家。华秋英见他来了很高兴，但他觉得这样暧昧下去也没意思。最后他听从了鹤子和他姐夫的妹妹刘佩珠的意见，去日本求学。

按：这是张资平被“腰斩”的第一部言情小说，所谓“时代与爱的歧路”其实就是青年男女参加时代的所谓革命团体、游行活动都是于事无补的行为，是歧路；而青年男女的性苦闷得不到正确的解决而发生游移，也就是爱的歧路。但小说的立意实在俗气，人物的精神起点也低下不堪，虽然强加了一些“革命”的元素，但“意淫”的帽子还是无法摘除，加之结构混乱，手法陈旧，俗套的“引狼入室”的模式以及女主人公主动勾引的套路，也着实让读者对这部作品失去了耐心。“腰斩”当在情理当中。

11月1日 侍桁在《现代》第4卷第1期发表《〈子夜〉的艺术，思想及人物》一文，认为：“《子夜》不只在这一九三三年间是一部重要的作品，就在五四后的全部的新文艺界中，它也是有着最重要的地位。”“它是一部伟大的作品，但它的伟大只在企图上，而并没有全部实现在书里。”“因为这过大的企图，结果反倒创造了一个英雄，而且这书也就成了这个英雄的个人的悲剧的书了。”他认为“这书是描写一个新兴的民族思想的企业的资本家在帝国主义压迫下的个人的悲剧”，小说中的人物，“除去他的那位英雄的表现之外，我们在许多场景许多人物的表现上，都觉得非常地不够而不真实。”“结果由这书中所显示的作者的‘大规模地描写中国社会现象的企图’，由读者看来，成了一种未曾实现的希望。而更因为这希望是远远地超越着作者的能力之上，这书不能成为写实的，但带了极浓厚的罗曼蒂克的色彩。”

他还认为：“全书中所表现的人物，只有两种，一种是理想的，一种是被讽嘲的，可以称为写实的成分都很少，成为这书中的英雄的两个人物，企业家吴荪甫与工厂管理人屠维岳，是理想化了的，其余的人们都多少像是显示在谑画中的人物似的。”“吴荪甫，这个新兴的企业家，是过份地理想化了；只有在像西欧那样资本主义社会中，这种人物才是可能的，在将走上资本主义的路的半封建的中国社会里，他是并未实存。然而作者既把这么一大部书的中心，放在他一个人身上，作者不能不把他理想化。”不过，“这两个英雄的人物，无论如何，还是能够牵动读者的兴味，全书的主力是放在这两个人的表现上，最鼓动的场面，最激动的对话，全给了他们。此外的人物，那就完全是戏谑的了，作者不但不能把他们表现成为真实的，连从他们之上认识真实性的能力都没有了。这些人物不是泥人，便是小丑。”接着他批评了作品中自然主义手法运用的失误，如吴荪甫与王妈的冲动等。他还认为：“全书中除去主人公的夫人和她的旧情人雷参谋的恋爱是取了一种不同的方式外，其余的男女的关系是多少都带了一些性欲的挑斗的味道。像交际花徐曼丽，青年寡妇刘玉英，以及那毫无明确的意识的可怜的少女冯眉卿，几乎专门是为着性欲的场面而制造了的。对于这些人物，作者是怀着一种坚固的而并不十分正确的观念，即，一切的资产阶级的妇女，必定是放荡的，而资产阶级的生活，必定缺少不了这些色情的女儿的点缀。”“但纵算这种色情狂是资产阶级的事实，那也无需在书里那么夸大地写的，因为资产阶级的主要的罪恶并不是在这里的。”

最后他说：“在这里我想结束了我的话语：《子夜》是一本巨大的企图的书，而因为那成为全书的牵线的主人公被写得过份地理想化，结果成了一本个人悲剧的书了。从艺术的观点，这书时常使用着旧的手法，在许多场合上有着自然主义的方法的使用，而在更多的场合，是充满了罗曼蒂克的气氛。拿他当作新写实主义的作品而接收的人们，那是愚蠢的。在思想上，他是非常地隐晦，只有从他的讽嘲的人物或主义上，我们可以反面地去猜想，至于艺术地表现出来的时候，他多少含有观念论者的嫌疑，从其描写性欲的场面上看来，这嫌疑是有着充份的根据的。”“不过，这书虽有一切的缺点，它是新文艺界值得一读的书籍，就从这书出版后的卖销的数目来讲，已经证实这书在现今的价值。它的不可磨灭的功绩，是在这书给我们贫乏的文艺界中输入了一种新的眼见，它的材料至少是从来未被取用过地新鲜的，而且它的一切的缺点，也是一个首创者的光荣的缺点，它的缺点将成为无数未来的作家们的有益的借镜。”“最后，我必需声明，我不是从无产阶级文学的立场来观察这书以及这作者，如果那样的话，这书将更无价值，而这作者将要受更多的非难。但我相信，在目前的中国的文艺界里，对于我们的作家，那样来考察的话，是最愚蠢，最无味的事。”

按：这是一篇中肯客观的评价文章，也是论者想将《子夜》拉出阶级视野的最后努力，可惜很长一段时间以来没有得到应有的重视，反而因其所谓“第三种人”的立场被挤压，颇为遗憾。

11月1日　《现代》第4卷第1期“良友文学丛书广告”刊载下列作品的广告：

（1）《一年》：“作者应用了近二十万文字，描写典型的小官僚阶级由幻想而没落的过程。每页书里包藏着幽默的风味，而簇新的形式和簇新的故事相衬着，更证明本书是作者过去最伟大最成功的作品。”

（2）《离婚》：“作者是中国特出的长篇小说家，在独创的风格里，蕴蓄着丰富的幽默味。本书都十六万言，作者自己在信上说过：‘比《猫城记》强的多，紧练处更非《二马》等所能及。’全书最近脱笔，从未发表，是一九三三年中国文坛上之一贡献。”

（3）《雨》：“这不是一部普通的恋爱长篇小说。在故事的行进中，包藏着作者内心生活的开展。这里满罩着阴郁的氛围，同时有勇敢挣扎的纪录。这部书可说是巴金先生数年写作中最大的收获品。”

11月1日　《出版消息》第23期刊出《开明书店杭州分店被封》消息一则，张资平的《明珠与黑炭》、叶永蓁的《小小十年》被杭州公安局查禁。

11月7日　闻国新在《晨报副刊》第598号发表《〈家〉》一文，认为，《家》与《红楼梦》很相似，“如果有一点不同的话，那就是《红楼梦》是整个大家庭的解剖，里面丝毫看不见当时的社会的影子。而在《家》的里面，则有些是在剥露统治社会的丑恶的罢。”

11月23—24日　吴联在《益世报》发表《老舍的〈离婚〉——给予读者

灰色的印象》一文，认为，小说与其叫《离婚》，“不如改为《少年老李之烦恼》。”“在读者方面对于作家们的希求，是能够从他们作品中吃到一些芬芳的果品，或热烈的兴奋剂，同时作家们也应当把这种使命负担起来。而在《离婚》中作者所予读者的印象，只有苦闷，无聊，烦恼，没意思：包起来，是个没有一点希望的灰的颜色！在读者的面前，没有一点可走的路子，读者们除了觉得灰之外，只剩下‘没意思’。”“对于《离婚》，除了漂亮的幽默的技巧之外，其余都不能使我们满意的接受。”

11 月 27 日 燕子在《文艺战线》第 2 卷第 36 期发表《读过老舍的〈离婚〉后》一文，认为，《离婚》这部小说，确实描写得拆烂朽。主要表现在：一、全书没有中心思想；二、结构直且松懈；三、前后幽默表现得不统一。不过，人物个性描写很成功却是《离婚》内的优点，也是老舍作品的长处。

11 月 夏忠道的《柳絮飞》由重庆北新书局初版。

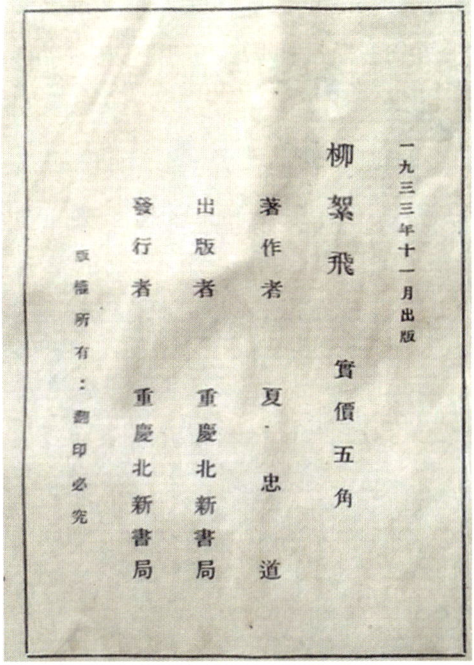

梗概：“我”与朋友吃饭时偶然被一位身穿花旗袍的女子所吸引，之后又在戏院与这名女子相遇，并得知她叫“柳絮飞”。散场后，柳絮飞恳求“我”

送她回家，还邀请“我”在家中过夜，“我”尊重她的身体，留下来与她夜聊。原来，柳絮飞本名为柳正华，在M县女子高小读书期间，由于夜宿女伴汪若虚家中未归校而被学校以此为借口开除，一时间流言四起，她只好赴重庆继续读书。路途艰辛，还不时有流氓纠缠与骚扰，幸好有汪若虚的未婚夫赵芝瑞相助，二女才得以顺利抵达重庆。不料赵芝瑞竟为正华的美色所吸引，与正华陷入了热恋中，若虚得知后悲愤交加，便请小混混魏楚有出面，夺去了正华的处女之身。经此一事，正华化名为“柳絮飞”，将全部精力投注于绘画与写作之中，取得了很好的成绩，却又引起了秦旅长的垂涎。正华不屈服身于军阀势力之下，于是精心伪造了“跳水自杀”的假象，乘船前往上海。不想在轮船上又遭到歹人设计，困窘不已，还好得到了一位致力于妇女解放运动的男青年王席珍帮助。后来，正华又落入了纨绔子弟赖聚星的陷阱中，渐渐沉沦于丰富的物质生活，不久却又惨遭抛弃。为了满足生活，她不得已从事放荡之事，以卖笑为生，直到遇见了“我”。在机缘巧合之下，“我”介绍柳絮飞与王席珍相见，得到了他俩结合的报喜短笺，心里涌起了无限的感想。

按：这是夏忠道（生卒年不详）一部展现新时代女性成长之路与独立意识觉醒的小说。作者借助“柳絮飞”这个人物形象，从人物隐秘的内心活动与意识层面出发，细腻而生动地将其思想变迁的全过程呈现在读者面前。在未踏入复杂的社会之前，柳絮飞极端地厌恶一切男子，认为所有的男子都是虚伪、欺诈的，所谓“革命”，就是要“革”礼教的命，“革”男子的命。然而当其隐秘的性意识开始萌发后，她又丧失了理智，一头扎入男子的怀抱中，直到被歹人陷害，经受了丑恶社会的洗礼后，她才明白女子胜过男子的想法只是一种想象和梦幻，难以实现，于是思想、态度大变，开始玩弄起男子来。在上海读书期间，受到王席珍和陶理时先进思想的感染，她终于将眼光放回到自己身上，发奋学习，渴望尽快成长，早日实现自我独立；然而好景不长，不久她又落入男子的陷阱中，迷失在物欲与性欲之中。直到“我”的出现，才又使她从堕落的生活中获得新生，决心尊重自己，同黑暗的社会相抗争。由此我们不难发现，复杂艰险的社会环境是造成柳絮飞落入险境最大的拦路虎，诚如作者所言：“恶社会不能使女性顾全自己的人格与地位，任你怎样突出重围，是千难万难的事。”然而，作品的突出意义不仅在于揭示出恶社会对于女性独立意识觉醒与成长过程的压制这一点，“认清环境”固然重要，但是“要负起你的责任”才是作者所着重强调的意旨，只有充分发挥主观能动性，勇敢地同一切阻碍相抗争，才能真正实现个体人格的独立与进步。不过，作者在具体的写作中，并未很好地践行这一点，而是将他者的力量作为推动主人公个体意识觉醒的一部分置于相当重要的地位，令人遗憾。

11 月 李健吾的《心病》由上海开明书店初版。

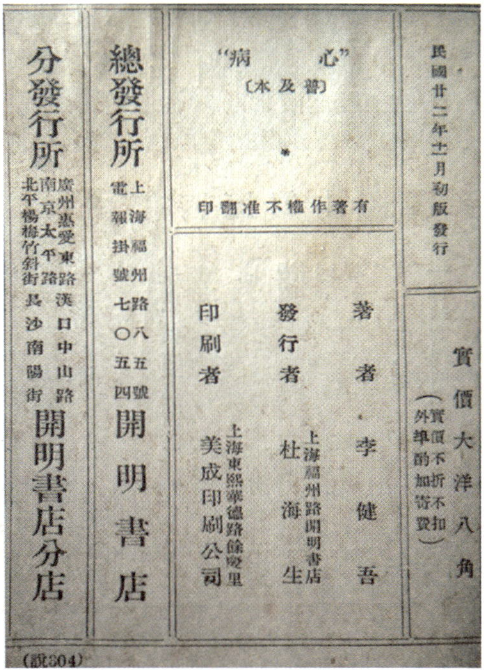
民國廿二年十一月初版發行

"心病"
〔普及本〕

有著作權不准翻印

著者 李健吾
發行者 杜海生 上海福州路開明書店
印刷者 美成印刷公司 上海東熙華德路餘慶里

實價大洋八角
（外埠酌加寄費 實價不折不扣）

總發行所 上海福州路八五號 電報掛號七〇五四 開明書店

分發行所 廣州惠愛東路 漢口中山路 南京太平路 長沙南陽街 北平楊梅竹斜街 開明書店分店

（說304）

梗概：陈蔚成从乡镇来到北京求学，寄居在舅父洪家。舅父的怯懦、舅母的尖刻和计较，让他难以住得安稳。由于没有收到父亲的汇款，生活窘迫，他结识了一起住在洪家的胡先生，后来在胡先生的邀请下经常去他房间里玩，并在那里听到了胡先生的恋爱经历。与陈家有婚约的秦家这时也来到北京，秦太太替自己的女儿看了一下陈蔚成。后来舅母以各种理由催逼陈蔚成搬离洪家，他在收拾东西的时候发现父亲寄给自己的信，原来他父亲一直在给他汇款，但这些汇款都被舅父母领取，这让他对伦理、人生等产生了幻灭感，遂触电自杀，却又恰巧被胡先生发现救活。陈蔚成变得精神恍惚，相貌丑陋，身材也矮了一些。舅父母虽感到自责，但是仍想把他尽快送到秦家。秦绣云是个传统的女性，听从母亲的安排，与陈蔚成成亲，但是丈夫的丑陋和痴呆，让她不断挣扎在礼教和自我感受的矛盾中。陈蔚成后来回到洪家探望，发现舅父母一家已仓促离开。他讲述了自己的故事，深深觉得这样下去对绣云很不公平，况且又不是自己爱恋过的芳，于是写下遗书由人送到秦家后，他结束了自己的生命。

按：李健吾（1906—1982）的这部小说以陈蔚成的遭遇为线索，展示了普通人所受的精神压迫和性格缺陷，以及人性中善与恶、欲望和压抑的纠葛，勾勒出他们真实的命运和人生。作者以当时社会关注的婚姻、恋爱为题材，站在人道主义和人性的立场上，对封建礼教和伦理关系进行质疑和控诉，同时审视在新旧思想交融下成长起来的知识分子，他们思想上的缺陷和人性的矛盾。这是20世纪30年代一部别具一格的长篇小说，李健吾从关注现实人生到深入人的心理存在，运用弗洛伊德的精神分析去审视人的潜在意识和人性的复杂性，以意识流的手法努力去表现人物的性格悲剧和人性深度，追求对人类普遍情绪的表达，对中国现代小说的现代性实践具有开拓意义。

11月　崔万秋的《新路》由上海四社出版部初版（四社文库乙部第五种）。

梗概：北平《早报》主笔冯景山因不满国内言论不自由决定去日本做研究，他在日本下关乘火车时邂逅留学日本早稻田大学的学生林婉华。林小姐因在中学时代就爱读冯先生的文章，非常崇敬眼前的这位主笔，一路上谈兴颇浓。在东京站，冯先生的朋友东北边防长官章杰一的秘书袁安北、军校生何鸣九以及留学生郑鸣珂、白澄宇等来接他。来接林婉华的是她的好友金秀兰。大学生徐博和少爷出身的周星庵也自作多情地来接林小姐。林小姐出站后直接与金秀兰走了，将周星庵尴尬地晾在那里。而此刻，周星庵的情人梅如玉正躺在他的家里。梅如玉是一个虚荣心很强又长得妖艳的女人，她从小在日本

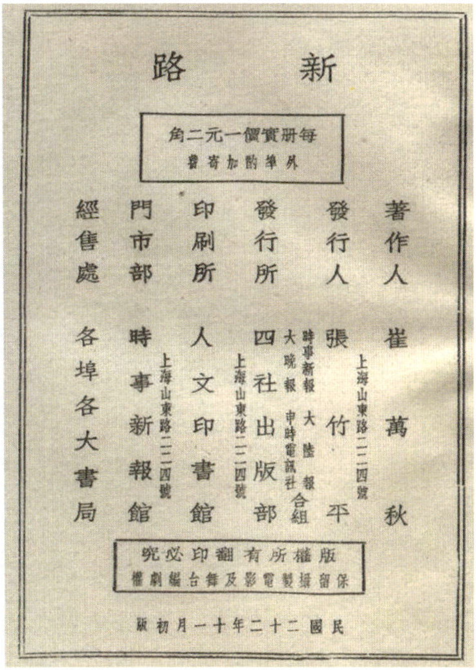
新路

每冊實價一元二角
外埠酌加寄費

著作人 崔萬秋 上海山東路二二四號
發行人 張竹平
發行所 四社出版部 時事新報 大晚報 大陸報 申時電訊社 合組 上海山東路二二四號
印刷所 人文印書館
門市部 時事新報館 上海山東路二二四號
經售處 各埠各大書局

版權所有翻印必究
保留攝製電影及舞台編劇權

民國二十二年十一月初版

人办的学校长大，对中国人一直怀有偏见。在来东京的路上周星庵就被她的妖艳迷住了，而梅如玉也很快傍上了这个阔少。梅如玉本来是个小学教师，之前与她所在学校的校长方潜亭相好是因为方也曾是留日学生，又小有权势。而方为了让她有更好的发展，就送她来日本求学。虽然方潜亭还不断给她寄钱，写信诉说衷肠，但梅如玉一到日本就淡漠了这位穷校长。不过，对于周星庵她也只是利用——用他的钱过骄逸的生活，她想追求的其实是“奶油小生”徐博。她无所事事地看完电影上了电车后，意外发现徐博也在车上，连忙缠住徐博。徐博见甩她不掉，碍于面子只好答应与她一起吃饭。梅如玉见状将他拉到一家饭店，将不会喝酒的徐博灌醉后带回了住处，不料东洋狗王文尤正在房间。徐博很快酒醒，见王文尤在这里又嘲讽他与梅如玉之间子虚乌有的情事，立即起身走出了这个令他作呕的房间。

另一处，袁安北做东为冯景山洗尘，林婉华、白澄宇、军校生老郭和金宪启等陪坐。他们谈了对日本的印象，饭后便去舞会跳舞，林小姐在这次进一步的接触中对冯先生产生了爱慕之情。回来后她邀请金秀兰一起去上野赏樱花，其间又遇到了何鸣九和冯景山，四人谈得很投机，林婉华还邀请冯景山到小屋小坐。冯景山是中年男子，有家室有儿女，虽然是包办婚姻，谈不上爱情，但他是个传统知识分子，他知道如果离婚的话，对于没有文化没有经济来源的妻子来说，是怎样沉重的打击，对于失去父亲的孩子幼小的心灵又是怎样的创伤，他当然也知道美女林婉华对他的爱慕意味着什么，但他还是决心做一个时代的殉道者。而林婉华却动了芳心，第二天又去找冯先生，但冯先生已与金秀兰去公园了。其实，冯景山与金秀兰更能谈得来，两人的交流也更多一些共鸣。林婉华在冯先生的住处没有找到他，又听说和金小姐出去了，仿佛受了羞辱，决心要把冯先生夺回来。她到中国留日青年会找人没找见，而徐博和梅如玉却在这里。梅如玉见状向徐博示好，又请他打球，林小姐一气之下夺门而去，徐博紧跟在后面。林小姐平时根本不理徐博，但此时却接受了徐博的邀请。回去后，林小姐越想越气，再一次找到冯景山表达了爱慕，被他拒绝后，林婉华痛苦地冒雨跑出了房间。九一八事变发生后，日本人一片欢呼，而中国留学生一片愤慨。冯景山知道这是日本蓄谋已久的勾当，但具体时局如何还是想问一下专门研究日本史的鞠晚声。鞠晚声从报上看到这消息，更是义愤填膺，主张与日本人开战。正在他们热烈地议论时，日本警察也来软硬兼施，希望在日留学生不要与日为敌，暗示警察在监视他们的举动。鞠晚声知道王文尤这样的东洋狗在出卖灵魂，未加理睬。不过，虽然九一八事变影响了两国的关系，但留学生与日本人民的关系还是友善和好的。留学生们决定联合起来，散发传单，反对日本继续出兵中国，掀起声势浩大的爱国主义运动。

林小姐冒雨跑出后，徐博见状追了上去，将她送回了公寓。林婉华在空虚失望中接受了徐博，为他献出了少女之身。但第二天醒来后明白了一切，又拒绝了徐博的求爱，徐博不知所措。经历了被冯景山拒绝的打击，林婉华开始整日出入舞厅、酒吧、咖啡厅，甚至堕落到开始做舞女。方潜亭接到了梅如玉的信，说若想与她结婚就必须与他老婆离婚，方思来想去与老婆离了婚，他还因此被撤去校长职务。之后他满怀希望地来日本看望自己的“爱人”

梅如玉。在火车站没人接，他以为梅如玉没有接到电报，就租了辆车直奔信中所写的地址。到了地方一看是一个有钱人住的小庄园，而不是每月只有三十多元节余的穷学生的住处，他猜想这里肯定有问题。梅如玉不在，方潜亭被带进客厅等待。几个小时过去了，梅如玉依然没有回来，百无聊赖的方潜亭突然看到桌上一张揉碎的纸，原来是他发的电报，方潜亭火冒三丈，但梅如玉直到晚上六点也未回来，他只好到朋友钟俊家去暂住。其实，梅如玉知道方今天要来，但她此时正和刘威廉热恋，她故意不回家就是为了躲避方潜亭。谁知冤家路窄，晚饭后他们四人在影院不期而遇了。方潜亭决定与梅如玉单独谈谈，于是两人就回到了住处。方越想越悲愤，劝她回心转意，但梅如玉毫无所动，甚至讥笑他，方失去理智将梅如玉刺死。徐博追求林婉华未果很痛苦，看到她堕落又很伤感，自身也陷入苦闷中，不久生病住院。院里的日本护士惠美子劝他眼光放开一些，多想想国家派你们出国的目的，想想一个男人的社会责任，不要仅仅沉溺于个人情感。徐博听后深受感动，他感谢惠美子的好言相劝，决定努力发奋，将全部精力用在学问与事业上。林婉华苦闷异常决定出游，遇见袁安北，得知许多中国留学生已经在组织义勇军准备回国抗日，内心受到触动。回来后又看到冯景山给她的信，劝她在民族危急时刻作为中华民族的一员应该肩负起振兴民族之责任，而不是纸醉金迷，消沉堕落，她还知道了冯景山其实也没有爱上金秀兰，林小姐开始反思自己的行为。这时她看到梅如玉被杀的消息，很震惊。这天，又是日本出兵之日，冯景山和爱国留学生们又四下撒传单。看到冯先生的壮举，林婉华非常激动，她跑过去指责日本兵不能乱抓人，结果日本人连她也抓了去。日本人将他们驱逐出境。在火车上，冯景山与林婉华约定，回国后参加抗日工作，投身到滚滚的抗日洪流中去——这就是中华儿女的新路。

按：这是崔万秋（1903—1982）一部充满着爱国主义情怀的优秀作品。作者以留日学生在日本感受民族危机日益加重的历史氛围为主线，以一批爱国留学生的爱国行为为中心，热情歌颂了他们虽身处侵略国但却丝毫不失爱民族爱中国之心，坚决反对一切外来者侵犯中华民族主权的凛然正气，强烈批判了丧失民族大义的民族败类和纸醉金迷的生活方式，批评了沉溺于个人情感迷失自我的糊涂行为，奏响了一曲别致的爱国主义的颂歌。小说题材别具一格，构思新颖，作者没有简单地反对日本人民，而是反对日本军国主义对中国的侵略，将中日两国人民的友好与军国主义的侵略行径区分开，在艺术描写时能真实地刻画日本人民友善的情谊，日本国土美丽的自然景观，而将愤怒的笔墨指向日本特务、警察、军人这些向中国留学生施威的国家机器的组成部分，其历史观、战争观清晰，民族观、国家观强烈，难能可贵。由于是报载小说，故笔墨匀称，描写细腻，人物性格鲜明。小说单看各章，中心突出，主题明确，整体观之，尚未严丝合缝，前面从容不迫，后面失之仓促，人物的交代与主题的展示也有理念化的成分，稍显遗憾。不过，许久以来，这部高举着民族主义和爱国主义大旗的优秀作品却因作者特殊的身份而被长久埋没，十分遗憾，应给予《新路》以公正的评判。

11月 巴金的《家》由上海开明书店再版。

12月1日 东方未明（茅盾）在《文学》第1卷第6号发表《王统照的〈山雨〉》一文，认为："长篇小说《山雨》，在目前这文坛上是一部应当引人注意的著作。"因为"到现在为止，我们还没有看见过第二部这样坚实的农村小说。这不是想象的概念的作品，这是血淋淋的生活的记录。在乡村描写的大半部中，到处可见北方乡村的凸体的图画"。

12月1日 向曦在《文化列车》第1期发表《〈子夜〉略评》一文，认为："《子夜》是一部资产阶级的没落的意识所表现的虚无主义的作品，于我们青年不但无益而且是有害。""作者是以《子夜》作为一九三〇年中国社会的写真记的。然而不但各方描写不周，而且只成为民族资产阶级企业家吴荪甫一人的史纪了，这是一个大失败。""书中浪漫主义的气分是那么的浓厚，自然主义的残余如性欲的描写尤其着力，这都是普罗烈塔利亚写实主义文艺所不容许的东西，故本书决非普罗文艺的作品。尤其在思想上的表现，如以文艺的立场加以批判，更是无价值。""然而，本书于描写民族资（产）阶级在买办（资）产阶级与帝国主义联合战线压迫之下的挣扎，以至投降的悲剧，确是新的创作；于嘲笑资产阶级的交际花，诗人，大学教授，留学生和地主豪绅及其少爷小姐们等角色，也属令人快愉的好文章。”

12月1日 《中学生》第40号刊载叶圣陶为《心病》撰写的广告词：“这部小说呈出我们崩溃的社会的一面。这里是犀利的观察，深刻的性格解剖，微妙的心理分析，独特的小说技术。最为难能可贵，更是蕴藉的讽喻。至于对话的别致，自是作者的特色。”

12月1日 老舍的《离婚》由上海良友图书印刷公司再版，3001—6000册。

12月1日 巴金的《雨》由上海良友图书印刷公司印行第三版，4001—6000册。

12月25日 读者诰在《大公报》发表《〈山雨〉》一文，认为：“像这样忠实详细的农村描写的小说，这怕是第一部。”

12月25日 窘羊在《大公报》发表《〈离婚〉》一文，认为：“这是一部写实的小说，几乎是有一点倾向于自然主义。作者很淋漓地曝露了他的角色以及这些角色活动的领域，他一点不遮掩，且从来不用什么暗示的或是所谓烘云托月的那种雅得俗的笔法。在一色描写来说，他是一个讽刺画家。”“这书还有一点令人遗憾者：我们不能不替那些过分的议论抱歉，他们和那些上品的嘲讽绝对地不和谐。”

12月30日 陆合丰在《学校生活》第63期发表《〈倪焕之〉读后感》一文，认为倪焕之的意识形态不正确，即倪焕之的“一切的希望悬于教育”是极不正确的。其人生观、恋爱观、革命观等都不正确。

12月 王统照的《山雨》被国民党以“内含阶级斗争”为由查禁。

1934年

1月1日 火雪明的《薏》由上海大公书店初版，1—2000册。

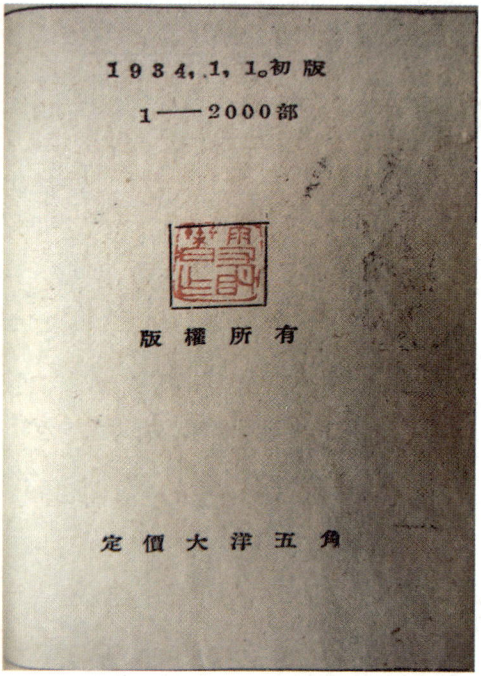
1934,1,1。初版
1——2000部
版權所有
定價大洋五角

梗概：十六岁的杭州乡下女孩莲姑娘美貌聪明，因邻居富裕商人为儿子江大德请来一位老先生教书，于是她也有幸跟着上学，得到了读书识字的机会。莲姑娘跟大德青梅竹马，两人经常在午间溜出去玩，还常常拜访在附近宝石山医院里养病的新知识分子林画师。在林画师的影响下，莲姑娘有了不少新思想。但好景不长，莲姑娘的母亲认为她年纪大了，不再让她念书。莲姑娘几度抗争都没有效果，伤心的江大德也为此哭了一夜。

莲姑娘终于辍学，但她与大德的爱情却日渐升温，两人时常背着父母拥抱接吻。与此相反，莲姑娘的母亲自知与大德家贫富悬殊，两个年轻人虽然两小无猜，但大德的母亲却绝不会与贫穷的自己成为亲家；于是她听信莲姑娘外婆做媒，将莲姑娘许给了一位据说相貌很好家境又富裕的年轻人，收下聘礼后却得知对方原是一个不学无术的贫苦痞棍。不愿屈从于旧式婚姻的莲姑娘决定向林先生寻求帮助，谁知林先生已经离开乡下前往上海了。走投无路的莲姑娘以死相挟，但为了额外的一百元聘金，莲姑娘的母亲竟伙同男方，派两个流氓将莲姑娘半抢半夺地掳到了杭州省城。

原本十分愤怒的莲姑娘见到长相俊俏的“丈夫”张白囡后，竟被他的伪善所欺骗而屈服。与莲姑娘在旅馆里成为夫妻后，张白囡假意表示自己要重新做人，但通过借债才娶到莲姑娘的他仍然整日和流氓痞棍们出去鬼混赌博。由于没有收入来源，家中的经济状况日益困难，刚强的莲姑娘本打算去纺织厂做工以取得经济独立，但一直没有找到工作的张白囡竟突然宣称自己得到了去上海银行做工的好机会，并将莲姑娘也带到上海。就在莲姑娘展开对新生活的幻想时，她却突然被一个中年妇人骗到了妓院。原来漂亮的莲姑娘早已被专门贩卖人口的流氓阿土盯上，他设计令张白囡欠自己的债，而还不了钱的张白囡只得用莲姑娘抵债。在有着同样命运的妓女凤儿的劝告下，绝望的莲姑娘终于接受了残酷的现实。

在妓院待了两年之后，莲姑娘结识了在南京师部工作的革命党刘副官。十分喜爱莲姑娘的刘副官带着她坐火车到南京游玩，两人白天游览名胜古迹，晚上则在旅馆里浓情蜜意，过得十分潇洒快活。此时正值北伐战争时期，孙传芳突然率领军队向南京进攻，刘副官不得不离开温柔乡，回到师部准备迎接战斗。战火燃烧，南京城内骚乱不已，民众纷纷开始逃难，只身留在旅馆的莲姑娘度过了令人恐惧和不安的两天。在刘副官派来的两个勤务兵的护送下，莲姑娘回上海避难，并在逃难的火车上意外与林画师重逢。回到上海后，莲姑娘拜访林画师，得知曾经的伙伴大德竟参加了国民党，并多次参加革命活动。对比大德的勇敢生活，觉得自己很渺小的莲姑娘太过悲哀，竟突然晕倒了。在医院醒来后，莲姑娘得知龙潭战事已经结束，充满希望的她以为马上就能与刘副官重逢，不料却在医院里见到从战场上下来、重伤垂死的刘副官。气急交加的莲姑娘再次晕倒，醒时来竟突然看见已经三年未见的江大德。垂死之际，她要求大德跟她接吻，却又在甜蜜的吻中听见隔壁刘副官痛苦的叫喊。从令人陶醉的憧憬中惊醒，莲姑娘在病床上永远闭上了眼睛。

按：火雪明（1905—1982）的“薏”指莲子苦心，小说取名为《薏》，意指小说主人公莲姑娘的一生正如“莲子苦心”般痛苦流离：莲姑娘聪慧过人却因贫穷而无法继续读书；与大德两小无猜却被母亲强迫嫁给流氓；与俊俏的痞棍张白囡结婚后本以为会迎来美好的生活，却被他卖到上海的妓院；在妓院结识的“恩客”刘副官对自己温柔多情，谁知罪恶的战争又使二人不得不分离。遭遇这一系列变故，颠沛流离的莲姑娘正值花样年华却死在了医院的病床上，结束了自己短暂而痛苦的一生。

小说通过对莲姑娘悲惨遭际的命运书写，表达了作者对新旧交替时期中国社会女性出路的强烈关注。这些女性被家庭压迫、被男子欺骗、被贫穷折磨，她们虽头脑中有新思想，却仍然被旧礼教、旧传统束缚而导致行动上的软弱，最终只能走上悲惨的道路和死亡的结局。此外，小说中表露的反战思想极为可贵，作者通过莲姑娘之口，发出“万恶的战争，战争的万恶”的呼声，认为战争是世界上最悲惨、最残酷的事情，同时采用倒叙写法，将结尾龙潭战事爆发后沪宁铁道上整装待发的士兵和从战场上退下的伤残士兵生与死的鲜明而惨烈的对比放到小说的开头，表明士兵们只是上层政治斗争的可怜牺牲品，对战争的罪恶和非正义进行了辛辣的讽刺和尖锐的批判。小说文笔优美，描写细腻，情节跌宕起伏。不足在于思想议论性太重，削弱了小说的情节性，同时，小说的人物形象不够鲜明饱满，除了主角莲姑娘之外，其他人物均只有一个简单的侧影。另外，小说有些情节转变比较突兀，比如莲姑娘的母亲本来很爱这唯一的一个孩子，家中也没有陷入经济困难的窘境，却为了一百元聘金而同意流氓将自己的女儿绑走，之后更生死不问，未免有些不合情理。

1月1日 长之（李长之）在《文学季刊》创刊号发表《〈离婚〉》一文，认为：“与其说老舍的小说是以幽默见长，不如说是以讽刺。更恰当地说，他底幽默是太形式的，太字面的，不过为作讽刺用的一种表现方法。”“他的幽默，是在他的智慧。”“老舍小说中的人物，差不多是全被讽刺着的。偶尔，老舍也在极少数的人物上加一点理想，然而这往往是失败的。在讽刺之中，当然也有讽刺过火的，将人物失却了真实性，遂太像讽刺画中的过分形容的面貌了，而有害于小说的整体。可是比较起来，讽刺终是老舍的擅长，成功确是在这一方面。”那么，“老舍所最常讽刺的是什么东西呢？妥协，敷衍。统一了所有的老舍小说中的人物的性格的，是怯懦。因为怯懦，什末事情也不走极端，总是折中，在折中下求息事宁人，在折中下将人情安排在最有走得圆通的余裕里。因为怯懦，事情可以退一步想，这样便永没有改革，永没有进取，用自欺的知足，平安地糊涂地沉寂下去。这样，灰色的人生便绘就了。拆开来，是灰色的人物，凑起来，是灰的社会。这是老舍讽刺的总目标，大中心。”不过，“在老舍的小说中智的（Intellectual）成分多于情绪。处处表现出的，是作者迅捷的思想，和丰富的观念（Full of ideas）。他始终没离却的，便是以一个智识分子的立场来看着社会上的一切。”“他只有在和平温良的态度下，对所有不顺眼的事，抑不住那哭不得，笑不得的感伤了；老舍是这一流。”而且老舍的主要人物不过两派：书呆子与京油子。“主旨总是书呆子被京油子征服。”因此，“怯懦，折中，退一步想，敷衍，妥协！这是老舍小说讽刺的大目标。”在技巧上，写女人和家庭最成功，用北京话也比任何作家都地道。

按：李长之对老舍的批评虽然有些琐碎，但多为平实中肯之语。

1月1日 李长之在《国闻周报》第 11 卷第 2 期发表《〈猫城记〉》一文，认为：“说到文艺，我不承认《猫城记》是好的文艺。我觉得它是一篇通俗日报上的社论，或者更恰当一点，它不过是还算有兴味的化装讲演。即此为止，它不算没成功。”他还认为：“这本小说，别于老舍的其他创作的，是有两大显然的特色。一是作者自我的表白，一是讽刺的方面之多而且备。”

1月1日 淑明在《文学季刊》创刊号发表《〈子夜〉》一文，认为，《子夜》的主题就是企图解答中国现代社会的性质，而这种艺术尝试是成功的，作者“明白地告诉给我们，不但中国，只要是处在半殖民的地位底国家，它要想发展民族资本，都成为不可能，这是一个普遍地通行于半殖民地的社会里的铁则，而中国恰恰也是这圈内的一环”。

1月1日 王淑明在《现代》第4卷第3期发表《〈猫城记〉》一文，认为，作者“太把猫人讽刺得有些过分了，如果这个猫城，要真是代表着一个现存的东方式的国家的话，那末，这样的武断，更有些不合于事实，在那个国度里的人民，不是没有希望的，定命论的为一个将近灭亡的民族。在那黑暗的一面，也别有其新生的一面。作者这样的论断，有些以偏概全，以部分涵盖全体，所谓见树木而不见森林了。其实即使如作者所说猫人能造反，能抢迷林，则为死者复仇，在理亦是可以的事”。认为猫国没有复兴的一天，“是作者由于无视客观的现实所得的主观见解罢了。”“但比这尤其歪曲着事实的，是作者在这篇作品里一味将它涂满了悲观的色调，我们不知道大鹰为什么决心自杀，和小蝎为什么要死的理由？还有小蝎的小儿——那个被作者所企图认为有望的青年，为什么后来没有下落了？是作者将他遗忘了呢？还是因为有了他，猫城就不会灭亡，而这却是作者自己所不愿意的，因而就有意的给他一个没有下文呢？”“这是作者在本篇中所没有解决的一个谜，而也是使我们读者引为苦恼的地方。”他还认为：“作者在《猫城记》里，是要刻意的讽刺一个非现实存在的国度，而所采用的，却是象征的手法，这样，作者似乎以单只客观的描写而不夹入主观的意见，让读者自己去暗默的体会，为比较的易收艺术上的效果。然而《猫城记》的作者，却不时的在作品中间，按下自己的判断，如近似判断的一些主观解释。”“这样的主观解释，是会有妨害于作品底客观的艺术价值的。”“此外，在作品的后半里，作者的特有底幽默味，似乎已渐渐的减少，而易为直观的叙述。每一个聪明的读者，都可以从它里面所描写的事的，如按图索骥似的，从现实的诸相中，来给它比附上去。自然我这样说，并没有忽视他那讽刺底艺术手腕部分的成功，例如描写军人的怯于外战，官僚的贪鄙，学者之无耻……都刻划得异常尽致，无疑地，从这一意义来说：它是现在幽默文学中的白眉。”

1月7日 徐寒梅的《丽丽》以《三姨太太》为名始刊于《青岛时报》，至1935年4月5日毕（有间断）。

1月12日 KS在《申报·自由谈》发表《鼻烟》一文，认为：“《莫须有先生传》这书在北平的销路非常旺盛，某大学文科的学生，差不多‘人手一篇’。它会有这样的出路，依我想，一则是周先生那伟大的提拔力（见《莫须有先生传·序》），一则在那‘严格的’北平社会生活下，太辣太咸的料子来不得，于是废名君给它们擦一把鼻烟，开一个文学史上的特例，这也许是周先生所认为该大加称赞的吧。”“《莫须有先生传》不但是一壶鼻烟，那文章的拉杂，简直该打屁股一百。达人雅士看了会莞尔笑了起来，正因为废名君不是做不出好文章，却是他会撒娇，会‘撇纽’。会‘撇纽’的人，大概也可算做士气，至少是要比那些情哥情姐诗来得高出一头。但这年下儿，也不是没有办法，废名君来的也太过份，至于周先生的捧场也不见得就不是走的岔路儿。可怜的是我们的买书人，掏几毛钱出来闻一把鼻烟，有些不值得。”“听说周先生喜欢会装傻的人，而我们的废名君居然学会了装傻，所以有了这么一着；但我总以为中国不是毫无办法，我们的文坛也不是就从此会谈玄说鬼，这种劲，希望他俩收回一下才好。”

1月22日 萧应涛在《中山大学附中周刊》第59期发表《读〈上帝的儿女们〉书后并说到张资平》一文，认为张资平的作品有很大的感染力和同情心，描写缜密，结构采取复式结构，总体比较成功。

1月 芸夫在《中学生》第41期发表《〈子夜〉中所表现中国现阶段的经济的性质》一文，说：“如果我们不是为消遣而读这部小说，如果我们不是为了‘时髦’而鉴赏这部文学作品，只要潜心的去研究，我们很容易的便找到《子夜》的作者所暗示给我们的关于中国经济问题的几条解答。那就是：1. 中国民族工业的运命的描述；2. 国内金融资本的现状的刻露；3. 帝国主义对于中国经济的影响的说明；4. 中国土地问题的探讨；5. 农民运动前途的素描；6. 产业工人力量的估量；7. 中国将来革命性质的暗示。而这几条答案，在关于中国经济性质的讨论上，是最关重要的。”

1月 谢冰莹的《两个逃亡底女性》刊载于《灯塔》第1卷第1期，后作为《一个女兵的自传》第六章《飘流》的第三节《恐怖之夜》。

2月3日 吴如伦在《益世报》（北京版）发表《论老舍与“李”》一文，认为任何一个小说作家，对于他所写的人物，至少要影射一个局外的人，在老舍的环境里，一定有一位精明，强悍，老实，忠厚的人，而“这个良善的黑影，他一定是姓‘李’”。他分析认为：“我们仔细的回想一下：《赵子曰》中的角色，阴险而聪明的也有；忠厚而愚鲁的也有；热心而无能的也有。例如武端，莫大年和赵子曰，他们都有着不同的缺陷，都没有令人完全佩服的资格。但是你再细看看李景纯：既聪明又忠厚，且怀着热心，有着伟大的牺牲精神。这是多么值得使我们感叹的一位时代的青年啊！”

2月7日 佩弦（朱自清）在《大公报》发表《读〈心病〉》一文，认为，小说“有些处只是意识流的纪录；这是一种新手法”。这一写作方式据“李先生自己说是受了吴尔芙夫人等的影响”，而“书中似乎还暗示着一种超人的力量”。在叙述上，作者“第一身与第三身错综地用着，不但不乱，却反觉得‘合之则两美’，为的是两种口气各各用得在情在理，教读者觉得非用不可。全书虽只涉及小小的世界，在那小世界里，却处处关联着，几乎可以说是不漏一滴水，这儿见出智慧的力量”。人物“性格最分明的，陈蔚成之外要数洪太太吴子青；这三个人在我们眼前活着。别人我们只知道一枝一节，好像传闻没有见面”。

2月7日 《申报》刊载《薏》的广告：“本书系火雪明君长篇创作，写莲姑娘一生遭际，如‘薏’一样之苦，其恋爱过程，热烈到万分，也就是惨痛到万分，错综变化，在理想中所无必，而事实上竟或有，读此书后，觉坊间谈三角恋爱四角恋爱诸书，其刊出乃为多事。”

2月 **庐隐的《象牙戒指》由上海商务印书馆初版（文学研究会丛书）。**

梗概：少女张沁珠告别父母到北平求学。父亲的学生、二十五岁的青年伍念秋与沁珠结伴同行，途中渐渐熟悉并成为朋友。到北平后两人开始了频繁的往来并陷入情网。不料，一天伍念秋告诉她，他已结婚并有两个孩子。

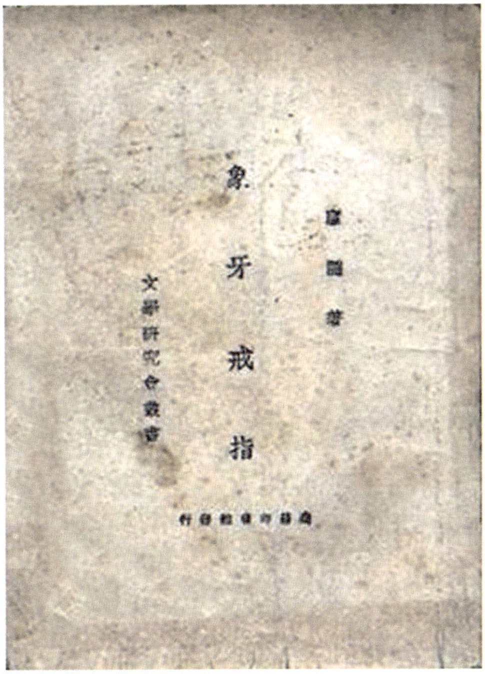

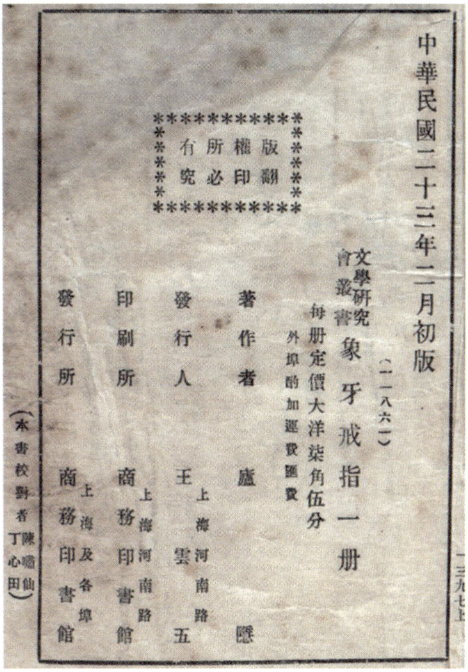

沁珠惊呆了，仿佛被人从半天空一下子摔到了山涧里，痛苦失望织成了噩梦。她开始不断发表作品，将悲哀寄情诗文。不久，沁珠毕业到北平一家中学任教。伍的妻子来信希望她与伍断绝关系，张沁珠便写信与伍断绝往来。此后，生性泼辣的沁珠变得悲凉沉默。不久，同乡且是北大学生的曹长空又进入了沁珠的生活。曹早在十七岁时即应父母之命与人完婚，虽育有一女，但夫妻已分居多年。他善良体贴，沁珠受到他热烈的感染，渐渐快乐起来，但一直回避他们之间的实质问题。曹愿用全身心来填补沁珠心灵上的缺陷，而沁珠却执意固守神圣纯洁的少女生活。曹由于求爱不成，咯血的旧病复发。为使他尽快康复，沁珠许诺可以考虑他们的爱情，在希望中曹竟奇迹般地痊愈了。然而，由于曹是革命组织驻北平的重要负责人，因故必须离开北平南下广州。曹将一对象牙戒指寄赠沁珠以托相思，并鸿雁寄情。沁珠在日记中写道，像伍念秋、曹长空这类有妇之夫的男性对于爱情，是骑着马找马，如果找到好的就拼命追，追不到就再回去，将女子当作没有人格的货物。曹的追求是真诚的，但安知他不是在做骑马找马的勾当？曹长空却是真心追求沁珠，他回乡打发了原配后回到北平，但沁珠仍不同意，曹再次咯血入院。沁珠只好放弃成见，接受曹的爱情。正在此时，伍念秋得知了他们将要订婚的消息，他将自己与沁珠的情书见诸报纸，沁珠再次受到沉重的打击。曹血管迸裂，吐血而死去。曹的死使沁珠怀有一种深重的负罪感，遂终日守着一枚象牙戒指与烟酒为伴，既不顾朋友相劝，亦不理会爱慕者的追求，凄凉冷落、意志消沉，不久也因患脑膜炎去世。

按：《象牙戒指》是庐隐（1898—1934）取材于石评梅与高君宇的爱情故事创作的一部小说，张沁珠的原型即石评梅。在石评梅去世后友人将她的灵柩与高君宇合葬时，就希望庐隐将石评梅的故事写成文艺作品[1]，作家自己在《庐隐自传》里也说，写这部作品“只不过忠实的替我的朋友评梅不幸的生命写照，留个永久的纪念罢了”。小说以凄清哀婉的笔调回忆了张沁珠接连遇到两个男人的爱情故事，初恋遭遇了虚情假意，再恋便谨小慎微，即便是真情实意也让她退避三舍，不敢轻易付出，直至男主人公因此逝去她才有一种殉情忏悔之意。象牙戒指既是纪念，也是女主人公生于矛盾，死于矛盾，陷入无法自拔的情感铁牢的象征，它反映出作者的困惑，也暴露出作者对主题开掘的局限。小说是一个男女主人公为爱殉情的悲剧故事，也仅仅是因情而生，因情而死，男女主人公爱情生活本身也并无更高的时代与社会内容，故而在情感挫折面前极易封闭自我，退守一隅，消沉而陷入空虚也在情理当中。因此，尽管作者深受《茵梦湖》的影响而营造出一个凄婉的艺术氛围，但终因小说本身时代性的缺乏而难以引发更大的反响。

2月 叶永蓁的《小小十年》由上海生活书店再版。

3月17日 汪以果在《西京日报》发表《文艺风景线：理论与实践——新人张天翼与幽默》一文，认为：“张天翼充分表现其作品中含有幽默性之内在，似乎从《鬼土日记》这部未完成的作品，因为受到批评的关系终于搁笔，现在在《现代》上连载的那篇《洋泾浜奇侠》，就十足地表现他承继着以往的作风。”“论使人发笑的力量，天翼或逊于老舍，然而，在世界观上，天

[1] 《庐隐》，见徐迺翔主编：《中国现代作家评传》（第一卷），山东教育出版社 1986 年版，第 621 页。

翼是正确的，天翼解释这世界并不用甲民族与乙民族之对比，天翼懂得阶层的意义。而最超老舍的长处，还是悲观的死症，在天翼作品中，怎样也寻找不出来，硬创造发笑的穿插与机会，似乎天翼还常常犯下这毛病，这样一来，便减少作品之严肃性。”“这是就其作品之幽默性而言，至于张天翼之获得相当成功，为青年人所注目，认为是新兴有望的作家，这些都另有其理由之存在，不单从幽默上一点决定的。”

3月20日 张资平的《飞絮》由上海现代书局印行第十五版，29001—30000 册。

3月21、22日 莅临在《京报》发表《老舍的〈离婚〉》一文，认为可以从作品中看出：他仇视进步青年，仇视进步思想，不相信有什么英雄、英勇的斗争与伟大的事业。“老舍更抓住了这几个中心问题，加以辛辣的嘲笑。得到了幽默作家荣誉的，也许是也这样便算不得幽默，在老舍全部的作品中说他全是为了表现他的这种思想也可以；说这不过是插话，拿青年，思想，英雄，开开玩笑，增加他的幽默趣味也可以。但在《离婚》里面，骂青年，思想，英雄，却占了最大的篇幅。”

3月 巴金的《雾》由上海新中国书局印行第三版。

3月 巴金的《新生》由上海开明书店再版。

4月1日 王淑明在《文学季刊》第1卷第2期发表《〈新生〉》一文，认为，李冷的思想“是十足的没有折扣的虚无主义者的典型”，“作者在本书里所欲企图说明的，用朱乐无的说教，亦寒、鸣冬这些周围人物的转变，来做李冷的陪衬，并反示出主人公底态度所以转换的客观原因。但不幸的是，这样的企图，竟完全失败了，在作者笔底下所写成的李冷，其‘新生’的关捩，到反而是两性之爱，比之客观的社会条件来得直接而有力，为书中主人公态度所以转换的因子。”“末了，我所要说的，是作者在本书里所采用的体裁，为日记体，而且是主观的自白形式。我觉得这样的描写手法，是有些近于避难取巧，以作者那样很有创造天才的人，很可以不必这样的偷懒，比之直接的写法，毋宁是间接的写法，为更要吃力，更能生产出艺术的效果。”

4月1日 朱佩弦（朱自清）在《文学季刊》第1卷第2期发表《〈子夜〉》一文，认为："这几年我们的长篇小说，渐渐多起来了；但真能表现时代的只有茅盾的《蚀》和《子夜》。""能利用这种材料的不止茅君一个，可是相当地成功的只有他一个。他笔下是些有血有肉能说能做的人，不是些扁平的人形模糊的影子。《子夜》写一九三〇年的上海，写的是民族资本主义的发展与崩溃的缩影。与《蚀》都是大规模的分析的描写，范围却小些：只侧重在'工业的金融的上海市'而经过只有两个多月。不过这回作者观察得更有系统，分析得也更精细；前一本是作者经验了人生而写的，这一本是为了写而去经验人生的……他这本书是细心研究的结果，并非'写意'的创作。""内战破坏了一切，只增长了赌博或投机的心理。虽像吴荪甫那样有大志有作为的企业家，也到处碰壁，终于还是钻入公债里去。这是我们民族资本主义崩溃的大关键，作者所以写益中公司的八个厂只用侧笔而以全力写公债者，便为的这个。至于写冯云卿等三人作公债而失败，那不过点缀点缀，取其与吴赵两巨头相映成趣，觉得热闹些。但内战之外，外国资本的压迫也是中国民族工业的致命伤……民族资本主义在这两重压迫之下，自然会走向崩溃的路上去。""书中以'父与子'的冲突开始，便是封建道德与资本主义的道德的冲突。但作者将吴荪甫的老太爷，写得那么不费事，一到上海，便让上海给气死了，未免干脆得不近情理。再则这第一章的主旨所谓'父与子'的冲突与全书也无甚关涉。揣想作者所以如此开端，大约只是为了结构的方便，接着便可以借着吴太爷的大殓好同时介绍全书各方面的人物罢。这未免太取巧了些"。

按：只有茅盾的小说"真能表现时代"，可再议，《倪焕之》《二月》《结局》等都颇具时代特色，此为一家之言。

4月1日 《现代》第4卷第6期刊载下列作品的广告：

（1）《北极圈里的王国》："描写贵族社会之骄奢淫逸，中层市民之狡诈狠毒，智识阶级之卑鄙无耻，流氓地痞之投机暴发，贫民生活之惨痛流离等，作者用全力把北极圈里的小王国的社会，描得淋漓尽致极了。"

（2）《脱了轨道的星球》：“这是张资平先生的自序传的第一部，他是从旧社会中过渡来的人，鼎革前后的种种情形，他都是目击过来的。在本书中即以著者第一人称的地位，叙述着自身的生活经历，及种种新旧时代递嬗的人物，极尽悲欢离合。”

（3）《最后的幸福》：“本书是张资平先生在创造社时期的名作，读过这书的青年男女不知有多少，都没有不为之流泪的。内容描写一个可怜女子的一生，历受男子们的玩弄与遗弃，而真心诚意爱她的那个人，却始终不能同她美满结合，临死时的一吻是他们俩最后的幸福。”

（4）《飞絮》：“本书是著者成名时的第一部作，内容情节极尽委曲宛转之能事，描写刻划之深，亦压倒众人的。自创造社初版迄今，已行销数十版，而仍未见其减退，该作实为具有永久的价值之作。”

（5）《曼娜》：“本书是包含六十封情书而组成的一个悲烈的故事，主人是一位热情如火的少女，和一个阴沉冷酷的少年，这两个矛盾性格的人物，读后当知作者的处理是如何的巧妙。”

（6）《旗声》：“北伐军未占领上海以前，上海是北洋军阀淫威下的地狱，资本家勾结军阀肆行屠杀，群众革命情绪的高涨，终于推翻赶走了北洋军阀，重见天日。本书的取材便是以这一事实为背景，写作的技术有出于意料的收获。”

（7）《负生的日记》：“这是以日记体写成的，一个青年热恋着一位姑娘，但不幸得很，他俩的恋爱是违反着所谓礼教的，于是历经许多的恐怖和压迫，最后竟横遭恶势力惨杀了。”

（8）《乌鸦》：“一般青年的流浪生活的题材，创作上很少见，所以这本书就特别显得可贵。作者似水的文墨，绘成了他人意想不到的奇事。”

（9）《浪漫的恋爱故事》：“以一都市中极浪漫的少年，曾经接触过四十多位个性不同的女性为故事，这不是容易得到一般人的同情的，但是作者却写得异常的真挚，谁见了都会同情的。”

（10）《莲蓉月》：“对一位朋友叙述他和一位女友恋爱的经过，写得不同凡俗，是本绝好的恋爱小说，百读不厌的。”

4月1日 《现代出版界》第23期发布《中央党部查禁大批书籍的善后》，宣布查禁下列书籍，其中先后查禁有案之书目为：《丽莎的哀怨》《流亡》《地泉》《冲出云围的月亮》；应禁止发售之书目为：《转变》（描写共党从事秘密工作，确为宣传共产革命，鼓吹阶级斗争之作品）、《寒梅》（描写革命斗争之故事，具有极激烈极浓厚之反动色彩）、《韦护》（描写一个共产党员的革命与恋爱的冲突，他终于为了非常重要的工作，将革命的信心克服了爱情的留恋）、《前线》（华汉著。于恋爱故事中，尽量插入暗示阶级斗争之情节，如P251）；暂缓执行查禁之书目为：《旧时代之死》《蚀》；应删改之书目为：《万宝山》（描写群众运动中，颇多含有不正确意识之词句，如P217，P218，P219，P220，P230，P234，P247，P251等处，均应删改）、《虹》（本书是一部穿了恋爱的外衣，描写革命时的一切现象之实的作品，时代是从五四运动到五卅惨案，地点是从四川到上海，内容无碍，惟跋文末一节应删去）、《子夜》（二十万言长篇创作，描写帝国主义者以重量资本，操纵我国金融之情形，P98至P124讥刺本党，应删改，十五章描写工厂，应删改）。

4月1日 巴金的《电》以《龙眼花开的时候——一九二五年南国的春天》为题，始刊于《文学季刊》第1卷第2期，7月1日第1卷第3期，署名：欧阳镜蓉。

4月1日 刘大杰的《三儿苦学记》第一章以《我为什么要写这本书》为题，刊于《小学生》第4卷第1期。

4月10日 张资平的《最后的幸福》由上海现代书局印行第十四版，24501—26000册。

4月15日 魂影在《新垒》第3卷第4期发表《张资平的创作》一文，认为他的小说尽是“革命——恋爱，恋爱——革命，翻来覆去都是这一套把戏，多么贫乏得可怜呀！”

4月16日 李长之在《清华周刊》第41卷3—4期合刊发表《张资平恋

爱小说的考察——〈最后的幸福〉之新评价》一文。认为："张资平小说，总表明着女性追逐男性的故事，而在他却并没有侮辱女性的意思，恰是相反，倒痛骂了一般的男性。一般人往往以为张资平的小说有挑拨性，我看并不是，他描写性欲满足后的无聊，烦闷，痛苦，几乎是否定了性欲似的。只是认定那是自然的欲求，仿佛是一种不可逃掉的压迫。然而张资平却没有进一步写想打破这束缚的意思，这正如他的作品中也没有别的什么正面的思想，他只是写实，他只是报告病况，对病原他已经漠然，开药方更没有那么回事。"而"中国新文学中的小说，到了张资平，才慢慢脱离了杂感式的，片断的印象式的，太富于个人情调的氛围"。这是因为："张资平是抓住艺术上的时代的，因为：像。我们读他的作品时，我们绝不以为那时代是不曾有的。他表现的时代，是现代；现代的时代精神，也约略写得出，那就是理想的禁锢的悲哀，和机械的人生之发觉了的苦痛。"

按：力排众议认可张资平小说的艺术贡献固然可以，但忽视张资平小说备受诟病的由先锋而堕落的缘由也未必妥当。

4月16日 李长之在《清华周刊》第41卷第3—4期合刊发表《论茅盾的三部曲》一文，认为："茅盾小说中最主要的目的，是在对现生活的理解，其最大的收获，也恰在此。在《幻灭》里，有他对于现实的理解的第一步了。""我为什末说这是茅盾对于现实的理解的第一步呢？因为他的后来的理解，是比这深一层了的。现在这种对现生活的理解只是感得的而已，感到矛盾，感到苦闷，感到要寻求刺激，所以就如实地写了出来。很显然，他这种感到，只是小资产阶级的人的感到"。可以说，"部分的，病态的，是感到而不是知道的，是《幻灭》里给我们的现实……《幻灭》不是写恋爱与革命的冲突，不错；《幻灭》不是写资产阶级对于革命的动摇，也不错。但是有一点是不能否认的，就是他写的是小资产阶级。如果问写小资产阶级的什么？我便可以说，那是写小资产阶级的不长进。"也就是说，"茅盾在《幻灭》里所表现的确是一部分的人对于一部分的现实的认识了，换言之便是小资产阶级的智识分子对于局部的也就是本阶级的生活观感了，就中作者自己，便也有一份儿。有感伤而无理智，有心情而无意志，所以疲倦，烦闷，又要求感官的刺戟。同时他们是起伏的，把握不定的，而和在急遽中起变化的现实相应了的，他们永远陷在不安里了。”总之，“以内容论，《幻灭》里的现实不是现实的全部，也不是现实的核心，对现实的态度，又是退缩而不是迎上前去的。所以全作品不能算是成功，然而部分的成功却是有的，特别是关于技巧。”在技巧上，茅盾“不特是具体的实际上的动乱他写得好，心理上的战斗，起伏，动乱，也写得颇满人意。他在心理方面，就擅长写一种心理过程”。不过，“茅盾在《幻灭》里所表现的技巧，是重在心理的，是有意识的想成为艺术品，是个人主义的立场的，是有时失了严肃，而代以伤感和讽刺了的。”“《动摇》的内容和《幻灭》差不多。”不过，“表现在《动摇》里的现实，较在《幻灭》里的是广大许多，铺张许多，也更为切合，又不那末浮面的了。然而对现实，无疑的，还在能观察，而不能分析。悲观的气息也依然很弥漫。”在技巧上，小说的结构是失败了。李长之还认为：“茅盾的三部曲，几乎全是因先有一种抽象的观念作题目，又从而敷衍成章了，于是所叙的不是故事，而是一种抽象的观念的例证了，在题目的范围下那例证容或是切合的，以艺术去论却见出削足盈履的牺牲了。在三部曲之中，而尤著于《追求》。”“《追求》是为说明一切追求的失败的，现在就发见这说明也已经失败。”他认为《追求》的结构同样也没有处理好。

按：李文认为小说的结构没有处理好属实，但认为三部曲为先有一种抽象的观念而作，则可再议。

4月16日 刘大杰的《三儿苦学记》第二章以《三儿的故乡》为题，刊于《小学生》第4卷第2期。

4月19日 《申报》刊载《象牙戒指》的广告：“内容写一个富于理想热情的女性沁珠，为了追求一个有了妻子的男人，而陷于矛盾的悲伤的漩涡中。但同时另外一个男人却热烈的爱了她，为她和妻子离了婚，但沁珠并不承受他的爱，竟因此而使他服毒自尽。而沁珠这时才把一颗不愿赠予那青年的心，在他死后虔诚的献给他了。并将他所送她的一个象牙戒指，束缚了她此后的全身心，直到她死的时候。”

4月 罗琛的《双练》由上海商务印书馆初版。

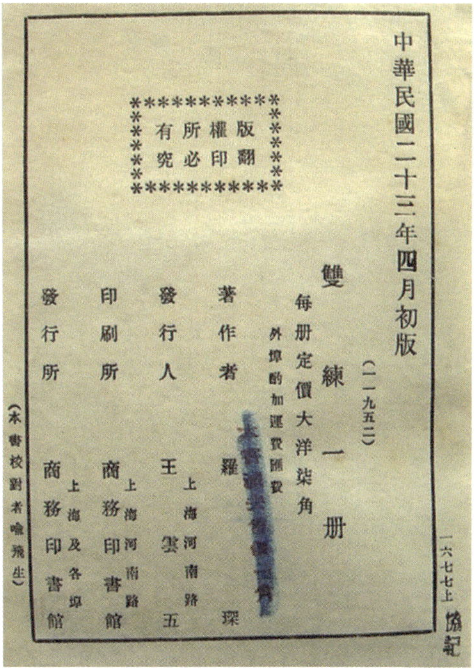
中華民國二十三年四月初版

(一一九五二)

雙練一冊

每冊定價大洋柒角

外埠酌加運費匯費

版權所有 翻印必究

著作者 羅琛

發行人 王雲五 上海河南路

印刷所 商務印書館 上海河南路

發行所 商務印書館 上海及各埠

(本書校對者喻飛生)

一六七七上 協記

梗概：《民生大日报》主笔马匡认为要使国家不落后，必须向西方学习。因此他不但加入天主教还将他十一岁的儿子马义保送到法国留学，住在杜发夫人的家里。没几年，义保就同法国人一样了。杜发夫人有两个女儿，小的叫玛格利，比义保小两岁，两人常在一起玩耍。欧战时为躲避轰炸，义保不幸受伤，玛格利精心照料，两人坠入爱河。但杜发夫人因种族关系不愿女儿与义保结婚，就让她到伦敦教书。这时义保也接到家信让他回家，他中途到伦敦与玛格利私下结婚。玛格利写信告诉了母亲，杜发夫人无奈只得让女儿回到巴黎等义保。义保回家后没有跟父亲说他已结婚的事，父亲就命他与指腹为婚的葛淑梅结婚，义保抗命不过只得违心结婚。婚后，义保借口上大学就又回到巴黎，此时，玛格利已生有一子，见义保心神不宁却不知何故。此时，马先生家境衰落，遂让义保回国。义保原想独自回国，但玛格利不肯，义保只好带她一起回来。到上海后他借口家里应先有所布置就将她寄居在一个法国人家里。回到家后，父亲见他整日精神恍惚无所作为，就问他如何为国效力，义保答曰不知国为何样，更不知如何报答。父亲听后气得一病不起，不久逝去。此时，玛格利又不断来信询问，义保只好向葛淑梅说了实情并提出离婚，葛淑梅坚决不同意。无奈之下，义保开枪自杀。

按：华罗琛（1883—1970）写的是一出爱情悲剧。所谓“双练”，一练指传统，一练指现代。作者原想借男女主人公的爱情悲剧思考中法文化背景下传统与现代的冲突，但把握得不够精准，塑造的男主人公形象，无真正的西方现代观念，却有守成的中国传统思想，特别是对男主人公进退两难、一死了之的艺术处理，不仅损害了人物形象的真实性，也冲淡了富有时代意义的构思和富有悲剧意蕴的主题。不过，小说首尾嵌用的古典诗词烘托了小说的意境，增添了小说的诗意氛围。

4月　沈从文在上海大东书局出版文学评论集《沫沫集》，在《论冯文炳》一文中批评了《莫须有先生传》：“作者因为作风把文字转到一个嘲弄意味中发展也很有过，如像在最近一个长篇中（指《莫须有先生传》，编者注），把文字发展到不庄重的放肆情形下，是完全失败了的一个创作。”“八股式的反复，这样文体是作者的小疵。从这不庄重的文体，带来的趣味，使作者所给读者的影像是对于作品上的人物感到刻画缺少严肃的气分。且暗示到对于作品上人物的嘲弄，这暗示，若不能从所描写的人格显出，却依赖到作者的文体，这成就是失败的成就。”“作者在《莫须有先生传》上，则更充分运用了这‘长’处，这样一来，作者把文体带到一个不值得提倡的方向上去，是‘有意为之’了。趣味的恶化（或者这只是我个人的见解），作者方向的转变，或者与作者在北平的长时间生活不无关系。在现时，从北平所谓‘北方文坛盟主’周作人，俞平伯等等散文糅杂文言文在文章中，努力使之在此等作品中趣味化，且从而非意识的或意识的感到写作的喜悦，这‘趣味的相同’，使冯文炳君以废名笔名发表了他的新作，在我觉得是可惜的。这趣味将使中国散文发展到较新情形中，却离了‘朴素的美’越远，而同时所谓地方性，因此一来亦已完全失去，代替这作者过去优美文体显示——新型的只是畸形的姿态一事了。”而作者“时间略早的一些创作，实在已就显出了不康健的病的纤细的美。至《莫须有先生传》，则情趣朦胧，呈露灰色，一种对作品人格烘托渲染的方法，讽刺与诙谐的文字奢侈僻异化，缺少凝目正视严肃的选择，有作者衰老厌世意识，此种作品，除却供个人写作的怿悦，以及二三同好者病的嗜好，在这工作意义上，不过是一种糟蹋了作者精力的工作罢了。”

4月 张资平的《时代与爱的歧路》被国民党以“鼓吹阶级斗争”为由查禁。

4月 汪静之的《翠英及其夫的故事》由上海亚东图书馆印行第五版。

4月 老舍的《老张的哲学》由上海商务印书馆印行国难后第二版。

4月 黄俊的《恋爱的悲惨》由上海新文化书社印行第四版。

4月 张资平的《群星乱飞》由上海光华书局印行第四版，5501—6500册。

5月1日 王淑明在《现代》第5卷第1期发表《〈洋泾浜奇侠〉》一文，认为：“在他的作品里，所反映的社会，不是特定的社会存在，而是社会一般，人物事件之发展，多半是浮动的，只在现象的表面上滑溜，而不能从普遍表现特殊，又从特殊而看出它与一般的内在底联结。”而且“《洋泾浜奇侠》的内容，很明显的，我们可以看得出来，它是受了吉诃德先生的影响”。最后他认为：“张天翼的小说，原以他所特有的讽刺味和作品的能采取新形式而为读者所称道。但到了现在，似乎在他的作品里，存在着一个危机。那是由讽刺而流于滑稽的危险。”“很显然地，是由讽刺而转流于滑稽，则作品中所保有的严肃气分，将为它的诙谐冷峭所掩盖着了。读者看了它，是和看了低级趣味的作品时，所发生的印象同等的，而毫不会感觉出它是成功的艺术作品。”另外，“他虽然接近于现实主义，但他却始终没有能够十分深入而用具体的形象来反映它，以致他的作品，虽然倾向于现实主义，但却不幸成了现实的浮雕。”

5月1日 《申报》刊载《象牙戒指》的广告：“这一部小说以一个象牙戒指为线索，描写一个富于理想热情的女郎的悲惨遭遇，异常曲折动人。”

5月1日 杜衡的长篇小说《叛徒》以《再亮些》为名，始刊于《现代》

第5卷第1期，至11月1日第6卷第1期（未完），其中第5卷第6期未刊。

5月1日 刘大杰的《三儿苦学记》第三章以《我的爸爸呢？》为题，刊于《小学生》第4卷第3期。

5月15日 观客在《众志月刊》第1卷第2期发表《读〈猫城记〉》一文，认为，《猫城记》“是具有时代的社会意义的”。“在这本书里，拿猫城来象征我们这不长进的中国，以‘迷叶’来指出鸦片对中国前途的破坏与堕落的罪恶，取材的范围极广，有整个气象的素描，有一般人性的速写，以大蝎、老蝎、小蝎，代表中国最近的三世人；以公使夫人，迷，星，花，等人，提出中国的女性问题，由教育，文化，谈到政党，最后谈到国难，文词是那么流利！不，是那么有刺激性。”“在文学的观点上看，《猫城记》总是一本可以读的书，若专就时下流行的所谓幽默文学讲，《猫城记》到底是一个肥硕的果子。”

5月18日 利利在《民声》第1卷第1期发表《〈子夜〉杂感》一文，认为：“作者是想借这位有产业界民族英雄抱负的吴荪甫之一切活跃，传达出中国一九三〇年社会不安的动态，这或是作者写这部书的动机罢。”“这部作品的构成是由三组事实，以吴荪甫人物为各事件发动，展开变化为中心。三组事实，一是交易所方面，一是工厂方面，一是吴荪甫家庭方面。吴荪甫这人物是要轮流与这三组事实发生不断的关系，这样复杂地巧妙地综错，便成这部热闹的令人不感烦厌的巨著。”

5月20日 《大公报》刊载《关于最近逝世的女作家庐隐女士生平，创作，人生观》一文，认为：庐隐是“悲观主义者，作品充满伤感，‘五四’后的努力很值得纪念”。她“文字的细腻，特别是对于女性心理描画之深刻，是她的文字的唯一优点，她不擅长于人物动作的描写，而只擅长于景物描写和心情的描写。所以，当我们读她的作品时，便不无空洞之感。《象牙戒指》便是很好的例，正因为文字的细腻，也有些过于雕琢之处”。“她的艺术的技巧，并不是怎样成功的。她非常喜欢用日记，信札一类第一身写法，这是技巧上的偷懒，取巧，也正因为这原因，所以心理的描写在她的作品中才能占到大的分量。”

5 月 20 日 张资平的《恋爱错综》由上海文艺书局印行第三版。

5 月 29 日 《申报》刊载《双练》的广告：“此书描写八国联军以后，一个老新党把心爱的独子托人带到巴黎去求学，希望他学成归国，替国家做一番事业。不料他渐次法国化了，他忘了中国，爱上法国了。隔了好几年，这个独子回来，老新党逼著他和一个中国女子结婚，不料他早已和法国女子结婚了。后来老新党气死了。这个独子在重婚的痛苦中，仿佛有两条练子，锁在颈上，他不能挣脱双练的束缚，他自杀了。这部书对于中国家庭，对于中国留学生，都有很深刻的描写。”

5 月 老舍的《小坡的生日》由上海生活书店初版。

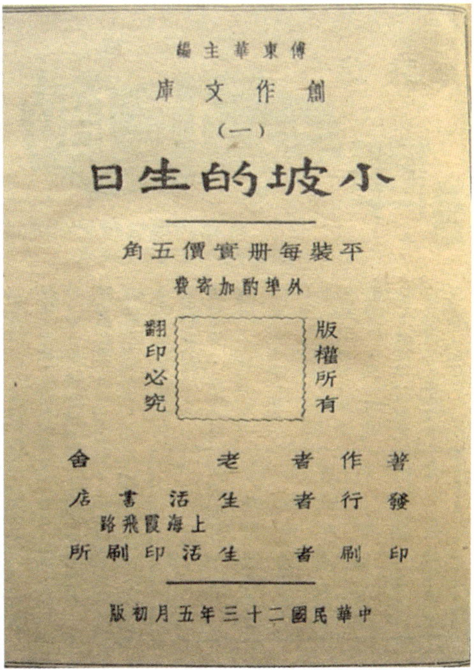

梗概： 主人公小坡是新加坡儿童，哥哥叫大坡，妹妹叫仙坡，他和另外几个祖籍是福建或广东的小朋友，以及三个印度血统、两个马来血统的儿童，彼此十分要好。他常用红绸子打扮成各种人物逗妹妹玩。新年时，他要了一张贺岁卡片，寄给“全世界的小朋友”。上学时，小坡还常打架，但都是为了保护弱者，维护正义。张秃子欺负一个小姑娘，小坡虽然也挨了几拳，但将张秃子一头顶出老远。小坡还经常逃学，但成绩很好，他喜欢自然，为了看海和大船，他偷偷爬上一条大船又被人家摔了出来。生日那天，父亲带着他和妹妹游览了群猴嬉戏的植物园，看电影。当晚，小坡进入梦乡，他梦见自己再度走入“影儿国”，目睹了“狼猴大战”，随后，他还集结了各民族的小朋友们，一同投入搭救“嗗拉巴唧”的情人“钩钩”的“猫虎大战”。突然，“嗗拉巴唧”不见了，他伸手乱抓却什么也抓不到，眼看要掉到大海里，他脚一蹬，醒了，原来是场梦。

按：这是一部长篇童话小说。作家借小坡的眼睛来观察，借小坡的感情来体验，充满童趣，充满想象。借助这些亦幻亦实的故事，可以看出作者对新加坡儿童深挚的感情以及对他们生活幸福的美好祝愿，字里行间透露出作家浓厚的人道主义情怀。小说浅明简洁，俗白优美，是作家在写作语言上成功探索的重要作品。但情节凌乱，对新加坡生活的表现也较浮泛。

5月 予且的《凤》始刊于《小说》（半月刊）第1期，至12月15日第14期毕。

5月 巴金的《灭亡》由上海开明书店印行第五版。

5月 郑震的《失败者》由上海启智书局再版。

6月1日 《紫晶》第6卷第2期发表《倪焕之》笔谈，其中，李恭朴在《现代青年的看法》一文中认为，这本书给做社会服务的工作者几点教训：一、理想要与现实相结合，二、要与社会及人打成一片，三、工作要适应时代。林嘉惠在《从乡村教育的立场看》一文中认为，小说在文坛上放一道绚烂光彩。乡村教育对社会责任重大，若乡村的传道师都有倪焕之和蒋冰如的服务精神，对于农村教育之贡献则无可限量。薛觉民在《过来人的看法》一文中认为，“从这本书中可以看见一个青年发展的程序，以及在每一个时期的心理。便知道我们应该怎样地去了解青年，指导青年，这是从事青年工作的人们，所当格外注意的。”田景福在《同情与感想》一文中认为，倪焕之的失败也使我们思考，教师是什么，应该如何对待婚姻、革命，如今面对国势，我们能否像倪焕之那样不计一切成败利钝地向前冲？辛志超在《引起了读者无限的悲哀》

一文中认为，作者写的倪焕之简直就是自己一样，很能引起共鸣。舒又谦在《从两方面批评》一文中认为，不足在于，作者没有把倪焕之写成一个有意义的青年，不是扛鼎之作，十八节之后反而写得不自然。成功在于，倪焕之是个十足的现代中国青年的写照，是一部表现力充足的作品。

6月1日　《申报》刊载《双练》的广告："这是著者发表《恋爱与义务》后的又一杰作。叙述一个留法的中国学生已和一法国女子结婚，回国后，因受家庭的压迫，另和一本国女子重婚。他摆脱不了两条练子的束缚，终于自杀。描写深刻，极为动人。"

6月1日　废名的《桥》（下）第四章《荷叶》和第五章《无题》始刊于《学文》月刊第1卷第2期。

6月1日　张天翼的《一年》由上海良友图书印刷公司印行第三版，4001—6000册。

6月9日　《摄影画报》第437期发表《茅盾底〈虹〉》消息一则："沈雁冰笔名茅盾，自一九二七年起发表了《虹》《幻灭》《动摇》后，顿成为文坛上的红人儿。""《虹》里面有着绘影绘声的恋爱描写，据说就是他和秦德君女士的恋爱实录。他的爱人秦女士曾当过四川二十一军的女参谋，以前是嫁穆济波的，后来与沈发生关系后，即和穆解除婚约，从沈。所有许多艳遇都在《虹》里面描写着。"

6月10日　霍逸樵在《南风》第10卷第1期发表《〈二马〉及其他》一文，认为：

（1）《老张的哲学》："这本书的情节是比不上《二马》这般好，虽然描写的文笔是一样的诙谐有趣。"不过，"这本书确能把整个的中国旧社会人物和盘托出，文字有趣，意思深刻，老舍的作品实有感而成的。"

（2）《赵子曰》："这本书是借几个北平大学生的生活来描写中国的学生社会的现象。""全书大意深远而含讽刺，痛恨学界当时不良的现象，更及社会的丑劣。""老舍在书里以冷嘲热讽的文笔痛诋中国社会的丑恶，真令人极表同情！"

（3）《二马》：“这本书是赤裸裸地把外国人对待中国人的心理，中西人的思想与文化的比较，中国人的腐化习惯，和新思想的中国青年在外国所受的冲动与激刺，尽量地表露出来。”“因为作者是在英国留学，身受外人不平的待遇，又见着自己同胞偏不争气，见着给中国人丢脸的中国城，受了绝大的感触和激刺，而写成这本书，借马氏父子来代表中国新旧人物来和外人接触，做成种种矛盾的现象。最后还加插了一段认真丢面子的中国人在外人地域来作分党立派之争，以示自己太不争气。所以中国欲提高国际地位，非徒为空口讲白话的向国际宣传而可以有效，必须真正的有事实做给人家看，那才是够力量而有余。”

（4）《追求》：“全本书都是事与愿违，没有一个能够达到他们自己所认定来追求的憧憬，茅盾这本书确是含有深刻意义而值得一读的。”

（5）《虹》：“茅盾在这本书里描写梅表姐的思想变迁和环境压逼，把现代青年女子的心理整个活现出来。”

6月16日 蔡元培读《双练》后写道：“此书写幼童留学之危险，父母溺爱之贻害。而新旧结婚制之不相容，尤足为不慎者之陷阱。且人情大抵相近，受环境及机缘之压迫，而渐出以明知故犯之态度，其事可恶，其情可谅，此点亦描写甚工也。”[1]

6月17日 铎之在《新天津画报》第42期发表短文《〈苔莉〉载入文学史》，文中提到1933年8月在北新书局出版的谭丕模编著的《中国文学史纲》一书中“载入了张资平的作品《苔莉》的一节”，认为“该氏誉其为抓住时代精神和青年的病态，是反映小资产阶级摧残女性的描写”。对此种看法他并不认同，认为其“绝没有代表当时中国文坛倾向的价值，若其果有被选的价值，则张竞生的性史，应占其先了”。“张资平的恋爱小说，其影响于当时文坛的，没有郁达夫所写的东西动摇力大，因为张资平的作品无非是为恋爱至上主义者所崇拜的。郁氏的作品则于恋爱以外，加入描写社会病态——青年出路的苦闷。”

[1] 中国蔡元培研究会编：《蔡元培全集》（第十六卷），浙江教育出版社1998年版，第338页。

6月25日 枫伍在《西京日报》发表《明日谈什——读〈猫城记〉》一文，认为："这本书并不十分的幽默，反而没有他所写的短文够味儿哩。""作者是假借猫国的情形，来说明中国的社会。""作者对于中国社会的认识，实在浮浅得很；因之，他所叙述的，只在消极方面描绘了若干的不良现象，并未认清这些不良现象发生的真正原因。他认为猫人（即中国人）最大的坏处是在'糊涂'二字，这未免太幽默了。""诚如序中所说，作者的态度，是太悲观了。悲观的原因，即在糊涂！作者对中国的社会既没有深切的认识，只看到种种畸形的现象，并未认清其过去，现往及将来，因之，不得不悲观了。"

6月26日 《益世报》（北京版）刊载《庐隐女士的作品》一文，认为："短小精悍的庐隐，她到底是一个中国式的女人，终未能免俗，所写的小说，由《海滨故人》（五四时代）一直写到《象牙戒指》（民二十），题材总免不了男女恋爱的故事。正如在冰心女士的作品里，免不了'母亲'，'小弟弟'和'山海'一样。她俩的作品，题目真太小，范围也太狭。对于社会各方面的叙述和描写，倒赶不上至今生死仍未确定的丁玲女士，虽说她俩都是新文坛女作家的先进，文艺上的造就。在文艺的园地上，总算是两朵值人爱好的奇葩。"

6月 茅盾的《子夜》由上海开明书店印行第四版（删节本）。

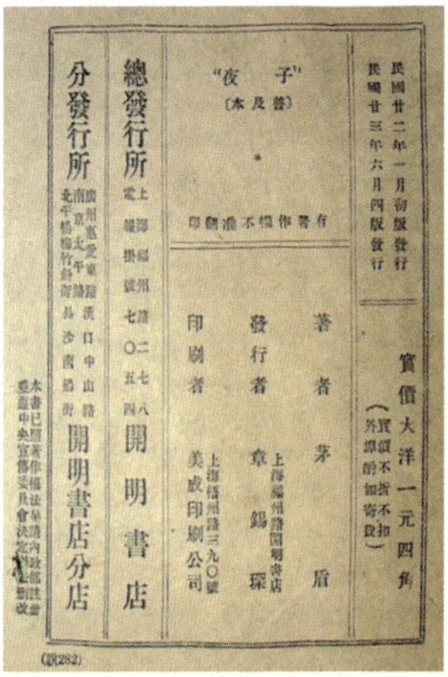

民國廿二年一月初版發行
民國廿三年六月四版發行

實價大洋一元四角
（實價不折不扣 外埠酌加寄費）

"子夜"
（普及本）

有著作權 不准翻印

著者 茅盾
發行者 章錫琛 上海福州路開明書店
印刷者 美成印刷公司 上海福州路三九〇號

總發行所 上海福州路二七八 電話九四〇五七 開明書店

分發行所 廣州惠愛東路 漢口中山路 南京太平路 長沙南陽街 北平楊梅竹斜街 開明書店分店

本書已照著作權法呈請內政部註冊並遵照中央宣傳委員會決定刪改

（說282）

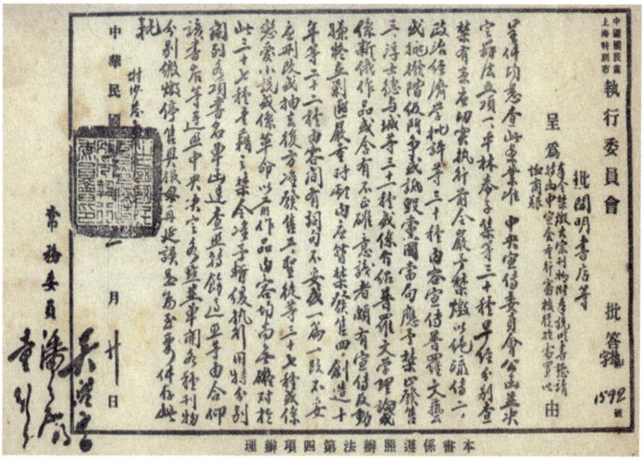

中國國民黨上海特別市執行委員會 批答 字 1592 號

中華民國 月 廿 日

本書係遵照辦法第四項辦理

右上图中批答如下：

中国国民党上海特别市执行委员会　批答（字执第1592号）

批开明书店等，呈为“奉令禁毁大宗刊物附奉说明书，恳请转函中宣会重行审核，从轻处置，以恤商艰”由。

呈件均悉查此案业准，中央宣传委员会公函并决定办法五项：一、《平林泰子集》等三十种，早经分别查禁有案，应切实执行前令，严予禁毁，以绝流传。二、《政治经济学批判》等三十种，内容宣传普罗文艺，或挑拨阶级斗争，或诋毁党国当局，应予禁止发售。三、《浮士德与城》等三十一种，或系介绍普罗文学理论，或系新俄作品，或含有不正确意识者，颇有宣传反动嫌疑，在剿匪严重时期内，应暂禁发售。四、《创造十年》等二十二种，内容间有词句不妥，或一篇一段不妥，应删改或抽去后方准发售。五、《圣徒》等三十七种，或系恋爱小说，或系革命以前作品，内容均尚无碍，对于此三十七种书籍之禁令，准予暂缓执行。用特分别开列各项书名单，函达查照转饬遵照等由，合仰该书店等，遵照中央决定各点并单开各种刊物，分别缴毁停售具报，毋再延误，是为至要件存此批。

附抄发各项书名单一份

本书系遵照办法第四项办理

中华民国二十三年，三月二十日。

常务委员：吴醒亚　潘公展　童行白。

7月1日　王淑明在《文学季刊》第1卷第3期发表《〈一年〉》一文，认为：“作者在这里面，极力描写着一班小官僚阶层由幻想而趋于没落的过程。心理的和动作的刻划，均表露尽致，有些地方，似乎很受了鲁迅的《阿Q正传》的影响，而作者在这中间所欲完成的人物，也很想写出像阿Q那样的几个没落社会的典型人物来。不过，我们所要问的，是作者在所想要着力的地方，是不是已经成功了呢？”“回答却是个‘否’字，然而这却要有个限制。”“我是说：《一年》里的几个人物，由幻想而趋于没落的过程，作者的心理的动作的刻划，和恶毒的嘲讽，是成功了的，但他却没有将这些被刻毒的人物，放在现实社会里，和它有机的互系起来。这正和《鬼土日记》里所创造过的人物一样，是一般的设置了的存在，而不是某个特定社会里形成着的人物。”“然而作者在这部小说里，所呈现着的缺陷，其重要地方，还不在此。最要紧的是他没有将书中人物的心理，行动的发展，和现实的社会合致地互系起来，而他们几个人的心理，行动，也就成为孤立的个别底存在着的东西。”他还认为：“我们的作者，在这部小说里，所能划出的，却只是一种抽象的，一个没落社会里的一般小官僚阶级的没落过程。我们看了以后，并不能指明这是那个一定社会构造里所存在的人物，并且更其没有阐明中国社会之半殖民地的性质，而这一大批典型人物的没落，又只能是半殖民地社会里的小官僚者社会层之没落的性质。这些地方，作者是显然有了很大的失败。”

7月1日 惕若（茅盾）在《文学》第 3 卷第 1 号发表《〈文学季刊〉第二期内的创作》一文，说：“欧阳镜蓉的长篇《龙眼花开的时候》登了一半，虽只一半，我们已经充分看到作者的圆熟的技巧。作者的文章是轻松的，读下去一点也不费力，然而自然而然有感动人的力量；作者笔下没有夸张的字句，没有所谓‘惊人’的‘卖关子’的地方，然而作者的热情喷发却处处可以被人感到。”“首先，我们得提明一下，这书写的是一群青年的安那其的活动；（这看书中所引的歌句可以知道）；时间，据说是一九二五年，地点，是有‘龙眼花开的’南方。好，一九二五年就是一九二五罢，倘说是另一个时代，倒也不关重要。可是，既然有一群青年在一个特定的场所活动，那么，这活动的对象，当然是书中主要的描写对象了。我们很希望知道的，自然是这一群青年所在的社会是怎样的一个社会了：这个社会里‘诸色人等’的利害关系怎样？他们一般的生活怎样？他们的要求是什么？他们对于这小小一群的热心的青年，抱了怎样的看法？他们对于这小小一群青年的活动，其迎拒接纳感应，又应该分歧到怎样？这一切，为了全书的‘现实性’，为了书中人物的‘发展’，都是必要。”“可是我们的作者在这一方面太少了注意了。他并没有从正面描写那社会。他告诉我们，这地方的最高统治者是一个旅长；然而关于这个统治者，书中没有正面描写，我们只能从青年者一群的生活中透视过去，这才感到那统治者的存在。这且不管。因为旅长云云者，只这么写，也就算得数了；可是此外的广大民众——构成这个特定社会的‘诸色人等’，作者也只叫我们从青年者群的生活透视过去看，那就太不够了。作者给我们看‘劳苦的群众’，但是他用一个‘欢迎会’的场面给我们看，他把他们作为一个‘抽象名词’似的提了出来，而且作为‘欢迎会’的主角的，依然是青年者一群而不是来赴会的他们。虽然全书还只发表了一部分，也许此后作者将用正面的描写，然而即在此一部分中，我以为也应得绘下一个社会的清晰的面目。在此一部分中，我们从作者所得的关于这个社会的概念，简单得很：一方面是在上的旅长，一方面是在下的劳苦人们，没有中间层！而后者又只是‘抽象名词’似的，没有写到他们的意志情绪，他们的要求，他们的痛苦。”“于是我们读完后掩卷深思，就会感到不满足；不错，这里有些活生生的青年男女，可是这些活人好像是在纸剪的背景前行动，——在空虚的地方行动。他们是在一个非常单纯化了的社会中，而不是在一个现实的充满了矛盾的复杂的社会中。这是个大到不容忽视的缺点。我们很希望作者能够给我们一个补救才好。”

7月1日 指晓在《新疆日报》发表《从〈子夜〉说到抗战》一文，认为：“《子夜》一书的问世，它启示了中华民族斗争的理论根据，鼓励了中华民族的斗争精神，在那些活生生的事实上，它说明了中华民族应走的道路，特别是全面抗战一发动，更加证实了《子夜》是接近真理的暴露现实的一部文学”，“是在日本帝国主义压迫下的中国社会实情的一副缩图。”

7月16日 老舍在《论语》第45期刊载《〈牛天赐传〉广告》：“我只说：我要写一本《牛天赐传》，文字是幽默的。将在《论语》上逐期发表几千字；到现在，还一个字没写。”

7月 蠹鱼在《现代女性》第1卷第1期发表《〈象牙戒指〉》一文，认为，“这是庐隐女士生前最末出版的一本长篇小说”，“是一个悲剧故事很动人的，但是作者的写作技巧是不很好的”，这主要体现在：“第一，她在第一节中之述素文与沁珠订交的起头是多赘的。”“其次，她在全故事中将伍念秋与沁珠写成一对才子佳人，是太俗了。”“第三故事中人的出现大都是很兀突的。”“第四，作者的描写法也嫌陈旧了。”“从头到尾这个故事是充满了感伤的情调。”“作者的文艺主张也是我所赞成的。她借沁珠的口说，‘我很喜欢旧诗，内容自然可随时而变迁的。’不过她说的‘可’随时代而变迁，我则改为‘应’随时的变迁。作者的写法技巧之所以有种种缺陷，这正是因为她未随时代而变迁。”

7月 黄素陶的《失恋之后》由上海大中书局印行第七版。

7月 老舍的《小坡的生日》由上海生活书店出版（当为再版）。

8月1日 贺玉波在《前途》第2卷第8期发表《中国新文艺运动及其统制政策》一文，认为：“万国安的抗日战事小说《三根红线》等，黄震遐的《大上海之毁灭》以及陈大悲等人的作品，便是最好的抗日文艺之代表作品。”

8月3日 巴玲在《申报》发表《〈老张的哲学〉》一文，认为：“《老张的哲学》，十分高妙，限于篇幅，不能尽述。”

8月4日 李影心在《大公报》发表《老舍先生〈离婚〉的评价》一文，认为：“《猫城记》的寓意并不太低，在风格上亦并不伤于表现；但那理想的人物和理想的事实支配了故事之全般的进展，内容的不调合与事项之太多的臆想，却足为那全书的致命伤，因而，我们只能见到一些人在扮演着一出无意义的戏。”而《离婚》虽有一些失误，但“在诸般属于社会事件描写的创作中，无论是内容或技巧，《离婚》总算是杰出的一部”。

8月4日 《申报》刊载《小小十年》的再版广告：“描写一个现代青年在十年中的行动与思想的书”。

8月20日 柳无垢在《座谈》第1卷第2期发表《〈子夜〉批评》一文，认为：“《子夜》是一部描写一九三〇年中国大都市上海及其附庸市镇底社会状况的小说。作者把握住了现代……用严密的结构，轻巧的笔法，把上海都市里的各种现象，各种生活，牵联在一起，绝不散漫杂乱的描写出来，这样地写成了一部现代社会状况的横剖面底杰作，实是近年来中国黑暗文坛上底曙光。”不过，小说没有给青年指出他们该走的路，工人描写也没有写出他们的苦痛和觉醒。

8月 罗琛的《双练》由上海商务印书馆再版。

9月1日 李恭朴在《紫晶》第7卷第1期发表《〈小小十年〉》一文，认为："这本书捉着了时代青年的几个重大的问题：第一，恋爱与家庭的冲突问题；第二，恋爱与革命的冲突问题；第三，革命与家庭的冲突问题。""《小小十年》把这三个问题捉住了，并且诚实地，质朴地写了出来；这乃是它的长处。其次，它写当时一般民众对革命的热望与情绪的紧张，也确是当时的事实，它用短短的描写，将当时的情景刻画了出来，这也是它的长处。但是，除了这些长处以外，它的短处也是不少。""先从意识方面说吧，它没有写出书中主人翁叶余明确的意识来。第一，他为什么踏进革命的阵营？在他未入黄埔以前，我们看不出他的思想是怎样变迁的，是为什么变迁的。第二，他重上征途，也一样的，好像受了什么神秘的启示。第三，他从革命的阵营里退出来，思想变迁的过程是如何，也是非常模糊。""所以，从意识方面说，这书是相当的失败，因为在革命期中，一个革命青年思想的转变，绝不会是突发的，偶然的。至于女主人，我认为把她写得太柔顺了。""从技巧方面说——第一，如鲁迅所说，好发议论，有好些地方，长篇累牍，好像演说。第二，重要地方的描写，叙述太少，不重要的地方，反而较多……第三，他写余与茵茵两人鹣鹣鲽鲽的情形，写得太不经济，不特不能予人一个他们亲昵甜蜜的印象，并且，反使人觉得肉麻，讨厌。第四是描写同练词方面的不成熟。""总括的说，《小小十年》，严格地评起来，不过是一篇平淡，忠实的故事而已。它并不能代表一个时代；它并没有把整个时代反映出来；它也没有导引时代的力量。它只是个人色彩很重的一篇东西。"

9月1日 伍实在《文学》第3卷第3号上发表《〈双练〉》一文，认为："戊戌时代的新人到了'五四'时代已要变成旧人，那是当然的事。所以马氏父子之间之要形成新旧冲突的局势，也是可能的。但是作者还没有看清，我们的'五四'运动虽然不会发生怎样大的效果，在道德方面（特别是如北京那样的都市里）是旧的对于新的已经大大让了步，至少其间的冲突不至造成这种悲剧的了。而况义保所最信奉的是孔德的实证哲学，他带回来的书籍都是列宁的哲学，托洛斯基的理论，达尔文的进化论之类，而说他竟会因旧伦理观念的压迫以至于自杀，看起来总觉得有点不大真实。又因同是这种时代错误，全书的中心观念也就朦胧了。”又由于作者以“以心忖心以情传情”的做法，小说也有“概念化”之嫌。

9月1日 《申报》刊出《结婚后的女人底自学问题——答刘询岳》一文，认为：“即使是在学校最有希望的女子，一结婚后便什么都完了，这种现象，直至现在，还是非常非常普遍的，不独是那几个人，几乎凡有知识的女子，都有陷入这样的命运的危险，《倪焕之》是描写五四前后时代青年的代表作，所以书中说倪焕之的妻，也不能越出这个时代的定型，倪焕之死后的转变，不过是作者给新妇女们一点启示罢了。”

9月10日 杨荫深的《曼娜》由上海现代书局印行第五版，5001—6000 册。

9月10日 老舍的《猫城记》由上海现代书局印行第三版，4001—5000 册。

9月12日 常风在《大公报》发表《论老舍〈离婚〉》一文，认为：“老舍君是一位极卓越的创作家。他说故事，看来毫不经力，总是他那轻松，犀利，讥讽的笔调。很自然地一篇故事开始了，很自然地继续下去以至故事终了。《老张的哲学》是如此，《赵子曰》是如此。”而“在这本《离婚》里作者保持住他原有的一切长处，同时又顾到全篇小说结构的和谐。所以这本小说不惟是现代小说中的一本佳构，并且也是作者自己创作中的第一本完美的作品”。“还有一点应提到的，作者固是今日的一位幽默家，但他的幽默的分量远不逮讽刺的。所以我们在他的作品中常遇到的不是幽默的含蓄而是讽刺的夸张。这种过分的讽刺，有时会引起读者的厌恶。作者因喜用讽刺，所以他的文章愈磨练，愈尖刻，愈轻快，因而欠缺精澈的深度。”“本书的作者在他以前几部小说中点染了许多教训色彩，在《赵子曰》中尤明显。这个常会破坏作品的一致性与和谐。同时作者又喜欢兴致淋漓地发一些议论而忘记了他在写小说，又或借他创造的人物的口吻泄牢骚，鸣不平。有时描写，用讽刺有点过分，或铺张过甚，令人难以置信，因而影响于他的作品所引起读者的反应。作者的创作中最能引人发笑的要算《赵子曰》，而毛病最多的也要算《赵子曰》。”

按：常风论《老张的哲学》与《赵子曰》稍有夸大其词，论《离婚》则一语中的。

9月16日 《牛天赐传》始刊于《论语》半月刊第49期，至1935年10月16日第74期毕，其中第61期未刊。

9月22日 李辰冬在天津《大公报》发表《读茅盾的〈子夜〉》一文，认为："作者的意思，以吴荪甫的经营，作为现代中国民族工业而受外国资本压迫的象征。刚刚萌芽的民族工业，受到各方面的打击，故题书名为《子夜》。在《子夜》这部小说里，作者以吴荪甫为经，间接地与直接地表现了现中国的公债界，工人，厂主，佃农，地主，工人罢工，农民暴动，内战，学生的示威游行，时代少妇的苦闷，和大亨家庭的情形。不论以字数言，以价值言，确是新文学运动以来的中国第一部小说。"但是，"茅盾作品中的人物，除屠维岳、冯云卿两三位还算生动的而外，其余都不大显出他们的个性，和他们深刻的心理状态；虽说人物很多，而不（大显）出他们因自己的地位、经济、环境、思想的不（同而）表现不同，从而产生各个相异的灵魂。所以《子夜》乍看起来，似乎很好，但仔细考察一下，就近于是无灵魂的杂货堆。"

按：李文称《子夜》为"无灵魂的杂货堆"又走向另一极端，虽然《子夜》有其自身艺术的不足。

9月23日 江雪在《申报》发表《绿漪的〈棘心〉和写〈棘心〉时的绿漪》一文，认为："《棘心》是一部凄厉哀艳的力作，很为一般善良的名媛闺秀们所爱读，具有磁一样的吸引力和电一样的感动力。因为这是一部自传式的作品，从这里面，我们可以看出写《棘心》时的绿漪底宇宙观和人生观。写《棘心》时的绿漪是怎样一个人物呢？让她自己来说吧：'她是一个理性颇强，而感情又极丰富的女青年。她赞成唯物派哲学，同时又要求精神生活，倾向科学原理，同时又富有文艺的情感。'残留着昨日的气息，眩目于今日，朦胧于明日的一个名门闺秀！""《棘心》的描写，有三个重心：一、爱'尤其是母爱'的氛围。二、大自然礼赞的氛围。三、宗教的氛围。这部书全部充满着人的气息，泥土的气息，神的气息。不过这三个重心是一贯的，我们统统可归结于‘爱’——统统是由爱出发，又归结到爱。”“写《棘心》时候的绿漪，大约我们可以放入人道主义这一档案中，因为《棘心》里面，除掉爱和怜悯，几乎再找不出旁的东西。”“醒秋的母亲是尝惯了离别的滋味的，‘每年和丈夫别离，和上学去的儿女别离。’这实在也是一般在家庭中受难的主妇们共通的刻骨的痛苦。然而问题的核心不在她们和丈夫，子女别离，是由于她们在男子中心社会中没有独立的人格，除了父母，丈夫，儿女，别无依靠。生活，求学都是必需的，醒秋的求知欲和怀乡病，种种矛盾顽强地对立着，要求这矛盾的克服，不是丈夫丢了职业去厮守着老婆，女儿读书未成就从法国奔回故乡。造成醒秋母亲的痛苦，同时即是造成醒秋‘刻骨的疚心’的是什么呢？是醒秋的倔强么？错了！”“醒秋崇拜‘精神贞操’，认为‘精神贞操之重要，更在肉体之上。她已经是一个未婚妇了，她将来是不免要和他结婚的，她应当将全部的爱情交结他。’醒秋在这地方十足地表现出一只手拖着十九世纪的尾巴的半新不旧的女子。”“‘精神贞操’与恋爱至上论一脉相传，‘精神贞操之重要，更在肉体之上’更不像赞成唯物派哲学的人所说的话。醒秋和未婚夫连面都没有见过，而将来是‘不免’要和他结婚，应当将全部的爱情交给他，这是目前觉醒的妇女所要不得的。”“醒秋看到修女们把‘她们的绮年玉貌，情爱和幸福，完全消磨在药炉茶鼎之间，她们的工作，没有报酬，精神的安慰，便是她们最大的报酬，她们的牺牲，不图世人的赞扬，只图翕合上帝的圣意。’看到白朗和马沙的背着十字架为病人穷人谋福利，深深地感动，对于她们的‘动机和热忱’表示崇高的景仰；但醒秋分明不看见滔滔的‘吃教’者：分明无视于基督教徒在弱小民族腹地扮演着大地主，高利贷者，土皇帝的角色；不知道这些人客观上是统治者，压迫者最好的工具，掩蔽其实，替人间的魔鬼们粉饰，和他们支撑统治的残局，麻痹被压迫者神经，消灭被压迫者的战斗情绪；同时，私有制度的机器以电的速率制造出滚滚的穷苦人，一二个白朗和马沙根本救济不尽。”“信仰对于一个在矛盾中受难的人们是必须的，我们必须对于明日有一种确信，对于从客观事实中得出的真理有一种不拔的信仰，但不是去信仰一个人造出来的幻像，而客观上为敌人服务。‘信仰是人类最高精神力的活动’，因为有一种信仰，‘人的本性是自私的，能变为利他，人的本性是怯弱的，能变为神勇。’这说法是不错的。”“由于认识之不足，醒秋虽然受过科学洗礼，懂得‘人们之归心于神，是在有求于神的时候。’这一真理，她到底皈依了，到底不能将这一矛盾克服而统一。”“醒秋似乎懂得一点唯物论，但是仅仅懂得‘一点’，而且又是歪曲了的。”“醒秋爱祖国，认为土匪横行是祖国的大耻辱，从这里表示出改良主义者醒秋对于现状的迷恋。土匪横行，就是被压迫者的活跃，现统治的动摇，客观上不是‘耻辱’而是喜讯。她显然未尝不恨军阀，懂得土匪是内战的产物，但是她除掉咒诅他们自行灭亡，别无更具体的意见。只是咒诅，咒诅了他们会灭亡吗？不会的，唯一的办法是掮起叛乱的大纛，如同虔诚的宗教家背起十字架一样。”“绿漪的《棘心》和写《棘心》时的绿漪所给我的印象是这样！”“不过时代在疾转，绿漪女士也不是不变的，现在的绿漪和《棘心》时代的绿漪是两付不同的面目了。最近文学月刊上她写了一篇《沈从文论》，证实了上面那句话。”

按：算是知人论世之作。

9月　万国安的《三根红线》由上海四社出版部初版。

梗概：九一八事变中，日本侵略者炮轰北大营，赵佩英的父亲（东北军上校参谋）被炸死，母亲也随后死去，佩英决心报仇。她加入了黄圣华旅并被派往昌图送情报，不料中途被土匪黑虎手下的人逮住，无奈之下她只好入了伙。不久，在一次战斗中，黑虎牺牲，佩英便做了首领，随后部队被日本军队打散。东北军连长张禹勋和钟排长收容了一些被打散的军人，一同组成义勇军决心继续抗日。朝鲜人李顺天的女儿丽子因受过日本的中学教育倾向日本，厌恶中国，他的哥哥李问天则不愿做亡国奴，加入了义勇军。热血青年东北大学学生王向农也加入了进来。丽子在父亲被张连长打死后便到沈阳投入日本人小吉三郎的怀抱。情报处长关伟军来联系地下抗日工作者，因信封上三根淡淡的红线和信内的红线引起了日军特务的注意，地下活动点被破

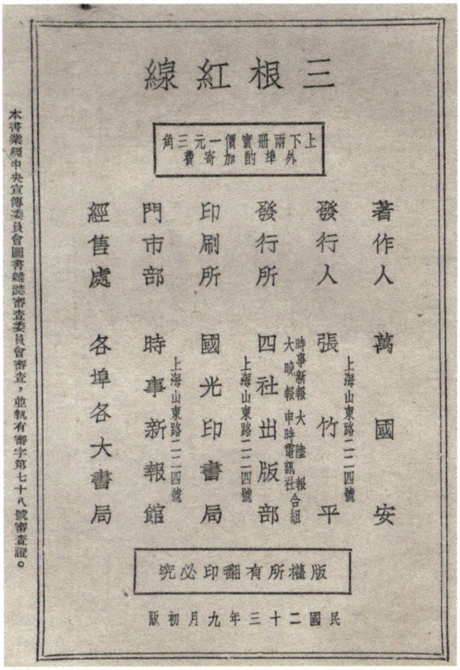

三根紅線

上下兩冊實價一元三角
外埠酌加寄費

著作人	萬國安 上海山東路二二四號
發行人	張竹平
發行所	四社出版部（時事新報 大陸報 大晚報 申時電訊社 合組）上海山東路二二四號
印刷所	國光印書局
門市部	時事新報館 上海山東路二二四號
經售處	各埠各大書局

版權所有翻印必究

民國二十三年九月初版

本書業經中央宣傳委員會圖書雜誌審查委員會審查，並執有審字第七十八號審查證。

坏。中秋之夜，关伟军带领队伍向日军发动攻击却不幸负伤，队伍只得撤退。这时，张禹勋的队伍已有七百多人，他打出抗日救国军的旗号，自任司令，钟友民任副司令，王向农任参谋长并负责情报收集工作，还与佩英的队伍结成同盟。关伟军装成无辜的受伤者到沈阳住院治疗，护理他的是已被日本收买的丽子，丽子借机引诱，关伟军陷入爱情的陷阱。伤好后，关伟军将她带回队伍。不久发生了情报员遇害事件，他也在丽子身上发现刺青，不由得对她产生了怀疑。很快，关伟军掌握了丽子的间谍身份，将其击毙。伟军与禹勋的队伍在长岭县向鬼子发动了攻击，但因敌我装备相差悬殊，在付出重大牺牲后他们向西撤退。

这时，佩英也来到沈阳，一方面是侦察日军的行动，另一方面是看看自己父母的善后是如何做的。她找到当科长的二叔并通过他认识了伪满情报处处长吴国辉，佩英正想打入其内部以获取情报。吴国辉对佩英垂涎欲滴，便将她安排为自己的私人秘书，又应佩英的要求把王向农安插进了情报队。李问天的情报站被日本宪兵袭击后，从死人堆里爬出来的他被装进棺材里才送出来。不得已，他与马文焕暂时加入了伪警备队，伺机策划反日暴动。此时，由于中国军队退出东北，土匪遍地，社会混乱不堪。在吉洞峪，孔广富组织了七千多人的义勇军队伍并精心构筑了抗日工事，准备迎接鬼子的进攻。李问天和马文焕到吉洞峪后，接到上级指令，不惜以牺牲为代价，占领吉洞峪并夺取领导权。李问天主张与苏联联合抗日，孔广富的父亲孔云区长则竭力反对，孔广富犹豫不定。正辩论中，李问天开枪打死了反对者郭队长和劝阻的马文焕，孔广富一怒之下开枪打死李问天，决定将思想统一在国家和民族主义的道路上。

不久，鬼子一千五百人来进攻吉洞峪，孔广富带领着义勇军歼灭了敌人，但也付出了巨大的代价，张禹勋在战斗中牺牲。佩英看到这一消息，非常悲痛，又在吴国辉的追压下，答应与其订婚。关伟军为了扩大情报工作，又招了蓝丽文和于晴珠进来。这时，报纸上出现吉洞峪的抗日力量被扑灭的消息，王向农也被捕牺牲。伟军在锦州开了一个李顺来包子铺继续情报工作，他们向队伍传送了日军将要进攻山海关的消息，但没有受到重视，直到敌人真正开始进攻时队伍才发现情报的真实性，结果山海关失守。由于佩英的关系，丽文也认识了吴国辉，佩英知道吴国辉好色，但考虑到情报的重要作用也就默许了他们之间的关系，让丽文也做了吴的秘书。然而，她们收集到的情报送到北平军队后，依然没有得到重视，这让佩英很伤心。于晴珠和素琴由于被特务认出，被捕牺牲。丽文得知后对从事情报工作产生了动摇，佩英劝她以国家为重，不要对吴产生爱情，但丽文却决定以个人为重。伟军见劝阻无用，怕她投敌就除掉了她，也除掉了吴国辉。之后，伟军和佩英加入热河的义勇军。在与日本鬼子的战斗中，佩英失踪，伟军受伤。关伟军伤好之后，继续投入到抗日前线的战斗中。

按：作为万国安（1908—2002）第一部真实、正面、多角度地表现九一八事变后东北军民抗日烽火的具有鲜明时代气息的战斗画卷，全篇洋溢着强烈的爱国主义精神，充满着对日本帝国主义侵略中国东北的愤慨之情。作者以弘扬民族利益与国家利益至上为精神主线，热情歌颂了英勇战斗在东北的义勇军将士和为抗日而艰苦奋斗的不屈民众，鞭挞了卖国投降的汉奸，表达了中华民族不甘做亡国奴而御侮抗辱的历史诉求。小说人物形象真实，不仅张禹勋、关伟军、赵佩英等一系列可歌可泣的抗日英雄形象真实可感，即便是土匪、日寇等形象也没有丑化、矮化，而是按照历史的本来面目予以刻画，真实可信。小说的时代环境与历史氛围亦真实可信，作者笔下所描写的时代氛围与各类人物的不同动向以及由此呈现的抗日斗争的复杂性与残酷性，都符合历史的实情，这使得这部小说不仅具有较高的文学意义，也具有较大的历史文献价值。不足之处在于，小说的线索有些零乱，头绪略有不清，人物力度有余而生动不足，全书的节奏亦紧张有余而松弛不足。尽管如此，这部大力弘扬爱国主义、民族主义的作品理应得到历史公正的评价而不是被偏见所埋没。

9月 苏雪林在《青年界》第 6 卷第 2 号发表《多角恋爱小说家张资平》一文，认为："他的多角恋爱小说其实也做得不好，第一，人物都像郁达夫式的表现，有病态的倾向，女主角尤甚。""第二，作品中常有作家不良品格的映射，一是欠涵养"，"次则表现男性的残酷。""第三，张氏小说有'千篇一律'的毛病，他虽发表了二三十种单行小说，但我们说他仅仅发表了一本，也不算过甚其词。""除了上述三端以外张氏小说特具的色彩，一则多用科学术语"，"再则反基督教的色彩狠是浓厚。""不过平心而论：张氏作品文笔清畅，命意显豁，各书合观结构虽多单调，分观则尚费匠心。他是以'为故事而写故事'为目的的，所以每部小说都有教人不得不读完的魔力。"

9月 巴金的《家》由上海开明书店印行第三版。

9月 叶圣陶的《倪焕之》由上海开明书店印行第五版。

10月1日 **陈铨的《革命的前一幕》由上海良友图书印刷公司初版（良友文学丛书之十二），1—3000 册。**

梗概：暑假期间，上海明华大学的学生陈凌华来到家住西湖的同学宝林家度假，结识了他妹妹梦频。在相处过程中，梦频的美丽以及天真烂漫、豁达温柔的性情，使得陈凌华情不自禁陷入爱恋之中。在临开学之际，两人互

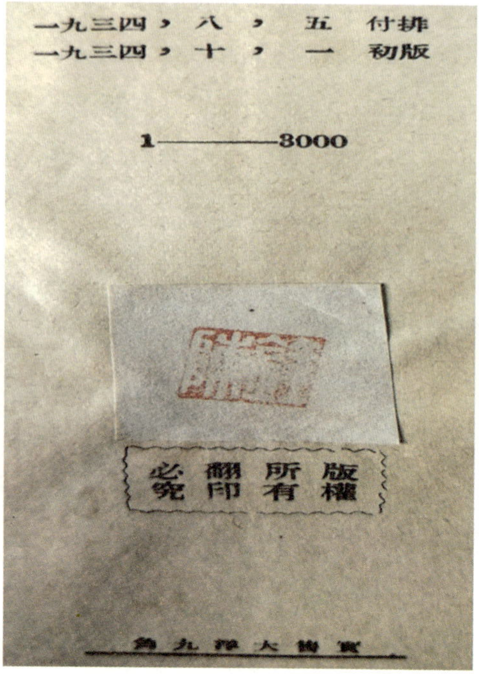

诉衷肠。不久，陈凌华去美国留学，而梦频也考入女子大学，并在学校遇到有才识、气度及革命理想的北大教授同时也是陈凌华好朋友的许衡山，对他非常敬佩。许衡山也为梦频的美丽与善解人意而倾倒，渐生爱意。在三一八惨案中，许衡山因救梦频而受伤，这使梦频及家人很感激，梦频也常去医院看望他，使他误以为梦频对自己产生了爱情。而实际上，这只是梦频的感恩而已。因此，当许衡山向梦频表白心迹时，遭到了梦频的明确拒绝。许衡山随即明白了，他分别写信给二人，消解误会，自己则南下参加了革命。半年后，梦频与凌华结婚。

按：这也是一部表现革命与恋爱的作品，即：革命者在革命前发生了爱情的一幕，但革命者很快意识到革命的重要性而放弃爱情走向了革命。小说语言流利，人物对话个性鲜明，情节富有戏剧性，情绪控制得体，布局适当，人物性格特别是梦频的性格刻画得惟妙惟肖，但小说的后半部有些偏离，凌华与梦频的重心让位于梦频与衡山，影响了梦频性格的刻画，主题也显出刀斧之痕。

10月15日 黄苗子在《小说半月刊》第10期发表《作家漫写：王统照》一文，认为王统照是“颇有艺术良心的作家，常有花几天工夫推敲一个字眼的异样慎重。去年登表的《山雨》提高了他底创作之既成水准；这部描写北方农村的巨著，虽然没有从读书界得到热烈的接受，然而在同类作品中无论在量上和质上都是应当首屈一指的”。

10月23日 《大公报》刊载《苦果》的预告：“《苦果》为罗先生第一部长篇创作，约二十万字，叙述一悲惨之恋爱故事，以民国十六年湘省革命为背景，描写一大时代之变动，不特情节动人，结构严谨，且饶有历史价值。小说中人物，既跃跃欲生，维妙维肖；文笔亦清新流利，如画如绘，洵近年来新文坛上不可多得之佳作。原稿于出国前即已写就，后屡经精心修改，为罗先生得意之作。今由本报商得同意，自下月一日起，在本报小公园逐日披露，谅为读者所乐闻也。”

10月 陈伯吹的《畸形的爱》改名为《永久的情书》由上海北新书局初版。

10月 张资平的《苔莉》由上海光华书局印行第十三版，22501—23500册。

10月 巴金的《新生》由上海开明书店印行第三版。

11月1日 《申报》刊载《革命的前一幕》的广告：“陈铨创作，从未发表 长篇小说。三年前，作者在新月书店出版了一部长篇创作《天问》，即刻引起全国评坛深切的注意。及后作者赴德深造，搁笔至今，没有创作问世过。这一部十四万字的新作长篇，写一个青年投身革命前的恋爱故事，紧张的结构，美丽的散文，不但远超出《天问》的成就，并且是今日中国文坛上可喜的收获。”

11月1日 罗暟岚的《苦果》始刊于《大公报》，至1935年3月22日毕（有间断）。

11月1日 《出版消息》第23期刊《开明书店杭州分店被封》一文，叶永蓁的《小小十年》等被杭州公安局查禁。

11月15日 孙家琨在《津汇月刊》创刊号发表《读〈老张的哲学〉后》一文，认为，“老舍的文笔不干燥，有趣味，内容很丰富。描写当时社会民生之痛苦，和青年男女婚姻之不得自由。”“老舍君的文笔老练，句调坚决漂亮，这可以说是他的长处。”

11月20日 罗暟岚在《南大半月刊》第17期第156号发表《关于〈苦果〉》一文，认为：“这书虽然以所谓‘那个非常时代’作背景，但我只想写我所要想写的故事，并不想写那个时代。”“但初写这书的时候，我对那由南而北的新的发展，却确实抱着无穷的希望，胸中也怀着满腔的同情。”“我目睹民众势力的兴起，但我也目睹兴起的民众作了许多蠢事。”“我也看见许多把人血写成一时虚名，把头颅堆作了自己的财产，在许多好看的布景前演尽了人间的丑剧。局面换了好几回，口号也改了不知若干次，但这些惨事与丑剧却始终在搬演。因此我不只对某一种怀疑，对人类也觉得有点靠不住。”“有人对这个觉得失望了，可怜别人，也可惜自己，像《苦果》中的仁僧一样，把自己的生命不当作东西来作践，匆匆地完结了一生。但有人明知其不可为，明知其是一件不易的工作，却一心地朝着自己的正常目标走，担当着上帝应做的工作，那一般热忱，那一股勇气，是值得钦敬的，人类的历史如果有半页值得记忆的，不就是用这些人的名字填成的么？”

11月 巴金的《新生》被国民党以“鼓吹阶级斗争”为由查禁。

11月 老舍的《二马》由上海商务印书馆印行国难后三版。

11月 黄俊的《恋爱的悲惨》由上海新文化书社印行第四[1]版。

12月15日 尉迟憩亭在《津汇月刊》第2期发表《〈棘心〉》一文，认为，“书中所描述的种种事实，处处把作者的思想，作者的性格，与作者的生活，都从女主人公醒秋，很真实很确切的表露出来，所以与其说是一部长篇小说，还不如说是作者的自叙传较为妥当。”“作者在描写上称得起精细，美丽，尤其是对于山海云雷等天然现象。其他在流露她自己的真情真性和所爱好的事物，更披沥无遗。”从作品中可以看出，作者是母爱的主张者，是思想矛盾的女性，是在理性与感情之间的徘徊者，人生观上是个人主义者，她还是机会主义的宗教信仰者。“总而言之，在作者的思想上说，虽走上了矛盾之路，

[1] 疑统计有误，当为第五版。

更漠视了现社会病态的里因，但是，在作者的文字的描写和技巧方面，不能不说是作者极大的成功与收获，也就是给与读者的艺术上的帮助实多。尤其是在描写女人的性格与思想方面，更绮丽而流畅。”

12 月 万迪鹤的《中国大学生日记》由上海生活书店初版。

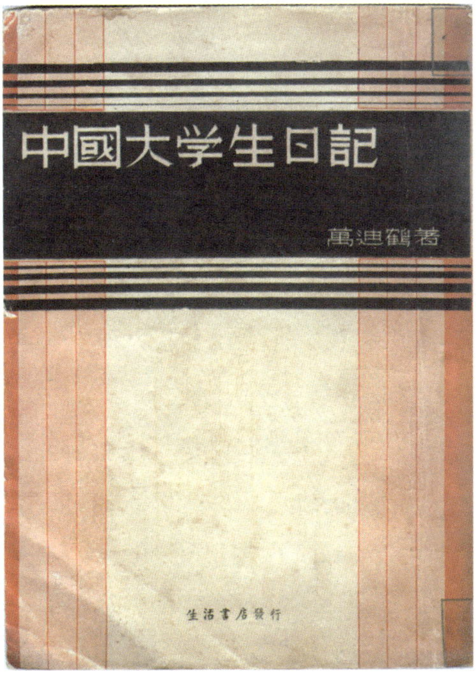

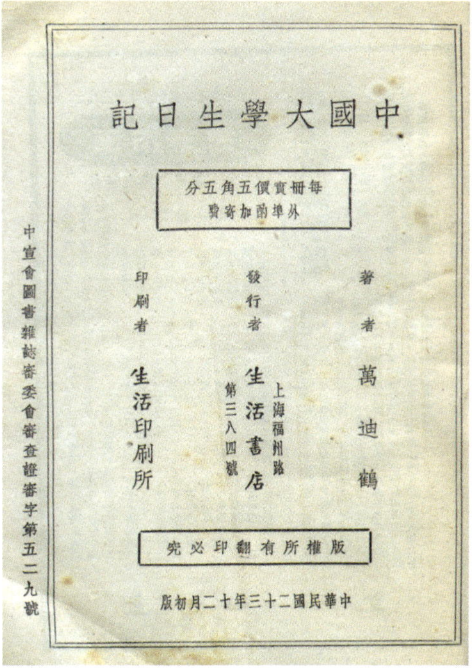
中國大學生日記

每冊實價五角五分
外埠酌加寄費

著者 萬迪鶴

發行者 生活書店 上海福州路第三八四號

印刷者 生活印刷所

版權所有 翻印必究

中華民國二十三年十二月初版

中宣會圖書雜誌審委會審查證審字第五二九號

梗概：“我”因原先念书的学校停办，只得投考一所“野鸡大学”。但这所学校的现实着实令人失望：收费贵，图书资料极少，教师讲课不是照本宣科就是胡说八道，老师与学生都庸俗不堪。在这所学校里，学生不读书，考试作弊成风，“我”也变得空虚无聊，周末常去喝酒、看电影，还从朋友处借钱赌博。快毕业了，“我”祈祷着能有几个做大官、发大财的朋友，让“我”继续过活。

按：这是万迪鹤（1906—1943）一部由 72 篇小随笔拼凑而成的带有讽刺调侃性质的长篇小说，名虽曰“大学生日记”却并非日记体，所表现的大学生也是只有其形而无其神，甚至说是社会小混混也并不过分。小说所写之事夸张有余而写实不足，令人难以置信，人物描写混乱、模糊，语言无特别之处，结构也难见其佳，虽常以夸张、变形的艺术手法摹写情状，但如若以幽默观之，全书又缺乏机智，嘲笑讥讽显在于表，不见其慧反显其拙。总之，这部以“大学生”为噱头的长篇小说，除有一定的批判揭示意义外，总体当为失败之作。

1934年 苏雪林在国立武汉大学印行《新文学研究》，认为：

（1）《倪焕之》：“似为作者自叙传，虽亦有随意串插的情节，而大部分事实与那些向壁虚造无中生有的究竟不同，所以写来极其亲切有味。前半部记述倪焕之小学教师的生活和学校的一切情形，更富有‘教育小说’的气分，因而有人以此与卢梭《爱弥儿》并称。我则觉得焕之初次从事黑板粉条生涯的几段描写，很容易令人联想到都德《小东西》（Le petit Chose）的初出茅庐。书中五四运动和五卅运动更写得酣畅淋漓有声有色，非叶氏如椽之笔，不足表现这两个伟大时代。茅盾誉为‘扛鼎之作’实不算什么溢美之词。”

（2）废名的艺术一言以蔽之，“晦涩”。“《枣》与《桥》出版后‘晦涩’的特点，始大显著，到写《莫须有先生传》时则这特点已扩充到无以复加的地步。”

（3）“《山雨》发表时，作者的学问阅历都比从前进步。”“倾向新写实主义的文学的写法比之他从前那些带着浪漫气分的作品自不可同日而语。不过艺术上的松懈、琐碎、重复的毛病还未改去多少，所以他的现代农村描写不如茅盾、叶绍钧之感人，不能成为一流的作品。”

（4）“张天翼的《洋泾浜奇侠》，已有浅薄之讥，万迪鹤的《中国大学生日记》则更自郐以下了。”“万迪鹤描写大学内幕之腐败均难令人置信……或谓他所写的大学本来不过上海‘野鸡大学’自不能与国立大学相提并论，但‘野鸡大学’亦不至腐败至此，那太出寻常情理以外了。”

（5）《洋泾浜奇侠》：“讽刺现代中国中下社会的‘剑仙迷’”，“虽比《鬼土日记》差胜一等，但也不算什么成功之作。”

1934年 方庆良在《定中校刊》第5卷第3—4期合刊发表《读〈子夜〉》一文，认为《子夜》是我国文坛上一部划时代的巨著。“这里告诉我们的是：

金融资本家战败了工业资本家。金融资本家的胜利，便是外国人的胜利，这是全书重要的骨骼。”

1934 年 胡也频的《光明在我们的前面》被国民党查禁。

1935年

1月1日 㑺闻（王林）的《幽僻的陈庄》由北平文心书业社初版，1—1000册。

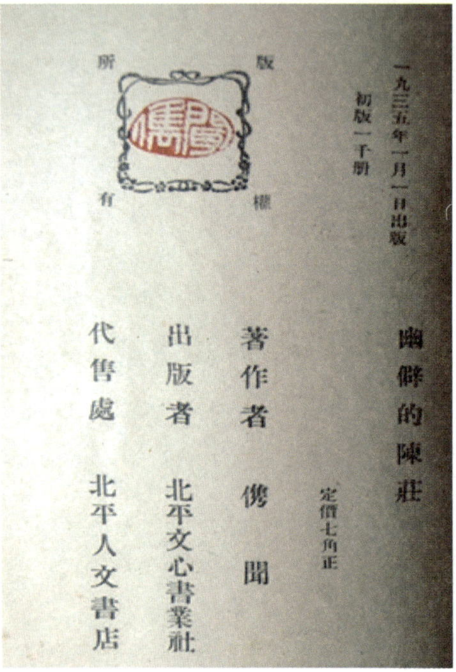

梗概：田成祥游手好闲，父亲病入膏肓，他却以抓药为名在外面乱逛，其心思不在家里而在村妇小白身上。父亲原本想让儿子学些功夫挣份家业，没承想反倒养成了成祥土混子的性格。父亲死后，有恃无恐的成祥得知小白的丈夫也病死后，往她家跑得更勤了。白寡妇每次都将他拒之门外，但他并不死心。这天，成祥听说村里首户陈老仲在小白家，知道他也在打小白的主意，就放火烧了他的麦秸垛。这样一来，也让陈老仲有所收敛。成祥替白寡妇做地里的农活，将自家的麦子卖掉后替白寡妇还清了欠陈老仲的钱，无依无靠的白寡妇默默地接受了这一切。一天，正逢集市，成祥知道白寡妇也来赶集，就特意在她面前摆场，显示自己的武功，引起了她内心的波动。当晚，成祥翻墙进了白寡妇家，满足了自己的欲望。陈老仲知道后，非常愤恨，借兵税一事告了成祥一状。警察以成祥拒交税款为由将他带到警察局，不料成祥刚刚交了税款，警察只得放了他。成祥猜想这一定是陈老仲干的，就反告他侵吞村公款，县里没告成，又去天津告。成祥到了天津后见到都市的繁华，便决定离开村子去天津经商谋生。

按：作者傀闻（1909—1984）即王林是沈从文在青岛大学从事写作教学时从头到尾听完他授课的两位旁听生之一，因而这部充满着乡土气息，充盈着用各种声音、颜色同气味交织的健康的乡土小说，通篇可以感受到沈从文老师在写作教学中所倡导的“用各种官能向自然捕捉各种声音、颜色同气味，向社会中注意各种人事”的指导思想，作品所透露出的健康意识、纯朴的风格和严肃的态度，也正是沈从文美学思想的自然展现。这也是这部作品最突出的特点。小说语言朴实，人物清晰可感，但田成祥最后的转变有些突兀。此外，结构上有些松散，个别情节如外乡母子一齐淹死、蓉华哭闹等，游离于整体故事情节之外。小说原计划写四部，此为第一部，后未续写，颇为遗憾。

1月1日 余哲刚在《中学生》杂志第 51 号发表《〈家〉》一文，认为，觉新是一个家庭屈服者的典型人物，觉民是一个社会矛盾状态下的焦点人物，觉慧是个弱者。在《家》中，作者表现了旧家庭的崩溃同新青年的挣扎。

1月8日 《大公报》刊载消息《本报代办部新到书籍》称：《双练》，“华南圭夫人罗琛著，商务印书馆出版。罗琛即华南圭夫人露存之别署，夫人波兰籍，适南圭后居于中国者已二十余年，对中国人情事物，留心观察，有透澈之认识，夫人颇具爱护中国之热忱，而‘以中华为第二祖国’。”“夫人不甚通华文，而著述甚富，如《恋爱与义务》《他与她》《心文》等，皆属西文，经华南圭先生译成华文，简净流利，论断正确，风趣尤其隽永。《双练》为小说体裁，以中国民俗及中国人之思想为描写对象，而尽量表现其爱护此‘第二祖国’之忱，同情于中国妇女三从四德，贤妻良母之风范，其对国难症结，则归咎于中国人思想之错误，以拳匪之排外为因，崇拜欧化之过火为果，宣扬纠正，各得其宜。”“全书凡十九章，每章首尾均附以南圭所选中国古诗词，权作引赞。”“以爱护中国，同情中国之外国人论中国，执针针见血之笔纠正中国人之错误，以热诚之情绪，宣扬中国人固有之美德，中国人亟应一读也。”

1月16日 老舍在《论语》第57期刊载广告《老舍的创作》，说：“《牛天赐传》是本小说，正在《论语》登露……《猫城记》是本小说，没有真事。《离婚》是本小说，不提倡离婚。《小坡的生日》是本童话，又不大像童话。《二马》又是本小说，而且没有马。《赵子曰》也是本小说。《老张的哲学》是本小说，不是哲学。”

1月19日 《申报》刊载《中国大学生日记》的广告：“本书内描述中国大学生的生活，也就是写大学教育的现状，学生的恣情荒唐，教授的马虎糊涂，学校行政的腐败，和每一种具有特殊性的大学生的生活，在这里都描写得深刻入微，活灵活现。更有一些大学生的恋爱故事，写来尤为细腻隽趣。”

1月20日 谢冰莹《一个女兵的自传》中的《被母亲关起来了！——自传之一章》，刊于1935年1月20日—2月20日《人间世》第20—22期。

1月 **陈铨的《彷徨中的冷静》由上海商务印书馆初版。**

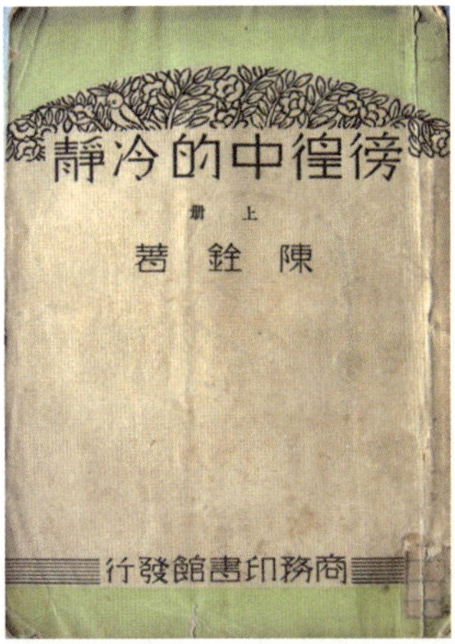

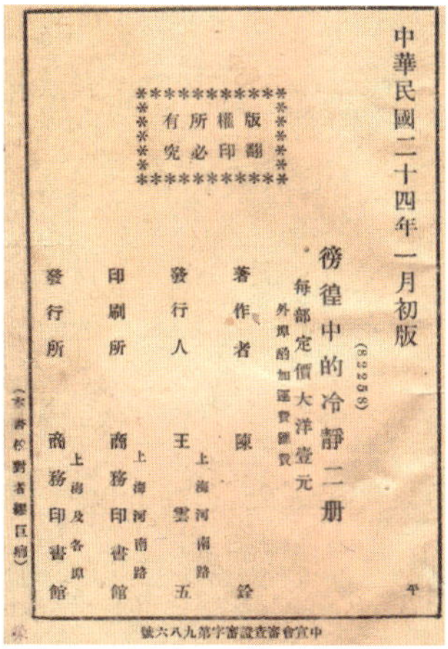
中華民國二十四年一月初版
(8225B)
徬徨中的冷靜二册
每部定價大洋壹元
外埠酌加運費匯費
版權所有
翻印必究
著作者 陳銓
發行人 王雲五 上海河南路
印刷所 商務印書館 上海河南路
發行所 商務印書館 上海及各埠
(本書校對者鄒匡卿)
中宣會審查證審字第九八六號

梗概：故事发生在辛亥革命前的四川，富顺县百龙场团总王良卿的二儿子王德华从成都高等学堂读书回家后，与张八胡的女儿张落霞相恋，但总感到人生的迷茫与生存的困惑。此时的成都正是革命气息弥漫之时，读书人柳莲青因为参加革命党被清政府逮捕，王德华在柳莲青的未婚妻刘云衣的鼓动下到城里找自己的同学衙门师爷张仲友帮忙“运动”。柳莲青在得知自己是因未婚妻去求别的男人、被父亲用大笔银两“运动”出来的，感觉人格受到了侮辱，又主动去投监送死。云衣因此生病，但很快又勇敢地继续和父亲刘华廷一起投入到革命事业中。张落霞的父亲张八胡仗义执言，一次酒后为酒店堂倌打抱不平得罪了霸道阴鸷的陈跛三爷，陈跛三爷便设计陷害，将无辜的张八胡父女俩也放进革命党的名单中向朝廷告密，结果张八胡父女、刘华廷父女、柳莲青及其他若干革命党人被清廷杀害。在革命情势高涨的氛围中，在成都接受过新式教育的王德华回到家乡后却沉溺在儿女情感的纠结中，既爱娴静温柔的乡间少女张落霞，又喜欢聪明活泼的表妹李采苹，还倾慕豪迈英爽的女革命者刘云衣。王德华最后与自己的表妹李采苹结了婚，选择以宁静的温柔乡来安抚他那颗躁动的心。

按：小说以主人公王德华和三位不同性格女子的情爱纠葛为叙事线索，展现了辛亥革命前夕四川那种“山雨欲来风满楼”的紧张局势，着力刻画了革命者为革命抛头颅、洒热血的英雄壮举。小说语言流畅，叙事有条不紊，情节紧凑，但人物形象刻画略显单薄，过于追求故事性也使得小说在叙述上有些枝蔓。

1月 王馥泉、王集丛在《读书顾问季刊》第4期发表《一年来的中国小说》一文，在第三节《老舍的〈小坡的生日〉》中认为，《小坡的生日》很有趣，小说“虽布满了想象的梦呓似的情境，但在大体上，我们仍可以说作者所描画的小坡也和一般小朋友一样，又天真，又善良，又聪明，好像又有点傻气”。“《小坡的生日》，就表面看来，虽是表现的儿童生活，但其内容的思想决不是与成年人的社会无关系的；反之，作者是把其所具有的社会思想通过这小朋友的世界而表现出的。”“不过，最后我们还得指出《小坡的生日》也有缺点，即是：题材有点暧昧，意识不甚明显。”

2月1日 胡绳祖在《文学》第4卷第2号发表《“健康的笑”是不是？》一文，认为：“我们说张天翼先生的《洋泾浜奇侠》‘摹拟’了《吉诃德先生》，也无非以为张先生打算写一部《吉诃德先生》那样的小说罢了。《吉诃德先生》的作者塞万提斯写那小说的动机并不和张天翼先生一样。塞万提斯有意要讥笑的，不是那位‘悲哀姿态的骑士’吉诃德，而是那时候盛行的‘骑士文学’（武侠小说）……然而张天翼先生却不是那么一回事。他是憎恨‘武侠迷’的，他是用了‘幽默’的形式去写他正面的意思的，可是讽刺的幽默的作品主要是从反面说，你从正面说，就更加难以写得好。《洋泾浜奇侠》一开头你就把那主人公的‘全身’看得雪亮了，你已经知道他是何等样的人，因而你再看下去时无非看他闹出多少‘笑话’罢了。这一点读者方面的‘心理’——只准备看书中的主人公再闹出些什么笑话，是张天翼先生自己惹出来的，他自己惹的事，只好自己来收场，结果也就无意中自己弄成了为要叫人‘笑’而编造‘笑料’。于是书中主人公的一幕一幕的动作只成了‘笑料’，失却了‘发展中的人物’的意义，于是全书的苦辣的社会意义也在‘笑料’中隐晦了；于是最后因为‘笑’的太多，读者笑不出来了”。“我所谓《洋泾浜奇侠》是失败的作品，就依据了这样的检讨。”

2月25—26日 小翠在《新天津》上发表《〈猫城记〉》一文，认为小说有现实讽刺意义。

2月 右南在《南风》第9期发表《〈猫城记〉书后》一文，认为：“《猫城记》是一部充满了破灭的历史。”小说中写的猫国有中国的影子，但比中国现实更差劲。

2月 巴金的《灭亡》由上海开明书店印行第六版。

2月 巴金的《新生》由上海开明书店印行第四版。

2月 茅盾的《子夜》由上海开明书店印行第五版。

3月1日 李华卿在《现代》第6卷第2期发表《介绍〈中国大学生日记〉》一文，认为：“在某种意义上说来，这本书意识不但与《官场现形记》有同样的勇敢，且技术上亦与前者有很多近似的地方。但扼要的讲来，其情操与手法上，都比较的有着不少的进展。”“这本书的内容，不但描出了知识份子的丑影，并且直捣知识份子的大本营——大学之内部的各式各样的实质——其内容不难由此窥得。当人们读过典型的欧美大学生日记和新颖的苏联大学生日记之后，也应当来读一下这部内容外形同样完美的半殖民地的大学生日记的吧！因为，在这里他可以给与无数的宝贝，如‘毛学与办学’中，他能够明白的告诉你西欧各色各样的哲学之尾巴，在中国正视为自足与炫耀的法宝，呜呼！占今日大学之讲座的内容，是如此这般！在颖村里，你可以看到所谓大学生之不合理的生活，一幅性与知识不能满足的苦痛，终于以甘世东路的风采无可如何的疗其欲望。”他还认为，“这一本《中国大学生日记》的真情实况，在目前正是最好的对症下药的一个信号。这本书的伟大，就在这里，著者不去写那广泛的大题目，不去写身边琐事之肉麻的恋爱，而以其笔尖驰驱于现在最可同情和最值得哀怜，同时又最值得憎恶的知识分子——自大学教授直到现社会认为顶高度的知识蓄积者的大学生为止，都给以毫无隐讳的评价了。而作者的心是充满了同情与悲哀的，充满了愤恨与苦痛的。”最后他断言说：“万迪鹤这本《中国大学生日记》，就其社会的意义与艺术看来，实在是二十年来一部伟大的小说。”

按：说《中国大学生日记》选材有意义、写法有新意尚可认同，言其为“二十年来一部伟大的小说”，则有待商榷。

3月10日　林疑今的《无轨列车》由上海良友图书印刷公司初版，1—2000册。

梗概：李琳家住厦门，父亲在南洋经商，后来财产被人侵占，只得在保险公司做职员。李琳在漳州读中学时，正值北伐军进攻福建，在这里她亲身感受了革命的热浪。后来她随家人一起迁到上海，又读了大学。大学生钟大鹏追求舞女丽珠，遭到父亲的反对，他与父亲断绝了关系。由于失去经济来源，婚后钟大鹏生活困苦。不久，他身患痨病，丽珠也当了妓女。富豪之子李超明经常出入会所、舞场，但也有一颗爱国心，还在一次参加抗日游行时受伤。李琳父亲的好友张医生不幸去世，其女阿琼送父亲的棺木回厦门后又返回上海。一·二八淞沪抗战爆发后，李琳看到中国军队英勇抗战，决定到医院当

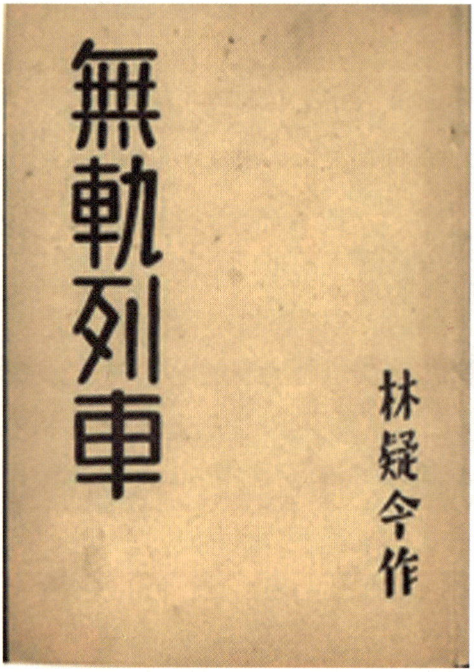

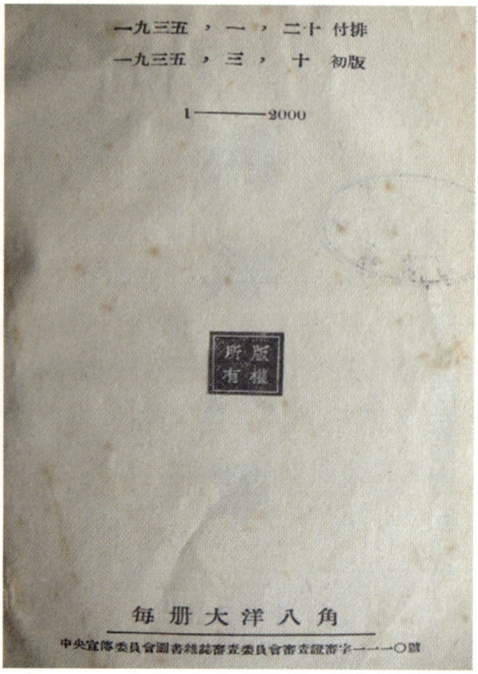

护士。虽然她因有帮助伤兵扰乱治安的嫌疑而被关押了两个月，但是期满释放后，家里人激动地迎接她回来。

按：这是一部试图以北伐战争、五卅运动、一·二八事变为背景，通过对几个商人子女在社会的巨变面前不同的爱情纠葛与生活遭遇的描写，表现富商家庭子女对国家、对民族同样充满爱国情怀的主题的作品。小说题材虽然别致，但作者缺乏才情，无力控制，历史背景未能与人物性格及其发展有机地融为一体，人物形象苍白无力，结构亦支离破碎。虽然一些历史场景的描写有一定真实性，对故乡厦门风情的描写也有可读性，但作为长篇小说而言并不成功。

3月10日 沈从文在《水星》第1卷第6期发表《〈幽僻的陈庄〉题记》一文，认为："作品文字很粗率，组织又并不如何完美，然而篇章中莫不具有一种泥土气息，一种中国大陆的厚重朴野气息。他已明白如何把握题材，所缺少的，不过一种处置题材的精巧技术而已……中国倘如需要所谓用农村为背景的国民文学，我以为可注意的就是这种少壮有为的作家。这个人不独对于农村的语言生活知识十分渊博，且钱庄、军营以及牢狱、逃亡，皆无不在他生命中占去一部分日子。他那勇于在社会方面找寻教训的精神，尤为稀有少见的精神。”而当下软弱的文坛，“是应当用这个乡下人写成的作品，壮补一下那个软弱灵魂的。”

3月15日 尉迟葸亭在第4期《津汇月刊》发表《〈赵子曰〉》一文，认为：“论到他的作风，无疑地是长于幽默的讽刺，夸大的诙谐。一切顽劣古旧的人物，陈腐鄙吝的社会，旧礼教旧风俗旧制度，都是他描写的对象。在对于现在社会的没有希望中存寓着希望，这种希望不是绝望；在冷嘲热讽的态度中，处处见到老舍君的苦心。所以虽是小说之流，而气魄的宏雄，题材的冗长，诙谐的巧妙，是很值得我们敬仰佩服的，在现在的文坛上。”“老舍的描写技巧——他不同于一般的只注意恋爱的描写。而博多少青年人的追逐，也不同于酒后派的作者，专供有闲阶级的茶余酒后的遣资，他是暴露了中国腐败社会的奸惨残刻，揭穿了一般愚蠢陈旧人物的假面具假仁义，实在是给与读者一种特异的新鲜的口味，尤其是对人物性格方面的描写，极‘逼真动人’的能事。虽然是叙述极复杂错综的情节，始终有条不紊，线索分明，像曲水迂流的贯注，轻烟扩散的发展，群山万壑的钻聚。这种（幽）默的暴露文学，自然是因为他用着浅白轻快的词句，流利自然的俏皮话，夭娇突兀的句子，奇突不测的情节，看去似乎很平凡，但却不枯涩；大有信笔所之，挥洒自如，兴之所至，出口成章的气概。古人以为：‘文似看山不喜平’，作者恰得其妙。这种喜笑怒骂，都能给人以深刻的印象，这便是作者取材的得法，和描写技巧的极大成功。”而“种种社会病态，都这样希冀着各层的人们来注意和改善。这便是作者的用意所在”。“作者所提出的社会问题——社会上发生了各方面的病态，更加受了帝国主义的侵略，愈益不健全起来。帝国主义者每以中国社会不健全为词，而彼所施于中国的，无非是助恶犯法，流毒过甚的勾当。”“滑稽的笔调，是普遍于全书的……不但增加了读者的趣味，更能深刻了印象，不易磨灭。”

3月18日 《申报》刊载《彷徨中的冷静》的广告：“此为作者《天问》

而后最得意的长篇小说。在《天问》里作者替中国近代小说创造第一个男性的英雄，在这一部书里作者描写出第一个浪漫性的人物。全书写一哈孟雷特式之主人翁，终身徘徊于爱情革命之间，烦闷苦恼，不能自已。而以无数女性无数革命人物参杂错综，极变化布局之能事。全书计八十四章，约卅万言，其中个性鲜明之人物多至四十余人，为中国近代长篇小说，开一新局面。”

3月20日 谢冰莹《一个女兵的自传》中的《第一次逃奔》，刊于《人世间》第24期。

3月21日 巴金的《电》由上海良友图书印刷公司初版（良友文学丛书第十七种），4000册。

作者在《序》中写道：“说《电》是一部恋爱小说，也许有人觉得不恰当。因为在《电》里面，恋爱的氛围气比较淡多了。《电》和《雨》中间的距离与《雨》和《雾》中间的距离相等。”“但是我仍把恋爱作了这小说的主题。事实上这三部曲所注重的是性格的描写，我用恋爱事件来表现一个人的性格。《雾》的主人公周如水是一种性格，模糊的，柔弱的；《雨》的主人公吴仁民是一种性格，粗暴的，浮躁的，但比周如水已有了进步；至于《电》里面的李佩珠的性格则可以说是近乎健全了。”“不过《电》和《雨》不同，和《雾》更有了差别。《电》里面的主人公有好几个，而且头绪很多，它很适合《电》这个题目，因为恰像几股电光接连地在漆黑的天空里闪耀。”

3月 张天翼的《鬼土日记》被国民党以“普罗文艺”为由查禁。

3月 茅盾的《蚀》由上海开明书店印行第六版。

3月 王统照的《一叶》由上海商务印书馆印行国难后第二版。

3月 老舍的《赵子曰》由上海商务印书馆印行国难后第二版。

4月1日 老舍在《刁斗》第2卷第1期发表《读巴金的〈电〉》一文，认为：“他的人物——至少是在《电》里——简直全顺着他画好的白道上走，他差不多不用旁衬的笔法，以小动作揭显特性地一直的来，个个人都是透明的。他也少用个人的心理冲突来增高写实的色彩，他的人物即使有心理的冲突，也被理想给胜过，而不准不为理想而牺牲。因此，这篇不甚长的东西——

《电》——像水晶一般的明透，而显着太明透了。这里的青年男女太简单了，太可爱了，可是毛病都坏在这个‘太’上。这篇作品没有阴影，没有深浅，除了说它是个理想，简直没法子形容它。他的笔不弱，透明到底；可是，我真希望他再让步一些，把雪里搀上点泥！他的一致使我不敢深信他的人物了，虽然我希望真有这么洁白的一群天使。”“他说——在序言里——要表现性格。这个，他没作到。他把一个理想放在人物们心里，大家都被这个理想牵系着；已经没有了自己，怎能充分的展示个性呢？他不许他们任意的活动。他们都不怕死，都愿为理想而牺牲；他不是写个人的生活，而是讲大家怎样的一致。他写的是结果，自然用不着多管个性。恋爱，在这群可欣佩的男女心中，是可怕的；怕因恋爱而耽误了更重要的工作。真的，这使此书脱离开才子佳人的旧套；可是在理想上还是完成才子佳人们，不过这是另一种才子佳人罢了。”“最重要的角色，佩珠，简直不是个女人，而是个天使；我真希望有这样的女子！可是哪儿去找呢？她有了一切，只剩一死。别的角色虽然比她差着些，可也都好得像理想中人物那么好。他们性格与事业的关系，使他们有了差别，可是此书的趣味不在写这些差别；假如他注意到此点，这本书必会长出两倍，而成了个活的小世界。他没这么办。一气呵成，他把角色们一齐送到理想的目的地去。他显着有点匆忙。”“在文字方面，作者的笔下非常的利飕，清锐可喜。这个风格更使这篇东西透明，像块水晶。他不大段的描写风景，也不大段的描写人物；处处显着匀调，因为他老用敛笔，点到就完，不拖泥带水。这个使巴金兄的充满浪漫气味的作品带着点古典主义的整洁完美。他把大事与小事全那样简洁的叙出，不被大事把他扯了下去；所以他这篇——连附着的那篇《雷》——没有恣肆的地方。他得到了完整，可是同时也失去了不少的威力。”“在创造的时节，大概他忘了一切，在心中另开辟了一个热烈的，简单的，有一道电光的，世界。这世界不是实在经验与印像的写画，而是经验与印像的放大，在放大的时候极细心的‘修版’，希望成为一个有艺术价值的作品。它的不自然，与它的美好，都因为这个。”

4月15日 阿英在《文艺画报》第1卷第4期发表《中国维新运动期的

一部鬼话小说》，说："几年以前，我们有过一部鬼话小说，叫做《鬼土日记》，作者是张天翼。在书里，他借用鬼话，把中国社会里的一些丑恶，着实的讽刺了一番。"

4月15日 珍在《新小说》第1卷第3期发表《〈电〉》一文，认为："巴金的爱情小说是不能以流行市上的所谓桃色故事相比拟的。这里虽然也有少男少女，可是作者所表现的不是浸沉于肉欲而抛弃一切前途的唯情主义者。尤其是最后，也是最近出版的《电》里。佩珠这角色，被作者成熟的艺术手段，描写成一个最合于理想的女子，她虽然和别的女子同样富有人性，可是她热烈的感情，不但发泄在恋爱事件上……我们读完了这本《电》，像有一股电光射在我们身上一样。我们的知觉完全失掉了。到我们再醒来时，好像自己也给佩珠一样经历了那样艰苦的人生，不知怎样做人才是。"

4月16日 陈铨的《死灰》始刊于《大公报》，至6月12日毕。

4月20日 何丹仁（冯雪峰）在《木屑文丛》第1辑发表《〈子夜〉与革命的现实主义的文学》一文，认为，《子夜》"一方面是普洛革命文学里面的一部重要著作，另一方面就是'五四后'的前进的，社会的，现实主义的文学传统之产物与发展。中国普洛革命文学如果不能承继'五四后'的前进的现实的文学的这个传统，如果没有这个基础，那么它在现在恐怕还没有力量产生出像《子夜》这样的作品；但最重要的是在如果'五四后'的文学传统不向普洛革命文学的方向发展，如果它不与革命的实现更接近或者竟与之背离，那么这个传统现在就绝对不能有《子夜》似的产物"。"《子夜》不但证明了茅盾个人的努力，不但证明了这个富有中国十几年来的文学的战斗的经验的作者已为普洛革命文学所获得；《子夜》并且是把鲁迅先驱地英勇地所开辟的中国现代的战斗的文学的路，现实主义的创作的路，接引到普洛革命文学上来的'里程碑'之一。"

4月21日 《大公报》刊载《幽僻的陈庄》的代购广告："近来我国新文坛上，农村文学又盛，然佳作殊鲜，以农村中少数人物之描写，反映崩溃中之农村生活，文笔生动深刻，为农村文学中之杰作，外附许仑音君作木刻插画多帧，更见名贵，本报代办部代售。”

4 月 23 日 君洛在《大学新闻周报》发表《〈中国大学生日记〉》一文，认为：“作者对于现代中国之大学教育，大学教师，大学生，一点也没有污蔑，过甚其辞的描写，他只是据现在中国的大学里所有的，至多也是可能有的光怪陆离的现象赤裸裸地给我们展示出来。”“以文学上的价值来说，它脱掉了一般身边琐事描写的窠臼，是一部成功的作品；以它所告白出的社会意义说，则其价值尚不止此。”

按：夸大其词了。

4 月 张资平的《冲积期化石》由上海泰东图书局印行第八版。

4 月 巴金的《家》由上海开明书店印行第四版。

4 月 张资平的《明珠与黑炭》由上海光明书局印行第六版。

4 月 陈铨的《彷徨中的冷静》由上海商务印书馆再版。

5 月 5—20 日 谢冰莹《一个女兵的自传》中的《逃亡》(即:《第二次逃奔》《第三次逃奔》)，刊于《人间世》第 27—28 期。

5 月 15 日 茅盾在《中国新文学大系小说一集·导言》中将《一叶》归为“从这理想的诗的境界走到《山雨》那样的现实人生的认识”的一条必经之路。

5 月 15 日 巴金的《雨》由上海良友图书印刷公司印行第四版，6001—8000 册。

书后插页刊载《电》的广告：“巴金先生的恋爱三部曲，到这本《电》出版才算完成了。他用恋爱事件来表现性格的进展。《雾》的主人公是一种模糊的柔弱的。《雨》的主人公是粗暴的浮躁的，到这本《电》里，主角李佩珠是一个健全的革命者了。全书紧张的空气使读者的情绪，从头至尾没有一刻松弛的机会，是一部十二万字的长篇创作。读过《雨》的人，都不宜放过。”

5 月 15 日 老舍的《离婚》由上海良友图书印刷公司印行第三版，6001—8000 册。

5 月 19 日 柳辛在《申报》发表《读〈家〉》一文，说：“回想读茅盾的《子夜》的时候，我真佩服作者写作精神的严肃。他把抱着振兴中国民族工业的雄图的企业家吴荪甫做主角，写述他在帝国主义经济压力下挣扎的悲剧，从老太爷的死至企业的崩溃，事态经过，前后不过月余，民族工业的基础脆弱可知。这二十万言的小说，紧张错综犹其余事，而反映中国这时代民族工业的运命则为其最成功点。后来又看到了巴金的这部《家》。虽然没有能像《子夜》那样使我振奋，然作者的雄图与取材的苦心，却也同样使我感佩。”“作者以一个大家庭作背景，叙述这家庭在代表封建思想的权威者祖父的巨手下造成的许多悲剧。这样的家庭中的人，有许多是典型的人物，祖父当然是一个，觉新也是一个，虽然处在陪衬地位的剑云及克定也不失为其中的一个……觉新，他应有自己光荣的前途，他也曾为自己建过一个新的理想，然而他将无抵抗主义和作揖哲学来麻痹自己的脑筋。他爱了梅，却又让祖父拿拈阄来决定他的命运，去另与一个少女结婚；既爱了自己的妻，然而又无抵抗的听从鬼话余把将要生产的妻送到荒郊外去。他不能保护自己的爱人，他不能保护自己的妻子，甚至他将同样牺牲自己的兄弟及其他。他忍受一切的痛苦于眼泪之中，然而他始终不能反抗。这人物的描绘在作者的笔下确实是成功了。他如抑郁拘谨的剑云，觉醒奋斗的觉慧，都是现实世界的人物。”“在旧家庭里，祖父可以忘记自己青年时代或现在的逾越道德的行动，而扳起礼教的面孔去威胁后辈。经旧道德教育熏陶的克定弟兄，又仍然会干下最不道德的举动。苦命的婢女自然不能与少爷恋爱而终至生命操杀于冯乐山及祖父之手，他们不以为残忍，他们再把另一个生命婉儿葬送在行将就木的土豪的怀里。梅是死于父母之命媒妁之言。瑞珏是死于作旧道德护符的迷信之手。大家都顺着命运趋向死灭去。死灭，死灭，难道就只一条死灭的路可走吗？不，觉民与琴的路，就诏示了一条光明的路了，只要他们稍稍加上勇气。”“当瑞珏在死与生的歧途挣扎的时候，觉新为许多人挡着不能进血房，两扇板门拦住了他们最后的爱。原来真正夺觉新爱妻的不是两扇门，而是全个‘礼教’，全个‘传统’，全个‘迷信’。这一切可以说是封建社会里一切悲剧的根因。”“然而当母体被迷信杀害了时，稳婆她们却嚷着：‘恭喜大少爷，是一位公子’，重男的观念竟残忍的隐蔽了一切人间的至痛。”“‘……我不能够再在这家里住下去了。我要走！’这是觉慧最后的结论。觉慧走入人群里去了。”“《家》的写述是作者有计划的制作，我们再热烈的盼望着他的‘群’吧！”

5月22日 陶清（韦君宜）在《清华周刊》第43卷第2期发表《〈中国大学生日记〉》一文，认为：“如果由作为‘暴露’这点去看，这本书是还值得一读的。”主人公无聊而又空虚，高傲而又可怜，代表了这一时代中某型青年的面型。“他并没指示出这青年要有怎样的前途，只用最客观的手法把他们摆在读者面前。读者会认得他们的。”“他写的是‘大学生’，但许多‘非大学生’的生活与思想也未始不可包括在内，作者之所以单要写大学生者，想是因为大学生的生活最足以代表他要写的‘中间层’。”“这里，作者给现代大学教育作了一幅极刻毒极妙肖的卡通。他告诉我们大学校的内容是如何腐烂，庄严的衣裳怎样盖着一个最丑最丑的骨架。”像小说主人公“这种青年是到处都有的，现在正生活在我们中间。作者使他们在纸上和我们相见，读著很亲切。或且可以由此矍然觉到这是一条何等危险的路子。只从此点说，我们（也是这一时代的青年）是很可以读它一遍的”。“他把握题材的本领还不算坏，他似曾试想由一粒砂子中，表现出大海的动态。这虽失败了，但那个小角落却描写得够活的。他一个个如实的描画那群大学生，不夸张，也不炫示他组织的手法。人物的出没很乱，但这‘乱’反似增加了本书的现实性。他们全是活的。其中每个人都无聊卑鄙讨厌到极处，我们讨厌他们，这‘讨厌’便正是作者的成功！”他最后说：“这《中国大学生日记》并不能代表中国大学生生活的全面！我们不能相信所有的大学生统统像这书的主人公与其同学一般，至少我们当中还有愿意好好活下去的，不肯像他们这样自杀。我们为甚么该失望呢？作者忽略了这大学生的另一面，只绝望的告诉着，这是他最大的错误。读此书，这一点是不能忘掉的。”

5月 汪锡鹏的《结局》被国民党以“普罗文艺”为由查禁。

5月 庐隐的《象牙戒指》由上海商务印书馆印行第三版。

6月1日 《文学》第4卷第6号刊载《国际文艺谈话会组织朱胡彬夏文学奖金章程》：“一、本奖金一名定额三百元。二、本年应征作品以本年度出版之长短小说及戏剧为限。三、应征者将作品印行本一份（并姓名住址）于本年十二月三十日以前寄北平遂安伯胡同七号彭基相先生转交。四、本会本年请郑振铎李健吾朱光潜张若名曾觉之五位先生为审查委员。五、审查结果于明年（二十五年）二月三十日以前宣布。六、得奖金之作品得著者同意后由本会翻译为英文或法文版权为著者译者公有。”

6月15日 林钟秀在《中国出版月刊》第4卷第4期发表《老舍及其作品》一文，认为，老舍的《猫城记》《二马》，处处指示我们中国人的劣根性，《牛天赐传》指示我们中国式的乡村教育，尤其家庭教育是怎样，其因幽默的风格是中国文坛有希望的作家。

6月16日 黄照在《文学季刊》第2卷第2期发表《读〈彷徨中的冷静〉》一文，认为，由于作者以中篇的容量写长篇，导致“各处大大小小不关紧要的穿插太多，反而使故事的骨干软弱，演进呆滞”。“其次是作者的用笔，除掉几节不落对话的文字，还寻得到比较细致深刻的描绘而外，几乎每节都是以轻浅的对话平铺下去的。这容易使人如读剧本。”“而且作者所写的对话中又都太不着力，太写得容易了，因此使读者老忘不了自己，老是觉得这是作者一个人在那儿编造出来的对话，故事中的人物并不活跃显明有他应有的深刻的个性。”当然，“严格的说，这故事本身的结构也有可置议的地方。”总之，“这部书绝对不能在文学上有名望，占地位，具价值。”

6月19日 允曦在《清华周刊》第43卷第6期发表《〈无轨列车〉》一文，认为，作者“想借几个人的故事来暗衬出时代里的动乱。但，读者不能不感觉到这些动乱的影象太微弱模糊了，似乎车里的人们不‘一定’要经历这些历史上的变迁也可以发生这许多故事似的”。而两性间追逐的描写“遂占了本书内容的最重要的地位”。此外，人物形象如李琳也不大清晰。

6月30日 《大公报》在《〈苦果〉自序》的编者按中写道：“罗暟岚先生底《苦果》，在本园中早经和诸位见过面。我们深信凡是读过这篇小说底人，都会体会到著者绝没有感情的虚伪和事实底空架；而是本着自身底经历，以冷静底笔致，描写着现社会下人类底各型姿态。微微带些辛辣底讽刺——像橄榄底滋味一般，清腴而苦涩。”

6月30日 《申报》刊载《山雨》的广告：“这是作者长篇创作的近著，长十万字，描写近年来北方农村生活的动荡，外国资本势力的侵入，军匪的肆扰，捐税的繁苛，使诚朴的农民受尽苦难，逃入都市另求生路。作者着眼于经济力量之足以决定生活及意识，写农村崩溃的原因，至为详尽，并暗示因农民不安而引起的社会的转变，是时代呼声的新创作。”

6月 **高歌的《加里的情书》由上海光明书局初版。**

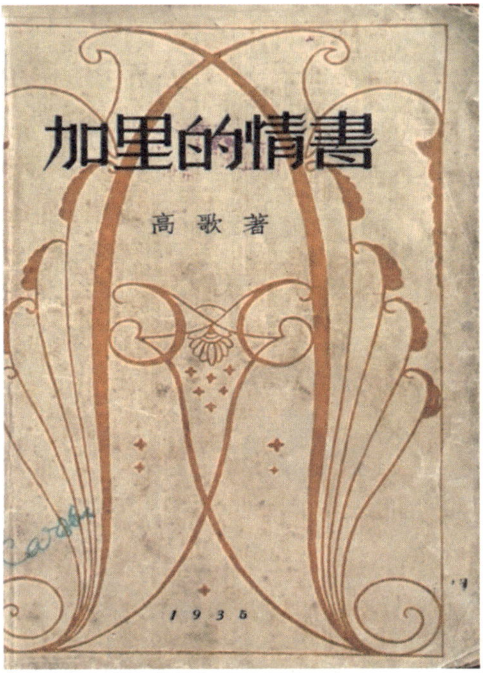

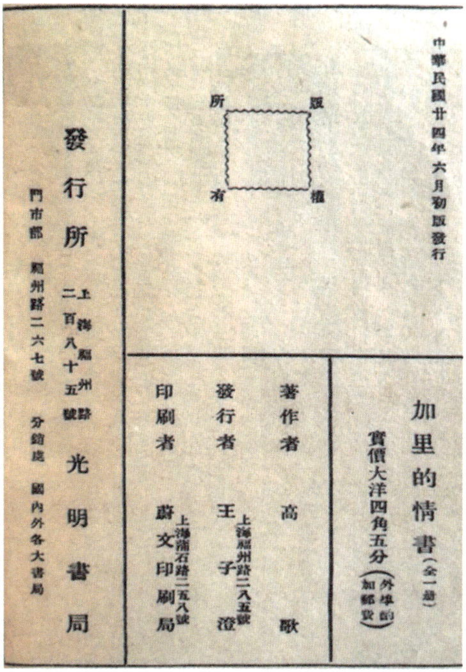
中華民國廿四年六月初版發行

版權所有

加里的情書（全一册）
實價大洋四角五分（外埠酌加郵費）

著作者 高歌
發行者 王子澄 上海福州路二八五號
印刷者 蔚文印刷局 上海蒲石路二五八號
發行所 光明書局 上海福州路二百八十五號
門市部 福州路二六七號
分銷處 國內外各大書局

梗概：“我”与情人利那的爱情在 1928 年新年时已经开始，那时“我”与她见面三次后便坠入爱河。9 月 5 日前，她因“我”曾由于感到风凉而拒绝与她同去跳舞场而误以为“我”不爱她，遂独自离去并搬家。“我”悔恨不已。但利那以寄空信的方式告诉了“我”她的住址，“我”也解释了上次的误会。两天后，“我”因迟到了一个钟而未能同利那约会，后又因连续五天阴雨未能见到她而失落寂寞。接着“我”提出要发表并公开和利那的情书，却被原本同意的利那拒绝。10 月 1 日，利那离开上海前往西湖，同时由于邮局工人罢工，直到10月9日“我”才收到利那所寄的信与图。10月16日，“我”前往西湖与利那短暂相会。回上海后，“我”因未找妥房子而与B暂居住公寓，利那也由于和周围人的关系问题在筹划着搬家。这期间“我”一直与B和P筹备开展演剧工作。10月25日，“我”预计在前往泰兴之前同利那见面，离别后在信中告诉她愿她能将关庄的房子定下。12月9日，“我”再次看望利那，却发现因为“我”的原因她病得更重了。在不舍与自责中，“我”误了火车，但终究还是离去，“我”计划在三四天后回来接她，而利那一直告诫“我”不能来接她，我答应了她的要求并许诺“我”将永远地用爱伴着她。

按： 高歌（1900—1966）的《加里的情书》以“我”与利那的爱情为主线，传达了特定历史时期知识分子所承受的孤独与苦闷，喊出了强烈的反封建传统与争取爱情自由的呼声。在艺术手法方面，作品采用日记体以意识流的手法聚焦“我”的内心世界，充分展现了主人公性格的复杂和矛盾性。从书信文字中可看出，“我”是一个追求爱情的理想主义者，思想中带有泛神论色彩，而在传统伦理观与社会“旁观者”的压力下，这激情饱满的主体意识时常陷入崩溃迷惘中，但又不断从主人公自由不羁的灵魂中喷薄而出。因此“我”的思想情感不断经历着“自由—压抑—再自由”的循环，这一模式造就了“我”性格与思想中的矛盾性，亦反映了知识分子欲挣脱时代旧枷锁追求理想与个性解放的曲折过程。文章中还有语体形式的大胆试验和创新，作品中多处插入诗歌，其形式极度自由，或一句一行，或一字一行，让浓郁的感情得以喷薄而出，具有强烈的浪漫主义与唯美主义色彩。除此之外，文中还多处运用象征手法，譬如“虹之桥”“黄浦江”“船”“梦境”等意象，富含深意。然而，由于受到第一人称叙述单一视角的限制，作品通篇仅仅围绕着故事主人公“我”一人展开叙述，造成了人物形象塑造的单一化；意识流写作造成的情节的极度跳跃与朦胧亦使得作品逻辑与结构较为冗乱纷杂。然而在左翼革命文学成为主流的20世纪30年代，作品强烈的抒情、坚定的个性解放精神与意识流写作的方式，无疑是独树一帜的一抹亮色。

6月 罗皑岚的《苦果》由天津大公报社初版（人生与文学社丛书第一种），1—2000 册。

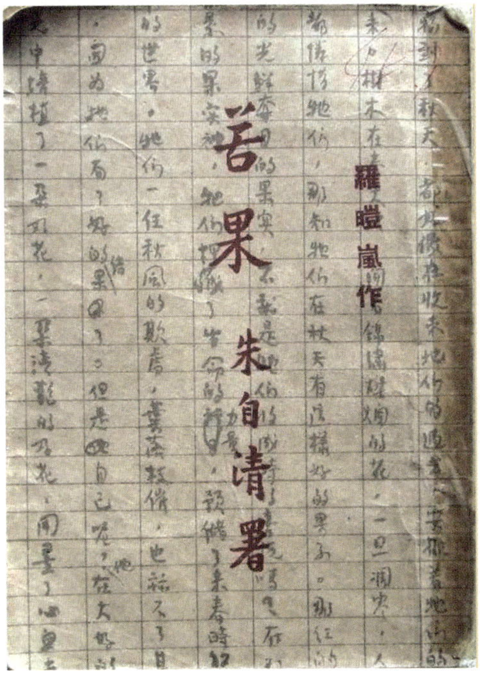

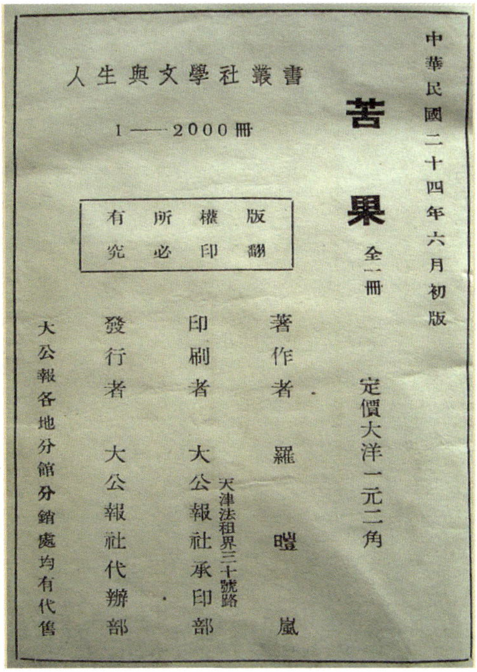

中華民國二十四年六月初版

苦果 全一冊

定價大洋一元二角

人生與文學社叢書

1——2000冊

版權所有 翻印必究

著作者 羅皚嵐

印刷者 大公報社承印部 天津法租界三十號路

發行者 大公報社代辦部

大公報各地分館分銷處均有代售

梗概：乡村里大户人家的少爷卢仁僧在法国留学五年。初到法国时他勤奋学习，一年后搬到城市却陷入放浪的生活，后来爱上同校的中法混血儿而又迷途知返并愈发地勤于学业。在博士毕业前却因为爱人的背弃几次自杀未遂，精神受到打击，还被关进精神病院，后又患上肺病，身心都受到严重的创伤。他发誓不再爱恋任何女子。但他肺病初愈后回乡，在休养期间就喜欢上了美丽、聪明的表妹竹纹，后又爱上替恩人寻找的女儿月华，只是因为月华比表妹更加美丽、聪慧而又勤劳、天真。之后他到县城初级师范学校教书，参加了 Y 党，又在亲历 X 党与 Y 党的党争后退出。在与月华成亲之夜被贪图月华美貌的 X 党人余雄陷害入狱，后因月华牺牲自己才保全了他的性命。随后他在军队反 X 党的运动中得以出狱，而月华又被余雄掳走。卢仁僧误以为月华已死，他在母亲的逼迫下与竹纹结婚，但心里仍然怀恋月华，婚姻并不幸福。而月华在死里逃生后，得知仁僧已经结婚，便遁入空门。仁僧苦劝其还俗而不得，便整日借酒消愁，精神恍惚地在外闲逛，最后借着招安余雄之事自寻死路。在他惨死后，其母发疯，竹纹上吊自杀，月华也跳崖自尽。

按：这是罗暟岚（1906—1983）写的一个充满悲剧感的爱情故事。主人公卢仁僧如一枚苦果似的悲剧人生使人慨叹：在政局混乱、军阀混战的时代，生活在底层的平民百姓无法掌握自己的命运，只能痛苦地承受生活的不幸。作者对仁僧与月华充满同情，也对仁僧这种稍遇挫折便自轻自贱、颓废求死的人生态度予以了批评。小说结构紧凑，情节连贯，景物描写细致，情景交融，人境相合，特别是结局处悲剧气氛的烘托，颇具感染力。人物肖像、心理描写真实细腻，颇显功力。但有时情节过于冗长沉闷，过于追求戏剧性，反露刀斧之痕。

6月 周楞伽在《青年界》第 8 卷第 1 号发表《我爱读〈子夜〉》一文，认为：“《子夜》，真是一部划时代的力作，它差不多把一九三〇年中国社会的全盘面目都暴露在我们眼前了。”

6月 戴万叶的《前夜》以“普罗意识”为由被国民党查禁。张资平的《明珠与黑炭》被国民党以“欠妥”为由查禁。

6月 老舍的《小坡的生日》由上海生活书店印行第三版。

7月1日 吴穆在《现实》第 2 卷第 15—16 期合刊上发表了《从巴金说起》，认为“巴金的本人是个安那其主义者；这是差不多大家都知道的。安那其主义便是巴金先生的信仰。倘单从这个信仰的本身看，我们是无法否认这个信仰的伟大与崇高的。光明，自由，爱，这些就是巴金先生所朝夕祈求着的东西。然即我们倘更进一步地来考察这信仰，我们都不能不说巴金先生的信仰，实际上，只是一种梦想了。为什么？就因为巴金先生这个信仰并不是根据了客观的现实进展动向而提出的；而只是完全根据了个人主观的理想而提出的。主观的理想与客观的现实，这中间的相差太大了：因此，巴金先生虽然口口声声在那里嚷着要光明，要自由，而实际上巴金先生却永远无法得到他所祈求的那些自由与光明的。也正因为这样，所以巴金先生等一流的人，被人称作了：‘空想的社会主义者’”。“巴金是小资产阶级的知识份子之一，所以巴金之成为‘空想的社会主义者’决不是偶然的。”“巴金的作品的风行是象征着现社会彷徨青年与感伤青年的众多。”“然而正如我在前面所指出的那样，巴金的‘信仰’本身就是不正确的。巴金只能在嘴里嚷着要光明，要自由，但对于怎样去求得光明，求得自由，他是一点都不知道的。他所描写的现社会的黑暗，实际上也还只是他所想像出来的黑暗，事实上，决不是那样简单的，相信巴金，正等于相信一个‘梦’。因此，对于那些崇拜巴金，欢喜谈巴金作品的人，我忍不住要提出如下的主张了：第一，我们应当记得巴金先生是一个现实的逃避者，他所叙述出来的现实是不正确的。我们如果要真真起来改革现实，对于现实却是非有一个正确的认识不可的。我们要有正确的认识，然后才可以有正确的行动！第二，巴金先生的作品是太充满了感伤的成份了。感情脆弱那原是智识份子的劣根性之一，我们是应当克制它，即决不是应当发展它的。常看巴金的作品，一个人会不期然而然地也学得像巴金那样的脆弱起来，而一无真正前进的勇气的。”“为什么我们还要留恋巴金呢？”“愿这一时代里彷徨的青年们能有勇气，抛弃‘梦想’，抛弃‘感伤’，英勇地认清了铁一般坚硬的现实向前走去！”

7月3日 朴园在《清华周刊》第43卷第7—8期合刊发表《〈小坡的生日〉》一文，认为，小说技巧上有进展，也有几点值得注意：一、字句的灵活；二、尽情地采纳方言；三、给一个明晰的图画；四、有着轻快讽刺的描写。

7月16日 夏一粟在《大公报》发表《论巴金》一文，认为：“他底一切的著作都是感着人间底罪恶而苦恼，为着全世界底人类底不幸的命运而痛哭。而且他底每一篇著作都可以给每一个青年人带来一种伟大的心情，一种向光明走去的心情。”

7月19日 李威深在《大公报》发表《虚无主义者底去路》一文，认为：《子夜》里的杜新择是一个虚无主义者，“茅盾在这些人物上的企图，是要发掘和抨击目前一些虚无主义倾向和虚无主义的典型的。”

7月 萧军的《八月的乡村》由上海奴隶社初版（奴隶丛书之二），署名“田军”。

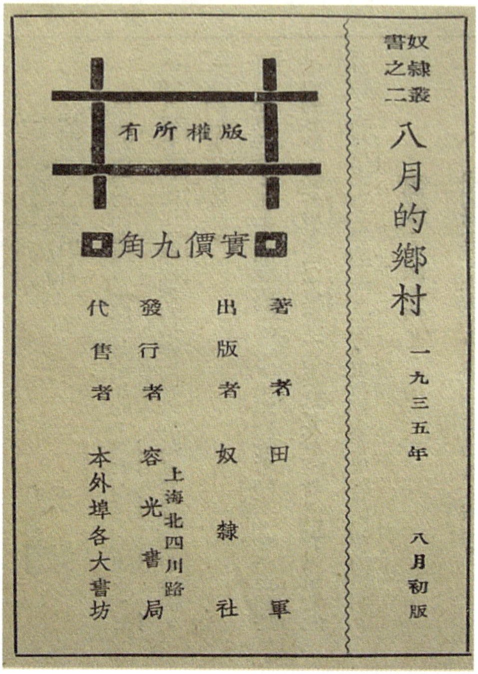
奴隸叢書之二

八月的鄉村

一九三五年八月初版

版權所有

實價九角

著者 田軍

出版者 奴隸社

發行者 容光書局 上海北四川路

代售者 本外埠各大書坊

梗概：萧明从旧军队里拉出来六名官兵去王家堡子参加抗日的革命军。当地一个叫唐老疙瘩的农民也参加了革命军，分在铁鹰队长指挥的小队里。铁鹰队长奉命伏击敌人的军需车，大获全胜。三天后，鬼子血洗王家堡子。李七嫂被奸污，她的儿子被鬼子摔死。革命军在退却的途中，唐老疙瘩看到悲惨的李七嫂，不忍离开她，被鬼子打死。敌人的残暴激起了李七嫂的复仇怒火，她拾起唐老疙瘩的枪，加入了革命队伍。为夺取更多的枪支，他们消灭了地主的家庭武装，杀了王三东家。知识分子出身的萧明队长，和朝鲜姑娘安娜相爱了，队里议论纷纷。支队司令陈柱怕他们影响工作，在向东安转移时把他俩分开了。安娜随大队转移，萧明留在龙爪岗掩护伤员。在陈柱司令的耐心说服教育下，萧明以革命大局为重，胜利地阻击了敌人，去帽儿山与大队会合。

按：这是萧军（1907—1988）一幅较为真实地描绘东北人民保家卫国、

奋勇抗日战斗风貌的粗犷的素描画，揭示了中国人民在日本帝国主义侵略者面前不前进即死亡、不斗争即毁灭的主题。小说乡土气息浓厚，笔力洒脱、刚劲，“野”味十足，但人物形象较为平面，情节缺乏完整性，结构也较为松散。小说版权页虽为8月出版，但实际为7月出版。

鲁迅在《序》中说，他所见过的关于东北被侵占的小说，《八月的乡村》是很好的一部。“虽然有些近乎短篇的连续，结构和描写人物的手段，也不能比法捷耶夫的《毁灭》，然而严肃，紧张，作者的心血和失去的天空，土地，受难的人民，以至失去的茂草，高粱，蝈蝈，蚊子，搅成一团，鲜红的在读者眼前展开，显示着中国的一份和全部，现在和未来，死路与活路。”（收入《且介亭杂文二集》）

8月4日 李影心在《大公报》上发表《老舍先生〈离婚〉的评价》一文，认为，《离婚》“以魅人的亲切，表现出那不合理婚姻制度存在的动静，所以读的时候，觉得格外的生动，活跃”。不过，“表现了对现行婚姻制度抨击的《离婚》，同时亦尽量的讽刺了现行的社会制度。”虽然“抨击只是轻松的，毫不见到那有力的部分。因为在本书中，诸般现象之存在只为的是说明在不合理婚姻制度下夫妇间生活的变态，对这变态，作者未曾指示出其所以然的理由；而仅写‘婚姻这东西必是有毛病’是不够的。‘婚姻制度根本就不该要’只是一种抽象的说法，不能当作整个的解答看。为什么婚姻制度就根本不该要呢？它阻碍了人类欲求之本能的活动，同时它限制了人类之自由的结合。在本能的存在中，它应该发展为无拘的，自由的，它不该是勉强的，限制的。这些，作者并未曾明白的指示出，无疑的，这是一种忽略，更属于忽略的，是作者抹杀了合理结合之具型的建树。虽然作者亦曾表示过，‘非到有朝一日男女完全随便’的意见”。在人物刻画上，“老李的分析是失败了的。作者并未给他以‘任何的分量与价值’，而只企图以老李的被张大哥战退来暗示这社会的腐败，这样表现的方法是太勉强的。这里，作者把老李的理想写得太多而且太过分，毫不让他自己有个清楚的自剖或表白的机会，是以我们在紊乱的叙述之外，捉摸不到什么；直到回乡的总结为止，这一切的行动是被他的脑子支配着。以臆想为依据的行为，是不是一种合理的表现呢？关于这，我们仍是坚持那在前面所表示的意见而认定这样是有伤于故事的完整的地方。”“其次，属于小赵的描绘，我们以为这是本书中最重要的部份。”“由于小赵的行为，我们得以看出在妥协，敷衍气氛中的一种复杂相；他是这平凡而灰色的社会中的一个恶魔式的英雄。他的手段应是狠辣的，作者不该在他想使秀真变为妇人的时节加上一段人性之真纯表现的自觉；行动之‘赶尽杀绝’是小赵的真面目，给与他以一些理想，多少是不真实的。在论老李的性格时，我们已经提到作者的理想主义表现的看法并未成功，这里对小赵刻划的理想份子不过是老李的一种重复，至少这种理想成份的失败是作者的一种缺欠。”艺术上，小说紧凑，亲切，细腻，达到作者创作技术的极峰。他最后写道：“当作结论，《离婚》是有着不少的缺欠的，如那不适当理想色彩的加添，和忽略了离婚事件正面意义的阐明，这一些，我们希望作者在今后的创作中能渐次的改进。但实际的讲《离婚》的成功是可以截然的抹杀了那些失败的部份……在诸般属于社会事件描写的创作中，无论是内容或技巧，《离婚》总算是杰出的一部。”

8月4日 刘西渭在《大公报》发表《〈苦果〉》一文，认为：“《苦果》的兴趣，不在人物，却在那传奇式的情节，一个合乎中国口味的中国小说的技巧或者曲折。我说不在人物，因为这里的性格不是英雄的，却又是单纯的；单纯的性格，如若强烈，可以刻画成粗壮的线条；如若柔荏，便容易染上灰色，自身的存在难以引起适当的崇敬……在情节上，这部小说煞费作者的心计。但是，容我放肆一句吗？这情节是书本的，bookish，传统的，悲剧的，中国小说式的；这里有的是经验，然而并不庞杂；有的是人生，然而并不深刻；值得特别推重的，作者却有的是计划。他晓得怎样制造而且用力推演到他的目的。所以，我简直想说，在这不现实的 realistic 情节上，活动着几个现实的人物。”“我仿佛语无伦次，其实我还藏着半句折扣，就是‘现实的人物’应理改做‘现实的傀儡’。这里的人物几乎全是被动的，几乎，因为我未尝不想把徐雄除外。”

8 月 16 日 《艺风》第 3 卷第 8 期刊载文艺消息《〈悲剧生涯〉》："女作家白薇现在沪卧病，以医药费无着，决于病中完成十万言的长篇小说《悲剧生涯》。"

8 月 25 日 彭勃在《大公报》发表《〈幽僻的陈庄〉（第一部）》一文，认为："《幽僻的陈庄》在题材的繁重和分量的巨大上都是破格的。作者在这部作品里想展开中国农村的全部。""在故事上，作者显然是注意在成祥同小白妻的偷情关系上，但因为作者用了差不多将近三倍的力量描写了别的日常事物，所以这条故事的线就显得脆弱而弛松了，给人的印象不统一，容使读者感到这作品是没有统一的故事的。""但，看得出来的，作者是在用着另一条粗大的线来贯穿着这部巨型的作品，那是，一条农村经济发展的线。这是作者倾注了最主要的注意的。""因为作者的主要努力是想指明和分析一条农村经济发展的历程，所以在作品的设计上造成了一个重大的缺陷，那是：作者没有把作品的重心放在人物上……因为作者企图在那些复杂的多样的农村生活的人物和场面上，给与一种经济学的依据，所以就把作品中的一些重要人物，都写成'做作的'了，作者在后面牵着那条农村经济发展的线，让这些人物随了这条线来跳动。当读这作品的时候，虽然在某一章某一段感到作者的简劲的明快的描写，但从全体看来，那为好作品必备的一致的力量就十分微弱了。""这作品的一个最显著的特点，是那广幅的日常生活的描写，在这上面，作者显示了那种对日常生活的丰富兴味和不懈的力，这是一个巨大的创造泉渊，这预示了作者可能成为一个坚实力强的现实主义作家。"不过，"在这作品里，不是作者太多写日常生活，而是只写了日常生活的平面的现象。"而且"差不多只是照原样的誊录。作者没有能够发掘到日常生活的深处，从这里找出形成人物的心理和性格的要素"。"因此，作者常常在这上面浪费笔墨，用冗长的文字描写不必要的琐事，有许多对话也成为完全多余的。""因为有了以上两种原因，作者对于人物性格及心理的发展上显示了忽视和粗心。就是被作者侧重的几个人物，也只描写了他们的表面的性格，其余的人物便只有一个名衔了。作者具有丰富的农村生活的知识，寻找出了代表各阶层各种类的人物，作者所缺乏是对于这些人物更深刻的观察和体验，从这人物的心理和性格上发掘出它们同‘古旧的中国’和新事变的关联，分辨出涂染在它们上面的那复杂的多样的颜色，指示出那显著的和潜伏的，破坏的和保守的，原始的本能，愚昧和智慧，创造的和压制的，复杂多样的力量。”

8月27日 也消在《清华周刊》第43卷第11期发表《〈幽僻的陈庄〉》一文，认为，小说在结构方面“有些地方写得太平淡呆板了，穿插的地方，也不很灵敏”。

8月31日、9月7日 吴复原在《新人周刊》第2卷第1期、第2期发表《巴金论》（上、下），认为：“总之，巴金创作优美形式，已轻滑滑地随了空虚的内容而葬送了。我们还要赏鉴些什么呢？”“我们说，没有坚强的民族真实性的内容，即使有健全优美的形式也是一种多余的浪费！”

8月 徐寒梅的《丽丽》由醒民印刷局初版。

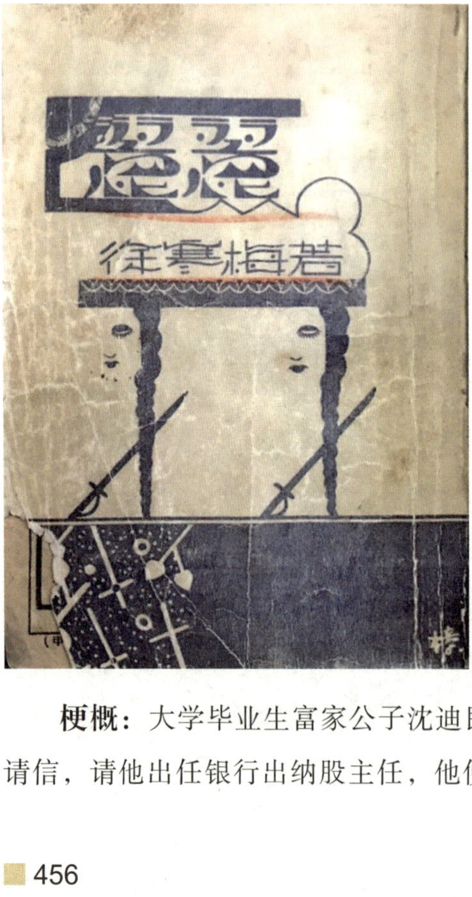

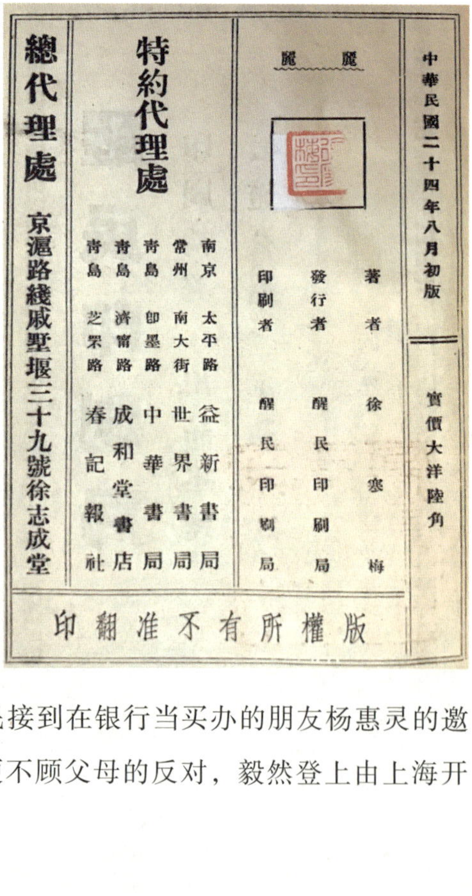
中華民國二十四年八月初版

實價大洋陸角

麗麗

著者 徐寒梅

發行者 醒民印刷局

印刷者 醒民印刷局

特約代理處

南京太平路 益新書局

常州南大街 世界書局

青島即墨路 中華書局

青島濟甯路 成和堂書店

青島芝罘路 春記報社

總代理處 京滬路綫戚墅堰三十九號徐志成堂

版權所有不准翻印

梗概：大学毕业生富家公子沈迪民接到在银行当买办的朋友杨惠灵的邀请信，请他出任银行出纳股主任，他便不顾父母的反对，毅然登上由上海开往汉口的轮船。在船上听到一个女子唱歌非常动听，他禁不住前去探个究竟，看到女孩长得漂亮，就自我介绍并与她们母女初识。到了汉口后的一天，迪民约惠灵看戏，突然看到唱压轴戏的正是船上认识的那位林姑娘，连忙请惠灵带他到后台去相见，又约好周末去林姑娘家拜访。一大早，迪民就喊惠灵去林家，林小姐当时还没有起床，但得知沈先生来了后，还是很高兴地起来接待，并热情地留他吃饭。言谈中，迪民知道林姑娘原来还上过一年半女中，后来在生母的逼迫下成为妓女。惠灵听了很感动，要竭力撮合他俩。之后，他们又叫来林姑娘的好友花君一同吃喝，迪民竟大醉睡在了林姑娘的床上。第二天他醒来后又与林姑娘开心畅谈，还动情地将她抱在怀里亲吻。

林姑娘的妈妈却不想要女儿嫁给迪民，而是希望女儿做杜师长的姨太太，但林姑娘却不愿意，她说，宁可做庸妇乞丐也不愿做军阀姨太太。一天，迪民、惠灵到大华饭店聚餐，又邀林姑娘、花君等唱戏作乐。不料杜师长正好也在隔壁赴宴，听到歌声就让卫官把林姑娘叫过去给他们助兴。林姑娘起先推托身体不适不愿见，但最后还是推辞不过，去了杜师长处。杜师长要她嫁给自己，跟她说娶一个好的姨太太很不容易。林姑娘写信给迪民，表达对他的爱意，署名“丽丽”。迪民很感动，回信表示理解。不久，迪民生病，父亲来信让他回家。回去之后，家里一切都好，他和家人还游览了苏州、常州。回到上海时，接到林姑娘的来信，说自己很快要与杜师长订婚，希望他速来汉口面谈。等迪民来到汉口杜公馆后，林姑娘已成为杜师长的三姨太并远走四川。未能见面，迪民心里还很有些难过。不久，丽丽来信告诉迪民她到杜师长家后的一切。迪民见木已成舟，决定忘掉丽丽，做一个新人。不料，一天，丽丽竟以表妹的身份来汉口看迪民，他们又常常约会了。这时，九一八事件突然爆发，他们觉得应该有所行动。不久，淞沪战事爆发，迪民、丽丽、惠灵决定去上海参加抗战，丽丽在难民收容所工作。一天，惠灵受伤并告诉她迪民已经牺牲，丽丽听后伤感绝望，跳江自杀。

按：这是徐寒梅（1909—？）写的一个倾向通俗的不伦不类的情感故事。作者将一群公子哥们与妓女们饮酒作乐、打情骂俏的生活稍加包装和掩护就改写成一个所谓的两情相悦的爱情故事，而所谓的包装不过是增加丽丽的不幸婚姻以及迪民的牺牲与丽丽的殉情，所谓掩护就是不涉及他们之间的性描写并增加抗战内容，似乎这样一来就可以提高作品的艺术性。殊不知作者对男女主人公之间的爱情缺乏内在的情感动力与社会内涵的描写，对主人公参加抗战的爱国热情缺乏必要的刻画，思想内涵也就显得很肤浅，迪民上前线牺牲后丽丽殉情的情节安排也就缺乏说服力。小说言雅意俗，臆想色彩尤为明显，人物刻画单薄，结构也较为随意，有些情节游离中心（如苏常游等），各章节标题则通俗有余而提炼不足，确为平庸之作。全作有多位名人为序，虽也有客观评价，但多为友情之语，言过其实，诚不可信。

郁达夫在《序》中写道：“你的这篇《丽丽》，由你告诉我的内容看来，是既通俗而又艺术的，大约有目者，当能共赏，希望你以后更能努力，以祈达于大成。”

洪深在《序》中写道：“寒梅先生的这本小说，就是以妓女和军阀为题材的。原名《三姨太太》，曾经在《青岛时报》逐日刊登……故事的富有趣味，描写的活泼动人，早已为许多读者欣赏过，无须乎我来赘说。我所要指出的，是这本书的题材意义的重大；它说明五年前的汉口，并没有比十年前的汉口，好出许多；它说明在一般人相信全国的军阀都已肃清的时候，某某地方因为特殊的环境，还有遗留；甚而它也说明，中国还有青年，逗留在‘恋爱至上主义’的迷途中，必须是失恋了才肯去为民族努力——‘爱国’好像是‘失恋’的副产品，是一种‘情感冲动’的余波，而不是建立在真正的智识与智慧上的。这些意义，在印成单行本，可以给人一气读完的时候，是格外明显了。”

夏心如在《序》中写道：“《丽丽》从作者自序中看来，说是初试的处女作；但技巧和手法都是上乘的，在粗制滥著的近代文艺界中，徐君的成熟却完全不是依赖偷巧。就本书的轮廓上看，仅是一个简单的，平凡的，悲观的故事；换一句说，不像足以使人目炫足以震荡整个文坛的作品。”“全书，我们很容易找出作者理论的焦点来。它的题材，根据于他的思想，在人生哲学方面，他采取了科学的社会理想；在一般的哲学方面，他又是经验论，实践论者；

这在无意中巧合着新自然主义——或者说新写实主义——的前提了。他写社会的动态：力，动，速，喧攘，矛盾，运动，战争，有着灵活生动的象征。在技巧上评价他：一方面，他使理想与现实统一；另一方面，他说大众所能说（形式），说大众所要说（内容）：换言之，他用巧妙的手法使文艺社会化大众化。”“在《丽丽》一书中，同一般的不两样，它也有着缺憾和优点：作者在修词上，似乎忽略得太多，有些词藻竟是呆化了。其次，他写侑妓清唱的时候也嫌重床叠架，尤其把剧歌的原词抄了上去，这显得太碎琐；写游历苏常一带的胜迹几节，又觉得太繁冗一些，在技巧上讲，单就外表上叙述那些古城，不去注意到风俗习惯民性和社会的片段觉得是不够的，这可归纳为本书的玼点——我仅读过原稿，以后经改过也难说——。”“所以说《丽丽》是超过水准线以上的成功的时代作——不是夸张的论调——。”“它具有不偏不倚的骨气”，“是值得介绍一读的作品。”

赵天游在《序》中写道：“全章布局，平凡而不平凡，描写之技巧，别有一番工架，而其立意，则在著重暴露军阀摧残少女之罪恶，却以反帝流血为大中华民族争光荣作结局，是平凡而不平凡。读是文者，幸勿以软性作品视之也！”“有奇特之立意，有圆满之布局，有生动之描写，集三美而成是篇，不蹈任何说部通辙。《丽丽》一书，不仅是一篇好文章，贬末俗，正人心，谓为警世之作，有何不可？”

不奇斋主在《序》中写道：“描述好女子燕婉之情，壮男儿慷慨之状，恶军阀淫势之盛，现社会环境之劣，无不淋漓尽致，绘影绘声。”

9月1日 董德在《中学生》第 57 号发表《〈家〉》一文，认为：“作者把各个主人翁都牵系在‘爱’字的直线上，但这不是要每个人都摆脱不了爱，使人们的生活幸福，和要受爱的限制；而是想从爱里来表出各人奋斗力的如何罢了。”

9月1日 《紫晶》第 9 卷第 1 期发表《子夜》笔谈，其中，姜松如认为，茅盾的《子夜》是金钱万能论的最好写照。刘子静认为：“《子夜》所映出来的社会，是剧变的社会——所烘托出来的人生，是战争的人生。”书中的人物主要为两点：金钱与性而竞争，但最根本的还是经济。石汉章认为，看完《子夜》，“最能盘据我的记忆领域的，还算‘太上感应篇’，‘死的跳舞’，‘斗争情绪’，和‘一朵枯萎的白玫瑰’……在‘太上感兴篇’的后面，看见旧中国残留政教之崩溃；在‘死的跳舞’后面看见资本家日暮途穷的挣扎；在‘斗争情绪’后面，看见共产党盲目手段的错误；更在‘一朵枯萎的白玫瑰’后面，看见一般小姐们可怜的命运。”罗永培认为，《子夜》所表现的是人是金钱的奴隶。李浩然认为，《子夜》是一部宗教与人生的重要的著作。“《子夜》这本书是描写都市生活的写实作品，它偏重于上层社会的资产阶级，剖解开了上层社会的尸体，露布一群衣冠禽兽。”

9月1日 《申报》刊载《加里的情书》的广告：“本书系以青年主人公加里的情书辑成的一部自传小说，正如世界闻名的《情书》一样，因为这部情书是有灵魂的，温柔旎旖，有言语所不能表现的直率。”

9月4日 《青岛时报》刊载消息《长篇小说〈丽丽〉日内出版》，称：“青岛《晨报》副刊编辑徐寒梅君所著长篇小说《丽丽》（原名《三姨太太》）一书，定于八月底出版一事，业志各报，兹悉该书正文业已印就，除封面及各名家序文因收到较迟尚在赶印中外，为增加读者兴趣起见，特请本报副刊编辑半老徐娘君题词，并增加作者近影，该书原价六角，预约四角，自发售预约以来，本外埠往各书店预约者颇为踊跃，该书于本月十二日定能出版，如欲预约者，本市中华书局，世界书局，春记报社，成和堂书店等均有代理，一俟出版，则照原价发售，并无折扣，爱阅长篇小说者，幸勿失之交臂云。”

9月16日 老舍在《宇宙风》创刊号上发表《我怎样写〈老张的哲学〉》一文。他说：“那时候我还不知道世上有小说作法这类的书，怎办呢？对中国的小说我读过唐人小说和《儒林外史》什么的，对外国小说我才念了不多，而且是东一本西一本，有的是名家的著作，有的是女招待嫁皇太子的梦话。后来居上，新读过的自然有更大的势力，我决定不取中国小说的形式。可是对外国小说我知道的并不多，想选择也无从选择起。好吧，随便写吧，管它像样不像样，反正我又不想发表。况且呢，我刚读了 Nicholas Nickleby 和

Pickwick Papers 等杂乱无章的作品，更足以使我大胆放野；写就好，管它什么。这就决定了那想起便使我害羞的《老张的哲学》的形式。”

“形式是这样决定的；内容呢，在人物与事实上我想起什么就写什么，简直没有个中心；这是初买来摄影机的办法，到处照像，热闹就好，谁管它歪七扭八，哪叫作取光选景！浮在记忆上的那些有色彩的人与事都随手取来，没等把它们安置好，又去另拉一批，人挤着人，事挨着事，全喘不过气来。这一本中的人与事，假如搁在今天写，实在够写十本的。”

“在思想上，那时候我觉得自己很高明，所以毫不客气的叫作‘哲学’。哲学！现在我认明白了自己：假如我有点长处的话，必定不在思想上。我的感情老走在理智前面，我能是个热心的朋友，而不能给人以高明的建议。感情使我的心跳得快，因而不加思索便把最普通的、浮浅的见解拿过来，作为我判断一切的准则。在一方面，这使我的笔下常常带些感情；在另一方面，我的见解总是平凡。自然，有许多人以为文艺中感情比理智更重要，可是感情不会给人以远见；它能使人落泪，眼泪可有时候是非常不值钱的。故意引人落泪只足招人讨厌。凭着一点浮浅的感情而大发议论，和醉鬼借着点酒力瞎叨叨大概差不很多。我吃了这个亏，但在十年前我并不这么想。”

“假若我专靠着感情，也许我能写出有相当伟大的悲剧，可是我不澈底；我一方面用感情咂摸世事的滋味，一方面我又管束着感情，不完全以自己的爱憎判断。这种矛盾是出于我个人的性格与环境。我自幼便是个穷人，在性格上又深受我母亲的影响——她是个楞挨饿也不肯求人的，同时对别人又是很义气的女人。穷，使我好骂世；刚强，使我容易以个人的感情与主张去判断别人；义气，使我对别人有点同情心。有了这点分析，就很容易明白为什么我要笑骂，而又不赶尽杀绝。我失了讽刺，而得到幽默。据说，幽默中是有同情的。我恨坏人，可是坏人也有好处；我爱好人，而好人也有缺点。‘穷人的狡猾也是正义’，还是我近来的发现；在十年前我只知道一半恨一半笑的去看世界。”

“有人说，《老张的哲学》并不幽默，而是讨厌。我不完全承认，也不完全否认，这个。有的人天生的不懂幽默；一个人一个脾气，无须再说什么。有的人急于救世救国救文学，痛恨幽默；这是师出有名，除了太专制一些，尚无大毛病。不过这两种人说我讨厌，我不便为自己辩护，可也不便马上抽自己几个嘴巴。有的人理会得幽默，而觉得我太过火，以至于讨厌。我承认这个。前面说过了，我初写小说，只为写着玩玩，并不懂何为技巧，哪叫控制。我信口开河，抓住一点，死不放手，夸大了还要夸大，而且津津自喜，以为自己的笔下跳脱畅肆。讨厌？当然的。”

“大概最讨厌的地方是那半白半文的文字。以文字要俏本来是最容易流于耍贫嘴的，可是这个诱惑不易躲避；一个局面或事实可笑，自然而然在描写的时候便顺手加上了招笑的文字，以助成那夸张的陈述。适可而止，好不容易。在发表过两三本小说后，我才明白了真正有力的文字——即使是幽默的——并不在乎多说废话。虽然如此，在实际上我可是还不能完全除掉那个老毛病。写作是多么难的事呢，我只能说我还在练习；过勿惮改，或者能有些进益；拍着胸膛说，‘我这是杰作呀！’我永远不敢，连想一想也不敢。‘努力’不过足以使自己少红两次脸而已。”

按：老舍的创作谈固然有自谦的成分，但基本符合实情。

9月20日 毕闲在《时代日报》发表《杂说巴金的〈家〉》一文，认为：“在这里他把大家庭中各分子的卑鄙心理，描写得很是透澈。而且显出恶势力在当时是如何的存在使青年人做种种不必要的牺牲，葬送一生的幸福。腐化势力的回光返照是如何的残酷，它底固有的权威——桎梏人的权威——是如何的锋芒。绅士们戴着假面具在敷衍，军阀们任意行他们底横暴，老百姓们的生命，财产，更不在他们心上，他们只是争着地盘，填他们个人的欲壑，没落前夜的大家庭里是显出怎样的一种假意的冷酷。”“小主人公觉慧在作者的笔下是一个英雄，捉鬼那夜对长辈底态度，究竟太勇敢，太伟大了，我很怀疑这时代（指交替时代）能否有这种人？这或许是作者的‘夫子自道’，但终恐是文人笔下的乌托邦，也或许是指导青年一条反抗的路线，激励青年一股反抗的勇气。”“总之，巴金先生对这书运用的手腕，和极感动的渲染，都是很成功的。”

9月30日 赵少侯在《大公报》发表《论老舍的幽默与写实艺术：评〈离婚〉》一文，认为：“老舍的《离婚》是完完全全的写实小说，不过作者能自身远远站在事外，看出了人生根本具有的幽默。所以他不必在字句上作工夫，全书已尽够幽默，并且是真正的幽默。作者的长处并不如一般人所想，是长于写幽默文章，他的长处乃是善于捉到人类的幽默而老老实实的写下来。这种幽默常常是令人微笑之后，继而悲苦的。”“我大胆的说一句，《离婚》不仅是一部可读的书，并且是一部该读的书。作者的精神自始至终都是那么抖擞不懈。人物的性格，前后都是那么一致。”

9月 刘大杰的《三儿苦学记》由上海北新书局初版。

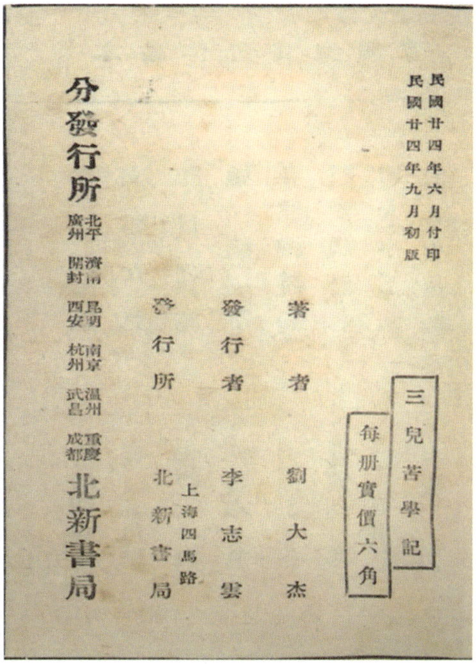
民國廿四年六月付印
民國廿四年九月初版
三兒苦學記
每册實價六角
著者 劉大杰
發行者 李志雲
發行所 北新書局 上海四馬路
分發行所 北平 廣州 濟南 開封 昆明 西安 南京 杭州 溫州 武昌 重慶 成都 北新書局

梗概：三儿出生在洞庭湖边一个小有势力的家庭，但祖父一死家道迅速衰落下来，不久，父亲也病逝了，母亲带着四个孩子艰难度日。由于没有父亲，三儿常受其他孩子欺负，叔伯们也强拿强占，母亲只好迁回娘家。外婆很开明，而且家境殷实，哥嫂也高兴地接纳了他们全家。在这里，三儿看到哥哥姐姐在学堂读书，非常羡慕，母亲说，待三儿长大后再穿新衣去上学。每到傍晚，三儿就让母亲、姐姐、舅妈等给他讲故事，在熏陶中进入梦乡。不久，辛亥革命爆发，乡村一些开明人士也开始剪辫子放足，而哥哥和叔伯哥哥一起到城里上中学，也让他对读书充满憧憬。三儿在家里整天与比他大几岁却是他最亲密伙伴的四宝在乡间野趣，充分享受童年的快乐。随着年龄的增长，三儿对读书愈发有兴趣，但四宝却说读书很苦，母亲原本想让三儿学做生意，但三儿最终还是觉得读书最好。不巧，三儿这时得了一种怪病，先是脚肿，之后便不能下地，家里人想了很多办法都无法解决。这时，来了一个和尚，说能治这病，果然，两周后从三儿的脚里驱排出许多小白蠕虫，三儿就好了。母亲见三儿已经十岁了，就将他送进私塾。由于三儿聪明，成绩很好，常常得到老先生的表扬。他虽然在学堂里也跟着一些不好的学生学了一些坏毛病，但在妈妈的教育下很快改掉了。这时，二舅从外面回来，还带了一个女的。有人说二舅是革命党，家里一片惶恐。不久，官府派兵来抓二舅，二舅匆忙逃往长沙。姐姐出嫁了，母亲搬回了老屋，三儿和母亲一起生活。喂猪、打草、挑水等活他样样都做，甚至还做起了贩油、收猪鬃等小生意，但都以亏本而告终。这时，三儿的妈妈由于长期操劳，身体得不到休养，得心脏病去世了。哥哥从学校回来后，竟也得重病不幸去世。十二岁的三儿成了孤儿。为了生活，他来到岳州，得知三舅办厂，就进厂当了工人。厂里的书记员彭养吾见三儿很有灵气，又有文化，就鼓动他考中学，还帮他补习英语、数学，介绍他考不收学费的旅鄂中学。经过半年的补习辅导，三儿终于在学校第二次招收学生时，考取了旅鄂中学，正式开始了他的求学生涯。

按：这是刘大杰（1904—1977）的自传小说，正如作者在《序》中说："现在写下来的，就是我同贫穷生活奋斗的一段幼年的历史。我记载这段历史的时候，第一个目的是求真。要一点不伪饰一点不虚夸地，客观地叙述一个穷苦儿童的成长，要实实在在地保持我幼年生活的真面目。"确实如此，这部自传体小说以朴素真实著称，以一个儿童的视角表现了一个幼年丧父、少年丧母的孩子如何在艰难困苦中坚持自立、努力好学的故事。不过，这只是一个大户人家因家道中落而稍陷困境的孩子的成长故事，在作品所表现的生活中，主人公并没有沦落到穷困潦倒、无处可居、乞讨要饭的地步，即便三儿父亲去世，但母亲很快回到娘家后还是生活平稳，姑嫂之间和睦相处，娘家殷实的生活使三儿在这里度过了快乐的童年，所谓的“苦学”也不为之苦。当然，自传中始终张扬一种自立精神，一种追求独立的人格精神，也流露出“万般皆下品，唯有读书高”的传统思想。全书语言浅白通俗，线索清晰，三儿形象生动鲜明，主题催人奋进，是一部具有教科意义的儿童小说。

9月 王丰园在北平新新学社出版《中国新文学运动述评》一书，认为：“茅盾站在小资产阶级的立场，暴露出这一时期的小资产阶级的‘动摇’‘幻灭’以及追求爱的憧憬，他深刻的解剖了‘中间人’的心理变幻，这是作者在创作技术上一部分的成功。”

9月 茅盾的《子夜》由上海开明书店印行第六版（删节本）。

10月1日 老舍在《宇宙风》第 2 期发表《我怎样写〈赵子曰〉》一文。他说：“可以说《赵子曰》是‘老张’的尾巴。自然，这两本东西在结构上，人物上，事实上，都有显然的不同；可是在精神上实在是一贯的。没有‘老张’，绝不会有‘老赵’。‘老张’给‘老赵’开出了路子来。在当时，我既没有多少写作经验；又没有什么指导批评，我还没见到‘老张’的许多短处。它既被印出来了，一定是很不错，我想。怎么不错呢？这很容易找出；找自己的好处还不容易么！我知道‘老张’很可笑，很生动；好了，照样再写一本就是了。于是我就开始写《赵子曰》。”

“材料自然得换一换：‘老张’是讲些中年人们，那么这次该换些年轻的了。写法可是不用改，把心中记得的人与事编排到一处就行。‘老张’是揭发社会上那些我所知道的人与事，‘老赵’是描写一群学生。不管是谁与什么吧，反正要写得好笑好玩；一回吃出甜头，当然想再吃；所以这两本东西是同窝的一对小动物。”

“可是，这并不完全正确。怎么说呢？‘老张’中的人多半是我亲眼看见的，其中的事多半是我亲身参加过的；因此，书中的人与事才那么拥挤纷乱；专凭想象是不会来得这么方便的。这自然不是说，此书中的人物都可以一一的指出，‘老张’是谁谁，‘老李’是某某。不，绝不是！所谓‘真’，不过是大致的说，人与事都有个影子，而不是与我所写的完全一样。它是我记忆中的一个百货店，换了东家与字号，即使还卖那些旧货，也另经摆列过了。其中顶坏的角色也许长得像我所最敬爱的人；就是叫我自己去分析，恐怕也没法作到一个萝巴一个坑儿。不论怎样吧，为省事起见，我们暂且笼统的说‘老张’中的人与事多半是真实的。赶到写《赵子曰》的时节，本想还照方抓一剂，可是材料并不这么方便了。所以只换换材料的话不完全正确。这就是说：在动机上相同，而在执行时因事实的困难使它们不一样了。”

“在写‘老张’以前，我已作过六年事，接触的多半是与我年岁相同和中年人。我虽没想到去写小说，可是时机一到，这六年中的经验自然是极有用的。这成全了‘老张’，但委屈了《赵子曰》，因为我在一方面离开学生生活已六七年，而在另一方面这六七年中的学生已和我作学生时候的情形大不相同了，即使我还清楚的记得自己的学校生活也无补于事。‘五四’把我与‘学生’隔开。我看见了五四运动，而没在这个运动里面，我已作了事。是的，我差不多老没和教育事业断缘，可是到底对于这个大运动是个旁观者。看戏的无论如何也不能完全明白演戏的，所以《赵子曰》之所以为《赵子曰》，一半是因为我立意要幽默，一半是因为我是个看戏的。我在‘招待学员’的公寓里住过，我也极同情于学生们的热烈与活动，可是我不能完全把自己当作个学生，于是我在解放与自由的声浪中，在严重而混乱的场面中，找到了笑料，看出了缝子。在今天想起来，我之立在五四运动外面使我的思想吃了极大的亏，《赵子曰》便是个明证，它不鼓舞，而在轻搔新人物的痒痒肉！”

“有了这点说明，就晓得这两本书的所以不同了。‘老张’中事实多，想像少；《赵子曰》中想像多，事实少。‘老张’中纵有极讨厌的地方，究竟是与真实相距不远；有时候把一件很好的事描写得不堪，那多半是文字的毛病；文字把我拉了走，我收不住脚。至于《赵子曰》，简直没多少事实，而只有些可笑的体态，像些滑稽舞。小学生看了能跳着脚笑，它的长处止于此！我并不是幽默完又后悔；真的，真正的幽默确不是这样，现在我知道了，虽然还是眼高手低。”

“此中的人物只有一两位有个真的影子，多数的是临时想起来的；好的坏的都是理想的，而且是个中年人的理想，虽然我那时候还未到三十岁。我自幼贫穷，作事又很早，我的理想永远不和目前的事实相距很远。”

“前面已经提过，在立意上，《赵子曰》与‘老张’是鲁卫之政，所以《赵子曰》的文字还是——往好里说——很挺拔利落。往坏里说呢，‘老张’所有的讨厌，‘老赵’一点也没减少。可是，在结构上，从《赵子曰》起，一步一步的确是有了进步，因为我读的东西多了。《赵子曰》已比‘老张’显着紧凑了许多。”

“这本书里只有一个女角，而且始终没露面。我怕写女人；平常日子见着女人也老觉得拘束。在我读书的时候，男女还不能同校；在我作事的时候，终日与些中年人在一处，自然要假装出稳重。我没机会交女友，也似乎以此为荣。在后来的作品中虽然有女角，大概都是我心中想出来的，而加上一些我所看到的女人的举动与姿态；设若有人问我：女子真是这样么？我没法不摇头，假如我不愿撒谎的话。《赵子曰》中的女子没露面，是我最诚实的地方。”

10月1日　《申报》刊载《鲁男子》的重版广告：“本书于东亚病夫曾朴氏之巨著，小说由真美善书店发行，早经蜚声海内外。本年六月，曾公逝世，各界纷函求购，特再重版发行，并以曾公编著《婚》《战》未竟稿附辑书后，以志鸿爪。”

10月1日　《申报》刊载《三儿苦学记》的广告：“这是刘先生幼年时苦学生活的自叙传，前七章曾在《小学生》杂志上登载过，受到读者们狂热的欢迎。其余十几章从未发表过，都八万余言，描写深刻动人。像他这样放牛出身的人能够对于学问有很深的造就，实是值得每一个小学生取作模范的。小朋友们，请学一学穷困孤苦的孩子的成长吧。”

10月16日　老舍在《宇宙风》第3期发表《我怎样写〈二马〉》一文，他说：“《二马》中的细腻处是在《老张的哲学》与《赵子曰》里找不到的，《张》

与《赵》中的泼辣恣肆处从《二马》以后可是也不多见了……我开始决定往‘细’里写。”

“《二马》在一开首便把故事最后的一幕提出来，就是这‘求细’的证明：先有了结局，自然是对故事的全盘设计已有了个大概，不能再信口开河。可是这还不十分正确；我不仅打算细写，而且要非常的细，要像康拉德那样把故事看成一个球，从任何地方起始它总会滚动的。我本打算把故事的中段放在最前面，而后倒转回来补讲前文，而后再由这里接下去讲——讲马威逃走以后的事。这样，篇首的两节，现在看起来是像尾巴，在原来的计画中本是‘腰眼儿’。为什么把腰眼儿变成了尾巴呢？有两个原因：第一个是我到底不能完全把幽默放下，而另换一个风格，于是由心理的分析又走入了姿态上的取笑，笑出以后便没法再使文章萦回逗宕；无论是尾巴吧，还是腰眼吧，放在前面乃全无意义！第二个是时间上的关系：我应在一九二九的六月离开英国，在动身以前必须把这本书写完寄出去，以免心中老存着块病。时候到了，我只写了那么多，马威逃走以后的事无论如何也赶不出来了，于是一狠心，就把腰眼当作了尾巴，硬行结束。那么，《二马》只是比较的‘细’，并非和我的理想一致；到如今我还是没写出一部真正细腻的东西，这或者是天才的限制，没法勉强吧。”

“所谓文艺创作不是兼思想与文字二者而言么？那么，在文字方面就必须努力，作出一种简单的，有力的，可读的，而且美好的文章，才算本事。在《二马》中我开始试验这个。请看看那些风景的描写就可以明白了……这样描写出来，才是真觉得了物境之美而由心中说出；用文言拼凑只是修辞而已……我以为，用白话著作倒须用这个方法，把白话的真正香味烧出来；文言中的现成字与辞虽一时无法一概弃斥……但不是真正的原味儿。”

“在材料方面，不用说，是我在国外四五年中慢慢积蓄下来的。可是像故事中那些人与事全是想像的，几乎没有一个人一件事曾在伦敦见过或发生过。写这本东西的动机不是由于某人某事的值得一写，而是在比较中国人与英国人的不同处，所以一切人差不多都代表着些什么；我不能完全忽略了他们的个性，可是我更注意他们所代表的民族性。因此，《二马》除了在文字上是没有多大的成功的。其中的人与事是对我所要比较的那点负责，而比较根本是种类似报告的东西。”

“老马代表老一派的中国人，小马代表晚一辈的，谁也能看出这个来。老马的描写有相当的成功：虽然他只代表了一种中国人，可是到底他是我所最熟识的；他不能普遍的代表老一辈的中国人，但我最熟识的老人确是他那个样子。他不好，也不怎么坏；他对过去的文化负责，所以自尊自傲，对将来他茫然，所以无从努力，也不想努力。他的希望是老年的舒服与有所依靠；若没有自己的子孙，世界是非常孤寂冷酷的。他背后有几千年的文化，面前只有个儿子。他不大爱思想，因为事事已有了准则。这使他很可爱，也很可恨；很安详，也很无聊。至于小马，我又失败了。前者我已经说过，五四运动时我是个旁观者；在写《二马》的时节，正赶上革命军北伐，我又远远的立在一旁，没机会参加。这两个大运动，我都立在外面，实在没有资格去描写比我小十岁的青年。我们在伦敦的一些朋友天天用针插在地图上：革命军前进了，我们狂喜；退却了，懊丧。虽然如此，我们的消息只来自新闻报，我们没亲眼看见血与肉的牺牲，没有听见枪炮的响声。更不明白的是国内青年们的思想。那时在国外读书的，身处异域，自然极爱祖国；再加上看着外国国民如何对国家的尽职尽责，也自然使自己想作个好国民，好像一个中国人能像英国人那样作国民便是最高的理想了。个人的私事，如恋爱，如孝悌，都可以不管，自要能有益于国家，什么都可以放在一旁。这就是马威所要代表的。比这再高一点的理想，我还没想到过。先不用管这个理想高明不高明吧，马威反正是这个理想的产儿。他是个空的，一点也不像个活人。他还有缺点，不尽合我的理想，于是另请出一位李子荣来作补充；所以李子荣更没劲！”

“对于英国人，我连半个有人性的也没写出来。他们的褊狭的爱国主义决定了他们的罪案，他们所表现的都是偏见与讨厌，没有别的。自然，猛一看过去，他们确是有这种讨厌而不自觉的地方，可是稍微再细看一看，他们到底还不这么狭小。我专注意了他们与国家的关系，而忽略了他们其他的部分。幸而我是用幽默的口气述说他们，不然他们简直是群可怜的半疯子了。幽默宽恕了他们，正如宽恕了马家父子，把褊狭与浮浅消解在笑声中，万幸！”

“最危险的地方是那些恋爱的穿插，它们极容易使《二马》成为《留东外史》一类的东西。可是我在一动笔时就留着神，设法使这些地方都成为揭露人物性格与民族成见的机会，不准恋爱情节自由的展动。这是我很会办的事，在我的作品中差不多老是把恋爱作为副笔，而把另一些东西摆在正面。这个办法的好处是把我从三角四角恋爱小说中救出来，它的坏处是使我老不敢放胆写这个人生最大的问题——两性间的问题。我一方面在思想上失之平凡，另一方面又在题材上不敢摸这个禁果，所以我的作品即使在结构上文字上有可观，可是总走不上那伟大之路。”

10月17日 《申报》再刊《三儿苦学记》的广告：“作者曾任暨南大夏安徽等大学教授，现任四川大学教授，同时又是创作家，文学理论家，不知他幼时却是一个放牛的孩子。我们愿意知道一个人怎样与环境苦斗而终于成功么？请快看这本书。”

10月25日 太克在《民国日报》（琼崖版）发表《庐隐小论》一文，认为：“我们如果要估定庐隐的作品的价值，当推她前期的为好。她是要《海滨故人》《或人的悲哀》及《丽石日记》而获得她的社会根据和文坛上的存在的。她最后发刊的长篇《象牙戒指》，在技巧上虽较成熟，但仍不如《海滨故人》的亲切动人。”

10月 **陈铨的《死灰》由天津大公报社出版部初版。**

梗概：在德国攻读文学博士的中国留学生萧华亭同美丽的柏林女子冷荇恋爱，寒假时他从克尔赶到柏林与分离半年的冷荇相会。冷荇是一个可怜的底层社会女子，从小就饱受母亲和继父的折磨，好不容易活到成年找到职业后，继父就将她赶了出来，从此不闻不问。两人看望过生病的房东太太后，又一起到柏林城西探望朋友哲学家蔡可循。冷荇和蔡可循的未婚妻郑亚群相谈甚欢，蔡可循见萧华亭的精神太过颓废便劝其振作。冷荇有一位好朋友安

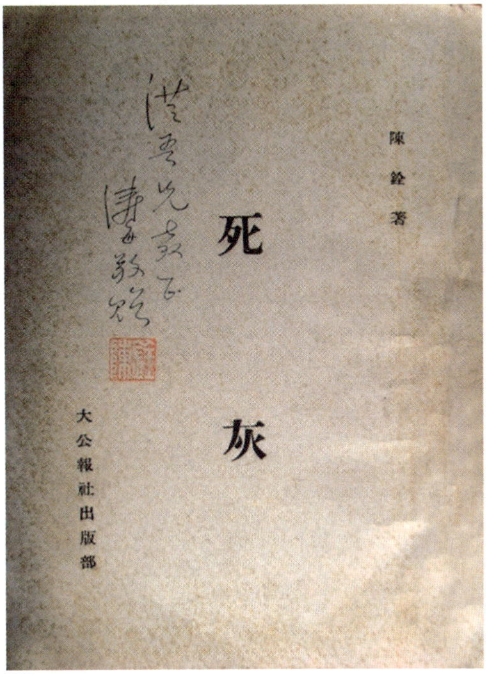

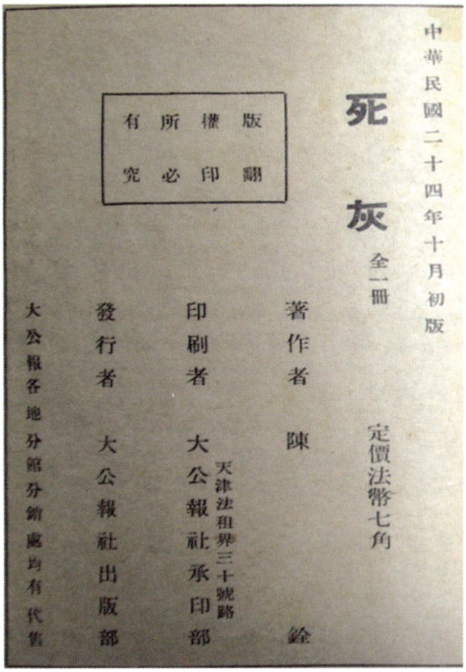

丽，她为了供养自己的男朋友，不惜出卖身体，过着艰辛的生活。某天，安丽登门拜访，三人一起去柏林咖啡店听音乐时，又偶遇蔡可循和郑亚群二人。经蔡可循介绍，华亭一行人认识了自命不凡的现代诗人罗罗。听说罗罗很有钱的华亭把缺钱的安丽介绍给他，罗罗果然被美貌的安丽迷住，并在她身上花费了大量的金钱。

圣诞节前夕，华亭和冷荇二人突然发现住在隔壁的失业工人落亚芒竟加入了国社党，成为一名冲锋队员。萧华亭佩服他的智识和勇气，冷荇则认为他只不过是为了赚钱而已。圣诞节当天，去街上采买的华亭竟意外遇到最好的朋友张佩清。华亭邀请佩清到家中吃午饭，又与他一起外出参观柏林大学。对于华亭的颓废态度，佩清也很不赞成。当晚，安丽、蔡可循和郑亚群也陆续来到冷荇的公寓，朋友们一起吃饭、跳舞、聊天，度过了愉快的夜晚。第二天晚上，朋友们又相约一起看歌舞剧。看剧时，华亭耽于玄想，回家后又陷入尼采哲学的奇妙世界里，第二天一早就生病了。而安丽此时竟也病得不轻，原来她的男朋友把她的钱全都骗走，只身去了美国。冷荇为安丽不用再受苦了而替她高兴，但仍然爱着男朋友的安丽却只觉得空虚。除夕夜，除了生病的安丽和被别人约走的佩清，这几位好朋友又在夜西跳舞场度过了愉快的时光。

寒假终于结束，华亭不得不与冷荇分离，同佩清一起启程回到克尔。回到学校之后，冷荇来信称曾经对她献过殷勤的男同事重新回来找她，而华亭认为自己不能给冷荇灿烂将来，竟赞成他们交好。于是在华亭博士考试的前一天，他们结婚了。而华亭在博士考试完成后就得了精神病，在医院治疗两个多月后，又前往南方海岱山医院休养身体。他对冷荇隐瞒了自己的病情，在海岱山医院待了不到两个星期便病逝。

按：这部小说描写中国留学生萧华亭和德国底层社会女子冷荇亦哀亦怨的恋爱故事，通过流水账般地记叙这对异国恋人的日常生活与交游，展现悲观主义者萧华亭如“死灰”般颓废悲哀的精神状态，也期待尼采“权力意志”哲学能够拯救这个不理想的世界，使其“死灰复燃”。全书被这对恋人终将分离的悲伤氛围所笼罩，充满“世纪末的虚玄彷徨的感伤情调”。作品取材于作者自己的留学生活，大量铺陈德国的风景名胜、民风民俗，甚至对德国和美国不同的教育体系也做了评价，记叙十分琐碎，情节比较散乱。男主人公萧华亭是陈铨创作出来的悲观主义者之一，他厌倦一切，整日耽于形而上学的思索，并为此深感“生存的痛苦”。小说采用戏剧化写法，多大段对话而少心理描写和环境描写，人物的内心状态常靠谈话主动展现，使得人物形象在生动性上有所欠缺。

10月 陈伯吹的《永久的情书》由上海北新书局再版。

11月1日 老舍在《宇宙风》第4期发表《我怎样写〈小坡的生日〉》一文，他说：“以小孩为主人翁，不能算作童话。可是这本书的后半又全是描写小孩的梦境，让猫狗们也会说话，仿佛又是个童话。此书的形式因此极不完整：非大加删改不可。前半虽然是描写小孩，可是把许多不必要的实景加进去；后半虽是梦境，但也时时对南洋的事情作小小的讽刺。总而言之，这是幻想与写实夹杂在一处，而成了个四不像了。这个毛病是因为我是脚踩两只船：

既舍不得小孩的天真，又舍不得我心中那点不属于儿童世界的思想。我愿与小孩们一同玩耍，又忘不了我是大人。这就糟了。”

“最使我得意的地方是文字的浅明简确。有了《小坡的生日》，我才真明白了白话的力量；我敢用最简单的话，几乎是儿童的话，描写一切了。我没有算过，《小坡的生日》中一共到底用了多少字；可是它给我一点信心，就是用平民千字课的一千个字也能写出很好的文章。”

11月3日 刘西渭在《大公报》发表《〈雾〉〈雨〉与〈电〉——巴金的〈爱情的三部曲〉》一文，认为：“巴金缺乏左拉客观的方法，但是比左拉还要热情。在这一点上，他又近似桑乔治 George Sand。桑乔治把她女性的泛爱放进她的作品；她钟爱她创造的人物；她是抒情的，理想的；她要救世，要人人分到她的心。巴金同样把自己放进他的小说：他的情绪，他的爱憎，他的思想，他全部的精神生涯。”所以，“从《雾》到《雨》，从《雨》到《电》，正是由皮而肉，由肉而核，一步一步剥进作者思想的中心。《雾》的对象是迟疑，《雨》的对象是矛盾，《电》的对象是行动。”他还认为巴金先生热情有余而冷静不足，所以“他用叙事抵补描写的缺陷。在他《爱情的三部曲》里面，《雾》之所以相形见绌，正因为这里需要风景，而作者却轻轻放过。《雾》的海滨和乡村在期待如画的颜色，但是作者缺乏同情和忍耐”。他还认为，《雨》因为有一个中心人物而成功，《雾》则因为窳陋，《电》则因为紊乱而失败。

11月10日 绀弩在《读书生活》第 3 卷第 1 期发表《八月的乡村》一文，认为，《八月的乡村》“是同类题材中间的最好的一部，也是整个现中国文坛上最值得夸耀的收获”。“就中国自己底文化程度说，《八月的乡村》在中国文坛上，就说不减于《铁流》或《毁灭》之在世界文坛，似乎也不算十分夸张。”“总之，《八月的乡村》，是一部值得推荐的书，是现中国文坛上最光荣的收获。”

11月10日 顽石在《甬江浪花》第 32 期发表《读了巴金的〈家〉后》一文，认为：“这是一部描写正在崩坏的资产阶级的大家庭底故事，作者用了悲，欢，离，合的情节，把‘家’的故事展开来，以整个社会观之，显然地，这并不是一部伟大的作品，因为它没有更普遍地典型起来。我们的国家里，毕竟资产阶级底‘家’是很少数的。而且这本书若不是用纯粹客观的态度来描写，那末，它就成为茶余酒后的消遣物了；假使这本书没有两个熏有新思想的青年，做全书的主要人物，那末这本书也许会被人视为《红楼梦》式的。”“以整个的事实来看，作者对于题材的采取是稍许减色点，至于全篇的内容，结构，以及作者的思想，是有着相当的成功。在这故事里面，显明地有两种绝对不同的典型的人物：屈服于旧礼教抱不抵抗主义的觉新，反抗旧礼教有着坚毅的精神底觉慧。而结果，反抗的得了最后的胜利与光明，屈服的抱恨终身，眼巴巴望着两个爱人，给旧礼教底恶魔相继吞噬。这故事处处都在明显地促进我们奋斗的精神。这些，就是作者成功的地方。”“总之，这是一部成功的作品，虽然，题材方面，作者是选择得不十分正确，但是因为作者写得有力，有声有色，因此，这仍是一部好的作品。值得读的作品。”

11月10日 老舍在《文学时代》创刊号上发表《一个近代最伟大的境界与人格的创造者》。他说：“康拉得把海上的一切偷来，装在心里……他不慌不忙的，细细品味所见到听到的奇闻怪事，而后极冷静的把它们逼真的描写下来；他的写实手段有时候近于惨酷。可是他不只是个冷酷的观察者，他有自己的道德标准与人生哲理，在写实的背景后有个生命的解释与对于海上一切的认识。他不仅描写，他也解释；要不然，有过航海经验的固不止他一个人呀。”

“他是由故事，由他的记忆中的经验，找到一个结论。这结论也许是错误的，可是他的故事永远活跃的立在我们目前。于此，我们知道怎样培养我们自己的想象，怎样先去丰富我们自己的经验，而后以我们的作品来丰富别人的经验，精神的和物质的。”

“康拉得使我明白了怎样先看到最后的一页，而后再动笔写最前的一页。在他自己的作品里，我们看到：每一个小小的细节都似乎是在事前预备好……不至陷在自己所设的迷阵里……自然，我没能完全把这个方法放在纸上，可是我总不肯忘记它，因而也就老忘不了康拉得。”

“我将永忘不了康拉得的恩惠。”

“Nothing，常常成为康拉得的故事的结局。不管人有多么大的志愿与生力，不管行为好坏，一旦走入这个魔咒的势力圈中，便很难逃出……对这些失败的人物，他好像是看到或听到他们的历史，而点首微笑的叹息：‘你们胜过不了所在的地方。’他并没有什么伟大的思想，也没想去教训人；他写的是一种情调，这情调的主音是虚幻。他的人物不尽是被环境锁住而不得不堕落的，他们有的很纯洁很高尚；可是即使这样，他们的胜利还是海阔天空的胜利，nothing。”

“他无疑的是近代最伟大的境界与人格的创造者。”

按：这是老舍唯一一次毫不吝啬地将“最伟大”三个字冠之于他所敬重的一位作家身上。这篇关乎老舍创作发生学的重磅文章，不仅是理解《骆驼祥子》的一把钥匙，也是理解老舍创作的一把钥匙。

11月16日 黎泽法在《翊教》第4卷第10期发表《读了〈象牙戒指〉》一文，认为：“在许多小说中，我最喜欢读的一本，就是庐隐女士著的《象牙戒指》。它的内容，原是作者本身的事情，而借他人之名，叙述成的。”“这本书从表面看来，实在没有什么使人赞美的地方。但它里面的意义，结构和词句，都是值得我们注意的。虽然是以男女爱情为主旨的作品；但并不像普通一般专言爱情的作品那么肤浅。这里面所描写的人物，也是足能够作人们的模范。”“她能牺牲自己的前途，为我们文坛的先锋。这本书真值得我们细细的鉴赏。领略它的文意。它是我惟一的读物。我永远不能忘了‘象牙戒指’这个名词。”

11月18日 李影心在《国闻周报》第12卷45期发表《〈幽僻的陈庄〉》一文，认为：“《幽僻的陈庄》所写是一种新的事实，且系用新的语法写的。在事项之表露的意义上，这书刻划了土棍人物之生活与思想及其与社会的关联；虽在人物及其体系的描写不太完备，我们认为还是不可多得的，若是有着优美的表现的话。但这书虽是用了新的技术，却沿袭旧的手法；而给与这书以最大的损害，即如前所说，是缺乏一种表现的力，和处理事项和人物的不得法。”也因此，“《幽僻的陈庄》之艺术完整的价值，是整个的被那表现的缺欠所抹杀。”

11月20日 俊心在《中锋》创刊号发表《〈三儿苦学记〉》一文，认为：“《三儿苦学记》，却与以前的著作有点两样，这并不是内容的好坏的关系，完全由于体裁的不同罢了！因为《三儿苦学记》不是小说，也不是论文，更不是剧本，而是他——刘大杰先生——自己从出世一直到十四岁的幼年历史的自传。”“虽然这个故事很简单，但是作者却插进不少的插话，广泛的记下了当地的‘风土人情’‘社会习惯’以及时代的反应……如《故乡的生活》《外婆家》《辫子风波》《三种职业》《学堂里》《夏夜》《革命党》《母子》等几个片段，都是写的很不坏的。笔调的轻松，布局的妥当，却能够使人感到很满意。”“最后我要讲到的这部书究竟怎样？虽然批评家还未给它以一定的评价，但至少可以告诉我们怎样和穷困去奋斗，怎样去克服我们的艰难，所以这部书是每个青年人都应当读一遍的。”

11月 郭云浦在《青年界》第8卷4号发表《〈子夜〉与〈红楼梦〉》一文，认为：“茅盾的《子夜》是一部充分地暴露二十世纪的真实的社会小说，大概它与《红楼梦》，总不致有什么牵涉吧！但是出人意料之外的，《子夜》却受了《红楼梦》的影响；虽然作者是把这一点掩饰在很复杂很错综的结构之内。”“不过《子夜》和《红楼梦》都各自具有独到的作风，特殊的成就及其文学史上不可泯灭的功绩。决不能因为《子夜》受了《红楼梦》的影响，便以为他的价值低了多少。”

11月 罗西的《爱之奔流》由上海大光书局印行第四版。

11月 茅盾的《虹》由上海开明书店印行普及本第七版。

11月 罗西的《你去吧》由上海大光书局印行第四版。

12月1日 **沈起予的《残碑》由上海良友图书印刷公司初版（良友文学丛书之二十一），1—3000册。**

梗概：农村青年学生孙丘立家境贫寒无钱读书，便南下投奔在大学教书的叔叔。在南京读书期间，他认识了一批志同道合的朋友，曹孝植，蓉姐，

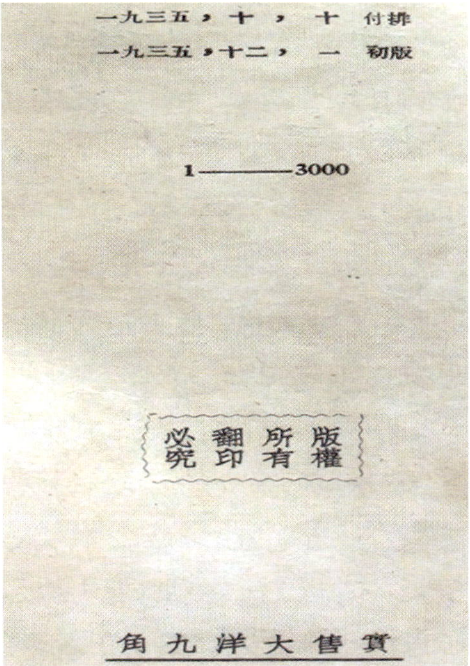
一九三五，十，十 付排
一九三五，十二，一 初版

1——3000

版權所有
翻印必究

實售大洋九角

施璜等，他们接触了进步期刊《路碑》，并受其影响。孙丘立在南京求学不成，在朋友的资助下，投笔从戎进黄埔军校，参与北伐战争，从一个稚嫩的学生逐渐成为一名成熟的青年军官。他刚开始热血沸腾地对北伐战争充满幻想，后来逐渐发现这场让无数青年投入了热血和青春的北伐战争的内幕：军队中触目惊心的腐败，正日益腐蚀着军人的斗志，战争逐渐偏离了其本来目的，军队甚至逐渐沦为帝国主义镇压工人运动的保护伞。面对沉闷的现实，他的朋友曹孝植与施璜被生活摆布，逐渐萎缩了以前的壮志，在事业和感情上越来越失意。孙丘立对蓉姐的情愫潜滋暗长，然而他的理想主义在现实中陷入迷惘，面对感情也同样如此。直到遇到以前的恩人田焕章后，孙丘立受到启发，逐渐从迷惘中走出来，变得理智坚强，也赢得了蓉姐的爱情。尽管前路漫漫，但是孙丘立明白只有抛弃那些不切实际的幻想，头脑清醒地踏实做好眼前自己能够控制的事情，才能逐步走出沉闷。

按：沈起予（1903—1970）的创作一贯以写实著称，叙事平实，语言朴实，不虚美不隐恶，真实客观，《残碑》即是如此。小说以写实的笔法真实再现了一个初尝世态炎凉的青年学生成长为一个投笔从戎的军人的全部思想动态及其情感经历，从一个横截面反映了风起云涌的北伐战争以及大时代下青年们的思想动态。作者从微观着笔，细腻的心理描写和生动的语言描写，使其形象丰满而真实可信，也使本文极富时代气息。《良友文学丛书》曾推介道："《残碑》的总灵魂是：大时代前大沉闷；沉闷期中的各种人的姿态；以及沉闷终于被冲破；冲破后，那些人又各自扮演如何的角色。《残碑》的副的企图，是想说明那包含着各种杂质的大锅炉终于会被烧炸。"主人公孙丘立所供职的小机关就是这含杂质的锅炉的象征。小说结构严谨，视野宏大，但表现手法单一，写实有余而回味不足，主题的挖掘也流于浮泛。

12月1日 巴金在《大公报》发表《〈爱情的三部曲〉作者的自白——给刘西渭先生》一文。他说："我刚写一篇《爱情的三部曲》的《总序》，在这将近三万字的文章里（我从来没有写过这样的长序），我第一次展开了我的灵魂的一隅：我说明我为什么要写那三本书；我说明我怎样写成了它们；我说明为什么在我的全作品中我最爱它们。这些话没有一点含混。"

"破坏和建设并不是可分离的东西。在这中间更不应该加一个'毁灭'。在《雨》里面吴仁民相信着巴枯宁的名言：'破坏的激情就是建设的激情。'但这句话的意义是比较吴仁民所理解的深得多。我要说这两个名词简直是一个意义，单独用起来都不完全。热情里就含着这两样东西。而且当热情在一个人的身体内满溢起来的时候，他的建设（或者说创造）的欲求更强过破坏的欲求。"

"但热情并不能够完成一切。倘没有什么东西来指导它，辅助它，那么它就会像火花一般零碎地爆发出来落在湿地上灭了，热情常常是这样地把人毁掉的，我不知道写了若干封信劝过朋友，说热情固然可宝贵，但是一味地放任着热情让它随时随地零碎地消耗，结果只有毁掉自己。这样的热情也许像一座火山，爆发以后剩下来的就只有死，毁了别的东西，也毁了自己。"

"于是信仰来了。信仰并不拘束热情，反而加强它，但更重要的是信仰还指导它。信仰给热情开通了一条路，让它缓缓地流去，不会堵塞，也不会泛滥。由《雾》而《雨》，由《雨》而《电》，信仰带着热情舒畅地流入大海。海景在《电》里面才展现出来。《电》是结论，所以《电》和《雨》和《雾》不能够相同，就如海洋与溪流相异。一个人的眼睛，可以跟着一道溪流缓慢地流入江河，但站在无涯的海洋前面你就只能够看见那掀天的白浪。你能说你的眼睛跟得上海水吗？”

“进了《电》里面，朋友，连你的眼睛也花了。你就说《电》紊乱，但这是不公平的。”

“然而，甚至这残废的肢体也可以告诉人《电》是《爱情的三部曲》的顶点，到了《电》里面热情才有了归结。在《雾》里似乎刚刚下了种子，在《雨》里面‘信仰’才发了芽，然后电光一闪，‘信仰’就开花了。到了《电》我们才看见信仰怎样地支配着一切，拯救着一切。倘使我们要作这个旅行，我们就不能不抓了两个人做同伴：吴仁民和李佩珠，只有这两个人是经历了那三个时期而存在的，而且他们还要继续地活下去。”

“在《雾》里面李佩珠没露过脸，但人提起她就说她是一个‘小资产阶级的女性’；在《雨》里面她开始感到活力的满溢，预备拿它来为他人而放散了。她不仅知道爱情只是一时陶醉，从事业上才可以得着永久的安慰，她还想到 E 地去做一点实际的事情。于是电幕一开，两年以后的李佩珠便以一个使人不能相信的新的姿态走出来，使得吴仁民也吃惊了。她不仅得着 E 地的青年朋友的爱护，连我自己也热烈地爱着她。她是妃格念尔型的女子，但她比她们幼稚，幼稚得可爱。看起来她是一个平凡的人。也许有人会像你一样把她当作领袖(你‘几乎要说两位领袖携手前行’，幸亏你用了‘几乎’二字，否则你不怕觉得肉麻吗？)，但我把《电》的原稿翻来覆去地细看几次，我把李佩珠当作活的朋友来看待，好像我就在她旁边跟着她跑来跑去，她给我的印象是一个极其平凡的女子。然而我相信她如果说一句话或做一个手势叫我去为理想交出生命，我也会欢喜得如同去赴盛筵。似乎曾有人用过和这类似的话批评苏非亚，柏洛夫斯加亚，可见真正的伟大和平凡就只隔了一步。你虽然聪明绝顶，但遇着这样的女子，你要用你的尺度来衡量她的感情，你就会碰壁。事实上你那所谓情绪的连锁已经被她完全打碎了。”

“《雾》中的吴仁民正陷溺在个人的哀愁里，我用了‘哀愁’这字眼，因为他的苦痛是缓慢的，零碎的。那时候的吴仁民平凡得叫人家就不觉得他存在。然而打击来了。死终于带走了他那病弱的妻子。那个消磨他的热情的东西——爱去了。热情重新聚集起来，（记住他是一个强健的汉子。）他的心境失了平衡，朋友们不能够了解他，他又缺乏一个坚强的信仰来指导他。（自然他有信仰，但是不够坚强。）他到处追求，到处碰壁。他要活动，要暖热，然而他的眼睛所看见的却只是死，还有比死更可怕的寂寞。寂寞不能消灭热情，反而像一阵风煽旺了火。于是热情在身体内堆积起来，成了一座火山。倘使火山一旦爆发，这个人就会完全毁灭。恰恰在这时候意外地来了爱情。一个女人的影子从黑暗里出现了。女性的温柔蚕食了他的热情。在那温暖的怀抱中火山慢慢地熄灭了。这似乎还不够。必得再让别个女人从记忆的坟墓中活起来，使他在两个女性的包围里演一幕恋爱的悲喜剧，然后两个女人都悲痛地离开了他。等他醒过来时火已经熄灭，就只剩下一点余烬。这时候他又经历了一个危机。他站在灭亡的边沿上，一举脚就会落进无底的深渊里去。然而幸运地来了那拯救一切的信仰。那个老朋友回来了。我们可以想像到吴仁民怎样抱着他的老朋友流下感激的眼泪。这眼泪并不是一天可以流尽的。等到眼泪流尽时吴仁民就成了一个新人。不，我应该说他有些‘老’了。因为‘老’他才能持重，才能‘淳朴’。他从前也曾想过在一天里面就把整个社会改换了面目，但来到《电》的同志中间他却对人说‘罗马的灭亡不是一天的事情’。他甚至以为‘目前更需要的是能够忍耐地沉默地工作的人’。他和李佩珠不同，他是另外一种典型。李佩珠比他年青，知道的并不见得比他少。然而她却像一个简单的小女孩。你初看，她和贤（那个暴牙齿的孩子），仿佛是一对，可是事实上她却‘挽住吴仁民的膀子往前面走了’。当她和仁民狂吻了以后她会抿着嘴笑起来，说：‘今晚我们真正疯了！倘使他们看见我们刚才的情形，不知道会说什么！’这是很自然的。奇怪的是仁民的回答。他平静地说：‘这环境很容易使人疯狂，但是你记住：对于我们，明天也许一切都不存在了。’他没有一点恐怖，就像在转述别人的话。”

“这两种性格，两种典型，差得很远，粗粗一看，似乎他们中间就没有一个共同点。然而两个人手挽手地站在一起，我们却又觉得这是最自然最理想的结合。我们跟在这两个人后面从《雾》到《雨》，从《雨》到《电》，的确走了一个长远的路程，一路上我们看见了不少的事物，我们得到了不少的经验。然而最重要的却是这一对男女的性格的发展。所以“爱情三部曲”的答案并不是一番理论，或一个警句，或任何与爱情有关的话语。它的答案是两个性格的发展：吴仁民和李佩珠。爱情在这两个人心上开过花，但它始终只占着不重要的地位。对于这两个人更重要的是信仰，信仰包含了热情，这信仰就能够完成一切。这三部曲所写的只是性格，而不是爱情。所以“爱情三部曲”的答案还是和爱情无关的。《电》从各方面看都不像一本爱情小说。朋友，在这一点你上了我的当了。据说屠格涅夫用爱情骗过了俄国检查官的眼睛，因此他的六本类似连续的长篇至今还被某一些人误看作爱情小说。我也许受了他的影响，也许受了别人的影响，我也试来从爱情这关系上观察一个人的性格，然后来表现这性格。在观察上我常常是成了功的。我观察一些朋友，听他们说一番漂亮的话，看他们写一篇冠冕堂皇的文章，这没有用。只有在他们的私生活方面，尤其是在男女关系上他们的性格才常常无意地完全显露了出来。我试把从这观察得来的东西写入小说，我完成了《雾》。《雾》比《雨》，比《电》都简单。它主要地在表现一个性格。我写了周如水。在这一点我不承认失败。你说‘窳陋’，那是因为你的眼睛滑到了别处去。你说我‘不长于描写’，这我承认。但你进一步说：‘《雾》的海滨和乡村期待着如画的景色’，我就要埋怨你近视了。你抓住了一点支节，而放过了主题。我并不是在写牧歌。我是在表现一个性格，而这性格并不需要如画的背景。你从头到尾只看见爱情，你却不明白我从头到尾就不是在写爱情。在《雨》在《电》也都是如此。你‘从《雾》到《雨》从《雨》到《电》，由皮而肉，由肉而核，一步一步剥进’我的‘思想的中心’，你抓住了两件东西，热情和爱情。但刚一抓到手你就不知道怎样处置它们，你就有些张皇失措了。当你说，‘《雾》的对象是迟疑，《雨》的对象是矛盾，《电》的对象是行动’，那时候你似乎逼近了我的‘思想的中心’，但一转眼你就滑了过去。（好流畅的文笔！真是一泻千里，叫人追不上！）再一望，你已经流到千里以外了。我读一段我赞美一段，到最后我读到了‘幸福的巴金’时，我已经不知道跟着你跑到多远的路程了。一路上我只看见热情和爱情，那两件‘不死的’东西。你以为热情使我‘本能地认识公道，本能地知所爱恶，本能地永生在青春的野’。你‘以为爱情不死’，‘情感永生’。我不知道这是不是你的要点，因为我跑了这么远的路，根本就抓不住你的要点。你一路上指点给我看东一件西一件，尽是些五光十色的东西。但你连让我仔细看一眼的工夫也不给。你行文的迅速，连我也赶不上。我佩服你的本领。可是我不能够承认你的论据。我不相信热情是生来就具有的，我更不相信热情可以使人本能地认识公道。你似乎忘记了一个更重要的东西，那就是我的全生活，全思想，全作品的基石。是它使我‘认识公道’，使我‘知所爱恶’，使我‘永生在青春的野’。我要提出信仰来，但这两个字用在这里还嫌有些含糊。我并不是‘不要驾驭热情’，相反的我却无时不在和热情激斗。这结果常常是我失败，但我也有胜利的时候。至于爱情，那决不是不死的东西。在《电》里面就没有不死的东西，只除了信仰。李佩珠甚至在吴仁民的怀里也说‘也许明天我就会离开世界，离开你’。她还说‘过一会儿我们就会离开了’。她甚至于梦呓似地问：‘假使我明天就死去呢？’她‘没有一点留恋’。可是她却能够勇敢地说：‘也许明天这世界就会完全沉沦在黑暗里，但我的信仰是不会动摇的。’永生的并不是爱情，而是信仰。从《雾》到《雨》，从《雨》到《电》，一路上就只有这一件东西，别的都是点缀。由下种而发芽而开花，一步一步地在我们的眼前展现了信仰的全部力量。”

“在这一点上我常常被人误解。其实我自己是反对恐怖主义的。在我的一册已绝版的文集里便有一篇和一个广东朋友讨论这问题的长文。那文章不曾被某一些批评家看见。他们将恐怖主义和虚无主义混为一谈，因此就把我的作品盖上了虚无主义的烙印。没有人知道敏牺牲自己，只是因为他想一步就跨过那生和死间的距离。杜大心牺牲自己只是因为他想永久地休息，而且他相信只有死才能够带来他的心境的和平。知道这个的似乎就只有我。我可以说比别人知道生活，而且比别人知道死。死毁坏一切，死也拯救一切。”

“你以前读到《雨》的序言，你会奇怪为什么那个朋友要提到‘那黑影’，现在你大概可以了解了。在《雾》里面‘死’没有来，但在陈真的身上现了那黑影。进了《雨》里面，那黑影威压地笼罩着全书。死带走了陈真和周如水，另外还带走一个郑玉雯。到了《电》，死像火花一般地四处放射，然而那黑影却渐渐地散了。在《电》里面我像一个将军在提兵调将，把那些朋友都送到永恒里去，我不能够没有悲痛，但我却没有丝毫的恐惧。我写死，因为我自己就不断地和死在挣扎。我从《雾》跋涉到《雨》，再跋涉到《电》，到了《电》，我才全胜地把死征服了。有人想用科学来征服死，(如孔多塞)有人想用爱，(如屠格涅夫或别的许多人)我就用信仰。”

12月1日 《紫晶》第9卷第2期发表《山雨》笔谈，其中，郑德超在《〈山雨〉的分析》一文中认为，《山雨》的确是一部极有贡献的小说，是中国农民的呼声。李美筠在《读〈山雨〉后对于农村的杂感》一文中认为，《山雨》如实地表现了农村的实情，而要改变农村的状况，必须要用国家的力量作保障。陈药翰在《评王统照的〈山雨〉》一文中认为，作者“能对农村崩溃的状态先加以精密广博的认识后，写成这部三百余页的长篇创作《山雨》，这实是一件难能而可贵的事……所以我认定本书在贫弱的中国文坛上是一九三三年的杰作”，但小说对帝国主义的经济入侵描写还应加强。刘寇在《从读〈山雨〉连想到自己和自己的本乡》一文中认为，自己的经历与家乡的情形与小说中所描写的几乎完全相同，因此，乡村建设是当务之急。陶礼雍在《读了〈山雨〉之后》一文中认为，本书太枯燥，写实的做法就有天然的限制，书中关于农人与神的关系，只写疾病、天灾与农民的关系，未写僧与农人的关系，似嫌太略。

12月1日 老舍在《宇宙风》第6期发表《我怎样写〈猫城记〉》一文，对《猫城记》的创作得失做了详细的说明。

“《猫城记》，据我自己看，是本失败的作品。它毫不留情的揭显出我有块多么平凡的脑子。写到了一半，我就想收兵，可是事实不允许我这样作，硬把它凑完了！有人说，这本书不幽默，所以值得叫好……其实这只是因为讨厌了我的幽默，而不是这本书有何好处……说真的，《猫城记》根本应当幽默，因为它是篇讽刺文章；讽刺与幽默在分析时有显然的不同，但在应用上永远不能严格的分隔开。越是毒辣的讽刺，越当写得活动有趣，把假托的人与事全要精细的描写出，有声有色，有骨有肉，看起来头头是道，活像有此等人与此等事；把讽刺埋伏在这个底下，而后才文情并茂，骂人才骂到家……它得活跃，灵动，玲珑，和幽默。必须幽默。不要幽默也成，那得有更厉害的文笔，与极聪明的脑子，一个巴掌一个红印，一个闪一个雷。我没有这样厉害的手与脑，而又舍去我较有把握的幽默，《猫城记》就没法不爬在地上，像只折了翅的鸟儿。”

“在思想上，我没有积极的主张与建议。这大概是多数讽刺文字的弱点，不过好的讽刺文字是能一刀见血，指出人间的毛病的；虽然缺乏对思想的领导，究竟能找出病根，而使热心治病的人知道该下什么药。我呢，既不能有积极的领导，又不能精到的搜出病根，所以只有讽刺的弱点，而没得到它的正当效用。我所思虑的就是普通一般人所思虑的，本用不着我说，因为大家都知道。眼前的坏现象是我最关切的；为什么有这种恶劣现象呢？我回答不出。跟一般人相同，我拿‘人心不古’——虽然没用这四个字——来敷衍。这只是对人与事的一种惋惜，一种规劝；惋惜与规劝，是‘阴骘文’的正当效用——其效用等于说废话。这连讽刺也够不上了。似是而非的主张，即使无补于事，也还能显出点讽刺家的聪明。我老老实实的谈常识，而美其名为讽刺，未免太荒唐了。把讽刺改为说教，越说便越腻得慌；敢去说教的人不是绝顶聪明的，便是傻瓜。我知道我不是顶聪明，也不肯承认是地道傻瓜；不过我既写了《猫城记》，也就没法不叫自己傻瓜了。”

“自然，我为什么要写这样一本不高明的东西也有些外来的原因。头一个就是对国事的失望，军事与外交种种的失败，使一个有些感情而没有多大见解的人，像我，容易由愤恨而失望。失望之后，这样的人想规劝，而规劝总是妇人之仁的。”

“失了讽刺而得到幽默，其实也还不错。讽刺与幽默虽然是不同的心态，可是都得有点聪明。运用这点聪明，即使不能高明，究竟能见出些性灵，至少是在文字上。我故意的禁止幽默，于是《猫城记》就一无可取了。”

“《猫城记》的体裁，不用说，是讽刺文章最容易用而曾经被文人们用熟了的。用个猫或人去冒险或游历，看见什么写什么就好了。冒险者到月球上去，或到地狱里去，都没什么关系。他是个批评家，也许是个伤感的新闻记者。《猫城记》的探险者分明是后一流的，他不善于批评，而有不少浮浅的感慨；他的报告于是显着像赴宴而没吃饱的老太婆那样回到家中瞎叨唠。”

12 月 1 日 《申报》刊载《炼狱》半价发售的预约广告：“《炼狱》是以一九三二年中国社会为背景展开了全般社会面影的一部力作。一九三二年在中国历史上是多难的一年，外而强邻虎视，内而农村破产，丰收成灾，要写得面面俱到，势非能手莫办。本书著者从时代的大洪炉里煅炼出来，以他丰富的经验，熟练的技巧，写成了这一部三十万言的长篇小说。书中的主角全是些典型的青年人物，有堂吉诃德型，哈孟雷特型，罗亭型，林黛玉型，每个读者都能从书中找到他所熟习的人物，或许他自己就是这里面的一个。实在是能够忠实地反映时代，呼喊出大众的悲喜和要求的作品。全书用新五号字排，六百余面，并加野夫沃渣温涛三先生作木刻插图十五幅，精订极厚一巨册，秀丽无比。”

12 月 15 日 废名的《桥》（下）第六章《行路》始刊于《大公报 · 文艺》第 60 期。

12 月 16 日 老舍在《宇宙风》第 7 期发表《我怎样写〈离婚〉》一文，介绍了《离婚》写作的经过：“在写《离婚》以前，心中并没有过任何可以发展到这样一个故事的‘心核’，它几乎是忽然来到而马上成了个‘样儿’的。在事前，我本来没打算写个长篇，当然用不着去想什么。邀我写个长篇与我临阵磨刀去想主意正是同样的仓促。”

“在没想起任何事情之前，我先决定了：这次要‘返归幽默’。《大明湖》与《猫城记》的双双失败使我不得不这么办。附带的也决定了，这回还得求救于北平。北平是我的老家，一想起这两个字就立刻有几百尺‘故都景象’在心中开映。啊，我看见了北平，马上有了个‘人’。我不认识他，可是在我二十岁至二十五岁之间我几乎天天看见他。他永远使我羡慕他的气度与服装，而且时时发现他的小小变化：这一天他提着条很讲究的手杖，那一天他骑上自行车——稳稳的溜着马路边儿，永远碰不了行人，也好似永远走不到目的地，太稳，稳得几乎像凡事在他身上都是一种生活趣味的展示。我不放手他了。这个便是‘张大哥’。

“叫他作什么呢？想来想去总在‘人’的上面，我想出许多的人来。我得使‘张大哥’统领着这一群人，这样才能走不了板，才不至于杂乱无章。他一定是个好媒人，我想：假如那些人又恰恰的害着通行的‘苦闷病’呢？那就有了一切，而且是以各色人等揭显一件事的各种花样，我知道我捉住了个不错的东西……《离婚》在决定人物时已打好主意：闹离婚的人才有资格入选……这回我下了决心要把人物都拴在一个木桩上。”

“在下笔之前，我已有了整个计画；写起来又能一气到底，没有间断，我的眼睛始终没离开我的手，当然写出来的能够整齐一致，不至于大嘟噜小块的。匀净是《离婚》的好处，假如没有别的可说的。我立意要它幽默，可是我这回把幽默看住了，不准它把我带了走……《离婚》有了技巧，有了控制；伟大，还差得远呢！”

12月17日　《大公报》刊载《死灰》的广告：“本书为陈铨先生著，内容叙述其挚友萧华亭君在柏林与一犹太女子恋爱失败经过，陈君与萧从小学即同学，到欧洲复相聚首，知萧最深，故通篇皆为写实之作，笔调活泼，描写细腻，曾刊登《大公报》，今已印单行本出版。”

12月　**杜衡的《叛徒》由上海未名书屋初版（未名文苑第三种）。**

梗概：老张本名赵炎，是上海某区一个地下组织的负责人之一，由于工作关系他经常变换住址和职业。五一时他决定在南京路组织示威游行，行动

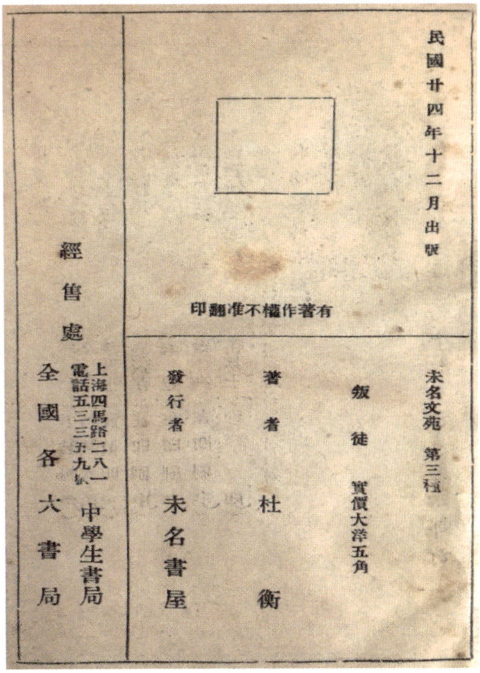

民國廿四年十二月出版

有著作權不准翻印

未名文苑 第三種

叛徒 實價大洋五角

著者 杜衡

發行者 未名書屋

經售處 上海四馬路二八一 電話五三三五九號 中學生書局

全國各大書局

前由于一个秘密机关被破坏，不少人对他的冒险行为表示不解，但老张仍然坚持按原计划行动，结果导致许多人遭到逮捕。上级领导对他的冒进行为极为不满，免除了他的职务。不久，由于同伙陈少峰被捕后出卖了他，老张也被捕入狱。老张的女友刘静薏决意解救他出狱，为此，她打电话找特务队长汤定武了解老张的案情。汤定武早对刘静薏心有歹意，见此情形故做安慰状，待刘一到便将她软禁并据为己有。同时，汤定武让陈少峰告诉老张，他的被捕是由于组织不信任他所致，老张信以为真，便在报上发表“自首书”。出狱后，老张四处寻找刘静薏，毫无结果。这时，负责监视老张的熊子方告诉他，组织并没有出卖他，希望他尽快与组织联系，同时希望老张监视汤定武的行踪，并寻机除掉他。正在老张无计可施之时，汤定武手下一个叫小牛儿的人告诉他刘静薏被汤定武扣藏，并告诉了他具体的地点和进门的暗号。老张一听，立即叫上手下的几个人连夜冲进汤定武的住处，将汤定武和刘静薏击毙，他自己也在枪战中丧生。得知这一消息后，同事们认为这是老张以另一种方式自杀。

按：这是杜衡（1907—1964）探索革命信仰与革命行为如何统一，如何避免“左”倾冒险主义与机会主义给革命造成损失的长篇小说。作者早年参加革命，后因不满革命中的“左”倾冒险主义而退出，成为“第三种人”的代表人物。从这篇小说中可以看出，作者并不赞成激进冒进的革命行为，但又对党派成员应该无条件忠于组织的行为感到矛盾，对于党组织中出现叛徒出卖革命者的丑恶行径表示愤慨，对于革命者因个人情绪而报复导致失去生命的表示痛惜。这固然表示革命者革命目的不明的困惑与牺牲，也反映出作者对革命的态度与立场，对政治的间离与告别。小说过于理性化，语言缺乏形象性，情节集中但缺乏张力，读起来很沉闷，令人遗憾。

12月　刘大杰的《三儿苦学记》由上海北新书局再版。

1936年

1月1日 周楞伽的《炼狱》由上海微波出版社初版。

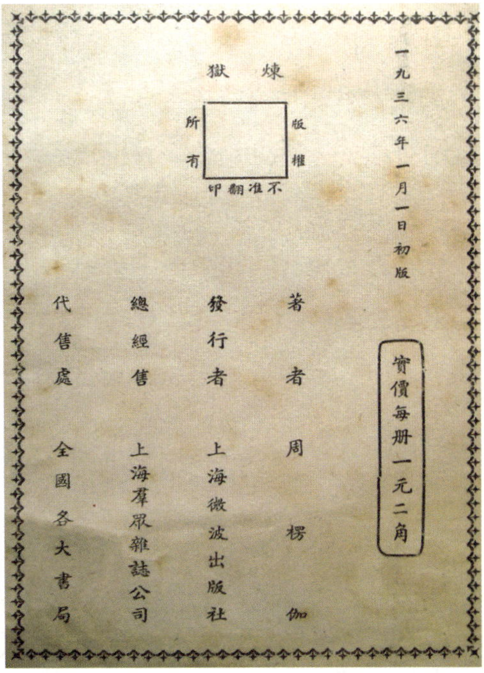

煉獄

版權所有 不准翻印

一九三六年一月一日初版

實價每册一元二角

著者 周楞伽

發行者 上海微波出版社

總經售 上海羣眾雜誌公司

代售處 全國各大書局

梗概：孙婉霞和姐姐孙婉仙来上海求学，因一·二八事变的爆发学校停课。孙婉霞主张投身社会活动，孙婉仙则追求个人享乐。战事期间，工会委员杜季真和工会常委朱乐山到前线送慰问品。孙婉霞去难民所做义工，还建议同学叶露玲向其身为银行家的父亲要钱办难民所。三个月后，战事结束，叶露玲的父亲叶常青告诉女儿，是华强银行经理方镇鸿做了汉奸，才使中国军队被迫撤退。叶露玲大骂卖国贼。学校再度开学后，孙婉霞认为现在不是读书的时代，应该做实际工作。中学国文教员林幻心找她来诉苦恼，说想到民间去，孙婉霞听完也动了心。这时，工潮云起，孙婉霞找叶露玲要了一万元钱想帮助罢工的工人，但因没有合适的机会以及工人的不理解，她把钱又退还给了叶，随后去了乡下。

孙婉霞谎称自己是遭弃的童养媳，取得一老农妇的信任后在她家住了下来。农主福生几次想送孙婉霞回去都未能如愿。一天，地主朱四老爷来收租看到孙婉霞，要收她做丫头。孙婉霞就写信告诉叶露玲自己在农村的情况，但没有写地址。叶接到信后给父亲看了，孙婉仙也看了信，但不以为然。孙婉仙此时与正与某洋行的办事员魏虚仁出入舞厅娱乐场，魏正使用各种手段勾引她。福生由于家里很穷，急于想将在农村的孙婉霞送到朱家，福生嫂却想让儿子小五与婉霞成亲，以省去一笔费用。而婉霞也由于这一段时间与小五的接触，居然对这个只有十六七岁的小男孩产生了感情，并许身于他。孙婉仙此时也委身于魏虚仁，但她很快就发现，魏是玩弄她，并在她怀孕三个月后，将她毒打一顿后抛弃了她。孙婉仙听到父亲要来，就请土医婆打胎，结果丧失了性命，叶露玲处理了她的后事。乡下，孙婉霞答应福生的要求，去了朱四爷家，被朱四爷调戏还关进了拘留所。在这里，她才明白，她上演了一出堂吉诃德式的悲喜剧，决心抛弃个人英雄主义理想，回到集体中去。她给叶露玲写起信来，此时，叶已不在上海，而是到北方抗日去了。杜季真也参加了游击队，还在一次战斗中负伤失去了一只胳膊，叶露玲爱上了他，在杜伤好后与他结婚。林幻心前来祝贺，杜问他准备到哪里去，他说，融入人民之中为民族利益而奋斗。杜季真叹口气说：谜样的中国！

按：这是周楞伽（1911—1992）一篇主观大于客观且浮泛的长篇小说。作者原想以一·二八淞沪战争后的时代为背景，写四个思想性格不同的青年孙婉仙、孙婉霞、杜季真、林幻心在时代旋涡中的活动，书名《炼狱》，取自意大利诗人但丁的《神曲》。但是，战争在小说中仅是一个小背景，主要的篇幅则是上海十里洋场的琐碎描写，主题杂乱，人物大多脸谱化、概念化，情节老套俗气：资本家唯利是图，纨绔子弟好色，小姐虚荣失身，知识分子夸夸其谈。唯一改变的情节——小姐孙婉霞到工厂救济工人和谎称童养媳去农村帮助穷人并与小五相爱，以及林幻心在学校的风潮等，不仅缺乏生活实感又过于理想化，也使得本书结构枝蔓横生，不堪卒读。

1月1日 落霞在《现代评坛》第1卷第8期发表《一九三五年中国文坛的回顾和动向》一文，认为："茅盾，这年作品量产生不多，在《文学》上发表一篇创作《无题》，作者是中国创作小说中出色的一个，以《动摇》《幻灭》《追求》三部曲轰动过整个文坛，继之以《虹》和《子夜》造成了创作界的威权者。"

1月1日 《申报》再刊《鲁男子》的重版广告："本书为东亚病夫（即曾朴氏）昔年倦游宦海，退隐梓乡时之巨著小说。真美善书店发行以来，早经蜚声海内外。去年六月，曾公逝世，各界纷函求购此书者，接踵而至；爰再重版发行，以报读者。并以曾公编著未竟稿《婚》《战》附辑书后，以志鸿爪。"

1月1日 《申报》刊载《叛徒》的广告："这是杜衡先生的第一部长篇小说，凡十六万言。内容是以现代青年的参加政治生活的烦闷与矛盾。后半部以前没有发表过，即发表过的亦经三四度的修改，所以内容益形精彩。"

1月1日 《申报》刊载消息："刘王立明女士近著将出版。沪江大学校长刘湛恩先生之夫人王立明女士，除兴办社会事业外，并抽暇从事著作短文，已散见各大杂志。单行本方面，如良友书局出版之《自强之路》，商务印书馆出版之《快乐家庭》《中国妇女运动》等，均极受读者之欢迎。兹闻又新著一部小说名为《生命的波涛》，业已脱稿，将交由圆明园路二〇六号中国女子生产合作社书画部出版，现正在排印中，准于本年二月底问世。每册实价大洋一元二角，预约大洋八角，外埠国外另加邮费。一月底预约截止。该创作长十万余言，系王女士最近之杰作，大意描写一少女在近五六年的我国社会中之遭遇及奋斗，思想前进，结构新颖，文笔生动，造成文艺界之又一派别。诚男女青年之良好读物也。"

1月10日 立波在《读书生活》第3卷第5期发表《一九三五年中国文坛的回顾》一文，认为："说我们的作家全都隔离了抗争的现实，是不对的。

《八月的乡村》给了我们许多关外义军内部生活的知识。作者充满了对于土地的景慕和对于失去了的自然景致的爱抚。故事的结构是片段的，却告诉了我们：敌人是怎样的残酷，农村男女是怎样的英勇，使同胞警惕，更使同胞兴起。”“‘生是中国人，死是中国鬼。’《生死场》里的这句平常的话，在‘这汉奸遍地的时势’，是有着无限深长的意味的。”

1月15日　《良友》图书杂志第113期刊登“良友文学奖金五百元征稿”启事：“本公司从事于文艺书籍之出版事业，已数年于兹。除新文学大系，良友文库，精装文学书等外，驰誉已久之良友文学丛书，兹又续出第二集，发售半价预约。本公司特乘此时机，举行第一次良友文学奖金，征求创作长篇小说一部，特备奖金五百元赠予得奖之作者。得奖之作品，即列入良友文学丛书第二集内出版。兹特订立简章如下：（一）除本公司职员外，凡为中华民国之国民均得参加这次本公司举行之征文竞赛。（二）本公司此次征文，限定创作长篇小说，以从未发表者为合格。剧本，论文，散文，短篇以及翻译作品一律不收。（三）此次所征求之创作长篇小说最短须十万字最长不得过二十万字。所有来稿均须用有格稿纸缮写清楚，订成一册，以免散失，稿本封面请书明书名，作者姓名，通信地址，全稿字数，全稿页数等项。（四）投寄征文，请一律用挂号邮寄，并须附退件邮费。所有稿件请书明上海北四川路良友图书公司良友文学奖金处，凡面交或托人带交者一律不收。（五）自即日起收稿至本年五月三十一日截止，过期收到者一律原件退还。（六）此次征文由本公司聘请著名作家五人担任评判。评判人之姓名，待截止收稿后二日内于《申报》公布之。（七）所有参加此次征文者之姓名在宣布评判人之姓名时一同公布于《申报》。（八）截止收稿后由本公司分送各评判员轮流阅稿，每人均密封记分，以得分最多者为获奖。（九）此次征文，额限一名，得奖者由本公司赠奖金五百元，并将得奖作品编入良友文学丛书第二集。初版本作者得抽版税百分之五，再版百分之十，以实售书价作抽税之标准。（十）征文揭晓期为十月十日，得奖者之姓名作品，均刊登于《申报》广告。”

1月20日　力生（徐懋庸）在《生活知识》第1卷第8期发表《〈炼狱〉

读后感两点》一文，认为："我只要说出两点感想。第一点，我觉得这部著作确实表现了许多新的题材。譬如关于中国的金融资本家，茅盾先生曾经描写过他们操纵内战的情形，至于他们在对外的战争中尽着怎样的任务，却待《炼狱》来告诉我们。""我所感到的第二点，却是这书的缺陷了。"结尾说中国是谜样的中国是不真实的。因为"在一九三二年的中国，又经'一·二八'战争的教训之后，每个中国国民，即使颟顸如杜季真，莫不已经清清楚楚地猜透谜底，知道未来的中国该是怎样的中国。现在的中国人，只剩了两类，一类是知道未来的中国该是怎样的中国，而努力加以推进。一类是也知道未来的中国将是怎样的中国，而竭力加以阻遏。至于把中国看成谜样的人，实在已经没有了！"。

1月20日　《客观》第1卷第11期刊载消息《〈炼狱〉出版》，称："早经预告的周楞伽的长篇小说《炼狱》已经出版，是一九三六年初中国民族自卫文学的重大收获，此书以一·二八的上海战争开始，到长城各口的战事终结，强调地描写了一九三二年中国社会的动态，和中国民族解放运动的开展。"

1月20日　唐次颜的《她》由上海青春出版社印行第四版，2000册。

1月20日　巴金的《雾》由上海良友图书印刷公司初版，3000册。

巴金在《总序》里说："我不曾写过一本叫自己满意的小说。但在我的二十多本文艺作品里面却也有我个人喜欢的东西，那就是我的《爱情的三部曲》。"

"……我可以公平地说：我从没有把自己写进我的作品里面，虽然我的作品中也浸透了我自己的血和泪，爱和恨，悲哀和欢乐。固然我偶尔也把个人的经历加进在我的小说中，但这也只是为了使那小说更近于真实，而且就在这种处所，我也曾留心到全书中的统一性，我也极力保留着性格描写的一致。"

"我说这三本小书是为我自己写的，这不是夸张的话。我会把它们永久地放在案头，我会永久地读它们。因为在这里面我可以找着不少的朋友。我可以说在这《爱情的三部曲》里面活动的人物全是我的朋友。我读着它们，就像和许多朋友在一起生活。但这话也应该加以解释的。我说朋友，并不是就指过去和现在在我周围活动的那些人。固然在这三本书里面我曾经留下一些朋友的纪念，而且我每次读到它们，我就会想到几个久别的友人。但是我仍旧要说我写小说并不是完全给朋友们写照。我固然想把几个敬爱的朋友写下来使他们永远活在我的面前，可是我写这三本小说时却另外有我的预定的计画：我要主要地描写出几个典型，而且使这些典型普遍化，我就不得不创造一些事实，但这并不是说我从脑里想出了一些东西。我不过把别人做过的事加在我的朋友们的身上；这也不是说我把他们所已经做过的事如实地写了出来，我不过是写：有他们这种性格的人在某一种环境里面所能够做出的事情。所以在我的小说中出现的已经不是我的实生活里面的一些朋友了。他们是独立的存在。他们成了我的新朋友，他们在我的眼前活动，受苦，哭，笑以至于死亡。我和他们分享这一切的感情。我悲哭他们的死亡。”

“我仔细地把全部原稿读了一遍，我觉得在这里面我并没有犯错误。我所描写的是一个性格，这个性格是完全地被写出来了。这描写是相当地真实的。而且这并不是一个独特的例子，在中国具有着这性格的人是不少的。那么我是在创造一种典型，而不在描写我的朋友。”

“陈真是我创造出来的一个典型人物，他并不是我的实生活里面的朋友。我自己也许有一点像他，但另外的两个朋友都比我更像他，而且他的日记里的几段话还是从‘李剑虹’写给一个朋友的信里抄来的。那么他应该是谁呢？事实上他什么人都不是的。他只是一个平凡的人，他有他的长处，也有他的弱点。我并不崇拜他，因为他并不是一个理想的典型人物。但我爱他，他的死很使我悲痛。所以在《雨》里面他虽然一出场就被汽车辗死，然而他的影子却笼罩了全书。”

“为什么要称这为《爱情的三部曲》呢？因为我打算拿爱情来作这三部连续小说的主题。但这和普通的爱情小说并不相同，我所注重的乃是性格的描写。我并不是单纯地描写着爱情事件的本身；我不过借用恋爱的关系来表现主人公的性格。”

“我当时的计划是这样：在《雾》里写一个模糊的、优柔寡断的性格；在《雨》里写一种粗暴的、浮躁的性格，这性格恰恰是前一种的反面，也是对于前一种的反动，但比前一种已经有了进步；在最后一部的《雪》里面，就描写一种近乎健全的性格。至于《电》的名称，那是后来才改用的。所以在《雨》的序言里我就只提到《雪》。”

“不仅《电》这个名称我当时并不曾想到，而且连它的内容也和我最初的计划不同。我虽然说在《电》里面我仍把爱情作了主题，但这已经是很勉强的话了。”

“《雨》是《雾》的续篇，不过在量上它却比《雾》多过一倍，故事发生的时间比《雾》迟两年，人物多了几个，虽然还是以爱情作主题，但比起《雾》来，这小说里的爱情的氛围气却淡得多了。”

“我自己更爱《雨》，因为在《雨》里面我找到了几个朋友，这几个人比我的实生活里面的友人更能够系住我的心。我的预定的计划是写一个粗暴的、浮躁的性格。我写了一个吴仁民。我的描写完全是真实的。我把那个朋友的外表的和内部的生活观察得十分清楚，而且表现得十分忠实。他的长处和短处，他的渴望和挣扎，他的悲哀和欢乐，他的全面目都现在《雨》里面了。”

“高志元在《雨》里面却是一个重要的人物。这是一个真实的人，但他被写进《电》里面时却成了理想的人物了。不，这不能说是理想的人物，他如果处在《电》的环境里面，他的行动不会和那个高志元两样。”

“我写张小川时，并不想责骂那个朋友，我憎恨的只是他的行为，并不是他本人。所以结果这张小川就成了一部分知识分子的写照，而不单是我那友人了。张小川这类的人我不知道遇见过多少，只可惜在《雨》里面我写得太简略。”

“郑玉雯和熊智君是三个小资产阶级的女性以外的两种典型，这两个女人都是有过的，但可惜我表现得不很真实，因为我根本不认识她们，而且我是根据了一部分的事实而为她们虚构了两个结局；也许破坏我的描写的真实性的就是这两个结局。所以我不妨说这两个女人是完全从想象中生出来的。”

“《雨》里面的周如水的事情全是虚构出来的；不过像周如水那样的性格要是继续发展下去，得着那样的结局，也是很可能的事。我亲手杀死了周如水，并没有一点留恋。然而他死了以后我却又禁不住伤心起来，我痛惜我从此失掉了一个好心的朋友了。”

“德这个人也许是不存在的，像他那样的性格我还没有见过。他虽然也有他的弱点，他虽然不能够固执地拒绝慧的引诱，但是他的勇气，他的热情，就像一个正在爆发的火山，没有东西能够阻止它，凡是阻拦着它的进路的都会被它毁掉。它的这种爆发的结果会带来它自己的灭亡，但是它决没有一点顾虑。”

“慧和影这两个女子一定是有的，但我一时却指不出她们的真姓名来。有人说慧是某人，影是某人，另一个人的意见又和第一个人的说法完全不同。我仔细想了一下，我说我大概是把几个人融合在一起，分成两类，写成两个女子。所以粗略地一看觉得她们像某人和某人，而仔细地一看却又觉得她们与某人和某人并不相像。”

“《电》固然是《爱情的三部曲》的最后一部，它不仅是《雨》的续篇，它还是《雷》的续篇。有了它，《雷》和《雨》才能够发生关系。《雨》和《雷》的背景是两个地方，《雨》里面所描写的是 S 地的事情，《雷》的故事却是在 E 地发生的。两篇小说的时代差不多，《雨》的结束时间应该比《雷》稍微迟一点。”

“《电》不能说是以爱情做主题的，它不是一本爱情小说，它不能说是以革命做主题的，它也不是一本革命小说。同时它又不是一本革命与恋爱的公式小说。它既不写恋爱妨害革命，也不写恋爱帮助革命。它只描写一群青年的性格，活动与死亡。这一群青年有良心，有热情，想做出一点有利于大家的事情，为了这他们就牺牲了他们的个人的一切。他们也许幼稚，也许会常常犯错误，他们的努力也许不会有一点效果。然而他们的牺牲精神，他们的英雄气概，他们的洁白的心却使得每个有良心的人都流下感激的眼泪。我称我的小说做《电》。我写这本《电》时，我的确看见黑漆的天空中有许多股电光在闪耀。”

“关于《电》里面的人物我不想多说话。这部小说和我的别的作品不同，这里面的人物差不多全是主人公，都占着同样重要的地位，而且大部分的人物，都不是实生活里面的某人某人的写照，我常常把几个朋友拼合在一起造成了《电》里面的一个人物。慧是这样造成的，敏也是这样造成的。影和碧，克和陈清，明和贤，还有德华，都是这样地造成的。但我们似乎也不能够因此就完全否认了他们的真实性。”

“李佩珠这个近乎健全的性格须得在结尾的一章里面才能够把她的全部长处完全地显露出来，然而结尾的一章一时却没有机会动笔了。这个妃格念尔型的女性，完全是我创造出来的。我写她时，我并没有一个模特儿。但是我所读过的各国女革命家的传记却给了我极大的帮助。”

“吴仁民做了李佩珠的爱人，这个人似乎一生就离不掉女人。在《雾》里面他有过瑶珠，在《雨》里面他有过玉雯和智君；现在他又有了佩珠。但他已经不是从前的吴仁民了。这就是说他不再是我的那个朋友的写照，他自己已经构成了一个独立的人格，获得了他的独立的存在，而成为一个新人了。”

“方亚丹和德不同，方亚丹不像一个正在爆发的火山。虽然慧说他粗暴，其实他不能算是一个粗暴的人，那朋友还比他粗暴得多。那朋友对女人的态度是充满着矛盾的。我知道他的内心激斗得很厉害。他在理智上憎恨女人，感情上却喜欢女人。所以有人在背后批评他：口里骂女人，心里爱女人。”

“慧这个人我自己也很喜欢。她那一头狮子的鬃毛一般的浓发还时时在我的眼前晃动。她不是一个健全的性格。她不及佩珠温柔，明白，坚定；不及碧冷静；不及影稳重；不及德华率真。但她那一泻千里般的热情却超过了她们大家。她比她们都大胆。她被人称为恋爱至上主义者，而其实她的性观念是很解放的。”

“陈清这个典型是有模特儿的。那是我的一个敬爱的友人，他现在还在美国作工。他的信仰的单纯与坚定，行动的勇敢与热心，只有和他认识的人才能够了解。陈清的最后的不必要的牺牲，在我那朋友的确是很自然的事情。

这事情从吴仁民一直到敏，他们都不会做。但陈清做出来却没有一点不合情理的地方。这与他的性格很相合。不过这个典型的真实性恐怕不易为一般年青读者所了解罢。”

1月21日 王余杞的《自流井》始刊于《中心评论》创刊号，至12月1日第1卷第32期毕。其《编辑后记》中写道：“这一篇小说，约共十五万字，作者或就是一个中心人物。自流井，这是四川产盐的一个地方，作者的主意是，描写在自流井的一个封建式的家庭，如何为现社会所不容，而终走到崩溃的道路。关于自流井开井，熬盐，生产，销费等情形，作者亦打算在这里介绍出来。”

1月27日 《申报》刊载“良友文学奖金五百元征稿启事”。

1月27日 《申报》刊载下列作品的广告：

（1）《爱情三部曲之一》：“巴金先生在本丛书中出版过《雨》和《电》。现在把《雾》全部改订后，在前面又写了一篇三万字长的《〈爱情的三部曲〉总序》。是作者从事写作以来第一次的思想自白。（一月出版）”

（2）《残碑》：“写大北伐时期的前后数年中几个典型的青年男女，他们怎样的梦想，怎样的实践，又是怎样的幻灭。是一部从未发表过的大长篇。”

（3）《一个女兵的自传》：“作者是一个当兵出身的女作家，不但她私人的曲折的生活，值得写一部自传，作为一个思想转变期中的青年女子，我们更可以从她的忏悔录里，知道这大时代的趋向。”

（4）《在城市里》：“作者是写长篇的能手。这部书里写几个住在城里的大户人家，为了近年来靠乡下的几亩田地不能生活，便到大城市里去求发展，但是城市和农村一样的走不通，这群地主终于幻灭了。”

1月30日 王南荒在《华北日报》发表《文艺偶感》一文，认为：巴金的《家》与茅盾的《子夜》、王统照的《山雨》同被称为“大著作”。“《子夜》写了金融资本家的没落，《山雨》写了北方农村的崩溃，而《家》，则写了一个资产阶级的大家庭在时代的激荡中渐趋破败的全部历史。”“如果说《子夜》是采的《红楼梦》手法，则《家》应该说是更加‘《红楼梦》式’的了。

《家》，不但在写法上有点像《红楼梦》，内容上就几乎可以说是一部‘《红楼梦》第二’！”“这绝对不是模仿，绝对不是的。应该这样来说，《家》与《红楼梦》代表两个时代阶段，中国的社会就是这么滑稽的！《家》自有它本身的时代价值，唯在写作的手法上，很有点近于《红楼梦》而已。”

1月 金里根在《中华职业学校职业市市刊》第 4 期发表《〈倪焕之〉读后》一文，认为小说抓住了现实，归纳得到教育的中心思想，所以获得了成功。

2月1日 黄眉玉在《南昌女中》第 3 期发表《评〈子夜〉》一文，认为小说反映了大背景，小说叙述轻盈流畅，有感染力，“总括一句，此书虽是有章法结构上的缺陷，而其高超的思想，为国家民族的热忱——潜于不直言中的热忱，毕竟弥补了那缺陷而有余。”

2月1日 《申报》再刊《炼狱》的广告，称：“自一月十五日开始发售以来，每日门销平均在四五十册左右，外埠同行批发尚不在内。销路之广，打破近两年来出版界纪录。现初版存书仅剩二三百册，转瞬将罄，再版拟将定价略减，不再发售特价，欲以廉价得此巨著者，务请从速。”

2月10日 水晶（张春桥）在《书报展望》第 1 卷第 4 期发表《〈八月的乡村〉》一文，认为：“《八月的乡村》告我们的是有些人在过着荒淫与无耻的糜烂生活，另一方面却正在做着庄严的工作。”“可是我认为美中不足的，一是司令陈柱底个性不大显明，二是萧队长那末的一个没落的知识分子刻划得不够力，三是李七嫂之受日军蹂躏后竟能够马上执枪从众，尤其是一个聪明的朝鲜女，安娜，懂得下命令，裹伤口，教唱歌，给大众讲种种有意识的言论，事实，却会因为萧同志（也许是他吧）而要求‘回上海’。我不是说她们不会转变，（到底是没落的知识份子）我说的只是毫无线索地突然转变得那末快而已。”

2月10日 宏明在《书报展望》第 1 卷第 4 期发表《〈炼狱〉》一文，认为《炼狱》读后，除了知道它是完全脱胎于《子夜》外，一无所有。这种换汤不换药的东西我们是不愿意真诚地去接受的。

2月19日 《大公报》刊载《牛天赐传》的广告：“《牛天赐传》是个小资产阶级的小英雄怎样教养成的传记，对现代的家庭教育，学校教育，均有极深刻的指摘。幽默，讽刺，同情，使读者微笑，使读者深省。全书十二万字，二十四章。”

2月25日 乔木（胡乔木）在《时事新报·每周文学》第23期发表《〈八月的乡村〉》一文，认为：“《八月的乡村》的伟大成功，我想是在带给了中国文坛一个全新的场面。新的题材，新的人物，新的背景。中国文坛上也有过写满洲的作品，也有过写战争的作品，却不曾有过一部作品是把满洲和战争一道写的。中国文坛上也有许多作品写过革命的战争，却不曾有一部从正面写，像这本书的样子。这本书使我们看到了在满洲的革命战争的真实图画，人民革命军是怎样组成的，又在怎样的活动；里面的胡子，农民，智识分子是怎样的互相矛盾和一致；对于地主，对于商人，对于工人农民，对于敌人的部队，它们是取着怎样的政策，做出来的又是怎样的结果。凡是这些都是目前中国人民所急于明白的，而这本书都用生动热烈的笔调报告了出来。”“这本书报告了中国民族革命的社会基础。在神圣的民族战争当中，谁是先锋，谁是主力，谁是可能的友军，谁是必然的内奸，它已经画出了一个大体的轮廓。它用事实证明了这个基础不在智识的高下，不在性别，也不在年龄。它又暗示了中国民族革命的国际基础。此外，它又向读者说明了革命战争过程中无比的艰难，这艰难却不使读者害怕，只使读者抛弃了各种和平的美丽的幻想，进一步认识出自由的必需的代价，认识出为自由而战的战士们的英雄精神。”其不足在于，作者“对于满洲民族战争的多面性却并未能有充分的把握。它没有能触到全中国的政治背景，甚至也没有触到全满洲的政治背景。形成本书主人翁的武装队伍也显得孤立，它和别的队伍的关系太简单，太模糊了。这个队伍的来历很不清楚，几个中心人物如陈柱，铁鹰等的生活史尤其不清楚，因此虽然有了一些表面上的刻划，究竟不像萧明和李七嫂那样活灵活跳。这个队伍的政治纲领在行动里也看不大出来，反而让‘新世界’‘未来的光明’这些空洞的概念占了上风。智识分子的发展似乎是一直暗淡了下去，这自然会是一部分的现实，然而普通的读者从这本书里只看到这一部分，那影响就有问题了”。

2月28日 《申报》刊载消息：“《墙头草》今日出版。最新派文学巨子北风君以最新派的文字著作奇怪故事小说《墙头草》一书，内容蕴蓄着无限深奥的意思，一言一语，都有相当的背景，其体裁绝对不受任何文学派的影响，都是信手拈来，自成妙谛。”

2月30日 《现代知识》第1卷第2期刊发消息《民族自卫文艺〈炼狱〉已出版》：“中华民族受帝国主义的压迫，已竟几十年了，但还没有产生下一部精良的民族自卫文学。最近周楞伽的描写中华民族自卫战争经过情形的长篇小说《炼狱》的问世，可算增补了这种缺陷。”

2月 北风的《墙头草》由上海仿古书店初版。

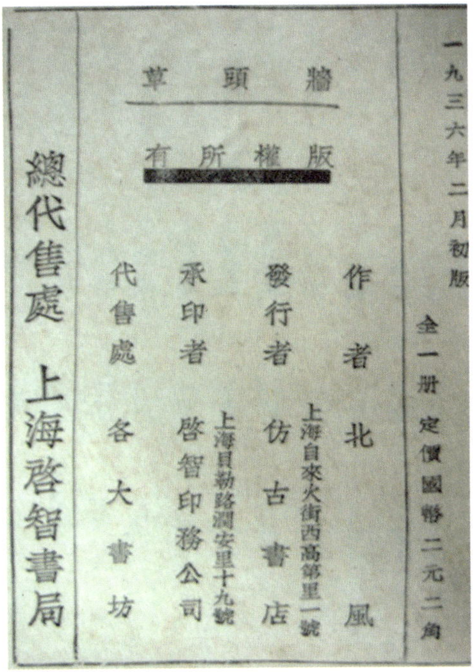
一九三六年二月初版
全一册 定價國幣二元二角

牆頭草

版權所有

作者 北風
發行者 仿古書店 上海自來火街西高第里一號
承印者 啓智印務公司 上海貝勒路澗安里十九號
代售處 各大書坊
總代售處 上海啓智書局

梗概：这是一个发生在古罗马的故事。惯牢是罗马皇帝虐柔手下的司法大臣兼总理，一人之下万人之上，可谓风光至极。他一共有八个老婆，手下奴仆无数。他手下有个叫金凤的婢女，一时贪念偷走了皇帝御赐的玉虎，却又不小心打碎了。惯牢一气之下毒打了金凤一顿。结果，以公然为首的奴仆们趁惯牢上朝觐见皇帝的时候，联合起来打算大闹惯府为金凤出气，却被大夫人冰晶压了下来。但是经此一闹，府中隐藏的矛盾逐渐显现，惯牢的权威也逐渐受到藐视，在府中处处碰钉子。他的小妾也是自杀的自杀，偷情的偷情，失踪的失踪。为了取悦主人，茹古给惯牢领来两个年轻俊美的男孩子，惯牢欣喜之下认他们做了干儿子。虽然惯府表面上辉煌依旧，但实际上已经悄悄地衰败下去。在圣诞前夜，皇帝大宴群臣时，罗马皇宫突然燃起了大火，大臣们死的死伤的伤。惯牢的府邸也遭了火灾，惯牢不堪打击终于死去了。而惯府剩下的人在大夫人冰晶和请来的老师马可的带领下，建立了一个全新的乌托邦。

按：这是北风（1897—1963）即王文光创作的一部长篇历史小说。所谓“墙头草”，既是指惯牢摇摆不定的性格以及惯府表面风光实则根基浅薄不堪一击的现状，也指朝中大臣和府上的奴隶无主见与随风倒的情状。小说借写罗马王公大臣的穷奢极欲、腐败无能，实指当时中国社会的黑暗现实，具有强烈的现实意义，对革命者造反精神的肯定与对革命局限性的批判也显示了作者的态度。但是，小说隐喻浅白，如“惯牢”，即习惯了劳累；“虐柔”，即虐待柔弱者；“甘驽、天隶”，即甘心为奴、天生为隶。艺术手法单一，如作者借用古典小说的艺术手法，在文中穿插大量的诗歌，但多为暗示或点题。在构思上，作者力图通过日常的生活场景展示人物性格，但却缺少对人物性格的有力刻画，形象单薄且典型化不足。

2月 萧军的《八月的乡村》由上海奴隶社再版。

2月 叶永蓁的《小小十年》由上海生活书店印行第三版。

3月1日 毕树棠在《宇宙风》第12期发表《〈苦果〉》一文，认为小说有两个缺点：一是缺乏时代描写，二是恋爱写得平凡了，有旧小说里“才子佳人”的情调，是传奇的。

3月13日 芷英在《申报》发表《论空想小说》一文，认为，我国的空想小说有张天翼的《鬼土日记》，老舍的《猫城记》等。

3月15日 狄克（张春桥）在《大晚报》发表《我们要执行自我批判》一文，认为：“《八月的乡村》整个地说，他是一首史诗。可是里面有些还不真实，像人民革命军进攻了一个乡村以后的情况就不够真实。有人这样对我说：‘田军不该早早地从东北回来’，就是由于他感觉到田军还需要长时间的学习，如果再丰富了自己以后，这部作品当更好。技巧上，内容上，都有许多问题在，为什么没有人指出呢？”“将这部作品批判以后，至少有下面的几点好处：一、田军可以将《八月的乡村》改写或用写别外一部；二、其他的正在写或预备写的人可以得到一些教训，而不再犯同样的错误；三、读者得到正确的指针，而得到良好的结果。”“我相信现在有人在写，或预备写比《八月的乡村》更好的作品，因为读者需要！”

3月15日 《申报》刊载《残碑》的广告：“《残碑》的背景是国民革命军的大北伐时期，前后占到四五年，作者挑选了当时几个足以代表的青年男女，写他们怎样的突破了旧社会的束缚到南方的革命策源地去找求光明，北伐成功以后，他们又遭遇到了怎样的一种幻灭。全书从未发表，都十四万言。”

3月15日 《申报》刊载《爱情的三部曲》中《雾》的广告：“巴金先生在本公司前后出版过一本《雨》，和一本《电》，这是他所写的《爱情的三部曲》中的第二第三部，现在第一部《雾》，作者认为有大修改的必要，所以最近把他改订增删了一半以上以后，也交我们出版。作者的《爱情的三部曲》，现在便完全出全了。作者说：‘我不曾写过一本叫自己满意的小说，但在我的二十多本文艺作品里面，却也有我个人喜欢的东西，那就是我的《爱情的三部曲》，这句话我从不曾对人说过，我从不会把我这灵魂的一隅打开给我的读者们看过，因为我觉得这完全是个人的私的事情。’但是这一次作者不但显露了他灵魂的一隅，并且在《雾》的前面写了一篇一百页长的《〈爱情的三部曲〉总序》，这一篇总序在作者的文学生涯中，可以说是第一次，因为在这篇总序里，作者第一次把他自己的思想生活解剖给读者看了。”

3月20日 另境在《大公报》发表《〈叛徒〉》一文，认为：“杜衡的企图仿佛要将一九三〇左右的政治斗争给它描出一个轮廓来，不管‘革命’的一方面或‘反革命’的一方面，他都想给以描写而留下一个历史的痕迹，这企图我想他是达到一部分的——但我应该说，杜衡是仅仅达到一部分而已。杜衡为什么不能给全般的局面留下一个清晰的轮廓给我们呢？这是容易回答的，因为作者自身实未尝参加过这个斗争，他仅是凭着友人间的道听途说，而另加一点作者主观的想象，这想象也许不是完全架空的，不过不可避免的要存留许多‘书生之见’，和实际的姿态并不能完全一致，这确是无可奈何的了。”“在这本《叛徒》里，作者的企图是要将双方的‘阴谋’尽量显示给读者，可惜的是环境不答应他赤裸裸地写，而作者的生活经验又限制他只能写些神出鬼没的‘异闻’。在这小说里，我们找不出群众的意志，我们也找不出公开斗争的场面，这在以写政治斗争姿态的目的下无疑地是一个失败，因为据我们猜想，政治斗争究竟不仅是双方一小部分人的‘互侦’而已，它还有更重要的方面，更伟大的方面的。”“作者仿佛要站在最客观的地位来写双方的斗争，所以在每一个人物的言行上决不露偏袒。但实际上的结果是并不然的。各人的言行岂不就是给读者判别的标准吗？不错的，作者是有意地不愿意付给其中一人以‘模范’的人格，不过这不付给并不能阻止读者在其中的‘发现’，我们读完了这一本小说，就会觉得李全章的直率有些可爱，王鋆的带有书生本色的固执也有些可爱。至于主人公老张，虽在作者的笔下写成为十分狂妄的盲动主义者，其实他的人格他的个性还是能为一部人所喜爱的。他在盲目中还有一点肝胆，他在感情冲动中还有一点理性，他在私德上又是十分拘谨的；所以虽然作者的主意要想把他写成一个由英勇的革命者变为一个虚无主义者，其实却并未成功。他还能听从熊子方的话，他终于还去会李全章他们，其出发点难道当真如作者所写的根据于小资产阶级的复仇观念么？”“我以为一篇小说的故事太紧凑的时候，往往会减损文艺欣赏的价值的，因为读者的注意力完全为故事的发展所吸引的时候，对于作品的渲染价值就不暇去细味了。这本《叛徒》是以类乎‘党政秘闻’做题材的，所以作者虽尽量用艺术手法来写各人的心理变化，而在读者却不能觉察到这是包含着作者艺术的苦心的。这本小说的结构是无可非议的，它确是包含有小说所必需具备的种种发展阶段，描写的技巧方面，也还不令我们失望。我觉得唯一成为问题的是小说的主题一方面，这主题却又全在作者的基本观念——但，我们若是理解作者早已稳定的艺术观和政治观的时候，再说也是多余的了。”“十年来的政治斗争真有些弄的昏天黑地之感，政治家的政治道德已堕落到交易所去，站在旁观者的地位而能忠实地把它揭发出来给圈子外的群众认认，实也不失为一种有消极作用的工作。杜衡是一位剩留着中国旧文人往往具备的独善主义的人，他愤慨，但他也怜悯；他希望‘再亮些’，但他实彷徨于‘亮’的方法。作者自身实具备王鋆的固执和老张的迷惘。《叛徒》之成，也可以说是作者苦闷的发泄吧。”

3月20日 王梦野在《生活知识》第1卷第11期发表《中国的反帝文学与国防文学》一文，认为：

（1）“李辉英的《万宝山》的失败由于他缺乏东北复杂的农村关系（××帝国主义，汉奸，鲜农与军阀，地主，农民之利害之错综交织及其阶级之分野）的明确的理解与认识，对于农民生活又无深刻的体验，因此他在主题上和描述上都有很大错误。”

（2）“《齿轮》，却没有把握住‘时代的大轮子’的‘核心’，也没有表现出‘时代的大轮子’的‘动力’来；因此虽写得滑稽热闹，但终只是浮光掠影。”

（3）“《炼狱》的企图是极伟大的：作者不独要写出一·二八战争，上海的动乱，而且他是要描表一·二八时代的中国社会的面面，及各种人物的典型。但是由于作者实生活的经验尚不够充分抒写他的极复杂的题材；题材的处理上一个贯穿全书的中心（主题）没有很好建立，人物的典型缺少现实的真实性的典型——‘时代的核心’里的典型；而且重要的典型的个性表现也不真切；情节的与人物的行动发展上有过于浪费的地方（如写孙婉霞盲目地到农村去占了甚多的篇幅），松懈了紧张的布局；有这许多缺点，使我们感觉到他的成功不及其企图之大。他的成功赶不上题材同样复杂处理却见适当的茅盾的《子夜》；也赶不上题材较为单纯表现却很深切的田军的《八月的乡村》。此书之仍不愧为‘一·二八’以来中国文学上一伟大收获，乃在其题材的伟大性，内容的丰富，场面的热闹，技巧的相当熟练与文笔的极其通俗，这等地方。当还没有一个人把‘一·二八事变’的全面，纪录及抒写在文学的史册上，周楞伽君以其一年的劳绩，构成这部三十万字的长篇巨著，他的努力，他的创作精神，是极值得钦佩的。”

（4）“这些作家，这些作品中表现最正确，艺术上较成功的，不能不推新进的田军与萧红女士的《八月的乡村》和《生死场》。”

3月21日 《大公报》刊载《三儿苦学记》的广告：“这是刘先生幼年时苦学生活的自叙传，前七章曾在第四卷《小学生》上登载过，受到读者们狂热的欢迎。现在由刘先生将第七章以下全部写好，印成单行本。全书共计二十章，都八万余言，描写深刻动人，读毕令人泪下，像他这样处于困苦中奋斗的人，能够对于学问有很深的造就，是值得每个小学生取作模范的。至于文章的优美，描写的深刻，合上故事本身的亲切动人，可以称得上是一部有情有力的作品，小学生不可不读。”

3月22日 香草在《申报》发表《评〈夜莺〉创刊号》》一文，认为，蒋光慈曾写过《丽莎的哀怨》，因为对于主人公感伤的调子太重，结果反而做了她的同情者。

3月31日 邢国华在《中学生文艺季刊》第2卷第1号发表《读〈雨〉后记》一文，认为：“巴金先生就是看到了中国社会的黑暗，所以他要想竭力揭穿这黑暗，好使它透出些光明来。虽然巴金先生所写的都是黑暗而阴郁的，但他的最终目的是在追求光明……他所以要写这样的作品，是由于一种爱力在鼓舞着他……同时巴金先生无时不为此而辛勤，努力使他的理想成了现实。”

3月　老舍的《牛天赐传》由上海人间书屋初版。

梗概：牛老者夫妇年过半百却没有孩子，一天有人在门洞里发现一个刚降生的婴儿，就给了他们。他们认为这是天意，就收养下来，并从“天官赐福”一词中给孩子取名“天赐”，也给孩子找了个奶妈，叫纪妈。由于养育不得法，天赐的腿成为拐子腿，脑袋是平脑勺。牛老者是个商人，希望天赐长大经商，而牛老太太出身官宦之家，希望他将来做官。因天赐是私生子，大多数小孩

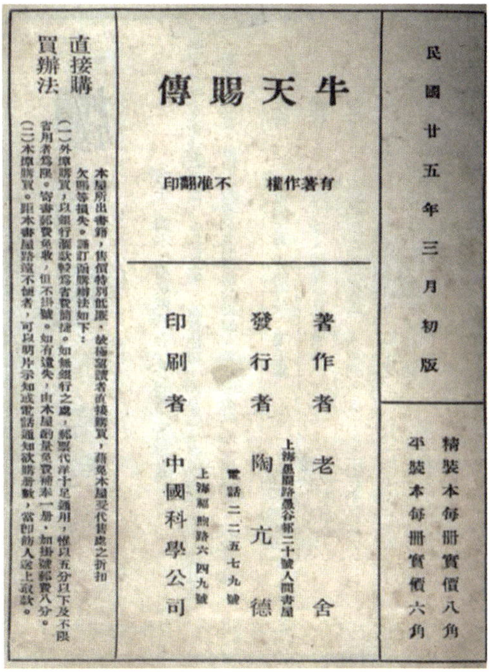

民國廿五年三月初版

精裝本每冊實價八角
平裝本每冊實價六角

牛天賜傳

有著作權 不准翻印

著作者 老舍
發行者 陶亢德 上海愚園路愚谷邨二十號人間書屋 電話二二五七九號
印刷者 中國科學公司

直接購買辦法

不与他玩。七岁时，天赐开始读书。先请来的是王老师，但天赐记不住《三字经》，书未读多少，只学了一些别的知识。第二个老师只知道体罚，第二天就被辞退了。眼见私塾不行，牛老太太就让天赐去学校。在学校，由于天赐不会跑，朋友很少，只有几位爱听故事的才和他在一起。进入高小后，他虽然学习好，但因是私生子，大家不让他的名字列在前面，故而天赐只得列第十五名。第二年开学，学校起了学潮，天赐因反对新主任被学校开除。母亲一气之下病卧在床，不久死去，临死前还希望他将来能得个一官半职。母亲死后，父亲给他请了个姓赵的大学生，赵老师能回答天赐的所有问题，还教会了他作文，天赐甚至有篇小文登了报。牛老者的生意时常亏本，而赵老师因一本小说出版得了些稿费便到上海去了。此时，牛老者因商铺被兵火烧毁而大病一场，不久又得知存钱的银行倒闭，猛然中风死去，亲戚见状将家里值钱的东西都抢走了。天赐决定卖房子，但房契却让铺子掌事抵押了，他只好搬往大杂院并以卖水果为生。这时，王老师突然回来，帮他卖掉了房产，还给了他一笔钱共四千元。天赐拿着这笔钱，听王老师的话坐火车到北平读书去了。

按：这是老舍脱稿于济南盛夏的一部长篇小说，是老舍立意返归幽默后的作品，也是老舍试图通过对市民社会的描写批判国民劣根性以启蒙社会的又一收获。小说通过对牛天赐一家悲欢兴衰的描写，特别是通过对牛天赐自出生后逐渐磨合成典型的“出窝老”的性格，以及“钱本位”“官本位”思想和以“官本位”为中心的文化思想的渐变描写，讽刺了小市民虚伪庸俗的社会心理和世态炎凉的人间百态，体现了老舍对如何启蒙国民，如何建立适应国情的教育方式等问题的新思考。这也是老舍选择以一个人从幼年到青年的成长经历作为描写对象的重要原因。小说语言幽默风趣，结构匀称，人物亦活灵活现。但由于创作时“热、乱、慌”的窘境和《论语》杂志风格的要求以及每期刊载的文字限制，小说时代性不强，立意缺乏力度（小说结尾牛天赐突然命运好转即冲淡了主题），许多地方写得琐碎且松散，每节细读尚可，全书整观则平，作为长篇小说而言终为憾事。

3月　萧军的《八月的乡村》被国民党以“鼓吹阶级斗争”为由查禁。

3月　金满成的《爱欲》由上海大光书局再版。

3月　萧军的《八月的乡村》由上海奴隶社印行第三版。

3月　陈一夫的《春天的落叶》由上海大中华书局出版。

3月　黄俊的《恋爱的悲惨》由上海新文化出版社再版。

3月　张资平的《群星乱飞》由上海大光书局印行第四版。

4月1日　谢冰莹的《一个女兵的自传》中的《自传之一章》（即：《祖母告诉我的故事》《我的家庭》）刊于《宇宙风》第14期。

4月1日　周楞伽的《炼狱》由上海微波出版社再版。

4月1日　巴金的《雨》由上海良友图书印刷公司印行第五版，9001—10000册。

4月3日　《申报》刊载《洋泾浜奇侠》广告：“这本书是以九一八——一·二八为背景，用幽默的手腕描出士绅们怎样可笑地参加救亡运动。”

4月5日　皂工的《生还》始刊于《大公报》，至9月26日毕（有间断）。

4月11日 苏茹在《是非公论》第2期发表《读了老舍〈牛天赐传〉以后》一文，该文认为《牛天赐传》补充了阿Q行状的前半段。

4月15日 魏志澄在《儿童与教师》第23期发表《〈三儿苦学记〉》一文，认为："这是一本很动人的小册子，刘先生把他自己幼年时代，同贫穷生活奋斗的历史，一点不伪饰，一点不虚夸，客观地叙述出来。""我希望这本《三儿苦学记》，能使每个儿童都看几遍，使他们怎样努力，怎样奋斗，以求成功；而不致贫穷的只有悲哀，富有的只是没落！"全书"文笔非常简洁，没有涂脂抹粉的烂调，很适合儿童的阅读，至于书中感情的充溢，描写的真切，那更不用说"。

4月16日—5月1日 谢冰莹《一个女兵的自传》（所刊内容为《黄金的儿童时代》《采茶女》《纺纱的姑娘》《痛苦的第一声》）刊于《宇宙风》第15、16期。

按：这是作者首次以书名作为篇名。

4月19日 陈星在《清华周刊》第44卷第2期发表《〈八月的乡村〉》一文，认为，《八月的乡村》"显示了残酷的压迫和东北人民为了要活的艰苦的奋斗"。"实在是代表整个时代和地域的作品。"作者对于萧明和铁鹰"这两个人物的描写，可说是到了成功的地步，而且也是尽情尽理，即是说是现实的，而非理想的，架空的"。

4月20日 谢冰莹《一个女兵的自传》中的《夜间行军》刊于《逸经》第4期。

4月20日 张天翼的《一年》由上海良友图书印刷公司印行第四版，6001—8000册。

4月30日 **巴金的《爱情的三部曲》（《雾》《雨》《电》）由上海良友图书印刷公司初版，1—2000册。**

梗概：《雾》：在海滨，青年知识分子周如水与张若兰一见钟情，但周如水已有家室，想要追求爱情却又不敢反抗封建的道德观念，内心非常苦闷。虽然张若兰答应嫁给他，但周如水还是拒绝了她的爱情，回乡任财政厅一等

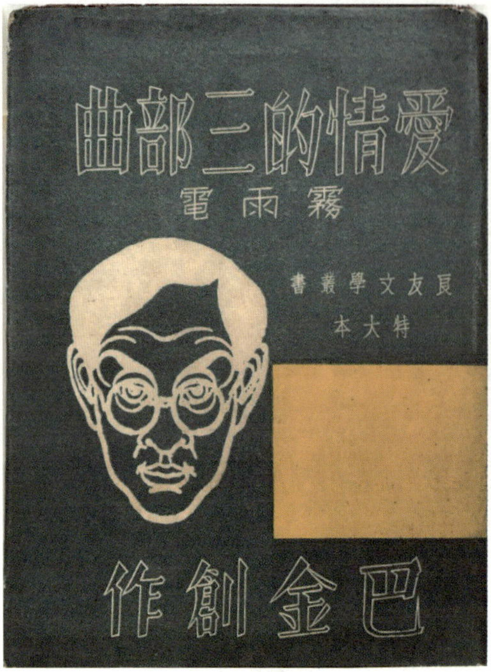

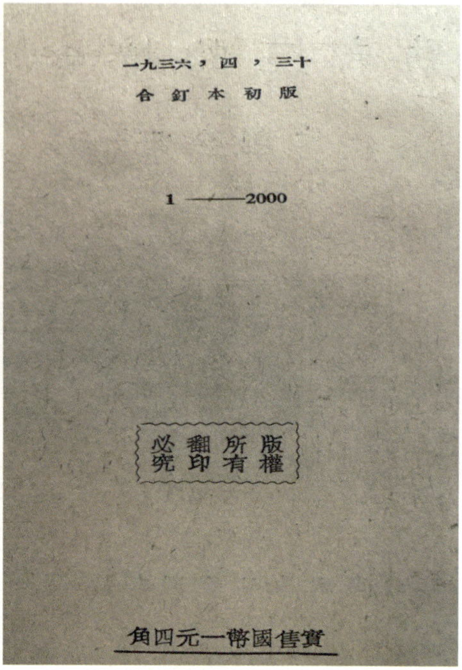
一九三六，四，三十
合訂本初版

1——2000

版權所有
翻印必究

實售國幣一元四角

科员去了。回家后得知，他的妻子已于两年前去世，家里怕他悲伤就向他隐瞒了这个消息。而此时张若兰已嫁大学教授并随夫去了四川，周如水只得又回到海边独自咀嚼内心的痛苦。

《雨》：主人公吴仁民在妻子病逝、陈真被汽车压死、情人郑玉雯做了官太太后，只觉到这个世界就应该毁灭，情绪非常消沉，变得偏激且少行动。留学回来的张小川反对暴力，但却喜空谈又不切实际。遇到曾是他的学生、现患肺病的熊智君后，吴仁民又爱上了她，决心拯救她，认为这是比为人类谋幸福更切实的工作。而他的朋友高志元和方亚丹决定到 E 地参加实际工作。但是，郑玉雯因自己的婚姻不幸福依然爱着吴仁民，继续向吴仁民求爱，遭到拒绝后自杀。玉雯的丈夫要逮捕吴仁民，为了救吴仁民，熊智君投入仇敌的怀抱。吴仁民决定振作起来，与这个制度做斗争。

《电》：一批信仰无政府主义的青年开始向强权发动攻击。方亚丹打死两个敌人后牺牲，敏用自杀式爆炸炸死卫兵炸伤旅长后牺牲，李佩珠、吴仁民们决定不能留在这里白白牺牲，决定撤到乡下，去开始新的斗争。因为信仰已在他们心中扎下根，他们与反动黑暗的斗争将会继续进行下去。

按：《爱情的三部曲》是巴金个人信仰的呓语，是为了表达自己无政府主义思想的文学实践。作家通过人物间的爱情关系的描写，抒发了对黑暗现实的强烈不满，批评了沉溺于空谈、沉溺于爱情的理想主义者的思想和行为，赞扬了以牺牲个人来拯救社会的革命精神。但是，小说过于理念化，人物的出场与塑造多出自作者传递无政府主义思想的需要而非实际生活的提炼，故人物形象大多模糊不清，来去无定，性格的发展也缺乏必要的刻画。作为长篇小说而言，结构也不均衡，语言热情有余而冷静不足，并非一个成功的创作。不过，巴金本人却喜欢这个作品，这可能是因为《爱情的三部曲》较好地传达了作者自己的信仰吧。

4月 **张天翼的《洋泾浜奇侠》由上海新钟书局初版（新钟创作丛刊第一辑第二册），1—1500 册。**

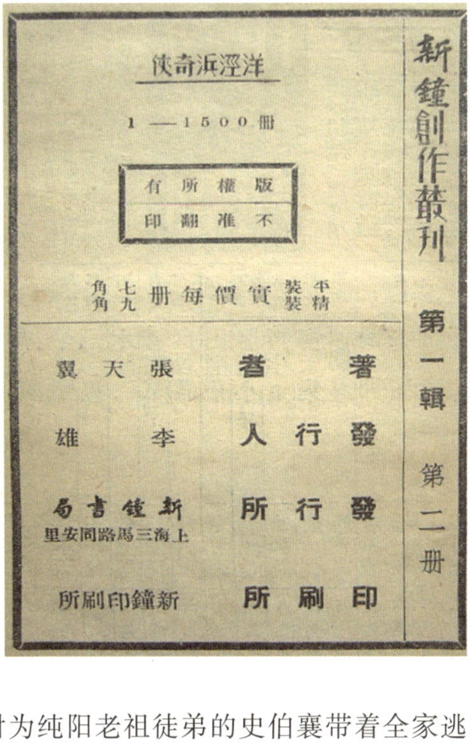
新鐘創作叢刊 第一輯 第二冊

洋涇浜奇俠

1—1500冊

版權所有 不准翻印

精裝 平裝 實價每冊 九角 七角

著者 張天翼

發行人 李雄

發行所 新鐘書局 上海三馬路同安里

印刷所 新鐘印刷所

梗概：日本侵略者侵入南京，自封为纯阳老祖徒弟的史伯襄带着全家逃往上海。史伯襄有两个儿子，大儿子史兆昌，小儿子史兆武。史兆武因算命先生说他十六岁可做将军，在家里得到史伯襄夫妇的溺爱与纵容，而史兆昌则受到冷落。史兆昌痴迷武术，是道家武术的忠实信徒，他相信终有一天自己会修炼成一种法术打败日本人。史兆昌来到上海遇到曾经搭救过的胡根宝，当胡根宝得知他有几千块钱存在银行时，便编造了太极真人与其会面教其法术的故事，并以昆仑山建仙台为名向史兆昌索要三千元。与此同时，史兆昌心目中的十三妹何曼丽向他兜售他们中饱私囊的募捐救国方案，要求史兆昌捐几千块钱。最终史兆昌选择将钱捐给太极真人，还学了一些剑术和一般不用的咒语，太极真人还给了他一些吃了就能刀枪不入的金丹。八一三战事爆发后，史兆昌认为自己出山的机会已到，便口含“金丹”，挥舞着小剑，念着咒语，冲上街头，还希望师兄等人助阵，结果被日本的流弹击伤送进医院。而此时史太太则在租界里打着麻将，还不时地夸着自己的小儿子，因为他很快就要当师长了。

按：这是一部现代版的“堂吉诃德”，主人公史兆昌便是堂吉诃德似的人物。他爱国，但他希望学习太极真人的法术并且与十三妹携手抗敌，却又极其荒唐可笑。小说一方面讽刺了抗日大潮中以国家民族的名义干着卑劣勾当的丑恶行径，另一方面也指出了以史兆昌为代表的爱国者荒唐可悲的爱国方式。但是，小说以“堂吉诃德”式的夸张的手法嘲笑史兆昌的单纯、执着，不仅模仿痕迹太重，语言过于油滑，而且嘲笑的支点也偏离了原作的本意——塞万提斯嘲笑的是骑士文学，张天翼嘲笑的却是武侠本身，而将其置身于抗日民族战争的历史氛围中，不仅失去了幽默的意义，也失去了讽刺的力量。

4月 萧军的《八月的乡村》由上海奴隶社印行第四版。

5月1日 老舍的《离婚》由上海良友图书印刷公司印行第四版，8001—10000册。

5月1日 杜衡的《叛徒》由上海今代书店初版。

5月9日 王寒生的《战血》由汉口一般文化出版社初版，1—1000册。

梗概：九一八事变后，东北被日本人占领，作为一名黑龙江人，“我”（吴铁侠）决心赴东北抗日。临行前，“我”与雪筠到天桥买衣物，之后她

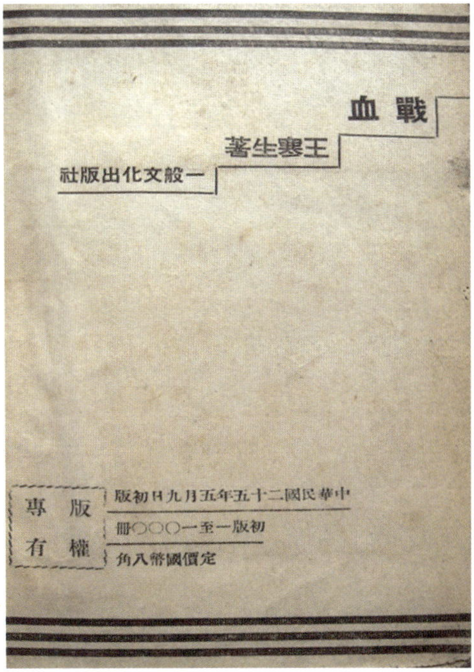

与她的几个女友为“我”饯行。茶会时，三姑娘唱波兰爱国歌曲《狱中月》勾起“我”无限的感伤，“我”酩酊大醉。第二天，“我”化名坐火车去哈尔滨，过山海关时想到家乡沦丧，不禁流下泪来。锦县是日本人的势力范围，日本宪兵横行霸道，随意打骂中国人，“我”强忍怒火接受盘查。到哈尔滨后，妻子文英及同学王逸凡女士来接站。逸凡是妇儿科医院院长，文英帮助她料理院事。在街上，爱国学生宣传抗日，号召捐款，“我”慷慨解囊。王逸凡组织救护队上前线，临行演说激昂慷慨。第二天一早，“我”悄然告别文英登上去卜奎的列车。车上多是爱国从戎之士，客栈也是欲上前线的青年人。听说逸凡的后方医院在这里，“我”去看了，日本侵略战争给中国士兵带来的伤害更激起“我”对日本鬼子的愤慨。随后“我”乘军车到了苑旅长的部队，看到前方士兵在如此艰苦的条件下进行着抵抗，“我”请求上前线杀敌。不幸的是，战斗开始不久“我”就受伤并被送到后方医院。逸凡很吃惊，她亲自为“我”做手术，给予了“我”无微不至的关怀。更不幸的是，前方战事失利，医院只得撤退并解散，而大部分伤员则留在了医院，“我”因有逸凡和苑旅长的关照才同医护人员一起回到了哈尔滨。一路上国破家亡的痛苦时刻绞刺着“我”的心，对日本鬼子的仇恨亦更强烈。

伤好后，“我”再次去吉林找屠参谋长策划抗日。沿途看到日本宪兵的肆意捕杀，义愤填膺，做亡国奴的苦痛再次刺痛了“我”的心。然而，由于日本帝国主义的高压，整个吉林人心压抑，氛围恐怖，举旗的时机尚未成熟，“我”只好回到家中。“我”不甘心，母亲也很支持“我”从军抗敌，同学们来商谈从军事宜也都是热血沸腾，呼吁救亡。“我”再次启程去海伦、拜泉，仍无成效。不久，哈尔滨沦陷，看到日本兵进城时趾高气扬、耀武扬威的神态，“我”决定再次上战场，联合各地义勇军抗日反攻。这时，伪满洲国成立，苑旅长辞职，联合一事流产。但当“我”得知凭心当土匪时，决定加入土匪复仇。为掩护身份，“我”和文英开了个医社，在寻找的途中，看到日寇残暴、生灵涂炭，更激起“我”奋斗的勇气。“我”找到凭心，讲明了来意，他很乐意将队伍改名为“国民救国军”，他任司令，“我”任参谋长，后又扩充了靠山羊的队伍并加紧训练。第一次战斗“我们”打败了敌人，之后转入游击战。因力量不足，“我”又去联合红枪会，在里应外合下，打下了阿城县，取得了一定的补给，随后又转入游击战。条件越来越艰苦，苦撑难以长久，大家就派“我”去南京联络，希望中央出兵。车站贴着悬赏“我”的通告，“我”赶紧坐车回到哈尔滨，刚到家就遇到侦探，只得急忙逃跑，并在云笙的掩护下乘火车到营口，乘船到天津。到南京后并无结果，只得又经北平回到长春。在车站看到布告才知靠山羊牺牲，队伍被打散。“我”辗转找到凭心，又与别的队伍联合，再次攻打宁安城，在付出重大代价后，攻克宁安。随后，传来东京城失守的消息，这事关宁安的安危，“我”遂率兵驰援，决心血战。

按：这是王寒生（1899—1989）作为“实地参加过东北义勇军工作的热血青年含着血泪写成的”书，正如陈纪滢在《序》中所说，这是“一部义勇军抗敌史料”，所写的人与事多是有稽可考的客观史实。亦如《〈战血〉读后记》中所言：“《战血》是九一八的炸弹爆炸的血迹”，“是东北义勇军抗敌的史实”，“是中华全民族反帝国主义的前奏曲”，“是轩辕黄帝子孙祭祖的宣誓词”。作品以“我”（吴铁侠）自“九一八”后不甘做亡国奴五赴东北抗日前线的经历为线索，如实地记述了东北义勇军在东北沦亡之际不甘屈辱而奋起反抗的血战历程，揭露了东北的大好河山在日寇铁蹄下被肆意践踏、人民被肆意凌辱的痛苦现实，表达了东北人民誓死捍卫民族尊严的历史必然。全书澎湃着强烈的爱国主义激情和不屈的斗争意志，对入侵者的暴行刻骨仇恨，对人民遭受的兵燹无限同情，对东北义勇军自发地组织起来但因缺乏统一指挥以及装备落后、中央另有隐情而无力支持导致的失利表示无奈与惋惜。作品每节以古诗词作题引契合氛围，烘托了全书的诗意，增强了作品悲壮与感伤的艺术氛围。作品写实性强但较为琐碎，剪裁不够，有些散，一些地方说理成分颇有书生气。就整体结构而言，亦不均衡。不过，由于其场景客观，人物真实，作为一部义勇军抗敌的重要史料，亦有其不朽的文献价值。

5月10日　靳以文在《新天津》发表《读〈家〉》一文，认为，巴金的读者是青年，他为青年而写。《家》揭示了旧礼教大家庭的灭亡和青年一代的悲欢离合。

5月10日　鲁迅在《夜莺》第1卷第3期发表《三月的租界》一文，反驳狄克的观点，认为要保护青年作家的创作激情，不必求全责备。

5月16日　谢冰莹《一个女兵的自传》中的《当兵去》刊于《宇宙风》第16—17期合刊。

5月17日　松风在《西北文化日报》发表《介绍〈炼狱〉》一文，认为：“本书主材是借一九三二年事变以后，社会的不安定，使一般血气方刚的青年男女不安，以谋自身的自由，求民族的解放，救中国人民于水深火热之中。并给我们反映了当时中国的社会动态。”“作者更深刻的描划出几个活生生有力的人物。如：自始至终抱一贯斗争精神的孙婉霞……”“全书的结构，是以人物为线索，以社会活动为着笔的画面。共十五章，每章又分若干小节，在每个衔接处更觉非常精密，有使人阅读时在章节处不愿释手的妙劲儿。”“再则作者所着重的，是群众的活动，是波潮汹涌的场合；而尤使人满意的，是在写群众的动像中，而加写着个人的感觉，情绪，动作，面容等等起共鸣的姿态，是特别来得有力。这一点是作者技巧的成功。”“本书对于反映社会是十足的努力；至于分析社会，作者也尽了相当的努力，我们在他的笔锋上就可见到；不过对推进社会的努力，作者显然是失败了。”“总之，在大战将临的现在，这本书是值得我们一读再读的。”

5月17日　《申报》刊载《炼狱》的再版广告：“《炼狱》初版于三个月内完全售罄，再版本应早日出书，惟因本社并无巨额资本，必须收回初版筹款，始能付印再版，故迁延至今始出。再版除将书中错字全部校正，结穴处加以修改外，插图锌版亦一律加以重制，改用小机印刷，以期清晰。封面并由黄央先生作‘炼狱图’，用红蓝黑三色套印，美丽悦目。”

5月30日　《申报》刊登“良友文学奖金延期截稿启事”：“本公司从事于文艺书籍之出版事业，已数年于兹。除新文学大系，良友文库，精装文学书等外，驰誉已久之良友文学丛书，兹又续出第二集，发售半价预约。本公司曾乘机举行第一次良友文学奖金，征求创作长篇小说一部，原定收稿期最迟为五月三十一日，过期一律退还。兹因截止收稿之时期已届，而应征者纷纷来函，谓时间局促，不能于规定期内脱笔，要求将截稿期延后数日，故特遵从来意，改为七月三十一日截止收稿，揭晓期改为十二月十五日，评判人之姓名，为避免麻烦计，将来与应征结果同时发表于《申报》；其他规则与前定征文办法相同！如蒙索问征文章程，函告即当寄奉。”

5月　**刘王立明的《生命的波涛》由上海中国女子生产合作社初版。**

梗概：广州女子黄慕云出生时父亲已经去世三个多月了，她与十九岁的母亲相依为命生活在一个大家庭里。因早年丧夫，母亲将全部希望都寄托在慕云身上，希望她通过接受良好的高等教育来改变她们母女的命运。然而就在慕云还差一年就要毕业时，祖父却要把她嫁给当地的一个富家公子，为了与命运抗争她誓死不从，在激烈的争斗中母亲猝死，这致命的打击使她决意离家出走并更换名字。在一个香港的好朋友贵珍及其家人的资助下，慕云考取上海的S大学，在就学的路上认识了同到S大学投考的陈仁邦，两人由恋

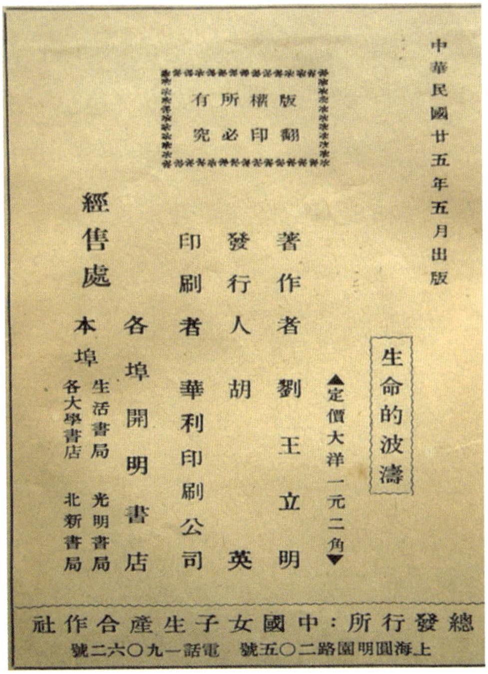

中華民國廿五年五月出版

生命的波濤

定價大洋一元二角

版權所有 翻印必究

著作者 劉王立明
發行人 胡英
印刷者 華利印刷公司

經售處
各埠 開明書店
本埠 生活書局 光明書局 各大學書店 北新書局

總發行所：中國女子生產合作社
上海圓明園路二〇五號 電話一九〇六二號

爱而结婚，后来蜜月期间发现仁邦就是她当时逃婚的对象，两人既惊又喜。在 S 大学，先后有三个青年追求她，但她最亲近最爱的是陈仁邦。陈仁邦后来去美国留学，她就开始在上海的妇女总工会工作，救济那些无家可归的妇女儿童。仁邦留美回来，担任了某地驻沪办事处处长，生活豪华，因不满慕云在外面拼命工作，不久就有了外遇。慕云带着儿子愤而出走。慕云同时遭遇了家庭、工作、爱情种种困境，曾两次想要自杀，但她靠着自己坚强的意志和信念最终挺了过来。最后，陈仁邦认识到自己的错误，又回到了她的身边。

按：刘王立明（1896—1970）的这部小说以主人公慕云的逃婚为线索，描绘了她从旧式家庭逃离后的交织着痛苦、辛酸、离奇与幸福的复杂人生历程，塑造了一个坚忍不拔对理想有着执着信念的新式女性形象，展现出经过新文化运动洗礼的新知识女性对于自身命运的不屈抗争精神，肯定了新女性为自身解放所进行的反抗，同时对包办婚姻等吞噬女性幸福的封建思想进行了揭露与批判。小说擅长通过大量的心理独白来揭示人物的性格，描写细腻、绵密。不过，小说过于富有戏剧性，如慕云在每一个险境中都能得到好心人出其不意的帮助，使她的理想能够坚持下来，这固然有理想色彩，但也显出刀斧之痕。当然，更为显著的问题是：作者的思想并没有多少真正现代的成分，旧的思想观念与宣传基督教义的思想使作品的艺术减色不少。

5月 杨家骆在辞典馆出版《民国以来出版新书总目提要》一书，认为张资平“初期的创作如《冲积期化石》《爱之焦点》等出版后，一班青年尚对之平平，自本书（指《飞絮》，编者注）出版后，方得到许多青年的热烈欢迎，称为现代恋爱小说的典型作家”。巴金以《灭亡》“这一篇长篇小说而出名”。“三部曲都以小资产阶级的青年为中心人物，描写在大革命时代中的浮沉，有极浓厚的时代色彩，刻画了中国一九二五至一九二七年大革命的一幅剪影。三部曲出版后，受到时代青年的热烈的欢迎，认为作者系表现小资产阶级知识份子的最好的典型作家。”

5月 张资平的《飞絮》由上海复兴书局再版，500册。

5月 刘大杰的《三儿苦学记》由上海北新书局印行第三版。

6月1日 郝哲先在《小学生》第6卷第9期发表《读了〈三儿苦学记〉后的一封信》，认为能够从中得到启示，人无论贫富，只要脚踏实地地拼搏，将来一定会成功。

6月1日 吴直旭在《小学生》第6卷第9期发表《读了〈三儿苦学记〉后的感想》一文，认为从中看到刘大杰先生的努力与成功，小朋友们应该认真去读。

6月1日 徐楚园在《文艺月刊》第8卷第6期发表《〈炼狱〉》一文，认为，作者“用了一·二八沪战时社会各阶层的形像作为此书的题材，这应该是多么令人兴奋的事啊。如果写得更紧张些更深刻些，它得给予人们以如何热烈的亲近哩。而摆在我们眼前的，却完全相反，它所给予我们的，不是力与血，乃是作者想象中的人与物，使得我们没有耐心的人，会看到半途就将它放弃，再也不想继续看下去。我们的失望，是不能用尺度来衡量的”。因此，“《炼狱》的写作，是完全惨败了。其惨败的理由，则在于对书中人物的生活少‘体验’和‘观察’。”

6月1日 巴金的《春》第1—10章始刊于《文季月刊》第1卷第1期，至12月1日第2卷第1期（未完）。

6月1日 王鲁彦的《野火》第1—14章始刊于《文季月刊》第1卷第1期，至12月1日第2卷第1期（未完）。

6月6日 《申报》刊载下列作品的广告：

（1）《铁轮》：“《铁轮》是写一个青年农民从‘乡村到都会’，从都会又投入军队，结果给敌军俘虏。俘虏后，他发现原来敌军却是自己的亲兄弟。他跟他们一起走。路过家乡，过去的血腥已成为灿烂的花草，于是他也参加集团的战斗工作了。《铁轮》底主题是用最落后农民终于转变成一个时代的前卫这一段过程来展开现阶段动荡中的农村悲惨的面影，怎样的喘息和咆哮。之后，又展开都会脉搏动跳。以至一个新的社会底诞生。企图是暴露畸形社会的各层，展开作为世界动荡核心的中国的全面影，是给时代一个清算。”“郭沫若先生在序文上说：天虚这部《铁轮》，对于目前在上海市场上泛滥着和野鸡的卖笑相仿佛的所谓‘幽默小品’，是一个烧夷弹式的抗议……不管是赞奖或贬斥，有愿意来品评《铁轮》的人，至少应该把这《铁轮》来回转一遍。”

（2）《洋泾浜奇侠》：“这是写给大孩子们看的一部说明武侠是怎么一回事的长篇小说。因为近来一般大孩子们大都入了武侠的迷，而武侠思想的弥漫实在是一种障碍，本书是站现实主义的立场上，以轻松的手法，写出所谓‘武侠’究竟是怎么一回事呵。”

6月10日 明英在《中外评论》第4卷第2期发表《关于〈八月的乡村〉的话》一文，回忆了一年前萧军要写长篇的决心。作品出版后，读者看了认为它是中国的《铁流》。

6月10日 《申报》刊载《生命的波涛》的广告：“此小说为刘女士最近在文坛上之贡献，长十余万言，描写一个少女，在近五六年来的我国社会里，所受到的遭遇及表现的奋斗，思想前进，结构新颖，用意深刻，文笔生动，为女界伟大的作品，是时代唯一的文字。今日的青年不可不看！今日的女子更不可不看！”

6月14日 瑚在《申报》发表《评刘王立明女士的〈生命的波涛〉》一文，认为：“先就这小说的题材来说，就是极平凡的青年男女的恋爱生活。虽然在故事的构成和发展过程中，作者曾提出了许多现实的重大问题，但那并未被当作重要的题材来描写，当然更未有正确的表现；而是附带提出并且歪曲地表现了的。”

“《生命的波涛》虽然产生在目前中国这动乱的时代中，但它并不是这时代的典型的社会现象的描写；它所表现的只是一个反抗旧家庭包办婚姻的女子的遭遇，特别是她的特殊的恋爱生活：这是‘五四’以后的时髦题材；但因为‘五四’时代早已过去，所以这样的题材在目前已经是丧失前进的意义了。”

“再看这小说的思想内容。作者首先表现出的，是对于封建家长包办婚姻这种制度的抗议……这种思想不消说也是‘五四’时代的思想，说来是早已过去的了；但作者就是对于这样的‘五四’时代的反封建思想也表现得不大澈底：她用来代替旧的封建思想的并不是这思想的对立物，而是另一形态的贤良主义。她努力赞扬了主人公黄慕云在结婚后对于丈夫的顺从。在她的笔下，当慕云发现了丈夫仁邦另有所爱，觉得那样的家庭生活无味时，虽然也离开家庭，但这却不是‘娜拉的出走’，也不是对于那丑恶的家庭生活的澈底反抗，而是借以促使对己情感不忠实的丈夫的悔悟；事实的表现是在慕云离家后，虽然丈夫已与另一浪漫女子同居，虽然此时她也有她很心爱的另一男子向她要求，但她依然对已婚的丈夫绝对忠实，结果是丈夫果然悔悟，把她接回家庭。像这样的‘忠’‘勇’的精神，像这样的‘从一而终’的思想，像这样的对男子的顺从，像这样的贤良主义，你说能比完全服从家长包办婚姻者进步多少？但这正是这小说的主题，正是作者的中心思想；小说中的黄慕云女士也正是作者的化身。”

“在这小说中，作者也表现了勤劳者的痛苦，社会的许多黑暗面，但这并不是要引起大家的反抗，以自己的力量去谋解放，而是为的宣传基督教义，为的要人去信仰上帝，去讲博爱，为的劝人捐款去办宗教的慈善事业。作者所描画的主人公黄慕云便是一位基督教徒，她热心慈善事业，有‘为主义牺牲’的精神，对于上帝她是信仰到了极点。只要是有什么灾难苦痛来临时，她总是‘上帝啊，主啊’的祈祷；最奇怪的是她乘船在海中遇到大风浪时，在她祈祷之后，‘果然的，人天感应，风浪平息，而太阳的光辉也慢慢地从云儿里射出来了。’看了这小说，使我们不禁想起了托尔斯泰，这位伟大的天才作家便是尽量地暴露了当时俄国社会的伪善，黑暗的，但他也同样叫大家去相信上帝，以阻止大家的澈底反抗，维护当时封建贵族的地位，因此伤害了他的许多伟大作品的价值。《生命的波涛》在表现社会的黑暗面而同时又宣传基督教义一点上，应该给与同样的评判。当然，我并不是说《生命的波涛》的作者可以与托尔斯泰相比；我所说的意思是在于基督教徒暴露社会黑暗的用意。”

“至于这小说的艺术的表现力，那也是很低下的。对于事件的发展，人物的表情，作者都只是抽象地叙述，说不上具体地描画。但文学作品的主要特点便是在于具体地生动地艺术地表现。如要表现一件事情很严重，或一种形势是很紧张，或某人很苦痛，这些都不能以某些抽象的词句或某些简单的事实之罗列来表现，而是必要深入到事件的核心和人物的心底，从各方面具体地生动地描画的。一个作品所描写的事件和人物，必要使人看了如像真的事件，活的人物出现在眼前一样，那才是好的，不然就是劣品；而《生命的波涛》在艺术的表现方面便是属于后者的。随便举个例来说，如慕云被禁在家中，祖父因她反抗婚姻要将她活埋，母亲被气死了，这一段的情景，这一段中的各个场面，应该是如何的紧张，但在作者的笔下，除了慕云的简单的哭以外，许多必要的情景，如祖父横暴的姿态，善良的母亲内心的矛盾，慕云痛苦愤怒的心理和表情，家人亲戚等在这一事件中错综的关系，都未能具现出来；因此，在这段事实中，没有使人兴奋，紧张，悲痛，愤怒的顶点或高潮，没有活的场面，也没有活的人物：所有的只是平板地告白和叙述——这便是作者艺术表现力的不足之处。”

“因为作者艺术表现力的低下，所以这作品的结构也不严密，许多事件的处理和配置都不适当。我以为在这中间有许多无关紧要的事就当略去，以便集中精力描写那些重要的场面。但作者却把所有琐碎的事都罗列出来；有时甚至故意企图使事件发生曲折，引出许多不必要的事来，所以结果反使人感到这小说只是些事实的堆积和罗列，而且这堆积和罗列又很散漫，几乎完全没有艺术的意味。至于典型人物的描画，那更是说不上生动和深刻。慕云和仁邦以及所有全小说中的人物都没有个性，看来都不是活人；我们看了这小说后，对于中间的人物的一切表情，对于他们谈话，做事的姿态，他们的内心和外表，他们的个性中的主要特点，都不能发生活的印象。我想，就是作者，恐怕也不能具体告诉我们慕云和仁邦这些人物的性格如何吧。”

按：言之有理，惜不知论者本名。

6月15日 萧军的《第三代》（第一部）始刊于《作家》第1卷第3号，至9月15日第1卷第6号毕。

6月20日 《大公报》刊载《〈苦果〉再版》的消息，称：“罗暟岚先生所著之长篇小说《苦果》，自发售单行本以来，初版二千册，于几个月内即全数售罄，兹已再版，旬后即可出书，仍由《大公报》代办部经售，惟印行无多，购者务请从速。现在将罗先生之《〈苦果〉再版致读者》一文，照录如下，以代介绍：在这样非常的局面下，在全国不景气中，在许多所谓书评专家故意地冷遇此书或不敢说出良心上的言语时，《苦果》初版二千册，于几个月内，居然全数卖完。（虽然定价是那么高。）对于你，读者，我还有甚么要求呢？”“因这部书，我凭空增加了许多朋友，有的不惜远远地北从新疆甘肃南从云南贵州写信来，带给我许多热情的鼓励，及好意的批评。当我拆开每一封来信时，我感到一股深厚的温情。《苦果》给我物质上的报酬有限，但它从四处替我带来许多识与不识的读者那份友情，是不能用任何物质的尺码去量的。”“有人早就要我写一篇《自剖》或者《答读者》那类文章，这好意我是感谢的，但请恕我，我是一个笨拙的人，不宜于做那样描画自己的工作，虽然文艺的市场上不乏这类天才。我羡慕，但我恨自己没有他们那样的才能。”“刊物上间或也有提及《苦果》的，读者见我始终在学金人，有写信来问我是不是哑吧，编辑先生想使刊物热闹一点，也叫我出来答复。我自己却永远记住我这当厨子的地位，我的职务是在厨房里看锅中的火候，该加酱油的别乱加醋，不应该去和席面上的贵客吵嘴。我也没有忘记贵客有时在席上喝多了竹叶青，或者舌尖上多沾了点高醋，席终人散后，对自己说的话也许要后悔的。”“一切要说的话，在初版的序中都说了，实在无其他蛇足可添。只想趁再版的机会，在这里致谢许多赐函的识与不识的读者。这份友情，使我改变了我那看不起人类的坏脾气。”

6月25日 周扬在《光明》第1卷第2期发表《现阶段的文学》一文，认为：“由《八月的乡村》和《生死场》，我们第一次在艺术作品中看出了东北民众抗战的英雄的光景，人民的力量，‘理智的战术’。两位作者都是生长在失去了的土地上，他们亲身地经历了亡国的痛苦，所以他们的作品表现出在过去一切反帝作品中从不曾这么强烈地表现过的民族的感情，而这种感情又并非狭义的爱国主义的，而是和勤苦大众为救亡求生的日常斗争密切地联系着。这两篇作品的出现，恰恰是华北事变以后，民族革命战争的新的全国规模的高潮中，民众抗敌的情绪分外昂扬的时候，它们的很快获得了广大读者的拥护，正说明了目前中国大众所需要的是甚么样的作品。”

6月27日 **叶灵凤的《未完的忏悔录》由上海今代书店初版。**

梗概：“我”是一位作家，三年前曾与潇洒漂亮的青年公子韩斐君有过一面之缘。一日，“我”在书店门口偶然又碰到了他，却发现他形容枯槁。这时，韩表示希望能将他的经历告诉“我”，供“我”写一部小说。于是我们约好隔一两天见面详谈，然而韩却失约了。随后“我”接到一封信，得知韩住院，于是“我”前去探望，却意外发现韩有一个两岁的女儿阿珠，而更令人意外的是，孩子的母亲竟然是当下风头正劲的“歌舞皇后”陈艳珠。带着好奇心，“我”翻开韩记录他与陈相识、相爱的日记。最初韩是被陈的美貌和名气吸引同时也为满足自己的虚荣心而接近她，接触了一段时间之后，韩发现陈实际上是个内心苦闷、渴望真爱的女子，便无法自拔地爱上了她。

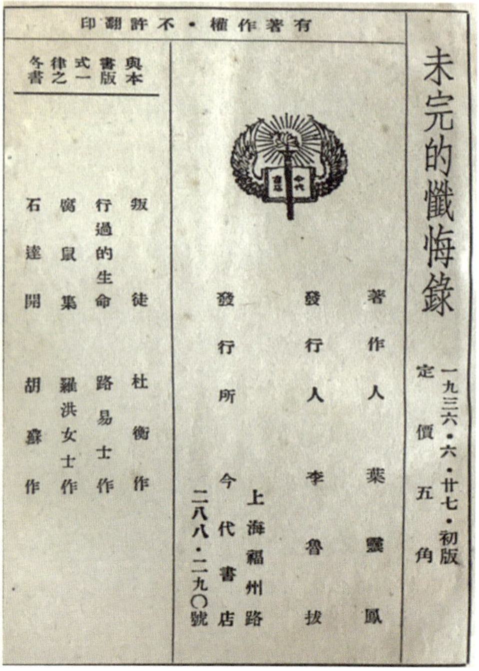

有著作權・不許翻印

未完的懺悔錄

一九三六・六・廿七・初版

定價五角

著作人 葉靈鳳

發行人 李魯拔

發行所 上海福州路 今代書店 二八八・二九〇號

與本書版式一律之各書

叛徒 杜衡作

行過的生命 路易士作

腐鼠集 羅洪女士作

石達開 胡蘇作

然而两人的爱情却因为韩的嫉妒和陈的几次谎言而充满波折，陈甚至一度企图自杀。日记记到这里便结束。随后“我”去医院探病，从韩的口中得知二人后来摒弃前嫌并且同居，陈为了让韩安心也断去了从前的联系，他们一起过了一段浪漫奢华的日子，但纸醉金迷的生活迅速花光了韩父寄给他投资画报的资金，而且他们的同居生活也传到了香港韩父的耳中。陷入困境的韩试图回港说服父亲答应他们的婚事。在韩回港之后，陈由于寂寞瞒着韩又恢复了和以往朋友的联系，韩非常恼怒，同时又因受到经济的压力和家庭的阻挠，脾气大不如前，甚至怀疑阿珠并非亲生，二人的矛盾遂愈演愈烈，乃至最终决裂。然而，韩心中始终存在幻想，希望他们可以重修旧好，但陈却不想再回头。在二人约好见面的日子，陈却已搬家离开，这给韩本就虚弱的身体以最沉重的一击。后来“我”接到陈请“我”转给韩的一封信，请求他忘掉自己并且相信阿珠的身份。这时韩却失踪了，虽经多方查找依旧杳无音信。

按：叶灵凤（1905—1975）的这部小说模仿《茶花女》的情节，结构上虽做了少许改动，但整体样式一看即知。全书笔调浪漫，情节平缓缺少跌宕，冲突简单缺乏冲力，如陈的自杀仅是因为韩的吃醋，而不是封建家庭伦理观的必然选择，大大降低了小说的悲剧意蕴。此外，女主人公陈艳珠的形象也与作者所要塑造的风尘女子相去甚远，韩与“我”也不过一面之缘，仅仅是因为对作家崇拜，就将他生命中最重要的经历告诉“我”，人为痕迹明显。

6月30日 提倬云在《中学生文艺季刊》第2卷第2号发表《〈八月的乡村〉》一文，认为：“它告诉了我们真正的眼前摆着的事实。所以我以为是一个中国人都应该读一读，青年朋友们就更该读。”

6月30日 《沪光》第3号发表消息：“周文将脱稿之长篇小说《烟苗季》，闻将由（国）际文学编辑社译为英文本云。”“周楞伽继《炼狱》后之第二个长篇小说《风风雨雨》现已脱稿。日前至苏州故乡来信，请木刻家野夫代为刻制《风风雨雨》中之插图云。”

6月 巴金的《家》由上海开明书店印行第五版。

巴金在《家·题记》中写道：“这次重读自己底作品，我有不少的感想。我觉得我的确喜欢这本书。这小说里面并没有我自己，但我却在这里看见了我底童年和少年。我现在年过三十了。性情却似乎比在少年时代更加偏激。有个朋友替我耽心，怕我发狂。我感谢他，不过我更相信自己。读完了《家》我禁不住要爱觉慧。他不是一个英雄，他很幼稚。但我看见他，就不觉想起丹东底话：‘大胆，大胆，永远大胆！’我应该拿这句话来勉励我自己。”

6月 罗暟岚的《苦果》由天津大公报社出版部印行普及本第二版，2001—4000册。

6月 陈铨的《天问》由上海商务印书馆再版。

7月1日 尹雪曼在《文艺月刊》第9卷第1期发表《老舍及其〈离婚〉》一文，认为：“在老舍先生的小说中，我们的除了感觉到他的笔调轻松，犀利，和讽刺外；对于他所描写的每一个人物，我们也总觉得格外亲切而有味。这大约是因为老舍先生所描写的人物，不是天才的夸张而是平庸的可爱的缘故吧。同时也因为所描写的人物，正代表了我们老大的民族个性：妥协和敷衍。”“我们再看老舍先生所写的女人，可以说是最成功。他把女人所特有的小气，猜妒的性格描写得淋漓尽致。”“我们可以说老舍先生和十九世纪的迭更斯一样，是一位很幽默而又很注意社会改革这一类问题的作家。但是他的幽默却远不逮他的讽刺。所以在我们读了他的小说以后，总觉得与其说他的文字是幽默的含蓄，倒不如说是讽刺的夸张。因为在作者的小说中，处处都表现着他那敏捷的思想和丰富的观念。”当然，应注意夸张度，注意人物的个性化，少一些教训的色彩。

7月2日 《申报》刊载下列作品的广告：

（1）《一个女兵的自传》：“谢冰莹作。冰莹女士是参加实际革命过来的作家。她的身世和经历，就是一首悲壮的诗，一部动人的小说。《一个女兵的自传》，描写一个生来就富于反抗性的女子，刚从封建的家庭里挣扎出来，又在社会上受到种种打击和挫折，可是她丝毫也不灰心，只是不断地前进！这里不只是叙述作者自身的生活体验，而且反映着动荡中的中国社会；描写一九二七年武汉革命时，女子从军的种种热烈情形。这是一部深刻动人的传记小说。”

（2）《野火》：“鲁彦先生精心结构的划时代的长篇创作。动乱时代中江南农村的姿态。”

7月6日 张天翼的《在城市里》始刊于《国闻周报》第13卷第26—50期，第14卷第3—21期，至1937年5月31日第21期毕。

7月12日 《申报》刊载《急湍》的广告：“本书长十八万字，写自一九三一年九月十八日至一九三二年三月四日一段时间的一群年青人的趋向，他们的生活环境决定了他们的志趣，也因而各有前程，各有千秋，这是本年度北方文坛的一个大收获。”

7月15日 **谢冰莹的《一个女兵的自传》由上海良友图书印刷公司初版（良友文学丛书之二十七），1—3000册。**

梗概：作品分《幼年时代》《小学时代》《中学时代》《从军时代》《家庭监狱》和《飘流》六章。“我”有反抗的本性，在幼年时代就知道童养媳的不幸，坚决反对母亲给“我”裹脚。十二岁入小学后，勇敢地解下裹脚布，

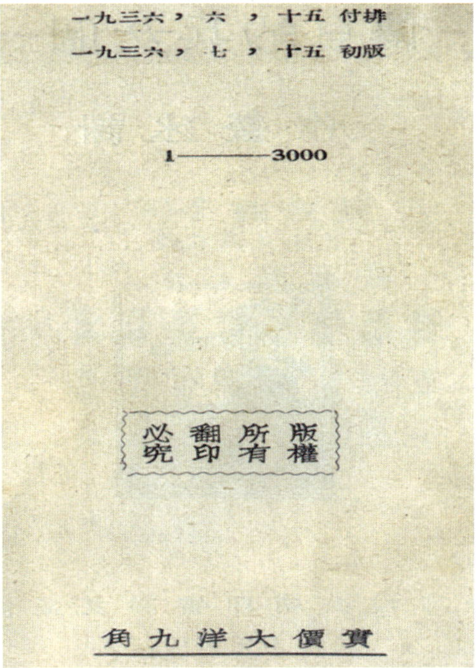

参加学生运动。后来，考入省立第一女子师范学校，校长徐特立先生很开明，“我”受到了进步思想的熏陶，并开始写小说。长沙六一惨案发生后，受二哥的支持，为了摆脱封建家庭的压迫和寻找自己的出路，“我”瞒着家庭考进中央军事政治军校，被编入女生队，参加北伐。不久，因北伐暂时失利，女生队解散，“我”只好回家。回到家里就被母亲关了起来，“我”和同伴翔先后三次策划逃跑都没有成功，后来翔屈服了，而“我”不服，终于在第四次逃跑时成功，摆脱了封建包办婚姻，重新走上了社会。岂料刚出来就被当作犯罪嫌疑人被捕入狱。大哥得知后救“我”出狱，之后“我”当上小学教员，尝到了人世间的冷酷、虚伪，最终离开学校，奔向上海。

按：这是一部足以传世的个人传记。良友图书印刷公司对《一个女兵的自传》的广告词这样说道：“冰莹女士是参加实际革命过来的作家。她的身世和经历，就是一首悲壮的诗，一部动人的小说……”的确如此，从她的身上，读者们看到了一个时代女性向往新生活的美好愿望，看到了一个青年妇女为求解放毅然迈向革命征程的奋斗之旅，看到了一个女兵与国家同命运、与时代共呼吸的崇高品质。也正因此，这部不以精雕细刻见长却以昂扬的时代旋律、朴素真诚的艺术风格传世的个人传记，打动了无数时代青年的心，成为铭记那段历史的一支豪迈的时代壮歌。

7月18日 偶笔在《出版周刊》新190号发表《陈铨著〈彷徨中的冷静〉》一文，认为，作者写他对于人生的彷徨空洞，写他对于世界感觉的虚无游移，比《天问》好。

7月20日 隅槃的《急湍》由上海联合出版社初版，1—2000册。

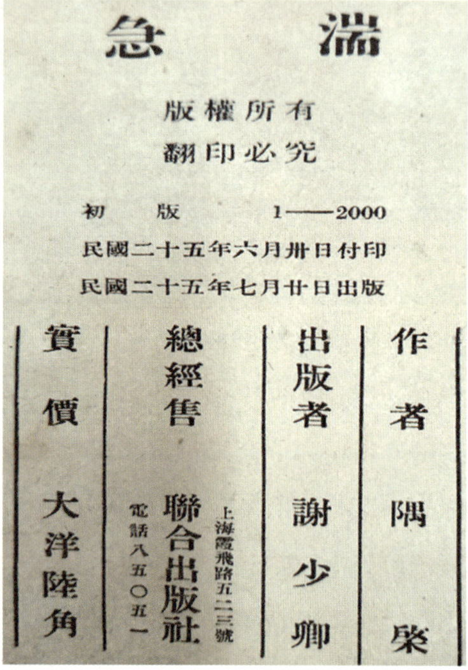
急湍

版權所有
翻印必究

初版 1——2000
民國二十五年六月卅日付印
民國二十五年七月廿日出版

作者 隅槃
出版者 謝少卿
總經售 聯合出版社 上海霞飛路五二三號 電話八五〇五一
實價 大洋陸角

梗概：九一八事变中，日军突袭北大营，继而占领了沈阳城。身在沈阳的教员黄云把局势报告了北平的老同学，年轻的中共学运领袖顾洪，便辗转来到北平，然后又到关外寻求救国之路。黄云的同事白功全则加入了“维持会”，沦落为汉奸。在国难面前，顾洪积极进行地下活动，激发了北平学生和民众的抗战热情；同学李肥受银行资本家父亲的影响，只想着如何发国难财；国民党员王麻子，小公务员杨四郎、靳四爷等，在国难面前，或寄希望于“国联”的调停，或攀附政客捞取政治资本，或在糜烂纵欲中沉沦。最后，黄云带着女友深入东北改造了土匪队伍，使其成为真正意义上的义勇军，而顾洪因“学运”奸细告密而被捕遇害。那些在国难中只顾私利的人们，最终都没能得偿所愿。小说结尾借一名死去的日本士兵的手记表达了其对本国侵略行径的反省，希望全体受压迫的民族起来反抗帝国主义。

按：隅棨即王余杞。小说名为“急湍”（原名为《狂澜》），意在说明随着帝国主义侵略日益加深，被压迫的人们联合起来散发出的伟大力量如狂澜般涌了起来。小说以鲜活的时代事件为背景，在全知视角的透析下，塑造了社会各阶层的代表形象，如小知识分子黄云、资本家李肥、小公务员杨四郎、农民张富、国民党员王麻子等，反映了时代进程中的众生相。但由于受阶级论的影响，小说对人物和事件的认识过于理性化，人物形象有不同程度的类型化、概念化倾向，人物形象缺少鲜活感。小说以时代事件为主线的故事情节，以较强的纪实性，传达出强烈的时代气息，但也因此限制了作者的想象空间；又因为力求展现时代的全貌，情节中枝蔓较多；叙述语言较为平实，却也不乏精彩的不动声色的幽默讽刺。小说原名为《狂澜》，作者在后记中坦露：“觉得讨厌，故改今名。”但只改题名，对文中多次出现的“狂澜”字样丝毫未动，稍显分裂之感。

7月20日 辛丹在《北调》第4卷第1期发表《周楞伽底〈炼狱〉》一文，认为：“周楞伽底《炼狱》，就又是一部很可惜地失败在强调自己不熟悉的生活上的作品。”主要角色孙婉霞不合情理，不伦不类，是作者主观的幻想，不着实际的强调个人主义的悲剧，也是作者没有农村生活经验的证明。这也是全书失败的主因。小说最成功的人物是孙婉仙、魏虚仁，现实而逼真。“最后，一个长篇创作，不用一个主要故事或者重要人物作中心，而只是用一个次要的角色来作关键，借着这关键来发展几个不同的故事，这手法是很容易失之散漫的，倒不如干脆来写几个短篇，比较省力而且容易紧凑。周先生所以采用前者的写法，似乎是意味着以‘一·二八’这时代的伟大为全书的总动力；但无论作者的企图有没有实现，作者并没有把‘一·二八’时代底伟大精神表现出来，其实，就让作者真能够正确地把这一时代的伟大精神反映出来，这写法也依然会使读者感到散漫，而在这书中找不到艺术的最高峰的。”

7月 林参天的《浓烟》由上海文学出版社初版（文学社丛书之五）。

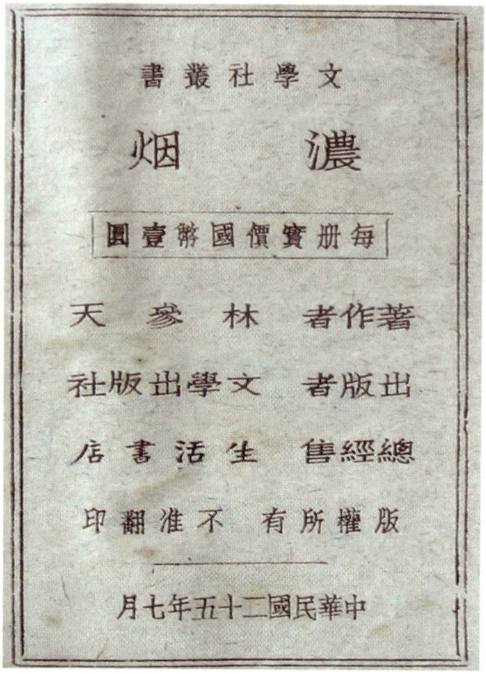

梗概： 华侨国民学校校长周俊士新聘了教务主任毛振东、教师李勉之等到啼儿国任教。学校分初中部和小学部。经过毛振东等的一番努力，学校面貌大为改观，新思想也在学校中广为传播。这天，学监坚持要聘一个叫佛生的不识汉字的印度人担任英语教师，周也只好同意。佛生常用藤条打学生，引起学生强烈不满。一天，他与学生发生争执，毛振东来到之后才化解了纠纷。第二天，佛生看到黑板上有六个汉字，疑心学生骂他，又要打，学生齐呼：反对奴隶教育！佛生认为这是毛振东指使的。下一次课，他又因打学生被学生轰出教室。佛生到学监家诉苦，学监让他注意毛振东的不足，而且带上他到重要的校董和家长处宣传他的好处与毛振东的不是。

元旦那天，校董们开例会，在毛振东做报告时，总理离席而去，直到佛生讲时才回来。学监讲话时又责骂教员不会办学，吹捧佛生，学生大为不满，起身反驳。校董们见学生敢顶撞老师，认为学风日下，气得周校长写了一份辞呈送给总理。后来矛盾公开化，李勉之建议读学生日记，双方都同意。总理、学监这才知道学生们在日记里记了很多佛生的劣迹，总理只好教训了佛生几句。在孙中山先生的诞辰纪念会上，总理、学监又大骂学校，毛振东当场指责他们“愚而好自用”，总理大怒，校董们也要求开除毛振东，学监还说毛振东是共产党，有的还说他与毛泽东差一个字，肯定是兄弟，等等。当晚，毛振东被辞退。

毛振东离开时，学生们自发地送他到船上，含泪告别。毛走后，周病倒住院。佛生很高兴，谁知他上第一节课就看到初中学生画画奚落他，第二节课也是如此，他愤怒地将一个无辜的学生打了一下，结果学生不服，家长告状，总理只得让学监批评佛生。此后，学生见他便如同路人。佛生自知没趣，也辞职离去。

按：林参天（1901—1972）的这部小说是第一部反映马华教育界在宗法体制下教育机制失衡、教师队伍不一、教育观念陈旧、教育方法专断的长篇小说，较为真实地反映了早期马华教育界的历史面貌，对如何用现代的教育理念培养出适应现代社会的人才做了有益的思考。小说情节完整，结构匀称，马来风情的细腻描写使作品充满域外情调。但是，小说叙述手法较为单一，对立化的人物思维模式影响了人物的深度，佛生形象的刻画就缺乏典型性，也存在争议。

7月 李劼人的《死水微澜》由上海中华书局初版（现代文学丛刊）。

梗概：天回镇兴顺号杂货铺掌柜蔡兴顺老实憨傻，却娶了一个聪灵俊俏的媳妇邓幺姑。邓幺姑是农家女子，因羡慕城镇丰富多彩的生活屈嫁给蔡兴顺，成为蔡大嫂。蔡大嫂得到了物质的享受，但丈夫蔡傻子却使她感到精神生活的空虚与贫乏。由于妓女刘三金的撮合，蔡大嫂与强悍豪爽的光棍表哥、本镇袍哥大管事罗歪嘴（罗德生）一见钟情，由暗中私通进而在兴顺号公开姘居，成了罗歪嘴的情妇。蔡掌柜对此并不在意。土粮户顾天成身携重金到省城捐官，被探得消息的罗歪嘴伙同妓女刘三金耍弄，不仅输光了一千多两银子，还挨了罗歪嘴的拳脚。顾天成耿耿于怀，为了报仇，他信了洋教。不

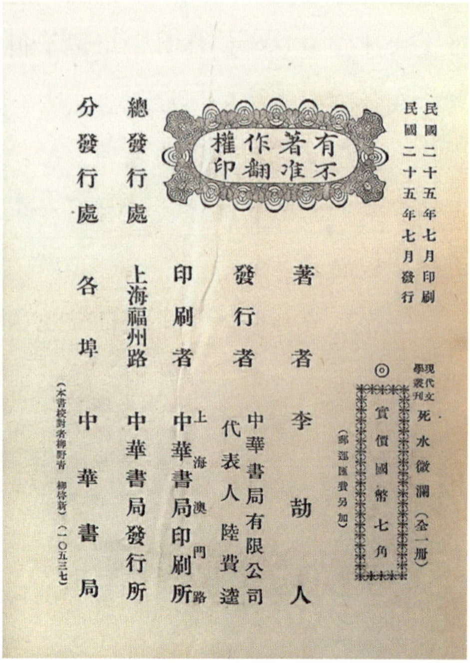
民國二十五年七月印刷
民國二十五年七月發行

有著作權 不准翻印

現代文學叢刊 死水微瀾（全一冊）
◎ 實價國幣七角
（郵運匯費另加）

著者 李劼人
發行者 中華書局有限公司 代表人 陸費逵
印刷者 上海澳門路 中華書局印刷所
總發行處 上海福州路 中華書局發行所
分發行處 各埠 中華書局

（本書校對者柳野青 柳啓新）（一〇三三七）

料借机报复没成，反而在骚乱中丢失爱女。义和团失败，八国联军攻占北京后，顾天成向洋人和官府诬告罗歪嘴参与了打教堂、杀教民的案子。官府闻讯后前来抓捕，罗歪嘴仓皇出逃，兴顺号店铺被砸，蔡大嫂被打成重伤。得知蔡大嫂在家，顾天成先后七次来到她家，提出要娶蔡大嫂，而蔡大嫂为救丈夫毅然决定嫁给顾天成，成为顾三奶奶。

按：李劼人（1891—1962）的《死水微澜》以蔡大嫂、袍哥首领罗歪嘴、教民顾天成三人构成的多角冲突为主线，通过对四川的风土人情、市民阶层的心理状态和生活方式惟妙惟肖的刻画，充分展现了自甲午战争到《辛丑条约》签订这一时段的历史氛围，深刻揭示了教民和袍哥两股势力的相互激荡和消长，透视出欧美资本主义文明侵入后，在如同“死水”一般的四川盆地内激起的微微波澜。小说以邓幺姑—蔡大嫂—罗情妇—顾三奶奶的思想品行为中心，写历史转捩于男女情爱中，寓政治风云于乡风民情里，结构宏大而严谨，叙述客观精细，人物栩栩如生，而浓郁的川腔不仅形象生动而且颇具地方特色，将历史中的人与人的历史表现得淋漓尽致，堪称时代的人性的史诗。小说为中国现代长篇小说的民族化与现代化作出了重要贡献，也是这一时期现代长篇小说的重要收获之一。

7月 叶灵凤的《永久的女性》由上海大光书局初版。

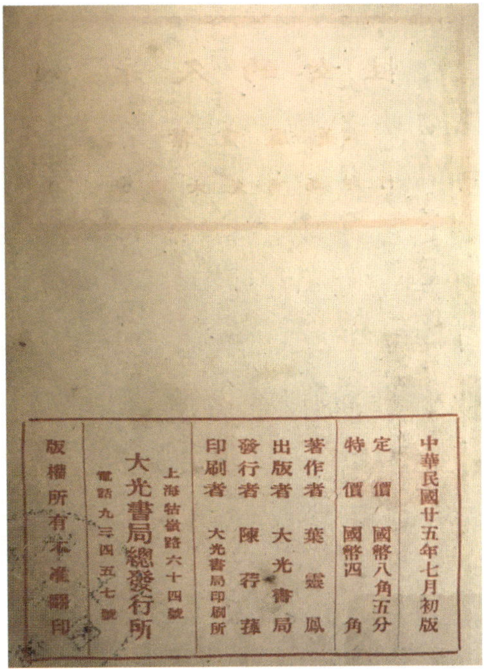
中華民國廿五年七月初版

定價 國幣八角五分
特價 國幣四角

著作者 葉靈鳳
出版者 大光書局
發行者 陳苻蓀
印刷者 大光書局印刷所

大光書局總發行所
上海牯嶺路六十四號
電話九三四五七號

版權所有 不准翻印

梗概：秦枫谷是一位俊朗洒脱，对艺术充满热忱的青年画家。他从小失去母爱，一直以来都想寻找一位像蒙娜丽莎一样纯洁美丽的女性以完成他构思已久的一幅画像。一次偶然的机会，他在《中国画报》上发现朱娴的照片很符合他的标准，便向编辑部打探朱的联系方式，未果，但却在花店门口与之巧遇，遂大胆请其做自己的模特。朱娴的父亲投资失败欠下银行债务，便做主将她许配给继母的表亲——在银行工作的刘敬斋。朱娴虽对亲事不满，但为了尽孝加之一贯温柔沉静的个性，只能默默承受。秦的出现打开了她关闭已久的心扉，点燃了她对艺术和爱情的渴望，于是她瞒着家人每日去画像，同时也对秦隐瞒了自己已订婚的事实。秦朱二人在作画的几天时间里感情迅速升温，画像完成之日，秦所在的独立美术社为他庆功，这时追求秦多时的罗雪茵意外出现，看到画像和朱娴本人不由得妒火中烧，更加紧了对秦的进攻。画展举行之后，朱娴的画像《永久的女性》获得一致好评，刘敬斋亦知道了这一消息，他随即向朱父发难，朱娴只得闭门不出，终日伤心难过。秦在画展现场苦苦等待朱娴的出现，却等来了朱娴的父亲，还从朱父口中得知朱已订婚，秦备受打击，他病倒了。为了不毁坏朱的家庭，让朱能够尽孝，秦忍痛放弃二人的爱情，接受了罗雪茵的追求，并将自己挚爱的画像送与朱娴。失去了爱人，竟连付出巨大心血的作品也不能保留，还要与一位不懂艺术的女性结为伴侣，秦枫谷真正感受到了一个艺术家的孤独。

按：小说结构松散，叙述平淡，看似表现爱情悲剧却只从外围导向悲的氛围而没有表现出悲剧的内在冲突性，人物平面化，情节也乏善可陈。总之，叶灵凤的小说线索单一，情节浅白直露，人物单纯，立意平直，缺乏深度，虽然语言优美细腻，心理刻画细致入微，但总体而言无耐人寻味之处。

7月 **王任叔的《证章》由上海文学出版社初版。**

梗概：无业大学生杜清白在夜里意外发现屋里有一张牧民公署委任他为七等科员的委任状，喜出望外。第二天一早他就到公署领到佩戴的证章，领

回放到屋里后便同老婆出去租新公寓。老妈子听说证章是金子制成就将它与委任令一起偷走，压在石头下面，然后又被一乞丐偷去，收古董的商人看到后又从乞丐手里买下这证章，冒名顶替到公署就任。古董商凭着他吹拍压的本事，很快平步青云，被推荐为“参事”。而杜清白却穷困潦倒，隐姓埋名四处逃避，不得不靠老婆林如兰到舞场卖笑为生。这时，“杜参事”在舞场上勾引上了林如兰。当林如兰从“杜参事”手中得来证章和委任状送还杜清白时，杜清白已在抑郁中死去。

按：这是一部荒诞不经的小说，作者王任叔（1901—1972）借此批判官场社会的势利和腐败、卑鄙和无耻的黑暗现实，反映下层百姓贫苦无助的悲惨生活，字里行间流露出深刻的同情。小说最后的结尾以城角燃起冲天大火象征着旧世界必将毁灭的理想，也有一定的积极意义。小说借鉴果戈理的讽刺小说《鼻子》《外套》等，但只取其表，未得其神，故讽刺较为表象，流于其外。

7月 江雨岚的《离绝》由上海大光书局印行第五版。

7月 老舍的《牛天赐传》由上海人间书屋再版。

8月1日 老舍在《宇宙风》第22期发表《我怎样写〈牛天赐传〉》一文，他说：“热，乱，慌，是我写《牛天赐传》时生活情形的最合适的三个形容字。这三个字似乎都与创作时所需要的条件不大相合。《牛天赐》产生的时候不对，八字根本不够格局！”

“此外，还另有些使它不高明的原因。第一个是文字上的限制。它是《论语》半月刊的特约长篇，所以必须幽默一些。幽默与伟大不是不能相容的，我不必为幽默而感到不安……我的困难是每一期只要四五千字，既要顾到故事的连续，又须处处轻松招笑。为达到此目的，我只好抱住幽默死啃；不用说，死啃幽默总会有失去幽默的时候；到了幽默论斤卖的地步，讨厌是必不可免的。我的困难至此乃成为毛病。艺术作品最忌用不正当的手段取得效果，故意招笑与无病呻吟的罪过原是一样的。”

“每期只要四五千字，所以书中每个人，每件事，都不许信其自然的发展。

设若一段之中我只详细的描写一个景或一个人，无疑的便会失去故事的趣味。我得使每期不落空，处处有些玩艺。因此，一期一期的读，它倒也怪热闹：及至把全书一气读完，它可就显出紧促慌乱，缺乏深厚的味道了。”

“书中的主人公——按老话儿说，应当叫作‘书胆’——是个小孩儿。一点点的小孩儿没有什么思想，意志，与行为。这样的英雄全仗着别人来捧场，所以在最前的几章里我几乎有点和个小孩子开玩笑的嫌疑了……因为我要写得幽默，就不能拿个顶穷苦的孩子作书胆——那样便成了悲剧。自然，我也明知道照我那么写一定会有危险的——幽默一放手便会成为瞎胡闹与开玩笑。于此，我至今还觉得怪对不起“牛天赐”的！”

8月1日 苏茹在《是非公论》第13期发表《〈苦果〉与〈叛徒〉》一文，认为：“这两个故事，《苦果》同《叛徒》，也有一个相似之点，那就是，在相仿佛的革命罗曼司之中，两个女角色都是不惜牺牲自己，去敷衍那握权的人，以搭救她们的爱人。”“照罗先生的原意，也许是想把这小小的故事，写成一个人生的悲剧。可是，我们把《苦果》从头看到底，只觉得伤感的味儿多，罗曼蒂克的调儿重。那各个人物的线条，不甚分明；那斗笋伏脉的地方，不甚自然；那环境的描写，不够衬托出那戏情的演出——这都可以使得我们，保留我们最后的意见。但是，我们相信罗先生，是在试验那哈代式的技术。只是他应分把天地间的‘不可避免’与‘突如其来’，更加详细的研究研究，也许下次的‘果’，不管是‘苦’的或是‘甜’的，更可以显见得是‘因’的‘果’。”“说到杜衡先生，我们对于他的立场，似乎有点模糊。他写这个，关于几个‘叛徒’的故事，几个在上海某种生活圈内活动的人物，杜先生又像是表同情，又像是漠视。这些个叛徒，当然也有他们的血与泪，也有他们的感觉。只是在杜先生的笔下，他们似乎都成了提线戏台上的木偶人。他们没有很深刻的信仰，也没有很热烈的希望。他们只是彷徨，只是在活着，想法子活着就算了。这当然也可以代表现代中国的生活的一部分；这当然也可以表现现代中国人一部分的情绪。老张，也同仁僧一样，在事业与女人之间，不知道有所取舍。熊掌同鱼都要，结果只有‘伟大的毁灭’！”

8月1日 林语堂在第22期《宇宙风·编辑后记》中写道："老舍先生一口气给本刊写了八篇《老牛破车》后休息了一阵，现在暑假已到，就把全部工夫放在给本刊写作上面。除了随笔之外，更有一个长篇在创作中，名曰《骆驼祥子》，决定在本刊二十五期刊起。老舍先生是中国特出的长篇小说家，自《牛天赐传》问世，迄今已整整两年，《骆驼祥子》就是这长长时间中构思成功的作品，写作时又在长闲的暑假期，写作地正在避暑地的青岛，其成功必定空前。本刊得此杰作，喜不自胜，就急急忙忙地报告读者。"

8月1日 周文的《烟苗季》（第一章）《在军需室里》刊于《文学丛报》第5期。

8月2日 《大公报》刊载《苦果》的再版广告："本书为罗暟岚先生长篇创作，内容述一恋爱悲剧，立意深湛，布局周密，自出版以来，各地读者，踊跃争购，于半年间，初版数千部即已售罄，而购者尤纷至沓来，兹经赶印再版，现已出售，全书约近五百页，分洋纸报纸二种，备各界选择，定价至廉，印行无多，购请从速。"

8月10日 竖白在《量才馆刊》创刊号上发表《〈八月的乡村〉》一文，认为："《八月的乡村》它是一座架渡人类走上正路的浮桥，所以我们诚恳地介绍给一般读者之前，希望大家打从这座浮桥上经过，而站在做'庄严的工作'底一方面，来负起创造社会的伟大使命！"

8月15日 《申报》刊载《浓烟》的广告："这是一部关于南洋教育的长篇小说。作者在南洋执教九年之久，以亲身的经历，深切的感触，发为这一部十余万言的巨制。在这里可以看见南洋教育的命脉怎样抓在一般商人型的'财东'手里，以及那些'财东'怎样专打商人算盘，以致坚决拒绝新人物和新思潮的侵入，使人愤然感到我们在外侨胞子弟的教育问题的严重性。作者又穿插了许多关于南洋风土的描写在里面，使国内的读者购了，宛如身入《镜花缘》一般。"

8月30日 《申报》刊载《骆驼祥子》的广告语："《骆驼祥子》 老舍先生长篇创作 黄包车夫血汗史。"

8月 萧军的《八月的乡村》由上海奴隶社印行第五版。

8月 王统照的《山雨》由上海开明书店再版。

8月 巴金的《新生》由上海开明书店印行第五版。

9月1日 贾铁轨《女子月刊》第4卷第9期发表《谢冰莹的〈一个女兵的自传〉》一文，认为："在这短短五万字的记叙，已很够看到作者怎样的从那封建势力笼罩的家庭，挣扎到出走上社会来。相等的，可以看到冰莹女士所受到的精神上的痛苦，（甚至可以说肉体上的痛苦，）不啻是一个为大众而殉难的耶稣；而给未来的姊妹们，换来一条争取人格独立，平等，自由，的捷径。"由本书可以断定这是一部"划时代的作品"，"冰莹女士在文学上的成就，是划时代的，这成就在于她是五四以后的革命的女性。"

9月1日 《申报》刊载《风风雨雨》的广告："一九三五年末在中国历史上是一个划时代的转变，《风风雨雨》便是第一部以这划时代为背景而正确地反映了当时社会动态的长篇小说。作者的艺术在这部书中有更高级的成就，尤其是人物方面，因为时代逼近的关系，是更其显得活生生的了。凡是曾读过过去关于这时代的零星断片的描写者，均不可不一读这范围更广、包罗更富的长篇小说。这是件随着国防文学理论的展开的第一回创作实践。"

9月10日 蕊珠在《大光图书月报》创刊号发表《〈永久的女性〉读后感》一文，认为小说"在结构方面并不感到松懈，而还显得十分紧张的样子。他的作品，无论小品，或小说都是以情绪美丽，技术细腻见长的，而这本《永久的女性》，当然也不能例外"。虽然时代性不强，思想也并不深刻，但也有值得一读的价值。

9月10日 张森在《量才馆刊》第2期发表《〈洋泾浜奇侠〉》一文，认为："《洋泾浜奇侠》这是一本富于讽刺性的诙谐小说。然而它的内容倒并不因为诙谐而失却它的真实性；反之它的现实性却表现得非常充分。""《洋泾浜奇侠》的中心题材，是针对着这种有害的思想（指武侠思想，编者注），作猛烈的攻击的一部富有现实意义的作品，同时文笔又颇轻松流利，实有一读之价值。"

9月16日 素斐在《妇女生活》第3卷第5期上发表《〈一个女兵的自传〉》

一文，认为：“冰莹这本自传，写得很美很有力，读来像一首雄浑壮丽的诗篇。字句也很大众的，简直可以给小弟弟小妹妹们作童话读。从这本书里我们不仅止看见一个意志很坚定反抗精神很充足的女子，她反抗家庭，反抗学校，反抗社会以至踏上打倒军阀打倒帝国主义的大道；同时也看到旧社会日形崩溃回光反照下的青年男女——尤其是一群一群的姊妹们在如何艰难情形之中不怕危险胜过痛苦普遍地在反封建反帝！固然也有些气尽力竭为毒浪所卷去了的；可是，怀着大无畏精神茹苦含辛鼓起余勇的，终是迈步向着光明前进！”

9月16日 老舍的《骆驼祥子》始刊于《宇宙风》第 25 期，至 1937 年 10 月 1 日第 48 期毕。

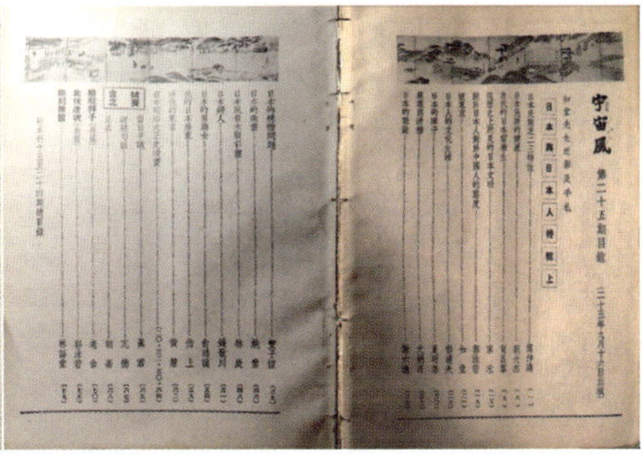

9月20日 《今代文艺》第 1 卷第 3 期刊载《未完的忏悔录》的广告：“作者叶灵凤先生在本书的序中说过‘这小说里的主人公陈艳珠，我写的是一个沾染了都市浮华气息，但是在内心还潜伏着一点善良的现代女性。许多朋友都说，写这样典型的人物，我该是擅长的，’我们从这本书中可以证明作者确实擅长这样的长处。全书有九十余章，用新五号字排印，精装一厚册，式样美观，爱好文艺的读者应该置备一册。”

9月29日 《申报》刊载《死水微澜》的广告：“本书著者积数十年之经验与文学素养，将自清光绪庚子以来社会变迁之迹，从细微处着笔，写成有系统之小说。内容以庚子年前后之四川成都为背景，描写当时沉寂之社会、天主教会势力之强盛、教民之横行、物质文明之初步侵入，以及士绅、袍哥、土娼等等，而尤注意号称‘天府之国’的四川当时之生活情状、起居服饰、一般人之思想，特殊之语言名词，于时代性、地方性均无丝毫疵谬。描写极深刻入微，结构谨严完密，尤称佳作。”

9月30日　《通俗文化》第4卷第6号刊载消息《女作家白薇的巨著〈悲剧生涯〉出版了》：“女作家白薇长篇巨著三十万言之《悲剧生涯》已出版，计上下两册，据阅过的人说，此书系自传小说体，写白薇十来年之生活，尤以写在日本咖啡店作侍女一章特佳。”

9月　白薇的《悲剧生涯》由上海文学出版社初版。

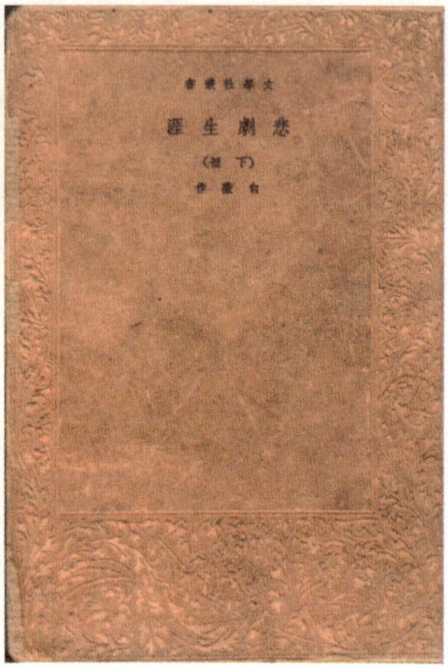

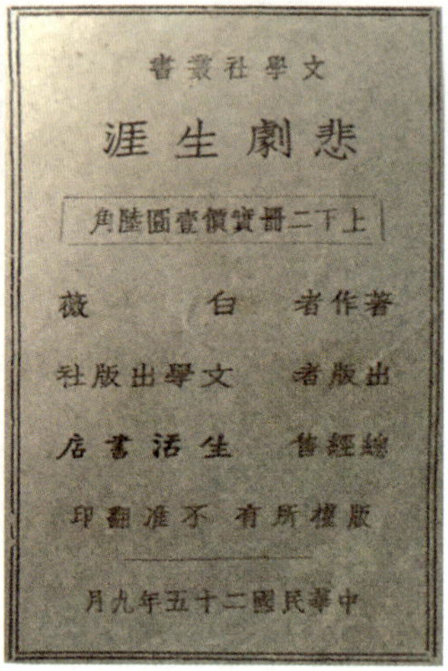
文學社叢書

悲劇生涯

上下二冊實價壹圓陸角

著作者　白薇

出版者　文學出版社

總經售　生活書店

版權所有　不准翻印

中華民國二十五年九月

梗概：苇是一个有向上之心的女子，她从视女性为生育工具的封建婆家逃离出来，先入省立女子师范读书，后赴东京高等女子学校求学，一直努力地争取有自由、有希望的生活。1924年，展因与红分手而发狂，后经友人介绍认识了苇。他俩学识志趣相投，很快坠入爱河，但好景不长，红因其与可粲不幸的生活而到访，嫉妒之心使得红在展面前无中生有、添油加醋地诋毁苇，糊涂的展竟也信其所言。苇写信劝展不要听信孙吉奴的话，放弃经商致富的想法，专注于自己的文学天赋，不料展不仅将信公之于众，还进行嘲笑，非但如此，展还当着苇的面说要去找红，对苇写与他的信也不理不睬，苇因此害了相思病，体重锐减。展去南洋掘金，几乎沦为乞丐，幸得同乡人相助，谋得一个小学教员的位置，任性风流的生活也使他患上了淋病，而此时，红与可粲已经结婚了。从日本回国的苇与从南洋归来的展在上海重逢，悲喜交集下，两人决定同居，不久苇也感染了淋病。转眼，展就变心和寡妇寻欢作乐，同年冬天又和红缠绵，丝毫不顾病情加重的苇。苇决定斩断情丝，把对展的爱转移到千千万万被压迫的大众身上去。她专心于戏剧事业，一心想着把学校办好，但投入社会活动的她也频频遭遇失败，经历着爱、病与时代的三重绝望。随后，展决定办刊物，邀请苇为编辑，但合作之时，又丝毫不重视苇，两人关系就此破裂。苇的病情日益恶化，虽偶有几次得朋友的帮助，但相对昂贵的医药费、住院费来说依旧杯水车薪。各种疾病缠身的苇需要开刀才有获救的可能，而她后来到底怎样，也无人知晓了。

按：这是一部自传体长篇小说，讲述了苇与展十年间的爱情纠葛。苇本是不甘被环境束缚、一心上进的女子，却因与展的相恋而深陷悲剧的泥潭，经历了爱、病与时代的三重绝望。随着小说的推进，苇日渐衰弱的身体里却有着愈发坚定的灵魂，二者极具张力。苇一方面拒绝爱情里只有生理性的情热、而无心灵上契合的现象；另一方面，她也不愿让医生割除带有情热、欲望与希望的卵巢，沦为“无性别”的人，可见作者是真正站在女性立场来考察其精神独立的问题，对纯生理性的爱也提出了质疑。但可惜的是，苇与展二人的形象过于扁平，缺乏更立体的面向，小说总是赋予苇圣母式的光环，有过于美化之感。苇与展相恋的情节也多有重复，读起来略显乏味，而激荡的社会动态也未与主要人物及相关事件融为一体，稍有分裂之感。

9月　周楞伽的《风风雨雨》由上海微波出版社初版，1—1500 册。

梗概：1935 年 10 月，上海笼罩在中日即将开战的谣言之下，市内人心惶惶，逃难之风大盛。一天傍晚，主要靠贩卖日货谋生的刘老爷带着一家老小慌慌张张来到儿媳秀雯的娘家处避难，在与亲家夏仁卿老爷的交谈中得知私运白银利润甚高，于是极力请求夏老爷帮衬，两人谈笑甚欢。币制改革后，经营标金、公债两项投机生意的夏老爷在熟人仲翁的提点下，大赚了一笔后准备撤退。恰在此时，刘老爷与日资企业三林洋行达成协议，自己出面替他们采办原料，他们则会为其子韶年安排一个官职。夏老爷得知这个消息后也有心做官，对待刘老爷一家也便发客气。

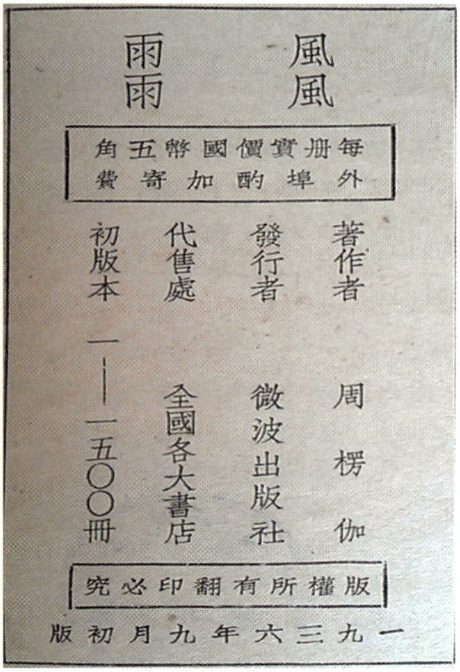
風風雨雨

每冊實價國幣五角
外埠酌加寄費

著作者　周楞伽
發行者　微波出版社
代售處　全國各大書店
初版本　一——一五〇〇冊

版權所有翻印必究

一九三六年九月初版

与父辈只顾趁乱牟利或求权的行为不同，夏家的二小姐秀瑛与三少爷伯苍深深关心着国家的前途与命运。秀瑛积极到义务学校教工人们识字，并在女工何金妹的介绍下结交了先进工人代表华莎，自身的思想觉悟得到了进一步提高。三少爷伯苍投身复旦学生发起的救国运动中，先后参加了游行示威与向市政府请愿等活动。12 月 24 日这天，秀瑛避开了父母为她安排的旧式订婚仪式，一大早便离开家门，参与到华莎等人组织的爱国运动中，被汉奸打伤了头部。伯苍则加入到复旦学生组织的赴京请愿队伍中，登上了从上海开往南京的火车，继续向前挺进。

按：小说以中日间复杂紧张的关系为背景，以上海市民夏、刘两家父辈与子辈的命运抉择为线索，较为细致地展现出 1935 年 10 月至 12 月中国政治、经济、社会生活等方面动乱不安的状态：金融崩溃、物价飞涨导致的恐慌与混乱，资本家残酷剥削下工人悲惨的生活遭际与积极的罢工抗争，爱国学生自发组织的游行示威与请愿活动，以及国难当头少部分人仍然寻欢作乐甚至为谋求私利出卖国家等众多景象，在强烈的对比中揭示出青年一代勇于“破旧立新”的前进姿态与不畏牺牲的抗争精神，传达了作者对于国家光明前途的美好希望。在语言运用方面，口语化色彩较为突出，生活气息较为浓厚，“顶门内三魄失了两魂”“仇人相见分外眼红”等俗语的使用巧妙地刻画出小市民阶层追名逐利的滑稽嘴脸，具有一定的讽刺效果。不过，全书与其说是文学不如说是报告更为实在。全书看似全面但却庞杂，大量的各类事件的记叙，掩盖了其文学性的表达，加之概念化明显，导致全书文学性成就不高。

9月 萧军的《八月的乡村》由上海奴隶社印行第六版。

9月 张天翼的《齿轮》改名为《时代的跳动》由上海长江书店出版。

9月 叶圣陶的《倪焕之》由上海开明书店印行第六版。

9月 北风的《墙头草》由上海仿古书店印行第四版。

9月 茅盾的《子夜》由上海开明书店印行第七版（删节本）。

10月6日 曼尼在《华北日报》发表《作家（之十二）苏雪林》一文，认为：“她的家庭比较相当地封建，在她的创作小说《棘心》里，我们知道她因为被未婚夫的虐待的原故，她便入了天主教。那是因为她要想在神的方面求些安慰来补偿实受的痛苦。关于她的身世读者可以看她的长篇创作《棘心》，那是一九二九年的作品，游记式的小说。”

10月13—14日 侯福荣在《绥远西北日报》发表《读巴金的〈雾〉——〈爱情的三部曲〉之一》一文，认为：“本书内没有社会的背景，然而也不能说这是一部没有价值的作品，在它里边，作者的目的——描写人性——是达到了。”“周如水和陈真在本书中是最感动人的两个性格——这大约就是作者成功的地方。”

10月15日 萧军的《第三代》（第二部）第1—2章始刊于《作家》第2卷第1号至11月15日第2卷第2号。

10月16日 毕树棠在《宇宙风》第27期发表《〈牛天赐传〉》一文，认为：“老舍的小说有两个特点，是他的同辈所缺乏的。一是善用北京话，整个摆脱以往半文半白的小说语调，却又不入时行的辞曲而力伏的欧化新格，把说话和行文打成一片，口劲和笔锋毫不隔离，所以简洁，明快，俏丽，警慧，显着真而且美。演述世故人情，深入浅出，是智者恒言，细细察得，津津道出，换得个雅俗共赏。”“第二是幽默。”而且作者这两个特点的进步，“在《牛天赐传》里是很显著的。”在描写上，“老舍则只用话，现成的话，连辞带节都纳在一气，一派的天然口调，语言有味，便是风格。要改动，起码得改动一句，稍微拆散，便不成话。这就是他利用北京话的工夫到了火候，在《牛天赐传》里一色是用的这种叙述，熟练极了。”“其次，书里句句都含着笑，处处都是笑话，却处处都是平常的人事，用幽默的态度表出来，就别样，而可笑。”“还有最重要的一点。这书以全力表现一种环境和一个性格的作痒似的摩擦，摩擦得灰暗而麻木，这有很重大的社会意义，是读者所最不可忽略的，似乎要收敛笑容，另有所感呢。”

10月16日 老舍的长篇小说《选民》始刊于《论语》第98期，至1937年7月1日第115期中辍。

10月20日 玲（张爱玲）在上海圣玛利亚女校《国光》第1期发表读书报告《〈无轨列车〉》，认为，《无轨列车》“是一部不甚连续的漫画式的小说。杂写青年李琳、钟大鹏、丽珠等的情史，中间插入二十余段与故事没有密切关系的都市风景描写，体裁很特别。全书的开端以厦门鼓浪屿为背景，也许这地为作者所熟悉的吧，描写颇为真切流利，然而不久便不幸地陷入时下都市文学的滥调里去。写上海，写名媛，写有闲阶级的享乐，永远依照固定的方式，显然不是由细密的观察得来的。结尾写一·二八之战，更见生硬。结构不谨严，自然也是致命伤。描写也嫌不够深入。作者笔风模仿穆时英，多矫揉造作之处”。

按：张评可作定论。

10月25日 圣陶在《新少年》第2卷第8期发表《老舍的〈北平的洋车夫〉》一文，认为：老舍先生的文章的风格，首先从尽量利用口头语言这一点上显示出来，文章不仅是口头语言而且是精粹的口头语言；其次又从幽默的趣味显示出来。

10月 张天翼的《齿轮》被国民党以“普罗文艺”为由查禁。

11月1日 《女子月刊》第4卷第11期刊载《爱欲》的广告：“金满成

氏的作品曾博得了多少青年男女读者的热烈的欢迎，原因何在？是在作者描写青年男女在恋爱期中的心理最活跃，最生动的缘故。《爱欲》是金满成氏最近的力作！这里描写革命，恋爱，阴暗的权威，青年的热血，这里描写普遍的人生苦痛和少数人的享乐作福。本书的男主人公是一个忠实于革命的典型的人物，本书的女主人公是一个行动奇特而思想澈底的人物。由这两个人交织成了一些可歌可泣，又悲又愤的故事。苦闷的青年读者们，请在本书中找一些足以使你们满意的刺激吧！”

11 月 1 日 《申报》刊载《永久的女性》的广告：“本书为叶灵凤先生最得意的长篇力作。前在《晨报》发表时，每日读者数万，称誉不绝。书中叙一青年画家，为完成其艺术作品，追求一理想中之女性。经过种种挫折，在将达到目的时，终以爱护其艺术之故，毅然与女决绝，度其孤独生活。立意高尚，绝非一般恋爱小说可比。叶先生文字素以美丽著称，本书所描写之都市风光，艺术空气，更觉细腻生动，跃然纸上。爱好文艺者不可不读。”

11 月 15 日 尚杰在《青市女中校刊》第 1—2 期合刊发表《读〈倪焕之〉》一文，认为小说“情节曲折，文笔活跃，绮丽处则缠绵绯恻，激烈处则悲壮激昂。人事景物莫不恰当，好像是一幅着色的图画展开在眼前，勃勃有生气”。“但十六章以后，似乎有点松散，渐渐散神。”

按：作者还对作品的人物及其性格特点进行了较为细致的分析。作为一个高三女学生，能分析得比较到位，颇为不易。

11 月 15 日 巴金的《爱情的三部曲》由上海良友图书印刷公司再版，2001—3000 册。

11 月 16 日 尹雪曼在《学生生活》新 1 卷第 25 期发表《〈子夜〉》一文，认为：“在我读完了《子夜》以后，我算是在我国新文艺界得到了第一本令人满意的创作。”“《子夜》是一部划时代的杰作，这是谁也不否认的，如果你读完了《子夜》后，对于那些尽是皮毛的描写或者是一些浅薄的意识的作品，你会看不下去。《子夜》告诉你这复杂的社会的各方面，由大金融家吴荪甫，一位民族工业的提倡者，引叙了上海金融界钩心斗角的情形，赵伯韬、尚仲礼、杜竹斋这几位便是交易所里播动风浪的人。可是在另一方面，我们也可以看到工人的骚动，和他们之间的矛盾与斗争。”“虽然《子夜》中有不少的小结构，都没有令人相当满意的发展下去，可是要以整个的结构来讲：《子夜》在目前中国文坛上的确是一部差强人意的创作。”

11月20日 俊心在《中锋》创刊号发表《〈三儿苦学记〉》一文，认为这是一部作者的自传，是一部励志书，值得每个青年去读。

11月25日 亚峰在《关声》第5卷第5期发表《〈一个女兵的自传〉》一文，认为主人公的性格“代表着一代新青年，代表着站在时代最尖端簇新的新女性，代表着民族革命运动中英勇的战士的典型而出现在中国历史舞台上的。这书的价值，高过一般记述身边琐事的传记者在此，它的特别有兴趣，有意味，也就在她那生活的不平凡，她那一生斗争的经历”。

12月1日 天虚的《铁轮》由东京文艺刊行社初版。

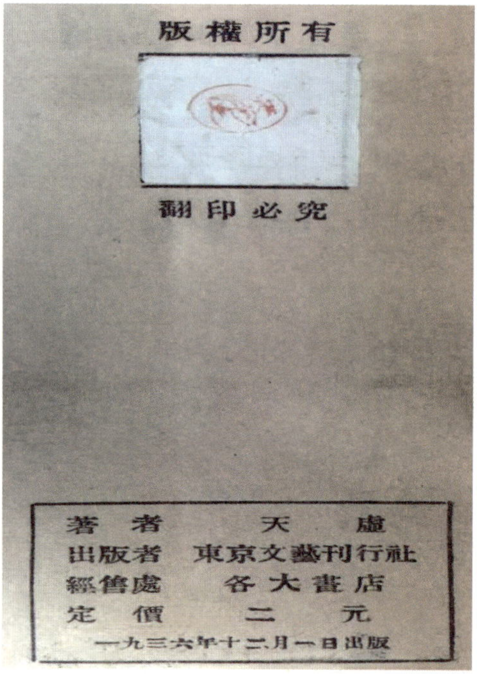

梗概：年轻力壮的阿祥（潘祥生）出身于佃户家庭，他自信且对周围的恶劣环境毫不畏惧。他梦想当兵实现理想，但军队路过时，一个名为高启的

士兵的抱怨让他动摇。地主催租遭到德荣带领的农民们的联合抵制，在癞癞儿的劝说下，阿祥参加德荣组织的会议时被奸细告发，只得告别亲人和恋人蕙英，逃往上海，进工厂做工人。由于减薪，工人在阿武的带领下罢工，阿祥却被工头收买成为奸细，最终工人屈服，阿祥升级加薪。蕙英嫁给了地主王承章，百般刁难阿祥的父母，阿祥将全家接到上海。工头看上了阿祥的妹妹丽英，却被丽英拒绝，阿祥因此被歇工，全家流落街头，弟弟阿荣冻死。在工友阿金的帮助下，阿祥进了新的工厂做工，遇到了王承章的儿子王振武，王振武就是领导罢工的阿武。他先前在上海读大学，在一次宴会上结识了巨商的女儿朱素华，并与之恋爱。振武心系革命，便脱离朱素华进入工厂。素华找到振武，振武又逃到北平，素华因感情失意自杀。一·二八事变中，阿祥父亲被日本人杀死，妹妹失踪，母亲也随后死去。他和工友王兴进入了十九路军，被调去攻打红军，在战争的关键时刻，阿祥开枪打死了白军的机枪手，帮助红军取得了胜利。在红军军营里，他与高启、王振武重逢，并跟着他们一同革命。阿祥回乡，癞癞儿已成为村中妇女部长，二人相互欣赏，相约阿祥下次回乡便结婚。

按：张天虚（1911—1941）的这部小说通过写阿祥做农民受剥削迫害，在工厂做工也被算计压榨，家人在日本的炮火中离散丧生，直至最后他独身一人投身工农革命的遭遇，揭露了土豪劣绅剥削农民，资产阶级压榨工人，帝国主义侵略者残暴杀害百姓的残酷现实，写出了工农武装革命的必然，恰如癞癞儿所说：“历史的铁轮是要这末滚的！工农的最后胜利定要到来！”作者说，《铁轮》的主题“是用最落后农民的终于转变成一个时代的前卫这一段过程来展开现阶段动荡中的农村悲惨的面影，怎样的喘息和咆哮。之后，又展开都会脉搏的动跳，以至一个新的社会底的诞生。企图是暴露畸形的社会各层，展开作为世界动荡核心的中国的全面影，是给时代一个清算”。之所以命名“铁轮”，小说的第 25 章曾说：“时代的铁轮是急遽地向前滚，若不做推轮者，就当心被轧死，你若退了一步，也会被掷在后头。”小说结构虽宏大，但各部分间艺术不均衡，前两部分以阿祥为中心，以现实主义的笔法记录农民工人的不幸遭遇和反抗斗争，情节曲折生动，扣人心弦；但小说第三部分与全书略显脱节；第四部分写红区内的美好生活又过于理想化，影响了作品的艺术水准。

12月1日 关露在《妇女生活》第3卷第10期发表《评白薇的〈悲剧生涯〉》一文，认为："《悲剧生涯》便是描写这样一种现实社会中的悲剧的女性生活。本书的作者根据了她一生的经历写出了这作品中的女主人翁。"论者首先进入人物分析，赞扬了女主人公敢于冲破封建桎梏的勇气，点出了正是知识，让她意识到自己所受的虐待，才不甘于受这种虐待。但逃亡并非真正的出路，并且又因为知识，而开始了新的悲剧生活，以致恋爱生活促成了她永久的身心痛苦。论者强调的是，无论男女主人公，所有悲剧的形成，最终的责任是来自社会环境的罪恶的压迫。"《悲剧生涯》的优点就是作者能用她热情和真实的笔，写出自己生活的经验。她对自己矛盾的心理能毫不隐藏地去分析，把自己的一切内心生活都作了一个勇敢的自白。关于这点是作者伟大和超人的地方。因为也许许多女性都有着她同样的生活和心理，然而许多人是惧怕真实，惧怕把真实的自身向人去披露。""我读了这作品以后，深深地受了作者的感动。可是这作品的写法是有着许多缺点，这缺点是第一，根据我的了解，作者是一个社会的女性，是一个不断地从社会和政治上求解放的女人，不是把大部份的生活寄托在爱情的私生活上。而她这本作品全然是根据了爱情故事作题材，叙述着爱情的纠纷，仿佛是把爱情生活作了全生活的大部份。社会生活的思想只穿插在里边。这种只从爱情故事的出发对于一般的女人是可以的，而作者白薇女士分明是一个在女性中站在抗争的线上，努力社会的工作。那么她的写法，是应该以社会生活作中心，私生活只是一种段片的报告；因为爱情的私生活只是整个生活中的一个极小的部份，是不应该偏重它的。""其次是文章的技巧缺乏考虑。这恐怕是作者成年是在病中的原因，并且这作品的大部份，从她狂烈的热情中看来，时常是在发着高度体温的时候写的。希望作者以后更多注意一点文章的技巧。"

12月1日 堵述初在《潇湘涟漪》第2卷第9期发表《〈一个女兵的自传〉》

一文，认为，虽然感觉不像读《从军日记》那样激动，但小说对封建家庭的暴露淋漓尽致，从中可以看到中国女性成长所经历的艰苦挣扎的历程。小说仍然是国民革命时代的纪念碑。

12月10日 王统照的《春花》由上海良友图书印刷公司初版（良友文学丛书之三十四），1—2000册。

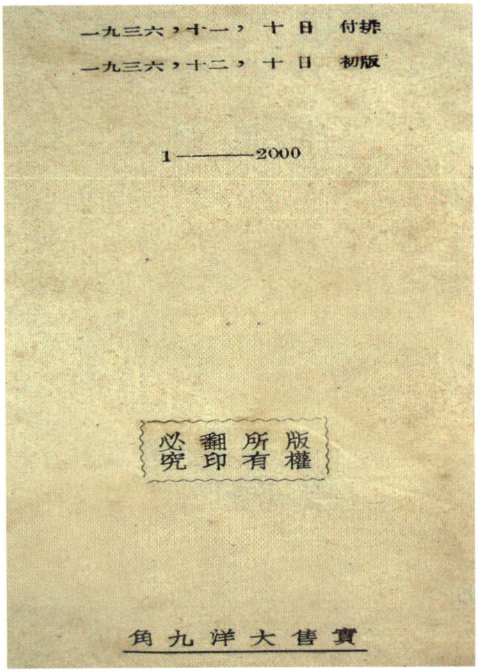
一九三六，十一，十日 付排
一九三六，十二，十日 初版
1——2000
版權所有 翻印必究
實售大洋九角

梗概：山东济南黎明学会原学生领袖坚石走在城南的路上，革命落潮后的信仰危机使他很苦闷，想出家以求解脱。他前去找叔叔筹集路费，叔叔不好反对，却也没有借钱给他。黎明学会的其他成员巽甫、身木、义修等人在坚石出走的前一天晚上在湖上与他巧遇，劝他想开一些。坚石仍然去古寺出家了，后在兄长坚铁的劝说下，结束了半年的僧侣生活，到私立学校任职庶务，在那里接触到民党分子唐书记，感到国民革命的气息，在同学的邀请下去西北军团部任职。巽甫中学毕业后，去省城机关做小职员，不满同事们的口舌之争和浑浑噩噩的生活，便去苏俄考察。巽甫回国后成为南方民党中的活动干部。身木苦恼于学会的分歧严重，在坚石失踪时不断寻找，后升入德国式工科大学，立志为国作贡献，他在上海时接受革命党的重托，成为民党骨干，后被选派到海参崴留学。义修不关心时局，沉溺于个人感情，忙于与萧女士恋爱。而金刚、老佟是学会的先进分子，积极投身革命浪潮。一天，坚石遇到唐书记，唐书记与他畅谈国民革命，让他很受震动，也产生了革命的紧迫感。第二天，他偶遇商贩打扮的金刚，又谈到当年学会的同志，坚石觉得还是应该投入到实际运动中，继续革命。

按：这是一部以真诚的笔触摹写革命退潮后青年知识分子何去何从的纪实性小说。作者试图通过几位知识青年在五四落潮后不同的人生走向，勾勒出一代青年知识分子的群体心路历程，揭示出他们不同际遇的性格原因和家庭影响，较为全面地真实地表现了时代潮流下一代青年知识分子的心理变迁和历史抉择，但挖掘深度不够，布局也较为零碎，情节叙述有余而刻画不足，人物虽平均用力，但难改其单薄样，加之题材所涉范围过大，艺术的针脚便显出粗枝大叶来。

12月15日 东溟在《烽烟》第3期发表《巴金及其作品》一文，认为，在《家》里，“作者写出了大家庭崩溃的过程和新旧势力的冲突；在性格悬殊的祖孙两代里，把一切的社会问题，正面地展开在我们眼前了；使我们对于这过渡时代有一种充分的理解；而人物的描写和选择，作者是具有特殊的功绩的。《家》告诉我们，该‘毅然地和旧势力奋斗到底！’是的，在这时代，我们正该奋斗到底啊！”“‘爱情三部曲’是曾那样地激动过我底心弦的！这里每一页都燃烧着正义之火，每一页都横溢着坚强的信仰……可以看到作者的憧憬。”“而《灭亡》《新生》应该说是巴金先生的代表作了！我爱这二本书，胜于巴金先生其他的作品；因为只有在这里，我们能找出人间的同情；人间的冷酷；压迫阶级的卑鄙；劳动阶级的呻吟。”但近来巴金在退步，《春》是《家》的蛇足。

12月15日 苏茹在《是非公论》第26期发表《〈炼狱〉》一文，认为小说虽题目、表现手法较为陈旧，但“他那对于‘伟大丰富时代’的企望精神，是值得相当的称赞的”。

12 月 15 日 《申报》公布“上海良友图书公司文学奖金征文处揭晓启事”：“本处自本年一月登报征求长篇创作小说以来，共计收到来稿三十一部（参加征文者之姓名已刊于七月卅一日《申报》广告），当由本处聘请蔡元培郁达夫叶圣陶郑伯奇王统照诸先生评选，本拟于其中选定意识技巧皆臻相当完成者一名，赠与奖金五百元，但经评选者再三审阅，以为诸作皆未能达此水准，故决计改变原定办法，将较有胜色之左兵先生所作之《天下太平》及陈涉先生所作之《像样的人》选为第二名第三名，将全额奖金分为三百元二百元，以次分配，至于当选之作，原定编入良友文学丛书，现亦不能不改变原定计划，单独发行，得奖二君，另由本处专函通知。未取各稿，一星期内，挂号寄还。”

12 月 18 日 杜彰在《南宁民国日报》发表《文学的真实性》一文，认为：“鲁迅的《阿 Q 正传》，茅盾的《子夜》，田军的《八月的乡村》，为什么能够得到广大的读者圈呢？就是因为《阿 Q 正传》《子夜》《八月的乡村》，都能反映出中国社会某一历史阶段的真实，这些真实都是从大众的真实生活那儿来的。蒋光慈的作品，所以只能给读者一些热烈的反抗情绪，而不能被认为是时代的真实作品的，便是因为在蒋光慈的作品中，没有反映出时代的真实性，即便反映出了一些，这一些也并不能代表大多数群众的真实生活。因此，蒋光慈的《冲出云围的月亮》，在意识上虽比茅盾的三部曲《蚀》前进得多，但在反映时代的作品批判中，蒋光慈的《冲出云围的月亮》依然及不上茅盾的三部曲《蚀》。虽然茅盾的《蚀》也有它反映不充分的另一面的缺点，但它的长处到底能够遮掩它的短处，而《冲出云围的月亮》的长处却不能遮掩它的短处。换言之，便是《蚀》所反映的时代的真实，比较《冲出云围的月亮》所反映的时代的真实来得充分一点，因此它在文学上的价值，便也比较《冲出云围的月亮》来得充分一点。”

12 月 20 日 赵家璧辑《二十人所选短篇佳作集》由上海良友图书印刷公司初版，书中“附录”刊载下列作品的广告：

（1）《雾》：“作者称这三部连续的长篇小说为《爱情的三部曲》。但这和普通的爱情小说不同，作者所注重的乃是性格的描写。作者并不是单纯地描写爱情事件的本身，不过借用恋爱的关系来表现主人公的性格。第一部《雾》主要地在表现一个性格，一个模糊的优柔寡断的性格。它是“爱情三部曲”的开端。《雾》的主人公是周如水，那是一个罗亭型的人物。其实他比罗亭还更软弱。他追求理想，追求光明，追求爱，可是一旦逼近了他的目标甚至举手就可以触到它的时候，他又因缺乏勇气而迟疑退缩了。我们在一部份中国智识分子的身上可以看见周如水的面影。全书三百余页，是作者最近的改订本，书前附印作者的总序，书后附印作者的自白。”

（2）《雨》：“《雨》是《雾》的续篇，在这里作者在一种悲剧的场面下结束了周如水的生命。但《雨》的主人公却是周如水的友人吴仁民，那是一种粗暴的，浮躁的性格，这恰是前一种的反面，也是对于前一种的反动。《雾》中的吴仁民正陷溺在个人的哀愁里，然而现在打击来了。死带走了他病弱的妻子，那个消磨他的热情的东西——爱去了。热情重新聚集起来，他的心境失了平衡。他时时追求，处处碰壁。他要活动，暖热，却得着寂寞。寂寞不能消灭热情，反而像一阵风煽旺了火。于是，在这时意外地来了爱情。一个女人的影子出现了。女性的温柔蚕食了他的热情。这似乎还不够，必得再让另一个女人从记忆的坟墓中活起来，使他在两个女性的包围中演一幕恋爱的悲喜剧，然后两个女人都悲痛地离开他，等他醒过来时火已经熄灭，就只剩下一点余烬。这时候他又经历了一个危机。他已经站在灭亡的边沿上了，然而幸运地来了那个拯救一切的信仰。我们可以想象到吴仁民怎样抱了它流着感激的眼泪。《雨》的幕就在这时候落了下来。”

（3）《电》：“《电》是‘爱情三部曲’的顶点，到了《电》热情才有了归结。这时吴仁民的眼泪已经流尽了，他变做一个新人。他现在‘持重’，而‘淳朴’，成了一个近乎健全的性格。但更健全的应该是他的女朋友李佩珠。在《雨》里面她就感到热情的满溢，预备拿来为他人放散。如今两年以后她以一个新的姿态来在《电》的同志中间，她得着他们的爱护。看起来她是一个平凡的人，然而她如果说一句话或做一个手势叫人去为理想交出生命，谁也会欢喜得如去赴盛筵。她仿佛是一个女孩，然而她和吴仁民在一起，又是那么真实那么自然的结合。倘如说‘爱情三部曲’还写了‘信仰’，那么在《雾》里不过刚下了种子，在《雨》里才发了芽，然后《电》光一闪，信仰便开花了。到了《电》，我们才看见信仰怎样地支配一切，拯救一切。”

（4）《残碑》：“《残碑》的总灵魂是：大时代前的沉闷；沉闷期中的各种人的姿态；以及沉闷终于被冲破后，那些人又各自扮演如何的角色。《残碑》的副的企图，是想说明那包含着各种杂质的大锅炉终于会被烧炸。主人公孙丘立所供职的小机关就是这含杂质的锅炉的象征。《残碑》也注意人物典型。女主人公蓉姊的周围有三个青年：一个能言不能行；一个能行不能言；一个二者兼长。恋爱经过环境的曲折，Frued的精神分析的方式，胜利终于归到能行不能言的一个。《残碑》也穿插到下层社会。由农村到工厂的田焕章代表一典型，由茶房进‘帮口’的王金华代表着另一典型。”

（5）《春花》：“作者是中国新文学运动史上第一个写长篇小说的人，当他的伟著《一叶》出版时，曾轰动过全国文坛。《春花》是一部三十万字大长篇的前半部，写启蒙运动时代（由五四至民十二三年间）几个不同性格的青年，怎样的得到感受激动与家庭社会的影响而成了几个不同的定型。”

（6）《离婚》：“作者是中国特出的长篇小说家，在独创的风格里，蕴蓄着丰富的幽默味。本书都十六万言，作者自己在信上说过：‘比《猫城记》强的多，紧练处更非《二马》等所能及。’《文学季刊》批评说：‘他（老舍）的幽默，是在他的智慧，我在读他的小说时，时时在感到他的思想多而且快……在一个思想多而且快的作家，顶需要的是紧凑……作者似乎也已经决意到了这一层，所以即以句子的表面论，也渐趋于简劲了。《离婚》这本小说，高出于他先前的一切作品者，这便是一端。’”

（7）《无轨列车》：“本书为十五万字之长篇小说，以作者家乡福建为背景，以近数年来中国社会之上大变动为故事之主题。全书布局曲折，情节离奇，堪称小说界之巨构。”

12月31日 《华北日报》刊载消息称：“北平国际文艺座谈会主办之朱胡彬夏文学奖金，本年度已决赠与《生命的波涛》作者王立明女士。奖金二百五十元已汇出，现已收到王女士之覆函。”“该书为其工作余暇时所写成，由上海中国女子生产合作社所发行，乃描写近五六年来的中国社会，由传统思想所遗留下来的余毒，大都会烟酒赌舞所产生的迷诱，以及帝国主义在华以武力侵略，所影响我国一部份人民的生活，尤其是这其中的一个女子，在这时期所受到的遭遇及表现的奋斗。据刘廷芳博士等之评判，认该书确是一部描写女子生活种种最真实之书，在今日关于妇女读物甚少之现在，该书颇值得一读。”“此次作品——《生命的波涛》——文笔流畅，内容深刻，实值一读。”

12月 李劼人的《暴风雨前》由上海中华书局初版（现代文学丛刊）。

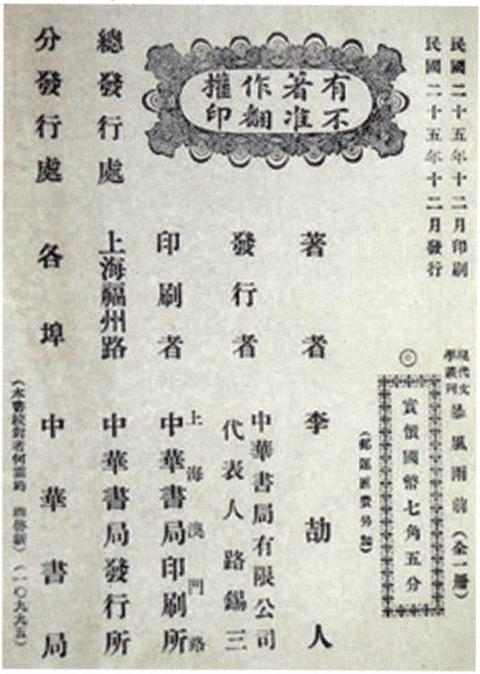
民國二十五年十二月印刷
民國二十五年十二月發行
有著作權 不准翻印
現代文學叢刊 暴風雨前（全一冊）
實價國幣七角五分
（郵匯費另加）
著者 李劼人
發行者 中華書局有限公司 代表人路錫三
印刷者 上海澳門路 中華書局印刷所
總發行處 上海福州路 中華書局發行所
分發行處 各埠 中華書局

梗概：成都闹起了红灯教，市民一片恐慌。苏星煌到半官半绅的郝达三家讲维新，又劝他的儿子郝又三加入文明合作社。郝达三捐了些银子后，又三入了社，并带回了一些维新的报纸，如《申报》之类，也在社里结交了一批维新志士。不久，红灯教头目廖观音被杀，苏星煌要去日本留学，葛寰中想说合苏星煌与郝家大小姐的婚事，但郝母反对，只得作罢。郝又三也想去日本，但终因家庭反对和他自己的顾虑未去。郝母怕这个独子飞了，便让他娶了表妹叶文婉。十个月后，又三做了父亲。一天，他遇到朋友田老兄，田劝他读书，又三便考进了一所新式的高等学堂。之后在维新会同学田老兄办的学校里当了老师。

小学堂里有个叫伍安生的学生，较调皮，但记性很好，数学英语学得好，语文史地则不行，老师们对他意见不一。一次伍安生打了人，学校里有人提出要开除他，郝又三说情后只给了记过处分。又三得知伍安生的母亲伍大嫂为生活所迫做了暗娼，后来警察要伍大嫂搬家并威胁要把她家定成监视户，又三又找葛寰中帮了忙。这时，郝又三在文明合作社的朋友尤铁民受同盟会的委托，回国考察革命情况并准备在四川起事。尤铁民给又三讲他们的活动与起义计划，又三既惊叹又佩服。尤铁民劝他早日加入同盟会，做一个革命者，郝又三犹豫不决。他虽想革命，但更怕杀头。不久，成都起义事败露，尤铁民在田老兄的带领下，躲进了郝家。待平静后，尤铁民去了南洋。郝又三想起伍大嫂，便又与她亲热起来。苏星煌回国后反而成了立宪党人，他攻击新政，发泄对革命党人的不满。这时，新的风气已经吹了进来，成都召开了省大运动会。伍大嫂因丈夫伍平来信便离开成都到自贡去了。

按：这是李劼人反映辛亥革命前成都社会动荡以及风土人情的“大河小说”的第二部，是《死水微澜》的续篇。但令人遗憾的是，由于作者太拘泥于历史事实，太过于追求记述的“百科全书”性质，导致作品缺乏剪裁，主题也不鲜明，人物虽多但缺乏典型，结构也有失齐整，一些情节枝蔓，如伍家婆媳的矛盾、大运动会等，而作品中关于风土人情的记述，如婚礼风俗、茶馆作用、郝母丧事的铺写等，虽细致却也冗长而琐碎，不仅失去了文学的审美性，也破坏了小说的叙述节奏。或者可以说，这是一部小说的大纲或草稿而不是一部充满文学性的饱满的艺术创作，更不是一部精雕细刻的艺术精品。这一情形发生在刚刚创作了堪称精品的《死水微澜》的李劼人身上，令人格外遗憾。

12月 张资平的《时代与爱的歧路》改名《青年的爱》由上海合众书店出版。

1937年

1月1日 锡令在浙江鄞县《效实学生季刊》第4—5期发表《读巴金的〈家〉后》一文，认为：“二十万余言的长篇，字字都是这样的生动，崭新。结构也是这样的细密。”“无疑地，一位成名的作家，他的态度是严肃得很，他底思想是正确的，又富有理解力，他的技巧是相当成熟而细腻。”“这部书也就是为了征服生活而作的。”

1月1日 天虚在《文艺工作者》准备号第1期发表《〈铁轮〉外话》一文，谈了《铁轮》出版的有关事宜。

1月5日 《申报》刊载《春天》的预告：“本书为作者拟作的长篇《丰饶

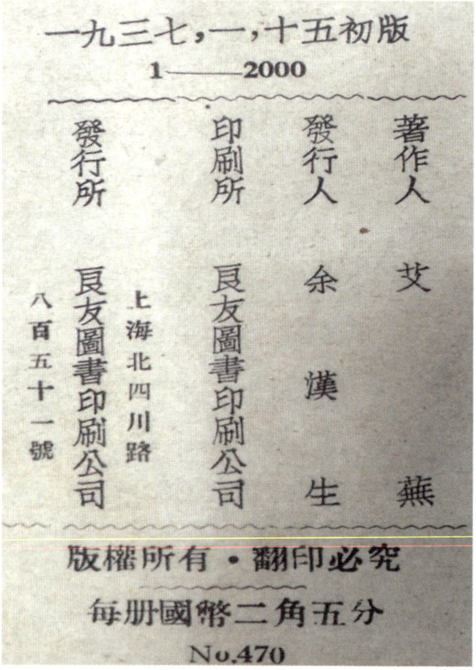
一九三七，一，十五初版
1——2000

著作人 艾蕪
發行人 余漢生
印刷所 良友圖書印刷公司 上海北四川路
發行所 良友圖書印刷公司 八百五十一號

版權所有・翻印必究
每册國幣二角五分
No.470

的原野》之第一部，是可以独立成章的中篇。都四万余字，正在印刷中，即日出版。”

1月15日 艾芜的《丰饶的原野》第一部《春天》由上海良友图书印刷公司初版，1—2000册。

1月23日 《申报》刊载《烟苗季》的广告：“这里所反映的是一九二四年至一九二六年间在中国较为偏僻的一隅的一些人的生活情形。他们怎样的无知和腐败，争夺着，冲突着，然而也苦闷着，烦恼着，这种生活对作者是太熟识，太了解了，虽则这对他并不是幸福。作者用他的洋洋洒洒的笔，写成这暴露性质的作品。如果把它当作过去历史的镜子看，也未始对我们不无裨益的。原书长十五万言，为周文先生最近未曾发表的长篇巨作，爱读周文先生作品者，请速读这部作品。”

1月25日 苏茹在《是非公论》第30期发表《〈浓烟〉》一文，认为，小说在“故事的进展中，作者很随便的将关系的各方面，如同国际贸易、民族习惯、地方政治、教习方法、南国风光、私人生活，带着提过，给了读者以一种深刻的印象”。

1月 **李劼人的《大波》（上卷）由上海中华书局初版。**

梗概：辛亥年阴历五月，清政府要将原由各省集资修助的铁路及其股权收归国有，有的政策传到一些明了事情原委的绅士们耳中，他们开始群起反对，组织护路会，欲掀起一场轰轰烈烈的保路运动。四十一岁捐了候补知县的黄澜生对此并不很热心，和他的侄子中学生楚子材喝着酒。楚子材胆小怕事，不得罪人，好取巧，从不做有损于自己利益的事。黄告诉楚铁路收归国有的缘由和弊处。楚回到学校，博物课老师郝又三也在课上讲护路运动。同学王文炳的口头禅是“非革命不可”，但却并非真要革命。同学罗公鸡等也在议论革命党的事。保路会成立，人心激动，同时也传来总督赵尔丰将要来省的消息。家里，表嫂洗漱不避楚子材，还与他言谈，王文炳希望楚能联系亲戚也是新津袍哥的侯大爷一起护路，但楚一进到黄太太的屋里，两人便抱在了一起。赵尔丰来川，保路会中有名望的绅士吁请朝廷收回成命，请赵代奏，但被赵拒绝。四川保路运动逐步深入，连儿童都组织童子保路协会。赵尔丰往成都来，对于如何处理保路运动，他却一路

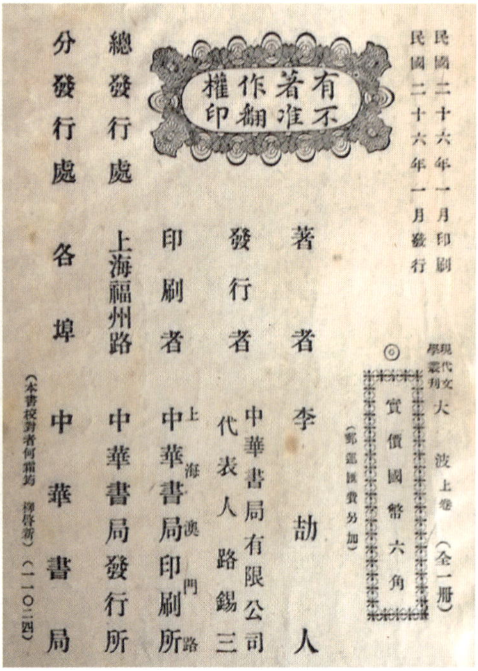
民國二十六年一月印刷
民國二十六年一月發行

現代文學叢刊 大波 上卷 （全一冊）
實價國幣六角
（郵運匯費另加）

有著作權 不准翻印

著者 李劼人
發行者 中華書局有限公司 代表人 路錫三
印刷者 上海澳門路 中華書局印刷所
總發行處 上海福州路 中華書局發行所
分發行處 各埠 中華書局

（本書校對者何霜筠 孫啟新）（一一〇二四）

举棋不定。股东们群情激愤，主张开会，绝不妥协官府。学校成立保路同志协会，王文炳被选为会长，陆学绅为副会长。四川保路同志会召开大会，保路热情很高涨。赵尔丰要求开市，并发出告示要大家遵守秩序，正常开市。在黄太太母亲家，大家正赶来祝寿，突然传来罢市的风声，子女们纷纷回家，龙老太太也慌神不已。这时，黄澜生来了，大家心神稍安，楚子材又赶到，龙老太太又建议吃宴，总算是祝了生日。席间谈及罢市，大家也都赞成。而在士绅官宦间，开市与罢市罢课之争仍在继续。傅隆盛掌柜主动出面主持街面罢市活动，为防止出现混乱，他采取明罢暗开的方式稳定住了市民。

1月　周文的《烟苗季》由上海文化生活出版社初版。

梗概：将要任命禁烟委员的消息传出之后，四川军阀某旅以赵军需官、张副官长、陈监印官为一方的“旅长派”，和以李参谋、沈军医官、孙连长等人为一方的“吴参谋长派”，立即展开了一场争夺。吴参谋长与司令官是老同学。旅长新近购买了五百条枪，准备再成立一个补充团，让自己的侄儿王营长当补充团团长。司令官担心旅长实力太大，想让参谋长出任团长，而旅长却视手下

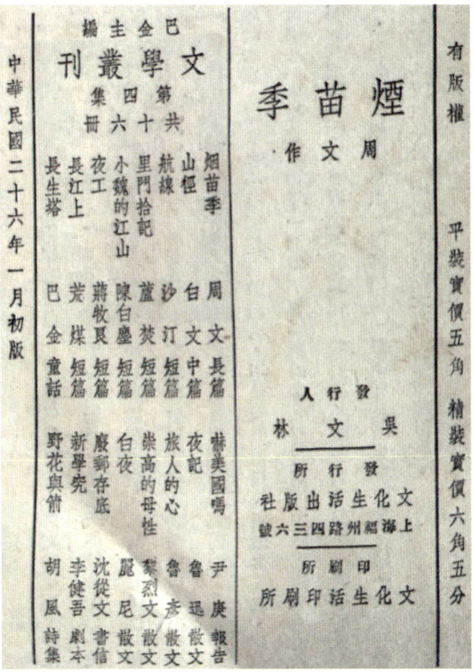
中華民國二十六年一月初版

巴金主編
文學叢刊
第四集
共十六冊

烟苗季 周文 長篇
山徑 白文 中篇
航線 沙汀 短篇
里門拾記 蘆焚 短篇
小魏的江山 陳白塵 短篇
夜工 蔣牧良 短篇
長江上 荒煤 短篇
長生塔 巴金 童話
[illegible]美國嗎 尹庚 報告
夜記 魯迅 散文
旅人的心 魯彥 散文
崇高的母性 黎烈文 散文
白夜 麗尼 散文
廢郵存底 沈從文 書信
新學究 李健吾 劇本
野花與箭 胡風 詩集

煙苗季
周文作

發行人 吳文林
發行所 文化生活出版社 上海福州路四三六號
印刷所 文化生活印刷所

有版權
平裝實價五角 精裝實價六角五分

的吴参谋长和周团长为心腹之患，一直想将这两个人除掉。但吴参谋长是司令官的同学，部队里又有不少下级军官是他的学生和亲信，周团长和其他两个团又有密切的联系，手上也有一定的实力。这时，担任旅部警卫的第二连，已经两个月没有发饷，当兵的都心怀不满。参谋长派人乘机大肆宣扬旅长派的劣迹，如拿军饷去给旅长置田买地放债等。愤怒的士兵围住赵军需官问个究竟，大闹一通。旅长盛怒之下命令将孙连长及未交官款的商人宋保罗扣押起来。孙连长自知闯祸，连忙向吴参谋长求救，沈军医官也报告了宋保罗被拘的消息，吴参谋长决定反击。他先拉住周团长，向他透露了城里的商家正联合控告旅长，旅长位子不稳的内情，然后和周团长一起找到旅长，坚决不同意扣押孙连长，说这样做会引起士兵哗变。洋人柯牧师也施加压力。旅长只好答应了柯牧师的要求。张副官长和赵军需官见状，将旅长的卫兵、吴参谋长的侄儿吴刚屈打成招，迫使他供认受参谋长指派来刺杀旅长，参谋长、周团长等人正密谋推倒旅长。旅长顿时大为紧张，宣布全城戒严。

1月 巴金在《青年界》第11卷第1号发表《关于〈春〉》一文，说：“为了那些无数的年青的生命，我应该写这一部小说，以后我就把他们完全掩埋了。”

1月 常风在《书人月刊》第1卷第1号发表《论茅盾的创作——从〈蚀〉到〈子夜〉到最近的〈泡沫〉》一文，认为：“在当时，三部曲《蚀》确是一部伟著。我们还愿固执一点陋窳的偏见：直至今日在茅盾先生的全部作品中，它还是最好的一部。他确是窥测到在现实之前理想的‘幻灭’，捉住了‘动摇’的时代，描写了热情的‘追求’。经过快十年的岁月，经过时间风雨的浸‘蚀’，这部书的色彩，似乎有点凋落浸湮，没有以前那样鲜艳了，但是它确是一部应当被人们看重的书。这书描写范围的广博，人物的众多，题材之丰于时代意义与精神，在新文学作品中是罕有其匹的。作者创作的大企图在他的同行中也是无人赶得上的。”

按：论者将《蚀》看作是茅盾最好的小说的断言，颇有远见，惜长期以来未得到应有的重视，直到夏志清在《中国现代小说史》中予以呼应后，人们才开始重视，并将这一认识归结于夏志清首创，其实并非如此。

2月1日 **杜衡的《漩涡里外》由上海良友图书印刷公司初版（良友文学丛书之三十六），1—2000册。**

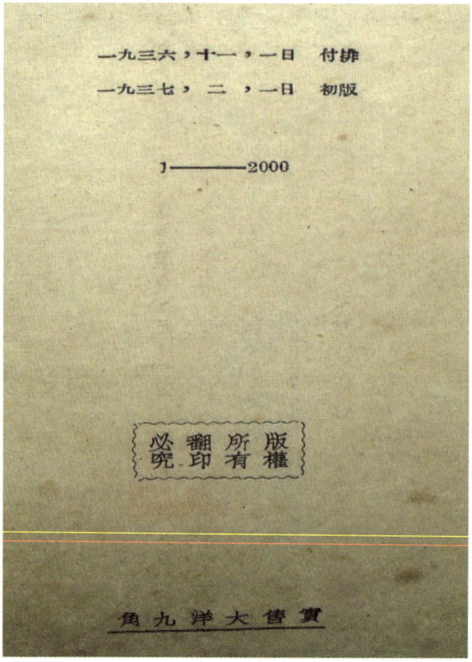

梗概：私立德生中学一些学生在教师尤丹初的挑唆下，掀起了驱逐校长的风潮，并企图利用政治势力强迫校董事会任命陈平初为校长。担任初中部主任同时也是徐子修未来女婿的樊振民则动员一些老师和学生准备向董事会推荐英语教师徐子修为校长。尤丹初等见状便盗用全体同学的名义，写恐吓信，在小报上造谣诬陷，诬告清白无辜的学生，还对徐的女儿徐守梅进行人身攻击。不久，校董事会任命陈平初为新校长，樊振民和一些学生希望能改变这一决定，却被当局以政治犯罪嫌疑人的罪名逮捕。一向胆小怕事、处在漩涡之外的徐子修，见尤、陈等人卑劣的表演，义愤填膺，在新校长茶会席上历数陈平初及其爪牙暗地告密逮捕学生的丑行，赢得正直师生的敬重，广大学生以罢课进行抵制。迫于压力，当局释放了樊振民和学生，但广大学生已对学校失望，大批地离开学校。

按：小说较为真实地反映了教育界的腐败情形，三种不同势力的冲突线索写得清晰明了，但人物除了徐子修较为生动形象外，其他形象较为单薄。此外，小说立意不明，主旨亦显含糊。

2月4日 李一在《申报》发表《〈日出〉观后感》一文，认为：“茅盾先生批评《日出》说：‘这是半殖民地金融资本的缩影。’由于这样写，我却由之连而想起茅盾先生的《子夜》来了，是的，《日出》正跟《子夜》一样，是替这半殖民地的金融资本（我记得《子夜》是还涉得到民族资本的）剪下了一个很正确的影子的，不仅是主题上取材上有些近似，就是人物的性格上，也有些近似，《子夜》中人物的名字我已记不清楚了，但是看了这里的潘月亭和李石清，却立刻会想起《子夜》。”

2月10日 汪倜然在《谈风》第8期发表《〈牛天赐传〉》一文，认为，作者“以单纯的传记方式来写牛天赐，牛天赐便也跃然活现于我们的眼前。更因为这次的笔调，尤为朴实洗炼，人物的刻划也功力恰到好处，全书就自始至终有一种纯谐自然之美，而书里的人物也个个明朗、真切，具有生命，如你我所亲炙的亲友一样了”。“在题材方面，《牛天赐传》是较为狭隘的，在人物方面，也与作者以前所写的不同。可是这些都无损于作品的本身。我们不妨说，这是一部在拘谨的范围内，以拘谨的态度来写述的小说。慎重与克实的心情，在字里行间是很可以看得出来的。如果对于作者过去的作品，偶而有一种流于繁琐及充溢的感觉的，读了这部《牛天赐传》后必然会觉到畅适深切，仿佛恰恰获得了我们所需要的一切。就技术而论，这可以说是一部完美的作品。”他还认为，小说写得最出色的人物不是牛天赐，而是牛老者、牛太太与虎爷。

2月15日 上海《月报》1卷2期发表消息：“华罗琛女士主办之‘北平国际文艺座谈会’，前曾发起一九三六年朱胡彬夏文学奖金。兹悉业已决定第一名为上海刘王立明女士之长篇小说《生命的波涛》，得奖金二百五十元。第二名为王镌（当为“隽闻”，即王林，编者注）之《幽僻的陈庄》，奖金五十元。”

2月28日 《申报》刊载《漩涡里外》广告：“这是一部长篇小说。以某中学为背景，写教育界的败类收买学生，在幕后鼓动风潮，夺取学校；书中有一个对教育抱着崇高理想的青年，因为受不住环境的压迫，意志动摇，倒是一个先前是自我主义者的老年人，认识了生活是斗争的信条，给了那个青年一个最好的榜样。”

2月 萧军的《第三代》（第一部）由上海文化生活出版社初版（新时代小说丛刊之二）。

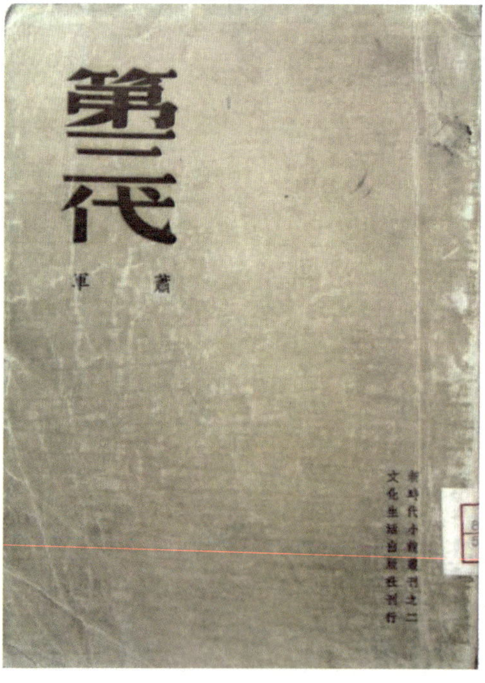

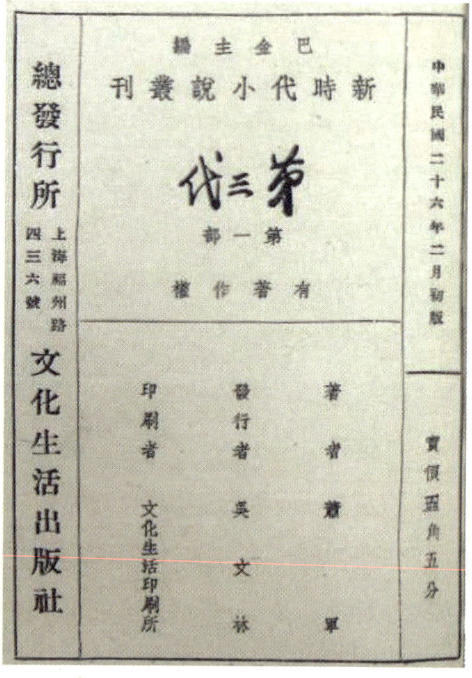

梗概：在凌河村，人人都喜欢林青，大家喜欢他的好脾气，也喜欢他的胡琴。他的女儿四姑娘是一个寡妇，却和村里的杨三相爱了，并且生下了一个男婴。杨三去看望刚生产完的四姑娘，四姑娘的前婆婆和杨三产生了口角，杨三失手打死了她。杨洛中作为村长，命他的炮手朱三麻子将杨三关押起来。强盗刘元趁汪大辫子上山打猎的时候截住了他，让他给杨三传口信。当天夜里，强盗们放火烧了杨洛中的柴垛，打死了朱三麻子并救走了杨三。因为怀疑林青和汪大辫子与杨三有勾连，杨洛中向县知事写了呈子，请求缉拿他们。过年的前一天，官兵来捉走了林青和汪大辫子。参加过义和拳的老英雄井泉龙带领村民们去保释二人，但官兵还是把他们带走了。

2月　皀工的《生还》由天津大公报馆初版。

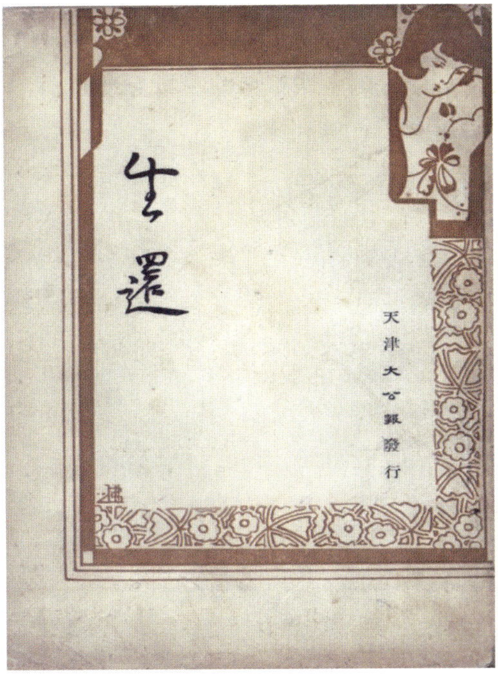

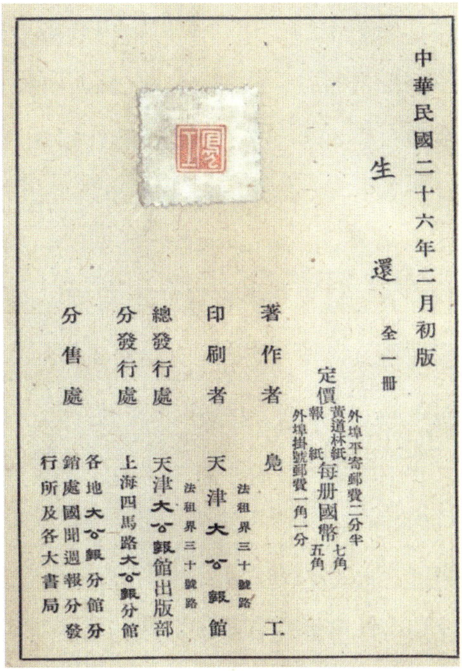
中華民國二十六年二月初版

生還　全一冊

定價　報紙每冊國幣五角　黃道林紙七角

外埠平寄郵費二分半　外埠掛號郵費一角一分

著作者　皀工

印刷者　天津大公報館　法租界三十號路

總發行處　天津大公報館出版部　法租界三十號路

分發行處　上海四馬路大公報分館

分售處　各地大公報分館　分銷處國聞週報分發行所及各大書局

梗概：郁郁不得志的华君彦在中西文化社里任科长级的小职务，他不愿与假爱国者同流合污，便消极地不问国家大事，立志过自己所认为的独立、真实的恋爱生活。他拒绝了大龄矫情的同事卢小姐的追求，与在电车上偶遇的温柔美丽的有夫之妇田漪相爱。在卢的算计逼迫下，华君彦只得带田漪逃到新加坡，当上学校教员，过着甜蜜安逸的生活。在安逸的生活之余，“偶然”对个人命运的支配、个人与民族的命运、现代青年报国之责又困扰着他。田漪文弱怯懦的丈夫痴情地寻到新加坡，田漪虽未跟他回去，但也因此平添了许多伤感，抑郁成病。他们在田漪病后决定回国，田漪却病死在回国的船上，只能葬身大海。华君彦在悲伤欲绝之后，又思考起“偶然”对个人的支配，决定要将小我纳入大我之中，融入为国家民族奋斗的事业当中，借以摆脱“偶然”的支配。

按：臯工（1904—1966）的这部小说以华君彦与田漪婚外恋的情感经历为线索，通过对华君彦从消沉到积极的人生态度的转变的描写，揭示出小我的人生是不能逃脱“偶然”支配的，要将小我融入为国家民族奋斗的事业当中才能摆脱“偶然”的支配，才是获得更加有力的人生，表达了作者对国家民族的忧思，对青年的激励。小说人物心理和语言描写细腻、真切，景物描写细致，能较好地烘托气氛，但有时过于冗长，稍嫌拖沓，以爱情的失败来说明大道理也有些牵强。

2月 常风在《书人月刊》第1卷第2号发表《陈铨:〈彷徨中的冷静〉》一文，认为：“《天问》中有许多可令我们欣喜和赞赏的地方，不是因为作者应用我们过去的伟大作家的技巧与写法，而是因为《天问》给我们证实了这些技巧与写法是值得学习的；同时还给我们的新小说开辟了一条可以走的新途径。”“《天问》的地方背景是四川的富顺。这本小说有许多很好的乡土描写。许多风景描绘纯用白描，文字质朴有力，人物的描写与性格的分析方面，虽有不少的缺陷，就大体说，在当时总是一部可称赞的作品。”而《彷徨中的冷静》却是一部失败之作。原因在于，小说结构松散，故事脉络不清，人物除李采苹外，也不太成功，题材缺乏合理的剪裁，材料堆砌，文体也差强人意。

2月 张资平的《柘榴花》由上海新生书店出版。

3月5日 楚阳在《申报》发表《白薇的〈悲剧生涯〉》一文，认为：“这是一个和封建的男权的丑恶社会奋勇斗争的女子的生活纪录，这是一个爱自由求解放的热情的新女性的忏悔录。”不过，“作者如果能将她自身的悲剧的社会性作更鲜明地表露，则此书的意义将更大；可惜她的写法的着重点，放在恋爱的描写上，反复层叠地写来，有的地方会嫌不经济，使读者感觉恹腻。”作者如果能够将当时重大的历史事件作背景，以女主人公的生活作主线，作品将会更光辉。

3月10日 立波在《希望》第1卷第1期发表《〈春天〉》一文，认为：《春天》“是南国田舍的新歌，是平静的农村里面并不平静的农民心理的申告；作者用了他所深深熟悉的南方的土话和农民惯有的戏谑，描绘了几个各有特色的南方人，又用着画家取景一样的静穆的神情，绘出了春天乡野的许多‘绮丽’的景色”。“《春天》没有描写农民和田主之间的直接的经济的争斗，却暴露了田主们给与农民的这种精神的伤害，我以为这是作者对于农民生活观察深刻的地方。”

3月15日 萧乾的《梦之谷》始刊于《文丛》第1卷第1号，至1938年4月20日第1卷第6号。

3月17日 《申报》刊载《暴风雨前》的广告：“本书系继《死水微澜》而续作，虽自成首尾，而与前书仍有脉络可寻。内容系自清光绪二十九年四川红灯教之乱写起，至宣统元年止，仍以成都为背景，而描写当时仇洋心理及盲目的推行新政，社会机构逐渐解纽，维新革命之思潮杂然侵入，兼及男女大防初解时男女间之心理等，无不细腻贴切。全书对话，仍侧重方言俗语，以及当时流行之新名词，为著者描写地方色彩之特技。与《死水微澜》一书，诚有珠联璧合之妙。”

3月20日 余应岐在《大众知识》第1卷第10期发表《〈烟苗季〉》一文，认为：“一个老人，奇怪而年青，情热而顽固，在一片被损坏了的荒漠上，惘然坐在呜咽的溪水旁边，用他无言的计算，清数着军队生活，残忍，毁灭的成绩。看着那被夺去了声音被携走了颜色而腐败的原田，他忘了尊敬听者爱美的意愿，执拗的将过去的惨伤一嘴一嘴递了出来，仿佛意思说：‘去罢，去罢，怎样一个制造灭亡的世界呀，怎样的生命的蒙昧！”“他望着那个灾祸的烟苗季节，那像一个不可见的精灵躲在空气后面，散布烟毒一样的气息，将肉身的易毁的人们卷在它里面，使他们无可避免的被其毒害而腐坏下去，这不是由于他那不能看见春之红与绿的眼睛吗？可是不能看见红绿，在一个经验苦涩的老人是并没关系的。当别人能在鲜活中吮味生命的时候，他却以白发的透视看到了那个季节孕育苦难的酸质。”

“在这里，是一个小而逼窄的角落，是一团休戚相关，紧紧挤在一处的一群人。可是在这儿却不见欢欣和爱，不见有亲切，代替了的是旅长和参谋长的对立成为一个主要的树身。从那里分长出无数仇恨与妒忌争夺的旁枝……如一群狼狐在月黑的暗夜，互相以坚利的牙尖陷入敌人的心腹里。”“作者利用背景烘色的方法使这场腐虫的争执加重它的危难和疑困。在这儿，固然我们已看清每一双为私为己的夜狼都有它的管头在上面，使它苦闷愤抑，可是为他们共同畏惧，感觉到必须获得位置与权势的却是那些被刻扣了饷银的兵士，那些……乡下人们。这些人在作者的场面上是只会咬紧牙齿让人赏赐嘴巴的，他们只能呆呆的站在主人面前发抖。但是，他们无声无色如尘雾般撒散在空气里的威胁却往往使那驱使得全街人民战栗噤声的权威，为了忿怒的恐怖而发狂……”“这是完全由现实的生活中发展出来的自然步骤，使文章在一种有意义的收束下不露出装做的痕迹。”

“整个说来，在表达一种中心观念，如上文所指出了的应该说是有了成功的效果。”“头绪上似乎复杂，但结构却实在是单纯。这部作品若能集中在一串情节的发展上，紧实有力，以较快的笔法写在较短的篇幅里面，它必会给读者以更大的紧张，更切实的体会，使人在焦切的不安中不能自拔的将它读完了才罢。但因在情节缺少的地方，作者未曾爱惜他的笔墨，反将它们浪费在微末的甚而不必须的小事上，致使文章的气势和结构沉湎的松懈了下来，显得摇晃疲散。到了场面归于收束时，于是步法显出杂乱而空洞，不能收到它们所应有的效果。”“论人物，一般的讲，离活鲜生动还有点距离，但也有可怜而可笑的人物缀在作者以动作言语为写生描绘的笔尖上……因此愚懦无主的余参谋……比较上在所有人物中间，他是最成功的一个，最有色彩，虽然他的色彩只不过是灰的。作者自然也曾努力写了那个要振作权威，心在山林身在朝的旅长，可是这一位的印象却如走了光的照片，比起余参谋明显的轮廓就差了点明晰。至于那位吴参谋长，作者虽曾用了整章的篇幅为他，他却是失败的。”

3月22日 《申报》刊载《大波》的广告：“全书约十万字，分订上、中、下三册，内容系记叙民国纪元初四川争路运动之经过及其因果，而尤极致力于事之底因，与夫群众运动之心态变化，兼及当时社会之紊乱状态，初期内战时之作战情形，更有香艳动人之恋爱事迹。结构无旧小说之迂腐，无新小说之累赘，对于事理设想之周到，描写之深刻，非通达世故，经验丰富者，不克臻此。而引用民间流行谚语，尤能恰到好处，确为著者有多年之文学素养，始有此成熟之作品。书中所叙事实与代表人物，大半系真名实事，故读来更觉亲切有味。”

3月25日 茅盾在上海生活书店出版的《工作与学习丛刊》第2辑《原野》上发表《〈春天〉》一文，说，《春天》“展开给我们看的，却是众多人物的面相以及农村中各阶层的复杂的关系。这一切，作者都能给以充分的形象化；人物是活人，故事是自然浑成，不露斧凿的痕迹”。

3月31日 呼世立在《津汇月刊》第16期发表《〈倪焕之〉》一文，认为：“《倪焕之》是一部很完全的书了，讲教育，写恋爱，谈革命，都很精致地写了出来。”“不过，这部小说，写得很淡，没有精神，所以不能写到读者的焦点，像一个演戏一样，永远不能得到观众的赞扬，原因就是把戏里的情感没有和观众发生相互的关系。这真是这部书的遗憾。”“本书的二十二章和二十三章就是含有国防性的文学，把‘五四’和‘五卅’做我们前车的剪影，和我们现在的一切运动，都有些相映——谁说这本书是没有时间性的呢？”

3月31日 陈钟豪在《津汇月刊》第16期发表《读了〈一个女兵的自传〉》一文，认为：“《一个女兵的自传》是冰莹女士的一篇最新的长篇创作，与其说是她个人的一篇生活日记，还不如说它是一篇现时代中历史老罪犯的一篇述状还妥当些，在那里面她曾大胆地咒诅着旧礼教的淫威，她高唱着得意着自认为是旧礼教的叛徒，并且加细的解剖出旧时代的错误心理，用着轻巧伶俐的句子写出来。”“其后，关于她和旧礼教反抗的种种，以及恋爱和革命的交流，特别在委婉的妙句里混入了热血和强烈的情绪，更增加全篇的精神，巩固了全文的力量，她的主张是要‘革命化的同志爱’，所以她对于恋爱的见解，是不平凡的。”“的确，她是具有高尚的认识，她把狭义的爱的观念抛弃了，而代替着的是全社会被压迫者的劳苦的大众的爱，是有强力的认识和表现。”

3月　芮禹成的《重围中的女性》由上海新光书局初版。

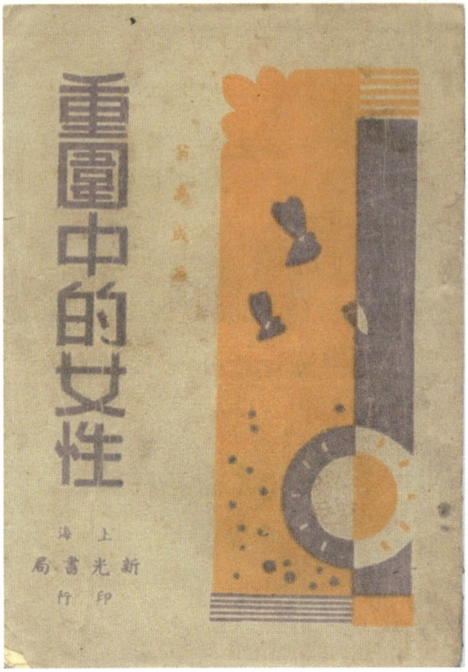

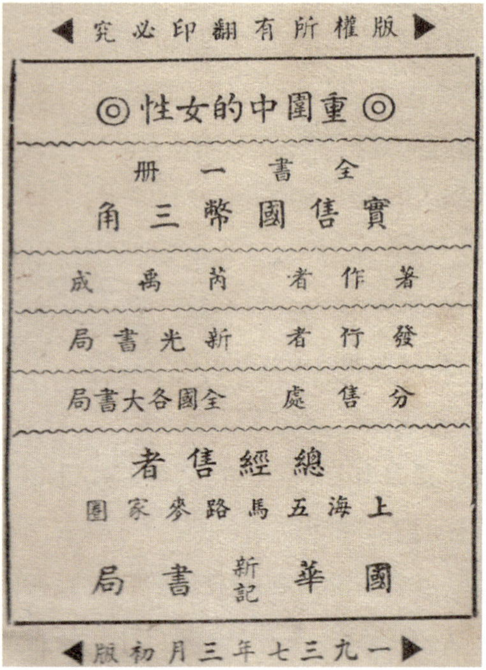
版權所有翻印必究

◎重圍中的女性◎

全書一冊
實售國幣三角

著作者　芮禹成
發行者　新光書局
分售處　全國各大書局

總經售者
上海五馬路麥家圈
國華新記書局

一九三七年三月初版

梗概：秦兰舫长相出众又颇有才华，她在一次搭乘火车的途中与在国术馆工作的叶雪明初识。兰舫不知叶雪明是为她的美貌所吸引，被其表面的谦恭大方欺骗，轻信叶雪明的承诺住进了叶家。因受他接济又醉心虚荣生活，加上自己青春妙龄产生的性的需求，兰舫接受了叶雪明的示爱。随后，兰舫因想为父亲谋职而结识了警备队队长胡小苹，她又沉湎于胡小苹带来的物质的享乐，同时屈服于环境的威逼而被他玷污。兰舫因不愿委身于胡小苹而遭到报复，不仅父亲不幸身亡，她与叶雪明的关系也被公之于众。叶雪明胆小畏妻，选择自保，兰舫被扫地出门。而后兰舫来到疗养院当护士，她发现自己怀有身孕，由于担心未婚生子且不知孩子父亲是谁，她便与自己负责的病人——小学校长李中恒迅速恋爱同居，并成为该校教员。正当兰舫处于热恋之中，却偶然得知李中恒已有家室，她遂与爱慕着她的同校教员林以翔变得关系亲密。紧接着，在小学文艺表演上兰舫出尽风头，使K省省委员黄自强对她想入非非，她却坚决拒绝了黄自强的追求，并因此受他陷害，被诬告作风淫乱，与男教员关系混乱，引得满城风言风语。兰舫在这时又被李中恒抛弃，被迫离职，同林以翔一起离开学校，两人在城郊创办新式私塾，有了可观的收入，开始新的生活。然而不久后，兰舫却在同林以翔外出游玩时意外流产，手术台上的兰舫误以为回家取钱的林以翔也弃自己而去，不禁感到人生悲凉，在病床上含恨而终，只剩下回到医院的林以翔对着她冰冷的尸体失声痛哭。

按：《重围中的女性》是芮禹成（生卒年不详）的第一部长篇小说，全书讲述了秦兰舫与五名不同身份地位的男性的情感纠葛以及最终导致的人生悲剧。兰舫的不幸遭遇固然与她贪慕虚荣，企图依附男性来改变自身命运的思想导致的堕落有关，但也与残酷的社会环境有关，兰舫实则只是陷入重围中的柔弱女性的一个代表。兰舫的遭遇表明由男性主导的社会使女性丧失话语权而处于被选择的位置，来自掌权者的压迫使普通人无法反抗只能逆来顺受，因而在小说中，“重围”所指涉的就不仅仅是多个男性，也是每一段关系背后牵扯出的社会力量。性别问题并非单一存在，它与阶级、时代、个体精神都密切相关。作者通过兰舫的命运悲剧，告诫同胞，女性自我的自珍自爱、自重自强是多么的重要。小说人物众多，几个不同的男性人物虽类型不同但对他们的行为和心理的刻画皆细致入微，各条线索虽交叉进行，但每个人物的来历、相互间的关系又清晰明了。不过，整体上看，小说的故事情节又相对模式化，缺乏新意，情感叙述过多，语言不够精练，主观色彩较为明显。

3月　萧军的《第三代》（第二部）由上海文化生活出版社初版（新时代小说丛刊之三）。

梗概：杨三跟着刘元上山当了强盗。因为缺少子弹，而且强盗们又是为了杨三才和杨洛中结的仇，于是杨三提议打劫杨洛中的家。在凌河村里，杨洛中开会召集村民打强盗，井泉龙以农耕繁忙为由表示反对并与杨洛中发生了争执，杨洛中将他关押在监牢里。井泉龙后来虽被释放，但人却变得有点疯癫了。杨

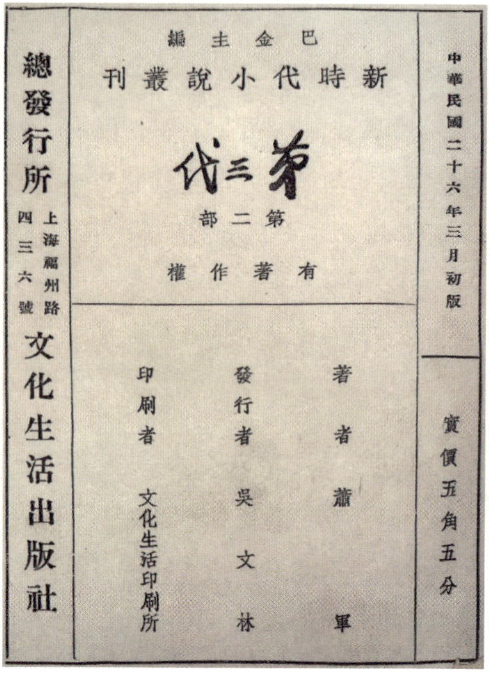

三一伙人打劫了杨洛中的家以后，杨洛中让村民轮流值守，以防强盗的侵袭。新上任的局长屡次骚扰汪大辫子的老婆翠屏，把翠屏也逼上山去当了强盗。井泉龙呼吁村民不再去为杨洛中值守，一路上队伍渐渐壮大，人们开始反抗这钱权的欺压。

3月 巴金的《灭亡》由上海开明书店印行第八版。

3月 刘大杰的《三儿苦学记》由上海北新书局印行第四版。

3月 张天翼的《时代的跳动》由上海长江书店再版。

3月 张资平的《跳跃着的人们》由上海复兴书局再版，2000 册。

3月 张资平的《脱了轨道的星球》由上海新光书局再版。

4月1日 王沉在《新时代》第 7 卷第 4 期发表《评〈漩涡里外〉》一文，认为：《漩涡里外》“是一幅现代中国教育界的缩影”，也是“现中国黑暗教育的缩影”。

4月10日 良栋在《量才流通图书馆馆刊》第 9 期发表《〈旗声〉》一文，认为：林疑今的《旗声》“是描写都市罪恶的故事——死亡，堕落。社会上极度不安所激发起的革命”。“开始，是一幅惨痛的流亡图。因为农村破产，大水汛滥，农民在农村里住不下了，所以只好都流落到都市中来，但到了繁华都市的上海之后，生活却非常痛苦，他们被剥削，被压迫……过着牛马般的生活。”“这里，暴露了资本家独手造成的罪恶；工厂里面每天所发生着被机器轧死，被殴打，以及年轻女工被强奸或强逼卖淫等等惨无人道的事。女主人公淑珍也是这种生活里的一员。她为了爱慕物质的虚荣，被一个浮滑少年玩弄，侮辱，终于断送了她的青春，这原是现社会上一般意志薄弱的女子普遍的现象。然而这刺激却使淑珍觉悟了，而且积极地跑上了革命的队伍作自己和大众谋取解放的斗争。”“作者对于个性的描写是相当的好——如柳兴的刚毅果决，丽姑的温和精细，淑珍的少女可爱的姿态，九斤儿的天真与环境造成他的与其他小孩不同的性格，李大哥的率直和其他信从真理的人们……一切都使读者留有很深刻的印象。”“总之，本书是以正确的宇宙观，明白的告诉我们：现在是一个怎样的世界，和往后的必然的趋向，这里也指出给我们目前应走的路向。它确实可以帮助我们对社会有一个深层的认识。”

4 月 12 日 逸霄女士在《大公报》（上海版）发表《上海职业妇女访问记（二十四）女作家白薇女士》一文，说，白薇告诉她，《悲剧生涯》是写她与杨骚的恋爱经历的，但“这部《悲剧生涯》，严格地说，并不含有多少社会性；只是暴露了一部分封建社会中的男性怎样地不能尊重女子的思想与自由，而处处只想征服她，压迫她，阻挠她，不愿让她做一个独立自由的人，非把她当作一件东西般看待，整个占为己有，绝对能受他的指使与命令而后才甘心”。

4 月 20 日 端木蕻良在《中流》第 2 卷第 3 期发表《〈大地的海〉后记》，说：“我的故乡的人们则是双重的奴隶。在没有失去的时候，是某一家人的奴隶。失去了之后，是某一国的奴隶。”“然而当主人们在大观园里诗酒逍遥将土地断送给敌人的时候，这些奴隶们却想用他们粗拙的力量来讨回！”“这呼声，这行进，我的故乡的兄弟的英勇的脚步，英勇的手呵，我愿用文字的流写下你们的热血的流。”“请原谅我文字的拙劣。但看着我的心！”

4 月 20 日 巴金的《爱情的三部曲》由上海良友图书印刷公司印行第三版，3001—4000 册。

4月30日 左兵的《天下太平》由上海良友图书印刷公司初版，1—2000册。

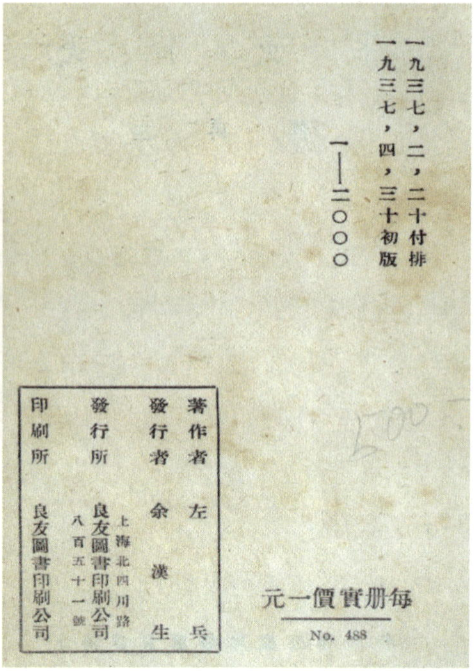

一九三七，二，二十付排
一九三七，四，三十初版
一——二〇〇〇

著作者 左兵
發行者 余漢生
發行所 上海北四川路八百五十一號 良友圖書印刷公司
印刷所 良友圖書印刷公司

每册實價一元
No. 488

梗概：柯大福即将从苏州师范毕业，四处奔波但工作仍无着落，原说第一小学要人，却被同学王成顶掉，他只得回家。而家里也因还他上学时的债务，十分窘迫。柯大福只好继续四处投信求职，好容易找到一个新开办的学校教务的位置，却又因学校没招到学生关门而告失败。走投无路之下，同学刘铭鼓动他入国民党，为了生活，他加入了国民党，开始参加游行、演说、撒传单之类的革命活动。家里，柯二叔为了一家生计整日操劳着。此时，国民革命的风潮已渐渐吹到三和镇，西沙村农民就在陆铁、俞甫明的带领下将当地土豪的账房黄克昌赶了出来，并打退了他的反扑。做着布匹生意的马仁发看到这一情况，非常高兴，喊着要加入国民党。上当的农民找黄克昌要被骗去的约金，黄拒绝归还还用枪威胁他们，大家气愤不过，就在一天夜里将他痛打一顿，但黄克昌第二天到县里诬告这些农民是土匪，导致他们被抓去受刑。不久，传言上海的国民党要里应外合打孙传芳，柯大福要回来当县长，柯二叔喜忧参半。果然，孙传芳被打倒，柯大福回县在党部主事。一时间，镇里人纷纷巴结柯二叔，尊他为校董，请柯大福回母校演讲，极为势利。马仁发赶紧挂起国民党旗，还去找柯大福要求工作。柯大福让他在镇上组织商会，并介绍党部常委陆雄飞与他相识。马仁发非常得意，回去即擅自以柯大福的名义骗了黄克昌300元，并答应保他无事。柯大福让共产党员陆铁、俞甫明筹办农会，自己也投入到轰轰烈烈的国民革命运动中。但4月12日傍晚，突然枪声大作，国民党开始清党，也是共产党员的柯大福、陆铁等人不知去向。马仁发诈黄克昌，说柯大福已经抓住，要他出千元力争将柯大福处死。黄克昌却诈柯二叔出三百元作为活动费，以救大福的命。二叔内心十分悲痛又无钱救人。这时，镇上开庆祝会，内心忐忑不安的二叔虽在会场却满心想着儿子的安危。这时，孙老板告诉柯二叔，他在上海看到柯大福了，正在撒传单呢。二叔心想，没死就好，总会回来的。

按：这是左兵（1904—2004）也就是顾诗灵获良友文学奖金征文的获奖作品，据作者在《题记》中说："本打算从'五卅'写到目前，以二十万字（那自然是受征文限制）描绘农村在内忧外患交相煎迫之中陷于破溃之形相；并传出革命势力相乘地在大众心里蔓延生根。"小说以朴实的笔触真实而生动地描绘了江南农村凋零的景象和农民困顿无助的生活本相，以及革命在大众心中生根开花的历史必然。特别是浓郁的乡土气息是这部作品最鲜明的特色，甚至是其至今仍有一定可读性的重要原因。小说的主要不足在于：革命的必要性不明，历史背景不清晰（特别是五卅与北伐），主要人物形象模糊（小说刻画得较为生动的是柯二叔），缺乏典型刻画，次要人物与无关人物太多且凌乱，结构组织也不太严谨，方言味较浓且缺乏提炼，有些粗俗。

4月　李劼人的《大波》（中卷）由上海中华书局初版。

梗概：楚子材情绪十分低落，他没有想到表婶又与孙雅堂私通。表婶跟楚子材讲，她天性是一个风流放荡但却不淫荡的人，她不能专心爱任何一个男子，只要男欢女爱就可以。这时，阎一士上自保商榷书，但被路广忠视为四川造反作乱的证据，准备镇压。赵尔丰玩弄阴谋，诱捕咨议局议长蒲殿俊、副议长罗纶，又镇压了要求释放他们的老百姓，激起革命党人和四川民众的更大愤慨，他们

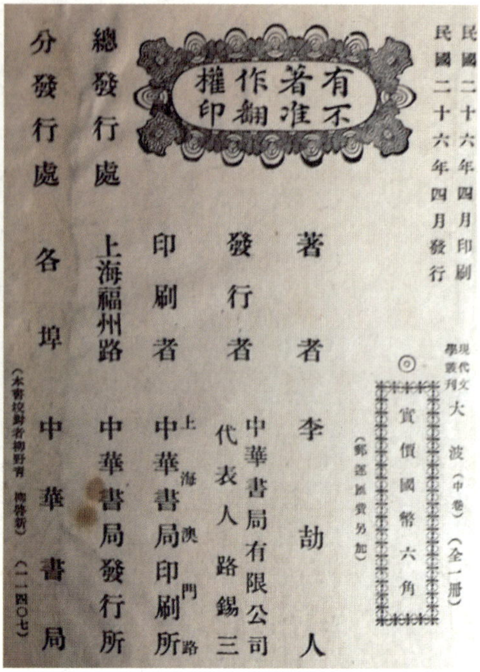
民國二十六年四月印刷
民國二十六年四月發行

現代文學叢刊 大波（中卷）（全一冊）
◎實價國幣六角
（郵匯費另加）

有著作權 不准翻印

著者 李劼人
發行者 中華書局有限公司 代表人 路錫三
印刷者 上海澳門路 中華書局印刷所
總發行處 上海福州路 中華書局發行所
分發行處 各埠 中華書局

（本書校對者柳野青 陶得新）（二一四〇七）

决定自救自保。由于各地同志军与新军的矛盾以及处理不当，新津失守。此时，武昌起义的消息传来，制台内部一片混乱。不过，楚子材在乡下养好伤后，不再附和同志军，而是关心起自己与黄太太的私情和学生了。

4月　程碧冰的《饿殍》由上海华南出版社初版。

梗概：在大学只读了两年书就辍学的文学青年汪柯坦企图依靠写作在上海谋生，却因屡遭退稿而生计困难。他非常敬佩流亡青年何宗陈，认为他能言善辩，生活有规律，能在上海从容地生活。他们都对社会不满，但汪柯坦觉得何宗陈好像是中国的罗亭——只会说不会做，而他虽不会说但会做。为了生活，他找到了革命者潘玉书，要求加入他们的组织。潘玉书很高兴地接收了他。这时他才知道原来何宗陈也曾是这个组织的成员，但因不遵守纪律被开除了。不久，潘玉书告诉他，组织准备搞一次暗杀活动，并给他专门布置了相关的任务。正当他们精心策划好只待行动的前两天，一场大规模的搜捕开始了，参与这次暗杀的革命者或被抓，或逃散，汪柯坦也与潘玉书一起慌忙逃出危险地带。汪柯坦无处可去，就在潘玉书的原住处转悠，希望能遇到潘以询问以后的出路。不料，

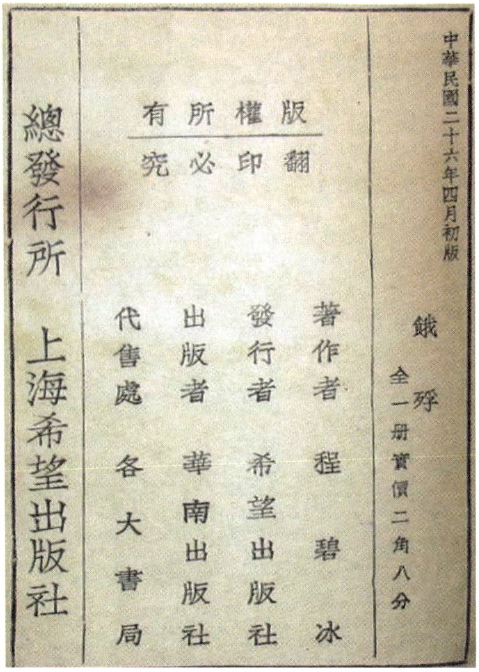
中華民國二十六年四月初版

餓殍 全一册 實價二角八分

著作者 程碧冰

發行者 希望出版社

出版者 華南出版社

代售處 各大書局

版權所有 翻印必究

總發行所 上海希望出版社

有人告诉他，潘处不能去了，而且这次暗杀未遂正是潘告的密。这让汪柯坦大吃一惊。他完全没有想到，所谓革命原不过是同志们革自己同志的命。带着极度失望的心情，他决定到南京出家。

到南京吃饭时，正好遇到一个方丈，方丈得知他的境遇与想法后告诉他，寺里的经济也很困难，时常需要化缘，又说，他是大学生，太辛苦的事虽可不做，但抄抄写写的事是免不了的。他觉得自己大材小用，失望离去。回到住处后，隔壁传来女子的歌声，歌词正好表达了他此时的心境，他感伤之余给那个女子写了封短信。第二天，孤苦的他决定跳江自杀。正当他准备离开时，门房给了他一封信，是那个女子留给他的。该女子看到了他的信，声称早知道了他的一切，很同情他，劝他不要这样做，还给他留了二十元钱。汪柯坦放弃了自杀的念头，决定去一游南京的名胜。路上遇见表叔，被数落了一番，大煞心情的他又回到了上海。一回来就有人告知他何宗陈因著作言论过激被捕了。他没有料到无党派人士何宗陈竟会因文治罪，连忙前去探监。在狱中，何宗陈坚持自己的观点，不认为自己言论有失，也拒绝写悔过书。眼看何宗陈身体出现异常，汪柯坦四处求人营救其出狱接受治疗。终于在文学家A先生的担保下，何宗陈出狱就医，十余天后，身体复原。汪柯坦很高兴，建议他以后以文为生，但何宗陈却说文艺无用，认为自己原本就是“饿殍”，一个无家可归的人，决意漂泊到哈尔滨去，在漂泊的途中来创造人生。汪柯坦听了这话，觉得自己无法做到，认为这也许就是他与何宗陈的距离吧。

按： 这是程碧冰（1908—1937）一部表现进步青年在时代裂变面前寻求自我、构建精神家园的创作，是继中篇《浮浪者》《风雨飘摇》后的接续之作。《浮浪者》写穷学生汪柯坦自视甚高，但无论是在家乡还是上海都“无工可做，无书可读”，成为“消极抵抗主义者”。《风雨飘摇》写在上海依靠写作维持生计的汪坦怯懦又冲动，他钦佩好友何宗有见识有思想，却又认为其空有才华而无处施展，只是落魄的“罗亭”式的人。他盲目参加革命，却落得“不革命要饿死，革命又受害”的结局，在自杀未遂后与何宗沉默地等待时代风暴来临。《饿殍》则一方面保留了《浮浪者》中主人公汪柯坦之名及其基本性格，另一方面又沿用并发展了《风雨飘摇》中主人公汪坦与何宗的漂泊经历、革命情节、人生际遇，并在小说中将汪柯坦与何宗陈做对比：一个盲目，一个理智；一个重行，一个重言；一个软弱动摇，一个坚定刚强；一个想从革命中寻求社会的出路，一个想从精神中批判现实的痼疾。作为时代青年的缩影，作者将他们对社会不满却又想急切地改变社会的焦灼心态展示了出来，而他们失败后又对所进行的“事业”极端否定的偏激心态，以及“无家可归”，“在漂泊的途中来创造人生”的无根样态，正是这一时代小知识分子极易患染的“时代病”的真实体现。所不同的是，《饿殍》最后写何宗陈的北上彰显其勇气、斗志和言行的合一，而汪柯坦的畏葸不前则深化了他怯懦退缩的心理和敢言而不敢为的性格，也注定了他漂无所依、难成大事的命运，紧扣了“饿殍”这一主题。作者对汪、何二人的态度和定位也可见一斑，特别是何宗陈的选择一改《风雨飘摇》中纯伤感式的收尾，从而注入了一股希望和行动力。不管是“浮浪者”还是“飘摇”人抑或是“饿殍”，主人公都承受着精神无所依傍而产生的迷惘、困苦、孤独、悲愤，甚至绝望的情绪。正因如此，小说内容极具有时代性，思想具有前瞻性，人物具有典型性。

但同前两部中篇一样，《饿殍》艺术表现不足，尽管充满哲理，但说理意味过重，形象扁平化，不够浑圆，一些心理描写与对话沉闷、冗长，语言缺乏提炼，个别重要的情节稍显突兀（如女子陈爱南的出现及她写给汪的信的内容及表达方式等），这些都影响了作品的进一步传播。

4月 萧军的《八月的乡村》由上海奴隶社印行第七版。

4月 萧军的《第三代》（第一部）由上海文化生活出版社再版。

4月 萧军的《第三代》（第二部）由上海文化生活出版社再版。

4月 巴金的《家》由上海开明书店印行第九版。

4月 叶永蓁的《小小十年》由上海生活书店印行第四版。

4月 周文的《烟苗季》（第一册）由上海文化生活出版社再版。

4月 万迪鹤的《中国大学生日记》由上海生活书店再版。

4月 老舍的创作经验集《老牛破车》由上海人间书屋初版。内收《我怎样写〈老张的哲学〉》《我怎样写〈赵子曰〉》《我怎样写〈二马〉》《我怎样写〈小坡的生日〉》《我怎样写〈大明湖〉》《我怎样写〈猫城记〉》《我怎样写〈离婚〉》《我怎样写短篇小说》《我怎样写〈牛天赐传〉》《谈幽默》《景物的描写》《人物的描写》《事实的运用》《言语与风格》等文。

5月3日 苏茹在《华年》第6卷第16期发表《读白薇的〈悲剧生涯〉》一文，认为女主人公苇与男主人公展之间的情感纠葛于两性之间，无可抱怨。小说虽无技巧，但作者大胆、坦白、粗率与杂乱，也是特殊笔调的美点，可以衬托出女主人公苇的特殊性格与特殊生活。

5月9日 张天翼在《大公报》发表《关于批评》一文，认为《洋泾浜奇侠》“这部书是完全失败的东西：油滑，人物没处理好，时代背景也没充分把握住”。

5月10日 茅盾在上海生活书店出版的《收获》一书中发表《〈烟苗季〉和〈在白森镇〉》一文，认为，读了《烟苗季》和《在白森镇》后，“有一个结论是无论如何会得出来的：在中国这个最大最富庶也最黑暗的边省里，封建军阀们——大的和小的，曾经怎样把广大的幅员割裂成碎片，而且在每一最小的行政单位（例如白森镇）内也成为各派军阀暗斗的场所。”而且“像《烟苗季》和《在白森镇》

所写的那种丑恶，亦何尝只限于那‘边荒一隅’，不过是形式略有变换而已”。他还认为：“《烟苗季》里的旅长是一个典型性格。”

5月10日 坚白在《量才流通图书馆馆刊》第10期发表《〈小小十年〉》一文，认为：“主人公叶余——原是生长在充满了守旧的传统观念的家庭里，自受了新思潮的激荡后，渐渐解悟到社会的缺憾而深怀起不满来，于是他背着礼教，反叛了祖命慈意，不顾一切地踏上革命的征程！为民族解放而奋争。”

5月20日 **予且的《凤》由上海良友图书印刷公司初版，1—1000册。**

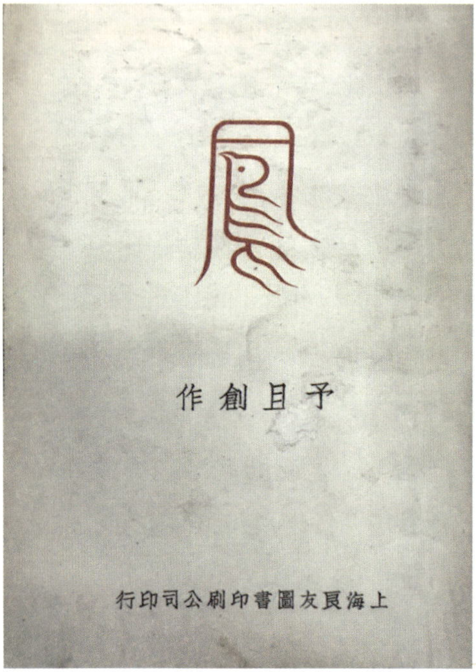

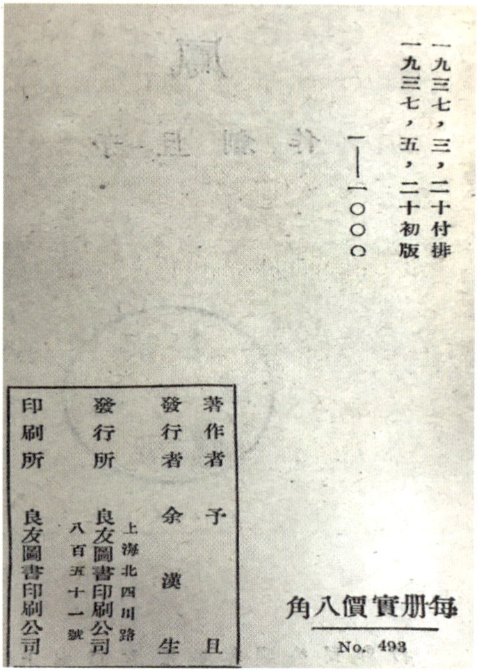

梗概：在上海求学的大学生余墨华和女大学生方凤关系暧昧，但因毕业生交谊会上扮假财神一事使他拿毕业文凭到方家求爱的幻想破灭。他去方家说明自己的苦衷，却碰到方凤和一个西装少年在一起，他以为方凤已经倾心于别人，遂决定放弃对方凤的爱。墨华出席请教授的宴会，戊教授醉后说最爱方凤，让墨华很反感。念兹和墨华在饭馆听到隔壁方凤与西装少年的对话，方凤把围绕在她身边的男人比作苍蝇，墨华听了很生气，决计回到乡下去谋事，没找着又回到上海的租住处。墨华第二次去找己教授，却碰到戊教授，戊拿出一封以墨华名义劝他退出对方凤的竞争的信质问墨华，墨华决计查出写信人。方凤的父亲图财想将方凤许给家底好的钱少爷，但方凤不答应。方凤请墨华吃饭，恰巧碰到郝老爷、钱少爷和方父，钱少爷对方凤一见倾心。在亭子间，方凤一时兴起，帮墨华洗了衣服，却不小心将戒指遗留在那里，引起墨华的误解，以为方凤是在向自己表明心意。西装少年和方凤去看电影时碰到戊教授，戊教授表明对方凤的心意，西装少年认为方凤是一个滥情的人，从此对她疏远。墨华的同学严译名帮他分析出写信人就是念兹，而念兹那样做是为了戊，墨华懊悔自己看人不准。己教授和戊教授一行人办学校，严译名利用自己父亲是校董，恳求己教授为墨华留一个职位，但遭到戊教授的反对。墨华经济窘迫，再次回到乡下。

方家为了撮合方凤与钱少爷，为方凤办生日会，方凤知道自己的衣服是钱少爷出钱做的后将其剪碎，负气出走。方凤的好友段小姐看上了严译名，严对段也有意，为了段，严以在上海帮墨华找到工作为由将墨华骗回上海。这时，方父病倒在床，方母回娘家，方凤只好求助于戊教授和郝老爷，戊被郝气走，郝为了给钱少爷制造机会，没有给方父医治，直接让钱少爷拿钱准备后事。方父病死，钱少爷对方凤心中有了一些把握，不料方凤的舅舅将钱还给了钱少爷，钱少爷便对方凤不再抱有幻想。不久方凤从舅舅家回到上海，为了继续学业，不得不依附戊教授，戊教授为她出钱，将她带到住处欲行强奸，却被此时以敲诈勒索为生的念兹所救，方凤与戊教授的纠葛就此结束。墨华的身体日渐垮掉，叔父接他回去成亲，在新婚之夜的大火中墨华不见了踪影。严和段的恋爱因为父辈的恩怨遭到阻拦，段相思成疾而疯掉，严选择了逃避。方凤因为戊教授的丑闻被学校开除，郝老爷出面帮她除去被学校开除的恶名，却想让方凤当自己的填房，半夜进入方凤的卧室，想强奸她，却被方凤的一番话震惊，方凤说，人生没有意义，茫然空虚得如同一具行尸走肉。

按：潘予且（1902—1990）是20世纪三四十年代红极一时的海派作家，《凤》是其极具代表性的一部长篇小说，仍然取自予且关注的婚恋与都市生存关系的题材，主要写的是年轻活泼、美丽热情的女大学生方凤与五个男人之间的多角恋爱纠葛。这几个人物各怀鬼胎，最终谁也没有如愿。方凤虽然口口声声“谁也不爱”，但却醉心于在不同的男人之间制造暧昧，将几个男人玩弄于股掌之间，保持着独立的人格和清高的自我。但这一切在遭遇生存危机后，便失去了基础，她不得不依附钱少爷，用他的钱操办父亲的丧事，利用觊觎她已久的戊教授为自己掏学费，又利用郝老爷来去掉被校方开除的恶名。这些如苍蝇一样围在她身边的人终于因为得不到她而一个个离开，只余她一个人冷漠地自语。小说淋漓尽致地描绘了那一时期上海市民和小知识者的世俗生活，生动地刻画了他们的自私、猥琐、丑陋、贪婪的人性并将其在现实生活里暴露无遗。小说笔墨理性而平实，用词文白相杂，但结构不够紧凑，作者介入过多，情节平淡无奇，犹如一本流水账。

5月20日 **鲁彦（王鲁彦）的《野火》由上海良友图书印刷公司初版（良友文学丛书之三十八），1—2000 册。**

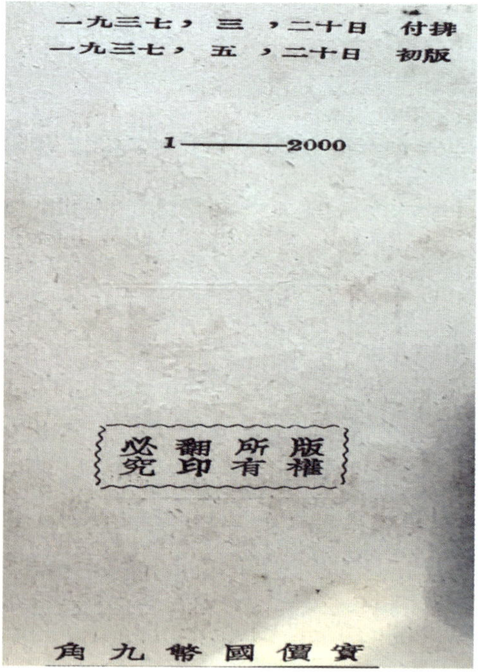

梗概：太甲山傅家桥村的华生是一个二十一岁的青年，高大英俊但性格刚

烈倔强。他的哥哥葛生老实忠厚，善良软弱，人称“弥陀佛”。华生不愿像他哥哥那样给人家做牛马还被人欺负，更不愿做亡国奴。他与宝隆豆腐店老板朱金贵的女儿朱菊香相爱，但朱金贵却想把女儿嫁给丰泰米店老板阿如的儿子阿珊。华生在碾米时，风把米糠吹到了阿如老板店里，他也因此遭到阿如谩骂，二人发生肢体冲突，华生被保卫队带到乡公所。乡长傅春山假意看在葛生的面子将他放出，但暗地里却逼迫葛生向阿如鸣放鞭炮赔罪。看到哥哥放了赔罪炮后，华生不堪忍受耻辱，决意报复。阿波哥劝他忍耐，等待机会。

秋天大旱，华生挖的井出水不止，村里人都来挑，当阿如的伙计来挑水时，华生将他们的水桶踢了下去。阿如暗施诡计，在华生的井里投入死狗。由于阿珊经常去找菊香，朱金贵也主张与阿如家结亲，华生便与菊香产生误会，菊香一气之下同意了与阿珊订婚。后来黑麻子又借故收捐将华生捆了起来，在葛生和乡亲的解救下才松了绑。不久，全乡遭受旱灾、瘟疫，但傅青山依然横征暴敛，不减捐税，他的手下黑麻子温觉元和阿品哥甚至借收捐税调戏良家妇女，被华生和阿波哥撞破后痛揍一顿，二人只得写下伏状仓皇逃走。由于天灾，阿曼叔无力交租被阿如老板活活打死，群众愤怒了，华生组织村民要求惩治凶手。阿如畏罪潜逃。乡长傅春山与阿如狼狈为奸，使用缓兵之计，敷衍群众，暗地请来官兵，以与“共党”蛊惑群众暴乱罪拘捕了华生和阿波哥。

按：王鲁彦（1901—1944）将小说取名《野火》，意欲指农民反抗压迫阶级的天然怒火不可遏止，也就是“哪里有压迫哪里就有反抗”这一思想的艺术再现。小说后来改名《愤怒的乡村》，更符合作品的旨意。全书有三点值得肯定：一是人物塑造较为成功，比如勇于反抗的有为青年华生，两面三刀、阴险狡诈的剥削者傅青山，在压迫中觉醒的农村女性葛生嫂等，形象生动。二是心理描写细腻而具有特色。三是作品中大量浙东风景、乡间风俗的描写和童谣、民歌的插入赋予了作品独特的浙东地域文化特色。遗憾的是，《野火》只是作者计划的三部曲中的第一部，后两部因作者病逝而未能完成。当然，我们也应指出，这是作者受左翼文学思想影响下创作的一部具有概念化倾向的表现阶级对立与阶级斗争的复仇小说。因此，人物鲜明地分为统治者与被统治者两类，统治者以乡长傅青山、地主兼小商业资本家阿如为代表，他们高高在上，为非作歹，鱼肉人民；被统治者以华生、葛生、阿波为代表，他们身处底层，受苦受难，饱受欺凌。为争取平等的做人权利，双方进行了尖锐的斗争。最终由于统治者的狡猾与势力强大，以华生、阿波为代表的底层的农民斗争失败了，但觉醒的农民所燃起的反抗的烈火已遍及四野。小说主要围绕底层农民维护人格平等、主张公平、反抗苛捐杂税来刻画对立双方的矛盾冲突，主要人物形象清晰可感，但人物概念化倾向也是明显的：好人皆好，坏人皆坏，矛盾始终处于对立之中，一些冲突的设置过于平面概念化，如阿如打华生，阿珊与菊香的交往，阿如伙计打水与华生的冲突等。而作者对于长期处于封建文化浸淫下的农民及他们的思想状况的复杂性表现不够，也影响了作品的深度。

5月25日 王树铎在《津汇月刊》第17期发表《〈革命的前一幕〉读后感》一文，认为，像许衡山因爱情失意而跑去革命是无可厚非的。作者描写到一个变动时代里青年们的苦闷，现在仍有时代的意义。书中写的人生与爱情的关系可以理解。

5月30日 **陈涉的《像样的人》由上海良友图书印刷公司初版，1—2000册。**

梗概：杨家村的穷人正准备按惯例在清明这天用公田的收成吃村宴，但村里最有钱有势的“像样的人”杨砚田迟迟未到，大家虽一片怨言却也只好等待。许久，砚田终于摆着“像样的人”的架子姗姗来迟。在一片饕餮声中，砚田宣布了一条新政：在杨家村建一所小学，以改变村里无“像样的人”的现状，学资由公田的收入承担。为获利，砚田准备将公田外租。他将种公田的长工福根和金寿找来，跟他们说明他的想法。二人听后，哀求杨先生考虑他们的生计，砚田装模作样地同意他们继续耕种，但以提高租息为条件，二人只得接受。出门后，福根想以后总要报复一下。为了办成小学，写好呈文的杨砚田便到乌义镇上求镇里“像样的人”夏奇峰。他将礼物送到夏家后就在茶馆找到了夏绅士。正巧，夏先生在处理一桩纠纷，见砚田来了就让他来了断。砚田一听二人的情况陈述就知道这是一桩中年人趁这少年丧父欲占其田的事，但因中年人与夏先生熟悉，他就偏断了事：让少年将田以低于市价近一半的价格即每亩六十元的价

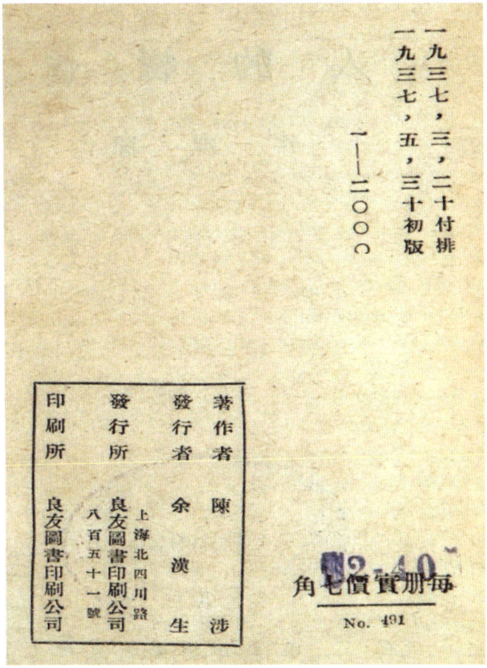
一九三七，三，二十付排
一九三七，五，三十初版
1—2000

著作者 陳涉
發行者 余漢生
發行所 良友圖書印刷公司 上海北四川路八百五十一號
印刷所 良友圖書印刷公司

每册實價七角
$2.40
No. 491

格出让给中年人，少年无奈地同意此调解。砚田和夏绅士又以中人的身份敲了二人一笔，回去的路上，夏绅士又以给儿子买西服为由向砚田回“借”了两百元。不久，夏先生告诉砚田一个好消息：镇里一个大药铺的公子因抽鸦片、赌博，在父亲死后不到三年，就败尽了家产，现在要低价盘让药铺。夏先生告诉砚田，先放债给败家子，然后以抵押的方式得手，但现在他手上没钱，让砚田先垫资，并鼓动他搬到镇里来住。砚田回去看了看上课的学校后，搬到了镇里。

来到镇里，他很快学会了镇里“像样的人”的生活方式：晚起，泡茶馆，聊天，看报，明敲暗诈等。一天，他去鸿福园小茶馆，遇见三个女人在打牌，其中张家嫂子穿戴体面，砚田就动了心思。谁知张家嫂子也有此意，两人很快同居。此时，镇里传出警察局长被人暗杀的消息。而在张家女人那里，怀孕四个月的女人也正做着未来母亲的梦。砚田得知后骗她打掉肚里的胎儿，并自己找来药让她服下，结果张家女人大出血死去。刚把女人埋了，镇里的流氓王大麻子突然闯进药店，以张家亲戚的名义找砚田算账，夏奇峰又恰到好处地来到现场调解纠纷，让砚田将药店让给王大麻子。砚田明白这是夏奇峰的阴谋，装作若无其事地接受了这一处理。他提起早已装好钱物的箱子，离开了药店。乡下大旱，农民生活艰辛，族长来找他借钱。砚田故作穷状地到别处高利借了三元钱打发了他。

一天，砚田在报上看到夏奇峰的儿子因绑架勒索被关进监狱，非常兴奋，觉得这是他置夏于死地的好机会。当夏奇峰因自己抽鸦片不便远行只得来求砚田时，砚田装作才知道消息而为他惋惜，并爽快地答应了去上海营救他儿子的请求。砚田拿到钱后到了城里，拜了县里的名人倪大个子为先生，叫来王麻子、癞皮狗、警察局长的家属等，以唆使杀人犯为罪名将夏奇峰抓进监狱。正当他心满意足之际，村里的老婆突然跑来告诉他，因旱灾严重，农民将家里一抢而空，还烧了房子，是福根带的头。砚田便安排老婆住在镇里。这时，镇里也开始出现抢风，砚田花钱请城里派了兵来，将福根也抓了进去。由于军队的弹压，镇里最终没有出现骚乱，但一个排的兵还是让镇里的百姓负担过重，许多店铺因之倒闭。砚田只好代表镇里给排长说情，劝他们离开。排长答应年后离开。然而，军队却在离开前大抢商铺，听到枪声的砚田一家东躲西藏总觉得哪里也不安生，最后狼狈地从后门逃进桑田。兵乱过后，砚田觉得镇里也不安全，应该搬到城里去。虽然太太执意不搬，但砚田还是带着钱财坐上了雇来的船向城里开去。

按：这是陈涉（生卒年不详）一部揭露乡村土绅奸诈狡猾、虚伪歹毒、道貌岸然、贪婪卑鄙之本性的优秀小说。作者以严谨的现实主义手法真实地刻画了生活在南方某农村农民卑微的生活境遇，鞭挞与嘲讽了所谓“像样的人”的虚伪本性，深刻揭示了社会的黑暗与不平及其吃人的本质。全书结构合理，脉络清晰，情节有条不紊，人物栩栩如生，恶绅杨砚田、夏奇峰的形象堪称乡镇此类土绅的典型。惜作者有同情杨砚田之心，多少冲淡了批判的主题。再者夏奇峰儿子出事却来找杨砚田的情节，有待商榷。因为杨砚田尚且知道这事应找县里名人出面，夏奇峰这样在镇里最“像样的人”更应明晓这一常识，故夏奇峰不找县里反找砚田出面，不合常理。当然，这是作者意欲表现杨砚田最终实现打垮夏绅士成为镇里最“像样的人”的情节需要，但这一设计显然也有违反真实之嫌。不过，尽管如此，《像样的人》仍是一部成功的作品，更是一部不应当被埋没的优秀作品。

5月 苏雪林的《棘心》由上海北新书局印行第八版。

5月 巴金的《家》由上海开明书店初版。

5月 罗西的《玫瑰残了》由上海大光书局印行第七版。

5月 张资平的《群星乱飞》由上海大光书局印行第五版。

5月 老舍的《小坡的生日》由上海生活书店印行第四版。

6月1日 常风在《文学杂志》1卷2期发表《近出小说四种：（一）〈第三代〉》一文，认为："这是一篇雄浑，沉毅，庄严的史诗。"在《（二）〈烟苗季〉》一文中认为："以题材言，这部小说是值得注意的。以前似乎尚无人企图以这样长的篇幅来描写以军人的生活为中心的故事。这小说的主要目的即在暴露表现在军人生活中的腐蚀，奸诈，阴险，庸朽这些品质。"但"这小说从开始到结尾缺乏重心。全书的故事从开始逐渐展开，到了结尾完全展开了，然而即在这时戛然而止，一部十四万字的长篇创作落根儿没有了着落。这书在暴露一切现社会相，但这暴露缺乏泼刺的力量。有许多场面暴露的不够，甚或说不到暴露"，也"完全暴露了作者缺乏处理题材和组织故事的能力"。"所以这部书只能有一点事实的铺叙，平庸，冗长，松懈，短少深刻。"在《（三）〈春花〉》一文中认为："虽然作者要几个主人公平均发展，可以各成一段故事，而又能连缀在一起，事实上它去作者的预期似乎尚远。""这书叙述了一个人，再叙述另一个人，都是同样的单调与呆板。作者要着意在这书中表现几种特殊的性格，似乎仅有许多关于性格的叙述，还需要刻画，渲染，衬托与更好的艺术方法。"在《（四）〈漩涡里外〉》一文中认为，这部描写学校风潮，以暴露教育界的黑暗与腐败为题材的长篇小说，"所揭开的黑暗与腐败都很逼真，虽然还缺少力量。樊振民在这书中是徐子修以外的第一个主要人物，但是作者写这人物缺少许多必要的点染。他在这书中不是一个立体的人物，我们仅看见他为学校的事而烦扰着，而奔走着，此外一点什么也没有了。他和徐守梅是未婚夫妇，而在书里他二人之间并无什么事件展开。他为了维护学校和恶势力争斗，但他和徐子修一样，我们看不出他对于教育有什么理想和抱负。这书中的人物似乎除了徐子修一人之外全少活气，樊振民除了说话之外就在我们面前消逝了，他不是生活在这小说里的。在结尾，樊振民看见衰老的徐子修感到惭愧，感到自己的薄弱和渺小，很令我们茫然于这部小说的主旨。这小说仅是在写徐子修这性格吗？这小说是在嘲笑嚷着人生乃是奋斗的青年之不能持久，而赞美独善其身主义者的老人的坚强意志吗？这只好请作者来解答了。”

6月5日 蔡元培在日记中写道：“阅陈涉所著《像样的人》，描写乡间劣绅贪鄙残忍之行为，极深刻。”[1]

6月10日 《申报》刊载下列作品的广告：

（1）《像样的人》：“本书为得奖小说第二部，评判先生对之推崇备至，作者从事长篇创作，这也是第一次。写小村镇上一个自称凭‘天地良心’做事的乡绅，鱼肉农民，勾结土劣。他的一生就想怎样往上爬，做一个‘像样的人’，但是许多人的生命和幸福就在他的野心下被牺牲掉。这种人物在中国任何市镇中亦可以找到几个，作者应用了锐敏的观察力和丰富的生活经验，在这里暴露了一个典型的代表。”

（2）《天下太平》：“这是从许多应征文稿中最先也是最后被评判先生们认为值得获奖的一部。作者过去没有写过长篇小说，这是他的处女作。挑了中国近代史上最动乱的一个时间（五卅—二七），把素称富饶平安的江南农村，用了最亲密的笔调，描出了他们的真面目。一个从农村出身的青年柯大福是全书的主角，抱了崇高的理想在遭遇到无数次的碰壁以后，到将近实现他的理想时，又如慧星般没入黑暗中去了。作者的文笔简洁有力，对话紧张，故事生动，为年来中国文坛不可多得之作品。”

（3）《野火》：“《野火》是鲁彦先生最近脱稿的长篇小说。作者写长篇，这是第一次，但却达到了可惊异的成就。作者用十八万字给我们展开了动乱时代中江南农村的姿态，这里有的是同情和热泪，有的是真实和深刻，但同时还有着牧歌和斗争，尤其是斗争。作者给我们暴露了农村的黑暗面，作者也给我们指示了光明。黑暗和光明的斗争造成了全书的最高点。作者在本书里第一次显露了他的雄伟的气魄。这不是一本平凡的书。这是一首伟大的庄严的史诗。”

---

[1] 《蔡元培全集》（第十七卷），浙江教育出版社 1998 年版，第 52 页。

6 月 11 日 《电声》第 6 年第 23 期刊载《曹禺已着手工作：茅盾的〈子夜〉将上舞台，白杨也要参与饰一角色》的消息，称："茅盾先生的长篇小说《子夜》，是近几年来文坛上唯一的煌煌巨制，也可以说是划时代的杰作，从《子夜》里，我们看到了资本家的种种蠢相，金融的潮流动荡，工厂在不安定中，女人的苦闷，青年的彷徨，场面是那么广大。而且经过了茅盾的生花妙笔，非常生动。"

6 月 15 日 郭沫若在《中国文艺》第 1 卷第 2 期发表《中国左拉之待望》一文，他说："我真是愉快，最近得以读到《大波》《暴风雨前》《死水微澜》这一联的宏大的著作。""作者的规模之宏大已经相当地足以惊人，而各个时代的主流及其递禅，地方上的风土气韵，各个阶层的人物之生活样式，心理状态，言语口吻，无论是男的的女的的老的的少的的，都亏他研究得那样透辟，描写得那样自然。他那一枝令人羡慕的笔，自由自在地，写去写来，写来写去，时而浑厚，时而细腻，时而浩浩荡荡，时而曲曲折折，写人恰如其人，写景恰如其景，不矜持，不炫异，不惜力，不偷巧，以正确的事实为骨干，凭借着各种各样的典型人物，把过去了的时代，活鲜鲜地形象化了出来。真真是可以令人羡慕的笔！"《大波》"表现法虽旧式，但颇亲切有味。中用四川土语，尤倍觉亲切"。"唯一的缺点，是笔调的'稍嫌旧式'。但这'稍嫌旧式'之处，或者怕也正是作者的不矜持，不炫异，而且自信过人之处，也说不定。""古人称颂杜甫的诗为'诗史'，我是想称颂劼人的小说为'小说的近代史'，至少是'小说的近代《华阳国志》'……似乎可以说，伟大的作品，中国已经是有了的。"

6 月 15 日 《女子月刊》第 5 卷第 6 期刊登《苔莉》的广告："这是张资平先生的代表作，他把现代青年男女的恋爱心理描写得十分透澈。苔莉（女主人公），她把忠厚的丈夫抛弃了，再把她所有的尚未散发的热情倾射到克欧（男主人公）身上来，一个柔弱的青年，当然敌不住十万匹马力的情感底威力，结果她俩牺牲了生命，总算完成了他们恋爱的真精神。这是一个怎样动人的哀情剧啊！"

6 月 15 日 谢冰莹的《一个女兵的自传》由上海良友图书印刷公司再版，3001—4000 册。

6月20日 罗洪的《春王正月》由上海良友图书印刷公司初版，1—1000册。

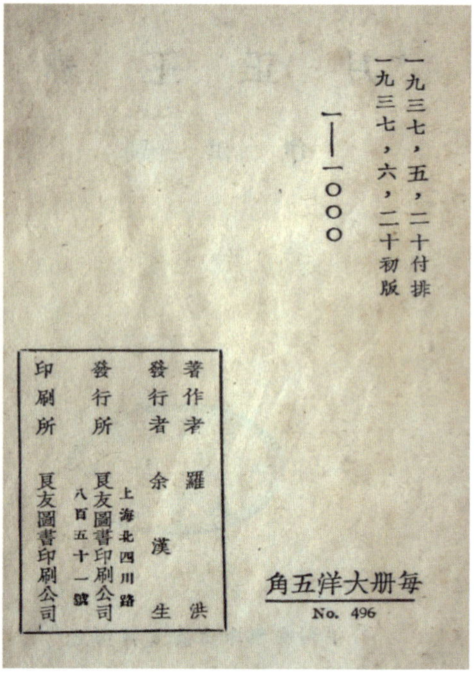

梗概：城里首富刘元祺筹款购置田产，想搞旅游开发的公路建设，但协大绸缎庄老板程之廉对此并不热心，他想投资公债生意，结果大败而归，家里也乱成一团。永康钱庄项有声老板将他破产的消息散布出去，众多储户纷纷上门讨债。许多小储户因此遭受严重打击，悲痛欲绝。程之廉外出躲债，度日如年。与他素有矛盾的项有声落井下石，以程之廉宣布破产时隐匿财产罪相讹诈，在刘元祺的斡旋下，官司总算平息。程之廉将最后的希望寄托在修公路上，但建设厅以全国公路计划另有安排为由没有批准他们的计划。这样，就在新春正月，他们东山再起的美梦化作了泡影。

按：如《子夜》一样，罗洪（1910—2017）的《春王正月》也是想通过经济的活动来展示整个社会，表现20世纪30年代城镇经济的破产，以及资产阶级唯利是图相互倾轧的本性和下层人民的苦难，但却无法与《子夜》的宏大深刻相比，无法与《子夜》的艺术造诣相比（尽管《子夜》也存在着一些不足）。

整个小说看上去是在说明这些现象和这些人物，而不是客观的叙述与描写，作者常常在作品中现身说法，指点评断，而不是通过艺术的描写自然而然地予以呈现，大量的事件叙述淹没了人物的形象刻画，看似遒劲有力，实则缺乏艺术表现力，形象性也大打折扣。

6 月 23 日 蔡元培在日记中写道：“阅良友得奖小说《天下太平》竟。署‘左兵’作。叙崇明三和镇农村凋敝状况、劣绅剥削手段及国民党到江苏、清共时代各方面反复无常态度，均有举一反三之妙。方言亦表出特性。”[1]

6 月 30 日 **张天翼的《在城市里》由上海良友图书印刷公司初版（良友文学丛书之三十九），1—2000 册。**

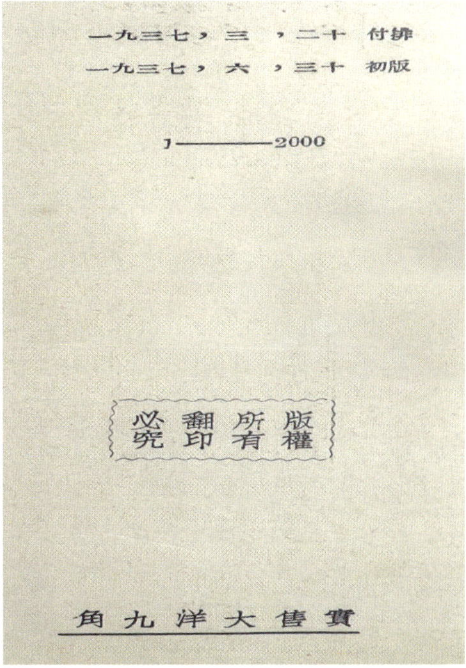
一九三七，三，二十 付排
一九三七，六，三十 初版

1——2000

版權所有 翻印必究

實售大洋九角

梗概：丁寿松有两个表亲，一个叫唐启昆，一个叫丁文侃，他觉得唐家正得势而丁家正背时，就决定从乡下逃荒到城里投靠唐家，想依靠唐启昆找点事做。可是唐家人几乎想不起来丁寿松是谁，对他置之不理。丁寿松点头哈腰想讨好

[1] 《蔡元培全集》（第十七卷），浙江教育出版社 1998 年版，第 55—56 页。

唐家人却到处碰壁，而此时唐启昆已无职位，丁寿松在唐家可有可无。在谈话过程中他听说丁文侃确实升了官，而唐二少却罢了官，于是话头一转，又奉承说，他早就料到侃大爷会做官的，还说一笔写不出两个丁字，他只相信丁家的人。丁寿松及时拜访了丁家，赔着笑脸，巴望有人派差事给他。恰好，回娘家来住的姑奶奶怕唐二少把叶公荡的好田卖了，自己日后分不到家产，就派丁寿松去探听消息。丁寿松好不容易才探得唐二少要请何云荪老爷，就急匆匆赶回去向姑奶奶汇报。唐二少为卖叶公荡的田宴请何云荪，并起用丁寿松照应客人。丁寿松见客人就是小火轮上遇到的那位酒糟鼻子的何先生，惊讶得几乎跌倒，不得不仔细反省在船上是否说错话，也格外留心偷听主客的谈话。不久，丁寿松把唐启昆要卖田卖古画的事情告知了大少奶奶，唐启昆怒不可遏，把丁寿松赶出家门。丁寿松想投靠丁家，希望丁家随便给个地落脚，可不料先前在船上与何云荪说丁文侃没出息的事情被丁家得知，结果被丁家以五毛钱打发回乡。丁寿松心灰意冷，想顺手偷几个钟表当路费，被人发现后带进牢狱，生死未卜。丁文侃先前卖祖田，后来当上了秘书长，兄弟丁文侯与他大闹，认为他现在发迹了就该把以前卖掉的祖田再买回来，到时分家也好有地可分，可丁文侃称置田是祸害，没有答应。唐启昆暗地里卖掉祖田偿还债务，他找到有置田意向的好友何老六，却受到何先生的百般挤对，最后在丁文侃的调解下卖田与芳姑太太。可不料乡下又闹抗租，田地毫无着落，何先生不知所踪，唐启昆的黄包车公司又出现亏空，他金屋藏娇的小亚子也被公司管事李金生拐走，不知去向。

按：在这篇小说里，张天翼一如既往地以讽刺的笔法展示城市里人与人特别是亲情之间“钱”字当头、“利”字为先的功利关系，人性的扭曲在这里体现得一览无余。作者从旁观者的角度刻画人物猥琐、唯利是图的嘴脸，形象生动。在讽刺碌碌无为鱼肉乡里的恶霸、乡绅的同时，也流露出对丁寿松之类的苦难者的同情之心，并批判了他们的奴性性格。但小说缺乏对人性之恶动因的深刻思考与考辨，流于表面的漫画性，讽刺与幽默也就显出平面化。

6月 胡冰在《新文艺》创刊号发表《萧军底〈第三代〉》一文，认为：“和《八月的乡村》同样，作者有着他自己一贯的独特的风格。也许，有些读者会抱怨这表现的手法‘太散乱’，‘不着边际’，‘没有明确的主线’，但我想，这些意见是不够妥当的。”“若果所谓‘明确的主线’并不一定就是平铺直叙，那么为什么不容许作者围绕着一个中心，从各方面剖开生活底表层，将许多的屈辱的灵魂在读者面前剖露呢？”“何况，贯串在这小说里的红线是鲜明的，强力的。”

“这里面所写的，还是民国初年的北方底一些故事，也只是一些平凡的琐碎的故事；一村的人怎样时常在一起取闹，谁看相了谁底老婆，小寡妇生了儿子，财主家给‘胡子’抢了，最后是两个无辜的人林青和汪大辫子被指为通匪捉到了官府里去……”“但作者，都用了经济的而且是诗意的文字向我们展开了寒冷的广阔的北方，北方人民底凄苦的生活底全貌。”“是一些卑微的人，是一些卑微的生活，从这里面却感得到无比的亲切和真实，而且不容抗拒地接触到一个平凡的真理，人怎样会做了强盗——他们仍然是并不想得太多，只是以为还不愿意就死，不愿意让肚子无助地挨饿而已。”“那么显然的，作者将希望寄托在第三代——汪大辫子底儿子和林青底外甥身上。笔者还没有读到这个小说底第二部，但我想，这些正在长大起来的孩子们，应该是不再甘忍受屈辱了吧。”

6月 萧军的《八月的乡村》由上海奴隶社印行第八版。

6月 杨荫深的《曼娜》由上海复兴书局第一次再版，1000 册。

7月1日 孟实（朱光潜）在《文学杂志》第 1 卷第 3 期发表《〈桥〉》一文，认为，“像普鲁司特与伍而夫夫人诸人的作品一样，《桥》撇开浮面动作的平铺直叙而着重内心生活的揭露。不过它与西方近代小说在精神上实有不同，所以不同大概要归原于民族性对于动与静的偏向。普鲁司特与伍而夫夫人借以揭露内心生活的偏重于人物对于人事的反应，而《桥》的作者则偏重人物对于自然景物的反应；他们毕竟离不开戏剧的动作，离不开站在第三者地位的心理分析，废名所给我们的却是许多幅的静物写生。‘一幅自然风景’，像亚弥儿所说的，‘就是一种心境’。他渲染了自然风景，同时也就烘托出人物的心境，到写人物对于风景的反应时，他只略一点染，用不着过于铺张的分析。自然，《桥》里也还有人物动作，不过它的人物动作大半静到成为自然风景中的片段，这种动作不是戏台上的而是画框中的。因为这个缘故，《桥》里充满的是诗境，是画境，是禅趣。每境自成一趣，可以离开前后所写境界而独立。它容易使人感觉到‘章与章之间无显然的联络贯串。’全书是一种风景画簿，翻开一页又是一页，前后的景与色调都大同小异，所以它也容易使人生单调之感，虽然它的内容实在是极丰富。”由于“《桥》是在许多年内陆续写成的，愈写到后面，人物愈老成，戏剧的成分愈减少而抒情诗的成分愈增加，理趣也愈浓厚”。好在“‘理趣’没有使《桥》倾颓，因为它幸好没有成为‘理障’。它没有成为‘理障’，因为它融化在美妙的意象与高华简练的文字里面”。他还认为：“废名最钦佩李义山，以为他的诗能因文生情。《桥》的文字技巧似得力于李义山诗。”“《桥》的基本情调虽不是厌世的而却是很悲观的。我们看见它的美丽而喜悦，容易忘记它后面的悲观色彩。也许正因为作者内心悲观，需要这种美丽来掩饰，或者说，来表现。废名除李义山诗之外，极爱好六朝人的诗文和莎士比亚的悲剧，而他在这些作品里所见到的恰是‘愁苦之音以华贵出之’。《桥》就这一点说，是与它们通消息的。”

7月1日　《大地的海》始刊于《文学》月刊第9卷第1期，至8月1日第9卷第2号因停刊而终止（未完）。

7月1日　废名的《桥》（下）第七章《萤火》始刊于《文学杂志》第1卷第3期。

7月5日　雪韦在《中流》第2卷第8期发表《关于〈烟苗季〉》一文，认为，余应岐对人物的分析是不妥当的，他说：“《烟苗季》是庞大的现实社会的表现和分析……虽没有伟大的英雄存在，然而作者那精细不苟的一笔一笔的描写，依照着那般人物的命运刻划出他们的实在的态度，决不是废墟上的饮泣，溪水边的怀旧。无论从本书所表露的作者底主观情绪上来看，或从何谷天——周文这位青年作家的写作历程上来考察，都得不出这样的结论。”他还认为，小说“大体上却很完整；人物虽没有阿Q那样的成就，而‘活鲜生动’的倒不只有一个余参谋”。这种可憎又可怜的人物，“在川、黔诸省，完全不只是十年以前的存在，是现在还遍布在那些地方的任何一个角落的特殊的‘青年层’。”

7月30日　《关声》第6卷第1期发表文讯《大地的海》，预言在“这长篇创作里，将有更伟大的力的表现”。

7月 李劼人的《大波》（下卷）由上海中华书局初版（现代文学丛刊）。

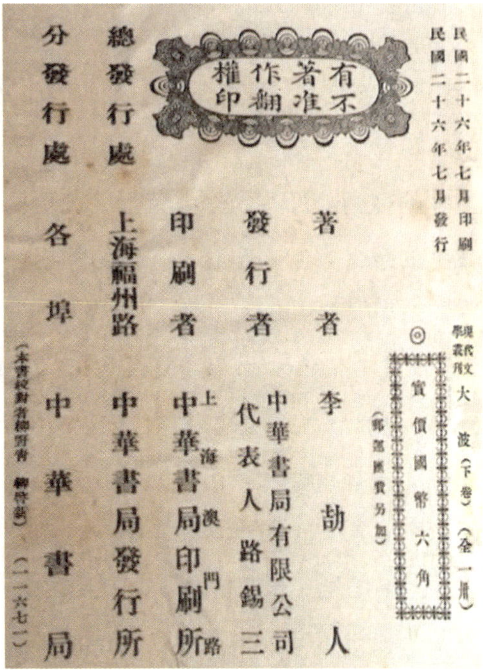

民國二十六年七月印刷
民國二十六年七月發行

有著作權 不准翻印

現代文學叢刊 大波（下卷）（全一冊）
實價國幣六角
（郵滙費另加）

著者 李劼人
發行者 中華書局有限公司 代表人 路錫三
印刷者 上海澳門路 中華書局印刷所
總發行處 上海福州路 中華書局發行所
分發行處 各埠 中華書局
（本書校對者柳野青 柳啓新）（二一六七一）

梗概：端方奉命入川镇压保路运动，他革去赵尔丰手下周善培的职务，引起赵的不满，周又将四川内乱的原因归于端方。统治集团内部纷争不断，已现“树倒猢狲散”的局面。这时，龙泉新军宣布起义，随后，重庆宣布独立。赵尔丰释放蒲、罗二人，表示愿意交出政权，但仍将兵权抓在手里。11 月 27 日，四川独立军政府成立，但群众看到清朝官吏仍出入新政府，大为不满。这时端方与赵尔丰的矛盾更为激烈，四川同盟会与湖北新军同盟会接上关系，起义军将端方抓入狱中。不久，赵尔丰也被尹都督杀头。

按：与《死水微澜》和《暴风雨前》相比，《大波》对历史事件的描写更为细致但也更为庞杂，小说从多个侧面反映了四川辛亥革命时的历史图景，为后人留下了一部历史转折关头社会各阶层人们心理及行为的真实记录。但是，作为一部小说而言，其艺术性却严重下滑。作者将他亲历的历史当作历史文学，将历史的表象当作历史本身，这样，作家的历史观发生了偏差。作者以历史的虚数即大量的历史现象掩盖历史的真实进程，将他所描绘的这一进程作为自己历史观念的等价物，这种被大量的与历史实际发展无关的事实所迷惑并将历史复杂化的处理方式，难以使读者透过现象看到其背后对中国历史发展确有意义的东西。特别是作家在写作中采取历史文献原文全引实录的“文献体”叙事策略，使小说情节如滚雪球一般越滚越大，人物如走马灯一般不断变换，却没有一个清晰的刻画，没有为读者留下一个鲜明生动的文学典型，实在令人遗憾。小说文献的意义大于文学意义，民俗的内涵胜于文学的质地，这或许多少有违于作家的初衷吧。

7月 木刻《〈子夜〉之图》由未名木刻社出版。茅盾作《〈子夜〉木刻叙说》一文，关于《子夜》大要谈及如下：“故事背景在上海，一九三〇年夏秋之交。工厂主吴荪甫的老父避‘匪’来上海，不意在到的那一晚，急病死了。老太爷是个‘旧派’，儿子却一向不读父书，所以‘苦块昏迷’一类的话是谈不到的，然而严酷的现实正在以三方面夹攻，要求这位有野心的儿子来集中心力。‘匪’患几乎覆没了吴荪甫在家乡的产业，而罢工又威胁着他在上海的企业。他向公债市场投机，前途也还是暗昧。他有大志，有魄力，也有计划，他也不缺少同志，然而帝国主义政治经济势力控制下的半殖民地国家的民族资产阶级的惨运，不是他们几个人所挽回的。他终于败于买办金融家赵伯韬之手。”

7月 老舍的《牛天赐传》由上海人间书屋再版。

8月1日 常风在《文学杂志》第1卷第4期发表《〈天下太平〉》一文，说：“今年我们出版界有两件值得纪念的事：一是《大公报》的文艺奖金，一是良友图书公司的文学奖金。《大公报》‘文艺奖金’范围稍广，而且是从过去一年的创作中选戏剧小说与散文的佳作，良友‘文学奖金’则只是征求新的小说创作。《大公报》的‘文艺奖金’业于上月公布。良友的‘文学奖金’最近才揭晓，左兵的《天下太平》和陈涉的《像样的人》被选为‘得奖小说’，担任评选者为蔡元培、郁达夫、叶绍钧、王统照、郑伯奇诸氏。”“据良友的广告《天下太平》‘是从许多应征文稿中最先也是最后被评判先生认为值得获奖的一部’。作者‘挑了中国近代史上最动乱的一个时间（五卅—二七）把素称富饶平安的江南农村，用了最亲密的笔调，描写了他们的真面目’。”“这部小说的作者是第一次写长篇小说。我们尊重良友的文学奖金和作者，我们愿拿一般创作的水准来衡量这部得奖小说。柯大福是全书的中心人物……却不曾见他有什么理想与抱负。拿这样一个人物作这样一部小说的主人公似乎过嫌单薄。作者似乎想把柯大福造成功一个足以左右全部故事开展的人物，但是他并未在书中给他安排必要的衬托，而且他也不曾着力来写这个人物。”不过，小说选材不错，但令人惋惜的是，小说中的五卅仅是一个阴影。

8月1日 鹤西在《文学杂志》第1卷第4期发表《谈〈桥〉与〈莫须有先生传〉》一文，认为，《桥》是全书在胸而后下笔者；《莫须有先生传》是全书在胸而涉笔成趣者。“我爱好《桥》，爱它的美丽，引作者的话来说明，这本书我们读了，是不是有这样个感觉？‘感不到人生如梦的真实，但感到梦的真实与美。’这书给我的印象像一盘雨花台的石头，整个的故事是一盘水又不可拟于《莫须有先生传》中之流水，因为盘已成就其方圆。读者可看见一颗一颗石头的境界与美，可是玩过雨花台的石头的又都会知道这些好看的石头如果离了水也就没有了它的好看。《桥》当然有他的故事，却是这故事也很平常，令我喜欢这句话，‘人生的意义本不在它的故事，而在渲染这故事的手法。’明白了这点，我们都可以各自成仙而实无超越。”

8月1日 废名的《桥》（下）第八章《牵牛花》始刊于《文学杂志》第1卷第4期。

11月1日 萧军的《第三代》（第三部）第2—9章始刊于《七月》第1卷第2期，至1938年1月1日第6期（未完），其中，第3期未刊。

11月20日 梵珂在《前哨》（长沙版）第3卷第8期发表《〈八月的乡村〉》一文，认为：“这是一本‘国防文艺’这一口号尚未提出来以前的国防文学的杰作。”“在本质上它是健康的。”“在结构上这本书是由长短不等的十四章合起来的，从全体看来是一部东北‘义勇军’的缩写，分开来也可以成为许多独立的短篇。故事本身一点也不复杂，也不新奇。相反的它却是非常的朴素，非常的平凡。有人把它看作富曼诺夫的《夏伯阳》。但是从它主题的素朴与平凡上显出了比《夏伯阳》更伟大的力量。这书是只写一群不愿做奴隶的人，如何地冲脱奴隶的枷锁，怎样地为自己为大众追求光明；所以在主题上没有故事借以发展的主角，因为挣脱奴隶的枷锁并不是一两个英雄的事业，而是每个自己的神圣责任。”“主题的意识是极现实的极正确的。但都不像以前曾经时髦一时的普罗文学一样，洞空得只有一个公式，只有概念的发展，在这本书里没有一处地方概念化，都是很具体的表现，人物的描画，性格的分析，场景的移动，都是以很鲜明地，很活泼的线条凸现在眼前。初看起来似乎写得过分的琐屑，可是从这种琐屑里都隐伏一种巨大的力量，使我们能够得到一种深刻有生气的印象。整个故事是粗线条的，是斗争的。人物也是粗线条型的，斗争式的，然而在作者手下所表现出来的都是那么细腻那么婉约，这就是它胜过《夏伯阳》的地方。”“与此相反地作者也刻划出了‘同路人’在伟大的动乱中所显露出来的悲哀，徨彷和动摇。萧明和安娜就代表了这种性格，他们不能克服小布尔乔亚的劣根性……在现实的斗争中扮演了一幕悲剧。”

1938 年

1月 巴金的《家》由上海开明书店印行修正一版（第十版）。

作者在《十版改订本代序——给我底一个表哥》中再次对创作动机做了说明。他说：“做了这命运底牺牲者的，同时还有无数的人——我们所认识的，和那更多的我们所不认识的。这样地受着摧残的尽是些可爱的、有为的、青年的生命。我爱惜他们，为了他们，我也得反抗这不公平的命运！”

“是的，我要反抗这命运。我底思想，我底工作都是从这一点出发的。”

“我写《家》的动机也就在这里。”

“然而单说愤怒和留恋是不够的。我还要提说一个更重要的东西，那就是信念。自然先有认识而后有信念。旧家庭是渐渐地沉落进灭亡底命运里面了。我看见它一天一天地往崩坏底路上走，这是必然的趋势，是被经济关系和社会环境决定了的。这便是我底信念……它使我更有勇气来宣告一个不合理的制度底死刑，来向一个垂死的制度叫出我底 J′ acouse（我控诉）。我不能忘记甚至在崩溃底途中它还会捕获更多的牺牲品的。”

“所以我要写一部《家》来作为我们这一代青年底呼吁。我要为那过去无数无名的牺牲者喊一声冤；我要从恶魔底爪牙下救出那些失掉了青春的青年，这工作虽是我所不能胜任的，但我不愿意逃避我底责任。”

“我所写的应该是一般的资产阶级家庭底历史。这里面的主人公应该是我们在那些家庭里常常见到的。我要写这种家庭怎样必然地走上崩溃底路，逼近它自己亲手掘成的墓穴。我要写包含在那里面的倾轧，斗争和悲剧。我要写一些可爱的青年的生命怎样在那里面受苦，挣扎而终于不免灭亡。我最后还要写一个叛徒，一个幼稚的然而大胆的叛徒。我要把希望寄托在他底身上，要他给我们带进来一点新鲜空气，在那旧家庭里面我们是闷得缓不过气来了。”

“经过了一夜的思索，我最后一次决定了《家》底全部结构。我把大哥作为里面的一个主人公。这是《家》里面的唯一的真实的人物。”

“然而甚至这样，我底小说里面的觉新底遭遇也并不是完全真实的。我主要地在采取那性格，并不一定要取那些事实。我大哥底性格确实是那样。”

“我写觉新，觉民，觉慧三弟兄，代表三种不同的性格，由这不同的性格而得到不同的结局……在女子方面我也写了梅，琴，鸣凤，也代表三种不同的性格，也有三个不同的结局……你要知道，我所写的人物并不一定是我们家里有的。我们家里没有，不要紧，中国社会里有！”

“我写梅，我写瑞珏，我写鸣凤，我心里就充满着同情和悲愤，我还要说我那时候有着更多的憎恨。后来在《春》里面我写淑英，淑贞，蕙和芸，我也有着这同样的心情。我深自庆幸我把自己底感情放进了我底小说里面，我代那许多做了不必要的牺牲的女人叫出了一声：‘冤枉！’”

1月 萧军的《八月的乡村》由上海奴隶社印行第九版。

3月15日 **含沙的《抗战》由上海金汤书店初版。**

梗概：锥子嘴的保安队想投降日本，小学校长魏克竭力劝阻，但区公所所长孔直主意已定，并将魏克关押了起来。赵德胜将他救出后，两人一起往白岔山奔去。白岔山有赵德胜的朋友，也在当兵。不料，中途他们突然被一支武装扣住。那些人得知赵德胜是从锥子嘴出来的，以为他们是汉奸便想枪毙他们，但赵德胜解释说是不愿投降所以才逃出来，而且是往白岔山投王占标。听到王占标的名字，队伍小头目郝金刚因与王有交情，便放了他们，并将他俩带到朱黑痣司令处。到了白岔山，赵德胜发现已是分队长的王占标心事重重。详细一问才知道，他们的吴大队长也有投敌的打算，只是有顾虑不敢公开而已。这时，日本人大兵压境，许诺投降可以升官发财。吴大队长面对诱惑犹豫不决。队伍中，一支队向队长欲卖国求荣，五支队马队长坚决抗日，而吴大队长是假抗日真投降。魏克、赵德胜、王占标决定分头行动，动员自己的力量，阻止投降行为。突然，有人暗杀了王队长，大家纷纷要求惩办凶手，坚决抗日。这时，另外两

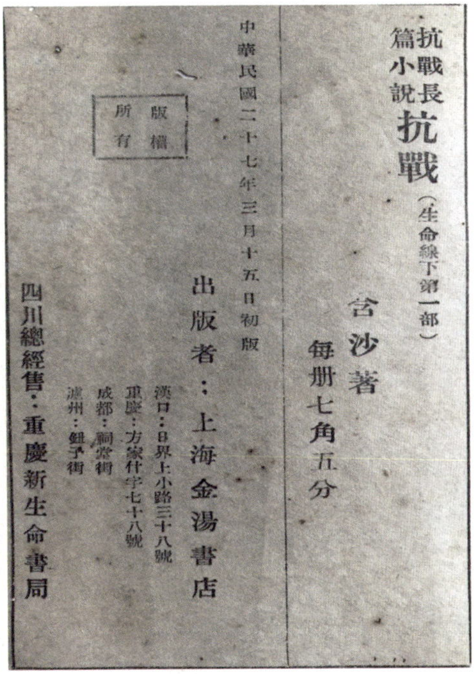

抗戰長篇小說

抗戰

（生命線下第一部）

含沙著

每册七角五分

版權所有

中華民國二十七年三月十五日初版

出版者：上海金湯書店

漢口：日界上小路三十八號

重慶：方家什字七十八號

成都：祠堂街

瀘州：鈕子街

四川總經售：重慶新生命書局

支抗日队伍曹大脚板和朱黑痣的人马也到白岔山会合，一时间队伍壮大了许多。魏克建议成立“热西抗日义勇军”，兵分三路，曹、朱、吴各为大队长。听说向队长逃往锥子嘴，曹大脚板便派人去捉，同时打击那里投敌的保安队。留守的五支队又不依不饶要吴大队长惩办凶手，吴大队长想要投降，自己却又控制不了队伍，就听了唐队长的话，将部队交朱司令统管，自己则保全性命离开。朱司令听从魏克的建议，组织抗日会，加紧宣传工作。这时，日本军队步步逼近，是守还是弃，朱曹二部发生了分歧。最终大家觉得应保存实力，决定退到大梁，与另一支队伍会合后，再往沽源撤退。这时，《塘沽协定》签订。沽源虽被占领，但抗日的洪流已势不可当。

按：含沙即王志之。抗战开始后，抗战文学逐渐成为文学创作的主潮。虽然它不如短体裁那样便捷，但同样发挥着鼓舞民众、抗日爱国的伟大作用。这部歌颂热河西部义勇军的长篇作品，就是如此。在这里，在抗日的大旗下，不同的人们会合在一起形成了一股势不可当的抗日洪流，虽然其中不乏汉奸卖国贼，但抗日爱国还是时代的主流，是人民的呼声，历史的呼声。作者有从军的经历，写来真实生动，人物对话个性鲜明，基层军官的形象清晰可感，特别是政治工作者魏克形象的塑造，是抗战作品中最先出现的较为生动的政治工作者形象，也可以说是这一作品的重要收获。不足在于，小说的冲突相对单一，缺乏层次，吴大队长交权过于简单。此外，小说前半部分写得从容不迫，后半部分则较为凌乱，收尾也仓促。

3月 **巴金的《春》由上海开明书店初版。**

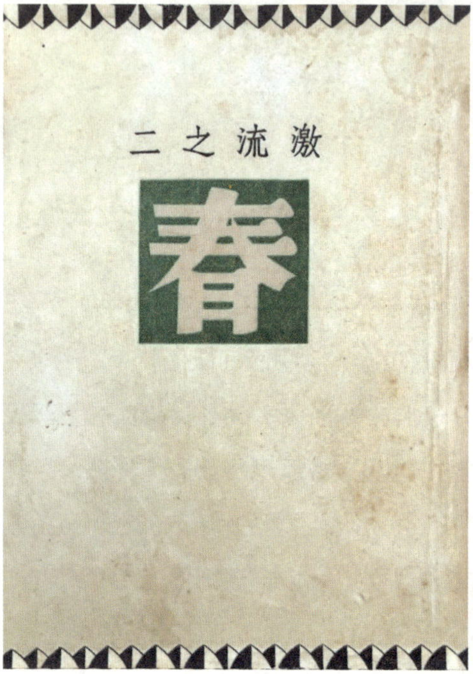

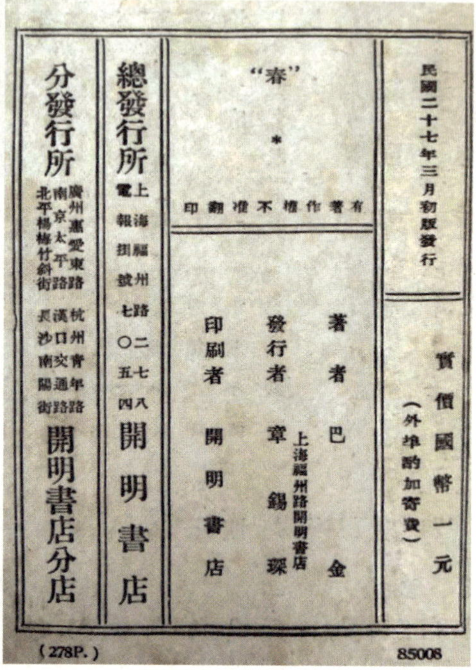
民國二十七年三月初版發行

實價國幣一元（外埠酌加寄費）

"春"

＊

有著作權不准翻印

著者 巴金

發行者 章錫琛 上海福州路開明書店

印刷者 開明書店

總發行所 上海福州路二七八 電報掛號七〇五四 開明書店

分發行所 廣州惠愛東路 南京太平路 北平楊梅竹斜街 杭州青年路 漢口交通路 長沙南陽街 開明書店分店

（278P.） 85008

梗概：淑英听说父亲克明将她许给浪荡公子陈某的消息后，忽然变得忧伤起来。琴用觉民抗婚和觉慧出走成功的事实鼓励她，淑英似乎看到了一线希望。觉新的侄女蕙随父来到省城，其父周伯涛不顾家人的反对，硬将蕙许给“门当户对”而人品极差、脾气极坏的恶少郑某，高家听到这一消息后都为蕙鸣不平。一天，蕙及弟枚来到高家，觉新看到姐弟俩温顺懦弱的样子，不禁感叹他们的命运。高家自老太爷死后，更是乱成一锅粥，克明、克定的私通和和包养事更是无法无天。某天，觉民与琴将淑英等带去公园，不巧正遇到克定与他的情妇，克定之后将淑英狠狠地训了一通。蕙将要结婚，与淑英互诉衷肠，让淑英早想办法。蕙又让觉新多多关照枚。觉新无力帮助她，内心非常痛苦，蕙也痛不欲生。淑英终于明白他俩的心意。觉慧来信让淑英不要绝望，劝她到外面读书。蕙如期到周家，受尽周家虐待，高家兄妹意识到不能再让淑英成为第二个蕙，一定要全力帮助。觉民近来热心社会事务，办报、发传单、游行、印书等，听到高家地租大不如前，反倒很高兴，他希望大家庭崩溃，各人自食其力。蕙不堪家庭的折磨，病倒住院，觉新去看时，她已奄奄一息。次日夜，蕙死去。高家弟兄看到蕙的悲剧，又一次激起悲愤的狂潮，他们联合起来，将淑英送到了上海，找到了觉慧。第二年春天，淑英给琴来信说：春天是我们的！

按：这是“激流三部曲”的续篇。主人公不是三兄弟而是三女性：淑英、蕙、淑贞。与《家》相比，《春》虽然少了一些悲剧的氛围，多了一些轻松的情调，但反对封建礼教、控诉礼教吃人的本质以及揭示这一制度必然灭亡的思想却贯穿始终。在这里，她们虽没有物质的苦恼，却有精神的煎熬，她们没有束缚在阶级的牢笼中，却挣扎在人性的枷锁里，为摆脱精神的迫压，寻求爱的自由与平等而左冲右突。她们面临的是封建纲常伦理这一无形之手的钳制，她们只希望自己能争取到自由与平等的权利，也期盼能得到好运的降临和命运的眷顾。她们虽不生活在物质的最底层，但却生活在精神的最底层，遭受封建礼教及其帮凶的无情蹂躏。她们的悲剧是几千年来广大妇女不幸命运的缩影。从中我们也可以看到，巴金的“激流三部曲”和左翼文学不同，它不是写阶级的压迫而导致不平，导致革命，而是写封建大家族内部之间浸淫已久的封建流毒对人的摧残和戕害，尤其是从精神到肉体的毁灭更是令人触目惊心。这其中又以女性的悲剧为核心，它使人们看到，即使以血缘关系为纽带的家族关系在封建纲常的浸淫下，同样有着血淋淋的吃人的本质，而广大妇女的不幸命运更昭示出迈向人的解放的道路任重而道远。小说的不足在于，《春》虽然是《家》的续篇，但模式依然是《家》的套式，时代性便大为减弱，加之情节发展缓慢，在《家》中展开的人物性格及冲突未能进一步深化，影响了小说的艺术深度。

4月1日 琴歌在《宇宙风》第65期谈及杜衡的《叛徒》时说：“未必是

一个‘普罗’文学家，却相当地写出了‘普罗’青年的生活，曾经亲历其境的我读了感动而赞美。”

4月1日 茅盾的《第一阶段的故事》始刊于《立报》，题为《你往哪里跑？》，至 12 月 31 日刊毕。

4月 巴金的《春》由上海开明书店再版。

5月15日 安闲在《文汇报》发表《〈春〉》一文，认为，小说《家》到《春》描写的时间虽相隔了七年，“但好像中国的社会，中国的青年，都死静地痴呆着，不曾变动过一点。”

5月20日 靳以的《前夕》与巴金的《火》始刊于《文丛》第 2 卷第 1 号，至 1939 年 1 月 20 日第 2 卷第 5—6 号合刊（未完）。

5月 **端木蕻良的《大地的海》由上海生活书店初版。**

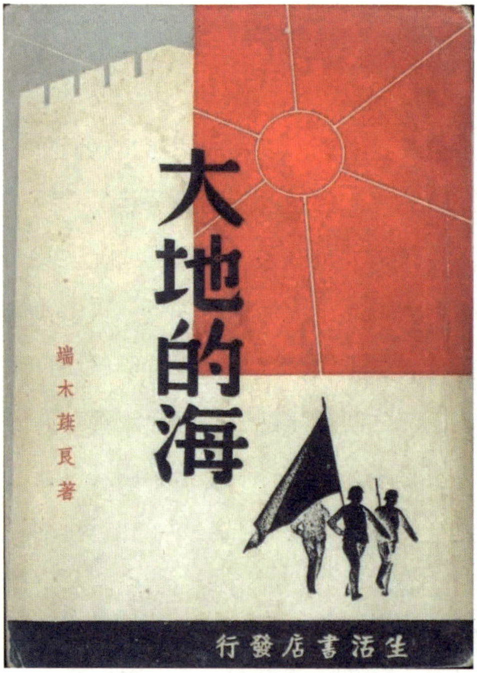

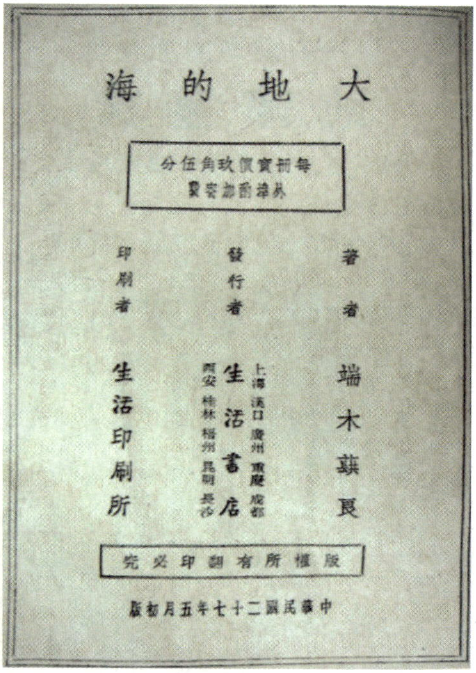
大地的海

每冊實價玖角伍分
外埠酌加寄費

著者 端木蕻良
發行者 生活書店 上海 漢口 廣州 重慶 成都 西安 桂林 梧州 昆明 長沙
印刷者 生活印刷所

版權所有 翻印必究

中華民國二十七年五月初版

梗概：在东北乡村莲花泡，艾老爹在三十九岁时收留了一个讨荒女，有了妻子，有了两个儿子。暴烈如火的艾老爹后因误会杀害了妻子与前来寻亲的妻兄，独守着两个年幼的孩子过着凄凉的生活。二十多年过去了，他的儿子虎头和来头同时爱上了美丽而又野性的姑娘杏子，但是，杏子对来头情有独钟，而对进城以后助纣为虐的虎头没有太多好感。看着两个儿子为争夺一个女子的芳心而失魂落魄、伤害手足之情，艾老爹对杏子心生怨恨，把所有责任都推到杏子身上。然而，当日本侵略者的魔爪伸向这块土地的时候，兄弟俩的恩怨就不那么重要了。当地的权贵白雅齐和路伯吉，勾结以永野为首的日本人，侵占农民的土地，并强迫这些农民出苦力修筑公路。汉奸们借机中饱私囊，而日本人则可以运来武器和供给，扩大对东北的侵略。看着辛苦耕耘的田地被毁的时候，莲花泡世代视土地为命根子的农民被激怒了。艾老爹虽已是古稀之年，但他反抗斗争的热情比年轻人还要高。虽然艾老爹对杏子抱有成见，但杏子却很敬佩艾老爹的抗战义举。不幸的是，杏子被汉奸所害。关键时刻虎头也幡然醒悟，艾氏父子等人在五丁的领导下自觉地走上了武装反抗日本侵略者的战场。

按：这是端木蕻良（1912—1996）一部具有时代色彩的抗日小说。作者真实地再现了东北民众为保卫自己的土地而走上抗日道路的必然性。小说描写有地方气息，文字生动有力，但主题不集中，情节组织较散，人物形象较为平面。

5月　周文的《烟苗季》（后部）由上海文化生活出版社初版（文学丛刊第四集）。

梗概：周团长正在办公室布置战斗方案，他已经抢先一步宣布全城戒严。司令官决定，让吴参谋长与周团长赶快行动制服旅长。吴参谋长早就暗中勾通敌军，牵制住旅长的亲信部队，同时派李参谋专门打听旅部消息。另一方的张副官长和赵军需官也在策划暗杀吴参谋长和周团长。结果周团长毙命，吴参谋长心里暗暗高兴，下令部队按周团长拟定的计划向旅部进攻。眼看亲信部队调不来，狗急跳墙的旅长一枪打死李参谋，和张副官带着卫兵往外冲。枪声越来越密集，赵军需官抱着银圆发疯似地往外冲，刚路过天井，一颗子弹就打倒了他。

按：这是周文（1907—1952）一部暴露旧军阀内部之间相互倾轧、相互拼杀的现实主义作品。作者以细致的笔法刻画了为权力而争的旧军阀们阴险、狡诈的丑恶嘴脸，揭露了他们鱼肉百姓的罪恶行径，在这里，人们不仅看到了军

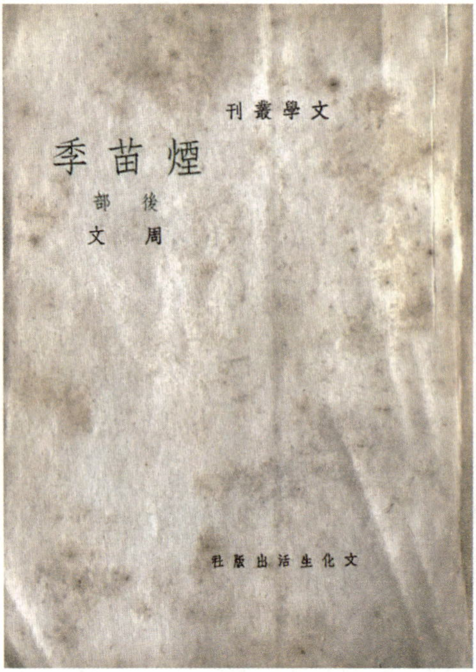

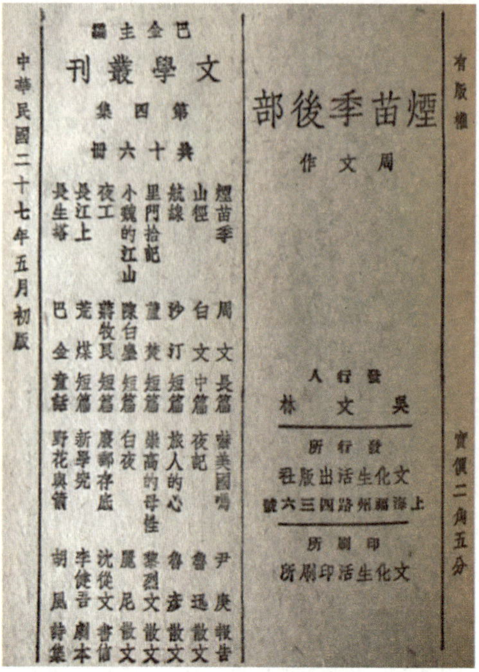

队内部的腐败与罪恶，更透过这一方小天地看到整个社会的腐败与罪恶，就选材而言，不仅别具一格，而且具有强烈的批判意义。小说结构严密，心理刻画较为准确生动，但人物略显单一，收尾略显仓促。

5月 陈铨的《彷徨中的冷静》由长沙商务印书馆印行第四版。

6月20日 关露的《新旧时代》始刊于《上海妇女》第1卷第5期，至1939年6月10日第3卷第3期（有间断、未完）。

6月 陆笑梅的《新女性日记》由上海希望出版社初版。

梗概：徐繁因与丈夫孙子平在封建婚姻制度下结合，但她却并不愿意接受无爱情的婚姻，因此在婚后不久便逃到上海，在父亲的资助下继续求学。谁知孙子平从故乡追了出来，利用徐繁因家人的劝说又强迫她回到自己身边，两人在上海同居。结婚第二年，徐繁因一人在故乡辛苦抚养刚出生的儿子宝篆，而孙子平却只顾在上海与舞女灯红酒绿。带着宝篆重回上海后，徐繁因努力谋得小学教师的职位，其收入所得维持了家庭的大部分开支，两人在上海暂时过上平静的家庭生活。一天，一封信打破了他们表面的平静。爱好文学的徐繁因与“文

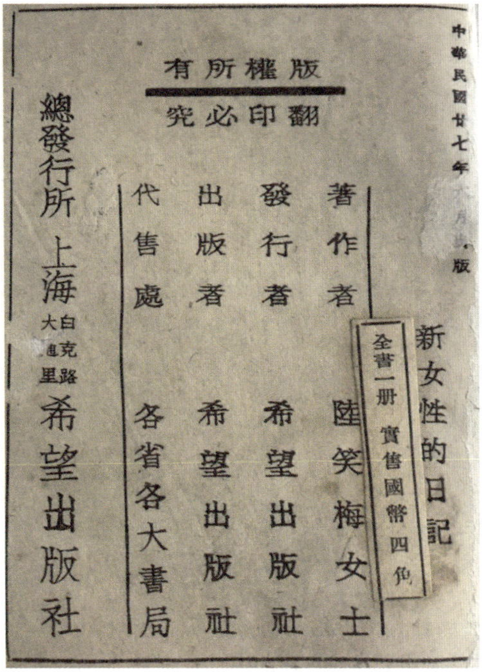
中華民國廿七年 版

新女性的日記

全書一册 實售國幣四角

版權所有
翻印必究

著作者 陸笑梅女士
發行者 希望出版社
出版者 希望出版社
代售處 各省各大書局

總發行所 上海白克路大通里 希望出版社

友”胡绿窗互换照片，而胡绿窗寄来的照片恰巧被孙子平拿到。本就对他们二人以前的通信嫉恨不已的孙子平终于发怒，在家中将徐繁因的文稿以及精心收藏的报纸都撕得粉碎，甚至险些在徐繁因工作的学校对她大打出手。而除了逼问胡绿窗一事之外，孙子平对徐繁因仍十分冷漠，二人开始冷战。最终，经过徐繁因二哥等人的调解，此事不了了之。为了避免再次引起不必要的家庭纷争，徐繁因不再与胡绿窗通信，甚至拒绝了与学校女同事的正常交际，再加上宝篆被孙妈带回乡下以及孙子平的冷漠，她感到十分压抑痛苦，决定在教师的职业之外再找寻一种副业，以工作排解苦闷。徐繁因不仅尝试应聘健康访问员，还试图推销杂志，但最终仍决定做好教师的本职工作。而孙子平则越来越嗜赌，常常夜不归宿，也极少与她交流。因二人都过得十分压抑，徐繁因希望孙子平能够主动离婚，而孙子平则希望徐繁因主动解散。二人未能达成协议，只能暂时维持表面的和平。这时，舅母借钱、女佣菊姐重病，孙子平事不关己的态度再次令繁因感到气愤与心痛，但没有孙子平的主动，她无法与孙子平离婚，只能深夜独自垂泪。二人的婚姻关系仍在继续着。

按：这是陆笑梅（生卒年不详）的一本日记体小说，以女主人公徐繁因的视角记录了她压抑痛苦的婚后生活，塑造了徐繁因的新女性形象，谴责了罪恶的封建婚姻制度，表明新女性要自立自强，必须摆脱婚姻束缚。女主人公徐繁因是一位新女性，她不仅有自己的职业，还以自己的薪水负担了大部分家庭支出。她对封建婚姻制度深恶痛绝，认为封建婚姻制度是女性独立的绊脚石。她有自己的理想和追求，渴望获得独立生存的权利。此外，她比一般新女性的思想更进一步，不仅看到了封建婚姻制度对女性的迫害，要求女性自立自强，更是一位女权主义者，试图打破男性对女性的压迫与约束，争取女性与男性在社会地位上的平等，要求夫妻双方尊重彼此的人格。小说采用日记体，娓娓道来，生活感强；常运用插叙手法，有时插入出嫁后归宁的日记，有时插入女友素莉的日记，多方面展现被压抑和被迫害的女性的悲惨命运以及女性寻求自立自强的决心。但小说有时过于琐碎，日记体单一的叙述视角也导致除女主人公外的其他人物形象过于符号化和概念化。

6月 巴金的《灭亡》由上海开明书店印行第九版。

6月 巴金的《新生》由上海开明书店印行第六版。

7月20日 周文的《烟苗季》(后部)(第九章)始刊于《文艺后防》旬刊第2—4期（未完）。

7月 巴金的《春》由上海开明书店印行第三版。

7月 巴金的《家》由上海开明书店改订印行第十二版。

8月1日 茅盾在《文艺阵地》第1卷第8期发表《〈两个俘虏〉》一文，说：“天虚曾经写过长篇小说《铁轮》。这恐怕是他在抗战前所写的惟一作品。《铁轮》是他对于痛心的十年‘内战’的抗议。”

8月1日 荫墀在《宇宙风》第72期发表《巴金的〈春〉（“激流”之二）》一文，认为：“《春》是《家》的续篇，是一部极生动，极有力量的好小说。它告诉我们生活的激流怎样在动荡。”“在这里面可以看到真实的人生，爱与憎，欢乐和愁苦，伟大的热忱和友谊。”

8月25日 得中在《决胜周刊》第5期发表《〈大地的海〉》一文，认为：“无疑的，《大地的海》是我们极少极少数可以和萧洛可夫的著作对比的著作之一。”

按： 此论必须存疑。

8月 巴金的《春》由上海开明书店印行第四版。

9月11日 《新民族》第2卷第9期始刊徐仲年的《双尾蝎》，至12月25日第3卷第4期毕。

9月25日 孙六在《战时知识》第8期发表《介绍一本伟大的小说〈子夜〉》一文，认为：“在中国的作品中替一九三〇年前后之中国社会机构的动态作了一个‘全貌的剪影’的，便是这本小说《子夜》。”“在这里我们虽然看到民族资本与封建秩序的矛盾。可是这种矛盾不是主要的。在后几种矛盾之下，它变得几乎没有地位了。”“吴荪甫与有国际资本作背境的赵伯韬在公债市场上斗法。我们看到民族资本与国际资本之深刻的矛盾，与惨酷的战斗，吴荪甫惨败了，这正是半殖民地民族资本所遇到的命运。赵伯韬是代表着替国际资本服役的买办资本，他只是国际资本的御用工具。”“本书里所描写的，主要的是都市里边的动态。”“农村中的变动与骚乱，比较写得少。而我们也可以看出著者是曾经注意地写过。国际资本与民族资本之由战斗而后者惨败于前者，屈服于前者，奴役于前者我们是看见了。但是以上的前后二者与农村的封建势力之矛盾，由于冯云卿之作公债，和陈君宜的述苦，而表现出来。而三样东西之互相结纳的三位一体的表现仅以暗示方法，由于逻辑的结论而看来。农村的被压迫者，和都市被压迫者之利益是一致的。前三者之‘三位一体’的结纳，也是因为后二者之一致而引起的，在本书里给了一个明朗的分析。”“新的文艺，在创造技巧上，固然需要高度的修养。而在生活的体验上，也需要长期的准备，这个原则在本书中显示出辉煌的范例。成功的作品，决不是偶然地随便地写出来。”“场面之大，包括人物之多，各场面间之联系的密切与紧凑。故事发展的调和与有力，在在都表现出作者之惨淡的匠心。”“人物的个性——为他的阶层地位所制约的个性，都是明朗而具体的。”他们“都是活生生地现实的人，我们不难在许多都市中，农村中发现这些人的。著者对于一些‘卫道复古’之‘社会栋梁’的荒淫和无耻，名流教授如李玉亭之贪鄙虚伪，曾参加学生运动而反转来嘲笑学生运动与社会运动的人之无聊与堕落，都给以深刻的嘲讽和无情的鞭笞”。

9月 巴金的《家》由上海开明书店改订印行第十三版。

9月 巴金的《灭亡》由上海开明书店印行第十版。

9月 巴金的《新生》由上海开明书店印行第七版。

10月1日 张天翼的《时代的跳动》由上海文化励进社初版，1—2000册。

10月 李劼人的《大波》（上、中、下卷）由上海中华书局再版。

10月 庐隐的《象牙戒指》由长沙商务印书馆印行第五版。

10月 周文的《烟苗季》（第二册）由上海文化生活出版社再版。

10月 周文的《烟苗季》由上海文化生活出版社出版（文学丛刊第四集）。

11月16日 许寰在《众生》第2卷第3号发表《巴金的〈家〉和〈春〉》一文，认为：“在《家》里，我最喜欢高觉慧——也许看过的都这么想——有了他在《家》里活跃活跳，给予了我们莫大的兴奋和愉快，他是那么勇敢，那么崛强‘不顾忌，不害怕，不妥协’，终于他做了他们家里第一个‘叛徒’，冲破了这囚笼而出外到上海去创造他自己的新生活。这种不屈不挠的精神竟使得那年老的，平日最顽固的祖父在临终时感化了，然而——容我借一句作者的话——‘太晏了’，不然，也许全部局面当又是另一种姿态呈现在我们面前的。”高觉新是一个屈服在旧礼教下的牺牲品，懦弱、胆怯、顾忌造成他可惨的身世。“我们从这里可以看出一个整日作揖打恭，强作欢容，敷衍别人的弱者的剪影。”“像这种家庭，当时自不必说，就是在现在，我们也可以随便地在任一个角落里检出几个来，我也算是一个大家庭里的人物，虽然因为时代的不同，没有像《家》里一样的情形，但是，这种一贯性的大家庭的罪恶和丑陋，却仍是存在着。因之，我是怀着一颗怎样同情的心读完了《家》。”“《春》似乎没有《家》写得紧凑，有许多地方是太浪费了笔墨的，这或许和作者当时作书的环境有关系吧？”

11月 **萧乾的《梦之谷》由上海文化生活出版社初版（文学丛刊第五集）。**

梗概：七年前，“我”流浪到广东南部的潮州。由于“我”是北方知识青年，人地两生，生活无着，语言不通。后经朋友介绍，谋得一个中学国语教员的职位。

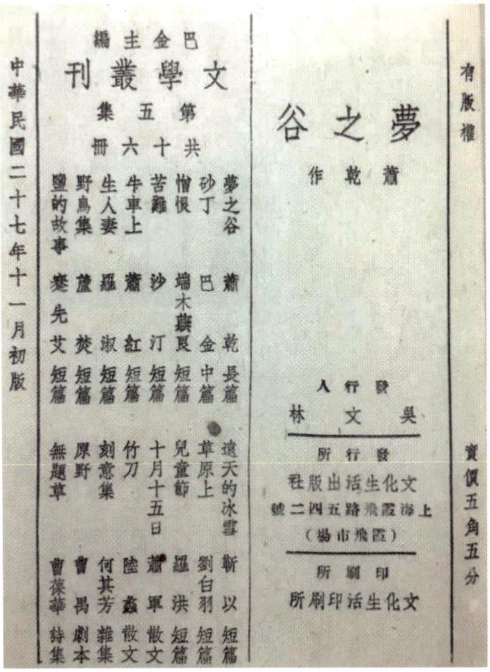

有版權

夢之谷

蕭乾作

發行人 吳文林

發行所 文化生活出版社 上海霞飛路五四二號（霞飛市場）

印刷所 文化生活印刷所

實價五角五分

巴金主編

文學叢刊

第五集

共十六冊

夢之谷	蕭乾	長篇	遠天的冰雪	靳以	短篇
砂丁	巴金	中篇	草原上	劉白羽	短篇
憎恨	端木蕻良	短篇	兒童節	羅洪	短篇
苦難	沙汀	短篇	十月十五日	蕭軍	散文
牛車上	蕭紅	短篇	竹刀	陸蠡	散文
生人妻	羅淑	短篇	刻意集	何其芳	雜集
野鳥集	盧焚	短篇	原野	曹禺	劇本
鹽的故事	蹇先艾	短篇	無題草	曹葆華	詩集

中華民國二十七年十一月初版

由于深受语言不通之苦，“我”大力倡导推广国语运动。为了筹款演国语剧，“我”想起之前结识的纯洁美丽的姑娘盈。盈是当地女子师范学校的学生，因受继母虐待，接受了土豪劣绅刘校董的“接济”而失去了人身自由。因“我”是一孤儿，与她同病相怜，很快产生了纯洁的爱情。“我”与盈频频约会，非常幸福。“我”要她断绝与刘校董的关系，她让“我”先去考大学，待毕业以后取得独立的地位后再续前缘。“我”又回到古都为考学做准备，并通过书信与她保持联系。不久，她来信说刘校董提出订婚，如果不答应就要偿还 750 元欠款。“我”无力拿出这笔巨款，只汇了 50 元给她，但信款被退回，说人已不知去处。“我”马上借钱来到潮州，四处寻找，最后在刘校董办的一所小学里找到了盈。刘不准“我”带走她，“我”也无力抗衡。最后，盈跳海自杀，“我”悲愤地离开这个伤心谷。

按：这是萧乾（1910—1999）依据自身经历写成的传记小说，虽然悲剧的意蕴揭示了金钱与爱情的关系，但这一主题并无新意。虽然书中一些比喻新奇独特，但整体而言，全书缺乏故事性，记叙如流水账，加之所抒发的仅是个人情感失意的呻吟，故在当时抗战的背景下未能引起太大的反响也在情理之中。

11月 巴金的《爱情的三部曲》由上海开明书店初版。

11月 巴金的《春》由上海开明书店印行第五版。

12月 王统照的《山雨》由上海开明书店印行第三版。

1939 年

1月2日 《申报》刊载《爱情的三部曲》的广告："本书为《雾》《雨》《电》三部之合集，久为读者所赞诵。最近由作者重加修改，交由本店出版。作者在前记中说：'公寓里很是闷热，夜晚也不退凉。这几夜我常常捧着《爱情的三部曲》作到两三点钟，有时就在躺椅上迷糊地睡着了。这样我终于校改了这三本小说，在我又算了结一件事情。在这些日子里我们的生命是没有保障的，但是完成了的工作却是不能够消灭的。没有一种暴力可以毁灭它。'其工作之认真，于此可见。"

1月20日 骆宾基在《文丛》第2卷第5—6号合刊发表《关于〈边陲线上〉》一文，说："写这小说的时候，是三次从满洲逃亡到祖国的一九三五年夏天。当时，并没有想能长久住居下，只不过打算带点'自由空气'回去给浴在血池里的人们，呼吸呼吸。结果，是违背了原来的意思。"

1月 萧军的《八月的乡村》由上海奴隶社印行第十版。

1月 巴金的《灭亡》由上海开明书店印行第十一版。

1月 叶圣陶的《倪焕之》由上海开明书店印行第七版。

1月 陈铨的《天问》由长沙商务印书馆印行第三版。

1月 巴金的《新生》由上海开明书店印行第八版。

2月1日 吴菡芬在《战时中学生》第1卷第1期发表《〈大地的海〉》一文，认为小说歌颂了英勇抗战的东北军民，鞭挞了汉奸卖国贼，是本好书。

2月28日 湘子在《会讯》第1期发表《〈生还〉》一文，认为："皂工先生的文笔，写得很委婉流畅，布局也颇周到，情节也很动人，却实是中国创作文学上，值得推荐的一本书。"

2月 拓荒的《少女忏悔录》由上海国风书店初版。

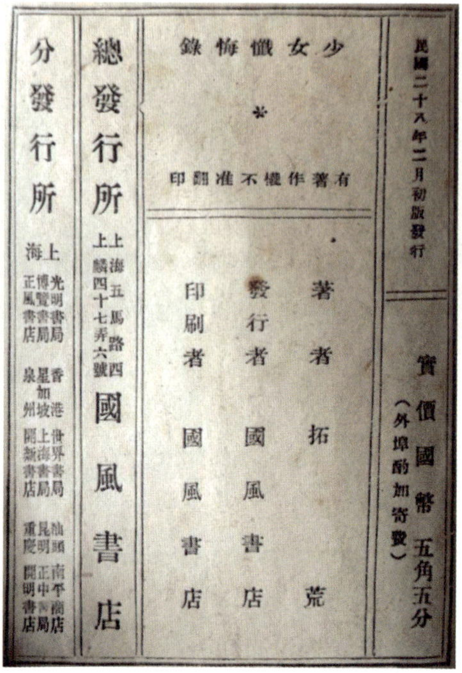

民國二十八年二月初版發行

實價國幣五角五分（外埠酌加寄費）

少女懺悔錄

*

有著作權不准翻印

著者 拓荒

發行者 國風書店

印刷者 國風書店

總發行所 上海五馬路西 上海麟四十七弄六號 國風書店

分發行所 上海 光明書局 博覽書局 正風書店 香港 星加坡 泉州 世界書局 上海書局 開新書店 汕頭 昆明 重慶 南平 正中書局 開明書店

梗概：格丽本来与俊相恋，母亲却将她嫁给了整天只知道赌博的纨绔子弟人达，软弱的格丽痛苦而无奈地接受了这一现实。母亲后来知道女儿女婿之间并无爱情后非常后悔，而格丽因有了孩子勉强接受了现实。不久母亲病逝，接着人达也病逝了，还留下一大笔赌债。为了还债，格丽卖掉了全部家当。公公给了她一笔小钱后将她逐出了家，格丽只好带着儿子琪琪靠做针线活为生。一天，琪琪得了重病，为给儿子治病，格丽只好听从房东的劝说做了妓女。一次，格丽在广场招揽嫖客时发现一个很帅气的青年对她很着迷，对方跟着格丽来到了她家。他叫狄资，家里很有钱，他向格丽表白了他的爱，格丽枯竭的心重新起了波澜。但狄资的父亲很快知道了他们的事，就找到了格丽，希望格丽放弃他们的爱。狄资向格丽说他三天后一定回来娶她，但格丽在狄资走后就给他写了绝交信。这时，格丽已患严重的肺病，临终前，她写了许多信向俊表示了深深的忏悔。

按：这是一个性格软弱的女子听从母亲的意旨嫁给富家纨绔子弟最终导致

人生不幸的悲剧故事，但小说写得较为平面化，缺乏时代性，除悲剧的氛围烘托得较为浓烈外，可取之处不多。对社会黑暗的挖掘浅尝辄止，对格丽的悲剧命运过多地强调其性格的软弱，而忽略对社会多重因素的探寻，作品缺乏对造成人物悲剧命运的动因及矛盾冲突的多重刻画，人物也缺乏典型性，结尾处又似杜十娘的悲剧，但远没有杜的深刻与典型。加之作者对妓女本身的歧视，对人物命运的尺度把握也就出现了偏差，批判的力度也就大大减弱了。在叙述上，小说虽用第一人称叙述，以女主人公的日记与随笔为素材增强了故事的真实性，但是否符合人物的身份显然有待再思。

2月 茅盾的《虹》由上海开明书店印行第八版。

2月 刘大杰的《三儿苦学记》由上海北新书局印行第五版。

2月 茅盾的《蚀》由上海开明书店印行第八版。

2月 茅盾的《子夜》由上海开明书店印行第七版（全本）。

3月7—10日、13—14日 李健吾在《大公报》（香港版）连载《萧军论》一文，谈及《八月的乡村》时认为，萧军“参照法捷耶夫的主旨和结构，他开始他的《八月的乡村》”。但“《八月的乡村》不是一部杰作，它失败了，不是由于影响，而是由于作品本身”。因为“风景的运用，在《毁灭》里面是一种友谊，在这里却是一种无情。自然不是一团温馨，而是一个冷静的旁观者。作者爱他故乡的风物，却不因之多所原谅。它们不唯无所为力，反而随人作嫁。我们用了多少年恩爱开垦出来的土地，一瞬间就服服贴贴做了异姓的奴隶”。“在情感上，他爱风景，他故乡的风景，不免有所恨恨；在艺术上，因为缺欠一种心理的存在，风景仅仅做到一种衬托，和人物绝少交相影响的美妙的效果。”“我们在这里可以清清楚楚发见作者的两种人格：一个是不由自主的政治家，一个是不由自主的字句画家。他们不能合作，不能并成一个艺术家。他表现的是自己（仿佛抒情的诗人），是意造的社会，不是他正规看出来的社会。”不过，“《八月的乡村》来得正是时候，这里题旨的庄严和作者心情的严肃喝退我们的淫逸。它的野心（一种向上的意志）提高它的身分和地位。”

按：此文后收入刘西渭 1942 年 1 月在文化生活出版社出版的《咀华二集》

一书，改名《〈八月的乡村〉》。

3月 老舍的《骆驼祥子》由上海人间书屋初版。

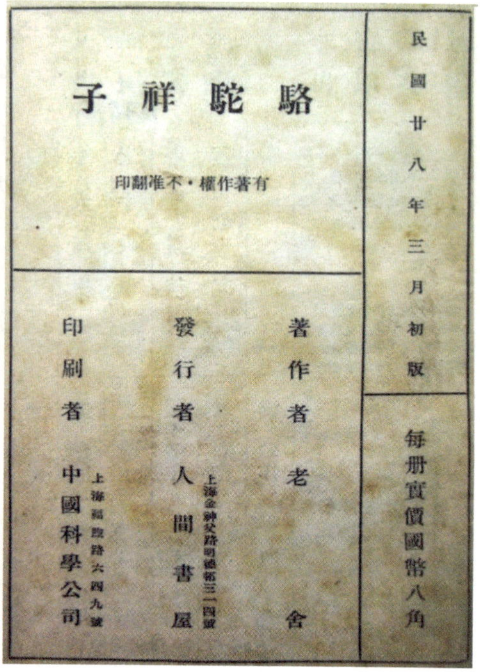

梗概：祥子因农村破产来到城市。祥子是个勤奋善良、纯朴踏实的本分人，一心想通过自己的劳动养活自己，他选择了拉车。为了不受车主的剥削，他立志凭自己的力气挣出钱来买一辆车。经过三年的奋斗，他刚用自己的血汗钱买上了一辆车，没拉半年，就在当时的军阀混战中被拉夫，车也被乱兵抢走。夜晚，他趁乱拉了几匹骆驼，卖掉后回来，并因此被称为“骆驼祥子”。祥子再次为他的理想开始奋斗，不料又被特务捉拿曹先生不获时顺手抢走了全部积蓄，他的希望第二次破灭。老板又老又丑的女儿虎妞缠上了他，设计骗得了祥子的感情，并谎称已怀孕，老实的祥子只好与她结了婚。婚后他用虎妞的钱买了辆旧车，谁知虎妞又因难产而死，为了办丧事他只好再次把车卖掉。这三次的奋斗和失败，使祥子彻底丧失了进取的信心和生活的理想，也彻底改变了他的生活和命运，他开始堕落，开始出卖灵魂，由一个自食其力的本分人沦落为一个无灵魂的行尸走肉。

按：《骆驼祥子》是老舍的代表作，也是新文学长篇小说最伟大的收获之一。祥子是一个个体劳动者，他所追求的也是劳动者最本分、最单纯、最低微的要求和愿望，他并不想损害或剥削任何人，他只希望通过自己的劳动赢得独立生活的权利。但是，他失败了，他不得不走向堕落。黑暗的社会几次三番地打击着他美好的也是微薄的愿望，人性的罪恶几次三番地拉他堕入罪恶的泥潭。如果说，匪、兵的敲诈仅是祥子理想破灭的外在原因，那么，自身的不足与虎妞的性爱是导致他滑向末路的内在因缘，特别是与虎妞的性爱，使他最终失去了一个普通劳动者应有的品质。虎妞不仅毁掉了她自己的一生，也彻底改变了祥子的命运。这位又老又丑的女人将祥子看作补偿自己青春的工具，满足自己性爱的性奴，她以小伎俩欺骗了老实本分的祥子后，就将他牢牢地拴在自己身边，使祥子彻底沦为她的奴仆。她反对祥子以劳动换得尊严的信念，只想着仅依靠继承家财就可衣食无忧，岂料这一切都化为泡影，而她自己也在难产中死去。更为可怕的是，此时的祥子已破灭了以辛勤劳动换取平等生活的理想，丧失了做一个正直善良的人应有的道德标准，个体的劣根性与弱点再次浮现出来，他沦为社会的渣滓，沦为一个以出卖灵魂为生的末路鬼。祥子的悲剧，既是对人性在金钱诱惑下美质泯灭与恶质浮泛的深刻反映，也是对人性灵魂善恶本性的有力拷问。社会固然是个重要因素，但这毕竟是外因，祥子自身的弱点以及虎妞的丑恶，才是祥子人性悲剧的内在因子——主要因素。全书语言堪称白话经典，结构严谨，典型形象祥子、虎妞的出现，堪称这一时段最重要的收获。

3月 巴金的《爱情的三部曲》由上海开明书店再版。

3月 巴金的《春》由上海开明书店印行第六版。

3月 端木蕻良的《大地的海》由汉口生活书店再版。

3月 萧军的《第三代》（第一部）由上海文化生活出版社印行第三版。

3月 巴金的《家》由上海开明书店印行第十四版。

3月 老舍的《老张的哲学》由上海商务印书馆印行国难后第三版。

3月 张资平的《青年的爱》由上海合众书店再版。

3月 洪灵菲的《转变》由上海亚东图书馆印行第五版。

4月1日 《宇宙风》（乙刊）第3期刊载《骆驼祥子》的广告：“《骆驼祥子》是近年来中国长篇小说中的名篇，是名小说家老舍先生的巨著，作者自云这部小说是重头戏，好比谭叫天之唱定军山，是给行家看的。书中主人公祥子是个洋车夫，他好胜爱强，勤苦耐劳，流血流汗，想做个好人，可是恶劣的社会不容好人。结果使他堕落。故事动人，描写深刻，全书十七万字。”

4月15日 阿茨在《文苑》第1辑发表《一幅大家庭的画图——评巴金的〈春〉（“激流”之二）》一文，认为，《家》和《春》是“一部现代的《红楼梦》，是一幅大家庭的画图”。

4月 **拓荒的《一个青年忏悔录》由上海国风书店初版。**

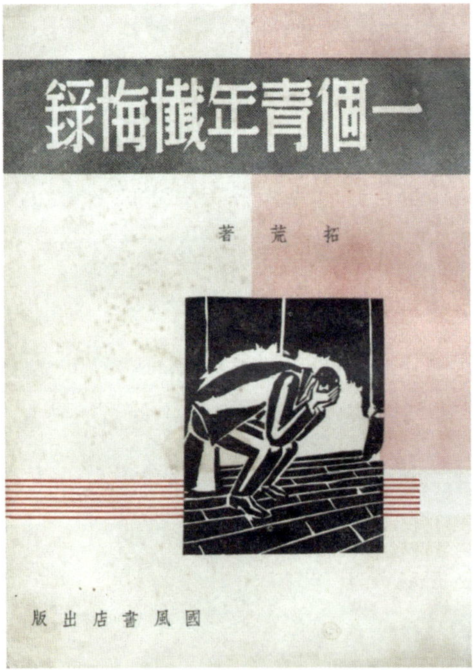

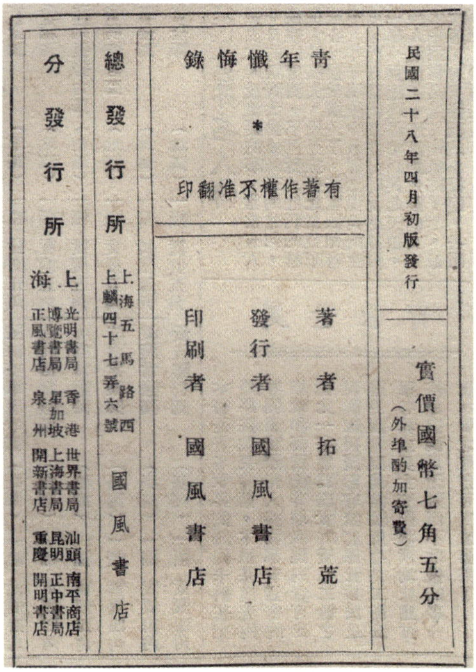
民國二十八年四月初版發行

實價國幣七角五分（外埠酌加寄費）

青年懺悔錄

*

有著作權不准翻印

著者 拓荒

發行者 國風書店

印刷者 國風書店

總發行所 上海五馬路西 上麟四十七弄六號 國風書店

分發行所 上海 光明書局 博覽書局 正風書店
香港 世界書局 星加坡 上海書局 泉州 開新書店
汕頭 南平商店 昆明 正中書局 重慶 開明書店

梗概：“我”出生在浙江温岭一个家境富裕、父慈母爱的家庭中，与青梅竹马的芬相处融洽，还订了婚。虽然由于父亲的爱护，“我”没能去学校里读中学，但在家里学习的过程中，书籍也对“我”产生了深远的影响。因为岳父的阴谋，“我”

放弃了去北平求学的机会，与芬结了婚，过上了幸福的生活，还生下了女儿雪雪。在幸福之余，“我”也开始树立生活的目标。在机缘巧合下读了《三民主义》后，“我”投身革命，心理上发生了极大的转变，成为青年部部长。在与地主乡绅的较量斡旋中，“我”积极奋进，与诚心为民服务的王县长一起想要破除温岭的大众封建问题。县长离任后，“我”也因“赤色主义”倾向被人告发。“我”逃到了上海，被抓后又被妻子的叔父解救。回到家中，却遭遇一连串变故：女儿与妻子相继因病去世，“我”陷入了苦闷与昏狂之中。父母为“我”安排了续弦——旧式女子娴娴，“我”却得不到安慰，加之家庭陷入经济危机，“我”学会了喝酒、赌博。在从堕落中醒悟之后，“我”去乡下做了家庭教师，与助教慧英陷入了热恋，怀孕的慧英却成为旧礼教的牺牲者死去了，“我”再次受到打击。之后，再次从挫折中醒悟的“我”进了大学，还参加了农行训练班考试，与考试黑幕进行斗争，最终赢得了胜利。而在混乱的情形下，“我”奋斗出的农行职位又夭折了。最终，“我”开始放浪形骸，从杭州到上海，从舞场到妓院，过着糜烂挥霍的生活，被告发以后，又开始了逃亡的日子。一天，在穷困与疾病中挣扎的“我”，终于等到了娴娴与孩子的到来。此时的“我”再度醒悟过来，开始期待无产阶级的新生活。

按：本文采取了回忆录的形式，讲述了主人公陆剑虹三十岁之前曲折而又丰富的人生经历，全文以第一人称的视角，以“忏悔”的自白形式，讲述了“我”几次沉沦声色以及几次醒悟振奋的经历，全面展现了一位青年的成长过程。在这一过程中，体现的不仅仅是个体的成长变化，还有时代的变化发展，如北伐战争的开展、官场的腐败与斗争等，展现了新旧时代交替冲突中的青年人生活。除去个人的成长，“我”的感情历程也充满坎坷，令人唏嘘。从真爱的芬，到旧式婚姻的娴娴，再到结局悲惨的慧英，“我”辗转来回，最终还是因渴求家庭的温暖而与本不喜欢的娴娴重逢。小说语言多感叹句，表达了主人公强烈的情绪与各种情感反应，增强了语言的表达效果，使读者真切体会到人物的性格特点。全文结构上分为七个章节，分别对应着主人公三十岁之前人生的七个不同阶段，有起有落，张弛结合，结构清晰，是一部较为完整全面的回忆录。

5月1日 毕树棠在《宇宙风》（乙刊）第 5 期发表《〈骆驼祥子〉》一文，认为："环境的不顺，是时时处处都是如此的，那是人群的现象，而个人的竞存无能，是任时任地都要被淘汰的。要在社会上立住脚，单靠一条好汉和一颗私心，是不够的，非斗争不可，斗争也许失败，失败得值得，而迂就必然失败，失败得冤枉。作者写骆驼祥子的一再不失其自力更生之志，倒还平常，而处处写他那一死儿的守常，不能应变，那股子又争又让，半推半就，含着辣又嚼着甜，软不是，硬不成的劲儿，实很出色。""就文艺上看，这本书有几方面的价值。第一，写出了北平的真美，言语，风俗，习惯，气象，景物，所有色色形形的调子，无论美丑好坏，都是道地北平的，用北平的滋味一嚼模，就都是美的……其次，写出各个人物的性格。"

5月20日 吉力在《鲁迅风》第 14 期发表《读〈骆驼祥子〉》一文，认为，小说塑造得最成功的是刘四爷，虎虎有生气。

5月 端木蕻良的《科尔沁旗草原》由上海开明书店初版。

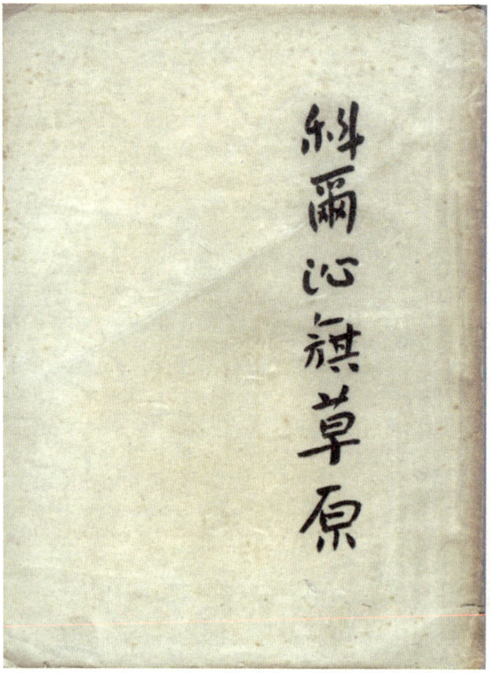

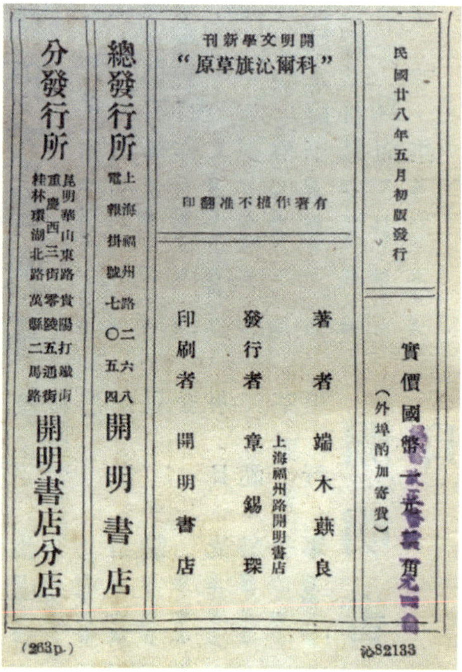
民國廿八年五月初版發行

實價國幣

（外埠酌加寄費）

開明文學新刊

"科爾沁旗草原"

有著作權不准翻印

著者 端木蕻良

發行者 章錫琛 上海福州路開明書店

印刷者 開明書店

總發行所 上海福州路二六八 電報掛號七〇五四 開明書店

分發行所 昆明華山東路 貴陽打鐵街 重慶西三街 零陵五通街 桂林環湖北路 萬縣二馬路 開明書店分店

（263p.） 沁82133

梗概：两百多年前，一群从山东逃难闯关东的人，在历经种种磨难之后，幸存者轻信了“丁半仙”的谎言，把他奉若神灵，为“丁半仙”在科尔沁旗草原开创家业奠定了基础。丁家经过几代人的巧取豪夺，到丁宁这一代已经成为科尔沁旗草原上的盟主。在关内受过新思想教育的丁宁，满怀雄心地回到家乡，决定拯救草原上不幸的农民。但是，他的思想和行动始终处于一种矛盾分裂的状态。他同情农民的遭遇，但是，当大山带领农民一起“推地”的时候，他又暴露出丁氏家族的贪婪和阴险的本性。他使出了比他的先辈更狡猾的手段，粉碎了大山等人的计划。大山出身于佃户家庭，他富有健康体魄和反抗意识，是大草原生生不息的化身。虽然由于经验不足，没有充分地估计对手的实力，反抗地主的计划失败了，但是，反抗斗争的磨砺使他更坚强更成熟起来。一边重蹈罪恶家族的旧辙，一边又处于反思和忏悔之中的丁宁，最后终于无可奈何地选择了再次离开大草原和日渐没落的家庭，他把拯救和改造科尔沁旗草原的希望寄托在真正的“新人”大山的身上。

按：端木蕻良初出茅庐，即选择了以史诗的结构创作长篇小说，以自己家族的兴衰际遇为原型，以复调性结构再现东北近代以来的中外民族矛盾和经济结构的变迁史，以及底层农民的苦难与反抗的历程，颇为可贵。小说如东北硬汉一般透出一股硬气，语言干脆利落，充满火药味。整个作品与其说是小说不如说是一幅幅硬笔画，全力在营造一种彪悍、雄浑的力的图景。小说试图以智慧的象征丁宁和力量的体现大山作为贯穿中心的主人公，但却没有很好地组织起来，平行式的结构没能支撑起全部的骨架，尤其是叙述的时空跨越自由自在、无拘无束，不符合大多数读者的审美习惯，难以进入他们的审美视野。

5月 周楞伽的《炼狱》易名《净火》由上海洪流出版社出版。

5月 老舍的《二马》由长沙商务印书馆印行国难后第四版。

6月1日 《新疆日报》发表茅盾《〈子夜〉是怎样写成的？——茅盾先生在副刊座谈会上的讲演》一文。茅盾说：“在我病好了的时候，正是中国革命转向新的阶段，中国社会性质论战进行得激烈的时候，我那时打算用小说的形式写出以下的三方面：（一）民族工业在帝国主义经济侵略的压迫下，在世界经济恐慌的影响下，在农村破产的环境下，为要自保，便用更加残酷的手段加紧对工人阶级的剥削；（二）因此引起了工人阶级的经济的政治的斗争；（三）当时的南北大战，农村经济破产以及农民暴动又加深了民族工业的恐慌。”“这三者是互为因果的。我打算从这里下手，给以形象的表现。这样一部小说，当然提出了许多问题，但我所要回答的，只是一个问题，即是回答了托派：中国并没有走向资本主义发展的道路，中国在帝国主义的压迫下，是更加殖民地化了。中国民族资产阶级中虽有些如法兰西资产阶级性格的人，但是因为一九三〇年半殖民地的中国不同于十八世纪的法国，因此中国民族资产阶级的前途是非常暗淡的。在这样的基础上产生了中国民族资产阶级的动摇性。当时，他们的‘出路’是两条：（一）投降帝国主义，走向买办化，（二）与封建势力妥协。他们终于走了这两条路。”“本书的写作方法是这样的：先把人物想好，列一个人物表，把他们的性格发展以及联带关系等等都定出来，然后再拟出故事的大纲，把它分章分段，使它们联接呼应。”

按：茅盾的这一阐释曾对《子夜》的为人所接受产生了深远的影响，也在很长一段时间里成为理解《子夜》主题的唯一声音。实际上这是一个温柔的陷阱。

6月5日 端木蕻良在《文艺新潮》第1卷第9号发表《关于〈科尔沁旗草原〉》一文，说：“怎样把《科尔沁旗草原》直立起来呢？这是一个问题。”

“为了去解答这个问题，我十分的分析过这草原上所有的社会的机构。”

“这里，最崇高的财富，是土地。土地可以支配一切。官吏也要向土地飞眼的，因为土地是征收的财源。于是土地的握有者，便作了这社会的重心。”

“地主是这里的重心，有许多的制度，罪恶，不成文法，是由他们制定的，发明的，强迫进行的。”

“用这重心，作圆心，然后再伸展出去无数的半径，那样一来，这广漠的草原上的景物，便很容易的看清了罢。”

“于是我就去找这最典型的地主。”

“地主在这里，有这样的等差。”

“最低级的，叫小闷头财主，这种小地主，是无声无臭的，家里有四五十天地上下，自当自过，很有一包脓水，就是怕人来挤，因为是闷头，一挤就该瘪了。”

“一捧火，这是家里人多。父子兵，齐下火龙关的贪黑起早，自己耕耘自己的土地，年年的留下厚成，这叫一捧火，怕的是分家，因为设家有地百天，拆为六股则每股所得已经无几了。”

“以上两种都是小地主。”

“暴发户，这是新兴地主。很难有像一般有历史的那些财主们那样的绅士的矜持的。他们的特色，是很怕把自己抬得不高。很怕把自己不能表现给别人看。”

“和这相对的，是破大家。他是肾亏的，神经衰弱的，少爷都是金花秧子。有一家少爷是这样的，觉着鞋里嵌脚，精神上感到极大的痛苦，打开一看，里面是一棵极细的头发。”

“还有两种可以和这两种同列为中等地主的，是土鳖财主，肉间蛐。都是很肥壮的，只是行为都同蛐一样的笨拙，怕出头，怕吃怕烫，怕树叶打脑袋。”

“大财主家，大粮户，这就是全城仅有的那几家了，比如槟榔荷包李家，半拉山门田家，靠山屯王家……远近一提起，大小孩芽都可知道的。这虽不如‘假不假，白玉为堂金作马……’那样的显赫，但在农民的印象里，却比任何事经都要深刻的。”

“首户，他拥有全城最多的土地，他是大地主的盟首。”

“像这样的财主之类，他们是有余钱的，土地已经到了饱和状态，所以过剩的金钱，就作高利贷资本，但是这种事业，在东北的混乱金融里，流动性很大，而在有定量的，农村的吸收量里，并不容易膨涨，所以东北三大企业，烧锅，油房，粮栈，自然的就成了大地主的投资的渊薮，所以构成科尔沁旗草原大地上的三大动脉，就是：一、土地资本，二、商业资本，三、高利贷资本。”

“但是，从来财富都得需要保护的。没有角的恐龙是不能生存的。所以地主们必得有‘坐地虎’‘顶门杠’才能保持他自己的王国。所以必须有权贵的亲戚，或者自己是官僚，或者家里有留学生，大学生，自己是靠山王的土豪，横霸一方，这才镇得住。所以地主层多半又都是统治层。”

“这地主，是小旋风，是西门庆，很难像杜少卿。”

“我所写的，便以科尔沁旗的首户丁家为模型而写的，因为再没有比他更足以表现出东北地主的各方面了，因为再没有一个地主的长成史，比他是更完全变态的了。”

“这里有小旋风，西门庆，也有杜少卿。这里有土地吞并，官吏的结纳，捣把投机。高利贷，商业资本，欺骗，剥削，镇压……他们提倡命定论，唯神论，风水，族望，君子之泽，家仙赐福，前世阴骘……他们生活是侈纵，狂乱，神经病痛……”

“所以我选择了他。”

“而且因为我亲眼看见过这一幕大家族史的演换，而且我整整的在其中生活过，所以我写出的也特别的熟习。”

“我写的是他的多边的姿态，这是一个很繁难的处理，因为经过太庞大复杂，所以这种表现的形式就很是一个问题了。”

“我写出的很多，我采取了电影底片的剪接的方法，我改削了很多，终于成了现在的模样。上半是大草原的直截面，下半是他的横切面。上半可以表现出他不同年轮的历史，下半可以看出他的各方面的姿态，我觉得这样才能看得更真切些。我描写的是很审密的，我剪接的是很粗鲁的，我觉得这是我应该作的。因为《红楼梦》的烦琐，是由于他的时代的。”

“丁家的地主，到了父亲一代，‘土巴味’便很少存在了，因为这地主是太成熟了，而且已经接近了都市生活的薰染。但是他却又不能放情的去迎合那种高度生活，因为惰性的土地黏住了他。所以他便形成一种特定的有威仪的烦躁与颓废。这是过去的地主所没有的。”

“但是，你以为这些驯良的农夫也就永远的祈祷在观世音之前吗，在忍耐破裂了的时候，狮子的不常见的吼声，会在那广大的草原上吼起来了。这时候，他们要报复的，用粗大的不法的手指去撕去观音大士身上的法衣的，他们要瞻仰瞻仰这法相庄严的裸体，这时候，他们是摇天撼地的草莽之王。”

“没有一个农民是愿意作马贼的，而也请清醒吧，马贼并不是东北农民的必然的命运啊。但是那蕴含着人类的最强悍的反抗的精神哪，那凯撒克一样的强壮的，那长白山的白桦一样的粗大的，那伟大的宝藏啊，那不该使人惊叹吗。不该使人想到这力量如能精密的编织到社会的修筑里去，那不会建树出人类最伟大的奇迹吗，啊，这不是应该的吗，是谁的错呢！”

“我每一接触到东北的农民，我便感悟到人类最强烈的求生的意志，人类是要求生的呀，他们有强烈的生存意志啊，他们的目光会告诉我的，他们的目光在焦灼的向我询问了，‘我们必得是这样的吗？永远是这样的吗？必得是这样的吗？不可以改个样吗？’”

“对于这种坚强的询问，我浑身的每个神经细胞都震颤了……我觉出人类的无边的宏大，我觉出人类的不可形容的美丽。但是，当我每一想到他的最终的命运的时候……我便只有悲怆了。”

“这样衰弱的死亡，竟会滋长在这强壮的活力之上吗。”

“他们是不甘的，他们是揭竿而起了。”

“我写出大山固然不同于这一类型。但大山却是贫困的农民自己站起来的之一。但他要吻合于客观条件的，他不能在未播过种的地掘出豆子来。但他可以向掘出豆子来的地方去掘。他可以向那地方去走，直到他也吻合了那地方，他再吸收了那地方，推动了那地方。”

“大山还是一个未完成的性格，不，未完成的是他的脚印，他在现阶段，已经完全把自己交给时代了，他没有留下一点体己。”

“至于我写的其他的农夫，也是经过一种极严密的分析的，有许多人把举凡农夫都标准在一个系统之下。这是不对的。农夫与农夫之间的社会距离，也是很远的。他们的思想，行动，希望……而也就因这距离而化分极远。卢四爷与杨大瞎的见解是不同的，他们是绝对的两个，但在某种大前提之下，他们又是一个。可是他们的要求又不能尽同。不把这个十分的把握着，而把万千的农民钩勒成一张脸，谱一颗心，那是怎样的错误呢。要知道他们不是完全不同的几个，同时他们也不是绝对的一个。”

“至于花占魁之被写出，是我在农村里碰见蓝皮阿五式的‘闲人’太多了，蓝皮阿五是帮闲者，是咸亨酒店的议论者。而花占魁却是‘小唱本’的说教者，他自己是被毒害了的。他还卖弄的毒害别人，这是一种多么厉害的人类的残忍。他从‘小唱本’里吸收极公式的封建意识来作自己学问的全部，而以这学问作本身地位的基础再向农民说教。他是一个被医生注射了梅毒病菌并指定再向别人去传染的人，难道这一个可怕的存在，不应给发现出来吗？所以我写出了他。”

“丁宁自然不是我自己。但他有新一代的青年的共同的血液。”

6月15日 巴人在《译报周刊》第2卷第9期发表《程造之作〈地下〉序》一文，认为：“我总感到宽慰似的。虽然这作品不一定就算得伟大，但我们总已经有了比较结实的巨著了……即就这一作品产生的迅速来说，也增加了我对于抗战的必然胜利的信念不少。我们的时代是一切都在飞跃，一切都在迈进，过去的潜藏的力，现在得到发挥的机会了。”“我敢说这是一册不平常的作品，写着不平常的故事。”“照作者告诉我们的事实，社会有变动，阶级仇恨也在增长。这自然是素朴的反感。然而，同时，我们也不能忽略作者告诉我们的另一事实，阶级仇恨虽然在增长，但抗日战争——游击队伍却在自发的发展。这自然也是素朴的冲动。可惜的是，这素朴的反感和素朴的冲动，还没有得到统一发挥更大的力量，走上更正确的道路——政治的说服力，不普遍是很显然的。”不过，“作者有他非常智慧的笔，但也有他非常残忍的笔，写自然与风习，婉约而妥贴，叫人感到一种难说的喜悦；写战争与屠杀，可就叫人毛发森然，不忍卒读了。叙述多过描写，描写不是铺张，这作品，给我的，没有苦重之感，是一种新生的清新的喜悦。然而，正如我开头所说，先进国家给予我们作者的艺术的教养，也很显然。我在这里多少看到了一些《毁灭》《铁流》，甚至于《被开垦的处女地》的影子。”

6月20日 唐次颜的《她》由上海青春出版社再版、印行第三版，各1—2000册。

6月 茅盾的《虹》由上海开明书店印行第九版。

6月 巴金的《家》由上海开明书店印行第十六版。

6月 老舍的《骆驼祥子》由上海人间书屋再版。

7月1日 《文艺阵地》第3卷第6期刊载《大地的海》的广告：“在铁蹄下的东北同胞，善良的农民们在敌寇的淫威下做着奴隶。这个长篇被描写着的就是那里的一个农村。长久的欺凌和压榨，农民们已经快流尽了最后一滴血。然而鬼子还不满足，要把农村里的耕地，兴筑大路，这无异将侵略的毒菌，直接通过血流，置全村生命于死地。但是冰雪的严寒使他们保有了和从前一般的粗犷，复仇的火焰在大地的中心跳跃了。农民，妇女，朝鲜革命志士，结成了一条线，大地怒吼！作者描写生动，农村典型人物刻划的精细，已到了登峰的地步。”

7月13日 夷驰（疑迟）的《同心结》始刊于《大同报》，至9月30日刊毕（有间断）。

7月 **王行岩的《突围》由世界书局初版。**

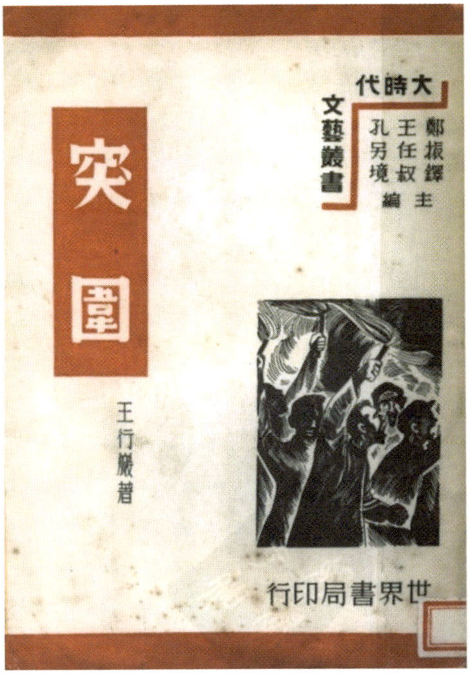

梗概：袁仲宣、侯俊玉、汪晋支、江杜、李恩原和屈清三都是南京某铁路局的小公务员。一·二八淞沪战争爆发，因担心上海战事会蔓延至南京，袁仲宣、侯俊玉夫妻二人去找庄秘书长商议。工作失意的江杜发了一通牢骚，指责汪晋支关心远在上海的阿薜而不顾怀孕的冯女士的行为不近人情。李恩原为夫人刚生产而忧心。袁仲宣带来政府迁往洛阳的消息，众人认为南京不宜久留，决定前往洛阳。几人因行程耽搁住到了店里，屈清三提议庆祝一番，大家吵闹不止，被住在隔壁的排长出面训斥。经过旅途辗转和漫长的等待，几人终于到达洛阳。途经徐州时，李恩原刚出生的孩子死了。李恩原将生病的夫人安置在江杜的同乡钱医生那里。江杜和袁仲宣夫妇合作找房子，住到了警察张福的四口之家中。江杜得知张福的妹妹因裹脚而哭泣，劝说张福及其母亲无果。江杜的工作几经周折步入正轨，机关迁到西关，他们一行七人住到一个院子，李恩原夫人也移到这里。一晚，众人聚餐商议将所住之地取名“桃花园”。屈清三向江杜说起汪晋支的新女友“电线杆”，汪晋支直言自己暂且将她当作阿薛。汪晋支得了白浊症病倒了，江杜预借自己的薪水，会计让他找庄秘书长拿条子，庄秘书长要求他帮自己刻圆章。冯女士来到洛阳，江杜到“上海阿薛”的住所寻找汪晋支，又在“阿薛”的追问和调戏下迅速逃离。汪晋支拒绝与冯女士相见，冯女士通过信件了解到汪晋支的绝情后失望离开。李恩原夫人病死了，李恩原拒请阴阳生与侯俊玉发生争执，屈清三、袁仲宣夫妇返回南京。江杜在一番思考之后，决定走自己的路。

按：王行岩（1908—1980）即姜贵，小说取名“突围”，一方面是人物在战争即将到来之际突出重围，另一方面也是个人在历经挣扎与彷徨后的心灵突围。小说揭露了官场上依附关系升职、利用职位谋利、混差事吃饭等状况，从中可以窥探整个社会大环境下公务员阶层的面貌，颇具以小见大之匠心。这些小公务员有着两重身份：一是茫茫人海中的小人物，关心个人安危，注重自我享乐，这是无可厚非的；一是身为知识分子的公务员，他们随意抛却自己的职责，冷漠对待身边的种种，这是可悲的。他们有的眼高于顶，有的游戏人生，有的满腹抱怨，都关乎个人的私心，无关民族大义。国家对于他们，是虚幻的概念。这也侧面映射出战争时期公职人员的逃避、自私和漠然，具有很深的社会洞察力。颇为讽刺的是，洛阳之行带给他们的不是乐土，“突围”最终还是带有悲剧性的。“突围”又是带有讽刺意味的“逃难”，他们逃离了一个重围，又陷入了另一个重围，在这层层重围背后是残酷的现实，终究逃不开、躲不掉。小说情节安排张弛有度，完整故事中常常夹杂碎片化的事件，却并不突兀，又含意深刻。

正如《后记》中所言，此书是作者无意中写出的好文章，确有道理。

7月 巴金的《爱情的三部曲》由上海开明书店印行第三版。

7月 巴金的《灭亡》由上海开明书店印行第十二版。

7月 老舍的《牛天赐传》由上海人间书屋印行第三版。

7月 庐隐的《象牙戒指》由长沙商务印书馆印行第六版。

7月 巴金的《新生》由上海开明书店印行第九版。

7月 茅盾的《子夜》由上海开明书店印行第八版。

8月10日 中华全国文艺界抗敌协会在《抗战文艺》第4卷第3—4期合刊发表《“文协”征文通告》，说：“征文十万字以上创作小说，中选者一部由本会组织专门委员会评选决定。题材限于：（一）前线的战斗情势，或（二）沦陷区域的生活动态，或（三）后方生产建设的进展过程。中选者受奖金一千元。收稿期本年十月底截止，送交或邮寄重庆箱二三五号，外地寄稿以发件的邮章日期为凭。评选决定后，除专函通知中选者外，另再登报通告，可能时并举行受奖仪式，期限至迟不能在明年二月一日以后。”同时附“说明：1. 此次征文，为本会受贵阳中央日报社，宜昌武汉日报社之托，奖金由两社捐出，但评选责任完全在本会。2. 中选作品，除奖金外，版权仍为作者所有，但贵阳《中央日报》，宜昌《武汉日报》有优先发表权。另送发表费，每月月终付出。3. 评选决定发表时，贵阳《中央日报》，宜昌《武汉日报》同时连载，连载期限不得超过三个月以上。连载完毕后，作者即可用单行本发卖，但得在封面上，封面包纸上注明‘中华全国文艺界抗敌协会选定中奖作品’字样，并得赠送本会及两报社共一百部。4. 如中选者以外，另有优秀作品，本会当设法表彰，帮助作者出版。”

8月22日 《工商日报》（香港版）刊载《山长水远》的预告：“内容描述几个不同性格不同理想的男性，用各种方式，追求各自认为完美的女性，因而演出了种种的离合悲欢，尝透了种种的人生滋味，到头来只感到空虚与疲倦。”“到了情海回航，他们得到一个相同的结论：所谓爱情，只是自欺欺人的玩意。当初或许情热如火，到了环境有所变迁，生理有所变化，男女之间，除了恩义，便无所维系。”“‘平可’虽是一个陌生的笔名，但作者早是个写作老手，与本栏读者，也不是新交。”

8月27日 平可的《山长水远》始刊于《工商日报》（香港版），至1940年6月27日刊毕。

8月30日 《申报》刊载《科尔沁旗草原》的广告：“这是著者的第一部长篇小说，长三十余万字。内容叙述一个东北地主的大家族的崩溃，并且反映着农民生活的一切。作者写作的技巧，是值得称赞的，他自己说：‘我采取了电影底片的剪接的方法……上半是大草原的直截面，下半是他的横切面。上半可以表现出他不同年轮的历史，下半可以看出他的各方面的姿态。’”

8月 **李韵如的《三年》由北京燕生印刷社初版。**

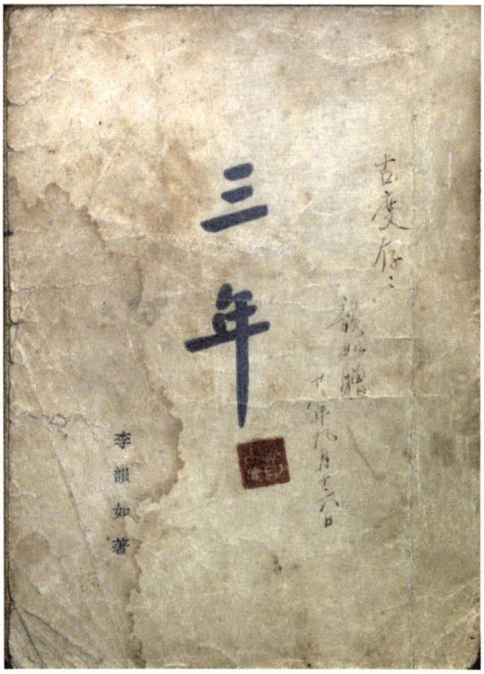

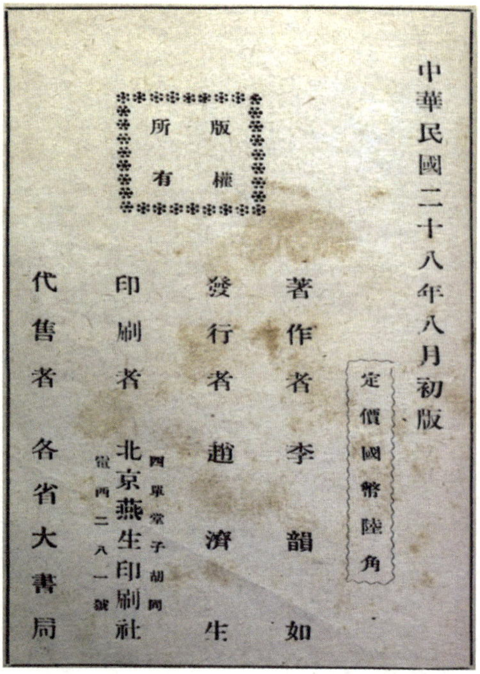
中華民國二十八年八月初版

定價國幣陸角

版權所有

著作者 李韻如

發行者 趙濟生

印刷者 北京燕生印刷社 西單堂子胡同 電西二八一號

代售者 各省大書局

梗概： 女大学生江文彬经常与周君直、周夫人张俊英、哈代（即江柏音）与勒瑞（即方耀祖）等人聚会，并称其为他们的俱乐部。他们在一起游玩、聚餐，相互回请，非常快乐。文彬强烈地爱恋着哈代，视他为自己的神灵。文彬聚会的唯一目的就在于与哈代相会，哈代通过借书的方式留下再见面的理由，但文彬一直没有对哈代表白。一天，文彬因照顾家里的一个女子而感染上白喉病，经过治疗后死里逃生；不久又得脊椎病，再次大难不死。生病期间，哈代到海滨升任了外务员，这使文彬更为思念，决定向他表白。但病好后，在一次聚会时文彬听勒瑞说哈代母亲给他订婚了，这使她伤心欲绝，憔悴不堪。后又得知这是误传后，她直接去哈代的家找他表白心迹。但哈代到南方去了，未能如愿。勒瑞见文彬情绪很低落，就非常关心地询问缘故，当得知她是由于相思哈代而郁郁寡欢时，就特意通知哈代并安排了他们两人见面。见面后，两人互诉衷肠，沉浸在幸福之中。小说也在文彬给哈代的情书中结束。于是，经历了三年的相思之苦终于有了读者希望看到的结局。

按：这是李韵如（1915—？）一部表达热恋中恋人"情人眼里出西施"的痴情曲，也是一部抒发青年女子爱的单相思的变奏曲。小说一开始就写女主人公江文彬痴情于哈代，为他的一切而着迷，为他而活着，甚至甘愿为他付出生命。但是，这一切是单向的，都是单纯由女子江文彬出发的，哈代对此并不知情。作品并没有动人心魄地写出文彬非哈代不嫁的真正缘由，更没有写出两情相悦的激荡与幸福、欢乐与泪水，所有的也无非是文彬爱恋哈代时引发的一些小误会、小别扭、小脾气，两人偶有的相遇与相谈也缺乏共振心灵的刻画与共脉情怀的抒发，因此读来平淡而乏味。又由于作品时代气息淡薄，情节平白、琐碎，文辞过于理性而缺乏形象性，剪裁不够且拉杂冗长，浓厚的学生腔与动辄将叙述人直接拉出的叙述策略，破坏了文本应有的视角与节奏，使整个作品读来沉闷有余而生气不足。结局虽然为正剧，但显然牵强、生硬，刀斧痕迹明显。由此我们看到，华北沦陷区小说在日伪统治下与现实的疏离，与时代的隔膜。而《三年》作为华北沦陷区的破寂之作，其拓新意义或许就在于告知人们，华北沦陷区文坛已出现长篇小说了，这真是一个令人无奈又悲哀的结果。

8月 张资平的《恋爱错综》由上海中华书局出版。

8月 萧乾的《梦之谷》由上海文化生活出版社再版。

8月 张资平的《天孙之女》由上海中华书局初版。

8月 张资平的《脱了轨道的星球》由上海新光书局重版。

9月2日 《大同报》以“以综合的总力共同建设满洲文学”为旨，刊发“本报悬赏征求长篇小说”：

方今在建设途上的满洲文学，举国正以综合的总力，坚实的朝此固定方向迈进期中，本报始终愿以中央新闻的立场，竭尽所有的力量，推动助长此极可欣庆的蓬勃文运，使之更加速的展开，健壮的成长，深信不久的未来，新兴国的文学，不难跃入世界文学舞台。

本报基于这样的旨意，拟对于发荣滋长中的长篇小说更进一步的培养、鼓励，特依下列的规定，广向国内征求长篇创作，希望各地作家，挥动热情，一致协力，实为深幸。

要领

一、字数　十万字左右（足刊百次以下、五十次以上者，每次千四百字）；

一、题材　不限。爱情的也好，社会的也好，总须不违背时代，具有中心意识（限于创作）；

一、选取篇数及酬金

一等一篇　酬金二百元

二等一篇　酬金七十元

三等一篇　酬金三十元

一、投稿截止期　十一月十五日

一、审查　由本报与关系机关合组审查委员会审查之；

一、当选揭晓期　十二月一日

一、发表　在本报陆续披露

简约

一、应征作品入选后，版权归本报所有；

一、应征作品须全部一次寄来；

一、应征作品不取者原稿退还（但须附足邮票）；

一、来稿须写明详细通讯地址及真实姓名（发表时笔名随意）；

一、来稿请于封面注明“应征小说”。

9月24日 李义在《大公报》（香港版）发表《〈大地的海〉》一文，认为："故事是北风一样的苍劲，笔路是旷野一样的荒凉。""《大地的海》这是个壮阔的名字也恰恰象征这本土质的书，作者是土性的。他有的土的神经线。"他还认为，作者笔下的人物写得模糊，但"作品的大缺点自然还不在这些。用笔与对事上需要笔路的变化。一部《战争与和平》忽儿抒情，忽儿白描，忽儿说理，忽儿记史。不是这种笔调的迁变，不能尽事物生活的大观。我们的作者笔下是诗人，是跑步跳高手。是无边际的海流，是秋风，总之他是大地的呼吸。他不是生长在土堆里的人，他是航海家醉心入海一样驶心往土里冒险的漫游家"。"土的儿子在土上斗争须有土的坚实和沉重，而作者却处以风的飘忽，海的波动。""群像与个像对于这个斗争是缺乏得可以。"

9月28日 《南宁民国日报》刊载消息《我国抗战文学作品在苏联极流行〈八月的乡村〉甚受读者欢迎》，称："苏联著名杂志《国际文学》，系用俄英法德四国文字印行者，尚有介绍中国情形如中国抗战军人之生活，及中国诗歌、小说之翻译等，尤以《八月的乡村》甚受读者欢迎。"

9月 **齐同的《新生代》（第一部）由重庆生活书店初版，1—2000册。**

梗概：深冬的一个早晨，FS学院经济系二年级学生陆飞和刘时往城里走去。陆是中山县人，刘是松花江人，两人一起参加学生运动，互为臂膀。刘家境较穷，由于长期营养不良和工作劳累，身体较为虚弱。在会上，他们遇见了陈学海和小倩。陈学海是T大化学系一年级学生，哈尔滨人，是有钱人家的孩子，只知学习，读死书，不关心国事。他有三个朋友：谷静、郭用、郭用的女友魏玲。魏玲也在T大，她劝陈不要死读书，要关心国家大事，关注现实。陈学海听了魏的话，加入了学生纠察队。魏又告诉他那天机智地处理特务搜查尚志处的事，让陈学海十分佩服。这天，陈去表叔曹兆东家，曹是汉奸，劝他一心读书，并说对付学生自己有办法。回来后，魏告诉陈一二·九那天要去请愿。陈学海参加了一二·九的游行，并且发现郭是空头理论家。军警前来镇压游行，陈学海见状，便要去夺水龙头，后来看警察势力更大，有些胆怯，就先回去了。回来后，陈学海病了，魏来看他，反而赞扬了他的英勇行为，陈很内疚。刘时去找杨立

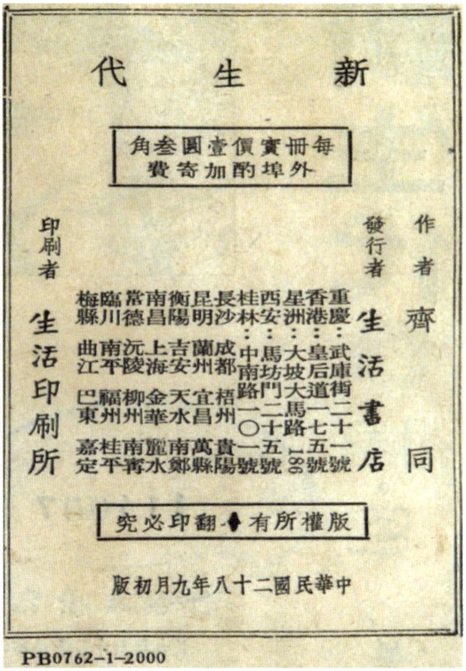
新生代

每冊實價壹圓叁角
外埠酌加寄費

作者 齊同

發行者 生活書店

重慶：武庫街二十一號
香港：皇后道中一七五號
星洲：大坡大馬路108
西安：馬坊門二十五號
桂林：中南路一〇一號
長沙 成都 梧州 貴陽
昆明 蘭州 宜昌 萬縣
衡陽 吉安 天水 南鄭
南昌 上海 金華 麗水
常德 沅陵 柳州 南寧
臨川 南平 福州 桂平
梅縣 曲江 巴東 嘉定

印刷者 生活印刷所

版權所有◆翻印必究

中華民國二十八年九月初版

PB0762-1-2000

君教授，杨的意思是应该下乡组织民众，刘认为那是第二步。魏说杨是时代的忧郁虫：革命前急进，革命时悲观，革命后失望。魏说16号还要示威。陈经过一番思虑还是去了，但没有找到大队，遇到刘时后知道魏已被捕。这时，郭用以蓄锐待机论劝陈：跟着做，严重时退下来。陈没有理会。不久，魏被放出来。郭用质问魏上午与谁在一起，还威胁陈。同学们发现请愿活动于事无补，决定下乡宣传抗日。下乡时路过芦沟桥，魏喊道，应该像狮子一样顽强，不怕牺牲。到了乡下，民众却不理解。陈与魏交换意见，魏发现陈可做患难朋友，并要与郭绝交。这天，正好是集市，他们在集市上宣传抗日，起到了很好的宣传效果，但却被兵押回了学校。回来后，陈与魏的友情加深，他们酝酿着今后的斗争。

按：这是齐同（1902—1950）一部表现一二·九学生运动的较为出色的长篇小说。作者写东北沦陷区的一个学生从不关心时事到以国家民族为己任，积极行动起来投身救亡图存的民族洪流中，显示了时代潮流不可阻挡的历史趋向。小说朴实地写出了陈学海这样一个正在成长的平凡而又不平凡的学运人物，细腻真实地刻画出他转变的内在心理和外在因由，从而使这一“新生代”人物具有了深刻的典型意义：在民族危难之际，每个爱国的青年应该做怎样的人，走怎样的道路。引路人魏玲的形象也刻画得栩栩如生。小说时代气息浓烈，历史画面真实而富有层次感，结构较为严谨，但其他一些人物形象较为单薄，令人遗憾。由于已完成的第二部丢失，现为未完成之作，不禁令人扼腕叹息。

作者在《〈新生代〉第一部〈一二·九〉发刊小引》中写道：

“我想，我还是在写历史。”

“想起‘一二·九’，令人战栗，这真是值得纪念的日子！但是这个战栗渐渐被民族战争的狂喜所掩盖了！甚至可以说已经被忘却了！这是冤枉的事情！这个运动虽然还未成僵尸，却已经有人把它当做化石看了，这是错误！假若你在炮火停息的瞬间，平下心去仔细思索一下，便会晓得‘一二·九’对于今日民族战争的赠与是何等伟大，而且它对于最近四五年来中国青年思想变动曾经做过怎样的桥梁！”

“于是将从‘一二·九’到七七北方青年的思想变动忠诚地告诉读者，便成了笔者的任务。”

“这个阶段虽然不过是短短的十九个月；但它的内容却是博大，多变，而且渊深。像海潮一样，像旋风一样，像暴风雨之前的阴云一样，在这样的瞬间，真会使你想到奇迹了！”

“但，造成这奇迹的，却不是神，而是有血有肉的人类！”

“这期间，青年思想之所以如此动荡，也正是因为他们都是平常的人类。他们有人类的优点，有人类的缺点，也有人类所应有的进步。因此，从‘一二·九’到七七便织成了思想变化的重要连索。”

“写出来这个重要连索，便是《新生代》全部的企图。”

“完成这个企图，我知道，是一件烦难的事情。但是在‘轻易’早已被人家抢了走的时候，我宁爱这烦难。”

“现在，这部书得到了它的付印的机会，在读者还未开始揭翻第一页的时候，我愿意有几点声明——”

“一、我既然想着写出战前思想变动的连索，可见着重的应该是现实；但却又不是琐碎的事实，而是当时所应有的实情。因此，假若读者有着过分的要求，例如想把它当做风景照片之类，那结果将很容易是失望。在三部完成的时候，是否能达到完全透视的目的，还无把握。为了补足这个缺陷，有些话，我想留到总序里去说。”

“二、这三部里所要写出的人物，几乎都是属于第四代的。笔者自己并不属于这一代，虽然常常和它们发生着并不疏远的关系，自信未必有十分把握，所以只好说还是一种尝试。至于是否失之于想像的造作，或过火的夸张，只好留待读者去鉴别。好在这些英雄们现在多半还活着，而且正在英勇地执行着他们的斗争任务。”

“三、关于思想的变化，是有着定命的过程的。人总是人，有优点，也有缺点，所以这里面不会有一个完全无缺的人物。但进步却是有的，而且是不断的。在这一点上，笔者愿意尽最大的力量把‘一二·九’运动和七七烽火的衔接告诉读者，把人民与政府的由离心到向心的意见的发展告诉读者。那，就要请读者耐下心去一直看到第三部。”

“四、在第一部里，我并不想写出一个令读者一见就会满意的英雄，而是一些带有缺点的平常的人，因为这件事情就是这样平常的做出来的。但是他们都会进步或者落伍，那是因为他们都站在时代筛子上面的原故。所以，读者若能常常把故事里英雄们的开头和结末比较一下，能够多看出一点血肉的性格来，笔者便十分满意了。”

9月 茅盾的《子夜》由上海开明书店印行第九版。

10月1日 明在《文艺新闻》创刊号刊登消息《关露的〈新旧时代〉第一部脱稿》，称：“一年来，女作家关露在埋头写一部长篇小说，曾继续在《上海妇女》上分期发表，最近忽又中断，一天我问起她这部小说的全部计划，她告诉我她已经赶紧着把第一部完稿了。”“据她说及的这部小说计划分三部，是一部以女性为中心的小说，写一个革命的女性，怎样在封建的家庭中脱离出来，参加到反封建反帝的战斗生活。第一部即自童年写起直到‘一·二八’，第二部则从‘一·二八’写到八一三，第三部还要写八一三以后的一个更伟大的艰辛的时代。

全书约计四十余万字，第一部约九万字。”“我问她这小说是不是有点自传性，根据自己亲历的生活来写的呢？她说是的。”“为了要用全力完成这部规模巨大的创作，她已辞去了许多学校里的教课了。已脱稿的第一部，最近在整理中，据说预备先行出版。”

10月3日 朱炳荪的《晦明》由北平和平印书局初版。

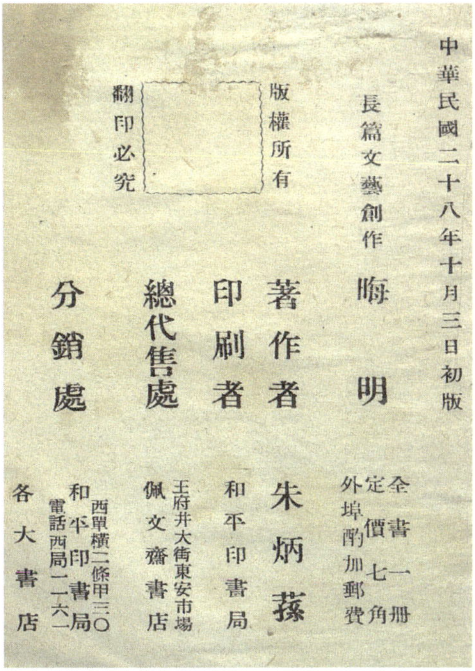
中華民國二十八年十月三日初版

長篇文藝創作 晦明

全書一冊 定價七角 外埠酌加郵費

版權所有 翻印必究

著作者 朱炳蓀

印刷者 和平印書局

總代售處 王府井大街東安市場 佩文齋書店

和平印書局 西單横二條甲三〇 電話西局一一六一

分銷處 各大書店

梗概：杜若是一个接受了新式教育的女子，她容貌姣好，才华横溢，丈夫凌昭是她大学时期的恋人，温和忠实地守护着她。杜若在生活中行为任性古怪，脾气喜怒无常，她频繁地参加社交活动，却又对社会上的虚假嘴脸和世俗的规矩不满；她对丈夫更多的是尊敬和亲人间的关爱，因而在婚后仍感空虚，觉得无人理解自己。母亲逝世对她造成巨大的打击，她更觉人生寂寞。这一切在遇到展子纯后发生了改变。展子纯是一个风流自赏且有过婚史的人，与现任妻子虽未离婚却也“始乱终弃”。他在一次聚会中偶然认识杜若并对她动心，在杜若丧母后的低谷期，展子纯精心设计将杜若骗到自己所在的图书馆工作。他刻意接近杜若，假装自己能够理解她的一切怪异行为和精神上的空虚，并不顾双方都已有家庭，向杜若示爱。杜若相信了展子纯的花言巧语，以为自己觅得知音，无法自拔地爱上了他。然而，面对自己的精神“出轨”和展子纯对肉体的爱的要求，杜若感到苦恼不已，与此同时，她无意间通过一张合照发现展子纯正在偷偷与舞女交往，这让她彻底看清了展子纯虚伪、不忠、薄情的卑劣本性，二人关系就此破裂。杜若最终选择辞去图书馆的工作，断绝与展子纯的一切来往，回到一直体谅和爱护她的凌昭身边。她答应了凌昭去杭州散心的提议，一边收拾行李一边期待新生活的到来。

按： 这是一个涉及“出轨”与“三角恋爱”的故事。朱炳荪（1910—1999）以女性作家的细腻笔法深入杜若的情感世界，围绕她与凌昭、展子纯之间的爱情纠葛，着重突出了杜若在性格和爱情上的“不定性”，这也是小说题为“晦明”的意旨所在。不过，杜若的放浪和移情别恋并非由于轻佻、多情和内心欲望，而是源于她对虚伪人性和社会礼法的另类反抗，源于她对超然的纯爱的追求。“晦明”不仅表现的是恋爱中女性的心理，也是恋爱本身，只有认清自我与对方的本质，才能从晦明中迎来天晴。但是，小说矛盾冲突略为平淡，叙事节奏缓慢，作者花费了大量笔墨来描写人物对话和渲染抒情氛围，有损读者的期待视野；在人物安排方面也存在缺陷，杜若、展子纯的形象较为类型化，没有体现出人物性格的复杂性和变化性，而凌昭的形象则极尽完美，过犹不及，给读者以单一的固定印象。

10月14日 《沙漠画报》第2卷第38期刊登朱炳荪小像，并认为《晦明》是她创作中“最精彩的一个长篇小说”，“笔调优美，行文老练，读之令人爱不忍释”。

10月25日 浩泮在《海声》第3期发表《读〈新生代〉第一部后》一文，认为：“《新生代》第一部就是‘一二·九’学生运动的纪实，主观上，它是记载民族解放前夜几个青年动态的小说，但客观上，它是一部伟大的‘一二·九’的史诗！它记载了‘一二·九’的始末，它正面的写下了那时青年们的行动，又侧面的透露了青年们的思想，它详尽的刻划出青年们怎样在民族危机加紧中觉醒过来，怎样离开了实验室和讲堂而踏上民族解放的战场，又怎样坚毅不拔地在重重的压迫下展开了壮烈英勇的斗争。”“情绪的激动，与其说是作者渲染的效果，毋宁说是这些有血有肉的人物的伟大行动的感应！”建议青年们都读读此书，投身于民族解放的洪流中去。

10月26日 北雁在《文艺新闻》第4号发表消息《中国文艺在国际》，称：“最近在苏联出版了茅盾的《动摇》和《子夜》等的中国小说的俄文译本。”“萧军的《八月的乡村》的俄译，也接着在苏联出版了。此外，最近日本也翻译了这部小说，改名《义勇军记》，闻内容并未删节，其英文译本，则也已有马耳在动手翻译了。”

10月26日 之在《文艺新闻》第4号发表消息《端木蕻良的近业》，称：端木蕻良“是鲁迅先生所识拔的一位杰出的青年作家。发表在过去《文学》上的《大地的海》（《红粮》四部作中的一部），他那壮阔的气度和深厚的魄力，震惊了全个文坛，一时和《生死场》的作者萧红，《八月的乡村》的作者萧军，并称为东北三杰”。最近由开明书店出版的《科尔沁旗草原》，“书叙山东逃荒到关东起家为大地主的丁宁一家三代的经历，中间经过日俄战役，军阀战争等时代，一直到九一八爆发为止。”

10月28日 阿茨在《沙漠画报》第2卷第40期发表《〈晦明〉》一文，认为：“这是一个人生的趣剧，一部爱情的小说。”主人公杜若的性格与结局正如书名《晦明》一样，阴晴不定。不过，这也是作品抓住读者的地方。

10月 **骆宾基的《边陲线上》由桂林文化生活社初版（新时代小说丛书之四）。**

梗概：救国军刘司令、关团长指挥炮手团攻下小镇，洗劫了日本人与高丽人的商铺及日本领事馆。关东派遣队毛吉队长闻讯出击，杀猪出身的士兵关二虎不幸被俘。看到关二虎尚知道救国，刘强也决定参加抗日队伍。刘强的父亲刘林是一个地主，只想保全生命财产，对抗日漠不关心。刘家父子在去向朝鲜佃农收租时，被朝鲜高丽红党捉住。中途，父子趁乱逃脱，刘强投奔了苇子沟伐木者组成的义勇军。不久，刘林的田产被日军征修机场，警务局长克扣了买地的钱而只给他发了一个奖状，刘林气急而亡。凌云阁鸦片零卖所老板王四麻

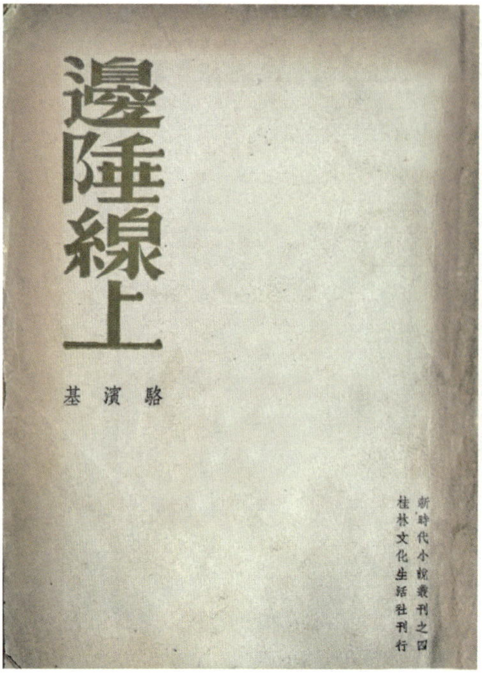

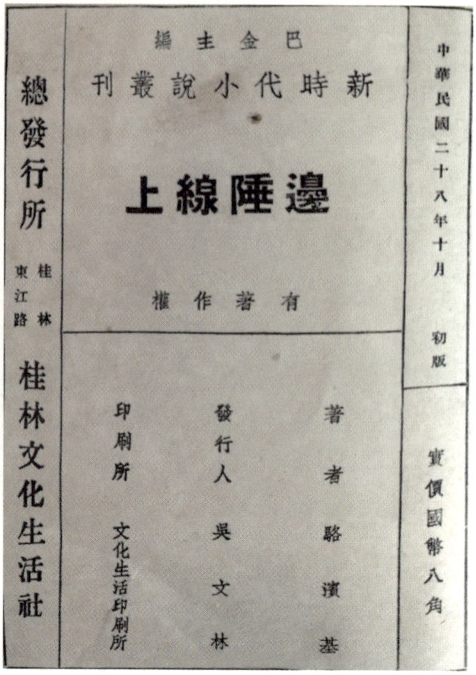
巴金主編
新時代小說叢刊
邊陲線上
有著作權
著者 駱濱基
發行人 吳文林
印刷所 文化生活印刷所
總發行所 桂林東江路 桂林文化生活社
中華民國二十八年十月初版
實價國幣八角

子埋葬了这位同乡老友后，被派遣监督苦工修筑铁路，在得知当监工仍拿不到钱后率众出逃上山，加入到刘强所在的游击队中。这支队伍纪律与装备都很差，司令就是以前的李把头，很快就被打散，他们又不得不投奔刘司令的救国军。刘强在这里见到了已当上队副的同学季伟刚，还有同学关唯吾、老师孟昭礼等。刘强看到他们整日沉湎于麻将之中，想的就是如何发财升官，不禁迷惑起来：这难道就是抗日革命者的生活追求吗？胡子出身的刘司令手上有大量金钱却不给部下发放军饷，又极力排斥苇子沟的人马，士兵们怨声载道，图谋抢夺，不思杀敌。刘强打算将队伍拉出去与朝鲜人一起组成义勇军，但同学季伟刚已被日本人收买，李会长还动员他去日本官费留学。这时，季伟刚点燃了火药库，日本人也已冲过第一道关卡，刘司令打算投降日军。刘强带领真正的爱国战士一面抵抗，一面和朝鲜红党联合起来，夹击日军，并约定见到红旗后反攻。经过一番战斗，刘司令自杀，王四麻子也死于日军的炮火。刘强带着队伍在山谷中看到远处飘扬的红旗，欢呼着扑了过去。

按：小说真实地再现了九一八事变后东北真实的生活场景和斗争局面，展现了一幅鲜活生动的东北义勇军的历史图景。小说对生活在东北地区的关内移民以及亡了国的朝鲜人民的心理世界和精神状态的揭示较为生动细致，对革命军内部矛盾的揭示也入木三分，令人警醒。对义勇军形象的刻画也颇为真实，但对刘强这个主要人物的塑造还缺乏力度，略显平面化，对其内心世界的描写也不够丰富和细致。

10月 阎重楼的《奋斗的生命》由上海文艺社初版。

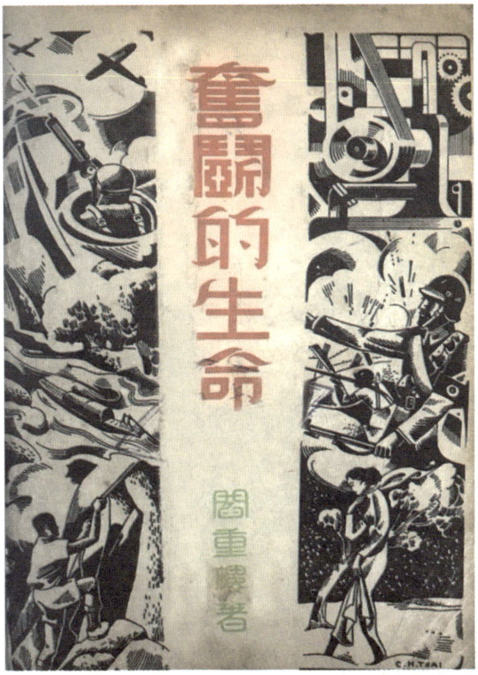

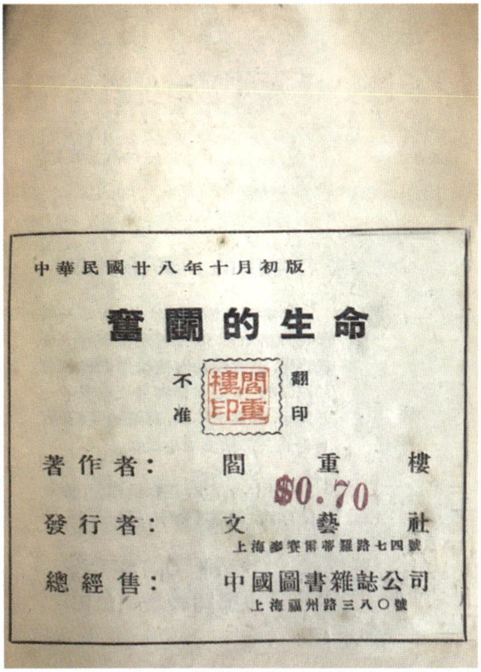
中華民國廿八年十月初版

奮鬬的生命

不准 閻重樓印 翻印

著作者： 閻重樓

$0.70

發行者： 文藝社

上海麥賽爾蒂羅路七四號

總經售： 中國圖書雜誌公司

上海福州路三八〇號

梗概：少女董冰梅聪慧过人，美丽可爱，许多青年男子都对她展开热烈追求。因为相信爱情神圣与婚姻自由，她坚持自主选择结婚对象。在几个男友中，富家子弟钱士裕对她格外殷勤热情。因钱士裕的献媚和豪富，一心陷在爱情中的董冰梅不顾父亲的反对，同意了他的求婚，并因此与父母决裂。组成小家庭的两人沉醉在温柔乡中，形影不离，出入相偕。谁知幸福的日子仅仅维持了一年，在得到冰梅后，钱士裕便对她日益憎恶起来，整日流连纸醉金迷之场所。没有经济能力的冰梅极力忍让，谁知换来了钱士裕进一步的嚣张，甚至公然在外与别的女子同居。冰梅再也无法忍受，终于在同钱士裕大吵一架后与他断然决裂，在寒冷的雪夜孤身一人冲出了家门。把仅剩的一元钱给了乞丐之后，她重新振作精神，决定不再做一个弱者，要和恶力对抗，创造新的生命。

决定自食其力的董冰梅暂时寄居在女友家中，并应聘成为裕华纺织厂会计部的职员。经过几个月的职业生活，冰梅终于熟悉了自己的工作。因冰梅人格高尚、操守严谨，同部门职员夏树荫对她肃然起敬，更因她温和的性格而对她产生了爱慕。然而，尽管树荫对她充满真情实意，但有过惨痛经历、认为爱情虚伪可怕的冰梅却不愿与树荫产生爱情，因此对他十分冷淡，但她这种坚贞的态度反而使树荫对她的爱慕日益热烈。

八一三事变爆发，冰梅从报纸上得知弟弟在战斗中英勇负伤的消息。董冰梅的弟弟董凌云从小便立志成为一名飞行员，一直严格要求自己努力锻炼，增强体魄。通过重重严格考验，他终于被中央航空学校录取。他性格直爽，头脑聪明，很受同学们欢迎。同时，他努力学习飞行专业知识，仅学习半年便成功完成了第一次试航飞行。在轰炸黄浦江敌舰的行动中，凭借出色的技术和周密的作战计划，董凌云成功击落一架敌机，却也被另外两架敌机围攻，腰背不慎中弹。为了不把宝贵的飞机摔坏，他在十分痛苦的情况下仍竭力保持清醒，依靠对家人尤其是对姐姐冰梅的思念，最终安全回到飞机场。看见新闻的冰梅固然欢喜他为国争光，但她更担忧弟弟的伤势。于是，她不顾路途危险，经过数日奔波来到弟弟身边，对他精心照料，直到他脱离危险才返回工厂。

在冰梅照顾弟弟时，裕华纺织厂被四处轰炸的日军飞机炸毁。遭遇如此灾祸，厂长石涵深本可提取厂中存款远走他乡，但他并不愿在患难时抛弃职工，而决心重谋复兴。他竭力压抑自己悲愤的心情，一方面进行灾后整理，一方面计划将工厂迁到内地，夜以继日地辛勤工作。而在远行前，冰梅故意向树荫隐瞒自己的去向，试图让他忘记自己。树荫失去冰梅的消息后，整日烦恼愁恨，最终从冰梅的朋友处才得知冰梅离开的原因，也得知了她悲惨的婚姻经历。了解冰梅的悲惨身世后，树荫对她更为怜惜，他试图化解冰梅对爱情的消极态度，希望冰梅重燃对爱情的希望。尽管冰梅有时也被树荫热烈的至诚所动摇，但弃妇身份、对凌云安危的担忧以及自己前途的渺茫占据着她的心灵。因此，她极力用理智压抑自己的情感，拒绝了树荫的追求。

淞沪失陷前，石涵深带领工厂众人启程前往内地。他们昼伏夜行，冒着日军飞机轰炸的危险，经过长途跋涉到达成都，利用便利的交通和丰富的原料供给重建工厂。在工厂重建过程中，因被冰梅拒绝而陷入苦闷的树荫试图用工作排解自己的悲愤，因此将所有精力都投入工作，在办事职员中成为主要人物。同时，他仍不能忘记与冰梅的旧情。而跟随工厂大部队迁移至内地的冰梅本试图通过环境的改变调节自己的心情，谁知却突然收到了弟弟的死讯。原来淞沪失陷后，中国军队撤退，日军舰队顺扬子江一路进攻，空军司令部决定派遣十五架装满炸弹的轰炸机以自杀的形式毁灭日军的主力舰。抱着必死的意志，董凌云争取到为国出征的机会。他与其他十四位队友一起，怀着为公殉难的磅礴正气、对国家未来独立与繁荣的憧憬以及对亲人的思念，撞向了敌人的主力舰，最终为国捐躯。得知弟弟死讯的冰梅悲痛万分，当即晕倒在地。因担忧独居的冰梅太过哀痛而出现危险，树荫常冒着风雪前往她的住处开导她的心灵。春天到来，万物复苏，经过许多积极努力的裕华纺织厂终于重新运转起来，出力甚多的树荫也得到了涵深的重用。而冰梅则被树荫一直以来纯洁诚挚的爱情所打动，同意了他的追求。经过万种心酸，树荫终于得到了甜蜜的爱情。

按：阎重楼（1910—1939）的这部小说以抗日战争初期为背景，以少妇董冰梅遭到遗弃后个人感情的起伏为主要线索，勾连了四个人物的奋斗历程：被遗弃后觉醒的新女性代表董冰梅、实业救国的资本家代表石涵深、参军报国的军人代表董凌云、为爱情所困的青年代表夏树荫。作者以这四个小人物的命运作为“大时代的缩影”，以他们个人奋斗的小事件作为“大事件的写照”，以董冰梅个人感情的起伏折射抗日战争初期时代精神的动荡，歌颂了不断与悲惨命运抗争的奋斗精神，明确地彰显了小说主题：生命在于奋斗。小说中的四个主要人物均饱尝艰辛困苦，但他们积极乐观，以不屈不挠的意志不断努力，最终通过自己的奋斗闯出一片天地，获得了人生的圆满。董冰梅是觉醒的新女性的代表，她自立自强、自尊自爱，被纨绔子弟钱士裕遗弃后，她并未自怨自艾，也没有选择自杀一了百了，而是振作精神，试图反抗悲惨的命运，创造新的生命。她认识到了女子经济独立的重要性，不仅依靠自己的能力自食其力，也赢得了新的爱情。石涵深是实业救国的资本家代表，有着强烈的民族责任感。尽管是清贫孤儿出身，但他有向上的心志，立志做一个对社会有用的人。他试图通过实业救国，克服重重困难，兢兢业业地经营裕华纺织厂，在工厂被炸毁后仍宣称“敌机的炸弹虽然能炸毁中国的工业，却炸毁不了中国创办工业者的意志”，并以更加振奋的精神带领众人在内地重建工厂，继续实现其实业救国的理想。董凌云是参军报国的军人代表，他满腔热血、坚毅勇敢。他认为，只有拯救国家才能使自身得到解救。因此，他一直怀抱坚定的报国意志，最终为国捐躯，实现了自己报效国家的理想。而夏树荫则是为爱情所困的青年代表，他纯挚稳慎、善良真诚。因对董冰梅求而不得，他十分烦恼，甚至一度悲观抑郁，但他终于在工作中重新找到了自己的价值，最终在求得工作上进、获得新生的同时，也收获了梦寐以求的甜蜜爱情。小说情节紧凑曲折，跌宕起伏，故事性强，但常流于表面叙述，缺乏深入细致的描写。

10月 蒋光慈的《冲出云围的月亮》由上海新东书局重印初版。

11月1日 璇在《艺术与生活》第1卷第2期发表《〈晦明〉》一文，认为：“这是事变后出版的第一部长篇文艺创作，是以恋爱事件为主题的感伤小说。”“作者对于一个思想正确情感热烈的女人，眼看着渐渐死去的母亲时每一分钟内心的痛伤是描写得非常真切动人的；同时也给旧礼教一个嘲弄与反抗。”“整个故事的情节，虽然很曲折但颇自然。作者对于杜若的个性，始终是抓得紧紧地。感情的变迁，都是在合理的条件下面展开的心理状态，便自然而然地使读者沉入了作品里面。”

11月10日 天在《弹花文艺》第3卷第1期发表消息《介绍〈骆驼祥子〉》，称：“《骆驼祥子》是老舍先生改变作风的一部长篇小说，取材于北平的洋车夫之生活，描写动人，尤其对于书中人之个性刻划深刻，故事发展亦极紧凑，虽仍不失其幽默笔调之处，但并未影响书中情绪；且更增兴趣。读之不忍释手，可算是近代一部成功作矣！”

11 月 15 日 李义在《现实》第 6 册发表《读〈大地的海〉》一文，认为："《大地的海》这是个壮阔的名字也恰恰象征这本土质的书，作者是土性的。""作者理解乡村甚于城市，不，因为他爱乡村，认识农民甚于市人，尤其甚于官僚商人。他是那清新健美的一层，他懂得各种的美，在荒凉，枯乏，单纯，粗陋之中，全有美被他发现，并且不废枝叶的把他们写出来，刺在人心里，干净得像口针，撩人像辣椒。"作品的不足在于，除艾老爷和来头、红辣子等人外，其他人用笔不够，形象模糊，而且用笔与叙事上缺少变化，过于飘忽，如风如海而不如土质的坚实和沉重。

11 月 23 日 《申报》刊载消息《中国新文学在苏联：〈八月的乡村〉译成俄文出版》，称："中国青年作家田军所著《八月的乡村》一书及原书鲁迅所作之序文，已由兹达诺夫译成俄文，并由中国革命诗人萧友梅著序，由苏联规模最大之国立文学出版所印行。据该所负责人语记者：'本所出版此书之目的，系在使苏联读者能欣诵中国新兴革命文学中国民族文学之作家，如田军、萧红、罗烽等亦均为近代天才作家，为中国文学增色。《八月的乡村》一书特别有趣，因苏联人民得借知东北人民九一八以来抵抗暴敌，盖始终未已也。'该书发行后，数日内即销出万余册，颇获好评。"

11 月 文学集林社出版的文学集林第 1 辑《山程》上刊载下列作品的广告：

（1）《科尔沁旗草原》："这是著者的第一个长篇小说，长三十余万字。内容叙述一个东北地主的大家族的崩溃，并且反映着农民生活的一切。作者写作的技巧，是'采取了电影底片的剪接的方法，我改削了很多，终于成了现在的模样。上半是大草原的直截面，下半是横切面。上半表现出不同年轮的历史，下半看出他的各方面的姿态，我觉得这样才能看得更真切些。我描写的是很审密的，我剪接的是很粗鲁的，这是我所应该作的。'"

（2）《倪焕之》："本书是作者叶绍钧先生的第一个长篇小说，把这一个长篇小说的时代，安放在近十年的历史过程中，表现着十余年来的世态人情，复于其旁放射各时期特有的彩光，于其背后悬上各时期特有的背景，将十余年来中国教育界的状况，乡村都会的情形，家庭的风波，革命前后的动摇，逼真地活跃有生气地在纸上现了出来。我们读后，但觉得其中的人物，都是旧读者或竟是自己。其中的行动言语，都是曾闻到见到过的，或竟是自己的行动言语。茅盾先生特推许为现今混淆的文坛上的扛鼎之作，诚非过甚之言。”

（3）《山雨》：“这是二十万字的巨制，描写近年来北方农村生活的动荡，外国资本势力的侵入，军匪的肆扰，捐税的繁苛，使诚朴的农民受尽苦难，逃入都市另求生路。作者着眼于经济力量之足以决定生活及意识，写农村崩溃的原因，至为详尽，并暗示因农民不安而引起的社会的转变，是时代的呼声。”

11月 萧军的《第三代》（第二部）由上海文化生活出版社印行第三版。

11月 巴金的《家》由上海开明书店印行第十七版。

11月 张资平的《青年的爱》由上海合众书局印行第四版。

12月1日 巴人在《文艺阵地》第4卷第3期发表《略评〈新生代〉第一部》一文，认为，齐同采取的是全体主义的方法把握事件，而且他所采取的方法是“透视”，也就是从“全体”中来透视思想变动的连索。从“这里我们所能看到的是一种风气，一种行动，一种以语言道白所传出的思想观念”。他还认为，小说的“一切人物，作者都以‘一二·九’这一运动为中心而展开。路线是从学生群众运动向学生的农民运动发展下去。而作者又把这一些人物，提到与‘新边政委’的成立而展开斗争的场面上。这安排，我以为很好。不，这不是安排，这是历史的‘实情’。这也就是作者的历史主义”。他还分析了作品的不足，认为，“笼统地说，民主派别与非民主派别的思想的尖锐的对立，是中国这一阶段里的历史斗争的悠长的过程。在这《新生代》的第一部的时代里，是存在着这一斗争的，在今天抗战的第二阶段，还是存在着这一斗争的。没有形象地（把）这一种思想的对立予以根本地把握，却仅仅把它展开在‘抗日’与‘对日妥协’的斗争上去（固然，我们须要这样展开的），那虽然是历史的实情，却忽略了历史的最本质的东西。我是这样的想。而且以这为这《新生代》的主要的缺点了。”“其次，我以为，作者对于这作品艺术的加工，还不够。”

12月1日 柯旦在《新青年》第3卷第1期发表《〈大地的海〉》一文，认为：“读完这本书，你一定会对于这荒芜的关东草原有一个很深的印象，那苍凉的‘大地的海'，那些诚朴的居民和他们的生活习惯。同时那横贯着全书的原始的粗野的气息会紧紧地压着你的心，使你几乎会喘不过气来。""自然，这本书的缺点也是有的。最后农民联合了囚犯们反抗的一节就因为描写较夸张而略略失去了真实感。但它那巨大的魄力却始终掩盖了一切。它那浓厚的大地的挚恋，捉住了每一个读者的崇高的感情。"

12 月 1 日 李余在《覆瓿月刊》12 月号发表《朱炳荪的〈晦明〉》一文，认为"这是值得介绍的一部长篇创作"。"这部小说的好点是：第一，结构很紧凑，没有废话；第二，人物描写很清楚，每个人的性格都活跃于纸上；第三，题材是表现今日社会中的实况，映出我们生活着的这个时代的内容。"

12 月 5 日 祁龄在《时事新报》发表《杂谈〈残雾〉并及〈骆驼祥子〉》一文，认为："正直，诚实，勤快的人，终于流于欺骗，懒惰，堕落，骆驼祥子的一身，不但是每个北平人力车夫的一身，简直是所有北平的苦力，手工匠人的一身，无论他们怎样要好，争强，终究逃不出时代的洪流，社会的魔手。读了这本书，不但明白了北平社会下层阶级的生活心理，同时，对于时代的没落者，不得不掬一付同情之泪。"

12 月 15 日、25 日 谢冰莹的《一个女兵的自传——第四次逃奔（上、下）》刊于《大风》（香港版）第 57 期、58 期。

12 月 20 日 长春文溯书局出版《文选》第 1 辑插页刊载下列作品的预告：

（1）舒柯（王秋萤）的《河流的底层》："现实的丑恶，社会的高压，往往使一些崇高的青年，屈服在悲惨的阴影之前，而沉落到灰色的深渊里，作者在这十余万字的长篇里，便刻画出几个时代青年，不但不能由行动散发他们的热情，更渐渐躲在灰暗的底层，过起不流动的生活来。"

（2）小松的《无花的蔷薇》："本书是小松君的处女的长篇，他在这里刻画出一群可憎又可爱的影子，写出这一群的生命的无数黑暗面。"

12 月 黄伯昂（巴人）在文学集林社出版的文学集林第 2 辑《望》中发表《直立起来的〈科尔沁旗草原〉》一文，认为，作者把这草原的土地资本的崩溃原因放在地主与农民的尖锐的对立上，没有意识到农民的真实的穷困，那原因于土地的封建剥削之外，还有高利贷，还有商业资本带来帝国主义的侵略，尤其是日本帝国主义的侵略，是欠妥当的。相应的，作者以剪接法——电影片的剪接法，在以丁宁为中心的“横切面”的展开的时候，也时时感到欠缺了。丁宁的形象也有待于更深入的刻画。不过，尽管有其不足，“然而直立起了的《科尔沁旗草原》有它最大的成功处。语言艺术的创造，超过了自有新文学以来的一切作品：大胆的，细密的，委婉的，粗鲁的，忧抑的，诗情的，放纵的，浩瀚的……包涵了存在于自然界与人间的所有的声音与色彩。”“其次，通过全书，我们的作者都给澎湃的热情控制着。这热情正是科尔沁旗草原透发出来的力量。这力量却又是作者不得不把竖立起来的‘科尔沁草原’，成为一宏伟的诗篇。虽然缺乏小说的严密的结构，然而总是朗朗可诵的一篇巨大的叙事诗。”“于是这作品——这直立起了的《科尔沁旗草原》有时是自然力的情感的奔放，有时又是严密的理智的分析，这就构成这作品的一种素质和特色。在风格上那就成为——莎士比亚的华丽＋拜伦的奔放＋道斯托以夫斯基的颤鸣＝直立起来的《科尔沁旗草原》——一种印象的现实主义的作品。”

按：夸张了些。

12月 拓荒的《少女忏悔录》由上海国风书店再版。

12月 茅盾的《子夜》由上海开明书店印行第十版。

1940 年

1 月 1 日 醉僧在《宁工学生》第 3—4 期合刊发表《〈灭亡〉和〈新生〉》一文，认为：“杜大心，这样的人死不完，李冷，这样时时在产生。”

1 月 15 日 小松的《无花的蔷薇》由长春满日文化协会初版。

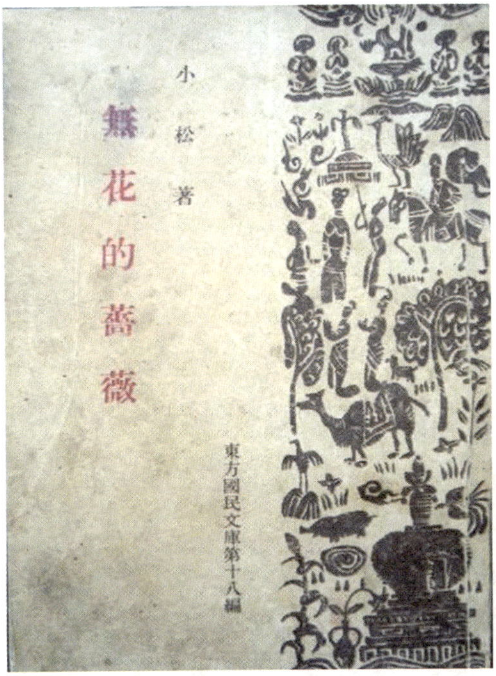

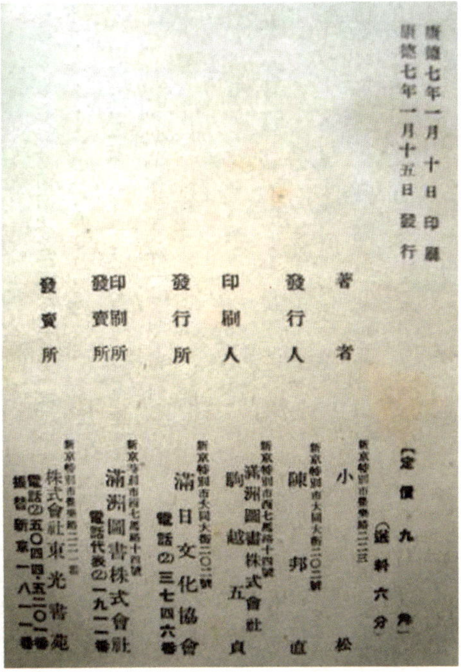

梗概：乔治高中毕业后，打算去城里和好友罗华、序龄等人一起去考大学。在进城的公交车上，他注意到一个美丽的女子，她叫野百合，一心想着为社会服务，乔治对她心生爱慕。顺利入学后，舅父邀他来自家住，顺便帮女儿育南补课。一次，在仆人李玉仙拿报纸时，乔治看到了野百合的征婚广告。他应征无果，野百合决定和罗华结婚的消息使他黯然神伤。而表妹育南也与乔治同病相怜。她有小姐脾性，一下子由绘画喜欢上诗歌，也因之远离了谷先生，与诗人张耀华越发亲近。一次晚宴上，辛小姐邀请张诗人第二天去东北饭店就餐，张诗人始终未正面答允。次日，辛小姐来到张诗人家，不见张诗人，却碰见昨夜宴会上的小梁，两人嬉闹时弄假成真，在窗边深吻的影子被育南撞见并产生误会，育南伤心不已。两人沮丧的样子，让大姐亚男想起了自己年轻时的爱情。她曾经喜欢一个名叫蕙露的女生，愿意为她终身不嫁，可没想到蕙露最后却选择了与一位军官结婚生子。不久，罗华大婚，众多好友前来祝贺。众人在闲谈时，一群卖报小孩闯入，报纸上写着辽西发水的事。蕙露听后，发表谈话要组建话剧团、赈济灾民。然而风云突变，荒乱结成了一道时代的风景线，这群年轻人开始了各奔东西的流亡生涯。耀华和辛小姐逃到杭州，乔治也回到家乡。一次乘车时，乔治遇到李玉仙并得知了育南、李斌等人的下落。拜访育南后，乔治在饭店就餐时对服务员曼丽心生爱意，两人度过了极愉快的一晚。次日，乔治正想带她回乡时，却被告知昨晚四乡炮火连天，他或许已无家可归了。

按：这是小松（1912—1996）即赵孟原长篇小说的处女作，也是“满洲文坛的第一部长篇”。作者自言书名“无花的蔷薇”，是其个人“偏爱蔷薇”代表“一个梦”的关系。梦之虚妄，也象征着书中青年们理想的失落。小说线索较乱，头绪繁多，人物形象也不清晰，但作者努力寻求对自然环境的精细描摹，字里行间透出唯美情调的艺术尝试倒也可取。不过，小说第十七章突然写到时代风暴对众人的影响，缺乏铺垫，稍显突兀，而作者自动放弃向民族灾难等历史深处挺进的写作意图，则暴露了附逆作家内心的矛盾，也使得小说丧失了应有的历史厚重感。

1月15日 谢冰莹的《一个女兵的自传》中卷（即：《来到了上海》《第二次入狱》）刊于《宇宙风》（乙刊）第20期。

1月20日 《上海青年》第40卷第1期刊登《一部划时代的新作品——〈奋斗的生命〉》的广告：“《奋斗的生命》出版了，它是一部心血结晶的文艺产品。是阎重楼先生新著的长篇小说，作者费了一年多的光阴。它是以小人物做大人物的缩影，以小事件做大事件的写照，以个人感情的起伏为经，以时代精神的动荡为纬。故事当中有四个主角，各人都象征着一种唯美的德行，他们在中途都饱尝了颠沛和窘苦，但是靠了他们不断的努力，不挠的意志，终能得到解救而获得胜利。”

“现在我们可以列一个表格如右：

人物	地位	象征	经遇	依靠	获得
董冰梅	一个被弃的女性	奋斗	恶劣的侮弄	力克困难	最后成功
董凌云	一个报国的军人	勇敢	艰辛的煅炼	牺牲赴死	
石涵深	一个创业的厂主	坚忍	多次的失败	不变目的	
夏树荫	一个真诚的青年	耐心	无数的磨折	始终其事	

它的特点呢：非属空构，它的描写呢：有夜以继日，埋头苦干的努力；全书系绪述体，共分十一段，约十万言……《奋斗的生命》出版了，无疑的，它可解除许多青年人精神上的苦闷。”

1月20日 《申报》刊载《奋斗的生命》的广告：“为最新出版的一部长篇小说，计十万言，内容描写，别开生面，不落常套，穿插曲折，变化多趣，实为现代读者不可不读的一部好书。”

1月 **徐仲年的《双尾蝎》由重庆独立出版社初版。**

梗概：杨明辉、殷智本、余家煌三人是在上海春申大学读书时结拜的兄弟。大学毕业，杨明辉得到去法国里昂公派留学的机会，在法国得到了比他早去一年的袁瑛的帮助，二人互相关心并产生了爱情。此时殷智本也想到法国留学，杨明辉建议他在自己与袁瑛的婚礼前到法国，殷智本听从他的建议。在婚礼上，殷智本认识了伴娘裴玉卿。不久，杨明辉要到巴黎去读博士学位，就请殷智本照顾妻子袁瑛。在杨明辉读博期间，袁瑛感到寂寞，殷智本对她想入非非，袁瑛也差点没能把持住，但最后殷并没有得手。殷智本开始妒忌杨明辉，他散布消息说上海春申大学聘杨明辉为教授，杨在发表的文章上署名春申大学教授，但春申大学发函否认聘杨为教授一事。杨明辉很被动，终于明白是殷智本搞的鬼。杨明辉回国后，得到余家煌的帮助，在上海私立春申大学当上了教授，殷智本则厚颜无耻地与他们在一起，他还想去欺骗裴玉卿，但被袁瑛戳穿。此时，

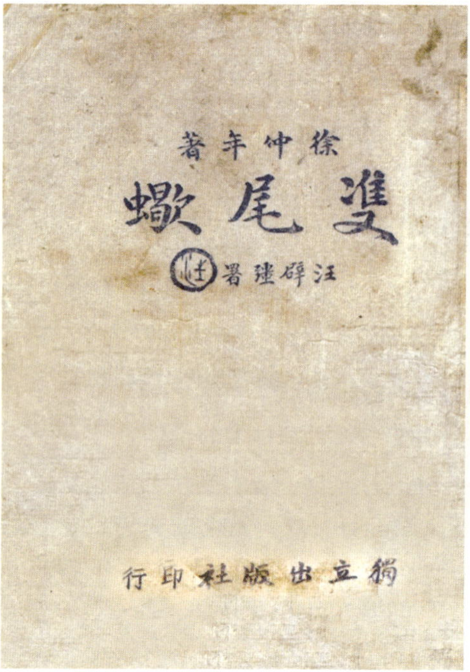

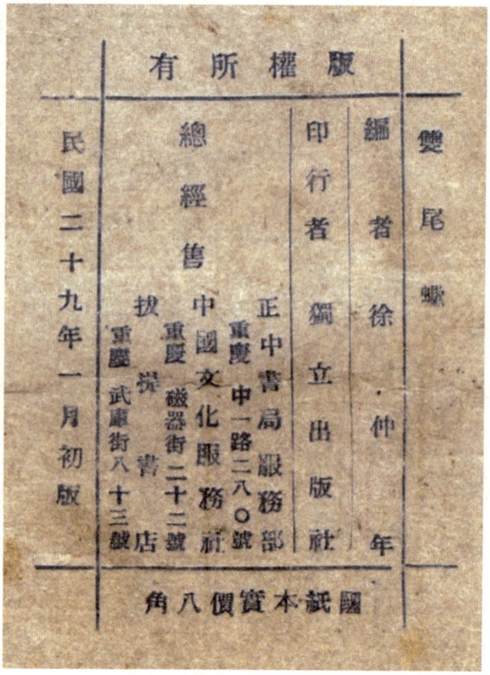
雙尾蠍
編者 徐仲年
印行者 獨立出版社
版權所有
總經售
正中書局服務部 重慶中一路二八〇號
中國文化服務社 重慶磁器街二十二號
拔提書店 重慶武庫街八十三號
民國二十九年一月初版
國幣本實價八角

上海举行抗议日军侵华的游行，杨明辉、余家煌、袁瑛等人皆担任了一定的职位，而殷智本虽在杨明辉、袁瑛的推荐下也获得秘书一职，但不被信任。殷智本遂做了汉奸，广为散播不利于杨氏夫妇的谣言。袁瑛不堪打击，一时想不开而自杀。杨明辉发誓要杀死殷智本，为妻子报仇。日本全面发动对华战争后，汉奸殷智本设计绑架并杀害了义弟余家煌，杨明辉更加愤怒，他改名换姓加入了义勇军，设计潜入敌营，用酒灌醉了士兵，抓住了汉奸殷智本，在“狗圈”中放饿狗将其撕碎，为妻子及余家煌报了仇。

按: 这是徐仲年（1904—1981）一部以抗战为背景的复仇故事。小说以杨明辉、余家煌为正义方，以殷智本即双尾蝎为邪恶方，并以殷智本的最终难逃惩罚的结局上演了一出邪不压正的正剧，全书爱国主义气息浓烈。小说前部有生活实感，写得尚有可读性，关于人物的心理分析也较为真实，但中、后部艺术表现力明显不足，小说人物设置模式化，人物性格亦在设定的范围内稍许浮动，有概念化倾向，缺乏立体感。后部与前部有些脱节，章节间太注重资料的铺陈而忽略故事的进展，如写战事时详细地列出布阵形势及军事实力的对比，枯燥而乏味，冗长而多余。

1月 巴金的《春》由上海开明书店印行第八版。

1月 谢冰莹的《一个女兵的自传》普及本由上海良友复兴图书印刷公司出版。

2月1日 司徒珂在《中国文艺》第1卷第6期发表《评〈骆驼祥子〉》一文，认为："与其说《骆驼祥子》是祥子一生的历史，不如说是影响祥子生活，左右祥子幸与不幸的社会的一个写照。"祥子"既患着先天不足，又复患了后天失调……他是代表着一群干苦活的弟兄们的一个典型"。《骆驼祥子》是"他的一切作品中，'同情心'最浓烈的一部。同情在《骆驼祥子》中是唯一的特质"。老舍用意在于"暴露那些污点，作为国民自省的明鉴"。他认为，阮明是黑暗社会中的一个典型人物。在作品中，老舍对阮明和观阮明游街的自作文明的国民予以了痛快淋漓的揭骂。"痛骂"是本篇的特质。他还认为："老舍先生技巧上的特点，主要的可以说有两个：一个是他能善用北京话，这是谁都知道的，他把说话和行文打成一片，口劲与笔锋相互的连系，一扣紧似一扣，所以简洁，俏丽，明快，机智，真而且美。他是用纯粹的本国语言写小说的中国第一个作者，在他以前没有如此成功的人，在他之后我们还没发现着第二者。""一个是他精神贯注，全文仿佛是瀑布从山巅冲下，是一股儿气的，没有生硬，没有间断，没有闲隙，他运用写剧的原理来写小说，把'高潮'处理得适当而且生动……《骆驼祥子》因为作者倾注上了他的一腔热情，文章的灵魂立刻活跃起来。使你在圆润的文章上，自然的体会了他的热情。"

2月1日 桥下客的《第一块牌子》始刊于《民生医药》第43期，至1943年12月1日第87—89期合刊毕。

2月14日 《大公报》（重庆版）刊载《双尾蝎》的广告："本书作者是一位多方面的文艺作家。二十年前，曾以笔名徐丹歌在《京报》《晨报》副刊发表小说。不久留学法国，专攻文学。写作尤勤。返国之后，九年以还，著有中法文著作多种。《双尾蝎》为其抗战后所写之长篇小说。书以'一・二八'事变前后时代及上海、里昂、巴黎、沈阳等地为背景，而以三个金兰兄弟为主要人物，副以女子两位。侧重心理描写，注意谈时忠实；谈爱情时缠绵悱恻，谈国事时激昂慷慨。书中人物各有个性，各有面目，活泼生动，呼之欲出；堪称佳作。”

2月16日 《文艺阵地》第4卷第8期刊载《新生代》的广告：“一部反映从‘一二·九’到‘七七’华北青年思想变动过程的长篇小说。这是小说，同时也是活的历史书。谨以此书献给大时代中的青年们。《新生代》的企图，是要反映从‘一二·九’到‘七七’华北青年思想变动的过程。他们怎样忠诚地勇敢地创造新的历史纪录，他们和政府的关系，怎样由离心走到向心，都是这整部书的范围。在《一二·九》里只能写出这思想过程的第一部。他们曾怎样与懦弱的外交斗争。在这里面写出新人物的成长，告诉读者说，这运动并不是限于党员，政治组织者的事情，而是一般青年所普遍的要求。在这运动中，使书呆旁观者，渐渐变成革命家，这是历史的必然结果。平常人而能做出惊人的事业——在大街上忍饥斗寒，做流血的抗争，并非为着实现阴谋，而是为着争取国家的抗战。冒着风霜，到乡下去，宣传农民救国，打下了青年与农民联合的游击队的基础。这是一部小说，同时也是一部活的历史书。”

2月24日 陈逸飞在《立言画刊》第74期发表《推荐划时代的伟作——朱炳荪女士的〈晦明〉》一文，认为：“朱女士所写的《晦明》，虽然以恋爱作为题材，但是她由夫妇的爱情间显出‘孝’的伟大，于情侣间显出贞操的权威！‘孝’可维护大家庭的一系延长，‘贞’可维护小家庭的团结坚固，正是东方家族主义的‘护法之神’。这创作故事虽然简单，但是描写家族主义与个人主义的斗争则异常激烈，是一部划时代的作品，生在今日之中国人，都有一读的必要。”

2月 萧军的《八月的乡村》被国民党以“强调阶级对立，不合抗战要求”为由查禁。

2月 老舍的《骆驼祥子》由上海人间书屋印行第三版。

3月1日 《大同报》发表“本报征求长篇小说揭晓”启事：

本报前于去岁悬赏征求长篇小说，深蒙各地作家热诚协力，迄于延长后的截止期共收到卅余篇，均属精心杰构，具见长篇创作已逐渐走向发荣滋长途上，洵为至可欣喜之现象。嗣由本报及关系方面合组审查委员会，经数次慎重审查结果，遂决定选取三篇，等级虽有不同，作者努力精神，均弥足钦佩，且各具有中心意识，于时代及人生有正确理解，想于发表后，定能唤起国人最大之注意，而博得最大之彩声也。谨请爱护满洲文艺诸人士，赐予严正批评，尤为厚望。

一等一篇：

《生之温室》（金音）；

二等一篇：

《新土地》（姜灵非）；

三等一篇：

《光阴》（李光月）。

3月1日 姚雪垠的《春暖花开的时候》（第1卷）始刊于《读书月报》第2卷第1期，至1941年2月1日第2卷第11期毕。

3月5—20日 谢冰莹的《一个女兵的自传》(即：第7章《穷困的大学生生活：〈开始和穷困奋斗〉和〈亭子间的悲剧〉》），刊于《大风》第63—64期。

3月 葛伯在《现代读物》第5卷第3期发表《漫谈〈双尾蝎〉》一文，认为作者介绍法国的风土习俗，详写抗敌后援会的组织，列出敌我双方的战况、伪满洲国的组织系统，是创作上的创举，因此称其为“伟大的创作”，想也并不为过。

按：有言过其实之嫌。

3月 茅盾的《虹》由上海开明书店印行第十版。

3月 巴金的《灭亡》由上海开明书店印行第十三版。

3月 巴金的《新生》由上海开明书店印行第十版。

3月 洪灵菲的《转变》由上海亚东图书馆印行第六版。

4月1日 司徒珂在《中国文艺》第2卷第2期发表《评〈梦之谷〉》一文，认为，在近十几年的中国文坛上，“像萧乾先生的《梦之谷》这样动人的爱情小说，我们还不易再找出媲美的作品。”“《梦之谷》的成功除了因为技巧的优美之外，那最大的原因就是因为作者萧乾先生对生活有很深刻的认识，所以他能很自然地写出青年人的痛苦。”“这里所表现的有三个不同世界的生活，一个是‘罗锤的世界’，一个是‘我的世界’（我指故事的主人），一个是‘朋友的世界’。全文着重在‘我的世界’的描写，对‘罗锤的世界’用侧面的方法描画出一个黑影子，这黑影子却紧紧地时时地贴在美丽的故事画面上，像一块铅铁似的重压着‘阿烟’的心，也重压着读者的心。”小说技巧成熟，细腻，精致，微妙。不足在于序幕的写法有些处理不当，对刘校董笔墨有些轻。

按：将《梦之谷》提为近十几年中国文坛无可媲美的爱情作品，实有夸大之嫌。

4月1日 燕子在《妇女界》第2号发表《是光明开始不是黑暗终了——回忆巴金先生的〈家〉》一文，认为，《家》所描写的是活生生的现实。“我深深地钦佩着觉慧的勇敢，我恨觉新的懦弱，然而我只知勇敢的是离开污浊家庭，只知轻视觉新的懦弱无能，作揖哲学。”“‘出走’是光明，我知道，但不知要是停留在光明起点，黑暗仍旧会袭来。”“光明没有因为读了《家》而真正抓住，《家》给我的仍旧不是真正前途，在反对旧势力上使我打着一枝强心针，这是不可否认，但五分钟以后，黑暗又侵袭了我底心，痛苦和烦恼还是盘旋在我的周身，因为‘出走’了应该怎样？我又彷徨了。”“觉慧的‘走出’只是出走而已，绞杀青年的火焰还是猛烈地燃烧着在每一角落，千千万万青年还是憎恨，苦闷，彷徨，这在《家》的结论上完全可得到这样预示。”“读过《家》的姊妹们！《家》是告诉我们光明开始，但不是黑暗终了，我们固然应该学习觉慧的那种勇敢精神，但我们得更‘清算血账’，团结大家力量把这恶势力根本铲除，这才是我们光明前途到来，这才是真正地懂得《家》给我们的启示作用：‘是光明起点，不是黑暗终了’，出走以后，还得积极地努力，奋斗，创造！”“悲愤，痛苦，憎恨，只有在集体力量反抗中解除，这又是《家》给我们的另一个反证。”

4月25日 吉利在《学习生活》第1卷第2期发表《〈科尔沁旗草原〉》一文，认为，《科尔沁旗草原》是本年度文坛的收获之一。“作者很成功地拿着地主们的性格，一代和一代不同。丁家地主到了父亲一代，‘土巴味’便很少存在了，因为这地主是太成熟了，而且已经接近了都市生活的薰染。但是却又不能放情的去迎合那种高度生活，因为惰性的土地黏住了他。所以便形成为一种特定的，有威仪的燥烦和颓废，这是过去的地主们所没有的。”“作者对于农民的描写，也提出了自己的见解，他对于所写的，都经过了一个极严密的分析。”“看完了全书，我们承认这是一部巨著，丁宁有点像宝玉，但时代告诉我们此时绝无《红楼梦》，只有电影方式的表现，固然化复杂为单纯，运用自如，但缺点则是动作太快，读者的脑子里还没有较深的印象，而景像即滑过了，以后就有接不上气的毛病吧。”“自然，作者的魄力与其处理题材的技术，仍旧是值得赞美的。”

4月 **巴金的《秋》由上海开明书店初版。**

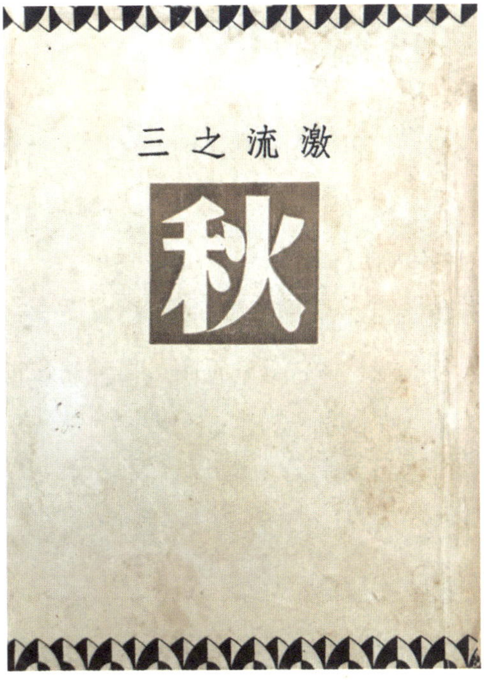

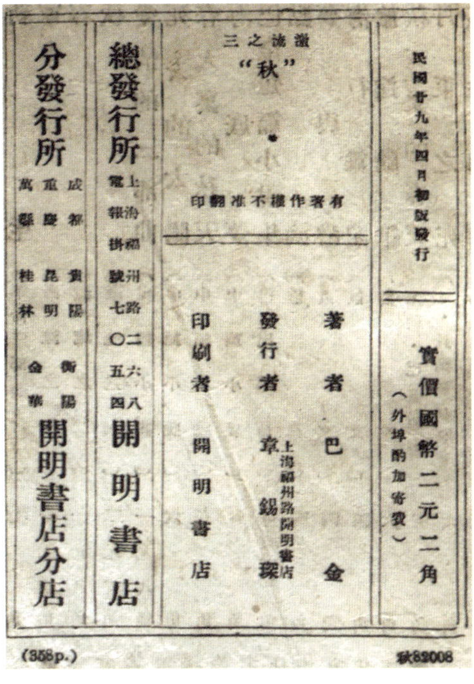

民國廿九年四月初版發行

實價國幣二元二角
（外埠酌加寄費）

激流之三
“秋”

有著作權不准翻印

著者 巴金
發行者 章錫琛 上海福州路開明書店
印刷者 開明書店

總發行所 上海福州路二六八 電報掛號七〇五四 開明書店

分發行所 成都 重慶 萬縣 貴陽 昆明 桂林 衡陽 金華 開明書店分店

(358p.) 秋82008

梗概：在周家，封建家长周伯涛完全不念及儿子枚的羸弱病体，也不顾全家人的极力反对，一意孤行地为年仅十七岁的枚少爷包办婚事，给他娶了同样古板、卫道的冯乐山家的小姐为妻，耽误了枚少爷肺病的医治。婚后虽然两人感情不错，但妻子脾气很大，枚少爷夹在她与长辈中间受气，病情更加严重，不久便因病去世了，留下新婚的妻子和她腹中的胎儿。周家小姐蕙的灵柩停在庙中已一年多，而她的丈夫郑国光却忙着续弦，根本没想过让她尽快入土为安。父亲周伯涛对此不仅不闻不问，还帮着郑国光找托词。在高家，长房的觉慧、觉民已背叛了封建家庭，淑华得到周氏的同意去了新式学堂，努力向着琴和淑英的道路走去。三房的封建家长克明在女儿淑英逃离家庭后有所悔悟，儿子觉英却步步堕落成为一个败家浪子，两个弟弟又一直闹着要卖公馆分家产，克明气愤不已，终于在抑郁中丢下怀孕的妻子死去了。克明一死，整个大家庭就更乱了，四房五房继续过着荒诞的生活，克定和克安公然把丫头收房，还在公馆里闹小旦。为此五太太沈氏与克定争吵不断，沈氏便将怒气发泄在女儿淑贞身上，性格内向软弱的淑贞不堪其苦，跳井身亡。沈氏因此万分痛苦，决定带着春兰与袁成离开。克安的儿子觉群、觉世正步着觉英的后尘走去，顽劣成性。最后，商业场起火了，公馆也出卖了，高家四分五裂，原来生活在公馆里的主人和仆人都纷纷寻找各自的归宿，封建大家庭落得个“树倒猢狲散”的结局。而唯独觉民他们的利群报社越办越火红，虽然商业场起火了，但不到几天，他们的报纸就又出来了，正如琴所说：“并没有一个永久的秋天。”

按：《秋》是巴金“激流三部曲”中的最后一部，继续讲述封建旧家庭周家、高家从衰落走向彻底崩溃的状况和以利群报社为代表的青年一代所掀起的改变旧生活的故事。小说依然保留了《家》《春》里一贯本色、热情的风格，也保持着对封建宗法家族专制的批判性，但由于人物性格、故事情节变化不大，主题表现亦时过境迁，小说的出版没有取得更大的反响。不过，对于巴金而言，以三部曲的方式完成自己的理想也算是了却了一个心愿。

4月 **朱平君的《一个苦儿努力记》由上海国光书店初版。**

梗概：乡下孩子大全自幼由东家赵三爷夫妇带大，不知自己的父母身在何方。偶然间，他从赵三婆与小东家赵双喜的谈话中得知了自己的身世：他原是一个有钱人家的小孩，三岁时被一个无赖拐到这个村中。正当无赖准备以大全为“肉票”换取钱财时，却因以前犯的事破了案而突然被警察抓走，自此无人

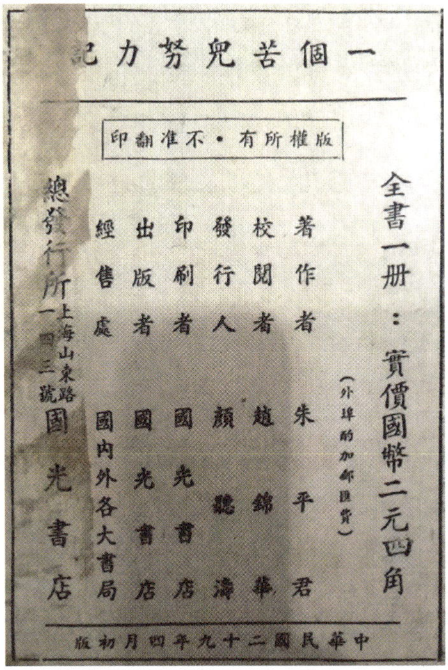
一個苦兒努力記

版權所有・不准翻印

全書一冊：實價國幣二元四角（外埠酌加郵匯費）

著作者 朱平君

校閱者 趙錦華

發行人 顏聽濤

印刷者 國光書店

出版者 國光書店

經售處 國內外各大書局

總發行所 上海山東路一四三號 國光書店

中華民國二十九年四月初版

知晓大全的父母到底是谁。正直热心的赵三爷见大全可怜，便将他带回家中抚养。双喜得知大全的悲惨身世后，主动与大全做了结拜兄弟。斗字不识的大全十分羡慕在冯家祠堂里上学的双喜，但自卑的他认为没有父母就“不配进学校”。善解人意的双喜知道大全的心事后，试图说服自己的父亲赵三爷送大全读书。赵三爷虽也支持小孩读书，但家中贫苦，实在没有余力供大全上学。于是，双喜决定当大全的“小先生”，教大全识字。在双喜的帮助下，大全以极高的热情和韧劲，一边干农活，一边读书，努力汲取知识，取得了很大成效。谁知因长时间勤劳过度，大全竟病倒了。休息一段时间后，习惯了偷懒的大全不愿意再耗费精力读书。但经过双喜劝说，大全终于恢复以前的用功状态。

村里旱灾严重，村里人决定请地主冯老二为主持人，举办赛会迎雨神。冯老二常借此类机会中饱私囊，但村人一直敢怒不敢言。赛会之前，赵三爷带领众人来到冯老二家中，对他趁乱发财的行为表示反对，谁知众人迫于冯老二的淫威，竟都临阵脱逃，孤身作战的赵三爷只能以退出赛会的方式表示对恶势力的消极抵抗，也因此得罪了冯老二。狡猾的冯老二借口风水先生说赵三爷家的房子坏了全村的风水，威胁赵三爷拆房，又假意好心建议赵三爷花四十元请风水先生举行安龙神的仪式以避免拆房的悲剧。穷苦的赵三爷实在拿不出钱，只能无奈以房屋为抵押，向冯老二写了借条。这时，双喜从学堂毕业，经表兄介绍和学堂教书的王先生的路费资助，去了上海的报馆里学印刷。大全十分不舍地与双喜分别。到了还款期限，经济拮据的赵老三还不了钱，早就算计好的冯老二串通警察，将赵三爷一家赶出了房屋。赵三爷走投无路，只得带着一家人睡到船上。

王先生可怜他们的遭遇，又素闻大全勤奋好学，亲自来请大全做学堂的斋夫。受宠若惊的大全一边勤恳地做好斋夫工作，一边努力学习，不仅全权负责学堂的壁报编辑工作，甚至当起了“赵先生”，以老师的身份帮王先生分担了一半的教学任务。王先生为了改进学生们“学非所用”的情况，决定新增“园艺课”，在祠堂前开辟试验田，教学生应对田里生活。试验田获得大丰收，王先生用这笔钱为学校添了许多教具，谁知以冯老二为首的校董们因没有分得红利而对王先生怀恨在心，竟直接开除了他。王先生只得带着大全离开学校。大全不知出路在何方，但考虑周全的王先生不仅介绍他去上海纱厂做工，还为他提供了路费。经过旅途奔波，大全终于来到上海纱厂，谁知王先生的朋友竟已赶赴香港，走投无路的大全只得暂时投奔双喜。

急于找到工作的大全好不容易通过某事务所成功应聘某实业厂的练习生，却被双喜的同事提醒不要陷入骗局，大全终于决定放弃这次工作机会。果然，那天应聘成功的一百多人全都被骗去做危害生命的工作。大全又陷入失业状态。时日渐长，双喜终于负担不起两个人的生活费。细心的大全发现了双喜的窘境，开始卖报挣钱。这时，双喜工作的报馆因工作太忙，要招收新学徒，大全意外抢到了这个宝贵的工作机会。于是，他不再卖报，而成为双喜的同事。在送脏衣服给洗衣妇人时，妇人通过胎记发现大全竟是自己的亲生儿子。原来当年大全被人拐走后，家中长工寻找不力，他的父亲因忧虑而生病去世，家中财产也被族人侵占，母亲因此被赶出家门在外漂泊，期望某天能遇到自己的儿子。母子二人终于相认，大全从报馆的工房搬到了自己的小家。

为了响应扫除文盲的口号，双喜等人决定为报馆同事组织民众夜校，大全也应邀担任教员。民众夜校如火如荼地展开，谁料无赖同事竟向报馆冯经理诬告他们正在组织斗争馆方的工作。冯经理轻信谣言，竟将双喜等组织者开除，大全也被记了大过。报馆工人集体罢工，引起社会广泛关注。经人调解，冯经理消除了对夜校的误会，不仅收回了开除决定，还承诺将由馆方为夜校提供经费。双喜等人也检讨了自己的鲁莽行为，两方达成和解。在报馆的资助下，民众夜校的规模不断扩大，并在社会上掀起了创办民众夜校的风气。双喜、大全等组织者作为率先创办民众夜校的代表，常被邀请去各地演讲。苦儿大全凭借自己的不懈努力，终于走在了为社会大众谋幸福的光明大道上。

按：这是朱平君（生卒年不详）的一部教育型的励志小说，通过描写苦儿大全经过不懈奋斗终于战胜一切恶劣境遇，取得事业上的成功并找回亲生母亲的故事，鼓舞儿童和青年们不断努力，健全自己，最终达到为社会服务、为大众谋福利的崇高目的，具有教育意义。小说文笔清畅优美，对于农村日常生产生活如播种、戽水等描写十分生动，生活气息浓厚；情节跌宕起伏，心理描写细腻，对儿童多变的心理和性格刻画入微；人物形象较为鲜明，如努力奋斗的大全、乐于助人的双喜、正直憨厚的赵三爷均栩栩如生；时常穿插具有教育意义的小故事，如龟兔赛跑和玛丽可六千里寻母等，深入浅出地达到教育目的。但小说有些线索交代不清，如被赶出房屋的赵三爷夫妇最终下场如何没有写明，路上结识的好友封宏年约好探望大全却再未出现，好心的王先生到底去向何方也没有下文，许多事件有头无尾，削弱了小说情节的完整性。

4月 巴金的《爱情的三部曲》由上海开明书店印行第四版。

4月 李劼人的《暴风雨前》由上海中华书局再版。

4月 巴金的《家》由上海开明书店印行第十八版。

4月 老舍的《离婚》由上海良友复兴图书印刷公司印行普及本第一版。

4月 蒋光慈的《丽莎的哀怨》由上海新东书局初版。

4月 老舍的《牛天赐传》由上海人间书屋印行第四版。

4月 茅盾的《蚀》由上海开明书店印行普及本第四版。

4月 齐同的《新生代》（第一部）由重庆生活书店再版，5001

—7000 册。

4 月 茅盾的《子夜》由上海开明书店印行第十一版。

5 月 1 日 张金寿的《路》以“本刊第一次征募长篇小说当选副选”的名义始刊于《华文·大阪每日》第 4 卷第 9 期，至 11 月 15 日第 5 卷第 10 期毕（其中第 4 卷第 12 期未刊）。

5 月 1 日 《新华日报》刊载《新生代》的广告：“中华儿女的觉醒与斗争的画卷《新生代》——第一部《一二·九》——齐同创作。”“这书的企图，是要反映从‘一二·九’到‘七七’华北青年思想变动的过程。他们怎样勇敢地创造了新的历史纪录，他们和政府的关系，怎样由离心走到向心。在《一二·九》里只能写出这思想过程的第一部——他们曾怎样与懦弱的外交斗争。在这运动中使书呆，旁观者，渐渐变成革命家，这是历史的必然结果。平常人而能做出惊人的事业——在大街上忍饥斗寒，做流血的抗争，是为着争取民族的生存。冒着风霜到乡下去宣传农民救国，打下了青年与农民联合的游击队的根基。”

5 月 20 日 谢冰莹的《一个女兵的自传》第 7 章《穷困的大学生生活：〈破棉袄〉〈饥饿〉》刊于《大风》（香港版）第 67 期。（后又刊于 1941 年 9 月 30 日《黄河》第 2 卷第 7 期）。

5 月 **程造之的《地下》由香港海燕书店初版。**

梗概：1937 年秋，日寇进犯崇明岛沿海一线，大旺村和白狼村的村民眷恋家乡，摇摆不定。而有一部分村民早在 1927 年的时候，就因不满地主阶级压迫起来反抗，一·二八事变后更是枪口一致对准侵略者，领导者就是老独和关德。1934 年他们放下枪，过了三年安稳日子，日军却发动了全面侵华战争，这些有志之士自然不会坐以待毙。日军派女间谍——大旺村村长的女儿庞翠荷回村拉拢老独和关德，日军轰炸大旺村当天，关德叛变，把老独囚禁起来。在村民帮助下，老独逃出，同罗三一起，带领村民进行抗日游击活动。在一次行动中，老独和罗三被打散，两支队伍各自领导，协同作战，由老独的儿子金桃传递消息。而其他百姓，则沦为难民，踏上逃亡的路。村长庞学潜的儿子庞国柱，把难民

地 下

★每冊實價二元七角★

著作者 程 造 之

出版者 海燕 書 店

通訊處：香港擺花街33號

★版權所有・不准翻印★

中華民國二十九年五月出版

们组织起来，供给食粮，动员青壮年奔赴前线。村里教堂中的朱雪齐爱慕庞翠荷，为表示对庞翠荷的忠诚，他随同其他村民加入罗三的队伍中，妄图取得大家信任。冬天，队伍缺少衣食，在朱雪齐的怂恿下，罗三预计发动一场雪夜突袭，和老独的队伍夹击敌人。朱雪齐主动要求前去老独队伍报信，大家也想把朱雪齐送交老独处置，就准许他同金桃一起。途中，朱雪齐杀死金桃，给日本人通风报信。老独未接到消息，罗三队伍中了敌军埋伏，几乎全军覆没。朱雪齐回到难民区，被退下的伤兵认出并活埋。老独的队伍依然在坚强地斗争着，而村民们也决定重新开垦土地，投入生产生活。

按：《地下》是程造之（1914—1986）第一部长篇小说，也是抗战时期孤岛文学中一部有分量的长篇小说。小说叙述了沿海一带农民自发组织自卫队反抗侵略者的英勇行为，控诉了日本侵略者给普通百姓带来的家破人亡、流离失所的苦痛现实，揭示了他们为争夺生存的权利而觉醒反抗的必然性，赞颂了他们身上野性的生命意识和不屈的反抗力量，写出了人民在国难面前，由阶级矛盾自觉转向民族矛盾的深刻变化。正如巴人在《序》中所说：“阶级的仇恨转变为对侵略者的仇恨，这现实已经展开在我们的面前。”然而，囿于作者的生活经验，在人物塑造方面，尚有脸谱化倾向，尤其是对老独的刻画力度不足，老独的身份以及如何反转战局等信息的缺失，导致人物传奇过度，不够形象。作者着墨较多、塑造得比较成功的却是反面人物朱雪齐，这在一定程度上影响了作品的艺术性。不过，全书乡土气息浓郁，对沿海一带农民和农村生活的刻画真实可感，构建了清新诗意的艺术风格，在与残酷战争的映衬中，显示出别样的艺术张力。

巴人在《序》中写道：“这是一册不平常的作品，写着不平常的故事。”“作者有他非常智慧的笔，但也有他非常残忍的笔，写自然与风习，婉约而妥贴，叫人感到一种难说的喜悦；写战争与屠杀，可就叫人毛发森然，不忍卒读了。叙述多过描写，描写不事铺张，这作品给我的，没有苦重之感，是一种新生的清新的喜悦……我在这里多少看到了一些《毁灭》《铁流》甚至于《被开垦的处女地》的影子。”

5月 **不里的《新人》由上海新地书店初版（新地文艺丛刊第一种）。**

梗概：年轻大学生张凡、蕙芳不甘做亡国奴，即便上海已成为孤岛也毅然投身抗日的洪流之中。莫石的父亲由于购买航空彩票而成为暴发户并因此成为上海有名的资本家，他强烈反对莫石从事抗日爱国运动，严格限制他的外出。莫石虽然钟情于同学蕙芳，但蕙芳对他的“阴郁气”十分不满，这让莫石陷入郁郁寡欢之中。终于，在父亲宣布莫石与表妹订婚时，无法忍受的莫石拿起水烟袋砸向了父亲。不料，父亲竟因此重伤不治身亡，莫石也成了疯子。在上海，从事抗战活动的张凡与蕙芳被捕入狱，而张凡在狱友老章的帮助下越狱成功，蕙芳却因此受牵连而惨遭杀害。张凡回到家乡，看到莫石变成这样，不禁伤感万分，但莫石见到张凡后，病情日益好转，特别是在得到张凡带他出去抗日的允诺后很快康复。于是，张凡带着莫石，告别了上海，走上了抗日救国的道路。

按：这是不里（生卒年不详）一部表现孤岛青年爱国志士投身抗战的爱国小说。在民族大义面前，不同阶级的人都有可能团结起来，为民族的解放贡献

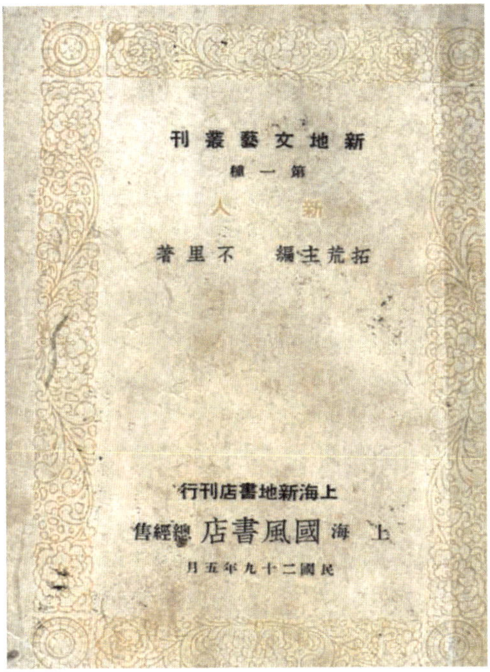
新地文藝叢刊
第一種
新人
拓荒主編 不里著
上海新地書店刊行
上海國風書店總經售
民國二十九年五月

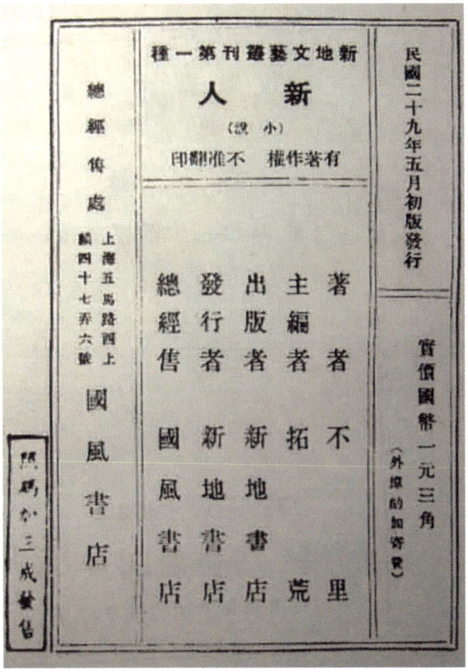
新地文藝叢刊第一種
新人
（小說）
有著作權 不准翻印
著者 不里
主編者 拓荒
出版者 新地書店
發行者 新地書店
總經售 國風書店
總經售處 上海五馬路西上鯨四十七弄六號 國風書店
民國二十九年五月初版發行
實價國幣一元三角（外埠酌加寄費）
照碼加三成發售

自己的力量。资本家的儿子莫石就是如此，他与父亲走着完全不同的道路——“新人”的道路——为民族的解放挣脱家庭的羁绊，踏上抗日救国的征程。小说立意高远，叙述清晰，但阶级视角明显，即小说中有不少地方宣扬了资本家与无产阶级的对立现象，表达了社会的不公导源于资本家对百姓的剥削，以及这样一个社会应该推翻、这样的剥削者应该杀光的思想倾向。然而，面对这一主旨宣传抗日间或表现阶级斗争的作品，国民党审查机关不愿肯定作品中所表现的占主导地位的抗战主题，却过分关注处于支流、潜流性质的阶级斗争内容并予以禁止，显然是小题大做、草木皆兵了。

5月 王任叔在上海珠林书店出版《文学读本》，认为，老舍正是用现象学的方法处理他的人物的，“祥子这是在他这一种方法上概括成为一个世俗的类型，不是典型。不错，老舍在这里展开了车夫的一般生活的说明（但仅止说明，不是形象的刻画）。然而他的车夫世界，没有和其他社会作有机的连系。不错，他也写出了一个老实的祥子的堕落的过程，但像平静的水似的流去，没有一点不安和苦闷。真个是前后判若两人。虽然阿 Q 性是应该被扬弃的，但在作品上出现时，他还有‘生命力’，祥子全没有这一东西。”

5月 齐同的《新生代》被国民党以“触犯审查标准”为由查禁。

5月 庐隐的《象牙戒指》由长沙商务印书馆印行第七版。

5月 巴金的《新生》由衡阳开明书店印行衡一版。

5月 蒋光慈的《最后的微笑》由上海新东书局出版。

6月1日 徐翊在《申报》发表《读巴金的〈秋〉》一文，认为，“冷寂的‘孤岛’文坛上，想不到能读到这部充满了热力的作品。”“很明显地，作者用他的血泪为读者划出了一条每个人应走的路。作者的热力燃起了读者的热力，作者的眼泪换得了读者的眼泪。但这决不是单纯的伤感，而是欢喜的光明的感动的表现。”“本书较《家》与《春》（‘激流’之一和二），减少了不少的忧郁性，这也许是受作者个人近年来战斗生活的影响罢……《秋》的结局终究是光明的，作者不但把作为故事中心的‘高家’之大家庭制度击碎，而最可使人兴奋与注意的，是作者使‘觉新’——这一直作为封建势力的俘虏——继续地活了下去，我相信这不是作者的残酷，相反的，是作者的热情使然。”“也许是由于作者在‘孤岛’生活得不安定，而离沪之心急切的缘故，所以《秋》在字句方面，似乎较巴金先生别的作品差一些。”

6月26日 斯明在《联声月刊》第2卷第10期发表《看〈新生代〉后想起的事》一文，认为：“书中所介绍的人物，全是活生生地在活着，就是现在也仍然英勇地在战斗着……然而，就是这些熟悉的面孔，各有其不同的环境，各异的性格和认识，在一个目标下，他们团结起来了。”论者又以高度的热情介绍了作品背后的客观政治情势，主要是对投身第一线的青年们的歌颂，和对重振民族意识、团结抗日的呼吁。“在青年节的今日，我们能读到像这样伟大变动的时代里现实生活纪录底书，是值得欣慰而兴奋的，谨以万分诚意向孤岛上的青年学生推荐这本书。”

6月 巴金的《秋》由上海开明书店再版。

7月1日 风展在《妇女生活》第9卷第1期发表《怎样读〈春〉》一文，指出：“那是很几年以前的事了，据说一个女子中学检查寝室的时候，在五百个学生的枕头底下发现了二百几十本巴金的书，这数目也许不免有点儿夸张，但巴金的作品特别为女学生群所爱读却差不多是公认的事实。他写着青年们的故事，述说着青年们的生活和激动，革命和恋爱，每一页里都充满着反抗的呼号，真理的追求和光明到来的渴望，这正是青年男女们心的深处的一切。虽然这个虚无主义者往往过分大方地流了他的脆弱的热情的眼泪，把革命的英雄们浸染得带点儿林黛玉气来叫人爱怜。但也许正因为这个而特别吸引了大部的青年女学生们，她们刚刚从阴暗的深闺踏出门来，几千年来多愁善感的传统还或多或少地存留给她们一些影响，如是巴金的热泪便正好一滴一滴地打动她们的心。文笔的流畅清新，容易给带着消遣的态度的读者接受，自然也是大量销行的保证。”“这本《春》是一个五百多面的厚厚的长篇，作为另一个长篇《家》之续而为‘激流’的第二部。一切的情形似乎正复相同，这里面有哭有泪，有革命还有一点点恋爱的痕迹。较为特别的是这里是叙述一个少女逃脱封建的火坑的故事；而且同样在女同学们的手头流行，而且同样地流行得很广。所以我愿意在这里写下我的一点读后的感想，希望或许能够给已经读过或想读的同学们做个参考。说得明白些，我的意思不是来推荐，这不是一本太好的书，虽然也并不太坏。”“从开头起，我们马上就能够嗅到浓重的《红楼梦》气，他好像在模仿似的。他写一个没落的官宦的大家庭，写一些表兄弟姊妹的生活。”“书中同时陪衬了两个和淑英有着相同的苦难的一男一女：大堂兄觉新和另一个表姊蕙。他们因为懦弱退让而牺牲了一生。这对比加强了教育的意义：要生存只有反抗到底！”

“读一本五百多页的大书不只是一举手的事情，我们还要努力获取一教训。”“第一，妇女的解放不是女人对男人的问题，而是社会制度的问题。在今天，这已经不是常识以上的东西了，但还是有许多人不理解。在这本书里，压迫女人的不全是男人，也不是全部的男人，是吃人的礼教，以及淑英和蕙的母亲伯娘婶婶们；她们不满意‘那头亲事’，但终于只能服服贴贴地做帮凶。她们自己也过着同样可怜的一生。这里是新生和腐败的势力的斗争，是年青的一代和衰老的一代的斗争。两条阵线分得十分清楚，革命组织便是新生阵线的主力。”“第二，妇女问题既然是整个社会问题的一部分，便与整个社会的革命运动分不开。

要社会的革命运动成功，妇女问题才能得到全部的解决。比如说，假如觉民等都是孤立的个人，淑英便没有法子逃出去，整个的社会不改革，无论是上海北京，到处都有同样的火坑在等她。至少也不能不重复母亲婶母们的脚步。自然，现在我们正在从事于反帝国主义和封建势力的民族革命的斗争，让我们经受着多重压迫的姊妹们加倍地努力吧！”

7月6日 经纬在《申报》发表《大时代的生长》一文，认为：“我们正面当着伟大的时代，是它给了我们激励，奋斗，是埋在坚决的信心里的新生！然而，这时代有着它的背影，它的成长和经过了不少磨练与惊险的，特别是从紊乱到统一，从离心走到向心，而在这里，我们更不能忘了青年的思想变动，是这个伟大的变动促使了大时代的成长。”“齐同先生的《新生代》三部曲，就企图反映出这个连锁，它不单是部小说，而且也是活的历史书，虽然我们现在还只能看到他的第一部《一二·九》，但这里已经刻划了华北青年思想的路线，展开了一副英勇的沉毅的画面！”“在这部《一二·九》里作者很注重的在写人，写年青人的思想转变，他们各有着缺点，也各有着优点，有的前进，有的落伍，有的却竟叛变了，但无论如何，在这些青年活动着的背后，正显示着人类应有的进步。这里有政治腐败下的残酷阴谋，有最大的恶势力下活动着的爪牙；但从‘一二·九’‘一二·一六’，直到寒假下乡工作，从计划，示威，被破坏，直到更深入的到民间去；都实在的刻划了新人物的生长，他们怎样从书呆子旁观者渐渐变成革命家，怎样摆脱了公子哥儿的习性，而达上了坚苦的磨难的斗争的道路！”“当然，这里并不全是英雄的画面，作者用批判的笔去描摹群众斗争的浮浅，散漫，那是很有力的教训；所以有新生，也有牺牲；有坚决，也有动摇；然而‘一二·九’正如一颗炸弹，惊醒了全国的青年，全国的人民。虽然这次斗争不足以阻止懦弱的外交的出丑，但是它已激醒了睡狮！”“从这里，《新生代》的写作技巧虽然还有可以改善圆熟的地方，但却是本值得一读应该一读的小说，特别是困在孤岛感觉到苦闷的青年们，应该从这里得到兴奋，得到清醒（尤其是几幅插画），因为这里有着你自己的影子，有着整个的新生的影子！”

7 月 16 日 贺依在《文艺阵地》第 5 卷第 1 期发表《〈边陲线上〉》一文，认为：“作者极其正确的发掘了并且形象化的描绘了‘救国军’的非民主的，官僚主义的、趁火打劫的、割据地方的、歧视异己的、掠夺弱小民族的罪状——总之一句话：隐蔽在抗日的外衣之下的——投降的本质。”他还认为，小说表现了高丽农民的生活，表现了山东移民的怀乡情绪。当然，“在历史书上所读到的满洲——清末以来中国移民的目的地之一的满洲，现在我们从《边陲线上》的形象里看到了。这是这一作品的最大的特色。”当然，由于作者“太着重了场面，有时未免显得沉烦。在结构上，还不免有点零乱。”

按：此文又于 1940 年 7 月刊于《文阵丛刊》之一《水火之间》。

7 月 23 日 图南在《益友汇报》第 12 期发表《〈新生代〉（一）》一文，认为：“这是叙写一九三五年十二月九日北平学生救亡运动一部美丽的史诗；也是民族解放战争的序曲！”“根据作者企图，将‘一二·九’至芦沟桥畔烽火爆裂为止，当时青年思想变迁过程，分写三部。这一部是‘一二·九’前后些时。它刻划着在时代的熔炉中，青年对于当时政府以后抗战由‘离心而向心’。”书中“没有理想成的英雄偶像，却有着优点也有弱点的年青人，不过都是有血有肉的”。“这是抗战中并不多见的文艺长篇作品，这里有的是历史教训，在今天，阴霾掩盖下的孤岛的青年朋友们！我想这教训是宝贵的，可学取的！”“而且这部书里的人物，都现实不过的，在这里伟大中国的年青儿女的英勇的史诗中——你能在作者生动真实笔调下，或许你能找到你自己或熟识的朋友的面影。”

7 月 27 日 陈逸飞在《立言画刊》第 96 期发表《由〈骆驼祥子〉谈到方言文学》一文，认为《骆驼祥子》是老舍用北京方言写出的优秀作品，他在这里找到了自己。

7 月 **关露的《新旧时代》由上海光明书局初版。**

梗概：“我”的家在太原，父亲是个很强势的人，母亲在他的面前虽总面带微笑，可独立自主的她想去教书，但父亲坚决反对，父母因此并不和睦。不久，父亲去世，“我”随母亲和妹妹晓凤搬入了有着一棵古槐树的新家。“我”很怕念书，但母亲不断向“我”强调知识的重要性，认为只有读书才能独立生活，才能有自由。在这里，“我”慢慢成长，学会了一些事情。一年后的一天，“我”

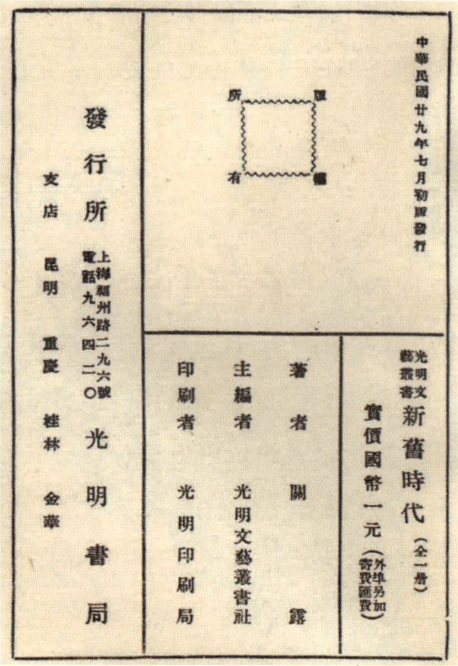
中華民國廿九年七月初版發行

光明文藝叢書 新舊時代（全一冊）

實價國幣一元（外埠另加寄費匯費）

著者 關露

主編者 光明文藝叢書社

印刷者 光明印刷局

版權所有

發行所 上海福州路二九六號 電話九六四二〇 光明書局

支店 昆明 重慶 桂林 金華

的哥哥回来了，他要父亲的遗产，“我们”不得已与外祖母搬出来住。“我”与哥哥的感情很怪，这时“我”已知道了钱有用，但也可以生乱。之后，母亲带着“我们”离开了太原，来到了南国的一个村庄。在这里，“我”了解了两个“寂寞”的故事主角——老实贫穷的陈四一家和由盛转衰的林家庄。不久，母亲因病去世，姨母把“我”和晓凤带到了南京。

姨母年轻时便守寡，她的儿子又在成年后病死，好喝酒的她得了酒精中毒症，加之爱讽刺人的毛病，显得有点精神错乱。姨母反对“我”想做的一切，认为女孩子应该恪守妇道。由于受不了姨母对“我”和晓凤的处处压制，“我”和妹妹逃往上海，与朋友陈珊一起住在她的三哥靖君的家中。陈珊是个不爱说话的女孩子，我们三个人在一个班上读书，还与一个叫宋景的女同学很要好。一天，“我”的表哥找到“我”，希望“我”去北平，想把“我”嫁给他自己的朋友，而“我”想专注于学业就坚决地拒绝了他。在上海，“我”知道了“反抗”“自由”“斗争”等概念。从“三哥”靖君这里，“我”理解了作为女性“经济独立”的意义，思想上开始发生转变。中学毕业后，“我”又回到了南京求学。我见到了外祖母和姨母，对她们也有了新的认识。此时的“我”各方面都已经渐趋成熟，并且在学校的学术研究会中与同学凌青开始了恋爱，“我”的生活与时代一起步入新篇章。

按：这是关露（1907—1982）一部回忆性的自传式小说。所谓“旧时代”就是指作者小时候在太原及乡村的生活时代；所谓“新时代”就是作者在上海及南京生活学习的时代。前者表示感受旧的封建思想及其危害的时代，后者表示接受新的思潮影响并在大学里蜕变成长的时代。新旧替换，展现出一个少女告别旧时代向新时代茁壮成长的心路历程。正如作者在《后记》里所说：“我是拿我自己作中心，写一个在我们民族革命解放斗争当中，在我们底全民族都在反抗封建势力跟帝国主义，走向新民主主义国家时候的女性底生活。一个经过了她那种生活的女性是否应该走到她后来所走的这路上，一个一向都梦想与追求着自由跟解放的女性，要怎么样才能获得自己底希望；一个如何从旧的封建生活走向新生活的她底生活过程，这些都是我要告诉读者的。”但纵观全书，作者有好的构想却缺少好的艺术表现力，缺乏作为长篇小说对各方矛盾冲突的整合力与力点的展示，缺乏文学的形象的刻画与描写，且文辞不畅，读来如同一篇说明性很强的长记叙文。可以说，作为长篇小说而言，作品并不成功。

7月 英子在《联声月刊》第 2 卷第 11 期发表《〈地下〉》一文，认为：“这不是故事；这是有血，有肉，活生生的，真实的事实。”“这里，是一个缩形，也是一个扩大，描画出了‘有着如通心草’一般单纯，直率，朴实的农民，为着求生，他们不断的对人类对自然斗争着，他们‘拿血汗灌溉热的土不但是眷恋，而且有那生与同存，死与同尽’之感的，他们是‘拿汗和辛劳养活自己肚子的人，对于只是张开嘴巴等候人家将食物奉承他的人，是不但憎恶，而且有着发泄一下的必要的’。”

7月 巴金的《春》由上海开明书店印行第九版。

7月 戴万叶的《前夜》由上海亚东图书馆印行第六版。

8月31日 《星岛日报·星座》刊发启事：“萧红女士新著长篇小说《呼兰河传》，将自明日起在本栏连载，祈读者注意及之。”

8月 老舍的《骆驼祥子》由上海人间书屋印行第四版。

8月 拓荒的《少女忏悔录》由上海新地出版社印行第三版。

9月1日 《呼兰河传》始刊于《星岛日报》，至12月27日毕。

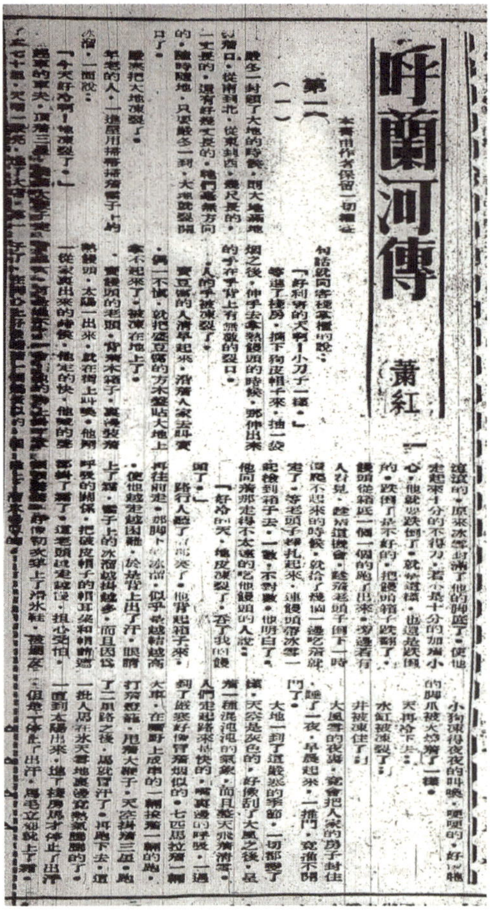

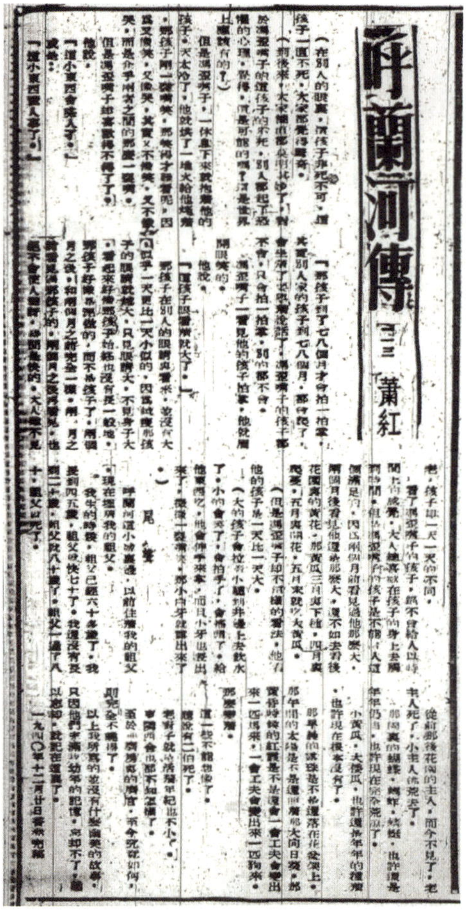

9月10日 隐秋在《现代青年》第2卷第5期发表《〈梦之谷〉读后感》一文，认为，本书“文笔的美丽与细致自不待言。但主要的是从这本书里，我感染到作者下笔时胸中所洋溢着的那股热情，这股情绪贯通着全书，虽然作者只采了那么一个平凡的恋爱故事作为中心来描写，但透过这恋爱故事，我却看到一个矗立了数千年的阴暗而巨大的黑影。在读这本书时，我的情绪是悒郁而紧张的……因为它是许多徜徉在‘梦之谷’中而同时又残酷地被那巨影所践踏，所迫害，所支配着的一切青年人的写照”。“作者的笔是不自由的，他只敢轻轻地用笔尖挑起掩盖着社会黑暗面的那块幕布的一角，给人们一点隐示，而没敢挑起全面。因此在书中某些段落里，作者的真意颇使人费心猜度。不过，从作者笔下的那个男主角的遭遇里，我们可以联想到许多和这个类似的人物所遭逢到的不幸与失败……我一直触感在这故事背后，由始至终站着一个影形不离的巨人——社会恶势力。就是有这么一个巨人的影子，才把整个故事遮掩得那么黯淡，伤心，造出悲惨的失败。”论者总结出小说描写了挣扎在现实的社会恶势力与梦想的空中花园之矛盾夹磨下的青年男女们的故事。在谈及女主人公盈的堕落时，论者一面苛责了她懦弱，无勇气；但另一方面，又强烈地为盈进行辩解，称身为女人的她有着女性的苦衷，所以她是无罪的，是值得同情与哀怜的。“作者在这本小说里为许多年青的男女呼冤。在他的笔尖下，揭露了那个巨人的狰狞面目，他原意也许是想指示这些青年男女找一个光明的出路，只是他没有做。”“他要求大家在这行动的时代，应该赶快伸出手来做点什么事，帮忙支撑这抵御残暴的大局。”“读了《梦之谷》，我由那里得来的启示是：个人的力量太渺少了，不足和那巨人斗法，但若集合起个人渺小的力量来，那又不同。”

9月15日 武豪在《学生月刊》第1卷第9期发表《〈新生代〉》一文，认为，从小说不同的人物里，“可看出他们不同的典型来。虽然作者只是在描述‘一二·九’时，北平的学生界的人物；但这些何尝不是现今社会里所有青年的具体描写呢！看了《新生代》后，多少会给予阅读者一些警惕和激励的。”

9月15日 《申报》刊载下列作品的广告：

（1）《少女忏悔录》：“本书是写述一个少女在旧礼教的胁制下，使她做了一个平凡的主妇，由于丈夫的死，生活之鞭又驱她到最可怕的火坑，她终于牺牲了。在她‘垂死的呼喊’里，她的情绪紧张到极点，她忏悔自己！给我们青年，鼓起了一次宏亮的呐喊。”

（2）《一个青年忏悔录》：“本书是描写一个青年剑虹，在过去三十年人生中，所遭遇到的可歌可泣动人心弦的故事，书中述及男主角的遭遇，和女角芬和慧英的死，娴娴的遭受冷淡，最后剑虹为找不到了‘爱’，故意地度放浪生活和最后的忏悔，走上成功之路，给我们青年人的暗示，可谓最深刻不灭。”

9月 巴金的《家》由上海开明书店印行第十九版。

9月 巴金的《秋》由上海开明书店印行第三版。

10月15日 劳俊在《海沫》第1卷第1期发表《巴金与他的“激流三部曲”》一文，认为，在“激流三部曲”中，“我们可以知道这里面包藏了多少父母压迫子女的事实，吃人的旧礼教怎样吃人的例子。并且因为作者的美丽的文笔，深刻的对于这些故事和人物的熟习和了解，强烈的对于‘新’的爱好和‘旧’的憎恶，我们相信这三本书的所以能感动这样多的青年，使许多青年在看这本书的时候想到他们自己的遭遇而勇敢地踏上了觉慧们的道路，这并不是没有原因的。”

10月 陈铨的《革命的前一幕》由上海良友复兴图书公司出版普及本。

10月 老舍的《离婚》由上海良友复兴图书公司印行普及本第二版。

10月 李劼人的《死水微澜》由昆明中华书局再版。

11月1日 阿淑在《战时青年》新4期发表《巴金的〈灭亡〉与〈新生〉》一文，认为，杜大心是个不忠实于自己信仰的人，他的死是一时的感情冲动。“《灭亡》和《新生》这两篇短短的故事，不只是助成我们‘对旧社会的憎恨对新社会追求’那样的感情，而且在这些斗争着的青年的经验中我们都坚信：‘一个没有理想信仰的人是不能生活的。’同时我们不只是有信仰而且要有正确的理论做理想的根据，我们不只有为理想斗争的勇气，更要有正确的为理想斗争的行动方法，不然就只会造出像杜大心一样的无名的刺客英雄。”“在这两本书中，巴金先生却创造成一个革命的典型，其他一些是不如杜大心的，有一些是从描象中加以理想的而并不是活生生的人物，如张为群，静淑，文珠，秋岳等，这不能不说是个大的缺陷！”

11月1日 孙陵的《大风雪》始刊于《自由中国》复刊号（新1卷第1期），至1942年5月1日第2卷第1—2期合刊毕。

11月16日 乐静波在《学习》第3卷第4期发表《读完了〈新生代〉之后》一文，认为：“‘我想，我在读着历史！’”“作者在这伟大的场面中，是活泼，生动地运用了文艺的笔调，把活生生的血和铁编成的历史，忠实地介绍给了读者。”在《新生代》中，“领悟了这些比一己的生命更值得去眷恋的东西，认识了正确的恋爱观，同志的爱和‘爱人’的爱。在《新生代》中，我发现有自己的影子常常在那里边出没着，快活地说笑和庄严地站立起来。”“在《新生代》里的魏玲和陈学海和许多新生起来的人们，他们是进步的，而且是不断的，永远的！”“在《新生代》中，我们不难明了一二・九学生运动失败的成因——没有更广泛地去团结被压迫着的更多的人们，来参加这一运动；也没有把本身的组织健全和扩大，使它变成为一个铁的队伍，来争取和保证这一运动的胜利。”“读完了《新生代》之后，我默默地预计着《新生代》的第二部，第三部将更是伟大的，因为这是谁也没法否认的事实：‘这时代，和在这时代里生长起来的人们！’”

11月30日、12月7日 陈醉蓼在《立言画刊》第114期、115期发表《〈晦明〉详评》一文，认为，这是“描写个人主义与家族主义斗争恢复东方固有文化所极需作品”，而华北文坛因李韵如的《三年》和朱炳荪的《晦明》才有所点缀。“《晦明》中主要人物有三个：凌昭，杜若，展子纯。凌昭可以说是个典型的忠实丈夫，展子纯是玩弄女性的风流浪子，杜若像是作者自况。”“这是个划时代的伟大作品。怎么说划时代呢？在‘七七事变’以前，所有的中国文艺，大半偏重西洋思想的个人主义，以东方思想的家族主义作为作品主题的，漫说是事变前，事变后这也是初次发见，所以说它是划时代的作品，《晦明》当之决毫无愧色。”“这篇创作一共十二章，前六章专在表现‘孝’，后六章在提倡‘贞’，用这两种概念来维护家族主义。虽然孝与贞为东方道德所固有，旧文艺也往往以阐述它们为主题，然而一个是教训，一个是描绘，因为它们的方法论不同，收效的程度自然有了差异。所以这部书无论于思想或技巧任何一方面讲，都是值得向读者推荐的。”

按：本文即是陈逸飞文的扩展版。陈醉蓼当与陈逸飞为同一人。

11月 **欧阳山的《战果》由重庆生活书店初版，1—1000册。**

梗概：丁泰是个十三岁的小孩，由于家教缺失，手脚不干净，他成为泥螺村人人鄙视、人人提防的人，人们甚至直截了当地叫他“小贼丁泰”。一天，

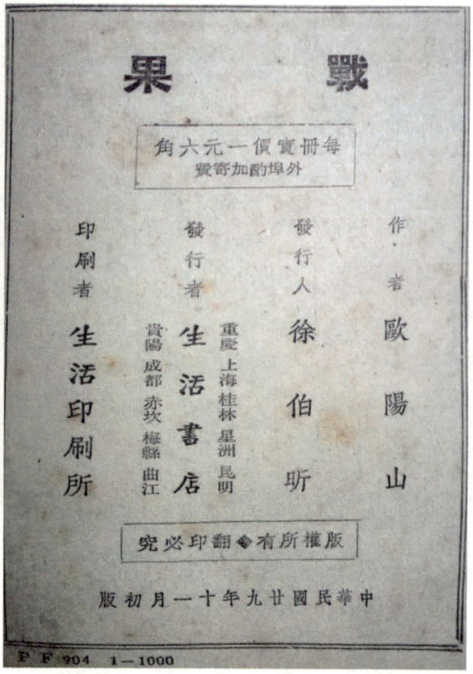

戰果

每冊實價一元六角
外埠酌加寄費

作者 歐陽山
發行人 徐伯昕
發行者 生活書店 重慶 上海 桂林 星洲 昆明 貴陽 成都 赤坎 梅縣 曲江
印刷者 生活印刷所

版權所有◆翻印必究

中華民國廿九年十一月初版

P F 904 1—1000

丁东干将抢来的巨钞交丁泰保管，父亲丁二见状抢了一张，结果被团丁在村口搜出，导致丁东干被捕。总队说只要交出五百元钱就可以释放，但钱被另外两个团丁抢走，丁东干母亲找丁泰时就没有要到钱。因无钱赎回，丁东干被枪毙，丁嫂也投河自尽。得钱的团丁因被丁泰供出，只得上交赃款，于是再次见到丁泰时将他打了个半死。学校的吴老师见丁泰被学校开除后不再读书，就劝他继续读书，他却说自己要去外地当兵。这天，抗日宣传队来村宣传，丁泰趁机偷了一块怀表，家里人非常高兴。他趁父亲不在时，向母亲要了怀表出去玩。村里一户人家丢了小牛，见他出来便怀疑是他偷的，就追打他，丁泰躲过后却在宣传队前面被一块石头绊倒，表掉了出来，宣传队的人就将他绑了起来。不久，小姑娘王嘉又松开他，大家给他讲道理。丁泰见别人不打他，反而对他好，便发誓不再偷东西。这时，宣传员范沙和小姑娘王嘉给他讲爱国的道理，他也想跟随他们到广州去。

村里发起了献金活动，丁泰也要献金，但妈妈把钱用了，他就以知道九斤村长的隐私为名诈村长一元钱，但又被村长夺回，他决定离开村里。在码头，遇到一个商人挑着行李并问他看到一个年轻女子没有，丁泰说没有，商人就让他帮助挑行李上船，上船后便去找失踪的老婆。丁泰见商人不在，又看箱子没锁，里面有许多钱，就偷了一些。到广州后，他无目的地乱转。一天，他偶然遇到了村里的丁六叔，知道妈妈也到了广州，非常高兴。丁泰找到了一份擦鞋的工作。这时，丁泰得知哥哥阵亡，便发誓要报仇，他找不到凶手就认定日本人是凶手。八一三事件后，广州再次掀起献金热潮，丁泰热心地捐出了自己六十多元的劳动所得，被范沙当众表扬，又被王嘉称作英雄，他十分激动，流出泪来，感叹道："一直到现在，你们才认我是英雄！"日本飞机来轰炸，缺乏防空知识的丁泰在救东干母亲时负伤。送到医院后，他说："我对得起哥哥、范沙、东干叔了！我对得起中国了。"随后死去。

按：这是欧阳山从"罗西时代"向大众化转变的过渡性作品。小说名为"战果"，意在表明日本人侵犯中国的战果就是：激起了全中国人民的反抗和仇恨，全国人民都知道日本鬼子是中国最大的敌人，我们要同仇敌忾，保家卫国。这一朴素的道理，就连曾经是小偷、被人视为无可救药没有生命价值的人都明白。小贼丁泰的觉醒与转变，献金直至献身，就证明了这一点。它再一次说明，在中国，每一个中国人都是一个特例，什么事情都有可能发生。这是日本人的"战果"，也是中国人的"战果"。小说选材新颖，构思别具一格。但作品过于富有传奇色彩，人物的转变有些简单，前半部分尚有生活实感，后半部分则多凭主观想象，描写也有些冗长，不够集中，人物语言的个性化也不够。

11月 巴金的《爱情的三部曲》由上海开明书店印行第五版。

11月 艾芜的《春天》由上海良友复兴图书印刷公司印行改排本第一版。

11月 李劼人的《大波》（上、中、下）由上海中华书局印行第三版。

11月 萧军的《第三代》（第一部）由上海文化生活出版社印行第四版。

11月 茅盾的《蚀》由桂林开明书店印行桂一版。

11月 茅盾的《蚀》由上海开明书店印行普及本第五版。

12月1日 白村在《新生半月刊》（汉口版）第2卷第23期发表《享有文坛盛誉的茅盾》一文，认为，只有茅盾描写学生生活，能以社会复杂的因果和学校的关系紧密地联系起来，其他作家未能达到。他的小说很沉着，读来有严肃感。

12月19日 《新华日报》报道《文协鼓励创作选奖小说两部》：“全国文艺界抗敌协会，前受贵阳《中央日报》、宜昌《武汉日报》之托，征求评选抗战长篇小说，兹已评选完毕，计共收到原稿十九部，无一部中选者，原稿已一律退回，奖金仍由贵阳《中央日报》保管。惟有三部被选列为上等，除其中一部已早由作者出版外，其余S.M.[1]之《南京》，陈瘦竹之《春雷》两稿，由该会各赠四百元，以资鼓励。”

12月21日 《大公报》（香港版）刊载出版消息《〈火〉》，称：“著者创作，早已博得一般读者之同情与赞叹，认为不可多得之杰作。本书为其最近的一部精心著述，文字之生动，内容之激烈，堪称精美绝伦，实为巴金历年来的第一部代表作。”

12月 **巴金的《火》（第一部）由上海开明书店初版。**

梗概：八一三事变后，富家小姐冯文淑不顾家人反对，执意到医院做看护。在路上，她遇到了以卖报来募捐和宣传抗战的朋友刘波，于是刘波送文淑去医院。其间，日军不断地投弹轰炸，这令刘波愤慨不已，也激起了文淑的民族情怀。在医院，文淑和同伴朱素贞一起耐心地照料伤兵，文淑常为他们的生存境遇而痛心。某天，文淑在医院遇到作家朋友曾明远，明远邀请文淑加入了青年救亡团。在青年救亡团中，文淑结识了女青年周欣，两人一起负责宣传工作，然而她们并不满足现状，渴望到前线。而刘波则暗中协助永言、子成、鸣盛、老九等几个朝鲜特务人员开展秘密活动。驻守上海的中国军队在抗战中节节败退，战火燃起了刘明及无数同胞的悲愤与爱国热情。刘明在同文淑和素贞的相处中，与朱素贞产生了爱情。之后，文淑与周欣加入了曾明远组织的战地工作团，离开了上海。朱素贞依依不舍地告别刘明，随医院到安徽，而刘明则为了工作留在上海。不久，中国军队退出上海，上海沦陷，一时哀鸿遍野。刘波参与了永

[1] S.M. 即阿垅，《南京》一书直到1987年12月由人民文学出版社更名为《南京血祭》才首次问世，2005年8月又由宁夏人民出版社出版。

民國廿九年十二月初版發行

上海實價國幣八角
內地實價國幣一元二角
（另加郵匯費）

"火"
第一部

有著作權不准翻印

著者 巴金
發行者 章錫琛 上海福州路開明書店
印刷者 開明書店

總發行所 上海福州路二六八 電報掛號七〇五四 開明書店

分發行所 昆明武成路 貴陽獅子 重慶保安路 衡陽司前街 桂林環湖北路 金華文昌巷 成都陝西街 開明書店分店

（桂130p.）

言和子成他们的暗杀计划，永言暗杀成功，子成中弹身亡，而刘波则安全出逃。朱素贞请求刘波离开上海，但他最后决心留下来继续抗日工作。

12月 高咏的《随粮代征》由上海文化生活出版社初版（文学丛刊第六集）。

梗概：十六岁的大望和安妞都是西北乡槐树埝人，二人自幼被定下娃娃亲，两小无猜。这年自谷子种下以后，西北乡一个月未下雨，这可愁坏了西北乡的农民们。大望的外公从东南乡来，带来了新县长要施行“随粮代征”的消息。原来，东南乡和西北乡虽同属未阳县，但东南乡人多，土地皆肥沃平原，而西北乡人少，多贫乏山地，即便是雨水，也是东南乡多、西北乡少，但是，两乡却要交相同的田赋。如若施行“随粮代征”，则根据田地和粮食交赋，这对西北乡的农民们来说无疑是好事一桩。东南乡的土地，半数的田产属于富绅赵曲周，即将施行“随粮代征”的消息让他焦躁万分。在三弟媳的推荐下，他派小学校长张毅三向县长王开基行贿，却被县长拒绝。在县教育局工作的齐先生也回到槐树埝向大家确认了这个消息，农民们都处在兴奋中。

新政颁行当天，两乡的农民们因天气大旱纷纷抬出了各村神像到城里北岳

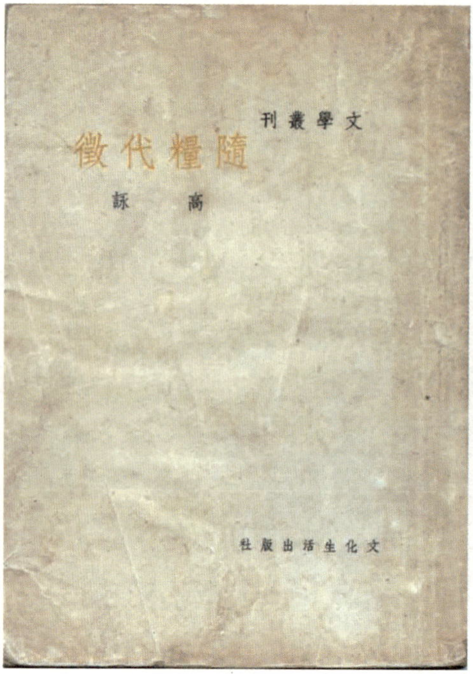

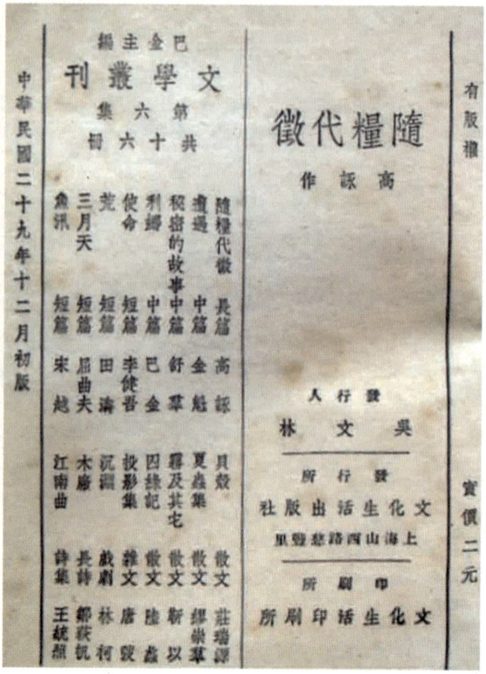
巴金主編
文學叢刊
第六集
共十六冊

隨糧代徵	長篇	高詠	貝殼	散文	莊瑞源
遭遇	中篇	金魁	夏蟲集	散文	繆崇羣
秘密的故事	中篇	舒羣	霧及其它	散文	靳以
利娜	中篇	巴金	囚綠記	散文	陸蠡
使命	短篇	李健吾	投影集	雜文	唐弢
荒	短篇	田濤	沉淵	戲劇	林柯
三月天	短篇	屈曲夫	木廠	長詩	鄒荻帆
魚汛	短篇	宋樾	江南曲	詩集	王統照

中華民國二十九年十二月初版

隨糧代徵

高詠作

發行人 吳文林

發行所 文化生活出版社 上海山西路慈豐里

印刷所 文化生活印刷所

有版權

實價二元

庙求雨，赵曲周和张毅三以及高团练合谋要借助百姓的力量阻止政策的实施。他派赵五找来了西北乡的领袖九老爹，骗九老爹说要把神像抬到县政府门口请县长参与求雨，实际上却派人与县长交涉，要求他不要实施“随粮代征”。被县长拒绝后，他们又骗百姓说县长不参与求雨，百姓纷纷请求县长收回成命。县长想要为民谋利却得不到百姓支持，痛心疾首并离开了耒阳县，高团练做了代县长。次日，九老爹得知自己被骗，羞怒之下跳井自杀，安妞爸和王大叔愤怒之下提刀去找赵曲周，不幸被捕，安妞爸一人承担了所有罪责，被判刑九个月。安妞妈为凑赎金，卖了家中的两亩田和小骡。秋收时候，东南乡丰收，农民们被赵曲周的弟弟赵燕州要求再加收三成的丰年租，林老头为此卖了女儿阿英，阿英的未婚夫小石头跳河自杀。西北乡却是荒年，赵五做了西北乡的田赋征收员，王大叔交不起田赋，偷阿金家的骡子被发现，安妞爸把自家的骡子送给了王大叔。赵五来收田赋时，安妞爸和大望爸打了他，为此，他们又被关进了监牢。安妞妈把安妞卖了，才把二人赎出，大望为此一病不起。出狱后，安妞爸和大望爸决定再去杀赵曲周。

按：这是高咏（1917—1942）唯一的一部长篇小说。“随粮代征”的原意是依农田产粮的多少来决定征税的数目，但在实际操作过程中却走了样。小说通过写大望和安妞被摧毁的爱情、被破坏的家庭，形象地描写出了地主乡绅及其爪牙对于普通农民的压榨和迫害，以及农民挣扎反抗却又不能改变命运的无奈现实。东南乡租种地主土地的林老头在丰年里却被迫卖女儿，自家有地的西北乡百姓在灾荒中无力交田赋，也只得去偷盗卖女，在地主乡绅与官员的勾结下，农民们只能任其侮辱损害，安妞爸一次又一次的反抗换来的只是更惨重的现实。安妞爸是全书中塑造得最为成功的一个角色，在他身上汇聚了梁山好汉一般的特征，冲动、豪迈、义气，却不计后果，鲜少顾及对于家庭的责任。他把豪迈大气给了乡民，却把生活的苦重留给了默默忍受的妻子，这样的形象也是中国众多传统男性的特质。小说对于县长王开基的转折写得极为突兀。在小说的前半部，作者致力于突出他的清廉有为，但恰恰是这样的一位有为的官员，却在与乡民产生误会后仓皇而走，留下一个无人主政的耒阳县被乡绅恶霸操纵，有些不够合理。全书篇幅虽长，但却结构严谨，情节进展不疾不徐，在把握乡村生活上，无论是展现农民们的劳作、生活，还是乡绅及其爪牙的罪恶，都极其具有生活实感。可惜作者英年离世。

12 月 不里的《新人》被国民党以“触犯审查标准”为由查禁。

12 月 谢冰莹的《女兵十年》易名《女叛徒》（汉英对照）由桂林民光书局初版。

12 月 超超的《小雪》由上海亚东图书馆印行第十版。

12 月 老舍的《赵子曰》由上海商务印书馆印行国难后第五版。

12 月 洪灵菲的《转变》由上海亚东图书馆印行第七版。

1941 年

1月1日 汪滟在《华文·大阪每日》第 6 卷第 1 期发表《读〈路〉后——对作者的一点感言》一文，认为，作者“赤裸裸将人生的痛苦社会的畸形表露出来，使人目睹心酸，写出来是那样的紧张，一些不显出来平凡与俗气，这点可以说是作者在写作上的成功”。

1月1日 《抗战文艺》第 7 卷第 1 期始刊吴组缃的《鸭嘴涝》上篇，至 3 月 20 日第 2—3 期合刊毕。

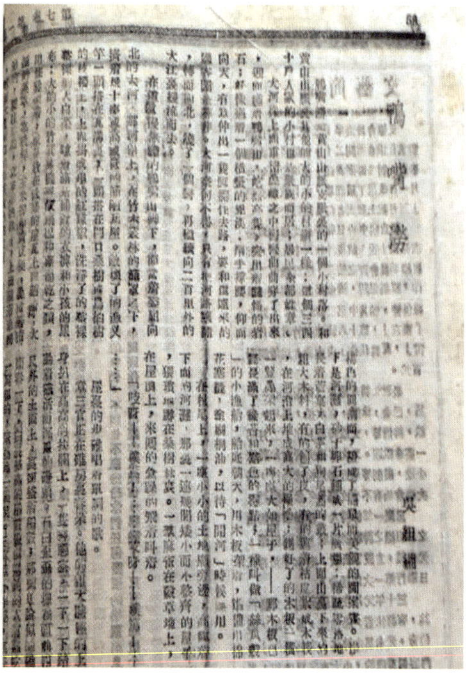
鴨嘴澇
吳組緗

1月20日 夏侯子琳在《中学生活》第 3 卷第 8 期发表《从〈骆驼祥子〉说

起——小说的介绍》一文，认为《骆驼祥子》是一部表现个人主义失败的小说，是一部好书。

1月24日 巴金在《剧艺》发表《关于〈家〉》一文，就吴天改编的《家》剧本写道："《家》并不就是真实的故事，作者也不是里面的一个人物。但是那环境，那些人，那些事，应该是我很熟习的。我写《家》，如同在做梦，或者如同在生活，我在经历带着种种滋味的日子，任我的心受煎熬。""我说，我要出来为这一代的青年复仇，为他们的不必要的牺牲叫冤。其实不只这样，我写《家》写《春》写《秋》，我是在进行一个长期的心的斗争，一个艰苦的挣扎，我努力摔脱那些阴影，那些重压。写完《秋》我完成了《家》的三部曲，居然把压了我十八年的心的重担摔掉了。我把过去的一切全埋在一个更深的坟墓里，我觉得我真的成了一个自由的人。""《家》自然不是成功的作品。这只是一群年青人的挣扎的纪录，这所谓挣扎其实也是一场决死的苦斗，因为这苦斗的结果，给那些青年发见一条路，带来一线光明，所以我还敢把这纪录介绍给现代青年——那些纯洁的年青的心灵，他们永远连系着我的心，许我在这里祝福他们。"

1月　萧红的《马伯乐》由重庆大时代书局初版。

梗概：马伯乐生在青岛一个有钱且信奉基督教的家庭里。他父亲崇洋媚外，而他与父亲相反，认为外国人没什么好东西。即便如此，胆小的他遇到外国人时，依旧毕恭毕敬，但对中国人却时常破口大骂。他不满中国人所作的吞吞吐吐、不紧张的小说，认为作家要领导抗日，并且幻想着自己所写的抗日小说是推动历史巨轮之作。他从街上买了稿纸决心动笔开始写，但至第七天依旧一字没有。他又买了几本世界名著，想通过抄袭来作文，但最终却不了了之，于是他计划着去上海开书店。不久，马伯乐带着父亲赞助他的钱在上海开了一家书店，但他却无心经营，沉迷于吃喝玩乐，还结交了一群狐朋狗友。巨大的花销让他大吃一惊，无奈之下，马伯乐决定节省开支，出租余屋。由于对门也挂了书店的牌子，马伯乐的书店一书未售，就关了门。他灰头土脸地回到家，家里人得知情况后对他极为冷淡。卢沟桥事件一发生，马伯乐就连忙从青岛跑到上海。这里没有一丝战争的混乱，人们还争前恐后地买卖航空券以此发财。马伯乐逃难

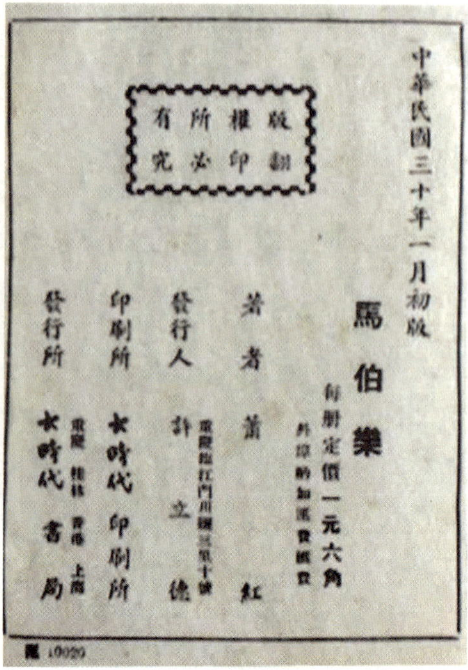

的钱快花完了，他没想到日本人打中国打得这样的慢。一个月后，八一三事变爆发，法租界的医院里住满了伤兵，而马伯乐一心想着自己该逃往何方。两个月后，太太带着孩子来到了上海，两人为逃往汉口还是西安发生争执。没钱的马伯乐疑惑太太为何丝毫不提及钱的事情，甚至之后连逃往西安的话也不再提了，这使得没有安全感的他越发害怕，一直哭到深夜。太太怎么问，他也不回答，直到太太提到钱时，他才一扫阴霾，全身颤抖起来。最终，太太把存折扔给马伯乐，两人决定离开上海。

按：这是萧红（1911—1942）一部未完结的长篇小说，讲述了胆小、虚荣、耽于享乐、把钱看得无比重要的马伯乐在逃难之际，迫于生存压力，作出种种啼笑皆非的行为的故事，反映了战时语境与个人日常生活的关系。战争的到来让马伯乐的太太来到上海，一缓他经济上的拮据，民族的灾难竟为个人摆脱现实困境提供了契机。而“现代”“民族”等正面的、宏大的词语被马伯乐轻易地挪用，实际上不过是为自己的私欲做辩护，亦消解于他闹剧式的行为之中，在幽默讽刺之外，又极显深刻，有别于主流的抗战文艺叙述。不过，小说结构散乱，絮絮叨叨如话家常，虽充斥着生活感，却也冲淡了讽刺的精悍之气，略显可惜。

1月 程造之的《地下》由香港海燕书店再版。

1月 曾朴的《鲁男子》由上海真美善书店初版。

1月 巴金的《新生》由上海开明书店印行第十一版。

2月1日 陈骥彤在《国民杂志》第2期发表《张资平与他的小说》一文，认为，张资平的小说格调不高，他的题材不是反映时代，反映社会，反而是迎合一般青年的意识，而且永远是以恋爱故事为依归定的浮浅的、肉欲的冲动，这就从根本上决定了其题材价值上少了声色。“何况在他的作品中，崭新的人物是没有的，可效法的人物也是没有的，他的作品中的人物‘最主要的根性便是自利，当他们到了性欲高涨的时候，那些人们看着不过只是些具有人体的下等兽类而已。所以在他们之间没有爱，只有性欲’。”“为了更贯彻这种青年人的需要，他乃尽力的去用无个性的文笔，易解的布局去挑逗在苦闷里的青年的‘切身问题’，他利用这种迫切的机会，给上述人以暂时的满足。肉欲的描写多过背景的暴露，于是创作的‘初衷’（假设张资平的小说里也有的话）便被一笔抹杀了，作品里只剩些浮浅的刺人描写在青年人脑中跳动。事实的结果，自然是获得到了大批的观众，也赢得一时热烈的喝彩。”“他滥用了作品的题材，且广泛的‘制造’出大批作品，他的声誉与地位竟与出书的数量造成反比！”他的特点是：“第一，在他的作风方面，自始就保持着自然的风度，文笔下他不忧郁，也不颓废，只用改了面目的通俗笔法，极平易的写着故事的过程，他笔下没有艺术，字里也缺少情感，一篇的中心意思是靠着他所能用的字来说明的。”“其次，是他在三分之二的多角恋爱故事中，澈底的打破了‘恋爱的阶级观念’观。”“第三，在描写方面，他对于两性恋爱期间的心理上的变幻，真可以说是‘无微不至’。他利用科学的方法时时的在解剖两性在走上恋爱的路途上（或春期发动期）中所发生的各种现象和情势，但描写一入他手下，句子与结构便变成粗俗与浮浅，他在新文艺上永远是个‘海派’——近似‘礼拜六派’的一位对男女关系报着最‘忠实’态度的作者。他足称得起是位文学史上的一位小说家，但却与‘文艺’不发生关系。”

2月1日 陈异在《中国文艺》第3卷第6期发表《萧乾论》一文，认为，《梦之谷》虽是作者的第一部长篇小说，“就给创作小说史上留下一个不平凡的印痕。”“在风格方面是较《道旁》的忧郁气更加浓厚起来……《道旁》一篇，完全是‘散文散步’下的一个忧郁与奋斗的综合产物，而这种奋斗是极广泛的，它包括人间一切丑恶与美好，真理与狡诈，理想与事实，希望与幻灭……不相容的两种对立，但《梦之谷》里的前半部（页一至五七）几乎完（全）是在写散文，看不见，嗅不着一些小说上应有的各种气息，这不但是‘散文散步’，且是哲学与人生与文笔的共同散步了，但这里，我们可以听到一个被‘放逐’人的呻吟，失意人的彷徨，浪游者的徉徜，逗留在天与地间者的无聊——一个把意志交给了‘宿命’与‘前途’的夜游者。”

2月1日 袁尘影在《读书通讯》第19期发表《评〈双尾蝎〉》一文，认为，1. 故事的结构无懈可击；2. 小说最大的成功之处在于能抓住读者的心弦，吸引读者一气读完；3. 精神饱满，一气呵成，语言生动活泼；4. 由于缺少心灵意象的描写，作者所写出来的人物便是一些浮雕，缺乏典型人物的性格；5. 由于受旧小说的影响，结构有点演义式，缺少深刻的解剖；6. 受西洋文学的影响，文字有些欧化，甚至令人看不懂。

按：此文又刊于《塞风》第13—14期合刊。

2月1日 萧红的《马伯乐》始刊于《时代批评》第3卷第64期，至11月1日第4卷第82期（未完）。

2月10日 王鲜园在《时代精神》第3卷第5期发表《读过了〈双尾蝎〉之后》一文，认为：“统观全书：在文艺作家生活流离状况下，能有此巨制产生，实属不易，值得钦佩。而于表现时代精神及描述个性等方面，亦均有熟练的技巧，诚不失为有价值之著作。”但全书亦有一些值得商酌之处：第一，“以著作身分所说的话太多”；第二，“书中所引西文，尚可再减，最好不引用，以免不谙西文的读者发生厌倦”；第三，“在印刷方面如春申大学校长之名片，伪满组织系统表，就全书看来，无照式排印必要”。

2月10日 《文艺阵地》第6卷第2期刊载《战果》的广告：“这是叙述一

个生长在中国乡村的穷苦小孩子，怎样经过生活的鞭策，怎样在民族解放战争中，逐渐接受了新的知识，于是便从一个‘坏孩子’变成一个好男儿，直接参加了神圣抗战，并且贡献了自己的鲜血的故事，从这一个情节曲折，刻划深刻的故事中，可以看到在这一次神圣的民族解放战争中，将要结成多么丰富的果实。这是作者最近的一部精心伟构。”

2月10日 《文艺阵地》第6卷第2期刊发的《编后记》写道：“这一期我们刊登了一篇《刘明的苦闷》，这是长篇中的一段，拿它先来独立发表，也还看得，所以就这么办了。这个长篇约有十万字，主人公就是刘明，一个没有读完大学而在北平一家报馆当过编辑的青年，在抗战后由北平到武汉，住在他表哥（中学校长）家里，打不定主意该怎么办；继续进大学，是一条路，参加抗战工作，又是一条路，对于前者，他没有多大兴趣，对于后者，他又颇多顾虑，但踌躇之后，终于为了一时负气，通过一个朋友的关系，参加了一个战地服务的文化团体。本期所登载的一段，是参加了战地服务团体以后的刘明又发生苦闷，决定脱离而回到后方。”“刘明代表抗战时期知识份子的一种典型。过去的生活，使他成为一个多思虑，小动作，神经质，容易负气的一个人；但并不是没有优点，有所不为，相当负气，没有个人的野心，没有养尊处优的习惯，这都是难得的。如果环境好，能够把他组织到抗战工作中，那他绝不是没有用处的一个人。作者用细腻的手法，描写刘明这人物的性格，及其苦闷的原因，颇见匠心。”“《刘明的苦闷》全书，将来要出单行本。这次先登了一段，算是给读者先见一见面，把臂长谈，且待以后。”“我们打算每期都登载这篇长篇中的一段，如果有这可能。”

2月15日 无咎（巴人）在《奔流》文艺丛刊第2辑《阔》发表《略论巴金〈家〉的三部曲》一文，认为：“巴金把这世界划分为两个壁垒。这边是旧的，那边是新的。对立着。形而上学的绝对地对立着。巴金告诉每一个读者，毁弃那旧的，迈向那新的。这里没有优容，没有徘徊，绝不妥协。然而旧和新之间，没有连续，也没有嬗递与关联。他给予人以非常大的勇气，但没有给予人以必要的坚毅。同样，巴金在人物的塑铸上，给予新的一种定型，给予旧的一种定型，给予不新不旧的，又是一种定型。这定型，机械地被描写着，形而上学地给对立着。但也因为这缘故，到两者对抗的最后，巴金就拿出人类爱，给相互宽恕起来，统一了。‘就在电椅上，他还是愿意宽恕那烧死他的人。’（《灭亡·序》）于是巴金自己缴了自己的械。这是巴金的精神，也正是巴金用以描写这世界，充实这世界，创造这世界的。”但他也认为，“巴金虽然把握了中国家族的崩溃是中国旧社会崩溃的核心，可是他没有更深入的掘发，使这小说的发展，没有可能成为最高真实的反映。”原因是：“第一，巴金在《家》三部曲里，把中国家庭的崩溃，是仅仅放在礼教传统和新思想的争斗下崩溃的。他没有在那里描出由于国际资本主义的侵入，因而摧毁了中国的封建经济基础，使家族制度崩溃的画面。”“第二，和家庭生活对置的社会生活，巴金在《家》里，有演剧，办报，攻击礼教和军阀的混战。但在《春》和《秋》里，也还是演剧，办报，开会——贯彻以无政府主义运动的侧面的展开。这里丝毫没有中国社会中工人运动兴起的影子和人民革命势力扩大的政治活动的写照。也许因为我们不很明白这一时期里中国无政府主义的运动，但艺术家所要从事的，不仅在于为自己所信仰的主义作宣传，而应该是忠实于历史的真实。”“由于巴金对家庭崩溃底理解的片面性，和对社会情势发展的把握底理想性，因而使巴金仅仅能在《家》三部曲里写出些两个时代的冲突的外形，和新旧人物不同的风貌，却没有典型的情势和典型的性格。”因此，“如其让我们说，《家》是更多些浪漫主义的激情，那么《春》和《秋》，则更多些自然主义的琐碎与详细情节之真实性。”他还认为，“《家》三部曲在主题的把握上，显出不够有全面性和现实性……但也因为这缘故，再通过他从观念论出发的现象学的创作方法，使在《家》三部曲里所描写的新旧两方面人物，都非常的单纯化……他们全都是‘类型’，而不是‘典型’。或者说，只包含有可成为典型的若干因素，而没有使这典型个性化。不论新旧两方面，有如何不同的面目，但巴金是只把他们代表一种势力，作为一种思想体系而存在着，没有把他们代表一种势力，作为一种思想体系而在各别不同的形象下面活动起来。”“在《家》三部曲里，不论在新旧人物，巴金都没有做到那种艺术概括的地步。他用的方法，都是粗线条的勾划，平面的叙述，没有综合的立体的描写。所以他在另一场合上，又把旧派人物分开来写。

只显出绝对的不同，没有写出同中有异，异中有同的那典型的各个侧面。”“从作品的风格上说，《家》与《春》与《秋》，其间有显然的不同。按照时间来说：《家》和《春》相隔六年，《春》和《秋》相隔仅二年。是不是时间使这风格有所变换呢？还是有别的原因，我们不知道。在大体上讲，巴金作品的风格，不是现实主义的。读他的作品时，仿佛有一个热情的传教师，站在讲台上，作激越的讲演。那传教师没有理化教师那种冷静，但他搬出一付付标本，用教鞭指着它，一边说明它，一边热情地批评它。以这而吸引了每一个听众。”他还认为，“《家》三部曲中，那种说明多于叙述，叙述多于描写的表现方法，是减少巴金作品之艺术的形象性的。”“最后，通过巴金的《家》三部曲，还可看到他对人性美的形而上学的赞颂。将一切罪恶，全都归结于制度，而宽恕了个人。”

2月 巴金的《春》由上海开明书店印行第十版。

2月 巴金的《火》（第一部）由上海开明书店印行香港版第一版。

2月 萧乾的《梦之谷》由上海文化生活出版社印行第三版。

2月 巴金的《灭亡》由上海开明书店印行第十四版。

3月1日 非人在《联声》第3卷第7—8期合刊发表《关于〈家〉》一文，认为：“封建的大家庭，表面所显出的往往是完满和美好，可是完满美好的后面，所隐藏的尽是苦恼的阴影。表面所看到的是团聚，融洽，以及所谓四世同堂，几世同堂等等，可是实际上是相互间的猜忌，不断的明争暗斗，这封建的大家庭，它不知阻碍了多少人的上进，断送了多少人的青春和前程，又不知伤害了多少无辜的青年，谁也意想得到，一个大家庭中，所包含的，是如许的辛酸和眼泪，是这么许多明枪暗箭的伤害。”对于觉新的悲剧，应该是我们要警戒的。

3月1日 金葳在《联声》第3卷第7—8期合刊发表《琴好不好？鸣凤呢……——夏霞访问记》一文，夏霞认为，琴并不见得好，不能做女孩子的模范，鸣凤很可怜，她没有路可走。

按：《联声》所刊的这一辑有关《家》的文章，是就话剧《家》而谈。夏霞为话剧《家》中琴的扮演者。

3月1日 柳央在《联声》第3卷第7—8期合刊发表《〈家〉我的感想》一文，

认为："首先以《家》本身来讲，毫无疑问的，我觉得大体说来这是一本成功的著作，第一，它反映了旧式大家庭专制与黑暗，这种家庭对于前一代的人固然有一种紫禁城的妙用，然而对于现代青年，却成了厉害的桎梏，只要看看觉慧的话就可以懂得。第二，它反映出来在旧式家庭中，一切'前一代'的生活是怎样的腐败与堕落……第三，它反映出令人愤恨的和平主义者觉新的人格，但却事实上做了封建势力的帮凶……第四，它反映出新势力在旧势力的压迫下，如何的挣扎反抗。"而因为这四个方面现在仍然很普遍，所以能引起很多人的共鸣。那么，我们从《家》可以得到些什么教训呢？"第一，它告诉我们对家庭的态度（不管大家庭或小家庭）应该抱定自己宗旨。看清这是什么样的家庭，不放弃自己应该得到的幸福。""第二，它告诉我们要敢说，敢骂，敢做，不管他是亲戚或朋友，只要意见对绝不屈服，而且要大胆的反抗。"

3月1日 萧荣炜在《联声》第3卷第7—8期合刊发表《为什么有人看了〈家〉要哭》一文，认为："《家》是一个不平凡的悲剧，因为它显露了在中国数千年历史的封建制度，这不是一个少数人的悲剧，这是一个代表着整个社会的大悲剧。""那些人为了《家》流着同情的眼泪；他们同情在封建势力下失去了自由和幸福的人，他们同情着无数在封建势力下的牺牲者，同时，他们为了不合理的制度的存在而愤怒。""许多人是哭了。因为当他们或她们看完《家》后，发觉自己正遭遇着《家》中人物同样的命运。""看了《家》哭的人们，当我们把我们眼泪抹干的时候，让我们起来每人尽一份力量，把那残余的封建思想扫除一清吧！"

3月1日 垠川在《联声》第3卷第7—8期合刊发表《巴金和〈家〉里的三男角》一文，认为，觉新虽然软弱，觉民却是个糊涂虫，而觉慧只有愤怒，缺少健全的行动。"《家》的成绩是不可讳言的，但巴金先生却不是一位成功的作家，他并没跟着时代向前走，在《春》里，在《秋》里，淑英和觉民转变了，但他们没有比觉慧更好，还始终停留在觉慧的水准上，这是决不能满足现在青年们的要求，我们不仅是忿怒的叫喊，还要切切实实的干……所以有人看了他的小说，更感到苦闷，而不能解除，因为他的小说里，没有路！"

3 月 1 日　张诚在《联声》第 3 卷第 7—8 期合刊发表《看了〈家〉后》一文，认为：“罪恶不是我们造成的，但铲除它的责任却在我们身上！根本这社会不改变，家庭是没有出路的，什么地方都是一样，谁也不该逃避！”

3 月 16 日　**小松的《北归》由长春艺文志事务会初版（艺文志丛书第一辑）。**

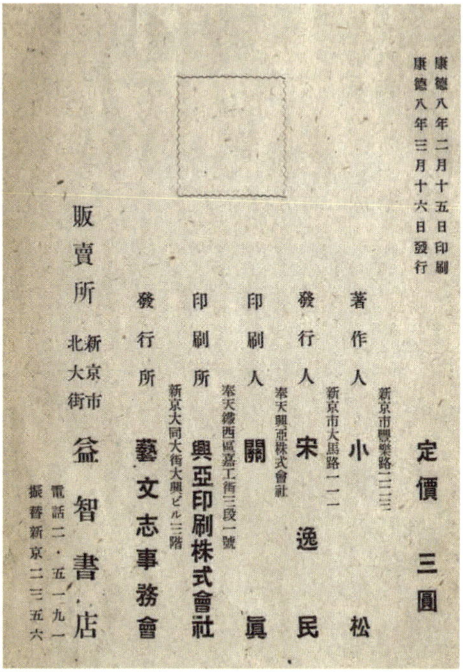

康德八年二月十五日印刷
康德八年三月十六日發行

定價　三圓

著作人　小松　新京市豐樂路二二三
發行人　宋逸民　新京市大馬路一一一
印刷人　關眞　奉天興亞株式會社
印刷所　興亞印刷株式會社　奉天鐵西區嘉工街三段一號
發行所　藝文志事務會　新京大同大街大興ビル三階
販賣所　新京市北大街　益智書店　電話二・五一九一　振替新京二三五六

梗概：清末刘家屯堡刘家有兄弟二人，弟弟刘二卖地买了个营长，成为刘营长；兄长刘大爷眼看家境要败落，就让儿子刘振邦出去读书。与刘营长整天混在一起的有杨参谋长、苏司令、王团长。刘营长有三个儿子，大儿子是原配夫人生的，刘营长将他送给杨参谋长，杨参谋长将孩子改名为杨经业。二儿子被苏司令认作干儿子，改名苏春阳，苏春阳的儿子叫苏集生，女儿叫苏曼。

时间到了 1910 年，老一辈早已故去，杨经业已在南方一个叫曹港的港埠成为企业家，刘振邦也来到曹港成为有名的工程师。这年夏日的一天，刘振邦的元配夫人王氏带着孩子刘群与弟弟王林一起从北方山东到曹港来找丈夫。曹港正闹工潮，刘振邦见状只好带着妻子、小舅子及儿子去宁桥，妾杨小蝶回了娘家。杨小蝶是杨经业的二女儿，刘、杨因经济关系而联姻，又因权力问题而对立。后来刘振邦收养了一个童养媳叫小云。杨经业有两个儿子，大儿子杨基，杨基有一儿一女，儿叫杨大光，女叫莎丽；小儿子杨明，妻子叫紫姗。炮兵上校王仲谋，妻子叫杨菲，是杨经业的妹妹，儿子叫王权。刘振邦知道这次工潮是杨经业鼓动的，目的是让他垮台。他不愿回曹港与杨经业争霸，就在宁桥做自己的工程，还让杨小蝶也回到宁桥。杨经业很伤感，因为杨基把他的计划告诉了梁伟，梁伟又告诉了刘振邦，结果刘振邦又回到了曹港，夺走了他的工程。莎丽去外地读书，王权本想乘车去看她，但上车后又醉醺醺昏沉沉地回到了曹港。梁伟整天拉着杨小蝶进赌场，输得很多。

几年后苏集生大学毕业，回来后又与紫姗关系暧昧。不久，杨经业死了。集生又向莎丽求婚，莎丽没有立刻答应，一天夜里，集生与紫姗私奔，莎丽很伤心。王林因帮孙寡妇打了一个老人，遭到村里农民的报复，四处躲藏。杨小蝶成了妓女。杨大光因被杨小蝶陷害而上吊自杀。王权如幽灵般出没无常。杨小蝶带着小云生活。刘振邦带小群、小云离开曹港。杨小蝶在病中被梁伟害死。刘群和小云出来散步，结果刘群被伐木工人绑着扔进火海烧死，小云死在伐木工人的木房中。集生在和紫姗因莎丽发生争执时被杨明打死。不久，刘振邦在疯人院死去。莎丽生了一个女孩，与集生很像，之后与王权同居。王权后来又与另一女人生了一个男孩。大人们又死去，好像一个新的罪恶又从这两个青年人身上开始。

按: 小松为小说取名“北归”有其时代性，但他却不仅没有写出人物想要“北归”的原因，更没有写出人物“北归”后的结果与希望。作者虽借莎丽之口说道，“一想到南风，我的灵魂是痛苦的”，但杨群、小云回了北方却又死去预示着回到北方亦不是幸福之地。哪里才是真正的家呢？南方？北方？无家可归！时间不安定地流动着，人也在这几十年间不安地漂动着，由南向北，由北向南，无所依托。这或许也是作品立意的深度与附逆作家的矛盾吧。小说开头尚具有传奇性与文学性，但几节后就走样变形。情节凌乱不堪，随意而跳跃，故事突兀几无逻辑性，人物结局几无关联，文笔虽瘦硬有画面感，但形象性差，令人无法卒读。总之，作为一部长篇小说，全书缺乏贯穿中心的线索，情节如一盘散沙，故事缺乏逻辑性，形象亦缺乏典型性，当为失败之作。

3月 茅盾的《虹》由上海开明书店印行第十一版。

3月 巴金的《家》由上海开明书店印行第二十版。

3月 蒋光慈的《丽莎的哀怨》由上海新东书局再版。

3月 曾朴的《鲁男子》由上海真美善书店再版。

3月 茅盾的《子夜》由上海开明书店印行第十二版。

4月10日 《申报》刊载《惨酷的轰动》的广告："这是一部长篇含有侦探性的小说：情节曲折生动，描写细致流利，在引人入胜的时候，也使读者增进文思。现已先出上册，下册不日即出。"

4月16日 林语堂在《北战场》第2卷第2期发表《英译本〈一个女兵的自传〉的序》（澄之译），认为："事实上，她的故事变成了一个年青的女孩子和世界斗争的故事。虽然她写的是一个女兵在一九二七年的革命和这一次抗战中的经验，其实这本书更大的意义是借着个人的故事反映了大社会的转变。"

4月18日 林西在《星期评论》（重庆版）第20期发表《〈双尾蝎〉》一文，认为，小说的题材主旨不新，但结构表现出独特的风格。"最使我们感觉到的乃是那种异常亲切的'拟真'。在任何地方，作者都很细心地把实际的事物陪衬上去，大量利用耳闻目击的事物来烘托一个虚构的故事，使我们受了真实的背景的渲染，在不自觉中把这故事当作正在自己眼前开展的事情，毫不觉得自己与故事之间存着什么隔阂——这是作者聪明的妙用。"但小说的上中篇尚好，下篇潦草了，情节突兀，情调前后也不很连贯，个别情节也有明显漏洞。因上中篇大多为所"见"，故人物写得较为真实可感；后篇多为所"听"，人物模糊多变。

4月18日 竺人在《之大商学刊》第1卷第4期发表《〈子夜〉》一文，认为："《子夜》是一本以文艺体裁来描写出经济社会的具体现象的经济学书，这里面没有公式，没有定律，也没有生硬和难解的句子，而是充满着血和泪的故事，细腻的素描，经济社会的情形，他能够锻炼我们的观察力和供给我们以许多经济上的实际材料，如果各位同学，要在课外找些经济书，不使你感到苦燥的，那么茅盾的《子夜》，便是最好的一本。”

4月27日、5月6日 黄绳在《大公报》（香港版）发表《评〈战果〉》一文，认为，丁泰是可喜而又可悲的民族革命战斗所产生的最宝贵的果实。不过，作者对城市的描写，简单化了。

4月 巴金的《爱情的三部曲》由上海开明书店印行第六版。

4月 罗暟岚的《苦果》由上海世界新闻社出版。

4月 老舍的《骆驼祥子》由上海人间书屋印行第六版。

4月 谢冰莹的《女叛徒》（汉英对照）由桂林民光书局再版。

4月 巴金的《秋》由上海开明书店印行第四版。

4月 拓荒的《少女忏悔录》由上海新地书店印行订正版第四版。

5月15日 **拓荒的《少女忏悔录外集》由上海新地书店初版。**

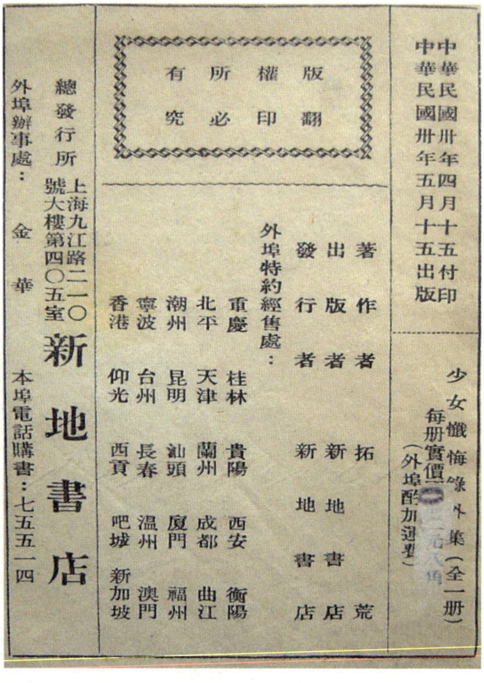
中華民國卅年四月付印
中華民國卅年五月十五出版

少女懺悔錄外集（全一冊）
每冊實價
（外埠酌加運費）

著作者 拓荒
出版者 新地書店
發行者 新地書店

外埠特約經售處：
重慶 桂林 貴陽 西安 衡陽
北平 天津 蘭州 成都 曲江
潮州 昆明 汕頭 廈門 福州
寧波 台州 長春 溫州 澳門
香港 仰光 西貢 吧城 新加坡

版權所有 翻印必究

總發行所 上海九江路二一〇號大樓第四〇五室 新地書店
外埠辦事處：金華
本埠電話購書：七五五一四

梗概：琳初中毕业后就被父亲做主嫁给了家境殷实的狄资。初入狄家的时候，狄资对琳温柔体贴。但是，婚后不久，狄资不仅吸食鸦片，还与暗娼荷香相恋。公公婆婆非但不责怪儿子，还将狄资的堕落归咎于琳，琳面临着狄家所有人的责难和排挤。在失望和痛苦中，琳与狄资的好友、虽家境清贫却颇有志气的黄士清相爱，并和狄资离婚，跟封建的父亲断绝父女关系，而后随黄士清前往上海追寻新的生活。在上海期间，黄士清在琳的族兄敏哥的帮助下找到了工作，琳此时也怀孕了，二人过着甜蜜的生活。但是，好景不长，琳的孩子出生仅四天就染病夭折，黄士清也因领导工人罢工被工厂辞退，二人面临着困境。此时，暗恋琳的杨可亭为黄士清介绍了一份远在新加坡的工作，并趁着黄士清离沪期间，对琳展开疯狂的追求。因一时情迷，琳失身于杨可亭，事后她几度想跳出这感情的漩涡而不得。无奈之下，琳邀请表姐芳姐来到上海，想借机撮合芳姐和杨可亭好让自己脱身。但计划还未成功，黄士清却忽然返沪，面临爱妻与好友的背叛，他绝望地离开了。琳在愧疚与自责中四处找寻黄士清的下落，历时数月却不得踪迹，后来才得知黄士清因煽动工人罢工被捕入狱了。琳与杨可亭等人心急如焚地四处奔走展开救援，幸得琳的好友莹的帮助，黄士清最终被轻判了一年零两个月的监禁，琳与黄士清也得以冰释前嫌。故事的最后，琳一边做着缝补的零工养活自己，一边等黄士清刑满释放。

按: 该作品由拓荒根据琳的手记整理而成，与《少女忏悔录》无关，故谓之“外集”，是一部以手记的方式记录自身经历的散文体小说。作品对琳的心理描写尤其出色，细腻地揭示了琳初恋时的欣喜快乐、离开狄资时的决绝干脆、对黄士清的由衷欣赏、与杨可亭恋爱后的愧疚不安等心路历程，成功刻画了一位受过现代教育敢于反抗封建礼教、追求真挚爱情的女青年形象。故事虽以手记的形式展开，但情节并不拖沓，以琳的情感经历为主线，旁叙狄家的败落、芳姐与杨可亭的爱情，叙事节奏匀称合度，其中偶然流露出的对底层工人的同情更是难能可贵。不过，因作品叙事全从琳的视角展开，对琳之外的狄资、黄士清、杨可亭等人的心理状况揭示不够，因而这些人物形象的塑造欠丰满，而部分情节，比如狄资堕落、杨可亭疯狂爱上琳则因缺乏铺垫而略显突兀。

5月17日 茅盾的《腐蚀》始刊于《大众生活》（香港版）新1号，至9月

27日新20号毕。

5月30日 萧红的《呼兰河传》由桂林上海杂志公司初版（每月文库二辑之六），2000册。

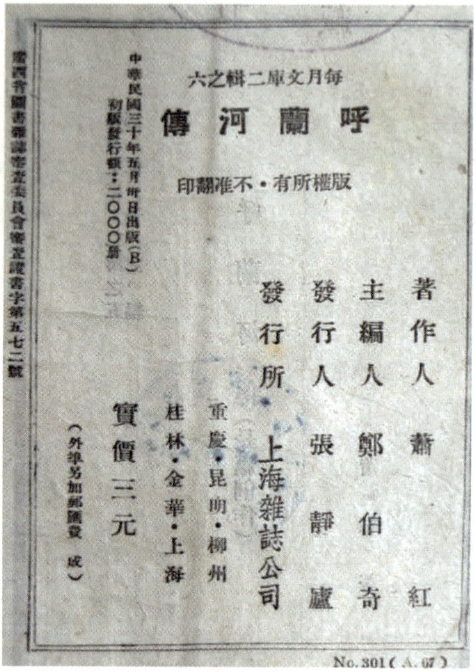
每月文庫二輯之六
呼蘭河傳
版權所有・不准翻印
著作人 蕭紅
主編人 鄭伯奇
發行人 張靜廬
發行所 上海雜誌公司
重慶・昆明・柳州
桂林・金華・上海
實價三元
（外埠另加郵匯費 成）
中華民國三十年五月卅日出版（B）
初版發行額：二〇〇〇册
廣西省圖書雜誌審查委員會審查證書字第五七二號
No.301(A.07)

梗概：呼兰河是个小城，“我”的祖父就住在这里。他很爱“我”，“我”小时候常与他在后园愉快地玩耍。“我”不喜欢祖母，她常用针扎“我”。祖母死后，“我”发现外面更大的世界。后来祖父教“我”学诗。一天，团圆媳妇脸色变黄，大家说她狐仙附体，于是胡家就找人给她跳大神。其实她是被婆婆打得失了魂。一天，婆婆在跳大神的命令下，将团圆媳妇衣服剥光扔进盛满滚烫开水的大缸，又用冷水浇醒，折腾了三次。几天后，团圆媳妇死去。“我”家的有二伯喜欢同天空说话，同大黄狗说话，独不爱与我们说话。一次，他偷东西被“我”看见，“我”答应不告诉别人，他称“我”为“好孩子”。他偷了许多东西。一次，他被“我”父亲打倒，便说要跳井，其实是装模作样。后来他再说跳井就没人理他了。磨坊的冯歪嘴是个好人，每年秋天黏米下来他就磨黏糕。

一天，“我”去买黏糕，发现有个女人睡在他床上，后来才知道那是王大姑娘。以前人们都说她有福相，现在都说她做了丑事。后来王大姑娘生了第三个孩子后不幸死去了，而冯歪嘴看到两个孩子却非常镇定，说还有希望。孩子慢慢地长大，会笑，会拍手，会摇头了。呼兰河以前住着“我”的祖父，现在埋着“我”的祖父。听说有二伯死了，左右邻居也不知怎样了，至于冯歪嘴就更不清楚了。

按：这是一篇诗的小说，一首小说的诗。从表面看，它似乎不像一部完整的长篇小说，只是由七章可单独分立的散文连缀而成，但准确地说，它是一篇优美的诗化长篇小说，如同一幅 20 世纪东北小城的风俗画，一首底层民众深情凄婉的悲歌，长久地留存在读者的心田。小说真实地再现了生活在呼兰河小镇的底层百姓的众生相，他们自在乐天的卑微的生存方式，他们善良却又愚昧麻木的自然秉性。作者寓同情与批判于笔端，将其中蕴含的巨大的文化含量和深刻的生命体验诗意地写出，在文体上承前启后，对中国抒情小说的创作产生了深远的影响。

5月 雷鸣的《惨酷的轰动》由上海联华图书出版公司初版。

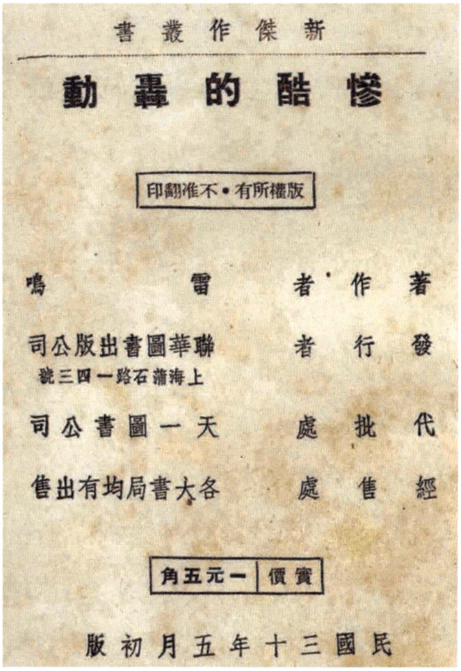
新傑作叢書

慘酷的轟動

版權所有•不准翻印

著作者 雷鳴

發行者 聯華圖書出版公司 上海蒲石路一四三號

代批處 天一圖書公司

經售處 各大書局均有出售

實價 一元五角

民國三十年五月初版

梗概：某城最近出现了一个专对年轻漂亮的女性下手的杀人狂，其作案手法极为诡异恐怖，舆论称之为“恶魔”。受人欢迎的女演员沈红玲在巧合之下深入到“恶魔”的“巢穴”，并在慌乱之中刺伤了“恶魔”，可是当警察匆匆赶来时，“恶魔”已经失去了踪迹。在警察厅的讨论会议上，民间名侦探吴量才突然造访，并通过严谨的推理与小心的求证向大家揭露出“王博士就是恶魔”这一令人震惊的事实，却因过分自信忽视了“恶魔”的帮手李富春的存在，错失了抓捕“恶魔”的最佳机会。后来，“恶魔”为了举办一场以“邪恶之美”为主题的展览会，完成自己最后的“大犯罪”，先后进行了购买尸骸、伪造自杀假象、定做泥人、诱拐妇女等一系列安排，终于在 11 月 3 日这天凑齐了展览所需的 49 位不同姿态的女子，并向密闭的展厅中投放了大量的毒瓦斯，为她们痛苦扭曲的样子而兴奋。然而，装扮成泥人混入展厅的吴量才早就识破了他的阴谋，不仅用麻醉迷晕了“恶魔”，还趁乱更换了毒瓦斯，解救了被困的女子。翌日，当“恶魔”发觉时，已然败北，欲开枪自杀不成，转而扑向展厅一角的“剑山”，被利剑穿身而死。

按：这是雷鸣（生卒年不详）一部构思奇特、结构精巧的侦探题材小说。作品颠覆了以往侦探小说中以侦探破案为主线的书写模式，在弱化侦探破案过程的同时强化了犯罪者实施犯罪过程的细节展现，成功塑造了王博士这样一位兼具侦探与犯罪者双重身份的艺术形象。值得注意的是，作者对于犯罪过程的描绘并没有集中于单调的暴力或色情呈现，而是从揣摩犯罪者的犯罪心理出发，着重展现犯罪者对于“邪恶之美”的病态迷恋。在情节上，作者精心设置了“淫虐地狱”展览会这一高潮，借犯罪者之口说出这种“犯罪”是艺术性的，其目的不是为了再现地狱的受罪景象，而是借此宣扬弥陀佛的信仰，达到劝善惩恶的作用。虽然从情感接受方面来看，有为犯罪行为辩护之嫌，但从艺术价值来看，无疑具有“审丑”的美学意识，带有一定的先锋性与反叛色彩。在作品的布局上，作者巧妙地通过“地下室”“银行”“火葬场”“H 村落”“泥厂”“中山游园 Panorama 馆”等几个关键性场景的转换，层层铺垫，吸引读者一步步进入迷阵，又一点点为读者拨开迷雾，使读者豁然彻悟，可谓独具匠心。

5 月 王统照的《春花》由上海良友复兴图书印刷公司印行普及本第一版。

5月 茅盾的《蚀》由上海开明书店印行普及本第六版。

5月 茅盾的《蚀》由上海开明书店印行第十二版。

5月 杜衡的《漩涡里外》由上海良友复兴图书印刷公司印行普及本初版。

5月 蒋光慈的《最后的微笑》由上海新东书局再版。

6月22日 劳难在《南宁民国日报》发表《关于茅盾和巴金的小说》一文，认为，他们虽都有大批的青年读者，但茅盾的小说比较认真严密，巴金的小说热情奔放。茅盾的小说，似乎过于含蓄晦隐，巴金的小说，却又过于不耐吟味。但茅盾在人物性格描写上，巴金在人物内心描写上，都有卓越的成就。

6月 萧红的《马伯乐》由重庆大时代书局再版。

6月 齐同的《新生代》（第一部）由桂林文学出版社印行第四版。

6月 周文的《烟苗季》合订本由上海文化生活出版社初版。

7月15日 海燕在《大公报》（香港版）发表《介绍〈子夜〉》一文，认为，该书结构非常严密，描写的范围也极广大，情节紧张，给半封建半殖民地的中国社会画下一个显明的轮廓。“还有一点想特别提出，就是作者时刻不忘的给予读者以教训，警惕。”

7月19日 《扫荡报》（桂林版）刊载《呼兰河传》的广告：“这是萧红先生最近的长篇创作，全文凡十五万余言。以清丽的笔调，描写作者童年时代的家庭生活，以及当年呼兰河城的社会生活，极其朴质而生动。故事是很平凡的，却充满了真挚的热情，唤起我们对呼兰河城的回忆与想念，激发我们抗敌的情绪，同时坚定我们收复失地的最大决心。”

7月26日 平可在《工商日报》（香港版）发表《〈山长水远〉自序》一文，说：“因为《山长水远》是我的第一部作品，自不免有些舐犊之情，我不否认我曾很用功的去写，但因缺乏写小说的经验，因而不大会运用技巧，结果卖力不讨好的地方很多。”“《工商日报》提议把它编入《工商日报丛书》，征求我的同意；我除了答应，还表示莫大的感激。因为这个盛意是极足珍贵的。而且没有该报的帮忙，这篇小说恐怕永远不能重见世面。”

7月 平可的《山长水远》（上中下）由香港工商日报社初版（工商日报丛书）。

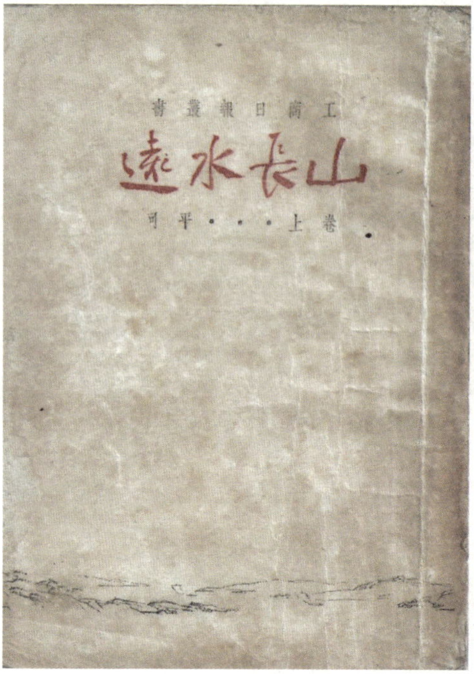

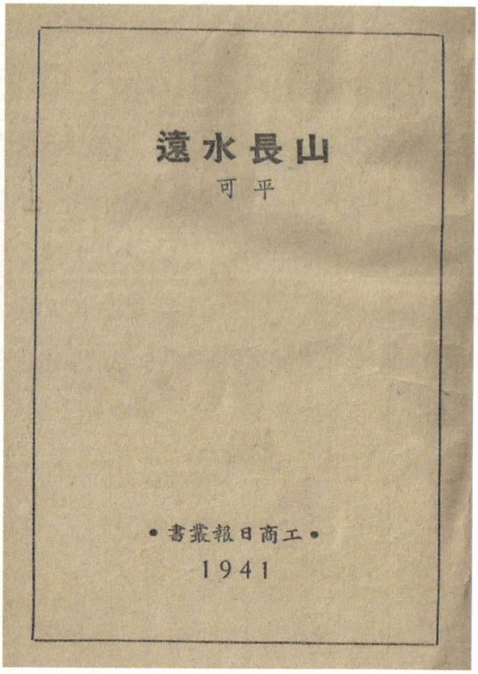

梗概：在香港有一位叫关弓的落魄男子，他精明能干，擅于交际和权谋，对付女人颇有一套。最近，他用花言巧语勾搭到一位交际花——白贞妮。他一面指导白贞妮混入上流社会，一面利用她搭上了商业巨子张大明，借用张大明的资本，他与人合开了洋行，赚钱无数。而后，又使计让张大明身败名裂，从而让白贞妮顺利攀上刘主任。但没想到，刘主任却因人告密被关押，白贞妮也受到牵连。在走投无路的情况下，关弓只得找到昔日上海的旧情人——符小妹寻求帮忙，她此时已是王委员长的小妾。白贞妮虽然回到香港，但郁郁寡欢，既得不到关弓的爱，也厌恶了这虚伪的生活，悄悄地远走上海。关弓转向利用符小妹，逐渐为王委员长所信任看重，合伙开设洋行。但符小妹生性鲁莽，关弓担心与她的私情被人发现，便设计摆脱她，没想到这造成了符小妹的自杀。而后，关弓无意间发现仆人阿珍的侄女赵月容美丽聪明，便刻意培养她，将其打造成上层闺秀。关弓又利用赵月容和李秘书长成为好友，并在他的帮助下，成了主任，又开设了一间名叫“顺时洋行”的公司，除掉王委员长，事业更上一层楼。此时关弓俨然成为香港的商业巨子，社会名绅。而当关弓遇到南洋巨商的女儿唐宝珠时，意识到自己需要婚姻帮助，便猛烈地追求唐宝珠。但唐宝珠任性贪玩，占用了他大半时间和精力，使其下属陈广居心叵测地放了许多暗箭。陈广还趁着关弓陪伴唐宝珠去南洋时，采用毒辣手段，使其事业版图走向山穷水尽的地步。关弓秘密回港后，已无力回天，他幡然醒悟，决心远走美国，去做报效祖国的事业。

按：平可（1912—2013）即岑卓云，这部长篇小说描绘了战时香港的政商风云和都市男女的爱恨情仇。小说以男主角关弓和四个女人白贞妮、赵月容、符小妹、唐宝珠的纠葛为主线，穿插着政府官员李秘书长、小知识分子招达、投机商人陈广等各色人物的命运沉浮，生动形象地展现了香港商业社会中人们的钩心斗角，深刻地揭示了战时香港政治和商业力量的相互勾结，经济秩序混乱，金钱主义横行，造成人性的沦丧。尤其通过几个女性的命运，揭示了在物欲横流的商业社会女性的生存惨状，无论是底层女性如赵月容还是富家小姐唐宝珠都不曾拥有独立的人格和平等的爱情，女性被视为男性的工具或是玩物。小说虽然在商业对弈中人物心理方面把握颇为到位，真实而细致，但缺乏对香港经济社会更宏大的勾勒，对这些黑暗现象的本质原因揭露不足，仅纠葛于人物的逐利心理，而且结局主角的转变明显是作者刻意为之，并没有找到这个腐败的社会的真实出路。另外小说塑造的人物数量众多，面貌雷同，形象的鲜明性有所减弱，且全书的说教意味过浓，人物常常长篇大论，无外乎人生哲理、爱情宝典之类，大大减弱了小说的艺术深度。

7月　程造之的《沃野》由香港海燕书店初版。

梗概：春天，难民们在庞国柱的带领下，成立了盐垦办事处，划分田地，开办公司。盐垦区的事业办得如火如荼时，汉奸关德派兵抓走国柱做人质，要求派兵入驻盐垦区，抽取盐垦区实业纯利的一半。为抢夺盐垦区的利益，另一支自称游击队的土匪钢丝马甲假借老独名义，劫走庞国柱，并要求盐垦区直接交付五万现金。庞学潜再次向吕紫来借款，不料被关德部下高皇经得知消息，路上劫杀吕紫来后与贺老六二人分赃。眼看关德队伍在盐垦区得利，钢丝马甲

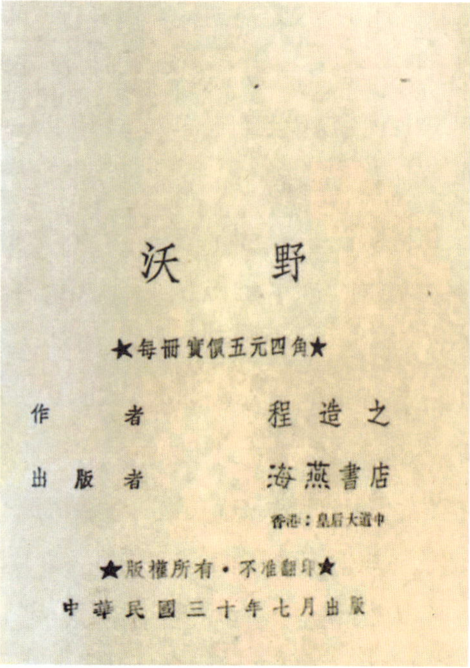
沃 野

★每冊實價五元四角★

作 者 程造之

出版者 海燕書店

香港：皇后大道中

★版權所有・不准翻印★

中華民國三十年七月出版

按捺不住发动突袭却意外遭到埋伏，元气大伤，只得投靠老独队伍。关德另一部下潘大成见高皇经私吞钱财心中不悦，二人火并当晚，老独发动攻击，钢丝马甲队伍临阵倒戈，老独落败。钢丝马甲与潘大成合流，派兵入驻盐垦区，路上受到阿荣等进步人士的炸弹袭击，这反而激起了他们更大的报复。然而，人们尚未失去希望，他们相信老独会再次回来，赶走这帮土匪。国柱在被抬回盐垦区的时候，依然摸着断腿说："他们一定有东山再起的日子！"

按：这是《地下》的续篇，写难民们重新开荒生产却被"假游击队"欺压，难民们团结起来，与老独共同反抗压迫却惨遭失败的故事。它保留了《地下》清新诗意的艺术风格，但艺术的触角则在于通过描写底层小人物的命运浮沉，展现底层民众觉醒与反抗的必然性，同时揭示部分底层武装力量借抗战之名搜刮百姓的蠹虫本质，具有典型的时代特征。作品成功塑造了少年阿荣从懵懂无知到投身抗战的人物形象。情窦初开的阿荣为了追求心爱的女子雅兰故意与父兄分家，情场失意后，他一度消沉赌博度日。然而哥哥寿发累死在工厂，他被迫娶嫂，这让他意识到是那些土匪汉奸的重税让他们的生活难以为继。他不愿再走寿发的老路，新婚夜逃走，决定加入老独队伍去奸除暴。全书五条线索相互勾连，所涉人物众多，但作者用大量篇幅描写关德队伍的内斗及其与钢丝马甲队伍的矛盾较量，而对于老独所带领的游击队等正面力量着墨甚少，在揭示人的劣根性方面，深刻而犀利，也写出了伪抗战武装对真正的抗日力量的危害。不过，整体来看，主次不够清晰，影响了这部作品的艺术表现力。

7月 文林在《青年写作丛刊》第 1 辑发表《我爱巴金》一文，认为，巴金的作品里充满了热情，“我爱热情，热情能给我勇气，热情能使我有崇高的理想与战斗的精神，他能鼓舞我与黑暗搏斗，巴金先生实在是幸福的，年青的，他的读者都是有火也似的热情的青年，他是我们青年的热情鼓舞者，他带来了光明给我们勇气，安慰与欣喜，我爱他。”

7月 沈起予的《残碑》由上海良友复兴图书印刷公司印行普及本第一版。

7月 张天翼的《一年》由上海良友复兴图书印刷公司印行普及本第一版。

8月1日 叶天杓在《学生月刊》第 2 卷第 7—8 期合刊发表《〈秋〉》一文，认为：“如果《家》是高家的开始动摇，《春》是趋向崩溃，则《秋》就是宣告这个大家庭的灭亡。”“此书叙述多于描写，几乎没有行动，很少有群众的行为，恰恰与《铁流》相反。”“还有一点，就是没有暴露出封建制度的产生的社会原因，没有把帝国主义维持下顽固的封建势力的阴谋揭发，更没有指出反帝反封建的必然的联系，而把封建制度单纯化了，而对于这年青的一群的觉悟，也没有写出受社会必然产生的新兴的前进思潮的影响，好像是自然觉悟了的，作为点缀的就只有一点侧叙述报社的情形，完全忽略了社会背景。”

8月5日 黄绳在香港《大公报》（香港版）发表《文艺书目及提要（八）》一文，对《战果》的介绍如下：“写一个没教养的穷苦孩子丁泰的新生过程，作者以浓厚的情感来孕育他的人物，丁泰显得有血有肉了。从丁泰的描写中，作者作了光明与黑暗的映照，农民与工人的映照，农村与城市的映照。《战果》这个长篇，可以说是抗战文艺中仅见的比较完整的杰作。”

8月8日 黄绳在《大公报》（香港版）发表《文艺书目及提要（九）》一文，对《子夜》的介绍如下：“是一个长篇巨制，革命文学的伟大收获，描写都市（上海）里民族资产者（吴荪甫）抱了绝大希望，要发展工业，终于给买办资本家在交易所里打倒了。吴氏虽然有很大的精力和气魄，但也无法挽回自己的厄运，由此反映了中国只有挣脱列强和他的代理人的束缚，才有前途。作者描写了新兴势力的抬头，指示唯有他们的崛起，才能粉碎一切羁束。”

介绍《家》《春》《秋》如下：“这是脍炙人口的巴金的‘家三部曲’。以家庭为背景，以爱情为线索，描写青年怎样受环境所压制，又怎样去奋斗。感动青年读者的力量很大，可是作者热情有余，识力不足，未能认清中国社会现实的本质，因而他没有能够指出中国社会的前途，和中国青年真正的战斗路向。”

介绍《科尔沁旗草原》如下：“反映东北大地主的兴盛和没落，写出在这演变中的一个大地主的儿子（丁宁）的思想的变迁，也就是写出一个知识分子的典型。这本作品有惊人的描写魄力，有丰富的艺术语言，应该细意咀嚼。”

8月9日　亚茂在《广西日报》发表《读书偶感——关于〈火〉的几个人物》一文，说：“在《火》里，我最钦佩文淑个性的倔强”，“又欢喜她的个性坦白，天真，热情，她有一个超过母爱的国家观念，她知道在民族遭受空前的灾难的日子，个人的安逸，就等于偷生，也就是一种耻辱……她认清一切，因此离开了学校，从事献身祖国去实地工作，首先她进后方医院去做看护，后来又抽出时间去参加一个救亡团体里工作，以一个年轻的女性的身心来担任双重的任务，这种服务的精神，言论配合实践，是值得我们钦敬的。后来她更实际地参加战地工作，像这样倔强的热情的走向斗争的英姿，更值得我们去学习呵！”素贞“则是一个虚荣，感情过重的女孩”。“《火》第一部鼓舞了我的和别人的勇气，巩固了我的和别人的信仰，我们要更正确的斗争的指示，希望巴金先生早些把第二部和第三部和第四部写给我们，更希望最后胜利早日来临！”

按：此文于1941年11月5日署名“叶如页”又刊登在《中学生》第50期。

8月17日　《申报》刊载《青年作家陈恩风著〈蓝天〉即将出版》的消息，称：“青年作家陈恩风君，肄业于圣约翰大学，其著作译述常散见于各大报纸杂志，最近于暑期内写成十万余字之长篇文艺小说，以时代背景为纬，青年故事为经，情节曲折动人，可歌可泣，其分析青年不同之个性，最含有教育意义，据闻有名作家傅东华为序，郑振铎题字，可见其内容之精湛云。”

8月19日 黄绳在《大公报》（香港版）发表《文艺书目及提要（十）》一文，介绍《新生代》如下：“反映学生运动史上最伟烈的一页——‘一二·九’，描写中国学生在外忧内患交迫的世代，怎样坚定地走向战斗的前头。”

8月 巴金的《春》由上海开明书店印行第十一版。

8月 巴金的《家》由重庆开明书店印行第二十一版。

8月 巴金的《秋》由上海开明书店印行第五版。

8月 茅盾的《子夜》由长沙开明书店印行湘一版。

9月1日 《自由中国》新1卷第3期刊载《骆驼祥子》的广告：“《骆驼祥子》是近年来中国长篇小说中的名篇，作者自云这部小说是重头戏，好比谭叫天之唱《定军山》，是给行家看的。书中主人公祥子是个洋车夫，他好胜爱强，勤苦耐劳，流血流汗，想做个好人，可是恶劣的社会不容好人。结果使他堕落。故事动人，描写深刻，全书十七万字。”

9月1日 艾芜的《山野》部分始刊于《自由中国》新1卷第3期，至1942年5月1日第2卷第1—2期合刊。

9月9日 《大公报》（桂林版）刊载消息《巴金来桂从事写作〈火〉第三部》，称：“小说家巴金由滇来桂，今（九日）明将往阳朔游历，俟天气稍凉，即返桂小住，从事写作《火》之第三部。查《火》为巴金最近力作，第一部早经出版，风靡文坛，内容描写抗战第一期之社会动态，而以一小家庭人物表现之。情文生动，行销至广。《火》之第二部《渠》在赴昆明前已写成，现在送审中。据云《渠》在昆明时期，曾写作短文若干篇。”

9月14日 《申报》刊载《蓝天》的广告：“这一个故事决不是单属于小蓝薇珠和景华三人的，也许就是你的，是每一个年青人的，因为我们都生长在这一个大时代里，我们都会有相似的遭遇，相似的可歌可泣的故事。傅东华先生在序里说：‘《蓝天》虽用小说的形式，实际却是一首长诗——一首哲学的——不，是计划的——长诗。’”

9月15日 张维笃在《公教白话报》第24年第16号发表《江北人的缩影》一文，说：“全书约十万言，结构紧密，叙述轻松，关于失业者之心理与苦痛，一般有产者之严酷，贫民道德之伟大，公教博爱之诚挚，发挥相当到家：值得一读之公教创作也。”

9月21日 艾芜的《故乡》始刊于《华商报》，至12月8日（有间断，未完）。

9月 巴金的《火》（第一部）由成都开明书店印行第一版。

9月 曾朴的《鲁男子：恋》由上海真美善书店印行第三版。

9月 叶圣陶的《倪焕之》由上海开明书店印行第九版。

9月 巴金的《新生》由上海开明书店印行第十二版。

9月 **周信华的《江北人》由兖州保禄印书馆初版。**

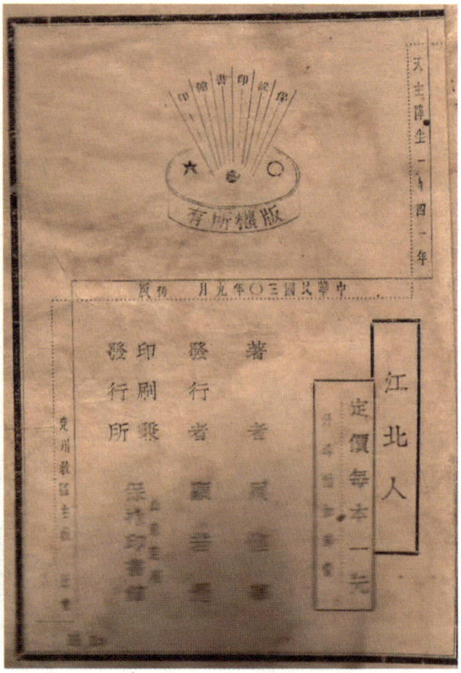

梗概：江北人朱一新本在北平的一家保险公司当茶役，最近却失了业，一家人吃饭成了大问题。在别家借的钱为了买米买柴总是很快用光，妻子和两个孩子都吃不饱，因此，饥饿中的一家人不复以往的幸福，一新也变得冷峻残酷。

在一新走遍了所有能借钱的地方，甚至把家里所有能卖的东西都卖完了以后，一家人终于走投无路，饿得躺在家中，还是一直接济他们的陈婆婆救了他们。陈婆婆是个虔诚的天主教徒，本着善心一直无私地帮助一新一家。在一新的第三个孩子“晚生”出生以后，因无力抚养，陈婆婆帮他们把孩子送给了也信天主教的许家人，并改名为“全意”。在陈婆婆的劝诫下，一新发生了转变，决心去拉洋车还钱，养活家人。踏实肯干的一新很快就成了一名合格的洋车夫，在一次拉车的时候，他捡到了富家少爷罗明山的钱包，并主动归还了，因此还得到了罗家的酬谢。时光飞逝，全意在许家慢慢地、幸福地长大，陈婆婆因外孙结婚，搬去了天津，而朱一新的儿子世根和女儿翠凤也长到了可以养家的年龄，世根学铜匠因师傅去世未果，找罗家帮忙，最终世根成了罗家的包车夫，翠凤也辗转进了罗家做丫鬟，加上一新妻子摆的转糖摊，一家人的生活越来越好。一新开始想念自己送出去的“晚生”，却因没有线索而放弃，殊不知成为许家“全意”的孩子已经变得十分优秀。在偌大的北平城，一家人与“全意”机缘巧合下遇见过好多次，却总是失之交臂。八年过去，进了大学的全意改名为许之清，他发觉自己与许家夫妇长得实在不像，怀疑自己是养子，而他的怀疑在老门房与邻居那里得到了证实，之清于是开始了寻亲之旅，却毫无收获。沮丧的他学业也受到了影响，在教务主任的开导下，他终于放弃了寻亲，转而用教徒的方式为父母祈祷。

按：这部公教小说讲述了一个平凡的下层阶级家庭因贫困而骨肉分离的故事。在这场时间跨度二十多年的故事中，作者周信华（1906—？）以朴实的语言塑造了多个生动的人物形象，如善良虔诚信教的陈婆婆，温顺坚韧的朱一新妻子，长相丑陋却朴实勤劳的世根与翠凤，以及前期懒惰暴躁，后来却积极工作养家的朱一新。作者在推进情节发展的过程中，埋下了多次出现的三个点：第一点是文中角色对江北人的刻板印象，多次通过人物对话出现。第二点是天主教相关情节，如朱一新拉人到了教堂后对教堂的描写，以及故事结局主角选择以祈祷的方式解脱自己的苦闷。作者周信华就读于神学院，还曾做过牧师，因此，全文富含基督教色彩。第三点也是最重要的一点，那就是朱一新一家四口与他们的第三个孩子晚生在多年里先后七次擦肩而过，这更增添了全文的戏剧化色彩，使读者不免为之叹息。本文还有一大特点是作者将议论融于情节发展中，如在写朱一新初拉洋车时，作者插入对车夫拉车速度是否应该太快的评论；世根去理发时被人嫌长得像“猪八戒”，作者又插入了自己对嫌恶他人长相这一现象的不赞成，说理与叙事结合。不足之处在于某些细节部分过于琐碎细杂，有流水记叙之嫌，使部分情节显得冗长枯燥。

9月　陈恩风的《蓝天》由上海兰心出版社初版。

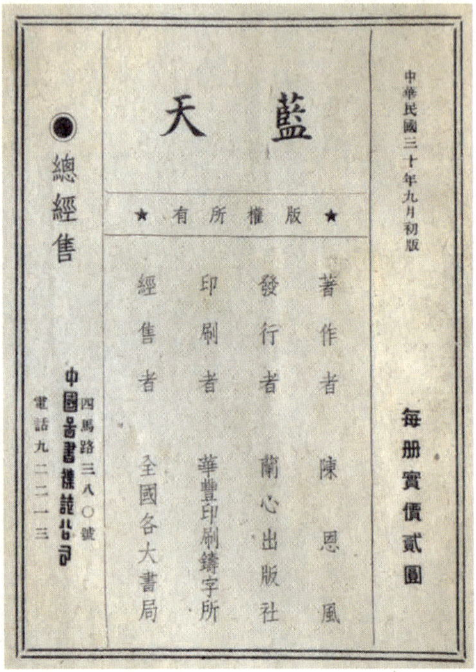
藍天
★版權所有★
著作者　陳恩風
發行者　蘭心出版社
印刷者　華豐印刷鑄字所
經售者　全國各大書局
總經售　中國圖書雜誌公司　四馬路三八〇號　電話九二二一三
中華民國三十年九月初版
每册實價貳圓

梗概：小姐方薇珠在窗前沉思，想到外面动荡的世界，自己在家里却无能为力，她感到很孤独。这时，住在前院的小玲来告诉薇珠，她姐姐国瑛离开上海到北方去了，薇珠得知后不由自主地走了出去。再回来时，见认识不久的琴手景华在屋里弹琴，于是两人又谈论起现在上海的情形，探讨年轻人应该是行动大于思考还是思考大于行动，但没有任何结果。第二天，母亲告诉薇珠，她青梅竹马的小蓝回来了。小蓝是三年前上海爆发战争时离开上海到北京的，在燕大读书。得知小蓝回来，薇珠很高兴，两人也很快见面，非常投机地谈及孩提时代的趣事和离别三年的情况。这天，小蓝在路上遇到景华，景华很高兴地邀请小蓝到他的住处，告诉小蓝他爱上了薇珠，小蓝听完不悦但掩饰了过去。一天，景华从报纸上看到通缉的名单上有小蓝的名字，赶紧来告诉他，小蓝却很镇定，小蓝的父亲本想宴请相关人员以勾去小蓝的名字，但被小蓝拒绝，他决定到前线去做新闻记者。他买好了去宁波的船票，要离开上海。薇珠到码头送行，看到小蓝上船离去，她昏了过去。景华的父亲由于投资失败，去了西康。小蓝将沿途所见所闻写信告诉薇珠，薇珠很兴奋，她已经厌倦了城市毫无生气的生活。景华接到父亲去世的消息，他也因之失去了生活来源。为了求得免费学习的机会，他只得转到神学系就读。他卖掉了琴，伤感地借酒浇愁。而此时，小蓝的信也突然中断了。正当薇珠不知所措苦闷之极时，国瑛来了信，告诉她自己在卫生队里照顾伤员，过得非常充实。薇珠看后也毫不犹豫地去了国瑛所在的医院，当起了护士。一进病房，她突然看到一张熟悉的面孔：小蓝。原来小蓝身负重伤住在这里。看到薇珠来了，小蓝觉得很快活，但他还是死去了。半年后，薇珠与一群青年军人走在往西北去的大道上。她看到有一颗蓝色的星在天空中闪耀，昭示着她去爱自己，爱自己所爱的人，爱民族，爱人群。

按：陈恩风（1921—？）的这部小说想表现的是：青年人是有上进心的，真正的爱不是爱个人，特别是在抗日期间民族危亡之际，爱是爱国家、爱民族，只有以民族大业为重，做拯救民族危亡的一分子，才是真正的爱。当然，让有闲人士抛弃自在舒适的生活，抛弃家庭绝非易事，主人公薇珠正是在榜样的激励下，经历了一番斗争后才终于走上了将小我融汇到大我之中的时代之路。这本来是一个具有时代意义的主题，但小说的时代性并非由作品内在地呈现出来，而是外附于文本。作品没有一处正面描写或侧面烘托全国军民浴血奋战的历史场景，主人公最终的行为也就缺乏内在思想动力的推动和符合逻辑的展开，仅如同标签般浮泛而无力。加之作品表现格局太小，冲突平淡，套式陈旧，一些抽象的争论描写沉闷、冗长，也正如傅东华在《序》中所言，“骨多于肉，哲理多于人生”，自然很难引起人们的注意。

10月4日 夏衍的《春寒》始刊于《大众生活》（香港版）新21号，至12月6日新30号（未完）。

10月12日 《申报》刊载《蓝天》的广告：“五星期来的畅销，足以表露生长在这个大时代里的年青人多么地爱护这个含义深刻，曲折动人，可歌可泣的故事。”

10月15日 司马文森的《雨季》始刊于《文艺生活》第1卷第2期，至1942年12月15日第3卷第3期毕。

10月16日 《辅仁生活》第3卷第2期介绍《江北人》，认为小说“是一部描写社会情形的小说，文笔很细腻，情节也相当曲折，最有趣处，是以辅仁大学和盛新中学作背景，看来格外生动。作者是宁波增爵小修院执教的周信华司铎。书由保禄印书馆出版，本校售书室不久就要运到”。

10月25日 **石军的《沃土》由长春满日文化协会初版。**

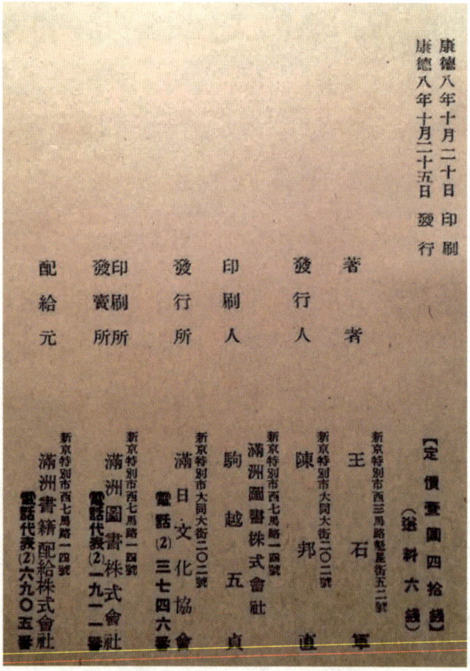
康德八年十月二十日 印刷
康德八年十月二十五日 發行
【定價壹圓四拾錢】（送料六錢）
著者 王石軍 新京特別市西三馬路魁星街五二號
發行人 陳邦直 新京特別市大同大街二〇二號
印刷人 駒越五貞 滿洲圖書株式會社 新京特別市西七馬路一四號
發行所 滿日文化協會 新京特別市大同大街二〇二號 電話(2)三七四六番
印刷所 發賣所 滿洲圖書株式會社 新京特別市西七馬路一四號 電話代表(2)一九一一番
配給元 滿洲書籍配給株式會社 新京特別市西七馬路一四號 電話代表(2)六九〇五番

梗概：光绪年间，魏凤亭随他父亲举家迁居到农村莲花泡开荒，经辛苦创业，建成魏家大院。因洪水泛滥及匪声四起，魏家移居县城滨城。魏凤亭苦心经营，不仅成了当地的大粮户，还开了当铺和粮栈。魏凤亭的三儿子魏晓岚考中了H埠的高中，叔父虽认为读书无益，但晓岚坚持求学，于是暂别家乡。在学校，经同学妹妹的介绍，魏晓岚认识了巨商之女孙静秋。晓岚虽厌弃孙静秋虚有其表，但念及家里不主张他攻读大学，他只好主动接近孙静秋以谋取利益。不久，母亲病重，他返回家乡。母亲令其辍学，他再三争取，却依旧无用。父亲将他安排到县公署工作，他经常收到孙静秋寄来的情书，信中表达对他的思念，也表明愿意为他承担学费。家里的腐朽与专制，办公室里的堕落与颓废都使他心有不满。一次，因坚持原则不愿给同僚盖章、报销单据，魏晓岚与人发生争执，并遭陷害被监禁了一个月。经过这件事，他去志坚定，重回都市，并在孙静秋的帮助下，入H埠工业大学。求学期间，家乡发生了六七年来未遇的大洪水，县城的一百二十垧土地都被某公司收购，而身处都市的魏晓岚也深刻发觉城市充斥着污秽、荒诞与黑暗。父亲逝世，他再次回到家乡。当他思索未来，眺望阔别多年的风景时，野火四起，魏晓岚不经意间注意到在烧尽的黑灰中，已有新的萌芽。现在的肥田以前都曾是莽原，这让他产生新的希望，于是，他带上简单的工具，成了一名亲近自然的拓荒者。

按：这是石军（1912—1949）一部苦闷青年的自我成长史，也是一部描写兴衰更替的家族小说。沃土是“养育人类的母体”，是“滋生万物的根城”，它的伟大让魏晓岚摆脱了之前依赖于家族或是孙静秋等他者的力量，重视起自己的力量，相信耕耘定有收获；而另一方面，魏晓岚开荒沃土的地点与祖父相同，展现了家族兴衰更替的循环。小说大量使用了方言、俗语来描写乡村生活，有土香土色之感。同时，书中贯穿着二元的结构，如乡村与都市，清纯明朗的周彩虹与妖艳奢靡的孙静秋，因循守旧的老一辈与寻求自由的年轻一代等，这样的结构设置与情节走向合力实现了作者的写作意图，但这“沃土”是“伪满洲”的土地，故殖民倾向显在。

10月25日 谷虹在《现代文艺》第4卷第1期发表《〈呼兰河传〉》一文，认为：“与其说这是一部长篇的小说，倒不如说是连载的散文更来得恰当些，因为它是由于七篇可以各自独立的，而又是有连贯性的散文所组成的，末后再由作者加上一个‘尾声’，作为总结。”“读完了《呼兰河传》，不禁使人联想了屠格涅夫的《猎人日记》来，《猎人日记》是取材自俄国的乡村，以及它的风土与人物，《呼兰河传》是取材自北中国的乡村，以及它的风土与人物的，而且在形式方面，同样地是运用着没有拘束的散文体裁写成的，所不同的是，屠氏是以一个猎人的资格，把广阔的俄罗斯乡村的图画开展在读者面前，而《呼兰河传》的作者，却凭借着童年的追忆，显示出她故乡里的风土、习俗和人物，所表现的领域比较没有那么深广。”“这里有美的神秘的自然风景。还有各种纯朴的人民，有些是脚踏实地埋头苦干的，有些是乐天知命逆来顺受的，有些是耽于幻想不务实际的。这一切，交织成一幅幽美的图画。”就人物性格的描写上来说，“《呼兰河传》里人物性格最显著的要算是有二伯了。”“作者的表现方法是不拘形式的——也可以说是不统一的。”“对于乡下人的幸灾乐祸心情，作者是描写得很生动的。”“还有，作者对于风景描写，也很细致动人。”“显然地，作者是受着屠格涅夫的影响的。”不过，在《猎人笔记》里，我们至少还可以看到当时俄国农人的不幸，是由于农奴制度所赐予的。而“在《呼兰河传》里，我们只能够看到北中国乡村里人民的无知，迷信，穷困，不幸的生活，而且这一切也是轻描淡写的，被幽美的风景，浓厚的地方情调，以及风俗人情所掩盖着的”。

10月 程造之的《地下》由香港海燕书店印行第三版。

10月 巴金的《火》（第一部）由重庆开明书店印行第一版。

10月 巴金的《秋》由桂林开明书店印行桂一版。

10月 茅盾的《蚀》由重庆开明书店初版。

11月1日 陈瘦竹的《春雷》由重庆华中图书公司初版。

梗概：1937年冬，日本人占领了无锡石家镇，许多人纷纷逃往枫林山。大粮商桂老爷和儿子荣少爷组织了维持会，胆小的土财主王大户当村长。维持会宣布开市，结果开市第一天就遭到鬼子抢劫。为迷惑群众，鬼子又带医生等人来村内安抚，宣传日本的德政，装模作样地赔了七婆婆损失的二元鸡蛋钱。但

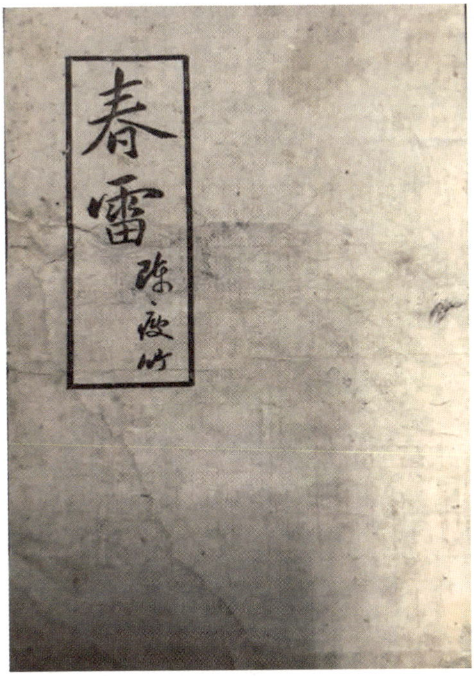

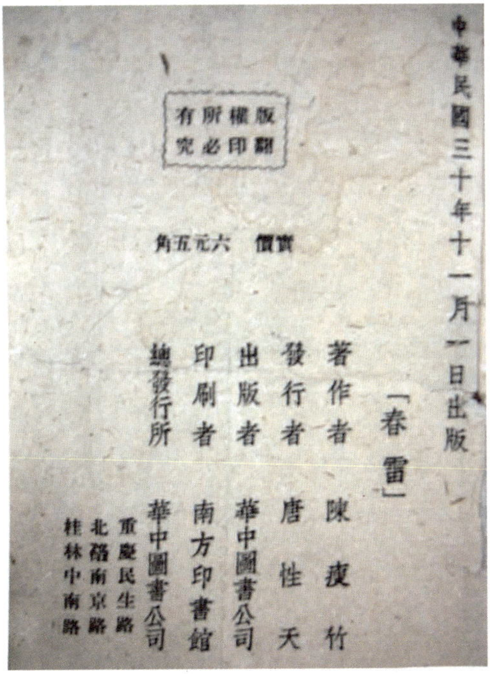

当秋生要求赔鱼和梅大嫂要求赔丈夫时，日本便衣则露出凶相，连威胁带吓地走了。之后，日本人假意答应梅大嫂的要求，让她到城里当面接头，大家都劝梅大嫂不要去，但梅大嫂心中早有计划，她还是去了。不久便传来梅大嫂陪鬼子作乐的消息，大家吃惊不小。这天，青年青郎、小红郎、马郎荡、阿喜四人去梅大嫂娘家通报情况，路遇一个日本通信兵，便将他打死扔进了河里。而梅大嫂在鬼子睡觉时用剪刀刺进鬼子的喉咙，自己也被鬼子杀死。这时，本镇小学校长王鹏回来了，也知道了自己久病的母亲在听说小儿子的死讯后，急愤交加，已经伤心而死。桂老爷听说王鹏回来，想同意以前的婚事，让女儿石凤与王鹏结婚。石凤希望王鹏与她过安稳日子，但王鹏却要抗日，没有同意石凤的请求。王鹏很快在村里组织起自卫军，还从总部运来武器。这时，维持会贴出告示，说无锡丝厂要招女工，许多人信以为真，纷纷报名，谁知这是日本人的阴谋，这些女人直接被送进了石家祠堂，供鬼子蹂躏。

新年来临，桂老爷为了巴结日本鬼子，就请山村队长喝酒。席宴间，山村看上了石凤。荣少爷为了讨好山村，便唆使山村派人把石凤抢走。不料正好被石凤听见，她便连夜跑了出去。鬼子来抢时，正巧把在石凤房间的荣少奶奶抢去。青郎见自卫队光练不打，心里着急，便约了阿喜、小红郎、马郎荡偷偷拿了枪去镇上打鬼子。马郎荡是个“狗肉包子”，见了鬼子还没打，枪就走了火，结果被鬼子打伤，众人只好慌忙撤退。由于枪声，石家祠堂的大关娘子趁乱逃了出来，人们知道了招工的骗局。桂老爷骗王大户说最近无锡粮价高，他们可以合伙做生意。王大户出粮一百担，但桂老爷却始终没有给王大户钱。所以，当桂老爷想让王大户请王鹏来并趁机让日本人进院将自卫队消灭时，王大户便将消息告诉了王鹏。王鹏埋伏在敌人必经之路，伏击了敌人，也救出了关在祠堂里的女人。失败的敌人认为桂老爷在内外勾结，便杀了桂老爷和荣少爷。祠堂旗杆上，青天白日旗升起，人们等待着日出。

按：这是“文协”征文获奖作品。作者以朴素的笔调写出了江南人民在民族大义的旗帜下，自发地组织起来抵抗日本侵略的故事。全书乡土气息浓郁，语言生动活泼，人物真实可感，马郎荡、王大户都刻画得栩栩如生。但由于作者没有亲历家乡被鬼子烧杀的情景，故对美丽的江南遭敌寇蹂躏的场面缺乏有力的描写，题材的开掘显得单薄，加之作者没有战斗经历，战斗场面的描写没有“战斗味”，结尾也显得简单了。

11月4日　《大公报》（香港版）刊载消息称：“巴金氏之文艺创作，久已驰誉国内外，前著《火》第一部，为描写抗战大时代之巨著，已由上海开明书店出版。《火》第二部由《宇宙风》特辟专栏刊载，分十五期登完，每期在万言以上。”

11月5日　辛嘉在《盛京时报》发表《读〈沃土〉》一文，认为，石军的《沃土》表现了满洲的风情与人物，是可以为满洲文坛的一划期作。

11月10日　《抗战文艺》第7卷第4—5期合刊刊载《春雷》的广告：“本书是一首素描的抗战史诗，是一幅古朴的木炭画，去年曾得中华全国文艺界抗敌协会征求长篇小说的奖金，是抗战文艺中难得的杰作。书中故事是抗战以来日常发生的故事，人物是抗战以来日常见到的人物，然而作者却将每个人物写到了灵魂的深处，而故事的演出也是从实生活中一步一步逐渐展开，读了之后使我们落泪，然而更使我们兴奋。”

11 月 13 日 熊佛西的《铁苗》第 1—5 章始刊于《大公报》（桂林版），至 1942 年 5 月 25 日毕。

11 月 19 日 辛在奔流出版社出版的《直人》（奔流新集之一）发表《〈马伯乐〉》一文，认为：“这是一部值得细心注意的完全新型的长篇。”“这儿一点也没有战斗的壮烈阔大的图景，所有的只是一个灰淡，无为，可怜的小人物的悲（哀），而平凡的生活碎影。作为一篇小说，作者也完全不注意一般小说的结构，布置，情节或高潮，不能使读者拿到手里，有舍不得放下的感觉。但是《马伯乐》的好处也正在这儿，作者用那么一个平庸的人物来映照当前这个不平庸的时代，实在有她极其深刻的透视现实的炯眼。全体的调子完全朴素，然而朴素得使人新奇。笔触的细致，又特别透露出一位女作家的惊人的才力。全书以马伯乐为中心反映出一个完整的生活的情调，我们可以说这种情调是一种几乎无事的悲哀。它好像一幅水墨画，充满浓浓淡淡的墨影，而注视每一个碎片，又都令人徘徊吟味。”

按：本文于 1943 年 1 月 31 日署名 TS 以《〈马伯乐〉萧红的遗著》为题，又刊于《新华日报》。

11 月 30 日 谢冰莹的《一个女兵的自传》（中卷）（《解散之后》和《偷饭吃》）刊于《黄河》第 2 卷第 9 期。

11 月 **巴金的《火》（第二部）由桂林开明书店初版。**

梗概：冯文淑从思念家乡的睡梦中惊醒。此时的她，已离家快一年，和好友周欣一起随战地工作团，来到了北方的山镇中工作。除她俩以外，战地工作团里还有同从上海来的曾明远、李南星、张利英、吴平及来自其他地方的王东、方群文、杨文木、方天行与姚民瑞、姚民锋两兄弟共十二名成员。他们虽然工作艰辛，但团结友爱，活泼向上。某天，性格古怪的王东因被文淑作弄而请全团成员吃饭，饭后青年们在回家路上有说有笑。夜晚，大家在碉堡里开工作批判会，讨论了目前工作遇到的问题，并批评了工作态度敷衍的王东。之后，他们认真排演抗战宣传戏、练习歌咏。方群文因收到夫家遇难的消息而伤心，文淑与周欣的安慰使她感动。在镇上，青年们分工合作，向当地民众宣传抗战。

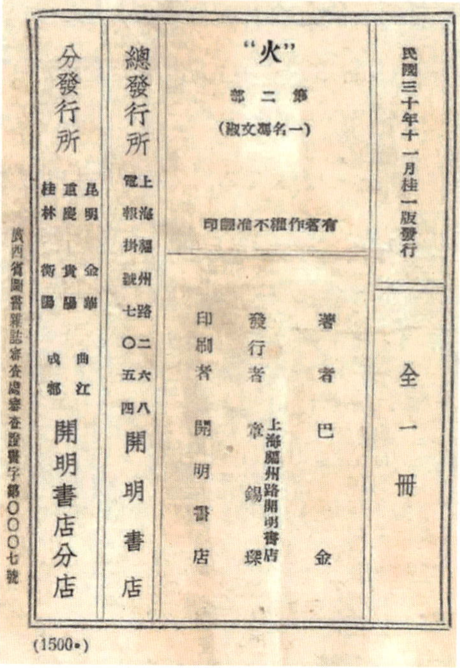
民國三十年十一月桂一版發行

全一冊

"火"
第二部
（一名馮文淑）

有著作權不准翻印

著者 巴金
發行者 章錫琛 上海福州路開明書店
印刷者 開明書店

總發行所 上海福州路二六八 電報掛號七〇五四 開明書店

分發行所 昆明金碧 重慶貴陽 桂林衡陽 曲江 成都 開明書店分店

廣西省圖書雜誌審查處審查證警字第〇〇〇七號

（1500•）

开演宣传戏当天，曾明远在幕前发表演讲，组织民众，宣传游击战术，并与杜保长、蒙塾先生王老师一起商讨工作。宣传戏演出大获成功，打动了民众。因前线吃紧，战地工作团成员最终决议跟随军队调到城里。临行前，李南星、杨文木、方群文悄悄离开团队，决定留下来工作。剩下的九名成员来到城里，躲过了警报，又决定跟随司令长官跨过大别山。在大别山，他们又遇到飞机轰炸，王东被炸死，而方天行聋了耳朵。最后，冯文淑在信中告诉李南星，他们全体同志要到汉口去，刘波的爱人朱素贞已随医院搬到广州，他们希望刘波和朱素贞都能加入他们的战地工作团。

按：巴金在《后记》中说，小说 3 月 29 日动笔，5 月 23 日完成。“这是一本宣传的书，但也是一个失败的工作。为了宣传我不敢掩饰自己的浅陋，就索性让它出版，去接受严正的指责。”

《后记》又以《〈火〉第二部后记》为题刊于 1942 年 1 月 10 日《自由中国》新年号（新 1 卷第 5—6 期合刊）。

11 月 老舍的《骆驼祥子》由重庆文化生活出版社初版。

12月1日 郑学稼在《文艺青年》第2卷第4—5期合刊发表《茅盾论》一文，认为：

（1）“如果，从当日中共的理想看来，那社会主义革命，确如茅盾的估计，‘幻灭’了。可是，如从整个历史过程看来，民族统一运动，却没有消逝。使它几乎消逝，或使人几乎全部忘却的，是在于幻灭之后的强烈的‘追求’。因此，茅盾的《幻灭》，从作品的整个意识看来，是有它的历史意义和伟大性。”“《动摇》无论在内容或形式上，都超过《幻灭》。超越的主要原因，在于人物后面之史实曾深印于时人的脑中。”

（2）《子夜》“是全部当日中共理论的小说化。它为我们分析，金融界的巨头，怎样地倾全力于公债的投机而忘却发展民族工业。民族工业家由于帝国主义商品的压迫，已难发展，又受公债造成的战争的阻碍，捐税的苛重与工人的罢工，无法打开难关”。所以，“《子夜》是一部政治小说，按既定路线而使之小说化的小说。它的《子夜》暗示：黑暗将成过去，太阳即将出来。”

12月1日 《学习》第5卷第5期刊载文艺消息：“巴金新作《火》第一部在渝出版，销路甚佳，据云，当地胃口不亚于沿海各埠。”

12月25日 吴罗在《公教学生》第2卷第1期发表《〈江北人〉读后》一文，认为，在笔者所读过的公教小说中，《江北人》算是比较优秀的一种，也揭开了公教文艺创作另一时代的序幕。“作者在取材方面，已经脱离了只写灵魂不问现实的空想派的范围。”“全书还揭示了贫富两个对立的阶级如何彼此的仇恨倾轧，同时作者对于光明一方面的期望也暗示给了我们，那便是公教精神的表现。”“作者的文笔，相当的秀丽，而人生各方面的经验也相当的丰富，所以在作者的笔下，故事常常是活泼而生动的。”“这本书的最大缺点，就是书中人物对白的单元化。”“这本书里，任何人的谈吐都相差无几，几乎全是作者在那里替他们说话。”“第二个缺点，就是故事的传奇化。”“但无论如何，这本《江北人》依然不失为公教文艺作品里的佳作。”

12月31日 蓝在《图书月刊》第1卷第7—8期合刊发表《〈随粮代征〉》一文，认为：“作者用耒阳县东南乡的丰收和西北乡的旱灾做背景，来描写土劣的骄奢横恣与地方政府的无力。”全书第十一节以后描写得比前面十节生动有力，若语汇更丰富当或更为动人。

12月 程碧冰的《饿殍》被国民党以“思想偏激，鼓吹阶级斗争”为由查禁。

1942年

1月 靳以的《前夕》（第一部）由上海文化生活出版社初版。

梗概：黄俭之原是一个清贫的读书人，二十三岁时得道尹赏识，开始在政界飞黄腾达。抗日战争前夕，黄俭之突然失势，只能靠市长每月送来的干薪维持一家人的生活。赋闲在家的黄俭之尝尽世态炎凉，终日借酒浇愁，性情变得十分古怪。他的妻子因严重的肺病而久卧病榻，长着一张猫脸的妹妹菁姑则常年寄居黄家的阁楼，她因丈夫早死而心理变态，希望所有人都跟她一起遭受噩运。黄俭之共有六个子女：大女儿静宜温柔纯善，面对家里混乱的状态，大学毕业的她主动站出来主持家务，不仅抛弃了昔日的理想，还拒绝了男友梁道明的执着追求，发誓终身不嫁，一门心思操持家中琐事，身体越来越衰弱；二女儿静茵坚决果敢，不愿为家中安排的婚姻所桎梏，偷偷随爱人均离家出走，前往南方独立生活；三女儿静婉是文学系大学生，多愁善感，单恋诗人王大鸣，整日沉迷于绮丽的爱情幻想；四女儿静珠正读大学预科，她自私自利，游戏人间，有着极端的享乐主义，常浓妆艳抹出入娱乐场所；小女儿静玲还是中学生，她充满活力，有着强烈的爱国热情，常常参加学生运动；长子静纯则是哲学系大四学生，为人自私冷漠，十分厌恶自己与妻子青芬的包办婚姻，甚至劝怀孕的青芬流产，使得青芬十分痛苦。对于大姐静宜为这个大家庭作出的牺牲，静玲觉得没有意义，一直为她感到不值。三一八纪念日，静玲的中学本要召开纪念会，谁知保守顽固的校长为了避免事端，竟令全校放假一天。静玲和同学赵刚想方设法促成纪念会照常举行，并在操场聚集学生召开演讲，结果被气急败坏的校长发现，静玲等进步学生遭到记过处分。静纯既厌恶正在衰腐的家庭，又贪恋家庭的安逸，他偶然结识了静珠的同学 Mary 柳，并在与她的接触中爱上了她。静纯急需找人宣泄这种激烈的感情，于是去拜访好友王大鸣，却意外得知他得了活不过十个月的绝症。静珠则在纯朴的方亦青的劝告下，决心告别奢靡的享乐生活，试图回归正确的道路。

1月 艾芜的《丰饶的原野》第一部《春天》由桂林今日文艺社初版（今日文艺丛书第四种）。

3月10日、13日、14日 哥舒在《新天津》发表《咀华琐记：一、茅盾的〈子夜〉》一文，认为茅盾“给现代中国社会描绘了一幅明显的图画。从《子夜》中我们看到在外人势力培植下的畸形都市上海，是多么疯狂地奢靡地在发展着，半封建的村镇中动荡紧张的空气，国家军人在混乱的战争，民族资产阶级的挣扎，破产，没落官僚的丑态，秽形，许多寄生的拜金的女性，在黄金的泛滥中支撑着暗淡的命运，劳苦群众的怒吼，他们已把自身的使命担负起来”。小说在技巧上成熟，描摹得刻骨入微。但小说的中心意识不够，作者的立场是错误的，是站在旁观的第三者的立场来暴露现状，所以描写不够深入，并未能指明战乱和农村困败的原因，没有正确地完全地把握住历史的必然性。作者另一个极端的错误便是将吴荪甫写成企业的民族英雄了，这是不对的。再次是作者的“色情”描写有《野蔷薇》的风味，也损害了作品的艺术性。

3月15日 朱之魁在《中学生》创刊号发表《读〈漩涡里外〉》一文，认为：“这本书是描写学校风潮的背景；社会上卑鄙的黑暗即便在教育界中也同样的渲染上了这种色彩。”“这本书暴露了往日中国教育的腐败，一般智识份子以办学为营业；或以此作为其他事业的发展，教员们分派结党，一些无智的青年附和着胡闹，青年的学子深受了这种教育的麻醉，毫无团结，只是捣乱和破坏。中国的教育界可说是大有进步了，但是这种情形在所难免，为改良教育，实在是目前极严重的问题。”

3月20日 严刘祜在《浙江图书通讯》第1卷第2期发表《评介萧红的〈呼兰河传〉》一文，认为，首先，作者取材妥当，小说写得生动、深刻、细腻、动人，后一部分选材更得当。其次，作者企图把全书贯穿一起，但剪裁方面未加以大的注意，不太连贯且有剪断的感觉。最后，作者引用的俚语，有些很恰当，有些对少年读者不妥。

3月25日 谷虹在《现代文艺》第4卷第6期发表《关于〈春天〉及其他》一文，认为：“艾芜的这部中篇创作，《丰饶的原野》第一部《春天》，便是以他的故乡岷沱流域作为背景，而展开了一幅农民们生活的史诗。”“在这仅只五六万字的篇幅里，作者很经济地描绘出农村的各阶层——地主、富农、土劣、以及劳苦的农民相互间的复杂关系。这是本书的主题。”“作者对于这个主题的处理，是毫不勉强的。”“一连串的事情，使故事的进展呵成一气，一点也不做作，而从那里显示了众多人物的性格。”“在本书里作者对于赵长生这个双重性格的人物，写得最多，也最深刻。这也许是因为作者对他怀着憎恶，而加以无情的解剖的缘故。”“这一部作品虽然以描写农民为中心——在故事的进展中，地主、富农和土劣们只是被当作一种反衬，但是对于这些人的典型，也极其生动。”“在本书里，作者对于农村景物的描写，极其生动。他朴质地描绘着自然的景象，全书充溢着春天的气氛，农民们即在这个（气）氛里生存着，忙碌着。”“作者的风格是浑朴写实的。他不堆砌词藻，不矫柔做作，而用简炼的笔粗线条地把一幅农村图画显示在读者面前。他不坠入心理描写的牛角尖里去，而借人物的动作和对话来显示他的性格，结果更具象化了。”但他对作品中过多地使用方言并不完全赞同。

3月26日 梁实秋在《中央周刊》第4卷第32期发表《读〈骆驼祥子〉》一文，他认为：“老舍先生的小说之第一个令人不能忘的是他那一口纯熟而干脆的北平话。他的词汇丰富，句法干净利落，意味俏皮深刻。”“老舍先生的早年作品，如《二马》《老张的哲学》等，如果有缺点的话，最大的一点是应在文字方面给了读者甚大的愉快，而内中的人物描写反倒没有给读者留下多大的印象。《骆驼祥子》不是这样。在这部小说里，我们清晰的认识出一个人，他的性格，体态，遭遇，都活生生的在我们眼前跳跃着。其中文字的美妙处，虽然不一而足，虽然是最出色的一点，但是我在读完之后不能不说文字的美妙乃是次要的。我掩卷之后，心里想的是祥子这个人，他的命运，他的失败的原因，他那一阶级的人的悲剧。至于书中的流利有趣的文章，我一面浏览，一面确觉得它有引人入胜的力量，可是随看随忘，没有十分的往心上走。看到尽头处，我的注意力完全在书中的主人公身上，我觉得他是一个活人，我心里盘算着的是这一出悲剧，我早忘记了作者是谁，更谈不到作者的文笔了！这是艺术的成功处。老舍先生的文字虽然越来越精，可是他早已超出了竞尚幽默的那一时期的风尚，他不专在字句上下功夫，他在另一方向上找到发展的可能了。”“哪一个方向呢？就是人性的描写。《骆驼祥子》有一个故事，故事并不复杂，是以一个人为骨干，故事的结构便是随着这一个人的遭遇而展开的。小说不可以没有故事，但亦绝不可以只是讲故事。最上乘的艺术手段是凭借着一段故事来发挥作者对于人性的描写。《骆驼祥子》给了我们一个好的榜样。”“《骆驼祥子》虽与抗战无关，但由于它的艺术的成功，仍然值得我们特别的推荐。”

按：虽然这一观点是梁实秋“人性论”和“抗战无关论”文艺思想的生发，但他抓住了《骆驼祥子》成功的根本，以人性这一指征评价《骆驼祥子》的艺术得失，不仅独具慧眼，而且深刻永恒。

3月 陈瘦竹的《春雷》由重庆华中图书公司再版。

3月 巴金的《火》（第一部）由桂林开明书店印行桂二版。

3月 巴金的《火》（第二部）由桂林开明书店印行桂二版。

3月 巴金的《家》由赣县开明书店印行赣一版。

4月5日 沈默在《中国文艺》第6卷第2期发表《予介一部文艺巨片〈家〉》一文，说："《家》是名作家巴金先生的成名作品，内容是暴露大家庭的罪恶，同时描写出青年人的新思想和老年人旧思想的冲突，争斗。故事是由一个宦囊充盈建起来的'庄严'的大家庭而他们只知道保持着所有的家业，可是第二代的人们，因袭着先辈的游手好闲不事生产的遗风，而激起了第三代的愤激这样来使着一个表面上融融洽洽的大家庭，每个人都有着每个人的异殊的思想，争斗，离间，起来。一直把这个'家'闹得乌烟瘴气的崩溃了。第三代以至第四代他们解除了他们的枷锁飞出了这个封建的'笼'去呼吸着自由和平的空气。而完结了这篇故事。""由于巴金先生的一枝妙笔，把这篇故事写得极真挚，早为读者所一致赞许和同情的，并且外国也有着翻译的译本。去年的下半年名戏剧家周贻白先生曾把它改编为舞台剧，在上海竟连演到一个多月而上座成绩尤不稍衰。可见《家》的成绩如何了罢，中国联合影业公司认为极有搬上银幕的价值，但是剧情的复杂，决不是那么容易的一件事，所以举动了全公司的导演，演员以及技术人员完成了这部影片，可以说在阵容方面是一部空前理想的影片了。"

4月15日 篁在《工商生活》第1卷第7期发表《〈科尔沁旗草原〉》一文，认为："这是一首美丽的长诗，一幅伟大的独具匠心的泰山之巅的云海的图构，辽阔无垠的顶天立地的科尔沁旗草原的缩影，作者在这里不但钩出万余农民中不同的脸型，农夫与农夫间的社会的距离，而干着杀人放火勾当的土匪的前身却正是这些善良的农民，并且还告诉了畸形的中国的病态社会形成的原因。""作者选择了这草原的首户丁家为模型而描写了，用着这重心，然后再伸展出去无数的半径，把这广漠的草原的景物，清晰的渲染出来。""这是枯瘠的中国小说界里的一朵奇葩，它奠定了中国小说界的更坚固的基础。"

4月15日 烛影在《艺术与生活》第34期发表《闻国新小说评》一文，认为："我们如其说闻先生的作品是小说，不如说是随笔，纪事或通俗江湖小说，没有曲折与含蓄，也没有修养与人间表现。作者用朽老的落伍格式，写老的材料，无有前进的思想及时代的意义。字句，近平淡，如一个吸鸦片的老人，混身绵软，没有筋骨：并缺乏细密思想和艺术手腕。""另有作品《花鼓戏》《工人》《父与女》，及最近在《中国文艺》连载的长篇《蓉蓉》，仍是一无所取，空占去不少篇幅"。

4月30日 阿茨在《辅仁文苑》第10—11期合刊发表《〈马伯乐〉》一文，认为："全书中刻意的描写一个人的性格，塑造出这时代中的一种人的形象。那就是一种遇事都胆小，然而却很机警的人。""作者写马伯乐这个人物颇有些近于鲁迅先生笔下的阿Q……阿Q不但表现了一种人的典型，而且是针对现实的讽刺。马伯乐也是一样的，他可说是在目前中国随处可见到的人物。""此外，《马伯乐》在写作上很有些近于老舍的地方，尤其是作者处处用幽默的口调，而那幽默又是极深切的讽语，笑和泪是连在一起的。"但"题材的剪裁与分配上不很恰当……作者不分章节……也是使故事缺少清晰头绪的一个原因"。

4月 高沐鸿的《红日》被国民党以"言论颓废，思想偏激"为由查禁。

4月 骆宾基的《边陲线上》由桂林文化生活出版社印行桂一版。

4月 巴金的《春》由赣县开明书店印行赣一版。

5月1日 梁山丁的《绿色的谷》始刊于《大同报》，至12月3日毕（有间断）。

5月5日 **王秋萤的《河流的底层》由大连实业洋行印刷部初版。**

梗概：林梦吉是一个出生在没落的仕宦之家、从乡下到省城求学的青年学生。他寄居在当厅长的舅舅家，既不能与家中亲戚愉快相处，又不习惯城市里让人眼花缭乱的生活，虽然通过表哥表嫂结识了富家子弟朱庆林、妩媚的张天娇等人，但却并不喜欢他们的为人，只与表弟质文和府中使女小香交好。进入工科学校后，他与严肃又热情的周汉英一见如故，并在其帮助下加入常识会，了解进步运动，同时为了帮助小香摆脱被父亲包办婚姻的命运，他开始教小香识字读书，并互生爱意。省城突如其来的变故让林梦吉不得不回乡下看望父母，眼见乡下匪患猖獗，省城生活混乱，他决心去北平读大学，闯荡一番。林梦吉

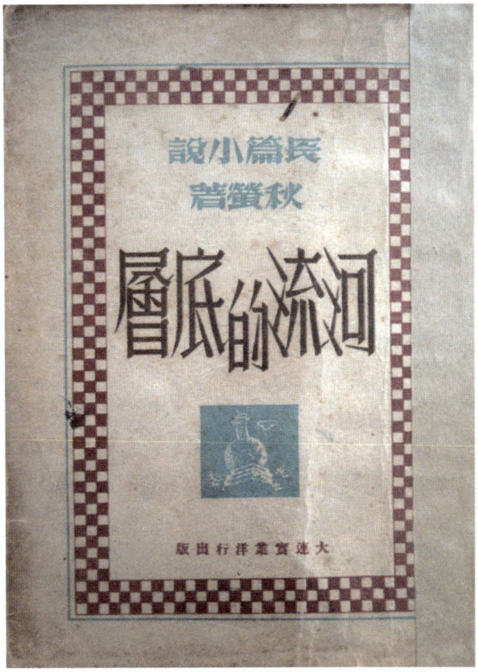

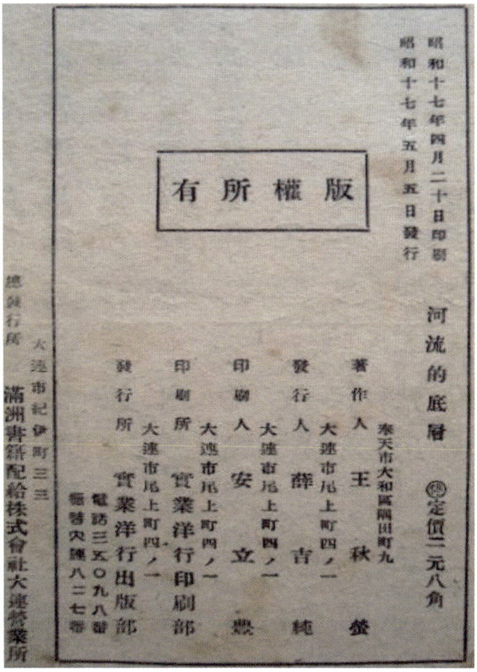
昭和十七年四月二十日印刷
昭和十七年五月五日發行
版權所有
河流的底層 ㊣定價二元八角
著作人 奉天市大和區隅田町九 王秋螢
發行人 大連市尾上町四ノ一 薛吉純
印刷人 大連市尾上町四ノ一 安立豐
印刷所 大連市尾上町四ノ一 實業洋行印刷部
發行所 大連市尾上町四ノ一 實業洋行出版部 電話三五〇九八番 振替大連八二七番
總發行所 大連市紀伊町三三 滿洲書籍配給株式會社大連營業所

与小香私下相约，等他在北平稳定后便接小香一同过去，开始两人的新生活。

初到北平的林梦吉被大城市的繁华吸引，并且由于性格扭捏不善拒绝，常同表哥表嫂一起享受豪奢放浪的生活。在朱庆林安排下进入大学后，林梦吉忘却了自己的初衷，尤其是表哥表嫂离开北平使他陷入经济困难，不得已搬进朱庆林家中，他没能抵制住张天娇的诱惑，同她谈起了恋爱。林梦吉学业日渐荒废，完全将故乡、父母、小香抛在脑后，只顾恋爱享乐，任由自己堕落下去。然而好景不长，朱庆林、张天娇夫妇另谋出路去往他地，林梦吉既经受着失恋的煎熬，又面对苦闷和孤独，在火车站与曾经的好友周汉英的重逢更让他看到自己的颓废，失望至极，他终于在到北平的第五年返回故乡。回去后，他看见父母更加苍老，得知表嫂难产去世，舅舅家已破败，小香嫁作人妇，表弟成长为一个强壮的青年，林梦吉感到人物皆非，最终告别省城回到乡下，火车上的他有一种更深的幻灭感和悲哀涌上心头。

按：王秋萤（1913—1995）的这部小说名为“河流的底层”，就是指生活在底层的人们。小说通过青年林梦吉九一八事变前后的生活遭遇，揭示了都市官宦之家在物质与精神世界中双重的迷茫与困惑，表现了东北沦陷区人们精神上无所依托，时时感受到一种令人绝望的孤独与幻灭感。小说结构零散，人物也模糊不清，整体艺术成就不高。

5月7日 陈西滢在《中央周刊》第4卷第39期发表《〈春雷〉》一文，认为，这部抗战小说，“所着重的却在乡村人物的描写。故事的演变即从人物个性的发展中出来。我们可以说，这仍然是一部乡土小说，只是所写的不是平时的乡村，而是抗战中的乡村。”人物多是心志迟疑不定的人，也无所谓主角，描写得也不太成功。不过，“书中的许多人物，以马郎荡为最有趣味。这是一个别开生面的，有创造性的角色。”小说“比较大的缺点，是作者对于战争，并没有经验，所以写到了自卫军的组织和行动，便不十分有把握”。

5月28日 刚克在《清乡新报》上发表《巴金的书》一文，认为：“热情的文字，年青的，充满着年青人的爱憎和悲欢，他这些卷书，是专门写给这时代中一些青年的读者的。”“他想用了笔底的情热，去温慰这一世纪来的寒冷，他留给年青的一代不少希望。”“有血和泪，有鼓励和安慰，在他的文字中。”“他看见了应该没落的一代，也看见了新生的爱和希望。”“因是，他有着悲哀，有着憎恶，但他并不因是而悲观，他的笔那么的年青，没有一点疲倦，填满他内心的，比悲哀和憎恶更多的是对于将来的期待。”

5月 周文的《烟苗季》被国民党以“思想偏激、颠倒事实”为由查禁。洪灵菲的《转变》等被国民党以“鼓吹阶级斗争，诋毁本党”为由查禁。戴万叶的《前夜》被以“触犯审查标准”为由再次要求“停止发售”。

5月 巴金的《火》（第二部）由成都开明书店印行成都版第一版。

6月15日 克宽在《文史杂志》第2卷第5—6期合刊发表《关于〈春雷〉的使用俚词俗语》一文，认为小说使用粗俗之语也是一种美，是生动性与真实性的体现，也是文艺大众化与民族形式落到实处的一种体现。

6月15日 周骏章在《文史杂志》第2卷第5—6期合刊发表《陈瘦竹:〈春雷〉》一文，认为小说有两个长处：一、情节紧张有趣；二、人物生动灵活。有三个弱点：一、布局有漏洞；二、在技术上，《春雷》有三处缺陷，即著者不善于描写战争、恋爱和心理变化；三、小说的俚词俗语有些不雅。“总之，《春雷》有长处，却不是十全其美的。但这部小说是抗战小说，是‘含有用意的小说’（‘Novel with a purpose’），预先有了用意，就不容易写得好。《春雷》已在水平线之上，似乎不必苛求了。”

6月20日 端木蕻良在《文学报》第1号发表《我的创作经验》一文，说：“《大地的海》是记叙我母亲那一族的故事的。那是企图想把大山扩大了来写。那个年青农夫的影子，便是用我的大表哥的来作底子的。不过起头是我大表哥的少年期，再过一个时光，他就会走上了大山的路上来的。”“我有一种压抑的沉厚的爱，这种爱只有土地会了解的，这是我对于土地的寄下了沉厚的嘱托的理由。我离开了土地，来到了海上，我感到无比的寂寞和怀恋，对于那稻草的香气和原野的空旷。《大地的海》的全文，便是我对于土地的爱情的自白。我性格里的粗犷的一面，适合我来勾勒这个荒凉的轮廓。我便写了。我那时有一个企图，就是我想作到写土地的文章，写到这儿就着写尽了。因为那时自以为对土地有深沉的了解。写了土地是在我和海洋在一起过了一个时候，土地和海洋的沉郁在我的眼前调和起来，我看不出海洋和土地的分别来，同时我又可以看出他们的绝对的不同来。这两种氛围在眼前交流，时而把我带到遥远不定的恍惚里，时而又把我凝冻在光枯的土地上。我抒情似的抒写着土地。”

按：此文于1944年11月1日又刊于《万象》第4年第5期。

6月20日、27日、7月5日 孙陵的《大风雪》第七章刊于《文学报》第1—3号。

7月14日 何杞若在《西京日报》发表《谈谈巴金的〈火〉（第一部）》一文，认为：“他表现了上海救亡活动的一面，最积极最热烈的一面。表现了新中国的茁长与壮大，揭示了敌人的残暴与兽性，写出了一群同我们站在一条战线上反日的朋友，而且，细致而深刻地刻画了他（她）们的姿态与个性。”

7月30日 谢冰莹的《一个女兵的自传》中卷（即：《情海波澜》和《做了母亲》）刊于《黄河》第3卷第1期。

8月1日 田涛的《潮》部分章节以《海船上》为题刊于《文风月刊》第1

年第 4 期。

8月5日 吴明世（袁犀）的《贝壳》前半部分以《夏日》为题刊于《中国文艺》第 6 卷第 6 期。

8月10日 含沙的《抗战》以《中国人》为名由成都大江出版社再版。

8月30日 茅盾的《霜叶红似二月花》第 1—9 章始刊于《文艺阵地》第 7 卷第 1 期，至 11 月 20 日第 7 卷第 4 期（未完）。

8月 S.Y.（刘盛亚）的《夜雾》（第一部）由重庆群益出版社初版。

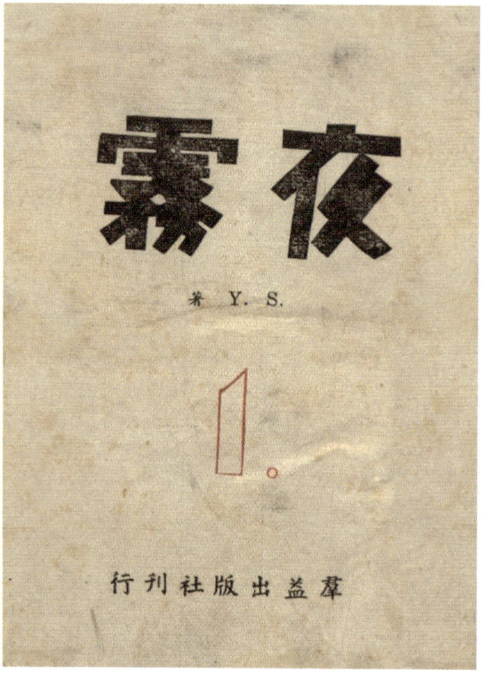

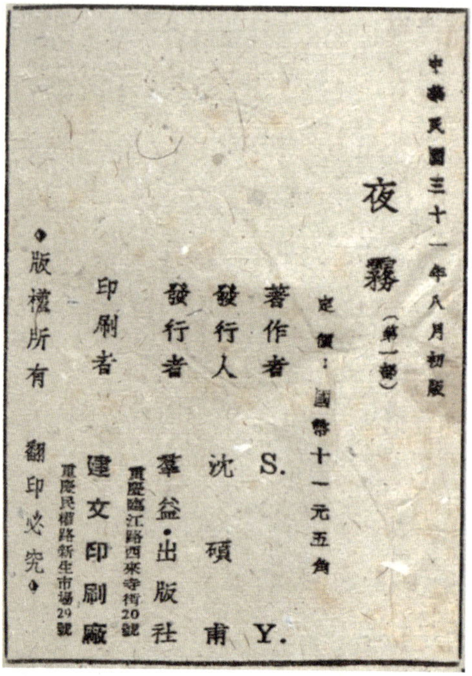
中華民國三十一年八月初版
夜霧
（第一部）
定價：國幣十一元五角
著作者 S. Y.
發行人 沈碩甫
發行者 羣益出版社
重慶臨江路西來寺街20號
印刷者 建文印刷廠
重慶民權路新生市場29號
版權所有 翻印必究

梗概：“九一八”前夕的北平，梨园老江湖白小福和小桃红买进了一个姑娘，取名白丽英，加入他们的家庭戏班。戏班其他成员有大姐白丽菊、二哥白丽良和三哥白丽雄。随着九一八事变的爆发，整个北京城陷入混乱。丽菊服毒自尽后，十四岁的丽英得到潘一贵的捧场。此时，美好的爱情在丽英和丽雄之间滋生出来。由于战局的紧迫，小桃红带着三兄妹几经周折，流落到中原的一个城市。其间丽雄同从北京追来的姨太太私逃。小桃红带着丽英拜访、巴结当地权贵，不久丽英便失去了纯洁之身。成角之后，丽英日夜游走于上流社会的腐烂生活与丑态之中，逐渐堕落。而后丽英和丽良受到了抗日学生的感染，参加大型演讲活动，又在血腥镇压中死里逃生。当丽英再次巧遇大学生何更生时，她鼓起勇气选择了嫁给更生。

8月 徐中玉在中华正气出版社出版的《艺文集刊》第1辑发表《评巴金的〈家〉〈春〉〈秋〉》一文，认为："巴金先生用了他那汹涌的热情写下了的这个'正在崩坏中的资产阶级的大家庭底全部悲欢离合的历史'，的确是真实的历史。他给我们展示了一幅五四以后一般青年反抗封建势力，反抗吃人礼教的鲜明动人的图画。这是一幅充满着血与泪，爱与恨，欢乐与受苦，有形的斗争与无形的斗争底图画。在这里，一个旧家庭的命运是渐渐地但是必然地沉落进灭亡的深渊中去了，一个不合理的社会制度被宣告着死刑，但这里也绝叫着这个家庭这个制度的垂死的呼号，垂死的挣扎——它们在崩坏的途中也还捕获了无数的牺牲品，无数年青可爱的生命就这样仍是惨苦地怨屈地结束了他们短短的生涯。在这里，有着无数的人在遭受着它们酷虐的摧残，他们忍受着，哭泣着，不敢愤怒，只以眼泪和叹息作为对于这种不公平的命运的惟一反抗，到头他们一个个都成为不必要的牺牲品惨痛地死了；但这里也终于透进来了新鲜的空气和阳光，也终于在大批将要成为同样的牺牲品里出现了一些叛徒；他们幼稚，然而大胆，他们没有具体的计划，然而血淋淋的现实渐渐教训着他们使他们终于变成了十分坚决，他们绝不忍受，他们坚决反抗一切不公平的命运。在这里，旧势力在崩坏，在灭亡，然而它还在挣扎，更猛烈地挣扎；新势力在萌芽，在发生，然而它还在受苦，更惨烈地受苦。不过旧势力是一定要灭亡的了，而新势力，则正有着最好的前途。"所以，"这三部作品，事实上是要唤醒着大家起来向那封建势力的最后几个堡垒澈底进攻。只要反帝反封建的任务一天没有完结，这三部作品就始终有它们重要的价值。"就人物而言，他认为："我们不能同意巴金先生为了使他人物的色彩格外鲜明而给觉新安排成了这样一种形状，他差不多是故意取消了觉新在行为上一些可能成长可能积极起来的反抗的要素，只为了使觉新的形状能和书中别的许多人物作一个触目的对照。觉新的反抗对于他自己的命运并不会有多大改善，他在忍受了无数次的不义行为后渐渐促成了的反抗的动作可能仍是微弱无力的——例如《秋》的最后那一次反抗即是如此——这是明白的事实，然而我们却不能不指出，取消了这些在他里面必能发生的要素，却使读者在某程度上失掉了对这人物的同情和感动的基础。”然而，“如果我们知道五四时代一般‘叛逆’青年精神之根本的特点是天真和勇敢，那么我们正不妨说，像觉慧这样一个形象，的确可以代表这些特点，的确具有典型的价值。在觉慧身上，我们正可以看出五四时代一般叛逆青年的优点，以及他们的缺点。他们的优点是：热情，勇敢，大胆，不断的追求和反抗；他们的缺点就是：思想不深刻观察不精细，对于真正应走的道路还很茫然，他们的斗争方法也多是个人主义的，虽然热情，却常常孤独，虽然努力，却常常不能持久。”而觉民则是一个由温和派转变为过激派的人物，“巴金先生写这个转变，非常仔细，很自然，和写觉慧有相近的成功。”“如上所述，在这三部作品中的几个男性人物，觉慧和觉民两个是被雕塑得比较成功了，觉新（和剑云）就不免是比较失败。”

8月 艾芜的《丰饶的原野》第一部《春天》由桂林今日文艺社印行渝二版，3000册。

9月1日 吴明世（袁犀）的《贝壳》前半部分以《藤罗花》为题发表于《国民杂志》第2卷第9期。

9月6日 《新华日报》刊载《春天》的广告：“本书为作者之长篇小说《丰饶的原野》之第一部，可作为中篇小说读。本书系写作者之故乡——四川农村之风物，尤以擅长把握农民性格，尤称杰构。其中反映三种农民典型，一种是奴性的服从，一种是具有强烈反抗的性格，一种是反抗和服从的二重性格。这三种型的农民，正是反映了五千年农民历史的一个缩影。作者用他熟练的风格，把中国传统的农民历史的一片段，显示给我们。”

9月10日 王易庵在《杂志》第9卷第6期发表《巴金的〈家·春·秋〉及其它》一文，认为：“巴金的作品之受人欢迎，同时也就是他成功的地方，是在于他具有丰富热烈的感情，贯穿于他文字中间的是对人间的热爱。”除此之外，“《家》《春》《秋》是一部记载大家庭制度的溃灭史，这里面的环境正是现代中国多数人都曾经历过的，这里面所描写的人物更有不少读者可以从他们的身上找到自己的影子，不但是其中年青的一代如觉民，觉慧，琴，淑华等的命运为一般青年所关心，而且因为其中穿插着许多牺牲于宗法社会，封建制度之下的不幸的女性，如鸣凤，梅等等，使得一批太太，奶奶，小姐都为她们一掬同情之泪，于是巴金的三部曲遂成为雅俗共赏，真正大众化的文学作品，而拥有比张恨水的《啼笑姻缘》更多的读者和观众了。”

9月16日 天平在《盛京时报》发表《〈北归〉读后的联想》一文，认为：“《北归》的朴素，单纯，生动，挺秀，是一般作品所□具而此具据了。”而且，“《北归》思想上不传统，作法上不典型，不生硬，不滞泥，也不冗长，处处都是流露出朝气的。”

9月20日 松江在《学习生活》第3卷第4期发表《〈马伯乐〉》一文，认为，萧红在书中是“着重铸造一个典型。一个自私，自负，短见，狭小，而多空想的小资产阶级的性格”。她“想写成‘哈姆雷特’或‘罗亭’，虽然魄力和经验，稍感逊色”。他认为：“最值得推崇的，是‘马伯乐’这位先生，的确是活跃在近二三十年的中国社会中，虽然一般青年不尽都是完整的‘马伯乐’，但在每个市民层中，总或多或少的潜流着‘马伯乐’的血液。这部作品像一般伟大的作品一样，完成了指示‘人类向上’的任务，它能使一般人知道作人的优劣，而使人知所取舍。”而马伯乐其人则是“充满着矛盾，而在表演悲剧的人物”。不过，由于“萧红并未能着重分析马伯乐所身处的现实社会，未能透视社会各个阶层间的关系，未能把握人与人间的这些多角关系，所以我们虽然看见了马伯乐的一举一动都很亲切，熟识，却未能晓得马伯乐到底是怎样造成的……其次，马伯乐的性格，也不像十分统一……依一般情形而论，马伯乐在战前因为时代的苦闷，环境的影响，使他在社会上演着寄生的角色，这是很普遍的。但是这翻转乾坤的抗战，实在是曾经给予多少青年的生机，马伯乐不因此而向前走，仍然是靠着太太逃难，这是有些出人意表的”。

9月30日 沙汀的《淘金记》部分章节以《烧箕背》为题刊于《文艺阵地》第7卷第2期，至10月31日第7卷第3期。《文艺阵地》编者对其介绍如下：

“这是沙汀新作长篇《淘金记》之一部。《淘金记》的内容系描写：抗战以后，四川内地某乡镇因淘金而发生的一个斗争。前部份介绍参加这纷争的人物，后部份（即这里所发表的）则正是展开斗争的场面。全书共十五万字，最近将由‘文化生活出版社’出版。”

9月 **于逢、易巩的《伙伴们》由桂林白虹书店初版，1—3000 册。**

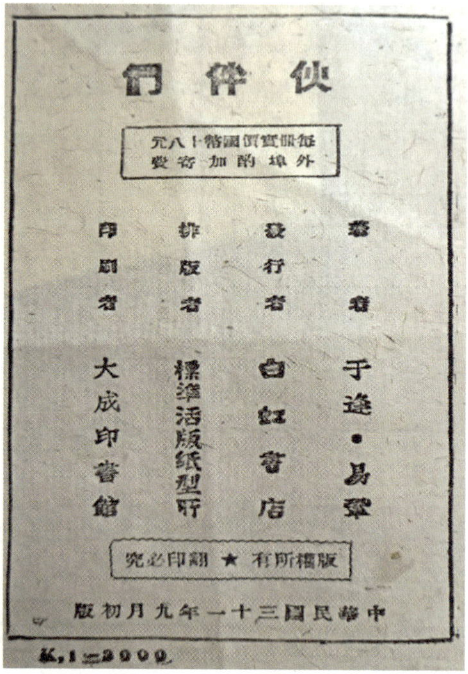

梗概：涌尾村边的红泥屋里住着一户黄姓贫困人家，他们的独生子黄汉从小浪荡调皮，喜欢跟流氓混在一起。黄汉年幼时先是被父母送到地主周筱卿家做杂役，后来又被主人打发到田里看牛，受尽了打骂与侮辱，于是跟着一个小流氓跑去了广州，干起了“捞家”的行当。父母去世后，已步入中年的黄汉以“雷公汉”的名头再次回到涌尾村，并成立了一个混混集团，名为“仁义堂”。在柳雨亭的介绍下，雷公汉做成了一笔生意，但因分赃不均遭到了柳雨亭的嫉恨，使得仁义堂陷入了被围剿的困境。伙伴杨广中枪身亡，陈满和卢九先后被俘，雷公汉的身心遭到了重创。后来，雷公汉在街头受到了抗日分子的宣传感召，心中涌起了一丝希望。广州沦陷后，社会局势发生了重大转变，雷公汉决心顺应时势、救国救民，于是将仁义堂改称为“八乡人民抗日游击队”，自觉承担起守卫家乡的重任。金沙墟失守后，伙伴们在急遽变化的形势下作出了不同的选择：陈满在侦察日本兵的任务中失败，死在了日本人的刀下；柳雨亭背弃了同伴转而成为自警队的一员，被吴有财一枪毙命；吴有财想脱离队伍回到家中安稳度日，却因放松警惕被挑夫拿扁担击中了头部。最后，雷公汉带着剩下的伙伴们向日军发起了一次猛烈的进攻，重伤身亡。幸存的卢九与一位上尉一道做了伙伴们新的头领，带领着更加团结的队伍归顺了广东第六游击总队，在祭拜了雷公汉之后继续向着同日本人斗争的道路上前行。

按：于逢（1915—2008）、易巩（1915—2001）以主人公黄汉（雷公汉）的一生为线索，着重描写了以他为首的“捞家”集团由打家劫舍到抗日救国的成长过程，表现了传统的侠义气概向民族解放觉醒的转变历程。小说人物真实生动也富有激情，常通过人物性格前后对比所形成的巨大反差揭示乡间普通人民野性的灵魂气质与张扬的生命力量，从而肯定人的主体能动性与创造价值。作品的环境描写颇显乡土气息，不过叙述模式陈旧，在结构、节奏及情节的安排上也显出刀斧痕迹，方言的大量使用虽有一定的鲜活气息，但不少地方白话与行话掺杂交错、重复使用，多少纷扰了读者的阅读体验。

10 月 10 日 麦青在《青年文艺》第 1 卷第 1 期发表《萧红的〈呼兰河传〉》一文，认为，它不是一部完整的长篇小说，但“它却是一篇优美的抒情诗，它由好多篇可以独立的散文，连缀起来的”。“作者不是在用‘故事’感动读者，却是忠实地讲述着日常生活，使我们在这些生活的场面中，感到呼兰河城是怎样一个城：住在这个城中的人，是怎样对待着生老病死。作者讲述这些事物，态度很从容，而语言活泼动听。”“《呼兰河传》全篇分为七章，这七章似乎都可以单独成立。”“这七章里面结构上虽然没有必然的连系，但是它们被一个目的贯串了。不论在那一章里，作者都是在表现着呼兰河的住民的迷信与无知。他们习于那荒凉的贫乏的生活，他们对于生活，几乎像没有什么感觉一样。”“他们的生死态度总括起来就是：‘人活着是为吃饭穿衣。人死了就完了。’”“这就是作者所要表现的骨梗，作者就是依这个骨梗，用许多材料给它充实起来的。”“从表现这一目的上来说，作者成功了，但是，如果要求高一点，好像还没有剖析出这些现象的本质。读过之后，在思想上所得的启示，似乎过少一点。时代的背境也没有烘衬出来。”不过，“在读《呼兰河传》的时候，最感到的特色，是作者语言上的活泼，清新。它们是那么朴实，那么自然，一点没有拘束。在叙述里掺和着描写，在描写里流露着抒情。凝得住，化得开。”

10月10日 《青年文艺》第1卷第1期刊载《伙伴们》的广告：“本书是一部叙述珠江三角洲盗贼群转变为抗日游击队的整个过程的长篇创作，描写他们怎样从英雄的人民变为人民的英雄，怎样从伙伴变为战友。在施耐庵的《水浒传》以后，可以算是第一次把流氓无产阶级的另一新形态表现在文艺上。书中充满鲜明艳丽的地方色彩及热烈浓郁的广东情调。作者曾深入广州外围的游击区巡历，现在以其亲切的乡土感情，真实的生活体验，锐敏的观察眼光，与乎高度的艺术手腕，在文艺上开辟一个崭新领域。他在我们面前呈现一幅色彩强的画景，和各种的现实典型的造像：慷慨仗义的土匪，堕落无耻的流氓知识份子，倔强坚韧的下层妓女，自私奸险而又乖戾的农村地主。字里行间，透露出骇人的血腥和刺鼻的火药味，跳动着活灵活现的人物。抗战五年来，在中国文艺收获上，似乎还缺乏一部概括描写某一阶段现实全貌的长篇，而尤其缺乏一部深湛表现南中国抗战初期人民斗争的史诗。此书出版，当可稍为弥补此种缺憾。全书凡二十八万言，分十二章，开头冠以全景，展开珠江三角洲一般景物，末后殿以尾声，预言现实动态的未来，封面装璜均极精丽，堪与内容并美，现已出版。”

10月15日 《文学创作》第1卷第2期刊载《铁苗》的广告：“描写一群青年参加抗战工作的动态，反映前线与后方生活的各面，有缠绵悱恻的爱情故事，有英勇忠烈的战斗场面……并展示着如何争取未来世界光明的坦途，实为文坛稀有之杰作。”

10月15日 吴明世（袁犀）的《贝壳》前半部分以《槐花篇》为题刊于《华文·大阪每日》第9卷第8期。

10月25日 《新华日报》刊载《潮》的广告：“《潮》是一篇比较长的写

实小说，是田涛先生抗战以来的一部精心的创作，内容充实，文笔轻松，在抗战的洪流中，作者所亲身体验到的正如他自己所选定的题目《潮》一样波涛澎湃，绘画出伟大时代的另一个画面。本书已在双十节出版，存书无多，欲购从速。”

10 月 30 日 谢冰莹的《一个女兵的自传》中卷（即：《探狱》《惨苦生涯的一断片》《南归》）刊于《黄河》第 3 卷第 2 期。

10 月 田涛的《潮》（第一部）由重庆建国书店初版，1—3000 册。

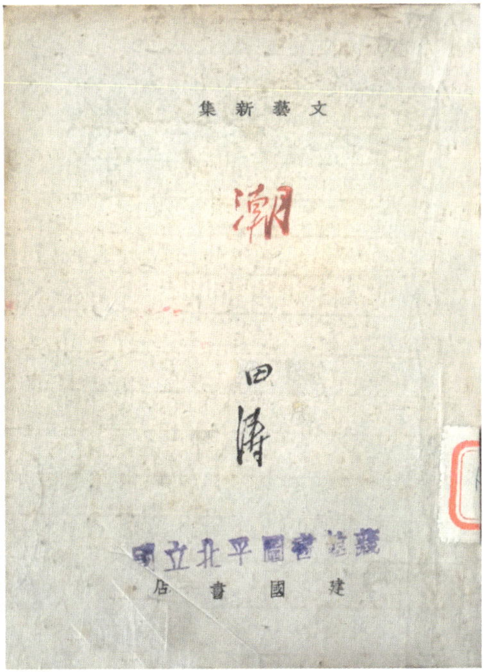

梗概：1937 年 7 月，音乐学院的学生胡珈航到北平寻找父亲，不料刚到北平就赶上卢沟桥事变爆发，只得平津流亡学生一起逃离北平。在逃亡中，胡珈航对山鹰产生了好感，山鹰也喜欢胡珈航这位文质彬彬的大学生。加入“冀察游击宣传队”后，两人的感情日渐升温，但在一次撤退转移中，胡珈航失散，山鹰被司令部参谋董子逊强奸。之后，胡珈航与山鹰在郑州相遇，但胡珈航却得知他们俩竟然同父异母。他无法接受这个现实，陷入精神错乱，不久死去。

10月 陈铨的《狂飙》由重庆正中书局初版（建国文艺丛书第一集）。

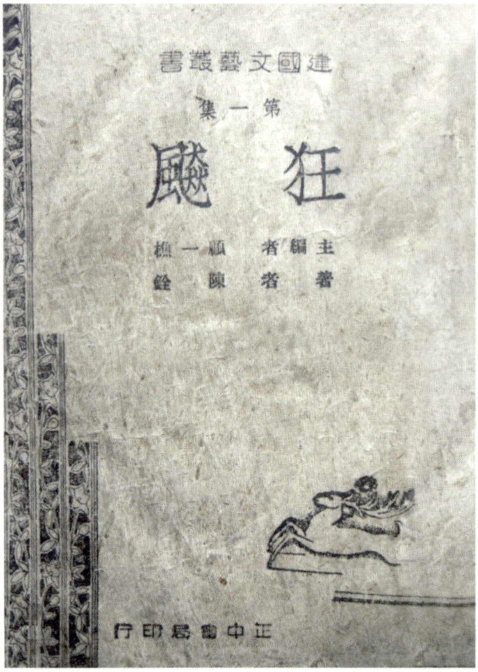

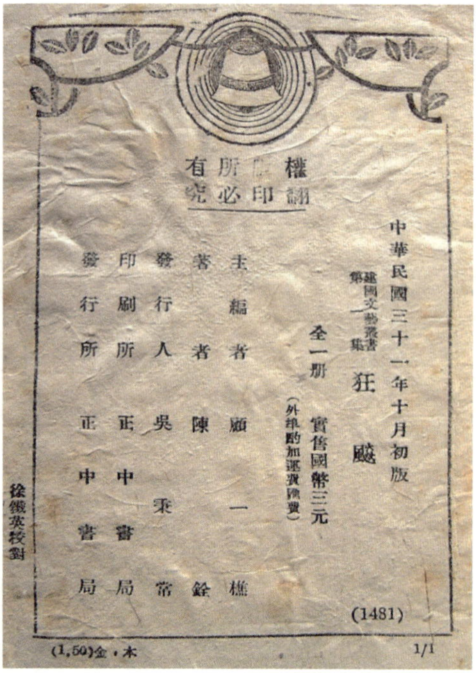

梗概：上海百万富翁之子薛立群与邻居寡妇之女王慧英自幼青梅竹马，顺理成章缔结婚约。在与王慧英恋爱的同时，薛立群又无法自拔地爱上了王慧英新结识的好友黄翠心，黄翠心也对薛立群暗生情愫。纠结不已的薛立群以对黄翠心表面的厌恶来掩饰自己对她的感情。薛黄二人先于王慧英从中学毕业，并分别考上北平两所大学，王慧英则留在上海继续念书。美艳时髦的上海小姐黄翠心一入学便成了倾倒整个北平学生界的校园“皇后”，但她只钟情薛立群。在她大胆逼迫与柔情引诱的双重攻势之下，痛苦挣扎在王慧英与黄翠心之间的薛立群终于承认对黄翠心的感情，两人迅速确定关系。得知真相的王慧英大病一场，半年后与一直暗恋自己的李国刚结婚。薛黄二人也在北平举行了盛大的婚礼，毕业之后回到南京工作。一·二八事变之后，王慧英跟随公公李铁崖在无锡乡下训练上万壮丁以备抗日，李国刚也毅然加入空军。八一三事变之后，薛立群因工作留在上海，黄翠心则积极参加南京的难民救护工作。后来，李国刚于空战中殉国，黄翠心严拒日军侮辱自尽，王慧英因无锡失守被俘拒辱而神经错乱，含笑死在立群怀中，薛立群独自奔赴无锡乡下，接替李铁崖领导游击队继续抗日。

按：这是陈铨借一个三角恋爱故事表达怎样从个人的狂飙达到民族的狂飙，即怎样从五四运动的个人主义转变到现阶段的民族主义的作品，也是陈铨 20 世纪 40 年代倡导的“民族文学”的代表作。作者以薛立群、王慧英、黄翠心三人错综复杂的爱情纠葛为中心，以鲜明的民族主义为底色，大力宣扬了“民族意识”“国家意识”，控诉了日军侵略中国领土的暴行，既表现了感情的“狂飙”，也书写了战争的“狂飙”。小说前半部分写得细致，感情真挚浓烈，后半进入战争阶段的描写则平白，情节有些突兀，结构也有突转之嫌。此外，小说多用人物对话，颇有戏剧的写法，但以人物为作家政治理念的传声筒式意味也颇浓，一些叙述冗长、多余，不够精练，结尾青年男女们在抗日战争爆发之时从个人感情纠葛突然全身心转向抗日救亡也显得有些突兀。

10 月 艾芜的《春天》由桂林今日文艺社印行第三版。

11 月 曾朴的《鲁男子·恋》由成都真美善书店印行蓉版。

12 月 1 日 **熊佛西的《铁苗》由桂林文人出版社初版（文人出版社丛书之一）。**

梗概：九一八事变时，苗铁生的至亲被日军残害，他因不愿做亡国奴，流亡至河北“冬不老村”，并通过兴办教育成为当地的村长。一次进城去打探战争消息时，苗铁生不慎被抓，日本人听闻他深受当地人民的爱戴，逼他做维持会的会长，他宁死不从，趁卫兵睡着时偷溜回村，并决定和梅子、秋纹、尔昌、庞小弟撤到后方去。沿途尸横遍野，庞小弟也因敌机所投的炸弹而惨死。经过长途跋涉，他们乔装成难民，进入了天津租界，并与好友秀庭会合，计划着枪杀汉奸秦希根。作案成功后，日本人大为震怒并威胁英国租界当局缉拿凶手。为了掩护苗铁生，排子工人赵明义主动自首，任凭严刑拷打，仍坚称是一己所为。局势的恶化迫使苗铁生离开天津，几经辗转来到了成都的农建总会，领导农村服务队支持全省的抗日动员工作。为了让工作亲近于民，苗铁生选定了情况复杂、离城较远的王家场作为工作点。他在这里举行了春节劳军大公演，重整了小学教育，开设了农民夜校并号召农民翻修公路。这触犯了当地地主周范圣的利益，

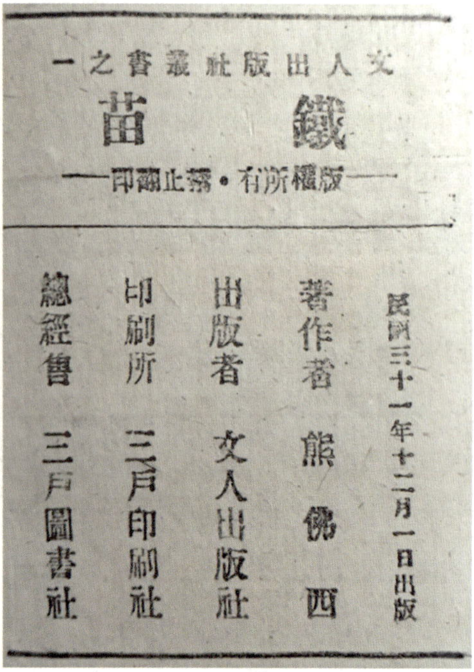
文人出版社叢書之一
鐵苗
——版權所有・禁止翻印——

民國三十一年十二月一日出版
著作者　熊佛西
出版者　文人出版社
印刷所　三戶印刷社
總經售　三戶圖書社

受到他的坚决阻挠，周不仅无视农民多次的请愿，一意孤行停止修路，还动用武装力量加以警示，并由此引发冲突，导致八名农民被捕，幸好会长杨仁勋积极处理才得以解决。新路竣工后，苗铁生认为还需要一个新的卫生所，这让当地郎中王德章耿耿于怀，他不仅散布谣言称打“洋针”会死，还绑架新来的医务人员恫吓他们赶紧离开。局势日渐恶化，市面上闹起米荒，周范圣不顾国家安危囤货居奇，苗铁生发起“反囤积”运动，即便不断收到恫吓信，也毫不妥协。在一个电闪雷鸣的夜晚，铁生遇袭连中三枪致死，成千上万的农民不顾风雨络绎不绝地前来哀悼。

按：这是熊佛西（1900—1965）一首描写抗战热血青年的赞歌，也是一部鞭挞不顾国家安危之人的作品。小说名为“铁苗”，兼具钢铁般的抗战意志与幼小二义，通过对苗铁生遇到任何情况都绝不逃避、绝不屈服、绝不停止战斗的精神捕捉以及其去世后对人的感召，寄托了作者对青年的期望。小说采用对比的手法，从正反两方面写出了在对待抗日与爱情问题上，苗铁生、梅子与尔昌、秋纹这两类青年的选择及结局，对读者有一定的启示意义。开篇借由苗铁生失踪、人们对此事的讨论，将主要人物一一引出，自然又不乏生动。但结构上略有不足，对国栋与母亲的争执、秋纹和尔昌到后方堕落享乐的生活着墨太多，小说结尾也稍显仓促。

12月15日 艾芜的《故乡》始刊于《文艺杂志》第2卷第1期，至1943年11月1日第2卷第6期（未完）。

12月 周楞伽的《炼狱》被国民党以“思想偏激，强调阶级对立”为由查禁。

12月 曾朴的《鲁男子：恋》由上海真美善书局印行第五版。

12月 老舍的《牛天赐传》由上海人间书屋印行第五版。

12月 欧阳山的《战果》由桂林学艺出版社初版，1—3000册。

1943年

1月1日 贻征在《一中学生》创刊号发表《从〈激流〉说起——巴金作品研究外篇》一文，认为，《春》《秋》一部不如一部，平铺直叙地讲《家》的故事，有《红楼梦》的外形但远没有《红楼梦》的深刻。所以，《激流》是巴金的失败之作。

1月1日 《新华日报》刊载《苹果山》的广告："该书系作者从经济史上着眼，把'农业中国，工业日本'的内幕，用生动的笔调描写出华北正在发展中的一个故事，当民族战争的浪潮，激荡每个角落的时候，深山里的苹果栽培者也用七十岁的老手举起了抗战的武器为民族而战斗，凡爱好文艺的读者，都应一读此希有之巨作。"

1月5日 闻国新的《蓉蓉》始刊于《中国文艺》第7卷第5期，续刊于2月5日第6期，5月5日第8卷第3期、6月5日第4期（未完）。

1月14日 芒刺在《申报》发表《〈鲁男子〉观后感》一文，认为："曾孟朴的《鲁男子》，是一部悲欢离合的言情小说，民初曾风行一时，但时至今日，再来读它，就不免因它的幼稚陈腐而失笑。广告誉之为'媲美《红楼梦》，远胜《西厢记》'，此广告之所以为广告也。《红楼梦》里许多人物，我们现在想起来，还是栩栩如生的，但是，《鲁男子》现在有谁还记得它呢？罗明先生在序言中说：'《鲁男子》给我的印象最深，我有时候觉得我好像就是鲁男子'，到现在再来说这样的话的，恐怕只有罗明先生一人吧！诚然，《鲁男子》在当时曾经创过出版记录，若以销路多寡来判断优劣的话，未始不能说它是一部'佳作'。""上面说过，《鲁男子》是民国初年，刚接触到西欧新文艺时一部'小脚放大式'的所谓'新小说'。"

按：说“《鲁男子》是民国初年，刚接触到西欧新文艺时一部‘小脚放大式’的所谓‘新小说’”，可谓准确。

1 月 17 日 双菊室主在《蜀风》第 1 期发表《〈铁苗〉》一文，认为小说对话占十之六七，有脚本作风，且主要写的是四川的事情，不知成都人看了他所描写的成都社会做何感想。

1 月 22 日 茅盾的《霜叶红似二月花》后五章（第 10—14 章）以《秋潦》为题刊载于《时事新报》，至 6 月 9 日毕（有间断）。

1 月 31 日 《新华日报》刊载《苹果山》的广告：“这本书是作者精心的杰作，他用生动的笔调，把可歌可泣的神圣的解放战争，写出了一部不朽的巨著。生活在大时代中爱好文艺的朋友不可不读！”

1 月 徐盈的《苹果山》由重庆人间出版社初版，1—3000 册。

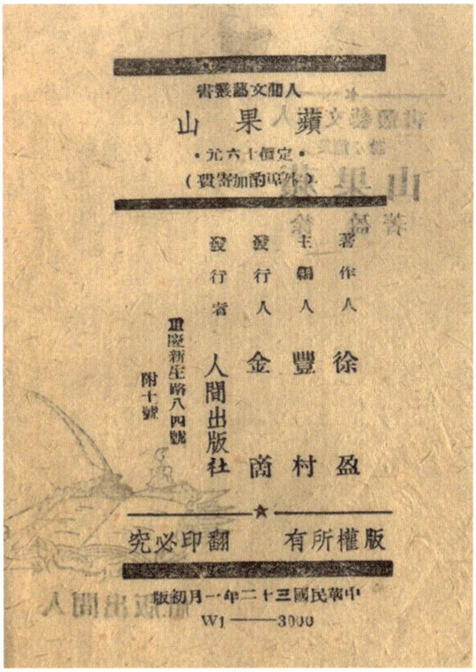
人間文藝叢書
蘋果山
·定價十六元·
（外埠酌加寄費）
著作人 徐盈
主編人 豐村
發行人 金商
發行者 人間出版社 重慶新臣路八四號附十號
版權所有 翻印必究
中華民國三十二年一月初版
W1——3000

梗概：华北长城脚下有个绵延数里的魏家沟因盛产苹果而远近闻名，这一切得益于大财主魏福清。这位早年曾留学日本后来又做过县教育局局长的老人已六十八岁了。三十年前他辞官回家后，一心一意扑在祖传的园林家业中，整日琢磨着如何改良优良品种以拓展市场。经过三十年的辛苦经营，他终于培育出胜于日本的优质苹果并打出了魏家沟的品牌，近年来更是几乎占领了整个华北市场。但是，由于这年日本侵略者的入侵与中国军队的退却，往年早早就来抢购的商人此时迟迟不见踪影，已成熟的苹果也只能眼睁睁地任其大量烂在树上，魏福清焦急万分。老人有三个儿子和两个女儿。大儿子魏立中务农在家帮助他收拾家业；二儿子魏立华在城里开店经商；三儿子在大学学农科，以便毕业后更好地继承他的园林事业。两个女儿大的嫁到了天津，小的嫁给了军人。不料由于军人在不久前的喜峰口战役中牺牲，年纪轻轻的小女儿结婚不到一年便守了寡。这天，终于来了一个商人王静斋要买苹果，魏福清老人很高兴。生意成交后，一时高兴的王静斋酒后说出买苹果是为了慰问日本人，老人非常气愤，欲取消生意，但在二儿子立华的劝阻下勉强成交。

由于魏福清老人在当地很有威望，被日伪委任为商会会长的黄德禄想请他出山做农林局局长，遭到老人的拒绝。虽然社会上风传魏福清老人要出任伪职，但也仅是风传而已。魏立华也写信劝父亲不要做汉奸。一天，在外做工的工人许万里回来找魏立中，动员魏福清做当地火会的首领，老人也以年龄大甘当亡国奴为由拒绝。但此时，魏福清老人接到了在大学读书的三儿子的信，说国难当头他不能再继续安心读书，也不能为继承父业而努力了，他已经投笔从戎、为国效力去了。这给魏老人以很大的震动。不久，城里开始恢复商业活动，但五花八门的钞票让老百姓心有余悸，纷纷急于出手换成实物，魏立华更为日本侵略者的这种变相掠夺苦不堪言。这时，传来魏福清的小女儿被火会会员“独眼龙”抓走的消息，老人非常气愤但又不知真相。这时，“独眼龙”主动来到魏家说明情况，许万里也再请“局长”出山做火会首领。魏老人眼看自己一再忍让但日本鬼子却步步紧逼使他难以生存，犹豫再三后终于答应出山为女儿报仇。由于消息走漏，日伪特务得知魏氏父子在购买弹药后，前来抓捕，但他们全家在得到消息灵通的人士的通报后，已先行逃脱，家眷也躲进天津租界。日本鬼子见没有抓住人，便打死了王静斋，查封了立华的商店，烧了魏家的宅院。

魏福清老人眼见自己的家业损失惨重，虽然得知女儿被“独眼龙”救回，但仍然决定抗日，向侵略者讨还血债。

按：这是徐盈（1912—1996）一部别具一格的抗战小说。作品以大财主魏福清一家从生活富足到受到日本鬼子欺压生活难以为继不得不走上抗日的道路为基本线索，表达了当民族矛盾激化时，团结起来共同抗敌御侮是中华民族生存与崛起的唯一选择这一伟大主题。这是每个中华儿女责无旁贷的历史担当，也是每个国民对自己的民族所应有的天然情感，正所谓：天下兴亡，匹夫有责。还值得称道的是作者的民族眼光。在这里，作者没有用阶级的眼光看待一切，没有用机械的方法将剥削者与被剥削者划为截然对立的两大阵营，形成剥削者多卖国求荣，被剥削者多慷慨悲歌的书写模式，恰恰相反，作者笔下的大财主魏福清同样具有为国家、为民族奋战的民族气节。虽然他一度顾虑自己的家产而以“亡国奴”的心态面对现实，时常为家中的万贯家产及人员免遭兵燹而明哲保身，但真当自己家庭的成员受到死亡的威胁时，他们命运的咽喉被别人死死扼住时——当民族的生死存亡摆在他们面前时，以家仇激国恨，以国情激民情就成为他们奋起抗争、不屈不挠捍卫人格尊严、保全民族魂魄的自然行为。当然，比起那些底层的民众而言，他们的精神负担更为多样，他们的思想顾忌更多，作者的可贵也就在于此，他细致清晰地写出了这位开明财主从拒绝到动摇到支持的心路历程，使人们更清楚地明白：当民族矛盾上升为主要矛盾时，任何一个中华儿女都有可能成为为自己的生存、为民族的尊严而战的一员，都有可能在民族大义面前成为不愧于民族、不愧于历史的时代的一分子。作者的人性视野同样值得称赞。作者笔下的魏福清是一个拥有数千亩果林、上百位长工的大财主，但对待富人穷人却一视同仁，自己也以劳动者、科技人的形象出现在乡亲们面前，并因此在魏家沟享有崇高的威望，被四里八乡的乡人亲切地称为“局长”，被大家公举为地方保家卫国的民间组织的首领。也正因此，当日伪特务要抓捕魏家父子时，那些虽在日伪阵营里混事但却怀有一颗民族心的爱国人士（如萝卜花），纷纷通风报信；那些曾受惠于他的穷人（如李老头）才愿意主动承担风险，避免了更大灾难的发生。这种建立在人性的基础上的现实主义创作情怀，使得魏福清这一独特的大财主的形象真实而可信，自然而生动。此外，小说对魏家沟环境的描写细腻生动，景物描写与心理刻画贴切自然，令人过目不忘。不过，作家对日本侵略者的形象刻画有些单一，对由之产生的矛盾处理也显得有些理念化，这也是一些抗战小说的通病吧。

1月 郑学稼在胜利出版社出版《由文学革命到革文学的命》一书，在《论张资平及郁达夫》一文中认为：“《苔莉》是张氏一串作品中，最好的小说，当娜拉走出丈夫家门徘徊于歧路时，《苔莉》为他指示一条出路。那就是恋爱的享受。同时，受旧社会教律长久压迫的青年男女，也在《苔莉》中得到不少享受的暗示。”

按：这一接受心理虽然有些舍本逐末，但也显出了几分时代特色。

1月 老舍的《牛天赐传》由成都群益出版社印行蓉版。

1月 茅盾的《蚀》由重庆开明书店印行第二版。

1月 巴金的《新生》由桂林开明书店印行内二版。

2月1日 斐予在《上海半月刊》第57—58期合刊发表《巴金的〈家〉》一文，认为：“巴金这一部小说为什么受到了现时地的争相改编，是有他客观事实需要的理由；而他文章之幽郁性的浓厚，生活苦痛的呼吼，选取题材的精当，动作描写的灵活，穿插恋爱故事的恰到好处，都是他成功的特质。尤其因他笔下所写出来的主要人物，大都在血与泪中煎熬、忍耐、呻吟、愤恨、暴裂、革命，象征着古老中国的转变，给读者以新的兴奋及醒觉，所以最受中等女学生的爱好。”文章同时记述了《时报》约请巴金写连载小说的背景、意图和详细过程。

2月2日 春新在《新疆日报》发表《“青春毕竟是美丽的东西”：巴金的〈家〉》一文，认为巴金的书是写给青年的书，他为青年们所热爱。《家》是巴金长篇小说中写得最成功的一部，写出了大家庭的毁灭，有《红楼梦》的味道。“在《家》里真正地充满了死亡与新生，牺牲和奋斗，充满爱情的动力，妇女们悲惨的呼声；同时在这里面更流露出，挣扎、受苦，没有青春没有幸福没有生命的事件。同时在《家》里也启示了我们：怯懦、脆弱的态度是毁灭自己前途的唯一障碍，努力、创造、勇敢的斗争精神是促使自己走向幸福大道的基石。”“《家》的创作，在巴金的作品中真是‘首屈一指’的产品了！取材的现实，典型人物刻画得真切。

词句的热而有力，描绘的细腻……”“《家》——这本书值得每个爱好文艺的朋友们一看。”

2 月 12 日 《大公报》（重庆版）刊载《前夕》的广告：“作者自己说：‘在这个长篇里，我企图描写的并不只是琐细的家事，儿女的私情，和在日趋衰落的一个大城市家庭中的一些哀感。’作者的笔是一个放大镜，显现出腐烂，也照耀出新生；书中每个人物都写得异常凸出，全书四十万言，分四册出版，爱读靳以先生的短篇者，不可不读此划时代的巨制。”

2 月 15 日 沙汀的《淘金记》以《北斗镇》为名刊于《文学创作》第 1 卷第 5 期。

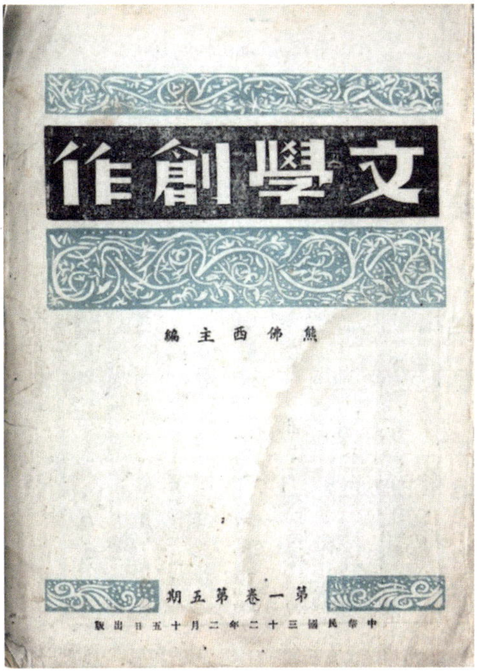

北斗鎮
—「淘金記」之一部—
沙汀

2 月 20 日 虚白在《时代生活》创刊号发表《北新重版〈鲁男子〉弁言》一文，交代了其父曾朴先生创作《鲁男子》的缘起与计划，认为这不是先父的自传，而是先父的代表作，为巴金的《家》《春》《秋》的连续性小说开了一条新路。

2 月 20 日 野芒在《时代中国》第 7 卷第 2 期发表《〈新生代〉》一文，认为：“《新生代》是一部悲惨壮烈的历史小说，它是以‘一二·九’的运动为中心，描写出有‘血’有‘泪’，有‘爱’有‘恨’的悲壮的故事。”从中可以看到人民怎样与政府由“离心”到“向心”的过程。作者在其中塑造了许多当时中国到处存在的典型人物。“总言之，这个故事是一个伟大的纪念碑，我们能在那里找到过去伟大的运动的史迹，那里有血，有泪，有生与死的搏斗，爱与恨的交流。同时它还能指示给我们一条光明的大道——抗日，抗日，胜利始终是我们的！”

2月20日 祝秀侠在《时代生活》创刊号发表《〈鲁男子〉读后评感》一文，认为，《鲁男子》虽然在“描写，对话，特别是人物外表的叙述上，仍保留了不少的章回小说式的气味，但这点我却觉得很适合于现在所提出的‘民族形式’‘中国本位’的质素”。“我倒觉得《鲁男子》这一部作品，在形式上，可能是一条小说发展的路。”小说结构谨严，笔触细腻，唯开头鲁男子的对话太老练超前了。

2月23日 《新华日报》刊载《前夕》的广告：“作者自己说：‘在这个长篇里，我企图描写的并不只是琐细的家事，儿女的私情，和在日趋衰落的一个大城市家庭中的一些哀感。’作者的笔是一个放大镜，显现出腐烂，也照耀出新生；书中每个人物都写得异常凸出，全书四十万言，分四册出版，这是第一部。从这十五万余言中，我们便可以看出这是一本划时代的巨制。初版问世后，已获得广大读者的爱护，销路之大，更突破了出版界之纪录。”

2月24日 李辉英的《松花江上》第13章（节选）《压力的搬弄——长篇〈松花江上〉的一章》，刊于《大公报》（重庆版）。

2月 《妇女新运》第5卷第2期刊载介绍《铁苗》的文章，认为：“熊先生自己尝从事乡村工作多年，故书中对于农民的诚朴可爱，土豪劣绅的阴险可恶，农民受欺的可怜可悯，与乡村工作者的刻苦耐劳不屈不挠精神，都有细腻详尽的描写，使读者读了，不由的生出爱，恨，怜，敬之心。”

2月 曾朴的《鲁男子：恋》由上海真美善书局印行第六版。

2月 老舍的《骆驼祥子》由重庆文化生活出版社印行渝二版。

2月 张天翼的《在城市里》由桂林良友复兴图书印刷公司印行桂林本初版。

2月 茅盾的《子夜》由长沙开明书店印行湘二版。

3月1日 高木在《华侨文阵》第2期发表《老舍，张天翼合论——中国幽默文学史论之一章》一文，认为，老舍“差不多每本作品都在控诉‘人间’的谋杀者和揭发那些残杀的阴谋。他自己当然是痛恶那些凶手而对被害者抱着绝对的同情；他还相信那个‘好的时代’终会来到，一切被伤害的终有昭雪的一天”。“诚心说，老舍和天翼都对人类抱着广大的爱，可是老舍的爱是姑息底爱，天翼底是严厉的爱；老舍主张宽恕，他认骆驼祥子的堕落只是环境逼之使然；天翼则主张严办，他要叫当部下的先把坏蛋的上司干掉了，才可有合理的路走……这里，老舍把罪状归到环境而天翼反过来把罪状归到人身。所以天翼是偏激的人生观者杨墨之流底信徒。”在表现方式上，“老舍运用他表现方式是由内而外的，他的描写是倾向主观的，他很自在地把他笔下的人物的心情曲曲传出，最大的证据是他在描写‘心’态度的成功……他很‘少’从脸部表情上描写人，却爱由自己底心意在文章里发些牢骚性的议论。因为心的无限度地自由开展，所以他底写景很有诗意而相当地动人……从这些，我们可以决定老舍运用表现方式是主观的，唯心的，抒情的，承受中国小说界一脉相传的衣钵的。”“天翼所运用的表现方式是由外而内的，他底描写是倾向客观的，他很仔细地把他笔下的人物底形相摹印下来，那些人物都不是经他心里琢磨出来的，而只是直接打由眼睛把看到的反映出去。他惯从人们底脸面上某部分的动作表出人底心情……他把自己做成一面镜子和一枝蜡烛，他专爱照黑暗的所在，也专能把物态反映出来。在他的作品里，没像老舍般爱把自己意见强塞进去，也不发牢骚，他是实实在在地告诉你‘这事如此如此’而已。他是认真的写实主义的信徒。但是，太过注重人物描写，不顾故事情调，有时却容易流于胡闹……我们又可以决定天翼运用的表现方式是客观的，唯物的，写实的，宗向西洋风味的。”

3月1日 冷火在《文学批评》第2号发表《〈伙伴们〉》一文，认为，小说选材有意义，虽有些类似“新水浒”，但是另辟蹊径的。小说的对话是本书的特色，不过运用得并不好。此外，景物描写有些冗长。

3月15日 梁山丁的《绿色的谷》由长春文化社初版。

梗概：林家总管霍凤送农民大熊掌进山当土匪，回去后得知中学毕业的少

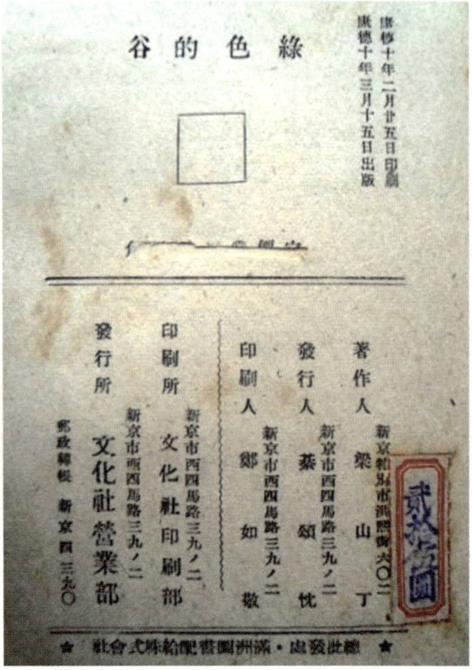

东家林彪回来了。林家是嘉庆年间被发遣过来的，很快成为狼沟的大地主。辛亥革命那年已是第三代的林国威突然爱上马贩子石海延的二女儿石桂英，生下孩子林彪。林国威的妹妹林淑贞在出嫁的前一天因丈夫突然死亡而守寡，霍凤与她有了暧昧的关系，林彪的爷爷觉得有损门风，被气死。第二次直奉战役中，林国威阵亡，族弟林国荣开始吃喝嫖赌的生活，人称“混江龙”。石桂英在林国威阵亡后，改嫁南满车站的买办钱如龙，林彪由林淑贞抚养。林彪回来后突然爱上佃户于七爷的孙女小莲，林淑贞认为门第不合，力主林彪考大学，还决定卖地供他读书。于七爷也认为门户不对反对小莲与林彪恋爱。多年前，独子于得水因看守的场院突遭恶火，又被父亲辱骂，急火攻心，气绝身亡；如今，于七爷因种的高粱被雨浸糟了，眼看一年的收成损失大半，病气将死。林彪见姑姑不同意他与小莲的恋爱，想冲破门第观念大胆去爱，但经林淑贞劝说后，明白自己还是应该继续求学，“做一个到了不能往前进的地方还想前进的人。”这时，小莲因爷爷病重来找他，希望他买下自己的榛子和山梨好给爷爷买药，但林彪没要也没给她钱。大熊掌代表土匪来找霍凤索款，姑姑也担心霍凤变心，家业难保，林彪见状决定第二天就离开狼沟。人们谈论着他的离去，林国荣也与霍凤为财产争执着。

林彪来到南满后父钱如龙家，钱如龙正忙着倒买倒卖，他将日本商行经理的女儿美子介绍给林彪，林彪很快爱上了她，还答应美子的要求去日本留学。钱如龙想要做更大的生意，一群乡绅商人们也积极认购股票修铁路，还想着如何亲上加亲地联姻。马堡的财主佟老秀来到林淑贞处，看能否让林彪与自己的女儿结婚。不料，土匪小白龙来犯马堡，一时人人自危。霍凤让下坎的男人都来护院。于奶奶不愿搬家，又担心小白龙破院，就让儿媳带孙女小莲逃走后上吊自尽。这时，土匪让大熊掌老婆拿来林彪的头发，要家里拿十万元赎身。小莲听到林彪被绑架，伤心欲绝准备跳井，被崔福在井边救起。钱太太听说儿子被绑架，全力筹款。正当人们万分恐慌时，传来小白龙被攻破砍首示众的消息，狼沟又恢复了常态。林淑贞将地卖掉修铁路，也生下了与霍凤的孩子，佃农们只好重新开地。林国荣带回林彪去世的消息，小莲只好嫁给崔福。林国荣回到沟里，为争财产将林淑贞打死。其实，林彪并没有死，他与大熊掌一起逃了出来，还回到了狼沟，他决定将全部土地分给穷人。这时，传来九一八事变的消息。

按：这是梁山丁（1914—1995）一部以开放的结构写出生活在东北大山深处的人们的生存状态的长篇力作。这里有生活在底层的佃农们的贫苦与无奈，有生活在中层的财主管家的苦恼与忧愁，有投机商人的发财美梦与贪婪的欲望，有财主们相互的利用与算计的阴谋，有青年男女成长的冲动与烦恼，有土匪的兵火给百姓生活造成的灾难和痛苦，有自卫队为护卫家园而进行的抗争，也有小家小户在大灾面前无力自保的悲剧，以及自然界的灾害等——这就是狼沟的生态场。作家以人性的视角刻画了他们人性中的善恶美丑，他们的本性和欲望，他们的善良与麻木，他们的倾轧与梦想，他们的喜怒哀乐。他们以祖祖辈辈传衍下来的生活方式和习俗观念维护着他们的生存权益，也因之不断地上演一幕幕生活的悲喜剧，直到生命的消亡。这里没有阶级的对立和民族的对立，只有人的本性在张扬。小说风格硬朗，颇具东北风味，人物刻画有个性但不太鲜明，结尾是作者受有岛武郎捐弃资财思想和豪放雄伟的人生观的影响而设计的这一结局，却没有写出这种必然性，过于突兀，也有理想化色彩。对主人公林彪青春期的冲动与爱写得真实，但也有讨好日本人之嫌。尽管如此，《绿色的谷》仍然可称为一部别具特色的东北沦陷区乡土文学的优秀之作。

3月15日 师陀在《文艺杂志》第2卷第3期发表《〈马兰〉成书后录》一文，他写道：

“李伯唐当然另外有一个名字，他的历史，为人，性情，我全不知道。他本人跟我的小说完全没有关系，我取的仅仅是他的像貌，根据他的像貌我制造一个性格。”

“马兰恰好相反，我先有人物内容，然后找的外表。外表的马兰同小说中的马兰更不相干。先前我见过也听说过不少这种事情，她们被环境逼迫或被希望刺激，有的学生跟她们的先生逃出来了。男女两方都有我的熟人，他们自然不曾为他们的将来详细思考准备，结果双方或一方感到失望。这是一样的。我根据这种事情展开马兰的历史，或是说展开我的想像。”

“写这小说的最初动机是根据这句话：你不要的你永远得不到。说的更明白些，应该是——先前你放弃的，你将永远得不到，它的正当解释，应该跟你不能跳入同一的水中两次同义，等到我应用的时候，它的意思变了，我解释成粗俗的，成为先前你不要的你将永远求之不得了。根据上面的意思，我想起的第一个人物是马兰……后来看见李伯唐，在我面前忽然出现了小说中的骑士，一个‘空想派’的（自然不是绝对的）男人中的男人，任何人看了他一眼就能看出幸运常常落到他头上，常常在空中照耀着他，而同时，一个矛盾人物，‘小资产阶级’，生活上的失败者。（这说的自然仍旧是他的外表，他也许不如小说中的李伯唐纯洁。我希望他本人并不为此倒楣。）从此这两个人物没有从我心里分开过，他们生长的很慢，但是他们在慢慢长，中间经过将近五年，直到我动手写第二稿为止。”

“我并不着意写典型人物。”

3月15日 端木蕻良的《科尔沁旗草原》第2部始刊于《文艺杂志》第2卷第3期，至1943年12月第3卷第1期（未完）。

3 月 文宗山的《两代儿女》由上海中央书店初版。

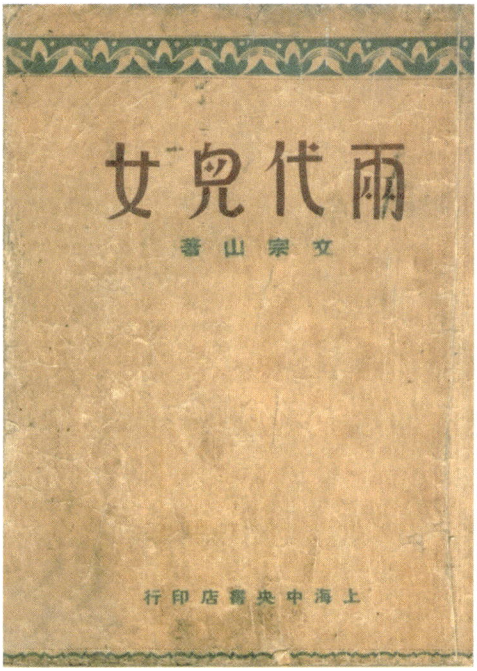

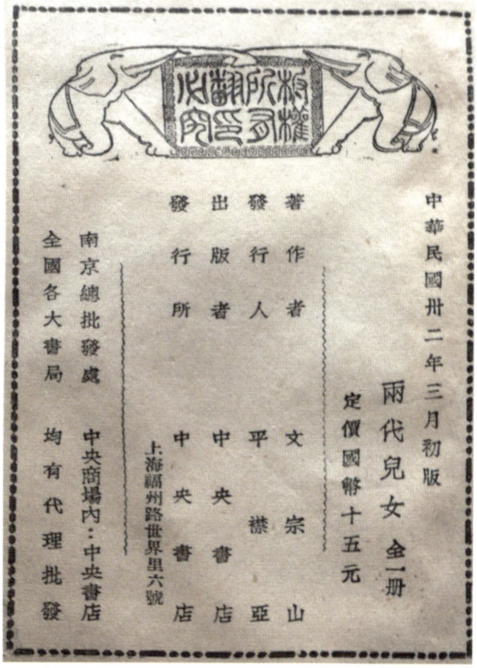
版權所有 翻印必究

中華民國卅二年三月初版

兩代兒女 全一册

定價國幣十五元

著作者 文宗山

發行人 平襟亞

出版者 中央書店

發行所 中央書店 上海福州路世界里六號

南京總批發處 中央商場內：中央書店

全國各大書局 均有代理批發

梗概：五老太爷张思俭是古城老宅中张氏家族的封建大家长，他年轻时当过科长与秘书，后来家道败落，一边为谋求职位不断向县长献殷勤，一边又觊觎着寡嫂老姨太手中的地租与遗产。他的儿子持平与儿媳朱氏都患有肺病，常年卧病在床，并育有一子伟才。女儿韵香年过三十还没有出嫁，心理上有些变态。大侄子张伯道是个吸食鸦片的烟鬼，为了满足烟瘾时常偷拿家中的财物出去卖，太太朱氏每每为此与他争吵打闹。二侄子仲奇做点布匹生意，与商人巫子深交好，为巩固自己的生意想将女儿点春嫁给巫子深的儿子远声为妻；仲奇同太太周氏还育有一子伟达，这孩子虽在生意场上混出了点成绩，却大肆花钱捧戏子和歌女，后来为躲避巨额债务逃往上海，很快迷失在女色与金钱之中。不久，战争的消息传到了古城，五老太爷召开了一场家庭会议，提议将老宅子典出去换些现钱以备不时之需，却遭到了以伯道为首的“卖房子派”的攻击，最后大家不欢而散。儿媳朱氏生病死去后，孙子伟才决定化悲痛为动力，离开这个日渐腐朽的大家庭，和朋友李静闲、蒋振翼一同外出求学。伟才离开后，战争爆发了，张氏全族慌忙坐船前往乡下避难，却在途中遭遇了土匪的抢劫，财产损失大半，只好就近择一处村落住下。先是大侄子犯烟瘾死去，再是老姨太经受风寒与惊吓孤独地死去。为了生存，二侄子仲奇一家前往上海，在巫子深的帮助下迎来了生意上的黄金时期，他希望能从五老太爷手中买下老宅的地皮，但遭到了五老太爷的拒绝。另一方面，受过新式教育的点春不愿困在封建家庭的权威下，在伟才的鼓励下决心走出家门，去做教员，过一种清苦的生活。

按：文宗山（1919—2010）即吴崇文的这部小说承袭了巴金的《家》对于旧式家庭礼教批判与否定的主题，以张伯道、张仲奇、张持平兄弟三人的故事为经，以各房中的人物际遇为纬，集中展现出张家这个很有代表性的封建大家庭生活的典型形态，记录了一个腐朽大家族衰落、破败以至崩溃的历史过程。小说围绕张家祖宅所发生的大变动划分出新旧两代阵营，一边是以五老太爷、张仲奇等为代表的老一代统治者的腐朽与消沉，另一边则是以张伟才、张点春为代表的下一代叛逆者的新生与开展，深刻地揭示出新旧两代思想、观念的矛盾冲突与尖锐对立。在文字表达方面，作者采取了“情景交融”的写作手法，寓人物之情于自然风景之中，为推动情节的发展与凸显人物细腻的心理变化提供了便利。不过，小说中的人物形象不够立体，在展现人物的性格冲突方面也是浅尝辄止，力度不够。

3月　巴雷的《群》由上海梅文书店初版。

梗概：1937 年，一家俄国人流亡到中国生活，这一家共五口人：祖母、母亲、女儿丽黛、侄子狄麦和侄子彼得。他们住在天津英租界的兰街十一号寄宿舍，经济状况十分贫困窘迫，互相体贴依靠，以出租寄宿舍的房间为主要生活来源。在寄宿舍的群居环境中，围绕这一家人的有形形色色的人物：神秘开朗的俄国女相士密莲莎太太、沉默少语的中国大学教授宋先生、酗酒的英国寡妇派利希夫人、俄国地质学教授基诺夫和他的夫人阿娜·比得劳伐、与丽黛相恋的美国青年钱密、中国男仆阿康等等。七七事变爆发后，在中日全面战争的大背景下，大量中国人伤亡，城市与村庄遭到严重破坏，物价飞涨，而在租界中生活的外

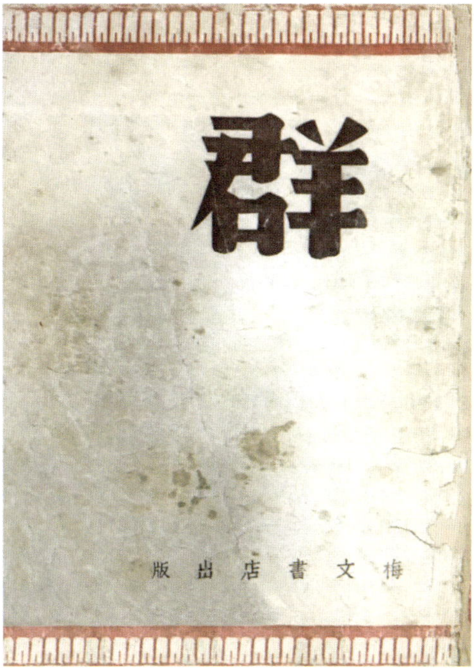

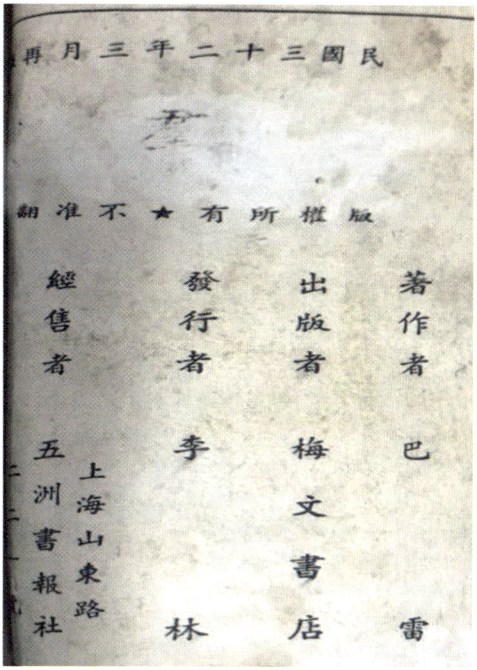

国人，相对而言安全有一定保障，在残酷的战争年代中，他们小心翼翼地维持生计，在苦难境遇中找寻生活的意义。祖母平日编制绒线，她虔诚地信仰基督教，待人仁爱宽厚，是整个家庭的精神支柱。母亲早年遭到父亲的遗弃，仍然坚强地养育子女，操劳一家人的生计。彼得在抗战后参加了租界的保卫兵，后来又到俄国参军，他对于战争有所反思，厌恶残忍与死亡。狄麦年龄较小，生活态度乐观。丽黛有着少女的浪漫情怀，与钱密相恋，热爱游泳与歌唱。租客基诺夫教授晚年精神状况反常，深度思考哲学意义，宣扬反战与和平思想，却在租界中不幸遭遇车祸去世。祖母年迈去世后，给家人留下一些资产。在狄麦和彼得都离开中国之后，母亲和丽黛搬离了十一号寄宿舍，搬进达兹伯爵一家的顶楼居住，而十一号宿舍也搬进了新的中国流亡大家庭。

按：巴雷（生卒年不详）将小说的叙述对象与视角，选取在天津英租界的俄国人身上，以独特的方式来呈现中日战争与沦陷区，文中对于日本都以 ×× 符号代替，体现出作者当时行文的谨慎与对现实的保护意义。小说以“群”为题，既是指作为叙述主体的俄国一家人，以及围绕他们的各国租客，又是指在战争年代中无数流离失所的人们。小说末尾以议论方式点题，明确指出“群”是超越社会、民族、阶级的，即便当下互相斗争、交战，人类仍是一家人，表达反战的仁爱平等主题。整个作品情节起伏较为平缓，以叙述人们的生活状态、情感思想为主，将不同人物的故事交叉组织，娓娓道来，赞扬人性美，其中又包含了对哲学思想的讨论，例如祖母信奉基督教，而基诺夫教授信仰科学的绝对论等。作品较为平淡日常化，在前半部分作者态度不尚明晰，结尾的点题处理又较为口号式，略显刻意。

3月　吴组缃的《鸭嘴涝》由重庆文艺奖助金管理委员会出版部初版（抗战文艺丛书第三种）。

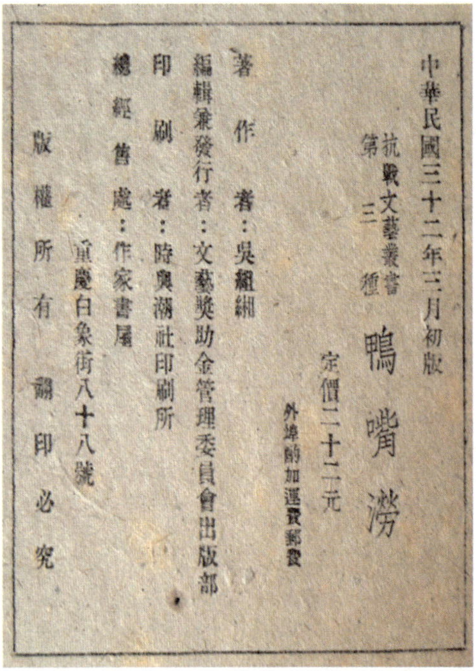
中華民國三十二年三月初版
抗戰文藝叢書 第三種
鴨嘴澇
定價二十二元
外埠酌加運費郵費
著作者：吳組緗
編輯兼發行者：文藝獎助金管理委員會出版部
印刷者：時與潮社印刷所
總經售處：作家書屋 重慶白象街八十八號
版權所有 翻印必究

梗概：鸭嘴涝是个只有三四十户人家的闭塞小村落，全村居民聚族而居，都姓章。由于抗日战争局势的紧张，加之保长皮猴子从区里一回来就布置抽丁拉夫，全村陷入一种恐慌之中。农民章三官是个其貌不扬但能干、个性鲜明的青年，主张抗日，但旧军阀的阴影以及传统观念的影响，使这位新婚不久的新郎对抽丁拉夫也唯恐避之不及。他凡事都是反对保长的，但又无奈于保长的计谋。这时，战火向山区蔓延，鸭嘴涝也开始大量过部队。章三官和全村人在经受了短暂的惶惶不安的动荡生活后，发现一切躲避竟是那么可笑和不必要，因为这是开往前线打鬼子的部队，而不是旧军阀的武装，是来保卫我们这个地方的自己的军人。章三官兴奋异常。对皮猴子保长的不满以及蛰伏在内心的抗敌热情，使他挺身而出，主动替部队挑运弹药，一去六天。这使村里人对章三官刮目相看，他自己也感到无比荣耀。不久，游击队进驻鸭嘴涝，村里的人们被动员起来，章三官和村里许多热血青年一样，加入了游击队及其他抗战组织，投身到抗日的洪流中。

按：吴组缃（1908—1994）的文名常常与他的短篇小说《一千八百担》（1934）和《樊家铺》（1934）联系在一起。的确，在深刻地揭示皖南农村宗法社会的崩溃图景与人性的复杂性上，作者在其中所彰显的艺术才情，至今仍为人们津津乐道，吴组缃也因此被公认为才华横溢的短篇圣手。殊不知，他的长篇小说同样出色。这部《鸭嘴涝》（后改名为《山洪》）就是一部表现抗战初期民众觉醒的心灵史诗，也是抗战小说的重要收获。在这部作品中，作者将抗战初期地处偏僻山区的山民们的心理动态写得真实可信，细腻入微。朴素而懦弱的山民们面对纷乱战局，惴惴不安，无助而无奈，困惑而盲从，他们如同失去亲人的抚慰，本能地贪生怕死，本能地躲避着战火，他们尚未觉悟到这场战争已不是以往的军阀混战，只想着如何保全家人，保全财产，这无可厚非。他们中的有些人甚至愚昧地想当顺民，可悲而可叹。国民素质教育的低下使许多民众特别是身处穷乡僻壤的山民，不知国家、民族与个人命运的关系，更不知这场全民族的抗日战争神圣而伟大的历史意义。当战火燃及自身时，难免彷徨无主，四处躲散了。他们中的有志之士，有爱国之心但不知如何爱国。旧军阀给他们的经历让他们心有余悸，他们渴望能有人站出来，有人告诉他们应该如何做才能担起一个中国人应有的职责，做一个堂堂正正的中国人，不负他们一腔爱国热血。

章三官就是这样的人，从他的身上我们看到正在觉醒的中国人民的身影，看到那从怅惘与悲伤中努力寻求“中国人”这三个大字的身影，看到“中国”这一伟大而神圣的力量在崛起。章三官是一个普通的山民，不是一个叱咤风云的英雄，也不是呼风唤雨的伟人，但正是这样一个山民，他的悸动，他的迷惘，他的困惑，他的飘摇，他的转变，他的决心——他的为民族而尽力的勇气与决心，他的决意为民族而战的意识与信心，才显得可贵而令人赞叹，也才显示出中国人民不甘于屈服外来势力的内在力量，显示出中华民族御侮抗敌的天然情感。也正是千千万万个如章三官这样的普通民众的逐步觉醒，才显示出人民的觉醒，人民的力量。作者选材立意与人物塑造可谓独具匠心，立意深邃，尤其难能可贵的是，作者清晰生动且细腻地描绘出了鸭嘴涝民众对待抗战的不同心理行为，栩栩如生地刻画出一群朴实而可爱的山民形象，叙述从容不迫，线索清晰。上部可称佳作。下部政工人员描写较为平面，游击队驻村后写得平滞，令人遗憾。

但无论如何，小说有三点值得充分肯定，一是选材，二是章三官人物心理的刻画，三是方言的活用，这一切都为这部作品增色不少。我们知道，民族的觉醒不仅仅在于民族精英的觉醒与认识，更在全体人民的觉醒与认识——特别是身处穷乡僻壤的民众的觉醒与认识。只有普通人民大众的觉醒，才是整个民族真正的觉醒，才是这个民族迈向希望与重生的庄严的开始。只有这样，民族才能拧成一股绳，才能以大无畏的姿态，保卫自己的家园、自己的亲人，才能真正意识到国家是自己的，才能舍命保护自己的国家——感受到家国同构的神圣与伟大。尽管这一觉醒来自战火，来自异族入侵带来的刺痛，来得较为艰难，但唯其如此，这一觉醒才刻骨铭心，才百折不挠，才毅然决然，才伟大而庄严！这才是古老民族真正走向现代觉醒的开始。小说真实而细腻地写出了章三官从担惊受怕、惴惴不安、恐惧，到怅惘悲伤、忧虑，再到愁闷、焦躁不安，兴奋得不能自制，以至快乐、轻松与舒畅的心理转变过程，细腻生动。方言的运用以及浓郁的地方色彩，具有风俗画意味的艺术描绘，以及生动传神的细节刻画，都使这部出色的抗战小说即便在今天仍然令人赞叹，令人敬佩！

3月 老舍的《离婚》由桂林良友复兴图书印刷公司初版。

3月 萧红的《马伯乐》由重庆大时代书局印行第三版。

3月 巴金的《灭亡》由上海开明书店印行内四版。

4月5日 徐光炎在《徽州日报》发表《小说〈家〉·戏剧〈家〉巴金和其他》一文，认为，巴金虽然拥有无数青年读者，但他的艺术水准，若站在一个比较高的水准上看，还是不够的。再者，人物类型化，题材范围较狭小，应用了歌德的《少年维特之烦恼》的情感，但表现相当浅薄。

4月5—6日 王峦在《华西晚报》发表《评〈夜雾〉第一册》一文，认为，小说中的人物“如果我们说他们有如何伟大的历史的典型的意义，那是过分的誉扬，但每个人物都各有各的性格和感情，心灵和欲望，面貌清楚，在那个性不同的方面，写得可以说相当成功。但作者对于这些人物的描写，那最大的特色是在于：他一反恒常的观念，不把他们看成普通的人，在他们特定的生活里，有着真正人类的向善向上，向光明向正义的欲求，有那样并不完全是卑琐苟贱的想头，有一切生活中都有的喜，怒，哀，乐和纯真的爱。至于作者对于梨园生活的深密的知识，自然更是作者的特色，作者在这里揭开了新文艺不常揭发过的社会生活之一角，并恰如其真的揭开活生生的显示出来”。他还认为，小说关于北平生活和梨园生活的描写，生动、细腻、逼真、自然，文字简单明了、稳妥、凝练、平易且富有情味和情调，差不多造成了一种清旷自然的风格。其他描写则不然。而“又因为太贪于暴露上流社会的生活，以致对于中心主角们的描写变得比较苍促，稀少，零碎，薄弱而松解了一些”。

4月11日 《新华日报》刊载下列作品的广告：

（1）《鸭嘴涝》：“本书是抗战以来第一部杰出之长篇小说，全书近二十万言，描写江南某农村的农民们对抗战由漠不关心而进入积极战斗的过程。作者在本书中创造了若干农民的典型，于温柔秀美的江南风景中，素绘了江南农民的战时生活，为抗战留下一首不朽的史诗。至作者文笔之美丽，造句之劲遒，对话之生动，人物性格之鲜明，则更为当代文艺作品中所不多见。”

（2）《第二年代》：“历史性的小说！小说性的历史！《第二年代》为崔万秋先生在抗战以后之第一部长篇小说，其上半部曾以叶莘华的笔名在《时事新报·青光》连续发表，博得当代艺文坛之重视，获得广大读者之爱好，崔氏以其圆熟的笔调，写实的手法，叙述抗战中最艰难的时代——自南京会战以迄武汉撤退前后——之一切现象，从前线到后方，从军事到政治，从恋爱到友情，从狂风血雨到发影衣香，自描写两个不同的女性在大时代中的浮沉与进退，战斗与没落，反映出抗战中国的健康和脆弱面，是一本动人的历史性的小说，也可以说是真确的小说性的历史。全书八章都十余万字。业已出版。”

4月　崔万秋的《第二年代》由重庆文座出版社初版，1—3000 册。

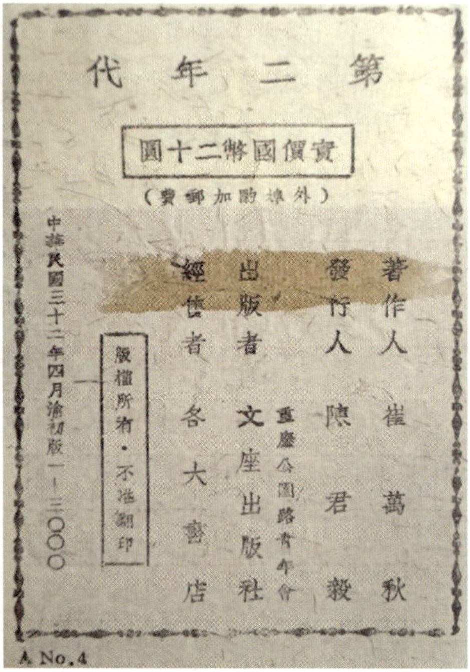

第二年代

實價國幣二十圓

（外埠酌加郵費）

中華民國三十二年四月渝初版 一—三〇〇〇

版權所有·不准翻印

著作人　崔萬秋
發行人　陳君毅
出版者　文座出版社　重慶公園路青年會
經售者　各大書店

A No.4

梗概：1937 年八一三事变后，“我”（叶唯明）从长沙到了汉口。在一个欢迎日本作家加入反战同盟的联谊会上，“我”见到了以前的恋人郑撷华。“我”因早已在家里被父母安排结婚，无法与撷华结合，但我们的感情依然非常浓烈，只是都彼此克制。撷华参了军，在“战地服务队”做抗战工作，“我”很高兴。4 月 29 日，日军飞机来轰炸武汉，被中国空军击落二十一架，我国空军取得空前大捷。之后，出于新闻职业的需要，“我”和撷华去了所谓的“低调俱乐部”，这实际上是一个投降主义汉奸分子的“俱乐部”，对于他们的言论我们当然不屑一顾。此时，由于台儿庄战役的胜利，国民党军队决定与日军再战徐州。这天，我们正在进行小型聚会，突然看到传闻中已阵亡的柳剑鸣出现在大家面前。原来，他并没有牺牲，南京失守后，他躲进了一家寺庙里，在和尚的掩护和帮助下，八十天后重新回到了武汉。他亲眼目睹了日本鬼子进行的南京大屠杀。但此时，他的妻子却已与他的同乡同学同僚雷大声同居。由于情况突变，不宜再进行徐州战役，“我”随部队经过一番转战后安全撤离，又重回汉口。“我”平安归来后，不知撷华平安与否。在汉口，“我”遇见了原是上海舞星的黄玛丽，她在武汉做舞女，是一个十足的投机者与功利主义者。她看到现在女兵很受宠，便向“我”提出帮她当女兵的要求，“我”借故推辞了。这时，武汉的形势也变得紧张起来，我们决定撤离武汉，这时突然又遇见撷华，看到她平安归来，“我”自然非常愉快。然而，我们只有一天的时间，执行公务的“我”必须要随军离开武汉了，临行之际，“我”把一把手枪送给她，并愿她平安撤离。一个月后，“我”到了重庆。不久，汪精卫叛国，蒋介石对汪精卫的声明予以了义正词严的驳斥。一天，“我”听到撷华受伤在衡阳养伤但没有生命危险的消息，又得知黄玛丽因当汉奸被捕，便深有感触地说：“抗战是一个大洪炉，凡经不得锻炼的都溶化了。”

按：小说以八一三事变至国民政府迁都重庆这一年的历史时段为线索，借从事抗战工作的文化人叶唯明与他的爱人郑撷华的悲欢离合的遭遇，从一个侧面写出了徐州大会战至武汉撤退再到国民政府迁都重庆这一年来的历史境况，描绘了抗战时期武汉一些党派人士的活动情形。由于作者是新闻报业人出身，又由于读者的阅读期待，小说便多了许多纪实与报告的色彩。书中许多人都确有其人，许多事亦有史可稽，时任工兵营营长的纽先铭在南京失守后化装成和尚在南京鸡鸣寺念了八个月的经，方才逃回后方这一富有传奇色彩的真实故事，就被崔万秋如实地写进了《第二年代》，只是将纽先铭改为柳剑鸣而已。由于作者过于纪实的写法，致使小说报告有余而灵动不足，称其为“纪事小说”并不为过。比如，作品中关于徐州会战与武汉四二九空战的记述即是基本照搬报纸的介绍。又由于作者缺乏相应的战争经历，小说对战争的描写也多靠报纸提供的素材，在真实性与艺术性之间，作者叙事的重心也就显出偏差来。但无论如何，作家在作品中所表现出的爱国主义热情与对日本帝国主义的愤恨历历可感，而这也是与作家一贯的民族主义立场相一致的。

4月 苏青的《结婚十年》第1—7章始刊于《风雨谈》第1期，至1944年4月第11期（其中第5—8期未刊）。

4月 老舍的《二马》由重庆商务印书馆印行蓉一版。

4月 茅盾的《虹》由成都开明书店印行第一版。

4月 叶圣陶的《倪焕之》由赣县开明书店印行内一版。

5月10日 丘石木的《黄梅青》始刊于《杂志》第11卷第2期，至1944年4月10日第13卷第1期毕。

5月20日 **袁犀的《贝壳》由北京新民印书馆初版（新进作家集第一集）。**

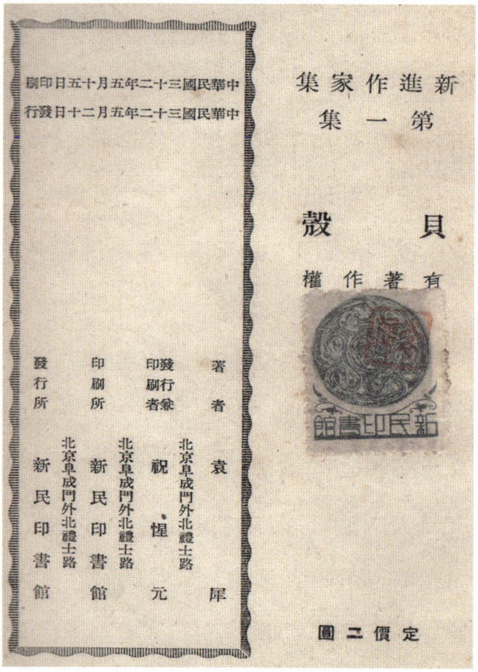
新進作家集
第一集
貝殼
有著作權
新民印書館
定價二圓
著者 袁犀 北京阜成門外北禮士路
發行者印刷者 祝惺元 北京阜成門外北禮士路
印刷所 新民印書館 北京阜成門外北禮士路
發行所 新民印書館
中華民國三十二年五月十五日印刷
中華民國三十二年五月二十日發行

梗概：李玫到医院里检查是否怀孕，医生是丈夫赵学文的同学郝铸仁。李玫与大学同学吕桐相爱怀孕，但吕桐却不同意娶她，为了掩盖事实，她急忙嫁给比她大十八岁的教育学系主任赵学文。确诊怀孕后，思量再三，李玫决定回青岛娘家休养、生产，正在读大学教育专业的妹妹李瑛也一同回去。在去青岛的车上，她们遇见了曾在家里见过的诗人白澍及他的表兄周乃庚和李瑛的中学同学徐仪。到青岛后，他们再次相遇并开始相互间的走动。白澍追求李瑛，李瑛为此感到很苦恼。白澍还在向周乃庚的堂妹周静示爱，并占有了她，但周静发现白澍与周乃庚的老婆调情，便伤心欲绝地告诉了李玫。白澍说，他对李瑛其实就是好奇，是试探，对周乃庚太太也只是玩弄而已。同学张嘉士也连连给李瑛寄情书，李瑛也曾动情白澍，但李玫告诉她白澍是一个感情骗子，她就回到学校继续读书了。不久，李玫在青岛生子，之后在一个宴会上碰巧遇到了吕桐，又重新陷入情感的纠结中。其间，郝铸仁还敲诈了李玫两次，吕桐甚至还灌醉并再次占有了她。这天，李玫从报上得知吕桐是一个制毒的首领，而她也得了肺病，便到西山疗养去了。

按：袁犀（1920—1979）的《贝壳》是一部以大学生恋爱与婚姻为题材讨论什么是爱情以及女人在婚恋中的位置的长篇小说，也是作者表达爱情观、婚姻观的一部感伤小说。李玫未婚先孕，面对居心叵测的吕桐、本分刻板的赵学文，她在道德与良心间徘徊、自责；浅薄险诈的白澍、无能无趣的张嘉士，显然不是值得付出的爱人，李瑛不愿像姐姐那样草率初恋，但也在情感与理智间苦恼纠结。那么，在家庭、妻子、孩子、情人和丈夫间，这些受过高等教育的现代女性应该如何选择呢？什么才是真正的爱情呢？这或许就是袁犀试图在《贝壳》中着力思考的核心问题。不过，作者并没有很好地实现其创作意图，他遇到了许多亟待思考与解决的问题，如，什么是正确的爱情观、婚姻观？知识为什么会制造痛苦与罪恶？人们的教养与人性的丑恶有着怎样的关系？女人是否有着她们的宿命？如果知识产生痛苦，那么无知就幸福快乐吗？等等。应该说，对于这些问题的思索，作者本人也是含糊不清的，这就导致了文本主题的含糊、浅白，人物思想的苍白、矛盾，人物性格的模糊、颓废，故事情节的平淡、无味，加之文本无法识别的时代氛围，招致了众多的批评声也在情理之中。它获得“大东亚文学奖”除了因为华北沦陷区文学创作成就低，随便出现了一位“新进作家”的长篇小说就使日伪统治者看到了“共荣”的“成果”，急切地予以肯定外，还有一个因素是，作品中所透露的反英美的倾向，暗合了“大东亚文学奖”的宗旨，而这，恰恰是日本文学报国会所希望看到的。作者在《前记》中写道：“在这本小说里，我写了些知识青年男女的生活，写着他们怎样在生活里沉溺，写着他们的思想的混乱和迷惑，善变与矛盾。由于他们的教养造成他们的痛苦，由于他们的知识制作的罪恶，并且人性的丑恶的一面是怎样的被人类的教育程度以及现代生活所掩饰而伸张着。”“自然这不过是我的企图而已，我想我也许很难做到我所想的地步，因为我打算写的原非一部‘道德小说’，所以我继续写下去的时候，立刻遇到许多问题，这是很艰难的。”

步南在《跋》中认为：“李玫——是个苦于恋爱而又热情恋爱的怀疑主义的智识女性。”“李瑛——一个骄傲的自命不凡而学生气质非常浓厚的女人。”“吕桐——一个不顾言行心怀不测，明君子暗小人的危险知识份子。”“白澍——是现人生所谓大时代中许多智识青年理想的化身。他是自由主义的渣滓，而又极端个人主义者。他是十足的小市民阶级，在妇人和金钱外，也要名誉，故此难免虚伪，也许并非出于本心，然究其言语与态度，总免不掉博人欢心和掩遮自己。于是他看穿了人生，总以为自己在作戏，在心理方面，自然逃不脱怀疑，故此增加了许多空想与幻想，以至他得不到平静的生活，所以造成易喜易悲的人，然而他年青，他漂亮，没有真的满足，也没有真的忏悔，他有旺盛的精力，然而毫不珍惜的尽量消耗它。”“借此几个人物及思想的探讨，我们很清楚的窥见了作者的企图。他以最大的憎恶与最大的热情，把一些在自由主义，个人主义所迫害之下，不健全苍白而贫血的人们，有企划的，具体的，且很艺术的排在我们的眼前，使我们在感伤氛围里，用憎恶的眼睛，再把它重新认识一次。”在技巧上，小说的心理描写很细致。“由于以上的内容及形式，我们知道袁犀是个天才作家。”“我觉得他的一句一字，不是由痛苦的思考中挣扎出来的。似乎他的笔尖，即是一张硬弓，而笔下的产物，又都像弓弦上所弹出来的冷箭，偏又射中真理的重点，与读者之心。倘将来毁灭他的肉体，抑或创造上有所成就，我相信都是这天才；这不幸的天才。”“那么，天才作家就没有缺点吗？却也不然。譬如：文章与形式过于欧化。对话不与人物身份相合，甚至对话都是文章，以至在思想上罗曼蒂克的成分很浓等等。”“《贝壳》最大的缺点，就是个中人物都是苍白而贫血的欲追求真理而又怀疑的。由怀疑的不可解释而陷于绝望。所暗示给我们的，至少像李玫，白澍，吕桐都该灭亡。这是作者对人类的哭声，对于人类的绝望……倘就社会意识形态而言，颇有颓废，阴暗，混乱，没落之嫌。”

5月29日 《新华日报》刊载《淘金记》的广告：“《淘金记》是沙汀的第一部长篇，在这长篇里，我们看到的人物都是活生生的人物：而这些人物活动的北斗镇，烧箕背，则渲染着令人亲切的地方色彩，刻划人物，分析心理，描写景色，都达到了很高的艺术境地。尤其是人物刻划的精到，真使我们叹赏不置。至于这作品整个的气势，更是无比磅礴的。对话的生动，（四川土语的运用）也是这本书的特点。全书叙述白酱丹与林么长子两人都想利用何寡母的儿子人种去开发烧箕背，但结果他们都落了空：何寡母阻止了儿子与白酱丹合作。白酱丹也没有能够靠表亲的关系得到什么好处。那结局是很不痛快的。虽然白酱丹因了要开发烧箕背与林么长子冲突，怂恿何寡母的侄儿丘娃子找何家寻衅，但处心积虑，终归失败。这是一部值得一读的巨制。”

5月 **梁国冠的《南海之滨》由重庆南方印书馆初版，1—3000 册。**

梗概： 抗日战争时期，海南岛也燃起了战火，由陶白石带领的方草、吴中、汪如冰、李振华等一行六人的战时宣传队，从云山珠海渡过白浪滔天的木兰头，到 C 县来做战时工作。其中，队员李振华好出风头，为追求省政府秘书之女汪如冰才伪装成革命青年加入战时宣传队。C 县新旧两派斗争激烈，以旧乡绅为代表的旧派和以有为青年为代表的新派都想拉拢陶白石，利用他打倒对方。C 县的抗战宣传工作刚刚起步，陶白石又收到赶往 N 县的调令，但 N 县的情形同样不容乐观。在抗敌后援会的选举会议上，官员绅士们争权夺利，商人也趁抗战之机大发国难财，汉奸唐为民率领黄宗泰、江雅文等“绅士一派”竭力要把陶白石等人排挤在外。这时，日军突然在榆林港登陆，并炮轰 N 城，人们纷纷逃难。由唐为民的弟弟唐为新率领的榆林港守军顽强抵抗，终于击退日军，获得胜利。而汉奸之一——商人黄宗泰则被宣传队队员吴中查出与日商勾结的证据，最终被扣押到海口防军的军部。

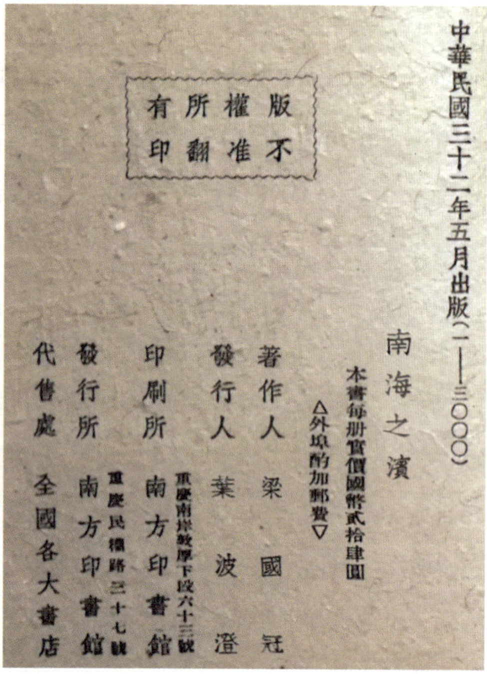

版權所有
不准翻印

中華民國三十二年五月出版（一——三〇〇〇）

南海之濱

本書每册實價國幣貳拾肆圓
△外埠酌加郵費▽

著作人　梁國冠
發行人　葉波澄
印刷所　南方印書館　重慶南岸敎厚下段六十三號
發行所　南方印書館　重慶民權路三十七號
代售處　全國各大書店

尽管困难重重，但战时宣传队的工作仍然开展起来了。一方面，在N中教员黄刚风和洪光空、符彩莲等进步学生的帮助下，战时宣传队创立《火网》三日刊，对外发行并取得了一定影响。其间，李振华嫉妒汪如冰与黄刚风的亲密关系，竟投靠了汉奸唐为民，以向黄刚风和陶白石实施报复。另一方面，战时宣传队与黄刚风等人共同组成黎境工作团，前往蕴显峒开展工作。受汉奸伍警凡欺骗，许多峒民认为日本人与黎人无冤无仇而只杀汉人，甚至要帮助日本人杀汉人以夺回自己的地盘，符彩莲的父亲——蕴显峒总管符中宾也受到伍警凡的欺骗和金钱的诱惑，答应与日军里应外合，宣传队的工作几乎毫无进展。这时，日军再次在榆林港登陆，唐为民、李振华等汉奸与日军里应外合，N城沦陷。百姓们从N城逃到蕴显峒，但敌人穷追不舍，一直攻到附近的抱龙峒。宣传队一面转移老弱妇孺，一面联合有枪的汉人和黎人共同抵抗日军，但受了蒙骗的峒民并不服从他们的安排。日军包抄蕴显峒，缺少武器的宣传队不敌，撤退到迴风岭。日军在蕴显峒烧杀抢掠、无恶不作，峒民们这才醒悟，带着武器赶到迴风岭与唐为新的保安队联合，并在当天晚上对蕴显峒发动反攻。日军被他们的凶猛攻势击退，汉奸符中宾、符阿胜被捕枪决。经此一役，黎人终于对陶白石信任起来，战时宣传队的工作也如火如荼地展开，不仅指导峒民盖起新房、办起民众学校，还组织黎汉壮丁成立了游击大队。为了解决蕴显峒的粮食短缺恐慌，唐为新带领队伍冒险去N城附近抢割禾稻。粮食被成功运回，但黄刚风却在此过程中不幸受伤去世。汪如冰为了给黄刚风报仇，更加坚定了抗日信念。

按：梁国冠（生卒年不详）这部小说以抗日战争时期的海南岛为背景，以陶白石率领的战时宣传队进入海南岛进行宣传工作为线索，描写了当抗战烽火燃烧到南海之滨时，岛上民众的抗敌活动、知识分子的救亡行为、汉奸的活动和黎人的生活等种种情形，不仅肯定了知识分子们为团结民众共同抗敌而作出的艰苦努力，也赞扬了海南岛汉黎同胞协力抗敌的英勇行为，刻画了黎苗同胞勇敢善战的英雄壮举，谴责了卖国求荣的汉奸恶行，为抗战小说增添了新的内容。小说语言流利顺畅，描写黎境风土人情，记录当地神话传说，使得小说别具一格。但小说结构较为松散，且笔墨不均，重要的战斗场面，如蕴显峒峒民对日军的反攻等全都一笔带过，对剧情推进毫无价值的情节，如N中教员伍新枫的心路历程则细细描摹、篇幅冗长。小说结尾黄刚风之死的安排也显得有些刻意。人物形象塑造也比较失败，主要人物如宣传队队长陶白石和汉奸唐为民的形象都过于单一化和概念化。

《作者附记》写道：

“这小说题目：南海之滨，也可作：海的边缘。”

“这是写谜一样的蛮荒海南岛（南海上一个很富饶很优良的海岛）民众抗敌情形，知识份子干救亡工作情形，及汉奸活动情形，黎人生活情形。虽有一部份是想像，但大部份是写实。”

“现在把昌江崖县一带抗战情形画一轮廓，虽描写技巧拙劣，但倘能把琼岛汉黎同胞英勇抗战情形传神万一，亦差足自慰！”

“谨以这篇粗劣作品，敬献于海南岛我们英勇斗士之前！”

5月　茅盾的《霜叶红似二月花》由桂林华华书店初版。

梗概：轮船公司总经理王伯申惦记着大地主赵守义掌管的善堂公益款项，

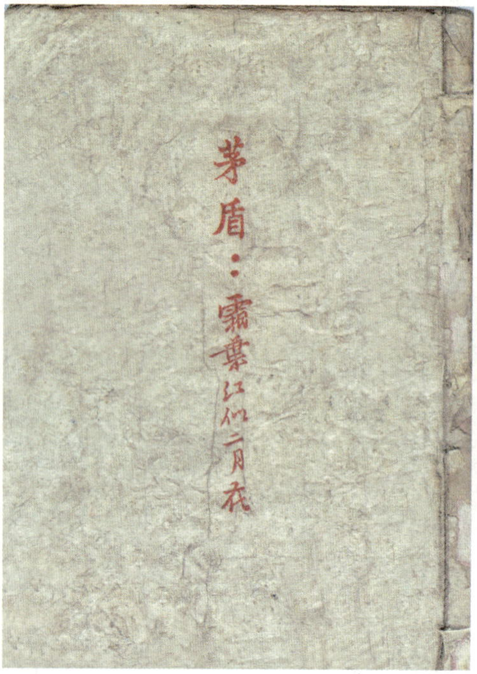

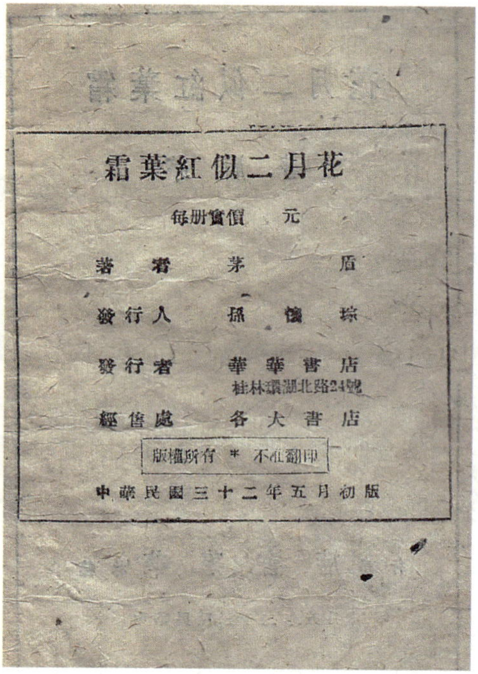
霜葉紅似二月花

每册實價　元

著者　茅　盾

發行人　孫懷琮

發行者　華華書店
桂林環湖北路24號

經售處　各大書店

版權所有 * 不准翻印

中華民國三十二年五月初版

想要用这笔钱办贫民习艺所。但赵守义不肯交出公益款，还出于报复心理状告王伯申占用官地。王伯申也找出被赵守义剥削的农户反告赵守义。新派地主钱良材为了挽救被暴涨的河水袭击的农田，向王伯申提出了暂停轮船公司停运船，捐些公益款项修筑河道的要求，王伯申并不答应。连日暴雨，轮船激起的水浪冲打稻田，钱家庄和小曹庄都深受其害。张恂如想外出做点事，老太太们却只希望他守着祖业，张恂如终日郁郁寡欢。三年前，他听从家里的安排与宝珠结婚生子，但过得并不幸福。张恂如和表妹许静英青梅竹马，得知老太太有意给许静英和钱良材做媒，他心情沉重。钱良材拒绝了老太太的好意，赶回钱家庄和村民一起抵抗水灾，经过慎重的考虑，他作出放弃低洼的农田，连夜抢筑新堰坝的决定。徐士秀按照赵守义的指示到小曹庄催讨高利贷，他和曹志诚怂恿小曹庄农民袭击轮船，导致轮船受损茶房受伤。第二天，轮船公司安排两个警察保护行船，村民听到枪声后逃走，祝大的儿子阿虎却被慌乱的人群踩踏身亡。曹志诚号召祝大及全村人上县里去状告王伯申。婉小姐因丈夫黄和光身患隐疾结婚五年不曾有孕，夫妇二人决定抱养钱永顺刚满周岁的女儿六宝做义女。钱良材为小曹庄的案件奔走，他告诉众人官司不会继续打下去，王伯申和赵守义的斗争也达成了和解。

按：小说以“五四”前后的江南某县城为背景，描写了社会转型之际的多种势力的矛盾和冲突——地主与资本家的矛盾、农民与资本家的矛盾、改良派地主与资本家、封建大地主的矛盾，同时也写出了如张恂如、钱良材等新生代知识分子身处思想解放运动初潮已生、革命壮潮未至的历史阵痛期的生命躁动和精神困惑。以张恂如为代表的青年知识分子属于时代的“多余者”，接受新式教育的他们无法忍受包办婚姻的桎梏和陈旧的风俗习惯，但又无力反抗强大的封建伦理道德，只能走向精神的沉沦。改良派钱良材是茅盾着力塑造的正面改革者形象，他承继父业，胸怀大志，终日为地方公益奔走，他为着农民的利益卷入新兴资本家王伯申与封建地主赵守义的斗争，但最终一无所成。小说抨击了王伯申、赵守义及其依附者利欲熏心、欺迫农民的行径；同情于乡下人的淳朴和愚昧，感慨于觉醒的青年在环境的制约下无效的反抗和努力。

在这部小说中，茅盾以从容的心态回顾过去的历史，全书节奏舒缓，着墨于江南小城的家长里短的真实性刻画，又以细腻笔调描绘了人物的心灵世界。在艺术风格上，该小说是茅盾实践“中国作风和中国气派”之作，其古典风韵和民族风格历来为人所称赞。茅盾借鉴了古典小说的结构和语言风格，尤其在人物形象和环境描写两个方面充满着红楼的韵味，东方女性张婉卿仿佛是王熙凤的化身。同时，该小说也延续了茅盾全景式描绘时代的风格，以江南小城为起点辐射了整个时代，新经济势力崛起的阵痛，旧封建势力的余威、新青年的痛苦、包办婚姻的悲剧、农民的苦难都从茅盾笔下娓娓道来。遗憾的是，这部艺术性颇高的小说，因时代和作家个人的原因，成为一部未完成之作，在文学史上留下一个永恒的、精彩的“残简”。

5月　沙汀的《淘金记》由重庆文化生活出版社印行渝一版（现代长篇小说丛刊之四）。

梗概：抗战时期，金价飞涨。川西北北斗镇的烧箕背山出了金矿，哥老会大爷林么长子立刻意识到这是一个发财的大好机会。烧箕背是没落士大夫何寡

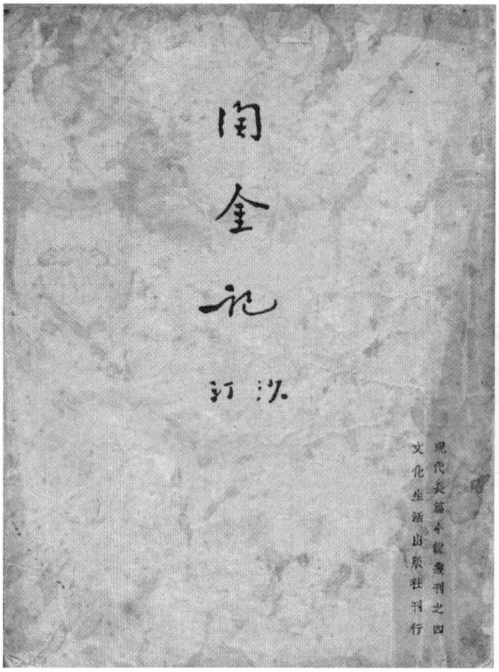

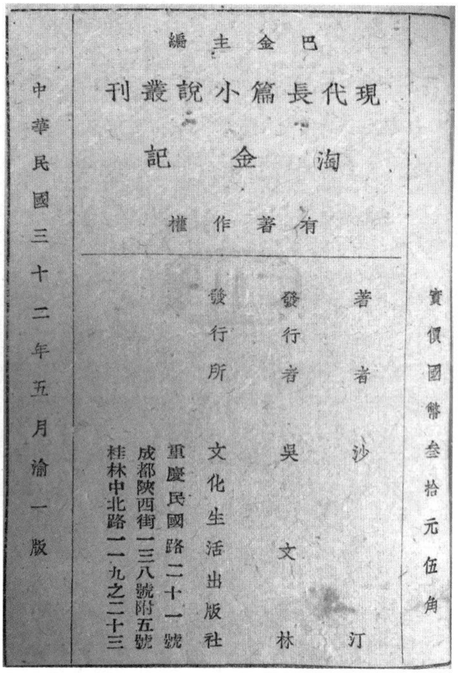
巴金主編
現代長篇小說叢刊
淘金記
有著作權
著者 沙汀
發行者 吳文林
發行所 文化生活出版社
重慶民國路二十一號
成都陝西街一三八號附五號
桂林中北路一一九之二十三
中華民國三十二年五月渝一版
實價國幣叁拾元伍角

妇的祖坟地，何寡妇平生视风水如命，林么长子就趁何寡妇下乡收租之机与何寡妇的独子何人种密谋共同开采事宜。同时觊觎这块宝地的还有没落乡绅白酱丹，但是他穷困潦倒毫无财力，就联系富商彭胖一起集资开采。当他得知林么长子的计划后，立刻哄骗、引诱何人种，终于诱使何人种答应与他一起开采烧箕背。何寡妇回来得知后，拒绝了白酱丹和林么长子提出的合伙开矿的设想。林么长子不甘心，以何人种曾同意为借口偷偷挖了起来，白酱丹见状，也以同样的借口动手开采。何寡妇无奈，只好请原团总叶二大爷从中调停。叶二大爷让联保主任龙哥出面制止。在龙哥的干预下，以何寡妇赔一千元的代价使白酱丹与林么长子停工。

不久后，四川搞了一次“救国公债”活动，何寡妇按要求捐了二千元后，上面又下文停止募捐，已捐的要全数退还，何寡妇便找收款人龙哥要退款。结果不仅没有要上钱，反而惹怒了龙哥。白酱丹见机挑拨，让龙哥借戒烟为名，要何寡妇交烟款，随后又唆使何家已沦为乞丐的长房侄子何丘娃以何家的名义向官府告状，要求重分家产。这时，政府又发文希望各地大力开采矿产资源以支持抗战，龙哥也转而支持白酱丹进城向县政府申请开发烧箕背。很快，他们串通了官府，何寡妇只得就范入股。正当白酱丹准备大干一场时，镇里的形势发生了变化。由于政府的控制，金价没有上浮，已开挖的几个金矿产量也不高，大家失去了集股开矿的兴趣。而此时，粮价却大幅上涨，地主们便纷纷转向囤积粮食的投机行当中，白酱丹的淘金梦也随之搁浅。

按：这是沙汀（1904—1992）最出色的一部长篇小说，也是沙汀现实主义精神体现得最为深刻的一部讽刺小说。小说以川西北小镇为背景，通过表现乡镇有权势的代表人物豪绅、袍哥、地主等借开发金矿为名，钩心斗角、沆瀣一气、恃强凌弱、鱼肉百姓的丑恶样态，真实而深刻地揭示了在金钱与利益面前，人性逐利的本来面目，也将国统区偏僻农村社会黑暗腐败的反动本质暴露得淋漓尽致，讽刺辛辣而不露声色。小说人物形象栩栩如生，特别是恶人白酱丹的成功刻画，是 20 世纪 40 年代现代长篇小说创作的重要收获。此外，作品情节单纯集中又跌宕起伏，叙述精到而从容不迫，语言个性化而又充满乡土气息，充分显示了作者丰厚的生活积累和娴熟的艺术技巧。

5月 桂林良友复兴图书印刷公司初版《雾》刊载插页广告：

（1）《离婚》：“老舍先生的小说有他独特的风格，以讽刺的笔调，写现实的题材。这一部长约二十余万字的长篇小说，更可称为作者的代表作品。本书在沪印行时，销行极广，惟战后运入内地者，为数不多，此次重排出版，凡爱好老舍先生作品者，务必人手一册。”

（2）《在城市里》：“《华威先生》的创造者张天翼先生，在这一部长篇小说里，又运用了他那了不起的讽世才能，描出了几个在我们社会里所时常看见的人物，心理的和动作的刻划，均表露尽致。本书前曾在大公报馆的《国闻周报》上发表一小部份，极受读者欢迎。现已全部完成，都三十五万字，为近年来国内出版界所稀见之长篇，印一大厚册，三色封面。”

（3）《雾》《雨》《电》：“巴金先生写完许多许多的长篇小说，但是作者自己认为最满意的是本公司所出版的三本书：《雾》《雨》《电》——爱情的三部曲，这是作者在本书序文中自己所说的，他说这是他自己暗中所喜欢的一部书。现在，又经作者修正后，重排出版，先出《雾》。《雨》和《电》均将陆续问世。本书在上海出版时为良友文学丛书中销行最广书之一。现已付印，即将出版。”

5月 李辉英的《松花江上》第4节《宴》刊于桂林《艺丛》第1卷第1期。

5月 巴金的《新生》由衡阳开明书店印行衡二版。

6月1日 陈因主编的《满洲作家论集》由大连实业印书馆出版。陈因在《〈无花的蔷薇〉》一文中认为：“它是满洲文坛的第一部长篇。”不过，“看本书内，只见到几个简短的故事，凑合到一处，凌乱的杂集而已！这些个故事分开来会成各个独立短篇的。”“几个角色又是被注意的时候，便捉他到纸上来，作者一时忘了，便忽略他的存在，这总都是连载长篇的缺欠！”所以，“在这里看不到真如盖楼房一样，只看到一堆堆乱砖瓦块而已！”人物描写不真实，发展也不合理，只是作者用来充实他对大时代的眷恋的倾向而已。当然，有些地方的心理描写、环境描写也还生动细腻。他最后写道：“作者是有历史的，不能以这一本连载长篇的《无花的蔷薇》而忽略作者的过去，与将来的希望。也惟这一本《无花的蔷薇》能影响了后来的长篇的增产，虽然还有他种关系，长篇已是看到若干部，可怜的是还不如本书。所以在满洲文坛不但本书为长篇的第一部，迄现在还能保持，所有长篇作品中的第一地位。”

大内隆雄在《关于石军的〈沃土〉》一文中认为：“作者写《沃土》，无疑地是为了放逐他的烦闷与苦恼。值得我们注意的，也是这点在特殊情形下面产生出来的小说。没有灵魂苦闷的经验，是很难理解小说具有的艺术魅力。”“这小说不啻是一部当今满洲青年苦闷底呼声，它的内容值得注意的也是这点。”“就它形式去说。这该是一部教育小说的范畴，因为它是一个青年由少年期走向青年期成长途上的一部宝贵经验记录。”他认为：“《沃土》毕竟是一篇大作，作者的眼光，是如何的强烈啊！观察是怎样的广大啊！作者对于事物的批评又是多么沉着而中肯啊！并且描写和叙述的力，更是显着而在这小说的全篇，放出灿烂的光芒来。”“写出以阴郁的魏晓岚为中心的全篇小说来，对于北满的象征，作者用野火和江流表现了，魏晓岚是潜入了时代的野火越过了社会的江流，向成长的途上走去。”“所以，《沃土》可以说是一部创造出了代表今日的满系青年的思维苦恼的典型而富于示畯的近来的力作。”

6 月 1 日 周彦的《我们是戏剧的铁军》始刊于《天下文章》第 1 卷第 3 期，至 11 月第 1 卷第 6 期毕。

6 月 15 日 沙里的《土》始刊于《新民报半月刊》第 3 卷第 12 期，至 12 月 15 日第 5 卷第 24 期（未完）。

6 月 15 日 夜虹在《新青年》新 2 号第 7 卷第 6 期发表《茅盾的梅女士》一文，认为梅女士的经历“不是梅女士一个人的经历，这是千万个中国青年的遭遇；这不是单个人的遭遇，这是我们整个民族所走的苦难的行程”！《虹》要回答这两个问题：“一、没落中的封建势力不然会和帝国主义势力相结合，新思潮才会被歪曲了，被阻止了。二、由于上两势力的结合，新的势力的成长是困难的。”

6 月 19 日 老舍在《时事新报》发表《读〈鸭嘴涝〉》一文，认为：“书名起得不好。‘鸭嘴’太老实了。‘涝’，谁知道是啥东西！”“书，可是，写得真好！”“组缃先生最会写大场面。他会把同一事件下的许许多多人……都一一描写出来；以形容，以口气，以服装，描写出每个人的个性，及对此同一事件的看法——把这些不同的看法汇拢，便见出那社会的经济，文化的形态来。在《鸭嘴涝》中，他仍用此手法。他教我们看到不少活生生的人，也看见一个活的社会。”“在他所描写的那些人中，他把力量都放在鸭嘴涝的乡人身上；因为不详写这些人，则鸭嘴涝之为鸭嘴涝便不会显明了。对外来的人，他没用同等的力气去写；有的只一笔带过，不便累赘。因此，人物中有重有轻，未能个个出色。可是，对一部不很长的小说，或者也只好这么办，否则宾主不分，大家挤在一处，谁也动弹不得矣。”“在文字方面，他极努力于利用口语。虽然他感到多少的苦痛与困难，虽然自己还不满意，可是已经给我以最大的欣悦。专从文字上说，已足使我爱不释手！词汇，声调，歇后语，谚语，都使我念了一遍，再念一遍。借着这些有魔力的活生生的话语，我不单看到，而且听到鸭嘴涝的人们怎样不安，不服气，与不肯投降。组缃先生教乡民们自己说出那最大的变动与期望。”

6 月 30 日 公羊穀梁在《国民公报》发表《〈鸭嘴涝〉——抗战以来长篇创

作选读之一》一文，认为，《鸭嘴涝》是一篇不可多得巨著，是一部史诗的序幕。

6月 萧红的《呼兰河传》由桂林河山出版社出版，1—3000 册。

6月 于逢、易巩的《伙伴们》由桂林白虹书店再版。

6月 **靳以的《前夕》（第二部）由重庆文化生活出版社印行渝一版。**

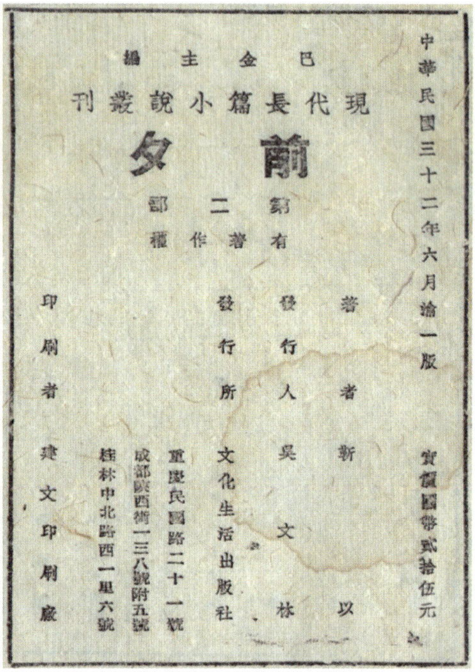

巴金主編

現代長篇小說叢刊

前夕

第二部

有著作權

中華民國三十二年六月渝一版

著者　靳以

發行人　吳文林

發行所　文化生活出版社
重慶民國路二十一號
成都陝西街一三八號附五號
桂林中北路西一里六號

印刷者　建文印刷廠

實價國幣貳拾伍元

梗概：春天到了，黄俭之一家人的生活也发生了一些变化：黄俭之终于将酒戒了；生病的妻子也在众人的劝说下答应前往城西紫云山避暑；离家的静茵常给静宜写信，讲述自己的海上生活；静婉整日沉浸在恍惚不定的状态中；静珠则在方亦青的陪伴下，保持了朴素的生活作风；静纯尽管三番两次宣告要离开家庭，但却并未付诸行动，反而将所有精力投入毕业论文的写作中。黄俭之一家暂时过上了平静的生活。

一天晚上，黄俭之的妻弟——多年杳无音信的李大岳突然来访。他是参加过淞沪战役的国民党军官，因部队被打散而逃到黄俭之家中暂居，静玲对这位英雄幺舅非常崇拜。此时，面对日军的侵略，国民党当局采取撤退政策，作为军人的李大岳报国无门，只能去舞场消解愁闷。然而国民党的屈服并没有换来真正的安宁，日本人的欺压变本加厉，毒品、浪人大量涌入，流言的肆意散播也使得人心惶惶，有钱人纷纷选择南下避难，一直为黄俭之提供经济支援的蔡市长也不得不离职南下。失去了生活来源，黄俭之不得不要求全家人开源节流，一起渡过难关。这时，青芬诞下一个男婴，为这个死气沉沉的家庭注入了新的活力；静纯也因为儿子的出生，开始对青芬产生了真正的情感。谁知青芬产后竟突发高烧，得产褥病而去世。为了纪念青芬，孩子的乳名由英儿改成了青儿，静纯也有了一些性情上的改变，不仅拒绝了家里的续弦提议，还主动去大学当助教，为家里增加收入。而家里也因为青芬的死亡再次沉寂下来。

与家中的平静相反，国内的政治局势一天比一天紧张，冀东自治政府成立，奸人趁机呼吁"华北自治"，有血性的青年们纷纷希望起来反抗，并随时准备投入战斗。12 月 9 日，静玲、赵刚等爱国学生组织中学请愿队，高呼抗日口号，举行示威游行。随后，越来越多的学生队伍汇入这股急湍的洪流，原本在人群中旁观的李大岳也被青年们的热血感染而加入进来。面对大批手持刀枪棍棒的武装警察的暴力镇压，游行队伍仍然奋勇向前，造成了大量流血惨剧，静玲、赵刚和向大钟三人也不幸负伤，并作为游行的主动分子而被学校开除。借着看牙医的借口，黄静玲在李大岳的陪同下趁机去医院看望赵刚和向大钟，得知这次的游行引起了全国各地的响应，也引起了国际关注。静茵也来信说由于他们这次运动的激励，全国各地都爆发了游行抗议活动，并提到自己因刚产下的婴儿的夭折，更觉得应该把全部的精力投入战斗。静珠则早已抛弃了方亦青，回到了以前醉生梦死的生活。而静婉更是因为王大鸣的死而服用安眠药试图自杀，被抢救过来后，她对一切事物都失去了兴趣。此时即将来到年底，为宣告今年这些"不幸"的结束，黄俭之率家人精心准备新年，而静玲则暗自认为这只是"不幸"的开端。

7月7日 辛郭在《民族文学》第 1 卷第 1 期发表《读〈狂飙〉》一文，认为："陈教授的思想前后是一致的（英雄与美人的崇拜），而《狂飙》的故事虽并未带着浓厚的色彩，然而在字里行间充分露出作者热情的奔放与描写人物的恳挚，是与写《天问》时代的作者思想几无两样。这里我特别郑重提出陈教授笔底无论什么人物都是理想化的，他书中所写的人物没有一个不是值得称赞而被谅解的；这因为他思想中有一贯的温暖热情和十分良善的伟大心胸，所以产生的作品会那么纯真超现实的给人以无限热力在心中鼓舞。”小说“三十二章以后的六章，从结构上看来好像另起炉灶，不与以前各章相陪衬，只有以前各章人物的影子活动其中罢了”。“故事的本身，从开头到三十一章为止，给与读者的只是‘爱’的变化，在兴味上说只有三个‘兴味线’。第一是薛立群与王慧英的恋爱和订婚与离婚；第二是王慧英与同学黄翠心的友谊，黄与薛立群的认识与发生恋爱以至成为夫妻的事实；第三是李国刚的窃爱王慧英以至和她的结婚。笼统说只有二个‘兴味线’，一是以薛立群为男性中心的三角恋爱，二是以王慧英为女性中心的三角恋爱。从三十二章起迄全书终结为止，纯是注重‘战争’的场面描写，没有个中心，有的那就是作者以‘狂飙的兴起’而发生的民族主义思想的强烈意识了。”“或者本书前面的三十一章是陈教授的旧作，为了趋时，抓着这个大战争，所以在卅一章后附上六章尾巴。”“陈教授写熟了剧本，因此影响小说的对话，总是像剧本的台词，只是那样朴素，一点也不加形容词句。”“陈教授的故事叙述方法是‘做’的，而不是‘创作’，很有些文字在全书中毫无存在价值：‘自我性’的文体，会使读者们有种不好的观感，觉得一切对话、文字，都是陈教授的，而不是属于书中人物的。”他最后认为：“《狂飙》是五四运动以来反映时代社会思想潮流演变，与其表现中国民族在此时代中民族意识的激进，它是强烈的表现出像狂飙卷起后呈着一番新气象的大地，那样具有正确意识的小说。”“它所表现的‘民族意识’非常鲜明、强烈，值得说是‘民族文学’的一部有力的作品。”

7月10日 艾芜的《落花时节》（部分）始刊于《青年文艺》第1卷第6期（未完）。

7月14日 公羊毅梁在《国民公报》发表《“激流”的影响——长篇选读之二》一文，认为：“在抗战中读‘激流’，我们很明显的可以看出作者在写一个蜕变过程，旧的是非死去不可，从背后是拖不住的，新的是必然要来的，用任何暴力也是挡不住的。巴金创造的这几个人物是非常自然而不勉强的，他并且告诉我们革命党是从平平常常的人群中，自自然然地出来的，并不是什么妖怪，这一点，他比任何的作品都有深刻的说明。”

7月28日 公羊穀梁在《国民公报》发表《从〈动摇〉说起——长篇选读之三》一文，认为：“《动摇》的情节有如电影，虽然用几批代表人物来对比，但是还欠深刻，作者企图很大，想把南洋与香港，香港与九龙，香港的内幕，林林总总都加以描画，可是这个战争的前前后后太复杂了，十几万字写不完，也不能够写完。”“马宁所写的《动摇》是一个非常大的‘动摇’场面，作者把面铺张得很广，但是深刻便成了问题。作者要暴露这群吸血者的动摇，但谁造成的这些吸血者呢，读者还要求更深的了解，太平洋之战在历史上是一件划时代的事，马宁的勇敢可佩，但所给我们的是不够的。”

按：论者评介到位，惜将《动乱》错成《动摇》了。

7月 **熊吉的《千年后》由成都复兴书局初版。**

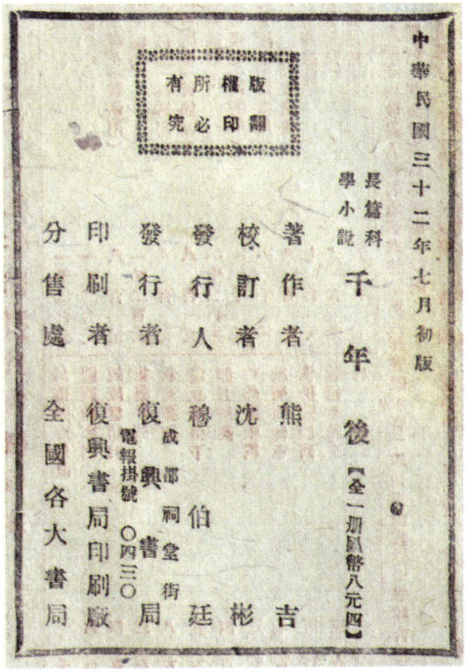

中華民國三十二年七月初版

長篇科學小說 千年後【全一册國幣八元四】

版權所有 翻印必究

著作者 熊吉
校訂者 沈彬
發行人 穆廷伯
發行者 復興書局 成都祠堂街
印刷者 復興書局印刷廠 電報掛號〇四三〇
分售處 全國各大書局

梗概：一千年后，地球上的大学生们过着与如今不一样的生活。这天，于斯美、萧茜玉、蓝倩和李先晨等同学聚集到一起，参加去火星任职的高鲁明教授的饯行舞会，同学们愉快地交流着许多科学知识。不久，茜玉邀请黄宛如等同学去她舅母家聚会，在这个过程中，一行人的爱情纠葛浮出水面。从春天到残秋，茜玉与于斯美、梅少华的三角恋纠葛毫无头绪，而弟弟萧若锦偶然倾心于一个假扮成女子的火星男子，最终误会解开，并借此机会遇见自己的真爱——乐丽红。考试结束，同学们都到茜玉家中过除夕、放孔明灯，好不热闹。几天后，蓝倩和先晨各自接到家里的急报被骗回火星结婚，没想到恰成眷侣。转眼又是一个春假，同学们在先晨的带领下，完成了一趟奇妙的火星之旅。回校后，先晨和蓝倩的感情出现危机，丽红也被迫回到火星结婚。毕业了，同学们各奔东西，茜玉和少华结婚了，斯美因为难过，由若锦陪伴着去月球找黄宛如散心并且加入了水星独立党，此时，丽红也逃婚到月球寻找若锦。办完舅母的丧事后，茜玉和少华等人也纷纷加入独立党。一行人为掩饰身份，一边正常工作，一边策划杀死副总督等各种行动。4 月 10 日，独立党人借斯美和宛如的假婚礼，商量起义，推翻政府，然而他们失败了，只有斯美逃了出来，许多同学都被杀害。西北独立党起义成功了，建立了根据地政府，斯美和茜玉逃向西北开始新生活。形势依旧非常严峻，众人却在西北度过了一段平静生活。地球攻下了火星，最终取得了战争的胜利。斯美留下信件出走了，去追求永恒的知识。茜玉随后也离开了。

按：这是熊吉（1916—？）一部以一千年后的一群大学生的生活为线索的长篇科幻小说，在书中作者幻想了一千年后世界的样子，比如玻璃应用范围极广，连房屋都是玻璃质的，火星、水星、月球也分别有了各自的文明和居民。全书分为两个部分，叙述风格迥然不同，前六章风格轻松，带着恋爱的清新味道，主要围绕这群大学生的校园生活展开叙述，关注日常生活，并且通过人物之间的交往对话向读者介绍了大量的科学知识，包括生物学、物理学、医学、生殖学等等。但正是为了介绍大量的科学知识，情节设置也颇为刻意，导致生活的真实感丧失，大段教科书式的知识频繁又不当地穿插进文本中，也降低了作品的艺术价值。后九章风格沉重严肃，围绕大学生参加水星独立党的革命活动展开，展现了这些青年人为了自由和独立不屈的精神和不怕牺牲的勇气，叙述节奏加快。但也正因如此，有急就章之嫌，很多情节并未交代清楚就匆匆略过，人物塑造手法单一，流于扁平化，缺乏真实感。作者虽同时创造了大量的人物角色，但处理的技巧不够成熟，导致情节纷杂，文本也显得凌乱。

7月 步南将《贝壳·跋》以《由〈贝壳〉谈到新进作家集》为题，发表于《华北作家月报》第7期。

8月5日 韩伦在《新蜀报》发表《读〈鸭嘴涝〉》一文，认为，全书末尾戚先生和寿官的几句话是全书的主题。“这是人民多年以来深藏在心坎里的话，是他们的希望，他们的要求。‘一个人肯真正拿行动来爱他的国家，就是为谋取他自己的利益，保障他自己的利益……没有人无所谓的爱一个东西，也没有人无所谓的来爱国。’”“作者使我们看到章三官如何同自己的农民根性斗争，而终于走上了军民合作保卫乡土的路。虽然他有许多缺点，这缺点使我们更觉得他可爱，我们更和他接近。他是活生生的人，不是可望而不可即的英雄。直起腰杆，大大方方的走路是章三官的愿望，也是每一个中国人的愿望。作者更进一步说出了应当怎样办。”“这里每个人物，都有个性，每个人的发展都是必然的。而语言的运用更是全书出色的地方，读起来十分亲切，加浓了乡土风味。”

8月5日 《中国文艺》第8卷第6期刊载消息《〈贝壳〉》，认为小说在轻松的故事叙述中含有一种深刻的意义。

8月8日 公羊毅梁在《国民公报》发表《由〈第二年代〉想起——长篇选读之四》一文，认为：“抗战初期的报告文学是新闻性的，到了今天，我们更需要有综合性的历史性著作出现，《第二年代》，可以说，是代表一种时代的趋势的作品，作者以新闻笔调写了这抗战中最热闹的一幕。”“作者所取的虽然是小说体裁，而实在却是历史纪录。”“历史纪录就要相当忠实于历史，这样一来，作者为了‘真’，有时便不免疏忽了故事性的发展，本书的优点是因为它是‘历史的小说’，而缺点也就在于是‘小说的历史’。”

8月22日 公羊毅梁在《国民公报》发表《〈伙伴们〉——长篇创作选读之五》一文，认为，这部小说所要表现的是：“他们是英雄的人民，他们是伙伴们，他们斗争在珠江三角洲。”“他们参加着伟大而神圣的民族革命战争。”

8月28日 《申报》刊载文艺消息《文学者大会昨圆满闭幕并举行授奖礼》，称大东亚文学奖授奖典礼举行，其中袁犀的《贝壳》和石军的《沃土》获副奖。

8月 王萍草的《黄河的海》由两间书屋初版，1—2000册。

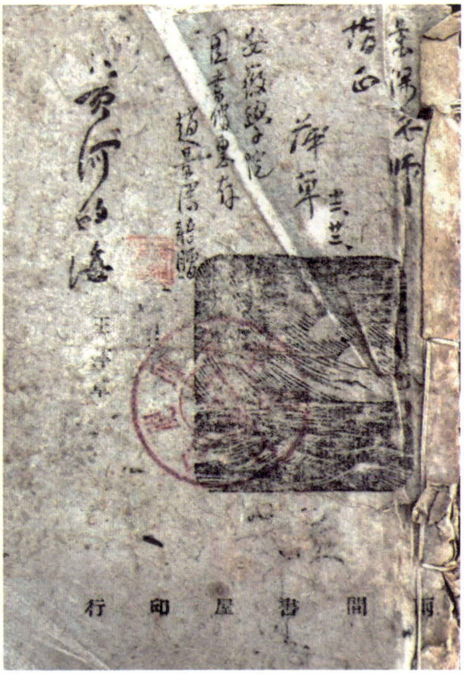

版權所有

中華民國三十二年八月初版

（一—二〇〇〇）

黄河的海

每册定價二十元

著作者：王萍草

發行者：費力夫

出版者：兩間書屋

總經售：立煌書刊發行站

翻印必究

梗概：日本鬼子进到黄淮平原，古城沦陷，人心惶惶，百姓四处逃难。被任命为纵队司令的校长陈伯黎和红会首领王老汉乘船去古城开会回来，决定与教导主任徐卓然一起，团结联保主任，将各地的红会联合起来，组织地方武装开展抗日活动。全县应变会议即将召开，人们却纷纷议论：是先救黄水之灾，还是先抗日救亡？抗日会不会招致日本人的报复，反而给家乡带来灾难？大家意见不一。财委会委员长汪干臣表面上答应支持抗战工作，实际上虚与委蛇。开会时，陈伯黎主张马上组织地方武装抗日，筹款，同时镇压地方汉奸活动。徐卓然按照当时的政策让县长、联保主任、财委会委员长共同承担抗日武装队伍中相应的领导责任，各项决议也获得通过。随后，汪干臣拿出现洋五千元给了徐卓然，作为抗战费用。其实，汪干臣与大烟鬼哈惠甫仍想借机捞一把。张文贞是汪干臣的情妇，她在陈伯黎的劝告下，告别了过去的放荡生活，报名参加了军宣队。孩子们也加入了抗敌宣传队儿童团，歌声随着黄河之水激荡。时局越来越艰难，陈伯黎等人面临着县政府阻碍、汪干臣私下勾结伪军、三千抗日民军给养困难等问题。为了避免民军的给养催逼，汪干臣躲到乡下，谋划瓦解抗日队伍的行动。他和龙县长表面上与陈伯黎握手言和，实际上暗自勾结，制定了夜间包围司令部的计划，但被张文贞探得，将消息告诉了陈伯黎。徐卓然与陈伯黎迅速出击，粉碎了他们的阴谋，同时也解决内部思想混乱的问题。随后，豫皖边区军事联席会议召开，陈伯黎被推举为豫皖边区联兵总指挥，徐卓然号召大家坚定决心，继续加强政治工作以坚持抗战。

按：王萍草（1908—1959）即王丹岑，小说以沦陷区黄淮平原的一个小县城为背景，生动地写出了民族矛盾到来之际，不同阶层的人物面对抗战时不同的态度与不同的人性选择，从一个侧面说明了抗敌工作的艰辛与复杂以及团结的重要性。尤为可贵的是，作者客观地展示了日寇入侵和黄河泛滥给民众造成的双重灾难，细致地描写了民众由此形成的不同心态与行为，强调了执行统一战线政策对于抗战胜利的重要性，彰显出小说的现实主义精神。全书着重刻画了两类人物：一类是以陈伯黎、徐卓然为代表的抗日者形象；一类是以汪干臣为代表的妥协投降分子形象。陈伯黎情性耿直，疾恶如仇；徐卓然则沉着机智，运筹帷幄，颇具军师特征；汪干臣之类则唯利是图，自私卑劣。作者立场鲜明，弘扬抗战，反对投降，抒发故乡情结，彰显家国意识，表现出浓烈的爱国主义情怀。“黄河的海”不仅是实景，更象征着抗日浪潮不可阻挡，一如黄河怒号奔涌向前。全书乡土气息浓郁，对话语言富有个性，但矛盾处理较为简单，人物形象刻画也较为单薄，特别是主战者陈伯黎的形象没有树立起来。

8月 巴金的《火》（第一部）由桂林开明书店印行内五版。

8月 巴金的《火》（第二部）由衡阳开明书店印行湘一版。

8月 陈铨的《狂飙》由重庆正中书局印行第四版。

9月1日 公羊毅梁在《国民公报》发表《〈前夕〉——长篇创作选读之七》

一文，认为作者的短篇优于长篇，这部作品在气势、人物的安排及场面的穿插等方面尚有不足。

9月1日 靳以在《文艺丛刊之一：奴隶的花果》发表《我怎样写〈前夕〉的？》一文。他说："除开自己私心的一点喜悦之外，那个结尾也使我高兴——那不是结尾，那是一个开始——就是对我们的敌人日本的抗战的开始。那时候，我记得，我是和书中的人物一样，真是不知道怎么样，像脱去了一件污秽的外衣跳到清水中自由地泅泳着那样高兴。"对于那个对现状极不满意的老人一家的死，"人们说我的处理太残忍了，但是残忍的是现实。""我不知道在我所描绘的人物中谁是该谴责的"，"就是这些人物使我们不耐烦的，使我几次想掷笔而起，不再和他们厮混的。可是我还是忍下来了，因为那些走出去的，却还有一番虽然困苦却也辉煌的生活。""是的，我是为这一代青年才努力从事的，我虽然不能站在他们的行伍中，可是我的心，我的脉搏都是和他们相应合的。""我是以我对于新一代的信心和感谢才用我那无用的笔来描画一些影迹，使它能附丽这不朽的青年群上而留下一个名字。我不是没有情感的，我写这新生的一代，我也就在他们的中间——不是个人，是一群，这些为他人，为人类献上自己的血肉的。容或他们的行动有些不足或过分，可是他们的心是善良的，纯正的，不自私的。在这伟大的时代的试金石的测验下，他们不是死亡，就是战斗——也许有些灰懒的，疲倦相，追随不上他人的，可是没有和敌人妥协的，也没有落水出水的，更不必说做敌人的爪牙了。""不再有什么耻辱和有形的或无形的羁绊纠缠在我们个人，我们的国家，我们的民族上面了。使人窒息的沉郁已经消失了，人们已经自由地无存，自由地为众人而死；这样我结束了我的《前夕》，迎在面前的，使我们更努力从事的是那个'大战争'。"

9月8日 公羊毅梁在《国民公报》上发表《〈地下〉与〈沃野〉——长篇创作选读之八》一文，认为，《地下》太过"苦重"，"这是翻译，而不是创作，作者是有意模仿欧化的句子，及文学史上的伟大诗篇，在此中，写的虽是中国故事，却没有浓厚的中国气息，到了第二册《沃野》，引用任叔的介绍，恰恰相当，作者进步了，在描写上不过份模仿，特别是对于故事本身的熟悉，到处引人入胜，给人以‘清新的喜悦’。”《地下》“中间有许多片断也是非常生动的，也是相当深刻的”。而《沃野》“有些地方太支结，把故事任意发展，而不能得当的收束”。

9月15日 公羊榖梁在《国民公报》发表《〈春雷〉——长篇小说选读之九》一文，认为小说的宣传意义大于艺术意义。

9月24日 《大公报》（桂林版）刊载《雨季》的出版预告：“作者费了两年时间，完成他的第一个长篇。在这儿，他用优美的文笔描写着这个时代中一个平凡家庭的悲剧。有一个年青而贤慧的女性，在抗战中觉醒了，她不甘寂寞，不满于篱下生活，她要摆脱这一切，她要飞；她要求热情，要求粗亢而战斗的爱，于是她大胆的向旧社会向幽囚过多少女性的牢笼宣战了！在雨季中过日子是沉闷的，见不到阳光，也呼吸不到清新空气，可是那阳光却在云层中隐藏着，随时都可以冲出来，光照大地。作者这部作品，就像是隐藏在云层中的阳光，在这沉闷时代，它将给我们带来了新的理想，新的希望。”

9月 **司马文森的《雨季》由桂林文献出版社初版。**

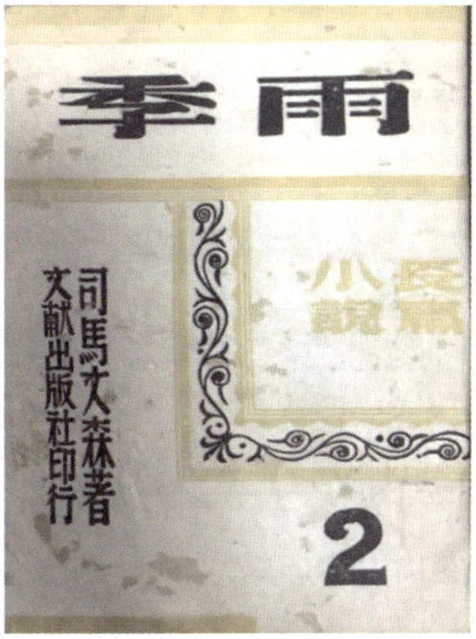

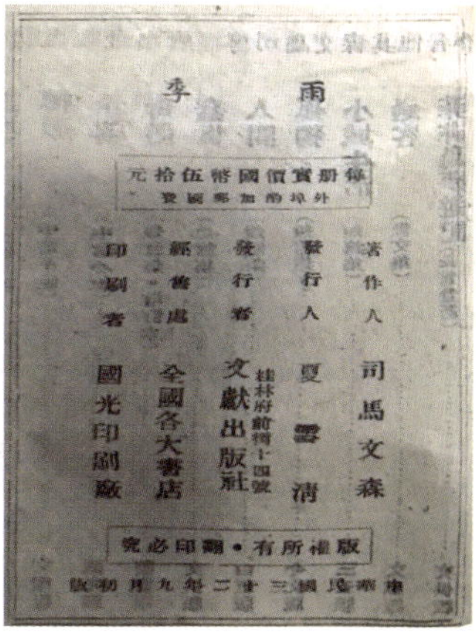

梗概：外表冷静、内心热情的少女林慧贞在上海圣公会女子学校读书期间喜欢小说，迷恋音乐和舞蹈，并时常因外界的变化而陷入过多的思考中，形成了多愁、软弱的性格。毕业后她在父母的安排下嫁给了上海纺织厂老板的独生子孔德明，可是二人的结合并非出于真正的爱情，而是为了满足双方的利益需

要。孔德明爱她的美貌，将她视作装点自己身份的“饰品”；林慧贞爱他的金钱，享受他所提供的优越物质生活。后来，林慧贞偶然受到一次抗日募捐活动的感召，思想发生了重大转变，她希望能走出家门，投身到抗战潮流中去。恰在此时，孔德明远行到云南开办新厂，他的大学同窗好友、游击队政治部主任方海生来到桂县出差（上海陷落后孔德明一家也迁至桂县）。在交谈过程中，他对林慧贞的遭遇表示同情和理解，细致地向她介绍了一些革命观念以及自己的战后经历。林慧贞深受感动并对方海生产生了深深的爱恋，甚至到了发疯的地步。方海生出于对友谊的坚守拒绝了她，在一个雨夜不辞而别，匆匆赶赴前线。林慧贞受到了巨大的打击，卧床休养了一个多月才渐渐恢复。待孔德明回来后，她勇敢地对他说出了自己的想法，坚定地抛下了养尊处优的生活与患病的幼儿，来到古岑儿童教养院教孩童学习抗战歌曲，开始了自由的新生活。

按：这是司马文森（1916—1968）的一部中国式“娜拉出走”的故事。年轻貌美的富家太太林慧贞不甘忍受寂寞无趣的生活，也不愿做依附于他人而活的“装饰品”，在抗日救国思想的感召下走出家门，投身到更为广阔的社会潮流中去寻找自身独特的生命意义与存在价值。小说虽是以一个略显俗旧的爱情故事作为叙事外壳来探索林慧贞的生活现状与内心世界，但是与传统的“三角恋”或“革命＋恋爱”模式的小说不同，作品所要揭示的主题意蕴不仅暗含了作者对于新时代知识女性勇于打破传统婚姻观念的束缚，自觉追求真正的爱情以及自由的人生道路的赞赏，同时也表现出全民族的抗日斗争对于个体生命形态的转变、个体思想的解放以及人格觉醒等诸多深刻意义。在艺术表现方面，象征手法的巧妙运用无疑是该著的一大亮点，无论是作为奠定小说全文基调的“雨季”，还是文本中“金丝鸟”以及结尾处“孤雁”等意象，都形象地表现出文中主人公的生存遭遇与情感变迁。此外，细腻的心理刻画与“弗洛伊德式”深邃的精神剖析对于读者更好地理解小说中人物的感情遭际，更深刻地感知人生与生命的真实性具有不可或缺的帮助。但是，小说在情节与人物对话的处理方面略显欠缺，某些情节描写有前后矛盾之处，有损伤作品的叙述之嫌。

作者在《后记》中写道：

“我想写这部作品是在三年前，动机是由于产生在一个朋友家里的一件平凡的悲剧深切地把我感动了。在那一件平凡的悲剧中，我看见一个真正的人性的觉醒，看见一个代表旧时代的牢笼，在一个坚强的不屈不挠的意志之前崩溃，解体了。我感动着，并且决心把它写出来。”

“《雨季》写的虽不是我自己的事，可是在那作品中，的确曾充分的洋溢着我当时的寂寞，和孤寂的心情。”

“一年来，我没有写过一个短篇，至于《雨季》也是时辍时续。在《文生》上写一期发一期，没有充分构思和修改时间，这成了我多年来最痛苦的一件事！”

9月 巴金的《火》（第一部）由桂林开明书店印第六版。

9月 谢冰莹的《一个女兵的自传》由桂林良友复兴图书印刷公司初版。

10月1日 熊佛西的《铁花》始刊于《文学创作》第 2 卷 4 期，至 1944 年 5 月 15 日第 3 卷第 1 期（未完）。

10月5日 上官蓉在《中国文艺》第 9 卷第 2 期发表《得大东亚文学赏的〈贝壳〉和〈予且短篇小说集〉》一文，认为：“《贝壳》是别具一风格的，我们说它是恋爱小说，更详确的说，是一部批评恋爱的恋爱小说。作者借爱情的故事，述说出他对爱情的看法，也就是对于人生的一点观察。”“《贝壳》的意义就在这一点上，它对于流行的恋爱观念，给了一个猛烈而不客气的攻击，把它的流毒坦白的揭发出来。”当然，它也有瑕疵，“就是故事的过于单纯化。”“这里所谓单纯化可以分两方面来说明，一个是人物上的，一个是事实上的。”人物上，“大概作者笔下的女子都可以李玫为代表，男子以白澍为代表……因为这个关系，整个的《贝壳》也就像是一二青年男女的故事而已。”事实上，“全书中所写大半是恋爱的故事，另外触及到它方面的很少；很少，这正也是为人物的单纯化的所限制，使别的故事也不能充分展开。”“但是《贝壳》是还没有发展起来的长篇，作者是还要继续写下去的，所以这个单调也自然不能避免。”

10月24日 《广西日报》刊载消息《巴金近作〈火〉第三部已脱稿连载本报晚刊》：“文学家巴金先生所著长篇小说《火》第一部及第二部，均已先后出版，一纸风行，受读者之欢迎，现《火》之第三部（一名《田惠世》）经已全部脱稿；

兹本报商得作者同意，特自今日起在本报晚刊副刊《十字街》逐日连载。巴金先生之文笔纤细，寓意深刻，读者早有口皆誉，今《火》之第三部尤为其在抗战后之力作云。”

10月29日 陈曦在《蒙疆新报》发表《读〈贝壳〉后》一文，认为，小说的出版在贫瘠的华北文坛算是一个安慰。小说人物刻画成功，“在暴露揭穿的原则上，袁犀已经作到了十二分好处，无微不至。可惜在这所选择的人物，十分之八九都是灰色的，苍白的，不健全的……不是把意志摇摆不定，便是把灵魂根本使之灭亡，一般青年人终于在不知自是的踏入了歧路途中，不冲出这个黑暗，反倒顺从了黑暗，结果毁掉了人类生存的最高指标，毁掉了一切。”“总之，在该书中作者特别指明的典型人物是确切的，真实的，而且思想恰与人物各自吻合，作者牢实的把握住了一个综合的扼点，这是不可否认的成就。”“在外形上，作者似已蓄意不使笔墨浪费，同时也像加了不少慎心似的，而实际浪费的地方依然很多，尤其在对话里，虽然技巧是那样的成熟而俏妙。”“并且表现的范畴过狭，以此洋洋数万言的长篇里，内容并未能更致力于所谓‘针对大时代’，这是不应该的，同时亦是作者眼界最大忽略之点。”

10月30日 王由、政之在《广西日报》发表《〈霜叶红似二月花〉第一部座谈纪录摘要》，其中，灵珠认为，茅盾写的是“五四”的影响。“这本书反映五四运动主潮的旁流，影响到小的乡村的情形……从创作上讲，似乎有些地方受托尔斯泰和屠格涅夫的影响。他的笔下魄力不小，看得出像《安娜·卡里尼娜》《战争与和平》的气魄。有些人物，也很相像，屠格涅夫的著作内的人物也在这本书里出现。可以说从这两位作家处模仿得来，但不是抄袭。茅盾有茅盾的创作方法。”周钢鸣认为：“关于这本书的中心主题，我看是写新旧之间的斗争。从社会经济斗争的对立，王伯申是新兴民族资产阶级的代表，赵守义是封建没落地主的代表，展开勾心斗角的场面，从而及于土地问题，青年思想问题……茅盾先生从这观点：新旧的对立来看他的题材。”艾芜认为：“王伯申是欧美工业化流到中国来产生的资产阶级的人物，赵守义代表封建的旧剥削，高利贷，农民最受他的害处。这两种人物的利益是互相冲突的。然而在这一点上他们是共同的：对农民的剥削。”钱良材、张恂如、黄和光这三个青年是新人物，代表三个型。“作者比较着重地来描写良材，他是这样一种人，要为农民谋幸福，而农民得不到好处，反而不了解他，他是站在地主的立场来革命的。”孟超认为，作者寄希望最大的是良材。他还说：“首先谈人物，这本书里所说的人物，是否定的，每个人物带着很大的批判性。其次谈作者写作的态度，作者态度冷静，因此看不出对哪一个人物的热爱，谈写作手法，记得本书还没有印单行本时，就有人说象《红楼梦》，我看是已经走出了《红楼梦》，而且是提到一个很高的阶段。在今天，我们都在向中国化路上走去时，这本书是一个新的方式的贡献。”胡仲持认为，积极的新人物没有出现。林焕平认为：“现在就来批评，似乎过早，因为全书还没有写完。论技巧，那是非常高明的；论题材，茅盾先生观察的能力极可佩服，题材本很平凡，但写来如此动人。把握题材的手段高明，观察力也很深刻。”田汉认为：“第一，这本小说看出中国化的痕迹，在老小说中常见的用语，这些为广泛的读者群众所熟悉的传说的好处，这本小说很好的运用过来。虽然也没有生硬的地方，但茅盾先生在匆迫的环境中写成，所以没有达到他理想的条件。第二，关于人物的环境呀，心理呀，看来都很熟悉，看完一章，闭起眼睛就仿佛看见这些人物的活动。”他还认为，“描写方面还欠宕跳。有些地方还显出痕迹，用语有很多也不太生动。我们要求中国化，但要求现代化。不然，那是‘死’的中国化。”司马文森认为：“第一章到第四章很好，以后似乎较差，王伯申赵守义写不太好，有的写得过头，有的写得不够。”最后，大家发电报向茅盾表示祝贺。

按：此座谈会由《自学》杂志社与《广西日报》副刊《读书俱乐部》共同举办，座谈会纪录摘要后于 1944 年 2 月 1 日刊于《自学》第 2 卷第 1 期，2 月 25 日又发表于《学园》第 9—10 期合刊。文化城桂林以召开座谈会的方式引领长篇小说传播接受的新潮流，效果显著，虽然为《霜叶红似二月花》召开座谈会只是个案，但在当时却产生了很大的影响，更在之后（1946 年后）大为推广，成为一种颇为常见又行之有效的传播方式，为长篇小说的现代转型起到了重要的推进作用。

10月 仇章的《遭遇了支那间谍网》由曲江图腾出版社初版。

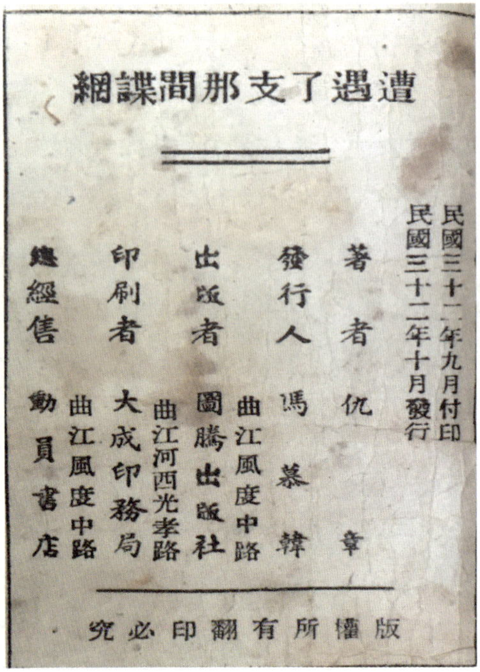
遭遇了支那間諜網

民國三十二年九月付印
民國三十二年十月發行

著者 仇章
發行人 馮慕韓
出版者 曲江風度中路 圖騰出版社
印刷者 曲江河西光孝路 大成印務局
總經售 曲江風度中路 動員書店

版權所有翻印必究

梗概：徐州会战后，中央政府决定以撤退的策略来对敌人进行反击，于是一群以中央特派员为首的间谍工作者登上徐州战场的舞台。生命在死亡线上挣扎，他们兵分三组——轰炸司令部、伏击骑兵队、埋伏野战医院以掩护主力部队顺利撤退。同志们用鲜血换来了任务的成功，幸存的特派员却在战斗中受伤被俘。他在野战医院意外遇到了东京的旧情人——山机樱子，此刻她已是敌人安排在医院的一名优秀的女间谍。她发现了他和B情报员的出逃，出于对旧日感情的怀念，她放走了他们，事后却被严刑拷打，立下百天之内抓住中央特派员的军令状。另一边，中央特派员成功逃脱后，奉命前往长江南岸地区，一场紧张激烈的中日间谍战再次开演。经过几次交锋，在劝降山机樱子无果后，他痛苦地逮捕了这位昔日的爱人。被军事法庭判以枪决的山机樱子伺机逃跑，特派员大义灭亲，亲手击毙了她。经过一段时间的沉沦，他在昆明找到了逃脱中失踪的B情报员，两人解除误会后，一同去往越南，利用谣言攻势等手段瓦解了敌人的阴谋。而后，他们分别更名为“第五号”和“第十三号”来到敌人的大本营——广州。他们和第十九号一起，巧妙地混入了敌人内部，经过几次险象环生的意外，成功探听到一系列有价值的情报，对国民党军队炸掉敌方的两个机场和粤北湘北的大捷起到了关键作用。他们让日本特务人员受到羞辱。敌方特务恼羞成怒，抓住第五号的父母威胁他。然而在第五号的冷静安排下，用以牙还牙的方式再一次在交锋中取得胜利。随后，他们乘船安全离开广州，前往香港，等待他们的是更加严峻的间谍战。

按：仇章（1915—1951）的这部小说以抗日战争后期紧张的局势为背景，用紧张动人的情节和实录资料般的笔法描写了中日双方间谍工作人员在看不见的战场上波谲云诡的精彩对决，浓墨重彩地刻画了以“中央特派员”为代表的中方特务人员高超的谍战手段和为国牺牲的崇高精神。作者由于亲历战争，几经俘虏，又有被特务人员救出的经历，故而他在小说中表现出对战争中正义一方的高度赞美，对这些无名英雄的高声喝彩。尽管他试图通过“中央特派员”这一主人公传达出他对战争中人性、对理性和感性冲突的思索，探索个体命运和情感在国家大义和历史趋势面前的挣扎和痛苦，也试图揭示战争是错误的，但是人与人之间的感情是美好的，哪怕是处于战争中敌对的双方；但是，由于英雄主义的笔调和革命加恋爱的模式使得人物形象的真实性大打折扣，没有完全立起来，故而对人性的复杂性的揭示也浅尝辄止，影响了小说的艺术深度和感染力。

张荩忱（自忠）将军在《遗序》中写道：

“吾一武夫耳！深谢作者嘉惠军旅，辗转戎行。尤是徐州撤退，临沂大胜，潢川突围，随枣血战诸役，皆得与作者驰骋沙场，大有文武合一，捍卫战区之象。故作者不特为才渊学子，更不愧为宿将也。”

“仇章先生稔诵古今兵典，闲熟用间之道，以宝贵之资料，丰富之经验，用生花妙笔，矫健姿态，费两载心血，刻画我国无名英雄之伟迹，以为‘用间’取胜之倡导。故本书实为我国反侵略战争中的一部间谍战斗史，亦为我特工人员的一座纪功碑，情节动人，尤其余事。”

“孙武（当为岳飞，编者注）云：‘勇不足恃，用兵在先定谋，栾枝曳柴以败荆，莫敖采樵以致绞，皆谋定也。’惟如何定谋？如何胜利？皆须‘知彼’。‘知彼知己’，然后才可以战必胜，攻必克，此‘知彼’者，‘用间’云尔。”

“当今战争，实一间谍战争耳。德之‘第五纵队’，美之‘情报业务’，日之‘特务机关’，组织严密，收获至多，而我之‘特务工作’，在抗战过程中，贡献亦殊为重大，故仇章先生之‘谍报文学’，不只有助于抗战之今日，且有助于‘用间’之将来。一再展读，至感珍贵。”

“书至此，前方恶战再起，不克留部，作者亦奉命他调。屡承嘱序，苦未能文，匆匆书此，用留别后纪念。”

10月 巴金的《火》（第二部）由桂林开明书店印行第四版。

10月 老舍的《老张的哲学》由重庆商务印书馆印行渝一版。

10月 刘大杰的《三儿苦学记》由桂林北新书局重版。

10月 茅盾的《蚀》由桂林开明书店印行内一版。

10月 老舍的《赵子曰》由重庆商务印书馆印行渝一版。

11月1日 ［法］O.Bri è re，S.J. 在《万象》第3年第5期发表《巴金：一位现代中国小说家》（一个法国人的巴金论，简正译）一文，认为巴金有三个三部曲，第一个三部曲：革命。作品是《灭亡》与《新生》。《灭亡》“全篇叙述的情调是十分酸刻，锐利，有时候甚至于暴烈，充满浓厚的忧郁，反映二十三岁的年轻作者的心境，构思这部小说来哄骗他的苦闷。主人公杜大心是作者所爱的理想的典型革命家；不过他的死亡是一个错误，一个失败，对于事业并无利益；其所以如此者，倒是他肺病的心理。他算不得完美的革命家”。《新生》是《灭亡》的续篇，但“没有第一部小说生动：戏剧大都是内在的，心理的；我们看到一个人物的迁徐的转变。行动少了……这两部小说的主题是，革命家全应当为革命的胜利生存奋斗，不以自杀逃避斗争。生命无论如何畏慑，理想的英雄昂起头，无所畏慑，充满信仰，不被一切折服”。

第二个三部曲：爱情。即《雾》《雨》《电》。“依照作者，这部小说的教训是，周如水缺乏勇气和传统决裂，因而也就正正当当受了惩罚。守旧，依恋于愚昧的习俗，他以为他的主人公显然是软弱，踟蹰（《雾》这个书名就是这样起的：

踟蹰，因为他看不出解决的方法）；作者以为他的柔荏，他的懦弱，全是守旧的青年的特征。”“最后，犹如其他作品，主题富有戏剧性，而叙述却不那样沉闷，那样令人颓丧，更轻也更快；倒是一首牧歌，并不接近巴金惯常的作风。主人公和他情人破裂的决心，表面看起来是教训，其实作者不赞成这种决心，正在加以攻击。”“《雨》恰好是《雾》的续集。”“这一回，冲突不复是孝与爱，而是爱与革命。”“故事十分动人，进行也很自然。动作集中于一个人；前后也统一。”“第三部《电》只有一部分继续前两部：我们在这里看到好几个熟识的人，但是主题已然不是爱情和革命的理想冲突；仅仅是革命青年的牺牲精神献给读者赞赏。”但小说“缺乏统一：没有中心人物……是一座画廊；第二，枪毙，捕捉，惊人的场面太多，我们看不出全书的结局。或许其中的涵义是，天下没有无益的牺牲，为了革命溅血是必要的，为了‘光明的未来’的降临是必要的。爱情放在一个非常轻忽的地位，和三部曲的书名并不相符；作者看出这一点，声请原谅：观念带着他走，不是主旨带着他走。”“假如用一句话总结这三部小说的进行，我们不妨说：在一个青年尚未形成的心灵里面，《雾》是爱与孝的冲突；《雨》是爱与革命的冲突；《电》是牺牲精神，忠于事业的胜利，爱情则抛在一旁，不需过问。”

第三个三部曲：激流。“这三部小说的主题是：一个家庭的崩溃，新一代和旧一代的斗争，家里相当专横的权威和子孙独立精神的火并，少年中国在家庭观点上的演变。”《家》“实际更是一幅探讨中国大家族的生活的油画”。“全书的情调是悲哀的，但是和他别的作品比起来，更有明暗，也不激昂。”“读过巴金的小说，我们最深的印象就是他的忧郁。他的作品没有一本是平静的，和悦的；他不曾有过灵魂的宁静；他的拿手文章是悲哀，是绝望的描写，因为这些境界和他的心情相近。”之所以如此，是因为巴金有信仰。

“最后，让我们把他的优劣开一张清单。我们必须恭维他质朴的风格，自然，生动，富有感情，从来不染矫揉造作的文学表现，热情汪洋，有时描写人类的忧患，达到最沉痛的情调……在感情和表现的激动之下，藏着一种真实的口才，一种引人入胜的力量。他永远不俗。你有时觉得疲倦，然而永远感动，因为你觉得他诚恳。

他之所以风魔中国现代青年，你也就可以明白了。”然而“他的描画往往太阴沉，充满了酸辛，令人灰心”。

按：O.Bri è re，S.J. 即善秉仁，此文后来又以《巴金》为题刊于1949年3月15日《时代学生》第1卷第3号。

11月1日 孑余在《中华月报》第6卷第5期发表《读〈沃土〉》一文，认为石军的这部小说，人物虽平凡，结构也并不新奇，但时代的背景和环境的压迫给人留下了深刻的印象，充满了青年的活力。

11月5日 上官筝（关永吉）在《中国文艺》第9卷第3期发表《袁犀论——新作家论之二》一文，认为，《贝壳》“是一本好书，一本写得很美丽而且很完整的好书”。它“最大的价值就是‘良心’的发现”。这本“嘲笑‘文明人’的小说，如果我们把它当作讽刺小说看的时候，自然作者成功了，不止成功，而且超越了理想的境地呢”。不过，作品中人物的刻画并不突出，而且“《贝壳》有一个大的缺点，就是它缺乏深刻，这不是一本哲学的书，也不是一本暴露的书，因为这两点作者都没有作到。作者并没有发掘到人类的心灵的深奥，更没有能够解释出为了什么智识阶级的堕落和他们生活渐趋于无耻的原因，在感情的分析上，许多人很少有什么特征，他们虽然嘴里说着上等的漂亮话，可却都是一个一个没有一点热情，全然凉却了的动物”。

11月5日 《中国文艺》第9卷第3期刊载《蓉蓉》的广告：“《蓉蓉》系闻国新氏近年所作长篇小说，曾在《中国文艺》中刊载一部，甚博读者好评，本会应多数读者的热望，将《蓉蓉》印为‘华北文艺丛书’之第二册。此篇约十五万字，描写乡间一纯挚的女孩子，后来因故到万恶的都市里去，为都市的奢华淫荡所袭，不能自持，遂沦落下去，后来竟连性命也牺牲了。这是现实，正不知有多少乡下的好孩子与蓉蓉有着同样的遭遇呢。闻氏写作多年，经验宏富，本篇结构紧严，描写深刻，益可见其写作上之魄力。”

11月20日 **闻国新的《蓉蓉》由北京华北文化书局初版（华北文艺丛书之二）。**

梗概：十五岁的山村少女蓉蓉出生在一个佃户家里，母亲按旧俗给她裹了脚，父亲靠租种别人的杏园生活。开春，父母决定再和命运赌一次：用典祖地

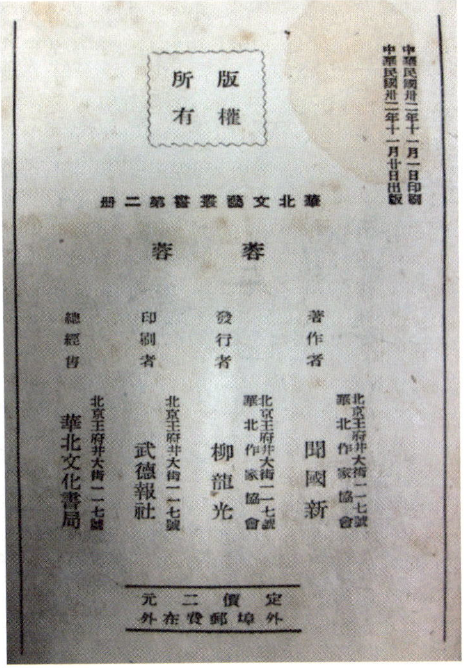

的钱包下十八亩杏园，希望能挣一笔过冬的费用。然而当风调雨顺杏子丰收时，却遭遇战乱价格大跌，一年的希望落了空，父亲也因之病倒。村长云大伯见状让长工帮忙并答应将自己的地匀给他们种，蓉蓉父亲的病这才好转起来。蓉蓉家西面有个萧斋寺，住寺里别墅的林小姐与蓉蓉年纪相当，常与她一起玩。林小姐很喜爱乡村的景致，蓉蓉却不以为然，认为这并不能当饭吃，反倒非常向往城市的虚荣。村里学校的教师吴柏生在妙峰山庙会时买了蓉蓉的蒲扇并迷恋上了她，而蓉蓉也将自己进城享福的夙愿寄托在了他的身上。为生活计，蓉蓉在云大伯家帮忙，云大伯的女儿菊子因兵荒马乱而推迟婚期，蓉蓉也在躲避战乱中与吴柏生相遇，两人感情日笃。学校新来的章老师和章太太办了补习班，蓉蓉、春燕等几个姑娘拜章太太为师学习千字文。在与春燕的交往中，蓉蓉也多少知道了一些村里姑娘不光彩的事。不久，由于纠纷，春燕、蓉蓉不再念书。蓉蓉决定“自己的梦自己做”，她主动写信约吴柏生，并在与吴的约会中发生了关系。然而不幸的是，吴柏生因战乱频仍学校停办而离开，蓉蓉的母亲因生产得产褥病而死去，父亲又被占领寺庙的兵开枪打死。

无奈之下，蓉蓉坐恶绅赵连芳的车去城里找吴柏生，不料却被赵卖到两百里外的一个妓馆。不久，大房产主黄魁将她赎出做妾。一年多的富贵生活，使蓉蓉习惯了享乐，渐渐失去了她纯朴的本性。然而，她一方面满足于现有的物质享受，另一方面又不满于年过半百的黄魁未能给她带来生理的满足。于是，她又与绸店年轻的伙计小王私通，并随他跑到城里，但小王很快因携款潜逃而被捕，她也因之受牵连入狱。出来后蓉蓉重入妓院，更名凤仙。一天，因长期吸毒而身体衰败不堪的蓉蓉与吴柏生在妓院重逢，在道明原委后，蓉蓉拒绝了柏生替她赎身并重归旧好的想法，在遭受一位嫖客的粗暴蹂躏后死去。

按：这是一个纯真但又爱慕虚荣的农村少女不甘生活的平庸，向自己命运挑战、抗争却最终毁灭的悲剧故事，是千千万万个底层妇女不幸遭遇的又一次书写。1941 年冬，闻国新（1906—1992）在某报的通讯里发现这样一篇社会新闻，《好色一代女，飘零落溷，韩小慧魂断阳台》，说一个二十五岁的失掉了灿烂青春的妓女，又不幸染上了吸毒的嗜好，沉沦在“赵家窑”一间小土房里，每天勾引着过路人，得到钱后，先要吸毒过瘾，然后才能说吃饭穿衣。最后，终于在饥寒、毒病的摧残下，死在一个客人的身上。这一事件使作家想起了他之前写过一个类似的故事《小橙》，于是，他将二者糅合并扩展成 17 万字的长篇小说《蓉蓉》。

作者以同情的笔调书写了身处偏僻山村、时逢兵荒马乱之时一个无助女子的富贵梦的破灭之路，将“一个历史的必然要求和这个要求实际上不可能实现之间的悲剧性冲突”揭示得生动而清晰。从蓉蓉自求、自沉、自毁、自灭的短暂人生中，我们看到了提高妇女自身素质的迫切愿望，看到了妇女解放道路的漫长与艰辛。小说景物刻画细致生动，山乡风情描写栩栩如生，人物心理特别是蓉蓉的生命转变轨迹的心理描写细腻入微，称之为“京俗—心理小说”确如其是。可惜的是，作者将蓉蓉自生之路的起点定在原欲的、虚荣的本性上，降低了人物内心世界的崇高感与审美品质，从而使读者对蓉蓉悲剧命运的同情转变为叹惜、无奈。同时，小说除了蓉蓉这一人物形象生动外，其他人物包括蓉蓉父亲、吴柏生、云大伯、黄魁等，均较为单薄。在情节上，蓉蓉父母之死与柏生的离开时间上过于巧合，显人为之痕。个别情节的描写思想倾向出现偏差。此外，小说的上半部叙述从容不迫，后半部较为急促，节奏略有失衡之感。尽管如此，《蓉蓉》仍可视为华北沦陷区技巧最出色的长篇小说之一。

11 月 **司马文森的《人的希望》由桂林文光书店初版。**

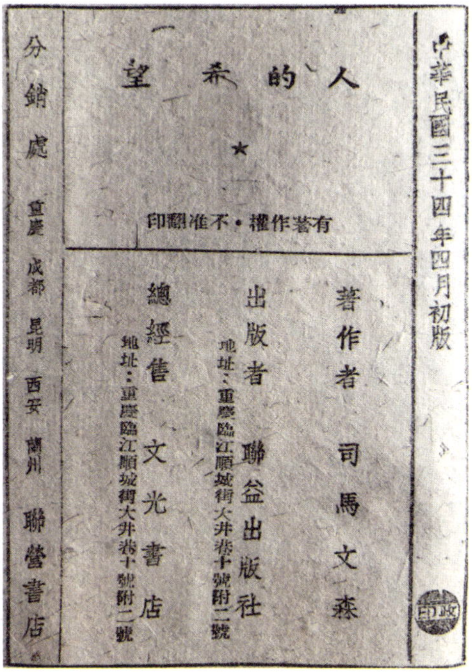

中華民國三十四年四月初版

人的希望

★

有著作權・不准翻印

著作者 司馬文森

出版者 聯益出版社
地址：重慶臨江順城街大井巷十號附二號

總經售 文光書店
地址：重慶臨江順城街大井巷十號附二號

分銷處 重慶 成都 昆明 西安 蘭州 聯營書店

梗概：1929 年春天，广州举行了一场省级规模的运动会，来自香港培元中学的初中生朱可期打破了撑杆赛记录，却因竹竿突然断裂导致他从高空坠落，摔断了双腿。手术后，他本可以拄着拐杖缓慢行走，可是强烈的自尊心与过度的自信使他不愿接受别人的帮助，一次，不小心从楼梯上滑落后，再也无法站立了。在父亲和哥哥为他将来应从事何种职业而发生冲突时，他提出愿意放弃家产，只求父亲帮他开一间书店，分他出去一人生活。一次偶然的机会，他结识了画家陈明鸿，并在陈明鸿的帮助下自学绘画，还迅速在这一领域展现出惊人的天赋。通过侄女静芳的介绍，他认识了梅丽影，并爱上了她。梅丽影对朱可期虽没有爱意，但出于怜悯与生存的需要，最终同意与朱可期同居。同居之后，二人因性格不合，时常争吵、冷战。在一个深夜，梅丽影留下一封信之后失去了踪迹，这对朱可期造成了巨大打击。恰巧此时陈明鸿向他推荐了一个职位，于是他来到了越南，并和马编辑一道以《华侨日报》为阵地，对汪精卫的叛国行为大肆声讨。这引起了日本特务机关的注意，在敌人凶猛的攻击下，二人被遣送回香港。回国后，陈明鸿对朱可期在越南创作的画稿表示赞赏，提议为朱可期举办一次个人画展，同时出版画集。可是前来参观画展的人寥寥无几，画集《投枪集》也只取得了部分成功，他又陷入之前穷困、窒息的状态中了。最后，在马编辑的鼓励下，他决心不顾残疾的躯体前往广东前线，与千千万万苦斗的人一起奋斗。

按：小说通过描写青年朱可期意外摔断双腿转而自学绘画，通过不懈的努力和极强的艺术天赋为社会作贡献的故事，深入探讨了人在身处极端逆境时该作何选择、如何改变这一深刻哲理，凸显了人类向上的顽强生命力与战斗意志。在艺术手法上，作者巧妙地融抗日救国背景于文本深处，通过朱可期的艺术创作实践与颇具力度美的“投枪”这一行为意象加以展现，从而深化了“战斗”的思想主题。主人公朱可期从未对现实生活抱有沉重的失望，他每一次的离开都是为了实现自身的人生价值与理想。从这一层面来看，司马文森揭示了现代知识分子昂扬的斗争意识与奉献精神。不过，在作品情节的处理上略显仓促，作者对于主人公在恋爱中理智与情感的矛盾冲突展现得不是十分到位，在语言运用上有欧化的倾向，略显生涩之感。

11月 励行建在《艺文志》（长春版）创刊号发表《〈绿色的谷〉给我的印象》一文，认为：“《绿色的谷》里所描写的林家，不是破溃，也不能说是没落，而是某一个划期时代中的自然的趋势，在这划期时代中，对于心理上的性格上的以及行为上的展开，表现这故事是极其伟大的从作者的笔下产生出来的。”“我还能够说这是一部满洲事变前的农村经济和都市经济的历史。”“《绿色的谷》留给我们一种满洲农村的划期时代的史的印象，留给我们许多满洲农民的坚韧的性格的认识。作者对于这三个主人公在故事的展开里的处理和描写，是相当熟练的。”总之，“无论在内容方面或技巧方面，我感到《绿色的谷》确是一部成功的作品。”

11 月 李一鸣在上海世界书局出版《中国新文学史讲话》，认为，曾朴之子曾虚白的小说《三稜》在创作上秉有父风，即时代的“遗闻轶事，网罗无遗；所有人物，也均实有所指，而略带一些谴责性质的”。

12 月 1 日 闻国新在《华文震华》第 2 卷第 8—9 期合刊发表《我与〈蓉蓉〉》一文，说：“六年以前我有一个机会一直在乡下住了十年，这其间当然认识了不少真正的农人，他和她们底纯朴的人性与被压榨的种种生活方法都曾在我底脑膜上印上过很深刻的印象。他们自然不全是‘善人’，但他们的为恶好像也为得那么可爱。”

12 月 1 日 吴郎在《新满洲》第 5 卷第 12 号发表《决战大东亚文学者大会与席手记》一文，其中在《满洲受赏的两作》中写道：“第一回大东亚文学赏，满洲地方的受赏作，经我等一行慎重检讨的结果，决定向审查委员会推荐了最近一年来在满洲出版的小说两作，这两作是——爵青氏的《黄金的窄门》和石军氏的《沃土》。”“为甚么我们来推荐这两部作品呢？我们会用满洲文学演进必然的成果来回答的。固然这两部作品决非两作者最高峰的产品，但这两作相信确为近二三年来满洲作家的文学收获。”“这回受赏的作品——爵青的《黄金的窄门》和石军的《沃土》——实为满洲文学里被称为罕见的双璧时代作品，对从来将暗面，忧郁的满洲文学的定评，予以一大反击和回答。《黄金的窄门》中，曾具体的记述了满洲‘建国’前后青年的活动之转变，用着极浅显的体裁，来描叙时代青年的活跃，的确为满洲文学中的白眉作，该文自从在汉文纸连载以来，即讨得异常好评的。”“《沃土》是石军氏最初的长篇，以松花江沿岸浑雄的沃土作背影，描写一粮栈商之子弟，由于都市的命运的殁落，而决志去开拓着莽莽无边的大沃土，象征今代青年的大课题，确为意义深长之作。”“因之我们由衷心来推举这两部作品，为第一届大东亚文学赏的次赏作，同时，我们在离满洲遥远千里的东京，仅为爵青，石军两氏文学前程祝福，更期待于来年满洲能产生出一部受正赏的大作品来。”

12 月 1 日 沙汀的小说《淘金记》以《奈何天》为名刊于《文艺杂志》第 3 卷第 1 期，至 1944 年 3 月 1 日第 3 卷第 3 期（未完）。

12月10日 袁犀的《贝壳》由北平新民印书馆再版。

12月15日 秦牧在《国民》第3期发表《〈霜叶红似二月花〉》一文，认为：“作者所把握的时间，正是中国近代史上一个转捩点，人物的分野浮沉，世事的屈曲变化十分可观的年代，那大千现象把握得紧，自然可以成为一幅有价值的历史图画。”空间上虽不大，但也足以反映中国近代史上较重要的变局。但因是第一部，许多人物与线索没有展开，期待着后面几部能实现气魄浩大的气象来。

12月20日 **疑迟的《同心结》由长春艺文书房初版，1—5000册。**

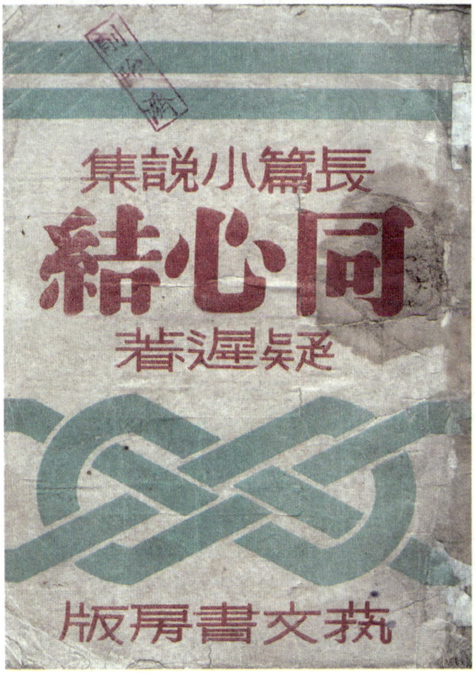

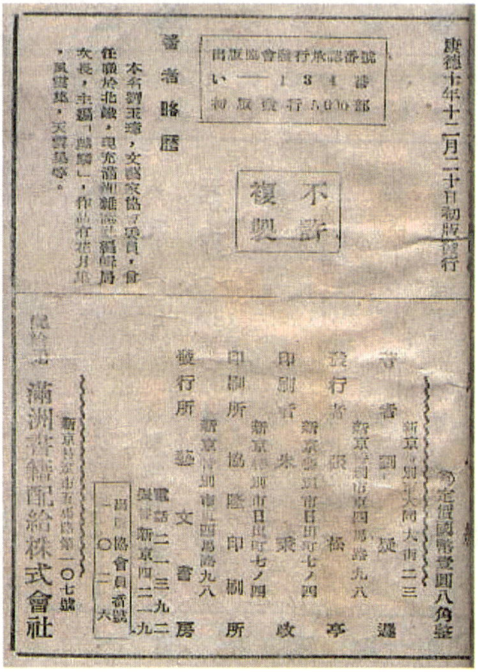

梗概：刚从师范学校毕业的王茂荣和另外两个同学及一个工人合租在城南的一个小院里，他们都没有找到工作，都在准备参加小学教师资格考试。一天，商人张绍武本想在山里打猎，不料被一条蛇吓得惊慌失措地跑了出来，正巧遇见王茂荣，得其救助并帮他找回因慌乱扔下的东西。由于得到了王茂荣的帮助，张在得知王没有正式工作后，便想帮帮他，就介绍他来本地学习美术，借以提高自己。同住一起的王同学和吴同学觉得这事不靠谱，但王茂荣觉得也算一个出路，就乘车去张绍武那里。找到张绍武后，张绍武安排他住在自己家里。张绍武上女中的女儿张雪芳起初很喜欢王茂荣，还给他钱让他收拾得利利索索。她觉得表弟乃勤虽钟情于她，但是不学无术，王茂荣反而更朴直可爱。王茂荣也以为自己找到了真爱，于是两人共坠爱河。谁知在一次郊游中，张雪芳得知王茂荣家境贫穷，与她阶级地位悬殊时，马上冷淡了王茂荣，而乃勤又趁机挑拨他俩的关系，雪芳变得对茂荣厌恶起来，并让父亲将茂荣赶回去，她则重新与乃勤走在了一起。茂荣只好回去。本想再找那两位同学，可到了原住处后听说两人已被派到蛟河某小学任教，他只好再去寻找。可是到了蛟河教育局，工作人员却告诉他，县里的小学没有这两个人。

按：这是疑迟（1913—2004）即刘迟被查禁后又被允许上市的小说。同心结是乃勤送给雪芳的表坠上所刻的同心蝴蝶花结，以表达他对雪芳的爱意，实际上他与雪芳小有波折后又重归于好，而王茂荣则是在有过短暂的小欢喜后被雪芳赶走。小说通过王茂荣与商人张绍武偶然的相遇使其人生命运发生小变但最终又回到原点的轨迹，表达了靠人不如靠自己、人与人之间是现实功利且不可信的思想主题。这一探索有积极的意义，也有哲学的意味，但小说的叙述颇为冗长，人物形象也颇为理念化，缺乏打动人心灵的情节与细节，只结尾的叙述略有亮点。

封面上的“削除济”是“删除毕”的意思，是伪满洲国时期负责宣传、情报、监察舆论工作的“弘报处”查禁作品时刻在条形章上的三个字，意思是说，此书是一本有问题的书，但经过当局检查，已将问题删除，可以在书肆上发售。具体因何删除？有点侥幸，笔者购买的这本《同心结》被撕去的第 105 页上还残留了第一行的 8 个字，多少给我的解谜留了点线索。这 8 个字是“朵，那近于呻吟而又”。接第 104 页最后二行，可以认定作家写的是：“于是雪芳小姐再悄悄地穿鞋下地稍微镇定了一下，决计出去招呼杨妈。才走到杨妈屋子的门外，意外地竟会有一种希奇节奏的声响传进了她的耳朵，那近于呻吟而又……”结合全书的情节以及下面的文字——“‘爸爸，杨妈近来的行为不大妥当啊。她又跑前屋干什么去来着呢？’雪芳小姐鉴于杨妈可疑的神色，以及想到昨夜的许多事情，她深深地觉得这淫荡女人行为的可憎，便就在自己父亲面前露一露自己的意见。”笔者认为，《同心结》被删除的部分应该是作家对杨妈与才从江北归来的丈夫云雨的情节描写而非政治性文字。之所以这样推断，除“那近于呻吟而又”这几个最明显不过的字证外，还有一个情节也可说明：当王茂荣问杨妈昨晚为何不在时，小说这样写道：“‘昨晚上，家里有点事情，我就告了假回家去宿……’她这样地述说昨晚不在的原因，但并没有提到自家丈夫昨晚自江北归来的话。”显然，杨妈这里是在撒谎，她隐瞒了自己的丈夫昨晚已来这里并住下的事实。因此，当杨妈与丈夫的房事不慎被尚未结婚的雪芳小姐听到时，自然被认为是“淫荡”，是“可憎”，而作者对杨妈夫妻生活的进一步描写也就被视为应“削除”之内容。此外，全书主要写热爱美术的青年王茂荣偶遇资本家张绍武的故事。张绍武见王茂荣有较好的美术基础，遂介绍他去城里进一步求学。因人生地不熟，王茂荣只得暂住张家。张家小姐雪芳开始对他颇有好意，但不久发现茂荣家境贫寒，与自己分属两个不同的阶级，便与表弟乃勤相恋而与茂荣绝交。茂荣只得愤然回乡。所谓的“同心结”只是一场“同心梦”。可以说，书中没有任何涉及政治敏感的内容。也由此可以推断，《同心结》被“削除”，与政治无关。

1932年10月24日，伪满洲国颁布了《出版法》，规定了八种“不得揭载”的事项：1. 不法变革“国家”组织大纲或危害“国家”存立之基础；2. 涉及外交与军事机密；3. 对外交有重大影响；4. 煽动犯罪；5. 不公开之诉讼辩论；6. 惑乱民心及扰乱财界；7. 由检察官或执行警察职务人员所禁止者；8. 其他扰乱安宁秩序或败坏风俗者。笔者认为，《同心结》的性描写很可能被认为是“败坏风俗”。《同心结》是出版后被“削除”，故撕去触犯之页以残本发行。这固然留下了令人猜想的谜团，但也同时留下了日伪统治者钳制文艺的铁证。

12月25日 王西彦的《村野恋人》始刊于《改进》第8卷第4期，至1944年2月25日第8卷第6期（未完）。

12月 巴金的《火》（第一部）由衡阳开明书店印行第五版。

12月 崔万秋的《新路》由重庆建国书店出版。

国家社会科学基金项目资助

国家出版基金项目
NATIONAL PUBLICATION FOUNDATION

湖北省学术著作出版专项资金
Hubei Special Funds for Academic Publications

1922/1949 中国现代长篇小说编年史

ZHONGGUO XIANDAI CHANGPIAN XIAOSHUO BIANNIANSHI

陈思广 / 著

下

武汉出版社
Wuhan Publishing House

(鄂)新登字 08 号

图书在版编目(CIP)数据

中国现代长篇小说编年史. 1922—1949:全 3 册 / 陈思广著. — 武汉:武汉出版社,2021. 10

ISBN 978-7-5582-4472-8

Ⅰ. ①中… Ⅱ. ①陈… Ⅲ. ①长篇小说-编年史-中国-现代 Ⅳ. ①I207.409

中国版本图书馆 CIP 数据核字(2021)第 171004 号

中国现代长篇小说编年史(1922—1949)(下)

著　　者:陈思广
责任编辑:管一凡　张荣伟
装帧设计:马　波
督　　印:方　雷　代　湧
出　　版:武汉出版社
社　　址:武汉市江岸区兴业路 136 号　　邮　　编:430014
电　　话:(027)85606403　85600625
http://www.whcbs.com　　E-mail:zbs@whcbs.com
印　　刷:湖北新华印务有限公司　　经　　销:新华书店
开　　本:787 mm×1092 mm　1/16
印　　张:31　　字　　数:480 千字
版　　次:2021 年 10 月第 1 版　　2021 年 10 月第 1 次印刷
定　　价:680.00 元(全 3 册)

1944 年

1 月 3 日 埃篮在《新华日报》发表《读〈霜叶红似二月花〉》一文，认为，记载五四时代前后的人和事的，“从未有一本像《霜叶红似二月花》中所分析的那样详尽真实，描写得那样亲切，并且规模那样宏大的。”不过，“《霜叶红似二月花》是一部大创作的开始。在那儿我们已懂得了发端。伏下的几根线也隐隐可以看到今天的影子。”

1 月 14 日、15 日 东阜在《新天津》发表《读〈蓉蓉〉后》一文，认为：“这样的故事的本身，在今日绝不是什么希奇的事吧，翻开新闻纸的社会版那一天不可找到类似的故事呢，这是社会黑暗的写真，利用这材料一定可以写出感人的作品来的，但当我读完这本书的时候，我却感到空虚，因为读到了全书三分之二，便可料到结局，便不想再寻找什么了，这也许是犯了‘公式化’的病吧，我真疑心作者只把社会新闻引申扩大，勉强凑成一个长篇呢。”“最使我觉着不满足的是‘意义’太不显明了，既是以近十年农村做背景，那么必须先把农村的经济剖析清楚，指出中国农村为什么走上破产和崩溃的道路，书中虽说明了天灾（旱灾）人祸（兵匪）给予我们农村的损害，并指出资本家兼地主的岳先生的罪恶，但令人觉得这些凭证写得太单薄，只略为一点缀便揭过去了。”至于作者的创作动机，他认为：“但是我亦找不到什么，除了盲目的同情蓉蓉的牺牲之外，也毫无所得，究竟是谁害了蓉蓉，在书中并不曾得着解答，也寻不出一点线索。”在艺术技巧方面，他认为：“此外还有许多不必要的穿插和描写，分散了读者们的精神。”“但好处也并非没有，那就是乡土气味很重，作者对于乡村的习惯和言语，可算十分熟悉，所以写出来很自然老练，在提倡‘乡土文学’的现在文坛上，也算聊以充数的作品了。”

1月15日 徐仲年的《彼美人兮》始以《西方之美人》刊于《中国青年》第10卷第1期，后恢复《彼美人兮》，至9月15日第11卷第3期（未完）。

1月20日 田涛的《潮》第二部第5—9节以《回旋》为题刊于《文艺先锋》第4卷第1期。

1月20日 老舍的《火葬》始刊于《文艺先锋》第4卷第1期，至6月20日第6期毕。

1月 《国民杂志》第4卷第1期刊载《本刊大征文揭晓》的消息，公布关永吉的《牛》获得正选，并附有评审感言。其中评审人戈壁认为："我不知道作者是不是真正来自农村的，但我只感到他的笔下所描出的人和事物都很真实，没有歪曲了农村的现实或农民的性格，只是结构稍嫌散漫，笔致稍嫌琐碎些，也还没有写出几个典型的人物来，但却不失为是一篇可读的农村小说。"评审人王介人认为：《牛》"是以农村作背景"，"作品的作者，似乎都曾抱有大的气魄，想把一个'时代'写下来，虽未完全成功，却颇有'大块文章'的价值"。评审人鲁风认为："农村小说当选，是件可喜的事情。想文艺界里亦在期待着有一篇农村小说的出现。"

1月 关永吉的《牛》始刊于《国民杂志》第4卷第1期，至7月第4卷第7期毕。

1月 曾朴的《鲁男子：恋》由上海真美善书店印行第七版。

1月 仇章的《遭遇了支那间谍网》由广东曲江正光书局再版。

2月1日 冯亦代在《抗战文艺》第9卷第1—2期合刊发表《评〈伙伴们〉》一文，认为："作者以黄汉的一生为经，而以仁义堂和八乡人民抗日游击队的活动为纬，织成了一幅生动的画图。""这是本'捞家'生活的实录，纪录下在抗战的洪流中，'捞家'们从打家劫舍的生活，进而到为民族解放的忠诚服役。作者们能把视角转移到他们，是一件可喜的事，因为他们忠实地纪录了中华儿女一部份的生活群像。但这里却也有个欠缺。或许作者的注意力太集中于这批'捞家'了，他太少顾及'捞家'之外的大部人民生活，'捞家'的孤立生活显然是不可能的，那末人民怎样看待他们呢？作者原意在于显示这群人民（包括'捞家'

在内）在抗战中被敌人杀戮而坚强挺立起来，不过黄汉的鲜明形象引诱了他们。人民，我们看到太少的人民了。”“这欠缺且连累了作者对于这批‘捞家’的态度，是憎，是爱？无疑地他们是热衷于黄汉的，但是使柳雨亭可笑，使阿满和吴有财可怜。作者把自己目光时而移到这个人物，时而移到那个人物；于是叙述不免累赘，且失了发展的平衡，若干处更嫌有了太多写实的笔触，那损害了故事进行的流畅。”他还认为小说告诉了我们一个真正人民的故事，是一本可读的书，虽然没皮柴这个人物刻画不真实。

2月1日 鹇溪在《抗战文艺》第9卷第1—2期合刊发表《〈淘金记〉读后》一文，认为沙汀在文学上的特殊成就在于，他对四川小镇的“风俗习惯，人情事理认识得如此清楚，了解得如此深刻，并且带着那样辛辣的讽刺来描写了他们。同时他对于生长在山岳中的居民底独具的性格也刻划得异常真切生动”。《淘金记》有两个特点，一是“在这简单的故事中清楚地提示了在抗战过程中整个工业生产减缩的严重现象”，一是“配合着作者对地方风俗人情的熟悉，他充分用了方言土语，使整部作品显得异常和谐”。不足在于，“作者对他所描写的人没有充足的感情，因之也就不可能把他所认识的来感染读者”。

2月1日 茅盾在《抗战文艺》第9卷第1—2期合刊发表《读〈乡下姑娘〉》一文，认为：“倘说《伙伴们》还不免于公式主义，那是太苛求了，不过人物的描写总似乎不及《乡下姑娘》那么自然而真切，而对于那些‘捞家’的转变的过程也还不能有更深入的把握。正因为如此，它那细腻的描写就显得有点累坠，而成为不必要的拉长。然而又如我们所常见：太细腻而近乎冗长的描写有时固然可以归咎于作者的不善于剪裁，但另一方面也适足以窥见作者才气之发皇。我以为《伙伴们》也就是这样。这一部长篇小说的开头一章写珠江三角洲的风土人情（本书的背景的总描写，同时又作为引起本书故事的楔子的），一下就是万余言，从小说的结构的观点上说来，这固然不一定可取，然而单看它那恣肆纵横的笔墨，无论如何总是可喜可爱的罢。”

2月1日 以群在《抗战文艺》第9卷第1—2期合刊发表《〈鸭嘴涝〉读后》一文，认为：小说以主人公章三官的发展线索为中心，“也是这作品主题底所在。

作品中其他的人物，都是环绕着这一个中心而发展。除了主人公章三官，作者用了极细腻的笔致刻画了他底内部矛盾和发展过程，明确地表现了他底性格之外，其余如东老爷，富黄瓜，寿官以及保长皮猴子，四狗子等，都写得非常生动活泼，由此可以看出作者对于江南乡村中的人物是十分熟悉的。然而，到后部一触及那些来自外乡的游击队人物，却就显得较为力弱。例如戚先生，薛先生及黄教官等人物，都写得如浮光掠影，不能在读者底脑中留下深刻的印象。下篇第六节至第十节，以游击队在乡村间的活动为主的部分，大体都是平铺的叙述，缺少具体的描写，不能给读者以生动有力的印象。”“作为这作品底优秀的特色，是作者对于乡村风景、生活描绘底别致，以及民间口语底丰富的采用。”“此外，还有许多散见于篇中的出奇的形容”，“尤其值得提出来的，是作者吸收（采用）民间口语的方法和态度”，“从实践上正确地解决了文学上的民间语言底采用问题……扬弃了方言中说出来或写出来也不懂的部分，而选取那些写得出来并易为一般人了解的部分……这是吸收民间口语（方言土话）丰富文学语言的正路；并且由此矫正了那种以记录方音为满足的偏向。”

2月10日 麦耶（董乐山）在《杂志》第12卷第5期发表《〈贝壳〉》一文，认为：“很显然，作者的目的，是想借这一本小说，暴露出现代知识份子的丑恶。”但由于作者对于知识与教养的价值的否定理解，使作者“没有把握到它们的本质，只表面地看到了一些它们被歪曲施行了的一些丑恶的现象，便贸然发出这种‘对人类的哭声，对于人类的绝望’。于是，便陷入了悲观主义的泥淖，在《贝壳》这本小说里的人物，便全是‘苍白而贫血的’，而其思想，也是颓废的，怀疑的”。艺术上，作家感觉细腻，心理描写也细腻，深刻。不足的是：“除了上面所提的作者思想上的怀疑与困惑，人物的单纯以外，便是文章与形式的欧化，对话都成文章，不够口语化等等。”

2月28日 《收获》新40号刊载消息，称：“巴金在桂林，于百忙之中已将《火》之第三部稿完成，但作者对此书仍感不满意。”

2月 **王余杞的《海河汩汩流》由重庆建中出版社初版。**

梗概：小公务员吴祥卿（吴二爷）是土生土长的天津人，因帮五弟代管家

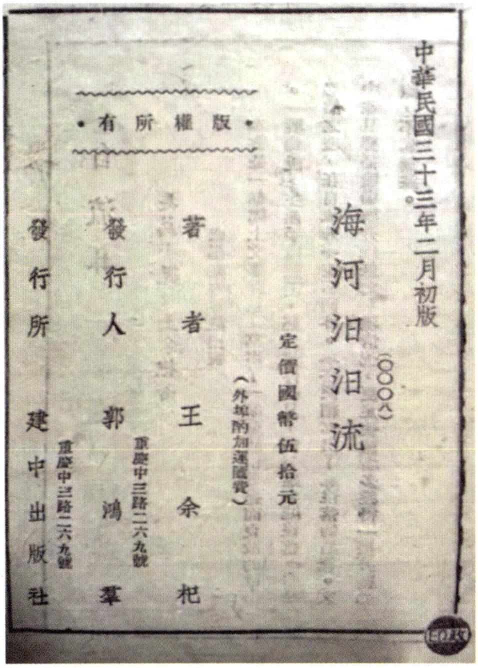

产，在朋友眼中算是一个土财主。他爱面子、装派头，时时把胸前的小圆证章作为莫大的身份象征来炫耀，但面对上司（威权）、洋人以及沾了洋味的中国人，却显得极为卑怯和惶恐。上司萧主任以及张办事员也是崇洋媚外的贪婪之徒，看中了吴二爷的软弱，以走私煤炭获取暴利为诱饵骗取他的钱财，视其为摇钱树。吴二爷虽然视钱如命，面对上司的威权却只能忍气吞声，唯命是从。随着日本侵华步伐的加快，作为华北重镇的天津局势越来越紧张，继而出现了章委员、萧主任等人筹建的汉奸组织“服务团”。吴二爷沉迷于萧主任许诺的“财政总长”的权力幻影中，破费了一大笔钱财成为了“服务团”成员。吴二爷的五弟本是个文质彬彬的旧式书生，在娶了一位摩登太太后很快变得贪图享乐，从吴二爷手中要回家产掌管权后搬入了租界继续享乐。而吴二爷的儿子寿春，本是个好逸恶劳、不谙世事的学生，但在时代的感召和学运的影响下，上街游行、下乡演说，思想变得激进，七七事变爆发后，他走上了革命道路。在日本飞机的大轰炸中，汉奸组织的头目纷纷作鸟兽散，而迷信太阳旗庇护作用的吴二爷却丢了卿卿性命。

按： 小说的故事发生在七七事变前后，作者选取租界林立、华洋杂处的天津一角来折射当时的中国环境，侧面描写列强经济入侵、走私、学运及农村革命运动等，具有强烈的时代感。作者用精微的讽刺手法塑造了天津地界的一系列官商人物形象，而吴祥卿这一形象甚至带有阿 Q 的影子。小说对天津地方风俗的描写和纯熟地道的天津话生成的地方色彩，使之堪称“土语文学”中的优秀之作，而时代变动中那时时流动的天津海河很好地表现了小说的节奏感。不足之处在于小说部分叙述显得枝蔓多余，有些人物形象前后不统一，小说结尾较为平直，流于口号式的叙述。

2月 **谢人堡的《寒山夜雨》由天津励力出版社初版，1—2000 册。**

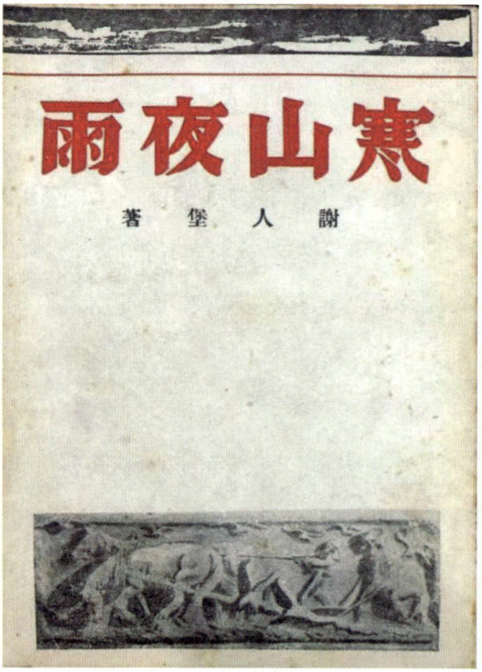

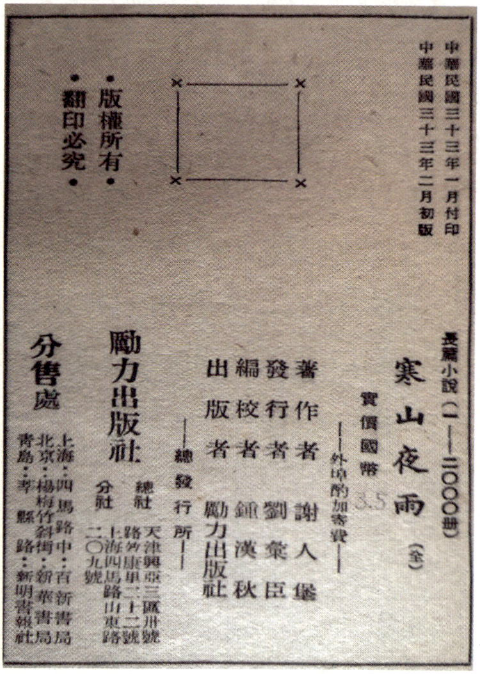

中華民國三十三年一月付印
中華民國三十三年二月初版

•版權所有•
•翻印必究•

長篇小說（一——二〇〇〇冊）
寒山夜雨（全）
實價國幣 3.5
——外埠酌加寄費——

著作者　謝人堡
發行者　劉棻臣
編校者　鍾漢秋
出版者　勵力出版社
——總發行所——
勵力出版社
總社　天津興亞三區卅號路芳康里二十二號
分社　上海四馬路山東路二〇九號

分售處
上海：四馬路中：百新書局
北京：楊梅竹斜街：新華書局
青島：孝縣路：新明書報社

梗概：养尊处优、体弱多病的青年男子马鸣远在一个园庭式的住宅静养期间，意外邂逅了一位爱好艺术、兼具美貌与智慧的女郎黄梅。得知黄梅即将举办一场音乐会后，马鸣远自掏腰包买下了一百张票为其捧场，二人的关系也更加亲近了。往后，二人时常相约出去郊游，感情渐深，订婚之后过上了同居的生活。

不久，马鸣远收到家信，马父对他私自订婚一事甚怒，勒令他即刻与黄梅脱离，否则将与他断绝父子关系。谈判未妥，马父登报与他脱离父子关系，也剥夺了他的财产继承权。在这之后，马黄二人的生活发生了变化，黄梅因物质享受得不到满足，由动摇而决心出走，终于离开马鸣远投入其他男子的怀中。失恋后的马鸣远忽然得遇旧友朱曼丽，卷入朱父的办学事宜中。后来，在朱老先生及董事会的支持下，马鸣远被任命为新办学校的校长，因一心致力于办学，三年后被派往全国视察中小学教育。路过苏州时，马鸣远在金星旅馆得悉黄梅的消息，却错失了与她相见的机会。五年后，马鸣远与朱曼丽结合，在蜜月中前往白露江一游。在这期间黄梅忽然投江而死，马鸣远来到江边将一枚象牙戒指（黄梅留下的唯一信物）投入江中，携着妻子在暴风雨中离去。

按：这是谢人堡（1915—？）一部具有浓郁“宿命论”色彩的悲剧性小说，从男女主人公初遇到举办订婚仪式；从两人忍痛分离到最后阴阳相隔，狂风、阴天、雨水一直贯穿始终，为二人的爱情全过程蒙上了一层阴暗的色调，仿佛每一处、每一环节都预示着无论二人怎样努力都无法摆脱悲剧性的结局。然而事实真是如此吗？他们为了追求所谓的“自由”恋爱真的付出了努力吗？纵观整部作品，我们发现，爱情上的不顺与坎坷只是一条浅显的线索，展现新式知识分子内在的软弱性与自欺性才是这部小说的内在意旨。作品的主人公马鸣远自诩为艺术爱好者，是一个追求新式生活、向往自由恋爱的新兴青年，只是体弱多病，尚需静养。然而，病弱的不仅是他的躯体，面对旧式家长权威的威胁，他除了将“我爱你”挂在口头聊以自慰外，根本没有付诸任何实际行动去守护自己的爱情；面对爱人的执意离去，他先是哭诉自己的不易，又是用自己的“牺牲”加以阻拦，发现上述方法均不管用时，只好苦求爱人允诺一定要在自己熟睡后方能离开，着实将自欺、自慰的本性表露无余。在这之后，马鸣远虽然决心奋起精神，投身办学，立志为社会尽一份绵薄之力，可是办学的大部分经费由马父支付，校长的职位也是朱老先生等人推荐，就连结婚一事也由妻子朱曼丽积极推动，马鸣远在其中并没有充分发挥自己的主观能动性，所以当他发出“世间一切大事琐事，完全是偶然的”感叹时，深刻的讽刺意味也就不言而喻了。此外，从情节上来说，故事还是略显老套，对于女性形象的刻画也不够精彩，不少人物的出场与退场衔接不够流畅，有生涩之感。

3月1日 余冠英在《当代评论》第4卷第10期发表《介绍〈鸭嘴涝〉》一文，认为："本书激发读者爱国情绪颇具力量，这是宣传方面的成功，同时它表现农村人物生活极其生动鲜明，这是艺术上的成就。""虽说宣传，其中并无惊心动魄的场面，可歌可泣的情节；只是毫无粉饰，毫无夸张地写出中国农民适当时机和适当教育下自然地'起来'抗敌而已。所谓适当时机便是在他们感觉到国家的利害和自己的利害相一致的时候；所谓适当的教育便是怎样出力出钱的切实指导。"小说"自然而真实"。此外，"心理描写的细致深刻是本书长处之一，另一长处是语言的活泼传神。本书所塑人物无一不活，无一不真，是绝大的艺术成就。正因为有此两大长处所以才有此成就。"

按：此文后又于1946年6月1日刊于《文艺复兴》第1卷第5期，名《〈山洪〉》。

3月15日 《国风》（重庆版）第31期发表书讯称，《海河汩汩流》"叙述敌国和浪人怎样在天津制造汉奸，托出吃人魔王的狞狰面目"。

3月31日 《新华日报》刊载《一个人的烦恼》的广告："这一部十五万字的长篇小说《一个人的烦恼》，写一个青年知识份子参加抗战的经过，来说明凡是不能认清现实，只凭一股热情，一片主观的幻想，投身于当时的具有强烈吸引的洪流的何止千万呢，像（主人公）刘明那样碰了一头就缩回来，固然也不少，然而更多的却是在斗争烈火中锻炼了身心，作者却写了个从斗争中逃阵下来的人物，刘明的故事是具有积极的教育意义的，因为这是一面镜子——可以促起反省的一面镜子。"

3月 **碧野的《黄汛》第一部《肥沃的土地》由桂林三户图书社初版，3000册。**

梗概：冬天过去了，大地开始苏醒，贾鲁河边的土地上年轻的汉子破箩筐和乡亲们辛勤地劳作着。在美好的春光中，他先后遇见了自己心仪的姑娘——小桂花和坐在牛车中的王大户的填房——花猪。这是日后将和他发生纠葛的两个女人。一个熨帖的春宵，人们"放龙"乞求今年的丰收，孩子们围住老庄稼汉——

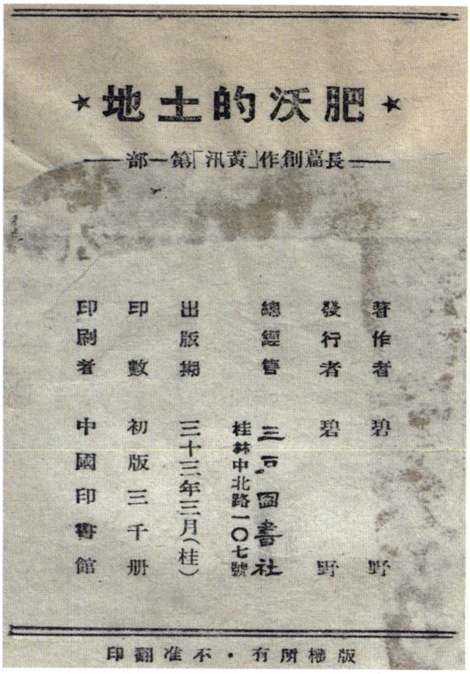
肥沃的土地

——長篇創作「黃汛」第一部——

著作者 碧野

發行者 碧野

總經售 三戶圖書社 桂林中北路一〇七號

出版期 三十三年三月（桂）

印數 初版三千册

印刷者 中國印書館

黄老五，黄老五望着远处的石头牌坊，向他们讲述了四十年前的往事，也就是村中大户人家——王家的发迹经历。某一天，花猪在自家辉煌的院落门口晒太阳时，被破箩筐健硕的年轻男子躯体引发了情欲的痛苦，从此她陷入了迷恋。转眼便是仲春，春光怡人，破箩筐的心情却低到谷底，他得知小桂花的娘为了二十多亩地，要将她嫁给夹尾巴狗。五月，麦收时节，小桂花早就嫁人了，破箩筐也因失恋变得懒散，还学会吸旱烟。在河边，他遇见了跑船的大水獭，托他给家中带去一包零钱。然而正是这个事情引发了他和第三个女人的纠葛。而老癞因为破箩筐他爸不肯将自家的小牛犊卖给他，便怀恨在心，大肆造谣破箩筐和大水獭媳妇有私情。今年果然是个丰收年，人们搭起戏台子庆祝，村里的男女老少都度过了快乐的时光，破箩筐在看戏时接连遇见了花猪和小桂花。夏末，在黄老五的计谋下，破箩筐终于成功地和小桂花结合了，本是真心相爱的情人被迫陷入一种不道德的关系中。冬天来临，小桂花怀孕了，可孩子父亲的问题却让她陷入深深忧愁中。消失了几个月的大水獭也终于一瘸一拐地回家了。他被村中的谣言激怒，带着表弟袭击破箩筐，却终不敌他，败下阵来。

按：这是碧野（1916—2008）一部以优美的散文笔调叙述的贾鲁河边的某个村庄的男女老少生死嫁娶的小说。作品以年轻的庄稼汉破箩筐和三个女人的纠葛为主线，同时穿插交织了各色人物的故事，比如幽默的老庄稼汉黄老五、懦弱的店铺老板鸡蛋壳、吝啬的中农老癞等等，反映了在那个黑暗的时代，穷人们“生于斯，长于斯”也“困于斯”，肥沃的土地是庄稼汉生命的依靠，却也是压弯他们脊梁的重担。富人拥有肥沃的土地，而穷人只能租借土地。小说书写了底层人民的不幸的遭遇，控诉了统治阶级的压榨。同时由三个女人的看似寻常却充满了压抑和煎熬的婚姻，向我们揭示了那个时代女性的婚姻悲剧：地位低下、性压抑、恋爱不自由、丧失独立的人格和尊严等等。作者在文中也不动声色地书写了原始的野蛮、柔情的爱和强烈的恨，揭露了人性的复杂。全书充满地域特色和民俗风情，增加了小说的风趣性，生动感人。此外，环境描写过雅，故事讲述过俗，造成一定程度的语境分离。对主人公破箩筐的塑造，缺乏足够的内心刻画，形象不够丰满。

3月　荆有麟的《间谍夫人》由重庆作家书屋初版，0001—3000 册。[1]

梗概：赵月华的丈夫晋云赴上海参加特别任务，不幸牺牲。赵月华得知后，决心参加特务组织，为丈夫报仇。组织看她态度坚决，考虑她的情况，只同意她暂时在外围做些工作。由于她没有受过训练，在执行跟踪调查于汝芬以及“小玲珑”的过程中，没有及时将情报送上，出现了失误。后来她虽然获得可疑的情报，如调查真假何委员之类，但也暴露了身份，只好停了下来。其间她还被另一组织诱带到一个陌生的地方，逼她写出她近来的工作情况，她趁人不备跳楼逃了出来。回到家里，她伤心痛哭，正好又看到以前的恋人余天虹来信要她去上海，她决定离开重庆到上海去，一是她熟悉上海的情况，二是能够弄清楚丈夫在上海是被谁害死的。正好有一个叫赵玉贞的妇女也要带两个孩子回上海娘家，她们于是相约一同绕道西安回上海。在西安期间，赵月华还意外地发现了汉奸王敏及其同伙，并报告当地宪兵队将他们逮捕。历经千辛万苦与不尽屈辱，赵月华一行终于到了上海。到了上海她才知道，余天虹竟是汉奸，除任伪政府市长

[1]　封面疑为初版。

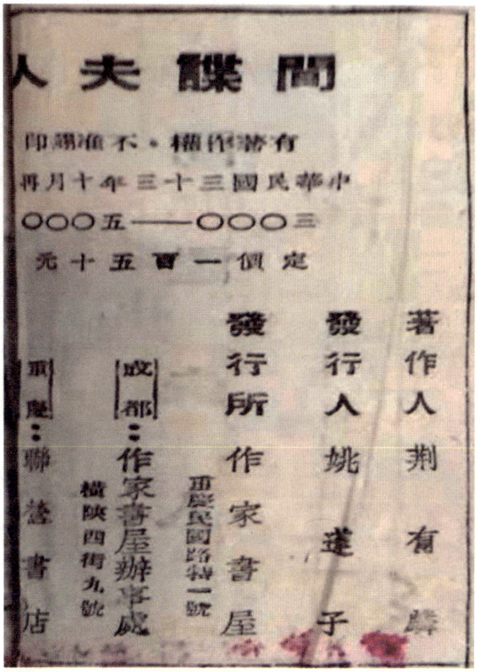
間諜夫人
有著作權・不准翻印
中華民國三十三年十月再
三〇〇〇——五〇〇〇
定價一百五十元
著作人 荊有麟
發行人 姚蓬子
發行所 作家書屋
重慶民國路特一號
成都：作家書屋辦事處
横陝西街九號
重慶：聯營書店

机要秘书外，还在多个政府机构担任要员。赵月华想，也好，可以利用这一机会与汉奸及日本鬼子接触，弄点有价值的情报。于是她周旋于汉奸与鬼子之间，尽一切可能收集情报。得到有价值的情报后，她让赵玉贞从海路经香港再飞抵重庆将情报送到机关。其间她曾遇到丈夫以前的同事仝先生，也在仝先生的指导下学习业务，也曾为了情报而失身于鬼子与汉奸，但她始终想着为国家做一点有益的事，为丈夫报仇。这天，日本专使山田次郎来国际大楼，赵月华想一定有什么情报，在山田睡着后，她无意间发现他的裤子里有重要情报，正当她将情报塞进袜统里时，山田醒了，赵月华急忙掐死了他。回到家，她又开枪打死了余天虹，自己也被赶来的日本特务队打死。

按：这是荆有麟（1903—1951）的一部写特务遗孀立志为丈夫报仇、为国尽力的间谍小说，虽然艺术成就一般，但其主导倾向还是爱国主义的。主人公赵月华因没有经过专业训练，仅有爱国之心，难免在复杂的特情战场上有所闪失。但无论如何，赵月华为国立功、杀敌报国的行为还是值得肯定的。作为一个普通的女人，在抗战时期几乎是单枪匹马地拼杀在特务这一危险的职业里，所能做的也只能是这些了，她以身体为代价换取有价值的情报是她力所能及的选择，也是众多女特务无法回避的选择。这部作品曾被视为“色情小说”，是“左”的观念与机械教条的思想在作祟，是不妥当的，应该予以重新评定。就情节而言，小说并没有情色的描写，如果认为委身于敌人就是“色情文学”，那这篇小说则是“被色情”了。小说线索单一，情节简单，缺乏波澜起伏之势，但赵月华的人物塑造还是清晰可见的。

3月 **熊吉的《世外天》由成都复兴书局初版。**

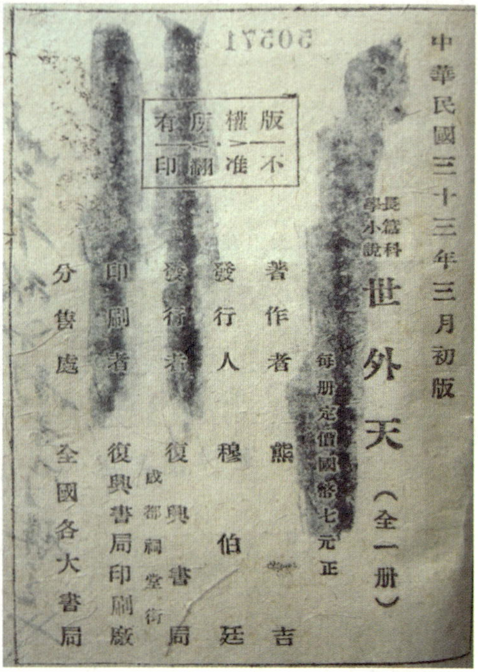

梗概： 主人公刘明是运输部队的士兵，带着勃朗宁手枪在长子星上与他人交谈，同行的周连长准备带领一连人上前线，进一步占领长子星。但刘明因贪玩持特殊通行证出游，途经战场时遇敌骑后逃跑，误入长子星生蛮部落东村，因手枪的威力而成为部落座上宾，并应部落请求参加部落斗争，用手枪连放十四枪，打死打伤敌方部落西村的元帅、族长等十几位首领，帮东村取得胜利。刘明与东村公主丽娘开始谈情说爱。在生蛮东村部落与熟蛮的作战中，丽娘死亡。

刘明又被抢夺到了熟蛮部落白薇村，熟蛮部落族长是一个年轻开明的男性首领，有个美丽的妹妹凤娘，凤娘有个同样美丽的地球人家教燕宛侬。两人在欢迎刘明的宴会上用玉屏箫合奏了一曲《柳金摇》。刘明从燕宛侬处得知有四十多个女性、七十多个男性的地球同胞被熟蛮囚禁在桑鱼村做苦工，从事养蚕抽丝的工作。刘明为了挽救同胞们，留在白薇村。凤娘对刘明青眼有加，而燕宛侬同样对刘明秋波暗送，三姨作为一个有夫之妇，也知道凤娘和刘明情投意合，但还是借酒劲撩拨、引诱刘明，展示出部落民族感情的豪放和开放。刘明在这里四处游逛，吃茶、看戏、谈天说地，感受这里的实际上还是地球上的极为自由的生活。凤娘所在部落的罗森在凤娘的哥哥去世后，成为了新族长，因罗森一直奴役铸炮厂、蚕丝厂的地球同胞，刘明与凤娘、燕宛侬一起武装起义，与罗森展开了解救地球同胞的战争。刘明和凤娘带领着已升职的周旅长和两个连的配备精良的军队，直攻桑鱼村，打死了罗森，救出被围困的同胞。但部队撤退时，刘明作为断后人员不幸被熟蛮族士兵抓住，遭受悬空五尺、火烧下身的酷刑，后虽被救出，但终因伤重医治无效英勇牺牲。

按：这是一本带有浓厚的四川文化气息和自然风光的写实小说，虽然标有“长篇科学小说”，但由于作者缺乏想象力，又缺乏驾驭科幻小说体裁的能力，仍以地球的现实内容为内容，且表现内容严重滞后，并夹杂落后的中国传统文化的情节描写，令人失望。小说既没《弗兰肯斯坦》的疯狂想象，也无《从地球到月球》的大胆假设，更没有《猫城记》的奇特和《铁鱼底鳃》的悲壮，其间虽杂糅一定的科学知识，但只是作为装点门面的一种手段，并未生成科幻小说创作的技法和理念，即：科学知识未能成为作者的幻想之翼，令其在科幻小说领域中展翅翱翔。换句话说，这篇美其名曰的“长篇科学小说”，无非就是挂着一些科学常识做幌子，以做科幻小说的招牌而已。作品中更多地洋溢着浓烈的三角恋爱的气息，有着古典言情小说的传统色彩，文中的人物设置以及所描写的游山玩水、聚众享乐的画面，也有《红楼梦》的韵味，刘明与凤娘、燕宛侬的关系颇似宝黛钗的关系，只是刘明三人的关系更为融洽。不过，作品反抗异族奴役地球同胞的情节设置以及刘明在小说最后组织同胞武装起义、为挽救同胞而牺牲等情节，包含有反抗帝国主义对中国的侵略、欺凌的现实意义，值得肯定。

3月 **周彦的《我们是戏剧的铁军》由重庆新生图书文具公司初版（现代长篇小说丛刊之一）。**

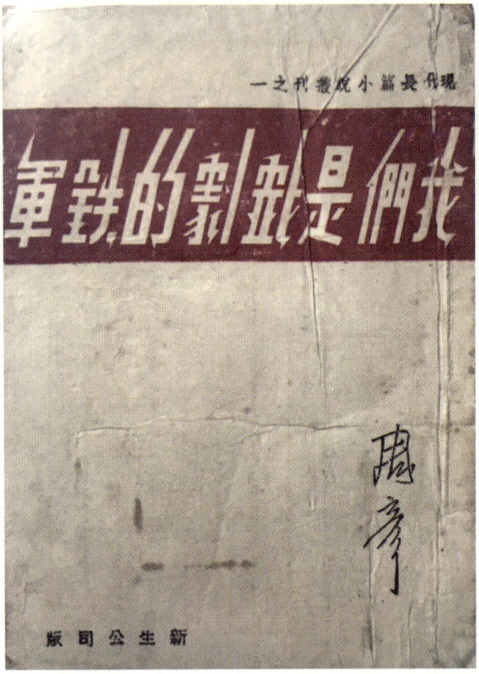

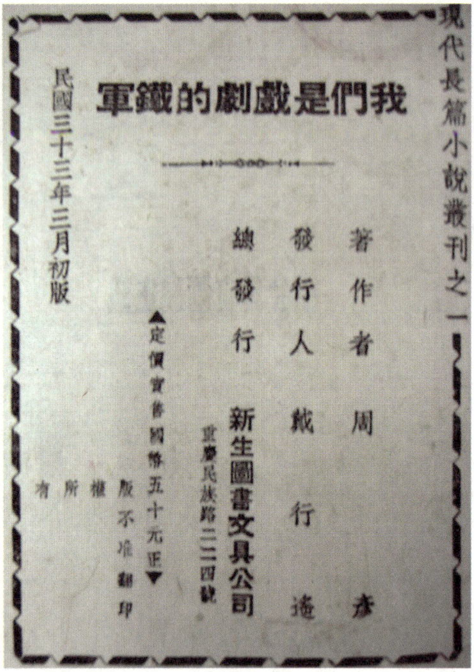
現代長篇小說叢刊之一

我們是戲劇的鐵軍

著作者 周彥
發行人 戴行逵
總發行 新生圖書文具公司
重慶民族路二二四號

定價實售國幣五十元正

版權所有 不准翻印

民國三十三年三月初版

梗概：在上海施高塔路的弄堂里住着六位来自天南地北的青年人，他们因为怀着对戏剧共同的热爱聚到一起，成立了友聊剧社，并请井先生撰写第一次公演剧本。排练遇见了种种艰辛，但最终观众却被石佛的真情演出所感动，演出一场比一场成功。这时，学校却禁止演出，开除老邹，还召回苏曼莉等学生演员，引起社会的愤怒，导致一场戏剧运动。剧社由此成为了上海的领头羊，众人以更饱满的热情筹备第二次公演，同时恋爱狂潮也席卷了这些戏剧人。此时，日寇的铁蹄踏进东北，九一八惨案发生，大家怀着赤诚的爱国之心，参加到抗日救亡的宣传活动中。然而战争的阴影让这些青年人陷入低沉，岳平搬离了弄堂，吕光去教书。一·二八事变重新激起了他们的热情，他们组成慰问团上前线。

三个月后的停战协议将一切再次化为泡影，戏剧被停演了，杨明波绝望中躲进小山村里。其他人经历了一段穷困潦倒的日子，纷纷寻找出路，小何下南洋，老邹成了影片商，白瑾和岳平成了女演员。当她们挣扎在女明星这条道路的泥沼中时，邓辉找到了大家演出，获得空前成功。不久，邓辉收到石佛的来信，他们打算组建一个职业剧团，但缺乏资金，剧团在“形式主义”和“机会主义”中争论不休。友人宗直带来了暴发户祝友焜的资助，职业剧团终于建立起来。但邓辉和石佛却被排挤出剧社，于是他们组织了二十世纪剧社。突然，卢沟桥的炮声打破了一切分歧和矛盾，所有的戏剧人重新团结起来，组成十三支戏剧的铁军走向全国。南京撤退后，他们聚集到武汉，并召开了全国剧人抗战大会。武汉撤退后，他们纷纷来到成都和重庆。宗直和曹一海的剧团在成都走向了失败，而石佛他们的剧社却在重庆取得成功，石佛却为此献出了自己的生命。

按：周彦（1909—？）的这部小说从一群热爱戏剧的青年男女的命运着手，描写了从 1931 年到 1943 年间中国戏剧运动的曲折苦难的发展历程，揭示了戏剧工作者不为人知的一面。由于作者自身十多年的从事戏剧工作的经历，作品高度还原了当时的戏剧运动和戏剧人的生活的本真面貌。在人物塑造方面，作者摒弃了概念化公式化的写作，注意到人物的复杂性，既赞扬了他们对戏剧运动热爱坚持的精神和对祖国的赤子之心，又批判了他们当中的部分人贪图享乐、困顿于金钱和恋爱的小天地里的狭隘。比如岳平是一个热爱戏剧的女演员，虽然她中途几次迷失，最终也走向了金钱的怀抱，可她从未忘记对戏剧的爱，并在石佛生病后资助一大笔医疗费，表示自己愿意为戏剧事业做出一点贡献。小说以各条线索齐头并进的形式展开对剧团内部的各种力量的斗争的描写，不虚美，不隐恶，达到真实反映戏剧工作者台下的一面的效果。另外，全篇洋溢着浓厚的爱国主义之情，语言技巧成熟，善用譬喻，幽默生动。不足之处在于对这些青年男女的婚恋过多的关注和描写有损作品的深度。

作者在书中的《试笔小记》中写道：

“今春，偶然兴至，更得了余暇，于是把从事戏剧十余年所见所闻织成《我们是戏剧的铁军》这篇小说。描写从九一八到现在这十二年中戏剧运动是在多么苦难中发展，而支持这戏剧运动的同志们又是如何在艰困的环境中挣扎，一直到今天，话剧才有这澎湃的气象。可惜的是我的文笔拙劣，不足以表达。”

“这小说里的许多人物，也许某部分正与戏剧界某人有些符合，但决非全部是某人，勿劳读者费时间去索隐，更望事迹与他符合的某人不要怪罪。”

3月　严文井的《一个人的烦恼》由重庆当今出版社初版。

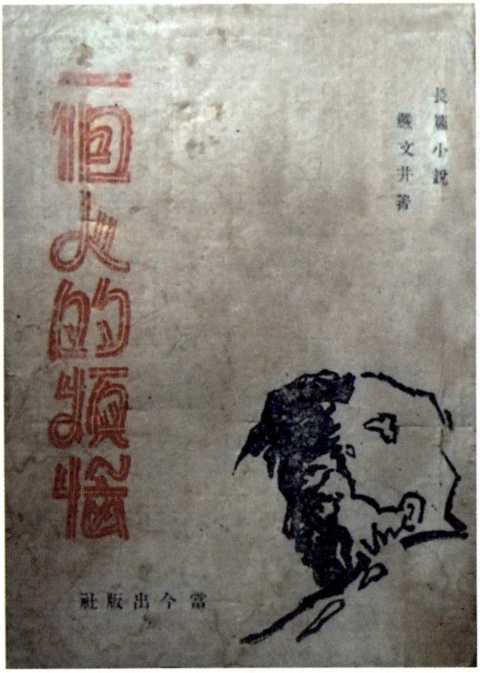

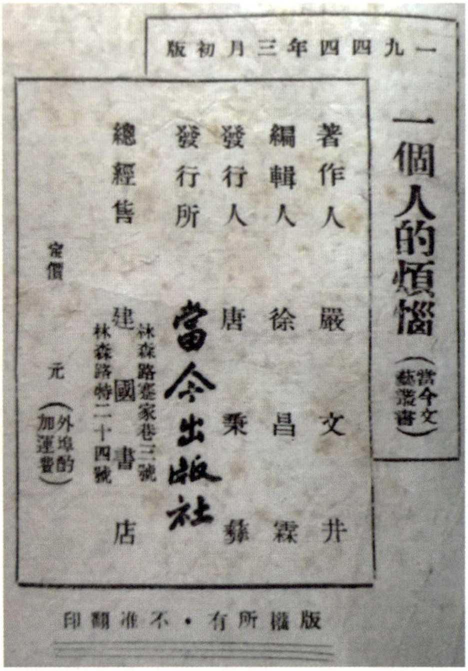
一九四四年三月初版

一個人的煩惱（當今文藝叢書）

著作人　嚴文井
編輯人　徐昌霖
發行人　唐秉彝
發行所　當今出版社　林森路萱家巷三號
總經售　建國書店　林森路特二十四號
定價　元（外埠酌加運費）

版權所有・不准翻印

梗概： 刘明读大学时因与父亲的经济纠纷中断了学业，到报馆做助理编辑。抗战爆发后他逃到武汉寄居于表哥家，寄人篱下的痛苦与无聊使他觉得压抑、烦恼，便悄悄搬到朋友石瑞家里，因石母询问他的职业，他认为这是轻视他，冲动之下便想上前线过一种全新的生活，彻底摆脱人间的烦恼。他到山西前线找到同学桂德山参加了战地抗日演剧队。到这里后他不满周围的人和事，自己又情场失意，加之部队不重视他们，最后他又决定离开。

按： 这是严文井（1915—2005）以刘明为代表，为一群软弱的、虚浮的、还没有定向的小知识分子立的小传。作者以平实的笔触记录下了抗战时期一些青年知识分子耽于幻想，对个人荣辱与得失十分敏感，易于冲动却又不明方向的思想动态和行为方式，记下了这些不甘平庸却又无所作为的青年人的时代苦恼。虽然作者在其中没有嘲讽刘明这类青年，却对他们不务实的空虚作风进行了委婉的批评。全书似乎在告诫人们，不明现实与理想、与目的的人将会遭到生活的捉弄，务实并从点滴做起才是每个青年在生活面前所应有的准则。

3月　王余杞（曼因）的《自流井》由成都东方书社初版，0001—5000 册。

中華民國三十三年三月初版〇〇〇一——五〇〇〇

自流井

定價 土報紙一百一十元 粉報紙二百元

著作人 曼因

發行人 王曉鄉

發行所 東方書社 成都祠堂街十七號 重慶七星崗金湯街12號

代印處 峯新印刷合作社 成都外南國學巷

不准翻印

梗概：故事发生在 1926 年前后的四川自流井地区。当地盐业家族王三畏堂因为连年战乱、井枯火竭等原因，负债经营，陷入困窘。面对外地强势债团的催逼，家族成员分化成对立的两派。一派以迪三爷为代表，他留过洋，深信教育救国论，希望以向第三方借款来解决债团的抵佃，并寄希望于新技术的革新来拯救落后的盐业生产，对抗新兴商业资本；而另一派以如四爷为代表的卖家奴，则想将家族盐场长期抵押给债团，一次性获得数额不菲的补偿（也可以从中分一杯羹）。面对各地军阀混战，盐业销路不畅，以及当地军阀张旅长、债团代表、洋人势力插足王三畏堂的家族纷争，迪三爷一派陷入了内忧外患，家族产业最终分崩离析，自己也在遭到无辜羁押和无耻敲诈之后，万念俱灰。贫农李老幺失去了土地，只好到盐场做工，但辛苦却无所得，在被剥削和被压榨中萌发了反抗意识，在接受了“洋学生”的宣传后，最终认识到劳动人民要团结起来争取合法权益。与此同时，迪三爷的儿子幼宜，见证了王三畏堂大家族由盛而衰的演变，作为走出夔门的年轻人，不断接受新思想的启蒙，有了开阔的眼界。

按：这是一篇作者以自己生活为原型的自传性家族小说，也是一篇不可多得的地方志型作品。王余杞出生于曾是自贡当地最大的盐世家族，小说中的“学问家”、冲出夔门的幼宜便是以王余杞自己为原型所塑造的人物。作者以自己家族王三畏堂为生活原型，刻画了迪三爷这一带有封建色彩的民族资本家形象，迪三爷的失败说明了生产的工业资本敌不过运销的商业资本的必然性。作者以强烈的人道主义情怀表现了一般农民如李老幺等，挖掘出他们必然走上革命反抗道路的历史动因，偏僻的四川自流井终于在大时代的激荡下掀起了微澜。《自流井》序言中对自贡盐场产盐区域、制盐方法等进行了详尽的描述，颇有叙写地方志的味道。小说对于自流井民族资本家和盐业工人的处境考察对理解整个民国时期的社会历史状况也很有参考价值。四川方言的鲜活运用，地方风俗的展示，也赋予小说极强的地方色彩。但小说结尾处，幼宜重回自流井时面对后辈种种疑问，他的回答却忽略了听众的知识结构，有不真实之感。与其说幼宜是解后辈之惑，不如说是将他自己的观念传达于读者。

插页《自流井》的广告：“本书是一部乡土文学作品，写出了一家豪族由盛兴而衰败的故事。一般地说，生产手段提高，经济条件改易，封建家庭没落，自是必然之理，在自流井并不例外。本书便细写出了那没落的过程。文中并且穿插着盐场办井灶的各样情况，更足使读者可获得井盐的知识不少。”

插页《海河汩汩流》的广告：“本书系以天津为背景，刻划出了天津当地的风土人物，最多情趣——国内文艺作品，以天津为背景的本来就少，而加以详尽刻划的尤不多见，这在本书，算是一个特色。至于书中故事，系取材于‘双十二’后到平津事变的近一年间，那一年间的天津，情形已大不同，因为天津原是敌军在华北的根据地呀！且看那一班牛鬼蛇神在这根据地上干着些什么吧！”

3月 艾芜的《春天》由桂林今日文艺社印行第四版。

3月 巴金的《新生》由桂林开明书店印行内三版。

3月 司马文森的《雨季》由桂林文献出版社再版。

3月 老舍的《赵子曰》由赣县商务印书馆印行第一版。

4月10日 《文学集刊》第2辑刊载《贝壳》的广告：“获得大东亚文学赏第一回赏之荣誉的本书，袁犀氏以其彩笔描绘了现实中青年男女的生活与恋爱，暗示了自由主义的欧美思想之毒害，对于个人主义的恋爱观，作了峻严的批判，是人生探求之书。”

4月19日 罗常培在昆明《扫荡》副刊发表《我与老舍》一文，说：“《老张的哲学》在《小说月报》分期发表后，因为语言的流利，风趣的幽默，描写的生动，讽刺的深刻，在当时文坛上耳目一新，颇为轰动，不久，合印成书，销路畅旺，称得起脍炙人口。接着《赵子曰》和《二马》相继问世，老舍遂在‘幽默大师’还靠着语音学吃饭的时候（跟我现在一样！）业已因突梯滑稽名满天下了。”

4月25日 巴金的《田惠世》第3章刊于《改进》第9卷第2期。

4月29日、6月11日 刘克在《阵中日报》（太原版）发表《〈铁苗〉读后感》一文，认为：“这是熊佛西著的一部长篇小说，著作让一个努力农村建设的工作者（苗铁生）在他的笔尖里展开了新兴的生活，伟大的成绩，也拓画出新中国的未来是光明的。”铁生的感动力很大，“是抗建中一个并不平凡的典型人物”。“从这本书里，我们看出：只有斗争，才有胜利，只有努力，才会成功，下一分苦，得一分果，你的力不会白出的。而且即使处在万种艰辛里，你也要坚持你的决心，毅力，向恶势劣的环境搏斗，不可有一丝的松弛，你的成功便越有把握，否则，一曝十寒、或企图在大时代里混身，而不想吃苦，却只图享福像尔昌和秋纹等，也只好让时代的车轮辗的粉碎，他们在此时代起不了什么作用。”“这本书有没有缺点？有的，这是一部长篇小说，并不是戏剧，我觉得对话有点太多，描绘的过少，失却平衡。能使人感到这不是小说而是一本散漫的戏剧。”

4月30日 袁犀的《贝壳》由北京新民印书馆印行第三版。

4月 **姚雪垠的《春暖花开的时候》（第一分册）由重庆现代出版社初版。**

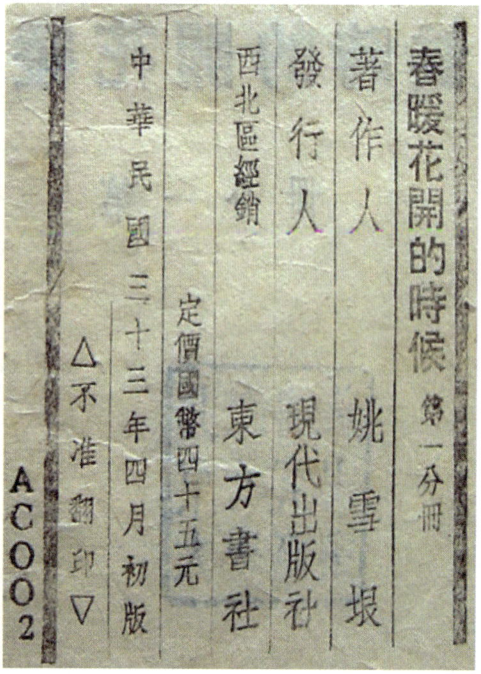
春暖花開的時候 第一分冊
著作人 姚雪垠
發行人 現代出版社
西北區經銷 東方書社
定價國幣四十五元
中華民國三十三年四月初版
△不准翻印▽
ACOO2

梗概：抗战初期，在大别山下的一座小县城里，一群爱国青年创办了救亡工作讲习班，他们有着不同的家庭背景和个人经历，但都怀着高度的热情进行抗日宣传工作。佃农少女黄梅从小经历过大别山的农民革命风暴，她在地主家庭出身的兄妹罗明和罗兰的感染下，改变了阶级对立的观念，树立了民族意识，进入讲习班学习，并与人美歌甜的林梦云，以及多愁善感的罗兰成为室友，建立了深厚友谊。在学校生活中，林梦云为男同学鲁辉扬的移情别恋而憋屈，罗兰为暗恋教员杨琦而独自惆怅。黄梅则逐渐融入环境，勤奋学习，并在下乡宣传等活动中与同志们共同成长。常与讲习班接触的妇女会工作者、罗兰的表姐吴寄萍是一位身世坎坷的女青年，她身患痨病，却坚持开展救亡工作，并始终等候着下落不明的爱人胡天长。清明节这天，吴寄萍宴邀讲习班的青年们为自己庆生，并和大家一同热情地为救亡同学会的诗人陶春冰饯行。

4月 端木蕻良的《大江》由桂林良友复兴图书印刷公司初版(良友文学丛书)。

梗概：农民出身的铁岭和同伴们到山里打猎采参，结果被日本人抢劫一空。走投无路的人们纷纷投奔了义勇军，而唯有铁岭坚持回到了家里。当看到乡亲们仍然沉醉于萨满教迷信活动中，而对一场已经降临的民族灾难充耳不闻的时候，他动手打了为哥哥跳神治病的大神。铁岭的举动惹恼了乡亲们，认为他亵渎神灵。在外漂泊的时候铁岭把家看得那么温馨，而回到家中他才发现家是如此的令人失望。他不得不离开家乡，到关内加入抗日的行列之中。初到关内的时候，铁岭并没有清醒的独立的自我意识，他也曾经帮助当局镇压过学生的爱国运动。后来，他到山里打游击战，又成功地收编了土匪李三麻子的队伍。年轻的卓雅是一位救护人员，也是一位南洋华侨的女儿，她放弃了优越的生活环境，投入抗战的洪流之中。在一次激烈的战役中，由于汉奸的出卖，部队伤亡惨重。卓雅为别人包扎而受伤，最后因伤口感染壮烈牺牲了。铁岭和战士们为她找水喝，谁也不愿意相信她就这样离开了人世。铁岭出生入死，多次与死亡擦肩而过，但是，他的抗战意志却如同雄壮而富有气势的大江一样坚强而执着。

按：端木蕻良三部长篇中的大山、来头和铁岭都是雄强健壮、充满野性生命意识和反抗意识的光辉的农民形象（在《科尔沁旗草原》中并未直接在文中露面的人物大山在《大地的海》也成为义勇军中的英雄，完成了其成长过程），而且在精神上也是相互联系的，自然崇拜和英雄崇拜的思想情感贯穿始终。迭出的自然意象与优美激越的艺术旋律，使小说呈现了诗性化和音乐化的双重审美特征。但是，小说情节常常被大段大段的抒情和议论所打断，叙述结构上的“失稳”使小说产生了别致的艺术张力，产生了一种不以追求和谐为审美目的的“力之美”，而这种独特的反传统的叙述方式，可以视为端木蕻良创作的双刃剑——见仁见智，得失尽在于此。而作者在《后记》中的说明，可作为一种理解的角度。

作者在《后记》中写道：

“我写大江的时候，我便充分的写了大江，我没有混同的去写成黄河或珠江，而也写出了它的季候。”

“我写的人物和他的理想必然的限制于他们自己的命运的圈子里，不管他自己怎样解释自己的生活，他也不能从中国人的命运的范畴里游离开去。铁岭对于自己的命运是茫然的，他觉得自己最正当的命运是农夫。这个理由是非常单纯的，因为他自己就是农夫呀，或者说他是比农夫更单纯的一个猎人。他对民族国家这些观念的东西，是颇难于理解的。他并不是个大勇者，他可能逃避的时候就尽量逃避，可能不去理解什么东西，他也不必去理解，他的思维是平面的，代数学的，不是建筑性的，非螺旋线的。”

“李三麻子是个生命的渗透者，失意者，畸零者，他的嘲弄的意味，甚于他对人生所要求的。他的求生的技术是高明的，他可以在人生的夹缝里钻来钻去。在主观上他是与人生的善的一面，全不相容的。但在客观上，他却常常反被善的那方面所吸收。因为他是一个澈底的世故者，对于恶的洞穿，他也是深入的，浪费别人而至于对自己无益，他是不作的。毋宁说他对自己是个哀悯者，他对自己也是从纯自然观的观点来处置的。对于铁岭的友谊，乃是以共同力量来克复当前困难的行进群所具有的一种必然的同志爱。为了必要求生存而发生的同志爱，这在李三麻子是朴素的，他的正直是有点倾向性的，他也需要温暖。铁岭则对这些无所感，这种情感曾被他认为无价值，而予以舍弃。舍弃之后，又被孤零所逆袭，而从新屈服于这种感情。因为单凭他一个人的奋斗，他的困难是要加倍的。环境规定了他必须对于同伴结合。铁岭是个人主义为群众的力的屈服者，李三麻子则是爱群的合群的，但他对群没有尊重心，然而他们两个却都被群给征服，不管怎样挣扎和绝望，都不能逃出群的创造。”

“他们有着中国农民的一切弱点，他们也有着脱离了生产关系（长期的或短期的）游荡的惰性。但事实却把这些个打得粉碎，他们唯一的可能只有服从事实，酷热是事实，苦斗是事实，生活或者死亡。而他们必得服从他们所属于的群的大流，他们必得被群所创造，他们两个的过去的凝固性该多么强烈呀，但在群的创造之下，他们都成了英勇的战士，而他们这些原始的野生的力，表现在这个当儿，反而更能看出我们这个民族所蕴蓄的力，一些个梦呓者说我们的民族已经腐朽，请他睁开眼看看这个民族的各色各样的野力吧，多么新鲜，又多么慓悍！任何民族恐怕都没有这样韧性的战斗的人民！”

“他们的某几种性格也是可以复现的，但也可以在不断的克服的过程中退消以至于零。他们都是粗鄙的人，原不是什么阀阅世家出身，所以他们要把最细腻的感情也都得靠着粗鲁的手势和言语来传达。他们的自觉常常起于直觉。”

“我写的是一种要求。什么是要求呢……要求也者，是和人类的贪馋的渴望可以相比拟的。”

“我以为要求的内容，就是满足其生活的意志。所谓意志的限定是从最初的本能到最高的求生权，那等差则由依附他的社会距离来决定它。”

4月 巴金的《家》由赣县开明书店印行内二版。

4月 老舍的《老张的哲学》由赣县商务印书馆印行第一版。

4月 老舍的《小坡的生日》由重庆作家书屋印行渝一版。

4月 仇章的《遭遇了支那间谍网》由成都正光书局印行蓉一版，2000 册。

5月1日 刘莺在《新民声半月刊》第 1 卷第 9 期发表《〈太平愿〉与〈贝壳〉》一文，认为吕桐如果没有故事里那么卑下，也许同样能保持平衡的悲剧气氛，或者更有力些。吕桐是作品中的关键。

5月1日 雪魂在《敦邻》第1卷第4—5期合刊发表《关于袁犀和贝壳》一文，认为《贝壳》获奖是合理的。

5月1日 志智嘉在《敦邻》第1卷第4—5期合刊发表《以甚么为基准而授赏了的呢》一文，认为《贝壳》获大东亚文学奖并非说它是华北的代表性作品。鲁丁以《是以此为基准而授赏了的》为题对此做了回答。

5月4日 《新华日报》刊载《肥沃的土地》的广告："碧野先生的文笔，素以婉丽细腻著称的，读过他的《乌兰不浪的夜祭》的人们总该记得吧。这部书的内容，是以河南省贾鲁河沿岸的肥沃土地上的人民生活作主题。写着大地主怎样掌握着贫佃户们的喉管，压榨欺凌；穷苦的人民，怎样在捱度着阴惨沉重的老牛生活；年青的男女们怎样在挣扎着古旧的婚姻枷锁，狂野地追求……有神话般的故事，有诗般的爱恋画面，也有庄稼汉的朴直粗憨的笑貌音容。这些，都不是凭空造臆，而是体验过真正的田园生活，通过活的现实才写出来的，读着它，会使你像回到乡土般的亲切，听得见乡土上的狗吠鸡鸣。"

5月15日 长之在《时与潮文艺》第3卷第3期发表《〈海河汩汩流〉》一文，认为："这部小说有果戈理风。"小说的地方色彩很浓郁，不可替换。语言"是神气活现的地方语，在以前的创作中是少见的"。"全书的生动，还有两个得力处：一是它的人物单纯，却又色色俱全……二是在这个大时代的变动的写照中，却有一股时时流着的汩汩的海河，当作了全书的节奏……因为有这节奏，给全书增加了活力，增加了韵致，让全书不只是讽刺，而且在根底上像首诗——民族的潜力就仿佛是那'不废江河万古流'的海河似的！""至于全书的缺点，除了有时嫌赘，嫌过分之外，便是因为采取一种镜头式的叙述之故，转换太匆促，便免不掉有轮廓模糊之处。"

5月15日 尤且介在《新学生》第4卷第5期发表《〈在城市里〉》一文，认为："从他的写作笔法上看来：固然有老舍这样的轻松流利。尤其是对于方言的描写，老舍只能写纯粹的北平话，天翼却不同，他有变化万端的本领，不论山东，湖南，甚至于浙江的俗语，他都能够很流利的运用。但他并不单是老舍样的幽默，他还有讽刺，像鲁迅一样的，虽然有的地方他描写得过火了一点，没有鲁迅样的表现得非常自然的笔法，这是他的唯一的不及鲁迅之点，但他的描写的范围之广，那可以说是没有一个作家及得到他的。”“故事是写得非常之生动的，虽然都是些没落中的劣绅士豪的一般情形，但比之他以前所写的《一年》，以及《洋泾浜奇侠》要细腻有秩序得多，过火的描写也很少，在我个人的感觉，这是他的进步处。”“这一部作品，虽然没有他以前所作的那般热闹，更没有那些过火的穿插，但却更真实，更抚摸到了时代的痛苦处。”“虽然有人说他的《一年》，‘有些地方，似乎很受了鲁迅的《阿Q正传》的影响，而作者在这中间所要完成的人物，也很想写出像阿Q那样的几个没落社会的典型人物来。’这说法，如果移到批评他的《在城市里》，那就更加亲切了。爱好新文艺的新学生们，有值得介绍你们一读的价值呢！”

5月15日　《文学创作》第3卷第1期刊载《铁苗》的再版广告：“大家知道作者是位戏剧工作者，以写戏剧的手法来写小说，另具一种独特的风格。自神圣的民族解放战争揭开之始，作者即奔走前后方，以戏剧为武器服务于抗战。作者以五年来亲身经历血泪交织的搏斗史，以其一贯的明快、简洁、朴实、紧凑的作风写成斯书，洋洋二十万言，实为近年文坛稀有之杰作。本书描述一群热血沸腾的青年怎样加入抗战的洪流，怎样艰辛地守护着岗位与环境搏斗，在新颖的题材与严谨的结构中，反映出前线与后方生活的各面：有极壮烈的战斗场面，有缠绵悱恻的爱情故事；对光明新生的一面加以爱护，对社会黑暗面则予以暴露与打击，更展示着如何争取未来世界的坦途。本书初版普通本五千册，两个月内即告售罄。现应远方读者要求，经作者将原著亲加校阅，改排三十二开本，计四百页，用洁白重纸精印，分制二册。”

5月15日　《文学创作》第3卷第1期刊载《湛蓝的海》的预告：“这是一部描写沿海渔民抗敌的长篇小说，以我国南海一带的渔民生活为背景，故事曲折生动，述叙一个前为杀人不眨眼的海盗的大地主，怎样榨取劳动者，怎样无辜的虐杀农民（应为“怎样虐杀无辜的农民”，编者注），使整个半岛的佃农过着阴沉而无休止的劳作底牛马生活，但新生的光明的人物同时也突破万难，射出了光辉的一面，在抗战巨浪中，一个目不识丁的粗憨的庄稼汉在合理的指导下怎样成为人民的领袖……”

5月15日 碧野的《湛蓝的海》始刊于《文学创作》第3卷第1期，至6月15日第2期（未完）。

5月21日 《新华日报》刊载《小坡的生日》的广告：“本书为老舍先生杰作之一，内容丰富而想像奇突，曾经讲给许多小朋友听过，也给许多小朋友看过，都入迷似的出神，而感到比糖果更甜蜜的快乐。书中写小坡在他生日作了一个怪梦，梦中怪事重重，比《阿丽思漫游奇境记》更使小朋友们神往。同时也是一本成人们阅读的最优秀的长篇小说，能提高一个成人在市侩社会中所堕落的精神。本书是老舍先生自己所最挚爱的著作之一，兹值作者创作生活二十周年纪念，刊重印以纪老舍先生二十年艰辛的工作。”

5月21日 《新华日报》刊载《风砂之恋》的预告：“碧野之创作小说，以明快优美具称，本篇为其近年最成功之作，内容描写两个出身自不同阶层的女性的发展及其成长堕落，人物性格凸出，故事情节动人，结构严整，为近年来不易多得之成功作品。”

5月31日 《新华日报》又刊载《风砂之恋》的预告：“作者在前记里写道：‘《风砂之恋》一方面是指那陇海线弥漫的风砂中迷失了道路的一群青年，他们的眼睛有些被风砂打瞎了，因此而彷徨而堕落；另一方面是指那奋斗的一群，勇敢地踏上了征途，投奔到那大风砂里去。’我们愿意诚意的向读者推介，这是一本异常动人的小说，内容以两个出身自不同的阶层的女郎的成长与堕落为主线，为我们画出了一付瑰丽壮大的时代的图景，作者笔调的优美，人物性格刻画的深湛，以及启示给我们的正确的主题，实可使这部小说成为目前文坛上一大重要的收获，全书三百页，用上等土报纸精印，装帧印刷均尽了我们最大的努力，我们愿意大胆的奉献给我们敬爱的读者。”

5月 **姚雪垠的《春暖花开的时候》（第二分册）由重庆现代出版社初版。**

梗概：陶春冰与林梦云在吴寄萍的宴席上互生爱意。罗兰的内心苦闷矛盾，对待革命有所疏离。一时间，地方上的封建顽固势力四处散播讲习班、妇女会

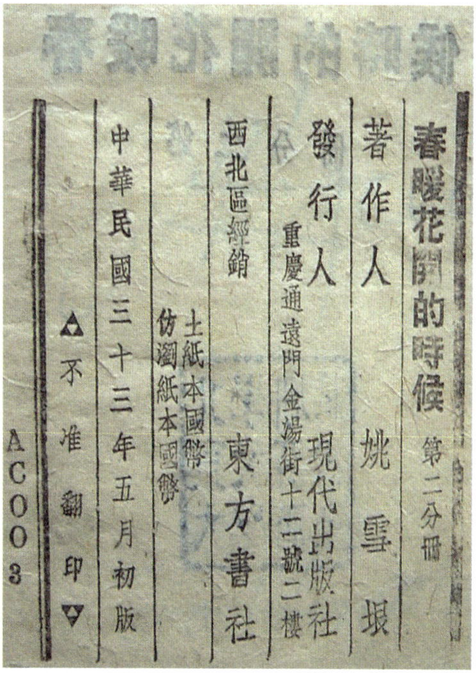

和同学会的谣言，讲习班的动员工作为人误解，县城里的青年救亡团体陷入困境。地主罗香斋阻挠儿女罗明和罗兰参与救亡工作，罗明兄妹开始和封建家庭决裂。罗兰的大哥罗照在外花天酒地，勾结动委会秘书程化昌，抵触弟妹们的救亡工作。开办儿童补习班的吴寄萍病重呕血，多得罗兰的大嫂李惠芳在旁照顾。就在此时，台儿庄大捷的消息引来青年们的空前爱国热情，但讲习班的话剧排演却遭地方当局禁止。讲习班的青年们不怕困难，斗志满满，重新部署工作，努力突破小县城的沉闷局面。在春暖花开的时候，这群青年到野外散心，并热情地迎接着战教团的到来。

5月 **骆宾基的《姜步畏家史》第一部《幼年》由桂林三户图书社初版，3000册。**

梗概：“我”（学名姜步畏，小名连儿）出生在一座位于中国、朝鲜、俄罗斯三国交界处的东北边陲小城，并在城中度过了漫长而珍贵的幼年时代。“我”的父亲姜青山是一位闯关东的山东农民，在城中主要靠贩卖人参、茶叶等赚点小钱。后来受到一位同乡的欺骗濒临破产，不得已将店铺和房屋盘给他人，仅靠经营几处窝棚维持全家的生计。“我”的母亲在年轻时受到娘家人的欺骗，

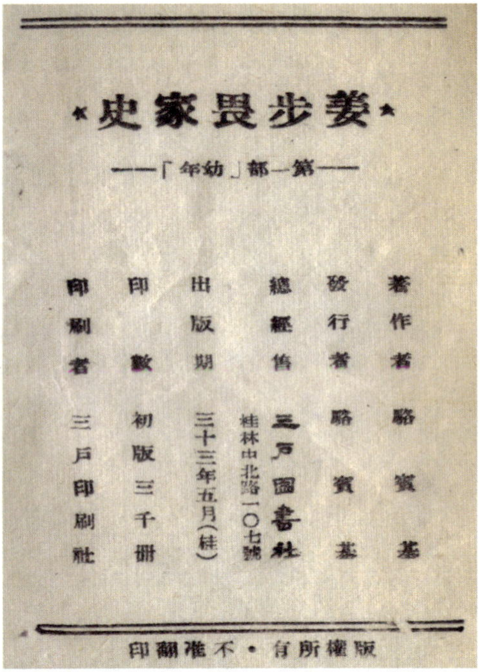
姜步畏家史

——第一部「幼年」——

著作者 駱賓基

發行者 駱賓基

總經售 三戶圖書社 桂林中北路一〇七號

出版期 三十三年五月（桂）

印數 初版三千冊

印刷者 三戶印刷社

版權所有·不准翻印

被迫嫁给了已有妻室的父亲，于是总在父亲面前保持着冷漠的姿态，坚决反对重回故乡。不过，对于“我”而言，这个不和的小家仍给予了“我”太多的温暖：从外地归来的父亲会为“我”和母亲准备礼物；在“我”夜读时，母亲则变着花样为“我”制作夜点；女佣崔婆会细心帮“我”把弄破的衣裳缝补好；妹妹克克也会同“我”一起分享甘美的水梨……此外，通过父母的人际交往，“我”也接触到了各样的世故人情：整天把玩“紫木蛋子”的矮个光头，不思进取的韩四叔，热情爽朗 、勤劳真诚的古班大叔，寄人篱下、脾气古怪的姜仰山大伯等人，都是“我”感知与理解世界的“老师”。待“我”进入县立小学读书后，又结识了魏学文、袁家宝、于兆祥等朋友。一次偶然的“打架事件”使学校的老师对“我”产生了成见，总是找寻各种理由对“我”进行责罚。直到“我”去乡下住了一个多月后重新返校，才终于受到新老师白全野的平等对待。就在这时，崔婆收到了儿子的来信，决心不顾一切回到家乡去，在一个寂寥清冷的早晨，“我”和母亲目送着崔婆远去。

按：骆宾基（1917—1994）的《幼年》是一部充满诗意性的、散文化的长篇小说。作者从一个孩童的视角观看世俗风光，体味复杂人情，目光所及之处不仅有人与人之间的争吵和欺骗，更有谅解、不舍以及淡淡的温馨。值得注意的是，作者的笔触不单止于追述他所珍爱的幼年记忆，而是着力深入到人物的心灵与精神深处，进而揭示出人物在人际交往与世事纠葛中所产生的情感变化与思想领悟。在艺术表现上，作者长于使用白描手法，无论是描摹景物还是写人叙事，总是采用平实晓畅的叙述语言进行书写，行文清淡真实，富于表现力。尤其是对于环境的描写，内蕴丰满，好似一幅色彩鲜明的画卷，将东北边陲瑰丽迷人的自然风光与悠久温馨的民俗情调完美地囊括其中，带给读者视觉与情感上的双重审美享受。无论是春日荒野中顶着寒风钻出地面的“小姑菜”，还是寒冬时节松林深处隐约闪烁的灯光；无论是除夕午夜迎接财神的声声鞭炮，还是母亲做针线活时低声哼唱的短短歌谣，都从不同层面呈现出一种耐人品味的生活情趣与美学意蕴。此外，作者十分注重细节描写，善于捕捉和记录人物转瞬即逝的神情或细微动作，往往能从微小之处表现出人物独特的性格与气质。不过，个别情节过于冗长，在叙述视角上儿童视角与全知视角相混杂，也影响了原本的叙事结构。

5月 茅盾的《霜叶红似二月花》由桂林华华书店再版。

6月3日 秦牧在《扫荡报》（桂林版）发表《论〈淘金记〉》一文，认为沙汀的作品忧郁深沉。而抗战以来刻画村镇图景的长篇小说，只有沙汀的《淘金记》和吴组缃的《鸭嘴涝》最好。“沙汀也可以说是小说阵营里的曹禺，和许多中国小说家一样，技巧和风格上我们可以看到俄罗斯文学所给予的深刻的影响。”“沙汀写《淘金记》也并非在写矿山，他不过是借那一堆金砂，照亮了一群郁积在他心头的人物的嘴脸而已，他不惮繁琐一重一重去敲开某一些人们的人性之门，在他是一种忧郁的发泄，在我们是一种流着眼泪的享受。”“沙汀的笔有时会令人有苦重之感，主要的原因在于他对于文字的节奏并不充分注意，但他也有他异常简练之笔，像素描老手在剪人影一样，一下剪刀就剪出个轮廓来了。”“在发掘一个人物灵魂深处的魄力上，沙汀几乎有点杜斯陀也夫斯基的味道，他一层层地挖掘，把一个人的灵魂放在镁光灯下，详细考察。”“最重要的是主题，读者如果问：作为《淘金记》主题的究竟是什么？我们可以阐释为人性在旧风习旧传统压迫下畸形病态的暴露，或着战争对于渣滓人物的作用等等……沙汀的小说大都像挽歌，他罗列了一群可诅咒或者可叹息的人物给你看个照面之后，就弃笔沉默了……这种态度也使他作品的格调格外阴沉，我们是有权要求他在苦哭低喟之余，在塚墓之外，告诉我一些稍为温暖的事物的，这个要求也许天真得幼稚，但我想，在'冷气团'袭来之际，好的文学作品除了给予读者正义感与明察事物的神异外，还需要给予信心和勇气吧。"

按：秦牧的感悟很准确，特别是对于主题的理解，颇有新意，惜未得到应有的重视。

6月10日 麦耶在《杂志》第13卷第3期发表《〈蓉蓉〉与〈太平愿〉》一文，认为："作者仅从虚荣与肉欲两点出发来写蓉蓉这一人物，而没有触到她的社会背景，因之，蓉蓉的遭遇是一个传奇的故事，缺少一种现实的人生悲剧的伟大的感人力量。"因为蓉蓉的悲剧的原因是生计问题而非偶然问题。除蓉蓉外，其他人物是架空的，用笔很少，影子亦模糊。

6月15日 长之在《时与潮文艺》第3卷第4期发表《〈霜叶红似二月花〉》一文，援引了吴组缃的一段文字："若问，茅盾先生作品底特点何在？笔者打算简括地这样回答，就是：取材方面，具有丰富的时代意义，敏锐的社会科学者的眼光；气魄格局雄大；表现则明快而有力。他不止把这剧变中的时代社会底面目与趋势指陈出来，让人们了解，认识，而且有力地鼓舞着推动着人们参加到这时代与社会中来，不作一个袖手旁观者。""若从艺术的观点评量，我个人对于茅盾先生的作品有一种直觉的看法。那就是，一般的说，他作品的主题，往往似乎从演绎而来，而不是从归纳下手；似乎不是全般从具体的现实着眼，而是受着抽象概念的指引与限制。因此，他的一部小说，往往似乎只是为社会科学理论之类举出一个例证；作为艺术的创作看，就似乎缺少一点活生生的动人心魄的什么。最明显的是他的人物描写。他的几部巨著中的人物，都似乎不能有血有肉的突出纸上，给人以具体真实之感。使人似乎觉得，这些人物都是作者根据推理设想出来的，而不是根据深刻的实际观察与体验创造出来的；

使人对这些人物感觉隔膜，邈远，不可把捉。”随后李长之认为，小说取意不明；写时间和空间的特质上，缺乏明确，甚而有些错乱；人物性格雷同且耽于幻想；口语不纯粹以及说明露且浅。

6月30日 常风在北京新民印书馆出版《弃馀集》。其中：(1)在《茅盾：〈泡沫〉》一文中认为：“这部《子夜》是一个失败，一个大失败。《子夜》是企图在一个较紧严的结构内从一中心的题材，中心的人物展开那时代和各种活动。如说《蚀》中的人物缺乏生命，则《子夜》中的人物类乎‘精灵’——这不是他们空灵超凡，而是说他们飘飘荡荡，捉摸不定。就以《子夜》的中心人物吴荪甫来说：这简直是一个无灵魂的木偶。这是一个多种人格的混合物，但是在叙述中似乎缺少若干必须的说明。像傀儡戏中的木头人一样，吴荪甫是被一个劣等的玩傀儡戏者在摆动着。”(2)在《陈铨〈彷徨中的冷静〉》一文中认为：“拿《革命的前一幕》与《天问》相比，很明显的是一部失败的作品。这部文字带了许多油腔，这是《天问》所无的。这小说的最后许衡山发现他所爱慕的人正是他的好友凌华所眷恋的女子时，于是投身于革命——这就是‘革命’的‘前一幕’——实在有点闹剧的意味。这种结构十足表现作者的无能与幼稚。不过，这种可笑的结构若是在一位卓越的小说家的手中，也许会有点成功。但是陈铨君确是失败了。他很想给他的英雄许衡山一套哲学，一个人生意义的解答，而结果写在纸上的只不过一点连许衡山本人也十分茫茫然的含糊的陈腐话，并没有一点高超的，深刻的见解。一位作者本人还没有他自己的一套人生哲学时，他对于人生不曾有深刻，精到的观察与认识时，他只能拿一些‘人云亦云’的浮面话派给他的角色，这是当然的事。”“总括的说，这部小说若能好好的利用心理分析，一定会有较大的成功。那末，它就不会像现在我们读后感觉得它好像一篇故事的大纲，规模已经有了(虽然缺少健全)，但是还待再加添或删掉一些东西，为了故事的展开。”(3)在《巴金：〈爱情的三部曲〉》一文中认为：“由《雾》而《雨》而《电》，一个比一个明朗，一个比一个更有希望。到了《电》再无彷徨与犹疑，再无懦怯虽然还不免有点‘浮躁’。他们开始正经地不怕牺牲在做他们的伟大的工作。确如巴金先生所说，在《电》里所描写的是一种近乎健全的性格。”

6月30日 《新华日报》刊载《幼年》（《姜步畏家史》第一部）的广告：“本书为作者最新的巨著，用第一人称自传式体裁叙述，《幼年》——姜步畏家史之第一部，以靠近俄罗斯海口的中国边境为背景，以姜步畏家为中心展开了本书的画面，叙述在封建彩色浓厚的环境下人民生活的情景，一个幼年孩子在封建家庭生长的故事。封建地主的面影在本书中显现得格外清楚。叙述动人，笔调细腻，是一本有分量的好书。”“《幼年》只是本书长篇故事的开始，本书第二部《少年》已脱稿，将在《抗战文艺》杂志上连续刊载，书内有插图，精彩绝伦。”

6月 **碧野的《风砂之恋》由重庆群益出版社初版。**

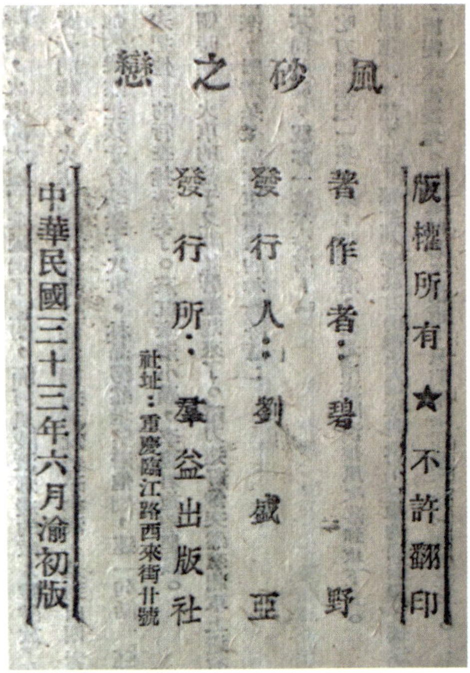
風砂之戀

版權所有★不許翻印

著作者：碧野
發行人：劉盛亞
發行所：羣益出版社
社址：重慶臨江路西來街廿號

中華民國三十三年六月渝初版

梗概：同在演剧队的林晶和苏红去乡下游泳，林晶厌恶和鄙视乡下的人、事、环境，而苏红则相反。演剧队的导演梁敬专程来邀林晶回城，随后三人去沈梦海家用晚宴。在工作中梁敬为了讨好林晶，故意和苏红产生了矛盾，想要挤走苏红。这时沈梦海的姘头茜茜介绍余卜给林晶认识，但林晶爱慕着赵力达。有一天林晶去沈家躲避警报，受到沈梦海的凌辱，内心痛苦。而苏红留在演剧队照顾生病的刘萍，两人都认为这里不是久留之地。苏红被开除后两人一同去了太行山。林晶从沈家去乡下看被梁敬玩弄后抛弃变疯的李瑞芬，意识到自己的不幸，开始厌恶梁敬，余卜又加紧追求她。赵力达在信中说听闻一些林晶的流言，两人关系逐渐变得疏远。林晶在余卜的帮助下去乡下小学代课，对梁敬和余卜都表示不接受。这时倪明病重，其妻李琬君不得不离家做工，后来倪明病逝。林晶和茜茜常举行家庭聚会，林晶利用这样的机会用尽心机戏弄余卜和梁敬，让两人产生矛盾，使他俩都误以为林晶只喜欢自己。她又写信给赵力达，诱导他千里迢迢赶来相会又让他极度失望。这时沈梦海企图与林晶订婚，林晶设法逃回了父母身边。苏红去白堃家看望刘萍的孩子，在回来去宝鸡的途中偶遇林晶。这时她生活窘迫也不愿意安稳生活，反而想趁青春年少多放浪几年，言谈间苏红觉得两人之间有不可逾越的鸿沟。余卜和茜茜到西安度蜜月，设法找到林晶，他们发现她一方面有孟先成的追求，一方面又和银行杨经理幽会，还写信给赵力达要求见面。有次几人一同游玩后，林晶和孟少爷同去开房。李瑞芬被送进疯人院，林晶前去探望。林晶收到杨经理要求结婚的信，她希望逃离他的掌控，带着杨经理的礼物回到父母家。赵力达和苏红因聚会逐渐增进了解，他们了解到演剧队解散了，白堃自杀了。林晶在家里写信向赵力达忏悔、感叹，竭尽全力要打动力达但没成功。这时孟少爷向她表白，银行又来人向她逼婚，最后她同意与杨经理结婚。待她生下孩子，丈夫突然暴病而亡。她最后见到赵力达依然隐瞒了自己的生活实情，最后与苏红、赵力达、李琬君一同上车，另外三人都去了太行山，只有她一人可能去洛阳。

按：这是一部以抗战为背景表现大后方青年知识分子生活现实的小说，它以当时青年知识分子对不同生活道路的选择来表明作者的立场态度。小说以核心人物林晶的生活为主线，串联起分布在城乡不同生活领域、身份各异的众多人物，线索清晰。作者试图展现较为广阔的现实生活画面，在一定程度上呈现出抗战时期大后方的现实生活面貌。故事主干明晰，讲求一定的曲折变化。林晶是全书塑造得比较成功的核心人物，可视为抗战大后方现实生活中自私、要强、虚荣、堕落的女性青年代表，较为真实可信。作者善于在曲折多变的情节变化中揭示人物性格，虽然也通过心理活动展示写出人物变化的过程，但一般着墨不多，往往一带而过。不过，作者对小说情节结构的安排和个别人物如苏红的有些细节描写，还有待完善。

作者在《前记》中写道：

“《风砂之恋》里边的人物一共有十多个，这些人物差不多都是当年在陇海线上最活跃的青年男女；其中尤其是两个女主角林晶和苏红，是曾经风闻一时的。这两个女主角跟我都有过深厚的友情，因此我理解她们也来得更为深刻。前者是一个生长在都市的女郎，骄傲自得，而以她的聪明和美貌炫耀于人间，她被许多青年男子崇拜过，但她终于不可挽救地堕落下去；后者是一个生长在农村的姑娘，抗战的浪潮把她卷到救亡的团体里来，她受人歧视，但是在艰苦的学习中，她终于成为一个坚强的女战士。”

“在这些人物之中，倪明是一个最可爱的青年，但是他终于带着他的未完成的工作和崇高的理想被迫入坟墓。他是我的最知己的友人，跟我同走过一段辛酸的人生路程。他那在大雁塔边的墓草，在这阵阵秋风中，又一度枯萎了吧。在这里我寄予他的英灵以衷心的哀悼。”

“《风砂之恋》，一方面是指那在陇海线弥漫的风砂中迷失了道路的一些青年，他们的眼睛有些被风砂打瞎了，因此而彷徨而堕落；另一方面是指那奋斗的一群，勇敢地踏上了征途；投奔到那大风砂的地方去。”

6月 茅盾在《天下文章》第2卷第3期发表《光影交织中的智识青年：严文井著〈一个人的烦恼〉序》一文，认为：“小说《一个人的烦恼》就是想从一个青年知识份子参加抗战工作的经过，来说明凡是不能认清现实，只凭一时的冲动，而且爱以幻想喂养他心灵的人们，将落到怎样萎靡消沉的地步。刘明当然不是一个坏人，本质上他还不失为一个好人，然而由于他的好像是狷介却实在是孤癖，尚知自爱却又不免过于自负的毛病，再加以貌似沉着而实则神经过敏，一方面耻于寄食，看不惯泄泄沓沓的生活，蝇营苟且的把戏；另一方面又不能真正吃苦，真正对民众虚心，于是他这本质上还好的人就不能进一步把自己锻炼成为坚强的战士。当抗战初期，一般人心激昂，情绪高涨的时候，刘明投身于当时一般热血青年知识份子所趋向的抗战工作，他不屑在后方吃一口安逸饭，他到前线参加了部队的宣传工作；但他这一个行动，虽然他自以为是深思熟虑的结果，其实还是一时的冲动，带一点幻想，也为了负气。在决定这行动之前，他也的确有过所谓‘考虑’，但不幸他考虑的范围只限于他个人的琐屑，他生活的小圈子里所接触的人与事对他的反应，而未尝放大眼光对抗战现实，对他未来生活中所可能遇到的困难与不尽如意，加以深湛的研究。他对现实是盲目的。在这里，就有了他后来废然而返，牢骚消沉的根因。”“像刘明那样的青年知识份子，只凭着一股热情，一片主观的幻想，投身于当时的具有强烈吸引力的洪流的，何止千万呢！像刘明那样碰了一头就缩回来的，固然也不少，然而更多的却是在斗争的烈火中锻炼了身心，在现实的洪流中找见了他自己，蜕去了故我的浮华，出落得坚强而沉毅。作者没有从正面写这些富于积极意义的人物，但作者却写了个从斗争中掉队下来的人物。虽然如此，刘明的故事还是具有积极的教育意义的；因为这是一面镜子——可以促起反省的一面镜子。”“从刘明的故事所得出的教训的原则，在今天依然足资我们借镜。这一点，可说是这本小说对于今天的现实的意义，同时也是我们读这本小说的时候不应该忽略的地方。至于此书文字之朴素而委宛多姿，人物描写（如主人公刘明）之细腻而生动，则有目共赏。”

按：此文后为小说的《序》。

6月 姚雪垠的《春暖花开的时候》（第一分册）由重庆现代出版社再版。

6月 茅盾的《虹》由桂林开明书店印行内三版。

6月 巴金的《家》由桂林开明书店印行第二十四版。

7月1日 苏青在《天地》第 10 期发表《〈结婚十年〉后记》一文，谈到小说创作：“首先得声明的，本文不是自传，只是自传体的小说。”“其中有许多人物是虚构，有许多故事都凭空臆造，但是还有许多自认为是好材料的却不能收进去，原因是这个故事描写着现代，说话得避些忌讳。从十一章以下，曾经统统改写过，这是件吃力而又不讨好的工作，但毕竟还是做了。”“书中的女主角，在结婚十年中几乎不曾过合理的生活，到头来还是离婚，我相信她以后仍就不会好的。生在这个世界中，女人真是悲惨，嫁人也不好，不嫁人也不好，嫁了人再离婚出走更不好，但是不走又不行，这是环境逼着她如此。”

7月7日 《新华日报》刊载《间谍夫人》的广告：“本书写一个风流漂亮的妇人，因丈夫殉难于敌手，而毅然担起复仇的工作，在后方大城华贵生活圈内与奸恶纠缠角逐，后辗转到上海——冒险家的乐园，以她绯色生活外衣，兜罗敌奸巨头，其中有内心的冲突，灵魂的受难，与可歌可泣的故事，终于以身体的牺牲献给了自由祖国。”

7月15日 长之在《时与潮文艺》第3卷第5期发表《〈春暖花开的时候〉第一部》一文，认为：“毫无问题的，这部小说比《新苗》有着显著的距离。距离是在优异上的。首先，空气较为跳动而活泼了，人物都有着明晰的个性。”小说的主题是民族利益与阶级利益问题的解决。黄梅的形象塑造得比较成功，但出场及个性的消化上比较突兀。其他的人物只是轮廓而不细致，也缺乏心理分析。

7月22日 《新华日报》刊载《地层》的广告：“这是写一个小村落中的农民，怎样被敌人将他们平静的生活打破，而发展一个游击队的故事，守财民变成了坚决的战士，被压抑的乡村姑娘，和别人妍识，以至跑上战场。一些大时代中发生的不平等的故事，遇在这个长篇中错综的发展，全书十三万言现已出版。”

7月24日 石怀池在《新华日报》发表《〈风砂之恋〉（二）》一文，认为：“首先，我觉得作者在能够决定一部小说的成功与否的塑造人物方面的努力不够。”“再说，在人物的性格、对话及动作的和谐一致上，作者疏忽的地方也是很多的。”“在结构上，作者似乎是在有意识地仿照《安娜·卡列尼娜》的写法，用两个有关而又并不十分关系密切的故事和人物群来展开画面……但是，严格地说来，《风砂之恋》整个小说的布局还是不够谨严的，某些小轮环甚至显得松懈无力，而两组人物的连系，还应该加上更多的有机的关系。人物底出场，结局和其生活过程都没有精细地全盘计划过，而小情节底展开和收拢，也都显出不自然和太着重偶然性的痕迹。”

7 月 24 日 朱涛在《新华日报》发表《〈风砂之恋〉（一）》一文，认为：小说表现青年因迷失而彷徨堕落写得相当充分，但人物只是一些飘忽的影子，未见其根，“作者写这些人物，大半是把他们当作‘背景’的一部分来写的，并没有把他们当作‘人物’来写。而且，在作者的笔下写来，这些人都是可悲的‘愚昧’的，而且很多是使人觉得很有点可憎或可笑的。”

7 月 25 日 **姜灵非的《新土地》由长春开明图书公司初版，3000 册。**

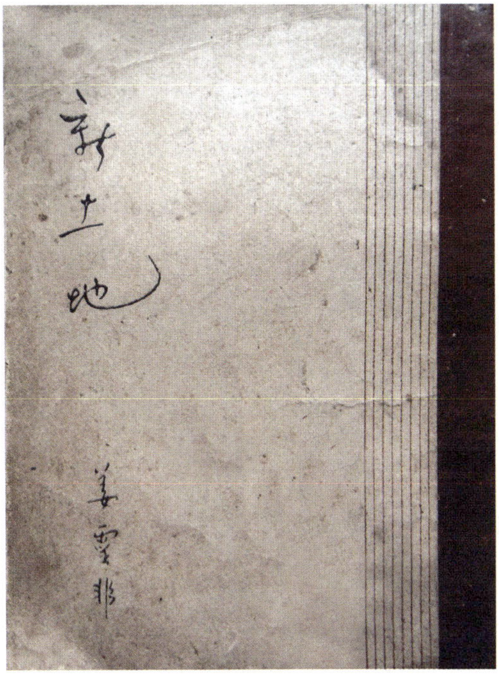

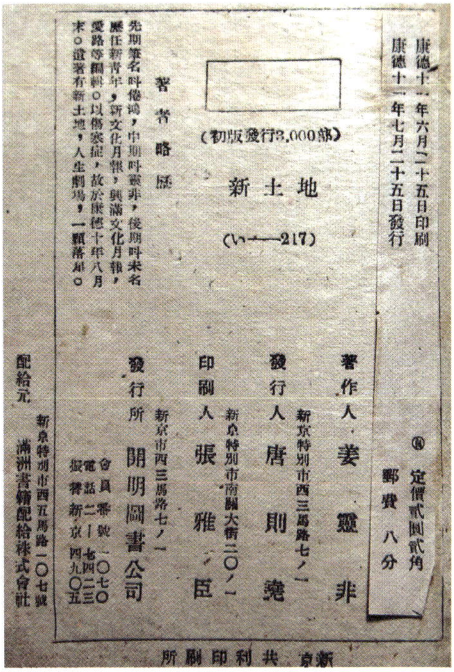
康德十一年六月二十五日印刷
康德十一年七月二十五日發行
（初版發行3,000部）
新土地
（い——217）
著者略歴
先期筆名叫僾鴻，中期叫靈非，後期叫未名。歷任新青年，新文化月報，興滿文化月報，受路等編輯。以傷寒症，故於康德十年八月末。遺著有新土地，人生劇場，一顆落星。
定價貳圓貳角
郵費八分
著作人 姜靈非 新京特別市西三馬路七ノ一
發行人 唐則堯 新京特別市南關大街二〇ノ一
印刷人 張雅臣 新京市西三馬路七ノ一
發行所 開明圖書公司 會員番號一〇七〇 電話二—七四二三 振替新京四九〇五
配給元 滿洲書籍配給株式會社 新京特別市西五馬路一〇七號
新京共利印刷所

梗概：清光绪十四年（1888 年）天大旱，自耕农李才去丈人家借粮，妻子阿菊独自在家往地里浇水，但村乡约李南田说井不归他家所有，她只好停了下来。李才在回来的路上被别人抢劫，还被砍伤，好在没有要命，经治疗后康复，但原来高息借来的想做点生意的钱用光了。本想补种点秋粮，却又因蝗灾而颗粒无收。为还钱，李才狠心把家里的牛卖了。这时，四乡的强盗也蜂起，打家劫舍成为平常。李才被钱府雇去做更夫，同来的还有一个叫张大龙的。因两人同来，又同抓了一个小偷，两人关系不一般。在钱府期间，张大龙常说关东如何如何好，受着鼓动，李才终于在春天来临的时候，与妻子阿菊、大女儿兰子、小儿子福子一起全家闯关东，并终于来到了奉天的夏家营。五年后，李才成为当地的小财主，然而社会又乱了起来，自己家也不幸成为被抢的对象。但日本军队进驻后，又正常平安了起来。由于自己不认识几个字，在看布告时受到羞辱，他决定让儿子福子读书。福子进学堂后被先生改名为李福春。读书期间福春与先生的女儿朱凤英相好。不久，母亲因积劳成疾而病逝。但很快，李才就又找了一个女人进来，还带了一个10岁的儿子，于是，李福春与继母的关系很僵。一天，继母鼓动李才让福春辍学种地。福春一气之下逃了出去，临行前告诉凤英，三年内一定回来。在外面他租了一个房子，开始四处打临工谋生。在租房处，福春结识了一个叫赵四的人，后得知他是个小偷。这时，义和团运动兴起，赵四鼓动福春一起干，他在犹豫中跟着做了一次，但也是望风而已。不久，清政府镇压义和团，赵四被抓，而抓他的人正是张大龙。由于赵四供出了李福春也参与了抢劫，张大龙念着旧情，让福春回去躲风头，并将他送上了火车。福春回到了家，但父亲不认，他只好去了凤英家。老先生已经去世，他便与凤英成了亲，随后又与凤英一起回到了奉天，在张大龙的帮助下，做起了小生意。几年下来，他发了点小财，也养了一儿一女，儿子叫李明。庆满月这天，父亲李才也来了，算是认了他们的婚姻。李明长大后考上了官费去美国学习农学，出国前他的妻子桂芳已经有了身孕。在留学期间，他结识了同来留学的赵淑敏，两人产生了感情。毕业回来后当了科长的李明提出离婚，并将赵淑敏带回家中见了妻子。桂芳在无望下服农药自杀。赵觉得不能做牺牲她人幸福的事，于是回到了吉林与另一个爱她的人韩启明结婚。李明后来与吕秋霞结婚。一天，得知自己妹妹突然死去的王梦仁来找李明算账，正巧他们去北京度蜜月躲过了报复。这时，李明患急性肠炎住院，住院期间，吕秋霞不好好伺服李明，反而常出去与旧好约会，医院的人议论纷纷。这时，正好发生了九一八事变，李明决定去农村干一番事业，以将自己的所学发挥出来。他在北边低价买了一大片土地，带上十几个孤儿和两个工匠，来到了他们的新土地。他带领他们以科学的方式大干起来，但秋霞不愿意一直住在农村，她带着一个也不愿意干苦活的姓朱的孩子回到了奉天。而李明在征求了大家的意见后，坚决地留在了这块新土地上。

按：粗看起来，姜灵非（1912—1943）的这部作品是一部表现生活在底层的农民在天灾、高利贷与黑暗的社会面前无能为力、不得不闯关东以求生存的奋斗故事，但实际上是一部替日本帝国主义涂脂抹粉、为“伪满洲国”树碑立传的作品，是一部有着强烈的汉奸意味的伪劣品。作者站在日本帝国主义和“伪满洲国”的立场上，美化日本侵略中国的行径，不仅为他们辩护，还替他们宣传。所谓“新土地”正是指九一八事变后重返到“伪满洲国”的土地上，将其谓为“新”，寓意显然不言自明。当然，小说的局部书写还是有真实感人之处，例如写李才一家人在山东辛苦劳作的生活，写桂芳无助而悲哀的一生等，都令人动容，亦令人感慨。单纯地从艺术的角度上说，小说结构相对完整，但人物形象的典型性不足，章节部分有刀斧痕迹，一些情节的安排也显出人为性来。显然，这是因概念化的主题所致。这也是沦陷区长篇小说的一种通病。

7月 **田涛的《地层》由重庆东方书社初版。**

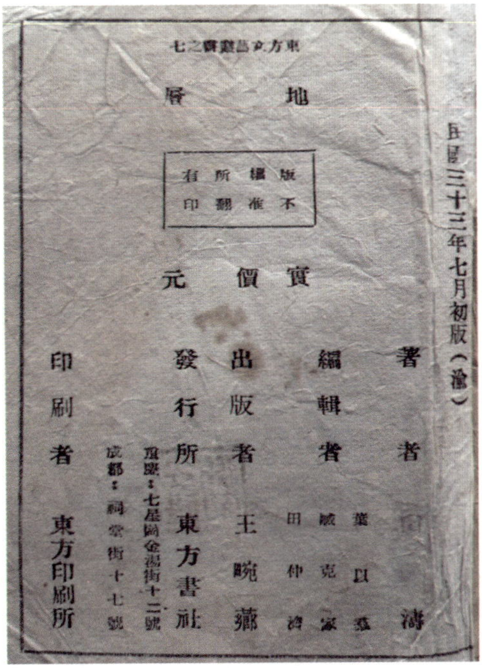
民國三十三年七月初版（渝）

東方文藝叢書之七

地層

版權所有 不准翻印

實價 元

著者 田濤

編輯者 葉以羣 臧克家 田仲濟

出版者 王曉籟

發行所 東方書社 重慶：七星崗金湯街十二號 成都：祠堂街十七號

印刷者 東方印刷所

梗概：鬼子的不断进犯，迫使王大爷组织起全村的抵抗力量，在鬼迷沟利用地形与鬼子进行殊死的搏斗。他们先是筹粮，后是想趁庙会时攻打敌人的火车站，却都因汉奸的告密而失利。虽然除掉了汉奸，但在后来保卫麦收的战斗中，勇敢的周七与银存献出了年轻的生命。

按：这是田涛（1915—2002）一部表现底层民众大规模自发地组织起来保家卫国的小说，1946 年再版时改名为《焰》，将中国军民抗日热情如熊熊火焰般燃烧的寓意直截了当地昭示出来。作家热情讴歌了抗日游击队员英勇无畏的高尚品质，也真实揭示了游击队勇猛有余而计谋不足、松散有余而纪律不足、自发有余而自觉不足的弊端给游击队造成的不应有的损失，既反映了抗日战争的严酷性，又指出了抗日游击队亟待引领、亟待科学化军训的历史必然。小说朴素而真实，但整体有些散，削弱了作品的艺术性。

7月 **苏青的《结婚十年》由上海天地出版社初版。**

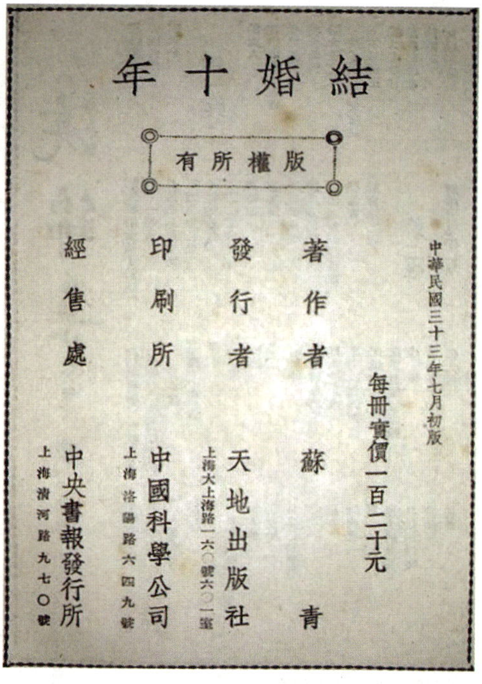

結婚十年

版權所有

著作者 蘇青

發行者 天地出版社 上海大上海路一六〇號六〇一室

印刷所 中國科學公司 上海洛陽路六四九號

經售處 中央書報發行所 上海清河路九七〇號

每冊實價一百二十元

中華民國三十三年七月初版

梗概：大学生苏怀青与徐崇贤二人由父母做主定婚，举行了一场半新不旧的婚礼。婚礼上女客们毫不客气的指点议论和男客们闹洞房的荒唐行为，再加上洞房中新郎的不体贴，使得怀青在结婚第二天就病倒了。在病中，怀青又听到丈夫与守寡的表嫂瑞仙说笑调情，但也只能暗自伤心赌气。没过几天，夫妇二人就各自回到了自己的大学。不知怀青已婚的工科生应其民对怀青展开追求，有正常情爱需求的怀青也常与应其民约会。发现自己怀了崇贤的孩子后，怀青与应其民分手，并辍学回家生产。怀青历经千辛万苦生下大女儿薇薇，却引起公婆的不满和小姑的讥笑。少奶奶生活令怀青备感寂寞，她几经周折当上小学教员，却迫于小姑的谗言狼狈结束。实在无聊的怀青决定回娘家省亲，结识了邻居胡丽英和诗人余白。不久，怀青赶赴上海，与崇贤组建属于两个人的新家。由于两人都缺少生活经验，本来向往小家庭生活的怀青开始不堪重负。不久，两人因经济拮据而发生了激烈的争吵。决心自己挣钱的怀青开始偷偷向报纸杂志投稿，并成功挣得了稿费。但崇贤只希望怀青做一个安分守己的依赖自己的贤妻良母，怀青只好忍痛放弃短暂的作家生涯，重新回到家庭。怀青对这种没有灵魂的生活感到十分失落，崇贤也终于明白怀青的心情，两人约定从此互不干涉。八一三事变爆发，怀青在军队的炮声中生下二女儿。崇贤本决定留在上海陪伴走动不便的怀青，谁知在送人回乡时，他自己也被拥挤的人流带上了火车，怀青和女儿则被孤零零地留在了租界。在房东的帮助下，她们历经千辛万苦回到了N城。在乡下避难一段时间后，上海局面暂时太平，没有经济来源的崇贤与怀青无奈扔下嗷嗷待哺的二女儿，先后回到上海。二女儿由旁人抱养，在饱受虐待之下未满两岁便痛苦死去。在洋行经理的帮忙下，崇贤当上律师，家中日渐富裕，并请来乡下的公婆照顾再次怀孕的怀青。怀青在新屋里生下了小女儿菱菱，崇贤对她十分溺爱。1941年，崇贤失业，家庭经济危机再次爆发，不愿拖累儿子的公婆带着薇薇返回家乡。烦闷的崇贤跟已与余白离婚的丽英发生婚外情。怀青早已得知真相，但也只能坚强地接受现实，忍痛生下儿子元元。怀孕的丽英上门与怀青对峙，谁知崇贤不愿意离开家人，伤心的丽英只得堕胎离开上海。崇贤迁怒怀青，怀青则向公公写信寻求帮助，谁知公公竟生了重病。崇贤赶回N城照顾父亲，失去经济来源的怀青独自在上海设法写稿赚钱勉强维持全家生计。因劳累过度，怀青患上肺结核，整日盼着崇贤回来，谁知崇贤竟带回公公去世的消息。心力交瘁的夫妻二人终于决定离婚。

按：《结婚十年》是苏青（1914—1982）的代表作。这部自传体小说以苏青的自身经历为蓝本，以女主人公苏怀青从结婚、生育到逃难、求职直至最后离异的全过程为小说主线，从家庭生活和夫妻生活的视角，细腻平实地描写了女人在婚姻中的委曲求全、在大家庭中的左右为难、生育的痛苦、对繁重的家务劳动产生的精神倦怠和找工作的艰辛，记录了一个追求人格独立的女性漫长而曲折的心路历程，表现了苏青强烈的女性意识：一方面，苏青借女主人公之口，大胆而率真地表达了女性对正常情爱的渴求；另一方面，又肯定了女主人公为追求人格独立而做出的种种反抗行为，并以其过程的艰辛表明女性除了要承受社会对个体的重压，还要承受“来自以男权意识为核心的文化性别歧视的压力”。小说语言浅近晓畅，用词率直豪爽，“以女人谈女人事而无女人气”。同时，小说叙述平实朴素，在对日常生活琐事的描写中平铺直叙地展开故事情节，“踏实把握生活情趣”。此外，小说地方风味浓郁，开篇便详尽描写了浙东地区繁琐的结婚礼仪，如上花轿、拜堂、闹洞房、新娘下厨等民风民俗，真实再现了浙东地区特有的生活画面。

7月　丘石木的《网》由南京中央书报发行所初版。

梗概：凌秋华是一位接受了新式教育的南方女子，面容娇美，思想独立。她在上海读书时与青年姜瀚如彼此爱恋，相约于农历八月十五日在秋华家中共度中秋，顺便前往钱塘江观潮。游赏途中，敏感的秋华意识到瀚如心事沉沉，似对现实生活有所不满。一夜，面对皎洁的明月与摇曳的烛光，瀚如终于向秋华吐露了自己的心事：他自幼父母双亡，由伯父伯母抚养长大，因年少与表妹佩君两小无猜，强势的伯母便硬为二人订下婚约，他不同意便会断绝他的经济来源，可是瀚如心中只深爱秋华一人，于是不免陷入深深的矛盾与痛苦之中。得知瀚如的艰难处境，秋华难过地流下眼泪，二人在狭小的船舱里相拥而眠。分别后，秋华一连给瀚如寄去了二十四封书信却始终没收到回信，反而从大表哥子敬处获得瀚如已同表妹订婚的消息，悲痛万分的秋华夜不能寐。一日，她正在桌前

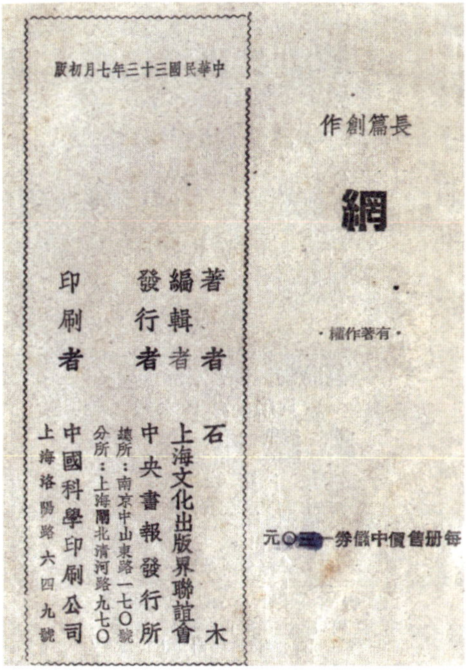

写日记，突然被闯入家中的便衣以“反动分子”的罪名逮捕。爱慕秋华的二表哥子敏焦急不安，托付同学金尊文去打探风声。不承想金尊文竟带来了李白敏扣留秋华、瀚如往来的书信，甚至找人陷害秋华的真相。在金尊文的建议下，子敏决定沿用李白敏的手段，牢牢将秋华控制在自己手中。秋华在子敏的帮助下顺利出狱回到家中，农历三月十五日的一个清晨，秋华按照约定来到江边等待着瀚如的身影，却等来了子敏。门前的江潮还在高涨，可是再也没有一只划子靠近岸来。

按：丘石木即邱韵铎，小说以女主人公凌秋华的爱情悲剧为主线，以她周遭人物的行为选择为发展线索，向读者展示了一张复杂纷扰的社会之网、人生之网。秋华是坠网者，李白敏、子敏是张网者，瑕青是破网者，金尊文既是网的设计者又是张网者……但实际上，小说中的每个人物或为了金钱，或为了权力，或为了爱欲，或为了自由，都无一避免地在这张“网”里载沉载浮，时刻受到“网”的控制，时刻被“网”重新塑造。从这个层面来看，作者所要揭示的不仅是秋华的命运悲剧，还有所有人普遍的生活与精神困境。另一方面，小说紧紧围绕“网”

这一字眼层层展开，立意新奇、构思精巧，开放式的结尾形成了一种颇具张力的“召唤结构”，带给读者多重解读的审美可能。只是小说的叙事节奏未能张弛有度，前半部分过度的抒情明显拖慢了叙事进度，后半部分的矛盾冲突则稍显平淡，难以带给读者强烈的紧张感与压迫感，有叙述上的“失衡”之嫌。另外，在人物的安排方面略有缺陷，“呼之即来，挥之即去”的人物设置方式在某种程度上影响了读者对于人物性格的整体把握，容易形成片面、单一的固定印象。

7月 沈起予的《残碑》由上海良友复兴图书印刷公司初版。

8月1日 张天明在《华侨文阵》第4期发表《鲁彦底〈野火〉》一文，认为作者描写方法很熟练，但正视现实的勇气不够，也“没有把时代的巨流底方向指示出给读者，忘记了对农民大众说一句有力的，有希望的话；相替地，作者只告诉了我们‘有一天’‘要报复’。前者似乎是不兑现的支票，后者就像永远达不到的希望，却是一种‘焦灼苦闷’（茅盾：《王鲁彦论》）的情调浮溢在故事底从头到尾间”。“再进一步地讲，作者因为没有必信的观念来写斗争，他只是把一个故事告诉给人家而表同情于那些受难者和失败者吧了。”

8月10日 何若在《杂志》第13卷第5期发表《读〈结婚十年〉》一文，认为作者的写法不算胆大，希望作者续书时使主人公徐崇贤与苏怀青再复婚。

8月15日 长之在《时与潮文艺》第3卷第6期发表《〈春暖花开的时候〉（第二分册）》一文，认为：“这一分册的好处是见出已经入于沉着，刻画，但却希望下文还再轻松，洗炼些。至于主题的侧重点和背景的选择，那却是不容易更易的了。”

8月 苏青的《结婚十年》由上海天地出版社再版。

8月 苏青的《结婚十年》由上海天地出版社印行第三版。

9月1日 《中国公论》第11卷第6期刊载《文坛消息》：“司马文森的第一个长篇《雨季》，已经出版，这是他费了两年时间的作品。在这里，他用优美的文笔描写着现时代中一个平凡家庭的悲剧。主角是一个年青而贤惠的女性，然而她觉醒了，她不甘寂寞，不满于篱下生活，她要摆脱这一切，她要飞；她要求热情，要求粗亢的爱，于是她向旧社会向幽囚过多少女性的牢笼，宣战了！

在雨季中过日子是沉闷的，见不到阳光，也呼吸不到清新的空气，可是那阳光却在云层中隐藏着。作者这部作品，就像是隐藏在云层中的阳光，它带给了读者以新的理想，新的希望。”

9月1日 沙汀的《困兽记》部分以《两家庭》为题刊于《青年文艺》新1卷第2期，至11月10日第4期。

9月4日 田春在《新华日报》发表《〈霜叶红似二月花〉读后》一文，认为作者并不是写一个县城，而是写一个时代。其主题是：“缙绅，实业家，地主这三者彼此间的相互斗争，彼此为着他们的利益而斗争。”“小说的组织是极其严密的，所有的事件都很适宜地相互关连着。而尤其是当两个事件的交接处，作者使它衔接得不露痕迹。”缺点在于，第一，对话写得太啰嗦。第二，有些地方不免刻板。他还认为，这是“充分的表现出了‘中国气派，中国作风’的一本‘民族形式’的创作”。

9月15日 长之在《时与潮文艺》第4卷第1期发表《〈鸭嘴涝〉》一文，认为：“《鸭嘴涝》这部小说，就是能够把握这次战争的意义，而描写表现于一个乡村角落中的蜕变者。”他惊赏于书的写景“茁壮而雄健”，主人公写得出色，写得典型，可以说其他人物都写得栩栩如生。“然而正因为如此，我们有不胜其惋惜处。我们觉得这小说像片锦断帛一样，每一段都光彩照人，可是缺乏一种有起伏、有高峰的故事；又像一个脚色颇齐全的剧团，但还不曾排演出满足观众期待的戏。”“总之，作者对主题的把握，可说远大而中肯，对农民的认识，可说逼真而不机械，不僵化，不简单化，不漫画化，这是让人五体投地的，但缺的是振纲提领的有波澜的故事，差的是没除掉太反省，太抽象，并略显概括之处的杂质！”

9月15日 长之在《时与潮文艺》第4卷第1期发表《〈风砂之恋〉》一文，认为这部小说不如《肥沃的土地》，主要原因在于“作者对于真正的感情还不十分了解——至少是了解得不正确”，“真正的感情是鼓励人向前进的，是健朗的，是使生命更充实的。因为作者的认识如此，所以他写林晶一方面的肉感的意味大，而写赵力达苏红一面的精神上的鼓舞便少了”。

9月15日 李若（李长之）在《时与潮文艺》第4卷第1期发表《〈肥沃的土地〉》一文，认为小说人物情节与刻画都具匠心，但缺乏剪裁，有些肉感描写失实，文辞不精到。由之想到："碧野的作风则是：很轻淡，很周详，有些温暖，却没有幽默，而且有时还嫌松弛些。"

9月17日 蒋星煜在《大公报》（重庆版）发表《东北作家》一文，其中提到东北长篇小说《八月的乡村》时说，该书的出版受到鲁迅的大力支持，就小说中的生活不足等，鲁迅为他作了辩护。

9月25日 华君在《新华日报》发表《骆宾基的长篇小说：〈姜步畏家史〉第一部读后》一文，认为："作者透过幼年姜步畏底心灵来写他母亲，没有一笔不带着深情挚爱，乃至敬崇的情绪，然而读者却仍旧不难看出她底精干尖刻的一面，这正是作者手法底高妙处。""另一个生动感人的人物是他家底年老女佣崔婆。""全书没有一个自成起迄，'引人入胜'的故事；作者只是按着时间底程序，透过那个幼童（姜步畏）底心灵，素朴地描绘着他周围的日常生活底进展，就像一条精致美丽的溪流一样，涓涓不绝地流着，没有惊涛骇浪，然而却无时不给人一个生动难忘的印象。尤其是透过主人翁底心理反映出来的作者底纯真淡朴的心，和对于现实的挚诚的感情，是非常值得推崇的。""作者对于人物心理波动的描画，非常自然别致，写来好像毫不费力，却又深刻动人。""用语十分简练朴素，没复杂冗长的欧化的语法，对话和叙述处理得匀称而调和"。"姜步畏家史底展开，恰巧是在'五四'（一九一九年）时代，这时他还只是一个五六岁的幼童。这第一部因为是通过这五六岁的幼童底眼睛来看现实的，以致使作者受到许多限制——不能将时代底风波在这县城中所引起的反响表现出来，我们除了看到'穷党'、'富党'、'独立党'、'卢布'……这些名词之外，看不到别的。然而，以后，姜步畏逐渐长大的一段过程，同时也正是中国社会演进底一个彩色缤纷的段落。我希望从《姜步畏家史》第二部起，作者能更明确地把握住时代底脉搏，将人物底发展和社会底演进更密切地结合起来。"

9月30日 钳耳在《群众》第9卷第18期发表《评吴组缃的〈鸭嘴涝〉》一文，

认为："吴组缃先生的长篇小说《鸭嘴涝》是一部值得称赞的作品。作者用朴实的手法处理了朴实的题材，这里没有夸张。而且，也许还使人觉得作者对于他的人物，有了太多的怀疑和太少的信任吧，但，我们却不能不从这里感到一种坚强的力量、坚强的理解和坚强的信念。""中国的抗日民族解放战争支持了七年了！农民贡献了他们最大的力量。我们未来的历史学者，将不能不用充满了感激的笔调来叙述这被压抑、被凌辱的广大人群的怎样伟大奇妙的力量的！《鸭嘴涝》作者就对此提供了一个平凡的起点。平凡的起点事实上才正是真实的起点。通过了这个故事、这些人物，是说明了，是在战争的实际历程中农村才站起来的！"人物中东老爹最为生动形象。方言的灵活运用是一个最大的成功。不过，事件的联系还不够有力，叙述多于描写，有些机械。

9月 吕奇在《国民杂志》第4卷第9期发表《我的〈贝壳〉观》一文，认为："这是一部恋爱游戏的作品。"作者的恋爱观是："恋爱是一种顶轻浮无谓的举动，是一群有闲者流的游戏，他们游来游去，并不能得到幸福，倒在精神上感到烦恼和悲哀，对于自己的事业，毫无所补。""根据这种恋爱观，作者于是对于他的主角们，处处加以冷嘲热讽，加以诋毁蹂躏，没有一个在他的笔下，得到了幸福的结局。""由此观之，则作者虽在表面上描画着一出恋爱的游戏，把那些游戏里的主角的感情底波动和心理角逐，描写得精而又精，活跃纸上，仿佛作者故意拿恋爱来引诱读者的兴趣似的；然而，其实，作者却存心在暴露着青年男女的轻浮的思想行为，以及恋爱的种种丑陋的现象，而借此对恋爱行为，加以嘲蔑，加以否定。"

9月 姚雪垠的《春暖花开的时候》（第二分册）由重庆现代出版社再版。

9月 碧野的《风砂之恋》由重庆群益出版社再版。

9月 苏青的《结婚十年》由上海天地出版社印行第四版。

9月 苏青的《结婚十年》由上海天地出版社印行第五版。

9月 **姚雪垠的《春暖花开的时候》（第三分册）由重庆现代出版社初版，0001—5500册。**

梗概：罗兰勇敢地反抗父亲的干涉，逃离了家庭，却因好胜心强而在工作

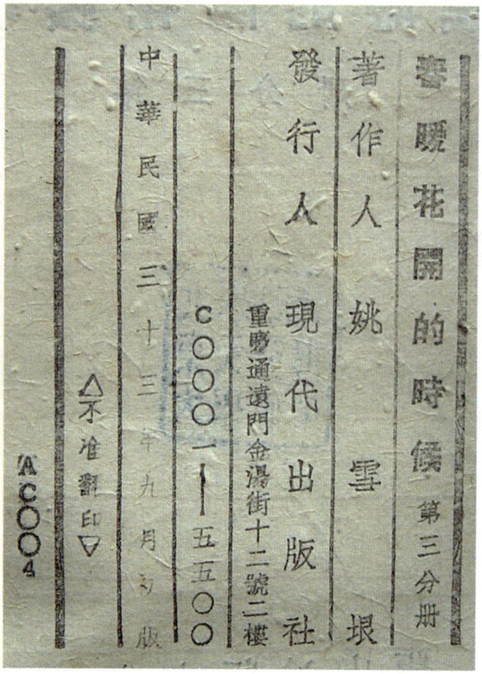
春暖花開的時候 第三分冊
著作人 姚雪垠
發行人 現代出版社 重慶通遠門金湯街十二號二樓
C〇〇一—五五〇〇
中華民國三十三年九月初版
△不准翻印△
A C〇〇4

中对黄梅和林梦云产生了嫉妒，但她一直在努力进步。罗兰的大哥罗照当上了国民兵团司令部的副官主任，与当地的贪官污吏沆瀣一气，作恶多端。战教团来到县城后，以突击的精神开展青年工作，以座谈会的形式，团结起进步力量，活跃了大别山下的救亡空气。吴寄萍为战教团的到来而振奋，最后无奈不舍地告别大家，与母亲回乡养病。徐州战事吃紧，各救亡团体借农民进城扒墙和修路的机会，自发地深入群众宣传抗日，并开展慰劳壮丁的运动。此时，特务组织的魔爪已伸向该县，反动政府连同地方顽固势力联合压制战教团和讲习班的活动。然而抗日救国的大势不可逆转，反动势力抵不过大别山下爱国运动的蓬勃生机。在战教团最后的座谈会上，杨琦之父杨铭诚、陶春冰等人的演讲鼓舞了大家的抗战信念和工作热情。第二天，陶春冰不舍地告别林梦云，在青年们送别的歌声和祝福里，和战教团一起离开了大别山。

按：这是姚雪垠（1910—1999）的长篇小说处女作。小说以生动流畅的语言、浪漫抒情的格调，细致入微地塑造了一系列个性鲜明的青年形象，如分别象征着“太阳”“月亮”“星星”的“三典型”女性，以及各具优点的青年教师罗明、画家杨琦和诗人陶春冰。小说通过对这些人物在讲习班的学习、工作、斗争经历和朦胧的爱情的描写，真实地再现了抗战初期内地青年的救亡场景，揭露了国民党军政机构的腐败及地方封建势力的根深蒂固，营造出特定时代的生活气息。小说一经问世便风行一时，但曾在文坛上引发争论，被指责为“色情文学”“市侩文学”“娼妓文学”等。全书结构较为松散，叙事节奏缓慢，不涉及大的事件，以黄梅、罗兰、林梦云三人的情感、生活为中心，以生活化的描写推动情节发展，多以草蛇灰线的写法为后文设下伏笔。人物形象上女性形象生动多样，如直率且善恶分明的黄梅、高傲且浪漫忧郁的罗兰、明亮且温柔体贴的林梦云、善良且坚强隐忍的李惠芳都较为生动，但男性角色显得单薄。此外，小说有些描写过于繁复细致，略显啰嗦冗余。不过，该作堪称姚雪垠长篇小说美学思想的滥觞，具有重要的历史价值和艺术价值。

10月9日 微程在《新华日报》上发表《在“色情”以上》一文，认为《间谍夫人》是一本恶劣的书。“（它）一面想在‘间谍’的名义下写离奇曲折的故事，一面想在‘夫人’的名义下作色情的描写”，其“用意是更在‘离奇’和‘色情’以上的”，“我们绝不能容许在抗战的名义下贩卖色情和奇情，更不能容许在抗战的名义下给人民的敌人粉饰、宣扬”。

10月15日 长之在《时与潮文艺》第4卷第2期发表《〈淘金记〉〈奇异的旅程〉》一文，认为：“作者在《淘金记》里是更严肃地执行着写实主义的任务：他对于各式各色的人物一无爱憎，他们各有优点，也如他们各有缺点。那些对话，都是深入地从那些人物的灵魂里掘发出来的，这和叙述着他们的行动的文章很不同，显然后者是在另一个世界里，只有这样，才见出作者是冷冷然的严肃的旁观者。他没有特意的讥讽，可是就是这样，也许已经是作到了上乘的讥讽家的能事。”他又说：“在写实的以农村为材的作品中，最近又有许多人专走地方色彩的路，我们不妨称之为乡土文学，作为农民文学的又一小类吧。《淘金记》者，却是我们仅见的乡土文学中之最上乘收获了。”

10月16日 王梅汀在《新华日报》发表《从读者中来——〈在“色情”以上〉一文的反响》一文，认为：“抗战只是它的外衣，和一颗裹着糖衣的毒药一样，它里面含着的是毒物！它播弄着‘间谍’的离奇和无耻的‘夫人’的色情。尤其它在向我们宣扬反动！向我们蒙蔽，向我们欺骗！”“这是超过‘色情’以上的犯罪！是文艺战线上一个危险的事实。”

10月25日 上官蓉在《读书青年》第1卷第2期发表《读书随笔（一）〈马伯乐〉》一文，认为：“（《马伯乐》）全书中刻意的描写一个人的性格，塑造出这时代中的一种人的形象。那就是一种遇事都胆小，然而却很机警的人。”“作者写马伯乐这个人物颇有些近于鲁迅先生笔下的阿Q，不过阿Q的时代和马伯乐的时代不同；若果异地相处的话，他们的行为和性格我想不会有甚么大的出入。”“此外，《马伯乐》在写作上很有些近于老舍的地方，尤其是作者处处用幽默的口调，而那幽默又是极深切的讽语，笑和泪是连在一起的。”“然而说到作者处理这个故事的方法，却有很可商议的地方。她的叙述往往侧重一方面，从一件小事而产生许多繁复的描写。最显明的是前半部由于祈祷把马伯乐家里的所有人物，做很长的描述，实在显得过于繁重，后半部对于马伯乐三个孩子的描写也太平板。都使我们连想起旧小说写人物的方法。这就是作者在说故事上容易有所偏向。换句话说，对于题材的剪裁与分配上不很恰当。因此，有时觉得应该叙述的，她搁起不谈，但不必要的叙述却增多起来。”

10月 **田涛的《潮》（第二部）由重庆建国书店初版。**

梗概：山鹰她们离开了西安。一天，朋友们去参观黄河渡口，山鹰独自留下时，被董子逊趁机污辱。山鹰拒绝了董子逊的求爱，接受了队员穆楚的追求并生下了一个小女孩，可当穆楚得知山鹰所生的孩子不是自己的亲生骨肉而是董子逊的孩子时，他不顾未满月的山鹰虚弱的身体，决然离开了她。最终，女婴病亡，山鹰也在洛阳孤独悲愤地死去。

按：显然，作家通过胡珈航与山鹰的悲剧命运意欲表达的是：在抗日大潮的感召下，流亡知识青年应该树立自己的远大理想，积极投入到时代的洪流中去，为国家为民族做出自己应有的贡献，而不是只沉湎于个人的情感之中。虽然战时的环境可能会使他们中的一些人感到报国无门，人性的阴暗面也会改变弱者的人生轨迹，但如果有着坚定的目标和奋斗理想，就能理性地面对自我，妥善

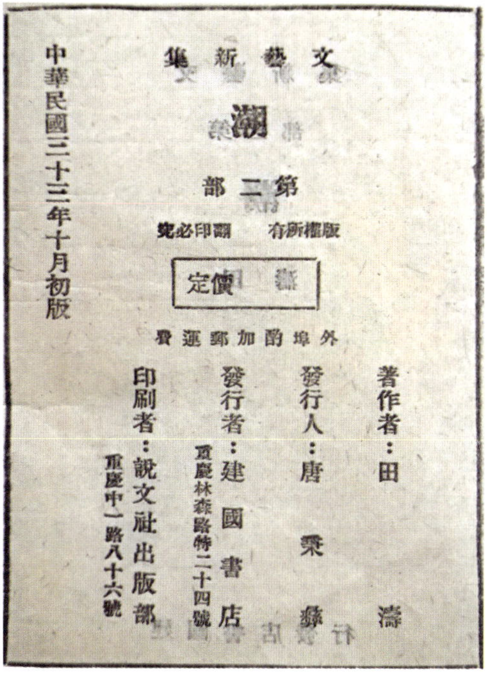

处理个人命运与国家前途的关系，重获新生。这才是流亡知识青年应有的屹立于时代潮头的伟岸风姿。当然，由于作者在这里人为地编织了一条同父异母的胡珈航与山鹰的恋爱线索，又过多地给予主人公以同情，使故事的中心显得有些凌乱，主题也显得有些模糊，影响了小说的艺术表现力。

10月 无名氏的《海艳》由无名书屋初版（无名丛刊第三种）。

梗概：印蒂、瞿縈彼此相爱，他们共度美好的爱情时光，沉醉在古典原始的远离现实的日子里。他们坐火车去 T 岛，在火车上甜蜜互动，在海边尽情地享受如梦的幸福。回到杭州的印蒂在热潮退却后冷静思考，感到一切朦胧空虚只留哀愁疲倦。他前往唐镜青的住所，唐镜青提到“实在”难以把握的可怕，这引起印蒂的沉思。他回到 N 城家中与父亲谈论，父亲指出突破表象捕捉永恒并非易事。清晨，印蒂怀着郁结的心情参加瞿縈的生日，苦笑逃避瞿縈对于平静生活的期盼。老同志郑天遐邀请他重新加入革命，印蒂拒绝了，左狮指责他不正视历史，印蒂反驳自己的事不牵连他人。印蒂将自己的想法告诉了林郁，林郁认为他将事情看得太过认真残酷。印蒂审视自己和瞿縈之间的关系，决定

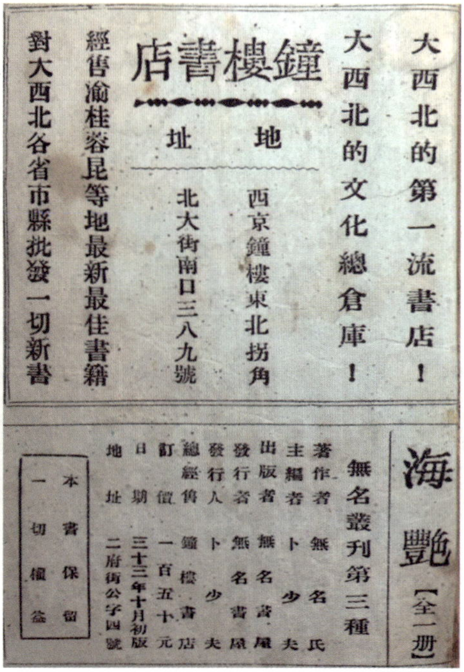
大西北的第一流書店！
大西北的文化總倉庫！
鐘樓書店
地址
西京鐘樓東北拐角
北大街南口三八九號
經售渝桂蓉昆等地最新最佳書籍
對大西北各省市縣批發一切新書

海艷【全一冊】
無名叢刊第三種
著作者 無名氏
主編者 卜少夫
出版者 無名書屋
發行者 無名書屋
發行人 卜少夫
總經售 鐘樓書店
訂價 一百五十元
日期 三十三年十月初版
地址 二府街公字四號
本書保留一切權益

摆脱暂时的美丽表象，追求永恒的真理。九一八事变后，日军用血腥手段大肆侵华，学生在南京游行示威。面对这一切，印蒂重回现实，他决定后天去关外参加义勇军。随后，他去姨母家找瞿萦，约定后天下午再见。第四天上午，瞿萦收到了印蒂离开的信件，一个人痛苦绝望地在高峰顶狂走。印蒂站在栏杆旁望着疯狂的大海，追逐新的太阳。

按：无名氏（1917—2002）即卜宁，这是他的一部长篇力作，也是一首唯美凄绝的爱情“诗作”。《海艳》前半部分主要写主人公甜蜜的恋爱生活，后半部分主要写主人公的情感变化和爱的毁灭。男女主人公虽曾一起同行，但各自走向了截然相反的两面：瞿萦最终选择了平凡，印蒂厌恶单调的重复，思想的裂痕是造成他们感情碎裂的必然原因。文中借男主人公的情感转变表达了追寻本身的魅力所在，宣扬了个人在时代下的不断成长蜕变。文本通过人物的经历和对话揭露了现实带给人们的无力感、苍茫感，控诉了生活的丑陋、黑暗和荒唐。小说语词华美，极尽夸张之能事，尤其是大段表现人物心理的独白，借用各地各时景物与人物心灵互动，大到宇宙实在问题，小到爱情人生抉择，无不囊括在天马行空的想象之中。作为一本战争题材的小说，与同时期的其他作品不同的是，《海艳》更具哲理性和独特性，小说着力的并不是单纯的反抗斗争，而是建立在理性思考基础上的跨越式超脱，关注的是人类在各个历史时期都会面临的永恒实在问题。当然，无名氏过高的理想追求在很长一段时期都不被认同，尤为诟病的是在描写男女关系上的“媚俗”特征。若单论艺术和思想，《海艳》是具有极高价值的，对美的极致描写、对永生命题的哲学思考无不让人印象深刻。小说主次分明，次要人物一笔带过，讲述故事有种意识流的色彩，随性而发，这就造成了文本结构上的断层，前后衔接往往不够合理。另外，作者在诗化的抒情上表现得太过炫才，在独白的叙事上给人以冗长拖沓之感。全书在男主人公回归海上航行中戛然而止，留下丰富的想象空间。

10月　**徐昌霖的《年青的 RC》由重庆建国书店初版。**

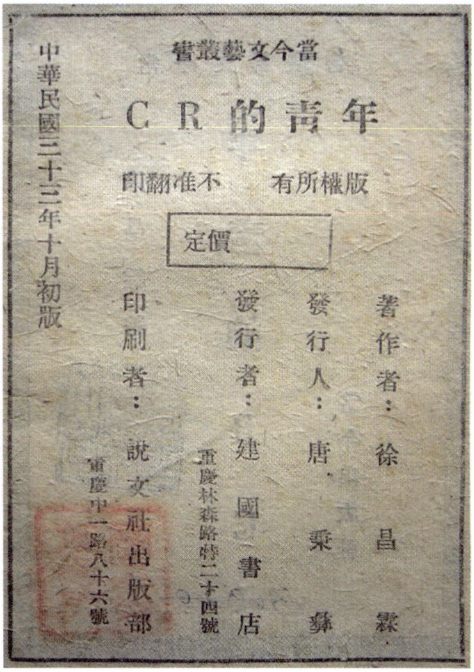

當今文藝叢書

年青的RC

版權所有　不准翻印

定價

著作者：徐昌霖

發行人：唐秉彝

發行者：建國書店　重慶林森路特二十四號

印刷者：說文社出版部　重慶中一路八十六號

中華民國三十三年十月初版

梗概： 抗日战争时期，刚从水门汀大学毕业的七名土木系学生黄中青、方楝、万大个、阿梁、陈文道、老章和小高在学校的分配下走出校门进入社会，开始了各自不同的新事业。被分配到敌后的黄中青被聘为某公司工程处的助理工程师，对工作有着极高的热情与责任心。在上司丁总工程师所托付的桥梁工程项目中，从设计到绘图再到招标和监工，黄中青始终一丝不苟、不辞辛劳地默默付出着，可是却因不谙工程界新旧官僚与工程市侩间的“门道”而陷入他人设计的陷阱中，被迫辞职。另一方面，老章和小高迫于经济的压力选择了改行：老章开设了一间营造厂，由于对待工程过于严谨正直招致包工头敌视，意外受伤住进了医院，从此心灰意冷；小高则开设了一间打样间，每日热衷于结交达官显贵，逐渐被腐化势力所同化，也开始借着视察员的身份贪赃枉法。唯有在前线负责铁路施工的万大个和阿梁始终坚定着自己的初心，积极发挥自身的专业所学，不断克服物质上的种种困难，团结广大劳动人民一同为实现抗战的胜利而努力工作。最终，在万大个和阿梁热情的邀请与真切的呼唤中，黄中青与陈文道也加入到他们的队伍之中，一同投身到击退敌人与建设祖国的伟大工作中。

按：徐昌霖（1916—2001）的这部小说以知识分子黄中青离开学校踏入社会的工作经历为主线，以他同几位朋友间的书信往来为叙述线索，通过七位“年青的 RC”们面对丰满的理想与冷酷的现实之间存在的巨大反差所采取的妥协、中立与奋斗三种不同的价值选择，展现出一场中国工程界新兴力量与旧有腐化势力间的冲突与斗争。所谓 RC 是“铁路工程”（英文为 Railway Engineering）和“有创造力的”（英文为 Creative）的缩写。所谓“年轻的 RC”就是称他们为“年轻的铁路工程中有创造力的人”，也泛称为“年轻的工程师”。作者通过细节描写成功地塑造了丁总工程师这一留洋归来、接受先进思想的“新”知识分子却遵循“旧”官僚处事原则、与他们同流合污的“中间人物”典型形象，一方面揭示出守旧势力的顽固与丑恶，另一方面也暗含着作者对“丁总工”一类“外新内旧”的官僚阶层的嘲讽与批判。此外，作者并未采取直接的描写方式对万大个一类坚定奋战在抗日前线的先进阶层进行赞颂，而是通过黄中青的思想觉醒与最后受到他们的感召奔赴抗日前线的行为转变凸显出来，不显痕迹却极具思想力度。不过，作者采用传统的线性叙事平铺情节，叙事节奏较为缓慢，尚未将新旧势力间激烈的矛盾冲突揭示出来。在语言表达方面，行文中掺杂了大量的工程专业英文词汇，有生涩与冷硬之感。

10 月　巴金的《憩园》由重庆文化生活出版社初版。

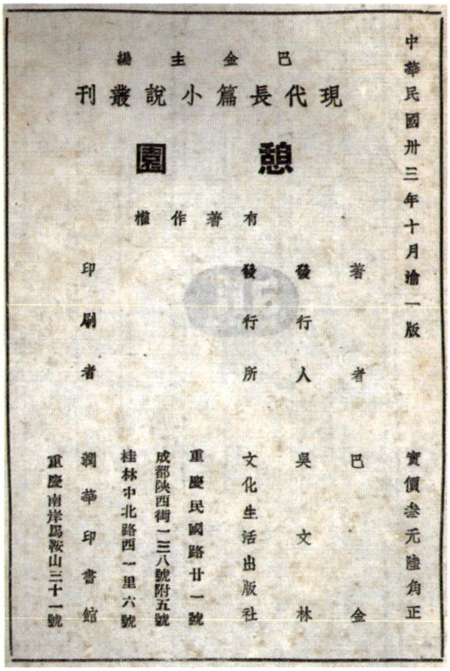
巴金主編
現代長篇小說叢刊
憩園
有著作權
中華民國卅三年十月渝一版
實價叁元陸角正
著者　巴金
發行人　吳文林
發行所　文化生活出版社
重慶民國路廿一號
成都陝西街一三八號附五號
桂林中北路西一里六號
印刷者　潤華印書館
重慶南岸馬鞍山三十一號

梗概：在外面工作了 16 年的“我”（黎先生）回到家乡巧遇到老同学姚国栋，姚邀“我”去住他新买的大公馆“憩园”，同时进行写作。姚当过教授也做过官，在靠父亲留下的大笔遗产过着轻松的日子。他新娶的第二个妻子万昭华年轻美丽，性格温柔，但儿子小虎被姚宠惯，而万昭华作为后娘又无法管教，小虎在家里无法无天。“我”不久得知，那个经常来偷花的小孩是大公馆旧主人杨老三的小儿子杨寒。杨老三因吃喝嫖赌，败尽家业，将公馆卖了出去，又因抽鸦片恶习不改，常偷家里东西，被家人赶了出去，住在破庙里。他自知无颜见家人，更无颜面对先人，便四处躲藏，隐姓埋名，孩子多次找到他，他都一再躲开，更不回家里，只希望家里人把他当作死人一样，更不要像他这样。看到杨家的败落，“我”和姚太太都劝姚国栋好好教育自己的孩子，不要过分宠爱，但姚国栋认为孩子还小，也有钱给他花，淘气是正常的，对劝教不以为然。姚太太很为难。

一天，“我”发现杨老三在一群犯人中做苦力，而杨寒还在四处打探父亲的消息。“我”本想将他保出来，但他早已改名，后来又得知，他已病死在牢中，尸体也不知抛到了哪里。“我”写完小说后准备离开，却得知小虎不幸溺亡，尸体都没有找回来。“我”离开了憩园，心想，有钱的人总想留钱给子孙，所谓“长宜子孙”，然而这怎么能靠得住呢？

按：1941 年 1 月，巴金重返离别 18 年的成都。此时，一切已物是人非，昔日的老宅早已易主，五叔也沦为小偷，后死于狱中。虽然这是他早已料到的结局，但毕竟是令人悲叹的挽歌。他由之想到了契诃夫的戏剧《樱桃园》。两个寄生虫——朗涅夫斯卡雅、加耶夫与三个败家子——杨老三、姚国栋、小虎的人物模式，人财两空、长宜子孙的人物命运，以及怀旧、惋惜、痛快、满足同时又带有挽歌基调的创作情态，便自然而然地诉之笔端。小说中的杨老三的形象就是巴金根据五叔的原型加工而成的。于是，《憩园》就成为契诃夫激活巴金小说创作的又一个蓝本——虽然这种借鉴稍有表相的印痕。作家通过“憩园”之变表达了“长宜子孙”是不可靠的，保不住的，“长宜子孙”的观念是有害的，只有理想与信仰才能传之久远。故小说对好逸恶劳的杨老三、贪图享受的姚国栋以及小虎虽有同情但更多的是批判，将对钱财的蔑视、对享乐的不屑、对娇纵的厌恶等情感表现得淋漓尽致。小说受契诃夫《樱桃园》的影响较深，但小虎之死刻画得并不成功，作家没有写出二者的必然性来。

10 月 荆有麟的《间谍夫人》由重庆作家书屋再版，3000—5000 册。

10 月 苏青的《结婚十年》由上海天地出版社印行第六版。

10 月 苏青的《结婚十年》由上海天地出版社印行第七版。

10 月 仇章的《遭遇了支那间谍网》由成都远东图书公司印行蓉一版。

11 月 1 日 石军在《青年文化》11 月号发表《我与〈沃土〉》一文，对自己获大东亚文学次奖很意外，认为自己就是平凡的人，所以要写平凡的人，故事平铺直叙，没有太多的技巧是因为自己没有生花妙笔。

11 月 8 日 重庆《扫荡报》刊载《四世同堂》的预告：“故事发生在北平。时间是从‘七·七’抗战到抗战的第七年。人物以四世同堂的祁家老幼为主，而佐以十来家近邻，约有五十人，或更多一些。其中有诗人，汽车司机师，棚匠，人力车夫，扛肩儿的，票友，教员，庶务，掌柜的，摆台的，剃头匠，老寡妇，小媳妇……他们和她们都有个人的生活与性格，又都有北平给他们与她们的特殊的文化和习惯。他们与她们所受的苦难，一半‘咎由自取’，一半也因深受了北平的文化病的毒。故事分三大段：一、自‘七·七’至南京陷落——大家惶惑，不知所从；二、南京陷落后，珍珠港被炸以前——惶惑改为消沉，任敌人的宰割；三、英美对日宣战后——敌人制造饥荒，四世同堂变成四世同亡！每段约有廿五万字，全书可能的达到百万字。”

11 月 10 日 老舍的《四世同堂》第一部《惶惑》始刊于重庆《扫荡报》，至 1945 年 9 月 2 日毕。

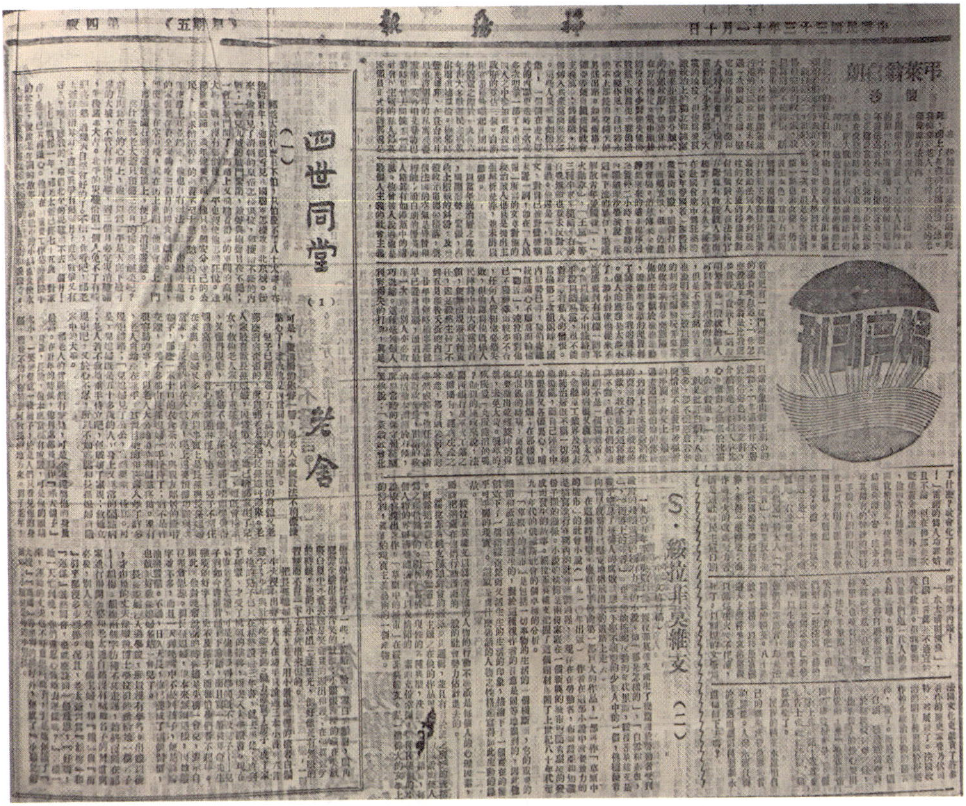

掃蕩報

四世同堂 (一)

老舍

11 月 15 日 长之在《时与潮文艺》第 4 卷第 3 期发表《〈憩园〉》一文，

认为，以《憩园》看，巴金有点像陀思妥耶夫斯基，“最显著是人道主义的浓厚色彩。他们的同情心之强，也几乎可以相比并。”他认为：“单就这本小说论，最可称道的自然是作者那惯有的热情和悲悯；其次是杨家那个故事之次第展开，仿佛剥笋似的，一层一层地揭出，让读者在期待与惊愕中逼近那核心；还有，是他创造了那末一个可爱的人物——姚太太，或者就是给人类一点温暖的象征了……中国现代小说中，在大部分是写实主义底之外，巴金之理想主义底色彩，可说几乎是唯一的人。这都是我们应该予以重视处。”“然而令人不满足的是，它的内容犹如它的笔调，太轻易，太流畅，有些滑过的光景。缺的是曲折，是深，是含蓄。它让读者读去，几乎一无停留，一无钻探，一无掩卷而思的崎岖。再则他的小说中自我表现太多，多得使读者厌倦，而达不到本来可能唤起共鸣的程度。”

11月20日　《新华日报》刊载《前夕》的广告：“‘在这个长篇里，我企图描写的不只是琐细的家事，儿女的私情’，是什么？是惊心动魄的，新生的一代在战烟烽火中一串串艰辛的经历，年青男女在这时代印下了他们和她们英俊的面影；这些大家庭里面的儿女，勇猛地投身于火热的运动中，从狭小的个人圈子，走出了广阔自由的天地！我们看着他们工作，也看见他们恋爱，然而我们呼吸的是健康的爱恋的气息。第一、二部早已呈献在读者面前，现在印出的第三部。这一部气势更见磅礴了；作者开始作着这小说的完成工程。”

11月30日　**沙里的《尘》由北京新民印书馆初版。**

梗概：参事张若苍请范蕾小姐、诗人孙骥及好友李异吃饭，饭后李异告诉范小姐，张若苍与刘屏定婚，范听后神色大变，随后她来到张若苍住处，让张把这事说清楚。张若苍五年前与范小姐相恋并相誓，但范小姐去上海后五年间并没有与张再通信联系，于是张渐渐忘却了范小姐。张若苍与刘屏是表兄妹，张的父亲临终时嘱咐刘屏关心若苍的生活，刘看在姑父的情分上，张也在父亲的遗言下同意与刘屏订婚，于是刘屏住在了张家。现在范小姐回来要求张遵守诺言，让张很为难。刘屏回来后发现了张的变化，见到范小姐后知道了事情的原委。经过一番思索，她搬出了张家。范蕾也留下了一封信后离开了张。张的

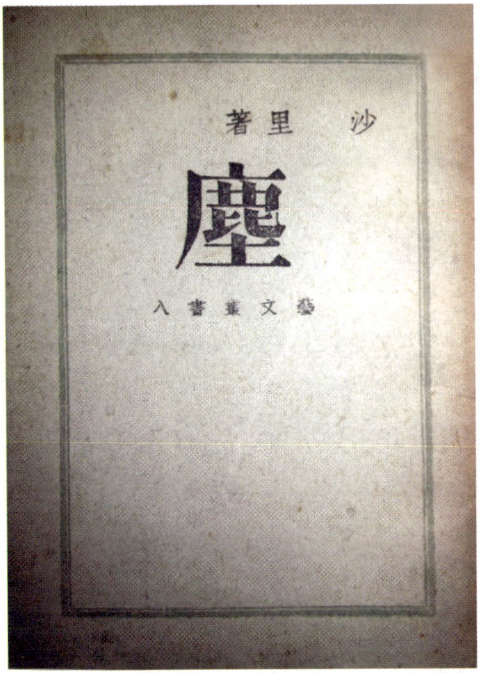

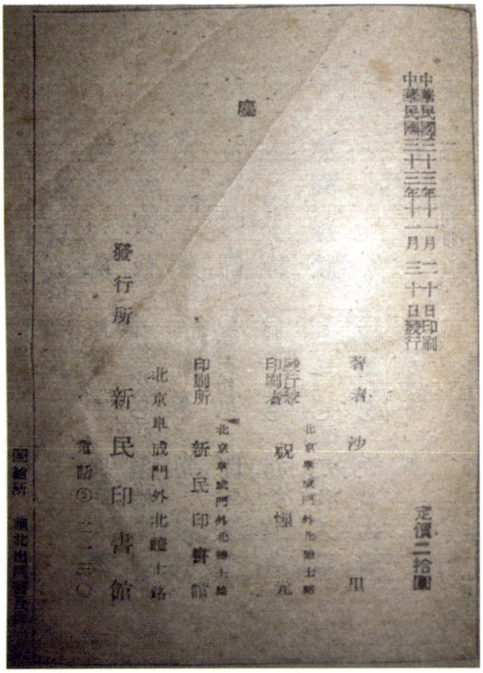

母亲让儿子找回刘屏，他们搬到了乡下但依旧没有找到刘屏。两年后，在北京举办的一次音乐会上，孙骥见到已改名为尹鸣（隐名）的刘屏，为她出色的演奏所感动，到后台找到她后，又来到了她的住所，劝她不要消极生活，振作起来。不久，两人结婚。范蕾则与李异结婚，婚后他们捐出一大笔款后奔向自己的乐园。张若苍则因为懦弱而不敢决断，不仅失去了爱情，而且也因领导的更换失去了工作。病急交加下，张母去世，张若苍也得了癫痫病，从此一蹶不振，回到乡下。

按：这是一部阐释只要合理地运用自己的智慧就可以赢得自己的爱情的小说，作者沙里（原名韩哲人，生卒年不详）在结尾写到的“愿人们都能合理的运用他们的智慧”就说明了这一点。小说中的几个主人公，原本张若苍情缘最好，但因为优柔寡断失去了两位女子的信任，而孙骥与李异则见机识务，赢得了他们的爱情。至于张若苍因之消沉则令人惋惜，这也是对他不能正确地认识自己并运用智慧的委婉批评。尘世间人本多样，世本多情，只有识务、识体、识人、识己才能更好地生存。小说人物刻画较为生动，景物描写亦寓景于情，但主人公张若苍性格较为表象化，人物结局的转变有些突兀，特别是李异的结局缺乏可信度。

11月30日 丘石木的《黄梅青》由上海杂志社初版。

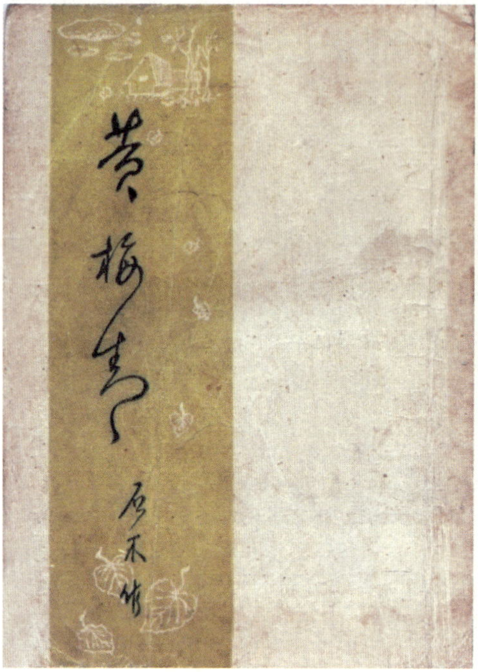

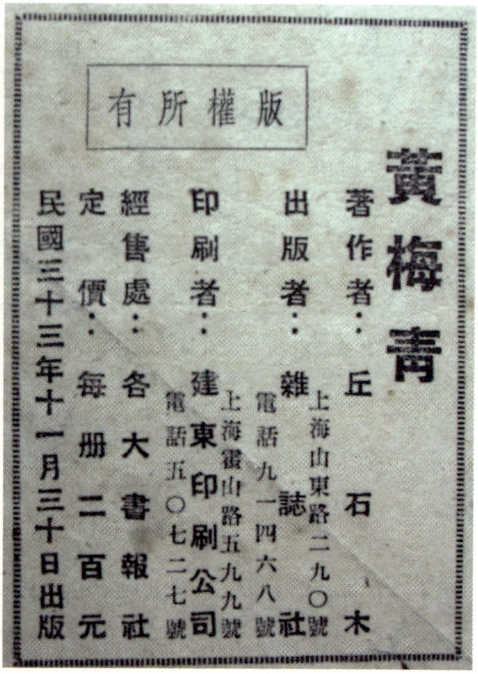

版權所有

黃梅青

著作者：丘石木

出版者：雜誌社 上海山東路二九〇號 電話九一四六八號

印刷者：建東印刷公司 上海霍山路五九九號 電話五〇七二七號

經售處：各大書報社

定價：每冊二百元

民國三十三年十一月三十日出版

梗概：黄梅青是吴博士的遗孀，她试图恢复与林晓峰的恋爱关系。林晓峰答应教导她音乐，但一直与她保持距离。黄梅青在好友金慧玲的引荐下，结识了刘子美，刘子美对黄梅青展开追求。黄梅青得知林晓峰已有未婚妻，仍心存希望，在亲眼目睹林晓峰和他未婚妻在一起的场景后，幻想破灭。她试图将刘子美当作林晓峰的化身，发现并不能。黄梅青向林晓峰做最后的挽留，林晓峰拒绝了她的情谊，于是黄梅青彻底投入刘子美的怀抱。黄梅青一直对刘子美隐瞒自己结过婚的秘密，刘子美则想通过与她结婚占有她的财产。刘子美骗黄梅青在香港买房子，私吞了黄梅青给的一百万。黄梅青怀孕后，刘子美因公事必须离开上海，他从金慧玲哥哥的口中知晓黄梅青隐瞒的事，此时又收到大哥为他说媒的信，他决定骗取屋契，抛弃黄梅青。黄梅青去往北京流产，回到上海后感到疲惫空虚。她回到阔别六年的故乡，回想起和林晓峰在一起的日子。金慧玲发来电报，黄梅青返回上海，财产化为乌有，她也病倒。林晓峰来看她，劝她积极生活，黄梅青忏悔过去，发出“我还要活”的呐喊。

按：这是一部反映女性个人情感生活的小说。黄梅青是一个自私自利、爱慕虚荣的女子，她选择了吴博士的金钱，放弃了林晓峰的爱情，想要在刘子美身上获得金钱和爱情的统一，最终落得个被欺骗被抛弃的下场。黄梅青的悲剧在于她把金钱利益、物质享受当作最高的追求，金钱至上的价值观念将她一步步推入深渊。小说批判了这一观念，揭示了人在现实中随波逐流时所面临的精神危机，即，物质上的富足弥补不了精神上的空虚。小说将这一切归罪于黑暗的社会扭曲人心，使人迷茫无措。艺术上，书中“梧桐”意象多次出现，梧桐由嫩绿转向衰败的过程暗喻主人公心境的变化，青春爱情的无法挽回——黄梅青曾幻想像梅子一样长青，却像梧桐一样凋零。小说尤为精彩的是人物心理的描写，将黄梅青的纠结、幻想、忧虑等心理矛盾状况细腻地展现，结合插叙手法的运用，增强了故事的完整度和人物形象的立体性。不过，小说对社会现象的反映力度明显不足，格局还需更加开阔才能撑起所想要阐发的主题。

11月 列躬射的《白莎哀史》（上、下）由重庆进文书店初版。

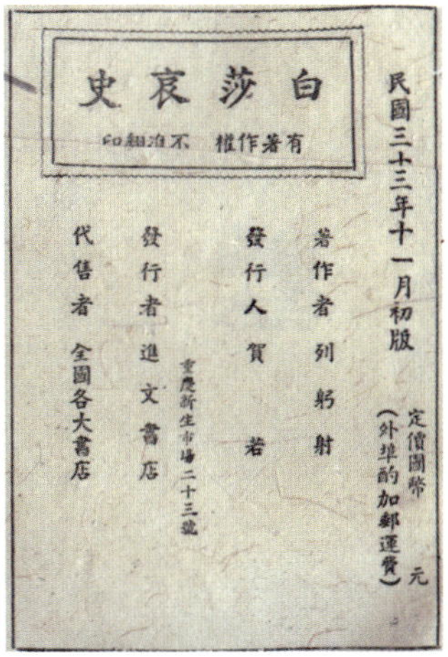
白莎哀史
有著作權 不准翻印
民國三十三年十一月初版
定價國幣 元
（外埠酌加郵運費）
著作者 列躬射
發行人 賀 若
發行者 進文書店 重慶新生市場二十三號
代售者 全國各大書店

梗概：黄角垭园居茶馆的伙计捡到一根骨头，大家纷纷猜测是什么骨头，老板姜大爷拿着这块骨头找到康医生，让他辨认到底是什么。康医生看到这块骨头非常忧愁，也非常失悔，特别是看到夫人那疑虑的神情更是后悔不已。他拿出两本日记，怔怔地想着关于这块骨头的主人的往事，连夫人叫他例行的散步也予以拒绝。他的反常引起了夫人的猜疑，终于，夫人发现了那两本日记，揭开了事情的原委：白莎因患妇科病便到康医生的私人医院来诊治，康医生见白莎非常漂亮，便像往常一样将她带到专门的病室为她细心检查。随后，康医生为她用了名贵的针剂，同时还为她垫付高额的医药费。在诊治期间，康医生不断地给白莎诉说自己婚姻的不幸，说自己的外国老婆如何使自己心灵受到压抑，并向白莎表白自己的爱情。白莎这时已是三个孩子的母亲，丈夫是一个小职员，收入很微薄，家里经济条件窘迫，白莎早已不满。听到康医生信誓旦旦的表白，白莎情不自禁地投入康医生的怀抱。康医生答应待白莎出院后与外国老婆离婚并与她结婚。不久，经过康医生的精心治疗，白莎痊愈。为了能与康医生结婚，白莎不顾三个尚未成年的孩子和丈夫的哀求，坚决与丈夫离了婚。可是，当她离了婚再去找康医生时，康医生百般推脱，决然不谈离婚之事。白莎这才明白自己被康医生玩弄了。之后，白莎在一个新部门上班，处长为白莎的美丽而动心，将她调到处长办公室。经历了这场挫折后，白莎很忧郁，她对处长的挑逗也很冷淡。科员陈辉见状便安慰她，之后常约白莎去小树林。处长心怀不满，借故将陈辉调离。陈辉离开后，继续给白莎写信，但白莎发现自己与科长张子云很谈得来。张子云是四个孩子的父亲，妻子身体不好，生活很艰难。白莎开始关注张的孩子。不久，张的妻子病逝，张请白莎吃饭，白莎由张子云的孩子想到自己的孩子，感伤不已。张说自己没有能力做英雄，只能拉扯孩子长大，才能对得起死去的妻子。白莎也觉得自己无论是嫁陈辉还是张子云都不会好到哪里去，甚至还不如原来的丈夫。她撕掉了陈辉给她的信。这时，处长邀请白莎看电影，在白莎下车时扶她出来，正好这一幕被同来看电影的陈辉看到。陈辉气愤至极，马上写信给白莎，骂白莎是娼妇，是不义的母亲，并宣布断绝两人的关系。白莎彻底失望。她悄悄回到自己家，趴在窗上看到可怜的孩子和孤独的丈夫，心情更加沉重。想到自己一心追求爱情，其结果反而是上当受骗，被他人抛弃。她悲痛地登上文峰塔，在哭唱中服毒自杀。白莎自杀后，有人就告诉了康医生。

康医生怕事情败露，花高价将白莎的日记买回，并厚葬了她。不料，因厚葬，白莎的墓被盗，尸骨被野狗叼出荒野。白莎的丈夫得知其中一块尸骨在康医生这里，乞求康医生将尸骨还他，以便他安葬，但康医生老婆得知其中的原委后让康医生将骨头扔掉，康医生只好扔了尸骨。正好一只狗过来，叼起骨头就跑。之后，这块尸骨被园居茶馆的伙计捡到——也就到了康医生的手里。

按：这是列躬射（1912—1992）根据一个真实的故事而创作的一篇日记体长篇小说。或许是作者过于拘泥于事实，全书缺乏提炼与升华，整个小说格调不高，仅是一个单纯的美丽少妇轻信失贞的故事。由于作者没有写出男女主人公追求爱情自由的合理性与必然性，因而女主人公的悲剧结局也就难以博得人们的同情，这无疑大大降低了小说的思想深度和艺术含量。虽然作者在表现女主人公失悔负罪的心理时，颇为真实细腻，但女主人公作为母亲断然抛弃母爱、作为妻子决然摒弃责任的自私心理和行为，还是令人生厌，也不由地让人产生咎由自取的心理。小说的构思似巧实拙，破坏了作品的审美意蕴，可谓得不偿失。

11月 **靳以的《前夕》（第三部）由重庆文化生活出版社初版（现代长篇**

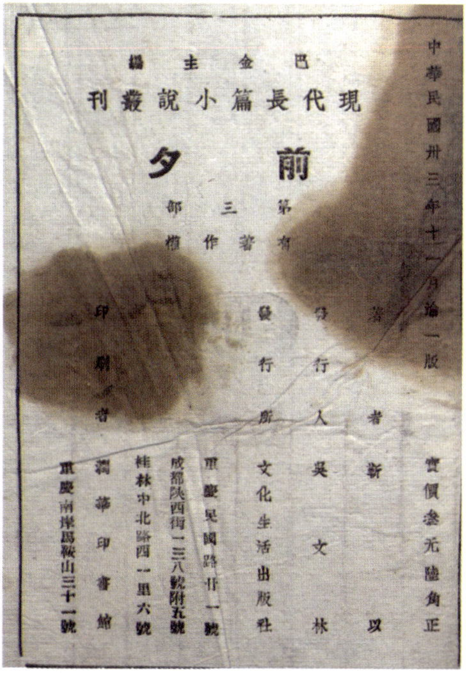
巴金主編
現代長篇小說叢刊
前夕
第三部
有著作權
中華民國卅三年十一月渝一版
實價叁元陸角正
著者 靳以
發行人 吳文林
發行所 文化生活出版社
重慶民國路廿一號
成都陝西街一三八號附五號
桂林中北路西一里六號
印刷者 渝蓉印書館
重慶南岸馬鞍山三十一號

小说丛刊）。

梗概：又度过了一个热闹得不正常的旧历年后，寒假结束了。被开除学籍的黄静玲、赵刚和向大钟三人无法回到学校念书，只得在救国会重要人物宋明光的帮助下，去XX学院当了旁听生，并加入了大学救国会。这时，他们的中学同学刘珉和何道仁因成立了XX中学救国会而被校长开除。大学学联决定支援他们的行动，组织大量进步学生撞开中学的大门，并和校内接应的中学生们会合，在操场召开临时大会，要求校长出面与学联代表交涉。谁知校方竟派出护校团和学生们发生冲突。向大钟追打逃跑的走狗张国梁，逃到校长室的张国梁在背上挨了一拳之后逃脱。大家跟着向大钟冲到校长室，发现没人之后将校长的住处一顿乱砸。这时整个学校都被军警包围，静玲和赵刚一行人寻机撤退，但留在校园内等待交涉的学联代表和中学救国会成员均被捕入狱，静玲和赵刚也遭到宪兵的搜捕。两人在一个宪兵的帮助下成功逃走，本想去静玲家里避避风头，谁知静玲家门口竟也站满了警察和宪兵。赵刚决定自己另寻出路，被捕的刘珉则在监狱中死亡。学联的成员为刘珉举行了追悼会，并抬着空棺上街游行。X城的形势愈发紧张，但黄静珠竟突然要跟仅仅认识三个月的汉奸外交专员杨风州结婚。家人持反对态度，于是静珠直接离开了家。直到第四天，黄家人竟看到二人登载在报纸上的结婚启事。学院举行周年纪念活动时，杨风州和静珠夫妇也受邀来到礼堂，学生们大喊打倒卖国贼，两人落荒而逃。日军的侵略野心越发显露，几千名热血青年上街游行反对日本增兵和走私活动。游行队伍向日本领事馆进发，并与守在领事馆前的警察发生了冲突。负责纠察的静玲刚要加入战斗，就被抓进了派出所，机警的静玲寻个借口又被放了出来。从静茵的来信中，静玲了解到抗日救国已经成为全国的趋势，士兵也正在被逐渐争取进来。

暑假又到了，母亲和静宜前往山中修养，静玲也一反常态地跟着母亲和静宜上了山。原来进步学生们趁着暑假，聚集在山中进行抗日宣传和集会。暑假结束后，静玲跟随同学们率先独自回城。对于中国人的反抗，日军举行驻屯军万人大演习以示不满，而进步青年们也计划在日军进城那一日游行示威，但为了避免无谓的牺牲，驻城长官将他们骗至公园里关了起来，并由市长承诺将对日军做出实际行动。果然八天之后，军队开始了对抗演习，并大量招募学生代表参加。进步学生们群情亢奋，积极参与，热火朝天地开始了演习。

11 月 苏青的《结婚十年》由上海天地出版社印行第八版。

11 月 苏青的《结婚十年》由上海天地出版社印行第九版。

11 月 王鲁彦的《野火》由重庆独立出版社初版，0001—1500 册。

12 月 20 日 《青年文艺》新 1 卷第 5 期刊载如下作品的广告：

（1）《一个人的烦恼》：“这是一部十六万字的长篇创作，作者写出了一般知识青年的典型，他勇敢，他热情，但同时也容易动摇，灰心。茅盾先生在序文里这样写着：‘故事是具有积极的教育意义的，因为这是一面镜子——可以促起反省的镜子。’至于文笔，茅盾先生的意见是‘文字之委宛多姿，人物描写之细腻而生动，则有目共赏，读者自能玩索，用不到我来喋喋哓舌了。’这样一本难得的巨著，每一个青年人都值得一读。”

（2）《困兽记》：“这是沙汀先生继《淘金记》后一部新的长篇小说。背景虽然仍是大后方的农村社会，活动的人物可不同了，这里的主角已不再是土劣，发国难财者和落魄的浪子，而是乡村小学教师，那些清贫艰苦的文化战士。但作者描写的重点，却又不在他们的菲薄待遇，而是大后方一般智识份子，于抗战第二阶段中所曾身经的重重苦闷。因此，作品的故事，虽是一场凄绝无望的恋爱，读者却极难从这里面找到色情，反可于此领略到主人公深沉严肃的心情。全书约二十万言，是抗战以来极可宝贵的收获。”

12 月 崔万秋的《新路》由重庆建国书店再版。

1945 年

1月1日 苏青在《天地》第15—16期合刊发表《〈浣锦集〉与〈结婚十年〉》一文，认为《结婚十年》“缺乏‘新’或‘深’的理想，更未能渲染出自己如火般热情来，不够恨，也不够爱。家庭生活是琐碎的，这本书也显得有些琐碎起来了；假如勉强要替它找寻出一些价值的话，那只有说平实的记录也可以反映出这个时代吧”。

1月15日 钳耳在《群众》第10卷第1期发表《评〈肥沃的土地〉》一文，认为，读完小说有点失望。小说的主题是一个乡村的曲折的恋爱故事，是一个失败的立意。对农村中的人物把握也欠准确。他认为：“在饥饿的农村，农民们生活中最主要的是怎样从这种饥饿中解放出来；从这种悲苦命运中解放出来。而所有这些，在这部小说的人物身上，似乎都善意化了，都忽略了给予它正确的估价。”“我想，作者是没有给他的人物以真诚的了解和透视的。作者没有把那些最平常，最重要的许多现象加以深刻思考与分析。反之，作者着重点，却过份知识份子化了，过份注意那种少男少女们的恋爱故事了。我们承认农民们有这样的热情，但却不是说农民们在任何环境下都能有这样的闲情逸致呵！”作者应真正地体验农民，拥抱他们。

1月15日 沙汀在《艺文志》（重庆版）创刊号发表《题〈困兽记〉》一文，说：“我写这部小说的动机，远在五年以前，就有过了。那时候我正由前线回来，一般乡村小学校的沉闷，厌倦，很使我吃了一惊；他们不仅比不上七七以后，便连武汉会战时期的蓬勃活跃，也相差很远的。然而，因为物价的不断高涨，某些条件的每况愈下，一年以后，当我再又回到故乡的时候，情形就更坏了。有的在生活的高压下和粉笔绝了缘，一般勉强挺得住的，也都闷气重重，把自己的职业看做一种无可奈何的苦役。”“此后一两年间，我对他们的情形，知道得更多了。其时，我的一个平平稳稳教了十几年书的亲眷，恰巧发生了一桩不幸的变化故事，好几个人弄得濒于毁灭，于是，我就在这个强烈的激动下获致了《困兽记》的整个概念。但自然，因为人物有着改动，我所写出来的结果，同实际相差得很远的。可是我却另外穿插了两个人，一个勇敢的出去了，一个则一直勤勤恳恳的固守着岗位。”“若果说一篇作品须得向读者指明一条道路，这点穿插，也许可能担当这一项任务吧。”

1月28日 《大公报》（重庆版）刊载《白莎哀史》的广告：“本书取材于近年在重庆发生的一个恋爱大悲剧。写一白娇美慧之少妇，因不安薪金阶级清苦生活，为爱情与虚荣所误，致演成惨不忍闻之结局。诉尽薪金阶级之悲遇，是一幅大重庆最亲切深入的写生画，反映抗战中暴富暴贫悬殊之危机；对人生与爱情问题，尤发抒精微，具深刻教训意义。故事极尽曲折自然，文笔灵丽素美，意景深远，如诗如画，实为风格高超，艺术辉煌之巨作。欲窥时代焦点，与欲寻惊心动魄之作品者，不可不读！”

1月 李辉英的《松花江上》由重庆建国书店初版。

梗概：松花江畔的王家村宁静而富饶，自日本鬼子侵占东北并蛮横地缴了王家村村民们的枪后，激发了年轻人复仇的烈火，他们袭击了日本兵的住所并打死了一个日本兵。但日本人很快派来了大部队将村子洗劫，村里的年轻人被迫趁夜色逃往重峦叠嶂的山沟，其中也有王德仁老人唯一的儿子王中藩。王德仁孤寂而凄凉，雇了一个人称傻大哥的长工打理家业，自己烧香许愿希望上天保佑他唯一的香火，并承诺如果儿子回来，自己一定杀猪还愿。一天，儿子王中藩突然回来了，王德仁高兴得连称上天显灵，但他发现儿子臂上缚着一条白布，上面写着“抗日义勇军”，又让他忧上心来。但儿子的归来到底给他带来了欢乐，他践约杀猪请客以还天愿。他宴请乡绅百家长、原保卫团排长、施大先生，以及舅亲冯氏二兄弟、王家村最年长者孙老头子等，正当大家一边吃一边对王中藩回来后的所作所为发泄不满时，王中藩不期而至。他严令在座的各位乡绅每家出五斗小米供给义勇军作口粮，令家宴不欢而散。王德仁苦言相劝、百般

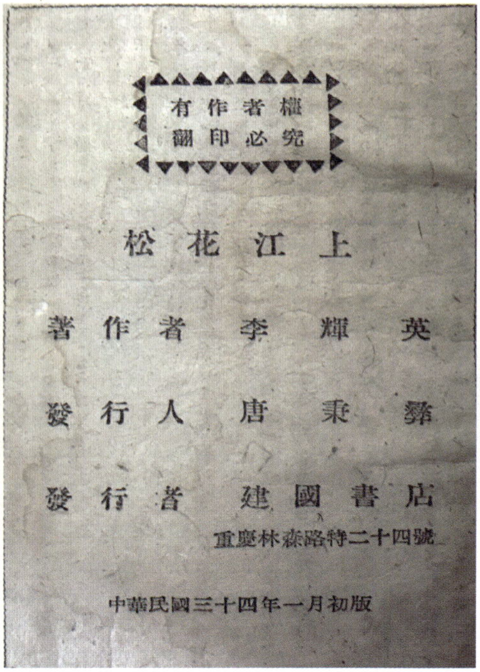

解释都得不到他们的原谅，这让老汉对儿子非常愤恨。之后，王中藩占领了村里的大庙，带领一帮青年拉起了义勇军的大旗。与此同时，被迫交粮的乡绅们也开始策划除去王中藩的阴谋。他们让团丁排长到县里去请日本人来“剿乡”，以除掉义勇军，日本人以过青纱帐容易遭到攻击为由拒绝。此时，义勇军在不断壮大。长工傻大哥也加入了义勇军并改名李自强，施大先生在城里教书的二儿子施光烈也带着未婚妻吴敬文回村参加了义勇军。傻大哥的相好钱寡妇也在吴敬文的说服下加入了义勇军并改名为钱桂芳。王家村成了“白胳膊”的世界。团丁排长见日本人不肯出面又生一计，收买义勇军的伙夫独眼龙等人暗杀王中藩以达到瓦解义勇军的目的。因王中藩临时去了别处，施光烈被杀。独眼龙看到暗杀给义勇军造成的损失，忏悔不已，向义勇军自首，并检举了凶手杜树林，使凶手得以受到惩处。他还立功赎罪，将企图进城告密的百家长挡获。王德仁老人也在现实的教育下觉醒，自愿报名参加了义勇军。义勇军队伍在不断壮大，已超过千人，正做着进攻县城的战斗准备。

按：与《万宝山》相比，《松花江上》要成熟得多。小说通过父与子的矛盾展开新与旧的冲突，书写落后愚昧的乡村的文化冲突、阶级冲突、民族冲突，并借此表现觉醒的一代在民族大义的旗帜下为民族而战的历史使命。环境描写真实，人物心理刻画也细腻可信。但是，冲突的转变缺乏典型的令人信服的情节刻画，因而人物立场的转变显得简单。同时对日本入侵暴行的揭示限于表面，单薄而缺乏力度，义勇军的发展壮大过程比较简单，民众由对立转化为同路的心理也较为浅表。小说虽为第一部，但在关键时刻停笔，却是作者笔力不逮的表现。对于这部小说而言，难度不在于壮大前的过程而在于进攻后的结局，因而小说缺乏波澜起伏的矛盾冲突与历史图画，过于理想化的解决矛盾与化解冲突的艺术图式，正是作者无力深入的艺术原因。这也许是作者缺乏这方面的实际生活所致。

1月 苏青的《结婚十年》由上海天地出版社印行第十版。

2月15日 公方苓（李长之）在《时与潮文艺》第4卷第6期发表《〈姜步畏家史〉》一文，认为："（《姜步畏家史》）写的虽是一些平凡的家庭琐事，然而却是一本很值得推荐：十分精美的作品！""本来，这些平平凡凡的家庭琐事若是放在一个拙劣的小说家的手里，一定写得非常琐碎，非常零乱，读着令人极端生厌。然而在骆宾基的笔下却完全是另一副样子，他将这些琐碎处理得有条不紊，他用一枝明快的笔将繁琐变成为细腻，使我们读着不惟不生厌，并且感到十分的亲切。"不独人物"无一不栩栩如生，无一不有着清晰的面貌，也无一不令人觉得可爱并可亲。而且……那些家畜……也都写得活灵活现，对我们也觉得是可爱可亲的"。于是，"我们便深深觉得作者是用充满温情的笔调写着这本小说的。惟其如此，所以我们读着它时感觉到无比的亲切，如像冬夜围炉闲话一样，使我们觉得充满了融融的天伦的乐趣，充满了熙熙的骨肉的温爱。""是这样一些可爱的人物，是这样一些可爱的家畜，混杂着家庭间一些小小的琐事，再衬托上浓重的海雾，边城的风光，于是便交织成一幅鲜明而精美的画图。这幅画图，淡雅、谐和，有着浓淡适中的色彩，有着均称匀调的安排，一闭眼睛我们就会清清楚楚的看见它。说到这里，我们就不能不归功于作者对过往事物保留印象的鲜明和准确了。""本书的另一个优长便是描写的细腻，不论是一件事物或一个动作，都往往描写到入微的地步。”“其次，作者的文字朴素，明快，行文流利而不轻飘，清淡而有色彩。篇中时时发现精巧的譬喻，随处流露着才华，对话也大都逼真而生动，而且叙述和对话也都分配匀整，恰如其分。”“但本书也并非没有缺点的。我觉得本书的第一个缺点是地方色彩还不够浓烈”，“其次书中的时代氛围也太淡”。

2月20日 新农在《西康国民日报》发表《革命与爱情——读〈爱情的三部曲〉后》一文，认为革命与爱情并不冲突，革命与爱情相互成长。

2月 **靳以的《前夕》（第四部）由重庆文化生活出版社初版（现代长篇小说丛刊之五）。**

梗概：绥远抗战爆发，为支援前线战士，大学救国会组织进步学生上街为前线战士募捐，黄静玲积极参与。不料没过多久，当局就以扰乱社会治安为由禁止了学生们的自发募捐行为。在日益严峻的形势下，国家危亡也令黄俭之一家人都发生了变化：静玲越发积极参与学生爱国活动；原本漠视一切的静婉认识到自己整天无所事事是对生命的浪费，并表示等身体养好后希望加入静玲等人的爱国行动；静珠也在与方亦青会面时表现出走错道路的痛苦；曾自私冷漠的静纯也开始参与学生运动，表示愿意为国尽力；怀有一腔报国热情的军人李大岳则选择重新回到军队，为民族解放事业贡献自己的力量；只有静宜仍埋首家务，身体日益消瘦，甚至为此再次拒绝归国男友梁道明的追求。因战争还未爆发，为冲淡城内郁闷压抑的气氛，各学校的进步学生集中到 XX 大学会场，准备举行五月四日纪念大会。谁料大会还没开始，原负责维护会场秩序的童子军竟武装起来，向在场学生挥起了手中的木棒，学生们只得纷纷逃出校门，静纯和静玲的眼睛都被打伤。卢沟桥事变爆发，静玲与进步学生第二天便组成慰劳团，赶往卢沟桥前线慰劳战士。在日军的进攻下，X 城沦陷，静纯跟随幺舅李大岳上山打游击，静玲则赶赴 S 埠与二姐静茵会合。不愿失去民族气节的黄俭之拒绝了日军沙田大佐提出的出山从政的要求，决定携全家离开 X 城。在日军的严密封锁下，静珠主动为家人提供能够出城的汽车，谁料汽车中途失事，全家人葬身河底。正在 S 埠欢聚的静玲和静茵收到静珠的来信，悲痛万分，但密集的枪炮声传来，抗日战争正在进行，姐妹二人振作精神，充满信心地准备投入新的战斗。

按：靳以（1909—1959）这部小说以华北古城为背景，书写了抗日战争全面爆发前夕一个衰落的官僚大家庭中不同人物的性格和命运，并借此作为时代的放大镜，展现了抗战前夕的社会侧影，是抗战时期的长篇力作。小说中，静玲和静茵跟随着时代的号角大踏步前进，静纯、静珠迷途知返，而代表衰亡腐朽的其他人则在出走途中不幸葬身河底。这些人物的不同命运表明时代的前进者将走向光明、腐朽者将被时代淘汰的必然趋势。小说的人物形象塑造较为成功，作者在塑造人物时并未落于前进与落后的窠臼，而是充满了复杂性，人物立体感强。温柔顺从的长女静宜是黄俭之所固守的礼教的牺牲品，她甘愿为这个正在衰落腐朽的大家庭奉献自己的青春与幸福，与代表前进和希望的时代新人静玲形成鲜明对比。但她并非毫无觉悟，她时常反问自己所做的牺牲应不应该，也支持静茵的勇敢出走和静玲的学生运动。而这个家庭的大家长黄俭之也并非完全因循守旧、固执冥顽。尽管他极力想让子女远离事端，但在面对日军的侵略时，他也对静纯和静玲为国效力的行为表示支持。尽管他始终没有主动参与抗日行动，但他有着浓厚的爱国情怀，在民族危亡之际保持了民族气节。而寡妇菁姑形象的塑造也是一大亮点。她因丈夫早死而心理变态，不仅以阴暗的心理嫉妒他人的幸福，更对他人的悲剧幸灾乐祸。她像个幽灵般游荡在黄家，为这个正在衰败的家庭更添阴郁沉重之气。在表现手法上，小说在直接描写北方古城激动人心的斗争场景之外，还通过静茵时常寄来的书信描写南方的社会情况，不仅展现了北方紧张躁郁的战前氛围，也刻画了南方对北方形势的呼应局面，以此对全面抗战前夕的中国做全面的记录，增加了小说的厚度。但小说在叙述上有时过于枝蔓，如对大学旁边的豆浆店的大篇幅描写便不太必要，而集中精力对静宜与静玲的心理进行分析，则导致静纯和静婉、静珠的转变太过生硬和简单，对学生运动的描述有时也流于概念化。

2月 沈起予的《残碑》由上海良友复兴图书印刷公司再版。

2月 拓荒的《少女忏悔录》由重庆集中出版社印行渝版。

3月1日 张天明在《华侨文阵》第2卷第1期发表《〈战果〉》一文，认为全书的主旨在“人的价值”这四个字里，通过丁泰形象的塑造，显示出作者思想的动向：“在这一次祖国伟大的抗战时代，人就应当怎样地献身于这一件事业上；人是要争斗才获得他底价值的。”“这是一个够得上 Standard Level 的作品了。”“这本书作者一方面是猛力地对这次神圣抗战阵营里的某一些渣滓肆以攻击；另一方面是显示出这一次斗争的结果，否定了中国宗法社会上一向视为没有‘人的价值’的一大群下贱，粗野的人们底观念。同时作者更进一步说出了在这次抗战中，他们底新价值，他们底新希望，向他们一群加以鼓励，使他们有‘站起来’的勇气。”“我以为这本书是有一读的价值的，尤其是一般‘自暴自弃’企图用沉迷良知的方法把自己送入坟墓的青年，和把自己列入‘我是没有价值的人啊！’的一般青年——现阶段的许多华侨青年。”

3月10日 袁犀的《贝壳》由北京新民印书馆印行第四版。

3月30日 **沙里的《土》由北京新民印书馆初版（新进作家集第九集），1—5000册。**

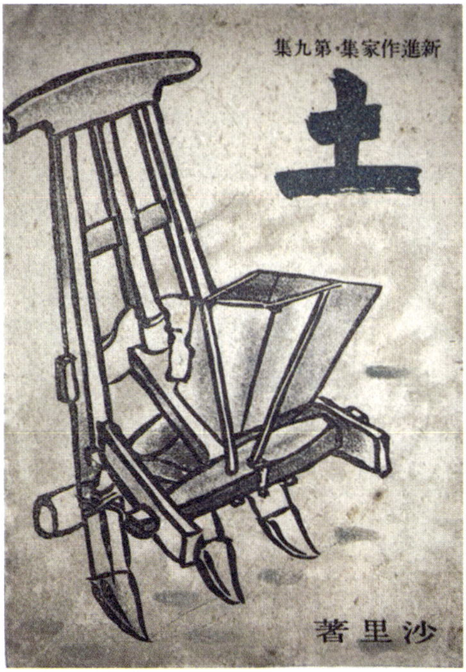

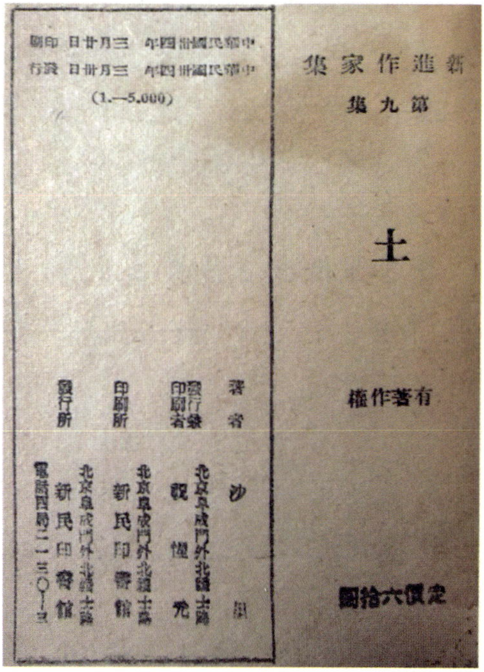

梗概：刘永福（刘二爷）的爷爷一行九人来到西拉木伦河，找到先前来这里劳作的乡亲们并定居下来，八家村由此得名，百年后八家村已发展成为有着几百户人家的冯镇，但刘永福还是这里的大户。不久，传来了这里要修铁路的消息，这引发了朱三爷、李五爷、刘永福等几个富裕人家的恐慌，他们想办法阻拦铁路的到来，但无济于事。铁路修通后，杨老二的骡子和李五爷的马先后被火车轧死了，都没有得到赔偿。范村长也因土地被占而又没有得到及时赔偿而愤愤不平，他雇佣一些人搬了一些石头放在铁轨上看火车会如何，结果火车司机看到石头后停了下来，范村长还被抓去打了一顿。但火车的到来毕竟给冯镇带来了商机，冯镇迅速成为买卖粮食的中转站。刘二爷看到商机遂与范村长、杨老二合股开了“同合兴”车店。第一年，车店生意很兴隆，他们赚了一笔。于是，刘二爷想扩大车店，不料，铁路前移，六十里外的冯东站成为新的转运中心，冯镇的兴旺昙花一现，刘二爷的车店被迫倒闭。无奈，他忍痛卖掉自己的骡子支付了雇工的工钱。这些年轻人纷纷前往冯东打工，刘永福不甘心家业败落，决心种地，依靠土地重振家业。但不巧的是，一场大冰雹与随后的连绵阴雨及暴发的洪水使一年的辛苦化为泡影，虽没有造成人员伤亡，但也让他元气大伤。范村长的儿子范霖贪污入狱，为救儿子，范村长花费了大量的金钱，家境也败落下来。开春，刘二爷再做一搏，不惜典当青苗，但终因劳力短缺，工钱大涨，高利贷盘剥，他被迫再次卖掉自己的土地（包括坟地），还贷作罢。看着滚滚东流的西拉木伦河，他充满困惑，这难道就是靠土地吃饭的人们的命运吗？

按：这是一部表现现代文明与传统观念之间的矛盾与冲突的小说。现代文明的到来不可遏止地冲击着旧有的思想观念，使那些长期恪守旧传统的老一辈农民尤其感到世事艰辛。土地所给予的一切让他们热恋旧土并遵循老辈们遗留下来的生活方式维持生存，对于工业文明所带来的新事物往往排拒有余而接纳不足，这使他们渐渐被现代文明所遗弃，成为传统观念的悲者。刘永福们的悲剧即是如此。诚然，造成这一悲剧的原因并非单一的观念滞后，天灾与人祸同样是夺人精神的致命因素，特别是扼人咽喉的高利贷更是扑杀农人最后希望的绞索，令人悲叹，更令人愤慨！小说人物清晰，结构完整，语言形象生动，但情节有些散漫，叙述亦有些枝蔓，如专写范村长的儿子范霖结婚一章只是为了铺写民情风俗，有些游离，但作者对老一辈农民面对传统与现代的挑战所做的思考，无疑具有现代的意味。在华北孤寂的文坛中，这是一部较为优秀且值得关注的长篇小说。

3月 巴金的《春》由上海开明书店印行第十三版。

3月 姚雪垠的《春暖花开的时候》（第一分册）由重庆现代出版社印行第四版，9501—14500册。

3月 姚雪垠的《春暖花开的时候》（第二分册）由重庆现代出版社印行第三版。

3月 姚雪垠的《春暖花开的时候》（第三分册）由重庆现代出版社再版。

4月1日 萧宁在《笔戈文艺月刊》第1卷第2期发表《读〈蚀〉以后（幻灭、动摇、追求）》一文，认为小说表现了“在苦闷中，需要感情的慰藉，而在对一切都灰色的感觉中，似乎只有爱的抚弄和爱的戏谑，是最快意的”。

4月30日 芦蕻在《群众》第10卷第7—8期合刊发表《糖衣覆盖着甚么——

评坊间的几册“特务文学”》一文，认为《间谍夫人》等是“色情文学”，极为有害，作者的态度和立场有问题。他说：“正像有人在论到《间谍夫人》时曾经指出的：作者所写的人物虽然不一定有，但他所述说那些执行这类事情的机关，却是真实的；作者不仅企图以色情的续写来麻痹人，而且意识地为一些直接压迫和摧残人民的力量辩护，这种用心就远比用色情来麻痹别人更为卑劣了；应该补充的是这些作品里出现的一些‘英雄’，今天多半在干着为敌伪镇压中国人民的勾当。”

4月　王西彦的《村野恋人》由重庆良友复兴图书印刷公司初版（良友文学丛书新编第四种）。

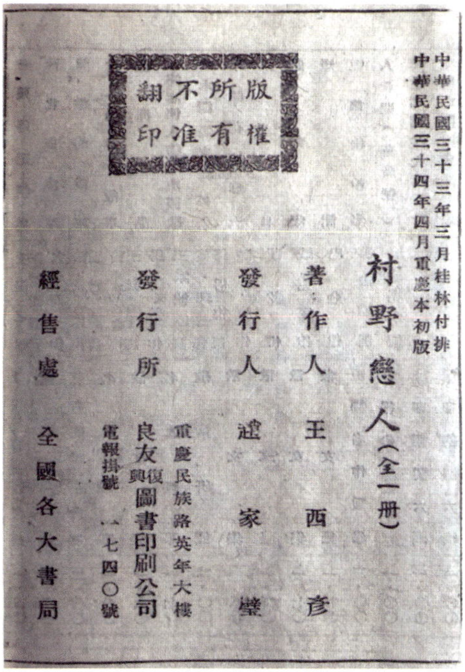
中華民國三十三年三月桂林付排
中華民國三十四年四月重慶本初版
村野戀人（全一冊）
著作人　王西彥
發行人　盧家璧
發行所　良友復興圖書印刷公司　重慶民族路英年大樓　電報掛號一七四〇號
經售處　全國各大書局
版權所有　不准翻印

梗概：遥远的凤栖山上，有一个凄美的爱情传说。山下的河渠两岸，有一个名叫凤尾屿的宁静小村落。健壮勤劳的青年农夫庚虎，出生在村里的一户贫寒外姓人家，他与河渠对岸金魁爷家的“掌上明珠”小金兰相爱了。凑巧的是，庚虎的妹妹虎妹，也与小金兰的哥哥金豹暗生情愫。然而，庚虎的家族历代有着“男子活不过三十五，女子免不了年轻守寡”的命运诅咒，这贫穷、不幸的家庭背景成了两对恋人情感道路上的最大阻碍。但他们不认命，瞒着家长，毅然闯进被视为不祥的竹林禁地，并在那里继续谱写恋曲。很快，庚虎和金兰的恋情在春五娘的小酒馆中传开，受到了歪嘴老八等村民的冷嘲热讽，也不断地遭到金魁爷的阻挠。为了平息流言蜚语，金兰的父母有意将金兰许配给她城里的表哥，可金兰反感都市，倾心于庚虎，对这门婚事严词拒绝，从此和金魁爷的关系闹僵。为难的处境让两对恋人都陷入了深深的苦闷之中。不久，日军的入侵打破了村庄的宁静，庆幸的是，村里的危机很快被解除，但庚虎在回家的路上，不幸被败退的日军抓走，从此生死不明，庚虎奶奶为此精神失常，金兰则执着地守候着庚虎的回归。出于对庚虎一家人的同情，金魁爷成全了金豹与虎妹的婚姻。最终，庚虎也没有再回来，他早在金豹虎妹大婚的当天，就死在了日本人的枪口之下，离世之际，还惦念着自己的爱人——小金兰。

按：这是王西彦（1914—1999）一部具有浪漫色彩的乡土爱情题材小说。小说以庚虎和小金兰的恋爱为主线，金豹和虎妹的恋爱为副线，记叙了两对年轻恋人为了争取自由的爱情，不断地与封建迷信、与悲苦命运抗争的历程。小说塑造了痴情勇敢的女性形象、勤劳善良的男性形象及坚强隐忍的长辈形象，讴歌了生命在困苦中的美丽和庄严。小说具有浓厚的田园牧歌情结，描绘出乡村迷蒙、灵动的自然之美，淳朴、独特的风俗之美，以及健硕、野性的人性之美，并透过小金兰对城市生活的抗拒、对城里表哥求爱的拒绝，反映出当时城乡文明二元对立的状况，讽刺了城市人的病态和金钱文明。在故事结构上，小说虽涉及战争，但战争元素不构成主题而是作为线索，烘托人物的性格，推动情节的发展。战争虽造成了金兰与庚虎的爱情悲剧，却也成全了虎妹在平常时期难以拥有的美满婚姻，进而展现出了生命的悖论和无常，加深了小说的思想深度。不过，小说也存在故事主题陈旧、情节简单且叙事冗余拖沓的缺点。对庚虎一家人无可避免的悲剧描写，凸显出“宿命的神秘与强大”的意旨，大大削弱了小说情节、人物性格的张力。

4月 **茅盾的《第一阶段的故事》由重庆亚洲图书社初版。**

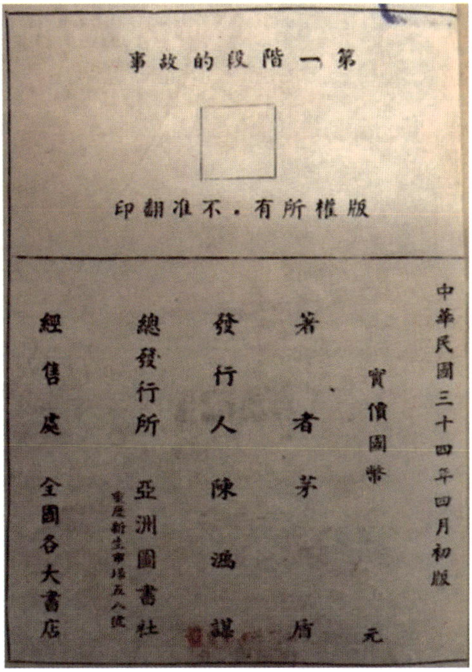
第一階段的故事

版權所有・不准翻印

中華民國三十四年四月初版

實價國幣　　元

著　者　茅　盾

發行人　陳鴻謀

總發行所　亞洲圖書社　重慶新生市場五八號

經售處　全國各大書店

梗概：上海市政府举行十周年纪念庆祝典礼，何太太（民族工业家何耀先夫人）与儿子何家祥、女儿何家琪到运动场看烟火表演，偶遇潘太太和她的女儿潘雪莉，小辈们聚在一起谈论卢沟桥事变。F 大学的张福田和仲文也在为时局和自己的前途忧心。何耀先在家中会客，来客朱怀义教授坚持不打不成，而他认为未必打得起来，和平更为有利。何耀先的大儿子何家庆与曾小姐的微妙关系仿佛感染了华北时局的寒热病，他在观看话剧《日出》的间隙与曾小姐讨论个人的计划。潘先生趁着局面忽冷忽热在公债市场上大显身手，反对一味的主战主和。何耀先力劝何家庆去美国留学，但何家庆坚持留在中国。北平失陷后，国际形势专家朱怀义教授认为美国的态度起决定作用，目前局势糟糕。何家的亲戚程守拙携家眷逃难到上海，不料程少奶奶的儿子阿欢在大世界门前游玩时被突如其来的炸弹炸死。战事愈发紧张，转运公司老板陆和通亲自押车上前线送慰劳品；何耀先为了橡胶厂的正常运转四处奔波；何家庆兄妹忙着组织开展难民教育工作；程少奶奶、潘雪莉主动去伤兵医院做看护；张福田和众青年去医院慰劳伤兵。前方和后方两个战线的工作都热烈地展开。救亡工作干部老刘奉命回后方去做民众工作，他找到同县的张福田商议办法，将思想消极的张福田拉入到实际斗争中。上海沦陷前夜，潘先生却忙着发国难财；家琪、家祥两兄妹暗自计划和仲文一行去陕北。上海沦为孤岛，舞女协会为伤兵和难民卖花筹款，众人手握着标有“献给你光荣的市花”字样的鲜花各奔前路。

按：这是一部以上海八一三事变为题材的报告文学式小说，反映了事变前后各阶层人们生活上、思想上的转变。茅盾理性的社会分析能力和敏锐的艺术嗅觉牢牢地抓住了时代的核心动向，真实地记录了八一三事变波澜壮阔的时代壮景。小说以战事推进为主线，将战事作为直接的描写对象，通过文本叙事和人物的对话来反映时局，真实记录了抗战情形。小说不仅展现了人们在战事即将到来时的猜测、紧张、压抑的心情，战事进行中积极救亡的蓬勃的爱国热情，战事失败后仍然不放弃希望的挣扎，也写出了抗战形势的艰辛和复杂，歌颂了战士和民众的英勇牺牲和无畏精神，批判了汉奸的卖国行径和逐利者的丑恶嘴脸，同情于无家可归的难民们的悲惨遭遇。不过，从叙事策略上来讲，文本主写战事，而人物位居其次，虽对各式各样的人物脸谱有所刻画，但呈现得并不清晰详细，只是简单掠过。小说没有统一的主人公，也缺乏贯穿文本的叙事主线，人物角色众多、视角的随意变化使小说情节发展时断时续，情景混乱，再加以大量的纪实性时局信息的描写，不仅使小说的形象性减弱，也使读者无法得到整体的印象。另外，小说以通俗性的标题概括章节，虽有吸引力，但各章之间联系不够紧密，整体结构较为松散杂乱。文本结尾对于青年所做的决定并未给出具体的说明，人物去向也未详细交代，未能描写思想变动的过程，留下了个人和民族何去何从的疑问，故事戛然而止，有种未完成之感。

4月　黎光的《海风》由重庆正中书局初版（现代文艺丛书）。

梗概：抗日战争时期，住在杭州乡下的陈明一家逃难到孤岛上海。陈明在学校教书的同时做些文化斗争工作，但他们主办的杂志《文艺军》却被迫停刊。在朋友张允诚的建议下，陈明、张允诚、洪潮和李延风四人共同创办了《海风》杂志。洪潮因妻子惨死，一心想求取爱的安慰，不顾众人的劝阻和以玩弄男子为乐的女明星方锦纹谈起恋爱。方锦纹厌倦他之后，他醉酒在方锦纹家中闹事，

現代文藝叢書
海風
張道藩主編
黎光著
正中書局印行

版權所有
翻印必究
中華民國三十四年四月初版
現代文藝叢書
海風
全一冊 定價國幣三元六角
（外埠酌加運費匯費）
主編者 張道藩
著者 黎光
發行人 高明強
印刷所 正中書局
發行所 正中書局
校對：
(1920)

被警察抓走，在酷刑折磨下精神失常。李延风受钱权诱惑，加入了赈济所吴主任的俱乐部，日日与歌女幺凤厮混，全然不顾家中经济拮据的妻子。幺凤移情别恋后，他接受了成为幺凤新男友的条件，当上了南京伪政权内政部科员。吴主任被方锦纹、范亦通等人杀死。李太太在经济窘迫之际，开始外出交际，却成为杀人犯方锦纹的替罪羊，归家的李延风也成为嫌疑人被带走。陈明在学校中，受到学生陆萍的追求。陆萍是个积极的新女性，因在《抗建日报》上撰稿揭露校长和教务长等人发国难财的行径被开除，这与陈明的妻子阮心的忧郁与逃避完全不同。长久相处中，陈明对陆萍心生爱意，但理智上却一直疏远陆萍。上海沦陷后，陈明一家的生活受到严重威胁，张允诚劝陈明到内地去。次日，张允诚因炸日军海陆司令部被捕。残酷的现实和理智上对陆萍爱意的压制，让陈明最终决定去重庆。途经故乡时，阮心决定留在杭州前线战斗，让陈明一人前去。

按：黎光（生卒年不详）这部小说以抗战刊物《海风》为连接点，通过四个创办人的不同选择和遭遇，展现了上海沦陷前后的社会形势，表现了汪伪政权和日军联合迫害抗战人士的紧张压抑的氛围，呈现了上海孤岛时期文化界抗战人物群像：意志薄弱者，如洪潮、李延风、凌小娟等，被钱权色等诱惑、压迫，从而招致自己乃至整个家庭的不幸命运；意志坚强者，如张允诚、陆萍等，则活跃在抗战的前线，甚至为抗战献出生命，值得敬佩。陈明、阮心原本也是懦弱、逃避的，他们一心想回到内地，在张允诚、陆萍等人的感染下，最终坚定意志，一个决心留在沦陷区杭州服务前线，一个决定到大后方重庆去发挥作用。小说叙事缓慢，描写细腻，对人物心理把握到位，但也有描写过多、略显冗余之嫌。此外，作品结构松散，以《海风》串联的四人交集不多，《海风》在书中似乎也只是作为引子出现，因此在四人间不断转换跳跃的场景、人物让读者摸不着头脑，是这部作品的致命伤。

4月 **老舍的《火葬》由重庆黄河书局初版（黄河文丛）。**

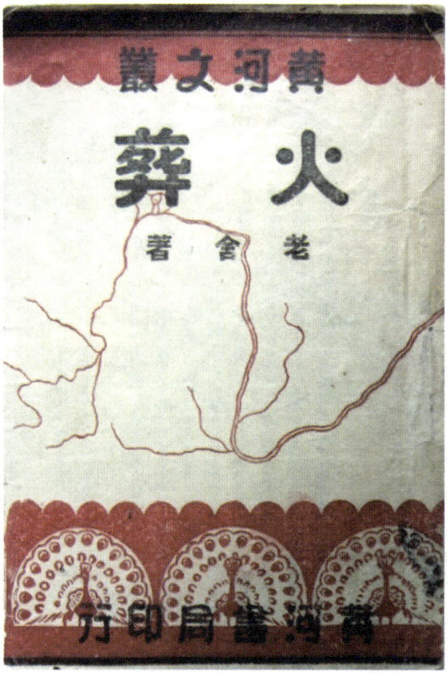

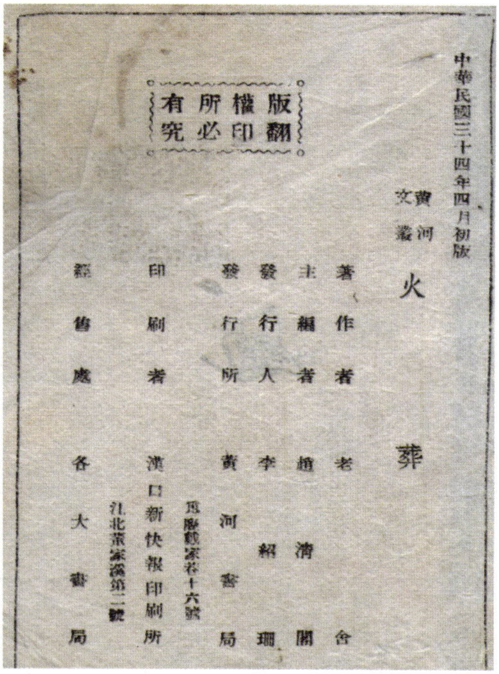
版權所有
翻印必究

中華民國三十四年四月初版

黃河文叢

火葬

著作者　老舍
主編者　趙清閣
發行人　李紹珊
發行所　黃河書局
印刷者　漢口新快報印刷所
經售處　各大書局

梗概：王举人是文城最有名望的大人物，其掌上明珠梦莲与王举人的学生丁一山相恋。王举人一开始反对他们的恋爱，但在佃户老郑的撮合下，王举人同意了女儿与一山的订婚。战火逼近，一山为从军而出走，文城在唐连长军队的顽强抵抗下还是陷入敌手。王举人因贪生怕死而做了敌军的维持会会长，文城土豪刘二狗见风使舵地当上了汉奸头目。梦莲则顽强反抗刘二狗的逼婚，并与自己的汉奸父亲决裂。一时间，敌军在文城烧杀劫掠、无恶不作，全城百姓生活在水深火热之中。驻守王村的石队长和丁一山副队长决定带领弟兄乔装入城袭击敌军。然而，丁一山在入城途中被“情敌”刘二狗盯上，遂被派来的田麻子杀害。石队长为说服王举人改邪归正并探听敌情，假扮老郑的内侄进入王公馆当下人，并暗中联合梦莲为一山报仇。石队长得知一山遇害的真相后，威逼田麻子说出敌情，并在城内外安插好军队，准备配合中国军队的进攻而与敌军决一死战。为促成二狗的高升，田麻子更以“通敌”之名陷害王举人，使其被日本人逮捕入狱；梦莲则在田麻子良心发现的警告下趁乱逃到老郑家，并目睹了老郑的儿子铁柱子与儿媳在田间被日本人杀害的情形。田麻子向二狗邀功勒索不成，遂将其打晕并掐死之后投靠了宪兵，出卖了石队长并逮捕其部下，最终同宪兵一起被石队长用小刀捅死。石队长和李德明在杀死宪兵、解救弟兄后在城内发动袭击。当夜的枪声惊动文城，受尽屈辱与饥饿的百姓涌上街头并开始复仇和雪耻。石队长带领弟兄里应外合，放火烧掉王公馆和刘二狗的老宅，打开了监狱，毁坏了敌人的货栈与野炮，终于以惨痛的代价炸毁了敌军在小城隍庙的火药库。石队长将追兵引至老郑家的草房，在掷出最后一颗手榴弹后，不愿当俘虏的他选择在房内引火自焚。在故事的结尾，梦莲和老郑逃到王村，被旅长收容并参与政工大队工作，从此为国效力。

按：《火葬》是老舍 1943 年夏天在重庆北碚创作的一部表现抗战的长篇小说。在《序》中，老舍对这部作品不甚满意，他遗憾自己因缺乏战争的知识与经验，没能将笔下的战争写得真实而入骨，但肯定这部小说题材的重要性，认为书写战争是时代的必需，更是一位有反思意识、呼唤和平的作家的必然使命。客观地说，小说整体并不成功，但老舍通过对市民生活以及惊心动魄的袭击场面的描写，营造了紧张、肃杀、昏暗的战时氛围。在人物形象塑造上，老舍以其惯有的讽刺幽默笔法，勾勒出满口圣经贤传的王举人其实满心算计着“两个铜板比一个铜板多”的守财奴嘴脸；夸张地形容刘二狗像蛆一样扭动着身体的丑陋形态，从而将两位汉奸身上的可笑、可鄙、可憎刻画得入木三分。老舍对王举人的心理刻画尤其精妙。通过描写王举人在日本人、刘二狗与女儿梦莲之间的周旋，老舍将其耻辱与侥幸、愧疚与苟安的矛盾与挣扎心态刻画得较为真实，使其形象复杂生动。此外老舍也以同情与歌赞的笔触，描写出临危不惧、坚毅而有正义感的女主角梦莲，善良且忠厚的佃户老郑，以及一系列奋勇抗敌的军人和义民。整部小说以人道主义关怀和战争反思意识，诉说着战争给一个民族带来的深重灾难，抱慰着生命在战火下的脆弱与苦痛，揭示了战争让正义与邪恶共存，让人性在国难当头下发生怯懦丑陋或从容伟大裂变的现实，以及赞颂着爱国青年、冲锋陷阵的战士在民族大义面前勇于担当的大无畏精神。小说对老舍之后如何写《四世同堂》有着重要的总结意义。

作者在《序》中写道：

“写完，从头读阅一遍，自下判语：要不得！有种种原因使此书失败：（一）五年多未写长篇，执笔即有畏心；越怕越慌，致失去自信。（二）天气奇暑，又多病痛，非极勉强的把自己机械化了，便没法写下去……（三）故事的地方背景是文城。文城是地图上找不出的一个地方，这就是说，它并不存在，而是由我心里钻出来的。我要写一个被敌人侵占了的城市，可是抗战数年来，我并没在任何沦陷过的地方住过。只好瞎诌吧。这样一来，我的‘地方’便失去使读者连那里的味道都可以闻见的真切。”

“不过，上述的一些还不是致命伤。最要命的是我写任何一点都没有入骨。我要写的方面很多，可是我对任何一方面都不敢深入，因为我没有足以深入的知识与经验。我只画了个轮廓，而没能丝丝入扣的把里面填满。”

4月 邨在《突兀文艺》新4期“我欢喜的书志”一栏里说：“《憩园》（小说）：一株结实的稻！虽然作者（巴金）仍是在旧家庭的悲剧中旋转的产品，但能以平凡的故事，平凡的人物，平凡的笔法，给予我们以不平凡的撼人的热力。”

4月 泉在《突兀文艺》新4期“我欢喜的书志”一栏里说：“《海河汩汩流》（小说，王余杞作）：这本书销路似乎不大好，但确写得幽默而亲切，令人叫好。”

4月 苏青的《结婚十年》由上海天地出版社印行第十一版。

4月 司马文森的《人的希望》由重庆联益出版社初版（创作新丛）。

4月 拓荒的《少女忏悔录》由重庆集中出版社再版。

4月 徐仲年的《双尾蝎》由重庆独立出版社印行第三版。

4月 茅盾的《霜叶红似二月花》由重庆华华书店印行渝一版。

4月 周楞伽的《炼狱》易名《幽林》由上海春雷书店出版。

5月1日 **张金寿的《路》由上海文潮月刊社初版（文潮丛书第一册）。**

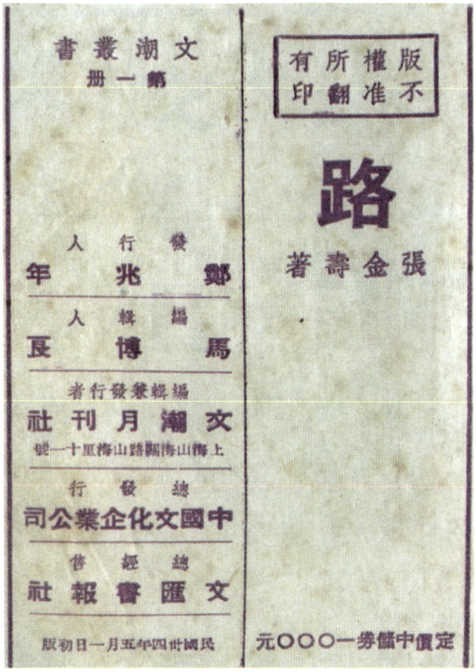

梗概：许怀民是出身村镇的一个苦孩子，因家境贫穷，小学毕业的他只得放弃继续上学的念头转而到工厂去当学徒。由于这是父命的安排而非出于他本心的选择，三年后他虽然学满出师，但却一直无法认同底层（师兄弟们）本真却粗俗不堪的生活方式和行为准则，因而也无法真正融入他们的生活圈。他也被他们视为另类。几年来，许怀民虽然默默地承受生活的重压，但内心的倔强以及通过读书改变命运的念头却从来没有停止过，他要好的朋友义群等也劝他努力改变自己的命运，但怀民念及年迈的父母以及自己身为长子的重任，不得不在枯燥与烦闷中煎熬挣扎。卢沟桥事变后，许怀民失业在家，这使他有时间认真思考自己的命运与未来的选择。迫于生计，他写信向他最要好的朋友义群借钱，却遭到了拒绝。他的那些师兄弟们一个累得吐血而死，还有一个已开始吐血。看到这种惨状，怀民彻底地清醒了过来。虽然他的师傅为他在铁路上重新找了一份工作，但他毅然决定辞掉这份工作，外出学习。他知道这几年来他就是耽误在延宕之下，由延宕而产生依赖心理，由依赖而陷入困境。现在他终于明白：路只有靠自己去走，虽然这条路能不能奔向光明尚不得而知，但至少这条路是自己选择的道路，命运掌握在自己手中。

按：这是张金寿（1914—2004）一部表现底层民众生活的长篇小说，作者通过对许怀民由屈从命运到为命运抗争的心路历程的描写，再次印证了一个平凡、朴素却耐人寻味的道理：靠天，靠人，不如靠自己！小说朴实而富有生活气息，特别是对底层生活样态与百姓生活心理、行为的描写，真实自然。小说的基调有些沉重，但这沉重却正契合于那个悲惨岁月的时代氛围。不过，由于作品描写较为琐碎，加之作者骨子里对底层民众及其生活方式的轻视，在字里行间流露出显在的“贵族气”，冲淡了作者对生活在底层的劳苦大众的同情与博爱之心，影响了作品的艺术厚度。

5月1日 老舍的《四世同堂》第二部《偷生》始刊于《世界日报》，至12月15日毕。

5月4日 茅盾在《文哨》第1卷第1期发表《读书杂记》一文，认为：（1）《肥沃的土地》：“破箩筐和黄老五是写得最好的两个人。”“书中人物的对话都是活的语言，善于运用民间的活字汇，故如闻其声。”“风景描写能从农民眼中去看，不是知识分子眼中所见的风景；不是诗意的，而是充满了泥土香的，联系着农业生产的，饱和着农民的血汗的。”“但本书所写，尚属抗战以前的事——究竟是抗战的前一年或前两年呢，还看不出来，书中没有暗示这一件大事在农村中起了什么‘山雨欲来风满楼’的情形。”（2）《风砂之恋》：“本书写林晶部分之太多的色情，实在超过了衬托林晶堕落所需要的程度了。”“‘风砂之恋，一方面是指那在陇海线弥漫的风砂中迷失了道路的一些青年，他们的眼睛有些被风砂打瞎了，因此而彷徨而堕落，另一方面是指那奋斗的一群，勇敢地踏上了征途，投奔到那大风砂的地方去。’这里前后两个‘风砂’意义颇不清楚。姑置不论，姑认为这便是本书的主题罢，但作者惜未完成任务。作者写了个林晶，‘完成’了林晶的堕落，可是，在堕落的林晶四周的社会，也已写得太少，或者太表面的了，更不用说那‘风砂’本身了（使一些青年迷失了道路的那风砂）。而‘勇敢地踏上征途’的一群则前已说过，写得太少，又太闪烁。”“全书结构颇多潦草之处，若干人物及其行动勾联不紧，且有随手拈来，就地生发之病。写景处亦有甚为累赘者。对话亦不如《肥沃的土地》那样生动。”（3）《春暖花开的时候》：“第一分册太多了小儿女（都是救亡青年）的私情密意，说得好些，这倒有点像春暖花开的时候一群小鸟在枝头跳跃，啾啁不歇。”“所以，第一分册的调子宛然就是滥熟的‘抗战不忘恋爱’，或者，‘也有抗战，也有恋爱’。”“幸而在第二三分册中，儿女私情渐渐退居次要地位，一些问题被提出来了……使得第二三分册——特别是第三分册——在小鸟啾啁之中有了金戈铁马之声了，甚至不妨说金戈铁马之声终于成为基本的音调了。”“作者终于把这部书挽救过来，不使成为抗战《红楼梦》。”“但是，本书中虽然有不少地方写得相当细腻而深入（例如写罗兰的矛盾的心情，林梦云的恋情等等），有不少写景抒情的片段看得出作者颇费了匠心，然而从整个看来，不能不说这部书还是写得潦草的。”先看结构，“本书之结构缺乏计划性，乃是随想随写的”。“次看人物，本书人物甚多，但作者致力描写者，第一分册中几全为女性，第二三分册中虽亦分力写男性，但比重上仍不及女性。而女性之中，作者尤所致力描写者，便是他借了书中一个人物的嘴巴所说的‘女性三型’。所谓女性三型，第一个比喻是太阳，月亮，星星；第二个比喻是瀑布，溪流，寒泉；第三个比喻是散文，韵文，情诗……而黄梅是属于第一型，林梦云属于第二型，罗兰是属于第三型的。在另一处，作者又借另一人物的嘴说：譬如花草，黄梅是在山野中风吹雨打下长成起来的，小林在温暖的阳光下，而罗兰直是生于温室。三型之论是否惬当，乃另一问题，这里所欲指出来的，乃是三型之中，作者写罗兰最多，且亦最好，小林次之，写黄梅则失败了。从理论上说来，此三型的女性，各阶层中都可以有，构成此三型之各别的品性是为个性，而阶级性不算在内。作者要写的黄梅是佃农的女儿，幼年在革命的大风暴中打过滚，父兄均死于革命，黄梅后来又在工人区域中长大，念过初中——这样一个姑娘当然有其个性，也有其阶级性，但作者告诉了我们些什么呢？作者告诉我们：黄梅作事痛快，看事实际，痛快与实际，前者如果可视为个性，则后者亦可说是点出了阶级性的一部分。所可惜者，未能充分发挥，描写得入木三分。”“同时，另有一点也不能不指出：作者把第三型女性（星星，寒泉，情诗）分配给一个豪绅大地主的‘叛逆’的女儿，把第二型（月亮，溪流，韵文）分配给一个小康的相当开明的家庭的女儿，把黄梅作为第一型（太阳，瀑布，散文）的代表，这样一来，便有引导读者混淆了个性与阶级性的毛病。”男性人物方面，“和女性人物一比较，总觉得是陪客而已。这些男性人物的性格还不够立体化”。总之，茅盾认为：“作者最大的失算在于未曾精密计划了全书的总结构。这一失算，再加以‘且写且排’，那么，周章狼狈的后果是大概难以避免的。”“即使单从技巧上说，本书既有这么多的人物，长至三四十万言，倘没有个大开大阖，波澜壮阔的结构，毕竟是支撑不住的。”加之“配搭欠妥贴，轻重失斟酌，虽用十分力，读者所感得者乃不及半耳”。

5月4日　《文哨》第1卷第1期刊载《困兽记》的广告：“这是沙汀先生继《淘金记》后一部新的长篇小说。背景虽然仍是大后方的农村社会，活动的人物可不同了，这里的主角已不再是土劣，发国难财者和落魄的浪子，而是乡村小学教师，那些清贫艰苦的文化战士。但作者描写的重点，却又不在他们的菲薄待遇，而是大后方一般智识份子，于抗战第二阶段中所曾身经的重重苦闷。因此，作品的故事，虽是一场凄绝无望的恋爱，读者却极难从这里面找到色情，反可于此领略到主人公深沉严肃的心情。全书约二十万言，是抗战以来极可宝贵的收获。”

5月10日　**袁犀的《面纱》由北京新民印书馆初版。**

梗概：小说从《贝壳》中故事发生后的第三年写起。李瑛大学毕业后进入全城最好、校风最严的女子中学授课，和个性突出的音乐教师金采成了好友。金采有着不为人知的身世，她搬出了破败的旧家庭后，与大学同学、画家步青

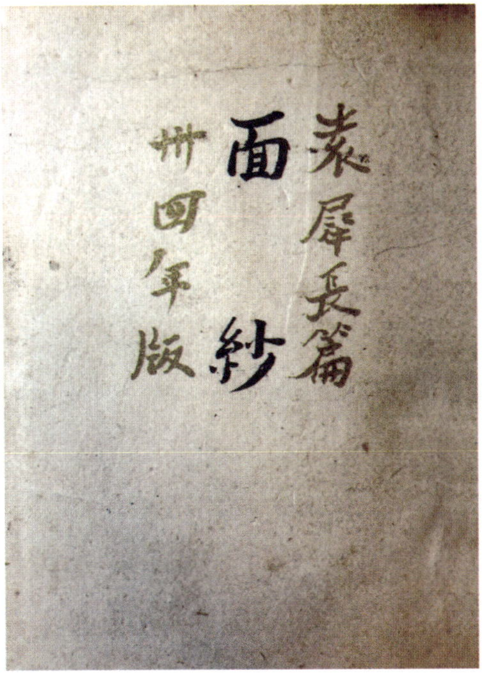

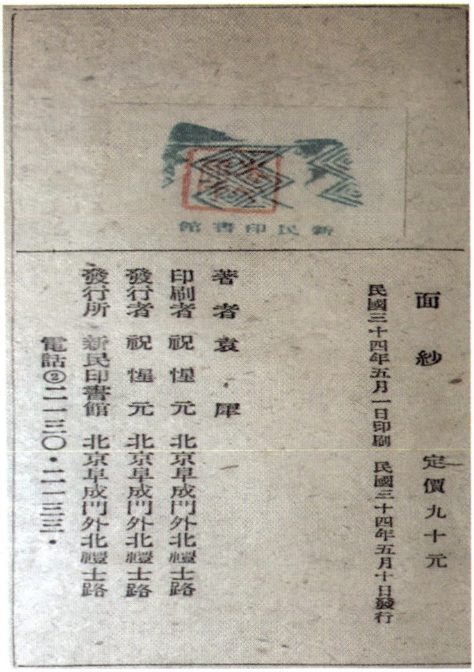
新民印書館

面紗 定價九十元

民國三十四年五月一日印刷 民國三十四年五月十日發行

著者 袁犀

印刷者 祝惺元 北京阜成門外北幔士路

發行者 祝惺元 北京阜成門外北幔士路

發行所 新民印書館 北京阜成門外北幔士路

電話②二一三〇・二一三三・

成为邻居。金采在与特立独行的黎维夫的接触当中逐渐爱上了他，但黎维夫却懦弱地选择了逃避爱情。金采被诬陷与学生运动有关，被开除出校，最后在学生游行中被砍成重伤。李瑛在学校受到学生的爱戴，经金采介绍认识了自己欣赏的画家步青。某天李瑛发现学校校医居然是当年欺诈姐姐的郝铸仁，十分厌恶，更可恨的是，她还发现郝铸仁诱骗了学校的许多女生。郝铸仁报复性地将真相告诉了李瑛的姐夫赵学文，使李瑛姐姐的家庭彻底破碎。女学生魏馥最终惨死于郝铸仁房间，郝铸仁则逃之夭夭。李瑛也不堪学校专制的管理而决定出走。另一方面，脚部残疾的徐仪辛苦支撑着一家贫困的孤儿院，并不时向李瑛寻求帮助。阴差阳错，李瑛变成了大学时代曾经追求过她的张嘉士的资助者，张嘉士早已今不如昔，和妻子过着贫困潦倒的生活，李瑛在张不知情的状况下帮助他抱回了自己送走的亲生骨肉。但命运却让孩子最终又回到了孤儿院，由徐仪抚养。李瑛在经过了一连串阴暗的变故后，毅然决定出国，她得到了朋友和家庭的支持，在轮船上遇见了丧妻的同去罗马的步青。

按：《面纱》是《贝壳》续集，但小说写得依旧散乱，除了勉强完成了故事的结局外，没有什么值得称道的地方。虽然作家在人物的爱情故事中极力表现所谓的人生哲理，但逃避现实的写作姿态与淡化时代的意味却是不言而喻的。

常风在《跋》中认为："这部小说的题材比之《贝壳》庞杂的多。他想用来作为故事的中心与一个伟大的背景的事件，为了方便，他没有写进去。只轻轻描下那末一点影子。"所以，小说中的"人物失掉了彼此的连系，许多穿插也现出突兀。但是这些人物却都沾染着袁犀的忧郁与热情，他们都分享着袁犀的精神，盘据着袁犀的世界。正因为这个原故，《面纱》仍然要为我们爱好，使我们感觉着亲切。在这部小说里袁犀将真正现代的中国青年的面貌与灵魂忠实地保存了"。

又：该《跋》后以《〈面纱〉后记》为题，刊于1946年9月30日《文艺时代》第1卷第4期。

5月17—18日 萧军在《解放日报》刊载《回家》（长篇小说《第三代》第三部中一章）。

5月19日 哲人在《现代周报》第4卷第3号发表《论巴金》一文，认为《灭亡》"表现着伟大的时代性，和旧军阀统治的崩溃，革命势力勃发是表现得非常明显"。"有了《家》，也不应该有《春》，也不应该有《秋》，那些仅是从一个具体的事实中所蜕变出来而已，也没有什么多大的意义，也仅是说明了一个大家庭破产的必然性，生于封建制度之中的男女，受着很大的束缚，和种种不幸的遭遇，而在他的小说中，也表示了家庭革命的更需要，要不然的话，只有牺牲，只有毁灭，以至于消灭了一切。""他的创作的态度始终是悲观的，愤恨的，阴郁的，幽暗的，似把那光明看作黑暗。""终之，他的思想是前进的，他技巧的表现各不相同，有好有坏，有优有劣，他的主张固执，坚持。"

5月23日 臧云远在《扫荡报》（昆明版）发表《〈淘金记〉读后感》一文，认为："有那么两种作品，一种热情奔放，惊心动魄，情景逼人，大场面，大手笔。一种是温情的，像缓缓的河流，细腻，精致，自然，一事一物，一言一语，像真的一样。沙汀兄的《淘金记》，是近于后者，他把我们的视线带到川西的一个小镇，平平淡淡，自自然然，展开了一串后方生活的画面。没有巨大的高潮，也没有丧魂失魄的事件，然而却入情理，逼真逼肖，自成了结构精美的布局。生动的故事，都是日常生活，都是你随时随地可以见到的人物。在作者笔下，入情入理，不夸张，不虚构，不马虎，把这些小地方上的小人物，摆在你的面前，使那些卑贱的，小心小意或大胆妄为的灵魂，在你面前，幌来幌去，使你看到这些人吃人的，然而大家却习以为常的生活现象，是怎样在后方的乡镇猖狂着。”

“这些人物在作者笔下，性格分明，一点不勉强，不过火，顺着在孀妇祖坟挖金子争斗的引线，展开了乡镇上生活的图画，乡村上层社会人物的性格的冲突，明争暗斗的笑里藏刀或红鼻子红脸，等等。”“这一些小乡镇上的小人物，正可以概括一般社会的上层人物的灵魂面。一本《淘金记》正可以反映出抗战以来大后方官僚商业资本猖狂的面貌。”

“其次，被压迫的灵魂，孀妇和伊的儿子，正是中国一般农村社会里地主的主妇和荡浪子的典型。”“这许多人物，这许多人生斗争的场面，这反映抗战后方一般农村社会发展情形的题材，通过作者简炼的行文用字，干净极了。而对于四川土语的运用，更使对话生动有力。”

“这是一本佳作，没有眩人眼目的手法和用笔，也没有小市民趣味的色情穿插，因为写的是浮游在乡镇上的当权的流氓地主生活，所以整日劳作着的广大农民群众，并没有占据怎样篇幅。”“作者的态度不是露头露脚的，它隐蔽在故事的发展里，隐蔽在人物的行动和对话里。”“作者并不提枪出马，发泄一通，把作者主观的情感流露在纸面的。这是一种写实作风，而不是作者毫无取舍不置可否的纯自然主义的作风。”“旧的写实主义者面对着旧的社会，写实的部份是好的，作者如果发表点意见，把主观的意思拿出来，往往因为作者世界观的落后，反倒歪曲了现实。新的写实主义者面对着动荡的新的生长旧的没落的社会，歌颂新生的进步的，讽刺没落的倒退的，反映着现实社会的动向，把它的灵魂，把时代的精神刻画在纸上。作者一定要有自己的看法想法，一定要有进步的科学的世界观作解剖社会万象人生百态的利器。这样渗入作者自己主观精神战斗情绪，只是比重不同，沙汀兄不过运用这方面少一些罢了，说他纯客观的写作态度，事实上要把自然主义和写实主义的创作方法分清楚才成。”

“而今色情小说风行，一般市民沉溺在纯欲感的麻醉里，要刺激而不要心灵，在书摊上能有一部《淘金记》，带着文艺的艺术力量，默默地有时受人冷落地支撑着，已经是难能可喜的事了。”

按：此文又于7月15日以《〈淘金记〉读后小记》为题删改后发表于《青年知识》创刊号。

5月 沙汀的《困兽记》由重庆新地出版社初版。

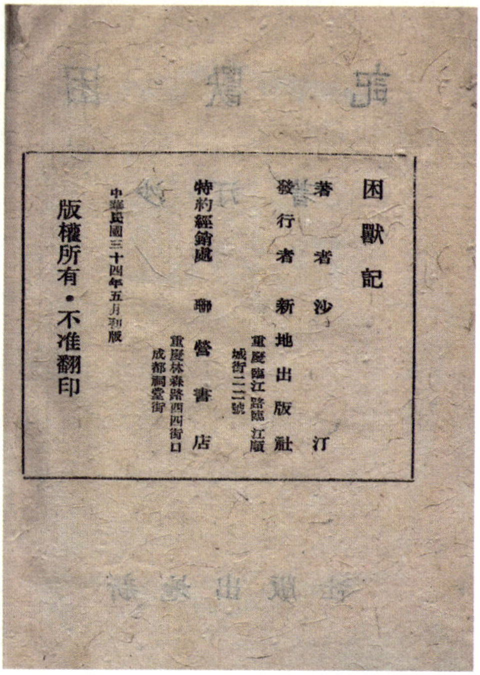

梗概：1940年夏，章桐从前线中条山回到故乡，本乡中心小学的教师们（也是章桐的好友）为他洗尘。宴会上，大家有感于大后方的死沉与烦闷，便回忆起1937年大家从事救国演剧运动时的热烈场面。主持人田畴还提议大家一起再搞一次小剧场活动，恢复乡下的活力。正当他们热烈讨论时，过去的台柱吴楣走了进来。吴楣是豆渣公爷李守谦的宠妾，一度热心于戏剧活动。现因丈夫带了新宠邹幼芬回来，使她再次感到屈辱，她想以演剧解脱自己。田畴本和妻子孟瑜在王场教书，因子女多，负担太重，就搬到乡下居住，孟瑜退职在家照看孩子。

在这里，孟瑜与吴楣交识。田畴本看不起吴楣，但在抗战时期一起演剧的过程中，渐渐佩服起她来。演剧工作结束后，二人的友谊愈加巩固，惹得孟瑜有时故意说些妒话来取笑他们。孟瑜的第五个孩子将要出世，她被迫沉湎于家务琐事，这让田畴很不悦，也感到一种压抑和苦闷。他毫无来由地烦躁，还为吴楣的处境担忧，他期望演戏，其实内心也有帮吴楣摆脱屈辱的处境的想法。然而田畴的同事们各有心事，致使第一次演剧筹备会因人数不齐而告吹。第二次会议刚在进行中，恰逢孟瑜分娩，田畴本不愿中途退场，还希望吴楣能挽留他在会场，吴楣察觉后反劝他回去照料孟瑜，这使田畴有点不解。回家见到产妇后，田畴又充满了忏悔的情绪。几天后吴楣赶来看望孟瑜，田畴看到吴楣那坦诚的态度，不禁为自己的想法羞愧。苦于孩子的拖累，也出于友情，田畴夫妻打算把这个孩子送给吴楣抚养。吴楣自己没有孩子，自信丈夫李守谦一定会听自己的话，便欣然应承，并约定满月那天抱过去。这对田畴来说，如同卸去了一副重担。他盲目地乐观起来，还鼓励孟瑜振作精神，而孟瑜则陷于日常生计的苦闷中。这使田畴重又体验到生活的重压给他的道德压力。而田畴所寄予希望的演剧工作，又因手续烦琐和其他同事的冷淡而日益渺茫。孩子满月时，田畴夫妇请大家喝满月酒，也等待吴楣来抱领孩子，但吴楣却失约了。原来李守谦的新宠邹幼芬已有身孕，李守谦便不再同意吴楣的领养方案。吴楣之后来田畴家解释此事。田畴本来就为生活的重压而烦恼，又误以为是吴楣有了身孕就反悔，便把怒气撒向吴楣。吴楣为此深感歉意，也很难过，本希望能得到田畴夫妇的安慰，没想到却遭田畴挖苦，悲苦难言，负气而走。田畴知道事情的原委后，悔恨交加。这许多不顺使他的脾气变得怪异甚至很易暴怒。第三次大家开会筹备演剧时，大家让他去找吴楣。他到了吴楣家，却向吴楣倾吐了自己为她所受的折磨，而这无一不是对她的爱所致。但是，他们亲热的谈话情形正好被李守谦撞见。李守谦非常恼怒。不过，吴楣此时对于丈夫的恫吓，反而不惧怕了，她渴望结束这闹心的局面。她希望田畴能使她振作起来，但又想到自己和田畴的爱情会给孟瑜和孩子们带来不幸，又陷入绝望。她决心见田畴以决定最后的选择。正巧，当她走在路上时，遇见了正四处找房的田畴。田畴见此情景，借机支开了孟瑜及家人，二人独自来到家里，设想着他们的种种出路：参加职业剧团、到前线、到恩施。美妙的畅想使两人情不自禁地拥抱在一起，岂料这一场面又恰好被中途回来的孟瑜看见。吴楣羞愧交加，刚跑出门又与李守谦相遇，两人又争吵起来。李守谦一气之下打了吴楣两耳光，吴楣转身跳入池塘，李守谦见状马上命人救起。此后，吴楣对生活死了心。田畴也很快搬了家。孟瑜原谅了田畴的过去，她也恢复了教职，相夫教子，操持家务。田畴则彻底认了命，甚至章桐再上前线的行为也没有激起他远走高飞的念想。

按：如果说《淘金记》是沙汀对国统区乡镇恶霸恃强凌弱、鱼肉百姓的丑恶样态的深刻揭示，那么，《困兽记》则是沙汀对乡村知识分子在现实的、物质的、精神的多重挤压下抗争、动摇、妥协乃至认命的根性写照。小说以乡村小学教师们筹备演剧为线索，以主人公田畴与吴楣的暧昧关系、与妻子孟瑜的家庭纠葛为焦点，深刻地揭示了身处大后方令人窒息的如死水一般的压抑氛围下乡村知识分子如土拨鼠般的生活样态和精神负荷。它凄楚地表明：置身于这一环境，就如同猛兽置身于牢笼，无论你拼搏的利爪如何锋利，也无论你向往自由的意志多么坚强，都将无力挣脱这一樊篱，而你所做的一切，都如困兽犹斗，无济于事。小说的色调虽然略显暗淡，但田畴、吴楣、孟瑜等人物形象依然刻画得栩栩如生，准确而细致的心理描写更加深了对人物性格的塑造，而这一切正得益于作者清醒而坚实的现实主义精神。

5月　丁谛的《前程》由上海知行编译社初版（文艺丛书之三）。

梗概：成功商人陈立三偶遇艺校毕业生李絮茵，为她的美貌所吸引，就想让她毕业后做自己的秘书。同班同学马二南想办艺术学校但缺资金来找陈立三，他犹豫后帮助解决。为找房找工作而苦恼的同学方辉甫在陈立三开办的公司巧遇陈立三，在立三及陈太太菉云的关照下，方辉甫在立三的公司上了班，同时还做了陈太太监视陈立三与李絮茵关系的耳目。在立三的大力帮助下，二南的艺术学校开学，李絮茵则既在立三那里任职，又在艺校兼职。为博得李絮茵的欢心，立三支持了二南的画展，而且举办得非常成功，售出了不少的画作。在庆功会上，立三本想借机靠近絮茵，但由于方辉甫的报告，陈太太来到大厅坏了立三的计划。

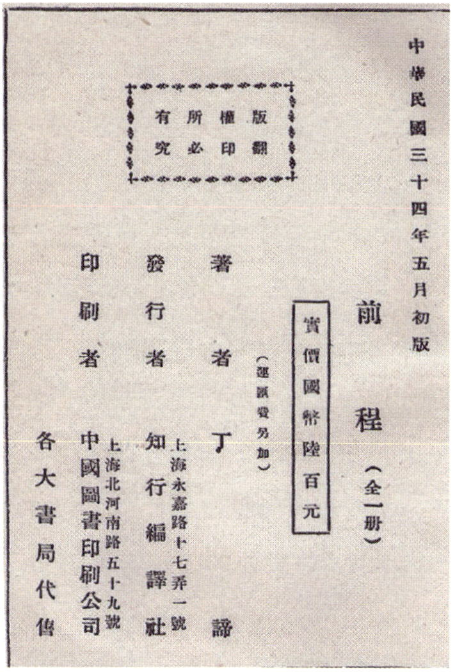
中華民國三十四年五月初版

前程（全一册）

實價國幣陸百元

（運費另加）

版權所有 翻印必究

著者 丁諦
上海永嘉路十七弄一號

發行者 知行編譯社
上海北河南路五十九號

印刷者 中國圖書印刷公司

各大書局代售

在办校过程中，二南与絮茵产生了感情，然由于二南追求为艺术而艺术，不善经营，学校很快难以为继。不得已，他低价卖掉了学校，与絮茵一起去乡下追求艺术梦。之后，立三与菉云离婚，方辉甫因暗中帮菉云从立三处赚钱被立三得知而离开。立三与一个名叫曼娜的舞女同居，后在做股票生意中失败，曼娜裹挟财物失踪，而立三的眼睛又因病几乎失明，便决定离开上海去乡间休养。这天，立三在乡间散步，正巧遇见二南和絮茵，双方都为对方的变化感到惊讶。一番解释后，三人重归于好。这时，方辉甫也写信给二南，说他在农村办了一个农场，一切都在兴旺中。一天，他们三人决定去看马戏，但在看马戏的过程中，立三发现其中一个受到老板虐待的小孩很像自己的孩子玲哥，于是絮茵找到警察将玲哥解救了出来。后玲哥受风寒而生重病，二南在路上遇见菉云，将她带到家里与玲哥及立三见面后自己去请医生，在回来的路上不幸摔断了右臂。二南并不灰心，用左臂学画，而且画得比以前更好。后来，二南再次在上海举办了画展，这些贴近大地具有浓厚乡土气息的现代主义画作获得了更高的评价，远比上次成功。展会结束后，二南、立三、絮茵三人往农村去——加入到方辉甫所创办的理想的新农村中。这便是他们人生的理想境界，也是他们阔大的前程。

按：丁谛（1914—2000）即吴调公。作为一部商界小说，《前程》的艺术水平实在一般。这主要表现在：人物性格并不鲜明，故事情节破绽百出不合逻辑，主题思想过于理念化且生硬。在主题上，作者本想表达理想与现实充满着矛盾，城市与农村充满着对立，在理想与现实之间应该理想至上，在城乡之间农村更为纯净，因此，尽写城市的龌龊与卑鄙，到处都充满着铜臭味，农村纯朴的环境是实现艺术梦想的理想境界，是实现阔大前程的理想国。但是，这种将人物的命运转变置于城市的动态环境中，将人物的梦幻追求及其实现置于农村的静态环境里，本身就简单且理念化，经不起推敲。因此，《前程》是一个失败的艺术，是脱离现实的艺术书写，是概念化的商界小说。

5月 刘盛亚的《夜雾》（第二部、第三部）由重庆群益出版社初版，1—3000 册。

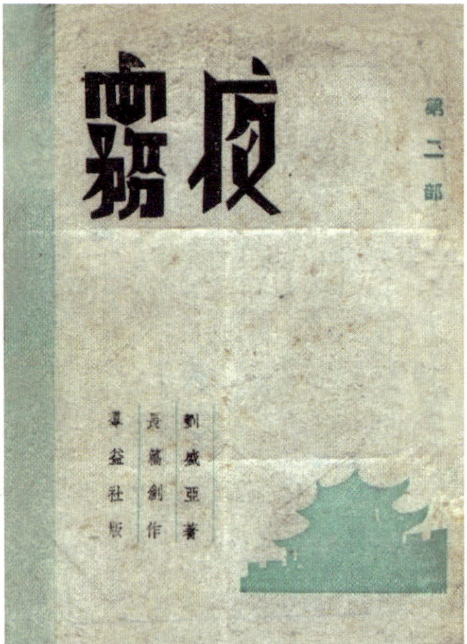

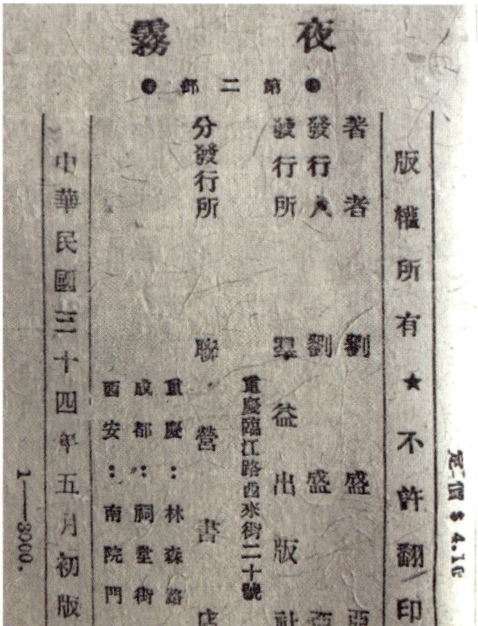
夜霧

●第二部●

版權所有★不許翻印

著者 劉盛亞

發行人 劉盛亞

發行所 羣益出版社 重慶臨江路西來街二十號

分發行所 聯營書店 重慶：林森路 成都：祠堂街 西安：南院門

中華民國三十四年五月初版

1—3000.

定價$4.16

梗概：丽英随更生逃到了其舅家，过上了上流社会的生活。丽英应更生的

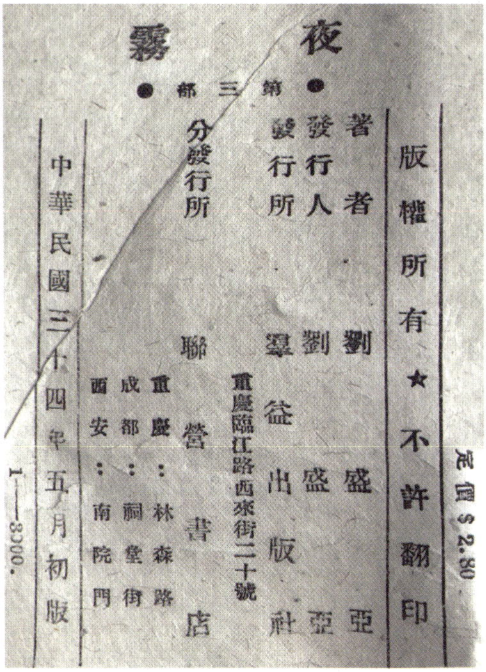

要求，隐瞒了自己的戏子身份。两人成婚后更生被聘为A省的学督，其属下老乌为巴结更生，将其带进了烟花柳巷，从而结识了虽沦为妓女但仍有骨气的赖八、老三。丽英在产下一女后，很快得到了一份小学教员的工作，但因犯了常识性的错误而丢掉了工作。平日，丽英很欣赏更生的堂弟克文的革命反抗精神，常常给予克文以帮助。克文将他的抗战好友章淑善介绍给丽英，她们很快成了密友，淑善后因工作需要离去。就在此时，丽英在戏园重遇了“死去”的丽雄，二人重燃爱火，决议一起逃走，但后来丽英由于家庭的羁绊，最终同丽雄一刀两断。更生在发现事情真相后，带着孩子离开了丽英。无路可走的丽英决定回到北平重操旧业。在宝鸡时，丽英巧遇穷困潦倒的小福、丽良二人，并得知了小桃红的死讯。回到北平后的丽英立马求助于已身居高位的汉奸潘一贵。丽英又变成了名角，同时也变成了潘一贵的情人。丽英因嫉妒同行晚辈蓝凤凰，一怒之下将其除名，蓝凤凰为了报复丽英，污蔑其私通游击队，使之下狱。丽英在狱中遇见了一批宁死不屈的抗日学生，最终悲惨地死在狱中。

按：这是刘盛亚（1915—1960）一部表现梨园戏子在抗战时期的人生经历

的作品。通过对她们不幸命运的细致书写，深刻地揭示了女演员在多重重压下，人性被严重扭曲导致生命陨落的悲剧，表明了对象征人性自由发展之理想家园的“凤凰园”的执着追求，控诉、反思了黑暗社会与残酷战争对人性的戕害，具有普遍的意义。作者一方面继承了五四文学传统中“人的文学”之精髓，一方面与抗战时期的文学理论热潮保持距离，坚持以呈现个人生命活动为己任，始终以人性为基点来关注小人物的命运，反观时代的变化，使得《夜雾》不仅没有走向历史深处，相反，在漫漫文学长河中闪耀着永恒的人性之光。

5月 **赵清阁的《月上柳梢头》由重庆黄河书局初版（黄河文丛）。**

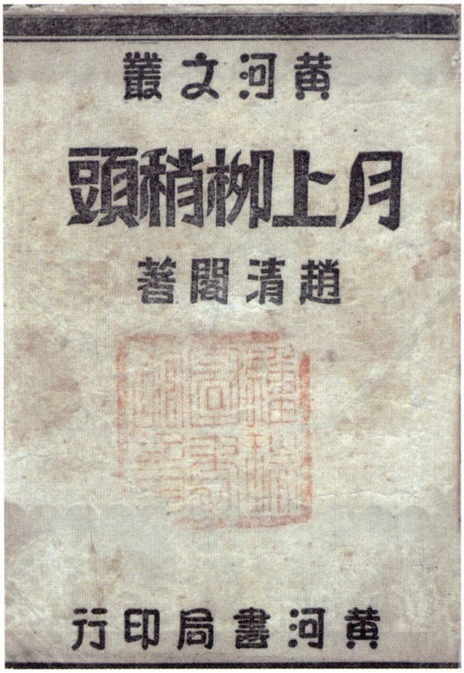

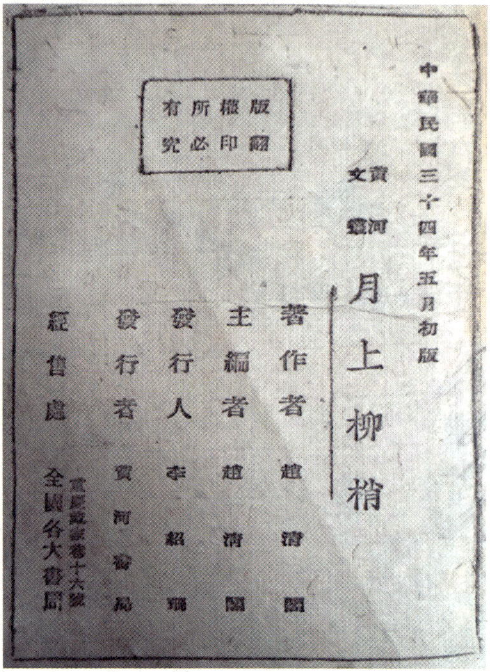

梗概：宣统末年，廉庄的夏老太爷病逝。次年，夏进士要入省为官，夏太太一人照顾女儿芹小姐和幼子夏之澄不便，便邀姑太太携其子女胡庆华、胡兆华、胡湘琳入廉庄同住，芹小姐和胡庆华青梅竹马、两小无猜。后来，胡庆华赴北平求学，夏进士悄悄为芹小姐定下与省长儿子的亲事。芹小姐得知消息，向胡庆华求助，胡庆华因忙于五四运动未能及时赶回，在婚前的夜里芹小姐投湖自杀，夏太太随后也病逝。胡庆华自此再不谈感情，毕业后在北平做了中学教员；胡兆华在北平娶了上海小姐李玉春；夏之澄和胡湘琳长大后分别考取了黄埔军校和北平的女子文理学院，因为芹小姐的教训，夏进士不再阻拦夏之澄和胡湘琳的感情，早早为二人订了婚。一·二八事变爆发，夏之澄前往上海作战，偶遇失魂落魄的胡兆华，原来李玉春要随一个阔少私奔到美国，胡兆华在码头前刺伤阔少被判刑一年，刚刚释放。在夏之澄的劝说下，胡兆华表示要重新做人。1936 年秋，夏之澄和胡湘琳毕业后返回家乡结婚，胡湘琳在县城中学执教，胡庆华也要在家乡暮云山办学校，胡兆华则在西北从事政治经济研究。七七事变爆发后，夏之澄奔赴前线，胡庆华组织村民成立了暮云山民团军。次年县城陷落，胡湘琳逃亡时被敌人刺伤，被民团军救下带回暮云山，夏进士未找到受伤的胡湘琳，以为胡湘琳已死，在敌人占据廉庄时与敌人血拼被枪杀。胡湘琳夜回廉庄侦察敌情，却被管家吴容误认为闹鬼，日本人随即撤离廉庄。夏之澄在前线炸伤了眼睛，被送回廉庄疗养，为顾全大局，胡湘琳只得继续以“女鬼”身份夜回廉庄。中秋夜，胡庆华带领民团军协助主力部队反攻县城取得了胜利，胡湘琳把夏之澄带到暮云山。吴容夫妇以为夏之澄被胡湘琳亡魂带走，直到在民团军服务的儿子吴顺归来方才真相大白。

按：赵清阁（1914—1999）的这部小说通过对廉庄里三对青年知识分子的描绘，展现了从“五四”到七七事变的时代变迁，尤其通过胡庆华芹小姐、夏之澄胡湘琳这两对恋人的遭遇传达出封建礼教的吃人特征和日本侵略者的残暴无情，具有强烈的反封建和抗战救国思想。小说语言简练，结构精巧，情节曲折跌宕，但戏剧化特征明显。小说开篇采用插叙的方式，以廉庄女鬼谣言和日军侵略增强恐怖紧张的气氛，制造出悬念，之后选取辛亥革命、五四运动、一·二八事变、七七事变等标志性事件组织情节，详略得当。但人物性格单一且缺少变化，有脸谱化倾向。

5月 艾芜的《春天》由重庆自强出版社印行渝一版，0001—3000 册。

5月 苏雪林的《棘心》由上海北新书局初版。

5月 老舍的《离婚》由上海良友图书印刷公司印行普及本第二版（良友文

学丛书）。

5月 刘盛亚的《夜雾》（第一部）由重庆群益出版社再版，5001—7000册。

6月1日 赵荫棠的《影》由北京华北作家协会初版（华北文艺丛书之九），1—5000册。

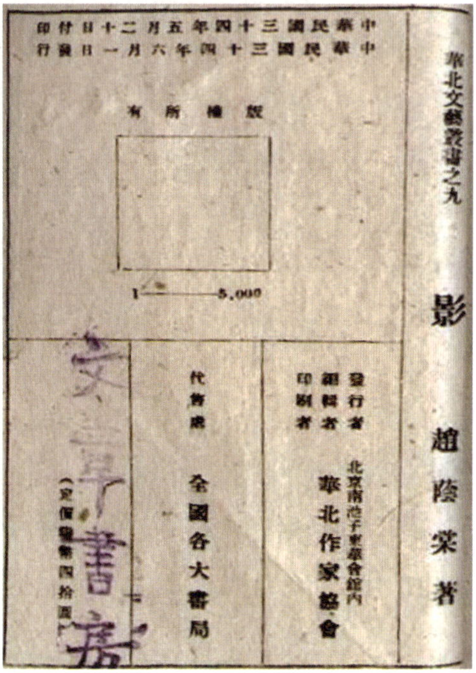

梗概：冬日的一天，张费村教授去书店取钱，快走到北海时看见一个熟悉的身影，只见她毒瘾发作摔倒在雪地上，口吐白沫，满地打滚。费村教授见状走过去，告诉她，他一定兑现他们分手时的约定：她死时他出棺材钱。看到她今天的结局，费村想起与她相识的经过。十年前，他与续弦夫人在端午节这天反目，痛苦至极的费村教授来到北海想自杀，但又没有勇气，他打电话给朋友高东林诉说此事，东林很快来到公园，劝他去散散心。他们来到一家妓院，发现学校尚院长也来逛，心里稍有些平衡。在这里，他们认识了十七八岁的少妇李依兰。她丈夫姓龙，是个军医，丈夫走后，她只好以此谋生。刚出来，他们又遇到同事方任安，他怂恿着费村他们又去了大森里。他们来到孟太太住处，叫了桂兰、桂芳两个姑娘陪客、抽鸦片，费村没有抽。但无聊的费村因之学会了嫖娼、喝茶、打牌。此后，他常和任安去找一个叫凤美的妓女打发时光。一天，因与校长的矛盾及事故，任安决定离开北京。这时，费村与任安发现凤美只是为了钱欺骗、利用他们，遂双双离开了凤美。不久，费村再次遇到了李依兰。相处了一段时间后，费村觉得依兰像萧太后，遂对依兰动了情，他抱着同情与能改造好依兰的愿望，不顾他人的意见，也不信汪太太的告诫，执意与有着吸食海洛因嗜好的依兰同居。刚开始，依兰还瞒着他吸，后来瞒不过去了，就公开吸。为生活计，费村坚决送她去医院戒了毒瘾，但好景不长，依兰又以各种理由抽了起来。六年间，费村想尽一切办法都无法改掉依兰吸食毒品的恶习。其间，依兰的丈夫回来了，依兰看到丈夫也吸食毒品且无力供养自己的嗜好，就没有复合。费村实在不堪重负，在赔了一笔钱并立下以后出棺材费的字据后，与她一刀两断。

按：这是赵荫棠（1893—1970）一部表现大学教师嫖娼吸毒的作品，更是一部揭示底层女子不幸命运的悲曲。小说借李依兰不幸的一生表现了底层妇女失去依靠后无奈无助的道路与悲酸痛苦的命运。这些身处底层的女人们，她们每个人都有着不幸的遭遇，却有着一样的归宿，令人心寒，令人悲愤。个人的遭际与她们的性格固然是造成这一悲剧的重要因素，但社会的黑暗才是她们走上悲剧道路的根本原因。作者意识到了这一问题，却幻想着以知识分子的一己力量改变这一现状，这只能是空幻而徒劳的，等待他的必然是失败的结局。小说生活气息浓厚，对北京沦陷时期的景致描写形象、生动，对下等妓院样态的书写细致、逼真，为人们了解彼时北京花街柳巷的风情留下了生动形象的历史记录。但是，也正因此，暴露出作者的立意不高，开掘不足的遗憾。作者的出发点在于记下北京沦陷时花街柳巷的真实情形，从中显出中国文化的一个侧面，却因之丧失了对人物悲剧命运的有力揭示，这难免影响了作品的思想深度。小说题名为《影》就说明了这一点：任何人特别是身处底层的妇女，一旦染上毒瘾，就无法戒除，它如同身影一样，如影相随，终生相伴。这固然是这类人的人性弱点，但将其作为整个小说的寓意，将她们的不幸命运归结为个人因素，将同情化为谴责，将悲悯化为悲叹，既转移了悲剧的动因，也降低了构思的起点，不能不令人深感遗憾。这也许与作者身处华北沦陷区，面对日伪统治的政治环境而不敢言说有关。另外，小说的结构与剪裁亦有不妥，人物的命运与人物的关系有些松散，有关依兰的情节中间有些脱离。

6月1日 丁志进在《语林》第1卷第5期发表《巴金的〈家〉》一文，说："六年前，我第一次读巴金的《家》，读了以后，得到一个印象，借曹禺的话来说，是'蓦一看觉得可喜，细细审视就会令人生厌。'这一个印象至今不变；现在我要将它分析一番，为什么我会有这样的感觉？这感觉是不是对的？"他认为，《家》自初版以来，流行十二年，至今还是一部热书，原因如下：一、书中的主角都是青年人，所写全是青年的故事。而青年读者又最多，青年喜欢读青年人的故事。二、"《家》的背景是一个典型的中国大家庭，有许多读者，本人就在这样的大家庭中长大起来。其余的读者，虽然自己没有这样的大家庭，却人人在亲戚朋友家里看到过，所以读了感到很亲切。"三、"《家》的主题是旧社会的种种罪恶，和新旧两代的冲突。"四、"这些主要题材，大都借婚姻问题表达出来。""归纳起来，可以这样说：巴金知道他的读者是谁，又选中了他们最关切的材料，这是他的大成功。"不喜欢是因为：一、这部小说太陈旧。二、小说太老套，即内容太老套，描写手法太老套。第三，全书结构太松懈。

6月1日 石怀池在《群众》第10卷第10期发表《评沙汀底〈淘金记〉》一文，认为："沙汀底《淘金记》，是一本好书，不管是站在社会学的立场或艺术的观点，都是如此。特别是在目前帮闲和市侩把持着文化市场，一些'进步者'流也随波沉浮，带着虚伪的浪漫主义的幌子，在干'色情加抗战'的欺骗人民的勾当的时候，这部以拘谨的态度来描画四川——大后方的心脏——它底荒凉落后，愚昧以及各种人物型底挣扎和追求底世态的《淘金记》，也就更值得被推重了。虽然，不可避免地，它本身也存在着许多缺点，某种程度地带有几丝自然主义的阴暗的气息，给与人们的是失望多于希望，莫名的愤怒多于合理的抗争的意志，很少能捉摸到将来的远景；但是，这比起以恋爱和花朵来装饰苍白的日常生活，因而自命为浪漫主义急先锋之类的作品，我们倒是宁愿取此而舍彼的。""沙汀生活在农民的海洋里，挖掘农村的烂疮肿疤；敲打那些善良的人们的灵魂的门扉，更向那些农村魔王（地主绅士和流氓）掷出毒辣的嘲讽和控诉。但是，如果要在这许许多多的作品里，找出一本最能代表沙汀底主要创作特质——他底对于农村的丰富的知识和透澈的理解，对于地主绅士和流氓底可怕阴森的狰狞相貌的剥露——同时，却也由于自己的出身地位和生活现况，对广大贫苦农民始终保持着一段小小的距离，常常把他们看作愚昧和无知，最多也只是心地善良和灵魂洁白，再就是如同所有的农民诗人一样，沙汀在他底创作里，也还无意间常常流露出几声伤感的叹息——这样一本书，假如要找出的话，那就是《淘金记》。”“《淘金记》这部作品，却应该算是沙汀底对于整个不民主制度产物的农村全面的抗议，是一个总的攻击，要害的进攻。”“沙汀不仅是一位白描圣手，是一位卓绝的解剖家，一位农民诗人，更是一位向不民主控诉的战士。”“读着《淘金记》，一个生长在城市的读者甚至会疑心走入一个魔鬼的世界，是炫奇而阴森森的。这是沙汀底胜利。但是，这个世界是太绝望了，太可怕了，太阴暗了，甚至希望的影子也见不到，这固然是现实应担负其全部责任，然而，沙汀没有在那些朴质善良的人民的灵魂里发掘出足以使自己和祖国新生的力量，即使是萌芽的新绿或一星星启示也好，这却不能不说是沙汀底小小的失败。”另外，“他所接近的，大概以农村的上层份子居多，这或许也就是出现在《淘金记》里的地主、士绅、保长和高级流氓之辈都栩栩若生，而一般贫苦农民则显得愚昧无知，好像是白痴似的善良忠厚的缘故吧。这样丑恶黑暗一面的剥露也就不可避免地要多于潜在力量和新生势力的掘发。”“再，他自己常常承认是‘一个带点拘谨的人’，‘顽固和保守的成份也不可少’，我想，这种农民式的性格倾向，也应该是沙汀创作底谨严甚至显得呆板的风格原因之一。”“沙汀是一位优秀的农民诗人。但是，假如在他底作品里，除去忠于现实和愤怒的控诉外，再有一种乐观的远景的期许，这岂不将更为健康的人民所乐于接受吗？”

6月10日　**关永吉的《牛》由汉口大楚报社初版，1—4000册。**

梗概：田主高五爷曾是艾子口镇小有地位的绅士，有田地，有瓷器店，门上贴着“文章华国，忠厚传门”的对联，很受他人羡慕。在汉口创业失败的大儿子高祖禹回来后，联合一些年轻人，成立了镇自治公所，建立了妇校，自己

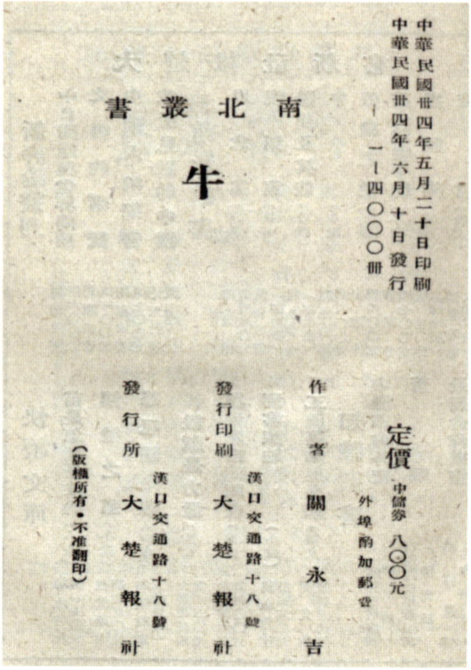

中華民國卅四年五月二十日印刷
中華民國卅四年六月十日發行
一—四〇〇〇冊

南北叢書

牛

定價 中儲券八〇〇元 外埠酌加郵費

作者 關永吉

發行印刷 大楚報社 漢口交通路十八號

發行所 大楚報社 漢口交通路十八號

（版權所有・不准翻印）

则从事长途贩运与放债的营生，家业迅速扩大。然而，辛亥革命后的军阀混战又使逃往天津避难的高五爷一家很快坐吃山空，无奈之下，高五爷只好借债回到家乡重新种地，而高祖禹则留在天津从事纸烟生意。高五爷重买了一头牛，孙子高贤中学毕业后找不到职业也回乡种田。这一年，收成意外的好，但粮价却涨不上来，为还债，高五爷只好低价卖了家里的粮食。这时，村里一些人谣传高贤要当镇长，要拉起队伍来并已买了枪等。听到这些谣言，高贤想：“乡村，这就是乡村，这里有牛，而且也有狼啊，要紧的怎么对付这狼。”他带着也受到流言侵扰的赵秀姑娘返回天津。

按：关永吉（1916—2008）即张守谦。小说《牛》的本意是想以牛象征不屈不挠、辛勤劳作、默默奉献的农人，象征眷恋土地、热爱家乡、回馈自然的大地之子，象征与牛有着同样遭际的以高五爷为代表的田主们的坎坷命运。虽然其中蕴含着苦涩与疲惫，蕴含着辛酸与悲哀，但可惜的是，小说对这一寓意的总体表现并不到位，特别是结构零散不均，头重脚轻，后部草率而散乱，描写与开头相比，几乎判若两作，对人物性格缺乏有力的刻画，命运转变也过于随意，丧失了开卷展读时的韵味。不过，对于《牛》的获奖，关永吉非常高兴，他说，这是他规划中的长篇三部曲《地主》的序曲，预计《地主》共有三部，第一部时间跨度是从辛亥革命到北伐战争；第二部时间跨度是从“大革命”时期一直到七七事变；第三部写七七事变后农民的生活与思想的大变动；或许还有一个尾声《马》与序曲呼应，但终究只是一个构想。关永吉曾大力提倡“乡土文学”，《牛》也因表现乡村生活而被一些学者视为华北沦陷区乡土小说的优秀之作，这实在是矮子里面拔将军，由之也可见华北沦陷区文学的贫乏与荒芜。

6月10日 田玉在《文艺春秋丛刊之四：朝雾》发表《茅盾新作：〈霜叶红似二月花〉》一文，认为“霜叶”象征快要没落的赵守义之流，但因为他们在那时尚很得势，所以它的颜色几乎超过二月花的红色了。“就作者的气魄来说，他的企图确实相当大，这《霜叶红似二月花》的第一部，仿佛像罗曼·罗兰的《约翰·克里斯朵夫》的第一部《清晨》。”“就创作的技术来说，从这本小说里，可以看出中国化的痕迹，在中国旧小说中常见的词句，一些为广大的读者群所熟悉的传统的好处，在这本小说里已经有很好的运用。”“在方法上，作者给每个人物一个故事，这些人物有共同的一面，也有个人的一面。根据问题的中心发展他的人物。”“以家庭的细故反映主线，尤其写来巧妙生动的，是作者对于人物环境和心理刻划描写。”“总之，这是一部值得注意的巨著，我们虽尚不能得窥全豹，但看作者的布置，实可和托尔斯泰的《战争与和平》及罗曼·罗兰的《约翰·克里斯朵夫》相提并论。”

6月10日 《新华日报》刊载《霜叶红似二月花》的广告：“这是茅盾先生的近著，内容取材于五四时代江浙一带某一富饶水乡的民间生活，以镇上土豪劣绅的争权夺利为中心，烘托出一般勤劳农民的疾苦来。书中几十个人物的性格，随着写景所传达的气氛全部发展得十分深刻动人。在错综而精严的结构中间，随时流露着冷隽的风趣。作者的妙笔，使深秋的霜叶，也像二月花那样值得惊赏，足见他的小说技巧上炉火纯青的功夫。这部小说正同《子夜》一样，无疑地确是我国新文学的瑰宝。”

6月13日 渥丹在《新华日报》发表《〈困兽记〉读后感》一文，认为：“《困兽记》底成功，在于作者对主题底发挥，人物性格描写之深刻细腻，以及语言运用底确切，增加人物身份之明确性等。”

6月22日 《新华日报》刊载《疾风》的广告：“这本书写一个师底流散的战斗队伍和卫生队被困在敌后一直到突围出来的纪录，从他们的遭遇里可以看出抗日战争的严肃和艰苦。作者用朴实的文字、真实的情感和写实的手法来处理这个题材，因此书里人物：学生出身的军官，卫生队的医官、女政工队员——那些知识份子们，以及大多出身农民的士兵和敌后的老百姓，一个个刻画得生动深刻，加以结构严整、题材真实和作者熟习战斗生活，故读来顿如身临战斗行列，穿走于烽火之间，与书中人物共甘共苦，诚为抗战文艺中一本出色的创作。”

6月23日 《新华日报》刊载《困兽记》的广告：“这是沙汀先生继《淘金记》之后的一部长篇力作。从这里反映出一般大后方知识份子的苦难、希望与挣扎。在抗战中，当一些人已经麻痹昏睡底时候，只有他们是代表着反抗的！困兽的囚笼隔不住震撼灵魂的吼声！而当新的生活开展时，他们便会勇猛地去迎接那新的时代。作者在本书里又给这些青年们暗示了正确的出路。全篇描写深挚，这更增加读者对人生底认识和战斗勇气。”

6月24日 王若飞在《新华日报》上发表《中国文化界的光荣　中国知识份子的光荣——祝茅盾先生五十寿日》一文，认为：“茅盾先生的创作事业，一直是联系着和反映着中国民族与中国人民大众的解放事业的。在他的创作的年代中，也正是中国民族与中国人民解放事业的大变动时期，中国大时代的潮汐，都反映在茅盾先生的创作中，他的《蚀》，反映了一九二五——二七年大革命前后中国知识份子在人民解放事业中的动态，他的《虹》，反映了五卅运动的侧面，他的《子夜》，反映了内战时期大都市的金融与民族工业的混乱，他的《春蚕》，反映了帝国主义经济侵略和封建剥削下的农村破产和农民的痛苦，他的《第一阶段的故事》，反映了八一三中国抗日民族战争初期的动向和情绪，他的《腐蚀》，更反映了人民抗战运动在一九四一年初春所遭遇的黑暗阻力——从茅盾先生的创作历程中，我们可以看到中国社会的大变动，也可以看到中国人民解放运动的起落消长。茅盾先生的最大的成功之处，正是他的创作反映了中国大时代的动态，而且更重要的是他创作的中心内容，与中国人民解放运动是相联系着的。”“直到最近的《霜叶红似二月花》——这长篇小说的第一部——我们可以看到茅盾先生的作风，是在利用民族形式争取更广大的读者群这一点上，作了很大的努力。在他的作品中，他并没有放弃欧洲文学好的写作方法，但是他现在正在更多的吸收中国文学的优良作风，争取更广大的读者。”“他所走的方向，为中国民族解放与中国人民大众解放服务的方向，是一切中国优秀的知识份子应走的方向。”

按：全文高度赞扬了茅盾五十年来所作出的突出贡献，成为一段历史时期定评，影响深远。

6月29日 公羊桓在《人民周报》发表《论〈霜叶红似二月花〉》一文，认为："现在出版的《霜叶红似二月花》的第一部，只是一部伟大的长篇小说的开始，并不是一部完整的小说。只是一部以中国近代史作背景的历史小说的序幕。”“在《霜叶红似二月花》的当中，茅盾先生告诉我们，中国的民族资本家是怎么起来的，资本主义的洪流——文化、宗教、思想、商品等等——怎样的在流入我国以后，泛滥在每一个角落里，怎样的与中国的旧势力发生了冲突，发生了斗争，而又怎样的生了根，冲毁旧的势力。他用熟练的手法，正确的对社会科学的认识，对历史的深刻而详细的了解，把它的路线清楚的指了出来。而且我们相信将会告诉我们向什么方向流去。到了《子夜》，茅盾先生早已告诉过我们，中国的民族资本家怎样遭到了惨败，资本主义的势力怎样在中国得了势，而旧的一切势力只有在绝望的挣扎中而趋于没落与灭亡。所以拿茅盾先生的两个长篇《子夜》与《霜叶红似二月花》互相对照是非常有意思的事。《子夜》与《霜叶红似二月花》是互相呼应的作品，是一部伟大史诗的开局与结尾。”“在技巧上，人物的描写上，我们认为‘老驼福’这个人物写得最成功，轻轻的几笔就把这个人物勾了出来，淡淡的渲染这个人物就活生生的跳了出来。”他还认为，《霜叶红似二月花》“是抗战后中国文坛的一个大收获”。他写道：“我认为在中国现在出版的描写五四时代前后底小说当中，没有一本能比得上茅盾先生的《霜叶红似二月花》的，没有一本能象它这样在主题上是正确而明朗的。”

6月 王统照的《春花》由上海良友图书印刷公司印行普及本第二版。

6月 王西彦的《村野恋人》由永安立达书店出版，2000册。

6月 苏青的《结婚十年》由上海天地出版社印行第十二版。

6月 老舍的《牛天赐传》由重庆文聿出版社初版，1—3000册。

6月 杜衡的《漩涡里外》由上海良友图书印刷公司印行普及本第二版。

7月5日 卞之琳在《文哨》第1卷第2期发表《读沙汀〈淘金记〉》一文，认为《淘金记》是“抗战以来所出版的最好的一部长篇小说”。“这本小说也似乎比别的任何小说都能屏绝旁骛，而集中本题，以致针线缜密，一笔不苟，洵属形式与钩心斗角、花样百出的内容，恰相一致的一出完整的戏剧。”“文字也相应的不作任何卖弄，任何违反自然的标新立异，简洁到了一个难得的高度，而处处充满了风趣，间或迸出一两个朴实而新鲜的意象。”

7月15日 《新华日报》刊载路翎的《财主底儿女们》的预告：“路翎作。约一百一十万字的大长篇。时间自‘一·二八’战争到苏德战争爆发，舞台由苏州、上海、南京、江南原野、九江、武汉以至重庆、四川农村，人物有七十个以上（这里有真的人汪精卫和陈独秀。），主要的是青年男女，以‘一·二八’一代的青年男女，抗战发生后一代的青年男女。以这些人物为辐射中心，在这部大史诗里面，激荡着神圣的民族解放战争底狂风暴雨，燃烧着青春熊熊的热情火焰，跃动着人民的潜在的力量和强烈的追求。而且，作者是向着将来，为了将来的，所以，通过这部史诗里面的那些激荡的境界，痛苦的境界，阴暗的境界，欢乐而庄严的境界，始终流贯着对于封建主义和个人主义的痛烈的批判和对于民族解放，人民解放，个性解放的狂热的要求。这是现代中国底百科全书，因为它所包含的是现代精神的一些主要的倾向；横可以通向全体，直可以由过去通向未来的倾向，这是光明和斗争的大交响。在众音的和鸣中间，作者和他的人物是举起了整个的生命向我们祖国的苦恼而有勇气的青年兄弟姊妹们呼唤着的。”

7月 巴金的《火》（第三部）由重庆开明书店初版。

梗概：几年后，冯文淑去看望在大后方某城市念书的朋友朱素贞。这时，文淑在战地工作团的同伴周欣已经病逝，李南星在沦陷区领导游击队同敌人战

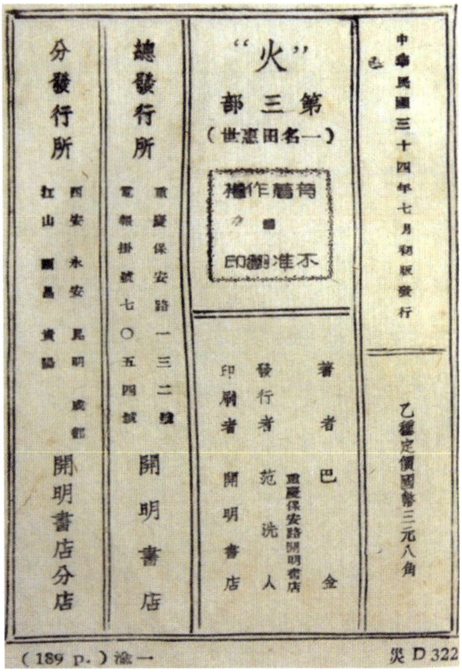

斗，曾明远跟着军队跑遍各战区做政治工作，而素贞的爱人刘波仍在上海工作。某天，文淑和素贞遇到了素贞在广州认识的朋友——一位信仰基督教的老人田惠世。田先生邀请她们到家里做客，并向她们讲述了自己的过去：田惠世在教会医院受到自己先生的影响，信奉基督教，主张用爱来拯救众生。后来，他到上海编辑文艺刊物。因战争爆发，他辗转到广州和香港，之后随着刊物《北辰》一起迁到内地，与妻儿团聚，一家人生活得幸福甜蜜。此后，文淑常和田惠世交流宗教信仰的问题。素贞收到刘波来信，刘波承诺不久就到内地工作。田惠世将全部精力投入到《北辰》内地版第一期的出版上，但印局频出差错，令出版日期一再延后。素贞的女同学谢质君轻易答应了纨绔子弟温健的求婚，并要随他一起到香港经商，尽管素贞再三劝告，谢质君仍一意孤行，素贞叹惋不已。日本侵占越南，危及内地，在一次日军轰炸中，田惠世疼爱的小儿子田世清在学堂被炸死。田惠世心情悲痛，患上了肺炎，并误用了庸医开的药，身体每况愈下，文淑答应田惠世到北辰社帮忙。此时，素贞收到刘波被敌伪绑架的消息，她决定回上海救刘波，在离开前却得知他已遇难。田惠世的病情继续恶化，陷入昏迷，他的女儿田世慈从重庆回来看他。在弥留之际，他终于实现心愿，看到了印刷出来的《北辰》。田惠世死后，被葬在儿子世清的墓旁，大家常去看望他。后来，素贞在上海当了女间谍，化名朱曼丽，成为伪组织头目丁默村的女友，因刺杀计划败露而壮烈牺牲。

按：巴金的《火》主要讲述了八一三事变以后一群爱国知识分子抗日救亡的活动。小说分为三部，第一部描写的是淞沪会战到上海沦陷期间的社会状况；第二部讲述了曾明远、李南星、冯文淑等青年组成的“战地工作团”在大别山区宣传抗日的故事；第三部反映的是爱国知识分子在大后方昆明的日常生活及社会现实。小说题名为“火”，既是指日军侵略的战火，又指在中国人民心中燃起的抗战烈火，更指中华民族坚不可摧的涅槃之火。三部曲通过对抗战不同阶段重要场景的描写，表达了对日本帝国主义残酷暴行的鞭笞与控诉，对无数同胞深受战争之苦的同情与悲愤，歌颂了英勇抵抗日军侵略的民族精神，也肯定了战时青年知识分子的爱国热情与抗战决心，更揭露了大后方存在的某些漠视国难、贪图享乐的庸俗思想及金钱至上、人心腐化的阴暗面。作者在《火》中塑造了一大批在战火中成长起来的有志青年形象，如刘波、周欣、冯文淑和朱素贞等人，也勾勒出毕生追求信仰的田惠世与身残志坚的退伍军人洪大文等爱国人士的感人形象，他们将民族危亡置于个人利益之上，始终保持热情，不断地在艰苦抗战中磨炼与升华自我。然而，小说的叙事略显冗长，虽涉及人物众多，但诸多人物的故事未能深入展开，以致形象不够鲜明立体。巴金在《火》第一部后记中写道：“我写这小说，不仅想发散我的热情，宣泄我的悲愤，并且想鼓舞别人的勇气，巩固别人的信仰。”为了符合抗战宣传的目的，小说难免囿于抗战文学的“鼓动性”特点，且由于作者经历与材料的缺乏，第一部的内容稍显浮于表面。

7月 老舍在《青年知识》（重庆）第1卷第2期发表《我怎样写〈骆驼祥子〉》一文，他说：“记得是在1936年春天吧，山大的一位朋友跟我闲谈，随便的谈到他在北平时曾用过一个车夫。这个车夫自己买了车，又卖掉，如此者三起三落，到末了还是受穷。听了这几句简单的叙述，我当时就说：‘这颇可以写一篇小说。’

紧跟着，朋友又说：有一个车夫被军队抓了去，哪知道，转祸为福，他乘着军队移动之际，偷偷的牵它三匹骆驼回来。”

“这两个车夫都姓什么？哪里的人？我都没问过，我只记住了车夫与骆驼。这便是《骆驼祥子》的故事的核心。”

“从春到夏，我心里老在盘算，怎样把那一点简单的故事扩大，成为一篇十多万字的小说。”

“不管用得着与否，我首先向齐铁根先生打听骆驼的生活习惯。齐先生长在北平的西山，山下有许多家养骆驼的。得到他的回信，我看出来，我须以车夫为主，骆驼不过是一点陪衬，因为假若以骆驼为主，恐怕我就须到‘口外’去一趟，看看草原与骆驼的情景了。若以车夫为主呢，我就无须到口外去，而随时随处可以观察。这样，我便把骆驼与祥子结合到一处，而骆驼只负引出祥子的责任。”

“怎么写祥子呢？我先细想车夫有多少种，好给他一个确定的地位。把他的地位确定了，我便可以把其余的各种车夫顺手儿叙述出来；以他为主，以他们为宾，既有中心人物，又有他的社会，他就可以活起来了。换言之，我的眼一时一刻也不离开祥子：写别的人正所以烘托他。”

“车夫们而外，我又去想，祥子应该租赁哪一车主的车，和拉过什么样的人。这样，我便把他的车夫社会扩大了，而把比他的地位高的人也能介绍进来。可是，这些比他高的人物，也还是因祥子而存在故事里，我决定不许任何人夺去祥子的主角地位。”

“有了人，事情是不难想到的。人既以祥子为主，事情当然也以拉车为主。只要我教一切的人都和车发生关系，我便能把祥子拴住，像把小羊拴在草地上的柳树下那样。”

“可是，人与人，事与事虽以车为联系，我还感觉着不易写出车夫的全部生活来。于是，我就再去想：刮风天，车夫怎样？下雨天，车夫怎样？假若我能把这些细琐的遭遇写出来，我的主角便必定能成为一个最真确的人，不但吃的苦，喝的苦，连一阵风，一场雨，也给他的神经以无情的苦刑。”

“由这里，我又想到，一个车夫也应当和别人一样的，有那些吃喝而外的问题。他也必定有志愿，有性欲，有家庭和儿女，对这些问题，他怎样能解决呢？他是否能解决呢？这样一想，我所听来的简单的故事便马上变成了一个社会那么大。我所要观察的不仅是车夫的一点点的，浮现在衣冠上的，表现在言语与姿态上的，那些小事情了，而是要由车夫的内心状态观察到地狱究竟是什么样子。车夫的外表上的一切，都必有生活与生命上的根据。我必须找到这个根源，才能写出个劳苦社会。”

“当我刚刚把它写完的时候，我就告诉了《宇宙风》的编辑：这是一本最使我自己满意的作品。后来，刊印单行本的时候，书店即以此语嵌入广告中。它使我满意的地方大概是：（一）故事在我心中酝酿得相当的长久，收集的材料也相当的多，所以一落笔便准确，不蔓不枝，没有什么敷衍的地方。（二）我开始专以写作为业，一天到晚心中老想着写作这一回事，所以虽然每天落在纸上的不过是一二千字，可是在我放下笔的时候，心中并没有休息，依然是在思索；思索的时间长，笔尖上便能滴出血与泪来。（三）在这故事刚一开头的时候，我就决定抛开幽默，而正正经经的去写。在往常，每逢遇到可以幽默一下的机会，我就必抓住它不放手。有时候，事情本没什么可笑之处，我也要运用俏皮的言语，勉强的使它带上点幽默味道。这，往好里说，足以使文字活泼有趣；往坏里说，就往往招人讨厌。《祥子》里没有这个毛病。即使它还未能完全排除幽默，可是它的幽默是出自事实本身的可笑，而不是由文字里硬挤出来的。这一决定，使我的作风略有改变，教我知道了只要材料丰富，心中的确有话可说，就不必一定非幽默不足叫好。（四）既决定了不利用幽默，也就自然的决定了文字要极平易，澄清如无波的湖水。因为要求平易，我就注意到如何在平易中而不死板。恰好在这时候，好友顾石君先生供给了我许多北平口语中的字与词。在平日，我总以为这些词汇是有音无字的，所以往往因写不出而割爱。现在，有了顾先生的帮助，我的笔下就丰富了许多，而可以从容调动口语，给平易的文字添上些亲切，新鲜，恰当，活泼的味儿。因此，《祥子》可以朗诵。它的言语是活的。”

“《祥子》自然也有许多缺点。使我自己最不满意的是收尾收得太慌了一点。因为‘连载’的关系，我必须整整齐齐的写成廿四段；事实上，我应当多写两三段才能从容不迫的刹住。这，可是没法补救了，因为我对已发表过的作品不愿再加修改的。”

7月 沈起予的《残碑》由上海良友图书印刷公司印行普及本第二版。

7月 予且的《凤》由上海良友图书印刷公司再版。

7月 苏青的《结婚十年》由上海天地出版社印行第十三版。

7月 张天翼的《一年》由上海良友图书印刷公司印行普及本第二版。

8月1日 《新华日报》刊载《火》的广告：“在《火》第三部里，作者用朴素的笔写了一些平凡的人和平凡的事。冯文淑从前线回到后方来了。她遇见一个有着仁爱的心的老宗教者，这样开始了两个人中间的友谊。于是心灵的世界展开了。我们看见人怎样快乐地为信仰生活，又怎样快乐地为信仰死去；我们又看见绵延不绝的生命怎样夸耀地展示永生的美景。这书没有‘色情’，没有‘刺戟’，有的只是‘生命’和‘死亡’。这是一本平凡的书，然而你读过，它绝不会使你堕落。”

8月13日 《新华日报》刊载《夜雾》的广告：“作者刘盛亚先生前以S.Y.笔名发表本书第一部，由本社发行后，极获好评，且为广大读者群爱戴，现作者已将全部写完，计费时五载，都四十万字，分三巨册一次出齐，作者挥其清丽工致之笔触在这里为我们画出了一群被侮辱与损害的人像，作者把极大的同情与与之俱来的谴责给予了一批为一班人所不齿的旧戏演员，从平凡里掘出优美的人性，并向旧的世界有力的掷出了一杆锋利的投枪！”

8月16日 《新华日报》刊载《滩》的广告：“中国正想走进工业社会里去，但拿工业做题材的小说却还不多。作者对于工业界很熟悉，这本小说正给刚萌芽却不能顺利发展下去的工业写了个照，在作者看来，中国工业就像大雾里过滩的船，真是危险非常的，就是看清方向，把紧船舵，耐着性儿，还是难得渡过去。围在我们工业周围的雾是：不合理的法规、金融投机家、贪官污吏、波动的物价、从业人员的官僚习气与腐化生活……多少多少工业家就在这弥天大雾中翻了船。像茅盾先生的《子夜》一样，书里很具体的生动的写些大场面大问题，全书十余万言，是近年来文坛上的一个新收获。”

8月19—20、22—24、26—27日 许杰在《东南日报》（南平版）发表《论乡村小说的写作》一文，认为《村野恋人》人物生动，刻画周到，故事动人，结构严谨，乡村风物描写美丽。但也有一些问题，主要表现为：一、庚虎他们的悲剧，不应该是命运悲剧，而应该强调着时代的意义，使之造成一个时代悲剧。二、庚虎的结局，不应由这种偶然性很大的遭际所支配、所造成，而应该出于一种悲剧的必然的安排，使他不得不走上这一个结局。三、全书对悲剧的气氛的渲染，似乎不应该如此强烈。“其次，我说你把落后的乡村生活和带着原始风味的农民意识，没有和这抗建时代的时代精神和时代意识，调剂得非常贴合：也就是说，你要使这乡村男女的恋爱故事，和这抗战建国的大时代连结起来，要以那种乡村男女的恋爱的内容，通过这个大时代的洗礼，再把他创造成一个时代悲剧的这一种企图，是并不怎样成功的。”文中还说：“我说你在写作中有一种矛盾，有一条裂缝。你不能把你现实的认识，去调遣你脑中原有的题材，你不能克服，也不能调和这些矛盾，你更不能操纵这些题材，使它侍奉于你的主观，作为你的主观的注释，完成你的创作的企图，因而你的作品，就发生这种裂痕来了。”再是，牧歌生活的幻灭，写农村中的农民生活，忽略了他们的经济全貌，把一些命定的，原始的，封建的意识，以及许多陋俗的故事，也不加批判地给接受过来。再有，“你一面不肯放弃现代的观点，一面又憧憬着乡村的纯朴而可爱的生活，你要把这些原始的牧歌式的故事，组织入抗战建国的大时代之中，而你的写作实践，又不能克服这种矛盾，不能操纵支配，甚至于批判这些题材，使他们为你所利用，因而就在无意之间流露出这条裂缝来了。”

8月27日 [美]华思在《扫荡报》发表《评〈骆驼祥子〉英译本》一文，认为：“关于这个不幸的国家的一切文章，不论是政治论文或是小说，首先应从下一点来衡量，看它对于美国对中国的国情的了解，有什么供（贡）献。根据这一点及其他一切观点，《骆驼祥子》都有崇高的评价。当代中国勇敢作家的这一本忧郁，勇敢，朴素的小说，对于想对中国普通人民获得具体了解，想对中国人民的人道主义及其不可毁灭性获得澈底，认识的有教养的读者，恰是一本最适当的著作。这本书不但把普通中国人民表现得真实而且平易可解，并且把中国人民写得温暖，不单调，谦和而又勇敢，全世界都可以从本书理解到，为什么那些深知中国人民的外国人，这样的珍爱他们。全书没有一句宣传，但对于‘一切好人都是兄弟’的真理，本来是最好的宣传品。”“我们只要作几点否定的指示，就可以表现出本书的若干最重要的特点来。这不是舶来品，不是哗众取宠的故事，没有弄枪花，故作惊人之笔，也没有想弄成一个浪漫的色彩斑斓的故事，没有说教，没有尖刻，也没有想作任何社论的企图。它没有躲避主题必有的世俗的丑恶，也没有过分强调这些地方，以博一粲。在本书的朴素风格中，一个好人的形像不朽的雕型出来了，一个伟大的民族和一个伟大城市的心灵被描绘出来了，一个阶级的悲剧，忍受长期痛苦的勇敢被表现出来了，一个动荡变乱的国家的狼狈之况也被具体而微的表现出来了，假若我说，你读过本书以后，你对于中国普通人民再不会感到陌生，这不是过奖，是对本书应有的评价。”“对于美国读者，选择一个洋车夫作为全书中心人物，是值得赞美的一个想头。从美国人的关于人类尊严的混乱的概念说来，我们很自然地以为，一个人把自己卖做拖别人的牲畜，是堕落到极点了。然而事实上这正是普通中国人民最重要的独立精神，他虽然献身于这样一种低贱的工作，他却非常有把握，决不会因此失去了人类的尊严。把自己卖身做这种工作，绝没有使他感觉到他比他拉的客人有所不如。骆驼祥子是一个极为动人的人物，遭受到人类与社会残酷的痛苦，他受苛待，受折磨，受打击，但他从没有失掉骄傲之感。对于他的工作的尊严与价值，从未失掉信心。作者清晰地传达出中国古老文明的这一目不识丁遭受蹂躏的子孙的个人价值与民主的个人主义，作者也就一方面浮雕出这种好人本性中固有的将来的希望，一方面也描绘出那使他陷于如此狼狈的中国的绝望的情况。”“《骆驼祥子》不是政治小说，它也绝没有任何政治路线要推销。这只是一个想到北平谋生的青年农民的偶有快乐与数不清的烦恼的直朴的故事，他的好梦是自己有一辆洋车，娶一个美丽的乡村姑娘，然而他的单纯的勤奋的美德却似乎无用武之地。骆驼祥子的确是一个好人，是一个不可毁灭的灵魂，使他能够经受起惨酷生活，最后使他能够活下来的也正是那种不为毁灭的精神和谦和善良的德性。骆驼祥子不懂什么政治，不懂什么社会学说，一个同情的女学生和他谈话的时候，他不知道他谈说什么。但是当他看见她因为计划反对政府而被处死时，他阴郁地体会到一定有若干事情是非常不对的。本书中的任何政治评论都不明显而且晦涩，但读过后的印象一样强烈的使你联想到腐败与压迫及中国贫民的无限的忍耐力。”“压迫的若干罪恶的工具虽被作者加以指斥，然而作者给人一种客观主义的显明印象，虽然这决不是冷漠。只有在虎妞身上（这个泼辣的女人紧紧的抓住骆驼祥子），作者才表示出对于他的人物的真实的厌恶。他把骆驼祥子创造成一个非常引人的人物。年青的妓女小翠喜（Littie Lucklyone）（应为小福子，编者注）则是一个真正感人的可怜的女英雄。但实际上，这是北平，中国大众的北平，北平的污浊与活力，北平的美好与丑恶，北平的颜色与味道，这是本书的中心形象，这幅图是忘不掉的。”“像关于东方人真实的书籍所应有的一样，《骆驼祥子》书内也有若干部分，不令人愉快，也不美丽，西方的胃口吃不消。然而，臭丑和俗恶的利用，不是为了煽动，而是为了真实。你或是为了获得对中国及中国人民更清晰的了解，或是为了读一本引人入胜的小说，来读《骆驼祥子》，你都不会失望。这是中美了解事业中的一件大事。”

按：此文又以《老舍及其〈骆驼祥子〉》为题，刊于同年 12 月 8 日的《大公报》。这是理解《骆驼祥子》一个独特而有价值的他者视角，但多年来没有引起人们的重视，更没有收进任何一本老舍研究的资料中，真是一个遗憾。

8月　茅盾的《腐蚀》由上海知识出版社初版。[1]

梗概: 女青年赵惠明出身封建官僚家庭，曾参加过学生运动和抗日救亡工作。她与小昭恋爱，但因双方的互不理解而分手。她视国民党特工人员希强为大丈夫，并在他的诱迫下加入了特务组织，自以为聪明地周旋在一群可憎的同事之间。但因不是嫡系，与核心成员也有矛盾，赵惠明常常处于被孤立之中。她本想将

[1]　一般人说《腐蚀》初版于 1941 年 10 月是源自《腐蚀》的版权页，因为在知识出版社出版的《腐蚀》版权页上，多印着“民国三十年十月初版”的字样，华夏书店 1949 年 6 月 8 版的《腐蚀》也印着“中华民国三十年十月初版”的字样，这就给人造成了《腐蚀》初版于 1941 年 10 月的“事实”。实际上，1945 年 8 月知识出版社出版的《腐蚀》才是这部小说的初版本。据洁泯（许觉民）先生在文化艺术出版社 1990 年出版的《茅盾研究》（第四辑）中的《〈腐蚀〉出版经过》一文，由于太平洋战争的爆发，《腐蚀》并没有在国统区出版，华夏出版社是知识出版社的副牌，成立于 1946 年初，《茅盾全集》（第五卷）“本卷说明”中说《腐蚀》1941 年 10 月由华夏书店出版单行本，是不确的。本编年采用这一说法，将《腐蚀》位列于此。

希望寄托在希强身上，但希强却在她生产之际弃她而走，她也一气之下将出生不足一月的儿子扔在医院就离开了。赵惠明盘算着如何报复与反击对手。这时，她接到追踪、监视小昭的任务，但又找不到，她很苦恼。不久，小昭被捕，赵惠明奉命去感化小昭。她从小昭的行为中看到自己可诅咒的处境，她念其旧好，想救小昭但又不敢违抗组织的命令。几天后，小昭被秘密转移，赵惠明也受到了上级的怀疑。为了自保，她告发了另两个革命者 K 和萍。赵惠明为自己的告密行为感到内疚，但又认为这是忠于组织的行为而心安理得。这时，早已成为汪伪特务头子的希强派人到重庆设置电台，动员赵惠明等去日军占领的上海当汉奸。赵惠明发现，汪蒋特务相互勾结，狼狈为奸。出于对以往被欺压和侮辱过自己的特务的仇恨，赵惠明也卷入其中并幻想着进行报复。不料，特务头子之间的斗争很快和平了结，而赵惠明自己差点为之送上性命。虽然捡了条命，但赵惠明已调离特务机关的上层而去大学区做信件检查的工作。不久，小昭因拒绝供出其他革命同志的名单被秘密处死。自己的遭遇和小昭的被害，使赵惠明认清了这个组织的本性，她幡然悔悟。这时，她认识了刚刚被特务拉下水的女学生N，N有比较强烈的正义感，也不想让自己成为他人的工具。赵惠明从她身上看到了自己的道路，很快对她产生了同情。为了不让她重蹈覆辙，她最后设计让N逃脱了罗网，自己也获得了新生。

按：这部以赵惠明的日记内容为体裁的小说，通过对她与不同特务及革命者之间的交往与行为的描写，多角度、多方面地揭示了赵惠明复杂的内心世界，尤其是作家对她误入歧途但又不甘于堕落所生发的矛盾和痛苦，她的自讼、自嘲、自辩，以及在走向觉醒与重建自我的过程中所经历的决裂、斗争，都刻画得真实细腻，具有极强的感染力，促使人们重新思索人生之路。特别是女青年之路该如何走，面对一个不熟悉的但又不得不面对的社会与环境我们将向何处去，我们当如何做，小说对于这一系列人生问题进行了深入的思考与追问。不过，由于小说出版后特殊的历史境遇，人们对于这部作品的政治意涵给予更多的关注，其实，文本的美学意涵还有进一步探寻的空间。

8月 **林谷的《疾风》由重庆自由中国出版社初版。**

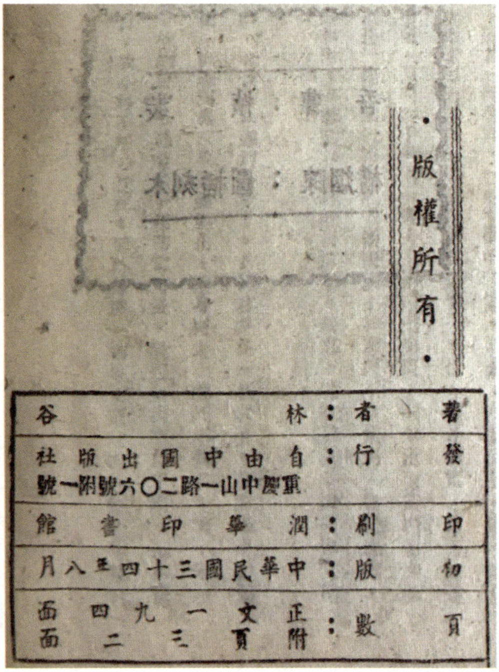
·版權所有·

著者：林谷
發行：自由中國出版社 重慶中山一路二〇六號附一號
印刷：潤華印書館
初版：中華民國三十四年八月
頁數：正文一九四面 附頁三二面

梗概：在抗日战争中，孙竞作为国民革命军侦察连的连长，带领士兵们顺利完成了强渡襄河、占领阵地、掩护主力部队过河的任务。紧接着，孙竞部队接受了新的任务，向邻近人和场的一个小村集出发。此时，孙竞得到了一个意想不到的消息：师部撤回了襄河原防。持着怀疑的态度，孙竞带着队伍继续向人和场前进，找到了卫生队，并且遇到了旧日同窗李诗陶和郑宜芬。孙竞打算带着被抛弃的卫生队一起绕到敌后渡过襄河，与师部团聚。一路上，这支两百多人的队伍几次险些被敌人发现，但都让孙竞化险为夷了。后来，队伍遇见了另一个师部的连队，但这支正在战斗的友军也不能给他们保障。他们只好继续前进，到了接近敌人封锁线的地方。由于疏忽，孙竞部队的物资被敌人放火烧了，部队陷入了更加艰难的境地。于是，队伍决定连夜突围，但却以失败告终。战斗结束后，敌人将孙竞部队十多名死伤的战士吊在大树上，还包括与孙竞相爱的李诗陶。后来，遭受重创的队伍得到了张自忠司令的救援，终于又回到了襄河。经过这些磨难以后，郑宜芬劝孙竞到后方去，孙竞却坚决地表示他将继续战斗下去。

按：林谷（1919—1995）即王林谷。“疾风”是冬日里呼啸而过的寒风，它象征着行军途中的磨难，它也象征着无情的战争。它磨砺着人的身躯和意志，它让孙竞的坚毅与果敢彰显出来。在艰苦的行军过程中，孙竞背负着极强的使命感与责任感，即使带着病痛，也时刻保持敏锐的观察力，在必要的时候作出果断的决策。他正是“疾风”吹拂下的一株“劲草”。但是作者并不仅局限于描写孙竞坚定的一面，他同样将孙竞面对个人命运与民族大义时的摇摆与迷茫呈现在读者面前，这使得主人公的形象更富寓意。此外，作者也将目光投向了普通百姓，写他们饱受战火侵扰下的麻木和无奈，写他们“愿为太平狗，不作乱世人”的祈愿。作者对于普通百姓的书写，使得作品避免了过分宣扬英雄主义的单一色调。然而，由于文中缺乏对战争大背景的描写，单单描写了国民革命军一支队伍的战斗经历，而且局部战场与整体战场的联系不够紧密，因而有缺乏真实性之嫌。

8月 宋霖的《滩》由重庆开明书店初版。

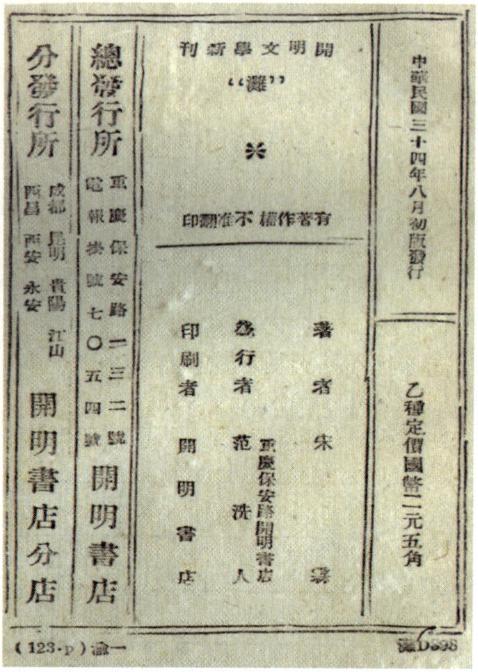
中華民國三十四年八月初版發行

乙種定價國幣二元五角

開明文學新刊

“灘”

※

有著作權不准翻印

著者 宋霖

發行者 范洗人 重慶保安路開明書店

印刷者 開明書店

總發行所 重慶保安路一三二號 電報掛號七〇五四號 開明書店

分發行所 成都 昆明 貴陽 西昌 西安 永安 江山 開明書店分店

（123·p）渝一

梗概：在一艘从小镇去往重庆的柏木小船上，建成钢铁公司总经理萧鹤声回忆起这些年办厂的酸甜苦辣，陷入沉思。抗战全面爆发后，在工商业界颇有名望、原供职于上海海关的高级管理人员萧鹤声辗转来到重庆，想创办民族工业，为抗战做一份贡献。在中间人撮合下，他与大成银行总经理徐渭臣、建业贸易公司总经理林志远达成协议，获得了资金支持，在长江上游距重庆三十里的一个小镇置地，动工五个月，便办成了建成钢铁公司，竖起了“中国第一根雄伟的烟囱”。萧鹤声对未来充满信心，在他看来，战时外贸不畅形成的宽松环境，正是中国工业发展的绝好时机。但很快，问题便接踵而至，首先是钢的质量不达标，这主要是因为总工程师谭伯先的玩忽职守，萧鹤声却误判为原材料过于粗糙，于是试图争取更多资金，建立一个自给自足的供应链，但资方大成银行却并不积极，在他们看来，办工厂远不如商业投机的收益来得高。此后，一批货物又被检查站扣住，要行贿才能取出，萧鹤声对此气愤不已，但又无能为力。办厂一年之后结算时，更大的问题出现了，由于严重的通货膨胀，看上去虽然赚了钱，但实际上却无法扩大生产，因为原料和设备都比以前贵了数十倍。工厂陷入需要借债才能维持生产的境地，但政府的税收却是实实在在的，正所谓“虚盈实税”。资方的徐渭臣和林志远都主张通过做假账的方式来减轻税负，萧鹤声坚决不同意，想当然地主张向政府请愿解决。与此同时，乡镇上的粮食被乡绅囤积操纵、价格暴涨，工人的饮食难以维持，在种种压力下，他开始感到自己的颈项被人扼住，无力反攻。不过，在萧鹤声的努力下，建成钢铁公司还是维持了三年，但三年前的奋发激动已从他眼里消失，资方徐渭臣和林志远对萧鹤声的不听指挥失去了耐心，他们本就有“办工厂是名，营商业是实”的投机性，于是向建成钢铁公司要求限期索回 2000 万的债务，好去搞美金投机。萧鹤声痛感“中国不能办工业，中国还没有具备办工业的条件，这不是我的失败，这是中国的失败”。最终他只得决定将厂卖给 XX 部，乘船回厂里平息了工人由于卖厂引起的一场风波后，他回到城里，放纵于女人间。当萧鹤声听到江中险滩的水声怒吼时，他激愤地意识到，不把“毁灭一切”的“滩”铲除，“我们永远过不了三峡，到不了海口”，最终陷入了疯狂中。

按：宋霖（1907—1982）即胡子婴，《滩》是一部反映战时大后方经济困境的小说，也是一部塑造了别致的民族工业家形象的作品。该书得到了茅盾在创作、重写、修改、润色等几个方面的指导，其中的部分内容甚至就出自茅盾之手，在很大程度上或可被视为两人合作完成的作品。因此，这部小说既凝聚了胡子婴在工商业界的一手经验，又具备了茅盾式的社会剖析视野，可谓是抗战时期经济题材小说中的代表作品。《滩》的主要成就在三个方面：首先是全面地展现了战时经济紊乱中“具体而生动的画面”（茅盾语）。《滩》并没有将战时的投机狂潮简单归因于国民党高层官僚的腐败和阴谋，而是对于大后方经济链条中的乱象尽量做了贴合经济史事实的书写——银行的谋利动机、地主的粮食囤积、通货膨胀对企业利润的蚕食、基层官员的腐败以及工人和职员的自私自利等共同形成了江中的“滩”，这种链条式的对经济机制的展示不但体现了现实主义的写实魅力，即便对于经济史研究亦是可靠材料。其二，塑造了独特的民族工业家形象。不同于20世纪40年代茅盾小说中日渐萎靡、动摇的工业家，萧鹤声是一个比吴荪甫还要强硬而刚愎自用的个人英雄主义者。也许是因为海关高级职员的出身，他带有一种堂吉诃德式的知识分子理想主义色彩，十分重视现代市场规则，决不搞所谓的“变通”，但这在当时的历史条件下注定是行不通的，因而他的失败也就有了一种大战风车式的悲剧色彩，这对于阶级论主导下的文学中的民族资产阶级刻板印象是一种突破。其三，本书的结构安排和意象运用也达到了较高的水准。小说从描写萧鹤声乘船进城签卖厂合同时的思绪开始的倒叙，很好地避免了对于办厂经历的平铺直叙，使得情节既有广阔的覆盖面，又不显杂乱，“烟囱”和“滩”的核心意象选取得十分精准，意蕴丰富，引人深思。小说的不足之处在于支线情节的破碎，即萧鹤声抛妻弃子，同时与几名女性保持不正当关系的部分，既没有展开，也无法与主情节结合在一起，甚至还显得去头去尾、断断续续，如茅盾所谈到的，这很可能取材于胡子婴与前夫章乃器的感情纠葛。不过，瑕不掩瑜，《滩》仍是大后方文学以及茅盾研究中值得被关注的一部别致之作。

8月　高植的《中学时代》由重庆大东书局初版。

梗概：“我”（范幼勋）从北温泉的游泳池回来时，遇见了中学的老朋友舒诚明。“我”应邀去他家闲谈。大家聊天时谈到了中学时代，认为那是人生的黄金时代，并让“我”也说一两件中学时期有趣的事情。这使“我”当夜失眠，开始回忆中学往事。1923年，“我”在芜城中学第六班读书，一年后因觉无聊，便写信告诉父亲想去南京读书，父亲允诺。考进N中学后，“我”每周都会去看望姐姐，也因此与和她同寝室的人熟识起来。姐姐病重，提前离校，与她交好的四川女生夏淑文自愿去照顾。我俩相约结伴去芜城，度过了一个愉快的寒假。五卅运动过后，“我”深感帝国主义的可怕，学生们也相继罢课、游行、讲演及募捐。夏的家人要她回家，却适逢四川打仗，“我”同姐姐邀她来我们家。返校后，“我”经常和她照相，每次托人买来的糖也会偷偷放一包在夏的抽屉里。暑假开始前，夏的家人以断生活费为由催她回家成婚，姐姐、贾湘芝与“我”打算对她援以经济上的帮助。不久，夏身患重病，“我”冒着被学监误认为是

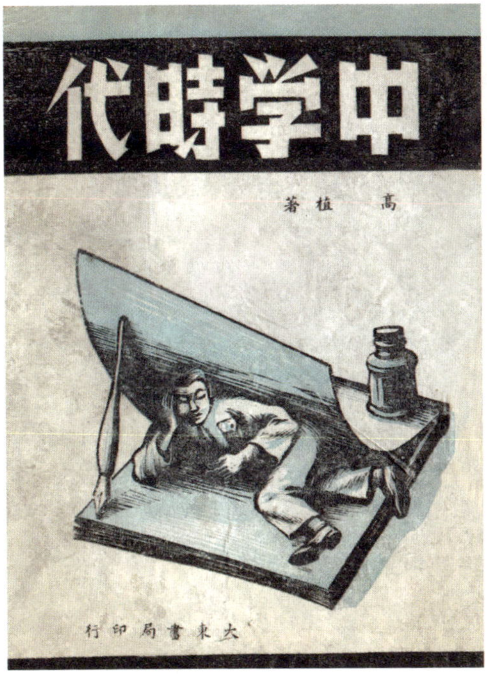

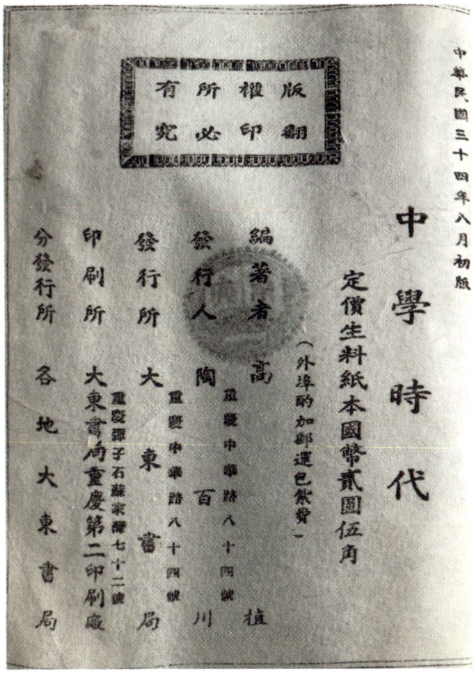
版權所有 翻印必究

中華民國三十四年八月初版

中學時代

定價生料紙本國幣貳圓伍角
（外埠酌加郵運包紮費）

編著者 高植
發行人 陶百川 重慶中華路八十四號
發行所 大東書局
印刷所 大東書局重慶第二印刷廠 重慶張子石蘇家灣七十二號
分發行所 各地大東書局

革命党和被传染的风险频频探病，可夏的病不见好转，最终与世长辞。“我”伤心欲绝，将她的照片精心地装订成册，也不舍穿她织给“我”的毛衣。因九江与汉口之间的战争，贾湘芝到“我”家过寒假。返校后，时局的紧张使学校无形中停顿了。姐姐与贾先离开南京，“我”随后回家。在与贾朝夕相处的日子里，“我”对她产生了感情，两人也越来越熟。但可惜后来，她和姐姐去上海，又转到北京了。回忆到此，“我”想不下去了，窗外天也快亮了。

按：这是高植（1911—1960）一部写青年时期心理与生活的回忆录。小说名为“中学时代”，写一段饱含着青春的热情与纯粹、如诗般浪漫的时代，意在强调这段时光的珍贵与美好。小说细致地讲述了范幼勋中学时代两段真诚、难忘的感情，写出了孩子玩闹背后的天真、对长大的渴望以及朦胧的情感觉醒，心理描写细腻真实。不过，有些细节描写失真，叙述也冗长。如，时隔多年，在回忆中谈及玩单词游戏时，小说详细地记录了每个人说的单词及顺序，有不真实之感；而对于姐姐学脚踏车这一事件用墨过多，稍显啰嗦。

8月 鲁峰在《世界文艺季刊》第 1 卷第 1 期发表《徐昌霖的〈年青的

RC〉》一文，认为："他选择了的此现实的主题，借一个特殊的故事反映了社会上的一般现象，这更是作者可佩的地方；但他未能在一个普通的光明的尾巴以外，指出一条更积极，更好的路子，这实不能不认为是一种遗憾。""不过，这主题处理上的微疵，是绝影响不了作者的写作技巧的；从人物的刻划，故事的结构，表现的手法各方面来看，我们都可寻出作者的艺术修养和态度认真的痕迹。而作者对工厂一切的熟悉，和对许多社会中的黑幕的明了，更是令人羡慕不止。""谈到人物的刻划，丁任杰，我认为是本书中最成功的一个。他的圆滑虚伪阴险，是被表现得那么生动；让我们读到了他，似乎就看到了他……黄中青，当然，也是一个相当成功的人物，虽然似乎较前者的刻划为逊色，不过那可能是因为正面人物本来不如反面人物写来容易讨好。""关于故事的剪裁，作者用的实在是一个经济而又巧妙的办法；他正面只写了一个青年，和他所走的路，而另外几个青年所走的路，却只从短短的几封信上说了出来。但这种手法所表现的却并未使读者感到陌生或意外；因为，从一个工厂的工程处，我们看到了整个的社会，同样的，从黄中青的经历，我们想到了许多青年们可能走上的路，而从他身上，我们更看到了许多青年的影子。""所以从大体上看来，这本书，不论是主题的选择或是技巧的应用，都是相当成功的。"

8月　铁马在《青年知识》第1卷第3期发表《〈疾风〉读后》一文，认为："《疾风》可说是一本对于这次抗战的抒情诗。""它充分的显示一个曾经写过许多美丽的散文的作者，流利而且生动的文笔。""作者用了很大的感情，写着一个人，反复冲进火圈，为了找寻一个失去的兄弟；作者用了很大的心思，写了一个似乎是残酷，但却充满了兄弟爱的孙竞，以及孙竞的矛盾同坚决，企图通过人来反映作者对于这个战争的英雄主义的歌颂。"不过，"从另一个方面来看问题，对于一首歌颂的诗，你不能要求过多的叙写，因此，你说这本书里，把战（争）写得很伟大，但却缺少了战争为什么伟大，战争的地方怎样在翻身，战争的队伍里怎样产生新的进步和变化，也未始不可。""我们这么伟大神圣的民族战争，真是丰富而且复杂，它不但包容着无数中国人民的血肉、眼泪、仇恨，而且也包容着无数中国人民的觉醒和新生，因而到处创造出伟大的斗争史迹，给中国的许多地方带来了跃进，产生了新的人物和新的性格；在《疾风》里，就正因为作者情绪的激动，抒情成份的过重，情节发展和调子过分适应战争的氛围，因而丧失了对于‘地方’上的刻划，丧失了人物性格的细细展开。”“但这也非并遮掩了我们对于作者和读者的期望……我们希望，将来在作者笔下出现的人物，要从孙竞更往上发展一步，在作者笔下出现的战斗要比这支卫生队更磅礴一些，呈现出这个新的群众斗争新的人民英雄的时代！”

8月 茅盾的《蚀》由重庆开明书店印行东南一版。

9月16日 茅盾在《大公报》（重庆版）发表《读宋霖的小说〈滩〉》一文，认为：“直到现在为止，反映了大后方近年来经济动态的文学作品，还是寥寥可数，宋霖的小说《滩》是这一类作品中最值得注意的一部。”“《滩》所反映的，只是大后方战时工业的一部门，只是战时中国前期的正走着下坡路的钢铁工业如何受到商业投机狂潮的冲激。这只是战时中国经济的一个环节，然而不能不承认这是中心的环节。”“作者对于这主人公的性格，有褒有贬，写得淋漓尽致。可是，我总觉得这一位主人公在中国的民族工业家中所代表的特殊性实在比普遍性为多些。换言之，倘若作为中国民族工业家的典型来看，这还有多少缺憾。”

按：此文后又于1946年1月25日刊于《新世纪》第1卷第1期。

9月16日 爽齐在《大公报》（重庆版）发表《从〈骆驼祥子〉到〈四世同堂〉》一文。

按：文章主要引述了华思文章的基本观点，但与原文略有出入。不过作者能很快意识到华思的独到之处，亦属不易。

9月16日 《大公晚报》刊载文艺消息，称：“老舍先生名著《骆驼祥子》英译本已于七月中由蓝脑·希考克公司出版。并由美国之‘每月书会’定为七月份之推荐书。译名经改为《黄包车夫》，其中角色姓名都用意译代替习惯的音译。前在驻华美大使馆服务之华思氏等均有极好的书评和介绍。前此间传说老舍将得到一笔美金版税，并无此事，缘中外出版业对译文版权问题并无规定。现在据说出版家方面愿意拨给原作者若干报酬，但只能以礼物名义致送。”

9月30日 莫洛在《光华周报》第1卷第3期发表《茅盾的〈霜叶红似二月花〉》

一文，认为：“王伯申和赵守义都是一些行将凋落的枯叶。照书名看来，是暗示十月间枫叶快要脱去时，那末作者主要写的对象，还是中国旧社会的没落。”作者在分析作品中的人物时说：“这是一本中国化的痕迹小说，以家庭的细故反映主题。”

9月　于逢的《冶炼》由昆明北门出版社初版。

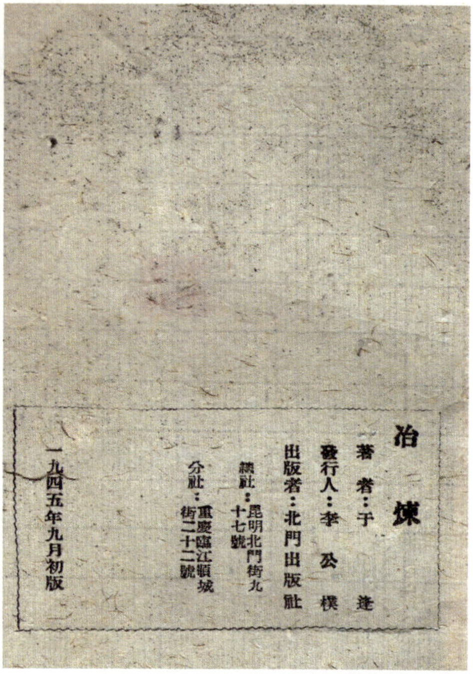

梗概：抗战期间，广州、武汉相继失守后，一支中国部队从广增线退守山区，中士班长焦洪在广州掩护连队撤退时同部队失去联系，经过艰难险阻找到连队后却受到营长的责罚，而驻守休整期暂无战事让焦洪更觉无聊，他开始怀念自己曾经当村霸、做旧军阀军人的无约束的日子，总因自己是参加过淞沪会战、获得过“八一三流血纪念章”的老兵而自傲，对当下纪律严密、食不果腹的生活产生厌倦，常常发脾气和偷懒，但终因一心想着抗战和“打日本仔”忍受下来。在与敌人的一次激战中，焦洪所在三班未能与大部队一起撤离，落入敌军的包围圈，他们誓死据守阵地，焦洪杀掉日本军官，却因中枪伤势严重，军医院医生

估计他免不了要牺牲，将他送去后方疗养，此时他已成为大家心目中的抗战英雄。焦洪所在连队的连长郭俊也打过不少硬战，出身知识分子的他对部下严正体贴，但在战争进行过程中时常为士兵素质不高、部队武器落后感到焦虑，陷入个人悲郁世界。在一次防御战中，由于火力不敌敌人，为保存实力，郭俊擅自下令撤退，受到了营部处分。被处分期间，他虽感到寂寞，但也不断反思过错，坚守岗位，忍受困苦，在老百姓对战争的泰然、对部队的帮助、对他的尊敬中，郭俊意识到抗战的意义和军人的价值，尤其是目睹了三班士兵们的壮烈牺牲后，为他们不怕流血的精神所震撼，他逐渐清除种种毒害自己的感情，看到了从前的个人道路和现在的民族道路的不同，在安抚焦洪伤势、目送焦洪离开的同时下定决心，要为国家战斗到底。

按：《冶炼》是于逢定稿于 1944 年、出版于 1945 年 9 月抗战胜利之初的一部长篇小说。全书以连长郭俊、班长焦洪两人在抗战中的转变为线索，讲述了一支在抗战的“冶炼炉”中经历“冶炼”和蜕变的中国军队在广增线上的战斗故事。在一系列撤回、反击和进攻中，知识分子出身的郭俊克服自己忧郁、摇摆的性格，逐渐成为背负起民族国家的责任、与士兵同甘共苦的军人和领导者。老兵焦洪改掉自己军阀时代的不良习性，成长为抛头颅洒热血的抗战英雄，显示出抗战对人的改造意义，凸显并歌颂了抗日救亡的重大时代主题。在艺术上，小说两条线索交织进行，战斗场面描写细致，结构严谨，情节紧凑，无论是环境描写还是故事安排，都能突出人物性格。除焦洪和郭俊这两个典型人物外，还刻画出营副彭一鸣、哨兵李兴、年轻士兵焦升等军人群像，也包括营长黎泽华这样的反面人物，较真实地反映了抗战中后期的军队情况。不过，小说虽写出了人物从怯弱到勇敢、由落后到进步的心理变化和行为选择，但转变过程却略显突兀，具体原因较为含混，有损于小说对抗战精神的渲染。

9月 田涛的《潮》（第一部）由重庆建国书店印行第三版。

9月 茅盾的《腐蚀》由上海知识出版社再版。

9月 巴金的《灭亡》由永安开明书店印行东南一版。

9月 巴金的《新生》由永安开明书店印行东南一版。

10月1日 《新华日报》刊载《夜雾》的广告："这是作者回国后第一部长篇巨著，作者把深切的同情寄予了一群卑下的人物，而一面也含着泪的去鞭打他们。小说的主人公是一个叫做白丽英的女伶，这里从她的童年一直写到她悲剧的死在沦陷后的北平，这里贯穿着一根时代的线——自九一八自抗战后两年。我们惊异着作者的精密工致的笔触；更深深地为这雄壮巨大的时代画幅所激动。全部分三册一次出齐。"

10月10日 曙在《联声》第3期发表《读〈腐蚀〉》一文，认为《腐蚀》给我们看见了污秽残酷陷害，使我们充满了愤怒。当然，读《腐蚀》可以提高我们的警觉性。

10月10日 萧下在《七天》第2期发表《读〈腐蚀〉后》一文，认为："（N）是一个在'不把人当人'的戏场里唯一希望发见'人'也希望被当作'人'发见的角色；但她归根非要'逃走'不可，这无论如何是令人伤心的事情。"

10月17日 欧阳白在《大公晚报》发表《我们不该忏悔吗？——胜利声中读〈疾风〉》一文，认为："很多人推崇《疾风》，说这是一部歌颂民族解放战争的抒情诗，我不否认《疾风》作者的文笔清丽，抒情气味浓重；可是，我所以提起它来，不是因为这些，而是因为它用朴素的笔致写出了一支在'疾风'中，在冰雪中艰苦突围的战士。""靠了那些在冰雪中与敌人艰苦搏斗的战士，靠了那些在'疾风'中不倒的'劲草'，我们才有今天胜利和盛世的生活。""冰雪和战士已经够多么使人回想！""我们还看见因为民众动员的工作做得不够，以致一支突围的孤军，虽然遭遇军需上的恐慌，而民众们并没有为他们掘出埋在地下的米和财富。""可是，人民！不朽的人民！当他们明白了这支秋毫无犯的军队，是一支真（正）为国为民的军队时，他们的内心是如何激动！""对着那支国军留下来的阵亡兵士蒋兴奎的尸体，他们痛苦"，"忏悔！我们难道不该忏悔吗？抗战八年，多少个像蒋兴奎那样的战士，在战争的'疾风'中，消失了壮健的身影，而我所计算的却永远只是自己的一点'小小的财富'或者是财富的累积和扩大！""忏悔？我们不应该忏悔吗？当我在胜利声中读《疾风》的时候，在我心里涌起的是这样一种难以诉说的感情。"

10月 慈灯的《入伍》由中华图书公司初版。

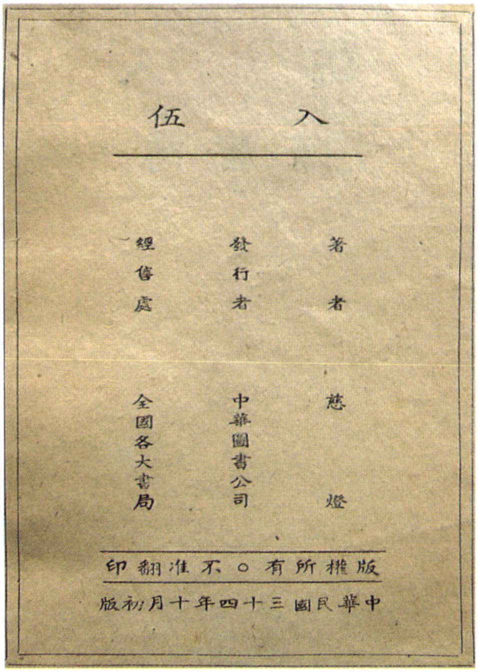
入伍

著者 慈燈

發行者 中華圖書公司

經售處 全國各大書局

版權所有 ○ 不准翻印

中華民國三十四年十月初版

梗概：新兵杨广路加入东北“伪满洲国”的傀儡军队，成了一名“老总”。刚入伍，杨广路的新鞋新帽就被假装和善的老兵骗走，又亲眼目睹了一场惨剧：穷苦的士兵陈泽升为了养活老婆孩子，不得不偷厨房的剩饭却被司务长抓住，在全连士兵面前遭到军棍的毒打。而兵营中，军官们不学无术、克扣军饷，士兵们则脾气暴躁、贪婪自私，他们无意深究“中国人为什么打中国人”，常聚众赌博，淫狎异性、同性以寻求刺激。由此，杨广路意识到自己走上了一条污秽凶险的道路。晚上休息时，常讲故事的老号兵讲述昔日同僚带领人马叛变为义勇军的事迹，在杨广路心中留下了深刻印象。因识字有文化，杨广路被调到连部帮助上士写呈文，同时帮助司务长打算盘，又因连长的勤务兵张德发为妓女与人争风吃醋打架被开除而顶替他的职位，调到连长的公馆当差。虽被众人羡慕，但常被连长夫人颐指气使的杨广路过得很郁闷，时常想重回军营。连长与在公馆里做事的老妈子的女儿偷情，前去捉奸的连长夫人气极用剪刀刺伤老妈子的女儿，甚至抽大烟自杀以示反对，但没有后代的连长仍将老妈子的女儿娶为小老婆，得了大量礼金的老妈子则被前来抢钱的两个士兵打成重伤后身亡。嫁进来的新夫人饱受连长夫妻欺压指使，但也只能默默忍受。连长则与司务长勾结，常秘密进行贩卖烟土、克扣军饷等强盗勾当。目睹一切罪恶的杨广路开始思考自己的出路，决心努力读书寻求上进，但又被赌博和狎妓迷失心智，日渐堕落。肉体上不满足的连长太太试图勾引长相漂亮的杨广路不成，转而与厨子老郑私通，险些被提前回家的连长发现。杨广路则终于认识到身边人们的丑恶卑陋和生活的无聊厌倦，重新开始用功读书。驻扎训练许久的军队终于准备出发打仗，为升官发财而加入军队的士兵们纷纷喜上眉梢。杨广路虽担心自身安危，但为了多见世面，也跟随军队一起出发。一路上，“老总”们欺男霸女、草菅人命、搜刮民财，各村百姓均闻风而逃。到达兵营后，杨广路一连作为某营的后卫上了战场，并暂时取得胜利。正当他们在村庄中休息享乐时，敌人突然攻打上来。被迫与敌人正面交锋的杨广路匆忙逃跑，一路躲藏，直到战事暂歇时才敢现身。侥幸存活下来的杨广路负责运送连长尸首回乡。在赶车的青年农民对“敌军”即义勇军指挥官的夸赞中，杨广路意识到了自己的罪恶行径，并看见了“中国人不打中国人”的标语。

按：慈灯（1915—1995）即杨慈灯，这部写东北沦陷区的军事题材长篇小说，通过描写东北“伪满洲国”傀儡军队的新兵杨广路入伍之后的所见所思所闻，一方面揭示了普通士兵遭受的非人待遇，批判了旧军队的专制、腐败和黑暗，同时将旧士兵们的罪恶行径与流氓心理与义勇军进行对照，侧面刻画了东北义勇军仁勇和善的正义形象；另一方面对东北沦陷区由中国士兵组成的傀儡军队与“救国战士”义勇军打仗的行为进行了反思，喊出了“中国人不打中国人”的口号，表现了强烈的爱国主义精神和民族意识。小说以第一人称开展叙述，语言精练简洁，写景状物优美动人。情节跌宕起伏，叙述结构完整，而开头老号兵讲述的旧官兵弃暗投明的故事与结尾青年农民对义勇军的称赞构成了潜隐于故事情节内部的思想链，颇具匠心。人物形象刻画也较为生动，如在上进与堕落之间挣扎纠结、又尚存正义和良知的新兵杨广路，自私好色的老兵油子李富贵，杀伐果断的连长，蛮横骄悍的连长太太等。但小说中大量不必要的“荤话”的运用降低了其艺术格调。此外，小说在叙述上也比较拖沓，不仅多次重复出现赌博狎妓等情节，还不厌其烦地描写窑子和牌馆之颓靡堕落情状，既啰嗦也有低级趣味之嫌。

10月　王西彦的《神的失落》由永安新禾社初版（新禾文丛第一种），2000册。

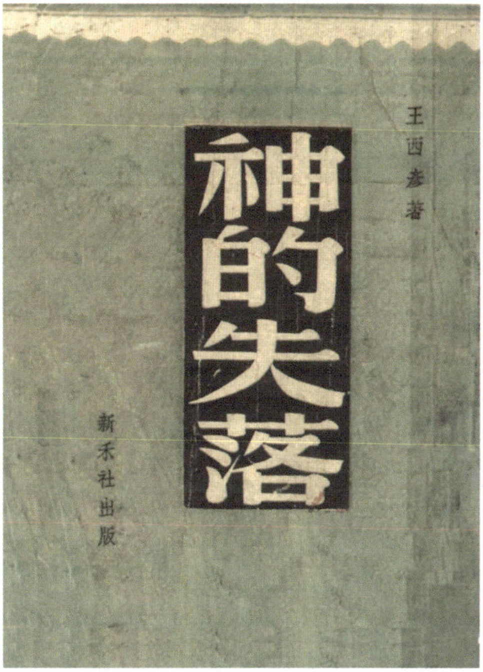

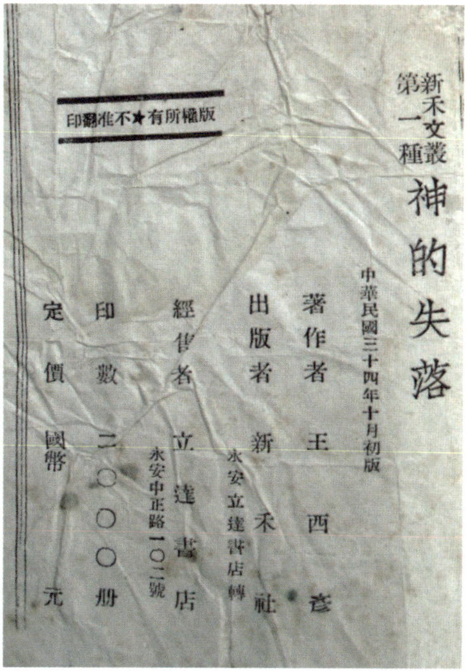
新禾文叢第一種
神的失落
中華民國三十四年十月初版
著作者　王西彥
出版者　新禾社　永安立達書店轉
經售者　立達書店　永安中正路一〇二號
印數　二〇〇〇冊
定價　國幣　元
版權所有★不准翻印

梗概：抗战时期，谢大鹏因生活烦闷而搬到一座小山城中，成为公立中学教员。从谢大鹏的同事蔡仲民处得到消息，谢大鹏学生时代的旧友马立刚立即前来拜访。马立刚本是农家子弟，因与村霸打输了官司，十四岁的他被发誓要争一口气的农民父亲送去读书。中学毕业前夕，马立刚本已决定回家乡县城当职，谁料他的父亲竟病危去世。害怕马立刚回乡分田产的哥哥们反对他回家，于是他放弃县城要职，跟谢大鹏一起赶赴北平，并在一位师长的帮助下考入大学。生活困难的马立刚半工半读，在狂热的爱国运动中爱上了原本鄙夷的“知识女性”韩一萍。一直得不到韩一萍回应的马立刚本打算殉情自杀，又因为强烈的生存意愿而放弃，后回到盗匪横行的家乡将小妹妹马海兰带到北平照看。大学毕业后，马立刚回到家乡邻县的私立中学教书，将妹妹送进中学，又结识并爱上了妹妹的朋友高小筠。不久，马立刚被学校解聘，辗转来到这座小山城教书。同样出生在贫困家庭的高小筠一直饱受继母虐待，甚至被继母逼迫嫁给一个流氓表哥。在马立刚的精神援助下，高小筠勇敢地从家里逃了出来，考进师范学校，并追随他来到这座小山城当小学教员。从此，妹妹马海兰和爱人高小筠成为主宰马立刚生命的两个“神”。谢大鹏搬来这里后，常与马立刚往来，在几次交游中同高小筠熟悉起来。不久，为了霸占地盘，马立刚供职的私立学校的本地教员利用学生闹起“迎驱运动”，要将马立刚等外地教员驱逐出校。在许多外地教员受伤的情况下，尽管马立刚因威信较高而暂时躲过一劫，但最终仍被学校解聘。失意的马立刚烦闷不已，只有高小筠能给他带来一些安慰。之后，经蔡仲民的举荐，马立刚填补教员空缺，与谢大鹏做了同事。马高二人的生活逐渐好转，谁料高小筠突患伤寒。焦急的马立刚衣不解带地悉心照顾高小筠，而就在高小筠病情有所好转时，她曾经的“未婚夫”——流氓表哥——发了国难财，竟找到高小筠并用手枪逼迫她上省城同自己结婚。为了不伤害马立刚的性命，高小筠拒绝马立刚的求婚，并决定牺牲自己的幸福答应表哥的要求。伤心欲绝的马立刚前往乡间休养，又在接到不知情的妹妹马海兰的来信后振作起来，赤手空拳赶赴省城反抗流氓。谁知马立刚离开后，刚刚毕业的马海兰从外地赶来。出乎谢大鹏和蔡仲民的意料，得知真相的马海兰竟决定上省城支持哥哥的行动。半个月后，谢大鹏重新见到马氏兄妹二人，原来马立刚不仅没能向流氓复仇，反而被他的车子撞进了医院。反抗未果的兄妹二人前往乡下休养，而高小筠则在嫁给表哥当小老婆一年之后遭到厌弃，不仅要忍受正室的欺压，还生下一个浑身肿烂的瞎眼儿子，过着真正悲惨的生活。

按：小说讲述了主宰男主人公马立刚生命的两个“神”——亲情和爱情——之一的爱情之神在恶势力和黑暗时代的压迫之下最终走向失落的悲剧，表现了一个充满理想的知识分子精神困惑和幻灭的全过程，既对主人公的不幸遭遇表示了同情，又谴责了他的个人主义，表明在战斗年代中“个人的挣脱只能给自己换来失败和绝望”，同时也以主人公的悲剧对抗战时期的黑暗大时代发出了抗议。小说文笔清畅优美，情节复杂曲折。人物形象鲜明，固执正直的马立刚、纯真善良的高小筠、坚毅刚强的马海兰均栩栩如生。作者运用第一人称叙事，以旁观者谢大鹏的视角叙述整个故事，有利于把握故事全局，增加故事容量。但曲折波澜之事全由他人在对话中转述，又缺乏精彩的心理描写，艺术性大打折扣。此外，小说有时叙述过于拖沓，并充斥大量对话和议论，略显沉闷。

10月 巴金的《春》由永安开明书店印行东南一版。

10月 茅盾的《腐蚀》由胶东新华书店出版。

10月 茅盾的《子夜》由永安开明书店印行东南一版。

11月15日 谢冰莹的《惨痛的回忆——〈一个女兵的自传〉之一章》（即：《惊人的新闻》《多情的米子》），刊于《读者半月刊》试版第4号。

11月15日 《时与潮文艺》第5卷第3期刊载消息，称：“老舍杰作《骆驼祥子》有人译成英文，名 *Rickshaw Boy*，纽约 Reynal and Hitchcock 书局已预告将在六月间出版。”

11月16日 林莽在《新文化》第1卷第3期发表《〈腐蚀〉》一文，说：“我爱那被腐蚀着的小昭，这个时代的殉道者”，“这才是真正中国人民的韧的精神”。

11月18日 宋霖的《滩》的第6章及第7章前节始摘载于《甘行周讯》第135期，至12月31日第140期毕，并被称为是“反映经济问题的长篇小说名著”。在书摘前言里，编者写道：“这是一本刚出版不久的小说，然而也是一本反映战时工业问题的一本最具声色的小说。它一出版，立刻就受到了读者的注意。名作家茅盾先生在《读宋霖的〈滩〉》一文里也说：‘我相信人们的注意力终究会集中到这部小说。因为这一部小说内所提到的战时中国经济的若干问题——根本的问题，并不能够在“狂欢之夜”的胜利的爆竹声中得到解决。当人们从爆竹声中清醒过来，而渴望要明白现在之所以成为如此的现在，或更进而要求知道今后毕竟如何的时候，我相信《滩》这部小说，是会被人们开始热心注意的！’”“这书的故事，是以重庆为背景，描写一个工业家为他事业的奋斗和苦闷，以及银行界的畸形病态，工业前途的荆棘，足以发人深省。”

11月20日 杜若在《书报》第1辑发表《〈腐蚀〉》一文，希望《腐蚀》里的姐妹们将是这“不祥政治”的最后一批殉葬者。

11月 路翎的《财主底儿女们》（第一部）由重庆希望社初版。

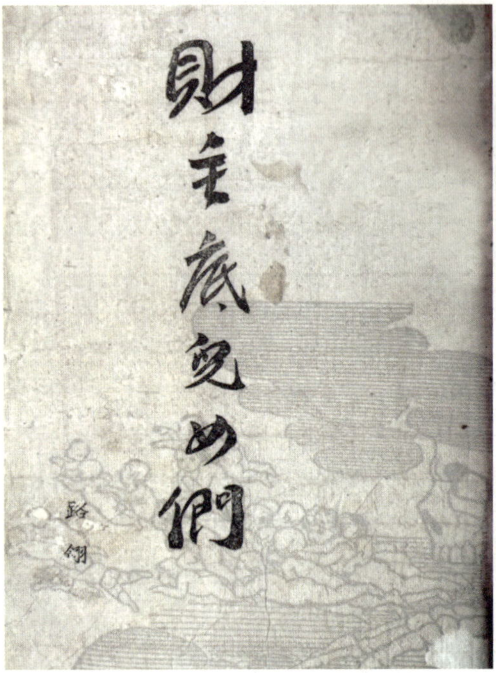

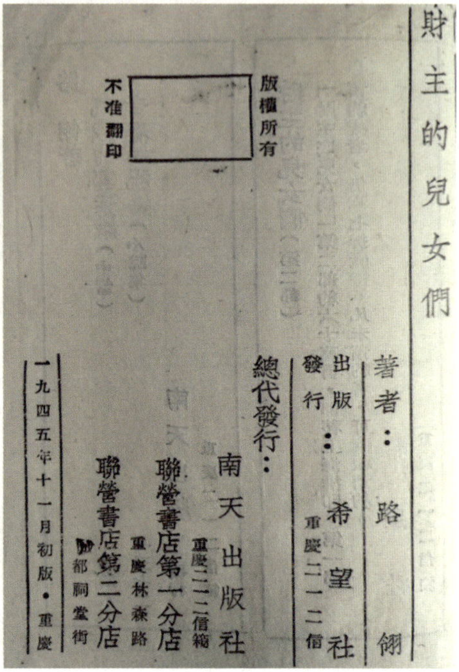

財主的兒女們

著者：路翎

出版
發行：希望社 重慶二一二信

總代發行：南天出版社 重慶二二二信箱

聯營書店第一分店 重慶林森路

聯營書店第二分店 都郵街

一九四五年十一月初版・重慶

版權所有 不准翻印

梗概：蒋家的二儿子蒋少祖与父亲决裂，16岁去上海读书接受了新思想，去日本留学回来一年后与陈景惠结婚。蒋少祖虽已有妻室却仍然不放弃与其姐夫之妹王桂英的爱情。一·二八事变爆发后，王桂英由南京来到上海参加战时救援工作，群众游行后蒋王二人和解，蒋少祖向王桂英表白被拒绝。在蒋淑媛的生日上二人再次相见，蒋少祖引诱了王桂英，在王桂英为他生下女儿后又抛弃她。王桂英在家庭与社会压力下杀死孩子，离家出走，到上海后与夏陆结婚，走向痛苦的人生。蒋少祖在上海积极参与政界，撰文著书，向青年宣传新思想，展现出政治才能。蒋少祖的父亲蒋捷三是苏州的首富，他娶过三位姨太太，晚年则把精力花在儿女们身上。蒋家大儿子蒋蔚祖同妻子金素痕住在苏州老宅。金素痕以到南京读书为由将蒋蔚祖骗到南京生活，借此向蒋捷三索要财产。二女儿蒋淑华同汪卓伦结婚，蒋捷三从苏州到南京主婚。蒋蔚祖在得知金素痕在南京有情人的事实后，精神崩溃，发疯痴狂，蒋捷三为儿子痛心，将蒋蔚祖锁在苏州。蒋蔚祖逃回南京，蒋家开始败落。金素痕把蒋蔚祖软禁后到苏州威胁蒋捷三，抢走了文契。无奈之下蒋捷三再次到南京，蒋家儿女与金素痕的争斗达到高潮。蒋捷三为儿子心力衰竭，一病不起。蒋蔚祖挂念父亲，从金素痕处逃出后一路行乞回苏州。在见到儿子后蒋捷三碰门而死。金素痕在蒋捷三去世当天回到苏州，趁火打劫夺取蒋家的管理大权，又将大部分珠宝、古董连夜运往南京。随后蒋家儿女们相继回到苏州，在蒋捷三的死亡面前，赤裸裸地显出人性的贪欲。在南京，蒋家人和金素痕对簿公堂，在金家的卑劣手段面前，蒋家房产被封，最后官司也不了了之。蒋蔚祖烧了江边的住处，沦为乞丐。金素痕以为蒋蔚祖已死，便与一青年律师结婚。在姐姐家得知金素痕再嫁他人的消息之后，蒋蔚祖出走，跳江自杀。蒋少祖夫妇回到苏州，卖了地契、文契和蒋家老宅。在车站，在为国家民族危亡到南京请愿的学生们的叫喊中，蒋少祖找回了青春的激情。1937 年春天蒋母去世，蒋淑华病逝，日军轰炸南京，蒋家儿女踏上逃亡的路程，汪卓伦参战，蒋家三儿子蒋纯祖一个人走向上海，接受炮火的洗礼。

11 月 张志渊在《现代妇女》第 6 卷第 5 期发表《取不得的避魔冠——〈白莎哀史〉读后记》一文，认为：“致白莎于死的，到底还是小资产阶级妇女对于人生的错误认识！她们从建筑在劳苦群众背上的优裕环境中长大，更加以‘公子小姐’的不合理的教育和封建残余社会的薰陶，她们始终把头抬得高高的，只看见自己，不看见他人，于是自身的美丽，要找人来欣赏，颂扬，阿谀，奉承；自己的生活，要找人来照料安排——非常舒服地安排！自己的无聊，要人来猜度——乖巧地猜度，而加以‘优美地’排解，不如此，她们便失望了，悲观了，把人生看成漆黑一团，最后只好自杀，法国福罗拜耳（Flanbert）的波华荔夫人和我们中国的白莎便是这一‘型’妇女的最好的模特儿！”“我敢说像这样的自杀惨剧在劳动妇女当中是会比较少的，为什么？因为她们穷苦，终日劳碌，没有心思和时间来让她们想‘淑女’们所愁苦的问题。她们自然也需要爱，但是她们难以在爱情当中附存什么虚荣的妄想，因为她们没有可能附存妄想的凭借和条件呀！她们当中固然也有失足于公子哥儿的人，可是对影自怜，意识到自己的美，有意无意地甘愿给人玩弄，甘愿听甜言蜜语的欺骗之词，甘愿摘下自己的‘避魔冠’而堕入地狱的到底不会如摩登小姐，时髦少妇那些多！”“白莎如果不自杀，她的道路也只有再嫁，再失恋，再……终底如何呢？不是积极的自杀，也还是消极的自杀了事。”“自古以来摆在妇女面前的，只有两条路：一条是屈辱苟安，任人播弄着慢慢地死去，一条是放开眼睛，坚苦辛勤地奋斗求生。妇女们的痛苦，无论在家，在社会都是双重的，尤其是在这动乱的时代，其苦是更不堪言！不过，若只看见自己苦，以为换一个丈夫，或抛弃牵累的儿女，或换一个较为优裕的环境，便可以一步登天，那就是妄想，那就是走的死路！若果放开眼睛，看看和自己一样苦痛，甚或比自己更苦痛的妇女还不知道有着若干千万在，甚而进一步问一问为什么自己和她们会是这般苦的？找着了这痛苦的根源，再联合与自己同病的人们来求解决，来改造，尽管自己此生不能享受，自己的下一代的子孙总会比自己幸福，这样希求的幸福才不致成为空想，才是真真实实的人的生路。”“白莎之所以终日忧郁的最大原因，是抗战期间，作为公务员的丈夫的微薄收入，是因入不敷出的公务员生活使丈夫顾不了对她的温存，这种苦痛若比较起那终岁做牛，做马，榨干了自己的血肉还不得一饱的大量的工农妇女来，真是微乎其微了！抗战以来，她们更献出了自己的父兄，丈夫或儿子，自己的两只肩上，除了自己的生活负荷之外，还加上了她们亲爱的人们所留下的负荷，我们不能向她们看齐，和她们齐一步伐为国家民族求生存，还日日夜夜为了自私的物质享受，和精神享受而唉声叹气，而抛弃自己对人类社会应尽的一份责任么？”“不过，话又得说回来，若果我们之政治能循常轨，一切国事不被包办，全国民众都能澈底地动员起来，每个人都有伟大的保国家，保民族的工作干，他们或她们身心都不得空闲，自然就不会苦闷，不会单从物质上求满足，单从异性身上找安慰，这样无聊的自杀大约也会少了。”“若说白莎之死，有几分是‘我们的政治’的气氛所窒息了的，也还不算太过。”

11月 老舍的《二马》由成都商务印书馆印行蓉二版。

11月 茅盾的《腐蚀》由上海知识出版社再版。

11 月 陈铨的《革命的前一幕》改名《无名英雄》由重庆商务印书馆出版。

11 月 黎光的《海风》由上海正中书局印行沪一版。

11 月 陈铨的《狂飙》由上海正中书局印行沪一版。

11 月 巴金的《憩园》由上海文化生活出版社印行沪一版。

11 月 拓荒的《少女忏悔录》由重庆沪江图书社印行第三版。

11 月 李辉英的《松花江上》由上海建国书店印行沪一版，1500 册。

11 月 宋霖的《滩》由重庆开明书店再版。

12 月 1 日 黄浅在《生活》第 7 期发表《〈腐蚀〉》一文，认为："作者以深挚的感情，动人的故事，细致的笔触，日记的体裁，描写大后方一个女特务的身世和遭遇，赤裸裸的揭发了国民党'特务界'黑暗的内幕。"

12 月 15 日 徐盈的《苹果山》第一章部分刊于《大地周报》第 3 号，至 12 月 22 日第 4 号。

12 月 24 日 《申报》刊载《间谍夫人》的广告："出生入死为探得敌人阴谋！牺牲色相为争取国家胜利！事迹：可歌可泣，描写：淋漓尽致。"

12 月 25 日 《申报》刊载《海风》的广告："战时之风云袭临上海，孤岛即失去光明。沪西歹土之构成，更断送无数纯洁之魂灵。本书描写当时上海各阶层动态，及黑暗中正义与利欲之斗争，皆为惊心动魄之史实。东南人士曾身历其境者，读此当倍觉本地风光，亲切有味。"

12 月 林坡在《中学生》复刊后第 94 期发表《沙汀的〈困兽记〉》一文，认为小说保留了作者一贯的讽刺的暴露的写实的作风，在人物上，作者虽费力较多的是田畴和吴楣，但对田畴的处理过于戏剧化了，其他人则较为模糊。倒是李守谦和王妈刻画得较为成功。较之以《淘金记》，《困兽记》一些地方写得有些勉强与生硬。

12 月 茅盾的《腐蚀》由上海知识出版社印行第三版。

12 月 荆有麟的《间谍夫人》由上海新世纪出版社出版。

12 月 程造之的《沃野》由香港海燕书店印行胜利后第一版。

12 月 李健吾的《心病》由上海文化生活出版社初版（文季丛书之

十八）。

1945 年 石怀池的《石怀池文学论文集》在上海耕耘出版社出版，在《论萧红》一文中，作者认为萧红的三部小说（《生死场》《马伯乐》和《呼兰河传》）“是萧红留下来的宝贵文学遗产，然而这三部在不同时期写成的长篇小说，也正反映出萧红本人底自我改造斗争的复杂过程：她怎样以一般青年人的英勇气概投入斗争，与黑暗和庸俗的现实社会抗争，但由于脚跟站得不稳，与人民大众没有血肉相依的连系，便感到黯然的悲哀和空漠的孤独；最后，她终于滑出斗争的领域，她在现实生活里无法汲取创作源泉，‘生命已经像池水般失去活力，再没有力量流入江河，流入大海。’她开始把视线拉向往昔回忆，虽然在主观上还想写出人民底朴质和沉重的苦难负担，但事实上表现出来的，却是一位田园诗人的冲淡恬适的风度，所谓‘人民’，是‘愚昧’和‘无知’的代表名词了”。《马伯乐》“叙述一个由无助，麻痹而致于形同浮尸的青年”，“他在生活上是一个无所依靠的利己主义者，在公共场合上，他又是一个狡猾者和寄食者。他底朋友们也像他一般的懒惰，他们都是那些与群众公共利益背道而驰的人们。充满着对于私人利益的打算。在这部作品里萧红企图捏造一个失败主义的小布尔典型，像高尔基创造‘奥古洛夫镇’似的，把马伯乐作为一切可耻的卑琐人物底概括。在批判底意义上，马伯乐是成功的。然而，如果我们把问题发掘得更深刻一些，这部从风格到内容——整体上都是灰沉烦琐的小说未尝也不可认作这个时期底，萧红本人实际生活主观情绪的反映”。而“《呼兰河传》在某种程度上说，是受《猎人日记》底影响很大的，凭着她底童年的记忆，把北中国的风土人情勾画出来，优美而动人……作者的表现方式，常常转换着，有时是叙述自己的见闻和印象，有时也让作品里人物单独行动，给他们以自主的思想和活动，因而，记载着自己的童年生活，和她底亲切慈爱的老祖父，都是散记式的叙述……作者以一种娓娓动人的抒情的色彩，把所有这些叙述，描写，人物和故事底片断连结起来，‘交织成一幅幽美的图画’”，“从《呼兰河传》里，我们可以看出作家萧红底两个无可奈何的走向支离破灭的特征：首先，她已经与现实脱了节，这个惊天动地的民族解放战争事业对她已经是陌生的了，他底现实的创作源泉已经枯渴，甚至连智识份子对于时代的心灵的搏动也无法捉摸。她堕落在灰白的和空虚的生活泥淖里……她只得在往昔的记忆里，搜寻写作的素材，丢开眼前的现实斗争底丰富内容，拖回遥远的逝去的田园生活，这对萧红说来，是一个含有无限深刻意味的悲剧”。

1946年

1月1日 石岩在《中坚》创刊号发表《读茅盾的〈霜叶红似二月花〉》一文，认为：“茅盾的《霜叶红似二月花》这一部长篇小说，是我们这时代诚实的记载，一首朴实的史诗。”“读完这一部作品，使人深深地感觉到作者心理的朴实，文字的朴实，观察的朴实以及启示的朴实，我们看到了历史的变化的原因、现象及方向，被淘汰的一面暴露了怎样的缺陷，新产生的一面受着怎样的苦难以及怎样的奋斗，作者划分得极其清晰，叙述得极其明朗，而更主要的，便是它的真实，读完了它的时候，会被他的叙写使人勾起了无尽的回忆。”“从全书的结构上看，作者也是在写一部时代的历史，它的情节，并不是一部完整的传奇，它的开始，是历史的过程中的新的现象的发生，并不兀突，它的经过，也只是一些平凡的现象，但它却寓有历史发展的规律，它的结束，也正如历史一样，并没有完，仍旧还有发展和演变，传奇是可以用文字的词藻去堆砌的，意外的节目去构成的，可是这平凡的人生，真实的历史，却只有以自然的语言去表现，也只有以真实的情节去布置，作者在这一点上的成就，也同样的是这本书的优点，他努力的排斥修辞的文字而设法运用自然的语言，竭力的注意避免凑合的情节而设法按照历史的经过。”“全书的内容，更有同样情形，历史的叙述在文学上决不仅是往事的回忆，而是作者对于历史自觉的表现，从它的内容里，我们看到了作者对于那时代的认识与批评，作者对于那衰弱了的一面没有用感情上的批评，只是用事实来说明，他们的衰弱和趋于灭亡是历史的法则，对于他新生的而仍旧在彷徨中的，则寄予以无限鼓励，我们看到了那些青年在各种不同的环境中所遭遇到的生活的与事业的苦闷，这苦闷如何刺激了他们，炼锻了他们，而他们终于坚强起来；可是对于那正相反的人物，那些旧制度下的各种恶势力的代表，土豪，劣绅，流氓，走狗等类人物，作者却又用了最深的憎恨去记载他们的罪恶和阴谋；此外，还有一点值得我们注意的，便是作者的积极的，乐观的，战斗的人生观的表现，从几个书中人物的性格中表现了出来，对于不可挽回的不幸则予以丢弃，对于尚可挽回的不幸必尽最大的努力，用理想慰藉自己，用行动实现理想。”“整个地说，这本书有着完整的叙写和正确的认识，在技术上也相当成熟练，作者不论是对于内容或是对于技术的态度，都极其谨严，可是也正是因此，它也造成了一种缺陷，前面曾经说过这部作品的朴实，那是它的优点，它的缺点便也正是在它的背面，它缺少光与影的布置，以至于‘无华’，在内容上，作者把握着自己思想的准绳和历史的规则，在技术上，作者遵循自然的语言和朴实的要求，可是在选择上与运用上，渲染上和配置上，还不得不承认没有到达高度……这一部作品，还有不少地方使人觉得沉闷与枯燥，因此把它说作是史诗的话，它是史的成份超过了诗的成份。”

1月1日 彝华在《综合》第1卷第4期发表《〈憩园〉》一文，认同巴金在结尾处给人间以温暖的主题，并且说：“重复一次有什么关系？正因为人间太少温暖和玩笑，能够一次次的启示和从此得到一些，我们绝不会感到厌倦。”

1月1日 姚远在《东北文学》第1卷第2期发表《东北十四年来的小说与小说人》一文，认为小松的创作“都是美的构图，所以就有人说小松有着绘画的才藻，这评语是很恰当的，《北归》是一幅很美的很匀整的作品”，“山丁的《绿色的谷》，打开了过去的注重叙述故事的通病，而在故事里渗入了作家的意识，在这一点上，它是比较成功的。尤其是作者的浑雄的气魄与伟大的灵魂殆充沛于全篇。”

1月1日 靳以的《前夕》第一章刊于《文选》创刊号。

1月10日 巴金在《文艺复兴》创刊号刊载自己撰写的《憩园》的广告：“这是作者最近完成的一部长篇，在这长篇里作者似乎更往前走了一步，往人心深处走了一步。这里没有太多的激动，使你哭我笑，然而更深的同情却抓住你我。我们且记着作者往日说过：他在发掘人性。我们也许可以读到愤怒，但决没有悲哀。该死的已经死了，爱没有死，死完成了爱。”

1月10日 巴金的《第四病室》（《前记》《第一章》）刊于《文艺复兴》创刊号。

1月15日 巴金的《寒夜》第1—4章始刊于《环球》第4—6期。

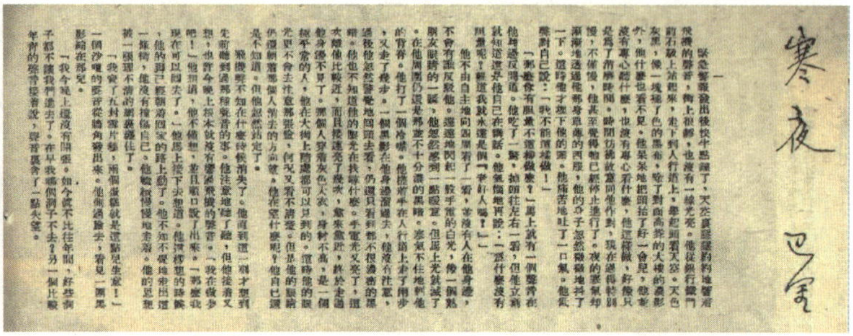
寒夜

巴金

1月20日 钳耳在《文联》第1卷第2期发表《评〈第一阶段的故事〉》一文，认为：“我读茅盾先生的小说，常感觉到它很可能是现代小说之向中国旧式章回小说吸收融化的一个合理的雏形。”在这部小说中，茅盾“擅长于白描，以明快见长”。其次“是在许多地方都显得‘论文化’了”。除了辩论之外，另一表现人物的方法是直接诉之以人物的行动。作者认为：“我以为这是一本极好的报告文学，作者提出问题，直接透过论辩和行动来解答它，由于问题太多，一切人物之间的联系都不是必要的了，故事外表上的中心虽说是在何氏三兄妹之间，但这三个人物其性格和其在故事中的地位，事实上都是次要的，真正的中心人物是没有的，作者的任务是替那壮烈的三个月的历史作一次粗轮廓的纪录——假使是如此的话，那么我上面指出的几种弱点似乎就并不十分重要了。”总之，“当作一本忠实地报导上海战争中三个月的历史真实的书读，茅盾先生这本书实在有重大的价值。”

1月20日 艾芜的《丰饶的原野》第二部《落花时节》始载于《文坛月报》创刊特大号，至4月10日第2期（未完）。

1月　徐仲年的《彼美人兮》由上海正风出版社出版（正风文艺创作丛书）。

梗概：留学法国的宗书城在阿耐西度假时，结识了一位叫露绮丝的法国女子。等他快要回里昂时，书城以诗明志，委婉表达对露绮丝的爱慕之情，于是

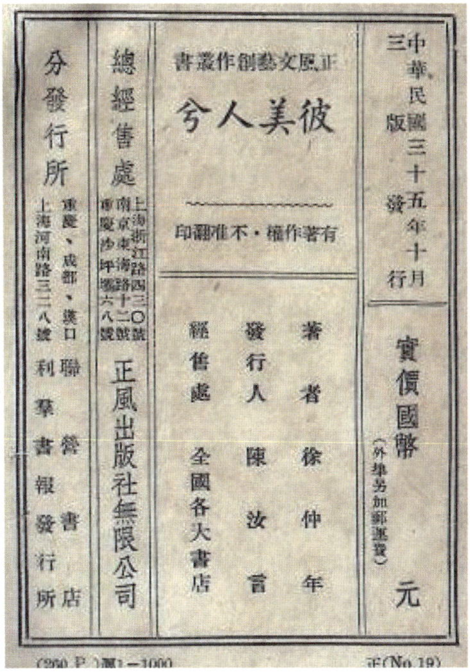

中華民國三十五年十月
三版發行

實價國幣 元
（外埠另加郵運費）

正風文藝創作叢書
彼美人兮

有著作權・不准翻印

著者 徐仲年
發行人 陳汝言
經售處 全國各大書店

總經售處 上海浙江路四三〇號 南京東海路十二號 重慶沙坪壩六八號 正風出版社無限公司

分發行所 重慶、成都、漢口 聯營書店 上海河南路三二八號 利華書報發行所

（200 P.）渊1－1000 正（No.19）

两人互留通信地址。随着书信的增多，二人情意见长，露绮丝的母亲拉比太太也邀请书城去家中做客。拉比太太酷爱中国文化并表现出对徐仲年的欣赏，书城便介绍了徐仲年的著作，还翻译了不少中国诗词给她听，两人相谈甚欢。书城几次谈及返城，皆因拉比太太的盛情难却，一直待到十月初开学才离开。十一月初，露绮丝忧虑的事情终究还是来了，她被所在的大学分到一个穷乡僻壤的学校当教员，想着山里阴冷潮湿与物资匮乏，又念及自己如花的年华，她的心情极为沮丧。刚去时，只能通过给母亲和书城写信缓解心中的郁结。圣诞节前夕，因校方规定不准回家，露绮丝只好滞留在校，因孤寂难耐，她甚至哀求送食物的少女陪她一起过节，但被婉拒。正在伤心之际，书城的到访宛若雪中送炭，一扫露绮丝心中的阴霾，两人陷入爱河，决定结婚。他们不但举行了西式的婚礼，等到书城取得博士学位携妻归国后，也遵行了中国的婚礼风俗。为养家糊口，书城到南通华裕纺织厂工作，露绮丝也因熟悉中法文化来到《上海日报》工作。淞沪抗战后，她写信告诉书城，想要结束异地分居，不想浪费美好的青春年华。书城虽心疼，但仍以工作为重，未能如她所愿，这使得罗昂斯有机可乘。书城

发现后，经两人交谈，决定离婚，但二人的感情并未荡然无存，当露绮丝在归返法国的轮船上暗泣时，书城也在码头上伤心啜泣。

按：小说最初名为“西方之美人”，作者自言是徐悲鸿先生题签时，认为“西方之美人”太过直白，不够含蓄，故改作“彼美人兮”，且“兮”让人联想到怜惜之意。小说讲述了一段在当时亦属先锋的中法跨国恋情，将爱情的萌芽、发展、结合与失落原原本本地道来，表达了对这份逝去感情与恋人的怀念之意。小说的独特之处在于内容广博，大量中外诗词、谚语典故、文化风俗、地理建筑都囊括其中，兼及对法国社会情况的介绍，如考试制度、婚姻制度等，实践了作者“与空间时间不脱节”的写实原则。但作者过多的科普冲动，使得小说有冗长赘余之感，且处理上不够自然，有掉书袋的学究气。

1月　巴金的《第四病室》由上海良友复兴图书印刷公司初版。

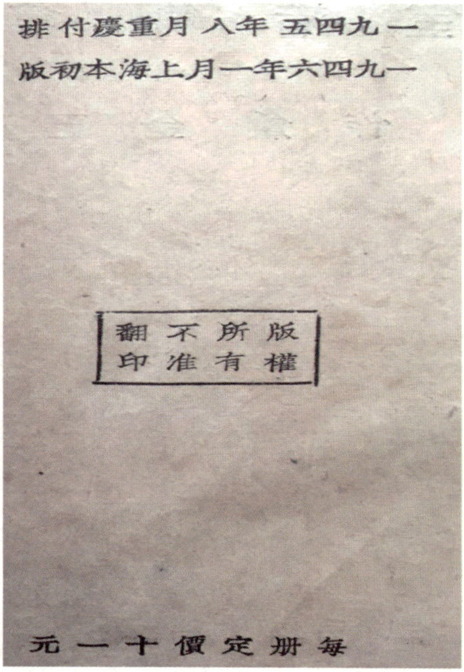
一九四五年八月重慶付排
一九四六年一月上海本初版
版權所有　不准翻印
每册定價十一元

梗概：“我”因患胆囊炎住进“第四病室”，这是一个条件恶劣、混乱不堪，还弥漫着熏人臭气的三等病室。“我”被安排在第五床，目睹工友老郑提着桶来倒便壶，弄得室内恶气熏天；医生护士对病员缺乏起码的同情心，冷漠而懒散；街上饭馆的堂倌老许自私、势利，对没有钱的病员粗暴到虐待的地步；病员刁难工友、堂倌，老许来送号饭，第八床便以误了时间为由，鼓动病友们不接受，故意让老许回去挨老板骂；就是病员之间也相互戏谑、捉弄。小说着重描写了三个病员的不幸死亡。第一个是十一床因公烧伤的工人，他住进医院，所在公司却不肯负担医药费，他无钱买药吃，每天只能靠注射盐水针延续生命。他时时嚷着要便壶，老郑却有意刁难，憋得他痛苦呻吟。十一床难受到发狂，整夜叫喊，却被老郑用绑带死死捆住双臂，不久，他便悄然死去了。第二个是二床患梅毒病的老人，后颈烂成了一个大坑，杨大夫耐心专注地给他做了手术，并嘱咐老人的儿子每天送鸡汤，儿子却面露难色，因为他们一家六口从南京逃难出来，全靠他一点薪水过日子，生活贫穷。随着老人病情加重，儿子也变得躲躲闪闪，生怕传染，最终老人因全身溃烂不能得到应有的治疗而死去。第三个是六床的某器材库员朱云标，他因车祸断了左臂，又在病室里被传染上斑疹伤寒，经常小便失禁、胡话不断、精神失常，还把手臂上的绷带撕开，弄得鲜血淋漓。工友老郑还故意刁难他，在受尽各种折磨后，他也在一个夜里丧命了。在这种黑暗、痛苦、绝望得如同地狱般的生活中也闪烁着一线亮光，那就是一位亲切温柔、善于体贴爱护病人的年轻女医生杨木华。她总给人以安慰、希望和力量，努力想帮助别人减轻苦痛，给予病人生活的勇气，要人们“变得善良些，纯洁些，对人有用些”。杨大夫对“我”也很关心，知道“我”对开刀抱有恐惧心理时，便温和开导“我”，还给“我”带来一本《唐诗三百首》聊以消遣。手术后，杨大夫无论白天晚上都尽量抽时间来看“我”。有一天，杨大夫向“我”倾诉她的苦恼，说有时真后悔学了医，因为就算学到了天大的本领，也不见得能救人，她敌不过钱，许多可以挽救的病人因没钱买药而死去。“我”很感激杨大夫不仅医好了“我”的病，还使“我”的心得到了温暖，医治了“我”的心。然而，就是这样一位善良、纯洁、热情的人，却在金城江大爆炸中为抢救别人而遇难。

按:《第四病室》的故事背景在贵阳，通过一个年轻病人陆怀民——“我”——住院期间的日记，呈现了贵阳中央医院里的病院生活。这也是巴金书写底层小人小事之作。小说没有主要人物，也不去刻画某个典型人物，更没有曲折的故事情节，但全书冷峻平淡的叙述中又透着深刻的同情，讽刺与批判尽显笔端，虽然杨医生是小说中唯一的“光明”，但全书依然是一部批判现实主义的力作。

1月 **艾芜的《丰饶的原野》（含第二部《落花时节》）由重庆自强出版社初版。**

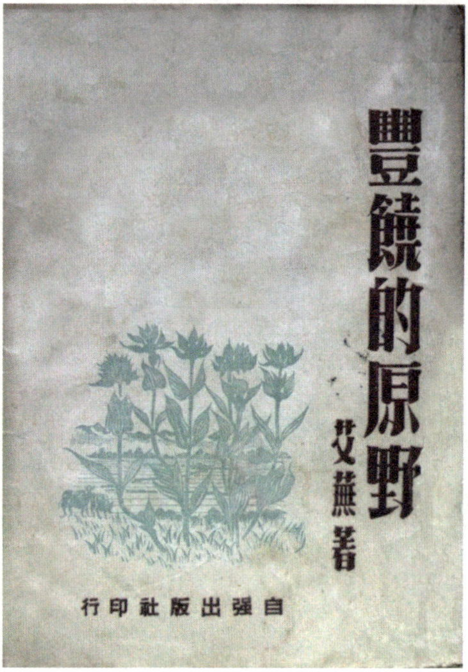

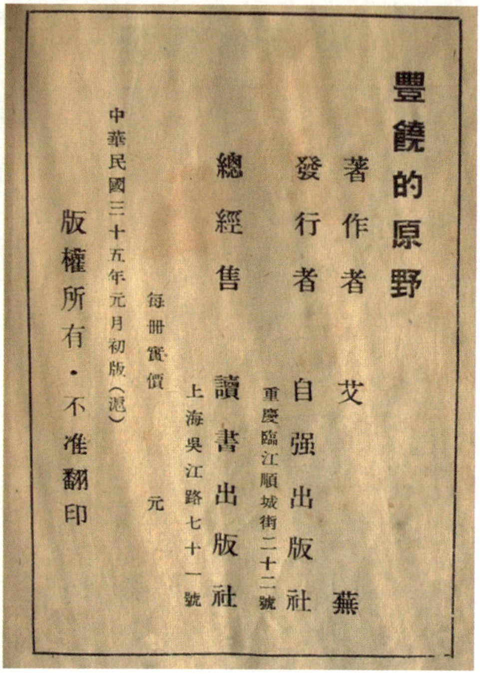
豐饒的原野

著作者 艾蕪

發行者 自强出版社 重慶臨江順城街二十二號

總經售 讀書出版社 上海吳江路七十一號

每冊實價 元

中華民國三十五年元月初版（渝）

版權所有・不准翻印

梗概：邵安娃、刘老九、赵长生三人是汪二爷的佃户，他们今天的活是淘堰。刚到沟边，赵长生就去找外号锯子的年轻寡妇。易老喜看见后阴沉着脸走开。干活时，刘老九听到大家唱情歌，不禁想起自己自小跟表妹定亲，由于父母双亡，自己穷困潦倒，舅父母就将表妹嫁给有钱人做妾，心里直发酸。邵安娃虽有妻子，却被冯七爷霸占，也不愿回家。易老喜早就垂涎于锯子，但锯子对这个为霸占自己的田地而伪造文书、动手打人、活活气死丈夫的仇人十分愤恨，见他来讨好自己，不软不硬地顶了几句，易老喜愤愤离去。晚上，赵长生、刘老九、邵安娃三人到锯子家吃鱼，赵长生见锯子家穷得连油盐都没有，就同刘老九一起去到陈家店赊油盐。结果，易老喜的两个儿子和长工冲了进来，喊着“捉奸捉双”

把邵安娃当作赵长生拳打脚踢，锯子奋起反击，虽没有造成人命，但邵安娃却被打伤。汪二爷让人说邵安娃的伤很重，就去找冯七爷去了。赵长生他们以为这是找冯七爷商量对付易老喜的办法，不料几天后却看到汪二爷与冯七爷两人高高兴兴地去易老喜家赴宴去了，而邵安娃却被辞了工。邵安娃只好回家养伤。赵长生和刘老九去看望邵安娃，汪四麻子奉汪二爷之命也来看他，却把本该给邵安娃的钱私吞了下来。第二天，汪二爷斥责汪四麻子和刘老九、赵长生砍公家的树，汪四麻子委屈地申辩却没有效果。晚上，汪二爷一脸酒气地出现在刘老九等人面前，责备他们干活进度慢，还特别提到了赵长生。赵长生不能接受当面指责，便顶撞了起来。刘老九也打抱不平。汪二爷平时对刘老九就心怀不满，只是念其干活踏实才未辞退，现看他居然敢顶自己，就声称要掀他出去。汪二娘见状连忙出面挽留，并答应第二天就让他们给邵安娃送米。深夜，汪四麻子来表明自己的无辜，汪二娘让他找雇工，汪四麻子满口答应。见雇工有着落，汪二娘又拖延着不给邵安娃送米。刘老九一气之下独自走了。但汪四麻子没有雇上工，汪二娘只好让赵长生送米给邵安娃。在邵安娃家，他们只看到冯七爷和邵大嫂，未见邵安娃。赵长生和先到的刘老九就四处去找邵安娃，却在冯家车房里发现被偷砍的树，赵长生非常生气。冯七爷出来打了赵两个耳光，让他不要乱讲。这时，刘老九在塘边发现邵安娃的衣服，叫来大家跳下塘将邵安娃的尸体打捞上来。邵大嫂哭诉说是冯七爷害的。赵长生和刘老九一听，抄起家伙向冯家追去。

按：艾芜（1904—1992）呈现给大家的这部作品是一幅具有浓烈田园气息的乡村生活画，一首淡雅清新的农民田园诗，一首质朴淳厚的乡村恋曲，一首深沉凄婉的乡村悲歌。刘老九、赵长生、邵安娃，三个不同性格的雇农，虽然卑微地生活在乡村的最底层，依然苦中作乐，竭力维护着做人的尊严。特别是邵安娃，当他忍气吞声换来的竟是得寸进尺的羞辱后，他以死作为自己最后的也是无奈的但却是有力的反抗。小说构思朴实，结构严密，刻画深湛，描写细腻，令人称赞。但以抒情的笔墨书写苦难是否得体，还需再思。

1月　老舍的《四世同堂》第一部《惶惑》（上册）由上海良友复兴图书印

刷公司初版（良友文学丛书新编第一种）。

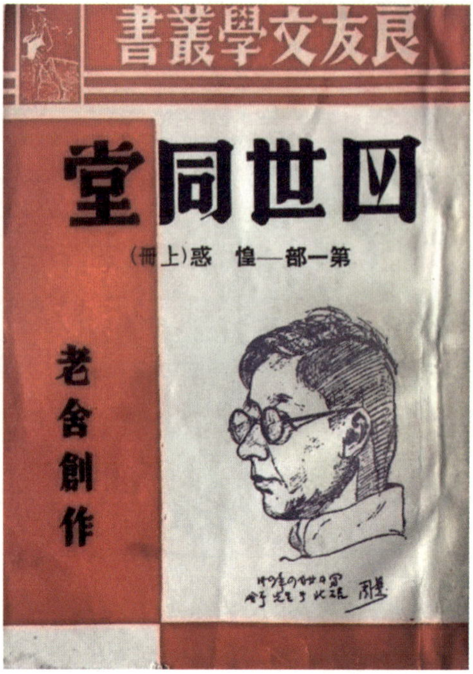

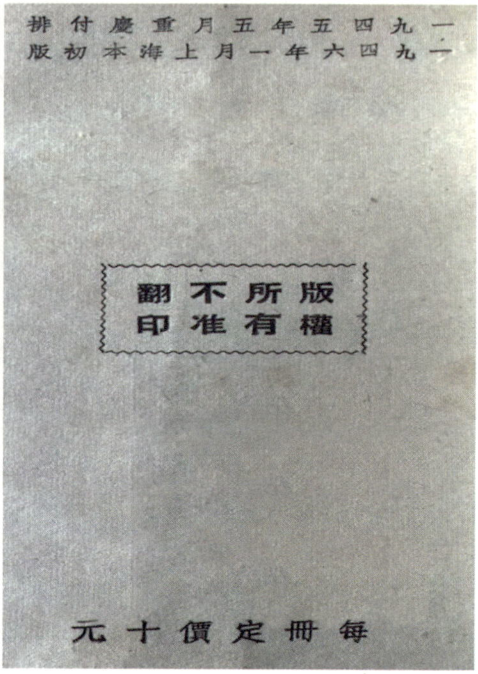
一九四五年五月重慶付排
一九四六年一月上海本初版

版權所有
不准翻印

每冊定價十元

梗概：七七事变和随之而来的北平沦陷改变了北平小羊圈胡同里各家各户的命运。五号院的祁家是这条胡同里居住最久的一户。祁老太爷并不担心北平被日本占领的后果，他只期盼着还能庆祝自己的八十大寿。祁天佑是祁家第二代人，掌管布铺，也只为战事带来的生活窘迫而焦虑，并未意识到亡国的惨痛，祁家第三代人是接受了新式教育的一代，这之中大哥祁瑞宣在中学当教员且已育有祁家第四代儿女，二弟瑞丰在中学当庶务，三弟瑞全正读大学。瑞宣意识到当亡国奴的耻辱，长孙的身份迫使他要承担一家老小的生活而不能离去，瑞全则满腔正义与怒火，欲逃出北平，瑞丰却蝇营狗苟，与太太只顾自己。四世同堂的祁家上下各有各的心思。祁老太爷没能过好中秋节和自己的七十五岁生日。上海会战尽管给了人们以鼓舞，但北平物资匮乏，人心惶惶，连从城外赶来的常二爷也带来乡下已乱的消息。祁瑞宣最敬佩住在一号院的诗人钱默吟，他性情温和，独独对亡国一事态度强硬，二儿子钱仲石摔死一车日本人，儿子的英勇牺牲激励着年老的钱默吟，他和瑞宣安排王排长和瑞全一同离开北平，支持他们参加抗日。瑞宣最看不上眼的是三号院的冠晓荷夫妇，北平被日本霸占以后，冠家夫妇为取得日本人信任谋取官职四处奔走，不惜在八一三事变后告发钱家，钱默吟被捕入狱，大儿子钱孟石因此病重而死，钱夫人撞棺而亡。钱家突如其来的巨变让大家感到亡国的无奈，却隐忍着不敢反抗。钱默吟的亲家金三爷、妻弟陈野求和胡同里的人帮助钱家办理后事，此时，钱默吟经受日本人的严刑拷打，伤痕累累地出狱，他神志不清，只记得冠晓荷害了他。金三爷上冠家为钱默吟出了口恶气，这让瑞宣看到，只有行动才能自救与救人。大家来不及悲伤，商量着如何照料钱默吟。

1月 冰菱在《希望》第 1 集第 2 期发表《谈“色情文学”》一文，认为《肥沃的土地》“是表征着目前的新文学创作上的一种恶劣的倾向的作品。这种倾向，基本上是生活的空虚及对这种空虚的生活的虚伪的，自欺欺人的态度，以及思想能力，实感能力底缺乏。从这种空虚和缺乏，产生了对于政治理论和社会理论作着盲目的适应和投机的八股文学；用来点缀这八股文学的，是一种表现着作者自身底可怜的苦闷的色情主义”。《春暖花开的时候》也是“色情文学”，这种色情文学是没有灵魂的。

1月 石怀池在《希望》第 1 集第 2 期发表《评〈一个人的烦恼〉——目前创作上自然（客观）主义倾向的一个例子底剖析》一文，认为：“《一个人的烦恼》的作者在精神搏斗的过程中，没有做成生活的主人，却被生活拖累，而深陷在生活的泥淖里。从这里面，我们感觉到一种‘思想力底灰白’，一种‘艺术力底死灭’。作者还困守着旧的现实主义——自然主义的创作方法。”而且“《一个人的烦恼》是一种平板的，烦琐的，客观自然主义的产物，这却是一个不可否认的事实”。由于作家缺乏提炼，缺乏典型化，削弱了作品的艺术性。刘明这一否定人物刻画不成功。他说：“我觉得，作者严文井在《一个人的烦恼》里处理生活（精神创造的对象）时，还深深地掉落在左拉的，自然主义的窠臼里。旧的自然主义必须放逐，而现实主义（托尔斯泰）特别是新的革命的现实主义（高尔基）底处理生活，不应是生活的从仆，生活的平板的照像，而该是生活的有力的主人，生活的艺术的彩画。”当然，“没有问题，《一个人的烦恼》是一部暴露作品，作者在刘明身上批判着抗战阵营内的某一些进步智识分子。但是，由于作者没有把握住前面所提的新现实主义创作方法的原则，也就是没有如高尔基所一再宣称的从‘高处俯认现实’，而仅仅软绵无力地剖析生活，没有向生活搏斗（战斗氛围的不够），没有作主体的把握（对刘明的原谅——小布尔乔亚的劣根性的不够强调），没有从黑暗中看出光明（刘明是无望的，其他所有的人物也都深陷在绝望的泥沼中），总之，作者所运用的，还是客观（自然）主义的创作方法。”“我们提出：放逐自然主义。”

1月 列躬射的《白莎哀史》由重庆进文书店再版。

1月 王西彦的《村野恋人》由上海良友复兴图书印刷公司再版。

1月 茅盾的《第一阶段的故事》由上海联益出版社印行沪一版（文学新刊）。

1月 老舍的《火葬》由上海新丰出版公司初版，1—2000册。

1月 老舍的《骆驼祥子》由上海文化生活出版社印行沪一版（现代长篇小说丛刊之三）。

1月 谢冰莹的《女叛徒》（汉英对照）由上海国际书局初版。

1月 严文井的《一个人的烦恼》由上海建国书店印行沪一版（当今文艺丛书）。

1月 赵清阁的《月上柳梢头》由上海大东书局再版。

2月2日 《文汇周报》第6卷第12期刊载“出版消息”：“老舍所作《骆驼祥子》被译成英文后题名‘Rickshaw Boy’……这译本已被美国‘每月读书会’Book Of The Month列为入选书之一了。”

2月11日 《申报》刊载《风萧萧》的广告：“你想看抗战时期上海的斗争故事吗？你要知道上海红舞女的秘密生活吗？你愿晓得国际间女间谍们的本领吗？请看《和平日报》今日开始连载徐訏先生长篇小说《风萧萧》。你今天看了！明天要看！后天要看！天天要看！你看了会愉快，会酸辛，会刺激，会感动。这里有假假真真的谈情说爱，虚虚实实的交际应酬，神出鬼没的钩心斗角，英勇悲壮的慷慨牺牲。”

2月18日 强在《中央日报》（重庆版）发表《〈骆驼祥子〉读后感》一文，认为老舍对北平有丰富的实际的生活体验与认识，故能塑造出这样一个十足的典型人物。小说是中国现实社会的写照。“在读《骆驼祥子》的过程中，我始终感到现实的残酷与鞭策，以及教育不够的影响，使社会上类似‘阿Q’的‘祥子’不断的产生。”

2月20日 无名在《人民文艺》第1卷第2期发表《罪恶的渊薮》一文，认为：“《腐蚀》中以主角为代表，具体的，形象的刻划出：人性与恶魔战斗的情节，实在是一篇有永久价值的艺术品。”“茅盾的技巧伟大的地方，在《腐蚀》中，是不仅形象的写出了一些典型人物的行为动作；而且更深刻的掘发了人性心灵底里的矛盾和发展。”“当我们读完了《腐蚀》，我们一定会立下信誓：要坚决反对和澈底毁灭这罪恶的渊薮（特务），挽救社会，挽救人类。”“同时，《腐蚀》中写的小昭和K，都是可敬的光明的象征。”

2月25日 健吾在《文艺复兴》第1卷第2期撰写《编余》：“创刊号的《第四病室》，巴金先生的长篇小说，因为和书局有约，就要成书，所以我们从第二期起不再续刊了。”“可喜的是从第二期起，我们有荣誉连续刊载两部风格不同然而造诣相同的长篇小说，弥补我们的遗憾和读者的怨望。李广田先生的诗和散文，有口皆碑，钱锺书先生学贯中西，载誉仕林，他们第一次从事于长篇制作，我们欣喜首先能以向读者介绍。”

2月25日 钱锺书的《围城》始刊于《文艺复兴》第1卷第2期，至1947年1月1日第2卷第6期毕（其中，1946年10月1日第2卷第3期未刊）。

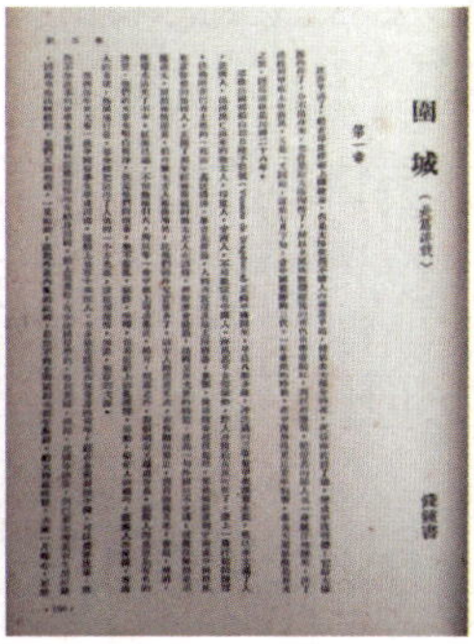

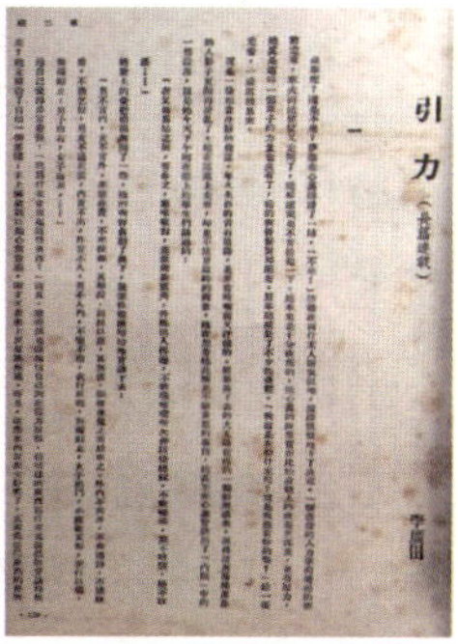

2月25日 李广田的《引力》始刊于《文艺复兴》第1卷第2期，至9月1日第2卷第2期毕。

2月26日 司奈尔在《山东民国日报》刊载消息（译自美报），称：“名作家舒舍予已应政府之聘于今春来美讲学，期间约为一年。”“舒君因其所著《骆驼祥子》一书已译成英文在美发行故‘老舍’之名已家喻户晓矣。”“舒君《骆驼祥子》一书风行全美已列入‘每月读书会’丛书之一。”“（舒君）此次赴美，除研究美国现代文学外并努力使美人对于中国现代文学有更深之了解云。”

2月 **程造之的《烽火天涯》由上海海燕书店初版。**

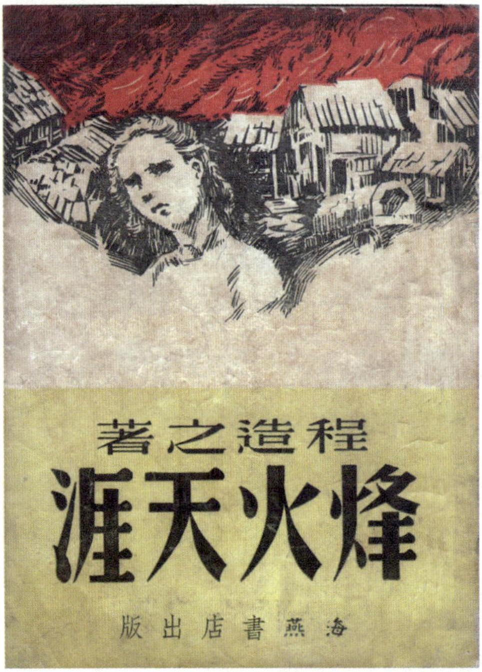

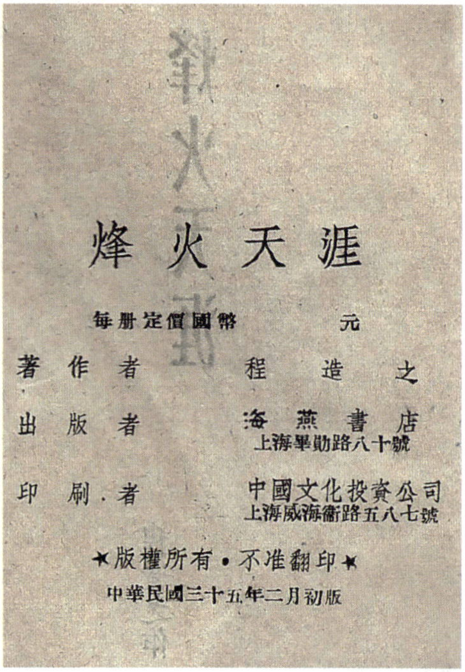
烽火天涯

每冊定價國幣 元

著作者 程造之

出版者 海燕書店 上海畢勛路八十號

印刷者 中國文化投資公司 上海威海衛路五八七號

★版權所有・不准翻印★

中華民國三十五年二月初版

梗概：上官慧平从南昌到南京，在与包办的未婚夫王亮公短暂接触后，发现他思想落后，私生活混乱，与她的理想相去甚远。她决计前往上海读书，王亮公的好友吴昔更也要去上海，二人遂一同前往。在上海期间，慧平爱上了吴昔更，但吴昔更碍于她是王亮公的未婚妻而拒绝了她。回南京不久，八一三事变爆发，吴昔更和慧平不约而同奔赴前线并在伤兵医院遇见。此时前方战事节节败退，国民政府也先后迁到了武汉和重庆。撤退途中吴昔更收到王亮公言辞决绝的一封信，这使他不再顾虑，接受了慧平，二人在汤山结婚。在一次日军袭击中，二人走散，无路可去的慧平决定同秀珠前往武汉投靠伯父。而吴昔更带着农民自卫队，决定投奔军队。慧平抵达武汉，被家中逼婚，此时她发现自己已有身孕。吴昔更生死未卜，令她不知所措。她隐瞒怀孕的事实，在台儿庄战役胜利的第二天嫁给了王亮公，却拒绝有夫妻之实。王亮公一气之下，新婚夜去了“女友”歌女江蔓茵家，发现江蔓茵和其他军官厮混。情场失意的他决定去参军，赢得慧平的爱。在火车站，王亮公遇到了在台儿庄战役中受伤退回的吴昔更，并告知了慧平的现住址和已婚的事实。王亮公到达郑州后请假返回武汉，回家看到吴昔更，要和他决斗。王亮公两枪失手后，被吴昔更击中，精神出现问题。王家为整吴昔更，把他送入军事法庭，列为赤色分子。王家与慧平也断绝联系，她无助地产下一子。而此时，武汉危在旦夕，在姐夫的帮助下，慧平随伯周先生西迁成都，而吴昔更依旧在狱中。

按：这是一部表现进步青年知识分子的抗战史，以上官慧平和青年吴昔更为主线，全景式地展现了从抗战全面爆发到武汉撤退这一段激荡岁月，揭示了国统区官员消极抗日、积极反共的真面目，批判了投机分子借抗战之名中饱私囊的现实，鞭挞了部分官员跪求和平的丑态。全书人物众多，形象生动，其中上官慧平和伯周先生二人尤其具有代表性。慧平本有优渥的生活环境，但毅然放弃青年军官而选择投身革命、身无分文的吴昔更，并与奢靡的家庭决裂，奔赴前线，体现出时代新女性的特征。作者一面批判伯周先生鼓吹和平的论调，一面写其传统士大夫不谄不阿、洁身自好的一面，写出了人物的复杂性，使人物显得尤为立体。不过，在结构上，作品大段甚至整章地描写与任何人物无关的战争场面，使得叙述游离且显松散。

2月　李辉英的《复恋的花果》由重庆建国书店初版。

梗概：作家方大洋在重庆街头偶遇从前方回来的老同学、现在部队任上校的古一平，非常兴奋，但聊谈时却话不投机。古一平凡事都为“混而已”，不屑空谈，对国事漠不关心。方大洋主张应对人生与社会有责任感，应改革现状，

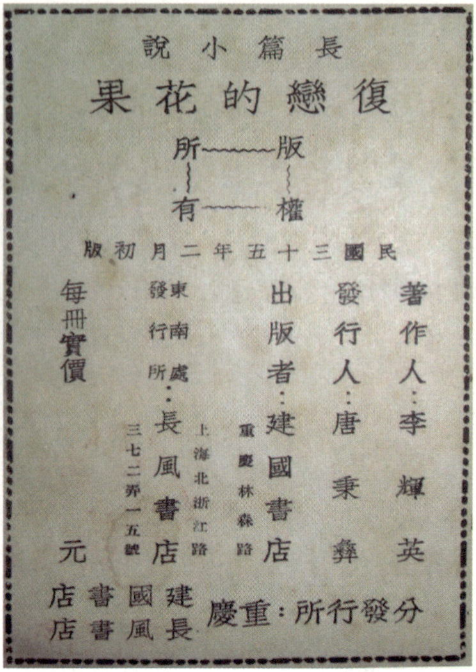

長篇小說

復戀的花果

版權所有

民國三十五年二月初版

著作人：李輝英

發行人：唐秉彝

出版者：建國書店 重慶林森路

東南發行處：長風書店 上海北浙江路三七二弄一五號

每冊實價 元

分發行所：重慶 建國書店 長風書店

对古一平的处事原则感到失望与不满。三天后，方大洋去古一平家拜访，古一平不在，古太太接待了他。原来，古太太王蜀玉与方大洋既是老同学也是昔日的恋人。这时，空袭警报拉响，他俩出去躲避，其间王蜀玉简单地讲述了她成为古太太的经过。方大洋带她参观了自己的住处。蜀玉走后，方大洋回想起自己两年来的生活：中日开战后，他紧切地要去前线参加战斗，但蜀玉要和父亲见一面后再与他一起前往，可由于战事，行程受到影响，蜀玉的父亲一时无法前来，方大洋便先行前往，临走时将蜀玉托付给古一平。方大洋曾参加部队工作，可受到别人的冷漠和打击，只得又来到后方重庆。如今，他对后方不思振作的寄生虫式的生活很不满，更鄙视古一平，看到现在蜀玉的状况，他决定远离她，不掺和进来。第二天，职员江克强来找方大洋搬家，正在他收拾东西时，蜀玉来信说古一平因贩毒而被捕。搬到新居后，有个同事张云飞很喜欢摆龙门阵，但他讥讽抗战让方大洋很气愤，然而方大洋也从张云飞处了解到蜀玉已回到成都。经过一番思想斗争，方大洋决定去成都找蜀玉，用同情温暖她被毁伤的意志，让她重新加入到伟大的战斗序列中去。到成都后，蜀玉为避轰炸已搬迁至乡下。

方大洋郁闷至极，正好路经报馆，他突然决定刊个寻人启事试试。登报后第二天，一位女客来访，告诉了他蜀玉的住处。他立即前往乡下，见到了思慕已久的蜀玉，唤回了昔日的爱情。在这里，蜀玉还给他介绍了工程师郑士斌等其他一些朋友。方大洋回电江克强，说自己找到了爱人不回重庆了，张云飞将他的行李运到了成都。张云飞很得意自己囤积居奇解决了生活问题，他写信告诉江克强，他傍了一个富婆，现衣食无忧，且不久将谋得一个高职。江很鄙视，撕掉了张的来信。方大洋来信告诉江克强，他将与蜀玉一起奔赴前线，江克强又很感安慰。方大洋和蜀玉办了一个简单的婚礼后，坐上了开往北方的汽车，投入到伟大的报国行动中。

按：这是一部表现抗战时期大后方热血青年不甘平庸执着报国的较为出色的长篇小说。这主要表现在：一、情节结构完整有序。小说由偶遇到寻找再到重返前方，脉络清晰，不枝不蔓。二、构思巧妙而富有时代特色。小说不是写一个庸俗的三角恋爱故事，而是紧扣抗战时期青年的责任与义务这一时代的主题，将重心放在“复恋”与“花果”上，着重表现主人公“复恋”的时代需要与个人追求，通过对抗战时期投机分子罪有应得的下场的描写，反衬“花果”的崇高与伟大，催人向上又充满诗意。三、人物清晰。主要人物方大洋与王蜀玉有一定的典型性，次要人物如张云飞等真实可感。此外，小说语言也较为形象生动。不足在于，小说的时代氛围不够浓烈，作家在叙述时不时介入的身份影响了文学规定情境的产生，结尾的交代亦有画蛇添足之感。

2月 巴金的《火》（第一部）由上海开明书店印行第七版。

2月 巴金的《火》（第二部）由上海开明书店印行第五版。

2月 巴金的《火》（第三部）由上海开明书店再版。

2月 老舍的《牛天赐传》由上海新丰出版社初版，1—1500册。

2月 靳以的《前夕》（第一部）由重庆文化生活出版社印行渝一版。

2月 程造之的《沃野》由香港海燕书店印行胜利后第二版。

3月3日 沈醉在《铁报》发表《读了巴金的〈憩园〉》一文，认为小说所表现的“这种故事，未必能为抗战时代的青年人所接受吧？我以为巴金的小说，取材比茅盾更狭，《家》那时代的光荣，早已消失了”。

3月8日 陈子元在《大公报》发表《〈腐蚀〉》一文，认为：“故事是用日记体写的，所以读起来格外亲密；故事的本身呢，却使我们一阵一阵的打冷战，叫我们的心灵——因怜恤而轻弱的心灵，畏惧，时时叫我们失去做人的勇气。”“故事虽则恐怖得很，却并不是没有它凄美的地方——灵魂的至上的挣扎着为了爱，为了贞操，为了人的体面，为了……我们希望这篇故事仅仅是篇故事而不是真的，我们姑且不去想我们这现世界果正是个神话世界。”“我们想茅盾写这故事是不会不想到用这故事来象征人生的。”

3月9日 《申报》刊载下列作品的广告：

（1）《滩》：“这本小说给刚萌芽却不能顺利发展的中国工业写了个照。中国工业就像大雾里过滩的船，困难而且危险。工业周围的雾是：不合理的法规，金融投机家，贪官污吏，波动的物价……多少工业就在这弥天大雾中翻了船。”

（2）《丰饶的原野》：“谁都知道：中国农民占全国人口百分之八十；可是那些永远住在都市里的人却从来不知道中国的农民过着怎样的生活。他们不仅没有机会来推出代自己讲话的代表，就连自己生存的权利都几乎被剥夺尽了；艾芜先生是一位出身农村的作家，在这十余万字的长篇小说里，他以生动，素朴的笔触画出了中国农民真实生活的图景。他们受尽剥削，终身与饥寒为伍，而且还常常死于非命。他们的出路到底在那里呢？我们的作者没有明白地答覆，但是读了全书，却是谁都能体味出这答覆的。”

3月16日 袁达在《申报》发表《中国应该参加国际版权公约》一文，说：“最近被美国政府礼聘出国讲学的我国作家舒舍予（老舍）先生，有一本名叫《骆驼祥子》的小说被译成英文，在美国出版，成为畅销书之一。这在中国和老舍先生个人，可以说是很光荣的事了。老舍先生的生活，几十年来一直在艰窘中过去，甚至弄得患贫血和营养不良的病。这在坚贞卓绝的老舍先生也许无所谓，但是他的亲友和爱好文学的读者，实在看不过去。此次出国以前，笔者曾跟他谈到《骆驼祥子》这译本的版税问题，他表示这件事他没有发言的余地，因为中国根本没有参加国际版权公约，因此在法律上，我们是没有地位可以向人家要版税的。

因此这本书原著者该得多少版税，只好随译者给。而现在老舍先生的家属，正靠着那位译者所给的一笔有限的版税作生活费的一部。”

3 月 16 日 斯人在《开明少年》第 9 期刊登消息《〈骆驼祥子〉的英译本》：“《骆驼祥子》已经翻译成英文，书名译成《黄包车夫》，在美国非常受欢迎。美国一般人对中国的情形不大清楚，对于中国下层社会的情形，他们更不明了了。因此他们争着看老舍先生那样精深的描写黄包车夫生活的小说。不过在那个译本里，美国人加上了插图，图中的人还拖着辫子。茅盾先生在欢送老舍曹禺两先生出国赴美的会上，说从画中的人还拖着辫子看来，美国人还没有了解我们中国。希望他们两位先生到了美国，多多的把我们中国的情形介绍给美国人。”

3 月 16 日、4 月 16 日 斯人在《开明少年》第 9 期、第 10 期刊载《〈骆驼祥子〉》一文，详细并有条理地介绍了小说的故事梗概。

3 月 17 日 羽夫在《人人周刊》第 2 卷第 11 期发表《也来谈谈〈腐蚀〉》一文，认为：“虽然《腐蚀》主要是描写赵惠明的被社会所陷害，但在深刻的意义上，正反映出了中国现在最黑暗的一个时代的面影。茅盾在这里以多么热情，正义的笔调，来描写了民族精华的被摧残，中国优秀青年的被‘鞭打’‘屠杀’，这样在侧面，也已暗示了‘民主中国’的车轮是在跃进着，反民主份子已在作最后的挣扎，而将无可避免的日渐走入了崩溃的道路。”“‘反对特务，实现民主’是《腐蚀》这作品底主题。中国在现在正走上了一个空前的民族剧变的巨大场面，《腐蚀》在暴露中国阴暗面的一点上，是有着其高度的意义的。它正像一支火炬，照亮了我们向争取民主的道路前进！”

3 月 20 日 因士在《七日谈》第 14 期上发表消息《茅盾作品最风行》，认为茅盾的《腐蚀》在上海最畅销，人心还没有完全腐蚀殆尽。

3 月 21 日 苏叔端在《中央日报》发表《田惠世——巴金近著〈火〉第三部读后》一文，认为田惠世“是一群青年人最要好的朋友，他是一个极美满而幸福的家庭的父亲，他是一个社会上苦挣苦斗的忠实服务的文化战士，他更是一个坚信不疑的宗教信徒……正因为他是一个真正的基督教徒，所以，他的一切的作为，都得循着上帝指示他的善的美的道路去做，他有信仰，他的意志从不动摇，于是，他在家庭里活着，这个家庭便充满了幸福和快乐的空气，他在社会里活着，这个社会，也增长了许多积极向上的生机……田惠世是一个极有革命性的宗教徒，我爱他不虚伪，不玩世，做实事，讲真话，这就是人类社会极需要的支柱啊！”“这部《火》和他的《家》，呈现出了两个不同的家的缩影，后者是描写一个没落时期的家庭，在怎样受着时代的敲打而崩溃，前者却是另一个理想的幸福的家庭在时代的进步中诞生，我爱田惠世，我也爱觉慧，在《火》里田惠世是一个显现了的活生生的人物，他给了我们无限的人生的启示。在《家》里，觉慧留给我们一线未来的希望，我们向往着他离开家以后怎样的去发掘新的人生，创造一个新的家。”

3月25日 渥丹在《文联》第1卷第5期发表《评于逢底〈冶炼〉》一文，认为：“在所谓市民文学底消极与色情麻醉之下，《冶炼》底出版，应该有它一定的意义。《冶炼》的主题是写广州失守以后，一个连队底战斗过程。作者于逢在本书题记里写道：‘这里，是写广东部队其中一小支，在那时候苦斗的历史，他曾经和我们的国家一同遭受了困危，但他能够在困厄中冶炼自己，开辟前路，成为抗战中有力的一环。’在这里面，我们看到了士兵们——人民底不屈不挠的战斗意志，与乎崇高的人性底表现。虽然，在一切恶劣的待遇之下，和上级长官底无能的指挥，但他们总是尽到了一个士兵，作为中华民族底人民，保卫祖国土地的责任。这里的几位主人公：农民出身的新兵何金贵，焦升……他们怀着对敌人的仇恨，憧憬着‘国家’‘民族’这个强烈的观念，壮烈地牺牲了。‘老差骨’底焦洪在英勇的战斗中残废了。连长郭俊，在困苦忧郁中锻炼了他底情感：只有走到士兵中间去，永远和他们在一起，才会保持一个军官底战斗意志，才找到一个‘革命军人’精神生活底源泉。”“作者在处理人物方面，是有着相当成功的。”“《冶炼》底人物性格的把握是丰富，深入而正确的。”“《冶炼》写了人民的抗战，人民用血肉换来的胜利。”“自然，《冶炼》所表现的，还只是一部分国军下级军官和士兵抗战的反映。从这里，我们可以看见，落后腐败的政治因素，是怎么在削弱军事的战斗力。”“在某种程度以内，《冶炼》是有着极大底成就的。有些关在狭隘生活的笼子里面，用幻想去完成和满足于他底作品的作者，不是也写了游击战争的作品么？那种空泛，歪曲，是不会给读者有多少影响的。《冶炼》应该有比他们超出一百倍的价值。自然，这是由于作者忠实于生活与观察和有着饱满的人民底战斗情绪的成果。”

3月28日 剑霞在《甘肃民国日报》发表《关于〈子夜〉》一文，认为作者首先写出了社会间人与人相互吃与被吃的关系。“其次我们不可忽略的，是作者笔下男女生活的裰描，他揭穿了萎靡地那一群的真面目，只是建筑在金钱与享受上面，甚至圣洁如两性间的爱也逃不出这个圈子。”“末了还有一点必须注意的，就是群众力量的伟大与大众利益的不可抹杀。”

3月 **老舍的《四世同堂》第一部《惶惑》（下册）由上海良友复兴图书印刷公司初版（良友文学丛书新编第二种）。**

梗概：学校复学，瑞宣却并不愿意去，一方面为自己不逃亡的行为自责，痛恨自己软弱；一方面不忍心看着学生成了亡国的孩子，自己却无可奈何。然而随之而来的保定陷落、太原陷落，让所有人陷入惶惑。瑞丰夫妇和冠晓荷夫妇将此看作自己高升的机会。瑞丰不顾瑞宣反对，巴结冠家，还同新民会蓝东阳为伍，在学生被迫参加庆祝陷落的游行时当了副司令，因听了华北伪政府的训话而洋洋得意，不料因此与善妒的蓝东阳发生口角，只好躲在家中。冠家太太利用“嫁女儿”的计谋和特高科科长李空山沆瀣一气，得到妓女检查所所长的职位。与冠家夫妇和二女儿招弟不同，姨太太尤桐芳因自己出生在东北，尤为憎恨日本人的野蛮行径，大女儿高第因心中曾钦慕钱家二少爷仲石，也生出几分义气，尤桐芳劝高第逃出北平，为国家做些事情，高第却不忍舍弃现在富贵的生活；而另一边，瑞丰终于在太太胖菊子的“运动”下担任教育局科长，蓝东阳也费力钻营，他们都变相为日本人做事。上海、南京相继失守，让瑞宣的苦闷与忧虑都更深了一层，但他毅然拒绝了瑞丰要他送礼谄媚去争校长职位的提议，瑞丰分家出去，让祁家上下又气又悲。与此同时，在胡同邻居的帮助下，钱默吟逐渐恢复健康，瑞宣时常来看望，他注意到钱默吟的眼中出现了与以往完全不同的光。钱默吟的经历让瑞宣大受触动，更坚定了自己即便无法反抗也不能做汉奸的决心，并希望祁家上下共苦。而曾在狱中就鼓励每一个被拷打的人活下去、去报仇的钱默吟，燃起复仇之火，他与投效日本的妻弟绝交，将即将生产的儿媳妇委托给亲家，决意留在北平独自完成他的抗日计划。

3月 未民（路翎）在《希望》第1集第3期发表《市侩主义底路线》一文，认为姚雪垠的创作是市侩主义的，是看市场制造货色，并且打着旗号骗老实人。《春暖花开的时候》“里面的‘救亡女性’，是作者底风情卖乖的傀儡，有人说这是抗战《红楼梦》，其实是不对的。这样的作者何尝懂得《红楼梦》里面的人生底大悲凉和那一颗因生活失望而爱抚的，含泪的高贵的心！”“而这里面的‘救亡男性’则是完全的空洞无物，读了下来连名字都少有印象，他们不过是作者用来背诵投机公式的傀儡而已。”

3月 上海海燕书店新一版《地下》页末刊载广告：

（1）《沃野》：“本书是作者继《地下》而写的第二部长篇小说，一部四十万字的力作。主要是描写敌后两种的不同部队：真正的人民抗敌队伍，和假借名义扰民害民的不良队伍。故事的生动，人物的刻划，有独到之处。爱读《地下》的读者，不应把它错过的。”

（2）《烽火天涯》：“本书是作者蛰居沪上数年，三易其稿的四十万字的巨著。作风和《地下》《沃野》，稍见不同。本书里的人物大都是知识青年。故事叙述，自上海第一届学生集训时起，接着抗战开始，南京沦陷，以迄武汉撤退前的许多爱国青年的奋斗历程。书内人物、描画、情节，曲折紧张，热烈处令你振奋，凄凉时令你落泪，直可与《飘》相媲美。本书文笔美丽婉约，巴人先生曾评为‘深刻’的特点，还一贯保存。”

3月 巴金的《春》由上海开明书店印行第十三版。

3月 程造之的《地下》由上海海燕书店印行新一版，1000 册。

3月 茅盾的《第一阶段的故事》由上海亚洲图书社印行沪一版（战后长篇创作小说）。

3月 茅盾的《腐蚀》由上海知识出版社印行第四版。

3月 茅盾的《虹》由上海开明书店印行第十五版。

3月 拓荒的《少女忏悔录》由重庆集中出版社印行第四版。

3月 茅盾的《霜叶红似二月花》由上海华华书店印行沪一版。

3月 老舍的《四世同堂》第一部《惶惑》由上海良友复兴图书印刷公司再版。

3月 仇章的《遭遇了支那间谍网》由上海远东图书公司印行沪一版。

4月1日 徐仍在《东北文学》第 1 卷第 5 期发表《读书随感——〈贝壳〉袁犀著 〈鱼〉梅娘著》一文，说他憎厌《贝壳》，更憎恶《贝壳》里所有的人物，且读《贝壳》感情苦涩。

4月5日 拾柏在《读书与出版》复 1 期发表《〈滩〉》一文，认为：“小说的主题是暴露大后方工业的现状……在这里，也就告诉了我们中国走向工业化的障碍何在，若不铲平大小不同的‘滩’，中国的工业化就是空谈。”

4月6日 堵述初在《人民世纪》第 6 期发表《读〈四世同堂〉：第一部上半本——〈惶惑〉》一文，认为《四世同堂》第一部《惶惑》的成就主要表现在以下三个方面：首先是对北平风物精致的描写；其次是对北平文化准确的看法；再次是塑造了几个典型的北平市民人物形象。

4月6日 思璧在《大光明》第6期发表《茅盾写〈蚀〉动机何在？》一文，说：“当大革命失败以后，茅盾蜇居不出。其时在武汉时代有一个大胆泼辣的女性，本名‘范志超’者，曾成为许多革命青年追求的对象。在这许多追求者之中有张发奎部下的一个少年军官，黄琪翔其人，对范追求尤力。黄琪翔曾有许多情书写给范志超。范对黄却并没有诚意。她反把这一束情书去送给茅盾看，茅盾一看之下，倒触起了创作的动机。于是以这件事作线索，把大革命中许多故事都连串起来，开始写出《蚀》来。”“其实范志超其人，大胆泼辣则有之，却并不像作者笔端所画出的那样美丽。以此也可见文学家的笔是具有多少魔力。”“再如茅盾后来一部巨制《虹》里面的梅女士，又是胡兰畦的影子。胡女士曾跟宋庆龄，后来到德国，曾被纳粹关进集中营，释出后，曾写过一部关于集中营生活的书。《虹》里的梅女士正是她。可是胡女士本相极平平，也并没有茅盾所画出的梅女士那般美丽。”

4月7日 长之在《大公报》发表《送老舍和曹禺》一文，认为老舍的“《骆驼祥子》之可爱。并不在只是写一种我们所不熟悉的生活世界（一如部分的美国人那样接待这部书），而实在是在对于这个生活世界有着灵魂上的共鸣。在他新近为的这部《四世同堂》里，那一般棚匠，车夫，剃头匠，杠房……都太可爱了，那里是真正温暖而有血性的人间”。“老舍也每每表现创造他的理想人物，可是他的理想却仿佛每每终为现实的冷空气所冻结，一涉理想，便显得有些太抽象之感了。《四世同堂》里的钱默吟老先生，便是这样一个例子。”他还认为，老舍所描写“一方面都是进步性的自由主义者，却同时都有着根底上的民族主义色彩……老舍的《猫城记》《火葬》《四世同堂》等在这方面所表现者却尤为浓厚”。

4月7日 《海涛》第7期发表文讯《崔万秋的〈第二年代〉》，说：“抗战期间后方出版的许多著作，是大量地在上海再版了，最近有一本重版的是崔万秋著的长篇小说《第二年代》。写一个文化人从事抗战工作的唯明与他的爱人郑撷华（一个女兵）的悲欢离合的遭遇，并借此写出了徐州大会战与武汉大会战的情况，除此以外还描绘了抗战第二年内武汉各党各派的活动情形。崔万秋是老资格的新闻工作人员，而他的笔底下写的，大多都是在抗战第二年代发生的实事，内中有现在陆军总部情报处长钮先铭的故事，钮氏当时是南京守光华门的营长，为了掩护国军撤退不及于敌军到达前退出，遂化装为和尚在南京鸡鸣寺念了八个月的经，方才逃回后方，到了汉口，他的妻子已经嫁人。这件可歌可泣的故事，写进《第二年代》，引起外国记者的注意，纽约《先锋论坛报》曾为文介绍此书，谓系取材于中国抗战故事中的杰作。此书已在上海重版，由上海杂志公司经售。”

4月8日 王槐德在《前线日报》发表《读〈骆驼祥子〉》一文，认为：“《骆驼祥子》的主题，就是——为什么越是穷苦的人，越自私自利，越容易造成个人主义的人生观。”

4月10日 白蕻在《文艺生活》光复版第4号发表《读〈腐蚀〉》一文，认为：“这部书的出版，就等于是一面照妖镜，等于一部用血写成的特务反动份子罪行的记录。”“实是把反动集团的种种出卖民族，违背人民意志罪行作一个公开的展览。再扩大来说，也就是把腐败的官僚政府，官僚政治作无情解剖，中国人民必须觉醒，中国人民不再需要一个腐败野蛮的政府，不再被人作血腥的恐怖统治，中国人要有一个自由，民主，进步的政府！”在表现上，由于小说“采用了日记体的表现形式，在表现上使作者受了许多限制……在读完之后多少感到有点不满足，好像在作品中，作者还给我们留了点空白，叫我们自己去填补”。再者，由于作者“对特务内部生活还不太熟习，写来就多少有点欠亲切！作者也许在下笔前，早已有这种感觉，所以在写作时，就避免对这些地方更深入的描写”。

4月10日 薛汕在《文艺新闻》第7号发表《〈村野恋人〉表现了什么？》一文，认为：“在广告上，曾经有这么一句话：战争与恋爱的罗曼斯，但我的感觉：连这一看法都配不上，战争在作品里，只不过是配角，是一种点缀，而青年农民呢，生活的最大部份都被忽略，纵有，也只是拿起来凑‘谈爱’的景色——这一点，我并不反对不可以写恋爱，只是这样没有通过正确分析农民生活基础，而平白无故地写起罗曼斯想无疑地卖好了落后的小资产阶级那种对爱的幻想，而对农家女开一个大玩笑。”所以，小说“落得一个非常大的漏洞：企图战争来使罗曼斯，说是战争害了这些农民男女呀，完全失败了，战争只不外昙花一现，变成可有可无的插曲；企图以封建的观念来残害了罗曼斯吧，也失败了，因为作者忽然解答封建中最顽固的代表金魁爷，应承了金魁虎与豹妹结婚，说是开始转变了，据说封建势力因此减（弱）了，更是毫无根据，在最现实的教训里，作为封建的基础，没有狂暴的力量去摧毁，一切改变都不可能的，而这里，却偏偏在不可能中去建立起金字塔，难免要塌下来了”。他认为作者对农村人物的描写概念化，而且，“单从以智识份子来对农民作说白，已经是对艺术损害了，特别是所谓战斗的人生艺术，蒙上了不白之冤。客观上就是起了麻痹作用，虽未到‘色情文学’的罪孽之重，但却不能推去‘讨好’，‘不老实’的嫌疑，这一点，在各方面分别对有毒素的作品加以清刷的时候，王西彦如不写工农的题材则已，否则，向生活作更深的发掘，对帮助他向健康的路迈进，不至毫无用处吧！”

4月11日 神晶在《海晶》第8期上发表消息《崔万秋与张恨水　两部抗战的小说》，说：“中国以抗战为题材的小说，据纽约《先锋论坛报》社论介绍，有两部最脍炙人口，一为崔万秋著《第二年代》，一为张恨水著《大江东去》。最妙的是这两部长篇小说都提到那个守南京光华门工兵营长柳剑鸣，因为他在国军撤退之后，化装为和尚，隐藏在鸡鸣寺，八个月后逃出虎口，到抗战的中心武汉一看，矢坚矢贞的爱妻，已和自己的同乡同学同僚雷大声同居了，这曲折悲伤的遭遇，即是一篇好小说，而崔氏的《第二年代》，除了这曲折的故事以外，还接触了徐州大会（战），武汉大会战两件历史的事件，并涉及各党各派那时在武汉的活动。所以这部小说在重庆一出版，即连销了两版，各报均予以热烈的批评，且有为之作索隐者，以证明书中之朱佛山即周佛海，孟伯文即曾仲鸣等，极引起社会人士之注意。现在这本《第二年代》已在沪重排出版了。”

4月13日 弋落在《大刚报》（汉口版）发表《茅盾的〈腐蚀〉》一文，认为：“书中展开的场面是令人心惊肉跳的，夜半的枪声；死在无人知悉地方的人们；绞架……令人几乎不相信有这样世界存在着。”“然而使人更清楚的看到的是：在那阴暗的日子里，一群人民的叛徒与蛀虫是怎样啃噬着青年的生命与干着出卖整个国家民族的勾当；作者揭开这个暗角，把这些丑恶的嘴脸显露无疑。”“另一方面，作者无疑地指出了，在这次解放战争中为了民族解放而奋斗的青年们是受到怎样艰苦与严酷的锤炼。”

4月13日 《申报》刊载《火》的广告：“本书共三部，三部书各自成段落，可以分开来读，也可以合起来读。这是三把蓬勃的热情的‘火’，它会使你的心得到温暖和鼓舞。”

4月15日 邦维在《夕芒月刊》第9期发表《阅巴金的〈火〉后》一文，认为：“巴金的作品，我读过的已不在少，但总觉得没有像《火》写得更深刻和动人的了（或许这是偏见）。我真不敢置信读这一部书会使我这样的激动，全身的血液在沸腾，每一个字每一个句都包含着熊熊的烈火——这是爱国者的热情之火——在这种火的燃烧下，表现出我中华青年不屈不挠前仆后继的精神来，虽然敌人占据了我们的地方，但控制不了青年的爱国之心，烧毁了我们的一切，但毁坏不了那巍然的正义。”“书中一般的空气很是严肃，但爱国男女固有的青春的活跃，时时涌现于纸上，使我们产生一种富有朝气的感想。”“这是一部我们青年们值得一读的书。”

4月15日 冰厂在《吉普》第1年第22期刊载《苏青将作〈续结婚十年〉》，认为，《结婚十年》是性灵之作，同时预告有一家日报将刊《续结婚十年》，虽然没有酬报，但可以洗去苏青“灰色”的文名。

4月15日 彭年在《夕芒月刊》第9期发表《〈火〉的观后感》一文，认为：“真如巴金先生自己所说的一般，这是一册宣传的东西，所以有的地方不免夸张了一点……然而当我们一口气把它读完时，我们却深深地感觉到他的工作不但没有失败，而且还有着最美善的成功呢！显然地它已经包孕有足够的热情与悲愤，去鼓舞起每个爱恋祖国的年青人的勇气，和巩固起每个对国族抱着光明未来希望的年青人的信仰。”

4月15日 若男在《夕芒月刊》第9期发表《〈憩园〉观感》一文，认为：“《憩园》这书的情节是非常的平凡，仅是描写二个家庭的情况和遭遇，虽然内容很简单，可是在作者巴金先生妙笔的描摹下使它变得那么地生动流利令人有不能释手之感。”

4月15日 思慕在《华商报》发表《从〈腐蚀〉谈起》一文，认为："这一篇以'特'字号人物做题材的作品，是有强烈的政治性，但这种政治性是经过细腻的心理分析，典型人物的精炼的造像，浓厚的人情味，以及复杂而现实的社会葛藤表现出来的。因而我们读了，并不感到它是甚么宣传品，但确被激动了，确使我们对于特务和靠着特务的统治的恐怖政治者痛（切）地愤恨，而对于《腐蚀》的女主角——特务制度的牺牲者也不由的不深深地表同情。这就是成熟的艺术的效果。在这样的作品里，政治性和艺术性天衣无缝地统一起来。"

4月15日 渥丹在《文联》第1卷第6期发表《评宋霖底〈滩〉》一文，认为："宋霖的《滩》，是以大后方工业底遭遇作为主题的小说，在稀有的，描写战时经济生产的文艺创作中，这是一部难得的作品。""算是给今天主持'民生'者，提出了一个重大的问题。"在人物形象上，"萧鹤声应该说是一个理想主义的工业家。""然而，从另一方面看，仿佛作者是有意把他底主人公写得那么刚愎自用，专横独断，任性放肆。因此，他所把握的人物，便不免过于特殊，过于偶然。在表现整个工业界与恶势力的斗争这一点上，显得薄弱。虽然这里面也曾用回忆的方式提到过一点关于迁川工厂联合会共同表示抗议政府处置过份利得税的问题，似乎作者也有这样一个企图，把场面展开，但作者立刻又把他底视野收回去了。这确是很可惜的。"人物上，"萧鹤声不但在他底'建成炼钢厂'里唱着独脚戏。就是在整个作品中也差不多是唱着独脚戏的。"陈慕敏只是"为了陪衬萧鹤声之专制独裁而已。作者没有把握住这个人物，而给他以血肉"。就全书而言，"假如作者底憎恨是要我们更严厉地去朝向银行资本家，一切恶势力和不民主的政治制度，而作者底同情是要我们更多地去同情这个虽然带有弱点的民族工业家底话，则作者在这点意义上是失败了的。一般的读者结果是同情更少于憎恨。"

4月15日 祖佑在《夕芒月刊》第9期发表《介绍巴金的〈火〉》一文，认为："书中告诉我们二个模范的家庭，那便是周欣与田惠世的家。在这二个家庭里因了每个人都能深切地了解着其他的人，所以融融泄泄，充满快乐，永远像春日的阳光一般，世慈，世明，世清，这一群田惠世的子女，所以有纯洁的心田，前进的思想，那该就是由于良好家庭教育底赐与。”“全书可以说始终是紧张的，使人看了十分激动。第三部比较写得和缓细腻。作者把每个角色的性情都很详细的介绍出来，而且也结束得很妥当。”

4月22日 黑槐在《大刚报》（汉口版）发表《〈一个人的烦恼〉》一文，认为：“《一个人的烦恼》中的主角刘明，他的言行多少有些近似奥布罗莫夫，虽然也有大巫小巫之分。”“刘明是个什么样的人物呢？据序文的介绍，刘明应该是战时中国的智识份子的典型。”“刘明当然不是一个坏人，本质上他不失为一个好人，然而由于他的好像是狷介却实在是孤僻，尚知自爱却又不免自责的毛病，再加以貌似沉着而实神经过敏，一方面耻于寄食，看不惯泄泄沓沓的生活，蝇营苟且的把戏，另一方面又不能真正吃苦，真正对人民虚心，于是他这本质上还好的人就不能进一步把自己锻炼成坚强的斗士。”“刘明的确不是坏人，可是他就缺少一种力，一种向上的力，向善的力。有了这种热力的人，才会使整个社会也向上，也向善。”“刘明是美蒂克一型的人，他所缺少的一种力，在莫罗齐克之流是充沛着全身的。”“刘明活在人们的心里，他到处现形，到处寄生，现社会的知识份子群中，说实话，也许还是一个‘刘明世界’。”对于小说的主题，他认为“是在刻画一个青年智识份子，只凭着一股热情，一片主观的幻想，投身于当时的具有强烈吸引力的洪流，然而又终于由于他的意志不坚，热情不够，便开始消沉委顿，甚至落荒退伍了”。“刘明是一面镜子，在这个战斗的时代，他发出了衰颓的青年知识份子的原形。”“严文井的处理刘明，很使我一下子想起了《奥布罗莫夫》，这是有原因的，第一，是手法上的近似，虽然作者的笔调远不及冈察洛夫的干脆利落；第二，两个典型人物的近似；第三，若干场面的近似。”对于小说的写法，他认为：“严文井的手法是近于自然主义的。即，他常常不管是否‘必要’，而把一些‘不必要’的微末细节也叙述得清清楚楚。因此使人读起来，有如读流水账的感觉。——枯燥，有时甚至味同嚼蜡。”“我同意严文井的看法，然而，我不同意他的写法。”

4月22日 温元章在《新路》第4—5号合刊发表《〈腐蚀〉》一文，认为，“这本书写的异常深刻，这批作特务工作的，彼此互相仇视，争功，陷害，彼此用心机，动机术，自己不断地被命令着去钉别人的梢，却又不时发现身后还有尾巴，他们像狗一样地互相咬，咬……丧失了人性，没有一点同情心。”

4月25日 《海晶》第10期发表消息：“崔万秋著长篇小说《第二年代》上海已出版，由上海杂志公司总代发行，该书以抗战第二年代武汉会战为背景，以参加抗战工作之知识青年男女的悲欢离合为经纬，是一部文艺的抗战史。”

4月27日 水心在《甘肃民国日报》发表《读〈骆驼祥子〉》一文，在老舍去美国之际，趁热介绍《骆驼祥子》。“首先，我觉得《骆驼祥子》这本书，它的最好的一点，是活生生的写出一个下层社会的代表人物……叫作品在现世的人生上，充满了热度的反映……老舍诚是一个忠诚的大众的作者。”“第二，祥子的一生，是一层我们社会上一种人生的全貌。”“因此，我的看法，《骆驼祥子》能在美国出销到二万册以上的原因，是美国人看到了：一，一个中国人的自传。二，一层中国社会的苦力者。流血的生命。三，《骆驼祥子》是中国人性的一片面。四，《骆驼祥子》不是贵族的阿谀文学作品。”

4月29日 郁易年在《中央日报》（永安版）发表《金魁爷的态度——关于〈村野恋人〉之一》一文，认为：“在王西彦的《村野恋人》里，金魁爷的态度的转变，就忽略了偶然的事象里的潜在的必然性。”“金魁爷的态度的转变，是整个故事发展的关键，在这里，本来应该怎样着重的描写？可是，除了从小金兰的心情的描写上，可以找到一句，知道当金豹向他爸爸提出要求的时候，金魁爷曾‘大吃一惊’之外，就不再有一点影迹：这是不是一个破绽？是的。这是一个破绽，而且，这是一个不可弥补的破绽。”

4月 **甘永柏的《暗流》由上海文光书店初版。**

梗概：顾频在乘车回重庆的路上，在云南境内的某个小城，遇到了前来搭车的女学生白蓓。二人结伴而行，半途因汽车抛锚在荒凉的山中公路，不得不在野外露宿，开始聊起过往、现实、战争等话题，十分投缘。白蓓青春活泼、温柔善良，顾频则常带有忧郁的沉思，原来他是重庆一家小工厂的创办者，到昆明来的这次业务接洽很不顺利，对重庆的投机风潮也很愤愤不平。不过，这份忧郁的气质却吸引了白蓓，二人陷入了恋情之中。顾频在大学时期主修经济学，

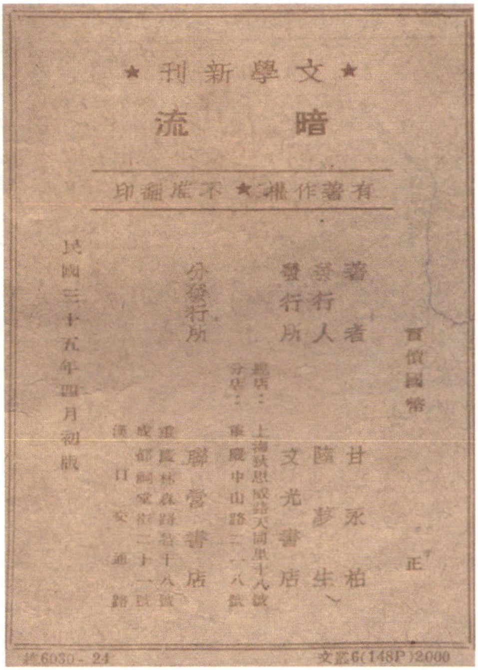
文學新刊
暗流
有著作權★不准翻印
實價國幣 正
著者 甘永柏
發行人 陸蓼生
發行所 文光書店
總店：上海狄思威路天同里十八號
分店：重慶中山路三一八號
分發行所 聯營書店
重慶林森路二十八號
成都祠堂街二十一號
漢口交通路
民國三十五年四月初版

毕业之后进入一家著名的轮船公司工作，抗战开始后为报效国家，创办了一个规模很小的机械加工厂。战争初期，因为后方的物资短缺，工厂的业务获得了极大增长，出于扩大规模的需要，他引入了其他投资者共同经营，但自己对企业的控制力却逐渐下降，仅仅成了名义上的“经理”。返回重庆后，顾频发现在自己离开的这段时间，工厂已停止了生产，且完全被自己的朋友邓公成和资方的黄立斋掌管。原来，在恶性通货膨胀的大背景下，企业进行生产无利可图，囤积物资、买卖材料甚至拆掉机器卖废铁，都比生产产品更易获利。顾频十分不赞成这种做法，但他在董事会中已没有发言权，与他一起创办工厂的工程师老李也准备离开工厂，下乡去生活。富华银行总经理黄立斋掌握了公司董事会的权力，决定贯彻“拖”和“以商养工”的策略，其余董事一致赞成，邓公成也投靠到黄立斋手下。黄立斋与顾频摊牌，顾频无可奈何，只能表示自己绝不再担任任何职务以示反抗。他与白蓓在温泉游览，抒发心中的忧愁。白蓓提出让他离开厌恶的城市与她去一个新的地方。顾频拒绝，因为他说预感到那将是一个不幸。闲居家中的顾频越发颓丧，他的妻子也鼓励他离开不喜欢的地方，为了不给他增添负担，自己主动带孩子离开了重庆。顾频半夜给白蓓去电话，决定与她一起去远方，并立即夜渡长江去找她。在渡船上，有人跳水轻生，顾频见义勇为救起了他。秋天的江水实在过于寒冷，顾频救人后患上了急性肺炎，白蓓守护在他身边，又将他送进医院，但顾频终究不治身亡。

按：这是一个经济学家所写的与战时经济相关的小说。甘永柏（1914—1982）是经济学家甘祠森的笔名。茅盾在序中认为，这是一部可贵的“描写战时经济动态的作品”，“作者已经做到了的，是给我们看：一个善良而热烈，有抱负而又带着先天的矛盾的一个人，怎样在苦闷，在挣扎，在呻吟。而呻吟和‘浪漫蒂克’的交错，使这本小说有一种光彩，一种情趣，一种美。”确实，“战时经济动态”和“浪漫蒂克”是《暗流》这部小说的两个关键词。一方面，它借助顾频的忧郁、沉默、颓丧，书写了战时实业家群体在恶性通货膨胀的经济大环境中所受的压迫，尤其是对顾频失去工厂控制权过程（即投机资本渗入工业领域后，对实体经济的掏空效应，但若不引入这些资本，工厂又无法在恶性通货膨胀中存活）的情节设置，显示了拥有良好经济学知识背景的作者对现实的敏锐观察；另一方面，这部小说也是一个典型的“私奔而不得”的浪漫故事，大量关于爱情的对话占据着篇幅，更胜于描写战时经济的相关部分。不过，《暗流》并非茅盾在序言中所期许的那种社会剖析小说，仍带有二十世纪二十年代末三十年代初的“革命浪漫蒂克”的影子。在结构上，《暗流》前半段以浪漫偶遇开场，描写细腻、文笔优美，但进入中段后，工厂为何失败、两人的爱情如何发展、顾频如何失去生命等情节都写得过于草率，篇幅过于短小，使许多情节未来得及展开，给人以初稿、提纲之感。

4月　王西彦的《古屋》由上海文化生活出版社初版（文学丛刊第八集）。

梗概：抗战时期，“我”寄住到一个小村落里有名的“孙家大屋”，结识了这座宏大阴森的古屋的主人孙尚宪。孙家本是当地钟鸣鼎食的望族，却因子孙不肖而迅速走向衰落——三兄弟中的老大终日不离牌桌，老三死于烟瘾，仅靠挥金如土、近两年才浪子回头的老二孙尚宪勉强支撑整个家族。作为封建大家族的家长，孙尚宪勉力维持这个大家庭的封建秩序，却对孙家人悲惨的境遇

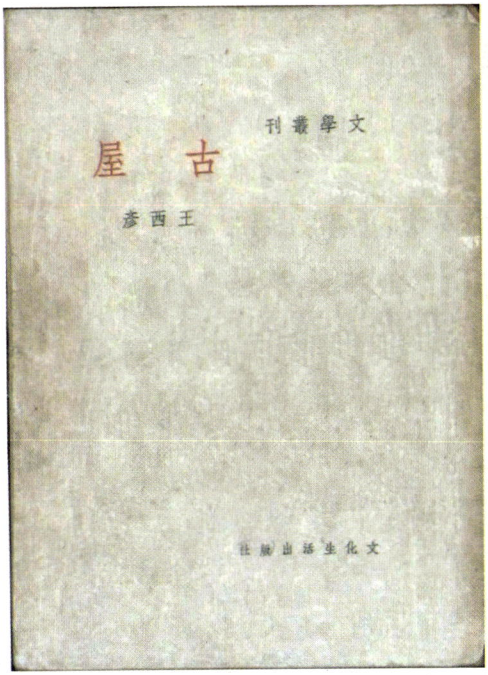

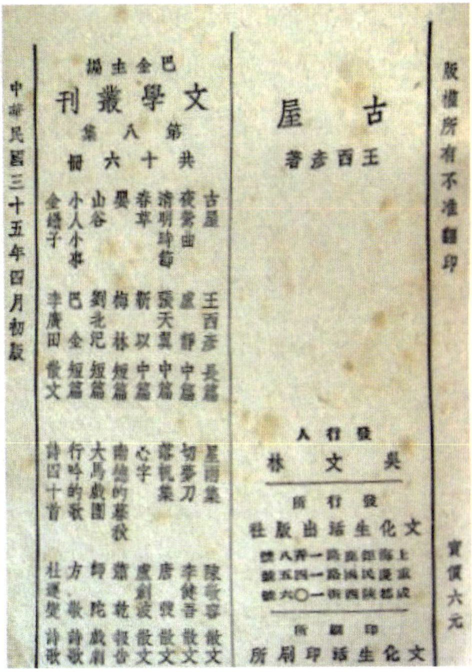

版權所有不准翻印

古屋
王西彥著

發行人
吳文林

發行所
文化生活出版社
上海巨鹿路一弄八號
重慶民國路一四五號
成都陝西街一〇六號

印刷所
文化生活印刷所

實價六元

巴金主編
文學叢刊
第八集
共十六冊

古屋	王西彥	長篇
夜景曲	盧靜	中篇
清明時節	張天翼	中篇
春草	靳以	中篇
嬰	梅林	短篇
山谷	劉北汜	短篇
小人小事	巴金	短篇
金絲子	李廣田	散文
星雨集	陳敬容	散文
切夢刀	李健吾	散文
落帆集	唐弢	散文
心字	盧劍波	散文
南德的暮秋	蕭乾	報告
大馬戲團	師陀	戲劇
行吟的歌	方敬	詩歌
詩四十首	杜運燮	詩歌

中華民國三十五年四月初版

不闻不问，任由侄儿哑吧天天受妻子欺辱唾骂、侄女与军官偷情怀孕惨遭抛弃，他只顾奉行自己的伊壁鸠鲁主义和快乐主义，虽表面支持抗战，却自恃为有修养的知识分子而躲在自己的“养晦斋”中，从未有过任何实质性的举动，连他的基督徒大学生儿子都对他十分鄙夷。时隔四个月，“我”再次住到孙家古屋。为避免被军队占领，孙尚宪主动开放古屋，使古屋成为灾民避难所，“我”得以耳闻目睹跟我一样的寄住者们奇异悲惨的故事，其中有年迈的山羊脸母亲和她精心照顾的瘫痪女儿，也有外地贵族洪老太太和她的女儿洪翰真以及孙子孙女一家。洪老太太为人和善，而抱独身主义的洪翰真则在村里的难童学校工作，献身教育事业。在古屋中居住十个月之后，邻居山羊脸母亲不幸去世，孙尚宪出于“人道主义”料理了她的丧事，并将她瘫痪的女儿送入城里的养济院，“我”则因此搬到了古屋的另一边——已过世的老三家的书房，并结识了他的儿子孙宏荫和儿媳妇廖慧君。老实懦弱的孙宏荫在伯父孙尚宪的强迫下，不情不愿地前往邻县政府就职，而有思想、有追求的女中学生廖慧君尽管替丈夫生了两个孩子，但她向往自由，不愿在牢笼似的古屋中埋葬自己的一生。这时，哑吧妻子自杀未遂，再次逃跑又被抓回，为了维持家族“颜面”的孙尚宪竟命令她的丈夫哑吧对她进行了彻夜的无情毒打，这更加坚定了廖慧君离开的决心。在前来难童学校视察教育工作的同学秦一冰的支持下，廖慧君终于克服困难，勇敢出走。而在洪翰真的邀请下参观难童学校的月会的“我”则感受到了与荒唐腐朽的古屋完全不同的喜悦与希望。由于廖慧君已脱离古屋，坚持维护家族体面的孙尚宪对她的出走行为虽严厉谴责却又无可奈何，但他对仍处在古屋之内的已经疯了的哑吧妻子却手段残酷，最终使得走投无路的她在残暴刑罚下撞墙自杀。为接二连三的坏事感到烦心的孙尚宪外出避暑三个月后归来，决定为姨母举办八十大寿，试图以喜事振奋日益衰败的孙家，却注定挽救不了孙家的最终没落。嗜赌成性的孙宏荫违反祖训把房子抵押了出去，震怒的孙尚宪决定把他赶到县政府当职，并将房子重新赎回租给难童学校。不久，姨母因病去世，孙宏荫进城当职，孙尚宪独自留守凄凉的古屋，而此时来到新校舍的难童们又使得古屋充满了新生的喜悦。

按：小说以第一人称“我”的视角，讲述了一个罪恶的封建地主家庭由没落而最终走向末路的故事，既反映了在封建旧势力的掌控下人们生活的麻木与荒唐，也表现了在新思想下人们的新追求，并对孙尚宪这类在抗战时代里避世苟安甚至化身封建卫道士的地主阶级知识分子进行了有力的针砭。小说结尾，欣欣向荣的难童学校占领了腐朽颓败的古屋，表明新力量的必然壮大和封建旧势力的必然衰亡。小说对话议论犀利深刻，写景状物优美清畅；人物形象——尤其是女性人物形象刻画较为成功，如廖慧君的聪明精干、洪翰真的坦率爽直等；但小说充斥大量对话，情节较为拖沓，第一人称叙事也使得小说缺乏对人物内心的深入开掘。

4月 冰菱（路翎）在《希望》第1集第4期发表《〈淘金记〉》一文，认为《淘金记》的内容“仅仅走到现象为止，在现象底结构上播弄着他底人物”，人物也“仅止于机智或风趣，缺乏着更深的热情的探求”。“这表明了，作者，是被理论刺激着去看见人民的。而对于他底周围的这些人民，作者是表示着被逼着非看见不可的，无感应的，淡漠而无可奈何的态度。正因为被逼着，作者底不甘灭亡的主观，就变成了淡漠的嘲弄了。”“这种作品，是典型的客观主义的作品。”

4月 萧军的《八月的乡村》由大连大众书店出版（东北文艺丛书之一）。

4月 崔万秋的《第二年代》由上海读者书店印行改正本初版。

4月 艾芜的《丰饶的原野》由北平自强出版社再版。

4月 程造之的《烽火天涯》由上海海燕书店再版。

4月 茅盾的《腐蚀》由大连大众书店初版。

4月 巴金的《灭亡》由上海开明书店印行第二十版。

4月 谢冰莹的《女兵十年》由重庆红蓝出版社出版，汉口，1—3000册；北平，1—3000册。

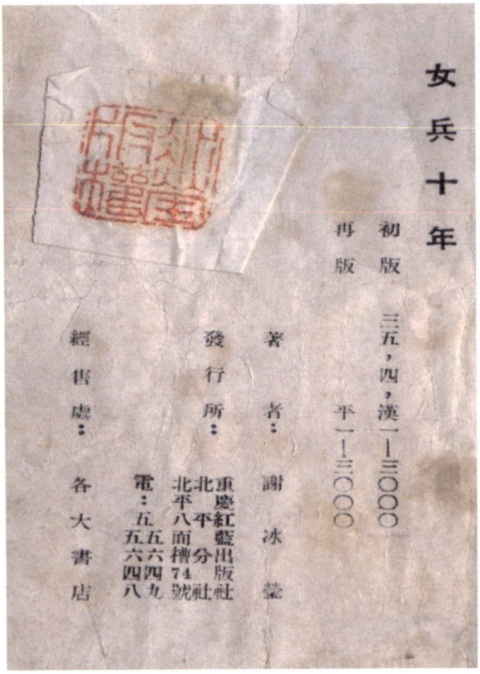
女兵十年
初版 三五，四，漢一—三〇〇〇
再版 平一—三〇〇〇
著者：謝冰瑩
發行所：重慶紅藍出版社 北平紅藍分社 北平八面槽74號 電：五五六四 五五六九
經售處：各大書店

4月 徐仲年的《双尾蝎》由重庆独立出版社印行第四版。

4月 巴金的《新生》由上海开明书店印行第十六版。

4月 茅盾的《子夜》由上海开明书店印行第十六版。

4月 吴组缃的《鸭嘴涝》易名《山洪》，由上海星群出版公司出版，2000册。

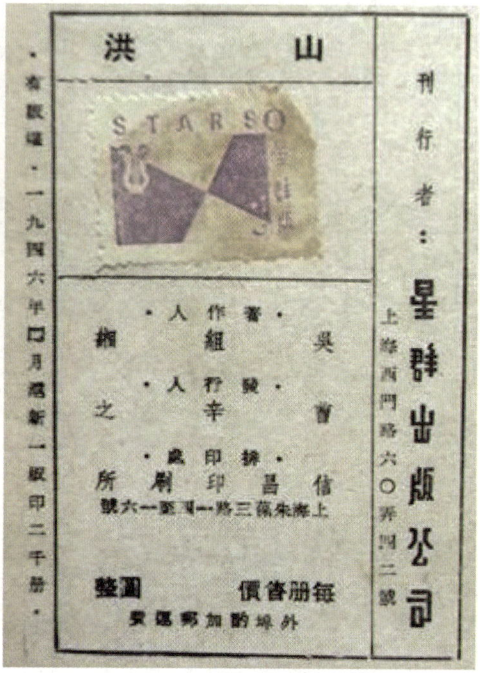

5月1日 魏友棐在《上海文化》第4期《书报评介集锦》中认为，《霜叶红似二月花》“这一本书叙述是成功的，使读者侵入于苦闷与阴暗的空气中，感觉现社会的黑暗，彷徨无主。此书为第一部。希望作者于第二部作品中，能指出青年应走的道路，给予豁然开朗的感觉”。

5月2日 《海晶》第11期刊载文艺消息，称：“熊佛西著长篇小说《铁苗》，在桂林出版时销路甚佳，大受读者欢迎，闻最近拟在上海出再版本，现正与某出版公司接洽商谈中。”

5月6日 陈稻在《新华日报》发表《介绍茅盾先生的〈腐蚀〉》一文，认为：“出现在书里的人物显然可以分为肯定的与否定的两个集团；前者以小昭，萍，K，为代表；后者又可以分为若干类型，惠明与N是一类，G，陈大胖子，R，又是一类，松生、舜英则是后一类的别支。后一集团之为渣滓，为毒菌……”不过，

“惠明的发展完全是合理的，不仅惠明如是，过去，现在，和将来许多被害的人们也要跟着这唯一的道路找到光明。”

5月10日 栢在《读书与出版》复2期发表《〈四世同堂〉》一文，认为：“呈现在我们眼前的，就是一幅在敌人底凶暴到了极点的压迫和侵略下面，中国人民对于民族危机感到愤激，苦闷，同时又忍受着生活底不安和痛苦的真实的画面。”“作者对每个人物性格的刻划是极其深刻的，语汇的生动和描写的细腻，更显示出作者特有的风格。”

5月12日 邢芬翊在《经纬》（周刊）新1卷第2期发表《〈海风〉》一文，认为“作者命题的意思”，就在于“敌人的魔掌，只能控制身体的行动，但决不能控制心的自由，当然，丑恶的社会和矛盾的心理，会引诱一部份思想没有出路的青年，供他们去利用，然而正义还是永恒地存在着人间。上海不过遭遇到一时的风暴，总有风平浪静的一天”。“作者以客观的态度，根据时代的背境，来描写各种个性不同的人物典型，不绝对崇拜偶像的英雄，也并没有忽略了人类的渣滓。在一个变动的背景里，刻描出每个人物个性的发展，这里面张允诚的死亡，李延风的堕落，以及不平凡的爱情的穿插，都显示出这时代社会的波流，和两种不平衡的力量的冲突。在结尾，作者会暗示出这时代里从怯弱变成了刚毅的力量。我相信，这八年的战火，的确使中国民族的个性，逐渐地在坚强中成长起来了。再就这个隽美的题材和写作技巧方面讲，作者的确已经得到聪明的处置。”“关于抗战为题材的文艺创作，笔者也拜读过不少，不过大多数目标集中在游击胜利或敌伪毁灭，而在这本书里，作者并没有把惊天动地的故事写入，但所写的，都是当时当地每一阶层中，很可能发现的生活片段。这一点我又不能不佩服作者放弃了在峻山原野打游击的崇高理想，而偏在平凡的生活片段中努力抓住了现实。”“悲苦的情感，常被寄托在深度的沉默里，高度的热情，在简短的动作和语言里表达，容易深刻而动人，作者常用这种方法来写实许多可悲可喜的场面，这一点我以为是可以值得注意的。”“我希望沦陷时留在上海的人，或则关心孤岛的朋友们，在这风暴已过的上海，不妨重读这个故事，在安静恬适的心境里，重新再体味那些阴沉晦暗的日子。并不是没有意义的。”

5月13日 郁易年在《前线日报》发表《庚虎之死：关于〈村野恋人〉之一》一文，认为庚虎之死是命中注定的，是命运决定论的体现。

5月15日 邦维在《夕芒月刊》第10期发表《介绍老舍先生的〈火葬〉》一文，认为小说文笔流利清新，人物性格刻画入木三分。

5月15日 长之在《时与潮文艺》第5卷第5期发表《火葬》一文，认为："假如文艺的创作是建筑在两方面，一是理解，一是体验；那末，至少这本书在前一方面是成功的。不错，这本书没有反映这次战争之大场面（轰轰烈烈的大场面）或特质（在时间上或空间上有别于其他战争的最本质底地方），可是它确已充分理解到战争是怎末一回事，以及这次战争在中国人民的心理的转变过程上有如何的意义的。""撇开战争的题材论，我们认为这部小说在写人物和心理上却都是杰出的。""在写人物的成功之上，乃是作者写人的心理状态。假若容许我们武断说一句的话，作者在这本书里的心理描写或竟是即使较作者自己以前的作品中所表现者也更为进步的。最难得的，是在这本书里面表现一种优越地把握人们在行动时的意识状态……作者在这方面仿佛有心灵照像师似的本领，他把握到了，他记录下了，他成功了。""因为这本书是写战争，战争的氛围是紧张，所以有时老舍先生的本来面目不免为情节的波涛所淹没，然而在情节略一从容的时候，那本来面目就又出现了。"他认为，小说足以代表作者的风格。主要表现在：一是非常斩截，一点也不拖泥带水。二是作者往往想得很快，在曲折描写一番之后，回头恰兜到原题，在"水到渠成"之中，而让人有一种似乎发现了什么的快乐。三是幽默与讽刺。他在这方面绝不毒辣，但总颇有智慧！

5月15日 长之在《时与潮文艺》第5卷第5期发表《〈前夕〉》一文，认为《前夕》除主题可取外，其余是失败了。主要是三部书叙述时间分配不合理，每部四十章，太整、死板；枝节太多，淹没了主题；补叙插叙太多，分散读者的注意力；人物行动概念化、沉闷、呆板。

5月15日 铮在《文章》第4·5月号上发表消息《〈骆驼祥子〉的英译》："老舍的长篇小说《骆驼祥子》，经译成英文，于去年（一九四五）夏季在美国出版后，传诵一时。在出版后的两星期内，即销去五万本。该书的英译者是 Evan King，出版者为美国‘Reynal & Hitchcock 图书公司’，定价美金二元七角半。出版后，即由美国‘每月新书推荐会’选定为一九四五年八月份的最佳文艺书籍。该书的题名被译成‘Rickshaw Boy’（洋车夫）；书中几个主要人物的译名，‘祥子’为 Happy Boy，‘虎姑娘’为 Tiger Girl，‘小福子’为 Little Lucky。全书译文大体尚不错，但有许多地方，似乎尚见英译者未能完全了解原作，因而颇有文不对题处。不但奇美的老舍先生感觉如何？”

5月15日 刘盛亚的《夜雾》第1—3章署名“S.Y.”以《残月天》为题刊于《文艺春秋》第2卷第5期，至6月15日第2卷第6期。

5月20日 **北鸥的《前线恋》由北平作者出版社初版。**

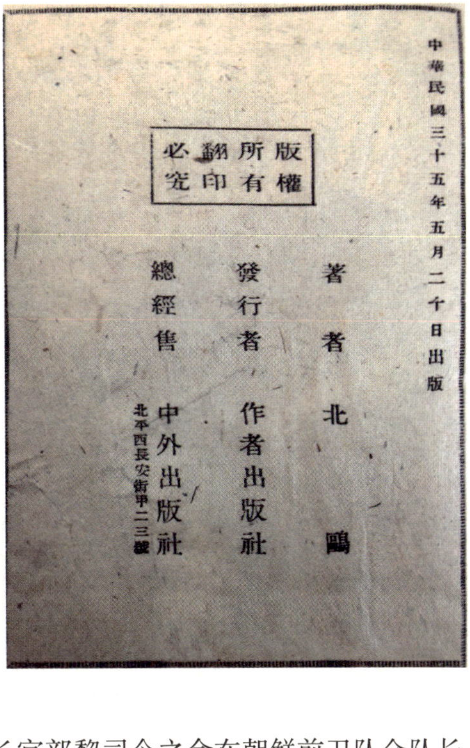

中華民國三十五年五月二十日出版

版權所有 翻印必究

著者 北鷗

發行者 作者出版社

總經售 中外出版社 北平西長安街甲二三號

梗概：司令长官部的秘书沈传远奉长官部黎司令之命在朝鲜前卫队金队长的陪同下，到前线视察火线上的工作和文化工作。在前线，沈传远看到的是一副热闹安定的景象，并且碰到了自己在北大教书时的学生、现在集团军政工队工作的许薇。重逢的二人，很快便迸出了爱情的火花。视察工作结束，二人不得不分离。沈传远在同一起到前线的司令长官部参议程禾呈回司令部的途中，路遇大雨，不得不在沙河铺的救护站休息。在救护站，沈传远巧遇在东京留学时候的同学周若萍，故人相逢，自是一番寒暄。不久，襄樊城遭遇日军空袭，居住在城里的人们被迫跑到城郊去躲避炸弹，周若萍也因此邂逅了宝成银号的经理侯勤成，同生共死的经历立马使得两个陌生人熟悉起来。侯经理被年轻貌美、热情开朗的周若萍所吸引，周若萍的一颗芳心却放在沈传远身上。而沈传远由于了解周若萍在东京时的不检点的行为，再加上心里已经有了许薇，因此对周若萍敬而远之。生性爱热闹的周若萍时常邀请侯经理、程禾呈和沈传远到她的住处做客。侯勤成结识程禾呈和沈传远之后，便萌发了和二人合作做物资倒卖生意的想法。程禾呈因嫉妒沈传远升为侍从秘书，所以就极力撺掇侯勤成不要和沈传远合作。从此，侯勤成就趁着战乱大发国难财。升为侍从秘书之后，沈传远陪着黎司令到西安去视察。就在这期间，许薇随着政工队到襄樊受训，满心欢喜地来找沈传远，却扑了个空，失望而去。周若萍在侯勤成的帮助下，由郊外搬回了襄樊城，并接受了侯在生活方面给予的帮助。由于前线战事吃紧，黎司令回到襄樊，正赶上除夕，因此欢迎会与迎春会也就合二为一了。在晚会上，周若萍的扮相与表演艳惊全场，也打动了沈传远的心。当夜，沈传远在周若萍的诱惑下，陷入了温柔乡。侯勤成的生意越做越大，也引起了别人的注意。沈传远专门撰写了《巩固战地的经济战线》一文，发表在战地日报上以谴责侯勤成这类商人。侯勤成与程禾呈密谋，使用诡计把沈传远调到了前线。在前线，随县被占领了，沈传远也狼狈地逃了出来，在回司令部的途中遭遇了小股敌军，幸好被集团军政工队的人救了。回到襄樊，沈传远大受打击，昔日耳鬓厮磨的恋人竟然已经和侯勤成结婚了。原来，就在沈传远离开襄樊到前线的当天，周若萍便收到沦陷区的弟弟的一封信，说母亲已经去世了。侯勤成趁周若萍精神恍惚之际，用酒灌醉了她并占有了她。而此时的周若萍已经发现自己怀孕了，她给沈传远写了一封信却没得到回音。在襄樊城是无法做堕胎手术的，周若萍无奈之下只好答应了侯勤成的求婚。正在沈传远和周若萍二人为这段恋情苦恼的时候，侯勤成东窗事发，银号被封，人被逮捕。周若萍得到消息之后，气血攻心，竟然吐血。而此时沈传远的心结已经解开，并再次接到长官部的命令奔赴前线，赶到了许薇身边，历经磨难的恋人终于走到了一起。

按：北鸥（1911—1983）即陈北鸥。这本书以抗日战争为背景，讲述了豫鄂战区抗战前线的一男二女之间的爱情故事。沈传远与许薇之间的感情是纯真美好的，除了彼此的欣赏与爱慕，不夹杂一丝杂质；而沈传远和周若萍之间更多的是欲望作祟。作者不仅仅描写了恋人之间的情感纠葛，也从某种程度上对人性进行嘲讽。周若萍从心里厌恶侯勤成，她看不起侯勤成，但却心安理得地接受侯勤成的资助，住在侯勤成为她安排的房子里，享受着侯勤成为她准备的饭食、礼物。她知道侯勤成的钱是发国难财得来的，但是从来不去说破，甚至一边接受侯勤成的殷勤，一边与沈传远谈恋爱。沈传远是一个正直、进步的青年，在面对大是大非时能保持清醒，他抨击奸商，关注民生。但是他对爱情却不够忠贞，被周若萍的美艳引诱，被欲望驱使，背叛了许薇，而这种背叛并没有使他产生任何愧疚。这种对人性的讽刺在书中比比皆是。略显遗憾的是，也许因为篇幅的限制，沈传远的人物形象有不够饱满之嫌。

5月22日 向秀在《东南日报》发表《艾芜的〈丰饶的原野〉》一文，认为："读艾芜先生的小说，一开头就会带你进入繁复的人生里，眼前展开一幅幅人生真实的画面。他的作品自始至终贯彻着一种诱力，迫你非接受它不可。而这种诱力，却绝对不同于他以离奇情节吸引读者的东西。它也没有用惊心动魄的事件刺激你。正如作者自己所说，他的作品是以白描为主。他在人物的刻画上，心理描写与自然环境是同样重要。他唯一信奉的是真实，在求真上是成功的。""他是个农民型的作家。这有两重意义：作者本人具有深厚的农民的气质，充满了农民的感情，因此，他的作品，基于他对农民感情理解的深刻，爱之诚笃，但又不蔽其所爱，恕其所好，他才能创造出农民的典型。对于他的作品，不妨借用伯林斯基的话，较为恰当的定义是：'在那一切真实上的现实的再现'。""我推想在屠格涅夫全部作品中，只有《猎人日记》多少影响了他的创作。岂仅是影响，屠氏在那部乡村小说中各种的表现手法，几乎不露丝毫痕迹地溶合在《丰饶的原野》里了。而我们的作者，更聪敏更技巧地运用他艺术的手腕，缕述了中国农民痛苦的申诉，悲惨的命运。同时，更重要的一点，刻画了农民淳朴的性格，剖示出他们高贵而富于人性的情感。”“（它）真是一首朴质清丽而交织着愤恨情调的新歌，它歌颂了丰饶的原野，它歌颂了坦直纯洁的原野之子——农民。但又为他们悲苦的生活唱出一支挽歌，送葬了邵安娃，和他的时代！”

5月 **马加的《滹沱河流域》由上海作家书屋初版。**

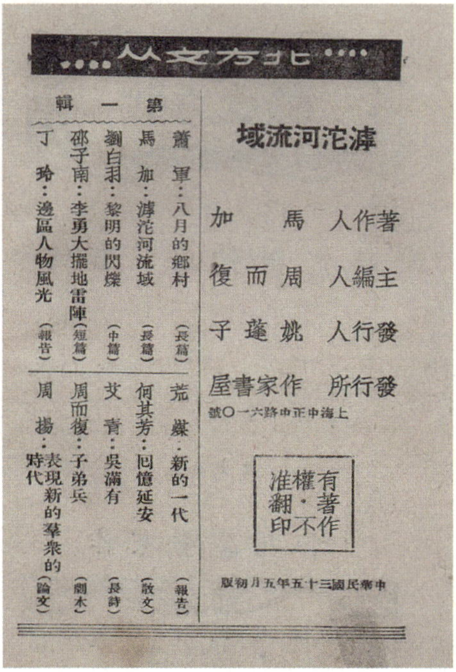
北方文叢

第一輯

蕭軍：八月的鄉村（長篇）
馬加：滹沱河流域（長篇）
劉白羽：黎明的閃爍（中篇）
邵子南：李勇大擺地雷陣（短篇）
丁玲：邊區人物風光（報告）
荒煤：新的一代（報告）
何其芳：回憶延安（散文）
艾青：吳滿有（長詩）
周而復：子弟兵（劇本）
周揚：表現新的群衆的時代（論文）

滹沱河流域

著作人 馬加
主編人 周而復
發行人 姚蓬子
發行所 作家書屋
上海中正中路六一〇號

有著作權·不准翻印

中華民國三十五年五月初版

梗概：抗战这年秋天，在滹沱河流域旁的东庄滩，因为传说鬼子要来，村里到处人心惶惶，县长跑了，大地主许庭坚的家——花门楼——也开始警戒起来，许家人忙着转移和埋藏家当和粮食，村民们也惊惶不已。不想，一天，八路军的宣传队来到了村里，传来了战事胜利的捷报，逃亡的乡亲们都回来了。这时，村长陆发因为敛粮，引起了众怒，村民们在八路军宣传队的帮助下，成立了农会，吃过地主的苦、老实且同情穷人的孙国亮当上了农会主任，而丢了村长帽子的陆发进了花门楼成了许家的管家。因为二五减租和分摊公粮政策的实行，大地主许庭坚负担加大，他打算当出五十亩滩地到贸易局投资，而其中有三亩是他的胞姊王老太太的，这引发了一系列矛盾，孙国亮奔走游说，最终帮助王家要回了滩地。王老太太家的童养媳焦春妮因加入了妇救会而引起了婆婆的嫌恶，妇救会的杜月华了解了春妮的悲惨遭遇后，找到王老太太进行劝解，最终打动了王老太太，并使她也有了抗日的想法。在精神动员大会上，为扩军问题，各区长、主任竞相展开了动员人数挑战赛。八路军在村民们的期盼中进入了村里，团部也搬到了花门楼的外跨院，活力满满在院里打篮球的军人们与处于恐慌中、逐渐失势的地主许庭坚形成了对比，滹沱河流域呈现出一派新景象。

按：马加（1910—2004）的这部小说讲述了抗日期间滹沱河流域边的东庄滩发生的故事，全文以抗日政权下的减租减息政策为主线，讲述了大地主许庭坚与佃户们的矛盾冲突、新兴的妇救会与传统家庭婆媳关系之间的矛盾以及代表新时代的八路军的故事。小说对农事活动以及乡村景色的描写极富地域特色。因滹沱河流域水利资源丰富的地域背景，作者使用了大量由当地老百姓自创的一些与水利相关的词汇，并进行了注解，使小说带上了些许纪实色彩。除了倒叙手法的使用，作者还在讲述焦春妮的悲惨故事时，使用了回忆与现实交织描写的手法，补足了人物的相应背景，不仅丰富了小说内容，跳出了单调的事件叙述，还使得人物形象更加立体。最后，作者以八路军到来后的新兴景象与旧时代大地主的衰落形成对比，突出了主题，也展现了滹沱河流域时代的变化。不足之处在于，小说的后半部分各章节之间衔接生硬，且以大量的对话形式展示小说内容，缺少对人物与环境的刻画，使得后半部人物角色冗杂，情节略显凌乱。

5月　凤子的《无声的歌女》由上海正言出版社初版。

梗概：女主人公章缦杰出生在一个旧式官僚家庭中，在父亲的宠爱下养成了热情、率真却又任性、倔强的性格。她通过好朋友小芹结识了黄吉明——一位家境贫困却又奋发向上的青年。在黄的影响下，她决心改掉“小姐”的坏习惯，外出工作养活自己。由于她喜好唱歌并有着天生的好嗓音，很快便离开最初工作的药房进入大时代广播公司做播音工作，迅速成为上海家喻户晓的明星。因为工作的关系，缦杰结识了大时代公司的副经理——陈文元，并时常作为女友陪伴陈出入各种交际场合。后来，在黄吉明等朋友的帮助下，缦杰考入了上

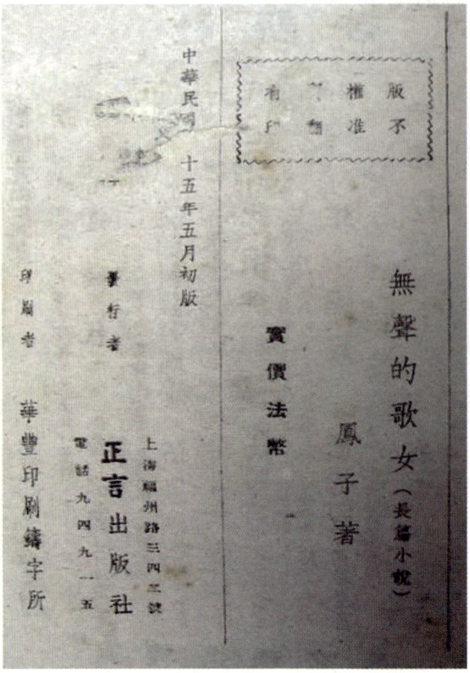
無聲的歌女（長篇小說）
鳳子著
實價法幣
中華民國三十五年五月初版
上海福州路三四三號
正言出版社
電話九四九一五
發行者
印刷者
華豐印刷鑄字所

海艺专学校并离开了陈文元。抗日战争全面爆发后，她积极参与抗日宣传活动，以自己的歌声慰问伤兵、鼓舞士气，成为战士们喜欢的“喜鹊”。不幸的是，由于局势危急，黄吉明一行决定撤往汉口，缦杰却在哥嫂的阻挠下留在了上海，与黄吉明、刘云等好友失去了联系。上海沦陷后，缦杰为了照顾父亲，独自支撑起即将破产的家庭，再一次落入了陈文元的圈套，成了“日支交谊厅”的歌星，恢复了过去堕落的生活。一次偶然的机会，已成为抗日地下工作者的唐佩珍来到上海并与缦杰谈心，缦杰决心改变自己，加入他们的工作，却不知已受到了陈文元的监视，只得在陈的逼迫下参加了宴请日本要人的宴会，由此失去了抗战同伴的信任。为了证明自己，缦杰暗中订下了前往香港的船票，决意赴内地参加抗战。不料船期延后，紧接着太平洋战争爆发，日本人接收了租界，并实施邀请上海文化明星访问东京的计划。在即将启程的前夕，缦杰在旅馆中服毒自尽未遂，却从此失去了嗓音，成了“无声的歌女”。

按：凤子（1912—1996）即封凤子。小说以一个歌女在抗日战争全面爆发前后，尤其是上海沦陷后的生活遭际与精神变动为主线，集中书写抗战前后时代风云变幻与上海人民的不屈斗争，通过展现青年知识分子、旧式官商、媚日投机者、普通小市民等不同阶层的历史选择，艺术地描绘出抗战背景下中国人民的生存境遇与思想状态，表达了作者对于社会现实的敏锐关注与深刻思考。尤为值得一提的是，作品成功塑造了章缦杰这一“有自负的个性，而没有认识事物的能力”的年轻女歌星形象，将她在以黄吉明为代表的先进力量与以陈文元为代表的堕落势力中摇摆与动摇，时而上进，时而消沉，最后为避免沦落只得以惨烈的方式换取精神觉醒的悲剧性性格，展露得立体而丰满，极富表现力。此外，在表现方法上，作者不满足于对人物、事件等进行平面化的单调叙述，而是采用了外貌、语言、行为、心理、梦境等描写方式多方面地展现出章缦杰在精神上的苦闷与彷徨，以及勇于脱离狭隘堕落的生活圈子却始终不得的纠结与痛苦的过程，增加了作品的深度。

5月 萧军的《八月的乡村》由大连大众书店再版。

5月 老舍的《骆驼祥子》由上海文化生活出版社印行沪二版。

5月 叶圣陶的《倪焕之》由上海开明书店印行第十版。

6月1日 李君维在《宇宙》第 1 年第 5 期发表《〈惶惑〉（上册）——〈四世同堂〉第一部》一文，认为：“《火葬》里没有写出一个人物。”《四世同堂》则回到了自己熟悉的途径，“读到了老舍幽默风趣的笔触，沉痛，含冤的场面，幽默好笑的笔致，我们将怀疑他们怎样调和在一起。”

6月2日 徐绿在《大公报》（上海版）发表《〈烽火天涯〉读后记》一文，认为小说人物性格各异，如坚持抗战、代表左派思想立场的吴昔更，拥护统治阶级的利益、对革命缺少兴趣的青年军官王亮公，倾向革命、力求进步的上官慧平，对日妥协、反对民主、代表官僚地主阶级利益的上官伯周等，各有特点。但革命战火中成长的“新人”形象刻画不足。

6月5日 阿大在《甘肃民国日报》发表《〈明珠与黑炭〉的由来》，称：“有王英瑜者在青岛某大学执教时，写了一本小说，欲卖给上海某书局，某书局不收，后来被张资平发现了，就以两百元的代价买下，仍交某书局出版，那本小说是

《明珠与黑炭》。此事外间知道者很少，是十年前在南京时王君亲自告诉朋友的，这位王先生现在据说在江西过着粉屑里的生活呢，此外他的后期出版物呢，那就更不足道了，差不多全是日本小说的改写，张资平原是学地质，留学过日本，胖胖的，俨如大腹贾，是个市气很侩浓的家伙。”

6月13日 士谦在《申报》发表《读〈第二年代〉》一文。说：“崔万秋名著《第二年代》，在重庆一版，再版，三版，均销售一空，纽约《先锋论坛报》社论曾撰文为评，认为抗战八年期内，有二部长篇小说很有价值，值得一读，一即《第二年代》，还有一部则为张恨水之《大江东去》。”“沪版《第二年代》，业经崔先生加以增删，读者书店出版，内容系写徐州大会战与武汉大会战时，一对儿女私情的故事，《先锋论坛报》对它的评价，不是一般寻常恋爱小说，空中楼阁，注重生意眼，适合低级趣味之类的小说所可比拟，在严肃战争氛围里，其间或以自己身世，或以刻划社会形态，切切实实地写出来，如非实事，焉能如此逼真。”“我读《第二年代》，从作者平淡的叙述里，对撷华小姐的那种娇憨，智慧，小家碧玉具有女人天赋美的神情，立刻会在脑际反映出来。”“柳剑鸣是影射现在陆军总部里一位很活跃的处长。”“其他如写林文华师长的个性，说他粗枝大叶，爽直明快，确确实实是军人本色，足见作者生活范围的广阔。”“《第二年代》主要写叶惟明与郑撷华从抗战前认识，抗战后辗转从事救国工作，大都是作者本人的实际生活，所以写来津津有味入木三分。”

6月22日 《申报》刊载《没有花的春天》和《金黄色的小米》的广告：“这两本书是名作家碧野和田涛两先生最近的力作。写中国人民在战争的苦难中，怎样作活，怎样恋爱，怎样反抗，怎样憎恨，怎样受侮辱受损害。主题的积极健康的，它写出痛苦，也写出希望的方向。”

6月27日 姚隼在《申报》发表《〈霜叶红似二月花〉评介》一文，认为：“这里有着旧的地主阶级和新的资产阶级间的冲突，勾心斗角，明枪暗箭；这里有着较有正义感的智识青年的彷徨和苦闷。作者把这些连串着，交织着，写成了一首动人的史诗。”他还认为，茅盾先生的小说是“吸收融化着中国旧小说中的优点的”。“茅盾先生的文体，是以白描见长，明快，平稳，细致，逐层发展，一点不牵强做作，也没有故作惊人之笔，而是深沉的，写实的。这文体，不是细心的读者，是不容易体会到的，因之而觉得有点沉闷。”

按：此文又于 12 月 3 日以《霜叶红似二月花》为题刊于《通俗日报》。

6 月 28 日、7 月 2 日 旭旦在《大公报》（上海版）发表《〈淘金记〉》一文，认为：“沙汀先生所着重的，是在于另一个社会阶层的暴露。他沉着地告诉我们，这一阶层在八年的抗战中是怎样在生活着，而他们又终于必然地要走上一条糜烂与崩毁的道路的。他给我们暴露着，让我们看到他们的黑心与无耻，庸俗与堕落。这一阶层是由一些哥老界的头儿们组成的，这是一些封建残余的恶势力，一个小小的北斗镇，可以说生杀予夺之权，都操在他们的手里。畅和轩——哥老们聚集的地方——的一言一语，都是极重要的，他们的决定，往往就是镇上的法律，以龙哥作中心构成的统治者们，原先就是些光棍，纨袴，流氓，甚至盗匪。龙哥本人就有着他一番梁山泊式的英雄事业的，他们的德政是欺孤凌寡，播弄是非，囤积居奇，偷运白银，贩卖烟土，收受光棍这一些丰功伟绩的。镇上的居民痛恨他们，但无奈他何，只得返过来巴结他们，讨好他们，想尽方法来入流与攀缠一些瓜葛的。”“在整个故事的发展中，最最凸出而吸人的人物是白酱丹与林么长子”，“另一对给我们不会忘记的人物，是何寡妇母子俩。”“沙汀先生给我们刻画了，而刻画得那么好，给我们暴露了，而暴露得那么透切。但这只是一些现象而已，仅仅是一个客观主义者底精细入微机智的观察啊！”

6 月 29 日 青云在《风下》第 30 期发表《〈四世同堂〉》一文，认为：“中国老百姓不愿意做人家的奴隶，过去是这样，现在也是这样。广大人民的仇恨是斗争胜利的力量，这是《四世同堂》给我们的启示。”

6 月 29 日 夏燕在《华北日报》发表《谈“生意眼”作祟下的〈骆驼祥子〉英译本》一文，在比照了英译本《骆驼祥子》后说：

“我应当声明的是，一起头就没敢对译者 Evan King 的忠实存多大奢望。因为在杂志中的广告上见过译本书皮摄影。挺好的老舍先生灵感所至的命名《骆驼祥子》他不用，硬给改成《洋车夫》Rickshaw Boy，而且还用中国毛笔字写出印上，生意眼的很。老舍先生的大名被翻成 Lau Shaw 成了‘老萧’了，也差点劲，很易叫人认为是爱尔兰人。”

“先看杂志编者的介绍，他说老舍先生是‘过去十年来头颅一直在悬赏购求下之不安的中国自由斗士’（A fireless worker for Chinese liberty who has had a Price on his head for the past ten years）。这很足以使人大吃一惊，应当加几句批评——但是没有这个功夫。赶紧看看下文还有甚么新闻吧！‘其真实姓名对其出版者与其翻译家均为秘密’，这一点‘想当然’耳，不是我们肥肉独吞，谁叫你不敢露面呢？老舍先生现在已然赴美，如果打起官司来，有这条侧面证据恐也难占上风的。再看下去：‘版税之每一分钱均供献与彼为之冒性命危险已一千遍之主义之用。’好吗！老舍先生崇高了，‘主义’的糊涂账没法报，翻译的金老先生麦克麦克矣！”

“这一切都归之于‘生意眼’，反正‘美国人弄不清’（The Americans don’t know the difference!）就得了。假如有那个必要的话，很可以说‘老萧’被日本人惨杀，身中五十一枪，尸骨被沉入大海：只要能多卖钱，戏剧化一点没啥关系。老舍要敢上纽约去算帐，也没有国际版权法的保护，就许中国人翻外国书卖钱，不许外国人偶尔也翻中国书卖它一票吗？”

“再看看内容，噱头通通出来了，待咱家慢慢道来。”

“就说祥子吧，不叫祥子。祥者吉祥如意之祥也，一提吉祥中国人就眉开眼笑的乐！子者男儿也，到那儿也说得出，故此祥子者，放在一块儿‘快乐男儿’（Happy Boy）也。我翻给美国人瞧的，你中国人瞧着不顺眼我管不着。”

“再看虎妞，没甚么，Tiger Girl，干脆！”

“刘掌柜，刘四爷，四者第四也，爷者老爷也，老爷者主人也，主人者Master也，故曰Fourth Master Liu，绕脖子一点。”

“人和车厂，人者人类也，和者‘鱼水和谐’也，故曰Human Harmony Rickshaw Shed。给刘四爷比牌号的那位先生大概未必知道其中有这点涵意。Human Harmony，够得上英国书院论文题目。”

“再瞧祥子与虎妞的事揭穿后的大媒冯先生的小煤铺，喝！Coal Store In Accord With Heaven——咱也别批讲了，您老自己上眼吧！大概查一查老舍先生原书，您可以知道这就是‘天顺煤厂’。”

“西直门，一直往西出去就是西直门，不对，您哪！直者直言也，故此译本上是 Western Gate of Forthrightness（西方直言之门）。”

“二强子，Second Vigorous Son，简称去一个 Son 字。”

“小福子，Little Lucky One。”

“高妈，Kao Ma，译音，也好，省的弄成‘身材颀长的女性直系血亲尊亲属’。”

“白房子，White House，有名的‘白面口袋’White Flour Sacks, 这点地方咱们中国人不大光荣，少说也罢。”

“祥子找到了白面口袋，白面口袋带他找到了奄奄一息的小福子，祥子趁白面口袋出去给小福子找东西吃的当口把小福子抱起来，逃跑到树林子里——”

“‘在夏暮的温柔的冷风中，他臂中的负担轻轻地转动，紧靠在他身上，他抱着。她还活着，他也活着，他们已经自由了！’”

“动人之至，动人之至！”

“其奈小福子柳林子里吊死的幽灵何？”

“再想之下也就罢了，祥子出卖阮明，两角钱一天‘公民请愿’举小旗子喊口号的事也不见得为咱们国家争光露脸，这样结果也罢。反正‘美国人弄不清！’”

6月　丰村的《大地的城》由上海新丰出版公司初版。

梗概：直皖战争时期，各军阀肆意欺压百姓，抢掠财物，民不聊生。各乡村的混子们也趁乱发财，常带枪夜闯民宅抢粮草和钱票，或直接在门上贴“黑帖”索要财物。村民们为保全财产和性命，甚至争相给大杆混子上礼。而红枪会则是乡下的教门武装，以法术吸引农民加入，以红缨枪为武器，以各村设立的佛堂为训练场所，具有一定战斗能力。吝啬的赵财主为了避免混子上门，主动把赵头镇的佛堂搬到了自己家的前院，利用红枪会为自己站岗，甚至与混子公然对抗。赵财主从人人耻笑变成了人人巴结的存在。奉军过兵时，军队在村里欺男霸女，烧杀抢掠，无恶不作。驻扎在县城的旅长甚至直接将县长杀掉，命自己的大舅

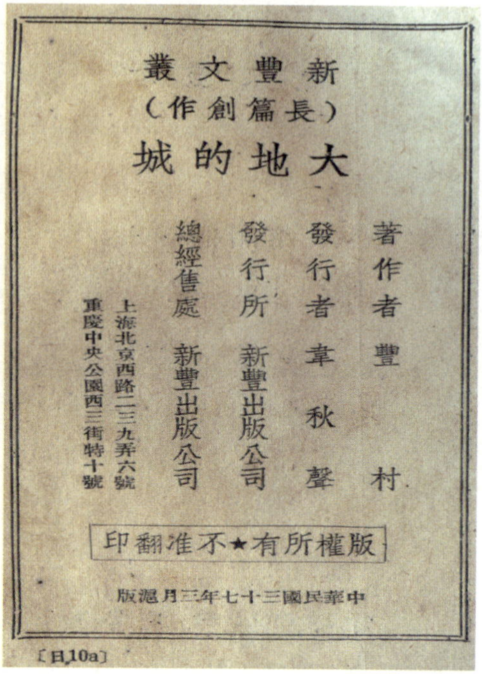

新豐文叢
（長篇創作）
大地的城

著作者 豐村
發行者 韋秋聲
發行所 新豐出版公司
總經售處 新豐出版公司
上海北京西路一三九弄六號
重慶中央公園西三街特十號

版權所有★不准翻印

中華民國三十七年三月滬版

［日10a］

子当了新县长，并立刻派人下乡催丁银。穷苦的百姓们无力负担，新县长便肆意杀人。不得民心的奉军从河南溃败，积怨已久的村民们便趁机报复，将逃窜的溃兵都抓起来杀死。各村的红枪会则由大师傅刘小辫子牵头，在大道集举行亮枪仪式，准备报复溃退的奉军。大名县镇守使谢玉田惧怕红枪会联合造反，于是派人去请刘小辫子，想要将他杀掉。自命不凡的刘小辫子以为镇守使要拜自己为师傅，大摇大摆地来到县城，谁知竟被镇守使杀死。各村的红枪会成员义愤填膺，开始围攻大名县城为刘师傅报仇。革命党成员——高等学堂的学生黄大牛、赵中兴等人则以参谋长的身份加入红枪会，试图将这支武装力量组织起来加入革命队伍，迎接国民革命军。但红枪会的农民们根本不服从他们的管教，使得他们的工作一直处于失败状态。红枪会众人开始围城，谢玉田的军队躲在城内，战事进入僵持状态。爬城墙使红枪会牺牲巨大，学生参谋们便建议烧城门。求外援不得的谢玉田听闻消息惊惧不已，只得准备迎战。受“红枪会成员十五分钟之内刀枪不入”消息的误导，谢玉田部队的官兵们一开战便往回跑，试图过十五分钟再开枪。红枪会占了先机，一举杀入城，成功占领大名县。进城后，红枪会仅剩的两个大师傅——宋老方和黄师傅争权，将大名县城一分为二，两人都当上了司令。沿袭军阀思想的宋老方认为自己打下来的城自己做主，竟直接将试图指导工作的参谋长黄大牛和赵中兴开除，宋老方和黄师傅成了大名县的最高领袖。国民党军阀督办褚玉璞为整治大名县城，派司令孙大麻子到大名县当镇守使。慌张的宋老方和黄师傅试图召回各村的红枪会成员，但忙于在家中收麦子的农民们没空打仗。于是宋黄二人只得将城门死死关上。谁知孙大麻子假意投降，宋黄二人便立刻得意洋洋地打开城门。孙大麻子对红枪会的人非常亲热，又假意奉承二人，甚至跟二人做了结拜兄弟。他把红枪会各人派往各村，又给他们提供薪饷。宋老方和黄师傅十分眼红，终于从孙大麻子处得来了招兵的工作。混子出身的宋老方回到村里征兵，被优渥条件说动的农民们争相响应，迅速组成军队。受孙大麻子挑唆，没有粮草来源的宋老方在各村肆意催捐缴粮，各村民怨沸腾，就连招来的新兵们也不忍欺压自己的同胞，偷偷从营地溜走。气愤的宋老方下令去各村直接开抢，谁知一直为宋老方撑腰的孙大麻子竟狡猾地放出告示，说宋老方征兵和向人民催税并未征得政府同意。于是，早已失去民心的宋老方再去村里催丁银时，在黄大牛和赵中兴带领下的农民们终于联合起来反抗宋老方。但缺乏组织性和纪律性的庄稼汉使得战事进展缓慢，黄大牛和赵中兴焦急又不知所措。这时，二人的同学王大天带来了老革命党谷同志，希望开辟冀南工作的新天地。冀南人民反对军阀的斗争方兴未艾。

按：丰村（1917—1989）即冯叶莘，小说以直皖战争为背景，描写了国民党军阀混战给冀南人民带来的灾难以及冀南人民反对军阀的顽强斗争，展现了民国时期重要农民武装组织红枪会的真实面貌，肯定了人民群众坚持反抗的坚强性格，批判了军阀肆意欺压百姓的暴行，同时也对农民武装中的军阀思想和农民习气进行了反思。小说语言精练简洁，北方方言口语的大量运用和北方农村风物的生动描写使得小说萦绕着浓厚的地方色彩；小说情节跌宕起伏，如刘小辫子威风亮枪而被杀，红枪会为报复闯出血路占领县城却因愚昧烧枪而死伤兄弟无数，宋老方从血战中侥幸存活成为当地最高领袖却被孙大麻子设计拉下马等，故事险象环生，具有强烈的可读性。小说还精心设置了一些细节，如红枪会等待开战时要求双方各退三里，等对方摆好阵后再开战，鲜明地体现了红枪会的江湖习气。但小说在叙述上比较枝蔓，许多不必要的情节如学生不顾农民们的警告在田野里漫步等，虽是当时情况的真实反映，但是对小说情节的展开并没有任何帮助。而倒叙手法的无节制使用则打断了小说情节的连贯性，使得小说结构比较混乱，如刘小辫子已经被杀，作者又突然将笔触转向学校，讲述他被杀几天之前学生们的活动。此外，小说在人物塑造上也比较失败，重要人物如刘小辫子、宋老方、赵中兴等形象太过单一，影响了作品的深度。

6月 **田涛的《金黄色的小米》由上海建国书店初版，1—1000 册。**

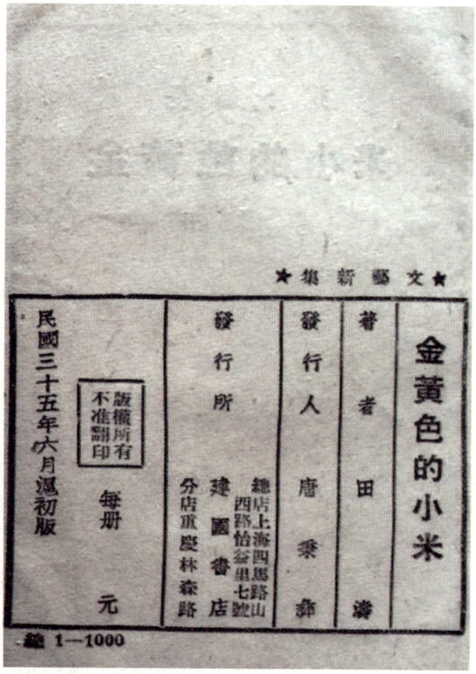

梗概：贫农仝云庆一家有三个女儿、一个儿子和一个寄养的侄女成湘。因儿子盛地尚不懂事，三个女儿姹仙、冬霞、春絮虽能分担一些家里的农活，但家庭主要的重担还是落在了仝云庆的身上。仝大娘生盛地时落下了严重的腰疼病，由于无钱医治，只得强撑着操持家庭。好容易熬到麦熟，几个女孩子也像男劳力一样辛辛苦苦地将麦子打到场上，却被财主崔大爷收去了四分之三作为地租。更加雪上加霜的是水涝与蝗灾接踵而至，全云庆一家虽靠省吃俭用免于逃荒，但被迫将大女儿姹仙卖给财主做妾，又在盛地未婚妻家的催促下娶进盛地的小媳妇。这时，崔大爷又趁火打劫，以收回租地为名，要挟成湘做小老婆，成湘悲苦无助含恨上吊。不久，军阀混战，冬霞被乱军蹂躏，跳井自尽。春絮与邻村一青年私好，但不久那青年又被当作逃兵抓走，春絮只得重回娘家。全云庆正苦于家里死了耕牛没钱购买，便将春絮半卖半嫁到异乡远方。一个原本热闹有生气的家陷入一片苦寂之中。最后，全大娘也因劳累过度，吐血死去，只留下盛地为母亲叫魂的声音在黄昏回荡。

按：小说原拟名《沃土》，后因担心有袭用碧野的《肥沃的土地》之嫌，遂改名为《金黄色的小米》，意在象征土地的馈赠与生活在这块土地上的人们的希望。然而，辛勤的劳作并不能换来农人期盼的幸福，突如其来的天灾就可以将他们的梦想化作泡影，无处不在的人祸也随时可以将他们的愿望撕得粉碎。为了生活，他们漠视女性的幸福与权利；为了生存，他们臣服于弱肉强食的丛林法则。他们脆弱的生命根本经不起任何外力的打击，甚至连自身的侵蚀也无法抗除，只能默默地承受生活和命运带给他们的一切。“沃土”收获的是贫瘠的理想，“金黄色的小米”映照的却是黯然的生活！这是怎样的凄楚与悲凉啊！

6 月　碧野的《没有花的春天》由上海建国书店初版，1—1500 册。

梗概：阿兴农忙时被一户地主雇来收稻，地主丰收了之后又在屋后修建七层宝塔。宝塔修完后当地出现了春瘟，周围的村民很不满。地主又趁机抢来一个邻村女孩祭塔，引发激烈的械斗。阿兴一直表现得非常勇敢，但在关键时刻，地主为保住自己的田产把他交给仇敌讲和。长工大肉瘤割断绳子救了阿兴，后阿兴又被交过手的祭塔女孩的未婚夫追杀，跌落谷底但幸存下来。阿兴和地主家的丫鬟阿艾逃难到峰市这个贫穷闭塞的地方，双双在碗窑上做工，辛苦劳作只有饭吃没有工钱。阿艾已有身孕，阿兴被窑主的亲戚收为义子，他就把阿艾送到义父家休养。阿艾不仅做所有的家务和农活，还受到义父的奸污。等她生下儿子阿划，义父支使窑工百般刁难阿兴，逼迫两人离开这个地方。在石寮溪阿兴有了第二个儿子阿潮，一家四口全靠他烧炭过活，生病也不敢停歇。一次

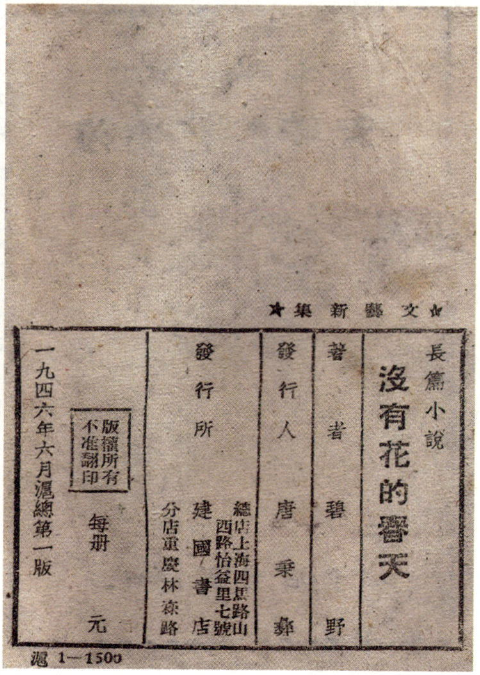
☆文藝新集☆
長篇小說
沒有花的春天
著者　碧野
發行人　唐秉彝
發行所　建國書店　總店上海西康路山西路怡益里七號　分店重慶林森路
版權所有　不准翻印
每冊　元
一九四六年六月滬總第一版
滬 1—1500

阿兴到府城卖炭遇到了乱兵，未挣取分文，还被拉夫，半月后才逃难回到家。祭塔女孩的未婚夫阿虎一家也逃到此地，他和阿兴都认识到他们的共同仇人是那个大地主，于是冰释前嫌。两人相约去拉纤求生存。日本军的炮火越来越近，中国兵遇敌即退，难民络绎不绝地从村里经过。阿兴、阿虎用仅有的吃食救济难民，阿兴还动员全村的人参与救济。当村子也能听到炮声时，阿兴、阿虎随大伙一起被迫逃难。逃到凤山市，阿虎做了上门女婿，阿兴到山里去烧炭，阿艾给大兵缝补衣服、舂军粮，艰难度日。大兵在本地百般作恶，几个大兵被村民报复杀死。阿艾被拉夫后两个孩子只能乞讨，她运送军资回家后病重，阿虎安慰说大家的日子要变样了。阿兴做窑工工钱极低，因路上不太平而很少回家。他把自己的微薄收入都用来团结工友，并组织了自卫队，自己设法解决武器短缺问题。此时，日军离当地只有几十里的距离，阿艾家听到密集的枪声，是自卫队同大兵在打仗。阿虎在战斗中受伤，在看过他们和家人后，阿潮跟着他去参加了儿童队。日军逼近凤山，儿童队在协助完成侧击任务时表现不凡，阿潮英勇受伤受到表扬。阿兴的自卫队打伤了工头，抄了窑主的家就被打散了，他被误认为是奸细抓上山，父子见面。阿虎主动要求增援作战队伍时牺牲，阿兴潜入替伪军挖工事的难民中，破坏了战壕，又成功帮助大肉瘤带领几十个大兵投奔自卫队，因身份暴露被押赴刑场处绝。

按：小说以阿兴一家为代表，讲述底层民众在动荡时代遭受阶级欺压和磨难的过程中，反抗意识逐渐觉醒并投身于实际斗争的故事。小说以点带面，在一定程度上描画出 20 世纪 40 年代中国社会的时代风貌。作者把乡民们贫苦艰辛的生活和于绝望中顽强生存的精神，表现得细腻生动、感人至深。这得益于作家对这种生活状况的深刻体察，也体现出他对贫苦百姓生存的同情和关注。小说故事情节结构安排较合理，全书共十四章，前十章主要表现人物所经历的各种磨难，如饥饿、贫穷、流浪、战乱等，后面几章才写到人物的实际反抗斗争，以强调人物在现实生存和黑暗环境的逼迫下走上反抗道路的必然性。人物性格刻画也较为真实可信。如年轻时的阿兴勇敢好斗好胜，中年后的阿兴做事有胆有谋，较细致周全。小说具有明显的乡土气息，无论是人物语言、叙事语言，还是独特的环境描写、场面描写，都带有明显的乡土生活气息。不足之处是人物活动的背景过于复杂，矛盾冲突的主线不明，人物的反抗对象也不明确，阶级矛盾与民族矛盾含混，影响了小说主题提炼的清晰度。此外，儿童形象阿潮在进入儿童队之后有些失真，种种表现较为成熟，过于理念化。

6月 邦维在《夕芒月刊》第 11 期发表《〈骆驼祥子〉和老舍先生文章的风格》一文，认为老舍在语言上采用精粹的口语，形成他独特的风格。

6月 萃芳在《夕芒月刊》第 11 期发表《读〈骆驼祥子〉后感》一文，认为小说曲折婉转地暴露出人间种种的不平，以及人心的阴险奸恶。小说的确值得一读，语句简洁，含意深刻，给读者无限的回味。

6月 祖佑在《夕芒月刊》第 11 期发表《读〈两代儿女〉后》一文，认为《两代儿女》比《家》来得更接近时代，文字也细腻流利。

6月 田涛的《潮》（第一部、第二部）由上海建国书店印行沪一版（文艺新集），1000 册。

6月 田涛的《地层》易名《焰》，由北平大道出版社初版，1—3050 册。

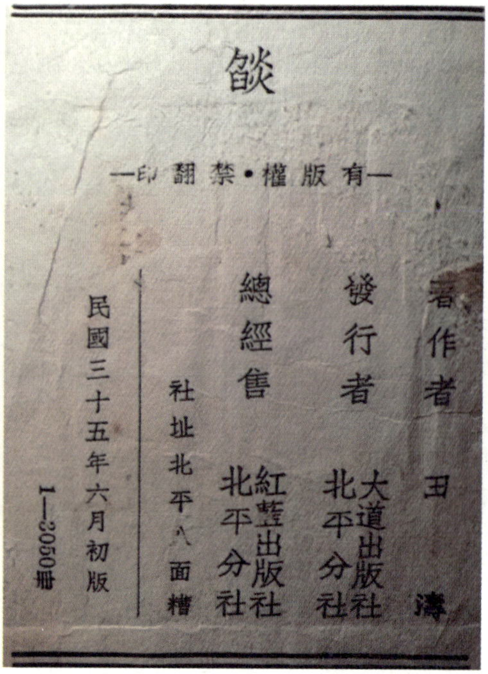
餤

—有版權·禁翻印—

著作者 田濤

發行者 大道出版社 北平分社

總經售 紅藍出版社 北平分社

社址北平八面槽

民國三十五年六月初版

1—2050冊

6月 茅盾的《腐蚀》由大连大众书店再版。

6月 巴金的《憩园》由上海文化生活出版社再版。

6月 沙汀的《淘金记》由上海文化生活出版社印行沪一版。

6月 老舍的《小坡的生日》由上海作家书屋印行沪一版。

按：在该书的封三上，作家书屋谨启：“中国是一个缺乏童话的国家，所以儿童的性灵往往听其畸形发展。同时因为缺乏童话，文艺的园地里也特别显得荒废和贫乏。敝书屋除大量印行《儿童文库》外，兹又贡献老舍先生这本《小坡的生日》。本书为老舍先生杰作之一，内容丰富而想像奇突，曾经讲给许多小朋友们听过，也给许多小朋友看过，都入迷似的出神，而感到比糖果更为甜蜜的快乐。书中写小坡在生日作了一个怪梦，梦中怪事重重，比之《阿丽思漫游奇境记》更使小朋友们笑断肚肠。同时也是一本给成人们阅读的最优秀的长篇小说，能提高一个成人在市侩社会中所堕落的精神。本书为老舍先生自己所最挚爱的著作之一，特刊印以纪念老舍先生二十余年来的艰辛的工作。”

7月1日 木君在《新旗》第3期发表《〈腐蚀〉》一文，认为：“《腐蚀》

是一本好书。一种好的艺术品，又是一个有力的控诉状。许多人不欢喜这种体裁，有些人嫌它太缺少结构，但是在我看，这都没有关系……又有些人嫌故事太沉闷，太阴暗，看了叫人丧气，叫人发生铅样沉重的感觉。这倒是真的。但这不是作者的毛病，更不是作者的过错。如果它的确给了读者们以一个这样的感觉，那末我想，这反而是作者的成功。是他的功绩。”“因为我们所处的时代与环境，就是这样沉重阴暗，这样令人丧气，这样无法不叫人陷入铅样沉重的心境中的。我们的作者使你认识了这个时代与环境，至少使你看到了它最不堪，最腐败与最阴暗的一面。”“茅盾先生的这一作品，和他其他的作品一样，都不是无所为的。这儿主要的意义是‘反特务’。反特务原不能算是什么特色，因为最近几十年来在欧美颇为流行了的反法西文学，差不多十九是以‘科学化的警察制度’，即特务制度的暴露与描写为内容的。所以就主题说，《腐蚀》不过是反法西文学中多了一个作品，但就其处理题材的方面与描写的手法说，却是有他的特色的。”其特色之处在于“《腐蚀》不像小说，因为它没有什么情节，没有完整的故事，只是一些零碎的日记。日记里所记的主要是主人公的内心的变迁。这一点颇使好些爱读故事的人们失望；但其实这正是《腐蚀》的特色之所在。因为从这里，你所得到的不是那特务制度外形上的可怖，而是它那无所不在的势力，无所不至的影响，以及他所及于无数人——尤其是年青人——内心上的难以解脱的腐蚀作用。这更深刻地控诉了特务制度的特点，更成功地刻划出这个制度的毒害的实质”。论者以理性的语言分析总结了著者在书中对“再教育”所作的感性描写，认为“《腐蚀》最详细地描写了这个‘再教育的艺术’，所以也就是对它的‘奸污’，‘侮辱’，‘践踏’，‘障碍’与‘剥夺’的作用，提出了有力的抗议与控诉！在这一点上，我是特别欢喜了这个作品的”。“现在据说是‘人民世纪’或‘民主世纪’了。在这世纪里，那个比中世纪的宗教迫害更恶毒更渗透的腐蚀势力，是应该铲除净尽了的。然而事实并不如此，我们还可以在世界的许多地方闻到它的臭气。刺探的眼光，到处可见，猜忌的神情笼罩着人间，人们的心智与思想是到处被强奸着的。在某些地方，‘再教育’的手法精练到了神奇之境，以致发生离奇的审判，荒唐的自辱，使人类历史上最光荣时代的革命家，变成最难令人相信的‘法西斯走狗’，叫全世界具有常识与‘良知’的人看到得瞠目结舌。这些‘腐蚀人心’的丑物是必须一起铲除的。如今法西斯虽然倒了，但反特务的斗争还必须继续。不管在什么地方，只叫有这制度存在，就必须进行的。茅盾先生的这个作品，无疑能成为这个斗争中的一件有力的武器。”

7月1日 邹琪在《小说世界》第1卷第3期《佳作推荐》里说：“长篇小说往往不容半途读起，但《文艺复兴》里面的《围城》，至少是一个例外。作者钱锺书散文写得字字珠玑，这些东西搬在小说里还是一样灿烂可爱。这并不是说他喜欢掉书袋。他把书本给融化了，像草一样吃了下去，挤出来的奶还是有书卷气的。读《围城》，仿佛读与狄更司同时代的萨克莱；拿中国小说来比，第六期的那一部份很像《儒林外史》。即使前面的没有看，你还是爱看这一部份。看了这一部份，你就想看前面，等看后面。故事并不紧张，它是写出来让你慢慢看的。”

7月4日 郑家瑷在《申报》上发表《读〈小坡的生日〉》一文，认为：“整个看来，作者的重心是放在后半段的‘怪梦’中的，他运用了丰富的理想力，把情节渲染得奇突，紧张，引人入胜。”“《小坡的生日》是一本儿童最好的读物，他（它）能助长他们的幻想力，更能滋养孩子们灵性的发展，我愿意父母和教师们，把它介绍给你的孩子和学生；同时对于有志从事儿童读物的写作者，这一本是不可少的参考书。”

7月9日 旭旦在《大公报》（上海版）发表《评〈憩园〉》一文，对杨三爷的人性不太理解，认为女主人万昭华是一篇新的福音书，崇高而美丽。而小说的结尾是一个突然的变故，大概是作者不忍心悲剧重演吧。

7月15日 彭年在《夕芒月刊》第12期发表《介绍第三部〈火〉》一文，认为田惠世老人是一位“怀抱着一颗纯良心灵的人物”，“是这样活生生地跳跃在巴金先生生动的笔触下，没有一丝夸张的成份。”小说第三部最感人，渗透了崇高的爱。

7月15日 沈超予在《萌芽》第1卷第1期发表《读〈腐蚀〉》一文，认为赵惠明“这种弃家而走的风气是从‘五四’以来就在反抗的青年间流行着的”，“但这种孤身奋斗也容易遇到环境的恶劣而来的经济压迫及生活的诱惑之类，这是一个分水岭，这时是须有一种坚决的意志和刻苦的习惯的青年，才能跨得上正确的一面。”小说“指导了腐蚀者以新生的道路，并明示读者以社会必趋于光明”。“小说对于失足者和一般青年男女都有着教育的意义。”

7月15日 熊佛西的《铁花》刊于《文艺春秋》第3卷第1期，至12月15日第6期。

7月26日 宗鲁在《大公报》（上海版）发表《〈沃野〉》一文。认为：“在这故事里，作者显示着：在抗战初期沦陷区里面，真正的人民的抗日力量，还很单薄，而地方的封建势力和反动的恶棍，却继续以巧取豪夺来喂养自己，而这些人物，把自身阶层的利益总比民族利益看得重，于是这些人物，非常可能投进敌伪的怀抱中，与之勾结，相互利用。”“作者的叙述，尽向横截面拓展的缘故，使主题的形象，立体地突出在读者的眼前，而人物的性格，习惯，思想等的刻画，也容易细致生动。但缺点也在这里，跟法捷也夫的《毁灭》一样，读起来，在情节上少感兴味。”“在《沃野》中的几个重要人物的典型，非常适当地示现着抗战初期沦陷区里面的现实社会的几种普遍的现象。”“我觉得这部作品应该还有一个更深真的主题，便是‘拥护阶级利益高于民族利益的是那一批人？’这一论争。”

7月31日 白香树在《七日谈》第31号发表《〈围城〉》一文，认为：“谈《围城》要忘却了世俗对小说的观念，不必想到故事呼应，人物安插，一如金圣叹的骂人，骂得不亦快哉？可是又不见作者破口大骂的火爆，只是轻轻的一刺，小小的一击，他不是针对了个人而发；可是难保你不被他骂进了。骂人而引经典故，迂缓曲折，我们险些儿给他蒙过了。”

7月 **张恨水的《虎贲万岁》由上海百新书店初版。**

梗概：1943年11月14日，日寇来犯，常德城里市民大疏散的倒数第二日，少校参谋程坚忍与未婚妻鲁婉华话别。此时，师部已搬到中央银行，师长余程万派程坚忍和李参谋联络盘龙桥方面的友军，但程、李二人带来盘龙桥失守的消息。余程万又让李参谋去东南路马家铺督战，让程坚忍去河洑督战，将敌人的进犯

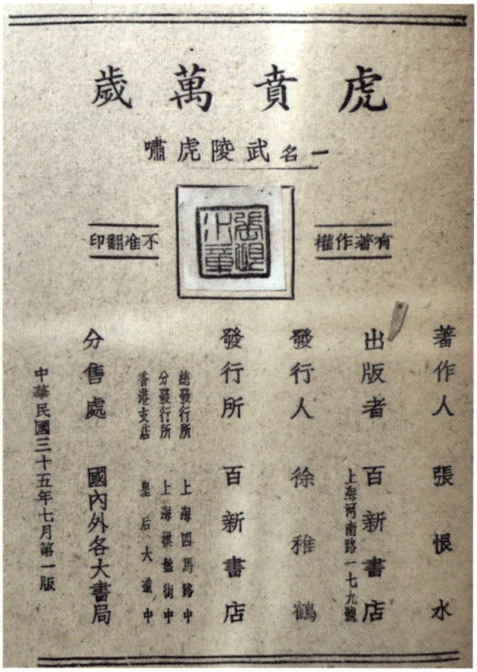
虎賁萬歲

一名武陵虎嘯

有著作權 不准翻印

著作人 張恨水

出版者 百新書店 上海河南路一七九號

發行人 徐稚鶴

發行所 百新書店

總發行所 上海四馬路中

分發行所 上海棋盤街中

香港支店 皇后大道中

分售處 國內外各大書局

中華民國三十五年七月第一版

打退了下去。但敌机向常德四处投弹，程坚忍和勤务兵王彪奉命到上南门救火。此时，敌人企图偷渡沅江，余师长实施“锦囊计”，取得了水星楼争夺战的胜利。之后三天，敌人连续猛攻常德，战事进入最紧张的阶段。程坚忍和战士们誓与阵地共存亡。面对敌机撒下的劝降传单，余师长不予理会。战事已经打到了城圈以内，每个据点的战士都与阵地共存亡。29 日，报纸上刊载“五十七师浴血抗战已达两周”的新闻，李参谋去水星楼协助彭营长，程坚忍去协助一六九团守护中山东路侧翼。30 日，中山东路的工事被毁坏，程坚忍随柴团长转到中山东路的泥鳅巷，又率兵增援城西北角小西门内的四眼井。余师长亲督小西门城基的肉搏战，争取时间迎接友军入城。12 月 1 日，城内守军已弹尽粮绝，东南北三面阵地也全部被毁坏。截至 12 月 2 日，全师守城已达十六天，八千多人的队伍只剩二百五六十人。余师长安排杜鼎团长、孙进贤团长迎接友军进城，又亲自过河指挥，在毛湾与新十一师三十二团李团长会合。12 月 9 日，全师仅剩的八十三人反攻城区，并于次日克复常德。军队李参谋在南岸迂回作战，程坚忍在城里埋伏七日。军长王耀武来到城里，嘉奖五十七师的英勇行为，命令其调驻河洑重新整编。程坚忍带着王彪去打探未婚妻的消息，在当日离别的堂屋，两对新夫妇——程坚忍和鲁婉华、王彪和黄九妹举行婚礼。

按：这是一部反映代号为“虎贲”的国民革命军第七十四军五十七师誓死保卫常德的纪实性小说。作家张恨水（1895—1967）以常德战役的史实资料为基础，描绘了一幅荡气回肠、可歌可泣的战争历史画面。小说歌颂了“虎贲”战士冲锋陷阵的英雄气概和无畏的献身精神，控诉了日军狂轰滥炸、血腥杀戮、犯我中华的丑恶罪行，表达了作者对中国军队不畏牺牲、英勇杀敌的钦佩之情。小说展现的不仅有“虎贲”军队守护常德的集体精神，还有国人面对外敌侵扰时守护家园的民族品格。在创作中，张恨水尤为注重细节的刻画和呈现，运用细致的笔墨描写战事的演进与具体过程，以精确的数字记录战场的伤亡情况，再现了常德保卫战的惨烈和悲壮，彰显了战士们保卫祖国的坚强斗志与不屈精神。而鸽子的意象在小说中多次出现，寄托了人们对于和平生活的希冀，也暗示了“虎贲”军队终将带来胜利的希望。全书塑造了众多有血有肉的抗战英雄形象，上至师长、下至勤务兵，他们参与抗战的言行被刻画得生动传神。除此之外，作家还写到了常德城中人与人之间的温情，既营造了军民一家亲、个人和家国情感相一致的和谐氛围，又使作品显得张弛有度。小说结构上看似散漫，实则内在条理清晰，运用大视角营造了外在广阔的、内在精细的战争场面。虽然作家尝试在书中加入“软性的罗曼斯”因素，但“抗战”和“言情”两方面难以达到平衡，使得“言情”更多地消解在了“抗战”的书写当中。此外，由于小说在塑造人物方面是以“虎贲”这一群像来加以统括的，也就使得小说在单个人物的描写上缺乏鲜明的个性特征。虽然如此，这部受邀而作的《虎贲万岁》作为一部正面描写战争的纪实小说，记录了一段珍贵的民族抗战记忆。

7月 曾朴的《鲁男子：恋》由上海真美善书店再版。

7月 茅盾的《霜叶红似二月花》由上海华华书店印行沪二版。

8月1日 嵇山在《青年与妇女》第5号发表《〈霜叶红似二月花〉》一文，认为：“似乎有人批评过《腐蚀》的结构太松懈，太缺乏剪裁了，假使他看到本书定将感到加倍的失望；尤其是本书的前半部，几乎只是一个旧式家庭中琐屑的描写。但是我仍认为这是一部很有文学价值的作品，他从平凡的故事中深刻地写出各主角内心的苦闷——封建意识和买办资本主义意识的冲突，似乎较《腐蚀》的技巧更为难能。一个有生活经验的读者，曾经受过封建意识的熏陶而正想挣扎这桎梏时，对本书必将发生共鸣。”

8月1日 刘民生在《上海文化》第7期发表《〈骆驼祥子〉求疵谈》一文，认为：“要介绍这一部长篇小说给全世界的时候，他还似应该再多做几件事的：第一，作者似应把祥子怎样离农村而跑到北平去的理由有所叙述。”“第二，作者太强调了祥子的成功性”，“这一点使读者感觉到只要一个人自己的努力刻苦仍能翻身转来。”“再其次，是作者把主人公祥子的失败归纳到和虎妞的结合里”，“这一点是作者的讽刺，对于小说本身的意识是有损害的。”

8月1日 巴金的《寒夜》刊于《文艺复兴》第2卷第1期，至1947年1月1日第2卷第6期毕。

8月3日 《申报》刊载《霜叶红似二月花》广告：“这是茅盾先生的近著，内容取材于五四时代江浙一带某一富饶水乡的民间生活，以镇上土豪劣绅的争权夺利为中心，烘托出一般勤劳农民的疾苦来，书中几十个人物的性格，随着写景所传达的气氛，全部发展得十分深刻动人，在错综而精严的结构中间，随时流露着冷隽的风趣，作者的妙笔，使深秋的霜叶，也像二月花那样值得惊赏，足见他的小说技巧上炉火纯青的功夫，这部小说，正同《子夜》一样，无疑地是我国新文学的瑰宝。”

8月7日 邱百令在《黑龙江日报》发表《巴金的〈家〉》一文，认为：“封建的遗毒是多么厉害啊！我感到在伪礼教下被压迫的青年，都应该团结起来，与旧家庭去反抗，同封建势力去斗争，争取青年们最后的自由解放。”

8月9日 《申报》刊载《风萧萧》的预告：“名作家徐訏唯一长篇创作《风萧萧》，久已脍炙人口，现由怀正文化社辑入怀正文艺丛书。”

8月15日 王西彦的《微贱的人》刊于《文艺春秋》第3卷第2期，至1947年6月15日第4卷第6期毕。

8月15日 徐盈的《苹果山》始刊于《益世报》（北京版），至12月22日（有间断，未完）。

8 月 16 日 茅盾在上海《文汇报》发表《〈滩〉——战时民族工业受难的记录》一文，认为《滩》“有一个很重要的优点——这便是它把抗战期间中国民族工业的受难情形很真实地告诉了我们。它代中国的民族工业作了有力的控诉”，“《滩》又告诉我们，为什么政治不民主，工业就不能发展”。

8 月 16 日 瞿康祖在《中建》第 1 卷第 6 期发表《〈烽火天涯〉》一文，认为：“这是又一部作者成功的作品，人物的出场与战争的描摹，都没有混乱，显得十分有序与紧凑，书里面的主人公以吴昔更代表着思想进步的青年，也是代表着新生的一代；慧平，一个竭力与旧家庭，旧势力挣扎的新女性，在挣扎奋斗的过程中，她尝到了各方面袭来的苦味；王宇将军，是一个借着抗战幌子而专以升官发财为志的军人，他包庇他儿子的贪污，甚至不惜封闭揭发这贪污的报馆，逮捕他们的编辑；而伯周，那是一个十足道地的失败主义者，他一开始就反对抗战，而终于他发表了‘和平’论，而从抗战阵营退却了。”

8 月 18 日 李伯钊在《解放日报》发表《读〈腐蚀〉》一文，认为《腐蚀》“是一篇国民党特务罪恶有力的控诉书”，“作者以细腻动人笔调，解剖特务份子的灵魂，暴露其丑无比的黑暗罪恶。”

8 月 21 日 谢冰莹在《一四七画报》第 5 卷第 10 期发表《〈女兵十年〉再版序》一文，说：

“《一个女兵的自传》出版到今年恰恰十年了！十年来，国家经历了一次空前，也许是绝后的灾难，我也尝尽了人间的艰难困苦。在十年的攸长岁月里，该有多少可歌可泣的人间故事值得描述，值得歌颂的。”

“也许因为本书第一集给与读者的印像还好的原故吧，自从林如斯女士的英译本在美国出版，崔骥先生的英译本在英国出版以来，国内便有好几家书店翻印，最初他们只印英文的，以后就有英汉对译的《女叛徒》出现，现在上海有一家干脆只印中文的《女叛徒》。这对于我的版税收入，虽然影响很大，但是却替我做了义务宣传，增加了不知多少读者。曾有好几家书店和我接洽出版《女兵十年》的事，但我总不敢答应他们，原因是自己太渺小，太平凡，值不得再写下去，同时，我过去的遭遇，有几个时期实在太苦太惨，我来写它，等于又要我重新再尝一次那种生活的味道，未免太残酷了！这是《女兵十年》迟迟到今年四月才在汉口出版的原因。”

“第一集写到《一个奇异的茶房》为止，为了便于读者衔接下文，我特地加写了《紧张的一夜》。还有《第四次逃奔》，本来也该在第一集发表的，但为了当时的印像太鲜明，写来未免太使精神上受刺激，所以特地留到现在才发表，这是要向读者特别声明的。”

“从写《从军日记》开始，到今年整整地二十年了！不论在任何艰苦的环境下，我始终没有离开自己的岗位，终年握着一支笔在不断地写。但在创作的技巧上，我始终承认还没有达到成熟的地步，我需要用更多的时间来研究，虽然生活的担子压得我透不过气来，我的身体也一天比一天衰弱下去，但是相反地，我这种志愿却越来越坚强了！”

“在病中，我把几年来写好的原稿，一连修改了五次，还赶写了最后四章。为了要使我的心境安静，常常在深夜或黎明之前爬起来写，当写《母亲的死》的时候，我是一字一泪，不知停下过多少次笔。母亲逝世九年了，我常常想写篇文章纪念她临终时的情况，然而为了当时给我的印象太深刻，太悲惨，每一提笔，便泪如雨下，不能成文，这次我把《母亲的死》留得最后写，也是因为这个原因。”

“本书初版在汉口发行，因为是自己借钱印的，所以只印了三千册，不到四个月的功夫，现在快卖完了。这次以一个偶然的机会来到阔别了十五年的北平，心里有说不出的高兴。友人劝我把本书在此再版，做为抗战胜利后我和华北青年朋友的见面礼，于是我匆忙地写了这篇小序，希望读者诸君原谅我的潦草。”

8月22日 施济美在《申报》发表《读〈四世同堂〉——第一部〈惶惑〉》一文，认为应该把《四世同堂》当作一首诗来读。那些平凡的人，每个人都是一首诗。文中写道：“我想起陈白尘先生在《大地回春》里的一句话：‘抗战是一把火，它把我们都烧得改了样子。’是的，这一把火，是磨难，是锻炼；它把人烧得更坚强，烧成了英雄和烈士，像祁瑞全，像钱仲石。它又将另一些人烧得更懦弱或是烧死，像陈野求，像钱太太。它将人烧成了禽兽，烧成了鬼，将禽兽和鬼烧得更卑鄙，更狰狞。它烧出自私，但也烧出了牺牲和公正！烧出多少丑恶又多少美丽。”

8 月 29 日　《大公晚报》刊载文艺消息：“萧红的《呼兰河传》，当萧在港病重时遗嘱将此书版权赠送骆宾基，其后骆宾基曾将此书在桂林出过一版，(桂林河山书店承印)，湘桂战后该出版社已结束，骆宾基将此书版权收回，现编入茅盾主编之‘大同文学丛书’中。”

8 月　茅盾的《第一阶段的故事》由上海亚洲图书社印行沪一版（战后长篇创作小说）。

8 月　茅盾的《腐蚀》由东安东北书店初版，1—5000 册。

8 月　谢冰莹的《女兵十年》由重庆红蓝出版社北平分社再版。

8 月　平可的《山长水远》（上、中、下）由重庆进文书店初版。

按：贺若在《序》中说：“《山长水远》的故事实在太动人了，我在社会做过几年事，越发觉得书中的人物有血有肉，呼之欲出。”

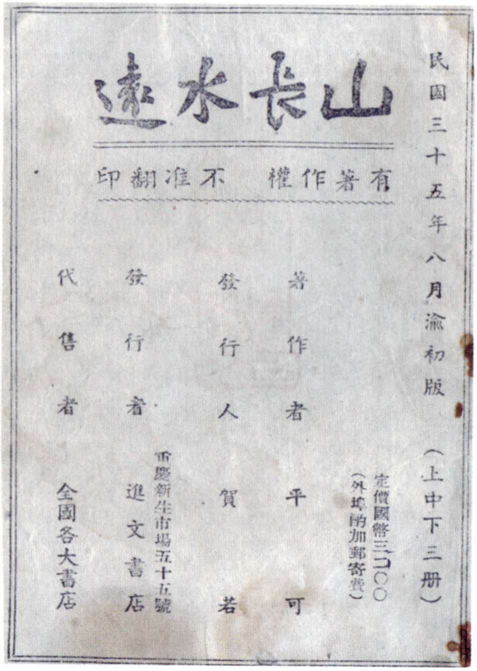

9月1日 李兆麟在《上海文化》第8期发表《与刘民生先生论〈骆驼祥子〉》一文，认为：第一，开头用三十多页的篇幅仅仅说明祥子和人力车夫及祥子和骆驼的关系，在笔墨上似乎是浪费的。第二，祥子一生爬不起来的原因很多，小说所描写的他的车被丘八征去、因东家是革命党而殃及池鱼以及车钱被侦探没收具有偶然因素，以此作为祥子一生爬不起来的根本原因，这必然性似嫌不够。第三，假若使祥子迟出世几年，使他成为1927年左右的祥子，当使读者更感到亲切。第四，祥子与虎妞的结合有传奇性，但假如祥子娶一位同样穷苦出身而面貌端正的女性，双双克勤克俭合作努力，但终于无法抬起头来，这似乎更能衬托出该书的主题。同时，他不同意刘民生的意见，认为：第一，小说并不是写时就为西洋读者看的，写祥子怎样离开农村而到北京去的理由，是另一部小说的题材。第二，小说最大的佳处就是强调祥子的不成功性而不是成功性。

9月1日 李辉英的《雾都》开始在《中央日报》（长春版）上连载。

9月4日 茅盾在《大刚报》发表《萧红的小说〈呼兰河传〉》一文，认为：“它是一篇叙事诗，一幅多彩的风土画，一串凄婉的歌谣。”“也许你要说《呼兰河传》

没有一个人物是积极性的，都是些甘愿做传统思想的奴隶而又自怨自艾的可怜虫，而作者对于他们的态度也不是单纯的。她不留情地鞭笞他们，可是她又同情他们；她给我们看，这些屈服于传统的人多么愚蠢而顽固——有时甚至于残忍，然而他们的本质是善良的，他们不欺诈，不虚伪，他们也不好吃懒做，他们极容易满足。有二伯，老厨子，老胡家的一家子，漏粉的那一群，都是这样的人物。他们都像最下等的植物似的，只要极少的水分，土壤，阳光——甚至没有阳光，就能够生存了，磨官冯歪嘴是他们中间生命力最强的一个——强的使人不禁想赞美他。然而在冯歪嘴身上也找不出什么特别东西，除了生命力特别顽强，而这是原始性的顽强。”不过，“如果让我们在《呼兰河传》找作者思想的弱点，那么，问题恐怕不在于作者所容的人物都缺乏积极性，而在于作者写这些人物的梦魇似的生活时给人们以这样一个印象：除了因为愚昧保守而自食其果，这些人物的生活原也悠然自得其乐，在这里，我们看不见封建的剥削和压迫，也看不见日本帝国主义那种血腥的侵略。而这两重的铁枷，在呼兰河人民生活的比重上该也不会轻于他们自身的愚昧保守罢？”“萧红写《呼兰河传》的时候，心境是寂寞的。”“这一心情投射在《呼兰河传》上的暗影不但见之于全书的情调，也见之于思想部份，这是可以惋惜的。”

按：此文 10 月 10 日同题刊于《生存》第 1 卷第 3 期，10 月 17 日又同题刊于上海《文汇报·图书》第 24 期，12 月又以《论萧红的〈呼兰河传〉》为题刊于《文艺生活》新 10 期 12 月号。1947 年 6 月《呼兰河传》由上海寰星书店初版时为序，广为人所引征，影响深远。

9月4日 林苹在《一四七画报》第 6 卷第 2 期发表《一个启示——〈女兵十年〉读后》一文，认为：“这是一个反映动荡时代新与旧演变的动人的故事，作者的笔调简朴可爱，一点也没有浮华和雕琢，在里面充满了真挚的情感，当我们读到作者开始作叛徒的时候，我们仿佛看到了一幅淳朴而封建的农村小景，以及作者的封建家庭，不，是整个的中国农村缩影。”

9月11日 韦芜在《文汇报》发表《〈憩园〉》一文，认为小说“在黑暗的地方放光，在寒冷的地方放出温暖”。

9月14日 青云在《风下》第41期发表《〈腐蚀〉》一文，认为：“如果我们还要多知道一些特务的阴谋毒狠，那么茅盾先生的《腐蚀》是值得介绍的。”“《腐蚀》可以说是特务的内幕故事。”

9月20日 钳耳在《月刊》第2卷第2期发表《评吴组缃的〈山洪〉》一文，认为：“吴组缃先生的长篇小说《山洪》是一部值得称赞的作品。作者用朴实的手法处理了朴实的题材，这里没有夸张。”“中国的抗日民族解放战争支持了七年了！农民贡献了他们最大的力量。我们未来的历史学者，将不能不用充满了感激的笔调来叙述这被压抑、被凌辱的广大人群的怎样伟大奇妙的力量的！《山洪》作者就对此提供了一个平凡的起点。平凡的起点事实上才正是真实的起点。通过了这个故事、这些人物，是说明了，是在战争的实际历程中农村才站起来的！”“章三官以外的其他人物，要求不过高，我们都能满意。语言和性格的生动谐和是一个大成功。这在目前创作水准上，是一个出众的优点。然而要求过高，我们也能不满意。我们觉得，这些人物（连三官在内），这些性格，打进读者的心坎去的程度还不够深，使人不容易把印象凝固起来。”“这个现象从何而来呢？我认为是环境的布置，事件的联系还不够有力。我们已经指出政治工作那些场面的呆板，关于这些场面的那几节，显得非常之拙劣……政治工作的进程应该是这个故事发展的重要线索，这样，它的失败，就使得鸭嘴涝的整个人物的发展有点抽象化，也就太大的影响了这本小说的更进一步的成功。”此外，小说叙述多于描写，描写不够，环境处理不够，是小说意象不能广阔展开的原因。作者的生活、观察和取材的角度尚需加以深入琢磨。不过，方言的灵活运用是一个最大的成功。

9月22日 古波在《上海滩》第16期发表消息《东北的流浪作家：李辉英新作〈雾都〉》，说李辉英最近“写了一部长篇小说《雾都》，取材于抗战首都重庆，为都中一角，作一解剖。也借此小说将重庆战时风光介绍于东北人士之前”。“该小说已于九月一日在长春《中央日报》发表，约三个月可以刊完，闻备受读者欢迎。”

9月28日 《观察》第1卷第5期刊载下列出版消息：

（1）《第四病室》的预告：“这是一部病中日记，写一个病人在内地某医院中所过十天中的病院生活。他在这个人类在受苦，挣扎，死亡的暗角里发见了伟大的友情；友情不但在这里生长，而且把阴暗的病室都照亮了。作者用了一种新颖的手法安排故事；对话生动简洁，人物描画深刻。长二十万字，是作者最近的精心杰构。”

（2）《四世同堂》第一部《惶惑》的广告：“这是《四世同堂》的第一部，以陷落后北平城的一角——小羊圈里面各种人物的动态作中心，写祁老人一家祖孙父子四代人物，在这个大时代的动乱中各自抱定各自的生活态度去应付这个伟大的民族战争的故事。第一部从北平沦陷初期写起，一直到南京失守为止，共计三十三章，四十余万字。”

（3）《偷生》的广告：“这是继《惶惑》而最近写成的《四世同堂》第二部。故事向前开展，广州陷落，武汉撤退。在华北被敌人视为一把拿定的苦难日子中，祁老人的一家和他的邻居们遭遇了更惨酷的命运。汉奸们的得意忘形，爱国者的忠贞不屈，形成了最明显的对比。许多人在枪刺下偷偷的生活下去，不少人却壮烈的牺牲了。全书共约四十万字，三十三章，分钉上下两册。”

（4）《寒夜》的预告：“这是作者最近脱稿的长篇小说，曾在上海的《文艺复兴》月刊连续刊载，获得读者的好评。作者用朴素无华的笔写一两个渺小人物的渺小生活，这里没有惊天动地的丰功伟业，也没有仁人志士的壮烈牺牲，有的只是一些平凡的愿望，痛苦与哀愁。看惯了热闹场面的人，不妨到这个冷僻的角落来听一个‘落魄’的读书人的申诉。书已付印，一月内出版。”

9月　黄贤俊的《雷声》由上海新群出版社初版（新群文艺丛书）。

梗概：1937年夏，在上海读书的周家二少爷周伯英回家过暑假。周太太丧夫后一直热衷于给儿子相亲，为此大儿子周伯荃离家从军。周伯英此次回家让周太太重燃热情，并为他物色了郭大姨爹的女儿郭棣。周伯英不爱郭棣，他的抱负是上前线为国效力，但同时郭棣的美貌也让他心动，于是便答应了订婚，随后便从军入伍。周家只剩下周太太、小女儿周伯菊和老迈的仆人李老婆婆，没有生活来源，加之战争的威胁，日渐衰落。郭大姨爹大发国难财，富裕起来后日渐疏远了周家。三年后，周伯荃因战功被提为营长，路过家乡时顺道回家

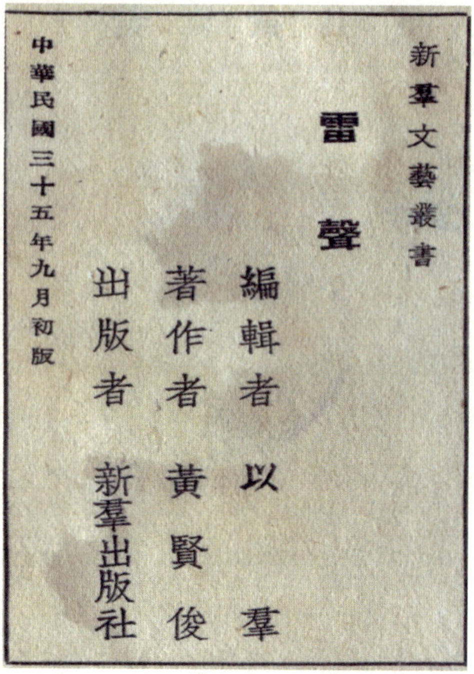
新羣文藝叢書

雷聲

編輯者　以羣
著作者　黃賢俊
出版者　新羣出版社

中華民國三十五年九月初版

探望，郭大姨爹以为周伯荃能得到一官半职，热情招待了周伯荃。返回战场后，周伯荃战死。1944 年，周伯英也因看不惯军队腐败，返回了家乡。战争的苦痛，让周伯英无比憧憬与郭棣的爱情婚姻，但家中已经彻底衰败，和郭家完全断绝了来往。周伯英企图在城里找到一份工作，以重获郭大姨爹的青睐。他对郭家的热情让周太太无比忧心，他和妹妹周伯菊的感情也因此疏远。在城里，周伯英遇到了许多在上海时的同学，他试图通过这些关系找工作时，他曾经的密友、现今的百货公司经理却以冷淡的态度对待他，一心想做的科长职务也被别人占去。当他终于鼓起勇气向郭家提出结婚时，更被直接拒绝。幻想的幸福成了泡影，万念俱灰的周伯英在雷雨中奔走，一个卖烟和糖果的老人的悲苦生活，让他看到了更深的苦难，他想到了战争，想到了自己的堕落。雷雨过后，周伯英病了一场，他意识到他和郭棣是没有爱情的，也意识到自己对于家庭的责任，于是决定到边远的地方学校做老师。周伯英离开家后，周伯菊原谅了他，她追到车站，可是周伯英已经乘车离开了。

按：黄贤俊（1911—1984）的这部小说以抗日战争为背景，以周伯英从单纯正直、期冀报国到为爱情冲昏头脑、钻营牟利直至最后彻底悔悟的经历为线索，在郭周两家在战争中的起伏对比中，展现了战时后方百姓善良却遭受苦难、自私却发家致富，前方战士奋勇杀敌却籍籍无名、投机倒把却财利亨通的畸形现实，批判了大发国难财的商人们的投机逐利和无良无德。小说描写细腻，对于人物心理的剖析恰当到位。在情节上，作者有意设置重复的情节，如郭大姨爹三次请周家吃饭的情节和周伯英多次去郭家的情节，但在重复中写出变化，显示了作者较高的艺术控制力。不足之处在于写周伯英求婚失败后在雷雨中的转变显得生涩刻意，虽然题目“雷声”也是因之而得，然而从整部书来看，似乎略显牵强。

9月 萧军的《第三代》（第一、二部）由上海文化生活出版社印行第三版。

9月 茅盾的《腐蚀》由上海知识出版社印行第五版。

9月 张恨水的《虎贲万岁》由上海百新书店再版。

9月 苏青的《结婚十年》由上海天地出版社印行第十四版。

9月 陈铨的《狂飙》由上海正中书局印行沪三版。

9月 碧野的《没有花的春天》由重庆建国书店印行渝分一版，3000 册。

9月 茅盾的《蚀》由上海开明书店印行第十四版，第十版（精装本）。

9月 司马文森的《雨季》由香港智源书局印行第三版。

10月1日 **徐訏的《风萧萧》由上海怀正文化社初版。**

梗概：上海孤岛时期，青年哲学家徐因救助美国军医史蒂芬而迅速与其成为好友，成天结伴享乐、醉生梦死。经史蒂芬的带领，徐进入上海的上流交际圈，并先后结识三位年轻貌美、各具风采的女性：百乐门舞女白苹美丽动人、长袖善舞；中美混血的国际交际花梅瀛子明艳照人、机敏干练；美国少女海伦安静恬美、纯情善良。徐、史蒂芬、白苹和梅瀛子四人建立友谊，结伴游玩享乐，仍对哲学研究心有向往的徐几次试图远离这种生活，但均以失败告终。交游中，白苹对徐颇有好感，梅瀛子似乎也对徐青睐有加，海伦为了徐更是放弃唱歌事业，转而对徐的哲学研究发生兴趣。徐纠缠于三位女性的感情之中，但又抱定“独身主义”而不真正爱上任何一位。太平洋战争爆发，史蒂芬成为日军俘虏被押进集中营，徐这才从史蒂芬太太处得知原来史蒂芬夫妇均是美国海军间谍。在史蒂

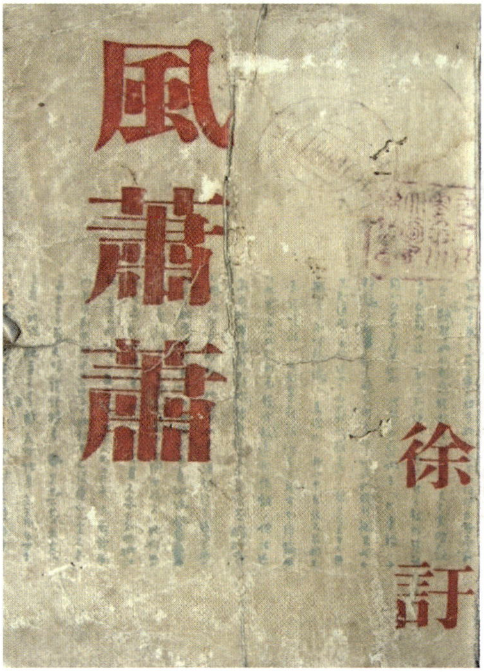

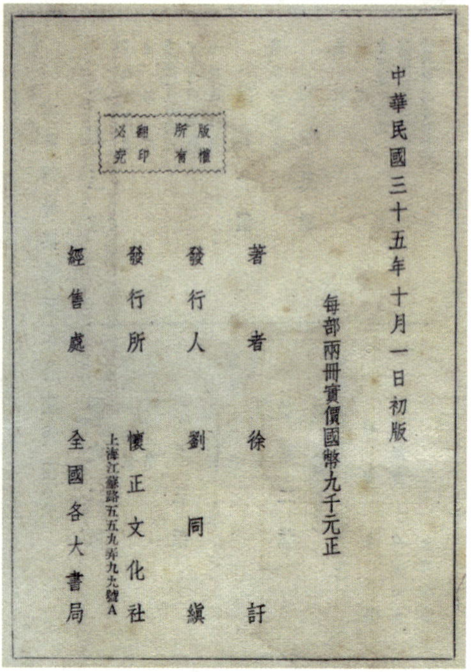
中華民國三十五年十月一日初版
每部兩冊實價國幣九千元正
著者 徐訏
發行人 劉同縝
發行所 懷正文化社
上海江蘇路五五九弄九九號A
經售處 全國各大書局
版權所有 翻印必究

芬太太的劝说下，徐同意担任间谍工作，并成为同样是美军间谍的梅瀛子的部下。误认为白苹是日本间谍的梅瀛子派遣徐偷取白苹的日军机密文件。利用白苹的信任，首次参与间谍工作的徐顺利完成任务。然而，当徐又一次成功窃取白苹手提包内的机密文件后，终于被白苹发现。误认为徐和梅瀛子是日军间谍的白苹怀着痛苦矛盾的心情，找到徐的秘密寓所并亲自向他连开两枪。徐身受重伤，梅瀛子则认出“凶手”遗留的手枪为中国武器，因而对白苹的真实身份产生怀疑。前往白苹寓所试探的梅瀛子与白苹拔枪对峙，双方互相出示证件后发现白苹是重庆谍报人员，与美军间谍梅瀛子实为“盟友”关系。三人误会解除，通力合作，决定趁日军梅武少将举行面具舞会之机窃取梅武的机密文件，并通过拈阄决定徐执行此次任务。在混乱的舞会上，徐几经周折潜入密室，却在即将成功之时因一个戴面具的神秘女人突然闯入取走文件而失败。凭借徐在其裙裾上留下的墨痕，他们终于发现神秘女人的真实身份——日军间谍宫间美子。白苹取回密件心切，不慎中了宫间美子的诡计而中枪牺牲。徐、梅二人身份暴露，无路可逃之时幸得好心船家相救。两人乔装打扮，在间谍同僚的帮助下突破日军封锁线成功脱险。最终，梅瀛子设计毒杀宫间美子为白苹报仇，并毅然改装扮作船妇继续坚持间谍工作；徐则拒绝海伦同行的请求，奉命只身离沪赶赴大后方。

按：徐訏（1908—1980）的《风萧萧》是抗战胜利后间谍小说的代表作，也是徐訏的小说代表作。小说以抗日战争为背景，不仅肯定了现代女性在民族解放战争中的重要作用，也表达了作者强烈的抗日爱国情怀。小说前半部分表现了缠绵悱恻的爱情纠葛和浪漫的都市生活，后半部分描写抗战时期的孤岛上海中美谍报人员与日方紧张刺激的间谍斗争，人物形象鲜明，如善良正直的徐、风骨凛凛的白苹、干练狠辣的梅瀛子等，一群富于理想和献身精神的爱国青年形象跃然纸上。作家运用第一人称叙事并伴以大量的心理描写，哲理意味强。小说语言华丽，带有“诗化”意味，情节生动曲折，富于传奇性，叙事节奏紧凑，线索纷纭，尽管前二十章略显拖沓，但后半部谍战故事可谓悬念丛生、高潮迭起、扣人心弦，只是对日军高级军官的刻画有类型化和简单化之嫌。

10月1日 沙汀的《还乡记》部分章节以《归来》为名刊于《文艺复兴》第2卷第3期。

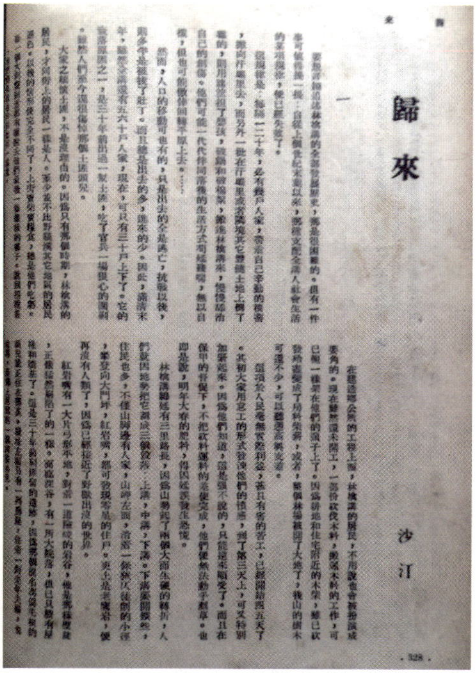

歸來

沙汀

·328·

10月4日 董桑在《大公报》（上海版）发表《骆宾基——文坛人物记之七》一文，认为：“……《边陲线上》，他的第一个长篇，是写的这个区域内的人民意识上的觉醒，变化，和斗争。最近出版的《罪证》，背景也是这一带地方。他平静而精细的写出这些作品，但显得最用力，最出色的，却是《姜步畏家史》。”“这是一部有着极大企图的作品，就已经出版的第一部看，这作品所包括的时间正是从民国初年以后的一段艰苦的日子。这其实不止姜步畏一个人在遭遇着，还代表了无数人在这时期的遭遇。我们期待着这作品的完成。”

10月8日 洪钟在《大公报》（上海版）发表《〈没有花的春天〉》一文，说：“《没有花的春天》是碧野先生的第三个长篇。写作的时代当是作者留住重庆时的产品。在这个作品里面，作者的笔触由知识份子回返到农民大众了，但由外乡的感受的写作领域复返到故乡的童年的回忆当中来了。在童年的回忆的生活实感的引领之下，作者的创作历程向现实主义更跨进了一步，存在于作者以前作品里的浪漫主义情调，在这儿是相对地减轻了。这是作者在创作方法上的一大跃进。”“碧野先生是带着诗人的激情和抒情诗的调子来开始制作这部小说的。”“作者把客族的械斗，下层人民在艰苦绝望之中的求生的挣扎，表现得栩栩如生，下层人民所忍受的艰苦生活，表现得淋漓尽致。作者固有的，善于编造故事的才能也在这儿得到了很巧妙的应用。”“这是作者的成功处。但典型的刻画则嫌不足。”“由于这种典型性格把握的不健全，也就影响及故事的发展缺乏现实性。”“虽是如此，可是本书在艺术成果上仍有相当的造就：作者以他那特长的抒情手法，在某些场面上展开了生动的画面。作者对下层人民带着强烈的同情，这看出了作者创作动机之纯正，也透露了作者对下层人民生活的相对地忠实的写出。而且，更多多少少反映了时代的风貌。”

10月10日 **蹇先艾的《古城儿女》由上海万叶书店初版。**

梗概：日本占领下的北平繁华的西单大街被恐怖的气氛笼罩着。当报童带来“国军收复廊坊”的好消息时，不仅引爆了整条街道，也点燃了一个青年沉重忧郁的心。这位青年就是岑昌，他从父亲那里继承了高洁的人格，大学生活

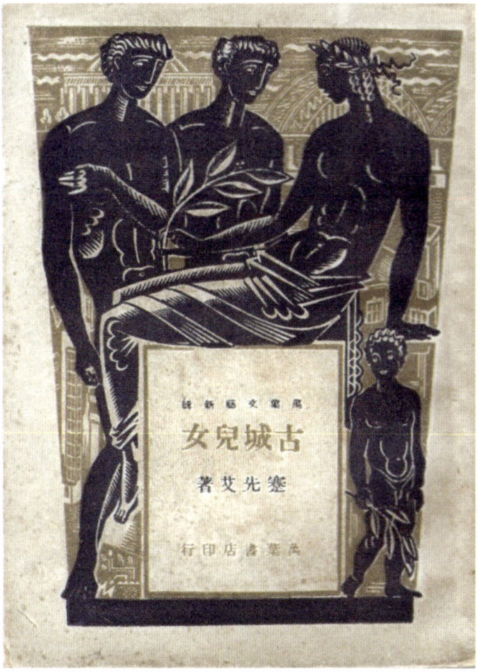

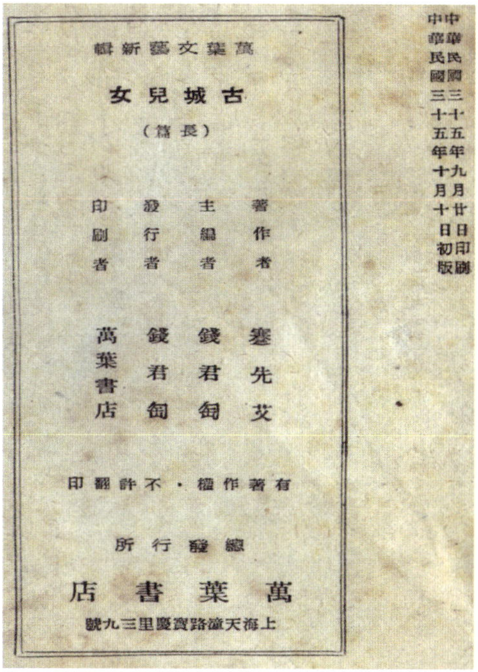
萬葉文藝新輯

古城兒女

（長篇）

著作者 蹇先艾
主編者 錢君匋
發行者 錢君匋
印刷者 萬葉書店

有著作權・不許翻印

總發行所
萬葉書店
上海天潼路寶慶里三九號

中華民國三十五年九月廿日印刷
中華民國三十五年十月十日初版

又锻造了他的思想，自读书时代开始，他就热情勇敢地参与到抗战救亡工作中去。七七事变爆发后，这位曾经热情的青年变得沉默，决心留在古城，观察时局。然而白天的好消息还没有来得及庆祝，半夜突然传来中国军队退出北平的噩讯。第二天，实践学会的一群爱国青年在岑昌家里召开会议，宣布表面解散学会以应对恶劣的局势。古城的日子日渐黑暗，日本军队到处作恶，维持会的汉奸们却极尽谄媚之能事，这群青年人的生活深陷痛苦之中。女青年黎艳芬和卫素贞二人的父亲都投身敌营，做了汉奸。她们决心和武思敏一起逃离家庭，伺机前往武汉。而另一边，悲观主义者巩明在约见岑昌和蒙森最后一面后，绝望自杀。他们送走巩明之后，意外遇见曾潇浦，他带来了王柏山在医院被捕的消息。而蒙森在参加一次失望的“救亡”会议后，回城的途中尽管万般小心却仍被两个日本兵抢走了唯一的自行车。9月，黎艳芳和武思敏在众人的帮助下，经过层层关卡，终于成功登上了前往天津的火车，逃离这片苦海。而软弱的卫素贞却再次屈服于家庭。当大家的困境得以解决，岑昌和蒙森却因为未来的计划产生严重分歧不欢而散，谨慎的蒙森打算投靠游击队，激进的岑昌却打算用炸弹炸死敌人。最终，岑昌牺牲了。蒙森也失踪了，但是从此活跃着一位游击战士。古城的光明是可以期待的。

按：蹇先艾（1906—1994）的这部小说以七七事变后的古城北平为舞台，以一群爱国知识青年的斗争生活和思想激变为主线，用沉重的笔调揭露了敌军泯灭人性的罪行，用讽刺的艺术鞭挞了汉奸们出卖祖国和压榨同胞的恶行，间杂着对北平小市民阶层得过且过、苟且偷安的精神恶习的批判，展现了北平沦陷后各色人群的一个侧影。作者主要是通过面对侵略战争，不同知识青年选择的不同道路，如岑昌和蒙森选择和敌人斗争到底、悲观的巩明用自杀以示反抗、勇敢的艳芳坚决与家庭决裂、被迫加入敌军的东北青年朱盛波苟且求生、怯弱的卫素贞屈服家庭等等，讴歌那些勇于斗争、不屈服不投降的爱国青年，讽刺那些懦弱的、卖国的知识分子。另外，小说的语言暗藏讽刺的笔锋，比如称汉奸头子卫辛为“伟人”。一些心理描写场面颇具功力，比如投弹炸敌营时岑昌那一段心理刻画，真实而感人。但小说前半部分节奏稍显拖沓，后半部分紧凑，人物众多，缺乏鲜明性，缺乏性格冲突。

10月24日 章振宙在《学友》（上海版）第1期发表《〈骆驼祥子〉》一文，认为因许多人都走向与祥子相同的路，故《骆驼祥子》与其说是写给祥子的书，不妨说是写给每个人的书。

10月26日 覃言在《前进报》发表《〈困兽记〉读后》一文，认为：“这是一本描写抗战到达某阶段，智识青年苦闷的书。”“演戏和田畴吴楣间的爱情，是贯穿全书的两根线索，从演戏这件事，表现了青年人想替国家民族尽力的热忱，高高在上者的无理压迫，和青年们自己在物质生活压迫下的养就的消沉，这些都形成了智识青年们的苦闷，从爱情事件里，表现一个在苦闷下找不到出路的人，便把热情用到另一方面去。”“作者的造像手腕是可佩的，第四章简直是个完美的短篇……”写田畴的手法也多样化。

10月 萍草的《黄河的海》更名《泛滥的黄河》，由上海国际文化服务社出版。

10月 赵景深在上海北新书局出版《海上集》，在《苏雪林和她的创作》一文中说：“一部《棘心》的主旨，便是情感与理性的争斗。”“《绿天》里的《小

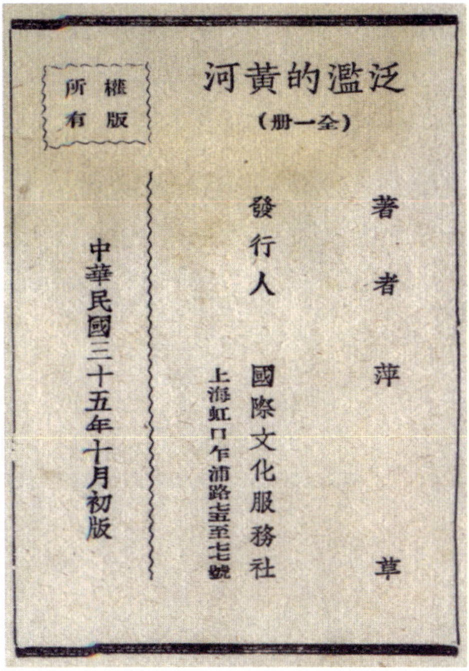
泛濫的黃河
（全一冊）
版權所有
著者 萍草
發行人 國際文化服務社
上海虹口乍浦路壹至七號
中華民國三十五年十月初版

小银翅蝴蝶的故事》就是《棘心》的缩写，不过《棘心》是长篇写实小说，《小小银翅蝴蝶的故事》是短篇寓言罢了。主人公小小银翅蝴蝶大约是杜醒秋，即《棘心》的女主人公。蝉和蠹鱼之类大约就是‘某某几个同学’了，他们都是很有学问的青年。为了母亲，她一点不接受他们输来的情款。蜜蜂自然就是叔健，银翅蝴蝶说：‘我们的婚约，是母亲代定的，我爱我的母亲，所以也爱他。’这样的话在《棘心》里常可看到。”“蛾儿就是《棘心》第三章《光荣的胜仗》中的秦风，这一章几乎成了他的‘列传’。蛾的事当是秦风与‘年轻美丽的姑娘’恋爱的故事。蛾儿追逐蝴蝶，当是秦风追逐醒秋。”“但是，蝴蝶终于不能爱蛾儿，犹之醒秋终于不能爱秦风。蝴蝶爱的是蜜蜂，也犹之醒秋爱的是叔健。”“总之，她的文辞的美妙，色泽的鲜丽，是有目共赏的，不像志摩那样的浓，也不像冰心那样的淡，她是介乎两者之间而偏于志摩的，因为她与志摩一样的喜欢用类似排偶的句子，不惜呕尽她的心血。她用她那画家的笔精细的描绘了自然，也精细的描绘了最纯洁的处女的心。”

按：对人物的分析虽有索隐成分但也未尝不可，对徐与苏的文笔风格的感受更为贴切。

10月 萧军的《八月的乡村》由大连市大众书店印行第三版。

10月 徐仲年的《彼美人兮》由上海正风出版社印行第三版，1—1000 册。

10月 巴金的《家》由上海开明书店印行第二十五版。

10月 沙汀的《困兽记》由重庆新地出版社再版。

10月 老舍的《骆驼祥子》由上海文化生活出版社印行沪三版。

10月 徐昌霖的《年青的RC》改名《工程师的传奇》，由上海建国书店初版（当今文艺丛书）。

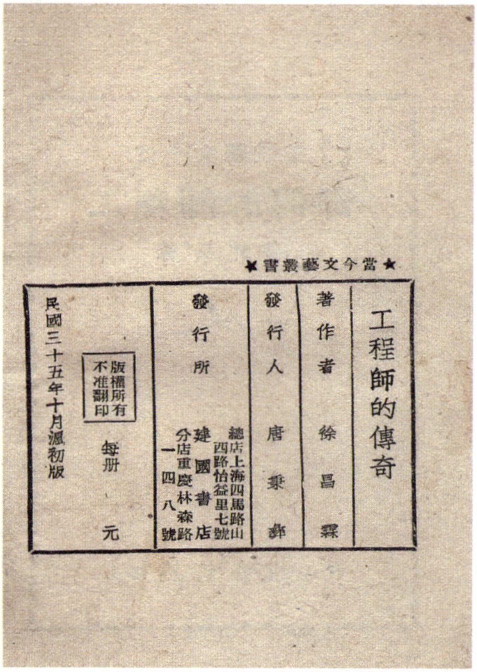
★當今文藝叢書★

工程師的傳奇

著作者 徐昌霖

發行人 唐秉彝

發行所 建國書店
總店上海四馬路山西路怡益里七號
分店重慶林森路一四八號

版權所有 不准翻印

每册 元

民國三十五年十月滬初版

10月 谢冰莹的《女兵十年》易名《一个女性的奋斗》（汉英对照），由香港世界文化出版社再版。

10月 谢冰莹的《女兵自传》（即《一个女兵的自传》和《女兵十年》改正合订本）由上海晨光出版公司出版。

10月 巴金的《秋》由上海开明书店印行第八版。

10 月 刘大杰的《三儿苦学记》由上海北新书局印行新一版。

10 月 茅盾的《霜叶红似二月花》由上海华华书店印行沪三版。

10 月 宋霖的《滩》由上海开明书店印行第三版。

10 月 仇章的《遭遇了支那间谍网》由上海远东图书公司印行沪二版。

11 月 1 日 穆海清在《呼吸》创刊号发表《死鱼的鳞——读〈困兽记〉两遍之后的若干印象》一文，认为："农民与农村知识分子，是《困兽记》里的困兽，也就是诗料。""这一部四百余页的大著，其作法是的确客观得很的！冗长，冗长地在琐屑现象上'嚼烂牙巴骨'，'说得那么津津有味，夹杂着大量的嘲讽'，甚至重复又重复，说得你硬是要眼皮往下压了。情节每到吃紧之时，稍一涉及'主观'，便马上把它拉开，拿出看家本领来：把吃茶的，摆龙门阵的场面摆开，把玩笑开起。""凭着他的经验与机智，沙汀先生是会触着某些生活样相及性格特征的，但这些仿佛是鱼鳞一样，一片片闪一下光就完了。而且是死鱼的鳞！""于是我们看到：沙汀先生，老渔翁，破渔网，傍山崖，靠水湾，往泥沼里捉到一条条死鱼，展开网，网上面是一片片死鱼的鳞！"

11 月 7 日 萧斧在《申报》发表《〈旷野的呼喊〉》一文，认为："她（指萧红，编者注）熟谙民间的疾苦，而不动刀圭；像一位心地仁慈而尽忠职责的护士，萧红用温暖的同情和轻柔的语调，春风似地抚慰着在地照拂之下的悲苦呻吟的灵魂。""'逆来顺受，你说我的生命可惜，我自己却不在乎，你看着很危险，我却自以为得意。不得意怎么样？人生是苦多乐少。'（《呼兰河传·后记》）这是萧红的自剖。她这'逆来顺受'的性格，不独普遍地影响了——而且深刻地漫透了作者笔下的人物。"

11 月 8 日 洛波在《民主》（桂林版）第 31 期发表《中国民族工业的希望在那里？——〈子夜〉中的吴荪甫为什么失败？》一文，认为：《子夜》的主题是揭发了资产阶级的勾心斗角，暴露了中国民族工业失败的原因，简直就是中国民族工业衰败史。吴荪甫失败的原因是：首先，内战连绵及社会不安，使他的工业无法发展；其次是帝国主义的商品入侵，打倒了吴荪甫等所代表的中国民族工业；第三，官僚资本家和买办资本家的压迫，使得吴荪甫透不过气来；

第四，政治的黑暗、腐化、低能，无法挽回吴荪甫崩溃的命运；最后而且很重要的是金融家和工业家的互相倾轧、火并，加速了吴荪甫工业的灭亡。

11月8日、15日 劳宁在上海《前线日报》发表《〈神的失落〉读后》一文，认为:“本书只是在显示高小筠之为神，为主宰马立刚生命的神；和这位神之失去，被她的表哥夺去底经过，就是这么一回事。这么一回事当然未尝不可以表现，只要它确实有意义；然而它是表现得不真实（真实不是事实），不能实现人生的某一面底真理。所以它（这么一回事）是不值得写的，至少写得不够。”“再就结构来考察一下，作者以配角的视点来讲述事件……陷于知与抽象，无法将事件具象化，使现于读者眼前得有目睹之感；作者对事件时加批判，不容读者自裁，不免有强人意之嫌；作者不可能客观地再详细地解剖其中人物性格，令读者抱有无法窥见高小筠底内心，甚至马立刚的心理变化的遗憾。其次在结构中还有个缺点值得一提的是全篇中‘偶然’太多了。”

11月12日 《申报》刊载《铁苗》的广告：“作者是剧坛的耆宿，他的剧作无须介绍了。但这一部十八万言的长篇小说——同时也是一部抗战的史诗——在后方印行时，曾引起了千万读者的赞赏与热泪。现该书又经作者重行修正，内容描写着一群青年参加抗战工作的动态，反映前线与后方的各面。其中有英勇忠烈的战斗场面，有缠绵悱恻的爱情故事，并展示着如何争取未来世界的光明坦途，实在是文艺书籍中不可多得的瑰宝。”

11月15日 何家宁在《萌芽》第1卷第4期发表《略评无名氏的小说——〈北极风情画〉〈塔里的女人〉〈海艳〉》一文，认为：“著者善于幻想，善于抓住青年人的心理，常常是落后心理的一面，以幻想构成险境……《海艳》里，构造的是敌伪统治下的恐怖。以热情和夸大的笔触出之，放开浅薄的自以为高尚的某些青年读者喜欢的语言，顺利的完成他的小说。真正崇高的思想，为了理想的热情，可触摸的有现实感的人物，都是没有的。”他还认为，小说“把和敌伪斗争的英雄认错了”，“所写的敌伪统治区完全是虚构，没有一点生活实感”，“称颂的夏莱的作法，也是错误的”，“赞美夏莱这样的人，他们的荒淫，懦怯，无耻——这是这三部小说的关键。”

11 月 18 日 孙次舟在《侨声报》发表《〈腐蚀〉》一文，说："读过茅盾的《腐蚀》之后，不由想到高尔基的《没用人的一生》。因为两者是取着同一的题材。""读过茅盾《腐蚀》所得到的印像和高尔基的便不同。在《腐蚀》里，似乎有意强调了中国特务的凶狠，残暴，她给人一阵战栗使人感到任何一个未曾'卖身投靠'的文化人屁股后边都会有着'尾巴'似的。""《腐蚀》暴露了特务的凶暴，固然旨在谴责，想唤起关心民族命运者的有力的抗争。但在另一方面，却震撼了精神衰弱者的心魂，所以有若干大学'教授'也守口如瓶，不敢谈论国事了。""在《腐蚀》里，茅盾宣示主人公虽受不良环境的迫害，作着罪恶的勾当，但她天良并未泯没，是非之辨也（很）清楚，她仍然有感情，仍然有正义，在结尾却暗示着，这主人公必然能和这要劣的环境抗争而解脱锁枷，重新创造她真实的生活。这样的写作态度，会给人一种力量，使犯罪者勇于忏悔，使沉沦者敢于自拔！""《腐蚀》是用日记体材写底的，开头的几章有些语调和鲁迅的《狂人日记》很相似。穿插，结构，都没有什么毛病可以攻击。写动作，写对话，写心理的变动：是逼真，是生动，是细腻。如果硬要吹毛求点疵病的话，那便是结尾的流于匆忙，轻率，而没有把特务在'大学区'里的罪恶作正面的详悉的描写。"

11 月 25 日 《申报》刊载《第一阶段的故事》的广告："这是茅盾先生以淞沪抗战为背景，以'通俗形式'的笔调写成的长篇小说，而结构上技巧上的严密与完善，作者在文坛上的蜚声以及一般人对他的评判，是再好的介绍和说明，本店谨将此书再版于茅盾先生出国的前夜！"

11 月 29 日 《大公报》（上海版）刊载消息，称："华华书店出版之《铁苗》一书，为剧坛耆宿熊佛西先生之精心杰构。内容优美充实，洵为文艺读者的又一瑰宝。出版未及一月，即将销售一空。"

11 月　老舍的《四世同堂》第二部《偷生》由上海晨光出版公司初版（晨光文学丛书）。

梗概：北平日渐萧条，小羊圈胡同在日本人的压榨下开始偷生。瑞宣所在的学校好几位老师先后离开，连胡同里的长顺也询问瑞宣是否赞同他从军，瑞宣日益为自己的不能尽忠而矛盾。尤其是钱默吟失踪后，一号院虽由冠晓荷买

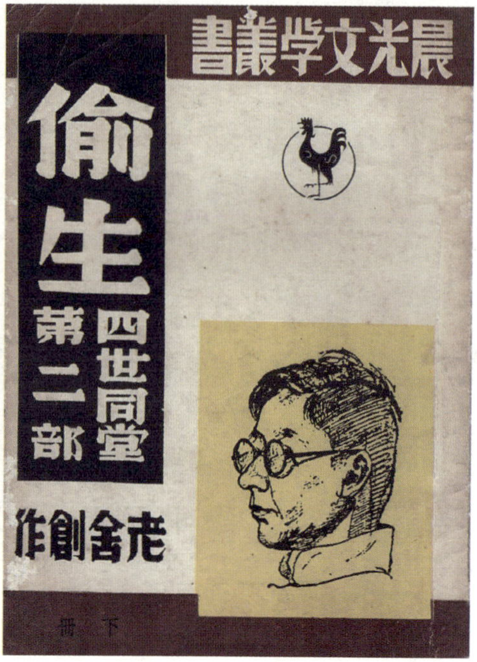

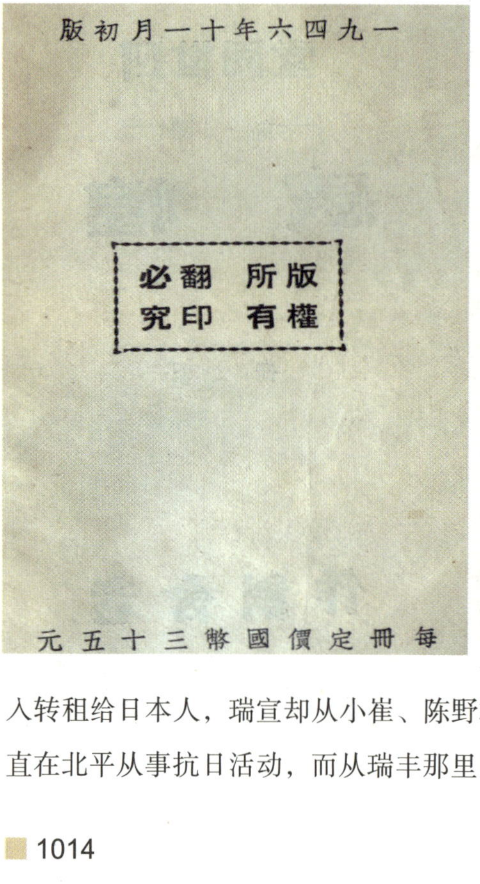
一九四六年十一月初版

版權所有 翻印必究

每冊定價國幣三十五元

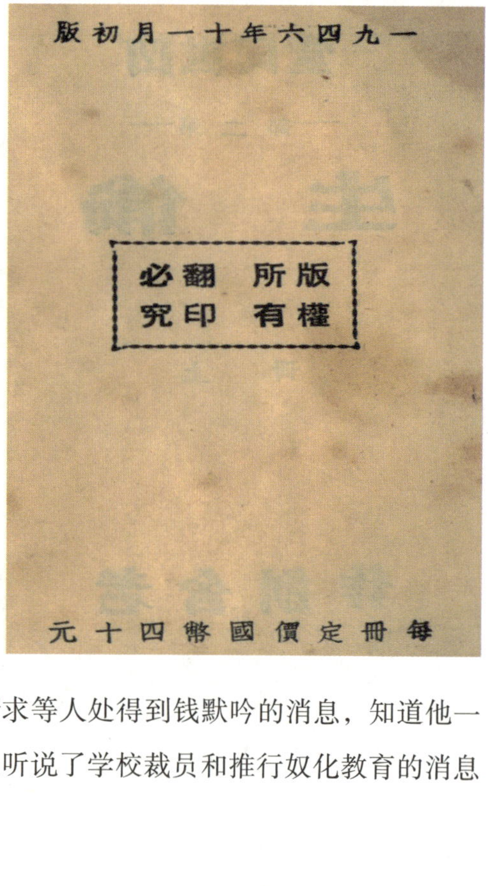
一九四六年十一月初版

版權所有 翻印必究

每冊定價國幣四十元

入转租给日本人，瑞宣却从小崔、陈野求等人处得到钱默吟的消息，知道他一直在北平从事抗日活动，而从瑞丰那里听说了学校裁员和推行奴化教育的消息后，瑞宣更加抱定主意不能屈膝。他向学校辞职并进入英国大使馆工作，却因不合作态度和日本打压英国的企图被捕入狱，狱中他一方面认识到日本的残虐，一方面听闻胡同里拉车的小崔被当作刺杀犯含冤身亡的噩耗，而瑞丰，作为瑞宣的弟弟和小崔的包车主，在两人出事后，胆小怕事，推卸不管。瑞宣明白瑞丰的糊涂和无聊，与瑞丰在思想上渐趋决裂。在英国大使馆富善先生帮助下，加上特使被刺杀一事让特务机构无暇顾及他，瑞宣得救，出狱后，瑞宣与钱默吟的见面谈话让他明白，偷生正是惨死的原因，可他接受的文化让他无法脱离这四世同堂之家，他也渐渐接受自己做沉默的反抗。另一边，冠家人希望利用女儿的姿色稳住李空山和蓝东阳，不料招弟给李空山失了身，在冠太太手下高亦陀的阴谋下，两家答应联姻，招弟的言行却更加放浪起来。瑞丰习惯了奢靡的生活，与冠家联系越来越密切，对祁家自己人倒冷淡起来，而在瑞宣出狱后、富善先生到祁家拜访之时，他同冠家夫妇齐来献媚，却遭到瑞宣和富善先生白眼。

日本人要求每家献铁，这让胡同里的人家损失惨重，他们恨日本人，却没人公然作对。颇受敬仰的牛教授答应日本人出任教育局局长，这一方面让大家对牛教授的附逆唏嘘不已，一方面内部的势力更迭让瑞丰丢了科长职位，太太胖菊子见势改嫁已是新民会处长的蓝东阳，瑞丰一无所有地回了祁家，仍旧只顾享乐。小崔太太成了寡妇，长顺本想帮忙，却受高亦陀蒙骗而欠债，如不偿还小崔太太就要做暗娼。北平城内人人自危，然而最大的变故发生在祁家，汪精卫附逆未遂后日本人加紧管控，对商铺的搜刮和强买强卖让祁天佑犯了难，尤其是受冤枉而被日本人套上写有“奸商”的坎肩押去游街让祁天佑倍感羞辱，祁天佑在城外投河自尽，祁家四世同堂的愿望破了产。瑞宣伤心之余，恨日本人也恨自己，但一号院两个日本男人的离家和老太太“日本人必败”的话又给了他一点希望。为笼络人心和讨好日本人，汉奸机构组织义赈游艺会，招弟为此跟六号院的小文夫妇学了戏，表演当天，醉酒的日本军官一怒之下枪杀了小文夫妇，在后台的冠家姨太太尤桐芳原本计划在招弟登场时扔出手榴弹，她早已与钱默吟商量好了这次反日行动，此时因救人误伤身死。这一意外，让冠家入了狱。出狱后，高亦陀骗取冠家太太八万块逃到天津，趁这机会，长顺与小崔太太结了婚。冠家日子并不好过，冠晓荷出城寻尤桐芳尸骨被钱默吟抓去在尤桐芳和小文夫妇坟前磕头，慌忙逃回家的他得知家中已被日本人搬空，太太再次被抓。高第劝父亲不要卖国求荣，冠晓荷不听，和招弟幻想救出太太过回有钱日子。在原本该失眠的夜晚，冠晓荷竟呼呼地睡了过去。

按：《四世同堂》是老舍完成的最后一部长篇小说，它所体现出的现实主义的审美品格，不仅是新文学长篇小说艺术成熟的重要标志，也是新文学现实主义成熟的重要标志。小说把战争和历史事件作为生活的底色背景，避开了自己不熟悉的内容，没有直接描写惨烈的战争和战场，从七七事变开始，到抗战胜利，虽然记述了一个个真实的历史事件，如七七事变、淞沪会战、太原会战、台儿庄大捷、汪伪政权建立、珍珠港事件、日本投降等等，但这些事件都是通过人物的活动、所见所闻和思想来叙述的，具体而言，就是通过平民的日常生活细节来书写宏大历史，产生了一种具有可触感的艺术感染力和审美效果，使宏观的文化反省在具体细节中表现出来。将人性、传统文化、日常生活等都置于“战争”框架中审视，从而使社会、历史、文化、人性等都呈现出了非常极致的形态，产生了一种反观效应，对战争从文学、文化的角度进行了认识和剖析反思。其实，这也是老舍熟悉的市民世界在战争中的表现。

小说以抗日战争时期沦陷的北平为背景，描写了小羊圈胡同中的住户在沦陷期间屈辱偷生的生活遭遇、家庭变故和人世沧桑。其中以四世同堂的祁家为中心，以祁家长孙祁瑞宣的心路历程为主线，表现北平民众在日寇铁蹄下的挣扎与抗争。通过老北京祁老人从一个目光短浅的自私老人一步步被逼成了反抗者，表现了国家民族的命运和普通市民日常生活的关系以及文化的改变，描绘出封建市民社会的理想家庭模式——四世同堂——在民族灾难到来之时崩毁的过程，由此对以北平为代表的中国传统文化从社会基层组织家庭、胡同社区、邻里群体等单位结构进行深入剖析，对民族文化进行了深刻的反省，剖析了国民性的弱点，具有明显的民族图存意识和社会批判意识。“祁家”这个复杂的封建大家庭，在某种意义上成为中华民族文化的具体象征。可以说，小说延续了抗战前老舍对于国民性的反思，进入到一个更为宽广的、深入的、理性的反思境界。

“四世同堂”的小说题目，明确表明了其对封建礼教的批判姿态。小说对家国关系进行了生动诠释，鲜明地指出“没有国就没有家”的真理。“国”和“家”产生紧张的冲突时，对“小家”的过分执着，导致对国家利益的麻木与漠然。可以说，《四世同堂》是抗战文学中对家国关系进行诠释的代表作品。

老舍自己曾说：“反封建使我体会到人的尊严，人不该作礼教的奴隶；反帝国主义使我感到中国人的尊严，中国人不该作洋奴。这两种认识是我后来写作的基本思想与情感。”[1]正是基于这样的批判意识，老舍对民族性的关注尤为深刻，对侵略者的罪行尤为痛恨，笔下处处流露出国家残破的刻骨之痛。也正因为这种文化反省，才有了对众多小人物屈辱、悲惨的经历以及抗战中惶惑、偷生、苟安的社会心态的细致描写，才有了对文化重建的期待，进而再现笔下人物在国破家亡之际缓慢、痛苦而又艰难的觉醒过程。

战争消弭了平民的生活和国家的命运之间的距离，把每个人都卷了进来。祁瑞宣是小说中的重要角色，始终在彷徨中矛盾着，一面是民族大义让他觉得应该离开家庭投身抗日，另一面却是家庭的责任，孝道义务使他不得不在沦陷区屈辱生活。当抗战全面爆发后，血与火的洗礼使他深刻地理解到了国家对个人、家庭的意义时，他接受了地下党的任务，成了抗日志士。还有独善其身的诗人钱默吟，战前吟诗作赋，苟安懒散，但儿子的牺牲、自己的被捕以及周围人物的遭际激发了他的爱国情结和民族情感，一身正气，不甘忍受屈辱，即使被捕、坐牢、被严刑拷打，也决不失节，开始从事地下抗日工作。清朝侯爷的后裔小文夫妇、汉奸女儿高第、姨太太桐芳、里长李四爷等都被迫从自己狭小的世界走出来，也开始敢于同侵略者相拼，宁愿站着死，决不跪着生。这些表明了北平市民的觉醒，在抗战炮火的洗礼中，他们不断清除精神上的积尘污垢，摆脱了传统思想观念的束缚，开始了新的生活，在残酷的现实面前，逐渐迸发出强烈的爱国热情和民族自尊心。最后，表面上毫无英雄气概的人们成了胜利者，他们宁死不屈，顽强抗争，迎来了胜利。《四世同堂》还通过对祁瑞全等理想

[1] 老舍：《“五四”给了我什么》，1957 年 5 月 4 日《解放军报》。

新人的描写，表达了作者对战后重建现代民族国家的希望和想象。祁瑞全这一代人的国家民族意识已经和老一代人完全不同，勇敢坚定，打破了传统家族观念，而将国家的荣辱存亡当作他的生命价值之所在。这些具有民族国家意识的中国人都是抗战的脊梁。老舍的结论是：中国人民觉醒了，中国大有希望。在抗战期间，中国的一般民众成了真正的民族主义者，这才是抗战胜利的历史意义。

这种文化剖析和反省，是充满爱，充满民族正气、现代意识和自我批评精神的。这是一种在否定旧传统文化后积极重建新文化的努力。要指出的是，老舍笔下的抗日，是属于市民阶层的抗日，他描写了他们的善良平和、他们的软弱和痛苦、他们的苟且偷安等性格弱点和局限，也写出了他们的抗争、觉醒。他述说了一个民族在战争中，在侵略压力下，被迫逐渐认识自我，反省自我，走出千年古国的梦魇开始觉醒，开始反抗，最终在对血腥的侵略战争的长期抵抗中，觅回了个人的以及国家民族的尊严——中国人终于站起来了。相对于他在写《猫城记》时对中国的绝望，此时的老舍没有了悲观心理。老舍知道，中华民族传统文化中的积极因子具有巨大的精神韧性和民族凝聚力，在抗战时期，它便是为国牺牲、保卫国家独立与尊严的反抗精神的来源。他的抗日小说，是反省中国现代市民的国民性的一种极致表达，也是中国现代民族解放斗争的一面镜子。

11月 秋芬在《夕芒月刊》第 14 期（10、11 月合刊）发表《〈蚀〉与〈腐蚀〉》一文，认为《蚀》里“许多事实、事件和人物等等，统统都只是真正革命光辉的阴影而已”，“掩遮在太阳上的阴影腐烂了，是为《腐蚀》。”

11月 姚雪垠的《春暖花开的时候》（第二分册）由上海现代出版社印行第四版。

11月 巴金的《第四病室》由上海晨光出版公司初版。

11月 茅盾的《第一阶段的故事》由上海联益出版社印行沪二版。

11月 茅盾的《腐蚀》由华北新华书店出版。

11月 老舍的《四世同堂》第一部《惶惑》（上、下）由上海晨光出版公司出版。

11月 巴金的《火》（第一部）由上海开明书店印行第八版。

11月 巴金的《火》（第二部）由上海开明书店印行第六版。

11月 巴金的《火》（第三部）由上海开明书店印行第三版。

11月 老舍的《火葬》由上海新丰出版公司再版，1—1000册。

11月 萧乾的《梦之谷》由上海文化生活出版社再版（现代长篇小说丛书）。

11月 巴金的《憩园》由上海文化生活出版社印行沪三版。

11月 陈铨的《死灰》改名《再见，冷荇》由上海大东书局初版。

11月 熊佛西的《铁苗》由上海华华书店印行沪一版。

11月 巴金的《新生》由上海开明书店印行第十七版。

11月 高植的《中学时代》由上海大东书局印行沪二版。

11月 茅盾的《子夜》由上海开明书店印行第十七版。

12月2日 袁微子在《福建时报·文艺专刊》发表《关于〈古屋〉》一文，认为《村野恋人》“故事很美丽，像一首农村的牧歌，不过觉得在色调上鲜艳了些，而本质的表现上却不够浓”。作者以《古屋》“这小说作为旧中国的缩影，这是个大气魄，作者的一个不小的企图”。“从《古屋》中，作者有意构造一个由古老的半封建走向新路子的国家的缩影。和巴金的《家》，曹禺的《家》，茅盾的《霜叶红似二月花》一样，借一个家族的故事，叙述一个时代的典型人物及典型事件。”

12月4日 风在《阵中日报》（太原版）发表《〈老张的哲学〉》一文，认为：“作者在书中对于旧时代，旧礼教，封建意识支配下的人们，是给以无情的抨击和讽刺的。不只是对老张如此，还有赵姑母孙八爷等。对于新的一代则给以鼓励和同情，特别是那些敢作敢为打破旧观念的年青人。”但是“末尾的结论是很使人感到沉痛和悲哀的。因为那年青的一代，有希望的一代也受不住家庭社会的压迫而走了妥协的路”。最后作者总结说：“时间虽说已过了二十年，但我们这时代有些地方还是和二十年前没有两样，许多人还是彷徨于歧途，读这本书至少要给我们打些和恶势力奋斗的气。况且就研究文学来说，也可以了解到老舍先生作品的幽默和讽刺的风格。”

12月6日 朱言成在《益世报》（北京版）发表《看了〈骆驼祥子〉记》一文。认为：“在这部小说里，作者告诉我们，生活在这个惨厉的社会，一个劳苦的人，即使他抱着（就）那么一点微末的希望，他可也难能实现。”“这部书的结构是缜密的，从开头对主人翁生活的叙述就没有离开过。故事也许是平淡的，但却是下层社会一部活生生的事实，而这些事实和口语，不是富有深切的观察，接触和体验的人是不能写出来的。”

12月9日 鱼简封在《大公晚报》发表《齐同何在？》一文，说：“《新生代》是我们现在所能读到的唯一写‘一二·九’运动的文艺作品，而在现在以前，有一段时间是读不到它的，由于有人忽然觉得它应该被禁止才是。”“作者齐同，一如其书，也曾被禁，时当抗战，他在新疆，那时正是盛世才的天下。后来新疆的冤狱大都平反了，无辜的人一个个万里生还，惟齐同毫无下文。他入狱后，我们所能听到的，就只有他的妻儿流落西北（仿佛是兰州又有人说在重庆）行乞的消息了。”“‘一二·九’十一年矣，见其书不能见其人，不禁有人不如书之感。”

12月10日 孤舟在《会刊》第2期发表《〈四世同堂〉（第一部惶惑）》一文，认为：“这是老舍的一部长篇最新杰作，本书以北平为背景，叙述沦陷时在铁蹄下人民所受到种种的压迫，充满了激愤，悲痛的情绪。”“本书大意写北平人的义气，永远不慌不忙的态度，抱定（与）人无忤与世无争的人生观，一旦日军撞进，使得大家束手无策，破坏他们原有生活的程序，尝到亡国奴的痛苦，因此那能不惶惑呢；如是即产生出种种不同典型人物。”“总之作此切实的思想，要使吾们明白，自由争取，发扬历史上的光荣，非以武力来奋斗不可。”

12月10日 S.Y. 在《会刊》第2期发表《〈腐蚀〉读后感》一文，认为《腐蚀》的出现，是中国极大的耻辱，中国以民主来标榜自己已有三十余年，但现实情况是仍受着封建专制的统治。“《腐蚀》是描写抗战时期中大后方特务组织的内幕露了，这亘续三十余年神秘而恐怖的魔窟，作者以其老练沉着的笔锋，刻划出他们的恶毒，阴险，卑鄙，无耻，这种恶势力蔓延在社会的每个角落里，束缚着威胁着智识份子的思想和行动。”“在《腐蚀》的序里，有这样一段‘呜呼’尘海茫茫孤鬼满路青年男女为环境所迫，既未能‘不淫不屈’遂招致莫大的精神痛苦，然大都默默饮恨无可伸诉，由此可以想见这种恶势力威胁牺牲青年人之多了。""《腐蚀》里作者虽给予各种角色不同的个性，但都没有特出的能力。""作者没指出未来的希望，这也许是'环境所限'吧。事实上，这世界已很显明地指示出我们应走的路。"

12 月 14 日 少若（吴小如）在《益世报》发表《废名的文章》一文，认为："竹林的故事是《桥》的具体而微的影子，这两本书可以算作一类。只是《桥》更加脱尽烟火气，艺术家说'化境'，也许是《桥》的境界吧？""《桥》之所以好，当然还是它的境界可人。""文章的美不用细表，即思想也特别好。仍用前例说明：即把'道'载得那样的不即不离，不温不火，不浓不淡。因之益衬出他的情文并茂。古人说作文须骨肉匀停，移赠予《桥》殆非虚美。刘长卿诗：'溪花与禅意，相对亦忘言'，这境界只有《桥》里才有。可见必'载道而不泥于道'，然后才能写出这样的好文章，才能悟得更明澈更鲜洁的道也。"

按：此文于 12 月 21 日又刊于《益世报》（上海版）。

12 月 15 日 纪云龙在《知识》第 2 卷第 3 期发表《赵惠明还能走出来吗——东北书店〈腐蚀〉座谈会记录》一文，认为：第一，《腐蚀》尖锐有力地暴露了黑暗的一角。第二，作者非常同情赵惠明。第三，从茅盾先生这部伟大史诗中，我们也学习到怎样"歌颂光明与暴露黑暗"，如何掌握新的文艺方向——为工农民服务的方向。

12 月 20 日 《人民日报》（晋冀鲁豫版）刊载茅盾的《腐蚀》广告："《腐蚀》是名作家茅盾先生在抗战期间的巨著。以一个女特务的自白，描写了国民党特务机关内部的残忍、猜忌、荒淫、无耻。茅盾先生这部小说，活生生的刻画出了特务头子蒋介石如何在毒害这一代的青年男女，腐蚀着民族的精英，腐蚀着中国，也腐蚀着自己——蒋介石国民党。""本书在上海出版后，很快便为国民党反动派所禁止。为了使解放区军民明了国特内部的丑恶，现已由韬奋书店重印出版。"

12 月 26 日 洪钟在《大公报》（上海版）发表《评〈夜雾〉（一二三部）》一文，认为："这不是一部轻率的小说，故事的编造就颇具匠心。这儿虽然写的是一个女戏子的经历，可这经历中却贯穿着知识份子的一般生活和时代的动迹，这儿虽然写的是位女戏子在‘夜雾’似的氛围里的悲欢离合的故事，可是这些‘夜雾’中的故事正是以代表现代人生的迷茫。”它的不足在于：“不能够深入到社会的里层，不能够以社会的里层作基础而处理这些悲欢离合的人生现象。”“在《夜雾》里，作者所表现出来的态度，是对于书中的人物无显著的爱憎。作者对正派人物并不特别同情，对否定人物也并不特别的讨厌。作者好像是站在超然的地位，对于每个人物的灵魂都试想去把握，试想去表现。对于好人的同情是漠然的，对于坏人的谴责也是漠然的。好人是现实，坏人也是现实，作者的工作有如一面镜子，把他们都忠实地摄照起来，并未在里面表现出一点自己的主观来。这态度看来好像是很客观了，其实这乃是僭伪的客观。是决然不会得到很好的艺术效果的。”“《夜雾》的作者就持着这种态度，所以书中的悲欢离合看不出根源来，丽英的悲剧生涯，也找不出悲剧的制造者。书中虽也曾写出了坏人，可是作者只不过写出他们是偶然地出现而已，因而使悲剧的责任迷茫起来了。”

按：本文又刊于《新疆日报》1947年5月8日。

12月26日 唐轲在《大公报》（上海版）发表《〈第一阶段的故事〉》一文，认为：“在这一部作品里，我们却可以看到各个人物对抗战有互异的观点的不同的典型性。也正因为此，就深切地表现了含有普遍性的抗战现实中的真实的生活样相，活生生的人物。”

按：本文又刊于《新疆日报》1947年5月8日。

12月29日 《申报》刊载《野兽·野兽·野兽》的广告：“本书为无名氏先生平生心血杰作，前后写作凡六年，内容之精采，文字之华丽；较之《北极风情画》及《塔里的女人》远胜百倍，爱读先生小说者，不可不读。”

12月　无名氏的《野兽·野兽·野兽》由上海时代生活出版社初版（无名丛刊第四种）。

梗概：师范学院学生印蒂临近毕业时，在“生命”的召唤下，突然离开富裕温暖的家庭，浪迹北方五年。其间，他找到信仰，加入中国共产党地下组织。北伐战争前夕，他受党组织指派，短暂归家后又立马飞奔当时的革命大本营——广州，作为某兵工厂的政治指导员与其他革命同伴一起参与北伐战争的准备工

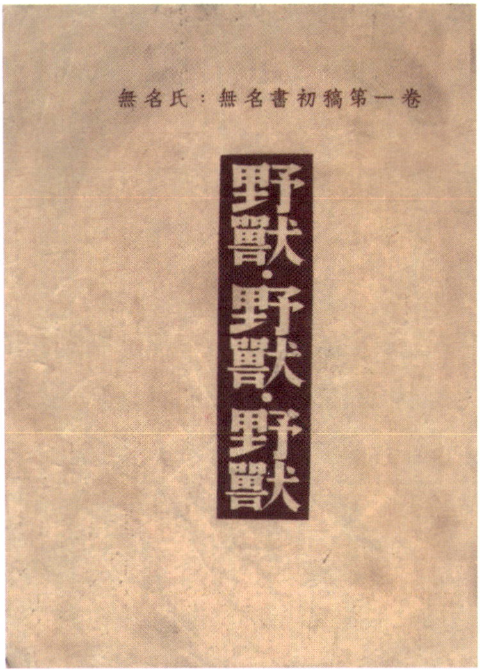

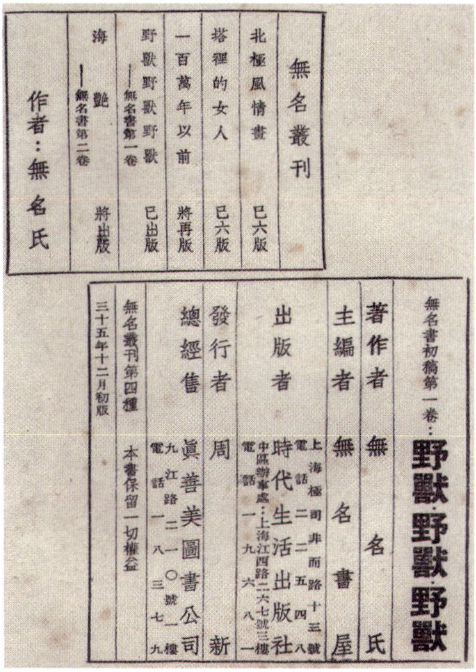
無名叢刊
北極風情畫 已六版
塔裡的女人 已六版
一百萬年以前 將再版
野獸野獸野獸——無名書第一卷 已出版
海艷——無名書第二卷 將出版
作者：無名氏

無名書初稿第一卷：野獸·野獸·野獸
著作者 無名氏
主編者 無名書屋
出版者 時代生活出版社 上海極司非而路十三號 電話二二五四八 中區辦事處：上海江西路二六七號三樓 電話一九六八一
發行者 周新
總經售 眞善美圖書公司 九江路二一〇號二樓 電話一八三七九
無名叢刊第四種 本書保留一切權益
三十五年十二月初版

作。北伐战争爆发，印蒂以军队政治指导员身份随军征伐，直至占领南京。谁料革命胜利后，国民党右派掀起“反共清党”风暴，一起工作的同僚遭到国民党右派的严厉打击，印蒂也被列入黑名单，逃至海边山城。在严峻的革命形势下，印蒂和同僚们一边躲避国民党的追捕迫害，一边以惊人的毅力继续坚持革命工作。然而，在上海从事地下工作时，印蒂不幸被捕入狱。在狱中，印蒂经受了各种威逼利诱和严刑拷打，甚至带头领导绝食斗争并取得胜利。入狱一年，印蒂的父亲印修静辗转打听到他的消息，并多方活动，设法使严词拒绝向国民党写悔过自白书的印蒂得以被释放。出狱后，印蒂兴奋地前去寻找曾经的革命同伴，希望重回革命队伍继续进行伟大的革命事业，却被昔日战友怀疑在狱中变节，强迫他交代自己的“错误”。对革命感到幻灭的印蒂愤而离开革命队伍，十年信仰的崩溃使得他面临严重的精神危机。最终，他接受朋友的邀请，前往一家南洋报馆任职，开始新一轮人生道路的追寻。

按：这部小说是无名氏《无名书初稿》的第一卷，描写了青年知识分子印蒂为追寻生命和真理，将“革命”和“政治”作为人生信仰和理想，又在革命的腥风血雨中感到幻灭，最终退出革命的洪流，转而向“孤独”中寻找灵魂“绝对的自由”。所谓“印蒂”，即是“印证人生的根蒂”之意。小说兼具现代主义色彩和浪漫主义风格，摆脱了传统叙事方式，以主人公青年知识分子印蒂的精神追寻为贯穿始终的线索，靠人物的情感变化轨迹和心理活动发展故事，并采用意识流和心理独白的手法，细致描写了印蒂上下求索、探索生命真谛的艰难曲折的心路历程，其间大量充斥存在主义关于“生命”和“存在”的话语，现代主义意味浓郁；而小说语言的诡艳华丽，意象的浓艳繁复，以及浪漫主义英雄印蒂对生命和真理的疯狂探求，又使得小说充满浪漫主义精神。但小说的人物形象塑造较为失败，印蒂和若干革命工作者的形象均过于单薄和概念化。此外，小说议论色彩太过浓厚，对于信仰与人际关系的描写也明显带有空想的乌托邦色彩。

12月 《文艺生活》新 10 期刊载《人的希望》的广告：“这是作者第二部长篇小说，以香港为背境，写一个青年艺术家的恋爱失恋，以及与恶劣环境苦斗，而终于获得成功的经过。是一部传记体的小说，情节曲折故事动人，甚合青年男女业余课外自修之用。全书十五万字，准一九四七年元旦出版，出版前来本局预约者，可得八折优待。”

12月 林淑华的《生死恋》始刊于《伉俪月刊》第 1 年第 7 期，至 1948 年 5 月第 2 年第 12 期毕。

12月 萧军的《八月的乡村》由上海作家书屋印行新一版（北方文丛）。

12月 姚雪垠的《春暖花开的时候》（第三分册）由上海现代出版社印行沪三版。

12月 茅盾的《腐蚀》由太岳新华书店出版。

12月 茅盾的《虹》由上海开明书店印行第十六版。

12月 张恨水的《虎贲万岁》由上海百新书店印行第三版。

1947 年

1 月 11 日 何海生在《大公报》发表《读巴金〈憩园〉及其他》一文，认为："《憩园》的主题，仍是巴金先生的一贯作风，在描写一样大家庭崩溃的悲剧；他写到'憩园'的旧主人杨梦痴，荒唐，堕落全走上了毁灭的途径，造成妻不以为夫，子不以为父，兄不以为弟一个悲惨的局面，他将世间的人情写得那样冷酷和可怕，要不是他又写出了还保持一点父子天性的寒儿——杨梦痴的幼子，作为对照，那末，这人世间几乎和沙漠一般地丝毫没有温暖！他又叙述'憩园'的新主人姚国栋，因过份的溺爱；竟杀死了自己的孩子，他虽然写出不合理和过份的溺爱，是会造成怎样一个不幸的后果，可是他不曾指出一条路，应该怎样将这个受着溺爱之害的孩子争夺回来，我读完这部作品，深深感到它弥漫着感伤和绝望的气息。他虽然在书里写着，说听了别人说过：'给人间添一点温暖，揩干每只流泪的眼睛，让每个人欢笑这样的话'而深受感动，可是他的作品，依然使人流泪，使人痛苦，没有欢笑，也没有温暖！所以，巴金先生的这个作品，直率地讲，是只使我失望。""我感到他往往告诉大家，'光明就要到来'，但他没有明显地指示我们一条如何去获得光明的路，它只不过像美丽之梦似的一般渺茫……只不过是一种崇高的理想。""我希望巴金先生能够指示大家一条（正）确的路，救救徘徊在迷途上苦闷到了极点的青年们。"

按：此文又以《读巴金的〈憩园〉》为题刊于 1947 年 2 月 22 日《中央日报》（贵阳版），略有删改。

1 月 15 日 晦庵（唐弢）在《文艺春秋副刊》第 1 卷第 1 期发表《书话》，在第 7 小节《〈子夜〉的翻版》一文中说："（《子夜》）经删去第四第十两章后，始得再版。当时关系方面以《子夜》表现社会现实，允称伟大收获，不能任其残缺，就以‘救国出版社’名义，予以翻印，分上下两册，道林纸本，绿色封面，卷首有‘翻印版序言’，今录如下：‘《子夜》是中国现代一部最伟大的作品。’‘《子夜》的作者，不仅想描写中国现社会的现象，而且也确能把这个社会的某几方面忠实反映出来。’‘《子夜》之伟大处在此，《子夜》不免触时忌，亦正因此。它出版不久，即被删去其最精采的两章（第四及第十章）；这样，一经割裂，精华尽失，已非复瑰奇壮丽之旧观了！’‘本出版社有鉴于此，特搜求未遭删削的《子夜》原本，从新翻印，以享读者。惟原书为一大厚册，篇幅太大，兹特分为上下两册出版；上册由第一章至第九章，下册由第十章至十九章，既不致割裂原作的体裁和文气，又便于读者的随身携带。’‘天才的作品，是人类的光荣成绩，我们为保存这个成绩而翻印本书，想为尊崇文艺，欲窥此书全豹的读者们所欢迎的罢。’‘我藏有《子夜》的初版精装本，这一部翻版，至今仅得下册，虽和 All or nothing 的精神相反，仔细想来，却也不失为一种纪念哩。’”在第 11 小节《山雨》中说：“王统照所作长篇小说《山雨》，共二十八章，描写北方农村崩溃的原因与现象，以农民自觉运动作结束。初版发行于一九三三年九月，当时图书杂志审查委员会谓其宣传阶级斗争，书出不久，即由市党部勒令禁止。经删去第二十四至二十八章后，始得发行。初版流布极少，盖亦弥足珍贵者也。”

按：《子夜》被禁后，出版商并非一开始就抽去了“犯忌”的两章，而是撕去了第四章的部分，撕去了第十五章全部，余则未做任何修改，至第五版后开始两章完全删去。且《子夜》的删节本并非只有 1934 年 6 月的第四版，截至 1936 年 9 月，开明书店一共印行了四版删节本，分别是：1934 年 6 月第四版，1935 年 2 月第五版，1935 年 9 月第六版，1936 年 9 月第七版。其中，第四版略异，即：存在着少量的全本与少量的撕去部分页码的删节本，而第五至七版完全相同，即：完整地删去了第四章和第十五章。至 1939 年 2 月的第七版《子夜》恢复全本。随后，《子夜》分别在 1939 年 6 月和 9 月由上海开明书店印行第八版和第九版。至于为什么会出现两个第七版？原因不详。而《山雨》的初版本也有两种，一种是全本，一种是删节本。也印行了二版，至第三版后恢复全本。

1 月 16 日　《申报》刊发消息《钱锺书一长篇列入晨光丛书》，称：“晨光出版公司编印之晨光文学丛书，最近所出之老舍创作《惶惑》，《偷生》及巴金之《第四病室》等，闻颇受欢迎。该丛书第二批新书已付排者，有巴金之长篇创作《寒夜》及钱锺书之长篇小说《围城》，该两大长篇均曾连载于一九四六年之《文艺复兴》月刊，为去年度最受好评之长篇小说。”

1月19、26日 鸣骑在《大公报》（上海版）发表《读〈野兽·野兽·野兽〉书后》一文，认为无名氏提出了一个问题，即：“青年的第三条路”的问题，因此他的书是有价值的。“为了更清楚地总括无名氏的指导青年的‘第三条路’，让我们看看本书安排的故事，与本书对‘生命’，‘革命’，‘战争’，‘真理’的特种看法。”“本书的故事是写一位‘富有相当冲动性’的青年，印蒂，‘精神上感到一种神秘的威胁’跳出了学校与家庭，‘在旷野里捉住这一“召唤”，拥抱生命与真理。’流浪了一下，他又被‘海’‘召唤’跑到广东，参加了北伐。”“经过一番波折，他说：‘我现在明白了！我多年供奉的理想。它的执行者们就从无理想气味。’这也是为什么书名为《野兽·野兽·野兽》的由来。”“最后印蒂理解了一切，也觉醒了一切，于是‘独自往前闯’去找‘灵魂绝对的自由’去了。”“从印蒂的理解与觉醒，他对‘生命’‘革命’‘战争’与‘真理’，就都看穿了，这就是本书最高的‘哲学’指导。”“‘生命’，作者笔下认为是从虚无爬出来的从虚无中突然燃烧起火焰，因此生命是个神秘的自我燃烧体，因此它不安，‘在喊，在蹦，在跳，在愤怒，爆炸……’‘生命正是团团欲望，一团团燃烧，一片片旋转和舞蹈’。受了这一盲目原始‘人性’的冲动，人就无异于野兽，而‘一部人类文化史，其实也就是一部兽苑史。’”“‘生命’既然是如此的一股虚火，则革命与战争也就在‘生命’本身中获得了空虚的基础……因此革命与战争之结果也仅是流血与死亡。历史则是循环的悲剧。”“因此真理是如下的真理即：‘我们必须明白自然真理：革命也像一个人，青年时激烈纯洁而正义，中年则彷徨踟蹰而妥协，老年却顽固保守反动。’革命之结果是‘腐烂’！”“从哲学的源渊看，作者似乎是相信尼采的‘使生命化为火燃’的超人哲学的说法，同时对达尔文进化论中人是野兽变的则特别强调其野兽的部份，自然还有着沙宁主义虚无思想之一二，把一切看成旋风式，把一切看作一场盲目的雷雨而已。”“我很难想像作者笔底下的印蒂，在其悔悟之后而仍高呼着‘战下去！’，究竟这揉合着‘野性的呼唤’与否定一切的‘原始燃烧’，在文笔之一片虚声锣鼓里，将要取得一个什么样的‘孤独——真理’的天堂？”

1月21日 任柯在《大公报》（上海版）发表《〈神的失落〉》一文，认为：“在保卫祖国的神圣战争期间，作者所揭示的我们的业已变质了的社会的一方面，透露着作者所看到的一种时代的苦痛，一切有良心的人的内心的愤怒和同情。这在今天看来，在一切社会现象依然颠倒不堪的时候，这种揭示，是有意义的。”“文章是光滑，明朗，犀利而有力的，对话中议论多，读来略感沉闷。”

1月28日 《人民日报》发表读者来信与问答《〈腐蚀〉是茅盾的创作吗？》。读者明煦问：“近见报上刊登茅盾的《腐蚀》快出版，这书我已看了两遍（从冀中买来的），但老有个问题想不通，就是茅盾先生在书的开头说：‘这一束断续不全的日记，发现于陪都某公共防空洞……’可见这本书，决不是他的创作，但为何书面上说是茅盾著呢？”“答：文学作品有各种形式，茅盾著的《腐蚀》是一部长篇小说，是用日记的形式表现的，这个形式的好处，是作者用自述的方法以达到使读者读了感到更亲切、逼真，过去有不少名著都是用这种形式写的，如苏联小说《灰色马》，我国鲁迅先生的短篇小说《狂人日记》等。所谓‘发现于陪都某公共防空洞……’者，并不一定是事实，并非真其事，只是写得更令人有真实之感而已。”

1月30日 《申报》刊载《四世同堂》的广告：“晨光出版公司近刊晨光文学丛书第一批，老舍创作之百万字长篇《四世同堂》，共计三部，六册，现出《惶惑》上下两册，《偷生》上下两册，内容写北平城陷落后的一般情形。”

1月 **丁易的《过渡》由上海知识出版社初版。**

梗概：上海战事爆发，方仲明对郭志太说自己要去西安，并为过去没有勇气参与学生运动而感到羞愧。来到西安后，方仲明打消读书念头，加入抗敌后援会做宣传工作，与苏婷商议编壁报，随演剧队下乡宣传，组织募捐游艺大会。方仲明和苏婷恋爱了，互相允诺感情不能妨碍工作。郭志太来到西安，带来了方仲明汉奸哥哥被枪毙的消息，方仲明表示理解。汪伦思丢下孩子，投奔组织

游击队的颜先生，这事让方仲明有了新的认识。后援会改组，黄效轩威逼利诱方仲明放弃后援工作。奉令调查各团体的人威胁警告方仲明等人做事不太妥当，同学会前途堪忧。临汾的平津同学请求援助，苏婷随演剧队上前线宣传慰劳，方仲明感到不能落后于她。学校宣布迁移本省南部的计划，方仲明等人举行游击战演习，表明不愿逃难的决心。苏婷随演剧队回来，随着学校的迁移，同学会不复存在，众人也各奔东西。方仲明和苏婷决定找一个中学教书，继续在后方好好工作，影响别人。

按：丁易（1913—1954）的这部反映抗战时期青年学生思想状况和人生道路的小说，也是一部歌咏平津学生齐心合作、号召大家团结一致共同抗日的带有政治色彩的作品。小说侧重描写抗战后方的事件，简略描写战地前方的斗争，突出了敌后工作的艰辛和重要性。主人公方仲明性格鲜明，他不畏生活艰苦，积极主动地参与抗战宣传，动员民众力量，在个人亲情和民族大义之间作出取舍，在爱情与工作之间寻求平衡。西安之行，方仲明完成了人生阶段的一次过渡，个人由之成长，思想受到了洗礼，清醒地认识了自我的价值。小说支持进步学生运动，对破坏学生运动的罪恶行径表现出极大的愤慨，表达了文化团体救亡工作虽然遭到破坏，但救亡的种子散布中国各地的希冀。方仲明留在后方教书育人，影响他人，正映照着作者的人生心迹。小说以人物的对话和活动推进情节，在日常琐事的描绘中串联各式人物线索，构成平津学生的生活画卷，共性与个性亦得以体现。小说语言使用精确清新，故事生动有趣，着墨于战争背后的英勇奉献和不愿妥协的精神，娓娓道来，颇有新意。

1月 骆宾基的《姜步畏家史》（第一部）由上海新群出版社初版。

1月 谢冰莹的《女兵十年》由上海北新书局新版。

1月 司马文森的《人的希望》由香港智源书局再版（港一版）。

2月1日 林铣在《东北文艺》第1卷第3期发表《读〈腐蚀〉以后》一文，认为："在这本日记的记载中，使我们可以看到代表两种不同的青年典型，一个是小昭，一个是小昭过去的爱人惠明，即日记的主人。"小昭是一个坚强有志的青年，而"惠明是一个小资产阶级出身，具有小资产阶级一般思想、情感和特点的青年知识份子"，"她有很多优点，但也有着相当不少的缺点和丑恶。""软弱、动摇、缺乏坚强的意志和毅力是她致命的弱点。她很多优点也在这种基本缺点之下相形减色了。"她的种种表现"都无足以说明惠明是一个本质良好的青年"。

2月2日 《现代周刊》复版第37期发表消息《苏联赞誉茅盾〈子夜〉》："茅盾抵苏时，莫斯科广播电台曾发表《苏联人民对茅盾的印象》一文，内容历述茅盾及其作品渐次为苏联读者认识与推崇，尤特别提出《子夜》一书称：'《子夜》用新的艺术手腕表现出一九三零年时期中国政治经济社会各方面的生活中，一切值得注意的问题。他揭开了国际帝国主义屠刀下，封建资本主义的全部现象。这部小说写出这一时代的一切特征，并指出那一阶级的政治方向'，末谓：其后，茅盾之著作继续被介绍往苏联，'作品中表现了茅盾对民族解放战争文学的深刻认识，和他的语文与理论渊博的特点。'"

2月6日 万荣在《中央日报》（昆明版）发表《茅盾的〈腐蚀〉》一文，认为："这部小说，以生动的笔调，描写现实的丑恶，他所说在防空洞里找着的一束，当然是托辞。照他记的日期是太平洋战事未爆发前在香港写成。”

2月10日 徐訏的《风萧萧》由上海怀正文化出版社再版。

2月12日 何海生在《大公报》上发表《读老舍先生新著〈偷生〉后》，认为：“老舍先生在这部新著《偷生》里，还是用他富于讽刺，幽默和流利的笔调，写出了不同的人物、故事、性格及心理。”

2月21日 宗鲁在《大公报》（上海版）发表《评〈偷生〉（〈四世同堂〉第二部）》一文，认为：“老舍这部《四世同堂》长篇小说，就题材方面说，已是过去了的时代的记录，但在主题的思想内容上考察起来，那主人公祁瑞宣的在伦理的家庭责任观念和革命的民族意识之间的矛盾由之而起的惶惑以及靦觍偷生的苦闷等等，在革命形势从民族革命推展到民主革命为主要任务的现阶段，那种祁瑞宣式的人物底思想性格，仍不失为中国目前思想战线上的一个主要对象。”“因此，老舍这部创作，可以作为中国革命过程中小资产阶级知识份子底意识形态的剖示和刻划，这和高尔基的《四十年代》描写俄国革命前夜的知识份子底心理动态，有着相似的创作意图。”“在第一部《惶惑》中，作者通过了祁瑞宣这一人物的形象，示现着中间层的小市民对于革命实践的限制性，在这部《偷生》中，作者更以细致尖锐而绚烂的笔，描绘了苟安在沦陷区的偷生者群底各式各样的姿态。”“作者对祁瑞宣这一人物有同情的叙述，也有严正的谴责，用欲擒故纵的战术用理性的解剖刀，来使主人公的性格——知识份子的双重性格，浮雕似的明显，突出。同时把祁瑞宣精神上的严肃的痛苦，来陪衬出陈野求的堕落，老二的懦怯，大赤包蓝东阳等的荒淫无耻。这在表面上是一个鲜明的对照……读者通过了这一系列的意识的批判过程，更可以明白：在革命的要求下，是没有推诿和犹豫或是超然的理由可说的。所谓‘爱和平的人而没有勇敢，和平便变成屈辱，保身便变为偷生。’”他还认为：“如果我们认定‘瑞宣纯粹的是个民国的人’是现时代的知识份子的代表，那末，祁瑞宣的惶惑、偷生，却正是把中间层的知识份子在革命中临阵脱逃的懦弱，动摇及其自身阶层的向两极端分化的轨迹显示了。”“本书中场景的转换，作者数数以北平底风习的细腻的描写来开始，使小说带着浓厚的乡土感。把小市民层在异族人暴力侵凌之下对祖国的传统文化底渴想、珍爱，强烈地的表达是老舍小说所具风格底特点之一。”“老舍本来想把祁老人这一家族作为激变中的中国近代史的反映这一愿望是失败的。祁瑞宣的形象，却是唱出了困乏于封建经济狭隘的伦理观念的重负下的小资产阶级渐趋没落的哀歌。”

2月 焦菊隐的《重庆小夜曲》由上海中国文化事业社初版。

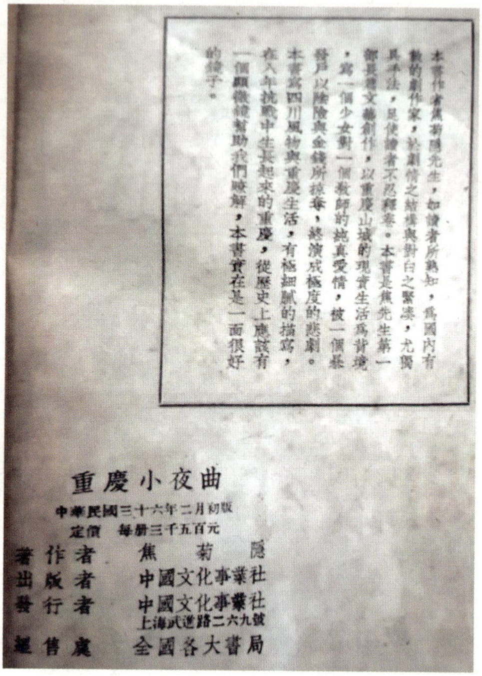

本書作者焦菊隱先生，如讀者所熟知，爲國內有數的劇作家，於劇情之結構與對白之緊湊，尤獨具手法，足使讀者不忍釋卷。本書是焦先生第一部長篇文藝創作，以重慶山城的現實生活爲背境，寫一個少女對一個教師的純真愛情，被一個暴發戶以陰險與金錢所掠奪，終演成極度的悲劇。本書寫四川風物與重慶生活，有極細膩的描寫，在八年抗戰中生長起來的重慶，從歷史上應該有一個顯微鏡幫助我們瞭解，本書實在是一面很好的鏡子。

重慶小夜曲

中華民國三十六年二月初版

定價 每册三千五百元

著作者 焦菊隱

出版者 中國文化事業社

發行者 中國文化事業社 上海武進路二六九號

經售處 全國各大書局

梗概：在山城重庆，富商武止豪与他的朋友香圃、民健等人商量着他们的金条生意，他们之间除了生意伙伴的关系，与彼此的妻子也有着混乱不明的关系，而武太太却对此不大在意。在清明节的这天，武太太来到江边一处酒舍，为过世一年的故人烧纸，因周遭的环境联想及从他人的叙述中了解到的细节，武太太痛苦地在脑海中重现了故人在此处醉酒后因钱不够被老板架出去，最终在江边结束生命的画面。武太太回到家中，身体十分不适，起床后在窗边看见花圃旁的树间有一张白蒙蒙的鬼脸，这张鬼脸已不是第一次出现，之前武止豪与家里的仆人都曾见过，武太太受到惊吓，又听见敲石头的声音，觉得心烦，便叫仆人将家中那个奇怪的石匠打发走了。此时，武太太又回忆往事，在她还是那个叫做落莎的美丽少女时，她与同学英华、余丹和丁宁总是喜欢去找历史老师孟何之谈话，孟老师也喜欢与这些充满活力的青年畅谈理想，几人还约定要一起在沙滩上建造供人歇息的花园，而随着不怀好意的历史老师朱老师向落莎表达爱慕之后，孟何之也收到了余丹的情书，可落莎与孟何之却渐渐发现了彼此的心意。于是，四个人陷入纠结之中，朱老师教余丹作祟挤走落莎，最终导致落莎被学校开除。在落莎与孟何之告别之时，两人终于敞开了心扉，表露了对彼此的心意，而此时已是离别之时，孟何之也只能再为落莎敲敲他们曾经理想的花园中的石栏……陷入回忆中的武太太突然反应过来，想起那张鬼脸与敲石栏的石匠，她急忙叫来仆人，却被告知石匠已经离开，武太太觉得难以置信，毕竟那个故人，已经死去一年了……

按：焦菊隐（1905—1975）的这部小说讲述了一段发生在山城重庆的师生悲恋，作者将真实与虚幻结合，使现实悲剧带上了鬼神色彩，更显其悲凉凄绝。小说语言描写细腻独特，作者擅用各种修辞，如对清明节人们缅怀故人的场景描写，就使用了拈连、移就、通感等丰富的修辞手法，使场景生动，情节引人入胜，语言风格与小说主题浑然相融。小说行文的另一大特点是对场景的切换描写以及人物身份变换、真实与虚幻转化的自然巧妙，彰显了作者高超的叙事技巧，如对武太太与落莎这两个身份的变换描写，连带回忆与现实的变化，作者的笔仿佛成了能放大缩小、自由切换的电影镜头，带领读者真切地感受这段令人唏嘘的感情。自然，这样复杂却流畅的行文布局也离不开作者对插叙、倒叙等写作手法的熟练运用。

作者在《后记》中写道："这是我的一个长篇习作的第一部份。在这一部份里，我想把主宰着这个转变中的社会的那个东西，和它所造成的各种现象，描写出来。换句话说，要追寻形成这个社会中各种现象的原因是什么，在哪里？同时，我也想把受支配于这个主宰势力下的各阶层人类，都是怎样的活着，怎样的思想着，怎样的反应着，而最重要的，又怎样的随着支配力在转动而不自觉，和受支配的人们怎样认为反抗这个力量反尔是不合理。所谓故事，所谓布局，所谓性格，都是为了这个目的才存在的；因此，我的出发点，就不以故事，布局，和性格为第一。然而，这是很艰难的一个试验，何况我的技巧，又这么粗草，这么不精炼。我近年来多致力于论文和翻译，造句和字汇，习染了极强的欧化调格，这是自己所深知道的又一个缺点。”

《重庆小夜曲》版权页上的广告：“本书作者焦菊隐先生，如读者所熟知，为国内有数的剧作家，于剧情之结构与对白之紧凑，尤独具手法，足使读者不忍释卷。本书是焦先生第一部长篇文艺创作，以重庆山城的现实生活为背境，写一个少女对一个教师的纯真爱情，被一个暴发户以阴险与金钱所掠夺，终演成极度的悲剧。本书写四川风物与重庆生活，有极细腻的描写，在八年抗战中生长起来的重庆，从历史上应该有一个显微镜帮助我们了解，本书实在是一面很好的镜子。”

2月　罗洪的《孤岛时代》由上海中华书局初版。

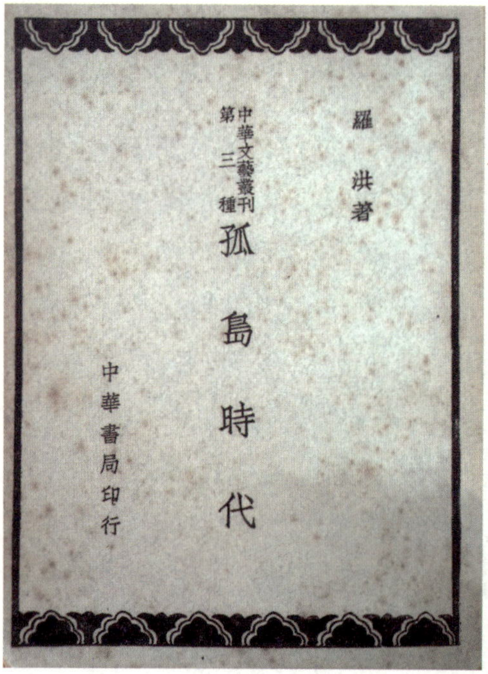

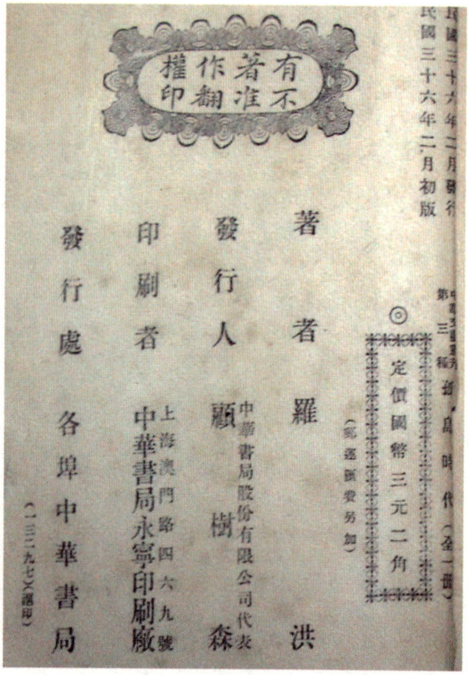

梗概：十六岁的上海少年吕振业跟着不良青年沈秉良学赌博，试图让自己

显得成熟一些，他的母亲黄慧珠整日忙于投机生意无暇管他，父亲吕大成却对他管教极严。吕大成的弟弟钟成在国外学医，因战乱经由内地到了上海，住在了吕家。在内地时，钟成亲眼见证了人民陷于战争的苦难，因此加入了革命工作，此次到上海，他还吸收了振业同父异母的哥哥吕志伟以及费杰、高之翔等有志青年加入了工作，成为日本人整日搜查追捕的“重庆分子”。在一次小组会议活动中，志伟等人被日本人抓进了监狱，受尽了折磨，爱国青年们却始终未曾屈服，依旧保持着救国于危难之中的信念。另一方面，黄慧珠、唐鸿达等人不问家国命运，沉迷于投机生意。痴迷金钱的黄慧珠发现自己在钟成的身上仿佛看见了年轻时的大成的影子，因此对他产生了一些莫名的情愫。生性正直、温良的吕大成难以忍受妻子等人的投机行为，想要为自己的家乡做一些慈善事业，便借三叔想要独占并出卖祖上房产之事与钟成回到家乡，开始与朋友钱旭初筹办学校与医院，此次回乡，钟成还成功开导了陷于情感悲痛之中的淑芬一起回到上海，并且加入了他们的队伍。此时，之前风光无限的交际花——黄慧珠的妹妹黄玉玲——在受够了虚伪的交际场后，也发生了转变，开始向往志伟等人充满活力的生活。半年后，志伟等人终于出狱，准备与钟成一起去往内地继续进行抗日救亡工作，而战争格局的变化也影响着上海的局势，仿若孤岛的上海，承载着无数人的命运发展，在黑暗中风雨飘摇。

按：小说从多个人物的命运入手，在刻画了一系列或正义或贪婪的人物形象的基础上，描写出战争背景下宛若孤岛的上海的风云变幻，极具时代特征。作者着重于对人物的心理以及成长历程的描写，如黄慧珠对钱财的痴迷以及对于钟成的难以启齿的感情变化，大部分都通过细腻的心理变化描写体现出来。但由于作者想要勾勒出一个时代的全貌，创造出丰富的人物角色，导致全书支线过多，在着重于吕家人的生活描写这条主线上，很难顾及支线人物的命运发展，如淑芬参加工作、倩萍与刘承辉的感情发展等情节在开头着墨较多，过程与结尾却大都一笔略过，甚至全书匆促潦草结尾，显得完整性不足。

2月　沈寂的《红森林》由上海大众出版社初版。

梗概：草原上，一队篷车正赶往周家集。车队中的钟红娃今年刚好十八岁，

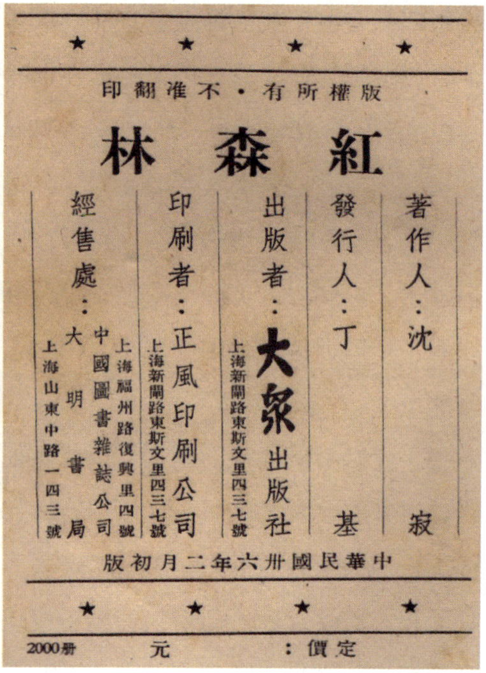
版權所有・不准翻印

紅森林

著作人：沈寂

發行人：丁基

出版者：大衆出版社 上海新聞路東斯文里四三七號

印刷者：正風印刷公司 上海新聞路東斯文里四三七號

經售處：中國圖書雜誌公司 上海福州路復興里四號 大明書局 上海山東中路一四三號

中華民國卅六年二月初版

定價：元 2000冊

父母都已经不在了，她正被舅舅钟大山和表哥钟小山送往定下了亲事的夫家，却在路上与凉哥相爱了。他们的交往自然遭到了钟大山的强烈反对，一直喜欢红娃的钟小山更因此嫉恨凉哥。在偷袭凉哥失败后，钟小山被凉哥杀死。事后凉哥与红娃自知无法在车队立足，商计之后决定逃走。深夜，正当二人准备离开时，钟大山出现了，他已经发现了钟小山的尸首。凉哥和红娃在凉哥爹的掩护下骑马逃离，凉哥爹却不幸死在了钟大山枪下……一转眼已是三年后，此时的红娃和凉哥定居在山上并有了一个儿子，名叫熙儿。为了维持生计，凉哥留下半个多月的生活费后外出贩货。但一个多月过去了，凉哥还未回来，而红娃的钱资早已告罄。冬至这天，深知红娃困境的邻居小均送来了食物和钱，随后又出门帮熙儿买糕糊。谁知小均前脚出门，后脚凉哥就回来了。回到家的凉哥看到食物和钱，又加上他敲门时红娃误以为是小均回来了，于是凉哥认定红娃和小均有奸情，红娃百口莫辩，凉哥负气离去……二十年后，熙儿已经长大成人，他与小均的女儿银子青梅竹马、情投意合。然而，因当年的事，红娃与小均断绝了一切联系，自然也坚决不同意熙儿迎娶银子。无奈之下，熙儿与银子相约在红森林会合并私奔。红娃得知消息后赶来劝阻银子，以自己的经历说明私奔并不会得到幸福。银子一方面被红娃的劝说动摇，一方面不忍红娃孤苦伶仃，最后在红森林告诉熙儿自己不走了。熙儿认定银子是因为嫌弃自己穷，想去嫁给有钱少爷才临时变卦。愤怒让他失去了理智，熙儿放火烧死了银子，自己骑马跳下了山崖。

按：沈寂（1924—2016）即汪崇刚，故事讲述的是两代人之间跨越二十多年的爱恨纠葛。作品中的景色描写尤其动人，在碧蓝如洗的天空下是金色的草原，强壮敏捷的凉哥与俊俏倔强的红娃的爱情也如同这草原一样美丽，景色描写与故事情节在这里达到了高度的和谐统一，情景相生、意境非凡。此外，作品上部的描写极富草原特色，凉哥表白、红娃挥鞭、小山决斗等情节无一不显示出草原儿女充满血性与原始生命力的一面；加之节奏紧凑，矛盾冲突扣人心弦，总体说来确实不俗。遗憾的是，小说立意不高，加之作品中下部情节松散，对话拖沓冗长，矛盾的设置也颇为生硬，个别情节不合理，影响了整部作品的成就。

2月 **苏青的《续结婚十年》由上海四海出版社初版。**

梗概：结婚十年的苏怀青、徐崇贤夫妇终于离婚了，女儿菱菱和儿子元元留给崇贤抚养。此时上海已成孤岛，无处可去的怀青只得暂时借住在堂姑父家，过着寄人篱下的生活。经滞留上海的杂志编辑鲁思纯介绍，怀青结识了潇洒漂亮的青年作家潘子美。受潘子美邀请，怀青参加金世城总理举行的宴会，并十分冒失地与金总理同上电梯。潘子美为怀青找到中国电影公司编剧一职，但怀青很快因为职场的勾心斗角而不得不辞职。在鲁思纯的再次帮忙下，怀青转而寻求赏识自己文章的戚太太的帮助。在戚太太的女儿蓓蓓小姐的十岁生日宴会上，怀青再次遇到金总理。对怀青产生兴趣的金总理单独请怀青吃饭，并请她做自己的私人秘书。不愿受约束的怀青拒绝了金总理的提议，谁知第二天金总理竟差人送给怀青十万元支票。纠结不已的怀青想把钱还给金总理，却得知金总理已经前往南京。怀青只好接受金总理的资助，自己租公寓搬出了堂姑父家。潘子美将怀青的长篇小说《残月》发表在自己新办的杂志《文光》上，意外赢

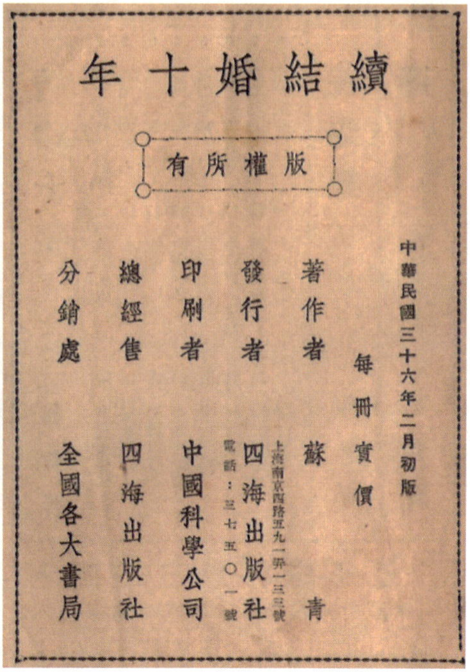
續結婚十年

版權所有

中華民國三十六年二月初版

每冊實價

著作者 蘇青

發行者 四海出版社 上海南京西路五九一弄一三三號

印刷者 中國科學公司 電話：三七五〇一號

總經售 四海出版社

分銷處 全國各大書局

得广大读者。怀青新办的杂志取得了良好的销量，小说《残月》的出版也使她成为知名女作家，她开始忙碌起来。但拥有了大量读者的怀青感到寂寞厌倦，只有才子谈维明使她心悦诚服。怀青佩服谈维明的男人风度，与他发生了关系。但谈维明认为聪明能干的怀青不是一个安分守己的女人，并表示不会与她结婚，二人不欢而散。怀青乘机回到家乡探望母亲，家宅荒凉衰落，要照顾祖母的母亲拒绝与怀青同去上海，怀青则不能忍受古老的家中令人窒息的空气，匆匆返回上海。回到上海，怀青对交际与工作感到无聊，她希望寻找固定的家与终身的伴侣。在咖啡馆，怀青结识了已婚的官员赵瑞国。经过一段时间的交往，怀青被赵瑞国的感情所感动，二人偷偷同居。这时，计划前往内地的崇贤因交通不便，想把菱菱和元元交给怀青抚养。重回家庭的怀青为孩子们置办家具衣物，并负担家中大小开支，心中十分快慰，对即将前往南京的情人赵瑞国则草草敷衍了事。谁料崇贤因故滞留上海，怀青与前夫重归于好的流言渐起。为了照顾孩子，怀青不管这些流言，与鲁思纯、潘子美和戚太太等昔日好友日渐疏远。抗日战争胜利，上海结束孤岛状态，进入和平年代。崇贤要将怀青的书全都烧掉，怀青赌气要搬出去，崇贤竟毫无挽留之意。一气之下，怀青带着元元搬回了自己的公寓。一天晚上，怀青突然被人带到某局审问她与金总理的关系，并派她去寻找鲁思纯和潘子美。怀青不愿出卖朋友，但鲁潘二人最终还是被抓住。好不容易被放出来的怀青将生病的菱菱接到身边照看，被崇贤抱回家的元元则备受他的新女朋友春玉欺负。这时，寂寞无聊的怀青结识了中学教员童于道和四十岁的军官谢上校。假意温柔的谢上校使计强迫怀青与自己发生关系，并在第二天一早毫不留情地动身回到军队，谁知怀青却因此而怀孕。在童于道的陪同下，怀青勇敢地去堕了胎，并靠谢上校给的一笔钱生活。这时，因后母春玉容不下前妻的孩子，崇贤便只好将元元也送到怀青的公寓。怀青决心把菱菱和元元培养成好妻子和好丈夫，并相信儿女们一定会得到自己没有得到过的爱情。

按：这是苏青为《结婚十年》写的续作，以上海孤岛时期为背景，描写了女主人公苏怀青离婚后为生活奔波而在社会上所遭遇的种种挫折，以及想重建稳定的男女关系却一直不得的情感空虚状态，揭示了妇女所遭受的生命压抑和来自男权社会的压迫。这本续作的写作风格与《结婚十年》相似，其蕴含的女性意识比之《结婚十年》则更加鲜明，不仅直面女性身体，明确表示要寻找女性“自己的房间”，同时对男性本位的社会文化系统进行了更为直接和犀利的批判，为20世纪中国女性写作走出男权主义的藩篱作出了重要努力。小说的缺点在于，在通过描写怀青离婚后的艰辛生活指出“娜拉”式出走不切实际的同时，没有进一步给女性指出明确的出路。

2月 苏雪林的《棘心》由上海北新书局印行第二版。

2月 苏青的《结婚十年》由上海四海出版社印行第十五版。

2月 老舍的《老张的哲学》由商务印书馆印行第四版（新中学文库）。

2月 曾朴的《鲁男子》由上海真美善书店再版。

2月 老舍的《牛天赐传》由上海新丰出版公司再版。

2月 老舍的《赵子曰》由重庆商务印书馆印行赣县第四版。

3月2日 果华在《申报》发表《〈围城〉的末日——新作读后感》一文，认为：“《围城》的大部分，不啻一部新儒林外史，而最后一部分又似一出以小夫妇为中心的风趣喜剧。显然作者对于这一对夫妇是偏爱了一点，所以他们的周围人物，几乎全讽刺遍了，却只有他们两人（以及另一个朋友）没有刺伤。使读者对他们也不觉发生了好感。”“整个作品并不注重情节，作者妙笔生花，使每一段拆开来读都能引人入胜。也由于这个缘故，读者看到小夫妇破脸结束，仿佛觉得‘有余不尽’，很希望作者继续写下去，给这对欢喜冤家一个圆满的收场，例如毕竟养了儿子之类，让读者也‘快乐地叹一口气’，而放下书来。”

3月6日—9日 沙汀的《还乡记》部分章节以《田家乐》为名刊于《四川时报·华阳国志》第47—50期。

3月8日 《申报·艺文坛》发消息称：“靳以之长篇巨著《前夕》，为文化生活出版社印行，文长数十万言，分上下二厚册。抗战时期曾于上海出版，尚未发行，即全都被敌人抄去。现由该社重印，最近即可出书。”

按：发行过。

3月 巴金的《寒夜》由上海晨光出版公司初版（晨光文学丛书第五种）。

梗概：汪文宣是贵阳一家图书文具公司的一名校对员工。这天他与妻子曾树生发生了争执，妻子收拾了东西去朋友家住。几天过去，妻子仍没有回家。汪文宣不顾紧急警报，茫然地走在大街上，不知去哪里寻找妻子。他颓然回到家，在昏睡中梦到日本人打到成都，因为他去寻找母亲，妻子带着儿子离他而去。汪文宣的母亲传统保守，一直都看不惯受过新思想影响的曾树生，与曾树生水火不容。一天，汪文宣无意看到在商业银行工作的妻子与一个三十岁左右的男同事在一起，他没有勇气上前打招呼。被人称作“老好人”的他垂头丧气地回到公司，除了钟老，没人看得起他，他对这份校对工作也相当厌烦。这天，他主动找到妻子，想要妻子回家住，妻子以不想受汪文宣母亲的冷言恶语为由而不回家。汪文宣回到家，受不了母亲的絮叨，走出门口，遇到老同学柏青，柏青因为妻子难产而死，借酒消愁。不喝酒的汪文宣想到自己的遭遇，也痛饮起来。喝醉回家的路上，被妻子遇到，妻子见状，将汪文宣送回家。妻子在汪文宣的哀求下，回到家住。没过多久，汪文宣病倒了，母亲请了中医为汪文宣治病，可是中医只说没有大碍。这期间，贵阳要被攻破的阴霾一直笼罩着他们的生活，他们无力逃难，心里恐惧不安。爱曾树生的陈主任劝曾树生逃到兰州去，她犹豫不决：她舍不得自己深爱的丈夫，但又不想在“丈夫没有血色的病脸，母亲的憎恨与妒忌的眼光，永远阴暗的房间”里慢慢“枯死”。她几次在与汪母的冲突中，决定离开这个家去兰州，但都被时时替自己着想的丈夫感动，没能去成。汪文宣带病上班，艰难做完校对，向公司支了半个月的工资，想为妻子买生日蛋糕。汪文宣的病情进一步恶化，咳血的事情也被妻子、母亲知道。他们让汪文宣去医院医治，但都被他以各种理由拒绝了。不久，公司将汪文宣辞退。而妻子曾树生终于无法忍受与汪母的争吵，决定跟陈主任去兰州。汪文宣希望她去兰州逃难，忍痛让她离开。曾树生虽然选择了离开，但是每周都给汪文宣写信，每个月都汇款来，在信中她叮嘱汪文宣一定要去医院看病，还说自己半年后就能回来。汪文宣的病情也慢慢恶化，但回信中都说一切都好。终于，曾树生在一封长信中提出分手。爱子心切的母亲得知此事又数落了曾树生一顿。这期间，钟老来告诉汪文宣，现在新来了个方主任，同情他，让他重新回去工作。

于是汪文宣又带病工作，但没过多久，同事联名写信给他，以他患肺病晚期为由，不准他到公司食堂进食，汪文宣只得忍气工作。不久，汪文宣在公司唯一的朋友钟老死于霍乱，被公司草草地葬了。汪文宣躺在床上，痛苦不堪。此时，外面传来日本投降的叫喊，汪文宣和他的母亲在屋内不知是喜是悲。9月3日，到处在庆祝胜利，而汪文宣的病情恶化，无法进食，终于在欢笑声中死去。两个月后，曾树生兴奋地跑回家，敲开家门，发现房屋被转手、丈夫去世的事实，儿子与汪母不知所终。她走在大街上，发现夜的确很冷。

按：巴金以三人间的寒夜循环将《寒夜》的悲剧艺术推向了极致，不仅人物性格及其命运由之彰显，悲剧氛围及其主题意蕴亦因之高度完美地相互交融，使得《寒夜》不仅成为巴金长篇小说中最为成功的艺术范例，也成为中国现代长篇小说史上最为厚重的经典之一。小说塑造了安分守己、忍辱苟安、怯懦卑琐、迁就退让、忠厚善良、平庸无助的小公务员汪文宣的形象，堪称典型。作为一个普通的职员，汪文宣本分、尽责、平常；作为一个父亲，他溺爱孩子、无奈又愧疚；作为儿子，他忠孝、谦忍、妥协；作为自身，他卑琐又有些病态。这些性格决定了他悲剧的命运。同样，曾树生也是一个不可多得的典型形象。作为妻子，她充满爱怜、痛苦、恐惧；作为母亲，她冷漠又充满关爱；作为儿媳，她又是对立的、恪守的、平等的、反抗的；作为情人，她彷徨、烦乱、矛盾，充满人性的自责；作为自身，她压抑的、煎熬的、寂寞的、悲哀的性格又令人对她充满同情。而那个传统而守旧的老式妇女汪母，作为母亲，她善良、含辛茹苦、奉献着自己无私的母爱；作为奶奶，她疼爱孙子，有着隔代亲情的关爱；作为婆婆，她对曾树生又有成见，仇恨不可调和。《寒夜》通过对汪文宣、曾树生及汪母三人的性格、身份及命运的展示，告诉人们，汪文宣的家庭境遇与他的个人悲剧命运是必然的。在家庭模式中，“女强妻＋男弱夫＋个性婆婆＋自尊心强”是一种最危险的组合模式，由于在夫—妻—婆三者关系中，相互的循环链较为脆弱，仅以血亲或情感相联而非一以贯通，因此，这一家庭组合模式与人物各自的自尊心，就会使这类家庭矛盾丛生且具有持久性和尖锐性，婚姻也极不稳定，必然会在大概率上出现人们最不愿意看到的结局。当然，这里所称的女强妻并不是指妻子在丈夫面前的性格强悍（若性格强悍则更糟糕），而是指她的经济能力以及随之提升的自信心的强悍。

从影响的角度来看，《寒夜》也是巴金师法与融创契诃夫创作艺术的巅峰之作。1941 年 2 月，巴金的挚友陈范予在武夷山病逝。1944 年 8 月，作家王鲁彦患肺病在桂林逝世。1945 年 1 月，友人缪崇群也因肺病在重庆北碚去世。接二连三发生的友人的不幸和临死前的凄惨悲境，触发了巴金为他们呐喊和控诉的创作冲动。这部表现一个小知识分子凄惨命运的长篇杰作，不仅契合了契诃夫小说艺术的重要元素，也将契诃夫小说创作的神髓发挥得淋漓尽致。而这一模式的生成则受曹禺《原野》的影响。[1]

3 月　**萧蔓若的《解冻》由上海文光书店初版。**

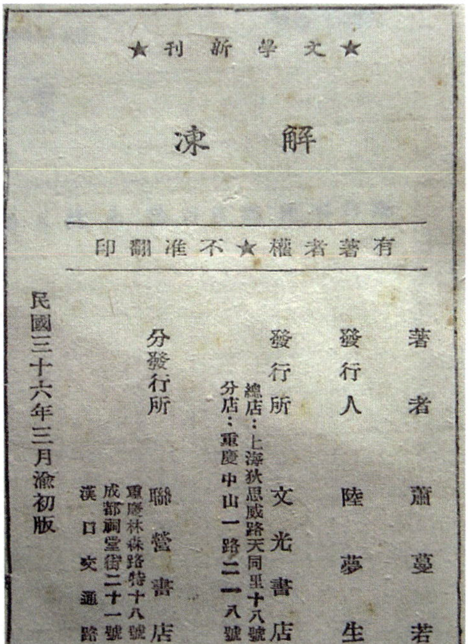
★文學新刊★

解凍

有著者權★不准翻印

著者　蕭蔓若
發行人　陸夢生
發行所　文光書店
總店：上海狄思威路天同里十八號
分店：重慶中山一路二一八號
分發行所　聯營書店
重慶林森路特十八號
成都祠堂街二十一號
漢口交通路
民國三十六年三月渝初版

梗概：少校秘书吴涛被派到前线嘉定留守处，他因胆小十分害怕炮弹声。一次，吴涛与爱自夸、爱享受的舒心寒以及想当军官却只是司书的雷华准备去

[1]　陈思广：《家构模式·文本旨意·艺术范式——〈寒夜〉新探》，《首都师范大学学报》2020 年第 4 期。

师部看看。蓝师长打完电话，提及自己师部的士兵即将撤退时，一颗炮弹的巨响让人猝不及防，吴涛吓得赶紧向安全的地方钻。大约 30 炮后，才完全停止。与此同时，钟处长在昆山开会要求组织宣传队，但他又恼怒这件事增加开销，因此迟迟未肯开动。吴涛看清了钟处长爱钱如命、工作敷衍的本质，加之舒心寒与梁仲宣两人为宣传队副队长一职暗自较量，他决心要和钟处长谈谈，阐明拖延对宣传队工作无益。梁因之担任副队长一职。新宣传员罗静报到，她大方美丽，讲演生动，热爱读书，引来了舒心寒与雷华的喜爱。在一次彻夜的转移后，有三位来自上海的人拜访钟处长，称自己愿意投身救亡工作。钟处长将他们分配给了蓝师长。随着大场失守，队伍全线向昆山移动。罗静告诉雷华自己要离开，请求雷华帮忙看住她的弟弟。第二天，在炮弹不断的轰炸中，钟处长叫雷华把自己写给总处洪秘书的私信誊正。三次誊正皆有错误，钟处长大发雷霆，雷华一气之下收拾行装准备离开。梁仲宣虽劝他，但他还是一走了之。邹戈决心回家借太湖的复杂地形打游击战。钟处长经过飞机和炮弹的猛烈轰炸，好不容易抵达苏州，他随即宣布解散宣传队，而吴涛坚决不从。抵达南京后，吴涛在车站遇见了已成为上等兵的雷华，他问及罗静去处，雷华表明未遇见她，但相信将来两人定会碰见。

按：萧蔓若（1908—2008）的这部小说通过描写战争期间各级官兵的生活，赞扬了爱国官兵的真心与勇敢，同时也以幽默的笔触讽刺了上级官员的腐败与怯懦。在此起彼伏、毫不停歇的炮火声中，小说依然不忘描写静谧诗意的自然风光，这种美好仿佛人们心中的一种寄托。小说人物性格鲜明，生动地刻画了钟处长自私自利、工作敷衍拖延，吴涛胆小、好面子，梁仲宣坦率耿直的性格特点。但小说的情节真实性上有待推敲，如在处理罗静离开宣传队、趁机溜走这一事件时，其思考得太过容易，对弟弟的安排也太过轻率，不能使人信服。

3月 **艾明之的《雾城秋》由上海新群出版社初版。**

梗概：大学生何德宗从沦陷区逃到大后方，因一时找不到工作，被介绍到重庆市区某保担任干事。当他前去报到后，不禁被失望所笼罩：这个所谓的保，不但没有办公场所、没有宿舍，连每月的薪水都可以忽略不计。经过一番争取，

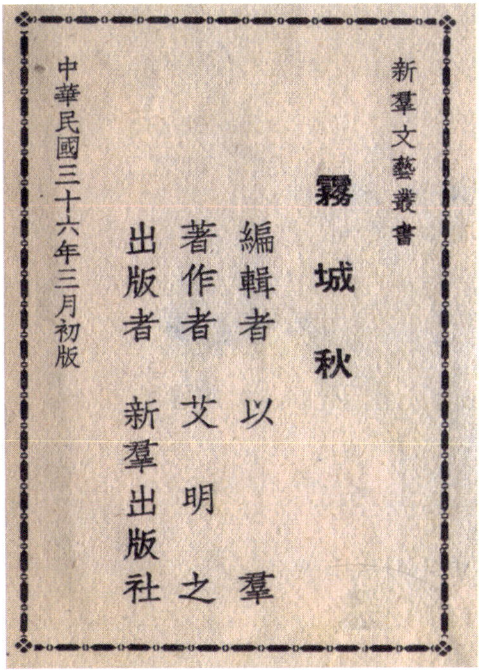
新羣文藝叢書
霧城秋
編輯者 以羣
著作者 艾明之
出版者 新羣出版社
中華民國三十六年三月初版

他得以在邋遢保长家里搭伙，在叶三爷家住宿。渐渐地，他发现了基层社会中的种种腐败现象，邋遢保长只是一个台前的人物，真正掌握权力的是在袍哥界有着极大影响的副保长童大爷。一天，他偶然遇见保上的贫民陆老金，得知童大爷等人在购盐申请书上的额外摊派，便去找邋遢保长询问，保长却告诉他这是再正常不过的事。在霍乱流行的季节，童大爷自称购得了秘方，强制每户交钱购买，结果药方非但无效，还耽误了人们的正常救治，造成保上百姓大量死亡。由于何德宗自己的生活费用也是摊派而来，他在这一问题上也不敢正面对抗，就自己联系了卫生队来给百姓免费打针，但真正来打针的人却很少，原来是童大爷的手下散布谣言进行破坏。

抗战胜利后，童大爷和邋遢保长却还在组织抽丁从中敛财，何德宗无法阻止，其间他又与房东叶三爷的女儿叶素芬产生了感情，并使其怀孕。当胜利的短暂欢娱过去后，叶素芬因打胎不成和受到父母逼婚的压力而自缢，何德宗陷入了精神上的苦闷中，他搬到陆老金家的空房去住，思想情感与普通劳动人民越来越接近，并决定为自己的理想而努力，“建立一个真正人民自治的地方行政机构。”

不过，黑暗还在延续，复员回来的伤残军人张根祥生活无以为继，优待费被贪污，妻子在童大爷主持的“讲公道”中被断给别人。张根祥贫病而死，为他打抱不平的朋友烂化子揭露童大爷的罪恶，却在河边被人砍死，凶手逍遥法外。此时，附近发生了水灾，当募捐的救济款又一次被童大爷侵吞时，何德宗终于站了出来，自己组织了施粥厂赈济灾民，这使他得到了附近居民的信任。也正因如此，在即将到来的保长换届中，他成了童大爷的眼中钉。一天晚上，何德宗被人用铁棍从身后偷袭，他倒在地上却似乎听到黑暗中响起人们捉拿凶手的喊声，于是他努力站起来，睁大眼睛，试图看清恶棍……

按：艾明之（1925—2017）的这部取材独特的作品，着眼于反映抗战大后方基层社会的种种黑暗，尤其展现地方保甲制度所带来的腐败和混乱。保甲制本是国民政府出于加强基层控制、动员更多力量参与抗战而建立强化的，但《雾城秋》则用细腻的写实揭示出这一制度在运行过程中的脱轨。事实上，四川基层社会仍被袍哥组织的代表、童大爷式的恶霸控制，政府的法令、政策根本无法落地，抗属优待费被贪污，卫生队的行动被破坏，明明已经胜利却还是要借助抽丁谋取好处费，普通百姓的生活也因此陷入极端困境中。与国统区左翼文学中常常把责任归于政府的恶政不同，《雾城秋》的批判更多集中在政府的不作为和基层恶霸所带来的放大效应上，并寄希望于真正的人民自治的实现，留下了丰富的历史现场的印迹。诚然，《雾城秋》作为艾明之的首部长篇小说，技巧上还有不够圆熟之处，小说篇幅仅十四万字，出场的人物数量却不少，这使得后半部的许多情节未及展开便已终篇，给人以仓促之感。值得称道的是，虽然作者也如小说人物何德宗一样，是抗战中后期才逃到重庆的，但书中对四川方言的运用却堪称圆熟，这也使得小说中的对话读起来有趣味、有韵味，亦有乡土味，显示了作者的才华。总之，对保甲制下基层社会的精细写实和浓郁的四川风味，使本书成为抗战文学中值得一读的作品。

3月　魏群在《明日东北》第2期发表《关于巴金及其作品》一文，认为，巴金所有的小说中，《家》暴露了大家庭的崩溃与时代的前进，《春》与《秋》显得有些重复了；巴金的小说有浓厚的无政府主义思想；他的《火》比较让人失望。

3月 骆宾基的《边陲线上》由上海文化生活出版社印行沪二版。

3月 巴金的《春》由上海开明书店印行第十五版。

3月 巴金的《第四病室》由上海晨光出版公司再版。

3月 老舍的《骆驼祥子》由上海文化生活出版社印行沪四版。

3月 老舍的《猫城记》由上海晨光出版公司印行改订本第一版（晨光文学丛书第十四种）。

3月 巴金的《灭亡》由上海开明书店印行第二十一版。

3月 茅盾的《蚀》由上海开明书店印行第十五版。

3月 茅盾的《霜叶红似二月花》由上海华华书店印行沪四版。

3月 苏青的《续结婚十年》由上海四海出版社再版。

3月 无名氏的《野兽·野兽·野兽》由上海时代生活出版社再版。

4月1日 **艾芜的《故乡》由上海自强出版社初版，1—1000 册。**

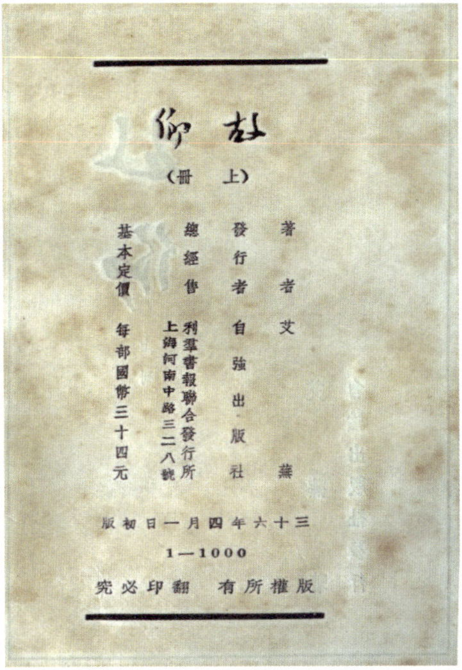

故鄉
（上册）
著者 艾蕪
發行者 自強出版社
總經售 利羣書報聯合發行所 上海河南中路三二八號
基本定價 每部國幣三十四元
三十六年四月一日初版
1—1000
版權所有 翻印必究

梗概：余峻廷因战事回到故乡后，发觉一切物是人非。他发现母亲在放高

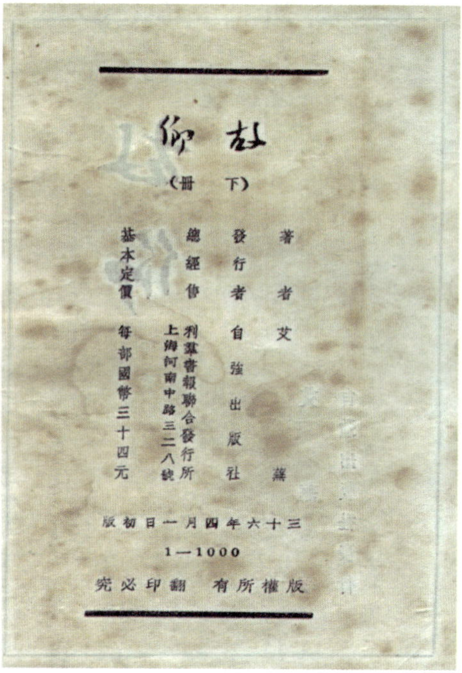
故鄉
（下冊）

著者 艾蕪
發行者 自強出版社
總經售 利羣書報聯合發行所 上海河南中路三二八號
基本定價 每部國幣三十四元

三十六年四月一日初版
1—1000
版權所有 翻印必究

利贷。第二天，母亲让峻廷进城去找嫂子的哥哥——教育局局长徐松一，请求他免去自己儿时玩伴雷吉生老表的兵役。峻廷从金嫂口中得知村里人对抗日很消极。峻廷和余峻城一起进城，遇见了不少熟人。不过，余峻廷并没有帮雷吉生免兵役的事带话。徐松一与邮局局长陈洁林互相包庇，各取所需；荣归军人廖进伯周旋于各种势力之间，八面玲珑；女校教师暗中角斗……峻廷还见到了自愿充丁的好友陈发德，发现军队生活和自己想象的有所出入。

隔天，峻廷去看望舅舅老福，与儿时玩伴雷志恒一起打猎，志恒是有勇气的、强力的印刷工人，从前线归来是为了“尽孝”，因为他放心不下与龙家打官司的父母。一同打猎的雷庆生是吉生的弟弟，因钦佩当年曾驻扎于本地的红军老表的魄力而打算偷跑去当兵，无奈被大哥追回。顽固的雷老金执意要与龙家打官司到底，还拜托峻廷去请徐廖二人帮忙。峻廷和志恒偶遇带领学生贴宣传口号的龙成襄，得知徐松一正准备找龙成恩拉股开公司，三个年轻人各有所思。地主土豪龙成恩与县长串通，对霸占雷志恒家后山的官司势在必得。小学校长余峻城拉拢商界龙头蔡兴和，掀起挤兑风波。在挤兑风波中，父亲冤死的雷志恒大闹衙门，最终不得不像梁山好汉一般从“故乡”逃亡。余峻廷幼稚地相信徐松一真的在为抗日奔走办报，还将抗日宣传计划的施行寄托在他人身上，在雷志恒深陷危难之际，他却被廖进伯引诱一同游山玩水，将朋友的嘱托抛在脑后。最终还是好友志恒、庆生的遭遇让他内疚并看清事实，下定决心离开这块正在吞噬自己的“故乡”。

按：《故乡》为读者营造了一个封建残余深厚的“故乡”，文化落后，麻木、停滞伴随着自大、自得，绝大多数人的国家意识、民族意识未被启蒙，终日秉着实用主义的心理过活。这个地方表面死水微澜，实则漩涡重重，不仅自身藏污纳垢，还形成环境和心理上的淤泥沼泽，陷住了充满希望的抗战生力军们。《故乡》的主人公余峻廷是一个软弱的知识分子，他有着衣食无忧的环境，但他一方面屈于母亲的威严，另一方面又乐于“故乡”安逸的乡绅生活。余峻廷心地善良，天生正直，但也有着知识分子普遍的软弱病，总是很轻易地相信投机分子的表面行为，又很容易动摇；他有想法，希望抗日，但行动力极差，并幼稚地将抗日宣传计划的施行寄托在他人身上，几乎一事无成。这是艾芜所创造的乡村知识分子青年形象中的典型之一。

作者在《〈故乡〉校后题记》中写道：“书里写的故乡，读者怕很容易当成作者的故乡吧？这不是我的故乡……这里面只是描写书中几个人物的故乡。”“在这部作品里，我并没有企图要写中国一切小县份的面貌，我没有这样的能力，而且也不敢起这样的雄心。就连写这个不十分确定的小县份的时候，也只是取它二十天左右一个极短的期间，因之可以说，要写这个小县份的全貌，也算不上。至于里面出现的人物，更不能说是可以代表几部份的中国人，他只算是作者所写的几个普普通通的人而已。”

4月1日 杨西濛在《文艺复兴》第3卷第2期发表《滩》一文，认为：“这部小说故事很简单，文章也很质朴；这里我们看不到绮丽的风光，也看不到风云谲变的斗争场面。但从作者质朴的叙述中，我们看到了大后方工业界惨淡经营的艰苦万状。作者极理智地处理她的题材，不渗入一点感情的渲染，这样织成的一幅缩影，因之倒更真实更动人。”他还认为主角萧鹤声最成功，是典型人物，而懿芳夫人和程天颐则是失败的人物。另外，“这部小说的主题是指示工业建设的困难以及困难之所在；桃色事件的穿插，就主题言实在并无必要。”“看着自己手创的基业拱手让人，这确是一个悲剧。但这不是一个个人的悲剧，这是中国民族工业的悲剧。”

4月3日 唐森在《申报》刊载消息称：“本市大地书屋，将于本月份内出版萧红的长篇小说《呼兰河传》，书前有茅盾的长序一篇。”

4月4日 《文汇报》刊登《故乡》的广告：“这是艾芜先生巨作，以湖南的一个乡村为背景，描写抗战时期乡绅，土棍的一切卑鄙把戏，以及善良农民的被迫害。以六部，五十万字的篇幅，描写二十四小时内这乡村所发生的一切，风格独创。是一篇抗战的史诗，也是一幅战时乡村的风俗画。全书八百六十面，分装二巨册，印刷精美，装帧素朴鲜丽，可与内容并美。”

4月12日 《申报》刊载消息称：“名作家靳以所著长篇小说《前夕》已由文化生活出版社出书。全书共四部，凡四十万字，一千余面，分装上下两厚册。”

4月15日 **孙陵的《大风雪》由上海万叶书店初版。**

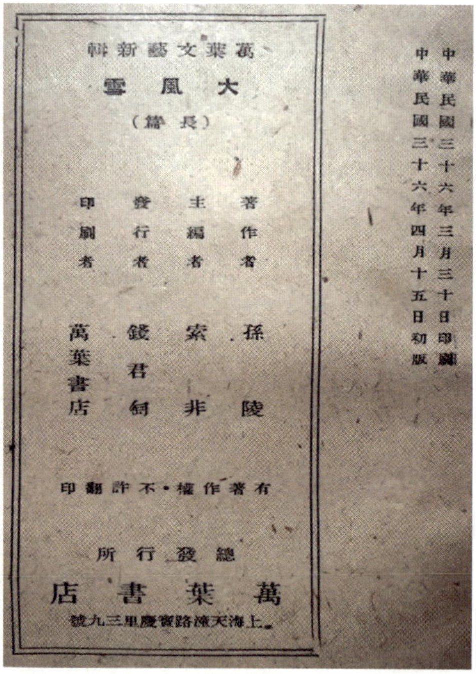
萬葉文藝新輯
大風雪
（長篇）
著作者 孫陵
主編者 索非
發行者 錢君匋
印刷者 萬葉書店
有著作權・不許翻印
總發行所
萬葉書店
上海天潼路寶慶里三九號
中華民國三十六年三月三十日印刷
中華民國三十六年四月十五日初版

梗概：九一八事变后的旧历除夕前，松花江畔 H 埠的松花江大饭店迎来一对从外地来蜜月旅行的青年男女。男的叫东方曙，女的叫梅泠月。松花江大饭店的主人是已年过半百的杨鲤亭，膝下有一子一女。一天，杨鲤亭收到弟弟杨鲤水的信，得知他将调任关东军司令部翻译官，自己也可能因此当上官膏局局长。对于这一令夫妇俩欢欣鼓舞的消息，女儿杨耀兰深感不安和丑陋，她怕别人嘲笑她是汉奸的女儿，这有损于她的自尊心。东方曙因师生恋丢失工作，本想借拜访大学读书时教务长蓝沧海的机会相求于老师，不料这天恰好有客来访。一位是任职于杨耀兰所读学校、颇受学生喜爱的青年教授李昂，一位是诗人兼革命家罗维奇。两人皆是为了 H 埠教育界慰劳马占山筹备委员会的宣言签名而来，访谈期间对恋爱与革命的问题还有一番争执。杨耀兰早已盼望着募捐大会的到来，她想借此立功，减轻内心的负担。而东方曙自从在煮雪斋听得李昂和罗维奇的谈话后，更希望做真正有益于国家与他人的事情。杨鲤亭来到长官公署参加紧急会议，会议上教育所长与丁司令因是否开战产生分歧。杨鲤亭一心想谋得官膏局长的职位，便以商业发展需要环境稳定为由支持主和派，深得行政长官之心。回家之后，杨鲤亭收到弟弟来信，要他扑灭 H 埠的抗日风潮。随后，杨鲤亭召开会议，策划如何通过诡辩将汉奸之名扣在主战派身上。而另一方面，杨耀兰因在募捐大会上表现突出上报纸的事情被父亲知晓，杨鲤亭勃然大怒。尽管父亲再三警告，杨耀兰还是参加了报告募捐活动过程的大会，却不料被保安队包围，最终侥幸逃脱。

按：这是孙陵（1914—1983）一部反映九一八事变后东北 H 埠各阶层人士在日本侵略下生活境况的作品。小说名为“大风雪”，象征着国家民族正处于内忧外患、生死存亡的严峻时刻。小说的别致之处在于，作者并未过多地展现时代前景，没有激情愤怒的口号，也没有痛苦辛酸的呐喊，而是对人情世态、风俗环境等进行油画般的描摹，从而呈现出一种浓厚、精细的艺术感觉。小说多采用倒叙的手法，先见其人，后晓其事，有条不紊地引出一个个人物，结构巧妙，也能引起读者的阅读兴趣。此外，小说人物性格鲜明，如罗维奇的浅薄好吹嘘，杨鲤亭的卖国求荣，李昂实干、果敢的性格特点，跃然纸上。不过，东方曙的觉醒太过突然，缺少铺垫，小说后面也再未提及他，给人不完整之感。

4月16日 唐密在《智慧》第21期发表《〈野兽·野兽·野兽！〉》一文，认为小说有很强的现实批判意味。

4月25日 陈申在《中央日报》（永安版）发表《〈骆驼祥子〉读后》一文，认为“这里描写着一个人力车夫——祥子的成长和没落，是社会悲剧中一幕生动、残酷而夹带着讽刺意味的可怕的暴露。”

4月 **田埜的《死的徘徊》由上海新丰出版公司初版。**

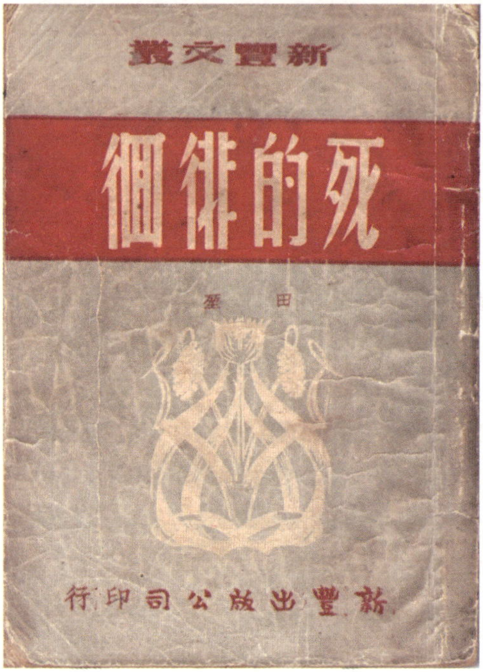

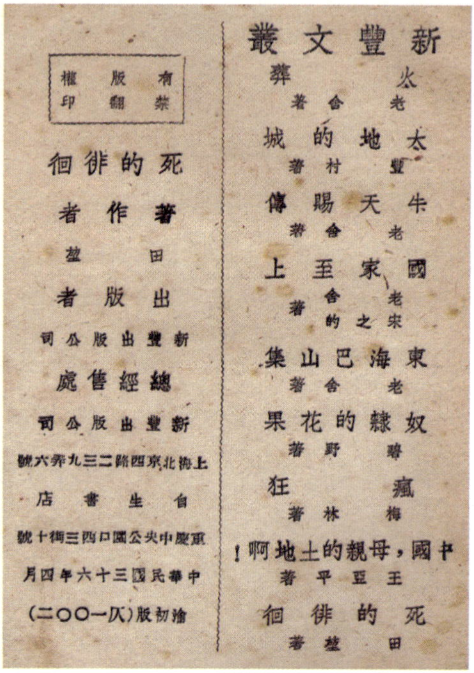
有版權 禁翻印

死的徘徊

著作者 田埜

出版者 新豐出版公司

總經售處 新豐出版公司

上海北京西路二三九弄六號

自生書店

重慶中央公園口四三街十號

中華民國三十六年四月

渝初版（一〇〇二）

新豐文叢

火葬 老舍著

大地的城 豐村著

牛天賜傳 老舍著

國家至上 老舍 宋之的著

東海巴山集 老舍著

奴隸的花果 碧野著

瘋狂 梅林著

中國，母親的土地啊！ 王亞平著

死的徘徊 田埜著

梗概：1944年，加尔各答的美军医院里住进了一个患有性病的年轻中国军官。他深受病痛的折磨，沉浸在自我行为不洁的痛苦当中，凭借着对世间最后的留恋，他记下自己和心爱女子的故事。三年前，他正处于生命的悬崖边时，受挚友的嘱托照顾他的妹妹。当他们在旅馆第一次见面的时候，就相谈甚欢，而后关系越来越亲密，就像兄妹一般，他们一起散步、聊天、游玩、读书、过生日……慢慢地他意识到他们之间已经有了一种不同于兄妹之间的感情。过去的他为了反抗旧家庭旧礼教，已经结过婚，这让他在以往的生活中痛苦不已。但最终这份真挚的爱情压倒他的昔日痛苦，唤醒了他重新恋爱的热力，勇敢地向她告白，没想到冷静的她却表示更愿意继续做兄妹。他深受感情的折磨，性情变得越来越无常，不断和她发生争吵，为了寻求解脱，他试图到 C 城去旅行，但在这漫长又悲凉的旅途中，他的思念更深。一到 C 城他就病倒了，只好借住在友人家中，等待她的来信的安慰。然而，在他归来后女孩却病倒了，他心急如焚却什么也做不了。在通过疾病的试炼后，他向她坦白了自己过去的种种纠葛，这个本性善良的女孩宽容了这一切。但他们的关系依然充满坎坷，并且由于一次偶然的争吵，渐渐产生了隔阂。此时，正好碰到印度远征军招募，他决心随军离开，解除彼此的烦恼。离开的前一天，他们却在最后的告别中明白了彼此深刻的爱恋。在印度的日子里，他在紧急的战况中疲惫不堪，却时时得到来自远方的她的关心。但这场性病消耗了他所有生命力量，在医院中经历 40 多天的生死挣扎之后，他的内心完全绝望，坦然自杀以保证自己最后的纯洁。

按：田堃（1920—1983）即王铁臣、王凝，这是一部以日记体的方式记叙了一个患有时代病的青年，在身体疾病和精神危机的双重折磨下，走向灭亡的悲剧小说。该故事以交织着解放的光明和封建的阴影的动荡的 20 世纪 40 年代为背景，以饱含血泪的语言和真诚的叙述口吻，剖开了这位怯弱多疑的青年在生命最后的时光中，所经历的生存和死亡的无比纠结的心路历程。作者运用大段的独白深入挖掘了一个本应该充满活力的青年人，在面临身体衰亡和精神绝望时的困境与心灵挣扎，细致而动人的语言直达人性的最深处，将读者的心牢牢地抓在小说的叙事中，随着主人公的心境波浪起伏。另外，小说试图探寻爱情和性病对弱质青年的影响，但由于叙述方式的限定，两者结合得十分僵硬，虽然对爱而不得的心理把握到位，但从文本叙事来看，过于侧重这个可怜的青年耽于幻想和怀疑的一面，很难找出主人公走向灭亡的必然逻辑和思想动力，也没有足够的痕迹暗示时代环境的原因。尽管如此，回荡在这部小说基调里的恋爱的哀歌和生死徘徊的心理描写，还是值得注意的。

4月　萃芳在《夕芒月刊》第 19 期发表《二种性格：关于〈子夜〉》一文，

认为张素素和范博文是两种不同性格的人，希望在新时代到来之后，这两类人能以新的姿态出现在人们面前。

4月 势朋在《朝声》（半月刊）第1卷第7—8期合刊发表《〈腐蚀〉读后记》一文，认为茅盾的《腐蚀》以其美丽生动的文笔，揭示了特务这一黑幕的一面，画影似的描绘出了这一社会角落中的秘密。

4月 王西彦的《村野恋人》由上海晨光出版公司出版（晨光文学丛书第三十九种）。

作者在该书《改版后记》中写道：

“我必须认真声明，我的主旨并不在探究抗战现实的本质，或是表现抗战时期农村社会的变化（虽然这种探究和表现都很可贵）……我所要写的，乃是另一种对我强有力的诱惑。”

“这种诱惑，我想我应该名之为坚韧的人性。生命的美丽和庄严，就在于它的忍受和反抗，执着和追求。我的努力很简单，我企图借用一个发生在山僻农村的小故事，写出生命的坚韧忍受和可惊的执着追求。我挑选了一些卑微的人，一些不幸的人，一些命运的牺牲者。出现在这个小故事里的人物，不论是安隆奶奶或是小金兰，她们都是我们偏爱的寄托者。诚然卑微和不幸，然而，她们都曾经有过忍受和反抗，或是正在忍受和反抗；在她们的生命里，充满着执着和追求。这就够了。这就是我所要赞美，想要表现的。就拿安隆奶奶和小金兰来说，一个是将退出人生舞台的老祖母，一个是初尝人生辛酸的少女；一个久经命运的酷待，一个却准备去忍受。她们就这样生活到世界上来，又复离开了这世界。这是一个宿命。这宿命是否可以打破？应该如何打破？我不想作任何答案。我只写出这样一个被遗忘了的贫穷的农村，这样一群被忽视了的寒伧的农民，他们在怎样编织着自己的神话，诉唱着自己的怨慕。在他们的生活之中，有他们的爱情和梦想，也有他们的‘桥’和‘竹林’。他们在那‘桥’上来往，在那‘竹林’里进出。而‘命运’，则冷眼旁观，在对他们作着残酷无情的考验。从这种考验，我完成了我的表现。我所表现的，虽只是他们生活的一面；幸运的是，我终于把故事中人物的不幸的成因，有机会归给残暴无人性的战争。然而，这并不是说，我想使这部小说成为对战争罪恶的控诉。我不妨直率承认，我不愿意遵从某些堂皇理论，把若干公式，一一无遗漏地容纳到小说里去。我只求所写的故事，能够近于真实。我所要完成的，乃是我自己。我的主旨非常单纯，我觉得，仅仅这样，我足够献出我的全力了。”

“我这样说，可能招来的非议是想得到的，尤其是我提到了‘真实’。我想，所谓‘真实’，就农民生活说，不应该单单是他们牛一般的勤劳，猪一般的愚蠢，野兽一般的粗鲁无礼。他们不同样是‘人’吗？不同样有热望，有追求，有执着，有忍受吗？或许我把贫穷的农村写得太美好了，把寒伧的农民写得太热情了；不过，我要告诉读者，我们所身经目睹的丑恶太多了，浮沉在广大的丑恶之中，难道不允许我们对那自然景物和善良人性作一次憧憬？这是一个失去的美梦？一种牧歌生活的幻灭？一场绝望的向往？都是的，然而完全属于真实，应该属于真实。我并没有忘记农村经济的破产，乡保甲长的淫威，酷捐杂税的剥削，抽丁征粮的悲惨；愈是因为有如许众多的‘丑恶’，我才愈要表现那些自然景物和善良人性。这实在是我的偏爱。我承认自己未能把‘丑恶’和‘美好’等量齐观，揉合得当；但同时也要请读者别忘记了，这部小说的原稿，曾经经过审查机关的细心推敲，删去了二十余处。”

4月 萧军的《八月的乡村》由哈尔滨鲁迅文化出版社印行新版，10000册。

4月 茅盾的《腐蚀》由上海知识出版社印行第六版。

4月 老舍的《惶惑》（上、下合订本）由上海晨光出版公司再版。

4月 巴金的《火》（第一部）由上海开明书店印行第九版。

4月 巴金的《火》（第二部）由上海开明书店印行第七版。

4月 巴金的《火》（第三部）由上海开明书店印行第四版。

4月 巴金的《家》由上海开明书店印行第二十六版。

4月 田涛的《金黄色的小米》改名《沃土》由上海文化生活出版社初版（现代长篇小说丛书之六）。

4月 叶圣陶的《倪焕之》由上海开明书店印行第十二版。

4月 靳以的《前夕》（四部）由上海文化生活出版社印行沪一版。

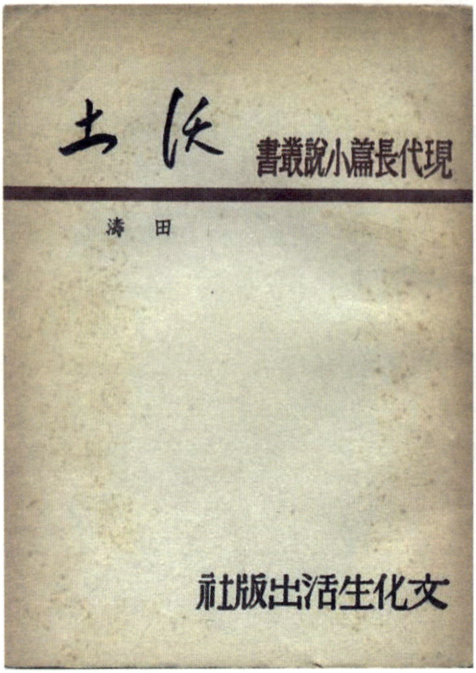

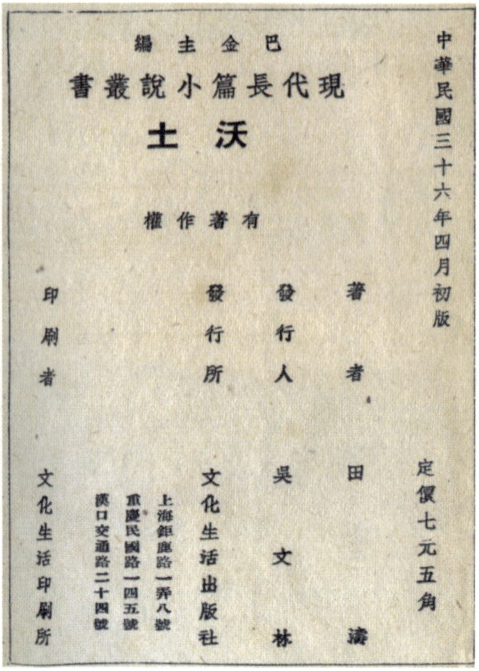

4月 老舍的《四世同堂》第二部《偷生》(上、下)由上海晨光出版公司再版。

4月 巴金的《新生》由上海开明书店印行第十八版。

4月 谢冰莹的《一个女兵的自传》（英汉对照）由世界文化出版社印行第三版。

4月 仇章的《遭遇了支那间谍网》由上海远东图书公司印行沪三版。

4月 茅盾的《子夜》由上海开明书店印行第十八版。

5月1日 《文艺复兴》第3卷第3期封底刊载晨光文学丛书广告：

（1）《村野恋人》：“这是抗战期间发生于湘南一个小乡村中二对兄妹的恋爱故事，作者把它安置在一个神秘的氛围中，故事进行得迂回曲折，读之令人神往；而农民性的爱和恨，在作者的笔底下更发挥无余。”

（2）《惶惑》：“这是《四世同堂》的第一部，以陷落后北平城的一角——小羊圈里面各种人物的动态作中心，写祁老人一家祖孙父子四代人物在这个大时代的动乱中如何各自抱定各自的生活态度去应付这个伟大的民族战争的故事。《惶惑》自北平沦陷写起到南京失守为止。”

（3）《偷生》："这是继《惶惑》后《四世同堂》的第二部，故事向前进展，广州陷落，武汉撤退，华北被敌人视为一把拿定的苦难日子中，祁老人一家和他的邻居们遭遇了更惨酷的命运。国内各报一致评论本书为抗战以来一部最伟大的文艺作品。"

（4）《饥荒》："《四世同堂》是一部中国文学史上空前未有的大长篇。分一百章，三大部。第一部《惶惑》容纳三十四章，第二部《偷生》容纳三十三章，最后一部《饥荒》也是三十三章，每章约一万字，所以全书共一百万字。第一二部出版后，国内论坛一致推崇。最后一部的《饥荒》已由作者在美国完成中。即将由本公司出版。"

（5）《寒夜》："这是作者最近脱稿的长篇小说，曾在上海《文艺复兴》连续刊载，极得读者的好评。作者用朴素无华的笔，写湘桂战争高潮时，重庆山城中几个渺小人物的平凡故事。虽然没有壮烈的牺牲，热闹的场面，却吐露了平凡人的愿望，痛苦和哀愁。爱读巴金作品的人，这部近作不能错过。"

（6）《围城》："这部长篇小说去年在《文艺复兴》连载时，立刻引起广大的注意和爱好。人物和对话的生动，心理描写的细腻，人情世态观察的深刻，由作者那枝特具的清新辛辣的文笔，写得饱满而妥适。零星片段，充满了机智和幽默，而整篇小说的气氛却是悲凉而又愤郁。故事的引人入胜，每个《文艺复兴》的读者都能作证的。"

（7）《结婚》："这部长篇小说，曾连续刊载于上海《文汇报》上，读者一致推崇，单行本发行权已由本公司获得。已开始排印，短期内即可出版。作者过去曾用'芦焚'笔名写过许多散文和小说，抗战后期和胜利后，著有《果园城记》及《夜店》等，销行极广。本书是作者最近脱笔的二十万字长篇小说。"

（8）《第四病室》："这是一部病中日记，写一个病人在内地某医院中所过十天的病院生活。他在这个人类受苦，挣扎，死亡的暗角里，发见了伟大的友情，友情不但在这里生长，并且把阴暗的病室也照亮了。作者用了一种新颖的手法安排故事，对话生动简洁，故事引人入胜，是胜利后作者的第一部长篇。初版本早已售罄，再版本出书。"

5月4日 李影心在《益世报》（天津版）发表《丰饶的原野》一文，认为，作家“展开了环绕于故事周遭的人物错综，织成了生活性格经纬纵横的网络，在那上面印染上乡土的风景和彩色。他表现了那位在岷沱流域的乡土的景色人物，他更刻划出这帮亲切熟习的农民们的生活”。作者认为，汪二爷的人物轮廓不大清晰，冯七爷则见首见尾，生动而自然。作者将邵安娃、刘老九、赵长生、大足板女人、汪二爷等“这一切活在现实里的人物，集结起来配合在《丰饶的原野》的故事情节中，蔚为乡村农民生活的写实，全篇颇富于乡土色彩和地方情调。特别是由于作者用的是四川土著语言，加衬上故事背景的岷沱流域的风土人物，这种亲切熟习的题材在作者笔下乃绘成美丽的彩色。他用的是朴实的文字，然而有圆熟的处理故事人物的技巧，在结构上具有匠心，在描写上显出用力。在一切用农村生活做背景的故事题材中，《丰饶的原野》不失为一部精到的创作”。

5月11日 张帆在《大刚报》（汉口版）发表《巴金的〈憩园〉》一文，认为《憩园》“主要的故事并不展开在姚身上，老姚和他的淘气儿子，小虎，只作为陪衬而出现的，作者的本意乃在用倒叙的方法，说出杨家三少爷，他先靠祖先的财产，吃著嫖赌，整天价昏天黑地的胡闹，终于为大儿子所驱走流落在大仙祠里过着叫化似的生活，最后终于以偷窃未遂入狱而死的悲切的故事”。但是，“巴金先生并没有刻划出个性凸出的人物来，这或者正由于作者一贯的弱点——缺乏创造性——使然。”“可是巴金先生的小说，毕竟自有其可取的地方在，那就是他能以动人的故事把握住读者的感情从而给予读者那么一点东西。”

5月15日 **姚雪垠的《长夜》由上海怀正文化社初版。**

梗概：1924年，在信阳读书的陶菊生同其二哥芹生、同学胡玉莹、张明才在回乡路上被土匪李水沫的队伍所截。为了生存，菊生被王三少认作干儿子，他同王三少的侄子王成山建立了友谊，但因杆子内部对王三少不满，王三少便带着王成山离开了。菊生又被薛正礼认作义子，同赵狮子、刘老义、瓤子九等人交好。胡玉莹的舅舅来说票被土匪扣留，胡玉莹半夜逃走，其舅舅被杀。在与土匪的相处中，陶菊生对管家李水沫产生了敬仰之情，还学会了放火烧房屋。腊八节，薛正礼带菊生回家，干娘和干奶让菊生劝诫薛正礼早日洗手，菊生也

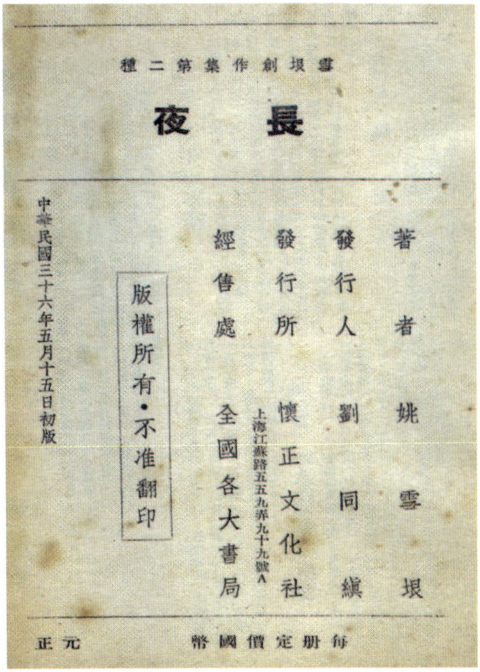
雪垠創作集第二種

長夜

著者 姚雪垠
發行人 劉同縝
發行所 懷正文化社 上海江蘇路五五九弄九十九號A
經售處 全國各大書局

版權所有·不准翻印

中華民國三十六年五月十五日初版

每册定價國幣 元正

知道了赵狮子相继残忍杀死两个舅舅的原因及其可怜身世。攻打刘胡庄时，菊生见到马文德派人谈收编的事，李水沫未答应。在去刘胡庄的路上，菊生为了在二驾面前表示勇敢，用木杆打了中枪老人的头部。刘老义抢到一个小女孩，本想收做妻子，不料女孩是义兄的表妹，只能作罢。红枪会和军阀徐寿椿关系紧张，李水沫下令攻打红枪会并取得了胜利。许多农民因无力维生去当兵或沦为土匪，王成山也重回杆子。马文德收编了与李水沫不睦的安浆糊的杆子，二人关系变坏。李水沫没有被徐寿椿正式收编，孤立无援，被马文德的军队和红枪会追赶，最终李水沫不知所终，薛正礼带领赵狮子投靠了刘姓绅士，陈老五、瓤子九战死，刘老义被军队捉去，张明才被红枪会抓去砍伤后被军队救下。刘绅士要认菊生为义子供其读书，菊生拒绝了他并要求回家。芹生被军队救下，菊生得知大哥去了广州，也萌生了去广州的想法。

按：这是一篇题材别致的带有自传性质的小说，作者通过陶菊生这个少年的眼睛写出了李水沫带领的这支土匪队伍的传奇生活。这些土匪原本都是普通善良的农民，被生活所迫走上了这条路，他们疾恶如仇，却勾结军阀地主烧杀抢掠；豪爽勇敢讲义气，却也残酷血腥没人情。小说塑造出了一批栩栩如生的绿林好汉形象，如为给母亲报仇残酷杀害两个舅舅但在薛正礼母亲面前调皮如孩子的赵狮子；杀人如杀鸡却对抢来的小姑娘束手无策，最终因为义气放弃娶妻的刘老义等。用草蛇灰线的写法处处设下伏笔，推动情节发展，自然妥帖地引出李水沫的最终溃败。小说具有浓重的豫南乡土气息，大量使用的河南方言土语、土匪黑话，使得全书语言新奇有趣。这部小说的创作对理解长篇历史小说《李自成》有着重要的意义。

5月15日 陈岑在《文艺知识连丛》第一集之二发表《读〈腐蚀〉》一文，认为，小说的“题材是新颖的，茅盾先生大胆地暴露了某些人的嘴脸：残忍，狡狯，无耻”。“这一题材之所以没有别人尝试，除了限于经验之外，还有一个重要的原因是当前的环境不容许作家畅所欲言。茅盾先生虽然取了这一题材，自然也未能超然于当前的环境之外。可是他这部作品并没有因此流入隐晦，他选了有用的人物，给他们以日常的存在，不捏造，不夸张，没有故作神秘，也没有过份的渲染。我们看那些不光明的人物摆布密谋暗算，互相勾心斗角，不觉得难以理解。同样，我们看那些坚贞的革命者挺立在牛鬼蛇神之中，不躲闪，不退让，也不觉得有丝毫的不自然。”“这本书题名《腐蚀》，是表示赵惠明的遭遇。可是在书的结尾，她的生命的腐蚀也快过去了，她已经有了新的希望和决心。这本书教给我们爱与憎，也让我们听到新中国脉搏的跳动。”

按：此文又于5月31日刊于《现实文摘》第1卷第5期。

5月17日 永在《申报》刊载消息称：“小说家端木蕻良，已完成《大地的海》长篇小说第二部，现正在修改中。”

5月18日 顾南在《大公报》（上海版）发表《章靳以》一文，说：“《前夕》的出版，经过了多少次困难，他首先把原稿寄到上海，（此时租界尚未沦陷）文化生活出版社印行，只出了第一部，因敌伪搜查而未能继续。在重庆，原稿受了官方多次的检查，以致只好忍痛地把内容删去好几节。”

按：此文又于8月2日刊于《大公报》。

5月18、19日 沙原在《阵中日报》（太原版）发表《〈梦之谷〉读后》一文，认为作家将一个血淋淋的社会解剖并呈现在我们面前。

5月29日 向秀在《东南日报·笔垒》第1279期上发表《艾芜的〈故乡〉》一文，认为："艾芜的作品，向以人物刻画，文字清新，语言精炼见称。这些特点，在《故乡》里显得更凸出。这里几乎写出了一个县份的全貌，有中国官僚政治的缩影，也有农民痛苦的控诉状。"小说结构还可压缩，情节没有高潮，没有创造出典型人物，场面太多，人物也太杂，显得松懈。不过，"在贫瘠的中国文坛，《故乡》可算是较丰硕的果实了。"

5月 钱锺书的《围城》由上海晨光出版公司初版。

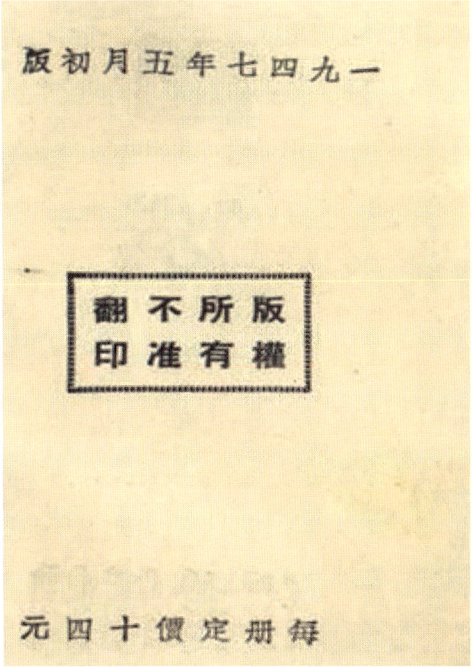
一九四七年五月初版

版權所有 不准翻印

每册定價十四元

梗概： 方鸿渐从国外留学四年后乘船回国。其实，他并没有真正埋头学业，只是买了一个克莱登大学的假文凭，故被称为"游学生"。在船上，留学法国的女博士苏文纨对他产生好感，而他却中了鲍小姐的诱惑。到上海后，苏文纨追求他，而同是留学生的赵辛楣对苏小姐有意，但方鸿渐却对苏文纨的表妹唐晓芙十分心仪。苏小姐见状转身嫁给以诗人自许的曹元朗，方鸿渐与赵辛楣才明白彼此并非情敌，于是尽释前嫌。后来两人同到湖南的三闾大学任教，发现这里也是矛盾重重。李梅亭虽是训导长却一副学阀样，更令人惊讶的是，外文系主任韩学愈的文凭也是克莱登买来的，怕被方鸿渐揭穿而想方设法排挤他。最终，在三闾大学的派系斗争中，赵辛楣被赶走，方鸿渐因受牵连也被解聘，只好离开。与方鸿渐相恋的助教孙柔嘉也同时离开。两人结婚后回到上海，但又因家庭矛盾与双方性格问题而出现危机。

按：钱锺书（1910—1998）这部小说以存在主义思想观念和熟练的艺术手法，生动细致地描绘了20世纪半殖民地半封建中国社会所特有的知识分子群，被誉为“新《儒林外史》”。小说语言简练、机智幽默，兼采中国传统小说的白描手法和西方小说的反讽理论，使小说的风格寓意和谐、夸张而不无真实，结构完整，刻画人物精妙入微。围城的本题是：城里的人想出来，城外的人想进去，人生也罢，婚姻也罢，并由此引申为人是一个不断探索“我将何为，我将何去，我将何在”的存在物，人生也就是不断探索这一目的的循环往复的过程。

主人公方鸿渐的人生之旅：出国→回上海→去三闾大学→再回上海，也就是进城→出城→再进城，即：何为（做什么）→何去（去哪里做）→何在（意义何在）。小说意在表明：人生充满不确定性，生活充满无目的性，婚姻也与盲目和偶然相关联，生存的危机也随之而来，焦虑与不安、悲观与失望、孤独与寂寞、空虚与惆怅等思绪就上升为主导情绪，并迫使人们不得不思考存在的价值与意义。这一切都是因为人本身的意义与命运的必然性被无意义与偶然性所替代：存在与虚无。对过程、对结果、对手段、对目的的探寻，都失去了对意义本身的探寻，人生不是一个个有希望的联结点，而是一个个无意义的虚妄的再生点。这就是《围城》对人的非理性的深入思考，也是对人生处境的荒诞性的哲学思考，即：对存在主义哲学的形象的诠释与准确的表达。艺术上，作者存在主义观念的写作姿态令人称道，即：在主体取向上，将反抗虚无与自我拯救相统一，以一种彻底的虚无主义的态度洞察人生，剥夺人们对意义本源的探寻，撕破人们对终极意义的关怀，将尘世间的荒凉、虚无与荒诞直面地坦示于人间，以反讽与悖论的形式传递人的现代荒谬感。可以说，随着时间的推移，《围城》

这部中国现代文学史上第一部以现代主义思想出色地传递现代人观念的优秀长篇小说，这部标志着中国现代长篇小说与世界意识同步构建的名著，将会得到更深入的阐释。

作者在《序》中写道：

“在这本书里，我想写现代中国某一部分社会，某一类人物。写这类人，我没忘记他们是人类，还是人类，具有无毛两足动物的基本根性。人物当然是虚构的，有历史癖的人不用费心考订。”

5月 沙汀的《还乡记》部分章节以《田家乐》为名刊于《文艺生活》新14期。

5月 老舍的《四世同堂》第一部《惶惑》（上、下）由上海晨光出版公司再版。

5月 苏青的《结婚十年》由上海四海出版社印行第十六版。

5月 沙汀的《困兽记》由上海新群出版社再版。

5月 巴金的《憩园》由上海文化生活出版社印行沪四版。

5月 巴金的《秋》由上海开明书店印行第九版。

5月 崔万秋的《新路》由上海长风书店初版。

6月1日 殷孟湖在《生活》创刊号发表《与徐訏谈〈风萧萧〉》一文，认为：“对于所有的人，你都用幻想的眼光来看；对于你自己创造出来的人物，自然更是毫不保留地尽情幻想了。《风萧萧》中，没有一个人不是十足的幻想，没有一个人不是完整的美丽。炫耀你的幻想力，你是成功了——不仅自己成功，并且把读者教育了。你用那末明显深浓的色彩来创造人物，使读者能整个跌进你的热情的梦境，随着你的主观的幻想而笑，而哭，而爱，而恨……人家批评你创造出来的人物离现实太远了，但是，你的机智的技巧，使你掩蔽了其间的距离。”“在《风萧萧》中，你的技巧是高度发挥了。”梅瀛子是最突出的人物。“从海伦身上看作者，是认识你最清楚的。同时，也正是你最自私的幻想。”“不过，我总嫌她出现得喧宾夺主。”“你是用工笔来描绘壮阔的，用心理的进展来写惊险。但在这些‘工力’中，看得出，你是切实苦写，并没有逞纵自己的才力，而确是虚心地来完成‘巨著’的。”

按：作者与作家相识，又共同生活了一段时间，知晓作品写作的具体情形，可谓知人论世之文。

6月3日 《申报》发消息称：“小说家田涛，近完成一长篇小说，题名《边外》，系描写乡村的人物和事件。”“范泉主编寰星书店印行之‘寰星文学丛书’，第一集共四册，计有萧红的长篇小说集《呼兰河传》……现第一种萧红的《呼兰河传》业已出版。”“萧红女士的遗著《呼兰河传》，为其毕生所著小说中最长最好的一部。内容描写萧红自己的童年生活，但并非以自叙之方式描写，而着力于整个呼兰河城的描绘，故较一般自传尤为阔大而醇厚，茅盾先生在本书数千言叙文中言：‘它是一篇叙事诗，一幅多彩的风土画，一串凄婉的歌谣。’”

6月10日 砀民在《大公报》（上海版）发表《〈雾城秋〉的历史性》一文，认为小说是“史实记录，所以笔调是真挚诚恳的”。“作者所要表现的故事似乎有一个总的企图，写尽地方行政的一切丑恶和人民所身受的全部苦难，因为理想太高了，所以我们觉得笔力分散，顾此失彼地颇为纷纭杂乱。不过，抗战原是一幅中国人民血泪所画的巨著，作者尽力凭他的能耐素描了这一幅画面的一个角落，虽然不大好，但我们认为由于‘真实’，所以终该说是‘历史’。”

6月10日 笥河在《大公报》（上海版）发表《读〈大风雪〉》一文，认为，作者“创造了这样两个思想落伍的青年，对故事的发展有什么作用呢？既没有把他们推进抗战的洪流，更没有把他们放在落伍的悲剧里，竟成了一张呆滞的平面画了，因而失去了真实性”。“另一个故事的主角杨鲤亭……著者却让他扮成了汉奸的丑角……用意令人不解。”“比较写得真切的是东三省日报社长富熙”，“描写得最多最细的是一个挂名的女大学生杨耀兰……这是彻头彻尾的虚荣者。著者的刻画是成功的。”其他的人物写得不够深刻。不过，“作者仅揭出荒淫与无耻的一面，却在表现人民神圣抗战的伟大力量的地方写得太孱弱，只能看到些浮光掠影在眼前浮过。”

6月10日 《大公报》（上海版）刊载《呼兰河传》的广告：“《呼兰河传》是萧红女士毕生所作小说中最长最好的一部。这里写的是作者自己的童年生活，然而却并不用自叙传的形式来描写，而是写出了呼兰河这小城的生活，故较之一般的自传尤为阔大而醇厚。茅盾先生在本书数千言的序文里说：‘它是一篇叙事诗，一幅多彩的风土画，一串凄婉的歌谣。’于此也可见本书价值的一斑了。全书白报纸精印，三十二开，三百页，前冠骆宾基先生作《萧红小传》一篇，茅盾先生序文一篇，并有萧红女士遗影一幅，极为珍贵。”

6月 **师陀的《结婚》由上海晨光出版公司初版。**

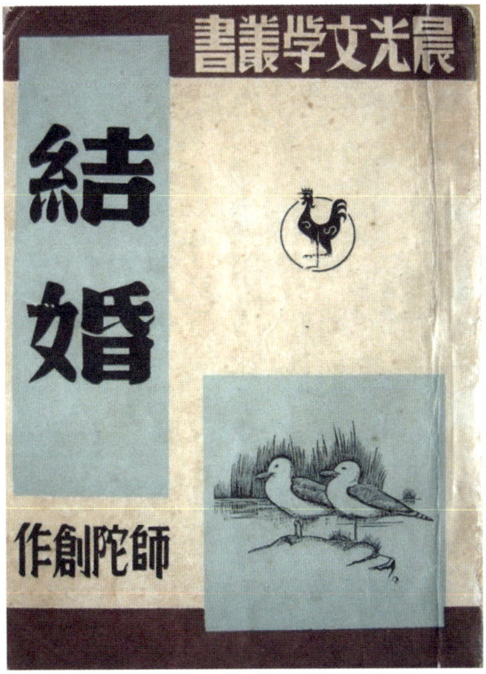

梗概：胡去恶出生在一个没落小官僚家庭，母亲是作为填房生下他的，他出生时父亲已经有好几个孙子了。由于父亲一直相信死去的前妻有“相夫命”，对他们母子异常冷漠，长房的子女也来欺压他们，这使胡去恶心中从小就埋下了憎恨的种子。大学毕业后胡去恶在上海做中学教员，但做教员收入微薄无法使他与相恋多年的乡下女友结婚并过上幸福的生活。他终日挖空心思想拥有一笔做生意的本钱好在上海十里洋场大发一笔横财，实现自己的心愿。于是他向父亲当年在北京的故交之子田国宝借钱，在借钱做抵押的过程里认识了投机行里的钱亨，以及田国宝的妹妹田国秀、麻风病人黄美洲。胡去恶经常和他们来往，筹划如何赚钱，接着他便把钱交给钱亨去买股票来赚大钱，没想到出师不利连本钱都赔光了。胡去恶在万般无奈之下便想通过和田国秀结婚来拥有再次做生意的本钱，于是放弃了自己在乡下的女友，转而和田国秀谈恋爱试图获取她的芳心，但最后却被钱亨和田国宝互相勾结骗去钱财、稿子和积蓄，两人还进一步设计让他吃官司坐牢，胡去恶落入了他们精心设计的圈套。愤怒之极的胡去恶杀了钱亨，最终又被巡捕逮走，结束了自己的一生。

按：师陀（1910—1988）的这部小说以主人公胡去恶的心理发展和情感蜕变为线索，分上下两卷，在形式上具有明显的特征，即上卷由胡去恶给未婚妻林佩芳的六封情书构成，下卷写胡去恶移情别恋后的恋爱与生存。小说通过对胡去恶由奋斗到沉沦的人生转变经历的描述，折射出都市发展进程中城市与乡村、现代与传统、爱情与欲望之间的冲突与纠葛，同时作家还善于运用夸张与讽刺的手法对沦陷期上海污浊的社会做了深刻的揭露。小说对胡去恶人生转变的心理洞察尤为细腻深刻，上卷采用第一人称的叙述增强了叙述的真实性，下卷采用第三人称叙述有利于凸显故事的客观性，在娓娓叙述的背后是作者以理性的目光审视个体在现代文明进程中遭遇的生存困惑，以理性的人道主义文学立场表达作家对人的主体精神失落的现代性焦虑，从而丰富与深化了现代小说以“人的觉醒”为主题的文学启蒙性图景。

6月　熊佛西的《铁花》由上海怀正文化社初版（怀正文艺丛书之一）。

梗概：1926年，张静华的丈夫施树仁因有共党之嫌被军阀囚禁。张静华四处奔走，最终凑得五千元托马瑞康太太保释树仁，老师徐明远也好心相助，托马瑞康去求情，但树仁仍然惨遭枪决。马瑞康表面上对树仁的遭遇深表同情，为静华打抱不平，实则是心怀鬼胎，想博她好感，而单纯的静华也被其表面的仁义之举所迷惑，对他产生尊敬之感。马瑞康的太太在一次打牌中不慎中风，与世长辞，时值军阀吴佩孚、孙传芳向北败退之际，马瑞康担心自己宦海沉浮几十年得来的血汗钱被革命党拿去充公，又苦恼于女儿们争夺家产的钩心斗角，为沽名钓誉和进一步亲近张静华，他决定兴建一所贫儿教养院，并邀请徐明远、张静华一同参与。经过两个月的筹备，春满园终于落成。在具体的管理中，马瑞康卑劣的本质慢慢地展露无遗。为灌满园中枯湖，马瑞康不惜与民争水并因

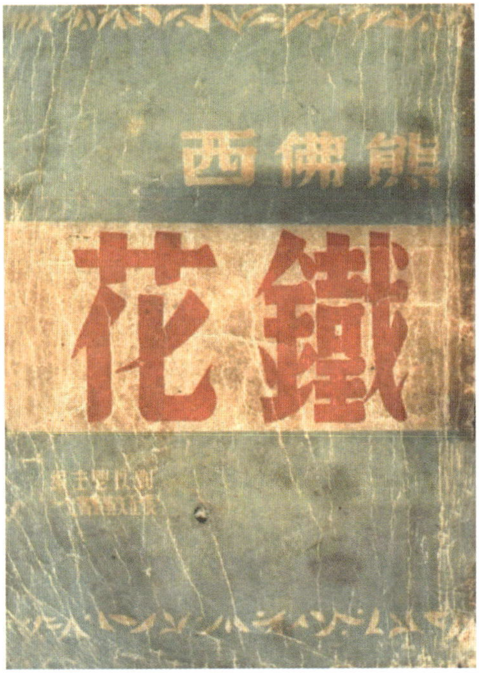

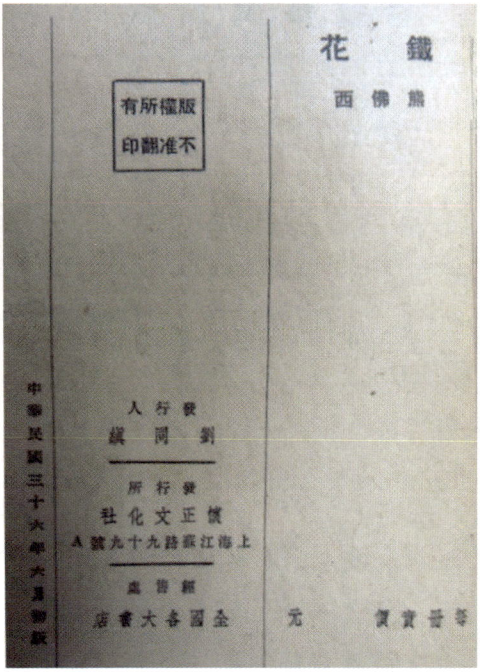

此导致园内大乱，警察总监误以为是便衣队起事前来镇压，最终造成农民死伤数人、被捕数十人的悲惨局面。不仅如此，他还弹压为此事伸张正义的农民，对被捕农民也不管不顾。除此之外，他一面向社会宣传自己毁家兴学的义举，一面克扣银行垫付的经费，学生因伙食不好联名请愿却惨遭开除，全院哗然。在追求张静华碰壁后，他立刻对春满园新来的梁文芬展开追逐，两人朝夕相处，寸步不离。春满园依靠徐明远变卖私产才得以苟延残喘，徐明远因病逝去后，春满园更加举步维艰。革命政权建立后，张静华呈文，想要将春满园变为公有，但呈文石沉大海，她又率学生请愿，不料被军警开枪阻拦，自己也晕倒在地。

按：熊佛西这部小说以贫儿教养院的创办始末为线索，赞扬了教育家徐明远、张静华奉献教育、含辛茹苦的师者仁心，批判了沽名钓誉、道貌岸然的政客马瑞康的卑劣行径，揭露了当局镇压教育的累累罪行。小说对马瑞康的着墨最多，在宦海沉浮、风云激荡之际，他总是官运亨通，找到属于自己的合适的位置，小说以极冷静的叙述生动地刻画了马瑞康八面玲珑、左右逢源、工于心计的性格特点，随着故事的深入，其肮脏卑劣的本性如抽丝剥茧一般在读者面前一览无余。但结构上，小说在进入主线叙事前，对马瑞康的家庭及其纠纷描写过于琐碎，这一内容对之后的故事也无较大的影响，有赘余之感，稍显可惜。

6月 李广田的《引力》由上海晨光出版公司初版。

一九四七年三月付排
一九四七年六月初版

本書有著作權
每册定價國幣二十八元

梗概：傍晚，沦陷区一位国文老师黄梦华匆匆走在回家的路上，她的心情十分复杂，一边为在国统区的丈夫的归期感到焦虑，一边为自己屈辱的教学工作感到痛苦。她刚一到家便听说从前的同事庄荷卿从国统区潜回的消息，焦急地约上洪太太想去拜访他，打听丈夫的消息。没想到的是，第二天清晨发生了游击队袭击敌人的事件，全城戒严，游击队失败了，引起一阵血雨腥风。学校里也风波不断，因为学生的抗议，石川教员成为三年级名义上的正年级长，深受爱戴的梦华当上了副年级长。济南城里，日本鬼子残害青年和百姓的恶行不断，梦华感到痛苦万分。

时间飞逝，丈夫雷孟坚许久没有来信，梦华在空虚的等待中，意外迎来了孟坚弟弟的来访，他带来了家乡的消息——妹妹去世了，父母也身体抱恙。随后，南京汪伪政府的成立加剧了沦陷区生活的黑暗。在一连串的打击下，梦华病倒了。另一边，学生们偷偷纪念济南五三惨案的行为被学校知道了，石川教员一边对梦华施加压力，一边谋划着阴谋。梦华的处境日益艰难，暑假来临之际，终于决定向自由的天地出走。此时，她得到了一位叫崔宝露的同学的鼎力帮助，为她找到了同行人，也帮她解决了通行证等诸多问题。八月份，她和孩子在学生与家人的美好祝愿下，踏上了征程。在爱国人士的帮助下，母子俩经过五十多天的惊险旅途，终于到达成都，却意外得知前一天丈夫留下一封信就离开了，去追寻更光明的天地。梦华在短暂的悲痛后幡然醒悟，决心告别旧我，追寻丈夫的脚步。

按：这是李广田（1906—1968）一部独特的抗战题材的小说，以黄梦华为代表的知识分子的心路历程为主，注重展现人物的内心世界，摒弃了戏剧化的情节冲突和史诗性的追求，关注日常生活，关注平凡的百姓，以平淡、情绪化的叙述笔调写出了那个时代最惊心动魄的黑暗，展现了日本鬼子的残忍、虚伪及其对中国人民的迫害。同时小说中也不只有血和泪，还有家庭的温馨与欢乐，还原了沦陷区最真实的生活原貌。作品生动形象地刻画了知识分子群像，而非概念化的描写。比如在黄梦华这个人物身上，既有身为中国人的爱国之情，又有身处敌伪学校的挣扎；既展现了她对青年人的喜爱和期待，又注意到她内心的屈辱和束缚，同时也有作为母亲的坚强和失去丈夫陪伴的妻子的软弱感伤。再比如“灰色人物”敌伪学校的校长，一方面对日伪点头哈腰，一方面又维护师生的安全，写出了人性的真实和复杂。但作品结尾稍显仓促，梦华的醒悟稍显突兀，没有写出以雷孟坚为代表的国家民族的声音是如何唤醒她的。

6月 善秉仁原著，景明译，燕声补传的《文艺月旦》由北平独立出版社出版。书中认为：

《残碑》：“成人可读。”《阿丽思中国游记》：“儿童可读。”《生还》：“书里阐扬着泛神思想，替自由恋爱辩护；所以加倍应禁。”《失恋之后》：“这本小说里并没有什么色情描写；但是究以劝人别看它为是，因为它不尊重婚姻关系，过度夸张恋爱至上。”《罪恶》：“应禁任何人看它。”《流亡》：“思想恶劣，鼓励动乱，提倡自由恋爱，赞成离婚，并且大胆的描写，触目皆是。”“任何人不宜看它。”《老张的哲学》：“书里有几处对于基督教的讽刺，但不失为是人人可读的书。”《赵子曰》：“这是一串事实和动作，并不怎么有兴趣，写北平某大学学生赵子曰和他的几个窗友。在叙述里，故事一度转移到天津。情节好像并不足引起读者的兴味，内容实在不能算生动。”“可是老舍这次抓住学生生活为题材，又得了一个发挥才情，肆意讽刺的机会。在描写现时多数学生的生活方式上，确实成功：在所谓学生生活里，塞满了运动，恋爱等千百种无聊的事，除了一件正经的：就是念书！”“书里没有什么猥亵的东西。末了倒有一则不道德的暗示，并不致摇人心旌。”“大众可以看。”《小坡的生日》：“叙述一个生在新嘉坡的华侨小儿的故事，相当天真娇憨。前部是很有趣的，仿佛里敦伯格（Lichtenberger）的作风。后部叙述小主人公的一个个梦境，很多地方略嫌冗长。”“作者借此机会，给我们描述当地彼此接触的各个种族；每一种有他们的优点和缺点，描写技术也很别致。”“人人可读。”《离婚》：“这书写离婚的弊害，相当有力，但因有些地方，稍为大胆一点，非有阅历的人不宜看。”《二马》：“作者又抓住一个机会，来施展他的讽刺；对于一般外国人，尤其英国人，对于他们的极度鄙视中国人，对于中国人本身的毛病，都有很刻薄的观察。他特别着笔于中国的衰弱，是被外人看不起的原因，因为外国人脾气专爱欺软怕硬。”“这书不能算没兴趣，没刺激性。可是它对于两个民族的亲善上，怕不会有什么帮助。它可能激起中国人对于傲慢无礼的洋人一种反感。事实上他对于这类种族偏见，也有些过甚其辞。”“这书，外国人看看倒很能发深省；可以让他们明白明白，中国人民对于外来的批评，如何容易触怒，对于受人歧视如何气愤。”“里面没有什么冒失的描写。在书末有一处，似乎赞成自由恋爱的原则。”“不妨给有阅历的人看。”《牛天赐传》：“大众都可以看。”《骆驼祥子》：“这是一部很有兴趣结构精严的，心理与社会的研究作，只可惜充满了厌世思想。”“这书写得很露才气。它让我们明了车夫社会的真相。主人公的个性，反应，希望和失望，都写得很好。但在祥子本人的生活里，和其他几个次要人物的生活里，多处都流露着厌世思想。”“除去两三处相当粗鲁以外，全书都很端谨。因了这几处不妥和内容的厌世的关系，这书不宜让人看它。”《象牙戒指》：“这是一本伤感厌世的书。因此之故，只限成熟的人可读。”《爱之奔流》：“此书应禁；内容有几节大胆的描写，并且袒护三角恋爱。第 212 页，有一段比喻，公教人不忍看。”《幻灭》：“这本书的可取处，是因为它描写了几个新时代青年的心理，特别是几个大学毕业的女性。女主角张小姐在革命憧憬和恋爱生活里遭到了多次的失望。所描写的社会层里，理想的志愿中，往往夹杂着些自私的打算。本书的氛围并不纯洁：充满了厌世主义；女角色的情感和性感的憧憬里，缺乏道德的顾虑；只求满足，并不想结婚。第 39 和 81 两页中，有两段相当挑拨的描写。为了这些原因，这书需要郑重的保留。”《动摇》：“书中人物大致的都不大讲道德，可是真正刺激性的描写却没有。”“有见识的人可以看。”《追求》：“由这书所推出的结论，就是人生乃是一出悲剧，它断绝一切希望，攫去人们的追求标的。作者的心理意识似乎很发达，可惜伦理意识却不幸太欠缺了些。书中一个人物，就是那丙女士，对于一个少女，为维持和她情人同居的费用，不惜出卖肉体，认为是义勇行为大加赞许。”“有几幕稍欠含蓄。这书不应让人看。”《虹》：“本书是一部杰作，但是内里所呼吸的无非是革命，厌世，失败主义和宿命主义的气息，（例如：页 49）在所写的三十几个人物中，没有一个人格高尚的。茅盾本人浸染透了托尔斯泰，尼采，叔本华，莫泊桑等人的思想……这本小说稍觉缺乏生气，因为作者叙事中间混合进去一大堆不健全的思想。书的氛围是有毒害的。”“女主角是一个双重性格的女人，一时是反抗的冰冷的，一时用美貌引诱男性，随后又傲岸地虐狂地把他们甩开而无动于衷。有时候，她又非常伤感，灰心丧气，找不到一个能安慰她的人。”“这本书是一本左倾的宣传革命的作品，鲁迅在《二心集》里曾批评它说：‘它属于革命性文学；这些作家像些脚踩两只船的人：一脚踏在文艺里，一脚踏在革命里。适应区（趋）势，一会全身重量偏重这一面，一会又偏重这一面。’”“这书一般人都不宜看。”《子夜》：“这个版本是原作的净化版，汰除了有大胆描写的第四章。虽说如此，这本子里仍残留着好些不道德的地方。”“限很成熟的人可看。”《灭亡》：“笔调沉痛，泼辣，时而激昂慷慨，带着浓厚的抑郁；文字火爆，热情，极端，但为一般批评家所赞赏以‘罗曼的革命文人，安那其主义者’目之。”《新生》：“这第二部小说，时常采用日记体裁，比较不那么生动。但是人物写得较富层次，较为人性化，较近乎真实。作者想提示的哲理，就是由绝望而演成的自杀，无补于革命事业，而李冷的殉身却是光荣而有效的：他的血灌溉出无数的青年志士，继续奋斗。”《雾》：“没有什么猥亵的描写，但实际上，作者赞成旧式结婚者的离异；他顺便攻击着良心问题，认为那只是一部份落伍人物的思想。”“除很有见解的人以外，禁阅。”《雨》：“专限有定力的人可看。”《电》：“限成熟的人可看。”《家》：“书里虽说没有任何荡人心志的描写，但它留给人的印象终是混乱，沉痛，而颓丧的。”“不宜让善感的青年们看它。有把握的人看了不妨事。”《春》：“这本小说里，有很多冗长的叙述；笔调是感伤的；但却不无精彩之处。”“这书是革命性的，这个情绪有时甚至过度激昂了些。虽然主题是婚姻自主，作者也竭力鼓吹反上。”“限有阅历的人可看。”“不可让青年人看。”《秋》：“这本书里，没有什么伤风化的地方，也没有什么太激烈的反抗精神。”“大众都不妨看。”《一个女兵的自传》：“这本自传里，没有伤雅的段落，可是思想是强烈革命性的。主张为争取人类平等而斗争。但是因为过分鼓吹自由主义，所以不是人人可读的。”《结婚十年》：“这书是1944年写成的，同年印到了第十二版。所以现在几乎人手一册。作者（女性）确是有才气；她的笔调很轻快，描写也现实。所写的主题，当然能歆动爱读小说的青年的好奇心。”“至于在道德方面，却有些应保留的地方。有好几章中，作者对于质直的词句毫不退缩，写出些个太那个的事情。但是总得替她表白一下，她写那类事情的动机，不见得是为刺激读者想象，只是为说明自己的经验而已。”“作者不赞成离婚……可是，虽然如此，我们也不能推荐这书。作者忘了，婚姻生活原是一个彼此忍让的生活，双方果能迁就一点，这婚姻可能是美满的。”“青年人不宜看。”《一年》：“大众可看。”《飞絮》：“此书应禁。有若干不道德的场面和描写。都是些病态的恋爱描写。”《苔莉》：“此书应禁：有几幕写床笫间事，很欠含蓄，能乱读者心性。”《跳跃着的人们》：“本书因作者攻击宗教，（参看：

页 7，61，69）倾向淫秽，倡导叛乱共产，一切读者都应禁看。”《群星乱飞》：“除去一两条反宗教的言论外，这书没什么可议的地方。成熟的人可以看。”《上帝的儿女们》：“作者在这书里以小说形式道出他个人对于若干耶稣教牧师的家庭，以及他们的宗教的一般观感。”“基督徒生活的真实意义，像作者那样浮浅而色情，当然领会不来。因而他在这本厚厚的书里只能闲聊扯淡！他把基督教界以及信基督教的中国人，都写成些个惟利是图的伪善者。所写的人物，个个胡作非为私生活都不大好，而他们却引用《圣经》来替自己辩护！书中的恋爱事件很多，这里不必一一详述。”“这部小说因为有很多地方描写伤雅，并因著者有意使人厌恶那些自称为‘上帝的儿女们’的基督徒，所以应禁读。”“此外，他也有调侃教理的地方。”《冲积期化石》：“书里包括各种评判，感想，有时相当有见解，有时很差；没有什么很煽惑人的描写，对于有阅历的读者，可以准其通融阅览。”《明珠与黑炭》：“书中所叙人物，可供一部好小说的取材。但要记住这是张资平写的东西，所以总离不了一套‘三角恋爱’的穿插！书中主人公果然有过这么几段情事：作者给我们述说了两个，说得很入微。”“因为内含关于自由恋爱的理论，和几段大胆的情节，任何人都不宜读。”《恋爱错综》：“这书的主旨和氛围让我们只能劝人别读它。”《革命的前一幕》：“这部小说虽说本身事迹近乎离奇，而写作得很好。氛围也纯洁。人物都具有完美性格。没有一处乱人心志的情节。人生问题，目的，和意义，都用很有表现力的词句提出，然而书中人物认为一切解答，都难令人满意，连基督教的解答在内。”“大众可看。”《蓝天》：“这本书大家可看。书中人物都深深受过基督教的影响。在他们，认为神是存在的，宗教是应坚信的。他们祈祷，家庭里庆祝圣诞……但饮酒是一个不可救药的罪恶！”《炼狱》：“作者带叙对日战争，青年的爱国，豪富阶级的荒淫等……他的主旨，是借这些描写，画出一幅人间‘炼狱’的缩影。”“是一般人都不宜看的书。”《科尔沁旗草原》：“作者借一种三部曲的形式，写人生的一段。结论是要享一种新生活，必得奋斗牺牲。作者并没有共产主义倾向；但想说明家庭社会方面都需要一种革新。然而，问题的解答，却不大容易；书里有些哲学玄想（页 443）但算不得真正的解答。”“这小说里的主角，是丁氏一家。他们离弃老家，迁往异乡，去享受一种新生命（页467），怎么‘新’法，并没说明。人物宁可说是意志薄弱的，正主角好像是个懦夫；有三次，他失信于人，应当出头的时候，没有行动。不过，这书虽有这些败笔，好像还不失为一种杰作。内容有些描写很遒劲有力，尤其在第一章里描写那些移民的时候。作者写蒙古社会生活很传神。”“有几段大胆场面，尤其是第九章里。很粗鲁的词句也不少。”“任何人不宜读。”《漩涡里外》：“书很有意思。一般人都可以看。”《鲁男子》：“这小说因有若干段大胆的描写，一般人不宜读。”《冲出云围的月亮》：“这部书任何藏书里，连大学图书里都不宜收存。”《幽僻的陈庄》：“书写得很好；但须作一项小小的保留，因为第三幕情事，说不上妨害风化，而相当轻薄。”“有见解的人看它，却无关系。”《三根红线》：“是中国一般人很欢喜看的。里面加细地记述某些人和日寇角斗的事迹。略有几处轻浮的描写。”“成熟的人们可看。”《春花》：“一般人都可以看。”《浮沉》：“描写有大胆的地方。理论谬妄。”“一切人不宜读。”《离绝》：“用情书往来，穿插成的一本小说。所写的爱情事件，是根据的健全原理。”“但因有一段，不大含蓄，只可给成熟的人看。”《贝壳》：“书中粗率的话不少；写实主义过重。”“任何人不宜读。”

6月 胡冰在《新文艺》创刊号发表《萧军底〈第三代〉》一文，认为：“和《八月的乡村》同样，作者有着他自己一贯的独特的风格。也许，有些读者会抱怨这表现的手法‘太散乱’，‘不着边际’，‘没有明确的主线’，但我想，这些意见是不够妥当的。”“若果所谓的‘明确的主线’并不一定就是平铺直叙，那么为什么不容许作者围绕着一个中心，从各方面剥开生活底表层，将许多屈辱的灵魂在读者面前剖露呢？”“何况，贯串在这小说里的红线是鲜明的，强力的。”作者“用了经济的而且是诗意的文字向我们展开了寒冷的广阔的北方，北方人民底凄苦的生活底全貌”。书中描写的“是一些卑微的人，是一些卑微的生活，从这里面却感得到无比的亲切和真实，而且不容抗拒地接触到一个平凡的真理，人怎样会做了强盗”。“那么显然的，作者将希望寄托在第三代——汪大辫子底儿子和林青底外甥身上。笔者还没有读到这个小说底第二部，但我想，这些正在长大起来的孩子们，应该是不再甘忍受屈辱了吧。”

6月 茅盾的《腐蚀》由东安东北书店再版，5000册。

6月 萧红的《呼兰河传》由上海寰星书店初版。

6月 萧乾的《梦之谷》由上海文化生活出版社印行第三版。

6月 茅盾的《霜叶红似二月花》由上海华华书店印行东北版。

6月 沙汀的《淘金记》由上海文化生活出版社印行沪二版。

7月1日 芦蕻在《文艺复兴》第3卷第5期发表《沙汀的〈困兽记〉》一文，认为：“纠结在全书的两条主线是乡村小学教师们为筹备暑期演剧，及田畴、吴楣和孟瑜的恋爱纠纷；而全书情节的展开又是以筹备演剧的始末来贯穿的。”“作为出路的启示，作者穿插了两个人，一个是勇敢的出去了的章桐，一个是勤勤恳恳固守着岗位的牛祚，但无论是人物性格的塑造和作为出路的启示，都不能不说是不够的。如果要章桐来担负出路的暗示，在人物的形象上就感到思想力的深度不够。”“较之于《淘金记》，在人物形象上，《困兽记》也许还没有前者的栩栩如生；我想，这是因为在新文艺创作的领域里，对于这些乡村食血者的面貌，《淘金记》是作了很精湛的剥露；对于一些长期生活在城市里的善良的知识份子，这种阴森可怖是往往难于置信的，正因为在自己的知识以外，通过作者的艺术形象力，这些食血者的狰狞面貌就更容易深中人心……但《困兽记》是比《淘金记》是更向前跨越了一步的，在《淘金记》里，我们还感到残存的几丝自然主义的阴暗气息，无望的愤怒多于合理抗争，以及由这种抗争所展示的道路。在《困兽记》里，作者已经清除了这种阴暗和无望的气息。这倒不是因为作者安排了一段‘穿插’作为出路的暗示，而是这幕‘悲剧’的本身就启示了一条生活的道路……而这些人物之成为富有生命的形象又是由于作者对自己的人物的创伤、蹉跌的一种感同身受的情绪。”“正因为这种渗透和燃烧的过程，这些知识份子的苦难才和我们这样相通，他们的灵魂才和我们这样贴近。”所以，“《困兽记》在这一点是超越《淘金记》的。”他还认为：“《困兽记》的成功是因为他写出了这一个时代知识份子们共同的抑郁、愤怒、苦闷、追求，作者所写的虽然是一个乡村，但这不是一个乡村，而是大后方知识份子生活的缩影。作者沙汀没有为着猎取市场的销路，迎合那些疲乏透了的小市民的胃口而放弃了对于自己的艺术水准的坚持。他保持着一贯的‘拘谨’和喜欢在‘一个狭小的范围内看的更深一点，更久一点’的生活方式，创作方式。他保持着语言运用上的成功，但他并没有炫奇，没有卖弄；他细致的刻画人物，尤其是对于情绪变异的把捉，但他并没有刻意的去写一些与人物性格与情节发展无关的多余的片段。”

7月4日 劳辛在《大公报》发表《读〈过渡〉》一文，认为：“《过渡》是说明一个时代的‘过渡’，也企图说明在这过渡时期人的思想转变的过渡情形。这本书是多头主人翁制，作者平行地描写几个人物并不是着力于刻画一个神化入圣超凡的英雄典型；而是典型与个性之间的有联带关系和谐得浑然一致，这主要的是本书存有时代的真实精神。《过渡》里同时企图解决发生在抗战开始时在青年学生意见最纷歧的‘恋爱与工作’的这一个问题。作者正面肯定了这两个问题并不冲突的地方。”小说“最重要的便是说明了一个小资产阶级在革命过程中所发生的幻想，动摇和英雄主义个人主义等坏根性都借陈家壁的行为表现出来了。这是本书的很重要的教育意义”。“《过渡》的作者很为着意于刻画自然环境；而且都能很自然的描写恰当地配合当时的人物的思想，感情和行动。这些虽都是充满了一般知识份子的感觉；但因为书中的人物都是知识份子，所以使人感到异常和协。”“本书作者在将要结束的当儿都把每一个人物的未（来）的变化用暗示的方法放置在相当的斗争位置上。这是一种很好的表现手法。尤其值得一提的。”“总之，这本书能把生活上的真实和艺术上的真实很适合地表现出来使我们读后有着浓厚的真实感。尤其在抗战中经过流亡那一段生活的学生读来更感到亲切。”

7月8日 玉君在《益世报》（北京版）发表《〈夜雾〉读感》一文，认为小说真实地反映了现实，但丽英的个性不太自然。

7月10日 季潮在《大公报》发表《丁易》一文，认为：“《过渡》以战乱中的大学生为题材……但美中不足的，是表现得繁琐，不够中心化，致没有十分典型人物出现。”

7 月 15 日 王西彦的《寻梦者》刊于《文艺春秋》第 5 卷第 1 期，至 1948 年 2 月 15 日第 6 卷第 2 期毕。

7 月 20 日 德溶在《妇女》第 2 卷第 4 期上发表《〈呼兰河传〉》一文，认为："《呼兰河传》为我们展开了一幅萧红童年生活的图画。""萧红的童年生活是单调而寂寞的。""《呼兰河传》好像是自传，却又不完全像自传。""《呼兰河传》写出了作者的童年生活，可是作者也写了生活在呼兰河这小城的人们，写了他们中的几个典型——有二伯，冯歪嘴，老胡的一家，老厨子，漏粉的那一群。""呼兰河的人民是良善的，他们不欺诈，不虚伪，也不好吃懒做，极容易满足，甘愿做传统思想的奴隶，逆来顺受，而又自怨自艾；在这里，作者是非常生动的把他们表现出来了。""《呼兰河传》没有贯串全书的线索，没有一脉相承的故事，没有整体的人物描写。"

7 月 29 日 林炎在《大公报》（上海版）发表《〈呼兰河传〉》一文，认为："萧红是怀着寂寞的心情，来描画她童年的记忆。在这'像自传'，但'又不像自传'的小说里，虽然找不出贯串全书的线索，故事和人物都是零零碎碎，但在这'不像小说'又不像自传的集子里，却找得到一些使人迷恋，使人无法忘却的东西：那是由于它的浓厚的北国的情调，那是由于它的如诗如画的乡土风味的故事。""《呼兰河传》，是把人生的残酷的图画，展演在我们的面前。""读罢了《呼兰河传》，令人看透了人生的阴暗面，而在心头上不禁增添了无限的重荷。"

7 月　谢文炳的《诗亡》由四川大学华西村十八号自印初版。

梗概：20 世纪 20 年代末，十九岁的童时钦与同班好友岳徇刚去往美国留学，在船上结识了朱权和许丽实。暑假初，许丽实转学到童时钦、岳徇刚所在的椰士大学，与他们二人暧昧不清。岳徇刚拒绝许丽实的示爱并写信给予她忠告，许丽实怒不可遏地打了他一个耳光。童时钦与许丽实确定恋爱关系后，又因隔阂误会疏远了岳徇刚。暑假结束，许丽实转到楠佳大学，童时钦发现爱尔多正在追求自己的女友。他写信给母亲询问订婚意见，岳徇刚也给童母写了一封劝阻的长信，三月初，童时钦收到母亲反对订婚并劝他们和好的信。四月初的春假，

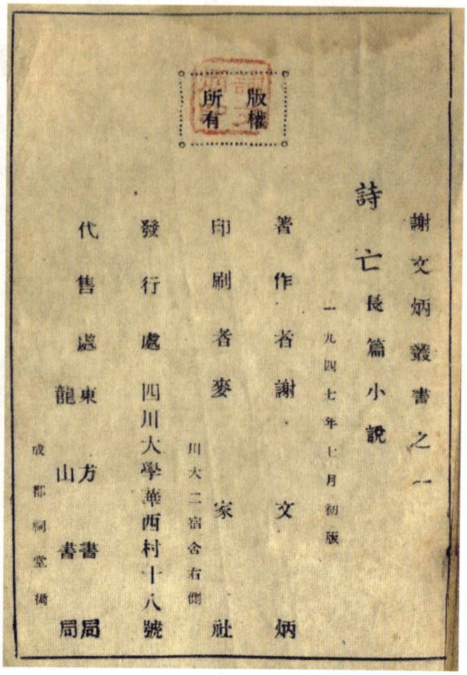

童时钦察觉到三角恋还在继续，他默许了许丽实朋友在婚礼上宣布他和许丽实的婚约。五月底，朱权参观椰士大学时说起他和许丽实同居的往事，童时钦和岳徇刚商议写信给许丽实解除婚约。第二天中午，许丽实约童时钦见面，她婉转动情的话语让童时钦打消了念头。童时钦和岳徇刚定下了一起旅行、学习的三年计划。六月底，童时钦从学校毕业，许丽实在即将回国之际与童时钦发生关系，他们草率结婚，许丽实留在了美国。婚后的童时钦并不幸福，岳徇刚给童时钦送童母的电报时，看到童时钦的悲惨情况要求他们离婚，童时钦拒绝了。过了两天，童时钦收到岳徇刚离开时所写的断绝友情的信，他赶到曾经居住的地方绝望地哭泣。

按：谢文炳（1900—1989）的这部作品以中国留美学生生活为题材，以男主人公的爱情为主线、友情为副线，表现了形形色色的留学青年的人生抉择和价值观念。青年留学生脸谱以三人为参照，一是许丽实，沉迷物质享受，浑浑噩噩度日；二是岳徇刚，有着清醒的认知，想着干一番事业；三是童时钦，没有明确目标，极易盲目动摇。世故圆滑、虚伪自私的许丽实诱骗不谙世事的童时钦，达到留在美国的目的。对于这类留学生，作者是极度厌恶和鄙夷的。岳徇刚这一理想人格的刻画，蕴含着作者对留学生立志报效祖国的美好希冀，他作为一面理性的镜子，与感性的童时钦形成鲜明的对比。童时钦由曾经的满怀朝气到颓废妥协，思想性格的改变隐含着作者深深的谴责和忧虑。“诗”代表梦幻、青春、理想；散文是“卑下”的，破碎的。诗歌化成散文，“诗亡”带来无尽失望。小说最后借岳徇刚的口吻说出“我只能诅咒目前的社会”，传达了作者对晦暗现实的不满。

作者长期的留美经历为写作提供了素材，英国文学的学习经历使得作品别有意味。作者借鉴西方现代小说的技巧，以西方环境为背景，描写中国群体、中国心理、中国文化的碰撞带来的如何应对“美国化”的深刻思考。故事简洁明了，详略得当，写景也好，写事也罢，言尽其意则止，体现出较高的写作技巧。小说描写细致，心理描写尤为细腻精彩，主体心理叙述切换自如。主人公婚姻前后的巨大落差，具有强烈的情绪感染力。

7月 柳青的《种谷记》由大连光华书店初版，1—2000 册。

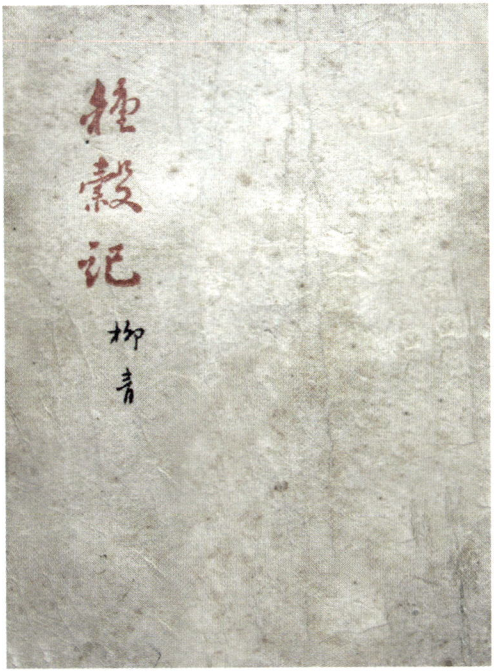

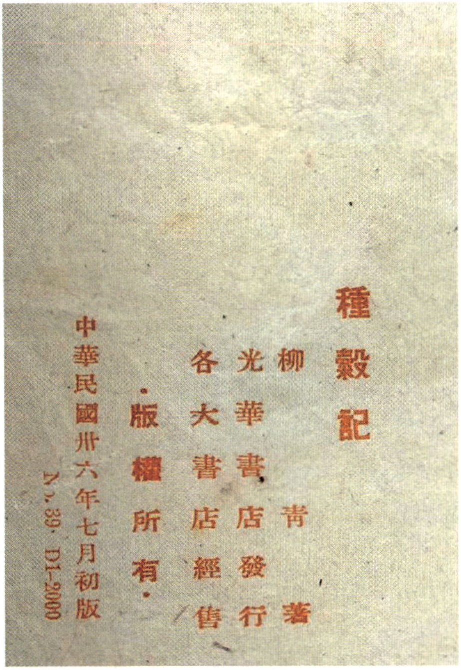

梗概： 王家沟农会主任王加扶欲响应上级的号召动员全村农民以变工队的形式集体种谷（选择在几天的时间内集体种完），村主任王克俭却并不积极，王国雄也从中挑拨，变工互助工作无法进行。王克俭还同其他8户人家自己种了谷。眼见集体种谷的计划无法实现，王加扶将这一情况通报给上级并在区长的支持下撤换了王克俭的职务，最终与其他积极分子一起实现了集体种谷的愿望。

按： 柳青（1916—1978）的《种谷记》写陕北落后的个体农业生产如何响应党的号召走向集体生产的过程，以及怎样在这个运动中改造个人，使他们参与到互助合作集体的劳动中来。小说写到了这个转变的复杂性与必要性（不过，这个必要性是通过政权的力量来实现的，后来柳青在《创业史》中写出了其必要性和优越性）。小说鲜活的陕北生活气息与人物性格的真实生动扑面而来，情节舒缓，细节传神，但小说依阶级成分划分人物的属性以及成为政策传声筒的端倪已显现出来。这是第一部表现农村互助合作的长篇小说，也是新文学史上的一部重要的转向之作。

7月 《诗创造》第1辑封底刊载《山洪》的广告："本书文长十五万字，以作者最熟悉的长江南岸的一个山村为背景，人物是一群'山巴老'，它给人的印象是自然真实而深刻。作者观察和表现农民的心理性格的细致深到，农村生活的生动鲜明，尤其对方言口语的运用，活泼传神，使故事中所描绘的人物无一不真，无一不活，这是本书在艺术上的绝大的成就，也是抗战文艺中的重大收获。"

7月 萧军的《八月的乡村》由哈尔滨鲁迅文化出版社再版。

7月 端木蕻良的《大江》由上海晨光出版公司初版（晨光文学丛书）。

7月 陈铨的《狂飙》由上海正中书局印行沪四版。

8月10日 吴似鸿在《大公晚报》发表《萧红印象记》一文，认为，萧红的"笔调像高峻的壁峭，不像一般女子的笔调有着柔思和温情，好像那时的女作家之中，是特出的一个风格……抗战时，在香港《星岛日报》上读到她的《呼兰河传》，笔调与前两样，是回忆的，细腻的，充满着趣味，叙述着她儿时在家乡的一切小生活。"

8 月 10 日、25 日 沙汀的《还乡记》部分章节以《开端》为名刊于重庆《大公晚报·半月文艺》第 18、19 期。

8 月 19 日 屏溪在《大公报》(上海版)发表《〈围城〉读后》一文，认为："人物性格的刻划，一般讲来是成功的。作者笔下的那辈留学生，大学教授，女博士，以及其他不容易归类的角色，都被心理地描写出了他们或她们潜意识领域的秘密，写出了他或她的长处及瑕疵。从这些人物的活动上，一幅现社会某个隅落的世态也给发掘了，如同他们的欢乐，希望和悲哀。""有人对这本书鼓掌也许还因为文字铺展的技巧。每一对话，每一朵况喻，都如珠玑似地射着晶莹的光芒，使读者不敢逼视而又不得不睟上去，不相干的引典，砌在棱刺毕备的岩石缝里，则又不觉得勉强。作者的想像力是丰富的，丰富得不暇采撷，于是在庸凡的尘寰剪影里挤满了掇不尽的花果，随意地熟堕在每一行，每一章。""但作者并未着重他的故事。他的故事只是一种纾延文字的手段，牧童吹着狡猾的竹笛，只使得韵律生动，可人，对于唱的内容可并未介意。因此，在衡量整篇的价格时便费踌躇了。一想到这是小说，我们阅读时所树植在内心的微笑便一齐陨了价，不能不令人生出深深的惋惜和遗憾。固然作者也给我们窥睨到了片面的现实，但这些已褪了彩的霞霭实不必留恋，作者用在这方面的讽语未免慷慨得有些浪费了。"

8 月 31 日 挹青在《大报》发表《读茅盾的〈腐蚀〉》一文，认为，"《腐蚀》最大特点是题材新颖，在时代气息感受上，《腐蚀》比《子夜》更强烈。作者似乎浑身是胆，赤裸裸地把抗战期间某些人的五脏六肺和丑恶的嘴脸无情地暴露示众。在党争激烈，勾心斗角的今天，读了这本书，使平日漫不经意这一套玩意儿的人们，多了一种新的认识。"

8 月　欧阳山的《高干大》由华北新华书店初版，1—2000 册。

梗概：任家沟合作社主任任常有只收款，不退款，又不分红，还不为民办事，群众意见很大。副主任高生亮（高干大）有感于村里没有医生造成孩子夭折，主张成立医疗合作社，受到群众欢迎，却遭到漠视群众生活的主任任常有和区长程浩明的反对，而区委书记赵士杰则允许试办一年。由于高干大为民着

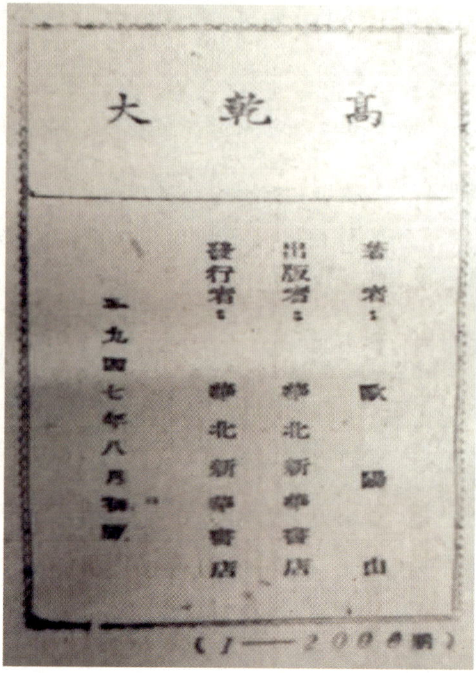

想，办实事，合作社办得十分兴旺，还利用积累的资金，办起了纺织厂、信用社、运输队，但高干大的身体却因劳累而病倒。郝四儿为乡长弟媳“赶鬼”时治死人命，嫁祸于合作社，被高干大狠狠地训斥了一顿，他从此便对高干大怀恨在心。为了破坏合作社，郝四儿和村里的一些二流子不断地制造事端，挑拨是非，四处散布谣言破坏春耕，蛊惑人心。他设下圈套迫使高干大的儿子高栓就范，每天伙同另外几个巫神深夜在豹子沟闹鬼，搞得人心惶惶。区上派遣干部和自卫军决定到豹子沟捉鬼。高干大亲自上山，正遇上装鬼的郝四儿，二人在搏斗中滚下山沟，郝四儿摔死，高干大跌伤，闹鬼的事真相大白。这场斗争结束后，合作社分了红，区领导肯定了高干大的方向是正确的，高干大也被选为总社主任，成为陕甘宁边区的劳动英雄。

按： 这是一部以延安整风运动精神为指导思想的作品，也是一部概念化与生活感相掺和的作品。小说以办合作社为中心线索，一方是为群众着想的高干大，一方是代表主观主义、教条主义和官僚主义的任常有、程浩明。前者办实事，后者唯上级马首是瞻；前者赢得群众拥护，后者失去民心。检验他们的标准是为不为群众办实事。小说有一定的生活气息，高干大的形象也较为生动，但反面形象塑造较为脸谱化，结尾过于理想化。它所表现的主题——群众需要党领导，只有听党的话才能致富，是延安文艺思想转变后的一个重要主题。

8月 萧军的《八月的乡村》由上海作家书屋印行第二版。

8月 姚雪垠的《春暖花开的时候》（第一分册）由上海现代出版社印行沪六版。

8月 茅盾的《虹》由上海开明书店印行第十七版。

9月1日 徐訏的《风萧萧》由上海怀正文化出版社印行第三版。

9月19日 劳辛在《大公报》（上海版）发表《残酷现实的反映——读沙汀的〈呼嚎〉》一文，认为："沙汀的笔底曾体现过不少有良心的知识份子的苦闷与悲哀。在他的长篇小说《困兽记》里便是锐意刻划出一班不安于现实的但又无能力和勇气闯出栏厩的知识份子底苦闷。"

9月20日 《申报》刊载《海艳》的广告："'无名书'为无名氏先生平生心血力作。自第一卷《野兽·野兽·野兽》出版后，即引起读书界广大反响，认为在风格，文字，思想及内容上，本书已为中国新文学开辟了一个新境界。第二卷《海艳》，描写主人公遭遇到生命中最神秘最美丽的一个部门——爱情，以及因爱情而引起的许多生命现象及人生问题。从女主角一出场起，全书即展开一个极雄壮艳丽的场面，对读者实具有极大之吸引力。本书文字之美，格调之新鲜，哲学思想之深刻，均远胜作者其他各书。在以爱情为题材之新小说中，本书实为最独特最有魅力之一部。"

9月20日 湄在《中学时代》第5号发表《苦难人民的面影：〈呼兰河传〉》一文，认为："《呼兰河传》给人清新的印象，而且不时唤起各人的记忆，觉得有许多埋藏已久的心底的图画，又重现在眼前，因而更深一步认识中国苦难人民的面影。这并不是每个人全到过呼兰河，只因为萧红能采取中国人民贫困生活的特点，以最大的同情和生花的妙笔写下这形似小说的诗篇，所以把人心中类似的经验和感情全引起来了。""萧红在此书中特别显出她细腻的笔调，心理描写刻划入骨，可惜的就是书中没有积极的人物，而且只供给了中国众生相的材料，却并未研究这‘众生相’所以造成的原因，因此看的人往往会受到作者寂寞的心情的感染。”

9月22日 翟放在《中央日报》（南京版）发表《读老舍的〈惶惑〉》一文，认为：“在《惶惑》里故事安排，笔调及写作的技巧，淳朴犀利，从不渲染和夸张，写作背景多半是知识阶级在封建顽固的社会里的抗斗、挣扎。”“老舍的《惶惑》一书……书中故事是真实的，生动的，沿着真理的轨迹而运动的，充满着普遍自然之公正的描写。作者没有歪曲真实的必要，来夸张地走向虚伪，迎合低级趣味和荣誉。所以在这部书里面，整个的故事和人物，是特别的典型和凸出。故事描绘忠实，人物模型实在，加上早经成熟的表现技巧，所以这部作品无疑被誉为上乘。”“作者使《惶惑》中的人物在动乱中平均的发展，每一个人物有他的外型和内心，能使读者发生共鸣。这一个故事可以说是衬托着人物，相反的，也可说人物衬托着故事发展下去。”“在这里，作者也说明了战争能摧残人类的厉害，使人们在生离死别里碰头，在颠沛流离的生活中沉浮不定。虽然如此，但作者更强调了封建的余毒。”“老舍的《惶惑》这部书也可说是一部‘精神分析’。从瑞宣个人思想的抑郁、矛盾、狼心狗肺的汉奸，一直数到渴望胜利和平自由的沦陷区的人民。都是‘精神’的试验者，苦闷、烦恼、欲望交织着。”“《惶惑》是真实的剖解出一副血淋淋的史诗，呈献给大众。是劳苦受难的备忘录。向我们的敌人去复仇，算清血债。”

9月27日 钱锺书在《观察》第3卷第5期发表《补评英文新字辞典》一文，认为：“第二八二页：‘Existentialism：现代法国文学里的一种哲学。’这不大确切，只能说一派现代哲学，战前在德国流行，战后在法国成风气。我有 Karl Jaspers：*Existenzphilosophie*，就是一九三八年印行的，比法国 Sartre：*L’Etre et le neant. Camus：Le Mythe de Sisyphe* 要早四五年。近来 Kierkgaard，Heidegger 的著作有了英译本，这派哲学在英美似乎也开始流行。本辞典为‘存在主义’下的定义，也不甚了了。”

按：这是钱锺书为竞文书局1947年7月出版的《英文新字辞典》所写的一篇书评。《观察》1947年第3卷第4期刊载了戴镏龄的《评〈英文新字辞典〉》

一文，戴文对该辞典的一些词条的释义进行了匡正，钱锺书看了后，觉得还有一些词条也有同样的问题，于是撰文予以补充，谓之“补评”，并非对戴文提出意见。这小段材料很重要，它表明钱锺书对存在主义哲学的来龙去脉是了如指掌的（Karl Jaspers: *Existenzphilosophie*，即卡尔·雅斯贝尔斯:《存在主义哲学》; Sartre: *L'Etre et le neant*，即萨特：《生命与虚无》；Camus：*Le Mythe de Sisyphe*，即加缪：《西西弗斯神话》；Kierkgaard，即克尔凯郭尔；Heidegger，即海德格尔），也表明钱锺书从存在主义的视野去观照20世纪40年代中国的社会是有意为之的，它表明，从存在主义的视角揭示《围城》的意涵或许更接近钱锺书的本意，从现代主义的视野肯定《围城》的价值与文学史意义或许更符合文学史实。

9月27日 天行在《礼拜六》复刊第94期发表《记钱锺书》一文，认为：“《围城》虽遭不少批评家非议，但其趣味之浓郁，描写之生动，与其写作技巧上的成就之高，在国产新小说中显然是一个奇迹。”

9月29日 朱浒在《时代日报》发表《〈霜叶红似二月花〉》一文，认为：“如果说：鲁迅先生《伤逝》是写的‘五四’以前的中国小资产阶级在社会中生活的缩影；那么茅盾先生今天所写的便是‘五四’以后的情形。从两篇文章中，我们不难看出其间的距离有着如何的遥隔，但却是走向同一的目标！”

9月 蓝海在现代出版社出版《中国抗战文艺史》一书，认为：（1）《困兽记》的“作者对读者介绍他的人物和事件，都显得那末熟知。只可惜对问题的认识，未能更超出一般的见解，因此掘发得也就不够深”。（2）“田涛继《潮》后写了《金黄色的小米》，仍然保持着他一贯的质朴的风格。”

9月 凡乃在《妇女月刊》第6卷第3期发表《〈惶惑〉与〈偷生〉》一文，认为，小说描写了各类人物，“洋溢着浓郁人间味，使你觉得自己也生活在他们之间；对他们不同的思想行动，会感动，叹息，痛恨，同情，或耻笑。但是，从头至尾，一直笼罩着你的感情的却是沉重的。亡城的悲哀，你会深深的感到，每个人的生活都是与国家密切相关的：国家亡了，你就别想好好的活下去，即使是最大的容忍忍受侮辱，虽然‘国家’在平时似乎只是抽象一个名词。”“在这里，著者没有明显的说明中国人几十年来进步的趋向，如《四世同堂》这书名给予的暗示，但我们可以看得出，虽然这进步是缓慢的；著者没有用‘神圣’‘伟大’等字样来歌颂抗战，但我们也可以由只会吟风颂月的诗人怎样一变而成了战士来理解，中国已在这巨大的变动中走向新生之路；著者也没有为我们善良的老百姓高声地呼吁甚么，我们都会深切的感到基本的国民教育对民众是怎样的需要。凭着这些，使你不仅要急急的往下读，而且读完后会不断的思考，也凭着这些，笔者要向大家介绍这部书。”“著者的笔向以细腻，诙谐，绘声绘色见称，用不着笔者再来多话，只是在某些地方，过分的诙谐减低了深刻的分景，是个小小的遗憾，不过这也只是笔者个人的偏见，无损于这部书的成功。”

9月 李影心在《文学杂志》第2卷第4期发表《〈滩〉》一文，认为：“全书有个较为深远广大的企图。它的作者想在这部长篇里显露出促使民族工业衰败夭亡的症结，也昭示那今后可能的发展路径。而在这种主干的网络下，我们见出那细密而蕤茂的枝叶，以重工业钢厂的胚育，生长，挫败，和夭折为经，以意志刚强的铁腕的思想，理念，生活，行为为纬，交织错综纠结在一起的人事关系的轮廓。”他认为《滩》是一部成功之作，其人物情节“足能显出作者雄伟的气魄和远大的企图”。“此外，作者还安排下旁衬的人物和枝节，推进整个人事发展。但是和主题的巨流相较，便显出支流的细弱，多数人物的插入仅只是作为不可或缺的陪衬，缺乏一点本身上应该属有的生命。若以戏剧作比，《滩》里所写的可以说是一出不折不扣的写实剧，而且又是侧重在主角的动作和独白上，但因为剧情的繁重和限制，显得主角太为吃力，做戏太多，相形之下便把配角冷淡在台上了。”“幸而作者的那种娴熟的技巧和精心的处理掩住了一切的生疏和空隙，所以故事发展终会达到一种圆熟的饱和，戛然而起，戛然而落，始终一气贯成，浑然无间，毫无雕琢生硬的迹象，为珍贵的艺术致力。”

9月 萧军的《第三代》（第一、二部）由上海文化生活出版社印行第四版。

9月 无名氏的《海艳》由上海真善美图书出版公司初版。

9月 老舍的《离婚》由上海晨光出版公司印行改订本第一版。

10月25日 许令德在《进修资料》创刊号发表《〈惶惑〉》一文，认为：“《惶惑》里的故事是真实的，生动的，深刻的，那几个人物也特别凸出，各具性格，老舍顺手写来极自然，浑然呵成一气，这是一部上乘的作品。”“这里告诉你，在一个为民族，为国家，为和平的剧烈战争里，那些人在反抗，愤怒，斗争；那些人在煎熬，挣扎，支撑；那些人在鬼混，在蝇营狗苟……老舍给每个人的塑像嵌上沉默，忧郁，愤怒，狡诈，坚毅……的性格，这样才使整个故事从小羊圈扩展到北平城，从祁家的缩影显出更大的灾难的写照，充满了血与泪，叫你在大动乱时代里一眼看出好人和坏人。”作者将全部故事安排得自然而匀称，是成功之作，不仅是技巧，更重要的是“真实”。

10月 巴金的《春》由上海开明书店印行第十六版。

10月 黎光的《海风》由上海正中书局印行沪四版。

10月 巴金的《家》由上海开明书店印行第二十七版。

10月 茅盾的《霜叶红似二月花》由上海华华书店印行沪五版。

11月7日 《徽州日报》刊载消息《查禁〈困兽记〉》：“省府近准内政部代电，以据报，左倾文人沙汀，过去即以著作赤化性作品闻名，最近又出版一《困兽记》长篇小说，现已由新群出版社出版。其内容系描写一群左倾文人，对政府咒骂，及煽动亲友，离居政府区，投奔匪区，去求人民真正自由解放，其企图系为诱吸青年学生，逃往匪区，或参加当地匪党工作。通饬严予查禁。”

11月14日 黄谷柳的《春风秋雨》始载于《华商报》，至12月28日毕。

11月15日 劳辛在《文讯》第7卷第5期发表《评〈故乡〉》一文，认为：“艾芜的《故乡》是一本忠实地反映现实的长篇小说。它触及到中国底社会本质的核心，并把它展露开来，似一篇社会科学的论文所给予我们的知识，缕析条分的说明‘半封建性’的中国社会性质。”“作者把一种生活斗争的意志赋予《故乡》中的新生代人物身上，这就是作者对于新中国的祈望和他的信念。”“作者在这部有着明确的主题和丰富的思想性的长篇里企图表现：（一）在半封建半殖民地的中国社会里，当抗战展开之后，在新的高潮情况下，新旧力量的斗争。（二）知识份子在革命过程中所表现的动摇，和他的不透澈劣根性。（三）封建势力通过他的特殊的关系，积极地向正直无知的农民剥削与压榨，造成农村中可怕穷窘现象。”“余峻廷是一个典型的良善知识份子的性格人物。他热情而具正义感；他有着嫉恶如仇的灵魂；他是一个在新启蒙运动底下醒觉了的小资产阶级，他有对于抗战胜利憧憬的模糊观念；但因为他缺乏一种坚定的信仰和阶级的观点，终于在应付或者解决一种事情上，失却了方向。”“《故乡》中我以为写得最生动而又合乎人情的要算是余峻廷的母亲余老太太了。”“《故乡》从故事和人物方面来说都算得枝叶扶疏的长篇小说，作者以繁复的故事来表现多方面的个性，而且又接触到人物的阶级性；固然，作者还未能充分地表现这一点；但已是难能可贵的了，严格说起来，这部小说的主题缺乏积极斗争性，只是消极的暴露，但在新民主主义的文艺运动方针来说，暴露黑暗也是重要的任务之一。大概作者的思想颇向往于一种田园的原始性的自然生活，于是在书中所赋予主人翁余峻廷的心理状态的叙述表现出来了……作者没有在《故乡》中充分地真实地写出中国农民的困苦情形，我们读后的感觉似乎不满足，而他对于这方面着笔嫌太少了。”

11月20日 丽子在《怀谷》第1卷第2期发表《巴金〈家〉里的人物》一文，认为《家》是旧礼教趋向新潮流过渡时期的缩影。

11月24日 倪明在《中兴日报·今日文艺》上发表《谈〈诗亡〉》一文，认为：“文字的细腻、魅力，使我立刻想到屠格涅夫的小说。尤其是各种场面的处理，景致的陪衬，那几乎不是中国小说里所能够找到的，即如就在茅盾或巴金的小说里，也不容易找出那灵活的手腕的。”

11月30日 彭斐在《文艺先锋》第11卷第3—4期合刊发表《〈围城〉评介》一文，认为：“《围城》之妙，该是妙在作者钱锺书先生的超人机智，和他那五车的才学，以及透过那重机智的冷嘲热讽的笔调上，纵观全书，内容丰富精彩，写得又极轻快活泼，淋漓尽致，在目迷神眩之余，读者们往往捉摸不到全书的主题，忽略了故事的进展，甚至记不起人物的性格，只是被动地随着作者的笑嬉怒骂而前进，及至读完全书，在我们的印象中，却只记着一个人，一件事，这便是作者钱锺书本人，和他的聪明风趣。”“《围城》一书，故事很简单，人物也未见复杂，然而我想读过诸君没有一个会不承认，这本书很有份量、很能引人入胜：不管各人的批评是赞美，还是责难，《围城》之能给读者一个很深的印象，终是一件无可怀疑的事实，至于它的所以引人入胜，令人不忍释手的理由，一般说起来，大概只有一项，就是作者的穿插，以及穿插中所表演的幽默风趣和机智，全书中耐人寻味的地方很多，说得上俯拾即是——当然有时候我们也会觉得噜苏与过火，认为穿插得不必要——大体说来，精彩毕竟精彩。”另外，“钱锺书的文字，清丽之好，又颇洗练流畅。”“其实，进一步看清凉畅快这四个字正好来形容《围城》这本小说。”

11月30日 谢紫在《幸福世界》第2卷第1期发表《〈风萧萧〉》一文，介绍了小说的故事梗概。

11月 **田涛的《边外》由上海怀正文化社初版。**

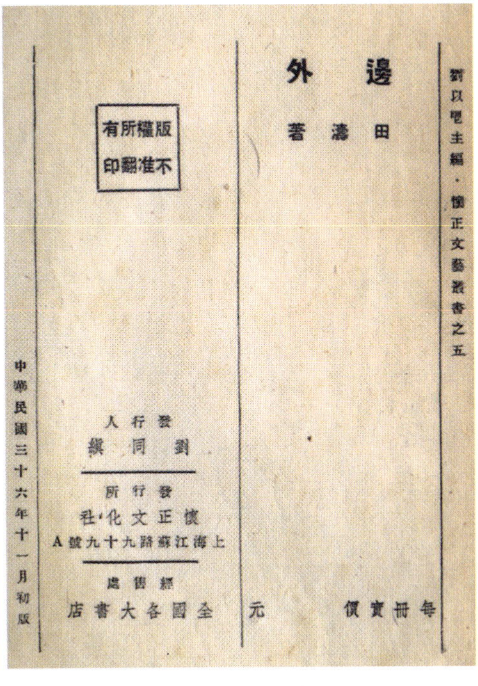

梗概：凤金爷自给自足的日子在大旱这年被打破了。儿子金锁本想娶邻家女孩青翠也因无钱而眼睁睁地看着她成为财主家的小妾，不得已，全家随村里人一起出去逃荒。在逃荒中，他们遇到须子与她重病将逝的母亲。为了生活，须子在母亲去世后答应与金锁一起生活。回村后，金锁看到刘财主家的长工偷自己地里的荞麦，于是他也偷了刘财主家的棉花，但却遭到财主雇佣打手的凶狠报复，凤金爷被打伤，家也被砸烂，随后刘财主又以地界弄错为由强占了凤金爷的几垄地。凤金爷不服，去县里告状，反被抓进监狱并遭到毒打。经过这番折磨，凤金爷变得疯呆，出狱后不久死去。

按：虽然同是天灾下的破碎，同样是一曲农民的悲歌，但与《沃土》中全云庆不同的是，凤金爷遭受的不仅有乡村恶霸的欺凌，更有政权及其帮凶的致命打击。正是社会的黑暗与腐朽，才使无数以土地为生存之本的善良百姓遭受冤屈时求告无门，由失望而至绝望，成为那个社会、那个时代不幸的冤魂。这也是作家寓意《边外》的重要原因吧。此外，小说还穿插了同村汉子甜瓜一家的不幸遭遇，而驼背奶奶（甜瓜母亲）顽强的生命情态与生前对乡邻乡亲的情怀，让我们久久地回味流淌在人间百姓中的缕缕温情。田涛清醒地看到造成这一悲剧的深层动因，以人道主义情怀塑造出凤金爷、驼背奶奶等一批栩栩如生的人物形象，标志着他的创作迈上了一个新的台阶。

11月 **夏衍的《春寒》由香港人间书屋初版。**

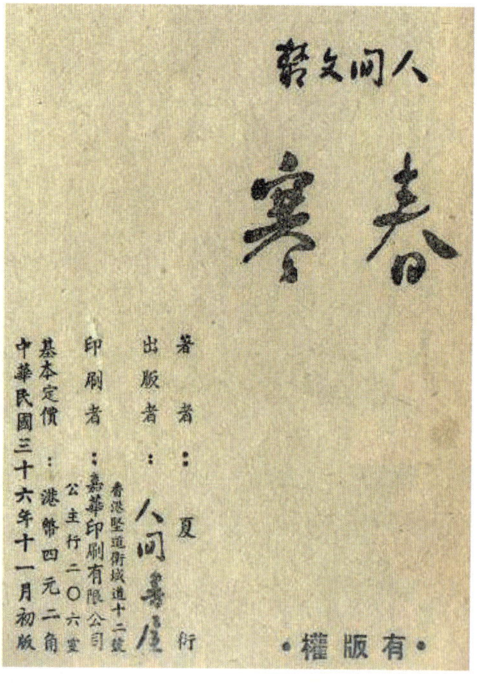

梗概：吴佩兰在香港仅待了两周就要北上，前往北方一个贫苦的学校教书。临行前，她将自己的信札和书简留了下来。读完之后，“我”决定将她和她的朋友们的事迹记录下来。1937 年八一三事变后，吴佩兰离开志同道合的好友 T，离开江南故乡来到广州，参加了一个戏剧团体。次年二月，在欢迎外来文化工作者的欢迎会上，她结识了留日归来的青年徐璞，但她认为徐璞太过殷勤，因而对其印象不佳，直至八月戏剧界联合座谈会上听了徐璞精彩的发言，态度才有所改观。九月下旬的一天，二人偶遇，徐璞约她江边散步，一番交谈后她对徐璞产生了微妙的情绪，但出于对 T 的感情，她抑制着自己。次日钟敏先团长通过洪燕卿请徐璞吃饭，燕卿请了蔡洁、萧琛以及佩兰、曼珍作陪。饭后回到宿舍，佩兰收到了 T 从武汉发来的信，她决定演完双十节的戏之后就到汉口去。

武汉形势越来越危急，日军也在下涌墟悄悄登陆，并先后攻破淡水、惠州、龙岗，进犯广州，得到消息的人纷纷撤离。洪燕卿提前安排好了船前往肇庆，邀佩兰、徐璞同行。徐璞、蔡洁接到军队命令，随军提前去了北江，佩兰接到 T 的电报，让她不要北上。她拒绝了燕卿和徐璞要带她离开广州的好意，像曼珍一样，到动委会报了名。次日凌晨日军轰炸广州，佩兰和曼珍连夜逃离，一路波折到了三水，在这里遇到了动委会的负责干部萧琛和黄老夫子黄子瑜。佩兰生病了，在黄、萧二人帮助下，才平安抵达西江四会。洪燕卿得知武汉沦陷，也放弃了去肇庆，来到四会与动委会汇合。政治部组织了督导团，蔡洁也被派到了西江。大家都在忙着各自的工作，洪燕卿觉得无所事事，便决定先到桂林，再到重庆去。佩兰把在桂林工作的朋友介绍给燕卿，随后 T 从桂林朋友那里得到了佩兰的新地址，并写信告诉佩兰自己已经和芳同居的消息。得知消息的佩兰情绪消沉，为了改变这种状况，她随蔡洁的慰劳队到铁路前线去工作。在琶江口，他们偶遇了在此整编的钟团长，并一起过元宵节。蔡洁一行回到四会，收到动委会工作结束、全体集中曲江重新编组的命令。在曲江，他们与徐璞汇合了，佩兰得到徐璞的鼓舞，打算继续留在这里艰苦工作。

动委会被解散了，政治部开明的黎主任从重庆回来之后行事风格大变，动委会的主要领导都受到严密监视，徐璞和他们的通信都只能通过佩兰秘密转交。

4 月 10 日，政治部张副主任要求蔡洁草拟“四一二”纪念日的公文，蔡洁佯装答应，出了政治部与佩兰简短告别后便连夜逃亡香港。政治高压下，萧琛决定前往桂林。张副主任给从重庆回来的高主委接风，邀请了佩兰和徐璞，宴会上，他们遇到了官至旅长的钟敏先。张副主任让佩兰表演节目，佩兰的拒绝与径自离席惹怒了他。徐璞请钟旅长带走佩兰，但蔡洁写给徐璞的信却早已被秘密截留，徐璞本人也危在旦夕。次日徐璞被捕，佩兰所在的政工队也遭到搜查，钟旅长得到黎主任允许，带走了佩兰，安排她到衡阳转香港。徐璞在三个月后得到前辈担保，辗转到了重庆，并结识了 T。

按：这是夏衍（1900—1995）鲜有的一部描写华南战区的抗战作品，它以青年徐璞和佩兰为中心，赞颂了广州沦陷前后华南战区青年们踊跃抗战、积极与黑暗势力做斗争的英勇行为，揭露了国民党“假抗战、真反共”的本来面目。所谓“春寒”即寓意革命青年高涨的抗战热情与国民党政府消极的抗战举措形成的鲜明对比。小说结构上采用倒叙的方式，先采用第一人称交代佩兰从香港北上的结局，随后又以第三人称从头开始叙述，最后又转换回第一人称交代其他人的结局，视角转换自然，情节紧凑曲折生动，条理清晰，在人物的交谈中，不断通过细节还原出高压的政治环境，预示这群青年的命运，随之的故事转折和人物行为转变也自然妥帖，如抗先的解散、抗先队员被捕等均是他们面临解散和被捕的前兆。有争议的地方在于，恰如叙事者所言，这是根据佩兰留下的日记、信件等作为原材料的，文中大量地引用日记影响了作品的可读性。

11 月　李蕾的《永别的新郎》由北平聚珍阁印刷局初版。

梗概：青年女学生“我”（李中钧）为人热情善良，有同情心与责任感。受亲密好友洁女士的临终请求，“我”甘愿放弃自己追逐爱情自由的理想，委身于洁的丈夫徐文达，十八岁便成为两个幼女的继母。“我”与文达成婚不过十二天，他便带走了“我”陪嫁过来的所有贵重物品，匆匆赶往美国留学。起初，二人时常通信互诉思念之情，十分甜蜜。到了卢沟桥事变的第二年，文达由美国归来去往重庆后，二人的通信却日益减少。一日，文达的弟弟前来报丧，说文达因肺病死在洞口，“我”心痛万分，为他在北平举行了追悼会。此后十二年间，“我”

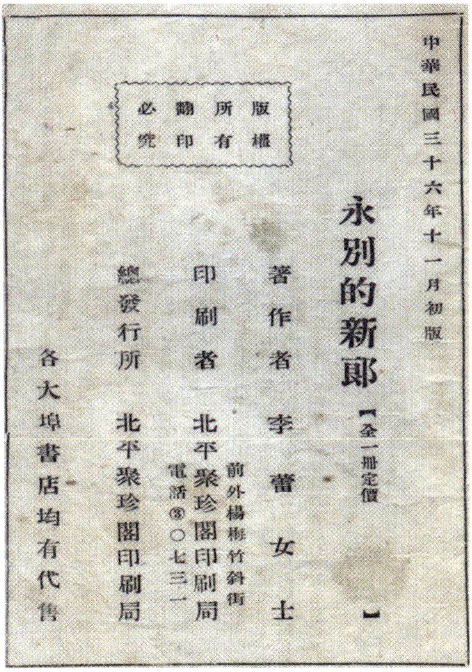
中華民國三十六年十一月初版

永別的新郎【全一冊定價　】

著作者　李蕾女士

印刷者　北平聚珍閣印刷局　前外楊梅竹斜街　電話③〇七三一

總發行所　北平聚珍閣印刷局

各大埠書店均有代售

版權所有　翻印必究

的双亲先后去世，“我”虽遇见了良人雷表弟，却因已婚的身份遭到雷父反对，一直没有再嫁，只得拼命在报社写稿勉强维持着一家人的基本生活。谁知抗日战争胜利后，“我”竟意外得知文达不仅没有死，反而在南京任职并另娶新妇生子。至此，“我”才终于认清了他忘恩负义的真面目，从此对爱情与婚姻再无留恋，只是恳求他将两个女儿接去好生教养，却又遭到冷酷的拒绝。无奈之下，“我”只好向法院上诉，历经周折最终却只得到无法起诉的结果。

按：这是李蕾（1915—？）一部以抗日战争为历史背景，以“我”被丈夫利用后惨遭欺骗与抛弃的故事为主线，以围绕在“我”周边的各色群体——老妈子、卖唱女、洋车夫、腐化官僚等的生活状态为辅线，从政治、经济、文化等不同维度展现出沦陷区人民在物质层面匮乏贫苦，在精神层面低迷困顿、丧失人道主义立场的复杂情景的作品。作品虽具有强烈的自传的因素，在呈现方式上也多表现为作者自我的抒发记述，但作者并未拘囿于书写个人经历这一狭小范围，而是由此出发，将自己周遭人物的际遇统摄为一个整体，力图对现实社会进行更为宽广、全面的展示。在叙述情感上，作者除了对女性这一群体的个体独立性进行肯定与呼吁外，还对两性应该如何交往、面对爱情与自由的冲突应当如何处理等问题进行了理性而深入的思考，特别是呼吁女性当自强自立，不要做男性附庸的现代女性观念，有一定的现实意义。此外，在语言运用方面，作品的行文风格灵活而多变，记述自然风光时优美舒缓，对父母追思感怀时真挚感人，揭露现实问题时尖锐理智，不过，作者时而沉浸于感性的抒怀，时而又跳出进行严肃的说理，有不够圆融之嫌，对于读者的整体阅读感受有一定的影响。

11月 柳青的《种谷记》由大连光华书店初版，5000册。

12月6日 小慧在《风下》第2年第104期发表《〈春寒〉》一文，认为：“它呼唤出时代的心声，带给人们以勇气与希望。”

12月10日 进珊在《申报》发表《谈文学欣赏》一文，认为：“老舍的《骆驼祥子》近乎封建社会的农民文学……所以美国读者则用好奇的心理去读《骆驼祥子》，正同中国青年也曾用好奇的心理读过《石炭王》一样！”

12月11日 沈露在《申报》发表《读师陀的〈结婚〉》一文，认为，《结婚》是极少反映上海沦陷期间的“社会形相和生活的文艺作品”。“从《结婚》里我们看到胡去恶这个知识份子的典型，他怎样跟生活斗争又如何地动摇和妥协！过程的交代颇见明晰，这人的没落和幻灭，作者也隐喻出了社会的环境和此人本身的弱点——真不啻为一面知识份子的镜子，令人警惕！”“像《结婚》这作品，严格地说，由于前后形式的悬殊，我们在分析它结构和着眼于描叙手法的时候就发现某些地方显得松懈和难以呼应，落笔的轻重上也使人有‘过’与‘不及’之感。整个说来，《结婚》仍不失为一部表现了时代片断，现实人物的作品。”

12月11日 文介在《申报》发表《儿童传记文学》一文，认为：“在我们中国，据我所知，属于这一类的作品恐怕只有一部：老舍的《小坡的生日》。而老舍的这本作品上半部写得很好，下半部是写得不很好的。”

12月 **碧野的《湛蓝的海》由上海新新出版社初版，1000册。**

梗概：小琤来找阿鹏去南澳岛帮助海狗规划作战，说鬼子要进攻那里，他答应后天去。阿鹏回忆起二十年前他流浪到莲阳在张大富的大庄园里当长工时

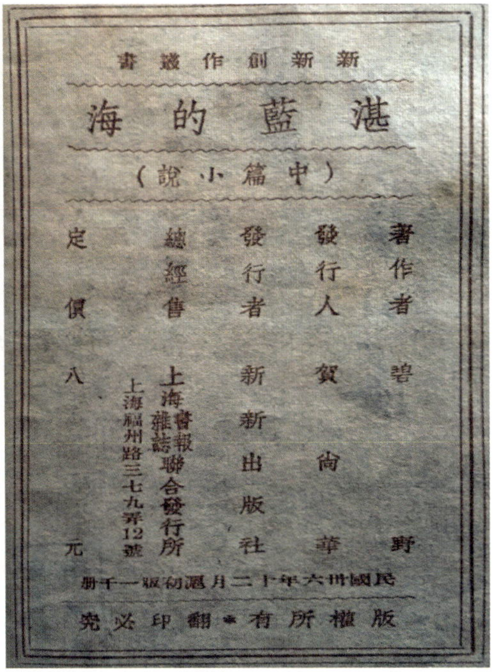

新新創作叢書

湛藍的海

（中篇小說）

著作者　碧野
發行人　賀尚華
發行者　新新出版社
總經售　上海書報雜誌聯合發行所　上海福州路三七九弄12號
定價　八元

民國卅六年十二月初版一千冊

版權所有＊翻印必究

的苦难生活。有一次群马角斗，马匹一死一伤，他被主人罚做十年苦工，没有收入。半年后，主人为躲避民众的反抗风暴，教会阿鹏用枪并让他守护好庄园，自己一家则去了汕头。当地后备队的大珍（小琤的姐姐）和老角鱼通过做阿鹏的动员工作，借到了庄园的十匹马，队伍也进驻大庄园。阿鹏成为其中一员，并开始在大珍的帮助下学习识字。由于斗争失败，他和大珍逃到南洋做了 7 年苦工后又回到莲阳，张大富也从香港回来任了当地的保安团长。他俩一到当地就被人抓住交给张大富，两人被带到莲花山枪杀，阿鹏侥幸活了下来，大珍却牺牲了。

现在阿鹏已是自卫队队长，他告诉老角鱼自己要去南澳，老角鱼劝他晚点走。两人在酒馆喝酒，张大富也来了，这时他才知道阿鹏并没有死。老角鱼探听到张大富等要抢劫乌龙桥的消息，阿鹏就派自卫队去布防，他们成功打退敌人。阿鹏去了南澳，召集队长开会，分析形势，提出作战方案，但海狗却没有遵照执行，并导致游击队伤亡惨重，海狗自己也受了伤。阿鹏来了解战情，战马被打死，老唐队长在作战中牺牲。他紧急调动人手，组织三面出击发起总攻，把敌人打回海上，并缴获一艘军舰作瞭望站。司令部决定处罚海狗，把他囚禁在军舰上。

海狗性情大变，认为是小琤和阿鹏合谋陷害他，小琤为此很难过。阿鹏同意小琤的要求释放了海狗，他已起草好游击队的自我教育计划，却在和小琤一起去岛角的途中，被人暗算受伤。此时他也弄清小琤爱海狗，就劝她嫁给海狗，小琤把这一情况告诉了海狗，海狗认识到自己的错误。这时老角鱼来接阿鹏回去了。

敌人又来围攻南澳，还派了一个轰炸队，海狗按阿鹏的办法暂时打退了敌人。小琤一人去向阿鹏求援，但一上岸就被捕了，还被张大富送进日本人联队部的监牢。她经受住了审讯，纵被日本军官奸污，也没有泄漏任何情报。莲阳失守，阿鹏驻扎在乌龙桥，把大庄园作为守住山口的据点。老角鱼去打探敌情时，救回了被日本人重伤的小琤。在小琤牺牲前，阿鹏一直陪着她并告诉她明天打莲阳。

按：小说写流浪青年阿鹏在苦难生活和反抗斗争中成长为一名优秀指战员的故事，表现了他的军事才干和普通民众的抗敌爱国精神。人物形象塑造较为成功，个性也比较鲜明突出。阿鹏老练沉稳、心胸开阔，行事细致谨慎，勇敢而不失谋略。海狗鲁莽冲动，心思褊狭，勇胜于智。小琤纯真活泼，自信勇敢，意志顽强。小说讲求结构技巧，不采用直线推进的方法讲述故事，而是在顺叙中夹杂层层倒叙的手法形成故事波澜。小说语言清新明丽生动，环境描写和景物描写充满诗意，显示出鲜明的诗性特征。主要人物阿鹏的经历富有传奇性，这契合了小说的诗性的特点，但是忽略了人物成长转变的过程，使人物有理想空洞的不足。为塑造主人公的生动形象，作者采用了正面描写、侧面烘托等多种手法，但为突显其声威的个别侧面烘托显得浮泛虚夸。老角鱼偶有言行与人物身份、年龄不符之嫌。不过小说的整体艺术水平值得肯定。

作者在《序》中写道：

“这个作品是描写南海渔民的生活动态的。我出生在南海的边沿，因此我爱海；尤其爱我故乡的南海。那澄波碧浪，那蕴藏着生命的奥秘的大海，曾昭示过我的人生。”

“书中的男主角阿鹏，是作为我纪念我那从事了十几年解放斗争的大哥的，但他终于被谋害了；女主角小琤是我敬佩的一个女性，她曾在那革命烽火的‘南山’上做过最艰苦的工作，但她也被谋杀了，坟墓在‘南山’脚。死了的战士，光轮仍照耀在血淋淋的人间。”

“我本来企图把南海边的海陆丰——那东方的圣地的渔民初期革命写到抗战时期的血肉搏斗，但事实上我只着重后边一段的描写，原因正是渔民初期革命史诗在今天还不允许被歌颂。”

“这个作品应该是《没有花的春天》的兄弟篇，同是取材于广东；不过《没有花的春天》是写农民层的。在我的创作过程上，这是我描写故乡人民生活仅有的两个长篇。在个人说来，我比较更喜爱这《湛蓝的海》的。”

12月 黛在《妇女文化》第 2 卷第 9—10 期合刊发表《〈安蒂小姐〉》一文，认为：“作者陶冰女士，是后起的青年女作家，其文有如其人，朴实，隽永而真诚。”“‘安蒂型’女性的悲惨命运，是不良社会给她捏造的，她底死难是无辜的，正因为她挣扎奋斗的结果仍摆脱不了一般女性绵羊似的遭受了伪装人群的残害。”论者将安蒂与《飘》中郝思嘉进行对比，认为其共同特点是：“始终钟情于初恋的爱人，至于安蒂从职业妇女阵容营中战败，沦为舞女后的内心矛盾，刻划之细腻，不禁使人痛感社会之残酷，可作初出校门跨入社会的女青年宝贵的指示。”

12月 萧军的《第三代》（第一部）由哈尔滨鲁迅文化出版社印行新版，2000 册。

12月 巴金的《秋》由上海开明书店印行第十版。

12月 无名氏的《野兽·野兽·野兽》由上海真善美图书出版公司印行第三版。

1948年

1月7日 芷茵在《大公报》发表《读〈前夕〉》一文，认为："就时代意义来讲，这无疑是一部里程碑式的著作！"不过，"我们在这里看不到一二个突出的，生动的，具有着容貌、思想、性格、习惯、语言等全部完整性的人物。""这表现在另一方面的也就是：作者常常把许多笔墨掷在一些琐碎的生活细节的交代上，掷在一些一般的、笼统的、没有什么特别意义可找的谈话与动作上，而对于人物的心灵与精神的解剖工作，却做得不很够。""我还觉得，许多地方一而再三的重复。"

1月15日 薇莎在《申报》发表《〈安蒂小姐〉》一文，认为："安蒂是女人中的丈夫，是女学生中的英雄，是恋爱中的圣洁贞坚而超人的妇人，是职业妇女耐受折磨向社会呼吁的代言人，是舞女遭受摧残的心声的抒情呐喊。其中故事是亲切而真实的，人物是有血有肉生动的，笔调朴实，流畅，隽永。是一部震惊文坛的写实创作，我们向这位新作家欢呼，我们希望她更努力地产生更深一层的人生悲怆和受难的女性孤苦挣扎的发掘，细腻描写。"

1月18日、25日 彭作之在《现代周刊》复版第87、88期发表《谈茅盾的小说》（上、下），认为："《蚀》里面包含三篇：幻灭，动摇，追求。头一篇主要是表现一般智识青年如何本着向光明的本能的冲进革命阵营。主人翁章静女士如何于伤心失望之余，又不甘寂寞，而带着好奇心和美丽的幻想去追求革命和爱情，终于破灭。第二篇主要是表现对革命没有明白的认识的青年，如何盲目地工作。第三篇是表现革命失败后，一般青年的苦闷，绝望。""《蚀》里面的主要人物全是小资产阶级智识份子。除一个李克差强人意外，其余全有着现代人所有的一切懦弱。"《蚀》是社会现实真实的反映，但没有显出指导的精神，有些人对此不满。“茅盾的小说告诉我们各种人物的社会根源。”“茅盾的小说常常给我们说明许多逻辑的关系。”“茅盾善于剖析复杂微妙的心理。”“茅盾善于制造氛围。”“茅盾善于描写女性，男性却比较少出色的。他所创造的女性，绝大部份是小资产阶级智识份子。最上乘的是梅行素……最美丽的当推章静……举凡灵魂善良的，他大概都不吝惜地给她们一个好外表；灵魂龌龊或庸俗浅薄的，他大概都叫她们有一副（或一部分）丑恶的嘴脸。”“茅盾笔下的主要的女性，多数是富于反抗精神的……灵魂都是善良的。”“茅盾把妇女解放的前两个阶段指示出给我们了。如第一个阶段，那放了小脚的文太太便是代表……第二个阶段，如剪了发不愿在家庭里做少奶奶的梅行素便是代表……而第三阶段呢，应当是群体的有坚定信仰的持久而艰苦地战斗的……《子夜》里的玛金是属于这一阶段的战士。但她不是智识份子……我们希望看智识份子转变的道路。”

1月22日 袁大顿在《星岛日报》（香港版）发表《怀萧红：纪念她的六年祭》一文，认为《马伯乐》笔调细腻，柔和，而又哀伤。

1月27日 老白在《大公报》发表《论洋场才子的“唯美”恋爱观——评徐訏的〈风萧萧〉》一文，认为：“《风萧萧》这一本小说是写沦陷时期上海租界中的故事，从太平洋战争爆发之前到战争爆发之后。徐訏所写的是空虚的心境，奇怪的女间谍，‘美好的’矫揉造作，以及，徐訏先生自己的‘企慕’，‘热情’，‘理想与梦’。”徐訏先生的“美”是享受，是欢娱，是浮华，是女人，“包括了幻想，以幻想来转移现实中的苦痛，以幻想来麻醉自己，在幻想中消沉堕落。”他还认为，“徐訏描写罪恶，而不否定罪恶。却否定‘庸俗’‘粗俗’，凡是不‘美’的都是庸俗的。”作者笔下的主角说不出什么哲学来，就发明了一种“文化享受”以应付，而“文化在徐訏看来，是一种给人享受的，制造‘美感’令人欢娱的东西。一切艺术、哲学、宗教，在这里全是点缀，就同这里的‘异国情调’一样，是一种新奇的供作者炫耀的工具”。由此可见，“不管笔调写得怎样油滑，不管怎样胡乱引用与歪曲别人的见解，作者的贫乏和矫饰仍随时可被发现。”作者用“美”来遮蔽自己的堕落，用“独身主义”来遮盖自己的色情是显而易见的。

1月 师陀的《马兰》由上海文化生活出版社初版（现代长篇小说丛书之

十二）。

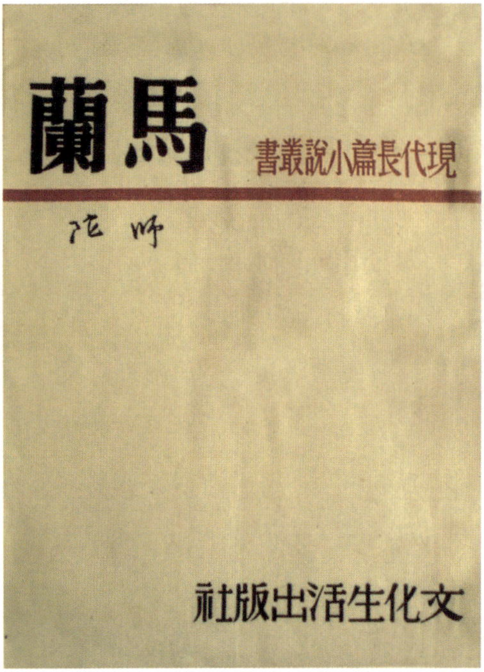

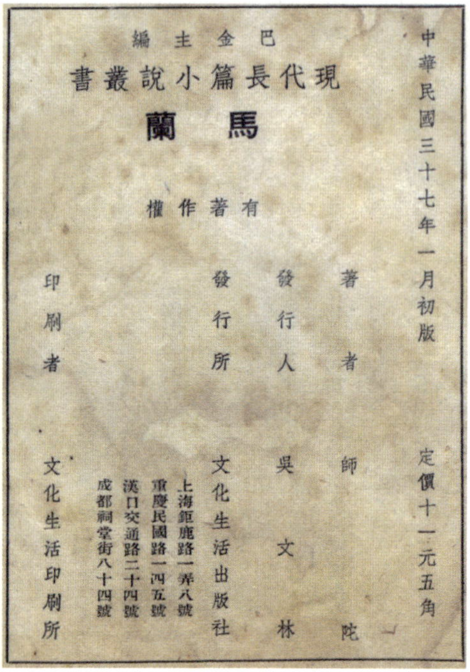
巴金主編
現代長篇小說叢書
馬蘭
有著作權
中華民國三十七年一月初版
定價十一元五角
著者 師陀
發行人 吳文林
發行所 文化生活出版社
上海鉅鹿路一弄八號
重慶民國路一四五號
漢口交通路二十四號
成都祠堂街八十四號
印刷者 文化生活印刷所

梗概：充满青春朝气和新思想的乡镇女学生马兰为了逃避当地军阀郑大通的无赖纠缠，在老师乔式夫的帮助下逃离故土来到K城。她渴望借助这个宣扬“理想生活”的老师的帮助“逃离苦海”，对未来充满了期待，但没想到这个做译介工作的老师在往K城去的一个小车站里强行占有了她，马兰觉得自己被骗，内心充满了悔恨。在K城她认识了朱秉午、小朱、李伯唐、杨春和莫步独等乔式夫的朋友们，但却不喜欢他们终日在家里大谈宇宙、人类自由等话题，马兰还经常成为他们嘲弄的对象，而乔式夫整天埋头书卷，“为人类的进步而工作”却毫无生命活力，对她也不管不问。在乔式夫的一帮朋友里，杨春喜欢她，但她却并不看中杨春，她喜欢李伯唐的沉稳英俊，然而李伯唐在爱情面前又畏畏缩缩，不敢接受马兰的一番爱意。直到后来马兰离开了乔式夫，李伯唐偶然翻看马兰的日记才发现马兰对他的强烈感情，这才使李伯唐下定决心找到马兰并给她幸福。

一次偶然的机会，李伯唐在郑大通那里遇见了马兰。原来马兰从乔式夫那里逃出来后拒绝了杨春的求爱，在一个中学做教员，后又被郑大通抓了回去。经过一番周折，马兰最终逃出了郑大通的魔掌。此时的李伯唐正在通过杨春打听马兰的下落，旅行途中在一个乡村小店里偶遇马兰后，他又惊又喜并希望马兰能和他一起回去。然而此时的马兰已经完全变了，对过去已经没有了留恋，她和一个驮夫带着行李骑着骡子消失在深山中。两年后，李伯唐在青岛遇到杨春，杨春告诉他马兰已经和莫步独同居了，这使他惊愕不已。

按：《马兰》成功塑造了一个对理想和自由有着赤诚追求、勇于反抗压迫、勇于和邪恶势力作斗争的女性形象。马兰这个靠自己的力量谋取个人幸福、不甘堕落的新女性形象在精神上、思想上对乔式夫的反抗，在行动上对郑大通的反抗以及对李伯唐大胆的爱情表白，都极具新时期女性追求个性解放和个人幸福的时代特色。小说在叙事形式上进行了大胆的探索，采用无固定视点、多种叙述视角交叉变换的方式来展开，李伯唐既是小说的主人公又作为叙述者，同时还有第一人称的叙述视点出现，穿插马兰等人物的个人内心独白，既造成了一种立体的幻象和生动的效果，也突出了人物的典型性格。但作者单纯地用一种善的正义感来抨击社会的黑暗，显得软弱无力，作者在作品中对马兰命运的最后安排——与莫步独同居，突兀且缺乏合理性。

1月　《中国作家》第1卷第2期刊载下列作品的广告：

（1）《火》：“这是巴金先生在抗战期间的力作。第一部写战事发生后上海青年怎样发动抗敌救亡的工作。第二部写上海青年所组织的战地工作队，怎样离开沦陷了的上海，深入战地，从事各种宣传工作。第三部写战地工作队的一个队员回到后方来，遇见一位仁慈的老宗教家，于是展开心灵的世界。这里告诉我们，有许多平凡的青年，在祖国的解放斗争中献出了自己的一切，他们为我们带来黎明中国的希望，也让我们看到绵延不绝的生命怎样夸耀地展示永生的美景。这三部书各成段落，可以分开来读，也可以合起来读。这是三把‘火’，蓬勃的热情的火，它会使你的心得到温暖，它会使你的勇气得到鼓舞。”

（2）《新生》：“这是作者接着《灭亡》写下来的作品，他用深刻的笔调，指示人应当从深渊中跳出来，建筑生活的新路。全书充满了深厚的感情，使读者感动而且兴奋。”

（3）《爱情的三部曲》：“这三本书是作者最得意的心血结晶。他说：‘我不曾写过一本叫自己满意的小说，但在我的二十多本文艺作品里面，却也有我个人喜欢的东西，那就是我的爱情三部曲。’全书二十万字，分三册：《雾》是爱与孝的冲突，《雨》是爱与革命的冲突，《电》指出革命活动比一切个人感情重要。作者以当时的政治社会为背景，描写在革命的呼声下，青年男女的几种典型的性格和思想，以及这些性格思想被社会的洪炉熔冶后的种种变化。”

（4）《家》《春》《秋》：“生活的激流永远动荡着，发散出种种的水花，这里面有爱，有恨，有欢乐，有苦难。这一套三部曲，就为我们展示了这样的一幅图画。全书共约一百万字，分为《家》《春》《秋》三册，这三部小说的内容，循着一贯的主题发展，写的是一个正在崩坏中的大家庭底全部悲欢离合的故事。作者自己就是生长在这种大家庭里的，他亲眼目睹许多不合理的现象，他看出了不合理的旧家庭制度必然崩溃。可是，就在崩溃的途中，它还要糟蹋更多的牺牲品。所以作者用这部著作为年青的一代呼吁，为过去那些牺牲者喊冤，向这个垂死的制度提出控诉。我们愿意把这部书推荐给无数的青年朋友。”

（5）《灭亡》：“这是作者初次问世的作品。他用锐利的笔锋描写现社会互相榨取残杀的惨痛，和起来反抗的人的灭亡——为了自由他们甘愿灭亡。作者写下了一个典型的革命家。他是流着眼泪来写这本书的。”

1月 老舍的《二马》由上海晨光出版公司初版。

1月 茅盾的《腐蚀》由晋察冀新华书店再版，1500册。

1月 老舍的《惶惑》（上、下）由上海晨光出版公司印行合订本第三版。

1月 老舍的《老张的哲学》由上海晨光出版公司出版（晨光文学丛书第十七种）。

1月 巴金的《灭亡》由上海开明书店印行第二十二版。

1月 老舍的《偷生》（上、下）由上海晨光出版公司印行合订本第三版。

1月 老舍的《赵子曰》由上海晨光出版公司初版。

1月 茅盾的《子夜》由上海开明书店印行第十九版。

2月1日 刘果生在《中学生》第196期发表《我读〈倪焕之〉》一文，认为："本书最大的特点，是在短短的篇幅中，将十多年来知识分子的转变，中产社会的动向写得淋漓尽致。而以教育界为背景，进而描绘革命前后时期的轮廓，这种技巧更为作者无上的成功。"

2月5日 张狂在《物调旬刊》第36期发表《惶惑：〈四世同堂〉第一部（下册）》一文，认为："这本书是有价值的，它能使我们每一个人反醒和觉悟。"

2月8日 黄谷柳的《白云珠海》始载于《华商报》，至5月20日毕。

2月15日 少若（吴小如）在《经世日报·文艺周刊》第84期发表《〈梦之谷〉》一文。认为："我之所以欣赏《梦之谷》，所以钦慕萧乾先生，纯粹为了他能有那抒写这种平凡故事的技巧，与其感情流露时所给予人的适当的分量。""你看，他首先用一个序幕，是那么熨贴、缠绵、精致、玲巧，而且富有沧桑之感的序幕。所有抒情诗的调子，起伏作势的劲头儿，潇洒不群的味儿，全在那序幕里一一措施妥贴。用风景绘画出来自己的心情，用心情装点了风景的美丽，使你不知不觉就跌进了他所造成的那张多情的网。然后，用着顶寥廓、顶渺邈的章法叙述这个流浪江湖的少年人。穿插在中间的小故事小天地像串珠，像泉眼，像南风吹过四月的麦田，始终在不停地联绵起落。把幽默、悲凉、豁达、依恋，许许多多的感情成分，堆砌——不，毋宁说是融合——成为一幢五光十色的琉璃宝塔：看上去已晶莹夺目，登起来更无尽无休。""总之，我们得承认《梦之谷》是抒情诗，是一首并不惊人的抒情诗。然而，可惊人处乃是作者在表演时的身手，乃是作者安排结构时匠心。有了这些，抒情诗才能伟大。"

2月15日 徐訏的《风萧萧》由上海怀正文化出版社印行第四版。

2月23日 周立波在《东北日报》发表《答霜野同志》一文，他写道：

"第三节是一个失败的大会。这个会是怎样失败的呢？有两个原因：一个地主韩老六的阴谋操纵，一个是工作人员的主观主义。工作队来到屯子里，地主当夜就布置了种种对付的办法，安排了种种的花招。第二节就正面的写了地主的预先布置，描写了地主韩老六跟富农李振江神神鬼鬼的行为：'韩老六突然笑着爬起来，把他拉到外屋去，跟他悄声悄气说了一会话，田万顺还呆呆的站在里屋，只听见李振江的压不低的粗嗓门说道：“六爷的事，就是姓李的我个人的事，大小我都尽力办。”’这一段话，就是第三节的大会的情形的伏笔。到会的人只有老头和小孩，这是李振江‘尽力办’的结果之一。”

“黑毡帽和白胡子到底是什么人呢？是被糊弄的穷人呢？还是地主富农的亲亲故故，三老四少呢？我没有写明。因为不重要，他俩不是破坏会场的主谋人，他们被人当枪使，是地主的腿子的腿子。在土地改革的初期，这种人是有的。在土地改革的初期，地主往往并不亲自跟我们对抗，他唆使腿子，而腿子甚至也不亲自出马，也使用着腿子或是被糊弄的穷人们。韩老六就是这样作了的。工作队来到元茂屯，最初接触的是白胡子和黑毡帽，这些封建的末梢，往后，地主的明显的腿子和不明显的腿子才相继出马，最后，一切腿子都被打断了，韩老六才亲自出马。到了韩老六亲自出马的时候，也就到了他垮台的时候了。”

“打垮几千年的封建，不是一件简单容易的事情，一些实际经验不多的知识份子，常常把这当做简单容易的事情，因此常常上了当碰破了头，书里的刘胜，才下屯子，被包还没打开，也不调查，更不用说周密的调查，就要开大会，结果失败了。因此，第三节我所描写的这个失败的大会的第二个原因，可以说是急性病和主观主义。”

2月25日 方典（王元化）在《横眉小辑》第1辑发表《论香粉铺之类》一文，认为在《围城》“这篇小说里看不到人生，看到的只是像万牲园里野兽般的那种盲目骚动着的低级的欲望……这里没有可以使你精神升华的真正的欢乐和真正的痛苦，有的只是色情，再有，就是霉雨下不停止似的油腔滑调的俏皮话了”。

2月 **路翎的《财主底儿女们》（第二部上、下）由上海希望社初版，1—2120册。**

梗概：在上海沦陷、江南平原空前大溃败的战争局势下，蒋纯祖从上海沿南京、芜湖、九江一路逃亡。他与工人朱谷良、溃兵石华贵、李荣光等人结集，目睹了中国溃兵洗劫村庄和自相残杀，也见到了优秀中国军人的忠于祖国、恪守军纪，经历了旷野中的痛苦和生命的艰难。漂泊到九江后，蒋纯祖遇到了在

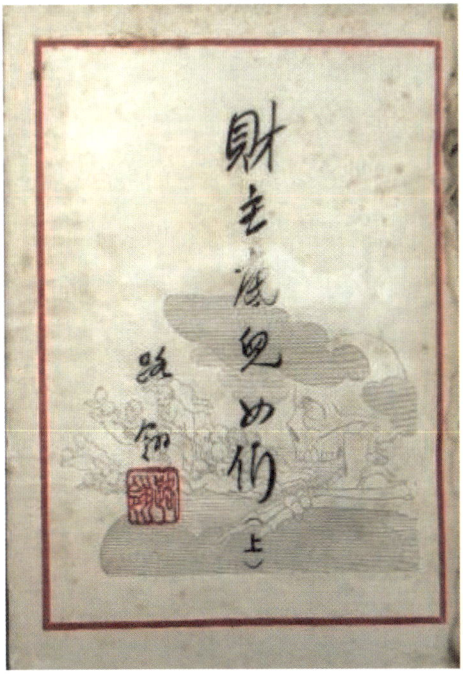

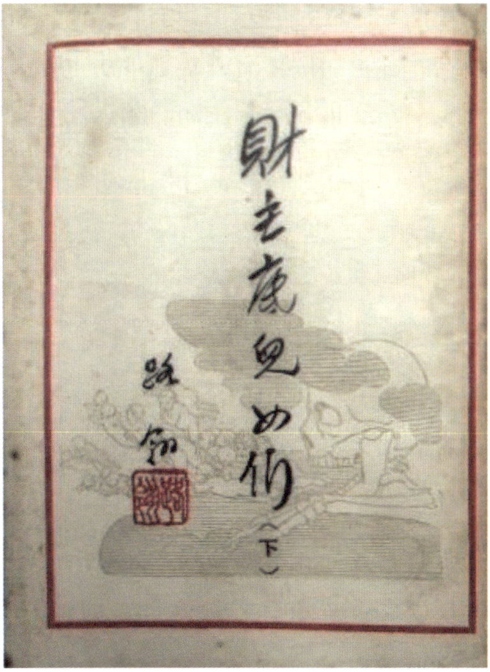

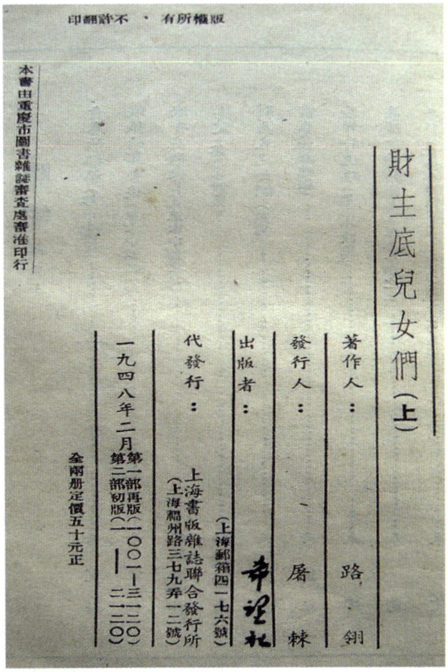
版權所有・不許翻印

財主底兒女們（上）

著作人：路翎

發行人：屠棘

出版者：希望社（上海郵箱四一七六號）

代發行：上海書報雜誌聯合發行所（上海福州路三七九弄一二號）

一九四八年二月第一部再版（一〇〇一—三二〇〇）第二部初版（一—二二〇〇）

全兩冊定價五十元正

本書由重慶市圖書雜誌審查處審准印行

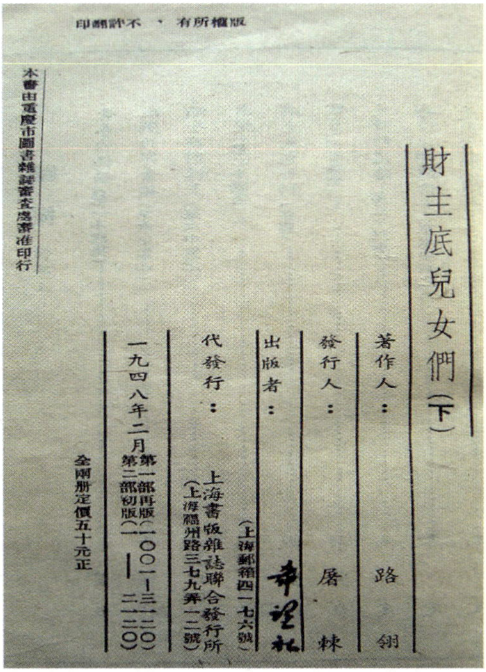
版權所有・不許翻印

財主底兒女們（下）

著作人：路翎

發行人：屠棘

出版者：希望社（上海郵箱四一七六號）

代發行：上海書報雜誌聯合發行所（上海福州路三七九弄一二號）

一九四八年二月第一部再版（一〇〇一—三二〇〇）第二部初版（一—二二〇〇）

全兩冊定價五十元正

本書由重慶市圖書雜誌審查處審准印行

战争中负伤的姐夫汪卓伦。第二天汪卓伦死于医院。到汉口后，蒋纯祖进入了一个救亡团体，加入了合唱队。他一面暗恋黄杏清，一面又喜欢傅钟芬。一个月后蒋纯祖随抗日演剧队到重庆工作，在万县他与高韵恋爱，不满于队里核心人物对他的批判，厌恶他们的教条与虚伪。演剧队改组，他与高韵到了一个更大的剧团工作。蒋纯祖开始向姐姐们要钱，与高韵过着享乐放荡的生活。高韵被一个剧作家追求，与蒋分手。失恋的蒋纯祖决定到乡下朋友孙松鹤那里。武汉失守后，蒋家人搬到了重庆。一年后蒋秀菊随夫王伦到了美国，蒋少祖住到乡下，蒋秀芳从苏州逃到重庆。蒋纯祖先是在石桥场的小学作教员，后作校长。他整顿小学，与乡场的恶势力作斗争，帮助其他处于困境中的教员们，并同教员万同华恋爱。石桥小学被人纵火后垮台，蒋纯祖与孙松鹤逃往重庆。在重庆蒋纯祖过了一阵奢华的生活，而后，身染重病的蒋纯祖思念乡下的恋人，一个人下乡去找万同华。万同华已在家人的逼迫下嫁人。在一个破庙中，万同华前来探望蒋纯祖，他们互相原谅了对方，在爱人读了斯大林抗击法西斯的宣言后，蒋纯祖死去。

按：谈到路翎（1923—1994）的《财主底儿女们》，人们总会想起胡风的那句名言：“时间将会证明，《财主底儿女们》底出版是中国新文学史上一个重大的事件。”也常以“作者路翎所追求的是以青年知识份子为辐射中心点的现代中国历史底动态。然而，路翎所要的并不是历史事变底纪录，而是历史事变下面的精神世界的汹涌的波澜和它们底来根去向，是那些火辣辣的心灵在历史命运这个无情的审判者前面搏斗的经验”作为阐发的基点。的确，这部以家族变迁为图景展示知识分子精神世界的80万字的巨著，不重在刻画连贯的情节与流畅的故事，而重在以分析式的充满理性的叙述文体剖解人物的心灵，书写人物主观的战斗要求与客观现实，提出“对于为人民，在人民里面的战斗实践的意志的要求”，“对于战斗内容的真实的把握的要求”，“对于客观世界底运动本质的把握的要求”，因为在路翎看来，“唯有在运动着（斗争和实践着）的人们，才能掌握在运动中（在斗争着和实践中）的物质世界底本质。”[1]这就使得这部以擅长展示斗争和实践着的人物的主观激情与心灵搏战的小说以其特

[1] 余林（路翎）：《论文艺创作底几个基本问题》，《泥土》1948年第6期。

有的体式成为新文学史上一个独特的存在。

小说展现了广阔的历史背景和社会面貌，塑造了众多人物的性格、命运，具有宏大叙事的特点，对生活的广泛性、多面性以及复杂性也有深刻反映。描写上采用第三人称全知视角，第一部多注重生活横断面的描写，第二部则将重点放在人物内心的挖掘上。作者善于展示人物心理的复杂性，心理剖析表现出细致入微的特点。不过，小说的不足也是显而易见的。强烈的主观战斗精神使得作者对于社会时境的体悟显得“个人化”，以致在人物性格与心理情绪、小说情节、词语和叙述上过于表现“青年”力的内蕴，与战争背景下多数下层人物悲伤无告的具体情况不符。另外，小说结构不够严谨，作者有些不合时宜的插话影响了文本的完整。人物时时处在与环境紧张交涉的状态，小说的内在节奏多滞留于高亢和峻急的尖峰，读起来过于压抑与单调，美感不足。

在中国新文学史上，以家族小说的方式构建反封建与个性解放的主题的作家并不少见，仅以长篇小说而言，就有巴金的《家》、端木蕻良的《科尔沁旗草原》等，不过，巴金的反封建重在抨击旧专制对青年一代的戕害，塑造“新人”的成长并使其逐步摆脱封建专制的控制，从而建立起现代新人的思想与行为的起点。由于亲身的经历与切肤的感受，《家》于平实中彰显激情。端木蕻良笔下的丁宁是已经具备新思想并摆脱了家庭束缚的新知识分子，对于旧的习俗与迷信有强烈的批判思想，因而以一种领导者的身份拯救草原上不幸的农民。小说中的丁宁与大山具有强烈的象征意味，也体现出作家昂扬的情绪与英雄般的激情。路翎笔下的两兄弟蒋少祖与蒋纯祖，思绪澎湃，激昂慷慨，其主观战斗精神在斗争和实践中彰显得淋漓尽致。他们一次次从个性解放出发，以强大的自我意志和精神伟力，将自我投身于伟大的时代与洪流中，并希冀在这场伟大的自我救赎过程中走向新生。虽然这种自我拯救以漂泊流离、挫折失败告终，但它所体现的现代知识分子的人格力量却是这一历史时代的必然要求。作家笔下的历史事件只是一个背景，处于时代漩涡中心的是以蒋少祖、蒋纯祖为代表的具有现代独立意识的知识分子的心灵的抉择。这也就是胡风所主张的主观战斗精神与客观现实融合的现实主义。路翎对斗争和实践中人物的主观激情与心灵搏战的书写，也为新文学提供了新的经验与新的范式。这也是路翎留给新文学史的宝贵遗产。

作者在《题记》中写道：

“我所追求的，是光明、斗争的交响和青春的世界底强烈的欢乐。”

“我所检讨，并且批判、肯定的，是我们中国底知识份子们底某几种物质的、精神的世界。这是要牵涉到中国底复杂的生活的；在这种生活里面，又正激荡着民族解放战争底伟大的风暴。但由于我底限制，我没有能力创造一部民族战争底史诗。我只是竭力地告诉我设想为我底对象的人们，并告诉我自己，在目前的这种生活里——它不会很快地就过去——在这个‘后方’，这个世界上，人们应当肯定，并且宝贵的，是什么。”

“我不想隐瞒，我所设想为我底对象的，是那些蒋纯祖们。对于他们，这个蒋纯祖是举起了他底整个的生命在呼唤着。我希望人们在批评他底缺点，憎恶他底罪恶的时候记着：他是因忠实和勇敢而致悲惨，并且是高贵的。他所看见的那个目标，正是我们中间的多数人因凭信无辜的教条和劳碌于微小的打算而失去的。”

“我们现在是处在一个亟待毁灭，也亟待新生、创造的时代。一切东西，一切生命和艺术，都是达到未来的桥梁。人们底生命是一个斗争底过程。在世界上，没有什么永恒的宫殿，何况我们周围的这些宫殿是纸糊的；没有什么恒久的监牢，何况我们周围底这些监牢是偷偷地掩藏着的。年青的生命，敢于轻视、摇动、击毁它们，这种轻视和攻击，在我们就等于创造：它们自然要，也必得和这个世界上的那种深沉的、广漠的，明确而伟大的东西联结在一起的。但假如这些年青的生命们前进了几步就期待着一劳永逸，艳羡起那些纸糊的宫殿和阴暗的监牢来了，那么，不管他们脸上是挂着怎样的笑容或眼泪，他们都必得被继起的人们，以那个伟大的东西底名字，重重地击倒。我希望告诉我设想为我底对象的人们，我希望我们都能够真的知道，是渴望着这个民族和他们自己底新生的人们，就必得有怎样的精神和勇气！”

胡风在《青春底诗——〈财主底儿女们〉序》中认为：

“时间将会证明，《财主底儿女们》底出版是中国新文学史上一个重大的事件。”“在这部不但是自战争以来，而且自新文学运动以来的，规模宏大的，可以堂皇地冠以史诗的名称的长篇小说里面，作者路翎所追求的是以青年知识份子为辐射中心点的现代中国历史底动态。然而，路翎所要的并不是历史事变底纪录，而是历史事变下面的精神世界的汹涌的波澜和它们底来根去向，是那些火辣辣的心灵在历史命运这个无情的审判者前面搏斗的经验。”

“在这里，作者和他底人物们一道置身在民族解放战争底伟大的风景里面，面对着这悲痛的然而伟大的现实，用着惊人的力量执行了全面的追求也就是全面的批判。说全面的，当然不应是现象底巨细俱收的罗列，而是把握住精神现象底若干主要的倾向，横可以通向全体，直可以由过去通向未来的倾向。我们看到了封建主义底悲惨的败战，凶恶的反扑，温柔的叹息，以及在伪装下面再生了的丑恶的形状，我们看到了殖民地性个人主义底各种形式，一直到被动物性主宰着的最原始的形式，一直到被教条主义武装着的最现代的形式。在这中间挣扎着忠实而勇敢的年青的生灵（们），虽然带着错误甚至罪恶，但却是凶猛地向过去搏斗，悲壮地向未来突进。这一切，被自‘一·二八’到苏德战争底爆发这个伟大的时代所照耀，被庄严而又痛苦的民族大战争所激荡，被时代要求和战争要求鞭打着的这古国底各种生活触手所纠缠。”

作者“所追求的，‘是光明、斗争的交响和青春的世界底强烈的欢乐’”。“在那个蒋少祖身上，作者勇敢地提出了他底号召：知识份子底反叛，如果不走向和人民深刻结合的路，就不免要被中庸主义所战败而走到复古主义的泥坑里去。这是对于近几十年的这种性格底各种类型的一个总的沉痛的凭吊。而在那个蒋纯祖身上，作者勇敢地提出了他底控诉，走向和人民深刻结合的真正的个性解放，不但要和封建主义做残酷的搏战，而且要和身内的残留的个人主义的成份以及身外的伪装的个人主义的压力做残酷的搏战。这是这一代千千万万的青年知识份子应该接受但却大都不愿诚实地接受，企图用自欺欺人的抄小路的办法回避掉的命运。不用说，和一切真实的心灵一样，作者是向着未来，为了未来的，所以他底热情的形象到了以蒋纯祖底搏战为主音的第二部，就更凄厉，更激荡，更痛苦，也更欢乐而庄严。”

“所以，《财主底儿女们》是一首青春底诗，在这首诗里面，激荡着时代的欢乐和痛苦，人民底潜力和追求，青年作家自己的痛哭和高歌！”

2月 **黄谷柳的《虾球传》第一部《春风秋雨》由香港新民主出版社初版。**

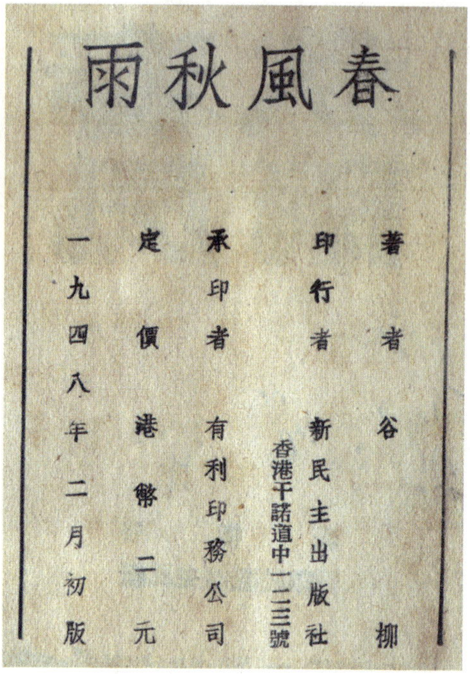

梗概：靠卖面包谋生的少年虾球为了招揽生意，将面包赊给了穷工人，在遭到做纺纱零工的母亲打骂后，赌气离开家，当了流氓王狗仔的“马仔”。一次，虾球在跟随王狗仔盗运外籍军舰的私货时遇到巡逻汽艇，王狗仔为了保命狠心将虾球抛弃在船上，自己逃之夭夭。虾球从船上逃出后经艇女亚娣的介绍，投靠了做米面、汽油、水泥等投机生意的大捞家鳄鱼头，并成为鳄鱼头“人细鬼大”的助手。后来，鳄鱼头因为倒卖粮食遭到通缉，仓促逃跑了，而虾球则被捕入狱。出狱后，经一位好心人的推荐，虾球来到了“儿童乐园”俱乐部，结识了牛仔。二人一见如故，结拜为兄弟，又一同加入王狗仔的扒手集团。一天，虾球和王狗仔偶然从一名金山客的身上偷得美金上万元，怎知这名金山客竟是虾球的父亲，而那上万美元正是父亲多年来辛苦积下的全部血汗钱。眼见父亲因痛失半生积蓄而变得神经错乱，虾球终于醒悟，决意与牛仔一起重新做人。

2月 路翎的《财主底儿女们》（第一部）由上海希望社再版，1001—3120 册。

2月 巴金的《第四病室》由上海晨光出版公司印行第三版。

2月 巴金的《家》由上海开明书店印行第二十八版。

2月 张天翼的《在城市里》由上海晨光出版公司出版（晨光文学丛书第十九种）。

3月10日 周阆风的《坚守》由上海建设评论社初版（建设文艺丛书之一），1—2000 册。

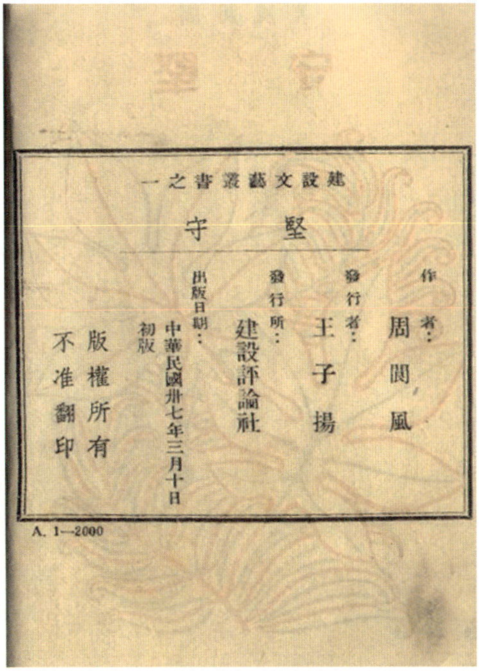

建設文藝叢書之一

堅守

作者：周閬風

發行者：王子揚

發行所：建設評論社

出版日期：中華民國卅七年三月十日初版

版權所有 不准翻印

A. 1—2000

梗概：顾任重二十几岁时就成了古城内高等小学的老师，他博学、清高、有气节。因东南半壁江山沦陷，如今年迈的他生活愈加窘迫，托亲家帮助，他谋得一份在大鸿祥布店里管账的活儿。深入工作核心后，顾任重发现商人们处理事情的虚伪矫饰与自己的良心、原则格格不入，他毅然辞去了工作，决定由亲家梅子水当中间人变卖田产，以换取钱财度日。不料，最终低价收入其田产的人正是梅子水。屋漏偏逢连夜雨，物价飞涨，媳妇韵兰身染重病，儿子德士也与世长辞。之前借与胡选曹的本金无法立马要回，顾任重只好抵押老屋变现，未想又被梅子水施计收入。幸好上海维德中学雪中送炭，聘他为教员。

中秋佳节，顾任重、秦秉义和熊志皋三人小聚，熊触景生情，使得顾也思念起家人。他请假回家，发现孙子其家放学后以卖炒沙豆补贴家用。因心疼孙子，顾任重想尽快赚钱，他未在家中多留，马上回上海兼职给李昌龄讲习《尚书》。在拿到第一笔补课工资时，熊志皋的孩子因病急需用钱，顾任重虽有纠结，但最终还是仗义相救，他只好去当铺换钱寄给家里。数月后，家里来信说要补冬衣，万般无奈下，顾任重只好又进当铺。出来时，遇见了梅子水和早已分家的大儿媳妇两人，他火冒三丈。受此刺激之后，顾任重精神大不如从前。秦秉义借探病的机会，让顾先生为一过世之人做篇道德文章。正欲作文时，收到伍剑萍的信。顾任重看完信后，注重名声的他预支了文章的酬资，请假回到古城要与大儿媳妇划清界限。回到中学后，顾先生积劳成疾，最终倒在了讲台上。

按：这是一部讲述在东南地区沦陷期间民生艰难之时，一位师者坚持崇高秉性，不愿随波逐流做有违良心之事的故事。小说名为“坚守”，意在表明主人公顾任重即使挣扎于苦难之中，但依然坚守着师者的善良与气节，从他身上，我们可以看到“师道”的真谛。小说一改多数作品对知识分子的批判与讽刺，而是以肯定的态度刻画了一位博学、清高、有气节、有教养、就事论事、不迁怒于人的师者形象。其间，环境描写与事件紧密结合，如开篇对顾先生家中陈设细致地描绘，意在表明家庭破落、经济窘迫，也为后面的情节书写做好了铺垫。但由于作者太想突出师者的正面特点，小说赋予其一系列的苦难叙事，有斧凿之痕，苦难扑面而来，而苦难感却不充分，稍显可惜。

3月13日 海陵在《华商报》发表《〈腐蚀〉研读提要》一文，认为：“《腐蚀》的世界观及现实主义的创作方法值得我们学习，《腐蚀》的成就在于他的现实性和进步的政治性，这样便加强了它的艺术性。”

3月15日 唐湜在《文讯》第8卷第3期发表《师陀的〈结婚〉——晨光文

学丛书之一》一文，认为：

“《子夜》太多特写的新闻镜头，像由许多短篇拼凑起来的，而茅盾先生对人物性格的连结与推展所构成的画面也没有给予一种统一又巨大的精神动力，像左拉所给予娜娜这个兼具象征与实际双重意味的人物的颓废的浪漫精神，因而《子夜》就不能不陷于新闻主义的支离又概念化的境地。《围城》很像十八世纪英法的小说，如高尔斯密斯们的作品。一付健强者的风度与太丰富了的比喻与机智会使我们放不下书，可是也正因为作者太爱自己出场，潇洒的谈吐就不能不成为小说进展的绊脚石，结果是一盘散沙，草草收场。”而《结婚》“是作者对乡村的留恋与对都市的失望的表现，两个世界，两个时代不能调合，重合，乡村不能进入都市，与都市融合，和静的乡村时代不能与冒险的都市时代同时并存”。

“这在结构上看得最清楚了，上卷用书札的方式抒情，作者想用力克服叙述都市生活的困难的苦心是可以看得很明白的，但他的失败也非常自然。这里是散漫，松弛，无力，虽还残存一些诗人过去有的宁静的气质，但多不调和，多么显得进退失据，多狼狈，当然够不上称为史诗式的，下卷用普通的分章法，作者最初似乎想努力完成一个戏剧式的循环，以期去恶满身疮痍地退出都市，退向内地，回到林佩芳的身边，回到乡村的爱里……复仇可以如此完成。但天啊，这局面竟急转直下，以血案与同归于尽作了这可怜的冒险的结束，多不自然，在心理情绪上我们还是毫无准备呵。”“这个过火的戏剧性的尾巴，虽然有着历史性的意义，作者到底还是认识都市社会的必然发展的趋势与毁灭一切妄想的力量，却破毁了一个戏剧式的结构的完成。这是一个无可解脱的矛盾，作者的落后的生活态度与世界观的具体观念跟他的现实的题材，市侩主义的都市的矛盾，这使他走向巴尔扎克式的悲剧：作为主题诗的浪漫又纯洁的传奇与作为散文题材的市侩主义的氛围的不能和谐地形成艺术的完整的悲剧。到处可以看到诗人的力不从心的挣扎。而他又没有巴尔扎克那样巨大的浪漫热情来克服，压倒一切障碍，于是，改组派小足式的叙述便到处发现，这多么可悲，这不仅是胡去恶的悲剧，而竟更是现代的牧歌诗人的悲剧。而这又形成了风格上的零乱与不够沉潜凝炼与结构上的更可怕的不调和与不完整，而更因此，人物的具象的个性便也黯淡了，他们只成了浮浅的象征，不能有太实际的意味，许多过火的描写与话吐，与缺乏深厚的力，使人起了在浅水里游泳的感觉。”“不过，在中国目前贫乏的文坛上，这到底还是可喜的收获。而在作者自己，更是一个新的起点，一个进步的蜕变，同一次新的拥抱，拥抱新的视野与题材。我希望作者能摆脱田园诗人的气质，加大加深他的拥抱，这样，我们也许含有一个巴尔扎克——一个左拉。”

3月15日 赵文娟在《读书与出版》第3年第3期发表《〈过渡〉的主题及其它》一文，认为，从小说的几个主要人物的“例子可以见到，小资产阶级在走向人民，以全身心献给人民的利益时，要经过一个多么现实而残酷的内心斗争过程”。而且，“不见到人民大众的力量，不服从人民大众的利益，就无从建立起健全的生活态度。”而“没有健全的生活态度，健全的恋爱态度也无从建立”。作者还认为：“这本书有一个缺点，就是太偏重写人物的思想意识转变过程，而把他们的抗日工作少写了。这也许是因为小资产者的意识转变过程是比劳苦大众更复杂多样。”

3月20日 张资平去信给胡适，言他曾撰《天孙之女》《欢喜陀与马桶》《无灵魂的人们》三部排日小说，为自己的罪责辩护，乞求宽大处理他的汉奸问题。[1]胡适没有为他申辩。

3月25日 萧群的《海洋·土地·生命》第1至8章始刊于《幸福世界》[2]第2卷第4期，至10月30日第2卷第22期（全书未完）。

3月28日 芦荻在《华侨日报》发表《杂论〈虾球〉》一文，认为：“对于这一部崭新的作品，大家都有一个共通的感觉；那就是这部小说的内容真实动人！和作者文笔的清新有力，引起了读者深心的共鸣。大家都一致期待看到作者的续作。”“论内容，它是现实里一幅最广阔的真实的图画。通过了主人公虾球，我们看到了一连串的人物的复杂性，他们都是我们眼前活生生的人物。

[1] 《我之辩明》，见中国社会科学院近代史研究所中华民国史组编：《胡适来往书信选》（下册），中华书局1980年版，第362页。

[2] 第3—17期及第19期改名《幸福世界》；第18期及第20期后恢复《幸福》原名。

从人物本身的思想情感，愿望和他们本身的社会生活中，使我们触到此时此地一种特有的气氛。作者抓住了一个典型环境里的典型故事作中心。暴露了现实的黑暗与丑恶。”

“虾球，无疑地是无数良善的幼小者的代表。这幼小者的一代底命运，是跟祖国的命运紧密关连在一起的。作者把他送回祖国去，让他受磨炼受鞭挞，企图是明白的。鳄鱼头是代表旧社会中的流氓势力，马专员是代表摩登官僚势力，鳄鱼头跟马专员的结合，也就是上层腐朽势力与下层渣滓势力的结合，这是旧社会崩溃前夕的特征，作者很经济又雄辩地加以艺术的处理，显见匠心。还有一个在社会上颇常见的人物：洪少奶；她是一个无可无不可的浮萍人物，随波逐流，她的主张是‘没有主张’的主张，她的打算是‘没有打算’的打算，于是就让自己的生命给别人押上去作赌注，人尽可夫，毫无所谓。这等可怜态，不是很常见吗？鳄鱼头是一个狡诈的机会主义者，表面行为漂亮而在骨子里，虾球是偷摸鼠窃，无所不为，行为肮脏但灵魂干净，获得读者普遍的同情。作者非常谨慎处理这些人物，在他们的纠葛当中刻描他们突出的性格，恰如其份。洪少奶的机会，不同于鳄鱼头的机会；牛仔的野性，不同于虾球的野性；香港下等娼妓六姑的沉沦，又不同于珠江私娼黑牡丹的沉沦；（续集《白云珠海》中的人物，见《热风》副刊连载）蟹王七的英伟，又不同于丁大哥那种英伟。这些对比和差异，性格上的同中之异，异中之同，描写得相当成功。我们在亚娣的贪欢乐（她和蟹王七的开房间）跟洪少奶的贪欢乐（她跟马专员的勾搭）上面，就得出不同的感觉。后者令人厌恶，前者不忍深责，因为亚娣并非虾球的妻子或曾许白头的情人。她的动物本能和洪少奶奶的动物本能是不能等量齐观的。”“故事的终局我们还不知道，但我们可以把握整个作品的一根主脉，虾球将给时代勇猛鞭挞着向前，在作为一个新人，或者作为鳄鱼头的后补者之间，必然有着艰苦的斗争的。而亚娣，亚喜，亚笑，丁大哥，蟹王七……生活在社会底层的这批人物，他们的升或沉，是由这社会的主客观条件去规定的。我相信，一个能使蟹王七，亚娣，亚喜等好好受教育的社会，不久就会到来。至于鳄鱼头马专员的命运，一定会跟旧社会的命运一齐终结的吧？”

“论形式，这部小说的手法是渗透了旧形式而又是充满了新的创造性的。全部结构，虽不同于章回小说，但每段有每段的相当独立性，使读者不会感到枯燥乏味。作者善于运用从人民口语中提炼的确切表现语法，善于塑像造型，整个故事进行节奏的起伏，一波一浪，至相激荡，照应得非常严谨。”“用最少的笔墨去刻划人物的突出性格，这是艺术品应具的特点之一。用一百字就写出人物的特性和用一万字写人的形状仍然叫人莫明其妙，当然前者可取。作者就具有这个优点。他处理自然景物也非常经济，自然的描写跟人物的情绪行动作有机的结合。”

“在今天我们十分需要这样优秀的作品。据我所知，作者在执笔之前，是经过一番详细调查研究的。因此题材处理得很适当，人物又是那样亲切熟悉。作者懂得左邻右里大街小巷就是‘民间’，市民就是写作的对象，他不会口头说‘深入民间’而忘记了自己就是生活在人民当中。这是很重要的，生活的认真，也就反映在作品上面。虽然本书不是极完善无瑕的作品，但作者底努力与倾向是值得重视的。”“多数学生读这小说还有一个共通的意见是：浅白易懂。可见他们曾碰过不少深奥难懂令人头痛的文艺作品，这实在是值得我们搞文艺的人深思的。弄到读者莫测高深，这‘高深’又有何用呢？除非是说：他们不是我们的群众！”“一个十来岁的女生叶慧芝用四千五百字的长文来写她的读后感，在最后她这样作结：‘……当我掩上这本书的时候，我闭目深深地叹一口气……这本《虾球传》感动得人甚深。使我深切的知道，友谊是不可少的，尤其是益友更为难得。假使虾球当时有一些较好较多的益友，虾球这个聪明的孩子一定会在这时间中得到很大的进步……这书使我了解：人生是必须要奋斗的。’”“听听这孩子的声音！”

“我想，我们搞文艺的朋友们，不必悲哀作品有没有批评家批评，或者是怕批评得太苛细；也不必左看翁颜色，右顾姑颜色，心慌慌要迎合翁姑的口胃，只要大伙儿的学生，工人市民，为你的作品感动受到益处就成了。至于少数高等知识分子说粗嫌淡，倒不必担心，也不必去理会的。”

3月 陈琨的《花开花落》由上海美纶出版社初版。

花開花落

·長篇小說集·

著作者：陳琨

發行人：鄭雲達

出版者：美綸出版社 上海林森中路一〇七四號 電話七四二八六

總經售：中國圖書雜誌公司 上海福州路二八四號 電話九六四五二

中華民國三十七年三版

梗概：1942 年 9 月中旬，凌小姐（桃乐赛）来到上海杨维家参加唐杰美母亲的生日舞会。奏乐的三个乐师是三兄弟，大的叫黄鲨（大黄鱼），二的叫黄鄂（二黄鱼），小的叫黄蛇（小黄鱼），三人见一个名叫韦妮的小姐十分美艳，就约请她跳舞。韦妮本不想跳，但因在舞场的缘故只得敷衍他们，三兄弟十分不悦。唐杰美见状就请韦妮跳舞，她仍然是漫不经心，杰美觉得无趣，就去找交际花潘雪华、潘紫花姐妹。舞会由 W 教会大学黑猫社主办，两个月开一次。与韦妮跳过舞后，杰美跟母亲说他很喜欢韦妮。杰美的母亲唐太太半年前得了乳腺癌，医生说她还有一个月的时间，唐太太想起自己的爱情。她年轻时与大学生唐万里因路遇抢劫时相助而相识，五四时听唐万里的演讲更生爱慕之情。北伐革命时，唐万里任国民革命军东路前敌总指挥部政治部副部长，但就在北伐军到上海前，光荣牺牲了。

一个月后，唐太太去世。不久，黄氏三兄弟怂恿唐杰美约韦妮跳舞，并打赌：

如果能约出来并吻她一下，他们将承担所花费用。杰美略施小计将韦妮约了出来，正当准备吻她时，黄的父亲来到了他们面前，韦妮清醒过来后也给了杰美一耳光。这反而让杰美真正爱上了韦妮，他专门求教于凌小姐并到医院看望了患痁疾的韦小姐。之后，杰美找到伪中央储备银行张局长，施以美色，与田登汉、贺东华等人做投机生意，大发横财。与此同时，杰美开始追求韦妮，但韦妮见杰美交际复杂，又不读书，就对他很冷淡。杨维建议杰美另找，给他介绍了一个叫施兰苓的女子，杰美同意并与她相恋。兰苓认为抗战很快就要胜利，劝杰美把钱投到办实业上来，不要再做投机生意，但杰美一意孤行，结果抗战胜利后行情大跌，赔得精光，连房子都抵押了出去。在兰苓的鼓励下，杰美找到原来的朋友，他们答应合股办实业，兰苓也将自己名下的厂子转到杰美的名下。

正当杰美准备大干一场时，他收到兰苓的绝笔信，原来她已经是肺病三期了，为了不耽误杰美，她选择了自杀。杰美又去找韦妮，可小报消息说杰美朝秦暮楚玩弄女人，害施小姐自杀，桃乐赛告诉了韦小姐，两人共同商量了拒绝的对策。杰美失望地回到了家中，在杨维的劝解下，他放弃了自杀的念头。这时，韦小姐来到杰美处，看到兰苓的绝笔信，很感动，也很惭愧。随后，杨维向桃乐赛、唐杰美向韦妮、黄鲨向何美丽、黄鄂向贺秀、黄蛇向田矶分别求婚并成功，他们组成兰苓染织厂，各自担任了相应的职务。

这天，施兰苓的女友崔泳来到厂里，大家通过她才知道了兰苓小姐的身世。原来，施小姐不慎失身于淫棍萧清，怀孕后只好订婚，但萧清恶习不改并被捕，兰苓与他退婚后离开香港来到广州。生下孩子后，她开始以交际花的身份报复男人，还专门将肺病传染给他人并以此为乐。可自从见到杰美后，她不再报复，两人真心相恋，但因为自己身患不治之症，遂决定将自己名下的全部财产作为杰美办厂的资本，同时希望杰美和韦小姐将自己的孩子当作他们的孩子来抚养。听了这一故事，杰美感动地接过孩子对韦妮说，这是我们的孩子了。

按：这是陈琨（生卒年不详）讲述的一个纨绔子弟寻找真爱的故事，也是一个充满浪漫与理想但又不伦不类的爱情泡沫剧。虽然人物结局大多修成正果——获得理想的爱情，但恰恰如此就显得突兀且不符合故事的发展逻辑与人物性格。小说名为“花开花落”，若指寓兰苓小姐尚可，指寓其他就不妥了。小说的主要人物是唐杰美、凌小姐、韦小姐，施小姐只是在小说的后半部才匆匆出现且很快因病自杀，若以施小姐为中心，小说的叙述重心就严重失衡。施小姐与杰美的爱情固然感人，但缺乏基础，其他人物亦然。小说结构不严谨，唐太太的恋爱史与唐先生的革命史游离全书之外。在语言上，文中时不时夹杂一些英语，也影响了语言的流畅。

3月 林淑华的《生死恋》由上海新纪元出版社初版。

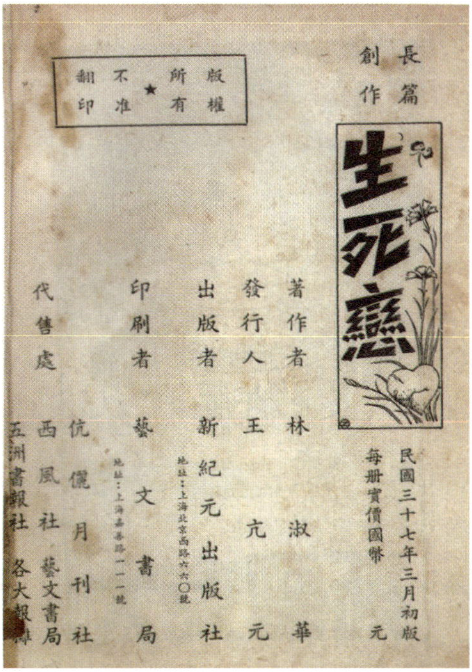

長篇創作
生死戀
民國三十七年三月初版
每冊實價國幣　元
著作者　林淑華
發行人　王亢元
出版者　新紀元出版社　地址：上海北京西路六六〇號
印刷者　藝文書局　地址：上海嘉善路一一一號
代售處　伉儷月刊社　西風社　藝文書局　五洲書報社　各大報攤
版權所有　不准翻印

梗概：“我”本是一个富家小姐，生活富足如意。十六岁时突然从病重的舅母处得知自己的真实身世，第一次尝到悲伤的味道，但“我”并未想到这种悲伤后来会一直伴随着“我”。父亲不允许“我”继续上学，幸好在璧姐的帮助下，徐惠民成了“我”的家庭教师。“我”和惠民之间产生了美好的感情。没承想，当他家提亲时，父亲以“门户不当”的理由回绝了。惠民受此侮辱，决心发愤，终于考取了圣约翰医科大学。我们暂时分别了，但旧式家庭带给“我”和他无尽的痛苦，“我”的姑妈试图将“我”许给一个纨绔子弟，幸而母亲爱护“我”，解除了这次危机。但第二年夏天，母亲病逝了，把“我”遗留在人间。而惠民的家庭也纷争不断。在姨妈的帮助下，我们终于得以见面，一诉相思之苦。

平静的生活并未持续多久，七七事变爆发后，“我”亲眼见证了太多的血和泪。在惠民的鼓励下，“我”去医院做了看护工作。“我”和他一直在苦难中坚持着，终于迎来了自由的热恋期。然而，当父亲让步同意我们定亲时，惠民的大哥却坚决反对。情急之下，惠民直接提亲，却遭到第二次侮辱。他绝望地陷入颓废，试图放弃我们的爱情。“我”在这样的双重打击下，借酒消愁，却因此和惠民解除误会。而后，“我”在他的鼓励下找到了第一份工作，他也和同学合开一家诊所。我们迎来了甜蜜的婚礼。婚后第二年，又迎来了为人父母的喜悦。但没想到，惠民在兄弟失和的打击和工作的劳累下，患上了急性肺病。在一个下雪的冬天，他走完我们的生死爱恋之路，与“我”和孩子们永别了，留下“我”在世间苦撑。

按：这是林淑华（1919—2016）以丈夫徐惠民为素材创作的一部带有自传色彩的恋爱小说，讲述了在新旧社会交替的背景下，一个出生于封建旧家庭的千金小姐和一个来自贫困家庭的热血青年之间苦中有甜、甜中有苦的恋爱故事。虽然小说的视角投向普通人的世俗生活，描写的是上海弄堂里的家长里短，并未着眼于大时代、大事件的勾勒，并且在这里，反封建、战争、逃难等都成为影响人物行动的环境因素，但是小说却没有陷入世俗的格调。它通过这对青年人长达十年的苦恋，有力地向我们揭露了封建的旧式家庭、顽固的礼教对青年人独立人格的压迫和幸福生活的迫害。全书以大段的人物对话和心理描写为主，使小说整体节奏较为缓慢，但由于是以第一人称视角讲述故事，加之作者悲惨的亲身经历投入书中，使其饱含真挚的感情，十分动人。它不仅是一首生死恋歌，一首青年人不屈服、不放弃的奋斗精神的颂歌，更是一曲高倡反封建的赞歌！

3月 丰村的《大地的城》由上海新丰出版公司出版（新丰文丛）。

3月 无名氏的《海艳》（下）由上海真善美图书出版公司初版。

3月 茅盾的《虹》由上海开明书店印行第十八版。

3月 苏青的《结婚十年》由上海四海出版社印行第十七版。

3月 老舍的《骆驼祥子》由上海文化生活出版社印行沪五版。

3月 老舍的《牛天赐传》由上海晨光出版公司初版（晨光文学丛书第二十种）。

3月 崔万秋的《新路》由上海长风书店印行沪二版。

3月 巴金的《新生》由上海开明书店印行第十九版。

3月 无名氏的《野兽·野兽·野兽》由上海无名书屋初版。

4月1日 宁一情在《谷雨文艺月刊》第5期发表《〈呼兰河传〉及其作者》一文，认为："《呼兰河传》，严格说来，不像一部小说，它没有系统的组织，没有连贯的人物和故事的描写，他是片断的，零碎的，不能成为整个的有机体，然而，正如茅盾先生所说，这不像之外，还有些别的东西——一些比像更诱人的东西，它是一篇叙事诗，多彩的风土画，一串凄惋的歌谣。""《呼兰河传》，有幽默也有讥讽，有轻松也有沉重，幽默和轻松使人不禁发出由衷的爽朗的笑声，然而沉重的地方，也不禁使人哀叹和掉泪。""自然，《呼兰河传》也存在着缺点的，形式上过于琐碎，没形成统一的有机体"，"在这方面，萧红并没有深入的理解和把握，因此，她只写出空泛的现象，而没有写出社会的本质。""其次这里，我发现不出比较积极的人物，整个气氛充满了灰色，看不出一点点生命的火花，似乎人民的前途，就只是这黝黑的一片。"

4月16日 《东北日报》刊载周立波《暴风骤雨》的广告："本书上卷内容是前年七月东北局动员一万二千干部组织工作队，下乡开辟群众工作的情形。东北农村封建势力的最初垮台，与农民中间的新的人物出现的复杂曲折的过程，就是本书的主题。约计二十余万字，另有插图多幅。"

4月17日 冯乃超在《正报》第2年第35期发表《〈春风秋雨〉评介——读〈虾球传〉第一部》一文，认为："这部作品是有它的大众性的，它表现着穷苦人的生活，并且找到了一种平易近人的体裁。这是一部'雅俗'共赏的作品。""作者是这样真心真意地写劳苦的人民，并且为他们而写作。""穷苦人比较有钱人，活得还更像个人样，这就是作者所要写的事实。""读《虾球传》，可以唤起读者对生活采取真实的态度和积极的态度。"

4月20日 张羽在《同代人文艺丛刊》第1年第1集《由于爱》发表《从〈围城〉看钱锺书》一文，认为："书中的人物，生活，感情，思想，还不能脱出旧的窠臼，虽然花样翻新，而货色依然是旧的……围城，实际上是钱锺书自己所求之不得的大观园。这些僵尸，都借着钱锺书的玉体借尸还魂了。""钱锺书在廉价拍卖自己的才华，在故弄玄虚，在制造巧遇，搬来了西洋古董和海外奇谈，以显示自己的明了掌故，拿机智，打情骂俏，浅薄的温情，来挑逗那些彷徨苦闷的小市民的感情，使那些整日为柴米油盐而焦虑的小市民，得到暂时的灵感上的快乐，而忘却了眼前的阴森的现实。""钱锺书及其伙友们，拿那些陈腐发霉的感情，哼哼唧唧的制造些新的悲欢离合，新的鸳鸯蝴蝶，新的妹妹风月，又用'错配了姻缘'的公式，想搏取一点同情，一滴眼泪，一丝轻微的叹息，而把自己隐伏在现实的外面，想从极端混乱而复杂的世界里，去找一席山林隐士的栖足处。好像钱锺书的写作是专为那些皱眉苦脸，穿上长袍短褂，吟两句歪诗，画一幅水墨画，唱几句二簧，喝半杯牛奶咖啡，吹几个烟圈，搓八圈麻将……的同道者同声一叹，彼此再此吹彼擂，煞有介事的道贺一番，聊以解嘲。这样的文章，只有送给这样的人物，作枕畔消遣的资料。想从这样的作品中，吸取营养，得到启示的青年，准会失望的。""所以，钱锺书的《围城》，是一幅有美皆臻无美不备的春宫画，是一剂外包糖衣内含毒素的滋阴补肾丸。它会引你进迷谷，动邪火，陷情网。要是你读厌了笑话三千、还准备去找寻点趣味和幽默的话，它会使你满足的。"

4月20日 《同代人文艺丛刊》第1年第1集《由于爱》刊登出版消息：

（1）《大地的城》的广告："我们知道作者是写短篇的能手，然而他的长篇是更胜于短篇的。本书是他唯一长篇杰作，出版以来颇受读书界欢迎。现存书无多，欲购从速。"

（2）《愤怒的乡村》的预告："本书是作者毕生的唯一长篇巨著，文长二十余万言，本书里表现的人物有诚实而朴素的农民，也有衣冠禽兽的败类，故事曲折动人，文字隽美。即将出版，欢迎预购。"

（3）《神的失落》的预告："作者是写长篇的能手，本书即是其成功之作。

内容是以抗日战争中一群知识青年，如何为祖国而奔走呼嚎，和他与她之间的疯狂热恋，但他（她）们并未因此而走上新生之路，终于还是跌落在旧势力的魔掌为题材。故事动人，现正赶印中。”

4 月 20 日　“本室编号 12—2173”在《金声》第 40 期发表《〈马兰〉》一文，认为小说“是在说明所谓小资产阶级的知识份子的思想与生活的不和谐的痛苦”。

4 月 25 日　黎理在《中学时代》第 17 期发表《〈四世同堂〉中的几个人物》一文，认为，在老舍的笔下，荒淫无耻的人是描写得透彻极了，如大赤包、招弟、瑞丰等。老舍先生也极力介绍给我们许多善良的人们，如钱先生、瑞宣、祁老爷等。但钱先生和瑞宣是书中的正派人物。老舍注意刻画委曲求全的人，但忽视了塑造成千上万不甘做卖国奴而起来反抗的国人形象，而这是最重要的一点，希望在《四世同堂》第三部能看到这种描写的转变。

4 月　周立波的《暴风骤雨》（上卷）由佳木斯东北书店初版，10000 册。

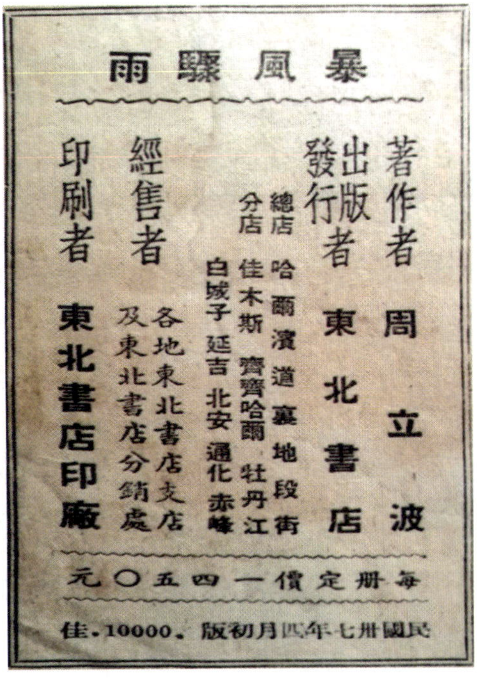

暴風驟雨

著作者　周立波

出版發行者　東北書店

總店　哈爾濱道裏地段街

分店　佳木斯　齊齊哈爾　牡丹江　白城子　延吉　北安　通化　赤峰

經售者　各地東北書店支店及東北書店分銷處

印刷者　東北書店印廠

每冊定價一四五〇元

民國卅七年四月初版、10000、佳

梗概：1946 年的夏天，赶车人老孙头载着以萧祥为首的解放军工作小队来到元茂屯，他们的到来打破了屯里的平静，引起了农民们的好奇，也引发了大地主韩老六的不安。由于对情况不熟，加之群众有顾虑，第一次开大会运动失败后，工作队决定改变斗争方法——广交朋友，以此发动群众。小王与赵玉林这个深受压迫的穷庄稼汉子交上了朋友，并邀他联络其他穷哥们。几日后，萧队长再次约小户唠嗑，众人纷纷诉说被地主分劳工的苦难。怒不可遏的农民甚至将韩老六扣押住了！没想到在随后批斗地主的“农民翻身大会”上，韩老六故意示弱博得村民的同情，逃过一劫。工作队员们继续发动群众，农工联合会又增加郭全海和白玉山这两位“得力干将”。

8月初，全屯再次召开对韩老六的批斗大会，他却再次用狡猾的诡计逃脱审判。在萧祥的带领下，大家的情绪得到安抚，并热火朝天地投入到分土地、唠嗑会的运动中。韩老六家的小猪倌也偷偷参与了唠嗑会，但没想到被韩老六发现了。鞭打小猪倌的恶行激起了整个屯子的怒火，人们抓住韩老六，审判了他的罪状恶行，最终处死了这个大地主！正当韩家大树被砍倒，村民沉浸在分财产的胜利喜悦中时，韩老七带着胡子来为他哥哥报仇。萧队长冷静地带领村民击败胡子们，击毙了韩老七等人，但赵玉林却在与胡子的枪战中英勇牺牲了。元茂屯的局势最终稳定下来，萧祥也离开了屯子去完成新的任务。

4月 雪苇在大连光华书店出版《论文学的工农兵方向》一书，在其中《读〈种谷记〉》一文中认为：“这是一部比较成功的杰出的作品，是实践了文学工农兵方向的作品，而且，就艺术上说来，是目下实践这一方向作品中的最好成就。”他认为：“作者的注意力，显然主要不是在想给我们讲这一个简单的故事，而是在借这个故事给我们介绍初步的新民主主义社会建设里农村阶级力量的变化，给我们介绍农村中各农民阶层的人物及其复杂的斗争。作者以他深入的丰富的生活体验，纯熟的农民语言的掌握，细腻的、淋漓尽致的描写，胜利达到了这一目的。”《种谷记》“以体验的深刻与技巧的优越突破了从文学来表现革命的农民及其生活和斗争的作品的一般水平，给《在延安文艺座谈会上的讲话》立下了一座实践的丰碑”。他还认为，《种谷记》值得重视的方面有：首先，是真实地实践了《在延安文艺座谈会上的讲话》——文学之工农兵方向的作品；

其次一个令人满意的地方，是至始至终贯穿了将群众作为作品里的第一位主人翁，自始至终将他们——农民群众作充分主动的，积极活动着的人们来处理；三是原则上正确的解决了语言问题。不足在于：一是没有写出党的作用，没有写出作为农村活动核心的农村支部底作用；二是农民的阶级面貌还处理得有些模糊，以及作者在这一问题上的思想认识不够；三是尚留有知识分子气的残余。这在语言上的表现，是尚有一些不必要那样“文绉绉”的欧化语法和古语。

4月 巴金的《春》由上海开明书店印行第十七版。

4月 萧军的《第三代》（第二部）由上海文化生活出版社出版。

4月 巴金的《寒夜》由上海晨光出版公司再版。

4月 端木蕻良的《科尔沁旗草原》由上海开明书店印行第三版。

4月 老舍的《猫城记》由上海晨光出版公司再版。

5月1日 乔木等著《人民与文艺》（《大众文艺丛刊》第2辑）由香港大众文艺丛刊社出版，其中，胡绳在《评姚雪垠的几本小说》一文中认为：

《春暖花开的时候》是一本应受到最严厉批判的书。“在《春暖》中，作者把佃户女儿黄梅（一个父兄都在革命内战中牺牲，从小抱着强烈的阶级仇恨的女孩子）的描画，最足以显出作者在这本书里任意地狎弄他所表现的人物。”“作者在这书里诚然也写了农村宣传工作，写了旧势力对青年救亡工作的压迫等等，然而这些好像不过是作为背景的可有可无的画布，在这背景前出现的是一群集中兴趣于男女关系与恋爱事件的青年。抗战初期的救亡运动中也的确有许多缺点，青年们的确抱着各种各样的思想和生活习惯而涌入这运动；但照作者的写法，却断然是对于救亡运动的歪曲与侮弄。”“我们或许可以这样大胆地断言：作者本来并不是想表现江湖义气在抗日游击战中向革命责任感的转移，而只是欣赏着北方人的豪放性格；也本来并不是要表现一个有阶级意识的佃户女儿和别的地主家的女儿们在抗日统一战线中的发展，而不过要为爽直明快的女孩的性格，纤细忸怩、温柔娇弱的女孩子性格‘创造’具体的人身而已。”可以说，“作者是并没有努力去求得真实的表现。他所全力去描画的人物性格并不是从这种历史现实中概括、提炼出来的；相反的，他只是欣赏着，描画着抽象的人物性格，而把他所描出的画装置在历史现实的框子中。”“抗战与救亡运动的历史现实并没有成为他创作的原动力，他只是按自己的趣味与方便来表现几种抽象的人物性格。正因此，他并不把农民游击队员摆在复杂的斗争过程中而写他们的矛盾发展，却只能把他们摆在比真实的历史现实无限单纯化了的环境之中；而在写到救亡运动中的女孩子时，只能够从恋爱中来分别她们的不同的性格……《春暖》的作者如此做，就是澈头澈尾地歪曲了历史现实。”“作者尽管也接触到现实，但是很明白的，并不是让人民群众的觉醒与斗争的巨浪来淹没自己的小资产阶级知识分子的狭窄的心灵，而只是借历史现实中的片断作题材来表现和抒写自己。在这里，我们应该说，表现于……《春暖》中的创作态度不是向人民负责，向历史现实负责的态度。”所以，“作为抗战中国的农民与知识分子的发展的画像……《春暖》更是个畸形的哈哈镜。”

对于《长夜》，胡绳认为：“在这里面活跃的人物不仅是抽象性格的负荷者，而且是反映了历史现实的一侧面。”作者能给我们“具现着历史生命的立体雕像”。因为“能够使人感到从这里面新的东西是可能成长起来的”。不过，由于作者抱着“浪漫性格”和“英雄主义”的情趣观望土匪生活，并以此为创作态度来对待他的题材，就不能不和正确地反映人民群众的历史的企图发生严重的矛盾。“由此可见，即使从有着若干成功的《长夜》，也仍旧证明了，一个作家，如果不能真正抱着向人民负责的严肃态度，而以欣赏态度对待生活，根据自己的趣味来描写人物性格，以自我陶醉来代替了对历史真实的把握，那就不能不形成为创作生命的致命伤。”

5月1日 睿在《青铎月刊》第3期发表《〈村野恋人〉》一文，认为小说描写乡村人民的心理很透彻，描写大自然很真实，如身临其境一般，人物描写也非常成功。

5月9日 黎奋在《生活周报》第186期发表《〈雨季〉》一文，认为，林慧贞找到了她应走的路，而谁又敢保证在她那渺茫的前程不会再有一阵暴风雨出现呢？但作者祝福从暴风雨中诞生的人们。

5月11日 芝在《生活报》创刊号发表《推荐〈暴风骤雨〉》一文，认为：“这是一本好书。这书不仅动人的表现了那燃烧起来的复仇的火，也雄浑的表现了那火的伟大气魄，把几千年来阻碍中国进步的封建烧毁了。不仅深入的挖出了农民们成年溜辈的冤屈的根，也生动的绘出了那在这火里产生的新的社会的面貌，新的人物的生长。”而“生活的真实，场面的活泼，故事的紧凑，语言之精练，农村风土的生动描写，人物形象之具有丰富的生命力，说明作者在选择和组织他的素材时，达到了真正艺术的境界。他没有为他的素材所拘束，他有力的创作了他的典型的人物与典型的环境”。

5月11日 《生活报》创刊号刊载文艺消息称：“作家周立波，近正在乡间搜集其长篇《暴风骤雨》第二部之材料，他认为，实际的生活知识，乃成功作品的必不可少的因素云。”

5月13日 克苛在《民国日报》（赣州版）发表《巴金——作家认识之五》一文，对巴金其人其文做了常识性的介绍。

5月15日 逊人在《华商报》发表《南方文艺的佳作——〈春风秋雨〉与〈骆驼祥子〉的比较》一文，认为，“《骆驼祥子》的作者多少是带上知识份子的眼光去雕塑祥子的”，而《春风秋雨》里的几个角色的生活却能“和实际生活距离不远”。“虾球奋斗的成功，象征人民解放事业的成功。”“《骆驼祥子》没有采用过旧小说的形式”，“《春风秋雨》合理的采用了章回小说的形式”，因此，“《春风秋雨》在结构、题材、语言上比较《骆驼祥子》还强。”

5月20日 康永年在《文艺工作》第1期发表《〈寒夜〉》一文，认为：“在《寒夜》里我们几乎看到了陀思妥益夫斯基的人物，那种病态的，反常的，残忍的，个别的讲却又是善良的灵魂，我说‘几乎’，是意味着两者中间还有许多不同的东西在。陀思妥益夫斯基的人物叫你绝望；《寒夜》的人物在被压迫、奚落、摧残的时候，内心充满了愤怒和不平，甚至见诸行动，例如曾树生（文宣的妻）毅然离开这个家庭就是。作者通过了他的小说告诉了我们：在寒夜——黑暗，寂寞，冷静——里挣扎反抗的人们，退却妥协的就会自己毁灭，勇敢坚定的可以生活到明天去。”“在汪文宣身上我们体验了失望，曾树生却给人带来一丝温暖和活下去的勇气……树生追求的不是豪华的物资生活而在精神的幸福，自由”。

5月21日 凡在《生活报》第5期发表《种谷记》读后感，说：“我们愿向读者介绍《种谷记》。几年来，我们有了很多好的创作，从《李有才板话》到《暴风骤雨》，大部份都以群众翻身为主题，因为这是这个时期历史的主题，但同时，我们在解放区，先后也领导了几次规模同样宏伟，意义同样重大的生产运动，可是以这为主题而写得与上述两书同样有成就的小说，却不太多。柳青同志的《种谷记》，便可以补足这个缺陷。”“第一，这本书是写得很细致的，刻划人物鲜明有个性，故事不落窠臼，不像一般的八股：‘某村工作未开展，先去一工作人员，主观，官僚作风，没有解决问题，再去一个好同志，事情终于办好了’之类，而真切的写了一个村克服困难组织集体生产的过程。第二，书中人物的语言非常生动、贴切，有很大的成功。第三，在叙述和描写的方法上，有些新的尝试，极显得作者饱满的笔力，即使说还不能认为是把‘大众文艺’提高一步的有成就的作品，至少也在这方面有了很大贡献。”“缺点是什么呢？第一，书中整个工作进程中，看不到共产党强有力的领导，至少是写得不够明白，而这一点，是不够现实的。第二，觉得作者的态度‘太客观’，平静的写来，缺乏感兴和激动人的热情，这样，就减弱了作品的魅力，是很可惜的。”“除此之外，这本书的确是一本极可读的小说。”

5月21日 王坪在《生活报》第5期发表《〈暴风骤雨〉座谈会散记》，周立波觉得写《暴风骤雨》有三不够：一、气力不够，写得紧张的时候头发一把把的掉；二、材料不够；三、语言，即字汇不够。总的来说，他读了这书很感动，小说最大的特色是创造了正面人物。

5月29日 周立波在《东北日报》发表《〈暴风骤雨〉是怎样写的？》一文，说：“《暴风骤雨》写的是中央《五四指示》达到东北后，东北局动员一万二千干部下乡进行土改的事件。开辟群众工作那一段，我没有参加，因此，书里的工作成熟的程度，是后一阶段的情形。人物和打胡子以及屯落的面貌，取材于尚志。斗争恶霸地主以及赵玉林牺牲的悲壮剧，取材于五常。”

“动笔以先，本来计划还大些。我打算借东北土地革命的生动丰富的材料，来表现我党二十多年领导人民反帝反封建的艰辛雄伟的斗争，以及当代农民的苦乐和悲喜，用编年史的手法，从一九四六年七月起，分阶段写到现在。照这计划，得写四部，八十来万字。可是由于在乡下呆的时间还太短，以及三不够（指气魄和气质不够、材料不够、农民语言不够，编者注），就只写了现在这样草草的一本。”

5月 桥下客的《第一块牌子》由上海蓁蓁出版社初版。

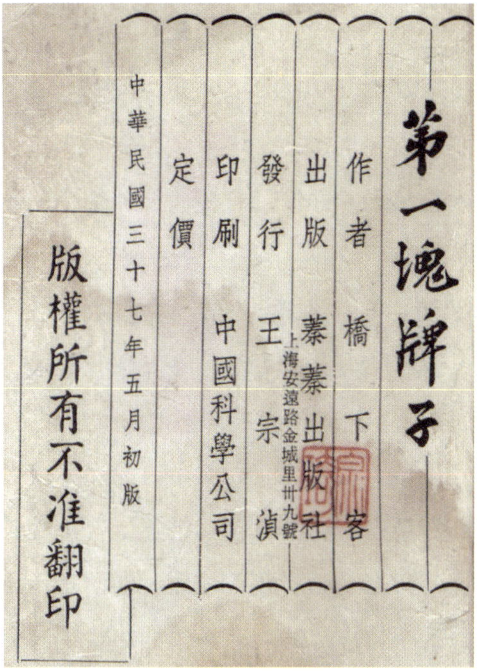
第一塊牌子
作者 橋下客
出版 蓁蓁出版社 上海安遠路金城里卅九號
發行 王宗湞
印刷 中國科學公司
定價
中華民國三十七年五月初版
版權所有不准翻印

梗概：洋大医师诊所里的大医师，脸上深凹处俨然一个“大”字，仿佛刻在他尊容上的招牌，而大医师本人，也被看作是市里的“第一块牌子”。大医师医的都不是真病，他是靠抓社会心理来赚取利益的荒谬医师。然而求学时期的大医师，却是朴素的、用功的。他的身边还有老冯、老周，以及老康、老龙等人，这群医学生毕业之后各谋出路。大医师在本市挂牌，从依附药房诊所到自租门房开业，经历酸甜苦辣，学会了如何看病家心理来做医生，进入“超凡入圣”的第一步。另一方面，忠厚老实的老周与老冯去到乡下从医，有了丰富的经历，却因医院私装吗啡之误致人死亡，两人离去，出国留学之时又与大医师和老黄相遇。留学期间，大医师在老家的小脚太太因病去世。几人各自完成学业后回国，大医师摇身一变成了内科博士，与富有的老龙合作开起了私家医院，他的言行举止与过去相比已大相径庭，为了赚钱，他使用许多荒诞不经的诊疗方法，但却平步青云，成为全市的“第一块牌子”，交际花非非小姐也成了他的续弦夫人。

回国的老周与老冯却走了与大医师全然不同的路，两人辗转多地，后来到了两谷村，为村人看病、教学、教手艺，改善了村里的卫生条件。开合作社使村民收入提高，却不想村长为谋私利，加之调查员作祟，两人被迫离开。两人回到都市，又遇时局不稳，辗转在都市与乡村之间。老冯染病，却因老康的假药而发狂盲奔，落河死亡，老周再次回到都市。此时的大医师因求子心切，喜欢小孩子并开设了难民医院，却仍不落牟利为己的私心。大医师待老冯的儿子小冯如子，常与小冯“高谈阔论”所谓的“为医之道”，而小冯却未受其蛊惑，还在老周的帮助下一走了之。大医师气愤不已，又娶了小妾想延续香火。而此时股市却大跌，大医师一意孤行，血本无归，从此之后，大名鼎鼎的大医师消失在了本市，没有人知道他的下落。

按：桥下客（1896—1988）即周宗琦的这部小说通过大医师、老冯、老周等一系列人物的遭际，讲述了一个关于医界乱象的故事，极具讽刺意味。小说情节读来荒诞不经，而作者的语言风格却又是轻松平常，两者结合，形成强烈的反差。作者对故事场景的切换带有话剧式的换幕风格，其间还插入笔者作为撰写者的视角，如剧幕中与观者互动的旁白一般，颇为别致。小说的一大特点是作者用专业的医学语言描写了各种荒诞的事件，如大医师为赚取钱财与名声，骗说健康的小孩患有肺结核，并将这种行医方式当作自己的“新发明”；又如老康为孕妇接生，居然将婴儿的眼珠不小心夹出，还淡定地归咎于孕妇等。小说的不足之处在于小说后半部分线索混乱，衔接生硬，人物对话过于冗长，显得枯燥无味。

5月　陈熹在《持恒学友》第2期发表《〈子夜〉第一章读后：读书日记之一》一文，认为小说开头的吴老太爷之死，唱出了旧时代的葬歌，也预示了中国资产阶级的“风化”，是伟大的笔力。

5月 王统照的《春花》更名《春华》由上海晨光出版公司初版重排本（晨光文学丛书第二十二种）。

5月 黄谷柳的《春风秋雨》由香港新民主出版社再版。

5月 巴金的《火》（第一部）由上海开明书店印行第十版。

5月 巴金的《火》（第二部）由上海开明书店印行第八版。

5月 巴金的《火》（第三部）由上海开明书店印行第五版。

5月 老舍的《火葬》由上海晨光出版公司初版。

5月 老舍的《牛天赐传》由重庆文聿出版社再版。

5月 林淑华的《生死恋》由上海新纪元出版社再版。

6月4日 知乔在《大公报》（上海版）发表《箍不住的旧木桶——〈古屋〉读后记》一文，认为：“《古屋》是这样一部长篇小说，它以一个旧家庭的主人在末日的挣扎过程，表现出对于整个封建社会体制的维护之徒劳。”“在创造孙尚宪这个典型上，作者是成功的。我们在《古屋》中随时都见得到这位冷酷的伪君子，他对于神圣的抗战抱着旁观的态度，他对于别人的喜怒哀乐完全无动于衷，他的关注的只是如何维持这个家庭——他自己这个家长的颜面，为此他可以断送一个女人然后再断送一个。作者又巧妙地从若断若续的故事穿插中抓住读者紧张的情绪，用大自然的开阔与光明，难童学校的萌芽与滋长，来衬托古屋的阴森黑暗，腐朽没落。从技巧上说，这都是值得夸耀的地方。”“这本书的缺点，不在技巧而在内容，作者对于古屋的表现是不够深刻的，他只写出古屋中家长对于子弟，男子对于女性的压迫关系，却没有表现——甚至没有暗示这古屋脚下的经济基础是怎样的……其次，除了孙尚宪之外，作者所写的末代子孙里面，只有抵押房子的孙宏荫是成功的，大学生在古屋中扮演的角色是不重要的，而比较重要的哑吧又带着浓厚的偶然性，其实作者是很可用力再创造另外两个典型的末代子孙的。最后，那叛逆的侄媳的出走，在作者是郑重地描写的，以见其挣脱之难，而在读者却并没有这种感觉。”

6月6日 渤怀在《大公报》（香港版）发表《艺海粟谈》一文，认为《随粮代征》是“一部描写农村的苦难的心血结晶。但总还觉得有不够结实和不够深切的地方”。左兵的《天下太平》“才是一部健康的作品，亲切，细腻，自然。对话采用宁波口语，尤觉精湛，富于地方色彩”。

6月7日 莲湖在《浙赣路讯》第287号发表《〈春暖花开的时候〉》一文，认为“所谓‘色情的倾向’并不十分浓重。这本书所反映的主题是一群知识青年在抗战的激流中所掀起的革命和恋爱，感情和理智冲突的浪花。不过，由于所写的范畴太狭隘了，以致情节的推演，始终落在青年男女的罗曼司的纠结中，而形成了一套新才子佳人式的八股；读者从它所触到的，并不是郁达夫张资平之流的笔下的性感，而是流于千篇的庸俗与平凡。我认为这与作者的写作技巧以及生活视野有极大的关系，因为他只适宜于描写有泥土气息的庄稼汉的性格和生活场面，对于本书所制造的人物和事件，显然没有明澈的了解并把握其思想和生活的核心。”

6月15日 **仇章的《香港间谍战》由上海铁风出版社初版。**

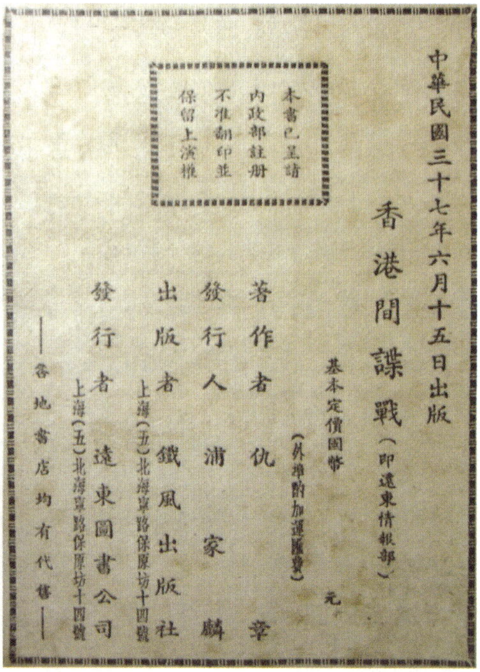
本書已呈請內政部註冊不准翻印並保留上演權

中華民國三十七年六月十五日出版

香港間諜戰（即遠東情報部）

基本定價國幣　元（外埠酌加運匯費）

著作者　仇章

發行人　浦家麟

出版者　鐵風出版社　上海（五）北海寧路保康坊十四號

發行者　遠東圖書公司　上海（五）北海寧路保康坊十四號

——各地書店均有代售——

梗概：五号特派员足智多谋、身手敏捷、经验丰富，是一个堪称完美的“孤胆英雄”，在得力助手的帮助下，与英国上司巧妙地进行周旋。日本间谍——“日本四姊妹”中的稻田芳子、山矶樱子与五号特派员关系复杂，在政治立场上虽是对立的，在情感上却是纠缠不清，“日本两姊妹”不仅为了帮助五号特派员而相继出卖本国情报，稻田芳子还为保护五号特派员而被燃烧着嫉妒之火的山矶樱子杀死。五号特派员凭借其准确的情报和卓越的军事才能，成功地指挥印加联军的出击与撤退。日军对香港发起总攻前，中国军队在深圳连连告捷，但由于英国人控制下的香港地区政府刚愎自用，不信任中国政府，英军一再拒绝中国军队的支持力量，导致其与日本军队力量悬殊，节节败退，香港本岛岌岌可危。在英军无奈投降后，五号特派员带领部分高级将领突出重围，山矶樱子在最后的战役中被十三号的手榴弹炸成碎片。七号和十三号消失了踪影，五号特派员最终获救。

按：《香港间谍战》接续了《第五号特派员》和《遭遇了支那间谍网》的内容，将故事放置在孤岛香港沦陷的整个过程中。小说内容上虽然讲述太平洋战争爆发后香港的失陷过程，但整体气势高昂、姿态乐观，使基调迅猛激昂、遒劲有力，充满了浓烈的爱国主义情怀。究其原因既有军人的自强，又有对全球反法西斯阵营的自信，对宗主国的反对和对民族自卑心理的超越。小说整体上追求呈现翔实、具体又不失宏大的战略布局与战争场面，在涉及人与历史之关系时，强调了个人改变历史和书写历史的英雄史观倾向，并且推崇男性在战争中的至上权力。不过，这也在一定程度上削弱了小说的艺术价值。

6月15日 周哲在《读书与出版》第3年第6期发表《〈春风秋雨〉》一文，认为：“虾球是全书一个主要的中心人物。作者通过他，展开了殖民地香港各种复杂的腐败的社会场景——那些被生活压坏的人，怎样反扑挣扎，奔走呼号。作者对这些人难免也厌恶，但显而易见的，他所厌恶甚至憎恨的并不是这些‘个人’，而是逼迫他们不得不向这条路走的社会根源。在整个作品中，我们随处都可以看到这个社会的黑影，随处都可以感到这个社会的逼人的潜力。”“虾球在全书中犹如一颗明珠，作者虽然一步一步的把他往险恶的可怕的深渊拖去，但是跨过一道考验，这颗珠子便越加光亮，我们甚至感到，作者太宠爱了这个孩子了。他好像是真理，力量的化身，他经历的艰苦，也正是真理，力量通过考验的成长的具体过程。”“以鳄鱼头为中心，作者描绘了另一类型的人物。这是些蛆虫，他们在旧社会腐烂的粪缸里拥挤，吸收，并且肥壮起来。作者刻划了这些人丑恶的嘴脸，那个亦官亦商的马专员，在我们这个社会里是太容易找到了。”“在这本小说中，我们可以看到几个特点，第一，决定这本小说成功的原因，并不是文字的通俗浅近，章回体形式的适当改造，这些只是辅助的力量，主要的还是在于内容。我们以前已经有过不少描写人民生活的文艺作品，但大都浮光掠影，一放到真正的人民读者眼前时，它们便失去感人的力量。这本小说不但够得上说‘广’，而且也可以说够‘深’，够‘密’。作者深入了生活的核心，把生活从底里翻露出来，而不是撕了生活表面一层薄皮，贴在作品上。第二个特点，这本小说虽然采用了一些广东口语，大体上都是用普通话写成的。”“这本长篇还没有全部完成，但从《春风秋雨》看来，它已经为我们的文艺界开始了一个新的起点，这一个起点，对于以后争取封建文艺的读者，是有重大意义和帮助的。”

6月17日 渤怀在《大公报》（上海版）发表《艺海粟谈（三）：读〈淘金记〉》一文，认为：“这里没有一个光明面的人物，不是迫害者、欺压者；便是被迫害的和被污辱的。”白酱丹真是一个典型人物。作者用笔沉重深刻，是抗战以来笔者所见的最好的一本小说。

按：此文又于6月19日以《沙汀的〈淘金记〉》为题发表于《大公报》（香港版）。

6月17日 大顿在《大公报》（香港版）发表《忆萧红——〈呼兰河传〉读后随笔》一文，认为：“这也许环境逗起我的情感，我生长的故乡间，萧红女士所描写的呼兰河城里的形形式式太相似的缘故吧，我对于这一部作品所显露的一切，就更有着深刻的同感。”“不但如此，就是连失去了的童年的生活情形，在这作品里似乎也旧地重逢似的再一次相见了。于是我摸一摸身子，忘掉了人世的惨情，觉得像重投在童年的乐园了——在灰暗的小屋里玩着祖母给我的一些破铜烂石，而感到这其间的天地是无限的广大——我想每一个童年时曾经作过乡居生活的人都有这样一种经验吧，然而作者却能把它这样清晰的反映在这书里，不禁使我感叹作者记忆力之强，和观察的到家。”“读过了骆宾基为她做的传，对本书有了更正确的了解，本书描写的黯淡惨苍的一面，正可说这优秀的作家在为她可歌可泣的经历发出幽幽的鸣号。在本书的一开头，作者借庙宇里的神像来道出这数千年来男性中心社会里女子可怜的地位……这可以说道出了几千年来女子在社会上地位从属的辛酸，喊出了她的抗议。”“这一部作品，主要的内容，就是要反映小城市里的人民生活，因为要说的太多了，当然不免就琐碎，情节也没有怎样一贯的连串，但我们读了却也不觉得所说的紊乱无绪，这就不得不归功于她的艺术造诣了，尤其有几处重复的讲起她的后园子里的情形，更使人觉到的其中的诗意。”“可惜作者就像在她作品里所诅咒的一切，也作了像小乡镇里所牺牲的人物一样，在惨凉的世途上，在被损害的驱逼下，走完了她的尽头！”

6月21、24、26日 莲湖在《浙赣路讯》第299号、302号、304号发表《〈骆驼祥子〉》一文，认为《骆驼祥子》笔调干净、利落，而又富于幽默感，故事逼真、凸出，而又生动可爱，典型创造也很成功。“作者在本书中虽没有用概念化的说教，把主题正面的宣示出来，但他却明智地利用艺术的手腕，暗示了真理的所在；而且更重要的是他指出了一条通到人类合理的明天的路，便是提高受难者的觉醒和运用群体的力量，向自私的堕落的病态的社会展开英勇的搏斗，由此，我们更感到作者人格之崇高和作品艺术价值的伟大了。”

6月22日 韩进在《东北日报》发表《我读了〈暴风骤雨〉》一文，认为：“我觉得《暴风骤雨》是目前报导农民土地斗争的优秀作品之一。用农民的语言，写农民的生活，表达农民的感情，特别是表达农民的革命情绪，如此鲜明强烈，如此真实，这是解放区文艺创作的一个基本特色。同时，因为作者真实地表现了农村，所以作品的地方色彩也很丰富，形成了独特的中国风格。”不足在于：“第一是没有‘突出地’表现当时运动的特点……第二是农民群众的贫困生活与阶级仇恨二者之间结合得还不够，仇恨多半通过诉苦，回忆，以及作品中的叙述表达出来，而对于当时农民群众惊人的贫困状态，及由此贫困状态所激发的阶级仇恨，刻划得稍嫌不够……第三是人物还不够典型，最重要的人物如萧队长，思想状态还是单纯了一些，没有通过这个人物把当时干部的一般思想状态表现出来，这是一个遗憾……几个农民的出场，分段写传，有些‘水浒式’，在着重描写的场合所表现出来的性格与特征，没有始终贯澈，这恐怕主要是由于写作时间太短促之故。第四是未能多方表现丰富的农村生活，这也使得主人翁的性格与特征不能在多方面显露。”

6月22日 《东北日报》刊登《〈暴风骤雨〉座谈会记录摘要》，其中：

宋之的认为：“我读这本书时，是很受感动的。我虽然未去过东北乡下，但我的家乡是在冀东。书中所描写的东北农村气息，和冀东很相像，所以读起来感到非常亲切。”“其次，表现方法，也使我受到感动。正面人物写得很好。过去，无论在蒋管区或解放区，我们的文学作品，对反派人物都写得很突出，在暴露黑暗这方面，是有它的作用的。但这本书，写工作队长以及农民积极分子等，都很动人，这在过去的作品里是很少看到的。”“第三，过去的作品，大部分是素材，没有集中，没有组织。而这本书，则是不仅掌握了材料，而且组织了材料，并创作了材料。”“第四，人物写得很生动。写许多正面的人物，基本上都是肯定的。而且可以引人悲喜与共，能够抓住读者感情。”“第五，对将来在空白地区开辟工作，提供了很多经验。有人说：这是写‘份子路线’，有些过时了。但我觉得，这里所写的工作队的方式，从不了解情况逐渐摸索到正确的道路，是可以作为其它地区的参考的。”

草明说：“这里所描写的农民翻身后的喜悦，很能引起读者的共鸣，和过去那些公式的肤浅的东西不同得多。”“写正面的肯定的人物，如赵玉林、萧队长等，也写的很好，但可惜没有突出的、叫人印象很深刻的人物。”“在语言方面使我很惊诧。立波同志是湖南人，到东北来时间不长，竟能掌握比较丰富的东北农民语言，这是了不起的。比起他过去的作品来，是一个大大的进步。当然比起赵树理同志来，还显得不够，但赵树理同志和我们这些洋包子不同，他一向在农村。”“另外，再谈一点读后感到不足的地方：我觉得这本书，好是各方面都很好，好在整个东西很匀整，但读后却使人留不下一个强烈的印象——突出的事和突出的人物。我想：这是否在布置人物时，布置得太多，太均匀，而没有着重在一两个人身上之过？”“又：作为开辟工作的第一个阶段来看，这个村子的成绩是过于好的。是否在第一阶段，工作就会搞得这样健全呢？如果真如此，那么煮夹生、砍挖、平分土地等运动又怎样产生？是否仅因为换了队长，又‘回生’的缘故？这是一串的疑问。”“关于政策方面，中农刘德山写得太机械。似乎是先有一种概念，硬按上这样一个人物似的。”“整个说来，立波同志虽然说自己气力不够，我觉得在这点上立波同志还是很好的。所谓气力，恐怕就是掌握材料的魄力吧。”“作为一个读者，我对这本小说很感满意。愿意再读，再过细研究一遍。”

赵则诚说：“过去看翻译小说比较多些。在蒋管区我喜欢两个人的作品，一是沙汀，一是路翎。在这些作品里得到的东西是对旧社会的仇恨；而对于健康的东西，则是在《暴风骤雨》里，开始得到的。”“我也是一气读完的。可以肯定地说这是一本健康的作品。这本书无论读给农民听或给知识分子看，都有好处。给知识分子看，有些土语应该更多地加些注解。”“作为一部长篇小说的好处，就是它有故事。《水浒》式的人物介绍，我以为并不是一种缺点，而是一种优点。过去在报上看到一些作品，往往流于口号，而这本书，故事情节，却很丰富，逐渐发展，也合情理，很能引人入胜。”“关于人物，我听到许多人说都喜欢老孙头，我自己也如此。萧队长的刻画，某些地方描写得不甚合乎规律，我以为一个领导干部，一定在实际工作中得到教训，他教育群众，同时也从群众受到影响，学到东西，而这点却似乎照顾得不够。干部的产生发展，也比较突然，如赵玉林就似乎发展得太快，应该更富于曲折。刻画人物，我以为倒不一定在于字数的多寡，比如《红楼梦》上描写凤姐，只在林黛玉到贾府时，几句话里便写出一个性格来了。因此我想到，即使在其他方面节省些字数，而在人物刻画上更花些工夫，可能更完整一些。”

金人说：“我是两气读完的，中间相隔十来天。读后的总的印象觉得这是描写土地改革的一本好书。过去的作品，暴露黑暗的一面较多，而今天写出了这样一本正面的肯定的作品来，这是非常好的。”“整个看来，在形式上还没有完全脱却洋气，也就是说泥土气息不够。要想在作品里形成中国民族的气魄，应该更多地学习中国的旧的东西。用《水浒传》的方法介绍人物，这也是很好的一点，长篇小说就是给人物写‘传’嘛。”“和赵树理同志的作品比起来，赵树理的东西，就是中国农村本身，是从中国农村的泥土里生长起来的；而立波同志的这部作品，基本上还是知识份子写的农民。虽然还残留着一些洋气，但在突破洋八股这一点，仍然有很大的成绩，这点我们也不能否认。”“有许多人说对萧队长的印象很深，但我感到印象并不强烈。这部书整个给人的印象是，农民的斗争地主，好像不是由于萧队长的领导，而是由于地主的翻把。因此这就冲淡了党的领导，萧队长也就变成不甚重要的人物了。”“关于政策：对中农刘德山的态度，和坚决团结中农这一原则，有些距离，似乎值得考虑。”“打人问题，书里也写到了。最近中央发布的几个指示，都提到了反对乱打乱杀，共产党人不应组织打人。我最近想了想，打死人主要是对于无产阶级的胜利没有信心的表示。作为工作经验来介绍，拿到新地区去，这点也是值得考虑的。”

黄铸夫说：“关于此书的成功方面，基本上同意韩进同志的说法。我觉得这本书把东北农村的氛围写出来了，而且写得很好。人物也包括了各方面。特别是关于抗联活动的历史交待得很简炼，把东北的革命传统写上了，这点，是很好的。”“关于缺点：第一，思想性不够。农村生活写进了一些，但思想发展，农民由自为的阶级提高到自觉的阶级的过程，写得比较少。比如：白玉山的转变，也没有写出是经过很曲折的思想发展过程，因此，典型的表现就不够深入。”“第二，运动发展的规律，掌握得不大够。究竟是写的哪一阶段，读后给人的印象很模糊。“第三，对于人物的处理，如最后让赵玉林死掉，恐怕给群众看了会引起不好的影响。这个干部死得太可惜。中农刘德山的处理，似乎也欠缺一点什么。关于萧队长，通过这样一个人物，来体现党的政策，领导思想，领导方法，工作作风，在这点上没有很好的掌握住。萧队长仍是一个比较抽象概念的人物。在工作方法方式上，也比较生硬。由于以上几点，我觉得作为指导群众运动的经验，是有欠缺的。”

马加说：“我看了这一部书，印象是好的，它不仅写了‘八一五’后东北农村的新的面貌，新的人物生长，新的社会制度建立，这个新的变化是东北局号召干部下乡，发动群众，获到的成绩；另一面：它也写出了旧社会封建地主的统治，残酷，欺骗，剥削，荒淫与无耻的罪恶。韩老六是这个封建恶霸地主的代表，在伪满联络敌人，‘八一五’后勾结中央胡子。从政治、经济、武装三方面统治农民，造成农民的悲惨生活。这是两个社会的对比。这样对比的描写，在东北是很有现实意义的。作者并没有搬教条，而是从生活上，人物的活动上，通过艺术形象刻画出新的时代。”“这部小说，描写的范围很广，工作团，贫雇农，中农，富农，地主，狗腿子，在一些主要人物上，都有他的特点，和他自己的历史。这是作者在实践毛主席在文艺座谈会上的讲话的方针，下乡工作，勤劳写作收到的成果。这比作者过去的作品《金戒指》是大大进了一步。”“另外，我还有一点疑问。这书所写的故事，是发生在四六年七月到九月间（萧队长回县）。这个时间，正是干部下乡，反奸清算的阶段（煮夹生饭是在十一月以后）。当时到处点火，到处燃烧起斗争，刮了一阵风。斗争不澈底。不澈底的原因，表现在领导干部上右的思想，对地主过多的照顾。未能贯彻群众路线，于是发生包办代替。另一主要原因，群众本身存在着思想顾虑，好人不敢出头，狗腿子钻空子，变成了夹生饭。这夹生饭是带着普遍性的，也很严重。但是，在这一部书所写的，村子里的工作却是很成熟。接连的进行了三四次斗争，分地分浮，打垮胡子，枪毙韩老六，建立村政权和农会。而一些村干部又是那样的积极，坚定，夹生的程度不多。从运动的阶段上来看，书里所写的生活是否和历史实际有些距离？这是一点疑问，请考虑。”

白刃说：“我谈谈我的感想。我也是一气看下去的，总的印象，觉得这是反映农村的作品里比较好的。它能抓住读者的喜怒哀乐，能引起读者的共鸣。我对东北农村很生疏，但在山东乡下住了许多年，东北农村和山东的农村大体相似，因此也感到很亲切。”“书的缺点：则是看不出和自卫战争的关系来。至于人物，还略嫌不够集中，刻画还不够深刻。”“我谈些小的地方：打胡子的场面，在这样的地区，白天来胡子，而且萧队长带上成千的老百姓冲出来，这样写似乎有些欠妥。打仗时应打手榴弹，这是八路军的特色。驳壳枪只能用之于近距离，不能用之扫射。赵玉林死得过于沉痛，给农民干部看了，恐怕会引起副作用。”

李一黎说：“我觉得这本书基本上是成功的。下面谈几点感想：一、书中虽然写了地主的反抗，但给人的总的印象，工作仍然是很顺利的。地主花招，地主的软手段，麻痹农民的地方写得比较少。二、萧队长这一人物，写得比较坚定、明确，是比较完善的。不过有些地方还写得很神秘。比如对小王和刘胜的教育，就交代得不甚明显。好像是萧队长掌握材料，判断情况都是在自己的肚子里作的，而对下面的同志具体的指导则写得较差。关于政策方面：前面提到按照五四指示的方针进行工作，但后面当情况变化时，萧队长又告诉赶快把地主分掉，完全没收，现在看来，这恐怕有些不妥，而且和五四指示也有出入。刘胜、小王、萧队长三个人是代表三种类型的干部的，不过，像刘胜这样的人，如碰到困难，便要跑到乌苏里江去，这是否能代表当时一般的在乡下的知识分子干部呢？赵玉林的死，也不甚好，特别是还提到了一句‘出头的椽子先烂’，他是最先出头的，果然就烂了，恐怕在农民干部中会引起不好的影响。写开始发动不起来群众，群众开会就走，其实，这种情形在初期还比较少。因为那时群众不了解我们，所以也怕我们，叫他开会来，他是不敢溜掉的。李青山在萧队长撕请帖后的表现，也不甚合乎情理，因为这类狗腿子，大多是见硬就回，不会如此的。”

舒群说：“《暴风骤雨》的原稿，我看了一遍半；那时主要是注意一些字句细节。这次要开座谈会，会前也只浏览一遍，未能仔细研究，所以也只能提出一些笼统的、或琐碎的意见。真正比较正确的深刻的批评，只有待于广大读者群众的发言，加以集中、研究、发挥，才能办到。”“总的说一句，这是一本好书，但是也有缺点；它能使人读下去，不过读后感人的力量不强，留下的印象不深。”“这本书是写土改的初步过程，内容包括很广：党的领导、领导思想、领导方法，特别是关于农民的思想情感，地主的罪恶等等，更加复杂，如果作者没有一定的生活体验和气魄，是不容易写出来的。”“在写正面人物上，不但写的多，而且写的比较成功，写出了农民和共产党的血肉关系。许多读者，一提到赵玉林这个人，都念念不忘。”“在语言上，立波同志下了很大功夫，从书上证明有成绩，从发言上说明有心得。另外，我想补充一点意见，就是真正掌握农民的语言，必须首先或逐渐的掌握农民语言的语法。”“关于政策思想问题，我同意以上同志的看法，‘打人’和‘对中农’写的是有些不妥。这一点减低了作品的思想性。此外对于生活的体验的不够，理解的不深，特别是表现在土改运动变化过程的关键上和农民思想情感的变化过程的关键上，明显的暴露着这个弱点。写得比较成功的人物之一的赵玉林，使人感觉不够真实；从开始‘这会想透啦，叫我把命搭上，也要跟他干到底’，直到最后的‘死’，简单得如同一条直线。如果要问：为什么这样简单呢？只能回答：生活问题。地主打小猪倌是书里很重要的一个部份，但必然性写的不够；为什么一定在那时候打小猪倌呢？否则，农民能否起来斗争呢？如果要问：为什么这样凑巧呢？也只能回答：生活问题。”“最后总的补充一句，如果给《暴风骤雨》以上中下三个位置来评价的话，听了大家的意见，我觉得似乎把它摆在上中之间的位置，比较合适。”

周洁夫说：“我对这本书，总的印象很好。以前常想：苏联打了一两年仗，便产生了好多长篇，现在在土改之后，我们自己也有了这样一部长篇，它反映了新的革命阶段、反映了农村改革的新的问题，这是值得宝贵的。过去，看到一些反映农村的短的作品，大抵都比较直线，而这本书则写出了地主集团与农民集团的尖锐斗争，曲折而复杂，并且也写出了这个农民集团是在党的领导下进行斗争的。书中表现地主的抵抗相当顽固，须要反复斗争，才能砍倒大树，它很好地反映了东北农村的现实。”“关于人物性格，可以看出正面人物都很真挚很朴素，但是更多的具体的东西则看不出。每个人都必定要受环境的影响而有其特色，这点表现得稍差。不过，从实际情况来看，在土地改革初期，想要赋予每个人以明确的性格，也确很困难。”“语言：从具体情况出发来看，基本上是写了东北农民的语言。不过，也还残留着一些欧化语法，读到那些地方，感到不甚调和。”“作为一部表现历史阶段的作品来看，在第一部里没有强调地写出土地关系，看不出农民对土地的强烈要求来，这是很可惜的。”“还有历史的真实性的问题。书中是写一九四六年六月到八月这一时期的。当时我军方从长春撤出，除了新站一役之外没有打什么大仗，正是我军积蓄力量的时候。书中提到我军把敌人打得抬不起头来，和当时的情况不符，读到这里的时候，使人有不真实之感。”“在群众和党的关系上，党领导群众这方面是写上了，而群众给予工作队的影响，以及群众教育群众，则写得比较少。在写群众的日常生活上，也偏重了琐事，而关于酝酿斗争韩老六的事，则写得较少。事实上，这样一件大事，群众不会除了开会之外就不活动不议论的。”“关于政策方面，中农刘德山若作为中农代表来看，则写得不妥。只强调了中农的落后动摇的一面，而未写出中农的革命的一面。刘德山这个人太落后了。不能代表整个中农阶层。打人杀人问题：如果不是写干部主张打人或组织打人，而是写由于群众的义愤，自发的起来泄愤，恐怕还不能算什么太大的毛病。不过，书中有一处写萧队长说：八路军不打好人。这是不妥的。”“许多同志说，书里所写的成绩太好了。我看还是有夹生的。因为只斗了一个恶霸地主，其他地主还没有斗，封建势力依然存在，地还未分，财宝也未挖，留下的问题还很多，继续写煮夹生饭是可以的。”

6月22日　遍采在《大公报》发表《劳苦人民的道路——〈骆驼祥子〉读后》一文，认为：“这是北平洋车夫一条命定的道路，也是中国劳苦大众一条命定的道路。”“作为苦难的中国劳苦人民，第一要问‘敌人在那里？’老舍先生通过骆驼祥子指出了一个是‘自我’，一个是‘封建势力’，而这两个敌人又是通同一气狼狈为奸的。封建势力本身固然凶恶，在它控制腐蚀下的社会所滋育出的自私梦想，和麻痹懵懂的情感则更可怕。”

6月25日　宁一情在《谷雨文艺月刊》第6期发表《关于〈故乡〉》一文，认为：“在艾芜先生的全部著作中，据我所知，《故乡》是最为出色的一部，他借大学生余峻廷的回乡，在短短的廿天内，把中国典型的农村和小城市镇，完全呈现在我们的面前，这里面有贫农的血泪，有新官僚，旧地主，中间商的荒淫无耻为凶为恶，它的手法有点像果戈里的《死魂灵》，借乞乞珂夫的旅行，把各型各式的地主展露在我们面前。又有点像屠格涅夫的《猎人日记》，把一个值得诅咒的制度，和在这个制度下受损害的人物描绘给我们看，但它又比《死魂灵》和《猎人日记》更为完整，更富社会意义，这因为作者不仅把旧的落后的巧妙地展览出来，最重要的还是作者给予我们新的希望。”“作者紧紧地把握住新的观点和方法，深刻地分析了中国且社会，而站在进步的立场，把人民的欢欣，悲愁，反抗和迎合鲜明的表现出来，尤其难能可贵的，是他赋予这种反抗与迎合以浓厚的阶层性，令人越读越感到那种迫人的力量，令人对旧的，不合理的剥削制度起无限的憎恨，而对那被污辱与被损害的，起着热切的同情爱恋甚至敬佩。”“如前所述，这里除了写出旧的没落的一面而外，还写出年青的和有希望的一代……他们都是从生活的血肉感受中，明白了谁是他们的敌人，谁是他们的自己人，明白了怎样才能解脱他们悲惨的命运。而且毫不犹豫的参加进这种解放自己的行列去。这里还对照的写出知识份子的余峻廷，他这种人有强烈的正义感，和丰富的热情，但他缺乏坚定的立场，他容易动摇，也容易对黑暗势力发生幻想。他的爱憎是空泛的，与其说是阶层的，无宁说是人道主义更为恰当。他时时留恋于小资产阶级式的温情，也熏染了很多知识份子的臭习气。但他基本是向善的，因此他能坚持一定的见解，与整个旧势力决绝。甚至他的放高贷的母亲。在这一点上，他实在也有可爱的地方，但作者没有给他指出一条较新的道路，只使他悲凉的离开了故乡。这在教育读者的意义上，多少会感到不够的吧？”“由于兵役制度的不合理，于是农村普遍存在逃避兵役的现象。这是抗战中最严重的问题之一，作者把这问题正确的提供出来，而且指出：要澈底解决这个问题，只有切实的把抗日和改善农民生活密切的结合起来。”“不过，在把握农民思想的转变，自觉地明了本身的悲惨命运，起而抗争的过程这一点上，作者是成功的，因而他把这种自杀的原始生命力，看作从生活的血肉感受而来，而不追求那种幻的原动力……因而从这产生的力量就异常的自然，完全没有生硬，勉强的地方，但我感到作者将这悲剧性的作品的处理，好像总有意无意的摆出冷静的面孔，和客观立场，因此在发掘事件的阶级本质上，还多少有点不够味。”但“作者尽量的采用人民口语，这使作品生色不少”。

6月27日 旭旦在《大公报》（香港版）发表《可爱的人物：从〈憩园〉的主角说起》，认为：“谈巴金先生的《憩园》，我最爱的是女主人公杨昭华。看到她，暂时我们忘记了阴霾，我们在她脸上看到了春天的太阳。”“借着杨昭华的口，巴金先生给我们看到一个可爱的灵魂，就由这个女主人公，作者宣示了他所要宣示的。”“我愿别人也读读它。这给我们看到了一位热爱人类，默默地工作着的人，是有着怎样的一个灵魂，他是在给我们宣示。让他的手来揩去我们的眼泪吧！让我们笑，让我们鼓舞起来！”

按：此文又于1949年7月17日发表于《大公晚报》。

6月 **王西彦的《寻梦者》由上海中原出版社初版（中原文学丛书）。**

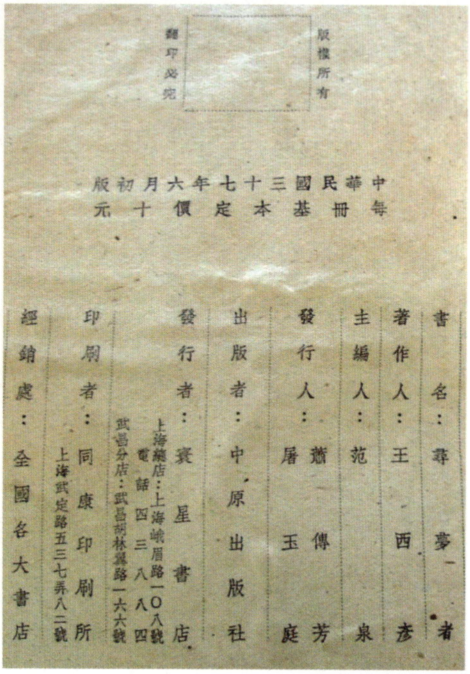

版權所有 翻印必究

中華民國三十七年六月初版
每冊基本定價十元

書名：尋夢者
著作人：王西彥
主編人：范泉
發行人：蕭傳芳 屠玉庭
出版者：中原出版社
發行者：寰星書店 上海總店：上海峨眉路一〇八號 電話四三八八四 武昌分店：武昌胡林翼路一六六號
印刷者：同康印刷所 上海武定路五三七弄八二號
經銷處：全國各大書店

梗概：抗战时期，“我”因病前往一座偏僻的山中古庙休养，结识了同样在古庙中养病的大学毕业生成康农。热忱爽直的成康农是农家子弟，把光宗耀祖的希望全都寄托在他身上的农民父亲含辛茹苦供他念完大学，但成康农却无力回报父亲的恩惠，于是大学毕业之后他一直躲避父亲，直至父亲离开人世。同时，他也见识了都市人的丑恶，经历了失恋的打击，以“乡下人”自居的成康农成为都市生活的憎恶者，他隐居山林，企图在恬静淡然的田园生活中寻求人生的解脱。然而，深山古庙的冷清寂寞又很快令他厌倦乏味，他又将梦幻寄托在自己对农家女赛男的爱情上。

纯真美丽的农家女赛男的父母原是地主家的佃户，本打算通过辛勤劳作得到属于自己的土地，孰料东家小少爷竟看上了赛男的美貌而将年幼的她玷污。愤怒的父亲退了地主的租，却因过于劳累而病倒去世。赛男的母亲拒绝了东家小少爷不怀好意的殷勤，只身带着赛男到镇上做佣工。谁知战争突起，跟随主人家逃难的赛男母女中途被弃，于是赛男带着双目失明的母亲逃难至此，靠为别人洗衣服过活。被赛男纯洁善良的灵魂所吸引，成康农爱上了赛男，并希望赛男和自己回到家乡创造新的生活，寻求真正的幸福。尽管赛男对经常帮助自己的成康农不胜感激，但因成康农是个和自己身份不同的“知识分子”，于是一直不肯同意他的求爱。经过成康农的苦苦劝说，为了报答成康农的赛男终于答应他的追求。成康农欣喜若狂，谁知一直给成康农打杂的乡下小男孩宝贵却指责他不应该从别人的牺牲里寻求幸福。于是，再一次从幻梦中清醒过来的成康农只身离开僻静的古庙，重新回到社会，准备前往 K 城寻找现实的道路。

按：这部小说讲述了一个农民出身的小知识分子追寻一个又一个虚幻之梦而经历一次又一次失败并最终觉醒的故事，反映了抗战时期一部分知识分子由失落、迷惘进而觉醒的精神状态，既抨击了知识分子不切实际的“寻梦”心态，提出要脚踏实地寻找实现梦想的途径，也讽刺了他们在抗战的大时代里避而隐居、汲汲自营的行为。小说语言优美，情节曲折；人物塑造较为成功，寥寥几笔便勾勒出鲜明的人物性格，如成康农的明朗爽直、宝贵的爱憎分明、赛男的纯洁善良等。小说采用第一人称叙事，主要从“我”这个旁观者的视角、通过“我”和成康农的对话深入成康农的心灵深处，细致入微地刻画了知识分子群体在时代洪流面前摇曳不定的复杂心境，但也令情节发展较为缓慢，并使得小说缺乏必要的场景描写（如成康农如何向赛男求爱、赛男又如何拒绝等重要情节），大量充斥着的对话论争也在一定程度上减损了小说的可读性。

6月 茅盾的《第一阶段的故事》由上海文光书店初版，1000 册。

6月 老舍的《骆驼祥子》由上海文化生活出版社印行沪六版。

6月 巴金的《灭亡》由上海开明书店印行第二十三版。

6月 茅盾的《蚀》由上海开明书店印行第十六版。

7月1日 黄庆萱在《建国月刊》第2卷第4期发表《谈〈骆驼祥子〉》一文，认为，《骆驼祥子》在白话文学史上占有重要的地位，祥子不该与虎妞结婚，他悟到人生原是一幕悲剧，受了种种打击后开始堕落。这种人现在也很多。

7月1日 无咎在《小说》（香港）第1卷第1期发表《读〈围城〉》一文，认为："如果说，《围城》是一册以恋爱为主题的小说，那么，我们还可以加添注释道，恋爱正是新儒林外史人物的新课程，它和旧儒林外史颠倒于学而优则仕的闱墨中人的描写，划出了新旧时代的两个风貌，作者以方鸿渐为中心，而展开了恋爱的攻防战。"不过，"我们的作者即使有巴尔札克式的纵谈一切漫不经心的才华，但在这里却偏缺少巴尔札克抓住资本主义社会的灵魂（金钱）的特质的那种初步的社会学观点。而我们的作者之所以能撇开这一个极度动荡的社会场景，甚至将后方人民生活的落后，也加以恶意的西方人士式的嘲弄（在金华路上所见的描写）而情愿抓取不甚动荡的社会的一角材料，来写出几个争风吃醋的小场面，我们不能不说作者这一观点——单纯的生物学观点，作了他的罗盘针，一切以恋爱为艺术的主要主题的作者都是这样，他只看到一切生存竞争的动物性，而忽略了一切生存竞争的社会阶级斗争意义，我们作者这一罗盘针是需要改造了。"另外，"《围城》作者在他们所描摹的人物中，给我们一个深刻的印象：不论是鲍小姐，苏文纨，孙柔嘉，也不论是李梅亭，曹元朗，韩学愈，高松年与汪处厚，都该是他要否定的新男女儒林中的人物。作者给予温情主义的抚摩的，是唐晓芙，赵辛楣和放下作者自己灵魂的方鸿渐。但一样也是并无真理奋斗的精神，执着于人生特定方面战斗的意识……所有作者笔下的人物，或者是假抗战牌头的滑稽玩世，或者是认民贼作父的和同随俗。而作者一样以否定的笔调否定他们存在的价值了，每一个读者将不能在这里找到一个可爱的人物，用作他们人生的楷模。在这一意义上，这作品是可以作一些人的反省的。"他还写道："一大群小资产阶级的智识分子，或出身于封建世家，或出身于买办宝殿……这是作者笔下人物的阶级性而徘徊于西方资本主义与东方封建主义相互交融的空间里的人物，除出向上摸索，努力抱住官僚主义的石柱，或喘息于买办主义的大厦里面外，就没有他们的路，没落是他们唯一的路，作者没有有意告诉我们这一点。而我们是可以得到这样印象的。”

7月1日 “中山大学文学院同学”在《青年知识》(香港版)第35期公布《〈春寒〉讨论总结》，认为，小说的主题是：“作者企图纪录‘真’‘伪’抗战两条路线的斗争。透过伪抗战者的凶暴，智识青年的自我斗争和所遭受的迫害……种种具体事实，把这时代的真面目反映出来。”“在表现方法上，本书底最大特点是叙述多于描写，发展整个故事的主要线索是‘事’而不是‘人’。由于作者采用这样的手法，他必须以第三人称来处理题材。但由于用第一人称可更方便地刻划人物底心理斗争过程，他另外又采用了佩兰的日记和信件的形式来写了一段，这种人称混用的手法很新鲜，在其他小说里并不多见。”“在处理场面方面，作者用新写实主义的手法，令人看来感到自然真实，并不觉得曲折离奇。”他们还认为，“本书的最高点应该是从蔡洁的出走开始，吴佩兰在酒店拒绝唱歌到徐璞被捕为止。”对于人物，他们认为，吴佩兰“是一个超过了‘初期觉醒’程度的小资产阶级知识份子……不庸俗，不轻浮，她已经懂得怎样生活”。她的成长道路有英雄主义色彩。“徐璞：小资产阶级出身的文化工作者，代表进步的革命小资产阶级份子，性格孤独，坚强……像其他智识份子一样，多少染有个人主义的作风，他底进步是稳健的，性格发展合理，但描写得不深刻。”“蔡洁：小资产阶级出身的青年……作者把这人写得比较生动，但还是不大够。”“黄老夫子与萧琛：他们是相似的，代表自由主义的智识份子，在环境好的时候还可以干一下，在环境坏时，只有苦闷焦燥。”“冯燕卿：好高谈阔论的狂热家，庸俗、投机，爱热闹，在兴奋的空洞的云雾里过日子，代表文化界的投机份子，市侩主义者。”小说的优点是：（1）“充分地揭开了真、伪抗战之谜，打击了所谓领导抗战的骗人伎俩，粉碎了有些人对于所谓‘民族英雄’的盲目崇拜，在教育意义上获得很大的成功。”（2）“新写实主义的手法，使读者有真实亲切之感。”（3）“文字洗炼，优美。”美中不足的地方在于：（1）“只注意到上层知识份子，读者没有看到真正出力抗战的广大人民斗争的场面，使读者觉得寒得可怕，春意不够。”（2）“只着重几个人，忽略群众。”（3）“心理描写不够。”（4）“作者把好人都从南中国调走，似乎南中国不值得留恋似的，他没有指出谁使南中国的土地解放。”

7月1日 周而复的《白求恩大夫》始刊于《小说》第1卷第1期，至12月1日第1卷第6期毕。

7月10日 流金在《人世间》第2卷5—6期合刊发表《谈〈混沌〉》一文，认为，《混沌》文字质朴流利，宛转地描绘出了真实的生活与孩子们的心情，精神基调健康向上。

7月15日 《新书月刊》创刊号刊登《〈生死恋〉》：“有其人，有其事，全部写实，情与爱，血和泪，千古长恨！本书自前年十二月起，开始连载于《伉俪月刊》，获得全部读者的关切和同情。单行本开始发售，全书情节曲折，文笔细腻，逗人哀感，赚人热泪。胡山源先生批评本书说：‘《生死恋》与巴金的《家》《春》《秋》三部曲殊途同归。’全书厚二百余页，都二十万言，封面重磅道林纸三色精印。”

7月17日 金流在《民国日报》（赣南版）发表短文《谈〈赵子曰〉》一文：“看过老舍这部《赵子曰》，会使人感到我们这个复杂环境的社会下，堕落了多多少少有作为的青年，毁灭了多少有志的革命勇士。这是谁的过错，谁的损失？！”“赵子曰这个人，本身并不坏，可说只是那么一个认识不清的糊涂虫，他本质却蕴藏有那种青年人丰富的正义感。如果有像李景纯那样的几个朋友，经常地能够诱导于他，仍不失是社会上的一个有用的人。”“‘娶媳妇喝酒，喝酒娶媳妇；有工夫再出些风头，闹些风潮，争些名誉。对内而酒而妇人，外而风潮而名誉’是赵子曰的一部人生哲学思想。他晓得不惹拿枪杆的军阀，而打那个不是军阀的校长。可是为什么打，他却不管，反正打了校长没有事，出出风头，可以使别的同学向自己叫上几声彩，鼓上几阵热掌也就够了。于是乎，赵子曰就会像阿Q那样，目空一切，自以为了不起。虽然他这种梦，在最后终于给‘老李’被难的革命热血冲醒，可是谁敢保证他这个没有主张的人，又走向那条绝路去呢！”“赵子曰不但是个具备有精神胜利的人，而且是个极端只对现实享受就可满足欲望的那种‘今朝有酒今朝醉’的典型人物。天真，率直是他的本性，幼稚更加注定了他踏上堕落之途的命运。”“今日的社会上，闹风潮打师长借出风头而全被旁人摆弄利用的青年学生，以及醉心于做官，享受的人们，不是一个活生生的赵子曰吗？！”

7月19日 关晨在《东北日报》发表《我看完了〈暴风骤雨〉》一文。认为，《暴风骤雨》“在东北来说，是一篇别开生面的写实杰作”。“书中的材料，准备得特别的丰富，描写每个不同的农民，也都很能入神逼真；尤其是描写农村中家庭的生活，乡村妇女的特性，手法更为纯熟，真是‘惟妙惟肖’，活现在读者的眼前。斗争会的垮台原因，描写的也极细致合理，没有一点勉强。萧队长带领群众与胡匪作战，也很生动紧张，表现了共产党员为人民不怕牺牲的精神。”但也有一些细节不真实。

7月19日 林铣在《东北日报》发表《关于〈暴风骤雨〉》一文，认为：“对于该作，这里首先应该提出来的是作者对于几个人物明确的阶级性的掌握较为不够。关于这点，我们可将在该作中先后出现的赶大车的老孙头孙永福，和佃富农李振江两人作为显明的例证。”同样，抹杀了地主恶霸与富农之间所存在的矛盾，也是不符合实际生活的。他还对小说战斗场面描写的不真实性及赵玉林牺牲价值的描写提出了质疑。他还认为，写得较为突出的是白大嫂子和白玉山。“而关于赵玉林的写作，是一个在政治上创作较为突出的典型，但其明显的个性与性格，以及生活方面的诸多特点，描写得还不够深刻。该作对于反面材料的掌握与支配，和反面人物的深刻暴露似较不足，这可能是由于生活接触面的不同而使其然。”

7月 **沙汀的《还乡记》由上海文化生活出版社初版（现代长篇小说丛书之十四）。**

梗概：林檎沟的青年冯大生回来了。四年前，冯大生因为家庭困难，去给烟贩子挑烟，不料中途生病，只得靠吃鸦片烟医治，之后便染上了烟瘾。鸦片烟价格昂贵，冯大生不得已在保队付（甲长之类）徐烂狗的怂恿下卖了壮丁，用壮丁费还了烟账。在部队他戒了烟。当兵期间，他没有同日本鬼子作战过，后因不堪国民党部队的非人待遇，他从前线逃了回来。回来后得知，自己的壮

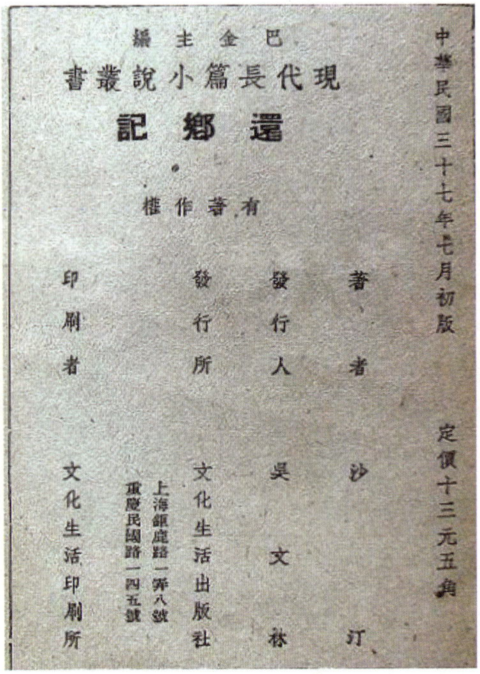
巴金主編
現代長篇小說叢書
還鄉記
有著作權
著者 沙汀
發行人 吳文林
發行所 文化生活出版社 上海巨鹿路一弄八號 重慶民國路一四五號
印刷者 文化生活印刷所
中華民國三十七年七月初版
定價十三元五角

丁费被保里没收，土地被迫变卖给保长，妻子金大姐也被保长罗懒王和保队付徐烂狗引诱玩弄，现在已被徐烂狗霸占了。冯大生十分愤怒，立即提斧去和徐烂狗拼命，但因被阻拦未能达到目的。冯大生就找保长父子罗敦五和罗懒王来公断，但两人却庇护徐烂狗。愤怒难平的冯大生又去找乡长老咪主持公道。老咪与罗敦五父子有隙，所以允诺为冯大生说理。但一天之后，由于保长答应在掠夺山民笋子的利益上给乡长分成，乡长老咪又变了卦。有冤无处诉的冯大生和徐烂狗冤家路窄，两人碰面后又打了一架，随之到乡公所评理。而乡长、保长以及其他乡恶势力都维护徐烂狗而欺负冯大生，还威胁要抓他的逃兵，幸亏山民张大爷、刘大旺等人加以保护才得以脱身。冯大生只好在张大爷的劝告下，暂时隐忍下来帮父亲做一些家务活。

一年一度的打笋开始了。这次，保长父子与乡长相勾结，以合作为名，强令林檎沟的山民们把笋子交给保长，由他统一运到州里去卖，并美其名曰利润分成，他只提一点手续费，其实却是想借机大捞一笔。冯大生、张大爷、刘大旺等山民看透了他们的诡计，戳穿了保长父子假合作真盘剥的真相，打乱了乡保长们的如意算盘。冯大生一有机会，就鼓动群众勇敢抗争，不要为保长父子的谎言所迷惑。由于冯大生和张大爷等人的说服鼓动，保长父子的阴谋未能得逞。恼羞成怒的保长父子和徐烂狗商议，决定在召集山民开会时当众抓捕冯大生，胁迫山民们服软。这个阴谋恰好被悔恨交集的金大姐知道了，她跑出来给冯大生送信，恳求他避一避，但是倔强的冯大生没有听信。果然，在集会上，冯大生被抓了起来，关在山神庙里。然而保长父子的强权激起了山民们的愤怒，他们在张大爷和刘大旺的鼓动下，坚决要求放出冯大生，并提出每百斤竹笋至少也得留给山民们五十斤自卖。罗敦五看到山民群情激昂，被迫让步，答应每百斤笋子留给山民们三十斤自卖，同时释放冯大生。但打开山神庙时发现，冯大生已逃走了。三天后，冯大生再次出走，他决定到临县打工或去成都打杂，不再回来。张大爷发现保长父子在秤上搞鬼，开始商量明天怎样对付那杆形迹可疑的秤。

按： 这是一部表现底层百姓为了生存而不得不起而捍卫人的尊严与地位的力作，它与《淘金记》《困兽记》一起构成沙汀川西北乡镇生活三部曲。从揭露乡镇邪恶势力恃强凌弱的丑恶本性，到考辨乡村知识分子的人格建设，再到鞭挞山乡邪恶势力鱼肉山民的丑恶样态，拷问深受封建文化濡染的山民们羸弱而又坚强的精神品格，沙汀构筑了一幅川西北乡镇基层生活的群态百图，其真实性、深刻性与艺术性，都达到了时代的高度。小说冷峻的现实主义精神与严谨的现实主义手法几乎完美地统一，对人物活动的现实动因及人物性格发展的必然性的准确揭示和深度把握，对尚未摆脱蒙昧状态的山民们精神迷宫的精细刻画，也达到了沙汀创作前所未有的高度，加之浓郁的川西北生活气息，使《还乡记》毫无愧色地成为中国现代长篇小说创作的重要收获之一。不足之处在于，冯大生外出当兵数年回来后性格依然如故，多少显得有欠真实。

7月　黄谷柳的《虾球传》第二部《白云珠海》由香港新民主出版社初版。

梗概： 鳄鱼头乘坐亚娣家的小艇逃亡广州后，拜名闻两广的“收山隐客”张果老为师，被张果老保荐为珠江两岸清剿司令部的少将副司令。他又把太太献给掌管军运船舶调度业务的马专员，从而当上舰长。虾球同牛仔翻山越岭，

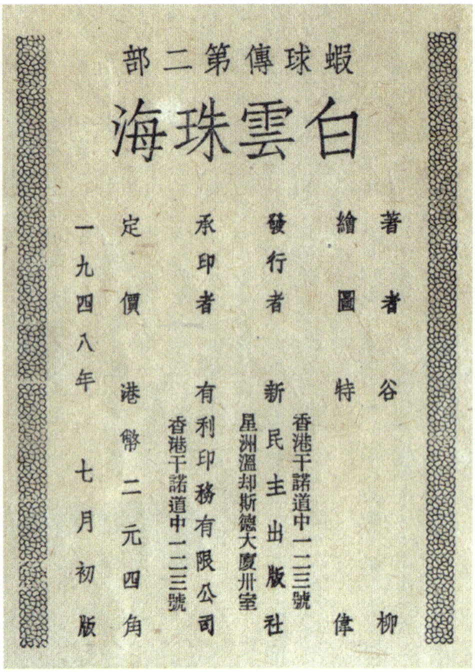

本想投奔游击队却意外被“三不怕”舰长抓去补了沿途新兵逃亡的空缺，流浪到广州。二人好不容易逃出，却被拒绝加入游击队，失望的虾球把牛仔安置在芳村孤儿院后，决定用自己的性命作筹码去沙溪赌一次运气，不料赌输了。正当虾球被逼卖身当壮丁之际，鳄鱼头带蟹王七缉捕因穷困而贩运物资的退伍军人来到此处，将他救出，让他跟随舰船一同运美式军火去海南岛。由于鳄鱼头等人在舰船上超载装运走私物品，归程中遇暴风沉船，在这危急时刻，鳄鱼头霸占了唯一的小舢板，残忍地开枪打死了游近舢板的牛仔诸人。

小说插页《虾球传》的广告：“轰动南中国的文艺巨著　长篇小说《虾球传》谷柳《虾球传》，写的是：珠江人民的爱和恨、生和死的搏斗；梦想的幻灭和追求；高贵的品质和卑下的冲击；失去耕地的农民后裔的翻身苦斗……整个故事，用少年虾球一个人的遭遇体现出来，这不仅是虾球一个人的历史，同时也是珠江苦难人民生活逼真的记录。主人公虾球的思想的觉醒，落在他的求生斗争的后面。他的成熟是缓慢而又曲折的。他不是一个少年先驱者，也不是什么小英雄，他仿佛像我们一个极平凡而又极可亲的小弟弟。他依循着他自己生活的轨迹，一天天接近了火线。他最初还不大明白为什么而战，当他一旦明白过来他的所作所为，不单单是为了‘活命’时，他已经以一个新人的姿态光荣地站在我们的面前，和旧日偷摸鼠窃的虾球迥然不同了。这是一个由社会的底层、从同伴的血泊中光荣地挺立在我们面前的新人的历史。全书共四个分册：前两分册是《春风秋雨》和《白云珠海》，后两分册是《山长水远》和《日月争光》。”

《春风秋雨》的广告：“长篇小说《虾球传》第一部　谷柳作　特伟画　故事生动曲折　文笔通俗清新　这本小说是讲流浪儿‘虾球’所经历的故事。在虾球未出世时，父亲就过了金山，母亲靠做苦工过日，虾球长大了学做小贩，后因生意难捞，离家出走，被捞家王狗仔诱去做他的‘马仔’。虾球开始走入黑社会，过那些神奇惊险而又辛酸的生活。这期间，他照顾过苦难的阻街神女，恋爱过疍家女，做过走私、爆仓大王的杂差，坐过监牢，做过扒手；后因他父亲从金山回到香港，虾球不认得，竟和一个伙计把他父亲一生苦俭积来的美金也扒了去，他父亲就长期发了悲惨的神经病……小说中的故事人物，都是我们所熟闻熟见的。因为人物真实生动，故事波澜曲折，文笔通俗浅显，许多学生、工人、商店伙计、家庭知识妇女等都欢喜读它。更多人，欢喜它写出穷苦人们的善良心地，患难相扶的真实性格。也写出鳄鱼头，马专员等的荒淫无耻，勾心斗角，为了自己的利益不惜做‘乌龟’，用老婆作诱人的饵……《春风秋雨》不止是一部‘好看’的小说，而且是教我们认识人生真理的好书。”

7月　茅盾的《腐蚀》由山东新华书店出版，6000 册。

7月　茅盾的《腐蚀》由上海知识出版社印行第七版。

7月　欧阳山的《高干大》由胶东新华书店初版，3000 册。

7月　欧阳山的《高干大》由太岳新华书店初版，2000 册。

7月　高咏的《随粮代征》由上海文化生活出版社再版。

8月1日　秋云在《青年知识》（香港版）第 36 期发表《读〈白云珠海〉》一文，认为：“这部作品的最大优点是它底深刻的真实性。”其次是“作者在方言的运用上获得很大的成功”。“再次，在这部作品中，有一种浓郁深沉的人情味流荡着，这构成它底强烈的感人力量。”“我觉得作者这种人情味倒是健康的，进取的，与人民共鸣的。他所同情的人物都是受苦受难的下层阶级，所谴责的人物都是‘残民以逞’的特权阶级。对于现实，他的确有点哀愁，但在哀愁中蕴藏着更多的愤恨和挚爱。他虽然还没有正面地激励我们动手去改造这个社会，去打倒直接造成人民苦难的压迫者……他至少指示了我们这个虚伪无情的，人吃人的社会是应该改造的。而在这个社会未能根本改造之前，人世间唯一的温暖就是被压迫者心中一点‘互励互助’的爱情。这种爱的力量，作者是相当重视的……这是一种新人道主义，一种值得发扬的人道主义。”

8月1日 适夷在《青年知识》（香港版）第36期发表《虾球是怎样一个人》一文，认为，虾球全部生活的理想中没有丝毫的劳动观念。“抱着这种生活理想的虾球，在性格上是表现出懦怯、卑劣、动摇、矛盾的。”然而他又是缠绵多情的。“我们指出虾球性格上这些弱点，倒并不是硬要作者给我们一位少年先驱者，一位小英雄，而是因为作者没有给我们一位真正的流浪儿，流浪儿之成为流浪儿，必然有其一定的社会生活的根底，和这根底上所生长出来的一定的性格与风貌，但无论在《春风秋雨》或《白云珠海》中，我们只看见虾球是一个小所有者的软弱晦涩的性格，苦难的磨炼并未使他变成执着和坚强，一无所有也未使他成为豪爽而明快，这强韧和豪快是一个可能获得思想觉醒和走向不屈斗争的人所必须具备的性格基础。虾球的性格不像一个真正流浪儿，而像一个落魄的公子哥儿，他的一切遭遇与其使他接近到斗争去，还是走向堕落更加来得合理。”他还认为鳄鱼头与虾球的区别是：“一个能够心安理得的作恶，而且有作恶的能力，一个则可怜得想作恶都不够能力。”“我想作者的原意是并不打算把虾球写成这个样子的，只因作者只忙着处理新奇的故事，惊险的场面，而没有深入到生活的真实，没有深入到人物的内在，不知不觉的把可怜萎缩的小市民的思想感情，装进到自己主人公的性格中去，使虾球变成了这样的一副嘴脸，歪曲了虾球这个形象。”

8月2日 司惟在《中央日报》发表《重读〈骆驼祥子〉》一文，认为小说的语言非常出色，祥子也刻画得非常生动，祥子的一生极富戏剧性。

8月12日 史忱在《生活周报》第204期发表《钱锺书的〈围城〉》一文，

认为：“钱氏的书里，则告诉我们几乎俱是陷在作茧自缚的命运。”“钱氏在这本书里，到处抛古今中外的书袋，显示其才华博学，也是他最得意的一手，这本无可訾议的，然而，这一卖弄才情的手段做得太过，于小说的描写并不十分适宜，也由于他对这描写过份的炫耀。我们觉得作者在随意捉弄着书里的人物，把人物当作傀儡，自己就是傀儡戏的主持者，以致人物完全失去活生生的生命力，失去内在的矛盾斗争，与情节上激变底因果性，必然性与偶然性。简言之，完全失去真实的社会生活斗争底内容。”“钱氏则有西洋人的讽刺与讥嘲，加上中国人的冷酷与刻毒。所以他的描写，形容，比喻，对人物，对事件，全有着作者这些特点。”“总观全书，钱氏的艺术技刑，流露着冷嘲热讽，尖酸刻薄，蔑视一切的态度。在作者的态度上，处理题材上，描写技巧上，都值得加以批判的。因为这种方法，是会破坏艺术作品的完整性。”“看《围城》，是一个死气沉沉的所在，有一群蛆虫在跳舞。同时，也还看见，作者伸入了自己翻覆的手！”

8月15日 谷柳在《华侨日报》发表《和读者结合——〈春风秋雨〉第三版题记》一文，说：“在这样狭小的区域，在这短短的几个月内，这本小说能有付印三版的机会，一面觉得喜慰，一面也感到惶恐。”“写长篇小说，还是初次经验。直到今天，这部小说还刚完成了一半。在这些日子当中，我除了接到一些识与未识的朋友的来信鼓舞和提出各种各样的意见外，我还有机会听取一间专门学院、五间中学、一间小学和一个社团的读者们提出的集体意见，对于这些好意，我已再三的致谢，并且也斟酌接纳了不少建议。我喜慰的是我得到了许多神交的和面晤的朋友，我惶恐的是这部小说的每一行描写每一句话都有无数关切的眼睛在盯看着，监督着。”“我从群众中抽取了一些事象和人物来构成我的小说，再又从群众中接纳了一些批评和建议；可以说，这小说已经成为集体创作的作品了。读者在批准这部小说时，无疑也同时在追认自己提出而被容纳在里面的意见。”“我将继续遵循这条和众多的读者相结合的创作的道路。”

8月15日 黄文在《学习生活》第1卷第6期发表《介绍〈桑干河上〉》一文，认为，《暴风骤雨》和《桑干河上》“因其所写内容时间的限制，虽尚不能反映伟大的丰富的土改运动的全过程，但运动中一些基本的东西，是都已有了真实确切的反映。对帮助我们深刻的理解这个历史变化，《桑干河上》和《暴风骤雨》一样，都能使我们满足”。“在人物对话的生动贴切与语汇的丰富方面，这本书赶不上柳青的《种谷记》，在气势磅礴有逼人感动的力量来说，比不上立波的《暴风骤雨》。但在对一个具体的村庄，其中各个阶层对土改运动的反响、态度、斗争的办法、内部的矛盾；其中各个人物之间的关系，矛盾和其发展；事件的复杂变化；一个村子里复杂的问题；《桑干河上》却有它独到的深刻发掘。”此外，作者的创作态度也值得肯定。“两本创作同样都是成功的，因为作者的脚步跟上了时代的旋律，就取得了这时代读者的共鸣，及时的影响和教育了读者。”“这一点，对喜欢文艺的朋友，是个很好的范例。”

8月15日　《新书月刊》第2期介绍《引力》：“李广田的二十万字长篇创作，曾连续发表于《文艺复兴》月刊，写抗战期间一对分居于自由区与敌伪区的夫妇间发生的一件动人的故事书，共十八章，由陈烟桥氏作插画十数幅，单页彩色印，为迩来装帧最美之文艺书籍。”

8月19日、20日　史竹在《大公报》（香港版）发表《虾球是不是已经没有前途？——写在读适夷先生〈虾球是怎样一个人〉后》（上、下），认为适夷对虾球这一人物要求过高，提出的要求太性急，也不合理。

8月24日　志云在《大公报》（香港版）发表《好人难做——〈虾球传〉读后感》一文，认为：“这是一幅‘你太老实，就要饿死’的图画，暴露着走私者的发财，荒淫无耻者的靡奢淫逸的生活，同时还启示我们：在这黑暗的社会里，奸诈的人们才可以生存，好人实在难做！”

8月25日　黄谷柳的《山长水远》始载于《华商报》，至12月30日毕。

8月　**丁玲的《桑干河上》（即《太阳照在桑干河上》）由哈尔滨光华书店初版，1—1500册。**

梗概：抗战结束后，桑干河畔的暖水屯在村干部张裕民的带领下完成了对地主许有武和侯殿魁的两次清算。随后，区上派来了主任老董和工作组人员文采、杨亮、胡立功，他们联合村干部，进一步开展土地改革，但在工作初期遭遇重重困难：村干部之间产生矛盾分歧，缺乏动员经验，队伍之中藏有内奸；村民

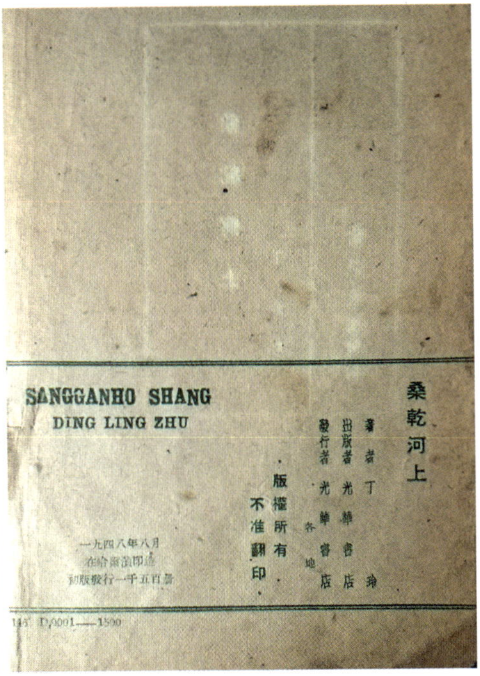

人心惶惶，有所顾虑，佃户守旧胆小，缺乏阶级觉悟；曾被打倒过的地主江世荣四处造谣，贿赂副村长赵得禄的家属；落魄地主李子俊收买佃户并成功出逃；“八大尖”之首的恶霸地主钱文贵见风使舵，假意分家分地，暗地里利用小学校教员任国忠破坏土改，倚仗治安员女婿张正典以及“抗属”身份作庇护，更想借侄女黑妮使“美人计”笼络农会主任程仁，以躲过清算。面对困难，杨亮、胡立功等干部深入群众，发展积极分子，逐渐在群众中树立威信，带领农民没收了李子俊等地主的果园，完成了对江世荣的彻底清算。然而，干部和民众受利害关系牵累，不敢扳倒大地主钱文贵。在县宣传部长章品的介入下，土改队伍中不坚决、不公正的作风得到整改，干部民众团结一心，加强组织，决战钱文贵，不断消灭封建势力，取得土改胜利，最终在暖水屯实现了农民的翻身做主。

按：丁玲（1904—1986）的《太阳照在桑干河上》是一部描写土改运动的长篇小说，在 1948 年出版后引起很大反响，曾获得 1951 年苏联斯大林文学奖二等奖，与周立波的《暴风骤雨》一样具有重要的转型意义。小说无论是人物设定、情节安排还是结构处理，都充分地彰显着新的文学范式。但显然，《太阳照在桑干河上》的艺术成就要高于《暴风骤雨》，不论是艺术的表现力还是作者对生活的认识力，前者都显得更为艺术，更为真实，更为深刻。作者虽也运用阶级分析的观点，再现了解放区村干部克服阻力、深入群众，领导农民揭露和斗争地主，进行土地改革的全过程，突出了中国农村社会在变革中错综复杂的阶级关系和矛盾，暴露出土改过程中的问题和关键，揭示了腐朽的封建土地制度必然在共产党领导下的农民斗争中被推翻这一时代必然；但其中具有人性意味的描写使其作品在今天看来仍有相当的艺术魅力。也正因如此，作品中各类人物形象写得更具真实性和艺术性，特别是作者对地主家庭出身的黑妮、富裕中农顾涌等人物的把握上，有着同情、肯定等更为复杂的感性体验，凸显了丁玲在转型过程中面临真实与艺术间的纠结。这是延安文艺座谈会之后一部重要的转型之作。

作者在《写在前边》（前言）中写道：

“一九四六年七月，我参加了怀来土改工作团，后来我又转到了涿鹿县，九月底就匆促的回到了阜平。这一段工作没有机会很好总结。但住在阜平，我没有什么别的工作，同时又觉得还有些人物萦回在脑际，于是就计划动笔写这本小说，我当时的希望很小，只想把这个阶段的土改工作的过程写出来，同时还像一个村子，有那末一群活动的人，人物不要太概念化就行了。原计划分三个阶段写：第一是斗争，第二是分地，第三是参军。写的当中得到了些桑干河那边护地队的材料，是很生动的材料，护地队的领导人，就是小说中的县宣传部长章品同志，那一带地方我又走过好些，因此就幻想再回到那里去，好接着写第二部，因此我在写的当中，常常想留些伏笔。文章写了一半，已经到了一九四七年土地覆查的时候，我自己动摇了，我想下去再多经验些群众斗争，来补我生活和小说中的不够。于是我搁下了文章，跟着去冀中行唐兜了一个圈子，又回到了阜平，我明白那些生活对我全是有用的，但对这本小书实际材料不多，我便又继续写下去，我写了三个半月，送走了整个夏天，我用了较大的力量写了第一阶段，闹斗争这一部份，刚想写分土地第二部份，中国土地法大纲颁布了，便参加了土地会议，对继续写下去又发生动摇，我决心先下去参加平分土地工作，我到获鹿的一个村子工作四个多月，今年四月底才回到联大来，我原来的计划因为参加了这次工作有些变更了。我觉得原定的第二部份和第三部份都没有什么写的必要，因为前年的那次分地和参军，都实在是很不澈底，粗枝大叶，马马虎虎了事的，固然由于当时的战争环境，但那些工作作风实不足为法，考虑再四，决定压缩，而别的比较新的材料也无法堆砌上来，只好另订计划。因此后边便没有把问题发展开去，加上国际妇女会召开在即，行期匆促，就更促成了我的草率，如果将来有空，当再加以修改，现在就只好请读者原谅了。”

8月 卢嘉圣在《友声》第 5 期发表《从〈骆驼祥子〉说起》一文，由祥子的个人主义的悲剧想到自己应该总结教训，服务于社会，成为社会上的有用之人。

8月 巴金的《爱情的三部曲》由上海开明书店印行第四版。

8月 黄谷柳的《春风秋雨》由香港新民主出版社印行第三版，0001—5000 册。

8月 陈琨的《花开花落》由上海美纶出版社再版。

8月 萧乾的《梦之谷》由上海文化生活出版社印行第五版。

8月 巴金的《新生》由上海开明书店印行第二十版。

8月 茅盾的《子夜》由上海开明书店印行第二十版。

9月1日 琳清在《青年知识》（香港版）第 37 期发表《我看〈虾球〉——〈虾球是怎样一个人〉读后》一文，认为：“虾球是以‘牢狱为他的大学’的。他只能从现实的社会里去领受教育。我以为他还要在以后，不断的给时代的铁锤来锤炼，给残酷的现实来磨琢，迂回而曲折地走过一程‘山长水远’的旅程，那才能成为一块炼就的钢铁，成为一个坚实的斗士。”

9月1日 秦晴在《储汇服务》第 85 期发表《〈淘金记〉读后》一文，认为：“这一本小说，初版于三十二年，三十六年二版，近来已引起较广泛的注意了。”“就内容说，它描绘了在同一封建阵营以内的两种权势的斗争，而没落的，直接失去了政治的倚庇的一方，必然会招致失败。但对于在他们脚下的人们，他们的态度又不谋而合。自然，在这一方面，本书表现得太弱，我们只能够细心的看了，譬如那已经感到白酱丹触角的恐怖的何寡妇，当她知道谷粮的上涨，到处都在加租的时候，她也‘再三赞叹佃户们的生活过得太好’，急急忙忙给她的农民‘一亩田加半个棉花’，其刻毒正和白三老爷，龙哥等人差不多。又譬如，写那些‘马尾子’，我们也觉得过于简单；‘迈开一个路毙，白酱丹直向三五个席地而坐的马尾子（淘金的矿工）走去。那路毙大张着嘴，赤身裸体，下身围着一块席子，肤色已经黑了。那几个同样有着路毙的前途的马尾子们，则正在吃饭。他们，围着一盆清淡的臭咸菜汤，用树枝做筷子，硬塞着麦麸子和玉米混合做成的面团。他们比暗糟子的工人还污浊，周身全是泥浆。’虽然，作者的笔像一柄利刃一样，在这里给我们的心灵明快地刻划了一痕，但由于作者无意着力，笔锋一摇，结果，不久我们又已在白酱丹等人的钩心斗角的紧张之下渐忘了。除此之外我们倘对作者更有所要求，他却并没有向我们启示什么，全部书中，所出现的人物，无一有着积极的希望，白酱丹，何寡妇……等人固不用说，此外，我们也寻找不出，有的只是染着深深的鸦片的嗜好，等待死亡的人们，以及被欺压的人们。”“就技巧说，作者沙汀的简炼的风格，久已为人所熟知，在本书中人物的描绘也异常生动，而作者又是喜用方言的，方言的使用很能增加文章的亲切。但过于地方性，则往往使广大的读者不易了解，而本书对于有些方言又无注释，不能不说是一个缺憾。”“读完了全书，书中的人物仍一个一个神气活现地浮现于我们的脑海，我们是有点欣喜的。因为我们并不白费一番功夫。”

9月1日 适夷在《青年知识》（香港版）第37期发表《再谈虾球——兼答史竹琳青二先生》一文，认为，作者根据非真实的爱的思想塑造的虾球的形象是不很真实的。“现实是虾球这样的人，不会去当流浪儿的；像鳄鱼头那样黑社会中老奸巨猾的家伙，决不会赏识虾球这样一个懦弱无用的人，收他当干部。像虾球这样一个没有理想的无知孩子，在黑社会罪恶生活中，对于罪恶的入污泥而不染的绝缘体，作者丝毫没有指出它的来源，仅仅凭‘性格的善良’，是没有抗恶的力量的。如果单纯出发于求生存的原始的本能的欲望，则他不可能有强烈的罪恶的意识，倒应该给鳄鱼头做一个死心塌地的部下。”“所以虾球的行为和虾球的性格，是没有，或甚少相互关系的，而虾球的阶级出身与生活条件，也并没有依据必然的规律，反映在虾球的性格当中。”

9月1日 无咎在《小说》（香港）第1卷第3期发表《读〈引力〉并论及其他》

一文，认为：

“过多的街坊传闻的故事的穿插，非直接场面的展开，和以谈话，书信，周记，来转述人物的思索和性格：这使《引力》在作品的完整上失了匀谐，在人物性格和行动的表现上失了活力。”从小说的故事的发展中，“我们可看到一条分明的线条：从乡土的、家庭的爱，引向了祖国的爱，再从祖国的爱，引向人民的爱。然而对人民的爱，在作者笔下只有暗示，只有空漠的向往之情，我们没有看到它那场面的展开。”“那么，形成作者在这作品中那种自然主义的故事的堆积的原因，又在那里呢？”“我们不能不指出：它是有关于作者宇宙观的。”

通过《引力》，“作者有那样一份宇宙观：对自然，美，爱与永恒的真理的追求。或者说，我们的作者常常是将他对人间的抽象的爱，结合于自然的具体的美，淡化了人间的丑恶，建筑起他那永恒的真理的世界。而这永恒的真理的世界，无疑也是抽象的，不是具体，这也许可以说是一种泛神论的宇宙观。”“没有问题，有不少的人，是将人类的爱植根植于男女的爱上面；而我们的作者，则又造出了这样的一种意境：让自然活动起来和他们的爱融而为一。自然，美与爱的抱拥，永恒的真理世界的建立！我们的作者是有这样的充满着人类爱的精神，一付善良的心肠的！所以当他写到老奸巨滑的校长，阴险的日本军官和日本军阀的残酷时，他的笔显得异常无力，因为我们的作者不理解也不熟稔这一阶级的人类社会的黑暗面，而又因为我们的作者对于人类爱是一种抽象的爱，一种和自然的混融境界合而为一的爱，所以他写健康的人民的反帝斗争，也只能做戏剧性的出现……写孟坚家乡乡民们的自卫斗争，也只能作传闻式的叙述……作者对这一特定的阶级的人民，是生疏的，只有一种向往的感情和爱，没有一种拥抱的热和力。”“民族的危难的到来，我们有善良的心肠的诗人，就把这爱移向民族这一个概念上去了。而这里青天白日满地红的旗子，作为了他爱的寄托。”

“但我们不能不说，这样的民族爱，依然是抽象的，非具体的；而我们民族最大多数人民的抗暴反帝斗争，固然要有一个象征独立国家的旗子，但更需要的则是自身被压迫被劳役的束缚得以解放。作者理智是看到这一个方向了，而作者的感情不能不为旗子，这民族主义的象征物而歌颂。这就显示作者还没有扬弃他过去的宇宙观的支配力量——自然美，爱与永恒的抽象世界，转上了民族爱的抽象观念。”而“自然、美、爱与永恒相结合的这一种宇宙观，从其本质上说，是封建思想一个派系的传统”。

他还认为：“抗日战争，决不是单纯的民族自卫战争；本质上，毋宁说是发挥人民力量具有革命性质的民族战争。在这一点上说，单纯的对祖国爱的归向，便落入于抽象的境界了。《引力》作者似乎没有把握这样一个主题。”作者进而认为：“阶级论的宇宙观，也是一切文艺作家的必要武器，我们的作者，在《引力》中还缺少这一观点，所以我们也很难看到有生命的人物，其间只有一个洪太太，这是一个泼刺的而有斗争勇气的女人，所以也是《引力》中写得最为成功的人物”。

9月4日 《大公报》（上海版）刊载文艺消息称：“以《骆驼祥子》一书而在美驰名之老舍，现又有小说一部《离婚》被介绍于美国人士。此书现正为沪江大学毕业生郭镜秋小姐译成英文，可于十一月出版。”

9月7日 大川在《大公报》（香港版）发表《关于〈好人难做〉》一文，认为今天的社会不是“好人难做”，而是奴才难做。《虾球传》的主题不仅暴露社会的荒淫无耻，还指出了光明的、新的社会的成长，“是一幅只有对旧社会斗争，才能够生存的图画。”《虾球传》给我们的启示是：“在这黑暗的社会里，奸诈的人们虽然暂时能够生存，但终有一天会被好人消灭；除了‘太老实’的奴才才会难做外，好人是并不难做的。而且，更要去做一个好人！”“最后，我还要指出，《虾球传》中所描画的祖国，并不是可爱的，而且是可恨可痛的。虾球回到祖国后之所以能够做一个好人，并不是因为祖国的‘可爱’，倒反是为了祖国的可恨可痛。再加上他的良善，能够苦干，有着强烈的是非感诸种性格上的优点，在现实的教育里，他才（而且是必然）走上做好人的道路。”

9月9日 读者王康向《大公报》（香港版）编辑询问《梦之谷》的内容与大意，编辑作了简单的答复，但建议还是买书看得更清楚。

9月10日 黄谷柳在《文汇报·文艺周刊》（香港版）第2期发表《答小读者》一文，他说：

“亲爱的小朋友：

“我很高兴你们阅读并讨论了我的习作《虾球传》。这本书获得你们的批评，正是我所渴望的。我特别觉得快活的是：你们的年龄，正和书中小主人公的年龄相仿佛；我从你们的生活、学习和劳作上，看见了未来。我也用同样的心情，去展现小说人物虾球的未来。我希望他也有你们一样同等的机会去磨练，去战胜风雨的摧折而得到成长。机会，给予任何一个方生者，在现实环境中虽未尽可能，该成为我们努力奋斗的一个目标。”

“写一个从社会底层的沟渠中生活着的小孩子，我是不能不怀着爱心来下笔的。爱之深，也责之切。这是我的基本态度。爱并不是姑息和对弱点的饶恕；爱并不妨碍我们去鞭策他，批判他。我不愿意满足于做一个人道主义者，更不是一个温情主义者，无原则地去怜悯一个弱小者，为他们的悲惨遭遇而向社会控诉。不，我不想这样做。因为他们自己亲自用活生生的悲惨形象、自己的呼号来控诉的，已经太多，他们的形象声音甚至于令人不敢逼视不忍听闻了。”

“那么我为什么要去写他呢？为什么要那样写法呢？从你们许多天真的询问中，引动我写这封信来作一个答复。”

“先从他的出身说起。”

“他是一个城市流浪无产者。他做过的职业是小贩。他的父亲是失了田地的农民，当猪仔过美国去耕外国人的农场；他的母亲是家庭摇纱女工，一个守活寡收入不足自饱的老妇人。”

“他不是一个农民；因为他的父亲的一代就没有了田地。他也不是一个产业工人；因为中国（包括香港）工厂的大门并不向任何小贩开放着。在资本主义国家，农村土地高度集中，会产生大批的产业预备军——工人，但在半封建半殖民地的中国，失了耕地的农民及其后裔没有工厂可进，他们多数变成了小贩。中国小贩之多，已经到了震惊中外政府当局的程度。菲律宾政府为他们特别制定法案；暹罗政府下令不准他们在码头摆卖食物；欧洲各国为他们长途跋涉偷入国境而伤脑筋；至于中国上海，要出动全市海陆军宪兵警察才能把他们的骚动镇压下去。在香港，更是随时随地可碰到他们。他们是农工兵之外的最广大的劳苦大众。他们的阶级属性是未定的。他们可工、可农、可商，也可以去当土匪做捞家，小的就做童贩或货仓老鼠。”

“虾球如果入了工厂做机器仔，那他就变成一个产业工人，成为一个可以配称做无产阶级的工人了。不幸他没有这样幸福。他仅能在船坞的大门外卖面包求活，而且还活不下去，这就是他的境遇。”

“这么一个人有他的代表性吗？有的。他代表了一大群比贫雇农、比劳动工人的境遇还悲惨的无业者和流浪无产者，对于这样的人的前途，我们应抱怎样的态度呢？我觉得：无条件的乐观和无条件的绝望都是错误的。激励鼓舞，批评鞭策，使他们恢复做人的自尊心，获得胜利的自信心，和逐渐洗脱思想行动上一切肮脏泥巴，我想，这不仅是我们待人接物和工作要求应该这样，在反映人生的文艺要求上也应该这样。”

“‘从提高的指导下普及，在普及的基础上提高’的文艺创作，他们应该是主要描写对象之一。写他们，为他们而写，和写那些阶级属性已经固定的人物，是有着同样重要的教育意义的。”

“所谓‘典型环境的典型人物’是怎样的东西呢？我在奢想：广东的大小‘捞家’鳄鱼头洪斌和难童虾球都应该存他们一个小小的位置。这两种人物活跃在我们眼前，他们不仅仅是一个两个。有一位不相识的读者来信这样说：‘……我不相信这是小说，因为他和我的朋友的遭遇太相像了，所不同的是我的朋友断了一只手臂，而虾球却没有。’你们的陈先生说是写他的侄儿，一位蔡小姐又说写的是他的弟弟。在广东，他们的手足同类是很多的。”

“这两个既相似又不同的人物——虾球和鳄鱼头，出生在不同的时代，今天活在曙光在前的中国，他们会有怎样的前途呢？放在今天历史的现实纠葛中，他们会演些什么脚色呢？这是我所要寻索的问题，也是我在小说中要处理的问题。”

“第一是作者的态度问题。这态度，是根据他的认识来决定的。”

“我想：苏联的二流子费多尔，在他死后，他的双亲才用眼泪来怀念他。因为这个浪子终于‘回来了’。今天中国的革命要求，是拔除帝根和封建的根，而不是消灭任何人身。这件大工程，工农兵和革命先进固然是开路先锋和不可少的建筑师，但单他们还完成不了。还需要唤醒广大的落后的群众，（包括未觉醒的工农），连二流子和流浪儿小捞家在内，自觉地而不是被驱使地参加进来，才能加速或提早完成这件大工程。这是摆在政治家也是文艺工作者的面前的重要课题之一。”

“这样，作者的态度就决定了：原则上、基本上肯定了他们。（个别人物的罪该枪毙，和这基本态度的确定并不矛盾。）在这前提去批判他们。”

“第二是从哪里入手的问题。”

“我的经验是：先把自己的优越感收起来。心贴心地去理解他们。从精神到行动都要贴近他们，作为他们的一个挚诚的朋友为他们服务。上头说的‘爱’帮助了我解决这个困难，通过了理智的分明的爱憎感使我养成了正视他们的弱点而不鄙视他们坏行为的冷静的观察态度。我还不是他们之中的一个，但我的爱憎是分明的，最低限度，我做到不以为比他们优越的程度。”

“其次，才接触到作品的内容和形式的问题。”

“写他们，内容是他们的生活内容，思想情感也应是他们的思想情感。一个小孩子在给高尔基的信中这样说过：‘别老是描写，而要说出事实。’另一个孩子又这样给他写道：‘要在书中说出主人公的全部命运，他有甚么样的朋友，他怎样在生活中找到了自己的路，以及他是否有过危险和伟绩。’（《时代》二十四期《和未来谈话》）这些说话，对我都很有助益。”

“这样，我就去写他们，写他们的生活、思想和情感，而用的是一种脉络分明的、平易近人的文字和结构。”

“做起来可不容易哩。要表现他们的生活，就得写来恰像他们。一方面警惕到不把他们写成进步青年，写成见女色无动于衷的清教徒，写成饥不思食渴不思饮的胃病患者，写成有‘饿死事小失节事大’观念的烈士；另一方面又提防到不要‘照像式’地把他们的意识相貌原封不动搬到纸面上来。”

“怎么办呢？——终于，一个故事启发了我：”

“有一位妇女运动工作者去请教一位画家——女问：‘你说怎样才能把这

里的妇运工作展开来呢？’画家反问：‘你看过马师曾、薛觉先的戏么？’女答：‘我从来不看广东戏！’画家问：‘你会搓麻将么？’女答：‘惭愧，我一点也不会。’画家问：‘那么，你怎样去了解、去接近你的工作对象呢？是不是今天的天气哈哈哈之后，就转入正题讲你的道理呢？’这位女运专家听了这番话，得到很大的启示。”

“我，一个学写小说的人，从这番话中也得到很大的启示：我再不怕描写他们思想意识以及行为的一切不健康的、肮脏的东西了，只要我拿定了主意。要这样写才像他们，他们才感到亲切事实，才不会对你‘高超’的作品连同其中的‘高超’人物一并敬而远之，像一个普通妇女疏远一个不懂粤戏牌经只会说满口进步理论的工作者一样。收起自己的优越感，和看见他们的肮脏（思想的，行为的，仪表衣服上的）而不生厌恶感，都不是一下子就做得成功的。”

“真实的思想情感，合情合理的人物故事，加上恰当的形式，我想，这就是人民喜见乐闻的作品应具有的几样要素吧。”

“一个有责任感的作者，他的宇宙观、艺术观，和作品主题的要求，是绝对不容许他对书中人物的一切爱、恶、思想、行为等等作无原则的描写的。一切服从健康的主题的要求。而主题的选择又是受作者宇宙观、艺术观的支配的。”

“我不知道这个还在进展中的试作给大家的印象怎样？”

“大家如果喜爱虾球这个人物和他的朋友们，觉得他们很够，很好了，不再需要什么改造和进步了。大家只是同情他们而不批判他们，那么我是写坏了的。”

“同样，大家觉得这一群人，尤其是虾球真是坏到不可救药。今后变坏比变好更加合理，对他完全绝了望。那么，我同样是写坏了的。”

“再，大家阅读之后，得不到什么有益的教育和鼓舞奋发的激励，只获得了悲观，失望，哀伤的颓废感情，失去了斗志，那我更是该诅咒了。因为我使人精神堕落了。”

“我希望，这些假定都不是事实。”

“第一，因为我不想犯罪。我的笔，是受我指挥的，我对每一字每一行都负着责任。我不能让我的笔离开我的掌握，用我的名义当众胡说八道，或像小丑似的博人喝彩。”

“第二，中国有一句古老的人民谚语：‘浪子回头金不换’，我相信这话是真实的。因此，我不信读者会对一个还有呼吸有生机的孩子，过早地给他钉封了棺盖，不管他在这之前多么叫人失望。”

“第三，很多读者（其中有工人、学生和妇女）告诉我，这本书并未引发他们任何卑下的情绪。罪过的是，有些人竟为虾球牛仔俩人的生离和死别激动到流泪，尚幸这也不是卑下的情绪。不是么，一个用‘钢铁’做名字的伟大人物也会流泪，当他对着他的亡友常常坐惯的空椅的时候。不管是哪一种人，伟大的或平凡的，悼亡的感情该是相通的。”

“这样说，这小说写‘好’了么？不，没有写好。它粗糙得需要更多更大的加工。”

“震撼全人类的历史大事件正在中国的大地演进中。没有一个人不或先或后受到这大事件的震撼。从一个最落后、最弱小无能的人物的身上去看看这个震撼给予他的身心的影响是怎样？看看这震撼的力量是怎样的深而且广？现实已经提出答案，但在某些区域的文学上，还是一张白纸。”

“你们关心书中主人公的命运和前途，向我提出许许多多天真的建议，真叫我难于答复。我只能这么说：任何人的幸福前途都不能坐着等待的，虾球和他的朋友如不长进，他们一定毁灭他们自己。所谓机会，是人创造出来的。是那些奋发有为的人在一定的社会条件下争取得来的，并不是摆着给那些懒虫来坐享其成。”

“新中国在胎动中。新的人，新的英雄，在不断地涌生。未死的暴君暴徒们还在挣扎。这是伟大的历史，伟大的场面。气魄大的诗人可以咏唱：‘伟大的海河，我拥抱你！’可是一个初学游泳的人，他只能在浅滩上学爬，但他也算接触了海了，而且身心都浸在海的怀抱中了。”

“这就是我今天可能做到的地步。学泳，大家都可以教我。事实上，我从人家身上已经学到不少了。在三版《春风秋雨》和二版《白云珠海》中，可以看出我纠正错误的痕迹。”

9月10日 钟越在《平民日报》发表《〈沃土〉》一文，认为田涛的这部小说充满泥土气息，朴素之至，但结尾失败了，文字也流俗。

9月11日 燕燕在《生活与时代》第1卷第2期发表书评《〈滹沱河流域〉》一文，认为：“这一长篇，给我们展开的是一幅中国农村最美丽最深刻变革的图画。”“它描绘了‘滹沱河流域’的农村，农民向地主进行减租减息的斗争，这斗争改变了滹沱河流域农村的面貌。”“这一幅滹沱河流域变革的图画，不仅是滹沱河流域农村的变化，而且是现阶段中国不少农村的变化。”“为了反映这种变化，反映今后的发展，作者马加把这种真实的状况，艺术的，形象的表露了出来。”“这个长篇也有不能使我们满意的，作品中人物的对话，往往把土话，方言，歇后语不自然的装进去，使读者看出来这是作者在装饰作品，使人会误会作者为了炫耀自己的语言，产生不大好的效果。”“作者也在叙述描写上运用了群众的语言，但是它并不那样生动，光辉。”

9月11日 《大公报》刊载文艺消息：“据美国来信说：老舍《离婚》除由郭镜秋译成英文将出版外，另有维克多金（Victor King）的英译本，出现于好莱坞书铺，这本译本未得老舍本人同意，老舍将提起控诉。”

9月15日 陈闲在《文艺生活》（海外版）第6期发表《关于〈虾球传〉速写》一文，认为，《虾球传》是为华南的小市民而写的，“适应了今天华南小市民的文化水准，既做到了普及，又尽可能尽了提高的作用。”“虾球是活生生的形象特别是富有此时华南独特的流浪汉的形象。”

9月16日 秋云在《文汇报》（香港版）发表《重读〈虾球传〉——并就教于适夷先生》一文，作者并不认同适夷先生的意见。因为：

“第一，要判断虾球这个人物形象是否真实，我们先要研究虾球是怎样一个人？他的生活环境是怎样的？他的出身阶层又是怎样的？据我所了解，虾球的父亲是一个去国多年的华侨，母亲是一个家庭摇纱女工，他自己曾经渡过相当长时期的小贩生活，直到小贩生活过不下去，他的母亲又无法维持两个人的生活，他才被迫离家（并不是如适夷先生所说，只因为一点误会），在黑社会中浮沉。

他不是一个产业工人或工厂学徒，自然不属于工人阶级；他不曾和土地有过缘份，自然不是一个农民；他并未长久过着流浪生涯，严格地说，也不算是一个流氓无产阶级。他本质上就是一个小贩，一个贫苦的小市民，一个最下层的小市民。作为一个小市民，他有着一些动摇、矛盾、怯懦、自卑、渴望温暖的性格和行为，毋庸是真实的，而且是可以从他底出身和生活体验中找得出根源的。”“如果把虾球看成一般的流浪儿，一般的流氓无产阶级，那当然是不像的。如果把虾球比拟于少年高尔基，那当然又是不相似的。这不像，这不相似，并不是作者的罪过，（人家要烧的是红烧牛肉，我们不能要求它像牛排啊！）更不能因为他不像流浪儿，就说他更像落魄的公子哥儿，几曾见过一个落魄的公子哥儿胆敢和蟹王七之类的‘捞家’大打出手呢！”

“其次，我们要讨论到，像虾球这样的一个人，可能接近到斗争去呢？还是更可能走向堕落呢？这，与其说是主要决定于他主观的性格基础，毋宁是主要决定于客观环境的机遇。我们绝不否认主观的能动性，到《白云珠海》结束时为止，虾球还只是一个可以为善（接近斗争）也可以为恶（走向堕落）的人，跟着丁大哥，他可能去打游击；跟着吴猛，他可能落草为寇，打家劫舍；跟着龙大副林四海，他可能去做小生意。如若说：虾球此刻的主观条件已经很够，很好，在短暂时间内他就可以成为一个金刚般坚强的战士，这种看法无疑是错误的。但，相反地，把虾球看成一个不可救药的家伙，一个‘不配革命’的阿 Q（其实，假如阿 Q 活到今天，又何尝不可以成为一个驰骋疆场的人民战士），也同样是武断的。在这个翻天覆地的大时代中，一切都在变，每一个人都在变，多少不可一世的‘英雄豪杰’堕落沉沦，又有多少像虾球之类的平凡小人物去为人民的自由解放效命。适夷先生认为像虾球这样一个还有着多少正义感的贫苦小市民也应该埋进坟墓里去给鳄鱼头（剥削阶级）陪葬，（因为他是一个小所有者的软弱晦涩性格，他应该给鳄鱼头做一个死心塌地的部下），那么，除了无产者以外，作为今天中国革命同盟军的还可能有些什么阶级，有些什么人物呢？”

“第三，适夷先生也同意我的看法，承认《虾球传》中‘有一种浓郁深沉的人情味流荡着，这构成它底强烈的感人力量’。但，他却以为这只是‘以可怜的形象博取廉价的眼泪’，‘只是单纯的琐屑的同病相怜’，‘并不是阶级的爱，甚少实际意义’，‘只会使弱者更弱’。然而，《虾球传》中的‘人情味’，真是如适夷先生所想像得那么有毒而可怕的么？我们当然了解，所谓爱，所谓人道主义，所谓人情味，都是一些笼统的，含糊的，意义广泛的名词，资产阶级有资产阶级的人道主义，无产阶级有无产阶级的人道主义，资产阶级有资产阶级的‘爱’和‘人情’，无产阶级也有无产阶级的‘爱’和‘人情’。譬如高尔基，他斥责过欧美资产阶级所标榜的人道主义，可是他本身也被称为一个伟大的人道主义者，鲁迅先生也是另一个很好的例子。由此可见，只要站在阶级的立场上（所同情的是受苦受难的下层阶级，所谴责的是‘残民以逞’的特权阶级），‘强调文学创作上爱憎的力量’，倒并不是什么有害的事情。关于‘爱’的问题，有如毛泽东先生所说，‘在阶级社会里，只有阶级的爱……什么超阶级的爱，抽象的爱，是不存在的’，这完全正确。就是在我们底并不‘丰富的生活经历中’，也可以体验出‘即使是家庭骨肉之爱，也是被另一种力量支配着的’这种道理，而《虾球传》的作者在《春风秋雨》开头描述所谓亲子之爱为自己的鞭挞击得粉碎，也正足以说明了这一点。但如适夷先生所说：‘在阶级社会里，真实的，纯洁的爱是并不存在的’，这却使我们大惑不解了。难道战友间的同志爱，都是不真实，不纯洁的么？难道人民对革命领袖的爱，都是不真实不纯洁的么？难道如列宁对高尔基的关怀，鲁迅对柔石的悼念都是不真实，不纯洁的么？难道‘以爱为主题的文学作品’，都是要不得的么？其次说到‘同情和温暖，只会使弱者更弱’的问题，所谓‘同情和温暖’，也有各式各样，假如是出于强者的布施，伪善者的怜悯，这的确是有麻痹作用的。但，‘涸辙之鲋，相濡以沫’，被压迫者之间忧戚与共互助互励的情谊，如虾球之于牛仔，蟹王七之于亚喜，纵使不能根本解决痛苦，但至少也可以给弱小者减除痛苦，添加勇气，只有使他们变得更强一些，而不是变得更弱一些。这种被压迫者之间忧戚与共互助互励的情谊，即使还不算是阶级的爱，最低限度也是阶级的爱的酵素和萌芽，例如《白毛女》中张二婶对喜儿的照顾，《母亲》中母亲对小俄罗斯人的关切，起初何尝不是单纯的琐屑的相煦相濡的爱，但后来都发展为‘站立在大的阶级斗争的共同行动’的阶级的爱。《虾球传》作者所强调，所重视的就是这种爱的力量，难道也是甚少实际意义的么？假如依照适夷先生这种标准，那么，高尔基的《夜店》，鲁迅的《祝福》《伤逝》……等作品所表现的都不是阶级的爱，所给予读者的都是‘虚伪的教育’了。”

“最后，还是让我们放开理论的争论而多调查一下这部作品在群众中所引起的批评罢，据我所知，最喜爱虾球的读者倒不是一些带有‘温情主义’的小资产阶级知识份子，而是广大的工人群众和下层小市民，只要看到他们人手一编底传开去，关切地讨论着我们底小主人翁虾球底未来命运的时候，我有理由相信，感动他们的决不是虾球那种良心主义的性格，不是迷惑的彩色，而是这个人物形象的真实性，而是这种作为阶级爱的萌芽与酵素的‘人情味’。让我们来问一问这一万多位读者诸君罢：他们读了这本书之后，是会有一种哀伤丧沮的，绝望悲观的，颓唐啜泣的心情呢？还是会有一种激愤的、向上的、渴望要把这世界改造好的心情呢？如果他们的答案是后者，那恕我不能追随适夷先生之后，对《虾球传》的作者过事苛求了。”

9月24日 林海（郑朝宗）在《时与文》第3卷第23期发表《〈子夜〉与〈战争与和平〉》一文，认为，《子夜》在场面、结构、人物等方面都很像托尔斯泰的《战争与和平》，当然《子夜》大大逊色于《战争与和平》。

按：林文结论可再思。《子夜》仅开头人物出场借鉴《战争与和平》，其他与佐拉的《金钱》相仿。

9月25日 李长之在《观察》第5卷第5期发表《评李广田创作〈引力〉》一文，认为：“单以主题论，作者是抓住了一个历史意义的主题的。”“可是主题的选择有时和艺术上的制作也许不能平衡。”作者在细节上“太拘牵于事实”。可以说，“事实的拘牵，和枝节上的繁琐，是让这本有健康的思想所灌溉的书受了些委屈！”“此外，我们感到作者在这本书里长于写心情，而拙于编故事。”“就全书论，黄梦华那得到的新启示，以及这转变的过程，这应该是全部的重心，却总令人觉得分量还少些似的。”

9月 胡绳等著《鲁迅的道路》在香港文艺出版社出版，在其中《评〈虾球传〉

第一二部》一文中，周钢鸣认为：

小说“开拓了新文艺的视野，暴露出殖民地和半殖民地社会最阴暗的角落里的生活状貌。作者这种努力，以及生活知识的丰盛，是值得赞美的”。“看了《春风秋雨》和《白云珠海》之后，觉得虾球所说的‘我总不会饿死！’和六姑所说的‘人是不容易饿死的！’这两句话最突出，大概作者是以这两句话作为这作品的中心思想，来表现虾球的苦难经历和奋斗经历吧？”不过，“要把这两句话作为小说所要表现的中心思想，或是从批评上来肯定它的积极意义，都必须是：要有原则地来表现；要有原则地来肯定；不然的话，在这浑浑噩噩的生活海洋里，我们就会迷失了明确的方向。这就是我首先对于这‘我总不会饿死的！’生存斗争的思想，先提出这一点原则的意见。”

对于不足，他认为，首先，作者在表现虾球这一人物时，对他是同情多而批判少。其次，作者在“描写这些黑暗社会的新奇生活外，作者本身也被这些新鲜、粗犷、奇趣的生活所俘虏了”。究其原因，这“是生活的观照态度和小资产阶级的感情，障碍了作者对于这旧社会的批判和暴露的敏锐能力。甚至有些读者读了都引起飘飘然之感，也都是这种小市民意识的反应作怪”。他认为：“作者虽然熟悉了这些黑社会的生活状态，但是说到更深入去熟悉这些性格中所包含的本质关系，以及它的矛盾与根源，似乎还不够，所以要从这些性格的描写上，去表现它的社会意义，就感觉不够充分，批判力的所以感到薄弱，主要是由此而来。”至于“写虾球这个人物，我认为《春风秋雨》中比《白云珠海》中要写得好。因为那个时期的虾球的性格特征，是混沌与倔强；作者紧紧地抓住了他的两个特征，来展开他在生活浪潮里的搏击姿态，这和作者所写的香港黑社会生活起着强烈的动人呼应。”“第二部中，虾球的性格就不如牛仔的性格的突出而显得真实——其实牛仔的性格就是以前虾球的性格的继续和移植。”他认为，作品的前两部中，鳄鱼头是刻画得最深刻最生动突出的人物，只是作者对他的批判不够，甚至有些同情。

总之，“我觉得作者的努力，是有了很大的成功。他写出了别人所未写过的现实生活的各方面，就广阔多面地反映了现实。暴露当前黑暗统治者对人民的摧残，以及统治者丧权辱国媚外出卖华南和黄埔的权益给美帝国主义……同样地作者也写出了在下层生活中的人民，他们都是善良而具有人类最高的同情心的人……他的获得广大读者——收到雅俗共赏的积极意义，都是作者敏感地反映现实，而又以最大的同情心想去和广大的人民打成一片而所得到的效果。不论在采用人民语言上，在故事情节的结构组织上，表现形式的创造上，都有了崭新的成就。”

9月 丁玲的《桑干河上》以《〈太阳照在桑干河上〉——长篇小说的一段》为题部分刊于《文学战线》第1卷第3期。

9月 黄谷柳的《白云珠海》由香港新民主出版社再版，3000—5000册。

9月 欧阳山的《高干大》由华北新华书店初版，4000册。

9月 无名氏的《海艳》由上海真善美图书出版公司印行第三版。

9月 巴金的《寒夜》由上海晨光出版公司印行第三版。

9月 茅盾的《虹》由上海开明书店印行第十九版。

9月 巴金的《家》由上海开明书店印行第二十九版。

9月 师陀的《结婚》由上海晨光出版公司再版。

9月 老舍的《老张的哲学》由上海晨光出版公司再版。

9月 老舍的《猫城记》由上海晨光出版公司印行改订本第二版。

9月 茅盾的《霜叶红似二月花》由上海华华书店印行沪六版。

9月 钱锺书的《围城》由上海晨光出版公司再版。

9月 无名氏的《野兽·野兽·野兽》由上海时代生活出版社印行第三版。

10月1日 凯蒂在《风下·新妇女联合刊》第3期发表《关于〈引力〉》一文，认为《引力》是最近文学作品中值得介绍的一本。“对于梦华，作者显然是带着丰盈而真实的感情在落力刻划的。至于孟坚呢，作者让我们看到的却只是一面侧影而已。”“书名《引力》，我们不愿意妄加揣测作者的用意，也许那是暗示孟坚是梦华的‘引力’，也许是，孟坚所走的路，正安放着一班脆弱而善良的智识份子的引力，也许是两者兼而有之，孟坚的对人生的追求，是使梦华走向更广大的人生的桥梁，从爱个人到爱人民。但不管怎样的解释，对于读者，作者的动机也都是善良的。自然也许我们以不能看到梦华走向更进一步的人生为遗憾，但作者所要写的人物，也只是限制在这样一个阶段而已，我们所认为不满意的，倒是一方面作者虽然在总的主题下批评梦华生活这道路的错误，可是每一个细节的描写上，作者却同情梦华，对梦华的小圈子的人生，作者没有令我们感到憎厌，反而因为作者感情的溺爱，也强使读者为梦华惋惜。那结局好像是时代错误了，梦华是不得已才走向那新的人生的道路似的。这一点也许就是作者宇宙观的限制使然。我们希望于读者的，特别要在读时注意在这一点。”

10月4日 野洪在《大公报》（香港版）发表《〈虾球传〉一·二部》一文，认为小说中所写的两个典型的偶然事件：一是虾球出狱后做扒手，恰好偷到他父亲的身上，把他父亲三十年的积蓄完全劫走；二是虾球到广州来，在雷公那里赌人命，后悔时，奔逃在街上时，恰巧遇到蟹王七，免掉很多纠纷，同时衣食也有了着落。这两个偶然事件冲淡了主题，也牵强，人物像作者笔下的傀儡。

10月7日 赵树理在《人民日报》发表《介绍一本好小说——〈高干大〉》一文，认为《高干大》是“一本反主观主义和官僚主义的小说”。“主观主义、官僚主义，在一九四四年至四五年，虽在解放区到处遭到反对，可是据我所见，还没有任何一个作品能像本书揭发得那样澈底。”可以说，“反主观主义和官僚主义是本书的中心主题。此外还附带提出了两个问题，一个是对新民主主义经济的了解问题，一个是对反封建迷信的重视问题。这两个问题在本书中都得到合理的解决。”

10月15日 《新书月刊》第4期刊载《坚守》的新书介绍：“本书描写一位难苦挣扎的忠贞之士，在沦陷期间为教育事业‘鞠躬尽瘁’的精神，在本书中我们可以了解‘师道’的真谛，故事极为深切感人。”

10月19日 白火在《文艺月报》创刊号发表《我所见的巴金的影响》一文，认为巴金的小说从以下几个方面影响青年：一、极力渲染畸形的感情；二、违背实际的“革命”幻想；三、夸大地强调思想矛盾；四、革命就是“灭亡”；五、赞颂个人的恐怖手段；六、高度发扬个人英雄思想。最后作者说：“年轻热情的朋友们，革命不是灭亡。也不是罗曼蒂克的幻想。个人不能凌驾一切。而人生更不该是那么病态，你们已经或多或少有了自己的体验，一总清算歪曲的影响，弃掉幻境，走上健壮的道路吧！”

按：此文又于 12 月 15 日刊于《学习生活》第 2 卷第 4 期。

10 月 21 日 适夷在《文汇报·文艺周刊》第 7 期发表《重来一次申述——关于〈虾球传〉第一二部》一文，就秋云一文提出商榷。他说：

“首先我不能不表示我的遗憾，在我论《虾球是怎样一个人》时，我已说过：‘《虾球传》还没有全部完成，我们不能作过早的断语，但照作者所表露的创作的企图，与现在已经写成部分的内容，则我们可发见其间存在很大的矛盾的。’则已申明我的意见并非断语，不过指出了作品中一些矛盾的地方，但不同意我批评的人，却都把我的意见当作断语来看，而忽略作品内在矛盾的探讨。”

“重读自己写过的一点意见，我对作品所提出的，只不过是要求作者应该从客观现象的忠实描写，反映出现实的本质的关系来。假使作者以及别的读者大家并不否定这个现实主义文学的基本命题的话，则我的要求是并未苛刻的。我并未挟持任何的主观，只是从书中所写的虾球的经历，遭遇，性格和行为，来探索这儿所反映的现实的本质关系。我没有要过‘红烧牛肉’或是‘牛排’，不过是当厨子端出一盘既不像牛排又非红烧牛肉的东西出来，作为一个食客而提出了质问。其实虾球是‘红烧牛肉’还是‘牛排’，我看连秋云先生和作者在内，都跟我一样没有弄得很明白。照秋云先生说：‘他并未长久过着流浪生涯，也不算是一个流氓无产阶级’，照作者自己的说法，则‘他是一个城市流浪无产者。’无产阶级或无产者这名词是有一定定义的，它表示除一身之外，并无另行谋生的东西。虾球做过的职业是小贩，虽然今天大部分的小贩是失耕地的农民与失业的工人，但作为小贩，他至少是有一点小资本贩卖商品以博取利润，纵使小得微不足道或是从信用借贷而得，也还是小所有者，并非如作者所说的无产者。”

“我们从小贩的出身来考察虾球，正如作者的自白所说，小贩在今天是一个广大的社会集团，他的存在成为严重的社会问题。但这和作品中的虾球是很少关系的，虾球的遭遇并无小贩集团的典型的遭遇，作者并未以统治者的取缔，收规人的勒索等等小贩集团的活不下去，而激起抗争的典型遭遇加在虾球身上，他所以‘而且还活不下去’的原因是‘生意碰到了劲敌’，并非今天小贩们活不下的现实的本质关系。所以虾球也并非有什么代表性的‘小贩’，作者并没有一开头就意识的当一个‘小贩’来写虾球，这阶级集团的属性，是作者在事后给自己的主人公编排进去的。”

“虾球从小贩变成流浪儿，我已说过只有偶然的因素（误会），而无必然的本质关系（所谓‘被迫’）。为了生意竞争而容人赊欠，也不失为小贩竞争的一种办法。赊账没有到期，还未决定一定吃倒账，母亲的责备固然过于性急，而虾球把欠账全部放弃，‘即刻向相反的方向奔跑，让他的妈的哭叫声留在远远的后边。’如果不是误会，也只好说是糊涂。作者给他想出来的理由，‘走了出来就是对他妈妈的一种帮助，家里从此少他一个人吃饭了’，如果虾球家有薄产，或全部依赖母亲，自己并无生息的，那还是一种理由，而事实是虾球是当小贩帮妈的孩子，这理由就不充分了。”

“凭着这不充分的非现实的本质关系的理由，作者把虾球送进流浪儿的社会里了，我们就有权利从‘一般的流浪儿，一般的流氓无产阶级’的一般性基础上，来看虾球这个人物的个性。艺术作品写人物的个性必须站立于他的阶级集团的一般性上的，正如阶级集团的一般性必须通过人物个性来表现。个性的特征不能离开一般性的特征由作者主观去安排，假使照秋云先生那么轻率地说，人物的个性‘当然是不像’那个一般性的，那当然不必再谈什么形象的真实性。照方然先生的说法：‘你说不像，反正人家不能领你去看’（大意，见最近《歌唱》），作者谷柳先生却真领人去看了：‘有一位不相识的读者来信这样说：“他和我的朋友太相像了……”你们的陈先生说是写他的侄儿，一位蔡小姐又说是写她的弟弟……’但我们要问这位不相识的读者是不是蟹王七之类的人物，而叔叔或姊姊，则应该是看不到出外流浪的侄儿或弟弟的，假使一边在流浪，一边在流浪社会之外有日常关心他的朋友，有当先生的叔叔，当小姐的姊姊，这也并不是有一般性的流浪儿了。”

“秋云先生原叫我们不要从一般性的基础上去看虾球，虽然世界上有没有离开一般性的独立个性是很可怀疑的，但我们姑从独立的个性来看虾球吧，则我们还是可以看到这个人物的每一个性格与行为的现象与现象之间，缺乏相互的联络和发展的线索，即现实的本质关系的，他的有些行为是不可理解的，有些认识是没有生活根源的，一回儿像这种属性的人物，一回儿又像那种属性的人物，这正是我在《虾球是怎样一个人》中所粗粗例举出来而提了问题的，我只是要指出作者的非现实主义的创作方法，给自己创造的形象受了伤害。假使作者原无意以现实主义方法来雕塑自己的人物，当然他尽可以波澜重叠，离奇曲折，用探奇猎胜的手法，创造自己的冒险英雄，变龙变虎，尽可以凭主观自由决定，像秋云先生所代替设计的，机遇主义式的碰到那里是那里，但是作为一个现实主义的艺术家，则一旦创造了自己的人物，就得跟着人物的现实本质关系的轨迹去发展，不是凭自由主观的去发展，那就不得不使我过早地来提请作者的注意。”

“作者非现实主义的创作方法，首先表现在他作品中偶然因素的大量运用上。虾球的出家流浪是第一个偶然；遇见王狗仔（一个多少有情义的收规人）是第二个偶然；遇见鳄鱼头（一个那么气派的流氓头子，会来历不明地收留一个人做贴身心腹，引进自己家里）是第三个偶然；出狱后重当马仔，恰巧盗窃到自己的父亲（卅年积蓄，五百元港币的一百倍放在西装口袋一个大信封里），是第四个偶然；在赌场逃命，一撞撞到蟹王七是第五个偶然；运输舰沉灭，茫茫大海中，活人和尸首，异途同归都飘流到同一岛上的同一滩岸，是第六个偶然；‘无巧不成书’，这些微薄的偶然基础都变成了小说发展的基本关键。其他作品细节上的偶然因素，尤其不胜枚举，例如王狗仔出海钓鱼，不该把虾球丢在船上，自己割绳逃生（这倒不是什么义气，而是常识，如果被人捉去了助手，就会牵连到自己）。作者处处运用偶然的机缘，开展自己预定要写的现实场面，并不是根据主人公发展的必然的要求去开拓现实。这可以像《官场现形记》，《二十年目睹之怪现状》一样把小说山长水远的拉扯下去，并不需要分明的脉络或严密的结构，因此许多场面和事件常常会变成单是知识的炫耀，而不是发展上不可或缺的东西，而人物和主题就变成动荡不定，失掉中心，拿不定主意，明明要暴露，却变成观赏（周钢鸣兄指出其张果老的场合，还有鳄鱼头洪少奶马专员许多无耻场面），明明要令人同情，却变成令人厌憎（如虾球教训牛仔，向绅士告密，把牛仔送孤儿院，在赌场上的表现，等等不可理解的行为），我以为这正是‘无原则描写’，损害了‘健康的主题’，也确实‘引发了读者的卑下情绪’。”

“对于存在压迫者身上的思想意识以及行为的一切不健康的，肮脏的东西，我们的问题不是害怕，厌恶，怜悯，曲恕，也不是‘收起自己的优越感’（小资产阶级知识分子还更肮脏些），或‘因为这样写才像他们，他们才感到亲切真实’，问题是在于指出不仅被压迫者的贫穷和痛苦，是由于压迫者的罪恶，即使他们的‘坏’，也是压迫者的罪恶的结果。这样才会使我们对生活在社会底层沟渠中的人，加深我们的认识而发现其本然的肯定的面。用《夜店》或《祝福》来比《虾球传》是不伦的比拟，我们的作者并未从这样深一层的认识中去发掘虾球，作者对人物的爱并无这种认识的基础，只因为他是‘一个从社会底层沟渠中生活着的小孩子，我是不能不怀着爱心来下笔的’的模糊，笼统的，概念的爱。他专长的只是发现虾球身上的不健康和肮脏，而意图把他写成‘这样倔强的孩子’时，就显得没有气力了。”

“鳄鱼头是作为虾球的对照的形象的，但仅仅是对照，对于虾球，他并不是直接的压迫者和榨取者，倒是多少带点温情的照顾他的人，因此虾球对鳄鱼头的反抗，不是由于直接亲身的体验，而只能用正义感或良心主义来解释，而且这正义感与良心主义的根源，从他的经历中我们无法找到，便只好归之于小市民的善良，而善良是没有抗恶的决定力量的，我觉得我从这样的角度认《虾球传》的主题只写到爱，写到良心主义，是并没有错误的。至于琐屑的同情和关切，是不是阶级的爱，秋云先生在《重读》中已有和从前不同的说法了，我们毋需要加解释，倒是连鳄鱼头跟洪少奶也很关切着虾球，秋云先生又应该作何解释呢？”

“总之，和虾球这形象一起，《虾球》的主题其实也不是作者自白那样的明确。作者也并未如自白那样的认清自己的人物，也并未具有如自白那样的严肃的写作态度……”

“作者自说‘对大家学到不少’，在不断纠正错误，以我所发见的例子，觉得作者有时还学习得机械些；周钢鸣兄在一篇批评中肯定丁大哥在广州的恐怖环境中对虾球的审慎态度，作者机械地运用在《山长水远》中三姐对虾球的态度上，但事实在武装部队的情形和秘密地下状况吸收像虾球这样一个人，完全是不同的，照三姐那一套理论，战场上的俘虏政策也行不通了。所以我以为写作的视野不妨尽量扩大，但不要写不熟悉的东西，还是重要的信条。”

“我无意对《虾球传》作吹毛求疵的企图，无论开头或现在，都以求全责备和自我学习的态度来接触问题的，作为全心全力替人民服务的文艺工作者，无论从事创作和从事批评，我们今天大家都还是幼稚生，错误不必气馁，成功亦戒自满，道路是艰难的，有待我们刻苦辛勤的去开拓。我和许多批评者读者一样，正企待着作者的今后的成就。”

10月 **陶冰的《安蒂小姐》由上海世界文化出版社初版。**

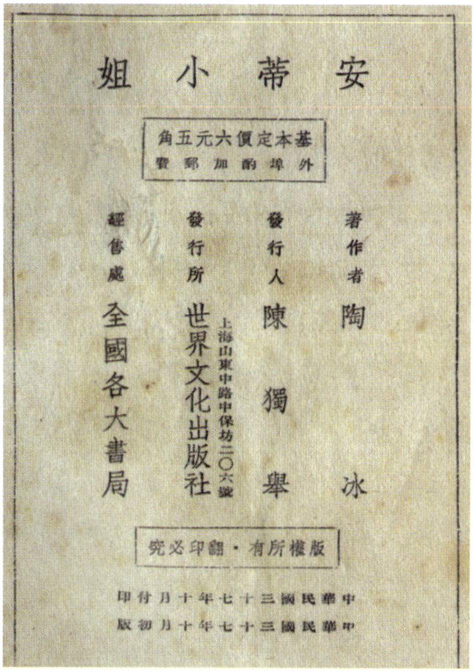
安蒂小姐

基本定價六元五角
外埠酌加郵費

著作者 陶冰
發行人 陳獨舉
發行所 世界文化出版社 上海山東中路中保坊二〇六號
經售處 全國各大書局

版權所有・翻印必究

中華民國三十七年十月付印
中華民國三十七年十月初版

梗概：罗安蒂出生于北平的一个旧式官宦家庭，她的父亲死于1927年内战，家中只剩下奶奶、母亲、她和弟弟罗超。家庭败落后，在舅公的帮助下，安蒂一家迁居武汉。安蒂一心向学，虽然家庭经济困难，但在各方帮助下，她免费读到了中学，还憧憬着能读博士。不料日军不断侵华，武汉也危在旦夕。在安蒂初二的时候，学校停办了，她因英文好，经邻居周先生介绍，谋得了救护大队司药一职，并认识了李大队长。九月的一天，安蒂看到了湖北省立联合中学招生的信息，便报名离家到后方读书。

武汉沦陷后，她的家人逃到重庆南岸。母亲婉春担心安蒂在外受苦，便让安蒂回重庆考高中。此时的安蒂梦想做一个女科学家，让轻视女子的中国人惊奇。读补习学校时，她认识了同是湖北省立联合中学的闻家驹、闻祖培，同时重遇了周先生和李大队长。李大队长为婉春安排了保育院级训导的职务，并热烈追求安蒂，安蒂虽然拒绝了他，在心底却燃起了对爱情的渴望。罗超进了涪陵中学，在与罗超的信件往来中，安蒂和罗超的老师秦璇互相产生了好感。安蒂在秦璇的鼓舞下，公费考取了涪陵中学高中部，她与秦璇的感情也迅速升温。母亲因对保育院贪污的行径不满，告发了院长并辞职，在家中开了个小面店。保长不断以各种名目要求捐税，常来吃饭的食客魏光明和小洪为向安蒂献殷勤，帮她们摆平了此事，但同时，二人都托张保长向安蒂提亲，均被安蒂拒绝。暑假秦璇带着侄女淑芬来到了安蒂家里，向安蒂求婚，他们约定8月26号订婚。但在罗老太太的问询下，淑芬透露秦璇曾结过婚并已有孩子，于是全家人极力反对二人的结合。

敌军接连轰炸重庆，在一次躲警报时，安蒂结识了邻居曾三小姐的朋友杨震亚。杨震亚声称自己在美国大使馆工作，他出学费让安蒂和罗超读书，照顾安蒂生病的母亲，修葺房屋，赢得安蒂母亲和奶奶的欢心，甚至直接住进了她家里，而秦璇写给安蒂的信则被罗老太太悄悄藏起。为了家人，安蒂嫁给了杨震亚。但她很快发现杨震亚只是美国大使馆的司机，是一个唯利是图的商人，他拒绝安蒂接济家人，更因闻家驹和闻祖培的拜访打骂安蒂。安蒂和杨震亚办了离婚，却已怀上他的孩子，她决心把孩子生下来。奶奶的病和罗超的学费都需要钱，她隐瞒怀孕事实，报考了一个公家机关，拿着还不错的收入，但最终还是因怀孕丢了工作。奶奶随之病死。一个月后，她生下女儿路路，并进了同乡会办的小学做教员，搬进了市中心的贫民窟里。

战时物价飞涨，1945 年 6 月，小学校因经费问题倒闭，安蒂再次失业。罗超为补贴家用，悄悄参加了青年军，寄回家一笔安家费，安蒂的妈妈因担心罗超一病不起，终致病逝。迫于生活的无奈，安蒂到舞厅做了舞女，并签了三个月的合同，才从舞厅借出五万元将妈妈下葬。她打算从军，并把路路送到了保育院，等待入营。在舞厅里，她重遇魏光明和小洪，他们重新开始追求她，安蒂则以冷漠的态度应付着他们。然而志愿从军的青年太多，她失去了从军的机会，她打算把路路接回身边，路上却与秦璇重逢了。秦璇再次向她求婚，她因顾及舞女的身份和在舞厅的合同，说要推迟两个月。他们在重庆过了甜蜜的一周，秦璇乘飞机返回北平创办学校，并答应要把她接到北平。

秦璇走后，安蒂以为马上可以离开重庆，为防止魏光明和小洪到家中闹，分别假意答应了二人的求婚。然而次日传来秦璇所乘飞机失事的新闻，安蒂的希望再次破灭。她到保育院接路路，然而路路却变得神情呆滞，她将路路送到医院救治。晚上回到舞厅，她独自喝了很多酒，魏光明和小洪却在此时发现安蒂同时答应了二人的求婚，他们将醉酒的安蒂带到旅馆，强奸了她。安蒂清醒后，三人发生了激烈的争执，回去的路上，她昏倒在雨中。醒来时，安蒂正在路路所住的医院里，路路的死去对她又是一沉重打击，她疯了。她要乘船回南岸，要回北方，船上的乘客谈论着飞机失事和妓女打架的新闻，她仿佛看到了秦璇，奋然跳进了水中。

按：这是一部描写女性命运悲剧的小说，陶冰（生卒年不详）通过安蒂自强、艰苦却又悲惨的一生，凸显了女性在社会上、婚姻里、家庭中的弱势地位，以及人在战争等时代潮流中的无可奈何。安蒂聪明好学、善良勤劳，却不得善终，可以说，她的悲剧是家庭、社会制度和时代共同造成的。艺术上，虽然作品时间跨度大，但详略得当，情节紧凑，曲折动人；美中不足的是，秦璇意外死亡的情节设置略显俗套，安蒂同时答应魏光明和小洪求婚的轻浮举动，也不符合人物性格。不过小说的封面设计很有特色，人物肖像画得栩栩如生，令人过目难忘。

10月 **李辉英的《雾都》由上海怀正文化社初版。**

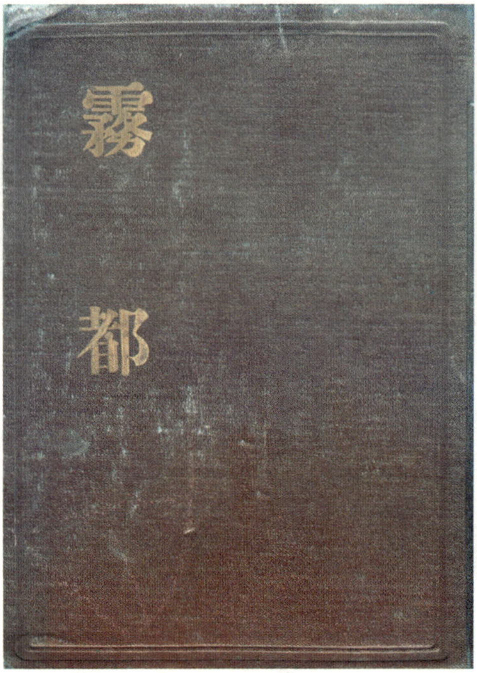

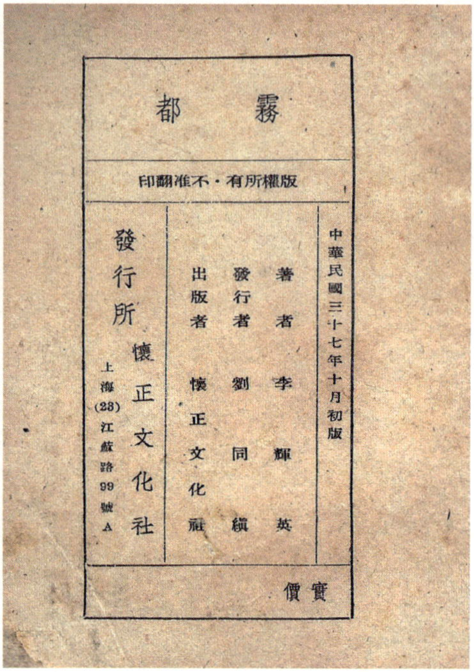

霧都

版權所有·不准翻印

著者 李輝英

發行者 劉同績

出版者 懷正文化社

發行所 懷正文化社 上海(23)江蘇路99號A

中華民國三十七年十月初版

實價

梗概：退职军人黎将军与夫人乘车去某酒店参加胡委员的宴会，路遇交际花屈小姐和她的好友王小姐，便停车载她们同去赴宴。到酒店后，胡委员向黎将军一行介绍同席的其他四位客人：委托商行的经理罗子亮、作家刘芹、大学生张云青张瑞珍兄妹。一会儿记者徐珊小姐也到场了。胡委员想要创办《展望》杂志，希望大家出点主意。罗经理原本答应资助刊物出版。可当罗经理看上了屈小姐后，经济上无力也无心支持杂志的出版，而胡委员自己也动摇不定。独山大捷后，胡委员将杂志名改为“公论”“大捷”，但最终还是没有办起来。屈小姐起始答应与罗经理订婚并与他“约法六章”，但后来改变了主意与王处长到兰州结了婚。罗经理非但没有要回他给屈小姐的价值一百五十万元的钻戒，反而贴上十万元换回了一个假戒指。黎将军整日高喊收复失地，打游击战，最终也只是纸上谈兵。

按：这是一部表现抗战时期陪都重庆沉疴的一部作品，也是一部“前方吃紧，后方紧吃”的形象图。作者所刻画的曾经掌执兵权如今却赋闲在家的黎将军、整日为所谓革命事业奔波的政客胡委员、交际花屈小姐和她的女友王小姐以及委托商行的经理罗子亮等，整日多混迹于饭店、酒馆、舞厅、茶楼等，或者坐而论道，或者沉湎于吃喝玩乐，全然没有国难当头、民族危机之感。他们是一群民族的渣滓。而作家刘芹、大学生张云青张瑞珍兄妹、新闻记者徐珊小姐、部员屈文启等人，虽有抗战之意但也仅此而已。小说虽在一定程度上反映了大后方的黑暗面，但难掩艺术的平庸。最突出的三个问题是：（1）没有表现出抗战的时代氛围。整个作品若不是其中偶尔流露出抗战的信息，几乎无法断定这是一部表现抗战的作品，甚至将作品中偶尔露出的几个有关抗战的字眼删去也无碍于作品，颇为令人遗憾。（2）在人物形象上，除罗经理外，其他人物形象大多模糊不清。（3）语言拉杂冗长，欧化倾向严重，叙述议论过多，极大地影响了小说的艺术魅力。与作者早先出版的《复恋的花果》相比，艺术上是一个退步。

10 月　许杰在《文艺新辑》第 1 辑发表《论〈骆驼祥子〉》一文，认为：“在这一部《骆驼祥子》里，老舍给我们创造了一个祥子，并且也刻画了祥子整部生活的历史。而同时，他又根本把祥子的生活态度否定了去。”而且，祥子毁灭的原因老舍也没有告诉我们。“我们晓得，老舍在写《骆驼祥子》的时候，他是有两副眼光的，一副是站在作品中人物的观点，他替他们设想，替他们用语言文字给记录下他们的观感和行动来；还有一副呢，则是他自己的；他时常自己出马，作着自己旁观态度的说教。”“可是，我们在这部作品中，非但看不见个人主义的祥子的出路，也看不见中国社会的一线光明和出路。”通过老舍对阮明的描写反映出，“老舍对于中国革命的不够认识，他在有意无意中受了一些反宣传的影响，承认中国的革命是用钱收买的。”另外，老舍“在写祥子的性生活时，却用人性与兽性，个性与环境的冲突与矛盾，才将故事发展开来的”。“而且，如果不嫌吹求，我却觉得老舍在性生活的描写上，他的用力，似乎还过份了些。自然，我们并不一定要反对作品中的关于性生活的描写，我们更不能规定作品中的人物，如同祥子他们，不应该有性生活的一面；但在这部作品里，老舍把性生活的描写，这样的强调起来．而且几乎提高到成为祥子这个个人主义者之所以走上堕落之路的决定因素，这却不能不使我们发生一些怀疑。”“这样的诊断，这样加重着性生活对于个人主义的毁灭的强调，这样的描写环境来决定个人性格，对于社会病态的解剖，对于个人主义的出路和中国社会的前途，能算是公允的吗？”“可是，老舍先生的人物描写，是非常成功的。这里，我觉得写得最成功的，还该算到虎妞。”其他人物在我们的脑海里也留下了深刻的印象。“这种成功，都可算是中国文学整个的收获。”“其次，这部书的结构与故事发展，也是非常紧严的。”“这小说有两个线索，其一是祥子的好强，他希望自己有一辆车子——车子成为他的理想，他不断的在为完成这个理想而生活，而奋斗，以致于失败和堕落。这是属于他内心的一面的。另一条线索呢，则以他和虎妞的不合理的结合，不合理的性生活为中心；使得这一个结合，这一种生活，形成一种外在的力量，到处和他的内心生活，发生着冲突，发生着矛盾。”“但是，如果让我们细细的推寻的话，老舍先生所着重的，却还是祥子和虎妞的结合。”“认定了这两条线索，把握住这两条线索，那末，我们就晓得老舍的行文，怎样的紧张，又怎样突兀多变了。”

10月　《世界画报》复刊新1卷第1期至1949年4月第5期刊登《〈骆驼祥子〉画传》（未完），以简明的语言复述《骆驼祥子》的梗概，邀请鲁少飞根据小说情节为祥子画漫画一百余幅，并说：“‘骆驼祥子’是名作家老舍的雄健有力的笔底下所刻划出来的一个典型人物，不仅出现在北平这样的故都，在别的城市里也处处碰得到，他是那么为人们所熟悉而且亲切。《骆驼祥子》在美国，已经搬上银幕，今年秋天到来以前，可能摄制完竣。本刊特约鲁少飞君以多姿的笔调在一百余幅漫画中表现出来，配合着轻快的文字，当能读出祥子的真实姿态。”

10月　巴金的《春》由上海开明书店印行第十八版。

10月　黄谷柳的《春风秋雨》由香港新民主出版社印行第四版，5001—7000册。

10 月 王鲁彦的《野火》由上海中兴出版社易名《愤怒的乡村》初版。

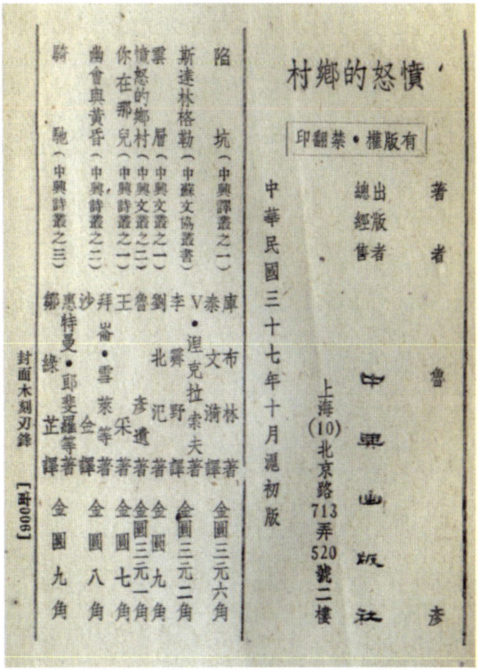

憤怒的鄉村

有版權・禁翻印

著者 魯彥

出版者 總經售 中興出版社

上海(10)北京路713弄520號二樓

中華民國三十七年十月滬初版

陷坑（中興譯叢之一） 庫布林著 泰文漪譯 金圓三元六角

斯達林格勒（中蘇文協叢書） V・涅克拉索夫著 李霽野譯 金圓三元二角

雲層（中興文叢之一） 劉北汜著 金圓九角

憤怒的鄉村（中興文叢之三） 魯彥遺著 金圓三元一角

你在那兒（中興詩叢之一） 王采著 金圓七角

幽會與黃昏（中興詩叢之二） 拜崙・雪萊等著 沙金譯 金圓八角

騎馳（中興詩叢之三） 惠特曼・耶斐羅等著 鄒綠芷譯 金圓九角

封面木刻刃鋒

【900冊】

10 月 茅盾的《腐蚀》由太行群众书店出版。

10 月 老舍的《离婚》由上海晨光出版公司印行重排本第二版。

10 月 老舍的《骆驼祥子》由上海文化生活出版社印行第七版。

10 月 巴金的《灭亡》由上海开明书店印行第二十四版。

10 月 谢冰莹的《女兵十年》由世界文化出版社印行第五版。

10 月 谢冰莹的《一个女人的奋斗》（汉英对照）由上海世界文化出版社印行第五版。

10 月 张资平的《青年的爱》由上海合众书店印行第五版。

10 月 巴金的《秋》由上海开明书店印行第十一版。

10 月 林淑华的《生死恋》在上海由林淑华印行第三版。

10 月 周文的《烟苗季》由上海文化生活出版社印行第三版。

10 月 朱平君的《一个苦儿努力记》由上海国光书店再版。

11月1日 丁东在《白水》第14期发表《读书杂记之一：〈骆驼祥子〉》一文，认为《骆驼祥子》是一部表现下层社会题材的成功创作，所以被介绍到美国而且很畅销。

11月1日 李方立在《平原》创刊号发表《介绍〈高干大〉》一文，认为："这部小说所表现的主要思想，便是深刻而尖锐的揭发批判了主观主义和官僚主义。""提到高干大，他的群众观点，高度的为人民服务的精神，贯串了他在小说中的整个活动里；虽然，在他这些优良的品质中，同时还带有一定的缺点出现，但这并不妨碍他成为一个群众英雄与模范。而正因为这样，他才成为一个活的真实的人。""从高干大身上，还可以体会到，产生一个群众英雄和模范要经过怎样一个历程。高干大虽然经过革命锻炼，为群众服务的精神很强，但他在工作中不会没有客观困难，而在他私人方面，也有一定的旧社会残余的累赘，他必须把这些东西都征服以后，才能成长起来。""我这样想：经过土地改革，群众翻了身，目前正要开展生产大运动，各地都会产生像高干大似的人物，各地也会产生像任家沟合作社似的工作创造。今后，我们怎么向工农干部学习，怎样培养工农干部，怎样发扬工作上的创造，都会在这部小说里找到解决某些问题的办法和启示。""至于小说中，对上述问题的处理和描写，及其他方面的好处，并不是简单、概念的叙述或片段的摘引所能传达出来的，请读读这本小说，直接在书中去领会。"

11月11日 未生在《浙赣路讯》第421号发表《读〈狂飙〉》一文，认为："作者对处理一堆庞大的材料，没有加以精密的抉择和扬弃。使我们觉得他们怎样从时代的狂飙里自觉过来的概念，非常模糊。"

11月16日 林万春在《开明少年》第41期发表《给〈骆驼祥子〉》一文，认为"是命运把"祥子"注定了"，"是社会不允许"他"往上爬"。本刊的编者在文末说："老舍先生写的虽是骆驼祥子一个人，其实也是所有的洋车夫的写照。这儿林君写信给他，也本着这个意思。"

11月22日 《大公报》刊载《愤怒的乡村》的广告："这部长篇小说，原名《野火》，曾在靳以主编的《文季月刊》上与巴金的《火》，曹禺的《日出》，同时连载过。在这书里所写到的，有青年、土劣和恶霸、少女与农人。由于土霸势力泛滥在乡间，结果引起了青年们的不满，而展开了像“野火”一般的斗争。凡是关心中国农村的人，读了这本书，没有不为作者笔下的现实所感动的。”

11 月 22、23 日　徐航在《南侨日报》发表《读〈骆驼祥子〉》（上、下），认为：“祥子是个人主义的代表，祥子的遭遇也就代表着个人主义所必蹈的覆辙。”“使人不能满意的是，作者所指的‘社会病胎’在书中读者只能看见表面化，而且个人主义所走的路是否正确？以及人个主义所应该走的正确的路，作者都没有明白的指示出来，因此，主题表现得并不够明显。这是唯一的缺憾。”“但是，我们从另一方面看，《骆驼祥子》的成功还是在技巧方面。”“在《骆驼祥子》中我们所听见的是不折不扣的北方语调，可以朗诵。”“从人物的创造上说，虎妞最成功……至于主人翁祥子还在其次。”“结构相当严密。”“在贫脊的中国文坛上，《骆驼祥子》始终是值得推荐的一本书。”

11 月 23、25、26 日　莲湖在《浙赣路讯》第 430、432、433 号发表《〈子夜〉》一文，认为：“作者对此惊涛骇浪的‘新时代’，和错综复杂的‘大都市’，作了详尽而明晰的分析，生动和深刻的描写，使读者仿佛身临其境，生出一种实感来。”但小说的结构有些地方发展得不够充分。

11 月 24 日　秦牧在《华商报》发表《哀〈骆驼祥子〉》一文，认为，“这本小说在语言的熟练，笔调的幽默上，尤其在反映中国破产的农民涌进都市，因为没有生产事业可以容纳，因而整批变成了人力车夫，度着牛马生活的这一悲惨事实上，自有其价值。但美国人抢着读这本书的意义，却只是好玩而已。”美国读者只会以“鉴赏落后民族”的心情去读此书，不会正确地评价中国文学。因此，“《骆驼祥子》在美国大红特红并不是一件怎样可喜的事，现在被那些制片家们一脚踢开也并不是怎样可叹的事。”

按：值得一提的是，华思 1945 年 8 月 27 日在《扫荡报》发表的《评〈骆驼祥子〉英译本》一文中的评价很有价值。

11 月 27 日　林海在《观察》第 5 卷第 14 期发表《〈围城〉与“*Tom Jones*”》一文，认为：

“钱锺书和菲尔丁至少有两点相同：第一，他们都是天生的讽刺家或幽默家，揭发虚伪和嘲笑愚昧是他们最擅长同时也最愿意干的事情；第二，他们都不是妙手空空的作家，肚子里有的是书卷，同时又都不赞成‘别材非学’的主张，所以连做小说也还要掉些书袋。这两点，前者决定内容，后者决定外表，他们作品的‘质’与‘形’可由此推知了。”“一部《围城》便是专门预备给粪窖中的人物画脸谱的。脸谱有三副，用韩非子的字眼来形容：一副代表‘愚’，一副代表‘诬’，还有一副则是两美并全‘愚而兼诬’。恰似但丁对待‘地狱’中鬼魂的态度，《围城》的作者对于粪窖中的三类人物还要加以区别。他比较最能同情的是第一类的‘愚’。这类人物的毛病只在抵挡不住肉体的引诱，正合老子所说‘吾所以有大患者，惟吾有身’，准情酌理是可以原谅的；书中的方鸿渐和赵辛楣属于这一类。第二类的‘诬’病在心术，在‘地狱’中应屈居下层，自然更要厚加呵斥；书中的韩学愈属于这一类。至于第三类的‘愚而兼诬’，那是穷凶极恶，不可救药，只好用大棒子来痛打了；书中的李梅亭属于这一类。《围城》中所有人物不出这三类，中间只有一个例外——唐晓芙。作者对于唐小姐特表好感，似乎有心发慈悲，给粪窖安上一朵花，借以略解秽气。”

“《围城》和《汤姆·琼斯传》同样的是以幽默讽刺的笔调来写的，这笔调浸透全书，成了一种不可须臾离的原质；偶然一离，读者立刻便有异样之感。而也就在这里，这两位作家稍微有些不同。菲尔丁虽好讽刺，却并不悲观。他不喜欢板起脸孔来教训，但有时也说正经话。因此，每逢他转换口气，总是从‘幽默’改为‘正经’。钱先生则是个澈底的悲观家，‘讽刺’之外，惟有‘感伤’。这情形从两书的结局处看得最清楚。”“以体裁来说，这两部作品都是所谓恶汉体的小说（The Picaresque novel）。这派小说有个特点，便是不大注重故事，因而也无所谓结构。作者照例是利用主人翁作线索，来贯串全书。这主人翁又照例是天生一副驴马命，永远不会安逸。作者便借着他到处漂泊的机会，来刻画社会各阶层的形形色色。在这一点上，《围城》和《汤姆·琼斯传》可说是完全一致的……比较起来，还是《围城》接近人生。这书的结构非常简单，只是把一位留学生从国外回来后的二年半里面的经历，挨着次序叙述出来，中间既无曲折，又无叫应，老派小说家惯用的那些解数，这儿一概豁免。书中的事实，除了方鸿渐和孙小姐同在火铺里梦魇那一桩有点神秘外，其余全是太阳光底下习闻惯见的。可知作者的兴趣并不在事实和结构上面，而是另有所在了。”“说到这里，我们才真正触及钱锺书和菲尔丁的根本相通之处。这两位小说家有个共同的信念，便是题材无关紧要，要紧的是处理这题材的手腕……钱先生的真正野心是想拿艺术去对抗自然，把上帝创造天地时的疏忽给弥补起来。《围城》一书，除了臭人丑事外，还特地挑出宇宙间最惹厌的一些东西，如鼾声、狐臭、跳虱、饥饿、梦魇、胡子、喉核、厕所之类，来加工描写。揣作者的用意，无非想化臭腐为神奇，拿粪窖中的材料来盖造八宝楼台。平心而论，这书在题材、意识诸方面，可攻之点自然不少，但作者感觉的灵敏和笔墨的精妙，却是无论如何难以否认的。”至于技巧，明比和描写文是这两部作品大部分的血肉和生命。

“以上是就二书相同之点来作比较。假如还要更进一步地去讨论它们的互异之点，那我们可以简单地说：《汤姆·琼斯传》中的事实多于议论；《围城》刚刚相反，议论多于事实。这分别是植根于两位作家生活经验广狭的不同。菲尔丁的经验比较丰富，所以他的作品虽也一样的以‘批评人生’为主要目的，却多少总带点‘表现人生’的倾向，尽量把来自多方面的事实填塞进去。钱先生所见的人生似乎不多，于是他更珍惜这仅有的一点点经验，要把它蒸熟、煮烂，用诗人的神经来感觉它，用哲学家的头脑来思索它。其结果，事实不能仅仅是事实，而必须配上一连串的议论。这议论由三方面表达出来：作者的解释、人物的对话、主人翁的自我分析。说到这里，不由的令人想出一个新的名词：‘学人之小说’。”

按： 林先生分析到位，比较细致，为当时最有分量之文，特别是其“学人小说”的论断，可谓一家之言，影响久远。

11月　艾芜的《山野》由上海文化生活出版社初版（文学丛刊第十集）。

梗概： 吉丁村村长韦茂和与金兰村村长卢国成商量，停止两村之间的械斗，不再因为日本人而互相残杀。全村最富有的地主韦茂廷向韦茂和提议与日本人议和被拒。韦茂成的二儿子长松听说韦茂和带领村民对日本人进行了武力抵抗，

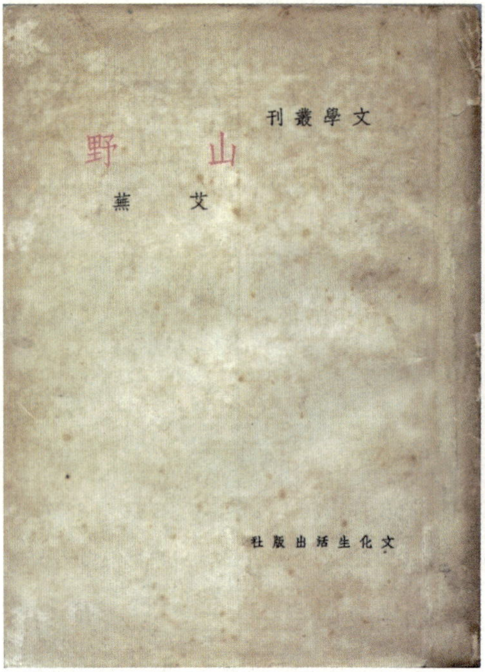

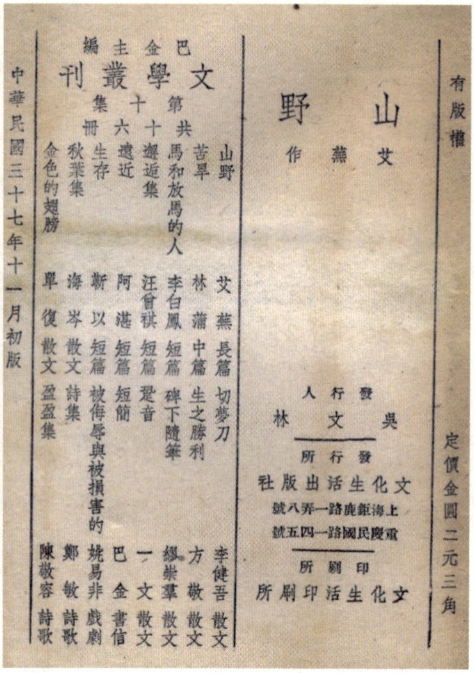
有版權

山野
艾蕪作

發行人 吳文林
發行所 文化生活出版社
上海巨鹿路一弄八號
重慶民國路一四五號
印刷所 文化生活印刷所

定價金圓二元三角

巴金主編
文學叢刊
第十集 共十六冊

山野 艾蕪 長篇
苦旱 林蒲 中篇
馬和放馬的人 李白鳳 短篇
邂逅集 汪曾祺 短篇
遠近 阿湛 短篇
生存 靳以 短篇
秋葉集 海岑 散文詩集
金色的翅膀 畢復 散文
切夢刀 李健吾 散文
生之勝利 方敬 散文
碑下隨筆 繆崇羣 散文
覺音 一文 散文
短簡 巴金 書信
被侮辱與被損害的 姚易非 戲劇
盈盈集 鄭敏 詩歌
陳敬容 詩歌

中華民國三十七年十一月初版

专门将煤山工人队伍带来支援。韦茂廷的二女儿美珍高中毕业，受过护士培训，主动担任起了吉丁村民兵队伍的医生，这是个自立自强、有勇气又倔强的女孩。美珍跟着阿栋、长松上山的过程中，见识到了民兵队伍的力量，也感受到了潜在的危险。韦茂廷的大女儿美玉极力劝说自己的丈夫——知识分子华峰——带着孩子撤离到大后方，这个行为让美珍很看不起。阿龙和阿岩因为与韦茂廷的矛盾骑马出走。美珍提出了在村里办托儿所的想法，妇女们非常欢迎。

阿树和阿劲正准备去巡逻时，日本军队突然出现在黑虎关，原本指望着阿岩带领队伍打响伏击战，但阿岩的队伍正在陈家镇截击另外一支敌军。日本兵发动了炮击，阿劲、阿树、阿寿去把守金兰仔常走的右边险隘。不久阿寿牺牲，阿树和阿劲与日本兵展开肉搏战。另一边，华峰鼓起勇气带领队伍前来支持，成功与阿劲会和，但由于华峰腿部中枪，队伍陷入了困境。美玉得知实情后，奋不顾身去寻华峰，美珍陪着姐姐一道上了山。阿龙找到了死去的阿树、受伤的阿劲和华峰。阿岩回村看望阿劲和华峰，韦家上下的家什都被抢光了。阿岩遇见韦茂和没有打招呼，韦茂和很生气，不准阿岩的队伍过村。韦茂和的抗日态度发生动摇，和韦茂廷、徐德利商量与日本人议和，后因顾及面子放弃了议和的念头。徐德利和赵静明发现，他们决定杀掉可能会阻碍议和的阿龙的计划被美珍听见，于是赵静明一直尾随美珍，怕她去通风报信。结果阿龙截下了议和信，杀回了村里，议和团队被推翻。日本人打进了村，美珍和母亲一同逃往后龙山。

按：《山野》是艾芜试图缩短叙述时间以描写吉丁村村民们在一天一夜里的抗日游击生活的尝试之作。在《山野》里，艾芜首次尝试正面描写敌后游击生活，特别是对战斗场面的描写，虽然把握起来较为吃力，但仍具有突破性，只用了简单几个人物就勾勒出了一场耿直燥辣、爱憎分明、充满激情的山地战。作家通过插入停顿、重复叙述、倒叙等手段，改变文本叙述时长，以缓慢的速度描写了一天的紧张的游击战生活，形成一种特殊的张力。在《山野》中，艾芜创造了各种民兵形象：如自私自利的阿栋、老实巴交的阿寿、沉着冷静的阿劲、“零余者”阿岩等，较为生动。美中不足的是，小说试图从每一个人身上都拉出一条故事线来，连成一个完整的网，但由于驾驭力不够，故事线索也不够清晰，故事线上每一个节点推进时，逻辑依据不够充分，影响了作品的艺术质量。

11 月 鲁芋在《蚂蚁小集》之四《中国的肺脏》发表《蒋纯祖底胜利——〈财主底儿女们〉读后》一文，认为：“不论它将接受到什么样的惊讶或者冷淡，《财主底儿女们》在它底雄辩的感召里是应该而且已经被理解为——五四以来中国知识份子底感情和意志的百科全书的。同时，主要地，知识份子在从传统底迷阵头破血流地突围出来里所感到的一切感情和意志的纠纷，在它里面，都得到了应有的单纯的解决。”“《财主底儿女们》热烈而辉煌地带给我们的，正是这种人生底青春底胜利，希望底雄伟的胜利，蒋纯祖凭着灼热的爱与恨去和五颜六色的过去底炼狱共同碎身的胜利。”

11 月 王西彦的《神的失落》由上海中兴出版社初版（中兴文丛之三）。

作者在《后记》中写道：

“我要写一个故事来对我们‘大时代’表示抗议。”

“马立刚和高小筠，这个简单的故事里那一对不幸的男女。我和他们两人是在一起的……他们不是我的创造物，乃是我们所生活着的这时代或社会的创造物……和我们大家一样，马立刚决不是一个懦弱的人，高小筠也不是的。如果我们有谴责，我们的谴责不应该投向他们。”

“只要我们不是瞎了眼的，触目都是罪恶，都是不平。正因为这样，我才写出它来。我们必须认清：这便是我们所生活着的时代和社会！我很愿意给我们这时代和社会按一个名词，叫做‘悲剧的时代’或‘悲剧的社会’。我们大家都站在舞台上面，都扮演着其中的角色。”

“那么，我为什么要把这个故事安排得如此不公平……我们必须认清：这几乎是我们不可逃避的宿命！”“我们是和马立刚在一起的，我们的遭遇相若。”

“高小筠那位表哥……他只是一个代表，一个符号，一个象征。他本身并没有权力，我们所生活着的这个时代或社会赋予他的权力……至于高小筠，她自然是一个纯洁的灵魂，但她的屈服，说明了灵魂的纯洁并不能拯救她的受难。”

“但我并没有绝望，我想我们大家都不应该绝望。我写了另一个人，马海兰。她可能是我们希望的化身——然而，也可能不是……她是对的。我原想在她身上多涂点色彩，但我竟没有那样做。”

11月 端木蕻良的《大江》由上海晨光出版公司再版。

11月 老舍的《火葬》由上海晨光出版公司再版。

11月 老舍的《赵子曰》由上海晨光出版公司再版。

12月6日 青苗在《新疆日报》发表《庐隐、丁玲、萧红小论》一文。认为《呼兰河传》“这一部优秀的抒情的风俗小说，在中国新文学运动发展的三十几年当中，还没有一部小说有着这样浓厚的风俗情调”。

12月15日 胡椒在《华北文艺》创刊号发表《读了〈高干大〉的两三点意见》一文，认为：“作者描写巫神太过分强调了，未免有些小题大做，尤其是后部写闹鬼的篇幅，实在太冗长，而有沉闷之感。”作者将官僚主义与巫神主义的两个否定人物都处理为“一死了之”，并不妥当。失败者得到教育、改造，才是积极的收场。

12月26日 寒苹在《宁波日报》发表《读〈雾城秋〉后》一文，认为：“如果说今天的现实是小说的再版，那末《雾城秋》该是一个最好的初版了。”

12 月 31 日 嘉木（路翎）在《蚂蚁小集》之五《迎着明天》上发表《评茅盾底〈腐蚀〉兼论其创作道路》一文，认为：“小说《腐蚀》，是茅盾先生在抗战期间的创作之一。其中所取的材料，是法西斯特务底丑恶和黑暗，以及落在这丑恶和黑暗中的青年女子底痛苦。这作品告诉人们，法西斯特务是在怎样进行它底统治的，但也止于这一点，而没有进入和获得较深的内容，更没有能够进入我们时代的历史现实底本质的内容。”“要从它底社会阶级底没落性，历史性上去把握它，才能使它获得正面的典型的意义。”小说“没有通过正面的历史性的生活斗争和社会斗争，没有能把他底题材放在广大的阶级斗争基础上，茅盾先生底《腐蚀》，首先在激起人们对于法西斯特务底憎恨这一点上，是失败了”。这是因为茅盾的创作方法“显然地受着西欧的颓废的写实文学——即一般称做自然主义的——的影响”。“茅盾先生，通过他底落后的创作方法，是站在对历史事变的旁观的被动的地位，描写了这些男女的。即使他们被写成革命人物，但仍然会叫人觉得，他们是腐臭的——狗男女。这就是这样的作家的苦闷。”“这种冷情文学，这种旁观的创作方法，就是作者底无法把握现实底真实运动本质及斗争过程的一种表现。在这里，作为社会的人底丰富的内容被抹杀了，人底价值被贬低了。色情的刺戟性的描写是这样的作品的特色，而在这刺戟性下面，是藏着作者对于现实的深刻的厌倦。”“《腐蚀》，也是一个很好的例子，可以证明出来给我们底盲目地攻击‘主观精神要求’的理论家们看看，客观——旁观主义的冷情文学，‘暴露黑暗’文学，是怎样的东西。它因为没有斗争要求，所以降低并歪曲了现实，因为没有血肉的内在的这个时代的斗争感觉和要求，没有能够把新的思想在斗争实践中化为自己底血肉，所以不能照明黑暗的现实事象，把握其中反映着伟大的人民斗争的人生斗争；因为没有热情，没有主观的精神要求，所以不能有真的强的憎恨和战斗、复仇的高歌，所以它一方面不能碰伤旧社会分毫，一方面不能增强人们底勇气——如果不是降低了的话。而这种作品里的创作方法和艺术思想——不是其中暗示到的政治思想——基本上是旧的资产阶级的创作方法和艺术思想。”

12 月 **萧军的《第三代》（第三部）由哈尔滨鲁迅文化出版社初版，1—**

2000 册。

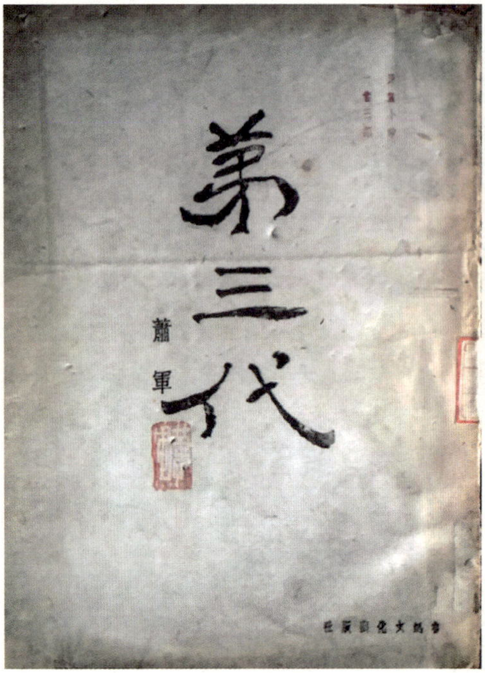

梗概：汪大辫子从监狱里被释放了出来，林青仍被关在里面。林青的儿子林荣从国外回来了，他打算去监狱探望林青并准备回来后将妹妹和妈妈接去俄国一起生活。汪大辫子知道翠屏上山当了强盗，带着儿子们去接她回来，翠屏却不愿意和他再回凌河村。杨三和他的强盗弟兄们越来越生疏了，甚至和官军暗中勾结，强盗们对他不再信任，并疑心他会向官军投降，转而对付他们。他们打算把杨三赶出去，各伙强盗也想要联合起来准备战斗。于是刘元他们将情况向汪大辫子夫妻表明，并将他们送下了山。

按：与“急就章”《八月的乡村》不同，这部长篇花费了萧军十八年的心血，堪称萧军的代表作。小说向我们展现了一群生活在小乡村中普通人的不普通的生活。在动荡的年代里，在生活的重压下，这些人用自己的刚强与勇气竭力维持着自己的生活：“寡妇生子”“上山做强盗”，都是他们所寻找的生活的出路。这让人在愤怒和失望中，看到一些希望；让人在厌恶与悲哀中，求得一点慰藉。

作者刻画了一个个鲜活饱满的人物形象：如敢于发声、敢于反抗的老英雄井泉龙，他不但藐视“钱”威，更勇于破除迷信，砸了神庙；又如性格泼辣强势的翠屏，决不屈从于官威，敢于上山做一个女强盗。在这个缺少酒馆和茶馆的村庄里，谣言和音乐是他们闲时的消遣。其中，音乐更是小说里的一抹亮色，是凌河村人甜蜜的梦境。林青的胡琴，林荣的手风琴，都让人沉醉，使村人们流连在这偶有的美妙里。作者用了许多篇幅来描写人们对于音乐的喜爱，借此传递了人们对于生活的热情。此外，整部小说还运用了大量的心理描写，将汪大辫子怯懦怕事的纠结、杨三的高傲与孤僻、刘元的超出年龄的成熟与老成，详尽而准确地呈现在读者眼前。不过，由于凌河村和强盗们的青沙山、羊角山有着空间上的距离，且作者对这两个“世界”的描写缺少了时间上的紧密联系，因而减弱了故事情节发展的紧张感。

12 月 开明书店《动摇》末页刊载下列作品的广告：

（1）《倪焕之》：“这本书描写十年来中国教育之状况：都会和乡村的情形，家庭中的风波，革命前后的动摇等，逼真活跃，是一部不可多得的作品。”

（2）《山雨》：“本书是一本长篇创作小说，描写农村崩溃的原因，写得非常恳切；并暗示因农民的不安而引起社会的转变，是一部代表时代呼声的作品。”

（3）《虹》：“本书是‘五四’时代的烙印，但是它所表现的精神，并不是在攻击传统思想的一点上，而是以一部份的情形来暗示了被五四的怒潮所激荡的各个青年的时时刻刻在转变着的每一个心。他们有伟大的远望，有热烈的企求，他们都极力从旧的封锁着的牢笼跳出，进到新的广阔的世界，而企求新的发展，但是由于勇气不足，仍有屈服在旧的巨轮之下的。本书笔锋锐利，处处针刺着社会现况，所以不但是可以供青年读者作艺术上的欣赏，而且可以使青年读者涵养其心志，使他们有力量应付社会上各种恶势力的迫害。”

（4）《滩》：“中国正想走进工业社会里去，但是到目前为止，拿工业做题材的小说却还不多。作者对于工业界很熟悉，这本小说正给刚萌芽却不能顺利发展下去的中国工业写了个照。在作者看来，中国工业就像大雾里过滩的船，真是困难而且危险非常的。围在我们工业周围的雾是：不合理的法规，金融投机家，贪官污吏，波动的物价，从业人员的官僚习气与腐化生活……多少的工业就在这弥天大雾中翻了船。全书十万言，是近年文坛上的一个新收获。”

12月 巴金的《爱情的三部曲》由上海开明书店印行分五版。

12月 巴金的《第四病室》由上海晨光出版公司印行第四版。

12月 苏青的《结婚十年》由上海四海出版社印行第十八版。

12月 茅盾的《蚀》由上海开明书店印行第十七版。

12月 苏青的《续结婚十年》由上海四海出版社印行第四版。

12月 无名氏的《野兽·野兽·野兽》由上海真善美图书出版公司印行第六版。

12月 茅盾的《子夜》由上海开明书店印行第二十一版。

1949 年

1月1日 丁东在《白水》第 15 期发表《〈淘金记〉：读书杂记之二》一文，认为：“沙汀在《淘金记》里，客观地暴露了神权笼罩下，绅板掌握下战时后方的四川小市镇的形相，是成功的。”他还认为，何寡母是一个固执但善良、机警又迷信的人。“白酱丹是一个下烂药的专家，也是一个最卑污的阴谋家，像出名的绍兴师爷。”彭尊三是最稳健的投机分子。何宝元和丘娃子一样，懦弱无能。龙哥是下级小官吏的典型，作用在于维持市镇生活浮面的、肤浅的安定。

1月1日 希罕在《白水》第 15 期发表《茅盾的〈幻灭〉：阅读报告之五》一文，认为，如果读者能了解时代背景，从作者所描写的爱情故事展开去，可深入了解《幻灭》，小说也值得一读。

1月10日 熊昕（陈炜谟）在《民讯》第 4 期发表《我看〈围城〉》一文，认为全书“尽算是妙笔生花，珠光宝气，如果以全体而论，这书依旧是失败的，至于它的效果，甚至是有毒的”。“《围城》的作者，对于女人的态度，似乎只有奚落，不然便是谩骂，而他自己呢，仿佛是属于另一个星球的最纯洁的男性，高高乎在上的，在那儿的云端，向着女人们诵词，真是写得太漂亮了。”作者还认为，当今英国文坛，强调艺术的艺术性，忽视教育性，强调艺术的孤立性，忽视它的社会性，是一种极流行的风尚，成了牢不可破的传统，“《围城》似乎就是要承着这样的传统而写作的。结果当然只在注意玩字句，耍花枪，注重什么本身的和谐，而且尽管把外面的兵戈扰嚷的世界视若无睹的。”在文辞上，“以整个的文章，《围城》所给我们的印象：仍不免是堆砌过火，雕琢太甚。从好的方面说，它真的珠光宝气，花团锦簇的，在某一种意义说来，确实是美丽的；从坏的方面说，写得无论怎样美，只不过是供有闲阶级消遣的玩意罢了。”“一句话：离‘大众化’的标准太远了！”“《围城》的作者，似乎是自命不凡，以‘才子’自居，而且也很炫耀他的‘才气’。”“《围城》的作者，似乎处处都以‘高等华人’自居，藐视一切。甚至就是作一个比喻，似乎作者也是高高乎在上的俯视众生”。“至于真正的小说的血肉，在《围城》里似乎是找不出的，除了那些花枪，那些玩意，《围城》实在显得贫瘠可怜，苍白无血色的！”“这原因就由于作者不敢面对人生，正视现实。”“《围城》以抗战的时期为背景。但里面几乎是嗅不到一丝丝火药气的。作者甚至描写战争，也是带着欣赏的态度的。仿佛完全置身事外，并无切肤之痛似的。”他认为以现实的观念去看，小说经不起一击。

按：作者以现实主义的眼光审视现代主义的作品，得出的结论就值得再思了。不过说《围城》有一种居高临下的贵族气却不可否认。

1月26日 王雅安在《大刚报》（汉口版）发表《记废名》一文，认为：“‘废名’先生是当今的文学家（也可说是小说家或诗人）又是一位哲学家，他的著作有：《桃园》《竹林的故事》《桥》《枣》《莫须有先生传》，还有哲学的专著，《阿赖耶识论》等书，都已经问世了。抗战前他的诗文有许多已经在报纸及杂志上发表过，他的真姓名是‘冯文炳’那是被称为‘语丝派’的；现在天津《大公报·星期文艺》上，常有他的新诗露脸。商务印书馆的《文学杂志》有连载他的《莫须有先生坐飞机以后》，其余关于哲学的杂志上也不时有他的载道的文章出现。他在北京大学教书虽然忙得不亦乐乎却始终没有放下他那支生花妙笔。”“在抗战以前，‘废名’先生完全是个文人作风，他文章的轨迹，多半以词句的美丽；写法的奇特；感情、态度的阐发等见长。抗战期中的《阿赖耶识论》，就纯粹是载道的救世的产品。抗战后所写的《莫须有先生坐飞机以后》，并不是小说，是‘废名’先生的自传，那里面的主人翁‘莫须有先生’，就是‘废名先生’自己，‘纯’就是废名先生的男孩，‘慈’就是废名先生的女儿，‘莫须有先生的太太’是‘废名’先生的太太，这位太太不但洞明人情事，而且料理家务的干才，胜过‘废名’先生的经验，所以‘废名’先生可以不理家事，专从事著作，可知‘废名’先生的成就，实得了他的太太帮助不少。喜欢看《莫须有先生坐飞机以后》

的人们，请你们知道那所说‘莫须有先生’的言行，完全是‘废名’自己的故事。”

1月 **王小石的《苦女奋斗记》由上海少年社初版。**

民國三十六年一月初版
編著者 王小石
出版者 少年社
發行者 東方書店
上海北京西路一三四號
版權所有・翻印必究

梗概： 十五岁的陈蕙英因父亲病逝，只好随病重的母亲从北平回杭州找祖父。由于路途劳顿，饥寒交迫，母亲到黄湾后病危，蕙英卖掉了骡子和车还是没有治好母亲的病，母亲临终前告诫她一定要通过自己的努力使祖父喜欢，蕙英含泪答应了。埋葬了母亲后，她独自步行去杭州，路上遇到过险情，也得到过好心人的帮助。在市郊，她遇到一个上工去的女子秀娥，通过对方了解了谦安厂及厂长陈老板的情况，其实她心里已经知道这个陈老板很可能是自己的祖父，但她没有声张，而是改名徐根弟并在秀娥的介绍下到厂里做了工人。

秀娥告诉蕙英，厂里的书记符先生是北方人，很喜欢同乡，如果能与他认识生活会得到转机。第三天秀娥因不慎被机器轧着手，就让蕙英与她一起到符先生处请假并说明情况。交谈中符先生发现蕙英会讲国语和杭州话，识字，还会画画，很高兴，就将他在厂里接待北方客人时的不便说了出来，并表示要留她在身边工作。符先生让蕙英画画，蕙英画的孔雀，很得陈老板的赏识，陈老板非常高兴，便叫蕙英在自己的办公室随他一起办公。不久，来了一个保定的客户，符先生因发烧无法接待，正愁苦中，符先生推出蕙英，陈老板勉强同意让她试试。蕙英与客户谈起了家常，客户倍感亲切，增加了七倍的订单，蕙英声名大振，被陈老板聘为正式员工。秀娥曾因蕙英租住她家却未住几天而与蕙英产生误会，蕙英跟她解释并带她看了自己临时住的一个小屋后，两人才消除误会。

蕙英的成功受到厂里宋经理的威胁，但蕙英并不理睬。之后，陈老板非常关心蕙英的生活，给她添置了全部衣服，还详细了解了她的一切，对她更加信任，不仅将她接到家里，还让她驾车送自己上班。这时，北平来了电报，告知陈老板寻找多年的儿子已病逝的消息。陈老板怀疑蕙英就是自己寻找多年的孙女，就让符先生去黄湾调查。宋经理欲夺占老板的财产就问蕙英北平电报的内容，蕙英没有告诉他。这时，符先生从黄湾调查真相回来，确认蕙英就是老板的亲孙女，祖孙相拥。随后，陈老板宣布开除宋经理，查办他的经济问题，并宣布蕙英为财产继承人，符先生为经理。陈老板失明多年的眼睛也做了手术，重见光明。

按：这是王小石（1914—1980）即张叶舟一部描写失去父亲的孤女奋斗成功的故事，笔墨流畅，有较强的可读性。但过于巧合的情节以及人物冲突的简单化、矛盾解决的轻易化、故事结尾的理想化，使得全书前半部分的生活基础为后半部的浪漫气息所掩盖，令人遗憾。但作品所提倡的即便是女孩子也要靠自己的努力获得成功，要自立自强，不食嗟来之食的生活态度还是值得肯定的。

1月　黄谷柳的《虾球传》第三部《山长水远》由香港新民主出版社初版，1—4000册。

梗概：虾球脱险后，和懂得一点革命道理的龙大副、几个士兵一道商议今后的出路，最后决计接受林四海的好意，合股开茶室，先求生存，再图发展。不料那茶室早已倒闭，众人只好分开自寻出路。虾球仍旧抱着参加游击队的心愿，偷走了龙大副的左轮手枪，流落到珠江口的鹤山县沙坪镇，结交了从游击队跑出来的流浪儿亚炳，并成了一班难童的“大哥”。后来，虾球设计哄抢了驻守祠堂的县自卫队的四挺轻机关枪，并带着机关枪和一群流浪难童投入了游击队伍。

蝦球傳第三部

山長水遠

著者　谷柳

繪圖　特偉

印行者　新民主出版社　香港干諾道中一二三號

承印者　有利印務有限公司

定價　港幣三元

一九四九年一月初版

版權所有·不准翻印

0001—4000

鳄鱼头转道回省后，又去拜见张果老，虚心接受了张果老的治军之学、捞世界之道，被张果老保荐为保安团团长，接下了进攻游击队的任务。虾球在游击队中接受教育，割断了同旧友蟹王七等的联系，出色地完成了打入鳄鱼头团部收集情报的任务。后来，游击队击溃了鳄鱼头的部队，虾球找来蟹王七的妻子亚喜，两人冒着生命危险劝降了固守在山腰的蟹王七连队。

按：这是黄谷柳（1908—1977）最为出色的一部长篇小说，也是他小说创作的代表作。小说连载并出版后，在珠三角一带产生了很大的影响。作品以少年虾球的流浪生活为中心，生动形象地表现了穗港两地底层百姓的艰辛生活和他们打拼世界的血泪史、痛苦史和屈辱史，感人至深，催人泪下。作家感同身受的艺术表现力与高尚的人道主义情怀，使《虾球传》至今读来仍令人不忍释手。小说语言形象生动，雅俗共赏，情节颇具传奇色彩，人物刻画也栩栩如生，特别是虾球，可以说是作家贴着人物写的优秀代表，也堪称新文学成长小说的典型。这是作家为新文学史所做的重要贡献。当然，鳄鱼头的形象也颇具特色。

小说在语言的通俗化上也作出了有益的贡献。不过，小说的前两部很有艺术韵味，第三部则在理念与生活之间摇摆不定，丧失了在地性因素，影响了作品的艺术成就。作家原计划写四部，但只完成了三部。

1月 萧军的《八月的乡村》由上海作家书屋印行第三版。

1月 王统照的《春花》由上海晨光出版公司行印重排本第二版。

1月 老舍的《二马》由上海晨光出版公司再版。

1月 茅盾的《虹》由上海开明书店印行第二十版。

1月 巴金的《火》（第一部）由上海开明书店印行第十一版。

1月 巴金的《火》（第二部）由上海开明书店印行第九版。

1月 巴金的《火》（第三部）由上海开明书店印行第六版。

1月 巴金的《家》由上海开明书店印行第三十版。

1月 老舍的《牛天赐传》由上海晨光出版公司再版。

1月 谢冰莹的《女兵自传》由上海晨光出版公司印行合订本第二版。

1月 巴金的《憩园》由上海文化生活出版社印行沪五版。

1月 巴金的《秋》由上海开明书店印行第十二版。

1月 老舍的《偷生》（上、下）由上海晨光出版公司印行合订本第四版。

1月 巴金的《新生》由上海开明书店印行第二十一版。

1月 李广田的《引力》由上海晨光出版公司再版。

2月1日 史笃在《小说》（香港）第 2 卷第 2 期发表《评艾芜的〈山野〉》一文，认为《山野》简直是一幅全面的抗战缩影。“几乎可以说，伟大的抗战洪流所冲激和淘汰的社会各阶层都应有尽有了。更重要的是这一切阶层的刻划都大体正确而明晰，作者把它们各各安置在历史轨道的大体适当的地位，使人读《山野》仿佛温习抗战时期的历史。这当然不是说它里面包含了多少史料，而是说，它概括的表现了‘抗战’这一阶段的本质和指示了发展的前途。”不过，“把知识阶层作为劳动人民参谋的本部或头脑，这是放错了在中国它的历史轨道上的位置和方向，简单说是过高估计了它的作用。”当然，《山野》“还是一部颇为生动的杰作”。“说杰作，是就实际情形而言，不是就预定的创作标准而言。

缺点是尽有的。可是我读《山野》不能遏制对作者的技术的赞佩。这样一个简单的偏僻的山村，这样短的时间之内，这样小的一场战斗，却展开了那样多的性格（人物），那样广大的社会相，那样复杂的斗争。这里没有通常的长篇小说那种抓住一两个人物追究下去弄个明白的便利，作者用跳动的然而照顾全局的笔触一层一层的画下去，使一些主要人物逐步凸现出来。你追随他的领导，就发现他这从东到西从南到北一幅巨大的画面上移来移去的笔法，达到了有条不紊、指挥如意，从容不迫的境地。固然还不能说炉火纯青。”

2月1日 适夷在《小说》（香港）第2卷第2期发表《一九四八年小说创作鸟瞰》一文，认为：“应该特别提出来的这一年的新出版作品，一部是李广田的《引力》（晨光版），写一个爱好自然，爱好美，爱好人间温暖的知识女性，在民族抗战的大时代里，怎样从乡土的家庭的爱，引向祖国爱和人民爱的道路，而这也正是今天许多知识份子的道路，另一部是艾芜的《山野》（文化生活版）。艾芜，我们应该以尊敬和感激的心情来称呼这个名字，这是一位在今天极度艰苦的文艺田园中最为辛勤而且有很大成就的作家。《山野》以二十万字的篇幅，和作者的可惊的艺术的概括力，把抗战时期一个阶段的全部战争生活，压缩在‘一个小小的山村地方一天小小的战斗生活’中，正确表现了这一战斗的本质的意义，创造了参加在战斗中各种不同阶层的积极的消极的重要典型。”“在我们偏（褊）狭的见闻中，可以提出来三个长篇：一是丁玲的长篇《桑干河上》，以冀察的土改斗争为题材的，其次是周立波的长篇《暴风骤雨》，二书均为哈尔滨东北书店版，不久都可以看到香港的新版，后者我们所见到的，还只是全书的第一部分，作者的企图似乎非常宏大，写北满一个农村中所进行的土改斗争，土改这一惊天地动的历史大变革的具体的面貌，在这儿通过艺术的形象第一次显现在我们的眼前，它有力地证明了只有人民自己的觉醒的力量才能使自己从历史的重压底下翻过身来，而且艺术地展示这觉醒的历程。最后我们要提出的是周而复的《白求恩大夫》（《小说》第1卷连载）。作者以一位国际战友白求恩大夫献身于中国人民战争的宝贵真实的事迹，教示了世界革命大众的血肉的联系，和革命人格的无限的崇高和伟大；把科学的马列主义的思想渗透在全身的每一个细胞中，洞烛着无限光明美丽的人类远大前景，人的尊严是可能到达这样的高度的。作者描绘了白求恩坚苦卓绝的不朽事业，也从这里映现了中国人民革命的神圣的后光，讴歌了白大夫，也正讴歌了进行着革命的中国的人民大众，在白大夫和中国人民凝成的一个不可分离的整体里，结出了人民文艺的新的果实。”

2月15日 林雨今在《文艺生活》（海外版）第10—11期合刊发表《读〈春风秋雨〉后的几点疑问》一文，认为小说中六个细节有明显的不合理之处。

2月16日 丹在《东北日报》发布消息称:《〈太阳照在桑干河上〉出版》，“丁玲同志以华北土改为题材的长篇小说《太阳照在桑干河上》已由光华书店出版。作者从一九四六年七月起，参加了怀来土改工作团，以后又到冀中一带参加土改工作，从这些实际斗争中，作者取得了自己小说的人物同故事。这部小说主要写的是土改初期农民起来和地主斗争的情形。”

2月16日 之荫在《东北日报》发布消息《〈暴风骤雨〉下卷完稿》：“周立波同志的《暴风骤雨》，下卷已于去年十二月完稿。现该书正在付印中。下卷书共廿余万言，篇幅较上卷为大。内容是写东北土地改革中期与后期的情形——从煮夹生饭到平分土地，参军整党。故事情节较上卷尤为复杂，并有古元同志插画十幅。”

2月21日 谷柳在《大公报》（香港版）发表《我写〈虾球传〉的感想》一文，说：“‘通俗化’‘大众化’的提倡，如果不把重心放在鼓励指导现有的耕耘者和催生培育未来的新军这两重任务上面，光在理论上解决了一些原则性的命题，是不够的。《虾球传》这部粗制品的引起许多先进朋友的注意，只有在上述第一个任务——鼓励领导——的意义中才能找到解释。如果说它如何完美，不仅作者汗颜，就是读者也不会置信的。”

2月21日 吴祖光在《大公报》（香港版）发表《我是〈虾球传〉的读者》一文，认为，谷柳先生为中国的小说开辟了一条新路，“他在一般人都不加以注意的人生的一个角落里觅取到他宝贵的题材。更值得称道的是虾球的遭遇正是中国大多数幼失怙恃的儿童的遭遇：失学，捱饿，谋生，受到打击，屈身为奴，被主人出卖，入狱，出狱，沦为盗贼，经过千万重的苦难然后寻觅到他为人的道路。一部现代人民革命的历史正可以在‘虾球’微小的个人上窥其全貌，描摹精微而色容浩瀚，真是人不可及的气魄。”“这是一部现实的作品，唯其现实深挚，所以全书弥漫一种清新的气息，有人说这部小说具有一种‘迷惑的色彩，眩惑了读者的眼’，我想那正是他的现实性对你的感染，引领你达到你从未到过的一个世界，那不是迷惑而是一种对新事物的启发。而对这个世界的认识正是我们每一个读者需要的，并且应该感谢这位可敬的作者先生的。”

2月21日 萧乾在《大公报》（香港版）发表《〈虾球传〉的启示》一文，认为：“《虾球传》写的是两个中国：一个是腐朽了的，一个是生气勃勃的。这两个从始至终是强烈地对照着。作者鞭笞的对象是那片腐朽，对于那片腐朽而遭殃的，如用走私来解决失业的退伍军人，作者寄予的毋宁是温爱、同情。对于妓女、扒手，作者也是本此认识去处理的。把握了衬在人物后面的广大社会背景，才是《虾球传》辉煌成就的根源”。“《虾球传》采用的结构，是古今中外文学方式中最灵活，最有机的，那即是‘××流浪记’（Picaresque）。”“《虾球传》的可贵是在于它不同‘××流浪记’处。”“换言之，这不是一部漫无组织的‘流浪记’，而是向着革命顶端堆起的金字塔；不是东流西撞的涧溪，而是经过重岩叠岭，滚入汪洋里的大江。”“这个差别，正是因为作者有一个积极、坚定、活生生的哲学，一把随时随地可以使用的尺度，一个可大可小的镜头。有那个，是正义感；没有那个，最多不过是片唠骚。有那个，人物便是有目的的斗士；没那个，只能是些江湖镖客。”“抽象来说，《虾球传》写的可说是革命势力一面无慈地粉碎着封建势力，一面对于本质好，能力强的，怎样克尽最大的容忍等待，使无纪律的变为有纪律，使无意识的变为有意识；不勉强，也不排拒；以‘条条道路通罗马’的信念，用‘浪子回头金不换’的宽厚，引导，迎纳一簇孩子们进入革命的怀抱，使没用的学成有用，又把有用的放在正经用途上。对于参加了革命的，它显示的是怎样培养警惕，坚定和宽厚，对于站在革命圈子外面的，它又昭示怎样去掉不必要的戒心，同时，消灭苟且心理，从自己生活里，去寻找革命的道路。这个题旨，在今日应是够逼切的了。”他还认为，作者有生活又懂得创作，“正是这样一位持有地图的旅人。”

2月 周而复的《白求恩大夫》由上海知识出版社初版。

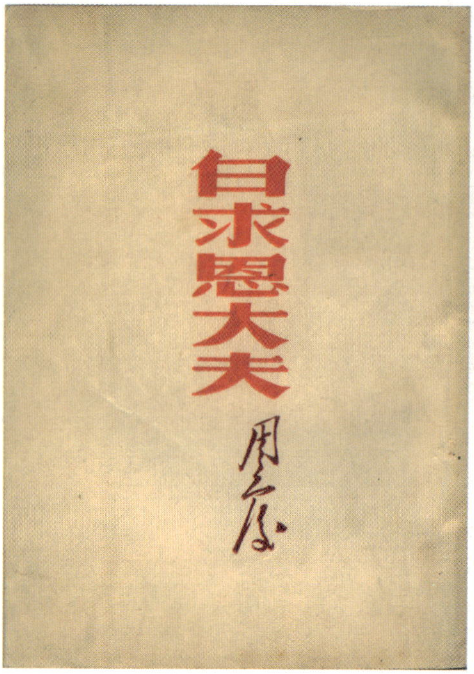

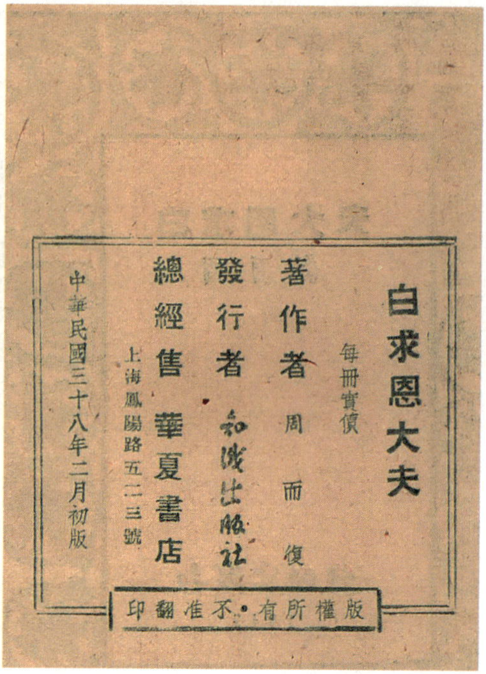
白求恩大夫
每冊實價
著作者 周而復
發行者 知識出版社
總經售 華夏書店
上海鳳陽路五二三號
中華民國三十八年二月初版
版權所有·不准翻印

梗概： 晋察冀军区卫生顾问白求恩大夫率领加美医疗队到某军区分区卫生部检查工作，他发现徐部长有严重的官僚主义作风。随后他接到了紧急电报，得知雁北的“反扫荡”战况惨烈，需要救助。于是，他们争分夺秒地赶往雁北。在这里，第一次见面的方主任给白大夫留下了医术不精的坏印象。12月中旬，为了提高军区医疗水平，他成立了特种外科医院。在实习周，方主任坚韧勤奋的人生经历打动了他，让他明白了“部队是一个大的学校”。战争还在肆虐，白大夫带领他的医疗队继续奔走在中国大地上。由他和方主任等人组成的东征医疗队向平原进军了，他们夜以继日地为伤员施行手术，挽救了数百人的性命。白大夫又马不停蹄地去游击区看望寄宿在老百姓家中的伤员，他被军民的真挚情谊深深地感动了。实习周后，徐部长被调到后方医院做院长，在经历“逃与不逃”的挣扎后，仍陷在“官僚主义”的泥潭中。白大夫的巡视工作继续着，徐部长糟糕的工作表现再一次受到严厉批评，幸好在童翻译和尤副部长的帮助下，他深刻地认识到了错误，真挚地悔改，最终成长为一名真正的共产主义者。在摩天岭战役中，敌人突袭，白大夫崇高的“医者仁心”让他坚持救助完所有的伤员再离开。不料，在为一个伤员做手术的过程中，他不慎划破手指，而后，在为一个感染病的伤者医治时，先前被划破的伤口感染了病毒，最终引发了可怕的败血病。1939年11月12日凌晨，中国人民的“战友”白大夫吐出了他最后一口气。

按：周而复（1914—2004）以白求恩大夫在晋察冀军区的行动为线索，不仅刻画了以白求恩大夫为代表的医务人员的崇高形象，而且描写了中共部队战士的英勇抗战壮举，也写出了国际友人和中国军民之间的深厚情谊。全书人物刻画生动形象，叙述手法多样，但对白求恩形象的刻画有概念化倾向。

2月 黄谷柳的《白云珠海》由香港新民主出版社印行第三版，5000—8000册。

2月 巴金的《春》由上海开明书店印行第十九版。

2月 黄谷柳的《春风秋雨》由香港新民主出版社印行第五版，7000—10000册。

2月 巴金的《第四病室》由上海晨光出版公司印行第五版。

2月 巴金的《寒夜》由上海晨光出版公司印行第四版。

2月 老舍的《老张的哲学》由上海晨光出版公司印行第三版。

2月 老舍的《骆驼祥子》由上海文化生活出版社印行第八版（现代长篇小说丛刊之十）。

2月 老舍的《猫城记》由上海晨光图书出版公司印行第三版。

2月 巴金的《灭亡》由上海开明书店印行第二十五版。

2月 黄谷柳的《山长水远》由香港新民主出版社再版，4000—7000册。

在《山长水远》的插页上刊载《白云珠海》与《春风秋雨》的广告：

“长篇小说《虾球传》前二部　谷柳作　特伟画　故事生动曲折　文笔通俗清新　《春风秋雨》《白云珠海》　这两本小说都是讲流浪儿‘虾球’所经历的故事。第一部《春风秋雨》，说虾球未出世时，父亲就过了金山，母亲靠做苦工过日，虾球长大了学做小贩，后因生意难捞离家出走，被捞家王狗仔诱去做他的‘马仔’。虾球开始走入黑社会。过那神奇惊险而又辛酸的生活，这期间他恋爱过疍家女，做过走私和爆仓大王的什差，坐过监牢，做过扒手……第二部《白云珠海》说到虾球在绝望之余，想和他的结拜兄弟牛仔一同到葵涌找丁大哥当游击队，谁知一到大鹏湾竟给人当壮丁拉到广州。当汽车走到沙河时，两个机灵的小伙伴竟跳车逃脱了，重新过他们流浪的生活。在西濠口碰到丁大哥了，但丁大哥不收容他，他性急起来竟把自己的身体卖给人命贩子。后来幸而得鳄鱼头打救，叫他在差舰上当上士文书。‘狂啸的海，奔腾的云’终于把这只满载私货的差舰覆没了，牛仔也被鳄鱼头打死了！虾球又和龙大副等一群人去开创他们的活路……这部书写虾球的忠贞可爱，鳄鱼头的善捞世界，马专员的奸诈咸湿，洪少奶的勾勾搭搭……均刻划入微，在这些人物的瓜葛中，暴露出珠江人民血泪斑斑的真实。”

《山长水远》：“本书是《虾球传》的第三部，写到虾球坐的差舰沉没后，跟龙大副等一群人奔上山去。后来又坐船到广州，想跟林四海到鹤山开茶馆。谁知他们到了鹤山的三边墟时，林四海的茶馆烧了！他的老婆也不见了！虾球偷了龙大副的手枪，心里想着参加游击队，但是两脚却毫无目的地走到沙坪，在沙坪很快便认识了一群顽童，并且被他们奉为‘大哥’。往后便展开了惊险的故事！这里有虾球智夺机枪参加人民队伍，丁大哥深入敌区计取鳄鱼头，蟹王七死硬顽固卒之被俘，鳄鱼头由威风八面到落荒逃走……从这些故事的穿插里表现出人民武装在游击区是怎样地紧靠人民排除患难；而反动军队是如何腐败颟顸残民以逞。这是一面照妖镜，使妖魔鬼怪毕露原形；这是一块指路碑，让万千读者认识方向。”

3月1日　刘岚山在《幸福》第25期发表《端木蕻良散记》一文，认为端木蕻良“在他优裕的幼年生活中，也还能够或多或少地，感受到穷人们的苦处……他开始了创作……这便是在贫乏枯瘠的中国创作界，比较辉煌绚烂的《科尔沁旗草原》……在《大地的海》中，他又用极其浓郁的诗的彩笔，描绘东北大草原的典型风貌与农民生活，这两部作品同样蔚为大观，被读书界至今传诵不衰的是由于气魄雄伟，风格壮丽，充分地表现了东北大地阴郁的气氛”。

3月15日 霖明等五人在《文艺生活》（海外版）第12期发表（《评〈山长水远〉——黄谷柳著〈虾球传〉第三部》一文，认为："看了虾球传第三部《山长水远》之后，首先使我们得到这样一个印象：第一部《春风秋雨》是介绍殖民地下层社会人物的生猛活跃的生活；第二部《白云珠海》是暴露华南蒋管区的黑暗腐败的残酷现实；第三部《山长水远》则是反映华南人民的解放斗争而说情说理——这里所说的是人民解放斗争之情；说的是革命翻身的大道理。""所以我们觉得这部作品他的有意义的地方，还是在他能够传达战斗的意义，和引导读者去面对斗争的意向。这就是他成功的第一点。""其次，作者的努力，是处处都显出他在追求自己生活圈子以外的新天地——也是他想把读者引导到新的天地之下，去与千百万生活在'陆地的海洋'上战斗的人民共同呼吸。""第三，作者在这部《山长水远》里，通过龙大副对虾球宣传革命道理时所说的一句话，暗示出'条条道路通罗马'，和通到它的艰难曲折的历程；其实这条条道路也是'山长水远'可望而不可即的。""另一方面在这部《山长水远》里，作者所要描写的已不是虾球个人为中心的情节了，而是增加上坚持发展集体的解放斗争的许多英雄们。""最后总结我们的意见，认为这部作品是很有意义的，有些地方还有点小缺点，但我们体会到作者创作时的许多困难和苦心，和作者企图密切反映现实的努力，以及他组织题材，安排事件情节发展的能力，显出他的博大而又细密的才能。他各方面都想写到说到——过去的和现在的一切；所以在就艺术的剪裁上看，没有第一、二部那般精炼。但他在普及意义的作用上，它却是比第一、二部还更强。现在它写新的斗争生活和新人物还不免有些生疏，但在这部《山长水远》里作者也刻划出了很多的生动人物，如开头几章描写虾球和龙大副，林四海这一群难友……这些人物是写得非常深刻真实，紧紧地掌握了这些事件的演变和每个人物的心理状态的过程，给以活生生地刻划出来。这都是这部《山长水远》里的丰富光彩。"

3月15日 善秉仁在《时代学生》（香港版）第1卷第3期发表《巴金》一文，认为，作者最热诚而用来感动读者的中心思想，似乎完全灌注在《爱情的三部曲》里。不过，"激流三部曲"在青年读者中分量更大。"在这三部曲里，作者以老练的手法描写高姓家族的内幕是那样的深刻和我们眼见的那种大家族制度完全符合，虽然这种大家族在大都市中逐渐解体，但是在乡间，直到现在还依旧存在着。”但“本书所给人的印象是混乱，沉痛和颓丧”。“就整个的激流三部曲来说：虽然革命的精神不变，可是描写的方式已不像前两个三部曲那样激烈，而是着重的事实的剖示，也许正因为用笔的缓和平易，反使这一部书收获了更大的效果。”巴金的《火》“好像不太有劲，故事也不够火炽，并且缺乏统一性。所说的事情没有得到好的结果”。“《第四病室》述说一个医院里的故事，没有多大的兴趣。《寒夜》描写一位少妇怎样对于丈夫失掉了忠心，终于弃家出走。”

“同样我们对于巴金的文学巨著，似乎也可以大胆的提出我们的意见。首先我们以为他的长篇大著都倾向于破坏和悲观一方面。如我们前面所说：作者是在为‘改善人类’而奋斗，但是这‘改善了的人类’究竟怎样？他有什么作为？对个人有什么贡献？在一个大家庭澈底解体以后，‘新的’家庭又是怎样的？还有，个人为了作者的目标牺牲了之后，在未来新的社会新的家庭中他又怎样？在革命过程中，什么是个人的责任？这些问题作者都没有答复。他只有破坏，不曾建设！”

“此外，像作者所相信的，眼前的家庭与社会，果真坏到这种程度么？我们以为作者的描写未免太悲观，太黑暗了！尽管有些环境的确是不健全，然则就可以把地狱般的丑恶来对待它么？当然，他们也同意作者的意见，认眼前的社会并不健全，但是还不至于一败到底，不可收拾。我们有的是方法，叫每一个人获得他在自然律上所应享的权利，不必叫他与家庭一齐分裂。家庭是社会的细胞，只有加强家庭的组织，社会国家才可以富强！可惜，作者是不承认创造之神的天主的，因之也不承认人的灵魂！只因他缺少这唯一的坚强的基础，那就无怪他的作品一片悲观，而陷入混乱黑暗的境地里去了。人没有法律，行为绝不会有把握，因之也找不到一个适可而止的界牌。”

“另外一个可批评的地方，就是作者的描写太长，太长的叙述反失掉了原来的精神。作者是一个最敏感的人，他那对于人类痛苦的冗长的分析，往往会使读者感到厌倦。”

“除掉上述几点以外，巴金的这部大作的确值得我们钦佩，而寄以最亲切的同情，我相信在一百年后，当大部分作家与作品都被遗忘的时候，巴金的《家》仍然要生存着，作二十世纪前半部的青年心理的代表。”

“不过，我们这样诚恳的对巴金表示钦佩，是否有意奖励青年，尤其是公教青年都去阅读巴金的作品？绝对不然！有几本书是大众读了无害的，但大部分是不可以的；除非智识很充足的读者，换句话说：除非有辨别真伪的能力而能摒除作者过激的感情的人，才能阅读那些作品，此外，在他的四个三部曲中，前两个革命的气氛太猛烈，理应受严格的限制。关于风化方面可批评的地方并不太多，我们所着重的，是他对社会的见解，和他对‘恨’的揭穿，据作者的见解，恨是由爱情里产生的。”

3月22日 莲湖在《浙赣路讯》第529号上发表《〈电〉——巴金著》一文，认为：“读完了爱情三部曲之一的《电》，给我的印象是：一群年青人在激情里，在工作和爱的纠结中生活发展，虽然作者企图用信仰贯通全部的灵魂，在矛盾中求其统一，但他的努力并没有成功。”“读巴金的每部作品，我都如是觉得：他的感情和思想终归是小市民层底产物，论感情，无论怎样激昂和热烈，而是基于人类的本能底冲动；论思想，空空泛泛，充其量不过是一种乌托邦式的抽象的思维底体现。因此，他的笔下的人物的结局，不是幻灭，便是死！”“经这里，使我了然于巴金的小说，为何只在一般血气方刚的青年群中发生兴感和共鸣，而在稍具经验的成人看来，却嫌‘火候不足’的原故。”

3月25日 莲湖在《浙赣路讯》第532号上发表《〈风萧萧〉——徐訏著》一文，认为：“这是一本很动人的小说，情节的曲折变化，笔调的清新婉丽，尤其是对话的高雅与美妙，对于读者极尽蛊惑之能事”。

3月25日 杨如在《幸福》第26期发表《〈文学〉与〈文季〉的作家们》一文，谈到艾芜的创作，他认为：“《故乡》那样庞大而真切的素绘更发展了他的冷静的观察力与平衡的心灵，使我们知道我们已经有了一个广阔的平面画的天才。”“《故乡》该是中国长篇小说里最好的收获之一。难得的是作者只谦卑地轻悄悄地写着，完全平铺直叙，真淳淡泊，没有持才的傲慢与恶俗的过分发展，笔致细致而洗炼，安排均匀又平衡。”谈到沙汀的创作，他认为：“《淘金记》是四川社会景象的最凸出的展开，地方色彩在这里有最浓郁的涂抹，确是李劼人的《死水微澜》与《大波》后最好的四川人物志”。

3月 **黄皑的《动荡的十年》由沈阳东北书店初版，1—10000 册。**

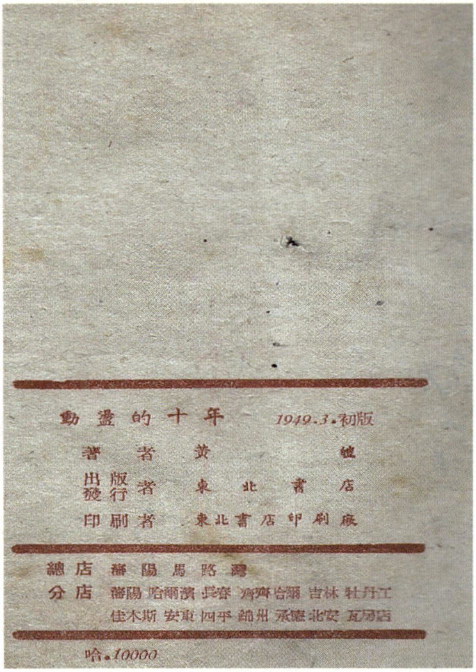
動盪的十年 1949.3.初版
著者 黄 皚
出版發行者 東北書店
印刷者 東北書店印刷廠
總店 瀋陽馬路灣
分店 瀋陽 哈爾濱 長春 齊齊哈爾 吉林 牡丹江 佳木斯 安東 四平 錦州 承德 北安 瓦房店
哈.10000

梗概：在江南芜湖，少年王乔与他的朋友们总喜欢漫谈未来，在他进入高中后，卢沟桥战争爆发，此时的他开始对战争产生了一些浪漫幻想，想要献身祖国去抗日。抱着想读航空学校的志向，王乔离开了家，来到武汉，在见证了空战中苏联军人的英勇之后，他更加坚定了自己的志向。虽报读航空学校失败，王乔却在武昌战区青年工作队受到了杨大连的指导，开始了解延安。抱着对革命的幻想，王乔来到了延安，并正式给自己改名为“洪潮”。在延安的艰苦生活中，洪潮读了许多共产主义作品，对现状感到满足与充实，并成了一名真正的共产党员。他第一次经历了战争，感受到炸弹的威力、生命的脆弱，心态发生了变化，他深觉自己的懦弱，更加坚定延安就是将各色青年男女锻炼成革命战士的圣地。在太行山上开展的开荒行动中，洪潮再次融入革命的浪潮，还担任了第六支队的宣教科长。离开太行山进行南征，在目睹了河南饥荒的惨状后，洪潮以区长的身份下令杀了欺压人民的保长，这也是洪潮成长过程中的重要一环。终于，日本投降，抗战结束了，而洪潮的革命任务却还未结束，他又掩盖身份进入国统区，迎接更伟大的斗争任务。其间，洪潮回了趟家，却发现早已是物是人非。之后，洪潮去往东北，此时的他已获得了心灵上的平静，且在医院与女护士相恋，然而这段恋情最终却还是因女护士非革命派的背景身份而结束。洪潮的一生，时刻都在与自己的小资产阶级思想进行斗争，他想要成为与革命理想共存的革命战士。

按：黄皑（生卒年不详）这部小说以时间轴为线索，全方位地描写了主人公王乔（洪潮）在革命中的成长史，即一个懵懂的少年是如何一步步树立革命理想成长为革命战士的。作者并未仅仅只着眼于人物的刻画，而是将人物的命运与国家的命运、革命的长期性与斗争性交织穿插描写，以小见大，展现了那个时代革命战士们的风貌，极富时代特征。贯穿全文与主人公洪潮一生的不光是向着革命理想前进的脚步，还有他内心始终与之斗争的“小资产阶级思想”。为了克服这一思想，他多次摒弃自己脑海中的温情与幻想，与革命的动摇性做斗争，甚至为了捍卫革命的纯洁性，他决心与非革命战士的护士女友分了手。这一行为如今看来有些荒谬，却是那个时代的真实的写照。但由于小说的政治性意味太强，对事件的描写与人物的刻画不免缺乏审美意味而有些机械，人物形象不够饱满，且为了全面展示主人公洪潮的成长过于执着于时间轴的发展，事件场景的转换不免有些生硬，不够流畅。

3月　陈学昭的《工作着是美丽的》由大连新中国书局初版，1—10000 册。

梗概：李珊裳出身于海宁一个热爱文艺的家庭，虽然她七岁丧父，但母亲和四个哥哥对她关爱备至。受四哥影响，她浸润在新文化的潮流中，1920 年 5 月 4 日，第一次参加五四纪念活动时，就已经形成了明确的好恶：讨厌官僚而喜欢扶助弱小，在感情上则主张独身主义。她在上海启新中学读书时放假回家，

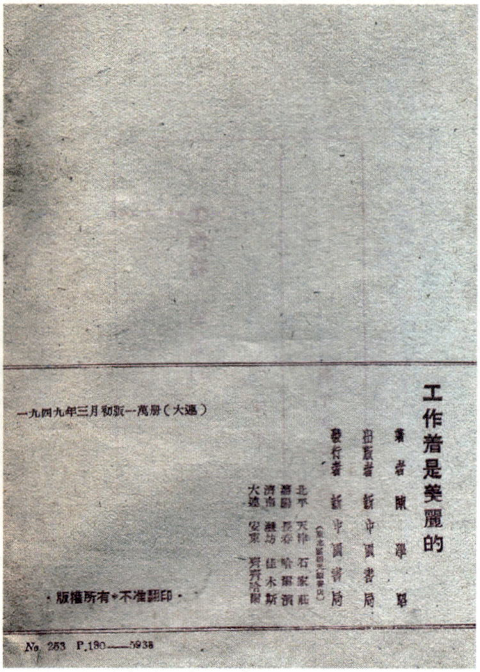

曾经和她一起主张独身主义的四哥，却要订婚了。珊裳不同意此事，而母亲的斥责和四嫂的嘲骂更让她觉得自己与家庭的隔阂，她想要寻求独立。

毕业后，珊裳辗转安徽、绍兴、北京教书。1926 年秋奉军入关，珊裳回到上海，在亭子间以投稿为生，直至春节才不得已搬到从姐家中。四一二政变爆发，大革命失败后众多青年纷纷出国，她随即决定到法国去学习充实自己。在法国珊裳遇到了提前来此的好友明纯。明纯曾向珊裳家中提亲，珊裳母亲因明纯是有姨太太的人家，而不愿珊裳再与他往来，要她嫁给另一个追求者许彦生。珊裳要明纯远离她，明纯果然走了，即使明纯后来回来，她也故意躲避他。许彦生得知珊裳赴法，写信告知珊裳自己不去法国了，要成全她和明纯，同时在信中以及报刊发表的文章上嘲骂她。好友淑芬劝她回国讲清一切。她投稿的刊物也不再寄稿费给她，家中来信称二哥病逝，她才决定回国。回国之后才知道，许彦生与在法国的袁和德造谣珊裳和明纯共度蜜月，才给她招致各种流言蜚语。

1929 年 2 月，珊裳再度赴法。这次她和大教育家张老先生的儿子张德伟以及明纯之间建立了纯真的友谊。1931 年 7 月，珊裳受女同学霞宜的邀请到高城过暑假，在这里，身患肺病的医学留学生陆晓平对她展开了死缠烂打式的追求。珊裳回到巴黎，晓平追到巴黎，珊裳可怜他的病弱和拮据，答应与他交往。德伟劝诫珊裳，但她不听，并以一种受难的心态开始了这段感情。珊裳放弃了音乐，和晓平在克城同居，很快就怀了孕。尽管她发现了晓平的自私浅薄，母亲也极力阻止她和晓平结婚，他们还是办了法国法律上的结婚手续。孩子生下来后，她将孩子寄养在一户法国人家，自己出去工作，照顾晓平以及负担孩子每月的开销。晓平的肺病慢慢好转，也拿到了学位，由于法国法律禁止外籍医生行医，他们便带儿子棣棣回了国。

他们到了南昌，晓平开了一家私人医院，并雇用了两名护士。珊裳照顾家庭之余继续从事写作及翻译工作。一次偶然机会，珊裳发现晓平和缪护士有染，她提出离婚，却又被晓平哄回。战争迫近，南昌也不再安全，他们先后去了重庆。晓平在后方医院谋得了一个职务，但因他们不满院长的贪污腐败和飞扬跋扈，恰好又收到了陕甘宁林剑清的信，便一路辗转，来到了延安。他们虽克服了艰苦的生活条件，却无法克服流言蜚语和人事纠葛，再加上无人医治生病的棣棣，二人便又回到重庆。他们租住在狭小的康宁公寓里，棣棣回家因睡地上又盖得单薄，病情恶化成脑炎而死。珊裳伤心了很长时间，并且总是想着再去延安一次，这时晓平收到了延安某部长邀请他去做医院院长的信件。珊裳和他商量不做院长，但到了延安，晓平还是做了院长。珊裳再次怀孕，生下了一个女儿。冬天的时候，晓平佯装给她带了可可粉，珊裳吃完后生了严重的病，而晓平却对外宣称她是炭火中毒。

久病在床的珊裳到朋友杜若兰那里，晓平送去了一封离婚的信，信中称珊裳妨碍他工作、破坏医院团结，并决定给她三万五千法币将她送走。珊裳不甘忍受如此诬陷，给部长写信阐明了事实。她回到家里，晓平当作什么事情都没发生一样，但珊裳发现他有了第三者，这让她无法接受。几天后，晓平离开了家里，搬到了坡上的窑洞。珊裳和晓平离了婚，她把孩子送进托儿所，自己搬进了报社，投入到工作中去。日本投降后，她跟随文艺工作者到了东北，在哈尔滨遇到了淑芬夫妇，得知了德伟在科研上的成功，珊裳给德伟写了一封信后，继续投入到工作中。

按：这是陈学昭（1906—1991）一部以“个人记忆”叙述一位知识女性自我成长的经历，以倾诉写作者心灵为主要特征的“自传体”作品。作品的时间跨度较长，从主人公李珊裳最初接受五四影响、经历大革命失败的失望出国，归国后经历战争的苦难最终两赴延安，最后在延安成长为一名劳动者的经历，展现了她从一个小资产阶级知识分子到吃苦耐劳的劳动人民的转变，作品所欲表达的正如题目所说：工作着是美丽的。人物塑造上，作者极力突出珊裳凡事靠自己不依赖他人的特征，因此她和明纯、德伟保持距离，但她不顾一切和自己同情却又厌恶的人结婚的情节设置使人物形象显得造作。此外，叙事者的声音过多地干预了人物的发展、人物的塑造。如赋予人物超常的认知，珊裳年幼时因不慎误伤家中长工而被母亲训斥从而懂得语言会带来误解的认知，无疑不是一个孩子能够认识到的；对于陆晓平的刻画，皆以女主角嫌厌的视角和叙事者的评价干预，甚至直接在文中用政治的逻辑评价他的行为，晓平因此被塑造成一个不爱学习、爱占便宜、贪财甚至可以杀妻害子的人物，过于脸谱化；珊裳丧子时朋友劝她再谈恋爱被视为合理，而在晓平这里却视为出轨，同样的行为却被以两套标准对待，可以说叙事者对女主角的偏爱影响了人物形象的塑造。情节结构上，作者想展现的内容太多，时间、地域跨度大，因而结构松散，一些情节初读时会有不明前因的感觉。整体构思上，《工作着是美丽的》上卷保留着一种非常“个人化”的视点；艺术描写上，也力求写出属于女性自我鲜活的生活记忆和真切的生命感受。阅读这部小说，读者处处可以感觉到文本字里行间所流溢出的生动的、可触摸的人生体验，感受到作者情感的波动和心灵深处浸透出的深深的感慨，以及作者借主人公的人生故事所传达的关于信念、爱情，以及女性人生的哲理性思索。

3月　巴金的《爱情的三部曲》由上海开明书店印行分六版。

3月　巴金的《家》由上海开明书店印行第三十一版。

3月　师陀的《结婚》由上海晨光出版公司印行第三版。

3月　老舍的《离婚》由上海晨光出版公司印行改订本第三版。

3月 叶圣陶的《倪焕之》由上海开明书店印行第十三版。

3月 巴金的《秋》由上海开明书店印行第十三版。

3月 茅盾的《蚀》由上海开明书店印行第十八版。

3月 宋霖的《滩》由上海开明书店印行第四版。

3月 钱锺书的《围城》由上海晨光出版公司印行第三版。

3月 巴金的《新生》由上海开明书店印行第二十二版。

3月 谢冰莹的《一个女性的奋斗》（英汉对照）由上海世界文化出版社印行第六版。

3月 张天翼的《在城市里》由上海晨光出版公司再版。

3月 茅盾的《子夜》由上海开明书店印行第二十二版。

4月1日 周而复的《燕宿崖》始刊于《小说》（香港）第2卷第4期，至11月1日第3卷第2期毕。

4月9日 蒋文光在《中央日报》（昆明版）发表《读〈风砂之恋〉》一文，认为："这部作品，其中是以'堕落'与'战斗'作相对写照的，像林晶、茜茜那等自诩以美貌炫耀享乐捉弄男子，自甘堕落的社会蛆虫，在我们这个国度里，正多着哩！不单是抗战时才熔冶出这等人物，就是现在那些自恃聪明美貌的蛀虫，谁不是依靠他人供给而生活着。""总而言之，作者是以悲欢为场面，说明爱是花朵是荆棘，苦难是人生必经旅途，人生花朵的蓓蕾；'堕落'即是痛苦的种子。这本书不愧作者说的是堕落者的一条鞭子，作为今日青年，尤其是崇拜爱情至上的青年，应读之警惕。"

4月13日 顾仲彝在《大公报》（香港版）发表《谈周而复著〈白求恩大夫〉》一文，认为："这是一部描写抗战的有力的杰作。作者根据实地的观察和经验，把八路军在艰苦困难的环境下如何英勇地抵抗配备精良人数众多的日寇，把白求恩大夫率领的美加医疗队在物质条件非常不够的情形下，热烈的救治伤兵，指导医务人员，训练新医疗人才，描写得有声有色，但又朴素动人。白求恩大夫和他的医疗干部，就像八路军的战斗官兵一样，充满着打倒法西斯的决心，为人民大众服务的热忱，舍己为公的自我牺牲的精神。看了这部书之后，没有一个不受感动；八路军——也就是现在的人民解放军——之所以能以少敌众，以破败的武器来打败优良配备的敌军，全靠这种精神的支撑与发扬光大。我们读这部小说的人，深深为这种精神所感动。”“白求恩大夫临死的一段记载，描写细致逼真，不知博得多少读者的同情之泪，而他自己视死如归的精神，再三叮嘱同志们为打倒法西斯而继续奋斗，他的遗物交代得井井有条，真不愧是英勇民主战士中的第一个完人。一般技术高明但专为沽名钓誉图利发财的医生们，见了应当惭愧。一般的学问渊博而只顾自私自利享乐安逸的智识份子，看了也应当惭愧。”“这部书在目前出版有它伟大的社会教育意义的。它不但替我们人类留下一个伟大的典型人物，并且使一般智识份子拿白求恩大夫作面镜子，照一照自己，一个人——尤其是一个中国人——生在这个苦难的时代里，对于人民对于时代的前进有了多少贡献？白求恩大夫是世界民主战士的榜样，是一颗闪亮的明星，在暗夜里，引导着我们为民主斗争而前进！”“我看了这部小说，太受感动了，所以决心把它改编成电影，使它的社会教育意思和白求恩的伟大人格更普遍的传达到民间去。”

4月13日 世武在《新疆日报》上发表《评巴金的书——献给有“巴金热”的朋友们》，认为：“巴金的作品能反应现实——写出鲜血淋漓的现实，暴露社会丑恶的阴暗的一面；表现严肃而沉痛的人间苦闷底象征。”“巴金的书的确曾经给青年暴露黑暗和罪恶，却不曾指示青年以光明和出路；他鼓起青年追寻人生的‘路’的那股勇气，却不曾真正把青年带上这条‘路’；他激起青年生命的花火，煽动青年灵魂的潮汐，它们在燃烧，猛烈地燃烧，它们在腾奔，狂怒在奔腾；然而，这燃烧并不能火穿长夜，接到黎明，结果在‘无边的黑暗’中自灼而死！这奔腾并不能预示光明方向，也不能指出这方向在什么地方，结果冲毁了旧的堤岸，又跌落到新的闸门；或至多只能无目的地泛滥在大地上。”“巴金的书就是这样，他从长夜昏睡中叫醒青年，待奋身而起，发现周遭又是一片黑，结果依然沉浸在失望与痛苦的海里。我们可以在他的作品里明白的看出：巴金要写‘激流四部曲’他写了《家》《春》。也写了《秋》，却始终写不出《群》来。他在前三部‘激流’里，写出了年青的一代怎样和吃人的旧礼教斗争，与不合理的制度抗衡；但再也写不出出走后的觉慧和淑华以及觉民和琴怎样去从事新的斗争，创造新的生活；他只能教人去做否定一切，反叛一切的叛徒，却不教人去做如何创造更合理更光明的新制度新社会的英雄；他只能教人破坏，却不能叫人建设；他只能叫人不安于旧的命运，却不能教人如何去迎接新的前进。”“巴金的书，青年朋友是可以看的，因为它激起我们生命的烈火，敢于同黑暗挑战；但不宜多看或专看，看得太多了，将越看越糊涂，越变得消沉，同时专看巴金的书是不够的，因为我们不但要消极的战胜黑暗，而且要积极的创造光明！”

4月 **刘盛亚的《地狱门》由上海春秋出版社初版。**

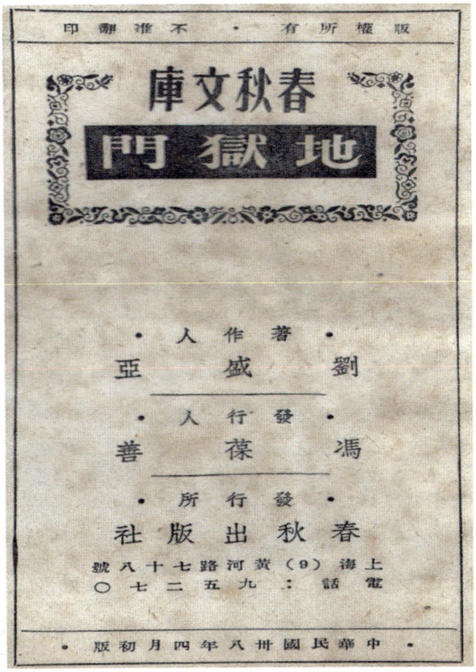

版權所有・不准翻印

春秋文庫

地獄門

・著作人・
劉盛亞

・發行人・
馮葆善

・發行所・
春秋出版社
上海（9）黃河路七十八號
電話：九五二七〇

・中華民國卅八年四月初版・

梗概：女高中生吉蕙父母早亡，她与哥哥吉蓉住在一起，吉蓉很关心这个聪慧天真的妹妹，为她寻到了一门好亲事——富有的何家留学归来的少爷何洁群，两人顺利地结婚，婚后的生活也十分美满。十年的时间，少女成为少妇，吉蕙早已习惯富贵人家生活的一套规矩以及丈夫一系列西方式的生活习惯，不复以往的青涩与稚嫩，还有了一个和她极相像的女儿小蕙。而渐渐地吉蕙发现自己的丈夫何洁群将心思都放在了取悦大人物、为自己的仕途铺路上，对吉蕙也不如以前上心，两人之间有了隔膜。

正值此时，街头混混胡奎五出现了。胡奎五是吉蕙高中学校门房胡志明的侄子，因对少女时的吉蕙念念不忘，便来找她借钱。一次吉蕙与何洁群发生争执冲出家门时正撞上又来找她的胡奎五，气头上的吉蕙没理胡奎五，因此惹怒了他。胡奎五便拿出吉蕙年少时的书信来要挟她，在吉蕙拿钱去找他换信的时候，两人发生了关系。吉蕙生下了与何洁群的第二个孩子小群，可吉蕙却开始疑神疑鬼，总觉得周围的人对她怀有恶意，她离家出走，与胡奎五生活在了一起。

自那以后，吉蕙完全变成了一个粗俗市井却也自由无拘束的人，后来胡奎五的行动被盯紧了，两人的生计成了问题。胡奎五在发现小蕙登报寻找母亲的信息之后，便想设法骗小蕙的钱。吉蕙见到小蕙，却拒绝承认自己是她的母亲，这时，胡奎五抢走小蕙的包，混乱之中，吉蕙为了保护小蕙，举刀砍向伍老幺，刀却划到了自己额上……人群散去，街上只留下了小蕙和她的未婚夫，以及倒在地上的吉蕙。小蕙被未婚夫拉走，她以为这真的不是自己的母亲。吉蕙在这时想起了她曾教过小蕙的一段昆曲——“救母亲临地狱门”，不想此刻却是自己救女儿，还落得如此凄惨下场，这才是真正的“地狱门”。

按：小说描写了天真美丽的少女吉蕙嫁入豪门生活美满却又发生变故，最终以悲惨结局的人生。作者将主人公的人生轨迹分作三个阶段：年少时的美好天真，为人妇时的富贵贤良，以及后来离家出走后的世俗癫狂，这三个阶段形成了鲜明对比，使人物形象更加丰满。作者运笔细腻，对人物的形象与心理活动描写极其生动，塑造了鲜活且独具个性的人物角色，这是本书的一大亮点。作者的语言颇见功力，能完美地在上层人家得体又带着点“洋味儿”的表达与底层社会粗俗直白的言语中切换。小说所表现的悲剧是性格悲剧，即：这悲惨的结局与人物自身的性格密不可分，或许这“地狱门”是命运冥冥之中的安排，却也是主人公亲手为自己打开的。

4月　萧群的《海洋·土地·生命》由上海春秋出版社初版。

梗概：金贵从小被人称为“金小铁霸”，他性子野，家里穷，读书不上进，

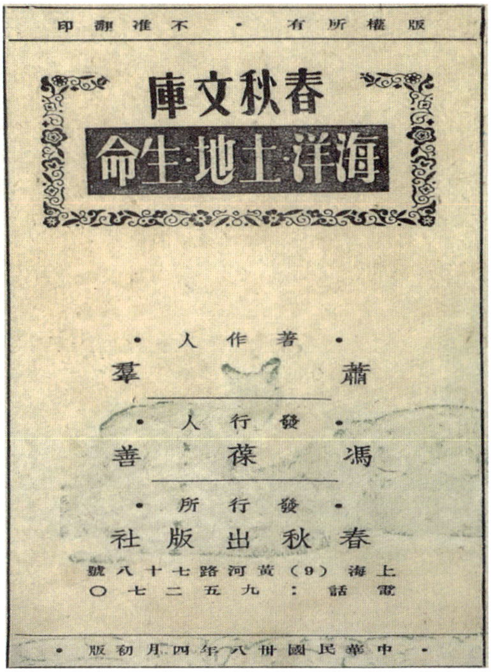
版權所有·不准翻印

春秋文庫

海洋·土地·生命

·著作人·
蕭羣

·發行人·
馮葆善

·發行所·
春秋出版社

上海（9）黃河路七十八號
電話：九五二七〇

·中華民國卅八年四月初版·

但胆大豪爽，帮助被人欺负的林秀贞，并由此生出爱慕之情。因他打了学堂先生，母亲为了给金贵谋出路，只好忍受唐二叔的轻薄。唐二叔为支走金贵，将他推荐给绸缎庄当学徒，但流言还是传到了金贵的耳朵里。他愤然回家，想一探究竟，不料撞个正着，于是他决心离去。为了生计，金贵成了伺候排长的勤务兵。排长性格暴躁，总是对他拳打脚踢。终有一天，金贵无法忍受排长假公济私，便开枪打死了他。他逃到一艘货船上，有幸得到船长的赏识，便被举荐到亨茂货船上做一些杂务。海上的日子无聊且瞬息万变，金贵慢慢也开始像其他水手一样纵情享乐。

不久，战争爆发，大批人扶老携幼逃难，穆船长决定用货船载人，而柳德明却趁机收费，被金贵发现并教训了一顿。由于日本船队的炮击，船尾着火，金贵和几名水手跳入救生艇才死里逃生。封师傅在临终前，将他一生的积蓄——一副金镯子交给金贵，嘱咐金贵将镯子转交给自己在凤凰村的家人。在走投无路之际，为了活命，他们答应柳德明走私大烟。在往返的公路上，金贵始终未忘封先生的遗言，他来到凤凰乡，将金镯子给了老妇人。战争停息了，他们准备回到海上，金贵被推选为船长。船驶过家乡时，离开家乡十余年的金贵决定回去看看。他请水手们到“瑞祥居”吃饭时，遇到儿时玩伴田螺，并得知林秀贞做了老师。金贵前去看望林秀贞，并在杀死唐二叔后，携林私奔，但不料被缉私队盯上，最终双双殒命。

按: 萧群（1921—2009）即郭世绂。土地、海洋是主人公金贵生活的两大场域，土地上的人因不忍现状渴望出走，海洋生活的无聊与无常又使人渴望在靠岸时纵情恣意，而生命就在这两大场域的循环往复中慢慢消耗，得不到真正的满足与宁息。小说的独特之处在于，用倒叙的手法将金贵如何离开家乡、奔向海洋，又回到家乡的事情娓娓道来，将数十年的人生图景压缩在一次短暂的回乡之旅的回忆中，结构颇为精巧。而金贵这一人物形象的塑造也十分生动，他身上共存着对生的强韧与敏感，成为一种混合型的审美存在。小说文笔优美，不乏精细的场景描写。但为突出金贵的强大，讲述他年少时便可以欺负挑担子的卖货人，有不真实之感。

4月 蔡楚生的《一江春水向东流》由上海作家书屋初版。

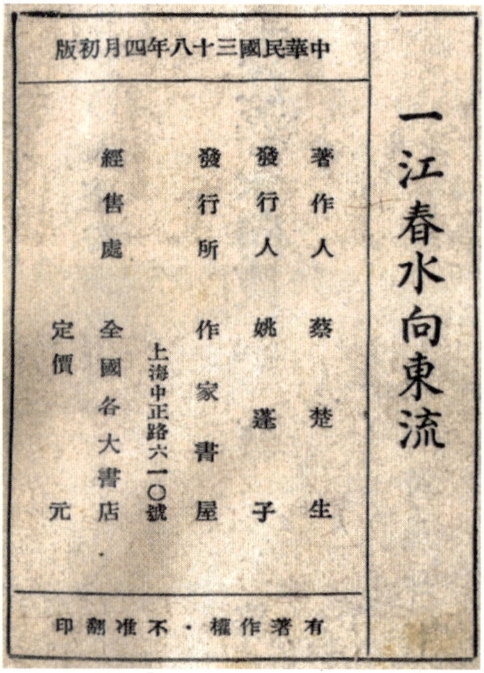
一江春水向東流

中華民國三十八年四月初版

著作人 蔡楚生
發行人 姚蓬子
發行所 作家書屋 上海中正路六一〇號
經售處 全國各大書店
定價 元

有著作權・不准翻印

梗概：上海某纱厂女工素芬在厂妇女补习学校读书时结识了教师张忠良，不久结为夫妻。一年后，抗日战争全面爆发，忠良将孩子起名为“抗生”。随后他参加了救护队并随军转移，素芬和婆婆、孩子回到家乡。在沦陷了的家乡，忠良的弟弟忠民参加了抗日游击队，老父因向日本鬼子要求减少征粮而被鬼子吊死，素芬不得已又同婆婆、孩子回到上海。素芬进难民收容所服务。忠良历经磨难后辗转抵达重庆，流落街头之际，想起了温经理的小姨王丽珍留给他的联系方式，找到王丽珍后，她为忠良在她干爸庞浩公开设的公司谋到了一个闲职。在王丽珍的引诱及奢侈生活的侵蚀下，忠良很快随波逐流并与王丽珍同居。素芬则陪着患病的婆婆，忍受着贫苦的生活。张忠良与王丽珍结婚后，当了庞浩公的秘书，周旋于商人掮客之间，成了投机老手。后来，素芬服务的难民收容所因被日军强占而关闭。不得已，素芬与婆婆又在严冬之际随着贫民群众去封锁区贩米，但被日军发现驱入水塘监禁，受尽屈辱。

抗战胜利后，张忠良回到上海，住在王丽珍的表姐何文艳家里。何的丈夫温经理因汉奸罪被捕，张忠良又与何关系暧昧。素芬久等丈夫不归，只得去当女佣。她正好被何家雇用。一日，何文艳举行家宴，张忠良和刚到上海的王丽珍翩翩起舞，被素芬当场认出，素芬苦痛万端，逃出何家。回家后接到已在根据地工作的小叔忠民来信，得知忠良已再婚，她泣不成声，将实情禀告婆婆。婆婆悲愤之极，携素芬母子来找忠良。老人声泪俱下，责问忠良。但忠良在王丽珍淫威之下，唯唯诺诺，不敢与素芬母子相认。素芬在绝望中投江自杀。

按：电影《一江春水向东流》获得空前成功后，为了给读者以更深刻的印象，也为了弥补电影的不足，蔡楚生（1906—1968）将剧本改写为电影小说，为此，他强化了电影小说常用的表现手法：蒙太奇思维与叙事的视觉性，更在寻找作者内心中的声音上铆足了劲，使读者对素芬的同情与对张忠良的批评达到了顶点，同样地，小说对人性的泯灭与社会的丑陋的揭示、对日寇的暴行与人民的不幸的刻画也达到了顶点。小说以故事为中心，用对比的方式刻画情节，一切的情节与叙述都呈现出可视性，使小说的文体显现出极强的画面感，为电影小说的文体实践留下了经典的一笔。

4月 茅盾的《第一阶段的故事》由上海文光书店再版，3000册。

4月 茅盾的《腐蚀》由天津读者书店出版。

4月 无名氏的《海艳》由上海真善美图书出版公司印行沪四版。

4月 欧阳山的《高干大》由长春新中国书局初版，10000册。

4月 茅盾的《虹》由上海开明书店印行第二十一版。

4月 巴金的《火》（第一部）由上海开明书店印行第十二版。

4月 巴金的《火》（第二部）由上海开明书店印行第十版。

4月 巴金的《火》（第三部）由上海开明书店印行第七版。

4月 老舍的《火葬》由上海晨光出版公司印行第三版（晨光文学丛书第二十三种）。

4月 林淑华的《生死恋》在香港由林淑华印行第六版。

4月 茅盾的《霜叶红似二月花》由上海华华书店印行沪七版。

4月 丁玲的《太阳照在桑干河上》由香港新中国书局出版，0001—2000册。

4月 熊佛西的《铁苗》由上海华华书店印行沪二版。

4月 仇章的《香港间谍战》由上海远东图书公司印行沪二版。

4月 仇章的《香港间谍战》由上海远东图书公司印行沪三版。

4月 仇章的《遭遇了支那间谍网》由上海远东图书公司印行沪四版。

4月 老舍的《赵子曰》由上海晨光出版公司印行第三版。

5月20日 黎华在《妇女》第3卷第2期上发表《〈春寒〉》一文，认为："全书以一个年青的女孩子名吴佩兰的为主角，里面没有曲折离奇的情节，然而却描述得那么真挚动人，又富人情味！"吴佩兰是相当健全的知识妇女典型，时代在进步，她们也在不断地增加并生长起来，对社会对人类，她们正在以最大的努力贡献她们伟大的力量。

5月26日 茅盾在《文艺报》第4期发表《关于〈虾球传〉》一文，认为："关于虾球的性格，作者是写得颇为鲜明的；但是，对于虾球的思想意识，从第一部起，就表现得不够明确。因此曾引起了争论。虾球从小时起，非农，非工，亦非小贩，（虽然他干过一个短时期的小贩），是在流氓群中混大了的，我以为这一点，在研究虾球的思想意识时不能轻轻忽略。”

5 月 周立波的《暴风骤雨》（下卷）由长春东北书店初版，1—5000 册。

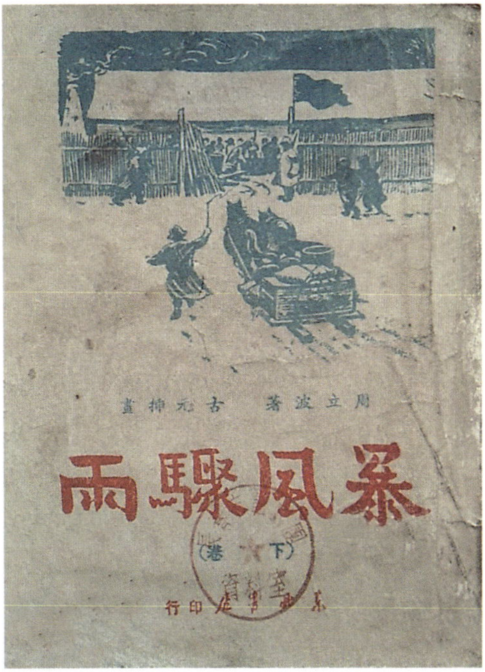

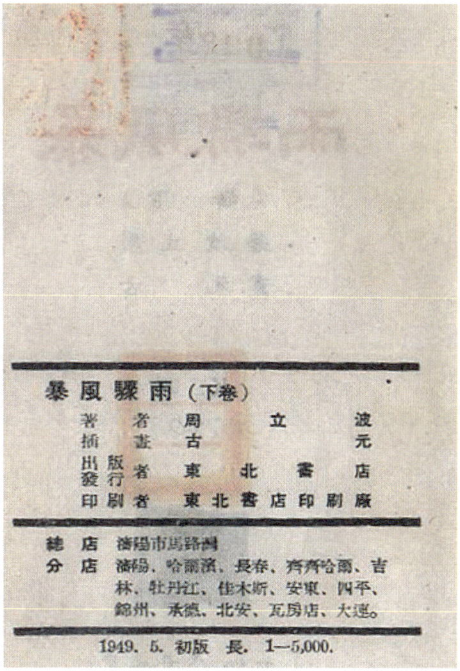
暴風驟雨（下卷）
著者 周立波
插畫 古元
出版發行者 東北書店
印刷者 東北書店印刷廠
總店 瀋陽市馬路灣
分店 瀋陽、哈爾濱、長春、齊齊哈爾、吉林、牡丹江、佳木斯、安東、四平、錦州、承德、北安、瓦房店、大連。
1949. 5. 初版 長. 1—5,000.

梗概：1947 年冬，萧祥带着一批青年干部再次回到松花江畔的元茂屯，却意外发现在打倒了大地主韩老六的屯子里，农民的生活并没有朝着光明的方向发展，反而被农会主任张富英等人弄得乌烟瘴气。萧队长的到来点亮了贫农们的心，农会再次热闹起来，村民们激情饱满地学习《中国土地法大纲》，筹划着指向恶势力的新斗争！被坏分子张富英设计驱逐出农会的郭全海也再次被农民们拥护为贫雇农团长，他和萧队长一边马不停蹄地带领着大家搜查合作社，惩处张富英，一边成立清算委员会，向元茂屯的地主发射暴风骤雨般的“炮火”。大地主杜善人一家成为斗争焦点，郭全海领着屯子里的男女老少和他们斗智斗勇，最终成功地缴获枪支和大量的金银。正当屯子里沉浸在斗垮地主的胜利喜悦中时，关于斗争中农的谣言却渐渐多了起来。农会在党的领导下，纠正过往工作的失误，召开团结中农大会，破除了谣言。腊月里，斗争小地主和清算腿子的运动加速了元茂屯“封建老屋”的崩塌，农民们欢欢喜喜地过了一个富足的新年。村里的形势一天比一天火热，分牲畜、分土地等运动有条不紊地开展着，特务韩老五的落网更是人民斗争的又一大胜利！春天来了，萧队长再次回到元茂屯动员村民参军，为前方战争贡献力量，然而效果惨淡。郭全海为了发动群众，抛下新婚的妻子，带头参军，感动了村民，也带动了全屯的参军热潮。村民们唱着歌儿欢送这些光荣的工农子弟走上前线！

按：周立波（1908—1979）的《暴风骤雨》以1946—1948年间东北农村的土改运动为背景，用革命现实主义的笔法描绘了以元茂屯贫苦农民为代表的革命力量，对以地主为代表的旧势力如同暴风骤雨般斗争的历史过程，展现了在特定的时代背景下底层农民的觉醒之路和农村的改革之路，表达了在中国共产党的领导下工农革命力量必胜、腐朽势力必败的时代主题。该小说以其鲜明的时代特色、成熟的语言艺术和高度的意识形态导向性在土改小说中占据了重要的地位。

自《太阳照在桑干河上》与《暴风骤雨》后，中国现代长篇小说创作特别是在表现农村（土改）题材上发生了明显的转变。这主要表现在：

（1）在选题上，与党所领导的现实事件紧密相连，以党的既定方针政策为指针展现革命时代的新生活，具有强烈的意识形态色彩。这两部小说在创作与出版时，中国共产党所领导的土地改革运动已在华北、东北轰轰烈烈地展开并向全国铺开。作品所反映的土地改革，就是由中国共产党发动领导的以彻底消灭旧土地所有制为宗旨的土改运动。

（2）在语言上，以适应读者为目的，以“民族化、大众化”的语言为叙述语言，通俗易懂。“民族化”表现为对方言的运用，使文体带有地方色彩和民间风味；“大众化”则表现为去掉欧式句法和减少修辞技巧，更接近白话口语，使文体变得平实易懂。在作品中，叙事上已经去除了早期欧化的句法，而对方言的使用也为小说增色不少。当然，小说中对于方言的使用是有选择的。以对方言使用颇受好评的《暴风骤雨》为例，方言主要出现在老孙头等当地农民身上，而非作为共产党干部的土改队员身上；方言主要用于农民的对话中，而非叙事上；

作者甚至专门对部分方言做了注释。

（3）在人物塑造上，人物的描写开始从阶级的视野予以审视，人性的展现也被框进相对固定的模式中，出现了大量类型化人物。主要人物模式包括：英明的共产党员领导者、积极革命的觉醒贫农、不觉悟者、无恶不作的地主。在这些人物模式中有一个由好到坏的序列，其中共产党员领导者形象最为光辉，在战争中智勇双全，在工作里能把握正确方向；觉醒的贫苦农民，是抗日行动和革命斗争的主要参加者，他们与日本鬼子或是地主阶级有着深仇大恨，并在共产党领导者的指导下迅速成长为基层干部，通常是新加入的党员或有入党意愿者；不觉悟者的形象有时是老农，有时是妇女，有时是与地主有关系的佃农，有时是中农和富农；无恶不作的地主在小说中常常是最大的反派角色，有的恶霸地主一目了然，但这些恶霸最终都受到了革命力量的惩罚。

（4）在结构上，作家的创作重心从表现人转移到表现事件上来，以阶级斗争为中心，二元对立的“矛盾——斗争——胜利”结构成为这些作品共同的选择；而两股力量的斗争，一方是共产党领导下的劳动人民，一方是阶级敌人，总以前者胜利告终。有趣的是，斗争进入曲折阶段通常是由于正义一方的宽容被反派利用，而正义一方在态度坚决之后，往往就会取得胜利。当宽容、反思、怀疑被处理成阻碍胜利的情绪，作家的创作也走向坚决，人物塑造严格遵循“阶级”，结构布局始终表现“斗争”，小说着力点也就位移到阶级斗争意识的表现上来。这一创作范式对 1949 年后的小说创作产生了深远的影响。

5月　无名氏的《金色的蛇夜》由上海真善美图书出版公司初版。

梗概：1933 年，印蒂在画家兰素子的画室里看到两幅名为“末日”的画作。一幅是兰素子的《彭贝的毁灭》，一幅是马尔提为莎卡罗画的肖像。两个月前东北义勇军溃败后，印蒂回到这个号称“东方巴比伦”的 S 埠，和朋友一起下海走私赚取钱财，游走舞池酒馆等地追寻感官上的享乐。印蒂在尼尼薇酒吧和化装舞会上偶遇神秘的莎卡罗，被其黑暗的气质和独特的个性所吸引，他将追逐莎卡罗的过程视为一场无聊中消磨时光的游戏。面对印蒂持续一年的不断纠缠，莎卡罗逐渐改变了对他的排斥态度，尤其是在得知印蒂是十五年前的旧识之后，

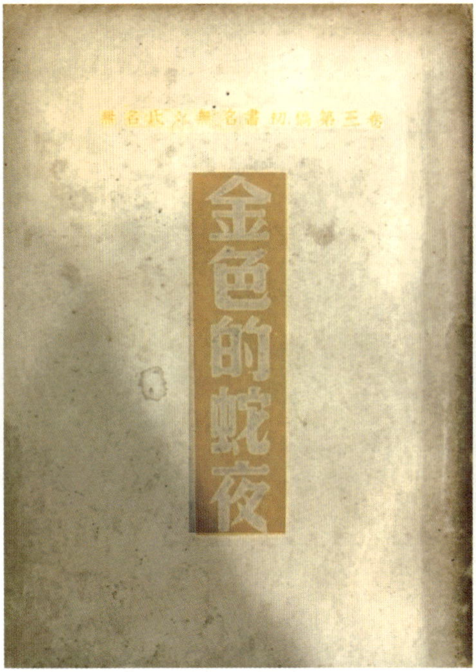

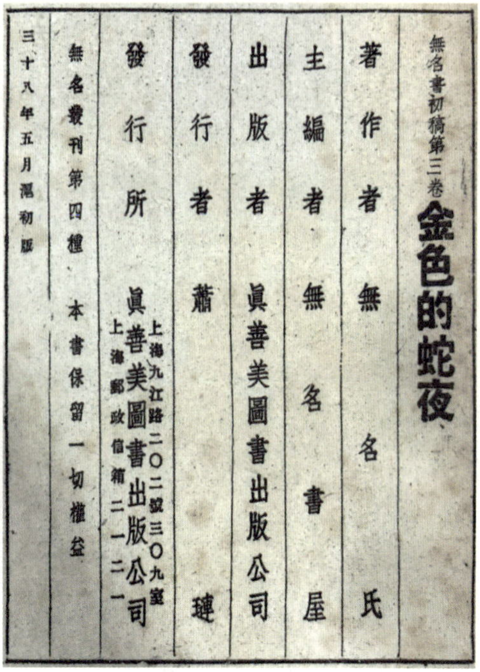
無名書初稿第三卷

金色的蛇夜

著作者 無名氏

主編者 無名書屋

出版者 眞善美圖書出版公司

發行者 蕭璉

發行所 眞善美圖書出版公司 上海九江路二〇二號三〇九室 上海郵政信箱二一一二一

無名叢刊第四種 本書保留一切權益

三十八年五月滬初版

莎卡罗产生了亲近印蒂的想法。印蒂事事迁就莎卡罗的意愿，但他认为自己和莎卡罗的不同在于自己有着生命的拯救和升华的可能，他拒绝了莎卡罗提出的一起到塔克拉玛干沙漠的要求。莎卡罗对此怀恨在心，暗自策划使得印蒂他们在一次走私中被抓，印蒂既失了钱财，又毁了名声。印蒂决定回到 N 城的家中，与朋友们临别相聚时听到日军占领卢沟桥的消息，他再次踏入兰素子的画室，期待他们的画布上出现崭新的“彭贝”。

按：这是一部反映以印蒂为代表的一群知识分子在 20 世纪 30 年代的人生体验和精神特征的小说。小说刻画了知识分子在都市生活中遭受的精神危机，诅咒了都市社会繁华背后的黑暗和荒淫的现实。相对于批判知识分子的堕落行为，无名氏更多的是同情与理解生活在 20 世纪 30 年代东方都市的“这一时代为真理而受苦难，而不屈，而挣扎，而战斗，而终将获胜的纯洁灵魂”。小说一方面采用隐喻和象征的手法，将都市的颓败、罪恶等淋漓尽致地展现出来；另一方面又将人物走入深渊的境况和持续不断的呐喊视为斗争的方式。文本的总体色调是灰暗的，弥漫着西方现代主义绘画般的颓废气息。莎卡罗的肖像画正是个体欲望的堕落，印蒂走近莎卡罗的过程也是个人坠入精神最低谷的阶段，而正是由于“下沉”才得以获得反向的控诉和拯救的机会，印蒂正是在堕落中完成了个人的精神上的成长，这正是小说的独特之处。同样，莎卡罗也在不断地诅咒“我们的时代”，进行病态的反抗和挣扎。

小说中的人物虽然各自经历不同，但他们都表现出相同的精神上的苦闷和焦虑、空虚和无聊，一方面不甘于寂寞试图追寻什么，另一方面又难以摆脱堕落的现状。书写理想和现实的差距、矛盾和纠结的心理是小说的又一特点。小说用黑暗的色调描绘出一幅“末日”的图景，呈现出与传统不同的带有浓厚现代艺术氛围的美感，虽然在写到男女关系上不乏粗俗的语言，但更多体现的是文化思想上的唯美特征。全文多次用绘画来论人和事，使得小说的构思巧妙新奇、别具一格。小说出现的高频语词如毁灭、发狂、腐蚀、荒淫等，增加了故事中情感的阐释力度。作为系列小说《无名书》中印蒂追寻道路阶段性的一部，《金色的蛇夜》还是具有较高的思想艺术价值的。

5月 潘柳黛的《退职夫人自传》由上海新奇出版社初版。

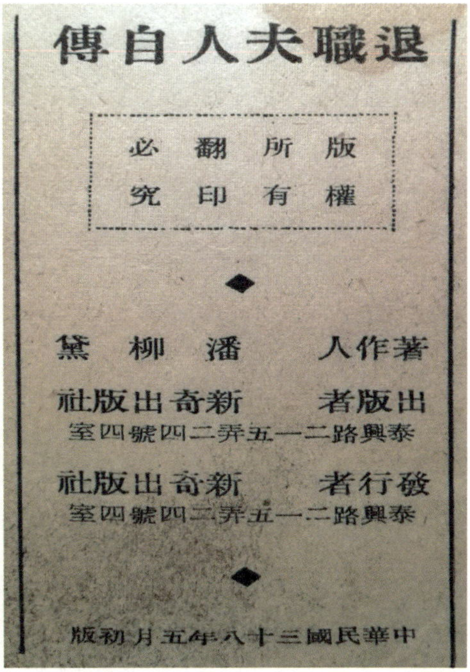
退職夫人自傳

版權所有 翻印必究

著作人 潘柳黛

出版者 新奇出版社
泰興路二一五弄二四號四室

發行者 新奇出版社
泰興路二一五弄二四號四室

中華民國三十八年五月初版

梗概：1922年圣诞夜前一晚，柳思琼降生在北平一个旧式家庭中，排行老九。父亲因爱恋隔壁寡妇常年不归家，这使得母亲性情大变，暴躁易怒。由于长相酷似父亲的缘故，柳思琼在家中饱受冷落与孤立，很小就离开家搬进寄宿学校读书。初中毕业后，她先后做过精神病院看护、教师等工作，在此期间因为一次醉酒后失身于陈浩，不得不跟随他到南京生活。不久，在陈浩老婆的干预下，柳思琼失去了经济来源，为了生存她成为报社的一名试用记者，并很快在这一领域发挥了自身的采访与写作优势，逐渐在上海文化界有了名气。后来，她认识了身材瘦削、温柔体贴、幽默能言的阿乘，并在他的执着追求下深陷其中。二人结婚后，阿乘一改往日的绅士作风，很快便将独裁而自私的本性暴露出来，为了金钱，他抛下了怀胎数月的柳思琼同自己的婶娘私奔，不仅如此，他还经常给柳思琼讲一些丈夫谋杀妻子的故事，试图从精神上击垮她。在朋友的帮助下，柳思琼顺利诞下一名女婴，取名为茉莉。就在柳思琼内心孤寂痛苦时，一名叫作阿康的男子又悄然闯进了她的生活，给予了她精神上的慰藉。一次，阿康无意间透露了阿乘的下落，柳思琼当即决定带着女佣邹小姐和女儿茉莉前去杭州见他一面。可是见到阿乘并同他在杭州相处了一段时间后，柳思琼终于心灰意冷了，下定决心同他回上海离婚。办完离婚手续后，柳思琼伫望着阿乘在火车站的人群中消失。

按：这是潘柳黛（1920—2001）一部以第一人称手法进行叙述、以女性独特视角为切入点、以自己真实的婚恋背景为蓝本来描写两性关系，揭示个体情感体验的自叙传小说。作者以主人公复杂的家庭变迁、艰难的谋生经历以及交错的感情生活为书写对象，着力于向女性个体更为隐秘的心灵与精神深处进行探索。其中，既有对女性要求摆脱旧式家庭束缚争取经济独立的肯定，也有对女性打破传统道德观念勇于追求纯粹爱情的赞赏，更有对女性敢于正视自身存在价值的强烈呼唤，在思想意义上实现了由外部日常书写向内在心灵审视的成功转向。在表达方式上，作者的描写更为直接、大胆，对于同性恋、“处女情结”等较为隐晦的题材也多有涉及，情感真挚而浓烈。不过，作者在描写中虽然肯定了女性的个体精神与独立价值，但是在行文深处仍然有将追求幸福的婚姻或男性的爱作为重要的人生目标这一意识，从创作的深刻性上来说，尚未完全突破男权话语所营造的阴影。此外，小说主要是以作者本人的真实经历为基础进行的再创造，私人化痕迹较为明显，所营造的格局也略显狭小与局促。

5月 周而复的《白求恩大夫》由上海知识出版社再版。

5月 黄谷柳的《白云珠海》由香港新民主出版社印行第四版，8001—13000册。

5月 周立波的《暴风骤雨》由香港北方出版社印行第一版，5000册。

5月 周立波的《暴风骤雨》（上册）由香港新民主出版社出版，5000册。

5月 周立波的《暴风骤雨》（下册）由沈阳东北书店出版，1—5000册。

5月 周立波的《暴风骤雨》（上册）由新华书店出版（中国人民文艺丛书）。

5月 周立波的《暴风骤雨》（上下册）由新华书店出版（中国人民文艺丛书），1—5000册。

5月 黄谷柳的《春风秋雨》由香港新民主出版社印行第六版，10001—15000册。

5月 茅盾的《腐蚀》由长春东北书店印行第三版，5001—15000册。

5月 丁玲的《桑干河上》由新华书店出版（中国人民文艺丛书），5000册。

5月 黄谷柳的《山长水远》由香港新民主出版社印行第三版，7001—12000册。

5月 柳青的《种谷记》由新华书店出版（中国人民文艺丛书），5000册。

6月1日 于逢在《小说》（香港）第2卷第6期发表《论〈虾球传〉的创作道路》一文，认为："《虾球传》之所以成功，是在于它的为群众的观点上。""我觉得，作者在某种限度内是把握着毛泽东先生的指示的'喜见乐闻'的原则的。""其次，作品的反映现实是非常迅速的，几乎是今天发生的新闻明天就作为一个章节出现于故事之中。"此外就是语言的大众化。"总而言之，为群众，是作者无敌的武器，他因它建立了作品的内容，运用了灵活的技术，他用它攻破了黄色文艺堡垒，杀出一条路来。在这一点上，《虾球传》对于我们，对于我们将要必须而且已经开始建立起来的方言文学，是有着某种积极意义的。"

但是，作家在立场与观点、现实主义、形象创造等方面存在问题。“他的斗志与道路缺乏现实的基础与必然发展的规律。”“在虾球，生活斗争往往化为有趣的故事，而性格则变成了抽象的存在。”“所以，倘若脱下了流浪无产者的衣服，虾球只是一个小市民阶层的学生哥而已。”“假如说，我们从虾球这个主人公的身上看到的，是阶级的人消解于抽象的人之中；那么，我们在作品中看到的，则是阶级道德消解于所谓人类爱之中，阶级斗争消解于原始生存竞争之中，历史的真实面目消解于故事的曲折离奇之中，必然的发展轨迹消解于偶然的变幻开合之中。”不过，虽然它在立场上、观点上、创作方法上有离开现实主义的倾向，但仍然是一部杰出的作品。

6月1日 徐訏的《风萧萧》由夜窗书屋印行第五版（订正新一版）。

6月4日 扬令在《大公报》（香港版）发表《评〈暴风骤雨〉》一文，认为:《暴风骤雨》是“一篇无产阶级工作队在农村中组织与领导农民革命的铜雕。无疑的这一主题的把握，是与中国革命的特性紧紧结在一齐的”。“如果我们把它誉为这是一部中国农村革命画史的缩影，是并不过火的。而这画史一方面是严正地刻画出了史实，而另一方面是富有着高度的教育性，应该毫无愧色地说是可以教育干部，可以教育大众。”“在这里，每一个被压迫的贫农，都有他一段血泪的痛史，几千年的中国历史，就是这些被压迫者抱恨终身，死不瞑目的历史，《暴风骤雨》是贫农的悲惨生活与地主狠毒的大辞源。而且对一部分农民的落后性，给予了批评和引导。”本书值得革命工作者参考。“作者决不是空洞概念地，从理论上演绎一些法则，而是从革命现实中，由理论所指导，给革命理论提供强有力的例证。”“这部小说是会受到大部分读者的欢迎的，因为作者所描写的，与群众的思想、情感，语言是完全一致的。”“其次作者描写人物的性格方面，也决不是给每个人以‘天生成的性格’，而是他的阶级性规定了每个人的性格，所谓‘典型’也是因他的阶级性而铸成。”“我曾经闭上书，这样想着：作者或多或少从萧洛霍夫的《被开垦的处女地》（译者：立波）受到一些影响。但立即我的想法得到了改正，不是作者的创作法受了什么影响，而是政治革命的性质相同，意识形态是不可能飘浮于实际斗争之上的。”“如果我吹毛求疵，想找到一点特点，我只是直觉地感到，作者在描写革命前期地主对贫农的压迫是很深刻的，但当革命到来时，地主的阴谋似嫌还不够，大半作者的力量都花在工作队怎样启发人民，及人民怎样觉醒过来的上面。我并不是说作者未注意到，而是觉得还该加强。”“最后我要珍重地说：这是一部现代中国农民革命史的参考书，我们应给以极大的重视。”

6月18日 扬令在《大公报》（香港版）发表《读〈种谷记〉》一文，认为小说对目前从事农村工作的人有借鉴意义。但也有不足：第一，作者的叙述和描写都是极活泼而风趣的，但是有时由于作者没有注意到斗争场面的严肃性，以致因为一两句哄笑，倒把这严肃冲淡。第二，作者的材料是丰富的，但是小说里的人物除了王克俭、王善人等中富农写得比较突出外，其他的干部写得一般。第三，结尾有点问题，对王加扶的描写有点失败。

6月21日 周立波在沈阳《生活报》第76期发表《现在想到的几点——〈暴风骤雨〉下卷的创作情形》一文，说：“下卷是把东北的土地改革的几个主要阶段的主要特征压缩在里面的。这个时期的材料比较的多，而我除了到过尚志和五常以外，还到过呼兰和拉林，印象是十分丰富的。因为材料和印象的丰富，使我有充分的选择和取舍的余地，写初稿时，遇到的困难比上卷要少。”

“写作的时间不算长，但是搜集和储备材料的时间却比较的多。宽一些说，从一九四六年底到一九四八年春，除工作的时间外，都是下卷的积累材料的时间。”

“动笔之先，我把所有材料都温习了一遍。在研究和回想的当中，人物逐渐的浮起，故事慢慢的形成。往后我就研究中央和东北局的文件，追忆松江省委召开的县书联席会议以及好多次的区村干部会议。借着这些文件和会议的指示和帮助，重新检验了材料和构思，不当的删削，不够的添加。”

“但是所用的材料，都是个人的经历和见闻，不知是不是典型？我借了《东北日报》登载土改消息最多的几本合订本，把半年多的二版上的文章和消息全部阅读了，把构思中的人物和故事，又加了一回修正，稀奇的删削，典型的留存。这样，下卷里的情节和人物，虽说不是东北各地一致的典型，至少也是北满农村普通的事例。”

“北满的土改，好多地方曾经发生过偏向，但是这点不适宜在艺术上表现。我只顺便的捎了几笔，没有着重的描写。没有发生大的偏向的地区也还是有的。我就省略了前者，选择了后者，作为表现的模型。关于题材，根据主题，作者是要有所取舍的。因为革命的现实主义的反映现实，不是自然主义式的单纯的对于事实的模写。革命的现实主义的写作，应该是作者站在无产阶级立场上站在党性和阶级性的观点上所看到的一切真实之上的现实的再现。在这再现的过程里，对于现实中发生的一切，容许选择，而且必须集中，还要典型化，一般的说，典型化的程度越高，艺术的价值就越大。”

“有的同志说：土地改革中的党的领导作用，上卷写的还不够。接受了这个意见，下卷比较的强调了党的领导的作用，工作队是在土改中实现党的领导的机构，因此，写工作队的领导，就是写党的领导。”

6月22日 蒂克在《大公报》（香港版）发表《〈暴风骤雨〉读后》一文，认为：“这本书的故事虽然‘复杂’，却没有丝毫零乱和啰嗦；虽然‘曲折’，却没有传奇式的奇遇和巧合。它所叙述的，是北方广大农村，革命过程中必然发生的事实，因为是广大人民自己的事实。所以，它对于人民大众的读者们，是有着特殊的诱惑力和吸引力的。这，当然也是由于作者用了人民自己的语言写作的缘故。”“《暴风骤雨》，是革命工作者和革命大众密切结合的果实，是用群众自己的明快、朴实、活泼而富有生命力的语言，表现了这个伟大历史激变中平凡而又不平凡的斗争过程。”“在这儿，我们看到了，人民是如何地在集体斗争中，走上革命的道路，而发挥出巨大无比的力量。在这儿，我们也可以看出，在革命与反革命之间，是没有调和或妥协的可能的。”“掌握着历史的向前飞跃的推进器的，是人民自己。而妥善地教育了指引了人民使用‘推进器’而发挥出排山倒海的力量的，却是千千万万个‘萧祥’。他们是，毛主席政策的坚强的澈底的执行者，他们是，深入群众而同群众紧密结合的优良的革命干部。”“《暴风骤雨》在伟大的历史变革过程中，无异地，是一部值得赞美的诗史，它，描绘出了农民翻身运动的一幅壮丽的图画；它，记录了千千万万人民的血肉换来的经验的总结。它，说明了人民的语言是多么丰富，活泼间充溢着绮丽的色彩；它，说明了作家们向人民学习，是一条多么宽广而正确的道路。只有运用人民的活的语言，才能写出优秀的作品。而活的语言是从真实的生活中采集来的。作家们，不向群众相结合，而想从自己的幻想中，从自己的书斋寻觅‘活的语言’，是不可能的。这样看来，作家们走进工厂，走到乡村，和广大的群众结合，去向群众学习，是多么重要！”“《暴风骤雨》是一本产生于群众而为群众接受的好书，对《暴风骤雨》的出版，我们不能不认为，是，文艺工作者与大众结合的，革命理论与实践结合的，一颗红热的果实。”

6月　**王西彦的《微贱的人》由上海晨光出版公司初版。**

梗概：主人公银花是一个贫苦人家的女儿，十五岁时，被可憎的继父卖到偏僻的小山村虾蟆村，但幸运的是她的丈夫陶小土忠厚老实，婆婆也是一个慈祥的人，因此，银花便安下心，在虾蟆村过起了平稳日子。但厄运并没有放过她，日本侵华后，银花的丈夫被抽去当壮丁，在中途逃跑时，被国民党军队乱弹击

中。堂叔陶四甲和儿子陶八月想霸占孤儿寡母的田产，村里不少光棍也在打着银花的主意，银花无奈只得公开了她和情人牛二坤的关系，但却在村里遭到了更多的非议。后来，二坤被诬陷为土匪抓走，下落不明。银花再度受到精神打击。她的家无故遭到搜查，自己和婆婆遭到毒打。此后，银花又遭到兵痞流氓的奸污。精神和肉体都受到重创的银花跳进了池塘。

按：小说通过描写被欺压、被凌辱的纯朴的劳动妇女银花的一生，展示了闽西的一个处在战争动乱中被苦难所毁灭的生命悲剧。这里，村民受到日寇侵略、兵匪洗劫、地痞恶霸的欺压，生活在水深火热之中，小说从细微处着手，描绘了这里的村民们的复杂人性，以及社会的阴险黑暗，深入细腻地揭示了银花的内心世界和她不幸的悲剧命运。在语言上，作者运用了许多当地的民间谚语，通俗诙谐易懂，极大地增加了小说的艺术魅力。

6月 茅盾的《腐蚀》由上海华夏书店印行第八版。

6月 欧阳山的《高干大》由苏南新华书店初版，8000册。

6月 柳青的《种谷记》由香港新中国书局初版（《北方文丛》第3辑），3000册。

7月8日 应天告在《新民报·晚刊》（成都版）发表《范博文型——茅盾底〈子夜〉人物》一文，认为范博文属于凭借所谓裙带关系混迹交际场的诗人型人物。

7月11日 《新华周报》第2卷第3期刊载《高干大》的广告："本书是叙述任家沟合作社的事情，前者合作社主任，是因为机械执行上级命令，而没有了解具体情况，致使自己孤立，群众讨厌他，视合作社为称'活捉社'，后者有高干大深入群众，听取群众反映后，开办了医药等合作社，群众热烈拥护，而使合作经过许多曲折过程之后，兴兴享雄（疑为欣欣向荣，编者注）了。"

7月25日 小莺在《妇女》第4卷第4期发表《介绍一本好小说〈白求恩大夫〉》一文，认为："作者周而复先生，通过了白求恩大夫这个人物，告诉了读者，中国革命是世界革命的一部分，中国人民所进行的解放事业，是得到全世界的进步人士的支持的！""其次作者又显示给我们知道，像白大夫这样干练的人物，只有在进步的环境里，和中国革命势力结合在一起，才能发挥他的才能，完成他的工作，否则在一个腐烂的反动的社会里，他的才能完全会被种种的阻力消失掉而不能得到发展的！”

7月29日 侯显廷在《大公报》（上海版）上发表《〈太阳照在桑干河上〉》一文，认为：“作者把故事处理得很精密，个性刻画得很深刻，平静的叙述了这一个农民大翻身的过程。”

7月 周立波的《暴风骤雨》由苏南新华书店初版，6000 册。

7月 欧阳山的《高干大》由上海新华书店出版（中国人民文艺丛书），5000 册。

8月1日 方成、李岳南、阳太阳、单复、蒂克、端木蕻良六作者在《大公报》(香港版）发表《评〈种谷记〉》一文，认为：“作者的着力点，显然不是描绘一张边区的风景画，更不是单纯的传达一个故事，而是在企图把初步的新民主主义社会建设过程当中农村阶级力量的变化，和各农民阶层的人物活动和他们相互间的斗争传达出来。中国农村怎样在击退，生长在顽强的纠缠不清的封建社会的基础上的私有观念，而开始跨进集体劳动集体生产的第一步，这一个转形期的变革的成功。”“《种谷记》描写的是在革命的动力下，在变工队的基础上，怎样克服了种种历史上的难题，而完成了定期的集体种谷。”“作者柳青站在新民主主义的观点，正确的刻画一个新时代的新课题，他不是‘把自己的作品当作小资产阶级的自我表现在创作的’。他是诚心诚意为工农兵而写作。”“我们认为《种谷记》的作者，是储蓄了一段真实的生活经验，他甚至了解了熟习了那生活的最细微的小节，所以在他写作的辰光，他能够使一件极平凡的事件，生动活泼而又有趣的呈现在读者面前；他把这件事情中的错综复杂的线索，曲折迷离的来龙去脉，写得很细腻，很透彻，而又有条不紊。这就是我们要首先指出来的，生活怎样给予了一个作家以无穷的力量的地方。”

“人民的语言，贯串着全书的发展，语言在这里，不再是属于技巧的范畴里的东西，也不复是单纯的思维的代表符号，而是和形象与故事取得血肉的关联，一切都是拆不开，完整而具体凸现出艺术的形象来。”“在作者笔下，人物是从生活的活的联结里面刻画出来的，朴素而实在，人物没有和每个生活细节孤立起来或是游离起来，生活在这里活现出人物来，而人物又在创造着生活。这点可以说最值得我们首先来指出的。”“在作者笔下，群众的场面也处理得很好，毫不夸张，而生动有致，每条线路都很清楚，而集体的气味，又十分浓厚。”“在作者的笔下，我们看见了陕北那一幅饱满而富有生命力的乡村画面。”“在作者笔下，写景占了极少的份量。但是景致都和人物，情节配合得很融洽，很自然，好像王家沟的景致也有了灵魂，在配合着人民跳动着。”“《种谷记》优良的成就，是他能够把人物的刻画，融合在故事的发展里，而故事发展又都合情合理，有着他的必然的脉络，作者处处用景物和生活上的细节故事生动而真切的交织出来，因而加强了艺术的实感，紧紧的抓着每一个读者，使他不得不激情的顺着这鲜明的主题一口气追寻下去。在每个不同的场面，我们看来就如亲临其境一样。”

“假设容许我们吹毛求疵的话，我们觉得《种谷记》里面对于变工队所要克服的困难过程不够突出。那就是说作者对于阻碍群众力量发展的反动力量，概括的不够具体，批判的不够清楚。”“作为王家沟的变工运动的障碍对象来处理的，我们归纳起王克俭和‘老X’，这两个人物来看，就显得薄弱和不够分量。因此在变工队顺利的完成任务之后，读者得到的喜悦和感慰也就相对的减弱了。”“总结着上面的因素，自然就会发展成为另外一种偏向，这就是作者对于不利于群众方面发展的一些事物，缺乏适度的清晰的批判的力量。”“由于对于正面人物的批判不够，反而使读者对王克俭这种人物惹起了同情和怜悯，得到了反效果。”“这样一来，就会使读者陷入对于农民落后性过分的估计和对于村干部不中用的判断，这一类的错觉里去。”此外，个别过于粗俗的语言还须提炼，妇女形象写得也不够，“但是由于这本书符合现阶段的政治要求，他已经在新民主主义的写作方法里找到了一条路，而且显示了他的优美的成绩给我们看，而在未来的发展上，他一定会有更光辉的劳动的果实，符合了为人民服务的最高理想，那是没话可说的。”

8月1日 金斗节仔在《大公报》（香港版）发表《读〈白求恩大夫〉》一文，认为：“故事的开展是平易而崭新的，生动活泼的气充满了全书，小说的结构是广阔的，把读者引到崇高的意境中去，体验着白求恩大夫个性的明朗，思想和严肃，意志的积极，态度的认真，工作的谨慎与真切；读完这本厚装的《白求恩大夫》之后，第一个留下不可磨灭的影印，便是白求恩大夫的伟大精神。”“总之我们从《白求恩大夫》这小说里所获得的是完全呼吸着新鲜而真的‘正义人类’的伟大空气，唤起一种朗亮的共鸣，了解白求恩大夫‘对中国革命战争事业的无限热忱’，决不是由于偶然的兴味的意志的驱使，而是由于马列主义者的国际主义精神。”

8月21日 刘甞在《大公晚报》发表《〈骆驼祥子〉》一文，认为：“这本书，真好像在显示命运底力量！没有太阳底光彩！”“读到本书后面，我们渐渐看到老舍先生明确地勾出了他所认定的祥子底最后面貌，他给予祥子一些判词：‘个人主义是他的灵魂，这个灵魂将随着他的身体一齐烂化在泥土中。’他是‘个人主义的末路鬼！’老舍先生底用意，好像借祥子底一生的不幸遭遇，来鞭打‘个人主义’。我觉得有点问题。祥子底本质，原是乡村抛弃出来的小农，是城市工人与流氓底后备军。先天就带来了愚蠢的自私，说不上什么‘个人主义’。‘个人主义’，是城市里面的货色，是有产者底私生子，不能把它套在祥子身上，这一点的含混，可能引起一些误会。我特别把它提出来，请大家讨论。”

8月29日 方成、李岳南、阳太阳、单复、蒂克、端木蕻良六作者在《大公报》（香港版）发表《评〈暴风骤雨〉》一文，认为：作者完成上卷是在 1947 年 10 月，地点是东北松江。“作者有意的或者无意的，想吸取‘说部文学’的效果，和旧剧舞台的效果，用来符合老百姓的某种熟习的形式。在每个角色出场的时光，就给他一个概括的脸谱。个性、阶级属性，奸与善也都用几大笔勾勒出来。以后就很少再去接触它。那些素质在未来的事务里，或变异的环境里，所投射的作用和它的反作用是什么，便照顾得不够周到。同时，也因为这种大笔勾勒，所遗下的弱点，造成整个故事按照单线进行，人物出场按照数学式出现。这时对于‘说部’和‘旧剧’的效果概念的吸收，转而成了一种新的负担。”“再有就是工作人员个人的感情的工作感情脱节，这两种感情对立的处理的基本原因，是由于作者处理每个工作细胞所从属的阶级性，和人民的阶级性，未能作到高度的统一，（像箫祥的发脾气等）而批判的地方，又过于含混，所以，显出概念化的痕迹，人物就不够活了！”

“作者企图使故事进行作到规律化（起承转合，有板有眼等等），规律化是中国旧剧的最主要的特色，也是通俗说部文学的特色。他发动三次斗争，三次场面都相近的重复，人物的存在也规律化到一个拉着一个出来。使故事这样有秩序的进行，对当时当地的生活交织的错综发展，就必然的不会作加深的把握。这样，就形成作者要依附着政策纲来处理题材。因此，就会套进自己预先造好的套子里去。所以在表现上面，就显示出来某些机械性来。我们绝对不反对服从政策的写作。我们认为只有服从政策的写作，才会贯彻艺术目的。因为政策是，从全面的斗争过程里面总结出来的，离开它，便失去新民主主义的创作基础。惟有这一点，才是科学的人民的文艺，和一切落后的文艺的分野线。但是反对那些把政治纲要当作圈套，把活蹦蹦的政活实感，硬嵌进政治纲领的环节里去。”

“由于某种隔阂，（时间上的和空间上的）使《暴风骤雨》里面，有许多人物和事物，还缺乏足够的生活实感，语言的实感，以及对当地生活深入的了解。因而往往只凭政策的抽象概念，造成了人物的呆滞性，和事件的偶然性。所以常常会给读者一种，补贴或隔离描写的感觉。”“这种隔离表现在：作者加重东北地面敌伪时期奴化教育的遗留，而很少估计过，在这块地面上，曾经有过二十年的义勇军的奋斗史，而这种坚苦卓绝的斗争，又是在党的坚强的领导之下来进行的。”“这种隔离表现在：作者专写韩老六的晨光，便撇开了他的同盟者们的关联描写。地主阶级的最后的卫护者们，他们一定会发动生死关头最后的联盟，却没有任何发展，而使韩老六的地位落到孤立的状态。这种隔离表现在：只着重的描写每个人物的个别生活形态，而忽略了他们相互间有机的联系。要某一个人出场，他就出场；要他退场的时候，他在客观的事务过程里，所种下的潜作用，便几乎也给带走了。事实的内在的矛盾发展，物事的对立的统一，在这里也就跟着模糊下去。”

“我们知道土改的中心问题，是为了增加生产，和消灭农村生产的工业生产中间的矛盾关系。可是作者却很容易引导读者们，以为土改的重点不是放在生产上面，而是放在分配果实上面。”而且作者认为小说有三处需要批评。第一桩是“整个故事是一顺水的单线前进，人物是数学式的出现”。“第二桩是积极份子的出现不是从阶级联合里产生，几乎全部是由于一种偶然的机缘，通过干部路线和份子路线产生出来的，这和政策违反。第三桩是反动份子的代表人物韩老六性格的把握，超过了他的原始剥削关系的把握……此外，整个书中的人物处理皆是见树不见林的出现，份子的表征代替了阶级的表征，因而群的力量，给个人（份子）的力量差不多全都遮盖住了，这么一来，便会使人落到把阶级斗争看作份子斗争的感觉里去”。小说的优点“是由于作者有着高度的政治性”。小说的不足是由于作者对于生活的了解不够深入；其次是对于反派的角色放大的写法。不过这书还有许多长处，“结构上一气呵成，叙述简单直白，人物出场，先后有序，勾勒脸谱，指明性格，说出身世，集中一大段来介绍他。使一般的读者容易捕捉。整个故事一炷香的发展，一点到底。人物都个别处理，分别的概括，便利读者整理概念。戏剧性的演出，步步上升，使读者容易吸取故事的消息。”

8月31日 侯显廷在《大公报》（上海版）发表《〈动荡的十年〉》一文，认为：“作者说明了中国革命的长期和艰苦，并指出共产党员怎样刻苦耐劳，不屈不挠地组织并领导了人民，与敌人作殊死战，坚持到底。而另一方面，国民党的荒淫、无耻、贪污、无能，造成了河南的大灾荒，人民在饥饿与抓丁的迫害下所发生的惊人的死亡率。”这一强烈的对照，确定了国民党政权垮台的必然性。

8月 叶舟的《封锁线》由上海长风书店初版，1—2000册。

梗概：蓝凤是一个出身贫寒的美丽女子，她本与贫寒的艺术青年高青岚情投意合，但因贪图钱财，舍弃了高青岚嫁给了年逾五十的金博士。五年后，金博士病亡，蓝凤继承了他的全部家业，并想找青岚重归于好。此时青岚已与慧敏有婚约，一再拒绝蓝凤的求爱，最终带着慧敏离开了上海。花花公子潘子俊看中了蓝凤的钱财，对她展开了疯狂的追求，并用谎言编造了自己在香港有大批囤货、身家万贯的假象。空虚中的蓝凤也担心在上海会暴露自己是金博士未亡人的身份，一心做着婚后在香港生活的美梦，很快便与潘子俊到了谈婚论嫁的程度，并怀上了潘子俊的孩子。金博士的无赖长子借机敲诈，蓝凤担心影响

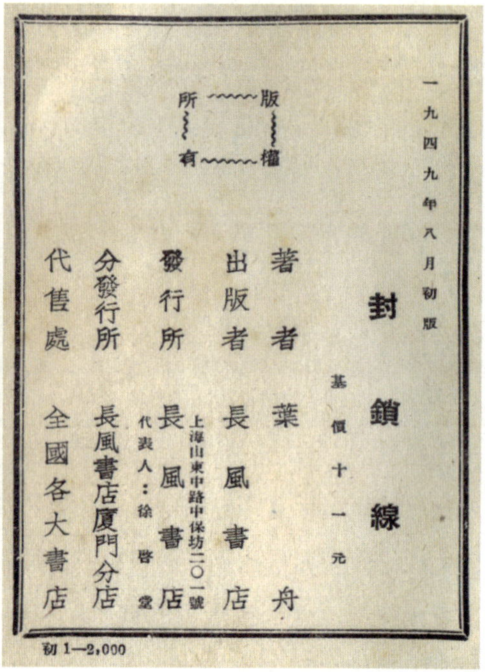
一九四九年八月初版

封鎖線

基價十一元

著者 葉舟

出版者 長風書店

上海山東中路中保坊二〇一號

發行所 長風書店

代表人：徐啓堂

分發行所 長風書店廈門分店

代售處 全國各大書店

版權所有

初 1—2,000

扩大被潘子俊得知，只能忍气用钱把他打发走。

潘子俊收到命令将公款做移交，并被派到香港。而他平日早已将公款用于私人花销，无财应对。于是他骗蓝凤说要花费一百万在香港买房，还要返回香港将囤货卖出；蓝凤给他一百万，换来了潘子俊伪造的假房据。潘子俊正在想编造什么借口回香港而蓝凤又不会跟去时，从朋友口中得知了蓝凤曾经的经历，于是，他谎称买的房子有问题，要去香港追款甚至打官司，借故带走了假房据。蓝凤直至看到潘子俊留下的信才知自己上当受骗，她忍痛赴京打掉孩子。情场失意的蓝凤本想追求名利，但她对形势预判错误，日美开战，她的三家公司都因挂美国牌子而被查封，存在银行的美金也被全部冻结。这时，她又被查出患有烈性梅毒和败血病，这让她彻底丧失了生的渴望。好友若兰前来医院探望，并写信给青岚。青岚和慧敏给予了她温暖的友谊和关怀，也让蓝凤认识到要突破自私的个人主义的封锁线、改过自新，然而，此时蓝凤的生命已经到了尽头。

按：叶舟（生卒年不详）的这部小说以蓝凤一生追逐名利却不得善终的悲惨经历告诉读者，要突破自私的个人主义的封锁线，多做对人民、对大众有意义的事。小说生动地塑造了蓝凤这样一个自以为是、自私自利的人物形象。她为了金钱，不顾青岚的想法就抛弃他嫁给了金博士，还自认为是为爱牺牲、为生活所迫的茶花女。金博士亡故后，她再次不顾青岚的意愿，自以为是地认为可以改变青岚一生的命运。她所走的每一步路都是在盘算和谎言中，但最终却被潘子俊以更大的盘算和谎言所蒙蔽。小说塑造青岚这个人物形象时，极力突出他为社会、为他人、为理想的人格特征，但在一定程度上，高度的理想化和对蓝凤无休止的包容让这个人物形象呈现出一种虚伪感和虚假感。小说结尾过于理想化，蓝凤的转折也过于突兀，宣教意味重于文学性。

8月 程造之的《地下》由上海海燕书店印行第五版，4001—6000册。

9月25日 白瑜在《大公报》（香港版）上发表《〈太阳照在桑干河上〉》一文，认为："在农村里，地主对农民的压迫，已经有了长久的历史；怎么打倒封建地主，使农民从枷锁下解放出来，是中国革命的主要任务之一。而这，也就是本书所要表现的主题。""对于这个农村斗争的主题，作者处理得相当好，相当正确。她不只写出了农民中的积极份子，也写了落后份子；她不只写了胜利，也写了困难；不只写了地主之自私贪婪凶恶，也写了地主之奸狡甚至哀求（当然这是为了维持自己的利益）；不只写了干部的优点，也写了干部的缺点。在这里，丁玲向我们暗示了，农民中的教育必须加强，对地主的警惕必须提高，干部的群众观点必须更好的建立。""这里，丁玲又向我们指出了，只有服从群众的利益与意志，只有用事实来教育群众与鼓起群众的热情，群众才会真正汇合起来，成为一股巨大无比的力量；而群众是否真正联合起来，则是斗争能否取得胜利的关键。""但本书的意义还不止于此，故事以突击秋收及组织民兵挖战壕结束；这说明了，土改是为了消灭农村中的矛盾来增加生产，为了准备支援前线，为了使解放战争取得胜利！""通过了上面的分析，如果我们追问，本书的意义在那里，那就是作者站在人民的立场上，掌握着正确的群众观点，写出了一九四六年土改的情形，写出了农民对地主的斗争的曲折的过程，最后又写出了农民的伟大的力量，以及发掘这种伟大力量的各种因素。如果没有这种政治意义，本书是不会写得那么动人，人物也不会写得那么生动的，这点应被加以肯定。”“读完了《太阳照在桑干河上》，我的心情是喜悦的，兴奋的；因为，土改，这种农村里的火辣辣的斗争，是在我们的文学册页上留下了痕迹了；如其能够加以发展，变成真正为工农兵的文艺，当然会更放射出绚烂的异彩吧。”

9月 **费林、云荒的《烽火代》(奔流四部曲之一)由上海世界译著出版社初版，1—2000册。**

梗概：徐加官是徐家店这个村里年纪最大的老人，一家人做着地主夏之远家的佃户，他的儿子与孙子都因参加游击战而死。在捉住了害死孙子徐镇海的汉奸徐君强之后，老人回忆起了八十多年前的徐家店。

那时夏家的阿顺做着村里徐秀才家的佃户，阿顺多病、老实，他的老婆翠花却很能干，虽然生活劳累，却对生活充满了期待，希望儿子有田能像徐秀才一样读书识字，振兴家业。阿猪是阿顺的堂叔，他劝阿顺加入龙虎会，胆小的阿顺拒绝了。经阿顺介绍在秀才徐老爷家做工的阿魁与徐家守寡的三媳妇私通被人发现，阿魁逃走，三媳妇遭受了非人的折磨，最终还是没能逃过惨死的命运，阿顺对此感到内疚，久病不起。因传长毛要来，地主加紧收租，阿猪气急破坏了秀才爹坟墓的风水之后逃走，他的媳妇春凤上吊而死，村民们与徐秀才家的矛盾日益激化。村里大户人家为躲避长毛都早早逃走，龙虎会里的人造反烧了富人家的房，长毛来后，龙虎会听命于他们，带着村民开始“太平军”的改革，烧宗庙，男放发、女松脚，均分田地，村里人欢喜与恐惧交集，稀奇与厌恶混杂。阿猪等都随长毛开拔走了，官兵杀来，阿顺的女儿阿花在逃命中被杀，整个徐家店都被烧为灰烬。

悲伤的阿顺回家后重新搭建了茅草屋，乐观的翠花虽然经历了伤痛，却仍觉得自己家有朝一日终会翻身。徐家二少爷海龙回到了徐家店，阿顺陷入了深深的焦虑中，他担心秀才一家回来算旧账，身体也因此每况愈下。果然，秀才一家最终还是回来了，他们开始跟村里人算租谷的事，躲在山里的阿龙跑出来杀死了徐秀才和他的二儿子海龙。秀才老爷的大儿子徐师爷暴跳如雷，抓住阿顺毒打，最后阿顺被骗供出了阿猪等人的藏身地，导致阿猪和银宝被徐师爷抓住处死。阿顺被村里人误会，没人去看望奄奄一息、瘦得皮包骨的他，加之徐师爷继续逼他招出谁挖了徐家的藏宝，阿顺不堪忍受，最终忍心丢下儿子和怀孕的翠花，在徐家门前石榴树上上吊而死。

按：费林（1918—1985）即楼费林，云荒（1921—1968）即楼云荒，二人合作的这部小说叙事宏大，描绘出烽火年间徐家店徐家与夏家两姓之间的恩怨纠缠，语言真实生动，将普通农民受封建地主压榨的惨状表现得淋漓尽致。小说构思上的安排也颇具特色，起篇的徐家与夏家是佃户与地主的关系，而在回忆中咸丰年间发生的事情中，徐家与夏家的地位却刚好相反，这间接告诉读者，结局悲惨的夏阿顺一家后来的生活应该是正如翠花一直相信的那样，终于变好了。这是一条隐藏的信息，留给读者丰富的想象空间。叙事手法上，在介绍小说主要人物时，作家多采用倒叙的方法，由一个个的小块编织组成大场景。小说的一大特色是对不同的受压迫的女性命运的描写。如贯穿全文的翠花这个角色，她乐观坚强，胆大能干，家中几经磨难，她却始终保持着对生活的希望，与其他主动或被动屈服于命运的女性角色形成巨大反差。再如因偷情被婆家活活钉死的三媳妇这个角色，极具悲剧色彩，尤其是对她想打胎乱吃药折磨自己的情节描写，读来令人心痛不已。此外还有“割股救夫”的银宝媳妇，因不想要孙女而溺婴的竹根嬷嬷……小说后半部分以季节为线索安排叙事，春夏秋冬又一回，农民终日辛勤忙于耕种，却依旧要为生计、为税谷担忧，结尾阿顺自吊于徐师爷家门口石榴树上时，刮起的寒风冰冷着戏里戏外的人的心。

9月 **王林的《腹地》由新华书店初版，1—10000 册。**

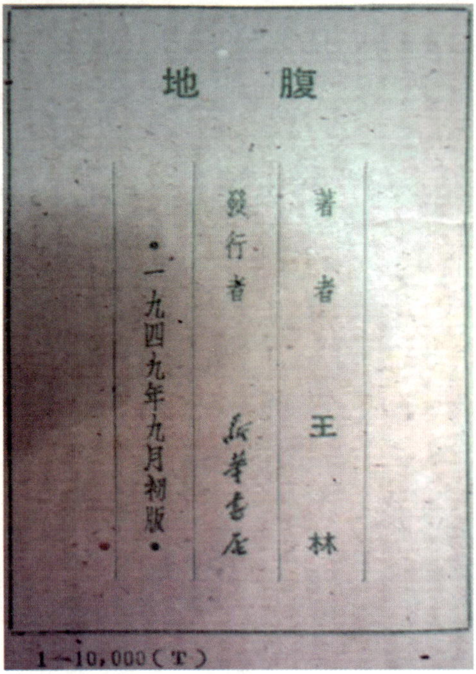

梗概：七七事变后，农民出身的辛大刚，因腿部伤残而以荣军身份退出游击队回到家乡辛庄。初回家乡的他对故乡整体的新气象感到惊讶和高兴，踊跃参加青年抗日先锋队的弟弟二强、积极进行抗日宣传的剧团、日益壮大的武委会和“机械化兵团”、成功举行的全民普选等，都让热血的大刚觉得家乡辛庄正变得如战场于他一般亲切。但母亲的去世、父亲一成不变的态度和思想、老明叔自私自利的小农意识、旧情人姜红文的背叛，以及此前与他敌对的范世荣现已成为“里面的人”的突变，仍给他的内心带来了一些矛盾和困惑的阴影。

由于组织关系尚未转达，辛大刚受辛鸣皋之邀参加了村剧团，并与剧团主演、娇美机敏但祖辈成分有问题的姑娘白玉萼相爱。

一心想掌权并报复大刚的破落地主后代村支书范世荣，丧妻后想霸占白玉萼续弦，便向上级谎报情况，在村中开展反淫乱斗争群众大会批判大刚，让大刚在村中的威望一落千丈。与此同时，日军开始了残酷的五一大扫荡，范世荣躲入敌区亲戚家，村游击队垮了台，村政权陷入瘫痪。危难之时，大刚受到旧时战友的鼓舞以及县里的工作委任，重燃正义感和使命感，毅然担负起军人的职责，带领村民开始了艰苦卓绝的反扫荡斗争。惨绝人寰的屠杀不但没有击垮大刚，反而激起了他勇猛无限的斗志。战火中，大刚帮助上级在血泊中重振了村政权，组建了区小队，他不仅找回了自己，还与白玉萼破镜重圆，最终带领村人取得了局部反扫荡的胜利。

按：这本是一部具有现实主义精神的有分量的作品，在人物的选取与塑造上，都有值得肯定与探索的地方，特别是伤病复员军人形象的出现具有重要的探索意义，但这一探索却在小说出版不久后遭到强烈批判，成为中华人民共和国成立后第一部遭到批判的长篇小说。

9月　周而复的《燕宿崖》由上海群益出版社初版，0001—2000 册。

梗概：燕宿崖是百花山下的一个大村落，八路军九团在这里建立了抗日革命根据地。因其重要的战略位置，敌人也是虎视眈眈，准备扫荡根据地，占领燕宿崖，消灭八路军。在全体军民忙着反扫荡和撤退准备的同时，成为汉奸不久的流氓二混子正在偷偷摸摸地完成他的第一个任务——说服大地主张乐山并散布谣言。他成功动摇了张乐山跟随部队撤退的决心。第二天侦察员老徐带来了敌人进军的消息，村民和部队立刻撤退，二混子带着张乐山一家也藏到百花山上的石洞中，给敌军留下一个空荡荡的村落。拂晓时分，铃木大队悄悄地突进燕宿崖，却遭遇了武装队布置的地雷阵，死伤惨重。而八路军冯团长率领着全团战士奔赴齐家庄埋伏一路日本敌军，大获全胜。正打扫战场时，伍参谋带来了另一路敌军企图包围九团的情报。面对敌军多于我军五倍的兵力，冯团长临危不惧，兵行险招，让全团战士从陡峭的笔架山上的小道突围。夜色渐浓，

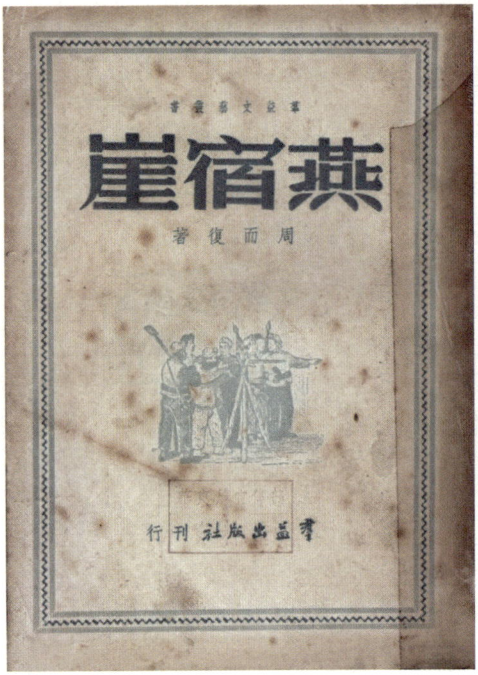

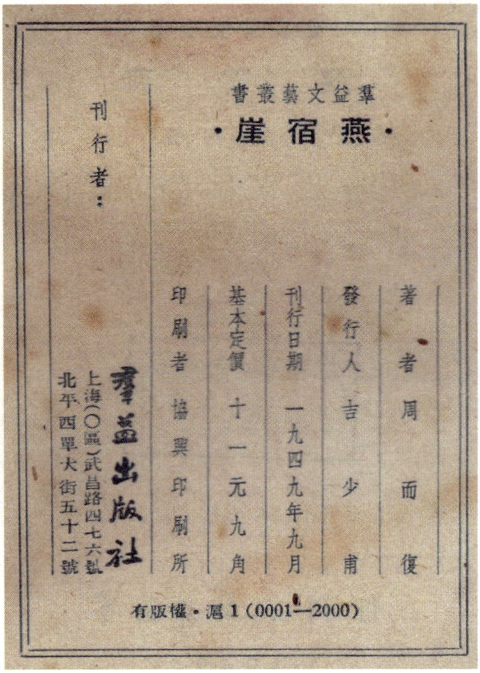

乔连长带着两个班的战士守着山口，掩护全团撤退。

战士们一次又一次击退敌人的进攻。太阳升到日中，子弹和手榴弹也打空了，王福生他们英勇地完成了掩护任务，为了不沦为俘虏，选择跳崖献身给光辉的革命事业。同时，全团战士在山中艰难地摸索前进的道路，刚跳出包围圈，又被敌人追上，团长只得领着战士们和敌人展开你追我赶的拉锯战。另一边，在二混子的诱骗下，张村长和张乐山一家沦为俘虏。张村长胸怀国家，经历了残酷的折磨仍不愿意投降，不幸被杀害在百花山上。而张乐山被敌人惨无人道的手段吓破了胆，屈服于铃木。这时冯团长接到命令夺回燕宿崖，粉碎敌人的阴谋！一个寂静的夜晚，总攻开始，战士们浴血奋战，敌人的碉堡被摧毁，铃木仓皇逃跑了，燕宿崖战役胜利在望。

按：这部以抗日战争为题材的小说，以宏大的架构和曲折的情节描绘了惊心动魄的燕宿崖战役的完整面貌。它着力表现出中国共产党领导下的八路军以及他们在抗击侵略者的大无畏的牺牲精神和顽强的战斗意志，写出了只有在党的帮助下，农民才能翻身做主人、拥有新生活，以及党和军队一心为人民的崇高主题。作者着重以个性化的语言和特征化的动作塑造了农村各阶级的典型人物形象和战争动荡中的命运变迁，揭露了以张乐山为代表的外强中干的地主阶级的真实面目，批判了他们软弱的精神和压榨者的本质。小说同时也写了张乐山的儿子张治富在媳妇被日本人杀死之后的转变——“上山，找八路”，表明地主阶级也有彻底蜕变的希望。此外，小说也讽刺了以二混子为代表的流氓分子卖国的丑恶嘴脸，作者在这一类人物的刻画上是成功的，抓住了他们真实复杂的心理和具有个性化的语言。小说战争场面描写精彩，形象生动有画面感，正面刻画了激烈血腥的战斗场面，运用视觉、听觉等多种感官描写烘托了紧张的战斗氛围，但在农村新人张村长和军人代表冯团长等正面人物的刻画上存在概念化、标语化的写作倾向，缺乏真实感。

书后的插页广告上写道：“本书是一本用抗日战争中中国共产党领导下的八路军对日帝国主义的反扫荡的英勇战斗故事做题材的作品。作者用十万字的巨幅描绘出了在抗日战争中人民底军队是怎样地和人民结合起来打垮了疯狂的侵略者的。这里，作者成功地创造了优良的战士和觉醒的，新的农民英雄的典型，也指出了封建的地主和农村流氓阶级在革命斗争中的妥协，反动的性格。”

9月 丁玲的《桑干河上》由上海新华书店出版（中国人民文艺丛书），1—5000 册。

参考文献

一、报刊

《北斗》

《北新》

《鞭策》

《晨报》

《出版消息》

《创造》

《创造日》

《创造月刊》

《春潮》

《大刚报》

《大公报》

《大连日报》

《大众文艺丛刊》

《大众知识》

《刁斗》

《东北日报》

《东北文学》

《东方杂志》

《东南日报》

《读书顾问》

《读书与出版》
《读书月刊》
《敦邻》
《风下》
《妇女生活》
《戈壁》
《工作与学习丛刊》
《观察》
《国民杂志》
《国闻周报》
《海风周报》
《洪水》
《华北作家月报》
《华商报》
《解放日报》
《金屋月刊》
《晋绥大众报》
《晋绥日报》
《经世日报》
《开明》
《抗战文艺》
《鲁迅风》
《萌芽》
《民族文学》
《民族文艺》
《木屑文丛》
《南风》

《女子月刊》

《平原》

《七月》

《前锋周报》

《侨声报》

《青海》

《青年界》

《青年文艺》

《青年与妇女》

《青年知识》

《清华学报》

《清华周刊》

《群众》

《人民日报》

《人民世纪》

《人民周报》

《人世间》

《上海文化》

《申报》

《生活报》

《生活周刊》

《盛京时报》

《时报》

《时代日报》

《时代文艺》

《时事新报》

《时与潮文艺》

《时与文》

《书人月刊》

《太阳月刊》

《泰东月刊》

《谈风》

《涛声》

《同代人》

《拓荒者》

《文汇报》

《文联》

《文哨》

《文学》

《文学创作》

《文学集林》

《文学季刊》

《文学批评》

《文学月报》

《文学杂志》

《文学周报》

《文讯》

《文艺报》

《文艺春秋丛刊》

《文艺复兴》

《文艺工作》

《文艺列车》

《文艺青年》

《文艺生活》

《文艺先锋》

《文艺新辑》

《文艺月报》

《文艺月刊》

《文艺战线》

《文艺阵地》

《我们》

《希望》

《现代》

《现代出版界》

《现代评论》

《现代文学》

《现代文学评论》

《现代小说》

《小说》

《小说时报》

《小说月报》

《新地月刊》

《新华日报》

《新华月报》

《新疆日报》

《新垒》

《新青年》

《新少年》

《新时代》

《新蜀报》

《新文学史料》

《新月》
《星岛日报》
《学风》
《学习生活》
《燕京学报》
《艺术信号》
《艺苑》
《益世报》
《庸报》
《宇宙风》
《月月小说》
《杂志》
《战国策》
《朝花》
《真美善》
《知识》
《中国文化》
《中国文艺》
《中国现代文学研究丛刊》
《中国新书月报》
《中国作家》
《中华论谭》
《中华日报》
《中流》
《中心评论》
《中学生》
《中央周刊》

《众志月刊》

《紫晶》

二、论著

[苏]A·A·安基波夫斯基：《老舍的早期创作与中国社会》，宋永毅译，曹素华校，湖南文艺出版社1987年版。

[美]安敏成：《现实主义的限制：革命时代的中国小说》，姜涛译，江苏人民出版社2001年版。

艾以等：《王西彦研究资料》，北京十月文艺出版社1996年版。

艾以等：《罗淑罗洪研究资料》，北京十月文艺出版社1990年版。

巴人：《扪虱谈》，世界书局1939年版。

巴人：《窄门集》，海燕书店1941年版。

鲍霁：《萧乾研究资料》，北京十月文艺出版社1988年版。

[法]保尔·巴迪：《小说家老舍》，吴永平编译，长江文艺出版社2005年版。

北京大学文学研究所：《文学研究集刊》（4），人民文学出版社1956年版。

北京师范大学中文系现代文学教研室：《现代文学讲演集》，北京师范大学出版社1984年版。

北京图书馆：《民国时期总书目（1911—1949）文学理论·世界文学·中国文学》（上下），书目文献出版社1992年版。

北京图书馆书目编辑组：《中国现代作家著译书目》，书目文献出版社1982年版。

北京图书馆书目编辑组：《中国现代作家著译书目·续编》，书目文献出版社1986年版。

蔡仪：《中国新文学史讲话》，新文艺出版社1952年版。

曹正文、张国瀛：《旧上海报刊史话》，华东师范大学出版社1991年版。

草野：《现代中国女作家》，人文书店1932年版。

常风：《弃余集》，新民印书馆1944年版。

陈大康：《中国近代小说编年史》（1—6），人民文学出版社2014年版。

陈嘉明：《现代性与后现代性十五讲》，北京大学出版社 2006 年版。

陈国恩等：《俄苏文学在中国的传播与接受》，中国社会科学出版社 2009 年版。

陈厚诚、王宁：《西方当代文学批评在中国》，百花文艺出版社 2000 年版。

陈建华：《革命与形式——茅盾早期小说的现代性展开 1927—1930》，复旦大学出版社 2007 年版。

陈敬之：《现代文学早期的女作家》，成文出版社有限公司 1980 年版。

陈平原等：《二十世纪中国小说理论资料》（1—5），北京大学出版社 1997 年版。

陈青生：《抗战时期的上海文学》，上海人民出版社 1995 年版。

陈思广：《审美之维：中国现代经典长篇小说接受史论》，四川大学出版社 2012 年版。

陈思广：《四川抗战小说史（1931—1949）》，中国文联出版社 2015 年版。

陈思广：《现代长篇小说边缘作家研究》，四川大学出版社 2019 年版。

陈思广：《中国现代长篇小说的传播与接受研究》，中国文联出版社 2016 年版。

陈思广：《中国现代长篇小说编年》，四川大学出版社 2008 年版。

陈思广：《中国现代长篇小说史话》，武汉出版社 2014 年版。

陈思广：《中国现当代文学研究鉴识》，陕西师范大学出版总社 2018 年版。

陈思和、辜也平：《巴金：新世纪的阐释》，福建教育出版社 2002 年版。

陈思和、李存光：《一粒麦子落地——巴金研究集刊卷二》，上海三联书店 2007 年版。

陈思和、李辉：《巴金研究论稿》，复旦大学出版社 2009 年版。

陈思和：《巴金研究的回顾与瞻望》，天津教育出版社 1991 年版。

陈思和：《中国现当代文学名篇十五讲》，北京大学出版社 2003 年版。

陈因：《满洲作家论集》，实业印书馆 1943 年版。

陈幼石：《茅盾〈蚀〉三部曲的历史分析》，社会科学文献出版社 1993 年版。

陈震文、石兴泽：《老舍创作论》，辽宁大学出版社 1990 年版。

陈子善：《夜上海》，经济日报出版社 2003 年版。

成都市文联编研室：《李劼人作品的思想与艺术》，中国文联出版公司 1989 年版。

成都市文联、成都市文化局：《李劼人小说的史诗追求》，成都出版社 1992 年版。

成仿吾：《使命》（第 3 辑），创造社出版部 1927 年版。

崔恩卿、高玉琨：《走近老舍：老舍研究文集》，京华出版社 2002 年版。

丹纳：《艺术哲学》，傅雷译，安徽文艺出版社 1998 年版。

邓仪中：《沙汀评传》，重庆出版社 1993 年版。

邓中和：《书籍装帧创意设计》，中国青年出版社 2004 年版。

丁帆：《中国乡土小说史》，北京大学出版社 2007 年版。

丁景唐、瞿光熙：《左联五烈士研究资料编目》，上海文艺出版社 1981 年版。

丁玲：《跨到新的时代来》，人民文学出版社 1951 年版。

丁茂远：《陈学昭研究专集》，浙江文艺出版社 1983 年版。

丁宁：《接受之维》，百花文艺出版社 1990 年版。

丁易：《中国现代文学史略》，作家出版社 1955 年版。

《东北现代文学史》编写组：《东北现代文学史》，沈阳出版社 1989 年版。

董乃斌：《中国文学叙事传统研究》，中华书局 2012 年版。

杜秀华：《碧野研究专集》，长江文艺出版社 1985 年版。

段从学：《“文协”与抗战时期文艺运动》，北京大学出版社 2012 年版。

鄂基瑞、王锦园：《张资平——人生的失败者》，复旦大学出版社 1991 年版。

方铭：《蒋光慈研究资料》，宁夏人民出版社 1983 年版。

方维保：《苏雪林：荆棘花冠》，广西师范大学出版社 2006 年版。

范伯群、朱栋霖：《1989—1949 中外文学比较史》（上下），江苏教育出版社 2007 年版。

冯光廉、刘增人：《王统照研究资料》，宁夏人民出版社 1983 年版。

冯光廉:《中国近百年文学体式流变史》(上下),人民文学出版社 1999 年版。

冯为群、王建中、李春燕等:《东北沦陷时期文学国际学术研讨会论文集》,沈阳出版社 1992 年版。

冯芝祥:《钱锺书研究集刊》(第 3 辑),上海三联书店 2002 年版。

[荷]佛克马、蚁布思:《文学研究与文化参与》,俞国强译,北京大学出版社 1996 年版。

伏志英:《茅盾评传》,开明书店 1936 年版。

傅光明、孙伟华:《萧乾研究专集》,华艺出版社 1992 年版。

高捷等:《马烽西戎研究资料》,山西人民出版社 1985 年版。

高翔:《现代东北的文学世界》,春风文艺出版社 2007 年版。

[美]葛浩文:《萧红评传》,北方文艺出版社 1985 年版。

公兰谷:《现代作品论集》,中国青年出版社 1957 年版。

龚明德:《新文学散札》,天地出版社 1996 年版。

成都市新都区地方志编纂委员会办公室编著,龚明德执笔:《艾芜年谱》,四川大学出版社 2019 年版。

[德]顾彬:《二十世纪中国文学史》,范劲等译,华东师范大学出版社 2008 年版。

辜也平:《巴金创作综论》,福建教育出版社 1997 年版。

郭宏安:《李健吾批评文集》,珠海出版社 1998 年版。

郭振华、余秉楠、章桂征:《中外装帧艺术论集》,时代文艺出版社 1988 年版。

郭箴一:《中国小说史》(上下),商务印书馆 1939 年版。

[美]哈罗德·布鲁姆:《西方正典:伟大作家和不朽作品》,江宁康译,译林出版社 2005 年版。

郝明工:《陪都重庆文化与文学考论》,中国社会科学出版社 2015 年版。

韩晗:《早期抗日文学期刊研究:1931—1938》,九州出版社 2018 年 7 月版。

韩日新:《陈大悲研究资料》,中国戏剧出版社 1985 年版。

郝振省:《名著的故事》,中国书籍出版社 2009 年版。

贺凯：《中国文学史纲要》，新兴文学研究会 1933 年版。

贺玉波：《现代中国作家论》（第 1 卷），大光书局 1936 年版。

贺玉波：《现代中国作家论》（第 2 卷），大光书局 1936 年版。

洪子诚：《中国当代文学史》，北京大学出版社 1999 年版。

胡绳等：《鲁迅的道路》，文艺出版社 1948 年版。

[美] 胡志德：《钱锺书》，张晨等译，中国广播电视出版社 1990 年版。

湖北省图书馆等：《中国现代文学作家著作联合目录》（1918—1963.12），武汉地区中心图书馆委员会 1964 年版。

皇甫晓涛：《萧红现象——兼谈中国现代文化思想的几个困惑点》，天津人民出版社 1991 年版。

黄俊英：《小说研究史料选》，四川教育出版社 1988 年版。

黄曼君、马光裕：《沙汀研究资料》，中国社会科学出版社 1986 年版。

黄曼君：《论沙汀的现实主义创作》，长江文艺出版社 1982 年版。

黄人影：《当代中国女作家论》，光华书局 1933 年版。

黄人影：《茅盾论》，光华书局 1933 年版。

黄晓娟：《雪中芭蕉：萧红创作论》，中央编译出版社 2003 年版。

黄修己、刘卫国：《中国现代文学研究史》（上下），广东人民出版社 2008 年版。

黄修己：《中国新文学史编纂史》，北京大学出版社 1995 年版。

黄英：《现代中国女作家》，北新书局 1931 年版。

会林、陈坚、绍武：《夏衍研究资料》，中国戏剧出版社 1983 年版。

季进、曾一果：《陈铨　异邦的借镜》，文津出版社 2005 年版。

贾植芳、俞元桂：《中国现代文学总书目》，福建教育出版社 1993 年版。

贾植芳等：《巴金专集》（1），江苏人民出版社 1981 年版。

姜德明：《与巴金闲谈》，文汇出版社 1999 年版。

金宏宇：《中国现代长篇小说名著版本校评》，人民文学出版社 2004 年版。

金宏宇：《新文学的版本批评》，武汉大学出版社 2007 年版。

金宏宇：《现代文学的史学化研究》，长江文艺出版社 2018 年版。

[美] 金介甫：《沈从文传》，符家钦译，湖南文艺出版社 1992 年版。

金葵：《沙汀研究专集》，浙江文艺出版社 1983 年版。

康晓光、吴五伦、刘德寰等：《中国人读书透视——1978 — 1998 大众读书生活变迁调查》，广西教育出版社 1998 年版。

孔海立：《忧郁的东北人：端木蕻良》，上海书店 1999 年版。

旷新年：《1928：革命文学》，山东教育出版社 1998 年版。

蓝棣之：《现代文学经典：症候式分析》，清华大学出版社 1998 年版。

蓝海：《中国抗战文艺史》，现代出版社 1947 年版。

雷锐：《桂林文化城小说研究》，中国社会科学出版社 2006 年版。

李存光：《巴金研究文献题录（1922—2009）》，复旦大学出版社 2011 年版。

李存光：《巴金研究资料》（上中下），海峡文艺出版社 1985 年版。

李存光：《巴金研究资料汇编（1922—1949）》，香港文汇出版社 2011 年版。

李存光：《巴金传》，团结出版社 2018 年版。

李夫泽：《从“女兵”到教授——谢冰莹传》，湖南人民出版社 2004 年版。

李何林等：《中国新文学史研究》，新建设杂志社 1951 年版。

李华盛、胡光凡：《周立波研究资料》，湖南人民出版社 1983 年版。

李济生：《巴金与文化生活出版社》，上海文艺出版社 2003 年版。

李庆信：《沙汀小说艺术探微》，四川省社会科学院出版社 1987 年版。

李生露：《沙汀年谱》，四川人民出版社 1997 年版。

李润新、周思源：《老舍研究论文集》，人民文学出版社 2000 年版。

李士非等：《李克异研究资料》，花城出版社 1991 年版。

李岫：《20 世纪中国长篇小说经典》，北京师范大学出版社 2004 年版。

李岫：《李广田研究资料》，宁夏人民出版社 1985 年版。

李岫：《茅盾研究在国外》，湖南人民出版社 1984 年版。

李一鸣：《中国新文学史讲话》，世界书局 1943 年版。

李怡：《现代四川文学的巴蜀文化阐释》，湖南教育出版社 1995 年版。

李永东：《租界文化语境下的中国近现代文学》，人民出版社 2013 年版。

李永东：《文化间性与文学抱负：现代中国文学的侧影》，人民出版社 2019 年版。

李跃力：《革命与文学的深层互动：中国现代文学中的“革命话语”研究》，中国社会科学出版社 2013 年版。

廖久明：《中国现代文学史料研究举隅》，中国社会科学出版社 2013 年版。

林萤牕：《论巴金的〈家〉〈春〉〈秋〉及其它》，文丛出版社 1943 年版。

刘保昌：《汹涌的潜流——传统文化与现代文学》，湖北人民出版社 2010 年版。

刘福春：《中国新诗编年史》（上下），人民文学出版社 2013 年版。

刘禾：《跨语际实践：文学，民族文化与被译介的现代性（中国：1900—1937）》（修订译本），宋伟杰等译，生活·读书·新知三联书店 2008 年版。

刘纳：《嬗变——辛亥革命时期至五四时期的中国文学》（修订版），中国人民大学出版社 2010 年版。

刘小枫：《接受美学译文集》，生活·读书·新知三联书店 1989 年版。

刘晓丽：《异态时空中的精神世界——伪满洲国文学研究》，华东师范大学出版社 2008 年版。

刘勇、李怡总：《中国现代文学编年史（1895—1949）》，文化艺术出版社 2015—2017 年版。

刘再复：《论中国文学》，作家出版社 1988 年版。

刘增杰：《师陀研究资料》，北京出版社 1984 年版。

刘增人、冯光廉：《叶圣陶研究资料》，北京十月文艺出版社 1988 年版。

刘增人：《王统照传》，东方出版社 2010 年版。

刘中树、萧新如、蔡宗隽等：《中国现代百部中长篇小说论析》（上），吉林大学出版社 1986 年版。

罗荣渠：《现代化新论——世界与中国的现代化进程》，北京大学出版社 1993 年版。

罗源文、梵杨：《〈一代风流〉的典型性格》，人民文学出版社 1996 年版。

马德俊：《蒋光慈传》，安徽人民出版社 2001 年版。

[捷] 马立安 · 高利克：《中西文学关系的里程碑》，伍晓明、张文定等译，北京大学出版社 1990 年版。

马蹄疾：《李辉英研究资料》，春风文艺出版社 1988 年版。

马以鑫：《中国现代文学接受史》，华东师范大学出版社 1998 年版。

《茅盾与中外文化》编辑组：《茅盾与中外文化（茅盾研究国际学术讨论会论文集）》，南京大学出版社 1993 年版。

毛文、黄莉如：《艾芜研究专集》，四川文艺出版社 1986 年版。

孟悦、戴锦华：《浮出历史地表：现代妇女文学研究》，中国人民大学出版社 2004 年版。

[捷] 米列娜：《从传统到现代——19 至 20 世纪转折时期的中国小说》，伍晓明译，北京大学出版社 1991 年版。

[美] 刘剑梅：《革命与情爱》，郭冰茹译，上海三联书店 2009 年版。

牟书芳：《巴金研究纵横观》，陕西人民出版社 1991 年版。

倪墨炎：《现代文坛灾祸录》，上海书店出版社 1996 年版。

倪伟：《“民族”想象与国家统制：1928—1948 年南京政府的文艺政策及文学运动》，上海教育出版社 2003 年版。

潘光武：《阳翰笙研究资料》，中国戏剧出版社 1992 年版。

潘知常：《美学的边缘——在阐释中理解当代审美观念》，上海人民出版社 1998 年版。

逄增玉：《黑土地文化与东北作家群》，湖南教育出版社 1995 年版。

彭放等：《中国沦陷区文学研究》，黑龙江人民出版社 2007 年版。

彭林祥：《中国 20 世纪 30 年代新文学广告研究》，湖北人民出版社 2017 年版。

齐裕焜：《中国历史小说通史》，江苏教育出版社 1999 年版。

钱理群：《中国现代文学编年史——以文学广告为中心（1915—1927）》，

北京大学出版社 2013 年版。

钱君匋：《书衣集》，山西人民出版社 1986 年版。

钱理群、吴福辉：《中国现代文学编年史——以文学广告为中心（1928—1937）》，北京大学出版社 2013 年版。

钱理群、陈子善：《中国现代文学编年史——以文学广告为中心（1937—1949）》，北京大学出版社 2013 年版。

钱林森：《法国汉学家论中国文学——现当代文学》，外语教学与研究出版社 2009 年版。

钱杏邨：《文艺批评集》，神州国光社 1930 年版。

钱杏邨：《现代中国文学作家》（第 2 卷），泰东图书局 1928 年版。

《钱锺书研究》编委会：《钱锺书研究》（第 3 辑），文化艺术出版社 1992 年版。

[日]山口守、坂井洋史：《巴金的世界——两个日本人论巴金》，东方出版社 1996 年版。

秦艳华：《现代出版与 20 世纪 30 年代文学》，山东人民出版社 2008 年版。

秦弓：《荆棘上的生命：20 世纪三四十年代小说叙事》，春风文艺出版社 2002 年版。

秦林芳：《浅草—沉钟社研究》，中国社会科学出版社 2002 年版。

邱陵：《邱陵的装帧艺术　装帧史论·装帧设计·写生作品选》，生活·读书·新知三联书店 2001 年版。

邱文治、韩银庭：《茅盾研究六十年》，天津教育出版社 1990 年版。

全国巴人学术讨论会：《巴人研究》，上海书店 1992 年版。

全国茅盾研究学会：《茅盾研究论文选集》（上下），湖南人民出版社 1983 年版。

善秉仁：《文艺月旦》，景明译，燕声补传，普爱堂 1947 年版。

尚学锋：《中国古典文学接受史》，山东教育出版社 2000 年版。

沈承宽、黄侯兴、吴福辉等：《张天翼研究资料》，中国社会科学出版社

1982 年版。

沈卫威：《东北流亡文学史论》，河南人民出版社 1992 年版。

石怀池：《石怀池文学论文集》，耕耘出版社 1945 年版。

石楠：《中国第一女兵：谢冰莹全传》，江苏文艺出版社 2008 年版。

石兴泽：《老舍研究：六十五年沧桑路（1929—1994）》，山东文艺出版社 1997 年版。

石兴泽：《老舍与二十世纪中国文学和文化》，人民文学出版社 2005 年版。

史秉慧：《张资平评传》，现代书局 1932 年版。

史亮：《新批评》，四川文艺出版社 1989 年版。

[日] 松井博光：《黎明的文学——中国现实主义作家茅盾》，高鹏译，浙江人民出版社 1982 年版。

申殿和、黄万华：《东北沦陷时期文学史论》，北方文艺出版社 1991 年版。

生活书店史稿编委会：《生活书店史稿》，生活·读书·新知三联书店 2007 年版。

舒乙：《说不尽的老舍：中国当代老舍研究》，北京师范大学出版社 2003 年版。

司马长风：《中国新文学史》（上中下），昭明出版社 1975、1976、1978 年版。

四川省社会科学院文学研究所：《四川现代作家研究集》，四川省社会科学院出版社 1984 年版。

四川省社会科学院文学研究所抗战文艺研究室：《抗战文艺报刊篇目汇编》（续一），四川省社会科学院出版社 1986 年版。

宋贤邦、王华介：《蹇先艾 廖公弦研究合集》，贵州人民出版社 1985 年版。

宋永毅：《老舍与中国文化观念》，学林出版社 1988 年版。

苏光文：《大后方文学论稿》，西南师范大学出版社 1994 年版。

[美] 苏珊·桑塔格：《疾病的隐喻》，程巍译，上海译文出版社 2003 年版。

苏雪林：《苏雪林自传》，江苏文艺出版社 1996 年版。

苏雪林：《新文学研究》，国立武汉大学 1934 年版。

孙国林：《延安文艺大事编年》，陕西师范大学出版总社有限公司 2016 年版。

孙洁：《世纪彷徨：老舍论》，百花洲文艺出版社 2003 年版。

孙晶：《巴金与现代出版》，复旦大学出版社 2012 年版。

孙晶：《文化生活出版社与现代文学》，广西教育出版社 1999 年版。

孙均政：《老舍的艺术世界》，北京十月文艺出版社 1992 年版。

孙康宜：《文学经典的挑战》，百花洲文艺出版社 2002 年版。

孙延林：《萧红研究》（1—3），哈尔滨出版社 1993 年版。

孙中田、查国华：《茅盾研究资料》（上中下），中国社会科学出版社 1983 年版。

孙中田：《〈子夜〉的艺术世界》，上海文艺出版社 1990 年版。

谭洛非：《巴金与中西文化》，四川大学出版社 1992 年版。

谭兴国：《巴金研究论集》，重庆出版社 1988 年版。

谭兴国：《艾芜的生平和创作》，重庆出版社 1985 年版。

谭正壁：《中国文学进化史》，光明书局 1929 年版。

唐金海、孔海珠：《茅盾专集》第 1 卷（上下），第 2 卷（上下），福建人民出版社 1983 年，1985 年版。

唐金海、张晓云：《巴金年谱》（上下），四川文艺出版社 1989 年版。

唐弢：《中国现代文学史》，人民文学出版社 1979 年版。

唐小兵：《英雄与凡人的时代——解读 20 世纪》，上海文艺出版社 2001 年版。

唐沅、韩之友、封世辉等：《中国现代文学期刊目录汇编》（上下），天津人民出版社 1988 年版。

田蕙兰、马光裕、陈珂玉：《钱锺书杨绛研究资料集》，华中师范大学出版社 1997 年版。

童庆柄、陶东风：《文学经典的建构、解构和重构》，北京大学出版社 2007 年版。

汪应果：《巴金论》，上海文艺出版社 1985 年版。

汪树东：《中国现代文学中的反现代性研究》，人民出版社 2018 年版。

王大明、文天行、廖全京：《抗战文艺报刊篇目汇编》，四川省社会科学院出版社 1984 年版。

王德威：《现代中国小说十讲》，复旦大学出版社 2003 年版。

王德威：《想像中国的方法：历史·小说·叙事》，生活·读书·新知三联书店 2003 年版。

王德威：《写实主义小说的虚构：茅盾，老舍，沈从文》，复旦大学出版社 2011 年版。

王丰园：《中国新文学运动述评》，新新学社 1935 年版。

王嘉良：《茅盾小说论》，上海文艺出版社 1989 年版。

王建中等：《东北现代文学研究论文集》，辽宁大学出版社 1986 年版。

王润华：《老舍小说新论》，学林出版社 1995 年版。

王立言、卢济恩、赵祖谟：《中国文学通典：小说通典》，解放军文艺出版社 1999 年版。

王卫平：《中国现代知识分子小说史论》，中国社会科学出版社 2009 年版。

王学典：《20 世纪中国史学编年（1900—1949）》（上下），商务印书馆 2014 年版。

王晓明：《潜流与漩涡——论二十世纪中国小说家的创作心理障碍》，中国社会科学出版社 1991 年版。

王晓明：《沙汀艾芜的小说世界》，上海文艺出版社 1987 年版。

王晓明：《二十世纪中国文学史论》（第 1—3 卷），东方出版中心 1997 年版。

王晓明：《批评空间的开创：二十世纪中国文学研究》，东方出版中心 1998 年版。

王晓琴：《老舍新论》，首都师范大学出版社 1999 年版。

王瑶：《中国新文学史稿》（上下），新文艺出版社 1951、1953 年版。

王兆鹏、尚永亮：《文学传播与接受论丛》，中华书局 2006 年版。

王哲甫：《中国新文学运动史》，杰成印书局 1933 年版。

[美] 雷·韦勒克、奥·沃伦：《文学理论》，刘象愚等译，生活·读书·新知三联书店 1984 年版。

温儒敏：《中国现代文学批评史》，北京大学出版社 1993 年版。

文天行：《20 世纪中国抗战文化编年》，四川辞书出版社 2015 年版。

吴奔星：《茅盾小说讲话》，泥土社 1954 年版。

吴福辉：《沙汀传》，北京十月文艺出版社 1990 年版。

吴福辉：《插图本中国现代文学发展史》，北京大学出版社 2010 年版。

曾广灿、吴怀斌：《老舍研究资料》（上下），北京十月文艺出版社 1985 年版。

吴小美、魏韶华、古世仓：《老舍与中国新文化建设》，民族出版社 2006 年版。

吴小美、魏韶华：《老舍的小说世界与东西方文化》，兰州大学出版社 1992 年版。

吴小美等：《中国现代作家与东西方文化》，兰州大学出版社 1990 年版。

吴小美等：《世纪之初读老舍：2006 国际老舍学术研讨会论集》，人民文学出版社 2007 年版。

吴永贵：《民国图书出版史编年：1912—1949》（上中下），社会科学文献出版社 2018 年版。

伍加伦：《四川现代作家研究》，四川大学出版社 1990 年版。

伍杰、王鸿雁：《李长之书评》（1—5），河北教育出版社 2006 年版。

夏志清：《中国现代小说史》，刘绍铭等译，友联出版社有限公司 1979 年版。

晓川、彭放：《萧红研究七十年》（上中下），北方文艺出版社 2011 年版。

谢昭新：《老舍小说艺术心理研究》，北京十月文艺出版社 1994 年版。

解志熙：《生的执著：存在主义与中国现代文学》，人民文学出版社 1999 年版。

解志熙：《现代文学研究论衡》，河南大学出版社 2005 年版。

徐德明：《中国现代小说叙事的诗学践行》，社会科学文献出版社 2008 年版。

徐德明：《中国现代小说雅俗流变与整合》，社会科学文献出版社 2000 年版。

徐开垒：《巴金传》（续卷），上海文艺出版社 1994 年版。

徐瑞岳：《中国现代文学研究史纲》（上下），江苏教育出版社 2001 年版。

雪苇：《论文学的工农兵方向》，光华书店 1948 年版。

许觉民、甘粹：《中国长篇小说辞典》，敦煌文艺出版社 1991 年版。

严晓琴：《李劼人与菱窠》，四川文艺出版社 1999 年版。

杨爱芹：《〈益世报〉与中国现代文学》，中国文史出版社 2009 年版。

杨家骆：《民国以来出版新书总目提要》，辞典馆 1936 年版。

杨联芬：《中国现代小说导论》，四川大学出版社 2004 年版。

杨苡：《雪泥集　巴金书简》，生活·读书·新知三联书店 1987 年版。

杨义：《中国现代小说史》（第 1—3 卷），人民文学出版社 1986、1988、1991 年版。

杨益群等：《司马文森研究资料》，北京十月文艺出版社 1998 年版。

姚北桦、贺国樟，俞润生：《姚雪垠研究专集》，黄河文艺出版社 1985 年版。

[联邦德国]H · R · 姚斯、[美]R · C · 霍拉勃：《接受美学与接受理论》，周宁、金元浦译，辽宁人民出版社 1987 年版。

姚辛：《左联词典》，光明日报出版社 1994 年版。

阎浩岗：《现当代小说论稿》，人民出版社 2015 年版。

阎浩岗：《中国现代小说史论》，人民文学出版社 2006 年版。

颜同林：《多元视角下的中国现代小说》，人民出版社 2017 年版。

严家炎：《中国现代小说流派史》（增订本），长江文艺出版社 2009 年版。

叶再生：《中国近代现代出版通史》（第 1—4 卷），华文出版社 2002 年版。

叶子铭：《论茅盾四十年的文学道路》，上海文艺出版社 1959 年版。

郁达夫：《小说论》，光华书局 1929 年版。

於可训、陈国恩：《文学传播与接受论丛》（第 2 辑），中华书局 2007 年版。

於可训、叶立文：《中国文学编年史 · 现代卷》，湖南人民出版社 2006 年版。

袁良骏：《丁玲研究资料》，天津人民出版社 1982 年版。

袁涌进：《现代中国作家笔名录》，中华图书馆协会 1936 年版。

曾广灿：《老舍研究纵览（1929—1986）》，天津教育出版社 1987 年版。

曾健戎、刘耀华：《现代中国文坛笔名录》，四川省中心图书馆委员会 1980 年版。

曾小逸：《走向世界文学　中国现代作家与外国文学》，湖南人民出版社 1985 年版。

查国华：《茅盾年谱》，长江文艺出版社 1985 年版。

张白云：《丁玲评传》，春光书店 1934 年版。

张毕来：《新文学史纲》（第 1 卷），作家出版社 1955 年版。

张大明：《中国左翼文学编年史》，社会科学文献出版社 2013 年版。

张大明、陈学超、李葆琰：《中国现代文学思潮史》（上下），北京十月文艺出版社 1995 年版。

张福贵等:《文学史的命名与文学史观的反思》，北京大学出版社 2014 年版。

章桂征：《中国当代装帧艺术文集》，吉林美术出版社 1998 年版。

杨义、张环、魏麟等：《路翎研究资料》，北京十月文艺出版社 1993 年版。

张静庐：《中国近现代出版史料》（1—8），上海书店 2003 年版。

张静庐：《在出版界二十年》，上海书店 1984 年版。

张立慧、李今：《巴金研究在国外》，湖南文艺出版社 1986 年版。

张民权：《巴金小说的生命体系》，复旦大学出版社 2012 年版。

张桂兴：《老舍年谱》（修订本・上下），上海文艺出版社 2005 年版。

张泉：《抗战时期的华北文学》，贵州教育出版社 2005 年版。

张全之：《中国近现代文学的发展与无政府主义思潮》，人民出版社 2013 年版。

张惟夫：《关于丁玲女士》，立达书局 1933 年版。

张效民：《艾芜评传》，西南财经大学出版社 1993 年版。

张先飞：《“人的文学”：“五四”现代人道主义与新文学的发生》，人民出版社 2016 年版。

张中良：《抗战文学与正面战场》，社会科学文献出版社 2014 年版。

张中良、章海宁、逄增玉：《1931—1945 年东北抗日文学大系·长篇小说卷》（1—5），黑龙江大学出版社 2017 年版。

张泽贤：《巴金与现代文学丛书（1935—1949）》，上海远东出版社 2014 年版。

赵健：《范式革命：中国现代书籍设计的发端（1862—1937）》，人民美术出版社 2011 年版。

赵景深：《海上集》，北新书局 1946 年版。

郑学稼：《由文学革命到革文学的命》，胜利出版社 1943 年版。

中国作家协会上海分会文学研究室：《跃进文学研究丛刊》（第 1 辑），新文艺出版社 1958 年版。

《中国当代文学研究资料》编辑委员会：《柳青专集》，福建人民出版社 1982 年版。

中国茅盾文学研究会：《茅盾与二十世纪》，华夏出版社 1997 年版。

中华全国文学艺术工作者代表大会宣传处：《中华全国文学艺术工作者代表大会纪念文集》，新华书店 1950 年版。

钟桂松：《二十世纪茅盾研究史》，浙江人民出版社 2001 年版。

周锦：《〈围城〉面面观》，河北教育出版社 2002 年版。

周维东：《中国共产党的文化战略与延安时期的文学生产》，花城出版社 2014 年版。

周勇：《重庆抗战史：1931—1945》，重庆出版社 2013 年版。

朱金顺：《新文学资料引论》，北京语言学院出版社 1986 年版。

庄钟庆：《茅盾的创作历程》，人民文学出版社 1982 年版。

庄钟庆：《茅盾研究论集》，天津人民出版社 1984 年版。

卓如、鲁湘元：《二十世纪中国文学编年》，河北教育出版社 2013 年版。

作品索引

C

D

E

F

J

K

L

M

N

P

Q

R

S

T

W

X

Y

Z

后记：二十年漫漫艰辛路

《中国现代长篇小说编年史（1922—1949）》终于要付梓了，心里真说不上有多么激动，只能说是了却了一桩心事。

屈指算来，从开始想做编年到现在已有二十余年了。2000 年我在武大读博时，想借武大图书馆的条件理一个关于中国现代长篇小说篇目的基本线索，为将来撰写“中国现代长篇小说史”做点基础性的工作，但实际上武大图书馆当时的条件并没有我想象的那么好，我虽然做了点基础性的工作，也撰写了《五四时期现代长篇小说论》一文，但终因学业的关系按下了暂停键。当然，那也完全不是编年的做法，只是一个目录，而且很不全，勉强算的话也只能说是编年史的萌芽。来川大后，我又重启这项工作。这次还是按写小说史的思路去准备的，即把相关作品的接受史料搜集起来，看看学界以前说了什么，自己以后能说什么。就这样，我花了三年的时间，利用川大图书馆、四川省图书馆等处的纸本史料及当时仅有的读秀数据库，按作品的出版顺序编撰了一本《中国现代长篇小说编年》，收录了当时所能找到的大部分接受史料，该书于 2008 年出版。

但这本二十来万字的小书甫一出版，我就陷入了深深的遗憾之中。一是随着各种大型数据库（特别是专门数据库）的不断出现，原来仅依靠纸本难以发掘的史料大量涌现，使得《编年》史料缺失较为严重的问题尴尬地摆在眼前；二是缺乏作品的内容介绍，仅存条目读者不知所辑作品写了什么，价值如何；三是在框架结构上缺乏对 1922—1949 年间长篇小说的发展进行史论性质的梳理，史的意味淡薄；四是缺乏初版本的书影与版权页，缺少中国现代长篇小说在装帧设计上一路走来的重要环节，缺少通过图文互证的方式使其成为一部信史的力证；五是没有标示作者的生卒年，这让他们有可能被捕捉到的历史完全成为空白。这些遗憾使我决定在《编年》的基础上再次扩容升级，编撰一部《中国现代长篇小说编年史》。于是，从2010年开始，我重新出发。由于教研及其他事务繁忙的缘故，《编年史》的撰写工作进行得颇为缓慢。这主要是因为在写作过程中，遇到了不少现实问题。首先便是找史料之难与读史料与文本时遇到的字迹漫漶等。不过，这还不是最大的问题。最大的问题是：设法找到原版长篇小说、初版书影与版权页，以及求证出众多无名作者的生卒年。也因为这“三大难题”，撰写费时尤长，直到今日在后两难上仍未能克竟全功。虽然由于历史与现实的缘故，想要将后两难彻底解决既不可能也不现实，但做史料的人都有“上穷碧落下黄泉”的意愿，都想尽可能地一网打尽，果真遍觅而不得，也只能抱憾了。

我当初设想，长篇小说的梗概与评价的撰写一定要建立在阅读原版书的基础上，只有在初版本确实找不到的情况下，才使用再版本或三版本， 但原则上不使用1949年10月后出版的修改本或选集本。也因此，为找到1949年10月前出版的原版长篇小说，我真是费尽周折。最初，数据库很不健全，很多书只有书名并无全文，我只好托亲朋好友特别是学生到一些图书馆不惜成本地复印或拍照，甚至还养成了每天浏览孔夫子旧书网的习惯，遇到心理价位可以接受的长篇小说原版本，就直接竞拍下来。数十年下来，竟花数万元买了数百本民国原版长篇小说。可以说凡是能用上的手段都用上了。就这样经过十多年的不懈努力，总算解决了基本问题，加之学校图书馆所购买的相关数据库，本书中长篇小说梗概与评价的撰写，都依据初版本或民国时期再版本的愿望算是全部实现了。

我当初又设想，在每部长篇小说出版的时间节点上，附初版本书影和版权页，既图文互证，又为还原历史留下弥足珍贵的第一手史料。因为随着时间的流逝，要想再找到这些长篇小说的初版本书影及版权页肯定是越来越难甚至是不可能的了。为了找到书中的这些书影、版权页，我动用了我能动用的所有关系，不管认识的还是不认识的，熟悉的还是不熟悉的，只要有线索，就厚着脸皮去求人，抱着“找到了是运气、找不到也正常”的心理，几乎找遍了全国各省市图书馆及重点大学图书馆（还有几本是托人从台湾地区甚至美国拍回来的，真可谓漂洋过海也要找到你！）这其中，既有成功的喜悦，也有失望的叹息。在这里，我要特别感谢我的学生，也特别想说一句话，那就是：打仗亲兄弟，找书亲学生。

这套书最终能将非初版本书影与版权页降到个位数，的确得到了很多师友的帮助，有一些甚至至今还未曾谋面，更多的书影与版权页是我的学生不辞辛苦地拍来的，如果没有我这些在各地的学生的全力支持，《编年史》是不可能以目前这样的样态呈现在大家面前的。这些学生是：李艳、李思清、李斌、刘安琪、晏青、廖海杰等。还有许多需要感谢的人，恕我不能一一列出他们的名字，他们对我的支持与帮助我都铭刻于心。需要说明的是，不少拍来的书影比较破旧，我在不改变其原貌的基础上，进行了“修新如新”“修旧如旧”式的修图，尽可能地使本书的彩印图片呈现出与原书一样的效果。

我当初还设想，在写按语的时候标示所有作者的生卒年。但实际上，许多作者的生卒年几乎无从得知。其中主要的原因当然是作品的艺术成就和影响力不够，导致这些作者的知名度不高；次要原因是一些作者英年早逝或者转行，致使他们的生卒年成为一个难解的谜。我就想，如果能将他们的生卒年搞清，不也是对他们生命的留痕做一个历史的记录吗？于是，我便开始花大气力考索起来，任何蛛丝马迹都不放过，甚至想方设法找到他们的后人。功夫不负有心人，经过一番艰辛的努力，搞清了许多无名作者的生卒年。按常理，这些无名作者生卒年的考证应该列出相应的考据材料予以佐证的，但为了统一体例，也为不暴露别人的隐私，我只好仅写结论而不做考据了。

师兄邹德清是武汉出版社总编辑，近日荣获第五届中国出版政府奖“优秀编辑”奖。在庆贺恩师陈美兰教授八十华诞聚会上得知我写作这一书稿的信息时，他就对本书表现出浓厚的兴趣，希望我能将书稿交付他们出版。我感念同门情谊，他也一口答应以彩印的方式使本书中的书影与版权页尽可能以原貌呈现在读者面前，而这正是我所希望的。书稿完成后，他不仅亲自抓好全程工作，为本书争取到国家出版基金资助，还亲自校读、审稿，以高度负责的姿态对待本书，保证了本书的质量，让我感激不已。

本书共一百三十多万字，图片八百余幅，初稿史料部分又因文字转换、辨识之难及相关信息几番增添删改等因素，给排版造成了很多困难，加之疫情影响，使本书的核校时间颇为漫长。为此，我还要感谢自始至终参加本书核校的徐家盈、黄雅兰、金洋洋同学，以及武汉出版社杨建文副总编辑、张荣伟等几位责任编辑，他们的严谨、认真、踏实，使本书避免了许多错误，且能以爽利悦然的面貌出现在读者面前。

感谢妻子丁淑梅给予的支持，她先做了《中国古代禁毁戏剧编年史》一书，我参照了她的编写方式和她提供的一些同类参考书。我还要感谢母亲邹亦文，尽管她看不懂这些长篇大论，身体也大不如前，但她以九十岁的高龄力所能及地减轻我们的负担并能看到本书的出版，我还是颇为高兴的。同时，我还想以此书告慰父亲陈镇的在天之灵。

本书以同名获批 2017 年国家社会科学基金项目，在图书出版之际，对曾经给予笔者支持与鼓励的学界同仁表示诚挚的感谢。

一晃二十年过去了。能在许多令人感怀铭念的亲友的大力支持下，在繁杂的教研、家务之余，让这套书以目前的样子呈现在大家面前，确实是了却了我的一桩心事。当然，由于条件与目力所限，本书关于 1922—1949 年间出版的现代长篇小说及相关史料还有一些遗漏，少数作品的版次记载有所断缺，个别信息的采集可能存在失误，论述上的不妥之处也在所难免。真诚地欢迎各位专家读者批评指正，以便将来再版时一一改正。

陈思广

2021 年 8 月